元曲四大名家

上册

张圣洁
陈旭霞
编著

河北出版传媒集团
河北教育出版社

图书在版编目（CIP）数据

元曲四大名家：上下册 / 张圣洁，陈旭霞编著 . 石家庄：河北教育出版社，2025. 6. -- ISBN 978-7-5545-9249-6

Ⅰ . I214.71； I222.9

中国国家版本馆 CIP 数据核字第 2025Y79V88 号

元曲四大名家 上下册

编　　著 张圣洁　陈旭霞

出 版 人 董素山

策　　划 侯福河　任晓霞

责任编辑 任晓霞　赵莉薇　孙亚蒙　刘亚飞

装帧设计 李关栋

出版发行 河北出版传媒集团

河北教育出版社 http://www.hbep.com

（石家庄市联盟路 705 号，050061）

印　　制 保定华升印刷有限公司

开　　本 787 mm × 1092 mm　1/16

印　　张 102.5

字　　数 1960 千字

版　　次 2025 年 6 月第 1 版

印　　次 2025 年 6 月第 1 次印刷

书　　号 ISBN 978-7-5545-9249-6

定　　价 388.00 元（上下册）

元曲名家研究史上的又一里程碑

◎吕新斌

一代有一代之文学。楚之骚，汉之赋，唐之诗，宋之词，而后有元之曲。方言常语，沓而成章，可品烟火之气，看市井百态，这是真正源自大众、服务大众的艺术。一地有一地之大观。论真正之戏曲，不能不从元杂剧始也。论元曲之诞生，也不能不从河北始。元初制杂剧者，燕人占十之八九。研究中国戏曲，绕不开元曲。研究元曲，更绕不开关汉卿、白朴、马致远、王实甫这四位或生长于河北、或创作于河北的大师。河北省社会科学院张圣洁、陈旭霞两位老师数十年如一日致力于元曲活化，对四位大师生平、思想、作品进行全景式整理与穿透性研究，编成《元曲四大名家》一书，钩沉索隐，细解文理，以具身视角重构经典文学研究范式，使读者“见一斑而窥全豹”，让有元一代最辉煌的艺术瑰宝穿越历史云烟，“飞入寻常百姓家”。

应运而生之作

元曲之兴，非止于词章之盛，实为中华民族文化基因在金元易代之际历史裂变中的创造性觉醒。此书的编撰问世亦非偶然，实为应时代之大潮、答实践之所需而生的扛鼎之作。在中华民族伟大复兴阔步前行的宏阔画卷中，这部作品应运而生，深深植根于习近平总书记知深爱切的燕赵大地，彰显出燕赵儿女担负新时代文化使命的历史自觉，为中华文明提供了生动注脚。

它源自对新时代伟大文化实践深切呼唤的回应。习近平总书记深刻指出："中国特色社会主义文化，源自于中华民族五千多年文明历史所孕育的中华优秀传统文化，熔铸于党领导人民在革命、建设、改革中创造的革命文化和社会主义先进文化，植根于中国特色社会主义伟大实践。"中华民族伟大复兴，是物质文明与精神文明协调发展的伟大实践。元曲艺术以其磅礴的生命力、鲜活的人民性和深刻的思想性，承载千年文脉，凝聚民族智慧，是中国式现代化植根其上的深厚文化沃土。此书正是对这一文化根脉的系统梳理与深情守护，是赓续历史文脉、赋能民族复兴的鲜活文化实践，回应了时代对传承中华文明基因、筑牢民族精神根基的深切呼唤。

它源自坚定贯彻落实习近平文化思想的使命担当。习近平总书记深刻指出："文化兴国运兴，文化强民族强。"习近平文化思想传承弘扬中华优秀传统文化，借鉴吸收人类一切优秀文明成果，深刻回答了新时代我国文化建设举什么旗、走什么路、坚持什么原则、实现什么目标等根本问题，让全民族文化创新创造活力充分涌流，中国人的志气、骨气、底气空前增强。此书的编撰出版，正是河北省社会科学院高举习近平文化思想旗帜，以强烈的历史自觉和坚定的文化自信，践行新时代文化使命的生动体现。它是对"第二个结合"的学理探索与具体实践，是深入挖掘元曲内涵的丰硕成果，展现了社科工作者在正本清源、守正创新中勇担使命的全新风貌。

它源自构建中国话语和中国叙事体系的文化自觉。元曲作为中华优秀传统文化的杰出代表，其独特的艺术魅力和蕴含的兼收并蓄、与时俱进、心系人民等思想精髓，是中华文明连续性、创新性、统一性、包容性、和平性的有力佐证，是讲好中国故事、向世界展示中华文化深厚底蕴和当代价值的绝佳载体。此书集文献考辨、艺术阐释与文化传播于一体，通过系统性挖掘、创新性阐释，为中华传统戏曲文化的溯源研究与国际传播提供了坚实的学术支撑。它是河北省社会科学院倾力实施“河北历史文化研究工程”、矢志打造传世经典的标志性成果，也是对“以时代精神激活中华优秀传统文化的生命力”这一重要要求的生动回应。

穿越历史之作

修史立典、存史启智、以文化人，这是中华民族延续几千年的一个传统。此书不仅是一部应运而生之作，更是一部穿越历史之作。书卷轻启，厚重如斯，带我们重返多元文化激荡与融合的时代，深入中华文明顽强生命力的内核，探寻元曲艺术在特定历史坐标下破土而出的奥秘，揭示其作为中华文化瑰宝的历史必然与永恒价值。

在烛照历史中纵览中华文明生生不息。中华文明是世界上唯一没有中断、发展至今的伟大文明，具有自我发展、回应挑战、开创新局的文化主体性与旺盛生命力。元代，蒙古铁骑南下使中原文化遭遇空前震荡，科举长期废止使士人阶层深陷困境，北方民族“蕃曲”“胡乐”与燕赵市井俚俗碰撞交融，大都（北京）的繁盛带动河北城镇勃兴，新兴市民阶层渴求精神滋养。正是在这文明碰撞的阵痛与融合的熔炉中，元曲悄然萌芽、破土而出，以语言的雅俗交融突破诗词藩篱，以叙事的蓬勃张力弥补抒情传统，以广阔的社会画卷拓展艺术疆域。此书深刻洞察这一特殊历史背景，生动呈现了元曲如何在断裂与重构中彰显中华文明的磅礴力量与卓越韧性。

在宏大叙事中描画元代燕赵文化图谱。元曲之佳处何在？一言以蔽之，曰自然而已矣。河北作为元代南北交通枢纽，其繁荣的勾栏瓦舍、多元的移民群体、活跃的商贸网络，共同构成了元曲创作的独特生态。元曲四大名家的伟大创作，是燕赵文化基因的艺术结晶。关汉卿笔下的市井烟火，白朴词中的家国悲歌，马致远曲里的苍茫意境，王实甫剧内的礼教抗争，无不流淌着燕赵文化“慷慨任气”的精神血脉，映射出河北作为农耕与游牧文明交汇地带的开放特质。此书通过精微的文本细读与深度的语境还原，将散落于曲词中的地域文化符号系统联结，编织成一张元代完整而清晰的燕赵文化图谱，有力补充并凸显了燕赵文化在中华文明宏大叙事中的历史厚度与艺术高度，为更深层次理解燕赵文化的动态演进提供了全新视角。

在古今交响中激活燕赵精神的永恒基因。此书的卓越价值，远不止于历史的钩沉与艺术的赏析，其深邃意义在于它成功搭建了一座横亘古今的精神桥梁，实现了传统瑰宝的创造性转化与创新性发展。尤为可贵的是，它一方面严谨还原历史语境，将元曲置于元代特定的社会土壤与文化生态中考察，深刻揭示其语言“灵活性”背后对僵化文风的革新，其题材“市井化”背后对民间疾苦的深切关怀，使古典文本重新焕发出历史的温度；另一方面敏锐提炼全人类共同价值，从历史文本中萃取跨越时空的精神共鸣点，对公平正义的不懈追求、对人性尊严的深情礼赞、对自由爱情的执着向往、对陈规陋习的果敢挑战。这些植根于燕赵沃土又超越地域时空的精神品质，使得此书成功地将散落于故纸堆中的集体记忆与艺术结晶，转化为现代读者可感知、可理解、可共鸣的鲜活文化符号与精神资源。

启迪未来之作

此书的编撰出版，不仅是对历史的深情回眸、对时代的精准呼应，更是面向未来的扎实研究与学术探索。它超越了对古典艺术的静态研究，以其深邃的洞察力、前瞻的视野和可操作的方法论，为我们在新征程上如何激活传统、赋能当下、启迪未来，提供了弥足珍贵的河北方案与学术引擎。这主要表现在以下几个方面：

为新时代文化传承创新提供地域研究范式。中华优秀传统文化的传承发展，贵在创造性转化、创新性发展。在某种程度上，此书正是践行“两创”的典范之作，不仅是对元曲文本的整理与解读，更通过张圣洁、陈旭霞等学者深耕细作，探索并示范了一套行之有效的传承创新路径。通过系统性挖掘阐释，对元曲四大名家作品深度耙梳、严谨考辨，精准提炼其艺术精髓、思想内核，为后续转化利用奠定了坚实学术基础。通过古为今用的价值提炼，着力发掘元曲中超越时代、服务当下、具有永恒价值的精神资源。通过将文献研究、艺术分析、历史语境还原、地域文化研究、价值阐释融为一体，为文化传承创新工作提供了可借鉴、可推广的研究新范式。

为河北文化强省建设注入源头活水。元曲是河北最具辨识度的历史文化标识之一。此书的编撰，是河北省社会科学院立足本地文化资源、服务文化强省建设的创新实践。通过“人—城—作”的立体研究框架，将四大名家与河北地理空间深度绑定，实证河北作为“元曲艺术发祥地”的历史地位，极大丰富了燕赵文化的精神谱系，显著增强了国人的文化认同感与自豪感。同时“元曲四大名家”本身就是一个极具号召力的文化 IP，研究成果可直接转化为高品质文旅产品开发的智力资源，以学术研究为支点，撬动“历史资源—当代价值—未来形象”的转化链条，必将使元曲成为燕赵文化从历史自信走向发展自信的媒介，为实施文化强省战略提供兼具学术深度与实践张力的范式样本，进而提升“这么近，那么美，周末到河北”在全国乃至全球文化版图中的影响力与吸引力。

当我们在正定阳和楼前聆听《梧桐雨》穿越时空的悠远唱腔，不仅沉醉于元曲艺术的永恒魅力，更深切感悟到习近平文化思想为守护民族根脉、激活传统瑰宝所指引的光明航向。当我们在拔节生长的雄安新区，欣赏《梨花颂》在新时代舞台上的华彩绽放，不仅遥想七百年前燕赵大地元曲艺术的繁盛景象，更生动见证了这片热土在习近平总书记擘画的宏伟蓝图下，正书写着传统与现代交相辉映的崭新篇章。《元曲四大名家》的问世，正是这古今交响、文脉赓续的生动注脚。让我们高擎习近平文化思想的光辉旗帜，以这部著作为新的起点，持续深耕元曲艺术沃土，深度发掘燕赵文化的精神富矿，为奋力谱写中国式现代化建设河北篇章，为全面推进中华民族现代文明建设，贡献磅礴的社科力量！

是为序。

（作者系河北省社会科学院党组书记、院长，省委讲师团主任，河北省社会科学界联合会第一副主席）

编者的话

当强悍奔放的北方少数民族挟带着狂烈的草原风，唱着“壮伟狠戾”（明·徐渭《南词叙录》）的军歌入主中原后，他们在马背上弹奏的胡乐，也在中原这片“早熟的文明”大地上传播开来，与燕赵地区慷慨悲壮的民间曲调相结合，谱创出具有北方语言和声情特点、风格豪放刚健、更易表情达意的戏曲文学——元杂剧，以及新的韵文体式——元散曲。

杂剧是在广泛融合前代艺术样式要素的基础上，最终于元代成熟的戏剧样式，有相对应的体例，由唱词、宾白、科介组成，在结构上通常为一本四折、一个楔子。从现存的剧本看，元杂剧的创作已经趋于成熟，是相当精致的文艺创作。元杂剧在内容上征用了在民间流传已久的大量故事，也反映了当时的社会现实生活，素材的来源十分广泛。元杂剧角色被分为旦、末、净、杂，角色之间分工明确，被赋予高度象征化和艺术化的表现。元杂剧的文辞相当优美，继承了唐诗宋词的抒情性，同时又富于通俗化的表现，通过唱和说白结合的方式推进叙事，在“曲白相生”之间将作者的情感倾注其中。从戏剧发展史角度看，元杂剧是中国历史上戏剧发展的高峰，这突出体现在以下几个方面：首先，剧作家群星熠熠，天才辈出。其次，作品数量和质量均堪称中国戏剧发展史之最。再次，作品的思想高度和内容厚度都可以立于世界戏剧的最高峰。又次，元杂剧是中国戏剧文化西渐（jiān 音尖）的先锋，特别是在 17、18 世纪后，元杂剧盛传欧洲，大量的元杂剧在世界舞台上被演出，被西方翻译、译介或选译，一时间东方题材之“仿作纷如”，给世界文化、世界戏剧带来了巨大的影响。

散曲在当时称为乐府、北乐府、新乐府等，至明代朱有燉（dùn 音顿）《诚斋乐府》始称“散曲”。从音乐意义上来说，散曲是在北方发展起来的一种口语味比较浓厚、流行于民间的雅俗共赏的歌曲；从文学意义上来说，它又是一种具有独特语言风格的新诗体。散曲与杂剧最大的区别在于没有宾白、科介，只供清唱吟咏，故又称“清曲”。它打破了传统诗歌温柔敦厚的审美风尚和诗以言志的教化功能，语言不避俚俗、晓畅明白，抒情酣畅淋漓、大胆直率，内容多抒写普通文人的失意情怀，描绘市井社会的千姿百态。

元杂剧和元散曲共同组成了元代文学最辉煌的元曲，它横空出世并呈现井喷式的发展。一如国学大师王国维在《宋元戏曲史》中开宗明义所言：“楚之骚，汉之赋，六代之骈语，唐之诗，宋之词，元之曲，皆所谓一代之文学，而后世莫能继焉者也。”

为了弘扬中华传统文化的精华，普及元曲的阅读、欣赏，增进文化认同，坚定文化自信，我们经过反复论证，遴选出其作品均带有鲜明的地域特征，成为燕赵大地文化生态重要组成部分的关汉卿、白朴、马致远、王实甫四位河北籍或创作活动主要在河北的名家，对其生平、思想及作品进行完整细密的整理和研究，编成《元曲四大名家》，使读者见一斑而得窥全豹，让有元一代最辉煌的艺术瑰宝穿越历史的云烟，带着恒久的艺术魅力，“飞入寻常百姓家”。

关汉卿是举世公认的元曲大家。他一生“不屑仕进”，生活在底层人民中间，以民间身份、民间逻辑、民间立场，自己编剧、自己写词、自己制曲，甚至亲自登台演出。今知其创作杂剧六十七部，比晚于他三百多年的英国杰出戏剧家莎士比亚（1564—1616）的作品几乎多出一倍。这些剧作无论是自我抒怀的，还是表现青年男女爱情的，无论是写游子思妇离愁别恨的，还是描绘当时社会市井风情的，抑或是以史言志的历史剧，每一部都脍炙人口、闪耀文坛。他的代表作《感天动地窦娥冤》，民间称“六月雪”，原本于汉代东海孝妇周青的故事。关汉卿点石成金，在民间传说和当时有关戏曲创作的基础上，结合元代的社会现实，倾尽才思，塑造了窦娥这样一个命运多舛（chuǎn 音喘）、冤苦无告的传统悲剧女性。在剧中，关汉卿借窦娥这个典型环境中的典型形象鞭挞元代社会腐朽的封建制度，赞颂被压迫人民的反抗精神。这种精神，穿越七百多年的时空，依然感天动地、震撼人心。艺术家们曾以京剧、晋剧、越剧、昆剧、秦腔、河北梆子等八十多个剧种形式将窦娥的形象呈现于舞台之上。这部极富人道主义精神的《窦娥冤》还先后被翻译成十六种文字在全世界流传。

关汉卿的散曲作品或记叙爱情，或抒写襟怀，或表现离愁别恨，或描绘自然风光，时而悲歌慷慨，时而风流艳冶，写态传情，处处体现着英锐脱俗之气和在事业上矢志向前的献身精神。1958 年，世界和平理事会确认其为“世界文化名人”，在北京举办“关汉卿戏剧活动七百周年纪念大会”。1987 年，在他的故乡河北安国伍仁村举行了“伟大戏剧家关汉卿之墓”的树碑仪式。1988 年，在安国举办了“关汉卿戏剧活动七百三十年纪念大会”。1993 年夏，首届元曲国际研讨会在保定（开幕式）、承德（闭幕式）举行；其间，主办单位河北省社会科学院代表全体与会人员赴安国伍仁村向关汉卿墓敬献了花篮；翌年，河北教育出版社出版《首届元曲国际研讨会论文集》。

同时为一代文学做出突出贡献的元曲作家白朴所作杂剧今知共十六种、小令三十七首、套数四套。现存的《唐明皇秋夜梧桐雨》写唐明皇与杨贵妃的故事，《裴少俊墙头马上》描写的是一个“志量过人”的女性李千金冲破封建礼教、理直气壮地自择配偶的故事。前者是一支“沧桑之叹”的悲歌，既写到了唐明皇与杨贵妃的爱情，也反映了统治者的昏庸无能、权贵的荒淫和朝政的腐败；后者是一首感人至深的爱情的赞歌，情节起伏跌宕，写得热情奔放。这两部作品分别被列入“元代四大悲剧”和“元代四大爱情剧”。它们像并蒂莲，有同有异，一剧凄苦缠绵、悲喜杂糅，一剧爽朗明快，但都诗情浓郁，历来被认为是爱情剧中的成功之作，具有极强的艺术生命力，对后代戏曲的发展产生了深远的影响。

白朴的散曲题材丰富，不拘一格，风格兼沉雄、清隽之长，语言鲜活自然、有俗有雅。赵义山在《元散曲通论》中将其散曲按内容分为叹世归隐、写景咏物、男女风情三类。其中以超脱旷达的叹世归隐之作为上，是元代散曲走向成熟的标志；而男女恋情之作，多质朴本色、直白通俗之趣；写景咏物之作，则富于文采，有清丽淡雅之美。三类散曲作品皆用笔精深，充分展现着元散曲发展进程中蕴含的即使山重水复、坎坷困顿，仍旧一路高歌、昂扬奋发的内在精神。

马致远是元代曲坛上承前启后的重要作家。他一生创作杂剧十五种，现存完整剧本七种，另存小令一百一十五首、散套二十二套、残套四套。最负盛名的历史悲剧《破幽梦孤雁汉宫秋》是其早期作品，演绎的是妇孺皆知的王昭君出塞和亲的故事。在马致远之前，已有关汉卿等剧作家写过不少“昭君出塞”题材的剧本。而马致远则从时代需要出发，尽脱前人“红颜胜人多薄命，莫怨春风当自嗟”（宋·欧阳修《再和明妃曲》诗）的传统主题窠臼，创造性地将《汉宫秋》上升到家国大义之下的悲怆和慷慨，借写汉元帝与王昭君真挚爱情与离别怨恨之情，寄托民族压迫的兴亡之感，从而把单纯的爱情戏改写成一出表达爱国情怀的时代悲剧。这正是该剧也是元杂剧的光辉所在。俄国思想家普列汉诺夫曾经指出：“任何一个民族的艺术都是由它的心理所决定的，它的心理是由它的境况所造成的。”[1]在《汉宫秋》里，马致远带着自己家国不在、壮志空

[1]［俄］普列汉诺夫:《论艺术（没有地址的信）》，曹葆华译，生活·读书·新知三联书店1964年版，第47页。

存的幽怨无奈之情，以即景式、遥想式、错觉式、梦境式多种艺术手法，深沉地、一字一血地写下了汉宫的“秋之歌”，在情义两全与死得其所铺就的舞台上，绽放了一种永恒的美，成为昭君故事演变史上的一座里程碑。

马致远的散曲作品带有更多的传统文人积极进取与超逸放旷相互交织的精神气息，题材广泛，意境高远，风格豪放，语言凝练，音韵和谐，被称为“曲状元”。小令【越调·天净沙】《秋思》敲金断玉的二十八个字所达到的描摹苍凉秋景与漂泊思乡心境的高度，至今尚无一人一曲出其右，被誉为“秋思之祖”。而套曲【双调·夜行船】《秋思》则“全用白描，无论雅俗之材料，都不借重妆点”（任讷《散曲概论》），纯熟、老练地创造了“放逸宏丽而不离本色”（明·王世贞《曲藻》）的独特意境，是“万中无一”的曲中佳品。也正因此，其在元散曲中的地位，有如李白、杜甫之于唐诗，苏轼、辛弃疾之于宋词，是元代文坛上“四海纵横第一管笔”（马致远【般涉调·哨遍】《张玉嵓（yán 音岩）草书》）！

王实甫一生创作杂剧十四种，是中国戏曲史上“文采派”的杰出代表。其代表作《崔莺莺待月西厢记》文辞优美，曲调清丽，故事浪漫，被誉为“天下夺魁”之作。“作品成为经典的原因……常常在于陌生性，这是一种无法同化的原创性”[1]。该剧虽取材于唐代传奇《莺莺传》，但异峰突起，在主题思想、情节安排和人物性格方面，都做了脱胎换骨的改造，是一部具有独创性的新作。在主题思想上，王实甫将注意力转向对落拓士人的人格塑造上，通过莺莺与张生的爱情故事，公开宣扬“愿普天下有情的都成了眷属”。这在中国文学史上是第一次，而崔莺莺、张生的故事也从此成为爱情的经典。在情节安排上，《西厢记》打破了四折一楔子的通例，扩展为五本二十一折，且多种宫调用韵广泛多变，成为我

[1]［美］哈罗德·布鲁姆：《西方正典：伟大作家和不朽作品》，江宁康译，译林出版社 2011 年版，第 2 页。

国古代爱情剧中成就最高、影响最深的作品之一。在人物性格上，它以无人能及的华丽文笔，将崔莺莺、张生的爱情故事升华到出神入化的境地，展示了人性的彻底解放，表现着一种罕见的美，同时，将红娘、老夫人等艺术形象塑造得丰满生动，成为中国文艺史上不可多得的精品。

王实甫存世的散曲仅有小令一首、套数两套、残套一套，但“风韵美，士林中等辈伏低”（明·贾仲明语）。其作品风格“如花间美人”，妍丽与本色兼有，文情并茂，绵密婉丽，旖旎多姿，光彩照人。

王实甫虽未被列入“元曲四大家”之中，但他的名气却不在“四大家”之下。明代戏曲理论家王骥德对此便有中肯的矫枉之论。他在《曲律》中提出“世称曲手，必曰关（汉卿）、郑（光祖）、白（朴）、马（致远），顾不及王（实甫），要非定论”，并在其《新校注古本西厢记自序》中，认为王实甫的《西厢记》“令前无作者，后掩来哲，遂擅千古绝调”，又于该书评语中强调“《西厢》之妙，不当以字句求之。其联络顾盼，斐亹（wěi 音伟）映发，如长河之流、率然之蛇，是一部片段好文字，他曲莫及”，给予《西厢记》极高的评价，称其为“法与词两擅其极”的“神品”。因此，他以如炬之目光，毅然将王实甫列为“元曲四大家”之首。《西厢记》问世以来，无论是评论的数量还是深度和广度，都是任何一部戏曲作品无法比拟的。它“是超过时空的艺术品，有永恒而且普遍的生命”[1]，“像《西厢记》这样优秀的文化遗产决不会失传，问题在我们研究的深度和广度也还很不够，许多领域还有待开拓，许多新的方法也有待于尝试”[2]。这是我们收王实甫入《元曲四大名家》的主要理据所在。

英国戏剧家、诗人本·琼生曾预言式地评价过莎士比亚：“他不属于

[1] 郭沫若：《〈西厢记〉艺术上的批判与其作者的性格》，《郭沫若全集·文学编》第15卷，人民文学出版社1990年版，第322页。

[2] 蒋星煜：《“西学”在摇篮中叫嚷——参加〈西厢记〉学术讨论会追记》，《〈西厢记〉研究与欣赏》，上海人民文学出版社2009年版，第506页。

一个时代，而属于所有的世纪。”[1]在灿若群星的元曲作者群体中，关汉卿“一空依傍，自铸伟词，曲尽人情，字字本色”（王国维《宋元戏曲史》），白朴、马致远、王实甫高华雄浑，情深文明。他们促成元曲走向繁荣，开创了中国文学史、戏曲史上一个“金声玉振”的新时代，并对后世中国乃至世界的文化艺术发展产生了极其深远的影响。站在当今文化艺术的舞台上，深入挖掘与研究四大名家的作品，阐释元曲家的学术贡献，定位元曲在中国艺术史上的地位，推动元曲经典化传承，是本书编撰的目的。

在本书的编撰过程中，我们参阅了许多前辈学者和当代专家的有关论著，吸收了顾学颉、王学奇、徐征、张月中、李汉秋、奚海、胡世厚、宁希元、张燕瑾、傅丽英、马恒君、张炳森等先生不少具有真知灼见的研究成果，同时，宁宗一、沈锡麟、詹福瑞等先生也对本书的出版给予真诚的帮助，提出中肯的指导性意见，在此一并表示衷心的感谢并致以诚挚的敬意。我们殷切地期盼学术界同人和社会各界对本书批评指正。

陈旭霞　张圣洁

2024 年 3 月 6 日

[1] 郭嘉编译:《英美诗歌精品赏析》，南开大学出版社 2009 年版，第 52 页。

凡 例

一、本书是首部汇总元代关汉卿、白朴、马致远、王实甫创作的杂剧和散曲作品的著作，体裁包括完整剧本、残剧、佚目、小令、套数、残套等，共计三百八十部。其中关汉卿完整剧本十八种、残剧三种、佚目四十六种，小令六十二首、套数十八套、残套二套；白朴完整剧本三种、残剧二种、佚目十一种，小令三十七首、套数四套；马致远完整剧本七种、残剧一种、佚目七种，小令一百一十五首、套数二十二套、残套四套；王实甫完整剧本三种、残剧二种、佚目九种，小令一首、套数二套、残套一套。

二、本书书名《元曲四大名家》，与传统的“元曲四大家”略有不同，原因主要有二：

其一，王实甫虽未入传统所列“元曲四大家”之中，但他是与关汉卿、白朴、马致远齐名的元代文学巨匠。王实甫一生写过杂剧十四种。他全面地继承了唐诗宋词精美的语言艺术，又吸收了元代民间生动活泼的口头语言，开创了文采璀璨的元曲词汇体系，形成了典雅清丽、意境如诗的独特艺术风格，成为中国戏曲史上“文采派”的杰出代表。尤其是他的巅峰之作《西厢记》甫一问世便喧腾众口，“天下夺魁”，成为“天下万世人人心里公共之宝”（清·金圣叹评点《西厢记》语），对同时和后世的戏曲创作产生了巨大的影响，奠定了他当之无愧的中国戏曲史上一代宗师的地位。这是我们收王实甫入《元曲四大名家》的理据之一。

其二，本书从文学经典与地域文化的角度出发，遴选了四位与河北地域关系密切的作家。王实甫籍贯为河北定兴〔元·钟嗣成《录鬼簿》载云“大都人”。近年，孙楷第先生考证王实甫为河北省定兴县（元属大都路）人〕。除王实甫外，关汉卿为祁州（今河北安国）人；白朴迁居真定（今河北正定）后，他的杂剧创作进入活跃期，颇负盛名；马致远为东光县（今河北沧州）人。基于以上考虑，故选王实甫入“元曲四大名家”，以与“元曲四大家”相区别。

三、本书以明代臧懋（mào 音冒）循《元曲选》和隋树森《元曲选外编》《全元散曲》为底本，校本则采用了徐沁君、宁希元等校订的《元刊杂剧三十种》和明人多种刊本或抄本，包括嘉靖年间李开先选订的《改定元贤传奇》，万历年间陈与郊的《古名家杂剧》、息机子的《古今杂剧选》、黄正位的《阳春奏》、顾曲斋的《古杂剧》、赵琦美的《脉望馆钞校本古今杂剧》、继志斋的《元明杂剧》，崇祯年间孟称舜的《古今名剧合选》，等等。

四、本书作家编次（以关汉卿、白朴、马致远、王实甫为序）参考了 1928 年赵景深《中国文学小史》、1932 年郑振铎《插图本中国文学史》、1958 年刘大杰《中国文学发展史》中的排序。每位作家名下的作品编排为先杂剧后散曲。杂剧以完整剧本、残剧、佚目为序，散曲以小令、套数、残曲为序。对同一作家的同宫调、同曲牌（含异名）的作品进行归并。

五、本书在所收每一作家名下，均附小传，介绍其籍贯、简要生平、主要创作活动和前人的重要评述等。作品部分一般包括作品述评、正文、注释等。作品（包括残剧、佚目）述评略述著录情况、剧本内容、本事来源、版本情况、流传影响等，散曲则分别说明存本情况等。

六、本书注释以中等文化程度的读者为对象。对涉及的古代典章制度、职官、人名、地名、民俗、典故、历史与神话传说的人物和故事、俚语方言、生僻字词、外来词等详予注释。对文字有误脱倒衍、前后不一致的地方加注说明；对生僻字词、古今异读或当时的两读多读字词加注汉语拼音并附汉字直音；考虑到本书属非连续性阅读著作（如章回体小说），为免读者前后翻检之劳，在不同作家及其不同作品中，设注不避重复。

七、本书为简体字横排本，遵循国家现行语言文字规范和古籍整理的一般原则，主要依据《通用规范汉字表》和《辞海》《现代汉语词典》等权威辞书，对用字问题做如下技术处理：改繁体字为简化字，改异体字为正体字，但个别涉及人名、地名、书名等专名或剧情必需不宜改动者，则仍保留原繁体、异体；改旧字形为新字形；对作品中的古今字、通假字、省形字、借字等不予改动；对作品中的土语方言，如形容人糊涂的“忘魂”“忘浑”“忘混”“忘昏”“混忘”“昏忘”等，形容人放诞自得情状的“散诞”“散袒”“散旦”等亦不强求统一，以最大限度保留元曲传统文本的用字风貌；对字有损坏或模糊且难以考补者，则代以字数相应的虚缺号（□）；改旧式句读为新式标点，其中《中原音韵》的“六宫十一调（元杂剧主要用五宫四调）”置于方头括号（【 】）内，曲牌、词牌置于六角括号（〔 〕）内，唱、念白、科介等提示性文字置于圆括号内。

目　录

元　曲

四大名家

关汉卿

◎赵盼儿风月救风尘

生平简介

关汉卿，失名氏，汉卿为其字，号一斋、一斋叟，或作乙斋、已斋、已斋叟。生于金末，卒于元大德年间，祁州（今河北省安国市）人。在元代太医院任职，是“玉京书会”的“才人”，曾游历过洛阳、开封、杭州等地。晚年归故里，病逝于今安国市伍仁村。

关于关汉卿的籍贯，有祁州（今河北省安国市）、解州（今山西省运城）、大都（今北京市）说等等。其中“大都”说最早出自元代文学家钟嗣成的《录鬼簿》，“解州”说、“祁州”说未发现前，它是学术界最流行的一说，直到河北的专家们在保定安国伍仁村找到了关家园、关家桥、关家道、关家渡、关家坟，甚至关汉卿亲手书写的“蒲水威观”石匾。1958年10月，周扬、田汉、老舍等到安国市南十五公里处的伍仁村关汉卿墓前凭吊；1987年春，中国古代戏曲学会在安国召开了国际关汉卿学术研讨会；1993年7月26日至8月1日，首届元曲国际研讨会经文化部批准在保定、承德举行。在保定期间，各国与会代表考察了元曲名家关汉卿和王实甫的故里、墓碑，然后集中在承德避暑山庄进行了学术交流和研讨。出席研讨会的有来自中国、美国、韩国和中国香港、台湾地区的专家学者，1994年河北教育出版社出版《首届元曲国际研讨会论文集》。

关于关汉卿的社会职业，说法很多。《录鬼簿》在流传过程中先后出现了几个版本，有的版本称关汉卿是“太医院户”，有的版本则称其为“太医院尹”。学界认为，一字之差，关系到关汉卿是“官”还是“民”。于是众家争论，其焦点主要有二：一是关汉卿是民，不是官。理由是遍查史书，金元时期似乎并没有此官职。“太医院尹”或许是对精于医术的关汉卿的一种敬称。现在安国一带还广泛流传关汉卿的叔叔是当地名医，关汉卿从小曾向叔叔学医的故事。二是安国自古是药材之乡，至今仍然是闻名全国乃至世界的国际中药材市场。在元朝，“太医院户”不是官职，而是为太医院提供药材的医户。医户在金元时期是一种特殊的户籍，医生的子孙或兄弟即使不行医，也可享受免除“杂泛差役”的待遇。这种社会地位，为关汉卿在金末元初这样一个连年争战、社会动荡不安、科举中止的时代背景下接受教育，日后从事戏剧创作，得以成为中国乃至世界文坛的伟大戏剧家，提供了先决条件。《拜月亭》是关汉卿写的一部以蒙金战争为背景的爱情婚姻剧，其中一段临床诊病的描写，可为佐证。

关汉卿一生共创作杂剧六十七部，流传至今的完整剧本有十八种，按种类可分为公案戏、风情戏以及传奇戏三种。公案戏包括《感天动地窦娥冤》《包待制智斩鲁斋郎》《包待制三勘蝴蝶梦》《钱大尹智勘绯衣梦》四种。风情戏收录了《赵盼儿风月救风尘》《杜蕊娘智赏金线池》《望江亭中秋切鲙》《温太真玉镜台》《闺怨佳人拜月亭》《钱大尹智宠谢天香》《诈妮子调风月》七种。传奇戏包含《邓夫人苦痛哭存孝》《山神庙裴度还带》《刘夫人庆赏五侯宴》《关张双赴西蜀梦》《尉迟恭单鞭夺槊》《状元堂陈母教子》《关大王独赴单刀会》七种。

散佚部分共四十六种。散佚部分虽然文本已经不存，但题目仍有文献著录。在这些篇目中，一部分可由标题中出现的人物推断大致时代，从商周到宋金皆有涉及，其中先秦类有《姑苏台范蠡进西施》，两汉类有《鲁元公主三啖赦》《薄太后走马救周勃》《升仙桥相如题柱》《丙吉教子立宣帝》《汉匡衡凿壁偷光》《汉元帝哭昭君》《白衣相高凤漂麦》，三国类有《徐夫人雪恨万花堂》《终南山管宁割席》，两晋类有《金谷园绿珠坠楼》《孙康映雪》《苏氏进织锦回文》，隋唐类有《隋炀帝牵龙舟》《屈勘宣华妃》《武则天肉醉王皇后》《唐太宗哭魏徵》《风雪狄梁公》《藏阄会》《介休县敬德降唐》，五代类有《刘夫人救哑子》《曹太后死哭刘夫人》，宋金类有《甲马营降生赵太祖》《吕蒙正风雪破窑记》《晏叔原风月鹧鸪天》《秦少游花酒惜春堂》《宋太皇御断姻缘簿》《开封府萧王勘龙衣》《董解元醉走柳丝亭》。另有一些篇目时代不详，分别为《太常公主认先皇》《荒坟梅竹鬼团圆》《风流郎君三负心》《没兴风雪瘸马记》《金花交钞三告状》《柳花亭李婉复落娼》《风雪贤妇双驾车》《老女婿金马玉堂春》《双提尸鬼报汴河冤》《卢亭亭挑水浇花旦》《月落江梅怨》《醉娘子三撇嵌》《翠华妃对玉钗》《刘盼盼闹衡州》《楚云公主酹江月》《萱草堂玉簪记》《吕无双铜瓦记》。

除上述作品之外，关汉卿还有三部残剧，分别是《唐明皇哭香囊》《风流孔目春衫记》《孟良盗骨》。现存小令六十二首，套数十八套。

关汉卿一生致力于戏剧创作，比晚于他三百多年的英国杰出戏剧家莎士比亚的作品几乎多出一倍。无论是自我抒怀的，还是表现青年男女爱情的，无论是写游子思妇离愁别恨的，还是描绘当时社会市井风情的，每一部作品都脍炙人口，闪耀文坛。周德清在其《中原音韵·序》中明确指出：乐府之备，“则自关、郑、白、马一新制作，韵共守自然之音，字能通天下之语，字畅语俊，韵促音调；观其所述，曰忠曰孝，有补于世”。元曲四大家的美誉及其领衔者的殊荣，即发端于此。贯云石在《阳春白雪·序》中指出：“关汉卿、庾吉甫造语妖娇，却如小女临杯，使人不忍对殢（tì 音替）。”钟嗣成毫不犹豫地在《录鬼簿》中将其列于“前辈已死名公才人有所编传奇行于世者”的第一人。熊梦祥的《析津志》称其“生而倜傥，博学能文，滑稽多智，蕴藉风流，为一时之冠”。明清之际的戏曲作家和戏曲理论家孟称舜对关汉卿的总体创作风格及《窦娥冤》的作品风格评价较高。在作品风格上，孟称舜评《窦娥冤》为“词调快爽，神情悲吊，尤关之铮铮者也”，在雄爽风格中又加入“悲”的特色。在作家创作风格上，孟称舜评价：“汉卿曲如繁弦促调，风雨骤集，读之觉音韵泠泠，不离耳上，所以称为大家。”孟称舜又于《柳枝集》

中的《玉镜台》《金线池》剧首眉批处评关汉卿曲“俗语韵语，彻头彻尾，说得快性尽情，此汉卿不可及处”，“写唧哝哀怨之语，字字如大珠小珠落玉盘时也，岂非大作手”。“大作手”即能手、行家，可见孟称舜对关汉卿的评价之高。贾仲明为之所写的〔凌波仙〕挽词则曰：“珠玑语唾自然流，金玉词源即便有，玲珑肺腑天生就。风月情忒惯熟，姓名香四大神洲。驱梨园领袖，总编修帅首，捻杂剧班头。”这种“领袖”“帅首”“班头”“一时之冠”的崇高地位，使得关汉卿的名氏成了一种难以计价的无形资产，此后被用作具有突出贡献和创新精神的杂剧作家的美誉。例如才华横溢、剧作数量之多仅次于关汉卿却英年早逝的高文秀，都下人号之为“小汉卿”；又如“以南北词调合腔”而在元曲创作上拓出了一条新路子的沈和甫，时人称之为“蛮子汉卿”。其名讳具有如此价值和魅力的剧作家，在元代也只有关汉卿一人而已。

自此以降，随着论家、学者对于元曲研究的深入，关汉卿亦越来越被人们认识和仰慕。明人王世贞在《曲藻》中谈道：“韩苑洛邦奇作乃弟邦靖行状，末云：‘恨无才如司马子长、关汉卿者以传其行。’”将关汉卿与大文学家、史学家司马迁相提并论，即把关汉卿的剧作比作信史、诗史，实在别具慧眼却又恰如其分。明清之际著名史学家、近代民主主义思想家黄宗羲在其《靳熊封诗序》一文中指出：“从来豪杰之精神，不能无所寓。老、庄之道德，申、韩之刑名，左、迁之史，郑、服之经，韩、欧之文，李、杜之诗，下至师旷之音声，郭守敬之律历，王实甫、关汉卿之院本，皆其一生之精神所寓也。苟不得其所寓，则若龙挛虎跛，壮士囚缚，拥勇郁遏，坌（bèn 音笨）愤激讦（jié 音洁），溢而四出，天地为之动色，而况于其他乎！”在黄宗羲笔下，关汉卿又成了老子、庄子、司马迁、杜甫、郭守敬这些中国乃至世界思想文化巨人中的一员。王国维在其《宋元戏曲史》中论关汉卿：“关汉卿一空倚傍，自铸伟词，而其言曲尽人情，字字本色，故当为元人第一。”而钱玄同更是把以关汉卿为代表的元曲作家作品，当作中国白话文学发展史上的一场伟大革命来加以认识和评价的。他在《儒林外史新叙》一文中指出，起自中唐以后的白居易直至宋朝的柳永、辛弃疾、程颢、程颐、张载、朱熹、陆九渊诸人的偶用白话来吟诗为文，“不过站在补缀古文的地位”，只有到了“元曲出世，关汉卿、马致远、白仁甫、郑德辉这班大文学家才把以前的文体打破，自由使用当时的北方语言来做新体文学”。这也就是说，以关汉卿为旗手的元曲创作，标志着中国文学从此进入了一个崭新的历史阶段，从而树起了一块自觉地以白话文进行文学艺术创作的里程碑。

正是这些对于思想文化的、文学艺术的划时代的伟大历史性贡献，关汉卿的剧作自诞生的那一日起就赢得了不朽的生命力。他的作品七百多年来一直活跃于中国的戏剧舞台，而且被翻译成英、日、法、德、俄等多种文字而走向域外，成为全人类的宝贵精神财富。1958 年，他被世界和平理事会确认为世界文化名人。据 1958 年 6 月 28 日《人民日报》报道，为了纪念这位世界文化名人、我国大戏剧家关汉卿创作七百周年，从这一天开始，全国将有一千五百多个剧团，用一百多种不同的戏剧形式同时上演关汉卿的剧目。这在世界戏剧史上，可以说是一种绝无仅有的壮丽景观。就在这一天的《人民日报》上，郭沫若在《学习关汉卿，并超过关汉卿》一文中指出：“关汉卿的创作是人类艺术史上不可企及的一个高峰。其所以不可企及，是因为他所处的那个时代已经一去不复返了，而他却尽善地把那个时代反映了出来，铸造了一群那个时代的纪念碑。关汉卿的不可企及也如莎士比亚的不可企及一样，而他却又更早几百年……关汉卿不但是中国的关汉卿，而且是全人类的关汉卿。”田汉在《伟大的元代戏剧战士关汉卿》一文中则提出：要“像欧洲的‘莎士比亚学’一样，建立起自己的‘关学’”。从此以后，对于关汉卿及其杂剧、散曲作品的研究、改编、移植和演出，更开始了一个崭新的阶段。

杂剧

感天动地窦娥冤

《感天动地窦娥冤》简名《窦娥冤》。天一阁本《录鬼簿》和《太和正音谱》《元曲选目》《重订曲海总目》《也是园藏书古今杂剧目录》《今乐考证》《曲录》等均有著录。今存版本主要有明·赵琦美《脉望馆钞校本古今杂剧》本、臧懋循编《元曲选》本、孟称舜编《古今名剧合选·酹江集》本和清·姚燮编《今乐府选》本。

此剧颇为著名，有前代传说"东海孝妇"的影子，但具体内容情节皆为虚构。西汉·刘安《淮南子》卷六《览冥训》、刘向《说苑》卷五《贵德》，东汉·许慎《淮南子》注、高诱《淮南子》注、班固《汉书》卷七十一《隽疏于薛平彭列传》，东晋·干宝《搜神记》卷十一《东海孝妇》，南朝宋·范晔《后汉书》卷七十六《孟尝传》、王韶之《孝子传·周青》等文献都记载了相似的故事。剧本取材于我国古代民间传说和历史记载。剧写苦命的窦娥，三岁母亡，七岁时父亲将她卖给蔡家做童养媳，长大成亲两年后丈夫病亡。当她与蔡婆厮守苦捱日子的时候，痞子张驴儿闯进蔡家，谋人霸产，他误毒死自己的老子，又以老子的尸体进行讹诈。楚州太守桃杌（wù 音务）对窦娥婆媳严刑拷打，窦娥被打得昏死三次，都不肯屈招，但当刑棍呼啸着转向年迈的蔡婆婆时，为了救蔡婆婆，她横下一条心，屈招了毒杀人命。在押赴刑场时，她为了减轻亲人的痛苦，要刽子手带她绕道走后街不走前街，以免让蔡婆婆看见了伤心。当蔡婆婆赶到法场，她与婆婆诀别时只要求：“此后遇着冬时年节，月一十五，有瀽（jiǎn 音检）不了的浆水饭，瀽半碗儿与我吃……则是看你死的孩儿面上！”面对自己用生命换来的生命，她所要求的却是最少的纪念。面对死亡，坚贞的窦娥发下三桩“无头愿”，要天地显现异兆来证明她的大冤、谴责人间的黑暗。她被斩后，果然碧血悬素练，六月降大雪，楚州旱三年。这股不可抑制的愤怒力量，收到了惊心动魄的悲剧效应，达到了感天动地的悲剧效果。两年后，已任两淮提刑肃政廉访使的窦娥之父窦天章，巡视楚地，窦娥冤魂告状，冤案得以昭雪。该剧结构精炼，曲词朴实、生动有力，深刻揭露了封建时代恶霸横行、官府草菅人命的黑暗社会现实，歌颂了窦娥不屈服于封建势力的压迫、顽强反抗的斗争精神；揭示了一个人类的悲剧，在一个没有强有力的自然科学技术、实证科学研究传统支持的司法制度下，哪怕司法者很有良心和道德，也将注定不可能运送正义，而更可能运送灾难和悲剧。这应当是《窦娥冤》给予我们的永远的警示！

该剧属于元杂剧中的“本色派”作品，说白凝练而又生动流畅，唱词优美而又节奏鲜明。剧中每个人物都个性鲜明。放高利贷的蔡婆在窦天章抵押女儿换路费时赠送给他十两银子，她不曾虐待童养媳窦娥，只是胆小自私，是一个生活在元代的典型的小市民形象。张驴儿父子的贪婪，州官的腐败，窦娥的贞孝，每一个人物都栩栩如生，好像就在观众身边。该剧是关汉卿的杰出作品之一。明代戏曲家孟称舜在其编纂的《古今名剧合选·酹江集》本剧卷首眉批中，高度评价关汉卿的这一名剧：“汉卿曲如繁弦促调，风雨骤集，读之觉音韵泠泠，不离耳上，所以称为大家……《窦娥冤》剧词调快爽，神情悲吊，尤关之铮铮者也。”近代国学大师王国维也在其名著《宋元戏曲史·元剧之文章》中评：“关汉卿之《窦娥冤》，纪君祥之《赵氏孤儿》……即列之于世界大悲剧中，亦无愧色也。”早在18世纪《窦娥冤》就被介绍到国外，相继出现了英、法、德、日、俄等译本。元代以后，从明清传奇到地方戏，从歌剧、话剧到电影、电视剧都纷纷取材于《窦娥冤》，对其进行不同侧重面的深度开发和全新处理。明代袁于令的传奇剧《金锁记》，即是在《窦娥冤》的基础上增饰拓展而成的。《窦娥冤》亦盛演在清代以至现当代的京剧中。梅兰芳和程砚秋两位京剧大师都曾出演《窦娥冤》改编本，其中经程砚秋不断改编和完善后的京剧《六月雪》传承原著精髓，《探监》一折更是成为保留曲目常见于各类改编本。各地方戏改编演出也不断涌现，形成了百花齐放的格局。如河北梆子、徽剧、秦腔、晋剧、蒲州梆子、上党落子、桂剧、滇剧都有《六月雪》，汉剧也有《羊肚汤》《斩窦娥》，川剧高腔有全本的《金锁记》。尤其是河北梆子《窦娥冤》，历经几十载常演不衰，已经成为河北梆子的看家戏，深受民间喜爱，影响广泛。河北梆子之所以在燕赵常演不衰，这与关汉卿受故乡人文环境、风俗习惯影响而对这部戏剧语言的运用，有着密切的内在联系。取材于汉代“东海孝妇”传说的《窦娥冤》，是关汉卿南下杭州，返回北方后写的剧作。尽管该剧描写的是发生在江苏淮安的故事，至今淮安城北门大街还有一条称为“窦娥巷”的小巷，当地人也知道古代这里曾发生过窦娥的故事，但《窦娥冤》这出戏在当地的演出却极为罕见。而作为燕赵人的关汉卿，由于在戏中使用的语言充溢着高亢、豪迈的北方风格气息，这种由家乡剧种演出的、由家乡人所写的戏，自然更加绘声绘色，极易受到文化上的认同而广泛传播。还有北方的影戏、说唱鼓词、子弟书、牌子曲等各种曲艺，以及南方流行的宝卷，都有不少的以窦娥故事为题材的作品，传流到今天。1959 年，长春电影制片厂还将蒲剧《窦娥冤》搬上了银幕。

楔　子[1]

（卜儿[2]蔡婆上，诗云）花有重开日，人无再少年。不须长富贵，安乐是神仙[3]。老身[4]蔡婆婆是也。楚州[5]人氏，嫡亲[6]三口儿家属。不幸夫主亡逝已过。止[7]有一个孩儿，年长八岁。俺娘儿两个过其日月。家中颇有些钱财。这里一个窦秀才，从去年问我借了二十两银子，如今本利该银四十两。我数次索取[8]，那窦秀才只说贫难，没得还我。他有一个女儿，今年七岁，生得可喜，长得可爱。我有心看上他与我家做个媳妇[9]，就准[10]了这四十两银子，岂不两得其便！他说今日好日辰，亲送女儿到我家来。老身且不索钱去，专在家中等候，这早晚窦秀才敢待来也。

（冲末[11]扮窦天章引正旦[12]扮端云上，诗云）读尽缥缃[13]万卷书，可怜贫杀马相如。汉庭一日承恩召，不说当垆说子虚[14]。小生姓窦名天章。祖贯长安京兆[15]人也。幼习儒业，饱有文章，争奈[16]时运不通，功名未遂。不幸浑家[17]亡化[18]已过，撇下这个女孩儿，小字端云。从三岁上亡了他母亲，如今孩儿七岁了也。小生一贫如洗，流落在这楚州居住。此间一个蔡婆婆，他家广有钱物，小生因无盘缠，曾借了他二十两银子，到今本利该对还他四十两。他数次问小生索取，教我把甚么还他？谁想蔡婆婆常常着人来说，要小生女孩儿做他儿媳妇。况如今春榜动，选场开[19]，正待上朝取应[20]，又苦盘缠[21]缺少。小生出于无奈[22]，只得将女孩儿端云送与蔡婆婆做儿媳妇去。（做叹科[23]，云）嗨！这个那里是做媳妇，分明是卖与他一般。就准了他那先借的四十两银子，分外但得些少东西，勾小生应举之费，便也过望了。说话之间，早来到他家门首[24]。婆婆在家么？（卜儿上，云）秀才，请家里坐，老身等候多时也。（做相见科，窦天章云）小生今日一径的将女孩儿送来与婆婆，怎敢说做媳妇，只与婆婆早晚使用。小生目下就要上朝进取功名去，留下女孩儿在此，只望婆婆看觑则个[25]！（卜儿云）这等，你是我亲家了。你本利少我四十两银子，兀的[26]是借钱的文书还了你，再送你十两银子做盘缠。亲家，你休嫌轻少。（窦天章做谢科，云）多谢了婆婆，先少你许多银子都不要我还了，今又送我盘缠，此恩异日必当重报。婆婆，女孩儿早晚呆痴，看小生薄面，看觑女孩儿咱！（卜儿云）亲家，这不消你嘱付。令爱到我家，就做亲女儿一般看承他，你只管放心的去。（窦天章云）婆婆，端云孩儿该打呵，看小生面则[27]骂几句；当骂呵则处分[28]几句。孩儿，你也不比在我跟前，我是你亲爷，将就的你。你如今在这里，早晚若顽劣呵，你只讨那打骂吃。儿嚛，我也是出于无奈！（做悲科）（唱）

【仙吕·赏花时】[29]我也只为无计营生四壁贫[30]，因此上割舍得亲儿在两处分。从今日远践洛阳[31]尘，又不知归期定准，则落的无语暗消魂[32]。（下）

（卜儿云）窦秀才留下他这女孩儿与我做媳妇儿，他一径上朝应举去了。（正旦做悲科，云）爹爹，你直下的[33]撇了我孩儿去也！（卜儿云）媳妇儿，你在我家，我是亲婆，你是亲媳妇，只当自家骨肉一般。你不要啼哭，跟着老身前后执料[34]去来。（同下）

---

[1] 楔子：元杂剧在四折之外所增加的短小独立段落。多数放在第一折之前，作为剧情的开端，相当于近代戏曲之序幕。有时用在折与折之间，以衔接剧情，近似于现代戏曲中的序幕、幕间戏、幕外戏、过场戏。早期元杂剧对于“楔子”的使用并无定例，《元刊杂剧三十种》用“楔子”者十四种，尚不及半数，至明人臧懋循编《元曲选》，用“楔子”者达到三分之二以上。在明清杂剧中，“楔子”则逐渐成为定式，可见“楔子”的使用有一个逐渐丰富的过程。每本杂剧大都用一个楔子，亦有用两个或不用的。楔子的内容较为简单，一般只唱一二支曲子。楔子曲牌以【仙吕·赏花时】【仙吕·端正好】【正宫·端正好】【双调·新水令】为多，亦有用【仙吕·忆王孙】或【越调·金蕉叶】连〔幺

篇〕的。

［2］ 卜儿：元杂剧里老年妇人的俗称。宋元时“娘”字俗写成“如”，进而省作“卜”。一般由老旦或搽旦扮演。王国维《古剧脚色考》：“扮老妇者，谓之卜儿。”

［3］ “花有”四句：这是蔡婆上场后念诵的“定场诗”，也叫“上场诗”，加上紧接其后的“定场白”，是次要人物出场时的说白，即南戏和明清传奇中的“自报家门”，是元杂剧以高度精练的语言在有限的舞台时间和空间内介绍人物性格和身世阅历的一种表现手法。“花有重开日，人无再少年”出自宋·陈著《续侄溥赏酴醾劝酒二首·其一》，意思是花谢了有重开的时候，人老了不能返回到少年时代。

［4］ 老身：老年人的自称（包括男女），元杂剧中多为老妇人自称。

［5］ 楚州：地名。在历史上，楚州的辖境和治所多有变动。宋代属淮南东路，下辖山阳、盐城、淮阴、宝应四县，治所在山阳，即今江苏省淮安市。

［6］ 嫡亲：指关系最亲近的亲属。嫡，血统最近义。

［7］ 止：此处作副词用，相当于“只”“仅”的意思。

［8］ 索取：要求得到、讨取。

［9］ 媳妇：又称“媳妇儿”或“媳妇子”，儿子的老婆。

［10］ 准：折抵、抵消、折合的意思。

［11］ 冲末：末，元杂剧中男性角色行当名。担纲饰演剧中男主人公的为正末，其他尚有副末、外末、大末、二末、小末、冲末等角色，分别扮演剧中其他次要的男性人物。冲末一般都在剧中的开始部分即须登场。

［12］ 正旦：传统戏曲角色名。简称“旦”，由宋杂剧、金院本的“装旦”演变而来，在剧中扮演女主角。元杂剧中出现的“旦”类名目主要有正旦、旦、外旦、贴旦、小旦、老旦、搽旦七种。此外，其他元刊杂剧以及明本杂剧中有正旦、旦、外旦、小旦、老旦、贴旦、搽旦、旦儿等名称。一些地方戏剧中也有此等角色，在京剧里称作“青衣”。

［13］ 缥缃（piǎo xiāng 音瞟香）：代指书卷、书箱。缥，淡青色的丝帛。缃，浅黄色的丝帛。古人常以这两种丝帛作书囊或书衣，因以“缥缃”泛指书卷、书籍或书袋、书箱。南朝梁·萧统《文选·序》：“词人才子，则名溢于缥囊；飞文染翰，则卷盈乎缃帙。”

［14］ “可怜”三句：马相如，指西汉文学家司马相如（约前179—前118），因七言诗字数的限制，这里简作“马相如”。司马相如，字长卿，蜀郡成都人，景帝时为武骑常侍。非其好，因病免官，客游于梁。后在蜀郡临邛（qióng 音穷），与富户卓王孙之女卓文君相恋，两人私奔成都。因家贫，生活极为困顿艰难。后在卓文君的劝说下，司马相如夫妇又一起返回临邛，尽卖其车骑，以所得之资开一小酒店，文君当垆卖酒，相如则自着犊鼻裈与保庸杂作涤器。汉武帝十分赞赏司马相如的《子虚赋》及其才华，用为郎。“可怜”三句，即指司马

相如的这一段经历。后奉诏出使西南，又拜为孝文园令。因病免官后，家居茂陵。著有《子虚赋》《上林赋》《大人赋》《长门赋》等。子虚，即指《子虚赋》。

［15］京兆：西安的古称，为汉朝京畿都城地域的名称，在今西安以东至华（huà 音化）县之间。后世因常以“京兆”代指京都。

［16］争奈：怎奈、无奈，用于转折句，为表示原因的语气副词。

［17］浑家：指全家，也代指妻子。元杂剧中称呼妻子的常用词。浑，有“全部”义。

［18］亡化：去世。

［19］春榜动，选场开：意为春天的科考开始了。春榜，春试后发布的中式名榜。选场，考场。

［20］取应：朝廷设科取士，举子们应举，即参加科举考试。

［21］盘缠：旅费、路费。古代出行，将旅费财物以布帛缠束，捆系腰际，故称为“盘缠”。

［22］出于无奈：指实在没有办法而不得不这样。无奈，无可奈何。

［23］科：本是道家学派中的一个术语，表示仪式或者规格的意思。后来便指舞台演员的演唱宾白、上下场、动作表情、武打、歌舞、音响、舞台效果的提示语，亦称“科范”“科泛”。明·徐渭《南词叙录》：“相见、作揖、进拜、舞蹈、坐跪之类，身之所行，皆谓之科。”元杂剧中的“科”可表示人物的一般动作，如表情、武打动作、歌舞动作；还可以表示剧中需要的音响效果，如“雁叫科”“内作打雷科”等。

［24］门首：门口。

［25］看觑则个：请予看视照顾。则个，语助词，带有强调和谦逊恳请的意思，词义相近于“咱”“者”“着”。比较而言，“则个”“咱”含有恳请、祈求、希望、商量的语气，“者”“着”则多带命令的口吻。

［26］兀的：亦作“兀底”，意为“这”“这个”“那”“那个”。有时亦作“怎”“怎的”解。

［27］则：相当于“只”，元杂剧中常用口语。

［28］处分：数落、批评、嘱咐。

［29］【仙吕·赏花时】:【仙吕】，元曲宫调之一。元·周德清《中原音韵》：“仙吕清新绵邈。”〔赏花时〕，曲牌名，属北曲【仙吕宫】，杂剧楔子专用，亦可作散曲套数的首牌。字数定格据《九宫大成谱》为五句四韵：七、七、五、四、五，共二十八字。

［30］四壁贫：典出《史记·司马相如列传》：“（卓）文君夜亡奔相如，相如乃与驰归成都。家居徒四壁立。”索隐：“家空无资储，但有四壁而已。”汉代司马相如与卓文君彼此爱慕，文君乘夜私奔相如，相如与她一同赶回成都。相如家里空

空荡荡，仅有四面墙壁。后以此典形容家境贫寒，一无所有。多指寒士生涯。清·方文《赠胡悦之处士》诗："莫嗟四壁贫无赖，须信千秋富有余。"

［31］洛阳：城市名，位于河南省西部的洛阳盆地内。地势优越，东控中原，西据崤函，自古为兵家必争之地，且东周、东汉、魏、西晋、后魏、后唐皆曾于此建都，故也称为"洛京""京洛"。为河南省第二大城，清光绪三十四年（1908年）自行开为商埠。

［32］消魂：心迷神惑。也作"销魂"。宋·苏轼〔浣溪沙·春情〕词："水连芳草月连云，几时归去不销魂。"

［33］直下的：下得、忍心、下得了手、狠得了心的意思。"直"为加重语气，简直、真。亦作"好下的"。

［34］执料：这里为料理、张罗、忙活之义。

第一折[1]

（净[2]扮赛卢医[3]上，诗云）行医有斟酌，下药依本草[4]。死的医不活，活的医死了。自家姓卢。人道我一手好医，都叫做"赛卢医"，在这山阳县[5]南门开着生药局[6]。在城有个蔡婆婆，我问他借了十两银子，本利该还他二十两。数次来讨这银子，我又无的还他。若不来便罢，若来呵，我自有个主意！我且在这药铺中坐下，看有甚么人来。（卜儿上，云）老身蔡婆婆。我一向[7]搬在山阳县居住，尽也静办[8]。自十三年前窦天章秀才留下端云孩儿与我做儿媳妇，改了他小名，唤做窦娥。自成亲之后，不上二年，不想我这孩儿害弱症[9]死了。媳妇儿守寡又早三个年头，服孝将除[10]了也。我和媳妇儿说知，我往城外赛卢医家索钱去也。（做行科，云）蓦过隅头[11]，转过屋角，早来到他家门首。赛卢医在家么？（卢医云）婆婆，家里来。（卜儿云）我这两个银子长远了，你还了我罢。（卢医云）婆婆，我家里无银子，你跟我庄上去取银子还你。（卜儿云）我跟你去。（做行科）（卢医云）来到此处，东也无人，西也无人，这里不下手，等甚么？我随身带的有绳子。兀那[12]婆婆，谁唤你哩？（卜儿云）在那里？（做勒卜儿科。孛老[13]同副净[14]张驴儿冲上，赛卢医慌走下。

孛老救卜儿科，张驴儿云）爹，是个婆婆，争些[15]勒杀了。（孛老云）兀那婆婆，你是那里人氏，姓甚名谁？因甚着这个人将你勒死？（卜儿云）老身姓蔡，在城人氏，止有个寡媳妇儿相守过日。因为赛卢医少我二十两银子，今日与他取讨，谁想他赚[16]我到无人去处，要勒死我，赖这银子。若不是遇着老的和哥哥呵，那得老身性命来！（张驴儿云）爹，你听的他说么？他家还有个媳妇哩！救了他性命，他少不得要谢我，不若你要这婆子，我要他媳妇儿，何等两便？你和他说去。（孛老云）兀那婆婆，你无丈夫，我无浑家，你肯与我做个老婆[17]，意下如何？（卜儿云）是何言语！待我回家，多备些钱钞相谢。（张驴儿云）你敢是不肯，故意将钱钞哄我？赛卢医的绳子还在，我仍旧勒死了你罢。（做拿绳科）（卜儿云）哥哥，待我慢慢地寻思咱！（张驴儿云）你寻思些甚么？你随我老子，我便要你媳妇儿。（卜儿背云[18]）我不依他，他又勒杀我。罢罢罢，你爷儿两个随我到家中去来。（同下）

（正旦上，云）妾身姓窦，小字端云，祖居楚州人氏。我三岁上亡了母亲，七岁上离了父亲。俺父亲将我嫁与蔡婆婆为儿媳妇，改名窦娥，至十七岁与夫成亲。不幸丈夫亡化，可早三年光景，我今二十岁也。这南门外有个赛卢医，他少俺婆婆银子，本利该二十两，数次索取不还，今日俺婆婆亲自索取去了。窦娥也，你这命好苦也呵！（唱）

【仙吕·点绛唇】[19]满腹闲愁，数年禁受[20]，天知否？天若是知我情由[21]，怕不待和天瘦[22]。

【混江龙】[23]则问那黄昏白昼，两般儿忘餐废寝几时休？大都来[24]昨宵梦里，和着这今日心头。催人泪的是锦烂熳[25]花枝横绣闼[26]，断人肠的是剔团圞[27]月色挂妆楼。长则是急煎煎[28]按不住意中焦，闷沉沉展不彻眉尖皱；越觉的情怀冗冗[29]，心绪悠悠。

（云）似这等忧愁，不知几时是了也呵！（唱）

【油葫芦】[30]莫不是八字儿[31]该载着一世忧？谁似我无尽头！须知道人心不似水长流[32]。我从三岁母亲身亡后，到七岁与父分离久，嫁的个同住人[33]，他可又拔着短筹[34]；撇的俺婆妇每[35]都把空房守，端的个有谁问，有谁偢[36]？

【天下乐】[37]莫不是前世里烧香不到头[38]，今也波生[39]招祸尤[40]？劝今人早将来世修。我将这婆侍养，我将这服孝守，我言词须应口[41]。

（云）婆婆索钱去了，怎生[42]这早晚不见回来？（卜儿同孛老、张驴儿上）（卜儿云）你爷儿两个且在门首，等我先进去。（张驴儿云）奶奶[43]，你先进去，就说女婿在门首哩。（卜儿见正旦科）（正旦云）奶奶回来了。你吃饭么？（卜儿做哭科，云）孩儿，你教我怎生说波[44]！（正旦唱）

【一半儿】[45]为甚么泪漫漫不住点儿流？莫不是为索债与人家惹争斗？我这里连忙迎接[46]慌问候，他那里要说缘由。（卜儿云）羞人答答[47]的，教我怎生说波！（正旦唱）则见他一半儿徘徊一半儿丑[48]。

（云）婆婆，你为甚么烦恼啼哭那？（卜儿云）我问赛卢医讨银子去，他赚我到无人去处，行起凶来，要勒死我。亏了一个张老并他儿子张驴儿，救得我性命。那张老就要我招他做丈夫，因这等烦恼。（正旦云）婆婆，这个怕不中[49]么！你再寻思咱：俺家里又不是没有饭吃，没有衣穿，又不是少欠钱债，被人催逼不过；况你年纪高大，六十以外的人，怎生又招丈夫那？（卜儿云）孩儿也，你说的岂不是！但是我的性命全亏他这爷儿两个救的。我也曾说道：待我到家，多将[50]些钱物酬谢你救命之恩。不知他怎生知道我家里有个媳妇儿，道我婆媳妇又没老公，他爷儿两个又没老婆，正是天缘天对。若不随顺他，依旧要勒死我。那时节我就慌张了。莫说自己许了他，连

你也许了他。儿也，这也是出于无奈。（正旦云）婆婆，你听我说波。（唱）

【后庭花】[51]避凶神要择好日头，拜家堂[52]要将香火修。梳着个霜雪般白鬏髻[53]，怎将这云霞般锦帕[54]兜？怪不的“女大不中留”[55]。你如今六旬左右，可不道到中年万事休。旧恩爱一笔勾，新夫妻两意投，枉教人笑破口！

（卜儿云）我的性命都是他爷儿两个救的。事到如今，也顾不得别人笑话了。（正旦唱）

【青哥儿】[56]你虽然是得他、得他营救，须不是笋条、笋条年幼[57]，刬的[58]便巧画蛾眉[59]成配偶？想当初你夫主遗留，替你图谋，置下田畴[60]，蚤[61]晚羹粥，寒暑衣裘。满望你鳏寡孤独[62]，无挨无靠，母子每到白头。公公也，则落得干生受[63]。

（卜儿云）孩儿也，他如今只待过门，喜事匆匆的，教我怎生回得他去？（正旦唱）

【寄生草】[64]你道他匆匆喜，我替你倒细细愁：愁则愁兴阑删[65]咽不下交欢酒，愁则愁眼昏腾[66]扭不上同心扣[67]，愁则愁意朦胧睡不稳芙蓉褥。你待要笙歌引至画堂前[68]，我道这姻缘敢落在他人后[69]。

（卜儿云）孩儿也，再不要说我了，他爷儿两个都在门首等候，事已至此，不若连你也招了女婿罢。（正旦云）婆婆，你要招你自招，我并然[70]不要女婿。（卜儿云）那个是要女婿的！争奈他爷儿两个自家挨过门来，教我如何是好？（张驴儿云）我们今日招过门去也。“帽儿光光，今日做个新郎；袖儿窄窄，今日做个娇客。”[71]好女婿，好女婿，不枉了[72]，不枉了。（同孛老入拜科）（正旦做不礼[73]科，

云）兀那厮[74]，靠后！（唱）

【赚煞】[75]我想这妇人每休信那男儿口。婆婆也怕没的[76]贞心儿自守，到今日招着个村老子[77]，领着个半死囚[78]。（张驴儿做嘴脸科[79]，云）你看我爷儿两个这等身段，尽也选得女婿过。你不要错过了好时辰，我和你早些儿拜堂罢。（正旦不礼科，唱）则被你坑杀人燕侣莺俦[80]。婆婆也你岂不知羞！俺公公撞府冲州[81]，阘阘的铜斗儿家缘百事有[82]。想着俺公公置就，怎忍教张驴儿情受[83]？（张驴儿做扯正旦拜科，正旦推跌科，唱）兀的不是俺没丈夫的妇女下场头[84]！（下）

（卜儿云）你老人家不要恼懆[85]。难道你有活命之恩，我岂不思量报你？只是我那媳妇儿气性[86]最不好惹的，既是他不肯招你儿子，教我怎好招你老人家？我如今拚[87]的好酒好饭，养你爷儿两个在家，待我慢慢的劝化俺媳妇儿。待他有个回心转意，再做区处[88]。（张驴儿云）这歪剌骨[89]！便是黄花女儿[90]，刚刚扯的一把，也不消这等使性，平空的推了我一交[91]，我肯干罢[92]！就当面赌个誓与你：我今生今世不要他做老婆，我也不算好男子！（词云[93]）美妇人我见过万千向外[94]，不似这小妮子生得十分憃赖[95]。我救了你老性命死里重生，怎割舍得[96]不肯把肉身陪待？（同下）

---

[1] 折：元杂剧中用以划分剧情发展和矛盾冲突的一个单元、段落的术语名称，相当于明清传奇和近现代戏剧中的出、场、幕。每剧大都四折，每折用同一宫调的若干曲牌联成一个整套。所用曲子多寡不限，视剧情的繁简而定，一般用十来支曲子组成，最短者只用三支曲。每个曲子的先后，也多半是按照一定的习惯次序排列。同一折中各曲曲词，须押同一韵类。明清传奇一般分“出”，也有写作“折”的。可单独上演的一“出”或一“折”称为“折子戏”。

[2] 净：元杂剧角色行当名，俗称花脸、大面，有正净、副净、小净等。正净相当于近现代戏曲中的大花脸，俗称黑头、铜锤花脸；副净即二花脸，俗称架子花

脸；小净即小花脸、三花脸、小丑。净一般饰演男性人物，但有时亦扮演女性人物，如元·张国宾《合汗衫》杂剧中净扮卜儿等。

[3] 赛卢医：卢医，指战国时渤海郡鄚（mào 音冒，旧读 mò 音莫）县（今属河北省河间市）名医秦越人。《史记·扁鹊仓公列传》谓其得异人传授，精于医。为医在齐地，号卢医；为医在赵，则称之为扁鹊。“赛卢医”，本为医术高明、赛过卢医的意思，但在元杂剧中则常取反义，用以讽刺一些不学无术、招摇撞骗的江湖庸医。

[4] 本草：泛指古代记载中草药的医书。在元代以前，最著名的此类书籍有《神农本草经》，因此，人们常将《神农本草经》径称为《本草》。唐宋时，尚有经人修订增补的《唐本草》《嘉祐补注本草》等。

[5] 山阳县：指楚州州治所在地。

[6] 生药局：犹药铺、药店。生药，原生药材。局，古代对店铺的一种称呼。

[7] 一向：这里的意思是一段时间以来。

[8] 尽也静办：倒也清静。静办，也作“净办”“静扮”，清静、安静、干净。

[9] 弱症：肺病的别称。

[10] 服孝将除：服丧即将到期而除去丧服，穿戴正常衣着。服孝，按照封建礼制，父母或丈夫死后必须守孝三年，服饰上要有所标志，故称服孝。将除，到了规定的日期，即守丧期满，才可除去丧服，称服阕、服除。

[11] 蓦（mò 音墨）过隅头：转过墙角。蓦过，迈过、跨过。蓦，超越、跨越。隅，墙角。

[12] 兀那：指示代词，那、那个。兀，助词，可指人、地或事。

[13] 孛（bó 音驳）老：元杂剧里老年男子的俗称。外、末、净各种角色均可扮演。如杂剧《潇湘夜雨》中崔文远是“外扮孛老”，《薛仁贵》中薛大伯是“正末扮孛老”，《朱砂担》中王从道则为“冲末扮孛老”。王国维《古剧脚色考》谓：“扮老人者，谓之孛老。”

[14] 副净：宋杂剧、金院本的主要角色，由参军戏中的参军演变而来，任务是在剧中做滑稽表演。元杂剧和明清传奇中居次要地位的净（通称二花脸），又可分架子花脸和二花脸。架子花脸以做功为主，重身段动作，多扮演性格粗豪爽直的人物，如鲁智深、张飞、李逵等，也有扮反面人物的，如京剧中抹白脸的曹操等一类；在其他剧种里大多不称架子花脸，有的剧种叫草鞋花脸，如川剧、湘剧等。二花脸也是架子花脸的一种，戏比较少，表演上有时近似丑，如《法门寺》中的刘彪等。

[15] 争些：差一点儿、险些。

[16] 赚（zuàn 音攥）：骗。

[17] 老婆：妻子的俗称。分“大老婆”和“小老婆”。宋·吴自牧《梦粱录》卷十三《夜市》：“更有叫‘时运来时，买庄田，取老婆’卖卦者。”

[18] 背云：打背供，或称“打背躬”。戏剧“假定性”的一种艺术手法，意为背着舞台上的其他人物，假定这些人物不会听见、看见他（她）说什么（如“背云”“背白”）、唱什么（如“背唱”），借以向观众交代剧情，展示人物的内心世界或将要采取的行动。

[19] 【仙吕 · 点绛唇】：元剧体制，每折的歌唱部分，都是由若干个同宫调的曲牌联合而成的一组套曲，每套曲要一韵到底，各折所用的宫调不能重复。元杂剧中常用的有五宫四调，即【黄钟宫】【正宫】【南吕宫】【仙吕宫】【中吕宫】和【大石调】【越调】【双调】【商调】，合称为“九宫”。每一宫调都有若干支曲子。第一折宫调通常用【仙吕宫】，曲牌通常用〔点绛唇〕〔混江龙〕〔油葫芦〕〔天下乐〕等联成。〔点绛唇〕，曲牌名，南北曲均有。北曲属【仙吕宫】，五句五韵：四、四、三、四、五，共二十字。多用为杂剧第一折首曲，其后紧接〔混江龙〕。

[20] 禁（jīn 音金）受：担当、忍受。

[21] 情由：事情的经过及其缘由。

[22] 和天瘦：连天也会消瘦。和，连带。语出宋 · 程垓〔临江仙 · 合江放舟〕：“买酒浇愁愁不尽，江烟也共凄凉。和天瘦了也何妨。只愁今夜雨，更做泪千行。”这是一首写尽愁苦的词，本剧借来抒发窦娥孤独无助的苦闷。

[23] 〔混江龙〕：曲牌名。属北曲【仙吕宫】。字数定格据《九宫大成谱》有古近二体：古体十句，四、七、四、四、七、七、三、三、四、四；近体仅将两个三字句变为两个七字句。此曲在第六句后可增四字句或六字句，多少不拘，但大都以两句为一联。套数次牌，承〔点绛唇〕后，下例接〔油葫芦〕。此支曲词，明 · 孟称舜认为其中有些语句“太觉情艳，不似窦娥口角”，因在其编纂的《古今名剧合选 · 酹（lèi 音泪）江集》选本中，仍依原本，其曲词为：“黄昏白昼，忘餐废寝两般忧。昨宵梦里，今日心头，地久天长难过遣，旧愁新怅几时休！则这业眼苦，双眉皱，情怀冗冗，心绪悠悠。”

[24] 大都来：多半是。来，句中助词，无实义。

[25] 烂熳：同“烂漫”，颜色鲜明而美丽。

[26] 绣闼（tà 音榻）：绣楼、绣房，指妇女的居室。闼，小门。

[27] 剔团圞（luán 音銮）：非常圆。剔，加强语气的副词，和现代口语中的“忒”“太”“过甚”相近。团圞，即圆。

[28] 急煎煎：十分焦急的样子。

[29] 冗冗：形容心情十分杂乱、烦忧。

[30] 〔油葫芦〕：曲牌名。北曲属【仙吕宫】。九句七韵：七、三、七、七、七、三、三、七、五。第四、五句，第六、七句对仗。套数用，例上承〔混江龙〕而下接〔天下乐〕。

[31] 八字儿：指人诞生的年、月、日、时四项所占天干、地支的八个字，俗称“八

字”。民间习俗，认为根据这八字，可以推算出一个人的祸福、生死、穷通、寿夭等命运。旧俗订婚时，则须先索要男女当事人双方的八字，推算出其是否适合于缔亲。八字不合，婚事就得告吹；如强行结合，婚姻就不会美满，甚至会导致灾祸临身。

[32] 人心不似水长流：形容人心不会永恒不变。

[33] 同住人：住在一起的人，这里指丈夫。

[34] 拔着短筹：抽着短的筹签。筹，亦称筭（suàn 同“算”），一种签牌，上面刻着数字，古人用以计数。短筹，指数目小的筹。“筹”又与“寿”音近，此处即借指短寿、早夭。

[35] 每：宋元时的习惯用语，用在人称代词后面表示复数，相当于现代汉语中的“们”。

[36] 偢（chǒu 音瞅）：同“瞅”，看视、理睬。

[37] 〔天下乐〕：曲牌名，南北曲均属【仙吕宫】。北曲七句六韵：七、二、三、七、三、三、五。用于剧曲和散曲套数。二字句间常插以“也么”“也波”之类衬字。套数用，惯承〔油葫芦〕后。

[38] 前世里烧香不到头：古人迷信，今世白头偕老的夫妻，都是前世里共同烧过香，而且是烧到底的；如果烧不到底，今生就不能白头到老。

[39] 今也波生：今生。“也波”为语助词，是〔天下乐〕曲牌因音律需要而加入的衬字。如元·乔吉《金钱记》杂剧第一折〔天下乐〕：“则这喧也波哗”，即为“则这喧哗”；元·郑廷玉《疏者下船》杂剧第一折〔天下乐〕：“无也波端着俺把剑还”，即为“无端着俺把剑还。”

[40] 祸尤：灾祸、祸殃。

[41] 言词须应口：言行一致，说到做到。

[42] 怎生：怎么、如何。

[43] 奶奶：旧时对女主人的尊称。宋元时风俗，子女对母亲亦常叫奶奶。

[44] 波：句末语气助词，相当于现在的“呢”“啊”。

[45] 〔一半儿〕：曲牌名，属【仙吕宫】。五句五韵：七、七、七、三、九。末句九字格式为“一半儿 ×× 一半儿 ×”。多用作小令，套数偶见。

[46] 迎接：向前接待义。

[47] 羞人答答：羞羞答答、害羞、难为情。答答，害羞的样子。

[48] 一半儿徘徊一半儿丑：扭扭捏捏、惭怍（zuò 音坐）羞人而难于启齿的样子。“一半儿……一半儿……”这样的格式，为曲牌〔一半儿〕末句的定格。如元·李直夫《虎头牌》杂剧第一折〔一半儿〕末句：“我见他一半儿推辞一半儿肯。”徘徊，在这里是“犹豫”的意思。丑，羞惭之意。

[49] 不中：不行。

[50] 将：拿。

［51］〔后庭花〕：曲牌名，属【仙吕宫】，亦入【商调】，小令、套数、剧套兼用。七句五韵：五、五、五、五、三、四、五，共三十二字。作套数时第六句必叶（xié 音协）韵，第七句前可增五字句或六字句多句，每句用韵。前六句又可与〔煞尾〕末之七字句结合，称〔后庭花煞〕，用作套数结尾。

［52］拜家堂：拜堂。家堂，安放祖先神位的堂屋，借指祖先神位。

［53］鬏髻（dí jì 音狄寄）：古时妇女梳理的一种发式，一般为将头发盘成螺形，然后再罩上丝网，或再插戴其他饰物。

［54］锦帕：女子出嫁时头戴的丝绸头巾。

［55］女人不中留：当时成语，指女子大了终须出嫁，不能久留娘家。也作“女大难留”。

［56］〔青哥儿〕：一名〔青歌儿〕，北曲牌名，属【仙吕宫】。五句五韵：六、七、七、七、三。常作小令，用于套数时可于第三句后增四字句若干，每句用韵。

［57］笋条年幼：比喻正当豆蔻年华。笋条，即竹的嫩芽，比喻年轻人。句中“笋条”二字和上句“得他”二字重复使用，这是曲牌〔青哥儿〕头两句的定格。

［58］刬（chǎn 音产）的：亦为“刬地”。这里为“怎的”之意。

［59］巧画蛾眉：古代妇女常以黛色将眉画得细长弯曲，状似蚕蛾的触须，故称为蛾眉。汉代张敞曾经为妻子画眉，传为佳话。后世遂以画眉暗喻夫妻恩爱。

［60］田畴（chóu 音愁）：泛指田地。种谷之地为田，种麻之地为畴。

［61］蚤：通“早”。

［62］鳏（guān 音官）寡孤独：泛指没有劳动力也没有依靠的人。《孟子 · 梁惠王下》：“老而无妻曰鳏，老而无夫曰寡，老而无子曰独，幼而无父曰孤。此四者，天下之穷民而无告者。”这里是偏义复词，指寡妇。

［63］干生受：白白地挨受、受着。干，枉自、徒劳、白白地。生受，受的意思，这里指受苦、辛苦。

［64］〔寄生草〕：曲牌名，属【仙吕宫】，亦入【双调】。七句五韵：三、三、七、七、七、七、七，共四十一字。第一、二句，第六、七句对仗，第三、四、五句作鼎足对。套数、小令兼用。本曲特点整齐匀称。

［65］兴阑删：懈怠衰颓之意。阑删，亦作“阑珊”“阑散”，将残、将尽、衰落之意。

［66］眼昏腾：眼睛昏花、视觉模糊。

［67］同心扣：语出古民歌：“解不开同心扣，摘不脱倒须钩。”同心扣，即同心结，用锦带打成连环回文的扣结，极难打开，象征男女相爱永结同心。

［68］笙歌引至画堂前：当时成语，一般指举行婚礼。笙，簧管乐器。《诗 · 小雅 · 鹿鸣》：“我有嘉宾，鼓瑟吹笙。”画堂，装饰得很华丽的客堂，泛指堂舍。

［69］敢落在他人后：被别人在后头风言风语地讥笑。

［70］并然：断然、绝对。

[71] “帽儿”四句：是宋元时人们在婚礼上打趣新郎的话。娇客，女婿的别称。
[72] 不枉了：没有白作。
[73] 礼：用同“理”，元杂剧中常有此用法。
[74] 厮：对男子的蔑称。
[75] 〔赚煞〕：曲牌名，有〔赚煞尾〕〔赚尾〕等别称，属北曲【仙吕宫】。据清·周祥钰（yù 音玉）《九宫大成谱》，其字数定格及韵式为十句：三、三、七、七、七、七、七、五、四、七，但一般多将第六句分为上三下四二句。用于套曲。
[76] 没的：也作“没得”，没有。
[77] 村老子：骂人的话，粗俗的老头子。村，粗野、粗俗。这是指张驴儿之父。
[78] 半死囚：也是骂人的话，意即无赖、恶棍，好似半个死囚犯。这是指张驴儿。
[79] 做嘴脸科：这里为装模作样、搔首弄姿地卖弄相貌、身段等可笑情状。
[80] 坑杀人燕侣莺俦（chóu 音绸）：意思是做了夫妻害死人。燕侣莺俦，犹凤俦鸾交，比喻美满恩爱的夫妻。俦，同辈、伴侣。
[81] 撞府冲州：闯荡江湖，走南闯北。这里比喻奔走于外府他乡做买卖，历尽风霜，备尝艰辛。
[82] “阐阐（zhèng chuài 音政踹）”句：艰苦奋斗，积攒下这样殷实富裕的家产，应有尽有。阐阐，亦作“挣挫”，挣扎、努力、奋斗之意。铜斗儿家缘，亦作“铜斗儿家缘家计”“铜斗儿家活”，比喻像铜斗儿一样坚实可靠、富厚殷实的田宅家产。家缘，家产、财富。百事，样样。
[83] 情受：赡（qíng 音晴）受，白白享受、白白承受。
[84] 下场头：下场。头，句末语气助词，无实义。
[85] 恼懆（cǎo 音草）：懊恼、烦躁、恼火，亦作“恼躁”。
[86] 气性：性情、脾气。
[87] 拚（pīn 音拼，或读 pàn 音盼）：豁出去、舍弃。
[88] 区处：分别处理、处置。
[89] 歪剌骨：臭货、贱货、贱骨头。元代北方詈（lì 音力）骂行为不端或品行恶劣的妇女的话语。明·沈德符《顾曲杂言·俚语》：“北人詈妇人之下劣者曰‘歪剌骨’。询其故，则云：‘牛身自毛、骨、皮、肉以至遍体，无一弃物，惟两角内有天顶肉少许，其秽逼人，最为贱恶，以此比之粗婢。’后又问京师之熟谙市语者，则又不然，云：‘往时宣德间，瓦剌为中国频征，衰弱贫苦，以其妇女售与边人，每口不过酬几百钱，名曰‘瓦剌姑’，以其貌寝而价廉也。’二说未知孰是。”瓦剌，明代对西部蒙古各民族的总称，大致指巴尔喀什湖东南面，包括今蒙古国西部及我国新疆北部的广大地区。
[90] 黄花女儿：又称黄花姑娘，处女、未嫁闺女的俗称。
[91] 交：“跤”的同音借字。
[92] 干罢：甘休、罢休。元人习惯用语。

[93] 词云：或作“诗云”，是戏曲的一种表演程式，也叫“下场白”或“下场诗”。其形式有多种：或念一首诗，或念一首词，或念两句对子，或来一句独白。表演方法也各式各样：有由一人念的，有两人念的，或由一人念、众人附和的。其作用在于对一折戏做一个小结，或在观众心中留下对后一折戏的悬念。剧终时的“下场诗”或“下场白”，则是对全剧的总结，且常带有训诫、哲理意味。

[94] 向外：以上、以外。

[95] 惫（bèi 音备）赖：又作“惫懒”“泼赖”，坏、无赖、刁蛮。

[96] 割舍得：舍得。

第二折

（赛卢医上，诗云）小子太医[1]出身，也不知道医死多人；何尝怕人告发，关了一日店门？在城有个蔡家婆子，刚少他二十两花银，屡屡亲来索取，争些捻断[2]脊筋。也是我一时智短[3]，将他赚到荒村，撞见两个不识姓名男子，一声嚷道：“浪荡乾坤，怎敢行凶撒泼[4]，擅自勒死平民！”吓得我丢了绳索，放开脚步飞奔。虽然一夜无事，终觉失精落魂。方知人命关天关地，如何看做壁上灰尘？从今改过行业，要得灭罪修因[5]，将以前医死的性命，一个个都与他一卷超度[6]的经文。小子赛卢医的便是。只为要赖蔡婆婆二十两银子，赚他到荒僻去处，正待勒死他，谁想遇见两个汉子，救了他去。若是再来讨债时节，教我怎生见他？常言道的好：“三十六计，走为上计。”喜得我是孤身，又无家小连累，不若收拾了细软行李，打个包儿，悄悄的躲到别处，另做营生，岂不干净？（张驴儿上，云）自家张驴儿。可奈[7]那窦娥百般的不肯随顺我。如今那老婆子害病，我讨服[8]毒药[9]与他吃了，药死那老婆子，这小妮子好歹做我的老婆。（做行科，云）且住，城里人耳目广口舌多，倘见我讨毒药，可不嚷出事来？我前日看见南门外有个药铺，此处冷静，正好讨药。（做到科，叫云）太医哥哥，我来讨药的。（赛卢医云）你讨甚么药？（张驴儿云）我讨服毒药。（赛卢医云）谁敢合[10]毒药与你？这厮好大胆也！（张驴儿云）你真个不肯与我药么？（赛卢医云）我不与你，你就怎地我？（张驴儿做拖卢云）好呀，前日谋死蔡婆婆的不是你来！你说我不认的你哩，我拖你见官去！（赛卢医做慌科，云）大哥，你放我，有药有药。（做与药科，张驴儿云）既然有了药，且饶你罢。正是："得放手时须放手，得饶人处且饶人[11]。"（下）

（赛卢医云）可不悔气！刚刚讨药的这人，就是救那婆子的。我今日与了他这服毒药去了，以后事发，越越要连累我。趁早儿关上药铺，到涿州[12]卖老鼠药去也。（下）（卜儿上，做病伏几科）（孛老同张驴儿上，云）老汉自到蔡婆婆家来，本望做个接脚[13]，却被他媳妇坚执不从。那婆婆一向收留俺爷儿两个在家同住，只说"好事不在忙"，等慢慢里劝转他媳妇；谁想他婆婆又害起病来。孩儿，你可曾算我两个的八字，红鸾天喜[14]几时到命哩？（张驴儿云）要看甚么天喜到命，只赌本事，做得去，自去做。（孛老云）孩儿也，蔡婆婆害病好几日了，我与你去问病波。（做见卜儿问科，云）婆婆，你今日病体如何？（卜儿云）我身子十分不快哩。（孛老云）你可想些甚么吃？（卜儿云）我思量些羊肚儿汤[15]吃。（孛老云）孩儿，你对窦娥说，做些羊肚儿汤与婆婆吃。（张驴儿向古门[16]云）窦娥，婆婆想羊肚儿汤吃，快安排将来。（正旦持汤上，云）妾身窦娥是也。有俺婆婆不快，想羊肚汤吃，我亲自安排了与婆婆吃去。婆婆也，我这寡妇人家，凡事也要避些嫌疑，怎好收留那张驴儿父子两个？非亲非眷的一家儿同住，岂不惹外人谈议？婆婆也，你莫要背地里许了他亲事，连我也累做不清不洁的。我想这妇人心好难保也呵！（唱）

【南吕·一枝花】[17]他则待一生鸳帐眠，那里肯半夜空房睡；他本是张郎妇，又做了李郎妻。有一等妇女每相随，并不说家克计[18]，则打听些闲是非，说一会不明白打凤的机关，使了些调虚器捞龙的见识[19]。

【梁州第七】[20]这一个似卓氏般当垆涤器[21]，这一个似孟光般举案齐眉[22]，说的来藏头盖脚多伶俐[23]。道着难晓，做出才知。旧恩忘却，新爱偏宜。坟头上土脉犹湿，架儿上又换新衣。那里有奔丧处哭倒长城[24]？那里有浣纱时甘投大水[25]？那里有上山来便化顽石[26]？可悲可耻，妇人家直恁的[27]无仁义。多淫奔，少志气，亏杀前人在那里，更休说本性难移。

（云）婆婆，羊腊儿汤做成了，你吃些儿波。（张驴儿云）等我拿去。（做接尝科，云）这里面少些盐醋，你去取来。（正旦下）（张驴儿放药科）（正旦上，云）这不是盐醋！（张驴儿云）你倾下些。（正旦唱）

【隔尾】[28]你说道少盐欠醋无滋味，加料添椒[29]才脆美[30]。但愿娘亲蚤痊济[31]，饮羹汤一杯，胜甘露灌体，得一个身子平安倒大来[32]喜。

（孛老云）孩儿，羊腊汤有了不曾？（张驴儿云）汤有了，你拿过去。（孛老将汤云）婆婆，你吃些汤儿。（卜儿云）有累你。（做呕科，云）我如今打呕，不要这汤吃了，你老人家吃罢。（孛老云）这汤特做来与你吃的，便[33]不要吃，也吃一口儿。（卜儿云）我不吃了，你老人家请吃。（孛老吃科）（正旦唱）

【贺新郎】[34]一个道你请吃，一个道婆先吃，这言语听也难听，我可是气也不气！想他家与咱家有甚的亲和戚？怎不记旧日夫妻情意，也曾有百纵千随[35]？婆婆也，你莫不为“黄金浮世宝，白发故人稀”[36]，因此上把旧恩情全不比新知契。则待要百年同墓穴，那里肯千里送寒衣[37]。

（孛老云）我吃下这汤去，怎觉昏昏沉沉的起来？（做倒科）（卜儿慌科，云）你老人家放精神[38]着，你扎挣着些儿。（做哭科，云）兀的不是死了也！（正旦唱）

【斗虾蟆】[39]空悲戚，没理会[40]，人生死，是轮回[41]。感着这般病疾，值着这般时势，可是风寒暑湿，或是饥饱劳役，各人证候[42]自知。人命关天关地，别人怎生替得？寿数非干今世，相守三朝五夕，说甚一家一计[43]？又无羊酒段匹，又无花红财礼[44]；把手为活过日，撒手如同休弃。不是窦娥忤逆[45]，生怕傍人论议，不如听咱劝你，认个自家悔气。割舍的一具棺材停置，几件布帛收拾，出了咱家门里，送入他家坟地[46]。这不是你那从小儿年纪指脚的夫妻[47]，我其实不关亲，无半点恓惶泪。休得要心如醉，意似痴，便这等嗟嗟怨怨，哭哭啼啼。

（张驴儿云）好也啰，你把我老子药死了，更待干罢[48]！（卜儿云）孩儿，这事怎了也？（正旦云）我有甚么药在那里！都是他要盐醋时，自家倾在汤儿里的。（唱）

【隔尾】这厮搬调[49]咱老母收留你，自药死亲爷，待要吓吓谁？（张驴儿云）我家的老子，倒说是我做儿子的药死了，人也不信。（做叫科，云）四邻八舍听着：窦娥药杀我家老子哩！（卜儿云）罢么，你不要大惊小怪的，吓杀我也！（张驴儿云）你可怕么？（卜儿云）可知怕哩。（张驴儿云）你要饶么？（卜儿云）可知要饶哩。（张驴儿云）你教窦娥随顺了我，叫我三声的的亲亲[50]的丈夫，我便饶了他。（卜儿云）孩儿也，你随顺了他罢。（正旦云）婆婆，你怎说这般言语？（唱）我一马难将两鞍鞴[51]。想男儿在日，曾两年匹配，却教我改嫁别人，其实做不得。

（张驴儿云）窦娥，你药杀了俺老子，你要官休，要私休？（正旦云）怎生是官休？怎生是私休？（张驴儿云）你要官休呵，拖你到官司，把你三推六问[52]！你这等瘦弱身子，当不过拷打，怕你不招认药死我老子的罪犯！你要私休呵，你早些与我做了老婆，倒也便宜了你。

（正旦云）我又不曾药死你老子，情愿和你见官去来。（张驴儿拖正旦、卜儿下）

（净扮孤[53]引祗候[54]上，诗云）我做官人胜别人，告状来的要金银。若是上司当刷卷，在家推病不出门[55]。下官楚州太守桃杌[56]是也。今早升厅坐衙[57]，左右[58]，喝撺厢[59]。（祗候吆喝科）（张驴儿拖正旦、卜儿上，云）告状告状！（祗候云）拿过来。（做跪见，孤亦跪科，云）请起。（祗候云）相公，他是告状的，怎生跪着他？（孤云）你不知道，但来告状的，就是我衣食父母。（祗候吆喝科，孤云）那个是原告？那个是被告？从实说来。（张驴儿云）小人是原告张驴儿，告这媳妇儿，唤做窦娥，合毒药下在羊脂汤儿里，药死了俺的老子。这个唤做蔡婆婆，就是俺的后母。望大人与小人做主咱！（孤云）是那一个下的毒药？（正旦云）不干小妇人事。（卜儿云）也不干老妇人事。（张驴儿云）也不干我事。（孤云）都不是，敢是我下的毒药来？（正旦云）我婆婆也不是他后母，他自姓张，我家姓蔡。我婆婆因为与赛卢医索钱，被他赚到郊外勒死，我婆婆却得他爷儿两个救了性命，因此我婆婆收留他爷儿两个在家，养膳终身，报他的恩德。谁知他两个倒起不良之心，冒认婆婆做了接脚，要逼勒小妇人做他媳妇。小妇人元是[60]有丈夫的，服孝未满，坚执不从。适值我婆婆患病，着小妇人安排羊脂汤儿吃，不知张驴儿那里讨得毒药在身，接过汤来，只说少些盐醋，支转小妇人，暗地倾下毒药。也是天幸，我婆婆忽然呕吐，不要汤吃，让与他老子吃，才吃的几口，便死了，与小妇人并无干涉。只望大人高抬明镜，替小妇人做主咱！（唱）

【牧羊关】[61]大人你明如镜，清似水，照妾身肝胆虚实。那羹本五味俱全，除了外百事不知。他推道尝滋味，吃下去便昏迷。不是妾讼庭上胡支对，大人也，却教我平白地说甚的？

（张驴儿云）大人详情[62]：他自姓蔡，我自姓张，他婆婆不招俺父亲接脚，他养我父子两个在家做甚么？这媳妇儿年纪儿虽小，极是个赖

骨顽皮，不怕打的。（孤云）人是贱虫，不打不招。左右，与我选大棍子打着！（祗候打正旦三次喷水科）（正旦唱）

【骂玉郎】[63]这无情棍棒教我捱不的。婆婆也，须是你自做下[64]，怨他谁？劝普天下前婚后嫁婆娘[65]每，都看取，我这般傍州例[66]。

【感皇恩】[67]呀！是谁人唱叫扬疾[68]，不由我不魄散魂飞。恰消停，才苏醒，又昏迷。捱千般打拷，万种凌逼，一杖下，一道血，一层皮。

【采茶歌】[69]打的我肉都飞，血淋漓，腹中冤枉有谁知！则我这小妇人毒药来从何处也？天那！怎么的覆盆不照太阳晖[70]！

（孤云）你招也不招？（正旦云）委的[71]不是小妇人下毒药来。（孤云）既然不是你，与我打那婆子！（正旦忙云）住住住，休打我婆婆。情愿我招了罢，是我药死公公来。（孤云）既然招了，着他画了伏状[72]，将枷来枷上，下在死囚牢里去。到来日判个斩字，押付市曹典刑[73]。（卜儿哭科，云）窦娥孩儿，这都是我送了你性命。兀的不痛杀我也！（正旦唱）

【黄钟尾】[74]我做了个[75]衔冤负屈没头鬼，怎肯便放了你好色荒淫漏面贼[76]！想人心不可欺，冤枉事天地知，争到头竞到底，到如今待怎的。情愿认药杀公公，与了招罪。婆婆也，我怕把你来便打的，打的来恁的[77]。我若是不死呵，如何救得你？（随祗候押下）

（张驴儿做叩头科，云）谢青天老爷做主，明日杀了窦娥，才与小人的老子报的冤。（卜儿哭科，云）明日市曹中杀窦娥孩儿也，兀的不痛杀我也！（孤云）张驴儿、蔡婆婆，都取保状，着随衙听候。左右，打散堂鼓[78]，将马来，回私宅去也。（同下）

［1］ 太医：原指古代宫廷中的医官和专为皇帝与宫室人员看病的医师，俗称“御医”。宋元时则成为对一般医生的尊称。

［2］ 捻断：犹戳断、指断。捻，揉搓，这里引申为指指戳戳。今河北方言有“捻断脊梁骨”一说，意为背后指指画画批评人。

［3］ 智短：智虑短浅、见识浅薄。晋·张华《答何劭》诗之二：“道长苦智短，责重困才轻。”

［4］ 撒泼：耍赖。强调行为蛮横无理，多用于指男性行凶，行为恶劣，含贬义。撒，耍、施展。泼，凶悍、无理。

［5］ 灭罪修因：减去、消灭生前罪孽，祈修来世善缘。

［6］ 超度：佛教或道教通过僧尼、道士拜诵佛道经文，超拔、拯救死者的灵魂，为他们消业减罪，摆脱轮回苦难和得成正果的一种宗教仪式。

［7］ 可奈：亦作“颇奈”“叵奈”“叵耐”，意为可恨、岂有此理。

［8］ 服（fù 音付）：这里为量词，中药一剂为一服。又，煎饮中药，头一次煎的为头服，第二次煎的为二服。

［9］ 毒药：元代有禁令，不准非医人买卖毒药。《元史·刑法志四》：“诸有毒之药，非医人辄相卖买，致伤人命者，买者卖者皆处死。不曾伤人者，各杖六十七，仍追至元钞一百两，与告人充赏。”

［10］ 合：调和、配制。

［11］ “得放手”二句：意思是能宽容时就要宽容，能饶恕的地方就要饶恕。得，能够。饶，宽恕、免除。

［12］ 涿州：元属中书省大都路，今为河北省涿州市。

［13］ 接脚：后夫。寡妇招赘丈夫，俗称“接脚女婿”，简称“接脚”。

［14］ 红鸾天喜：指遇到美人、成就姻眷的喜庆吉日。星命家认为，红鸾星为吉星，主掌人间婚姻喜庆等事；天喜，指日支和月建相结合的日子，即吉日。

［15］ 羊膳（dǔ 音肚）儿汤：羊肚儿汤，俗称羊杂碎汤。膳，同“肚”，原指动物的胃，这里泛指动物的内脏杂碎。

［16］ 古门：亦称古门道、鼓门道、鬼门、鬼门道。舞台通向后台的出入口，即上场门、下场门。明·朱权《太和正音谱·词林须知》：“构栏中戏房出入之所，谓之‘鬼门道’。鬼者，言其所扮者，皆是已往昔人，故出入谓之‘鬼门道’也。愚俗无知，因置鼓于门，讹唤为‘鼓门道’，于理无宜。亦曰‘古门道’，非也。东坡诗曰‘搬演古今事，出入鬼门道’，正谓此也。”

［17］【南吕·一枝花】:【南吕】，元曲宫调之一。元·周德清《中原音韵》:“【南吕宫】感叹伤悲。”元·燕南芝庵《唱论》:“【南吕宫】唱，感叹伤悲。”【南吕宫】曲子一般都可以用来抒情，一个宫调统领若干曲牌。〔一枝花〕属这一宫

调的一个曲牌，又名〔占春魁〕。元杂剧第二折通常采用【南吕宫】套曲。唐人传奇《李娃传》中的李娃，艺名一枝花。〔一枝花〕曲牌大约是从说唱一枝花的曲子中传承下来的。据《九宫大成谱》正格为九句六韵：五、五、五、五、四、五、五、七、七，共四十八字。第一、二句和第三、四句是偶句，或两两相对，或作连环对，即四句对。【南吕・一枝花】在元人散曲创作中是一个最为流行的热门套式。据隋树森《全元散曲》收录，除无名氏作家外，创作这一套式的曲家就达四十四人，存曲一百余套，而且有众多一流曲家的名篇佳作，如关汉卿《不伏老》《杭州景》，马致远《惜春》，张可久《湖上归》，乔吉《合筝》等名家名作。尤其如关汉卿【南吕・一枝花】《不伏老》套曲，还成了历代读者传诵的经典之作。这些套曲，无论叹世、赠妓、言情，还是歌咏城市风光，都是当时最时尚、最容易让读者和听众陶醉的内容，它们当然也更乐于为歌儿传唱，从而影响社会的各个层面。在元明时期，这一套式越是流行，尤其在元末明初，几乎达到风靡的程度，仅汤式一人，便创作了四十四套【南吕・一枝花】套曲。

［18］家克计：当家、持家的盘算、谋划、办法。

［19］“则打听些”三句：指飞短流长，打听、传播闲言碎语，数说、交流坑害人、让人受骗上当的鬼伎俩。“打凤捞龙”，亦作“打凤牢龙”，设下圈套害人，使人中计上当。机关，指圈套、陷阱。虚嚣，亦作“嚣虚”，虚伪、诡诈。

［20］〔梁州第七〕：曲牌名，又名〔古梁州〕〔梁州序〕，简称〔梁州〕，南北曲均属【南吕宫】。北曲定格为十八句十二韵：七、七、七、四、四、四、四、七、七、七、七、七、二、二、七、六、七、四，共九十九字。第一、二句七字句及第四、五、六、七句四字句均须联对。第十、十一、十二句七字句作鼎足对。但填词时，字数亦有不同增减。原曲是从唐宋大曲中〔凉州〕(或作〔梁州〕)的一调衍化而来，为唐时声诗著名曲调《凉州词》的别名。〔梁州〕一调，以边声为主，所咏也多为戍边之苦，其凄楚哀婉可想而知，在北套曲中用在〔一枝花〕后。梁州，古九州之一，约在今陕西、四川省一带。

［21］似卓氏般当垆涤器：像卓文君和司马相如那样，甘于清贫，卓文君当垆卖酒，司马相如则执料杂务，洗涤碗盏。

［22］似孟光般举案齐眉：像孟光和梁鸿那样，夫妻恩爱，相敬如宾。梁鸿为人赁舂，孟光主持中馈。梁鸿每归，孟光忙为之具食，且必举案齐眉，伺候丈夫。《后汉书・逸民列传・梁鸿》对此叙之甚详。

［23］藏头盖脚多怜俐：包藏遮盖得多么巧妙、漂亮。怜俐，即“伶俐”，有机灵、乖巧、聪明能干、干净利落等义。

［24］哭倒长城：春秋时，周灵王二十二年（前550年），齐攻袭莒（jǔ 音举）国（今山东省莒县），勇士杞梁在攻打莒邑时战死。杞梁灵柩运返齐郡，殡于城郊，其妻（或说即孟姜女）抚棺恸哭，泪血以尽，齐城竟至崩陷数尺。《礼

记·檀弓下》有这样简略的记载："齐庄公袭莒于夺，杞梁死焉，其妻迎其柩于路而哭之哀。庄公使人吊之。对曰：'君之臣不免于罪，则将肆诸市朝而妻妾执；君之臣免于罪，则有先人之敝庐在，君无所辱命。'"为此，曾子曾称赞杞梁之妻"知礼"。后世传说，逐渐演变为秦始皇时，杞梁为修筑长城而亡。其妻孟姜女千里送寒衣至长城下，闻夫已死，哀恸欲绝，竟至哭倒了长城。

［25］浣纱时甘投大水：春秋时，伍子胥因逃避楚王的追杀、迫害而至江边。浣纱女知道他的遭遇后，深为同情，并给以饮食。临行时，伍子胥一再嘱咐浣纱女，切勿泄露自己的行踪。浣纱女为示救护伍子胥的真诚和决心，竟然投水赴死，以绝伍子胥因可能有人泄密而招致逮捕的殷忧。

［26］上山来便化顽石：指望夫石的传说。古时有一妇女站立山上，伫望远行的丈夫回归，天长日久，化为石头。我国不少地方都有关于望夫石的传说和古迹，情节内容大同小异。

［27］直恁（nèn 音嫩）的：竟然这样。

［28］〔隔尾〕：曲牌名，有时亦写作〔余音〕〔随煞〕，属北曲【南吕宫】。据《九宫大成南北词宫谱》，其字数定格为六句：七、七、七、二、二、七，是【南吕宫】"尾声"的一种格式，其作用是既可以将套曲的前后两部分隔开，又起着转折的枢纽作用。

［29］添椒：加胡椒。胡椒具有药用功能。《唐本草》说它"主下气，温中，去痰，除脏腑中风冷"；《海药本草》说它"去胃口气虚冷，宿食不消，霍乱气逆，心腹卒痛，冷气上冲，和气"；《日华子本草》说它"调五脏，止霍乱，心腹冷痛，壮肾气，主冷痢，杀一切鱼、肉、鳖、蕈（xùn 音训）毒"等。

［30］脆美：爽脆甘美。宋·苏轼《雨后行菜圃》诗："芥蓝如菌蕈，脆美牙颊响。"

［31］痊济：痊愈。济，济危以安、病体得以康复之意。

［32］倒大来：亦作"倒大""到大来""到头来"，有多么、何等、极等义。元人习惯用语。

［33］便：即便、即使。

［34］〔贺新郎〕：曲牌名，北曲属【南吕宫】，套数用。十一句八韵：七、四、四、七、七、七、五、五、七、五、五。第二、三句，第七、八句，第十、十一句对仗。明·孟称舜《古今名剧合选·柳枝集》在此曲眉批："妙，妙！逼真烈孝女口气。"孟称舜用"烈孝女"三字称赞窦娥，说明作者刻画出了窦娥处于封建压迫环境之下的倔强性格：刚烈、忠贞、孝敬。

［35］百纵千随：也作"百从千随"。百依百顺。

［36］黄金浮世宝，白发故人稀：宋元时俗语，意为黄金（泛指金钱、财富）是俗世间人人喜爱的珍宝，而自小至大、至死不渝的真诚友谊却是太少了。这里是窦娥批评婆婆的意思：你是不是像俗话所说，金钱财富才是人世间的珍宝，而自幼至老的友谊和真情实在是太罕见了，因此就不念前夫结发之情而另嫁他人？

[37] 千里送寒衣：从千里远的地方送来御寒的衣服，指孟姜女哭倒长城事。传说秦始皇在统一中国后，为了抵御北方少数民族的入侵，便从全国征调壮丁修建万里长城。江南地区有位女子名叫孟姜女，与丈夫范杞梁刚刚成婚，正是如胶似漆的美好光景。因为范杞梁年轻力壮，也被送到北方去修筑万里长城。孟姜女的公婆因为思儿心切，积郁成疾，不久便双双病亡，家中只剩下孟姜女一人，孤苦伶仃，举目无亲。于是，孟姜女决定去北方寻找丈夫。临行之前，她日夜挑灯缝纫，为丈夫做了一套棉衣，然后抱着棉衣，一路向北走去。可当孟姜女来到长城脚下，才发现丈夫已经在一年前的冬天活活累死，尸骨就埋在长城之下。孟姜女悲愤交加，昼夜痛哭，终于感天动地，哭倒长城，露出了丈夫的尸骨。孟姜女就把棉衣摆在地上，焚烧了祭奠丈夫，然后将尸骨与棉衣灰烬一起掩埋，之后伏在坟头痛哭不已，最后泪尽而逝。这一天是农历的十月初一。后来孟姜女的故事流传到民间，老百姓深受感动，此后每年的十月初一，大家就焚化寒衣，代孟姜女祭奠亡夫。后来，这个风俗就逐渐演变成了追悼亡灵的寒衣节。农历十月初一是进入寒冬后的第一天，古时有授衣、祭祀、开炉等习俗，提醒人们注意寒冬要来了。这一天，妇女们要拿出棉衣，送给在远方戍边、服徭役的亲人，在为亲人送去寒衣的同时，逐渐发展为给祖先、亡人也一并送去过冬寒衣。民间将寒衣节与清明节、中元节并称为中国三大“鬼节”。

[38] 精神：有活力、有生气。这里是“清醒”义。

[39] 〔斗虾蟆〕：虾蟆，即“蛤蟆”。王国维在他的名著《宋元戏曲史·元剧之文章》中特别推崇此曲。他写道：“此一曲直是宾白，令人忘其为曲。元初所谓当行家，大率如此。”

[40] 没理会：不明白，不懂事。元人习用口语。

[41] 轮回：回环往复，流转不止。或称“六道轮回”。佛教认为，世上众生各依其善恶业因，在天道、人道、阿修罗道、地狱道、饿鬼道、畜生道中为仙、为人、为畜、为鬼，轮流转生。如若积德行善，则可避免堕入恶道，除却轮回之苦，永世为人、为神。

[42] 证候：症状。

[43] 一家一计：一夫一妻、一个家庭、一家人、一家。宋元时习惯用语。

[44] 羊酒段匹，花红财礼：羊、酒、绸（缎）、花红，均为旧时议婚定亲时的礼物。羊酒，最初指“羊”和“酒”，后可泛指赏赐或赠送的礼品。“羊酒”上古汉语已见，如《汉书·昭帝纪》：“令郡县常以正月赐羊酒。”至近代汉语，多用“羊酒”作礼物送人，常用作彩礼、寿礼等的代称。如《元典章·户部四》：“服内接受别人羊酒财钱，一面改嫁去了也。”羊酒也泛指“礼物”。花红，指与喜事有关的礼物。宋·孟元老《东京梦华录》卷之五《娶妇》：“从人及儿家人乞觅利市钱物花红等，谓之栏门。”财礼，指定亲时男方送给女方的聘金。语本《礼记·曲礼上》：“贫者不以货财为礼。”

[45] 忤逆：违抗。忤、逆同义并列，暗含因违背而冒犯他人。《后汉书 · 陈蕃传》：“附从者升进，忤逆者中伤。”亦作“逆忤”，义同“忤逆”。

[46] “割舍的”四句：此四句曲词，大概是受了孟称舜《古今名剧合选 · 酹江集》本断句的影响，近现代学者大都沿袭其旧，均作如下标点：“割舍的一具棺材，停置几件布帛；收拾出了咱家门里，送入他家坟地。”1988 年人民文学出版社出版的由王起、苏寰中、黄天骥、吴国钦选注的《中国戏曲选》，改变了断句格局。今从之。

[47] 指脚的夫妻：亦称“脚头夫妻”，宋元时俗语，指原配夫妻、结发夫妻。

[48] 更待干罢：怎能罢休、作罢。干罢，干休、甘休、罢休。宋元时习用语。

[49] 搬调：亦作“般调”，挑唆、挑拨离间、搬弄是非。

[50] 的的（dí dí 音敌敌）亲亲：嫡嫡亲亲。的，借作“嫡”。

[51] 一马难将两鞍鞴（bèi 音备）：同“一马不鞁（bèi 音备）两鞍”。鞁，通“鞴”，把鞍辔等套在马上。一匹马不套两个辔，只套一个。比喻一女不嫁二夫，即从一而终。

[52] 三推六问：再三推勘审讯，指严刑逼供。三、六，约计之词，表示多、反复的意思。

[53] 孤：元杂剧中扮演官员的角色行当。明 · 朱权《太和正音谱 · 词林须知》：“孤，当场妆官者。”

[54] 祗（zhī 音支）候：元代省、路、州、县各级政府皆有的下级官吏，以为正官奔走驱使。有时对官府的一般衙役，或官宦富户的管家乃至一般仆役，亦称“祗候”“祗候人”，带有尊敬的意思。祗，恭敬。

[55] “我做”四句：桃杌的上场诗。四句以寥寥数语勾画出一个贪赃枉法、无所作为的官员形象，为下文他不顾廉耻向告官者下跪及冤杀窦娥埋下了伏笔。刷卷，上司官员清理、核查下属各官府衙门所处理的狱讼案卷。

[56] 桃杌：“梼（táo 音桃）杌”的谐音，我国古代传说中的凶兽和恶人的名字。这里以桃杌（梼杌）之名，影射楚州太守贪赃枉法，草菅人命，制造了窦娥这一千古奇冤；同时寄寓了剧作家强烈的思想倾向性：这样的滥官污吏，就正是像梼杌那样最凶残的野兽和恶人。

[57] 坐衙：又作“坐衙门”，官长在公堂上治事。

[58] 左右：君王官长对其近臣、亲随或仆从、下人的称呼。

[59] 喝（hè 音贺）撺（cuān 音汆）厢：亦作“喝撺箱”。宋元时官府开庭审案，衙役们肃立两旁，高声吆喝喊堂威曰：“在衙人马平安！抬书案！”同时由专人从设于衙门口的投状箱中取出状纸，呈奉主审官员。官府衙门这一开庭审案的固定仪式，谓之“喝撺厢”。喝，吆喝。撺厢，撺箱，搬动或打开专为申诉告状者投放诉状而设置的箱子。

[60] 元是：原来是。元，通“原”，原来、本来。

[61] 〔牧羊关〕：曲牌名，属【南吕宫】，用于剧曲和散曲套数。全曲九句：三、三、六、四、四、五、五、五、五。

[62] 详情：详察，详细察看、分析真实情况。

[63] 〔骂玉郎〕：又名〔瑶华令〕，曲牌名，北曲属【南吕宫】。“玉郎”在词曲中多为对情人的爱称，曲牌中当为情人间的怨愤之词。用于剧曲和散曲套数。六句四韵：七、五、七、三、三、三。联套时后接〔感皇恩〕〔采茶歌〕。

[64] 做下：惹下。

[65] 婆娘：对妻子的称呼。

[66] 傍（páng 音旁）州例：旁的州府判案例子，意为榜样、例子。傍，同“旁”。

[67] 〔感皇恩〕：曲牌名，源于唐代教坊曲，属【南吕宫】，多用于小令和套曲中。十句五韵：四、四、三、三、三、四、四、三、三、三。第一、二句，第六、七句对仗。在套数中上承〔骂玉郎〕，下接〔采茶歌〕，小令则与此二曲合作带过曲。

[68] 唱叫扬疾：吵闹喧嚷、大喊大叫，亦作“畅叫扬疾”。

[69] 〔采茶歌〕：又名〔楚江秋〕，曲牌名，属【南吕宫】，用于剧曲和散曲套数。五句五韵：三、三、七、七、七。在套数中例承〔感皇恩〕后，小令则与〔骂玉郎〕及〔感皇恩〕合作带过曲。

[70] 覆盆不照太阳晖：翻扣在盆下的地方照不见阳光。比喻官府衙门的专制腐败，暗无天日。盆，一种较浅、底小、口宽的圆形容器。

[71] 委的：委实、确实、真的。

[72] 伏状：招供服罪的状纸，亦作“招伏”“招状”。

[73] 押付市曹典刑：押送到热闹的街市中行刑处死。典刑，国家之典法、刑罚，这里泛指正法、处死。

[74] 〔黄钟尾〕：曲牌名，调本【黄钟宫】，亦入【正宫】【南吕宫】。全曲六句：七、七、六、六、七、七。

[75] 做了个：落了个。

[76] 漏面贼：贼囚、贼囚徒、贼囚犯。宋元时骂人的话。“漏”为“镂（lòu 音漏）”的谐音。旧时有刺字流放的刑罚，在犯人脸上刺字，即镂刻上字，俗谓“刺配”。亦作“陋面贼”。

[77] “我怕”二句:《元曲选》本删此二句。明·孟称舜编纂的《古今名剧合选·酹江集》将此二句补入，认为“此句一字一点泪”，甚为有理。此二句对窦娥体恤痛惜婆婆的心理活动展示得更为细腻深刻，酣畅淋漓，故现依原本补入。

[78] 打散堂鼓：官吏结束办案、理事退堂时所打的退堂鼓。打散，每本杂剧演完，附加一段表演，作为整个或局部演出的结果，称“打散”。其形式有唱诗词或小曲，如元·石君宝《紫云亭》剧末折尾后附有诗词，王实甫《西厢记》每本末折尾曲后，都附有〔络丝娘〕，有由副净作滑稽表演，有由旦角独舞等多种。这里是“退堂鼓”表演。

第三折

（外[1]扮监斩官[2]上，云）下官[3]监斩官是也。今日处决犯人，着[4]做公的[5]把住巷口，休放往来人闲走。（净扮公人鼓三通锣三下[6]科。刽子磨旗[7]提刀，押正旦带枷上。刽子云）行动些，行动些[8]，监斩官去法场上多时了！（正旦唱）

【正宫·端正好】[9]没来由[10]犯王法，不提防[11]遭刑宪，叫声屈动地惊天！顷刻间游魂先赴森罗殿[12]，怎不将天地也生埋怨[13]？

【滚绣球】[14]有日月朝暮悬，有鬼神掌著生死权。天地也，只合把清浊分辨，可怎生糊突了盗跖、颜渊：为善的受贫穷更命短，造恶的享富贵又寿延。天地也做得个怕硬欺软，却元来也这般顺水推船。地也，你不分好歹何为地？天也，你错勘贤愚枉做天[15]！哎，只落得两泪涟涟。

（刽子云）快行动些，误了时辰也。（正旦唱）

【倘秀才】[16]则被这枷纽[17]的我左侧右偏，人拥的我前合后偃。我窦娥向哥哥行[17]有句言：（刽子云）你有甚么话说？（正旦唱）前街里去心怀恨，后街里去死无冤，休推辞路远。

（刽子云）你如今到法场上面，有甚么亲眷要见的，可教他过来见你一面也好。（正旦唱）

【叨叨令】[19]可怜我孤身只影无亲眷，则落的吞声忍气空嗟怨。（刽子云）难道你爷娘家也没的？（正旦云）止有个爹爹，十三年前上朝取应去了，至今杳无音信。（唱）蚤已是十年多不睹爹爹面。（刽子云）你适才要我往后街里去，是甚么主意？（正旦唱）怕则怕前街里被我婆婆见。（刽子云）你的性命也顾不得，怕他见怎的？（正旦云）俺婆婆若见我披枷带锁，赴法场餐刀[20]去呵，（唱）枉将他气杀也么哥[21]，枉将他气杀也么哥！告哥哥，临危好与人行方便。

（卜儿哭上科，云）天那，兀的不是我媳妇儿！（刽子云）婆子靠后。（正旦云）既是俺婆婆来了，叫他来，待我嘱付他几句话咱。（刽子云）那婆子近前[22]来，你媳妇要嘱付你话哩。（卜儿云）孩儿，痛杀我也！（正旦云）婆婆，那张驴儿把毒药放在羊腊儿汤里，实指望药死了你，要霸占我为妻。不想婆婆让与他老子吃，倒把他老子药死了。我怕连累婆婆，屈招了药死公公，今日赴法场典刑。婆婆，此后遇着冬时年节，月一十五[23]，有瀽[24]不了的浆水饭，瀽半碗儿与我吃；烧不了的纸钱，与窦娥烧一陌儿[25]。则是[26]看你死的孩儿面上！（唱）

【快活三】[27]念窦娥葫芦提当罪愆[28]，念窦娥身首不完全，念窦娥从前已往干家缘[29]；婆婆也，你只看窦娥少爷无娘面。

【鲍老儿】[30]念窦娥伏侍婆婆这几年，遇时节将碗凉浆奠；你去那受刑法尸骸上烈[31]些纸钱，只当把你亡化的孩儿荐[32]。（卜儿哭科，云）孩儿放心，这个老身都记得。天那，兀的不痛杀我也！（正旦唱）婆婆也，再也不要啼啼哭哭，烦烦恼恼，怨气冲天。这都是我做窦娥的没时没运，不明不暗[33]，负屈衔冤。

（刽子做喝科，云）兀那婆子靠后，时辰到了也。（正旦跪科）（刽子开枷科）（正旦云）窦娥告监斩大人，有一事肯依窦娥，便死而无怨。（监斩官云）你有甚么事？你说。（正旦云）要一领净席，等我窦娥站立；又要丈二白练[34]，挂在旗枪上。若是我窦娥委实冤枉，刀过处头落，一腔热血，休半点儿沾在地下，都飞在白练上者。（监斩官云）这个就依你，打甚么不紧[35]。（刽子做取席，站[36]科，又取白练挂

旗上科）（正旦唱）

【耍孩儿】[37]不是我窦娥罚[38]下这等无头愿[39]，委实的冤情不浅。若没些儿灵圣[40]与世人传，也不见得湛湛青天[41]。我不要半星[42]热血红尘洒[43]，都只在八尺旗枪[44]素练悬，等他四下里皆瞧见，这就是咱苌弘化碧[45]，望帝啼鹃[46]。

（刽子云）你还有甚的说话？此时不对监斩大人说，几时说那！（正旦再跪科，云）大人，如今是三伏天道[47]，若窦娥委实冤枉，身死之后，天降三尺瑞雪，遮掩了窦娥尸首。（监斩官云）这等三伏天道，你便有冲天的怨气，也召[48]不得一片雪来，可不胡说！（正旦唱）

【二煞】你道是暑气暄[49]，不是那下雪天，岂不闻[50]飞霜六月因邹衍[51]？若果有一腔怨气喷如火，定要感的六出冰花[52]滚似绵，免着我尸骸现。要甚么素车白马[53]，断送出[54]古陌荒阡[55]！

（正旦再跪科，云）大人，我窦娥死的委实冤枉，从今以后，着这楚州亢旱[56]三年。（监斩官云）打嘴！那有这等说话！（正旦唱）

【一煞】你道是天公不可期[57]，人心不可怜，不知皇天也肯从人愿。做甚么三年不见甘霖[58]降？也只为东海曾经孝妇冤[59]，如今轮到你山阳县。这都是官吏每无心正法，使百姓有口难言！

（刽子做磨旗科，云）怎么这一会儿天色阴了也？（内[60]做风科，刽子云）好冷风也！（正旦唱）

【煞尾】[61]浮云为我阴，悲风为我旋，三桩儿誓愿明题遍[62]。（做哭科，云）婆婆也，直等待雪飞六月，亢旱三年呵！（唱）那其间才把你个屈死的冤魂这窦娥显。

（刽子做开刀，正旦倒科）（监斩官惊云）呀，真个下雪了，有这等异事！（刽子云）我也道平日杀人满地都是鲜血。这个窦娥的血，都飞在那丈二白练上，并无半点落地，委实奇怪。（监斩官云）这死罪必有冤枉。早两桩儿应验了，不知亢旱三年的说话准也不准，且看后来如何。左右，也不必等待雪晴，便与我抬他尸首，还了那蔡婆婆去罢。（众应科，抬尸下）

---

［1］ 外：元杂剧中的角色行当名。其饰演范围比较宽泛，且男女均可演，为末、旦、净的次要角色，因称“外末”“外旦”“外净”等。明清以降，“外”逐渐演变为专演老年男子的角色，俗称“老外”或“老生”，其表演特点和“末”“生”无大差异。在元杂剧中，外，有时亦称“外末”，有时则指“外”以外的另一“末”角。由“外”扮演的人物，如《争报恩》中的赵通判，《谢金吾》中的焦赞、孟良、岳胜等。“外”即为“外末”的，如《误入桃源》中的阮肇（《元曲选》本作“外”，《古名家杂剧本》作“外末”）。由“外末”扮演的人物，有《单刀会》第一折中的鲁肃（元刊本、脉望馆钞校本为冲末）等；由“外旦”扮演的人物，有《货郎旦》中的张玉娥、《曲江池》中的刘桃花等；由“外净”扮演的人物，有《合汗衫》中的赵兴孙（元刊本、《元曲选》本则为“外”）等。

［2］ 监斩官：古代监督斩首犯人的官员。

［3］ 下官：从前做官的人对自己的谦称。

［4］ 着（zhuó 音卓）：命令。

［5］ 做公的：公人，指衙门里的差役。

［6］ 鼓三通（tòng 音痛）锣三下：击了三通鼓，敲了三下锣。鼓，这里用作动词，击鼓、敲鼓。

［7］ 磨旗：来回挥动旗子。宋・孟元老《东京梦华录》卷之七《驾登宝津楼诸军呈百戏》：“先一人空手出马，谓之‘引马’；次一人磨旗出马，谓之‘开道旗’。”磨，疑“麾（huī 音灰）”字之误，麾即“挥”。

［8］ 行动些：催促之词，即走快些。

［9］ 【正宫・端正好】：【正宫】，元曲宫调之一。元・周德清《中原音韵》：“大凡声音各应于律吕……【正宫】惆怅雄壮。”《中原音韵》载【正宫】所属曲牌为二十五支。《九宫大成南北词宫谱》载，属【正宫】的曲牌，北曲（题作高宫）有四十三支。北曲【正宫】联套的格式如“〔端正好〕—〔滚绣球〕—〔叨叨令〕—

〔脱布衫〕—〔小梁州〕—〔幺篇〕—〔快活三〕—〔朝天子〕—〔煞尾〕”，较为常用。〔端正好〕，曲牌名，南北曲均属【正宫】，据清·周祥钰《九宫大成谱》北曲的字数定格为五句：三、三、七、七、五，一般用作【正宫】套曲的第一曲。又，北曲【仙吕宫】亦有〔端正好〕，字数定格为九句：三、三、七、七、三、三、三、三、五。用作小令，或用作杂剧“楔子”。关汉卿在《鲁斋郎》《金线池》《单鞭夺槊》等剧的楔子中都采用【仙吕·端正好】的曲调。

［10］没来由：又作“无来由”，无缘无故。

［11］堤防：提防（dī fang 音低仿轻声）、防备。

［12］森罗殿：民间传说中阴间阎罗王居住和审案理事的殿堂。

［13］“怎不”句：怎么不把天地呀深深地埋（mán 音蛮）怨。生埋怨，交代了窦娥被判刑后的基本情感。通过增“将天地也”字，加入了明确埋怨的对象，使得句意趋于清晰。生，甚、深。

［14］〔滚绣球〕：曲牌名，属北曲【正宫】。据清·周祥钰《九宫大成谱》，十一句八韵：三、三、七、七、三、三、七、七、七、七、四。第一句至第四句为第一叠，第五句至第八句为第二叠，两叠句式平仄大致相同，第三叠即将第一叠重复作之，故称“滚绣球”。元人大多限用两叠，偶有用三叠者。本调用在套曲内，常同〔倘秀才〕曲牌重叠使用，回环重复成为子母调。王国维认为这种形式出于宋代的曲艺“缠达”（见《宋元戏曲史》）。

［15］“天地也，只合把”十一句：明·孟称舜《古今名剧合选·柳枝集》眉批：“问天，天则何辞。”糊突了盗跖（zhí 音直）、颜渊，模糊、混淆了盗跖和颜渊的界限、区别，意为不分善恶好坏。糊突，宋元时习用语，有糊涂、模糊、混淆等义。这里为是非不分、模糊混淆的意思。跖，亦称“盗跖”，春秋战国之际人。“盗”是旧时的诬称。据《史记·伯夷列传》，盗跖“日杀不辜，肝人之肉，暴戾恣睢，聚党数千人横行天下”。颜渊，即颜回，孔子最贤良的弟子之一。《伯夷列传》谓：孔子“独荐颜渊为好学。”在《仲尼弟子列传》中，孔子又说：“贤哉回也！一箪食，一瓢饮，在陋巷，人不堪其忧，回也不改其乐。”在历代人们的心目中，颜渊就一直是勤谨好学、安贫乐道的贤者典型。后世因将盗跖和颜渊作为恶人和好人的代表。错勘，错误地判断。勘，审问。

［16］〔倘秀才〕：曲牌名，北曲属【正宫】。据清·周祥钰《九宫大成谱》，字数定格及韵式为六句五韵：七、七、七、三、三、四，也可作六、六、七、三、三、二（六句）。首二句对仗。套数用，承〔滚绣球〕后，并与之成为“子母调”。其排列方式通常为〔端正好〕—〔滚绣球〕—〔倘秀才〕—〔滚绣球〕—〔倘秀才〕—〔呆骨朵〕—〔煞尾〕等。

［17］纽：同“扭”，这里是“拘束”的意思。

［18］行（háng 音航）：这里表示方位，意为在这里、在这儿、在那里、在那儿等处所。“哥哥行”，即“哥哥那里”。

［19］〔叨叨令〕：曲牌名，属北曲【正宫】，套数、小令兼用。据清·周祥钰《九宫大成谱》，字数定格及韵式为七句五韵：七、七、七、七、五、五、七或八、八、八、八、六、六、七（七句）。规定第五、六句末三字必作“也么哥”或“也波哥”。从第一至第四句，其句式平仄完全相同，故王力《汉语诗律学》说：“真有叨叨的意味。”吴梅《南北词简谱》：“‘也么哥’句可不管文理为之。通体皆叶（xié 音协）去声，切勿用上（shǎng 音赏）声韵。”又，“也么哥”前可用叠字，叠字宜用平声。该调可用作小令，也多用于套曲中。

［20］餐刀：吃刀、挨刀。

［21］也么哥：语气助词。这是〔叨叨令〕曲牌的定格，即其中两句曲词要重复，句尾有“也么哥”三字。亦作“也末哥”“也波哥”。

［22］近前：往跟前来。

［23］冬时年节，月一十五：冬至和过年，初一和十五。

［24］瀽：泼洒、倾倒。这里的前后两个“瀽”字，前者为祭奠时将酒浆泼洒于地上，后者为将饮食倾倒于碗中。

［25］一陌儿：一百个纸钱。陌，古时计量用字，同“佰”“百”。用于钱，一陌，即一佰钱、一百钱。亦谓祭奠时焚烧的纸钱，一叠为一陌。

［26］则是：只当是。

［27］〔快活三〕：曲牌名，属【中吕宫】，亦入【正宫】。四句四韵：五、五、七、五。共二十二字，前三句平韵，第四句仄韵。套曲用，下例接〔朝天子〕；用作小令则须同〔朝天子〕等合作带过曲。明·孟称舜《古今名剧合选·柳枝集》此曲眉批：“自然迸泪。”

［28］“念窦娥”句：可怜我窦娥被官府糊里糊涂地判了死罪。葫芦提，亦作“葫芦蹄”“葫芦题”“胡卢提”“胡卢蹄”等，当时的口语，糊里糊涂的意思。愆（qiān 音千），罪过。

［29］干家缘：理家干活儿，为家财家计尽心尽力。

［30］〔鲍老儿〕：曲牌名，又名〔催鲍老〕。鲍老，本义为在鲍肆做买卖的老人，春秋时期齐国大臣鲍敬叔之子鲍叔牙早年交好管仲，以管鲍之交力荐管仲入相，与管仲一起辅齐称霸，至晚年称相。鲍叔牙一生忠君爱国，辅世长民，堪称“智者”，故后世文学作品常以“鲍老”扮演粉墨登场的智者角色。宋代民间舞中已有“鲍老”角色，到元代以“鲍老”为曲名的舞曲依旧被元杂剧等吸收使用。属【中吕宫】，多用在套曲内。全曲十句六韵：七、六、七、五、四、四、四、四、四、四，共四十九字。第五、第六、第八、第九句均不押韵。曲牌内的七字句均为“倒七字”（“4+3”类）。曲中窦娥絮絮地与婆婆诀别。一连串“念窦娥”的排比，是窦娥对婆婆的反复告诫：今后不要忘记她。这在窦娥形象的总体塑造上并非闲笔。一方面，再次表明窦娥与婆婆相依为命的关系，生做蔡家人，死做蔡家鬼；另一方面，表明窦娥强烈的生的渴念，死后也要过年

过节、吃饭花钱。更让人痛心的是，她想象的死后也像生时一样摆脱不了童养媳地位，一定要吃不了、花不了的才轮到她，还要看在她亡夫的面子上。

[31] 烈：焚烧、烧化。

[32] 荐：祭奠亡灵。古代称平时无酒肉作贡品的简单祭礼。

[33] 不明不暗：糊里糊涂。

[34] 白练：白色熟绢。

[35] 打甚么不紧：有什么要紧。意思是没关系、不要紧。

[36] 站：这里指让窦娥站着。

[37] 〔耍孩儿〕：曲牌名，一名〔魔合罗〕〔摩睺（hóu 音侯）罗〕〔摩孩儿〕〔红衫儿〕。调名源于佛教梵（fàn 音范）语，宋时是七夕节畅销的一种泥娃娃玩具。宋·陈元靓（liàng 音亮）《岁时广记》卷二六："磨喝乐，南人目为巧儿。今行在中瓦子、后市街、众安桥，卖'磨喝乐'最为旺盛，惟苏州极巧，为天下第一。"元·杜仁杰【般涉调·耍孩儿】《庄家不识构阑》套数证明〔耍孩儿〕作为曲牌流行于元代。王实甫《西厢记》杂剧中也运用了〔耍孩儿〕曲牌。据清·周祥钰《九宫大成谱》，字数定格为九句六韵：七、七、七、四、七、七、五、四、四，共五十二字（不计衬字）。平仄混押，第二句宜叶上声韵，第七句散套有不叶韵者，此系沿袭诸宫调作法之故。第五、六句，第八、九句对仗。亦入【中吕宫】【正宫】【双调】。或用作小令，或用于【般涉调】【正宫】或【中吕宫】套曲内。

[38] 罚：这里是"发"的意思。

[39] 无头愿：拿头来相拼的誓愿。

[40] 灵圣：灵验、显灵。

[41] "也不"句：也显不出天理昭彰。湛湛，清明澄澈。

[42] 不要半星：增字"半星"与否定词"不要"构成了完全的否定，突出了窦娥反抗的坚定。

[43] 红尘洒：洒在土地上。红尘，土地。

[44] 旗枪：装有枪头的旗杆。

[45] "这就是"句：苌弘化碧，苌弘（？—前 492 年），字叔，因又称苌叔。周景王、周敬王的大臣刘文公属下大夫。在晋卿内讧中，由于帮助范氏，被周人所杀。民间传说，苌弘之血，三年后化为碧玉。后以此典用来形容刚直忠正，为正义事业而蒙冤抱恨。碧，青绿色的美玉。"这就是咱"为增字，在保留原有四字结构的基础上对之进行复刻，语气显著增强，情感强烈。

[46] 望帝啼鹃：传说古代蜀国国王杜宇，号望帝，死后魂魄化为杜鹃鸟。春末夏初，杜鹃昼夜啼鸣，音声如说"不如归去"，哀切至甚，据说必啼至出血乃止。

[47] 三伏天道：一年中最热的气候。三伏，按照我国古代的"干支纪日法"确定，每年夏至以后第三个庚日为初伏，第四个庚日为中伏，立秋后第一个庚日为末

伏，合起来称为三伏。天道，天气、气候。

[48] 召：呼唤。

[49] 暄：温暖，这里引申为热。

[50] 岂不闻：衬字。衬字使句法连贯性比诗和词更加紧密。下面的“若果有”“定要感的”“免着我”“要甚么”“断送出”，都是衬字。元杂剧唱词凭借这样的衬字，使得句间的逻辑关系更显豁，以一种大白话的姿态显示出纯朴、活泼、天真、原生的心态。清·黄图珌《看山阁集闲笔·文学部·词曲》曰：“宋尚以词，元尚以曲。春兰、秋菊，各茂一时。其有所不同者，曲贵乎口头言语，化俗为雅。”所谓“化俗为雅”，即如臧晋叔《元曲选·序》所说的“不工之工”。“不工”是相对于诗词而言的，而“工”则是对于口语的弹性规范。但这不等于说，曲不讲究文采，只是文采的准则不同。李渔在《闲情偶寄》中说：“曲文之词采，与诗文之词采非但不同，且要判然相反。何也？诗文之词采贵典雅而贱粗俗，宜蕴藉而忌分明；词曲不然，话则本之街谈巷议，事则取其直说明言……以其深而出之以浅，非借浅以文其不深也。”这种俗中之雅的诗性是早期元曲所独具的。

[51] 飞霜六月因邹衍：邹衍（前 305 ？—前 240），亦作驺衍，战国末齐国著名哲学家、阴阳家，见重于齐、梁、赵诸国，最后仕于燕。燕昭王对他特别敬重，甚至“拥彗先驱，请列弟子之座而受业，筑碣石宫，身亲往师之”（《史记·孟子荀卿列传》）。但燕惠王即位后，听信谗言，邹衍因而被拘执入狱。邹衍仰天长叹而哭，虽值炎夏，而天竟为之降霜。东汉·王充《论衡·感虚篇》：“传书言：‘邹衍无罪，见拘于燕，当夏五月，仰天而叹，天为陨（yǔn 音允）霜。’”后以此比喻忠诚反而蒙冤之人事。在这里，窦娥引用“飞霜六月”的典故，驳斥监斩官的观点，为自己誓愿的合理性、正义性找到依据。“若果有一腔怨气喷如火，定要感的六出冰花滚似绵，免着我尸骸现”，这里表明窦娥相信正义一定能战胜邪恶，她的冤屈一定能够昭雪，她的誓愿一定会实现。

[52] 六出冰花：指雪花。雪的结晶体一般有六瓣，所以说“六出”。

[53] 素车白马：古代凶丧之事所用的白车白马，后用作送葬语。《后汉书·独行传·范式》载：范式字巨卿，与张劭为友。劭死，式驰赴之，未至而丧已发引。既至圹（kuàng 音况，墓穴），将窆（biǎn 音匾，埋葬），柩不肯进。遂停柩移时，乃见素车白马，号哭而来。劭母望之曰：“是必范巨卿也。”式因执绋（fú 音扶）而引，柩于是乃前。

[54] 断送出：发送往。断送，发送，指殡葬。

[55] 古陌荒阡：指荒郊野外，人烟稀少地方的纵横小路。古代田间小路东西为陌，南北为阡。

[56] 亢（kàng 音抗）旱：极度大旱。亢，极、很、过度。

[57] 期：希望、指望、盼望。

[58] 甘霖：指解除旱象的雨水。甘，甜，引申为美好。霖，久雨。《左传·隐公九年》："凡雨，自三日以往为霖。"这里指干旱时所需的大雨。

[59] 东海曾经孝妇冤：典出《汉书·于定国传》："东海有孝妇，少寡，亡（wú 音无）子，养姑甚谨。姑欲嫁之，终不肯。姑谓邻人曰：'孝妇事我勤苦，哀其亡子守寡。我老，久累丁壮，奈何？'其后姑自经死，姑女告吏：'妇杀我母。'吏捕孝妇，孝妇辞不杀姑。吏验治，孝妇自诬服。具狱上府，于公以为此妇养姑十余年，以孝闻，必不杀也。太守不听，于公争之，弗能得，乃抱其具狱，哭于府上，因辞疾去。太守竟论杀孝妇。郡中枯旱三年。后太守至，卜筮其故，于公曰：'孝妇不当死，前太守强断之，咎党在是乎？'于是太守杀牛，自祭孝妇冢，因表其墓，天立大雨，岁熟。"

[60] 内：指后台。

[61] 〔煞尾〕：曲牌名，北曲【黄钟宫】【正宫】【南吕宫】【中吕宫】【大石调】均有〔煞尾〕，或称〔随尾〕〔随煞尾〕等。用作套曲中的末一曲。大都在开始用〔煞〕曲中七字句两句，结尾用〔尾声〕一句，中间或反复使用七字句，或在七字句后再用三字句或四字句数句。句数多少不拘，可以自由增损。

[62] 明题遍：明明白白都说完了。题，提。

第四折

（窦天章冠[1]带[2]引丑[3]张千、祗从[4]上，诗云）独立空堂思黯然，高峰月出满林烟。非关有事人难睡，自是惊魂夜不眠。老夫窦天章是也。自离了我那端云孩儿，可蚤十六年光景。老夫自到京师，一举及第，官拜参知政事[5]。只因老夫廉能清正，节操坚刚，谢圣恩可怜，加老夫两淮提刑肃政廉访使[6]之职，随处审囚刷卷，体察[7]滥官污吏，容老夫先斩后奏。老夫一喜一悲：喜呵，老夫身居台省[8]，职掌刑名[9]，势剑金牌[10]，威权万里；悲呵，有端云孩儿，七岁上与了蔡婆婆为儿媳妇。老夫自得官之后，使人往楚州问蔡婆婆家。他邻里街坊道：自当年蔡婆婆不知搬在那里去了，至今音信皆无。老夫为端云孩儿啼哭的眼目昏花，忧愁的须发斑白。今日来到这淮南地面，不知这楚州为何三年不雨。老夫今在这州厅安歇。张千，说与那州中大小属官，今日免参，明日蚤见。（张千向古门云）一应大小属官：今日免参，明日蚤见。（窦天章云）张千，说与那六房吏典[11]：但有合刷照文卷[12]，都将来，待老夫灯下看几宗波。（张千送文卷科，窦天章云）张千，你与我掌上灯。你每都辛苦了，自去歇息罢。我唤你便来，不唤你休来。（张千点灯同祗从下。窦天章云）我将这文卷看几宗咱。“一起犯人窦娥，将毒药致死公公。”我才看头一宗文卷，就与老夫同姓，这药死公公的罪名，犯在十恶不赦[13]。俺同姓之人，也有不畏法度的。这是问结了的文书[14]，不看他罢。我将这文卷压在底下，别看一宗咱。（做打呵欠科，云）不觉的一阵昏沉上来，皆因老夫年纪高大，鞍马劳困之故。待我搭伏定[15]书案，歇息些儿咱。（做睡科，魂旦上，唱）

【双调·新水令】[16]我每日哭啼啼守住望乡台[17]，急煎煎把仇人等待，慢腾腾昏地里走，足律律旋风中来，则被这雾锁云埋，撺掇的鬼魂快[18]。

（魂旦望科，云）门神户尉[19]不放我进去。我是廉访使窦天章女孩儿。因我屈死，父亲不知，特来托一梦与他咱。（唱）

【沉醉东风】[20]我是那提刑的女孩，须不比现世的妖怪。怎不容我到灯影前，却拦截在门桯[21]外？（做叫科，云）我那爷爷呵，（唱）枉自有势剑金牌，把俺这屈死三年的腐骨骸，怎脱离无边苦海！

（做入见哭科，窦天章亦哭科，云）端云孩儿，你在那里来？（魂旦虚下[22]）（窦天章做醒科，云）好是奇怪也！老夫才合眼去，梦见端云孩儿恰便似来我跟前一般，如今在那里？我且再看这文卷咱。（魂旦上，做弄灯科）（窦天章云）奇怪！我正要看文卷，怎生这灯忽明忽灭的？张千也睡着了，我自己剔灯咱。（做剔灯，魂旦翻文卷科。窦天章云）我剔的这灯明了也。再看几宗文卷。“一起犯人窦娥药死公公……”（做疑怪科，云）这一宗文卷，我为头看过，压在文卷底下，怎生又在这上头？这几时问结了的，还压在底下，我别看一宗文卷波。（魂旦再弄灯科。窦天章云）怎么，这灯又是半明半暗的，我再剔这灯咱。（做剔灯，魂旦再翻文卷科。窦天章云）我剔的这灯明了，我另拿一宗文卷看咱。“一起犯人窦娥药死公公。”呸！好是奇怪！我才将这文书分明压在底下，刚剔了这灯，怎生又翻在面上？莫不是楚州后厅里有鬼么？便无鬼呵，这桩事必有冤枉。将这文卷再压在底下，待我另看一宗如何。（魂旦又弄灯科。窦天章云）怎生这灯又不明了？敢有鬼弄这灯？我再剔一剔去。（做剔灯科，魂旦上，做撞见科。窦天章举剑击桌科，云）呸！我说有鬼！兀那鬼魂：老夫是朝廷钦差，带牌走马[23]肃政廉访使。你向前来，一剑挥之两段。张千，亏你也睡的着！快起来，有鬼有鬼。兀的不吓杀老夫也！（魂旦唱）

【乔牌儿】[24]则见他疑心儿胡乱猜，听了我这哭声儿转惊骇。哎，你个窦天章直恁的威风大，且受你孩儿窦娥这一拜[25]。

（窦天章云）兀那鬼魂，你道窦天章是你父亲，受你孩儿窦娥拜。你敢错认了也？我的女儿叫做端云，七岁上与了蔡婆婆为儿媳妇。你是窦娥，名字差了，怎生是我女孩儿？（魂旦云）父亲，你将我与了蔡婆婆家，改名做窦娥了也。（窦天章云）你便是端云孩儿，我不问你别的，这药死公公，是你不是？（魂旦云）是你孩儿来。（窦天章云）噤声[26]！你这小妮子，老夫为你，啼哭的眼也花了，忧愁的头也白了。你划地犯下十恶大罪，受了典刑。我今日官居台省，职掌刑名，来此两淮审囚刷卷，体察滥官污吏。你是我亲生之女，老夫将你治不的，怎治他人？我当初将你嫁与他家呵，要你三从四德。三从者：在家从父，出嫁从夫，夫死从子。四德者：事公姑，敬夫主，和妯娌，睦街坊。今三从四德全无，划地犯了十恶大罪。我窦家三辈无犯法之男，五世无再婚之女。到今日被你辱没祖宗[27]世德，又连累我的清名。你快与我细吐真情，不要虚言支对。若说的有半厘[28]差错，牒发你城隍祠内[29]，着你永世不得人身，罚在阴山[30]，永为饿鬼。（魂旦云）父亲停嗔[31]息怒，暂罢狼虎之威，听你孩儿慢慢的说一遍咱。我三岁上亡了母亲，七岁上离了父亲，你将我送与蔡婆婆做儿媳妇，至十七岁与夫配合。才得两年，不幸儿夫亡化，和俺婆婆守寡。这山阳县南门外有个赛卢医，他少俺婆婆二十两银子，俺婆婆去取讨，被他赚到郊外，要将婆婆勒死，不想撞见张驴儿父子两个救了俺婆婆性命。那张驴儿知道我家有个守寡的媳妇，便道："你婆儿媳妇既无丈夫，不若招我父子两个。"俺婆婆初也不肯，那张驴儿道："你若不肯，我依旧勒死你。"俺婆婆惧怕，不得已含糊许了。只得将他父子两个领到家中，养他过世[32]。有张驴儿数次调戏你女孩儿，我坚执不从。那一日俺婆婆身子不快，想羊脏儿汤吃。你孩儿安排了汤，适值张驴儿父子两个问病，道将汤来我尝一尝，说汤便好，只少些盐醋，赚的我去取盐醋。他就暗地里下了毒药，实指望药杀俺婆婆，要强逼我成亲。不想俺婆婆偶然发呕，不要汤吃，却让与老张吃，随即七窍流血药死了。张驴儿便道："窦娥药死了俺老子，你要官休要私休？"我便道："怎生是官休？怎生是私休？"他道："要官休，告到官司，你与俺老子偿命。若私休，你便与我做老婆。"你孩儿便道："好马不鞴双鞍，烈女不更二夫。我至死不与你做媳妇，我情愿和你见官去。"他将你孩儿拖到官中，受尽三推六问，吊拷绷扒[33]，便打死孩儿也不肯认。怎当州官见你孩儿不认，便要拷打俺婆婆。我怕婆婆年老，受刑不起，只得屈认了。因此押赴法场，将我典刑。你孩儿对天发下三桩誓愿：第一桩，要丈二白练挂在旗枪上，若系冤枉，刀过头落，一腔热血休滴在地下，都飞在白练上；第二桩，现今三伏天道，下三尺瑞雪，遮掩你孩儿尸首；第三桩，着他楚州大旱三年。果然血飞上白练，六月下雪，三年不雨，都是为你孩儿来。（诗云）不告官司只告天，心中怨气口难言。防他老母遭刑宪，情愿无辞认罪愆。三尺琼花[34]骸骨掩，一腔热血练旗悬。岂独霜飞邹衍屈，今朝方表窦娥冤。（唱）

【雁儿落】你看这文卷曾道来不道来，则我这冤枉要忍耐如何耐？我不肯顺他人倒着我赴法场，我不肯辱祖上[35]倒把我残生坏。

【得胜令】[36]呀，今日个搭伏定摄魂台[37]，一灵儿怨哀哀。父亲也，你现掌着刑名事，亲蒙圣主差。端详这文册，那厮乱纲常合当败。便万剐[38]了乔才[39]，还道报冤仇不畅怀！

（窦天章做泣科，云）哎，我屈死的儿也，则被你痛杀我也！我且问你：这楚州三年不雨，可真个是为你来？（魂旦云）是为你孩儿来。（窦天章云）有这等事？到来朝我与你做主。（诗云）白头亲苦痛哀哉，屈杀了你个青春女孩。只恐怕天明了，你且回去，到来日我将文卷改正明白。（魂旦暂下）（窦天章云）呀，天色明了也。张千，我昨日看几宗文卷，中间有一鬼魂来诉冤枉。我唤你好几次，你再也不应，直恁的好睡那？（张千云）我小人两个鼻子孔，一夜不曾闭，并不听见女鬼诉甚么冤状，也不曾听见相公呼唤。（窦天章做叱科，云）哏[40]！今蚤升厅坐衙，张千喝撺厢者。（张千做吆喝科，云）在衙人马平安！抬书案[41]！（禀云）州官见。（外扮州官入参科）（张千云）该房吏典见。（丑扮吏入参见科）（窦天章问云）你这楚州一郡，三年不雨，是为着何来？（州官云）这个是天道亢旱，楚州百姓之灾。小官等不知其罪。（窦天章做怒，云）你等不知罪么？那山阳县有用毒药谋死公公犯妇窦娥，他问斩之时，曾发愿道：若是果有冤枉，着你楚州三年不雨，寸草不生。可有这件事来？（州官云）这罪是前升任桃州守问成的，现有文卷。（窦天章云）这等糊突的官，也着他升去！你是继他任的，三年之中，可曾祭这冤妇么？（州官云）此犯系十恶大罪，元不曾有祠，所以不曾祭得。（窦天章云）昔日汉朝有一孝妇守寡，其姑自缢身死，其姑女告孝妇杀姑，东海太守将孝妇斩了。只为一妇含冤，致令三年不雨。后于公[42]治狱，仿佛见孝妇抱卷哭于厅前，于公将文卷改正，亲祭孝妇之墓，天乃大雨。今日你楚州大旱，岂不正与此事相类？张千，分付该房佥牌[43]下山阳县，着拘张驴儿、赛卢医、蔡婆婆一起人犯，火速解审，毋得违误片刻者。（张千云）理会得。（下）

（丑扮解子[44]，押张驴儿、蔡婆婆同张千上。禀云）山阳县解到审犯听点。（窦天章云）张驴儿。（张驴儿云）有。（窦天章云）蔡婆婆。（蔡婆婆云）有。（窦天章云）怎么赛卢医是紧要人犯不到？（解子云）赛卢医三年前在逃，一面着广捕批[45]缉拿去了，待获日解审。（窦天章云）张驴儿，那蔡婆婆是你的后母么？（张驴儿云）母亲好冒认的？委实是。（窦天章云）这药死你父亲的毒药，卷上不见有合药的人，是那个的毒药？（张驴儿云）是窦娥自合就的毒药。（窦天章云）这毒药必有一个卖药的医铺，想窦娥是个少年寡妇，那里讨这药来？张驴儿，敢是你合的毒药么？（张驴儿云）若是小人合的毒药，不药别人，倒药死自家老子？（窦天章云）我那屈死的儿，这一节是紧要公案，你不自来折辩[46]，怎得一个明白？你如今冤魂却在那里？（魂旦上，云）张驴儿，这药不是你合的，是那个合的？（张驴儿做怕科，云）有鬼有鬼，撮盐入水[47]。太上老君，急急如律令，敕[48]！（魂旦云）张驴儿，你当日下毒药在羊脂儿汤里，本意药死俺婆婆，要逼勒我做浑家，不想俺婆婆不吃，让与你父亲吃，被药死了。你今日还敢赖哩！（唱）

【川拨棹】[49]猛见了你这吃敲材[50]，我只问你这毒药从何处来？你本意待暗里栽排[51]，要逼勒我和谐，倒把你亲爷毒害，怎教咱替你耽罪责？

（魂旦做打张驴儿科）（张驴儿做避科，云）太上老君，急急如律令，敕！大人说这毒药，必有个卖药的医铺，若寻得这卖药的人来和小人折对，死也无词。（丑扮解子解赛卢医上，云）山阳县续解到犯人一名赛卢医。（张千喝云）当面[52]。（窦天章云）你三年前要勒死蔡婆婆，赖他银子，这事怎么说？（赛卢医叩头科，云）小的要赖蔡婆婆银子的情是有的，当被两个汉子救了，那婆婆并不曾死。（窦天章云）这两个汉子你认的他叫做甚么名姓？（赛卢医云）小的认便认的，慌忙之际，可不曾问的他名姓。（窦天章云）现有一个在阶下，你去认来。（赛卢医做下认科，云）这个是蔡婆婆。（指张驴儿云）想必这毒药事发了。（上云）是这一个。容小的诉禀：当日要勒死蔡婆婆时，正遇见他爷儿两个，救了那婆婆去。过得几日，他到小的铺中讨服毒药。小的是念佛吃斋人，不敢做昧心的事，说道："铺中只有官料药[53]，并无甚么毒药。"他就睁着眼道："你昨日在郊外要勒死蔡婆婆，我拖你见官去！"小的一生最怕的是见官，只得将一服毒药与了他去。小的见他生相[54]是个恶的，一定拿这药去药死了人，久后败露，必然连累。小的一向逃在涿州地方，卖些老鼠药。刚刚是老鼠被药杀了好几个，药死人的药，其实再也不曾合。（魂旦唱）

【七弟兄】[55]你只为赖财、放乖[56]，要当灾。（带云[57]）这毒药呵，（唱）原来是你赛卢医出卖，张驴儿买，没来由填做我犯由牌[58]，到今日官去衙门在。

（窦天章云）带那蔡婆婆上来。我看你也六十外人了，家中又是有钱钞的，如何又嫁了老张，做出这等事来？（蔡婆婆云）老妇人因为他爷儿两个救了我的性命，收留他在家养膳过世。那张驴儿常说，要将他老子接脚进来，老妇人并不曾许他。（窦天章云）这等说，你那媳妇就不该认做药死公公了。（魂旦云）当日问官要打俺婆婆，我怕他年老，受刑不起，因此咱认做药死公公。委实是屈招个！（唱）

【梅花酒】[59]你道是咱不该，这招状供写的明白。本一点孝顺的心怀，倒做了惹祸的胚胎[60]。我只道官吏每还覆勘[61]，怎将咱屈斩首在长街！第一要素旗枪鲜血洒，第二要三尺雪将死尸埋，第三要三年旱示天灾。咱誓愿委实大。

【收江南】[62]呀，这的是"衙门从古向南开，就中无个不冤哉[63]”。痛杀我娇姿弱体闭泉台[64]。蚤三年以外，则落的悠悠流恨[65]似长淮[66]。

（窦天章云）端云儿也，你这冤枉，我已尽知。你且回去。待我将这一起人犯，并原问官吏，另行定罪。改日做个水陆道场[67]，超度你生天[68]便了。（魂旦拜科，唱）

【鸳鸯煞尾】从今后把金牌势剑从头摆，将滥官污吏都杀坏，与天子分忧，万民除害。（云）我可忘了一件：爹爹，俺婆婆年纪高大，无人侍养，你可收恤[69]家中，替你孩儿尽养生送死之礼。我便九泉之下，可也瞑目。（窦天章云）好孝顺的儿也！（魂旦唱）嘱付你爹爹，收养我奶奶。可怜他无妇无儿，谁管顾年衰迈！再将那文卷舒开，（带云）爹爹，也把我窦娥名下，（唱）屈死的招伏[70]罪名儿改。（下）

（窦天章云）唤那蔡婆婆上来。你可认得我么？（蔡婆婆云）老妇人眼花了，不认的。（窦天章云）我便是窦天章。适才的鬼魂，便是我屈死的女孩儿端云。你这一行人听我下断[71]：张驴儿毒杀亲爷，谋占[72]寡妇，合拟凌迟，押赴市曹中，钉上木驴[73]，剐一百二十刀处死。升任州守桃杌并该房吏典，刑名违错[74]，各杖一百，永不叙用。赛卢医不合赖钱勒死平民，又不合修合毒药，致伤人命，发烟障地面，永远充军[75]。蔡婆婆我家收养。窦娥罪改正明白。（词云）莫道我念亡女与他灭罪消愆，也只可怜见楚州郡大旱三年。昔于公曾表白东海孝妇，果然是感召得灵雨如泉。岂可便推诿道天灾代有，竟不想人之意感应通天。今日个将文卷重行改正，方显的王家法不使民冤。

题目　秉鉴持衡[76]廉访法
正名[77]　感天动地窦娥冤

---

［1］ 冠：束发饰物，两边有孔，可导入簪子加以固定。它是我国古代男子最为正式的首服，专供贵族阶层使用。古时男子成年礼，即举行隆重的加冠礼。起初人们戴冠只是为了美观，发冠造型式样也没有具体规定。随着等级制度的逐步确立、礼乐制度的发展，产生了与之相应的冠服制度。

［2］ 带：一种以革制成，饰以玉、金、铜、铁等饰，束之于腰的带。中国早期的服装多不用纽扣，只在衣襟处缝上几根小带，用以系结，这种小带的名称叫“衿（jīn 音斤）”。为了不使衣服散开，人们又在腰部系上一根大带，这种大带就叫腰带。古代腰带名目繁多，形制也十分复杂，但总的分成两类：一类以皮革为之，古称“鞶（pán 音盘）革”，或称“鞶带”；一类以丝帛制成，古称“大带”，或称“丝绦”。也有将这两种腰带统称为大带的。

［3］ 丑：戏曲角色行当名，净角之一。净角都用色彩涂面，所以净又称花脸、花面。丑则仅在鼻梁上涂一小块白粉，故称“小净”，俗称“小花脸”“三花脸”。丑可以扮演正面和反面、男性和女性等各种各样的人物形象。本剧有净（扮赛卢医），有副净（扮张驴儿），又有丑（扮张千）。丑扮女性角色，或径称为丑，或称“搽旦”。如《桃花女》中丑扮媒婆，《刘行首》中的搽旦扮卜儿刘婆婆，《还牢末》中的搽旦扮萧娥等。

［4］ 祗从：侍从。

［5］ 参知政事：官名。据《元史》记载，元代官制，中书省下设参政二员，从二品，辅助宰相以参大政，而其职权亚于正二品的左、右丞。在各行中书省亦设有参知政事，也为从二品，为行中书省丞相的佐贰之官，其职权亚于正二品的行省左、右丞。

［6］ 提刑肃政廉访使：元职官名。据《元史》记载，元初定提刑按察司，世祖至元二十八年（1291 年）改按察司为肃政廉访司。至元三十年（1293 年）以后至成宗大德三年（1299 年）以前，全国肃政廉访司下立二十二道，每道设廉访使二员，正三品，上属御史台及有关行台，其职能为巡视、纠察所辖各道的政治、吏治等的得失。

［7］ 体察：又作“体访”。考察。

［8］ 台省：古时中央官署名，是代表中央行使政令的枢要部门，因而台省就成了中央政权机关的代称和象征。本剧窦天章所任提刑肃政廉访使，属御史台和中书省，因称“身居台省”。

［9］ 职掌刑名：掌握着审查和复核刑狱、讼案的重大权力。

［10］ 势剑金牌：皇帝赐予大臣随机全权处置军政重事和大案要案的两种凭证、信物。势剑，亦称“尚方宝剑”，可以凭此先斩后奏。

［11］ 六房吏典：泛指州县衙门的官吏。六房，元代在各级政权机构中设有吏、户、

礼、兵、刑、工等六个部门以各司其职。吏典，官吏的通称。

［12］刷照文卷：刷卷，元明清时期对政府文卷定期检查审核的制度。《元典章·吏部八》："明察曰照，寻究曰刷，复核曰磨，检点曰勘。"以检查官府文件有无稽迟、失错、遗漏、规避、埋没、违枉等情弊，有则限期改正。元代照刷文卷由御史台、行台、肃政廉访司负责施行，最初每季一次，后改为半年一次。

［13］十恶不赦：指罪恶极大，不可饶恕。《元史·刑法志一》所载"十恶"为：谋反、谋大逆、谋叛、恶逆、不道、大不敬、不孝、不睦、不义、内乱。

［14］问结了的文书：已经审理完结、定了案的案件卷宗。

［15］搭伏定：趴伏下。这里指趴伏在书案上。

［16］【双调·新水令】：【双调】，元曲宫调之一。元·周德清《中原音韵》："大凡声音各应于律吕……【双调】健捷激袅。"《中原音韵》载【双调】所属曲牌一百支。《九宫大成南北词宫谱》载，属【双调】的曲牌，北曲有一百一十三支。北曲【双调】联套的格式如"〔新水令〕—〔折桂令〕—〔雁儿落〕—〔得胜令〕—〔沽美酒〕—〔太平令〕—〔鸳鸯煞〕"，较为常用。元杂剧末一折大都用【双调】套曲。〔新水令〕，曲牌名，南北曲均属【双调】，但字数不同。北曲用于剧曲和散曲套数，多作套数首牌。六句五韵：七、七、三、三、四、五，共二十九字。仄韵，〔幺篇〕同始调，用者极少。第三、四两句定格作三字句。但普遍多作五字句，须对句。第五句下句增四字句，平仄同第五句。每句叶韵。下例接〔驻马听〕。

［17］望乡台：民间传说，人死以后，阴间有望乡台，鬼魂可以登台望见阳世自己故乡及家中的情形。

［18］"慢腾腾"四句：明·孟称舜《古今名剧合选·柳枝集》眉批："魂游景象。"足律律，亦作"促律律"，拟声词，状似迅疾飘忽、旋转无定的风声。清·梁廷枏《曲话》特别提到"元曲叠字多新异者"，并搜集抄录了包括"足律律"在内的二百余个叠字新词。撺掇，唆使、怂恿、劝诱、催促。

［19］门神户尉：守护门户的神祇（qí 音棋）。旧时风俗，常在春节期间把画有神像的画纸贴于门上，曰"贴门神"。此种习惯，至今还在我国民间保留着。

［20］〔沉醉东风〕：曲牌名，产生于金末、南宋时期，南北曲兼有。据清·周祥钰《九宫大成谱》，北曲属【双调】，其字数定格及韵式为七句六韵：七、七、五、五、七、七、七，共四十五字。第一、二句，第三、四句对仗。用于套曲和小令，套曲中多承〔驻马听〕后。

［21］门桯（tīng 音听）：门限、门槛。

［22］虚下：亦称"暗下"。戏曲中人物下场，都要按一定的表演程式，如念下场诗，或者唱曲，或有其他的音乐伴奏，从而在观众的注视中下场。而"虚下"或"暗下"则没有任何程式处理，悄然下场，以免打扰分散了观众对场上人物行动和情节发展的注意力。"虚上""暗上"，与此相似，即悄然上场。

［23］带牌走马：带着金牌上任，比喻拥有最高权力。带牌，佩带御赐金牌。走马，有权使用铺马。

［24］〔乔牌儿〕：曲牌名，属北曲【双调】。据清·周祥钰《九宫大成谱》，其字数定格及韵式为四句四韵：五、五、七、五。用于套曲中。《北曲新谱》谓“此章音节以拗为胜”，“改拗为顺，与本调特点不合，不宜从”。首末两句有叶去声韵者，第二、三两句有叶上声韵者。

［25］“且受”句：王季思主编的《中国十大古典悲剧集》眉批曰：此句“原作‘且受我窦娥这一拜’，据下面窦天章说白增改”。善，从之，亦改成目前句式。孟称舜编纂的《古今名剧合选·酹江集》为“且受我窦娥孩儿这一拜。”

［26］噤（jìn 音近）声：住口、不许再说下去。

［27］祖宗：泛指祖先。

［28］半厘：半点儿。

［29］“牒发”句：意为发文押解你到城隍祠里去。牒发，发文、行文。牒，牒文、公文。城隍，民间传说为守护城池之神，亦掌握着人间生死大权。

［30］阴山：犹阴曹地府、阴间地狱。迷信说法，有罪的灵魂被囚禁在阴山，备受冻饿之苦，不得转世超生。

［31］嗔（chēn 音抻）：恼怒、怪怨。

［32］养他过世：养他到老。

［33］吊拷绷扒：捆绑悬吊起来，或剥尽衣服按倒在地严刑拷打。亦作“绷扒吊拷”。

［34］琼花：这里指雪花。宋·杨万里《观雪》：“落尽琼花天不惜，封它梅蕊玉无香。”

［35］祖上：指祖先，指家族较早的先辈。

［36］〔得胜令〕：曲牌名，又名〔德胜令〕〔阵阵赢〕〔凯歌回〕，属北曲【双调】。据清·周祥钰《九宫大成谱》，其字数定格及韵式为八句七韵：五、五、五、五、二、五、二、五。第一、二句，第三、四句对仗，第五、六句，第七、八句作扇面对。一般接在〔雁儿落〕之后。可用于套曲中，也可用于散曲中的小令。曲调雄壮、苍凉，以唢呐或海笛伴唱。

［37］摄魂台：佛教、道教以及民间种种传说，大致均指勾拘魂魄因而致人死亡的阴间地府。

［38］剐：剐刑，俗称“凌迟”，也称“陵迟”，即民间所说的“千刀万剐”。凌迟本意为“缓缓的山丘”，用于死刑名称，则是指处死人时将人身上的肉一刀刀割去，使受刑人痛苦地慢慢死去。凌迟刑最早出现在五代时期，正式定为刑名是在辽。此后，金、元、明、清都规定为法定刑，是最残忍的一种死刑。

［39］乔才：坏蛋、无赖，亦作“乔厮”“乔材”。

［40］啍（tuì 音退）：呵斥声。

［41］“在衙”二句：官员开庭审案“喝撺箱”时固定语言。

[42] 于公：指西汉宣帝、元帝时丞相于定国之父亲。于公，东海郡郯（tán 音谈）人，曾任县狱吏，秉公执法，决狱平准，深孚众望，群众为之立生祠，号曰“于公祠”。《汉书·隽疏于薛平彭传》之《于定国传》中曾有记载。有关于公和东海孝妇事，见本剧第三折“东海曾经孝妇冤”注。

[43] 佥（qiān 音千）牌：佥发公文。佥，签署、签发。牌，古时一种下行公文名，如行牌、牌文等。

[44] 解（jiè 音介）子：解卒、押解囚犯的狱卒。

[45] 广捕批：捉拿搜捕罪犯的通缉令，批捕文书、布告。

[46] 折辩：对证、辩白，与下文“折对”意思相近。

[47] 撮盐入水：盐入水中，当即融化不见，意为迅速消失。

[48] “太上”三句：道士或迷信人士作法驱邪逐鬼时的例行咒语。这里意为请太上老君立即把鬼赶走。太上老君，指老子李耳。如律令，像法律命令一样，不折不扣地奉行照办。这也是汉代公文的例行用语。敕，皇帝的诏令，是古代皇帝任官封爵和告诫臣僚的文书。

[49] 〔川拨棹〕：曲牌名，北曲属【双调】。六句六韵：三、五、四、四、七、五。第四句起或增四字韵句若干，末句或作六字二句二韵。套数用，下例接〔七弟兄〕。

[50] 吃敲材：该打的家伙、坏蛋，亦作“吃敲才”“吃敲贼”。

[51] 裁排：筹划、谋算、安排。

[52] 当面：犯人接受官员面对面的审视和问案。

[53] 官料药：指被有关部门审查、允许公开出售的一般性常用药物。具有剧烈毒副作用的药物则是被严禁出售的，因而不是官料药。

[54] 生相：长相、相貌。

[55] 〔七弟兄〕：曲牌名，属【双调】。六句六韵：二、二、三、七、七、七。前三句多文义连贯如一句，第五、六句对仗。用于套数例承〔川拨棹〕后并下接〔梅花酒〕，小令亦需与之合作带过曲。

[56] 放乖：放刁、卖乖、使坏。

[57] 带云：带白，主唱角色在唱词中带入说白。元杂剧中唱中带念由来已久。正末在唱词中的说白很短，一般是正角自己的感叹，或者对剧中其他角色人物的指向性称呼。最常见的是“唱”“云”，抑或是“某某唱”“某某云”，另外还有“诗云”“诗曰”“带云”等形式。其作用主要是串联上、下句曲词，让唱词的表达更加流畅、自然。

[58] 犯由牌：记录囚犯罪状的牌子。

[59] 〔梅花酒〕：曲牌名，北曲属【双调】，用于剧曲、散套。此调变化多端，可能是由宋代的《梅花酒》曲变化而来。七句六韵：三、四、四、四、五、五、六。第三句下可增呈偶数的四字韵句若干，末句后可随意增六字韵句。用于套

数承〔七弟兄〕后，小令则需与之合作带过曲。

[60] 胚胎：胚芽、根苗，这里指根由、原因。

[61] 覆勘：复查重审。明 · 王在晋《三朝辽事实录 · 袁可立题叙毛文龙奇捷疏》："行巡按御史覆勘，再为议序，以候俞旨施行。"

[62] 〔收江南〕：一名〔喜江南〕，曲牌名，南北曲都属【双调】，北曲较常用。字数定格据《九宫大成谱》作六句：七、七、五、五、四、七。首句前多衬一"呀"字，一般用作双调套曲的末一曲或接近煞尾部分。

[63] "这的（dí 音敌）是"二句：这真是自古以来，衙门中没有一个不冤枉好人的。这是对旧衙门贪赃枉法、草菅人命等种种腐败丑恶现象的集中概括，也有说成"衙门自古向南开，有理无钱莫进来"的，与此意相近。的是，的确是、真是。衙门，官府，旧时官吏办公的地方。就中，其中。

[64] 泉台：阴间、坟墓。唐 · 骆宾王《乐大夫挽辞》之五："忽见泉台路，犹疑水镜悬。"

[65] 流恨：遗恨。唐 · 杜甫《行次昭陵》诗："寂寥开国日，流恨满山隅。"

[66] 长淮：淮河。唐 · 王维《送方城韦明府》诗："高鸟长淮水，平芜故郢城。"

[67] 水陆道场：也叫"水陆法会""水陆大会""水陆斋"等，是超度水陆空三界亡灵而举行的法会，全名是"法界圣凡水陆普度大斋胜会"。水陆道场设内外坛，以内坛为主，悬挂释迦、弥陀、毗（pí 音皮）卢等佛像，陈设香烛供品，由水陆法师主持；外坛设"梁皇忏""华严""净土""施食"等坛。全部法事一般进行七个昼夜，主要包括结界洒净、遣使发符、请上堂、供上堂、请下堂、供下堂、奉浴、施食、授戒、送圣等内容。水陆道场的仪式各地有异，设置和程序也都不同。最盛大的仪式则需要进行七七四十九夜，其场面更为浩大，聘请的道士、僧人多达数百人。

[68] 生天：佛教认为，人行十善，死后即可转生天道，即所谓"升天成佛"。

[69] 收恤：收养抚恤。

[70] 招伏：招认，亦作"招服"。

[71] 下断：下判断之词，即宣判、判决或作出论断。元杂剧在一剧演出结束时，多由皇帝、大官或剧中地位较高的人致诵词。诵词基本为十字句体，押韵，内容为总结全剧，交代结局，阐明赏罚。因诵词之前说白必有"一行人听我下断"语，故名。

[72] 谋占：原作"奸占"。《古今名剧合选 · 酹江集》本作"谋占"，与剧情更为贴切合理，从改。

[73] 木驴：专门用以绑缚囚犯以行刑的一种木架。

[74] 刑名违错：量刑定罪违律错乱。《元典章 · 台纲 · 设立宪台格例》："诸官司刑名违错，赋役不均，擅自科差及造作不如法者，委监察纠察。"

[75] "发烟障"二句：发配到瘴气弥漫、疫病丛生的边远地区，终生去服苦役。烟

障，即“烟瘴”，指那些深山丛林、湿热而多疫病的蛮荒之地，大多指我国西南边陲。充军，服苦役，古代的一种刑罚，以囚犯罪行的轻重，论定其服苦役时间的长短和地域的远近。

[76] 秉鉴持衡：手执镜和秤，意思为明察是非、主持公道。秉鉴，执掌着镜子，意为照察一切。鉴，镜子。持衡，用秤称物，意为公正平允。衡，衡器，指秤。

[77] 题目正名：元杂剧剧本结尾处总括全剧情节的对句，为一联或两联。对句的末句为剧名全称，全称中的三字或四字为剧名简称。如关汉卿《单刀会》(明抄本)结尾的对句为:“孙仲谋独占江东地，请乔公言定三条计；鲁子敬设宴索荆州，关大王独赴单刀会。”末一句即为剧名,《单刀会》为简称，在末句。但也有用头三字作简称的，如《东堂老劝破家子弟》，简称为《东堂老》;《神奴儿大闹开封府》，简称为《神奴儿》;《桃花女破法嫁周公》，简称为《桃花女》等。本剧的题目正名,《脉望馆钞校本古今杂剧》本为四句:“后嫁婆婆忒心偏，守志烈女意自坚；汤风冒雪没头鬼，感天动地窦娥冤。”南戏则通称“题目”，但放在剧本开端处。元杂剧上演时，常把题目正名写在纸上、榜上，张贴在勾栏之外以招徕观众，犹如现在的海报。

包待制智斩鲁斋郎

《包待制智斩鲁斋郎》简名《鲁斋郎》。《重订曲海总目》《曲目新编》《今乐考证》《曲录》均有著录。另外，《也是园藏书古今杂剧目录》则把此剧系于无名氏名下。现存版本主要有赵琦美《脉望馆钞校本古今杂剧》本、臧懋循编《元曲选》本、清姚燮编《今乐府选》本。剧作的故事情节直接取材于当时的社会现实生活。剧写权豪势要鲁斋郎鱼肉百姓，先后强抢李四和张珪之妻，使两个家庭破裂。包拯得知鲁斋郎恶行后，以文字减笔法把鲁斋郎写为"鱼齐即"，骗取皇上御笔亲判，将鲁"智斩"。剧本通过李四、张珪两家妻离子散的悲剧遭遇，真实地描绘了封建社会暗无天日的人生图画，血泪交迸地控诉了统治集团中那些横行霸道、为所欲为的害人虫的血腥暴行，同时又热情歌颂了像包拯这样爱民如子、与民一体、大义凛然、有勇有谋的"清官"。剧作家毫不容情地把封建政治制度所必然滋生出来的鲁斋郎及其对于人民生活所造成的危害，赤裸裸地暴露在光天化日之下。这就是一种最为勇敢的历史审判。从《陈州粜米》剧中"曾把个鲁斋郎斩市曹"的唱词、《盆儿鬼》剧中"也曾诈斩斋郎衙内职"的念白看，《鲁斋郎》在元代就已经成了一个家喻户晓的名剧。在以后的数百年间，《鲁斋郎》被改编移植为各地方剧活跃于我国的戏剧舞台之上。1958 年，这一故事还被中国京剧院改编为京剧剧目搬上舞台，剧名《智斩鲁斋郎》，成为京剧众多包公戏中的一部。包公作为廉洁公正、惩恶锄奸的化身，作为一种正义精神的象征，还会世世代代被人传诵。《鲁斋郎》还被译成多种文字传播世界各地。

楔 子[1]

（冲末扮鲁斋郎[2]引张龙上，诗云）花花太岁[3]为第一，浪子[4]丧门[5]再没双。街市小民闻吾怕，则我是权豪势要鲁斋郎。小官鲁斋郎是也。随朝数载，谢圣恩可怜，除授[6]今职。小官嫌官小不做，嫌马瘦不骑，但行处引的是花腿闲汉[7]、弹弓粘竿[8]、鵔儿[9]小鹞[10]，每日价飞鹰走犬，街市闲行。但见人家好的玩器，怎么他倒有我倒无，我则[11]借三日玩看了，第四日便还他，也不坏了他的。人家有那骏马雕鞍，我使人牵来，则骑三日，第四日便还他，也不坏了他的。我是个本分的人。自离了汴梁，来到许州[12]，因街上骑着马闲行，我见个银匠铺里一个好女子，我正要看他，那马走的快，不曾得仔细看。张龙，你曾见来么？（张龙云）比及爹[13]有这个心，小人打听在肚里了。（鲁斋郎云）你知道他是甚么人家？（张龙云）他是个银匠，姓李，排行第四。他的个浑家生的风流，长的可喜。（鲁斋郎云）我如今要他，怎么能勾[14]？（张龙云）爹要他也不难，我如今将着一把银壶瓶，去他家整理[15]，多与他些钱钞，与他几钟酒吃，着他浑家也吃几钟，扶上马就走。（鲁斋郎云）此计大妙！则今日收拾鞍马，跟着我银匠铺里，整理壶瓶走一遭去。（诗云）推整壶瓶生巧计，拐他妻子忙逃避。总饶[16]赶上焰摩天[17]，教他无处相寻觅。（下）

（外扮李四同旦、二俫[18]上，云）小可[19]许州人氏，姓李，排行第四，人口顺唤做银匠李四。嫡亲的四口儿：浑家[20]张氏，一双儿女。厮儿[21]叫做喜童，女儿叫做娇儿。全凭打银过其日月。今日早间，开了这铺儿，看有甚么人来。（鲁斋郎引张龙上，云）小官鲁斋郎。因这壶瓶跌漏，去那银匠铺整理一整理。左右，接了马者，将交床[22]来。（张龙云）理会的。（坐下科）（鲁斋郎云）张龙，你与我叫那银匠出来。（张龙做唤科，云）兀那银匠，鲁爷在门首叫你哩！（李四慌出跪科，云）大人唤小人有何事干？（鲁斋郎云）你是银匠么？（李四云）小人是银匠。（鲁斋郎云）兀那李四，你休惊莫怕，你是无罪的人，你起来。（李四云）大人唤我做甚么？（鲁斋郎云）我有把银壶瓶跌漏了，你与我整理一整理，与你十两银子。（李四云）不打紧，小人不敢要偌多银子。（鲁斋郎云）你是个小百姓，我怎么肯亏你？与我整理的好，着银子与你买酒吃。（李四接壶科，云）整理的复旧如初。好了也，大人试看咱。（鲁斋郎云）这厮真个好手段，便似新的一般。张龙，有酒么？（张龙云）有。（鲁斋郎云）将来赏他几杯。（做筛酒，李四连饮三杯科，云）勾了。（鲁斋郎云）你家里再有甚么人？（李四云）家里有个丑媳妇，叫出来见大人。大嫂[23]，你出来拜大人。（旦出拜科）（鲁斋郎云）一个好妇人也！与他三钟酒吃。我也吃一钟，张龙你也吃一钟。兀那李四，这三钟酒是肯酒[24]，我的十两银子与你做盘缠，你的浑家，我要带往郑州去也。你不，拣那个大衙门里告我去！（同旦下）（李四做哭科，云）清平世界，浪荡乾坤[25]，拐了我浑家去了，更待干罢！不问那个大衙门里，告他走一遭去。（下）

（贴旦[26]引二俫上，云）妾身姓李，夫主姓张，在这郑州做着个六案孔目[27]。嫡亲的四口儿家属，一双儿女，小厮唤做金郎，女儿唤做玉姐。孔目衙门中去了，这早晚敢待来也。（李四慌上，云）一心忙似箭，两脚走如飞。自家李四的便是。因鲁斋郎拐了我的浑家，往郑州来了，我随后赶来。到这郑州，我要告他，不认的那个是大衙门，来到这长街市上，不觉一阵心疼。我死也，却教谁人救我这性命咱？（正末[28]扮张珪引祗候[29]上，云）自家姓张名珪，字均玉，郑州人氏。幼习儒业，后进身为吏。嫡亲的四口儿，浑家李氏，是华州华阴县人氏，他是个医士人家女儿。生下一双儿女——金郎、玉姐。我在这郑州做着个六案都孔目。今日衙门中无甚事，回家里去，见一簇人闹。祗候，你看是甚么人？（祗候问云）你是甚么人，倒在地上？（李四云）小人害急心疼，看看至死。哥哥可怜见，救小人一命咱！（祗候见末科，云）是一个人害急心疼，倒在地下。（正末云）

我试看咱。兀那君子，为甚么倒在地下？（李四云）小人急心疼，看看至死，怎么救小人一命！（正末云）那里不是积福处？我浑家善治急心疼，领他到家中，与他一服药吃，怕做甚么！祇候人，扶他家里来。大嫂那里？（贴旦见末科，云）孔目来了也，安排茶饭你吃。（正末云）且不要茶饭。我来狮子店门首，见一人害急心疼，我领将来，你与他一服药吃，救他性命，那里不是积福处！（贴旦云）待我调药去。（做调药科，云）君子，你试吃这药。（李四吃药科，云）我吃了这药。哎哟，无事了也！多谢官人娘子[30]！若不是官人娘子，那里得我这性命来！（正末云）我问君子，那里人氏，姓甚名谁？（李四云）小人姓李，排行第四，人口顺都叫李四。许州人氏，打银为生。（贴旦云）你也姓李，我也姓李，有心要认你做个兄弟，未知孔目心中肯不肯。我问孔目咱。（做问末科，云）这人也姓李，我也姓李，我有心待认他做个兄弟。孔目，意下如何？（正末云）大嫂，你主了[31]便罢。兀那李四，你近前来，我浑家待认你做个兄弟，你意下如何？（李四云）你救了我性命，休道是做兄弟，在你家中随驴把马[32]，也是情愿。（正末云）你便是我舅子，我浑家就是你亲姐姐一般。兄弟，你为甚么到这里？（李四云）你便是我亲姐姐姐夫。有人欺负我来，你与我做主！（正末云）谁欺负你来，我便着人拿去，谁不知我张珪的名儿！（李四云）不是别人，是鲁斋郎强夺了我浑家去了。姐姐姐夫，与我做主！（末做掩口科，云）哎哟，諕[33]杀我也！早是在我这里，若在别处，性命也送了你的。我与你些盘缠，你回许州去罢。这言语你再也休题！（唱）

【仙吕·端正好】被论人有势权，原告人无门下[34]，你便不良会可跳塔轮铡，那一个官司敢把勾头押[35]？题起他名儿也怕。

【幺篇】[36]你不如休和他争忍气吞声罢，别寻个家中宝[37]省力的浑家。说那个鲁斋郎，胆有天来大。他为臣不守法，将官府敢欺压，将妻女敢夺拿，将百姓敢蹅踏[38]，赤紧的[39]他官职大的

忒稀诧[40]！（下）

（李四云）我这里既然近不的他，不如仍还许州去也。（下）

---

［1］ 楔子：《古名家杂剧》本无楔子，而是将其与第一折合而为一。《元曲选》本则将两者分开：楔子用【仙吕·端正好】和〔幺篇〕两支曲子开场；第一折再用【仙吕宫】的由〔点绛唇〕组成的一支套曲来展开剧情。这样，就使得剧作的故事脉络更为清楚，情节结构更为规范完整。

［2］ 斋郎：魏始置，为执掌社稷宗庙祭祀事务的役吏。据《新唐书》卷四十八《百官三》，太常寺下设两京郊社署，“有府二人，史四人，典事五人，掌固五人，门仆八人，斋郎百一十人。斋郎掌供郊庙之役”。本剧中的鲁斋郎，皇帝曾亲自宣召他，包拯也只能用巧改御笔亲批的文书而将其智斩，可见这一“斋郎”绝非从事祭祀贱役之斋郎，而是鲁氏之名字或诨（hùn 音混）名。

［3］ 花花太岁：指横行霸道、无恶不作的豪门子弟。太岁，即太岁神。旧说以为，凡太岁神所在的方位或与其相反的方位，均主凶，不吉利，无论婚嫁丧葬、商贸、营造、迁徙、远行，都在禁忌之列。人们因将凶恶残忍、强梁不法之徒称为“太岁”。因“花”常用以喻指美女，故花花太岁又大多指那些专以抢夺强霸、奸淫蹂躏妇女为能事的凶徒恶人。

［4］ 浪子：浮浪淫邪、不务正业的恶少、流氓。

［5］ 丧门：丧门星，旧时星命家所谓的凶煞之一。因以指那些凶徒恶棍，或让人倒霉走背运的人。

［6］ 除授：任命官衔，拜官授职。

［7］ 花腿闲汉：泛指社会上那些无正当职业、游手好闲、无事生非、欺生凌弱的浮浪无赖之徒。花腿，宋·庄绰《鸡肋编》卷下：“择卒之少壮长大者，自臀而下文刺至足，谓之‘花腿’，京师旧日浮浪辈以此为夸。”闲汉，宋·孟元老《东京梦华录》卷之二《饮食果子》：“更有百姓入酒肆，见子弟少年辈饮酒，近前小心供过使令，买物命妓，取送钱物之类，谓之‘闲汉’。”

［8］ 粘竿：用一根长竹竿，或在长竹竿头上捆扎各种形状的平面物体，绷以细线再涂上粘胶液体，用以捕捉蜻蜓、鸣蝉和小鸟等动物，此即粘竿。江南农村，至今尚有小儿用竹竿在清晨卷取蛛网，用以粘取蜻蜓、知了、蚊蝇等戏耍。

［9］ 鹘（sōng 音松）儿：猛禽名，又称爵鹘。隼（sǔn 音损）属，似鹰而略小，能捕捉麻雀等小鸟。

［10］ 小鹞（yào 音药）：俗名鹞鹰、鹞子，亦似鹰而略小，以捕雀等小鸟及小鸡等为食。

［11］则：通“仅”“只”。

［12］许州：今河南省许昌市。

［13］爹：旧时属下对长官、仆人对主人的敬称，亦称“老爹”。

［14］能勾：能够，亦作“能彀”。

［15］整理：整治、修理。明·冯梦龙《警世通言·崔待诏生死冤家》：“当时宣崔宁见驾，将这玉观音教他领去，用心整理。”

［16］总饶：连词，即使。

［17］焰摩天：佛教语，或译作“焰魔天”“炎摩天”“夜魔天”“夜摩天”等，意为善时分、善时、妙善。佛教宇宙观用语，谓欲界六天之第三层天。此天为风轮所持，居三十三天之上。因常被借用形容极高极远、无法企及的处所。

［18］俫（lái 音来）：亦作“俫儿”，元杂剧中扮演男女儿童的角色行当名。明·王骥德《曲律·论部色第三十七》：“小厮曰‘俫’”。

［19］小可：自称的谦辞，意为小的、小人、小子。《水浒》第五十八回《三山聚义打青州 众虎同心归水泊》：“小可宋江怎敢背负朝廷。”

［20］浑家：妻子。宋·尤袤（mào 音冒）《淮民谣》：“无钱买刀剑，典尽浑家衣。”

［21］厮儿：小厮。这里特指男孩儿。

［22］交床：亦名“胡床”，即“交椅”，一种有靠背、能折叠的坐具。宋·程大昌《演繁露》：“今之交床，本自虏来，始名胡床，桓伊下马据胡床，取笛三弄是也。隋高祖意在忌胡，器物涉胡言者，咸令改之，乃改交床。”

［23］大嫂：表妻子义，是元代才出现的新用法。

［24］肯酒：允婚酒。古时婚俗，男家向女家求婚，要送羊酒、花红、缎匹等财礼。如女方收受，表示婚姻成就，其酒就称“肯酒”，或谓“许口酒”。宋·孟元老《东京梦华录》卷之五《娶妇》：凡娶媳妇，先要起草帖子，“次担许口酒，以络盛酒瓶，装以大花八朵、罗绢生色或银胜八枚，又以花红缴担上，谓之‘缴担红’，与女家”。

［25］浪荡乾坤：犹言“朗朗乾坤”“光天化日”，指广袤无垠的天地、世界。

［26］贴旦：传统戏曲中的角色行当，是旦行的次角，主要扮演正旦之外的次要女性角色，意为“旦之外再贴一旦”，故名，有时也简称“贴”。王国维《宋元戏曲史》：“曰冲、曰外、曰贴，均系一义，谓于正色之外，又加某色，以充之也。”贴旦是正色之外补充的辅助性角色，与外、冲等意义相同。

［27］六案孔目：古时总管州县衙门中吏、户、礼、兵、刑、工六房诸如账目、遣发、狱讼等事务的高级吏员。《资治通鉴·唐玄宗天宝十载》：“孔目官严庄……劝之作乱。”胡三省（xǐng 音醒）注：“孔目官，衙前吏职也。唐世始有此名，言凡使司之事，一孔一目，皆须经由其手也。”

［28］正末：元杂剧中的男主角，也作“末泥”“末尼”，或简称“末”。明·朱权《太和正音谱》：“正末：当场男子谓之‘末’。末，指事也，俗谓之‘末泥’。”

大约由宋杂剧、金院本的“末泥”演变而来。元杂剧有末本、旦本之别。凡末本全部曲牌由正末独唱。每剧只有一正末，每折皆须出场，但四折中可扮演不同的人物。如《单刀会》中，正末在第一折扮演乔公，第二折扮演司马徽，第三、四折扮演关羽。旦本杂剧里有时也有正末出场，但只说不唱。

［29］祗（zhī 音支）候：职官名。元代各省、路、州、县，官府分别设有祗候若干名，为供驱使的衙役。泛指官府小吏或富贵人家的仆役。

［30］娘子：对主妇的尊称。

［31］主了：做主。

［32］随驴把马：赶驴牵马，犹言“牵马坠镫”。意为甘充贱役，尽心竭力地为人服务。

［33］諕（xià 音下）：吓唬。

［34］“被论人”二句：被告人有权又有势，原告人无社会地位。被论人，被论劾的人，意为被告。门下，犹门第，指一个家族、家庭在社会上的等级、地位、门望。

［35］“你便”二句：你就是豁出去敢于跳塔、敢于抡起铡刀和人拼命（意思是坚决地去告发鲁斋郎），但又有哪个官员、官府敢于签押勾头文书去逮捕他？不良会，蒙古语，其意为抢夺，这里意为“不顾一切地去干”。轮，抡。官司，官员，亦指衙门、官府。勾头，勾头文书，逮捕犯人的凭证，犹今之逮捕证。押，签押、签发。

［36］〔幺篇〕：或写作“么篇”，即“后篇”，亦即将前面的曲牌重来一次。北曲中连续使用同一曲牌时，除首曲外，后续各曲不再标出曲牌名，而写作“幺（么）”或“幺（么）篇”。因“幺”是繁体字“後”的右上角部分，故而以偏概全。

［37］家中宝：俗语“丑妻瘦田家中宝”的省称。这里指相貌平平的妻子。

［38］蹅（chǎ 音镲）踏：践踏、踩踏。

［39］赤紧的：实在是、真正是。

［40］稀诧：亦作“希诧”，离奇、稀奇、特别稀少。

第一折

（鲁斋郎上，云）小官鲁斋郎。自从许州拐了李四的浑家，起初时性命也似爱他，如今两个眼里不待见他。我今回到这郑州，时遇清明节令，家家上坟祭扫，必有生得好的女人。我领着张龙一行步从[1]，直到郊野外踏青[2]走一遭去来。（下）

（正末引贴旦上，云）自家张珪。时遇寒食[3]，家家上坟。我今领着妻子上坟走一遭去。想俺这为吏的，多不存公道，熬的出身，非同容易也呵！（唱）

【仙吕·点绛唇】则俺这令史[4]当权，案房[5]里面关文卷[6]，但有半点儿牵连那刁蹬无良善[7]。

【混江龙】休想肯与人方便，衠[8]一片害人心，勒揞了些养家缘[9]。（带云）听的有件事呵，（唱）押文书心情似火，写帖子勾唤如烟；教公吏勾来衙院里，抵多少"笙歌引至画堂前"[10]！冒支国俸，滥取人钱，那里管爷娘冻馁，妻子熬煎？经旬间不想到家来，破工夫则在那娼楼串，则图些烟花受用，风月留连[11]。

【油葫芦】只待置下庄房买下田，家私积有数千，那里管三亲六眷尽埋冤。逼的人卖了银头面[12]，我戴着金头面；送的人典了旧宅院，我住着新宅院。有一日限满时，便想得重迁，怎知他提刑司[13]刷[14]出三宗卷，恁时节[15]带铁锁纳赃钱[16]。

【天下乐】那其间敢[17]"卖了城南金谷园[18]"！百姓见无权，一昧里掀[19]，泼家私[20]如败云风乱卷；或是流二千，遮莫徒一年，恁时节则落的几度喘[21]。

（云）早来到坟所也。（唱）

【金盏儿】[22]觑郊原，正晴暄[23]，古坟新土都添遍，家家化钱烈纸痛难言。一壁厢黄鹂声恰恰[24]，一壁厢血泪滴涟涟，正是"莺啼新柳畔，人哭古坟前"。

（贴旦云）孔目，咱慢慢耍一会家去。

（鲁斋郎引张龙上，云）你都跟着我闲游去来。这一所好坟也！树木上面一个黄莺儿。小的，将弹弓来。（做打弹科）（俫儿哭云）奶奶，打破头也！（贴旦云）那个弟子孩儿，闲着那驴蹄烂爪，打过这弹子

来？（正末云）这个村[25]弟子孩儿无礼，我家坟院里打过弹子来。你敢是不知我的名儿！我出去看波。（唱）

【后庭花】是谁人墙外边，直恁的没体面[26]？我擦擦[27]的望前去，（鲁斋郎云）张珪，你骂谁哩？（正末唱）吓的我行行的往后偃[28]。（鲁斋郎云）你这弟子孩儿作死也！我是谁，你骂我？（正末唱）我恰便似坠深渊，把不定心惊胆战，有这场死罪愆！我今朝遇禁烟[29]，到先茔[30]来祭奠，饮金杯语笑喧；他弓开时似月圆，弹发处又不偏，刚落在我面前。

（鲁斋郎云）张珪，你骂我呵，不是寻死哩！（正末唱）

【青哥儿】你教我如何如何分辨？（贴旦云）是那一个不晓事弟子孩儿，打破我孩儿的头！（正末唱）省可里[31]乱语胡言！（俫儿云）打破我头也！（正末唱）哎，你个不识忧愁小业冤[32]！吓的我魂魄萧然，言语狂颠。谁敢迟延？我只得破步撩衣走到根前，少不的把屎做糕糜咽[33]。

（正末做跪科）（鲁斋郎云）张珪，你怎敢骂我！你不认的我？觑[34]我一觑，该死！你骂我，该甚么罪过？（正末云）张珪不知道是大人。若知道是大人呵，张珪那里死的是！（鲁斋郎云）君子千言有一失，小人千言有一当。他不知是我，若知是我，怎么敢骂我？不和你一般见识。这座坟是谁家的？（正末云）是张珪家的。（鲁斋郎云）消不得[35]你请我坟院里坐一坐，教你祖宗都得生天！（正末云）只是张珪没福消受。请大人到坟院里坐一坐。（鲁斋郎云）倒好一座坟院也。我听的有女人言语，是谁？（正末云）是张珪的丑媳妇儿。（鲁斋郎云）消不得拜我一拜？（正末云）大嫂，你来拜大人。（贴旦云）我拜他怎地？（正末云）你只依着我。（贴旦出拜）（鲁斋郎还礼科，云）一个好女子也！他倒有这个浑家，我倒无。张珪，你这厮该死，怎敢骂我？这罪过且不饶你！近前，将耳朵来：把你媳妇明日送到我宅子里来！若来迟了，二罪俱罚。小厮，将马来，我回去也。（下）（贴旦云）孔目，他是谁，你这等怕他？（正末云）大嫂，咱快收拾回家去来。（唱）

【赚煞】哎，只被你巧笑倩祸机藏，美目盼灾星现[36]；也是俺连年里时乖运蹇[37]，可可的[38]与那个恶那吒[39]打个撞见，吓的我似没头鹅[40]热地上蚰蜒[41]。恰才个马头边附耳低言，一句话似亲蒙帝主宣。（做拿弹子拜科）（唱）这弹子举贤荐贤，他来的扑头扑面，明日个你团圆却教我不团圆！（下）

---

［1］ 步从：指随从人员，亦作“部从”。

［2］ 踏青：指春天时的郊游。因此时春光明媚，郊野足到之处，青草遍地，故曰“踏青”。不同朝代和不同地域，踏青时间亦不尽相同。一般在清明节前后去郊外踏青，因大多又以清明节为踏青节。

［3］ 寒食：指寒食节，亦名“禁烟节”。我国在汉代以前，就有禁火和寒食的习俗。后来逐渐将寒食与晋文公、介子推事附会在一起，谓晋文公重耳登位后，封赏功臣，唯将功臣之一的介子推遗忘，介子推因奉母隐于绵山。文公知后，令人烧山，逼其出仕；介子推不从，终被烧死在山中。人们为纪念介子推，在其忌日禁火寒食，每年相沿成俗，因曰“禁烟节”“寒食节”。寒食节在清明节前二日或一日。宋 · 吴自牧《梦粱录》卷二《清明节》：“清明交三月，节前两日谓之‘寒食’。京师人从冬至后数起至一百五日，便是此日。……寒食第三日，即清明节。”但也有视寒食节即为清明节者。如清 · 富察敦崇《燕京岁时记 · 清明》：“清明即寒食，又曰禁烟节。”本剧前面鲁斋郎云“时遇清明节令”，张珪接着云“时遇寒食”，由此可见，这里的清明节即为寒食节。

［4］ 令史：宋以后，专指官府衙门中那些经管案牍、书判、法令、行移等杂事的书吏、小吏。人们亦常敬称之为“外郎”。

［5］ 案房：旧时官府衙门中存放案卷文书的房间。

［6］ 关文卷：收发处理、质询答复官府衙门之间的各种公文。南朝梁 · 刘勰《文心雕龙 · 书记》：“百官询事，则有关、刺、解、牒。”“关者，闭也。出入由门，关闭当审；庶务在政，通塞应详。”

［7］ 刁蹬无良善：刁难人，从中作梗，决不客气、心慈手软。刁蹬，刁难。

[8] 衠（zhūn 音谆）：纯、全。

[9] “勒掯”句：敲诈勒索，强要人家用以养家糊口的财产。家缘，家产、家业。

[10] “押文书”四句：大意是签押填写拘捕人的勾头文书时，兴奋得心情似火一样热烈，行动像一溜烟那般快捷；当衙役们将人捉拿到官府大院的时候，真抵得上多少次喜乐齐奏、迎亲成婚那样的场面，令人心情激动，欣喜若狂。文书、帖子，这里均指勾头文书，即逮捕人的公文。抵多少，有“好比是”“胜过”“比不得”意，这里是“比不得”意。

[11] 烟花受用，风月留连：沉溺于歌台舞榭（xiè 音谢）、青楼妓院之中，留恋不舍，不忍离去。烟花、风月，这里均指妓院。

[12] 头面：妇女头上的装饰物。宋·孟元老《东京梦华录》卷之六《正月》：“及州南一带，皆结彩棚，铺陈冠梳、珠翠、头面、衣着、花朵、领抹、靴鞋、玩好之类。”

[13] 提刑司：“提刑按察司”的简称。据《元史·百官二》载，元朝立国之初，设提刑按察司，到元世祖至元二十八年（1291 年），始改按察司为肃政廉访司。其职能为巡视、纠察所辖各道的政治、吏治等的得失。至元六年（1269 年）时，还曾“以提刑按察司兼劝农事”。

[14] 刷：刷卷，清理、查究下属官府衙门在审理勘定狱讼案件时有无拖延、积压或冤枉不平等情形。

[15] 恁时节：这时候、那时候。南唐·冯延巳《忆江南》词：“东风次第有花开，恁时须约却重来。”

[16] 纳赃钱：纳还、吐出贪赃枉法所得的钱款。

[17] 敢：正好、准定、必然。

[18] 金谷园：晋代石崇所建的园馆，位于汉魏洛阳城西北，占地面积极大，“依邙山，临谷涧”。此园随地势筑台凿池，楼台亭阁，池沼碧波，交辉掩映，茂树郁郁，修竹亭亭，百花竞艳，整座花园犹如天宫琼宇，富丽奢华。石崇常宴请宾客于园中，登高临水，饮酒赋诗。后来，因为绿珠的缘故，石崇被赵王司马伦和孙秀合伙设计杀害，石崇的家产也被朝廷没收。从此以后，繁华的金谷园便一天天败落荒废了。这里喻指宅院房产。

[19] 一昧里掀：一个劲儿地折腾、闹腾。此处意为：这些贪官污吏一旦罪行暴露，被上司查处严惩，平常受尽荼毒而又敢怒不敢言的百姓们，终于扬眉吐气，一无顾忌地纷纷起来揭发斗争这些害人虫。一昧里，胡乱地、不明不白地。昧，不明、晦暗、昏乱。掀，掀腾、折腾、闹腾。

[20] 泼家私：泼天大的家产。这里的“泼”意为极大，含贬义，可解作可恶的家产、该死的家产，带有极度轻蔑和咒骂的意思。

[21] “或是”三句：或是流放到二千里外的边远地方去，或是被拘禁一年服苦役，那时候则落得个整日价怵惕惊惧，心慌气促，度日如年。流，流放，把罪犯发

配到边远之地去。徒，徒刑，拘押罪犯，使服劳役。遮莫，或者。喘，这里是指罪行败露，将被查处时那种心头突突乱跳、呼吸紧迫急促的惊恐状态。

[22]〔金盏儿〕：曲牌名，又名〔醉金盏〕〔碎金盏〕。北曲属【仙吕宫】，用于小令和散套。全曲八句：三、三、七、七、五、五、五、五。第三句叶仄韵，第五句、七句多不入韵（或用赘韵），余叶平韵。起首二句外皆律句。第五与第六句、第七与第八句作对仗。王国维《宋元戏曲史》谓此调出自词牌。

[23] 晴暄：天气晴朗温暖。宋·李氏《极相思·赠张浩》："日红疏翠密晴暄。"

[24] "一壁厢"句：一边黄鹂鸟儿在恰恰地啼鸣。一壁厢，一壁、一边。黄鹂，亦名黄莺、鸧鹒（cāng gēng 音仓庚），一种吃害虫的益鸟，亦常被饲养作笼鸟。唐·杜甫《绝句》诗："两个黄鹂鸣翠柳，一行白鹭上青天。"恰恰，拟声词，状鸟的啼鸣声。杜甫《江畔独步寻花》诗："留连戏蝶时时舞，自在娇莺恰恰啼。"

[25] 村：愚蠢、坏、恶劣。

[26] 没体面：无礼。

[27] 擦擦：拟声词，状拟雄赳赳行进的脚步声。

[28] 偃：仰面朝天地跌倒，如前合后偃。

[29] 禁烟：禁烟节，即寒食节。这里指清明节。宋·王禹偁（chēng 音撑）《寒食》诗："郊原晓绿初经雨，巷陌春阴乍禁烟。"

[30] 先茔：祖先的墓地。茔，坟地。

[31] 省可里：不要、可别要、休要、休得要。

[32] 小业冤：犹后文所说"小业种"，小冤家。这里含有又埋怨又疼爱、似恨实爱的意思，一般是对幼辈的一种昵称。业，佛教术语。业分善、不善、非善非不善三种，但一般偏重于指不善，即恶业。什么样的业，决定了在六道轮回中的结果。

[33] 把屎做糕糜咽：这里形容忍气吞声、强压怒火作笑脸的无奈神情、心情。糜，粥。

[34] 觑（qù 音去）：看、瞧。

[35] 消不的：少不的、免不了。

[36] 巧笑倩、美目盼：形容美貌女子魅人的笑靥（yè 音夜）和流盼。倩，笑时腮颊之妍美，犹今之所谓酒窝。盼，眼珠灵动，黑白分明。语出《诗·卫风·硕人》："手如柔荑（tí 音提），肤如凝脂，领如蝤蛴（qiú qí 音求齐），齿如瓠（hù 音户）犀，螓（qín 音秦）首蛾眉。巧笑倩兮，美目盼兮。"

[37] 时乖运蹇（jiǎn 音拣）：时机、时运不好，命运、处境艰难。乖，乖违、不顺利。蹇，难、困苦。亦作"时乖命蹇""运拙时乖"。

[38] 可可的：可巧、偏偏、恰好。

[39] 那吒：中国古代神话传说人物，道教护法神。那吒在道教里的头衔为中坛元

帅、通天太师、威灵显赫大将军、三坛海会大神等，尊称太子爷、三太子、善胜童子。民间又有视为凶神的，此处即是。

[40] 没头鹅：比喻慌张无主。天鹅群飞，首一只为引领，谓之头鹅。鹅群失去头鹅，为无头之鹅，故云。

[41] 热地上蚰蜒（yóu yán 音由延）：犹言“热锅上的蚂蚁”，比喻惊慌失措、痛苦而又焦急的样子。蚰蜒，俗称“草鞋虫”，似蜈蚣而略小，喜阴湿而极怕干热。

第二折

（鲁斋郎引张龙上，诗云）着意栽花花不发，等闲插柳柳成阴[1]。谁识张珪坟院里，倒有风流可喜活观音[2]！小官鲁斋郎，因赏玩春景，到于郊野外张珪坟前。看见树上歇着个黄莺儿，我拽满弹弓，谁想落下弹子来，打着张珪家小的，将我千般毁骂。我要杀坏了他，不想他倒有个好媳妇！我着他今日不犯[3]，明日送来。我一夜不曾睡着。他若来迟了，就把他全家尽行杀坏。张龙门首觑者，若来时报复我知道。（正末同贴旦上，云）大嫂，疾行动些！（贴旦云）才五更天气，你敢风魔九伯[4]，引的我那里去？（正末云）东庄里姑娘家有喜庆勾当[5]，用着这个时辰，我和你行动些！大嫂，你先行。（贴旦先行科）（正末云）张珪怎了也？鲁斋郎大人的言语：“张珪明日将你浑家，五更你便送到我府中来。”我不送去，我也是个死；我待送去，两个孩儿久后寻他母亲，我也是个死。怎生是好也呵？（唱）

【南吕·一枝花】全失了人伦[6]天地心，倚仗着恶党凶徒势，活支刺[7]娘儿双拆[8]散，生各札[9]夫妇两分离。从来有日月交蚀，几曾见夫主婚、妻招婿？今日个妻嫁人、夫做媒，自取些夜房断送[10]陪随，那里也[11]羊酒、花红、段匹[12]！

【梁州第七】他凭着恶哏哏[13]威风纠纠，全不怕碧澄澄天网恢恢。一夜间摸不着陈抟睡[14]，不分喜怒，不辨高低。弄的我身亡家破，财散人离，对浑家又不敢说是谈非，行行里只泪眼愁眉。你你你做了个别霸王自刎虞姬[15]，我我我做了个进西施归湖范蠡[16]，来来来浑一似嫁单于出塞明妃[17]。正青春似水，娇儿幼女成家计[18]，无忧虑，少萦系；平地起风波二千尺，一家儿瓦解星飞[19]！

（贴旦云）俺走了这一会，如今姑娘家在那里？（正末云）则那里便是。（贴旦云）这个院宅便是？他做甚么生意，有这等大院宅？（正末唱）

【牧羊关】怕不晓日楼台静，春风帘幕低。没福的怎生消得！这厮强赖人钱财，莽夺人妻室，高筑座营和寨，斜搠面杏黄旗[20]，梁山泊贼相似，与蓼儿洼争甚的[21]！

（云）大嫂，你靠后。（正末见张龙科，云）大哥，报复一声，张珪在于门首。（张龙云）你这厮才来，你该死也！你则在这里，我报复去。（鲁斋郎云）兀那厮做甚么？（张龙云）张珪两口儿在于门首。（鲁斋郎云）张龙，我不换衣服罢，着他过来见。（末、旦叩见科）（鲁斋郎云）张珪，怎这早晚才来？（正末云）投到[22]安伏[23]下两个小的，收拾了家私，四更出门，急急走来，早五更过了也。（鲁斋郎云）这等也罢。你着那浑家近前来我看。（做看科，云）好女人也！比夜来增十分颜色。生受[24]你，将酒来吃三杯。（正末唱）

【四块玉】[25]将一杯醇糯酒[26]十分的吃。（贴旦云）张孔目少吃，则怕你醉了。（正末唱）更怕我酒后疏狂失了便宜[27]。扭回身刚咽的口长吁气，我乞求得醉似泥唤不归[28]。（贴旦云）孔目，你怎么要吃的这等醉？（正末云）大嫂，你那里知道？（唱）我则图，别离时，不记得。

（贴旦云）孔目，你这般烦恼，可是为何？（正末云）大嫂，实不相瞒，如今大人要你做夫人[29]，我特特[30]送将你来。（贴旦云）孔

目，这是甚么说话！（正末云）这也由不的我。事已至此，只得随顺他便了。（唱）

【骂玉郎】也不知你甚些儿看的能当意[31]？要你做夫人，不许我过今日，因此上急忙忙送你到他家内。（贴旦云）孔目，你这般下的[32]也！（正末唱）这都是我缘分薄，恩爱尽，受这等死临逼[33]。

（贴旦云）你在这郑州做个六案都孔目，谁人不让你一分？那厮甚么官职，你这等怕他，连老婆也保不的？你何不拣个大衙门告他去？（正末云）你轻说些，倘或被他听见，不断送了我也？（唱）

【感皇恩】他他他，嫌官小不为，嫌马瘦不骑[34]，动不动挑人眼、剔人骨、剥人皮。（云）他便要我张珪的头，不怕我不就送去与他；如今只要你做个夫人，也还算是好的。（唱）他少甚么温香软玉、舞女歌姬！虽然道我灾星现，也是他的花星照[35]，你[36]的福星[37]催。

（贴旦云）孔目，不争我到这里来了，抛下家中一双儿女，着谁人照管他？兀的不痛杀我也！（正末唱）

【采茶歌】撇下了亲夫主不须提，单是这小业种[38]好孤凄。从今后谁照觑他饥时饭冷时衣？虽然个留得亲爷没了母，只落的一番思想一番悲。

（正末同旦掩泣科）（鲁斋郎云）则管里说甚么！着他到后堂中换衣服去！（贴旦云）孔目，则被你痛杀我也！（正末云）苦痛杀我也，浑家！（鲁斋郎云）张珪，你敢有些烦恼，心中舍不的么？（正末云）张珪不敢烦恼。则是家中有一双儿女，无人看管。（鲁斋郎云）你早不说你家中有两个小的无人照管。张龙，将那李四的浑家，梳妆打扮的赏与张珪便了。（张龙云）理会的。（鲁斋郎云）张珪，你两个小的无人照管，我有一个妹子，叫做娇娥，与你看觑两个小的。你与了我你的浑家，我也舍的个妹子酬答你。你醉了骂他，便是骂我一般；你醉了打他，便是打我一般。我交付与你，我自后堂去也。（下）（正末云）这事可怎了也？罢、罢、罢！（唱）

【黄钟尾】夺了我旧妻儿，却与个新佳配，我正是“弃了甜桃绕山寻醋梨”[39]。知他是甚亲戚？教喝下庭阶转过照壁[40]，出的宅门，扭回身体，遥望着后堂内，养家的人，贤惠的妻。非今生，是宿世，我则索寡宿孤眠过年岁，几时能勾再得相逢，则除是南柯梦儿[41]里！（下）

---

[1] “着意”二句：用心地栽花，施肥、灌溉等都做了很多，但花却总是不开，最后还是枯萎了；而随意折下来的一枝柳条插在地里，从来没有照料它，几年过去，却成了郁郁葱葱的柳树。比喻刻意做的事往往没结果，无意去做的事反倒意外地成功了。着意，用心。等闲，轻易、不经心。

[2] 风流可喜活观音：这里是指张珪之妻风流美貌，简直是个活观音，可以让她来救苦救难，实际上是满足他鲁斋郎的淫欲。观音，亦作观世音、观自在，佛教大乘菩萨之一，一般为慈眉善目的美貌女子形象，俗称救苦救难观世音菩萨。

[3] 不犯：不许侵犯、使用。这里意为不许张珪再与他妻子同床共眠有性生活。

[4] 风魔九伯：疯癫着魔、发疯痴狂、失去理智。九伯，亦作九百、九陌，宋元时俗语，即疯魔、痴癫的意思。明·徐渭《南词叙录》：“九百，风魔也。宋人云‘九百尚在，六十犹痴’。”以数字比喻，为人民群众的一大创造，生动鲜活，极富表现力，古今皆然。如现在形容人傻乎乎、不精明，北方谓“二百五”，上海谓“十三点”，均其例。

[5] 勾当（gòu dàng 音够档）：事情。

[6] 人伦：封建礼教所规定的人与人之间的关系，特指尊卑长幼之间的等级关系。《孟子·滕文公上》：“人之有道也，饱食暖衣，逸居而无教，则近于禽兽，圣人（舜）有忧之，使契（xiè 音卸）为司徒，教以人伦：父子有亲，君臣有义，夫妇有别，长幼有叙，朋友有信。”

[7] 活支剌：活活地。宋元时常用口语。支剌，原误作“剌”，径改，语气助词，无义。

[8] 拆：原误作“折”，径改。

[9] 生各札：生生地。宋元时常用口语。各札，语气助词，无义。

[10] 奁房断送：送与嫁妆。奁房，亦作“房奁”“妆奁”，泛指嫁妆。断送，陪送、送与。

[11] 那里也：哪里是、说什么。

[12] 段匹：同“缎匹”。

[13] 恶哏哏（hěn hěn 音很很）：同“恶狠狠”，凶恶的样子。哏，用同“狠”。

[14] “一夜间”句：整宿（xiǔ 音朽）也没有睡着，通宵失眠。陈抟（tuán 音团）（？—989），字图南，自号扶摇子，宋太宗赐号希夷先生。著名道士，隐居华山。著有《无极图》《先天图》《指玄篇》。陈抟善睡竟至于百余日不起，见《宋史・隐逸・陈抟传》：陈抟往武当山九室岩隐居，“因服气辟（bì 音避）谷历二十余年，但日饮酒数杯。移居华山云台观，又止少华石室。每寝处，多百余日不起。”后世流传的“陈抟高卧”“陈抟睡”等典故，即源出于此。

[15] 虞姬（？—前 202）：项羽爱姬，常从之出征。据《史记・项羽本纪》，垓下之战，项羽被汉军及诸侯兵围之数重，兵少食尽，四面楚歌。项羽悲歌慷慨，自为诗曰：“力拔山兮气盖世，时不利兮骓（zhuī 音追）不逝。骓不逝兮可奈何，虞兮虞兮奈若何！”歌数阕，虞姬亦以歌和之曰：“汉兵已略地，四方楚歌声。大王意气尽，贱妾何聊生！”项王泣数行下，左右皆泣，莫能仰视。据《史记》文意，虞姬歌罢，当即自刎而死。

[16] 进西施归湖范蠡（lǐ 音里）：范蠡，字少伯，春秋末越国国王勾践的谋臣。传说勾践欲报吴国之仇，设下美人计，让范蠡把苎（zhù 音住）萝山美女、与范蠡有婚约的未婚妻西施进献于吴王夫差。吴王果然中计，沉湎女色，荒疏朝政，卒为越国所灭。吴亡后，范蠡见勾践可与同患，难与处安，乃乘舟泛海而去。西施的命运，一说她即随范蠡偕归五湖，一说她被越国沉江处死。事见《史记・越王勾践世家》和《吴越春秋》《越绝书》。张珪将妻子进献鲁斋郎，就是根据西施原是范蠡的未婚妻这一传说而加以比喻的。

[17] 嫁单于出塞明妃：指汉元帝将宫女王昭君嫁于匈奴王呼韩邪（yé 音爷）单于为妻事。晋代因避文帝司马昭讳，将昭君改称明君，后人遂称之为明妃。据《汉书・元帝纪》《汉书・匈奴传下》《后汉书・南匈奴列传》等典籍，王昭君为未被汉元帝行幸的宫女，呼韩邪单于来朝，愿为汉朝女婿以自亲，元帝因以王昭君赐婚单于为阏氏（yān zhī 音烟支，妻子）。王昭君出塞嫁单于的故事，在流传过程中发生了演变。最根本之点，一是把汉室强、匈奴弱颠倒为汉室弱、匈奴强；二是王昭君从一般宫女变成了元帝爱妃，在呼韩邪单于陈兵威迫下，无奈割爱而远嫁昭君。马致远《汉宫秋》杂剧，就是以上述两点为基本框架结构全剧的。张珪以明妃为典，正是用的此意，突出自己献妻时内心的剧痛和万般无奈。

［18］ 成家计：持家过日子。

［19］ 瓦解星飞：意思是像瓦片那样碎裂，像星星那样飞散。比喻人散家破。

［20］ 杏黄旗：杏黄色的旗帜。传统戏曲、小说中多指绿林好汉聚众起事的义旗。

［21］ “高筑”四句：这是对北宋末年宋江聚集农民起义的英雄们在梁山泊安营扎寨、举旗造反的集中概括，但用的是贬义，从而把鲁斋郎比作贼人，而他的宅院就是一座强盗窝。搠（shuò 音硕），插。争甚的，有什么差别。争，相差、差别。蓼（liǎo 音了）儿洼，据小说《水浒传》，梁山泊（位于今山东梁山、郓城等县间）中有蓼儿洼。另外，宋江受招安后，到楚州（宋代属淮南东路，治所有山阳，即今江苏省淮安市）任安抚。楚州南门外亦有蓼儿洼，中有高山一座，四面都是水港，极似梁山泊。后宋江被御酒毒死，李逵、吴用、花荣相继来殉，同葬于此楚州的蓼儿洼。宋江等英魂不散，常常在这里相聚。因此，人们常视楚州的蓼儿洼为第二个梁山泊。

［22］ 投到：等到。

［23］ 安伏：安顿、安置。

［24］ 生受：白白地接受别人的帮助、好处或礼物。意为麻烦、有劳、辛苦、多谢。

［25］〔四块玉〕：曲牌名，属【南吕宫】。常作小令，套数则惯承〔玉交枝〕后，南北合套中可作首牌。定格为七句：三、三、七、七、三、三、三，共二十九字。第一、二句，第五、六句对仗。

［26］ 糯酒：用糯米酿的酒，又称江米酒、甜酒、水酒、酒酿、醪（láo 音牢）糟。糯酒酿制工艺简单，口味香甜醇美，酒精含量极低，因此深受人们的喜爱。我国用优质糙糯米酿酒，已有千年以上的悠久历史。

［27］ 失了便宜：意为吃了亏。

［28］ 唤不归：叫不醒、醉死过去。

［29］ 夫人：古代诸侯的妻子称夫人，后来用来尊称一般人的妻子。

［30］ 特特：副词，特意。

［31］ 当意：合意、中意、称心如意。

［32］ 下的：同“下得”，忍心、舍得。

［33］ 临逼：凌逼、逼迫。临，进攻、攻伐，犹言“逼”也，如兵临城下。

［34］ “嫌官小”二句：旧指有权势的子弟追求高官厚禄，所以如同不愿意骑瘦马一样，不愿意去做小官。

［35］ 花星照：犹碰到桃花运。花星，古代指司男女风情之事的星宿（xiù 音秀）。

［36］ 你：原本缺此字，据《古名家杂剧》本（收入《脉望馆钞校本古今杂剧》之中）补。

［37］ 福星：指木星。古称木星为岁星，所在主福，故称。唐·李商隐《无愁果有愁曲》：“东有青龙西白虎，中含福星包世度。”

［38］ 业种：昵称，含有怨叹或怜爱的意思。业，恶业、罪孽义，为佛教语。佛教认

为善恶有报，就像种子结果，因此称为“业种”。

[39] 弃了甜桃绕山寻醋梨：意为丢掉好的，找了个差的，得不偿失，因为甜桃远比酸（醋）梨好吃。此为宋元时俗谚。

[40] 照壁：亦称“照墙”，建于住宅、庭院、殿阁、寺庙中与正门相对以为遮蔽、装饰之用的屏墙，上面大多绘有图画、文字。

[41] 南柯梦儿：梦。典出唐·李公佐《南柯太守传》传奇。小说谓：东平淳于棼（fén 音坟）醉梦之中至大槐安国，被招为驸马，出任南柯太守。署郡二十年，大治，荣耀显赫，代莫能比。后公主遘（gòu 音构）疾身亡，淳于棼辞郡还国。因威福日盛，遭王疑忌，被王软禁于私第，复又令其还归故园，醒来却是一梦。忆念梦中情景，循迹往索，原来宅南大古槐下之蚁穴即是槐安国、南柯郡。后人因将南柯作为梦之代称。汤显祖还在这篇小说的基础上，创作了戏曲《南柯记》。

第 三 折

（李四上，云）自家李四。因鲁斋郎夺了我浑家，赶到郑州，告不的他，又回许州来。一双儿女，不知去向。那里也难住，我且往郑州，投奔我姐姐姐夫去也。（下）

（俫儿上，云）我是张孔目的孩儿金郎，妹子玉姐，父亲母亲人情[1]去了，这早晚敢待来也。（正末上，云）好是苦痛也！来到家中，且看两个孩儿，说些甚么？鲁斋郎，你好狠也呵！（唱）

【中吕·粉蝶儿】[2]倚仗着恶党凶徒，害良民肆生淫欲，谁敢向他行[3]挟细拿粗[4]？逞刁顽，全不想，他妻我妇，这的是败坏风俗，那一个敢为敢做[5]！

【醉春风】[6]空立着判黎庶受官厅[7]，理军情元帅府，父南子北各分离，端的是苦、苦！俺夫妻千死千生，百伶百俐[8]，怎能勾一完一聚？

（俫儿云）爹爹，你来家也，俺奶奶[9]在那里？（正末云）孩儿，你母亲便来。（叹科，云）嗨，可怎了也！（唱）

【红绣鞋】[10]怕不待打迭[11]起千忧百虑，怎支吾[12]这短叹长吁？（倈儿云）俺母亲怎生不见来了？（正末唱）他可便一上青山化血躯[13]。将金郎眉甲[14]按，把玉姐手梢[15]扶，兀的不痛杀人也儿共女！

（倈儿云）爹爹，俺母亲端的在那里？（正末云）你母亲被鲁斋郎夺去了也！（倈儿云）兀的不气杀我也！（倈气倒科）（正末救科，云）孩儿，你苏醒者！则被你痛杀我也！（张龙引旦上，云）自家张龙便是。奉着鲁斋郎大人言语，着我送小姐到这里。张珪在家么？（正末云）谁在门外？待我开门看咱。（做看科，云）呀，你来怎么？（张龙云）我奉大人言语，着我送小姐与你，休说甚么。小姐，你也休说甚么。我回去也。（下）（正末云）小姐，请进家来！两个孩儿，来拜你母亲。小姐，先前浑家，止有[16]这两个孩儿，小姐早晚看觑咱！（旦云）孔目，你但放心，都在我身上。（正末唱）

【迎仙客】[17]你把孩儿亲觑付[18]、厮[19]抬举[20]。这两个不肖孩儿也有甚么福？便做道[21]忒贤达，不狠毒。（旦云）孔目你放心，就是我的孩儿一般看成[22]。（正末唱）看成的似玉颗神珠，终不似他娘肠肚。

（李四上，云）我来到郑州。这是姐姐姐夫家。我叫门咱。（做叫门科）（正末云）谁叫门哩？我看去。（见科）（正末云）原来是舅子。你的症候，我如今也害了也！（李四云）姐姐有好药！（正末云）不是那个急心疼症候，用药医得，是你那整理银壶瓶的症候。你姐姐也被鲁斋郎夺将去了也！（李四云）鲁斋郎，你早则要了俺家两个儿也！（正末云）舅子，我可也强似你。他与了我一个小姐，叫做娇娥。（李四云）鲁斋郎，你夺了我的浑家，草鸡[23]也不曾与我一个。姐夫既没了姐姐，我回许州去罢。（正末云）舅子，这个便是你姐姐一般，厮见一面，怕做甚么？（李四云）既如此，待我也见一面，我就回去。姐夫，你可休留我。（做相见各留意[24]科）（正末云）舅子，你敢要回去么？（李四云）姐夫则这里住倒好。（正末云）好奇怪也！（唱）

【红绣鞋】他两个眉来眼去，不由我不暗暗踌蹰。似这般哑谜儿[25]教咱怎猜做？那一个心犹豫，那一个口支吾，莫不你两个有些儿曾面熟？

（祗候上，云）张孔目，衙门中唤你攒文书[26]哩。（正末云）舅子，你和你姐姐在家中，我衙门中攒文书去也。（下）（旦与李四打悲科）（李四云）娘子，你怎么到得这里？（俫儿上，云）奶奶，俺爹爹那里去了？（旦云）衙门中攒文书去了。（俫儿云）这等俺两个寻俺爹爹去。（下）（李四云）则被你想杀我也。（正末冲上，见科，喝云）你两个待怎么？（李四同旦跪科）（正末云）他早招了也。（唱）

【石榴花】[27]早难道[28]"君子断其初"[29]，今日个亲者便为疏。人还害你待何如？我是你姐夫，倒做了姨夫[30]。当初我医可了你病症还乡去，把你似太行山倚仗做亲属；我一脚的出宅门，你待展污[31]俺婚姻簿[32]，我可便负你有何辜！

【斗鹌鹑】[33]全不似管鲍分金[34]，倒做了孙庞刖足[35]；把恩人变做仇家，将客僧翻为寺主。自古道"无毒不丈夫"，他将了你[36]的媳妇，不敢向鲁斋郎报恨雪冤，则来俺家里殢云殢雨[37]。

（李四云）姐夫，实不相瞒，则他便是我的浑家，改做他的妹子与了姐夫。（正末云）谁这般道来？（唱）

【上小楼】[38]谁听你花言巧语，我这里寻根拔树[39]。谁似你不分强弱，不识亲疏，不辨贤愚。纵是你旧媳妇、旧丈夫，依旧欢聚，可送的俺一家儿灭门绝户！

（云）我一双孩儿在那里？（旦云）你去攒文书，他两个寻你去了。（正末云）眼见的所算[40]了我那孩儿，兀的不气杀我也！（唱）

【幺篇】我一时间不认的人，你两个忒做的出！空教我乞留乞良[41]、迷留没乱[42]、放声啼哭。这郑孔目，拿定了萧娥胡做，知他那里去了赛娘、僧住[43]？

（云）罢、罢、罢！浑家被鲁斋郎夺将去了，一双儿女又不知所向。甫能[44]得了个女人，又是银匠李四的浑家，我在这里，怎生存坐[45]？舅子，我将家缘家计，都分付与你两口儿；每月斋粮道服[46]，休少了我的。我往华山出家去也！（李四云）姐夫，你怎生弃舍了铜斗儿家缘、桑麻地土？我扯住你的衣服，至死不放你去。（正末唱）

【十二月】[47]休把我衣服扯住，情知咱冰炭不同炉[48]。（李四云）姐夫，这桑麻地土、宝贝珍珠，怎生割舍的？（正末唱）管甚么桑麻地土，更问甚宝贝珍珠！（李四云）姐夫，把我浑家与你罢。（正末唱）呸，不识羞闲言长语，他须是你儿女妻夫。

（旦云）孔目，你与我一纸休书咱。（正末唱）

【尧民歌】[49]索甚么恩绝义断写休书？（李四云）鲁斋郎知道，他不怪我？（正末唱）鲁斋郎也不是我护身符。（李四云）俺姐姐不知在那里！（正末唱）他两行红袖醉相扶，"美女终须累其夫"[50]！嗟吁[51]，嗟吁！教咱何处居？则不如趁早归山去。

（李四云）姐夫，许多家缘家计、田产物业，你怎下的都抛撇了？（正末唱）

【耍孩儿】休道是东君去了花无主[52]，你自有莺俦燕侣[53]。我从今万事不关心，还恋甚衾枕欢娱？不见浮云世态纷纷变，秋草人情日日疏，空教我泪洒遍湘江竹[54]！这其间心灰卓氏，干老了相如[55]。

（李四云）俺姐姐不知在那里！（正末云）你那姐姐呵。（唱）

【二煞】这其间听一声金缕歌[56]，看两行红袖舞，常则是笙箫缭绕丫鬟簇；三杯酒满金鹦鹉[57]，六扇屏开锦鹧鸪[58]，反倒做他心腹。那厮有拐人妻妾的器具，引人妇女的方术。

（李四云）这一年四季，斋粮道服，都不打紧。姐夫，你怎么出的家？还做你那六案都孔目去！（正末唱）

【煞尾】再休题掌刑名都孔目，做英雄大丈夫，也只是野人[59]自爱山中宿。眼看那幼子娇妻，我可也做不的主！（下）

（李四云）姐夫去了也。娘子，我那知道还有完聚的日子！如今我两个掌着他这等家缘家计，许他的斋粮道服，须按季送去与他，不要少了他的。（诗云）我李四今年大利，全不似整壶瓶这般悔气。平空的还了浑家，又得他许多家计。（同旦下）

---

［1］ 人情：送人情，向人馈送钱财礼品以交际应酬，联络感情。

［2］ 【中吕·粉蝶儿】:【中吕】，元曲宫调名。元·周德清《中原音韵》:“【中吕宫】高下闪赚。”〔粉蝶儿〕，曲牌名。南北曲均属【中吕宫】，用于剧曲和散曲套数。北曲常用作【中吕宫】套曲的第一曲，下接〔醉春风〕。八句六韵：四、七、七、三、三、四、四、七，与词牌前半阕大致相同。

［3］ 他行（háng 音杭）：他那里。行，用在人称之后，表示处所。

［4］ 挟细拿粗：形容百般寻衅、肆意刁难冒犯。

［5］ 敢为敢做：做事无所畏惧，同“敢作敢为”。这里指肆意妄为，无所顾忌。

［6］ 〔醉春风〕：曲牌名，属【中吕宫】，亦入【正宫】。用于剧曲和散曲套数。八句四韵：五、五、七、七、一、四、四、四。首二句对仗，第四、五句叠句，末三句常鼎足对。套数次牌，承〔粉蝶儿〕后。属【双调】，用于散曲套数。七句三韵：五、五、七、三、四、四、四。第一、二句，第五、六句对仗。散套

首牌。

［7］ 判黎庶受官厅：受理评判、裁决黎民百姓是非曲直的官府衙门。受官厅，指官府衙门中的大堂、厅堂。

［8］ 百伶百俐：十分相知。

［9］ 奶奶：宋元时常称母亲为“奶奶”，这里即指母亲。

［10］〔红绣鞋〕：曲牌名，一名〔朱履曲〕，属北曲【中吕宫】，亦入【正宫】，套数、小令兼用。据清·周祥钰《九宫大成谱》，其字数定格及韵式为六句五韵：六、六、七、三、三、五，共三十字。第一、二句，第四、五句对仗。

［11］ 打迭：收拾、料理，亦作“打叠”。

［12］ 支吾：掩饰、搪塞、应付。

［13］ 一上青山化血躯：意思是说，张珪妻子日夜思念他，终于变成了望夫石。

［14］ 眉甲：指头部、脑袋。

［15］ 手梢：亦作“手稍”，手指。

［16］ 止有：只有。止，副词，相当于“只”“仅”。

［17］〔迎仙客〕：曲牌名，南北曲均有此调。北曲属【中吕宫】，也入【正宫】，套数、小令兼用。据清·周祥钰《九宫大成谱》，其字数定格为七句五韵：三、三、七、三、三、四、五，共二十八字。第四句不入韵，其余押六平仄韵。

［18］ 觑付：看顾、关照。

［19］ 厮：相，表示一方对另一方有所举动。

［20］ 抬举：照料、抚养。

［21］ 便做道：又作“便做”，连词，即使是。

［22］ 看成：看待、看护、关照、照料。一般作“看承”。

［23］ 草鸡：指母鸡。章太炎《新方言》：“今北方通谓牝（pìn 音聘）马曰草马，牝驴曰草驴，湖北谓牝猪曰草猪。”山西方言里多指下蛋的母鸡。草鸡，在北京官话、冀鲁官话、胶辽官话、中原官话、晋语、江淮官话、西南官话、吴语等中都有使用。

［24］ 留意：关注。

［25］ 哑谜儿：谜语、隐语，指难以猜测、隐瞒难解的事情。

［26］ 趱（zǎn 音攒）文书：趱办文书，加快、赶办公文案卷。趱，赶（路）、快走。

［27］〔石榴花〕：曲牌名，南北曲均属【中吕宫】。据清·周祥钰《九宫大成谱》，北曲字数定格为九句九韵：七、五、七、四、四、七、七、七、七。多用于套数。第四、第五两句，也可以合成一个七字句。句句入韵。

［28］ 早难道：三字常用在一句成语的上面，有“岂不闻”或“有所说”的意思。

［29］ 君子断其初：有才德之人，在事情刚刚做出决断的最初时刻，就意味着决不轻易改变、翻悔。意为君子做事和决策都是十分慎重的，绝不轻率为之。

［30］ 姨夫：嫖客共狎一妓，彼此称为姨夫。这里是指张珪之新妻，却原是李四之

妇，现在成了两人共一妻的局面，故云。

［31］展污：玷污、弄脏。

［32］婚姻簿：这里是指张珪及其“后妻”（即原来的李四之妻）的婚姻关系。婚姻簿，典出唐·李复言《续玄怪录》：杜陵人韦固遇月下老人在翻一簿册，说人世间姻缘配合之事，全在其上。此簿册便为姻缘簿、婚姻簿。

［33］〔斗鹌鹑〕：曲牌名，北曲【中吕宫】【越调】均有同名曲牌。据清·周祥钰《九宫大成谱》，其字数定格及韵式为八句五韵：四、四、四、四、七、六、四、四。第一、二句，第三、四句，第七、八句对仗。用于套曲中。属【越调】十句五韵：四、四、四、四、四、四、三、三、四、四。全篇两两对仗。一般用于【越调】套曲的首牌，下接〔紫花儿序〕。

［34］管鲍分金：管仲、鲍叔牙均为春秋时齐之名臣。早年，管仲和鲍叔牙同做买卖，到分财利时，管仲常多取，鲍叔牙则始终善遇之，不以管仲为贪，而知管仲为贫。两人在私交和仕途中，鲍叔牙对管仲总取帮助、谦让、谅解、举荐的态度，最终推管仲为齐相。齐桓公因此而称霸，九合诸侯，一匡天下。管仲曾说：“生我者父母，知我者鲍子也。”因以“管鲍分金”比喻深厚真诚的友谊。事见《史记·管晏列传》。

［35］孙庞刖（yuè 音月）足：春秋时，孙膑、庞涓同从鬼谷子学兵法。后庞涓为魏将，忌妒孙膑之才能，召孙至魏，诬以罪而断其两足。孙膑使计投齐，助齐田忌围魏救赵，大败魏军。周显王二十八年（前 341 年），孙膑用增兵减灶之计，全歼魏军于马陵地区，庞涓亦自杀身亡。后以“孙膑刖足”，喻指朋友而成仇敌。刖足，砍脚的一种酷刑。或以为，孙膑所受之刑为剔去膝盖骨。司马迁《报任少卿书》曰“孙子膑脚”。膑，膝盖骨；膑刑，剔去膝盖骨。孙、庞事，见《史记·孙子吴起列传》。

［36］你：原作“俺”，据剧情并依《脉望馆钞校本古今杂剧》本改。

［37］殢（yóu 音尤）云殢（tì 音替）雨：指男女性交时的缠绵欢爱情状。殢，同“尤”，亲昵、缠绵。殢，迷恋、沉湎。

［38］〔上小楼〕：曲牌名，属北曲【中吕宫】，亦入【正宫】。套数、小令兼用。据清·周祥钰《九宫大成谱》，其字数定格及韵式为九句六韵：四、四、四、四、四、三、三、四、七，共三十七字。第一、二句，第六、七句对仗；第三、四、五句作扇面对。

［39］寻根拔树：寻根问底，弄清事情的根本原因。

［40］所算：暗算、谋害。

［41］乞留乞良：忧愁伤心、烦恼悲痛的样子。

［42］迷留没乱：精神恍惚、心烦意乱的情态。

［43］“这郑孔目”三句：指郑州府衙孔目郑嵩的悲剧故事。郑孔目因与妓女萧娥相好，气死了自己的原配妻子。和萧娥正式结婚后，萧娥百般虐待郑孔目的一对

儿女赛娘、僧住，而且还与别人通奸。郑孔目一气之下，杀死萧娥，自己亦被判罪流放。此故事在宋元时广为流传，仅被搬演于舞台之上的戏曲作品就有宋元戏文《郑孔目风雪酷寒亭》、杨显之的同名元杂剧、花李郎的《像生栾子酷寒亭》，以及旦本元杂剧《萧县君风雪酷寒亭》等。

[44] 甫能：才能够、刚刚能够。

[45] 存坐：存身、过日子。

[46] 斋粮道服：供出家修道之人用的粮食、衣服。

[47] 〔十二月〕：曲牌名，属【中吕宫】，亦入【正宫】。用于剧曲和散曲套数。六句五韵：四、四、四、四、四、四。第一、二句，第三、四句对仗。套数下接〔尧民歌〕，小令则须与〔尧民歌〕作带过曲而存在。

[48] 冰炭不同炉：比喻两种对立的事物不能同处。

[49] 〔尧民歌〕：曲牌名，属【中吕宫】，亦入【正宫】。定格七句七韵：七、七、七、七、二、五、五。套数中例承〔十二月〕后而下接〔快活三〕，小令则须作为它们的带过曲。

[50] “美女”句：指美貌妻子容易招惹是非，由此连累丈夫遭受不幸。

[51] 嗟吁（jiē xū 音阶虚）：表示感叹的语气词。唐·元稹《酬乐天东南行诗一百韵》：“耽眠稀醒素，凭醉少嗟吁。”

[52] “休道”句：你不要认为我（一家之主）走了，我家里的一切就都没有主了。东君，司春之神。唐·王初《立春后作》诗：“东君珂佩响珊珊，青驭多时下九关。”这里是张珪以春神自喻。

[53] 莺俦燕侣：亦作“燕侣莺俦”，以莺燕之成双作对，形容男女夫妇之欢爱和谐、形影不离。

[54] 湘江竹：湘妃竹、湘君竹、斑竹。传说舜之二妃娥皇、女英闻舜已死，泪下如雨，染竹成斑，是为斑竹。娥皇、女英殁于湘水，遂为湘水之神，曰“湘妃”“湘君”；因又称斑竹为“湘妃竹”“湘江竹”“湘君竹”。见晋·张华《博物志》、南朝梁·任昉（fǎng 音仿）《述异记》。

[55] 心灰卓氏，干老了相如：这里反用卓文君、司马相如的婚恋故事，意为卓文君对司马相如的爱情绝望了、灰心了，司马相如也不再苦追卓文君而独自终老。

[56] 金缕歌：指〔金缕衣〕〔金缕曲〕，曲调名。唐·杜秋娘〔金缕衣〕乐府词：“劝君莫惜金缕衣，劝君惜取少年时。花开堪折直须折，莫待无花空折枝。”这里泛指欢乐的歌曲。

[57] 金鹦鹉：指鹦鹉杯，又名海螺盏，是用鹦鹉螺壳制成的酒杯。金，形容酒杯之华美。

[58] “六扇屏”句：这里指用织有鹧鸪图像的丝织品做成的六片隔扇的华美屏风。

[59] 野人：山野之人。这里意为从此不再留恋功名尘世，而去过修行伴道的隐逸生活。

第四折

（外扮包待制[1]引从人上，诗云）冬冬衙鼓[2]响，公吏两边排。阎王生死殿，东岳摄魂台[3]。老夫姓包名拯，字希文，庐州金斗郡四望乡老儿村人氏。官封龙图阁待制，正授[4]开封府尹[5]。奉圣人的命，差老夫五南[6]采访[7]。来到许州，见一儿一女，原来是银匠李四的孩儿。他母亲被鲁斋郎夺了，他爷不知所向。这两个孩儿，留在身边。行到郑州，又收得两个儿女，原来是都孔目张珪的孩儿。他母亲也被鲁斋郎夺了，他爷不知所向。我将这两个孩儿，留在家中，着他习学文章。早是十五年光景，如今都应过举，得第[8]了也。老夫将此一事，切切于心，拳拳在念[9]。想鲁斋郎恶极罪大，老夫在圣人前奏过：有一人乃是"魚齊[10]即"，苦害良民，强夺人家妻女，犯法百端。圣人大怒，即便判了"斩"字，将此人押赴市曹，明正典刑[11]。得到次日，宣鲁齋郎。老夫回奏道："他做了违条犯法的事，昨已斩了。"圣人大惊道："他有甚罪斩了？"老夫奏道："他一生掳掠百姓，强夺人家妻女，是御笔亲判'斩'字，杀坏了也。"圣人不信，"将文书来我看。"岂知"魚齊即"三字，"魚"字下边添个"日"字，"齊"字下边添个"小"字，"即"字上边添一点。圣人见了，道："苦害良民，犯人鲁齋郎，合该斩首。"被老夫智斩了鲁齋郎，与民除害。只是银匠李四、孔目张珪，不知所向。我如今着他两家孩儿，各带他两家女儿，天下巡庙烧香，若认着他父母，教他父子团圆，也是老夫阴骘[12]的勾当。张千，你分付他两个孩儿同两个女儿，明日往云台观[13]烧香去，老夫随后便来。（诗云）他不遵王法太疏狂，专要夺人妇女做妻房。被我中间改做"魚齊即"，用心智斩鲁齋郎。（下）

（净扮观主上，云）"道可道，非常道；名可名，非常名"[14]。小道姓阎，道号双梅，在这云台观做着个住持[15]。今日无事，看有甚么人来？（李四同旦儿上，云）自家李四是也。自从与俺那儿女失散了，十五年光景，知他有也无？来到这云台观里，与俺姐姐姐夫，并两家的孩儿，做些好事[16]咱。（做见观主科，云）兀那观主，我是许州人氏，一径的来做些好事。（观主云）你做甚么好事？超度谁？（李四云）超度姐夫张珪，姐姐李氏，一双儿女金郎、玉姐，还有自己一双儿女喜童、娇儿。与你这五两银子，权做经钱[17]。（观主云）我出家人，要他怎么？是好银子，且收下。一边看斋食，请吃了斋，与你做好事。（贴旦道扮[18]上，云）贫姑李氏，乃张珪的浑家，被鲁斋郎夺了我去，可早十五年光景。一双儿女，不知去向，连张珪也不知有无。鲁斋郎被包待制斩了，我就舍俗出家。今日去这云台观，与张珪做些好事咱。早来到也。（做见观主科）（观主云）一个好道姑也！道姑，你从那里来？（贴旦云）我一径的来与丈夫张珪，孩儿金郎、玉姐做些好事。（李四云）谁与张珪做好事？（贴旦云）我与张珪做好事。（李四云）兀的不是姐姐李氏！（相见打悲科）（贴旦云）兄弟，这妇人是谁？（李四云）这个便是你兄弟媳妇儿。姐姐，你怎生得出来？（贴旦云）包待制斩了鲁斋郎，俺都无事释放。今日来云台观，追荐你姐夫并孩儿金郎、玉姐。（李四云）我也为此事来，咱和你一同追荐者。（李倈冠带同小旦上，云）小官李喜童，妹子娇儿。我母亲被鲁斋郎夺将去了，父亲不知所向。亏了包待制大人，收留俺兄妹二人，教训成人。今应过举，得了头名状元。奉着包待制言语，着俺去云台观里，追荐我父母去。早来到了也。兀那住持那里？（观主云）早知相公到来，只合远接。接待不着，勿令见罪。呀，怎生带着个小姐走？（李倈云）我一径的来做些好事。（观主云）相公要追荐何人？（李倈云）追荐我父亲银匠李四。（李四云）是谁唤银匠李四？（李倈云）兀的不是我父亲！（李四云）你是谁？（李倈云）则我便是您孩儿喜童，妹子娇儿。（旦云）孩儿也，你在那里来？（李倈再说前事，悲科）（李四云）孩儿，拜你姑姑者。（做拜科）（贴旦云）这两人是谁？（李四云）这两个便是我的孩儿。（贴旦悲科，云）你一家儿都完聚了，只是俺那孔目并两个孩儿，不知在那里！（张倈冠带同小旦上，云）小官是张孔目的孩儿金郎，妹子玉姐。我母亲被鲁斋郎夺去，父亲不知所向。多亏了包待制大人，收留俺兄妹二人，教训成人，应过举，得了官也。包待制着俺云台观追荐父母去，可早来到也。住持那里？（观主云）又是一个官人，他也带着小娘子走。相公到此只甚[19]？（张倈云）特来做些好事。（观主云）追荐那一个？（张倈云）追荐我父亲张珪、母亲李氏。（贴旦云）谁唤张珪、李氏？（张倈云）我唤来。（贴旦云）你敢是金郎么？（张倈云）妹子，兀的不是母亲！（做悲科）（贴旦云）这十五年，你在那里来？（张倈云）自从母亲去了，父亲不知所向。多亏了包待制大人，将我兄妹二人教训，应过举，得了官也。今日奉包待制言语，着俺云台观追荐父母，不想得见母亲，不知俺父亲有也无？（做悲科）（李四云）姐姐，这个既是你的儿子，我把女儿娇儿，与外甥做媳妇罢。（张倈云）母亲，将妹子玉姐与兄弟为妻，做一个交门亲眷[20]，可不好那？（贴旦云）俺两家子母怕不完聚，只是孔目不知在那里，教我如何放的下！（做悲科）（正末愚鼓简板[21]上，诗云）身穿羊皮百衲衣[22]，饥时化饭饱时归。虽然不得神仙做，且躲人间闲是非。想俺出家人，好是清闲也呵。（唱）

【双调·新水令】想人生平地起风波，争似我乐清闲支着个枕头儿高卧！只问你炼丹砂唐吕翁[23]，何如那制律令汉萧何[24]？我这里醉舞狂歌，繁花梦已参破[25]。

【风入松】[26]利名场上苦奔波，因甚强夺？蜗牛角上争人我[27]，梦魂中一枕南柯[28]。不恋那三公[29]华屋，且图个五柳婆娑[30]。

（云）俺这出家人，一年四季，春夏秋冬，好是快活也呵！（唱）

【甜水令】[31]俺这里春夏秋冬，林泉兴味，四时皆可。常则是日夜宿山阿[32]，有人相问，静里工夫，炼形打坐[33]，笑指那落叶辞柯。

【折桂令】[34]想当初向清明日共饮金波，张孔目家世坟茔，须不是风月鸣珂[35]。他将俺儿女夫妻，直认做了云雨巫娥[36]。俺自撇下家缘过活，再无心段匹绫罗。你休只管信口开合[37]，絮絮聒聒；俺张孔目怎还肯缘木求鱼[38]，鲁斋郎他可敢暴虎冯河[39]！

【雁儿落】鲁斋郎忒太过，（带云）他道："张珪，将你媳妇则明日五更送将来，我要！"（唱）不是张孔目从来懦。他在那云阳市剑下分，我去那华山顶峰头卧。

（云）我则道他一世儿荣华富贵，可怎生被包待制斩了，人皆欢悦。（唱）

【得胜令】今日个天理竟如何？黎庶尽讴歌。再不言宋天子英明甚，只说他包龙图智慧多。鲁斋郎哥哥，自惹下亡身祸；我舍了个娇娥，早先寻安乐窝[40]。

（云）今日我去云台观散心咱。（贴旦云）李四，你看那道人，好似你姐夫。你试唤他一声咱！（李四叫科，云）张孔目！（正末回头科，云）是谁叫张孔目？（做见科，云）兀的不是我浑家李氏！（贴旦云）你怎生撇了我出了家？劝你还俗[41]罢！（正末诗云）你待散时我不散，悲悲切切男儿汉。从前经过旧恩情，要我还俗呵，有如曹司翻旧案[42]。（众云）你还了俗罢！（正末云）我修行到这个地步，如何肯再还俗？（众拜科）（正末唱）

【川拨棹】不索你闹镬铎[43]，磕着头礼拜我。（李四云）姐夫，今日咱两家夫妇儿女都完聚了，你可怎生舍的出家去？你依着我，只是还了俗者！（正末唱）谁听你两道三科[44]，嚷似蜂窝，甜似蜜钵！我若是还了俗可未可！

（贴旦云）孔目，平素你是受用[45]的人，你为何出家？你怎生受得那苦？（正末唱）

【七弟兄】你那里问我，为何受寂寞，我得过时且自随缘[46]过，得合时且把眼来合，得卧时侧身和衣卧。

【梅花酒】不是我自间阔[47]，趁浪逐波落落拓拓[48]，大笑呵呵。夫共妻任摘离，儿和女且随他。我这里自磨陀[49]，饮香醪[50]醉颜酡[51]，揜沉睡在松萝。

【收江南】[52]呀！抵多少南华庄子鼓盆歌[53]，乌飞兔走[54]疾如梭，猛回头青鬓早皤皤[55]。任傍人劝我，我是个梦醒人，怎好又着他魔？

（包待制冲上，云）事不关心，关心者乱。老夫包拯，来到这云台观，见一簇人闹，不知为甚么。（李四云）爷爷，小的是许州人银匠李四。俺姐姐被鲁斋郎强夺为妻，幸得爷爷智斩鲁斋郎，如今俺姐姐回家来了。争奈姐夫张珪出了家，不肯认他，因此小的每和他儿女在此相劝。只望爷爷做主咱！（包待制云）兀那张珪，你为何不认他？（正末云）我因一双儿女，不知所在，已是出家多年了，认他做甚么？（包待制云）张珪，你那儿女和李四的儿女，都在跟前。这十五年间，我都抬举的成人长大，都应过举，得了官也。如今将李四的女儿，与张珪的孩儿为妻，张珪的女儿，与李四的孩儿为妻，你两家做个割不断的亲眷。张珪，你快还了俗者！（词云）则为鲁斋郎苦害生民，夺妻女不顾人伦。被老夫设智斩首，方表得王法无亲。你两家夫妻重会，把儿女各配为婚。今日个依然完聚，一齐的仰荷天恩。（正末同众拜谢科）（唱）

【收尾】[56]多谢你大恩人救了咱全家祸，抬举的孩儿每双双长大，莫说他做亲的得成就[57]好姻缘，便是俺还俗的也不误了正结果[58]。

题目　三不知[59]同会云台观
正名　包待制智斩鲁斋郎

---

[1] 包待制：指北宋名臣包拯（999—1062），字希仁，庐州合肥（今安徽合肥肥东）人。天圣五年（1027年），包拯登进士第。嘉祐六年（1061年），任枢密副使。因曾任天章阁待制、龙图阁直学士，故世称“包待制”“包龙图”。嘉祐七年（1062年），包拯逝世，追赠礼部尚书，谥号“孝肃”，后世称其为“包孝肃”。有《包孝肃公奏议》传世。包拯廉洁公正，立朝刚毅，不附权贵，铁面无私，英明决断，敢于替百姓申不平，故有“包青天”及“包公”之名。待制，官名，唐代始设，最低为六品。宋代殿阁下设待制官。

[2] 衙鼓：衙门中所设之鼓。主司官员升堂坐衙，集合属吏议事，或事毕散衙，均须击衙鼓。唐·白居易《晚起》诗：“卧听冬冬衙鼓声，起迟睡足长心情。”

[3] “阎王”二句：阎王为佛教中主管地狱的神，东岳（大帝）则为道教中主管人间生死的神。生死殿即为阎王殿，审理鬼魂的善恶以决定其生死轮回。摄魂台即勾摄拘押人的魂魄之处，人的生死寿夭皆决于此。道教传说，东岳泰山的天神管理十八地狱、六案簿籍和七十二司。七十二司的第二司管“生死勾押推勘”。这里的意思是指包待制及其执掌的开封府铁面无私，秉公执法，任何邪人恶鬼都别想蒙混过关，而必将受到严正的审判和无情的惩罚。

[4] 正授：正式任命。

[5] 府尹：一府之长官。

[6] 五南：指江南、湖南、岭南、海南和云南，合称“五南”；亦为南方的泛指。

[7] 采访：搜求巡视、访察善恶、举荐贤能或弹劾贪赃枉法的官员。唐代就曾将各道按察使改为采访处置使，简称采访使。

[8] 得第：考中、应试及第。

[9] “切切”二句：深切诚挚、时时刻刻地牢记心头。切切，深切、恳挚。拳拳，真诚、诚挚。

[10] 魚齊：此二字的简化字为“鱼齐”。为剧情需要，保留原繁体字。

[11] 明正典刑：依照法律处以极刑。旧时多用于处决犯人的公文或布告中。明，表明。正，治罪。典刑，法律。

[12] 阴骘（zhì 音治）：阴德。宋·梅尧臣《欧阳郡太君挽歌》其二：“暮年终飨福，阴骘不应欺。”

[13] 云台观：古代著名道观，在陕西省华山云台峰上，古称“名堂”，是古代天子巡狩（shòu 音受）之地。后周武帝时，道士焦道广居华山北峰辟粒餐霞，武帝

亲诣山庭卧轩问道，因于峪口置建此观。宋初著名道士陈抟曾隐居观内。宋仁宗至和元年（1054 年）建集真殿，元代毁于火灾，明代屡修屡毁。清康熙十九年（1680 年），顾炎武、王宏撰等人于观西建朱子祠，兴教办学，名为云台书院。光绪二十三年（1897 年），改为高等小学堂；1929 年惨遭兵火；1954 年建为华山中学。

［14］“道可道”四句：道，可以说得出的，它就不是平常说的道；名，可以说得出的，它就不是平常说的名了。语出《老子・一章》。道教以《老子》为经典，故凡道家人物登场，大都念此四句以表明身份。

［15］住持：佛家语，意为寺观的主僧，谓居住寺中，总持事务也。

［16］做些好事：佛道等宗教为生者或死者的亡灵举行诵经、礼忏、唱赞、拜祷等仪式，使生者平安幸福，死者亦可早升天界，叫作“做好事”，亦谓“做功德”。与下文的“超度”有所不同的是，“做好事”既可包括死者，也可包括生者，而“超度”，则专为救拔死者的亡灵而为，其目的是让死者免受地狱的种种苦难。

［17］经钱：请僧徒道众诵经礼拜做功德法会时所需花销的经费。

［18］道扮：穿着道士、道姑的衣着服饰，即道装、道妆。这里指打扮成道姑。

［19］只甚：作甚，这里意为“做什么”。只，作、做。

［20］交门亲眷：意为换亲。两亲家之间，除已经结婚的子女以外，同时又将男方的姐妹与女方的弟兄再结连理，双方互为嫁娶。

［21］愚鼓简板：道士、道姑演唱道情时用以伴奏的敲击乐器。愚鼓又称“渔鼓”，用竹筒做成，底端蒙以猪羊护心薄皮或鱼皮，演唱时用手敲打。简板，用两片竹板或木板制成，合击时发出声响以伴奏。

［22］百衲（nà 音纳）衣：僧道人士所穿的衣服。百衲，千补百衲。衲，补缀。僧道人士以向八方施主募化为生，所募化来的布料质地、颜色各不相同，缀缝成衣，就成了百衲衣。后来的僧道袍服，也就故意用不同颜色的布料拼制而成。僧徒自称或代称“衲子”“老衲”，即由此而来。

［23］唐吕翁：指传说中的“八仙”之一吕岩。相传吕岩为唐代京兆人，一说为关西人，字洞宾，后得道成仙，号纯阳子。元代被封为纯阳演政警化尊佑帝君，人称吕翁、吕仙翁、吕祖、吕祖师、吕真人等。元明小说、戏曲常以吕洞宾的传奇事迹为创作题材。元・马致远等的《黄粱梦》，敷演的即是钟离权度吕洞宾同归大道的故事。

［24］萧何（？—前 193）：秦末沛（今属江苏省）人。辅佐刘邦起义。兵入咸阳，萧何收秦丞相御史律令图书。刘邦为汉王，以萧何为丞相。在楚汉战争中，萧何留守巴蜀，建立法律制度，稳定社会，发展经济，支援前线，为刘邦统一全国起了重要作用，因功封酂（zàn 音赞）侯。后又全力辅佐刘邦诛灭陈豨（xī 音希）、韩信、黥（qíng 音晴）布。卒谥文终侯。《汉书・刑法志》谓：“汉兴，高

祖初入关，约法三章曰：‘杀人者死，伤人及盗抵罪。’蠲（juān 音捐）削烦苛，兆民大说。其后四夷未附，兵革未息，三章之法不足以御奸，于是相国萧何攈（jùn 音俊，同“捃”）摭（zhí 音直）秦法，取其宜于时者，作律九章。”后世称为“萧何律”，大率在秦律六篇的基础上，修订增补为汉律九章，故亦称“九章律”。原文今已亡佚。

［25］参破：参透、看破。

［26］〔风入松〕：曲牌名，南北曲均有。北曲属【双调】，套数、小令兼用，套数或作首牌。六句四韵：七、五、七、七、六、六，共三十八字。

［27］“蜗牛”句：蜗牛角上的地盘小而又小，却还在你争我夺，喻指为一点点微末之利而争斗的可笑。典出《庄子 · 则阳》：“有国于蜗之左角者，曰触氏；有国于蜗之右角者，曰蛮氏。时相与争地而战，伏尸数万。”

［28］南柯：指梦境。唐 · 李公佐作《南柯太守传》，叙述淳于棼梦至槐安国，娶公主，封南柯太守，荣华富贵，显赫一时。后率师出征战败，公主亦死，遭国王疑忌，被遣归。醒后，在庭前槐树下掘得蚁穴，即梦中之槐安国，南柯郡为槐树南枝下另一蚁穴。后因以指梦境，亦比喻空幻。

［29］三公：古时称中央政权中三种最高的官职，历朝各有不同。如周代三公为太师、太傅、太保；西汉三公为丞相（大司徒）、太尉（大司马）、御史大夫（大司空）；东汉三公为太尉、司徒、司空。唐宋以降，或沿周制，或袭汉法，但三公之衔已非实职，大抵均只作为大臣的一种荣誉头衔。因此，这里所云“三公”，是喻指官高爵显、位极人臣的意思。

［30］五柳婆娑：东晋大诗人陶渊明宅旁的五棵柳树，自由自在地在风中翩然起舞。五柳，陶渊明宅旁有五棵柳树，因自号为五柳先生。这里语义双关，含艳羡和仰慕陶渊明的高洁志趣和人格的自由旷放、潇洒飘逸，希望过陶渊明那样的隐逸生活。婆娑，形容舞姿的优美。

［31］〔甜水令〕：曲牌名，一名〔滴滴金〕。北曲属【双调】，套数用。八句四韵：四、四、四、五、四、四、四、六。

［32］山阿（ē 音婀）：山弯、山窝。

［33］炼形打坐：僧道通过一定的功法套路和姿势，或通过盘起两腿、眼睛微闭、双手放于一定的位置上的打坐方法，静思涤虑，斩断妄念，导引吐纳，修炼心性，以期强身益寿，使思想、悟性亦进入一个更高境界。

［34］〔折桂令〕：曲牌名，又名〔蟾宫曲〕〔步蟾宫〕〔天香引〕〔广寒秋〕〔秋风第一枝〕。属北曲【双调】，套数、小令兼用，后者尤常见。定格为十一句七韵：六、四、四、四、四、四、六、六、四、四、四，共五十字。此调句字不拘，可以增减，完全摆脱了五言、七言诗的句法。第七、八句对仗。增句多在末句增“仄仄平平”四字句数句。

［35］鸣珂：犹言“鸣珂曲”“鸣珂巷”，唐代京都长安的一条街道名。因这里为妓女

聚居之处，故常以鸣珂作为风月狎邪、享乐冶游的代名词。

[36] 巫娥：巫山神女，亦泛指美女。唐·杜牧《柳长句》诗："巫娥庙里低含雨，宋玉宅前斜带风。"

[37] 信口开合：亦作"信口开喝""信口开呵"，现在规范词形为"信口开河"。不假深思、不负责任地随口乱说。

[38] 缘木求鱼：攀缘到树上去捕鱼。比喻行为和目的相左，不会得到预期的结果。语出《孟子·梁惠王上》："以若所为，求若所欲，犹缘木而求鱼也。"

[39] 暴虎冯（píng 音平）河：赤手空拳与虎搏斗，没有船只而涉水过河。比喻无谓的冒险，胆大妄为。语出《论语·述而》："子曰：'暴虎冯河，死而无悔者，吾不与也。必也临事而惧，好谋而成者也。'" 冯，同"凴"（简化字为"凭"）、"凂"（"凴"的异体字）。

[40] 安乐窝：指安逸快乐的住所、生活环境。宋代邵雍隐居苏门山耕读，名其居为"安乐窝"，自号"安乐先生"，后迁洛阳天津桥南仍用此名。

[41] 还俗：出家的尼、僧、道士、道姑返还红尘俗世，恢复平常人的世俗生活。

[42] 曹司翻旧案：宋元时歇后语，"休想"的意思。因为让主管官吏推倒、平反由他们自己审理定性的案件，那是不可能的。曹司，犹曹吏、吏目、吏员。

[43] 闹镬（huò 音或）铎：闹哄哄、闹嚷嚷，指人声喧闹嘈杂。

[44] 两道三科：说三道四、花言巧语。

[45] 受用：安乐、舒适、享受。《朱子语类》卷九："今只是要理会道理。若理会得一分，便有一分受用；理会得二分，便有二分受用。"

[46] 随缘：顺应时势机缘，任其自然。唐·张籍《赠道士宜师》诗："自到王城得几年，巴童蜀马共随缘。"

[47] 间（jiàn 音剑）阔：远隔，这里是疏远的意思。

[48] 落落托托：自由随便、高兴洒脱的样子。亦作落落陀陀、落落酡酡（tuó tuó 音驼驼）、落落跎跎（tuó tuó 音驼驼）。

[49] 磨陀：胸怀旷达、情志淡泊地自在消遣，消磨日月，悠闲地过日子。亦作"磨跎"。

[50] 香醪（láo 音劳）：香冽醇美的酒。

[51] 醉颜酡：酒醉以后脸色发红。

[52] 〔收江南〕：曲牌名，属北曲【双调】。定格为七、七、七、五、七，凡五句。例为句句韵，前三句可作鼎足对，末句宜用平声韵收。又，多于第四句后增一叠句，故此调常见者为六句。用于套曲。在北曲普通联套中，一般在〔折桂令〕后、〔沽美酒〕前；南北合套时，常在前加一"呀"字，而排于南〔侥侥令〕后、南〔园林好〕前。

[53] 南华庄子鼓盆歌：南华庄子，指庄周（前 369？—前 286），战国时哲学家，道家学派的代表人物。他继承和发展了老子的思想，视"道"为世界的本原。包

括庄周自己的著作及其门人、后学的编述在内的《庄子》，被道家视为继《老子》以后的又一经典。《新唐书·艺文志三》谓："天宝元年，诏号《庄子》为《南华真经》。"《庄子》又名《南华经》由此而来。《庄子·至乐》载："庄子妻死，惠子吊之，庄子则方箕踞鼓盆而歌。"对此，庄子对惠子解释道："察其始而本无生。非徒无生也，而本无形。非徒无形也，而本无气。杂乎芒芴（wù音勿）之间，变而有气，气变而有形，形变而有生。今又变而之死，是相与为春秋冬夏四时行也。人且偃然寝于巨室，而我噭噭（jiào jiào 音叫叫）然随而哭之，自以为不通乎命，故止也。"这里用庄子明于生死之理、顺乎自然、达观洒脱、以道自处的事例以自警自喻。

[54] 乌飞兔走：喻光阴似箭、日月如梭。古代神话传说，谓太阳中有三足乌，因将其代指太阳；月亮中有玉兔，因以玉兔代指月亮。

[55] 青鬓早皤皤（pó pó 音婆婆）：两鬓的黑发早已变成白发。青，黑色。皤，白色。

[56] 〔收尾〕：曲牌名，专用于套数收尾的曲牌，简称〔尾〕，北曲又称〔煞尾〕。〔尾声〕是一折戏的终场曲。属【越调】，四句：七、七、五、五。属【双调】，据《北词广正谱》《九宫大成谱》，四句四韵：五、五、七、五。属【南吕宫】，七句：七、七、三、三、七、七、七。

[57] 成就：造就、成全。

[58] 正结果：正果。通过修行，有所证悟，归于正道。功成行满，得到一个正确的结果，谓之成"正果"。这里指张珪还俗后还能有所作为。

[59] 三不知：对事情的开始、中间、结果三者全不知道。语出《左传·哀公二十七年》："文子曰：'吾乃今知所以亡。君子之谋也，始、衷、终皆举之，而后入焉。今我三不知而入之，不亦难乎？'"后称对什么事情都不知道为"三不知"。这里引申为出乎意料、突然。

包待制三勘蝴蝶梦

《包待制三勘蝴蝶梦》简名《蝴蝶梦》。天一阁本《录鬼簿》和《太和正音谱》均有著录。今存版本主要有明·陈与郊编《新续古名家杂剧》本、赵琦美《脉望馆钞校本古今杂剧》、臧懋循编《元曲选》本，清·姚燮编《今乐府选》本。

《蝴蝶梦》是一出公案戏，讲述了包拯梦蝶断案，搭救王家母子的故事。此事在汉代刘向《列女传》卷五《齐义继母》、南朝宋·范晔《后汉书》卷七十《郑孔荀列传》第六十、宋代苏易简《文房四谱》卷一、明代宋濂等《元史》卷二百一《列传》第八十八《列女》中，都有相似内容的记载。关汉卿的《蝴蝶梦》就是在元以前的这些蓝本的基础上写成的。剧写皇亲葛彪横行霸道，无故打死平民王老汉。老汉三子为父报仇将葛彪打死，被抓入官府，按律须偿命。包拯梦中见两只蝴蝶落入网中被大蝴蝶所救，第三只小蝴蝶坠入网中后，大蝴蝶却“扬长飞去了”。梦醒后适逢王氏三兄弟被押解到，审理过程中王婆以小儿抵罪，包待制想起梦中情节遂严加盘问，最后得知王大、王二皆为老汉前妻之子，小儿乃王婆亲生。包公有感于王婆贤德，以偷马贼替换王三，使其母子团圆。此剧与《鲁斋郎》一样，其主旨不在于渲染案情本身，而是力图做出一种道德上的批判。王婆舍弃亲子、保全丈夫前妻之子的场面尤其令人感动。正是在这种精神的感召下，包待制宣布王三无罪。这不仅歌颂了清官包拯为民申冤，更主要的是通过公案剧的构架，歌颂了王婆婆的贤德。全剧构思新颖，穿插巧妙，曲辞本色，凄婉动人，是“继母大贤”一类杂剧中写得最成功的。

《蝴蝶梦》杂剧亦对后世影响不小，明初杂剧《清河县继母大贤》剧情与《蝴蝶梦》大同小异；清代焦循《剧说》中介绍安庆“梆子腔”有《沉香阁太子劈山救母》等剧，“皆本元人”，他还特别提到了《蝴蝶梦》杂剧。今天还常常演出的京剧《二堂舍子》，表现的就是“继母大贤”的主题。而由天津市评剧团改编的评剧《包公三勘蝴蝶梦》，后来拍为舞台艺术片，更是直接继承了关汉卿剧的《蝴蝶梦》，由于评剧上场角色都可以唱，早不受元杂剧“一人主唱”体制的局限，因而，包公的形象更加立体丰满。

楔　子[1]

（外扮孛老同正旦引冲末扮王大、王二，丑扮王三上，诗云）月过十五光明少，人到中年万事休。儿孙自有儿孙福，莫为儿孙作远忧[2]。老汉姓王，是这开封府中牟县[3]人氏，嫡亲的五口儿家属。这是我的婆婆[4]。生下三个孩儿，都不肯做农庄生活[5]，只是读书写字。孩儿也，几时是那峥嵘[6]发迹的时节也呵！（王大云）父亲母亲在上，做农庄生活有甚好处？您孩儿“一举首登龙虎榜，十年身到凤凰池”[7]。（孛老同旦云）好儿，好儿！（王二云）父亲母亲，你孩儿“十年窗下无人问，一举成名天下知[8]”。（孛老同旦云）好儿，好儿！（王三云）父亲在上，母亲在下。（孛老云）胡说！怎么母亲在下？（王三云）我小时看见俺爷在上头，俺娘在底下，一同床上睡觉来。（孛老云）你看这厮！（王大云）父亲母亲，从古道“文章可立身[9]”，这不是读书的好处？（孛老云）孩儿，你说的是。（正旦云）老的，虽然如此，你还替孩儿寻一个长久立身之计。（唱）

【仙吕·赏花时】且休说“文章可立身”，争奈家私时下窘[10]！枉了寒窗下受辛勤，却被那愚民暗哂[11]，多咱[12]是宜假不宜真。

【幺篇】他只敬衣衫不敬人[13]，我言语从来无向顺[14]。若三个儿到开春，有甚么实诚定准[15]，怎生便都能勾跳龙门[16]？（同下）

---

［1］　楔子：明·孟称舜《古今名剧合选·柳枝集》的眉批：“写唧哝（jī nong 音击农轻声）哀怨之语，字字如大珠小珠落玉盘时也，岂非大作手。”

［2］　“儿孙”二句：意思是儿孙自然有各自的福运，父母不必为他们过分操心。宋·徐守信《虚静冲和先生徐神翁语录》：“汲汲光阴似水流，随时得过便须休。儿孙自有儿孙计，莫与儿孙作马牛。”儿孙，泛指后代。

[3] 中牟（mù 音目）县：今属河南省郑州市。

[4] 婆婆：元剧里老夫通常称自己的老妻为“婆婆”。

[5] 农庄生活：农活。

[6] 峥嵘：显赫、出人头地。

[7] 一举首登龙虎榜，十年身到凤凰池：龙虎榜，指知名之士一同考上进士榜。《新唐书·欧阳詹传》：“（詹）举进士。与韩愈、李观、李绛……联第，皆天下选，时称龙虎榜。”凤凰池，本为禁苑中的池沼，魏晋南北朝时设中书省于禁苑，和皇帝最接近，权势很大，故称中书省为“凤凰池”。唐·杜佑《通典·官职三》“中书令”条：“魏晋以来，中书监令掌赞诏命，记会时事，典作文书。以其地在枢近，多承宠任，是以人固其位，谓之凤凰池焉。”

[8] 十年窗下无人问，一举成名天下知：元曲中常用语，意思是读书人长期攻读诗书默默无闻，一旦考取功名就名扬天下。金·刘祁《归潜志》七：“古人谓十年窗下无人问，一举成名天下知。今日一举成名天下知，十年窗下无人问也。”

[9] 文章可立身：意为只要读好书、写好文章，就能立身处世。宋·汪洙（zhū 音朱）《神童诗》：“天子重英豪，文章教尔曹。万般皆下品，惟有读书高。少小须勤学，文章可立身。满朝朱紫贵，尽是读书人。”

[10] “争奈”句：言自己家中贫寒，根本不可能去应试。争奈，怎奈。时下，眼下、当下。窘，穷困、困窘。

[11] 哂（shěn 音审）：讥笑。《晋书·蔡谟传》：“将为后代所哂。”

[12] 多咱：多会儿、什么时候。今河北方言仍习用。

[13] 只敬衣衫不敬人：宋元俗语，意为只看人的穿戴而不看品学的势力眼，即以衣貌取人。

[14] 向顺：偏向、袒护。意为说话不客观。

[15] 实诚定准：准确可靠。

[16] 跳龙门：民间传说，黄河中的鲤鱼能跳过龙门口那一段，就可以成龙。科举时代，把读书人考进士比喻为鲤鱼跳龙门。《太平广记》卷四六六引《三秦记》：“龙门之下，每岁季春有黄鲤鱼自海及诸川争来赴之。一岁中，登龙门者不过七十二。初登龙门，即有云雨随之，天火自后烧其尾，乃化为龙矣。”李白《与韩荆州书》：“一登龙门，则声价十倍。”

第一折

（孛老上，云）老汉来到这长街市上，替三个孩儿买些纸笔。走的乏了，且坐一坐歇息咱[1]。（净扮葛彪上，诗云）有权有势尽着使，见官见府没廉耻。若与小民共一般，何不随他带帽子[2]？自家葛彪是也。我是个权豪势要之家，打死人不偿命，时常的[3]则是坐牢。今日无甚事，长街市[4]上闲耍去咱。（做撞孛老科，云）这老子[5]是甚么人，敢冲[6]着我马头？好打这老驴！（做打孛老死科，下）（葛彪云）这老子诈死赖我，我也不怕，只当房檐上揭片瓦相似，随你那里告来。（下）

（副末[7]扮地方[8]上，云）王大、王二、王三在家么？（王大兄弟上，云）叫怎的？（地方云）我是地方，不知甚么人打死你父亲在长街上哩！（王大兄弟云）是真实？母亲，祸事了也！（哭科，王三云）我那儿也，打死俺老子！母亲快来！（正旦上，云）孩儿，为甚么大惊小怪的？（王三云）不知是谁打死了俺父亲也！（正旦云）呀，可是怎地来？（唱）

【仙吕·点绛唇】仔细寻思，两回三次，这场蹊跷[9]事。走的我气咽声丝，恨不的两肋生双翅[10]。

【混江龙】俺男儿[11]负天何事？拿住那杀人贼我乞个罪名儿[12]。他又不曾身耽[13]疾病，又无甚过犯公私[14]。若是俺软弱的男儿有些死活，索[15]共那倚势的乔才[16]打会官司！我这里急忙忙过六街、穿三市[17]，行行里[18]挠腮撧耳[19]、抹泪揉眵[20]。

（做行见尸哭科，唱）

【油葫芦】你觑那着伤处一埚儿[21]青间紫，可早停着死尸。你可便从来忧念没家私。昨朝[22]怎晓今朝死，今日不知来日事。血模糊污了一身，软答剌[23]冷了四肢，黄甘甘[24]面色如金纸，干叫了一炊时[25]。

【天下乐】救不活将咱没乱死[26]！咱家私、自暗思，到明朝若是出殡时，又没他一陌纸[27]，空排着三个儿，这正是家贫也显孝子。

（王大兄弟云）母亲，人都说是葛彪打杀了俺父亲来。俺如今寻见那厮，扯到官偿命来！（下）（正旦唱）

【那吒令】[28]他本是太学中殿试[29]，怎想他拳头上便死？今日个则落得长街上检尸。更做道[30]见职官，俺是个穷儒士，也索称词[31]。

（葛彪上，云）自家葛彪，饮了几杯酒，有些醉了也，且回家中去来。（王大兄弟上，云）兀的不是那凶徒？拿住这厮！（做拿住科，云）是你打死俺父亲来？（葛彪云）就是我来，我不怕你！（正旦唱）

【鹊踏枝】[32]若是俺到官时，和您去对情词[33]，使不着[34]国戚皇亲、玉叶金枝[35]，便是他龙孙帝子，打杀人要吃官司！

（王大兄弟打葛死科，兄弟云）这凶徒妆醉不起来。（正旦云）我试问他。（问科，云）哥哥[36]，俺老的怎生撞着你，你就打死他？你如何推醉睡在地下不起来？则这般干罢了？你起来，你起来！呀，你兄弟可不打杀他也？（王三云）好也，我并不曾动手。（正旦云）可怎了也！（唱）

【寄生草】你可便斟量[37]着做，似这般甚意儿？你三人平昔无瑕玼[38]，你三人打死虽然是，你三人倒惹下刑名事[39]。则被这清风明月两闲人，送了你玉堂金马三学士[40]。

（做指葛彪科，唱）

【金盏儿】想当时，你可也不三思？似这般逞凶撒泼干行止[41]，无过[42]恃着你有权势、有金资。则道是长街上妆好汉，谁想你血泊内也停尸！正是“将军着痛箭，还似射人时”[43]！

（王大兄弟云）这事少不的要吃官司。只是咱家没有钱钞，使些甚么？（正旦唱）

【醉中天】[44]咱每日一瓢饮一箪食[45]，有几双箸几张匙；若到官司使钞时，则除典当了闲文字。（带云）便这等也不济事。（唱）你合死呵今朝便死。虽道是杀人公事[46]，也落个孝顺名儿。

（净扮公人上，云）休教走了，拿住这杀人贼者！（正旦唱）

【金盏儿】苦孜孜，泪丝丝，这场灾祸从天至，把俺横拖倒拽怎推辞！一壁厢[47]磣可可[48]停着老子，一壁厢眼睁睁送了孩儿。可知道“福无重受日，祸有并来时[49]”！

（公人云）杀人事不同小可。咱见官去来。（正旦悲科，云）儿也！（唱）

【后庭花】再休想跳龙门折桂枝[50]，少不得为亲爷遭横死；从来个人命当还报，料应[51]他天公不受私[52]。（带云）儿也，（唱）不由我不嗟咨[53]，几回家看视，现如今拿住尔，到公庭责口词[54]，下脑箍[55]使拶子[56]，这其间痛怎支[57]？
【柳叶儿】[58]怕不待的一确二[59]，早招承死罪无辞。（带云）儿也，（唱）你为亲爷雪恨当如是，便相次[60]，赴阴司[61]，我也甘心做郭巨埋儿[62]。

（祗候云）快见官去罢。（正旦云）儿也，你每做下这事，可怎了也！（王大兄弟云）母亲，可怎了也？（正旦唱）

【赚煞】为甚我教你看诗书、习经史？俺待学孟母三移教子[63]。不能勾金榜[64]上分明题姓氏，则落得犯由牌书写名儿。想当时，也是不得已为之。便做道审得情真，奏过圣旨，止不过是一人处死，须断不了王家宗祀，那里便灭门绝户了俺一家儿？（同下）

[1] 咱：句末语气词，无义。

[2] “何不”句：此句说如果与百姓一样，那就要像他们那样戴便帽。古代贵族戴冠，帝王及诸侯加冕，武将戴武弁（biàn 音变），都显示出尊贵的身份，而布衣百姓只能用布包头。带，“戴”的借字，“带帽子”即“戴帽子”。

[3] 时常的：通常的、一般的。

[4] 长街市：大街。

[5] 老子：此指老头子、老家伙。

[6] 冲：撞、碰。

[7] 副末：宋杂剧、金院本的角色，从参军戏中的苍鹘（hú 音胡）演变而来，任务是烘托发挥“副净”所制造的笑料。元·陶宗仪《南村辍耕录》卷二五“院本名目”条载：“一曰副末，古谓之苍鹘，鹘能击禽鸟，末可打副净，故云。”元杂剧中居次要地位的末。宋元南戏和明清传奇演出开场时向观众介绍剧情概要的角色，兼做杂差，一般称为“副末开场”。

[8] 地方：地保（保正）的俗称，是旧社会最基层政权的头目。1949 年以前河北省农村还保留着这个称呼。

[9] 蹊跷：奇怪、莫名其妙。亦作跷蹊、跷怪。

[10] “恨不的”句：恨不得身体两侧生长出了翅膀，快快飞到死去的丈夫身边。

[11] 男儿：妻子对丈夫的称呼。今河北、山东方言称丈夫为男的、男人。

[12] 乞个罪名儿：让（他）给定个罪名。

[13] 耽：同“瘅（dàn 音但）”，因过劳致病。《说文·疒部》：“瘅，劳病也。”

[14] 过犯公私：元代刑律定有公罪私罪，这句是说无论公罪私罪都不曾犯。过犯，即犯错误、犯罪。过，有过失、过错。犯，触犯、违犯。唐·范摅《云溪友议》卷下：“然诸贵达，皆乃恶其过犯，必不容贷焉。”元·陶宗仪《南村辍耕录》卷十七：“然奴或致富，主利其财，则俟（sì 音四）少有过犯，杖而锢之，席卷而去，名曰抄估。”

[15] 索：须、定要。

[16] 乔才：宋元口头语，坏家伙。亦作“敲才”。

[17] 六街、三市：热闹街市的总称，亦作三街六巷、三街两市。

[18] 行行（xíng xíng 音形形）里：一个劲地。今河北方言仍习用此语。

[19] 挠腮撧耳：抓耳挠腮，形容心神不宁。撧，这里是抓的意思。

[20] 眵（chī 音吃）：眼中分泌出来的淡黄色黏液，即眼屎。

[21] 一埚（guō 音郭）儿：一片、一块。

[22] 昨朝：昨天。

[23] 软答剌：软软地，形容刚死的人肢体瘫软下垂的样子。答剌，又作搭剌，更倒

作刺搭、刺达，蒙古语，下垂貌。今天北方地区仍习用，一般与松、软等形容词连用。

[24] 黄甘甘：焦黄焦黄的。亦作黄绀绀、黄干干。甘甘、绀绀、干干，均为语助词。

[25] 一炊时：一顿饭的时间。

[26] 没乱死：十分慌乱、无所适从、心神无主。没乱，即乱，没字是以反语见义，起加强语气的作用。

[27] 一陌（bǎi 音摆）纸：一百张烧纸。陌，用同“百”，亦作“佰”。

[28] 〔那吒令〕：曲牌名，属【仙吕宫】。九句五韵：四、四、四、四、四、四、三、三、四。前六句分三组而成扇面对。套数用，下惯接〔鹊踏枝〕。

[29] 太学中殿试：据《元史・选举志》载，元代每年要从太学（国家最高学府）优秀学生中选取若干名，参加礼部考试和朝廷的殿试，故云。这里意为读书人。太学，即国子监（jiàn 音剑）。

[30] 更做道：纵使、即便。

[31] 也索称词：也需要呈上讼词。称词，亦作“呈词”，即呈上状子，打官司。这里指与身份相称的公道话。称，举，引申为写、递。词，讼词。

[32] 〔鹊踏枝〕：曲牌名，又名〔满园春〕〔遍地锦〕〔雪狮子〕，北曲属【仙吕宫】。六句五韵：三、三、四、四、七、七。第五句或作四字二句。套数用，承〔那吒令〕后，下接〔寄生草〕。

[33] 对情词：对证讼词。

[34] 使不着：用不上、谈不到。今北方地区仍习用。

[35] 玉叶金枝：指皇族。通常作“金枝玉叶”。

[36] 哥哥：用来称呼年龄相仿的男子。

[37] 斟量：斟酌、思量。宋・王安石《与沈道原书》其一：“见黄吉父，说四妹甚瘦悴，恐久蔬食而然，切需斟量，勿使成疾。”

[38] 瑕玼：毛病、错误。瑕、玼，均指玉上的斑点。

[39] 刑名事：涉及刑法的事，意为要受法律制裁。

[40] “则被这”两句：出自宋・王辟之《渑（shéng 音绳）水燕谈录》：欧阳文忠公、赵少师、吕学士同燕集，作口号云：“金马玉堂三学士，清风明月两闲人。”此处是借用，三学士指王氏三兄弟，两闲人指葛彪。玉堂，汉代宫殿名。《三辅黄图・汉宫》：“建章宫南有玉堂……阶陛皆玉为之。”后用以作为宫殿的通称。金马，金马门，汉代宫门名。《史记・滑（旧读 gǔ 音古）稽列传》：“金马门者，宦（者）署门也。门傍有铜马，故谓之曰‘金马门’。”此处借用典故，王氏三子都可能高中及第，却为两条人命断送前程。欧阳修诗句在此已非原意。

[41] 干（gān 音甘）行止：原义为关系到人的品行，引申为违背做人的准则，也就是缺德。行止，人的操守德行。干，牵连、涉及、关系到。

［42］无过：无非、不过。
［43］将军着痛箭，还似射人时：宋元俗语，意为害别人的时候应想到自己也可能倒霉。
［44］〔醉中天〕：曲牌名，属【仙吕宫】，亦入【双调】【越调】。套数、小令兼用。七句七韵：五、五、七、五、六、四、四，每句入韵，平仄混押。
［45］一瓢饮一箪（dān 音丹）食：原指孔子学生颜回清苦的生活。语出《论语·雍也》："子曰：'贤哉，回也！一箪食，一瓢饮，在陋巷，人不堪其忧，回也不改其乐。贤哉，回也！'"后人因用"箪食瓢饮"为安贫乐道之词。这里形容生活极端贫苦。箪，古代盛食物的圆形小竹筐。
［46］公事：此处指官司。
［47］一壁厢：一面、一边。
［48］碜（chěn 音踸）可可：凄惨可怕的样子。亦作"碜磕磕""惨可可"。碜，难看。可可、磕磕为语助词。今河北方言仍习用，北京方言里还用"碜"形容可怕。
［49］福无重受日，祸有并来时：比喻福祐不会接连而来，祸害却会接踵而至。指福少祸多。也作"福无双至，祸不单行"。汉·刘向《说苑·权谋篇》："福不重至，祸必重来。"
［50］折桂枝：比喻科举及第。《晋书·郤诜（xì shēn 音细申）传》："武帝于东堂会送，问诜曰：'卿自以为何如？'诜对曰：'臣举贤良对策，为天下第一，犹桂林之一枝，昆山之片玉。'"
［51］料应：想来、揣度（duó 音夺）。
［52］天公不受私：老天爷不会徇私情。不受私，不徇私情。
［53］嗟咨：叹息、抱怨。
［54］责口词：审讯口供。亦作"责词"。
［55］脑箍（gū 音孤）：旧时酷刑刑具之一，紧箍在人头上，使人极其痛苦的一种刑具。《宋史·刑法志二》："缠绳于首，加以木楔，名曰'脑箍'。"
［56］拶（zǎn 音攒）子：旧时酷刑刑具。用绳子把几根小木棍串连起来，施刑时，将小木棍套在犯人的手指上，用力束紧，犯人的手指便疼痛难忍。
［57］支：支持、忍受。
［58］〔柳叶儿〕：曲牌名，属北曲【仙吕宫】。用于剧曲和散曲套数。六句六韵：四、七、七、三、三、四。用于套曲中，一般在〔煞〕曲前。
［59］的（dí 音敌）一确二：的的确确、真真实实、如实地。亦作丁一确二、丁一卯二。清·吕种玉《言鲭（zhēng 音争）》："丁一确二，尔时方言也。"今北语之"丁是丁，卯是卯"与之义同。
［60］相次：相继、一个挨一个。次，次第、顺序。
［61］阴司：迷信说法中人死后要去的地方。亦作阴间、阴曹地府。
［62］郭巨埋儿：又名埋儿奉母、为母弃儿，为中国传统民间故事。《二十四孝》原

本载，汉代郭巨，“家贫，有子三岁，母减食与之。（郭）巨谓妻曰：‘贫乏不能供母，子又分母之食，盍（hé 音合，何不）弃此子？子可再有，母不可复得。’妻不敢违。（郭）巨一日掘坑三尺余，忽见黄金一釜，金上有字云：‘天赐孝子郭巨黄金，官不得夺，民不得取。’”此故事在东晋干（gān 音甘）宝所著《搜神记》、宋代《太平广记》、明代嘉靖时期的《彰德府志》等书中均有记载。这里王婆婆借以说明只好眼睁睁地看着儿子们去死，却无法挽救。

[63] 孟母三移教子：传说孟子的母亲仉（zhǎng 音掌）氏三次迁居，严选有利于孟轲健康成长的居住环境，以培养孟轲学儒习礼。《列女传·母仪》上说孟子幼年间家居靠近墓地，孟子嬉戏时“为墓间之事”；后迁至街市附近，孟子又“为贾（gǔ 音古）人炫卖之事”；再迁至学宫旁，“乃设俎（zǔ 音组）豆，揖让进退”。孟母曰：“真可以居吾子矣。”遂居之。

[64] 金榜：指科举殿试揭晓的榜。旧时，录取进士的名单写在黄纸上张贴出来，谓之“金榜”或“黄榜”。

第二折

（张千领祗候排衙[1]科，喝云）在衙人马平安！喏[2]！（外扮包待制上，诗云）咚咚衙鼓[3]响，公吏两边排。阎王生死殿，东岳摄魂台[4]。老夫姓包名拯，字希文，庐州金斗郡四望乡老儿村人也。官拜龙图阁待制学士，正授[5]开封府府尹。今日升厅，坐起早衙[6]。张千，分付司房[7]，有合佥押[8]的文书，将来老夫佥押。（张千云）六房吏典[9]，有甚么合佥押的文书？（内应科）（张千云）可[10]不早说！早是酸枣县解到一起偷马贼赵顽驴。（包待制云）与我拿过来！（祗候押犯人跪科）（包待制云）开了那行枷[11]者！兀那小厮[12]，你是赵顽驴，是你偷马来？（犯人云）是小的偷马来。（包待制云）张千，上了长枷[13]，下在死囚牢里去[14]。（押下）（包待制云）老夫这一会儿困倦。张千，你与六房吏典休要大惊小怪的，老夫暂时歇息咱。（张千云）大小属官，两廊吏典，休要大惊小怪的，大人歇息哩！（包做伏案睡做梦科，云）老夫公事操心，那里睡的到眼里？待老夫闲步游玩咱。来到这开封府厅后，一个小角门[15]，我推开这门。我试看者，是一个好花园也。你看那百花烂熳，春景融和。兀那花丛里一个撮角亭子[16]，亭子上结下个蜘蛛罗网，花间飞将一个蝴蝶儿来，正打在网中。（诗云）包拯暗暗伤怀，蝴蝶曾打飞来。休道人无生死，草虫也有非灾。呀，蠢动含灵[17]，皆有佛性。飞将一个大蝴蝶来，救出这蝴蝶去了。呀，又飞了一个小蝴蝶，打在网中，那大蝴蝶必定来救他。好奇怪也！那大蝴蝶两次三番只在花丛上飞，不救那小蝴蝶，佯常[18]飞去了。圣人道："恻隐之心，人皆有之。"[19]你不救，等我救。（做放科）（张千云）喏，午时了也。（包待制做醒科，诗云）草虫之蝴蝶，一命在参差[20]。撒然[21]梦惊觉，张千报午时。张千，有甚么应审的罪囚，将来我问。（张千云）两房吏典，有甚么合审的罪囚，押上勘问。（内应科）（张千云）喏，中牟县解到一起犯人，弟兄三人，打死平人[22]葛彪。（包待制云）小县百姓，怎敢打死平人？解到也未？（张千云）解到了也。（包待制云）与我一步一棍，打上厅来。（解子[23]押王大兄弟上，正旦随上，唱）

【南吕·一枝花】解到这无人情御史台[24]，元来是有官法开封府。把三个未发迹小秀士，生扭做[25]吃[26]勘问死囚徒。空教我意下惆惕[27]，把不定心惊惧，赤紧的贼儿胆底虚。教我把罪犯私下招承，不比那小去处官司孔目[28]。

【梁州第七】这开封府王条[29]清正，不比那中牟县官吏糊涂。扑咚咚阶下升衙鼓，吓的我手忙脚乱，使不得胆大心粗[30]；惊的我魂飞魄丧，走的我力尽筋舒。这公事[31]不比寻俗，就中间担负公徒[32]。嗨、嗨、嗨，一壁厢老夫主在地停尸；更、更、更，赤紧地子母每坐牢系狱[33]；呀、呀、呀，眼见的弟兄每受刃遭诛。早是怕怖[34]，我向这屏墙[35]边侧耳偷睛觑：谁曾见这官府？则今日当厅定祸福，谁实谁虚？

（正旦同众见官跪科，张千云）犯人当面。（包待制云）张千，开了行枷，与那解子批回去。（做开枷科）（王三[36]云）母亲、哥哥，咱家去来。（包待制云）那里去？这里比你那中牟县那！张千，这三个小厮是打死人的，那婆子是甚么人？必定是证见[37]人。若不是呵，敢[38]与这小厮关亲[39]？兀那婆子，这两个是你甚么人？（正旦云）这两个是大孩儿。（包待制云）这个小的呢？（正旦云）是我第三的孩儿。（包待制云）噤声！你可甚治家有法？想当日孟母教子，居必择邻；陶母教子，翦发待宾[40]；陈母教子，衣紫腰银[41]。你个村妇教子，打死平人。你好好的从实招了者！（正旦唱）

【贺新郎】孩儿每万千死罪犯公徒，那厮每情理难容，俺孩儿杀人可恕。俺穷滴滴[42]寒贱为黎庶[43]，告爷爷与孩儿每做主。这三个自小来便学文书，他则会依经典习礼义，那里会定计策厮亏图[44]？百般的拷打难分诉[45]。岂不闻“三人误大事，六耳不通谋”[46]？

（包待制云）不打不招。张千，与我加力打者！（正旦悲科，唱）

【隔尾】俺孩儿犯着徒流绞斩萧何律[47]，枉读了恭俭温良孔圣书[48]。拷打的浑身上怎生觑！打的来伤筋动骨，更疼似悬头刺股[49]。他每爷饭娘羹[50]，何曾受这般苦？

（包待制云）三个人必有一个为首的。是谁先打死人来？（王大云）也不干母亲事，也不干两个兄弟事，是小的打死人来。（王二云）爷爷，也不干母亲事，也不干哥哥、兄弟事，是小的打死人来。（王三云）爷爷，也不干母亲事，也不干两个哥哥事，是他肚儿疼死的，也不干我事。（正旦云）并不干三个孩儿事。当时是皇亲葛彪先打死妾身夫主，妾身疼忍[51]不过，一时乘忿争斗，将他打死。委的是妾身来！（包待制云）胡说！你也招承，我也招承，想是串[52]定的，必须要一人抵命。张千，与我着实打者！（正旦唱）

【斗虾蟆】[53]静巉巉[54]无人救，眼睁睁活受苦！孩儿每索[55]与他招伏[56]。相公跟前拜覆：那厮将人欺侮，打死咱家丈夫。如今监收媳妇，公人如狼似虎，相公又生嗔发怒。休说麻槌[57]脑箍，六问三推[58]，不住勘问，有甚数目，打的浑身血污！大哥声冤叫屈，官府不由分诉；二哥活受地狱，疼痛如何担负；三哥打的更毒，老身牵肠割肚[59]。这壁厢那壁厢由由忬忬[60]，眼眼厮觑，来来去去，啼啼哭哭。则被你打杀人也待制龙图！可不道[61]“儿孙自有儿孙福[62]”？难吞吐，没气路[63]，短叹长吁，愁肠似火，雨泪如珠。

（包待制云）我试看这来文咱。（做看科，云）中牟县官好生糊涂！如何这文书上写着“王大、王二、王三打死平人葛彪”？这县里就无个排房吏典[64]？这三个小厮，必有名讳；更不呵，也有个小名儿。兀那婆子，你大小厮叫做甚么？（正旦云）叫做金和。（包待制云）第二的小厮叫做甚么？（正旦云）叫做铁和。（包待制云）这第三个呢？（正旦云）叫做石和。（王三云）尚！（包待制云）甚么尚？（王三云）石和尚。（包待制云）嗨，可知打死人哩！庶民人家取这等刚硬名字！敢是金和打死人来？（正旦唱）

【牧羊关】这个是金呵，有甚么难熔铸？（包待制云）敢是石和打死人来？（正旦唱）这个石[65]呵，怎做的虚？（包待制云）敢是铁和打死人来？（正旦唱）这个便是铁呵，怎当那官法如垆[66]？（包待制云）打这赖肉顽皮。（正旦唱）非干是孩儿每赖肉顽皮，委的衔冤负屈。（包待制云）张千，便好道[67]“杀人的偿命，欠债的还钱”。把那大的小厮拿出去与他偿命。（正旦唱）眼睁睁难搭救，簇拥着下阶除[68]；教我两下里难顾瞻，百般的没是处[69]！

（云）包待制爷爷，好葫芦提[70]也！（包待制云）我着那大的儿子偿命，兀那婆子说甚么？（张千云）那婆子手扳定枷梢[71]，说“包待制爷爷葫芦提”。（包待制云）那婆子他道我葫芦提？与我拿过来！（正旦跪科）（包待制云）着你大儿子偿命，你怎生说我葫芦提？（正旦云）老婆子怎敢说大人葫芦提，则是我孩儿孝顺，不争[72]杀坏了他，教谁人养活老身？（包待制云）既是他母亲说大小厮孝顺，又多邻家保举，这是老夫差了。留着大的养活他。张千，着第二的偿命。（正旦唱）

【隔尾】一壁厢大哥行[73]牵挂着娘肠肚，一壁厢二哥行关连着痛肺腑。要偿命，留下孩儿，宁可将婆子去。似这般狠毒，又无处告诉[74]，手扳定枷梢叫声儿屈！

（云）包待制爷爷，好葫芦提也！（包待制云）又做甚么大惊小怪的！（张千云）那婆子又说老爷葫芦提。（包待制云）与我拿过来。（正旦跪科）（包待制云）兀那婆子，将你第二的小厮偿命，怎生又说我葫芦提？（正旦云）怎敢说爷爷葫芦提，则是第二的小厮会营运生理[75]，不争着他偿命，谁养活老婆子？（包待制云）着大的偿命，你说他孝顺；着第二的偿命，你说他会营运生理。却着谁去偿命？（王三自带枷科）（包待制云）兀那厮，做甚么？（王三云）大哥又不偿命，二哥又不偿命，眼见的是我了，不如早做个人情。（包待制云）也罢。张千，拿那小的出去偿命。（做推转科）（包待制云）兀那婆子，这第三的小厮偿命，可中[76]么？（正旦云）是了。可不道“三人同行小的苦”。他偿命的是。（包待制云）我不葫芦提么？（正旦云）爷爷不葫芦提。（包待制云）噤声！张千，拿回来！争些着婆子瞒过老夫。眼前放着个前房后继，这两个小厮必是你亲生的；这一个小厮，必是你乞养来的螟蛉之子[77]，不着疼热[78]，所以着他偿命。兀那婆子，说的是呵，我自有个主意，说的不是呵，我不道[79]饶了你哩！（正旦云）三个都是我的孩儿，着我说些甚么？（包待制云）你若不实说，张千，与我打着者！（正旦云）大哥、二哥、三哥，我说

则说，你则休生分[80]了。（包待制云）这大小厮是你的亲儿么？（正旦唱）

【牧羊关】这孩儿虽不曾亲生养，却须是咱乳哺。（包待制云）这第二的呢？（正旦唱）这一个偌大小[81]是老婆子抬举。（包待制云）兀那小的呢？（正旦打悲科，唱）这一个是我的亲儿，这两个我是他的继母。（包待制云）兀那婆子近前来。你差了也！前家儿[82]着一个偿命，留着你亲生孩儿养活你，可不好那！（正旦云）爷爷差了也！（唱）不争着前家儿偿了命，显得后尧婆[83]忒心毒。我若学嫉妒的桑新妇[84]，不羞见那贤达的鲁义姑[85]！

（包待制云）兀那婆子，你还着他三人心服，果是谁打死人来？（正旦唱）

【红芍药】[86]浑身是口怎支吾[87]？恰似个没嘴的葫芦[88]。打的来皮开肉绽损肌肤，鲜血模糊。恰浑似活地狱，三个儿都教死去。你都官官相为[89]倚亲属，更做道国戚皇族。

（做打悲科，唱）

【菩萨梁州】[90]大哥罪犯遭诛，二哥死生别路，三哥身归地府，干闪下[91]我这老业[92]身躯！大哥孝顺识亲疏，二哥留下着当门户[93]，第三个哥哥休言语，你偿命正合去。常言道“三人同行小的苦”，再不须大叫高呼。

（包待制云）听了这婆子所言，方信道“良贾深藏若虚，君子盛德，容貌惹愚”[94]。这件事，老夫见为母者大贤，为子者至孝；为母者与陶、孟同列，为子者与曾、闵[95]无二。适间老夫昼寝，梦见一个蝴蝶坠在蛛网中，一个大蝴蝶来救出；次者亦然；后来一小蝴蝶亦坠网中，大蝴蝶虽见不救，飞腾而去。老夫心存恻隐，救这小蝴蝶出离罗网。天使老夫预知先兆之事，救这小的之命。（词云）恰才我依条犯法分轻重，不想这分外却有别词讼。杀死平人怎干休？莫言罪律[96]难轻纵。先教长男赴云阳[97]，为言孝顺能供奉。后教次子去餐刀，又言营运充日用。我着那最小的幼男去当刑，他便欢喜紧将儿发送[98]。只把前家儿子苦哀矜，倒是自己亲儿不悲痛。似此三从四德[99]可褒封，贞烈贤达宜请俸。忽然省起这事来，天使游魂预惊动。三个草虫伤蛛丝，何异子母官司向谁控。三番继母弃亲儿，正应着午时一枕蝴蝶梦。张千，把一干人[100]都下在死囚牢中去！（正旦慌向前扯科，唱）

【水仙子】[101]则见他前推后拥厮揪捽[102]，我与你扳住枷梢高叫屈。眼睁睁有去路无回路，好教我百般的没是处。这埚儿便死待何如，好和弱[103]随将去，死共活拦当住，我只得紧揝[104]住衣服。

（张千推旦科，押三人下）（正旦唱）

【黄钟尾】包龙图往常断事曾着数[105]，今日为官忒慕古[106]。枉教你坐黄堂[107]带虎符，受荣华请俸禄。俺孩儿好冤屈，不睹事[108]下牢狱。割舍了待泼做[109]：告都堂诉省部[110]，撅皇城打怨鼓[111]，见銮舆便唐突[112]。呆老婆唱今古[113]，又无人肯做主，则不如觅死处，眼不见鳏寡孤独，也强如没归着痛煞煞、哭啼啼、活受苦！（下）

（包待制云）张千，你近前来，可是恁的……（张千云）可是中也不中？（包待制云）贼禽兽，我的言语可是中也不中！（诗云[114]）我扶立当今圣明主，欲播清风千万古。这些公事断不开，怎坐南衙[115]开封府。（同下）

---

[1] 排衙：古时主官升堂，衙署陈设仪仗，僚属依次参谒，分立两旁，谓之排衙。

[2] 喏（rě 音惹）：向人作揖并同时出声表示敬意。

[3] 衙鼓：旧时官员坐衙或退衙均须击鼓，此鼓谓“衙鼓”。

[4] “阎王”二句：详见本书《包待制智斩鲁斋郎》第四折注［3］。

[5] 正授：正式任命。

[6] 早衙：旧时官员每天早晚两次升堂，早晨的一次叫早衙。

[7] 司房：元朝政府中主管诉讼的部门。

[8] 合佥押：应该审阅签署的。合，应该。佥，同“签”。

[9] 六房吏典：元代地方政府中负责吏、户、礼、兵、刑、工六方面工作的部门，称“六房”。吏典为各部门负责的低级吏员。

[10] 可：何。

[11] 行枷：押解犯人走路时所用的较小的枷。枷，一种套在脖子上扛在肩上的刑具，由两块可以开合的木板做成。

[12] 兀那小厮：那小子。兀，发语词，无义。

[13] 长枷：一种连犯人头部和上肢一起枷住的刑具。因其较一般的枷长、宽、重，故称。用于死罪犯人。

[14] “下在”句：据《元史 · 刑法志》，“盗马一二匹者，即论死”。赵顽驴因盗马被判死刑事，说明元代对盗马者处罚极严，可能与元朝统治者是游牧民族有关。

[15] 角门：边门、侧门。

[16] 撮角亭子：檐角向上翘起的亭子。

[17] 蠢动含灵：有生命力的动物（包括昆虫）都有灵性。晋 · 傅玄《阳春赋》：“幽蛰（zhé 音哲，蛰伏）蠢动，万物乐生。”此指蝴蝶有求生之欲望。

[18] 佯常：同“扬长”，大模大样、无所顾虑的样子。今河北方言仍习用。

[19] 恻隐之心，人皆有之：语出《孟子 · 告子上》。朱熹注：“恻，伤之切也；隐，痛之深也。此即所谓不忍人之心也。”

[20] 参差：这里意为顷刻之间。

[21] 撒然：突然、猛然。亦作洒然、飒然，义并同。

[22] 平人：平民，这里是普通蒙古人的意思。关于葛彪的身份，杂剧称他为“平人”，但有的地方又称他“葛皇亲”“权豪势要”，似乎有矛盾，但这种矛盾或许是作者故意制造的。由于葛彪是皇亲，故打死人“只当房檐上揭片瓦相似”；但他又是蒙古“平人”，享有打死（汉）人不偿命的特权。

[23] 解（jiè 音介）子：押解犯人的差役。

[24] 御史台：官署名，负责监察、肃正纲纪的衙门。宋朝中央负责监察与肃正纲纪的衙门，下属有三个院：一、台院，长官是侍御史；二、殿院，长官是殿中侍

御史；三、察院，长官是监察御史。这里喻指开封府。

[25] 生扭做：硬是活活弄成。

[26] 吃：被、遭。

[27] 惆惆（chóu chú 音愁除）：犹言“踌躇”，犹豫不决的样子。

[28] 小去处官司孔目：指小地方的官府衙门。小去处，小地方，此指中牟县。官司，官员。《左传·定公四年》注：“官司，百官也。”孔目，管理文书的吏员。

[29] 王条：王法、律条。

[30] 胆大心粗：做事胆子大，但心粗，考虑不周全。

[31] 公事：官司、案子。

[32] 担负公徒：忍受、承担刑罚。公徒，触犯官家刑律的囚徒。

[33] 系狱：坐牢。

[34] 早是怕怖：早已经害怕恐慌了。

[35] 屏墙：张贴判决告示的墙。亦作“粟墙”。

[36] 王三：《元曲选》作“王大兄弟”，据明·陈与郊《古名家杂剧》本改。

[37] 证见：证据。《敦煌变文集·张义潮变文》：“阿耶驱来作证见。”多指人证，偶指书证、物证。如元·无名氏《陈州粜米》第一折：“指谁做证见。”指人证。元·无名氏《合同文字》第一折：“若兄弟十年五年来时，这文书便是大证见。”指书证。元·王仲文《救孝子》第三折：“现有衣服刀子就是证见了也。”指物证。

[38] 敢：莫非。

[39] 关亲：有亲属关系，痛痒相关。

[40] “陶母”二句：东晋陶侃之母湛氏，豫章新淦（gàn 音干）（今江西清江）人。陶氏贫贱，湛氏每纺绩资给之，便与胜己者交结。鄱阳孝廉范逵寓宿于侃，时大雪，湛氏将所卧草荐自锉以喂马，又剪发卖与邻人供肴馔。逵闻之，叹云：“非此母不生此子。”侃终以功名显。翦，旧同“剪”。

[41] “陈母”二句：宋代陈良资、陈良叟和陈良佐三兄弟得到母亲冯氏的教育，后来都中了状元。第三折提到的“陈婆婆”，即指陈母冯氏。关汉卿有《状元堂陈母教子》杂剧敷演其事。衣（yì 音易）紫腰银，形容做了官。衣，穿。

[42] 穷滴滴：形容极为贫穷。滴滴，语助词，用在形容词后边起补充、加强的作用。

[43] 黎庶：平民百姓。

[44] 厮亏图：相图谋、相谋害。亏图，“图亏”的倒装语，意为图谋、损害。

[45] 分诉：分辩。

[46] 三人误大事，六耳不通谋：宋元成语。王婆婆用这个成语，意在为三个儿子辩护，说他们打死葛彪不可能是事先预谋的。

[47] 萧何律：详见《包待制智斩鲁斋郎》第四折注 [24]。

[48] 恭俭温良孔圣书：指儒家经典。《论语·学而》："夫子温、良、恭、俭、让以得之。"朱熹注："温，和厚也。良，易直也。恭，庄敬也。俭，节制也。让，谦逊也。"王婆婆在这里用"恭俭温良"代表孔子的著作。

[49] 悬头刺股：本是两个苦读的典故，这里拿来与酷刑给王氏兄弟所带来的痛苦相比，具有强烈的讽刺意味。悬头，即"头悬梁"，汉代孙敬读书时，用绳子一头系住头发，一头拴在房梁上，一打瞌睡，绳子就把头皮拉疼，孙敬即可继续读书了。刺股，即"锥刺股"，战国时苏秦读书困倦时就用锥子扎大腿，有时鲜血流到脚面上，使自己头脑清醒。股，大腿。

[50] 爷饭娘羹：父母供给的衣食。意为在父母疼爱、照料中长大。

[51] 疼忍：忍痛。

[52] 串：串通。

[53] 〔斗虾蟆〕：曲牌名，又名〔絮虾蟆〕〔草池春〕，属【南吕宫】。全曲十八句：三、三、四、六、六、六、六、六、六、四、四、三、四、七、三、三、二、四。

[54] 静巉巉（chán chán 音蝉蝉）：形容静寂的样子。巉巉，语助词。

[55] 索：只好。

[56] 招伏：招供认罪。

[57] 麻槌（chuí 音垂）：旧时酷刑之一。用生麻绞成很粗的鞭子，蘸水打人。常与"脑箍"酷刑并用。

[58] 六问三推："推"即"推究"，"问"即"审问"。旧时指反复审讯。

[59] 牵肠割肚：形容内心悲痛如刀割。

[60] 由由忬忬（yù yù 音预预）："犹犹豫豫"的借字，此处形容心神不定的样子。

[61] 可不道：意为岂不知。

[62] 儿孙自有儿孙福：谓子孙自有他们的福分，长辈不必操劳、担忧。

[63] 没气路：气忿无发泄处。

[64] 排房吏典：指有经验的吏典。排房，衙门内正厅两旁属官办公处。吏典，元、明、清府县的吏员。

[65] 石："实"的谐音，"实"与"虚"相对，故下文说"怎做的虚"。

[66] 官法如垆：当时成语，比喻官法极其严峻、残酷。垆，"炉"的同音借字。

[67] 便好道：常言道、有道是、常言说得好。

[68] 阶除：台阶。唐·杜甫《南邻》诗："惯看宾客儿童喜，得食阶除鸟雀驯。"

[69] 没是处：没办法、不知所措。亦作"无是处""没事处"。

[70] 葫芦提：糊涂。今天津市有"葫芦倒脏"一词，义同。

[71] 扳定枷梢：死死抓住枷的末端。

[72] 不争：如果。

[73] 一壁厢大哥行（háng 音杭）：一边大儿子那里。壁厢，边、旁。行，犹言"这

里”“那里”，多用于称谓后面。

［74］告诉（sù 音素）：被害人向司法机构提起诉讼。

［75］营运生理：经营买卖以维持生计。

［76］中：行、可以。今河北、河南方言仍习用。

［77］螟蛉（míng líng 音明伶）之子：非亲生的义子。螟蛉是一种绿色的小虫。《诗经·小雅·小宛》："螟蛉有子，蜾蠃（guǒ luǒ 音果裸）负之。”蜾蠃是寄生蜂的一种，常捕螟蛉喂它的幼虫，古人错认为蜾蠃养螟蛉为子，故将螟蛉作为养子的代称。清·钱彩《说岳全传》："周侗年迈，巴不得将平生一十八般武艺，尽心传授与螟蛉之子。”

［78］着疼热：知疼知热，形容十分关心。

［79］不道：怎肯、难道，亦作“不道的”。

［80］生分：疏远、冷淡的意思，亦作“生忿”。

［81］偌大小：这么小。反义词偏用。偌，指示词，这般、这样。

［82］前家儿：丈夫与前妻生的儿子。

［83］后尧婆：续妻。这里是继母的意思。

［84］桑新妇：或作桑辛妇。传说庄子一次在路上碰见一个女人用扇子扇她丈夫的坟，原来她丈夫生前告诉她，要等他的坟干了才能改嫁，她等不及，就去扇坟。于是桑新妇就成为恶妇的代称。

［85］鲁义姑：姓氏已失传，系春秋时鲁国之农妇。传说齐国发兵攻鲁，遥见郊外有一妇人怀抱一子、手携一子匆忙逃避。当齐军渐及时，妇人慌忙丢下怀中小儿，抱起领着的孩子，向山林中疾奔。齐将见此心中甚疑，催马拦住妇人，追问究竟。妇人回答："现怀中所抱，乃是兄长之子；丢弃者，乃是自己所生。”当齐将询问她何以弃亲生而救侄子时，妇人从容答道：抛弃己子，仅是我自身悲痛；而保全兄长的骨肉，却是举族的大义。当事难两全时，我不能因私爱而舍弃公义。齐将闻听深受感动，感叹道：鲁国不能侵伐呀！一个弱妇子尚知舍己救人，不以私害公，更何况朝中的大夫呢？于是奏明齐君，卷旗退兵而去。鲁君闻知此事，下令赏赐妇人束帛，尊之为“鲁义姑”。鲁义姑的义行久为后世所称颂，汉代刘向将其事迹采入《列女传》中，古本《列国志》中也有《鲁村姑秉义全社稷》的回目。元代戏曲家武汉臣以此为题材，创作了《抱侄携男鲁义姑》杂剧。

［86］〔红芍药〕：曲牌名，北曲属【中吕宫】，套数用，十句九韵：四、四、七、四、三、三、六、四、四、四。第一、二句，第五、六句对仗。北曲属【南吕宫】，套数用，下例接〔菩萨梁州〕，八句八韵：七、四、七、四、五、七、七、四。

［87］支吾：答对、辩解。

［88］没嘴的葫芦：又作“没口的葫芦”，比喻有话说不出。

［89］官官相为：亦作“官官相护”“官官相卫”，指官吏和官吏互相庇护。

[90]〔菩萨梁州〕：曲牌名，属【南吕宫】，用于剧曲和散曲套数。《北词广正谱》与《九宫大成南北词宫谱》皆为四、四、四、四、七、七、七、六、七、四，共十句十韵（或可少叶）。杂剧中常与〔红芍药〕连用。

[91] 干闪下：只撇下。干，犹言“单”，音近借用。闪下，抛下。今河北方言仍习用。

[92] 老业：自我诅咒的话，犹言“老不死的”。业，通“孽”。

[93] 当门户：顶门立户，主持家业。

[94] 良贾深藏若虚，君子盛德，容貌惹愚：大意是会做生意的人善于把宝货保藏起来，好像什么也没有一样；有道德和学问的人，从外表看来，好像什么也不懂的样子。语见《史记·老庄申韩列传》。

[95] 曾、闵：指孔子的学生曾参、闵子骞，都以孝道而闻名。曾参，字子舆，比孔子小四十六岁。闵子骞，名损，字子骞，比孔子小十五岁。

[96] 罪律：治罪的律条。

[97] 云阳：古戏曲小说中刑场的代称。云阳本是秦代北方重镇，因许多刑狱包括丞相李斯行刑均在于此（见《盐铁论·毁学篇》），故以之代称刑场。

[98] 发送：殡葬死人。今河北方言仍习用。这里是断送，即判处王三死刑的意思。

[99] 三从四德：旧社会束缚妇女的道德准则。三从，即在家从父、出嫁从夫、夫死从子；四德，即妇德、妇言、妇容、妇功。

[100] 一干人：和案情有关的一切人。

[101]〔水仙子〕：曲牌名，又名〔凌波仙〕〔凌波曲〕〔湘妃怨〕〔冯夷曲〕。属【双调】，小令、套数兼用。八句七韵：七、七、七、五、六、三、三、三，共四十一字。首二句对仗，也可与第三句成鼎足对；第六、七句对仗。

[102] 揪捽（zuó 音昨）：连抓带拽。捽，也是抓、揪的意思。

[103] 好和弱：好歹、意外。

[104] 揝（zuàn 音攥）：同“攥”，握住之意，用手扯住。

[105] 着数：犹言“算数”。谓包公以往判案清明，说一不二。

[106] 慕古：也作“暮古”。古板，引申为糊涂。

[107] 黄堂：古时太守衙中的正堂。范成大《吴郡志》卷六据《郡国志》云：“黄堂在鸡陂（bēi 音卑）之侧（今苏州市东），春申君子假君之殿也。后太守居之，以数（shuò 音朔）失火，涂以雌黄，遂名黄堂，即今太守之正厅是也。今天下郡治，皆名黄堂，昉（fǎng 音仿）此。”此处指开封府尹包拯的办公大厅。

[108] 不睹事：不懂事、糊涂，亦作“不睹是”“不睹时”。

[109] 割舍了待泼做：都是不顾一切、豁出去的意思。泼，恶劣的意思。这里解为大胆妄为。

[110] 告都堂诉省部：要到都堂、省、部去告状。都堂，唐代尚书省正厅。省，即尚书省。部，指六部。以上均指政府最高行政机关。

[111] 撅皇城打怨鼓：意思是到京城去告御状。撅，折断，这里是告御状的意思。怨鼓，旧时帝王为了表示爱民，在朝堂外面设有“登闻鼓”，有冤枉可去敲鼓鸣冤。

[112] 见銮舆便唐突：见了皇帝便冲上前去告状。銮舆，皇帝乘坐的车，这里代指皇帝。唐突，冲犯。

[113] 呆老婆唱今古：这是王婆婆自比为说唱词话的艺人。呆老婆，王婆自指。唱今古，即讲唱古今小说平话。明代田汝成《西湖游览志》：“杭州男女瞽（gǔ 音古，眼睛瞎）者，多学琵琶，唱古今小说平话，以觅衣食。”这是说王婆婆向包拯诉说冤情，讲了那么多话，就像讲唱古今小说平话一样。

[114] 诗云：下场诗。元剧一折结束时，人物下场前，一般念四句诗，诗的内容和剧情较有联系。

[115] 南衙：北宋称开封府为南府或南衙，这是沿袭唐代的旧称。唐代皇宫居长安城北，中央的台、省各部门的官署设在皇城之南，故习称南衙。宋代皇宫在开封（汴梁），故也称开封府的官府为南衙。

第三折

（张千同李万上，诗云）手执无情棒，怀揣滴泪钱[1]。晓行狼虎路，夜伴死尸眠。自家张千便是。有王大、王二、王三下在死囚牢中。与我拿将他三个出来！（王大、王二上，云）哥哥，可怜见[2]。（张千云）别过枷梢来，打三下杀威棒[3]。（打三下科，云）那第三个在那里？（王三上，云）我来了。（张千云）李万，抬过押床[4]来，丢过这滚肚索，去扯紧着！（做扯科，三人叫科。张千云）李万，你家去吃饭，我看着。则怕提牢官[5]来。（李万下）

（正旦上，云）我三个孩儿都下在死囚牢中，我叫化了些残汤剩饭[6]，送与孩儿每吃去。（唱）

【正宫·端正好】遥望着死囚牢，恰离了悲田院[7]，谁敢道半步俄延[8]。排门儿[9]叫化都寻遍，讨了些泼剩饭和杂面。

【滚绣球】俺孩儿本思量做状元，坐琴堂[10]请俸钱[11]，谁曾遭这般刑宪？又不曾犯五刑之属三千[12]。我不肯吃不肯穿，烧地卧炙地眠[13]，谁曾受这般贫贱？正按着陈婆婆古语常言[14]，他须不求“金玉重重贵”，却甚“儿孙个个贤”，受煞迍邅[15]。

（做到牢门科，云）这里是牢门首[16]，我拽动这铃索者。（张千云）则怕是提牢官来。我开开这门，看是谁拽动铃索来。（正旦云）是我拽来。（张打科，云）老村婆子，这是你家里？你来做甚么？（正旦云）我与三个孩儿送饭来。（张千云）灯油钱[17]也无，冤苦钱也无；俺吃着死囚的衣饭，有钞将些来使！（正旦云）哥哥，可怜见，一个老的被人打死了，三个孩儿又在死囚牢内，老身吃了早晨，无了晚夕，前街后巷，叫化了些残汤剩饭，与孩儿每充饥。哥哥只可怜见！（唱）

【倘秀才】叫化的剩饭重煎再煎，补衲的破袄[18]儿番穿了正穿。（云）哥哥，则这件旧衣服送你罢。（唱）有这个旧褐袖[19]，与哥哥且做些冤苦钱。（张千云）我也不要你的。（正旦唱）谢哥哥相觑当[20]，厮周全，把孩儿每可怜。

（张千云）罪已问定也，救不的了。（正旦唱）

【脱布衫】[21]争奈一家一计[22]肠肚萦牵，一上一下语话熬煎；一左一右把孩儿顾恋，一捋一把雨泪涟涟。

【醉太平】[23]数说起罪僭[24]，委实的衔冤，我这里烦烦恼恼怨青天，告哥哥可怜。他三个足丢没乱[25]眼脑剔抽秃刷转[26]，依柔乞煞[27]手脚滴羞笃速战[28]，迷留没乱[29]救他叫破俺喉咽，气的来前合后偃[30]。

（张千云）放你进来，我掩上这门。（正旦进见科，云）兀的不是我孩儿！（做悲科）（王大云）母亲，你做甚么来？（正旦云）我与你送饭来。（正旦向张千云）哥哥，怎生放我孩儿吃些饭也好！（张千云）你没手？兀那婆子，喂你那孩儿。（正旦喂王大、王二科，唱）

【笑和尚】[31]我我我两三步走向前，将将将把饭食从头劝，我我我一匙匙都抄遍[32]；你你你胡噎饥[33]，你你你润喉咽。（王三云）娘也，我也吃些儿。（正旦唱）石和尚好共歹一口口刚刚咽。

（旦做倾饭科，云）大哥，这里有个烧饼，你吃，休教石和看见。二哥，这里有个烧饼，你吃，休教石和看见。（唱）

【叨叨令】叫化的些残汤剩饭，那里有重罗面[34]！你不想堂食[35]玉酒琼林宴[36]？想当初长枷钉出中牟县，却不道布衣走上黄金殿。兀的不苦杀人也么哥[37]！兀的不苦杀人也么哥！告你个提牢押狱[38]行方便。

（云）大哥，我去也，你有甚么说话？（王大云）母亲，家中有一本《论语》，卖了替父亲买些纸烧。（正旦云）二哥，你有甚么话说？（王二云）母亲，我有一本《孟子》，卖了替父亲做些经忏[39]。（王三哭云）我也没的分付你，你把你的头来我抱一抱。（正旦出科）（张千云）兀那婆子，你要欢喜么？（正旦云）我可知要欢喜哩。（张千入牢科，云）那个是大的？（王大云）小人是大的。（张千云）放水火[40]！（王大做出科）（张千云）兀那婆子，你这大的孝顺，保领出去养活你。你见了这大的儿子，你欢喜么？（正旦云）我可知欢喜哩！（张千云）我着你大欢喜！（做入牢科，云）那个是第二的？（王二云）小人便是。（张千云）起来，放水火！（做放出科）（张千云）兀那婆子，再与你这第二的，能营运养活你。（正旦云）哥哥，那第三个孩儿呢？（张千云）把他盆吊[41]死，替葛彪偿命去。明日早墙[42]底下来认尸。（正旦悲科，唱）

【上小楼】将两个哥哥放免[43]，把第三的孩儿推转。想着我咽苦吞甘，十月怀耽[44]，乳哺三年；不争教大哥哥、二哥哥身遭刑宪，教人道桑新妇不分良善。

【幺篇】你本待冤报冤，倒做了颠倒颠[45]。岂不闻杀人偿命，罪而当刑，死而无怨。（做看王三科，唱）若是我两三番将他留恋，教人道后尧婆两头三面。

（王大、王二云）母亲，我怎舍得兄弟也！（正旦云）大哥、二哥家去来，休烦恼者！（唱）

【快活三】眼见的你两个得升天，单则你小兄弟丧黄泉。（做觑王三悲科，唱）教我扭回身忍不住泪涟涟。（王大、王二悲科）（正旦云）罢罢罢，但留的你两个呵，（唱）他便死也我甘心情愿。

【朝天子】[46]我可便可怜，孩儿忒少年，何日得重相见？不争将前家儿身首不完全，枉惹得后代[47]人埋怨；我这里自推自攧[48]到三十余遍，畅好是[49]苦痛也么天[50]！到来日一刀两段，横尸在市廛[51]，再不见我这石和面。

【尾煞】做爷的不曾烧一陌纸钱，做儿的又当了罪愆，爷和儿要见何时见？若要再相逢一面，则除是梦儿中咱子母团圆。（王大、王二随下）

（王三云）张千哥哥，我大哥、二哥都那里去了？（张千云）老爷的言语，你大哥、二哥都饶了，着养活你母亲去，只着你替葛彪偿命。（王三云）饶了我两个哥哥，着我偿命去，把这两面枷我都带上。只是我明日怎么样死？（张千云）把你盆吊死，三十板高墙[52]丢过去。（王三云）哥哥，你丢我时，放仔细些，我肚子上有个疖子哩！（张千云）你性命也不保，还管你甚么疖子！（王三唱）

【端正好】腹揽五车书[53]，（张千云）你怎么唱起来？（王三云）是曲尾。（唱）都是些《礼记》[54]和《周易》[55]。眼睁睁死限相随，指望待为官为相身荣贵，今日个毕罢[56]了名和利。

【滚绣球】包待制比问牛的[57]省气力，俺父亲比那教子的[58]少见识，俺秀才每比那题桥人[59]无那五陵豪气[60]。打的个遍身家鲜血淋漓，包待制又葫芦提，令史[61]每妆不知。两边厢列着祇候人役，貌堂堂都是一火洒[62]合[63]娘的！隔牢撺彻墙头去，抵多少平空寻觅上天梯[64]。（带云）张千，（唱）等我合你奶奶歪屄[65]！（张千随下）

---

[1] 滴泪钱：旧时衙役们从犯人或犯人家属那里勒索来的钱财，谓之滴泪钱。

[2] 可怜见：可怜着。见，犹“着”。

[3] 杀威棒：旧时狱吏对新到的犯人，先拷打一顿，意在挫其气焰。

[4] 押床：亦作柙（xiá 音侠）床。古时牢狱中刑具之一，有重罪的罪犯睡在上面，再用绳索（剧中称为“滚肚索”）捆绑起来，防止犯人逃走。

[5] 提牢官：管理牢狱的小吏。提，管理。

[6] 残汤剩饭：指吃剩的饭菜，也比喻别人施舍的东西。

[7] 悲田院：佛教术语，乞丐聚居地。佛教有三福田之说：以供父母为恩田，供佛为敬田，施贫救苦为悲田。佛教徒认为通过对乞丐的施舍来表达慈悲的心肠，将会收到一定的裨益善报，有时也作“卑田院”。

[8] 俄延：迟留、耽搁。

[9] 排门儿：挨门挨户。

[10] 琴堂：县官官署。《吕氏春秋·察贤》：“宓（fú 音福）子贱治单父（shàn fǔ 音善府，山东地名），弹鸣琴，身不下堂而单父治。”后因称县官办公的地方为琴堂。唐·刘长卿《出丰县界寄韩明府》诗：“音容想在眼，暂若升琴堂。”

[11] 俸钱：官吏的薪金。

[12] 五刑之属三千：语出《孝经》。意为五种刑罚共有三千条法律条文。五刑，指墨（在面上刺字染黑）、劓（yì 音艺，割鼻）、剕（fèi 音废，断足）、宫（残害男子生殖器或破坏妇女生育机能）、大辟（死刑）。三千，指法律条文很多，不是实数。

[13] 烧地卧炙地眠：是说穷人没有热炕睡，冬天睡觉前先要用火把地面和墙角烘热，就睡在地上。

[14] 古语常言：指陈母的话。下文“不求金玉”两句见关汉卿《状元堂陈母教子》头折正旦白：“不求金玉重重贵，只愿儿孙个个贤。”

[15] 迍邅（zhūn zhān 音谆沾）：困顿不得志。晋·左思《咏史》之七：“英雄有迍邅，由来自古昔。”

［16］门首：门口。

［17］灯油钱：旧时狱中吏卒对于人犯敲诈勒索的一种名目，并非用这笔钱买油点灯。宋代寺院为灯节而募化的灯油钱与此不同。

［18］袄：有衬里的常服。男女皆可穿，有长、短两种款式；根据个人喜好、年龄以及地域的不同，又有不同颜色和材质之分。

［19］褐袖：借指粗布衫子。

［20］觑当：看顾、照顾。

［21］〔脱布衫〕：曲牌名，属北曲【正宫】，亦入【中吕宫】，套数、小令兼用。用于小令时必与〔小梁州〕合作带过曲。四句四韵：七、七、七、七。这支曲子连用四个“一……一……”的句型，从不同侧面表达王婆婆这个做母亲的今日来探监的心情。首句强调一家人的血肉关联，二句突出自己欲见儿子而不能的煎熬心态，三句表现她博大无私的母爱，四句则较为客观地描绘了这位哭成个泪人儿般的母亲的外在形象。全曲语言朴素，感情深挚，用的全是民间口语但又经作者艺术提炼，有催人泪下的艺术力量。

［22］一家一计：指家庭，一家人。有时写作“家计”，指家乡、家财。

［23］〔醉太平〕：曲牌名，又名〔凌波曲〕，属【正宫】，亦入【仙吕宫】【中吕宫】，套数、小令兼用。八句八韵：四、四、七、四、七、七、七、四，共四十四字。首二句对仗，第五、六、七句成鼎足对。

［24］罪僽（qiān 音牵）：过失、罪过。僽，同“愆”。

［25］足丢没乱：惊惶不安。

［26］眼脑剔抽秃刷转：眼珠慌乱地转动。眼脑，即眼睛。剔抽秃刷，形容眼珠转动。

［27］依柔乞煞：形容有气无力、手足无措的样子。

［28］滴羞笃速战：形容手脚发抖的样子。

［29］迷留没乱：手足无措、心绪烦乱。

［30］前合后偃：犹如说前仰后合，这里意谓歪歪倒倒，立脚不稳。

［31］〔笑和尚〕：曲牌名，又名〔笑歌赏〕，属【正宫】，用于剧曲和散曲套数。全曲六句：五、五、五、三、三、五。每句句首可加叠字，如“我我我”“来来来”之类。

［32］抄遍：用匙把碗里的食物刮干净。

［33］胡噎饥：随便吃点儿东西压一压饥饿的意思。

［34］重罗面：用罗筛过多次的面粉，精细的面粉。

［35］堂食：唐代宰相办公处政事堂的公膳，后泛指公署膳食。

［36］琼林宴：御赐宴会。琼林，宋代苑名，在汴京（今开封）城西。北宋时皇帝于此宴请新科进士，后世就把皇帝赐新科进士宴饮叫“琼林宴”。

［37］也么哥：或作“也磨歌”“也波哥”“也末哥”，衬词，无义。

［38］提牢押狱：管理牢狱。这里指管理牢狱的役吏。提、押，管理。

［39］经忏：指旧时请和尚念经拜忏作祈祷。经，指佛家经典。忏是梵语忏摩的省称，也是佛教徒讽诵的一种经文。佛教请求人容忍宽恕，亦叫作“忏”。这里指请和尚念诵经文、超度亡魂。

［40］放水火：放犯人出去大小便，亦云放风。此处是以“放水火”为名，把犯人释放出狱。

［41］盆吊：古代酷刑之一。《水浒传》第二十八回，众囚徒告诉武松说：“他到晚把两碗干黄仓米饭，和些臭鲞（xiǎng 音享，剖开晾干的鱼）鱼来与你吃了，趁饱带你去土牢里去，把索子捆翻，着一床干藁（gǎo 音稿）荐把你卷了，塞住了你七窍，颠倒竖在壁边，不消半个更次，便结果了你性命。这个唤做盆吊。”

［42］旱墙：应作“照墙”，衙门对面的一堵墙。

［43］放免：免罪释放。

［44］怀耽：怀孕、怀胎。

［45］颠倒颠：谓紊乱、错乱。

［46］〔朝天子〕：曲牌名，又名〔朝天曲〕〔谒金门〕。南北曲均有，北曲又名〔思越人〕〔谒金门〕〔朝天紫〕〔朝天曲〕等。元曲的〔朝天子〕不来自宋词调〔朝天子〕，而渊源于宋代舞队节目《诸国献宝》《穿心国入贡》等艺术形式。其宫调、句法、格律等表现稳定，属【中吕宫】，用于剧曲和散曲小令。据《九宫大成谱》十一句：二、二、五、七、五、四、四、五、二、二、五，共四十三字。头三句和最后三句均为二、二、五，中间为五句，由七、五和四、四、五两部分组成，形成三段体结构。通篇叶韵，第一、二、四、六、八、九、十句押平声韵，第三、五、七、十一句押仄声韵。带过曲〔快活三带朝天子〕源于元杂剧的“摘调”，这为散曲是从杂剧中派生而来的观点提供了有力证据。

［47］后代：指一个祖先的直到最远一代的后裔。

［48］自推自攧：独自捶胸顿足。也作“自攧自推”，又作“自跌自推”“自跌自摧”。推，捶，也作“搥”“槌”，又作“摧”。攧，跌。

［49］畅好是：或作“畅是”，甚是的意思。

［50］也么天：句中衬字，表感叹语气，无义。

［51］市廛：商铺集中的地方，即闹市区。《孟子·公孙丑上》：“市，廛而不征。”赵岐注：“廛，市宅也。”

［52］三十板高墙：指很高的墙。古时筑墙，一板约高二尺，三十板约为六丈高。

［53］五车书：《庄子·天下篇》：“惠施多方，其书五车。”后来人们就用“五车书”来比喻读书多。

［54］《礼记》：又名《小戴礼记》，成书于汉代，相传为西汉礼学家戴圣所编。《礼记》是中国古代一部重要的典章制度选集，共二十卷四十九篇，书中内容主要写先秦的礼制，体现了先秦儒家的哲学思想、教育思想、政治思想、美学思

想，是研究先秦社会的重要资料，是一部儒家思想的资料汇编。

[55] 《周易》：简称《易》，儒家基本经典之一，内容包括《易经》《易传》。通过八卦形式（象征天、地、雷、风、水、火、山、河流八种自然现象），推测自然和社会的变化，含有朴素辩证法的观点，在中国思想史上产生过深远影响。

[56] 毕罢：撇开、抛去、结束。

[57] 问牛的：指汉代丞相丙吉。他出行，看到路上有死伤的人，略不瞻顾；春天里看见牛发喘，却仔细地调查。人家问他为什么这样。他说，死伤人的事，自有主管官过问；关于春天里牛发喘，可能是天时不正，我身为丞相，应管这类大事。

[58] 教子的：指五代人窦禹钧，他教育五个儿子都登科成名。也可以被认为指的陈尧叟弟兄的父亲陈省华。

[59] 题桥人：指司马相如。晋·常璩《华阳国志·蜀志》："蜀郡州治属县五……城北十里有'升仙桥'，有'送客观'。"司马相如初离蜀入长安，题桥柱曰："不乘赤车驷马，不过汝下也。"后来终于得官而回。

[60] 五陵豪气：西汉元帝以前，在渭水桥北岸，今咸阳附近有汉代五个皇帝的墓，即高帝长陵、惠帝安陵、景帝阳陵、武帝茂陵，昭帝平陵，后称"五陵"。陵墓地区风景壮观，当时豪富之家多聚居在那一带，后因作豪侠少年所居之地的代称。南朝陈·徐陵《玉台新咏序》："五陵豪族，充选掖庭。"唐·杜甫《秋兴》诗："五陵衣马自轻肥。"五陵豪气，形容豪迈的气概。

[61] 令史：宋元以来官府中胥吏的通称。

[62] 一火洒：一群、一帮。

[63] 㑳（cái 音财）：多用作詈辞。

[64] 上天梯：登天的梯子。比喻达到某种目的的途径或方法。

[65] 屄（bī 音逼）：阴门的俗称。

第 四 折

（王三背赵顽驴尸上，伏定）（王大、王二上，云）咱同母亲寻三哥尸首去来。母亲行动些！（正旦上，云）听的说石和孩儿盆吊死了，他两个哥哥抬尸首去了。我叫化了些纸钱，将着柴火烧埋[1]孩儿去呵！（唱）

【双调·新水令】我从未拔白[2]悄悄出城来，恐怕外人知大惊小怪。我叫化的乱烘烘一陌纸，拾得粗坌坌[3]几根柴。俺孩儿落不得席卷椽抬，谁想有这一解[4]！

（打悲科，云）孩儿呵！（唱）

【驻马听】[5]想着你报怨心怀，和那横死爷相逢在分界牌[6]。（带云）若相见时呵，（唱）您两个施呈手策[7]，把那杀人贼推下望乡台[8]！黑洞洞天色尚昏霾[9]，静巉巉迥野荒郊外，隐隐似有人来，觑绝[10]时教我添惊骇。

（王大、王二背尸上，云）母亲那里？这不是三哥尸首？（旦做认悲科，唱）

【夜行船】[11]慌急列[12]教咱观了面色，血模糊污尽尸骸。我与你慌解下麻绳，急松开衣带，您疾忙向前来扶策[13]。

【挂玉钩】[14]你与我揪住头心掐下颏，我与你高阜处招魂魄。石和哎，贪慌处[15]将孩儿落了鞋，你便叫杀他怎得他瞅睬？空教我闷转加，愁无奈，只落得哭哭啼啼、怨怨哀哀。

（带云）石和孩儿呵！（唱）

【沽美酒】[16]我将这老精神强打拍[17]，小名儿叫的明白，你个孝顺的石和安在哉？则被他抛杀您奶奶，教我空没乱把地皮掴[18]。

【太平令】[19]空教我哭啼啼自敦自摔[20]，百般的唤不回来。也是我多灾多害，急煎煎不宁不耐[21]。（云）石和孩儿呵！（王三上，应云）我在这里！（正旦唱）教我左猜、右猜，不知是那里应来，呀，莫不是山精水怪？

（王三上，云）母亲，孩儿来了。（正旦慌科，云）有鬼！有鬼！（王

三云）母亲休怕，是石和孩儿，不是鬼。（正旦唱）

【风入松】我前行他随后赶将来，吓的我撅耳挠腮。教我战笃速忙把孩儿拜，我与你收拾垒七修斋[22]。（王三云）母亲，我是人。（正旦唱）不是鬼疾言个皂白，怎免得这场灾？

（王三云）包爷爷把偷马贼赵顽驴盆吊死了，着我拖他出来，饶了你孩儿也。（正旦唱）

【川拨棹】这场灾，一时间命运衰；早则解放愁怀，喜笑盈腮；我则道石沉大海。（云）大哥、二哥，您两个管着甚么哩？（唱）这言语休见责。

（云）您两个好不仔细。抬这尸首来做甚？（唱）

【殿前欢】[23]孩儿，你也合把眼睁开，却把谁家尸首与我背将来！也不是提鱼穿柳欢心大，也不是鬼使神差[24]。虽然道死是他命该，你为甚无妨碍？（王三云）孩儿知道没事，是包爷爷分付，教我背出来的。（正旦唱）常言道"老实的终须在[25]"，把错抬的尸首，你与我土内藏埋。

（包待制冲上，云）你怎生又打死人？（正旦慌科）（包待制云）你休慌莫怕，他是偷马的赵顽驴，替你偿葛彪之命。你一家儿都望阙跪者，听我下断：（词云）你本是龙袖娇民[26]，堪可为报国贤臣。大儿去随朝勾当，第二的冠带荣身。石和做中牟县令，母亲封贤德夫人。国家重义夫节妇，更爱那孝子顺孙。今日的加官赐赏，一家门望阙沾恩。（正旦同三儿拜谢科，云）万岁，万岁，万万岁！（唱）

【水仙子】九重天[27]飞下纸赦书来，您三下里休将招状责，一齐的望阙疾参拜。愿的圣明君千万载，更胜如枯树花开。捱了些脓血债，受彻了牢狱灾，今日个苦尽甘来。

【鸳鸯煞】[28]不甫能黑漫漫填满这沉冤海，昏腾腾打出了迷魂寨[29]。愿待制位列三公[30]，日转千阶。唱道[31]娘加做贤德夫人，儿加做中牟县宰，赦得俺一家儿今后都安泰。且休提这恩德无涯，单则是子母团圆大古里彩[32]！

题目　葛皇亲挟势行凶横　赵顽驴偷马残生送
正名　王婆婆贤德抚前儿　包待制三勘[33]蝴蝶梦

---

［1］　烧埋：火葬。

［2］　拔白：天快亮时、天色发白。

［3］　粗坌坌（bèn bèn 音笨笨）：很粗很粗。坌，粗劣。

［4］　这一解：佛家谓人死于刀尖者曰“兵解”，死于火者曰“火解”。这一解就是这样死去。

［5］　〔驻马听〕：曲牌名，北宋时为词牌，总体情绪悲凉凄冷。元曲中南北曲均有，北曲属【双调】，套数、小令兼用。套数次牌，声情仍以苍凉哀怨为主。八句八韵：四、七、四、七、七、七、三、七，共四十六字。前四句作扇面对，第五、六句对仗，末句仄韵。承〔新水令〕后，亦可用作小令。

［6］　分界牌：在交界地方树立的牌子，用作分界的标志。

［7］　手策：手段。

［8］　望乡台：相传冥界中的看台。死者的灵魂登临眺望，可以看到他阳世家中的情状。

［9］　昏霾（mái 音埋）：昏暗无光。霾，也称灰霾（烟霞），指原因不明的因大量烟、尘等微粒悬浮而形成的浑浊现象。霾的核心物质是空气中悬浮的灰尘颗粒，气象学上称为气溶胶颗粒。

［10］觑绝：看完、看罢。

［11］〔夜行船〕：曲牌名，一名〔夜游湖〕。北曲属【双调】，套数用，散套中可作首牌。五句三韵：七、七、四、四、七，共二十九字。第三、四句对仗。

［12］慌急列：慌慌张张。急列，语助词。

［13］扶策：扶持。持，策音之转。

［14］〔挂玉钩〕：曲牌名，又名〔挂搭钩〕〔挂搭沽〕，属北曲【双调】。定格为七、五、七、五、三、三、四、四，共八句。前四句为扇对，两个三字句及两个四字句亦多作对偶。用于套曲。

［15］贪慌处：慌忙时。

［16］〔沽美酒〕：曲牌名，一名〔琼林宴〕，属北曲【双调】。据清·周祥钰《九宫大成谱》，其字数定格及韵式为五句五韵：五、五、七、四、六。一般与【双调·太平令】曲牌联用。小令则需与〔太平令〕或〔快活年〕合作带过曲。曲调高远苍凉，节奏急促有力，多用唢呐或海笛伴唱。中国自古就有“歌哭”的传统，特别是在女性中。传说人物孟姜女就以善哭著称于世。因为在民间，人们有“哭能通神”的俗信，又有在亲人死后呼喊“招魂”的传统。这首曲和下边的〔太平令〕曲可以看作是这样的歌哭、招魂习俗相结合的舞台表演。而整个剧作的构思，又建立在“梦兆”这一民间俗信的基础上。从这个意义上看，元杂剧，特别是关汉卿的剧作，实在是宋元时代民间风俗的一个宝库，是我们研究民俗文化取之不尽、用之不竭的资料库。

［17］打拍：打起。

［18］没乱把地皮掴（guāi 音乖）：急忙把地皮拍打。没乱，急。掴，用巴掌打。

［19］〔太平令〕：曲牌名，北曲属【双调】，亦入【正宫】。八句八韵：七、七、七、七、二、二、二、七。一般接在【双调·沽美酒】曲牌之后。可用于【双调】套曲内，也可用作小令。明清传奇用此曲时，往往略加变化。曲调雄壮，节奏急促，以唢呐或海笛伴唱。

［20］自敦自摔：独自顿足打手。这里是说王母悲痛欲绝时呼天抢地、摔跌倒地之状。敦，同“蹾”，指以脚用力踏地。

［21］不宁不耐：不能忍耐。

［22］坐七修斋：旧时风俗，对新死亡人，每隔七天要祭奠一次，共祭七次始完，叫坐七修斋。

［23］〔殿前欢〕：曲牌名，又名〔小妇孩儿〕〔风将雏〕〔凤引雏〕〔燕引雏〕。属【双调】，套数、小令兼用。九句八韵：三、七、七、四、五、三、五、四、四，共四十二字。末二句一般对仗，也可以作回文。不少作品在第六句增加两个衬字，使第五、六、七三句成为五言鼎足对。

［24］鬼使神差：好像暗中有鬼神支配着一样，比喻事出意外或行动不由自主，也作“神差鬼使”。使、差，派遣、指使。

［25］老实的终须在：指忠厚老实的人最终有好的结局。

［26］龙袖娇民：指京城中住的百姓。龙袖指京城，住在京城的百姓可以享受很多特殊待遇，故称“娇民”。

［27］九重天：相传天有九重。“九重天”是数量词，九重天中的九字，只是因为它是数字单数中最大的，所以有“极限”之意。九重天是指天有极多极多重。

［28］〔鸳鸯煞〕：曲牌名，属北曲【双调】，用于套数尾牌。九句七韵：七、七、四、四、六、四、七、四、七。第一、二句，第三、四句对仗；第五句以“唱道”或“畅道”字样起首为定格；第七、八两句或并为七字一句。可与〔离亭宴煞〕合用组成带过曲。

[29] 迷魂寨：令敌人迷失本性不辨方向的营寨。

[30] 三公：秦朝地位最尊显的三个官职的合称。秦朝以后多为虚职，地位略低于宰相。周代已有此词，西汉今文经学家据《尚书大传》《礼记》等书以为三公指司马、司徒、司空。古文经学家则据《周礼》以太师、太傅、太保为三公。

[31] 唱道：一作“畅道”，真是、正是。

[32] 大古里彩：非常幸运。

[33] 勘：推究、审问。

钱大尹智勘绯衣梦

《钱大尹智勘绯衣梦》或作《钱大尹鬼报绯衣梦》，或称《王闰香夜闹四春园》，简称《绯衣梦》《四春园》。有明·王骥德《古杂剧》本、赵琦美《脉望馆钞校本古今杂剧》本和陈与郊《古名家杂剧》本等。本事见《林招得三负心》。据钱南扬辑《宋元戏文辑佚》考证，林招得并无负心事，“三负心”三字当是衍文。此事不见记载，仅唱本有《林招得孝义歌》：“陈州林百万子招得，与黄氏女玉英指腹为婚。林氏屡遭大故，家中落，招得以卖水度日。黄父遂逼林氏退婚。玉英知之，约招得夜至园，欲以财物相赠……”其后情节为林招得在酷刑之下，无奈只得招认莫须有的罪名，被判死罪。所幸后来包拯巡按来到陈州，使林招得沉冤昭雪。其后林招得中状元，与黄玉英团圆。《风月锦囊·奇妙全家锦囊续编林招得黄莺记》收录无名氏南戏《林招得黄莺记》残曲，与《林招得三负心》等略有差异，加入林招得写下休书后，一日外出，所携黄莺飞入黄家四春园内的情节。恰巧黄闰香在花园散步，看见地下遗有自己所做鞋履，此为林招得追捕黄莺时所留。后两人相约花园，其后情节类前。之后，又据《林招得黄莺记》改编为《卖水记》。据《古典戏曲存目汇考》卷十三《卖水记》按：“此剧曾见鼓词：李彦贵街头卖水，为岳家所屈，桂英赠银，因陷冤狱。处斩之日，生祭其夫。此故事，或改为孙继高，或改为陈英，而轮廓仍旧。”

此故事流传至元代，出于对吏治黑暗的讽刺与清正廉明官员的期许而渐趋“公案化”，经关汉卿改编，增设府尹钱可一角。据《清平山堂话本》中的《简帖和尚》记叙：钱大尹出身高贵，“他是两浙钱王子，吴越国王孙”，“出则壮士携带鞭，入则佳人捧臂；世世靴踪不断，子孙出入金门”。《绯衣梦》讲述了开封府钱大尹为李庆安平反的故事。钱大尹原名钱勰（xié 音斜），虽有此人，但事无可考。剧中的开封府府尹钱可在初次见到李庆安的时候就敏锐地察觉到他“不似杀人之徒”，后因苍蝇数次抱定笔头，察觉事有蹊跷，于是将他关入狱神庙中窃听其“寝语”。经过小心求证及调查，府尹钱可最终抓获真凶裴炎，且令王闰香为王、李两家讲和，其人情练达可见一斑。剧写王闰香与李庆安指腹为婚，李家穷困后，王父悔婚。但王闰香不忘李庆安，与庆安约定夜晚派丫鬟梅香送其金银，以此为聘迎娶自己。窃贼裴炎杀死梅香，庆安被疑为凶手送官治罪。钱大尹欲判斩字时，笔端被苍蝇抱住。他知此事有冤，其后查明真相，为庆安平反，使与闰香成婚。此剧以曲折、动人的情节取胜。戏曲情节环环紧扣，互为因果：因悔婚而约会，因约会而蒙冤，因蒙冤而复审，因复审而明冤，因明冤而团圆。其中又有许多小的戏曲波澜，引人入胜。

该剧是关汉卿杂剧中一个比较纯粹的公案戏。《绯衣梦》的情节、叙事体现了处于黑暗吏治之下民众对“公平正义”的向往，并蕴含着中国传统的“天人感应”“万物有灵”“善恶有报”等观念。尤其是关于“嫌贫爱富”“善恶有报”的叙事，以及为民众津津乐道的“苍蝇抱笔”“寝语断案”等灵异情节，更是作为一种“道德力量”左右着人们的生活，也符合中国百姓因果善报的愿望。

该剧为历代艺术家所垂青，对其进行了各不相同的改造与重构，以至与《窦娥冤》《望江亭》一样，一直活跃在舞台上且流传至今。流传于近世地方戏舞台上的《苍蝇救命》(一名《血手印》)、《卖黄莺》等剧，很可能大致保留了《绯衣梦》的关目。有多种地方戏对《绯衣梦》进行了改编演出，汉剧、湘剧、滇剧、徽剧、晋剧、秦腔、豫剧、河北梆子、评剧、越剧等，皆有同类题材剧目。如川剧有《乔子口》(又名《卖黄莺》)；梆子系统各剧种多有此剧目，更名为《火焰驹》；豫剧名旦常香玉演出的陈宪章整理本《大祭桩》，即是此剧的一个片段。1997年，中央新闻纪录电影制片厂摄制的由河南新乡豫剧团演出的《大祭桩》，即是根据传统剧目《火焰驹》及常香玉演出本《大祭桩》改编而成。

第一折

（冲末[1]扮王员外同嬷嬷[2]上）万事分已定，浮生空自忙[3]。小可是汴梁[4]人氏，姓王，因有几文钱，人顺口都叫我做半州[5]王员外。在城[6]有个李十万，俺两家指腹成亲[7]。后来我家生了个女儿，唤做闰香，今年十七岁也。他家得了个小厮[8]，唤做庆安，他如今穷了也。嬷嬷，你将这十两银子，一双鞋儿，往李家悔亲[9]去，着庆安穿上这鞋，踏断了线[10]，就悔了亲事，疾去早来。（同下）

（穷李老上）月过十五光明少，人过中年万事休[11]。老汉汴京人氏，李十万是也。我如今穷乏了。我有个孩儿是李庆安，曾与王员外指腹成亲。孩儿上学去了，看有甚么人来。（嬷嬷上）来到了也，我自过去。（见科）（李老）亲家那里去来？（嬷嬷）俺员外言语[12]，着我来悔这门亲事。与你十两银子，一双鞋儿，踏断了线脚儿，便罢了这亲事。我回去也。（下）（李老）天也！欺负杀俺穷汉也！（小末上）自家李庆安。俺家与王员外家女孩儿指腹成亲来，见俺穷乏了，要悔了亲事，也不打紧。上学去来，众学生笑我无个风筝放，见我父亲去咱。（见科）父亲，你为甚么烦恼？（李老）王员外家送十两银子、一双鞋儿，要悔了这亲事哩。（小末）亲事打甚么紧[13]，父亲将鞋来，与我二百文钱，买个风筝耍子。（李老）与你二百文钱，疾去早来。（同下）

（小末上）我买了个风筝，放起去，落在这人家梧桐树上。我脱下这鞋儿来，上这树去取这风筝咱。（正旦引梅香[14]上）妾身王闰香，时遇秋天气候，咱去后花园中闲散心咱，是好景致也呵！（正旦唱）

【仙吕·点绛唇】天淡云闲，几行征雁[15]，秋将晚。衰柳凋残，飞绵[16]后开青眼。

【混江龙】玉芙蓉相间[17]，战西风疏竹两三竿[18]。一年四季，每岁循环。守紫塞[19]征夫嫌夜永[20]，倚亭轩[21]思妇怯衣单。

消宝串[22]，冷沉檀[23]，珠帘簌[24]，玉钩弯，纱窗静，绿闺闲，身独自倚雕阑[25]，看池塘中荷擎减翠[26]，树梢头梨叶添颜。

（梅香）姐姐，你这般打扮，却是为何？（正旦唱）

【油葫芦】疑怪这老嬷嬷今朝将箱柜来番[27]，把衣服全套儿拣，换上这大红罗裙子绣鞋儿弯，拣的那大黄菊帔子[28]时时来按，拣的那玉簪花直缠学宫扮[29]，则今番临绣床[30]，有些儿不耐烦。则我这睡起来云髻儿觉偏亸[31]，插不定秋色玉钗环。

【天下乐】想起那指腹成亲李庆安，（梅香）说那穷厮做甚么？（旦）你也嫌他？咱人这家寒，休将人取次[32]看。今日个穷暴[33]了也是无奈间。俺那是王半州，他敢是李十万？偏怎生一家儿穷暴汉？

（云）梅香，那树底下不是一双鞋儿？你取来我看咱！（梅取科）我取将这鞋儿，姐姐你看咱。（旦看云）这鞋不是我做与李庆安的？树下不是人影儿？（梅）树上是个人。（旦）你唤他下树来。（梅）兀那小的，你下来。（小末）还我鞋儿来。（梅）我与你鞋，你下树来。（小末下，见旦科）姐姐祗揖[34]。（旦）万福[35]。一个好俊秀小的也！（小末）我还不曾洗脸哩！（旦）兀那小的，你是谁家？（小末）我是叫化李家。（旦）你是那个叫化李家？（小末）俺父亲比前[36]是李十万，如今无了钱，人叫做李叫化。（旦）你认的指腹成亲的王闰香么？（小末）我不认的。（旦）我便是。（小末）你是，可怎的？（旦）那小的到羞我，你怎不来娶我？（小末）我家无钱。（旦）你休说这般话。（唱）

【后庭花】你道是无钱财人小看，则俺这富豪家人见罕。富贵天之数，兴衰有往还，穷汉每得身安。则你这前程休怠慢[37]，难将你小觑看。天着咱相会间，将你来厮顾盼。我觑了你面颜，休忧愁染病患。

【青哥儿】我和你难凭[38]鱼雁[39]，我每日价枕冷衾寒[40]，则俺这宿世[41]姻缘休等闲。我收拾一包袱金银财物，今晚着梅香送出来，你倒换过，做你的财礼，下来娶我。（小末）我到多早晚[42]来？（旦）直等的夜静更阑[43]，人离雕栏，柳影花间。（小末）我回去也。（旦）且住，我则怕别时容易见时难[44]，则将这佳期来盼。

（小末）今夜晚间在那些儿[45]相等？（旦）你则在太湖石[46]边等候着，早些儿来。（唱）

【赚煞】你可也莫因循[47]，早些儿休迟慢。天色直然交晚[48]，倚着那梧桐树睁睁凝望眼，休迷了曲槛雕栏。那其间，墙里萧然，墙外无人厮顾盼，赴佳期早些儿动惮[49]。你休要呆心[50]不惯，休着我倚着太湖石身化望夫山[51]。（同下）

---

［1］ 冲末：元杂剧角色名，又称二末。末，剧中男角，犹京剧中的“生”。

［2］ 嬷嬷（mó mo 音磨磨轻声）：母亲的俗称或女性老管家。这里指后义。

［3］ “万事”二句：指人的命运早已注定，人们不过空忙一场。分，福分，指命运。浮生，人生。

［4］ 汴梁：古地名，今河南省开封市。战国时为魏都大梁，简称梁。隋唐改置汴州，简称汴。五代梁、晋、汉、周及北宋皆建都于此，金元以后合称汴梁。

［5］ 半州：称大财主。夸耀其财富有一州之半，故云。

［6］ 在城：本城。

［7］ 指腹成亲：孩子尚未出生，在母腹中即由双方家长订立婚约。

［8］ 小厮：男孩儿。

［9］ 悔亲：反悔而废弃婚约。

［10］ 踏断了线：谓踏断线头，比喻断绝关系和来往。中国婚恋强调“线”，有所谓“千里姻缘一线牵”“月下老人手里的红丝线”等说法。踏断了线，象征断了姻缘。

［11］ “月过”二句：有时加上“儿孙自有儿孙福，莫为儿孙作远忧”两句，是中等

家业者的上场诗，在元杂剧中通用。

[12] 言语：此为命令、指示。

[13] 打甚么紧：不要紧、不打紧。

[14] 梅香：婢女，因婢女多名为“梅香”，后便用“梅香”代称婢女。“梅香”近代汉语已见，如唐 · 崔日用《奉和人日重宴大明宫恩赐彩缕人胜应制》：“曲池苔色冰前液，上苑梅香雪里娇。”“梅香”义为“梅花香气”。后产生新义，有“婢女”义。

[15] 征雁：迁徙的雁，多指秋天南飞的雁。唐 · 李涉《送魏简能东游》诗其二：“燕市悲歌又送君，目随征雁过寒云。”

[16] 飞绵：指柳絮。宋 · 周邦彦《蝶恋花 · 柳》：“蠢蠢黄金初脱后。暖日飞绵，取次黏窗牖。”

[17] 相间（jiàn 音剑）：隔断。

[18] 竿：同“株”。

[19] 紫塞（sài 音赛）：指长城，此泛指北方边塞。晋 · 崔豹《古今注 · 都邑》：“秦筑长城，土色皆紫。汉塞亦然，故称紫塞焉。”

[20] 永：长。

[21] 亭轩：亭前窗下。亭，有顶无墙，供休息的建筑物。轩，有窗槛的长廊或小屋。

[22] 宝串：亦作“宝篆”，是古人焚香的美称。形容沉香焚时烟如篆状，如古老篆体字一般消散在空中，好似龙凤舞动。将“香”的形状比作“宝篆”，形、神、意恰到好处。宋代著名诗人黄庭坚，从对沉香的痴迷中感悟出《香之十德》：“感格鬼神，清净身心，能拂污秽，能觉睡眠，静中成友，尘里偷闲，多而不厌，寡而为足，久藏不朽，常用无碍。”道出了沉香朴实而高贵的品质，由此可见“宝篆”与“沉香”的不解之缘。

[23] 沉檀：沉香木和檀香木。二者均为香木。

[24] 簌：这里是下垂的意思。

[25] 雕阑：雕花彩饰的栏杆。南唐 · 李煜《虞美人》词：“雕阑玉砌应犹在，只是朱颜改。”阑，同“栏”。

[26] 荷擎减翠：荷叶的翠绿色已经开始消退。宋 · 苏轼《赠刘景文》诗：“荷尽已无擎雨盖，菊残犹有傲霜枝。”荷擎，荷叶。擎，托、举。

[27] 番：同“翻”。

[28] 帔（pèi 音配）子：古代披在肩背上的服饰，妇女用的帔绣着各种花纹。

[29] 宫扮：亦作“宫妆”，宫廷中的装束打扮。

[30] 绣床：刺绣时所用的架子。

[31] 亸（duǒ 音躲）：下垂的样子。

[32] 取次：任意、随便。

[33] 穷暴：亦作“穷薄”，穷困、贫寒。

[34] 祗揖（zhī yī 音支衣）：见面时向对方行肃拜之礼。宋・王谠（dǎng 音党）《唐语林・补遗四》：“凡入门至食，凡数揖。祗揖者，古之肃拜也。”祗，恭敬。揖，拱手行礼。

[35] 万福：古代妇女相见行礼，多口称“万福”，后因以指妇女行的敬礼。行礼时，两手松松抱拳，重叠在胸前右下侧上下移动，同时略做鞠躬的姿势。宋・罗大经《鹤林玉露》卷五：“（陆象山家）每晨兴，家长率众子弟致恭于祖祢（nǐ 音你，亡父入庙称祢）祠堂，聚揖于厅，妇女道万福于堂。”

[36] 比前：以前。

[37] 怠慢：轻忽、不放在心上。

[38] 难凭：不可凭信。宋・周密《玉漏迟・题吴梦窗〈霜花腴（yú 音于）词集〉》词：“雨窗短梦难凭，是几番宫商，几番吟啸！”

[39] 鱼雁：书信，又指传书之人。

[40] 枕冷衾寒：枕头冷凉，被窝不温，形容孤眠独处的寂寞清冷。

[41] 宿世：前世、前生。

[42] 多早晚：什么时候。

[43] 更阑：更深夜尽。阑，将尽。

[44] 别时容易见时难：告别是容易的，相见就难了。出自南唐・李煜《浪淘沙》词：“独自莫凭栏，无限江山，别时容易见时难。流水落花春去也，天上人间。”

[45] 那些儿：哪里。

[46] 太湖石：江苏太湖产的石头，多窟窿和皱纹，园林中用以叠造假山，点缀庭院。宋・杜绾（wǎn 音挽）《云林石谱・太湖石》：“平江府太湖石，产洞庭水中。性坚而润，有嵌空穿眼宛转崄（xiǎn 音险）怪势……其质文理纵横，笼络隐起，于石面遍多坳坎。盖风浪冲激而成，谓之弹子窝。”

[47] 因循：迟延、拖延。

[48] 天色直然交晚：当天到晚上的时候。直，当的意思。然，语尾助词，无义。

[49] 动惮：同“动弹”，动身、行动。惮，用同“弹”。

[50] 呆心：痴心。

[51] 望夫山：古迹名。各地多有。其最著名者有辽宁省兴城市西南的望夫山，相传为秦时孟姜女望夫之处，上有孟姜女庙。其他如安徽省当涂县西北（见《嘉庆一统志》卷一二〇）、江西省德安县西北（见《水经注》卷三十五）、山西省黎城县西北（见《水经注》卷十）等都有望夫山。历代传说，古时远行人妇盼夫早归而登山化石，遂名山为望夫山。后作赞咏思妇的典故。唐・李白《别内赴征三首》其一：“白玉高楼看不见，相思须上望夫山。”

第二折

（王员外上）自从悔了李家亲事，心中甚是欢喜。今日在典解库[1]中闲坐，看有甚么人来。（邦老[2]上）两只脚穿房入户，一双手偷东摸西。某裴炎的便是。一生好打家截舍[3]，这两日无买卖，将这件衣服去王员外家当些钱钞去来。早来到也。员外，这件衣服当些钱钞。（员外）旧衣服要做甚么？（邦老）好也要当，歹也要当。（员外）你旧景泼皮，歇着案里[4]，你快去！（邦老）这厮无礼，怎生说我旧景泼皮，我今夜晚间把他一家儿都杀了。（下）（员外）着他恼了我这一场，无甚事，且回后堂中去来。（下）

（邦老上）天色将晚也，来到这后花园中太湖石畔等着，看有甚么人来。（梅香上）自家梅香的便是。俺姐姐着我将这一包袱金珠财宝来到后花园中，庆安这早晚不见来了。（邦老杀梅香科）（邦老云）得了这一包袱金珠财宝，还我家去来。（下）

（小末上）自家李庆安的便是。来到后花园，我跳过墙，来到这太湖石边。梅香，赤赤[5]，是甚么东西，绊了我一交？我试看咱。（做看科）原来是梅香，你起来！怎么湿挡挡[6]的？有些月色，我试看则。两手鲜血，不知甚么人杀了梅香。这事不中，我跳过墙来，我走，还家去者。（慌下）

（正旦上）这妮子好不干事[7]也！那早晚去了，这早晚不见来，着我忧心也呵！（唱）

【南吕·一枝花】去时节黄昏灯影中，看看的定夜钟声后。本欲图两处喜，到番做[8]满怀忧，心绪浇油。足趔趄[9]家前后，身倒偃门左右。觉一阵地惨天愁，遍体上寒毛抖搜[10]。

【梁州】簌簌的[11]肉如钩搭，依依的发似人揪。本待要铺谋定计[12]，风也不教透，送的我有家难奔，有事难收，脚根不定，眉黛蒙愁。身倚遍谋事溜裘[13]，一片心搜寻遍四大神洲[14]。这奴才不中用，那里去了？俺本是一对儿未成就交颈的鸳鸯[15]，做了那嘴古楞[16]误事的禽兽，闪的我嘴碌都似跌了弹的斑鸠[17]。待休，事头，昏天地黑谁敢向这花园走，我从来有些怯候[18]，为那吃创的梅香无去就[19]。到如今泼水难收[20]。

我来到后花园中，兀的不是风筝儿那！（唱）

【四块玉】风筝儿为记号，依然有，俺两个相约在梧桐树边头。崄[21]不倒了我那！则我这绣鞋儿滑呵，可莫不错躧[22]着青苔[23]溜。泥污了底尖，红染了罗裤口，血浸湿我那袜头。

（旦）我道是谁，原来是梅香。这丫头兀的不吃酒来，我试叫他，梅香！（做着手摸科）这妮子可不吃酒来，吐了也，摸了我两手。趁着这朦胧月色，我试看咱。（做慌科）呀呀！兀的不做下了也！不中，我索唤嬷嬷咱。（做叫科）（嬷嬷上）姐姐，你叫我做甚么？（旦）您孩儿不瞒嬷嬷说，您女儿在后花园中见庆安来，我道："庆安，你怎生不来娶我？"他道："我无钱。"您孩儿道："今夜晚间收拾一包金珠财宝，着梅香送与你，倒换过做财礼来娶我，你只在太湖石边等着。"不知是甚么人，将梅香杀了。（嬷嬷）这个不是别人，就是李庆安杀了。（旦）嬷嬷，敢不是庆安？（嬷嬷）不是庆安，却是谁那？（旦唱）

【骂玉郎】这的也难同殴打相争斗，人命事怎干休？绷扒吊拷[24]难禁受，可若是取了招，审了囚，可着谁人救？
【感皇恩】他本是措大[25]儒流，少不的号令街头。不肯盼志公楼，春榜动，划的等深秋[26]。你则为鸾交凤友[27]，燕侣莺俦[28]，则被俺毒害娘，分缱绻，折绸缪[29]。
【采茶歌】往常为不成就，今日也祸临头，一重愁番做两重愁。父母公婆计怨仇，则这冤冤相报[30]几时休？

（嬷嬷拾刀子科，云）这件事不敢隐讳，须索报与老员外知道。（做报科）员外！员外！（员外上）嬷嬷，这早晚[31]叫我，有甚事？（嬷嬷）不知甚么人杀了梅香也。（员外）有甚么难见处，不是别人，就是李庆安。他见悔了亲事，便杀了我家梅香。嬷嬷，你拿着刀子，我踏着脚踪儿，直到他家打探一遭去。（旦）嬷嬷，则怕不是李庆安。（嬷嬷）不是他是谁？（旦）嬷嬷，你看这刀。（唱）

【尾声】[32]割到有三千性命刀一口，量一个十四五的孩儿，他怎做的这一手。好家缘似铜斗，他家私怎穷究[33]，咱家私要的有。止不过伤了些浮财，损了些躯口[34]，则不如打灭[35]这场官司免迤逗[36]。和父亲细谋，别寻个事头，常是庆安无话说[37]，久后拿住杀人贼呵，我则怕屈杀了平人枉出丑。（旦下）

（员外）嬷嬷，你将着刀子，跟着我直至李庆安家，访问一遭去。（同下）

（穷李老上）庆安上学来家，吃了饭不知那里去了。我关上这门，这早晚敢待来也。（小末慌上）来到这门首，父亲开门！（李老）孩儿，你慌怎么？（小末）不瞒父亲说，我日间放风筝，抓在梧桐树上。我跳过墙去取风筝，不想正是王员外家花园，正撞见王闰香小姐，便问您孩儿道："你为何不来娶我？"我便道："我家穷了，无钱娶你，你父亲又悔了亲事。"他便道："你今夜晚间，来这花园中太湖石畔等着，我着梅香送一包袱金珠财宝与你，倒换过来取我。"不知是甚么人把梅香杀了，您孩儿去摸了两手血。孩儿不敢隐讳，对父亲说知。（李老）孩儿，你敢做下了[38]也。（小末）不干您孩儿事。（李老）不要大惊小怪，关上门歇息罢。（员外上）来到庆安门首也。嬷嬷，你看，正是他杀了梅香。门上两个血手印。庆安，开门来！（李老开门科）老员外有甚么事，这早晚到俺家里来。（员外）你家庆安做的好彀当[39]！见俺悔了亲事，今夜晚间把梅香杀了。（小末）我是个小孩儿，干我甚事？（员外）咱见官去来。（小末）天那！着谁人救我也？（同下）

[1] 典解（jiè 音介）库：亦作“解（jiè 音介）典铺”，当铺。金代立法：民间质典，月利不过三分，至倍而止。实际上重至五分、七分。官府设立的质典库，称为流泉务，月利一分。元代全国城镇中普遍设立解典库（铺），经营者多是权势之家，收典物品，按月计息，赎还时本息全付。解典的凭证称为解帖，写明典当的物件、所得钞两、每月利息等。各铺利息率不等，典当期限也不一致，多限一年赎回，过期下架，归解典库所有。元贞二年（1296 年）统一规定，二年不赎，许令下架，但实际施行中各地不一。

[2] 邦老：元剧呼强盗为“邦老”。宋元戏曲里扮演盗匪、凶徒等角色的俗称，元杂剧里一般由净扮演，有时也简作“邦”。

[3] 打家截舍：指到人家里或在路上抢夺财物。截，通“劫”。

[4] 旧景泼皮，歇着案里：多年的惯偷，在官府中有案可查。旧景泼皮，谓有过前科。歇，停息也，这里引申作记载、登记、保存。

[5] 赤赤：拟声词，打口哨的声音。元杂剧中常用作男女私会时的暗号，有时也作“赫赫赤赤”。

[6] 湿挝挝：黏糊糊、湿漉漉。

[7] 干事：能干。

[8] 到番做：反倒是。到，通“倒”。

[9] 趔趄（liè qie 音列且轻声）：指站立不稳，脚步踉跄。

[10] 寒毛抖搜：寒毛竖起的样子，形容恐惧。

[11] 簌簌的：肉痛难忍的样子。

[12] 铺谋定计：筹谋划策，想方设法。

[13] 谋事溜袅：指雕窗栏杆之类。

[14] 四大神洲：也作“四大部洲”。佛教谓在须弥山的四方咸海中有四大洲：南方赡部洲、东方胜身洲、西方牛货洲、北方俱卢洲。

[15] 鸳鸯：动物名，鸟纲雁形目，体小于鸭，栖息于池沼之上。雄曰鸳，雌曰鸯。雄者羽毛美丽，头有紫黑色羽冠，翼之上部黄褐色，雌者全体苍褐色。因鸳鸯常偶居不离，故以鸳鸯比喻夫妇。

[16] 嘴古楞：嘴鼓起的样子，表示烦言絮语的意思。

[17] 嘴碌都似跌了弹的斑鸠：就像中了弹的斑鸠一样，嘟噜着嘴。嘴碌都，又作“嘴卢都”，鼓着嘴，形容生气的样子。

[18] 怯候：胆怯的征候，是一种虚病。此处指胆怯。

[19] 无去就：没有行止，不知礼度。这里指不会办事。去就，法度、措施。

[20] 泼水难收：相传汉代朱买臣因家贫，其妻离去；后买臣富贵，妻又求合。买臣取水泼洒于地，令妻收回即可复婚，以示夫妻既已离异就不能再合。后用以比

喻不可挽回的局面。

［21］ 崄：古同“险”，几乎。

［22］ 躧（xǐ 音喜）：踩、踏。这里是一踩一滑的意思。

［23］ 青苔：阴湿地方生长的绿色苔藓。

［24］ 绷扒吊拷：古时酷刑。绷扒，亦作绷爬、棚扒、门扒、拼扒、棚琶，剥去衣服，用绳捆起来，使其趴在地上。吊拷，把人吊起来拷打。

［25］ 措大：“醋袋”的音讹，唐代以来俗语词，特指书生。宋 · 计有功《唐诗纪事》：“宣宗尝谓侍臣曰：‘崔铉真贵人，裴休真措大。’”王伯良说：“措大，调侃秀才。”

［26］ “不肯盼”三句：意为没有去参加科举考试，却反而杀人犯罪。志公楼，即“至公楼”，指考场。志，通“至”。春榜动，即开选场，古代科举考试多在春天，故云。毛西河《西厢记》注云：“刘虚白诗：‘犹着麻衣待至公。’唐宋试士处俱有此名。”刬（chǎn 音产）的，亦作“刬地”，怎的。深秋，谓犯了大罪，该受到严厉制裁了。古代行刑多在秋天。周时以秋官掌刑法，后来称刑部官为秋卿。

［27］ 鸾交凤友：比喻优秀人物交友或才子佳人结为夫妻。

［28］ 燕侣莺俦：比喻年轻的女伴，也比喻相爱的青年男女。

［29］ 分缱绻（qiǎn quǎn 音浅犬）、折绸缪：将恩爱的情侣分开。缱绻、绸缪，均为形容男女恩爱缠绵的感情。分、折都是分开、拆散的意思。

［30］ 冤冤相报：佛家语，认为冤仇总会有报应。也指仇人互相报复。

［31］ 这早晚：这时候、这会儿。

［32］ 〔尾声〕：也称〔尾〕〔收尾〕〔余文〕〔结音〕，曲牌名。戏曲、散曲及诸宫调、唱赚的大多数套曲中最末一曲的泛称。北曲【黄钟宫】【中吕宫】【商调】【越调】等宫调中有以〔尾声〕为名的曲牌。属【黄钟宫】者三句三韵：七、七、七；属【中吕宫】者四句三韵：五、五、七、七；属【南吕宫】者六句六韵：七、七、七、二、二、七，第三句起可增对偶的三字句和四字句若干组；属【般涉调】者四句三韵：三、三、七、七；属【越调】者四句三韵：七、六、五、五；属【小石调】者四句三韵：七、七、五、五。字数大致相同。另有些曲牌专作尾声之用，如〔随煞〕〔赚煞〕〔煞尾〕等。

［33］ 穷究：追问、讨个究竟的意思。

［34］ 躯口：犹言“驱口”，旧时蒙古、色目人称奴婢之词。元 · 陶宗仪《南村辍耕录》卷十七“奴婢”条云：“今蒙古、色目人之臧获，男曰奴，女曰婢，总曰驱口。”

［35］ 打灭：掩盖、消除。

［36］ 迤（tuō 音拖）逗：本义为挑逗、勾引，这里引申为牵连、纠缠、麻烦的意思。

［37］ “常是”句：意为倘若凶手是庆安，那就没的可说了。常是，应作“倘是”，

“常”“倘”声近而误；也作“畅好是”，真正是的意思。

[38] 做下了：闯下祸的意思。

[39] 彀（gòu 音够）当：同“勾当”。事情，多指坏事情。

第三折

（孤引从人上）诵《诗》知国政，讲《易》[1]见天心。笔提[2]忠孝子，剑斩不平人。老夫姓钱名可，字可可，累任为官，今升开封府府尹之职。为因老夫满面虬须，貌类色目[3]人，满朝人皆呼老夫为波斯[4]钱大尹。我平日正直公平，节操坚刚，剖决如流[5]，并无冤枉。今日升厅，当该司吏有甚么合佥押[6]的文书、决断的重事，带上厅来。

（令史做送文书科）（孤）这一宗是甚么文卷？（令史）是在城人李庆安杀了王员外家梅香，招状是实，只等大人判个斩字。（孤）那待报[7]囚人有么？与我拿上厅来。（小末带枷，李老随上）（李老）孩儿，新官下马，如之奈何？（小末）父亲，你看那蜘蛛网里打住一个苍蝇，父亲你救了他！（李老）孩儿，你的性命顾不得，管他怎么？（小末）依着我，救了他。（李老救科）依着你救了。（小末）苍蝇，我救了你非灾[8]，有谁救我横祸[9]？（令史）拿过来。（张千）令史，这小厮便是杀人的？（令史）这个便是。（孤）一个小孩儿，怎生杀得人，其中必有冤枉。李庆安，是你杀了他家梅香？有甚么不尽词，说来老夫与你做主。（小末）大人可怜见，叫我说些甚么？（孤）既无词因[10]，令史，他有行凶的刀仗[11]么？（令史）有这把刀子。（孤）将来我看。（令史做与刀科）这个便是。（孤看科）这小厮如何拿得偌大一把刀子？这刀子是个屠户使的，其中必有暗昧[12]。（令史）前官问定的，大人判个斩字，便去典刑[13]。（孤）既前官问定，将笔来，我判斩字。（孤做判字科，云）一个苍蝇抱住笔尖，令史赶了！（令史做赶科）（孤又判科，云）可怎生又一个苍蝇抱定笔尖儿，令史与我赶了！（令史做赶科）（孤又判科，云）你看这个苍蝇两次三番落在这笔尖儿上，令史，与我拿住。（令史做拿苍蝇科）（孤）装在笔管内，将纸塞了。（令史做装科，孤又判科，爆破笔管科）（孤）我本是依条定罪钱大尹，又不是舞文弄法汉萧曹[14]。两次三番判斩字，苍蝇爆破紫霞毫[15]。这小的必然冤枉。令史，将这小的枷开了，教他去狱神庙[16]里歇息，着一陌[17]黄钱，狱神庙里祈祷，烧了纸钱，拽上庙门，你将着纸笔，听那小厮睡中说的言语，都与我写来。（令史）理会的。（做开枷科，云）我将这厮收在狱神庙里，将着这纸笔，听他说甚么。

（小末见李科）（李老）孩儿为甚么开了枷？（小末）可是那苍蝇救了我。（李老）盖个苍蝇菩萨庙儿。（小末睡科，作寝语云）非衣两把火，杀人贼是我。赶的无处藏，走在井底躲。（令史做写科，见孤科，云）大人通神！那小厮睡中说的言语，我都写来了。（孤）令史你读，有了杀人贼就拿住。（令史念云）非衣两把火，杀人贼是我。（孤）原来是你杀了人，张千，与我拿下去！（张千做拿科）（令史）大人，是那小厮梦中说的言语。（孤）将来我看咱。（孤念云）非衣两把火，杀人贼是我。（令史做拿孤科）（孤）你怎的？（令史）大人恰才也这等来。（孤云）赶的无处藏，走在井底躲。哦！这杀人贼在这四句诗里面。我再看咱："非衣两把火。"（孤作意[18]计云）这贼人只在这头一句诗里面，非字在上，衣字在下，不是个"裴"字？两把火，上下两个火字，不是个"炎"字？这贼人不姓炎名裴，必姓裴名炎。看第二句"杀人贼是我"，正是前面这个人。看第三句"赶的无处藏"，是拿的那厮慌了。看第四句"走在井底躲"，莫不是这杀人贼赶的慌了，投井而死？莫非不是这等说？这城中街巷桥梁，果必有按着个"井"字[19]，则除是窦鉴城隍使知道。与我唤将窦鉴来者！

（窦鉴引魔眼鬼上）某姓窦名鉴，见任城隍使。这个兄弟是张千，为他能干事，人唤他做魔眼鬼，管的是桥梁街道风火贼情。钱大尹大人呼唤，不知有甚事，须索见咱。（做见科）大人呼唤，有何使用？（孤）你既管着风火贼盗，有李庆安人命公事，你怎生不捉拿？（窦）不曾领大人钧旨，未敢擅便。（孤）这城中街巷桥梁，有按着个"井"

字的么？（窦）大人，有个棋盘井底巷。（孤）窦鉴，你近前来，我分付与你李庆安这桩人命公事，与你行凶刀子。又有四句诗说的明白，那杀人贼不是炎裴，就是裴炎。你则去棋盘街井底巷寻拿杀人贼去，与你三日假限，拿将来有赏，拿不将来必然有罚。你听者，我平生心量最忠直，偏与国家作柱石，我若救负屈衔冤忠孝子，你手里要图财致命杀人贼。（同下）

（茶博士[20]上）自家茶博士，开了这茶坊[21]，看有甚么人来。（窦鉴同张千上）来到这棋盘井底巷茶坊前，看有甚么人来。茶博士，你替我唤茶三婆[22]来。（茶三婆上）来也！来也！好时也呵！船临汴水[23]休摇棹，马到夷门[24]懒赠鞭。看了大海休夸水，除了梁园[25]总是天。（唱）

【越调·斗鹌鹑】[26]俺这里锦片[27]似夷门，天宫般帝城，辏集[28]人烟，骈阗[29]市井，丰稔[30]时年，太平光景。你道是风光好，四海宁，休说那四百座军州[31]，不如这八十里汴京[32]。

【紫花儿序】[33]俺这里千军聚会，万国来朝，五马攒营[34]，则我这汤浇玉蕊[35]，茶点金橙[36]。对阁子提两个茶瓶，凉蜜水搭着味转增，南阁子里啜盏会钱[37]，东阁子里卖煎敲冰[38]。

（三婆做见科，云）我道是谁，原来是司公[39]哥哥、魔眼鬼哥哥。二位哥哥，吃个甚么茶？（窦）造两个建汤[40]来。（三婆）造两个建汤来！（邦老上）卖狗肉，自家裴炎的便是。剩这一脚儿狗腿，送与那茶三婆去。兀那茶三婆，一脚狗肉卖不了的。（三婆）婆子无买卖。（邦老）我不管你，我回来便要钱，你可知道我性儿[41]！局子里扳了窗棂[42]，茶阁子里摔碎汤瓶，白日便见簸箕星[43]。我回去也。（下）（三婆）这厮定害[44]杀我也。（窦）茶三婆，你和谁人说话哩？（三婆）不曾说甚么，俺这里有个裴炎，好生方头不劣[45]。（唱）

【寨儿令】[46]那厮可便舒着腿脡[47]，扠着门桯[48]，精唇口[49]毁骂不住声。嘴脸天生，鬼恶人憎，寻歹斗[50]相争。他待要阁子里扳了窗棂，局子里摔破汤瓶。直双双眉剔竖[51]，古鲁鲁[52]眼圆睁，听，白日里便见簸箕星。

（窦）兄弟，你来，则除是这般、这般。（张千）理会的。（下）（张千扮货郎[53]挑担子上）看有甚么人来。（净旦扮裴妻上）我是裴炎的浑家，我拿着这把刀鞘儿，要配上一把刀子。兀那货郎担上一把刀子，我试看咱。（做看科）这刀子不是我的来？你如何偷我的！（三婆）茶坊里有司公哥哥，你告他去。（净旦见科）司公哥哥，这刀子是我家的，这汉子偷了我的。（窦）将来我看。（做看科）原来王员外家梅香是你杀了。（净旦）不干我事，我并不知道。（三婆唱）

【鬼三台】[54]则这是贼名姓，劝姐姐休争竞，把头梢自领[55]，赃仗忒分明，不索你折证[56]。小梅香死的忒没兴，李庆安崄些儿当重刑。第一来恶业相缠，第二来神天报应。

（窦）与我拿下去，你快招了者！（三婆唱）

【调笑令】[57]你可便悄声，察贼情。比及拿王矮虎，先缠住一丈青[58]。批头棍[59]大腿上十分的楞[60]。他不肯招承，到来日云阳闹市[61]中，杀么娘[62]七代先灵[63]。

（净旦）我招了者，是俺丈夫裴炎杀了王员外家梅香，图财致命来。（邦老上）问茶三婆讨我那狗肉钱去。（见净旦科）大嫂，你为甚么在这里？（净旦）我来认刀子，拿住我，招了也。（邦老）你既招了，没的话说，咱死去来。（窦）拿住贼汉见大人去来。（三婆唱）

【尾声】裴炎不可谁偿命，杀了这贼丑生呵天平地平。人性命怎干休，瓦罐儿须离不的井[64]。（下）

（窦）兄弟，咱押着这贼汉见大人去来。（同下）

---

［1］“诵《诗》”二句：诵读《诗经》可以了解如何治理国家政治，讲求《易经》能够推演天地变化、预测未来。《诗》《易》，指儒家经典《诗经》和《易经》。

［2］提：题，题写。

［3］色目：蒙古入主中国，把各民族依贵贱分为蒙古人、色目人、汉人和南人。色目人来自西域及中国西北各族。

［4］波斯：也作“波厮”，代指大胡子。波斯人多大胡子，故云。

［5］剖决如流：形容办事极为敏捷。剖决，分析解决。如流，如同流水一般，形容分析、解决问题明快、敏捷。

［6］合佥押的文书：应该签字画押的文件。合，应该。佥押，指在文书上签名画押表示负责，指官府处理公务。

［7］待报：谓已判处死刑，上报等待批准执行的囚犯。《元史·刑法志三》：“诸谋反事觉，捕治得实，行省不得擅行诛杀，结案待报。”

［8］非灾：意外的灾祸。

［9］横（hèng 音衡去声）祸：意外的灾祸。

［10］词因：当时办案术语，指对案件来龙去脉的阐述或补充言词。这里是“辩护词”的意思。

［11］刀仗：指作案的凶器。

［12］暗昧：昏暗、模糊不清，引申为隐情、冤情。

［13］典刑：依法处决，即处死之意。

［14］汉萧曹：指萧何与曹参（shēn 音申），是西汉著名的文官。萧何参与制定了西汉的许多律令，曹参忠实地执行这些律令，故成语有“萧规曹随”之说。

［15］霞毫：毛笔。

［16］狱神庙：狱神祠，是封建时代设在监狱里的一种庙堂或神案，它供奉的是所谓“狱神”，故而得名。罪犯刚押入狱中时，或判刑后起解赴刑前，都要祭一下狱神。一般明代以前“狱神”为皋陶（gāo yáo 音高摇），至清初则换了萧何，因此也叫萧王殿。

［17］一陌：一串纸钱，比喻微薄的钱数。“陌”原是“百”的借字，故将一串大约百文的纸钱称为“一陌”。

［18］作意：用心、专心致志。

［19］“果必”句：这城中街巷桥梁必有包含一个“井”字的地方。果必，果真。按，包含。

［20］茶博士：宋元时茶馆的老板或伙计。宋·孟元老《东京梦华录》卷之二《饮食果子》：“凡店内卖下酒厨子，谓之茶饭量酒博士。”

［21］茶坊：犹今茶馆。元代还把茶馆叫作茶房、茶肆、茶局子、茶铺儿。

［22］ 茶三婆：卖茶的妇女。

［23］ 汴水：河水名。发源于河南省，流入淮河，与江苏北部的运河相通。

［24］ 夷门：战国时魏国都城大梁（今河南开封）东门。《史记·魏公子列传》："魏有隐士曰侯嬴，年七十，家贫，为大梁夷门监者。"此指北宋京城汴京的城门。

［25］ 梁园：汉代梁孝王刘武所造之园林，即兔园，又叫梁苑。司马相如、枚乘等宾客皆曾延居园中。晋·葛洪《西京杂记》卷二："梁孝王好营宫室苑囿之乐，作曜华之宫，筑兔园。"梁园故址在今河南商丘东。杜甫《寄李十二白》诗："醉舞梁园夜，行歌泗水春。"

［26］【越调·斗鹌鹑】：【越调】，元曲宫调之一。元·周德清《中原音韵》："大凡声音，各应于律吕……【越调】陶写冷笑。"多用来抒情写意。《中原音韵》载【越调】所属曲牌三十五支。《九宫大成南北词宫谱》载，属【越调】的曲牌，北曲有四十五支。北曲【越调】联套的格式如"〔斗鹌鹑〕—〔紫花儿序〕—〔调笑令〕—〔秃厮儿〕—〔圣药王〕—〔麻郎儿〕—〔络丝娘〕—〔收尾〕"，较为常用。〔斗鹌鹑〕，曲牌名，调本【越调】，也入【中吕宫】，二者格律有小异。入【越调】者其格律为四、四、四、四、四、四、三、三、四、四，共十句五韵三十八字，但韵脚可增。前六句两两相对。

［27］ 锦片：一片锦绣，形容色彩鲜艳美丽。

［28］ 辏（còu 音凑）集：车辐凑集在毂（gǔ 音古）上，比喻人或物聚集一处。宋·周密《癸辛杂识·别集上·鱼苗》："江州等处水滨产鱼苗，地主至于夏，皆取之出售，以此为利，贩子辏集。"

［29］ 骈阗（pián tián 音便田）：也作骈填、骈田，连接成片的意思。东汉·刘桢《鲁都赋》："其园囿苑沼，骈田接连。"

［30］ 丰稔（rěn 音荏）：丰收。稔，庄稼成熟。

［31］ 军州：古行政区划的名称。

［32］ 汴京：今河南省开封市，是我国七大古都之一、首批历史文化名城，有二千七百多年的历史。

［33］〔紫花儿序〕：曲牌名，简称〔紫花儿〕。"紫"或简作"子"。属北曲【越调】。据清·周祥钰《九宫大成谱》，其字数定格及韵式为十句六韵：四、四、四、四、四、二、七、四、四、四。前三句作鼎足对，第四、五句，第九、十句对仗。套数次牌，承〔斗鹌鹑〕后。

［34］ 攒（cuán 音篡阳平）营：聚集到军营。

［35］ 玉蕊：指茶叶的嫩芽，最为名贵。这里是一种上等茶叶名。

［36］ 金橙：本是金黄色的橙，这里也指一种讲究的茶叶名。

［37］ 啜（chuò 音绰）盏会钱：喝茶付款。会钱，即付账。

［38］ 煎敲冰：用敲碎的冰块煮的茶水。煎，指熬煮开水。

［39］ 司公：对城隍使窦鉴的敬称。

［40］建汤：茶名，即建溪（今福建南平）茶。
［41］性儿：性子、脾气。
［42］窗棂（líng 音灵）：窗户上的格子。棂，栏杆或窗户上雕花的格子。
［43］“白日”句：是故意寻衅找事，专找倒霉鬼算账的意思。簸箕星，指簸箕形的指纹。迷信说法，指纹全是簸箕形的人运气不好。这里是说自己碰到倒霉鬼。
［44］定害：搅扰。
［45］方头不劣：或作“不劣方头”“方头不律”，逞心使性（贬义）或桀骜不驯之意。这里是泼皮无赖、十分厉害的意思。
［46］〔寨儿令〕：一名〔柳营曲〕〔古寨儿令〕，曲牌名。北曲属【越调】，散曲、小令专用。十二句十一韵：三、三、七、四、四、五、七、七、五、五、一、五。第一、二句，第四、五句，第七、八句，第九、十句对仗。北曲属【黄钟宫】，套数用。七句五韵：二、四、七、三、三、三、三。首二句作法多变，常用者为叠句式。叠句中间可加“也那”衬字，末二句或并作五字一句。
［47］腿脡（tǐng 音挺）：腿胫（腿肚子）。
［48］扠着门桯（tīng 音听）：两脚叉开在门槛上。门桯，即门槛，也叫门限。
［49］精唇口：满嘴。
［50］寻歹斗：寻衅与人找麻烦的意思。
［51］眉剔竖：眉毛挑起直竖貌。剔竖，也作“踢竖”，竖立。
［52］古鲁鲁：同“骨碌碌”，眼珠转动貌。
［53］货郎：旧时肩挑担子、手摇小鼓、沿街叫卖日常用品的小贩。
［54］〔鬼三台〕：又名〔三台印〕，曲牌名，属【越调】。王国维《宋元戏曲史》谓此调出自词牌。词牌中有〔三台〕〔伊州三台〕，但与曲牌异。《北词广正谱》正格为三、三、四、三、三、四、七、七、四、四，共十句八韵（韵可不拘）。
［55］把头梢自领：自己点头承认。头梢，原指头发，此处喻头绪、罪责。
［56］折证：对证。
［57］〔调笑令〕：曲牌名，又名〔含笑花〕，属【越调】。用于剧曲和散曲套数。七句：二、三、七、七、六、七、六。
［58］“比及”二句：比及，未及。王矮虎、一丈青，梁山泊一百零八名好汉中的夫妻，即矮脚虎王英与一丈青扈三娘。这里用王矮虎喻裴炎，以一丈青喻裴妻。
［59］批头棍：衙门里差役打人的木棍。批头亦作“劈头”，音义同。
［60］十分的楞：严刑拷打、绝不宽贷的意思。十分，谓狠狠。楞，刚狠、刚严。
［61］云阳闹市：云阳，古代刑场的代称。闹市，这里也是刑场之意，因古代行刑多在市肆人口集中的地方，以便收杀一儆百的效果。
［62］么（yāo 音腰）娘：也作“幺娘”，小娘。说话带“娘”字，犹今言“妈的”，乃俗人语病。元剧中常用为骂人的话或表惊异之词，有时起加强语气的作用。这里纯含辱骂意。杀么娘，就是“杀他妈的”。

[63] 七代先灵：七代祖先，泛指历代祖先。
[64] “瓦罐儿”句：宋元时成语，意思是说瓦罐打水，迟早要碰破。这里比喻惯盗裴炎犯罪累累，终逃不脱法律的制裁。

第四折

（孤引一行人上）老夫钱大尹，昨差窦鉴缉捕贼人，怎生不见来回话？（窦鉴、魔眼鬼押邦老上见孤科）大人，拿住杀人贼来，真个是裴炎。（孤）且下在牢中，把那一行人取出来者！（张千押邦老下）（一行人上跪科）（孤云）李庆安，有了杀人贼，开了枷，放你回去。（小末谢科，出门云）我出的这门来，父亲，有了杀人贼也，放我家去哩。（穷李老）蚤是[1]有了杀人贼，争些儿[2]偿了人命，我告他去。（做见孤科）大人可怜见，他告我孩儿是杀人贼，如今可不是我孩儿，告人死得死，大人做主咱。（孤）官不断和，你自家商量去。（李老）大人教俺取和，我决不饶他。（王员外上）既然亲家不肯和，叫闰香孩儿出来。（正旦上）父亲，唤您孩儿有何事？（王员外）李亲家要告我哩，你劝他一劝。（正旦云）不妨事。（旦唱）

【双调·新水令】往常我绣帏独坐洞房春，谁曾见这般推讯，罪人受十八层活地狱[3]，公人立七十二凶神。富汉入衙门，私事问不问？

（王员外）孩儿，如今有了杀人贼，李亲家说我妄告，他要告我哩，你快劝他去。（正旦唱）

【乔牌儿】终有四春园[4]结下恩，轻言语便随顺，把你那受过的疼痛都忘尽，分毫间不记恨。

（旦云）公公，饶了我父亲罢。（小末）父亲，饶了他罢。（李老）他当初不曾骂你？（小末）骂我，不曾骂你。（李老）他当初不曾打你？

（小末）打我，不曾打你。（李老云）我也强不过你，饶他罢了。（正旦唱）

【雁儿落】为儿夫心受窘，见老父言无信，辨贤达[5]尽孝情，起事头[6]相盘问。

【得胜令】口是祸之门，要搭救莫因循。常言道“世上无难事，厨中有热人”[7]。婚姻，赤紧的[8]心先顺；年尊，耽饶[9]过俺父亲。

（李老云）罢，罢！饶了你。咱见大人去来。（做见孤科，云）大人，俺们讲和了也。（孤判云）既如此，将裴炎偿了梅香的命。窦鉴赏白银十两，王员外做个筵席，与李庆安夫妇团圆。

题目　王闰香夜闹四春园　钱大尹智勘绯衣梦

正名　李庆安绝处幸逢生　狱神庙暗中彰显报

---

[1] 蚤是：幸亏。蚤，通“早”。

[2] 争些儿：几乎、险些、差一点儿。

[3] 十八层活地狱：又作“十八重活地狱”，比喻极黑暗悲惨的世界。十八层地狱，佛教谓极恶众生死后受苦之所，包括刀山、火汤等十八种。

[4] 四春园：剧中王半州家的花园名，王闰香的梅香即在此园被杀。但除剧本题目提及外（《古名家杂剧》本及《古杂剧》本〔乔牌儿〕曲文有“终有四春园结下恩”一句提到此园），四折戏中并未提及此园名，这恐怕也是本剧以《绯衣梦》剧名行世的主要原因。（按：脉望馆本剧名作《王闰香夜月四春园》）

[5] 贤达：有才能、品德及声望的人

[6] 起事头：谓事件的起因。

[7] 世上无难事，厨中有热人：宋元时成语。意谓只要家里人热情高，世上的事就没有难办的。厨中，指家中。

[8] 赤紧的：元剧习惯用语，意为实在的、当真的。

[9] 耽饶：饶恕、宽容。

赵盼儿风月救风尘

《赵盼儿风月救风尘》简名《救风尘》。天一阁本、《说集》本、孟称舜本和曹楝亭本四种《录鬼簿》，以及《太和正音谱》《元曲选目》《重订曲海总目》《也是园藏书古今杂剧目录》《今乐考证》《曲录》等均有著录。现存版本主要有明·陈与郊编《新续古名家杂剧》本、赵琦美《脉望馆钞校本古今杂剧》本、臧懋循编《元曲选》本。

剧中故事情节直接提炼自当时的社会现实生活。剧写汴梁歌姬宋引章不顾与秀才安秀实的婚约，轻信富家子弟周舍并嫁给了他，婚后遭遇周舍毒打，写信向姐妹赵盼儿求救。赵盼儿巧用计谋，从周舍手中骗得休书，成功解救宋引章，使其与安秀才喜结连理。剧本紧紧围绕宋引章受骗蒙辱，赵盼儿巧施机谋，以其人之道还治其人之身，妙用风月计，既使宋引章跳出火坑，“花叶不损觅归秋”，又教周舍鸡飞蛋打，身败名裂一时休。一人一事，贯穿到底，剪尽枝蔓，矛盾冲突高度集中，其结构之严谨，令人击节赞叹。

对于女主人公赵盼儿，《曲海总目提要》予以高度评价，认为：“小说家所载诸女子，有能识别英雄于未遇者，如红拂之于李卫公，梁夫人之于韩蕲（qí 音奇）王也；有能成人之美者，如欧阳彬之歌人，董国度之妾也；有为豪侠而诛薄情者，女商荆十三娘也。剧中所称赵盼儿，似乎兼擅众长。”王国维在《宋元戏曲史·元剧之文章》中这样写道：“武汉臣之《老生儿》，关汉卿之《救风尘》，其布置结构，亦极意匠惨淡之致，宁较后世之传奇，有优无劣也。”

七百多年来，《救风尘》在中国戏曲舞台上始终有着强大的生命力，当代一些地方戏曲剧种，如越剧、昆曲、锡剧、评剧、川剧等，都有改编本，至今仍在演出。电视剧《梦华录》也是根据《救风尘》改编而成。该剧并被译成英、法、俄、日等文字流播域外。

第一折

（冲末扮周舍上，诗云）酒肉场中三十载，花星整照二十年[1]。一生不识柴米价，只少花钱[2]共酒钱。自家郑州人氏，周同知的孩儿周舍是也。自小上花台做子弟[3]。这汴梁城中有一歌者[4]，乃是宋引章。他一心待嫁我，我一心待娶[5]他，争奈[6]他妈儿不肯。我今做买卖回来，今日特到他家去，一来去望妈儿，二来就题[7]这门亲事，多少是好。（下）

（卜儿同外旦上，云）老身汴梁人氏，自身姓李。夫主姓宋，早年亡化已过。止有这个女孩儿，叫做宋引章。俺孩儿拆白道字[8]，顶真续麻[9]，无般不晓，无般不会。有郑州周舍与孩儿作伴多年，一个要娶，一个要嫁；只是老身谎彻梢虚[10]，怎么便肯？引章，那周舍亲事，不是我百般板障[11]，只怕你久后自家受苦。（外旦云）奶奶，不妨事。我一心则待要嫁他。（卜儿云）随你随你。

（周舍上，云）咱家周舍。来此正是他门首，只索进去。（做见科。外旦云）周舍，你来了也。（周舍云）我一径的来问亲事。母亲如何？（外旦云）母亲许了亲事也。（周舍云）我见母亲去。（卜儿做见科）（周舍云）母亲，我一径的来问这亲事哩。（卜儿云）今日好日辰，我许了你，则休欺负俺孩儿。（周舍云）我并不敢欺负大姐。母亲，把你那姊妹弟兄都请下者，我便收拾来也。（卜儿云）大姐，你在家执料[12]，我去请那一辈儿老姊妹去来。（周舍诗云）数载间费尽精神，到今朝才许成亲。（外旦云）这都是天缘注定，（卜儿云）也还有不测风云。（同下）

（外扮安秀实上，诗云）刘蕡下第[13]千年恨，范丹守志[14]一生贫。料得苍天如有意，断然不负读书人。小生姓安名秀实，洛阳人氏。自幼颇习儒业，学成满腹文章，只是一生不能忘情花酒。到此汴梁，有一歌者宋引章，和小生作伴。当初他要嫁我来，如今却嫁了周舍。他有个八拜交的姐姐是赵盼儿，我去央[15]他劝一劝，有何不可！赵大姐在家么？（正旦扮赵盼儿上，云）妾身赵盼儿是也。听的有人叫门，我开门看咱。（见科，云）我道是谁，原来是妹夫。你那里来？（安秀实云）我一径的来相烦你。当初姨姨引章要嫁我来，如今却要嫁周舍，我央及你劝他一劝。（正旦云）当初这亲事不许你来？如今又要嫁别人，端的姻缘事非同容易也呵！（唱）

【仙吕·点绛唇】妓女追陪，觅钱一世，临收计，怎做的百纵千随，知重咱风流婿[16]。

【混江龙】我想这姻缘匹配，少一时一刻强难为。如何可意？怎的相知？怕不便脚搭着脑杓成事早，怎知他手拍着胸脯悔后迟[17]！寻前程，觅下稍[18]，恰便是黑海也似难寻觅。料的来人心不问，天理难欺。

【油葫芦】姻缘簿[19]全凭我共你，谁不待拣个称意的？他每[20]都拣来拣去百千回。待嫁一个老实的，又怕尽世儿难成对；待嫁一个聪俊的，又怕半路里轻抛弃。遮莫向狗溺处藏，遮莫向牛屎里堆，忽地便吃了一个合扑地，那时节睁着眼怨他谁[21]！

【天下乐】我想这先嫁的还不曾过几日，早折的容也波仪，瘦似鬼[22]，只教你难分说难告诉空泪垂。我看了些觅前程俏女娘[23]，见了些铁心肠男子辈，便一生里孤眠，我也直甚颓[24]！

（云）妹夫，我可也待嫁个客人，有个比喻。（安秀实云）喻将何比？（正旦唱）

【那吒令】待妆个老实，学三从四德[25]；争奈是匪妓[26]，都三心二意。端的是那里是三梢末尾[27]？俺虽居在柳陌中、花街内[28]，可是那件儿便宜？

【鹊踏枝】俺不是卖查梨[29]，他可也逞刀锥[30]；一个个败坏人伦，乔做胡为[31]。（云）但来两三遭，不问那厮要钱，他便道这弟子敲镘儿[32]哩！（唱）但见俺有些儿不伶俐[33]，便说是女娘家要哄骗[34]东西。

【寄生草】他每有人爱为娼妓，有人爱作次妻[35]。干家的干落得淘闲气[36]，买虚[37]的看取些羊羔利[38]，嫁人的早中了拖刀计[39]。他正是“南头做了北头开，东行不见西行例”[40]。

（云）妹夫，你且坐一坐，我去劝他。劝的省[41]时，你休欢喜；劝不省时，休烦恼。（安秀实云）我不坐了，且回家去等信罢。大姐留心[42]者。（下）

（正旦做行科，见外旦云）妹子，你那里人情[43]去？（外旦云）我不人情去，我待嫁人哩。（正旦云）我正来与你保亲[44]。（外旦云）你保谁？（正旦云）我保安秀才。（外旦云）我嫁了安秀才呵，一对儿好打莲花落[45]！（正旦云）你待嫁谁？（外旦云）我嫁周舍。（正旦云）你如今嫁人，莫不还早哩？（外旦云）有甚么早不早！今日也大姐，明日也大姐，出了一包儿脓[46]！我嫁了做一个张郎家妇、李郎家妻，立个妇名，我做鬼也风流的。（正旦唱）

【村里迓古】[47]你也合三思而行，再思可矣。你如今年纪小哩，我与你慢慢的别寻个姻配。你可便宜，只守着铜斗儿家缘家计[48]。也是你歹姐姐把衷肠话劝妹妹，我怕你受不过男儿气息[49]。

（云）妹子，那做丈夫的做的子弟，做子弟的做不的丈夫[50]。（外旦云）你说我听咱。（正旦唱）

【元和令】[51]做丈夫的便做不的子弟，他终不解其意[52]；那做子弟的他影儿里[53]会虚脾[54]。那做丈夫的忒老实。（外旦云）那周舍穿着一架子衣服，可也堪爱哩。（正旦唱）那厮虽穿着几件虼螂皮[55]，人伦事晓得甚的！

（云）妹子，你为甚么就要嫁他？（外旦云）则为他知重[56]您妹子，因此要嫁他。（正旦云）他怎么知重你？（外旦云）一年四季，夏天我好的一觉晌睡[57]，他替你妹子打着扇；冬天替你妹子温的铺盖儿暖了，着你妹子歇息。但你妹子那里人情去，穿的那一套衣服，戴的那一副头面[58]，替你妹子提领系、整钗镮[59]。只为他这等知重你妹子，因此上一心要嫁他。（正旦云）你原来为这般呵。（唱）

【上马娇】我听的说就里，你原来为这的，倒引的我忍不住笑微微。你道是暑月间扇子扇着你睡，冬月间着炭火煨，那愁他寒色透重衣！

【游四门】[60]吃饭处把匙头挑了筋共皮，出门去提领系整衣袂，戴插头面整梳篦。衠[61]一味是虚脾，女娘每不省越着迷。

【胜葫芦】[62]你道这子弟情肠甜似蜜，但娶到他家里，多无半载周年相弃掷，早努牙突嘴，拳椎[63]脚踢，打的你哭啼啼。

【幺篇】恁时节船到江心补漏迟[64]，烦恼怨他谁？事要前思免后悔。我也劝你不得，有朝一日，准备着搭救你块望夫石[65]。

（云）妹子，久以后你受苦呵，休来告我。（外旦云）我便有那该死的罪，我也不来央告你。

（周舍上，云）小的每，把这礼物摆的好看些。（正旦云）来的敢是周舍？那厮不言语便罢，他若但言，着他吃我几嘴好的。（周舍云）那壁姨姨敢是赵盼儿么？（正旦云）然也。（周舍云）请姨姨吃些茶饭波。（正旦云）你请我？家里饿皮脸，也揭了锅儿底？窨子里秋月，不曾见这等食[66]！（周舍云）央及姨姨保门亲事。（正旦云）你着我保谁？（周舍云）保宋引章。（正旦云）你着我保宋引章那些儿？保他那针指油面，刺绣铺房，大裁小剪，生儿长女？（周舍云）这歪剌骨[67]好歹嘴也！我已成了事，不索央你。（正旦云）我去罢。（做出门科）

（安秀实上，云）姨姨，劝的引章如何？（正旦云）不济事了也。（安秀实云）这等呵，我上朝求官应举去罢。（正旦云）你且休去，我有用你处哩。（安秀实云）依着姨姨说。我且在客店中安下，看你怎么发付我。（下）（正旦唱）

【赚煞】这妮子是狐魅人[68]女妖精，缠郎君天魔祟[69]。则他那裤儿里休猜做有腿，吐下鲜红血则当做苏木水[70]。耳边休采那等闲食，那的是最容易剜眼睛嫌的，则除是亲近着他便欢喜。（带云）着他疾省呵，（唱）哎，你个双郎[71]子弟，安排下金冠霞帔[72]，（带云）一个夫人来到手儿里了。（唱）却则为三千张茶引[73]嫁了冯魁[74]！（下）

（周舍云）辞了母亲，着大姐上轿，回咱郑州去来。（诗云）才出娼家门，便作良家妇。（外旦诗云）只怕吃了良家亏，还想娼家做。（同下）

---

[1] “花星”句：花星高照整整二十年。花星照，犹言碰到桃花运。花星，指执掌男女风情的星宿，这里指嫖妓宿娼。花，旧时喻指女子或妓女以及与其有关的人或事，如解语花、交际花、花街柳巷、野草闲花。南宋·周密《武林旧事》卷六《歌馆》：平康诸坊，“皆群花所聚之地”。

[2] 花钱：寻花问柳、嫖妓宿娼所花的钱，使在妓女身上的花粉钱。

[3] 上花台做子弟：进妓院，做嫖客。花台，指妓院。子弟，风流浪子，这里指嫖客。

[4] 歌者：以歌唱为生的人，这里指歌妓、妓女。

[5] 娶：原文为“妻（qì 音气）”，以宋引章为妻的意思。《脉望馆钞校本古今杂剧》本作“娶”，意思更清楚，从改。

[6] 争奈：怎奈、岂料。

[7] 题：用同“提”。说起、提起。

[8] 拆白道字：亦作“拆牌道字”，是将一个字拆开说成一句话，再让人猜出该字以表意的一种游戏。

［9］ 顶真续麻：这是诗词曲创作的一种体裁和格式，亦叫“顶针续麻体”“联珠体”。其特点是前一句的最后一个字，恰为后一句的头一个字。如元·乔吉的【越调·小桃红】《效联珠格》：“落花飞絮隔朱帘，帘静重门掩。掩镜羞看脸儿嬖（qiàn 音欠，美貌），嬖眉尖。眉尖指屈将归期念，念他抛闪，闪咱少欠，欠你病厌厌。”

［10］ 谎彻梢虚：指说谎哄骗，极善敷衍应付、虚与周旋。

［11］ 板障：本义为以板为障，加以阻隔，引申为作梗、阻拦、妨碍、刁难。

［12］ 执料：料理、张罗、忙活、准备。

［13］ 刘蕡（fén 音焚）下第：刘蕡（？—848），字去华，唐代幽州昌平（今北京市昌平区）人。唐敬宗宝历二年（826 年）擢进士第。博学善属文，尤精于《左氏春秋》。耿介疾恶，救世心切。自元和末，宦官势力日盛，握兵宫闱，干扰时政，横行天下。大和二年（828 年），文宗下诏，策试贤良。时对策者百余人，所对止循常务。唯刘蕡直论宦官骄横，将危宗社，洋洋数千言，慷慨陈词，议论激切，士林感动有至相对垂泣者。时考策官虽叹服刘蕡条对之深刻精当，但因畏于宦官权势，竟不敢取用刘蕡。这就是“刘蕡下第”的由来。后令（líng 音灵）狐楚、牛僧孺皆辟为从事，以师礼待之；然宦官终深嫉之，诬刘蕡以罪，贬柳州司户参军，后卒于任上。后人常以“刘蕡下第”以喻士子科举考试失败。《旧唐书》《新唐书》均有传。

［14］ 范丹守志：范丹（112—185），一作范冉，字史云，东汉末年陈留外黄（今河南省民权县西北）人。少时为县小吏，年十八，奉檄迎督邮。冉耻之，乃遁去。桓帝时，被委为莱芜长，遭母忧，不到位。后又多次逃官。《后汉书·独行列传》谓其：“徒行敝服，卖卜于市。遭党人禁锢，遂推鹿车，载妻子，捃（jùn 音俊）拾自资，或寓息客庐，或依宿树荫。如此十余年，乃结草室而居焉。所止单陋，有时粮粒尽，穷居自若，言貌无改。闾里歌之曰：‘甑（zèng 音赠）中生尘范史云，釜中生鱼范莱芜。’”不阿权贵，一生清贫。元人常以他的穷困潦倒和素志高洁入于词曲。

［15］ 央：央求。原文作“与”，依明·赵琦美《脉望馆钞校本古今杂剧》本改。

［16］ 风流婿：原作“风流媚”，依《脉望馆钞校本古今杂剧》本改。风流婿，风流倜傥、多情多义的女婿。这里指安秀实。

［17］ “怕不便”二句：意思为不假深思熟虑，匆匆忙忙地只求早些成事，将来会捶胸顿足，后悔莫及。脚搭着脑杓（sháo 音勺），指人在跑得飞快时两脚向后甩起，几乎碰到后脑勺，形容迅速、极快。

［18］ 下稍：归宿、结果、下场。

［19］ 姻缘簿：详细登载着前生注定的男女姻缘的簿籍。典出唐·李复言《续玄怪录》卷四《定婚店》，谓唐人韦固，在途次遇一老人倚布囊坐于阶上，在月下翻看一本书。韦固问其所看何书，囊中何物。月下老人答曰：书为天下之婚

牍，囊中为赤绳。人之婚姻，簿中都有记载，否则不成夫妻；赤绳系足，虽“仇敌之家、贵贱悬隔、天涯从宦、吴楚异乡”，亦必成姻眷。月下老人所说的婚牍，即俗世所谓“姻缘簿”。

[20] 他每：他们。每，宋元时口语，用同“们”。

[21] “遮莫”四句：即使你钻到最肮脏晦昧的地方，东躲西藏，也还是要摔个大跟头。这里暗指宋引章嫁到如臭狗屎似的周舍那里去，到时候后悔就来不及了；同时也隐喻地位低下的妓女们的悲剧命运。遮莫，尽管、即使。溺（niào 音尿），同“尿”。

[22] “早折的”二句：早被折磨得容颜憔悴、消瘦似鬼。折，摧残、折磨。容也波仪，即容仪、仪容、面色。也波，无义，此处作语气衬词用。

[23] 女娘：女子。

[24] 直甚颓：值甚么屌（diǎo 音吊上声）。颓，雄性动物生殖器，阳具。宋元时常将其作为粗秽语以骂人。

[25] 三从四德：旧指妇女必须遵从的礼教规范。三从，指妇女未嫁从父，既嫁从夫，夫死从子。四德，指妇女应该具有的四种德行：妇德、妇言、妇容、妇功。东汉经学家郑玄解释为：“妇德谓贞顺，妇言谓辞令，妇容谓婉娩（miǎn 音免），妇功谓丝枲（xǐ 音喜）。”

[26] 匪妓：对妓女的蔑称。匪，行为不正。

[27] 三梢末尾：下场、结果、结局。亦作“末尾三稍”。

[28] 柳陌中、花街内：柳陌花街、花街柳巷，指妓女聚集之所。这里意为生活在青楼妓院之中。

[29] 卖查梨：意为以次充好、卖假货，花言巧语无实话。查梨，亦作“楂梨”，一种形状像梨，但味极酸涩似山楂的水果。小贩们常隐瞒真相，将查梨谎称梨来卖出，坑害顾客，挣钱营利。

[30] 逞刀锥：斤斤计较。逞，争。刀锥，亦作锥刀；刀锥之利，形容蝇头小利。

[31] 乔做胡为：装腔作势、胡作非为。

[32] 这弟子敲镘（màn 音曼）儿：这妓女要诈钱、敲竹杠。弟子，这里指妓女。镘，原指钱币的背面，后泛指钱钞。

[33] 不伶俐：不干净、不正派。宋元时常用语。

[34] 哄骗：欺骗。侧重用假话或采取手段骗人。

[35] 次妻：小老婆。

[36] “干家的”句：实实在在持家干活儿却落得个不愉快、生闲气。干家的，持家过日子、干家务活儿。淘闲气，怄气、生闲气，为一些家长里短、无关紧要的小事儿生气。

[37] 买虚：无本买卖，买空卖空，指弄虚作假、欺骗。

[38] 羊羔利；亦称“羊羔息”，元时一种年利加倍的高利贷。因羊产羔而数量倍增，

故名。《元史·太宗本纪》：十二年，"是岁，以官民贷回鹘（hú 音胡）金偿官者岁加倍，名羊羔息，其害为甚，诏以官物代还。"

［39］拖刀计：古时战术之一种，意谓先是诈败佯输、拖刀而逃；而后趁敌人麻痹不备之机，突然回刀杀敌以制胜。后以拖刀计泛指阴谋、权诈、圈套、陷阱。

［40］南头做了北头开，东行不见西行例：犹今俗谚"记吃不记打"，意为不记前事之失，忘却教训，屡屡重犯以往的错误。

［41］劝的省（xǐng 音醒）：劝说得回心转意。省，省悟、觉悟。

［42］留心：关注、关心。

［43］人情：指人际馈送应酬、礼尚往来。给人赠物送礼，祝颂庆贺，谓之"送人情"，亦简称"人情"。

［44］保亲：保媒、做媒人。

［45］莲花落：又称"莲花乐"，宋元时十分流行的一种民间曲艺。因乞丐常演唱莲花落以向人乞食讨赏，故又以此喻指乞丐。

［46］"今日也"三句：意思是一辈子当妓女，任人狎侮玩弄，叫人厌恶死了。旧时对妓女都称作"大姐"，"姐"与"疖"谐音，疖子久了，就要溃破流脓，因此宋引章一听人提"大姐"，就以"出了一包儿脓"相对，以表达她急于从良、"立个妇名"的迫切心情。

［47］〔村里迓古〕：曲牌名，"古"或作"鼓"。属【仙吕宫】，亦入【商调】，《北词广正谱》正格为四、四、四、三、四、三、三、四、三、三、三、七，共十二句六韵。第四句或作四字二句，第五、六句或作四字句，末句前常加一"呀"字。用于套数间，亦可作套数首牌，领〔元和令〕〔上马娇〕〔游四门〕〔胜葫芦〕等。"迓鼓"是宋代极为流行的一种舞蹈表演，先在军中装扮演出，后传入乡野村寨，从装束到声音均模仿官衙，为里巷载歌载舞的小戏耍。

［48］铜斗儿家缘家计：像铜斗儿一样坚实、稳固而殷富的家产。

［49］气息：气、气恼。

［50］"那做丈夫的"二句：意思是说，做丈夫的做得嫖客，但做嫖客的则做不了丈夫。第一句说的情况，这在男尊女卑、以男子为中心的封建社会里，是一种普遍现象，人们见怪不怪，因而还是可以容忍的。赵盼儿对宋引章的教育重点是在第二句，即像周舍这样的嫖客，则决不能嫁他当丈夫。为了进一步说服宋引章，赵盼儿又从反面论说"做丈夫的便做不的子弟"，却反而不能被人理解，即"终不解其意"，认为是"那做丈夫的，忒老实"。而"那做子弟的他影儿里会虚脾"，意思是说，嫖客暗地里只会虚情假意，对人根本没有真情实意。因此，"那做丈夫的"两句话以及后面紧接着的〔元和令〕曲文，词意贯通，一气呵成，提醒宋引章不要一时冲动，失了主意，错嫁周舍这样的花台子弟，以免终身后悔。这两句话，《脉望馆钞校本古今杂剧》本和《元曲选》本均相一致。这里从原本。

[51] 〔元和令〕：曲牌名，属【仙吕宫】，用于剧曲和散曲套数。全曲六句：五、五、七、五、七、五。

[52] 他终不解其意：原缺，据明 · 赵琦美《脉望馆钞校本古今杂剧》本增补。

[53] 影儿里：躲藏起来、暗地里。

[54] 虚脾：不老实、不实在、虚情假意。明 · 徐渭《南词叙录》："虚脾，虚情也；五脏为脾最虚。"

[55] 虼螂（gè láng 音各狼）皮：喻指卑鄙龌龊小人所穿的漂亮衣服。虼螂，即蜣（qiāng 音枪）螂，俗名"屎壳郎"，专吃动物屎尿或尸体的一种甲虫，全身黑亮。亦作"虼蛃皮"。

[56] 知重：知心，敬重。南朝宋 · 刘义庆《世说新语 · 赏誉》："太傅东海王镇许昌，以王安期为记室参军，雅相知重。"

[57] 晌睡：晌觉、睡午觉。晌，原作"响"，依《脉望馆钞校本古今杂剧》本改。

[58] 头面：首饰，妇女头上饰物之总称。

[59] 钗镮（huán 音环）：钗簪与耳环。镮，同"环"，泛指圆圈形物。

[60] 〔游四门〕：曲牌名，属【仙吕宫】，亦入【商调】。用于剧曲、散曲套数和小令。六句：七、五、七、五、一、五，共三十字。一字句可减。

[61] 衠（zhūn 音谆）：真正、纯、纯粹。

[62] 〔胜葫芦〕：曲牌名，属【仙吕宫】。全曲六句：七、五、七、四、四、五。

[63] 椎（chuí 音垂）：同"捶"，用拳头或棒槌敲打。

[64] 船到江心补漏迟：船到江心才补漏洞已经晚了。比喻补救不及时，对事情毫无帮助。

[65] 望夫石：比喻全身心地牵挂思念着丈夫的痴情妇女，因伫立凝望，久而化为山石。唐 · 刘禹锡《望夫石》诗："终日望夫夫不归，化为孤石苦相思。望来已是几千载，只似当时初望时。"

[66] "家里"四句：意为我家里饿得脸上只剩一层皮（或以为我饿得连脸皮也不要了），锅底也掀个底朝天了，因此眼巴巴地盼着要吃你请的饭食？这真好比是地窨里见不到秋天的月亮（因为秋天，特别是中秋的月亮最为澄澈明亮，因以"秋月"为喻），也从来不曾见过这样的月食一样！四句话总起来是说，周舍要请人吃饭，那是根本不可能的事，以此对其进行尖锐辛辣的冷嘲热讽。窨（yìn 音印）子，地窨子，一种半在地上半在地下，或者全在地下的地室、地屋。

[67] 歪剌（là 音辣）骨：辱骂妇女的脏话。

[68] 狐魅人：像狐狸精一样媚惑人。

[69] 天魔祟：佛教指破坏修行、为办道的人设置种种障碍的欲界第六天主天主魔，简称天魔。他手下有许多女魔，专以煽动人的淫心欲念来作祟害人。这里泛指魔怪。天魔，是佛经中所说的四大魔王（烦恼魔、五蕴魔、死魔、天魔）之一，即欲界第六天（他化自在天）之主，名叫波旬，梵语意为恶者、杀者，是

释迦佛出世以前的魔王。

[70] “则他那”二句：他裤脚管里本来有腿；他吐血了，你也别当真，那可能是红色的苏木水。意思是说，宋引章这个人满口谎言，反复无常，她的话根本无法叫人相信。苏木，亦名苏枋（fāng 音方），入药可活血化瘀。用以浸水，其色鲜红，能作染料。

[71] 双郎：指北宋书生双渐，曾官至县令。《万姓统谱》云：“双渐，庐江人，庆历进士。”宋元时民间传说及词曲作品，常绘写敷演双渐和苏小卿的风流佳话。其故事梗概为：庐州名妓苏小卿，与双渐两情相好。后双渐赴京赶考，苏小卿守志以待。其母定计将她卖与大茶商冯魁。苏小卿与冯魁乘船过金山寺，她偷偷题诗于寺壁以留示双渐。后双渐中举为官，从金山寺留诗得知苏小卿踪迹，紧紧追赶，后经官断，终成夫妇。以此为题材的元杂剧作品，有王实甫的《苏小卿月夜泛茶船》（仅存一折曲词）、纪君祥的《信安王断复贩茶船》、庾（yǔ 音雨）天锡的《苏小卿丽春图》、无名氏的《豫章城人月两团圆》《赶苏卿》（均佚）等。

[72] 金冠霞帔：指旧时富家女子出嫁时的装束，以示荣耀。也指古时受皇帝诰封的妇女的礼帽服饰。凤冠，指的是装饰凤鸟或其类似形象的冠饰。霞帔，指的是底部带缀饰的披肩服饰，因上面的纹饰灿若云霞，故名霞帔，又名“霞披”“霞帛”。

[73] 茶引：古时由官府发给茶商运输贩卖茶叶的一种凭证。茶引有长引、短引的不同。据《元史·食货志二》记载，世祖至元十三年（1276 年），定长引、短引之法，“长引每引计茶一百二十斤，收钞五钱四分二厘八毫。短引计茶九十斤，收钞四钱二分八毫。”至元十七年（1280 年），废除长引，专用短引，“每引收钞二两四钱五分，草茶每引收钞二两二钱四分。”三千张茶引，数量甚巨，可见是个大茶商。

[74] 冯魁：双渐、苏小卿婚恋悲喜剧中的大茶商。这里所说的“却则为三千张茶引，嫁了冯魁”，是反苏小卿故事而用之，实际说的是宋引章嫌贫爱富，为了钱财而嫁了周舍。

第二折

（周舍同外旦上，云）自家周舍是也。我骑马一世，驴背上失了一脚[1]。我为娶这妇人呵，整整磨了半截舌头，才成得事。如今着这妇人上了轿，我骑了马，离了汴京，来到郑州。让他轿子在头里走，怕那一般的舍人[2]说："周舍娶了宋引章。"被人笑话。则见那轿子一晃一晃的，我向前打那抬轿的小厮，道："你这等欺我！"举起鞭子就打。问他道："你走便走，晃怎么？"那小厮道："不干我事，奶奶在里边不知做甚么。"我揭起轿帘一看，则见他精赤条条的，在里面打筋斗。来到家中，我说："你套一床被我盖。"我到房里，只见被子倒高似床。我便叫："那妇人在那里？"则听的被子里答应道："周舍，我在被子里面哩。"我道："在被子里面做甚么？"他道："我套绵子，把我翻在里头了。"我拿起棍来，恰待要打，他道："周舍，打我不打紧，休打了隔壁王婆婆。"我道："好也，把邻舍都翻在被里面！"（外旦云）我那里有这等事？（周舍云）我也说不得这许多。兀那贱人，我手里有打杀的，无有买休卖休[3]的。且等我吃酒去，回来慢慢的打你。（下）

（外旦云）不信好人言，必有恓惶[4]事。当初赵家姐姐劝我不听，果然进的门来，打了我五十杀威棒[5]。朝打暮骂，怕不死在他手里！我这隔壁有个王货郎，他如今去汴梁做买卖。我写一封书稍[6]将去，着俺母亲和赵家姐姐来救我。若来迟了，我无那活的人也！天那，只被你打杀我也！（下）

（卜儿哭上，云）自家宋引章的母亲便是。有我女孩儿从嫁了周舍。昨日王货郎寄信来，上写着道："从到他家，进门打了五十杀威棒。如今朝打暮骂，看看至死。可急急央赵家姐姐来救我！"我拿着书，去与赵家姐姐说知，怎生救他去。引章孩儿，则被你痛杀我也！（下）

（正旦上，云）自家赵盼儿。我想这门衣饭，几时是了也呵！（唱）

【商调·集贤宾】[7]咱这几年来待嫁人心事有，听的道谁揭债[8]谁买休。他每待强巴劫深宅大院，怎知道摧折了舞榭歌楼[9]。一个个眼张狂[10]似漏了网的游鱼，一个个嘴卢都似跌了弹的斑鸠[11]。御园[12]中可不道是栽路柳[13]，好人家怎容这等娼优？他每初时间有些实意，临老也没回头。

【逍遥乐】[14]那一个不因循成就？那一个不顷刻前程？那一个不等闲间罢手[15]？他每一做一个水上浮沤[16]。和爷娘结下不厮见的冤仇，恰便似日月、参辰和卯酉[17]，正中那男儿机彀[18]。他使那千般贞烈、万种恩情，到如今一笔都勾。

（卜儿上，云）这是他门首，我索过去。（做见科，云）大姐，烦恼杀我也。（正旦云）奶奶，你为甚么这般啼哭？（卜儿云）好教大姐知道：引章不听你劝，嫁了周舍，进门去打了五十杀威棒。如今打的看看至死，不久身亡。姐姐，怎生是好？（正旦云）呀，引章吃打了也！（唱）

【金菊香】[19]想当日他暗成公事[20]只怕不相投，我作念你的言词，今日都应口[21]。则你那去时恰便似去秋。他本是薄幸的班头[22]，还说道有恩爱结绸缪[23]。

【醋葫芦】[24]你铺排着鸳衾和凤帱，指望效天长共地久。蓦入门知滋味便合休，几番家眼睁睁打干净待离了我这手。（带云）赵盼儿，（唱）你做的个见死不救，可不羞杀桃园中杀白马宰乌牛[25]！

（云）既然是这般呵，谁着你嫁他来？（卜儿云）大姐，周舍说誓来。（正旦唱）

【幺篇】那一个不嗲可可[26]道横死亡？那一个不实丕丕拔了短筹[27]？则你这亚仙[28]子母老实头，普天下爱女娘的子弟口！（带云）奶奶，不则[29]周舍说谎也，（唱）那一个不指皇天各般说咒？恰似秋风过耳早休休！

（卜儿云）姐姐，怎生搭救引章孩儿？（正旦云）奶奶，我有两个压被的银子[30]，咱两个拿着买休去来。（卜儿云）他说来："则有打死的，无有买休卖休的。”（正旦寻思科，做与卜儿耳语科，云）则除是这般。（卜儿云）可是中也不中？（正旦云）不妨事，将书来我看。（卜儿递书科，正旦念云）“引章拜上姐姐并奶奶：当初不信好人之言，果有恓惶之事。进得他门，便打我五十杀威棒。如今朝打暮骂，禁持不过[31]。你来的早，还得见我；来得迟呵，不能勾见我面了。只此拜上。”妹子也，当初谁教你做这事来！（唱）

【幺篇】想当初有忧呵同共忧，有愁呵一处愁。他道是残生早晚丧荒丘，做了个游街野巷村务酒。你道是百年之后，（云）妹子也，你不道来：“这个也大姐，那个也大姐，出了一包脓！不如嫁个张郎妇、李郎妻，（唱）立一个妇名儿做鬼也风流！”

（云）奶奶，那寄书的人去了不曾？（卜儿云）还不曾去哩。（正旦云）我写一封书，寄与引章去。（做写科，唱）

【后庭花】我将这情书[32]亲自修，教他把天机休泄漏。传示与休莽戆[33]收心[34]的女，拜上你浑身疼的歹事头[35]。（带云）引章，我怎的劝你来！（唱）你好没来由[36]，遭他毒手。无情的棍棒抽，赤津津鲜血流。逐朝家如暴囚[37]，怕不将性命丢。况家乡隔郑州，有谁人相睬瞅，空这般出尽丑。

（卜儿哭科，云）我那女孩儿，那里打熬得过！大姐，你可怎生的救他一救？（正旦云）奶奶，放心！（唱）

【柳叶儿】则教你怎生消受，我索合再做个机谋。把这云鬟蝉鬓妆梳就，（带云）还再穿上些锦绣衣服。（唱）珊瑚钩[38]，芙蓉扣[39]，扭捏的身子儿别样娇柔。

【双雁儿】[40]我着这粉脸儿搭救你女骷髅。割舍的一不做二不休，拚了个由他咒也波咒。不是我说大口[41]，怎出得我这烟月手[42]！

（卜儿云）姐姐到那里子细着。（哭科，云）孩儿，则被你烦恼杀了我也！（正旦唱）

【浪里来煞】你收拾了心上忧，你展放了眉间皱，我直着花叶不损觅归秋[43]。那厮爱女娘[44]的心，见的便似驴共狗，卖弄他玲珑剔透[45]。（云）我到那里，三言两句，肯写休书，万事俱休；若是不肯写休书，我将他掐一掐，拈一拈，搂一搂，抱一抱，着那厮通身酥，遍体麻。将他鼻凹儿抹上一块砂糖，着那厮舔[46]又舔不着，吃又吃不着，赚得那厮写了休书。引章将的休书来，淹的[47]撇了。我这里出了门儿，（唱）可不是一场风月，我着那汉一时休！（下）

---

［1］“我骑马”二句：我骑了一辈子马，竟在驴子背上失了足、出了事。这是当时俗谚，指内行人上当受骗。意思是像他周舍这样的妓院惯嫖、情场老手，却也看错了眼；实际上是一种为他骗娶宋引章，在玩腻了以后将其百般虐待并进而抛弃的禽兽行径开脱罪责的遁词。

［2］舍人：本是官名，宋元以来称达官显宦家的子弟为“舍人”，犹如称“公子”一样。

［3］买休卖休：指男女双方用金钱来买（卖）断夫妻关系，即解除婚约的一种做法。

［4］恓（xī 音西）惶：惊慌烦恼。

［5］杀威棒：旧时对新判、新到犯人在收监之前施行的杖刑。

［6］稍：通“捎”，捎带。

［7］【商调·集贤宾】:【商调】，元曲宫调之一。元·周德清《中原音韵》:“大凡声音各应于律吕……【商调】凄怆怨慕。”《中原音韵》载【商调】所属曲牌十六支。《九宫大成南北词宫谱》载【商调】所属曲牌，北曲有四十一支，南曲（包括集曲）有一百六十三支。北曲【商调】联套的格式如“〔集贤宾〕—〔逍遥乐〕—〔金菊香〕—〔梧叶儿〕—〔醋葫芦〕—〔幺篇〕—〔后庭花〕—〔柳叶儿〕—〔浪里来煞〕”，较为常用。〔集贤宾〕，曲牌名，南北曲均属【商调】。据清·周祥钰《九宫大成谱》，北曲的定格为十句：七、五、七、七、七、七、七、七、五、五，共六十四字。一般用为套数首牌。

［8］揭债：举债、借债。

[9] “他每”二句：她们（指有些妓女）努力去讨好、投靠有权有势有体面的人家，哪里知道却落了个备受欺辱、折磨的悲惨下场。巴劫，巴结、讨好、依附、投靠的意思。深宅大院，意谓门第高贵，有名望、有地位的体面人家。摧折，摧残、折磨。舞榭歌楼，常年灯红酒绿、歌舞不断的楼馆，因其常为妓女集中之地，故此处用以代指妓女。

[10] 眼张狂：眼神游走不定、惊慌失措。

[11] “一个个”句：一个个噘着嘴生闷气不说话，像无意中不小心掉了蛋的斑鸠鸟那样。嘴卢都，亦作“嘴骨都”“嘴古都”“嘴碌都”等，噘嘴的模样。弹，宋元时常以“蛋”作“弹”。“嘴卢都”和“跌弹斑鸠”，均为当时常用语。

[12] 御园：皇家花园。

[13] 栽路柳：栽在路边的柳树。路边柳，行人常可随意攀折，旧时因又常将路边柳比作卑贱的妓女，如“路柳墙花”。

[14] 〔逍遥乐〕：曲牌名，南北曲均属【商调】。据清·周祥钰《九宫大成谱》，北曲的字数定格及韵式为十句七韵：四、四、四、四、七、七、七、四、四、四。用于套数次牌，承〔集贤宾〕后。首、尾三句常作鼎足对。

[15] “那一个”三句：意指妓女们哪一个不是马马虎虎地嫁人成家，哪一个不是短暂婚姻，哪一个不是很快就分手散伙。因循，马虎、随便、轻率。前程，这里指婚姻，从良成家。等闲，轻易、随便。

[16] “他每”句：意思是，她们（妓女们）嫁人为妻，但好景不长，很快又被抛弃，一个接一个地都像水上的泡沫一样，纷纷破灭。

[17] 日月、参（shēn 音身）辰和卯酉：太阳升，月亮落；参星出，辰星（指心宿）落；卯和酉，均为十二时辰之一，卯对应今上午五时至七时，酉对应今下午五时至七时。以上数者，都是互相处于乖离背反的两端的事物和时间，因以比喻永不相见或冤家对头。此句在剧中，也正是为了说明前一句：“和爷娘结下不厮见的冤仇。”

[18] 机彀（gòu 音构）：亦作“机勾”，阴谋、陷阱、圈套。

[19] 〔金菊香〕：曲牌名，又名〔金菊花〕，属北曲【商调】。据清·周祥钰《九宫大成谱》，其字数定格及韵式为五句五韵：七、七、七、四、五。用于套曲中。

[20] 暗成公事：这里指暗暗地成亲。公事，这一桩事情。

[21] 应口：应验了、说个正着。

[22] 薄幸的班头：薄情的领袖、最薄情的人。班头，班辈的头领。

[23] 结绸缪：结成姻眷。绸缪，比喻夫妻两情相悦，甜蜜恩爱。

[24] 〔醋葫芦〕：曲牌名，属北曲【商调】。全曲六句：三、三、七、七、四、七。除第一句外，其余皆入韵。末句押平声。用于小令，但多数用于套曲中。

[25] 桃园中杀白马宰乌牛：指东汉末年，刘备、关羽、张飞在桃园结拜为异姓兄弟。杀白马宰乌牛，杀马宰牛以礼拜神灵，隆重举行结义仪式。

［26］嗲（shěn 音审）可可：形容凄惨可怕。亦作“磣可可”“嗲嗑嗑”。

［27］短筹：上面刻数小，因而显得短的竹签。筹与“寿”谐音，即短寿、早死。

［28］亚仙：指妓女李亚仙，源自唐代白行简传奇《李娃传》。原小说生动地描写了贵族公子荥阳生与长安名妓李娃相恋，历尽艰辛曲折，最后结为夫妻的感人故事，在民间广为流传。宋元时屡被改编为戏曲，搬演于舞台，并将女主人公李娃易名为李亚仙，男主人公荥阳生则被称作郑元和。流传至今的元・石君宝的《李亚仙花酒曲江池》杂剧，即为此类作品中的佼佼者。

［29］不则：不止、不只。

［30］两个压被的银子：两锭私房银子。两个，即两锭。每锭银子，其重量有五十两、十两、五两等的不同。压被的银子，意为私房钱。

［31］禁持不过：挺不住、坚持不住。

［32］情书：告知情况、互通信息的书信。《脉望馆钞校本古今杂剧》本作“知心书”，王季思等《元杂剧选注》因据此径改。

［33］莽戆（gàng 音杠）：莽撞、鲁莽。

［34］收心：收拢约束住自己的心性、意念。这里指回心转意。

［35］歹事头：意为倒霉的人。

［36］没来由：无缘无故。

［37］暴囚：报囚，指判刑以后上报待批的死囚。暴，“报”的同音借字。

［38］珊瑚钩：用珊瑚做的帐钩。唐・杜甫《八哀诗・赠秘书监（jiàn 音剑）江夏李公邕》：“丰屋珊瑚钩，麒麟织成罽（jì 音计）。”珊瑚，许多珊瑚虫的石灰质骨骼聚集而成的东西；形状分歧如树枝，故俗称“珊瑚树”；色彩鲜艳美观，有白色、红色、桃红色及黑色等；质地略硬，可制成项链、胸针、领带夹等饰品。

［39］芙蓉扣：妇女衣裙上的一种纽扣。

［40］〔双雁儿〕：曲牌名，又名〔双雁子〕，属北曲【商调】【仙吕宫】。据清・周祥钰《九宫大成谱》，【商调】与【仙吕宫】的〔双雁儿〕字数定格基本相同：七、三、三、七、六、六（六句）。唯【仙吕宫】将最后两个六字句分为四个三字句。

［41］说大口：夸海口、说大话。《七国春秋平话》卷中：“尔一身在吾计中，不能自保，何须说大口也？”

［42］烟月手：指妓女使出风流狐媚让嫖客沉溺欲海不能自拔的手段。烟月，烟花风月的简称，指男女之间的风流韵事，亦专指嫖妓宿娼等不正当性事。

［43］“我直着”句：我定教她完好无损地安全回来。直着，直教、一定让。花叶不损觅归秋，按常理，秋天花、叶必然黄落，但赵盼儿却说，虽然是秋天，也一定要教花叶无损，让宋引章平安回来，表示她对用风月之计彻底挫败周舍、拯救堕入绝境的苦难姐妹的这场斗争，充满了必胜信心。秋天，这里暗喻着宋引

章饱受风霜肃杀之苦的艰难处境。

[44] 爱女娘：又作“爱女”，好女色。

[45] 玲珑剔透：指清澈得可看穿，形容精工制造、结构奇巧、内部镂空的手工艺品，也形容人精明灵活。这里指周舍奸猾世故得无隙可乘，聪明透顶。

[46] 哂：同“舔”。

[47] 淹的：极快地、突然地、迅猛地。宋元时习惯用语。

第三折

（周舍同店小二[1]上，诗云）万事分已定，浮生空自忙。无非花共酒，恼乱[2]我心肠。店小二，我着你开着这个客店，我那里希罕你那房钱养家？不问官妓私科子[3]，只等有好的来你客店里，你便来叫我。（小二云）我知道。只是你脚头乱，一时间那里寻你去？（周舍云）你来粉房[4]里寻我。（小二云）粉房里没有呵？（周舍云）赌房里来寻。（小二云）赌房里没有呵？（周舍云）牢房里来寻。（下）（丑扮小闲[5]挑笼上，诗云）钉靴雨伞为活计，偷寒送暖作营生[6]。不是闲人闲不得，及至得了闲时又闲不成。自家张小闲的便是。平生做不的买卖，止是与歌者姐姐每叫些人，两头往来，传消寄信都是我。这里有个大姐赵盼儿，着我收拾两箱子衣服行李，往郑州去。都收拾停当了，请姐姐上马。（正旦上，云）小闲，我这等打扮，可冲动得那厮么？（小闲做倒科）（正旦云）你做甚么哩？（小闲云）休道冲动那厮，这一会儿连小闲也酥倒了！（正旦唱）

【正宫 · 端正好】则为他满怀愁，心间闷，做的个进退无门。那婆娘家一涌性无思忖，我可也强打入迷魂阵。

【滚绣球】我这里微微的把气喷，输个姓因，怎不教那厮背槽抛粪[7]！更做道[8]普天下无他这等郎君。想着容易情忒献勤，几番家待要不问；第一来我则是可怜见无主娘亲[9]，第二来是我惯曾为旅偏怜客，第三来也是我自己贪杯惜醉人[10]。到那里呵，也索费些精神。

（云）说话之间，早来到郑州地方了。小闲，接了马者，且在柳阴下歇一歇咱。（小闲云）我知道。（正旦云）小闲，咱闲口论闲话[11]：这好人家好举止，恶人家恶家法。（小闲云）姐姐，你说我听。（正旦唱）

【倘秀才】县君[12]的则是县君，妓人的则是妓人。怕不扭捏着身子蓦入他门，怎禁他使数的[13]，到支分[14]，背地里暗忍。

【滚绣球】那好人家将粉扑儿浅淡匀，那里像咱干茨腊[15]手抢着粉[16]。好人家将那篦梳儿慢慢地铺鬓[17]，那里像咱解了那襻胸带[18]，下颏上勒一道深痕。好人家知个远近，觑个向顺[19]，衠一味[20]良人家风韵，那里像咱们恰便似空房中锁定个猢孙。有那千般不实乔躯老[21]，有万种虚嚣[22]歹议论，断不了风尘。

（小闲云）这里一个客店，姐姐好住下罢。（正旦云）叫店家来。（店小二见科，正旦云）小二哥，你打扫一间干净房儿，放下行李。你与我请将周舍来，说我在这里久等多时也。（小二云）我知道。（做行叫科，云）小哥在那里？（周舍上，云）店小二，有甚么事？（小二云）店里有个好女子请你哩。（周舍云）咱和你就去来。（做见科，云）是好一个科子也。（正旦云）周舍，你来了也。（唱）

【幺篇】俺那妹子儿有见闻，可有福分，抬举的个丈夫俊上添俊，年纪儿恰正青春。（周舍云）我那里曾见你来？我在客火[23]里，你弹着一架筝，我不与了你个褐色绸段儿？（正旦云）小的，你可见来？（小闲云）不曾见他有甚么褐色绸段儿。（周舍云）哦，早起[24]杭州散了，赶到陕西客火里吃酒，我不与了大姐一分饭来？（正旦云）小的每，你可见来？（小闲云）我不曾见。（正旦唱）你则是忒现新、忒忘昏[25]，更做道你眼钝[26]。那唱词话[27]的有两句留文[28]：咱也曾武陵溪畔曾相识，今日佯推不认人[29]。我为你断梦劳魂[30]！

（周舍云）我想起来了，你敢是赵盼儿么？（正旦云）然也。（周舍云）你是赵盼儿！好！好！当初破亲也是你来！小二，关了店门，则打这小闲。（小闲云）你休要打我。俺姐姐将着锦绣衣服，一房一卧[31]来嫁你，你倒打我？（正旦云）周舍，你坐下，你听我说。你在南京[32]时，人说你周舍名字，说的我耳满鼻满[33]的，则是不曾见你。后得见你呵，害的我不茶不饭[34]，只是思想着你。听的你娶了宋引章，教我如何不恼？周舍，我待嫁你，你却着我保亲！（唱）

【倘秀才】我当初倚大呵妆儇[35]主婚，怎知我嫉妒呵特故里[36]破亲？你这厮外相儿通疏就里村[37]！你今日结婚姻，咱就肯罢论。

（云）我好意将着车辆、鞍马、奁房来寻你，你划地[38]将我打骂？小闲，拦回车儿，咱家去来！（周舍云）早知姐姐来嫁我，我怎肯打舅舅？（正旦云）你真个不知道？你既不知，你休出店门，只守着我坐下。（周舍云）休说一两日，就是一两年，您儿也坐的将去。

（外旦上，云）周舍两三日不家去，我寻到这店门首。我试看咱，原来是赵盼儿和周舍坐哩！兀那老弟子不识羞，直赶到这里来！周舍，你再不要来家，等你来时，我拿一把刀子，你拿一把刀子，和你一递一刀子戳哩[39]。（下）

（周舍取棍科，云）我和你抢生吃[40]哩！不是奶奶在这里，我打杀你！（正旦唱）

【脱布衫】我更是的不待饶人，我为甚不敢明闻？肋底下插柴自稳[41]，怎见你便打他一顿。

【小梁州】[42]可不道一夜夫妻百夜恩！你可便息怒停嗔。你村时节背地里使些村。对着我合思忖：那一个双同叔[43]打杀俏红裙？

【幺篇】则见他恶哏哏[44]摸按着无情棍，便有火性的不似你个郎君。（云）你拿着偌粗的棍棒，倘或打杀他呵，可怎了？（周舍云）丈夫打杀老婆，不该偿命。（正旦云）这等说，谁敢嫁你？（背唱[45]）我假意儿瞒、虚科儿喷[46]，着这厮有家难奔。妹子也，你试看咱风月救风尘。

（云）周舍，你好道儿[47]，你这里坐着，点的[48]你媳妇来骂我这一场！小闲，拦回车儿，咱回去来！（周舍云）好奶奶，请坐！我不知道他来。我若知道他来，我就该死！（正旦云）你真个不曾使他来？这妮子不贤惠。打一棒快球子[49]，你舍的宋引章，我一发嫁你。（周舍云）我到家里就休了他。（背云）且慢着，那个妇人是我平日间打怕的，若与了一纸休书，那妇人就一道烟去了。这婆娘他若是不嫁我呵，可不弄的尖担两头脱[50]？休的造次，把这婆娘摇撼的实着[51]。（向旦云）奶奶，您孩儿肚肠是驴马的见识，我今家去把媳妇休了呵，奶奶，你把肉吊窗儿放下来[52]，可不嫁我，做的个尖担两头脱。奶奶，你说下个誓着。（正旦云）周舍，你真个要我赌咒？你若休了媳妇，我不嫁你呵，我着堂子[53]里马踏杀，灯草打折膁儿骨[54]。你逼的我赌这般重咒哩！（周舍云）小二，将酒来！（正旦云）休买酒，我车儿上有十瓶酒哩。（周舍云）还要买羊。（正旦云）休买羊，我车上有个熟羊哩。（周舍云）好好好，待我买红[55]去！（正旦云）休买红，我箱子里有一对大红罗。周舍，你争甚么那！你的便是我的，我的就是你的。（唱）

【二煞】则这紧的到头终是紧[56]，亲的原来只是亲。凭着我花朵儿身躯，笋条儿年纪[57]，为这锦片儿前程，倒赔了几锭儿花银。拚着个十米九糠[58]，问甚么两妇三妻，受了些万苦千辛。我着人头上气忍，不枉了一世做郎君。

【黄钟尾】你穷杀呵甘心守分捱贫困，你富呵休笑我饱暖生淫惹议论。您心中觑个意顺，但休了你这眼下人[59]，不要你钱财使半文，早是我走将来自上门。家业家私待你六亲，肥马轻裘待你一身，倒贴了奁房和你为眷姻。（云）我若还嫁了你，我不比那宋引章，针指油面，刺绣铺房，大裁小剪，都不晓得一些儿的。（唱）我将你写了的休书正了本[60]！（同下）

---

[1] 店小二：亦作“店二哥”，旧时对旅店、饭馆、酒肆、商号等店铺所雇用员工的称呼。因店东为大，雇员则一律为“小二”或“二哥”。但对一些规模较小或简陋不起眼儿的店铺，则无论店东或雇员，亦常常自称或被称为“店小二”“店二哥”“小二哥”。

[2] 恼乱：缭乱、烦忧。

[3] 私科子：亦称“私窠子”“私窝子”“私科”“私窠”“科子”等，指隐蔽在秘密的窝点、窠巢中的私娼。

[4] 粉房：代指青楼、妓院。古时，妇女常用粉敷面以美容。但妓女媚人，往往浓施脂粉，搞得油头粉面，以此来取悦嫖客，故旧时又常称妓女为“粉头”。粉房，即“粉头”集中之所，因又成了妓院的别称。

[5] 小闲：小帮闲，专门奉迎官宦富贵人家或嫖客妓女玩乐消遣，为其前后奔走、凑趣办事的青年男子。

[6] “钉靴”二句：就是刮风下雨，也仍然在为男女之间的风流韵事来回奔忙。钉靴，旧时在鞋底铸有钉子以防滑的雨鞋。与雨伞连用，意为天气恶劣，风雨交加。偷寒送暖，这里指暗中拉纤、撮合男女私情。

[7] 背槽抛粪：宋元时俗语，指牲畜在食槽中既吃料，又拉屎，意为不分好歹，翻脸无情。

[8] 做道：何况。

[9] 无主娘亲：没人做主的老妇。娘亲，对老妇亲热的称呼，指宋引章的母亲。

[10] 惯曾为旅偏怜客，自己贪杯惜醉人：自己经常羁留逆旅，所以也同情路人行客；自己贪杯好饮，所以也怜惜醉酒之人。比喻同病相怜。

[11] 闲口论闲话：扯闲篇、随便说说。

[12] 县君：古时妇女因丈夫或儿子的官爵而得到的诰封。元·陶宗仪《南村辍耕录·郡县君》谓：“国朝品官母妻，四品赠郡君，五品赠县君。”

[13] 使数的：供人使唤的，指仆役、丫鬟。

[14] 到支分：反倒支使、支来使去、吩咐人（干这干那）。

[15] 干茨腊：亦作“干支剌”“干忽剌”，元人常用口语，形容皮肤形貌干瘦、干枯、干燥、干瘪，没有光泽。

[16] 抢着粉：使劲涂抹、浓妆艳抹。

[17] 铺鬓：梳理鬓发。

[18] 襻（pàn 音盼）胸带：肚兜上的带子。襻胸，肚兜。

[19] 向顺：指亲疏远近。

[20] 衠一味：真是一派。

[21] 乔躯老：宋元时俗语，意为装模作样、扭捏作态、假身段、坏样子、腌臜肮脏的身子。乔，作假、坏。躯老，身躯、躯体。亦作“腌躯老”。

[22] 虚嚣：亦作“嚣虚”，虚假、虚伪、伪饰。

[23] 客火：客伙，本义为旅客在旅店里起伙，搭伙吃饭，因代指客店。

[24] 早起：从前。

[25] 忒现新、忒忘昏：太突显新人（新相识的女人，这里指妓女），太糊涂健忘。意思为浑忘旧情恋新欢，即喜新厌旧。

[26] 更做道你眼钝：更加上你眼拙。钝，这里指视觉不灵。

[27] 唱词话：说唱词话。词话，宋元时说书人说唱的一种体制。其中有词（韵文）有话（散文），讲一段故事，唱一首词，谓之“词话”。

[28] 留文：犹“留句”“留话”，留下来的、流传下来的话语诗文，俗谓“老话”“老古话”。

[29] “咱也曾”二句：咱们也曾经是恋人，今天却装不认识了。武陵溪，原指陶潜在《桃花源记》中所说的理想社会桃花源所在地武陵溪畔。但这里实际指的是刘晨、阮肇遇二仙女的故事。据《太平广记·天台二女》等书记载，刘晨、阮肇入天台山采药，远不得还，后见桃树，食桃以充饥；又顺溪而上遇二仙女，遂成其姻好。可见武陵源之桃花源与天台山之桃花源是两回事，但元曲作品常将二者混用，以之象征爱情。

[30] 断梦劳魂：亦作“梦断魂消”“断梦魂劳”。睡梦中也想着，弄得神魂不宁。

[31] 一房一卧：一套嫁妆。

[32] 南京：此指开封，即今河南省开封市。金主完颜亮（即海陵王）贞元元年（1153 年）迁都燕京，名之为中都（今北京市），同时称宋故都开封为南京。金末，宣宗（完颜珣）于贞祐二年（1214 年）又迁都于此。

[33] 耳满鼻满：满耳朵满鼻子都是，形容听得烂熟。

[34] 不茶不饭：不思饮食，形容心事重重。

[35] 妆儇（xuān 音宣）：装模作样、装幺做大、装乖使巧、卖弄小聪明。儇，狡黠，轻薄而乖巧。

[36] 特故里：特地、故意。宋元时口语，亦作“特故的”“特故”。

[37] 外相儿通疏就里村：外表通达，内里却粗蠢愚笨。

[38] 划地：亦作“划的”。怎地、无缘无故地。
[39] “和你”句：与你刀对刀地厮打、拼命。递，交替。戳，原为“截”，据《脉望馆钞校本古今杂剧》本改。
[40] 抢生吃：不等食物熟就抢着吃，意为夺食、争先下手。
[41] “肋底下”句：宋元时歇后语，全句意思为：心里有痛苦，也要稳定情绪，强行隐忍。犹咬紧牙关，坚决忍住痛苦。稳，稳定、忍耐。稳，亦作“隐”“忍”，意为隐忍、忍耐。
[42] 〔小梁州〕：曲牌名，又名〔小凉州〕，属【正宫】，亦入【中吕宫】【商调】。套数小令兼用。五句五韵：七、四、七、三、五，计二十六字。与〔幺篇〕连用。〔幺篇〕换头，与始调不同，六句四韵：七、七、三、三、四、五。
[43] 双同叔：双渐，指有情人、多情人。
[44] 恶哏哏（hěn hěn 音很很）：恶狠狠，极其凶恶的样子。
[45] 背唱：元剧用语。角色在舞台上唱心里的话，假定台上其他剧中人听不见。
[46] 虚科儿喷：虚情假意、甜言蜜语、信口胡编以取悦瞒哄人。喷，胡说、讲假话，如“信口胡喷”。
[47] 道儿：圈套、暗算、阴谋、诡计。
[48] 点的：点派、指使。
[49] 打一棒快球子：宋元时玩球运动的术语。这里谓当机立断，迅速解决问题。
[50] 尖担两头脱：扁担两头挑的东西都脱落了。意为两头落空，一无所得。
[51] “休的造次”二句：不要鲁莽，把这女人搞得稳当可靠了再说。造次，轻率、匆忙、鲁莽。
[52] 肉吊窗儿放下来：闭上眼睛不睬人；变脸，翻脸不认人。肉吊窗儿，指眼皮。
[53] 堂子：澡堂、浴室。
[54] 臁（qiǎn 音遣）儿骨：胫骨，即小腿骨。
[55] 买红：男方购买绫罗绸缎之属的红色丝织物，送给女方以为聘礼，并作为定亲的凭证。民间亦谓“下红定”。
[56] 紧：紧密、亲近、密切。与下句“亲”相对，表示关系亲密无间的意思。
[57] 笋条儿年纪：喻指黛绿年华、青春岁月。笋条儿，竹子根部所生出来的幼芽，水灵脆嫩，用以佐餐，味道鲜美。
[58] 拚（pàn 音判）着个十米九糠：意思是不怕倒霉，豁出去嫁个坏丈夫。拚，同“拚”，舍弃、豁出去。十米九糠，亦即一米九糠，一成米九成糠，指粮食十分粗粝，形容生活很艰辛。这里比喻嫖客中好的少坏的多。
[59] “您心中”二句：您心情好的时候，拣个适当的机会，就休了你现在的妻子。眼下人，现在的妻子。
[60] 写了的休书正了本：虽然休了妻子，但也够了本。正了本，即“正本”，够本、不吃亏。

第四折

（外旦上，云）这些时周舍敢待来也。（周舍上，见科）（外旦云）周舍，你要吃甚么茶饭？（周舍做怒科，云）好也，将纸笔来，写与你一纸休书，你快走！（外旦接休书不走科，云）我有甚么不是，你休了我？（周舍云）你还在这里？你快走！（外旦云）你真个休了我？你当初要我时，怎么样说来？你这负心汉，害天灾的！你要去，我偏不去！（周舍推出门科）（外旦云）我出的这门来。周舍，你好痴也！赵盼儿姐姐，你好强也！我将着这休书，直至店中寻姐姐去来。（下）（周舍云）这贱人去了，我到店中娶那妇人去。（做到店科，叫云）店小二，恰才来的那妇人在那里？（小二云）你刚出门，他也上马去了。（周舍云）倒着他道儿了！将马来，我赶将他去。（小二云）马揣驹[1]了。（周舍云）鞁骡子[2]。（小二云）骡子漏蹄[3]。（周舍云）这等，我步行赶将他去。（小二云）我也赶他去。（同下）

（旦同外旦上）（外旦云）若不是姐姐，我怎能勾出的这门也！（正旦云）走走走！（唱）

【双调·新水令】笑吟吟案板[4]似写着休书，则俺这脱空的故人[5]何处？卖弄他能爱女，有权术，怎禁那得胜葫芦[6]，说到有九千句。

（云）引章，你将那休书来与我看咱。（外旦付休书。正旦换科，云）引章，你再要嫁人时，全凭这一张纸是个照证[7]，你收好者。（外旦接科）（周舍赶上，喝云）贱人，那里去！宋引章，你是我的老婆，如何逃走？（外旦云）周舍，你与了我休书，赶出我来了。（周舍云）休书上手模[8]印五个指头，那里四个指头的是休书？（外旦展看，周夺咬碎科）（外旦云）姐姐，周舍咬了我的休书也。（旦上救科）

（周舍云）你也是我的老婆。（正旦云）我怎么是你的老婆？（周舍云）你吃了我的酒来。（正旦云）我车上有十瓶好酒，怎么是你的？（周舍云）你可受我的羊来。（正旦云）我自有一只熟羊，怎么是你的？（周舍云）你受我的红定[9]来。（正旦云）我自有大红罗，怎么是你的？（唱）

【乔牌儿】酒和羊车上物，大红罗自将去。你一心淫滥无是处，要将人白赖取[10]。

（周舍云）你曾说过誓嫁我来。（正旦唱）

【庆东原】[11]俺须是卖空虚[12]，凭着那说来的言咒誓为活路[13]。（带云）怕你不信呵，（唱）遍花街请到娼家女，那一个不对着明香宝烛，那一个不指着皇天后土[14]，那一个不赌着鬼戮神诛？若信这咒盟言，早死的绝门户！

（云）引章妹子，你跟将他去。（外旦怕科，云）姐姐，跟了他去就是死！（正旦唱）

【落梅风】[15]则为你无思虑，忒模糊。（周舍云）休书已毁了，你不跟我去待怎么？（外旦怕科）（正旦云）妹子休慌莫怕，咬碎的是假休书。（唱）我特故抄与你个休书题目[16]，我跟前见放着这亲模。（周舍夺科）（正旦唱）便有九头牛也拽不出去。

（周扯二旦科，云）明有王法，我和你告官去来！（同下）（外扮孤[17]引张千上，诗云）声名德化九重[18]闻，良夜家家不闭门。雨后有人耕绿野，月明无犬吠花村。小官郑州守李公弼是也。今日升起早衙，断理些公事。张千，喝撺箱！（张千云）理会的。

（周舍同二旦、卜儿上）（周叫云）冤屈也！（孤云）告甚么事？（周舍云）大人可怜见，混赖我媳妇。（孤云）谁混赖你的媳妇？（周舍云）是赵盼儿设计混赖我媳妇宋引章。（孤云）那妇人怎么说？（正

旦云）宋引章是有丈夫的，被周舍强占为妻，昨日又与了休书，怎么是小妇人混赖他的！（唱）

【雁儿落】这厮心狠毒，这厮家豪富，衠一味虚肚肠[19]，不踏着实途路。

【得胜令】宋引章有亲夫，他强占作家属。淫乱心情歹，凶顽胆气粗。无徒[20]，到处里胡为做。现放着休书，望恩官明鉴取。

（安秀实上，云）适才赵盼儿使人来说："宋引章已有休书了，你快告官去，便好取他。"这里是衙门首，不免高叫道：冤屈也！（孤云）衙门外谁闹？拿过来！（张千拿入科，云）告人当面。（孤云）你告谁来？（安秀实云）我安秀实，聘下宋引章，被郑州周舍强夺为妻，乞大人做主咱！（孤云）谁是保亲？（安秀实云）是赵盼儿。（孤云）赵盼儿，你说宋引章原有丈夫，是谁？（正旦云）正是这安秀才。（唱）

【沽美酒】他幼年间便习儒，腹隐着九经[21]书。又是俺共里同村一处居，接受了钗环财物，明是个良人妇。

（孤云）赵盼儿，我问你：这保亲的委[22]是你么？（正旦云）是小妇人。（唱）

【太平令】现放着保亲的堪为凭据，怎当他抢亲的百计亏图[23]。那里是明婚正娶？公然的伤风败俗[24]！今日个诉与太府做主，可怜见断他夫妻完聚。

（孤云）周舍，那宋引章明明有丈夫的，你怎生还赖是你的妻子？若不看你父亲面上，送你有司问罪！您一行人听我下断：周舍杖六十，与民一体当差[25]；宋引章仍归安秀才为妻；赵盼儿等宁家住坐[26]。（词云）只为老虔婆[27]爱贿贪钱，赵盼儿细说根原[28]。呆周舍不安本业，安秀才夫妇团圆。（众叩谢科）（正旦唱）

【收尾】对恩官一一说缘故，分剖开贪夫怨女。面糊盆[29]再休说死生交，风月所重谐燕莺侣[30]。

题目　安秀才花柳成花烛
正名　赵盼儿风月救风尘[31]

---

[1] 马揣驹：马怀崽。

[2] 鞁（bèi 音备）骡子：把鞍辔等套在骡子身上，意为使骡子、骑骡子。

[3] 漏蹄：牲口蹄子上生的一种疾病，疼痛不能行走。

[4] 案板：指厨房做面食或切菜用的木板，这里借指板面的平稳。

[5] 脱空的故人：说谎骗人的朋友。脱空，打诳、说谎、弄虚作假。故人，熟人、朋友，这里指周舍，是含有讽刺意味的反话。

[6] 得胜葫芦：得胜的嘴、能言善辩的嘴。葫芦，切开以后就有了口，民间因常用以代指嘴巴。现时亦常将那些拙于言辞的人称为“没嘴的葫芦”“闷葫芦”，即没有嘴、不会说话、语言障碍者。

[7] 照证：凭证，多指书证、物证。照，证明、凭证义。《喻世明言·张古老种瓜娶文女》卷三三：“钱却有，何以为照。”证，也有证明、证据义。

[8] 手模：以色油、墨色摁在契约文书上的指纹印、手印，代替印章作为凭证。

[9] 红定：订婚时，男方送的定礼。红，指“用红布或红纸包裹的礼物”。清·蒋士铨《临川梦·了梦》：“至今媒红喜酒不曾见面。”定，订婚礼物。“红定”是不晚于元代产生的新词，如《元典章·户部四》：“冯高嫂等作媒下红定。”

[10] 白赖取：用无赖的手法，将不属于自己的东西甚至于人，卑鄙无耻地据为己有。亦作“白厮赖”。

[11] 〔庆东原〕：曲牌名，又名〔东庆圆〕〔恽（yùn 音运）城春〕，属【双调】，套数、小令兼用。定格为八句六韵：三、三、七、四、四、四、五、五，共三十五字。首二句对仗，第四、五、六句鼎足对，末二句可减为两个三字句，宜对。

[12] 卖空虚：卖弄哄骗、虚诳、兜售假情假意。

[13] “凭着”句：意思是我就是靠发空誓过日子的。“言”字前应有“盟”字。为活路，作为生计、以此过日子。

[14] 皇天后土：天地。中国古代哲学以阴阳这两种相互对立又彼此依存的物质或力量来解释宇宙，说明万物的生长和变化。阴阳学说以天为阳、地为阴，天为乾、地为坤，天为皇、地为后，因称“皇天后土”。后泛指天地神祇、天地。

[15] 〔落梅风〕：曲牌名，又名〔寿阳曲〕〔落梅引〕，属北曲【双调】。据清·周祥

钰《九宫大成谱》字数定格为五句四韵：三、三、七、七、七，共二十七字。第三句及末句均上三下四，与第四句上四下三配合，节奏上有特殊风味。用于套数、小令。

［16］抄与你个休书题目：抄了一份休书的副本给你。不是原本，是手抄本，意为假休书。题目，本为命题、主题、标目或文本之义，这里的题目为休书，因此，“休书题目”实即“休书”。

［17］外扮孤：外即外末行当的简称。孤，代表所装扮的角色。

［18］九重：战国楚·宋玉《楚辞·九辩》谓：“岂不郁陶而思君兮，君之门以九重。”旧说以为天子之门有九重，因常以九重代指皇帝或朝廷。

［19］虚肚肠：满肚子弄虚作假、坑骗使诈的鬼花招。

［20］无徒：无耻之徒、无赖之徒。

［21］九经：指《易》《书》《诗》《礼》等九部儒家经典著作，具体名目各家所指不尽相同。这里的“九”并非实指，是形容读书之多。

［22］委：委实、的确、确实。

［23］百计亏图：千方百计地图谋、暗算。

［24］伤风败俗：原或作“乱化伤俗”，指扰乱、败坏风俗。汉·桓宽《盐铁论》：“故礼之所为作，非以害生伤业也；威仪节文，非以乱化伤俗也。”唐·韩愈《论佛骨表》：“伤风败俗，传笑四方，非细事也。”

［25］与民一体当差：意思是削除周舍作为郑州同知之子原来所享受的免纳捐税、免服徭役等一切特权，而与老百姓一样上交税赋，当差服役。

［26］宁家住坐：回家安生地过日子。宁家，回家。

［27］老虔婆：老鸨母。亦是骂老妇人的话，意为老贼婆子。元·陶宗仪《南村辍耕录》卷十《三姑六婆》谓：“三姑者，尼姑、道姑、卦姑也。六婆者，牙婆、媒婆、师婆、虔婆、药婆、稳婆也。盖与三刑六害同也。人家有一于此，而不致奸盗者几希矣。若能谨而远之，如避蛇蝎，庶乎净宅之法。”因此，虔婆历来为人们所深恶痛绝，成为对行为不端、心术不正的妇女的詈语。

［28］根原：根源。

［29］面糊盆：一盆子糨糊，喻指糊涂人。这里指宋引章。

［30］“风月所”句：风月所与下面“题目正名”中的“花柳”为同义，均指风月场所，这里指妓院。意思为：赵盼儿运用风月之计救出风尘女子宋引章以后，终于使她又与始终深爱着她的秀才安秀实喜结连理。

［31］题目正名：《脉望馆钞校本古今杂剧》本作：“念彼观音力，还着于本人；虚脾瞒俏倬（zhuō 音桌），风月救风尘。”

杜蕊娘智赏金线池

《杜蕊娘智赏金线池》简称《金线池》。《录鬼簿》《太和正音谱》均有著录。今存版本主要有明·陈与郊编《古名家杂剧》本、赵琦美编《脉望馆钞校本古今杂剧》本、臧懋循编《元曲选》本、王骥德编《古杂剧》本、孟称舜编《新镌古今名剧·柳枝集》朱曾莱订正本、孟称舜编《新镌古今名剧·柳枝集》潘可传订正本，清·姚燮编《今乐府选》本，诵芬室影钞孟刻潘订《柳枝集》本。各本比较，以《元曲选》本最全，其第一、二、四折曲词比其他本子多，另有几个曲牌的曲词也有所改动。该剧剧情来源不详。韩辅臣与济南府尹石好问为同窗好友，韩辅臣游学至济南，石府尹设宴款待，请来济南上厅行（háng 音杭）首杜蕊娘助兴，韩辅臣与杜蕊娘一见钟情。后韩辅臣钱财用尽，被杜蕊娘之母逐出妓院，并挑唆韩、杜关系，致使杜蕊娘产生误会，和韩辅臣断绝了来往。在石好问的帮助下，韩辅臣请杜蕊娘的姐妹们在金线池设宴，消除了杜蕊娘对韩辅臣的误解。二人重归于好，结为夫妻。

这是关汉卿另一部写妓女戏《谢天香》的姊妹篇。它严厉谴责了鸨儿的奸险狠毒，无情地抨击了妓女制度，热情赞颂杜蕊娘追求爱情和婚姻自主的正义行为，反映了关汉卿进步的妇女观。本剧在人物塑造上，特别是对杜蕊娘不能容忍心上人“移情别恋”的行为，但又时时挂念着他的心理活动刻画得十分逼真、细腻；剧情完整紧凑，语言流畅朴实。金线池，实有其地，在今济南市趵（bào 音抱）突泉公园尚志堂旁。乾隆《历山县志》卷八、《遗山文集》卷三十四《济南行记》都有记载。元剧中已有用此剧为典者，如邾（zhū 音朱）仲谊残剧《死葬鸳鸯冢》【南吕宫】〔尾〕:“金线池舍残生拚死和他淹。”

楔 子[1]

（外扮石府尹引张千上，诗云）少小知名建礼闱[2]，白头犹未解朝衣[3]。年来屡上陈情疏[4]，怎奈君恩不放归。老夫姓石名敏，字好问。幼年进士及第，随朝数载，累蒙擢用[5]。谢圣恩可怜，除授济南府尹之职。我有个同窗故友，姓韩名辅臣。这几时不知兄弟进取功名去了，还只是游学四方，一向音信杳无，使老夫不胜悬念。今日无甚事，在私宅闲坐。张千，门首觑者，若有客来时，报复我知道。（张千云）理会的。

（末扮韩辅臣上，诗云）流落天涯又几春，可怜辛苦客中身。怪来[6]喜鹊迎头噪，济上[7]如今有故人。小生姓韩名辅臣，洛阳人氏。幼习经史，颇看诗书，学成满腹文章，争奈[8]功名未遂。今欲上朝取应，路经济南府过。有我个八拜交[9]的哥哥是石好问，在此为理[10]，且去与哥哥相见一面，然后长行。说话中间，早来到府门了也。左右，报复去，道有故人韩辅臣特来相访。（张千报云）禀老爷得知，有韩辅臣在于门首。（府尹云）老夫语未悬口[11]，兄弟早到。快有请！（张千云）请进。（做见科）（韩辅臣云）哥哥，数载不见，有失问候。请上，受你兄弟两拜。（做拜科）（府尹云）京师一别，几经寒暑，不意今日惠顾，殊慰鄙怀。贤弟请坐。张千看酒来！（张千云）酒在此。（做把盏科）（府尹云）兄弟满饮一杯。（做回酒科）（韩辅臣云）哥哥也请一杯！（府尹云）筵前无乐，不成欢乐。张千，与我唤的[12]那上厅行首[13]杜蕊娘来，伏侍兄弟饮几杯酒。（张千云）理会的。出的这门来，这是杜蕊娘门首。杜大姐在家么？（正旦扮杜蕊娘上，云）谁唤门哩？我开了这门看。（做见科）（张千云）府堂上唤官身[14]哩。（正旦云）要官衫[15]么？（张千云）是小酒[16]，免了官衫。（做行科）（张千云）大姐，你立在这里，待我报复去。（做报科）（府尹云）着他进来！（正旦做见科，云）相公唤妾身有何分付？（府尹云）唤你来别无他事，这一位白衣卿相[17]是我的同窗故交，你把体面[18]相见咱。（正旦做拜科）（韩辅臣慌回礼云）嫂嫂请起！（府尹云）兄弟也，这是上厅行首杜蕊娘。（韩辅臣云）哥哥，我则道是嫂嫂。（背云）一个好妇人也！（正旦云）一个好秀才也！（府尹云）将酒来！蕊娘行酒[19]。（正旦与韩连递三杯科）（府尹云）住住！兄弟，我也吃一钟儿。（韩辅臣云）呀！却忘了送哥哥。（正旦递府尹酒饮科）（正旦云）秀才高姓大名？（韩辅臣云）小生洛阳人氏，姓韩名辅臣。小娘子谁氏之家，姓甚名谁？（正旦云）妾身姓杜，小字[20]蕊娘。（韩辅臣云）元来见面胜似闻名！（正旦云）果然才子，岂能无貌！（府尹云）蕊娘，你问秀才告珠玉[21]。（韩辅臣云）兄弟对着哥哥根前，怎敢提笔？正是弄斧班门[22]，徒遗笑耳。（府尹云）兄弟休谦！（韩辅臣云）这等，兄弟呈丑也。（做写科，云）写就了。蕊娘，你试看咱。（正旦念云）词寄[23]〔南乡子〕[24]。（词云）"袅娜[25]复轻盈，都是宜描上翠屏。语若流莺声似燕，丹青，燕语莺声[26]怎画成？　难道不关情[27]，欲语还羞便似曾。占断[28]楚城歌舞地，娉婷[29]，天上人间第一名。"好高才也！（韩辅臣云）兄弟此行，本为上朝取应，只因与哥哥久阔，迂道[30]拜访。幸睹尊颜，复蒙嘉宴。争奈试期将近，不能久留。酒散之后，便当奉别。（府尹云）贤弟且休去，略住三朝五日，待老夫赍发[31]你一路鞍马之费，未为迟也。张千，打扫后花园，请秀才在书房中安下[32]者！（韩辅臣云）花园冷静，怕不中么？（府尹云）既如此，就在蕊娘家安歇如何？（韩辅臣云）愿随鞭镫[33]！（府尹云）你看他一让一个肯。蕊娘，这是我至交的朋友，与你两锭银子，拿去你那母亲做茶钱，休得怠慢了秀才者！（正旦云）多谢相公。（韩辅臣云）兄弟谢了哥哥。大姐，到你家中拜你那妈妈去来。（正旦云）秀才，俺娘忒爱钱哩！（韩辅臣云）大姐不妨事，我多与他些钱钞便了也。（正旦唱）

【仙吕·端正好】郑六遇妖狐[34]，崔韬逢雌虎[35]，那大曲[36]内尽是寒儒。想知今晓古人家女，都待与秀才每为夫妇。

【幺篇】既不呵，那一片俏心肠，那里每[37]堪分付？那苏小卿[38]不辨贤愚，比如[39]我五十年不见双通叔，休道是苏妈妈，也不是醉驴驴。我是他亲生的女，又不是买来的奴，遮莫[40]拷的我皮肉烂，炼的我骨髓枯，我怎肯跟将那贩茶的冯魁去！（同韩下）

（府尹云）你看我那兄弟，秀才心性[41]，又是那吃酒的意儿，别也不别，径自领着杜蕊娘去了也。且待三朝五日，差人探望兄弟去。古语有云："乐莫乐兮新相知。"[42]岂不信然！（诗云）华省芳筵[43]不待终，忙携红袖去匆匆。虽然故友情能密，争似新欢兴更浓！（下）

---

[1] 楔子：明·孟称舜《古今名剧合选·柳枝集》的眉批："写唧哝哀怨之语，字字如大珠小珠落玉盘时也，岂非大作手。"

[2] 礼闱：古时科举的试院（考场）叫"闱"。科举时代，进士考试由礼部主持，故称考进士的考场为"礼闱"。

[3] 解朝衣：脱下官服，即辞职的意思。

[4] 陈情疏：晋初，李密以祖母年老多病为由，辞官不做，他写给皇帝的辞职书，后来称作《陈情表》。这里的"陈情疏"就是借用李密的故事，作辞职书的代称。疏，封建时代臣下向皇帝陈述事情的奏章。

[5] 擢（zhuó 音卓）用：提拔任用。

[6] 怪来：难怪。唐·王维《班婕妤（jié yú 音捷于）》诗："怪来妆阁闭，朝下不相迎。总向春园里，花间笑语声。"

[7] 济上：济水之上，指济南府。

[8] 争奈：怎奈。

[9] 八拜交：亦作"八拜之交"。原指世交的两家子弟拜见对方长辈时的礼节，典出宋·邵伯温《邵氏闻见录》："公至北京，李稷谒见，坐客次。久之，公着道服出，语之曰：'而父吾客也，只八拜。'稷不获已，如数拜之。"后泛指异姓兄弟结拜的关系。

[10] 为理：做官、任职。

[11] 语未悬口：话音未落，亦作"语未绝口"。悬，绝。

[12] 的：用作句中衬字，无义。

[13] 上厅行首：宋元时妓女分三等，上等的因色艺兼优则名为"行首"，每逢欢节

快日要去官厅供使，故称“上厅行首”。后泛指妓女。上厅，即官厅。行首，一行人之首的意思。

［14］唤官身：旧时妓女有官妓、私娼之分。官妓被编入乐籍，集中在行院里，主要任务是供奉内廷、承应官府。因此，官妓随时都有可能被招到官府参加庆贺或宾客宴会，这就叫作“官身”或“唤官身”。

［15］官衫：官妓到官厅应承时，穿着官府规定的服饰，此谓之“官衫”。外面套上红帔，叫作“官衫帔子”，犹如今之礼服。

［16］小酒：便宴、便酌。

［17］白衣卿相：亦作“白衣相”。古时平民穿白衣，官员才准许穿带颜色的衣服。“白衣卿相”是对那些虽没做官，但具有做官才能的读书人的尊称。宋·柳永〔鹤冲天〕词：“才子词人，自是白衣卿相。”

［18］把体面：行礼，一说拿出礼貌、按照规矩。

［19］行酒：酌酒奉客。

［20］小字：乳名。

［21］告珠玉：指乐伎向官员、文士请求题赠。珠玉，旧时对别人诗词文章的美称。

［22］弄斧班门：亦作“班门弄斧”，指在内行人面前卖弄本事。班，指鲁班，古代著名的能工巧匠。

［23］词寄：按照某个词牌填的词。

［24］〔南乡子〕：词牌名，又名〔好离乡〕〔蕉叶怨〕，原为唐教坊曲名。原为单调，始自后蜀欧阳炯，直至南唐冯延巳始增为双调。以欧阳炯〔南乡子〕《画舸停桡（ráo 音饶）》为正体，单调，二十七字，五句两平韵、三仄韵。单调有二十八字、三十字等变体，平仄换韵。双调有五十四、五十六、五十八字等变体。〔南乡子〕定格为双调五十六字，上下片各四平韵，一韵到底。此调唱时音节需流丽谐婉，声情掩抑。代表作有冯延巳〔南乡子〕《细雨湿流光》、辛弃疾〔南乡子〕《登京口北固亭有怀》等。

［25］袅娜：形容女子、草或枝条细长柔软。

［26］燕语莺声：燕子的话语，黄鹂的歌声。原形容大好春光，后多用以比喻女子婉转悦耳的语声。也作“莺声燕语”。

［27］关情：情牵意惹。唐·陆龟蒙《又酬袭美次韵》：“酒香偏入梦，花落又关情。”

［28］占断：占尽、完全占有。断，尽也、全也。唐·吴融《杏花》诗：“粉薄红轻掩敛羞，花中占断得风流。”

［29］娉婷（pīng tíng 音乒亭）：形容女子的姿态美，也指美女。宋·陈师道《放歌行》诗：“春风永巷闭娉婷。”

［30］迂道：绕道。唐·薛用弱《集异记·王瑶》：“（王瑶）所居水竹园林，占一川之胜境，而往来之人，多迂道以经焉。”

［31］赍（jī 音基）发：资助、援助。赍，拿东西送人，如《周礼·小祝》：“设道赍

之奠。”郑玄注：“犹送也。”发，有赈济义，《孟子·梁惠王上》：“途有饿殍（piǎo 音瞟）而不知发。”赍发多指资助钱财和路费。

[32] 安下：安歇、住下。

[33] 愿随鞭镫：愿执鞭随镫，意谓听从指挥，甘心情愿做仆役。鞭镫，马鞭和鞍镫。

[34] 郑六遇妖狐：唐传奇故事。有个叫郑六的人，在长安街上遇到一个自称“任十二”的美妇，爱而悦之，遂同居。后来郑虽知她是狐精，但已情爱深厚，难以割舍。任氏对郑六也很忠贞，虽遇强力威逼和诱惑，也不屈从。见唐·沈既济《任氏传》。

[35] 崔韬逢雌虎：唐传奇故事。蒲州人崔韬，在旅途中遇到一个虎怪。该虎怪脱皮变成一个美女，崔于是由爱慕而与之同居。崔将虎皮扔到井中，携此女他往，不久生一男孩儿。若干年后重游旧地，崔韬从井中取出虎皮，其妻披在身上，又变为虎，遂将崔及其孩子吃掉。见唐·薛用弱《集异记》。

[36] 大曲：泛指元代流行的戏曲。

[37] 那里每：有“哪里”“怎么”二义，这里是第一义。

[38] 苏小卿：见本书《赵盼儿风月救风尘》第一折注[71]。这里是杜蕊娘以此表白自己对韩辅臣的爱慕，也是为后面戏剧冲突埋下伏笔。

[39] 比如：譬如。

[40] 遮莫：亦作“遮末”，即使、哪怕。

[41] 心性：性情、本心。

[42] “乐莫乐兮”句：语出《九歌·少司命》：“入不言兮出不辞，乘回风兮载云旗。悲莫悲兮生别离，乐莫乐兮新相知。”

[43] 华省芳筵：指在官署内举办的华美的筵席。

第一折

（搽旦[1]扮卜儿上，诗云）不纺丝麻不种田，一生衣饭靠皇天。尽道吾家皮解库[2]，也自人间赚得钱。老身济南府人氏。自家姓李，夫主姓杜。所生一个女儿，是上厅行首杜蕊娘。近日有个秀才，叫做韩辅臣，却是石府尹老爷送来的，与俺女儿作伴。俺这妮子一心待嫁他，那厮也要娶我女儿。中间被我不肯，把他撚[3]出去了。怎么这一会儿不见俺那妮子，莫非又赶那厮去？待我唤他：蕊娘，贱人那里？（正旦领梅香[4]上，向古门道[5]云）韩秀才，你则躲在房里坐，不要出来，待我和那虔婆颓闹[6]一场去！（韩辅臣做应云）我知道。（正旦云）自从和韩辅臣作伴，又早半年光景。我一心要嫁他，他一心要娶我，则被俺娘板障[7]，不肯许这门亲事。我想一百二十行[8]，门门都好着衣吃饭，偏俺这一门，却是谁人制下[9]的？忒低微也呵！（唱）

【仙吕·点绛唇】则俺这不义之门，那里有买卖营运[10]？无资本，全凭着五个字迭办[11]金银。（带云）可是那五个字？（唱）无过是恶、劣、乖、毒、狠！

【混江龙】无钱的可要亲近，则除是驴生戟角瓮生根[12]。佛留下四百八门衣饭[13]，俺占着七十二[14]位凶神[15]。才定脚谢馆[16]接迎新子弟，转回头霸陵谁识旧将军[17]。投奔我的都是那矜爷害娘[18]、冻妻饿子、折屋[19]卖田、提瓦罐爻槌运[20]，那些个[21]慈悲为本？多则是[22]板障为门。

（云）梅香，你看奶奶做甚么哩？（梅香云）奶奶看经哩！（正旦云）俺娘口业作罪[23]，你这般心肠，多少经文忏的过来？枉作的业深了也！（唱）

【油葫芦】炕头上主烧埋的显道神[24]，没事哏[25]，苘麻头斜皮脸老魔君[26]。拿着一串数珠[27]是吓子弟降魔印[28]，轮着一条拄杖[29]是打鹨鹕[30]无情棍。茶房[31]里那一火[32]老业人[33]，酒杯间有多少闲议论；频频的间阻休熟分[34]，三夜早赶离门。

（梅香云）姐姐，这话说差了！我这门户人家[35]，巴不得接着子弟，就是钱龙[36]入门，百般奉承[37]他，常怕一个留他不住；怎么刚刚三日，便要赶他出门？决无此理。（正旦云）梅香，你那里知道！（唱）

【天下乐】他只待夜夜留人夜夜新，殷勤，顾甚的恩！不依随，又道是我女孩儿不孝顺。今日个漾人头厮摔，含热血厮喷[38]，定夺俺心上人。

（做见科，正旦云）母亲，吃甚么茶饭那？（卜儿云）灶窝里烧了几个灯盏[39]，吃甚么饭来！（正旦唱）

【醉扶归】[40]有句话多多的苦告你老年尊，累累的嘱托近比邻[41]，"一片花飞减却春"[42]，我如今不老也非为嫩，年纪小呵须是有气分[43]，年纪老无人问。

（云）母亲，嫁了您孩儿罢，孩儿年纪大了也！（卜儿云）丫头，拿镊子来镊了鬓边的白发，还着你觅钱[44]哩！（正旦云）母亲，你只管与孩儿懒性[45]怎的？（卜儿云）我老人家如今性子[46]淳善了，若发起村来[47]，怕不筋都敲断你的！（正旦唱）

【金盏儿】你道是性儿淳，我道你意儿村，提起那人情来往佯妆钝[48]。（带云）有几个打踅客旅[49]辈，丢下些刷牙掠头[50]，问奶奶要盘缠家去。（唱）你可早耳朵闭眼睛昏，前门里统镘客[51]，后门里一个使钱勤[52]；揉开汪泪眼，打拍[53]老精神。

（云）母亲。嫁了你孩儿者！（卜儿云）我不许嫁谁敢嫁！有你这样生忿忤逆[54]的！（正旦唱）

【醉中天】非是我偏生忿，还是你不关亲[55]，只着俺淡抹浓妆[56]倚市门，积趱[57]下金银囤[58]。（卜儿做怒科，云）你这小贱人！你今年才过二十岁，不与我觅钱，教那个觅钱？（正旦唱）你道俺才过二旬，有一日粉消香褪，可不道[59]老死在风尘！

（云）母亲，你嫁了孩儿罢！（卜儿云）小贱人，你要嫁那个来？（正旦唱）

【寄生草】告辞了鸣珂巷[60]，待嫁那韩辅臣。这纸汤瓶再不向红垆顿，铁煎盘再不使清油混，铜磨笴再不把顽石运[61]。（卜儿云）你要嫁韩辅臣这穷秀才，我偏不许你！（正旦唱）怎将咱好姻缘生折做断头香[62]？休想道泼烟花[63]再打入迷魂阵。

（卜儿云）那韩辅臣有甚么好处，你要嫁他？（正旦唱）

【赚煞】十度[64]愿从良，长则九度不依允。也是我八个字无人主婚，空盼上他七步才华[65]远近闻，六亲中无不欢欣。改家门，做的个五花诰夫人[66]，驷马高车锦绣裀[67]。道俺有三生福分，正行着双双好运。（卜儿云）好运好运，卑田院里赶趁[68]！你要嫁韩辅臣这一千年不长进的，看你打〔莲花落〕[69]也！（正旦唱）他怎肯教"一年春尽又是一年春"[70]。（下）

（卜儿云）俺女儿心心念念只要嫁韩秀才，我好歹偏不嫁他。俺想那韩秀才是个气高[71]的人，他见俺有些闲言闲语，必然使性出门去，俺再在女孩儿根前[72]调拨[73]他，等他两个不和，讪起脸来[74]，那时另接一个富家郎，才中俺之愿也。正是小娘爱的俏，老鸨爱的钞；则除非弄冷他心上人，方才是我家里钱龙到。（下）

---

［1］ 搽旦：元杂剧旦角色之一，特点是脸上搽粉抹黑，多扮演"坏女人"形象。搽旦角色没有唱段。搽旦形象所折射的社会问题多涉及紊乱的婚姻关系引发的家庭矛盾、城镇市民对财产意识的强化、老百姓对公平正义的渴望。搽旦在戏剧结构和情节发展中的作用：一、结构的基础作用，抽掉搽旦的戏，整个戏便不能成立；二、发挥喜剧搞笑的功能，活跃气氛，以吸引观众；三、以"恶"衬托"善"，以自私愚昧衬托正义与智慧，推进情节走向高潮，达到表彰正义、惩治邪恶的戏剧教化目的。搽旦角色显示了宋元市民生活的底色。

［2］ 皮解库：对妓院的谑（xuè 音血）称。解库，亦即"解典库"，即当铺。

［3］ 撚：同"撵"，赶走、驱逐。

[4] 梅香：婢女的别称。古时多以“梅香”为婢女命名，后便以“梅香”指代婢女。

[5] 古门道：亦作“古门”“鬼门道”，舞台上的上场门和下场门。元·柯九思《论曲》：“构肆中戏房出入之所，谓之‘鬼门道’。言其所扮者皆已往昔人，出入于此，故云‘鬼门’。愚俗无知，以置鼓于门，改为‘鼓门道’，后又讹而为‘古’，皆非也。”

[6] 颓闹：胡闹、不顾体面。颓，詈辞。

[7] 板障：阻拦、从中作梗。

[8] 一百二十行：泛指各种行业，是元代的流行语。社会越发展，分工越细致，到明代就有“三百六十行”的说法，如田汝成《西湖游览志余》云：“杭州三百六十行，各有市语。”“一百二”“三百六”，都是形容行业之多，并非实指行业的具体数目。

[9] 制下：创下、造下、留下。

[10] 营运：经营生意。

[11] 迭办：筹措。或作“叠办”。“叠”同“迭”，助词，无义。

[12] 驴生戟角瓮生根：比喻根本不可能发生的事情。戟，同“犄”。瓮是一种盛水或酒的陶器，无腿。根，指陶器之腿。

[13] 四百八门衣饭：四百八，是佛书中常用的形容“多”的词。衣饭，行业、生计的意思。

[14] 七十二：也是形容“多”的词，不是具体数字。

[15] 凶神：迷信者称凶恶的神，常用以指凶恶的人。

[16] 才定脚谢馆：才定脚，是说时间短暂。定脚，谓停步。谢馆，指妓院。

[17] 霸陵谁识旧将军：源于西汉名将李广因某次战役失利，被革职家居，一次出猎晚归，路经霸陵亭，被阻而未得通过的故事。《史记·李将军列传》载：李广“尝夜从一骑出，从人田间饮。还至霸陵亭，霸陵尉醉，呵止广。广骑曰：‘故李将军。’尉曰：‘今将军尚不得夜行，何乃故也！’”这里借用这个故事，意在说明娼家对床头金尽的嫖客冷眼相待，全然不顾旧日交情。

[18] 矜爷害娘：给父母带来苦痛和灾害。矜，这里是苦痛意。爷，指父亲，今华北地区还有这种称呼。

[19] 折屋：典卖房屋。折，典卖。今河北方言仍称典卖为“折卖”。

[20] 提瓦罐爻槌运：乞丐的命。瓦罐，乞丐讨饭用的餐具。爻槌，亦作摇槌、爻锤，乞丐唱莲花落时的鼓槌。

[21] 那些个：哪里是、谈不到的意思。

[22] 多则是：都只是。多，都的意思。元曲中“多”和“都”通用。

[23] 口业作罪：嘴犯罪孽的意思。口业，佛教所说“三业（身业、口业、意业）”之一。业，通“孽”，造孽。

[24] “炕头上”句：意谓坐在炕头上做圈套致人死命的显道神，暗指杜蕊娘的鸨母。烧埋，元代盛行火葬，人死了，即烧化和埋葬，因称“烧埋”，这里引申为设计害人。显道神，人死出殡时，走在前面的开路神，左手执玉印，右手持方天画戟。

[25] 没事哏：意为无事生非、寻衅找碴儿。亦作“没是哏”“无事哏”“无是狠”。哏，犹“狠”，是，犹“事”，音义并同。

[26] “苘（qǐng 音请）麻头”句：亦作“顷麻”，就是“青麻”。斜皮脸，谓厚脸皮、不知羞耻。魔君，即魔王，佛家所谓伤生害命的鬼头。这都是骂老鸨子的话，骂她是苘麻脑袋、赖皮脸、无恶不作的老魔王。

[27] 数珠：或作“念珠”，俗称佛珠，佛教徒诵经时用来计算次数的成串珠子。数珠多以木槵（huàng 音患）子贯起来使用，故又有“木槵子”之名，多用香木、核桃或菩提子串成。

[28] 降魔印：有两种解释，一是佛教徒所做的一种手势，二是道教用来降伏“妖魔”的玉印。这里采取第二种解释较为确切，比喻鸨母拿着一串念珠，装腔作势地骗人、吓人。

[29] 拄杖：拐杖。宋・陆游《老学庵笔记》卷五：“拄杖，斑竹为上，竹欲老瘦而坚劲，斑欲微赤而点疏。”或作柱杖、驻杖，音义并同。

[30] 鸂鶒（xī chì 音溪赤）：水鸟名，似鸳鸯而稍大，毛色多紫，故又称“紫鸳鸯”。此喻情侣。

[31] 茶房：也作“茶坊”，即茶馆。

[32] 一火：或作“一伙”，“一群”“一帮”的意思。火，是“伙”的本字。

[33] 老业人：犹云“老坏蛋”。

[34] “频频”句：屡次从中作梗，不教（嫖客和妓女）混熟了、亲热了。间（jiàn 音剑）阻，设置障碍、从中作梗。熟分，熟悉、亲热。

[35] 门户人家：指娼家。明・黄尊素《说略》：“门户二字，妓院名也。”

[36] 钱龙：指钱。古时使用铜钱，常把它穿成一串一串的，有似长龙，故云。这里犹如说“财神”。

[37] 百般奉承：用各种方式来恭维讨好人。

[38] 漾人头厮摔，含热血厮喷：这两句话原来是指抛头颅、洒热血的英勇的战斗场面，这里用来形容杜蕊娘为爱情而拼命斗争的精神。漾，也作“飏”，抛的意思。喷，散着射出，就是“洒”的意思。

[39] “灶窝里”句：谓家里穷，不正式做饭了，随便吃点“灯盏”之类的东西。鸨儿以此来表示对杜蕊娘不与韩辅臣断绝关系的不满。灶窝，灶洞、灶膛。灯盏，今河北有一种食品名“灯盏”，其做法是将黏米面烫熟，搓成直径约八九分的条，再截成二寸左右的段，然后在每一段的一端插入用香油浸泡过的纸捻，正月十五夜放灯时点燃，称“祭灯”；祭灯后，可将此物加热食之。

［40］〔醉扶归〕：曲牌名，北曲属【仙吕宫】，亦入【双调】【越调】，套数、小令兼用。六句六韵：五、五、七、五、七、五。

［41］比邻：近邻。唐·王勃《送杜少府之任蜀川》："海内存知己，天涯若比邻。"

［42］"一片"句：语出唐·杜甫《曲江》诗："一片花飞减却春，风飘万点正愁人。"杜蕊娘引用这句诗，意在说明青春随着年华流逝，很快就要过去。

［43］气分：体面、志气。

［44］觅钱：挣钱。

［45］憋（biē 音鳖）性：闹别扭、赌气。憋，同"憋"。

［46］性子：性情、脾气。《水浒传》第二回："老汉只得随他性子。"

［47］发起村来：撒起野来。村，粗、野。

［48］佯妆钝：装傻充愣的意思。

［49］打踅（xué 音学）客旅：转一转就走的临时客人。

［50］掠头：梳子。明·周祈《名义考》："篦亦以整发，即今掠子。"掠子，即掠头。

［51］统镘（màn 音曼）客：颇具钱财的客人。镘，俗称"镘儿"，旧时金属钱币上没有币名的一面（有币名的一面叫"字儿"）。元杂剧中用以指代钱。

［52］勤："勤儿"的省文，即年轻的嫖客。明·徐渭《南词叙录》："勤儿，言其勤于悦色，不惮烦也。亦谓刷子，言其乱也。"

［53］打拍：提起、振作的意思。

［54］生忿忤逆：忤逆不孝的意思。生忿，关系疏远，此指不孝。

［55］关亲：利害相关的亲属。清·胡文英《吴下方言考》："关亲，犹言痛痒相关之亲也。"

［56］淡抹浓妆：指妇女淡雅和浓艳两种不同的妆饰打扮。淡，浅、薄。抹，抹粉。浓，密、厚。妆，化妆。

［57］积趱（zǎn 音攒）：储蓄、积累，今冀、鲁、豫以及东北各地仍有此语。

［58］金银囤：是说鸨儿积攒的金银极多。囤，用竹篾、荆条等编成，或用席箔围成的较大型的装粮食的器物。

［59］可不道：岂不是。

［60］鸣珂巷：唐代京都长安有一条胡同叫鸣珂巷，巷里住了很多妓女，后人因用"鸣珂巷"作为冶游场所的代称。

［61］"这纸汤瓶"三句：都是说不愿再当妓女了。纸汤瓶，纸做的汤瓶；铁煎盘，铁制的煎盘；铜磨笴（gǎn 音敢），石磨上的铜把手：都是妓女自喻。红垆、清油、顽石（指石磨），均指嫖客。顿，"炖"的同音借字，烹饪法之一；混，掺和；运，转动：都是比喻和嫖客打交道。

［62］断头香：比喻离散。旧时迷信说法，用折断的香供佛的人，来世定要遭到离散或绝嗣的报应。

［63］泼烟花：对妓女的蔑称，犹如现在说的"臭婊子"。泼，詈辞，有讨厌、恶劣、

卑贱等义。烟花，指妓女。

[64] 十度：十次、十回，喻多次。

[65] 七步才华：三国时，曹操的长子曹丕即位后，忌恨弟弟曹植，设法谋害他。一次丕限植在七步之内作诗一首，否则就要处死，文思敏捷的曹植果然七步成章："煮豆持作羹，漉（lù 音路）豉（chǐ 音尺）以为汁。萁在釜下然（同'燃'），豆在釜中泣：'本自同根生，相煎何太急！'"后来人们就用"七步才华"来比喻才思敏捷、才华过人的人，这里指韩辅臣。

[66] 五花诰夫人：五花诰命夫人。《大金国志》卷三十五"诰敕"条："五品以上方用诰，诰用五色绫。"因而俗称"五花官诰"。

[67] 裀（yīn 音因）：褥子，这里指坐垫。

[68] 卑田院里赶趁：到卑田院赶饭吃。卑田院，即"悲田院"，乞丐收容所的代称。明·蒋一葵《长安客话》卷二"德胜门庵"条："从古都会之地，乞丐游食者众，故唐宋以来皆有悲田之设。"赶趁，此为赶饭吃。

[69] 打〔莲花落〕：本名〔莲花乐〕，民间歌曲的一种，以槌鼓，或以竹四片，摇之以为节。旧时乞丐求乞多唱它。

[70] 一年春尽又是一年春：旧时乞丐行乞时所唱《莲花落》中的首句，借指行乞。

[71] 气高：气性高、自尊心强。

[72] 根前：同"跟前"，面前、身边的意思。

[73] 调拨：同"挑拨"。

[74] 讪（shàn 音善）起脸来：指翻脸。人发怒时面孔红涨，称为"讪脸"。

第二折

（韩辅臣上，诗云）一生花柳[1]幸多缘，自有嫦娥爱少年。留得黄金等身[2]在，终须买断丽春园[3]。我韩辅臣本为进取功名，打从济南府经过。适值哥哥石好问在此为理，送我到杜蕊娘家安歇。一住半年以上，两意相投，不但我要娶他，喜得他也有心嫁我，争奈这虔婆百般板障。俺想来，他只为我囊中钱钞已尽，况见石府尹满考朝京[4]，料必不来复任，越越的欺负我，发言发语，只要撚我出门去。我是个顶天立地的男子汉，怎生受得一口气！出了他门，不觉又是二十多日。你道我为何不去，还在济南府淹阁[5]？倒也不是盼俺哥哥复任，思量告他；只为杜蕊娘他把俺赤心相待，时常与这虔婆合气[6]，寻死觅活，无非是为俺家的缘故。莫说我的气高，那蕊娘的气比我还高的多哩！他见我这日出门时节，竟自悻悻然[7]去了，说也不和他说一声儿，必然有些怪我。这个怪也只得由他怪，本等[8]是我的不是。以此沉吟展转[9]，不好便离此处。还须亲见蕊娘，讨个明白。若他也是虔婆的见识，没有嫁我之心，却不我在此亦无指望了，不如及早上朝取应，干我自家功名去。他若是好好的依旧要嫁我，一些儿不怪我，便受尽这虔婆的气，何忍负之！今日打听得虔婆和他一班儿[10]老姊妹在茶房中吃茶，只得将我羞脸儿揣在怀里[11]，再到蕊娘家去走一遭。（词云）我须是读书人凌云豪气，偏遇这泼虔婆全无顾忌。天若使石好问复任济南，少不的告他娘着他流递[12]。（下）

（正旦引梅香上，云）我杜蕊娘一心看上韩辅臣，思量嫁他，争奈我母亲不肯，倒发出许多说话，将他赶逐出门去了。我又不曾有半句儿恼着他，为何一去二十多日，再也不来看我？教我怎生放心得下！闻得母亲说，他是烂黄虀[13]，如今又缠上一个粉头[14]，道强似我的多哩！这话我也不信。我想这济南府教坊[15]中人，那一个不是我手下教道过的小妮子？料必没有强似我的。若是他果然离了我家，又去踹[16]别家的门，久以后我在这街上行走，教我怎生见人那！（唱）

【南吕·一枝花】东洋海洗不尽脸上羞，西华山[17]遮不了身边丑，大力鬼顿[18]不开眉上锁，巨灵神[19]劈不断腹中愁。闪的我有国难投，抵多少南浦伤离候[20]。爱你个杀才[21]没去就[22]，明知道雨歇云收[23]，还指望待天长地久[24]。

【梁州第七】这厮阑散了[25]虽离我眼底，忔憎[26]着又在心头。出门来信步闲行走，遥瞻远岫，近俯清流；行行厮趁，步步相逐[27]。知他在那搭儿里[28]续上绸缪[29]？知他是怎生来结做冤仇？俏哥哥不争[30]你先和他暮雨朝云，劣奶奶[31]则有分[32]吃他那闲茶浪酒[33]，好姐姐几时得脱离了舞榭歌楼？不是我出乖弄丑，从良弃贱，我命里有终须有，命里无枉生受。只管扑地掀天[34]无了休，着甚么来由[35]！

（梅香云）姐姐，你休烦恼，姐夫好歹[36]来家也。（正旦云）梅香，将过琵琶[37]来，待我散心适闷[38]咱。（梅香取砌末[39]科，云）姐姐，琵琶在此。（正旦弹科）（韩辅臣上，云）这是杜大姐家门首。我去的半月其程，怎么门前的地也没人扫，一刬的[40]长起青苔来，这般样冷落了也？（正旦做听科，云）那厮来了也！我则推不看见。（韩辅臣做入见科，云）大姐，祗揖[41]！（正旦做弹科，唱）

【牧羊关】不见他思量旧，倒有些两意儿投。我见了他扑邓邓火上浇油，恰便似钩搭住鱼腮箭穿了雁口[42]。（韩辅臣云）元来[43]你那旧性儿不改，还弹唱哩！（正旦做起拜科）（唱）你怪我依旧拈音乐，则许你交错劝觥筹[44]？你不肯冷落了杯中物，我怎肯生疏了弦上手[45]？

（韩辅臣云）那一日吃[46]你家妈妈赶逼我不过，只得忍了一口气，走出你家门，不曾辞别的大姐，这是小生得罪了！（正旦唱）

【骂玉郎】这的是母亲故折[47]鸳鸯偶[48]，须不是咱设下恶机谋；怎将咱平空抛落他人后，今日个何劳你贵脚儿，又到咱家走？

（韩辅臣云）大姐何出此言？你元许嫁我哩！（正旦唱）

【感皇恩】咱本是泼贱娼优，怎嫁得你俊俏[49]儒流？（韩辅臣云）这是有盟约在前的。（正旦唱）把枕畔盟，花下约，成虚谬。（韩辅臣云）我出你家门，也只得半个多月，怎便见得虚谬了那？（正旦唱）你道是别匆匆无多半月，我觉的冷清清胜似三秋。（韩辅臣跪科，云）大姐，我韩辅臣不是了，我跪着你请罪罢！（正旦不睬科，云）那个要你跪！（唱）越显的你嘴儿甜，膝儿软，情儿厚。

（韩辅臣云）我和你生则同衾，死则同穴哩。（正旦唱）

【采茶歌】[50]往常个侍衾裯[51]，都做了付东流[52]，这的是[53]娼门水局[54]下场头。（韩辅臣云）大姐，只要你有心嫁我，便是卓文君也情愿当垆沽酒来。（正旦唱）再休提卓氏女[55]亲当沽酒肆，只被你双通叔[56]早掘倒了玩江楼[57]。

（韩辅臣跪科，云）大姐，你休这般恼我，你打我几下罢。（正旦唱）

【三煞】[58]既你无情呵，休想我指甲儿汤着你皮肉[59]。似往常有气性[60]，打的你见骨头。我只怕年深了也难收救[61]，倒不如早早丢开，也免的自僝自僽[62]。（韩辅臣云）你不发放[63]我起来，便跪到明日，我也只是跪着。（正旦唱）顽涎儿[64]却依旧，我没福和你那“莺燕蜂蝶”为四友，甘分[65]做跌了弹的斑鸠[66]。

【二煞】有耨[67]处散诞松宽着耨，有偷[68]处宽行大步偷，何须把一家苦苦死淹留[69]。也不管设誓拈香，到处里停眠整宿，说着他瞒心的谎、昧心的咒。你那手怎掩傍人是非口？说的困[70]须休。

【尾煞】高如我三板儿的人物[71]也出不得手，强如我十倍儿的声名道着处有。寻些虚脾[72]，使些机勾[73]，用些工夫，再去趁逐[74]。你与我高揎起[75]春衫酒淹袖，舒你那攀蟾折桂[76]的指头，请先生别挽一枝章台路傍柳[77]。（下）

（韩辅臣做叹科，云）嗨，杜蕊娘真个不认我了！我只道是虔婆要钱，赶我出去，谁知杜蕊娘的心儿也变了！他一家门这等欺负我，如何受的过？只得再消停几日，等我哥哥一个消耗[78]来也不来，又作处置。（诗云）怪他红粉变初心，不独虔婆太逼临[79]。今日床头看壮士，始知颜色在黄金[80]。（下）

---

[1] 花柳：用作动词时谓嫖妓，用作名词时指妓院。此指嫖妓。

[2] 黄金等身：黄金堆起来有一人高，形容钱很多。等身，和身子一样高。

[3] “终须”句：意为终究要把杜蕊娘买到手。买断，亦作“断买”，即买死、买定之意。丽春园，亦作丽春院、丽春堂、丽春台，本是戏剧故事传说中妓女苏小卿的住所，后来成为妓院的通称。这里引申指杜蕊娘。

[4] 满考朝京：任职期满，到京城朝见天子，接受考察。满考，或作“考满”，这是封建时代在官员任期届满时对其政绩的考察制度，每三年考察一次，分称职、平常、不称职三种，作为升降赏罚的依据。

[5] 淹阁：耽搁、滞留。

[6] 合（gě 音舸）气：斗气、赌气、闹别扭。清·西周生《醒世姻缘传》第三十四回：“或与婆婆合气，或与丈夫反目。”今冀、鲁等地仍习用。

[7] 悻悻然：怨恨、恼怒的样子。《孟子·公孙丑下》：“悻悻然见于其面。”

[8] 本等：本来、原来。

[9] 沉吟展转：反复思考。

[10] 一班儿：同辈。

[11] 羞脸儿揣在怀里：宋元人习用语，形容含羞带愧的样子。揣，藏。

[12] 流递：把犯人押解到荒远的地方去。流，古代的一种刑罚，即流放、放逐。递，押解罪犯。

[13] 烂黄齑（jī 音机）：烂腌菜。此处用作詈辞，形容秀才又酸又臭，爱情不专一。

[14] 粉头：俗指妓女。粉，脂粉。《说文·米部》：“粉，傅面者也。”后因妓女多用脂粉涂脸，就此得名。明·陆嘘云《世事通考》：“粉头，妓者之称，言其以脂粉涂饰头面也。”“粉头”是不晚于元代产生的新词，侧重指以色艺事人的女子。

[15] 教坊：唐玄宗始设的管理伎乐的机构，宋元时也设教坊乐籍。因伎乐卖艺的同时也卖笑，故后来人们又用以指代妓院。

[16] 踹（chuài 音揣去声）：踏、蹬。

[17] 西华山：华山，五岳之一，在今陕西省华阴市。古人认为是最高的山。

[18] 顿：使劲猛然一拉谓之顿，这里是猛扯、猛挣的意思。今河北方言还有此说法。

[19] 巨灵神：古代神话传说中的河神，力大无比。据《水经注·河水》载，他把原来连在一起的华山和首阳山劈成两座山。《晋书·后妃列传上·武悼杨皇后附左贵嫔》：“峨峨华岳，峻极泰清。巨灵导流，河渎是经。”唐·赵彦昭《登骊山》诗：“河看大禹凿，山见巨灵开。”

[20] 南浦伤离候：指伤心地离别的时候。南朝梁·江淹《别赋》：“送君南浦，伤如

之何？”南浦，南面的水边，后常用称送别之地。

［21］杀才：原是憎词，犹如说该杀头的、该砍头的。这里反其意而用之，憎之极即爱之极也。

［22］没去就：不知所从。去就，犹“去从”。

［23］雨歇云收：用巫山神女典故，比喻情爱已结束。

［24］天长地久：形容时间长、日子久。

［25］阑散了：分开、离散。此指韩辅臣对自己的爱情衰减。

［26］忔（qì 音气）憎：原谓憎恶、讨厌，一般反用其意，是又憎又爱、憎极爱深的意思。宋·黄庭坚〔好事近〕词：“思量模样忔憎儿，恶又怎生恶？”

［27］厮趁、相逐：这里均是追随的意思。“行行厮趁”与“步步相逐”对偶，描写杜蕊娘闲行时的步态和看到的景物。

［28］那搭儿里：亦作“那塔儿”“那答”，意为哪里、哪块儿。

［29］续上绸缪：接着找上一个相好的（妓女）。绸缪，谓情深意厚，一般是指男女间深挚而缠绵的爱情。

［30］不争：如其、若是、倘使的意思。

［31］劣奶奶：坏妈妈，指鸨母。

［32］有分（fèn 音奋）：有机会、有心。

［33］闲茶浪酒：指风月场中的饮宴应酬。

［34］扑地掀天：形容闹得很凶。唐·白居易《风雨晚泊》诗：“青苔扑地连春雨，白浪掀天尽日风。”

［35］着甚么来由：犹如说“所为何来”。来由，因由。

［36］好歹：无论如何、不管怎样、总会的意思。

［37］琵琶：中国的一种四弦乐器，是在西汉“裁筝筑”的基础上逐步发展起来的，历东汉、魏晋至隋唐，基本定型。它在汉末魏初始获“枇杷”名。魏晋时，因“枇杷”二字音，改名“琵琶”。

［38］适闷：解闷。适，通“释”，消遣。

［39］砌（qiè 音窃）末：俗称“切末”或“切马子”。传统戏曲所用简单布景和大小道具的统称。清·李调（tiáo 音条）元《雨村剧话》卷上：“元杂剧，凡出场所应有持、设、零杂，统谓‘砌末’，如《东堂老》《桃花女》以银子为砌末，《两世姻缘》以镜、画为砌末，《灰阑记》以衣服为砌末，《杨氏劝夫》以狗为砌末，《度柳翠》以月为砌末。”

［40］一刬（chàn 音忏）的：统统的、全部。今北方仍有此说。

［41］祗（zhī 音支）揖：亦作“支揖”“拜揖”“做揖”“作揖”。男人的一种施礼动作，两手抱拳高拱，身子略弯，向人敬礼。祗，恭敬。

［42］钩搭住鱼腮箭穿了雁口：形容有话说不出的样子。

［43］元来：原来。明朝人忌讳“元来（谐元朝归来之意）”一词，遂改“元”作

“原”。

[44] 交错劝觥（gōng 音弓）筹：形容筵席上互相劝酒、行令的热闹场面。交错，交相错杂。觥，古时的一种酒杯。筹，行酒令时所用的签子。

[45] “你不肯”二句：明·孟称舜《古今名剧合选·柳枝集》的眉批：“韵语。”杯中物，酒的隐语。晋·陶渊明《责子》诗：“天运苟如此，且进杯中物。”弦上手，弹琵琶的手。

[46] 吃：此为被、遭受的意思。

[47] 折：此即拆的意思。

[48] 鸳鸯偶：鸳鸯雌雄相随，飞止相匹，比喻和睦的夫妻。唐·李白《去妇词》：“常嫌玳瑁孤，犹羡鸳鸯偶。”王琦注：“《尔雅翼》：‘鸳鸯，凫属也。雄名为鸳，雌名为鸯。雌雄未尝相舍，飞止相匹。人得其一，则其一思而死。’”亦省作“鸳偶”。

[49] 俊俏：容貌俊秀俏丽。

[50] 〔采茶歌〕：明·孟称舜《古今名剧合选·柳枝集》的眉批：“到处快爽。”

[51] 衾裯（qīn chóu 音亲绸）：被单。《诗·召南·小星》：“抱衾与裯。”毛传：“衾，被也；裯，禅（单）被也。”郑玄笺：“裯，床帐也。”

[52] 付东流：投入东流的江河之中，一去不复返，比喻希望落空或前功尽弃。付，交给。东流，泛指向东流的江河。

[53] 的（dí 音敌）是：真是、的确是。

[54] 水局：隐语，妓院、娼家。

[55] 卓氏女：指卓文君，汉代才女，西汉临邛（今四川邛崃）人。她与汉代著名文人司马相如的一段爱情佳话至今还被人津津乐道。她也有不少佳作流传后世，以“愿得一心人，白头不相离”为著名。这里是杜蕊娘自比卓文君。

[56] 双通叔：指北宋书生双渐，详见《赵盼儿风月救风尘》第一折注 [71]。这里代称情郎，借比韩辅臣。

[57] 掘倒了玩江楼：比喻韩辅臣破坏了杜、韩之间的爱情。

[58] 〔三煞〕：常与〔二煞〕〔煞尾〕连用，可产生逐渐收束的效果。

[59] “既你”二句：此处明·孟称舜《古今名剧合选·柳枝集》的眉批：“醋语絮得十分尽情。”汤着，挨着、碰着。

[60] 气性：脾气。

[61] 收救：挽救。

[62] 自僝（chán 音蝉）自僽（zhòu 音昼）：自寻烦恼、自找苦吃。僝僽，谓烦恼、愁苦。

[63] 发放：发落、发付、吩咐的意思。

[64] 顽涎儿：形容死皮赖脸的样子。

[65] 甘分：心甘情愿、宁愿。唐·刘悚（sù 音素）《隋唐嘉话》下：“其子涕泣不自

辩明，但言：‘得死于母，死甘分。’”话本《简帖和尚》：“甘分守闾丘。”皆其例。

[66] 跌了弹的斑鸠：巢倾蛋打后的斑鸠。比喻人上了当而自怨自艾（yì 音义）。跌，摔。弹，同“蛋”。

[67] 耨（nòu）：原为除草的意思，元曲中多用作形容男女之间热闹的调情和欢会。

[68] 偷：指偷情。

[69] 淹留：久留、停留。战国楚 · 屈原《离骚》：“时缤纷其变易兮，又何可以淹留？”

[70] 困：这里是疲倦的意思。

[71] “高如”句：意思是说比我强很多倍的人物。三板儿，古人筑墙，称六尺或八尺为一板；三板，极言其高。

[72] 虚脾：虚情假意。金 · 董解（jiè 音介）元《西厢记诸宫调》卷七：“说尽虚脾，使尽局段，把人赢勾厮欺谩，天须开眼。”

[73] 机勾：同“机彀”，指圈套、手段、计谋。

[74] 趁逐：追求、追随。唐 · 陆龟蒙《夜泊咏栖鸿》：“可怜霜月暂相依，莫向衡阳趁逐飞。”

[75] 揎（xuān 音宣）起：卷起、捋（luō 音啰）袖子露出手臂。

[76] 攀蟾折桂：比喻科举得中。旧时人们认为科举及第就等于到月宫里折到桂枝，因以为喻。

[77] “请先生”句：明 · 孟称舜《古今名剧合选 · 柳枝集》的眉批：“又醋又韵。”章台柳，见唐传奇《柳氏传》，书生韩翊（yì 音忆）与住在长安章台街上的妓女柳氏恋爱，后来韩翊因故离开长安。等他再回长安时，柳氏已不知去向，他就作了一首诗怀念她。诗云：“章台柳，章台柳，昔日青青今在否？纵使长条依旧垂，亦应攀折他人手。”后人就用以代指妓女。傍，同“旁”。

[78] 消耗：消息、音信。宋 · 司马光《涑（sù 音素）水记闻》卷十一：“自杨守素回后，又经月余，寂无消耗。”

[79] 逼临：逼迫、欺凌。唐 · 温大雅《大唐创业起居注》卷一：“突厥前后夹击，埃尘涨天，逼临汾河。”

[80] “今日”二句：本于唐 · 张籍《行路难 · 湘东行人长叹息》诗：“床头黄金尽，壮士无颜色。”后来人们常用来形容嫖客钱财挥霍光时，受到娼家冷落的情况。

第三折

（*石府尹上，云*）老夫石好问是也。三年任满朝京，圣人道俺贤能清正，着复任济南。不知俺那兄弟韩辅臣进取功名去了，还是淹留在杜蕊娘家，使老夫时常悬念。已曾着人探听他踪迹，未见回报。张千，门首觑者，待探听韩秀才的人来，报复我知道。（韩辅臣上，云）闻得哥哥复任济南，被我等着了也。来到此间，正是济南府门首。张千，报复去，道韩辅臣特来拜访。（张千报科）（石府尹云）道有请。（见科）（韩辅臣云）恭喜哥哥复任名邦！做兄弟的久客空囊，不曾具得一杯与哥哥拂尘[1]，好生惭愧。（石府尹做笑科，云）我以为贤弟扶摇万里[2]，进取功名去了，却还淹留妓馆，志向可知矣！（韩辅臣云）这几时你兄弟被人欺侮，险些儿一口气死了，还说那功名怎的！（石府尹云）贤弟，你在此盘缠缺少，不能快意是有的，那一个就敢欺负着你？（韩辅臣云）哥哥不知，那杜家老鸨儿欺负兄弟也罢了，连蕊娘也欺负我。哥哥，你与我做主咱！（石府尹云）这是你被窝儿里的事，教我怎么整理[3]？（韩辅臣云）您兄弟唱喏[4]。（石府尹不理科，云）我也会唱喏。（韩辅臣云）我下跪。（石府尹又不理科，云）我也会下跪。（韩辅臣云）哥哥，你真不肯整理，教我那里告去？您兄弟在这济南府里倚仗哥哥势力，那个不知？今日白白的吃他娘儿两个一场欺负，怎么还在人头上做人？不如就着府堂触阶而死罢了！（做跳科。石府尹忙扯住，云）你怎么使这般短见！你要我如何整理？（韩辅臣云）只要哥哥差人拿他娘儿两个来扣厅[5]责他四十，才与您兄弟出的这一口臭气。（石府尹云）这个不难，但那杜蕊娘肯嫁你时，你还要他么？（韩辅臣云）怎么不要？（石府尹云）贤弟不知，乐户[6]们一经责罚过了，便是受罪之人，做不得士人妻妾。我想，此处有个所在[7]，叫做金线池[8]，是个胜景去处。我与你两锭银子，将的去卧番羊，窨下酒[9]，做个筵席，请他一班儿姊妹来到池上赏宴，央他们替你赔礼，那其间必然收留你在家。可不好那？（韩辅臣做揖科，云）多谢哥哥厚意！则今日便往金线池上安排酒果，走一遭去也。（下）

（石府尹云）兄弟去了也。这一遭好共歹成就了他两口儿，可来回老

夫的话。(诗云)钱为心所爱，酒是色之媒。会[10]看鸳鸯羽，双双池上归。(下)

(外旦三人上，云)妾身张嬷嬷[11]，这是李妗妗，这是闵大嫂，俺们都是杜蕊娘姨姨的亲眷。今日在金线池上，专为要劝韩辅臣、杜蕊娘两口儿圆和[12]。这席面不是俺们设的，恐怕蕊娘姨姨知道是韩姨夫出钱安排酒果，必然不肯来赴，因此只说是俺们请他。酒席中间，慢慢的劝他回心，成其美事。道犹未了，蕊娘姨姨早来也。(正旦上，相见科，云)妾身有何德能，着列位奶奶们置酒张筵，何以克当！(唱)

【中吕·粉蝶儿】[13]明知道书生教门儿负心短命[14]，尽[15]教他海角飘零。没来由强风情[16]，刚可喜男婚女聘。往常我千战千赢，透风处[17]使心作幸[18]。

【醉春风】能照顾眼前坑，不堤防[19]脑后井；人跟前不恁的[20]吃场扑腾[21]，呆贱人几时能勾醒、醒？虽是今番，系干宿世[22]，事关前定。

(众旦云)这是首席，姨姨请坐。(正旦云)看了这金线池，好伤感人也！(唱)

【石榴花】[23]恰便似藕丝儿分破镜花明[24]，我则见一派[25]碧澄澄，东关里犹自不曾经，到如今整整半载其程[26]。眼前面兜率[27]神仙境，有他呵怎肯道蓦出门庭？那时节眼札毛和他厮拴定[28]，矮房里相扑着闷怀萦[29]。

【斗鹌鹑】虚度了丽日和风，枉误了良辰美景。往常俺动脚是熬煎[30]，回头是撞挺[31]。拘束的刚刚转过双眼睛[32]。到如今各自托生[33]：我依旧安业着家[34]，他依旧离乡背井[35]。

(众旦云)俺们都与姨姨奉一杯酒！(正旦唱)

【普天乐】[36]小妹子是爱莲儿，你都将我相钦敬；茶儿[37]是妹子，你与我好好的看承；小妹子是玉伴哥[38]，从来有些独强性[39]。（众旦云）姨姨，你为何嗟声叹气的？今日这样好天气，又对着这样好景致，务要开怀畅饮，做一个欢庆会才是。（正旦唱）说甚么人欢庆，引得些鸳鸯儿交颈和鸣，忽的见了，愠的面赤，兜的[40]心疼。

（众旦云）姨姨，俺则这等吃酒，可不冷静？（正旦云）待我行个酒令，行的便吃酒，行不的罚金线池里凉水。（众旦云）俺们都依着姨姨的令行。（正旦云）酒中不许题着"韩辅臣"三字，但道着的，将大觥来罚饮一大觥。（众旦云）知道。（正旦唱）

【醉高歌】[41]或是曲儿中唱几个花名[42]，（众旦云）我不省得。（正旦唱）诗句里包笼着〔尾声〕[43]。（众旦云）我不省得。（正旦唱）续麻道字针针顶[44]，（众旦云）我不省的。（正旦唱）正题目[45]当筵合笙[46]。

（众旦云）我不省的，则罚酒罢！（正旦云）拆白道字、顶针续麻、挡筝拨阮[47]，你们都不省得，是不如韩辅臣。（众旦云）呀！姨姨，你可犯了令也！将酒来罚一大觥。（正旦饮科，唱）

【十二月】想那厮着人赞称，天生的济楚[48]才能；只除了心不志诚[49]，诸余[50]的所事儿聪明。本分的从来老成，聪俊的到底杂情[51]。

【尧民歌】[52]丽春园则说一个俏苏卿，明知道不能勾嫁双生，向金山壁上去留名，画船儿赶到豫章[53]城。撇甚么清[54]！投至得[55]你秀才每忒寡情，先接了冯魁定。

（正旦做叹气科，云）我不合道着"韩辅臣"，被罚酒也。（众旦云）

姨姨，又犯令了！再罚一大觥。（正旦做饮科，唱）

【上小楼】闪的我孤孤另另[56]，说的话涎涎邓邓[57]；俺也曾轻轻唤着，躬躬前来，喏喏连声。但酒醒，硬打挣[58]，强词夺正[59]，则除是醉时节酒淘真性[60]。

（正旦做醉跌科，众旦扶科）（韩辅臣上，换科）（众旦下）（正旦唱）

【幺篇】不死心想着旧情，他将我厮看厮待[61]，厮知厮重，厮钦厮敬。不是我把不定，无记性，言多伤行[62]。扶咱的小哥每是何名姓？

（韩辅臣云）是小生韩辅臣。（正旦云）你是韩辅臣？靠后！（唱）

【耍孩儿】我为你逼绰[63]了当官令[64]，（带云）谢你那大尹相公呵！（唱）烟花簿[65]上除抹[66]了姓名，交绝了怪友和狂朋，打并[67]的户净门清。试金石[68]上把你这子弟每从头儿画，分两等[69]上把郎君子细[70]秤。我立的其身正，倚仗着我花枝般模样，愁甚么锦片也似前程！

【二煞】我比那窬[71]墙贼蝎螫索自忍[72]，我比那俏郎君掏模[73]须噤声[74]，那里也恶茶白赖[75]寻争竞[76]。最不爱打揉[77]人七八道猫煞爪[78]，掐纽[79]的三十驮[80]鬼捏青[81]。看破你传槽病[82]，掴着手分开云雨，腾的似线断风筝。

【尾煞】我和你半年多衾枕恩，一片家缱绻情[83]，交[84]明春岁数三十整。（带云）我老了也，你要我怎的？（唱）你且把这不志诚的心肠与我慢慢等！（做摔开科，下）

（韩辅臣云）嗨，他真个不欢喜我了，更待干罢！只得到俺哥哥那里告他去。（下）

---

［1］ 拂尘：接风洗尘。明·张四维《双烈记·归省》："我儿途路辛苦，赛多娇看酒，为你姐姐拂尘。"

［2］ 扶摇万里：功成愿遂、青云直上的意思。语出《庄子·逍遥游》："鹏之徙于南冥也，水击三千里，抟（tuán 音团）扶摇而上者九万里。"后人用这句话来比喻很快地升官和得到功名，如唐·李白《上李邕》诗云："大鹏一日同风起，扶摇直上九万里。"扶摇，急遽盘旋而上的暴风，乘此风而上，就能迅速到达高空。

［3］ 整理：处置、办理。

［4］ 唱喏（rě 音惹）：旧时男子相见时所行的一种礼节，一边作揖，一边"喏喏"连声，以表敬意。

［5］ 扣厅：犹云"当厅""当堂"。

［6］ 乐户：官妓的通称。古时妇女因犯罪而被强行没入官府，学习音乐舞蹈，称为"乐户"。

［7］ 所在：地方、场所、去处。

［8］ 金线池：济南名胜之一，一般称为"金线泉"。此泉有两道泉水，汇在一池，中分一线，遇日光照射，发黄色亮光，故有此称。清·刘鹗《老残游记》第三回对它有详细描写。

［9］ 卧番羊、窨（yìn 音印）下酒：宰羊、备酒的意思。按元剧中每说到吉庆筵席，辄（zhé 音折）曰"卧番羊""椎（chuí 音垂）翻牛"，是因为喜庆事，讳言"杀"字。窨下酒，即准备下酒。窨，这里用为动词，意为埋藏。

［10］ 会：语气词，这里有预料其必然的意思。

［11］ 嬷嬷：旧时对老年或长辈妇女的敬称，犹如称"妈妈"。今河北省中南部仍习用。

［12］ 圆和：亦作"圆成""圆就"，团圆和好、成就婚姻的意思。

［13］ 【中吕·粉蝶儿】：明·孟称舜《古今名剧合选·柳枝集》眉批："衷肠缕缕，越骂越觉其藐（miǎo 音秒）至。"

［14］ "明知道"句：此句明·孟称舜《古今名剧合选·柳枝集》夹批："妙。"书生教门儿，书生这一类人，即读书人。

［15］ 尽：这里是"任凭"的意思。

［16］ 强风情：勉强装作有爱情的样子。

［17］ 透风处：指因不慎而偶有失漏之时。

［18］ 使心作幸：费心机、用计谋。

［19］ 不堤防：没有防备。堤防，即"提（dī 音低）防（fang 音房轻声）"。

［20］ 不恁（nèn 音嫩）的：倘不如此的意思。

［21］ 吃场扑腾：栽跟头、吃亏的意思。

［22］ 宿世：前世。《法华经·授记品》："宿世因缘，吾今当说。"

［23］〔石榴花〕：明·孟称舜《古今名剧合选·柳枝集》眉批："伤感得好。"

［24］ 藕丝儿分破镜花明：这是双关语，一面描写金线池好像镜面上一根藕丝划成两个部分，一面又借景抒情，影射爱情分裂的苦恼。

［25］ 一派：一片。

［26］ 半载其程：就是半年左右的时间，今冀、鲁农村仍习用。其程，即期程、期限。

［27］ 兜率（shuài 音帅）："兜率天"或"兜率宫"的省文，梵（fàn 音范）语，是佛教神话中的天宫，位于虚无缥缈之中。佛经说它居于欲界六天之第四重天，在须弥山顶上十二万由旬之处，有七宝宫殿，诸天住其中。内院有四十九院，弥勒菩萨在此说法，教化天人。或译作叨利、忉利，译音不同，写法不同，还有译作"兜率陀""兜术""都史多"，意译为知足、喜足、妙足、上足等，谓受乐知足而生喜足心也。《法华经·劝发品》："若有人受持读诵，解其义趣，是人命终……即往兜率天上弥勒菩萨所。"。

［28］ 眼札毛和他厮拴定：眼睫毛互相拴挂在一起，形容两个人离得很近，脸挨着脸，即形影不离的意思。也作"眼扎毛"，北方称睫毛为"眼扎毛"。

［29］ 怀萦：情怀纠缠的意思。宋·周邦彦〔氐州第一·波落寒汀〕词："座上琴心，机中锦字，觉最萦怀抱。"

［30］ 熬煎：此为纠缠的意思。

［31］ 撞挺：顶撞、抢白。

［32］"拘束的"句：处处受限制，只有眼睛还可以随意转动。极言杜蕊娘的生活受鸨母的挟制。

［33］ 托生：迷信说法，人死之后投胎再生。此为投奔前程的意思。

［34］ 安业着家：安于本业，待在家里。

［35］ 离乡背井：离开家乡到外地。背，离开。井，古制八家为井，引申为乡里、家宅。

［36］〔普天乐〕：曲牌名，又名〔黄梅雨〕。南北曲均有此曲牌，但句法不同。北曲属【中吕宫】，用于套曲、小令。据清·周祥钰《九宫大成谱》，其字数定格及韵式为十一句七韵：三、三、四、四、三、三、七、七、四、四、四。首六句两两对仗，末三句作鼎足对。

［37］ 茶儿：唐代以"茶"为小女的美称。

［38］ 玉伴哥：犹言"伴姑"，庄户少女。玉，汉语多用以形容美女。伴哥，指村中少年。这里"玉伴哥"，当指性格执拗的女孩儿。

［39］ 独强性：性格孤僻、倔强。

［40］ 兜的：副词，突然、忽的、猛然。

［41］〔醉高歌〕：曲牌名，又名〔醉高楼〕〔最高楼〕。属北曲【中吕宫】，据清·周祥钰《九宫大成谱》字数定格及韵式为四句四韵：六、六、七、六。用于套曲和小令。小令中常与〔喜春来〕〔摊破喜春来〕〔红绣鞋〕合作带过曲。

［42］曲儿中唱几个花名：是把“花名”编在曲子里唱，这是宋元时的一种文雅游戏。花名，戏曲院本中的名目。

［43］“诗句里”句：做一首诗，末尾三句，要和曲子的〔尾声〕一样，能唱出来。这种体制叫作“诗头曲尾”，也是一种较为文雅的游戏。

［44］“续麻”句：这是两种文字游戏，即“拆白道字”和“顶针续麻”。拆白道字，一种文字游戏，把一个字拆开，使成一句话。宋·黄庭坚《两同心》：“你共人女边著子，争知我门里挑心。”为拆好、闷二字为句。顶针续麻，宋、元以来的一种文字游戏，一人说一条成语或诗文，下一个人以其尾字为首字，再接着说，说不出者为负，罚饮酒或其他。

［45］正题目：规定题目。题目，有三种含义：一是“合生”的别称。南宋·高承《事物纪原》：“合生之原，起于唐中宗时也，今人亦谓之唱题目。”元·陶宗仪《南村辍耕录》所载院本名目中有“题目院本”一类。二是元杂剧之“题目正名”的简称。如元刊《追韩信》之末的题目正名，即标曰“题目”。三是早期南戏中之“题目”，乃置于第一出副末上场之前，为四句韵语，总括全剧故事之大要，供写戏报、招徕观众用。至明改本的戏文，始演变为开场副末的下场诗。

［46］当筵合笙：在筵席上随意指一种花草名或饮宴的用具等物为题，当场即兴编成诗词、戏曲并演唱出来。合笙，唐宋时由国外传入的一种歌曲，或作“合生”。《新唐书·武平一传》曰：“伏见胡乐施于声律，本备四夷之数，比来日益流宕，异曲新声，哀思淫溺，始自王公，稍及闾巷，妖伎胡人，街童市子，或言妃主情貌，或列王公名质，咏歌蹈舞，号曰合生。”在唐代是一种以歌咏为主、伴随舞蹈的伎艺。在宋代是一种说唱伎艺，艺人在表演当场指物赋诗。宋·洪迈《夷坚志》乙集卷六“合生诗词”条云：“江浙间路岐伶女，有慧黠知文墨能于席上指物题咏应命辄成者，谓之合生。”

［47］搊（chōu 音抽）筝拨阮：搊，用手弹奏乐器。拨，用一种薄片（一般是用象牙做成，套在手指头上用的）弹奏乐器。这两者都是指演奏乐器的方法。阮，是一种似月琴而比月琴大的乐器，今民乐中仍有之，据传是晋代阮咸所创制，故称为“阮咸”，简称“阮”。筝，也叫古筝，木制长形的弦乐器，相传是战国时秦国的蒙恬所创制，故称之为“秦筝”。

［48］济楚：整齐、漂亮。宋·李清照《永遇乐》词：“铺翠冠儿，捻金雪柳，簇带争济楚。”

［49］志诚：亦作“至诚”“致诚”，诚恳老实的意思。金·董解元《西厢记诸宫调》卷四：“说志诚，说衷肠；骋奸俏，骋浮浪。”

［50］ 诸余：其余的诸般、种种、一切。金 · 董解元《西厢记诸宫调》卷五："好多娇媚诸余美，遂对月微吟，各有相怜意。"

［51］ 杂情：感情不纯真、爱情不专一。

［52］〔尧民歌〕：曲牌名，属【中吕宫】，亦入【正宫】。七句七韵：七、七、七、七、二、五、五。套数中例承〔十二月〕后而下接〔快活三〕，小令则须作为它们的带过曲。

［53］ 豫章：古县名，即今江西省南昌市。相传双渐考中得官即任豫章县令。

［54］ 撇甚么清：装什么清高！撇清，伪装置身事外，使用花言巧语掩饰劣迹，故意表示所谓清高。

［55］ 投至得：亦作"投至的"，此为"在此以前"的意思。

［56］ 孤孤另另：孤孤零零、孤孤单单。

［57］ 涎涎邓邓：颠三倒四、糊里糊涂。

［58］ 硬打挣：强挣扎、强支持。

［59］ 强词夺正：强词夺理。

［60］ 酒淘真性：酒能使人露出真面目来。淘，本意为用水冲洗，汰除杂质，这里引申为显露的意思。

［61］ 厮看厮待：（很好地）相看待。厮，相。重用"厮"字是为了加强语气。

［62］ 行：品行。

［63］ 逼绰：丢掉、摆脱。

［64］ 当官令：官妓的乐籍。

［65］ 烟花簿：官妓的名册。

［66］ 除抹：涂抹掉、除掉。

［67］ 打并：打扫、收拾。

［68］ 试金石：一种试验金子真伪、纯度的石头，把金子在它上面一划，就能知道是否真金及含金量。这里比喻对人的衡量和考验。

［69］ 等："戥"的同音借字。

［70］ 子细：同"仔细"。

［71］ 鴓（gǒng 音巩）：钻入。《中原雅音》："鴓，攒（zuān 音钻）穴也。"鴓墙贼，就是在墙上掏窟窿的贼。今北方方言仍称用头拱物为"鴓"。

［72］ 蝎螫（shì 音世）索自忍：让蝎子蜇了，只好暗忍住疼痛，喻有苦难言。索，只得。

［73］ 掏模：掏摸，偷人东西的动作，这里指偷情。

［74］ 噤声：住口。

［75］ 恶茶白赖：亦作恶叉白赖、死及白赖，意思是无理取闹、缠扰不休。

［76］ 寻争竞：寻事吵闹。

［77］ 打揉：抓挠。

[78] 猫煞爪：像猫爪那样把人的皮肤抓破。

[79] 掐纽：掐，使指尖用力夹或用力按。纽，同“扭”，揪的意思。

[80] 三十驮：三十块、三十处。驮，亦作“坨”，通“陀”，块、处。

[81] 鬼捏青：无名青肿。睡觉时不知不觉皮肤上出现青紫处，迷信者认为这是鬼捏的。

[82] 传槽病：牲畜同槽而食，疫病相传，谓之传槽病。当时习惯用来骂人，意为相互影响的坏作风。

[83] 缱绻（qiǎn quǎn 音浅犬）情：深厚的难舍难分的情意。缱绻，指感情深厚，固结不解。《诗·大雅·民劳》：“无纵诡随，以谨缱绻。”

[84] 交：到、进入。《红楼梦》第一回：“那天已交三鼓，二人方散。”

第四折

（石府尹引张千上，诗云）三载为官卧治[1]过，别无一事系心窝。唯余故友鸳鸯会，金线池头竟若何？老夫石好问，为兄弟韩辅臣、杜蕊娘在金线池上，着他两口儿成合[2]。这蚤晚不见来回话，多咱[3]是圆和了也。张千，抬放告牌[4]出去。（韩辅臣上，云）门上的，与俺通报去，说韩辅臣是告状的，要见！（张千报科。韩辅臣做入见科，云）哥哥拜揖。（石府尹云）兄弟，您两口儿完成[5]了么？（韩辅臣云）若完成了时，这蚤晚正好睡哩，也不到你衙门里来了！那杜蕊娘只是不肯收留，我今日特来告他。（石府尹云）他委实不肯，便罢了，教我怎生断理[6]？（韩辅臣云）哥哥，你不肯断理，您兄弟唱喏。（做揖。石府尹不理科，云）我不会唱喏那！（韩辅臣云）您兄弟下跪。（做跪。石府尹不理科，云）我不会下跪那！（韩辅臣云）你再四的不肯断理，我只是死在你府堂上，教你做官不成。（做触阶。石府尹忙扯科，云）那个爱女娘的[7]似你这般放刁[8]来！罢罢罢，我完成了你两口儿。张千，与我拿将杜蕊娘来者！（张千云）理会的。（唤科，云）杜蕊娘，衙门里有勾[9]！（正旦上，云）哥哥，唤我做甚么？（张千云）你失误了官身[10]，老爷在堂上好生着恼[11]哩！（正旦云）可怎了也！（唱）

【双调·新水令】忽传台旨[12]到咱丽春园，则道是除抹[13]了舞裙歌扇。逢个节朔[14]，遇个冬年，拿着这一盏儿茶钱，告哥哥可怜见。

（云）可蚤来到府门首也。哥哥，你与我做个肉屏风儿[15]，等我偷觑[16]咱。（张千云）这使的。（正旦做偷觑，内吆喝科，旦唱）

【沉醉东风】则道是喜孜孜设席肆筵[17]，为甚的怒哄哄列杖擎[18]鞭？好教我足未移心先战，一步步似毛里拖毡[19]。本待要大着胆挺着身行靠前，百忙里[20]仓惶倒偃[21]。

（张千报科，云）禀爷，唤将杜蕊娘来了也！（石府尹云）拿将过来。（韩辅臣云）哥哥，你则狠着些！（石府尹云）我知道。（张千云）当面！（正旦云）妾身杜蕊娘来了也。（石府尹云）张千，准备下大棍子者！将枷来发到司房[22]里责词[23]去。（正旦云）可着谁人救我那？（做回顾见科，云）兀的不是韩辅臣？俺不免揣着羞脸儿，哀告他去。（唱）

【沽美酒】使不着撒腼腆[24]，仗那个替方便[25]？俺只得忍耻耽羞求放免[26]。（云）韩辅臣，你与我告一告儿！（韩辅臣云）谁着你失误官身？相公恼的狠哩！（正旦唱）你与我搜寻出些巧言，去那官人行劝一劝。

（韩辅臣云）你今日也有用着我时节？只要你肯嫁我，方才与你告去。（正旦云）我嫁你便了！（唱）

【太平令】从今后我情愿实为姻眷，你只要蚤些儿替我周全。（韩辅臣云）我替你告便告去，倘相公不肯饶你如何？（正旦唱）想当初罗帐里般般逞遍[27]，今日个纸褙子又将咱欺骗[28]，受了你万千作贱[29]，那些儿[30]体面？呀，谁似您浪短命[31]随机应变。

（石府尹云）张千，将大棒子来者！（韩辅臣云）哥哥，看您兄弟薄面，饶恕杜蕊娘初犯罢！（石府尹云）张千，带过杜蕊娘来！（正旦跪科）（石府尹云）你在我衙门里供应[32]多年，也算的个积年[33]了，岂不知衙门法度？失误了官身，本该扣厅责打四十，问[34]你一个不应[35]罪名。既然韩解元[36]在此替你哀告，这四十板便饶了，那不应的罪名却饶不的！（韩辅臣云）那杜蕊娘许嫁您兄弟了，只望哥哥一发连这公罪也饶了罢！（做跪科）（石府尹忙扯起科，云）杜蕊娘，你肯嫁韩解元么？（正旦云）妾委实愿嫁韩辅臣。（石府尹云）既如此，老夫出花银百两，与你母亲做财礼，则今日准备花烛酒筵，嫁了韩解元者。（韩辅臣云）多谢哥哥完成我这桩美事。（正旦云）多谢相公抬举。（唱）

【川拨棹】似这等好姻缘，人都道全在天。若是俺福过灾缠，空意惹情牵，间阻的山长水远[37]，几时得人月圆。

【七兄弟】蚤则是对面、并肩、绿窗前，从今后称[38]了平生愿。一个向青灯黄卷[39]赋诗篇，一个翦红绡翠锦学针线。

【梅花酒】忆分离自去年，争些儿打散文鸳，折破芳莲[40]，咽断顽涎。为老母相间阻，使夫妻死缠绵，两下里正熬煎，谢公相[41]肯矜怜。

【收江南】呀，不枉了“一春常费买花钱”[42]，也免得佳人才子只孤眠。得官呵相守赴临川[43]，随着俺解元，再不索[44]哭啼啼扶上贩茶船[45]！

（韩辅臣同正旦拜谢科，云）哥哥请上，您兄弟拜谢。（石府尹答拜科，云）贤弟，恭喜你两口儿圆和了也。但这法堂上是断合[46]的去处，不是你配合的去处。张千，近前来，听俺分付：你取我俸银二十两，付与教坊司色长[47]，着他整备[48]鼓乐[49]，从衙门首迎送韩解元到杜蕊娘家去，摆设个大大筵席。但是他家亲眷，前日在金线池上劝成好事的，都请将来饮宴，与韩解元、杜蕊娘庆喜。宴毕之后，着来回话者。（词云）韩解元云霄贵客[50]，杜蕊娘花月妖姬。本一对天生连理，被虔婆故意凌欺。担阁的男游别郡，抛闪[51]的女怨深闺。若不是黄堂[52]上聊施巧计，怎能勾青楼[53]里蚤遂佳期。

题目 韩解元轻负花月约 老虔婆故阻燕莺期
正名 石好问复任济南府 杜蕊娘智赏金线池

---

[1] 卧治：谓不劳而治，是旧时对不过分骚扰人民而政绩显著的官吏的一种赞词。汉代汲黯为东海太守，“多病，卧阁内不出。岁余，东海大治”。后召黯为淮阳太守，不受。武帝因说道：“吾徒得君重，卧而治之。”（见《汉书·汲黯传》）后因以“卧治”称颂政事清简。

[2] 成合：促成别人的婚姻叫作“成合”，也作“合成”。金·董解元《西厢记诸宫调》卷三：“这一门亲事，全在你成合。”

[3] 多咱：亦作“多管”“多敢”。揣测之词，这里是多半、大约、可能的意思。

[4] 放告牌：旧时官吏开庭受理案件时挂出的通告牌。

[5] 完成：这里是团聚、成合的意思。

[6] 断理：审判。

[7] 爱女娘的：爱嫖妓的。

[8] 放刁：耍无赖义。放，做、干、放歹，指“做坏事”。刁，无赖、奸诈义，如《西游记》八三回：“放起刁来，口里胡说乱道。”“放刁”侧重于用狡猾奸诈的手段耍无赖、为难欺负别人。“放刁”是不晚于元代产生的新兴口语词。

[9] 有勾：有传呼、召唤的命令。

[10] 失误了官身：官妓没有尽到应尽的义务。

[11] 着恼：生气、发火。

[12] 台旨：官员的命令。

[13] 除抹：涂抹掉、放弃不顾的意思。

[14] 节朔（shuò 音烁）：这里是节日的意思。朔，阴历每月的初一。

[15] 肉屏风儿：用身体当作掩蔽物，作用和屏风一样，故称。

[16] 偷觑（qù 音去）：偷看。

[17] 设席肆筵：陈设筵席。

[18] 擎：举。

[19] 毛里拖毡：一般作“毡上拖毛”，毛和毡都很涩滞，故“毛里拖毡”或“毡上

拖毛”都是用来形容举步艰难或畏缩不前的样子。

[20] 百忙里：慌忙中。

[21] 仓惶倒偃：惊慌失措地连连倒退。

[22] 司房：元代政府中主管诉讼的部门。

[23] 责词：审问口供的意思。

[24] 腼腆：害羞。《字诂·腼》：“今人谓羞涩曰腼，不知语何所本……或又作腼腆，则古本为一字，今析为二字。”

[25] 替方便：替我行方便。方便，做有益于他人的事，俗称行善、行好，佛家谓之“方便”。

[26] 放免：亦作“放舍”，免罪释放。

[27] 般般逞遍：一样儿一样儿的事都做过了。

[28] “今日个”句：意为今天你一张状纸又把我控告，把我欺凌。纸褙子：褙，本是裱褙，此指状纸。一说纸褙子是官妓所穿的常服。纸，明·陈与郊编《古名家杂剧》本、王骥德编《古杂剧》本作“紫”，指褙子的颜色。褙子，一种半袖上衣。“紫背子又将咱欺骗”，意为借她是官妓失误了官身来欺侮她。

[29] 作贱：同“作践”，糟蹋、不爱惜的意思。此词今北方仍习用。

[30] 那些儿：哪里是。

[31] 浪短命：骂人的话。浪，詈辞，有放纵、不受约束、随意而行的意思。

[32] 供应：当差、承应、尽义务的意思。供，侍奉。《逸周书·谥法》：“敬事供上曰恭。”孔晁注：“供，奉也。”应，接受义。“供应”在中古汉语中已见用例，如唐·韩愈《论变盐法事宜状》：“到村之后，必索百姓供应。”“供应”为“提供物资”义。近代汉语时期，“供应”有伺候义，也可专指用特殊技艺侍奉帝王。

[33] 积年：多年、累年，这里是有经验、老资格的意思。《列子·周穆王》：“积年之疾，一朝都除。”

[34] 问：判罪叫作“问”。

[35] 不应：元代法律规定，对于罪行较轻、不是有意犯罪的，叫作“不应”，对其处分较轻。

[36] 解（jiè 音借）元：科举时代乡试第一名。按：唐制，进士由乡而贡叫作“解”，故后世称乡试为“解试”，并称乡试第一名为“解元”。《明史·选举志》：“士大夫又通以乡试第一为解元。”元剧中多用作对读书人的敬称，如《西厢记诸宫调》的作者称“董解元”，这与考科举中乡试第一名称“解元”含义不同。

[37] 山长水远：形容路途遥远、关山阻隔。唐·许浑《丁卯集笺证》卷八《将为南行陪浙西尚书崔公宴海榴堂》诗：“谩夸书剑无归处，水远山长步步愁。”《全唐诗》卷五三五诗题中缺“浙西”二字，“归处”二字为“知己”；卷五六九则署李群玉作，诗句无异。

[38] 称（chèn 音趁）：遂、实现。

[39] 青灯黄卷：喻刻苦读书。青灯，油灯火焰颜色青莹，故称。宋·陆游《秋夜读书每以二鼓尽为节》诗："白发无情侵老境，青灯有味似儿时。"黄卷，指书籍。古人用辛味、苦味之物染纸以防虫，纸色黄，故用它所印的书籍称作"黄卷"。

[40] 文鸳、芳莲：五彩斑斓的鸳鸯、芬芳馥郁的并蒂莲。喻指情侣、美好的婚姻。

[41] 公相：相公，此为对地方官的尊称。

[42] 买花钱：亦作"花钱"，付给妓女的度夜费。

[43] 相守赴临川：本句是说双渐和苏小卿一起去临川赴任。临川，江西省地名，双渐曾任临川县令，这几句曲文借用双渐和苏小卿的故事。

[44] 不索：不须、不必、不用。

[45] 贩茶船：指买苏小卿的江西茶商冯魁的船，小卿是被骗上船的。

[46] 断合：男女双方经官府判决结成婚姻关系。合，指匹配婚姻。明·凌濛初《二刻拍案惊奇》卷二："妙观无可推辞，只得凭总管断合。"

[47] 色长：州府教坊乐籍的负责者。《宋史·乐志》："教坊本隶宣徽院，有使、副使、判官、都色长、色长、高班、大小都知。"宋·耐得翁《都城纪胜·瓦舍众伎》："旧教坊有筚篥（bì lì 音必利）部、大鼓部、杖鼓部、拍板色、笛色、琵琶色、筝色、方响色、笙色、舞旋色、歌板色、杂剧色、参军色。色有色长，部有部头，上有教坊使、副钤（qián 音前）辖、都管、掌仪范者，皆是杂流命官。"

[48] 整备：准备。

[49] 鼓乐：指击鼓和奏乐，亦有指称乐队之意。

[50] 云霄贵客：即将做官的贵人、显客。云霄，古人常用它比喻官位显达。唐·朱庆余《酬李处士见赠》诗："云霄未得路，江海作闲人。"

[51] 抛闪：抛弃、离开。

[52] 黄堂：汉代太守的厅堂上涂以雌黄，以驱除灾殃，称为"黄堂"。清·梁章钜《称谓录》："太守堂涂以雌黄，厌（yā 音押，压塞、镇住）水灾也，故称。"后来，府尹、知府的职位相当于太守，其办公的厅堂也称"黄堂"。这里是指石府尹的办公厅堂。

[53] 青楼：妓院的别名。唐·李白《在水军宴韦司马楼船观妓》诗："对舞青楼妓，双鬟白玉童。"唐·杜牧《遣怀》诗："落魄江湖载酒行，楚腰纤细掌中轻。十年一觉扬州梦，赢得青楼薄幸名。"元·夏庭芝有《青楼集》，记载了当时一百多名著名歌妓的生活境况，是戏曲史上有名的著作。

望江亭中秋切鲙

《望江亭中秋切鲙》简称《望江亭》《切鲙旦》。《望江亭》无元刊本传世。现存版本主要有明·王骥德编《古杂剧》本、息机子《古今杂剧选》本、赵琦美《脉望馆钞校本古今杂剧》本、臧懋循编《元曲选》本和清·姚燮编《今乐府选》本。其中，《古杂剧》明代顾曲斋刻本与臧懋循编《元曲选》明万历刻本，在曲牌、曲辞、宾白等内容上存在较大差异，语言风格也不甚相同。《古杂剧》本是《望江亭》明刻本中制作较为精良的上乘之作，而《元曲选》本是后世最为流行的元杂剧选集。吴梅在《古今名剧选·望江亭跋》中评此剧"俊语颇多"。

剧本本事无考。剧写年轻貌美的谭记儿孀居后，常到清安观同住持白姑姑相伴。后经白姑姑撮合，与白姑姑的侄儿、赴潭州上任的白士中结为夫妇。权豪势要杨衙内垂涎谭记儿仪容，欲纳为妾，恼恨白士中娶谭记儿，便在圣人面前诬告白士中，获得势剑金牌前去潭州取白士中首级。谭记儿临危不惧，中秋之夜，不顾丈夫的阻拦，扮成渔妇，利用杨衙内好色的弱点骗走了金牌、势剑和文书，保住了自己的幸福婚姻，惩罚了恶人杨衙内。全剧的高潮在第三折，当谭记儿得知杨衙内因图谋自己而诬告丈夫时，便设计利用其好色的缺点，以色诱的方式获得了最后的胜利，表现出了她的聪明才智。与恪守贞洁观念的窦娥不同，当白姑姑劝其改嫁时，她并没有直接答应，这并非因其坚守贞洁，而是在等白士中给出依她两桩事的承诺。也正是因为她对于这段婚姻的珍视，才使得她甘冒风险，前去盗取势剑金牌。

《望江亭》是关汉卿的又一出喜剧，人们称它为《救风尘》的姊妹篇。剧中女主人公谭记儿乔装改扮，深入虎穴，为争取自己的婚姻幸福而战。她与《救风尘》中的赵盼儿交相辉映，丰富了中国戏曲史的人物画廊。《望江亭》一直是中国戏曲舞台上热演的剧目，常被移植改编成各种地方戏广为演出，京剧《望江亭》、川剧《谭记儿》尤为脍炙人口。1958 年，上海海燕电影制片厂将京剧《望江亭》搬上了银幕，其中的谭记儿由京剧表演艺术大师张君秋担纲饰演。由于《望江亭》的思想艺术成就，剧本早已被译成英、法、日、俄等多种文字而走向世界。

第一折

（旦儿扮白姑姑[1]上，云）贫道乃白姑姑是也。从幼年间便舍俗出家，在这清安观里，做着个住持[2]。此处有一女人，乃是谭记儿，生的模样过人。不幸夫主亡逝已过，他在家中守寡，无男无女，逐朝每日到俺这观里来，与贫姑攀话[3]。贫姑有一个侄儿，是白士中。数年不见，音信皆无，也不知他得官也未，使我心中好生记念。今日无事，且闭上这门者。

（正末扮白士中上，诗云）昨日金门[4]去上书，今朝墨绶已悬鱼[5]。谁家美女颜如玉，彩球偏爱掷贫儒[6]。小官白士中，前往潭州为理[7]，路打清安观经过。观中有我的姑娘[8]，是白姑姑，在此做住持。小官今日与白姑姑相见一面，便索赴任。来到门首，无人报复，我自过去。（做见科，云）姑姑，您侄儿除授[9]潭州为理，一径的来望姑姑。（姑姑云）白士中孩儿也，喜得美除[10]！我恰才道罢，孩儿果然来了也。孩儿，你媳妇儿好么？（白士中云）不瞒姑姑说，您媳妇儿亡逝已过了也！（姑姑云）侄儿，这里有个女人，乃是谭记儿，大有颜色，逐朝每日在我这观里与我攀话。等他来时，我圆成[11]与你做个夫人，意下如何？（白士中云）姑姑，莫非不中么？（姑姑云）不妨事，都在我身上。你壁衣[12]后头躲者，我咳嗽为号，你便出来。（白士中云）谨依来命。（下）

（姑姑云）这早晚谭夫人敢待来也？（正旦扮谭记儿上，云）妾身乃学士李希颜[13]的夫人，姓谭，小字记儿。不幸夫主亡化过了三年光景。我寡居无事，每日只在清安观和白姑姑攀些闲话。我想做妇人的，没了丈夫，身无所主，好苦人也呵！（唱）

【仙吕·点绛唇】我则为锦帐春阑[14]，绣衾香散，深闺晚，粉谢脂残，到的这日暮愁无限！

【混江龙】我为甚一声长叹，玉容寂寞泪阑干[15]？则这花枝里外，竹影中间，气吁的片片飞花纷似雨，泪洒的珊珊翠竹染成斑[16]。我想着香闺少女，但生的嫩色娇颜[17]，都只爱朝云暮雨，那个肯凤只鸾单？这愁烦恰便似海来深，可兀的[18]无边岸！怎守得三贞九烈[19]，敢早着了钻懒帮闲[20]。

（云）可早来到也。这观门首无人报复，我自过去。（做见姑姑科，云）姑姑万福[21]！（姑姑云）夫人请坐。（正旦云）我每日定害[22]姑姑，多承雅意。妾身有心跟的姑姑出家，不知姑姑意下何如？（姑姑云）夫人，你那里出得家？这出家无过草衣木食，熬枯受淡[23]。那白日也还闲可[24]，到晚来独自一个，好生孤恓。夫人，只不如早早嫁一个丈夫去好。（正旦唱）

【村里迓古】怎如得您这出家儿清静，到大来[25]一身散诞[26]。自从俺儿夫亡后，再没个相随相伴。俺也曾把世味亲尝，人情识破，怕甚么尘缘羁绊[27]？俺如今罢扫了蛾眉，净洗了粉脸，卸下了云鬟。姑姑也，待甘心捱您这粗茶淡饭。

（姑姑云）夫人，你平日是享用惯的，且莫说别来，只那一顿素斋，怕你也熬不过哩。（正旦唱）

【元和令】则您那素斋食刚一餐，怎知我粗米饭也曾惯。俺从今把心猿意马紧牢拴，将繁华不挂眼。（姑姑云）夫人，你岂不知："雨里孤村雪里山，看时容易画时难。早知不入时人眼，多买胭脂画牡丹。"[28]夫人，你怎生出的家来！（正旦唱）您道是"看时容易画时难"，俺怎生就住不的山，坐不的关[29]，烧不的药，炼不的丹？

（姑姑云）夫人，放着你这一表人物，怕[30]没有中意的丈夫嫁一个去？只管说那出家做甚么！这须了不的你终身之事。（正旦云）嗨！姑姑，这终身之事，我也曾想来：若有似俺男儿知重[31]我的，便嫁他去也罢。（姑姑做咳嗽科）（白士中见旦科，云）祗揖。（正旦回礼科，云）姑姑，兀的不有人来？我索回去也。（姑姑云）夫人，你那里去？我正待与你做个媒人。只他便是你夫主，可不好那！（正旦云）姑姑，这是甚么说话！（唱）

【上马娇】咱则是语话间有甚干[32]，姑姑也，您便待做了筵席上撮合山[33]。（姑姑云）便与您做个撮合山，也不误了你。（正旦唱）怎把那隔墙花强攀做连枝[34]看？（做走科[35]）（姑姑云）关了门者，我不放你出去。（正旦唱）把门关，将人来紧遮拦。

【胜葫芦】你却便引的人来心恶烦，可甚的撒手不为奸[36]！你暗埋伏隐藏着谁家汉？俺和你几年价来往，倾心儿契合[37]，则今日索分颜[38]！

（姑姑云）你两个成就了一对夫妻，把我这座清安观权做高唐[39]，有何不可？（正旦唱）

【幺篇】姑姑，你只待送下我高唐十二山[40]，枉沾污[41]了你这七星坛[42]。（姑姑云）我成就了你锦片也似前程，美满恩情，有甚么不好处？（正旦唱）说甚么锦片前程真个罕！（姑姑云）夫人，你不要这等妆幺做势[43]，那个着你到我这观里来？（正旦唱）一会儿甜言热趱[44]，一会儿恶叉白赖[45]，姑姑也，只被你直着俺两下做人难。

（姑姑云）兀那君子，谁着你这里来？（白士中云）就是小娘子着我来。（正旦云）你倒将这言语赃诬[46]我来，我至死也不顺随你！（姑姑云）你要官休也私休？（正旦云）怎生是官休？怎生是私休？（姑姑云）你要官休呵，我这里是个祝寿道院，你不守志，领着人来打搅我，告到官中，三推六问[47]，枉打坏了你；若是私休，你又青春，他又少年，我与你做个撮合山媒人，成就了您两口儿，可不省事？（正旦云）姑姑，等我自寻思咱。（姑姑云）可知道来，千求不如一吓！（正旦云）好个出家的人，偏会放刁！姑姑，他依的我一句话儿，

我便随他去罢；若不依着我呵，我断然不肯随他。（白士中云）休道一句话儿，便一百句我也依的。（正旦唱）

【后庭花】你着他休忘了容易间，则这十个字莫放闲。岂不闻“芳槿无终日，贞松耐岁寒”。[48]姑姑也，非是我要拿班[49]，只怕他将咱轻慢。我我我撺断的上了竿，你你你掇梯儿着眼看[50]，他他他把《凤求凰》暗里弹，我我我背王孙去不还[51]。只愿他肯肯肯做一心人，不转关[52]，我和他守守守《白头吟》，非浪侃[53]。

（姑姑云）你两个久后，休忘我做媒的这一片好心儿！（正旦唱）

【柳叶儿】姑姑也，你若题[54]着这桩儿公案[55]，则你那观名儿唤做清安！你道是蜂媒蝶使从来惯，怕有人担疾患，到你行[56]求丸散，你则与他这一服灵丹。姑姑也，你专医那枕冷衾寒！

（云）罢、罢、罢！我依着姑姑，成就了这门亲事罢。（姑姑云）白士中，这桩事亏了我么？（白士中云）你专医人那枕冷衾寒，亏了姑姑！您孩儿只今日就携着夫人，同赴任所，另差人来相谢也。（正旦云）既然相公要上任去，我和你拜辞了姑姑，便索长行[57]也。（姑姑云）白士中，你一路上小心在意者。您两口儿正是郎才女貌，天然配合，端不枉了也。（正旦唱）

【赚煞尾】这行程则宜疾不宜晚。休想我着那别人绊翻[58]，不用追求相趁赶，则他这等闲人怎得见我容颜？姑姑也你放心安，不索恁语话相关[59]。收了缆，撅了桩，踹跳板，挂起这秋风布帆，是看那碧云两岸，落可便[60]轻舟已过万重山[61]。（同白士中下）

（姑姑云）谁想今日成合了我侄儿白士中这门亲事，我心中可煞喜也！（诗云）非是贫姑硬主张，为他年少守空房。观中怕惹风情事，

故使机关配白郎。（下）

---

［1］ 姑姑：对出家的女子如女僧人、女道士的通称，如对女僧人称尼姑，女道士称道姑。

［2］ 住持：佛道寺观中的主管僧人、道人。佛教住持亦曰“方丈”，被尊之为“长老”；道观住持则被尊为“道长”。

［3］ 攀话：闲谈、交谈。《京本通俗小说·错斩崔宁》：“当日坐间客众，丈人女婿，不好十分叙述许多穷相。到得客散，留在客房里宿歇。直到天明，丈人却来与女婿攀话。”

［4］ 金门：“金马门”的省称。金马门，原为汉代宫门名，为学士待诏处。这里代指皇宫、朝廷。《史记·滑（旧读 gǔ 音古）稽列传·东方朔》：“金马门者，宦（者）署门也，门旁有铜马，故谓之‘金马门’。”

［5］ 墨绶悬鱼：喻指做了大官。墨绶，一种黑色丝质带子，官员用以系带印信。《汉书·百官公卿表上》：“县令、长，皆秦官，掌治其县。万户以上为令，秩千石至六百石；减万户为长，秩五百石至三百石……秩比六百石以上，皆铜印黑绶。”《后汉书·蔡邕传》：“墨绶长吏，职典理人。”后因以“墨绶”作为县官及其职权的象征。悬鱼，官员身上佩带的鱼符或鱼袋。鱼符，唐时皇帝授予臣下的一种信物，五品以上的官员，以品秩大小佩带金、银、铜等不同质地的鱼符。鱼袋亦为唐制，五品以上的官员还佩有盛放鱼符的鱼袋，三品以上饰以金，五品以上饰以银。宋代已取消鱼符，但仍佩以金银装饰的鱼袋。

［6］ 掷彩球：抛彩球、抛绣球。古时民间流行的一种择婿风俗，将彩绸锦缎等织物制成的球抛掷于人丛，中者为婿。

［7］ 为理：治理、理事，意为任职做官。

［8］ 姑娘（niáng 音酿阳平）：父亲的姊妹，指姑母。

［9］ 除授：拜官任命。

［10］ 美除：好官职。

［11］ 圆成：圆满地成全、玉成，侧重指撮合男女成全婚事。圆，完备、完满。成，成全。

［12］ 壁衣：古时用织锦、布帛等制成以装饰墙壁的帷幕。唐·岑参《岑嘉州诗》卷之二《玉门关盖将军歌》：“暖屋绣帘红地炉，织成壁衣花氍毹（qú shū 音渠书）。”

［13］ 李希颜：原作“季希颜”，与后文的“李希颜”不符。《脉望馆钞校本古今杂剧》本亦作“李希颜”，因推断此系刻误，径为改正。

[14] 春阑：春天将尽、暮春。阑，将尽。宋·司马光《风》："夜寂清机发，春阑别意浓。"

[15] 泪阑干：满脸泪痕。阑干，纵横交错的样子。宋·晏幾道〔鹧鸪天〕："一醉醒来春又残，野棠梨雨泪阑干。"

[16] "泪洒的"句：眼泪洒落在飘逸地舞动着的翠竹上，那竹上的斑点正是我的泪痕所染。晋·张华《博物志》卷八《史补》以及南朝梁·任昉《述异记》卷上，均有关于斑竹的传说，谓舜南巡，死后葬于苍梧之野。尧之二女即舜之二妃追至，相与恸哭，泪下沾竹，竹纹因之尽斑。珊珊，形容翠竹随风舞动时飘逸洒脱之状貌。

[17] 嫩色娇颜：美貌。嫩，美。

[18] 可兀的：这个、这。也常作衬词，以为加强语气之用。

[19] 三贞九烈：形容贞烈之极。贞烈，旧时指妇女的贞操、节烈，即从一而终、守志不辱、刚正有志节。"三""九"均为概数，极言贞烈之甚。

[20] 钻懒帮闲：指不务正业，成天拍马钻营，依附于官宦富户以为生计，并借此吃喝玩乐的人。又称"篾片"，亦作"帮闲钻懒"。

[21] 万福：旧时妇女所行的一种见面礼，并常口称"万福"，以祝颂对方幸运、多福。

[22] 定害：麻烦、打扰。

[23] 草衣木食，熬枯受淡：形容衣食粗劣，形单影只，苦熬岁月。草衣，编草为衣。木食，以野果为食。

[24] 闲可：悠闲、不在意。

[25] 到大来：到头来、结果。

[26] 散诞：自在悠闲、无拘无束。

[27] 尘缘羁绊：被俗世的情缘人事所烦扰、牵累。

[28] "雨里"四句：出自宋·李唐《题牡丹》。就像雨中孤零零的村庄、白雪覆盖的山岭难以绘画一样，许多事情看着容易，真的做起来就难了。孤村，孤零零的村庄。

[29] 坐关：亦称"闭关"，原为佛僧或道家修行的一种方法，谓在一定的时间内，与外界隔绝，独居静坐，凝神涤虑，以修炼身心。

[30] 怕：用作反问词，难道、岂。

[31] 知重：知心、敬重。

[32] 有甚干：有什么关系。干，干系、关系。

[33] 撮合山：说合、拉拢双方以办成事情的中间人；亦指媒人。《京本通俗小说·西山一窟鬼》："元来那婆子是个撮合山，专靠做媒为生。"

[34] 连枝：连理枝。两棵树的枝条连生在一起，常以之比喻夫妻恩爱。汉·苏武《诗》之一："况我连枝树，与子同一身。"

[35] 科：亦称“科泛”“科范”，是元杂剧中关于动作、表情、效果等舞台指示的一种专用术语，相当于明清传奇剧中的“介”。此处原文为“介”，当属《元曲选》在明代刊行时不慎将当时传奇剧的术语窜入的误刻，因予径改。

[36] “可甚的”句：说什么放手不做奸恶之事。

[37] 契合：情投意合。唐·杜甫《投赠哥舒开府翰》诗：“策行遗战伐，契合动昭融。”

[38] 分颜：分了颜面，即破颜、翻脸。

[39] 高唐：男女欢会之处。高唐，典出战国楚·宋玉《高唐赋·序》：楚襄王与宋玉游于云梦之台，望高唐之观，其上独有云气。楚襄王问宋玉：“此何气也？”宋玉答曰：“所谓朝云者也。”楚襄王问：“何谓朝云？”宋玉对曰：“昔者，先王尝游高唐，怠而昼寝，梦见一妇人曰：‘妾巫山之女也，为高唐之客。闻君游高唐，愿荐枕席。’王因幸之。去而辞曰：‘妾在巫山之阳，高丘之阻，旦为朝云，暮为行雨，朝朝暮暮，阳台之下。’旦朝视之，如言。故为立庙，号曰朝云。”后世因以高唐、巫山、高唐云雨、云雨巫山、朝云暮雨、巫山楚雨、阳台之会等，喻指男女欢会之处之状。这里的“先王”，指楚怀王。下文“高唐十二山”，与此意义相同。

[40] 高唐十二山：亦即“巫山十二峰”。巫山，川鄂交界处的一座山。长江三峡之巫峡，即为巫山之一部分。巫山之上，层峦叠嶂，其最著名者有望霞、翠屏、集仙、聚鹤、起云、登龙等十二峰。

[41] 沾污：玷（diàn 音电）污、弄脏。

[42] 七星坛：道家用以祈禳（ráng 音瓤）、作法之高台。因道士在台上祈禳、作法时，须按北斗七星的方位踏罡（gāng 音刚）步斗，因曰“七星坛”。这里借指白姑姑住持的清安观。

[43] 妆幺做势：装腔作势、装模作样。明·徐渭《南词叙录》：“妆幺，犹做模样也。古云‘作态’。”亦作“妆幺”“妆模作势”。

[44] 甜言热趱（zǎn 音攒）：用甜言蜜语紧紧催逼。趱，赶路、快走，这里是催逼、催赶的意思。

[45] 恶叉白赖：也作“恶茶白赖”。无理取闹、胡搅蛮缠、找碴儿、耍无赖。

[46] 赃诬：虚捏词由，栽赃陷害。亦作“妆诬”。

[47] 三推六问：再三推勘审讯，严刑逼供。

[48] 芳槿（jǐn 音紧）无终日，贞松耐岁寒：木槿花不能永日常开，松树却能耐得严寒，苍翠而不凋零。唐·孟郊《审交》诗：“小人槿花心，朝在夕不存。”木槿，夏秋开花，红、白、紫诸色，缤纷竞艳；但朝开暮合，不能长久。这里谭记儿以此提醒白士中，爱情不能像木槿花那样，开得芳香灿烂，却不到一天就凋谢了，而要似松树那样，坚贞长久，白头到老。这里连用两个比喻，形成鲜明对比，说明了这般推托之后迟来的爱情将是持久的，是值得珍惜的，同时也表白

了自己的爱将如那傲寒的青松一般。

[49] 拿班：拿捏、拿一把、摆架子，故意刁难人。《西游记》第二三回："都这们扭扭捏捏的拿班儿，把好事都弄得裂了。"也作"拿乔"。

[50] 撺断的上了竿，掇梯儿着眼看：怂恿别人上到高处，却撤掉梯子，使他下不来，让人看笑话。撺断，亦作"撺掇""掇调"，均有鼓动、怂恿、劝诱之义。

[51] "他他他"二句：指司马相如和卓文君的爱情故事。谭记儿用司马相如弹奏《凤求凰》曲向卓文君求爱，卓文君因此瞒着父亲卓王孙，毅然和司马相如一起离家私奔之事表示，只要白士中真心爱她，她就应允与白士中的婚事。

[52] 转关：反复、变卦，这里指变心。

[53] "我和他"二句：意思是我和他终身相守，白头不离。但如果他要再娶，我也会像卓文君写《白头吟》那样，自动离去，决不会拖累于他。我这一番话，可是经过深思熟虑的肺腑之言，而绝非孟浪的信口胡说。《白头吟》，乐府楚调曲，相传为卓文君所作。《西京杂记》卷三谓：司马相如"将聘茂陵人女为妾，卓文君作《白头吟》以自绝，相如乃止"。

[54] 题：通"提"。

[55] 公案：亦作"公事"，指某一件事情。这里全句的意思为：你如果提起这桩事情。

[56] 你行（háng 音航）：你那里。行，宋元时常用以表示处所，用在人称的后面，犹言"这里""那里"。

[57] 便索长行：便须远行、这便远行。索，须、得（děi）、该。长行，远行。

[58] 绊翻：绊倒，指遭人暗算而发生意想不到的凶险事情。

[59] "不索"句：不须如此千言万语详关照、细叮咛。恁，在这里作代词用，意为如此、这样、这般。

[60] 落可便：亦作"可便"，宋元曲文中常用之作为衬词，以使语句生动活泼，生活气息更为浓厚。"落"字无义。

[61] 轻舟已过万重山：句出唐·李白《早发白帝城》诗。

第二折

（净扮杨衙内[1]引张千上，诗云）花花太岁[2]为第一，浪子[3]丧门[4]世无对。普天无处不闻名，则我是权豪势宦杨衙内。某乃杨衙内是也。闻知有亡故了的李希颜夫人谭记儿，大有颜色，我一心要他做个小夫人。颇奈[5]白士中无理，他在潭州为官，未经赴任，便去清安观中，央道姑为媒，倒娶了谭记儿做夫人。常言道：恨小非君子，无毒不丈夫。论这情理，教我如何容得他过？他妒我为冤，我妒他为仇。小官今日奏知圣人[6]：有白士中贪花恋酒，不理公事。奉圣人的命，差人去标[7]了白士中首级[8]。小官就顺着道：此事别人去不中，只除非小官亲自到潭州，取白士中首级复命，方才万无一误。圣人准奏，赐小官势剑金牌[9]。张千，你分付李稍驾起小舟，直到潭州，取白士中首级，走一遭去来。（诗云）一心要娶谭记儿，教人日夜费寻思。若还夺得成夫妇，这回方是运通时。（下）

（白士中上，云）小官白士中。自到任以来，只用清静无事为主，一郡黎民，各安其业，颇得众心。单只一件，我这新娶谭夫人，当日有杨衙内要图他为妾，不期被我娶做夫人，同往任所。我这夫人，十分美貌不消说了，更兼聪明智慧，事事精通，端的是佳人领袖，美女班头[10]，世上无双，人间罕比。闻知杨衙内至今怀恨我，我也恐怕他要来害我，每日悬悬在心[11]。今早坐过衙门，别无勾当，且在这前厅上闲坐片时，休将那段愁怀，使我夫人知道。

（院公[12]上，诗云）心忙来路远，事急出家门。夜眠侵早起，又有不眠人。老汉是白士中家的一个老院公。我家主人今在潭州为理，被杨衙内暗奏圣人，赐他势剑金牌，标取我家主人首级。俺老夫人得知，差我将[13]着一封家书，先至潭州，报知这个消息，好预做准备。说话之间，可早来到潭州也。不必报复，我自过去。（见科，云）相公，将息[14]的好也。（白士中云）院公，你来做甚么？（院公云）奉老夫人的分付，着我将着这书来，送相公亲拆。（白士中云）有母亲的书呵，将来我看。（院公做递书科，云）书在此。（白士中看书科，云）书中之意，我知道了。嗨！果中此贼之计。院公，你吃饭去。（院公云）理会的。（下）

（白士中云）谁想杨衙内，为我娶了谭记儿，挟着仇恨，朦胧[15]奏过圣人，要标取我的首级。似此如之奈何？兀的不闷杀我也！

（正旦上，云）妾身谭记儿。自从相公理任以来，俺在这衙门后堂居

住。相公每日坐罢早衙，便与妾身攀话。今日这早晚不见回来，我亲自望相公走一遭去波。（唱）

【中吕·粉蝶儿】不听的报喏[16]声齐，大古里坐衙来恁时节不退[17]；你便要接新官也合通报咱知。又无甚紧文书、忙公事，可着我心儿里不会[18]。转过这影壁偷窥，可怎生独自个死临侵[19]地？

（云）我且不要过去，且再看咱。呀！相公手里拿着一张纸，低着头左看右看，我猜着了也！（唱）

【醉春风】常言道“人死不知心”[20]，则他这海深也须见底。多管是前妻将书至，知他娶了新妻，他心儿里悔、悔。你做的个弃旧怜新，他则是见咱有意，使这般巧谋奸计。

（做见科，云）相公！（白士中云）夫人有甚么勾当，自到前厅上来？（正旦云）敢问相公，为甚么不回后堂中去？敢是你前夫人寄书来么？（白士中云）夫人，并无甚么前夫人寄书来，我自有一桩儿摆不下[21]的公事，以此纳闷。（正旦云）相公不可瞒着妾身，你定有夫人在家，今日捎书来也。（白士中云）夫人不要多心，小官并不敢欺心也。（正旦唱）

【红绣鞋】把似你则守着一家一计[22]，谁着你收拾下两妇三妻？你常好是七八下里不伶俐[23]。堪相守留着相守，可别离与个别离，这公事合行的不在你[24]？

（白士中云）我若无这些公事呵，与夫人白头相守。小官之心，惟天可表！（正旦云）我见相公手中将着一张纸，必然是家中寄来的书。相公休瞒妾身，我是猜这书中的意咱！（白士中云）夫人，你是猜波！（正旦唱）

【普天乐】弃旧的委实难，迎新的终容易。新的是半路里姻眷[25]，旧的是绾角儿夫妻[26]。我虽是个妇女身，我虽是个裙钗[27]辈，见别人晰眼[28]抬头，我早先知来意。不是我卖弄所事精细[29]，（带云）相公，你瞒妾身怎的？（唱）你休等的我恩断意绝，眉南面北，恁时节水尽鹅飞[30]。

（白士中云）夫人，小官不是负心的人，那得还有前夫人来？（正旦云）相公，你说也不说？（白士中云）夫人，我无前夫人，你着我说甚么！（正旦云）既然你不肯说，我只觅一个死处便了！（白士中云）住、住、住！夫人，你死了，那里发付[31]我那！我说则说，夫人休要烦恼。（正旦云）相公你说，我不烦恼。（白士中云）夫人不知，当日杨衙内曾要图谋你为妾，不期我娶了你做夫人。他怀恨小官，在圣人前妄奏，说我贪花恋酒，不理公事。现今赐他势剑金牌，亲到潭州，要标取我的首级。这个是家中老院公，奉我老母之命，捎此书来，着我知会[32]，我因此烦恼。（正旦云）原来为这般。相公，你怕他做甚么？（白士中云）夫人休惹他，则他是花花太岁。（正旦唱）

【十二月】你道他是花花太岁，要强逼的我步步相随[33]。我呵，怕甚么天翻地覆，就顺着他雨约云期。这桩事你只睁眼儿觑者，看怎生的发付他赖骨顽皮[34]！

【尧民歌】呀，着那厮得便宜翻做了落便宜[35]，着那厮满船空载月明归[36]。你休得便乞留乞良[37]捶跌[38]自伤悲，你看我淡妆不用画蛾眉。今也波日[39]，我亲身到那里，看那厮有备应无备。

（白士中云）他那里必然做下准备。夫人，你断然去不得。（正旦云）相公，不妨事。（做耳喑科[40]）则除是恁的[41]！（白士中云）则怕反落他勾中[42]。夫人还是不去的是。（正旦云）相公，不妨事。（唱）

【煞尾】我着那厮磕着头见一番，恰便似神羊儿[43]忙跪膝；直

着他船横缆断在江心里，我可便智赚[44]了金牌，着他去不得。（下）

（白士中云）夫人去了也！据着夫人机谋见识，休说一个杨衙内，便是十个杨衙内，也出不得我夫人之手。正是：眼观旌节旗[45]，耳听好消息。（下）

---

［1］ 衙内：古时执掌禁卫的职官，如五代、宋初，藩镇的亲卫官如牙内都指挥使、牙内都虞候等，多以子弟充任。“牙”，原为古代官署的称呼，日渐讹变为“衙”；后因称官府的子弟为“衙内”或“舍人”。

［2］ 花花太岁：指横行霸道、无恶不作的豪门子弟。太岁，即太岁神。旧说认为，凡太岁神所在的方位或与其相反的方位，均主凶，不吉利，无论婚嫁、丧葬、商贸、营造、迁徙、远行，都在禁忌之列。人们因将凶恶残忍、强梁不法之徒称为“太岁”。因“花”常用以喻指美女，故“花花太岁”又多指那些抢夺强霸、奸淫蹂躏妇女的凶徒恶人。

［3］ 浪子：浮浪邪辟、不务正业的恶少、流氓。

［4］ 丧门：丧门星，旧时星命家所谓的凶煞之一。后常以指称那些凶徒恶棍，或让人倒霉走背运的人。

［5］ 颇奈：亦作“叵（pǒ 音笸）耐”“叵奈”。“叵”为“不可”二字的合音。颇奈，意为不可忍耐、忍无可忍。引申为可恶、可恨、岂有此理。

［6］ 圣人：圣上，指皇帝。

［7］ 标：同“摽”，击、杀、斩之意。这里是杀头、斩首的意思。

［8］ 首级：指称被斩下的人头。

［9］ 势剑金牌：皇帝赐予大臣可以随机全权处置军政重事和大案要案的两种凭证、信物。势剑，亦称“尚方宝剑”，可以凭此先斩后奏。

［10］ 班头：亦作“班首”，同一班辈的头儿。与前句“佳人领袖”相对应，其义相同，均为头儿、领袖。

［11］ 悬悬在心：悬挂在心中。这里是提心吊胆、惧怕惊恐的意思。

［12］ 院公：亦称“院子”，是对老年仆役的一种敬称。

［13］ 将：持、拿。唐·李白《将进酒》乐府诗：“五花马，千金裘，呼儿将出换美酒，与尔同销万古愁。”

［14］ 将息：将养休息。

[15] 朦胧；糊涂、含糊。这里为蒙蔽欺骗之意。

[16] 报喏（rě 音惹）：亦作“唱喏”，古时人们相见时，彼此作揖，口发“喏”声，互相致意的一种礼节。这里是指全体官吏参见长官时齐声唱喏。

[17] “大古里”句：真奇怪坐衙到这时候了还不退堂。大古里，亦作“大古”“大古来”“大古是”等，宋元时习用口语，随语境的不同而有大概、总之、特别、十分等丰富含义。这里则有“为什么”“真奇怪”“真特别”等意思。

[18] 不会：难以理会、不理解、不明白。

[19] 死临侵：像死人一样毫无生气，愣怔发呆。

[20] 人死不知心：形容人心难测。唐·杜荀鹤《感寓》：“大海波涛浅，小人方寸深。海枯终见底，人死不知心。”

[21] 摆不下：摆拨不下、解决不了。

[22] “把似你”句：不如你只守着一夫一妻过日子。把似，亦作“把如”，不如。一家一计，一夫一妻。

[23] “你常好是”句：你真是弄得七八下里不干不净、不明不白。紧接上句，谭记儿说白士中搞下“两妇三妻”，因此弄得他瞒此骗彼，偷偷摸摸，鬼祟暧昧，不明不白。

[24] “这公事”句：这桩事情该怎么办还不在你？合行，应该怎样行事。

[25] 半路里姻眷：男子再娶或女子再嫁所结成的夫妻。

[26] 绾（wǎn 音晚）角儿夫妻：旧时幼儿常将头发束成两角状，因常将“绾角儿”代指童年。这里意为青梅竹马，自小就两相情好，故谓原配夫妻、结发夫妻为“绾角儿夫妻”。

[27] 裙钗：也称“布袄荆钗”或“布裙荆钗”，以女子的装束来代指妻子。

[28] 斩（zhǎn 音斩）眼：眼皮迅速地开合、眨眼。

[29] 所事精细：所做的事情精明细致，即做事精明强干。

[30] “眉南面北”二句：做了冤家对头，恩断义绝，那时候就彻底分手。眉南面北，亦作“面北眉南”，眉毛和面孔不在一个平面上，背道而驰，南辕北辙，表示绝情、不合作。水尽鹅飞，旧时常用以比喻那些吃喝嫖赌的浮浪子弟在金银散尽以后妓女和篾片们纷纷弃之而去的情景。亦作“水净鹅飞”。

[31] 发付：打发、安排、处置。

[32] 知会：知道、会意。

[33] 步步相随：指做夫妻。

[34] 赖骨顽皮：死硬强横、顽劣透顶的赖肉贱骨头。

[35] 得便宜翻做了落便宜：想得便宜反而失去了便宜。宋元时习用成语。落，失去。便宜，好处、利益。

[36] 满船空载月明归：意为劳而无功、一无所获。宋元时习用成语。

[37] 乞留乞良：拟声词，忧愁伤心、哽咽抽泣之声。

［38］ 捶跌：捶胸顿足、伤心悲痛的样子。
［39］ 今也波日：今日。因〔尧民歌〕曲中的此句为四字定格，因用“也波”二字衬之，以便于演唱。
［40］ 做耳喑科：做咬着耳朵轻声说话的动作。喑，哑，发不出声。这里指让人听不见的轻细的说话声音。
［41］ 恁的：如此、这样。
［42］ 勾中：同“彀中”，机彀之中，即落入机关、圈套。
［43］ 神羊儿；用以祭祀敬神的羊。
［44］ 赚（zuàn 音攥）：骗（人）、骗取。
［45］ 旌节旗：告捷的旗子，后常用以喻指佳音、好消息。亦作“旌捷旗”。

第三折

（衙内领张千、李稍上）（衙内云）小官杨衙内是也。颇奈白士中无理，量你到的那里！岂不知我要取谭记儿为妾？他就公然背了我，娶了谭记儿为妻，同临任所，此恨非浅！如今我亲身到潭州，标取白士中首级。你道别的人为甚么我不带他来？这一个是张千，这一个是李稍。这两个小的，聪明乖觉[1]，都是我心腹之人，因此上则带的这两个人来。（张千去衙内鬓边做拿科）（衙内云）哏[2]！你做甚么？（张千云）相公，鬓边一个虱子。（衙内云）这厮倒也说的是。我在这船只上，个月期程[3]也不曾梳篦的头。我的儿好乖！（李稍去衙内鬓上做拿科）（衙内云）李稍，你也怎的？（李稍云）相公，鬓上一个狗鳖[4]。（衙内云）你看这厮！（亲随、李稍同去衙内鬓上做拿料）（衙内云）弟子孩儿[5]，直恁的般多[6]！（李稍云）亲随，今日是八月十五日中秋节令，我每安排些酒果，与大人玩月，可不好？（张千云）你说的是。（张千同李稍做见科，云）大人，今日是八月十五日中秋节令，对着如此月色，孩儿每与大人把一杯酒赏月，何如？（衙内做怒科，云）哏！这个弟子孩儿！说甚么话！我要来干公事，怎么教我吃酒？（张千云）大人，您孩儿每并无歹意，是孝顺的心肠。大人不用，孩儿每一点不敢吃。（衙内云）亲随，你若吃酒呢？（张千云）我若吃一点酒呵吃血[7]！（衙内云）正是，休要吃酒。李稍，你若吃酒呢？（李稍云）我若吃酒害疔疮！（衙内云）既是您两个不吃酒，也罢，也罢，我则饮三杯。安排酒果过来！（张千云）李稍，抬果卓[8]过来。（李稍做抬果卓科，云）果卓在此。我执壶，你递酒[9]。（张千云）我儿，釃[10]满着。（做递酒科，云）大人，满饮一杯。（衙内做接酒科）（张千倒退自饮科）（衙内云）亲随，你怎么自吃了？（张千云）大人，这个是摄毒[11]的盏儿。这酒不是家里带来的酒，是买的酒，大人吃下去，若有好歹，药杀了大人，我可怎么了！（衙内云）说的是，你是我心腹人。（李稍做递酒科，云）你要吃酒，弄这等嘴儿！待我送酒，大人满饮一杯。（衙内接科）（李稍自饮科）（衙内云）你也怎的？（李稍云）大人，他吃的，我也吃的。（衙内云）你看这厮！我且慢慢的吃几杯。亲随，与我把别的民船都赶开者。

（正旦拿鱼上，云）这里也无人。妾身白士中的夫人谭记儿是也。妆扮做个卖鱼的，见杨衙内去。好鱼也！这鱼在那江边游戏，趁浪寻食，却被我驾一孤舟，撒开网去，打出三尺锦鳞，还活活泼泼的乱跳，好鲜鱼也！（唱）

【越调·斗鹌鹑】则这今晚开筵，正是中秋令节。只合低唱浅斟[12]，莫待他花残月缺[13]。见了的珍奇，不消的咱说，则这鱼鳞甲鲜滋味别。这鱼不宜那水煮油煎，则是那薄批细切[14]。

（云）我这一来，非容易也呵！（唱）

【紫花儿序】俺则待稍关打节，怕有那惯施舍的经商不请言赊[15]。则俺这篮中鱼尾，又不比案上罗列，活计全别。俺则是一撒网，一蓑衣[16]，一箬笠[17]。先图些打捏[18]，只问那肯买的哥哥照顾俺也些些。

（云）我缆住这船，上的岸来。（做见李稍云）哥哥万福。（李稍云）

这个姐姐，我有些面善。（正旦云）你道我是谁？（李稍云）姐姐，你敢是张二嫂么？（正旦云）我便是张二嫂，你怎么不认的我了？你是谁？（李稍云）则我便是李阿鳖。（正旦云）你是李阿鳖？（正旦做打科，云）儿子，这些时吃得好了，我想你来！（李稍云）二嫂，你见我亲么？（正旦云）儿子，我见你可不知亲哩[19]！你如今过去和相公说一声，着我过去切鲙，得些钱钞养活我来也好。（李稍云）我知道了。亲随，你来。（张千云）弟子孩儿，唤我做甚么？（李稍云）有我个张二嫂，要与大人切鲙。（张千云）甚么张二嫂？（正旦见张千科，云）媳妇孝顺的心肠，将着一尾金色鲤鱼，特来献新[20]，望与相公说一声咱。（张千云）也得，也得，我与你说去。得的钱钞，与我些买酒吃。你随着我来。（做见衙内科，云）大人，有个张二嫂，要与大人切鲙。（衙内云）甚么张二嫂？（正旦见科，云）相公万福。（衙内做意科[21]，云）一个好妇人也！小娘子，你来做甚么？（正旦云）媳妇孝顺的心肠，将着这尾金色鲤鱼，一径的来献新。可将砧板刀子来，我切鲙哩！（衙内云）难的小娘子如此般用意！怎敢着小娘子切鲙俗了手[22]！李稍，拿了去，与我姜辣煎爁[23]了来。（李稍云）大人，不要他切就村了[24]。（衙内云）多谢小娘子来意。抬过果卓来，我和小娘子饮三杯。将酒来，小娘子，满饮一杯！（张千做吃酒科。衙内云）你怎的？（张千云）你请他，他又请你；你又不吃，他又不吃，可不这杯酒冷了？不如等亲随乘热吃了，倒也干净。（衙内云）哇[25]！靠后！将酒来，小娘子满饮此杯！（正旦云）相公请。（张千云）你吃便吃，不吃我又来了。（正旦做跪衙内科）（衙内扯正旦科，云）小娘子请起！我受了你的礼，就做不得夫妻了。（正旦云）媳妇来到这里，便受了礼，也做得夫妻。（张千同李稍拍卓科，云）妙妙妙！（衙内云）小娘子请坐。（正旦云）相公，你此一来何往？（衙内云）小官有公差事。（李稍云）二嫂，专为要杀白士中来。（衙内云）哇！你说甚么！（正旦云）相公，若拿了白士中呵，也除了潭州一害。只是这州里怎么不见差人来迎接相公？（衙内云）小娘子，

你却不知，我恐怕人知道，走了消息，故此不要他们迎接。（正旦唱）

【金蕉叶】[26]相公，你若是报一声着人远接，怕不的船儿上有五十座笙歌摆设。你为公事来到这些[27]，不知你怎生做兀的关节？

（衙内云）小娘子，早是你来的早；若来的迟呵，小官歇息了也。（正旦唱）

【调笑令】若是贱妾晚来些，相公船儿上黑齁齁[28]的熟睡歇。则你那金牌势剑身傍列，见官人远离一射，索用甚从人拦当者？俺只待拖狗皮的拷断他腰截[29]。

（衙内云）李稍，我央及你，你替我做个落花媒人[30]。你和张二嫂说：大夫人不许他，许他做第二个夫人，包髻团衫绣手巾[31]，都是他受用的。（李稍云）相公放心，都在我身上。（做见正旦科，云）二嫂，你有福也！相公说来：大夫人不许你，许你做第二个夫人，包髻团衫袖腿绷……（正旦云）敢是绣手巾？（李稍云）正是绣手巾。（正旦云）我不信，等我自问相公去。（正旦见衙内科，云）相公，恰才李稍说的那话，可真个是相公说来？（衙内云）是小官说来。（正旦云）量媳妇有何才能，着相公如此般错爱也！（衙内云）多谢多谢！小娘子，就靠着小官坐一坐，可也无伤！（正旦云）妾身不敢。（唱）

【鬼三台】不是我夸贞烈，世不曾和个人儿热[32]。我丑则丑，刁决古懒[33]，不由我见官人便心邪，我也立不的志节。官人，你救黎民为人须为彻[34]，拿滥官杀人须见血。我呵，只为你这眼去眉来，（正旦与衙内做意儿科[35]，唱）使不着我那冰清玉洁[36]。

（衙内做喜科，云）匆匆匆[37]！（张千与李稍做喜科，云）匆匆匆！（衙内云）你两个怎的？（李稍云）大家耍一耍。（正旦唱）

【圣药王】[38]珠冠儿[39]怎戴者？霞帔儿[40]怎挂者？这三檐伞[41]怎向顶门遮？唤侍妾，簇捧者。我从来打鱼船上扭的那身子儿别，替你稳坐七香车[42]。

（衙内云）小娘子，我出一对与你对："罗袖半翻鹦鹉盏[43]。"（正旦云）妾对"玉纤重整凤凰衾"[44]。（衙内拍卓科，云）妙妙妙！小娘子，你莫非识字么？（正旦云）妾身略识些撇竖点划。（衙内云）小娘子既然识字，小官再出一对："鸡头[45]个个难舒颈。"（正旦云）妾对"龙眼[46]团团不转睛"。（张千同李稍拍卓科，云）妙妙妙！（正旦云）妾身难的遇着相公，乞赐珠玉[47]。（衙内云）哦，你要我赠你甚么词赋？有有有。李稍将纸笔砚墨来！（李稍做拿砌末科，云）相公，纸墨笔砚在此。（衙内云）我写就了也！词寄〔西江月〕。（正旦云）相公表白[48]一遍咱。（衙内做念科，云）夜月一天秋露，冷风万里江湖。好花须有美人扶，情意不堪会处。　仙子初离月浦，嫦娥忽下云衢[49]。小词仓卒[50]对君书，付与你个知心人物。（正旦云）高才！高才！我也回奉相公一首，词寄〔夜行船〕。（衙内云）小娘子，你表白一遍咱。（正旦做念科，云）花底双双莺燕语，也胜他凤只鸾孤。一霎恩情，片时云雨，关连着宿缘前注。　天保今生为眷属，但则愿似水如鱼。冷落江湖，团圞人月[51]，相连着夜行船去。（衙内云）妙妙妙！你的更胜似我的！小娘子，俺和你慢慢的再饮几杯。（正旦云）敢问相公，因甚么要杀白士中？（衙内云）小娘子，你休问他。（李稍云）张二嫂，俺相公有势剑在这里。（衙内云）休与他看。（正旦云）这个是势剑？衙内见爱媳妇，借与我拿去治[52]三日鱼好那？（衙内云）便借与你。（张千云）还有金牌哩！（正旦云）这个是金牌？衙内见爱我，与我打戒指儿罢。再有甚么？（李稍云）这个是文书。（正旦云）这个便是买卖的合同。（正旦做袖文书科，云）相公再饮一杯。（衙内云）酒勾了也！小娘子休唱前篇，则唱么篇[53]。（做醉科）（正旦云）冷落江湖，团圞人月，相随着夜行船去。（亲随同李稍做睡科）（正旦云）这厮都睡着了也！（唱）

【秃厮儿】[54]那厮也忒懵懂玉山低趄[55]，着鬼祟醉眼乜斜[56]。我将这金牌虎符都袖褪[57]者，唤相公，早醒些，快迭[58]！

【络丝娘】[59]我且回身将杨衙内深深的拜谢，您娘向急飐飐[60]船儿上去也，到家对儿夫尽分说那一番周折。

（带云）惭愧[61]惭愧！（唱）

【收尾】从今不受人磨灭[62]，稳情取[63]好夫妻百年喜悦。俺这里美孜孜在芙蓉帐笑春风，只他那冷清清杨柳岸伴残月[64]。（下）

（衙内云）张二嫂！张二嫂那里去了？（做失惊科，云）李稍，张二嫂怎么去了？看我的势剑金牌，可在那里？（张千云）就不见了金牌，还有势剑共文书哩！（李稍云）连势剑文书都被他拿去了！（衙内云）似此怎了也！（李稍唱）

【马鞍儿】[65]想着想着跌脚[66]儿叫！（张千唱）想着想着我难熬！（衙内唱）酩子里[67]愁肠酩子里焦。（众合唱）又不敢着傍人知道，则把他这好香烧、好香烧，咒的他热肉儿跳！

（衙内云）这厮每扮戏[68]那！（众同下）

---

[1] 乖觉：机灵聪敏，侧重指人机敏、反应快、通晓人情世故。乖，机敏、聪明。觉，可指“智者”，如晋·左思《吴都赋》：“藏理于终古，而未寤于前觉也。”

[2] 啀（tuì 音退）：呵斥声。

[3] 期程：时间。

[4] 狗鳖：寄生于狗身上的虱子，专靠吸血以生存。这里是指杨衙内在船上生活了一个月左右的时间，身上长了虱子。说他身上长了“狗鳖”，含有喜剧所特有的嬉笑怒骂的调侃嘲讽意味。

[5] 弟子孩儿：婊子养的。此虽然是骂人的话，但在这里是主子骂自己贴身随从，所谓“打是亲，骂是爱”，口吻中带着亲昵。弟子，妓女，俗谓“婊子”。

［6］ 直恁的般多：怎么这样多。直，这里作副词用，意为怎么、竟然。

［7］ 吃血：犹言“吃屎”，意为畜生、不是人。用噬（shì 音世）血动物来赌咒自誓，表示自己即是动物、畜生，在宋元时颇为流行。

［8］ 卓：“桌”的古字。清·叶廷琯（guǎn 音管）《吹网录》卷三：“考‘卓’即‘桌’字。俗以几案为‘桌’。当以‘卓’为正。”

［9］ 递酒：敬酒。

［10］ 酾（shī 音师，又读 shāi 音筛）满着：把酒斟满。酾，斟。

［11］ 摄毒：收摄毒性，检验是否有毒。

［12］ 低唱浅斟：曼声歌唱，慢慢饮酒，形容一种安乐自在的神态。低唱，轻柔地歌唱。斟，喝酒。宋·无名氏《湘江近事》：“陶穀学士，尝买得党太尉家故妓。过定陶，取雪水烹团茶，谓妓曰：‘党太尉应不识此。’妓曰：‘彼粗人也，安有此景，但能销金暖帐下，浅斟低唱，饮羊羔美酒耳。’穀愧其言。”

［13］ 月缺：月亮将落。

［14］ 薄批细切：切得又薄又细，所谓“食不厌精，脍不厌细”。批，是一种特殊的切割手法，即把刀刃横斜切割，使切割下来的东西成为薄片。

［15］ “俺则待”三句：我想用买鱼款项可以赊欠的手段来送个人情，疏通关系，但只怕有那手头豪阔大方、惯于舍财济贫的人不愿欠钱；我收了人家鱼钱自然就只好走人，不能再与他拉拉扯扯套近乎了。稍关打节，即打通关节，意谓通过托人情、送钱物等种种手段疏通关系，使办事顺遂无阻。

［16］ 蓑衣：是用不易腐烂的蓑草编织的遮雨衣。《三才图会·衣服三卷》附蓑衣式样图，注曰：“蓑，雨衣，《无羊》诗云：‘何蓑何笠。’毛注曰：‘蓑，所以备雨；笠，所以御暑。’《唐韵》云：‘蓑，草名，可为雨衣……’”

［17］ 箬（ruò 音弱）笠：笠的一种。笠顶隆起可呈圆、方、尖形，笠口圆，可大可小，用竹篾、箬叶编织，使用时可配以蓑衣。

［18］ 先图些打捏：先谋些钱财；先求个买卖吉利、好运气。打捏，有钱财、买卖吉利、运气好等含义。

［19］ 可不知亲哩：意为“可不知道亲哩”“可知亲哩”。这是用否定语式“不知”加以强化肯定语式“知”，以使肯定的程度更为强烈。

［20］ 献新：进献新收获的时鲜谷物果品等东西以祭祀神灵，或敬奉长辈亲朋、官府豪绅。

［21］ 做意科：元剧用语，指示角色做某种表情。这里指杨衙内见谭记儿后那种丧魂落魄、色迷迷的丑态。

［22］ 俗了手：意为这样漂亮女子的高贵的手，不能去干切鲙（kuài 音快）这种粗俗的事。

［23］ 煎爨（zuǎn 音纂）：烹调食物的方法，把已熟的蔬菜或肉类，调和浓汁煎炒而成。煎，把食物放在少量的热油里炸熟。爨，同“煎烩”。

［24］不要他切就村了：与上文“俗了手”相反，意思是，这样美味的鱼，就得让这样美丽的人和美丽的手去切，才珠联璧合，相得益彰，才是风雅、高雅之事。村，蠢、笨、傻，这里有“不知趣”“煞风景”的意思。

［25］哇（dōu 音兜）：怒斥声。

［26］〔金蕉叶〕：曲牌名，属北曲【越调】，有正格和减字格二式。据清·周祥钰《九宫大成谱》，正格的字数定格及韵式为四句三韵：七、七、七、七。减字格即将每句各去一字而成。用于剧曲和散曲套数。

［27］这些：这里的意思。《广韵·霁韵》：“些，此也。”王学奇《元曲选校注》对此注释较详。他引用了刘廷信的小令〔醉太平〕《忆旧》：“蓬莱万里水天别，问神仙在那些？”宫大用散套〔一枝花〕《天不生仲尼》：“家童来报高声说，兄弟在那些？我去亲自接，不由我添欢悦。”指出：上举例中诸“些”字，皆附在指示代词之后，表示地点。些，亦作“歇”，如贯云石小令〔清江引〕《惜别》：“一掬可怜情，几句临别话，小书生，这歇儿难立马。”

［28］黑齁（hōu 音候阴平）齁：亦作“黑齁”“黑喽喽”“黑娄娄”，拟声词，酣睡时的鼻息声。

［29］“则你那”四句：你那势剑金牌在身旁放着，只离官人一箭之地，（如果有人要来偷你的势剑金牌）须用什么样的随从来拦挡住？我只等着像拖死狗那样，敲断他的腰椎骨！意思是谭记儿很关心他的势剑金牌，生怕他的势剑金牌让人偷走了，她要在这方面特意提醒他并竭力保护他的势剑金牌。这就可以从正面使杨衙内对她产生好感，以此麻痹杨衙内，为她随后的计取势剑金牌埋下伏线，从而使揶揄、讽刺的喜剧效果更为强烈。傍，同“旁”。一射，犹“一箭”，一箭所能射到的距离。拖狗皮，拖死狗。腰截，腰椎骨。

［30］落花媒人：指给已经确定婚姻关系或目标明确、基本上已经搞成的男女做媒人，使婚姻的程序更合于风俗习惯，即更合理、合法化。这样的媒人，称作“落花媒人”。

［31］“包髻”句：指头巾、衣衫、花手绢。当时娶妾所送的服饰、礼品。包髻，古代妇女一种发式。在发髻梳成后用色绢、缯（zēng 音增）一类布帛裹住发髻，故名。宋代出现此头巾，南宋《织耕图》中田间耕作的男女头上都用布帛包裹发髻。不仅民间尚戴包髻，社会上层女性也流行戴包髻，如山西太原晋祠圣母殿宋塑彩绘宫女塑像中就有头裹红色和蓝色包髻的塑像。可能是受中原文化影响，辽代妇女也有戴红色包髻的女性，如河北宣化辽墓壁画中就有头裹包髻的女性。同样，金代女性也戴包髻。《金史·舆服志》中的命妇礼服中有“年老者以皂纱笼髻如巾状，散缀玉钿于上，谓之玉逍遥。此皆辽服也，金亦袭之”。至元代，包髻演变为已婚女性的一种妆饰。团衫，女真语，女真妇女上衣谓之团衫，亦称大衣，言其宽大的样式。元·陶宗仪《南村辍耕录》卷十一：“国朝妇人礼服，达（鞑）靼曰袍，汉人曰团衫，南人曰大衣，无贵贱皆如之。”

［32］“世不曾”句：从来也没有和别的男人这样情热。世，从来、一直。
［33］刁决古懒：形容脾气固执古怪。刁决，副词，很、十分。
［34］为彻：做到底。
［35］“正旦”句：这里指谭记儿假意和杨衙内调情。
［36］冰清玉洁：比喻品质高尚纯洁。汉·司马迁《与挚伯陵书》：“伏惟伯陵材能绝人，高尚其志，以善厥身，冰清玉洁，不以细行。”亦作玉洁冰清。
［37］勿勿勿：男女调情时发出的嬉笑声。
［38］〔圣药王〕：曲牌名，属【越调】，用于剧曲和散曲套数。据清·周祥钰《九宫大成谱》，该曲字数定格为七句：三、三、七、三、三、七、五。
［39］珠冠儿：贵妇所戴的上面缀有珠玉等饰物的帽子。
［40］霞帔（pèi 音佩）儿：古代妇女的帔服，宋代以后作为命妇的专门服饰。品级不同，其霞帔的质量和妆饰亦异；品级越高，霞帔就越贵重华丽。
［41］三檐伞：有着三层檐的一种伞盖。古代官员或命妇出行时遮阳或仪仗行列中所用的伞盖。伞边有二层、三层之分，三层品级高于二层。
［42］七香车：用多种香料熏涂或多种香木制作的车辇，后常用以泛指华美的车辇。唐·白居易《石上苔》诗：“路傍凡草荣遭遇，曾得七香车辗来。”
［43］鹦鹉盏：鹦鹉杯，用鹦鹉螺制成的酒杯。后常用以泛指华美的酒杯。
［44］凤凰衾：雄凤雌凰，暗指男女合欢的被子。这里有故意挑逗杨衙内的意思。
［45］鸡头：鸡头肉的省称，这里喻指妇女的乳头。
［46］龙眼：亦名“桂圆”，一种味美可食的圆形果实。这里指杨衙内的眼睛，痴迷地看着谭记儿，似滚圆的龙眼。龙，喻指皇帝或才俊之士；这里既是谀美奉承，同时又十分传神地勾勒出杨衙内那垂涎女色的丑恶流氓相。
［47］乞赐珠玉：恳请馈送我您写的诗词美文。珠玉，对妙语或诗词文章的美称。旧时文人聚会，常有诗词唱和、挥毫成文的习惯；或在筵宴歌欢时，妓女们常向文人士宦索赠诗文，以示风雅。
［48］表白：说白、念诵。
［49］“仙子”二句：嫦娥仙子离开了月宫，踏上了云路。月浦，月亮。云衢，犹言“天街”，云中的道路、天上的街道。仙子，即嫦娥，我国古代神话传说中的美丽女神，原为羿（yì 音忆）之妻。羿从西王母处请得长生不死之药，嫦娥窃而食之，成仙，奔入月中。
［50］仓卒：亦作“仓猝”，仓促、匆忙急迫。《汉书·王嘉传》：“今诸大夫有材能者甚少，宜豫畜养可成就者……临事仓卒乃求，非所以明朝廷也。”
［51］团圞人月：人月两团圆。团圞，圆貌。
［52］治；整治。这里指用势剑来宰切鱼肉，即前面所说的“薄批细切”“切鲙”。
［53］幺篇：元杂剧或北（散）曲在连续使用同一曲牌时，后面各曲不再标示曲牌名，仅写“幺”或“幺篇”。这里的幺篇，指的是〔夜行船〕中自“天保今生

为眷属”至“相连着夜行船去”为止的后篇，即“下阕”或“后阕”。

[54] 〔秃厮儿〕：曲牌名，一名〔小沙门〕〔耍厮儿〕，属北曲【越调】。据清·周祥钰《九宫大成谱》，其字数定格及韵式为六句五韵：七、七、七、三、三、二。用于小令、套数，下接〔圣药王〕。

[55] 懵（měng 音猛）懂玉山低趄（jū 音居）：形容酒醉的样子。懵懂，糊涂、迷迷糊糊。玉山，对身体的美称。低趄，头低垂，脚趑（zī 音咨）趄。南朝宋·刘义庆《世说新语·容止》：嵇叔夜“其醉也，傀俄若玉山之将崩”。

[56] 醉眼乜（miē 音咩）斜：醉眼蒙胧。乜斜，眼睛因困倦眯成一条缝。这里为目光暗淡，朦胧无神。

[57] 袖褪（tùn 音吞去声）：把东西藏在袖子里。

[58] 快迭：快些、快点儿。

[59] 〔络丝娘〕：曲牌名，属【越调】，用于剧曲和散曲套数。四句四韵：七、七、七、四。

[60] 急飐飐（zhǎn zhǎn 音斩斩）：风使物体急速地飘动貌，意为急匆匆。

[61] 惭愧：这里是感叹、庆幸之词，带有多谢、侥幸、难得、不好意思等多种含义。

[62] 磨灭：折磨、摧残、迫害。金·董解元《西厢记诸宫调》卷八：“从来呵，惯受磨灭。”

[63] 稳情取：必然能够、包管可以。

[64] 杨柳岸伴残月：化用北宋词人柳永〔雨霖铃〕“今宵酒醒何处？杨柳岸晓风残月”词句，尖锐地讽刺了杨衙内冷清凄凉的可悲下场。

[65] 〔马鞍儿〕：这首曲子是李稍、张千、杨衙内三人的轮唱和合唱，在形式上打破了元杂剧仅由正旦（或正末）一角独唱到底的体制，增强了对这三个活宝滑稽可笑丑态和卑鄙龌龊灵魂的揭露鞭挞，揶揄讽刺的锋芒更为尖锐，喜剧效果也益发强烈。

[66] 跌脚：跺脚。

[67] 酩子里：亦作“冥子里”“闵子里”“暝子”，意为暗中、暗地里。这里意思是暗地里愁肠百结、胆寒心焦。“酩子里”有时亦有“忽然”之意。

[68] 戏：《顾曲斋》本作“南戏”。

第四折

（白士中领祗候上，云）小官白士中。因为杨衙内那厮妄奏圣人，要标取小官首级，且喜我夫人施一巧计，将他势剑金牌智赚了来。今日端坐衙门，看那厮将着甚的好来奈何的我！左右，门首觑者，倘有人来，报复我知道。

（衙内同张千、李稍上）（衙内云）小官杨衙内是也。如今取白士中的首级去。可早来到门首，我自过去。（做见白士中科，云）令人，与我拿下白士中者！（张千做拿科）（白士中云）你凭着甚么符验[1]来拿我？（衙内云）我奉圣人的命，有势剑金牌，被盗失了，我有文书。（白士中云）有文书也请来念与我听。（衙内做读文书科，云）词寄〔西江月〕……（白末[2]做抢科，云）这个是淫词！（衙内云）这个不是，还别有哩！（衙内又做读文书科，云）词寄〔夜行船〕……（白末做抢科，云）这个也是淫词！（衙内云）这厮倒挟制我！不妨事，又无有原告，怕他做甚么？（正旦上，云）妾身白士中的夫人谭记儿。颇奈杨衙内这厮，好无理也呵！（唱）

【双调·新水令】有这等倚权豪贪酒色滥官员，将俺个有儿夫的媳妇来欺骗。他只待强拆开我长搀搀[3]的连理枝，生摆断我颤巍巍[4]的并头莲。其实负屈衔冤，好将俺穷百姓可怜见！

（正旦做见跪科，云）大人可怜见！有杨衙内在半江心里欺骗我来，告大人与我作主。（白士中云）司房[5]里责口词[6]去。（正旦云）理会的。（下）

（白士中云）杨衙内，你可见来，有人告你哩！你如今怎么说？（衙内云）可怎么了！我则索央及他。相公，我自有说的话。（白士中云）你有甚么话说？（衙内云）相公，如今你的罪过，我也饶了你，你也饶过我罢。则一件，说你有个好夫人，请出来我见一面。（白士中云）也罢，也罢！左右，击云板[7]，后堂请夫人出来。（左右云）夫人，相公有请。（正旦改妆上，云）妾身白士中的夫人。如今过去，看那厮可认的我来？（唱）

【沉醉东风】杨衙内官高势显，昨夜个说地谈天[8]。只道他仗金牌将夫婿诛，恰元来击云板请夫人见。只听的叫吖吖嚷成一片，抵多少笙歌引至画堂前。看他可认的我有些面善？

（与衙内见科，云）衙内，恕生面，少拜识。（唱）

【雁儿落】只他那身常在柳陌[9]眠，脚不离花街串。几年闻姓名，今日逢颜面。

【得胜令】呀，请你个杨衙内少埋冤[10]。（衙内云）这一位夫人，好面熟也。（李稍云）兀的不是张二嫂？（衙内云）嗨！夫人，你使的好见识[11]，直被你瞒过小官也！（正旦唱）吓的他半晌只茫然。又无那八棒十枷[12]罪，止不过三交两句言。这一只渔船，只费得半夜工夫缠；俺两口儿今年，做一个中秋人月圆！

（外扮李秉忠冲上，云）小官乃巡抚湖南都御史[13]李秉忠是也。因为杨衙内妄奏不实，奉圣人的命，着小官暗行体访[14]，但得真情，先自勘问，然后具表申奏。来到此间，正是潭州衙舍。白士中，杨衙内，您这桩事小官尽知了也。（正旦唱）

【锦上花】[15]不甫能[16]择的英贤，配成姻眷；没来由遇着无徒[17]，使尽威权。我只得亲上渔船，把机关暗展；若不沙[18]那势剑金牌，如何得免？

【幺篇】呀，只除非天见怜，奈天天又远。今日个幸对清官，明镜高悬。似他这强夺人妻，公违律典，既然是体察，端的[19]怎生发遣[20]？

（李秉忠云）一行人俱望阙跪者[21]，听我下断[22]：（词云）杨衙内倚势挟权，害良民罪已多年。又兴心夺人妻妾，敢妄奏圣主之前。谭记儿天生智慧，赚金牌亲上渔船。奉敕书差咱体访，为人间理枉伸冤。将衙内问成杂犯[23]，杖八十削职归田。白士中照旧供职，赐夫妻偕

老团圆。（白士中夫妻谢恩科）（正旦唱）

【清江引】[24]虽然道今世里的夫妻夙世的缘，毕竟是谁方便[25]？从此无别离，百事长如愿，这多谢你个赛龙图[26]恩不浅！

题目 清安观邂逅说亲

正名 望江亭中秋切鲙[27]

---

[1] 符验：凭据、证件。《荀子·性恶》："凡论者，贵其有辨合，有符验。"符，有凭证义，是朝廷传令和调兵的凭证。如《史记·魏公子列传》："如姬果盗晋鄙兵符与公子。"后又引申为"出入关口的凭证"，《后汉书·郭丹传》："买符入函谷关。"验，有证据、凭证义，《史记·晋世家》："何以为验？"符、验均有凭证义，同义语素连用。"符验"多指应用于正式场合，可以充当凭据的证件和物件。

[2] 白末：末角白士中的省称。

[3] 长挽挽：长长貌。

[4] 颤巍巍：抖动摇晃，形容娇怯的样子。

[5] 司房：元明时州县衙门"六房"中的刑房，主管刑讼案件。

[6] 责口词：录口供。

[7] 云板：旧时官府衙门、官宦富贵人家、寺院置于厅堂，用于报时、聚集人众的一种响器，用金属或木板制成，因其两头作云朵状，故称"云板"。

[8] 说地谈天：意思是天上地下，无所不谈，形容话题广泛或巧于言辞。

[9] 柳陌：喻指妓女集中的场所，或径指妓院。后句中的"花街"亦为此义。

[10] 埋冤：同"埋怨"，责怪、抱怨、怨恨。古时，"冤"亦常作"怨"解。汉·桓宽《盐铁论·毁学》："是以终日言，无口过；终身行，无冤尤。"金·董解元《西厢记》卷四："莺莺感此，阁不定粉泪涟涟。吞声窨气埋冤。"

[11] 见识：这里是心计、招数、计谋、手段的意思。

[12] 八棒十枷：也作"八棒十挟"，泛指拷掠刑罚。棒、枷，均为刑具。

[13] 巡抚湖南都御史：朝廷派到湖南执行监察任务的官员。都御史，元代中央监察官员。

[14] 体访：亲身勘察探访。

[15] 〔锦上花〕：曲牌名，属【双调】。八句四韵：四、四、四、四、四、四、四、

四。〔幺篇〕定格为八句四韵：五、五、四、四、四、四、四、四。须连用〔幺篇〕。套数用，又可作散套首牌。下例接〔清江引〕。

［16］不甫能：同“甫能”，才能、方能够、好不容易。元杂剧常常用此手法正话反说，以加强语气。

［17］无徒：泼皮、无赖之徒。

［18］不沙：不啊。沙，语尾助词，犹“啊”。

［19］端的：到底。

［20］发遣：处置、发落。

［21］望阙跪者：望着宫阙，朝着天子所居住的方向下跪。这里指朝着宣读判词的官员（代表皇帝）下跪。阙，宫阙，皇帝所居住的地方，表示最高国家政权。

［22］下断：公布断案结果，即宣判、判决。

［23］杂犯：据《元史·刑法志四》载，元代刑法，除大恶、奸非、盗贼、诈伪、斗殴、杀伤等的犯法条款外，尚有“杂犯”一项，视犯罪之情形，或杖或流，各有不同。如“诸恶少无赖，结聚朋党，陵轹善良，故行斗争，相与罗织者，与木偶连锁，巡行街衢，得后犯人代之，然后决遣”，“诸豪右权移官府，威行乡井，淫暴贪虐，累犯不悛（quān 音圈）者，徙远恶之地屯种”，等等。

［24］〔清江引〕：曲牌名，南北曲皆有，北曲又名〔江水儿〕〔岷江绿〕。元·陶宗仪《南村辍耕录》卷八“岷江绿”条下载：“太师伯颜擅权之日，剡（shàn 音扇）王彻彻都、高昌王贴木儿不花，皆以无罪杀。山东宪吏曹明善，时在都下，作〔岷江绿〕二曲以风之，大书揭于五门之上……此曲又名〔清江引〕，俗曰〔江水儿〕。”套数、小令兼用。据清·周祥钰《九宫大成谱》，其字数定格及韵式为五句四韵：七、五、五、五、七。南、北套曲中皆可代作尾声用，第三、四句宜对。北曲除独用外，常作带过曲，有〔雁儿落带清江引〕〔楚天遥带清江引〕〔对玉环带清江引〕〔十棒鼓带清江引〕等。

［25］“虽然道”二句：大意是，虽然说今世里的夫妻是前世里的缘分，但毕竟是靠了巡抚湖南都御史李秉忠的帮助、玉成，才使我们夫妇得以化险为夷，团圆偕老。加上后面的三句唱词，都是对李秉忠的感激、颂扬。

［26］赛龙图：如同包龙图那样；赛过、胜过包龙图。龙图，指北宋名臣包拯，因其曾任天章阁待制、龙图阁直学士，故常被称为“包待制”“包龙图”。这里指御史李秉忠。

［27］题目正名：《古杂剧》本、《杂剧选》本（收入《脉望馆钞校本古今杂剧》之中），其题目正名均为“洞庭湖半夜赚金牌，望江亭中秋切鲙旦”。

温太真玉镜台

《温太真玉镜台》简称《玉镜台》。《录鬼簿》《太和正音谱》等均有著录。《续汇刻书目》著录《阳春奏》卷六收此剧，作《温太真下玉镜台》。今存版本主要有明·王骥德编《古杂剧》本、赵琦美《脉望馆钞校本古今杂剧》本、臧懋循编《元曲选》本，清·姚燮编《今乐府选》本、孟称舜编《新镌古今名剧·柳枝集》潘可传订正本、诵芬室影钞孟刻潘订《柳枝集》残本。各本与《元曲选》本出入不大，仅一、四两折有几支曲子略异，《元曲选》本第三折多两支煞曲。

剧写翰林学士温峤（jiào 音叫）奉姑母之命教授表妹刘倩英写字弹琴。刘倩英豆蔻年华，风姿曼妙，温峤一见倾心。姑母命温峤为表妹刘倩英在翰林学士中择一佳婿。温峤心生一计，名为替人保亲，实为自荐，将玉镜台为聘礼骗老夫人收下，与刘倩英定下婚约。后媒人前来选定吉日，老夫人方得知刘倩英实与温峤定亲。婚后刘倩英因温峤骗婚，且嫌其年老而不与温峤亲近。此事为温峤旧友王府尹知悉，设下水墨宴请温峤夫妇赴宴。宴席上温峤文采大显，刘倩英爱慕温峤文采，遂对温峤态度大变，夫妇二人自此后夫唱妇随，和谐美满。

剧情衍生于南朝宋·刘义庆《世说新语》中“温峤娶妇”一事。不同的是，《世说新语》中表妹对温峤骗娶一事早已料到，对这桩婚姻是满意的。而关汉卿则改编为表妹得知真相后，对温峤极为排斥，最后在王府尹的设计帮助下才夫妻和好。朱鼎的《玉镜台记》和范文若的《花筵赚》皆据此剧改编，但都不如关汉卿的《玉镜台》。在关汉卿的爱情剧中，这是唯一的末本戏。剧中成功地塑造了主人公温峤滑（旧读 gǔ 音古）稽多智、风流蕴藉的性格特征。本剧结构完整，语言本色而富文采，正如孟称舜所云："俗语韵语，彻头彻尾，说得快性尽情。"

第一折[1]

（老旦扮夫人引梅香上，诗云）花有重开时，人无再少日。生女不生男，门户凭谁立？老身姓温，夫主姓刘，早年辞去。别无儿男，止生得一个女儿，小字倩英。年长一十八岁，未曾许聘他人。夫主在日，教孩儿读书，老身如今待教他写字抚琴，只是无个好明师。我有个侄儿温峤[2]，见任翰林学士[3]。今将老身子母搬取来京旧宅居住，说道要来拜望老身。梅香，门首觑着。只等学士来时，报复我知道。（梅香云）理会的。（正末扮温峤上，云）小官姓温名峤，字太真，官拜翰林学士。小官别无亲眷，止有一个姑娘[4]，年老寡居，近日取来京师居住。连日公衙事冗[5]，不曾拜候。今日稍闲，须索[6]拜候一遭。我想方今贤臣登用[7]，际遇[8]圣主，觑的富贵容易。自古及今，那得志与不得志的多有不齐。我先将这得志的说一遍则个[9]。（唱）

【仙吕·点绛唇】车骑成行，诣门稽颡[10]，来咨[11]访。无非那今古兴亡[12]，端的是语出人皆仰。

【混江龙】也只为平生名望，博得个望尘遮拜路途傍。出则高牙大纛[13]，入则峻宇雕墙[14]。万里雷霆驱号令，一天星斗焕文章[15]。威仪赫奕[16]，徒御轩昂[17]。喜时节鹓鸾并篚[18]，怒时节虎豹潜藏。生前不惧獬豸冠[19]，死来图画麒麟像[20]；何止是析圭儋爵[21]，都只待拜将封王。

（云）却说那不得志的，也有一等。（唱）

【油葫芦】还有那苦志[22]书生才学广，一年年守选场[23]，早熬[24]的萧萧白发满头霜；几时得出为破虏[25]三军将，入为治国头厅相[26]？只愿的圣主兴、世运昌，把黄金结作漫天[27]网，收俊杰、揽贤良。

【天下乐】当日个谁家得凤凰[28]？翱也波翔在那天子堂，争知[29]他朝为田舍郎[30]！傅说[31]呵在版筑[32]处生，伊尹[33]呵从稼穑[34]中长，他两个也不是出胞胎便显扬。

（云）虽然如此，那得志不得志的，都也由命不由人，非可勉强。（唱）

【那吒令】他每都恃着口强[35]，便仪、秦[36]呵怎敢比量[37]？都恃着力强，便贲、育[38]呵怎敢赌当[39]？元来都恃着命强，便孔、孟呵也没做主张[40]。这一个是王者师[41]，这一个是苍生望[42]，到底捱不彻[43]雪案[44]萤窗[45]。

【鹊踏枝】只落的意彷徨，走四方，昨日燕陈，明日齐梁[46]。若不是聚生徒来听讲，怎留得这诗书万古传芳？

（云）我今日也非敢擅自夸奖，端的不在古人之下。（唱）

【寄生草】我正行功名运，我正在富贵乡。俺家声[47]先世[48]无诽谤[49]，俺书香今世无虚诳[50]，俺功名奕世[51]无谦让，遮莫[52]是帽檐相接御楼前，靴踪不离金阶[53]上。

【幺篇】不枉了开着金屋，空着画堂[54]。酒醒梦觉无情况[55]，好天良夜成疏旷[56]，临风对月空惆怅。怎能彀可情人消受锦幄凤凰衾，把愁怀都打撇[57]在玉枕鸳鸯帐！

（云）一头说话，早来到姑娘门首。梅香，报复去，说温峤特来问候。（梅香报科，云）报的奶奶得知，有温峤在于门首。（夫人云）老身恰才说罢，学士真个来了。道有请！（梅香云）请进。（正末做见科）（夫人云）学士王事勤劳，取个坐儿[58]来，教学士稳便[59]；一面将酒来，与学士递一杯。（梅香云）酒在此。（夫人云）学士满饮一杯。

（正末接饮科）（夫人云）梅香，绣房中叫小姐来拜见学士咱。（梅香云）小姐有请。（旦扮倩英上，云）妾身倩英，正在房中习针指[60]；梅香说母亲在前厅呼唤，不知有甚事，须索走一遭去。（做见科，云）母亲，叫孩儿有甚事？（夫人云）孩儿，唤你来无别事，只为温家哥哥在此，你须拜见。（旦云）理会的。（夫人云）且住者，休拜！梅香，前厅上将老相公坐的栲栳圈银交椅[61]来，请学士坐着，小姐拜见。（正末云）老相公的交椅，侄儿如何敢坐？（夫人云）学士休谦，恭敬不如从命[62]。（正末云）谨依尊命。（夫人云）小姐，把体面拜哥哥者。（旦做拜科）（正末做欠身科）（夫人云）妹妹拜哥哥，岂有欠身之理？（正末云）礼无不答，焉可坐受？（夫人云）好一个有道理的人也。（正末背云）是好一个女子也呵！（唱）

【六幺序】[63]兀的不[64]消人魂魄，绰人眼光[65]？说神仙那的是天堂？则见脂粉馨香，环珮丁当[66]，藕丝[67]嫩新织仙裳，但风流都在他身上，添分毫便不停当。见他的不动情，你便都休强，则除是铁石儿郎，也索恼[68]断柔肠！

【幺篇】我这里端详他那模样：花比腮庞，花不成妆[69]；玉比肌肪，玉不生光。宋玉[70]襄王，想像高唐，止不过魂梦悠扬[71]，朝朝暮暮阳台[72]上，害的他病在膏肓[73]；若还来此相亲傍，怕不就形消骨化，命丧身亡！

（夫人云）梅香，将酒来。小姐与哥哥把盏。（旦奉酒科，云）哥哥满饮一杯。（做递酒科）（正末唱）

【醉扶归】虽是副轻台盏无斤两，则他这手纤细怎擎将？久立着神仙也不当[74]。你待把我做真个的哥哥讲，我欲说话别无甚伎俩，把一盏酒淹一半在阶基上[75]。

（夫人云）老身欲教小姐写字弹琴，争奈无个明师。学士肯看老身薄面，教你妹妹弹琴写字？（正末云）姑娘在上，据你侄儿所学，怎生教的小姐？（夫人云）学士休谦。梅香，取历日[76]来，教学士选个好日子，教小姐弹琴写字。（正末云）温峤今日出来时，有别勾当，也曾选日子。来日是个好日辰。（唱）

【金盏儿】来日不空亡[77]，没相妨。天生壬申癸酉全家旺[78]，不比那长星[79]赤口[80]要堤防。大纲来[81]阴阳偏有准，择日要端详[82]；岂不闻成开皆大吉，闭破莫商量[83]。

（夫人云）既如此，就是明日要劳动[84]学士者。（正末云）谨依尊命，明日温峤自来。但温峤无学，怎生教的小姐？（夫人云）学士休得推辞，只看你下世姑夫的面皮，教训女孩儿则个。（正末唱）

【醉中天】白日短无时晌，兼夜教[85]正更长，便误了翰林院编修[86]有甚忙？我待做师为学长，拚的个十分应当[87]，再无推让，早收拾幽静书房。

（夫人云）梅香，伏侍小姐，辞别了哥哥，回绣房去。（旦云）理会的。（拜科，下）（夫人云）多谢学士，幸不违阻[88]，是必明日早来。（正末云）敢不惟命[89]！（唱）

【赚煞尾】恰才立一朵海棠娇，捧一盏梨花酿[90]，把我双送入愁乡醉乡。我这里下得阶基无个顿放[91]，画堂中别是风光。恰才则挂垂杨一抹斜阳，改变了黯黯阴云蔽上苍。眼见得人倚绿窗，又则怕灯昏罗帐。天那，休添上画檐间疏雨滴愁肠。（下）

（夫人云）学士去了也。梅香，便收拾万卷堂，来日是吉日良辰，请学士来教你小姐弹琴写字。收拾的停当[92]时，可来回我话。（诗云）只因爱女要多才，收拾书堂待教来。（梅香诗云）从来男女不亲授，也不是我把引贼过门胡乱猜。（同下）

［1］ 第一折：此句明 · 孟称舜《古今名剧合选 · 柳枝集》剧首眉批："俗语韵语，彻头彻尾，说得快性尽情，此汉卿不可及处。"

［2］ 温峤：晋时祁人，聪明博学，有胆识，善写文章。初举秀才，曾率领军队扫平王敦叛逆，拜骠骑将军、开府仪同三司，封始安郡公。朝廷留他做宰辅，他辞去不就。后在牛渚矶中风，不久逝世，卒谥忠武。

［3］ 翰林学士：简称翰林，是唐以后历代的文学侍从官。唐开元中，置翰林学士院，选优秀的文学之士任翰林学士，掌制诰之事。以后翰林学士地位越来越高，号称内相。

［4］ 姑娘（niáng 音酿阳平）：宋元人习称父亲的姐妹为姑娘，犹如今称姑妈、姑母。

［5］ 事冗：事情繁忙。宋 · 周敦颐《任所寄乡关故旧》诗："事冗不知筋力倦，官清赢得梦魂安。"

［6］ 须索：必须、一定。须、索，义同。

［7］ 登用：选拔重用。唐 · 杜甫《上韦左相二十韵》："才杰俱登用，愚蒙但隐沦。"

［8］ 际遇：遇上、遭遇。际，有适逢其时的意思。宋 · 陆游《老学庵笔记》卷十："盖院有僧尝际遇真庙，召见赐衣及香烛故也。"

［9］ 则个：语尾助词，表动作正在进行。

［10］ 诣门稽颡（qǐ sǎng 音企嗓）：到门前磕头，请求接见。诣，到，旧时特指到尊长那里去。稽颡，本义是居丧时对宾客所行的跪拜礼，拜时屈膝下拜，以额触地，表示极度的虔诚和感谢。《汉书 · 李广传》："若乃免冠徒跣，稽颡请罪，岂朕之指哉！"

［11］ 咨（zī 音资）：征询、商议。《书 · 尧典》："咨，十有二牧。"孔传："咨，亦谋也。"

［12］ 兴亡：国家局势的发展变迁义。兴，兴起。亡，国家灭亡。"兴亡"中古汉语已见，仅指国家局势的发展变迁。

［13］ 高牙大纛（dào 音到）：古时将军的旗帜。牙，牙旗。纛，古代军队或仪仗用的大旗。宋 · 欧阳修《相州昼锦堂记》："然则高牙大纛，不足为公荣。"

［14］ 峻宇雕墙：高大的房屋，雕饰的墙壁，极写宅邸的宽大宏丽。宇，指房屋。《尚书 · 夏书 · 五子之歌》："内作色荒，外作禽荒，甘酒嗜音，峻宇雕墙，有一于此，未或不亡。"

［15］ "万里"二句：宋元时成语，意为时运一朝来到，就像雷霆一样震响万里；文思焕发，就像满天的星斗灿烂夺目。

［16］ 威仪赫奕：威仪，庄严的容止。赫奕，显耀盛大的样子。三国魏 · 何晏《景福殿赋》："镐镐铄铄，赫奕章灼，若日月之丽天也。"李善注："镐镐铄铄，赫奕章灼，皆谓光显昭明也。"

［17］ 徒御轩昂：徒御，挽车的卒徒和驾驭车马的御者。《诗·小雅·车攻》："徒御不惊，大庖不盈。"轩昂，华贵、不凡貌。

［18］ 鹓鸾并簉（zào 音皂）：鹓鸾，这里比喻杰出、非凡的人物。鹓，传说与鸾凤同类。鸾，传说与凤凰同类。簉，通"萃"，荟萃、相聚。

［19］ "生前"句：意为一生不做违法的事，故不怕法官。獬豸（xiè zhì 音谢制）冠，据《后汉书·舆服志》载："法冠……执法者服之……或谓之獬豸冠。獬豸神羊，能别曲直，楚王尝获之，故以为冠。"这里用以代指法官。

［20］ 麒麟像：汉代有麒麟阁，在未央宫中。《三辅黄图·阁》："麒麟阁，萧何造，以藏秘书、处贤才也。"一说阁为汉武帝造。汉宣帝时曾画霍光等十一位功臣巨像于阁上，以彰其功绩。

［21］ 析圭儋（dān 音丹）爵：指做官。析圭，剖玉成圭。圭，古代帝王诸侯在朝觐礼见和祭祀典礼仪式中使用的礼器，盛行于春秋战国时期，长方形，圭顶呈剡（shàn 音扇）形。根据身份地位不同，用圭规制有着严格区别。儋爵，得到爵位，做官的意思。儋，古"担"字。

［22］ 苦志："苦其心志"的省文。意为下定决心，刻苦辛劳。《孟子·告子下》："故天将降大任于是人也，必先苦其心志，劳其筋骨，饿其体肤……"

［23］ 选场：考场。

［24］ 熬：忍受、艰难地支撑。今北语仍习用。

［25］ 虏：对敌人的蔑称。

［26］ 头厅相：旧指宰相、高级官员。亦作头廷相、头庭相，音义并同。南宋·刘克庄〔汉宫春〕《丞相生日乙丑》词："吉语西来，已衮归行阙，册拜头厅。"头厅，乃头厅相之省语。

［27］ 漫天：满天、遍天。宋·范成大《碧瓦》诗："无风杨柳漫天絮，不雨棠梨满地花。"

［28］ 得凤凰：获得优秀人才。

［29］ 争知：怎知。

［30］ 田舍郎：旧称年轻的农民为"田舍郎"。宋·张耒《题韩幹马图》诗："心知不载田舍郎，犹带开元天子红袍香。"

［31］ 傅说（yuè 音月）：商王武丁的大臣。相传原为在傅岩地方版筑打墙的奴隶，殷高宗武丁梦见了他，便画像访求，找到以后，用为大臣，治理国政，使王朝得以振兴。

［32］ 版筑：筑土墙时用两版相夹，杵土成墙。

［33］ 伊尹：一名挚。原为有莘（shēn）氏女的陪嫁奴隶，商汤用为小臣，后来任以国政，辅佐商汤灭夏桀。孟子称他为"圣之任者"。

［34］ 稼穑（sè 音色）：种植和收割，泛指农业劳动。《诗·魏风·伐檀》："不稼不穑，胡取禾三百廛（chán 音缠）兮？"毛传："种之曰稼，敛之曰穑。"《孟

子·滕文公上》:“后稷教民稼穑，树艺五谷。”

[35] 恃着口强：倚仗着嘴能说会道。口强，能讲善辩。

[36] 仪、秦：指张仪、苏秦，战国时著名的辩士。张仪主连横，苏秦主合纵。

[37] 比量：比并、较量。

[38] 贲（bēn 音奔）、育：指孟贲、夏育，战国时两位著名勇士。《汉书·司马相如传下》:“力称乌获，捷言庆忌，勇期贲育。”后泛指勇士。

[39] 赌当：抵挡、对付。亦作“堵当”“当赌”“当睹”。

[40] 没做主张：没有办法。

[41] 王者师：帝王的老师。

[42] 苍生望：百姓所敬仰的人。《左传·襄公二十五年》:“人谓崔子:‘必杀之（晏子）。’崔子曰:‘民之望也，舍之得民。’”

[43] 捱不彻：过不完。

[44] 雪案：唐·徐坚《初学记》卷二引《宋齐语》:“孙康家贫，常映雪读书。”常说孙康映雪，即指此。

[45] 萤窗:《晋书·车胤列传》:“胤恭勤不倦……家贫不常得油，夏月则练囊盛数十萤火以照书，以夜继日焉。”

[46] “昨日”二句：燕、陈、齐、梁，皆春秋时国名。这两句是说，孔子周游列国，席不暇暖，到处奔波。

[47] 家声：谓一家之声誉。

[48] 先世：指前代的祖先。宋·陆游《老学庵笔记》卷九:“席帽行范氏，自先世贫而未仕。”

[49] 无诽谤：无可指责。诽谤，原义为批评指责，转义为造谣中伤。

[50] 虚诳（kuáng 音狂）：欺骗。虚，空话或诓骗。诳，欺骗。这里侧重指用空话欺骗人。宋·范仲淹《奏辩陈留移桥》:“又根究得元《乞移桥状》内所说，损却人命及陷没财物，并是虚诳。”

[51] 奕世：一代接一代、累世。《国语·周语上》:“奕世载德，不忝（tiǎn 音舔）前人。”

[52] 遮莫：或者、或是。

[53] 金阶：指金殿的陛阶。

[54] “不枉了”二句：新房是有了，而没有新娘子。金屋，指华贵的房屋。汉·班固《汉武故事》:汉武帝刘彻幼时，他的姑母长公主嫖抱他在膝上，问他:“儿欲得妇否？”他说:“欲得妇。”长公主指着自己的女儿阿娇问:“阿娇好不（fǒu 音否）？”他回答:“好！若得阿娇作妇，当做金屋贮之也。”画堂，本是汉代宫中的画堂。南朝梁·无名氏《三辅黄图·汉宫》:“未央宫有……画堂、甲观，非常室。”后指华丽的堂舍。唐代诗人崔颢《王家少妇》诗:“十五嫁王昌，盈盈入画堂。”这里有洞房的意思。

［55］情况：指男女恋情。

［56］疏旷：孤单寂寞。唐·刘长卿《自鄱（pó 音婆）阳还道中寄褚征君》诗："白首无子孙，一生自疏旷。"

［57］打撇（piē 音瞥）：抛掷、丢弃。

［58］坐儿：坐具。

［59］稳便：古时客套话，即请便之意。

［60］针指：针线活儿。

［61］栲栳（kǎo lǎo 音考老）圈银交椅：一种形似栲栳的镶银圈椅。宋·张端义《贵耳集》："今之交椅，古之胡床也，自来只有栲栳样。"栲栳，又称笆斗，用柳条或竹篾编成的圆形盛物器具。明·唐寅《题崔娘像》诗："琵琶写语番成恨，栲栳量金买断春。"交椅，又叫胡床、绳床、交床，一种可以折叠的坐具。

［62］恭敬不如从命：谚语，意为表示对尊者的恭敬，不如听从尊者的话。清·翟灏《通俗编》卷九引赞宁《笋谱》云："昔有新妇，不得舅姑意，其妇善承不违。一日岁暮，姑索笋羹。妇答即煮供上。妯娌问之曰：'今腊中，何处求笋？'妇曰：'且应为贵，以顺攘逆责耳，其实何处求之！'姑闻而悔。后倍怜新妇。故谚曰：'恭敬不如从命，受训莫如从顺。'"

［63］〔六幺（lù yāo 音录腰）序〕：亦作〔六幺〕〔录要〕〔乐世娘〕〔乐世辞〕。幺，小的意思，因此调羽弦最小，节奏繁急，故名。其词为双调九十四字，仄韵。唐时琵琶曲名，后用为词调。节奏先慢后快，是女子独舞曲。宋·王灼《碧鸡漫志》卷三："〔六幺〕，一名〔绿腰〕，一名〔乐世〕，一名〔录要〕。元微之《琵琶歌》云：'〔绿腰〕散序多拢捻。'……又云：'逡巡弹得〔六幺〕彻，霜刀破竹无残节。'……段安节《琵琶录》云：'〔绿腰〕，本〔录要〕也，乐工进曲，上令录其要者。'……至乐天又独谓之〔乐世〕，他书不见也。"

［64］兀的不：怎不。

［65］绰人眼光：吸引别人的目光。绰，通"抄"，抓取。

［66］环佩丁当：古人在衣带上系有珮玉，走起路来发出叮叮当当的悦耳声。

［67］藕丝：颜色名。唐·李贺《天上谣》："粉霞红绶藕丝裙。"王琦汇解："粉霞、藕丝，皆当时彩色名。"

［68］恼：此为撩拨的意思。宋·王安石《夜直》诗："春色恼人眠不得，月移花影上阑干。"

［69］花不成妆：花也不成样子、不美丽。这里意为鲜花也比不上刘倩英的美貌。

［70］宋玉：战国时楚国辞赋家，曾事楚襄王。传说他是屈原的弟子。据《汉书·艺文志》载：宋玉有赋十六篇，但均已亡佚。《文选》载《风赋》《高唐赋》《登徒子好色赋》为宋玉所作，然不可信。

［71］悠扬：长远貌。

［72］阳台：战国楚·宋玉《高唐赋》载，楚怀王在高唐梦见神女对他说："妾巫山之

女也……旦为朝云，暮为行雨，朝朝暮暮，阳台之下。”后遂借用“阳台”比喻男女欢会的地方。

[73] 病在膏肓：同“病入膏肓”，原本指病情沉重，已经无药可救，后比喻事情到了无法挽救的地步。宋·朱熹《与台端书》：“今天下之病在膏肓者久矣，夫人而能知之，夫人而欲言之，顾以不当其任，则虽欲一效其伎而无所施耳。”

[74] 不当：挺不住、吃不消的意思。

[75] “我欲”二句：此处明·孟称舜《古今名剧合选·柳枝集》的眉批：“入情妙，语更美倩。”伎俩，技能，此处引申为办法。淹，意同“瀽”（jiǎn 音简），意为洒、浇。阶基，台阶。

[76] 历日：古代一种迷信的日历通书。《书·洪范》孔颖达疏：“算日月行道所历，计气朔早晚之数，所以为一岁之历。”古人据此把人事与天时联系起来，以决休咎。

[77] 空亡：古代用干支纪日，十干配十二支，所余二支叫“空亡”，亦称“孤虚”。迷信说法，认为“空亡”是坏日子，做事不吉利。

[78] 壬申癸酉全家旺：星相术士的行话、术语。壬申、癸酉都是使全家兴旺的吉日。壬，居天干第九位；申，居地支第九位；癸，居天干的第十位；酉，居地支的第十位。

[79] 长星：古星名，类似彗星，有长形光芒。《汉书·文帝纪》：“（八年）有长星出于东方。”颜师古注引文颖曰：“长星光芒有一直指，或竟天，或十丈，或三丈，或二丈，无常也。大法，孛（bèi 音备）、彗星多为除旧布新，火灾，长星多为兵革事。”

[80] 赤口：疑为“赤口白舌”的省称，指口舌之争。旧时端午节悬挂的帖子上写：“五月五日天中节，赤口白舌尽消灭。”

[81] 大纲来：总之、大概、一般。元·陶宗仪《南村辍耕录》卷二十八“水仙子”条：“张鸣善作北乐府〔水仙子〕《讥时》云：‘铺眉苫（shàn 音善）眼早三公，裸袖揎（xuān 音宣）拳享万钟；胡言乱语成时用，大纲来，都是烘。’”

[82] 端详：此为斟酌、考虑的意思。

[83] 成开皆大吉，闭破莫商量：古代历书常于每个日子下面注有成、开、闭、破等字，成日、开日为吉日，闭日、破日为不吉日。二句意为成日、开日都大吉大利，而闭日、破日就不必考虑它了。

[84] 劳动：打扰、有劳的意思。

[85] 兼夜教：连夜教导。

[86] 翰林院编修：官名。唐代以大学士掌管翰林院院务，下设编修、侍读等职。编修是负责整理典籍、起草诰命等事务的翰林学士。

[87] 应当（yìng dāng 音硬当）：支应、承应。

[88] 违阻：推辞、拒绝。

［89］惟命：听命。

［90］梨花酿：就是梨花春，又称“梨花春酒”“趁梨花”。因其趁梨花飘香时酿制而得名，气味馥郁，洁白清冽，唐代时就是美酒。清·屈大均〔渔家傲〕：“窥人岂为梨花酿。”

［91］无个顿放：形容手足无措的样子。顿放，停放。

［92］停当：亦作“亭当”，妥帖、完备之意。《晋书·庾亮列传》：“以二十四日达夏口，辄简卒搜乘停当上道。”

第二折

（老夫人上，云）昨日选定今日是吉日良辰。梅香，门首觑者，则怕学士来时，报我知道。（梅香云）理会的。（正末上，云）姑娘选定今日好日辰，不曾衙门里去，肯分[1]的姑娘又来请。便不来请我也索去。可早来到门首。梅香，报复去，道温峤来了也。（梅香报科，云）温学士来了。（夫人云）道有请。（梅香云）请进。（正末做见科）（夫人云）今日学士怎生来的恁早？（正末云）为领尊命，教小姐琴书，就不曾到衙门去。（夫人云）因为老身薄面，误了学士公事，老身知感不尽。梅香，快请小姐出来，拜学士者。（梅香云）小姐有请。（旦上，云）妾身正在绣房中，听的母亲呼唤，须索见去。（做见科）（夫人云）倩英，你拜哥哥！今日为始，便是你师父了也。（旦做拜科）（正末背云）小姐比昨日打扮的又别，真神仙中人也！（唱）

【南吕·一枝花】藕丝翡翠裙，玉腻蝤蛴[2]颈；妲己[3]空破国，西子[4]枉倾城[5]。天上飞琼[6]，散下风流病。若是寝正浓梦乍醒，且休问斜月残灯，直睡到东窗日影。

（云）将琴[7]过来，教小姐操一曲咱。（旦学操琴科）（正末唱）

【梁州第七】兀的不可喜[8]煞罗帏绣幕，风流煞金屋银屏！这七条弦[9]兴亡祸福都相应，端的个圣贤可对，神鬼堪惊，俗怀顿爽，尘虑[10]皆清。一弄儿[11]指法泠泠[12]，早合着古操[13]新声。金徽[14]弹流水[15]潺湲，冰弦[16]打余音齐整，玉纤[17]点逸韵轻盈。聪明，怎生得口诀手未到心先应？海棠色蕙兰性[18]，想天地全将秀结成[19]，一团儿智巧心灵。

（夫人云）再操一遍，则怕还有不是处，教学士听，有不是处再教。（正末唱）

【牧羊关】纵然道肌如雪，腕似冰，虽是一段玉，却是几样磨成：指头是三节儿琼瑶[20]，指甲似十颗水晶。稳坐的有那稳坐堪人敬，但举动有那举动可人憎[21]。他兀自未揎起[22]金衫袖，我又早先听的玉钏[23]鸣。

（夫人云）小姐，弹琴不打紧，须装香来，请哥哥在相公抱角床[24]上坐着，小姐拜哥哥。“一日为师，终身为父。”学士教小姐写字者。（旦写字科）（正末云）腕平着，笔直着。小姐，不是这等。（正末起把笔捻旦手科）（旦云）是何道理，妹子根前捻手捻腕！（正末云）小生岂有他意！（夫人云）小鬼头，但得哥哥捻手捻腕，你早十分有福也。（旦云）男女七岁不可同席。（夫人笑科，云）哥哥根前调书带儿[25]。（正末唱）

【隔尾】你便温柔起手里须当硬[26]，我呆想望迎头儿撇会清[27]，恰才轻搭着春葱[28]尽侥幸。（带云）似这等酥密[29]般抢白[30]，（唱）遮莫你骂我尽情，我断不敢回你半声，也强如编修院里和书生每厮强挺[31]。

（云）小姐，不是了也。腕平着，笔直着。（旦怒云）哥哥，你又来也。（正末唱）

【四块玉】兀的紫霜毫烧甚香？斑竹管有何幸？倒能勾柔荑般

指尖擎[32]。只你那纤纤的手腕儿须索平正，我不曾将你玉笋[33]汤[34]，他又早星眼睁，好骂我这泼顽皮没气性。

（夫人云）小姐，辞了哥哥，回绣房去。（旦拜科，下）（正末云）温峤更衣去咱。（做行科，云）见小姐下的阶基，往这里去了。我只见小姐中注模样[35]，不曾见小姐脚儿大小。沙土上印下小姐脚踪儿。早是我来的早，若来的迟呵，一阵风吹了这脚迹儿去，怎能勾见小姐生的十全也呵！（唱）

【牧羊关】妇人每鞋袜里多藏着病，灰土儿没面情[36]，除底外四周围并无余剩。几般儿[37]窄窄狭狭，几般儿周周正正[38]。几时滙逗[39]的独强性[40]，勾引[41]的把人憎。几时得使性气[42]由他跐[43]，恶心烦自在蹬[44]。

（带云）小姐去了也。几时得见，着小官撇不下呵！（唱）

【贺新郎】你便是醉中茶一啜[45]嚜然醒，都为他皓齿明眸[46]，不由我使心作幸[47]。待寻条妙计无踪影，老姑娘手把着头稍自领[48]。索甚么嘱付叮咛，似取水垂辘轳，用酒打猩猩[49]。到这里惜甚廉耻，敢倾人命[50]！休、休、休做一头海来深不本分，使一场天来大昧前程[51]。

【隔尾】他藉妆梳[52]颜色花难并[53]，宜环珮腰肢柳笑轻，一对不倒踏[54]窄小金莲尚古自[55]剩[56]。想天公是怎生？这世情，教他独占人间第一等。

（正末回科）（夫人云）学士稳便。老身有句话：想小姐年长一十八岁，不曾许聘他人，翰林院有一般学士，烦哥哥保一门亲事。（正末背云）小官暗想来只得如此，若不恁的呵不济事。（做向夫人云）姑娘，翰林院有个学士，才学文章，不在侄儿之下。（夫人云）似你这般才学少有。那学士多大年纪，怎生模样？哥哥，你说一遍。（正末

唱）

【红芍药】年纪和温峤不多争[57]，和温峤一样身形；据文学比温峤更聪明，温峤怎及他豪英。保亲的堪信凭，搭配的两下里相应。不堤防对面说才能，远不出门庭。

【菩萨梁州】古人亲事把闺门礼正。但得人心至诚，也不须礼物丰盈。点灯吃饭两分明，缑山[58]无梦碧瑶笙，玉台有主菱花镜[59]。更有场大厮并[60]，月夜高烧绛蜡灯，只愁那烦扰非轻。

（云）温峤与那学士说成，择定日子同来。（夫人云）多劳学士用心。（正末做出门笑科，云）温峤，你早则人生三事[61]皆全了也。（虚下，将砌末上科）（做见夫人科，云）告的姑娘得知，适才侄儿径去与那学士说了。今日是吉日良辰，将这玉镜台权为定物[62]。别使官媒人来通信，央您侄儿替那学士谢了亲者。（唱）

【煞尾】俺待麝兰[63]腮、粉香臂、鸳鸯颈，由你水银渍[64]、朱砂斑[65]、翡翠青[66]。到春来小重楼策杖登[67]，曲阑边把臂行[68]，闲寻芳、闷选胜。到夏来追凉院、近水庭，碧纱厨[69]、绿窗净，针穿珠、扇扑萤。到秋来入兰堂、开画屏[70]，看银河、牛女星，伴添香、拜月亭。到冬来风加严、雪乍晴，摘疏梅、浸古瓶，欢寻常、乐余剩。那时节、趁心性[71]，由他娇痴、尽他怒憎，善也偏宜、恶也相称。朝至暮不转我这眼睛，孜孜[72]觑定，端的寒忘热、饥忘饱、冻忘冷。（下）

（官媒上，诗云）“析薪如何，匪斧弗克；娶妻如何，匪媒弗得。”[73]自家是个官媒[74]。温学士着我去老夫人家说知：选吉日良辰，娶小姐过门。可早来到也。无人报复，我自过去。（做见科，云）老夫人磕头。（夫人云）媒婆何来？（官媒云）奉学士言语，着我见老夫人，选日辰娶小姐过门。（夫人云）是那个学士？（官媒云）是温学士。

（夫人云）他是保亲的。（官媒云）他不是保亲的，则他是女婿。（夫人云）何为定物？（官媒云）玉镜台便是定礼[75]。（夫人云）有这等事？我把这玉镜台摔碎了罢！（官媒云）住住！这玉镜台不打紧，是圣人御赐之物，不争你摔碎了，做的个大不敬，为罪非小。（夫人云）嗨，吃他瞒过了我也！梅香，便说与小姐知道，收拾停当，选定吉日，送小姐过门去罢。（下）

---

[1] 肯分：宋元时俗语，恰好、凑巧。

[2] 蝤蛴（qiú qí 音求齐）：蝎虫。即天牛及桑牛的幼虫，色白身长。古诗文中常用以形容美女脖颈（gěng 音梗）。《诗·卫风·硕人》："领如蝤蛴。"

[3] 妲（dá 音达）己：商王宠妃，姓己，有苏氏之女。妖媚阴狠，助纣为虐。《竹书纪年》："王师伐有苏，获妲己以归。"

[4] 西子：春秋时越国美女西施。范蠡使用美人计把她送给吴王夫差，使夫差失政，导致吴国灭亡。

[5] 倾城：形容女子极度之美貌。《汉书》卷九十七上《外戚传》第六十七上载李延年歌曰："北方有佳人，绝世而独立，一顾倾人城，再顾倾人国。"

[6] 飞琼：指许飞琼。传说中的仙女，西王母侍女。唐代诗人曾梦游天宫，见到过她，并为之写了一首诗。元曲中多用许飞琼比喻美女。这里是温太真将表妹比作仙女许飞琼。

[7] 琴：乐器名。中国的古老弦乐器，相传为伏羲所创，初仅五弦，周时增为七弦。琴面板常用桐木，取古人"凤非梧桐不栖，非竹实不食"之意。

[8] 可喜：可爱之意。

[9] 七条弦：古琴有七条弦，因此又名七弦琴，这七根弦的名称从外到内依次分别称作宫、商、角（jué 音决）、徵（zhǐ 音止）、羽、文、武。

[10] 尘虑：俗念。

[11] 一弄儿：奏曲一次。

[12] 泠泠：形容声音清越。晋·陆机《文赋》："音泠泠而盈耳。"

[13] 古操：古琴曲。

[14] 金徽：本谓饰金的琴徽，这里指琴。唐·孟浩然《赠道士参寥》诗："丝脆弦将断，金徽色尚荣。"

[15] 流水：古琴曲。《流水》的谱本最早见于明太祖之子朱权编纂的《神奇秘谱》，但现在流传的版本多为清代四川琴师张孔山所改编的九段曲。《流水》的曲调

清新悠扬，如同溪水潺潺，时而平缓，时而急促，富于变化和动感。全曲以清弹为主，运用了大量的滚拂、撮、刮、按滑等手法，细腻地刻画了流水的不同形态和情感。乐曲分为九段，每段都有一个小标题，分别是泉源、涓涓、汇流、激湍、回旋、飞瀑、澄澈、深邃、归海。

[16] 冰弦：原为冰蚕所吐之丝绞成的琴弦，此泛指琴弦。

[17] 玉纤：比喻美女的手指。

[18] 蕙兰性：像香草、蕙兰一样的性情，常用以比喻人性情美好。

[19] “想天地”句：全句意为天地间的秀美都集结于倩英一身。

[20] 琼瑶：美玉。《诗·卫风·木瓜》：“投我以木桃，报之以琼瑶。”《传》曰：“琼瑶，美玉。”《说文》：“琼，赤玉也。瑶，玉之美者。”这里用以比喻美女的指头。

[21] “稳坐的”二句：此处明·孟称舜《古今名剧合选·柳枝集》的眉批：“话得详尽。”可人憎，足以令人喜爱。爱而言“憎”，犹如称心爱的人为“冤家”之类。

[22] 揎（xuān 音宣）起：卷起、捋起袖子露出手臂。

[23] 玉钏（chuàn 音串）：玉制手镯。南北朝梁简文帝《夜听妓》诗：“朱唇随吹尽，玉钏逐弦摇。”

[24] 抱角床：一种扶手向内弯的靠背椅子。

[25] 调书带儿：亦作“掉书袋”“调书袋”。讥讽喜欢引用经典以示渊博者的习用语。宋·马令《南唐书·彭利用列传》：“（利用）对家人稚子，下逮奴隶，言必据书史，断章破句，以代常谈，俗谓之掉书袋。”

[26] 起手里须当硬：开始写字时，手必须有劲儿才行。

[27] 撇会清：撇清。伪装置身事外，用花言巧语掩饰劣迹，故意来表示自己清高。此谓假装正经。

[28] 春葱：比喻少女的手指既白且嫩。唐·白居易《筝》诗：“双眸翦秋水，十指剥春葱。”

[29] 酥密：酥油、蜂蜜。意即又香又甜。

[30] 抢白：责备、讥刺的意思。

[31] 厮强挺：亦作“厮挺”，硬顶、争辩。

[32] “兀的”三句：明·孟称舜《古今名剧合选·柳枝集》的眉批：“彻情摹写。”紫霜毫，亦名“紫毫笔”“紫毫”，毛笔的一种，有紫和花白之分，取白兔脊及尾之毫制成。纯用紫毫，软而圆健，若兼花白，则坚强劲（jìng 音净）利。唐·白居易《紫毫笔》诗：“紫毫笔，尖如锥兮利如刀。江南石上有老兔，吃竹饮泉生紫毫。宣城之人采为笔，千万毛中拣一毫。毫虽轻，功甚重。管勒工名充岁贡，君兮臣兮勿轻用。……起居郎，侍御史，尔知紫毫不易致。每岁宣城进笔时，紫毫之价如金贵。慎勿空将弹失仪，慎勿空将录制词。”斑竹管，简

称斑管，俗称笔，以斑竹为之。柔荑（tí 音提），出自《诗·卫风·硕人》："手如柔荑，肤如凝脂。"荑，茅草名，初生时色白而柔，旧时多用以比喻女子手白嫩、纤细。

[33] 玉笋：比喻美女的手指。唐·韩偓（wò 音握）《咏手》："腕白肤红玉笋芽，调琴抽线露尖斜。"

[34] 汤：轻轻碰着。

[35] 中注模样：亦作"中珠模样"。宋代吏部除授官员，在册中注明年龄、相貌，这种册子叫"中注"。后引申为相貌的代称。

[36] 没面情：不讲情面。

[37] 几般儿：多么的、何等的。

[38] 周周正正：端端正正。

[39] 迤（tuō 音拖）逗：亦作"迱逗""拖斗"，挑逗、撩拨。

[40] 独强性：特别犟的脾气。

[41] 勾引：勾搭、引诱。多指男女勾搭做一些不道德的事情，含贬义，口语色彩浓厚。

[42] 性气：气性，意为脾气。

[43] 跐（cǐ 音此）：踹、蹬的意思。这里引申为折磨、摆布。

[44] 自在蹬：随便踢、蹬。

[45] 啜：喝、吃。

[46] 皓齿明眸（móu 音谋）：三国魏·曹植《洛神赋》："丹唇外朗，皓齿内鲜，明眸善睐（lài 音赖），靥（yè 音叶）辅承权。"后因以形容女子的美貌，亦借指美女。

[47] 使心作幸：费尽心机，玩弄计谋。

[48] 手把着头稍自领：宋元时歇后语，自己想办法解决。这里意为情愿接受此婚约也，即指温峤的姑母巴不得把刘倩英许配给他。头稍，即头梢，谓头发。

[49] "似取水"二句：正要打水，辘轳垂下来了；猩猩嗜酒如命，恰好把酒给了它。这两句意为温峤的姑母请温峤教倩英写字练琴，正合温峤的心意，比喻正中下怀。

[50] 敢倾人命：恐怕会断送了人的性命。敢，估量之词，大约、恐怕要。

[51] "使一场"句：意为豁出命去，不怕未来的险恶境遇像天一样广大无边。昧前程，未来的境遇昏暗、险恶。

[52] 妆梳：梳妆打扮。唐·刘禹锡《历阳书事七十韵》："容华本南国，妆束学西京。"

[53] 难并：难以相比、比不上。

[54] 不倒踏：指走路的姿势端正。

[55] 尚古自：亦作"尚兀自"，尚且、还。

[56] 剩：有剩余，极言脚小。

[57] 不多争：不差多少。争，差也。

[58] 缑（gōu 音沟）山：山名，在今河南洛阳市偃师区南。汉·刘向《列仙传》载：周灵王太子晋，好吹笙。后随浮丘公上嵩山，得道成仙。后来人们到嵩山去寻找他，“王子晋见桓良曰：‘告我家，七月七日待我于缑氏山头。’果乘白鹤驻山颠，望之不得到，拱手谢时人而去。”

[59] “玉台”句：意为玉镜台有了菱花镜做主人，不再是空镜台了。暗寓温峤已找到了妻子。玉台，指玉镜台。唐·王昌龄《朝来曲》：“盘龙玉台镜，唯待画眉人。”菱花镜，古时以铜为镜，日光照耀，则其影如菱花，故云。

[60] 更有场大厮并：意指自己的欺瞒行为被发觉后会有一场大闹。大厮并，激烈的争斗、拼搏。并，意同“拼”。

[61] 三事：指中举、做官、结婚。

[62] 定物：定亲的礼物。定，订婚礼物义，如宋·吴自牧《梦粱录》卷二十《嫁娶》：“自送定之后，全凭媒氏往来。”定物，近代汉语已见，侧重指物。金·董解元《西厢记诸宫调》卷六：“这事体，你寻思，定物终须要。”

[63] 麝兰：麝香和兰香的简称，泛指香气。《红楼梦》第五回：“仙袂乍飘兮，闻麝兰之馥郁。”亦作“兰麝”。宋·黄庭坚《寄陈适用》诗：“歌梁韵金石，舞地委兰麝。”

[64] 水银渍（zì 音字）：像渍了一层水银一样，形容面部肤色洁白。渍，油、泥积在上面，难以除掉，谓之渍。

[65] 朱砂斑：形容嘴唇红润美艳。斑，斑斓。汉乐府《古诗为焦仲卿妻作》：“指如削葱根，口如含朱丹。”

[66] 翡翠青：形容眉毛像翡翠一样青。

[67] 策杖登：拄着手杖登上去。

[68] 把臂行：挽着胳膊走。

[69] 碧纱厨：用绿纱制作的橱形蚊帐。唐·王建《赠王处士》诗：“松树当轩雪满池，青山掩障碧纱厨。”厨，同“橱”。

[70] 画屏：有画饰的屏风。在屏风上彩绘，多是故事、山水场景或是一些吉祥的纹样图案，元代重要的装饰手法。唐·杜牧《秋夕》：“银烛秋光冷画屏，轻罗小扇扑流萤。”

[71] 趁心性：称心。心性，心。

[72] 孜孜：注视貌。

[73] “析薪（xī xīn 音西欣）”四句：出自《诗·齐风·南山》中的诗句。孔颖达疏：“言析薪之法如之何乎？非用斧不能斫之。以兴娶妻之法如之何乎？非使媒不能得之。”后因以指做媒。薪，柴。匪，通“非”。元杂剧中媒人常用这四句作为上场诗，以表明自己身份。

[74] 官媒：元代习俗，介绍婚姻的媒人由政府选任，故凡专以做媒为职业的妇女，叫作官媒。《元典章》卷十八“女婿钱财定例”条，便有由地方长老保送信实妇人充官入籍的规定。这种制度，明清沿用。《牡丹亭·婚走》：“待成亲少个官媒。”《红楼梦》第七十二回：“前儿官媒拿了庚帖来求亲。”是其证。

[75] 定礼：财礼。

第三折

（正末引赞礼[1]、鼓乐上）（赞礼唱科，诗云）一枝花插满庭芳，烛影摇红昼锦堂。滴滴金杯双劝酒，声声慢唱贺新郎[2]。请新人出厅行礼！（梅香同官媒拥旦上）（正末唱）

【中吕·粉蝶儿】怕不动的鼓乐声齐，若是女孩儿不谐鱼水[3]我自拖拽[4]，这一场出丑扬疾[5]。安排下佯小心妆大胆丹方一味：他若是皱着双眉，我则索牙床[6]前告[7]他一会。

（云）媒婆，你遮我一遮，我试看咱。（官媒云）我遮着你看。（正末做看科）（旦云）这老子[8]好是无礼也！（正末唱）

【红绣鞋】则见他无发付[9]氲氲[10]恶气，急节里[11]不能勾步步相随。我那五言诗[12]作上天梯，首榜上标了名姓，当殿下脱了白衣[13]，今夜管[14]洞房中抓了面皮[15]。

（云）媒人，待咱大了胆过去来。（唱）

【迎仙客】到这里论甚使数[16]，问甚官媒，紧逐定[17]一团儿休厮离；和他守何亲，等甚喜，一发[18]的走到跟底[19]。大家吃一会没滋味[20]。

（旦云）兀那老子，若近前来，我抓了你那脸！教他外边去！媒婆，你来。我和你说：这老子当初来时节，俺母亲教小姐拜哥哥，他曾受我的礼来。（官媒云）学士，小姐说起初时他曾拜你做哥哥，你受过他礼来。（正末云）我那里受他礼来？你与小姐说去。（官媒云）小姐，学士说那里受你礼来？（旦云）在俺先父银栲栳圈交椅上坐着，受我的礼来。（官媒云）小姐说学士在他老相公栲栳圈银交椅上受他礼来。（正末唱）

【醉高歌】我见他姿姿媚媚[21]容仪，我几曾稳稳安安坐地？向傍边踢开一把银交椅，我则是靠着个栲栳圈站立。

（旦云）媒婆你来。他又受我的礼来。（官媒云）学士，小姐说你又受他的礼来。（正末云）我那里又受他礼来？（官媒云）小姐，学士说，他那里又受你的礼来？（旦云）这老子！俺母亲着我弹琴写字，他坐在俺先父抱角床上，我拜他为师来！（官媒云）学士，小姐说学弹琴写字，拜你为师，你在老相公抱角床上，受他礼来。（正末唱）

【醉春风】我坐着窄窄半边床，受了他怯怯[22]两拜礼；我这里磕头礼拜却回席[23]，划地[24]须还了你、你。便得些欢娱，便谈些好话，却有那般福气。

（旦云）媒婆，你说与他去，我在正堂[25]中做卧房[26]，教他再休想到我根前。若是他来时节，我抓了他那老脸皮，看他好做得人！（官媒云）学士，小姐说来，他在正堂中做卧房，教你休想到他根前。若是你来时节，他抓了你老脸皮，教你做人不得！（正末唱）

【红绣鞋】正堂里夫人寝睡，小官在书房中依旧孤恓。遮莫待尽世儿[27]不能勾到他这罗帏。人都道刘家女被温峤娶为妻，落得个虚名儿则是美！

（云）将酒来，我与小姐把盏咱。（正末把酒科）（旦云）我不吃。（官媒云）小姐接酒。（正末唱）

【普天乐】初相见玉堂中，常想在天宫内，则索向空间偷觑，怎生敢整顿观窥[28]？得如今伏侍他，情愿待为奴婢[29]。厨房中水陆烹炮珍羞味[30]，箱柜内无限锦绣珠翠。但能勾与你插戴些首饰，执料些饮食，则这的我早福共天齐。

（旦做瀽[31]酒科，云）我不吃。（正末唱）

【满庭芳】[32]量这些直个甚的！忒斟得金杯潋滟[33]，因此上把宫锦淋漓，大人家展污了何须计！只要你温夫人略肯心回，便瀽到一两瓮香醪[34]在地，浇到百十个公服朝衣。今夜里我早知他来意，酒淹[35]得袖湿，几时花压帽檐低[36]？

（官媒云）这小姐则管不就亲，做的个[37]违宣抗敕[38]哩！（正末云）媒婆，休说这般话！（唱）

【上小楼】[39]休题着违宣抗敕，越逗的他烦天恼地。你则说迟了燕尔，过了新婚[40]，误了时刻。你说领着省事[41]，掌着军权，居着高位，又道会亲处倚官挟势。

（云）我则索哀告你个媒婆做个方便者。（做跪科）（官媒云）学士，你为何在老身跟前下礼？（正末唱）

【幺篇】我求灶头不如告灶尾[42]。为甚我今日媒人根前做小伏低[43]？教他款慢[44]里劝谏的俺夫妻和会[45]，兀的是罗帏中用人之际！

（官媒云）天色明了也。学士，你先往衙门中去，我自夫人根前回话去也。（正末云）夫人，你的心事，我已知道了。你听我说。（唱）

【耍孩儿】[46]你少年心想念着风流配，我老则老争多的几岁？不知我心中常印着个不相宜，索将你百纵千随：你便不欢欣，我则满面儿相陪笑；你便要打骂，我也浑身儿都是喜[47]。我把你看承的、看承的家宅土地、本命神祇[48]。

【四煞】论长安富贵家，怕青春子弟稀，有多少千金娇艳为妻室，这厮每黄昏鸾凤成双宿，清晓鸳鸯各自飞，那里有半点儿真实意？把你似粪堆般看待，泥土般抛掷。

【三煞】你攒着眉熬夜阑[49]，侧着耳听马嘶，闷心[50]欲睡何曾睡。灯昏锦帐郎何在，香烬金垆[51]人未归，渐渐的成憔悴。还不到一年半载，他可早两妇三妻。

【二煞】今日咱守定伊[52]，休道近前使唤丫鬟[53]辈，便有瑶池仙子[54]无心觑，月殿嫦娥懒去窥。俺可也别无意，你道因甚的千般惧怕？也只为差了这一分[55]年纪。

【煞尾】我都得知、都得知，你休执迷、休执迷，你若别寻的个年少轻狂婿，恐不似我这般十分敬重你。（同下）

---

[1] 赞礼：旧时在结婚仪式上唱赞歌并兼做司仪的人。

[2] “一枝花”四句：这首赞礼诗是由〔一枝花〕〔满庭芳〕〔烛影摇红〕〔昼锦堂〕〔滴滴金〕〔双劝酒〕〔声声慢〕〔贺新郎〕等词牌或曲牌名串成的。

[3] 不谐鱼水：指夫妇不能情投意合。鱼水，喻夫妇和好。语本《管子·小问》：“浩浩者水，育育者鱼，未有室家，而安召我居。”

[4] 拖拽（zhuài 音跩去声）：此为牵引之意。

[5] 出丑扬疾：因吵闹而出丑。扬疾，“嚷唧”的借音字，吵嚷、吵闹的意思。

[6] 牙床：谓以象牙装饰之床，亦作“衙床”。牙、衙，古通用。

[7] 告：哀求、哀告。

[8] 老子：这里用作贬词，意为老头子、老东西、老家伙。

[9] 发付：此为发泄、发作的意思。

[10] 氲氲（yūn yūn 音晕晕）：发怒而脸变色的样子。唐·孟郊《寒溪》诗：“皎皎何皎皎，氲氲复氲氲。瑞晴刷日月，高碧开星辰。”

[11] 急节里：亦作“急切里”，慌忙的意思。也作“急且里”，意为紧急关头。

[12] 五言诗：每句皆五字的诗体。形成于汉代，为古典诗歌主要形式之一。其类别

有五言古诗、五言律诗、五言绝句和五言排律。

［13］ 脱了白衣：指做了官。白衣，即布衣，平民的服装。当了官穿染色衣服，故云。

［14］ 管：包管、一定。

［15］ 抓了面皮：抓破面皮、翻了脸。

［16］ 使数：谓奴婢、仆役。使，役。数，计。今称佣人为“伙计”，亦含有多数的意思。

［17］ 逐定：亦作“簇定”，紧紧跟随。

［18］ 一发：干脆、索性。

［19］ 跟底：跟前、近旁。

［20］ 没滋味：没趣。

［21］ 姿姿媚媚：女子娇媚的样子。又作“媚媚孜孜”“媚孜孜”。宋·柳永〔击梧桐〕词：“香靥深深，姿姿媚媚，雅格奇容天与。”

［22］ 怯怯：胆小、羞怯的样子。

［23］ 回席：回礼。

［24］ 刬（chǎn 音产）地：亦作“刬的”，照样、还是。宋·陈允平《丹凤吟·暗柳烟深何处》词：“过了几番花信，晓来刬地寒意恶。”

［25］ 正堂：正屋。

［26］ 做卧房：睡。

［27］ 尽世儿：一辈子。

［28］ 整顿观窥：长时间地、一个劲儿地看。整顿，长时间地、大量地，直至兴尽为止。今北语仍习用。

［29］ 奴婢：泛指仆人。奴，指男仆。婢，指女仆。《汉书·哀帝纪》卷一一：“豪富民多畜奴婢。”也有臣仆对帝、后的自称。

［30］ 水陆烹炮（páo 音袍）珍羞味：水产、陆产食物齐备，并做成味美的菜肴。唐·白居易《轻肥》诗：“水陆罗八珍。”烹，做菜的方法。炮，指以泥土包裹食物于火中烘烤的烹制方法。先秦时期，先民们便常以此法烤制食物。羞，同“馐”，滋味好的食物。

［31］ 瀽（jiǎn 音俭）：这里是泼的意思。

［32］ 〔满庭芳〕：曲牌名，一名〔满庭霜〕，北曲【中吕宫】，南曲【中吕宫】【正宫】均有同名曲牌。常见者为北曲【中吕宫】，据清·周祥钰《九宫大成谱》字数定格为十句九韵：四、四、四、七、四、七、七、三、四、五，共四十九字。第二、三句，第六、七句对仗。小令、套曲兼用。

［33］ 潋滟：形容水盈溢的样子。宋·苏轼《饮湖上初晴后雨》：“水光潋滟晴方好，山色空蒙雨亦奇。”

［34］ 香醪（láo 音劳）：美酒。醪，本义为汁滓混合的酒。南唐·李煜〔一斛珠〕

词："罗袖裛（yì 音忆）残殷色可，杯深旋被香醪涴（wò 音沃）。"

[35] 淹：浸没。

[36] 花压帽檐低：旧时男人考中状元或新婚时，帽子上要插戴花朵，以示荣耀和喜庆。这里比喻在爱情上得志。

[37] 做的个：犹如说落得个、弄得个，往往在说明某种不如意的结果时用之。

[38] 违宣抗敕：违抗皇帝的旨意，因为温峤送给刘倩英的信物玉镜台是皇帝赐给他的，如果刘不同意这桩婚事，便是违抗圣旨。敕，皇帝的诏书。

[39] 〔上小楼〕：此处明·孟称舜《古今名剧合选·柳枝集》的眉批："熨（yù 音玉）帖得妙。"

[40] 燕尔、新婚：意为新婚愉快。燕尔，同"宴尔"，愉快、欢乐之意。《诗·邶（bèi 音备）风·谷风》："宴尔新昏（婚），如兄如弟。"后代用作新婚的代称。

[41] 领着省事：指做宰相一类的大官。领着，管领、掌管着。省事，台省（古时中央最高官府）的事务。

[42] 求灶头不如告灶尾：意思是向上求情不如向下求情有用。因为灶头有火，灶尾才有食物可吃，比喻央求刘倩英不如央求官媒更好。亦作"求灶头不如求灶尾"。

[43] 做小伏低：又作"做小"。低声下气。

[44] 款慢：慢慢地、逐渐地。

[45] 和会：和好。

[46] 〔耍孩儿〕：此处明·孟称舜《古今名剧合选·柳枝集》的眉批："形容老夫得其女妻，情况的（dí 音敌）真，妙妙。"

[47] "你少年"八句：明·孟称舜《古今名剧合选·柳枝集》夹批："妙。"百纵千随，什么都顺从。

[48] 家宅土地、本命神祇（qí 音奇）：明·孟称舜《古今名剧合选·柳枝集》夹批："俗。"土地，旧时迷信传说中管理一个小地面的神。北方农村亦称宅神。本命神祇，主管自己命运的神灵，也就是自己的性命。祇，地神。

[49] 夜阑：夜残、夜将尽时。唐·杜甫《羌村》诗："夜阑更秉烛，相对如梦寐。"

[50] 闷心：愁怀。

[51] 香烬金垆：香炉里的香烧得都成了灰。烬，灰烬。

[52] 伊：第二人称代词，这里意为你。

[53] 丫鬟：婢女。丫，最初有"分叉的形状"之义，如《广韵·元部》："丫，象物开之形。"古代女孩儿头上要梳两个"髻"，形状像树杈，像"丫"字，后用"丫"指"女孩儿"。鬟，本义有"环形发髻"之义，后用来代称"婢女"。宋·方勺《泊宅编》："又云欲取宠婢及一小鬟，不久二婢皆卒。"

[54] 瑶池仙子：住在瑶池中的仙女，泛指美女。瑶池，传说是西王母所居之地。

[55] 一分：一点点。

第四折

（外扮王府尹引祗从上，诗云）龙楼凤阁九重城，新筑沙堤[1]宰相行。我贵我荣君莫羡，十年前是一书生。老夫王府尹是也。今有温学士亲事一节，老夫奏过官里[2]，特设一宴，叫做水墨宴，又叫做鸳鸯会，专请学士同夫人赴席。筵宴中间则教他两口儿和会。等学士夫人到时，自有主意。这早晚敢待来也。（正末同旦上，云）今日府尹相公设宴请客，不知何意，须索走一遭去也呵！（唱）

【双调·新水令】则为凤鸾失配累[3]了苍鹘[4]，今日个玳筵[5]开，专要把鸳鸯完聚[6]。我前面骑的是五花骢[7]，他背后坐的是七香车[8]；人都道这村里妻夫[9]，直恁般似水如鱼，两口儿不肯离了一步。

【驻马听】想当日沽酒当垆，拚了个三不归[10]青春卓氏女；今日膝行肘步[11]，招了个百般嫌皓首汉相如[12]。偏不肯好头好面[13]到成都，懒的我没牙没口题桥柱[14]。谁跟前敢告诉，兀的是自招自揽风流苦。

（云）可早来到也。左右，报复去，道温学士和夫人来了也。（祗从报科，云）温学士和夫人到于门首。（府尹云）道有请。（见科，府尹云）小官奉圣人的命，设此水墨宴，请学士、夫人吟诗作赋。有诗的，学士金钟饮酒，夫人插金凤钗、搽官定粉[15]；无诗的，学士瓦盆里饮水，夫人头戴草花、墨乌面皮[16]。（旦云）学士，你听者，大人说，你若有诗便吃酒，无诗便吃冷水。你用心着！（正末唱）

【乔牌儿】[17]自从不应举，何尝对两字句？昨日会宾朋饮到遥天暮[18]，今日酒渴的我没是处[19]。

【挂玉钩】恨不的巴到[20]咽喉咽下去。井坠着朱砂玉[21]，与咱更压瘴气、凉心经、解脏毒。大人呵他自有通仙术。至如[22]肿了面皮，疮生眉目，也索蘸笔挥毫，咒水书符[23]。

（府尹云）若无诗呵，学士罚水，夫人头戴草花、墨乌面皮。（正末唱）

【川拨棹】这官人待须臾，休恁般相逼促。你道[24]是傅粉涂朱，妖艳妆梳，貌赛过神仙洛浦[25]，怎好把墨来乌？

（旦云）学士着意吟诗。无诗的吃水，墨乌面皮，甚么模样！（正末云）休叫"学士"，你叫我"丈夫"。（旦云）无计所奈，则索唤"丈夫"。丈夫，须要着意者！（正末唱）

【豆叶黄】[26]你在黑阁落里[27]欺你男儿，今日呵可不道指斥銮舆[28]，也有禁住你限时[29]，降了你乖处[30]。两个月方才唤了我个"丈夫"，虽不曾彻胆欢娱[31]，汤着皮肤，刚听的这一声娇似莺雏，早着我浑身麻木。

（旦云）丈夫，你知道么？倘或罚水、乌墨搽面，教我怎了？（正末唱）

【乔牌儿】[32]如今便面上笔落处[33]，也则是浮抹不生住[34]。咱自有新合来澡豆[35]香芬馥，到家银盆中洗面去。

（旦云）丈夫，着意吟诗！（正末唱）

【挂玉钩】我从小里文章不大古[36]，年老也还有甚词赋？则道我沉醉黄公旧酒垆[37]，怎知我也有妆幺[38]处。见他害恐惧，我倒身无措；且等他急个多时，慢慢的再做支吾[39]。

（府尹云）学士请吟诗者。（正末云）小官就吟。（旦云）丈夫，你要

着意者！（正末云）夫人放心。（唱）

【水仙子】须闻得温峤不尘俗[40]，明知道诗书饱满腹。那里是白头把你青春误？就嫌的我无地缝钻入去？少甚么[41]年少儿夫？这一个眼灌的白邓邓[42]，那一个脸抹的黑突突，空恁般绿鬓[43]何如？

（旦云）学士，吟诗波，休似吃凉水的。（正末云）夫人，我吟的诗好呵，你肯随顺我么？（旦云）你若吟得诗好，我插金钗，饮御酒，我便依随你。（正末云）夫人，你请放心者。（唱）

【甜水令】我如今举起霜毫[44]，舒开茧纸[45]，题成诗句，待费我甚工夫！冷眼偷看这盆凉水，何须忧虑，只当做醒酒之物。

【折桂令】想着我气卷江湖，学贯珠玑[46]，又不是年近桑榆[47]，怎把金马玉堂、锦心绣口[48]，都觑的似有如无？则被你欺负得我千足万足，因此上我也还他佯醉佯愚。（旦云）丈夫，着意吟诗！倘罚水、墨乌面皮，教我怎了[49]？（正末唱）他如今做了三谒茅庐[50]，勉强承伏[51]。软兀剌[52]走向前来，恶支煞[53]倒退回去。

（正末吟诗科，云）不分[54]君恩重，能怜玉镜台。花从仙禁出，酒自御厨来。设席劳京尹，题诗属上才。遂令鱼共水，由此得和谐。（府尹云）温学士，不枉了[55]高才大手，吟得好诗！赐金钟饮酒，夫人插凤头钗、搽官定粉。（旦喜科，云）学士，这多亏了你也！（正末云）夫人，我温峤何如？（府尹云）夫人，你肯依随学士么？（旦云）妾身愿随学士。（府尹云）既然夫人一心依随学士，老夫即当奏过官里，再准备一个庆喜的筵席。（正末唱）

【雁儿落】你常好是吃赢不吃输，亏的我能说又能做。你只要应承了这一首诗，倒被我勒揹[56]的情和睦。

【得胜令】呀，兀的不是一字一金珠，煞强似当日吓蛮书[57]。你着宝钗簪云鬓，我着金杯饮醁醑[58]。山呼[59]，共谢得当今主[60]；娇姝[61]，早则不嫌我老丈夫。

（府尹云）人间喜事，无过夫妇会合。就今日杀羊造酒，安排庆喜筵席，送学士夫人还宅去。（诗云）金尊银烛[62]启华筵，一派笙歌彻九天。若非恩赐鸳鸯会，焉能夫妇两团圆？（正末拜谢科）（唱）

【鸳鸯煞】从今后姻缘注定姻缘簿，相思还彻相思苦。剩道[63]连理欢浓，于飞[64]愿足。可怜你窈窕巫娥[65]，不负了多情宋玉。则这琴曲诗篇吟和处，风流句，须不是我故意亏图[66]，成就了那朝云和暮雨[67]。

题目　王府尹水墨宴
正名　温太真玉镜台

---

[1] 沙堤：唐代拜相时载沙填路，自私宅到子城东街，名叫沙堤。见唐 · 李肇《唐国史补》卷下。

[2] 官里：亦称“官家”，指皇帝。宋 · 赵彦卫《云麓漫钞》卷三：“今人曰官家，禁中又相语曰官里。”

[3] 累：这里意为有劳、麻烦。

[4] 苍鹘：唐五代参军戏中的角色，与参军对演，即院本中的“副末”、元杂剧中的“外”。此指王府尹。唐 · 李商隐《骄儿》诗：“忽复学参军，按声唤苍鹘。”

[5] 玳筵：玳瑁筵，指贵族家在豪华厅堂上举行的宴会。玳瑁，海中动物，形似龟，角质板可制纽扣、眼镜框或装饰品。

[6] 完聚：团聚、团圆。

[7] 五花骢（cōng 音匆）：亦名“五花马”，青白两色相间的骏马。骢，青白色的马，有时也泛指马。唐开元、天宝间，社会上极讲究马饰，凡是名马，都把马鬃剪成花瓣形状，以为美观。剪成五瓣的叫“五花马”，后泛指名马。

[8] 七香车：旧时贵妇人所乘坐的华丽车子，用有香气的木料造成。《太平御览 · 魏武帝与杨彪书》云：“今赐足下画轮四望通幰（xiǎn 音显）七香车二乘（shèng 音圣）。”于此可见七香车的豪华。

［9］ 妻夫："夫妻"的倒文，当时口语习惯如此。

［10］ 三不归：功不成不归，名不立不归，利不就不归，引申为无着落的意思。

［11］ 膝行肘步：用膝盖和胳膊肘走路，即跪着向前爬行，形容地位低下，不足以与人平起平坐。唐·王勃《山亭思友人序》："陆平原、曹子建，足可以车载斗量；谢灵运、潘安仁，足可以膝行肘步。"

［12］ 皓首汉相如：西汉辞赋家司马相如。他曾在临邛做客，因弹奏《凤求凰》曲而得到富翁卓王孙之孀女卓文君的爱慕。文君背着父母跟随司马相如私奔成都。相如家中很穷，夫妇二人开个小酒店过活。文君当垆卖酒，相如涤器打杂。后来汉武帝读到他的《子虚赋》大为赞赏，便召他到朝中做官。这里是温峤自比汉代司马相如。皓首，白首，指老年。

［13］ 好头好面：和颜悦色。

［14］ 题桥柱：亦作题柱、题桥。典出《华阳国志》卷三《蜀志》。汉司马相如初离蜀赴长安，曾于成都城北升仙桥题句于桥柱，自述致身通显之志，曰："不乘赤车驷马，不过汝下也。"桥名作"升仙"。后以"题桥柱"比喻抱负不凡，对功名富贵志在必得。

［15］ 官定粉：官家配制的化妆用的一种脂粉。

［16］ 墨乌面皮：用墨涂黑了脸，以示羞辱。

［17］ 〔乔牌儿〕：此处明·孟称舜《古今名剧合选·柳枝集》有眉批："尽情勒措得妙。"

［18］ 遥天暮：天色很晚了。

［19］ 没是处：亦作"无事处"，没完没了。

［20］ 巴到：盼到。

［21］ 井坠着朱砂玉：口衔着玉制酒杯，即喝酒。井，喻"口"。坠着，叼着、衔着。朱砂玉，玉制酒杯。

［22］ 至如：至于。如，通"于"。

［23］ 咒水书符：旧时道士的一种迷信活动，念起咒语，口喷清水，朱笔画"符"，据说这样就能够医治疾病、驱除妖怪。《六部成语·刑部成语》："书符咒水：巫者画符念咒，令人吞之治病也。"这里用以比喻温峤作诗。

［24］ 道：知。

［25］ 洛浦：传说是洛神出没的地方。张衡《思玄赋》："载太华之玉女兮，召洛浦之宓（fú 音福）妃。"建安时著名文学家曹植有《洛神赋》，歌颂过这位美丽女神。这里是借喻刘倩英的美貌。洛，洛水，河流名，在今河南省。浦，水边。

［26］ 〔豆叶黄〕：曲牌名，属【双调】，此调出自金诸宫调，用于剧曲和散曲套数，南北曲均有。北曲八句五韵：四、四、四、四、七、四、四、四。开头四个四字句及后面三个四字句均作扇面对和鼎足对。

［27］ 黑阁落：黑角落、黑旮旯，比喻人看不到的地方，这里是"背地里"的意思。

阁落，即“旮旯”。今北方方言仍有“黑阁落”这个词。

[28] 指斥銮舆：议论皇帝的是非。銮舆，原指皇帝乘坐的车辆，此代指皇帝。

[29] 禁住你限时：意即“禁限住你的时候”。言外之意是说，终有一天你（指倩英）会就范。限，指权限。

[30] 乖处：不和谐的地方。乖，乖戾、别扭。

[31] 彻胆欢娱：大胆地、尽情地欢乐。彻胆，尽情。

[32] 〔乔牌儿〕：明·孟称舜《古今名剧合选·柳枝集》夹批：“趣。”

[33] 面上笔落处：用笔往脸上涂墨时落笔的地方。面上，脸上。

[34] 不生住：意为（浮抹的乌墨）不会长在脸上去不掉的。

[35] 澡豆：古时洗浴用的物品，是豆粉加上香料及熬麦麸的浆水等物制成。用此洗浴，皮肤可增光泽。

[36] 不大古：不太高明、不怎么行。大古，意为特别。

[37] 沉醉黄公旧酒垆：此指终日沉醉纵酒。南朝宋·刘义庆《世说新语·伤逝》载：王濬冲“乘轺（yáo 音摇）车，经黄公酒垆下过，顾谓后车客：‘吾昔与嵇叔夜、阮嗣宗共酣饮于此垆……自嵇生夭、阮公亡以来，便为时所羁绁（xiè 音泄）。今日视此虽近，邈若山河！’”垆，安放酒瓮的土台。这里指终日沉醉纵酒。

[38] 妆幺：装假、装模作样、故意作态。明·徐渭《南词叙录》：“妆幺，犹做模佯也，古云‘作态’。”这里引申为卖弄本事。

[39] 支吾：对付、搪塞。

[40] 不尘俗：非寻常、不庸俗、不一般。

[41] 少甚么：不稀罕的意思。

[42] 白邓邓：传统戏剧中，丑角眼部所画的白粉圈。

[43] 绿鬓：乌黑而发亮的鬓发，引申为青春年少的容颜。唐·乔知之《从军行》：“况复落红颜，蝉声催绿鬓。”

[44] 霜毫：指毛笔。霜，喻白色。毫，鸟兽的细毛。因毛笔多系白色细毛制成，故称。

[45] 茧纸：用蚕茧做成的纸。宋·苏轼《答王定民》诗：“欲寄鼠须并茧纸，请君章草赋黄楼。”

[46] 珠玑：本珠玉之类。《楚辞·七谏·谬谏》：“玉与石其同匮兮．贯鱼眼与珠玑。”王逸注：“圆泽为珠，廉隅为玑。”后称善诗文或博学者曰“满腹珠玑”。

[47] 桑榆：指日落时余晖所在之处，也用来比喻人的垂老之年。晋·张华《答何劭》诗：“从容养余日，取乐于桑榆。”

[48] 锦心绣口：形容文思敏捷，出口成章。唐·柳宗元《乞巧文》：“骈四骊六，锦心绣口，宫沉羽振，笙簧触手。”

[49] 了：结局、收场。

[50] 三谒茅庐：亦作“三顾茅庐”。汉末刘备三请诸葛亮的故事，此指刘倩英多次请求温峤作诗。

[51] 承伏：招承、供认。这里指认了输、服了气。

[52] 软兀刺：亦作“软答刺”“软剌答”，松软无力的样子。

[53] 恶支煞：亦作“恶支沙”“恶支杀”，恶狠狠地。支煞，语助词，无义。

[54] 不分（fèn 音份）：不意、没料到。唐·崔湜（shí 音实）《婕妤怨》诗：“不分君恩断，新妆视镜中。”分，意料之辞。

[55] 不枉了：没有辜负、没有白做。

[56] 勒掯（lēi ken 音雷阴平肯轻声）：亦作“掯勒”“勒开”，逼迫、刁难。

[57] “煞强似”句：传说唐玄宗时渤海国前来下书，朝中无人识得，只有大诗人李白能译，于是代玄宗写书回复。时杨国忠为之磨墨，高力士为之脱靴。《警世通言》第九卷有《李谪仙醉草吓（hè 音贺）蛮》。吓蛮书，据传李白曾为唐玄宗起草“吓蛮书”，吓退了番国，使其不敢再侵扰唐朝。这里用“吓蛮书”比喻温峤的诗作得好。蛮，古代对边远及少数民族的蔑称。

[58] 醁醑（lù xǔ 音路许）：美酒。唐·范摅（shū 音书）《云溪友议》卷中《白马吟》云：“且饮绿醑消积恨，莫言黄绶拂行尘。”“录”为“醁”的借字。宋·杨万里《小蓬莱酌酒》诗：“餐菊为粮露为醑。”

[59] 山呼：“山呼万岁”的省文。山呼，犹“嵩呼”，封建时代臣子祝颂皇帝的仪节。《元史·礼乐志》一：“曰跪左膝，三叩头，曰山呼，曰山呼，曰再山呼。”注：“凡传山呼，控鹤（近侍）呼噪应和曰‘万岁’，传再山呼，应曰‘万万岁’。”这里温峤出于对皇帝的感激之情，虽没有面君，也不由得连声高呼。

[60] 当今主：现在的皇帝。

[61] 娇姝（shū 音书）：娇艳的美女。

[62] 银烛：银白色的蜡烛。

[63] 剩道：亦作唱道、畅道，有真正是、端的是、简直是等义。

[64] 于飞：指鸟类比翼偕飞。《诗·大雅·卷阿（quán'ē 音全婀）》：“凤凰于飞，翙翙（huì huì 音惠惠）其羽。”本指凤凰相偕而飞，后比喻夫妻和谐。于，语助词。飞，偕飞。

[65] 巫娥：神话传说，即巫山的神女，楚怀王曾和她梦中欢会。事见战国楚·宋玉《高唐赋》。唐·杜牧《柳》诗：“巫娥庙里低含雨，宋玉宅前斜带风。”

[66] 亏图：“图亏”的倒装语，亦作“窥图”“所图”。阴谋暗算，使人吃亏。

[67] 朝云和暮雨：早上是云，晚上是雨，原指古代神话传说巫山神女兴云降雨的事，比喻男女的情爱与欢会。战国楚·宋玉《高唐赋》：楚怀王在高唐游玩，梦与巫山神女幽会。神女曰：“妾在巫山之阳，高丘之阻，旦为朝云，暮为行雨，朝朝暮暮，阳台之下。”“旦朝视之，如言。故为立庙，号曰朝云。”后常以“云雨”“阳台”等喻男女欢会。

诈妮子调风月

《诈妮子调风月》简称《调风月》或《诈妮子》。有《元刊古今杂剧三十种》本一种，《元曲选外编》据以重印。本事来源不详，但民间多有传闻。剧本的科白残缺较严重，从曲文和少量正旦的说白看，其剧情大致如下：金国尚书之子小千户自燕京来洛阳探望某夫人，夫人令侍婢燕燕服侍。千户爱悦之，许以小夫人而诱合。寒食节，千户踏青遇尚书女莺莺，一见钟情，互赠定物。事为燕燕察觉，知受骗，愧怒交加。异日，千户复来求欢，燕燕闭门而拒之。千户怒，怂恿夫人令燕燕往莺莺家说媒。燕燕推辞不脱，即至莺莺家，莺莺满口允婚。成婚之日，燕燕为莺莺梳妆，遭千户奚落，忍无可忍，当众大闹喜堂，把小千户欺骗她的事实全部揭露出来，并且淋漓尽致地痛骂小千户“这厮短命，没前程，做得个‘轻人还自轻’”。夫人恐家丑外扬，遂令千户娶燕燕为小夫人。

《调风月》是一出儿女风情戏。此剧表面上写的是“双莺燕暗争春”，实际上表现的是心性高强、聪明精干但地位低下的婢女燕燕在爱情婚姻上所做的努力，以及在精神上、心灵上、感情上经受的痛苦。燕燕为了摆脱“半贱不良身”的奴隶命运，为争做“包髻白身”的自由人，像飞蛾投火一样舍身追求着光明。她以飞蛾自喻，“咱两个堪为比并：我为那包髻白身，你为这灯火青荧”（第三折〔紫花儿序〕）。在燕燕身上，人的意识已经觉醒。她所追求的爱情一开始就包含着挣脱奴隶枷锁、争取人身自由的功利目的，她要求幸福、自由，不能容忍人格、尊严被污辱践踏。因此，她发现小千户弃旧迎新后的大闹，既是对灭绝人性的奴婢制度的抗议，也是对幸福、自由的奋力追求。

元杂剧中，婢女形象塑造得最鲜明动人的有两个：一是《西厢记》中的红娘，一是《调风月》中的燕燕。《西厢记》中的红娘与老夫人斗争，是为了她的主子莺莺与张生的爱情，丝毫不是为了改变自己的地位，甚至未曾想到要改变它，所以红娘只能算是“高尚的卑贱者”。而燕燕的斗争纯然是为了摆脱自己被奴役的地位，通过斗争，奴婢的地位改变了，人的资格取得了，燕燕是第一个为争取人身自由而积极反抗的婢女形象。故郑振铎在《插图本中国文学史》中评价：“我们看惯了红娘式的婢女，却从不曾在任何剧本上，见过像燕燕那般的一位具有真实的血肉与灵魂的少女。这是关汉卿最高的创造！”赵景深更是给了它一顶桂冠：“一个光辉灿烂的好剧本。”

此剧心理描写细腻逼真，结构布局精巧，情节安排波澜起伏，跌宕有致。只有四折，却表现了燕燕上当受骗和反抗斗争的全过程。

南戏有《莺燕争春诈妮子调风月》，与本剧为同一题材。诈，这里是伶俐、机警的意思。妮子，本为宋元时对侍婢的称呼，后来泛指女孩儿，这里兼有这两种意思。今北方仍习惯称女孩儿为妮子。调风月，风月，指男女间的风情事。据现存宋元戏曲的材料看，以“调风月”为名的剧曲每每都是以爱情为主题的，如元人杜善夫散套《庄家不识构阑》中所说的院本《调风月》、戏文《张协状元》中“呆小二村调风月”、关汉卿散曲《崔张十六事》

中“一个调风月的心坚”等皆是。

诈妮子燕燕的故事在当时十分流行。晚于关汉卿的河北河间（一作山东济南）人高克礼，曾以燕燕的故事为题材写过一首散曲“带过曲”，调寄【越调】〔黄蔷薇过庆元贞〕:“燕燕别无甚孝顺，哥哥行在意殷勤。玉纳子藤箱儿问肯，便待要锦帐罗帏就亲。諕得我惊急列蓦出卧房门，他措支剌扯住我皂腰裙。我软兀剌好话儿倒温存：一来怕夫人，情性哏，二来怕误妾百年身。”散曲因为篇幅短小，只展示了一个画面，是燕燕在“哥哥”强大攻势面前一时的束手无策，是每个女子面对类似场合都有的两难境地。关键还在于“怕误妾百年身”，如果这个问题解决了，燕燕还是“肯”的。这首散曲只是此剧中折下的一个场面，主题和风格均颇为接近，想是受《调风月》剧的影响写成的。

诈妮子燕燕的故事在当代也受到欢迎，各地方剧团演出的《燕燕》、西安电影制片厂改编的电影剧本《诈妮子》均广受好评。

第一折[1]

（老孤、正末一折[2]）（正末、卜儿[3]一折）（夫人上，云住[4]）（正末见夫人住[5]）（夫人云了[6]，下）（正末书院坐定）（正旦[7]扮侍妾上，云）夫人言语，道有小千户[8]到来，教燕燕伏侍[9]去。“别个不中，则你去。”想俺这等人好难呵！（唱）

【仙吕·点绛唇】半世为人，不曾教大人心困[10]。虽是搽胭粉，只争不裹头巾[11]，将那等不做人的[12]婆娘恨。

【混江龙】男儿人若不依本分，不抢白是非两家分[13]。壮鼻凹硬如石铁，教满耳根都做了烧云[14]。普天下汉子尽教都先有意，牢把定自己休不成人[15]。虽然两家无意，便待一面成亲，不分晓便似包着一肚皮干牛粪[16]。知人无意[17]，及早抽身[18]。

【油葫芦】大刚来妇女每常川有些没事哏[19]，止不过人道村[20]，至如那村字儿有甚辱[21]家门？更怕我脚踏虚地难安稳[22]，心无实事自资隐[23]。即渐[24]了虚变做实、假做真，直到说得教大半[25]人评论，那时节旋洗垢不盘根[26]。

【天下乐】合下手休教惹议论[27]。（见末了）（末云了）哥哥的家门，不是一跳身[28]。（末云了）便似一团儿掿成官定粉[29]。（云）燕燕敢道么？（末云了）和[30]哥哥外名[31]，燕燕也记得真，唤做“磨合罗[32]小舍人[33]”。

（末云了）（捧砌末[34]，唱）

【那吒令】等不得水温，一声要面盆；恰[35]递与面盆，一声要手巾；却执与手巾，一声解纽门[36]。使的人，无淹润，百般支分[37]！

（末云了[38]）（旦笑云）量姊妹房里有甚好[39]？（唱）

【鹊踏枝】入得房门，怎回身？厅独卧房儿窄窄别别[40]，有甚铺呈[41]？燕燕己身有甚末孝顺？拗不过哥哥行在意殷勤[42]。

【寄生草】卧地观经史，坐地对圣人[43]。你观国风、雅、颂[44]施诂训[45]，诵的典、谟、训、诰居尧舜[46]，（末云）说的温、良、恭、俭行忠信[47]。燕燕则理会得龙蟠虎踞灭燕齐[48]，谁会甚儿婚女聘成秦晋[49]？

（末云）这书院好。（正旦唱）

【幺】这书房存得阿马[50]，会得客宾。翠筠月朗龙蛇印[51]，碧轩夜冷灯香信[52]，绿窗雨细琴书润。每朝席上宴佳宾，抵多少"十年窗下无人问"[53]！

（末云住）（旦唱）

【村里迓古】更做道[54]一家生女，百家求问。才说真烈[55]，那里取一个时辰[56]？见他语言儿栽排得淹润，怕不待言词硬，性格村[57]，他怎比寻常世人？

（末云）（旦唱）

【元和令】无男儿只一身，担寂寞受孤闷[58]；有男儿意梦入劳魂[59]，心肠百处分[60]。知得有情人不曾来问肯[61]，便待要成眷姻。

【上马娇】自勘婚[62]，自说亲，也是"贱媳妇责媒人"[63]。往常我冰清玉洁[64]难侵近，是他因，则管教话儿因[65]。我煞待嗔[66]，我便恶相闻[67]。

【胜葫芦】怕不[68]依随[69]蒙君一夜恩[70]，争奈忒达地忒知根[71]，兼上亲上成亲好对门[72]。觑了他兀的[73]模样，这般身分[74]，若脱过[75]这好郎君。
【幺】教人道“眼里无珍一世贫”[76]，成就[77]了又怕辜[78]恩。若往常烈焰飞腾情性紧[79]，若一遭儿恩爱[80]，再来不问，枉侵了[81]这百年恩。

（云）子末你不志诚[82]？（末云了）（旦唱）

【后庭花】我往常笑别人容易婚[83]，打取一千个好唏喷[84]；我往常说真烈自由性，嫌轻狂恶尽人[85]。不争[86]你话儿因，自评自论。这一交直是哏[87]，亏折了难正本[88]。一个个忒忺新，一个个不是人[89]。
【柳叶儿】一个个背槽抛粪[90]，一个个负义忘恩，自来鱼雁无音信。自思忖，不审得话儿真[91]，枉葫芦提[92]了“燕尔新婚”。

（调让了[93]）（旦云）许下我的休忘了！（末云了）（旦出门科[94]，唱）

【尾】忽地却掀帘，兜地[95]回头问，不由我心儿里便亲。你把那并枕睡的日头儿再定轮[96]，休教我逐宵价握雨携云[97]。过今春，先教我不系腰裙[98]，便是半簸箕头钱扑个复纯[99]。教人道“眼里有珍”，你可休“言而无信[100]”！（云）许下我包髻、团衫、绸手巾[101]。（唱）专等你世袭千户的小夫人[102]。（下）

---

[1] 第一折：本折交代的是，燕燕是金朝洛阳的一位贵族家的奴婢。有一天，主人家来了亲戚小千户，在燕燕奉命服侍他的时候，小千户用花言巧语骗取了燕燕的爱情。

[2] 老孤、正末一折：孤，宋元时本用以称居官者，在戏曲中指扮演官人的角色。老孤，就是老官人，在本剧中是小千户的父亲。正末，扮演男主角的角色，在

本剧中是小千户。一折，一场、一节。

［3］卜儿：扮演老年妇女的角色，在本剧中是小千户的母亲。

［4］夫人上，云住：夫人，在本剧中是燕燕的女主人。云住，表示说完了一段话。

［5］住：表示做完了一个动作。

［6］云了：根据剧情推知是夫人与小千户见面时的寒暄语。了，表示剧中人物的语言或动作的省略。

［7］正旦：扮演女主角的角色，在本剧中是燕燕。

［8］小千户：年轻的千户。千户，官名，金初设置，为世袭军职，即女真语“猛安”的汉译，隶属万户。元代相沿，军制也设千户，为“十夫之长”，也隶属于万户。

［9］伏侍：伺候。也作伏事、服事、服侍、扶侍，皆同音通假，义并同。明·冯梦龙《喻世明言》第一卷：“两个婆娘，专管厨下。又有两个丫头，一个叫晴云，一个叫暖雪，专在楼中伏侍，不许远离。”

［10］心困：烦恼不快。

［11］“虽是”二句：虽然（我）是女儿身，却有丈夫气，像男人一样能干。搽胭粉，代指女孩子。争，差。头巾，男子裹头用的纱罗，此处指男子的装束。

［12］不做人的：在这里是“不争气的”意思。

［13］“男儿人”二句：意谓男人假如不依本分，一旦遭到世人斥骂，女人也要与他分担罪责。“不抢白”就是“抢白”，亦即指斥、争闹意。两家，指男女双方。

［14］“壮鼻凹”二句：那些不守本分的男人尽管又臭又硬，我也要叫他满面羞惭、无地自容。壮，这里是厚的意思。鼻凹，鼻子与脸面交界处比较凹的部位，引申指脸部。壮鼻凹就是厚脸皮的意思。烧云，脸红，形容羞惭的样子。

［15］“牢把定”句：拿定自己的主意，别不争气。牢把定，牢牢把握住。休，不要。不成人，见不得人的事。

［16］“虽然”三句：意思是说，如果男女恋爱都没诚意，糊里糊涂地就要勉强成亲，做妇女的往往受骗上当，结果是满肚子的苦楚没处去说。一面，一厢情愿的。不分晓，不明不白地。包着一肚皮干牛粪，即生了一肚子的窝囊气。

［17］知人无意：知道对方没有真情实意。

［18］抽身：回避、离开。

［19］“大刚来”句：大刚来，大凡、大都。常川，平常、经常。没事哏，有事没事发狠，寻衅找碴儿。哏，“狠”的借字。“事”原作“是”，今正之。

［20］村：村俗。

［21］辱：辱没、玷污。

［22］“更怕”句：意思是说，最怕脚踏虚地，上了人家的当，出乖丢丑，那就安身不牢了。更怕，犹言“就怕、怕的是”。更，在这里起转折作用。踏，踩。虚地，指人家做就的机关（即圈套），一踩上去，就会陷进去。

［23］“心无”句：意即凭借心中无鬼而保持庄重、威严。资，凭借。隐，犹“稳”。

［24］即渐：渐渐地、慢慢地。或写作“积渐”“浸渐”“疾渐”等，皆为一声之转。贾谊《陈政事疏》：“安者非一日而安也，危者非一日而危也，皆以积渐然，不可不察也。”

［25］大半：多半。

［26］“那时节”句：那时节，那个时候。旋（xuàn 音炫）洗垢：当时洗刷尘土秽物，这是比喻及时澄清自己受到的诬蔑。旋，当时、现时。洗垢，原为“洗垢求瘢痕”，出自后汉·赵壹《刺世疾邪赋》：“所好则钻皮出其毛羽，所恶则洗垢求其瘢痕。”此后，洗垢求瘢、洗垢寻痕便常以成语出现，与“吹毛求疵”义同。元·王恽《谕平阳路官吏文》：“总府固当持大纲，略苛细，不宜求痕洗垢，以察为明。”“求瘢痕”，徐沁君《新校元刊杂剧三十种》本作“不盘根”，意谓不让留下话柄。这里依宁希元《元刊杂剧三十种新校》本改。

［27］“合下手”句：意思是应该一起头儿就别迟疑不决，惹人说闲话。合，应该。下手，一起头儿、一开头儿。

［28］“哥哥”二句：意思是说，小千户的家庭门第，不是一下子显赫起来的（即不是暴发户），而是累代簪缨的世袭贵族。哥哥，燕燕对小千户的称呼。家门，门第。一跳身，形容地位的陡然变化，类似今天说的“暴发户”。这里是指燕燕清楚自己和小千户之间的地位悬殊。

［29］“便似”句：是说小千户长得十分漂亮，脸就像是一团官定粉捏成的那样白皙可爱。掿，捏。

［30］和：用作连词，“连”的意思。

［31］外名：外号，也叫诨（hùn 音混）名、绰号、混号。清·赵翼《陔余丛考·混号》：“世俗轻薄子互相品目，辄有混号。”《吕氏春秋·简选篇》：“夏桀号‘移大牺’，谓其多力能推牛倒也，此为混号之始。”

［32］磨合罗：也作摩睺罗、磨喝乐、魔合罗等。宋元时，用土、木等塑雕成的小佛像，本是七夕节作供养用的，后来成了儿童玩具。这里是给小千户起的外号，形容他年少貌美可爱。

［33］小舍人：年轻的舍人，犹言小少爷、小公子。“舍人”是宋元时对官宦、贵族子弟的称呼。

［34］砌（qiè 音怯）末：杂剧中道具总称，在这里指脸盆等物。

［35］恰：刚。

［36］纽门：亦称“纽襻（pàn 音盼）”“纽绊”，扣住纽扣的套。

［37］“使的人”三句：支使得人没有停歇、休息的时候。意思是描写小千户想尽办法接近、引诱燕燕。使的人，使唤起人来。使，支使、差遣。淹润，温柔、和气。支分，指使、分派、支派。本折下文的“见他语言儿栽排得淹润”中的“淹润”义同。

[38] 末云了：这里省略的小千户台词应是提出要去燕燕卧房的要求。

[39] “量姊妹”句：意为想想看，女孩儿房中有什么好看的？量，想想看。姊妹，即妹妹，燕燕自称。含有婉言谢绝小千户进入卧房的意思。

[40] 窄窄别别：狭窄逼仄。

[41] 铺呈：铺陈、陈设、摆设。

[42] “拗不过”句：拗，违拗。哥哥行，指小千户那一边、那一方。行，用于自称、他称各辞之后，约相当于我这边、你那边的“这边”“那边”，或我这里、你那里的“这里”“那里”。在意殷勤，诚心诚意。

[43] “卧地”二句：意谓像小千户这样的官宦人家子弟，坐卧起居都离不开经史和圣贤。地，助词，同现代汉语的“着”。

[44] 国风、雅、颂：都是《诗经》里的类名，包含十五国风，小雅、大雅和周颂、鲁颂、商颂。这里代指《诗经》。

[45] 诂训：“训诂”的倒文，意为解释古书词义，故也叫“训故”或“故训”。诂，考证字的来源。训，讲解字的音、形、义。

[46] “诵的”句：谟，《尚书》有《大禹谟》《皋陶谟》篇。训，古人称先王之书为训典。诰，古人称《尚书》里《康诰》《盘庚》一类告谕文字为诰。“典、谟、训、诰”加上“誓、命”，合称《尚书》六体。居尧舜，意谓以尧、舜自居。诵，元刊本作“颂”，依王季思《〈诈妮子调风月〉写定本》改。

[47] “说的”句：意思是小千户说的和做的都是古人推崇的美德。说和行是互文。温良恭俭，即“温良恭俭让”，出自《论语 · 学而》。忠信，出自《论语 · 卫灵公》：“言忠信，行笃敬。”

[48] 则理会得龙蟠虎踞灭燕齐：是说只懂得出入险要阵地消灭燕、齐这类征战的事。龙蟠虎踞，《太平御览》引张勃《吴录》记载，三国时诸葛亮论金陵（今南京市）地形时曾说：“钟阜龙盘，石城虎踞。”意谓钟山像龙盘绕在东面，石头城（即南京城）像虎蹲在西面。后来就用“龙盘虎踞”代指南京城，有赞美其地势险要、雄伟壮观的意思。蟠，盘，音义同。燕齐，战国“七雄”中的两个国家，这里是泛指。

[49] 秦晋：春秋时秦、晋两国世代结为婚姻，因此，后来用“秦晋之好”指称婚姻。

[50] “这书房”句：书院里住着燕燕服侍的相公。存，住。阿马，父亲，女真语。这里是燕燕的家主。

[51] “翠筠（yún 音匀）”句：此句形容月下竹影如龙蛇印在地上。筠，原意为竹子的青皮，引申为竹子的别称。翠筠即翠竹。龙蛇，比喻月下竹影。“印”，元刊本原作“胤”，徐沁君《新校元刊杂剧三十种》本改为“印”。“胤”与“印”叶音。

[52] “碧轩”句：深夜的书房里，只有灯光和焚香传出信息。灯香信，“信灯香”的

倒语，是说在夜深寒气袭人时，为绿色所笼罩着的轩房，一任灯火和香火盛燃着。轩，有窗槛的小室。唐·杜甫《夏夜叹》诗："开轩纳微凉。"信，听凭、随意，如信步、信口，此指听凭燃烧。

[53] 十年窗下无人问：当时成语，意为"十年寒窗苦"。

[54] 更做道：即使、纵或的意思。

[55] 真烈：贞烈，宋元戏曲小说中多写作"真烈"。

[56] "那里"句：哪里等得到选取成就婚姻的吉日良辰。取，选定。

[57] "见他"三句：是说燕燕见小千户言语文雅，进而有点儿担心自己说话过于生硬，脾气村俗。栽排，原意为安排，此处引申为表达。栽，元刊本原作"裁"，依徐沁君《新校元刊杂剧三十种》本改。淹润，在这里当温文儒雅讲。怕不待，怕不会、怕不要。

[58] 担寂寞受孤闷：担、受为互文，承担、忍受之意。

[59] "有男儿"句：意为有了丈夫又会魂牵梦挂。男儿，丈夫。意梦，即梦呓，梦中说话。劳魂，即劳神。

[60] "心肠"句：牵肠挂肚。百处，极言多。

[61] 问肯：宋元时男女订婚前的一种礼俗，女方同意婚事，即饮"肯酒"，又叫"许亲酒"。

[62] 自勘婚：意思是自己做主嫁给小千户。勘婚，旧时婚姻在婚前对勘男女双方生辰八字、门第官职，叫作勘婚。这类事情照例都由媒人包办。

[63] 贱媳妇责媒人：此为元人习用语，意为不管妇女出身多么低贱，都应该明媒受聘才能出嫁。责，这里是"做"的意思。

[64] 冰清玉洁：形容操守极其清白。汉·司马迁《与挚伯陵书》："伏惟伯陵材能绝人，高尚其志，以善厥身，冰清玉洁，不以细行荷累（hè lěi 音贺磊）其名，固已贵矣。"

[65] "是他因"二句：只要是他随和，我就只管让（叫）话儿顺着他的意思。是，凡、只要是。因，随、顺的意思。如《史记·淮阴侯列传》："不如因而立，善遇之。"后〔后庭花〕曲"不争你话儿因"中"因"亦同。

[66] 我煞待嗔：我很想生气的意思。煞，很。待，想要。嗔，生气、发怒。

[67] 恶相闻：说难听的话让人听。恶，指恶言。

[68] 怕不：倘不。

[69] 依随：随顺。

[70] 蒙君一夜恩：意指做了一夜夫妻。

[71] 忒达地忒知根：意为知根知底，为当时习用语。

[72] 对门：指夫妻匹配，犹今云"对象"。

[73] 兀的：指代词，这样的。

[74] 身分：指体态。

[75] 若脱过：若，若何、如何。脱过，失脱，即丢掉之意。
[76] 眼里无珍一世贫：元曲中常用语，意思是如果看到珍宝而视若无睹，就要一辈子受穷困。珍，宝物，这里指人才。
[77] 成就：做成，指与小千户结亲。
[78] 辜：违背、亏负。
[79] 烈焰飞腾情性紧：形容脾气暴躁之词。
[80] 若一遭儿恩爱：如果只是发生一次夫妻关系。
[81] 枉侵了：白白地占有。侵，渐近，转义为占有。
[82] “子末”句：子末，怎么。志诚，志向专一。
[83] 婚：同“昏”，发昏。
[84] “打取”句：俗语说有人念叨自己时，会打喷嚏。取，用在动词后的助词。嗁喷，同“喷嚏（tì 音替）”。嗁，通“嚏”。
[85] 嫌轻狂恶（wù 音勿）尽人：视他人轻易应允婚事为非常轻浮，因而得罪遍了人家。嫌、恶为互文，嫌弃、厌恶。轻狂，非常轻浮。恶尽人，把人都得罪了。恶，得罪、冒犯。
[86] 不争：放在句首，如其、若是、倘使的意思。
[87] 这一交直是哏：“这一交”指燕燕轻易地失身于小千户。原先燕燕总嘲笑别人太没主意，吃亏上当，如今轮到了她自己（失身于小千户），所以说“直是哏”，谓跌的这一跤真是厉害。交，同“跤”。直，“真”的意思。哏，“狠”的借字。
[88] 亏折（shé 音蛇）了难正本：是说亏损了本钱难以捞回来。这是燕燕的自悔之辞，指失去贞操无法挽回。亏折，赔本。正本，够本。正，捞回来。
[89] “一个个”二句：意思是说谁要是太喜新厌旧谁就不是人。忒（tuī 音推），太。忺（xiān 音先），喜欢、高兴、适意。
[90] 背槽抛粪：牲口背转身向食槽里拉粪，借以比喻薄情男人的始乱终弃。
[91] 不审的话儿真：意为不知道小千户的话是真是假。不审得，分辨不清、弄不清。
[92] 葫芦提：糊里糊涂。元曲中常用语，又写作“葫芦题”“葫芦倒提”等。
[93] 调让了：调和、让步。根据剧情，小千户向燕燕作了解释和让步，答应娶她做小夫人，消除了她的疑虑。
[94] 科：元杂剧术语，是杂剧剧本中动作表情的舞台提示，有时也提示舞台效果。
[95] 兜地：突然地。
[96] “你把”句：意为你把结婚的日期算定了。并枕睡的日头儿，意思是结婚的日子。日头儿，日期。定轮，算定、说定。轮，当作“论”。
[97] “休教”句：逐宵价，一夜夜地。价，语助词。握雨携云，男女欢合。语出宋玉《高唐赋》：楚怀王游云梦中的高唐之台，曾梦与巫山神女欢合。神女云：“妾在巫山之阳，高丘之阻，旦为朝云，暮为行雨，朝朝暮暮，阳台之下。”后

来即以“巫山云雨”代指男女欢合。

[98] 不系腰裙：谓不再做婢女。腰裙，婢女所系的围裙。

[99] 半簸箕头钱扑个复纯：赌博时以铜钱若干为头钱，抛掷以后，视钱的正面背面的多少而定输赢。全部掷成背面，叫浑纯或复纯。在这里指好运气。

[100] 言而无信：说话不算数，没有信用。原作“言而不信”。《淮南子·泰族训》：“施而不仁，言而不信，怒而不威，是以外貌为之者也。”信，信用。

[101] 包髻、团衫、绸手巾：这三件是元代娶妾时送给女方的聘礼。包髻，是辽金时代在北方妇女中就盛行的一种发式。《金史·舆服志下》载：“妇人……年老者以皂纱笼髻如巾状，散缀玉钿于上，谓之玉逍遥。此皆辽服也，金亦袭之。”。团衫，本是蒙古、女真传统服饰，在元代成为富裕家庭女子的通服。《金史·舆服志下》记女真妇人：“上衣谓之团衫，用黑紫或皂及绀，直领，左衽，掖缝，两傍复为双襞（bì 音必）积，前拂地，后曳地尺余。”绸手巾，绸料手帕。手帕在元代或用于贺礼、寿礼，或用于表达爱慕之情，或用于生活之用，既有实用价值，又有丰富的文化意味。

[102] 小夫人：小老婆。

第二折

（外孤一折[1]）（正末、外旦郊外一折）（正末、六儿[2]上）（正旦带酒上，云）却共女伴每蹴[3]罢秋千，逃席的走来家[4]。这早晚小千户敢[5]来家了也。（唱）

【中吕·粉蝶儿】年例[6]寒食[7]，邻姬每斗来邀会[8]。去年时没人将我拘管、收拾[9]，打秋千，闲斗草[10]，直到个昏天黑地；今年个不敢来迟，有一个未拿着性儿[11]女婿。

（做到书院见末，云）你吃饭未？（末不奈烦[12]科）（正旦唱）

【醉春风】因甚把玉粳米牙儿抵[13]，金莲花攒枕[14]倚？或嗔或喜脸儿多[15]？哎！你、你！教我没想没思，两心两意，早辰古自一家一计[16]！

（旦云）我猜你咱。（末云）（旦唱）

【朱履曲】莫不是郊外去逢着甚邪祟[17]？又不疯又不呆痴，面没罗[18]、呆答孩[19]、死堆灰[20]。这烦恼在谁身上？莫不在我根底[21]，打听得些闲是非？

（正末云了[22]）（正旦审住[23]，云）是了！

【满庭芳】见我这般微微喘息，语言恍惚[24]，脚步儿查梨[25]。慢松松[26]胸带儿频那系[27]，裙腰儿[28]空闲里偷提。见我般气丝丝[29]偏斜了鬏髻[30]，汗浸浸[31]折皱了罗衣。似你这般狂心记，一番家搓揉人的样势[32]，休胡猜人，短命黑心贼[33]！

（末云了）你又不吃饭也，睡波。（末更衣科）

【十二月】直到个天昏地黑，不肯更换衣袂。把兔胡[34]解开，纽扣相离，把袄子疏刺刺[35]松开上拆，将手帕[36]撇漾在田地[37]。

（末慌科）（正旦唱）

【尧民歌】见那厮手慌脚乱紧收拾，被我先藏在香罗袖儿里。是好哥哥[38]和我做头敌[39]，咱两个官司有商议。休题[40]！休题！哥哥撇下的手帕是阿谁[41]的？

（末云了）（旦唱）

【江儿水】[42]老阿者[43]使将来伏侍你，展污了咱身起[44]。你养着别个的，看我如奴婢，燕燕那些儿亏负[45]你？

（旦做住[46]）（末告科）（正旦唱）

【上小楼】我敢摔[47]碎这盒子，玳瑁纳子[48]教石头砸碎。（带云）这手帕。（唱）剪了做靴檐[49]，染了做鞋面，捋了做铺持[50]。

一万分好待你，好觑你！如今刀子根底[51]，我敢割得来粉合麻碎[52]！

（末云了[53]）（正旦云）直恁值钱[54]！（唱）

【幺】更做道你好处打换来的，却怎看得非轻，看得值钱，待得尊贵[55]？这两下里捻绡的[56]，有多少功绩[57]，到[58]重如细搀绒绣来胸背[59]？

（云了）（正旦唱）

【哨遍】[60]并不是婆娘人[61]把你抑勒[62]招取，那肯心儿[63]自说来的神前誓。天果报，无差移[64]，只争[65]个来早来迟！限时刻，十王[66]地藏[67]，六道轮回[68]，单劝化人间世。善恶天心人意[69]，“人间私语，天闻若雷”[70]。但年高都是积善好心人，早寿夭都是辜恩负德贼。好说话清晨，变了卦今日，冷了心晚夕[71]。

（末云）（旦出来科，唱）

【耍孩儿】我便做花街柳陌风尘妓，也无那则饮过三朝五日[72]。你那浪[73]心肠看得我忒[74]容易，欺负我是半良半贱身躯[75]。半良身情深如你那指腹为亲妇，半贱体意重似拖麻拽布妻[76]。想不想在今日，都了绝爽利，休尽我精细[77]。

（云）我往常伶俐，今日都行不得了呵！（唱）

【五煞】别人斩眉[78]我早举动眼，道头知道尾。你这般砂糖般甜话儿多曾[79]吃！你又不是“残花酝酿蜂儿蜜，细雨调和燕子泥”[80]。自笑我狂踪迹[81]。我往常受那无男儿烦恼，今日知有丈夫滋味。

【四】待争来怎地争？待悔来怎地悔？怎补得我这有气分全身体[82]？打也阿儿包髻[83]，真加[84]要带与别人成美，况团衫怎能勾披[85]？他若不在俺宅司[86]内，便大家南北，各自东西！

【三】明日索[87]一般供与他衣袂穿，一般过与他茶饭吃，到晚送得他被底成双睡。他“做成暖帐三更梦”，我“拨尽寒炉一夜灰”。有句话存心记：则愿得辜恩负德，一个个荫子封妻[88]！

【二】出门来一脚高一脚低[89]，自不觉鞋底儿着田地。痛怜心除他外谁根前说？气夯破肚[90]别人行怎又不敢提？独自向银蟾[91]底，则道是孤鸿伴影[92]，几时吃四马攒蹄[93]？

【尾】呆敲才[94]、呆敲才休怨天，死贱人、死贱人自骂你！本待要皂腰裙，刚待要蓝包髻，则这的是折桂攀高落得[95]的！（下）

---

[1] 外孤一折：依剧情应是莺莺父上场交代自己的身世和有关女儿莺莺的情况。外孤，元杂剧角色名，此处扮演外旦莺莺的父亲。

[2] 六儿：女真人童仆的通称，这里是指小千户的仆人。也写作“溜儿”，如明·朱有燉杂剧《洛阳风月牡丹仙》第一折：“牡丹仙和秀才说话，我也去和溜儿哈答。”

[3] 蹴（cù 音促）：踏。

[4] 逃席的走来家：饮宴时未等终席而离开，这里指游戏时半途离去。

[5] 敢：大约，为推想、或然之辞。

[6] 年例：每年照例。

[7] 寒食：节令名，在冬至后一百零五日，所以又称“百五节”或“一百五”；因寒食节禁火，不许生火煮食，只能吃备好的熟食、冷食，故而又有“禁烟节”“冷节”之称。寒食节重要习俗有踏青、斗草、蹴鞠、荡秋千等。

[8] “邻姬”句：邻家妇女们纷纷来邀请聚会。姬，古代妇女的美称。每，们。斗，“都”的借音字。

[9] 拘管、收拾：都是“管束”的意思。

[10] 斗草：以草相比赛的游戏，也叫“斗百草”。南朝梁·宗懔《荆楚岁时记》：“竞采百药，谓百草以蠲（juān 音捐）除毒气，故世有斗草之戏。”

[11] 未拿着性儿：没摸准脾气。拿着，拿稳、摸准。

［12］ 不奈烦：犹言“不耐烦”。

［13］ “因甚”句：为什么把嘴抿住，显出不高兴的样子。因甚，为什么。玉粳（jīng音京）米牙儿，形容牙齿整齐洁白。玉粳米，美玉一样晶莹的稻米，形容牙齿的洁白、整齐。抵，相触、撞碰，引申为紧对着、咬紧。这是人不高兴的表情。

［14］ 金莲花攒枕：枕头的一种，几个枕头叠放在一起，枕上绣着莲花。

［15］ 脸儿多：谓喜怒无常，脸色多变。

［16］ “教我”三句：语法上是倒装的，意思是说，早晨还是一条心，为什么现在两个样？真教我想不通。没想没思，想不明白。早辰，同“早晨”。古自，犹自、还是。一家一计，一家人、一条心的意思，为当时成语，今天津郊区方言中仍有这种说法。

［17］ 邪祟：迷信传说中的妖魔鬼怪，这里比喻令人不顺心的坏事。

［18］ 面没罗：脸上无精打采的样子。

［19］ 呆答孩：形容发呆、发怔的样子，也作呆打颏、呆打孩。按：打孩、打颏、答孩，都是“抬颏”的一音之转。“抬颏”的本义是抬起下巴表示庄严的样子，引申为面部没有表情。

［20］ 死堆灰：死呆呆地、奄奄无生气的样子，也作死没堆、死没腾。堆灰、没堆、没腾，均系语助词，无义。

［21］ 根底：跟前、近旁、身边。也作“跟底”，音义同。

［22］ 正末云了：当是小千户听到燕燕说“莫不在我根底，打听得些闲是非”，就趁势反攻，说自己之所以没精打采，确是因为怀疑燕燕跟别人有私情而引起的，想借以避开燕燕对他在郊外遇到莺莺就一见钟情并交换信物等情况的盘问。

［23］ 审住：思考、推究之后。

［24］ 恍惚：原意为模模糊糊、不可捉摸，这里引申为错乱的意思。

［25］ 查梨：这里是形容脚步不稳、歪歪斜斜的样子。

［26］ 慢松松：松宽貌。

［27］ 频那系：屡次地挪系。

［28］ 裙腰儿：即腰裙。

［29］ 气丝丝：喘息微弱的样子。

［30］ 鬏髻（dí jì 音敌记）：古代妇女的一种发型，把头发盘成螺旋状，然后再戴上网罩的一种发髻、头髻。

［31］ 汗浸浸：汗水充溢的样子。

［32］ “似你”二句：这是燕燕对小千户的反驳。但由于小千户以攻为守，已转移了燕燕攻击的目标，因而小千户郊外遇莺莺的私情暂时没有泄漏。狂心记，指男人在爱情上疯狂的感情。心记，犹言“心计”，“记”为“计”的借音字。搓揉人的样势，是说疯狂起来，玩弄女性，要把人搓扁揉圆的样子。

[33] 短命黑心贼：骂人的话。短命，在这里是爱极而恨的反话，元曲中多用于男女恋人之间。

[34] 兔胡：女真语，又作“兔鹘”，是女真人的一种束带，即今人所说的一种比较宽的腰带。《金史·舆服志下》云：“金人之常服四：带、巾、盘领衣、乌皮靴。其束带曰吐鹘。”又云：“吐鹘（即兔鹘），玉为上，金次之，犀、象骨角又次之。”今河北安国一带仍把这种腰带叫“兔鹘”，有“下穿衩裤，上系（jì 音计）兔鹘”之说。

[35] 疏剌剌：拟声词，形容脱衣服时发出的声音。

[36] 手帕：也叫手巾、手绢。在我国，手帕最早出现在先秦时代，当时人们称为“巾”。至东汉，演变为手帕。1959 年在新疆挖掘的东汉古墓中发现了蓝白印花手帕。“手帕”之名称正式出现是在唐朝。唐时的手帕已有绘画刺绣，超出了生活日用品的范围，成为一种很美的装饰品。宋代继续沿用这一称谓，手帕越来越鲜艳精美，除了原有的功能之外，还成了表达友情、亲情和爱情的一种礼物。这里是指莺莺给小千户的信物。

[37] 撇漾在田地：抛掷在地上。漾，同“扬”，与“撇”同义。

[38] 好哥哥：好，这里反用其意，谓坏哥哥、负心的哥哥。

[39] 头敌：对头、敌人。

[40] 休题：住口、别啰唆。

[41] 阿谁：就是“谁”。阿，发语词，无义。这种用法早见于汉代以来的典籍，如汉乐府《十五从军征》：“家中有阿谁？”“不知贻阿谁。”

[42] 〔江水儿〕：曲牌名，〔清江引〕之别称，属【双调】，套数、小令兼用。南曲属【仙吕宫】入【双调】。用于过曲，亦用作小令。字数定格据《九宫大成谱》为八句六韵：五、三、七、七、七、六、四、六。第三、四、五句或作鼎足对。

[43] 老阿者：指老夫人。阿者，女真语，女真人称呼母亲为阿者。

[44] 展污了咱身起：是说小千户已和燕燕发生了肉体关系。展污，玷污。身起，身体。

[45] 亏负：对不起。

[46] 做住：又作“做住了”，元剧用语，角色做完某种动作。

[47] 捽（zuó 音昨）：揪。

[48] 玳瑁纳子：以玳瑁作装饰的纳子。玳瑁，海中动物，形似龟，背面角质光滑，有褐色和淡黄色相间的花纹，可以制造装饰品。纳子，扣在手帕上的一种装饰。

[49] 做靴檐：沿靴口，即顺着靴子的边再镶上一条边。

[50] 铺持：或作“铺迟”“铺尺”，本义指裁剪衣服剩下的废布块，以备做补丁或打袼褙（gē bei 音搁呗）做鞋底用。

[51] 根底：底下、下面。

［52］ 粉合麻碎：极言其细碎，不成样子。

［53］ 末云了：当是小千户央求燕燕不要撕坏手帕、毁掉粉盒。

［54］ 直恁值钱：怎么这样值钱！直，“怎么”“哪里会”的意思。

［55］ “更做道”四句：意思是即使这（指手帕、粉盒）是从好处换取来的，可是怎能看得这样重、这样值钱、这样尊贵呢？更做道，也作“便做道”“便做”“更则道”等，表示假设的语气，纵使、即使、假使的意思。好处，指小千户和莺莺相勾搭。打换，换取。却，这里用作转折连词，相当于“但是”“可是”，语气较重，它和上句“更做道”紧相呼应。

［56］ 两下里捻绡（xiāo 音消）的：捻，用手取物。绡，生丝织成的薄绸，这里代指手帕。手帕在旧时多作为男女间爱情的信物，故“捻绡的”实指挑逗、勾引妇女的流氓。两下里捻绡，是责备小千户在燕燕和莺莺两个女人面前滥表爱情。

［57］ 功绩：功劳、劳绩。

［58］ 到：同“倒”，反而的意思。元杂剧中“倒”习借作“到”。

［59］ 细搀绒绣来胸背：女真人的官服，它的胸、背都绣有图案。

［60］〔哨遍〕：曲牌名，属【般涉调】，亦入【正宫】【中吕宫】。套数多作首牌，下领〔耍孩儿〕。十六句九韵：六、七、五、六、三、四、四、五、六、四、四、七、七、四、四、四。第三句可作七字句或六字折腰句。第四句多作三下四式七字句。第六、七句，第十、十一句，第十二、十三句对仗；末三句作鼎足对，或只对两句。

［61］ 婆娘人：燕燕自指。

［62］ 抑勒：强迫、强制。

［63］ 肯心儿：心甘情愿的意思。

［64］ 差移：差错，今河北部分农村仍这样说。

［65］ 只争：只差。

［66］ 十王：中国佛教所传十个主管地狱的阎王，即秦广王、初江王、宋帝王、伍官王、阎罗王、变成王、泰山王、平等王、都市王、五道转轮王。诸王各居一殿，故称。此说始于唐末，后道教也沿用之。

［67］ 地藏：地藏菩萨，佛教四大菩萨之一。根据《地藏菩萨本愿经》的说法，他原是婆罗门子，曾祈求释迦牟尼帮他邪恶的母亲脱离地狱。后誓度尽地狱中一切众生。他被认为是菩萨大愿的代表。传说他曾化身投生新罗国王族，姓金名乔觉，出家来华，入九华山，居数十年圆寂，肉身不坏，因此九华山被认为是地藏菩萨的道场。地藏菩萨的像多作比丘相，有光环，两眉间蓄发一簇，手持法杖。常现身于地狱之中以救苦难，也作“地藏王”“地藏王菩萨”。

［68］ 六道轮回：六道，分为三善道和三恶道。三善道即天神道、人间道、修罗道，三恶道即地狱道、饿鬼道、畜生道。轮回，又称流转、轮转、生死轮回。佛教认为众生各依善恶业因，在六道中生死交替，有如车轮般旋转不停，故称。

《法华经·方便品》："以诸欲因缘，坠堕三恶道，轮回六趣中，备受诸苦毒。"

[69] 善恶天心人意：是说善恶报应，是合于天心人意的。

[70] "人间"二句：宋元时成语，意谓人间任何的私房语，老天爷听得都像雷声那样大。这和另一成语"暗室亏心，神目如电"意思一致。

[71] "好说话"三句：是指责小千户爱情变化之快。

[72] "我便"二句：意思是说，我即使做了妓女，也不过被人玩弄三五天罢了。花街柳陌，指妓院聚集的街市。风尘，旧指娼妓生活。也无那，也不过。则，只。忺（xiān 音先），适宜。

[73] 浪：纵放、滥，引申为见异思迁。

[74] 忒：元刊本原无此字，依徐沁君《新校元刊杂剧三十种》本补。

[75] 半良半贱身躯：谓婢女的身份处在"良""贱"之间。

[76] "半良身"二句：燕燕极力向小千户表白，自己虽是婢女，情意却比正妻还深。指腹为亲妇、拖麻拽布妻，均指正妻。指腹为亲，为女真婚姻习俗。宋·宇文懋（mào 音冒）昭：《大金国志》卷三十九："金人旧俗，多指腹为婚姻，既长，虽贵贱殊隔，亦不可渝。"拖麻拽布，夫死，正妻需戴重孝，故称拖麻拽布。

[77] "都了"二句：意思是说一切都断绝了倒痛快、利索，不必使出自己全部的聪明。了绝，了结、断绝。爽利，干净、利落。精细，聪明。

[78] 斩眉：犹"展眉"，即眉毛一动的意思。斩，是"展"的借音字。

[79] 多曾：多次。

[80] "残花"二句：语出元·胡祗遹（zhī yù 音支玉）小令【中吕·阳春曲】《春思》。这里借喻小千户对燕燕的种种勾引手段并不像蜂儿采花酿蜜、燕子衔泥筑巢那样细心。残花，将谢的花、未落尽的花。

[81] 自笑我狂踪迹：自己嘲笑自己行为疏狂（没有看出小千户的破绽）。

[82] "怎补得"句：意谓失身于小千户，没有办法再补偿自己的体面。气分，志气、体面。

[83] 打也阿儿包髻：就是捶打小千户送给她（燕燕）的包髻。打也阿儿，就是"打"。也阿儿，语中衬字，无义。

[84] 真加：真的。加，语尾助词，犹"家"，相当于今之"地""个"等字。

[85] "况团衫"句：这是燕燕表示，如果小千户真与别人相好，就退回他送的团衫。能勾，能够。

[86] 宅司：官署宅院。司，旧时官署的名称。因为燕燕是官宦人家的婢女，同官员的一家都住着官署的院子，故称"宅司"。

[87] 索：须。

[88] "则愿得"二句：是燕燕怨愤之极的反话。表面说愿意他永享富贵，给妻子封号，让子孙世袭官职，实际是诅咒小千户总有一天恶有恶报。

[89] 一脚高一脚低：形容道路不平或走路不稳。

[90] 气夯破肚：怒气冲破肚皮。夯，用力时鼓气之意，这里是冲撞的意思。

[91] 银蟾底：月光下。银蟾，指月亮。传说月中有蟾蜍，故又称月亮为“蟾宫”。金·李俊民《中秋》诗：“鲛室影寒珠有泪，蟾宫风散桂飘香。”

[92] 孤鸿伴影：这是燕燕自比。意谓小千户背弃了她，她就像是失侣的大雁，只有自己的影子做伴。

[93] 四马攒（cuán 音撺阳平）蹄：女真熟语，含有酒足饭饱、吃得痛快之意。攒蹄，指马急奔时，腾空跳跃，四蹄收拢在一起的样子。

[94] 呆敲才、死贱人：都是当时骂人的话，这里是燕燕悔骂自己。敲才，犹“乔才”，宋元时口头语，意为坏蛋、败类、伪君子。

[95] “则这”句：这实在是自己想攀高枝的下场。的（dí 音敌），的确、实在、确实。落得，谓所得结果，多指不如意的结局。

第 三 折[1]

（孤一折[2]）（夫人一折[3]）（末、六儿一折[4]）（正旦上，云）好烦恼人呵！（长吁了）

【越调·斗鹌鹑】短叹长吁，千声万声；捣枕捶床，到三更四更。便似止渴思梅[5]，充饥画饼[6]。因甚顷刻休？则伤我取次成[7]，好个个舒心，干支刺没兴[8]。

【紫花儿序】好轻乞列[9]薄命，热忽刺[10]姻缘，短古取[11]恩情。（见灯蛾科）哎！蛾儿，俺两个有比喻。见一个耍蛾儿来往向烈焰上飞腾，正撞着银灯，拦头[12]送了性命。咱两个堪为比并[13]：我为那包髻白身[14]，你为这灯火青荧[15]。

（云）我救这蛾儿。（做起身挑灯蛾科）哎！蛾儿，俺两个大刚来不省[16]呵！（唱）

【幺】我把这银灯来指定，引了咱两个魂灵，都是这一点虚名。怕不[17]百伶百俐[18]，千战千赢，更做道“能行怎离得影[19]”？

这一场了身不正[20]，怎当那厮大四至铺排[21]、小夫人名称？

（末、六儿上）（开门了）（末云）（旦唱）

【梨花儿】是[22]教我软地上吃交[23]，我也不共你争[24]。煞是多劳重，降尊临卑[25]，（云）有劳长者车马，贵脚踏于贱地，（唱）小的[26]每多谢承。本待麻线道上不和你一处行[27]，（云）你依得我一件事，（唱）依得我愿随鞭镫[28]。

（云）你要我饶你咱，再对星月赌一个誓。（末云了）（旦出门了，唱）

【紫花儿序】你把遥天指定，指定那淡月疏星，再说一个海誓山盟，我便收撮[29]了火性，铺撒[30]了人情，忍气吞声，饶过你那亏人不志诚。赚出门程[31]，（入房科）呼的[32]关上栊门[33]，铺[34]的吹灭残灯。

（末告）（旦不开门了）（末怒云了，下）（旦闪下[35]）（夫人上住）（末上，见住，云了[36]）（夫人唤了）（旦上，见夫人了）（夫人云了）（旦云）燕燕不会，去不得。（唱）

【小桃红】[37]燕燕上覆传示煞曾经，谁会甚儿女成婚聘[38]？甚的是许出羞下红定[39]？像这洛阳城，少甚末能言快语[40]官媒证？燕燕怎敢假名托姓？但教我一权为政，情取“火上等冬凌”[41]。

（云）燕燕不去！（末云）（夫人怒云了）（旦唱）

【调笑令】这厮短命[42]，没前程[43]，做得个“轻人还自轻”[44]！横死[45]口里栽排定。老夫人随邪水性[46]，道我能言快语说合成。我说波娘七代先灵[47]！

【圣药王】虽然道户厮迎[48]，也合再打听，两门亲便走一遭儿

成。我若到那户庭，见那娉婷[49]，若是那女孩儿[50]言语没实诚，俺这厮强风情[51]。（虚下）

（外孤上）（旦上，见孤云[52]）夫人使来问小姐亲事，相公许不许，燕燕回去[53]。（外孤云了）（闪下）（外旦上）（旦随上，见了）特地来问小姐亲事，许不许？回去。（外旦许了，下）（旦唱）

【鬼三台】女孩儿言着婚聘，则合低了胭颈[54]，羞答答地禁声[55]；划地面皮上笑容生，是一个不识羞伴等[56]。俺那厮做事一灭行[57]，这妮子更敢有四星[58]。把体面妆沉[59]，把头梢自领[60]。

（旦背云）着几句话破了这门亲！（对外旦云）小姐，那小千户酒性歹。（外旦骂住）（旦云）呀，早第一句儿。

【天净沙】[61]先教人俺扑了[62]我几夜恩情，来这里被他骂得我百节酸疼，我便似窗墙贼蝎蜇噤声[63]。空使心作幸，被小夫人引了我魂灵。

（外旦云了）（旦云）你道有铁脊梁的，你手里做媳妇[64]。（唱）

【东原乐】[65]我是你心头病，你是我眼内钉，都是那等不贤惠的婆娘传槽病[66]。你只牢踏着[67]八字行，俺那厮[68]陷坑，没一日曾干净[69]。

【绵答絮】[70]我又不是停眠整宿，大刚来窃玉偷香[71]，一时间宠幸。数日间忺过[72]，俺那厮一日一个王魁负桂英[73]。你被人推、人推更不轻[74]。俺那厮一霎儿新情，撒地腿脡麻，歇地脑袋疼[75]。

【拙鲁速】[76]终身无，簸箕星，指云中，雁做羹[77]。时下且口口声声，战战兢兢，袅袅停停，坐坐行行；有一日孤孤另另，冷冷清清，咽咽哽哽，觑着你个拖汉精[78]！

【收尾】大刚来“主人有福牙推胜”[79]，不似这调风月媒人[80]背厅[81]。说得他美甘甘[82]枕头儿上双成，闪[83]得我薄设设[84]被窝儿里冷！（下）

---

[1] 第三折：本折写的是小千户请求夫人让燕燕去莺莺那里为自己求婚。这桩亲事一说告成，燕燕内心痛苦不堪。

[2] 孤一折：这一片段主要是孤先上场，定场诗后自报家门。孤，燕燕家的相公。

[3] 夫人一折：夫人对孤谈起小千户探亲事宜。

[4] 末、六儿一折：本片段的主要内容是小千户和六儿向孤和夫人谈起郊外踏青遇见莺莺的情况。

[5] 止渴思梅：望梅止渴。事见南朝宋·刘义庆《世说新语·假谲》：“魏武行役，失汲道，军皆渴，乃令曰：‘前有大梅林，饶子，甘酸，可以解渴。’士卒闻之，口皆出水，乘此得及前源。”

[6] 充饥画饼：画饼充饥。原意为画个饼来解除饥饿，后用以比喻凭空想出来的眼前急需的事物来安慰自己，语出《三国志·魏书·卢毓传》：“选举莫取有名，名如画地作饼。不可啖也。”

[7] 取次成：很轻易地成就了婚事。取次，轻易、草率、随便。

[8] “好个个”二句：对小千户和莺莺来说个个舒心，对自己而言干巴巴没有兴趣。干支剌，平白地。干，一点儿也、完全。支剌，语助词。没兴，没有意思、无趣。

[9] 轻乞列：语助词，无义，亦作“轻吉利”。

[10] 热忽剌：匆急、急躁，亦作“热忽喇”。

[11] 短古取：短促，也作“短局促”“短卒律”。

[12] 拦头：迎头。

[13] 堪为比并：可以相比。

[14] 白身：指脱了奴籍的人。

[15] 青荧：元刊本原作“清”字，依徐沁君《新校元刊杂剧三十种》本补改。

[16] 大刚来不省（xǐng 音醒）：大刚来，大概、多半、总之。省，知觉、明白。

[17] 怕不：岂不。

[18] 百伶百俐：非常聪明。

[19] 能行怎离得影：宋元时俗语，即形影相随不离，比喻燕燕即使再能干，也摆脱不了命中注定的遭遇。

［20］ 了（liǎo 音辽上声）身不正：立身不正、处事不当，指未婚而先失身。犹言处身不正。指自己轻率地失身于小千户，是燕燕自我反省的话。了身，指处理自己的终身大事。了，了结。

［21］ 大四至铺排：意为大肆张扬、渲染。大四至，大规模地、有气派地。铺排，排场。

［22］ 是：虽然。

［23］ 软地上吃交：碰了软钉子。吃交，跌跤。

［24］ 争：计较。

［25］ “煞是”二句：这两句表面上谦恭，实为反语，对小千户咬牙切齿。煞是，很是。劳重，有劳、劳驾。降尊临卑，指小千户到燕燕这里。

［26］ 小的：宋元时对奴仆的称呼。这里是燕燕自指。

［27］ “本待”句：本句是说到死也不和你在一起。麻线道，古谓阴司路上。

［28］ 愿随鞭镫：此处是燕燕骗小千户离开房间的话，意为情愿相随、情愿服侍你。随鞭镫，马夫执鞭跟在马镫脚后边，为主人服役。

［29］ 收撮：按捺、收敛。

［30］ 铺撒：这里是去除、弃绝的意思。

［31］ 赚（zuàn 音攥）出门程：把小千户骗出门去。门程，门桯（tīng 音听）之误书，本指门柱，后专指门槛，这里指门。

［32］ 呼的：一下子，形容迅速的样子。

［33］ 栊：窗上棂木、窗户。元刊本原作“笼”字，依徐沁君《新校元刊杂剧三十种》本改。

［34］ 铺：“噗”的借音字，用嘴吹灯的声音。

［35］ 闪下：急下场。

［36］ 云了：依剧情，应是小千户请夫人让燕燕去为他说亲。

［37］ 〔小桃红〕：曲牌名，属北曲【越调】，又名〔平湖乐〕〔采莲曲〕〔武陵春〕〔绛桃春〕〔连理枝〕〔红娘子〕〔灼灼花〕。用于剧曲、散曲套数和小令，多用来抒情写意，其字数正格八句：七、五、七、三、七、四、四、五，共四十二字。

［38］ “燕燕”二句：意思是燕燕回禀夫人：“传言送语的事经常做，可我哪会为人说媒！”成婚聘，成婚、结婚。

［39］ 许出羞下红定：元代订婚的礼俗。许出羞，定亲的许口酒。红定，订婚的礼物。

［40］ 能言快语：善于言辞。

［41］ “但教我”二句：燕燕是说若叫我全权为小千户提亲，一定会失败的。一权为政，全权做主。情取，包管、一定。火上等冬凌，即在火上放冰，喻指等不到、没希望。

［42］ 短命：燕燕对小千户的诅咒。

[43] 没前程：元杂剧中多用以指婚姻。

[44] 轻人还自轻：宋元时俗语，害人反害己的意思。

[45] 横（hèng 音恒去声）死：死于非命、不得好死。

[46] 随邪水性：没有主见。

[47] “我说波娘”句：我说他娘的七代祖先。波，句中衬字，无义。

[48] 户厮迎：门当户对。

[49] 娉婷（pīng tíng 音乒停）：形容女子的姿态美。这里指姿态美的女子，即莺莺。

[50] 那女孩儿：指莺莺。

[51] 强风情：强作多情。

[52] 旦上，见孤云：燕燕上场，见过莺莺的父亲，向他提亲。

[53] 回去：我听了你表态的话好回去禀报。

[54] 胭颈：同“咽颈”，即脖子。

[55] 禁声：同“噤声”，即不出声、不说话。

[56] 伴等：亦作“伴当”，同伴、伙伴。

[57] 一灭行：缺德。行，品德。

[58] 四星：此为“十分”之意。有四星，犹言很能、很有本领，与今口语“有两下子”义近。

[59] 把体面妆沉：表面上装作很端庄。体面，样子。

[60] 把头梢自领：自己扯着头发，比喻自讨苦吃。这里意为莺莺点头同意这门亲事。头梢，头发。

[61] 〔天净沙〕：曲牌名，又名〔塞上秋〕，属北曲【越调】。字数定格及韵式为五句五韵：六、六、六、四、六，共二十八字。首二句对仗，也有三句做鼎足对的。用于小令。体段短小，近于六言绝句，宜于写即景抒情的小品。

[62] 俺扑了：输掉了。俺（掩）扑，本为古代的一种博戏，引申有输掉的意思。

[63] 窨（gǒng 音巩）墙贼蝎蜇噤声：宋元时成语，意为挖墙入室的盗贼被蝎子蜇了也不敢出声。喻做贼心虚，有苦难言。

[64] “你道”二句：此为燕燕重复莺莺骂自己的话，意为长着铁脊梁骨不怕打的，就在我手下做婢女。媳妇，女主人对婢女的称呼。

[65] 〔东原乐〕：曲牌名，属【越调】，用于剧曲、散曲套数。全曲六句六韵：三、三、七、六、三、七，押东钟韵。其中第四句可用七字，用作套曲。

[66] 传槽病：家畜的传染病，喻人们互相影响的毛病。

[67] 牢蹅（chǎ 音衩）着：牢牢地踩着。蹅，踩。

[68] 那厮：那个家伙，指小千户。厮，旧时对男子的蔑称。

[69] 干净：罢休、了结。

[70] 〔绵答絮〕：曲牌名，也作〔绵搭絮〕，南北曲均有此调。北曲属【越调】。全曲十三句：四、四、四、七、三、四、四、二、二、四、四、七、四。下接〔幺

篇〕。

［71］窃玉偷香：比喻偷情。偷香一事载于《晋书·贾充列传》：贾充女贾午与韩寿私通，把武帝所赠父之奇香送韩。

［72］数日间忺（xiān 音先）过：几天就高兴过去了，指感情短暂，喜新厌旧。日，元刊本原作“月”，依徐沁君《新校元刊杂剧三十种》本改。忺，高兴、适意。

［73］王魁负桂英：宋元时十分流行的故事。尚仲贤有《王魁负桂英》杂剧，南戏《王魁》也是同样的内容，批评王魁遗弃桂英的可耻行为。此用王魁比小千户。

［74］“你被人推”句：是说你推人下火坑，别人也会更重地推你入火坑。

［75］“俺那厮”三句：形容小千户爱情变化不定。脡（tǐng 音挺），长条的干肉，这里即指腿上的肉。

［76］〔拙鲁速〕：曲牌名，属【越调】，剧曲、散曲套数兼用。全曲十二句：三、三、三、三、四、五、八、三、四、四、四、六。

［77］指云中，雁做羹：当时俗谚，比喻不能实现的空想。

［78］拖汉精：宋元时代骂人的话，指抢人家男人的人。

［79］主人有福牙推胜：宋元时俗语。全句意思是说，主人因有福气而疾病得痊愈，虽非医术高明所致，但医生也因而走运，受到称赞感谢。牙推，亦作“牙椎”“牙榷”“牙槌”，宋元时医生的称谓。胜，通“圣”，指有神通、灵验。

［80］调风月媒人：此为燕燕自称。

［81］背厅：背运、倒霉、运气不好。

［82］美甘甘：甜滋滋。

［83］闪：抛。

［84］薄设设：薄薄的意思。设设，语助词，无义。

第四折[1]

（老孤、外孤上）（众外[2]上）（夫人上住）（正末、正旦、外旦上住）（正旦唱）

【双调·新水令】双撒敦[3]是部尚书，女婿是世袭千户。有二百匹金勒[4]马，五十辆画轮车。说得他儿女夫妻，似水如鱼；撇得我鳏寡孤独[5]，那的是撮合山[6]养身处？

【驻马听】官人石碾连珠[7]，满腰背无瑕玉兔胡；夫人每是依时按序，细搀绒全套绣衣服。包髻是缨络[8]大真珠[9]，额花[10]是秋色[11]玲珑玉。悠悠的品着〔鹧鸪〕[12]，雁行般但举手都能舞。

（做与外旦插带了科）（外旦云）（正旦唱）

【甜水令】姐姐骨甜肉净，堪描堪塑。生得肌肤似凝酥[13]，从小里梅香[14]、嬷嬷抬举，问燕燕梳裹何如？

【折桂令】他是不曾惯傅粉施朱，包髻不仰不合[15]，堪画堪图。你看三插花枝，颤巍巍稳当扶疏[16]。则道是烟雾内初生[17]月兔，元来是云鬓后半露琼梳。百般的观觑，一刬的[18]全无市井尘俗，压尽其余[19]。

（正末云了）（正旦揪搜末科[20]，唱）

【水仙子】[21]推那领系眼落处，采揪住那系腰[22]行行掐胯骨。我这般拈拈掐掐[23]有甚难当处？想我那声冤不得苦痛处。你不合先发头怒[24]，你若无言语，怎敢将你觑付[25]，则索做使长、郎主[26]。

（孤云了[27]）（旦唱）

【殿前欢】俺千户跨龙驹，称得上的敢望七香车[28]。愿得同心结[29]，永挂合欢树。鸾凤娇雏，连理枝，比目鱼。千载相完聚，花发无风雨[30]。头白相守，眼黑[31]处全无。

（老孤问了[32]）（正旦云）煞曾勘婚来。（唱）

【乔牌儿】勘婚处恰岁数，出嫁后有衣禄。若言招女婿，下财钱将他娶过去。

【挂玉钩】是个破败家私铁扫帚[33]，没些儿发旺夫家处，可更绝子嗣[34]妨公婆克丈夫，脸上承泪靥[35]无重数。今年见吊客[36]临，丧门[37]聚；反阴复阴[38]，半载其余。

【落梅风】据着生的年月，演[39]的岁数，不是个义夫节妇，休想得五男并二女，死得教灭门绝户！

（夫人云了[40]）（正旦跪唱）

【雁儿落】燕燕那书房中伏侍处[41]，许第二个夫人做。他须是人身人面皮，人口人言语！

【得胜令】到如今总是彻梢虚[42]，燕燕不是石头镌、铁头做，教我死临侵[43]身无措，错支刺[44]心受苦。（夫人云了[45]）（旦唱）痽中着身躯，教我两下里难停住；气夯破胸脯，教燕燕两下里没是处[46]。

【阿古令】满盏内盈盈绿醑[47]，子合当[48]作婢为奴。谢相公、夫人抬举，怎敢做三妻两妇[49]？子得和丈夫一处对舞[50]，便是燕燕花生满路[51]。

题目　双莺燕暗争春
正名[52]　诈妮子调风月

---

[1] 第四折：本折写燕燕在小千户与莺莺结婚时，借机说明了她与小千户的关系始末，结果是由老夫人做主，将燕燕嫁给小千户为小夫人。

[2] 众外：前来参加小千户和莺莺婚礼的众宾客。

[3] 撒敦：女真语，亲戚、亲属。

[4] 金勒：金饰的笼头。

[5] 鳏（guān 音关）寡孤独：鳏，无妻或丧妻的人。寡，寡妇。孤，幼年丧父或父母双亡的人。独，年老没有儿子的人。这里偏指失了夫君。

[6] 撮合山：媒人的别称。主要是指媒婆特别能撮合，哪怕是两座山呢，她也能把它们撮合到一块儿。

[7] 石碾连珠：玉兔鹘束带上的华丽装饰。

[8] 缨络：亦作“璎珞”，用彩线、珠宝做成的装饰品。

[9] 真珠：珍珠。

[10] 额花：珠翠头饰。

[11] 秋色：淡青色。

[12]〔鹌鸪〕：女真乐曲名。

[13] 凝酥：凝脂，比喻皮肤柔滑细嫩。

[14] 梅香：杂剧、传奇中多以梅香为婢女的别称。

[15] 不仰不合：既不后仰，也不前俯。

[16] 扶疏：枝叶婆娑纷披貌。此为形容头上的花朵摇曳有致的样子。

[17] 生：同“升”。

[18] 一刬（chàn 音颤）的：一概、统统。

[19] 压尽其余：把其他人都盖过了。

[20] “正末云了”二句：这是本剧的高潮所在，当为小千户趾高气扬，小视燕燕，于是激起燕燕满腔怒火。她向小千户搜寻定情信物，以使小千户当众出丑，从而求得矛盾解决。

[21] 领系：衣领带儿。

[22] 系腰：腰带儿。

[23] 拈拈掐掐：亦作“拈拈恰恰”。恰恰，“掐掐”的近音借字。燕燕对小千户满腔怨恨，故在为小千户整理衣装时有此动作。

[24] 先发头怒：首先发起怒来。

[25] 觑付：照顾，此为反语，即回敬。

[26] 使长、郎主：均为奴婢对主人的称呼。以上几句是说这场风波是由小千户挑起来的。

[27] 孤云了：燕燕家的相公见事闹大了，赶紧问个究竟。

[28] “称得上的”句：只有配得上的，我才嫁给他。七香车，古代贵妇所乘坐的豪华车子。

[29] 同心结：用锦打成的一种结子，用以表示男女相爱。唐·刘禹锡《杨柳枝词》：“如今绾（wǎn 音挽）做同心结，将赠行人知不知？”

[30] 花发无风雨：比喻爱情未受外界的干扰。

[31] 眼黑：夫妻不和，互相瞪眼。

[32] 老孤问了：从下面燕燕的答语可以推知，小千户的父亲老千户是讯问儿子与莺莺订婚时勘过婚没有。老千户见婚礼上出现了意外的争吵，以为不吉利，故有此问。

[33] 破败家私铁扫帚：把家产都扫出了，比喻败家能手。这是燕燕骂莺莺的话。

[34] 子嗣：特指传宗接代的儿子。

[35] 承泪靥（yè 音叶）：妇女泪腺下面的痣，相书中说这是苦命的标志。

[36] 吊客：凶神星，主疾病哀泣之事或吊丧者。唐·元稹《出门行》：“丧车黔首葬，吊客青蝇至。”

[37] 丧门：星命家以为一岁十二辰都随着善神和凶煞，叫丛辰，丧门是凶煞之一。

《协纪辨方书·义例一·丧门》:“《纪岁历》:‘丧门者，岁之凶神也，主死丧哭泣之事。’”因以称恶人或使人倒霉的人为丧门。

[38] 反阴复阴：反吟伏吟，亦作“返吟复吟”，星命家迷信说法。古代术数以天象附会人事，认为人的命运与天星的位置及运行相关，根据人出生的年月日时及与之相配的天干地支推算人的吉凶祸福。星命家称木星运行到与日相对的位置为“反吟”，木星压日为“伏吟”，据人的生辰八字推算，遇此则婚事受挫，并有“伏吟反吟，涕泪淫淫”的说法。

[39] 演：推演。《汉书·五行志上》:“文王演《周易》。”

[40] 夫人云了：夫人看到燕燕闹得太过分了，便出来训斥，所以下面是“正旦跪唱”。

[41] 侍处：服侍的时候。处，表示时间，意为“在……的时候”。

[42] 彻梢虚：亦作“谎彻梢虚”，彻底欺骗。彻梢，“彻根彻梢”的省文，即彻头彻尾的意思。

[43] 死临侵：毫无生气、垂头丧气的样子。

[44] 错支刺：亦作“措支刺”，惊慌失态的样子。

[45] 夫人云了：这段话是解决戏剧冲突的关键，即夫人主张将燕燕嫁给小千户做小夫人。燕燕对小千户仍有气，又拗不过夫人的好意，所以“两下里没是处”。

[46] “痈中”四句:“痈中着身躯”“气夯破胸脯”互文，指怒气上升，胸膈胀满，导致神志不清，精神错乱。气，指怒气。

[47] 绿醑（xǔ 音许）：绿色美酒。唐·李世民《春日玄武门宴群臣》诗：“清尊浮绿醑，雅曲韵朱弦。”此句指燕燕与小千户饮交杯酒。

[48] 合当：应该。

[49] 三妻两妇：犹言“三妻四妾”，多指移情别恋。

[50] 对舞：古代舞蹈形式之一，山东出土的汉画像石中多有记载。常见的有女子长袖对舞，男女长袖对舞，男子博袖长袍对舞，男子常服小袖对舞，男子折袖对舞，女子折袖对舞。通常有乐器伴奏，并伴有歌唱。对舞的舞蹈动作千姿百态，舞姿既优美生动，又诙谐逗趣。

[51] 花生满路：元杂剧常用语，美满荣耀的意思。

[52] “正名”句：正名，又作“题目正名”“正目”“题目”。指用两句话或四句话，标明剧情提要，确定剧本名称。“双莺燕暗争春”为剧情，“诈妮子调风月”即为剧名，还可从后句中选取三字或四字为一剧简名，即“调风月”。戏文、传奇的题目正名被改作下场诗，题目正名便成为元杂剧专有名词了。本剧剧名的意思是：一个聪明伶俐的丫头处理一桩感情纠葛的故事。诈，伶俐。妮子，丫头、侍婢的称谓。

闺怨佳人拜月亭

《闺怨佳人拜月亭》简称《拜月亭》。天一阁本、《说集》本、孟称舜本和曹楝亭本四种《录鬼簿》，以及《太和正音谱》《元曲选目》《也是园书目》《今乐考证》《曲录》等均有著录。有《元刊古今杂剧三十种》本一种。本事来源不详，或许是一部时事剧，即当代人写当代事。主要写书生蒋世隆与王瑞兰在兵荒马乱时的离合故事，共四折一楔子。剧写金宣宗南迁时，因兵乱，王瑞兰与其母走失，书生蒋世隆也与妹瑞莲失散。世隆与瑞兰相遇，在共同逃难中产生感情，私下结为夫妇。瑞莲则与瑞兰的母亲结伴同行。乱平，瑞兰之父、兵部尚书王镇班师回朝，在客店遇到瑞兰。他嫌弃世隆是个穷秀才，门户不相称，不顾世隆卧病在床，将其夫妻拆散，带瑞兰回家。瑞莲被王夫人认作义女，收留在府。瑞兰一直惦念着世隆，焚香拜月，祷祝世隆平安，心事被瑞莲撞破。二人得知情由，姐妹之外又成姑嫂，愈加亲密。蒋世隆与逃难途中的结义兄弟分别高中文武状元，被势利的瑞兰之父招为女婿。世隆与瑞兰相见，知她情贞，夫妻终于团聚。瑞莲则与世隆的结义兄弟成婚。

该剧的背景是蒙古发动的对金战争，金中都破，金室南迁。战乱给人们带来灾难，即使是兵部尚书，也无法保护自己的夫人和女儿。尚书随驾南迁，夫人和女儿（王瑞兰）加入了难民队伍，母女在逃难中走失，他们也和百姓一样承受着战争的灾难。蒙古自成吉思汗到忽必烈，数十年连续用兵，文人们用各种方式表达对用兵的反对，或劝谏，或批评。但表现最直观、最能让人感同身受的，还是戏曲。关汉卿的《拜月亭》以蒙古人攻金、金室南迁（由中都北京迁往南京开封）为背景，以一个望门势族小姐王瑞兰与一个寒门秀才蒋世隆的悲欢离合的爱情为主线，以另一对青年男女蒋瑞莲与陀满兴福的结合为副线，交错互进，从多个方面让人感受到战争带来的灾难，战争中各种人都躲不过的不幸，以及对社会的全面破坏。剧本提出了“愿天下心厮爱的夫妇永无分离”的主张，表现出关汉卿进步的爱情观与婚姻观。

剧本的宾白大部残缺，但基本情节尚完整，人物性格栩栩如生，主题思想十分深刻，远非一般平庸的才子佳人作品所能比拟。日本著名的汉学家、被誉为研究中国曲学的泰斗青木正儿，曾将此剧归之为“左右相称式的结构”(《元人杂剧概说》)。关目安排也十分巧妙，第三折“双拜月”是重点，演王瑞兰拜月事，点题。王国维先生在谈到南戏《拜月亭记》时说：第三十二出“实为全书中之杰作”，并指出它“大抵本于关剧第三折”。元杂剧第四折往往是强弩之末，而本剧第四折却依然剧情波澜迭起，通过王瑞兰与丈夫的互相诘责与蒋瑞莲不肯嫁武状元的周折，场面生动变化，随步换形，有很强的艺术魅力。

《拜月亭》剧问世后，一直是戏曲舞台上热演的剧目，南戏《拜月亭记》即据此而改编，明人又据南戏改编作《幽闺记》。明代南戏复兴以后，北杂剧日渐消沉，而据关汉卿《拜月亭》杂剧改编的《幽闺记》传奇以多种声腔的形式流行于各地的舞台上，直至今天各种地方戏的传统演出剧目还保存《拜月亭》杂剧的同样题材的剧目，如福建梨园戏有全部的《蒋世隆》，川剧高腔、滇剧有全部《幽闺记》，汉剧有《风雨会》(一名《抢伞》)，秦腔有《蒋世隆抢伞》，长沙湘剧有《抢伞》《双拜月》，桂剧有《世隆抢伞》《双拜月》，湖北高腔有《奇逢》《拜月》，许昌高腔有《抢伞》《拜月》等。近代的说唱文学也受到影响，如长篇的说唱鼓词《蒋世隆》，以及子弟书、牌子曲、八角鼓、鼓子曲、南音等类的曲艺，民歌中的“寄生草”“黄鹂调”“北河调”等，都有取材于《拜月亭》内容的。

楔　子[1]

（孤、夫人上，云了[2]）（打唤[3]了）（旦引梅香上了，见孤科）（孤云了）（情理打别科[4]）（把盏科）父亲年纪高大，鞍马[5]上小心咱。（孤云了）（正旦做掩泪科，唱）

【仙吕·赏花时】卷地狂风吹塞沙，映日疏林啼暮鸦。满满的捧流霞[6]，相留得半霎[7]，咫尺隔天涯[8]。

【幺】行色[9]一鞭催瘦马，（孤云了）（正旦唱）你直待白骨中原如卧麻。虽是这战伐，负着个天摧地塌[10]，是必想着俺子母每早来家。（下）

---

［1］　楔子：作者简括地揭示了全剧的时代背景：蒙古人兵进中都，身为兵部尚书的金国大将王镇（女真人）告别妻女，准备东向迎敌；女儿王瑞兰和母亲为其饯行。女儿把盏，离情凄凄，千般叮咛，挂念父亲年纪高迈；唱词“卷地狂风吹塞沙”“白骨中原如卧麻”，描绘出一幅战乱中的恐怖图景。

［2］　云了：元杂剧常用术语，即一段宾白说完了。此为王镇与夫人张氏上场，除自报家门外，王向其夫人交代即将赴边城视察军情事宜。

［3］　打唤：这是指孤唤女儿出来作别的动作。

［4］　情理打别科：省作“打别科”，元杂剧术语，表演送别的段子。此为旦扮王镇女儿王瑞兰上场，与远行的父亲饯别。打，做的意思。本剧还有“打别”“打悲”“打认”等不同动作提示。此本是旦本，全剧均由正旦王瑞兰一人主唱。

［5］　鞍马：本指鞴（bèi 音备）了鞍子的马，这里借指旅途。唐·杜甫《刘九法曹郑瑕丘石门宴集》诗：“掾曹乘逸兴，鞍马得荒林。”

［6］　流霞：传说中的仙酒名，这里泛指美酒。晋·葛洪《抱朴子·祛（qū 音区）惑》：“仙人但以流霞一杯与我，饮之辄不饥渴。”后泛指美酒。

［7］　半霎：极短的时间。

［8］　咫尺隔天涯：比喻距离虽近，却像远在天边一样。咫，古代长度单位，周制八寸合今市尺六寸二分二厘。天涯，天边。唐·李中《宫词二首》：“门锁帘垂月影斜，翠华咫尺隔天涯。”

[9] 行色：旅行出发前的迹象。《庄子·盗跖》："今者阙然数日不见，车马有行色，得微往见跖耶？"

[10] 天摧地塌：天塌地陷，比喻重大事变。

第一折[1]

（孤、夫人云了）（末、小旦云了[2]）（打救外了[3]）（正旦共夫人相逐慌走上了[4]）（夫人云了）（正旦云）怎想有这场祸事！（做住[5]了，唱）

【仙吕·点绛唇】锦绣华夷[6]，忽从西北天兵[7]起。觑那关口城池，马到处成平地[8]。

【混江龙】许来大[9]中都[10]城内，各家烦恼各家知。且说君臣分散，想俺父子别离。遥想着尊父东行何日还？又随着车驾[11]、车驾南迁[12]甚时回？（夫人云了）（正旦做嗟叹科，唱）这青湛湛碧悠悠天也知人意，早是秋风飒飒，可更暮雨凄凄。

【油葫芦】分明是风雨催人辞故国，行一步一叹息，两行愁泪脸边垂，一点雨间[13]一行恓惶泪，一阵风对一声长吁气。（做滑擦科[14]）嚥[15]！百忙里一步一撒[16]。嗨！索与他一步一提[17]。这一对绣鞋儿分不得帮和底，稠紧紧[18]粘软软[19]带着淤泥。

【天下乐】阿者[20]，你这般没乱荒张[21]到得那里？（夫人云了）（正旦做意[22]了，唱）兀的般云低天欲黑，至轻的到店十数里。上面风雨，下面泥水。（带云）阿者，（唱）慢慢的枉步[23]显的你没气力。

（夫人云了）（正旦对夫人云了，唱）

【醉扶归】阿者！我都折毁尽[24]些新镮鏸[25]，关扭碎[26]些旧钗篦。把两付藤缠儿[27]轻轻得按的褊玭[28]，和我那压钏[29]通[30]三对，都绷[31]在我那睡裹肚[32]薄绵套里，我紧紧的着身系。

（夫人云了）（哨马[33]上，叫住了）（夫人云了）（正旦做惨科[34]）（夫人云了，闪下）（小旦上了）（正旦便自上了，做寻夫人科，云）阿者，阿者！（做叫两三科，没乱[35]科）（末云了）（正旦猛见末，打惨害羞科[36]）（末云了）（正旦做住了[37]，云）不见俺母亲，我这里寻哩！（末云了）（正旦做意）（末云）（正旦云）呵！我每常[38]儿曾和个男儿一处说话来！今日到这里无奈处也，怎生呵是那？

【后庭花】每常我听得绰的[39]说个女婿，我早豁地[40]离了坐位，悄地[41]低了咽颈[42]，缊地[43]红了面皮。如今索强支持，如何回避，藉不的[44]那羞共耻。

（末云了）（正旦做陪笑科，唱）

【金盏儿】你昆仲[45]各东西，俺子母[46]两分离，怕哥哥不嫌相辱呵，权为个妹。（末云了）（正旦寻思了，唱）哥哥道做：军中男女若相随，有儿夫[47]的不掳掠，无家长[48]的落便宜[49]。（做意了，云）这般者波！（唱）怕[50]不问时权做兄弟，问着后道做夫妻。

（末云了）（正旦随着末行科）（外云了）（正旦打惨科[51]，随末见外科）（外末共正末厮认住了[52]）（正旦做住了，云）怎生这秀才，却共这汉是弟兄来？（正旦做住了，唱）

【醉扶归】你道您祖上亲文墨[53]，昆仲晓书集，从上流传直到你，辈辈儿都及第。您端的是姑舅也那叔伯也那两姨？偏怎生养下这个贼兄弟[54]！

（外末云了）（末云了）（正旦云）哥哥，你有此心，莫不错寻思了

么？（唱）

【金盏儿】你心里把褐衲袄[55]脊梁上披，强似着紫朝衣[56]，论盆家饮酒[57]压着诗词会。嫌这攀蟾折桂做官迟，为那笔尖上发禄[58]晚，见这刀刃上变钱疾。你也待风高学放火，月黑做强贼[59]！

（正末云了）（外末做住了[60]）（正旦云）本不甚吃酒了。（正末云了）（正旦云）你休吃酒也，恐酒后疏狂[61]。（末云了）（正旦唱）

【赚尾】然是弟兄心，殷勤意，本酒量窄推辞少吃。乐意开怀虽恁地，也省可里[62]不记东西。（做扶着末科，做寻思科）呵！我自思忆，想我那从你的行为[63]，被这地乱天翻教我做不的[64]伶俐[65]。假妆些厮收厮拾[66]，佯做个一家一计[67]，且着这脱身术谩过[68]这打家贼[69]。（下）

---

［1］　第一折：内容是写在兵荒马乱中，随车驾南逃的瑞兰母女俩失散了，逃难的秀才蒋世隆和妹妹蒋瑞莲也走失了。陷于孤苦伶仃之中的王瑞兰幸遇蒋世隆，为免遭乱军掳掠，两人便假扮夫妻结伴逃难；走失的蒋瑞莲巧逢王瑞兰的母亲，被其认作义女，便相随流亡。在逃难中，蒋世隆和曾经结为义兄弟的陀满兴福（本为金国相门之后，其父因拦驾南迁而被杀，他乘机逃亡，在山寨落草做了首领）也相遇了。作者匠心独运，将三组人物的离散组合，写得眉目清楚。

［2］　末、小旦云了：末扮书生蒋世隆，小旦扮世隆妹妹瑞莲上场，自报家门。

［3］　打救外了：这是蒋世隆与妹妹瑞莲上场，搭救陀满兴福的情节。打救，即搭救、救助。外，外末扮陀满兴福，他是忠臣的儿子，全家为奸臣所害，慌逃于蒋家，与蒋世隆结为兄弟。

［4］　“正旦”句：正旦扮王瑞兰，同母亲一起仓皇逃难，过场。相逐，相随、一同。走上，急上。

［5］　住：元杂剧术语，犹今话剧中哑场之意。

［6］　华夷：华，华夏、中华。夷，旧时对少数民族的蔑称。剧中王瑞兰所居住的金国，正是汉族和少数民族杂处的地方。

［7］ 天兵：指元军。金贞祐元年（1213 年），元军从金朝的西北部大举攻金。

［8］ 成平地：被摧毁夷灭。“成平”原空缺，从郑骞本补。

［9］ 许来大：如此大、这般大。

［10］ 中都：指燕京（今北京）。金贞元元年（1153 年），金国迁都于燕京，称为“中都”。

［11］ 车驾：皇帝乘坐的车辆，此处代指皇帝。

［12］ 南迁：即金都向南迁至南京（今河南开封市）。《金史·宣宗本纪上》：“秋七月，车驾至南京。”

［13］ 间（jiàn 音渐）：夹着。

［14］ 滑擦科：滑倒扶起的表演动作。

［15］ 嚶（yìng 音硬）：叹词，犹“噫”“呀”。

［16］ 一步一撒：一步一失足，形容雨中泥泞难行。

［17］ 一步一提：走一步提一下鞋。

［18］ 稠紧紧：形容绣鞋打湿之后紧缩的样子。稠，稠密，引申为紧缩。紧紧，状稠之词。

［19］ 粘软软：形容绣鞋在泥水中走路又软又黏的情状。

［20］ 阿者：女真语称母亲为“阿者”。

［21］ 没乱荒张：慌里慌张、手足无措的样子。荒张，同“慌张”。荒，同“慌”。

［22］ 做意：做出某种表情，这里应当是做为难的表情。

［23］ 枉步：形容举步艰难。枉，徒然。

［24］ 折毁尽：全部毁坏了。

［25］ 镮鏸（ruì 音锐）：身上的金银佩饰。镮，同“环”，指金银首饰。鏸，原为侍臣所用的一种兵器，此为身上小佩饰。下文钗篦、藤缠儿、压钏，都是当时妇女的装饰品。

［26］ 关扭碎：拧碎。

［27］ 藤缠儿：拧成股的金银首饰。

［28］ 匾玭（biǎn pín 音扁贫）：扁平。匾，同“扁”。玭，珍珠。

［29］ 压钏：镯子。

［30］ 通：总共。

［31］ 绷：缝。

［32］ 裹肚：肚兜。金·元好问《续夷坚志·延寿丹》：“捣为泥丸作弹子大，黄丹为衣，纸带子盛此药一丸，缝合著脐中，上用裹肚系定。”

［33］ 哨马：探马，刺探敌情的骑兵。这里指强盗。

［34］ 做惨科：做出害羞的动作。

［35］ 没乱：慌张、慌乱不安。

［36］ 打惨害羞科：做羞愧的表情动作。因为出现在王瑞兰面前的是一个陌生男子。

[37] 做住了：王瑞兰正准备逃脱，因听了蒋世隆的叙说，知其也是在逃难中，便停住了脚步。

[38] 每常：往常。

[39] 绰的：突然、猛然。

[40] 豁地：形容迅速的样子。

[41] 悄地：悄悄地。

[42] 咽颈：脖子。

[43] 缊（yùn 音运）地：形容脸红的样子。唐·陆德明《释文》："缊，赤黄之色。"

[44] 藉不的：顾不得。

[45] 昆仲：是称呼别人兄弟的敬辞。昆古义为哥哥、胞兄，仲则是弟弟的意思。昆仲指兄和弟，比喻亲密友好。这里指蒋世隆、蒋瑞莲兄妹。

[46] 子母：在元代，子母既可指儿子与母亲的关系，还可以指女儿与母亲的关系。此处指王瑞兰与她的母亲，是女儿与母亲的关系。

[47] 儿夫：妇女称自己的丈夫为"儿夫"。

[48] 家长：这里指丈夫。

[49] 落便宜：吃亏。

[50] 怕：如果。

[51] 打惨科：舞台动作，以表现娇弱的王瑞兰陷于困境之中的孤苦伶仃与惊慌失措。

[52] "外末"句：陀满兴福与蒋世隆再次相逢，这时陀满兴福已成为山寨头领。

[53] 亲文墨：接近文墨、爱好学习。

[54] 兄弟：指蒋世隆的义弟陀满兴福，为男性同辈间的称呼。

[55] 褐衲袄：粗布袄子。褐，粗布衣。衲袄，袄子。宋元时绿林好汉的装束。

[56] 紫朝衣：古时高官的紫色礼服。

[57] 论盆家饮酒：用盆来饮酒。论，按、依照。盆家，形容绿林好汉粗鲁、酒量大。

[58] 发禄：指做官拿俸金。

[59] 风高学放火，月黑做强贼：宋元戏曲、小说常用"月黑杀人夜，风高放火天"之类的话写强盗行凶的时机。

[60] 外末做住了：在筵席上，陀满兴福要蒋、王二人留在山寨，王不肯，愿早日去南京（今河南开封市）。

[61] 疏狂：粗放癫狂、不拘小节。

[62] 省可里：免得、省得。

[63] 从你的行为：指跟从蒋世隆的行为。

[64] 做不的：做不到、做不成。

[65] 伶俐：干净、好的名声。

［66］厮收厮拾：收拾。厮，助词。
［67］一家一计：一家人、夫妻。这里指一夫一妻。
［68］谩过：瞒过。
［69］打家贼：打家劫舍的强盗。

第 二 折[1]

（夫人、小旦云了）（孤云了[2]）（店家云了）（正旦便扮[3]扶末上了）（末卧地做住了）（正旦云）阿！从生来谁曾受他这般烦恼！（做叹科）

【南吕·一枝花】干戈动地来，横祸事从天降。爷娘三不归[4]，家国一时亡。龙斗来鱼伤[5]，情愿受消疏况[6]。怎生般不应当，脱着衣裳，感得这些天行好缠仗[7]。

【梁州第七】恰似邑邑[8]的锥挑太阳[9]，忽忽的火燎胸膛。身沉体重难回项[10]，口干舌涩，声重言狂。可又别无使数[11]，难倩[12]街坊，则我独自一个婆娘，与他无明夜过药煎汤[13]。阿！早是俺两口儿背井离乡[14]。嗻！则怏[15]他一路上汤风打浪[16]。嗨！谁想他百忙里卧枕着床。内伤、外伤，怕不大[17]倾心吐胆[18]尽筋竭力[19]把个牙推[20]请，则怕小处尽是打当[21]。只愿的依本分伤家没变症[22]，慢慢的传受阴阳[23]。

（末云了）（店家云了）（正旦做寻思科，云）试请那大夫来，交觑咱[24]。（大夫上，云了）（正旦做意了，云）郎中，仔细的评这脉咱！（末共大夫云了[25]）（正旦做称许科，唱）

【牧羊关】这大夫好，调理[26]的是，诊候的强[27]！这的十中九[28]敢药病相当。阿的是五夜其高，六日向上[29]，解利[30]呵过了时晌，下过[31]呵正是时光。不用那百解通神散，教吃这三一承气汤[32]。

(大夫裹药了)(正旦做送出来了，云)但较些[33]呵，郎中行别有酬劳。(孤上，云了)(正旦云)是不吵[34]？(做叫老孤[35]的科，云)阿马[36]！认得瑞兰么？(孤云了)(正旦唱)

【贺新郎】自从都下对尊堂，走马离朝，阿马间别[37]无恙？(孤认了)(正旦唱)则恁的犹自常思想，可更随车驾南迁汴梁，教俺去住无门徊徨！家缘都撇漾[38]，人口尽逃亡，闪的俺一双子母每无归向。自从身体上一朝出帝辇[39]，俺这梦魂无夜不辽阳[40]！

(孤云了)(正旦做打悲科，云)车驾起行了，倾城的百姓都走。俺随那众老小每出的中都城子来。当日天色又昏暗，刮着大风，下着大雨，早是赶不上大队，又被哨马赶上，轰散俺子母两人，不知阿者那里去了！(末云了)(正旦做着忙的科)(孤云了)(正旦做害羞科，云)是您女婿[41]，不快[42]哩。(孤云了)(正旦做说关子[43]了)(孤云了)(正旦做羞科，唱)

【牧羊关】您孩儿无挨靠，没倚仗，深得他本人将傍[44]。(孤云了)(正旦做意了，唱)当日目下有身亡[45]，眼前是杀场，刀剑明晃晃，士马闹荒荒。那其间这锦绣红妆女，那里觅个银鞍白面郎？

(孤云了)(正旦云)是个秀才。(孤教外扯住了[46])(正旦做荒打惨打悲的科，云)阿马！你可怎生便与这般狠心！(做没乱意了)(正旦唱)

【斗虾蟆】爹爹！俺便似遭严腊，久盼望、久盼望你个东皇[47]。望得些春光艳阳，东风和畅。好也啰[48]！划地[49]冻剥剥的雪上加霜[50]！（末云了）（正旦没乱科，唱）无些情肠，紧揪住不把我衣裳放。见个人残生丧一命亡，世人也惭惶[51]。你不肯哀怜悯恤，我怎不感叹悲伤！

（孤云了）（正旦云）父亲息怒，宽容瑞兰一步，分付他本人三两句言语呵，咱便行波！（孤云了）（正旦云）父亲不知，本人于你孩儿有恩处。（孤云了）（正旦唱）

【哭皇天】[52]较了[53]数个贼汉把我相侵傍[54]，（带云）阿马想波，（唱）这恩临[55]怎地忘？闪的他活支沙[56]三不归，强教俺生扢扎[57]两分张[58]。觑着兀的般着床卧枕，叫唤声疼，撇在他个没人的店房！（带云）常言道：相逐百步，尚有徘徊[59]。（唱）你怎生便教我眼睁睁的不问当[60]？（做分付末了，云）男儿呵！如今俺父亲将[61]我去也，你好生的觑当你身起！（末云了）（正旦做艰难科，云）男儿，（唱）兀的是俺亲爷的恶党[62]，休把您这妻儿怨畅[63]。

【乌夜啼】[64]天那！一霎儿把这世间愁都撮在我眉尖上，这场愁不许堤防！（末云了）（正旦唱）既相别此语伊休忘：怕你那换脉交阳[65]，是必省可里掀扬[66]。俺这风雹乱下[67]的紫袍郎[68]，不识你个云雷未至的白衣相[69]。咱这片霎中如天样[70]。一时哽咽，两处凄凉。

（末云了）（孤打催科）（正旦做住了，唱）

【三煞】男儿！怕你待赎药[71]时准备春衫[72]当，探[73]食后堤防百物伤。（末云了）（正旦做艰难科，唱）这侧近[74]的佳期休承望[75]。直等你身体安康，来寻觅夷门[76]街巷，恁时节再相访。你这旅店消疏病客况，我那驿路上恓惶！

【二煞】则明朝你索绮窗晓日闻鸡唱，我索立马西风数雁行。（末云了）（正旦云）男儿，我教你放心么波。（唱）只愿的南京有俺亲娘，我宁可独自孤孀[77]。怕他待抑勒[78]我别寻个家长，那话儿便休想！（末云了）（正旦云）你见的差了也！（唱）那玉砌朱帘与画堂，我可也觑得寻常！

【收尾】休想我为翠屏红烛流苏帐，撇了你这黄卷青灯映雪窗[79]。（孤云了）（末云了）（正旦打别了，嘱咐末科，唱）你心间莫昏忘[80]，你心间索记当，我言词更无妄，不须伊再审详。咱兀的做夫妻三个月时光，你莫不曾[81]见您这歹浑家说个谎！（下）

---

[1] 本折精心安排了三个情节，即客店成亲、丈夫患病、夫妻相别，使剧情的发展跌宕多姿。逃难中的一对假夫妻，在蒋世隆的执意追求下，在他人的撮合下，终于在客店结亲，成为一对真正的夫妻。结婚后，蒋世隆不幸身染重病，瑞兰一面请医诊治，一面精心护理。罢征而归的王镇路过此店，父女相会；王镇嫌女婿是个寒门秀才，门不当户不对，便令手下人强拽硬扯，拆散了一对恩爱夫妻。瑞兰放心不下重病在身的丈夫，向父亲苦苦哀求，但父亲专制悖情，断然不听；她只得将满腔悲愤埋在心头，向丈夫盟誓："我宁可独自孤孀，怕他待抑勒我别寻个家长，那话儿便休想！"并嘱咐丈夫保重身体，注意上进，不可绝望。自此，原来感情深厚的父女之间便产生了激烈的矛盾冲突，为三、四折剧情的发展巧设了伏笔，为全剧主要冲突的形成与高潮的酝酿作了铺垫。

[2] 孤云了：这是王镇上场自白。

[3] 便扮：作便装打扮。原脱"扮"字，据第三折校补。

[4] 三不归：一说功不成不归，名不立不归，利不就不归。一说少男少女相好，谈笑终日不归；男女当壮，相聚于树下，戏笑越轨不归；父兄相睹树下，论议玄语，终日不归。后因称流连忘返为"三不归"。这里是没着落、没办法的意思。

[5] 龙斗来鱼伤：比喻金、元相争，百姓遭殃。来，句中衬字。

[6] 消疏况：十分冷清的境况。指家人尽散，只剩孤单一人。消疏，也作"萧疏"。

[7] "脱着（zhuó 音酌）"二句：言蒋世隆由于穿衣、脱衣不当，被流行性疾病纠缠上了。天行，中医名词，流行性传染病。缠仗，纠缠、缠绕，亦作"缠障"。

[8] 邑邑：同"悒悒"，病恹恹（yān yān 音淹淹）的样子。

[9] 锥挑太阳：头痛得像用锥子挑太阳穴。太阳，指太阳穴，它在额下两眼、两耳之间，左右各一。

［10］ 回项：转头。项，脖子。
［11］ 使数：仆人。
［12］ 倩（qìng 音庆）：请。
［13］ 无明夜过药煎汤：不分白天黑夜地熬药。
［14］ 背井离乡：离开家乡到外地。背，离开。井，在古制中八家为井，引申为乡里、家宅。
［15］ 怏：勉强。
［16］ 汤风打浪：冒着风寒雨湿。汤，顶、冒、迎着。
［17］ 怕不大：亦作"怕不待"，岂不想、哪里是不想。大，"待"的假借字。
［18］ 倾心吐胆：吐露真心话，指真诚相待。
［19］ 尽筋竭力：全力以赴。
［20］ 牙推：亦作"牙椎""牙槌""牙搥"，对医、卜、星、算等术士的称呼，这里指医生。
［21］ "则怕"句：恐怕小地方都是些江湖医生。小处，小地方，指穷乡僻壤。打当，指江湖上卖草药兼行医的人。
［22］ 伤家没变症：患者的病情没恶化。
［23］ 传受阴阳：使阴阳转化，病情好转。阴阳，古代哲学概念。古代思想家把矛盾运动中的万事万物概括为"阴""阳"两个对立的范畴，并以双方变化的原理来说明物质世界的运动。中医学把它运用到病理方面，形成"阴阳五行"的医治理论。
［24］ 交觑咱：让他看病。交，即"教"。
［25］ 末共大夫云了：这一片段写大夫为蒋世隆诊病的情况。
［26］ 调理：调治护理。
［27］ 诊候的强：诊断得很准。
［28］ 十中九：十分之九、九成。
［29］ "阿的是"两句：是说五六天过后病情就可以见好。阿的，同"兀的"，"这个"的意思。其高、向上，都是以上、有余的意思。
［30］ 解利：泻痢。解，即"泻"。利，即"痢"。
［31］ 下过：进食补养。
［32］ 三一承气汤：中药汤头名。
［33］ 但较些：只要病情好些。但，只、仅。
［34］ 是不吵（shā 音沙）：是不是啊。吵，语气助词，吧、啊、嘛。
［35］ 老孤：由孤扮演的王镇。
［36］ 阿马：女真人唤父亲为"阿马"。
［37］ 间（jiàn 音见）别：离别、分别。
［38］ 家缘都撇漾：家产都抛弃了。撇漾，抛弃。

[39] 帝辇：指帝都。辇，古时用人拉或推的车。

[40] 梦魂无夜不辽阳：意思是没有一夜不梦见战乱中的亲人。辽阳，在今辽宁省，晋代被高句丽（gōu lí 音勾梨）强占，隋唐时在此经过多次大战，才将辽阳夺回。此处代指王镇所去的边城。

[41] 女婿：在元代女婿有两意，一是父亲称呼女儿的丈夫为女婿，一是妻子称呼自己的丈夫为女婿，二者均指同一人。此处的女婿指“您女儿的丈夫”，即丈人与丈母娘可称呼女儿的丈夫为女婿。

[42] 不快：指身体有病。

[43] 说关子：元剧术语，指剧中人物追述前头已演出过的情节。这里应是瑞兰向父亲述说分离后的遭遇及与蒋世隆在一起的原委。

[44] 将傍：此为帮助、关照之意。

[45] 有身亡：意为有死亡的可能。

[46] 孤教外扯住了：王镇吩咐手下（外扮）将蒋世隆扯住。

[47] “俺便似”二句：比喻在极端困苦的时候盼望得到帮助。严腊，严冬腊月。古代在农历十二月合祭众神叫作腊，因此农历十二月叫腊月。东皇，指司春之神。唐·戴叔伦《暮春感怀》诗：“东皇去后韶华尽，老圃寒香别有秋。”

[48] 也啰：亦作“也落”，语气助词，无义。

[49] 刬（chǎn 音产）地：纯然是、完全是。

[50] 雪上加霜：积雪上又添加寒霜，比喻接连遭受灾难。语本宋·释道原《景德传灯录》：“伊退步而立。师云：‘汝只解瞻前，不解顾后。’伊云：‘雪上更加霜！’”

[51] 惭惶：悲伤、凄惶。

[52] 〔哭皇天〕：曲牌名，又称〔玄鹤鸣〕，属北曲【南吕宫】。字数定格为八句：五、五、五、五、七、七、四、四，在第五句的前后均可酌增四字句数句。一般用在【南吕宫】套曲内。戏曲乐队有同名伴奏乐曲，曲调不同。以唢呐或胡琴演奏，衬托剧中悲哀气氛。

[53] 较了：这里是教训、劝住的意思。

[54] 侵傍：侵犯、冒犯。

[55] 恩临：恩情、恩德。

[56] 活支沙：活活地。支沙，语助词，无义。

[57] 生扢（gē 音哥）扎：同“生各支”，生生地。扢扎，语助词，无义。

[58] 分张：分离。

[59] “相逐”二句：当时俗语，意为同行百步，分离时尚有留恋之情。这里是依恋不舍之意。

[60] 问当：问。当，语助词，无义。下文“觑当”“记当”均同。

[61] 将：带领。

［62］ 恶党：讨厌的偏私。

［63］ 怨畅：埋怨、抱怨，也作“怨怅”。

［64］〔乌夜啼〕：曲牌名，南北曲均有，起于南朝西曲谣歌，历经萧梁乐府改造，歌乐舞一体，随后流入唐教坊。此曲牌创调于南朝刘宋临川王义庆本事，起源与“乌啼报赦”的民俗有关。曲牌整体带有“感叹伤悲”“风流蕴藉”的声情。北曲属【南吕宫】，体制较长，杂有大量衬字，合韵严整，体式复杂而节奏自由多变。现存北曲皆是剧曲。

［65］ 换脉交阳：医学用语，病情刚在好转。

［66］“是必”句：一定不要动不动就掀被子、撩衣服。掀扬，折腾，折磨。

［67］ 风雹乱下：比喻乱施威风。

［68］ 紫袍郎：指王镇。紫袍，紫色袍服，北朝皇帝朝服，至隋代成为达官之服，至宋则贬至各种命服，包括官服及命妇之服。这里指王瑞兰大发雷霆的父亲。

［69］“不识”句：意为不了解尚未功成名就的蒋世隆。识，元刊本原作“失”，依徐沁君《新校元刊杂剧三十种》本改。白衣相，身为平民而有卿相之质的人，又作“白衣卿相”。

［70］ 天样：指二人分手，距离如天一般辽远。

［71］ 赎药：买药。

［72］ 春衫当：典当春衣。春衫，也称“春衣”，春末夏初季节所穿的一种单衣。唐·杜甫《曲江二首》其二：“朝回日日典春衣，每日江头尽醉归。”

［73］ 探：伸手取。

［74］ 侧近：近期之意。

［75］ 承望：指望。

［76］ 夷门：开封的东城门，代指开封。

［77］ 孤孀：原意是寡妇，这里是守节的意思。

［78］ 抑勒：逼迫、强迫。

［79］“休想”二句：意同“我宁可独自孤孀。怕他待抑勒我别寻个家长，那话儿便休想”，表达绝不贪图“翠屏红烛流苏帐”那样的富贵生活而再嫁，撇下你“黄卷青灯映雪窗”、共过患难的穷秀才。翠屏红烛流苏帐，形容富贵生活的排场。翠屏，绿色屏风。红烛，红色的蜡烛，多用于喜庆之事。流苏，下垂的穗子，一般用彩色羽毛或丝线制成，作为车马、帐幕的装饰品。黄卷青灯映雪窗，形容蒋世隆刻苦读书的情况。黄卷，书籍。古时为防书蠹，多用黄檗（bò音簸）染纸，因纸色黄，故称为“黄卷”。青灯，亦作“青镫”，光线青荧的油灯。映雪窗，孙康映雪的故事。晋代孙康因为家贫，在冬季利用白雪的反光读书。又作窗雪、檐前映雪、映雪、映雪孙康、映素雪、雪光映纸等。

［80］ 昏忘：忘昏的倒文，糊涂、忘记。

［81］ 莫不曾：难道有过。这里王瑞兰用反问句，以明其未曾向蒋世隆说过假话。

第三折[1]

（夫人一折了[2]）（末一折了[3]）（小旦[4]云了）（正旦[5]便扮上了，云）自从俺父亲就那客店上生扭散[6]俺夫妻两个，我不曾有片时忘的下俺那染病的男儿[7]，知他如今是死那活那？不知俺爷心是怎生[8]主意，提着个秀才便不喜："穷秀才几时有发迹[9]？"自古及今，那个人生下来便做大官享富贵那？（做叹息科）（唱）

【正宫·端正好】我想那受官厅[10]、读书舍，谁不曾虎困龙蛰[11]！（带云）信着我父亲呵，（唱）世间人把丹桂都休折，留着手把雕弓拽[12]。

【滚绣球】俺这个背晦[13]爷，听的把古书说，他便恶纷纷的脑裂[14]，粗豪[15]的今古皆绝。您这些富产业，更怕我[16]顾恋情惹[17]，俺向那笔尖上自阐阓[18]得些豪奢[19]！搠[20]起柄夫荣妇贵三檐伞[21]，抵多少爷饭娘羹[22]驷马车，两件儿浑别[23]。

（小旦云了[24]）（正旦云）阿也！是敢大较些去也[25]。（小旦云了）（正旦唱）

【倘秀才】阿！我付能[26]把这残春捱彻[27]，嗨！划地[28]是俺愁人瘦色□□。（小旦云了）（正旦云）依着妹子只波[29]。（小旦云了）（正旦做意了，唱）恰随妹妹闲行散闷些，到池沼，蓦观绝[30]，越交[31]人叹嗟！

（云）不似这朝昏昼夜，春夏秋冬。（唱）

【呆骨朵】[32]这供愁的景物好依时月，浮着个钱来大[33]绿嵬嵬[34]荷叶。荷叶似花子[35]般团圞[36]，陂塘[37]似镜面般莹洁。

阿！几时教我腹内无烦恼，心上无萦惹[38]。似这般青铜[39]对面妆，翠钿侵鬓贴[40]。

（做害羞科，云）早是[41]没外人，阿的是甚末言语那？这个妹子咱。（小旦云了[42]）（正旦云）你说的这话，我猜着也啰！（唱）

【倘秀才】休着个滥名儿[43]将咱来引惹[44]。嚜！待不[45]你个小鬼头[46]春心儿动也？（小旦云了）（正旦云）放心，放心。（唱）我与你宽打周遭[47]向父亲行[48]说。（小旦云了）（正旦云）你不要呵，我要则么[49]那？（小旦云了）（正旦唱）我又不风欠[50]，不痴呆，要则甚迭[51]！

（小旦云了）（正旦云）咱无那女婿[52]呵快活，有女婿呵受苦。（小旦云了）（正旦云）你听我说波。（唱）

【滚绣球】女婿行但沾惹[53]，六亲[54]每早是说：又道是丈夫行亲热，爷娘行特地[55]心别[56]。而今要衣呵满箱箧[57]，要食呵尽铺啜[58]，到晚来更绣衾[59]铺设，我这心儿里牵挂处无些。直睡到冷清清宝鼎[60]沉烟灭，明皎皎[61]纱窗月影斜，有甚唇舌[62]！

（做入房里科）（小旦云了）（正旦云）夜深也，妹子，你歇息去波，我也待睡也。（小旦云了）（正旦云）梅香，安排香桌儿去，我待烧炷夜香咱。（梅香云了）（正旦唱）

【伴读书】[63]你靠栏槛临台榭[64]，我准备名香爇[65]。心事悠悠凭谁说？只除向金鼎焚龙麝[66]。与你殷勤参拜遥天月，此意也无别。

【笑和尚】韵悠悠比及把角品绝[67]，碧荧荧投至那灯儿灭，薄设设[68]衾共枕空舒设，冷清清不恁迭[69]，闲遥遥[70]身枝节[71]，闷恹恹[72]怎捱他如年夜[73]！

（梅香云了）（正旦做烧香科，唱）

【倘秀才】天那！这一炷香，则愿削减[74]了俺尊君[75]狠切，这一炷香，则愿俺那抛闪下[76]的男儿较些[77]。那一个爷娘不间迭[78]，不似俺，忒哞嗻[79]，劣缺[80]！

（做拜月科，云）愿天下心厮爱[81]的夫妇永无分离，教俺两口儿早得团圆。（小旦云了）（正旦做羞科，唱）

【叨叨令】元来你深深的花底将身儿遮，搽搽的[82]背后把鞋儿捻，涩涩的[83]轻把我裙儿拽，熅熅的[84]羞得我腮儿热。小鬼头[85]！直到撞破我也么哥，撞破我也么哥！我一星星[86]的都索从头儿说。

（小旦云了）（正旦云）妹子，你不知，我兵火中多得他本人气力[87]来，我以此上忘不下他。（小旦云了）（正旦打悲了，云）您姐夫姓蒋，名世隆，字彦通，如今二十三岁也。（小旦打悲了）（正旦做猛问科，唱）

【倘秀才】来波！我怨感我合哽咽。不剌[88]！你啼哭你为甚迭[89]？（小旦云了）（正旦唱）你莫不元是俺男儿的旧妻妾？阿是，阿是，当时只争个字儿别[90]，我错呵了应者！

（小旦云了）（正旦云）您两个是亲弟兄[91]？（小旦云了）（正旦做欢喜科，唱）

【呆古朵】似恁的[92]呵，咱从今后越索着[93]疼热，休想似在先时节[94]。你又是我妹妹、姑姑，我又是你嫂嫂、姐姐。（小旦云了）（正旦唱）这般者，俺父母多宗派[95]，您昆仲无枝叶[96]。从今后休从俺爷娘家根脚[97]排，只做俺儿夫家亲眷者。

（小旦云了）（正旦云）若说着俺那相别呵，话长。（唱）

【三煞】他正天行汗病[98]，换脉交阳。那其间被俺爷把我横拖倒拽出招商舍[99]，硬厮强扶上走马车。谁想俺舞燕啼莺，翠鸾娇凤，撞着那猛虎狞狼，蝠蝎顽蛇[100]！又不敢号咷悲哭，又不敢嘱付丁宁，空则索[101]感叹咨嗟。据着[102]那凄凉惨切，则那里一霎儿似痴呆。

【二煞】则就那里先肝肠眉黛千千结，烟水云山万万叠。他便似烈焰飘风[103]，劣心卒性[104]，怎禁那后拥前推、乱棒胡枷[105]！阿，谁无个老父？谁无个尊君？谁无个亲爷？从头儿看来都不似俺那狠爹爹！

【尾】他把世间毒害[106]收拾彻[107]，我将天下忧愁结揽绝[108]。（小旦云了）（正旦唱）没盘缠，在店舍，有谁人，厮抬贴[109]？那消疏[110]，那凄切，生分离，厮抛撇[111]。从相别，恁时节，音书无，信息绝。我这些时眼跳腮红耳轮热，眠梦交杂[112]不宁贴[113]。恁哥哥暑湿风寒纵较些[114]，多被那烦恼忧愁上送[115]了也！（下）

---

［1］　第三折：本折写王瑞兰被父亲强拉回家后，整天思念病中的丈夫蒋世隆。在一个月夜中，她对月祝祷，盼望丈夫早日病愈团聚，恰被蒋瑞莲听到。这时二人才知道她们不仅是结义姐妹，还是姑嫂。此折虽不是全剧的高潮，但在展示人物内心世界、塑造人物性格和推进故事情节的发展方面，一直受到人们的称誉。改编的南戏《拜月亭记》中的“幽闺拜月”一折，就是吸收了这一折的主要情节，并借鉴与融化了这一折的唱词。

［2］　夫人一折了：这是写王镇夫人张氏偕瑞莲（小旦）返回汴京府中。夫人，剧中王瑞兰的母亲。

［3］　末一折了：写蒋世隆病愈南下应举。末，剧中男主角蒋世隆，王瑞兰的丈夫。

［4］ 小旦：剧中女次角蒋瑞莲，蒋世隆的妹妹。
［5］ 正旦：剧中女主角王瑞兰，兵部尚书王镇的女儿。
［6］ 生扭散：活活拆散。生，副词，作“最”“硬”解。
［7］ 男儿：妇女对夫婿的称谓，此指其夫蒋世隆。
［8］ 怎生：如何、怎样。
［9］ 发迹：立功扬名，此指升官、富贵。
［10］ 受官厅：亦作“授官厅”“寿官厅”，官府中的厅堂。
［11］ 虎困龙蛰（zhé 音折）：比喻人处于困境之中或未显名之时。蛰，昆虫伏藏。
［12］ “世间人”二句：意为都不去读书应考，而去习武弄枪。丹桂，比喻科举及第者。休折，意为不应去应试。古有“折桂”的典故：晋时郤诜举贤良对策列最优，自谓“犹桂林之一枝，昆山之片玉”，从此后人称登科为“折桂”。把雕弓拽（zhuài 音踹去声），泛指演习武艺。拽，拉。雕弓，雕画文饰之弓，礼制，天子所用。《荀子·大略》曰：“天子雕弓，诸侯彤弓，大夫黑弓，礼也。”
［13］ 背晦：亦作“背会”，脑筋糊涂，做事悖（bèi 音备）谬，多指老年人，亦谓倒运。背，同“悖”。
［14］ 恶纷纷的脑裂：极为恼火的样子。恶纷纷，即“恶狠狠”，形容凶狠的样子。
［15］ 粗豪：粗暴、鲁莽。
［16］ 更怕我：我岂怕。更怕，岂怕。
［17］ 顾恋情惹：眷恋喜爱。
［18］ 阘阘（zhèng chuài 音郑踹）：同“挣揣”，勉力争取。
［19］ 豪奢：指巨富。
［20］ 搠（shuò 音硕）：竖、立。
［21］ 三檐伞：伞有三重檐，形容华贵。
［22］ 爷饭娘羹：指靠父母财产生活。
［23］ 浑别：完全不同。浑，全。
［24］ 小旦云了：这一节写瑞莲劝瑞兰到花园散心，然后演两人散步解闷的情形。
［25］ “是敢”句：意为祝愿丈夫“疾病将有起色也”。大，即待、将。较，犹瘥（chài 音柴去声），病愈。
［26］ 付能：方才。
［27］ 捱彻：熬过、度完。
［28］ 刬（chǎn 音产）地：反而、反倒。
［29］ 只波：均为语助词。只，同“着”。波，同“呵”。
［30］ 蓦观绝：突然看罢。蓦，原本作“陌”，突然。观绝，看罢。
［31］ 交：同“教”“叫”。
［32］ 〔呆古朵〕：曲牌名，也作〔呆骨朵〕，又名〔灵寿杖〕〔灵寿歌〕。属【正宫】，亦入【中吕宫】，用于剧曲和散曲套数。全曲八句：七、四、四、四、五、五、

五、五。第二句上三字可省。第五、第六两句平仄多歧异，列较常用格式。第五、六句与第七、八句多作两个对语。

[33] 钱来大：像铜钱一样大。

[34] 绿嵬嵬：绿茵茵。

[35] 花子：古时妇女饰面的花钿。

[36] 团圞：月圆。

[37] 陂（bēi 音杯）塘：池塘。

[38] 萦惹：牵挂。

[39] 青铜：铜镜。唐·孟郊《结交》诗："铸镜须青铜，青铜易磨拭。"

[40] 翠钿侵鬓贴：花饰挨着鬓角贴。翠钿，绿玉制的妇女头饰。侵，亲、近。

[41] 早是：幸亏、幸好。

[42] 小旦云了：这一片段写瑞兰和瑞莲在花园一起观花解闷的情形。

[43] 滥名儿：丑名儿、坏名声。此处是指关于男女情爱的事。

[44] 引惹：挑逗。

[45] 待不：莫不是。

[46] 小鬼头：小东西。

[47] 宽打周遭：绕圈子说话、再三劝解。

[48] 行：处。

[49] 则么：亦作"则末"，做什么。

[50] 风欠：疯魔。风，同"疯"。

[51] 则甚迭：做什么。甚迭，同"甚的""甚么"。

[52] 女婿：此处指自己的丈夫，即妻子称呼丈夫为女婿。

[53] 沾惹：沾染引惹，引申为联系。

[54] 六亲：古指父、母、兄、弟、妻、子，泛指亲戚、亲人。

[55] 特地：副词，特特地、忽地、突地。

[56] 心别（biè 音彆）：另有打算。别，两样。

[57] 箧（qiè 音切）：小箱子。

[58] 铺啜（bū chuò 音晡辍）：吃与喝。《孟子·离娄上》："我不意子学古之道而以铺啜也。"

[59] 绣衾（qīn 音亲）：绣花的被子。

[60] 宝鼎：鼎的一种称呼，通常用来衬托其珍贵性。在古代，鼎不仅是炊器，还是政权的象征。尤其在周朝，鼎的数目代表不同的身份等级。例如，九鼎代表天子，七鼎代表诸侯，五鼎代表卿大夫，三鼎、一鼎代表士。此外，宝鼎也被用作佛教焚器的称呼，常见于寺庙和古代大家族中。在文学作品中，宝鼎也指代香炉或道士炼丹煮药的炉子。此指香炉。

[61] 皎皎：洁白明净。《诗·小雅·白驹》："皎皎白驹，在彼空谷。"

［62］有甚唇舌：有什么话说。唇舌，言语。

［63］〔伴读书〕：曲牌名，又名〔村里秀才〕。属【正宫】，用于剧曲与散曲套数。全曲六句：五、五、七、七、七、四。此调后常连用〔笑和尚〕合为带过曲。

［64］台榭：建筑在土台上的亭屋，亦泛指楼台等建筑物。台，高坛。榭，台上的房子。晋·葛洪《西京杂志》第四卷："楼阁台榭，转相连注，山池玩好，穷尽雕丽。"

［65］爇（ruò 音若）：点燃、焚烧。

［66］龙麝（shè 音社）：龙涎香和麝香，泛指香料。唐·司空图《牡丹》诗："得地牡丹盛，晓添龙麝香。"

［67］"韵悠悠"句：当听到傍晚的号角已经吹过。韵悠悠，形容号角的声音。比及，等到。角品绝，号角吹过。

［68］薄设设：形容单薄的样子。

［69］恁迭：怎么样，同"恁地""恁的"。

［70］闲遥遥：闲悠悠。本谓悠闲无事，这里指闲散无聊的样子。

［71］身枝节：指身体。枝节，即"肢节"。枝，通"肢"。

［72］闷恹恹（yān yān 音淹淹）：亦作"闷厌厌""闷淹淹"，心情烦闷的样子。

［73］捱他如年夜：度夜如年。如年夜，夜长得像一年一样。

［74］削减：减少。

［75］尊君：父亲。

［76］抛闪下：扔下。

［77］较些：病好些。

［78］间迭：也作"间叠"，本为离间义，这里指从中作梗、离间。

［79］咋嗻（chē zhē 音车遮）：元俗语，狠、厉害。《京本通俗小说·西山一窟鬼》："又写得算得，又是咋嗻大官府第出身。"

［80］劣缺：凶狠，为同义并列结构，是不晚于元代产生的新词，侧重指品德败坏、顽劣，行为狠毒。劣，恶劣、顽劣。

［81］厮爱：相爱。

［82］搽搽：同"嚓嚓"，拟声词，走路时鞋底发出的声音。

［83］涩涩的：同"瑟瑟"，形容轻微的声音，这里指拽动裙子发出的声音。

［84］煴煴（yūn yūn 音晕晕）的：热乎剌的，微热的样子。煴，微火、无焰的火。

［85］小鬼头：指蒋瑞莲。此处为嗔骂。

［86］一星星：一点点。

［87］得他本人气力：得到这个人的帮助。本人，此人、这个人。

［88］不剌：语气词，无义，亦写作"兀剌""不倈""不沙"。通常用在两个小句中间，起调整、舒缓语气的作用。

［89］甚迭：同"甚的"，什么。

[90] 只争个字儿别：指瑞兰、瑞莲只有一字之别。只争，只差。
[91] 弟兄：在元代，不仅可以指今天意义上的兄弟，也可指兄妹。此处指兄妹。
[92] 恁的：怎的。
[93] 索着：应该。
[94] 先时节：从前。
[95] 宗派：宗族支派。
[96] 您昆仲无枝叶：您兄妹俩又没有别的亲人。昆仲，兄长。枝叶，比喻亲属。
[97] 根脚：家世。
[98] 天行汗病：与天气、季候相关的一种流行病。
[99] 招商舍：旅舍、客店。
[100] 蝮（fù 音富）蝎顽蛇：毒虫类的动物。蝮，同“蝮”。蝮蝎，蝮蛇与蝎子，泛指毒蛇、毒虫。顽，同“蚖”（wán 音玩）。蚖蛇，即“蝮蛇”。一本将“蚖”作“虺”（huǐ 音毁）。虺蛇，毒蛇，即“蝮蛇”，一种黑蛇，头呈三角形，体色灰褐而有斑纹，口有毒牙，生活在平原及山野，以鼠、鸟、蛙等为食，也能伤人畜，毒腺的毒液可治麻风病。
[101] 则索：亦作“只索”“子索”，只好、只得。
[102] 据着：真个、的确。
[103] 飘风：旋风、大风。唐·杜甫《楠树为风雨所拔叹》诗：“东南飘风动地至，江翻石走流云气。”
[104] 劣心卒（cù 音促）性：狠心肠暴性子。卒，同“猝”，本指狗从草丛中突然冲出来追赶人，引申为仓促、突然、性情急躁。
[105] 乱棒胡枷：此处指强拉硬拽。棒、枷，都是刑具。
[106] 毒害：狠毒、狠心。
[107] 收拾彻：都收拢来了。
[108] 结揽绝：都包揽过来了。
[109] 抬贴：亦作“抬帖”，体贴、照顾。
[110] 消疏：冷落、零落。
[111] 抛撇：抛弃、抛闪、撇下。
[112] 交杂：交错。
[113] 宁贴：安心、安宁、平静，也作“宁帖”。《永乐大典戏文三种·张协状元》第四一出：“伊回京阙，没一日暂时得少歇，织素织缣（jiān 音兼，双股丝织成的细绢）不宁贴。”
[114] 纵较些：即便病情好转一些。
[115] 送：送命。

第四折[1]

（老孤、夫人、正末、外末上了[2]）（媒人云了）（正旦扮上了）（小旦云了[3]）（正旦云了）可是由我那不那？

【双调·新水令】我眼悬悬[4]整盼了一周年，你也枉把您这不自由的姐姐来埋怨。恰才投至我贴上这缕金钿，一霎儿向镜台傍边，媒人每催逼了我两三遍。

（小旦云了）（正旦云）妹子呵，你好不知福，犹古自[5]不满意吵。我可怎生过呵是也？（小旦云了）（正旦云）那的是你有福如我处那沙！我说与你波。（唱）

【驻马听】你贪着[6]个断简残编[7]，恭俭温良好缱绻[8]；我贪着个轻弓短箭，粗豪勇猛恶因缘。（小旦云了）（正旦云）可知煞是也。（唱）您的管[9]梦回酒醒诵诗篇，俺的敢灯昏人静夸征战。少不的向我绣帏边，说的些碜可可，落得[10]的冤魂现！

（小旦云了）（正旦云）这意有甚难见处那？（唱）

【庆东原】他则图今生贵，岂问咱夙世缘？违着孩儿心，只要遂他家愿。则怕他夫妻百年，招了这文武两员。他家里要将相双权[11]，不顾自家嫌，则要傍人羡。

（外云了）（正旦做住了）（正、外二末做住了[12]）（正旦唱）

【镇江回】俺兀那姊妹儿的新郎又忒腼腆，俺这新女婿那嘲掀[13]，瞅的我两三番斜僻了新妆面，查查胡胡[14]的上玳筵前，知他俺那主婚人是见也那不见？

（孤云了）（外末把盏科[15]）（正旦唱）

【步步娇】[16]见他那鸭子绿衣服上圈金线[17]，这打扮早难坐琼林宴[18]。俺这新状元，早难道[19]花压得乌纱帽[20]檐偏。把这盏许亲酒，又不敢慢俄延[21]，则索扭回头半口儿家刚刚的[22]咽。

（孤云了）（正末把盏科）（正旦打认末科[23]）（正旦唱）

【雁儿落】你而今病疾儿都较痊[24]，你而今身体儿全康健？当初咱那埚儿[25]各间别[26]，怎承望这答儿[27]里重相见！

【水仙子】今日这半边鸾镜得团圆[28]，早则那一纸鱼封[29]不更传。（末云了）（正旦云）你说这话[30]？（做意了，唱）须是俺狠毒爷强匹配我成姻眷，不剌可是谁央及你个蒋状元？一投得官也接了丝鞭[31]，我常把伊思念，你不将人挂恋，亏心的上有青天！

（末云了[32]）（正旦做分辨科，唱）

【胡十八】[33]我便浑身上都是口，待教我怎分辨？枉了我情脉脉、恨绵绵！我昼忘饮馔夜无眠。则兀那瑞莲，便是证见，怕你不信后[34]，没人处问一遍。

（末云了）（正旦云）兀的不是您妹子瑞莲那！（末共小旦打认了）（正旦告孤科[35]）（末云了）（老夫人云了）（老孤云了）（正旦云）你试问您那兄弟去，我劝和您姊妹去。（正末云了）（小旦云了[36]）（正旦云）妹子，我和您哥哥厮认得了也！你却招取兀那武举状元呵，如何？（小旦云了）（正旦云）你便信我怎么那！（小旦云了）（正旦唱）

【挂玉钩】二百口家属语笑喧[37]，如此般深宅院，休信我一时间在口言，便那里有冤魂现？（小旦云了）（正旦唱）我特故[38]里说的别，包弹[39]遍，不嫌些蹬弩[40]开弓，怎说他袒臂挥拳。

【乔牌儿】兀的须显出我那不乐愿，量这的有甚难见？每日我绿窗前不整闲针线，不曾将眉黛[41]展。

【夜行船】须是我心上斜横着这美少年，你可别无甚闷缕愁牵。便坐驷马高车，管着满门良贱[42]，但出入、唾盂掌扇[43]。

【幺】但行处两行朱衣[44]列马前，等个文章士发禄是何年？你想那陋巷颜渊[45]，箪瓢原宪[46]，你又不是不曾受秀才的贫贱！

（外云了[47]）（正旦云）休、休[48]！教他不要则休，咱没事则管央及他则末！（唱）

【殿前欢】忒心偏，觑重裀列鼎[49]不值钱，把黄齑[50]淡饭相留恋，要彻老终年[51]，召新郎更拣选，忒[52]姻眷，不得可将人怨。可须因缘数定，则这人命关天。

（小旦云了[53]）（使命上，封外末了[54]）（正旦唱）

【沽美酒】骤将他职位迁，中京内作行院[55]，把虎头金牌[56]腰内悬，见那金花诰[57]帝宣，没因由[58]得要团圆。

【太平令】[59]咱却且尽教佯呆[60]着休劝，请夫人更等三年[61]。你既爱青灯黄卷[62]，却不要随机而变，把你这眼前厌倦物件，分付与他别人请佃[63]。

（孤云了[64]）（散场）

---

[1]　第四折：本折既是高潮，又是结局，打破了一般元杂剧以第三折作为高潮的结构常规。蒋世隆和陀满兴福进京赴试，结果双双及第，蒋为文科状元，陀满为武科状元。王镇招两个状元为婿。瑞兰和世隆夫妻团圆，兴福与瑞莲结为夫妇。

[2]　老孤、夫人、正末、外末上了：这一节写蒋世隆（正末）与陀满兴福（外末）

分别考取文武状元，王镇与夫人商量招文武状元为婿事。

[3] 小旦云了：这一片段写奉圣旨招婿完婚的事传到瑞兰、瑞莲耳里，妹子埋怨姐姐不早寻姐夫下落，使眼下进退维谷。

[4] 眼悬悬：眼巴巴，形容盼望迫切。金·董解元《西厢记诸宫调》卷三："肚皮儿里骨辘辘地雷鸣，眼悬悬地专盼着人来请。"

[5] 犹古自：同"犹兀自"，还、尚且。

[6] 贪着：摊着，遇上一个。贪，"摊"的借音字。

[7] 断简残编：残缺不全的书籍或文章。简，古代用来写字的竹片。编，穿简的细长皮条。北周·庾（yǔ 音雨）信《谢滕王集序启》："某本乏材用，无多作述……至如残编落简，并入尘埃；赤轴青箱，多从灰烬。"此指书生。

[8] 缱绻（qiǎn quǎn 音浅犬）：本为团结不解之意，引申指情投意合、难舍难分。此指丈夫。

[9] 管：包管、一定。

[10] 落得：弄得。

[11] 将相双权：掌握着文武将相双重大权。

[12] 正、外二末做住了：写王尚书带着两位女婿文状元蒋世隆和武状元陀满兴福来到府中。

[13] 嘲掀：调笑喧呼，即不文雅。

[14] 查查（zhā zhā 音渣渣）胡胡：犹言"咋咋呼呼"，虚张声势、装模作样。这是王瑞兰眼里的武状元莽撞冒失的样子。

[15] 外末把盏科：武状元陀满兴福为王瑞兰斟酒，瑞兰好不容易才哽着喉咙喝了"半口儿"。

[16]〔步步娇〕：曲牌名，又名〔潘妃曲〕，南北曲均有。北曲属【双调】，南曲属【仙吕宫】入【双调】。据清·周祥钰《九宫大成谱》，北曲的字数定格及韵式为六句六韵：七、五、三、七、三、五，共三十字。用于小令，或用于套曲中。首句首字可平，第三至第六字须连用四平；二句首字可仄；三句首字可平，末字可押仄韵，押仄韵时，全句须作"平去上"；四句首字可平；末句首字可仄。

[17] 鸭子绿衣服上圈金线：金代进士分上、中、下三甲，后二甲的进士穿鸭绿色衣服，此泛指进士服装。

[18] 琼林宴：北宋太宗皇帝曾赐宴进士于汴京城西之琼林苑，后因称为新科进士举行的宴会为"琼林宴"。

[19] 早难道：已难说。

[20] 乌纱帽：古代官吏戴的一种帽子。基本形制为圆顶式，有二阶，前低后高；以铁丝编制框架，漆藤丝或麻为里，黑绸纱作表；两耳各插一翅，可拆卸；因耳翅有不同造型，所以有细微名称上的差异，但皆为官吏所戴。乌纱帽原是民间

常见的一种便帽，官员头戴乌纱帽起源于东晋，但作为正式官服的一个组成部分，却始于隋朝，兴盛于唐朝，唐·白居易《感旧纱帽》诗中写道："昔君乌纱帽，赠我白头翁。"到宋时加上了"双翅"，但仍是民间比较普通的便帽。明朝以后，不仅"凡常朝视事，以乌纱帽、团领衫、束带为公服"，取得功名而未授官职的状元、进士等，也可戴乌纱帽，从此乌纱帽成了官员特有的标志性服饰。

[21] 俄延：拖延、耽搁。

[22] 刚刚的：这里是痛快的意思。

[23] 打认末科：这一次轮到文状元向王瑞兰敬酒，王瑞兰认出对方原来正是自己日夜思念的丈夫蒋世隆。

[24] 较痊：疾病痊愈，有时又作"痊较"。较，减轻意。

[25] 那埚（wō 音窝）儿：那块儿、那里，此指旅店。埚，地、地方。

[26] 各间别：各自分别。

[27] 这答儿：这儿。

[28] 半边鸾镜得团圆：南朝陈政局方乱，太子舍人徐德言与妻乐昌公主分离，破一镜，各执其半，后来夫妻相会，破镜重圆。鸾镜，饰有鸾鸟图案的镜子。

[29] 鱼封：指书信、书札。

[30] 你说这话：蒋世隆见到王瑞兰极感意外，质问她为什么另嫁人。这话，指的就是这种质问。

[31] 接了丝鞭：指答应了婚事。相传为元代贵族招婚时的一种仪式，男方接受女方赠送的丝鞭，表示同意联姻。

[32] 末云了：蒋世隆回答王瑞兰的问话后，再指责王瑞兰为什么答应嫁人。

[33] 〔胡十八〕：曲牌名，属【双调】，用于剧曲、散曲套数与小令。元·陶宗仪《南村辍耕录》载："至元甲子，阿合马拜中书平章，领制国用使司。时乐府中盛唱〔胡十八〕小令。知谶纬者，谓其当擅重权十八年，人未之信，果于至元壬午伏诛。"从记载中可见，当时〔胡十八〕作为乐府小令，流行一时，甚至有人以该曲曲名影射贪官阿合马之官运，不难看出这首曲子在当时的盛行程度。全曲八句：三、三、三、三、七、二、二、五。

[34] 后："候"的同音借字。本为"时""时候"义，这里用在假设句的末尾，词义虚化，只起加强假设语气的作用。

[35] 告孤科：到这时四人的关系才明白了，于是告诉王镇，把错配的夫妻调了过来。

[36] 小旦云了：瑞兰对瑞莲说已与她哥哥相认，要瑞莲改配武状元陀满兴福。瑞莲因为原先听瑞兰说武状元只会在"绣帏边说的些碜可可落得的冤魂现"，表示老大的不愿意。

[37] 语笑喧：笑语喧哗。

［38］ 特故：也作特古、待古、大古、故意，特别的意思。

［39］ 包弹：非议、指责。

［40］ 弩（nǔ 音努）：又名窝弓、十字弓，一种利用机械力量发箭的弓，主要由弩臂、弩弓、弓弦和弩机等部分组成。弩的出现应不晚于商周时期，春秋时期弩成为一种常见的兵器在使用。弩和弓相比，一是射程远；二是可以瞄准目标等到需要时再发射，有利于捕捉射击时机，命中率比弓高；三是可以同时发射几支甚至几十支箭，战斗威力强。

［41］ 眉黛：古代女子以黛画眉，因称眉为"眉黛"。唐·白居易〔如梦令〕《频日雅欢幽会》词："说著暂分飞，蹙损一双眉黛。"

［42］ 良贱：谓良民与贱民。旧时以士、农、工、商为"良"，以娼、优、隶、卒为"贱"。这里泛指家属。

［43］ 唾盂掌扇：古时高官及夫人外出时，仆人给捧着痰盂，打着掌扇。唾盂，即痰盂。宋·孟元老《东京梦华录》卷之六《十四日车驾幸五岳观》："执御从物，如金交椅、唾盂、水罐、果垒、掌扇、缨绋（fú 音伏，大绳）之类。"掌扇，汉代模仿雉尾扇而制成的长柄掌形扇，障尘蔽日的用具。一说"掌"为"障"的讹字，掌扇即"障扇"，为古时仪仗的一种。宋·程大昌《演繁露·障扇》："今人呼乘舆所用扇为掌扇……盖障扇之讹也。江夏王义恭为宋孝武所忌，奏革诸侯制度，障扇不得用雉尾是也。凡扇言障，取遮蔽为义，以扇自障，通上下无害，但用雉尾饰之，即乘舆制度耳。"

［44］ 朱衣：红色的官服。古代以黄袍、紫绶、朱衣、青衫、白首等服色分辨贵贱。此指官员的侍从。

［45］ 陋巷颜渊：颜渊，名回，字子渊，孔子弟子。《论语·雍也》："子曰：'贤哉，回也！一箪食，一瓢饮，在陋巷，人不堪其忧，回也不改其乐。贤哉，回也！'"陋巷，狭隘的宅子。清·王引之《经义述闻·通说上》："陋巷，隘狭之居，即《儒行》所云'一亩之宫，环堵之室'也……今之说《论语》者以陋巷为街巷之巷，非也。"巷，住宅。

［46］ 原宪：春秋鲁人，孔子弟子，清静守节，贫而乐道。《庄子·让王》："原宪居鲁，环堵之室，茨以生草，蓬户不完，桑以为枢，而瓮牖（yǒu 音友，窗户）二室，褐以为塞，上漏下湿，匡坐而弦。"

［47］ 外云了：陀满兴福见王瑞兰劝解蒋瑞莲允婚，于是也前来劝说，但瑞莲还是不答应，王瑞兰就装作发脾气，说她不愿意就算了，不必一味求她。

［48］ 休、休：算了、算了。

［49］ 重裀列鼎：亦作"列鼎重裀"，形容生活富裕，官势显赫。重裀，指双层的坐卧垫褥。列鼎，形容菜肴丰盛或生活奢华。鼎是一种三足两耳盛菜肴的器具。汉·刘向《说苑·建本》："累茵而坐，列鼎而食。"

［50］ 黄虀：腌菜，这里借指艰苦的生活。

[51] 彻老终年：到死、一辈子。

[52] 忒（tè 音特）：差错。

[53] 小旦云了：这是写在众人排解下，瑞莲终于答应嫁给武状元。

[54] 使命上，封外未了：钦差到来，对陀满兴福加封。

[55] 行院："行枢密院"的省称，元代临时设置的高级军事机构。

[56] 虎头金牌：元代武馆佩戴的金牌之一。元时规定，万户（较高的武馆）佩金虎符，符趺（足）为伏虎形，故称"虎头牌"。其首饰以明珠，牌上刻"长生天气力里，蒙哥汉福荫里，不奉命者死"等字。

[57] 金花诰：五花诰。古代以金花绫罗纸书制的赐爵封赠的诰书。宋·胡继宗《书言故事·命妇类》："妇人诰，谓金花诰。"

[58] 没因由：无缘无故。

[59]〔太平令〕：原误作〔阿忽令〕，据律改。

[60] 佯呆：装傻。金·董解元《西厢记诸宫调》卷七："我佯呆，我佯呆，一向志诚，不道他心趄（qiè 音怯，倾斜，引申指心术不正）。"

[61] "请夫人"句：这是瑞兰打趣瑞莲的话。

[62] 青灯黄卷：这里代指秀才。元·叶颙（yóng 音永阳平）《书舍寒灯》诗："青灯黄卷伴更长，花落银釭（gāng 音钢，油灯）午夜香。"

[63] 请佃：承佃，赡（qíng 音晴）受、接受之意。

[64] 孤云了：王镇吩咐后堂摆筵，为两对新人完婚庆喜。

钱大尹智宠谢天香

《钱大尹智宠谢天香》简称《谢天香》。天一阁本、《说集》本、孟称舜本和曹楝亭本四种《录鬼簿》，以及《太和正音谱》《元曲选目》《曲海目》《重订曲海目》《也是园书目》《今乐考证》《曲录》等均有著录。今存版本主要有明·陈与郊编《古名家杂剧》本、赵琦美《脉望馆钞校本古今杂剧》本、臧懋循编《元曲选》本和清·姚燮编《今乐府选》本。其中《脉望馆钞校本古今杂剧》本、《元曲选》本，两本曲牌数目相同，曲牌名称只有几支略异。现存于世的明人话本，有《柳耆卿诗酒玩江楼记》一篇，收在《清平山堂话本》集;《众名姬春风吊柳七》一篇，收在《古今小说》第十二卷，都是演述柳耆卿的故事，可供研究此剧参考。

本剧是一部以妓女为主人公的旦本剧，与《金线池》风格相近。剧写词人柳永与开封名妓谢天香相恋，时春闱期近，柳永将辞谢赴京。适值故友钱可新任开封府尹，柳永往贺钱可，托其照看谢氏。钱可以其恋妓，怒而责之。柳永启程，谢天香为他饯行，柳永作〔定风波〕词留别。钱可闻柳永词中有“可可”二字犯己名讳，唤谢天香令唱，待其犯而罚之，以妓受刑不能嫁士大夫而断柳永贪花之念。谢天香唱时改“可可”为“已已”，并巧换词韵以避惩罚。钱可喜其聪慧，改念成全二人，故假娶谢天香为妾，除其乐籍，而三年并不同房。谢天香不知计，暗自悲怨。柳永中状元而归，怨钱可夺爱。钱可乃说破本意，柳永、谢天香始悟，再三拜谢，遂成眷属。

本剧的主要特点，是既肯定了柳、谢的爱情，又赞美了钱、柳的友情。通篇情节曲折，结构精巧，语言本色，俗而不俚，是关汉卿颇具特色的一个剧本。剧本故事来源不详，可能是杂取种种传说捏合而成。剧中开封府尹钱可成全北宋词人柳永与上厅行首谢天香之事，然其中柳永与谢天香相识之地在汴梁；剧中情节为柳永辞别谢天香之后上京应考，历史上的北宋京师却正是汴梁。由此可见，此剧情节实属虚构，但三位主要人物都是在历史上确实存在的。柳永是北宋著名词人，常到妓院和妓女厮混。因此，宋元小说、戏曲中关于他和妓女的传说甚多。如宋金杂剧有《变柳七爨（cuàn 音篡）》，南戏又有《花花柳柳清明祭柳七记》（已佚），等等，这些都可能给关汉卿写作《谢天香》提供了一部分素材。另一主要角色钱可，也是当时民间传说中的著名人物，因为他也出现在较早的话本《简帖和尚》和关汉卿的另一杂剧《绯衣梦》中。据近人严敦易考证，钱可可能就是钱勰（xié 音斜），他曾以龙图阁待制做过开封府的大尹（见《元剧斟疑·绯衣梦》）。至于妓女的姓名和故事梗概，大半出于虚构。

关汉卿的《谢天香》，在元代流传很广，元曲中常常引以为典。石君宝《曲江池》、贾仲明《玉壶春》、无名氏《百花亭》《玩江亭》，无名氏小令〔十二月过尧民歌〕《相思》，赵彦晖【南吕·一枝花】《嘲僧》、【仙吕·点绛唇】《省悟》都有引用。1958年，《谢天香》改编成越剧《智宠谢天香》，此后该剧一直是戏曲舞台上热演的剧目。

楔　子

（冲末扮柳耆卿[1]引正旦谢天香上）（柳诗云）本图平步上青云，直[2]为红颜[3]滞此身。老天生我多才思，风月场中肯让人！小生姓柳名永，字耆卿，乃钱塘郡人也。平生以花酒为念，好上花台[4]做子弟[5]。不想游学到此处，与上厅行首[6]谢天香作伴。小生想来，今年春榜动、选场开[7]，误了一日，又等三年。则今日辞了大姐[8]，便索上京应举去。大姐，小生在此，多蒙管待[9]。小生若到京师阙下，得了官呵，那五花官诰、驷马香车，你便是夫人县君[10]也。（正旦云）耆卿，衣服盘缠，我都准备停当，你休为我误了功名者。（净扮张千上，云）小人张千，在这开封府做着个乐探[11]执事。我管的是那僧尼道俗乐人，迎新送旧，都是小人该管。如今新除[12]来的大尹姓钱，一应接官的都去了，止有妓女每不曾去。此处有个行首是谢天香，他便管着这班门户人[13]，须索和他说一声去。来到门首也。谢大姐在家么？（旦见科，云）哥哥，叫做甚么？（张千云）大姐，来日新官到任，准备参[14]官去。（旦云）哥哥，这上任的是甚么新官？（张千云）是钱大尹。（旦云）莫不是波厮[15]钱大尹么？（张千云）你休胡说，唤大人的名讳[16]！我去也。谢大姐，明日早来参官。（下）（柳云）大姐，你欢喜咱！钱大尹是我同堂故友，明日我同大姐到相公行分付着看觑你，我也去的放心。（正旦唱）

【仙吕·赏花时】则这一曲翻成和泪篇，最苦偏高离恨天[17]，双泪落尊前。山长水远，愁见理行轩[18]。

【幺篇】待得鸾胶续断弦，欲盼雕鞍难顾恋。谢他新理任这官员，常好是[19]与民方便，咱又得个一夜并头莲[20]。（同下）

---

[1]　柳耆卿（约987—约1053）：即柳永，原名三变，字耆卿，排行第七，曾官屯

田员外郎，故世人又称他为柳七、柳屯田。祖籍福建崇安，景祐进士。他放荡不羁，才华横溢，但终生潦倒。创作以词著称，其内容多描写妓女生活及城市风光，有《乐章集》行世。

［2］ 直：只、仅、但。

［3］ 红颜：特指妇女的美貌，代称美女。此指谢天香。

［4］ 花台：指妓院。

［5］ 子弟：指嫖客。

［6］ 上厅行首：上厅，官厅也。行首，本为各行各业的通称。唐人《灵魂志·胜儿篇》内有“金银行首”，《宋史·宦官传》内有“内侍行首”可证。宋元时把上等妓女居班列之首者，也叫行首。有大行首、二行首之分。宋·朱彧《萍洲可谈》卷三：“娼妇，州郡隶狱官，以伴女囚。近世择姿容，习歌舞，迎送使客，侍宴好，谓之弟子，其魁谓之行首。”明·徐渭《南词叙录》曰：“行首，妓之贵称，居班行之首也。”上厅行首，是官妓中的妓女之首，有到官厅承应的义务。亦作“上厅角妓”，如戏文《小孙屠》三出〔破阵子〕白：“妾身是开封府上厅角妓李琼梅的便是。”

［7］ 春榜动、选场开：科举时代，进士应考和发榜多在春季，故云。

［8］ 大姐：元杂剧中比较常见的对妻的临时称呼。

［9］ 管待：款待。

［10］ 县君：封建社会里，妻子按照丈夫官职品级得到的封赠。

［11］ 乐（yuè 音月）探：古代教坊司管理僧尼道俗和官妓的小吏。

［12］ 新除：新任。除，拜官授职。《史记·魏其武安侯列传》：“上乃曰：‘君除吏已尽未？吾亦欲除吏。”唐·白居易《除苏州刺史别洛城东花》诗：“老除吴郡守，春别洛阳城。”

［13］ 门户人：指妓女。旧称妓院为门户。明·黄尊素《说略》云：“门户二字，伎院名也。”亦作“门户人家”。

［14］ 参：参见、参谒。宋·吴曾《能改斋漫录》卷一：“下见上谓之参，盖始于战国时也。”

［15］ 波斯：波斯（今伊朗古国名）。因钱大尹长髯虬须，颇类波斯人，故名之。

［16］ 名讳：旧时称人名字，生曰“名”，死曰“讳”。下级官员、差役以及百姓等对君王、大臣、父母等，生者也讳，如遇到与君亲的名字相同的字，又非说出不可，也要避讳或易以意义相近的字，否则就算犯上，要受责罚。如汉初的蒯通，本名蒯彻，因与汉武帝名字相同，后人即改蒯彻为蒯通。连称则曰名讳，适用于生者和死者，含有尊敬之意。

［17］ 离恨天：佛教传说，三十三天最高的一层名“离恨天”。元剧中常用它比喻男女爱情受阻碍，长期抱恨而不能相见的境况。

［18］ 理行轩：整理、收拾赶路的车辆。轩，古时一种供大夫以上乘坐的轻便车，这

里是车子的通称。

[19] 常好是：真是、正是。

[20] 并头莲：茎上开两朵莲花的谓之并头莲。一般用来比喻恩爱不离的夫妻，这里喻柳耆卿和谢天香难割难舍的爱情。

第一折

（外扮钱大尹引张千上，诗云）寒蛩[1]秋夜忙催织，戴胜[2]春朝苦劝耕。若道民情官不理，须知虫鸟为何鸣。老夫姓钱名可，字可道，钱塘人也。自中甲第[3]以来，累蒙擢用[4]，颇有政声。今谢圣恩，加[5]老夫开封府尹之职。老夫自幼修髯[6]满部，军民识与不识，皆呼为波斯钱大尹。暗想老夫当时有一同堂小友，姓柳名永，字耆卿。论此人学问，不在老夫之下。相离数载，不知他得志也不曾，使老夫悬悬[7]在念。今日升堂，坐起早衙。张千，有该佥押的文书将来我发落[8]。（张千云）禀的老爷知道，还有乐人每未曾参见哩。（钱大尹云）前官手里曾有这例么？（张千云）旧有此例。（钱大尹云）既是如此，着他参见。（张千云）参官乐人走动[9]！（正旦同众旦上，云）今日新官上任，咱参见去来。你每小心在意者！（众旦云）理会的。（正旦唱）

【仙吕·点绛唇】讲论诗词，笑谈街市，学难似，风里扬丝[10]，一世常如此。

【混江龙】我逐日家[11]把您相试，乞求[12]的教您做人[13]时，但能勾[14]终朝为父，也想着一日为师。但有个敢接我这上厅行首案[15]，情愿分付[16]与你这妆演[17]戏台儿；则为四般儿[18]误了前程事，都只为“聪、明、智、慧”，因此上辛苦无辞。

（众旦云）姐姐，你看笼儿中鹦哥念诗哩！（旦云）这便是你我的比喻。（唱）

【油葫芦】你道是金笼内鹦哥能念诗，这便是咱家的好比似[19]。原来越聪明越不得出笼时！能吹弹好比人每日常看伺，惯歌讴好比人每日常差使。（云）我不怨别人。（众旦云）姐姐，你怨谁？（旦云）咱会弹唱的，日日官身；不会弹唱的，到得些自在！（唱）我怨那礼案里几个令史[20]，他每都是我掌命司[21]，先将那等不会弹不会唱的除了名字，早知道则做个哑猱儿[22]。

【天下乐】俺可也图甚么香名贯人耳！想当也波时，不三思，越聪明不能勾无外事。卖弄的有伎俩[23]，卖弄的有艳姿，则落的临老来呼"弟子"[24]！

（张千云）谢大姐，你怎生这早晚[25]才来？你只在这里，我报复去。（做报科，云）报的老爷得知，有乐人每来参见。（钱大尹云）别的休进来，则着那为头的一人来见。（张千云）别的都回去，则着谢大姐过去哩！（众旦下）（正旦见，拜科，云）上厅行首谢天香谨参。（钱大尹云）休要误了官身。（旦云）理会的。（做出门科，云）爷爷，那官人好个冷脸子也！（唱）

【金盏儿】猛觑了那容姿，不觉的下阶址[26]，下场头少不的跟[27]官长厅前死。往常觑品官宣使[28]似小孩儿，他则道官身休失误，启口更无词。立地刚一饭间，心战勾两炊时[29]！

（柳上，云）大姐参官去了，我看大姐去来。（做见旦科，云）大姐，你参了官也？我过去见他。（正旦云）你休见罢，这相公不比其他的！（柳云）不妨事，哥哥看待我，比别人不同。（做见张千科，云）大哥，报复一声：杭州柳永特来参谒。（张千云）这个便是早辰间在谢大姐家的那先生。你在这里，我报复去。（做报科，云）衙门外有杭州柳永，特来拜见。（钱大尹云）他说是杭州柳永？（张千云）是。（钱大尹笑云）老夫语未绝口[30]，不想贤弟果然至此，使老夫不胜之喜。道有请！（张千云）请进。（柳见钱科，云）小弟游学到此，不意正值高迁[31]！一来拜贺兄长，二来进取功名去也。（钱大尹云）自别贤弟许久，想慕颜范[32]，使老夫悬悬在念。今日一会，实老夫之幸也。左右，看酒来！（柳云）兄弟去的急，不必安排茶饭。（钱大尹云）虽然如此，许久不会，何妨片时？张千，就讼厅上看酒来，管待学士！（柳云）哥哥，这是国家公堂，不是您兄弟坐的去处。（钱大尹云）贤弟差矣！一来是老夫同堂故友，二来贤弟是一代文章[33]，正可管待！老夫欲待留贤弟在此盘桓[34]数日，便好道[35]大丈夫当以功名为念，因此不好留得。贤弟，请满饮一杯。（把酒科）（柳云）兄弟酒勾了也！辞了哥哥，便索长行[36]。（钱大尹云）贤弟，不成管待。只听你他日得意，另当称贺。贤弟，恕不远送了。（柳云）哥哥不必送。（出见旦科，云）柳永，你为甚么来？则为大姐，怎就忘了？我再过去！（正旦云）耆卿，你休去！这相公不比其他的。（柳云）不妨事，哥哥待我较别[37]哩！（做见张千科，云）张千，再报一声。（张千云）你怎么又来？（柳云）你道杭州柳永再来拜见，有说的话。（张千报科，云）杭州柳永，又要见相公，有说的话。（钱大尹云）是、是，想必老夫在此为理，有见不到处。道有请！（张千云）有请。（见科，钱大尹云）老夫在此为理，多有见不到处。我料贤弟必有嘉言善行[38]教训老夫咱！（柳云）您兄弟别无他事，则是好觑[39]谢氏。（钱云）耆卿，敬重看待。恕不远送！（柳云）多谢了，哥哥！（柳见旦，云）大姐，我说了也。他说“敬重看待”。（正旦云）耆卿，你知道相公的意思么？（柳云）我不知道。（正旦唱）

【醉中天】初相见呼你为学士，谨厚不因而[40]；今遍回身嘱付尔相公也，冷眼儿频偷视。你觑他交椅上抬颏[41]样儿，待的你不同前次，他则是微分间，将表字[42]呼之。

（柳云）怕你不放心，我再过去。（正旦云）耆卿，你休过去。（柳云）不妨事，哥哥待我较别哩！（钱大尹云）张千，你近前来。恰才耆卿说道“好觑谢氏”，必定是峨冠博带[43]一个名士大夫，你与老夫说咱。（张千云）禀的老爷知道，就是早晨参官的谢天香。（钱大尹云）哦，是早间那个谢氏！耆卿，你错用了心也！（柳做见张千科，云）张大哥，你再报一声：杭州柳永，再有话说。（张千云）你怎么又来？我不敢过去。（柳云）不妨事，再说一声。（张千报科，云）杭州柳永，有说的话。（钱大尹云）着他过来。（柳进见科）（钱大尹云）耆卿，有何见谕[44]？（柳云）哥哥，则是好觑谢氏！（钱大尹云）我才不说来？敬重看待。恕不远送！（柳见旦，云）相公说敬重看待，可是如何？（正旦唱）

【金盏儿】你拿起笔作文词，衡才调无瑕玼[45]，这一场无分晓不裁思[46]。他道"敬重看待"，自有几桩儿：看则看你那钓鳌[47]八韵赋[48]，待则待你那折桂[49]五言诗，敬则敬你那十年辛苦志，重则重你那一举状元时。

（柳云）大姐，你也忒心多。怕你放不下，我再过去。（正旦云）耆卿休去！（柳云）不妨事，哥哥看待较别哩！（见张千科，云）张大哥，你再过去，说杭州柳永又来，有说的话。（张千云）你还不曾去哩！这遭敢不中么！（柳云）不妨事。（张千报科，云）杭州柳永，又来有话说。（钱大尹云）着他过来。（见科，钱大尹云）耆卿，有何说话？（柳云）哥哥，好觑谢氏！（钱大尹做怒科，云）耆聊，你种的桃花放，砍的竹竿折[50]！（柳云）多谢了哥哥！（出见旦，云）我说了也。（正旦云）相公说甚么来？（柳云）相公说："种的桃花放，砍的竹竿折。"（正旦唱）

【醉扶归】你陡恁的[51]无才思，有甚省不的两桩儿？我道这相公不是漫词[52]，你怎么不解其中意？他道是种桃花砍折竹枝，则说你重色轻君子！

（柳云）怕你不放心，待我再去与他说过。（正旦云）耆卿，你休去！（柳云）不妨事，哥哥待我较别哩！（见张千云）张大哥，你再说一声，杭州柳永又来，有话说。（张千云）那里有个见不了的！我不敢报。（柳云）我自过去。（张千报科）（钱大尹云）敢是杭州柳永？（张千云）便是。（钱大尹云）泼禽兽[53]！你则管着这一桩儿！且过一壁[54]。（柳云）张千进去，可怎生不见出来？莫非他不肯通报？我自过去。（进见科，云）哥哥……（钱大尹怒云）敢是"好觑谢氏"？张千，抬过书案者！耆卿是何相待？"君子不重则不威，学则不固"[55]，你何轻薄至此！这里是官府黄堂[56]，又不是秦楼楚馆[57]，则管里[58]"谢氏""谢氏"！耆卿，我是开封府尹，又不是教坊司[59]乐探！平昔老夫待足下非轻，可是为何？为子有才也。古人道："德胜才为君子，才胜德为小人。"今观足下所为，可正是才有余而德不足。《礼记》云：君子"奸声乱色，不留聪明"[60]。《老子》曰："五色[61]令人目盲，五音[62]令人耳聋。"大丈夫当"先天下之忧而忧，后天下之乐而乐"[63]。便好道"富贵不能淫，贫贱不能移，威武不能屈[64]，此之谓大丈夫[65]"也！今子告别，我则道有甚么嘉言善行，略无一语，止为一匪妓[66]，往复数次，虽鄙夫有所耻，况衣冠之士[67]，岂不愧颜？耆卿，比及[68]你在花街里留意，且去你那功名上用心。可不道"三十而立"[69]？当今王元之七岁能文，今官居三品，见[70]为翰林学士之职。汝辈不自耻乎？耆卿！（诗云）则你那浑身多锦绣，满腹富文章。不学王内翰，只说谢天香。张千，你近前来。（做耳喑[71]科，云）只恁的便了。（张千云）理会的。（钱大尹云）左右的，击鼓退堂，我回私宅去也。（下）（柳见旦科）（正旦云）我说甚么来，直逗[72]的相公恼了！（柳云）大姐放心。我到帝都阙下，若得一官半职，钱可道，你长保着做大尹，休和咱轴头儿厮抹着[73]！大姐，我今便索长行也。（正旦云）妾送你到城外，那小酒务儿[74]里，权与你饯行咱！（张千上，云）等我一等，我张千也来送柳先生。（柳云）多有起动[75]了！大姐，我临行做了一首词，词寄〔定风波〕[76]，是商角调，留与大姐表意咱。（词云）自春来惨绿愁红[77]，芳心[78]事事可可[79]。日上花梢，莺喧柳带，犹压香衾卧。暖酥消，腻云髻，终日恹恹倦梳裹。无奈，想薄情一去，音书无个。　早知恁么，悔当初不把雕鞍锁。向鸡窗[80]收拾蛮笺[81]象管[82]，拘束教吟和[83]。镇日相随莫抛躲，针线拈来共伊坐，和我，免使少年光阴虚过。（张抄科，云）我先回去也。（下）（正旦云）耆卿，你去也，教妾身如何是好？（柳云）大姐放心，小生不久便回。（正旦唱）

【赚煞】我这府里祗候[84]几曾闲，差拨无铨次[85]，从今后无倒断嗟呀怨咨[86]。我去这触热也似[87]官人行将礼数使，若是轻咳嗽便有官司。我直到揭席时来到家时，我又索趱下些工夫忆念尔[88]。是我那清歌皓齿，是我那言谈情思，是我那湿浸浸舞困袖梢儿[89]。（下）

---

［1］　蛩（qióng 音穷）：蟋蟀。

［2］　戴胜：鸟名，其状似鹊，头有冠，五色，如方胜，故名。《尔雅·释鸟》“戴鵀（rén 音人）”注：“鵀，即头上胜，今亦呼为戴胜。”又称鸡冠鸟、臭姑鸪。其产地几乎遍及我国各地。

［3］　甲第：科举时等第名，犹云“第一等”。

［4］　累蒙擢用：屡次被选拔重用。擢，引也，这里引申为提升。

［5］　加：任以职务，使之居其位也。《孟子·公孙丑上》：“夫子加齐之卿相，得行道焉。”

［6］　修髯：长胡须。修，长。

［7］　悬悬：挂念。唐·韩愈《与孟东野书》：“以吾心之思足下，知足下悬悬于吾也。”

［8］　发落：处理、处置。

［9］　走动：意为行走。

［10］　风里扬丝：形容妓女走路轻飘飘地，好像随风飘舞的柳丝一样。

［11］　逐日家：每日。家，这里用为语助词，相当于今之“地、个”等字。这种用法，元以前已见，如宋·赵长卿〔满庭芳〕词：“终日价浅酌低讴。”家、价音义同。另亦作介、假、加，皆一声之转。

［12］　乞求：谓愿意、巴不得。

[13] 做人：意为懂事。
[14] 勾：够，宋元时习用语，亦通“彀（gòu 音够）”。
[15] 案：指乐籍。
[16] 分付：送给。
[17] 妆演：犹搬演。
[18] 四般儿：指下句所云“聪、明、智、慧”。
[19] 比似：比拟、比喻，亦作匹似、譬如。这里的谢天香觉得自己身处牢笼，似笼儿里能念诗的鹦鹉。这首曲子夹歌夹白，一唱众云，很有气氛。曲词写得明白如话，与夹白浑然一体，难分彼此，用的是比喻之法，却又是直抒胸臆。
[20] 令史：衙门里的书吏。始设于汉，负责管理文书。隋以后地位渐低。宋朝所谓令史，即衙门的书吏，亦即外郎。这里是指管理官妓乐籍的吏员。
[21] 掌命司：意为掌管（我）命运的人。
[22] 猱（náo 音挠）儿：妓女、女优。猱，是一种善媚、喜食虎脑的猿类。“猱儿”元明戏曲中指“妓女”的角色名，明·朱权在《太和正音谱》卷下揭示了“猱”指“妓女”的缘由：“猱”爱吃虎脑，常给老虎捉虱子并趁机吃掉虎脑，老虎不易察觉；等到觉察的时候，脑子已经快被吃光了。古人就用“猱”与“老虎”的关系，比喻“妓女”和“嫖客”，说明妓女善媚、诱惑嫖客，贪其钱财，使人丧身败业。
[23] 伎俩：技艺。唐·贯休《战城南》诗之一：“邯郸少年辈，个个有伎俩。”
[24] 弟子：詈辞，婊子。
[25] 早晚：反义词素偏用，指晚。
[26] 阶址：谓阶梯、庭阶，今俗云台阶。
[27] 跟：在，今北语仍习用。
[28] 品官宣使：谓有品级的官员（大官）宣召使唤。
[29] “立地”两句：宋元俗谚，形容谢天香胆战心惊。
[30] 语未绝口：话音未落。
[31] 迁：古时官员调动曰迁，一般指升官。亦作签除、迁除。
[32] 颜范：面容。颜，本义为前额，引申为脸面。范，本义为模子，转义为模样。唐·杨凝《和直禁省》：“此时颜范贵，十步旧连行。”
[33] 一代文章：一代文豪。文章，并非通常所指写作的文章，而是代指写文章的能手。
[34] 盘桓：逗留。唐·刘希夷《捣衣篇》：“揽红袖兮愁徙倚，盼青砧兮怅盘桓。”
[35] 便好道：意为常言说得好、有道是，常在引述熟语或古语时用之。
[36] 长行：远行。《旧唐书·穆宗纪》：“上于驭军之道，未得其要，常云宜姑息戎臣。故即位之初，倾府库颁赏之，长行所获，人至巨万，非时赐与，不可胜纪。”

［37］别：特殊、与众不同。

［38］嘉言善行：指美好的、使人能受教益的言论和行为。嘉，美也。

［39］好觑：好好看待。

［40］因而：这里意为草率、苟且、马虎。

［41］抬颏（kē 音棵）：抬着下巴颏儿。有威严、骄傲、扬眉吐气的样子，亦作“抬孩”“胎孩”“台孩”，义并同。颏，下巴、下巴颏儿。

［42］表字：别名、字。在本名以外所起的表示德行或本名之意义的名字。汉族男子二十岁行冠礼、女子十五岁行笄（jī 音机）礼后，不便直呼其名，故另取一与本名含义相关的别名，称之为字，以表其德。凡人相敬而呼，必称其表德之字，后称字为表字。北齐 · 颜之推《颜氏家训 · 风操》：“古者名以正体，字以表德。”

［43］峨冠博带：高帽子和宽衣带，古代士大夫的装束。峨，高、矗起。博，宽阔。《墨子 · 公孟》：“齐桓公高冠博带，金剑木盾。”

［44］见谕：见教也，是对人的客气说法。谕，告诉、使人知道，旧时通常用于上级对下级、长辈对晚辈。

［45］衠（zhūn 音谆）才调无瑕玼（cī 音疵）：纯是一片才华，没有一点儿缺点。衠，纯、真，这里是纯之意。才调，才气、才华。瑕玼，缺点、毛病。瑕，玼，均指玉上的斑点。

［46］裁思：思考、判断。裁，衡量、判断。

［47］钓鳌：《列子 · 汤问》里的神话，讲的是古代渤海东面有五座山，常随波涛浮动。上帝命十五只巨鳌用头顶着，使山固定不动。龙伯之国有个巨人，提起脚板不用几步就来到五座山前，投下钓钩，一连钓了六只鳌，于是这两座山就沉入大海。后用以比喻本领高强，抱负不凡。

［48］八韵赋：唐宋时科举考试采用的一种律赋。由考官命题，出八个韵字，规定八类韵脚，故又名“八韵律赋”。元曲中常用“八韵赋”比喻有才思的人。

［49］折桂：比喻科举及第。唐 · 杜甫《同豆卢峰知字韵》：“梦兰他日应，折桂早年知。”

［50］种的桃花放，砍的竹竿折（shé 音蛇）：古人以女子比桃花，以君子比竹枝，故用这两句比喻重女色轻君子。剧中的柳永是一个迂腐的书呆子，优柔寡断，有点儿娘娘腔，他一遍遍地去跟钱可说“好觑谢氏”，说得钱大尹烦了，对他一次比一次不客气，对他的批评一次比一次露骨，这是第四次时钱大尹讽刺柳永的话。

［51］陡恁（nèn 音嫩）的：忽然这样的。恁，这样、这么。

［52］漫词：随便说的话。漫，随意、不受拘束的意思，如说漫谈、漫游。

［53］泼禽兽：比喻行为极端恶劣卑鄙之人。泼，詈辞，含有讨厌、恶劣、卑贱等义。

［54］且过一壁：暂且滚到一边去。一壁，一边、一旁。

［55］“君子”二句：语见《论语·学而》。朱熹注：“重，厚重。威，威严。固，坚固也。轻乎外者，必不能坚乎内，故不厚重则无威严，而所学亦不坚固也。”

［56］黄堂：汉代太守的厅堂，涂以雌黄，以除灾殃，称为黄堂，因代称太守。后世府尹、知府相当于太守，其厅堂亦称黄堂。此指钱大尹的办理公务处。

［57］秦楼楚馆：秦楼，春秋时秦穆公的女儿弄玉善于吹箫，穆公为她筑凤楼，后世称“秦楼”。楚馆，春秋时楚灵王修建章华宫，选细腰的美人入宫歌舞。后以秦楼楚馆指歌舞场所或妓院。

［58］则管里：只管、一个劲儿地。里，句中衬字，无义。亦作“只管里”“子管里”，义并同。则、只、子为一声之转。

［59］教坊司：古时管理宫廷音乐的官署。唐代开始设置，专掌雅乐以外的音乐、舞蹈与百戏等的教习、排练及演出等事务。凡是宫中宴会，都用女乐歌舞表演，故官妓也称为“教坊”。宋、元、明皆沿设，至清雍正年间始废。

［60］奸声乱色，不留聪明：语见《礼记·乐记》。意为邪恶的声音、令人淫乱的女色，不让进入耳朵和眼睛里来。《史记·乐书》：“奸声乱色不留聪明，淫乐废礼不接于心术，惰慢邪辟之气不设于身体，使耳目鼻口心知（zhì 音智）百体皆由顺正，以行其义。”聪，听觉，代指耳朵。明，视觉，代指眼睛。

［61］五色：指青、赤、黄、白、黑五色（见《礼·礼运》孔颖达疏），亦泛指各种颜色。

［62］五音：亦称“五声”，即中国古代音乐所分的宫、商、角（jué 音决）、徵（zhǐ 音止）、羽五个音阶。

［63］先天下之忧而忧，后天下之乐而乐：语见北宋·范仲淹《岳阳楼记》。

［64］富贵不能淫，贫贱不能移，威武不能屈：语见《孟子·滕文公下》。意为富贵不能使人放纵、迷惑，贫困不能使人改变志向，威胁、压力不能使人屈服。

［65］大丈夫：指有志气或有作为的男子。

［66］匪妓：旧时对妓女的蔑称，亦作“匪人”。元·陶宗仪《南村辍耕录》卷二十八“醋钵儿”条引俞俊诗联：“清梦断柳营风月，菲仪表梓里葭莩（jiā fú 音家伏，芦苇茎中的薄膜）。”并注云：“菲仪谓非人，表梓谓脿（biǎo 音表，同‘婊’，娼妓的俗称）子，总贱娼滥妇之称。”“非人”即指“匪人”。后谓行为不正者为匪人。这里用以指妓女谢天香。

［67］衣冠之士：指士大夫之流。衣冠，古代“士”以上戴冠，衣冠连称，是指古代“士”以上的服装，引申为士大夫。

［68］比及：与其、如其，多用于开合呼应句。

［69］三十而立：语见《论语·为政》。意为人到三十岁，就应当自立而有所成就。

［70］见（xiàn 音县）：同“现”。

［71］耳喑：谓耳语，亦作“打哑巴科”。

［72］逗：谓挑引、引起、惹得。

［73］轴头儿厮抹着：我的车轴蹭着你的车轴，意为狭路相逢，含有挟隙报复的意思。

［74］酒务儿：酒店。

［75］起动：这里是受累、有劳之意。

［76］〔定风波〕：词牌名，又名〔卷春空〕〔定风波令〕〔醉琼枝〕〔定风流〕等。以唐·欧阳炯〔定风波〕《暖日闲窗映碧纱》为正体，双调六十二字，前段五句三平韵两仄韵，后段六句四仄韵两平韵。另有双调六十三字、六十字等变体。

［77］惨绿愁红：指经过风雨摧残的残花败叶，多寄以身世凄凉的感情。“惨”“愁”互文见义。“绿”“红”均指景物。“绿”代叶，“红”代花，这是使用了代称（今作借代）的修辞方法，以颜色代指事物。

［78］芳心：美人之心。唐·李白《古风》之四九：“美人出南国，灼灼芙蓉姿。皓齿终不发，芳心空自持。”

［79］事事可可：每件事都不放在心上。事事，一切事情。可可，谓不关紧要、不在意；另外，这里还暗含着钱大尹的名字（可），寓有讽刺之意。

［80］鸡窗：指书房。《艺文类聚》卷九十一“鸡”条引《幽明录》云：“晋兖州刺史沛国宋处宗，尝买得一长鸣鸡，爱养甚至，恒笼着窗间。鸡遂作人语，与处宗谈论，极有言智，终日不辍。处宗因此言巧大进。”后人因据此虚诞故事称书房为鸡窗。

［81］蛮笺（jiān 音尖）：蜀地（四川省）所产的一种信纸，亦称“蜀笺”。元·费著《蜀笺谱》：“谢公有十道笺。”故韩浦在寄弟诗里说：“十样蛮笺出益州，寄来新自浣溪头。”笺，文书、书信。

［82］象管：泛指毛笔。形容笔杆很讲究，故云。亦指珍贵的毛笔。唐·罗隐《清溪江令公宅》诗：“蛮笺象管夜深时，曾赋陈宫第一诗。”

［83］拘束教吟和（hè 音贺）：限制、规定让吟诗、和诗。和，特指依照别人所作诗词的题材和体裁而写作。

［84］祗（zhī 音支）候：这里意为承应、伺候。祗，恭敬。

［85］差拨无铨（quán 音全）次：谓分配官身任务不按规定，次数频繁。铨次，本义为依次第量才授官。《晋书·羊琇（xiù 音秀）传》：“选用多以得意者居先，不尽铨次之理。”这里引申为按照具体情况分配（官身）任务。

［86］嗟呀怨咨：叹息抱怨，又作嗟嗟怨怨。

［87］触热也似：好像触摸到极热的东西似的。比喻碰着就挨烫，挨着就倒霉，沾不得，惹不得。

［88］“我直到”二句：到了夜深人静散席回家，困乏的我还要“趱下些工夫”想念你。这句写出谢天香对柳永的思念之情。揭席，散席（酒宴）。揭，终了。

［89］“是我”三句：均以“是我那”起头，倾诉她痛苦的生活环境和内心的尖锐矛

盾。她最讨厌那些仗官威来玩弄她、侮辱她的“触热官人”，却偏偏要为他们言谈应对、轻歌曼舞。她热恋彼此知心的柳永，却连忆念他的一点儿工夫都难得挤出来。她无法解释自己的不幸处境，只有埋怨自己长得太漂亮，唱得太动听，舞得太动人。曲词看似突兀，看似含糊，其美妙处正在含糊处，写出歌妓“伴君如伴虎”的日子。湿浸浸舞困袖梢儿：跳舞时累得连袖头儿都被汗湿透，形容妓女极度疲劳的样子。

第二折

（钱大尹上，云）事不关心，关心者乱。老夫钱大尹。昨日使张千干事，这早晚不见来回话。左右，门首觑着，来时报复我知道。（张千上，云）自家张千是也。奉俺老爷命，着干事回来，如今见老爷去咱。（见科，钱大尹云）张千，我分付你的事如何？（张千云）奉老爷的命，使我跟他两个到一个小酒务儿里饯别。柳耆卿临行做了一首词，词寄〔定风波〕，小人就记将来了。（钱大尹云）你记的了？（张千云）小人记的颠倒烂熟。（钱大尹云）你念。（张千念云）“自春来惨绿愁红，芳心事事……”（做不语科）（钱大尹云）怎的？（张千云）老爷，孩儿[1]忘了也。（钱大尹云）却不道记的颠倒烂熟那？（张千云）孩儿见了老爷惧怕，忘了也。（钱大尹云）有抄本么？（张千云）有抄本。（钱大尹云）将来我看。（张千云）早是我抄得来了。（做递科）（钱接念科，云）“自春来惨绿愁红，芳心事事可可。日上花梢，莺喧柳带，犹压香衾卧。暖酥消，腻云髻，终日恹恹倦梳裹。无奈，想薄情一去，音书无个。　　早知恁么，悔当初不把雕鞍锁。向鸡窗收拾蛮笺象管，拘束教吟和。镇日相随莫抛躲，针线拈来共伊坐，和我，免使年少光阴虚过。”嗨！耆卿，你好高才也。似你这等才学，在那五言诗、八韵赋、万言策[2]上留心，有甚么都堂[3]不做那！我试再看：“自春来惨绿愁红，芳心事事可可。”耆卿怪了老夫去了也！老夫姓钱名可，字可道。这词上说“可可”二字，明明是讥讽老夫。恰才张千说记的颠倒烂熟，他念到“事事”，将“可可”二字则推忘了；他若念出“可可”二字来，便是误犯俺大官讳字，我扣厅[4]责他四十。这厮倒聪明着哩！（张千云）也颇颇的[5]！（钱大尹云）我如今唤将谢天香来，着他唱这〔定风波〕词，“自春来惨绿愁红，芳心事事可可”。若唱出“可可”二字来呵，便是误犯俺这大官讳字，我扣厅责他四十。我若打了谢氏呵，便是典刑过罪人[6]也，使耆卿再不好往他家去。耆卿也，俺为朋友，直[7]如此用心！我今升罢早衙，在这后堂闲坐。张千，与我题名[8]唤将谢天香来者！（张千云）理会的。（做唤科，云）谢天香在家么？（正旦上，云）是谁唤门哩？（做见张科，云）原来是张千哥哥，叫我做甚么？（张千云）谢大姐，老爷题名儿，叫你官身哩！（正旦唱）

【南吕·一枝花】往常时唤官身可早眉黛舒[9]，今日个叫祗候喉咙响。原来是你这狠首领[10]，我则道是那个面前桑[11]？恰才陪着笑脸儿应昂[12]，怎觑我这查梨相[13]，只因他忒过当[14]。据妾身貌陋残妆[15]，谁教他大尹行将咱过奖？

【梁州第七】又不是谢天香其中关节[16]，这的是柳耆卿酒后疏狂[17]。这爷爷[18]记恨无轻放，怎当那横枝罗惹[19]，不许[20]堤防。想着俺用时不当，不作周方[21]，兀的唤是么牵肠？想俺那去了的才郎，休、休、休执迷心不许商量，他、他、他本意待做些主张，嗨、嗨、嗨，谁承望惹下风霜[22]？这爷爷行思坐想，则待一步儿直到头厅相[23]；背地里锁着眉骂张敞[24]，岂知他殢雨殢云[25]俏智量[26]，刚[27]理会得燮理阴阳[28]。

（张千云）大姐，你且休过去。等我遮着你是看咱。（正旦看科，云）这爷爷好冷脸子也！（唱）

【隔尾】我见他严容端坐挨着罗幌[29]，可甚么[30]和气春风满画堂！我最愁是劈先里[31]递一声唱，这里但有个女娘坐场[32]，可敢[33]烘散[34]我家私做的赏[35]。

（张千云）大姐，你过去把体面者。（正旦见科，云）上厅行首谢天香谨参。（钱大尹云）则你是柳耆卿心上的谢天香么？（正旦唱）

【贺新郎】呀，想东坡一曲〔满庭芳〕[36]，则道一个“香霭雕盘”[37]，可又早祸从天降！当时嘲拨[38]无拦当[39]，乞[40]相公宽洪海量，怎不的仔细参详[41]？（钱大尹云）怎么在我行打关节那？（正旦唱）小人便关节煞怎生勾除籍不做娼，弃贱得为良？他则是一时间带酒闲支谎[42]，量[43]妾身本开封府阶下承应[44]辈，怎做的柳耆卿心上谢天香？

（钱大尹云）张千，将酒来，我吃一杯，教谢天香唱一曲调咱。（正旦云）告宫调[45]。（钱大尹云）商角调。（正旦云）告曲子名。（钱大尹云）〔定风波〕。（正旦唱）自春来惨绿愁红，芳心事事……（张咳嗽科）（正旦改云）已已。（钱大尹云）聪明强毅谓之才，正直中和谓之性。老夫着他唱“自春来惨绿愁红，芳心事事可可”。他若唱出“可可”二字来，便是误犯俺大官讳字，我扣厅责他四十。听的张千咳嗽了一声，他把“可可”二字改为“已已”。哦，这“可”字是歌戈韵，“已”字是齐微韵。兀那谢天香，我跟前有古本，你若是失了韵脚，差了平仄，乱了宫商，扣厅责你四十。则依着齐微韵唱！唱的差了呵，张千，准备下大棒子者！（正旦唱云）自春来惨绿愁红，芳心事事已已。日上花梢，莺喧柳带，犹压绣衾睡。暖酥消，腻云髻，终日厌厌倦梳洗。无奈，薄情一去，音书无寄！　　早知恁的，悔当初不把雕鞍系。向鸡窗收拾蛮笺象管，拘束教吟味。镇日相随莫抛弃，针线拈来共伊对，和你，免使少年光阴虚费。（钱大尹云）嗨，可知柳耆卿爱他哩！老夫见了呵，不由的也动情。张千，你近前来。你做个落花的媒人，我好生赏你。你对谢天香说：“大夫人不与你，与你做个小夫人咱。”则今日乐籍里除了名字，与他包髻、团衫、绸手巾。张千，你与他说。（张千见正旦云）大姐，老爷说：大夫人不许你，着你做个小夫人，乐案里除了名字，与你包髻、团衫、绸手巾。你意

下如何？（正旦唱）

【牧羊关】相公名誉传天下，妾身乐籍在教坊。量妾身则是个妓女排场[46]，相公是当代名儒，妾身则好去待宾客，供些优唱[47]；妾身是临路金丝柳，相公是架海紫金梁[48]。想你便意错见、心错爱[49]，怎做的门厮敌、户厮当[50]？

（钱大尹云）张千，着天香到我宅中去。（正旦云）杭州柳耆卿，早则绝念也！（唱）

【二煞】则恁[51]这秀才每活计[52]似鱼翻浪，大人家前程似狗探汤[53]。则俺这侍妾每近帏房[54]，止不过供手巾到他行，能勾见些模样。着护衣[55]须是相亲傍[56]，止不过梳头处俺胸前靠着脊梁，几时得儿女成双？

（云）指望嫁杭州柳耆卿，做个自在人，如今怎了也？（唱）

【煞尾】罢、罢、罢，我正是闪了他闷棍着他棒[57]，我正是出了箏篮[58]入了筐，直着[59]咱在罗网。休摘离[60]，休指望，便似一百尺的石门教我怎生撞？便[61]使尽些伎俩，干愁断我肚肠，觅不的个脱壳金蝉这一个谎[62]！（下）

（钱大尹云）张千，送谢天香到私宅中去了也。（诗云）我有心中事，未敢分明说。留待柳耆卿，他自解关节。（下）

---

[1] 孩儿：此是衙役张千自称。

[2] 万言策：指篇幅很长的论文。策，指策问或策论，文体的一种。从汉代起，为选拔人才举行考试时，事前即将试题写在竹简上，这个竹简就叫“策”。应试者按“策”上的问题陈述己见，写成文章，就叫“对策”，犹今天的论文。

[3] 都堂：官厅之称，犹如后世的办公厅。唐代尚书省的大厅，世谓之都堂，是政

府最高行政机关办公的地方。宋、金两代尚书省的办公厅也沿用此称。

[4] 扣厅：当厅，亦作“拷厅”。

[5] 颇颇的：很是这样，今北语仍习用。

[6] 典刑过罪人：受过法律制裁的罪人。

[7] 直：谓竟然、居然，表示行动出于常情。

[8] 题名：提名、指名。

[9] 眉黛舒：因喜悦而眉开的意思。黛，青黑色颜料。古代女子用黛画眉，因称为“眉黛”。唐·白居易《喜小楼西新柳抽条》诗：“须教碧玉羞眉黛，莫与红桃作曲尘。”

[10] 狠首领：狠，形容差役张千的凶恶。首领，是对张千的尊称。

[11] 面前桑：在面前张开嗓门儿喊叫的意思。桑，疑为“嗓”的误字。

[12] 应昂：答应。昂，语尾助词，无义。

[13] 查（zhā 音渣）梨相：即“差离相”，这里是谦虚说自己不漂亮。查梨，似梨而滋味酸涩的一种果子，亦作楂梨、查利。这里引申为处境困难、不易处理，意犹尴尬。相，样子。

[14] 忒过当：太过分、超过一般。

[15] 貌陋残妆：也作“残妆貌陋”，指容貌丑陋。

[16] 关节：谓暗中行贿、送人情之类的事。

[17] 疏狂：放浪形骸，不拘小节。

[18] 爷爷：对官吏和权势者的尊称。这里指钱大尹。

[19] 横枝罗惹：无故牵连别人。横枝，本于宋·释道原《传灯录》，意为从旁横出一枝（枝本谓教中支派），引申为局外不相干之意。罗惹，牵累、牵连。

[20] 许：能。

[21] 周方：周全、方便。

[22] 风霜：比喻灾祸。

[23] 头厅相：旧指宰相、高官。

[24] 张敞：汉代京兆人，他曾为妻画眉。这里是以张敞代指柳永。

[25] 殢（tì 音替）雨尤（yóu 音尤）云：指男女欢合之事。殢、尤，谓迷恋和纠缠不清。云雨，喻男女欢合。

[26] 俏智量：好智谋。俏，本义为漂亮、潇洒，转义为优秀的、好的。

[27] 刚：只。

[28] 燮理阴阳：调理阴阳（天地四时），喻大臣辅佐皇帝，治理国家。这里语涉双关，暗寓男女交合之事。

[29] 罗幌：丝罗帐幔、丝罗床帐。唐·权德舆《玉台体》诗之八：“空闺灭烛后，罗幌独眠时。”

[30] 可甚么：算得什么。

［31］劈先里：开始、开头的意思，也作匹先里、劈头、劈头儿，疋头里、匹头，义并同。“里”和“儿”都是语尾助词，无义。

［32］坐场：同“作场”，占场、演出。

［33］可敢：犹言包管。可，加重语气用词，无义。

［34］烘散：烧毁、散尽，引申为挥霍。

［35］赏：赏赐、奖赏。

［36］〔满庭芳〕：词牌名，又名〔锁阳台〕〔满庭霜〕〔潇湘夜雨〕〔话桐乡〕〔满庭花〕等。以宋·晏幾道〔满庭芳〕《南苑吹花》为正体，双调九十五字，前后段各十句、四平韵。另有双调九十五字、九十三字等变体。据说苏东坡曾因填〔满庭芳〕词而得罪王安石。

［37］香靄雕盘：香烟缭绕在雕镂花纹的盘子上，是〔满庭芳〕词第一句。靄，轻烟。

［38］嘲拨：调笑、挑逗。

［39］无拦当：没去拦挡。当，同“挡”。

［40］乞：求。

［41］参详：考虑、思量。

［42］闲支谎：随便应对而说出的谎话。

［43］量：同“谅”，推想的意思。

［44］承应：服侍、伺候。承，侍奉。应，接受。宋·吴自牧《梦粱录》卷二十《妓乐》“凡有宣唤或御教，入内承应奏乐。”承应，多侧重妓女、艺人应召表演、侍奉。

［45］告宫调：请求告诉宫调。“宫调”，即旧时音乐的曲调。宋词、元曲都有一定的宫调，歌唱或填词时，就按照各宫调的要求去作。唐时有七宫、七商、七角、七羽共二十八调。到金元时，据元·周德清《中原音韵》一共收录三百三十五种曲调，但只留存六宫十一调。所有曲调可分为几大类:【正宫】【中吕宫】【道宫】【南吕宫】【仙吕宫】【黄钟宫】;【大石调】【双调】【小石调】【歇指调】【商调】【越调】;【般涉调】【高平调】;【宫调】【角调】【商角调】。但据现存元杂剧来看，剧曲中实际上主要用了五宫四调，即【黄钟宫】【正宫】【南吕宫】【仙吕宫】【中吕宫】五宫,【大石调】【越调】【双调】【商调】四调，合称“九宫”。

［46］排场：这里是“身份”的意思。

［47］优唱：艺人的说唱。明·徐渭《论中四》:“故夫诗也者，古《康衢（qú 音渠）》也，今渐而里之优唱也。”优，是代表好的意思。唱，代表着唱歌的、歌声的意思。

［48］紫金梁：指桥，比喻堪作国家栋梁的人才。“紫金梁”常与“白玉柱”连用，如:《马陵道》第一折〔赚煞尾〕白:“庞涓是一条擎天白玉柱，孙膑是一座架

海紫金梁。”

［49］错爱：受人爱顾的谦辞。

［50］门厮敌、户厮当：门当户对。厮，相。敌，匹敌、相当。

［51］恁：这里作“您”讲。

［52］活计：前程的意思，与下文“大人家前程”互文见义。

［53］狗探汤：狗爪子往滚水里伸，比喻极其小心谨慎。

［54］帏房：卧房。

［55］护衣：围系在腰部的围腰，防止衣服粘脏或磨损，主要起保护作用。在古代与厨房烧饭相关的生活题材砖雕、壁画以及绘画作品中，可见腰间围系护衣的厨娘、厨子形象。如河南偃师酒流沟宋墓斫鲙厨娘砖、河南登封高村宋墓葬壁画摊煎饼厨娘、山西运城西里庄元墓壁画厨娘形象，腰间皆围系护衣。

［56］亲傍：亲近。

［57］闪了他闷棍着他棒：是说躲过这一招，又被他另一招所暗算。闷棍，趁人不防备打的棍子。这里指谢天香改韵唱曲免招了一顿打。

［58］出了箩（bō 音波）篮入了筐：是说谢天香听说钱大尹要娶自己为妾，感叹自己虽然是出了妓院这个地方的束缚，却是嫁错了人，成了钱大尹的妾。这样一来，谢天香连和情人柳永见面的机会都没有了。箩篮，一种有提梁、圆形或椭圆形边缘深浅不一的篮子。

［59］直着：定让。

［60］摘离：脱离、离开之意。倒作“离摘”，义同。

［61］便：即使、纵或。

［62］“干愁断”二句：是说天香搜索枯肠，依然找不到一个金蝉脱壳的妙计。干，徒然、枉然。脱壳金蝉，也作“金蝉脱壳”，比喻用计脱身。金蝉，即蝉、秋蝉。谎，谎言、瞎说。

第三折

（正旦上，云）妾身谢天香。自从进到钱大尹相公宅内，又早三年光景，将我那歌妓之心消磨尽了也。（唱）

【正宫·端正好】往常我在风尘[1]为歌妓，止不过见了那几个筵席，到家来须做个自由鬼，今日个打我在无底磨牢笼内！

【滚绣球】到早起过洗面水，到晚来又索铺床叠被，我伏侍的都入罗帏，我恰才舒铺盖似孤鬼，少不的蹸踡[2]寝睡，整三年有名无实[3]。本是个见交风月[4]耆卿伴，教我做遥受[5]恩情大尹妻，端的谁知[6]？

（二旦扮姬妾上，云）俺二人是钱大尹家侍妾。今日无甚事，去望姓谢的姐姐走一遭去。（见旦科，云）姐姐，俺二人竟[7]来望姐姐。（正旦云）二位姐姐请坐。（二旦云）姐姐，你在宅中三年，相公曾亲近你么？（正旦唱）

【倘秀才】俺若是曾宿睡呵，则除是天知地知；相公那铺盖儿，知他是横的竖的！比我那初使唤，如今越更稀。想是我出身处，本低微，则怕展污了相公贵体。

（二旦云）姐姐，虽然如此，你也自当亲近些。（正旦唱）

【滚绣球】姐姐每，肯教诲，怕不是好意？争奈我官人行怎敢便话不投机[8]？（二旦云）姐姐，你又无甚么过失。（正旦唱）你道是无过失，学恁的，姐姐每会也那不会？我则是斟量着紧慢迟疾。强何郎旖旎煞难搽粉，狠张敞央及煞怎画眉[9]？要识个高低。

（二旦云）敢问姐姐，当日柳七官人《乐章集》，姐姐收的好么？（正旦唱）

【倘秀才】便休题花七、柳七，若听得这里是那里，相公的耳朵里风闻[10]那旧是非。休只管这几句，滥黄虀，我也记得。

（二旦云）姐姐，可是那几句儿？说一遍儿我听咱。（正旦唱）

【穷河西】[11]姐姐每谁敢道袖褪[12]《乐章集》[13]，都则是断送的我一身亏[14]。怕待学大曲子[15]我从头儿唱与你，本记的人前会，挂口儿[16]从今后再休题。

（二旦云）咱和你同去竹云亭上赌戏咱。（正旦云）姐姐每，咱去波。（唱）

【滚绣球】想前日，使[17]象棋，说下的则是个手帕儿赌戏，你将我那玉束纳[18]藤箱子便不放空回。近新来[19]，下雨的那一日，你输与我绣鞋儿一对，挂口儿不曾题。那里为些些[20]赌赛绝了交契，小小输赢丑了面皮[21]，道我不精细[22]。

（二旦云）姐姐，咱掷这色数儿[23]，俺输了也。姐姐，可该你掷。（正旦拿色子科）（唱）

【倘秀才】幺四五骰着个撮十，二三二趁着个夹七，一面打个色儿也当得幺二三是鼠尾[24]。赌钱的，不伶俐[25]，姐姐你可便[26]再掷。

（二旦云）等我再掷，俺又输了也。可该你掷。（正旦唱）

【呆骨朵】我将这色数儿轻放在骰盆[27]内，二三五又掷个乌十；不下钱打赛，我可便赢了你两回。这上面分明见，色数儿且休题。姐姐，我可便做桩儿[28]三个五，你今日这般输说甚的？

（钱大尹把拄杖[29]暗上）（二旦惊下）（正旦唱）

【倘秀才】你休要不君子[30]便将闹起，我永世儿不和你厮极[31]，塌着那臭尸骸[32]，一壁[33]稳坐的。（钱将拄杖放在旦右肩上）（正旦拨科，唱）兀的不闲着您！（钱将拄杖放在旦左肩上）（正旦拨科，唱）臭驴蹄！（钱又将拄杖放在旦右肩上）（正旦拿住回头科，唱）兀的是谁？

（钱大尹云）天香，你骂谁哩？（正旦慌跪科）（唱）

【醉太平】吓的我连忙的跪膝，不由我泪雨似扒推[34]。可又早七留七力[35]来到我跟底[36]，不言语立地[37]。我见他出留出律[38]两个都回避。相公将必留不剌[39]拄杖相调戏，我不该必丢不搭[40]口内失尊卑，这的是天香犯罪。

（钱大尹云）天香，你怕么？（正旦云）可知[41]怕哩！（钱大尹云）你要饶么？（正旦云）可知要饶哩！（钱大尹云）既然要饶，或诗或词，作一首来我看，我便饶了你。（正旦云）请题目。（钱大尹云）就把这骰盆中色子为题。（正旦云）诗有了。（诗云）一把低微骨，置君掌握中。料应嫌点涴[42]，抛掷任东风！（钱大尹笑科，云）圣人道："在心为志，发言为诗。情动于中而形于言，言之不足，故嗟叹之，嗟叹之不足，故歌咏之。"[43]这四句诗中大意，道我娶他做小夫人，到我家中三年，也不睬[44]不问。岂知我的意思？天香，我也和了四句诗，我念你听。（诗云）为伊[45]通四六[46]，聊擎在手中。色缘有深意，谁谓马牛风[47]？天香，你在我家三年也，你心中休烦恼，我拣个吉日良辰，则在这两日内，立你做个小夫人。你心下如何？（正旦唱）

【二煞】往常时不曾挂眼[48]都无意，今日回心有甚迟？相公的言语更怕不中委[49]，付[50]妾身，教我转转猜疑。相公又不是戏笑，又不是沉醉，又不是昏迷。待道是颠狂[51]睡呓[52]，兀的不青天这白日！

（云）相公，莫不是谬语？（钱大尹云）我又不曾吃酒，岂有谬语？我只爱惜你那聪明才学，可怜你那烦恼悲啼。（正旦唱）

【一煞】相公你一言既出如何悔，驷马奔驰不可追[53]。妾身出入兰堂，身居画阁，行有香车，宿有罗帏。相公整过了三年，可便调理[54]，无个消息，不想道今朝错爱我这匪妓，也则是可怜见哭啼啼。

（钱大尹云）天香，后堂中换衣服去。（下）（正旦唱）

【煞尾】则今番文俏俏[55]的施才艺，从来个扑簌簌没气力。相公这一句言语可立碑，我也不敢十分相信的。许来大官员，恁来大[56]职位，发出言词忒口疾[57]。你不委心，为自家没见识。又不是花街中柳陌里，那一个彻梢虚[58]、雾塌桥[59]，浑身我可也认的你！（下）

---

[1] 风尘：这里指妓女集聚之处。

[2] 蹬（luán 音峦）蹮：蜷缩着，即弯曲着身子。

[3] 有名无实：指谢天香空有姬妾的名义，实际上并没和钱大尹过夫妻生活。

[4] 见（xiàn 音现）交风月：意谓（和柳耆卿）是现成的相互交欢的情侣。见，同“现”。交，交欢。风月，指男女欢恋。

[5] 遥受：远处接受，即不在一起的意思。这里指谢天香做钱府小夫人是有名无实。

[6] 端的（dí 音敌）谁知：内情到底有谁知道呢？端的，究竟、到底。

[7] 竟：“径”的借字，径直、一直地。

[8] 怎敢便话不投机：怎么敢说不投机缘的话呢？意思是怕自己说的话不合钱大尹的心意而惹他生气。

[9] “强何郎”二句：强（jiàng 音降），倔强、固执、不服劝导。何郎，即何晏，字平叔，三国时曹操的女婿。他长得很美，面如傅粉。《世说新语·容止》：“何平叔美姿仪，面至白。”《三国志·魏书·桓范传》注引《魏略》云：晏平日素喜修饰，“动静粉白不去手，行步顾影”，人称“傅粉何郎”，后即以代称喜欢修饰的男青年。旖旎煞，撒娇、献媚、纠缠不放的意思。狠，指忍心。央及煞，苦苦哀求。以上两句话，“强何郎”“狠张敞”，都比喻钱大尹，意思是说，即便“旖旎煞”“央及煞”也难以使他像何郎那样傅粉修饰，像张敞那样为妻画眉而彼此亲近起来，所以，下文说“要识个高低”。

[10] 风闻：听说的意思。《汉书·南越王赵佗传》：“风闻老夫父母坟墓已坏削。”颜师古注：“风闻，闻风声耳。”

[11] 〔穷河西〕：曲牌名，用于剧曲套数。全曲五句：七、七、七、五、七。河西，地名，泛指黄河以西地区，即今之陕西、甘肃一带。这支外来曲在元曲宫调系统中位置比较自由，出入于【正宫】【中吕宫】【商调】，《中原音韵》归入【正

宫】,《南村辍耕录》卷二十七“杂剧曲名”归入【中吕宫】。

[12] 袖褪（tùn 音吞去声）：衣袖里藏着。褪，向内移动而藏起来。

[13]《乐章集》：词集名，北宋柳永作。昔人以为柳永所制乐章，音调谐婉，尤工于羁旅悲怨之辞、闺帷淫媟（xiè 音泄）之语。东坡曾拈出“霜风凄紧，关河冷落，残照当楼”（八声甘州）三句，以为唐人佳处，亦不过如此。然亦有评者以为柳词浅近谐俗者。今人论柳永之词则以为其词风婉约，其词作多蕴藉动人，所作慢词，繁辞展衍，已由小令而趋之长调，其发展词之形式之功，实不逊于东坡之扩大词之内容，加深词之境界。柳永深谙音律，能自度曲。宋室南渡后，乐部放失，故识者以为，“永之《乐章集》于保留旧谱，又有功也”。《乐章集》不分卷，依宫调、词牌序列，所收约有一百九十首。

[14] 一身亏：一辈子倒霉。亏，亏负，引申为倒霉。

[15] 大曲子：大曲，是一种体制宏大、歌舞结合的乐曲，有汉魏大曲和唐宋大曲。这里泛指一般歌舞音乐。

[16] 挂口儿：挂齿、谈及、说到。

[17] 使：玩。

[18] 玉束纳：玉饰的一种。

[19] 近新来：谓近来，或作近新、新来，义并同。

[20] 些些：些许、一点点。

[21] 丑了面皮：破了情面、翻了脸。

[22] 精细：这里是聪明伶俐的意思。

[23] 色（shǎi 筛上声）数儿：是一种赌具，也叫“色子”，即骰（tóu 音头）子，小立方体，六面分别刻着一至六个小圆点。赌博时用以投掷，按“点”的数目多少决定输赢。

[24] “幺四五”三句：这些是旧时赌博时边掷色子边念叨的话。骰，用作动词，掷的意思。撮，聚，引申为“合”。趁，随的意思。夹，“加”的借用字。鼠尾，草名。《本草纲目》说：鼠尾草，叶如蒿，茎端夏生四五穗。这里当是取其穗的数目抵得一、二、三。

[25] 不伶俐：不利索，引申为不走运的意思。

[26] 可便：句中衬词，无义。下文“我可便赢了”“我可便做桩儿”中的“可便”同此。

[27] 骰盆：放色子的盆子。骰，一般读作“色（shǎi 音筛上声）”。

[28] 做桩儿：赌博的行话。赌博时，局中人轮流为主，谓之“坐桩”“做桩”，其人即称“桩家”。桩家根据各种赌博的不同，大抵输赢加倍，戒以一人而和在场的赌众论较。做桩、桩家，现在一般写作“坐庄”“庄家”。

[29] 拄杖：老年人所用拐杖。

[30] 不君子：不礼貌、不规矩、耍赖皮。按：“君子”是名词，在它前面不能加否定

副词“不”字，但这里“君子”的词性已由名词转化为动词。

[31] 厮极：争执、计较。现在北京地区仍保存这种说法。

[32] 塌着那臭尸骸：意谓伏着你那臭身体。塌，本义为塌陷，引申为趴着、伏着。臭尸骸，原义为臭尸体，这里是骂人的话，臭身躯的意思。

[33] 一壁：也作一壁厢，一边、一旁的意思。

[34] 扒推：形容流泪多的样子。

[35] 七留七力：拟声词，形容走路时鞋底发出的綷縩（cuì cài 音翠蔡）之声。也作“七留七林”“出留出律”“赤留出律”“赤留兀剌”，音近，义并同。

[36] 跟底：跟前、眼前。

[37] 立地：站着。地，语助词，无义。

[38] 出留出律：拟声词，形容拄杖着物之声。

[39] 必留不剌：拟声词，形容衣袂发出的窸窣（xī sū 音西苏）声。又作“必溜不剌”“劈溜扑剌”。不剌，表示“话多、絮叨、喋喋不休”等语义。

[40] 必丢不搭：拟声词，形容连续不断的说话声。或作“必丢仆答”“必留不剌”“必律不剌”“必力不剌”“劈溜朴剌”“劈丢扑搭”等等，音近，义并同。

[41] 可知：这里是“当然”的意思。

[42] 点涴（wò 音卧）：点污。宋·苏轼《与佛印书》：“今仆蒙犯尘垢，垂三十年，困而后知返，岂敢便点涴名山。”

[43] “在心”七句：语见《毛诗序》。这段话的意思是，藏在内心的是思想感情，吟诵出来的就是诗。情思冲动就要表现在言语上，而言辞如果还不能尽情表达的话，那就要叹息；叹息再不足以表达，就要歌唱、吟咏了。

[44] 瞅：看、理睬的意思。

[45] 伊：你，这里指色子。

[46] 通四六：懂得“四六”。“四六”指色子上六面刻的一至六各点，引申为赌博之事，再引申为人情世态。所以“通四六”的实际含义是懂得世态炎凉、人情世故。

[47] 马牛风：风马牛。《左传·僖公四年》：“君处北海，寡人处南海，惟是风马牛不相及也。”风，是走失的意思，谓齐、楚相距很远，即使牛、马走失，也不会跑到对方境内，后因以比喻不相干的人或事。

[48] 挂眼：留意、重视。唐·韩愈《赠张籍》诗：“吾老著读书，余事不挂眼。”

[49] 中（zhòng 音仲）委：中肯、确切。

[50] 付：付与、说给。

[51] 颠狂：癫狂，举止狂乱貌。颠，疯、狂。唐·杜甫《江畔独步寻花七绝句》之一：“江上被花恼不彻，无处告诉只颠狂。”

[52] 睡呓：梦话。

[53] 一言既出如何悔，驷马奔驰不可追：一言既出，驷马难追。出于《论语》“驷

不及舌”一语，意即一句话说出了口，就是套上四匹骏马拉的车也难追上。指话说出口，就不能再收回，一定要算数。既，已经。驷马，指四匹马驾的车。

[54] 调理：开导、教育，这里实际是指欢爱。

[55] 文傶傶（zhòu zhòu 音皱皱）：同“文绉绉（zhōu zhōu 音周周）”，形容人谈吐、举止文雅的样子。

[56] 许来大、恁来大：如此这般的大。许、恁，互文见义。来，“这样”的意思。

[57] 口疾：嘴快，这里是说“没信用”。

[58] 彻梢虚：全是弄虚作假、虚情假意。

[59] 雾塌桥：装模作样、虚虚假假的样子。

第四折

（钱大尹引张千上，云）老夫钱大尹是也。谁想柳耆卿一举状元及第，夸官[1]三日。张千，安排下筵席。你去当街[2]里拦住新状元柳耆卿，道钱府尹请状元。他若不肯来时，你只把马带着，休放了过去，好歹请他来。若来时，报的老夫知道。（下）

（柳骑马引祗候上，诗云）昔日龌龊不足夸，今朝放荡思无涯。春风得意马蹄疾，一日看尽长安花[3]。小官柳永。自与谢天香分别之后，到于帝都阙下，一举状元及第。今借宰相头踏[4]，夸官三日。我闻知钱大尹，娶了谢天香为妻。钱可道也，你情知[5]谢氏是我的心上人，我看你怎么相见？左右的，摆开头踏，慢慢的行将去。（张千上，云）状元，钱大尹相公有请！（柳云）我不去。（张千扯马，云）我好歹请状元见俺相公去来！（同下）

（钱大尹上，云）早间着张千请柳耆卿去了，怎生不见来？（张千同柳上，云）状元少待，我报复去。（报科，云）请的状元到了也。（钱大尹云）道有请。（柳做见科）（钱大尹云）贤弟峥嵘[6]有日，奋发有时，兀的不壮哉！将酒来，今日与贤弟作贺[7]。（把酒科，云）贤弟满饮一杯。（柳云）小官量窄，吃不的！（钱大尹云）贤弟平昔以花酒为念，今日如何不饮？（柳云）小官今非昔比，官守所拘[8]，功名在念，岂敢饮酒？（钱大尹云）若是这般呵，功名成就多时了。你端的不饮酒，敢有些怪我么？张千，近前来。（做耳语科，云）只除恁的。（张千云）理会的。（做叫科，云）谢夫人，相公前厅待客，请夫人哩！（正旦云）天香，谁想有今日也呵！（唱）

【中吕·粉蝶儿】送的那水护衣[9]为头，先使了熬麸浆细香澡豆[10]，暖的那温泔清[11]手面轻揉；打底[12]干南定粉[13]，把蔷薇露和就；破开那苏合香油[14]，我嫌棘针梢[15]燎[16]的来油臭。

【醉春风】那里敢深蘸着指头搽，我则索轻将绵絮纽[17]。比俺那门前乐探等着官身，我今日个不丑[18]、丑。虽不是宅院里夫人，也是那大人家[19]姬妾，强似那上厅的祗候[20]。

（云）相公前厅待客，我且不过去，我试望咱。（唱）

【石榴花】我则道坐着的是那个俊儒流，我这里猛窥视细凝眸，原来是三年不肯往杭州，闪的我落后[21]，有国难投！莫不是将咱故意相淹逗[22]，特教的露丑呈羞[23]？你觑那衣服[24]每各自施忠厚，百般儿省不的[25]甚缘由。

【斗鹌鹑】并无那私事公仇，到与俺张筵置酒。（带云）我这一过去，说些甚么的是？（唱）我则是佯不相瞅，怎敢道特来问候。（见科）（钱大尹云）天香，与耆卿施礼咱。（正旦唱）我这里施罢礼，官人行紧低首。（钱大尹云）天香近前来些。（正旦唱）谁敢道是离了左右，我则索侍立傍边，我则索趋前褪后。

（钱大尹云）天香，与耆卿把一杯酒者！（正旦云）理会的。（唱）

【上小楼】我待要题个话头，又不知他可也甚些机彀[26]，倒不如只做朦胧，为着东君[27]，奉劝金瓯[28]。他若带酒[29]，是必[30]休将咱僝僽[31]。（柳云）天香，近前来些。（正旦唱）这里可便不比我做上厅行首。

（钱大尹云）天香，把盏教状元满饮此杯。（递酒科）（柳云）我吃不的了也。（正旦唱）

【幺篇】他那里则是举手，我这里忍着泪眸。不敢道是厮问厮当、厮来厮去、厮掴厮揪[32]，我如今在这里不自由。（柳云）大姐，你怎生清减[33]了？（正旦唱）你觑我皮里抽肉，你休问我可怎生骨岩岩[34]脸儿黄瘦！

（钱大尹云）耆卿，你怎生不吃酒？（柳云）我吃不的了也！（钱大尹云）罢、罢、罢，话不说不知，木不钻不透，冰不搭不寒[35]，胆不试不苦。“君子见机而作，不俟终日”[36]。耆卿何故见之晚矣！当日见足下留心于谢氏，恣意于鸣珂[37]，耽[38]耳目之玩，惰功名之志，是以老夫侃侃[39]而言，使足下怏怏[40]而别。一从贤弟去了，老夫差人打听，道贤弟临行留下一首〔定风波〕词。老夫着张千唤此谢氏，张千把盏，谢氏歌唱，我着他唱那〔定风波〕词。我则道犯着老夫讳字，不想他将韵脚改过。老夫甚爱其才，随即乐案里除了名字，娶在我宅中为姬妾。老夫不避他人之是非，盖为贤弟之交契。若使他仍前迎新送旧，贤弟，可不辱抹[41]了高才大名！老夫在此为理三年，治百姓水米无交[42]，于天香秋毫不染。我则待翦了你那临路柳，削断他那出墙花，合是该二人成配偶。都因他一曲〔定风波〕，则为他和曲填词，移宫换羽[43]，使老夫见贤思齐[44]，回嗔作喜[45]，教他冠金摇凤[46]效宫妆[47]，佩玉鸣鸾罢歌舞。老夫受无妄之愆[48]，与足下了平生之愿。你不肯烟月久离金殿阁，我则怕好花输与富家郎。因此上三年培养牡丹花[49]，专待你一举首登龙虎榜[50]。贤弟，你试寻思[51]波，歌妓女怎做的大臣姬妾？我想你得志呵，则怕品官不得娶娼女为妻，以此上锁鸳鸯、巢翡翠[52]、结合欢[53]、谐琴瑟[54]。你则道凤台空锁镜[55]，我将那鸾胶续断弦[56]。

我怎肯分开比翼鸟[57]，着您再结并头莲？老夫佯推做小夫人，专待你个有志气的知心友。老夫不必多言，天香，你面陈肝胆，说兀的做甚！（诗云）拣选下锦绣红妆女，付与你银鞍白面郎。柳耆卿休错怨开封主，这的是钱大尹智宠谢天香。（柳云）嗨！多谢老兄，肯为小弟这等留心！大姐，我去之后，你怎生到得相公府中，试说一遍，与我听者！（正旦唱）

【哨遍】一自才郎别后，相公那帘幕[58]里香风透。又无个交错觥筹，又无个宾客闲游。饮杯酒，坐衙紧唤[59]，乐探忙勾，吓的我难收救，只得向公厅祗候。不问[60]我舞旋，只着我歌讴。将凤凰杯注酒尊前递，把商角调填词韵脚搜，唱到"惨绿愁红""事事可可"，一时禁口。

【耍孩儿】相公讳字都全有，我将别韵儿轻轻换偷。即时间乐案里便除名，扬言说要结绸缪[61]。三年甚事曾占着铺盖，千日何曾靠着枕头！相公意难参透。我本是沾泥飞絮[62]，倒做了不缆孤舟[63]。

【二煞】见妾身精神比杏桃[64]，相公如何共卯酉[65]？见天香颜色当春昼[66]。观花不比观娇态，饮酒合当饮巨瓯[67]。谁把清香嗅？则是深围在阑底，又何曾插个花头[68]！

（钱大尹云）张千，快收拾车马，送谢夫人到状元宅上去！（柳同旦拜谢科，云）深感相公大恩！（正旦唱）

【随尾】这天香不想艳阳天气开，我则道无情干罢休[69]！谁想这牡丹花折入东君手，今日个分与章台路傍柳[70]。

题目　柳耆卿错怨开封主
正名　钱大尹智宠谢天香

[1] 夸官：旧时，考中状元的人要游街三日，以示显耀，叫作“夸官”。

[2] 当街：街上，今北语仍有此说。

[3] “昔日”四句：出自唐·孟郊《登科后》诗。孟郊出身贫苦，从小勤奋好学，很有才华，但仕途一直很不顺利。他从青年到壮年，好几次参加进士考试都落了榜，最后应试中举时已经四十六岁，高兴之余作《登科后》。龌龊，本义为肮脏、不干净，这里作“不得志”“窝囊”解。放荡，放浪不羁之意，与上文“龌龊”反衬见义。春风得意，喻官运亨通或事情办成后的得意心情。

[4] 头踏：古代达官贵人外出时的仪仗，取踏道于前之意，俗称“道子”。或作“头答”“头搭”“头达”“头蹋”，音近，义并同。

[5] 情知：明知。

[6] 峥嵘：发迹、显赫的意思。宋·黄庭坚《次韵子瞻武昌西山》：“山川悠远莫浪许，富贵峥嵘今鼎来。”

[7] 作贺：庆贺。

[8] 官守所拘：为官员的规矩所约束。官守，官吏的职责、规则，《孟子·公孙丑下》：“有官守者，不得其职则去。”

[9] 水护衣：梳洗时为防止水弄湿衣服而披在衣服上的外罩。

[10] 澡豆：古时洗濯时用的一种东西，它是豆粉加上香料及熬麦麸的浆水等物制成，用来洗手，可使光泽。犹如现在的香皂。

[11] 温泔清：化妆品，类似现在的雪花膏、润肤膏一类的香软膏。

[12] 打底：涂在最里面，为以后再涂抹别的（化妆品）作准备。

[13] 干南定粉：化妆前打底的香粉，因为是干的，所以要用蔷薇露和了才能用。

[14] 苏合香油：苏合是落叶乔木，树脂称苏合香，可提制苏合香油，是一种香精中的定香剂。

[15] 棘针梢：带刺儿的酸枣树枝子。棘，酸枣树。从上下文来看，可能是在使用苏合油时，一般须点燃酸枣树枝，将油化开。

[16] 燎：接近火而烤焦的意思。

[17] “那里敢”二句：是〔粉蝶儿〕曲的延续，说用绵絮蘸苏合香油抹头发，比指头抹得匀、抹得光滑。绵絮，棉花。絮，粗丝绵。纽，擘（bāi 音掰）、掰。

[18] 不丑：不难看、不丢脸的意思。“丑”，在这里不是丑俊的“丑”。

[19] 大人家：指富贵之家。

[20] 祗候：这里指妓女。

[21] 落后：居他人之后，不如人的意思。

[22] 迤（tuō 音拖）逗：撩拨、挑逗。

[23] “特教的”句：特意叫人丢人现眼。

［24］ 衣服：犹衣冠。古代士以上戴冠，衣冠连称，后因借指官僚士大夫。

［25］ 省（xǐng 音醒）不的：搞不清、弄不明白。省，醒悟、明白。

［26］ 机彀（gòu 音够）：机关、圈套。

［27］ 东君：春神，这里借指钱大尹。

［28］ 金瓯：形容华美的酒器。瓯，酒器。

［29］ 带酒：谓醉酒。

［30］ 是必：务必、千万。

［31］ 僝僽（chán zhòu 音缠皱）：这里用作动词，为捉弄、摆布、折磨的意思。

［32］ 厮掴（guāi 音乖）厮揪：形容相互拥抱、拍打、握手的亲热样子。掴，又音guó，用巴掌打。

［33］ 清减：瘦。

［34］ 骨岩岩：骨头突出的样子，极言其瘦。

［35］ 冰不搦（nuò 音诺）不寒：冰块不用手攥一攥，就不知道它冰手。搦，同“搦”，握的意思。

［36］ “君子”二句：大意是说，君子应该看到机会就去行动，不要等到一天完了才去干。这两句话本于《周易·系辞下》疏：“‘君子见几（jī 音机）而作，不俟终日’者，言君子既见事之几微，则须动作而应之，不得待终其日，言赴几之速也。”

［37］ 鸣珂：贵人车马出入喧闹之地时马勒上的装饰物，代指冶游场所。珂，马勒上的装饰品

［38］ 耽：沉溺、迷恋。

［39］ 侃侃：理直气壮、从容不迫的样子。

［40］ 怏（yàng 音样）怏：郁郁不乐的样子。唐·王昌龄《大梁途中作》诗：“怏怏步长道，客行渺无端。”

［41］ 辱抹：辱没，玷辱、屈辱的意思。

［42］ 水米无交：指没有吃过别人一点儿东西。比喻为官清廉，不妄取民物，也比喻双方毫无往来。

［43］ 移宫换羽：改变唱腔、唱法，后也比喻事情的内容有所变更。宫、羽，古代乐曲中的两种音节。宋·周邦彦〔意难忘〕词：“知音见说无双，解移宫换羽，未怕周郎。”

［44］ 见贤思齐：指见到有才德的人就想着向他看齐。语见《论语·里仁》：“见贤思齐焉，见不贤而内自省也。”

［45］ 回嗔作喜：由生气转为喜欢。回，掉转、改变。《醒世恒言》卷三十三《十五贯戏言成巧祸》：“那人回嗔作喜，收拾了刀杖。”

［46］ 冠（guàn 音贯）金摇凤：头戴金摇凤。冠，读去声，用作动词，头戴的意思。金摇凤，古时的一种首饰，作凤凰形，人走路时它摇摆不定，故称“金摇凤”。

[47] 宫妆：宫廷里的装束。唐·刘禹锡《赠李司空妓》诗："高髻云鬟宫样妆，春风一曲杜韦娘。"

[48] 无妄之愆（qiān 音千）：想不到的罪过。无妄，也作"毋望"，意想不到的意思。愆，罪过。

[49] 牡丹花：喻指谢天香。

[50] 龙虎榜：旧指科举中试的榜文。《新唐书·欧阳詹传》："（詹）举进士，与韩愈、李观、李绛、崔群、王涯、冯宿、庾承宣连第，皆天下选，时称'龙虎榜'。"单作"龙榜"或"虎榜"，义并同。

[51] 试寻思：想一想。

[52] 锁鸳鸯、巢翡翠：这两句的意思是说，把谢天香收留在家。鸳鸯、翡翠都是鸟名。巢，名词用作动词，就是"把……放在巢里"的意思。

[53] 结合欢：暗指钱大尹娶了谢天香。合欢，一种落叶乔木，叶羽状对生，白天张开，夜间合拢，故名"合欢"。后引申为男女欢聚之意。

[54] 谐琴瑟：使琴、瑟和谐，暗指钱大尹和谢天香结成夫妻。谐，和谐，这里是使动用法，即"使和谐"。琴、瑟，都是我国古代的弦乐器，二字连用时，传统上比作和美的夫妻。

[55] 凤台空锁镜：比喻的说法，家里空自幽闭着美丽的女子（谢天香）。凤台，又名凤女台，相传是秦穆公女弄玉与萧史吹箫引凤处（见《水经注》《寰宇记》），其址在今陕西宝鸡东南，这里比作钱大尹的家。镜，镜台。据说隋文帝皇后独孤氏不尚华丽，隋文帝就把齐国留下的七宝车毁掉，而把精巧的镜台赐给独孤皇后，以表不满。根据这件事，郑愔（yīn 音因）写了一首《春怨》诗，其中有"愁妇镜台前"句。因而后人又将镜台喻为怨妇，这里指谢天香。

[56] 鸾胶续断弦：《汉武外传》："西海献鸾胶，武帝弦断，以胶续之，弦两头遂相著，终日射，不断，帝大悦。"后因以比喻续娶或夫妇、恋人分而复合。这里的意思是说，钱大尹将使柳永和谢天香重归于好。

[57] 比翼鸟：《尔雅·释地》："南方有比翼鸟焉，不比不飞，其名谓之鹣鹣（jiān jiān 音兼兼）。"白居易《长恨歌》有"在天愿作比翼鸟"句，后人因以喻夫妇。

[58] 帘幕：谓窗帷。欧阳修〔蝶恋花〕词："庭院深深深几许，杨柳堆烟，帘幕无重数。"

[59] 唤：原作"换"，显误，今改。

[60] 问：使令词，有叫、让、命令等义，与下句"着"字对举可证。

[61] 结绸缪：结成夫妻的意思。绸缪，情意缠绵。魏晋·佚名《李陵录别诗》其三："独有盈觞酒，与子结绸缪。"

[62] 沾泥飞絮：比喻心寂然不动。宋·赵令畤（zhì 音至）《侯鲭（zhēng 音争）录》：东坡令妓求诗于参寥，参寥口占云："多谢尊前窈窕娘，好将幽梦恼襄王。

禅心已作沾泥絮，不逐东风上下狂。”沾泥絮，飞絮沾在泥上，再也不动，因以喻感情不动。

[63] 不缆孤舟：没有用缆拴住的小船。这是谢天香自喻，说自己已成了没有丈夫、因而没有管束的女人。缆，系船用的粗绳或铁索。

[64] 精神比杏桃：比喻青春焕发。比，赛过的意思。

[65] “相公”句：是说和相公怎能度过时光、共同生活呢？言外之意，谓和相公成亲是不可能的。卯、酉是十二地支中的两个，古人用来标记时间。卯是午前五时至七时。酉是午后五时至七时。星相家迷信说法，谓卯、酉对立，互相冲克，因借喻人两不相见。

[66] 颜色当春昼：是说谢天香的面容正像艳阳天一样生机勃勃、美丽娇艳。

[67] 瓯：形制较小的圆口器皿，通常比碗更小，有时候也直接表示小而浅的杯子。

[68] 花头：花朵。

[69] 干罢休：善罢甘休。

[70] 章台路傍柳：指柳永。柳，乃双关字。

邓夫人苦痛哭存孝

《邓夫人苦痛哭存孝》或名《邓夫人哭存孝》，简称《哭存孝》。天一阁本、《说集》本、孟称舜本和曹楝亭本四种《录鬼簿》，以及《太和正音谱》《元曲选目》《也是园书目》《今乐考证》《曲录》等均有著录。今存明·赵琦美《脉望馆钞校本古今杂剧》本。

此剧是一本五代历史故事的戏曲，搬演李存孝被李存信、康君立所谗害而死的故事。本事出自《五代史平话》及《五代史记·义儿传》等而略有更改。李存孝故事从五代时期就开始在民间流传，从现存的材料来看，话本、剧本、小说中都能追寻到李存孝故事在民间流传的痕迹。民间文学中的李存孝是一位英勇善战却被冤死的英雄人物。乱世英雄的勇猛形象、幽微曲折的故事情节以及英雄被冤死的悲剧性结局，这些丰富而又充满戏剧性冲突和矛盾的要素能够引起大众群体的好奇和共情，而这些恰好构成了李存孝故事在民间不断流传的基础。剧写晋王李克用将军破黄巢后开始论功封地行赏，他命令义子家将康君立、李存信二人镇守邢州，李存孝镇守天党。康君立、李存信二人嫌邢州险恶难守，于是二人趁李克用酒醉未醒之际，怂恿他将战乱不断的邢州封地交与李存孝镇守，而他们二人去富饶安稳的天党封地镇守。之后，康、李二人又恐存孝记恨，于是矫传父命，令存孝改回安姓。存孝心有疑虑，但还是遵从命令，改换了姓。而这正巧中了两个奸人的计，康、李二人回报李克用存孝改姓一事，污蔑李存孝因怨恨易守而换姓反叛。李克用听信谗言，欲兴兵讨之。夫人刘氏劝阻并前往邢州亲自探明冤情，携存孝及其夫人邓氏回归，以便澄清冤屈。康、李二人恐事败露，于是对刘夫人谎称其亲子亚子坠马受伤，刘夫人听信谎言去救亚子，存孝孤立无援。二奸又灌醉克用，趁机进谗言，克用下令车裂存孝。及克用酒醒，得知实情，追悔莫及，立刻下令收缚二奸。存孝夫人邓氏身背存孝骨殖（shi 音失轻声），痛哭回乡。最后，克用夫妇二人押二奸至存孝灵前车裂之，以祭冤魂，又以一座城池给予邓夫人养老送终。剧将正史中存孝附梁通燕伐晋诸事皆讳去，又将康、李之死改为车裂。

该剧是关汉卿的一部不为多数人关注的以历史传说为题材的杂剧，一般被视为一部以事件为中心的英雄悲剧。剧中主人公李存孝是唐末名将，据《旧五代史·义儿传》可知其被杀是因意图反叛，关汉卿将此情节省去，着重写存孝虽对李克用忠心耿耿，却被小人构陷、排挤，最终含冤而死。全剧充满了忠臣被冤、含恨而死的浓郁悲剧气氛。它鞭挞了奸人贼子，表达了对英雄人物的伟大历史业绩的向往和对英勇豪迈精神的礼赞，激起了人们对“治国以忠、教民以义”的英雄人物李存孝的同情。

此剧为旦本戏，作为主角的李存孝没有曲词用以直接抒情，而是以邓夫人、刘夫人以及莽古歹这些旁观者、见证人来为其“代言”，因此曲词中有较多客观性叙述。《哭存孝》改编的昆曲、秦腔传统剧目有《存孝归天》。

第一折

(冲末净李存信[1]同康君立[2]上)(李存信云)米罕[3]整斤吞，抹邻[4]不会骑。弩门[5]并速门[6]，弓箭[7]怎的射？撒因[8]答剌孙[9]，见了抢着吃。喝的莎塔八[10]，跌倒[11]就是睡。若说我姓名，家将不能记。一对忽剌孩[12]，都是狗养的。自家李存信的便是。这个是康君立。俺两个不会开弓蹬弩[13]，也不会厮杀相持；哥哥会唱，我便能舞。俺父亲是李克用，阿妈[14]喜欢俺两个。无俺两个呵，酒也不吃，肉也不吃；若见俺两个呵，便吃酒肉。好生的爱俺两个！自破黄巢[15]之后，太平无事，阿妈复夺的城池地面，着俺五百义儿家将各处镇守。阿妈的言语：将邢州[16]与俺两个镇守。那里是朱温[17]家后门，他与俺父亲两个不和；他知俺在邢州镇守，他和俺相持厮杀。俺两个武艺不会，则会吃酒肉。倘或着他拿将去了，杀坏了俺两个怎了？（康君立云）如今阿妈将潞州天党郡[18]与存孝镇守，潞州地面吃好酒好肉去。如今我和你两个安排酒席，则说辞别阿妈，灌的阿妈醉了，咱两个便说：“邢州是朱温家后门，他与阿妈不和，倘若索战，俺两个死不打紧，着人知道呵，不坏了阿妈的名声！着李存孝[19]镇守邢州去，可不好么？”(李存信云)俺两个则今日安排酒席，辞别父亲，去走一遭来。我是李存信，他是康君立；两个真油嘴，实然是一对。(同下)

(李克用[20]同刘夫人领番卒子上)(李克用云)番、番、番，地恶人奔，骑宝马，坐雕鞍。飞鹰走犬[21]，野水荒山。渴饮羊酥酒[22]，饥飧鹿脯干[23]。凤翎箭手中施展，宝雕弓臂上斜弯。林间酒阑胡旋舞[24]，呵者丹青[25]写入画图间。某乃李克用是也。某袭封幽州[26]节度使[27]，因带酒打了段文楚，贬某在沙陀[28]地面，已经十年。因黄巢作乱，奉圣人的命，加某为忻、代、石、岚都招讨使[29]，破黄巢天下兵马大元帅。自离了沙陀，不数日之间，到此压关楼前，聚齐二十四处节度使，取胜长安。被吾儿存孝擒拿了邓天王[30]，活挟了孟截海，挝打[31]了张归霸[32]；十八骑误入长安，大破黄巢，复夺了长安。圣人的命：犒劳某手下义儿家将，但是复夺的城池，着某手下义儿家将去各处镇守，堤备[33]盗贼[34]。今日太平无事，四海晏然[35]，正好与夫人、众将饮酒快乐。小校安排下酒骰，可怎生不见周德威[36]来？

（周德威上，云）帅鼓铜锣一两敲，辕门里外列英豪。三军报罢平安喏，紧卷旗幡不动摇。某姓周，名镇远，字德威，山后朔州人也。今从李克用共破黄巢，太平无事，某为番汉都总管[37]。今日元帅有请，不知有甚事，须索走一遭去。可早来到也。报复去，道有周德威来了也。（卒子云）理会的。报的元帅得知：有周德威在于门首。（李克用云）道有请。（卒子云）理会的。有请！（做见科）（周德威云）元帅，周德威来了也。（李克用云）将军，今日请你来不为别的，想存孝孩儿多有功劳[38]，我许与了他潞州上党郡与存孝孩儿镇守，把邢州与李存信、康君立镇守去。怎生不见李存信、康君立来？

（李存信同康君立上）（李存信云）阿妈心内想，忽然到跟前。哥哥你放心，我这一过去，见了阿妈说了呵，便着存孝往邢州去。（康君立云）兄弟，只要你小心用意者。（李存信云）阿妈、阿者[39]，想当初一日，阿妈的言语，将潞州天党郡与俺两个镇守来；今日阿妈与了存孝，可着俺两个邢州去！（做悲科）（李克用云）孩儿存信，你做甚么哭？（李存信云）阿妈，俺两个也早起晚夕舞者唱者，扶持[40]阿妈欢喜，怎下的着您两个孩儿往邢州去？（康君立云）阿妈，想邢州是朱温的后门，他与阿妈不和。倘若索战，俺两个不会甚么武艺。倘若拿将俺两个去了，俺两个死不打紧，阿妈吃起酒来，寻俺两个舞的唱的，不在眼面前，阿妈不想成病！那其间生药铺里赎也赎不将[41]俺两个来！（李存信云）阿妈怎生可怜见，着俺两个去潞州去，把邢州与存孝两口儿镇守罢，可也好？（李存信把盏科，云）哥哥，将酒来，与阿妈把一盏。（李克用云）好两个孝顺的孩儿！我着你潞州天党郡去呵便了也。（康君立云）既是这等，谢了阿妈者！（周德威云）他两个有甚么功劳，把他潞州天党郡去！想飞虎将军南征北讨，东荡西除，困来马上眠，渴饮刀头血，他可以潞州去；他两个去不的！（李克用云）周将军说的是。小校与我唤将存孝两口过来者！（卒子云）理会的。

（正旦[42]同李存孝上）（李存孝云）岩前打虎雄心在，敢勇当先敌兵败。上阵全凭铁飞挝，扶立乾坤唐世界。某本姓安，名敬思，雁门关飞虎峪灵丘县人氏。幼小父母双亡，多亏邓大户家中抚养成人，长大我就与他家牧羊。有阿妈李克用见某有打虎之力，招安[43]我做义儿家将，封我做十三太保[44]飞虎将军李存孝，就着我与邓大户家为婿。自从跟着阿妈，十八骑误入长安，大破黄巢，天下太平无事。圣人的命：将俺义儿家将复夺的城池，着俺各处镇守。阿妈的言语：着俺两口儿去潞州上党郡镇守。今有阿妈呼唤，不知有甚事，须索走一遭去。可早来到此也。夫人，我和你休过去。你看阿妈、阿者大吹大擂，敲牛宰马，烹炰[45]美味，五百番部落胡儿胡女扶持着，是好受用也。（正旦云）存孝，今日父亲饮宴，唤俺两口儿，俺见阿妈、阿者去。听了这乐韵悠扬，常好是受用也呵！（唱）

【仙吕·点绛唇】则听的乐动声齐，他是那大唐苗裔[46]，排亲戚。今日俺父母相随，可正是龙虎风云会。

【混江龙】则俺这沙陀雄势，便有那珠围翠绕[47]不稀奇。置造下珍羞[48]百味，又不比水酒三杯。每日则是炰凤烹龙真受用，那一日不宰羊杀马做筵席！把那些个义儿家将都成立，一个个请官受赏，他每都荫子封妻[49]。

（正旦云）存孝，我和你未过去，先望阿妈咱，可早醉了也。（李存孝云）咱不过去，见阿者、阿妈身上瀽[50]的那酒呵，你见两边厢扶持着呵，十分的醉了也。（正旦唱）

【油葫芦】我见他执盏擎壶忙跪膝，他那里撒滞殢[51]。阿妈那锦袍上全不顾酒淋漓[52]，可正是他不择不拣干干的吃[53]，他那里刚扶刚策[54]醺醺的醉。一壁厢动乐器是大体，将一面鼍皮画鼓冬冬擂，悠悠的慢品鹧鸪笛[55]。

【天下乐】你觑！兀那大小的儿郎列的整齐，端的是虚也波实，享富贵。我则见傍边厢坐着周德威，一壁厢摆着品斝[56]，番官每紧紧随；我则见军排在两下里。

（正旦云）咱过去见阿妈去来。（李存孝云）咱过去来。（做见科）（李存孝云）阿妈，您孩儿存孝两口儿来了也。（李克用云）存孝孩儿来了。别的孩儿每各处镇守去了；今日吉日良辰，你两口儿便往邢州镇守去；康君立、李存信，你两个孩儿往潞州上党郡镇守去。（李存孝云）阿妈，当日未破黄巢时，阿妈的言语："若你破了黄巢，天下太平，与你潞州上党郡镇守。"阿妈失其前言！今日阿妈着你孩儿镇守邢州，那邢州是朱温家后门，终日与他相持，可怎了也！（正旦云）存孝，我阿者行再告一告去。阿者，与存孝再说一声咱！（刘夫人云）孩儿，你去邢州镇守，阿妈醉了也，你且去咱。（李存孝云）阿者，当日与俺潞州上党郡，如今信着康君立、李存信，着俺去邢州去。阿者，怎生阿妈行再说一声，可也好也？（刘夫人云）你阿妈醉了也。（李存孝云）康君立、李存信，你有甚么功劳，倒去潞州上党郡镇守去？（李存信云）阿妈的言语，着你到邢州去；都是一般好地面，谁和你论甚么功劳！（李存孝云）想当日在压关楼前，觑三层排栅[57]，七层围子，千员猛将，八卦阵[58]，那其间如踏平地也。（正旦云）咱阿妈好失信也！（唱）

【节节高】[59]今日可便太平无事，全不想用人那用人得这之际。存孝与你安邦定国，他也曾恶征战图名图利。他觑的三层鹿角[60]，七层围子，如登平地；端的是八卦阵图[61]，千员骁将[62]，施谋用计。阿者，他保护着唐朝社稷！

（李存孝云）康君立、李存信，你两个有甚么功劳，倒去潞州镇守去

也？（正旦唱）

【元和令】端的是人不曾去铁衣[63]，马不曾摘鞍辔，则是着阿者今日向父亲行题：想着他从前出力气，可怎生的无功劳，倒与他一座好城池？阿者，则俺这李存孝图个甚的！

（刘夫人云）孩儿也，你阿妈醉了也，等他酒醒时再说。（正旦云）想康君立、李存信他有甚么功劳也！（唱）

【游四门】你则会饮酒食，着别人苦战敌。可不道[64]生受了有谁知？阿妈，你则是抬举着李存信、康君立；他横枪纵马怎相持？你把他亏[65]，人面逐高低[66]。

（李存孝云）康君立、李存信，想当日十八骑误入长安，杀败葛从周[67]，攻破黄巢，天下太平，是我的功劳，你有甚么功劳也？（李存信云）俺两个虽无功劳，俺两个可会唱会舞也哩。（正旦唱）

【胜葫芦】他几时得鞭敲金镫[68]笑微微，人唱着凯歌回，遥望见军中磨绣旗。则你那滴羞蹀躞[69]身体，迷留没乱[70]心肺，吓的你劈留扑碌[71]走如飞。

（李存孝云）你两个有甚么功劳？与你一匹劣马不会骑，与你一张硬弓不会射，则会吃酒肉，便是你的功劳也！（正旦唱）

【后庭花】与你一匹劣马不会骑，我与你一张弓不会射。他比别人阵面上争功劳，你则会帐房里闲坐的。咱可便委其实，你便休得要瞒天瞒地。你饿时节挝[72]肉吃，渴时节喝酪水，闲时节打髀殖[73]，醉时节歪唱起，醉时节歪唱起。

【柳叶儿】你放下一十八般兵器[74]，你轮不动那鞭、锏、挝、槌[75]，您怎肯袒下臂膊刀厮劈？闹吵吵三军内，但听的马频嘶，早吓的您悠悠荡荡魄散魂飞。

（正旦云）存孝，则今日好日辰，收拾驮马辎重，辞别了阿者，便索长行。（李存孝云）今日好日辰，辞别了阿妈、阿者，便索长行也。（正旦唱）

【尾声】罢、罢、罢，你可便难倚弟兄心[76]，我今日不可公婆意。（刘夫人云）孩儿，你且休要性急，待你阿妈酒醒呵，再做商议。（正旦云）去则便了也。（唱）别近谤[77]俺夫妻每甚的，止不过发尽儿掏窝[78]不姓李，则今日暗昧神祇[79]。（带云）惭愧也！（唱）势得[80]一个远相离，各霸着城池；不恁的呵，这李存信、康君立断送了你。这一个个瞒心昧己，一个个献勤[81]卖力，存孝，这两个巧舌头奸狡[82]赖功贼！（下）

（刘夫人云）康君立、李存信，你阿妈醉了也，我且扶着回后堂中去也。（下）

（周德威云）想着存孝破了黄巢，复夺取大唐天下，他的好地面与了这两个，可将邢州与了存孝。元帅今日醉了也，待明日酒醒，我自有话说。还着存孝两口儿潞州天党郡去，方称我之愿也！元帅殢酒负存孝，明日须论是与非。（下）

（李存信云）康君立，如何？我说咱必然得潞州，今日果应其心。若是到潞州的丰富地面，不强似去邢州与朱温家每日交战？（康君立云）兄弟，想存孝这一去，必然有些见怪。等俺到的潞州，别寻取存孝一桩事，调唆[83]阿妈杀坏了存孝，方称我平生之愿。则今日收拾行装，先往邢州，诈传着阿妈言语：着义儿家将各自认姓。他若认了本姓，咱搬唆阿妈杀了存孝，方称我平生之愿也。阿妈好吃酒，醉了似烧蒜。害杀安敬思，称俺平生愿。（同下）

---

[1]　李存信：后唐回鹘（hú 音胡）部人。本姓张，少善骑射，能四夷语，通六番

书。从太祖李克用入关，以攻破黄巢起义军，累功为马步军都指挥使。李克用赐其姓名，收为养子。材勇不及李存孝，但不肯居其下，凡存孝所为，辄沮激之，存孝卒得罪死。

[2] 康君立：后唐兴唐人。乾符中，任云州牙校。在农民义军四起时，他和党羽推戴李克用起兵，镇压黄巢，复夺长安。以功授汾州刺史，后以事触犯李克用，被鸩死。

[3] 米罕：蒙古语，指肉。亦作“米哈”“米虾”“密匣”，皆字异声近而义同。

[4] 抹邻：亦作“母骣”“母鳞”，蒙古语，意为马。

[5] 弩门：将蒙古语中表示兵器的一类词译为汉语几乎都有一个“门”字，表示兵器一类的意思。汉语用了一个含有“弓”部首的“弩”来译“弓”，表示兵器中的弓，容易辨识。当属音译兼意译词。

[6] 速门：蒙古语，意为箭。

[7] 弓箭：古代作战时最为常见的远射程兵器，是军队与猎人使用的重要武器之一。中国古代六艺：礼、乐、射、御、书、数中的“射”，就是射箭。弓箭起源于中国，我国大约在两万八千年前就出现了弓箭，是世界上最早发明弓箭的国家。

[8] 撒因：蒙古语，指牛或牛肉。

[9] 答剌孙：蒙古语音译，意为酒。因为发音不同或传音、记音的差误，又可译作“打剌苏”“打剌酥”“答剌苏”“打剌孙”“打辣酥”等。

[10] 莎（suō 音梭）塔八：亦作“莎搭八”“锁陀八”“锁胡塌八”“锁忽塌把”，蒙古语音译，意为醉酒。

[11] 跌倒：摔跤、摔倒。唐《张燕公集·赠太尉裴公神道碑》：“随军王休烈捧盘跌倒，应时而碎。”

[12] 忽剌孩：亦作“虎剌孩”“虎辣孩”“忽剌海”“勿剌海”，蒙古语音译，意为强盗、贼。

[13] 开弓蹬弩：拉弓射箭。弩，详见《闺怨佳人拜月亭》第四折注［40］。

[14] 阿妈：亦作“阿马”，女真族对父亲的称呼。

[15] 黄巢（？—884）：唐末农民大起义领袖。曹州冤句（今山东曹县西北）人。私盐贩出身。875 年起兵响应王仙芝起义。王仙芝战死后，他被推为领袖，称“冲天大将军”。后率起义军南下进入福建，攻克广州，又回军北伐。881 年年初进入长安，建立政权，国号“大齐”。后被唐军包围，缺粮无援，被迫撤出长安。因腹背受敌，屡战失利，不久退至泰山狼虎谷，兵败自杀。

[16] 邢州：州名，治所在今河北邢台市。

[17] 朱温：五代时后梁王朝的建立者。宋州砀（dàng 音荡）山（今属安徽）人。先参加黄巢起义，后叛变降唐，被任为河中行营招讨副使，赐名全忠。唐僖（xī 音希）宗中和四年（884 年），与李克用等联合镇压起义军，以后又和李克用父

子进行长期的混战。唐哀帝天祐四年（907 年），代唐称帝，国号“梁”，建都于汴（今开封市），是为梁太祖。

［18］潞州天党郡：潞州治所在今山西长治市上党区，因上党地势高，古有与天为党的说法，故称上党为“天党”。

［19］李存孝：后唐飞狐人，本姓安，名敬思。后为太祖李克用所得，赐姓李，认为义子。从太祖征战，屡建奇功。善骑射，尤善舞铁挝（zhuā 音抓）。常带两匹马出入阵中，战酣易骑，上下如飞。积功邢州留后，为李存信所谗，乃附梁通赵，太祖自领兵围剿，卒被诛。

［20］李克用：唐末沙陀部人，朱邪赤心之子，别号“李鵶儿”。一目失明，故又号“独眼龙”。曾杀大同军防御使段文楚，占据云州，后被唐军打败，与其父逃入鞑靼（dá dá 音达达）。当黄巢攻入长安时，他又被唐廷起用，率沙陀兵镇压黄巢起义军，攻入长安，以功任河东节度使，后封为晋王。他长期与朱温交战，其子存勗（xù 音续，“勖”的异体字）建立后唐，尊为太祖武皇帝。

［21］飞鹰走犬：指打猎。

［22］羊酥酒：谓以羊酪制成的酒。酥，即酪，这里指羊乳。

［23］饥飧（sūn 音孙）鹿脯干：饿了吃鹿肉干。飧，晚饭，这里是吃饭的意思。

［24］胡旋舞：一种西域舞蹈，因其舞蹈时左旋右转、舞蹈动作迅速而得名。唐·白居易《胡旋女》诗：“胡旋女，出康居（qú 音渠）。”宋代时仍有“胡旋舞”，教坊中有“舞旋色”，瓦舍勾栏的诸多技艺名目中有“舞旋”。宋·孟元老《东京梦华录》卷之五“京瓦伎艺”记载道“张真奴，舞旋”。当时的杂剧演员多才多艺、能歌善舞，在场上表演时搬用西域的“胡旋舞”是极其有可能的。

［25］丹青：谓绘画，因绘画要着各种颜色，故称“丹青”。《晋书·顾恺之传》：“尤善丹青，图写甚妙。”《故事成语考·技艺》：“绘画之辈曰丹青。”

［26］幽州：州名，唐辖境相当于今北京市及所辖通州、房山、大兴和天津武清，河北永清、廊坊等市县地。

［27］节度使：官名，唐朝设置，开始只在边疆设此官，后则遍及全国。所管辖范围，或一道或数州，总揽军、政、财、用人等大权，世谓之藩镇，官称节度大使。

［28］沙陀：古部落名，其首长唐代赐姓李，居今尼赤金山和新疆巴里坤湖之间，境内有古尔班通古特沙漠，故号沙陀。

［29］都招讨使：主持招降、讨伐叛逆大事的总负责人。招讨，官名，掌招降、讨逆之事。唐、宋设置过招讨使，辽、金、元设置过都招讨司。

［30］邓天王：与下文中孟截海均不见新、旧《唐书》记载，为传说中的黄巢部将。

［31］挝（zhuā 音抓）打：同“掴（guāi 音乖）打”，即用手敲打之意。

［32］张归霸：后唐清河人，少从黄巢起义，巢败归梁，屡有战功。在与张侄的战斗中曾中流矢，拔其矢反射之，一发而死。官至河阳节度使。“归”字，原作

“国”字，从王本据新、旧《唐书》改。

[33] 堤备：防范、防备的意思。

[34] 盗贼：是强盗和小偷的总称。

[35] 晏然：天下安宁。晏，平静、安和。然，作词尾，表状态，……的样子。

[36] 周德威：后唐马邑人，字镇远，小字阳武，勇而多智，能望尘以知敌情。事晋王李克用，以功升为内卫指挥使。梁晋之际，勇闻天下，屡败梁军，破刘守光，拜卢龙节度使。

[37] 都总管：官名，五代后唐设立，作战时指挥一部分军队的总指挥官。

[38] 功劳：劳绩义。《战国策·赵策》：“位尊而无功，奉厚而无劳。”“功劳”侧重指在事业上的贡献。《荀子·王制》：“度其功劳，论其庆赏。”

[39] 阿者：女真族对母亲的称呼。

[40] 扶持：照料、伺候的意思。宋·司马光《涑（sù 音速）水记闻》卷二：“穆性至孝，母病累年，恶（wù 音务）暑而畏风，穆身自扶持起居，能适其志。”

[41] 生药铺里赎也赎不将：当时的俏皮话，以“赎药”之“赎”双关“赎身”之“赎”。

[42] 正旦：在剧中扮演李存孝的妻子邓夫人。

[43] 招安：犹“招抚”，劝使归顺。

[44] 十三太保：唐末李克用有十三个义子，均封为太保，故有“十三太保”之称。此指第十三太保。太保，三公之一，后世多为重臣加衔，以示恩宠，并无实职。

[45] 烹炰（páo 音袍）：烹与炰均为烹调方法。下文“炰凤烹龙”谓烹调珍馐美味。

[46] 苗裔：后代子孙。

[47] 珠围翠绕：形容妇女妆饰华丽，也形容富贵人家随侍的女子众多。金·元好问《书贻第三女珍》：“珠围翠绕三花树，李白桃红一捻春。”

[48] 珍羞：亦作“珍馐”，贵重珍奇的食品。唐·李白《行路难》诗：“金樽清酒斗十千，玉盘珍羞直万钱。”

[49] 荫（yìn 音印）子封妻：意谓子女因父而袭爵，妻子因夫而受封，是旧时代的贵显之词。也作“封妻荫子”，义同。荫，是封建帝王赐给他的功臣子女的一种特权。

[50] 瀽：泼、倾倒，这里指洒到身上。

[51] 撒滞殢（tì 音替）：亦作“撒殢滞”“撒腻滞”“撒旖旎”“撒地殢”，意为撒娇、撒赖、纠缠不放。

[52] 淋漓：沾湿或流滴的样子。唐·韩愈《醉后》诗：“淋漓身上衣，颠倒笔下字。”

[53] 干干的吃：痛痛快快地吃。

[54] 刚扶刚策：谓全凭让人搀扶着。刚，勉强。策，搀扶。

[55] 鹧鸪笛：因笛声和鹧鸪鸟叫声类似，故云。清·官修《续通志·乐略》引《大

金国志》:"〔鹧鸪〕曲，歌声高下长短，如鹧鸪之声，亦相和歌也。"宋·徐梦莘《三朝北盟会编》记女真族风俗:"其乐则惟鼓笛，其曲则有〔鹧鸪〕之曲。"

[56] 品骰（yáo 音尧）：旧指官员所用的筵席。骰，同"肴"，菜肴。

[57] 排栅：军事防御设施，用巨木排列连成的栏栅。

[58] 八卦阵：依据《周易》而摆的作战阵形之一，此泛指作战阵形。

[59]〔节节高〕：曲牌名，北曲属【黄钟宫】，又名〔村里迓鼓〕，套数、小令兼用。据清·周祥钰《九宫大成谱》字数定格为八句五韵：四、四、四、四、三、三、三、六。除第四句作去声韵外，其他三韵脚皆作平声。

[60] 鹿角：古代军营门前或交通路口所设置的削尖的用以阻碍敌人前进的障碍物，形似鹿角而名。《南史·韦叡（ruì 音瑞）传》:"夜掘长堑，树鹿角，截洲为城。"

[61] 八卦阵图：省称"八阵图"。唐·杜甫《八阵图》诗:"功盖三分国，名成八阵图。江流石不转，遗恨失吞吴。"据《三国志·蜀志·诸葛亮传》载:"(诸葛亮）推演兵法作八阵图。"相传八阵图遗迹有三处：陕西勉县东南诸葛亮墓东、重庆奉节县南江边和四川成都市青白江区弥牟镇。河南省密县发现一套我国最早的《风后八阵兵法图》。该图共分九幅，一幅为八阵正图，其他八幅为八个阵式，即天覆阵、地载阵、风扬阵、云垂阵、龙飞阵、虎翼阵、鸟翔阵、蛇蟠阵。图旁附有文字说明，详细介绍了每个阵式在特殊环境下进攻退守的战术应用。据《史记》载，风后为轩辕黄帝的一员将帅。密县云岩宫遗存的唐朝文学家、常州刺史独孤及的《云岩宫风后八阵图》碑，详细记载了黄帝和风后研创《八阵图》的事迹。此图的发现，把我国八阵兵法的历史向前推进了两千五百年。

[62] 骁（xiāo 音消）将：勇将。骁，勇猛矫健也。

[63] 铁衣：战衣，指作战时所穿的铠甲之类。唐·岑参《白雪歌送武判官归京》:"将军角弓不得控，都护铁衣冷难着。"

[64] 可不道：岂不是。道，解作"是"。

[65] 亏：这里是辜负、对不起的意思。

[66] 人面逐高低：宋元时口语，常与"世情看冷暖"连用，是说世俗对人的态度因人的贫富贵贱而异，人的脸色好坏因对方的地位高低而不同。宋·释崇岳《颂古二十五首》其一:"世情看冷暖，人面逐高低。"

[67] 葛从周：唐末鄄（juàn 音倦）城人，字通美。先在黄巢部下为将，黄巢兵败，又投靠梁元帅（即后来的梁太祖）。从梁太祖攻蔡州，救太祖坠马，因用为大将。刘仁恭攻魏时，从太祖救魏，以功迁任泰宁节度使。太祖即位，拜左金吾卫上将军。末帝初，封陈留王，卒。

[68] 鞭敲金镫：得胜而回。成语"鞭敲金镫响，人和凯歌回"的缩略。

[69] 滴羞蹀躞（dié xiè 音迭谢）：形容因害怕而打寒战手脚颤动的样子。又作"滴

羞跌屑”“滴羞滴些”“滴屑屑”“跌屑屑”“跌蹬蹬”“迭屑屑”“铁屑屑”，音近，义并同。

［70］迷留没乱：当为“没撩没乱”的转音，形容心绪缭乱、烦躁不安、烦恼愁闷、手足无措。

［71］劈留扑碌：拟声词，形容慌忙走动声、拍扑声。

［72］挝：音、义同“抓”。

［73］打髀（bì 音毕）殖：源自契丹语，是契丹的一种游戏：剔鹿类腿前骨，灌以铜锡，堆地上掷之，中者尽取所堆。

［74］一十八般兵器：泛指多种技艺，其内容在各个时期有所不同。今天，武术界普遍认为指刀、枪、剑、戟、斧、钺、钩、叉、鞭、锏（jiǎn 音剪）、锤、抓、镗、棍、槊（shuò 音硕）、棒、拐、流星锤。

［75］鞭、锏、挝、槌：都是古时兵器。鞭，起源较早，至春秋战国时期已很盛行。鞭有软硬之分。硬鞭多为铜制或铁制，软鞭多为皮革编制而成。常人所称之鞭，多指硬鞭。常用的鞭法有劈、扫、扎、抽、划、架、拉、截、摔、刺、撩等。锏，似鞭而有四棱。锏的分量重，非力大之人不能运用自如，杀伤力十分可观，即使隔着盔甲也能将人活活砸死。技法上，与刀法、剑法接近。挝，又称镐、骨朵、锤、椎，有长械、短械、软械三种之分。挝的使用方法融有长矛、大斧等长柄重械的技法。槌，捶打用的棒，属于钝兵器一类。

［76］难倚弟兄心：难以投合弟兄的心思。

［77］近谤：就近施以诽谤。

［78］发尽儿掏窝：从根本上说、归根结底，当时俗语。发尽儿，拼命地、使劲地。掏窝，此指揭老底、寻罪过。

［79］暗昧神祇（qí 音奇）：蒙骗神灵。祇，地神。

［80］势得：既得。势，宋元人口语，既然、已然的意思。

［81］献勤：献媚而表殷勤之意。

［82］奸狡：谓奸伪狡猾。

［83］调唆：用语言挑拨离间。

第二折

（李存孝领番卒子上，云）铁铠辉光[1]紧束身，虎皮妆就锦袍新。临军决胜声名大，永镇邢州保万民。某乃十三太保李存孝是也。官封为前部先锋、破黄巢都总管、金吾上将军。自到邢州为理[2]，操练军卒有法，抚安百姓无私；杀王彦章，不敢正眼视之；镇朱全忠[3]，不敢侵扰其境。今日无甚事，在此州衙闲坐，看有甚么人来。

（李存信同康君立上）（李存信云）自离上党郡，不觉到邢州。自家李存信，这个是康君立。可早来到也。这个衙门就是邢州。小校报复去，道有李存信、康君立在于门首。（卒子云）理会的。（做报科，云）报的将军得知：有李存信、康君立来了也。（李存孝云）两个哥哥来了，必有阿妈的将令。道有请。（卒子云）理会的。有请！（做见科）（康君立云）李存孝，阿妈将令：为你多有功劳，怕失迷了你本姓，着你出姓[4]，还叫做安敬思。你惹不依着阿妈言语，要杀坏了你哩！你快着的改姓，我就要回阿妈的话去也。（李存孝云）怎生着我改了名姓？阿妈将令，不敢有违。小校，安排酒殽，二位哥哥吃了筵席去。（康君立云）不必吃筵席，俺回阿妈话去也。诈传着阿妈将令，着存孝更名改姓。调唆的父亲生嗔[5]，耍了头[6]也是干净[7]。（同下）

（李存孝云）阿妈，你孩儿多亏了阿妈抬举成人，封妻荫子，今日怎生着我改了姓？阿妈，我也曾苦征恶战，眠霜卧雪，多有功勋，今日不用着我了也！逐朝每日醉醺醺，信着谗言坏好人。我本是安邦定国李存孝，今日个太平不用旧将军[8]。（下）

（李克用同刘夫人上，李克用云）喜遇太平无事日，正好开筵列绮罗[9]。某乃李克用是也。奉圣人的命，着俺义儿家将各处镇守。四海安宁，八方无事，正好饮酒作乐。看有甚么人来。

（李存信同康君立上，云）阿妈，祸事也！（李克用云）你为甚么大惊小怪的也？（康君立云）有李存孝到邢州，他怨恨父亲不与他潞州，他改了姓安敬思。他领着飞虎军要杀阿妈哩！怎生是好？（李存信云）杀了阿妈不打紧，我两个怎生是好？我那阿妈也！（李克用云）颇奈[10]存孝无礼，你改了姓便罢，怎生领飞虎军来杀我？更待干休[11]！罢，则今日就点番兵[12]，擒拿牧羊子[13]走一遭去。（刘夫人云）住者！元帅，你怎么不寻思？李存孝孩儿他不是这等人。元帅你且放心，我自往邢州去，若是存孝不曾改了姓呵，我自有个主意；他若改了姓呵，发兵擒拿，未为晚矣。也不用刀斧手扬威耀武，鸦脚枪[14]齐摆军校；用机谋说转心回，两只手交付与一个存孝。（下）

（李克用云）康君立、李存信，你阿者去了也。倘若存孝变了心肠，某亲拿这牧羊子走一遭去。说与俺能争好斗的番官，舍生忘死家将：一个个顶盔擐[15]甲，一个个押箭弯弓，齐臻臻[16]摆列剑戟，密匝匝搠[17]立枪刀。三千鸦兵[18]为先锋——逢山开道，遇水叠桥。左哨三千番兵能征惯战，右哨三千番兵猛烈雄骁，合后三千番兵推粮运草，更有俺五百义儿家将，都要的奋勇当先，相持对垒。坐下马似北海的毒蛟，鞍上将如南山的猛虎，某驱兵领将到邢州，亲捉忘恩牧羊子。家将英雄武艺全，番官猛烈敢当先。拿住存孝亲杀坏，血溅东南半壁天！（同下）

（李存孝同正旦、卒子上）（李存孝云）欢喜未尽，烦恼到来。夫人不知，如今阿妈的言语，着康君立、李存信传说，但是五百义儿家将，着更改姓，休教我姓李，我不免改了安敬思。我想来，阿妈信着这两个的言语呵，怎了也？（正旦云）将军，你休要信这两个的贼说！则怕你中他的计策，你也要寻思咱[19]。（李存孝云）他两个亲来传说，教我改姓，非是我敢要改姓也。（正旦云）既然父亲教你改姓，则要你治国以忠，教民以义。（唱）

【南吕·一枝花】常言道“官清民自安，法正天心顺[20]”，他那里“家贫显孝子[21]”，俺可便各自立功勋。无正事尊亲[22]，着俺把各自姓排头儿[23]问，则俺这叫爹娘的无气忿[24]。今日个嫌俺辱末[25]你家门，当初你将俺真心厮认[26]。

（李存孝云）夫人，想当日破黄巢时，招安我做义儿家将；那其间不用我，可不好来！（正旦唱）

【梁州】又不曾相趁[27]着狂朋怪友，又不曾关节[28]做九故十亲[29]。俺破黄巢血战到三千阵，经了些十生九死[30]，万苦千辛。俺出身入仕，荫子封妻[31]，大人家踏地知根[32]，前后军捺裤摩裈[33]。俺、俺、俺，投至得[34]画堂[35]中列鼎重裀[36]，是、是、是，投至向衙院[37]里束杖理民[38]，呀、呀、呀，俺可经了些个杀场上恶哏哏[39]捉将擒人。常好是[40]不依本分！俺这里忠言不信，他则把谗言信；俺割股[41]的倒做了生忿[42]，杀爹娘的无徒[43]说他孝顺：不辨清浑[44]！

（李存孝云）夫人，我在此闷坐。小校觑者[45]，看有甚么人来。（李老儿[46]同小末尼[47]上）（李老儿云）老汉李大户。当日个我无儿，认义[48]了这个小的做儿来。如今治下[49]田产物业、庄宅农具，我如今有了亲儿了也，我不要你做儿，你出去！（小末尼云）父亲，当日你无儿，我与你做儿来。你如今有了田产物业、庄宅农具，你就不要我了！明有清官在，我和你去告来。可早来到衙门首也。冤屈也！（李存孝云）是甚么人在这门前大惊小怪的？小校，与我拿将过来者！（卒子做拿过科，云）理会得。已拿当面[50]。（李老儿同小末尼跪科）（李存孝云）兀的[51]小人，你告甚么？（小末尼上，云）大人可怜见！当日我父亲无儿，要小人与他做儿；他如今有了田产物业、庄宅农具，他如今有了亲儿，不要我做儿子了，就要赶我出去，小人特来告。大人可怜见，与我做主也！（李存孝云）这小的和我则一般：当日用着他时便做儿，今日有了儿，就不要他做儿。小校过来，将那老子与我打着者！（正旦云）你且休打，住者！（唱）

【牧羊关】听说罢心怀着闷，他可便无事哏[52]，更打着[53]这入衙来不问讳[54]的乔[55]民。则他这爷共儿常是相争，更和这子父每常时厮论。（李存孝云）小校，与我打着者！（正旦唱）词未尽将他来骂，口未落便拳敦[56]。常好背晦[57]也萧丞相[58]。（正旦云）赤瓦不剌海[59]！（唱）你常好是莽撞也祇候人。

（李存孝云）小校，与我打将出去！（卒子云）理会的。出去！（李老儿云）我干着他打了我一顿，别处告诉去来。（同下）

（刘夫人上，云）老身沙陀李克用之妻刘夫人是也。因为李存孝改了姓名，不数日到这邢州；问人来，果然改了姓，是安敬思。这里是李存孝宅中。左右报复去，道有阿者来了也。（卒子云）理会的。报的将军得知：有阿者来了也。（正旦云）你接阿者去，我换衣服去也。（做换服科）（刘夫人做见科）（李存孝云）早知阿者来到，只合远接；接待不着，勿令见罪！（做拜科）（刘夫人怒科，云）李存孝，阿妈怎生亏负你来，你就改了姓名？你好生无礼也！（李存孝云）阿者且息怒。小校，安排酒果来者！（卒子云）理会的。（李存孝递酒科，云）阿者满饮一杯！（刘夫人云）孩儿，我不用酒。（正旦云）我且不过去，我这里望咱。阿者有些烦恼，可是为何也？（唱）

【红芍药】见阿者一头[60]下马入宅门，慢慢的行过阶痕[61]；见存孝擎壶把盏两三巡，他可也并不曾沾唇。我则见他迎头里嗔忿忿[62]，全不肯息怒停嗔。我这里傍边侧立索[63]殷勤[64]，怎敢道怠慢因循[65]！

【菩萨梁州】我这里便施礼数[66]罢平身[67]，抄着手儿前进。你这歹孩儿动问[68]，阿者，你便远路风尘！（刘夫人云）休怪波[69]，安敬思夫人！（正旦唱）听言罢着我去了三魂，可知道阿者便怀愁忿。这公事[70]何须的问，何消的再写本[71]！到岸方知水隔村[72]，细说原因。

（刘夫人云）孩儿，俺老两口儿怎生亏负着你来？你改了名姓！若不是康君立、李存信说呵，你阿妈不得知。如今你阿妈便要领大小番兵来擒拿你。我实不信，亲自到来，你果然改了姓名！俺怎生亏负你来也？（正旦云）存孝，你不说待怎么？（李存孝云）阿者，是康君立、李存信的言语，着俺五百义儿家将都着改了姓，着您孩儿姓安。想您孩儿多亏着阿妈、阿者抬举[73]的成人，封妻荫子，偌大的官职，怎敢忘了阿者、阿妈的恩义！（做哭科，云）不由人嚎咷痛哭，题起来刀搅肺腑。抬举的立身扬名，阿者，怎忘你养身父母！（刘夫人云）我道孩儿无这等勾当，你阿妈好生的怪着的你！（正旦唱）

【骂玉郎】当初你腰间挂了先锋印，俺可也须当索[74]受辛勤。他将那英雄慷慨施逞尽，他则是开绣旗，骤战马，冲军阵。

【感皇恩】阿者，他与你建立功勋，扶立乾坤；他与你破了黄巢，敌了归霸，败了朱温。那其间便招贤纳士，今日个俺可便偃武修文[75]。到如今无了征战，绝了士马，罢了边尘。

【采茶歌】你怎生便将人不偢问[76]？怎生来太平不用俺旧将军？半纸功名百战身，转头高冢卧麒麟[77]。

（刘夫人云）媳妇儿，你在家中，我和孩儿两个见你阿妈，白[78]那两个丑生[79]的谎去来！（正旦云）阿者休着存孝去！到那里有康君立、李存信，枉送了存孝的性命也！（刘夫人云）孩儿你放心！这句话到头来要个归着[80]，要个下落处。孩儿你在家中，我领存孝去，则有个主意也。（李存孝云）我这一去别辨[81]个虚实，邓夫人放心也！（正旦唱）

【尾声】到那里着俺这刘夫人扑散了心头闷；不恁的呵，着俺这李父亲怎消磨了腹内嗔！别辨个假共真，全凭着这福神，并除了那祸根。你把那康君立、李存信，用着你那打大虫[82]的拳头着[83]一顿！想着那厮坑人来陷人，直打的那厮心肯意肯[84]，可与你那争潞州冤仇证了本[85]。（下）

（刘夫人云）孩儿收拾行装，你跟着我见你父亲去来。万丈水深须见底，止有人心难忖量。（同下）

（李克用同李存信、康君立上）（李克用云）李存信、康君立，自从你阿者去之后，不知虚实，将[86]酒来我吃。则怕存孝无有此事么？

（李存信云）阿妈，他改了姓也，我怎敢说谎？（康君立云）我两个若是说谎了呵，大风里敢吹了我帽儿！（李克用云）此是实。将酒来与我吃几杯。（康君立云）正好饮几杯。（刘夫人同李存孝上）（刘夫人云）孩儿来到也。小校，报复去，道有阿者来了也。（李克用云）阿者来了，请过来饮几杯。（卒子云）理会得。有请！（李存孝云）阿者先过去，替你孩儿说一声咱。（刘夫人云）孩儿你放心，我知道。（刘夫人见科，云）李克用，你又醉了也！不是我去呵，险些儿送了孩儿也！（李存信报科，云）阿者，哑子[87]哥哥打围[88]去，围场中落[89]马也！（刘夫人慌科，云）似这般如之奈何？我索看我孩儿去。（存孝扯科，云）阿者，替您孩儿说一说！（刘夫人云）哑子孩儿打围去，在围场中落马，我去看了孩儿便来也。（李存孝云）阿者去了，阿妈带酒也，信着这两个的言语，送了您孩儿的性命也！（刘夫人云）存孝无分晓[90]：亲儿落马撞[91]杀了，亲娘如何不疼？可不道"肠里出来肠里热"[92]？我也顾不得的，我看孩儿去也。（打推科，下）（李存孝哭科，云）阿者，哑子落马痛关情[93]，子母牵肠割肚疼。忽然二事在心上，义儿亲子假和真。哑子终是亲骨肉，我是四海与他人[94]。"肠里出来肠里热"，阿者，亲的原来则是亲[95]！（李存信把盏科，云）阿妈，满饮一杯。（李克用醉科，云）我醉了也。（康君立云）阿妈，有存孝在于门首，他背义忘恩。（李克用云）我五裂篾迭[96]！（下）

（李存信云）哥哥，阿妈道："五裂篾迭！"醉了也，怎生是了？阿妈明日酒醒呵，则说道："你着我五裂[97]了来。"（康君立云）兄弟说的是。若不杀了存孝，明日阿妈酒醒，阿者说了，咱两个也是个死。小校，与我拿将存孝来者！（李存孝云）康君立、李存信，将俺那里去？（李存信云）阿妈的言语：为你背义忘恩，五车争[98]了你哩！（李存孝云）阿妈，你好哏也！我有甚么罪过？将我五裂了！我死不争[99]，邓夫人在家中岂知我死也？两个兄弟来，安休休、薛阿滩，将我虎皮袍[100]、虎磕脑[101]、铁燕挝[102]与邓夫人，就是见我一般也。（李存孝哭科，云）邓夫人也，今朝我一命身亡，眼见的去赴云阳[103]。娇妻暗想身无主，夫妇恩情也断肠！我死后淡烟衰草相为伴，枯木荒坟作故乡。夫妻再要重相见，夫人也，除是南柯梦[104]一场！（李存信云）兀那厮，你听者：用机谋仔细裁排[105]，牧羊子死限催来。李存孝真实改姓，就邢州斩讫报来。（李存孝云）皇天可表，于家为国，多有功劳！我也曾活拿了孟截海，怒挟了邓天王，杀败了张归霸，力取了太原，复夺了并州[106]，立诛了五将；华严川大战，杀败了葛从周；十八骑误入长安，攻破黄巢，扶持唐社稷：此乃是我功劳也。今日不用我，就将我五裂了！（哭科，云）罢、罢、罢！志气凌云射斗牛[107]，苍天教我作公侯。舍死忘生扶社稷，苦征恶战统戈矛[108]。旌旗日影龙蛇动，野草闲花满地愁。英雄屈死黄泉下，忠心孝义下场头！邓夫人也，兀的不苦痛杀我也！（下）（李存信云）今日将存孝五裂了也，明日阿妈问俺，自有话说，咱去来。金风未动蝉先觉，暗送无常死不知[109]。（同下）

（周德威上，云）事有足诧[110]，物有固然[111]。某乃周德威是也。此事怎了？谁想李克用带酒杀了存孝！竟信着康君立、李存信谎言，直将飞虎将军五裂身死。昨日带酒不知，今日小官直至帅府，问其详细，走一遭去。二贼子用计铺谋[112]，将存孝五裂身卒。众番官亲临帐下，我看那李克用怎的支吾[113]！（下）

---

[1] 铁铠辉光：铁的铠甲，闪闪发光。铠，铠甲，古代的战衣，上面缀有金属薄片，可以保护身体。

[2] 为理：治理。

[3] 朱全忠：朱温。朱温背叛黄巢降唐后，被赐名“全忠”。

[4] 出姓：改姓，指义儿家将改用其本姓。

[5] 嗔（chēn 音抻）：愤怒。

[6] 耍了头：掉了脑袋。

[7] 干净：利落。

[8] “今日个”句：这是武将的牢骚语，意为太平时期，偃武修文，武将再无用武

之地，因而不受重视。

［9］绮罗：“绮”和“罗”都是丝织物，这里指穿着绮罗的人，多为贵妇、美女之代称。唐末至五代前蜀·韦庄《江亭酒醒却寄维扬饯客》诗：“满坐绮罗皆不见，觉来红树背银屏。”

［10］颇奈：可恶、可恨。

［11］更待干休：亦作“更待干罢”，岂能善罢甘休。

［12］点番兵：调兵。番兵，服役的士兵，外族军队。

［13］牧羊子：指李存孝。本剧第一折李存孝自我表白：“某……幼小父母双亡，多亏邓大户家中抚养成人，长大我就与他家牧羊。”

［14］鸦脚枪：一种有尖刃和弯钩的兵器。

［15］擐（huàn 音换）：穿、套。

［16］齐臻臻：整整齐齐。

［17］搠（shuò 音朔）：扎、刺，引申为竖立。

［18］鸦兵：神出鬼没、来去无踪之兵。宋·彭大雅《黑鞑事略》云：“故其骑突也，或远或近，或多或少，或聚或散，或出或没，来如天坠．去如电逝，谓之‘鸦兵撒星阵’。”此指李克用之军。《新五代史·唐庄宗本纪上》：“克用少骁勇，军中号曰‘李鸦儿’……（中和二年十一月）克用复以步骑万七千赴京师……巢党惊曰：‘鸦儿军至矣！’”

［19］咱：语尾助词，多表示希望或请求。

［20］官清民自安，法正天心顺：意思是官吏清廉，百姓就安乐；法度公正，上天就顺应。顺，顺应。也作“国正天心顺，官清民自安”。

［21］家贫显孝子：指家境困窘时，才能显出真正的孝子。泛指在艰难困苦的关键时刻，才能看出一个人的优秀品质。

［22］无正事尊亲：无正事，即谓没有正经事。尊亲，谓父亲，这里指李克用。全句意指李克用叫改姓实属荒唐。

［23］排头儿：从头。

［24］无气忿：不光彩、不体面。

［25］辱末：同“辱没”，玷污、使不光彩。

［26］厮认：相认，此指认父子。厮，相、互相。

［27］相趁：相追随、相交往。

［28］关节：这里是打通关节之意，即暗中行贿，说人情以办好私事。本句是说通过暗中拉拢，结成裙带关系。

［29］九故十亲：泛指亲戚朋友。

［30］十生九死：历尽艰险。唐·韩愈《八月十五赠张功曹》诗：“十生九死到官所，幽居默默如藏逃。”

［31］荫（yìn 音印）子封妻：也作“封妻荫子”。子孙承袭官爵利禄或规定的特权，

妻子享受封诰，均为封建帝王宠赐臣下的一种优厚待遇。荫，封建时代由于父祖有功而给予子孙入学或任官的权利。

[32] 踏地知根：意谓知根知底、完全清楚。

[33] 捺裤摩裈（kūn 音昆）：穿着军服，借指服役于军中。捺、摩，都是摩擦的意思。裈，满裆裤，特指内裤。形容李存孝过戎马生活，经常骑在马上作战，故裤子和马背常相摩擦。

[34] 投至得：等到。

[35] 画堂：古代宫中有彩绘的殿堂，后泛指华丽厅舍。唐・崔颢《王家少妇》诗："十五嫁王昌，盈盈入画堂。"

[36] 列鼎重裀：列鼎而食，重裀而卧，指吃得好，睡得舒适，形容达官贵人的奢侈生活。列，排列、罗列。鼎，古代炊具。裀，垫子、褥子。

[37] 衙院：衙门，官吏处理民、刑事务的地方。

[38] 束杖理民：不用刑具就可以很好地治理百姓。束，捆起来。杖，指刑具。金・董解元《西厢记诸宫调》卷八："有刑罚……设而不用，束杖理民宽雅。"

[39] 恶哏哏（hěn hěn 音狠狠）：恶狠狠，亦作"恶狠狠""恶歆歆""恶喑喑"，极其凶恶的样子。哏，通"狠"。

[40] 常好是：亦作"畅好是"，真是、正是的意思。

[41] 割股：春秋时晋公子重耳流亡国外十九年，一次断粮，饿倒在地，介子推割股（大腿）肉给他吃，使重耳恢复了精力。古代以此作为愚忠的典范。《庄子・盗跖》："介子推至忠也，自割其股以食（sì 音四）文公。"

[42] 生忿：亦作"生分"，忤逆不孝，有时意为"疏远"。

[43] 无徒：无赖。

[44] 不辨清浑：不分善恶的意思。

[45] 觑（qù 音去）者：看。者，语尾助词，无义。

[46] 孛老儿：杂剧中扮演老年男子的角色。

[47] 末尼：一作"末泥"，杂剧角色名。宋杂剧、金院本五个演出人员之一。南宋・吴自牧《梦粱录》卷二十《妓乐》："杂剧中末泥为长，每一场四人或五人……末泥色主张，引戏色分付，副净色发乔，副末色打诨，或添一人，名曰装孤。"元・陶宗仪《南村辍耕录》所载院本情况，与此略同。此或由舞大曲中"舞末"演化而来。元杂剧中正末亦称末泥，当由宋杂剧化出。

[48] 认义：认亲、结义。

[49] 治下：买下，今北方仍有此说。

[50] 当面：上堂见官。

[51] 兀的：这个。

[52] 无事哏：亦作"没事哏""无事狠""没事狠""无是狠"，没事找事，寻衅找碴儿。

［53］更打着：亦作“更合着”“更和着”“更加着”“更夹着”，更加、更加上的意思。

［54］讳：忌讳。按：剧中李存信、康君立假传李克用的旨意，说要取消李存孝义子名义，令他恢复原姓，存孝为此而苦恼，适值孛老儿与小末尼也因为要解除这种义父子关系来告状，触动了存孝的痛处，所以说是“忌讳”。

［55］乔：这里用为詈辞，恶劣的意思。

［56］敦：撴（dūn 音吨）的同音借字。《集韵》平声魂韵：“撴，击也。”击打之意。

［57］背晦（huì 音）：昏愦糊涂，亦作“背会”，亦谓倒运。背，应作“悖”，同音误用。

［58］萧丞相：萧何，秦末沛人，随刘邦起义，主要负责军队的粮饷筹集工作，功勋卓著，为“汉初三杰”之一。刘邦即位后，萧何为相，故称萧丞相。他曾制定法律。这里以萧丞相代指执法的李存孝。

［59］赤瓦不剌海：女真语，你这该打的家伙，你这该死的家伙。赤，译作汉语是“你”的意思，“瓦不剌海”也写作“洼勃辣骇”。在宋 · 洪皓的《松漠纪闻 · 洼勃辣骇》中解释云：“彼云敲杀也。”敲杀，打死的意思。海，同“嗨”。

［60］一头：这里谓一径、一直。

［61］阶痕：台阶。

［62］嗔忿忿：面带怒气。

［63］索：须。

［64］殷勤：委曲周到之意。

［65］因循：迟延、拖延。宋 · 司马光《答楚州粮料胡寺丞宗愈》：“京师日困俗事，因循逾年，尚未报谢。”

［66］礼数：谓礼貌、礼节。唐 · 王建《早秋过龙武李将军书斋》：“语笑侍儿知礼数，吟哦野客任狂疏。”

［67］平身：行跪拜礼后起立站正为“平身”。

［68］动问：就是“问”，“动”为发语助词。

［69］波：语尾助词，犹“吧”。

［70］公事：此指案件。

［71］本：此指奏折，即臣下向君王奏事的文书

［72］“到岸”句：意思是到了岸边，才知道河对面有个村庄，喻指事物到了最后才见分晓。

［73］抬举：扶养、培养。

［74］须当索：必须。当，语助词。

［75］偃武修文：弃武习文。偃，停止。修，修明、发扬。文，指封建礼教、道德等。《尚书 · 武成》：“王来自商，至于丰。乃偃武修文，归马于华山之阳，放牛于桃林之野。”

[76] 愀（qiǎo 音巧）问：亦作“偢（chǒu 音丑）问”，理睬。
[77] 麒麟：传说中的一种动物，借喻杰出的人。这句借指李存孝。
[78] 白：揭穿（谎言）。
[79] 丑生：畜生。
[80] 归着：归宿、着落、结果。
[81] 别辨：辨别、区分。
[82] 大虫：虎。
[83] 着：这里是打的意思。
[84] 心肯意肯：口服心服。
[85] 证了本：证本，亦作“正本”“挣本”，够本儿，不吃亏。
[86] 将：拿。
[87] 哑子：此指李存勗。
[88] 打围：古代打猎时合围，故称打猎为打围。
[89] 落：明抄本原作“荡”，据下文改。
[90] 无分晓：不懂事的意思。
[91] 撞：明抄本原作“装”，从王季烈《孤本元明杂剧》本改。
[92] 肠里出来肠里热：宋元时俗语，从亲娘肚里生出的，亲娘自然非常关切疼爱。指母亲总对自己的亲生子女格外关心，比喻骨肉相关。
[93] 关情：关切、关心。
[94] 四海与他人：四海他人，谓关系疏远者，非嫡系、嫡亲。
[95] “亲的”句：意思是亲近的本来就是亲近的。
[96] 五裂篾迭：蒙古语，“醉酒”的意思。
[97] 五裂：古时用五辆马（牛）车分拽，把人头和四肢分裂而死的酷刑。有时执行这种刑罚时不用车，而直接用五头牛或马来拉，所以车裂俗称五马分尸。
[98] 五车争：义同“五车裂”，一种环裂酷刑。争，牵引、拉。
[99] 不争：不要紧、没关系。
[100] 虎皮袍：用虎皮制作的袍服。
[101] 虎磕脑：亦称“虎皮磕脑”，一种帽子，做成虎头形，可用来遮护头脸，是猎人常戴的帽子。
[102] 铁燕挝：又作“飞挝”，是一种净铁打造的鹰爪式样的古代兵器。
[103] 云阳：指韩非出使秦国，被李斯诬害，冤死云阳（今陕西淳化县西北）狱中。后以此典借指刑场或行刑地。后世诗词、戏曲、小说中常用以指行刑之地。
[104] 南柯梦：唐代李公佐作《南柯太守传》，记述淳于棼（fén 音坟）在槐安国当南柯太守，享尽荣华富贵，醒后才知原是一梦。后来一般因称梦为“南柯”。
[105] 栽排：阴谋害人、暗中布置的意思。“栽”，明抄本原作“裁”，今改。
[106] 并（bīng 音冰）州：唐代辖境相当于今山西阳曲以南、文水以北地区。

[107] 斗牛：星宿（xiù 音秀）名，斗星和牛星，这里代表“天”。北周·庾信《哀江南赋》：“路已分于湘汉，星犹看于斗牛。”

[108] 戈矛：古代兵器，代指军队。

[109] “金风”二句：前一句说的是秋风还未来到，蝉却早已察觉，比喻事先觉察到将要发生的变故。后一句说是谁也不知道自己的死期，一切都来得太突然，来不及反应。金风，指秋风，古代以阴阳五行来解释季节，秋为金。蝉，知了。觉，察觉。无常，本是佛家用语，佛家称世间一切事物，如万物之成坏、意念之起灭、众生之生死，都在发展变化，不能持久，故称“无常”。

[110] 诧（chà 音岔）：惊异、奇怪。

[111] 固然：本来之理。

[112] 用计铺谋：谓定计，犹今云“打主意”，重言之则曰铺谋定计、定计铺谋。

[113] 支吾：搪塞。《古今小说·李秀卿义结黄贞女》：“日则同食，夜则同卧，如此三年，英台衣不解带，山伯屡次疑惑盘问，都被英台将言语支吾过了。”

第三折

（刘夫人上，云）描鸾刺绣不曾习，劣马弯弓敢战敌。围场队里能射虎，临军对阵兵机识[1]。老身刘夫人是也。昨日引将存孝孩儿来，阿妈行欲待说也，不想哑子在围场中落马。我亲到围场中看，孩儿原来不曾落马，都是李存信、康君立的智量[2]。未知存孝孩儿怎生，使一个小番探听去了，这早晚敢待来也。（正旦扮莽古歹[3]上，云）自家莽古歹便是。奉阿者的言语，着吾打探存孝去；不想阿妈醉了，信着康君立、李存信的言语，将存孝五裂了。不敢久停久住，回阿者的话走一遭去也。（唱）

【中吕·粉蝶儿】颇奈这两个奸邪，看承做当职忠烈，想俺那无正事好酒的爹爹！他两个似虺[4]蛇，如蝮蝎[5]，心肠乖劣。我呸呸[6]的走似风车，不付能盼到宅舍。

【醉春风】一托气[7]走将来，两只脚不暂歇；从头一一对阿者，我这里便说、说，是做的[8]泼水难收，至死也无对，今日个一庄也不借[9]。

（刘夫人云）阿的[10]好小番也！暖帽貂裘最堪宜，小番平步走如飞。吾儿存孝分诉罢，尽在来人是与非。你见了存孝，他阿妈醉了，康君立、李存信说甚么来？喘息定，慢慢的说一遍。（正旦唱）

【上小楼】则俺那阿妈醉也，心中乖劣[11]；他两个巧语花言，鼓脑争头，损坏英杰。他两个厮间别[12]，犯口舌[13]，不教分说；他两个傍边相倚强作孽。

（刘夫人云）小番，他阿妈说甚么来？存孝说甚么来？李阿妈醺醺酒殢，李存孝忠心仁义。子父每两意相投，犯唇舌存信、君立。他阿妈与存孝，谁的是谁的不是，再说一遍咱。（正旦唱）

【幺篇】做儿的会做儿，做爷的会做爷，子父每无一个差迟[14]，生各扎[15]的义断恩绝！阿妈那里紧当[16]者，紧拦者，不着疼热[17]。他道是："你这姓安的怎做李家枝叶[18]！"

（刘夫人云）小番，阿妈那里有两个逆贼么？（莽古歹云）是那两个？（刘夫人云）一个是康君立，双尾蝎侵人骨髓；一个李存信，两头蛇谗言佞语[19]。他则要损忠良英雄虎将，他全无那安邦计赤心报国。那两个怎生支吾来？（莽古歹云）阿者，听你孩儿从头至尾说与阿者，则是休烦恼也！（唱）

【十二月】则您那康君立哏绝[20]，则你那李存信似蝎螫[21]；可端的凭着他劣缺[22]，端的是今古皆绝。枉了他那眠霜卧雪[23]，阿妈他水性随邪[24]。

（刘夫人云）俺想存孝孩儿，华严川舍命，大破黄巢定边疆；他是那擎天白玉柱[25]，端的是驾海紫金梁[26]。他两个无徒，怎生害存孝来？（正旦唱）

【尧民歌】他把一条紫金梁生砍做两三截，阿者休波，是他便那里每[27]分说！想着十八骑长安城内逞豪杰，今日个则落的足律律[28]的旋风趄[29]。我可便伤也波嗟，将存孝见时节，阿者，则除是水底下捞明月！

（刘夫人云）小番，你要说来又不说，可是为甚么来？（莽古歹云）李存信、康君立的言语，将存孝五车争死了也！（刘夫人云）苦死的儿也！（莽古歹云）他临死时，将存孝棍棒临身，毁骂了千言万语，眼见的命掩黄泉[30]。（刘夫人云）存孝儿衔冤负屈，孩儿怎生死了来？（正旦唱）

【耍孩儿】则听的喝一声马下如雷烈，恰便似鹘打寒鸠哏绝。那两个快走向前来，那存孝待分说怎的分说？一个指着嘴缝连骂到有三十句，一个扶着软肋里扑扑扑的撞到五六靴。委实的难割舍，将存孝五车争坏，霎时间七段八节。

（刘夫人云）想必那厮取存孝有罪招状[31]，责口词[32]无冤文书，知赚[33]的推在法场，暗送了七尺身躯。（正旦唱）

【三煞】又不曾取罪名，又不曾点纸节[34]，可是他前推后拥强牵拽。军兵铁桶周围闹，棍棒麻林前后遮，扑碌碌[35]推到法场也。称了那两个贼汉的心愿，屈杀了一个英杰！

（刘夫人云）想当日俺那存孝孩儿多有功劳：活挟了孟截海，杀了邓天王，枪槊杀张归霸，十八骑入长安，挝打杀耿彪，火烧了永丰仓，有九牛之力、打虎之威。怎生死了我那孩儿来！（莽古歹云）存孝道：（唱）

【二煞】我也曾把一个邓天王来旗下斩，我也曾把孟截海马上挟，我也曾将大虫打的流鲜血，我也曾双挝打杀千员将。今日九牛力当不的五辆车，五下里把身躯拽。将军死的苦痛，见了的那一个不伤嗟！

（刘夫人云）五辆车，五五二十五头牛一齐的拽，存孝怎生者？（正旦唱）

【尾声】打的那头口[36]们惊惊跳跳，叫道是“打打俫俫”[37]。则见那忽剌鞭[38]飕飕的摔动一齐拽，将您那打虎的将军命送了也！（下）

（刘夫人云）李克用，你信着那两个贼子的言语，将俺存孝孩儿屈死了。李克用，你好哏也！五辆车五下齐拽，铁石人嚎咷痛哭。将身躯骨肉分开，血染赤黄沙地土。再不能子母团圆，越思量越添凄楚。刘夫人苦痛哀哉，李存孝身归地府。（做哭科，云）哎哟，存孝孩儿也，则被你痛杀我也！（下）

---

[1] “描鸾”四句：这是刘夫人的上场诗。第一、第二折中刘夫人都是和李克用一同上场的，没有机会用“上场诗”的形式介绍自己。这一折她单独出场，吟了七言四句，从中我们看到刘夫人不是个寻常女子：不善女红，但会骑马射击、围场打猎，是一员有胆有识的巾帼武将。

[2] 智量：亦作“志量”，智谋、诡计。

[3] 莽古歹：亦作“忙古歹”“忙兀歹”，蒙古语，意为小番、小校。一说小番，一说在元杂剧中常用来称呼地位低下的异族人，以示卑贱。元・陶宗仪《南村辍耕录》卷一“氏族”条中记载蒙古七十二种，有忙古歹种。这里用来代指奴仆、小番。此折正旦改扮小番莽古歹，作用只是向刘夫人转告李存孝受诬陷车裂而死的经过。可见早在元杂剧时代，就有让旦角扮演剧中男性人物的做法。由正末、正旦扮演这些非主要人物，虽属少数例外情况，却是杂剧角色体制中的一个特点，是杂剧中角色分工形式下所产生的一种特殊的历史现象。

[4] 虺（huǐ 音毁）：蝮蛇，一种剧毒蛇。《诗・小雅・正月》：“哀今之人，胡为虺蜴。”朱熹集传：虺、蜴，“皆毒螫（shì 音世）之虫也……哀今之人，胡为肆毒以害人”。后用以为典。

[5] 蝮（fù 音富）蝎：蝮蛇与蝎子，泛指毒蛇、毒虫。唐 · 牛僧孺《玄怪录》卷一《杜子春》："俄而猛虎、毒龙、狻猊（suān ní 音酸尼）、狮子、蝮蝎万计；哮吼拏攫而前，争欲搏噬，或跳过其上。"

[6] 呸呸：拟声词，形容急速的脚步声。

[7] 一托气：一口气。

[8] 是做的：亦作"世做的"，宋元时口语，已经做成的意思。

[9] 不借：不顾惜、顾不得之意。

[10] 阿的：亦作"兀的""兀底""阿堵"，用作指示词，这、这个的意思。

[11] 乖劣：乖戾、凶狠。

[12] 间（jiàn 音件）别：挑拨离间。间，挑拨使人不和。

[13] 犯口舌：亦作"犯唇舌"，简作"犯舌"，意为多嘴多舌，挑起口舌纠纷。

[14] 差迟：差错、失误。

[15] 生各扎：亦作"生各札""生割扎""生扢扎""生可擦""生各查""生各支""活支剌""活支沙"，意为"硬、愣、活活地"，含有勉强使成之意。

[16] 当：同"挡"。

[17] 不着疼热：犹言"无关痛痒"，指不体贴爱护。

[18] 枝叶：比喻子孙后代。《左传 · 文公七年》："公族，公室之枝叶也。若去之，则本根无所庇荫矣。"

[19] 谗言佞语：中伤他人和奉承讨好的话语。佞，用花言巧语骗人。

[20] 哏绝：狠毒到极点。

[21] 蝎蜇（zhē 音遮）：形容李存信的狠毒。蜇，有毒腺（xiàn 音线）的虫子将毒针刺入人或动物体内，叫作"蜇"，如说"被蝎子蜇了"。

[22] 劣缺：乖戾、恶劣。

[23] 眠霜卧雪：睡卧于霜雪之中，形容在外劳苦。宋 · 释普济《五灯会元》卷十五："问：'久战沙场，为甚么功名不就？' 师曰：'只为眠霜卧雪深。'"

[24] 水性随邪：形容性情软弱，没有主见。

[25] 擎天白玉柱：古代神话传说，在昆仑山顶上支撑着天的大柱，后借喻能干大事业的人。

[26] 驾海紫金梁：架在海上的金桥，比喻国家的栋梁之材。驾海，跨越过海。梁，桥梁。

[27] 那里每："怎么"的意思。每，义近"么"，为语助词，有揣度或疑问义。

[28] 足律律：这里形容旋风疾速的样子，也作"足律即留""促律律"。

[29] 踅（xué 音学）：来回走。

[30] 命掩黄泉：又作"命掩泉石""一命掩泉土""掩泉土"，死。

[31] 招状：谓犯人供认自己的罪状。

[32] 责口词：问口供。责，诘问。

[33] 知赚（zuàn 音攥）：同“智赚”“啜赚”，意谓用计哄骗。
[34] 点纸节：犹点纸，在供状或契约上摁手印。
[35] 扑碌碌：拟声词，形容众人错杂的脚步声。
[36] 头口：宋元时口语，指骡马等大牲口。
[37] 打打俫俫：状少数民族吆喝牲口的声音。
[38] 忽剌鞭：鞭子名。

第四折

（李克用、李存信、康君立领番卒子上）（李克用云）塞上羌管[1]韵，北风战马嘶。缕金画面鼓，云月皂雕旗[2]。某乃李克用是也。昨朝与众番官饮酒，我十分带酒，说道存孝孩儿来了也。小番，与我唤存孝孩儿来者！（李存信云）如之奈何？（刘夫人上，云）李克用，你做的好勾当！信着两个丑生，每日饮酒，怎生将存孝孩儿五裂了？我亲到的邢州，并不曾改了名姓；都是康君立、李存信这两个贼丑生的见识[3]，着他改做安敬思。昨日我领着存孝孩儿来见你，你怎生教那两个贼子五车争了存孝？媳妇儿将着骨殖[4]，背将邓家庄去了。孩儿也，兀的不痛杀我也！（李克用云）夫人，你不说我怎生知道！都是这两个送了我那孩儿也！我说道：“五裂篾迭，我醉了也。”他怎生将孩儿五裂了！把这两个无徒拿到邓家庄上杀坏了，剖腹剜心，与俺孩儿报了冤仇也！便安排灵位祭物，便差人赶回媳妇儿来者。（做哭科，云）哎哟！存孝儿也！我听言说罢泪千行，过如刀搅我心肠。义儿家将都悲戚，只因带酒损忠良。颇奈存信、康君立，五裂存孝一身亡。大小儿郎都挂孝，家将番官痛悲伤。哎！你个有仁有义忠孝子，休怨我无恩无义的老爹娘！（同下）

（正旦邓夫人拿引魂幡[5]哭上，云）闪杀[6]我也，存孝也！痛杀我也，存孝也！（唱）

【双调·新水令】我将这引魂幡招飐到两三遭，存孝也，则你这一灵儿[7]休忘了阳关大道[8]。我扑簌簌[9]泪似倾，急穰穰[10]

意如烧；我避不得水远山遥，须[11]有一个日头走到。

【水仙子】我将这引魂幡执定在手中摇，我将这骨殖匣轻轻的自背着。则你这悠悠[12]的魂魄儿无消耗[13]，（带云）你这里不是飞虎峪那，（唱）你可休冥冥杳杳[14]差去了[15]！忍不住、忍不住痛哭嚎咷，一会儿赤留乞良气[16]，一会家迷留没乱倒。天那，痛煞煞[17]的心痒难挠[18]！

（刘夫人上，云）兀的不是媳妇儿邓夫人！我试叫他一声咱：媳妇儿，邓夫人，你住者！（正旦唱）

【庆东原】踏踏[19]的忙那步[20]，呸呸的不住脚，是谁人吖吖的脑背后高声叫？（刘夫人云）邓夫人，是我也。（做见哭科，云）痛杀我也，存孝孩儿也！（正旦云）阿者！你把我这存孝来送也！（刘夫人云）我说甚么来？（正旦唱）你可道"不着落保，到头来须有个归着"？（刘夫人云）媳妇儿也，你不曾忘了一句儿也。（正旦唱）这烦恼我心知，待对着阿谁[21]道？

（刘夫人云）孩儿，你且放下骨殖匣儿。你阿妈将二贼子拿将来，与存孝孩儿报仇雪恨也。（李克用同周德威领番卒子拿李存信、康君立上）（李克用云）媳妇儿也，你亦辞我一辞去，怕做甚么？将那祭祀的物件来，将虎磕脑、蝻虎带、铁飞挝供养[22]在存孝灵前，将康君立、李存信绳缠索绑祭祀了，慢慢的杀坏了这两个贼子。周将军与我读祭文咱。（周德威读祭文科）维[23]大□□九月上旬日，忻、代、石、岚、雁门关[24]都招讨使，破黄巢兵马大元帅李克用等，致祭于故男[25]飞虎将军李存孝之灵曰：惟灵生居朔漠[26]，长在飞虎，累遇敌战，猿臂善射。两张弓，两袋箭，左右能射之；手舞铁挝，斩将不及三合。曾打虎在山峪之中，破贼兵禁城之内，挝打死耿彪，立诛三将，杀坏五虎。击破一字长蛇阵，杀败葛从周。渭南三战，十八骑误入长安。箭射黄巨天，恶战傅存审，力伏李罕之，活挟邓天王，病战[27]高思继，生擒孟截海，大败王彦章。救黎民复入长安城，享太平再临京兆府。祭奠英灵，亲藩[28]悔罪。今克用因殢酒听信狂言，故损坏义男家将。今将贼子尽该诛戮，与公雪冤。众将缟素[29]，俺哭的那无情草木改色，青山天地无颜。将军阳世不将金印挂，阴司[30]却掌鬼兵权。众将番官痛嚎咷，壁上飞挝血未消，阶下枉拴龙驹马，帐前空挂虎皮袍。英雄存孝今朝丧，多曾出力建功劳。赤心报国安天下，万古清风把姓标。呜呼哀哉，伏惟尚飨[31]！（正旦唱）

【川拨棹】则听的父亲道，将孩儿屈送了[32]。家将每痛哭嚎咷，想着盖世功劳，万载名标。都与他持服[33]挂孝，众儿郎膝跪着。

【七兄弟】你兀的据着、枉了、见功劳[34]。沉默默两柄燕挝落，骨剌剌杂彩绣旗摇，扑冬冬画鼓征鼙操。

【梅花酒】你戴一顶虎磕脑，马跨着黄骠，箭插着钢凿[35]，弓控着花稍。经了些地寒毡帐冷，杀气阵云高。我这里猛觑了，则被你痛杀我也李存孝！

【收江南】呀，可怎生帐前空挂着虎皮袍？枉了你忘生舍死立唐朝！枉了你横枪纵马过溪桥！兀的是下梢[36]，枉了你一十八骑破黄巢！

（李克用云）小番，将李存信、康君立拿在灵前，与我杀坏了者！（番卒子做拿二净科，云）理会得。（李存信云）阿妈，怎生可怜见，饶了我两个罢！（康君立云）阿妈，若是饶我这一遭，下次再不敢了也！（正旦唱）

【沽美酒】康君立你自道，李存信祸来到；把存孝赚入法场屈送了，摔破了我浑家[37]大小，任[38]究竟[39]罪难逃。

【太平令】也是你争弱[40]，拿住你该剐该敲！聚集的人员好闹，准备车马绳索，把这厮绑了，五车裂了，可与俺李存孝一还一报！

（李克用云）小番，将二贼子五裂了者！（番卒子做杀李存信、康君立科，云）理会的。（李存信云）我死也。（下）

（李克用云）既然将二贼子五裂了，与我存孝孩儿报了冤仇，将孩儿墓顶上封官，邓夫人，与你一座好城池养老。你听者：李存信妒能害贤，飞虎将负屈衔冤。邓夫人哀哉苦恸，为夫主遇难遭愆。康君立存信贼子，五车裂死在街前。设一个黄箓[41]大醮[42]，超度俺存孝生[43]天。

---

［1］ 羌（qiāng 音枪）管：羌笛，西北少数民族管乐器之一，其状如并排粘在一起的两支笛子，长二尺四寸，三孔或四孔，因出于羌而得名。羌，我国古代少数民族之一，主要分布在今甘、青、川一带。

［2］ 皂雕旗：一种有黑雕图案的军旗。

［3］ 见识：这里是心计、花招的意思。

［4］ 骨殖（shi 音失轻声）：遗骨、尸骨，或作“骨植”，音义同。

［5］ 引魂幡：一种垂直悬挂的旗子，丧葬时用以招引鬼魂。

［6］ 闪杀：抛弃、撇开很远的意思。

［7］ 一灵儿：此指游魂。

［8］ 阳关大道：也作“阳关道”，原指经阳关通往西域的大道，后泛指交通大道。阳关，在今甘肃敦煌市西南。唐·王维《送刘司直赴安西》诗：“绝域阳关道，胡沙与塞尘。”

［9］ 扑簌簌：形容眼泪向下落的样子。

［10］ 急穰穰（ráng ráng 音瓤瓤）：忙乱的样子，也作“急攘攘”“急嚷嚷”，音义同。

［11］ 须：终。

［12］ 悠悠：邈远无尽的样子。

［13］ 消耗：音信、消息。

［14］ 冥冥杳杳：昏暗渺茫，在昏暗中无影无声。

［15］ 差去了：错走到别处去了。

［16］ 赤留乞良：也作“乞留乞良”，拟声词，形容悲痛时抽泣气结的样子。

［17］ 痛煞煞：形容悲痛之甚。

［18］ 心痒难挠：又作“心痒难揉”，心里痒痒难以用手抓挠。形容心里有某种欲望翻搅而难以克制。挠，用手指轻轻抓。

［19］ 踏踏：急行时脚着地的声音。

［20］那步：同“挪步”，走路。那，通“挪”，移动。

［21］阿谁：谁。阿，语首助词，无义。

［22］供养：用酒食祭祀神鬼。今河北、山东一些农村仍这样用。

［23］维：也作“唯”“惟”，作语助词，用于句首或句中。

［24］忻、代、石、岚、雁门关：忻，忻州，今山西忻州市一带。代，代州，今山西代县。石，石州，今山西吕梁市离石区。岚，岚州，今山西岚县。雁门关，亦名“西径关”，故址在今山西雁门关西雁门山上。

［25］男：这里指儿子。唐·杜甫《石壕吏》诗：“一男附书至，二男新战死。”这里的“故男”是指死去的儿子（李存孝）。

［26］朔漠：北方沙漠之地。南朝宋·谢惠连《雪赋》：“于是河海生云，朔漠飞沙。”

［27］病战：苦战。

［28］亲藩：此为李克用自称。藩，封建王朝分封的地面。当时李克用受封，镇守一方，屏藩王室，故云。

［29］缟素：白衣服，指丧服。缟，未经染色的绢。《汉书·食货志上》：“乘坚策肥，履丝曳缟。”

［30］阴司：迷信说法，人死后所在的世界叫“阴司”，也叫“阴间”“阴曹”“阴曹地府”。

［31］伏惟尚飨（xiǎng 音响）：古时祭文末尾的套话，意即敬请亡灵快来享用祭品。

［32］屈送了：含冤负屈地葬送了性命。

［33］持服：谓服丧服，俗称穿孝。

［34］“你兀的”句：意为你虽有功劳，也是枉然。兀的，亦作“兀得”“兀底”“阿的”“窝的”，这般、这样。据着，凭着、有着。

［35］凿：镞、箭头。

［36］下梢：亦作“下稍”，下场、结局。

［37］浑家：此指全家。

［38］任：当作“恁”，同“您”。

［39］究竟：追究的意思。

［40］争弱：找死。弱，这里为“丧亡”之意。

［41］黄箓：在黄纸上画的符箓（驱使神鬼的符号）。

［42］大醮（jiào 音轿）：大型的祭祀仪式。醮，道士设坛祭神。

［43］生：犹“升”，同音假借。

山神庙裴度还带

《山神庙裴度还带》简称《裴度还带》。天一阁本、《说集》本、孟称舜本和曹楝亭本四种《录鬼簿》，以及《太和正音谱》《元曲选目》《今乐考证》《曲录》等均有著录。今存明·赵琦美《脉望馆钞校本古今杂剧》本。本事源于五代王定保《摭（zhí 音直）言》，是一本历史故事的戏曲作品。剧写唐代裴度拾宝不昧因而救人性命，最终得中状元的故事。此剧在情节结构上主要由两条线索组成：一条是裴度个人的遭遇，这是主线；一条是韩琼英一家的遭遇，这是副线。这两条线被一条玉带系在一起。韩琼英一家三口的性命系于一条玉带，玉带被裴度所拾，从而使四条人命系于一条玉带之上。裴度如果贪财不还玉带，四命皆亡，裴度还了玉带，四命皆存，这是对裴度品德的大考验。裴度毕竟是一个有古朴之风的君子，他在别人藐视他时"胸次高傲"，蔑视世情；拾到玉带时，惊恐万状，夜不能寐，手捧达旦，归还原主。韩琼英一家得救了，裴度个人命运也因其不欺心而发生了根本的转变。整个剧作，关汉卿极力赞颂的就是像裴度这种"处于布衣窘暴之中，千金不改其志，端的是仁人君子也"的读书人形象，间接批判了元王朝重商轻儒的行为。裴度正是因为坚守了"善"的道德，才有了"善"的结局。

明人沈采《裴度香山还带记》亦述此事，与本剧情节近似。

近人王季烈《孤本元明杂剧提要》中评此剧:“汉卿所撰杂剧,有六十余种之多。此本在汉卿著作中,尤为上乘文字。如第一折之〔点绛唇〕〔混江龙〕二曲、第二折之〔一枝花〕〔梁州第七〕〔隔尾〕三曲、第三折之〔醉太平〕〔倘秀才〕〔塞鸿秋〕三曲,皆绝妙好词。其余亦本色朴质,非明人所及。”

《裴度还带》1959 年改编成京剧,一直在戏曲舞台上热演。

第一折

（冲末王员外同旦儿、净家童上）（王员外云）耕牛无宿料，仓鼠有余粮。万事分已定，浮生空自忙[1]。自家汴梁人氏，姓王名荣，字彦实。嫡亲的两口儿，浑家刘氏。我在这汴梁城中开着个解典库[2]，家中颇有资财，人口顺呼唤做王员外。此处有一人姓裴名度[3]，字中立。他母亲是我这浑家的亲姐姐，不想他两口儿都亡化过了。谁想此人不肯做那经商客旅买卖，每日则是读书；房舍也无的住，说道则在那城外山神庙里宿歇。大嫂！（旦儿云）员外，你有甚么说？（员外云）我几番着人寻那裴度来，与他些钱钞，教他寻些买卖做，此人坚意的不肯来。（旦儿云）说他傲慢，你管他做甚么！（员外云）看着他那父母的面上，假若来时，你多共[4]少与他些钱钞。我着人寻他去，人说道今日来，若来时，我自有个主意。（正末上，云）小生姓裴名度，字中立，祖居是这河东闻喜县人氏。小生幼习儒业，颇[5]看诗书，争奈小生一贫如洗。这洛阳有一人，乃是王员外，他浑家是小生母亲的亲妹子。俺姨夫数次教人来唤，小生不曾得去。小生离了家乡，来到这洛阳，寻了数日，今日须索走一遭去。想咱人不得志呵，当以待时守分[6]。何日是我那发迹的时节也呵！（唱）

【仙吕·点绛唇】我如今匣剑尘埋，壁琴土盖，三十载。忧愁的髭鬓斑白，尚兀自[7]还不彻[8]他这穷途债。

【混江龙】几时得否极生泰[9]？看别人青云独步立瑶阶[10]，摆三千珠履[11]，列十二金钗[12]。我不能勾丹凤楼[13]前春中选[14]，伴着这蒺藜沙上野花开[15]。则我这运不至，我也则索宁心儿[16]耐。久淹在桑枢瓮牖[17]，几时能勾画阁楼台？

（正末云）有那等人道："裴中立，你学成满腹文章，比及你受窘时，你投托几个相知，题上几首诗，也得些滋润[18]也。"您那里知道

也！（唱）

【油葫芦】我则待安乐窝[19]中且避乖[20]，争[21]奈我便时未来！想着这红尘万丈困贤才，那个似那鲁大夫亲赠他这千斛麦[22]？那个似那庞居士可便肯放做来生债[23]？自无了田孟尝，有谁人养剑客[24]？待着我折腰屈脊的将诗卖，怕不待要寻故友访吾侪[25]？

【天下乐】好教我十谒朱门九不开[26]！我可便难也波禁、难禁那等朽木材：一个个铺眉苫眼[27]妆些像态[28]，他肚肠[29]细，胸次狭，眼皮薄，局量[30]窄。（正末云）此等人本性难移，（唱）可不道他山河容易改？

（正末云）可早来到也。报复去，道有裴中立在门首。（家童云）你则在这里，我报复去。员外，有裴中立在门首。（员外云）着他过来。（家童云）理会的。员外着你过去。（正末见科，云）姨夫姨娘请坐，受您侄儿几拜。（旦儿云）裴度，想你父母身亡之后，你不成半器[31]，不肯寻些买卖营生做，你每日则是读书。我想来，你那读书的穷酸饿醋[32]，有甚么好处？几时能勾发迹也！（正末云）姨娘不知，圣人云：富家不用买良田，书中自有千钟粟[33]。小生我虽居贫贱，我身贫志不贫。（员外云）大嫂，人说他胸次高傲，果然如此！我虽不通古今，你是读书人，你说那为人的道理，我试听咱。（旦儿云）谁听你那“之乎者也”的！（正末唱）

【那吒令】正人伦[34]，传道统，有尧之君大哉；理纲常，训典谟，是孔之贤圣哉；邦反坫，树塞门，敢管之器小哉[35]！整风俗遗后人[36]，立洪范承先代，养情性抱德怀才。

（旦儿云）怀才，怀才，你且得顿饱饭吃者！（正末唱）

【鹊踏枝】则我这虀盐运[37]怎生捱！时难度与兴衰。配四圣[38]

十哲[39]，定七政[40]三才[41]。君圣明威伏了四海，敢则他这庙堂臣八辅三台[42]。

（旦儿云）你空有满腹文章，你则不如俺做经商的受用。你这等气高[43]样大[44]，不肯来俺家里来！你便勤勤的来呵，我也不赶你去也。（正末唱）

【寄生草】则我这穷命薄如纸，您侯门深似海[45]，空着我十年守定青灯捱！我若是半生还不彻黄虀债，我稳情取一身跳出红尘外。（员外云）看你这般穷嘴脸，知他是几时能勾发迹！（正末唱）你休笑这孤寒[46]裴度困间檐，（带云）则不但小生受窘，（唱）尚兀自绝粮孔圣居陈蔡[47]。

（员外云）大嫂，你听他但开口则是攀今揽古[48]。（旦儿云）裴度，你学你姨夫做些买卖。你无本钱，我与你些本钱，寻些利钱使，可不气概[49]？不强似你读书，有甚么好处！（正末唱）

【后庭花】你教我休读书做买卖，你着我去酸寒可便有些气概。你正是那得道夸经纪[50]，我正是成人不自在[51]。（旦儿云）你穷则穷，则是胸次高傲。（正末唱）我胸次卷江淮，志已在青霄云外。叹穷途年少客，一时间命运乖！有一日显威风出浅埃，起云雷变气色。

【青哥儿】我稳情取登坛、登坛为帅，我扫妖氛息平蛮貊[52]，你看我立国安邦为相宰。那其间日转千阶，喜笑盈腮，挂印悬牌[53]，坐金鼎莲花碧油幢[54]，骨剌剌的绣旗开。恁时节您看我敢青史[55]内标名载！

（旦儿云）我本待与你顿饭吃，你这等说大言，我也无那饭、也无那钱钞与你，你出去！（正末云）小生但得片云遮顶[56]，不在他人之下。（旦儿云）看了你这般嘴脸，一世不能勾发迹，出去！（正末云）好无礼也！你数番教人来请我，来到这里，将这等言语轻慢小生！罢、罢、罢！我冻死饿死，再也不上你家门来！（唱）

【尾声】他则是寄着我这紫罗襕[57]，放着我那黄金带，想"吾岂匏瓜也哉"[58]！更怕我辱末了您门前下马台[59]。有一日列簪缨[60]画戟门排，琼林宴[61]花压帽檐歪[62]，天香惹宫锦襟怀[63]，你看我半醉春风笑满腮[64]。我将那紫丝缰慢摆，更和那三檐伞云盖[65]。放心也，我不道的[66]满头风雪却回来！（下）

（员外云）大嫂，裴度去了也。（旦儿云）去了也。（员外云）他敢有些怪我？（旦儿云）可知哩！（员外云）大嫂，你不知道，恰才我见裴度，此人非小可。此人当来[67]必然峥嵘有日。我自有个主意了也。他如今怪我，久以后致谢我也迟哩！今日无甚事，我去白马寺[68]中走一遭去。（下）（旦云）安排茶饭等员外来家食用。我且回后堂中去。（下）

---

［1］“耕牛”四句：出自宋·蒙学教材《名贤集》。元曲常用作上场诗。这里是土财主王员外的上场诗。

［2］解（jiè 音介）典库：古代进行押物放款收息的商铺，亦称质舍、解库、解典铺等，即后来典当的前身。宋·吴曾《能改斋漫录》卷二《事始·物质钱为解库》：“江北人谓以物质钱为解库，江南人谓为质库，然自南朝已如此。”当铺多由私人独资或合伙经营，当户大多是贫苦百姓。当价一般不超过原价的一半，赎当时须付利息。抵押期限自六个月到十八个月不等，期满不赎，由当铺变卖。

［3］裴度（765—839）：字中立，河东闻喜（今山西省闻喜县）人。唐代中期杰出的政治家、文学家。德宗贞元进士。历事四朝，数（shuò 音朔）为宰相，身系国家安危二十年，威望比于郭子仪。晚年以宦官为权、党争激烈，辞官退居洛阳，以诗酒琴书自娱。在文学上，裴度主张“不诡其词而词自丽，不异其理而理自新”，反对在古文写作上追求奇诡。他对文士多所提掖，颇受时人敬重。

晚年留守东都时，与白居易、刘禹锡等唱酬甚密，为洛阳文事活动的中心人物。有文集二卷，《全唐文》《全唐诗》等录其诗文。

[4] 共：或。

[5] 颇：很、甚。

[6] 当以待时守分：为了等待好的时机而暂时安分守己。待，等待。时，时机。分，本分。

[7] 尚兀自："尚"和"兀自"都是"还"（hái 音孩）的意思，叠用是为了加重语气。

[8] 还（huán 音环）不彻：还不完。

[9] 否（pǐ 音匹）极生泰：亦作"否极泰来""否去泰来""否终则泰"，《周易》中的哲学思想，就是坏运到头，好运到来。否、泰，均为卦名。天地交谓之泰，泰则亨通；不交谓之否，否则不吉。

[10] 瑶阶：这里指皇宫中的玉阶。全句是说考中进士的人，可以到宫中晋谒帝王，受封请赏。

[11] 珠履：缀有明珠的鞋子。《史记·春申君列传》："春申君客三千余人，其上客皆蹑珠履以见赵使，赵使大惭。"

[12] 金钗：古时贵族妇女的首饰，由两股合成。三国魏·曹植《美女篇》诗："头上金爵钗，腰佩翠琅玕。"

[13] 丹凤楼：泛指皇家楼阁。

[14] 春中选：唐宋科举考试在春天进行，称"春闱"，考中者即取得进士资格。

[15] 蒺藜沙上野花开：沙地上多生蒺藜，故名蒺藜沙。野花开在蒺藜沙上，受不到赏识，用以比喻英才被埋没。明·孙凤《孙氏书画抄》："仇远《题李成寒鸦图》云：'老树枯苔雪乍晴，饥鸟飞集噤无声。蒺藜沙上花开早，且让春风与燕莺。'"

[16] 宁心儿：安心。

[17] 桑枢瓮牖（yǒu 音友）：桑木为门，破瓮为窗，形容住房简陋和生活贫困。枢，门上的转轴。牖，窗户。

[18] 滋润：亦作"润笔"，指给诗文、书画作者的报酬。

[19] 安乐窝：《宋史·道学列传一·邵雍》："富弼、司马光、吕公著诸贤退居洛中，雅敬（邵）雍，恒相从游，为市园宅。（邵）雍岁时耕稼，仅给衣食。名其居曰'安乐窝'。"后便用以指安逸的生活环境。此指裴度虽处困境，但不改其乐。

[20] 避乖：躲避人我是非，表示与世无争。

[21] 争：怎。

[22] 鲁大夫亲赠他这千斛（hú 音胡）麦：鲁大夫，指三国时吴国鲁肃。《三国志·吴书·鲁肃传》："周瑜为居巢长，将数百人故过候肃，并求资粮。肃家有

两囷（qūn 音逡，圆形的谷仓）米，各三千斛，肃乃指一囷与周瑜，瑜益知其奇也，遂相亲结。”斛，旧量器，方形，小口，大底，容量本为十斗，后改为五斗。

[23] 庞居士可便肯放做来生债：传说富人庞蕴常放债而不索还，一日，闻家中驴马作人语，说它们都是前生欠庞债而转世来报答的。详见元·陶宗仪《南村辍耕录》卷十九“庞居士”条。

[24] “自无了”二句：田孟尝，指战国著名四公子之一、齐国贵族田文，“孟尝君”是他的封号，门下有食客千人。剑客，指孟尝君门客冯驩（huān 音欢），他曾弹铗（jiá 音夹）而歌，曰：“长铗归来乎，食无鱼！”后因以“弹铗”指生活穷困，求助于人。此为裴度以冯驩自比。

[25] 吾侪（chái 音柴）：我们这些人。侪，等辈、同类的人们。

[26] 十谒朱门九不开：宋元时成语，意指欲求富贵人家帮助而到处碰壁。朱门，古时王公贵族的住宅，门涂红色，以示尊显。后以“朱门”作为贵族和达官贵人宅第的代称。唐·杜甫《自京赴奉先县咏怀五百字》诗：“朱门酒肉臭，路有冻死骨。”

[27] 铺眉苫眼：扬眉瞬目、志得意满的样子。铺眉，展眉、扬眉。苫眼，指眼睛眨动或转动，“苫”是“扇”的同音借字。

[28] 像态：模样、神态。

[29] 肚肠：指胸怀、心胸，与下句“胸次”互文见义。

[30] 局量：器量。《三国志·蜀书·黄权传》：“文帝察权有局量，欲试惊之。”

[31] 半器：谓中等才能。器，比喻才能。

[32] 穷酸饿醋：戏曲小说中常用以讥讽穷书生的寒酸样。

[33] 千钟粟：极言俸禄的丰厚。钟，古代容量单位。春秋时齐国的“公量”以四升为“豆”，四豆为“区（瓯）”，四区为“釜”，十釜为“钟”。

[34] 正人伦：《孟子·滕文公上》：“使契（xiè 音泄）为司徒，教以人伦：父子有亲，君臣有义，夫妇有别，长幼有序，朋友有信。”

[35] “邦反坫（diàn 音店）”三句：系撮举、化用孔子批评管仲的话，见《论语·八佾（yì 音异）》：“子曰：‘管仲之器小哉！’……（子）曰：‘邦君树塞门，管氏亦树塞门；邦君为两君之好，有反坫，管氏亦有反坫。管氏而知礼，孰不知礼？’”意思是说：管仲器量狭小。他以齐国大夫的身份而僭（jiàn 音剑）用诸侯之礼，是不知礼。反坫，周代诸侯宴会时的一种礼仪。“坫”是厅前两楹之间放礼器和酒具的土台。诸侯与诸侯宴会，饮罢之后须将酒杯反扣着置于坫上，叫作“反坫”。树塞门，亦诸侯之礼，指在厅堂与大门之间立起屏墙为蔽塞，以示内外之别。

[36] 后人：指子孙、后裔。

[37] 虀（jī 音基）盐运：比喻苦命。虀盐，指粗茶淡饭。虀，同“齑”，切碎的腌

菜。

[38] 四圣:《史记·太史公自序》:"维昔黄帝,法天则地,四圣遵序,各成法度。"四圣指"颛顼(zhuān xū 音专须)、帝喾(kù 音库)、尧、舜"(《史记集解》引徐广语)。

[39] 十哲:指孔子门下最杰出的十位弟子。"德行:颜回、闵子骞、冉伯牛、仲弓;言语:宰我、子贡;政事:冉有、季路;文学:子游、子夏。"(语出《论语·先进》)孔庙祀典中列侍于两侧。

[40] 七政:日、月和五星(金、木、水、火、土)总称"七政"。因为日、月和五星的运行各有规律,就像国家政治各有法度一样,故曰"七政"。

[41] 三才:指天、地、人。《易·系辞下》:"有天道焉,有人道焉,有地道焉,兼三才而两之,故六。"南宋·王应(yìng 音映)麟《三字经》:"三才者,天地人。"

[42] 八辅三台:泛指皇帝身边的重臣。八辅,犹八州。人皇依山川土地之势,分天下为九州。人皇居中州以统治八州。三台,秦汉时以尚书为中台,御史为宪台,谒者为外台,合称三台。

[43] 气高:谓高傲。

[44] 样大:谓架子大。

[45] 侯门深似海:唐·范摅(shū 音书)《云溪友议》说,秀才崔郊与其姑母之婢女相爱,崔写给婢女的诗中有"侯门一入深如海"一句,形容富贵之家门禁森严,不能自由出入。

[46] 孤寒:家世寒微,无依无靠。《晋书·陶侃列传》:"臣少长孤寒,始愿有限。"

[47] 绝粮孔圣居陈蔡:裴度以为圣贤尚有困厄时,何况自己。《史记·孔子世家》:"闻孔子在陈蔡之间,楚使人聘孔子。孔子将往拜礼,陈蔡大夫谋曰:'孔子贤者,所刺讥皆中诸侯之疾。今者久留陈蔡之间,诸大夫所设行皆非仲尼之意。今楚,大国也,来聘孔子。孔子用于楚,则陈蔡用事大夫危矣。'于是乃相与发徒役围孔子于野。不得行,绝粮。从者病,莫能兴。"又,《论语·卫灵公》:"在陈绝粮,从者病,莫能兴。"后以此典指遭受磨难困厄,或指绝粮忍饥。

[48] 攀今揽古:也作"攀今览古",意为说古道今,东拉西扯,乱谈一气。

[49] 气概:体面的意思。

[50] 得道夸经纪:获得胜利,就夸自己能干。得道,获得成功、成绩。经纪,经营料理。

[51] 成人不自在:谚语有"成人不自在,自在不成人"。成人,成为有成就的人。自在,悠闲安逸。指人若要有成就,就必须努力奋斗,不可以贪图舒适安逸,否则将不能成为有用之才。

[52] 蛮貊(mò 音莫):古代对少数民族的蔑称。《论语·卫灵公》:"子曰:"言忠信,行笃敬,虽蛮貊之邦,行矣。'"

[53] 挂印悬牌:高挂官印、告牌(旧时官府用以喻示下级或百姓的告示牌),指担

任官职。

[54] 碧油幢（zhuàng 音撞）：青绿色油车篷，代指华贵的车子。《南齐书·舆服志》“辇车”条注：“二宫御车，皆绿油幢，绛系络。御所乘，双栋。其公主则碧油幢云。”

[55] 青史：“青”指竹简，古人用作书写工具，也用来记载历史，所以后来以“青史”作为史书的代称。宋·苏轼《题永叔会老堂》诗：“嘉谋定国垂青史，盛事传家有素风。”

[56] 片云遮顶：指有大富大贵的命分。古时迷信说法，以为有帝王之分或命中注定将会大富大贵的人，头顶上往往有云气遮蔽。顶，头顶。敦煌变文《捉季布变文》：“若得片云遮顶上，楚将投来总安存。”

[57] 襕：古时上下衣相连的服装。《集韵·二十五寒》：“衣与裳（cháng 音常）连曰襕。”这种衣服多为未中科举的士人所穿。

[58] 吾岂匏（páo 音袍）瓜也哉：语出《论语·阳货》：“吾岂匏瓜也哉？焉能系而不食？”意为并非只是悬挂着而不给人食用，常用以表达欲图仕进的抱负。

[59] 下马台：旧时高门大户前供上下马的石台。

[60] 列簪缨：身居显贵之列，指官居高位。“簪”和“缨”均为古代官吏的冠饰，因用为显贵的代称。

[61] 琼林宴：《大明一统志》：“琼林苑，在府城（开封）西郑门外，宋尝宴进士于此。”后用以指代宴请进士的宴会。

[62] 花压帽檐歪：比喻科举得志。古时新科状元或新郎官冠插花朵，以示荣耀和喜庆。

[63] “天香”句：是说皇宫中的香气沾满了锦绣的官服，即做了大官，可以出入宫殿。天香，帝王宫殿里的香气。唐·皮日休《送令（líng 音玲）狐补阙归朝》诗：“朝衣正在天香里。”惹，沾染。

[64] 满腮：整个面颊。

[65] 三檐伞云盖：古时高官或有封号的贵夫人外出时遮阳并用作仪仗的三道檐的伞称为“三檐伞”，有云纹彩绘或云霞图案的伞盖称“云盖”。

[66] 不道的：不至于的意思。

[67] 当来：将来。

[68] 白马寺：佛寺名，在河南省洛阳市东郊。东汉明帝永平十一年（68 年）建，为佛教传入中国内地后兴建的第一座寺院。北魏·杨衒之《洛阳伽蓝记·白马寺》：“白马寺，汉明帝所立也，佛教入中国之始。”距今已有一千九百多年的历史。现存的遗址古迹为元、明、清时所留。寺内保存了大量元代夹纻干漆造像，如三世佛、二天将、十八罗汉等，弥足珍贵，为全国重点文物保护单位。

第二折

（长老[1]引净行者[2]上，云）老去禅僧不下阶，两条眉似雪分开。有人问我年多少，涧下枯松是我栽。老僧汴梁白马寺长老是也。自幼舍俗出家，在白马寺中修行。但是四方客官，都来寺中游玩。此处有个秀才，姓裴名度，字中立。此人文武全才，奈时运未至。此人每日来寺中，老僧三顿斋食管待[3]。今日无甚事，方丈[4]中闲坐。行者，门首觑者，看有甚么人来。（净行者云）阿弥陀佛[5]！阿弥陀佛！南无烂蒜吃羊头，娑婆娑婆，抹奶抹奶[6]。理会的。

（王员外上，云）自家王彦实，来到这白马寺中也。行者，你师父在家么？（净行者云）仆之师父不在家。（员外云）那里去了？（净行者云）去姑子庵子里做满月去了。（员外云）报复去，道我王员外在于门首。（净行者云）哄你耍子哩！师父，王员外在门首。（长老云）道有请。（净行者云）有请。（做见科）（长老云）员外从何而来？请坐。（员外云）小人无事可也不来。敢问长老，裴中立这几日来也不来？每日见不见？（长老云）终日在此寺中。（员外云）长老，小人有一件事央及长老：我留下这两个银子，若裴度来时……（打耳喑[7]科）（长老云）员外放心，都在老僧身上！你吃茶去。（净行者云）捣蒜炮茶来！（员外云）不必吃茶了，长老勿罪！我出的这门来。我为何不留裴度在我家里住？我则怕此人堕落[8]了功名。胸中志气吐虹霓[9]，争奈文齐福不齐[10]。一朝云路飞腾远，脱却白襴换紫衣。（下）

（长老云）员外去了也。老僧逐日常管斋食，今日这早晚，裴中立敢待来也。（正末上，云）小生裴度，前者被姨娘姨夫一场羞辱，小生"中心藏之，何日忘之"[11]！小生多亏这白马寺长老：一日三斋，未尝有缺；每谈清话，甚得其清致[12]。小生日日寺中三斋，到晚在这城南山神庙中安歇。时遇冬天，今日早间起来，出庙时尚且晴明，入的城来，一天风雪，纷纷扬扬下着国家祥瑞。好大雪也呵！（唱）

【南吕·一枝花】恰便似梅花遍地开[13]，柳絮因风起[14]。有山皆瘦岭[15]，无处不花飞。凛冽风吹，风缠雪银鹅戏，雪缠风玉马垂。采樵人荷担空回，更和那钓鱼叟[16]披蓑卷起。

【梁州】看路径行人绝迹，我可便听园林冻鸟时啼。这其间袁安高卧将门闭[17]。这其间寻梅的[18]意懒，访戴的[19]心灰，烹茶[20]的得趣，映雪的伤悲[21]。冰雪堂冻苏秦懒谒张仪[22]，蓝关下孝韩湘喜遇昌黎[23]。我、我、我飘的这眼眩曜[24]，认不的个来往回归；是、是、是我可便心恍惚，辨不的个东西南北；呀、呀、呀屯[25]的这路弥漫[26]，分不的个远近高低。琼姬、素衣，纷纷巧剪鹅毛细[27]。战八百万玉龙退败，鳞甲纵横上下飞[28]，可端的羡杀冯夷[29]！

（正末云）这雪越下的大了也。（唱）

【隔尾】这其间正乱飘僧舍茶烟湿，密洒歌楼酒力微，青山也白头老了尘世。都不到一时半刻，可又早周围四壁，添我在冰壶[30]画图里。

（正末云）可早来到也。我入的这方丈门来。无人报复，我自过去。（见长老科）（净行者云）裴秀才来了也，我报复去。有裴秀才在门首。（长老云）恰才说罢，裴秀才来到，请坐！行者，看茶来；一壁看斋，裴秀才这早晚不曾吃饭哩！（净行者云）看斋！小葱儿锅烧肝白肠。（正末云）小生多蒙吾师厚德管待，此恩终朝不忘，小生异日必当重报！（长老云）中立不见外，但忘怀而已！无物为款，聊尽薄心也。（正末唱）

【牧羊关】念小生居在白屋[31]，处于布衣，多感谢长老慈悲！为小生缘薄，承吾师厚礼；见一日无空过，整三顿饱斋食。你今日患难哀怜我，久以后得峥嵘答报你。

（长老云）先生，近者有一等闾阎市井之徒暴发，为人妄自尊大，追富傲贫；据先生满腹才学，为人忠厚，处于布衣：其理善恶两途，岂不叹哉！（正末云）吾师不知，如今有等轻薄之子，重色轻贤，真所谓井底之蛙耳，何足挂齿也！（唱）

【骂玉郎】有那等嫌贫爱富的儿曹辈，将俺这贫傲慢，把他那富追陪[32]，那个肯恤[33]孤念寡存仁义？有那一等靠着富贵，有千万乔所为，有那等夸强会[34]。

（长老云）秀才真乃英才之辈，比他人不同也。（正末唱）

【感皇恩】他显耀些饱暖衣食，卖弄些精细[35]伶俐。怎听他假文谈[36]，胡答应，强支持！出身于市井，便显耀雄威；则待要邀些名誉，施些小惠，要些便宜。

（长老云）真乃君子、小人不同也！（正末唱）

【采茶歌】无才学有权势，有文章受驱驰[37]。长老，这的是鹤长凫短不能齐[38]！比小生剩攒[39]浮财润自己，比吾师身穿几件虼蝻皮[40]。

（长老云）行者，看斋食裴秀才吃，共话一日，肚中饥了也。（净行者摆斋科）（正末云）小生逐日定害，何以克当！（长老云）先生何故如此发言？你则是未遇间，久以后必当登云路[41]。行者，门首看者，看有甚么人来，报复我知道。（外扮赵野鹤上，云）睹物观容知祸福，相形风鉴[42]辨低高。道号[43]皆称无虚子，肉眼通神赵野鹤。贫道姓赵，双名野鹤，道号无虚道人。自幼习学风鉴，贫道我断人生死无差，相人贵贱有准，是这汴梁人氏。此处白马寺有一僧人，乃是惠明长老，是我同堂故友。此人自幼舍俗出家；贫道在此货卜为生，每日到于寺中闲坐。今日到于寺中，探望长老走一遭去。可早来到也。行者，你师父在方丈中么？（净行者云）师父方丈中有！（野鹤云）报复去。（净行者云）理会的。师父，有赵野鹤在于门首。（长老云）有请！（净行者云）先生，师父有请！（见科）（长老云）先生数日不见，请坐！（野鹤云）长老请坐！（长老云）裴中立，你与先生相见咱。此人乃赵野鹤，善能风鉴，断人生死贵贱如神。（正末云）小生虽与足下识荆[44]，所烦相小生祸福咱。（野鹤做惊科，云）此位秀才何人？（长老云）先生，此人姓裴名度，字中立，学成满腹文章，未曾进取功名，有烦先生相裴秀才几时为官？（野鹤云）秀才，你恕罪。我这阴阳有准，我断人祸福无差。可惜也！你看你冻饿纹入口，横死纹鬓角连眼，鱼尾[45]相牵入太阴[46]。游魂无宅死将临，下侵口角如烟雾，即日[47]形躯入土深。可怜也！你明日不过午，你一命掩泉土。明日巳时前后，你在那乱砖瓦之下板僵[48]身死。可怜也！（正末云）此人见小生身上蓝缕[49]，故云如此，特地眇视[50]于小生，好世情[51]也呵！（野鹤云）秀才你休怪！我是肉眼通神相，看你面貌上无一部可观处。你看你五露、三尖、六极！五露者，是眼突、耳反、鼻仰、唇掀、喉结。经曰：一露二露，有衫无裤；露若至五，夭寿孤苦；五露俱无，福寿之模[52]。六极者：头小为一极，夫妻不得力[53]；额小为二极，父母少温习；目小为三极，平生少知识；鼻小为四极，农作无休息；口小为五极，身无剩衣食；耳小为六极，寿命暂朝夕。我与你细细的详推。（正末唱）

【贺新郎】通神的许负细详推，地阁天仓，兰台廷尉[54]，则他那山根印堂[55]人中[56]贵，五露三停[57]六极，龙角鱼尾伏犀[58]。肉眼藏天地理，风鉴隐鬼神机。断祸福、观气色、占凶吉，这厮好世情看冷暖，人面逐高低！

（野鹤云）秀才，你休怪小子。我敢断人生死无差，生则便生，死则便死，相法中无有不准。江湖上谁不知道肉眼通神相，人皆称呼我做无虚道人！（正末唱）

【哭皇天】噤声[59]！这厮得道夸经纪，学相[60]呵说是非，无半星儿真所为，衡一划[61]说兵机[62]。（正末云）裴度怨他怎的！（唱）大刚来[63]则是我时兮命矣！我虽在人间阎之下、眉睫之间[64]，又不比斗筲[65]之器、疥癣之疾。虽然是我身贫，我身贫志不移；我心经纶[66]天地，志扶持社稷。

【乌夜啼】稳情取禹门[67]三级登鳌背[68]，振天关[69]平地声雷。看堂堂图相麒麟内，有一日列鼎而食，衣锦而回。那其间青霄独步上天梯，看姓名亚等[70]呼先辈；攀龙鳞，附凤翼，显五陵豪气，吐万丈虹霓！

（野鹤云）相法所断，何故大怒？（长老云）裴中立，虽然相法中如此断，也看人心上所积，可不道人有可延之寿也。（野鹤云）小子无虚言也。（正末唱）

【煞】[71]噤声！我则理会的“先王之道，斯为美[72]”，正是“不患人之不己知[73]”。则你是个巧言令色[74]打家贼[75]，不辨个贵贱高低！按不住浩然之气[76]，你看我登科甲便及第。若是我金榜无名誓不回，有一日我独步丹墀[77]。

（长老云）秀才再答话[78]一回去波。（正末不辞出门科，云）罢、罢、罢！（唱）

【尾声】虽是我十年窗下无人比，稳情取一举成名天下知。（野鹤云）可惜此人文齐福不至也！（正末唱）我既文齐福不齐，脱白襕，换紫衣，列虞候[79]，摆公吏，那威严，那英气，那精神，那雄势，腆着胸脯，捻着髭髯[80]！宝雕鞍侧坐[81]，镔铁[82]镫斜挑，翠藤鞭款袅，缕金辔轻摇，笑吟吟喜春风骤马娇嘶。列紫衫银带，摆绣帽宫花，簇朱幢皂盖，拥黄钺[83]白旄[84]，那其间酬心

愿遂功名还故里。（下）

（长老云）裴中立含怒而去。（野鹤云）可惜裴秀才，明日不过午，必定掩泉土。此人死于乱砖瓦之下，板僵身死。长老，小子告回也。（长老云）先生，再坐一会儿去。（野鹤云）小子不必坐，明日再来望。我出的寺门来，且回我家中去也。（下）（长老云）裴中立如此造物[85]！（净行者云）苦哉也！（长老云）老僧且回方丈中。待到明日，若日午之后，裴中立若来时，万千欢喜；若午后真个不来，老僧领着行者，亲身直到城外山神庙，看裴秀才走一遭去。（下）（净行者云）阿弥陀佛！这一会打在乱砖瓦底下，苦也！苦也！（下）

（韩夫人同韩琼英上，云）花有重开日，人无再少年。休道黄金贵，安乐最值钱。老身姓李，夫主姓韩。夫主为洛阳太守，别无得力儿男，止有一女，小字琼英，嫡亲的三口儿家属。为因上司差国舅傅彬计点[86]河南府钱粮，至此洛阳，问我夫主要下马[87]钱一千贯。因我夫主在此洛阳秋毫无犯[88]，家无囊畜之资，亦难去科敛[89]民财，我夫主未曾应酬，以此傅彬怀恨。不期傅彬使过官钱一万贯，后来事发到官，问傅彬追征[90]前项赃物；不想傅彬指[91]下夫主三千贯赃。都省[92]无好官长奏闻，行移[93]至本府，提下夫主，下于缧绁[94]，赔赃三千贯。事以不明，难为伸诉，争奈下情不能上达，何须分辩！休越朝廷法例，舒心[95]赔纳。家中收拾，止勾送饭日用而已，俺两口儿面上，众亲戚赍助一千贯。老身止生的这个孩儿，因父祖名家，老身严加训教此女读书吟诗写字。在城里外，多亏我这女孩儿怀羞捌笔题诗[96]，救父之难，得市户乡民恻隐[97]，一则为他父清廉，二则因我这女孩儿孝道，半年中抄化[98]到一千贯。陆续纳入官，前后二千贯，尚有一千贯未完，夫主未能脱禁。孩儿也，恁的呵，如之奈何？（琼英云）母亲，您孩儿今日早上街，有人道："小姐，城中关里，人事上也絮繁[99]了。近日朝廷差一公子来此歇马[100]，今日往城东去了也，有人见在邮亭上赏雪饮酒观梅。你去那里走一遭，但得些滋润，便勾了也。"妾身想来，也说的是，不曾与母亲说知，未敢擅便。(卜儿云)既然如此，你今日便索出城东，往邮亭处投奔那公子走一遭去。孩儿，你疾去早来，休着我忧心。(下)(琼英云)理会的。我收拾灰罐[101]、笔，便索往邮亭投奔李公子走一遭去。(下)

(外扮李公子上，云)祖父艰辛立业成，子孙荣袭受皇恩。为臣辅弼行肱股，保助皇朝享太平。某姓李，名文俊，字邦彦。今奉圣人命，为因各处滥官污吏苦害良民，或有山间林下，怀才抱德，隐迹埋名，屈于下流，着某随处体察采访。某来到这洛阳歇马，纷纷扬扬，下着国家祥瑞，领着从人，将着红干腊肉、酒果杯盘，来至这城东邮亭上。你看那雪飘梅放，正好赏心乐事。(祗候云)大人满饮一杯。(把盏科)(公子云)这早晚这雪越下的大了也，慢慢的饮几杯。

(琼英上，云)妾身韩琼英，出的这城来，一天风雪，虽然如此受苦，我为父母，也是我出于无奈。说话中间，兀的不到邮亭也。这一簇人马，那公子正在邮亭上饮酒哩。我拂了我这头上雪，上邮亭去咱。(李公子见科，云)大雪中一个女子，提着个灰罐，上这邮亭来，必然是题诗。(祗候云)兀那女子！那里去？(公子云)祗候人，休惊吓着他，着那个女子近前来。(祗候云)女子，你靠前把体面。(琼英放下灰罐科)(李公子云)兀那女子，谁氏之家？姓甚名谁？因何大雪中提着个灰罐儿，来这邮亭上有何事？你试说一遍咱。(琼英云)妾身洛阳太守韩廷幹之女。为因朝廷差国舅傅彬计点河南各府钱粮，来至此洛阳，问家尊要下马钱共起马钱。为因家尊治官廉洁，秋毫无犯，家无囊畜之资，也难去科敛民财，处正道公行，不曾应酬，傅彬怀恨。不想傅彬贼心，侵使过官钱一万贯。后因事发，问傅彬追征前项赃物；谁想傅彬怀挟前仇，指家尊三千贯！都省无好官长奏闻，行移文书至本府，提下家尊，下于缧绁，赔赃三千贯。事以不明，难为伸诉，既下情不能上达，何须分辨！休越朝廷法例，舒心赔纳。家中收拾，止勾送饭日用而已，父母面上，众亲戚处赍助了一千贯。父母止生妾一个，因父祖名家，老母家训教妾读书吟诗写字。城里城外，妾身怀羞，无计所奈，搠笔题诗，救父之难。得市户乡民恻隐，一则为父清廉，二则因妾孝道，半年来抄化到一千贯。陆续纳入官府，前后纳够二千贯了，如今尚有一千贯未完，不能够救我父亲脱禁。听知的大人在此邮亭中赏雪观梅，妾身特来大人处献诗。（公子云）却原来是为傅彬那个逆贼攀指[102]，累及好人无故系狱！此天理何在？日月虽明，不照覆盆之下[103]。看说此一事，韩公实是冤枉。兀那小姐，汝父既是如此，你何不伸诉你父冤枉，与朝廷辩明此事？（琼英云）系是朝廷法例，焉肯与贼子折证辩明？情愿舒心赔纳。（公子云）朝廷有如此廉良之臣，埋没于斯！兀那小姐，如今你父亲合纳三千贯赃，有二千贯也，尚有一千贯未完。又难得如此孝道之女，天地神明，岂无照察！李邦彦也，可不道："见义不为，无勇也。"[104]我有这两条玉带，价值三千贯，兀那小姐，我与你救父赔赃，成此胜事。兀那小姐，既然你会吟诗，你就指这雪为题，作诗一首，可不好？若有诗，此玉带便与你；若无诗呵，这玉带不与你。（琼英拜科）（公子云）兀那祗候，你随身带着那文房四宝，与那女子纸笔，教他写。（祗候云）理会的。（祗候与旦纸笔科，云）兀那女子，与你纸笔。（琼英做寻思写科，云）诗就了也，我就写在这纸上。（做写科了）（公子云）好写染[105]也，我试看咱。诗曰：合是今年喜瑞新，皇天辅得玉麒麟。太平有象云连麦，普济[106]祯祥救万民。（公子云）嗨！此诗中意题雪褒奖，甚有比喻。此女子非凡，再吟咏一首，看后意如何？小姐，你既有如此大才，可指雪再吟咏一首。（琼英云）既公子命妾，拙才[107]再题一首。（写科了）（公子看云）诗曰：逞祥遍迴[108]飞琼凤，表瑞腾空坠素鸾[109]。为国于民能润物，休将树稼等闲看。嗨！此诗中意，有世教，有机见，有志气，有彼此，得诗家之兴也。非我多事，休嫌絮烦，指此梅花，再咏一首。（旦云）既公子命妾，再题一首。（又写科）（公子云）诗曰：性格孤高幽谷载，清香独步染纤埃。岁寒一点真如许，待许春回向暖开。此诗中志气不小！这首诗是白梅，你觑，兀那窗外腊梅一树，你何不指腊梅烦作一首？（旦又写科了）（公子云）诗曰：时人未识颜如腊，惟妾心知清似冰。

志在中央得正气，暗香别是一般清。此女子天资天才，四绝诗不构思，出语走笔成文，非同小可；咏此四绝句，岂不清致，大志不浅！此女子有丈夫之刚，又兼父廉母严女孝，此一言古今稀有！小官闻知汝父之冤枉，某奉命专察不明之事。我将此一事，我自动文书往京师奏知。兀那小姐，你将此带去，此带价值千贯，救父赃完脱禁。（做与带科）（旦谢科，云）索是谢了大人深恩厚意！（公子云）你休如此说，你便去救你父亲去。小官在此洛阳体察的如此一庄事，我不敢久停久住，则今日便索往京师去也。覆命亲身离洛阳，一门忠孝有纲常。女孝父廉遭危难，拔擢英贤奏帝王。（下）

（旦云）感谢祖宗！不想遇着公子，得一条玉带，价值千贯。可救父难，得脱缧绁之灾。我不敢久停，将着玉带，报知母亲去。（下）

---

［1］长（zhǎng 音掌）老：对年高德劭的僧人或住持僧的尊称。

［2］行者：梵（fàn 音范）语的音译。佛教中指还没有取得正式资格，带发修行的佛门弟子，以及为求法证悟而游食四方者，有时也称“侍者”。

［3］管待：管顾、招待。

［4］方丈：寺中住持僧所居之室，照规矩横、直各一丈，故曰“方丈”。

［5］阿弥陀佛：大乘佛教的佛名，意译为“无量光”“无量寿”。后成为一般人的口头禅，表示感慨、欢喜、惊异、祝祷等义。

［6］“南无（nā mó 音那阴平磨）”三句：都是行者打诨（hùn 音混去声）的话。南无，佛教用语，表示对佛尊敬或皈（guī 音归）依。娑（suō 音梭）婆娑婆，佛家语。《法华玄赞》：“是三千大千世界，号为娑婆世界。”此处“娑婆”与“抹奶”对，是插科打诨语。抹奶，蒙语，谓“我的”。

［7］耳喑（yīn 音因）：附耳低语的意思。

［8］堕落：此为“耽误”的意思。

［9］虹霓：就是虹，这里用来比喻人的远大抱负。

［10］文齐福不齐：文才足够崭露头角，可是命运不济。文，文采。齐，全。

［11］“中心”二句：语出《诗经·小雅·隰（xí 音席）桑》。藏（zāng 音臧），臧、善。

［12］清致：犹“情致”，情趣之意，清雅而有风致。

［13］“恰便似”句：以花比喻雪，使严寒中的雪景透出一股春意，肃杀中自有旖旎

风光。

[14] 柳絮因风起：喻降雪。典出南朝宋·刘义庆《世说新语·言语》："谢太傅寒雪日内集，与儿女讲论文义。俄而雪骤，公欣然曰：'白雪纷纷何所似？' 兄子胡儿曰：'撒盐空中差可拟。' 兄女曰：'未若柳絮因风起。' 公大笑乐。"

[15] 有山皆瘦岭：是说山岭积雪，山容似乎变瘦。

[16] 钓鱼叟：渔翁。叟，一般指老人。文学作品中常指那些郁郁不得志的文人既不肯轻易放下心中的执念，又不愿同流合污而向现实屈服，于是他们或被贬或自我远离官场，意图做一个不问世事的闲散人。宋·苏辙《画枕屏》诗："长有滩头钓鱼叟，伴人闲卧寂寥中。"

[17] 袁安高卧将门闭：典出《后汉书·袁安传》："时大雪积地丈余。洛阳令身出案行，见人家皆除雪出，有乞食者。至袁安门，无有行路。谓安已死，令人除雪入户，见安僵卧。问何以不出。安曰：'大雪人皆饿，不宜干人。' 令以为贤，举为孝廉。" 元曲中常以此写雪景。

[18] 寻梅的：指孟浩然在雪地中顺着蜡梅的香气寻找梅树的踪迹。明·程登吉编《幼学琼林》卷四"花木类"："冒雨剪韭，郭林宗款友情殷；踏雪寻梅，孟浩然自娱兴雅。" 后因以"踏雪寻梅"形容文人雅士赏爱风景苦心作诗的情致。

[19] 访戴的：指晋王徽之雪夜乘兴坐小船往剡（shàn 音善）溪访戴逵事。典出南朝宋·刘义庆《世说新语·任诞》："王子猷（yóu 音由）居山阴，夜大雪……忽忆戴安道。时戴在剡，即便夜乘小船就之。经宿方至，造门不前而返。人问其故，王曰：'吾本乘兴而行，兴尽而返，何必见戴。'" 后为拜访朋友的代称。

[20] 烹茶：典出陶榖雪天用雪水烹茶事。陶榖，宋代文学家。陶榖曾得党进的家姬。一天遇雪，陶榖掏雪水烹茶，问家姬说："党家有这样的风味吗？" 家姬答道："他是粗人，只知道在销金帐下浅斟低唱，饮羊羔美酒，哪有这种风味！" 陶默然愧其言。见《绿窗新话·党家妓不识雪景》。

[21] 映雪的伤悲：意思是下雪固然可以映雪读书，但雪太大了，寒气太重，冻得不能读书，岂不见景生悲！映雪，唐·徐坚《初学记》卷二引《宋齐语》：晋人"孙康家贫，常映雪读书"。后人用此典形容有志士子苦读。

[22] "冰雪堂"句：关于战国时期纵横家苏秦与张仪的故事，见元·无名氏《冻苏秦衣锦还乡》杂剧。该剧说苏秦与张仪原为同窗好友，后张仪做了秦国丞相，布衣苏秦前往拜谒。张为激励苏，故意在冰雪堂冷遇他。冰雪堂，形容房屋破漏，冰连雪结，人不堪住。

[23] "蓝关下"句：唐代著名文学家韩愈，字退之，河南河阳（今河南孟州南）人，自谓郡望昌黎，世称韩昌黎。韩湘，韩愈的侄孙，长庆进士，曾官大理丞。后民间传说讹为韩愈的侄子，"八仙"之一。据说韩愈因上《论佛骨表》而被贬潮州时，雪拥蓝关，马不能前，韩湘特来扫雪。愈作诗自咏："云横秦岭家何在？雪拥蓝关马不前。知汝远来应有意，好收吾骨瘴江边。"

[24] 眩曜：同“眩耀”，雪光夺目、看不清楚的样子。

[25] 屯：聚积。

[26] 弥漫：充满、到处都是的意思。

[27] “琼姬”二句：用神仙故事，说雪花是着白衣的仙女琼姬在天上巧剪鹅毛而成。琼姬，传说中的芙蓉城中仙女名。宋·赵彦卫《云麓漫钞》卷十：“王迥字子高，族弟子立，为苏黄门婿，故兄弟皆从二苏游。子高后受学于荆公。旧有周琼姬事，胡徽之为作传，或用其传作《六幺》。东坡复作《芙蓉城》诗，以实其事。”

[28] “战八百万”二句：语本宋·陈鹄《西塘集耆旧续闻》诗：“战退玉龙三百万，断鳞残甲满天飞。”玉龙，形容大雪翻飞。

[29] 冯（píng 音平）夷：传说中的水神名，即河伯。《庄子·大宗师》：“冯夷得之，以游大川。”曹植《洛神赋》：“冯夷鸣鼓，女娲清歌。”亦作冰夷、无夷。

[30] 冰壶：本指盛冰的玉壶，借指月亮或月光。

[31] 白屋：用茅草覆盖的屋，或谓露着木料而未加修饰的房子，古时多用以指没有做官的读书人的住屋。南朝梁·刘孝威《行还值雨》诗：“况余白屋士，自依卑路旁。”

[32] 追陪：相随相伴。

[33] 恤：怜悯、同情。

[34] 夸强会：逞能的意思。强会，才能、能干。

[35] 精细：聪明。

[36] 文谈：宋元人谈话聊天儿时喜欢引经据典，来显示自己的才学和身份，时称“文谈”。

[37] 驱驰：此为受人驱使的意思。

[38] 鹤长凫短不能齐：鹤腿长，凫腿短，两者不同，借喻人世间是非、善恶、长短、穷通都不能相比。此为宋元时成语。

[39] 剩趱：广为积蓄。剩，余也。趱，同“攒”，谓积蓄。

[40] 虼螂（gè liǎng 音个两）皮：对人品卑污者所穿漂亮衣着的蔑称。虼螂，屎壳郎。它拿动物尸体及粪便作食物，但鞘翅乌黑有光，因以“虼螂皮”比喻坏人或无能者的漂亮外衣。

[41] 登云路：做官。云路，古时喻仕途。唐·刘禹锡《和苏郎中寻丰安里旧居寄主客张郎中》诗：“同学同年又同舍，许君云路并华辀（zhōu 音舟，车辕）。”

[42] 风鉴：原指以外貌风神品评识别人物，后称相人之术为风鉴。宋·吴处厚《青箱杂记》卷四：“余尝谓风鉴一事，乃昔贤甄识人物、拔擢贤才之所急，非市井卜相之流，用以贾鬻（gǔ yù 音古玉）取资者。”

[43] 道号：修道隐逸者的别号。

[44] 识荆：初次见面的敬辞。语出唐·李白《与韩荆州书》：“白闻天下谈士相聚而

言曰：‘生不用封万户侯，但愿一识韩荆州。’何令人之景慕一至于此耶！”韩荆州，即韩朝宗，曾官荆州长史。

[45] 鱼尾：指眼角之位。相术家把眼角上的纹呼为“鱼尾”。

[46] 太阴：人体经脉名。《素问·阴阳离合论》：“中身而上，名曰广明；广明之下，名曰太阴。”

[47] 即日：不日、眼下、目前、近几天内。

[48] 板僵：谓尸体僵直如板。

[49] 蓝缕：谓衣服破烂。《左传·宣公十二年》：“筚路蓝缕。”杜预注：“蓝缕，敝衣。”

[50] 眇（miǎo 音秒）视：小瞧、轻视、看不起。眇，渺小、微小。

[51] 世情：或作“世态”，谓随富贵贫贱而变更待人的态度，犹今云“势利眼”。

[52] 模：模样，引申为“标志”之意。

[53] 得力：得用，得人助力之意。

[54] “通神的”三句：是说如果一个人天仓饱满，地阁方圆，就能在朝中做大官。许负，汉代河内温人，老妪，工相术。周亚夫任河内太守时，许负相之，说道：君此后三年而为侯，为侯八年任将相，其后九年饿死。相传，后果应其言。高帝封之为鸣雌亭侯。地阁天仓，相术术语。地阁，指人的下颌。天仓，也叫天庭，指人的前额中央。迷信说法，天仓（天庭）饱满，地阁方圆，是大富大贵之相。兰台，汉宫内藏图书之处，由御史中丞执掌，别称御史台。廷尉，官名，掌刑狱，为九卿之一，从北齐至明清改称大理寺卿。

[55] 山根印堂：相术术语。山根，指人的鼻梁。印堂，指两眉之间稍靠上一点儿的地方。

[56] 人中：指人上唇正中的凹痕。《相书》：“人中长一寸，寿一百。”

[57] 三停：相术家把人体及面部各分三部，谓之“三停”。以全身论，头为上停，腰为中停，足为下停；以面部论，则天庭至印堂曰上停，山根至准头曰中停，人中至地阁曰下停。

[58] 伏犀：指前额至头顶的骨骼。迷信的人以“伏犀”为显贵之相。《新唐书·袁天纲传》：“……见窦轨曰：‘君伏犀贯玉枕，辅角完起，十年且显。’”见马周曰：“马君伏犀贯脑，背若有负，贵验也。”

[59] 噤（jìn 音近）声：住口。

[60] 学相（xiàng 音向）：谈说相理、相术。学，“说”的意思。相，谓相术。

[61] 一刬（chàn 音忏）：一味、统统之意。

[62] 兵机：用兵、打仗的智谋。

[63] 大刚来：亦作“大纲来”“大古来”“待刚来”，总之、大概的意思。

[64] 眉睫之间：比喻极近、迫近。《韩非子·用人》：“不去眉睫之祸，而慕（孟）贲（bēn 音奔）（夏）育之死。”

[65] 斗筲（shāo 音烧）："斗"和"筲"都是较小的容器。语出《论语·子路》："斗筲之人，何足算也！"朱熹注："斗，量名，容十升。筲，竹器，容斗二升。斗筲之人，言鄙细也。算，数（shǔ 音属）也。"后用以比喻才短识浅。

[66] 经纶：原义为整理丝缕，引申为经理国家大事。宋·秦观《滕达道挽词》："经纶未了埋黄土，精爽还应属斗牛。"

[67] 禹门：龙门，传说为大禹所凿，鲤鱼跳过龙门，即变为龙。古时把中科举喻为跳龙门。宋·辛弃疾〔鹧鸪天〕《送廓之秋试》词："禹门已准桃花浪，月殿先收桂子香。"

[68] 登鳌背：考中状元。鳌背，皇宫正殿前有一块雕作鳌形的大石头，新科状元要站在它上面参谒皇帝，称作"登鳌背"或"独占鳌头"。

[69] 天关：天门。《宋史·天文三·二十八舍上》："东方，角宿二星，为天关，其间天门也，其内天庭也。"

[70] 亚等：次一等、低一等。

[71] 〔煞〕：曲牌名，"煞"是"煞止"之意。北曲【般涉调】【黄钟宫】【正宫】【南吕宫】【商调】【双调】等都有〔煞〕曲，字数定格互有不同，都用在套曲的结尾部分，在末一曲的〔尾声〕或〔煞尾〕之前。可只用一曲，标为〔煞〕或〔三煞〕。也可连续使用，依其在套曲中的位置取名，位于倒第二者称〔二煞〕，倒第三者称〔三煞〕，余类推；但也有顺第二者称〔二煞〕，顺第三者称〔三煞〕的。〔煞〕曲可与其他曲牌结合，用以代替〔尾声〕，如〔啄木儿煞〕〔后庭花煞〕〔卖花声煞〕〔浪来里煞〕〔离亭宴煞〕〔煞尾〕等。

[72] 先王之道，斯为美：语出《论语·学而》："有子曰：'礼之用，和为贵。先王之道，斯为美；小大由之。'"（有子说道："礼的作用，以遇事都处理得恰当、和谐为可贵。过去圣明的君主治理国家，正是在这一点上做得很好。他们大事小事都顺从这个道理。"）朱熹注："先王之道，此其所以为美，而小事大事，无不由之也。"

[73] 不患人之不已知：不忧虑别人不了解自己。语出《论语·宪问》："子曰：'不患人之不已知，患其不能也。'"患，忧虑。不已知，"不知已"的倒装语。知，了解。

[74] 巧言令色：花言巧语，伪善的脸色。语出《论语·学而》："子曰：'巧言令色，鲜矣仁！'"令，美、善。色，脸色。

[75] 打家贼：骂人的话，犹言打家劫舍的强盗。

[76] 浩然之气：胸中正气。语出《孟子·公孙丑上》："我知言，我善养吾浩然之气。"

[77] 丹墀（chí 音池）：皇宫前的石阶涂以红色，故云。

[78] 答话：攀话、聊天儿。

[79] 虞候：隋唐以来为武官名，也呼官僚的侍从为虞候。

[80] 髭髳（lì 音力）：胡子稀疏貌。髭，嘴上须。“髳”字不见字书，当是方言，胡须。

[81] 侧坐：偏坐。

[82] 镔铁：精铁。

[83] 黄钺：金饰之斧，皇帝专用或赐给负有征伐之责的重臣所用。

[84] 白旄：古代军旗的一种，以牦牛尾置竿顶，用以指挥全军。

[85] 造物：犹言“造化”，运气、命运。

[86] 计点：检点。清・胡涛《收租诗》：“家僮载米归，计点六十斛。”

[87] 下马：官员到任叫“下马”。

[88] 秋毫无犯：形容军队纪律严明，丝毫不侵犯民间的利益；也形容为人正派清廉，不搜刮民脂民膏。秋毫，指鸟兽在秋季新长出的细绒毛，比喻细微的事物。

[89] 科敛：摊派、征集钱物。

[90] 追征：追索。

[91] 指：“指攀”的省文，谓犯案后供出同犯，犹如现在说“咬”。

[92] 都省：唐代尚书省的中厅叫作“都堂”。省，指中书省。“都”和“省”都是指中央的最高行政机关。

[93] 行移：平行机关之间的文书往来叫“行移”。

[94] 缧绁（léi xiè 音雷谢）：拘系犯人的绳索，此引申为囚禁。《论语・公冶长》：“虽在缧绁之中，非其罪也。”

[95] 舒心：心甘情愿。

[96] 搠（shuò 音硕）笔题诗：沿街卖诗文。搠，执、持。

[97] 恻隐：哀怜、同情别人的不幸遭遇。恻，悲伤。隐，伤痛。《楚辞・九叹・忧苦》：“内恻隐而含哀。”《孟子・告子上》：“恻隐之心，人皆有之。”

[98] 抄化：募化。

[99] 絮繁：此为厌倦、厌烦的意思。

[100] 歇马：小驻。

[101] 灰礶（guàn 音贯）：盛墨的罐子。礶，同“罐”。

[102] 攀指：诬供牵连。

[103] “日月”二句：这句是比喻虽有明君，但在贪官污吏统治之下，冤狱仍然到处存在。语出晋・葛洪《抱朴子》：“三光不照覆盆之内也。”覆盆，翻过来放置的盆。

[104] “见义”二句：语出《论语・为政》。

[105] 写染：指书写、绘画，此为写文章。写，书写。染，着色落墨。

[106] 普济：普遍救助。普济的对象多为一个群体，而不是具体的某一人，侧重大范围、普遍的援助。

[107] 拙才：自谦之辞，笨拙之才。
[108] 遍迥：遍野。迥，借作“坰（jiōng 音扃）”，野外。
[109] 琼凤、素鸾：均喻指白色的雪花。

第三折

（山神上，云）霹雳响喨震山川，苍生拱手告青天。有朝雨过云收敛，凶徒恶党又依然。吾神乃此处山神是也。此处洛阳有一人，乃是裴度。此人满腹文章，争奈[1]文齐福不至，每日晚间在此庙中安歇。此人更兼寿夭，可怜裴度，明日午前，当死在此庙中砖瓦之下；此庙当崩摧败。吾神在此庙中闲坐，下着如此般大雪，看有甚么人来。（琼英上，云）我出的这门来，这雪越下的大了，可怎生是好？路傍有一座山神庙儿，我且入这庙儿里略歇息咱[2]，待雪定便行。一个草铺儿，我且在这上面坐咱。走这一日，觉我这身子有些困倦，我权且歇息咱。将这玉带放在这藁荐[3]下，贴墙儿放着，我略合眼咱。（旦儿歇息了，做猛省科，云）嗨！不觉睡着，天色晚了也，恐闭了门，母亲悬望。呀！雪觉小些儿，我出的这庙门来。则怕晚了天色，赶城门去来。（下）

（正末上，云）小生裴度是也。谁想今朝在寺中受这一场烦恼！天色将晚，雪觉小了，我回往那山神庙去也。裴中立，我想儒冠多误身[4]，似这般齑盐[5]的日月，几时是了也呵！（唱）

【正宫·端正好】我愁见古松林，我这里便怕到兀那崩摧庙。我可便叹吾生久困蓬蒿[6]，看别人“青霄有路终须到”[7]，知他我何日“朝闻道”[8]？

【滚绣球】今日见那赵野鹤，他观了我相貌。他道冻饿纹耳连着口角，横死纹鬓接着眉梢。他道我主[9]福禄薄，更寿夭。则他那相法中无他那半星儿差错，他道：“我断的准也不错分毫。”我平生正直无私曲[10]，一任天公饶不饶！这的是“善与人交[11]”。

（正末云）来到这山神庙也。我与你拂了这头上雪，入的这庙来。这庙如此疏漏，又待倒也，如之奈何？（唱）

【醉太平】我则见泥脱下些抑托[12]，更和这水浸过这笆箔[13]。我则见梁漕椽烂柱根糟[14]，这的是欠九分来待倒。这一座十疏九漏[15]山神庙，如十花九洌[16]寒冰窖，似十摧九塌草团瓢[17]，比着那漏星堂[18]较少。

（正末云）阴能克昼，晚了也，我歇息咱。晾起这头巾，脱了这泥靴，衣服就身上偎干[19]。（唱）

【倘秀才】水头巾供桌上控着[20]，泥靴脚[21]土墙边晾着。（正末云）袭中立也！（唱）我可甚[22]“买卖归来汗未消”！凄凉愁今夜，犹自[23]想来朝，藁荐上和衣[24]儿睡倒。

（正末云）我这脚冷，我且起来盘着脚坐一坐，等温的我这脚稍暖和呵，再睡。（做垫住科，云）好是奇怪也！（唱）

【呆骨朵】我恰才待盘膝裹脚向亭柱上靠，这藁荐下垫的来惹[25]高！我这里悄悄量度[26]，好着我暗暗的暗约[27]。（正末云）我试抹藁荐下咱。（做拿起带科，云）是一条带！（唱）不由我小胆儿心中怕，吓的我小鹿儿心头跳[28]；那一个富豪家失忘[29]了？天阿！天阿！把我这穷魂灵儿险吓了！

（正末云）我起身来穿上这靴，开开这门，这雪儿晃的明，我试看咱：是一条玉带！（唱）

【倘秀才】我辨认的分分晓晓，我可便惹一场烦烦恼恼，我今夜索思量计万条。若有人来寻觅，我权与他且收着，我两只手捧托。

（正末云）嗨，是一条玉带！这的是那寻梅的官长每经过，跟随伴当[30]每在此避雪，不小心忘了。倘若你那官人到家，问你这玉带呵，他将甚么还他！不逼了人性命？小生虽贫，我可不贪这等钱物。明日若有人来寻，山神，你便是证见，我两只手便还他，也是好勾当。我为这玉带一夜不曾得睡，早天色明也。我忍着冷，将着这玉带，我且趓[31]在这庙背后，看有甚么人来。（韩琼英同夫人上，夫人云）夜来[32]孩儿在邮亭上卖诗，遇着李公子，与了一条玉带，说价值千贯。孩儿回家来，说在那山神庙里歇脚避雪，将玉带忘在那庙里。俺娘儿每一夜不曾睡，今日绝早出城来寻那玉带。孩儿，你在那个庙儿里来？（旦儿云）母亲，兀的那个庙儿便是，在这里面避雪来。入这庙儿去来。我放在这藁荐底下来。天那，无了这玉带也！为父坐禁[33]题诗，则少一千贯赃未完；不想遇着李公子，得这条玉带，价值千贯。若卖了时，救俺父得脱禁。不想我忘在此处不见了。我再几时得一千贯钱！我不能够救我父离狱，又不能够尽孝之心，有何面目立于天地之间！母亲，我也顾不的你也，要我这性命做甚么！我解下这胸前胸带，我寻个自尽。（夫人云）我夫不能脱禁，要我一身何用！我解下这胸带来，不如我寻个自尽罢！（正末慌入庙科，云）住、住、住！你何故觅死也？（唱）

【脱布衫】我见他迷留没乱心痒难揉[34]，悲切切雨泪嚎咷。一个他哭啼啼弃生就死，一个他急煎煎痛伤怀抱[35]。

（正末云）蝼蚁尚然贪生，为人何不惜命！你有何缘故，在此觅死也？（夫人云）哥哥，你那里知道那！（正末唱）

【小梁州】借问你个老妪[36]缘由女艳娇，你因甚事细说根苗[37]。（正末云）你有甚么冤枉，在此觅死？你从头至尾说一遍咱。（旦儿云）我看来，这个人必是个儒人秀士。哥哥不嫌絮烦，听妾身从头至尾说一遍咱。妾身乃洛阳韩太守的女孩儿，这个是我母亲，嫡亲的三口儿家属。父亲在此为理，与人秋毫无犯。为因上司差傅彬来河南点检钱粮，傅彬到此洛阳，问我父要上马钱下马钱，我父不肯与他。后来傅彬为侵使[38]过官钱，追赃赔纳。不想傅彬贼子怀挟前仇，指家父三千贯赃。奏闻行移至本府，提下家父，下于缧绁，赔赃三千贯。事以不明，难为伸诉；下情不能上达，何须分辨！不敢越朝廷法例，舒心赔纳。家中收拾，止够送饭日用而已。父母面上，亲戚处助一千贯。父母止生妾身一个，因父祖名家，老母家训教妾读书吟诗写字。在城里外，妾身怀羞捌笔题诗，救父难。得市户乡民恻隐，一则为父清廉，二则因妾孝道，半年中抄化了一千贯。陆续纳入官，前后二千贯。尚有一千贯未完，父亲未能脱禁。则见一日城市中有人对妾言说："小姐，这城中关厢里外，人事上也絮繁了。近日朝廷差一公子，来此歇马，今日说在城东去，有人见在邮亭赏雪饮酒哩。若到那里，一则题笔[39]卖诗，二则诉父冤枉，但得些滋润[40]，够你赔赃也。"听的说罢，急走出城，来至邮亭，正见公子赏雪饮酒。见妾问其缘故，妾将前事尽诉其情。公子甚是怜念，又命妾题诗，妾随做诗数首。公子甚喜，就赐腰间玉带一条，价值千金，与妾身救父脱禁。妾欲要回城中，到此半路，风紧雪大。妾在此庙中歇脚避雪，不觉身体困倦，在此歇息，我将玉带放在藁荐下。猛然省来，诚恐天晚母亲在家悬望，妾身慌走出庙来。又怕关了城门，紧走到家中。老母问其缘故，忽然想起玉带来，急要来取，城门已闭。俺娘女二人一夜不曾睡，今日早挨门出来，入的庙门来寻，谁想不见了玉带！则觑着这条玉带救父脱禁，我既不能救父，又不能尽孝，我因此寻自尽。（夫人云）哥哥，我则觑着这个孩儿，他寻自尽，夫主又不能出禁，要我身何用？我也寻个自尽，也是俺出于无奈也！（正末云）好可怜人也！（唱）为尊君冤枉坐囚牢，卖诗呵把父母恩临报。小姐也，你可甚么家富小儿娇[41]！

（旦儿云）“哀哀父母，生我劬劳。”[42]养小防老，积谷防饥。妾虽女子，亦尽孝也。（正末唱）

【幺篇】你道是从来养小防备老，都一般哀哀父母劬劳。（带云）先圣有言：“身体发肤，受之父母，不敢毁伤，孝之始也。”[43]（唱）你便怎生舍性命寻自吊？（带云）“扬名于后世，以显父母，孝之终也。”[44]（唱）这的可也方为全孝。（云）“父母全而生之，子全而归之，可为孝也。”[45]（唱）则这的是为人子立的根苗。

（夫人云）据先生说呵，也说的是。争奈我夫主无辜受禁，眼睁睁不得脱难，则觑着这条玉带救夫主。不见了，似此这般，一千贯赃几时纳的了也！（正末云）夫人、小娘子，假若有这玉带呵呢？（夫人云）若是有这玉带呵，便是救了俺一家性命也。（正末云）假若无了这玉带呵呢？（夫人云）俺一家儿便是死的，都不得活也。（正末云）老夫人、小娘子放心，玉带我替你收着哩！（旦儿云）先生勿戏言！（正末云）孔子门徒，岂有戏言！（正末做取带科，云）娘子，兀的不是带？还你！（旦儿接科，云）兀的不正是此带！索是谢了先生。（夫人云）孩儿也，俺娘儿两个一齐的拜谢先生咱。（正末云）不敢！不敢！（夫人云）先生救活我一家之恩，此义非轻也！世间似先生者，世之罕有。处于布衣窘迫[46]之中，千金不改其志，端的是仁人君子也！（正末云）不敢！不敢！世间似小娘子贞孝之女——自古孝子多，孝女少——女子中止有两三个人也。（夫人云）是那两三个？先生试说，老身洗耳愿闻咱。（正末唱）

【叨叨令】当日个贾氏为父屠龙孝，杨香为父跨虎曾行孝[47]，曹娥为父嚎江孝[48]；今日个琼英为父题诗孝。端的可便感天地也波哥，端的可便感天地也波哥！为父母呵，男女皆可尽人之孝。

（夫人云）先生那里乡贯？姓甚名谁？（正末云）小生姓裴名度，字中立，祖居河东闻喜县人氏，父母早年亡化过了。因囊箧俱乏，未曾求进，淹留在此。（夫人云）早是遇着先生，若是遇着别人呵，可怎了也？假若秀才藏过，则说无也罢，可怎生舒心还此带？先生端实[49]古君子之风也！（正末云）夫人言者差也。（唱）

【塞鸿秋】[50]我则待粗衣淡饭从吾乐，我一心待要固穷[51]守分天之道[52]，我则待存心谨守先生教。（旦儿云）先生恰才不与此带，无计所奈也！（正末唱）可不道“君子不夺人之好”？（夫人云）老身一家处于患难，先生亦在窘迫，故使先生救我一家性命。（正末唱）夫人处患难，小生甘穷暴，咱正是摇鞭举棹休相笑[53]。

（夫人云）老身同小女告回也。（正末云）老夫人、小娘子勿罪，难中缺茶为献，实为惶恐[54]！小生送出庙去。（夫人云）先生免送。（正末唱）

【倘秀才】出庙门送下涩道[55]，近行径转过墙角，这的是贫不忧愁富不骄。（旦儿云）妾身看了秀才，若非古之君子，岂有如此局量！此还带之恩，异日必当重报于足下。《毛诗》云：“投之以木桃，报之以琼瑶。”[56]焉敢忘恩人之大德也！（正末唱）你道是“投之以木桃，报之以琼瑶”，小人怎敢比古人量作[57]！

（旦儿云）此时世俗，惟先生之一人；礼义廉耻，道德之风——余者俗子，受不明之物，取不义之财——有几人也？（正末云）“皇天无私，惟德是辅”[58]。（正末唱）

【滚绣球】咱人命里有呵福禄增，（云）暗室亏心，神目如电[59]。（唱）命里无呵灾祸招。（云）近之不逊，远之又怨[60]。（唱）受不明物呵不合神道，（云）“不义而富且贵，于我如浮云”[61]！（唱）取不义财呵枉物难消[62]。（旦儿云）据先生如此大量，当来发达于世，岂不壮哉！（正末唱）有一日蛰龙[63]奋头角[64]，风云醉碧桃[65]。酬志也五陵年少，轩昂也当发英豪。伴旌旗日暖龙蛇动，看宫殿风微燕雀高[66]，雁塔名标[67]。

（夫人云）先生请回。（正末云）小生再送两步。（庙倒科）（旦儿云）呀！倒了这山神庙也！（夫人云）早是秀才不在里面！（正末惊科，云）阴阳有准，祸福无差，信有之也！（唱）

【煞】阴阳有准无虚道，好一个肉眼通神赵野鹤！咱人这祸福难逃，吉凶怎避，莫得执迷，枉了徒劳！判断在昨日，分已定前生，果应于今朝。若是碎砖瓦里命终得这身夭，险些儿白骨卧荒郊！

（夫人云）先生为何如此惊叹？必有其情，乞请知之。（正末云）老夫人不知。小生昨日在白马寺中遇一相士，说小生今日不过午，一命掩泉土，今日午前，死于碎砖瓦之下。今日果应其言！小生若不为还此带，送出老夫人、小姐来呵，小生正遭此一死也！（夫人云）皆是先生阴德太重，救我一家之命，因此遇大难不死，必有后程[68]，准定发迹也！（正末唱）

【尾声】我但得一朝冠盖[69]向长安道，趁着这万里风头鹤背高。有一日享荣华受官爵，早则不居无安食无饱。（旦儿云）此恩此德，时刻未忘。（夫人云）我记着先生这个模样，请个良工[70]写像传真，侍奉[71]终日，烧香供养先生也。（正末唱）你道是这恩临决然报，常记着休忘了，命良工写像传真，点烛烧香，你将我来供养到老。（下）

（夫人云）合是我夫主得脱禁难，遇此等好人也！（旦儿云）母亲，咱回家将此带货卖一千贯钞，救父出禁。那其间咱可报裴秀才之恩，未为晚矣。（夫人云）黄金不改英雄志，白马焉能污己身。这秀才文章正是行忠孝，必享皇家爵禄恩。（同下）

---

［1］ 争奈：怎奈。

［2］ 咱：语尾助词，多表示希望或请求。

［3］ 藁荐：稻草或谷草垫子、草席。

［4］ 儒冠多误身：语出唐·杜甫《奉赠韦左丞丈二十二韵》诗：“纨袴不饿死，儒冠多误身。”意谓读书人往往穷愁潦倒，耽误了自己的前程。

［5］ 虀盐：腌菜和盐，多为贫穷者的食物。

［6］ 久困蓬蒿：比喻不得志。蓬蒿，草名，即飞蓬和蒿子，这里用“蓬蒿”代指穷乡僻壤、民间。

［7］ 青霄有路终须到：古时成语，表示对科举及第的信心和决心。

［8］ 朝闻道：这里比喻科举及第，语出《论语·里仁》：“朝闻道，夕死可矣。”朱熹注：“道者，事物当然之理，苟得闻之，则生顺死安，无复遗恨矣。朝夕，所以甚言其时之近。”

［9］ 主：相术家用语，意为注定、该当。

［10］ 私曲：私心、不公正。《韩非子·有度》：“故当今之时，能去私曲就公法者，民安而国治。”

［11］ 善与人交：语出《论语·公冶长》：“子曰：‘晏平仲善与人交，久而敬之。’”

［12］ 抑托：今通云“天花板”，从前屋顶都用纸糊，北人呼为“仰棚”，南人叫作“天幔”。

［13］ 笆箔：苫（shàn 音善）房顶用的竹笆席子。

［14］ 梁漕椽烂柱根糟：屋梁、椽子和柱子都朽烂。

［15］ 十疏九漏：十分破败。疏，散、裂。

［16］ 十花九冽：到处斑驳破裂，极言破烂不堪。冽，即“裂”。

［17］ 团瓢：亦作“团标”“团苞”，圆形茅屋。按：“标”“苞”均为“瓢”字的音转。清·龚贤《画诀》：“空者为亭，实者为团瓢。”

［18］ 漏星堂：指破房，因房顶破烂，可望见星月，故云。

［19］ 偎干：用身体暖干。

［20］ 控着：将器物倒置，或使物中的水分沥出为“控”。今北方语仍这样说。

［21］ 靴脚：靴子。

［22］ 可甚：算什么、说什么的意思，其下必接一成语或俗语。这里接的是小商贩的俗语。

［23］ 犹自：还是、仍然。

［24］ 和衣：谓睡不解衣。

［25］ 惹：同“偌”，如此、这般。

［26］ 量度（duó 音夺）：思忖、考虑。

［27］暗约：亦作“窨约”，思量、忖度。

［28］小鹿儿心头跳：宋元时习用语，形容因恐惧而心跳。

［29］失忘：不小心而忘掉。

［30］伴当：亦作“伴等”，伙计、仆役、随从。

［31］趓（duǒ 音朵）：同“躲”。

［32］夜来：昨天。

［33］坐禁：囚禁、坐牢。

［34］迷留没乱心痒难揉：心绪烦乱，精神忧虑，不知怎么才好。

［35］怀抱：心怀义。怀，心怀。汉·司马迁《报任安书》：“仆怀欲陈之。”抱，也是心怀义。唐·韦应物《寒食日寄诸弟》：“念离独伤抱。”“怀抱”同义连言。唐·杜甫《遣兴》诗三：“有子贤与愚，何其挂怀抱。”

［36］妪（yù 音玉）：老妇。明·张自烈撰《正字通》：“妪，今俗称老妇曰妪。”

［37］根苗：根由、缘由。

［38］侵使：侵吞。

［39］题笔：写诗卖文。

［40］滋润：义同“润笔”，兼含资助意。

［41］家富小儿娇：宋元时成语，是说家庭生活好，小孩儿就娇生惯养。

［42］“哀哀”二句：语出《诗·小雅·蓼莪（lù' é 音路鹅）》，意为父母养我育我是多么劳累呀。劬（qú 音渠），劳苦、辛劳。

［43］“身体”四句：语出《孝经·开宗明义章第一》，意为人的身躯、四肢、毛发、皮肤都得自父母，不能损伤它，这就是孝道的起点。

［44］“扬名”三句：语出《孝经·开宗明义章第一》，意为自己奋发努力，建功立业，扬名声，显父母，这便是孝道的终结。

［45］“父母”三句：语本《吕氏春秋·孝行览第二·孝行》：“父母全而生之，子全而归之，不亏其身，不损其形，可谓孝矣。”意为父母把儿女完好地生下来，儿女就应把身体完好地归还父母，这才是孝。

［46］窘迫：同“穷暴”，穷困。

［47］“杨香”句：指杨香为救父空手搏虎事，是传说中“二十四孝”之一。故事大略是，晋代顺阳南乡杨丰与其女杨香于田获粟，杨丰为虎所噬。杨香年十四，手无寸刀，便跨上虎背，直扼虎颈，杨丰遂得救，后遂借此典以喻孝子。

［48］“曹娥”句：传说中“二十四孝”之一。曹娥，东汉上虞人，其父于五月五日迎神时溺死江中。曹娥时年十四，沿江昼夜哭号寻父七日，不得其父，遂投江而死。《后汉书》有传。

［49］端实：确实。

［50］〔塞鸿秋〕：曲牌名，属【正宫】，亦入【仙吕宫】【中吕宫】，套数、小令兼用。全曲七句六韵：七、七、七、七、五、五、七，共四十五字。与〔叨叨令〕句

式相同，第一、二、三、四句对仗，且四句常作联珠对。第五、六句亦多对仗。全篇叶（xié 音斜）去声韵，凡叶韵处皆须作“平平去”。

[51] 固穷：语出《论语·卫灵公》：“君子固穷。”朱熹注引程子曰：“固穷者，固守其穷。”

[52] 天之道：天理。

[53] 摇鞭举棹休相笑：宋元时习用语，意为命运相同，不要互相耻笑。

[54] 惶恐：亦作“慌恐”，惭愧的意思。

[55] 涩道：石砌的有波纹的台阶，以防行走滑倒。

[56] “投之”二句：出自《诗·卫风·木瓜》，原义表达爱情，此为双关，既有思报之意，也暗示爱慕之意。

[57] 量作：气度、作为。

[58] “皇天”二句：语本《尚书·周书·蔡仲之命》：“皇天无亲，惟德是辅。”意为老天不徇私情，谁有德就帮助谁。

[59] “暗室”二句：语出《名贤集》，谓即使是在密室里做下了亏心事，神仙的眼睛像电光一样，也能看得清清楚楚。暗室，密室，比喻人见不到的地方。

[60] “近之不逊”二句：语本《论语·阳货》：“子曰：‘唯女子与小人为难养也：近之则不孙（xùn 音逊），远之则怨。’”

[61] “不义”二句：语出《论语·述而》：“子曰：‘饭疏食饮水，曲肱（gōng 音公）而枕之，乐亦在其中矣。不义而富且贵，于我如浮云。’”朱熹注：“其视不义之富贵，如浮云之无有，漠然无所动于其中也。”

[62] 枉物难消：是说不义之财难以享受。枉物，不应得的东西。

[63] 蛰龙：冬蛰之龙，比喻尚未奋发成功之人。唐·曹松《题甘露寺》诗：“旦暮然灯外，涛头振蛰龙。”

[64] 奋头角：显露头角，谓才华得以展现，气度不同凡响。唐·韩愈《柳子厚墓志铭》：“虽少年，已自成人，能取进士第，崭然见头角。”

[65] 碧桃：指徐碧桃。民间故事：广东潮阳县知县徐端之女碧桃，许配县丞张珪之子道南。碧桃于园中遇道南，父见，责其越礼，因气身亡。道南中举，授潮阳知县，与碧桃魂相会，醉题《青玉案》词赠之。后萨真人作法，使碧桃借尸还魂，与张道南团圆。

[66] “伴旌旗”二句：出自唐·杜甫《奉和贾至舍人〈早朝大明宫〉》诗：“旌旗日暖龙蛇动，宫殿风微燕雀高。”旌旗，旗帜的总称。龙蛇，指旗帜上绣有龙蛇图案。动，舞动。风微，微风轻拂。

[67] 雁塔名标：旧时考中进士的代称。雁塔，指唐代长安慈恩寺内的大雁塔，唐代进士多题姓名于塔下。在大雁塔下标名，出自五代王定保《唐摭言》卷三：“进士题名，自神龙之后，过关宴后，率皆期集于慈恩塔下题名。”

[68] 后程：前途、希望。后，未来的、将来的。

[69] 冠盖：原指官员的官服和车盖，后便用作官员的代称。
[70] 良工：技艺精良的匠人，此指画匠。
[71] 侍奉：伺候奉养。侍，伺候、服侍，《论语·先进》："子路、曾皙（xī 音西）、冉有、公西华侍坐。"奉，侍候，《孟子·告子上》："今为妻妾之奉为之。"侍奉，表"伺候"义侧重指奉养父母、公婆等亲人长辈。

楔 子

（长老引净行者上，云）事不关心，关心者焦。贫僧是白马寺长老。昨日有赵野鹤偶然遇裴中立，相此人今日不过午，一命掩泉土。此赵野鹤断生死无差。（净行者云）裴秀才苦也！板僵身死。（长老云）惜哉！裴秀才，满腹文章，寿算[1]不永。今日这早晚不见裴秀才来！（净行者云）这早晚已定[2]死在那碎砖瓦底下，苦恼也！（赵野鹤上，云）贫道赵野鹤，今日无甚事，白马寺中望惠明长老走一遭去。可早来到也。（见行者云）行者报复去，道有赵野鹤在于门首。（净行者云）你又来了。（净行者报科，云）师父，有赵野猫在于门首。（长老云）敢是赵野鹤么？（净行者云）是赵野鹤。（长老云）有请。（见科）（长老云）先生请坐。（野鹤云）昨日相那裴中立，今日不过午，必死于碎砖瓦之下，板僵身死。（长老云）可惜此人满腹文章……（野鹤云）长老，盖因命运所系也。（长老云）行者，看茶汤来！（净行者云）理会的。捣蒜烹茶。（长老云）看有甚么人来？

（正末上，云）小生裴中立。赵野鹤真肉眼[3]通神相，果应其言，险死于碎砖瓦之下。虽然如此，我今日到白马寺，寻赵野鹤走一遭去。可早来到也。行者！（净行者云）你是人也是鬼？（正末云）我是人，怎生是鬼？师父在方丈里么？（净行者云）你则在这里。师父，有裴秀才在门首。（野鹤云）你敢差认了也！这早晚在那碎砖瓦之下，板僵身死了也。再那里得个裴秀才来？（净行者云）他见在门首哩！（长老云）你请他来。（净行者见正末云）秀才，师父有请。（正末见长老云）长老支揖。（长老惊科）（正末云）兀的不是赵野鹤！可不道你无虚道？你道我今日不过午，一命掩泉土，午前死在碎砖瓦之下，板僵身死。这早晚午后也，可怎么不死也？（野鹤云）住、住、住！好是奇怪也。裴秀才，你今日气色比昨日不同。长老，你看他那福禄文眉梢侵鬓，阴骘文[4]耳根入口；富贵气色，四面齐起。裴秀才，你久后必然拜相位也。（净行者云）你这阴阳不济事了，你也是多里捞摸[5]。（长老云）先生，可是为何比昨日全不同也？（野鹤云）长老不知，这秀才必有活三四个人性命的阴骘。若不是，如何得这气色比昨日全别了，气色都转的好了？（正末云）我是一穷儒，那里行阴骘去？（野鹤云）秀才，你休瞒我，你必然有活人的阴骘，你实说。（正末云）罢、罢、罢！小生是读书人，岂可欺心！昨日在此遇先生，相小生今日不过午，必死于碎砖瓦之下，小生含恨而去。大雪中到于山神庙中，草铺上欲要歇息，不想藁荐底下一条玉带。小生见了，就在山神跟前发愿：这玉带必是那寻梅赏雪的官人跟随的伴当在此歇脚避雪，忘在此处。若到家中，他那官人问他要这玉带呵，不逼临了人性命？小生曾言：明日但有人来寻这带呵，我双手奉还这带。到天明小生将着玉带，趓在山神庙后面。无一时，则见有娘女二人径直来到庙中，来寻此带不见，娘女二人痛哭不已，二人解下胸带，都要悬梁自缢。小生慌忙向前，解救二人，问其缘故。则说那女子具说情由：他乃是洛阳韩太守之女，他父为傅彬指三千贯赃——韩公平昔奉公守法[6]，廉干公谨——上司行移到本府，提下太守追赃。韩公恐越朝廷法例，舒心赔纳。其家甚窘，众亲戚赍助了一千贯。其太守有一女，小字琼英，为无钱赔赃，自己提灰礶在街搠笔，城里关厢市户乡民，怜其[7]父清女孝，众人赍助有一千贯。尚少一千贯未完，韩公不能脱禁。或一日，有人指引道："近间有李公子，上命差来此处歇马，体察民情。你何不谒托公子处，但得些滋润，可不够你父赔赃也？"女子听说了也，慌忙寻到城东邮亭上。不想李公子正赏雪饮酒哩；见此女子，问其缘由，此女子尽诉其情。公子哀怜甚矣，遂命女子吟诗。不想此女子连作诗数首，有大儒之才。李公子大喜，遂解腰间玉带，价值千贯，赐与女子救父赔赃。此女子得了玉带，路逢大雪，到小生歇的那山神庙里歇脚，将玉带放在藁荐下。此女子身体困倦，盹睡着了。忽然睡省，恐怕天晚，关闭城门，忘却玉带，走进城来。到的家中，他那母亲问其缘故，猛然想起玉带来，急要寻去，城门关闭了。第二日挨门出来，至山神庙寻此带不见。那女子道："付能得此玉带，价值千贯，救父脱禁；不想失了此带，要我这性命做甚么？我不如悬梁自缢。"他母亲言道："你父见在难中，你又寻自尽，要我何用？不如我也寻个自尽！"小生听罢，慌忙将着此带，还与韩琼英。娘女二人深恩不尽，再三拜谢小生。因问小生姓甚名谁。小生告诉间，送二人出山神庙。娘女二人拜谢不尽，小生又送几步，出的庙门，正行之际，则听的响喨一声，把那山神庙忽然倒塌。小生猛然思量起先生所断之言：我今日不过午，一命掩泉土。我若不为还此带，送他娘女二人出庙门呵，那得小生性命来！先生，小生因此不死了也。（野鹤云）如何？我这相法不差。你今日全然换的气色别了，为何如此说？这的是莫瞒天地莫瞒神，心不瞒人祸不侵。十二时中行好事，灾星变作福星临。（长老云）裴中立，赵野鹤的相法无差，皆因你阴骘太重，今日转祸为福也。（野鹤云）长老，小子[8]相人多矣，未常有这等一庄事。小子借长老的方丈，小子沽[9]酒与裴中立相贺，有何不可？（长老云）先生，好好好！堪可贫僧备斋。看有甚么人来。（野鹤递酒科了）

（夫人上，云）老身韩夫人是也。昨日裴中立救活我全家性命，今日送饭，将此话说与夫主。夫主有命，将拙女琼英愿与裴中立为妻。老身问人来，说裴中立在白马寺中。我寻到此，来到方文，我自过去。（见科）（夫人云）长老万福！秀才大恩，不敢有忘，今日与夫主送饭，具说此事，夫主大喜。（野鹤云）适来[10]中立所言，正是此端。（夫人云）先生，夫主深感中立之恩，无以报答，将拙女琼英，倘中立不嫌残妆貌陋，愿与中立为妻。待夫主出禁，成此婚姻，二位勿哂[11]。（野鹤云）此夙缘[12]先契[13]，淑女可配君子也。（长老云）

夫人，俺先与中立谢允肯之亲者。（野鹤云）夫人，虽然如此，中立当以功名为重，必当先进功名，后妻室也。（正末云）难得先生如此厚意，小生也有此心。争奈小生囊箧消乏，不能前进。（野鹤云）小子有马一匹，送与先生，权代脚步，往京师去。（长老云）既野鹤助马，老僧收拾盘缠，白银两锭，权为路费。（正末云）小生何以克当？（夫人云）据中立文武全才，辅祚[14]皇朝。男儿四方之志，文、行、忠、信[15]，人之大本也。则要你着志[16]者。（正末云）夫人放心也！（唱）

【仙吕·赏花时】立忠信男儿志四方，居王佐丹扆[17]定八荒[18]，抚万姓定边疆。或是做都堂[19]为相，那其间衣锦可兀的[20]却还乡。（下）

（夫人云）长老、先生勿罪，老身回去也。（长老云）老夫人，裴秀才这一去，必然为官也。（夫人云）若裴中立得了官呵，不忘了长老、先生之恩。老身不敢延迟，将此事说与夫主去。（下）（野鹤云）我观裴中立相貌气色，此一去必然重用也。（长老云）老僧略备酒果，俺二人直至十里长亭，与中立饯行，有何不可？（野鹤云）好好好！俺二人饯行走一遭去。（同下）

---

[1] 寿算：寿数、寿命。算，计数，引申为“数”。《北史·崔浩传》：“人畜无算。”斯为证。

[2] 已定：谓一定、必定，又作“以定”“拟定”。“已”“以”“拟”，音近义同。

[3] 肉眼：佛经所说五眼（即肉眼、天眼、慧眼、法眼、佛眼）之一。佛家谓肉身之眼，仅能见事物的幻相，见近不见远，见前不见后，见明不见暗。只有慧眼、法眼，才能见到实相。佛眼为如来之眼，无事不知，无事不见。

[4] 阴骘文：阴骘纹，又叫作阴德纹，相学中泛指人作善或作恶后而表现于面上的纹或神与色。广积阴德，做了很多善事的人眼下会有一重或二重或三重细如丝的皱纹，此纹细而优美，有光泽，是名阴德纹。若果善人行善，广利众生，眼下就会出现此纹。

［5］ 多里捞摸：靠碰运气。

［6］ 奉公守法：原作“奉公行法”，以公事为重，不徇私情，遵照法令办事。汉·刘向《说苑》，楚令尹虞丘子复于庄王曰：“臣闻奉公行法，可以得荣；能浅行薄，无望上位。”

［7］ 怜其：明抄本在此二字之下原衍一“他”字，今删。

［8］ 小子：谦称自己，同“小生”。

［9］ 沽：可以借作“贾（gǔ 音古）”，指卖、出售，又指买。这里是买的意思。

［10］ 适来：刚才。

［11］ 哂（shěn 音审）：微笑，这里是耻笑的意思。

［12］ 夙缘：犹“宿缘”，即前世的缘分。

［13］ 契：相合、情意相投。

［14］ 辅祚（zuò 音作）：辅佐、辅助、帮助。

［15］ 文、行、忠、信：语出《论语·述而》：“子以四教：文，行，忠，信。”

［16］ 着志：犹言“着意”，谓注意、留心。

［17］ 丹扆（yǐ 音以）：赤色屏风，天子、诸侯用之。扆，《尔雅·释宫》：“牖户之间谓之扆。”郭璞注：“窗东户西也。”借指帝王宫殿上设在户牖之间的屏风。

［18］ 八荒：也叫八方，指东、西、南、北、东南、东北、西南、西北等八个方向，指离中原极远的地方。后泛指周围、各地。

［19］ 都堂：宰相办公的厅堂。

［20］ 可兀的：句中衬字，无义。

第四折

（太守上，云）王法条条诛滥官，刑名款款理无端。掌条法正天心顺，治国官清民自安[1]。老夫韩廷干是也。先任洛阳太守，为因傅彬侵使过官钱一万贯，事发到官追征。不想傅彬怀恨，指老夫三千贯赃，屈囚牢内，依命赔赃。家下止有夫人、小女琼英。为老夫家缘窘迫，众亲戚处赍助一千贯，小女题诗抄化到一千贯。又遇李邦彦，因为洛阳歇马，就采访贤良，案察奸党，见小女题诗诉冤，李公子就与玉带一条，价值千贯。赔赃完备，方脱缧绁。幸得李公子实知老夫冤枉，先动文书于都省，后驰驿马回奏，圣人方知前因。圣人可怜，将老夫赔过赃三千贯尽给还老夫，一则上不违朝廷法例，二不费百姓之劳。又见某家父廉母严女孝，谢圣人可怜，升老夫都省参知政事[2]。彼见小女得公子玉带，忘在山神庙，遇一人裴度还带，救活我全家之命。老夫在禁中，曾许小女以妻裴度。不想今日裴度选考，此人文武全才，圣人大喜，加以重用，借都省头答[3]，夸官三日。老夫就将此事奏知，愈加其喜。奉圣人命，着老夫就招裴度为婿。令官媒[4]挑丝鞭[5]，挂影神[6]，左右红裙翠袖[7]，捧小女于楼中，抛绣球招状元为婿。老夫分付官媒、左右，且休说是韩相公家，看裴度肯不肯，那其间明开[8]也未迟哩。等成亲之后，老夫回奏谢恩。御赐深蒙享骤迁，承恩拜舞御阶前。彩楼招婿成佳配，当今圣主重英贤。（下）

（张千上，云）自家张千，奉相公命，结起彩楼，招擢[9]新婿。怎生不见媒人来？（媒人上，云）自家官媒人的便是。有韩相公招擢新婿，今日结起彩楼，要招女婿。张千万福！（张千云）这个官媒婆！老相公使人来问你，你在那里来？（媒人云）你知道好日多同么？恰才七八十处说亲的哩！我都不答应，我来这里来。（张千云）老相公台旨：如今结起彩楼，着小姐彩楼上等那新状元。着你拿着丝鞭拦住，着小姐抛绣球儿招新状元。等状元问你是谁家招婿，你且休说是韩相公家。等接了丝鞭，下了马，相见毕，那其间才与他说知。（媒人云）我理会的。都安排完备了也，请小姐上彩楼。（张千云）请山人[10]这早晚不见来！（山人上云科了，住）（琼英上，云）妾身韩琼英。自我父离禁，多亏李公子奏知圣人，将我父宣至京师。谢圣人可怜，升我父都省参知政事。我父就将裴中立还带一事奏知，不想裴中立又状元及第，今日夸官。我父亲结起彩楼，招裴状元，这早晚敢待来也。（正末上，云）小官裴度，到的帝都阙下，为某文武皆通，一举状元及第。今日借宰相头答，夸官三日。谁想有今日也呵！（唱）

【双调 · 新水令】想着我二十年埋没洛阳尘，今日个起蛰龙一声雷震。一来是文章好立身，二来是天子重贤臣[11]。好德亲仁，束带冠巾，偃武修文，温故知新，咱人要修天爵[12]正方寸[13]。

（张千云）媒婆，兀的不头答伞盖，状元来了也！（媒人云）香风淡淡天花坠，天花点点香风细。马头高喝状元来，今宵好个风流婿。韩相今朝结彩楼，状元得志逞风流。夫妻今日成姻眷，全然一对不识羞。（正末唱）

【庆东原】居廊庙[14]，当缙绅[15]，习《诗》《书》，学《礼》《易》，从先进[16]君子务本[17]。忘食发愤，能正其身。酬志[18]了白玉带紫朝服，茶褐伞黄金印。

（媒人云）瑶池[19]谪降玉天仙[20]，今夜高门招状元。琼酿金杯长寿酒，新郎舒[21]手接丝鞭。请状元接丝鞭！（正末唱）

【川拨棹】展图像挂高门，彩楼新接着绛云。我自见皓齿朱唇，翠袖红裙，簇捧[22]着个雾鬓云鬟的美人。见官媒将导引，他道招状元为婿君，不邀媒不问肯[23]，擎丝鞭捧玉樽。

（正末做不睬科）（媒人云）状元接丝鞭，请下马，饮状元酒！（正末云）祗候人，摆着头答行。（媒人云）天外红云接彩楼，状元夸职御街游。月宫拥出群仙队，试看嫦娥抛绣球。状元请下马接丝鞭！（旦云）将绣球来。（小旦递绣球科）（媒人云）绣球打着状元了，请状元下马接丝鞭就亲！年少风流美状元，温柔可喜[24]女婵娟[25]。今宵洞房花烛夜，试看状元一条鞭。（正末唱）

【殿前欢】你道是擢新人，今宵花烛洞房春。绣球儿抛得风团[26]顺，肯分[27]的正中吾身。（媒人云）请状元下马就亲！（正末唱）硬逼临[28]便就亲。（媒人云）状元下马就亲，洞房花烛，燕尔新婚。（正末唱）噤声！你那里无谦逊。（媒人云）《毛诗》云："淑女可配君子。"（正末唱）那里是正押《毛诗》韵？你道[29]做了有伤风化，谁就你那燕尔新婚！

（媒人云）请状元下马就亲！（正末云）我有妻室，难就亲！（媒人云）虽然状元有婚，这家里圣旨在此。（正末慌科，云）既然有圣旨，左右，接了马者。（媒人云）请状元上彩楼请坐。（分东、西坐定科）（媒人云）雾鬓云鬟窈窕娘，绣球打中状元郎。夫妻饮罢交杯酒[30]，准备今宵闹卧房。（山人做撒帐[31]科，云）状元稳坐紫骅骝[32]，褐罗伞下逞风流。新人绣球望着状元打，永远相守到白头。（喝平身住，云）请状元女婿上彩楼请坐。将五谷铜钱来！夫妻一对坐帐中，仙音一派韵轻清。准备洞房花烛夜，则怕今朝好杀人。好撒东方甲乙木[33]，养的孩儿不要哭。状元紧把香腮揾[34]，咬住新人一口肉。又撒西方庚辛金，养的孩儿会卖针。状元紧把新人守，两个一夜胸脯不离心。再撒南方丙丁[35]火，养的孩儿恰似我。状元走入房中去，赶的新人没处趓。后撒北方壬癸水，养的孩儿会调鬼[36]。状元若到红罗帐，扯住新人一条腿。再撒中央戊己土，养的孩儿会擂鼓。一口咬住上下唇，两手便把胸前握。夫人相公老尊堂，状元新人两成双。山人不要别赏赐，今朝散罢捉梅香。（正末唱）

【乔牌儿】几曾见酩子里两对门[37]！（媒人云）系是五百年前宿缘仙契。（正末唱）你道是五百年宿缘分，（媒人云）请状元拜岳父岳母，相见礼毕成亲，有圣旨在此。（正末唱）他道是奉君王圣旨为盟信[38]，终不道我为媳妇拜丈人。

（旦儿云）问那状元：他那前妻姓甚名谁？是何人家子女？（媒人云）状元说有婚，姓甚名谁？（正末唱）

【水仙子】想起他那芙蓉娇貌蕙兰魂[39]，杨柳纤腰红杏春，海棠颜色江梅韵；他恨不的上青山变化身[40]，这其间卖登科寻觅回文[41]。这裴中立身荣贵，那韩琼英守志贞，我怎肯与别人做了夫人！

（媒人云）状元说的是小姐的名字，我对小姐说去。（见旦儿拜科，云）小姐，恰才裴状元说的是小姐的名字。他道是：裴中立身荣贵，韩琼英守志贞，他怎着别人做了夫人！（旦儿云）裴中立既如此忆旧，真才良[42]君子也！状元，你认的妾身么？则我便是韩琼英。（正末云）原来是琼英小姐！（正末唱）

【雁儿落】谁承望楚阳台[43]做眷姻，蓝桥[44]驿相亲近，武陵溪寻配偶[45]，桃源洞成秦晋[46]！

（韩公上，云）令人安排庆喜的筵宴！（正末云）官媒，请太山[47]坐，我拜见行礼咱。（媒人云）状元，你头里[48]不肯，这早晚慌做甚么！（正末唱）

【得胜令】"敬亲者不敢慢于人[49]"。（韩公云）状元今日酬志，如此轩昂[50]！（正末唱）享富贵必有异于人。（旦儿云）还带之恩，配合姻眷，两意俱完，各遂其心矣。（正末唱）小生我怀旧意无私志，小姐白玉带知恩必报恩。（韩公云）老夫蒙恩骤迁，夫人三月齑盐，小女甘贫行孝，今日一家富贵。谁想有今日也！（正末唱）为岳丈公勤，掌都省三台印，老夫人忠贞，小姐守一百日齑盐清淡贫。

（韩公云）请老夫人来。（夫人上，见正末云）裴中立喜得美除[51]。（正末云）老夫人请坐！（拜科）（夫人云）免礼！免礼！（韩公云）安排果卓，将酒来，我与裴中立递一杯。

（赵野鹤同长老上）（长老云）野鹤，谁想裴中立一举成名，韩公奏知，圣旨就着与韩公做婿。俺二人来至京师，今日与裴中立贺喜走一遭去。（野鹤云）俺二人来到韩相公宅上，与裴中立作庆走一遭去。可早来到也。报复去，道有洛阳白马寺长老与赵野鹤来见相公。（张千云）相公，门首有洛阳白马寺长老与赵野鹤来见相公。（正末云）我接待去。（见科，云）长老勿罪！（长老云）相公峥嵘有日，奋发有时。（正末云）有请！有请！二位见老相公去。（二人见韩公科）（正末云）老相公，这个便是赵野鹤，这个便是白马寺长老。（野鹤云）老相公，我今日贺万千之喜也！（正末云）若非长老与野鹤赍助鞍马银两，裴度岂有今日也呵！（韩公云）二位请坐！将酒来，我替裴状元递一杯。

（王员外同旦儿上，云）自家王员外，听知的裴度得了官，在韩相公家为了婿，俺两口儿来到韩相公家门首，与裴中立贺喜走一遭去。（旦云）王员外，则怕裴中立不肯认俺么！（员外云）不妨事，放着我哩！可早来到也。张千，报复去：有洛阳王员外两口儿特来贺喜。（张千云）相公，门首有洛阳王员外两口儿特来相贺。（正末云）你说去，他不过来，更待着我接待他那？（张千云）俺相公说来，你自不过去，更待着俺相公接待你那？（员外云）可早一句也！大嫂，咱过去来。（见正末科，云）裴状元，我道你不是受贫的人。（正末云）将酒来，我与岳父递一杯。（韩公云）裴相公，谁想有今日也！（饮酒科了）（正末云）将酒来，我与野鹤递一杯。（野鹤云）相公，当日小生相法有准么？（正末云）多蒙先生风鉴！左右人，收拾果卓来。（王员外云）裴状元，更做你高傲！着你强杀则是我外甥，我歹杀是你姨夫姨姨。你与别人递了酒也，可怎生不与我递酒？想着我远远而来，非为酒食，可不道"敬亲者不敢慢于人"！（正末云）他原来撒酒风！（员外云）我几曾尝来？（正末云）左右，将四个银子来。（做与银子科，云）长老，想小生未遇之时，常在寺中，多蒙长老管待，又与我两锭银子，今日本利还四锭。（长老云）多谢了相公！（正末云）左右，再将两个银子来，将鞍马来，春衣二套，与野鹤先生，一来还其前债，二来与先生做压卦钱[52]。（员外云）原来如此！长老，你势到今日也，你不说等到几时？（长老云）住、住、住！今日老相公在此，裴相公你息怒。这人不说不知，木不钻不透，冰不搭[53]不寒，胆不尝不苦。贫僧我叮咛[54]的说破，着相公备细[55]的皆知。裴状元，则为你自小孤独守志贫，你那诗书满腹隐经纶。只为长者关亲故，你相谒投托要安身。王员外见你那浩然一股鸿鹄志[56]，因此上故意相轻傲慢亲。相公你氤氲[57]含恨离宅院，你前来寺院见贫僧。我那斋食管待相供应，王员外他暗寄两锭雪花银。你要上朝赴选求官去，囊箧消乏怎动身？这野鹤骏马亲相送，两锭银可是你这尊亲转赠君。你今日夫荣妇贵身荣显，禄重官高受皇恩。则为你当初才学德行难酬志，方信道“亲的原来则是亲”。（正末云）长老不说，裴度怎知？姨夫姨姨请坐！则被你瞒杀我也，姨夫！（员外云）则被你傲杀我也，侄儿！（韩公云）安排庆喜的筵席！（李邦彦上，云）九重天上君恩至，四海皆蒙雨露恩。小官李邦彦，自到京师，将洛阳韩太守一家忠节行孝之事奏知，圣人甚喜，后取韩公入朝重用。不想韩公将裴度还带一事奏知圣人，后裴度赴京中选，奉命将韩廷幹的女儿配与裴度为妻。今日命小官直至韩廷幹宅中加官赐赏。可早来到也。韩廷幹、裴度听圣人命：圣明主至德宽仁，差小官体察民情。因傅彬贪财好贿，犯刑宪负累忠臣。只为你妻贤女孝，因此上取赴到京。韩廷幹则为你屈赔赃奉公守法，坐都堂领省扬名。你浑家守志节清贫甘苦，加你为贤德夫人。韩琼英你行孝道卖文掷笔，裴中立你还玉带有救死之恩；裴中立吏部冢宰[58]，韩琼英配合成亲。国家喜的是义夫节妇，爱的是孝子顺孙。圣明主加官赐赏，一齐的望阙谢恩！

题目　邮亭上琼英卖诗
正名　山神庙裴度还带

---

［1］“王法”四句：元杂剧中清官的上场诗。王法、刑名，其义相同。

［2］参知政事：官名，元代中书省所设，从二品，相当于副宰相。

［3］头答：旧时官员出巡时前面的仪仗队，也称头踏。

［4］官媒：旧社会以做媒为职业的妇女。

［5］丝鞭：丝制之鞭。古时女方送给男方丝鞭作为结亲的表示，男方如果接受了，就表示同意婚事。清·李渔《凰求凤·避色》：“引得人家女子，个个倾心，人人注念，不但明央媒妁，显送丝鞭，要与小生联姻缔好。”

［6］影神：画像、图像。也作神影，指招亲女子的画像。

［7］红裙翠袖：泛指妇女的服装，亦用为妇女的代称。

［8］明开：当众说明。

［9］ 招擢（zhuó 音浊）：选拔、招选。擢，提拔。

［10］ 山人：古时从事卜卦、算命、赞礼等业的人的自称。

［11］ “一来是”二句：语本宋·汪洙《神童诗》：“天子重英豪，文章教尔曹。……少小须勤学，文章可立身。”

［12］ 天爵：由于道德高尚而取得的爵位曰天爵。《孟子·告子上》：“仁义忠信，乐善不倦，此天爵也。”朱熹注：“天爵者，德义可尊，自然之贵也。”

［13］ 方寸：即“心”，指思想、心灵。《三国志·蜀书·诸葛亮传》：“（徐）庶辞先主而指其心曰：‘……今已失老母，方寸乱矣。’”

［14］ 廊庙：庙堂，指朝廷。

［15］ 缙绅：旧指官宦的装束，也用作官宦和有地位者的代称。《汉书·郊祀志》：“其语不经见，缙绅者弗道。”颜师古注引李奇曰：“缙，插也，插笏于绅。绅，大带也。”颜师古注：“插笏于大带与革带之间耳，非插于大带也。”

［16］ 从先进：选用先学习礼乐的人。先进，“先进于礼乐”的省称，即先学习礼乐而后任官职的人。语出《论语·先进》：“子曰：‘先进于礼乐，野人（乡野平民）也；后进于礼乐，君子（贵族子弟）也。如用之，则吾从先进。’”

［17］ 君子务本：语出《论语·学而》：“君子务本（致力于立身行事的根本），本立而道生。”

［18］ 酬志：志向得以实现。

［19］ 瑶池：古代传说中昆仑山上的池名，西王母所居。

［20］ 玉天仙：仙女，元杂剧中多用以形容美女。

［21］ 舒：伸。

［22］ 簇捧：簇拥。

［23］ 不邀媒不问肯：不请媒人去说媒，也不去问对方同意不同意婚事。

［24］ 可喜：可爱。

［25］ 婵娟：指美女。

［26］ 风团：速度快的意思。

［27］ 肯分：恰好、凑巧、正好。

［28］ 逼临：逼迫。

［29］ 道：“倒”的借音字。

［30］ 交杯酒：古时婚礼中夫妇互换酒杯饮的酒。

［31］ 撒帐：宋代婚礼举行后，夫妇坐在床上，女向左，男向右，妇女或礼官用彩果散掷，即谓“撒帐”。

［32］ 骅骝：亦名“华骝”，周穆王“八骏”之一，后泛指良马。

［33］ 东方甲乙木：古人认为，东方属木，天干中的甲乙在东方，故云。以下“西方庚辛金”“南方丙丁火”“北方壬癸水”“中央戊己土”，均类推可知。

［34］ 揾（wèn 音问）：按。

［35］丙丁：代指“火”。古以十干配五行，丙丁属火。

［36］调鬼：亦作“掉鬼”，即捣鬼。

［37］“几曾见”句：哪里见过无端地拉人成亲！酩子里，无端地、平白地、暗地里、背地里。对门，原为门当户对，此为成亲的意思。

［38］盟信：盟约。宋·范仲淹《奏乞宣谕大臣定河东捍御策》：“元昊僭（jiàn 音剑）号扰边，屡擒将帅，如盟信可保，何至有今日之举？”

［39］魂：心灵。

［40］上青山变化身：南朝宋·刘义庆《幽明录》：“武昌阳新县北山上有望夫石，状若人立者。传云：昔有贞女，其夫从役，远赴国难，妇携弱子饯送此山，立望而死，形化为石。”后因以“一上青山便化身”形容妇人的坚贞。唐·胡曾《望夫山》诗：“一上青山便化身，不知何代怨离人。”

［41］“这其间”句：指此时此刻未婚妻韩琼英正在打探访寻自己应试的结果，等候自己的回音。登科，“登科录”或“登科记”的省称。唐宋以来科举，把各科录取的进士姓名登在册子上，就叫“登科录”或“登科记”。回文，本谓回复的文书，此指回音、回信或消息。

［42］才良：良才，学识优良。《新唐书·李石传》：“今四海夷一，唯登拔才良，使大小各任其职。”

［43］阳台：指男女欢会的场所。战国时楚人宋玉在《高唐赋》中写楚怀王梦游高唐，有巫山神女愿荐枕席为欢。

［44］蓝桥：桥名，在陕西蓝田县东南蓝溪之上。相传其地有仙窟，为唐代裴航遇仙女云英处。详见《太平广记》卷五十《裴航》。

［45］武陵溪寻配偶：传说东汉永平年间，剡县人刘晨、阮肇同入天台山采药，遇二仙女于武陵溪。刘、阮半年后返家时，子孙已历十世。武陵溪，详见《太平广记》卷六十一《天台二女》。

［46］桃源洞成秦晋：桃源洞，东晋·陶潜《桃花源记》中描写的桃花源，后世借指世外桃源。秦晋，春秋时秦晋两国世为婚姻，后用“秦晋之好”来称两家联姻。

［47］太山：即泰山，旧时对妻父之称谓。唐·段成式《酉阳杂俎（zǔ 音祖）·语资》载，唐玄宗欲封泰山（到泰山祭天），按惯例，随行臣僚事后均官升一级。主持祭天仪式的宰相张说（yuè 音月）破例为自己的女婿郑镒官升四级。玄宗疑而问郑，郑无言以对。旁边有人打趣道：“此泰山之力也。”即身为岳父的张说假公济私，借主持封泰山之事破格提拔自己的女婿。此后俗谓岳父为“泰山”，相应地，呼岳母为“泰水”。宋·晁说之《晁氏客语》：“呼妻父为‘泰山’，一说云泰山有丈人峰。”

［48］头里：起初、早先。

［49］“敬亲者”句：意思是敬奉亲长的人不能比别人怠慢亲长。出于《孝经·天子

章》:“爱亲者不敢恶于人，敬亲者不敢慢于人。”慢，轻慢、怠慢。

[50] 轩昂：形容人得志时扬眉吐气的神情。唐·韩愈《南山诗》:“崎岖上轩昂，始得观览富。”

[51] 美除：称心的官职。除，拜官授职。宋·陈亮《吏部侍郎章公德文行状》:“今春铨试，已中者率待五六年阙，而黜落者乃得美除。”

[52] 压卦钱：给卜者的酬金。压卦，占卜。

[53] 搦（nuò 音诺）：握。

[54] 叮咛：仔细、详尽的意思。

[55] 备细：完全、详细。

[56] 鸿鹄志：比喻高远的志向。鸿鹄，鸟名，即“鹄”，飞得很高，因常用“鸿鹄志”来比喻人的远大抱负。《史记·陈涉世家》:“陈涉太息曰：‘嗟乎，燕雀安知鸿鹄之志哉！’”

[57] 氤氲（yīn yūn 音因晕）：原形容烟或云气浓郁，这里指发怒时脸涨红的样子。

[58] 冢宰（zhǒng zǎi 音肿宰）：官名，即太宰，百官之长。殷商置，位次三公，为六卿之首。太宰原为掌管王室财务及宫内事务的官。周武王死时，成王年少，周公曾以冢宰之职摄政。后世吏部尚书亦称“冢宰”。

状元堂陈母教子

《状元堂陈母教子》简称《陈母教子》。天一阁本《录鬼簿》和《太和正音谱》《元曲选目》《也是园书目》《今乐考证》《曲录》等均有著录。今存明·赵琦美《脉望馆钞校本古今杂剧》本。这个杂剧的本事著录较多，有宋·刘斧《青琐高议》后集卷八《一门枢相》、张世南《游宦纪闻》卷二、王辟之《渑（shéng 音绳）水燕谈录》卷二《名臣》、周煇（huī 音辉）《清波杂志》卷十、释文莹《湘山野录》卷中、《宋史》卷二八四《列传》第四十三《陈尧佐传》等。宋代初年，有陈尧叟、陈尧佐、陈尧咨兄弟三人。关汉卿把“尧”改为“良”，并把兄弟顺序稍作了变换，在这些材料的基础上增饰附会而成。

剧写宋代陈相国夫人冯氏教子有方，盖状元堂令其苦读。朝廷开科选士，大儿陈良资、二儿陈良叟先后中头名状元。三儿陈良佐夸下海口，以为必得头名状元，谁知只中了第三名探花，状元是王拱辰，后被冯氏招为女婿。三儿陈良佐被冯氏痛责。陈良佐羞愧之下，发愤攻读，再次应试，果中状元，却因接受民财孩儿锦又被冯氏责罚。寇准此时担负采访贤士之责，闻知此事，赞叹一门四状元，母贤子孝，奉旨加官赐赏。

“陈母教子”故事在元杂剧中常被引用，如《蝴蝶梦》《铁拐李》《贬夜郎》等都曾提及，是一个为人所熟知的题材。

楔 子

（冲末外扮寇莱公[1]引祗从上）（寇莱公云）白发刁骚[2]两鬓侵，老来灰尽少年心。等闲赢得食天禄[3]，但得身安抵万金。老夫姓寇名准，字平仲，官封莱国公之职。方今圣人在位，八方无事，四海晏然[4]。当今明主要大开学校，选用贤良，每三年开放一遭举场。今以圣主仁慈宽厚，一年开放一遭举场，天下秀士都来应举求官。今奉圣人的命，怕有[5]那山间林下，隐迹埋名，怀才抱德，闭户读书，不肯求进的，圣人着老夫五南[6]路上采访贤士走一遭去。调和鼎鼐[7]理阴阳，万里江山属大邦。天下文士齐仰贺，他都待赤心报国尽忠良。（下）

（正旦引大末、二末、三末、旦儿同杂当[8]上）（正旦云）老身姓冯，夫主姓陈，乃汉相陈平[9]之后。老身所生三个孩儿：长者陈良资，次者陈良叟，第三个是陈良佐。有一女小字梅英。老身严教，训子攻书。盖一堂名曰"状元堂"，未曾完备哩。孩儿每也，做甚么这般大惊小怪的？您看去咱。（大末云）那里这般大惊小怪的？（杂当云）打墙处刨出一窖金银来。（大末云）你何不早说？我与母亲说去。（见正旦科，云）母亲，打墙处刨出一窖金银来。（正旦云）是真个打墙处撅出一窖金银来？休动着，就那里与我培埋[10]了者。（大末云）母亲，这的是天赐与俺的钱财，可怎生培埋了那？（正旦云）孩儿每也，你那里知道！岂不闻邵尧夫[11]教子伯温曰："我欲教汝为大贤，未知天意肯从否？""遗子黄金满籝，不如教子一经。"[12]依着我，就那里与我培埋了者。（大末云）理会的。三兄弟依着母亲的言语，便培埋了者。（三末云）下次[13]小的每[14]，将那金银都埋了者。有金元宝留下四个，我要打一副网巾环[15]儿戴。（正旦云）往年间三年放一遭选场，如今一年开一遭选场。见今春榜动，选场开，着大哥求官应举去，得一官半职，改换家门[16]，可不好那？（大末云）母亲说的是。今年春榜动，选场开，您孩儿便上朝求官应举去。若得一官半职，改换家门，可也光辉祖宗也。（三末云）母亲，春榜动，选场开，您孩儿应举走一遭去。（正旦云）三哥，你让大哥去，你做官的日子有哩！（三末云）母亲说的是。他文章低不济事，让他先去。（大末做拜正旦科，云）今日是个吉日良辰，辞别了母亲，便索长行。二兄弟好生在家侍奉母亲，三兄弟在家着志[17]攻书。你看他波，我拜着他，他不还我礼。（三末云）我不拜你，拜下去就折杀了你。（正旦云）孩儿，你则着志者，早些儿回来。将酒来！大哥，你饮过这酒去者。（大末云）您孩儿理会的。（做饮酒科）（正旦唱）

【仙吕·赏花时】凭着你万言策诗书夺第一，八韵赋文章谁似你，五言诗作上天梯。望皇家的这富贵，金殿上脱白衣。

（大末云）凭着您孩儿素日所学，必得高官也。（正旦唱）

【幺篇】哎，儿也！则要你“金榜无名誓不归[18]”，弟兄里丛中先觑着你。（正旦云）将酒来！（唱）我这里满满的捧着金杯，我与你专专的这庆喜，则要你夺的个状元归。（同二末、三末、旦儿下）

（大末云）则今日收拾了琴剑书箱，上朝求官应举，走一遭去。“一举首登龙虎榜，十年身到凤凰池[19]。”（下）

---

[1] 寇莱公：寇准，北宋著名政治家、宰相，字平仲，华州下邽（今陕西渭南）人。因封莱国公，故称“寇莱公”。

[2] 刁骚：同“刁搔”，头发短而乱的样子。宋·欧阳修《斋宫尚有残雪思作学士时摄事于此尝有闻莺诗寄原父因而有感》诗：“休把青铜照双鬓，君谟今已白刁骚。”

[3] 天禄：所谓上天赐给的禄位，即俸禄。

[4] 晏然：太平无事。唐·王昌龄《风凉原上作》诗：“海内方晏然，庙堂有奇策。”

[5] 怕有：恐怕有。

[6] 五南：指江南、湖南、岭南、海南和云南。因采访的官员只对一路负责，故

“五南”当为泛指。

[7] 调和鼎鼐（nài 音奈）：宰相治理天下，度量百事，犹如在鼎鼐调味，因此把治理天下比喻为“调和鼎鼐”。调和，调味。鼎鼐，《诗・周颂・丝衣》：“鼐鼎及鼒（zī 音资）。”传：“大鼎谓之鼐，小鼎谓之鼒。”

[8] 杂当：元杂剧行当名，扮演次要而不知名的角色，此为陈府僮仆。

[9] 陈平：西汉名相，阳武（今河南原阳东南）人。秦亡后从刘邦，官拜护军中尉，封曲逆侯。惠帝时任左丞相。吕后死，他与周勃合谋诛诸吕，使刘氏政权得以复存。文帝时继续为相。

[10] 培埋：以土壅埋。

[11] 邵尧夫：邵雍，北宋理学家，字尧夫，范阳（治今河北涿州）人。授官不任，攻读于共城（今河南辉县），隐居苏门山百源之上。著有《皇极经世》《伊川击壤集》等书。

[12] “遗子”句：留给子孙很多的金钱财宝，不如教他们读通一部经书。语出《汉书・韦贤传》：“遗子黄金满籯（yíng 音营），不如一经。”籯，箱笼一类的竹器。经，对典范著作及宗教典籍的尊称，这里指儒家经典“五经”等。

[13] 下次：下面、下边。

[14] 小的每：奴仆们。

[15] 网巾环：缀在网状头巾上的金环。网巾，用丝结成的网状的头巾，用来拢住头发。

[16] 改换家门：正体应为“改换门楣”，指封建时代，家境贫寒的读书人通过科举考试来谋取官位，从而改变门第出身，提高家庭的社会地位。后来也作“改换门闾”“改换门庭”，“家门”相对于“门楣”“门闾”“门庭”而言，显然更加通俗易懂。

[17] 着志：留心、专心致志。

[18] 金榜无名誓不归：意思是指读书人应考不中绝不回乡。

[19] “一举首”二句：语出北宋・刘昌言《上吕相公（蒙正）》。龙虎榜，科举时代称一时知名之士同登一榜为“龙虎榜”。见《新唐书・欧阳詹传》：“举进士，与韩愈、李观……联第，皆天下选，时称龙虎榜。”凤凰池，古代禁苑中的池沼。魏晋南北朝时设中书省于禁苑，因称中书省为凤凰池。《晋书・荀勗（xù 音绪）列传》：勗自中书监（jiàn 音剑）除尚书令，人贺之。勗曰：“夺我凤皇池，诸君贺我邪？”

第一折

（正旦引二末、三末、旦儿同上）（二末云）母亲，自从大哥上朝求官应举去也，母亲每夜烧这夜香，不知为何也？（正旦云）大哥求官应举去了，必然为官也。我每夜烧一炷香，您那里知道也。我“不求金玉重重贵，只愿儿孙个个贤[1]”。（唱）

【仙吕·点绛唇】我为甚每夜烧香？博[2]一个子孙兴旺。天将傍[3]，非是我夸强，我则待将《礼记》[4]《诗》[5]《书》[6]讲。

（二末云）母亲，大哥这一去，凭着他那七言诗八韵赋，必然为官也。（正旦唱）

【混江龙】才能谦让，祖先贤[7]承教化立三纲[8]，禀仁义礼智[9]，习恭俭温良[10]。定万代规模遵孔圣，论一生学业好文章。《周易》道“谦谦君子”[11]，后天教起此文章。《毛诗》[12]云《国风》《雅》《颂》，《关雎》云大道扬扬[13]。《春秋》说素常之德[14]，访尧舜夏禹商汤。《周礼》[15]行儒风典雅，正衣冠环佩锵锵[16]。《中庸》[17]作明乎天理，性与道万代传扬。《大学》功在明明德[18]，能齐家治国[19]安邦。《论语》[20]是圣贤作谱，《礼记》善问答行藏[21]。《孟子》养浩然之气[22]，传正道暗助王纲。学儒业，守灯窗，望一举，把名扬。袍袖惹，桂花香，琼林宴，饮霞觞[23]。亲夺的，状元郎，威凛凛，志昂昂。则他那一身荣显可便万人知，抵多少五陵豪气[24]三千丈！有一日腰金衣紫[25]，孩儿每也休忘了那琴剑书箱[26]。

（正旦云）三哥门首觑者，看有甚么人来？（三末云）我门首觑者，看有甚么人来。（报登科[27]上，云）是也。自家报登科的便是。如今有陈大官人得了头名状元，报登科记走一遭去。可早来到也。（做见三末科，云）陈三哥支揖哩！（三末云）有甚么话说？（报登科云）有家里大哥得了头名状元，小人特来报喜。三哥与家中老母说一声儿。（三末云）怎么？俺大哥做了官也，你认的是着？（报登科云）正是大哥。（三末云）你则在这里，我报复母亲去。（三末见正旦科，云）母亲，大厮得了官也，有报登科记的在门首。（正旦云）与那报登科记的三两银子者。（三末云）理会的。报登科记的，与你三两银子，你去罢。（报登科云）多谢了三哥，我去也。（下）

（大末扮官人躧马儿[28]领祗从上，云）志气凌云彻碧霄，攀蟾折桂显英豪。昨夜布衣犹在体，谁想今朝换紫袍！小官陈良资是也。自到帝都阙下，撺[29]过文华[30]手卷，日不移影，应对百篇，得了头名状元。借宰相头答，夸官三日。来到门首也，左右，接了马者！（见三末科，云）三兄弟，您哥哥得了头名状元也，你报复母亲去。（三末云）大哥，你得了官也。我和你有个比喻：似那抢风扬谷，你这等秕者先行[31]；瓶内酾茶，俺这浓者在后[32]。（大末云）兄弟，你报复母亲去。（三末云）我报复去。（做见正旦科，云）母亲，贺万千之喜！大哥得了官也，见在门首哩。（正旦云）好、好、好，着孩儿过来。（三末云）理会的。大哥，母亲着你过去哩。（大末做见正旦拜科，云）母亲，您孩儿得了头名状元也。（正旦云）不枉了好儿也！（大末做拜二末科，云）二兄弟，您哥哥得了头名状元也。（二末拜科，云）哥哥喜得美除也。（大末做拜三末科，云）三兄弟，您哥哥得了头名状元也。你看他波！三兄弟，我得了官拜你，怎生不还我礼？（三末云）我待回礼来，我的文章可高似你！（大末云）若不是母亲严教，您孩儿岂有今日也！（正旦唱）

【油葫芦】俺孩儿一举登科赴选场，则是你那学艺广，把群儒一扫尽伏降。您端的似鲲鹏得志[33]秋云长，您端的似鱼龙变化[34]春雷响。（大末云）母亲，您孩儿受十年苦苦孜孜，博得一任欢欢喜喜也。（正旦云）大哥，（唱）则是你才艺高，学艺广，可正是禹门三月桃花浪[35]，俺孩儿他平夺[36]得一个状元郎！

（大末云）“十年窗下无人问，一举成名天下知”也。（正旦唱）

【天下乐】则他那马头前朱衣[37]列两行，着人谈扬[38]在这满四方。可正是灵椿老尽[39]丹桂芳[40]，您可也不辱末你爷，您可也不辱末你娘。（正旦云）好儿也，（唱）你正是“男儿当自强[41]”。

（正旦云）今年第二年也，该第二个孩儿上朝应举去。（三末云）住者，母亲头一年让大哥去了，今年可该您孩儿去也。（二末云）三兄弟，你让我去罢。（正旦云）三哥，让你二哥去，你那做官的日子有哩！（三末云）母亲，他文章不济[42]，他《百家姓》也是我教与他的。我的文章高似他，我去罢！（二末云）三兄弟，我知道你的文章高，你在家中好生侍奉母亲。则今日是个吉日良辰，辞别了母亲，您孩儿上朝求官应举去也。（做拜正旦科）（正旦云）孩儿，你可着志者。（二末拜大末科，云）大哥家中侍奉母亲。（大末云）兄弟，你此一去，必受皇家富贵也。（二末做拜三末科，云）三兄弟，你哥哥应举去也，家中好生侍奉母亲。（三末做不还礼科）（二末云）三兄弟，我拜你，你怎生不还我礼？（三末云）我不拜你，我的文章高似你，拜下去就折杀了你。（二末云）你看他波！则今日收拾了琴剑书箱，上朝进取功名那，走一遭去。青霄有路终须到，金榜无名誓不归[43]。（下）（三末云）母亲，我让二哥去，你可欢喜了？（正旦云）三哥，你那里知道那！（唱）

【醉扶归】则要你聚萤火临书幌[44]，积瑞雪映寒窗[45]。你昆仲[46]谦和礼正当，伊是兄弟，他是兄长。不争[47]着你个陈良佐先登了举场，着人道我将你个最小的儿偏向。

（三末云）母亲说的是。（正旦云）三哥门首觑者，看有甚么人来。

（三末云）理会的，看有甚么人来。（报登科上，云）是也。自家报登科记的便是。如今有陈妈妈家陈二哥得了头名状元也，我直至他门上报登科走一遭去。可早来到也。（做见三末科，云）三哥，支揖哩！（三末云）有甚么话说？（报登科云）有家里二哥得了头名状元也，小人特来报喜！（三末云）报登科的，俺二哥也得了官了？你认的是么？（报登科云）正是家里二哥。（三末云）你则在这里，我报复母亲去。（见正旦科，云）母亲，二哥得了官也，有报登科的在于门首。（正旦云）是真个？与那报登科的二两银子。（三末云）理会的。报登科的，与你二两银子，你可休嫌少。等我明日得了官，你就从贡院[48]里鼓着掌，掴着手，叫到我家里来，说：陈家三哥得了官也。我赏你五十两银子。（报登科云）我知道。多谢了三哥，我回去也。（下）

（二末扮官人摆头答蹦马儿上[49]，云）黄卷青灯一腐儒，九经[50]三史[51]腹内居。学而第一[52]须当记，养子休教不看书。小官陈良叟是也。自到帝都阙下，撺过卷子，见了圣人，日不移影，应对百篇，圣人见喜，加小官头名状元。借宰相头答，夸官三日。可早来到门首也，左右，接了马者。有三兄弟在于门首。（做见三末科，云）三兄弟，你哥哥得了官也。（三末云）二哥，你得了官也。我和你有个比喻：我似那灵禽在后，你这等坌鸟先飞[53]。我和母亲说去。（做见正旦科，云）母亲，二哥真个得了官也，见在门首哩。（正旦云）着孩儿过来。（三末云）理会的。二哥，母亲怪你哩，（二末云）我得了官，母亲喜欢便是，可怎生怪我？（三末云）说你怎生也做了官来，着你过去哩。（二末做见正旦科，云）您孩儿多亏了母亲严教，今日得了头名状元也。（做拜科）（正旦云）不枉了好儿也！（二末拜大末，云）大哥，你兄弟得了官也。（大末云）兄弟喜得美除。（二末做拜三末科，云）三兄弟，你哥哥得了官也。（三末不还礼科）（二末云）三兄弟，我做了官拜你，你怎么不还我礼？（三末云）我的文章高似你，怎么消受的我还礼！（正旦云）好儿也，不枉了。将酒来！孩儿也，你满饮一杯者。（二末云）您孩儿饮这一杯酒咱。（饮酒科了）（众街坊上，云）老汉是这陈婆婆街坊的便是。他两个孩儿，都做了头名状元也，俺众街坊牵羊担酒庆贺走一遭去。可早来到也，不必报复，俺自过去。（众街坊做见正旦科，云）陈婆婆，俺众街坊没甚么，牵羊担酒，特来庆贺状元也。（正旦云）有劳众街坊每。（街坊云）不敢也。（正旦唱）

【金盏儿】兀的不欢喜杀老尊堂[54]，炒闹了众街坊。俺家里无三年两个儿一齐的登了金榜。（街坊云）婆婆乃善门之家，以此出两个状元也。（正旦唱）俺家里状元堂上一双双，一个学李太白[55]高才调[56]，一个似杜工部[57]好文章；一个是擎天白玉柱[58]，一个是架海紫金梁。

（正旦云）大哥受了者，等三哥为了官呵，一总还街坊老的每礼也。（大末云）众街坊休怪，改日置酒还礼。（众街坊云）不敢，不敢，老婆婆恕罪，俺街坊每回去也。（下）（正旦云）兀的不欢喜杀老身也！（唱）

【后庭花】今日个成就了俺儿一双，胜得了黄金千万两；且休说金玉重重贵，则愿的俺儿孙每个个强。您常好是不寻常，您娘便非干[59]偏向，人前面硬主张。您心中自忖量，亲兄弟别气象[60]，则要您显志强。

（二末云）您孩儿是白衣之人，谁想今日奋发[61]也！（正旦唱）

【柳叶儿】他终则是寒门卿相，正青春血气方刚，拥虹霓气吐[62]三千丈。孩儿每休夸强，意休慌，他则是放着你那紫绶金章[63]。

（正旦云）孩儿，今年第三年也，可该你应举去哩。（三末云）着大哥走一遭。（大末云）俺两个都做了官也，你可走一遭去。（三末云）二哥走一遭。（二末云）我已是得了官也，你可走一遭也。（三末云）这么说，母亲走一遭。（正旦云）你看他波！（三末云）都不去，我也不去。（大末云）可该你去了。（三末云）怎么直[64]起动[65]我去？小的每将纸墨笔砚来，写一个帖儿，寄与那今场贡主，说陈三哥家里忙，把那状元寄将家里来我做。（正旦云）孩儿也，可该你去也。（三末云）我去？也罢，也罢，我走一遭去。母亲，您孩儿应举去也。我有三桩儿气概的言语[66]。（正旦云）可是那三桩儿？（三末云）是掌上观纹[67]、怀中取物、碗里拿带靶儿的蒸饼[68]。则今日辞别了母亲，便索长行。（做拜正旦科）（大末云）兄弟，你怎么不拜俺两个哥哥？（三末云）两个哥哥，我不拜你，我的文章高似你。（正旦云）孩儿也，则要你着志者。（三末云）母亲保重将息，您孩儿得了官便来。（正旦唱）

【尾声】你频频的把旧书来温，款款将新诗讲，不要你夸谈主张；我说的言词有些老混忘[69]。后园中花木芬芳，俺住兰堂[70]，有魏紫姚黄[71]。指着这一种名花做个比方：三哥不要你做第三名衬榜，休教我倚门儿专望。哎，儿也，则要俺那状元红开御状元堂。（下）

（大末云）兄弟，你才说三桩儿显正[72]，怎么是怀中取物、掌上观纹、碗里拿带靶儿蒸饼？（三末云）我如今到那里见了今场贡主，觑我这任官如同怀中放着一件东西，舒下手去便取出来，则是个容易。（大末云）怎么是掌上观纹？（三末云）这掌上观纹，如同手掌里纹路儿，把手展开便见，觑那官则是个容易。（大末云）怎么是碗里拿带靶儿蒸饼？（三末云）觑我这任官如同那碗里放着个带靶儿的蒸饼，我走将去拿起来，一口噇[73]了，则是个容易。大哥，你做了官，盖多高的门楼？（大末云）丈二高。（三末云）忒低！我做了官，盖三丈八寸高。（大末云）忒高了！（三末云）你不知，我若做了官，骑在马上，打着那伞，不下马就往家里去。你做了官要几个马台[74]？（大末云）两个马台。（三末云）少！我做了官要七十二个马台。（大末云）怎么要偌多？（三末云）但是送我来的人到门首，一个人占一个马台，一齐下马，可不好？你做了官戴甚么？（大末云）乌纱帽。（三末云）我做了官，戴一顶前漏尘羊肝漆一定墨乌纱帽。你身穿甚么？（大末云）紫罗襕[75]。（三末云）我得了官，穿一领通袖膝襕闪色罩青暗花麻布上盖紫罗襕。你腰系甚么？（大末云）通犀带[76]。（三末云）我做了官，系一条羊脂玉茅山石透金犀玛瑙嵌八宝荔枝金带。你脚下穿甚么？（大末云）干皂履[77]。（三末云）我做了官，把我这靴则一丢则一换。（大末云）换甚么？（三末云）我皮匠家换了头底来。（同下）

---

[1] 不求金玉重重贵，只愿儿孙个个贤：不追求金子、玉器多而贵，只希望儿孙个个都成为有道德、有才能的人。重重贵，多而且贵重。语本《增广贤文》："不求金玉重重贵，但愿儿孙个个贤。"

[2] 博：换取。

[3] 将傍（bàng 音棒）：并列复合词，意为将护、辅助。将，本义为引领，这里引申为护持。傍，本义为傍近，这里指帮扶。

[4] 《礼记》：又名《小戴礼记》《小戴记》，据传为孔子的七十二弟子及其学生们所作，西汉礼学家戴圣所编，是中国古代一部重要的典章制度选集，共二十卷四十九篇，主要记载了先秦的礼制，体现了先秦儒家的哲学思想、教育思想、政治思想、美学思想，是研究先秦社会的重要资料，是一部儒家思想的资料汇编。

[5] 《诗》：即《诗经》，又叫《诗三百》，是中国古代最早的一部诗歌总集，收集了西周初年至春秋中叶的诗歌，共三百零五篇。《诗经》的作者佚名，绝大部分已经无法考证，传为尹吉甫采集、孔子编订。《诗经》在内容上分为《风》《雅》《颂》三个部分，手法上分为赋、比、兴。《风》是周代各地的歌谣；《雅》是周人的正声雅乐，又分《小雅》和《大雅》；《颂》是周王庭和贵族宗庙祭祀的乐歌，又分为《周颂》《鲁颂》和《商颂》。至汉武帝时，《诗》被儒家奉为经典之一。《诗经》内容丰富，反映了劳动与爱情、战争与徭役、压迫与反抗、风俗与婚姻、祭祖与宴会，甚至天象、地貌、动物、植物等方方面面，是周代社会生活的一面镜子。

[6] 《书》：又称《书经》，后世统称《尚书》，分为《虞书》《夏书》《商书》《周

书》，是中国上古关于尧、舜和夏、商、周至秦穆公的历史文件，以及部分追述古代事迹著作的汇编，相传由孔子编选而成。西汉初存二十八篇，即《今文尚书》。另有相传汉武帝时在孔宅壁中发现的《古文尚书》和东晋梅赜（zé 音泽）的伪《古文尚书》两种。现在通行的《十三经注疏》本《尚书》，就是《今文尚书》和伪《古文尚书》的合编。《尚书》是中国最早的历史文献，其中保存了商周特别是西周初期的一些重要史料。

[7] 祖先贤：效法先辈贤臣陈平及身为前朝相国的父亲。祖，效法、沿袭。

[8] 三纲：儒家提出的道德规范，指君为臣纲、父为子纲、夫为妻纲，即君对臣、父对子、夫对妻有绝对统治权。这是西汉董仲舒首先提出的，他宣扬“君臣、父子，夫妇之义”，谓“王道之三纲，可求于天”。

[9] 禀仁义礼智：遵守仁爱、忠信、礼仪并勤学以增见识等伦理规范，是儒家的伦理思想。禀，秉承、领受。

[10] 习恭俭温良：践行孔子提倡的待人接物的应有态度。语出《论语・学而》：“子贡曰：‘夫子温、良、恭、俭、让以得之。’”温，温和。良，善良。恭，恭敬。俭，俭约、节制，此处指说话有分寸。让，谦虚、谦让。

[11] “《周易》道”句：《易・谦》：“谦谦君子，用涉大川，吉。象曰：‘谦谦君子，卑以自牧也。’”后多以“谦谦君子”称谦虚谨慎并严于律己之人。谦谦，指“谦而又谦”的态度。

[12]《毛诗》：我国汉代研究《诗》的有四大学派，即“齐诗”“鲁诗”“韩诗”“毛诗”，后仅存“毛诗”一派。“毛诗”是《诗经》的古文学派，相传为秦汉间人毛亨和毛苌（cháng 音常）所传。古人常以《毛诗》指代《诗经》。

[13] “《关雎》云”句：意思是说《关雎》所宣扬的德行十分美好，意气风发。《关雎》，国风首篇，是《诗・周南》的篇名。这是一首青年男女的恋歌，而儒家却从封建道德方面来解释，《诗序》说它在歌颂“后妃之德”，《鲁诗》则说是大臣毕公刺周康王好色晏（晚）起之作。

[14] “《春秋》说”句：《春秋》，是儒家“五经”（《诗》《书》《礼》《易》《春秋》）之一，编年体史书。相传为孔子据《鲁春秋》整理而成。儒家认为孔子作《春秋》是代王者立法，他有王者之道，而无王者之位，故尊孔子为“素王”，《春秋》则为孔子道德修养的体现。

[15]《周礼》：儒家一部关于封建等级制度和礼法条规的典籍，相传为周公旦所作。

[16] 锵锵：亦作“将将”“玱玱”，拟声词，形容佩玉的撞击声。

[17]《中庸》：儒家典籍“四书”（《论语》《孟子》《大学》《中庸》）之一，其作者据司马迁说是孔子之孙子思，其主旨是处理事情不偏不倚、保守折中。朱熹解释说：“中者，无过无不及之名也；庸，平常也。”

[18] “《大学》”句：《大学》，儒家典籍“四书”之一，相传为孔子弟子曾参所作，其主旨为主张“明明德”“齐家治国平天下”。明明德，语出《大学》：“大学之道，

在明明德。”朱熹注：“大学者，大人之学也。明，明之也。明德者，人之所得乎天而虚灵不昧，以具众理而应万事者也。”

[19] 齐家治国：意思是整治家庭、家族和治理国家。家，旧指大夫的封地。

[20]《论语》：孔子及其部分弟子言行的记录，是儒家学派具有奠基性和代表性的最重要的经典。由孔子门生及再传弟子集录整理，共二十篇，较为集中地体现了孔子及儒家学派的政治主张、伦理思想、道德观念、教育原则等，是研究孔子及儒家思想的主要资料。南宋时，朱熹将《论语》和《孟子》《大学》《中庸》合为“四书”，使之在儒家经典中的地位日益提高。

[21] 行藏：指人的出处或行止。语本《论语·述而》：“子谓颜渊曰：‘用之则行，舍之则藏，唯我与尔有是夫。’”

[22]“《孟子》”句：《孟子》为儒家典籍“四书”之一，是记载战国时著名思想家孟轲言行的专著，战国中期孟子及其弟子万章、公孙丑等著。《汉书·艺文志》著录《孟子》十一篇，现存七篇十四卷，总字数三万五千余字，二百六十章。书中记载了孟子及其弟子的政治、教育、哲学、伦理等思想观点和政治活动。养浩然之气，出自《孟子·公孙丑上》：“我善养吾浩然之气。”孟子认为这是一种与“义”和“道”相配的胸中正气。

[23]“袍袖惹”四句：都是科举及第的意思。古时认为科举得中，如同到月宫折取桂枝，故云“袍袖惹，桂枝香”。琼林宴，科举制度中朝廷特赐新进士的宴会。北宋初赐宴改在汴京城西的琼林苑，故称“琼林宴”。霞觞，酒杯，此代指美酒。

[24] 五陵豪气：谓高门贵族的豪迈气概。五陵，汉代五个皇帝的陵墓，即高帝长陵、惠帝安陵、景帝阳陵、武帝茂陵、昭帝平陵，在长安附近。当时富家豪族和外戚都居住在五陵附近，因此后世诗文常以五陵为富豪人家聚居长安之地。唐·杜甫《秋兴》诗：“五陵衣马自轻肥。”

[25] 腰金衣（yì 音艺）紫：腰中挂着金印，身上穿着紫袍，指做了大官。衣，穿（衣服）。

[26] 琴剑书箱：古琴、佩剑、书箱，为古代读书人的“三大件”，是古代文人行走江湖、科举赶考的重要配置。

[27] 报登科：又作“报登科记”，报告科举考中的消息。唐宋以来科举考试，把各科录取的进士姓名登记在册子上，这种登第人员的记录叫“登科记”或“登科录”，也简称“登科”。

[28] 躧（xǐ 音洗）马：骑马徐行。躧，漫步徐行。

[29] 撺：同“窜”，本义为删改，引申为写作。

[30] 文华：文章华采。南朝梁·萧统《文选序》：“若其赞论之综缉辞采，序述之错比文华，事出于沈（沉）思，义归乎翰藻。”

[31] 抢风扬谷，秕者先行：元代歇后语，是说顶风扬谷子，秕子先出去。剧中陈良

佐以此说大哥水平低，所以先去应考。

［32］瓶内酾（shī 音失，又 shāi 音筛）茶，浓者在后：元代歇后语，是说从瓶里倒茶，浓的留在后边。剧中陈良佐是说自己水平高。酾，斟、倒。

［33］鲲鹏得志：喻指远大的抱负得以实现。鲲鹏，传说中的大鱼和大鸟。《庄子·逍遥游》："北冥有鱼，其名为鲲。鲲之大，不知其几千里也。化而为鸟，其名为鹏。鹏之背，不知其几千里也；怒而飞，其翼若垂天之云。"

［34］鱼龙变化：此犹言"鱼化龙"，意思是指鱼变化为龙，比喻世事或人的根本性变化。宋·刘克庄〔水龙吟〕词："任蛙蟆胜负，鱼龙变化，侬方在、华胥国。"

［35］禹门三月桃花浪：传说黄河之水经过龙门时，每逢春日桃花浪起，鲤鱼逆流而上，跳过龙门者即变为龙。古时喻科举及第为"跳龙门"。禹门，即龙门，在山西河津市西北、陕西韩城市东北，相传为夏禹所凿，故名，这里指科举试场。

［36］平夺：很容易地夺得。

［37］朱衣：古时显贵者的服色，此指官员的侍从及衙役。

［38］谈扬：谈论颂扬。

［39］灵椿老尽：暗指父母皆老。灵椿，传说中的神树。《庄子·逍遥游》："上古有大椿者，以八千岁为春，八千岁为秋。"后成为"父亲"的代称。

［40］丹桂芳：后周窦禹钧所生五子，全部登第。唐·冯道《赠窦十》诗："灵椿一株老，丹桂五枝芳。"后便以"丹桂芳"比喻儿女们在成长壮大，才华显露。

［41］男儿当自强：出自宋·汪洙的《神童诗》："朝为田舍郎，暮登天子堂。将相本无种，男儿当自强。"意思是王侯将相本来不是天生的贵种，贫穷人家的孩子发愤努力，也可以成为栋梁之材，好男儿应当发愤图强。

［42］不济：不行。

［43］"青霄"二句：古时成语，用以表示对科举及第的决心和信心。

［44］聚萤火临书幌：指车胤囊萤读书事。车胤自幼聪颖好学，家境贫寒，常无油点灯，夏夜就捕捉萤火虫装在纱袋中，用以照明夜读，学识与日俱增，成为知名学者。

［45］积瑞雪映寒窗：指孙康映雪读书事。西晋人孙康，家贫乏膏火之资，冬天夜里借着雪的反光读书。后用作贫士苦读的典故。

［46］昆仲：兄弟。

［47］不争：这里意为如其、假使。

［48］贡院：科举时代举行乡试或会试的场所。唐·李肇《唐国史补》卷下："开元二十四年，考功郎中李昂，为士子所轻诋。天子以郎署权轻，移职礼部，始置贡院。"

［49］跚（shān 音删）马儿上：骑马的动作。

［50］九经：指《易》《诗》《书》《左传》《礼记》《周礼》《孝经》《论语》《孟子》等

九种儒家经典。

[51] 三史：指《史记》《汉书》《后汉书》。唐代科举有“三史科”。

[52] 学而第一：指《论语》第一篇《学而》。

[53] 坌（bèn 音笨）鸟先飞：比喻能力差的人做事时，怕赶不上别人，抢先动手。多用作谦辞，同“笨鸟先飞”。坌，笨、不灵巧。

[54] 老尊堂：老母亲。

[55] 李太白：唐朝大诗人李白，太白是他的字。

[56] 才调：才气、才华。

[57] 杜工部：唐朝大诗人杜甫，因他曾做过工部员外郎，故称。

[58] 白玉柱：古代神话传说中在昆仑山上支撑天的大柱子，后借喻能干大事的人。

[59] 非干：又作“非关”，不是。

[60] 别气象：气概不一样。别，区分、区别。

[61] 奋发：犹“发迹”，意为得了高官，出人头地。

[62] 虹霓气吐：吐气能成天上彩虹，形容气魄很大。虹霓，天空出现的弧形彩带。

[63] 紫绶金章：古时高官的凭证。绶，系印纽的丝带。金章，金印。《晋书 · 舆服志》：“贵人、夫人、贵嫔，是为三夫人，皆金章紫绶。”

[64] 直：意为一个劲儿地。

[65] 起动：动员的意思。

[66] 气概的言语：有志气的话。

[67] 掌上观纹：察看手掌上的纹理，比喻极其容易、毫不费力。

[68] 碗里拿带靶儿的蒸饼：比喻事情做起来毫不费力。靶儿，同“把儿”，器具上便于用手握的部分。蒸饼，一种用发面加油蒸熟的饼，饼内分层。

[69] 混忘：“忘混”的倒文，即糊涂。亦作“忘昏”“忘浑”“忘魂”。

[70] 兰堂：厅堂的美称。东汉 · 张衡《南都赋》：“揖让而升，宴于兰堂。”吕延济注：“兰者，取其芬芳也。”

[71] 魏紫姚黄：最名贵的两种牡丹花。宋 · 欧阳修《洛阳牡丹记》：“姚黄者，千叶黄花，出于民姚氏家……魏家花者，千叶肉红花，出于魏相仁溥（pǔ 音普）家。”下文“状元红”也是牡丹花之一种。

[72] 显正：明显的验证，引申为“可靠的预言”。正，用同“证”。

[73] 噻（sǎi 音塞上声）：大口吞食。

[74] 马台：旧时高门大户前供上下马用的台子。

[75] 紫罗襕：紫色的罗襕。襕，襕衫，古时士人穿的服装，上下衣相连的长袍，下摆加横幅。

[76] 通犀带：饰有犀牛角的腰带。

[77] 干皂履：古时官员穿的黑色厚粉底靴。

第二折

（正旦同大末、二末上）（正旦云）老身陈婆婆的便是。今有大哥二哥都做了官也，则有三哥上朝求官应举去了，必然为官也呵。（唱）

【南吕·一枝花】为甚么儿孙每志气高？托赖着祖上阴功厚。一个曾前年登了虎榜[1]，一个便去岁可兀的占了鳌头[2]。俺家里富贵也双修，无福的难消受。俺可便钱财上不枉求[3]，我觑着那珠翠金银，我可便浑如似参辰卯酉[4]。

【梁州】我爱的是那《孝经》[5]《论语》得这[6]《孟子》，我喜的是那《毛诗》《礼记》《春秋》。后园中有地栽松竹，有书堂书舍书院书楼。则愿的子孙荣旺[7]，门户清幽。俺家里实丕丕[8]祖上遗留，既为官将他[9]这富贵休愁。您、您、您则频频的休离了那黄卷青灯，是、是、是你可便稳拍拍[10]明放着金章和那紫绶。呀、呀、呀，你可便用心机得峥嵘，你可也渐渐的稳情取个肥马轻裘。古人是有以显父母身荣后，入八位[11]不生受。想当日常何荐马周[12]，博一个今古名留。

（正旦云）大哥门首觑者，看有甚么人来？（大末云）理会的。（报登科记的上，云）是也。自家报登科记的便是。有陈三哥得了头名状元，陈妈妈家报喜走一遭去。可早来到门首也。有大哥在于门首。大哥，支揖哩！（大末云）你是那里来的？（报登科云）有三哥得了头名状元，小人特来报喜。（大末云）你则在这里，我报复母亲知道。母亲，三兄弟得了头名状元也。（正旦云）是谁说来？（大末云）有报登科记的在于门首。（正旦云）着他过来。（大末云）理会的。着你过去。（报登科见科，云）报的老母知道，有三哥得了头名状元，小人特来报喜。（正旦云）孩儿，与那报登科记的五两银子。（大末云）您孩儿知道。二兄弟，俺得了官时，则与了报登科记的三两银子；三兄弟做了官与他五两银子。（二末云）大哥，母亲偏向三兄弟也！（大末云）报登科记的，与你五两银子。（报登科云）多谢了，小人回去也。（下）

（王拱辰蹦马儿领祗候上，云）龙楼凤阁九重城，新筑沙堤宰相行。我贵我荣君莫羡，十年前是一书生[13]。小官王拱辰是也，乃西川绵州[14]人氏。幼习儒业，颇看诗书。自到帝都阙下，撺过文华卷子，当殿对策，日不移影，应对百篇，文如锦绣，字扫龙蛇[15]，一举状元及第。借宰相头答夸官三日。张千，摆开头答，慢慢的行。（正旦云）大哥、二哥，咱一同接孩儿去来。（唱）

【红芍药】我这里笑吟吟行下看街楼[16]，和我这儿女每可便相逐。我这里慢腾腾拦住紫骅骝，我将这玉擞[17]来便忙揪。（王拱辰云）兀那婆婆儿靠后，休惊着小官马头！（大末云）三兄弟是好壮志也！（二末云）母亲认的是着！（正旦云）好儿也，不枉了！（唱）可正是男儿得志秋，他在马儿上倒大来风流[18]。（大末云）你看三兄弟，他见了母亲，可怎生不下马来？（二末云）大哥，敢不是三兄弟么？（正旦云）孩儿，你下马来波！（王拱辰云）这个婆婆儿好要便宜也！（正旦唱）我这里听言罢教我紧低了头，吓的我魂魄可便悠悠。

（王拱辰云）兀那婆婆儿，你休错认了小官也！（正旦唱）

【菩萨梁州】则被这气堵住咽喉，眉头儿忔皱[19]，身躯儿倒扭。好着我羞答答的不敢抬头，泪汪汪双目再凝眸，孜孜的觑了空低首。（正旦云）敢问那壁状元姓字名谁？（王拱辰云）今春头名状元，我是王拱辰。（正旦唱）低低的问了牢缄口，闷无语自僝僽[20]。老身向官人行无去瞅，（云）孩儿每，您说一声儿波，（唱）倒大来惭羞。

（正旦做走科）（二末云）哥哥看母亲。（正旦云）大哥，既是状元，请下马来。（大末云）理会的。状元请下马来，状元堂上饮了状元酒回去。（王拱辰下马科，云）左右，接了马者。（祗候云）理会的。（大末云）适间老母冲撞[21]着状元，是必休怪也。（王拱辰云）适间小官马头前冲撞着那壁状元的老母，是必宽恕咱。（大末云）状元有请！（王拱辰见正旦科，云）适间小官马头前冲撞着老母，是必恕罪也。（正旦云）恰才老身为何错认了那壁状元？老身家中有三个孩儿，都去应举去了，两个孩儿得了状元回来了，则有三哥不曾回来。恰才是那报登科记的差报了也。那壁状元是必休怪咱。（王拱辰云）小官不敢。（二末做施礼科，云）适间老母冲撞，休怪。（王拱辰云）不敢。（正旦云）将酒来！（做把盏科，云）状元饮过这杯酒咱。（王拱辰饮酒科）（正旦云）大哥，你问状元有婚也无婚？（大末云）母亲，有婚呵是怎生？无婚呵是如何？（正旦云）有婚呵，着状元在状元堂上吃了状元酒，挂了状元红回去；无婚呵，大哥，将你妹子招状元为婿。未知你弟兄每意下如何？（大末云）谨遵母亲之言。（大末见王拱辰科，云）状元，恰才我母亲言语，问状元有婚也无婚？（王拱辰云）有婚是怎生？无婚可是如何？（大末云）若是有婚呵，吃了状元酒，挂了状元红，你便回去；若是无婚呵，小官有一舍妹，招那壁状元为婿，意下如何？（王拱辰云）小官无婚，我愿随鞭镫。（大末云）一让一个肯。（正旦云）着状元换衣服去。（王拱辰云）理会的，小官换衣服去。（下）

（正旦云）今年状元是王拱辰，知他俺那陈良佐在那里也？（大末云）今年头名状元是王拱辰，不知俺那三兄弟在那里也？（三末上，云）我劝这世上人休把这口忒谝[22]过了。我到的帝都阙下，今场贡主见了："陈三哥，你来了，不必看你文章，起动写四个字，是'天下太平'。"我拿起笔来，写了个"天"字，写那"下"字我忘了一点，做了个拐字，无三拐，无两拐，则一拐就把我拐出来了，做了第三名探花郎，绿袍槐简[23]，花插幞头[24]。去时夸了大口，今日得了探花郎，我怎生家中见母亲和两个哥哥？则待我两个哥哥不在门前，我走进房里去，随他嚷闹去，我一世也不出来。可早来到门首也。（做看科，云）你看我那苦命么！肯分的大哥在门首。大哥，你兄弟来了也。（大末云）呀、呀、呀，兄弟来了，你得了甚么官？（三末云）我得了探花郎。（大末云）你原来得了个探花郎，我对母亲说去。（见正旦科，云）母亲，三兄弟得了个探花郎来了也。（正旦云）他不过来，敢教我接待他去那！（大末云）理会的。（见三末科，云）三兄弟，母亲的言语，说你不过去，待着母亲来接你那！（三末云）哥也，那得个母亲倒接儿子？我过去。娘打我时，两个哥哥劝一劝。（大末云）兄弟，我知道也。（三末见正旦科，云）母亲，您孩儿得了官也，有一拜。（正旦云）兀那厮！你休拜，你得了甚么官？（三末云）得了探花郎。（正旦云）甚么官？（三末云）探花郎。（正旦云）则不[25]你说，兀的又有人来说哩！（三末云）在那里？（正旦做打科，唱）

【牧羊关】你则好合着眼无人处串，谁着你腆着脸[26]去街上走？气的我浑身上冷汗浇流！（正旦云）你将着的是甚么？（三末云）是槐木简。（正旦唱）我将这槐木简来掂折[27]，绿罗襕着手揪。问甚么红漆通鞓带[28]，花插皂幞头！我使拄杖蒙头[29]打，呸！我看你羞也那[30]是不害羞！

（三末云）翰林都索入编修[31]。（正旦云）噤声！（唱）

【贺新郎】你道是翰林都索入编修，我情知[32]你个探花郎的名声，（云）你觑波，（唱）你怎知俺这状元除授[33]？弟兄里则为你年幼，你身上我偏心儿索是有，我几曾道是散袒[34]悠悠？（云）师父多教孩儿几遍！（唱）我去那师父行陪了些下情[35]，则要你工课上念的滑熟[36]。我甘不的[37]这厮看文书一夜到三更后！（三末云）母亲，你打我，则是疼你那学课钱[38]哩！（正旦唱）且休说你使了我学课钱，哎，贼也，你熬了多少家[39]点灯油！

（三末云）母亲，您孩儿虽然不得状元，也不曾惹得街上人骂娘。（正旦云）怎么骂我？（三末云）俺大哥头一年做了官，摆着头答街上过来，老的每道："这个是谁？""是陈妈妈家大的孩儿。""嗨！鸦窝里出凤凰[40]。"（大末云）这个是好言语。（三末云）甚么好言语？娘倒是墨老鸦，你倒是凤凰！第二年二哥也做了官，又骂的娘不好。摆着头答，街上人道："这个是谁？""是陈妈妈第二个孩儿。""嗨、嗨、嗨，粪堆上长出灵芝草[41]。"（二末云）这个是好言语。（三末云）噤声！娘倒是粪堆，你倒是灵芝草！您孩儿虽然做了探花郎，不曾连累着娘。我打街上过来，老的每道："这个是谁？""是陈妈妈的第三个孩儿。"众人道："嗨、嗨、嗨，好爷好娘养下这个傻弟子孩儿。"（正旦做唤棒子科，云）将棒子来！（唱）

【絮虾蟆】我可也不和你强枉料口[42]，我年纪大也惭羞。打这厮父母教训不秋[43]，做的个[44]苗而不秀[45]。则好深村放牛，伴着那庄家学究。记的那个日头，状元一身承受；去时说了大口，临行相别时候，说的来花甜蜜就。无语低头，嘴碌都的恰便似跌了弹的斑鸠[46]。（三末云）母亲，一品至九品，都是国家臣子。（正旦云）噤声！（唱）休那里一口里巧舌头[47]，便有那一千笔画不成，描不就[48]。我和你难相见，枉厮守[49]。休、休！快离了我眼底，休在我这边头！

（正旦云）从今以后，将陈良佐两口儿赶出门去，再也休上我门来！（大末做跪科，云）母亲，看您孩儿的面皮，留下三兄弟两口儿在家，可也好也！（正旦唱）

【尾声】大哥哥枉可惜了你喷珠噀玉[50]谈天口[51]。（二末做跪科，云）母亲，看您孩儿的面皮，留下三兄弟两口儿在家住，可也好也！（正旦唱）二哥哥枉展污了你那折桂攀蟾的钓鳌手[52]。大哥哥枉生受，二哥哥且落后。陈良佐自今后，你行处行走处走，千自在百自由，我和你个探花郎不记甚冤仇。（三末云）母亲，吃一钟喜酒。（正旦云）抬了者！（唱）我可也消不的"状元"这个及第酒！（下）

（大末云）看母亲，看母亲！呸！三兄弟你羞么？你去时节夸尽大言，回来则得个探花郎，甚是惶恐[53]。你不说"掌上观纹"？（三末云）手上生疮不见了。（大末云）"怀中取物"？（三末云）衣服破把来吊了。（大末云）"碗里拿带靶儿蒸饼"？（三末云）不知那个馋弟子孩儿偷了我的吃了。（大末云）你既为孔子门徒，何出此言？俺家素非白屋[54]，祖代簪缨，乃陈平之后。你今日得了个探花郎，岂不汗颜？为人者要齐家治国，修身正心；人心不正，做事不能成矣。人以德行为先。德者，本也；才者，末也[55]。德胜才为君子，才胜德为小人[56]。你这等人，和你说出甚么来！我和你同胞共乳一爷娘，幼小攻书在学堂。受尽寒窗十载苦，龙门一跳见君王。你去时人前夸大口，还家只得探花郎。凤凰飞在梧桐树，呸！自有傍人话短长[57]。（下）（三末云）大哥数落了我这一会。（二末云）呸！三兄弟，你羞么？（三末云）哥也，怎的？（二末云）你去时节夸尽大言，回来得了个探花郎，岂不汗颜？俺家素非白屋，累代簪缨，汉陈平之玄孙，祖宗拜秦国公之职，为子者[58]当以腰金衣紫。俺二人皆第状元，惟汝不第者何也？为子才轻德薄也。我和你说出甚么来！未应举志气凌云，但开口傍若无人。卖弄你诗才过李白、杜甫，舌辩似张仪、苏秦。大哥如泥中苏芥[59]，二兄长似凌上轻尘[60]。孔子居于乡党[61]，见长幼礼法恂恂[62]。可不道状元郎"怀中取物"，觑富贵"掌上观纹"？发言时舒眉展眼，你今日薄落[63]了缩项潜身。俺状元郎夸谈宗祖，呸！谁似你个探花郎羞答答的辱末[64]家门！（下）

（王拱辰上，云）呸！你羞么？（三末云）你是谁？（王拱辰云）我是门下娇客[65]，妹婿王拱辰，今春头名状元。（三末云）你是王拱辰！我把你个馋弟子孩儿！这带靶儿的蒸饼你吃了我的！（王拱辰云）适间小官听的大舅二舅所言，说三舅去时节夸尽大言，回来得了个探花郎，岂不汗颜？为人者可以治国齐家，修身正心[66]；人心不正，作事不能成矣。《中庸》有言："喜怒哀乐之未发谓之中，发而皆中节者谓之和。中也者，天下之大本也；和也者，天下之达道也。"[67]《论语》云："君子不重则不威。"[68]轻乎外者，必不能坚乎内，故不厚重，则无威严，而所学亦不坚固也。俗言有几句比并[69]，尊舅岂不闻：草虫食草，岂知重味之甘？蚯蚓啼洼，不解汪洋之海[70]。瓮生蠓蚁[71]，岂知化外清风？萤火虽明，不解蟾光之照[72]。树高而曲，不如短而直；水深而浊，不如浅而清[73]。蜘蛛有丝，损人利己；蚕腹有丝，裕民润国[74]。但凡为人三思，然后再思可矣[75]。你空长堂堂七尺躯，胸中志气半星无，绿袍槐简归故里，呸！枉做男儿大丈夫！（下）（祗候云）呸！（三末打科，云）你也待怎的？（同下）

---

［1］ 虎榜：指龙虎榜，单称为龙榜或虎榜。见本剧“楔子”注［19］。

［2］ 鳌头：指皇宫大殿石阶上刻的大鳌的头。“鳌”是传说中的一种庞大的海生动物，据说头像乌龟，尾巴像鲤鱼，身形巨大，威猛有力，能够背起一座大山。民间传说它是海龙王的三太子，因为偷吃了玉皇大帝的玉浆液，被发配到东海为鳌。唐宋时期，皇帝殿前陛阶上的中陛石上经常镌刻巨大的鳌鱼，以象征皇权威严。翰林学士觐（jìn 音近）见时，都会立在鳌头上，等待皇帝的召见。于是，人们将进入翰林院称为“上鳌头”。科举考试中的殿试结束后，状元、榜眼、探花等人到皇帝殿前陛阶上迎榜。因只有状元一人独自站在中陛石上，将鳌踩在脚下，所以就说他“独占鳌头”。后“独占鳌头”便用在科举考试中考中状元的代称。

［3］ 枉求：不以正道相求而得之。枉，曲、不正直。

［4］ 参（shēn 音深）辰卯酉：参、辰，二星名。参星酉时出于西方，辰星卯时出于东方。参与辰、卯与酉相对立，故用以比喻互不相关或势不两立，犹言“是非曲直”。

［5］ 《孝经》：中国古代儒家的伦理著作，儒家“十三经”之一，全书共分十八章，成书于秦汉之际，是阐述孝道和孝治思想的经典著作。自西汉至魏晋南北朝，注解者及百家。现在流行的版本是唐玄宗李隆基注，宋代邢昺（bǐng 音丙）疏。

［6］ 得这：亦作“的这”，句中衬字，无义。

［7］ 荣旺：兴旺。

[8] 实丕丕：亦作“实呸呸”“实坯坯”“实碑丕”，实在得很、很真实的意思。

[9] 他：句中衬字，无义。

[10] 稳拍拍：亦作“稳丕丕”，稳当可靠的意思。

[11] 入八位：进入“八恺”或“八元”的行列，即成了著名的才德兼备、官高望重的贤人。《左传·文公十八年》：“昔高阳氏有才子八人：苍舒、隤敳（tuí ái 音颓癌）、梼戭（chóu yǎn 音仇演）、大临、尨降（máng xiáng 音忙详）、庭坚、仲容、叔达，齐圣广渊，明允笃诚，天下之民谓之‘八恺’。高辛氏有才子八人：伯奋、仲堪、叔献、季仲、伯虎、仲熊、叔豹、季狸，忠肃共懿，宣慈惠和，天下之民谓之‘八元’。”恺，和。元，善。

[12] 常何荐马周：常何、马周皆唐太宗时人。马周精通《诗经》和《春秋》，初入长安时，住在常何家中。贞观中，诏百官言政得失，马周代常何陈便（biàn 音变）宜之策二十余事，皆中要害。唐太宗惊奇问之，常何以实相告。帝召马周，与语，大悦，授监察御史，赐帛三百匹。

[13] “龙楼”四句：元杂剧中大官僚的习用定场诗。沙堤，唐代拜相时载沙填路，名叫“沙堤”。

[14] 绵州：州名，隋开皇五年（585 年）置，治巴西（今绵阳市东），以绵水得名。

[15] 龙蛇：形容书法笔势之盘曲有致。唐·李白《草书歌行》：“时时只见龙蛇走，左盘右蹙如惊电。”

[16] 看街楼：宅院中近街而筑、打开窗户可以观望街景的楼。

[17] 玉勒（lēi 音雷阴平）：同“玉勒（lè 音乐）”，玉饰的马嚼子。也作“马衔”。勒，同“勒（lēi 音雷阴平）”，用绳子等捆住或套住，再用力拉紧。

[18] 倒大来风流：此为特别光彩、荣耀之意。倒大来，特别、十分的意思。来，句中衬字，无义。

[19] 忔（qì 音气）皱：眉头紧皱。也作“忔㥮”。

[20] 自僝僽（chán zhòu 音缠昼）：亦作“自僝自僽”，即自取烦恼的意思。明·徐渭《南词叙录》：“僝僽，怀忧也。”

[21] 冲撞：冒犯。

[22] 谝（piǎn 音片上声）：夸耀、自吹自擂。

[23] 绿袍槐简：古时低级官员或科举及第但名次靠后者的服饰和用具。绿袍，绿色的袍服，古时低级官员的袍服，也指新科进士的袍服。《辽史·仪卫志二》：“八品、九品，幞头、绿袍。”槐简，槐木手版。

[24] 花插幞（fú 音扶）头：把花插在幞头上。幞头，亦称“折中巾”“软裹”“朝天巾”，是职位较低的官员或宫中女官、女乐戴的一种头巾。幞头在北周时既已出现，人们将方形巾帕折出对称的四脚，戴起后两脚系于巾顶，另外两脚垂于脑后。隋唐时期，幞头成为当时男子的主要首服式样。至宋，逐渐发展成官职人员的官方帽式样，上至帝王、下至百官均可戴之。此处指三末高中探花后更

换了衣装，头顶花插幞头，身穿绿襕，腰系偏带。

[25] 则不："不则"的倒文，不只、不但的意思。

[26] 腆着脸：厚着脸皮的意思。

[27] 掂折：折断。金·董解元《西厢记诸宫调》卷四："斑管虽圆被风裂，玉簪更坚也掂折。"

[28] 红漆通鞓（tīng 音听）带：红漆皮带。鞓，皮革制成的腰带。《宋史·舆服志五》："请从三品以上服玉带，四品以上服金带，以下……诸军将校，并服红鞓金涂银排方。"

[29] 蒙头：迎头。

[30] 也那：句中衬字，无义。

[31] 翰林都索入编修：字面意思是翰林都要做编修，实为打诨（hùn 音混）的话。上文陈母批评陈良佐没有考中状元，"我看你羞也那是不害羞"，这个"羞"与"编修"的"修"同音。编修，翰林院官职之一，其位次于修撰，与之共修国史。

[32] 情知：明知。

[33] 除授：本指任命，这里意为考取。

[34] 散袒：亦作"散诞""散澹""散旦"，舒散放诞、悠然自在的意思。

[35] 下情：低声下气、谦恭的意思。

[36] 滑熟：亦作"熟滑""书滑"，熟悉、熟练。

[37] 甘不的：巴不得、恨不得。甘，当是"巴"字形讹或"恨"字声误。

[38] 学课钱：学费。

[39] 家：亦作"价"，语助词，无义。

[40] 鸦窝里出凤凰：乌鸦的窝里生出了凤凰，比喻在卑微的环境中产生杰出的人物。

[41] "粪堆"句：比喻在卑下的环境中产生出高贵的东西。灵芝，菌类植物，古人以为吃了可以长生。

[42] 料口：拌嘴、斗口舌。

[43] 秋：应是"愀"或"瞅"字之省，"不愀"或"不瞅"，意为不予理睬。

[44] 做的个：落得个、弄得个。

[45] 苗而不秀：语出《论语·子罕》："苗而不秀者有矣夫！"孔子的原意是哀叹颜回死得太早，资质虽好，但是没有成就，好像谷子只长了苗却没有秀穗。这里是比喻陈良佐徒有其表。

[46] 跌了弹的斑鸠：被弹丸射中落地的斑鸠，形容失意落寞或受挫神伤的样子。

[47] 巧舌头：巧嘴、能说会道。

[48] 画不成，描不就：指事实终究无法歪曲。

[49] 厮守：相守。

[50] 喷珠噀（xùn 音迅）玉：喷吐珍珠美玉，形容出语不凡，卓有见识。噀，含在口中而吐出。

[51] 谈天口：指能言善辩的口齿。

[52] 钓鳌手：指抱负不凡。故事出自《列子·汤问》，述说龙伯国巨人曾钓过鳌，后人便以“钓鳌”比喻谋取高官显位。

[53] 惶恐：惭愧。

[54] 白屋：用茅草覆盖的屋，后指没有做官的读书人的住处。元·李翀（chōng 音充）《日闻录》：“白屋者，庶人屋也。”

[55] “德者”二句：语本《礼记·大学》：“德者，本也；财者，末也。”

[56] “德胜才”二句：语本司马光《资治通鉴·周纪一》：“德胜才谓之君子，才胜德谓之小人。”

[57] “凤凰”二句：当时俗语，是说一个人的言行，在众人面前自有公论。

[58] 为子者：作为后辈子孙。

[59] 苏芥：草芥，小草，比喻不足珍惜的无价值的东西。宋·苏洵《六国论》：“子孙视之不甚惜，举以予人，如弃草芥。”

[60] 凌上轻尘：亦作“陌上纤尘”，田间小路的微尘。凌上，陌上、田间。古代规定，田间小路，南北走向的叫作“阡”，东西走向的叫作“陌”。轻尘，尘土。尘土质轻，易于飞扬，故称。

[61] 乡党：周制以五百家为“党”，一万二千五百家为“遂”。党属于乡，遂在远郊之外。后以“乡党”泛指乡里。

[62] 恂恂（xún xún 音旬旬）：谦恭谨慎的样子。《论语·乡党》：“孔子于乡党，恂恂如也，似不能言者。”朱熹注：“恂恂，信实之貌。似不能言者，谦卑逊顺，不以贤知先人也。”

[63] 薄落：“落薄”的倒文，“落魄”的声转。

[64] 辱末：同“辱没”。

[65] 娇客：女婿。宋·黄庭坚《次韵子瞻和王子立风雨败书屋有感》：“妇翁不可挝，王郎非娇客。”任渊注：“按今俗间以婿为娇客。”

[66] 修身正心：语出《礼记·大学》：“欲修其身者，先正其心；欲正其心者，先诚其意。”修身的根本就在于正其心。只有心正才能身正，反过来，也只有身正才能心正，它们是互为表里的。

[67] “喜怒”六句：意思是心里有喜怒哀乐却不表现出来，被称作中；表现出来却能够有所节制，被称作和。中，是稳定天下之本；和，是为人处世之道。

[68] 君子不重则不威：语出《论语·学而》：“子曰：‘君子不重则不威，学则不固。’”朱熹注：“重，厚重。威，威严。固，坚固也。”

[69] 比并：比方、比喻。《朱子语类》卷一三七：“只是将前人腔子，自做语言填放他腔中，便说我这个可以比并圣人。”

［70］“草虫”四句：意思是吃草的虫子只吃过草，哪里知道各种食物的甘美；蚯蚓只在小水洼生活，不能理解汪洋大海的浩大。比喻没见过大世面，眼界狭窄，胸无大志。草虫，吃草的虫子。重（chóng 音虫）味，多种菜肴，美味佳肴。啼，啼哭，这里指出气、活着。

［71］蠓（měng 音猛）蚁：蠓虫儿和蚂蚁。

［72］“萤火”二句：萤火虫虽能发出微弱的亮光，但它不会理解月亮如何普照大地。比喻见识浅陋的人，不会理解英雄好汉的作为。萤火，萤火虫，腹部末端有发光器，能发出荧光。蟾光，传说月中有蟾蜍，因指月色或月光。蟾，蟾蜍，俗称癞蛤蟆。

［73］“树高”四句：意思是树长得高大却弯曲，还不如长得矮但挺拔好；水很深却浑浊，还不如水浅但清澈好。喻指地位高而品行不端的人，还不如地位低但正直、清廉的人好。

［74］裕民润国：使民众富裕，使国家受益。裕，使富裕。润，益，这里是使受益。

［75］“但凡”二句：语本《论语·公冶长》：“季文子三思而后行。子闻之，曰：‘再，斯可矣。’”

第三折

（正旦同大末、二末、王拱辰领杂当上）（正旦云）老身陈婆婆是也。今日是老身生辰贱降[1]的日子。孩儿每也！（大末云）有。（正旦云）状元堂上安排下筵席者。若有陈良佐两口儿来时，休着他过来。将酒来！（大末云）理会的。（正旦唱）

【中吕·粉蝶儿】人都说孟母三移[2]，今日个陈婆婆更增十倍，教儿孙读孔圣文籍。他将那《孝经》来读，《论》《孟》讲，后习《诗》《书》《礼记》。幼小温习，一个个孝当竭力。

【醉春风】一个那陈良叟，他可便占了鳌头，则俺这陈良资夺了第一，新招来的女婿，他又是状元郎，俺一家儿倒大来喜、喜！则要你郎舅每峥嵘，弟兄每荣显，托赖着祖宗福力。

（二末执壶科）（大末递酒科，云）母亲满饮一杯！（正旦做饮酒科，云）俺慢慢的饮酒，看有甚么人来。（三末同旦儿上）（三末云）今日是母亲生日，我无甚么礼物，和媳妇儿拜母亲两拜，也是我孝顺的心肠。可早来到门首也。大哥和母亲说一声，道我在这门首哩。（大末云）兄弟，你则在门首，我报复母亲去。（大末做见正旦科，云）母亲，有三兄弟两口儿在于门首。（正旦云）休着那厮过来！（大末同二末、王拱辰告科）（大末云）母亲，看您孩儿面皮，着三兄弟两口儿过来，与母亲递一杯酒，也是他为子之道也。（正旦云）看着您众人的面皮，着那厮过来。休闲着他，着他烧火剥葱，都是他。依的，便教他过来；依不的，便着他回去。（大末云）理会的。三兄弟，母亲的言语，着你过去烧火剥葱，扫田刮地[3]，抬卓搬汤。你依的，便过去；你依不的，休着你过去哩！（三末云）母亲怕闲了我。（三末同三旦做见科）（三末云）母亲，您孩儿和媳妇儿没有手帕[4]，拜母亲几拜。（正旦云）兀那厮，你休拜，谁教你与我做生日来？（三末云）我来拜母亲几拜，也是为子之孝道也。（正旦云）兀那厮！你见么？（三末云）您孩儿见甚么那？（正旦唱）

【红绣鞋】俺这里都是些紫绶金章官位，那里发付[5]你个绿袍槐简的钟馗[6]？哎，你一个探花郎，又比俺这状元低；俺这里笑吟吟的行酒令，稳拍拍的做着筵席，（云）你说波。（唱）可不道那埚儿[7]发付你？

（云）大哥，咱行一个酒令，一人要四句气概的诗，押着那“状元郎”三个字。有那“状元郎”的便饮酒，无那“状元郎”的罚凉水。教那厮把盏！先从大哥来把了盏，便问道：“吃酒的是谁？把盏的是谁？”各自称呼着那官位者。吃了酒，着那厮拜！先从大哥来。（三末云）我理会的。（做递酒科，云）先从母亲来。（正旦云）先从大哥来。（三末递酒与大末科）（大末云）母亲，你孩儿吟诗也。诗曰：当今天子重贤良，四海无事罢刀枪。紫袍象简朝金阙，圣人敕赐状元郎。（三末云）住者！白马红缨麾盖下，紫袍金带气昂昂。月中失却攀蟾手，高枝留与状元郎。（大末做吃酒科，云）问将来！（三末云）吃酒的是谁？（大末云）是状元郎。我问你把盏的是谁？（三末云）把盏的我是杨六郎[8]。（三末做拜科）（做递酒与二末科）（二末云）母亲，您孩儿吟诗也。诗曰：一天星斗焕文章[9]，战退群儒独占场[10]。龙虎榜上标名姓，头名显我状元郎。（三末云）住者！时乖运蹇[11]赴科场，命福[12]高低不可量。八韵赋成及第本，今春必夺状元郎。（二末做吃酒科，云）问将来！（三末云）吃酒的是谁？（二末云）是状元郎。我问你把盏的是谁？（三末云）我是酥麻糖。（做拜科）（递酒与王拱辰科）（王拱辰云）母亲、大舅、二舅，我吟诗也。诗曰：淋漓御酒污罗裳，宴罢琼林出未央[13]。醉里忽闻人语闹，马头高喝状元郎。（三末云）住者！笔头刷刷三千字，胸次[14]盘盘[15]七步章。休笑绿袍官职小，才高压尽状元郎。（王拱辰饮酒科，云）问将来。（三末云）吃酒的是谁？（王拱辰云）是状元郎。那把盏的是谁？（三末云）把盏的是耍三郎。（做拜科）（与三旦递酒科）（三旦云）母亲，您媳妇儿吟诗也。诗曰：佳人贞烈守闺房，则为男儿不气长[16]。国家若是开女选，今春必夺状元郎！（三末云）住者！磨穿铁砚[17]汝非强，只可描鸾守绣房。燕鹊岂知雕鹗志[18]，红裙休笑状元郎！（旦儿饮酒科，云）问将来！（三末云）吃酒的是谁？（旦儿云）我是状元郎。把盏的是谁？（三末云）把盏的是你的郎。（与正旦递酒科）（正旦云）这厮他到阙不沾新雨露，还家犹带旧风霜。绿袍槐简消不得，对人犹说状元郎。（三末云）住者！拜别诸亲赴选场，绿袍羞见老尊堂。擎台执盏厅前跪，则这红尘埋没了状元郎。（正旦云）诗曰：黄金不惜换文章，教子须教入庙堂。自古贤愚难相比，您这状元郎休笑俺探花郎！（三末云）住者！您这些马牛襟裾[19]粪土墙，我这海水如何着斗量！你这漏网之鱼都跳过，因何撇下状元郎？罢、罢、罢，母亲不必人前羞我。您孩儿顶天立地，噙齿带发，带眼安眉[20]，既为男子大丈夫，不得为官，着母亲、哥哥羞辱！则今日好日辰，辞别了母亲，再去上朝求官应举去。我若不得官，我去那深山中削发为僧，永不见母亲之面；我若为官，不在他三人之下。你看我打一轮皂盖[21]飞头上，摆两行朱衣列马前；佳人捧臂[22]，壮士擎鞭。我骑礼部侍郎坐下马，借翰林院学士当直[23]人；我带三分御酒，拂两袖天香；丝鞭搲[24]三尺春风，袍袖惹半潭秋水。两街仕女急步掀帘，三市居民尽皆拱手；马前高喝状元来，十里香街咸钦敬。大刚来[25]一日峥嵘，我直着报答了十年辛苦。说兀的做甚！这一去，番身一跳禹门开[26]，凭着胸中贯世才，休道桂枝难攀折，母亲放心，今春和月抱将来。（下）（大末云）母亲，三兄弟这一去必然为官也。（正旦云）孩儿去了也。（唱）

【醉高歌】我可也不和你畅叫扬疾[27]，谁共你磕牙抖嘴[28]！我则是倚门儿专等报登科记，知他俺那状元郎在那云里也那是雾里？

（报登科记的上，云）自家报登科记的。有陈婆婆第三个孩儿得了今春头名状元，我报登科记走一遭去。可早来到门首也。（做见大末科，云）大官人，三官人得了今春头名状元，小人特来报喜。（大末云）你则在这里，我报复母亲去。（见科，云）母亲，三兄弟得了今春头名状元也，有报登科记的在门首。（正旦云）与他十两银子。（大末云）理会的。与你十两银子。（报登科云）谢了官人！小人回去也。（下）

（三末蹦马儿领祗候上）（祗候云）小心下路。（三末云）要做状元，有甚么难处！下头穿了衣服，便是状元。今日得了头名状元，摆开头答，慢慢的行。（正旦云）大哥、二哥、女婿，咱都去接待孩儿去来。（大末云）俺跟着母亲接兄弟去来。（正旦唱）

【普天乐】圪蹬蹬[29]的马儿骑，急飐飐[30]的三檐伞低。我这里忙呼左右，疾快收拾！（三末云）祗候人接了马者！（祗候云）牢坠镫[31]。（三末云）母亲来了也！（正旦唱）他见我便慌下马，（三末云）

衹候人摆开者！（三末做躬身立住科）（正旦唱）他那里躬身立，（三末云）母亲，您孩儿得了官也，就这里拜母亲几拜。（做拜科）（正旦唱）我见他便展脚舒腰那里忙施礼。（做哭科，唱）险些儿俺子母每分离！（三末云）若不是母亲严教，岂得今日为官？（正旦云）你为官呵，（唱）你孝顺似那王祥卧冰[32]，你恰似伯俞泣杖[33]。哎，儿也，你胜强如兀那老莱子哎斑衣[34]。

（三末做过来科，云）大哥、二哥，我不拜你，我的文章高似你。母亲，您孩儿往西川绵州过，那里父老送与我一段孩儿锦[35]，将来与母亲做衣服穿。（正旦云）大哥，将的去估价行里，看值多少钱钞。（大末云）估价值多少？母亲，价值千贯。（正旦云）辱子！未曾为官，可早先受民财，倘[36]着，须当痛决[37]！（大末云）兄弟，为你受了孩儿锦，母亲着你倘着，要打你哩！（三末云）母亲要打我？番番不曾静扮[38]！（正旦做打科）（大末云）母亲打的金鱼[39]坠地也！（杂当做打报科，云）有寇莱公大人有请。（正旦云）不妨事，我见大人，自有说的话。（大末云）下次小的每与我背[40]马者。（正旦云）孩儿休背马，辆起兜轿[41]，着四个孩儿抬着老身，我亲见大人去来。（唱）

【啄木儿煞】[42]咱人这青春有限不再来，金榜无名誓不归，得志也休把升迁看的容易。古人诗内，则你那“文高休笑状元低”。（同众下）

---

[1] 贱降：对自己生日的谦称。

[2] 孟母三移：传说孟子的母亲仉（zhǎng 音掌）氏为寻找有利于孩子成长的环境，曾三次迁居。

[3] 扫田刮地：打扫院落和房间。

[4] 手帕：礼物，此指寿礼。

[5] 发付：发落、处置。

[6] 钟馗：中国民间传说中食鬼之神。唐玄宗时人，因貌丑应武举落第，愤而撞死。后托梦唐玄宗，决心捉拿天下妖魅。唐玄宗醒后命画家吴道子画成图像，广传于世。此指未能考中状元的陈良佐。

[7] 那埚儿：亦作“那窝儿”，哪里。

[8] 杨六郎：宋代杨家将故事中杨业的第六子杨延昭。在此是打诨的话，下文的“酥麻糖”“耍三郎”“你的郎”等，都是打诨取笑的话。

[9] “一天”句：当时成语，意为一旦文思焕发，就像满天星斗那样灿烂夺目。

[10] 占场：为首、第一的意思。

[11] 时乖运蹇（jiǎn 音简）：时气不好，命运艰难。

[12] 命福：福命、享福的命运。

[13] 未央：汉代宫殿名，此指宋朝宫殿。

[14] 胸次：胸中、心里。《庄子 · 田子方》：“喜怒哀乐不入于胸次。”

[15] 盘盘：宽广貌、巨大貌，多指才能出众。金 · 麻革《短歌行送秦人薛微之赴中书》：“盘盘胸臆间，犹挂太华月。不肯下贵势，便欲叫双阙。”也作“槃槃”。

[16] 不气长：不争气。

[17] 磨穿铁砚：指把铁铸的砚台都磨穿，比喻立志苦学，笔墨功深。宋 · 欧阳修《新五代史 · 晋臣传 · 桑维翰》：“初举进士，主司恶其姓，以为‘桑’‘丧’同音。人有劝其不必举进士，可以从佗（tuō 音托，他）求仕者。维翰慨然，乃著《日出扶桑赋》以见志。又铸铁砚以示人曰：‘砚弊，则改而佗仕。’卒以进士及第。”

[18] 雕鹗志：比喻人的雄心壮志。雕、鹗都是大型猛禽。

[19] 马牛襟裾：衣冠禽兽的意思。语出唐 · 韩愈《符读书城南》：“人不通古今，马牛而襟裾。”襟裾，衣服的前襟或后襟，借指衣裳。

[20] 带眼安眉：有眉有眼，是“像个人样子”的意思。

[21] 皂盖：黑色的遮阳伞。

[22] 捧臂：扶臂。

[23] 当直：当差值班。直，同“值”。唐 · 李商隐《梦令（líng 音灵）狐学士》诗：“右银台路雪三尺，凤诏裁成当直归。”

[24] 㠡（niǎo 音鸟）：同“㠡”，挑、惹。

[25] 大刚来：多半、总之。

[26] “番身句”：比喻科举及第。番，用同“翻”。

[27] 畅叫扬疾：亦作“唱叫扬疾”，大吵大闹。畅叫，即“唱叫”，扬疾，犹“嚷唧”，均为吵闹之意。

[28] 磕牙抖嘴：意为多嘴多舌，拌嘴斗口。

[29] 圪（gē 音哥）蹬蹬：拟声词，形容马跑时的蹄声。

[30] 急飐飐（zhǎn zhǎn 音展展）：形容迅速的样子。

［31］坠镫：亦作“坠凳”“坠蹬”，向下拉正马镫，侍候尊长上马，亦表示对人敬仰、甘执贱役之意。

［32］王祥卧冰：古时二十四孝之一。汉人王祥的继母因病想吃鲤鱼，时值寒冬，又无钱购买，王祥便卧冰以求，孝心感天，鲤鱼跳到冰上。

［33］伯俞泣杖：历史故事，汉韩伯俞有过，受母责打，感念母亲力衰而哭泣，后比喻孝顺。汉·刘向《说苑·建本》：“伯俞有过，其母笞（chī 音吃）之，泣。其母曰：‘他日笞子，未尝见泣，今泣何也？’对曰：‘他日俞得罪，笞常痛，今母之力衰，不能使痛，是以泣也。’”

［34］老莱子斑衣：古时二十四孝之一。老莱子，春秋末楚国隐士，著名孝子。为娱其父母，年七十而着五色彩衣，作小儿嬉态。“尝取浆上堂，跌仆，因卧地为小儿啼。”

［35］孩儿锦：一种名贵的彩锦。据《元史》载：元时，四川成都成为彩锦生产区，有诸多名锦流行，孩儿锦是其中比较名贵的一种彩色丝织品。

［36］倘：用同“躺”。

［37］痛决：狠打、严惩。

［38］静扮：亦作“静辨”，安静、清静。

［39］金鱼：唐宋时高级官员佩带的鱼符。

［40］背：用同“鞴（bèi 音备）”，把鞍辔等套在马上。

［41］兜轿：一种类似圈椅的简易坐轿。

［42］〔啄木儿煞〕：曲牌名，属【中吕宫】。全曲五句：三、三、七、四、七。亦入【正宫】。

第四折

（外扮寇莱公领从人上）（寇莱公云）三千礼乐唐虞[1]治，万卷诗书孔孟传。老夫寇莱公是也。奉圣人的命，开放举场。今有头名状元是陈良佐，问其缘故，乃汉陈平之后。他父曾为前朝相国，早年弃世。有母亲冯氏大贤，治家有法，教子有方。因陈良佐受西川孩儿锦一事，他母亲打的他金鱼坠地。圣人已知，着我加官赐赏，审问详细。着人请贤母去了，这早晚敢待来也。（大末、二末、三末、王拱辰抬正旦上）（三末云）有香钱布施些儿[2]！（正旦云）俺见大人去来。（唱）

【双调·新水令】虽不曾坐香车乘宝马袅丝鞭，我这轿儿上倒大来稳便[3]。前后何曾侧，左右不曾偏。显得您等辈齐肩，将名姓注翰林院。

（云）可早来到也。令人报复去，道有陈婆婆同四个状元来了也。（从人报科，云）有陈婆婆同四个状元来了也。（寇莱公云）道有请。（从人云）有请！（正旦做见官人科）（寇莱公云）贤母，老夫奉圣人的命，为您一家儿母贤子孝，训子有纲纪[4]之威权，居家有冰霜[5]之直政，着老夫审问其详。谁想贤母着四个状元抬着兜轿，敢于理不可么？（正旦云）大人可怜见！休说四个孩儿抬着老身。我昔日曾闻：荷担僧，一头担母一头经。经向前来背却母，母向前来背却经。不免把担横担定，感得园林两处分。后来证果[6]为罗汉，尚兀自报答不的爷娘养育恩。（唱）

【水仙子】学的他那有仁有义孝连天，使了我那无岸无边学课钱，甘心儿抬的我亲朝见。尚兀自我身躯儿有些困倦，把不住眼晕头旋。不觉的抬着兜轿，虽不曾跨着骏騌[7]，尚兀自报答不的我哺乳三年！

（寇莱公云）贤母为陈良佐升迁官位，贪图财利，接受蜀锦，有犯王条，则合着有司定罪，你怎生自己责罚，打的金鱼坠地那？（正旦云）大人不知，此子未曾治国，先受民财，辱没先祖[8]，依法教训咱！（唱）

【沽美酒】着他每按月家请着俸钱，谁着他无明夜攒家缘[9]？俺家里祖上为官累受宣[10]，我则怕枉教人作念[11]，俺一家儿得安然。

（寇莱公云）贤母，三状元授[12]财一事，未审其详也。（正旦唱）

【太平令】他将那孩儿锦亲身托献，这的是苦百姓赤手空拳。我依家法亲责当面，我着他免受那官司刑宪[13]。与了俺俸钱、骤迁，圣恩可便可怜，博一个万万古名扬谈羡[14]。

（寇莱公云）老夫尽知也。您一家儿望阙跪者，听我加官赐赏！我亲奉着当今圣旨，便天下采访贤士。只因你母贤子孝，着老夫名传宣赐：陈婆婆贤德夫人，陈良资翰林承旨[15]。陈良叟国子祭酒[16]，陈良佐太常博士[17]。王拱辰博学广文，加你为参知政事[18]。一个个列鼎重裀[19]，一个个腰金衣紫。今日个待漏院[20]赐赏封官，庆贺这状元堂陈母教子。

题目　待漏院招贤纳士
正名　状元堂陈母教子

---

[1] 唐虞：唐尧、虞舜。
[2] “有香钱”句：打诨取笑的话。陈良佐把母亲比作菩萨，才说出布施香火钱的话。布施，施舍财物于人。
[3] 稳便：谓安稳。“便”为语助词，无义。
[4] 纲纪：谓管教、规矩。
[5] 冰霜：比喻神色严厉，毫不苟且。
[6] 证果：佛家谓学佛的人功德圆满为“得了证果”。
[7] 骏騕（wǎn 音碗）：骏马。騕，良马名。汉代以大宛（yuān 音冤）马为良马，称“天马”，也称“宛马”。
[8] 先祖：指祖先。
[9] 趱（zǎn 音攒）家缘：积攒家私。趱，通“攒”，积聚。
[10] 累（lěi 音垒）受宣：屡受朝廷表扬。
[11] 作念：这里是议论、咒骂的意思。
[12] 授：通“受”，接受。
[13] 刑宪：刑律。
[14] 谈羡：称赞。
[15] 翰林承旨：翰林院官职之一种。

［16］国子祭酒：国子监（jiàn 音剑）祭酒。国子监，国家最高学府。祭酒，国子监的主管官。

［17］太常博士：太常寺卿，司祭祀礼乐之官。太常，官名，秦始置，名“奉常”，汉景帝改名“太常”，为九卿之一，掌礼乐郊庙社稷事。至北齐，设太常寺，设有卿、少卿各一人。“太常博士”为“太常”之属官。

［18］参知政事：官名，相当于副宰相。

［19］列鼎重裀：也作“重裀列鼎”，见《闺怨佳人拜月亭》第四折注［49］。形容在富贵丛中生活。列鼎，罗列盛馔。重裀，双重坐垫。

［20］待漏院：百官晨集准备朝拜之所。唐·李肇《唐国史补》卷中：“旧百官早朝，必立马于望仙、建福门外，宰相于光宅车坊，以避风雨。元和初，始制待漏院。”

刘夫人庆赏五侯宴

《刘夫人庆赏五侯宴》简称《五侯宴》。《也是园书目》《今乐考证》《曲录》等均有著录。今存明·赵琦美《脉望馆钞校本古今杂剧》本，《元曲选外编》据以复排。本剧五折一楔子。剧写李氏因家贫欲卖子葬夫，后至赵太公家中典身三年为乳母。赵太公将文书“改做了卖身文契”，逼迫李氏丢弃亲儿王阿三。其子被李嗣源收为养子，取名李从珂。李从珂长大后偶遇李氏，疑其身世，于五侯宴上询问刘夫人得知实情，前去解救亲母，最终“子母团圆”。在此剧中，关汉卿盛赞了李从珂成人后不被权势富贵诱惑，毅然与“受无限苦楚”的母亲相认的孝义行为。此剧本事虽出于《五代史记·唐本纪》《五代史平话》《刘知远诸宫调》等，但增饰的情节却有不少，并且内容关目和南戏《白兔记》的刘知远故事甚相类似。本剧最大的特色是在戏剧冲突的处理上。剧末，在李从珂“认母”问题上所出现的戏剧矛盾，揭露了达官贵人们官官相卫的自私虚伪的本性，进一步深化了剧本揭露与批判的主题。剧中描写了李从珂的生母王嫂典身为奴所过的那段悲惨的生活：王嫂受尽赵太公、赵脖揪父子两代土财主的迫害虐待，不得已在大雪天把孩子丢弃荒郊……这些情节，是元代社会现实的写照。剧中较多描写了农村生活场景，展现了尖锐的人与人之间的对立，这是该剧最感人之处。

王季烈《孤本元明杂剧提要》评此剧:“曲文率直,绝无俊语;惟其本色处,如第一折〔油葫芦〕(略),第二折〔贺新郎〕(略),皆非后人所能及。”元·刘唐卿《麻地捧印》杂剧、南戏《刘知远白兔记》,其情节均受此剧影响。现代京剧、评剧、越剧均有改编本演出。刘夫人,唐朝末年沙陀国之王李克用的正妻,常随军征战,颇具胆识和谋略。后克用之子李存勗(xù音绪)继位,尊其生母曹氏为皇太后,而以刘氏为皇太妃。

楔 子

（冲末扮李嗣源[1]领番卒子上，李嗣源云）野管羌笛韵，英雄战马嘶。擂的是镂金画面鼓，打的是云月皂雕旗。某乃大将李嗣源是也。父乃沙陀李克用是也。俺父亲手下兵多将广，有五百义儿家将，人人奋勇，个个英雄，端的是旗开得胜，马到成功。自破黄巢，俺父子每累建奇功。今天下太平，因某父多有功勋，加为忻、代、石、岚、雁门关都招讨天下兵马大元帅，又封为河东晋王之职。手下将论功升赏。今奉圣人命，为因黄巢手下余党草寇未绝，今奉阿妈将令，差俺五百义儿家将，统领雄兵，收捕草寇。若得胜回还，圣人再有加官赐赏。奉命出师统雄兵，剿除草寇建功名。赤心报国施英勇，保助[2]山河享太平（下）

（赵太公上，云）段段田苗接远村，太公庄上戏儿孙。虽然只得锄刨力，答贺天公雨露恩[3]。自家潞州长子县人氏，姓赵，人见有几贯钱，也都唤我做赵太公。嫡亲的两口儿，浑家刘氏，近新来[4]亡化过了。撇下个孩儿，未够满月，无了他那娘，我又看觑[5]不的他。我家中粮食田土尽有，争奈无一个亲人，则觑着一点孩儿！我分付那稳婆[6]和家里那小的每：长街市上，不问那里，寻的一个有乳食的妇人来，我宁可与他些钱钞，我养活他，则要他看觑我这孩儿。今日无甚事，我去那城中索些钱债去。下次小的，看着那田禾，我去城中索些钱债便来也。（下）

（正旦抱倈儿[7]上，云）妾身是这潞州长子县人氏。自身姓李，嫁的夫主姓王，是王屠，嫡亲的两口儿。妾身近日所生[8]了个孩儿，见孩儿口大，就唤孩儿做王阿三。不想王屠下世，争奈家中一贫如洗，无钱使用！妾身无计所奈，我将这孩儿长街市上卖的些小钱物，埋殡他父亲。自从早晨间到此，无人来问，如之奈何也！（做哭科）（赵太公上，云）自家是赵太公。城中索钱去来，也不曾索的一文钱，且还我那家中去。兀的一簇[9]人，不知看甚么。我试去看咱。（做见正旦科，云）一个妇人，怀里抱着个小孩儿。我问他声咱：兀那嫂嫂，你为何抱着这小的在此啼哭？可是为何那？（正旦云）老人家不知：我是这本处王屠的浑家，近新来我所生了这个孩儿。未及满月之间，不想我那夫主亡逝，无钱埋殡，因此上将这孩儿但卖些小钱物，埋殡他父亲。是我出于无奈也！（赵太公云）住、住、住，正要寻这等一个妇人看我那孩儿，则除是恁的……兀那王嫂嫂，你便要卖这小的，谁家肯要？不如你寻一个穿衣吃饭处，可不好？（正旦云）你说的差了也！便好道：一马不背两鞍，双轮岂碾四辙[10]？烈女不嫁二夫，我怎肯嫁侍于人！（赵太公云）你既不肯嫁人，便典与人家，或是三年，或是五年，得些钱物，埋殡你夫主，可不好？（正旦云）我便要典身[11]与人，谁肯要？（赵太公云）你若肯呵，我是赵太公，我家中近新来我也无了浑家，有个小的，无人抬举他。你若肯典与我家中，我又无甚么重生活[12]着你做，你则是抱养我这个小的，我与些钱钞埋殡你那丈夫，可不好？（正旦云）住、住、住，我寻思咱，我要将这孩儿与了人来呵，可不绝了他王家后代？罢、罢、罢，能苦我一身罢，我情愿典与太公！（赵太公云）既是这般，则今日我与些钱物，你埋殡你夫主。你便写一纸文书，典身三年。则今日立了文书，我与你钱钞，埋殡了你夫主，就去俺家里住去。（正旦云）也是我出于无奈也呵！（赵太公云）你是有福的，肯分[13]的遇着我。（正旦唱）

【仙吕·端正好】则我这腹中愁、心间闷，俺穷滴滴举眼无亲。则俺这孤寒子母每谁瞅问[14]？俺男儿半世苦受勤，但能够得钱物，宁可着典咱身。（赵太公云）则今日埋殡你丈夫，便跟我家中去来。（正旦唱）则今日将俺夫主亲埋殡。（同下）

---

[1] 李嗣源：后唐明宗，沙陀部人，李克用养子，赐名嗣源。继庄宗而立，在位八年。

[2] 保助：保卫辅助。
[3] “段段”四句：元杂剧中乡村富豪常用的上场诗。
[4] 近新来：亦作“近新”“新来”，近来之意。
[5] 看觑（qù 音去）：看顾、照顾。觑，看、瞧。
[6] 稳婆：接生婆。
[7] 倈儿：元杂剧中扮演小孩的角色。
[8] 所生：生育。
[9] 一簇：一群、一伙。
[10] “一马”二句：古代成语，比喻一女不嫁二夫。背，用同“鞴”，把鞍辔等套在马上。
[11] 典身：为借贷金钱临时性的卖身，期限结束后，便恢复自由身。
[12] 生活：此指活计、工作。
[13] 肯分：正好、恰好。
[14] 瞅问：理睬、过问。

第 一 折

（赵太公上，云）自从王屠的浑家到俺家中一月光景，我将那文书本是典身，我改做卖身文书，永远在我家使唤。这妇人抬举着我那孩儿哩，我如今唤他抱出那孩儿来，我试看咱。（做唤科，云）王大嫂。（正旦抱两个倈儿上，云）妾身自从来到赵太公家中，可早一月光景也。妾身本是典身三年的文书，不想赵太公暗暗的商量[1]，改做了卖身文契，与他家永远使用。今日太公呼唤，不知有甚事，须索走一遭去。想我这烦恼几时受彻[2]也呵！（唱）

【仙吕·点绛唇】我如今短叹长吁，满怀冤屈，难分诉。则我这衣袂粗疏，都是柴草络布无绵絮。

【混江龙】我堪那无端的豪户，瞒心昧已[3]使心毒。他可便心狡狠，倒换过文书。当日个约定觅自家做乳母[4]，今日个强赖做他家里的买身躯。我可也受禁持、吃打骂敢无重数，则我这孤孀子母，更和这瘦弱身躯。

（做见科，云）员外万福。（赵太公云）你来我家一个月了。你抱将我那孩儿来我看。（正旦做抱俫儿科）（赵太公做看俫儿科，云）王大嫂，怎生我这孩儿这等瘦？将你那孩儿来我看。（正旦抱自俫科）（赵太公做看科，云）偏你的孩儿怎恁这般将息的好？这妇人好无礼也！他将有乳食的奶子与他孩儿吃，却将那无乳的奶子与俺孩儿吃，怎生将息的起来？这妇人不平心，好，打这泼贱人！（做打科）（正旦唱）

【油葫芦】打拷杀咱家谁做主？有百十般曾对付：我从那上灯时直看到二更初，我若是少乳些则管里吖吖的哭，我若是多乳些灌的他啊啊的吐。这孩儿能夜啼、不犯触[5]，则从那摇车儿[6]上挂着爷单裤[7]，挂到有三十遍倒蹄驴[8]。

【天下乐】不似您这孩儿不犯触，可是他声也波声，声声的则待要哭。则从那摇车儿上魇禳[9]无是处[10]。谁敢道是汤他一汤？谁敢是触他一触？可是他叫吖吖无是处。

（赵太公云）将你那孩儿来我看。（接过来做摔科）（正旦做搬[11]住臂膊科，云）员外可怜见[12]，休摔孩儿！（赵太公云）摔杀有甚事？则使的几贯钱！（正旦唱）

【金盏儿】你富的每有金珠，俺穷的每受孤独，都一般牵挂着他这个[13]亲肠肚[14]。我这里两步为一蓦[15]，急急下街衢。我战钦钦[16]身刚举，笃速速[17]手难舒。我哭啼啼搬住臂膊，泪漫漫的扯住衣服。

（正旦云）员外可怜见！便摔杀了孩儿，血又不中饮，肉又不中吃，枉污了这答儿田地。员外，则是可怜见咱！（赵太公云）兀那妇人，我还你抱将出去，随你丢了也得，与了人也得，我则眼里不要见他。你若是不丢了呵，来家我不道的[18]饶了你哩！（下）（正旦云）似

这等如之奈何！孩儿，眼见的咱子母不能够相守也。儿也，痛杀我也！（唱）

【尾声】儿也！则要你久已后报冤仇，托赖[19]着伊家福，好共歹一处受苦。我指望待将傍[20]的孩儿十四五，与人家作婢为奴。自踌躕[21]，堪恨这个无徒！（带云）儿也，你不成人便罢，倘或成了人呵，（唱）你穿着些布背子[22]，排门儿告些故疏[23]。恁时节老人家暮古[24]，与人家重生活难做。哎，儿也！你寻些个口衔钱[25]，赎买您娘那一纸放良书[26]。（下）

---

[1] 商量：算计、策划。

[2] 彻：尽。

[3] 瞒心昧己：昧着自己的良心。

[4] 乳母：奶妈。乳，此为喂奶的意思。

[5] 犯触：同“犯怵”，怵头、发愁、畏难的意思。触，“怵”的同音借字。

[6] 摇车儿：婴儿的卧具，类似于今天的摇篮，婴儿躺在里面，大人摇动它，可催婴儿入睡。

[7] 挂着爷单裤：民间迷信习俗，以为父亲的裤子可以为小孩儿镇邪除疾，防止孩子夜哭。

[8] 倒踠驴：形容倒挂着的样子。

[9] 魇禳（yǎn ráng 音眼瓤）：指用咒语、符箓（lù 音路）、祭祷等迷信方法镇压、禁制、驱除邪祟或灾殃。魇，发生梦魇（睡梦中，因受惊吓而喊叫，或觉得有东西压在身上，不能动弹）。禳，去除灾殃、邪祟。

[10] 无是处：没有办法，不知如何是好的意思。

[11] 搬：“扳”的同音借字。

[12] 可怜见：可怜、怜悯。

[13] 他这个：句中衬字，无义。

[14] 亲肠肚：亲骨肉。

[15] 两步为一蓦：两步并作一步，形容急速快走。蓦，迈。

[16] 战钦钦：亦作“颤钦钦”，即“战兢兢”，惊惧、害怕的样子。

[17] 笃速速：形容身体颤抖的样子。

[18] 不道的：这里是怎么能、岂肯的意思。

[19] 托赖：托庇、依赖。

[20] 将傍：将养、抚养。

[21] 踌蹰：思量、考虑。

[22] 布背子：布制大袖系带的外衣。

[23] 故疏：亲疏故旧。

[24] 暮古：亦作“慕古”，糊涂。

[25] 口衔钱：也作口含钱，是从古代沿袭而来的葬礼。古时候人死后口含珠玉，称“含”或“琀”，后世大多用金属钱币。口含钱是希望逝者到了阴间一直有钱用，对其他人来说，这种钱具有“辟邪”的作用，通常用来收藏。

[26] 放良书：奴婢赎身成为平民的文书。元·陶宗仪《南村辍耕录》卷十七“奴婢”条：“自愿纳财以求脱免奴籍，则主署执凭付之，名曰放良。”

第二折

（外扮李嗣源蹦马儿领番卒子上，云）靴尖踢镫快，袖窄拽弓疾。能骑乖劣[1]马，善着四时衣。某乃沙陀李克用之子李嗣源是也。为因俺阿妈破黄巢有功，圣人封俺阿妈太原府晋公之职，俺阿妈手下儿郎[2]，都封官赐赏。今奉俺阿妈将令，着俺数十员名将，各处收捕黄巢手下余党，某为节度使[3]之职。昨日三更时分，夜作一梦，梦见虎生双翅。今日早间去问周总管，他言说道：“有不测之喜，可收一员大将。”某今日统领本部军卒，荒郊野外，打围[4]猎射走一遭去。众将摆开围场者！（做见兔儿科，云）围场中惊起一个雪练也似白兔儿来。我拽的这弓满，放一箭去，正中白兔。那白兔倒一交，起身便走。俺这里紧赶紧走，慢赶慢走。众将与我慢慢的追袭[5]将去来！

（正旦抱俫儿上，云）妾身抱着这个孩儿，下着这般大雪，向那荒郊野外，丢了这孩儿也。你也怨不的我也！（唱）

【南吕·一枝花】恰才得性命逃，速速的离宅舍。我可便一心空哽咽，则我这两只脚可兀的[6]走忙迭[7]。我把这衣袂来忙遮，俺孩儿浑身上绵茧儿[8]无一叶。我与你往前行无气歇[9]，眼见的无人把我来拦遮。我可便将孩儿直送到荒郊旷野。

【梁州】我如今官差可便弃舍，哎，儿也！咱两个须索今日离别，这冤家必定是前生业。这孩儿仪容儿清秀，模样儿英杰。我熬煎了无限，受苦了偌些。我知他是吃了人多少唇舌，不由我感叹伤嗟！我、我、我今日个母弃了儿非是我心毒，是、是、是更和这儿离了母如何的弃舍！哎！天也！天也！俺可便眼睁睁子母每各自分别，直恁般运拙[10]。这冤家苦楚何时彻？谁能够暂时歇？若是我无你个孩儿伶俐些，那其间方得宁贴。

（云）我来到这荒郊野外，下着这般大雪，便怎下的丢了孩儿也！（唱）

【隔尾】我这里牵肠割肚把你个孩儿舍，跌脚捶胸[11]自叹嗟。望得无人，拾将这草科儿遮，将乳食来喂些，我与你且住者。儿也！就在这官道傍边敢将你来冻杀也！

（李嗣源领番卒子上，云）大小军卒，赶着这白兔儿。我有心待不赶来，可惜了我那枝艾叶金铫箭[12]丢了。如今赶到这潞州长子县荒草坡前，不见了白兔，则见地下插着一枝箭。左右，与我拾将那枝箭来，插在我这撒袋[13]中。（李嗣源做见正旦科，云）奇怪也！兀那道傍边一个妇女人，抱着一个小孩儿，将那孩儿放在地上，哭一回去了；他行数十步，可又回来，抱起那孩儿来又啼哭。那妇女人数遭家恁的，其中必是暗昧。左右！你去唤将那妇人来，我试问他。（卒子做唤科，云）兀那婆婆儿，俺阿妈唤你哩。（正旦见科，云）官人万福。（李嗣源云）兀那妇人，你抱着这个小的丢在地下，去了可又回来，数番不止，你必是暗昧。（正旦云）官人不嫌絮繁[14]，听妾身口说一遍：我是这本处王屠的浑家，当日所生了这个孩儿，未及满月，不想王屠辞世，争奈无钱埋殡。妾身与赵太公家典身三年，就看管他的孩儿。不想赵太公将我那典身的文书，他改做了卖身的文契。他当日赵太公唤我，我抱着两个孩儿，太公见了，他说：“偏你那孩儿便好，怎生饿损了我这孩儿？便将你那孩儿，或是丢了，或是漾[15]了，便罢，若不丢你那孩儿，回来我不道的饶了你！”因此上来到这荒郊野外，丢我这孩儿来。（李嗣源云）嗨！好可怜人也。兀那妇人，比及你要丢在这荒郊野外呵，与了人可不好？（正旦云）妾身怕不待要与人，谁肯要？（李嗣源云）兀那妇人，这小的肯与人呵，与了我为子，可不好？（正旦云）官人若不弃嫌，情愿将的去。敢问官人姓甚名谁？（李嗣源云）我是沙陀李克用之子李嗣源是也。久以后抬举的你这孩儿成人长大，我教他认你来。你将他那生时年月、小名，说与我者。（正旦云）官人，这孩儿是八月十五日半夜子时生，小名唤做王阿三。（李嗣源云）左右那里，好生抱着孩儿！这围场中那里着那纸笔，翻过那袄子上襟，写着孩儿的小名、生时年月。你休烦恼，放心回去。（正旦唱）

【贺新郎】富豪家安稳把孩儿好抬迭[16]，这孩儿脱命逃生，媳妇儿感承多谢！（李嗣源云）我和你做个亲眷，可不好？（正旦唱）官人上怎敢为枝叶？教孩儿执帽擎鞭抱靴。（李嗣源云）你放心，这孩儿便是我亲生嫡养的一般。（正旦唱）听说罢我心内欢悦，便是你享富贵，合是遇英杰。哎！你个赵太公弄巧翻成拙。儿也！你今日弃了你这个穷奶奶，哎，儿也！谁承望你认了富爹爹！

（李嗣源云）兀那妇人，你放心，等你孩儿成人长大，我着你子母每好歹有厮见的日子哩。（正旦云）多谢了官人也。则被你痛杀我也！（唱）

【尾声】怕孩儿有刚气[17]自己着疼热，会武艺单单的执斧钺。俺孩儿一命也把自家冤恨绝。我若是打听的我孩儿在时节，若有些志节把他来便撞者，将我这屈苦的冤仇，儿也！那其间报了

也。（下）

（李嗣源云）兀那众军卒听者：他这小的如今与我为了儿，我姓李，就唤他做李从珂[18]，到家中不许一个人泄漏了。若是有一个泄漏了的，我不道的饶了您哩！我驱兵领将数十年，因追玉兔骤征駹[19]。忽见妇女号咷哭，我身一一问前缘。他愿将赤子与我为恩养，我教他习文演武领兵权。一朝长立成人后，久以后我着他子母再团圆。（下）

---

[1] 乖劣：暴烈。

[2] 儿郎：这里意为将士。

[3] 节度使：官名，唐朝设置，辖一道或数州，总揽辖区一切大权，官称节度大使。

[4] 打围：合围打猎。

[5] 追袭：追赶。

[6] 可兀的：句中衬字，无义。

[7] 走忙迭：跑得很急的意思。走，跑。忙迭，即“忙不迭”，急忙、连忙。

[8] 绵茧儿：本指质量较差的茧子，这里指棉衣。

[9] 无气歇：不休息。气歇，同“憩歇”。气，“憩”的同音借字。

[10] 运拙：时运不佳。运，运气、命运。拙，倒霉。“运拙”是不晚于元代产生的新词，侧重指“运气不好、倒霉”。

[11] 跌脚捶胸：以足跺地，以拳击胸，表示气愤、着急、悲痛等感情。

[12] 艾叶金钑（pī 音披）箭：箭头薄而宽、箭杆较长的一种箭。

[13] 撒袋：蒙古语，最初音译为“撒答”，即櫜鞬（gāo jiàn 音羔件），指装弓箭的袋子，櫜盛箭，鞬装弓，多以皮革制作。弓鞬为上宽下窄的袋形，箭櫜为长方包形，二物合称为“撒袋”。

[14] 絮繁：亦作“絮烦”，说话絮絮不休。

[15] 漾：抛掷、扔。

[16] 抬迭：抚养、照顾的意思。

[17] 刚气：志气。

[18] 李从珂：后唐废帝，明宗养子，小字阿三，镇州平山（今属河北省）人，封路王。应顺初年，闵帝自立，在位三年国亡。

[19] 征駹：骏马。駹，良马名。见《状元堂陈母教子》第四折注［7］。

第三折

（外扮葛从周[1]领卒子上，云）黄巢播乱裂山河，聚集群盗起干戈。某全凭智谋驱军校，何用双锋石上磨？某姓葛名从周是也，乃濮州鄄城[2]人氏。幼而颇习先王典教，后看韬略遁甲[3]之书，学成文武兼济[4]，智谋过人。某初佐黄巢麾下为帅，自起兵之后，所过城池，望风而降。不期李克用家大破黄巢。自黄巢兵败，某今佐于梁元帅[5]麾下为将。某今奉元帅将令，为与李克用家相持。他倚存孝之威，数年侵扰俺邻境。如今无了存孝，更待干罢[6]！俺这里新收一员大将，乃是王彦章[7]。此人使一条浑铁枪[8]，有万夫不当之勇。他便是再长下的张车骑[9]，重生下的唐敬德[10]，此人好生英雄。某今差王彦章领十万雄兵，去搦[11]李克用家名将出马。小校，与我请将王彦章来，有事商议。（卒子云）理会的。王彦章安在？（王彦章上，云）幼年曾习黄公略[12]，中岁深通吕望书[13]。天下英雄闻吾怕，我是那压尽春秋伍子胥[14]。某乃大将王彦章是也，乃河北人氏。某文通三略[15]，武解六韬[16]，智勇双全。寸铁在手，万夫不当之勇；片甲[17]遮身，千人难敌之威。铁枪轻举，战将亡魂；二马相交，敌兵丧魄。天下英雄闻某之名，无有不惧。今有元帅呼唤，须索走一遭去。可早来到也。报复去，道有王彦章来了也。（卒子云）理会的。（报科，云）喏，报的元帅得知：有王彦章来了也。（葛从周云）着他过来。（卒子云）理会的。着你过去。（做见科，云）呼唤某有何将令？（葛从周云）王彦章，唤你来别无甚事，今有李克用数年侵扰俺邻境，如今无了存孝也，你领十万雄兵，去搦李克用家名将出马。若得胜回还，俺梁元帅必然重赏加官也。（王彦章云）某今领了将令，点就十万雄兵，则今日拔寨起营。大小三军听吾将令，与李克用家相持厮杀走一遭去！某驱兵领将显高强，全凭浑铁六沉枪[18]。马如北海蛟出水，人似南山虎下冈。敌兵一见魂魄丧，纠纠[19]威风把名扬。临军对阵活挟将，敢勇交锋战一场。（下）（葛从周云）小校，王彦章领兵与李克用家交战去了也？（卒子云）去了也。（葛从周云）凭着此人英勇，必然得胜也。俺梁元帅怎比黄巢？斩大将岂肯耽饶[20]！十万兵当先敢勇，千员将施逞英豪。人人望封官赐赏，个个要重职名标。收军锣行营起寨，贺凯歌得胜旗摇。（下）

（李嗣源领番卒子上，云）马吃和沙草，人磨带血刀。地寒毡帐冷，杀气阵云高。某乃李嗣源是也。今收捕草寇已回，颇奈梁元帅无礼，今差贼将王彦章领十万军兵，搦俺相持。他则知无了存孝，岂知还有俺五虎大将，量他何足道哉！某今领二十万雄兵，五员虎将，与梁兵交战去。小校，唤将李亚子[21]、石敬瑭[22]、孟知祥[23]、刘知远[24]、李从珂五员将军来者。（卒子云）理会的。众将安在？

（李亚子上，云）幼小曾将武艺习，南征北讨要相持。临军望尘知胜败，对垒[25]嗅土识兵机[26]。某乃李亚子是也。今有俺嗣源哥哥呼唤，须索见哥哥去。可早来到也。小番报复去，道有李亚子来了也。（卒子云）理会的。报的阿妈得知：有李亚子来了也。（李嗣源云）着他过来。（卒子云）理会的。着你过去。（做见科，云）哥哥呼唤有何事？（李嗣源云）亚子兄弟，唤您来别无事。今有梁将王彦章搦战，等五将来全了，支拨[27]与您军马去。（李亚子云）理会的。

（石敬瑭上，云）幼习韬略识兵机，旗开对垒敢迎敌。临军能射敌兵怕，大将军八面虎狼威。某乃石敬瑭是也。今有先锋将李嗣源呼唤，须索走一遭去。可早来到也。小番报复去，道有石敬瑭来了也。（卒子云）理会的。（报科，云）报的阿妈得知：有石敬瑭来了也。（李嗣源云）着他过来。（卒子云）理会的。着你过去者。（做见科，云）呼唤某那厢使用？（李嗣源云）石敬瑭，今唤您五将与王彦章相持去，等来全时，支拨与您军马。（石敬瑭云）理会的。

（孟知祥上，云）学成三略和六韬，忘生舍死建功劳。赤心辅弼[28]为良将，尽忠竭力保皇朝。某乃孟知祥是也。今有李嗣源呼唤，须索走一遭去。可早来到也。小番报复去，道有孟知祥来了也。（卒子云）

报的阿妈得知：有孟知祥来了也。（李嗣源云）着他过来者。（卒子云）理会的。着你过去。（做见科，云）呼唤孟知祥有何事商议？（李嗣源云）且一壁有者。

（刘知远上，云）番将雄威摆阵齐，北风招飐[29]皂雕旗。马前战士千般勇，百万军兵敢战敌。某乃刘知远是也。正在教场中操兵练士，今有哥哥升帐呼唤，须索走一遭去。可早来到也。小番报复去，道有刘知远来了也。（卒子云）理会的。报的阿妈得知：有刘知远来了者。（李嗣源云）着他过来。（卒子云）理会的。着你过去。（刘知远见科，云）哥哥呼唤您兄弟那厢使用？（李嗣源云）且一壁有者，等五将来全时，支拨与你军马。（刘知远云）理会的。

（李从珂上，云）幼习黄公智略多，每回临阵定干戈。刀横宇宙三军丧，匹马当先战百合。某乃李从珂是也。正在教场中操练番兵，有阿妈呼唤，不知有甚事，须索走一遭去。可早来到也。小番报复去，道有李从珂来了也。（卒子云）理会的。报的阿妈得知：有李从珂来了也。（李嗣源云）着他过来。（卒子云）理会的。着你过去。（李从珂云）阿妈，呼唤你孩儿那厢使用？（李嗣源云）唤你来不为别，今有梁元帅命王彦章领十万雄兵，搦俺相持。某今统二十万人马，五哨[30]行兵，擒拿王彦章去。李亚子，你领兵三千，军行左哨，看计行兵。（李亚子云）得令！某今领兵三千，军行左哨，与王彦章拒敌，走一遭去。人又英雄马又奔，交锋今日定江山。两阵对圆旗相望，不捉彦章永不还[31]。（下）

（李嗣源云）石敬瑭近前来，拨与你三千人马，你军行右哨，看计行兵。（石敬瑭云）得令！则今日领了三千人马，军行右哨。亲传将令逞威风，扯鼓夺旗[32]有谁同？十万军中施英勇，生擒彦章建头功。（下）

（李嗣源云）孟知祥，我拨与你三千精兵，你军行前哨，与王彦章对垒相持去，看计行兵。（孟知祥云）得令！某今领三千人马，军行前哨，擒拿王彦章去。今朝发奋统戈矛，义儿家将逞抖搜[33]。皂雕旗

磨[34]番兵进，不擒彦章誓不休。（下）

（李嗣源云）刘知远，拨与你三千雄兵，你军行中路，与王彦章交锋去，看计行兵。（刘知远云）得令！奉哥哥的将令，领本部下人马，与王彦章相持厮杀，走一遭去。大小番兵，听吾将令！到来日：众番将敢勇当先，能相持战马盘旋。鼍皮鼓[35]喊声振[36]地，皂雕旗蔽日遮天。韵悠悠胡笳[37]慢品[38]，阿来来[39]口打番言。遇敌处忘生舍死，方显俺五虎将武艺熟闲[40]。（下）

（李嗣源云）李从珂，我与你三千人马，你军行后哨，与王彦章交锋去，看计行兵。（李从珂云）得令！领了阿妈将令，领三千人马，军行后哨，与王彦章交锋走一遭去。兵行将勇敢当先，塞北儿郎列数员。略施黄公三略智，生擒贼将在马前。（下）

（李嗣源云）五员虎将去了也。某领大势雄兵，军行策应[41]，擒拿王彦章易如翻掌。纠纠雄威杀气高，三军帅领显英豪。偎山靠水安营寨，扫荡贼兵建勋劳。（下）

（王彦章蹦马儿领卒子上，云）某乃王彦章是也。奉俺元帅将令，统十万雄兵，与李克用家军马相持厮杀。远远的尘土起处，敢是兵来了也。（李亚子蹦马儿上，云）某乃李亚子是也。来者何人？（王彦章云）某乃梁将王彦章是也。你乃何人？（李亚子云）某乃李亚子是也。敢交锋么？操鼓来！（做战科）（石敬瑭蹦马儿上，云）某乃石敬瑭是也。兀的不是王彦章！（战科）（孟知祥蹦马儿上，云）某乃孟知祥是也。领本部下人马，截杀王彦章走一遭去。休着走了王彦章！（刘知远蹦马儿上，云）某乃刘知远是也。兀的不是王彦章！（做战科）（李嗣源蹦马儿上，云）休着走了王彦章！（李从珂蹦马儿上，云）某乃李从珂。拿住王彦章者！（做混战科）（王彦章云）五员虎将，战某一人，不中，我与你走、走、走！（下）

（李嗣源云）王彦章败走了，更待干罢。无名的小将，有何惧哉！李亚子、石敬瑭、孟知祥、刘知远，跟某回大寨中去；留李从珂收后[42]，恐怕王彦章复来，你再与他交锋。他怎生赢的俺军兵！俺回营中去来。得胜收军卷征旗，行军起寨罢相持。众将鞭敲金镫响，班师齐唱凯歌回。（四将同下）（李从珂云）阿妈回兵去了也。某袭殿后，恐防贼兵。征云笼罩雾云收，杀气冲霄满地愁。群雁扑翻鹍鹏鹞，五虎战败锦毛彪。（下）

（赵太公上，云）窗外日光弹指过，席间花影坐间移。老汉赵太公是也。自从教那妇人丢了他那小的，则抬举着我的孩儿，经今十八年光景也，抬举的孩儿成人长大了也。近日我染其疾病，若我死之后，恐怕我那孩儿不知，教人寻我那孩儿来，我有几句言语分付他。孩儿那里？（净赵脖揪上，云）我做庄家快[43]夸嘴，丢轮扯炮[44]如流水。引着沙三[45]去蹦橇[46]，伴着王留学调鬼[47]。自家赵脖揪的便是。我父亲是赵太公，祖传七辈，都是庄家出身，一生村鲁，不尚斯文。伴着的是王留、赵二、牛表、牛筋。锄刨过日，耕种绝伦。秋收已罢，赛社[48]迎神。开筵在葫芦棚下，酒酿在瓦钵磁盆。茄子连皮咽[49]，稍瓜[50]带子吞。萝卜蘸生酱，村酒大碗敦[51]。唱会〔花桑树〕[52]，吃的醉醺醺。舞会“村田乐”[53]，困来坐草墩[54]。闲时磨豆腐，闷后蹦面筋。醉了胡厮打，就去告老人。一顿黄桑棒[55]，打的就发昏。预备和劝酒，永享太平春。我今日吃了几杯酒，有我爹爹在家染病，且回家看爹爹去。可早来到也，我自过去。（做见科，云）爹爹，你病体如何？我奶子[56]那里去了？（赵太公云）孩儿，你不知道，他不是你奶子，他是咱家里买来的。当初觅他来做奶子来，他将那好奶与他养的孩儿吃，将那无乳的奶来与你吃，因此折倒[57]的你这般瘦了。你从今以后，休唤做奶子，则叫他做王嫂。你趁[58]我在日，朝打暮骂他，久后他也不敢管你。孩儿，你扶我后堂中去。（下）

（净赵脖揪云）爹爹，你不说呵，我怎么知道？兀的不痛、痛、痛、痛杀我也！我如今唤他出来。王嫂，你出来！

（正旦上，云）过日月好疾也！自从将孩儿与了那官人去了，可早十八年光景也，未知孩儿有也是无？如今赵太公染病，他着孩儿唤我，须索见他去咱。（见科）（净赵脖揪云）兀那王嫂！（正旦云）你怎生唤我做王嫂？我是你奶子哩！（净赵脖揪云）我可是你爹爹哩！想当初我父亲买你来与我家为奴，就着你做奶子。奶的我好！你将那好奶与你那孩儿吃，你将那无乳的奶与我吃，故意的把我饿瘦了。如今我不唤你做奶子了，我则叫你做王嫂。你与我饮[59]牛去，休湿了那牛嘴儿，若湿了我那牛嘴儿呵，回家来五十黄桑棍！（下）

（正旦云）似这般如之奈何？当初他本不知道，如今他既知道了，这烦恼从头儿受起也！我索井头边饮牛去咱。下着这般国家祥瑞[60]，好冷天道也呵！（唱）

【正宫·端正好】风飕飕遍身麻，则我这笃簌簌连身战，冻钦钦[61]手脚难拳。走的紧来到荒坡佃[62]，觉我这可扑扑[63]的心头战。

【滚绣球】我这里立不定虚气喘，无筋力手腕软，瘦身躯急难动转。恰来到井口傍边，雪打的我眼怎开，风吹的我身倒偃，冻碌碌[64]自嗟自怨，也是咱前世前缘。冻的我拿不的绳索拳挛[65]着手，立不定身躯耸定肩，苦痛难言！

（云）我将这水桶摆在井边，放下这吊桶去。好冷天道也！（唱）

【倘秀才】我这里立不定吁吁的气喘，我将这绳头儿呵[66]的来觉软。一桶水提离井口边，寒惨惨[67]手难拳，我可便应难动转。

（正旦云）将这吊桶掉在这井里，我也不敢回家去，到家里又是打，又是骂。罢、罢、罢，就在这里寻个自缢！（外扮李从珂跚马儿领番卒子上，云）几度相持在战场，沙陀将士显高强。破灭黄巢真良将，扶持阿妈保家邦[68]。某乃大将李从珂是也。奉着阿妈的将令，着俺五虎将与王彦章交战去来，被俺五虎将困了王彦章，今日班师，得胜回程。我父亲李嗣源与四个叔叔先回去了。某领三千军马，后哨行将去，打这潞州长子县过，来到这村庄前。（做见旦科，云）奇怪也！兀那井口傍边，一个妇人，守着一担水，树上挂着一条绳子，有那觅自缢的心，则管里啼天哭地的。左右那里，与我唤那妇人来，我问他。（卒子云）理会的。兀那妇人，俺大人唤你哩！（正旦云）哥哥唤我做甚么？（李从珂云）左右，接了马者。（做下马科，云）将坐[69]儿来我坐。（正旦做见科，云）官人万福。（李从珂做猛起身科，云）好奇怪也！这个婆婆儿刚拜我一拜，恰似有人推起我来的一般。这婆婆儿的福气，倒敢大似我么？兀那婆婆，你为甚么树上拴着这条套绳子，要寻自缢？你说一遍，我试听咱。（正旦云）官人不知：老身是赵太公家居住，俺太公严恶[70]，使我来这井上打水饮牛来。不想将吊桶掉在井里，不敢回家取三须钩[71]去，因此上寻个自缢。（李从珂云）可怜也！这婆婆掉了桶在这井里，不敢回家中去，在此寻个自缢。嗨！可不道蝼蚁尚然贪生，为人何不惜命？左右，拿着那揉钩枪，井中替他捞出那桶来。（卒子云）理会的。（做捞桶科，云）打捞出来了也。（李从珂云）将桶与那婆婆。（正旦云）多谢了官人！（做认科，云）看了这官人那中珠[72]模样，好似我那王阿三孩儿也。（李从珂云）这个婆婆儿好无礼也，我好意的与你捞出桶来，你为何看着我啼哭？（正旦云）老身怎敢看官人啼哭！老身当初也有个孩儿来，自小里与了个官人去了，如今有呵也有这般大小年纪也。老身见了官人，想起我那孩儿来，因此烦恼。（李从珂云）兀那婆婆，你当初也有个孩儿来，与了一个官人去了。那官人姓甚名谁？穿着甚么衣服？骑着甚么鞍马？你从头至尾，慢慢的说一遍咱。（正旦唱）

【倘秀才】那官人系着条玉兔鹘[73]连珠儿[74]石碾，戴着顶白毡笠[75]前檐儿慢卷。（李从珂云）他来你这里有甚么勾当？（正旦唱）可是他赶玉兔因来到俺这地面，他兜玉辔[76]，攧征駹，斜挑着镫偏。

（李从珂云）那官人他可怎生便问你要那孩儿来？（正旦唱）

【呆骨朵】那官人笑吟吟手捻着一枝雕翎箭，我可便把孩儿来与了那个官员。（李从珂云）曾有甚么信息来？（正旦唱）知他是富贵也那安然？知他是荣华也那稳便[77]？（李从珂云）你这许多时，不曾望你那孩儿一望？（正旦唱）要去呵应难去。（李从珂云）你曾见你那孩儿来么？（正旦唱）要见呵应难见。（李从珂云）你那孩儿小名唤做甚么？（正旦唱）知他是安在也那王阿三。（李从珂云）要了你那孩儿去的官人，姓甚名谁？（正旦唱）你早则[78]得福也李嗣源！

（李从珂云）奇怪也！这婆婆叫着我阿妈的名字。左右，这世上有几个李嗣源？（卒子云）止有阿妈一个是李嗣源。（李从珂云）兀那婆婆，我和李嗣源一张纸上画字，我到家中说了，若有你那孩儿时，我教他看你来。你那孩儿，如今多大年纪？几月几日甚么时生？你说与我。（正旦云）俺孩儿是八月十五日半夜子时生，年十八岁也，小名唤做王阿三。（李从珂云）奇怪也！这婆婆说的那生时年纪，和我同年同月同日同时，一般般的[79]，则争[80]一个名字差着，其中必有暗昧。我到家中呵，好歹着你孩儿来望你，你意下如何？（正旦云）官人，是必[81]着孩儿来看我一看。（唱）

【啄木儿尾声】你是必传示[82]与那李嗣源，道与[83]俺那闵子骞[84]，有时节教俺这子母每重相见。要相逢一面，则除是南柯梦里得团圆。（下）

（李从珂云）奇怪也！这个婆婆说的他那孩儿，和我同年同月同日同时，则争着这一个小名差着：他是王阿三，我是李从珂。其中必有暗昧。我到家中问的明白，那其间来认，未为晚矣。听言说罢泪如梭，忽见受苦老婆婆。阿三小子谁名姓？多应[85]敢是李从珂？（下）

[1] 葛从周：唐末鄄（juàn 倦）城（今属山东）人。详见《邓夫人苦痛哭存孝》第一折注［67］。

[2] 鄄城：地名，春秋时卫国的鄄邑。

[3] 遁甲：古代数术之一。即以十天干中的乙、丙、丁为三奇，以戊、己、庚、辛、壬、癸为六象，而以甲统之，以配九宫，视其加临之吉凶，以为趋避。

[4] 兼济：都济事，都能、都行的意思。

[5] 梁元帅：指五代梁主朱温。详见《邓夫人苦痛哭存孝》第一折注［17］。

[6] 更待干罢：怎肯罢休。

[7] 王彦章：五代时寿张（今山东梁山西北）人，字贤明。少从军，随朱温转战各地，以骁勇闻名。每战用两铁枪，军中号称"王铁枪"。后唐军破兖州，兵败被擒杀。

[8] 浑铁枪：兵器。浑铁，纯铁。《元史·隋世昌列传》："锻浑铁为枪，重四十余斤，能左右击刺。"

[9] 张车骑：三国蜀名将张飞，曾拜车骑将军。

[10] 唐敬德：唐朝的尉迟敬德。尉迟恭，字敬德，朔州善阳（今山西朔州）人。本为刘武周部将，后降李世民。英勇善战，屡立奇功，成为唐朝的开国元勋，封鄂国公。

[11] 搦（nuò 音懦）：挑战。

[12] 黄公略：指秦末的《黄石公三略》。黄公，黄石公，秦末隐士，汉张良游下邳（pī 音批）圯（yí 音夷）上时遇到的老人。略，兵书，即黄石公授与张良的书，谓读此书可为王者师。

[13] 吕望书：指关于军事谋略的书。吕望，即吕尚，周初东海人，本姓姜，其先封吕，字子牙。年老遇文王，立为师，号太公望。世传有兵书《六韬》六卷。

[14] 伍子胥：春秋时吴国大夫。名员（yún 音云），字子胥，为楚大夫伍奢的次子。因为父、兄都被楚平王所杀害，故逃到吴国为大夫，任大将。佐吴王阖闾伐楚。五战而入楚都郢，鞭尸平王，以报父兄之仇。后被谗自刎而死。

[15] 三略：古兵书名。相传为汉初黄石公作，全书分上略、中略、下略。《隋书·经籍志三》有《黄石公三略》三卷，已佚。今存者为后人依托成篇，收入《武经七书》中。亦以泛指兵书及作战的谋略。

[16] 六韬：亦作"六弢"，兵书名。旧题周·吕望撰，分文韬、武韬、龙韬、虎韬、豹韬、犬韬六卷。曾号为"武学七书"之一，为谈兵者所称道。其中述殷周情事，多奇闻异说，可供神话研究参考。

[17] 甲：身上穿的铠甲，又有肩甲、腿甲、胸甲等配套形制。自铁质武器的出现，战甲的坚固程度也随之提高，铜、铁金属质铠甲应运而生。而皮革、青布镶钉

式甲依旧为军中步卒、骑兵的主要战备装束，它们均具有较强的防御武器伤害之性能。

［18］六沉枪：绿沉枪，深绿色杆子的枪。

［19］纠纠："赳赳"的同音借字。

［20］耽饶：宽恕、饶恕。

［21］李亚子：李存勗。五代唐的建立者，李克用子，小名亚子。在位四年，庙号庄宗。

［22］石敬瑭：五代晋开国君主。称契丹主为父皇帝，自称儿皇帝。

［23］孟知祥：五代后蜀建立者，字保胤，邢州龙冈（今河北邢台）人，李克用侄婿。即位仅七个月，患风疾死。

［24］刘知远：五代汉开国君主。在位一年而卒。庙号高祖。

［25］对垒：两军相持。

［26］兵机：用兵、打仗的智谋。

［27］支拨：调遣、调拨。

［28］辅弼：《尚书大传·虞夏传·皋陶（gāo yáo 音高摇）谟》："古者天子必有四邻：前曰疑，后曰丞，左曰辅，右曰弼。"后因称宰相为"辅弼"。这里用作动词，谓辅佐。

［29］招飐：同"招展"，临风飘动貌。

［30］五哨：犹言"五路"。哨，军制。《宋史·宋琪传》："左右梢各十指挥，是二十将，每指挥作一队。"明永乐年间分步骑军为中军、左右掖、左右哨，合为五军。清代也有此称，咸丰后，陆军每百人或八十人为哨，水军每八十人或二十人为哨，哨有哨长。

［31］"人又"四句：李亚子下场诗，表现了人物的英雄气概，又预先介绍了下面即将发生的擒拿王彦章的剧情。

［32］扯鼓夺旗：扯鼓，举棰擂鼓。夺旗，夺取敌方的旗帜，如能夺到，即标志取得胜利。

［33］逞挡搜：施展、显示威猛。挡搜，本义为狰狞、凶狠，这里是勇猛、威武的意思。

［34］磨：摇动之意。

［35］鼍（tuó 音驼）皮鼓：用坚固的鼍皮蒙制之鼓。鼍，即鳄鱼，考古发现，龙山文化时古人就用鳄鱼皮蒙制木鼓。《诗·大雅·灵台》："鼍鼓逢逢（péng péng 音朋朋）。"

［36］振：用同"震"。

［37］胡笳：一种古代的吹奏乐器，传说由汉张骞从西域传入，流行于塞北和西域一带，是汉、魏鼓吹乐中的主要乐器。

［38］品：乐器构件名。指月琴、琵琶等乐器上的弦枕木，也称"柱"。这里指吹弄

乐器。

［39］阿来来：模仿胡人说话的声音，或作“阿剌剌”“呀来来”，音近义同。

［40］熟闲：娴熟、熟练。闲，通“娴”。

［41］策应：作战时与友军协同呼应。

［42］收后：留后、殿后。

［43］快：能、会。

［44］丢轮扯炮：东拉西扯，吹牛撒谎。

［45］沙三：元曲中常用的通名，与下文中的王留、赵二、牛表、牛筋等，都是乡村中流氓无赖一类人物。

［46］跚橇：古代在泥路上行走时的用具。

［47］调鬼：捣鬼。

［48］赛社：在农村中进行的各种社火表演和竞赛。社，社火，节日迎神赛会所扮演的杂戏、杂耍。

［49］啃（kěn 音肯）：啃、咬。

［50］稍瓜：因为是从越南移植来的，故又叫“越瓜”，通称“胡瓜”“菜瓜”，我国南北各地均产。

［51］敦：“吞”的借音字。

［52］〔花桑树〕：民间曲调名。

［53］村田乐：宋、元、明时表现农村生活的一种民间舞蹈。

［54］草墩：一种较厚的圆形草垫子。

［55］黄桑棒：桑木所制的棍棒，木质坚硬。

［56］奶子：即乳母。

［57］折倒：折磨、摧残，今河北部分农村仍这样说。

［58］趁：趁着，及时抓住机会的意思。

［59］饮（yìn 音印）：给牲畜水喝，今北方话仍这样说。

［60］祥瑞：吉兆，此指雪。

［61］冻钦钦：形容冻得发抖。钦钦，助词。

［62］佃：“甸”的借字，古时称郊外的地方。

［63］可扑扑：心头颤动的样子。

［64］冻碌碌：冻得发抖的样子。

［65］拳挛（luán 音峦）：屈曲不能伸展的样子，或作“拳连”，或单作“拳”，如本折上文：“冻钦钦手脚难拳。”今北方话仍有此词。

［66］呵：天寒时口吹热气使暖谓之“呵”，今北语仍这样用。宋 · 欧阳修〔诉衷情〕《眉意》词：“清晨帘幕卷轻霜，呵手试梅妆。”

［67］寒惨惨：亦作“寒森森”，很寒冷的样子。

［68］“几度”四句：李从珂的上场诗，指前文李嗣源率众将打败黄巢一事。

［69］坐：用同“座”。
［70］严恶：凶恶严苛。
［71］三须钩：状如三脚小锚，是用来捞取沉物的，此物河北农村今仍有。下文“揉钩”多用二齿，用处略同。
［72］中珠：亦作“中注”“中柱”，宋代登记官吏年纪、相貌等项的册子。引申为相貌。
［73］玉兔鹘：饰以玉石的一种束带。兔鹘，亦作“兔胡”，契丹、女真人的一种束带。
［74］连珠儿：意谓接连不断地。按：连珠，本是文体之一种。《文选·连珠》注云：“其文体，辞丽而言约……欲使历历如贯珠，易看而可悦，故谓之连珠。”盖取义于此。
［75］白毡笠：白羊毛压成的厚呢制成的笠帽。
［76］辔（pèi 音配）：驾驭牲口的嚼子和缰绳。
［77］稳便：此为安稳之意。“便”为助词，无义。
［78］早则：此为已经的意思。
［79］一般般的：都一样。
［80］争：差。
［81］是必：一定。
［82］传示：转达、告知。
［83］道与：告诉。
［84］闵子骞：春秋鲁人，名损，孔子弟子。其生母早丧，遭后母虐待。寒冬，后母给亲生的二子穿丝绵絮的棉衣，而给他穿的却是用芦花絮的。其父发现后，便欲休妻。闵子骞哀求父亲：“母在一子单，母去三子寒。”后母深为感动，事后待他如己出。后泛指孝子，这里指王阿三。
［85］多应：推测之词，“多半是”的意思。

第四折

（李嗣源引番卒子上，云）桃暗柳明终夏至，菊凋梅褪又春回。某乃李嗣源是也。过日月好疾也，自从在潞州长子县讨了那个孩儿来家，今经十八年光景也。孩儿十八岁也，学成十八般武艺，无有不招，无有不会，寸铁在手，有万夫不当之勇。孩儿唤做李从珂。今因王彦章下将战书来，搦俺交锋，奉着俺老阿妈的将令，着某为帅，李亚子为先锋，石敬瑭为左哨，孟知祥为右哨，刘知远为中路，李从珂为合后，统领二十万大军，前去与王彦章交锋。被俺五虎将大破了王彦章，今已班师[1]，得胜回还。这一场相持厮杀，多亏了我孩儿李从珂。今俺四虎将先回，着李从珂孩儿后哨赶将来。阿妈阿者大喜，谢俺阿妈封俺五将为五侯，着俺老阿者设一宴，名唤做五侯宴，就要犒赏三军。阿者的将令，着我等的五将全了呵，来回阿者的言语。这早晚怎生不见五将来？

（李亚子上，云）三十男儿鬓未斑，好将英勇展江山。马前自有封侯剑，何用逼逼笔砚间？某乃大将李亚子是也。奉阿妈的将令，着俺五虎将与王彦章交锋去来，今已得胜回营。比及[2]见阿妈阿者，先见李嗣源哥哥去。来到也。兀那小番，与我报复去，道有李亚子来了也。（卒子云）理会的。（报科，云）报的阿妈得知：有李亚子来了。（李嗣源云）道有请。（卒子云）理会的。有请！（做见科）（李嗣源云）有请！将军来了也。（李亚子云）哥哥，您兄弟来了也。（李嗣源云）将军请坐！左右门首觑者，看有甚么人来。

（孟知祥上，云）三尺龙泉[3]万卷书，皇天生我意何如？山东宰相山西将[4]，彼丈夫兮我丈夫[5]。某乃家将孟知祥是也。奉俺阿妈的将令，着俺五将收捕王彦章已回。有李嗣源哥哥令人请，须索走一遭去。可早来到也。兀那小番，与我报复去，道有孟知祥来了也。（卒子云）理会的。报的阿妈得知：有孟知祥来了。（李嗣源云）道有请。（卒子云）理会的。有请！（孟知祥做见科，云）哥哥，您兄弟来了也。（李嗣源云）将军来了也。有阿者的将令，着俺五虎将来全了，阿者要来犒赏俺哩！将军请坐。左右门首看者，有众将来时，报复我知道。

（石敬瑭上，云）雄威赳赳定边疆，皂袍乌铠黑缨枪。天下英雄闻吾怕，则我是敢勇当先石敬瑭。某乃家将石敬瑭是也。奉俺阿妈的将令，差俺五将收捕王彦章。去到那里，则一阵被俺五将大破王彦章，今已得胜，班师回营也。有李嗣源相请，须索走一遭去。兀那小番，与我报复去，道有石敬瑭来了也。（卒子云）理会的。报的阿妈得知：有石敬瑭来了。（李嗣源云）道有请。（卒子云）理会的。有请！（做相见科）（石敬瑭云）三位哥哥，您兄弟来了也。（李嗣源云）将军请坐！早间奉阿妈的将令，为俺五将有功，阿妈要封俺为五侯，明日阿者要设一宴，是五侯宴，阿者亲自犒赏三军哩。待五将来全，俺一同去也。

（刘知远上，云）要立功名显姓，不辞鞍马劳神。某乃刘知远是也。俺奉阿妈的将令，差俺五将收捕王彦章，今已得胜回营。比及见阿妈，先见李嗣源哥哥走一遭去。可早来到也。小番报复去，道有刘知远来了也。（卒子云）理会的。报的阿妈得知：有刘知远来了也。（李嗣源云）道有请。（卒子云）理会的。有请！（刘知远见科，云）哥哥，刘知远得胜还营也。（李嗣源云）将军请坐！今奉阿妈的将令，为俺五将有功，阿者要设一宴，是五侯宴，阿者亲自犒劳赏三军。还有谁不曾来哩？（李亚子云）有李从珂将军不曾来哩。（李嗣源云）左右门首觑者，若来时，报复我知道。

（李从珂上，云）英雄赳赳镇江河，志气昂昂整干戈。雄威凛凛人人怕，则我是敢勇当先李从珂。某乃李从珂是也。奉阿妈的将令，差俺五虎将收捕王彦章，今已得胜回营。比及见老阿妈，先见我阿妈走一遭去。兀那小番，你报复去，道有李从珂来了也。（卒子云）理会的。报的阿妈得知：有李从珂来了也。（李嗣源云）李从珂孩儿来了也。教孩儿过来。（卒子云）理会的。着你过去哩。（李从珂见科，云）阿妈，您孩儿来了也。（李嗣源云）从珂，你为何来迟？（李从珂云）阿妈，您孩儿来到潞州长子县赵家庄，遇见一个婆婆儿，树上拴着条绳子，有那觅自缢的心。您孩儿问其缘故，原来他掉了个吊桶[6]在井里，他那主人家利害，待拿那三须钩去，怕打骂他，因此寻一个死处。您孩儿着左右人替那婆婆儿捞出那桶来与他，那婆婆儿看着您孩儿则管啼哭。您孩儿问其故，那婆婆儿言道："我也有一个孩儿来，十八年前与了一个官人将的去了。"您孩儿问他那生时年纪，他道他那孩儿是八月十五日半夜子时生，小名唤做王阿三，如今有呵十八岁也。我又问他："那将了你孩儿去的那个官人姓甚名谁？"不想那婆婆儿说着父亲的名字，看起来他那孩儿和您孩儿同年同月同日同时，则争着一个名姓。我对那婆婆儿说道："我和那将的你孩儿去的那个官人一张纸上画字的人。"那婆婆儿啼天哭地，跪着您孩儿哀告道："官人可怜见！若是回去见我那孩儿呵，是必着来看我一看。"父亲，您孩儿想来：既然父亲有了您孩儿呵，要他那别人家儿女做甚么？父亲，如今那个人在那里？唤他出来，我见他一见，着他去见他那亲娘一见去，可不好？（李嗣源做惊科，云）住、住、住！孩儿你不知道，我是讨了一个孩儿来，要早晚[7]扶持你。那厮也不成，我着他放马去，不想他吊下马来跌杀了。如今那里有那孩儿来？你休管他。明日阿者设一筵宴，名是五侯宴，要犒赏俺五侯哩。你且歇息去，明日早去。（李从珂云）阿妈真个不和您孩儿说？（李嗣源云）说道无，则管里问！（李亚子同众人科，云）从珂，你父亲是有一个孩儿来，放马去跌杀了也。（李从珂云）既然您都瞒着我不肯说，罢、罢、罢！我出的这门来。今日都不肯说，我恰才见阿妈和四个叔叔都目目相觑，其中必然暗昧。我今日且不问他每，到明日酒席间，老阿者根前，好歹要个明白！（下）

（李嗣源云）从珂孩儿去了也？（卒子云）去了也。（李嗣源云）嗨！四个兄弟，这孩儿见他那亲母来。若是他知道了呵，我偌大年纪也，可怎生是好？（石敬瑭云）哥哥，不妨事，俺如今先去与老阿者说知了，则死瞒杀了，不要与他说便了也。（李嗣源云）兄弟你道的是。比及他去见老阿者，咱先去见老阿者走一遭去。不由展转暗猜疑，当初无有外人知。从珂若认亲娘去，我便是铁人无泪也伤悲。（同下）

（李嗣源同四将整扮[8]上，李嗣源云）今日筵宴安排了也，咱请老阿者去来。阿者，您孩儿有请。

（正旦扮刘夫人上，云）老身刘夫人是也。为俺五个孩儿大破梁兵，得胜回还，老身今日设一宴，名是五侯宴，一来庆贺功劳，二来犒赏

孩儿。筵宴都安排了也，则等老身须索走一遭去。（唱）

【商调·集贤宾】我则见骨剌剌列开锦绣旗，笑吟吟齐贺着凯歌曲。则听的扑冬冬鼍皮鼓擂，韵悠悠凤管[9]笛吹。第一来会俺这困彦章得胜的儿郎[10]，第二来贺功劳做一个庆喜的筵席。我则见儿郎每笑吟吟摆在两下里，一个个纠纠雄威。他那里高擎着玉斝[11]，满捧着香醪[12]，他每都一齐的跪膝。

（李嗣源、李亚子、石敬瑭、孟知祥、刘知远众将做跪下）（李嗣源递酒科，云）阿者满饮一杯！（正旦做接酒科，云）孩儿每请起来。（李嗣源云）量您孩儿每有甚功劳，着阿者如此用心[13]！（正旦云）孩儿每请坐。（众云）孩儿每不敢也。（正旦唱）

【逍遥乐】俺直吃的，尽醉方归，转筹箸不得逃席。（李亚子做递酒科，云）将酒来，阿者满饮一杯！（正旦做接酒科，唱）住者，此盏罢，孩儿每你着他稳坐的，序长幼则论年纪。觥筹交错，李嗣源为头，各分您那坐位。

（石敬瑭云）我与阿者递一杯。阿者满饮一杯！（正旦云）孩儿每，今日是甚么宴？（众云）今日是五侯宴。（正旦云）既是五侯宴，可怎生不见我那李从珂孩儿在那里？（李嗣源云）左右那里？门首觑者，李从珂来时，报复我知道。（李从珂上，云）便好道：事不关心，关心者焦。昨日问我阿妈那王阿三一事，我阿妈与众人左右，隐讳不肯说。今日五侯宴上，若见了老阿者，我好歹要问个明白。来到也。报复去，道李从珂来了也。（卒子云）理会的。报的阿者得知：有李从珂来也。（正旦云）着孩儿过来。（卒子云）理会的，着你过去哩。（李从珂做见正旦科）（正旦云）从珂孩儿来了也。（李从珂云）老阿者，您孩儿来了也。（做拜科）（正旦云）不枉了好儿也！从珂，你为何来迟也？（李从珂云）您孩儿往潞州长子县过来……（李嗣源做打拦科，云）从珂，休胡说！则饮酒。（李从珂云）您孩儿往潞州长子县过来……（李嗣源做打拦科，云）从珂！中说的便说，不中说的休说，则饮酒！（李从珂云）老阿者，您孩儿要说，阿妈两次三番则是拦当，不知为何不要您孩儿说。我也不饮酒！（正旦云）李嗣源，着孩儿说，你休拦他！（李从珂云）老阿者，孩儿往潞州长子县过，见一个老婆婆儿，树上拴着条绳子，有那觅自缢的心。您孩儿问其故，他原来去井上打水，掉了桶在井里。他那主人家严恶，那婆婆儿怕打，也不敢家中取三须钩去，因此上觅个死。您孩儿令人替他捞起桶来，那婆婆儿看着[14]您孩儿则管里啼哭。您孩儿言称道："你为何看着我则管里啼哭？"那婆婆道："我怎敢看着官人啼哭！当初我有一个孩儿来，十八年前与了一个官人去了；如今有呵，也有官人这般大年纪。"您孩儿问他那孩儿生时年月。那婆婆道："我孩儿是八月十五日半夜子时生，小名唤做王阿三。"您孩儿又问："将的你孩儿去了的那个官人，他姓甚名谁？"那婆婆儿叫阿妈的名字。您孩儿想来：那婆婆儿说他那孩儿的八字，和您孩儿同年同月同日同时，则争个名姓。您孩儿是李从珂，他可是王阿三。您孩儿昨日个问阿妈，坚意的不肯说。今日对着老阿者与众将在此，着王阿三出来，您孩儿见他一见，怕做甚么？（正旦看李嗣源，云）孩儿，他敢见他那母亲来么？（李嗣源云）谁说道见他那父亲来？阿者，休和孩儿说。您孩儿偌大年纪也，则看着他一个儿，不争阿者对着他说了呵，则怕生分[15]了孩儿么？（正旦云）从珂孩儿，你阿妈是有个孩儿来，放马去，跌杀了也。（李从珂云）老阿者，休瞒您孩儿，便和您孩儿说呵，怕做甚么？（正旦唱）

【醋葫芦】那时节曾记得你有个弟弟，你阿妈乞将来不曾与些好衣食。你阿妈后来生下你，教那厮放牛羊过日，到如今多管[16]一身亏[17]。

（孟知祥云）阿者，您孩儿不曾与阿者递一杯酒哩。阿者，您孩儿递一杯酒，请阿者行一个酒令。今日不同往日筵会，大家都要欢喜。将酒来！您孩儿递一杯。（正旦云）孩儿每，今日是个好日辰，都要欢喜饮酒，不许烦恼。（李嗣源云）阿者说的是，都听令，则要欢喜饮酒，不许烦恼。（李从珂云）住、住、住，老阿者，这庄[18]事您孩儿务要个明白了呵，便饮酒。老阿者，对您孩儿说了罢！（李嗣源做跪科，云）阿者休和孩儿说。（正旦云）李嗣源孩儿，（唱）

【醋葫芦】我这里低声便唤你，你可便则管里你那里干支剌[19]的陪笑卖楂梨[20]。不须咱道破他早知。那孩儿举头会意，咱不说他心下也猜疑。

（李从珂云）阿妈，和您孩儿说了罢！（李嗣源云）你教我说甚么来？（李从珂云）老阿者，对您孩儿说了罢！（正旦云）你阿妈则生了你一个，你着我说甚么来？（李从珂云）住、住、住，既然老阿者和阿妈都不肯说，罢、罢、罢，要我这性命做甚么？我就这里拔剑自刎了罢！（正旦、李嗣源、众将做掤[21]住手夺剑科）（李嗣源云）孩儿也，不争你有些好歹呵，着谁人侍养我也，儿也！（正旦云）罢、罢、罢，李嗣源孩儿，我说也。（李嗣源云）阿者，且休和孩儿说！（正旦云）我若说了呵，（唱）

【后庭花】则俺这李嗣源别有谁？（李嗣源做悲科）（李从珂云）老阿者，如今王阿三在那里？（正旦云）孩儿也，十八年前，你阿妈大雪里在那潞州长子县抱将你来。（李从珂云）老阿者，您孩儿可是谁？（正旦唱）哎，儿也！则这个王阿三可则便是你！（李从珂云）原来我便是王阿三，兀的不气杀我也！（做昏倒科）（众做救科）（李嗣源云）从珂儿也，精细[22]着！（正旦云）从珂儿也，苏醒者！（李从珂做醒、悲科，云）哎哟，痛杀我也！（正旦云）孩儿，省烦恼！（李从珂云）老阿者，我的亲母见受着千般苦楚，我怎生不烦恼？（李嗣源云）阿者恰才休和他说也罢，不争孩儿知道了，如今便要去认他那亲娘去，如之奈何？（唱）不争咱这养育父将他相瞒昧[23]，（正旦云）咱是他养育父母，他见了他亲娘受无限苦楚，不争你不要他去认呵，（唱）哎，儿也！则他那嫡亲娘可是图一个甚的？他如今受驱驰[24]，他如今六十余岁，他身单寒腹内饥，他哭啼啼担着水；你将来瞒昧者。

（李嗣源云）阿者，则是生分了孩儿也。（正旦云）孩儿，他这里怕不骑鞍压马，受用快活？他那亲娘与人家担水运浆，在那里吃打吃骂！孩儿，你寻思波，（唱）

【双雁儿】他怎肯坐而不觉立而饥[25]？母恩临[26]，怎忘的？你着他报了冤仇雪了冤气，你着他去认义，那其间来见你。

（李从珂做悲科）（李嗣源做唤科，云）从珂！从珂！（李从珂不应科）（李嗣源云）我唤他从珂，他不应；我如今唤他那旧小名：王阿三。（李从珂做应科，云）阿妈，您孩儿有！（李嗣源云）阿者，我恰才唤他从珂他不应，我唤他王阿三他才应。（李嗣源说《鸡鸭论》云）不因此事感起一庄故事：昔日河南府武陵县有一王员外，家近黄河岸边，忽一日闲行，到于芦苇坡中，见数十个鸭蛋在地。王员外言道："荒草坡中如何得这鸭蛋？"王员外将鸭蛋拿到家中。不期有一雌鸡正是暖蛋之时。王员外将此鸭蛋与雌鸡伏抱[27]数日，个个抱成鸭子。雌鸡终日引领众鸭趁食[28]，个月期程，渐渐毛羽长成。雌鸡引小鸭来至黄河岸边，不期黄河中有数只苍鸭在水浮泛，小鸭在岸忽见，都入水中，与同众鸭游戏。雌鸡在岸，回头忽见鸭雏飞入水中，恐防损伤性命，雌鸡在岸飞腾叫唤。王员外偶然出户，猛见小鸭水中与大鸭游戏。王员外道："可怜，我道鸡母为何叫唤，原来见此鸭雏入水，认他各等生身之主。鸡母你如何叫唤？"王员外言道："此一桩故事，如同世人养他人子一般，养杀也不亲，与此同论。"后作《鸡鸭论》，与世上人为戒。有诗为证，诗曰：鸭有子兮鸡中抱，抱成鸭兮相趁逐[29]。一朝长大生毛羽，跟随鸡母岸边游。忽见水中苍鸭戏，小鸭入水任漂流。鸡在岸边相顾望，徘徊呼唤不回头。眼欲穿兮肠欲断，整毛敛翼志悠悠。王公见此鸭随母，小鸭群内戏波游。劝君莫养他人子，长大成人意不留。养育恩临全不报，这的是养别人儿女下场头。哎约，儿也，兀的不痛杀我也！（正旦云）孩儿，你省烦恼。（李嗣源云）阿者，您孩儿怎生不烦恼？（李从珂做辞正旦科，云）老阿者放心！是今日说破了，可怜见您孩儿，怕不在这里一身荣华？我那亲娘在那里与人家担水运浆，吃打吃骂，千辛万苦，看看至死，不久身亡，您孩儿争忍在此不去认母也？我说罢也雨泪千行，恰便似刀搅我心肠。做娘的忍饥受饿，为子的富贵荣昌。可怜见看看至死，可来报答你这养育亲娘。（正旦云）从珂孩儿，你则今日领百十骑人马，去认你母亲去。孩儿，你则早些儿回来！（李嗣源云）儿也，我干抬举了你这十八年也！（李从珂云）阿妈休烦恼，您孩儿认了母亲，一同的便来也。（正旦、李嗣源做悲科，云）孩儿，你早些儿回来！（李从珂做拜辞科，云）您孩儿理会的。我出的这门来，则今日领着百十骑人马，直往潞州长子县认母亲走一遭去来。我恰才拜别尊堂两泪流，则为亲娘我无限忧。我今日领兵若到长子县，拿贼与母报冤仇。（下）

（正旦云）嗣源，从珂孩儿去了也。（李嗣源云）从珂去了也！（正旦云）嗣源孩儿，你则今日随后领着人马，直至潞州长子县看孩儿去，就将他母亲一同取将来。你都小心在意者！（众应科）您孩儿理会的。（正旦唱）

【尾声】快疾忙摆剑戟，众番官领兵器，将孩儿紧紧的厮追随。我则是可怜见他母亲无主依，你与我疾行动一会。他认了他嫡亲娘，你与我疾便[30]的早些儿回。（下）

（李嗣源云）则今日俺弟兄五人，点就本部下人马，随孩儿直至潞州长子县，取孩儿的亲娘走一遭去。大小三军，听吾将令：则今日便索行程，接应孩儿去。驱兵领将显高强，从珂去认嫡亲娘。若到潞州长子县，管教他子母早还乡。（同下）

[1] 班师：军队出征归来。《书·大禹谟》："班师振旅。"蔡沈集传："班，还也。"
[2] 比及：未及，指在此时以前。
[3] 龙泉：宝剑名。
[4] 山东宰相山西将：指秦汉时山东多出文臣、山西多出战将的历史事实。山东、山西，这里指战国、秦、汉时代崤山或华山以东、以西地区。《汉书·赵充国辛庆忌传》："赞曰：秦汉已来，山东出相，山西出将。"并在列数山西名将辈出的实例以后分析原因道："山西天水、陇西、安定、北地，处势迫近羌胡，民俗修习战备，高上勇力鞍马骑射。故《秦诗》曰：'王于兴师，修我甲兵，与子偕行。'其风声气俗自古而然，今之歌谣慷慨，风流犹存耳。"山东宰相山西将，逐渐成为我国古代小说、戏曲等俗文学作品中的习用成语。
[5] 彼丈夫兮我丈夫：他是男子汉、大丈夫，我也是男子汉、大丈夫。丈夫，男子汉、英雄。《孟子·滕文公上》："成覸（gàn 音赣）谓齐景公曰：'彼丈夫也，我丈夫也，吾何畏彼哉！'"
[6] 吊桶：用来汲取井水的桶子，因用绳索吊上垂下，故称。
[7] 早晚：这里是随时之意。
[8] 整扮：元杂剧术语。元剧扮演角色时，有整扮、道扮、宫扮、小打扮之分。整扮，即打扮得整整齐齐，是当时勾栏中习用语。
[9] 凤管：笙箫或笙箫之乐的美称。唐·钱起《长信怨》诗："鸳衾久别难为梦，凤管遥闻更起愁。"
[10] 儿郎：指各部将。
[11] 斝（jiǎ 音甲）：商周时青铜制酒器，三足，圆口，口上有两柱，带把手，用以温酒。盛行于商代和周初。后泛指酒器。
[12] 醪（láo 音劳）：浊酒，泛指酒。
[13] 用心：费心、劳神之意。
[14] 看着：此为守着之意。
[15] 生分（fèn 音愤）：冷淡、疏远的意思。
[16] 多管：大概、恐怕的意思。
[17] 亏：丧命之意。
[18] 庄："桩"的同音借字。
[19] 干支剌：亦作"干茨腊""干忽剌""干合剌"，干枯、干瘪。
[20] 卖楂（chá 音查）梨：意谓以坏充好、冒充欺骗。
[21] 搬（bān 音班）：同"扳"，拉、拽、挽。
[22] 精细：此为苏醒之意。
[23] 瞒昧：欺瞒、欺骗。瞒，隐藏真相，不让人知道。昧，蒙蔽、隐藏。

[24] 驱驰：原为奔驰，此为勤劳、辛苦的意思。
[25] 坐而不觉立而饥：当时谚语，比喻只考虑自己而不考虑、顾惜别人，犹今所谓“饱汉不知饿汉饥”。
[26] 恩临：恩遇、恩德。
[27] 伏抱：伏，孵卵。《汉书·五行志中之上》：“雌鸡伏子。”抱，抱窝、抱小鸡，与“伏”义相同。
[28] 趁食：觅食。
[29] 趁逐：追逐。
[30] 疾便：马上、立刻。

第五折

（净扮赵脖揪上，云）自家老赵，终日眼跳。山人[1]算我，说我死到。自家赵脖揪的便是。这两日有些眼跳。颇奈那婆子无礼，我使他打水饮牛，见一日要一百五十桶水。今日这早晚不见来，快着人去拿将那婆子来。（正旦担水桶上，云）似这般苦楚，几时受彻也呵！（唱）

【双调·新水令】则听的叫一声“拿过那贱人来”，我见叫叫吖吖大惊小怪。狠心肠的歹大哥，欺侮俺无主意[2]的老形骸。也是我运拙时乖[3]，舍死的尽心儿奈。

（见净科）（净云）兀那婆子，你这一日在那里来？你死也！（正旦云）我在井边打水饮牛来。（净云）你去了这一日，打了多少水？你这贱人好生无礼！则这般和你说，也不济事[4]，你死也！将绳子来，吊起这婆子来，我直打死你便罢。你死也！（净做吊起正旦科）（正旦云）天也！可着谁人救我也？
（李从珂领众卒子冲上，云）某乃李从珂是也。大小三军，来到这潞州长子县赵家庄也。众军围了这庄者！（众军做围了庄科了）（李从珂云）寻我奶奶在那里！（做入门科）（净云）爹爹是甚么官人？吓

杀我也！（净慌科）（正旦唱）

【川拨棹】我则见闹垓垓[5]、闹垓垓的军到来，一个个志气胸怀，马上胎孩[6]，雄纠纠名扬四海，喜孜孜笑满腮。

（李从珂云）兀的吊着的不是我奶奶？小校快解了绳子，扶将来。（正旦唱）

【七弟兄】我这里见来、料来、这个英才，入门来两步为一蓦，大踏步一伙上前来，低着头展脚舒腰拜。

（李从珂做拜科，云）奶奶，你认的您孩儿么？（正旦唱）

【梅花酒】他不住的唤奶奶，把泪眼揉开，走向前来，急慌忙扶策[7]。众军卒一字摆，众官员两边排。俺孩儿是壮哉！可扑[8]的跪在尘埃，可扑的跪在尘埃。

（李从珂云）母亲，认的您孩儿王阿三么？（正旦云）谁是王阿三？（李从珂云）则我便是王阿三。（正旦与从珂做悲科）（正旦唱）

【喜江南】儿也！今日个"月明千里故人来[9]"，这一场好事奔人来。俺孩儿堂堂状貌有人材[10]，畅好是气概！恰便似九重天飞下一纸赦书[11]来。

（正旦与从珂认住，悲科）（正旦云）孩儿，若不是你来呵，那得我这性命来！（李从珂云）母亲，那打你的、欺侮你的安在？（正旦指净云）是这厮打我来。（李从珂云）原来是这厮欺侮我母亲来！（净云）你是谁？（李从珂云）你问我是谁？这个是我的亲娘！（赵脖揪云）这个妇人原来是你的亲娘，这等呵，我死也！（李从珂云）把这厮与我执缚了者！

（李嗣源同四将上）（李嗣源云）来到这潞州长子县赵家庄也。兀的不是从珂孩儿！（李从珂云）阿妈也来了也。母亲和阿妈厮见咱。（李嗣源云）兀那婆婆，你认的我么？（正旦做见嗣源科，云）索是[12]多谢了官人！（李嗣源觑赵脖揪云）这厮是谁？（李从珂云）阿妈，这厮便是那赵太公的孩儿。（李嗣源云）兀那厮！你那赵太公那里去了？（赵脖揪云）大人可怜见！我父亲死了也。当初改了文契，是我父亲来；如今折倒他母亲，也是我来；朝打暮骂他母亲，也是我来。事到今日，饶便饶，不饶便哈剌[13]了罢。（李嗣源云）这厮改毁文契，欺压贫民，推赴军前，斩首施行[14]！李从珂，与你母亲换了衣服，辆起车儿，同到京师，拜见老阿者阿妈去来。（正旦唱）

【沽美酒】今日个望京师云雾霭，朝帝阙胜蓬莱，共享荣华美事谐。受用了玄纁玉帛[15]，俺一家儿尽豪迈。

【太平令】稳情取[16]香车麾盖，子母每终是英才。怡乐着升平景界，端的是雍熙[17]无赛。呀！今日个喜哉、美哉、快哉！谢皇恩躬身礼拜。

（李嗣源云）则今日敲[18]牛宰马，做一个庆喜的筵席。则为这李从珂孝义为先，为母亲苦痛哀怜。因葬夫典身卖命，相抛弃数十余年。为打水备知详细，认义在井口旁边。今日个才得完聚，王阿三子母团圆。

题目　王阿三子母两团圆

正名　刘夫人庆赏五侯宴

---

[1] 山人：古时指从事卜卦、算命等职业的人。

[2] 无主意：没办法。

[3] 时乖：时运乖违，侧重指人不得志、怀才不遇，这里指命苦。乖，不顺、不如意。

[4] 不济事：于事无补、不管用。

[5] 闹垓垓（gāi gāi 音该该）：喧闹、纷乱，也作“闹咳咳”“闹埃埃”。垓垓、咳

咳、埃埃，均为助词，是一声之转。

［6］ 胎孩：亦作“抬孩”“抬颏”“台孩”，谓有气概、威严，扬眉吐气的样子。

［7］ 扶策：扶持、搀扶意。策，谓拐杖，引申为“扶”意。

［8］ 可扑：很快跪下的声音。

［9］ 月明千里故人来：形容在美好时刻喜见亲友从远方来临。

［10］ 人材：此为长相英俊。

［11］ 赦书：朝廷赦免罪责的文书。

［12］ 索是：犹言“真是”“煞是”。

［13］ 哈刺：蒙古语音译，意为杀死。

［14］ 施行：“施行法令”的省文，即依法处决。

［15］ 玄纁布帛：高级衣料。玄，黑色，是太阳将要从地平线出来时，天空呈现出的那种黑中透红的颜色。纁，浅红色，是与玄相对的颜色，是太阳落山后，天空呈现出来的红黄交织的余光色。在古代大多数的朝代，皇帝祭祀时穿的衣服都是上玄下纁，以此来表达中国人对天地的敬畏之心。

［16］ 稳情取：情取，谓定可、包管、必然做到。前冠以“稳”字，取其语气较重。取，助词，无义。

［17］ 雍熙：天下太平、万民乐业之意。《三国志·魏书·高堂隆传》：“至德雍熙，光于四海。”

［18］ 敲：杀。

尉迟恭单鞭夺槊

《尉迟恭单鞭夺槊》简称《单鞭夺槊》。未见著录。今存版本主要有明·陈与郊编《古名家杂剧》本、赵琦美《脉望馆钞校本古今杂剧》本、臧懋循编《元曲选》本和清·姚燮编《今乐府选》本。其中《古名家杂剧》本、脉望馆钞校本、《元曲选》本差别不大，只《元曲选》本比《古名家杂剧》本、脉望馆钞校本多三支曲子。《古名家杂剧》本、《元曲选》本都题为尚仲贤作，臧晋叔《元曲选》卷首的《元曲论》“尚仲贤”条下改《三夺槊》为《单鞭夺槊》，并注云：“一作《三夺槊》。”脉望馆钞校本将《单鞭夺槊》归于关汉卿名下，并跋曰：“《太和正音谱》作《敬德降唐》”。据邵曾祺先生考证，《单鞭夺槊》既非尚仲贤的作品，亦非关汉卿的作品，暂时应定为佚名作者为妥。

以尉迟恭为题材的杂剧剧目颇多，如《小尉迟将斗将认父归朝》《尉迟恭单鞭夺槊》《尉迟恭三夺槊》《功臣宴敬德不伏老》等，《单鞭夺槊》是其中影响较大的一部。

《单鞭夺槊》是以历史英雄为主角，表现出关汉卿对英雄及民族正气的呼唤。剧写李世民在介休城招降尉迟恭后，李元吉因记一鞭之仇，趁李世民外出之机诬陷尉迟恭逃跑，将其下狱，李世民及时赶回救下尉迟恭。榆科园大战中，李世民被单雄信追杀，尉迟恭奋勇相护救主脱险。此剧本事见新、旧《唐书》的

《尉迟敬德传》，关汉卿对其进行了艺术加工和改动。

全剧情节曲折而紧凑，语言本色，充满喜剧气氛。人物形象塑造有正面描写，比如尉迟恭的自我介绍，校尉对尉迟恭的事后描述，李世民被单雄信追打的场面。同时也有侧面描写，比如尉迟恭对单雄信的介绍，校尉对李世民被困场面的描述。此外，还有对比描写，李世民与李元吉的对比，尉迟恭与单雄信的对比。核心人物尉迟恭的刻画虽无曲文，但李世民及徐茂公的话语从侧面表现出了他的勇猛威武和正直谦恭、胸怀坦荡。第四折由探子扮正末主唱，出人意表，可谓神来之笔。今京剧《御果园》一名《尉迟恭救驾》内容与此相同。“御果”为“榆科”之误。

楔　子

（冲末扮徐茂公[1]引卒子上，诗云）少年锦带挂吴钩[2]，铁马西风塞草秋。全仗匣中三尺剑，会[3]看唾手[4]取封侯。某姓徐，双名世勣，祖居京兆三原人也。自降唐以来，谢圣恩可怜，特蒙委任为军师，诸将皆出吾下。今因山后定阳刘武周[5]不顺俺大唐，刘武周不强，他手下有一员上将，覆姓尉迟，名恭[6]，字敬德。此人使一条水磨鞭，有万夫不当之勇。今奉圣人的命，着唐元帅[7]领十万雄兵，某为军师，刘文静[8]为前部先锋，在美良川[9]交战，被俺统兵围住介休[10]城。唐元帅数次招安[11]敬德，此人不肯降唐，回言道："某有主公刘武周，见[12]在定阳，岂肯降汝！"某忽思一计：着刘文静直至沙沱[13]，使一反将计，将刘武周首级标[14]将来了。某即今日将刘武周首级，请唐元帅直至城下，招安敬德走一遭去来。（下）

（净扮尉迟敬德引卒子上，诗云）幼小曾将武艺攻，钢鞭乌马显英雄。到处争锋[15]多得胜，则我万人无敌尉迟恭。某覆姓尉迟，名恭，字敬德，朔州善阳人也，辅佐定阳刘武周麾下[16]。某使一条水磨鞭，有万夫不当之勇。今因唐元帅领兵前来与我相持[17]，在美良川交锋。某与唐将秦叔宝[18]交战百余合，不分胜败。某因追赶唐元帅，到此介休城。谁想他倒下座空城，被唐兵围住，里无粮草，外无救兵。有唐元帅数次招安，我怎肯降唐？左右，城上看着！若有唐兵来打话呵，报复某家知道。（下）

（正末扮唐元帅同徐茂公引卒子上，云）某姓李，名世民，见为大唐元帅。如今领兵在美良川，与尉迟敬德交战，被我将敬德引至介休城中围住。军师，某若得敬德投降俺呵，觑草寇有如翻掌耳。（徐茂公云）元帅数次招安敬德，他言称道，有他主公刘武周在沙沱，他不肯背其主。某今使一反将计，着刘文静直至沙沱，把刘武周首级标将来了也。（正末云）军师，此计大妙！咱就将着首级，招安敬德去来。（徐茂公云）早来到城下了也。兀那小校，报与您那尉迟恭，说俺唐元帅请他打话。（卒子报科，云）喏，报的将军得知，有唐兵在城下，请打话哩。（尉迟云）我与他打话去。（做上城科，云）唐元帅，你有何话说？（徐茂公云）敬德，你见俺雄兵围的铁桶相似，你若肯降唐呵，着你列座诸将之右；你若不降呵，俺众兵四下里安环，八下里拽炮[19]，提起这城子来摔一个粉碎！你自寻思咱。（尉迟云）徐茂公，你说的差了也。可不道[20]一马岂背两鞍，单轮岂碾四辙，烈女岂嫁二夫？俺这忠臣岂佐二主？见有我主公在定阳，我怎肯投降你？（徐茂公云）将军，你主公刘武周，已被我杀了也。你不信，有首级在此。（尉迟云）俺主公有认处：鼻生三窍，脑后鸡冠。你拿首级来我看咱。（徐茂公云）小校，将秋千板吊上那首级去，着他认。（做吊上，尉迟做认科，云）嗨，原来真个是俺主公首级！可怎生被他杀了也？（做哭科）（徐茂公云）将军，你主公已是死了，你不投降，更待何时？岂不闻"高鸟相良木而栖，贤臣择明主而佐"[21]？背暗投明，古之常理。（正末云）敬德，你若肯投降呵，我奏知圣人，将你重赏封官；你若不降呵，俺这里雄兵百万，战将千员，你如何飞得出这介休城去？（尉迟云）嗨，谁想我主公被他杀了！我待不降呵，如今统着大势[22]雄兵，我又无了主人，可不道："能狼安敌众犬？好汉难打人多！"[23]罢、罢、罢，唐元帅，我降可降，你依的我一件事，我便投降。（徐茂公云）休道一件事，便是十件也依的。你说。（尉迟云）等我主公服孝三年满时，我便投降您。（徐茂公云）军情事急，怎等三年？等不得！（尉迟云）既然这等呵，等三个月孝满可投降。（徐茂公云）也等不得。（尉迟云）罢、罢、罢，男子汉势到今日也，一日准一年。等我三日服孝满，埋殡追荐了我主公之时，那其间我大开城门投降，何如？（正末云）将军此言有准么？（尉迟云）大丈夫岂有谬言？你若不信，将我这火尖枪、深乌马、水磨鞭、衣袍铠甲，您先将的去，权为信物[24]；三日之后，我便投降也。（徐茂公云）既是这等，你可将来，小校收了者。（正末云）军师，似尉迟恭这等一员上将，端的世之罕有！（徐茂公云）元帅，果然是好一员虎将也！

（正末唱）

【仙吕·端正好】他服孝整三年，事急也权那做三日。此事着后代人知：则这英雄能尽君臣礼。待他投降后，凯歌回，卸兵甲，载旌旗，还紫禁[25]，到丹墀，做个龙虎风云会。（同下）

（尉迟云）谁想俺主公死在唐将之手！一壁厢做个木匣儿，一般埋殡了。主公，则被你痛杀我也！（下）

---

［1］徐茂公：原在隋朝为官，后投降李世民，做军师，随李世民南征北战，立下卓越战功，为唐朝开国元勋之一。

［2］吴钩：古时吴地制造的一种弯刀，甚锋利。《吴越春秋·阖闾内传》："阖闾既宝莫耶，复命于国中作金钩，令曰：'能为善钩者，赏之百金。'吴作钩者甚众。"后人也称宝剑为吴钩。

［3］会：语气词，这里是预料其必然的意思。

［4］唾手：比喻极其容易得到。

［5］刘武周：河间景城（今河北沧县西）人，隋大业十三年（617年）依附突厥反隋，自称皇帝，年号"天兴"。唐武德二年（619年）勾结突厥，连胜唐军，攻取太原、晋州等地，次年为李世民击败。

［6］尉迟恭：宇敬德，朔州善阳（今山西朔州）人。本为刘武周部将，后投降李世民。他南征北战，屡立奇功，是唐朝的开国元勋，封鄂国公。

［7］唐元帅：李世民，李渊之子，继父为帝，人称唐太宗，"唐元帅"是他当初的称谓。他在我国封建帝王中是比较开明能干的，既有治国治军的雄才大略，又能搜罗人才，虚心听取各方意见，所以一开始，唐朝就出现了"贞观（guàn音贯）之治"的繁荣局面。

［8］刘文静：武功（今属陕西）人，字肇仁。隋末为晋阳令，与李世民友善，共同定计起兵。高祖即位，授民部尚书。他自认为才略、功勋在裴寂之上，而位反在其下，意不平。后因故坐诛。

［9］美良川：水名，在今山西省境内。

［10］介休：县名，在今山西省。

［11］招安：招抚、招降使归顺的意思。

［12］见：同"现"。

[13] 沙沱：亦作“沙陀”，我国古代部落名，即西突厥别部，居我国西北一带。这里当指沙沱部落活动的地区。
[14] 标：同“摽”，斩的意思。有时亦写作“彪”，音义并同。
[15] 争锋：交战。《汉书·张良传》：“楚人剽疾，愿上慎勿与楚争锋。”
[16] 麾下：将帅的旌旗之下，即部下。
[17] 相持：战斗、厮杀。
[18] 秦叔宝：隋末山东人，武艺高强，使双锏、长枪。武德二年（619年）投唐，官至左武卫大将军，是唐朝开国元勋之一。
[19] 四下里安环，八下里拽炮：宋元习用语，意为多方布置、一齐发动。
[20] 可不道：这里是“岂不知”的意思，常在引述成语、古语作反诘口气时用之。
[21] 高鸟相良木而栖，贤臣择明主而佐：指高飞的鸟看到好的树木才在上面栖息，贤良的臣子遇到圣明的君主才甘为辅佐。比喻贤臣应当选择在圣明的君主朝中做官。
[22] 大势：大批、大规模的意思，多用于形容军队力量强大。
[23] 能狼安敌众犬？好汉难打人多：比喻一个人本领再高强，也难抵挡众多的对手。也作“能狼不敌众犬，好手单怕人多”。
[24] 信物：指可作为凭证的物品，侧重指约定好的作为凭证的物品。
[25] 紫禁：皇宫。古以紫微星垣比喻皇帝的居处，故称皇宫为“紫禁”。后人亦称京城为紫禁城。唐·戴叔伦《宫词》：“紫禁迢迢宫漏鸣，夜深无语独含情。”

第一折

（尉迟引卒子上，云）某尉迟恭。今日是第三日也。小校，大开城门，待唐兵来时，报复某家知道。（卒子云）理会的。（正末同徐茂公上，云）军师，今日第三日了，尉迟敬德敢待来也。（徐茂公云）元帅贺喜，今日却收伏一员虎将也！（正末云）军师，投至[1]俺得这尉迟恭，非同容易也呵！（唱）

【仙吕·点绛唇】天数合该[2]，虎臣囚在迷魂寨，请的他来，似兄弟相看待。

【混江龙】因窥关隘[3]，自从那美良川引至介休来。俺想着先王有道，后辈贤才。若不是周西伯[4]能求飞虎将，谁把一个姜太公请下钓鱼台？他可也几曾见忽的旗展、豁的门开、冬的鼓响、珰的[5]锣筛[6]？投至得这个千战千赢尉迟恭，好险也万生万死唐元帅！到今日回忧作喜，降福除灾。

（云）军师，传下军令，着大势雄兵摆的严整者。（徐茂公云）众将，都与我刀剑出鞘，弓弩上弦，把七重围子摆的严整！（正末唱）

【油葫芦】传将令疾教军布摆，休觑的如小哉，则他这七重围子两边排。（徐茂公云）元帅，量敬德一人，兵器袍铠鞍马俱无，怕做甚么[7]！（正末唱）虽然他那身边不挂猼猊铠[8]，腰间不系狮蛮带[9]，跨下又无骏騋[10]，手中又无器械，你觑那岩[11]前虎瘦雄心在[12]，休想他便肯纳[13]降牌。

（卒子报科，云）报元帅得知，尉迟敬德来降了也。（尉迟做绑缚跪科，云）量尉迟恭只是一个粗鲁之夫，在美良川多有唐突[14]，乞元帅勿罪！（正末云）将军既已归降，便当亲解其缚。（徐茂公做解科）（正末唱）

【天下乐】纵便有铁壁银山也撞开！哎，你个英也波才，休浪猜[15]，你既肯面缚[16]归降，我也须降阶接待。请将军去了服，罢了哀，俺今日与将军庆贺来。

（尉迟云）元帅请坐，受尉迟恭几拜！（做拜科）（正末云）将军请起。（尉迟云）量尉迟恭有何德能，蒙元帅这般宽恕！敢不终身愿随鞭镫？（正末唱）

【那吒令】看尉迟人生的威风也那气概[17]，腹隐着兵书也那战策，可知道名震着乾坤[18]也那世界。俺这里虽然是有纪纲，知兴败[19]，那里讨尉迟这般样一个身材[20]！

（尉迟云）元帅，岂不闻“晏平仲善与人交，久而敬之”[21]？（正末

唱）

【鹊踏枝】说话处调书袋[22]，施礼数傲吾侪[23]。据着你斩虎英雄，不弱如[24]那子路[25]、澹台[26]。则怕俺弟兄每心不改，可不道“有朋自远方来”[27]？

（云）左右将酒来，我与将军递一杯咱。将军满饮一杯！（把酒科）（尉迟云）元帅先请！量尉迟恭无过是个武夫，着元帅如此重待！则一件：想当日在赤瓜峪与三将军元吉相持，打了他一鞭，今日尉迟恭降了唐，则怕三将军记那一鞭之仇么。（正末云）将军但放心。某如今奏知圣人，自有加官赐赏，谁敢记仇？（唱）

【寄生草】你道是赤瓜峪与咱家曾会垓[28]，马蹄儿撞破连环寨[29]，鞭梢儿早抹着天灵盖[30]，也则为主人各占边疆界。这的是桀之犬吠了帝尧[31]来，便三将军怎好把你尉迟怪？

（尉迟云）韩信弃项归刘，萧何举荐，挂印登坛。想尉迟恭虽不及韩信之能，料元帅不弱沛公[32]之量也。（正末唱）

【后庭花】你是个领貔貅[33]天下材，画麒麟阁[34]上客。想当日汉高祖知人杰，俺准备着韩淮阴[35]拜将台。把筵宴快安排，俺将你真心儿酬待。则要你立唐朝显手策，立唐朝显手策[36]。

【青哥儿】呀，据着你英雄、英雄慷慨，堪定那社稷、社稷兴衰。凭着你文武双全将相才，则要你扫荡云霾，肃靖尘埃。将勇兵乖[37]，那其间挂印悬牌，便将你一日转千阶，非优待。

（徐茂公云）元帅，俺如今屯军在此，差人往京师奏知圣人，说尉迟恭降了唐也，圣人必有加官赐赏哩。（正末云）军师，你与三将军在此，看守营寨，某亲自见圣人奏知，就将的敬德将军牌印[38]来也。（徐茂公云）这等，元帅领二十骑人马去路上防护者。（正末唱）

【赚煞】则今日赴皇都、离边塞，把从前冤仇事解；直至君王御案上拆[39]，一件件禀奏的明白。便道不应该，未有甚汗马差排[40]，且权做行军副元帅。（云）军师，（唱）你与我整三军器械，紧看着营寨，则我这手儿里将的印牌来。（下）

（徐茂公云）元帅去了也。敬德将军，咱与你营中去来。（尉迟云）军师，想敬德降唐，无寸箭之功，元帅去取某印牌去了，我必然舍这一腔热血，与国家出力，方显其尽忠之心也。（诗云）我背暗投明离旧主，披肝沥胆[41]佐新君。凭着我乌锥[42]马扶持唐社稷，水磨鞭打就李乾坤。（下）

---

[1] 投至：及至、等到。

[2] 天数合该：旧时唯心论者谓定数（命运）应当如此之意。

[3] 关隘：指险要的关口，在交通要道设立的防务设施，又称关卡。《南齐书·萧景先传》："惠朗依山筑城，断塞关隘。"

[4] 周西伯：周文王姬昌。据传，姬昌起初被商朝封为"西伯侯"，后来武王起兵灭商建立周朝，尊昌为"文王"。

[5] 忽的、豁的、冬的、珰的：均为拟声词。

[6] 筛：敲锣叫"筛锣"。

[7] 怕做甚么：有什么可怕的。

[8] 猭猊（táng ní 音唐尼）铠：铠甲。猭猊，亦作"唐猊""唐夷""唐衣"，古时将士所穿的铠甲。据说，"猭猊"是古代一种猛兽，用它的皮制甲，非常坚固，可以避刀遮剑，后人因用以代称铠甲。

[9] 狮蛮带：简称"狮蛮"，原指带钩上状作狮子蛮王形象的饰物，宋代高级武官把它系在腰间，后来就成为武装带的代称。

[10] 骏騕（wǎn 音晚）：良马。汉代以大宛（yuān 音渊）马为良马，即宛马。

[11] 岩：山崖。

[12] 虎瘦雄心在：宋元口语，比喻英雄一时受困而志不屈。

[13] 纳：交付、献给。

[14] 唐突：冒犯。《后汉书·孔融传》："秃巾微行，唐突宫掖。"

[15] 浪猜：胡乱猜测。明·刘基《蒋山寺十月桃花》："残蜂剩蝶相逢浅，黄菊芙蓉

莫浪猜。”

[16] 面缚：两手反绑。面，背。

[17] 气概：气派、气魄。

[18] 乾坤：《周易》中的两个卦名，指阴阳两种对立的势力。阳为“乾”，像天；阴为“坤”，像地。故“乾坤”引申为天地、日月、男女等。此指天地、宇宙。

[19] 兴败：国家局势的发展变迁。兴，兴起。败，衰败。

[20] 身材：脉望馆钞校本、《古名家杂剧》本均作“人材”。

[21] 晏平仲善与人交，久而敬之：语见《论语·公冶长》。晏平仲，名婴，人称“晏子”。春秋时齐国名相，机智、有辩才。传世《晏子春秋》旧题晏婴撰，实系后人依托并采缀晏子言行而作。朱熹注云：“程子曰：‘人交久则敬衰，久而能敬，所以为善。’”

[22] 调书袋：讥讽人说话写文章爱引用古人成句以卖弄才学，亦作“掉书袋”。宋·马令《南唐书·彭利用传》：“利用对家人稚子，下逮奴隶，言必据书史，断章破句，以代常谈，俗谓之掉书袋。”

[23] 吾侪：我辈、我们。侪，同“辈”，同类人。

[24] 不弱如：又作“不弱似”“不弱是”“不弱”，不亚于。

[25] 子路：姓仲名由，春秋时鲁国卞（今山东泗水东南）人。孔子弟子，卫大夫孔悝（kuī 音亏）用他为邑宰。为人性鄙好勇，故孔子称他“好勇过我，无所取材”（见《论语·公冶长》）。

[26] 澹（tán 音谈）台：澹台灭明，澹台是复姓，灭明是名，字子羽，春秋时鲁国武城（今山东费县西南）人，孔子弟子。孔子的弟子言偃（yǎn 音掩）称他“行不由径，非公事，未尝至于偃之室也”（见《论语·雍也》），意为他的为人有以自守，而无枉己徇人的私情。

[27] 有朋自远方来：语见《论语·学而》：“有朋自远方来，不亦乐乎？”

[28] 会垓（gāi 音该）：古典戏剧、小说中以会战为“会垓”，意为两阵对圆，战将都在重重兵马的核心中厮杀。

[29] 连环寨：谓寨中有寨，营寨连在一起以巩固防卫。

[30] 天灵盖：指头顶，简作“天灵”。

[31] 桀之犬吠了帝尧：桀犬吠尧，比喻各为其主。桀，夏朝最末一个暴君。吠，狗叫。尧，传说中古代的贤君，孔孟门徒尊为至德的圣人，后泛指最好的人。

[32] 沛公：指刘邦，沛县丰邑中阳里（今属江苏丰县）人。秦末任泗水亭长。秦二世元年（前 209 年）陈胜起义，他起兵响应，称“沛公”。前 207 年率军攻占咸阳，推翻秦朝统治。后与项羽争战五年，于前 202 年即皇帝位，建立汉朝。死后，上尊号“高皇帝”。

[33] 貔貅（pí xiū 音皮休）：猛兽名，比喻劲旅。

[34] 麒麟阁：汉初，萧何在未央宫建制“麒麟阁”，以藏秘书（见《三辅黄

图·阁》)。

［35］韩淮阴：韩信，因被封为淮阴侯，故称。

［36］手策：本领、手段，此指武艺。

［37］乖：勇敢的意思。

［38］牌印：也作“印牌”，显示官位职等的令牌印信。《新五代史·前蜀世家·王建》：“令孜夜入建军，以节度观察牌印授建。”

［39］拆：拆解、分辨。

［40］汗马差排：意为派遣征战的任务。汗马，比喻征战的劳苦，因称战功为汗马之劳。差排，派遣。

［41］披肝沥胆：比喻倾吐心里的话。披，打开。沥，滴下，引申为吐露。

［42］锥：“骓”字之误。

第二折

（净扮元吉同丑扮段志贤、卒子上，诗云）朝为田舍郎，暮登天子堂[1]。出的朝阳门，便是大黄庄。自家不是别人，三将军元吉是也。这个将军，是段志贤。我哥哥唐元帅领兵收捕刘武周，与尉迟交战，被我将尉迟引至介休城，将军兵围住。我则想杀了这匹夫，不想俺哥哥收留了他。如今俺哥哥亲自去京师，奏知圣人，要与他加官赐赏。兄弟，你可知我恨他？（段志贤云）三将军，你为何恨他？（元吉云）兄弟也，想当此一日在赤瓜峪，我与尉迟交战时，他曾打了我一鞭，打的我吐血数里。他如今可降了唐，我这冤仇，几时得报？（段志贤云）三将军要报这一鞭之仇，也容易。（元吉云）哥，你有甚计策？（段志贤云）如今唐元帅往京师去了，你守着营寨。你唤尉迟恭来，寻他些风流罪过，则说他有二心，将他下在牢中，所算[2]了他性命。等唐元帅回来时，则说他私下领着本部人马，还要回他那山后去，被我赶上拿回来，下在牢中。那厮气性大的，这一气就气杀了也。这个计较[3]，可不好那？（元吉云）此计大妙！你那里是我的哥，便是我亲老子也设不出妙计来。左右，那里？唤将尉迟恭来者！（卒子云）尉迟恭安在？（尉迟云）某尉迟恭，自从降了唐，有三将军元吉呼唤，不知甚事，须索走一遭去。（卒子报科，云）敬德来了也。（元吉云）着他过来。（见科，尉迟云）三将军呼唤敬德，那厢使用？（元吉云）敬德，你知罪么？（尉迟云）敬德不知罪。（元吉云）你刬地[4]不知罪哩？你昨日夜晚间，和你那本部下人马商量，还要回你那山后去，是么？（尉迟云）三将军，想敬德初降唐，无寸箭之功，唐元帅如此重待，又去京师奏知圣人，取我牌印去了，某岂有此心也？（元吉云）这厮强嘴[5]哩，左右，把这匹夫下在牢中去。（卒子拿科）（尉迟云）罢、罢、罢，我尉迟恭当初本不降唐来，都是唐元帅、徐茂公说着我降唐，今日将我下在牢中！这元吉当初在赤瓜峪，我曾打了他一鞭，他记旧日之仇，陷害我性命。天也，教谁人救我咱？（下）（段志贤云）三将军，此计何如？（元吉云）老段，好计！我如今分付看守的人，则要死的，不要活的。若是死了尉迟恭，则显我老三好汉。凭着我这一片好心，天也与我个条儿糖吃。（下）

（外扮单雄信[6]上，云）某单雄信是也。幼习韬略[7]之书，长而好武，无有不拈[8]，无有不会。使一条狼牙枣槊[9]，有万夫不当之勇，在俺主公洛阳王世充[10]麾下。今有唐元帅无礼，要领兵前来，偷观俺洛阳城，更待干罢[11]！是俺奏知主公，就着俺统领十万雄兵，擒拿唐元帅走一遭去。大小三军，听吾将令！（诗云）他逞大胆心怀奸诈，入洛阳全然不怕。若赶上唐将元戎[12]，我和他决无干罢！（下）

（正末上，云）某唐元帅。自从收捕了尉迟恭，某自往京师奏知圣人去来。到这途中，后面尘土起处，兀的不有人马赶将来也！（徐茂公慌上，云）某徐茂公。自从唐元帅去了，不想元吉思旧日之仇，如今把敬德下在牢中。我须亲赶唐元帅回来，救敬德之难。兀那前面不是元帅？元帅且住者！我有说的话。（正末云）军师，你为何赶将来？（徐茂公云）自从元帅去了，不想三将军记旧日之仇，如今把敬德下在牢中，诬言他有二心，思量重回山后去。若是敬德有些好歹，显的俺等言而无信了。因此一径的赶元帅回去，救敬德之难也。（正末云）军师，我观敬德岂有此心也呵！（唱）

【正宫·端正好】是他新，咱头旧，没揣的[13]结下冤仇。你道他尉迟恭又往那沙陀走，咱可也慢慢的相穷究[14]。

【滚绣球】他有投明弃暗的心，拿云握雾[15]的手，休猜做人中禽兽，论英雄堪可封侯。凭着他相貌挡[16]、武艺熟，上阵处只显的他家驰骤[17]，都是我几遭儿抚顺的情由。据着他全忠尽孝真良将，怎肯做背义忘恩那死囚，干费[18]了百计千谋?

（徐茂公云）元帅，你且休往京师去，疾回营中，救敬德去来。（正末云）咱便回营，救敬德去也。（下）

（元吉同段志贤上，诗云）我元吉天生有计谋，生拿敬德下牢囚。只待将他盆吊[19]死，单怕他一拳打的我做春牛[20]。自从把尉迟下在牢里，我则要所算了他性命，又被这不知趣的徐茂公，左来右去打搅，怎生是好?（段志贤云）三将军，你不知，如今军师见你把敬德下在牢里，亲自赶唐元帅去了。（元吉云）不妨事。便唐元帅回来问我时，我自有话说。（正末同徐茂公上，云）可早来到营门首也。左右，接了马者。（徐茂公云）报复去，你说唐元帅同军师下马也。（卒子云）喏，有唐元帅同军师下马也。（段志贤云）如何?我说军师赶元帅去了也。（元吉云）不妨事，我接待去。（见科，云）呀，哥哥来了也。请坐！（正末云）三将军，敬德安在?（元吉云）哥哥，你说敬德那厮?他是个忘恩背义的人。想俺怎生看待他来！刚刚你去了，他领着本部人马，夜晚间要私奔还他那山后去。早是[21]我知道的疾，我慌忙领着些人马，赶到数里程途，着我拿得回来。我待杀坏了，争奈元帅你可不在，且将他下在牢中，则等元帅回来，把这厮杀了罢！若不杀了他，久已后也是去的。（正末云）兄弟，我观敬德敢[22]无此心。（元吉云）哥也，知人知面不知心。你道无二心呵，他怎生背了刘武周，投降了俺来?这等人到底不是个好的，不杀了要他何用?（正末云）兄弟，投至俺得这敬德呵，非同容易；你若杀了他，可不做的个[23]闭塞贤路么！（元吉云）元帅，想昔日刘沛公手下英布、彭越、韩信，立起十大功劳，后来萧何定计，诛了英布，醢[24]了彭越，斩了韩信。你道三个将军有甚么罪过，尚然杀坏了，量这敬德打甚么不紧！趁早将他哈喇[25]了，也还便宜。你早些结果了他，哥也，我买条儿糖谢你。（正末云）兄弟，你则知其一，不知其二。（唱）

【倘秀才】那一个彭越呵，他也曾和舍人出口[26]；那一个韩信呵，他也曾调陈豨[27]执手[28]；那一个英布呵，他使一勇性[29]强占了九州。可不道“千军容易得，一将最难求”？怎学那萧何的做手[30]？

（徐茂公云）元帅，你只唤出敬德来，自问他详细，便见真假。（正末云）这也说的是。小校，唤将敬德来。（元吉云）拿将敬德来！（尉迟带杻[31]上，云）事要前思，免劳后悔。想当日降唐之后，唐元帅往京师去了。不想三将军元吉，他记我打了他一鞭之仇，将我下在牢中。不期唐元帅半路回来，我今见元帅去。（见科）（尉迟云）元帅，可不道招贤纳士哩。（正末云）三将军，敬德有何罪，将他下在牢中？（元吉云）元帅，你不知，自你去后，他有二心，领着他那本部人马，要往本处山后去，早是我赶回来。想敬德，我有何亏负[32]着他来？（尉迟云）元帅，三将军记那一鞭之仇，敬德并无此心！（正末云）既然这般，我亲释其缚。我欲待往京师奏知圣人，取将军牌印来，谁想将军要回去。可不道“心去意难留，留下结冤仇”？（尉迟云）我敬德并无此心！（正末云）军师，安排酒果来。（元吉云）倒好了他！他有二心，要回山后去，这等背义忘恩，又饶了他不杀坏，又与饯行，那里有这等道理！（正末唱）

【脱布衫】他厮知重不敢抬头，我再相逢争忍凝眸[33]？君子人不念旧恶，小人儿自来悔后[34]。

（云）左右，将酒来。我与敬德递一杯送行。（把酒科，云）将军满饮

一杯。（唱）

【小梁州】我这里亲送辕门捧玉瓯，将军你莫记冤仇。（云）左右，将一饼金来。（卒子云）金在此。（尉迟云）元帅，要这金做甚么？（正末云）将军，（唱）这金权为路费酒消愁。指望待常相守，谁承望心去意难留！

（尉迟云）我敬德本无二心，元帅既然疑我，男子汉既到今日，也罢，也罢！要我这性命做甚么？我不如撞阶而死！（正末扯科，云）哎，敬德又说无此心，三将军又是那样说。（向元吉云）兄弟，如今我也难做主张。叫你那同去赶那敬德的军士们来，我试问他一番。待他说出真情来，便着敬德也肯心服。（元吉背云）这个却是苦也！他那里曾走，我那曾赶他？他便走，我也不敢赶他去。如今叫军士们说出实话来，却是怎了？也罢，我有了！（回云）哥哥，你差了也。那时节听的这厮走了，还等的军士哩？我只骑了一匹马，拿着个鞭子，不顾性命赶上那敬德。他道："你来怎的？"我道："你受我哥哥这等大恩，你怎逃走了？你下马受死！"他恼将起来，咬着牙拿起那水磨鞭，照着我就打来。哥哥，那时节若是别个，也着他送了五星三[35]。谁想是你兄弟老三，我又没甚兵器，却被我侧身躲过，只一拳，珰的一声，把他那鞭打在地下。他就忙了，叫："三爷饶了我罢！"我也不听他说，是我把右手带住马，左手揪着他眼扎毛[36]，顺手牵羊一般牵他回来了。（尉迟云）那有这事来！（正末云）敬德他一员猛将，如何这等好拿？我且问军师咱。（向茂公云）军师，你听者，想是敬德真个走来？（徐茂公云）敬德也是个好汉，三将军平日却是个不说谎的。（元吉云）我若不说谎就遭瘟。（徐茂公云）如今与元帅同到演武场，着敬德领人马先走，着三将军后面单人独马赶上去。拿的转来，这便见三将军是实；拿不来，便见敬德是实。（元吉背云）老徐却也忒泼赖[37]！这不是说话，这是害人性命哩！（正末云）此说最是。（元吉云）那时也只乘兴而已，幸者不可屡侥[38]。哥哥要饶他便罢，不消来勒揹我。（尉迟云）三将军也不消恁的，我如今单人独马前行，你拿槊来。你捉的住，我情愿认罪；你刺的死，我情愿死。（元吉笑科，云）我老三不是夸口，我精神抖擞，机谋通透，平日曾怕那个？我和你便上演武场去。（入场，敬德先行科，元吉刺槊被夺、坠马科）（元吉云）我马眼叉。（换马如前科）（元吉云）我手鸡爪风儿发了。（又赶如前科）（元吉云）俺肚里又疼，且回去吃钟酒去着。（正末云）元来如此！敬德，则今日俺与你同见圣人去来。（尉迟云）这般呵，谢了元帅！（正末唱）

【幺篇】我和你如今便往朝中奏。（尉迟云）则是三将军记那一鞭之仇。（正末唱）将从前事一笔都勾。（元吉云）我也不和他一般见识。（正末唱）将军你莫仇，从今后，休辞生受[39]，则要你分破帝王忧。

（卒子慌上报科，云）喏，报的元帅得知：有王世充手下前部先锋单雄信，特来索战。（尉迟云）元帅，那单雄信只消差三将军去拿他，也不用多拨人马，只一人一骑，包拿来了。（元吉云）何如？我道你也伏了我老三的手段[40]。（正末云）是。就拨五千人马，着兄弟做先锋，与我擒拿单雄信去来。（唱）

【上小楼】你道是精神抖擞，又道是机谋通透，雄信兵来，索要相持，你合承头[41]。想着你单鞭的拿敬德，这般夸口，又何况那区区洛阳草寇！

（元吉云）适才你兄弟说耍，当真就差我交锋去？（做叫疼科，云）哎哟！一时间肚疼起来，待我去营中略睡一睡。（做出科，诗云）老三做事忒挡搜[42]，差去争锋不自由。如今只学乌龟法，得缩头时且缩头。（下）

（尉迟云）元帅，想尉迟恭初来降唐，无寸箭之功，情愿引领本部人马，与他交锋去。（正末云）不必将军去，我正要看洛阳城池。如今

领百十骑人马，同段志贤打探，就观看洛阳城去。（唱）

【幺篇】我正待看洛城、窥战守，因此上息却钲鼙[43]，偃[44]却旗幡，减却戈矛。（尉迟云）元帅休小觑了单雄信！他人又强，马又肥，使一条狼牙枣木槊，有万夫不当之勇。若只是这等，恐怕有失。（正末云）不妨事。（唱）虽然他人又强，马又肥，也拚的和他歹斗[45]，难道我李世民便落人机彀？

（徐茂公云）既然这般，元帅，你要观看他洛阳城，元帅先行，我与敬德将军随后来接应元帅来。（正末云）军师说的是。我与段志贤先行，军师与敬德随后来接应者。（尉迟云）我就跟的元帅去，可不好那？（正末唱）

【随煞尾】则这割鸡焉用牛刀[46]手，小将那消[47]大帅收。管教六十四处征尘一扫休，十八处改年号的出尽了丑[48]。（徐茂公云）元帅，这一去则愿你鞭敲金镫也。（正末唱）那时节将军容再修，将凯歌齐奏，你可也早些儿准备安排着这个庆功的酒。（下）

（段志贤云）虽然如此，还要与三将军一别。三将军安在？（元吉上，云）我适才到营帐里打的一个盹，这肚就不疼了。正待要去厮杀，我哥哥便等不得，自家去了。（段志贤云）三将军、军师勿罪，我同元帅先去也。（元吉云）老段，则要你小心在意者。（段志贤下）

（徐茂公云）三将军，你领兵合后，我与敬德先接应元帅去来。（元吉云）军师先行，我在后领兵再来接应你。敬德，据理来饶你不得；看俺哥哥面上，你且寄头在项。此一去若有疏失呵，我不道的饶了你哩！（尉迟云）三将军，别人不知，你可知我那水磨鞭来。我这一去遇着那单雄信呵，只着他鞭稍一指，头颅早粉碎也。（诗云）舍生容易立功难，谁似吾家力拔山？则这水磨钢鞭一骑马，不杀无徒誓不还。（徐同下）

（元吉云）我要杀了这匹夫来，不想俺哥哥回来救了。也罢，我这一去好歹要害了他。若杀了敬德呵，才报的我这一鞭之仇！军师着我做合后，我只是慢慢的去，等他救应不到，必有疏失，岂不是一计？（下）

---

[1] “朝为”二句：语出宋·汪洙《神童诗》。田舍郎，农家子弟，多用以指乡野之人。

[2] 所算：暗算、谋害。

[3] 计较：这里是办法、主意的意思。

[4] 刬（chǎn 音产）地：这里是还、依然、仍旧的意思。

[5] 强（jiàng 音匠）嘴：嘴硬，无理强辩。今北语仍习用。

[6] 单（shàn 音善）雄信：隋末济阴人，起义军李密的部将。初与秦琼、程咬金、徐勣等友善；后秦琼等归李世民，单雄信降王世充，双方关系遂破裂。单雄信最后被李世民部将所杀。

[7] 韬略：《六韬》《三略》，古代兵书。有时意为谋略。

[8] 不拈：不摸、不沾、不会的意思。

[9] 狼牙枣槊：亦称“狼牙棒”。古兵器之一种。枣木做成，一头粗一头细，粗的一头上钉着很多尖利的铁钉，状似密密麻麻的狼牙，故名。

[10] 王世充：隋末西域人，徙居新丰，字行满。唐武德二年（619 年）废杨侗称帝，后为唐兵所破，兵败遂降。

[11] 更待干罢：岂肯善罢甘休，亦作“更待干休”。

[12] 元戎：元帅。

[13] 没揣的：无端地。

[14] 穷究：寻根溯源。

[15] 拿云握雾：形容本领高强。

[16] 搊（chōu 音抽）：犹“搊搜”，形容相貌狰狞、凶狠的样子。

[17] 驰骤：本义是乘马疾驰，这里引申为威风。

[18] 干费：白费。

[19] 盆吊：古代酷刑之一。《水浒传》第二十八回里，狱中犯人告诉武松说：“他到晚把两碗干黄仓米饭，和些臭鲞（xiǎng 音响）鱼来与你吃了，趁饱带你去土牢里去，把索子捆翻，着一床干藁荐把你卷了，塞住了你七窍，颠倒竖在壁边，不消半个更次，便结果了你性命。这个唤做盆吊。”

[20] 春牛：古时，立春前一天要举行迎春仪式，由人扮成“勾芒神”，鞭打土牛，叫作“打春”。那被鞭打的土牛又叫“春牛”。这里是元吉以“春牛”自比。

［21］ 早是：幸亏。

［22］ 敢：这里是恐怕的意思。

［23］ 做的个：落得个。

［24］ 醢（hǎi 音海）：剁作肉酱为醢。

［25］ 哈喇：蒙古语，杀死之意。哈喇，即“哈剌”的异写，又可译作哈兰、哈剌儿、阿兰，音近义同。

［26］ 出口：“出口入耳”的省文。语出《左传·昭公二十年》，楚子信谗言，使奋扬杀太子建。扬暗放建逃走。楚子召扬曰：“言出于余口，入于尔耳，谁告建也。”后指两人私下相商之言谓“出口入耳”。又见《后汉书》三十六卷《张霸传附张玄》，张温谓玄曰：“且出口入耳之言，谁今知之。”

［27］ 陈豨：西汉人。汉初，豨为钜鹿守，时韩信被谪为淮阴侯，悔当初不听蒯通计谋反，遂劝豨及早起兵反刘邦。豨听其计，果反，兵败死；韩信亦被诱杀。

［28］ 执手：手挽手，这里引申为勾结。

［29］ 一勇性：亦作“一涌性”，一时莽撞、一时任性。

［30］ 做手：做法、手段。

［31］ 杻（chǒu 音丑）：古代刑具，即手铐脚镣之类。《新唐书·刑法志》：“死罪校而加杻。”

［32］ 亏负：谓亏待，即情义上有欠缺，犹今云“对不起”。

［33］ 争忍凝眸：怎忍心盯住他看。争，怎。

［34］ 悔后：后悔，为叶（xié 音协）韵而倒用。

［35］ 五星三：歇后语，谓“命”。星命家奉张果老《五星三命通会》等书为准则，故有此歇后语。宋·吴自牧《梦粱录》卷十三“夜市”条，谓“夜市卖卦”有“玉壶五星”“草窗五星”“野庵五星”“沈南天五星”“霄三命”“鉴三命”等。明·陆深《燕闲录》：“每会晤间皆喜谈五星三命。”

［36］ 揪着他眼扎毛：插科打诨的话。眼扎毛，眼睫毛，今北语仍习用。

［37］ 泼赖：泼皮、无赖的意思。明·何孟存《余冬序录》：“苏州谓丑恶曰泼赖，泼音如派。”

［38］ 屡侥：再次侥幸取胜。

［39］ 休辞生受：别怕辛苦。

［40］ 手段：此指武艺。

［41］ 承头：承担、承当。

［42］ 挡搜：这里意为鲁莽。

［43］ 钲鼙（pí 音皮）：此指战鼓。

［44］ 偃（yǎn 音演）：放倒。

［45］ 歹斗：恶斗，即激烈地战斗。

［46］ 割鸡焉用牛刀：语见《论语·阳货》，意为大材不可小用。

［47］消：用。

［48］“十八处”句：意为隋末有李密、窦建德、王世充等十八支起义军，都建国改年号，但最后都败在李世民手下，由李世民统一了中国，这些义军头领自然就出丑了。

第三折

（单雄信蹦马[1]引卒子上，云）某单雄信是也。听知的唐元帅领着段志贤观看我洛阳城，更待干罢！某领三千人马赶去来。（下）

（段志贤蹦马上，云）某段志贤。我唐元帅，观看他洛阳城，不想单雄信领兵赶将来了，怎好也？（单雄信赶上科，云）段志贤，及早下马受降！（调阵[2]科）（段志贤云）我近他不的，跑、跑、跑！（下）

（单雄信云）这厮走了也，更待干罢！不问那里赶将去！（下）

（正末蹦马上，慌科，云）怎生是好？我正观看洛阳城，不想撞着单雄信领兵赶将来。段志贤不知在那里，可怎生是好？（单雄信上，云）李世民少走！你那里去？及早下马受降！（正末唱）

【越调·斗鹌鹑】人一似[3]北极天蓬[4]，马一似南方火龙；他那里纵马横枪，将咱来紧攻。他急似雷霆，我疾如火风；我这里走的慌，他可也赶的凶。似这般耀武扬威，争强奋勇！

【紫花儿序】我恨不的胁生双翅，项长三头。他道甚么“休走唐童[5]”。恰便似鱼钻入丝网，鸟扑入樊笼，匆匆。马也，少不的上你凌烟[6]第一功，则要得四蹄那动[7]！只听的喊杀声声，更催着战鼓逢逢[8]。

（单雄信云）赶入这榆科园来了也。你待走的那里去？（正末唱）

【耍三台】[9]待把我征駣纵，残生送。（徐茂公蹦马慌上，云）兀的不是元帅！（做揪雄信科）（徐茂公云）将军且暂住一住！（单雄信云）

我道是谁，元来是徐茂公。你放手！（正末唱）呀，元来是军师茂公！（徐茂公云）元帅，你快逃命走！（单雄信云）徐茂公，你放手！（正末唱）他道我已得命好从容，且看他如何作用[10]。则要你拿云手紧将袍袖封[11]，谈天口[12]说转他心意从。你便是骗英布的随何[13]，说韩信的蒯通[14]！

（单雄信云）徐茂公，你放手！往日咱两个是朋友，今日各为其主也。（徐茂公云）将军，看俺旧交之情！（单雄信云）你两次三番则管里扯住我。罢！我拔出剑来，你见么？我割袍断义！你若再赶将来，我一剑挥之两段！（徐茂公云）似此可怎生了也！（正末唱）

【调笑令】见那厮不从，支楞楞[15]扯出霜锋[16]。呀，我见他尽在嘻嘻冷笑中，我见他割袍断袖绝了朋情重，越恼的他忿气冲冲。不争这单雄信推开徐茂公，天也，谁搭救我这微躬[17]？

（徐茂公云）不中！我回营中取救军去来。（下）（单雄信云）徐茂公去了也。李世民，你及早下马受降！（正末云）我手中有弓可无箭。兀那单雄信，你知我擅能神射，我发箭你看！（单雄信云）他也合死！手中有弓无箭，量你到的那里！（正末唱）

【小桃红】手中无箭慢张弓，频把这虚弦控[18]。元来徐茂公临阵不中用！（敬德跚马上，叫云）单雄信慢走！（正末唱）则听的语如钟，喝一声响亮春雷动。纵然他有些耳聋，乍闻来也须怕恐！（尉迟云）单雄信勿伤吾主！（正末云）元来是敬德救我哩！（唱）高叫道“休伤俺主人公”。

（单雄信云）那里走将这个卖炭的来？这厮刬马[19]单鞭，量你何足道哉！（尉迟云）单雄信休得无礼！（做调阵科）（正末唱）

【秃厮儿】尉迟恭威而不猛，单雄信战而无功。我见他格截架解[20]不放空[21]，起一阵杀气黑蒙蒙，遮笼。

【圣药王】这一个枪去疾，那一个鞭下的猛，半空中起了一个避乖龙[22]。那一个雌，这一个雄，玷玎珰鞭槊紧相从，好下手的[23]也尉迟恭！

（尉迟打雄信下，云）元帅，若不是我尉迟恭来的早呵，险些儿落在他勾中。被某一鞭打的那厮吐血而走，被我夺了那厮的枣木槊也！（正末云）若不是将军来呵，那里取我这性命！则今日我与将军同见圣人去来。（尉迟云）量尉迟恭有何德能，则是仗元帅虎威耳。（正末云）壮哉！壮哉！不枉了好将军也！（唱）

【收尾】我则见忽的战马交，出的枣槊起，飕的钢鞭重，把一个生硬汉打的来浑身尽肿。哎，则你个打单雄信的尉迟恭，不弱似喝娄烦他这个霸王勇[24]！（同下）

---

［1］　跚（shān 音山）马：骑马徐行。

［2］　调阵：亦作“调阵子”，变换队形，由若干演员扮兵将骑着竹马走阵势。

［3］　一似：浑似、很像。

［4］　天蓬：天神名。传说远古时代，紫微大帝（即北极星君）统御人、神、鬼三界，而其手下有一位生于周时的首席爱将姓卞名庄，被封为九神之首天蓬。后来因天蓬表现极佳，深得紫微大帝的信任，于是被提拔为“天蓬元帅”，居四圣之首。故“天蓬”一名，为星宿神之称。金 · 董解元《西厢记诸宫调》卷三：“便是天蓬黑煞，见他也应伏输。”

［5］　唐童：对李世民的蔑称。

［6］　凌烟：凌烟阁。唐太宗贞观十七年（643 年），图画开国功臣长孙无忌、杜如晦、魏徵、尉迟恭等二十四人像于凌烟阁，以表彰他们的功绩。太宗自作《赞》，褚遂良题阁，阎立本画。

［7］　那（nuó 音挪）动：挪动，那，同“挪”。

［8］　逢逢（péng péng 音朋朋）：亦作“蓬蓬”，拟声词，常形容鼓声。唐 · 李贺《鼓吹曲辞 · 上之回》：“蚩尤死，鼓逢逢。”

［9］　〔耍三台〕：曲牌名，属【越调】，用于剧曲。全曲八句：六、七、七、七、七、

七、七、七。

[10] 作用：此为应付、显身手的意思。

[11] 封：此为拉、扯的意思。

[12] 谈天口：能言善辩的嘴。南朝梁·萧统《文选·任昉〈宣德皇后令〉》："辩析天口，而似不能言。"李善注引《七略》云："齐田骈好谈论，故齐人为语曰'天口骈'。天口者，言田骈子不可穷其口，若事天。"

[13] 随何：西汉初之辩士，与陆贾（gǔ 音古）齐名。楚汉战争中，奉刘邦之命赴淮南，以巧言劝说淮南王英布背楚归汉。

[14] 蒯通：西汉初辩士。曾劝韩信反汉，韩信未从而为刘邦诱杀，蒯通也受到牵连。

[15] 支楞楞：亦作"支楞""支愣愣"，拟声词，形容抽剑声。

[16] 霜锋：指寒光四射的剑。

[17] 微躯：谦辞，微贱的身体。

[18] 控：拉、引。

[19] 刬（chǎn 音产）马：无鞍辔之马。

[20] 格截架解：交战时使对方兵器不能伤及己身的四种防御性动作。

[21] 放空：落空。

[22] 避乖龙：代指霹雳生。乖龙，传说中的孽龙。宋·黄休复《茆亭客话》卷五："世传乖龙者，苦于行雨而多方窜匿，藏人身中，或在古木楹柱之内及楼阁鸱甍（chī méng 音吃盟）中，须为雷神捕之。"

[23] 好下手的：犹言"好下的手"，指凶狠、勇猛。

[24] 喝（hè 音贺）娄烦他这个霸王勇：《史记·项羽本纪》："项王令壮士出挑战。汉有善骑射者楼烦，楚挑战三合，楼烦辄射杀之。项王大怒，乃自被甲持戟挑战。楼烦欲射之，项王瞋目叱之，楼烦目不敢视，手不敢发，遂走还入壁，不敢复出。"娄烦，即楼烦。喝，大声喊叫、呵斥。

第 四 折

（徐茂公上，诗云）帅鼓铜锣一两敲，辕门里外列兵刀[1]。将军报罢平安喏，紧卷旗幡再不摇。某乃徐茂公是也。今唐元帅与单雄信在榆科园交战，某见唐元帅大败亏输[2]，忙差尉迟恭接应唐元帅去了，未知输赢胜败。使的那能行快走的探子看去，这早晚敢待来也。（正末扮探子上，云）一场好厮杀也呵！（唱）

【黄钟·醉花阴】[3]大路上难行落荒[4]里践，两只脚蓦岭登山快捻[5]。走的我一口气似撺椽[6]。若见俺军师一一的都分辩。（见科，云）报、报、报！（徐茂公云）好探子，他从那阵上来。你只看他喜气旺色，那输赢胜败早可知了也！（诗云）我则见雉尾金环结束雄，腰间斜插宝雕弓。两脚能行千里路，一身常伴五更风。金字旗拿画杆赤，长蛇枪拂绛缨红。两阵相当分胜败，尽在来人启口中。兀那探子，单雄信与唐元帅怎生交锋？你喘息定了，慢慢的说一遍咱。（探子唱）听小人话根源：只说单雄信今番将手段展。

【喜迁莺】[7]早来到北邙[8]前面，猛听的锣鼓喧天，那军不到三千，拥出个将一员。雄纠纠威风武艺显，是段志贤立阵前。一个待功标汗简[9]，一个待名上凌烟。

（徐茂公云）元来是单雄信与某家段志贤交马[10]。两员将扑入垓心，不打话来回便战。三军发喊，二将争功。阵上数声鼙鼓擂，军前两骑马相交。马盘马折，千寻[11]浪里竭波龙；人撞人冲，万丈山前争食虎。一个似摔碎雷车霹雳鬼，一个似擘开华岳巨灵神[12]。端的是谁输谁赢，再说一遍。（探子唱）

【出队子】[13]两员将刀回马转，迎头儿先输了段志贤。唐元帅败走恰便似箭离弦，单雄信追赶似风送船，尉迟恭傍观恰便似虎视犬。

（徐茂公云）谁想段志贤输了也！背后一将厉声高叫道："单雄信不得无礼！"你道是谁？乃尉迟敬德出马。好将军也！（诗云）他是那虎体鸢肩[14]将相才，六韬三略贮胸怀。遇敌只把单鞭举，救难慌骑划马来。捉将似鹰拿狡兔，挟人如母抱婴孩。若非真武[15]临凡世，便应黑煞[16]下天台。俺尉迟敬德与单雄信怎生交战？探子，你喘息定了，慢慢的再说一遍咱。（探子唱）

【刮地风】[17]揣、揣、揣[18]加鞭，不剌剌[19]走似烟，一骑马腾到[20]跟前。单雄信枣槊如秋练，正望心穿。见忽地将钢鞭疾转，骨碌碌怪眼睁圆。尉迟恭身又骁、手又便[21]，单雄信如何施展？则一鞭偃了左肩[22]，滴流扑[23]坠落征驼。不甫能[24]躲过唐童箭，呀，早迎着敬德鞭！

（徐茂公云）元来敬德手掿[25]着竹节钢鞭，与单雄信交战。好钢鞭也！（诗云）军器多般分外别，层层叠叠攒霜雪。有如枯竹节攒成，浑似乌龙尾半截。千人队里生杀气，万众丛中损英杰。饶君披上铠三重，抹着鞭梢骨节折。敬德举鞭在手，喝声："着！"单雄信丢了枣槊，口吐鲜血，伏鞍而走。好将军也！扶持宇宙，整顿江山，全凭着打将鞭，怎出的拿云手！鞭起处如乌龙摆尾，将落马似猛虎离巢。胡[26]敬德世上无双，功劳簿堪书第一。此时俺主唐元帅却在那里？探子，你喘息定了，慢慢的再说一遍咱。（探子唱）

【四门子】[27]俺元帅勒马亲回转，展虎躯骤骏駹。看他一来一往相交战，是谁人敢占先？那一个奔，这一个赶，将和军躲的偌近远[28]。刚[29]崦[30]里藏，休浪里潜，马儿上前合后偃。

（徐茂公云）单雄信输了也！（词云）他只待抛翻狼牙箭，扯断宝雕弓；撞倒麒麟和獬豸[31]，冲开猛虎与奔熊。好敬德也！他有那举鼎拔山力，超群出世雄。钢鞭悬铁塔，黑马似乌龙。杀人无对手，上阵有威风。壮哉唐敬德，归来拜鄂公。今若敬德不去，俺主唐元帅可不休了！兀那探子，你再说一遍咱。（探子唱）

【古水仙子】[32]呀、呀、呀猛望见，便、便、便铁石人见了也可怜。他、他、他袋内有弯弓，壶中无只箭，待、待、待要布展怎地展？铮、铮、铮两三番迸断了弓弦，走、走、走一骑马逃入榆科园。来、来、来两员将绕定榆科转，见、见、见更狠似美良川！

（徐茂公云）单雄信大败亏输，俺尉迟恭赢了也！探子，无甚事，赏你一只羊、两坛酒，一个月不打差，你回营中去罢。（探子唱）

【煞尾】俺元帅今年时运显，施逞会划马单鞭，则一阵杀的那败残军急离披[33]走十数里远。（下）

（徐茂公云）尉迟恭鞭打了单雄信，俺这里赢了也！此一番回去，可不羞杀了三将军元吉！一壁厢椎翻牛，窨下酒[34]，做个大大的筵宴，等元帅还营，一来贺喜，二来赏功。已早分付的齐备了也。（诗云）胡敬德显耀英雄，单雄信有志无功。圣天子百灵相助，大将军八面威风。

题目　单雄信断袖割袍
正名　尉迟恭单鞭夺槊

---

［1］　兵刀：原指武器，此指将士。

［2］　亏输：失败。

［3］　【黄钟·醉花阴】:【黄钟】，元曲宫调之一。元·周德清《中原音韵》:“大凡声音各应于律吕……【黄钟宫】富贵缠绵。”《中原音韵》载【黄钟宫】所属曲牌为二十四支。《九宫大成南北词宫谱》载，属【黄钟宫】的曲牌，北曲有五十五支，南曲（包括集曲）有一百一十六支。北曲【黄钟宫】联套的格式如“〔醉花阴〕—〔喜迁莺〕—〔出队子〕—〔刮地风〕—〔四门子〕—〔古水仙子〕—〔尾声〕”，较为常用。〔醉花阴〕，属北曲【黄钟宫】，有古体和近体两种。据清·周祥钰《九宫大成谱》，古体的字数定格及韵式作七、七、五、四、五（五句），近体的字数定格及韵式作七、七、五、四、六、三、三、七（八句）。用于套数内，并常常用作【黄钟宫】套曲的第一曲，其后多接〔喜迁莺〕。

［4］　落荒：指为避追赶而向荒野逃跑。

［5］　快捻：快步追赶。捻，通“撵”。

［6］　揣椽（chuán 音船）：喻指连连气喘。金·董解元《西厢记诸宫调》卷二：“盘

得两个气一似搟掾（yuàn 音怨，疑为“椽”的讹字），欲逋逃，又恐怕诸军笑。”

［7］〔喜迁莺〕：曲牌名，南北曲均有同名曲牌。北曲属【黄钟宫】，一名〔烘春桃李〕，有古体与近体两种。据清·周祥钰《九宫大成谱》，古体的字数定格及韵式作二（三）、三、七、七、六、二、三、七、三、四、四（十一句），近体作四、七、二、四、七、三、四、四（八句）。除此之外，还有一种特殊的体式，字数定格及韵式作七、七、七、二、四、七、三、七、七、七（十句）。该曲一般用于【黄钟宫】套曲内〔醉花阴〕曲牌后，以海笛或笛伴唱，曲调跳跃性强。

［8］北邙：亦作“北芒”，山名，在今河南洛阳市北。东汉、魏王后公卿多葬于此，后也泛指墓地。唐·沈佺期《邙山》诗：“北邙山上列坟茔，万古千秋对洛城。”

［9］功标汗简：名垂青史。汗简，以火炙竹简，竹简会出“汗”，所以称汗简，也称杀青，供书写所用。

［10］交马：交锋、交战。

［11］寻：古时八尺为一寻。

［12］巨灵神：传说中的河神，力大无比。

［13］〔出队子〕：曲牌名，南北曲均属【黄钟宫】。北曲有“正格”与“幺篇换头”两式。正格的字数定格作四、五、七、七、七（五句）。幺篇多数为换头，也有少数和本调完全相同的。多用在【黄钟宫】套曲，在〔喜迁莺〕曲牌后。

［14］鸢（yuān 音渊）肩：两肩上耸，像老鹰栖止貌。《后汉书·梁统列传附梁冀》：冀“为人鸢肩豺目”。

［15］真武：古代神话中的北方之神，其形为披发、跣（xiǎn 音显）足、仗剑、着黑衣、踏龟蛇，从者皆执黑旗。此形容尉迟恭的形象极其神威。

［16］黑煞：古代神话中的凶神。此指尉迟恭。

［17］〔刮地风〕：曲牌名，南北曲均属【黄钟宫】。北曲较常用，据清·周祥钰据《九宫大成谱》北曲字数定格为十二句：七、四、七、四、四、四、三、三、四、三、三、四。句字不拘，可以增损。一般用在【黄钟宫】套曲内。以海笛或笛伴唱。

［18］揣、揣、揣：连续打马的意思。

［19］不剌剌：形容马跑时的声势。

［20］賸（shèng 音圣）到：犹言“蹿到”。賸，“剩”的异体字，蹿。

［21］便：敏捷灵便。

［22］偃了左肩：低斜了左肩。

［23］滴流扑：亦作“滴留扑”“滴溜扑”，形容坠落貌和触地声。

［24］不甫能：好不容易、刚刚能够之意。不，只是加强语气，无义。

［25］搭：握、持。

[26] 胡：黑。

[27]〔四门子〕：曲牌名，北曲属【黄钟宫】。有“正格”“减字格”“叠字格”三式。正格的字数定格据清·周祥钰《九宫大成谱》为七、六、七、六、三、三、七、三、三、四（十句）。其正格的另一式与此基本相同，只是最后二句由四字变为七字。减字格即将正格首二句减去。叠字格即在正格第一句后叠三字，元人很少使用。一般用在【黄钟宫】套曲内。

[28] 近远：偏义复词，偏指远。

[29] 刚：此为“只”的意思。

[30] 崦（yān 音淹）：泛指山。唐·李商隐《送从翁从东川弘农尚书幕》诗：“一川虚月魄，万崦自芝苗。”

[31] 獬豸（xiè zhì 音谢至）：传说中能辨是非曲直的独角异兽，见人相斗，则以角触邪恶无理者。

[32]〔古水仙子〕：曲牌名，北曲属【黄钟宫】。与【双调·水仙子】不同。套数专用。九句七韵或八韵：三、七、四、四、七、七、七、七、五。

[33] 急离披：仓皇散乱的样子。离披，散乱貌。《脉望馆钞校本古今杂剧》本、《古名家杂剧》本均作“落荒”。

[34] 椎（chuí 音垂）翻牛，窨（yìn 音印）下酒：杀牛备酒。椎，用拳头或棒槌敲打，这里是屠宰的意思。窨，藏在地窨里。

关张双赴西蜀梦

《关张双赴西蜀梦》一作《关云长张翼德双赴梦》，简称《西蜀梦》《双赴梦》。今存《元刊杂剧三十种》本，仅载曲词，无科白。《元曲选外编》据此重印。系据《三国志》刘备、关羽、张飞等传中关、张遇害之事，虚构托梦情节而成。首折叙刘备称帝后，思念关、张，遣差官赴荆州、阆（làng 音浪）中宣召关、张来成都聚会。差官抵达二地，始知荆州已陷东吴，刘封、糜竺、糜芳暗通东吴，致羽被擒杀，张飞拟伐吴报仇，又被部将张达暗杀投吴，遂星夜驰回成都报丧。二折叙诸葛亮夜观天象见将星陨落，知蜀必损二将，及差官回报果然。亮虑刘备闻此噩耗不胜其悲，拟隐瞒不报。三折写关、张二魂赴蜀相遇，互诉被害原委，乃相约向孔明、刘备托梦以求报仇。四折叙二魂入宫托梦，不胜凄惶。刘备梦中尚以为兄弟团聚，殷勤挽留。张飞暗示被害经过，再三叮咛皇兄兴兵活捉二糜、张达，以雪冤恨。曲词苍凉悲怆，渗透了宋元之际人民痛恨内奸的时代情绪。本事来源，今不可考。三国史传和演义小说，亦不见此情节，可能出于宋元民间传说。近代北方鼓词有此曲目，可能本于此剧。

第一折[1]

【仙吕·点绛唇】织履编席[2]，能够做大蜀皇帝，非容易。官里[3]旦暮朝夕，闷似三江水。

【混江龙】唤了声关张仁弟，无言低首泪双垂。一会家眼前活现，一会家口内掂提[4]。急煎煎御手频捶飞凤椅[5]，扑籁籁痛泪常淹衮龙衣。每日家独上龙楼上，望荆州[6]感叹，阆州[7]伤悲。

【油葫芦】每日家作念[8]煞关云长、张翼德，委得俺宣限[9]急。西川途路受驱驰，每日知他过几重深山谷，不曾行十里平田地。恨征騑四只蹄，不这般插翅般疾，踊[10]虎躯纵彻黄金镫，果然道“心急马行迟”。

【天下乐】紧跐[11]定葵花镫折，搜[12]鞭催，走似飞，坠的双镝，此腿脡[13]无气力。换马处侧一会儿身[14]，行行里[15]吃一口儿食，无明夜[16]不住地。

【醉扶归】若到荆州内，半米儿[17]不宜迟，发送[18]的关云长向北归。然后向阆州路上转驰驿[19]，把关张分付[20]在君王手里，教他龙虎风云会。

【金盏儿】关将军但相持[21]，无一个敢欺敌。素衣匹马单刀会，觑敌军如儿戏，不若土和泥！杀曹仁七万军，刺颜良万万威。今日被歹人[22]将你算[23]，畅[24]则为[25]你大胆上落便宜。

【醉中天】义赦了严颜罪[26]，鞭打的督邮死[27]，当阳桥喝回个曹孟德[28]。倒大[29]个张车骑[30]，今日被人死羊儿般剁了首级，全不见石亭驿[31]！

【金盏儿】俺马上不曾离，谁敢松动满身衣？恰离朝两个月零十日，劳而无役[32]枉驱驰！一个鞭挑魂魄去，一个人和[33]的哭声回。宣的个孝堂里关美髯，纸幡上汉张飞。

【尾】杀的那东吴家死尸骸堰[34]住江心水，下溜头[35]淋流着血汁。我教[36]的茸茸[37]蓑衣浑染的赤，变做了通红狮子毛衣。杀的他憨血淋漓，交吴越[38]托推，一霎儿番为做[39]太湖鬼。青鸦鸦岸提，黄壤壤田地，马蹄儿踏做捣椒泥[40]。

---

[1] 第一折：本剧只存唱词，科白已失。全剧原未分折，现四折为后人标出。第一折由正末扮演刘备使臣，奉命前去召荆州守将关羽和阆州守将张飞回朝与刘备相见，以全兄弟久思之情。但是，使臣到后，方知关羽已战败惨死，张飞也为部将暗害，使臣十分悲痛。

[2] 织履编席：《三国志·蜀书·先主传》："先主少孤，与母贩履织席为业。"故戏曲、小说中常以"织履编席"概括刘备未起事前的生活。

[3] 官里：亦称"官家"，指皇帝。宋·赵彦卫《云麓漫钞》卷三："今人曰官家，禁中又相语曰官里。"

[4] 掂提：同"题""惦题"，心里挂念、口中念叨之意。

[5] 飞凤椅：雕有飞凤的椅子，为帝王所用。

[6] 荆州：古九州之一。汉武帝所设十三刺史部之一，辖境为今湘、鄂大部分地区及川、黔部分地区。三国时，关羽在此镇守。

[7] 阆州：指阆中，古县名。在今四川北部、嘉陵江中游。三国时，张飞在此镇守。

[8] 作念：思念、念叨。

[9] 宣限：此指宣召关羽、张飞回朝的期限。

[10] 踊：跳跃之意。

[11] 跐（cǐ 音此）：踏、蹬。

[12] 踅（xué 音学）：此为旋转之意。

[13] 腿脡（tǐng 音挺）：元人口语词，即腿。

[14] 侧一会儿身：稍微休息一下。

[15] 行行里：不停地走着。

[16] 无明夜：不分昼夜。

[17] 半米儿：半点儿。

[18] 发送：打发、送行之意。

[19] 驰驿：赶着马快跑。驿，驿站供传递或官员来往使用的马。

[20] 分付：此为送给、交给之意。

［21］ 相持：战斗、厮杀。
［22］ 歹人：此指刘封等人。
［23］ 算：暗算。
［24］ 畅：这里是纯然、完全、实在的意思。
［25］ 则为：同“只为”，只是因为，不过是由于。
［26］ “义赦”句：事见《三国志·蜀书·关张马黄赵传》。张飞在巴郡擒获刘璋部将严颜后，呵曰：“何不降？”颜曰：“我州但有断头将军，无有降将军也。”张飞大怒，令人推出斩首，但严颜神色不变，曰：“斫头便斫头，何为怒耶！”张飞壮之而释，并引为宾客。
［27］ “鞭打”句：历史上，鞭打督邮的是刘备。《三国志·蜀书·先主传》：“督邮以公事到县，先主求谒，不通，直入缚督邮，杖二百，解绶系其颈着马枊（àng音盎），弃官亡命。”元杂剧及元明小说中改为张飞鞭打督邮至死。督邮，官名。汉代各郡的重要属吏，代表太守督察县乡，宣达教令，兼司狱讼捕亡等事。每郡有分两部、四部和五部的，每部各有一督邮。唐以后废。
［28］ “当阳桥”句：传说在当阳桥上，张飞只身一人，横矛怒目，大喝三声，吓退了曹兵。
［29］ 倒大：亦作“倒大来”，绝大，这里引申为了不起。
［30］ 张车骑：指张飞，以其曾拜“车骑将军”，故云。
［31］ 石亭驿：小驿站名。本句所指之事即第二折〔梁州〕曲所说：“石亭驿手挎袁襄。”《全相三国志平话》卷上，写张飞在石亭驿曾抓住袁术之子袁襄，将其双手摔死。
［32］ 劳而无役：劳而无功之意。役，“益”的借音字。元代北音，二字音同。
［33］ 和（hè音喝）：声相应为“和”。
［34］ 堰（yàn音谚）住：堵住、挡住。
［35］ 下溜头：水的下游。
［36］ 教：同“交”。
［37］ 茸茸：原作“茜茜”，依徐沁君《新校元刊杂剧三十种》本改。
［38］ 吴越：这里指吴国。
［39］ 番为做：变成。番，通“翻”。
［40］ 捣椒泥：古代的宫廷和庙宇常用捣碎的椒实粉涂饰内壁，取其芳香和温暖。

第二折[1]

【南吕·一枝花】早晨间占《易》理，夜后观乾象[2]。据贼星增焰彩，将星[3]短光芒。朝野内度量[4]。正俺南边上，白虹贯日光。低首参详，怎有这场景象？

【梁州】单注着东吴国一员骁将[5]，砍折俺西蜀家两条金梁。这一场苦痛谁承望[6]！再靠谁挟人捉将？再靠谁展土开疆？做宰相几曾做卿相，做君王那个做君王？布衣间昆仲[7]心肠。再不看官渡口剑刺颜良，古城下刀诛蔡阳，石亭驿手挎袁襄！殿上帝王，行思坐想，正南下望，知祸起自天降。宣到我朝下若何当，着甚话声扬？

【隔尾】这南阳耕叟[8]村诸亮，辅佐着洪福齐天汉帝主，一自[9]为臣不曾把君诳。这场勾当[10]，不由我索向君王行酝酿个谎[11]。

【牧羊关】张达那贼禽兽，有甚早难近傍？不走了麋竺、麋芳！咱西蜀家威风，俺敢将东吴家灭相[12]。我直教金鼓震、倾人胆，土雨湔的日无光[13]，马蹄儿踏碎金陵府，鞭梢儿蘸干扬子江。

【贺新郎】官里行行坐坐[14]则是关张，常则是[15]挑在舌尖，不离了心上。每日家作念的如心痒，没日不心劳意攘[16]，常则是心绪悲伤。白昼间频作念，到晚后越思量，方信道“梦是心头想”：但合眼早逢着翼德，才做梦可早见云长。

【牧羊关】板筑的商傅说[17]，钓鱼儿姜吕望[18]，这两个梦善感动历代君王。这梦先应先知，臣则是误打误撞。蝴蝶迷庄子[19]，宋玉赴高唐[20]，世事云千变，浮生梦一场。

【收尾】不能够侵天[21]松柏长千丈，则落的盖世功名纸半张！关将军美形状，张将军猛势况[22]，再何时得相访？英雄归九泉壤，则落的河边堤土坡上钉下个缆桩。坐着条担杖[23]，则落的村酒渔樵话儿讲。

---

[1] 第二折：本折由正末扮演诸葛亮。他用《易》理占卜和观察天象，发现凶兆，后来果然得知关羽、张飞惨死，十分痛惜。

[2] 乾象：天象。乾，八卦之一，是阳性或刚健的象征。《易 · 说卦》："乾，健也。"又云："乾为天，为圜，为君，为父。"

[3] 将星：将军之星。古人认为帝王将相与天上星宿相应，将星即象征大将的星宿。《隋书 · 天文志》："大将星摇，兵起，大将出。"

[4] 度量：测量。

[5] 东吴国一员骁将：指吕蒙。

[6] 承望：想到、料到。

[7] 昆仲：称他人弟兄的敬辞。

[8] 耕叟（sǒu 音薮）：老农、乡间老头儿。宋 · 周密《齐东野语 · 薰风联句》："征夫耕叟方奔驰作劳，低垂喘汗于黄尘赤日之中，虽有此风，安知所谓凉哉？"

[9] 一自：自从。

[10] 勾当（gòu dàng 音够荡）：事情。多指不好的事情。

[11] 酝酿个谎：编个谎言。

[12] 灭相：佛家语，灭却形相之谓。在元杂剧中用为轻视、藐视之意。《法华经 · 药草喻品》云："如来说法，一相一味，所谓解脱相、离相、灭相。"这里指消灭、死亡之意。

[13] "土雨"句：谓尘土从空中落下，如同下雨遮天蔽日。湔（jiàn 音剑）：通"溅"。

[14] 行行坐坐：一举一动之意。

[15] 常则是：亦作"常只是""常子是"，常常是的意思。

[16] 心劳意攘：心忙意乱。

[17] 板筑的商傅说（yuè 音月）：商王武丁夜里梦见一位名叫"说"的贤士，醒后即命人图画其像四处找寻，果然在傅岩夯土筑墙的苦役中寻到此人。武丁与之长谈，发现他有治国才能，于是重用之，商朝得以中兴。因为"说"是在傅岩找到的，所以赐姓为"傅"。板筑，即"版筑"，筑土墙，用两版相夹，填泥于其中，以杵捣实成墙。板，墙版。筑，杵。

[18] 姜吕望：即姜尚，又称吕尚、太公望。八十岁时在渭水边为周文王访得，拜为丞相，后助周武王讨伐殷纣，终于完成兴周大业。

[19] 蝴蝶迷庄子：出自《庄子 · 齐物论》："昔者，庄周梦为胡蝶，栩栩然胡蝶也……俄然觉，则蘧蘧（qú qú 音渠渠）然周也。不知周之梦为胡蝶与，胡蝶之梦为周与。"

[20] 宋玉赴高唐：战国时楚国宋玉曾作《高唐赋》，写楚怀王梦游高唐时，巫山神

女前来与之欢会。

[21] 侵天：参天，此指高入天际。

[22] 势况：同“势相”，样子。

[23] 担杖：扁担。

第 三 折[1]

【中吕·粉蝶儿】运去时过，谁承望有这场丧身灾祸？忆当年铁马金戈，自桃园、初结义，把尊兄辅佐。共敌军擂鼓鸣锣，谁不怕俺弟兄三个！

【醉春风】安喜县[2]把督邮鞭，当阳桥[3]将曹操喝，共吕温侯配战九十合，那其间也是我、我！壮志消磨[4]，暮年折挫，今日向匹夫行伏落[5]。

【红绣鞋】九尺躯阴云里偌大[6]，三缕髯把玉带垂过，正是俺荆州里的二哥哥。咱是阴鬼，怎敢陷他？吓的我向阴云中无处躲。

【迎仙客】居在人间世，则合[7]把[8]路上经过，向阴云中步行因甚么？往常时关西把他围绕合，今日小校无多，一部从[9]十余个。

【石榴花】往常开怀常是笑呵呵，绛云也似丹脸若频婆[10]。今日卧蚕眉瞅定面没罗，却是为何？雨泪如梭，割舍了向前先搀过，见咱呵恐怕收罗[11]。行行里恐惧明闻破，省可里[12]倒把虎躯挪。

【斗鹌鹑】哥哥道你是阴魂，兄弟是甚么？用舍行藏[13]，尽言始末：则为帐下张达那厮、那厮嗔喝[14]，兄弟更性似火；我本意待侑[15]他，谁想他兴心坏我！

【上小楼】则为咱当年勇过，将人折锉，石亭驿上，袁襄怎生结末[16]？恼犯[17]我，拿住他，天灵摔破，亏图[18]了他怎生饶过！

【幺】哥哥你自暗约[19]，这事非小可。投至的[20]曹操孙权，鼎足三分，社稷山河。筋斯锁[21]，俺三个，同行同坐，怎先亡了咱弟兄两个！

【哨遍】提起来把荆州摔破，争奈小兄弟也向壕中卧[22]！云雾里自评薄[23]，刘封那厮于礼如何？把那厮碎剐割！糜芳糜竺、帐下张达，显见的东吴躲。先惊觉与军师诸葛，后入宫庭托梦与哥哥。军临汉上马嘶风，尸堰满江心血流波。休想逃亡，没处潜藏，怎生的躲？

【耍孩儿】西蜀家气势威风大，助鬼兵全无坎坷。糜芳糜竺共张达，待奔波[24]怎地奔波？直取了汉上才还国，不杀了贼臣不讲和！若是都拿了，好生的将护[25]，省可里拖磨。

【三】君王索怀痛忧，报了仇也快活。除了刘封，槛车里囚着三个。并无喜况敲金镫，有甚心情和凯歌。若是将贼臣破，君王将咱祭奠，也不用道场铙钹[26]。

【二】烧残半堆柴，支起九顶镬[27]，把那厮四肢梢[28]一节节钢刀铿，亏图了肠肚鸡鸦啄，数算了肥膏猛虎拖。咱可灵位上端然坐，也不用僧人持咒[29]，道士宣科[30]。

【收尾】也不用香共灯、酒共果，但得那腔子里的热血往空泼，超度了哥哥发奠[31]我。

---

［1］ 第三折：该折由正末扮演张飞鬼魂。内容为张魂与关魂在西归路上相遇，相互倾诉不幸遭遇，并托梦于刘备、诸葛亮，请求伐吴雪恨。

［2］ 安喜县：古县名，西汉时称安险，东汉章帝更名安憙，又称安喜，故城在今河北定州市区东。

［3］ 当阳桥：又名长坂桥，原名官桥，是旧时迎送官吏之处，位于湖北省当阳市玉阳镇西南。当阳是著名的三国古战场，一百零八回的《三国演义》中发生在湖北的故事有七十六个，而在当阳的就有三十七个，因而当阳被称为“三国胜地”，也留下了众多的三国遗迹和古战场，而其中最为出名的莫过于长坂坡了。

［4］ 消磨：消逝、磨灭。

［5］ 伏落：低头、屈服。

［6］ 偌大：如此高大。

［7］ 则合：只应、只该。

［8］ 把：介词，义同“从”“自”“打”等。

［9］ 一部从：一行随从人员。

［10］ 频婆：频婆果，即“柰”，通常写作“奈”，类似林檎的一种水果。明·李时珍《本草纲目》：“奈，梵言频婆。”

［11］ 收罗：收容、收留，这里引申为亲近之意。

［12］ 省可里：亦作“省可”，免得、休要。

［13］ 用舍行藏：亦作“用行舍藏”。语出《论语·述而》：“子谓颜渊曰：‘用之则行，舍之则藏，惟我与尔有是夫。’”意为用（任用）就出来当官，舍（不被任用）就退隐。剧中泛指经历、来龙去脉。

［14］ 嗔喝：怒斥。唐·杜甫《北征》诗：“问事竞挽须，谁能即嗔喝。”一本作“瞋喝”。

［15］ 侑（yòu 音又）：通“宥”，宽容、饶恕。

［16］ 结末：结束、收场。

［17］ 恼犯：触犯。

［18］ 亏图：图谋、暗算。

［19］ 喑约：亦作“窨约”“黯约”“恁约”，思量、揣度。

［20］ 投至的：等到、及至。

［21］ 筋厮锁：筋肉相连，喻关系密切。这里喻指刘、关、张结义三兄弟情同骨肉。

［22］ 壕中卧：比喻死。

［23］ 评薄：亦作“评跋”“评泊”“评驳”，评说、评论。

［24］ 奔波：逃跑。

［25］ 将护：护送、押送。

［26］ 镔铦（bīn xiān 音宾先）：用精铁制成的利器。镔，精铁。铦，利器。

［27］ 顶镬：鼎镬，古代两种烹饪器。古时有把人投入鼎或镬中烹煮的酷刑。

［28］ 四肢梢：同“四梢”，指两腿与双臂。

［29］ 持咒：念咒。

［30］ 宣科：念诵。

［31］ 发奠：举行祭奠。

第四折[1]

【正宫·端正好】任[2]劬劳，空生受，死魂儿有国难投！横亡在三个贼臣手，无一个亲人救。

【滚绣球】俺哥哥丹凤之目，兄弟虎豹头，中他人机彀[3]，死的来不如个虾蟹泥鳅。我也曾鞭督邮，俺哥哥诛文醜，暗灭了车胄[4]，虎牢关酣战温侯。咱人“三寸气在[5]千般用，一日无常[6]万事休”，壮志难酬！

【倘秀才】往常真户尉[7]见咱当胸叉手，今日见纸判官[8]趋前退后，元来这做鬼的比阳人不自由！立在丹墀内，不由我泪交流，不见一班儿故友[9]。

【滚绣球】那其间正暮秋，九月九，正是帝王的天寿。列丹墀宰相王侯，攘的我奉玉瓯，进御酒，一齐山寿，官里回言道臣宰千秋。往常摆满宫彩女在阶基下，今日驾一片愁云在殿角头，痛泪交流。

【叨叨令】碧粼粼绿水波纹皱，疏剌剌[10]玉殿香风透。皂朝靴跐不响玻璃甃[11]，白象笏[12]打不响黄金兽。元来咱死了也么哥，咱死了也么哥！耳听银箭和更漏。

【倘秀才】官里向龙床上高声问候，臣向灯影内凄惶顿首，躲避着君王倒退着走。只管里问缘由，欢容儿抖擞。

【呆骨朵】终是三十年交契怀着愁，咱心相爱志意相投。绕着二兄长根前，不离了小兄弟左右。一个是吉佑云间凤，一个是威凛山中兽。昏惨惨风内灯，虚飘飘水上沤[13]。

【倘秀才】官里身躯在龙楼凤楼，魂魄赴荆州阆州，争知两座砖城换做土丘！天曹[14]不受，地府难收，无一个去就[15]！

【滚绣球】官里恨不休，怨不休，更怕俺不知你那勤厚[16]。为甚俺死魂儿全不相偢[17]？叙故旧，厮问候，想那说来的前咒[18]，桃园中宰白马乌牛。结交兄长存终始，俺伏侍君王不到头，心绪悠悠！

【三煞】来日教诸葛将二愚男[19]将引[20]丁宁奏，两行泪才那不断头。官里紧紧的相留，怕不待[21]慢慢的等候，怎禁那滴滴铜壶，点点更筹。久停久住，频去频来，添闷添愁！来时节玉蟾出东海，去时节残月下西楼。

【二煞】相逐着古道狂风走，赶定长江[22]雪浪流。痛哭悲凉，少添僝僽[23]。拜辞了龙颜，苦度春秋。今番若不说，后遍难来，千则千休。丁宁说透，分明的报冤仇！

【尾】饱谙世事慵开口，会尽人间只点头[24]。火速的驱军校戈矛，驻马向长江雪浪流[25]。活拿住糜芳共糜竺，阆州里张达槛车内囚。杵尖上排定四颗头[26]，腔子内血向成都闹市里流，强如与俺一千小盏黄封头[27]祭奠酒！

---

［1］ 第四折：本折由正末扮演张飞鬼魂。写张魂、关魂与刘备相见的情形。其时恰为重阳节，又是刘备诞辰，往年此日热闹非常，如今却是人鬼相见，十分悲伤。张魂再三请求义兄刘备举兵伐吴，为他和二兄长关羽报仇。

［2］ 任：承当、担当。

［3］ 机彀：原指箭能射及的范围，这里比喻阴谋、圈套。

［4］ 车胄：曹操部下，官任徐州刺史。刘备到徐州后，曹操密令车胄杀刘备。事泄，刘备即将车胄袭杀。小说、戏剧中作关羽所杀。

［5］ 三寸气在：指还活着的时候。三寸气，犹言一口气，借指生命。

［6］ 无常：死的婉辞。迷信的人认为人将死时会有“无常鬼”来勾魂。唐·段成式《酉阳杂俎续集·支诺皋上》：“贫道已力衰弱，无常将至。”

［7］ 真户尉：指宫门守将，是相对于古时门上张贴的门神、户尉而言，故称“真”。户尉，门神。道教称门神左者为门丞，右者为户尉。

［8］ 判官：迷信传说中阎王属下掌管生死簿的官。

［9］ 一班儿故友：指当初与自己并列朝班的同僚、故交。

［10］ 疏剌剌：亦作“疏辣辣”“疏喇喇”，拟声词。

［11］ 玻璃甃：指砌地的琉璃砖。甃，以砖砌地。

［12］ 笏（hù 音户）：古代朝臣上朝时手中拿的手板，可记事备忘。依据官职不同，其材质也不相同。《明史·舆服》文武官朝服条：“一品至五品，笏俱象牙。”“六品至九品，笏俱槐木。”“仪宾朝服、公服、常服，俱视品级，与文武官同，惟笏皆象牙。”而状元及诸进士，皆用“槐木笏”。

［13］ 沤（ōu 音欧）：水中浮泡。

［14］ 天曹：道家所称天上的官署。北齐·颜之推《冤魂志·徐铁臼》：“我母诉怨于天，今得天曹符来取铁杵。”

［15］ 无一个去就：指游荡的魂魄无个归宿。

［16］ 勤厚：殷勤、厚意。

［17］ 俫：同“睐”。

［18］ 前咒：指刘、关、张桃园三结义的誓词。小说《三国演义》第一回写的是：“上报国家，下安黎庶。不求同年同月同日生，只愿同年同月同日死。”

［19］ 二愚男：指关羽之子关兴和张飞之子张苞。

［20］ 将引：带领。

［21］ 怕不待：难道不想。

［22］ 长江：原作“湘江”，依徐沁君《新校元刊杂剧三十种》本改。

［23］ 僝僽（chán zhòu 音缠皱）：悲伤、忧愁。宋·周紫芝〔宴桃源〕词：“帘幕疏疏风透，庭下月寒花瘦。宽尽沈郎衣，方寸不禁僝僽。”

［24］ “饱谙”二句：宋元时谚语，意为看透了世情之后，懒得再表示意见，只是点头应付而已。谙，熟悉。慵，懒。

［25］ “驻马”句：意思是说把军队开到荆州去。

［26］ 四颗头：指刘封、张达、糜竺、糜芳的人头。

［27］ 黄封头：皇帝赏赐的酒，以黄色泥封酒器口，故以“黄封”“黄封头”称御酒。

关大王独赴单刀会

《关大王独赴单刀会》又名《关大王单刀会》《关大王单刀赴会记》，简名《单刀会》。《单刀会》剧本产生于蒙古军队夺取中原到元统一之前，正是《录鬼簿》所谓“前代名公”时期。天一阁本、《说集》本、孟称舜本和曹楝亭本四种《录鬼簿》，以及《太和正音谱》《元曲选目》《百川书志》《也是园藏书古今杂剧目录》《今乐考证》《曲录》等均有著录。现存版本主要有《元刊杂剧三十种》本、赵琦美《脉望馆钞校本古今杂剧》本。《元曲选外编》据此重印。《元刊杂剧三十种》本和赵琦美《脉望馆钞校本古今杂剧》本曲词大致相同，但角色与宾白差异较大。元刊本第一折有孙权这一角色，赵氏钞校本则将这一人物省略，同时增加了大量宾白，对故事情节及背景进行了更加完善的交代。但从文学角度看，会发现两本在主题指向上是有不同目标的。

此剧是一本三国历史故事的作品，本事来源于晋·陈寿《三国志·吴书·鲁肃传》及宋元时的民间传说。剧写三国初分时，东吴与蜀联合抗曹，曾将荆州借给蜀。后见蜀取益州，并汉中，有霸业兴隆之志，大夫鲁肃献计，以贺刘备入主关中为名，请关公来江东赴宴。先以礼索取，不与，则扣留其船只。席间暗设刀斧手，欲害死关羽。乔公、司马徽竭力劝阻，鲁肃不听。关羽明知此去凶多吉少，不顾关平等人劝阻，毅然前往，且仅带周仓等数十人随往。正如关羽于第四折中所唱："大江东去浪千叠，引着这数十人驾着这小舟一叶。又不比九重龙凤阙，可正是千丈虎狼穴。大丈夫心别，我觑这单刀会似赛村社。"由"我觑这单刀会似赛村社"的唱词向观众显示出关羽作为大英雄的豪迈气概。尤其当到达东吴，鲁肃于宴会上向关羽提出索要荆州一事时，神武的关羽据理力争，以理相驳，并丝毫不惧东吴虎狼之兵。剧中关羽虽未出手，但言语中已充满气势。最终他率领众人全身而退，保全了荆州，也算是保卫了蜀国国土，以大智大勇挫败了鲁肃的阴谋。鲁肃恭敬地将关羽送回。《单刀会》与关汉卿的乃至整个元杂剧绝大多数剧作都很不一样。按一般通例，杂剧中正旦或正末总是扮演主人公，正旦主唱的叫"旦本"，正末主唱的叫"末本"。可在《单刀会》中，正末第一折扮演者为乔公，第二折扮演者为司马徽，直到篇章至半的第三、第四折，正末才改扮关羽出场。第一、第二折主人公虽然没出场，但通过他人之口已经充分渲染了关公叱咤风云的英雄气概，待铺演第三折关公和关平、关兴等人分析形势、接受邀请，第四折关羽与鲁肃发生正面冲突，就显得情节集中、人物凸显、气氛浓烈，而淋漓酣畅地塑造了汉末盖世英雄关羽的形象。

《单刀会》一经问世，便以它的独特丰采赢得了人们的广泛欢迎和高度赞誉。明·胡侍《真珠船》卷四《元曲》谓："《单刀会》……等传奇，率音调悠圆，气魄宏壮，后虽有作，鲜之与京矣。"明·祁彪佳《远山堂剧品》评此剧说："其意致自与常调迥别，此必是元人所作。大江东一折，可以正今日歌者之讹。"明·沈德符《顾曲杂言》在论及杂剧、院本时认为，杂剧《关大王单刀会》等剧目，"不特命词之高秀，而意象悲壮，自足笼盖一时"。清·杨恩寿的《词余丛话》卷二《原文》则谓："所谓

《单刀会》者，余固习见之也，(第四折)第二支(〔驻马听〕)演帝登舟后，掀髯凭眺，声情激越，不减东坡‘酹江月’。当场高唱，几欲裂铁笛而碎唾壶。”王季烈《孤本元明杂剧提要·单刀会》专门评论〔新水令〕〔驻马听〕二曲云:“感慨苍凉，洵为绝唱，而‘二十年流不尽的英雄血’一句，尤为神来之笔。”近代各地方剧种的传统演出剧目里，徽剧、汉剧、秦腔、桂剧、粤剧、川剧胡琴、武安平调都有《单刀会》，温州乱弹、湖北高腔、长沙湘剧、豫剧、滇剧也有《单刀赴会》，湖北高腔并且有《关公训子》一戏，确实有不少剧种在演唱流传。近现代地方戏中，以这一题材创作的作品更是不少。如1958年上海市戏曲学校演出昆曲《单刀会》受到观众的好评。至于民间说唱文学的作品，如清人秦西溪所编长篇说唱鼓词《三国志》，亦有单刀会的故事。其他的曲艺，如子弟书、小段鼓书、弹词开篇、鼓子曲、竹琴、南音等等，也都保存了同样题材的丰富的节目。

第一折

（冲末鲁肃[1]上，云）三尺龙泉[2]万卷书，皇天生我意何如？山东宰相山西将，彼丈夫兮我丈夫。小官姓鲁，名肃，字子敬。见在吴王[3]麾下为中大夫之职。想当日俺主公孙仲谋占了江东，魏王曹操[4]占了中原[5]，蜀王刘备[6]占了西川[7]。有我荆州[8]，乃四冲用武之地[9]，保守无虞[10]，分天下为鼎足之形。想当日周瑜[11]死于江陵，小官为保，劝主公以荆州借与刘备，共拒曹操。主公又以妹妻刘备[12]。不料此人外亲内疏，挟诈而取益州[13]，遂并汉中，有霸业兴隆之志。我今欲取索荆州，料关公[14]在那里镇守，必不肯还我。今差守将黄文，先设下三计，启过主公，说关公韬略过人，有兼并之心，且居国之上游，不如索取荆州。今据长江形势，第一计：趁今日孙、刘结亲，已为唇齿，就江下排宴设乐，修一书以贺近退曹兵、玄德称主于汉中，赞其功美，邀请关公江下赴会为庆，此人必无所疑；若渡江赴宴，就于饮酒席中间，以礼取索荆州。如还，此为万全之计。倘若不还，第二计：将江上应有战舡[15]，尽行拘收，不放关公渡江回去。淹留日久，自知中计，默然有悔，诚心献还。更不与呵，第三计：壁衣内暗藏甲士，酒酣之际，击金钟为号，伏兵尽举，擒住关公，囚于江下。此人是刘备股肱之臣[16]，若将荆州复还江东，则放关公还益州；如其不然，主将既失，孤兵必乱，乘势大举，觑荆州一鼓而下，有何难哉！虽则三计已定，先交黄文请的乔公[17]来商议则个。

（正末乔公上，云）老夫乔公是也。想三分鼎足已定：曹操占了中原，孙仲谋占了江东，刘玄德占了西蜀。想玄德未济[18]时，曾问俺东吴家借荆州为本，至今未还。鲁子敬常有索取之心，沉疑未发。今日令人来请老夫，不知有甚事，须索走一遭去。我想汉家天下，谁想变乱到此也呵！（唱）

【仙吕·点绛唇】俺本是汉国臣僚。汉皇软弱，兴心闹，惹起那五处兵刀[19]，并董卓[20]，诛袁绍[21]。

【混江龙】止留下孙、刘、曹操，平分一国作三朝。不付能河清海晏，雨顺风调。兵器改为农器用，征旗不动酒旗摇。军罢战，马添膘；杀气散，阵云高；为将帅，作臣僚；脱金甲，着罗袍[22]。则他这帐前旗卷虎潜竿，腰间剑插龙归鞘[23]。人强马壮，将老兵骄。

（云）可早来到也。左右报伏[24]去，道乔公来了也。（卒子报云）报的大夫得知：有乔公来到了也。（鲁云）道有请。（卒云）老相公，有请！（末见鲁，云）大夫今日请老夫来，有何事干？（鲁云）今日请老相公，别无甚事，商量取索荆州之事。（末云）这荆州断然不可取！想关云长好生勇猛，你索荆州呵，他弟兄怎肯和你甘罢？（鲁云）他弟兄虽多，兵微将寡。（末唱）

【油葫芦】你道“他弟兄虽多兵将少”，（云）大夫，你知博望烧屯[25]那一事么？（鲁云）小官不知，老相公试说者。（末唱）赤紧的将夏侯惇[26]先困了。（云）这隔江斗智[27]你知么？（鲁云）隔江斗智，小官知便知道，不得详细，老相公试说者。（末唱）则他那周瑜、蒋干是布衣交[28]，那一个股肱臣诸葛[29]施韬略，亏杀那苦肉计黄盖添粮草[30]。（云）赤壁鏖兵[31]那场，好厮杀也！（鲁云）小官知道。老相公再说一遍者。（末云）烧折弓弩如残苇，燎尽旗幡似乱柴。半明半暗花腔鼓[32]，横着扑着伏兽牌[33]。带鞍带辔烧死马，有袍有铠死尸骸。哀哉百万曹军败，个个难逃水火灾！（唱）那军多半向火内烧，三停[34]在水上漂。若不是天教有道伐无道，这其间吴国尽属曹。

（鲁云）曹操英雄智略高，削平僭窃篡刘朝。永安宫[35]里擒刘备，铜雀春深锁二乔[36]。（末唱）

【天下乐】你道是"铜雀春深锁二乔"，这三朝，恰定交[37]，不争咱一日错便是一世错[38]。（鲁云）俺这里有雄兵百万，战将千员，量他到的那里！（末唱）你则待要行霸道，你待要起战讨。（鲁云）我料关云长年迈，虽勇无能。（末唱）你休欺负关云长年纪老。

（云）收西川一事[39]，我说与你听。（鲁云）收西川一事，我不得知。你试说一遍。（末唱）

【那吒令】收西川白帝城，将周瑜来送了。汉江边张翼德[40]，将尸骸来当着。舡头上鲁大夫，几乎间吓倒。你待将荆州地面来争，关云长听的闹，他可便乱下风雹[41]。

（鲁云）他便有甚本事？（末唱）

【鹊踏枝】他诛文醜逞粗躁，刺颜良显英豪[42]。他去那百万军中，他将那首级轻枭。（鲁云）想赤壁之战，我与刘备有恩来。（末唱）那时间相看的是好，他可便喜孜孜笑里藏刀。

（鲁云）他若与我荆州，万事罢论；若不与荆州呵，我将他一鼓而下。（末云）不争你举兵呵，（唱）

【寄生草】幸然是天无祸，是咱这人自招。全不肯施恩布德行王道，怎比那多谋足智雄曹操？你须知南阳诸葛应难料！（鲁云）他若不与呵，我大势军马，好歹夺了荆州。（末唱）你则待千军万马恶相持，全不想生灵百万遭残暴！

（鲁云）小官不曾与此人相会。老相公你细说，关公威猛如何？（末云）想关云长但上阵处，凭着他坐下马、手中刀、鞍上将，有万夫不当之勇。（唱）

【金盏儿】他上阵处赤力力三绺美髯飘，雄赳赳一丈虎躯摇，恰便似六丁神簇捧定一个活神道[43]。那敌军若是见了，吓的他七魄散、五魂消[44]。（云）你若和他厮杀呵，（唱）你则索多披上几副甲，賸穿上[45]几层袍。便有百万军，当不住他不剌剌千里追风骑[46]；你便有千员将，闪不过明明偃月三停刀[47]。

（鲁云）老相公不知，我有三条妙计，索取荆州。（末云）是那三条妙计？（鲁云）第一计：趁今日孙、刘结亲，以为唇齿，就于江下排宴设乐，作书一封，以贺近退曹兵、玄德称主于汉中，赞其功美，邀请关公江下赴会为庆，此人必无所疑。若渡江赴宴，就于饮酒中间，以礼索取荆州，如还，此为万全之计。如不还，第二计：将江上应有战舡，尽行拘收，不放关公回还。淹留日久，自知中计，默然有悔，诚心献还。更不与呵，第三条计：壁衣内暗藏甲士，酒酣之际，击金钟为号，伏兵尽举，擒住关公，囚于江下。此人乃是刘备股肱之臣，若将荆州复还江东，则放关公归益州；如其不然，主将既失，孤兵必乱，领兵大举，乘机而行，觑荆州一鼓而下，有何难哉！这三条计决难逃。（末云）休道是三条计，就是千条计，也近不的他。（唱）

【金盏儿】你道是“三条计决难逃”，一句话不相饶，使不的武官粗慄[48]文官狡。（鲁云）关公酒性如何？（末唱）那汉酒中劣性显英豪，圪塔的[49]揪住宝带，没揣的[50]举起钢刀。（鲁云）我把岸边战舡拘了。（末唱）你道是岸边厢拘了战舡，（云）他若要回去呵，（唱）你则索水面上搭座浮桥！

（鲁云）老相公不必展转议论，小官自有妙策神机。乘此机会，荆州不可不取也。（末云）大夫，你这三条计，比当日曹公在灞陵桥[51]上三条计如何？到了[52]出不的关云长之手。（鲁云）小官不知。老相公试说一遍，我听者。（末唱）

【尾声】曹丞相将送路酒手中擎，饯行礼盘中托，没乱杀[53]侄儿和嫂嫂。曹孟德心多能做小[54]，关云长善与人交[55]。早来到灞陵桥，唬[56]吓杀许褚[57]、张辽[58]。他勒着追风骑，轻轮动偃月刀。曹操有千般计较，则落的一场谈笑。（云）关云长道："丞相勿罪！某不下马了也。"（唱）他把那刀尖儿斜挑锦征袍[59]。（下）

（鲁云）黄文，你见乔公说关公如此威风，未可深信。俺这江下有一贤士，覆姓司马，名徽[60]，字德操。此人与关公有一面之交，就请司马先生为伴客[61]，就问关公平昔知[62]勇谋略，酒中德性如何。黄文，就跟着我去司马庵[63]中相访一遭去。（下）

---

[1] 鲁肃（172—217）：三国吴名将，字子敬，临淮东城（今安徽定远）人。少时不治家务，散财以交结士友；后率部属百余人投周瑜，共事吴主孙权。建安十三年（208年），曹操率军二十余万，号称八十万南下。鲁肃与周瑜坚决主战，得到孙权支持，遂任周瑜为行事，鲁肃为赞军校尉，联合刘备，发动赤壁之战，大破曹军。周瑜病殁后，鲁肃代其领兵，官拜奋武校尉。后又历任汉昌太守、偏将军、横江将军。死时，孙权亲临其葬，为之举哀。

[2] 三尺龙泉：三尺宝剑，泛指剑。《晋书·张华列传》谓，张华博物洽闻，世无其比。时吴地斗牛之间常有紫气，豫章人雷焕告诉张华，是丰城的宝剑之精上彻于天。张华因封雷焕为丰城令，让其得剑后送他。"焕到县，掘狱屋基，入地四丈余，得一石函，光气非常，中有双剑，并刻题，一曰龙泉，一曰太阿。其夕，斗牛间气不复见矣。"后因以龙泉泛指宝剑。

[3] 吴王：指三国时吴主孙权。孙权（182—252），字仲谋，吴郡富春（今浙江杭州市富阳区）人。承父兄孙坚、孙策之业，割据江东，成为三国时吴国的创建人。建安十三年（208年），与刘备联合，于赤壁之战中大败曹操。吴黄龙元年（229年）称帝于武昌（今湖北鄂州），国号"吴"，旋即迁都建业（今江苏南京）。

[4] 曹操（155—220）：字孟德，小名阿瞒，沛国谯县（今安徽亳州）人。初举孝廉，任洛阳北部尉，迁顿丘令。后镇压黄巾军，征讨董卓。初平三年（192年）为兖州牧，将青州黄巾精锐者改编为"青州兵"。建安元年（196年），迎汉献帝建都于许（今河南许昌东）。先后擒杀吕布，大败袁绍。建安十二年（207年），又北征乌桓，平定辽东，北部中国渐趋统一。建安十三年（208年），官

拜丞相。建安十八年（213 年），封魏王。其子曹丕称帝后，追尊之为魏武帝。著有《孙子略解》《兵书接要》以及诗文等。今人整理辑印为《曹操集》行世。

［5］ 中原：一般指整个黄河流域，有时亦仅指今河南一带。曹魏所据中原，指今淮河两岸以北的中原地区和秦岭以北的关中、陇右、河西地区，新疆，东北直至朝鲜半岛的西北部。

［6］ 刘备（161—223）：字玄德，涿郡涿县（今河北涿州）人，三国时蜀汉的创建人。少孤，与母贩鞋织席为业。先后事公孙瓒、陶谦、曹操、袁绍、刘表。建安十二年（207 年），在隆中（今湖北襄阳西）三顾草庐，得诸葛亮，为其定下东联孙权、北抗曹操的基本策略，并在次年的赤壁之战中，与孙权联盟，大败曹操，占领荆州。建安十九年（214 年）得益州，建安二十四年（219 年）又夺取汉中。同年，孙权袭取荆州，关羽兵败身亡。公元 221 年在成都称帝，国号“汉”，年号“章武”。旋即兴兵伐吴，夷陵之战中被陆逊所败，不久病死于白帝城永安宫。

［7］ 西川：古路名，治所在益州（今四川成都）。这里的西川，是泛指以益州为中心，包括今之陕西汉中以及四川、云南、贵州、甘肃等全部或部分地区在内的蜀汉疆域。

［8］ 有我荆州：指荆州处于魏、蜀、吴三国的接壤区域，地理位置十分重要。据《后汉书·郡国志》，荆州包括南阳、南郡、江夏、零陵、桂阳、武陵、长沙，其辖境约为今之湖北、湖南两省以及河南、贵州、广东、广西的部分地区。

［9］ 四冲用武之地：通向四面八方的战略要冲，兵家必争之战略重地。

［10］ 无虞：无忧。虞，忧虑。

［11］ 周瑜（175—210）：字公瑾，庐江舒县（今安徽庐江西南）人。助孙策创立江东孙吴政权，孙策死后，即事孙权。建安十三年（208 年），曹操率军大举南下，周瑜、鲁肃等极力主战，孙权遂联合刘备，在赤壁之战中大败曹操。后任偏将军，领南郡太守。病危时，荐鲁肃自代。周瑜还精于音律，故时人谣曰：“曲有误，周郎顾。”

［12］ “主公”句：孙权又将妹妹嫁给刘备为妻子。《三国志·蜀书·先主传》谓：“群下推先主为荆州牧，治公安。权稍畏之，进妹固好。先主至京见权，绸缪恩纪。”后世小说、戏曲等俗文学作品中的“刘备招亲”故事即本于此。主公，臣下对君主的尊称。

［13］ 益州：古州名，西汉时置，其辖境约相当于今四川省东部及与之接壤的云南、贵州、湖北、陕西、甘肃的部分地区。东汉以后辖境渐小。东汉兴平中，治所移成都；刘备据之称帝后，即定都于此。

［14］ 关公：即剧题中的关大王关羽。关羽（约 160—220），字云长，河东解县（今山西运城西南）人。亡命涿郡，结识张飞，与张飞俱事刘备。刘、关、张交谊笃厚，情同手足。建安五年（200 年）为曹操所虏。曹操对之优礼有加，拜

为偏将军；又以解白马之围有功，封汉寿亭侯。旋复离曹归刘。刘备收江南诸郡，以羽为襄阳太守。刘备西定益州，命羽督荆州事。建安二十四年（219年），孙权用吕蒙计袭取荆州，关羽兵败被虏身死，追谥壮缪侯。关羽的事迹和忠义精神在民间广为流传，又逐渐被封建统治阶级以及佛教、道教神化，被尊为关公、真君、关帝。甚至与孔子并列，被尊为文、武二圣人，影响及于海外，为世人所普遍崇拜。

[15] 舡（chuán 音传）：同“船”。

[16] 股肱（gōng 音工）之臣：喻指辅佐帝王特别得力的重臣。股肱，大腿和胳膊，犹手足。股，大腿。肱，胳膊上从肩到肘的部分，也泛指胳膊。

[17] 乔公：吴国人，大乔、小乔之父，孙策、周瑜之岳父。《三国志·吴书·周瑜传》：“时得桥公两女，皆国色也。策自纳大桥，瑜纳小桥。”桥氏，即乔氏，姓。

[18] 未济：落魄，没有成就功业的时候。济，成功、成就。

[19] 五处兵刀：指董卓、袁绍、孙权、刘备和曹操五路割据势力。据下文“并董卓，诛袁绍，止留下孙、刘、曹操，平分一国作三朝”可知。

[20] 董卓（？—192）：字仲颖，东汉陇西临洮（今甘肃岷县）人。本为凉州豪强，因镇压羌民及黄巾军有功，累迁至前将军。灵帝中平六年（189年）任并（bīng 音兵）州牧。少帝即位后，董卓率兵入京（洛阳），专断朝政，废少帝，立献帝，迁相国，封郿侯，独擅朝纲，被曹操、袁绍等起兵讨伐。初平元年（190年），董卓挟持献帝西迁长安，自为太师。离洛阳时，曾纵火焚烧洛阳城及其周围数百里，掘墓取宝。后为王允、吕布所杀。

[21] 袁绍（？—202）：字本初，东汉汝南汝阳（今河南商水西北）人。董卓专权时，他据冀州以反董卓，逐渐据有冀、青、幽、并四州，割据北方。建安五年（200年），在官渡之战中被曹操打败，不久忧病而死。

[22] 罗袍：用罗制成的袍子，多用作王公贵族、官员的华丽服饰。宋·徐竞《宣和奉使高丽图经》卷十一：“控鹤军，服紫文罗袍，五彩间绣大团花为饰。”罗，质地稀疏的丝织品。

[23] 旗卷虎潜竿，剑插龙归鞘：卷起战旗，剑还鞘匣，意思是不打仗了。古时战旗上画着或绣有虎的图像，战旗卷起，虎就犹如潜藏于旗杆之上。剑称“龙泉”，剑插入鞘中，因称“龙归鞘”。

[24] 报伏：报复，通报上复。

[25] 博望烧屯：指刘备以火攻之计，击败曹操部属夏侯惇、于禁事。据《三国志·蜀书·先主传》载：刘备屯兵新野，刘表“使拒夏侯惇、于禁等于博望。久之，先主设伏兵，一旦自烧屯伪遁，惇等追之，为伏兵所破”。宋元小说、戏曲等俗文学作品常以此为题材进行创作，且将烧屯的谋划者刘备改易为诸葛亮。

［26］夏侯惇（？—220）：字元让，东汉时沛国谯县（今安徽亳州）人。为曹操手下一员猛将，在征伐陶谦、吕布、袁绍及孙权等役中，屡立战功，深为曹操宠信，拜前将军。曹丕即王位后，他任大将军，数月病死。惇，原误作“敦”，径改。

［27］隔江斗智：从下文可知，这里指的是在赤壁之战中，曹操军与孙权、刘备联军隔（长）江对垒，斗智斗勇，最后曹操兵败，孙刘联军获胜之事。

［28］周瑜、蒋干是布衣交：周瑜和蒋干是贫贱未仕时的至交。这里当是指宋元间流传的有关“群英会”的故事。对此，罗贯中在《三国演义》第四十五回“三江口曹操折兵，群英会蒋干中计”中曾作了生动描绘。曹操所率北军不习水战，已投降曹操的蔡瑁、张允，因原在刘表部下统领水军，曹操便任命他俩为水军都督。这对孙刘联军十分不利。周瑜于是利用现为曹操幕僚的蒋干的来访，邀集部属，盛宴款待，谓之“群英会”，并用反间之计，伪造蔡、张通款孙、刘的书信，由蒋干盗走，借曹操之手除掉了蔡瑁、张允。

［29］诸葛：诸葛亮（181—234），字孔明，琅邪阳都（今山东沂南南）人。东汉末，避居邓县隆中（在今湖北襄阳）。自比管仲、乐毅，人称卧龙先生。建安十二年（207年），刘备三顾草庐，礼请诸葛亮出山相助。诸葛亮因发表著名的“隆中对”，建议刘备占据荆、益两州，西和诸戎，南抚夷越，东联孙权，北抗曹操，以成霸业，复兴汉室。从此，他得到刘备的信任，成为辅佐刘备的重要谋士。翌年，他受命与孙权联合抗曹，取得了赤壁之战的胜利；以后又帮助刘备完成占据荆州、益州、汉中等大业，最终奠定魏、蜀、吴三国鼎立的基础。刘备称帝后，任丞相。刘禅继位，被封为武乡侯，领益州牧。他积极发展生产，励精图治；对西南少数民族则采取安抚团结政策，以巩固后方。后在北伐攻魏战争中，病死于五丈原，谥忠武侯。有《诸葛亮集》行世。

［30］“亏杀”句：多亏黄盖行苦肉计，用灌了油脂的薪草船烧败曹军。苦肉计，故意毁伤身体，以皮肉之苦骗取对方信任，然后行使自己的计谋。黄盖（？—215），字公覆，零陵泉陵（今湖南永州市零陵区）人。为孙坚起兵时的老将，随后又从孙策、孙权。赤壁之战中，黄盖对周瑜说：“今寇众我寡，难与持久。然观操军船舰首尾相接，可烧而走也。”于是用船数十艘，实以薪草，灌以膏油，裹以帷幕，声言以粮草降曹。后诸船同时举火，延烧曹操船队和岸上营帐，大败曹操。后领武陵太守，官至偏将军。

［31］赤壁鏖兵：指东汉末年孙刘联军在赤壁（今湖北武汉西南赤矶山，或谓今湖北赤壁西北）大败曹操的战事。建安十三年（208年），曹操率军二十余万，号称八十万，大举南下，孙权派周瑜联合刘备军共五万余迎敌。十一月，周瑜派黄盖诈降，以火攻之计，延烧曹军水寨，陆路军马亦配合掩杀，大破曹军。曹操退守南郡、襄阳。这是中国历史上以少胜多、以弱胜强的著名战例，也为魏、蜀、吴三国鼎立局面的形成打下了基础。

[32] 花腔鼓：鼓壳绘有花纹的鼓，亦称画鼓。这里指战鼓。

[33] 伏兽牌：盾牌，古代兵士作战时挡在身前用以抵御敌人刀箭之用的一种防护器械。盾牌上大多画有各种野兽图形，故又称伏兽牌。

[34] 三停：三份。停，总数分成几等份，其中一份叫一停。

[35] 永安宫：在今重庆市奉节县。刘备在夷陵之役兵败以后，退至白帝城，居于馆驿，并将其改名为永安宫。蜀汉章武三年（223年），病殁（mò 音末）于此。

[36] “铜雀”句：此句为唐代诗人杜牧七绝《赤壁》之最后一句，全诗为：“折戟沉沙铁未销，自将磨洗认前朝。东风不与周郎便，铜雀春深锁二乔。”铜雀，铜雀台，东汉建安十五年（210年）冬曹操建于邺城（今河北临漳西）。在元杂剧中，剧作家不顾其年代先后，常有将前朝的人与事信手拈来加以引用，却又不显生硬，妥帖而又生动的，如本剧三国时之鲁肃却念出唐人杜牧的诗句“铜雀春深锁二乔”，即为一例。春深，原为“宫中”，依杜牧原诗及下文〔天下乐〕曲词改。

[37] 定交：停歇。

[38] 一日错便是一世错：指关键的事情做错了，会导致一辈子的错误。

[39] 收西川一事：指周瑜欲取西川益州，结果壮志未酬而病卒的故事。据《三国志·吴书·周瑜传》，周瑜在得到孙权西进取蜀的许诺后，“还江陵，为行装，而道于巴丘病卒”。

[40] 张翼德：指三国时蜀汉名将张飞。张飞（？—221），字益德，宋元小说、戏曲等俗文学作品将之讹为翼德。涿郡（今河北涿州）人，与关羽俱事刘备。曹操南进荆州，刘备兵败长坂（今湖北当阳东北），张飞率二十余骑拒之，曹军无敢近。刘备取益州时，张飞擒服严颜。章武元年（221年），封西乡侯。张飞雄壮威猛，时人将之与关羽同称“万人敌”。后从刘备伐吴，临发兵前，被其部将杀死。追谥桓侯。

[41] 乱下风雹：狂风冰雹铺天盖地，兜头砸下，形容关云长雷霆震怒的威猛之势。

[42] “他诛文醜”二句：指关羽斩杀袁绍大将文醜、颜良事。《三国志·蜀书·关羽传》谓：刘备兵败，投奔袁绍，关羽则被曹操所擒。袁绍遣大将颜良攻白马，曹操令关羽、张辽迎敌。“羽望见良麾盖，策马刺良于万众之中，斩其首还，绍诸将莫能当者，遂解白马围。”诛文醜、颜良事，《三国志·魏书》之《武帝纪》及《袁绍传》亦有载。《袁绍传》谓：“太祖（指曹操）救延，与良战，破斩良。绍渡河，壁延津南，使刘备、文醜挑战。太祖击破之，斩醜，再战，禽绍大将。”粗躁，这里是威猛的意思。

[43] “他上阵”三句：描写关羽的形象。关公外形上最引人注目的是胡须，有“美髯公”之称，“三绺”写其量，“赤力力”写其声，“飘”活画出它的动态。次句写身材，“雄赳赳”写其势，“一丈”写其高，“虎躯”写其形，“摇”活画

出了一种动态。赤力力，形容胡须飘动的神态。六丁神，道教神灵。神道，天神。

［44］“吓的他”句：形容惊吓之甚，即魂飞魄散、吓破了胆的意思。魂魄，旧指人的精神灵气。道家谓人有三魂七魄，且各有专名。这里说“七魄散、五魂消”，而不说“七魄散、三魂消”，纯为曲词的美声协律，因为“散”和“三”同音同韵，两字连在一起，既碍演唱，又不美听，故以“五”字代之。

［45］賸穿上：多穿上。賸，增益、增加，与上句“多”字同义互文。

［46］不剌剌千里追风骑：千里追风的神骏宝马飞驰疾进。不剌剌，形容马蹄击地疾驰的声音。追风骑，千里马。

［47］明明偃（yǎn 音眼）月三停刀：明光锃（zèng 音赠）亮如半月形的大刀。偃月，半月形。三停刀，刀身占了整个刀长的三分之一，形容刀身之长。

［48］粗懆（zào 音造）：粗鲁、暴躁、威猛、狠恶。懆，通“躁”。

［49］圪塔的：猛地、一下子，形容动作的突然、迅猛。

［50］没揣的：突然地、意想不到地。

［51］灞陵桥：亦作“霸陵桥”“灞桥”“霸桥”，原桥在长安东，本是人们折柳送别之处。这里借用灞桥折柳典故，代指关羽被曹操安置在许昌，但当得知刘备的消息，他立即寻兄而去。宋元民间传说及平话故事，演绎有张辽向曹操献策，在灞陵桥擒关羽未遂之事。

［52］到了（liǎo 音料上声）：到最后。了，末了、末尾、最后。

［53］没乱杀：忐忑不安、惊恐失措的样子。

［54］做小：做小伏低，谦恭礼贤。

［55］善与人交：善于与人交往。出自《论语·公冶长》：“晏平仲善与人交，久而敬之。”

［56］崄（xiǎn 音显）：同“险”。

［57］许褚：字仲康，东汉末谯县（今安徽亳州）人。曹操手下一员虎将，勇力绝人。能一手逆曳牛尾，行百余步，人称“虎痴”。从征宿卫，功勋卓著，封关内侯，迁中坚将军。文帝和明帝时，亦均被封侯。

［58］张辽（169—222）：字文远，东汉雁门马邑（今山西朔州）人。初随吕布，后归曹操，功封都亭侯。曾在合肥与孙权对垒，张辽率敢死之士八百人，大破孙权军，孙权险为所获，吴人为之夺气。拜征东将军。魏文帝时，封晋阳侯。后在征孙权途中，病死于江都。

［59］“他把那”句：小说《三国演义》第二十七回“美髯公千里走单骑，汉寿侯五关斩六将”有较详细的描写：关云长得知刘备在河北袁绍处，立即留书向曹操辞行，并对曹操所赐之财物，丝毫不取，“挂印封金”，保护着刘备家眷向北而去。曹操闻讯，深为感佩关云长的为人，欲深相结纳，率领众将追去送行，并以路费和锦征袍相赠。当一将手捧锦袍献给关云长时，关恐有他变，不敢下

马，用青龙刀尖挑起锦袍披于身上，随即相谢曹操而去。

[60] 司马徽（？—208）：字德操，东汉末颍川阳翟（dí 音笛）（今河南禹州）人。隐居高士，善于识人。《三国志·蜀书·庞统传》谓其“清雅有知人鉴”，因人称“水镜先生”。曾将诸葛亮、庞统推荐于刘备。

[61] 伴客：陪客。

[62] 知：通“智”，智慧。

[63] 司马庵：指司马徽隐居的住处。庵，结草为庵，指一种比较简陋的圆顶茅屋。

第二折

（正末扮司马徽领道童上，末云）贫道覆姓司马，名徽，字德操，道号水鉴先生。想汉家天下，鼎足三分。贫道自刘皇叔[1]相别之后，又是数载。贫道在此江下结一草庵，修行办道，是好幽哉也呵！（唱）

【正宫·端正好】本是个钓鳌人[2]，到[3]做了扶犁叟，笑英布[4]、彭越[5]、韩侯[6]。我如今紧抄[7]定两只拿云手[8]，再不出麻袍[9]袖。

【滚绣球】我则待要聚村叟[10]，会诗友，受用的活鱼新酒，问甚么瓦钵磁瓯。推台不换盏，高歌自搁手[11]。任从他阴晴昏昼，醉时节衲被蒙头[12]。我向这矮窗睡彻三竿日，端的是傲杀人间万户侯，自在优游。

（云）道童，门首觑者，看有甚么人来。（道童云）理会的。（鲁肃上，云）可早来到也，接了马者。（见道童科，鲁云）道童，先生有么？（童云）俺师父有。（鲁云）你去说：“鲁子敬特来相访。”（童云）你是紫荆[13]？你和那松木在一答里。我报师父去。（见末，云）师父弟子孩儿[14]……（末云）这厮怎么骂我！（童云）不是骂。师父是师父，弟子是徒弟，就是孩儿一般。师父弟子孩儿……（末云）这厮泼说[15]！有谁在门首？（童云）有鲁子敬特来相访。（末云）道有请。（童云）理会的。（童出见鲁，云）有请！（鲁见末科）（末云）稽首[16]。（鲁云）区区俗冗[17]，久不听教。（末云）数年不见，今日何往？（鲁云）小官无事不来，特请先生江下一会。（末云）贫道在此江下修行，方外之士[18]，有何德能，敢劳大夫置酒张筵？（唱）

【倘秀才】我又不曾垂钓在磻溪岸口[19]，大夫也，我可也无福吃你那堂食玉酒[20]；我则待溪山学许由[21]。（云）大人请我呵，再有何人？（鲁云）别无他客，止有先生故友寿亭侯[22]关云长一人。（末唱）你道是旧相识寿亭侯，和咱是故友。

（云）若有关公，贫道风疾[23]举发，去不的，去不的！（鲁云）先生初闻鲁肃相邀，慨然许诺；今知有关公，力辞不往：是何故也？想先生与关公有一面之交，则是筵间劝几杯酒。（末唱）

【滚绣球】大夫你着我筵前劝几瓯，那汉劣性，怎肯道折了半筹[24]？（鲁云）将酒央人，终无恶意。（末唱）你便休题安排着酒肉，他怒时节目前见鲜血交流。你为汉上九座州[25]，我为筵前一醉酒，（云）大夫，你和贫道，（唱）咱两个都落不的完全尸首。（鲁云）先生是客，怕做甚么？（末唱）我做伴客的少不的和你同病同忧。（鲁云）我有三条计取索荆州。（末唱）只为你千年勋业三条计，我可甚“一醉能消万古愁[26]”，题[27]起来魂魄悠悠。

（鲁云）既然是先生故友，同席饮酒何妨？（末云）大夫既坚意要请云长，若依的贫道两三桩儿，你便请他；若依不得，便休请他。（鲁云）你说来，小官听者。（末云）依着贫道说，云长下的马时节，（唱）

【倘秀才】你与我躬着身将他来问候。（云）你依的么？（鲁云）关云长下的马来，我躬着身问候。不打紧，也依的。（末唱）大夫你与我跪着膝连忙的劝酒，饮则饮、吃则吃、受则受。道东呵你随着东去，说西呵你顺着西流。（云）这一桩儿最要紧也！（唱）他醉了呵你索与我便走。

（鲁云）先生，关公酒后德性如何？（末唱）

【滚绣球】他尊前有一句言，筵前带二分酒[28]，他酒性躁不中撩斗[29]，你则绽口儿[30]休题着索取荆州。（鲁云）我便索荆州有何妨？（末云）他听的你索荆州呵，（唱）他圆睁开丹凤眼，轻舒出捉将手；他将那卧蚕眉紧皱，五蕴山烈火难收[31]。他若是玉山低趄[32]，你安排着走；他若是宝剑离匣，你则[33]准备着头。枉送了你那八十一座军州[34]！

（鲁云）先生不须多虑，鲁肃料关公勇有余而智不足。到来日我壁间暗藏甲士，擒住关公，便插翅也飞不过大江去。我待要先下手为强。（末云）大夫，量你怎生近的那关云长！（唱）

【倘秀才】比及你东吴国鲁大夫仁兄下手，则消得[35]西蜀国诸葛亮先生举口，奏与那有德行仁慈汉皇叔。那先生抚琴霜雪降，弹剑[36]鬼神愁，则怕你急难措手。

（鲁云）我观诸葛亮也小可[37]。除他一人，也再无用武之人。（末云）关云长他弟兄五个，他若是知道呵，怎肯和你甘罢！（鲁云）可是那五个？（末唱）

【滚绣球】有一个黄汉升猛似彪[38]；有一个赵子龙[39]胆大如斗；有一个马孟起[40]，他是个杀人的领袖；有一个莽张飞，虎牢关力战了十八路诸侯，骑一匹豹月乌，使一条丈八矛，他在那当阳坂有如雷吼，喝退了曹丞相一百万铁甲貔貅[41]。他瞅一瞅漫天尘土桥先断，喝一声拍岸惊涛水逆流。那一火[42]怎肯干休！

（鲁云）先生若肯赴席呵，就与关公一会何妨？（末云）大夫，不中，不中，不中！休说贫道不曾劝你。（唱）

【尾声】我则怕刀尖儿触抹着轻剺[43]了你手，树叶儿堤防打破我头。关云长千里独行觅二友，匹马单刀镇九州。人似巴山越岭[44]彪，马跨番江混海兽[45]。轻举龙泉杀车胄[46]，怒扯昆吾[47]坏文魏。麾盖下颜良剑标了首，蔡阳[48]英雄立取头。这一个躲是非的先生决应了口[49]，那一个杀人的云长，（云）稽首[50]。（唱）我更怕他下不的手！（末下）

（道童云）鲁子敬，你愚眉肉眼，不识贫道。你要索取荆州，不来问我！关云长是我酒肉朋友，我交他两只手送与你那荆州来。（鲁云）道童，你师父不去，你去走一遭去罢。（童云）我下山赴会，走一遭去，我着老关两手送你那荆州。（唱）

【隔尾】我则待拖条藜杖家家走，着对麻鞋[51]处处游。（云）我这一去，（唱）恼犯云长歹事头[52]，周仓[53]哥哥快争斗，轮起刀来劈破了头，吓的我恰便似缩了头的乌龟则向那汴河[54]里走。（下）

（鲁云）我听那先生说了这一会，交我也怕上来了。我想三条计已定了，怕他怎的？黄文，你与我持这一封请书，直至荆州，请关公去来。着我知道，疾去早来者。（下）

---

[1] 刘皇叔：指刘备。据《三国志·蜀书·先主传》，刘备为汉景帝之子中山靖王刘胜之后。按皇族宗谱，刘备应为当时在位的汉献帝之叔，故称。

[2] 钓鳌（áo 音敖）人：喻有心于攀蟾折桂、匡扶社稷、胸怀抱负极为远大之士；亦常指性格豪迈、狂放不羁的人。唐·翁洮《赠方干先生》诗："独向若耶溪上住，谁知不是钓鳌人。"

[3] 到：这里同“倒”，反而、却的意思。

[4] 英布（？—前195）：六县（今安徽六安东北）人。曾因犯法服黥（qíng 音晴）刑，故又称“黥布”。初从项羽，因功封九江王；后归刘邦，封淮南王，参加著名的垓下之战。彭越、韩信先后被刘邦诛杀，他也举兵反汉，败逃江南，终亦被杀。

[5] 彭越（？—前196）：字仲，昌邑（今山东巨野南）人。楚汉战争中归刘邦以后，又参加垓下之战，最终击败项羽，封梁王。后以造反罪名，被刘邦废为庶人；吕后以为这是留下后患，遂被杀。

[6] 韩侯：指淮阴侯韩信（？—前196），淮阴（今江苏淮安市淮阴区西南）人。初属项羽，不为重用；归刘邦后，即拜为大将。楚汉战争中，他攻占关中，又下齐、赵之地，被封为齐王。垓下之战，最终全歼项羽楚军。汉朝建立后，刘邦改封韩信为楚王。后刘邦用陈平之谋，擒韩信至洛阳，降为淮阴侯。有人告韩信与陈豨通同谋反，吕后遂用萧何之计将其诱杀。

[7] 抄：指抄手，也叫“袖手”，比喻消极的处世态度。

[8] 拿云手：能拿住云彩的手，比喻远大的志气、高强的本领。

[9] 麻袍：布衣，多作贫者之服。

[10] 村叟：村里老者，这里指隐士。

[11] “推台”二句：意为不用推杯换盏，互相谦让，而是自个儿畅饮尽欢，拍手高歌。台盏，本指有托的酒杯，这里将台、盏拆开，使其各自代表酒杯，犹“推杯换盏”。掴（guāi 音乖，又 guó 音国）手，拊掌、拍手。

[12] 衲被蒙头：用布被蒙着脑袋酣睡。衲被，出家人的被褥，常用许多碎布补缀而成。衲，同“纳”，缝补、补缀。宋·苏辙《上元雪》诗：“衲被蒙头真老病，纱笼照佛本无心。”

[13] 紫荆：一种落叶灌木。这里是道童插科打诨，利用谐音，把“子敬”说成“紫荆”。

[14] 弟子孩儿：骂人的话，娼妓生的孩子，犹言“婊子养的”。

[15] 泼说：胡乱说。

[16] 稽（qǐ 音启）首：古时的一种礼节，跪下，拱手至地，头也至地。

[17] 区区俗冗：我是个渺小、鄙俗的闲散之人。区区，微末、渺小，自谦之词。俗冗，鄙俗、闲散、多余。

[18] 方外之士：隐居在世俗之外的人。方外，世外、世俗礼法之外，一般指超乎红尘俗世之外的仙境以及佛道或隐逸之士潜修怡养之所。

[19] 垂钓在磻（pán 音盘）溪岸口：指姜太公吕尚。吕尚在磻溪钓鱼，遇文王，拜为太师，辅佐周武王灭商，建立周朝。磻溪，在今陕西宝鸡市东南。相传姜尚未遇文王前，曾隐居在此垂钓。后常以磻溪代指贤士隐居之地。

[20] 堂食玉酒：公膳美酒，后常以之喻指入仕做官，享受朝廷俸禄。堂食，唐代宰

相的公膳叫堂食，后也泛指一般官员的宴会。

[21] 许由：亦作“许繇”，尧时隐居不仕的高士，隐于箕山。晋·皇甫谧（mì 音密）《高士传·许由》谓：尧知许由贤，欲以天下让之，许由不受而逃逸。又召之为九州长，许由不愿听此污耳之言，到颍水洗耳。

[22] 寿亭侯：关羽的封号，原称“汉寿亭侯”。亭侯，爵位名。汉代食禄于乡、亭的列侯。

[23] 风疾：中医指因受风而导致的诸多疾病。中医谓“风为六淫（风、寒、暑、湿、燥、火）之首”，又称“风为百病之长”，它与其他数“淫”结合，就会出现如感冒、风湿骨痛等种种病症。

[24] 折了半筹：不能得全筹，丢失了半筹，意为受损吃亏。筹，签筹、算筹，计数的用具。

[25] 汉上九座州：汉水流域的几座州城。九，并非实指，泛喻其多。这里指荆州所辖的地域。汉上，汉水沿岸。

[26] 一醉能消万古愁：意为喝醉酒能排遣种种烦愁。也作“一盏能消万种愁”“一醉解千愁”。唐·李白《将进酒》诗：“五花马，千金裘，呼儿将出换美酒，与尔同销万古愁。”写饮酒者的豪迈气概。

[27] 题：提、说。

[28] “他尊前”二句：意为在关云长饮酒时多说一句话，便添了他二分酒性。尊前，即樽前。

[29] 不中撩斗：禁不起撩拨、挑逗。撩斗，撩拨、挑逗、引惹。

[30] 绽口儿：开口讲话。

[31] “五蕴山”句：犹五内俱焚，怒火中烧。五蕴，佛教语，指色、受、想、行、识五者合成的身心。这里指全身心。蕴，原音借作“云”，据《元刊杂剧三十种》本改。此指关羽性格刚烈，感情如火。

[32] 玉山低趄（qiè 音怯）：酒醉身体歪斜的样子。玉山，古时对男子身体的美称。趄，倾斜。

[33] 你则：原无此二字，据《元刊杂剧三十种》本补。

[34] 八十一座军州：泛指吴国占据的所有地域。八十一，非实指，形容多的意思。军、州为宋代的行政区划名，宋元时的小说、戏曲等文学作品，常以军、州泛指全国各地。

[35] 则消得：只须是。

[36] 弹剑：典出《战国策·齐策》：齐人冯谖，贫乏不能自存，寄食于孟尝君门下。初，不为所重，左右食（sì 音四）以草具。住了一段时间，冯倚柱弹剑而歌曰：“长铗（jiá 音夹）归来乎，食无鱼。”孟尝君让其饮食同门下之客。过了一段时间，又弹其剑而歌曰：“长铗归来乎，出无车。”孟尝君让其出入同门下之车客。后，又弹剑歌曰：“长铗归来乎，无以为家。”孟尝君派人供其母食用。于是冯

谖不复歌。后以弹剑比喻抒发怀才不遇的感慨。

[37] 小可：尚可、还可以。

[38] 黄汉升猛似彪：黄忠（？—220），字汉升，三国南阳（今属河南）人。初事刘表，后归刘备。随刘备取益州、汉中，常身先士卒，“勇毅冠三军”。定军山之役，力斩曹操名将夏侯渊。官拜征西将军，封关内侯。猛似彪，勇猛如老虎。彪，小老虎，或径指老虎。

[39] 赵子龙：赵云（？—229），字子龙，东汉常山真定（今河北正定）人。初从公孙瓒，后归刘备。当阳长坂之役，曹操大败刘备，刘备之妻甘夫人和后主刘禅，因赵云力战护持，得以保全。后又身经百战，屡立战功。刘备尝赞叹谓：“子龙一身都是胆也。”封永昌亭侯，迁镇东将军。

[40] 马孟起：马超（176—222），字孟起，东汉扶风茂陵（今陕西兴平东北）人。承接其父马腾兵马，据凉州。曾投张鲁，后归刘备。官至骠骑将军，领凉州牧，封斄（lí 音离）乡侯。

[41] “有一个莽张飞”六句：先叙说汉末以袁绍为首的十八路诸侯发兵声讨董卓，时刘备及关羽、张飞身处微末，不为诸侯所重，张飞与关羽、刘备乃于虎牢关前三战吕布，使诸侯军初战告捷。后又讲述了张飞于当阳长坂，以其勇武威猛之势，喝退曹操兵马。这些事迹，宋元时的小说、戏曲等俗文学作品已大加增饰、流传。喝退曹兵之事，《三国志·蜀书·张飞传》记载颇详：“先主奔江南。曹公追之，一日一夜，及于当阳之长阪。先主闻曹公卒（cù 音促）至，弃妻子走，使飞将二十骑拒后。飞据水断桥，瞋目横矛曰：‘身是张益德也，可来共决死！’敌皆无敢近者，故遂得免。”虎牢关，古代著名关隘，在今河南荥阳汜（sì 音四）水镇。豹月乌，指张飞所骑的骏马；《元刊杂剧三十种》本作“千里骓”。当阳坂，指当阳长坂坡，在今湖北当阳境内。貔貅（pí xiū 音皮休），一种传说中的猛兽，这里形容勇猛的战士。

[42] 一火：一伙，指赵云、张飞等一帮人。火，同“伙”。

[43] 剺（lí 音离）：割开、划破。

[44] 巴山越岭：爬山越岭，形容善于登山行走。

[45] 番江混海兽：番江混海，犹言“翻江倒海”“翻江搅海”。这里用“番江混海兽”来形容马的神骏。番，用同“翻”。

[46] 车胄：东汉末年人物。曹操灭吕布占有徐州之地后，任命车胄为徐州刺史，后被刘备杀死。

[47] 昆吾：宝刀。据《山海经·中山经》：“又西二百里曰昆吾之山，其上多赤铜。”郭璞注：“此山出名铜，色赤如火，以之作刃，切玉如割泥也。”后遂以昆吾泛指宝剑。唐·崔融《咏宝剑》：“宝剑出昆吾，龟龙夹采珠。”

[48] 蔡阳：曹操部将。《三国志·蜀书·先主传》：“（袁）绍遣先主将本兵复至汝南……曹公遣蔡阳击之，为先主所杀。”这里则指为关羽所杀。

[49] “这一个”句：若是我说到做到，一定避开是非。决应了口，一定说到做到。
[50] 稽首：这是司马徽对关羽表示尊敬，在唱词中夹带的道白。
[51] 麻鞋：用麻编织的鞋。
[52] 歹事头：冤家对头、刺儿头、不好惹的人。
[53] 周仓：人名。生卒年不详。其名不见正史，相传为三国蜀汉关羽部将。关羽为吴所杀，周仓也自杀殉职。古典戏曲小说中常见这个人物。
[54] 汴河：也称汴水，古时的一条河流，流经今河南省开封、商丘等地区，经山东省，入江苏省而注于淮河。

第三折

（正末扮关公领关平、关兴[1]、周仓上，云）某姓关，名羽，字云长。蒲州解良[2]人也。见随刘玄德，为其上将。自天下三分，形如鼎足：曹操占了中原，孙策占了江东，我哥哥玄德公占了西蜀。着某镇守荆州，久镇无虞。我想当初楚汉争锋[3]，我汉皇仁义用三杰，霸主英雄凭一勇。三杰者，乃萧何、韩信、张良；一勇者，喑呜叱咤，举鼎拔山。大小七十余战，逼霸主自刎乌江。后来高祖登基，传到如今，国步艰难，一至于此！（唱）

【中吕·粉蝶儿】那时节天下荒荒，恰周、秦早属了刘、项，分君臣先到咸阳[4]。一个力拔山，一个量容海，他两个一时开创。想当日黄阁乌江，一个用了三杰，一个诛了八将[5]。

【醉春风】一个短剑下一身亡，一个静鞭[6]三下响。祖宗传授与儿孙，到今日享、享。献帝[7]又无靠无依，董卓又不仁不义，吕布又一冲一撞[8]。

（云）某想当日，俺弟兄三人在桃园中结义，宰白马祭天，宰乌牛祭地，不求同日生，只愿同日死。（唱）

【十二月】那时节兄弟在范阳[9]，兄长在楼桑[10]，关某在蒲州解良，更有诸葛在南阳[11]。一时出英雄四方，结义了皇叔、关、张。

【尧民歌】一年三谒卧龙冈[12]，却又早鼎分三足汉家邦。俺哥哥称孤道寡[13]世无双，我关某匹马单刀镇荆襄。长江，今经几战场，却正是后浪催前浪。

（云）孩儿，门首觑者，看甚么人来。（关平云）理会的。（黄文上，云）某乃黄文是也。将着这一封请书，来到荆州，请关公赴会。早来到也。左右报伏去：有江下鲁子敬，差上将“拖地胆”黄文，持请书在此。（平云）你则在这里者，等我报伏去。（平见正末，云）报的父亲得知：今有江东鲁子敬，差一员首将，持请书来见。（正末云）着他过来。（平云）着你过去里[14]。（黄文见科）（正末云）兀那厮甚么人？（黄慌云）小将黄文。江东鲁子敬，差我下请书在此。（正末云）你先回去，我随后便来也。（黄文云）我出的这门来。看了关公英雄一像个神道[15]。鲁子敬，我替你愁里！小将是黄文，特来请关公。髯长一尺八，面如挣枣红[16]。青龙偃月刀，九九八十（一）斤[17]。脖子里着一下，那里寻黄文？来便吃筵席，不来豆腐酒吃三钟。（下）（正末云）孩儿，鲁子敬请我赴单刀会，走一遭去。（平云）父亲，他那里筵无好会，则怕不中么？（正末云）不妨事。（唱）

【石榴花】两朝相隔汉阳江，写着道“鲁肃请云长”。安排筵宴不寻常，休想道是画堂别是风光[18]。那里有凤凰杯满捧琼花酿，他安排着巴豆、砒霜[19]！玳筵前摆列着英雄将，休想肯“开宴出红妆”。

【斗鹌鹑】安排下打凤牢龙[20]，准备着天罗地网；也不是待客筵席，则是个杀人、杀人的战场。若说那重意诚心更休想，全不怕后人讲。既然谨谨相邀，我则索亲身便往。

（平云）那鲁子敬是个足智多谋的人，他又兵多将广，人强马壮，则

怕父亲去呵，落在他彀中。（正末唱）

【上小楼】你道他“兵多将广，人强马壮”；大丈夫敢勇当先，一人拚命，万夫难当。（平云）许来大江面，俺接应的人，可怎生接应？（正末唱）你道是隔着江，起战场，急难亲傍；我着那厮鞠躬、鞠躬送我到舡上。

（平云）你孩儿到那江东，旱路里摆着马军，水路里摆着战舡，直杀一个血胡同[21]。我想来，先下手的为强。（正末唱）

【幺篇】你道是先下手强，后下手央[22]。我一只手揝[23]住宝带，臂展猿猱，剑掣秋霜。（平云）父亲，则怕他那里有埋伏。（正末唱）他那里暗暗的藏，我须索紧紧的防。都是些狐朋狗党！（云）单刀会不去呵，（唱）小可如千里独行五关斩将[24]。

（云）孩儿，量他到的那里！（平云）想父亲私出许昌一事，您孩儿不知，父亲慢慢说一遍。（正末唱）

【快活三】小可如我携亲侄访冀王[25]，引阿嫂觅刘皇，灞陵桥上气昂昂，侧坐在雕鞍上。

【鲍老儿】俺也曾挝鼓三冬斩蔡阳，血溅在杀场上。刀挑征袍出许昌，唬吓杀曹丞相。向单刀会上，对两班文武，小可如三月襄阳[26]。

（平云）父亲，他那里雄赳赳排着战场。（正末唱）

【剔银灯】[27]折莫他雄赳赳排着战场，威凛凛兵屯虎帐，大将军智在孙、吴[28]上，马如龙，人似金刚。不是我十分强[29]，硬主张，但题起厮杀呵摩拳擦掌。

【蔓菁菜】[30]他便有快对兵，能征将，排戈戟，列旗枪。对阵，三国英雄汉云长，端的豪气有三千丈！

（云）孩儿，与我准备下舡只，领周仓赴单刀会走一遭去。（平云）父亲去呵，小心在意者！（正末唱）

【尾声】须无那临潼会秦穆公[31]，又无那鸿门会楚霸王[32]。折么他满筵人列着先锋将，小可如百万军刺颜良时那一场攘。（下）

（周仓云）关公赴单刀会，我也走一遭去。志气凌云贯九霄，周仓今日逞英豪。个个开弓并蹬弩，个个擐[33]甲与披袍。旌旗闪闪龙蛇动，恶战英雄胆气高。纵饶鲁肃千条计，怎胜关公这口刀！赴单刀会走一遭去也。（下）

（关兴云）哥哥，父亲赴单刀会去了，我和你接应一遭去。大小三军，跟着我接应父亲去。到那里古剌剌绣彩磨征旗[34]，扑冬冬画鼓凯征鼙，齐臻臻枪刀如流水，密匝匝人似朔风疾。直杀的苦淹淹尸骸遍郊野，哭啼啼父子两分离。恁时节喜孜孜鞭敲金镫响，笑吟吟齐和凯歌回。（下）

（关平云）父亲、兄弟都去也，我随后接应，走一遭去。大小三军，听吾将令：甲马不许驰骤，金鼓不许乱鸣，不许交头接耳，不许语笑喧哗；弓弩上弦，刀剑出鞘，十分人人敢勇，个个威风。我到那里：一刃刀，两刃剑，齐排雁翅；三股叉，四楞锏[35]，耀日争光；五方旗，六沉枪，遮天映日；七稍弓，八楞棒，打碎天灵；九股索，红绵套，漫头便起；十分战，十分杀，显耀高强。俺这里雄兵浩浩渡长江，汉阳两岸列刀枪。水军不怕江心浪，旱军岂惧铁衣郎！关公杀入单刀会，显耀英雄战一场。匹马横枪诛鲁肃，胜如亲父刺颜良。大小三军，跟着我接应父亲，走一遭去。（下）

---

[1] 关平、关兴：均为关羽之子。孙权袭取荆州，关平与关羽一起被杀。关兴，

《三国志·蜀书·关羽传》谓："字安国，少有令问，丞相诸葛亮深器异之。弱冠为侍中、中监军，数岁卒。"

［2］ 蒲州解良：山西解县，今属运城。

［3］ 楚汉争锋：指项羽和刘邦为争夺天下而进行的战争。

［4］ 分君臣先到咸阳：先到咸阳者为君，后到咸阳者为臣。秦并六国，楚最无罪，为百姓所思。沛公刘邦与项梁即立楚怀王之孙为王，将祖谥为号，亦称楚怀王，以顺民望。楚怀王曾与众人约定："先入定关中者王之。"（或作"先破秦入咸阳者王之。"）公元前206年，刘邦攻进关中，先屯兵霸上。秦王子婴来降，刘邦遂西入咸阳，秦亡。汉朝的建立，即以此年为起始之年。

［5］ "想当日"三句：想当初一个（指刘邦）成就了帝王之业，是因为善于用人，依靠了萧何、韩信、张良；一个（指项羽）却功败垂成，自刎乌江，是因为不依靠人才，反而诛杀手下将领。黄阁，汉时丞相、太尉及以后的三公官署厅门皆涂黄色，故称，这里指成就功业。项羽诛八将之事，史无明载，这里显非确指，只是形容项羽诛杀良将之多。

［6］ 静鞭：亦作"鸣鞭"，古时帝王朝会时的一种仪式，由专人甩动很长的鞭子，使之发声，以示肃静。这里喻指刘邦成就了帝业，做了皇帝。

［7］ 献帝：指汉献帝刘协（181—234）。东汉末年，天下大乱，地方割据势力蜂起。献帝先是被董卓挟持，后又被曹操当作傀儡，所谓"挟天子以令诸侯"。公元220年，曹丕称帝，献帝逊位为山阳公，汉亡。

［8］ 吕布（？—199）：字奉先，东汉末五原郡九原（今内蒙古包头西）人。弓马娴熟，膂（lǚ 音吕）力过人，当时号为"飞将"。先后事丁原、董卓、王允，并杀丁原、董卓。任奋威将军，封温侯。后又改投袁绍、张杨等，袭取徐州，自号徐州牧。后不从陈宫之计，在下邳被曹操擒杀。说吕布"一冲一撞"，是指他只会冲冲杀杀，有勇无谋。

［9］ 兄弟在范阳：指张飞为范阳人。范阳，指范阳郡，治所在今河北涿州市。

［10］ 兄长在楼桑：指刘备为楼桑人。这里实际指的是刘备出生的家宅。《三国志·蜀书·先主传》："先主少孤，与母贩履织席为业。舍东南角篱上有桑树生高五丈余，遥望见童童如小车盖，往来者皆怪此树非凡，或谓当出贵人。先主少时，与宗中诸小儿于树下戏，言：'吾必当乘此羽葆盖车。'"楼桑之称，盖源于此。

［11］ 诸葛在南阳：指诸葛亮曾隐居在南阳（今河南南阳）。

［12］ 三谒卧龙冈：指刘备三顾草庐，礼请诸葛亮辅佐事。卧龙冈即卧龙岗，在今南阳市之西南，现有诸葛庐、武侯祠等古迹。实际上，诸葛亮的隐居地，当在今湖北襄阳。

［13］ 称孤道寡：指自封为王。孤、寡为古代帝王自称。

［14］ 里："哩"的借字。

[15] 一像个神道：纯粹像一个神仙圣人。一，完全、纯一。

[16] 面如挣枣红：面色像大枣一样通红。挣（枣），当为蒸（枣）、重（枣）之借音。

[17] 九九八十（一）斤：加上前面三句，活画出关羽的威猛形象。连同下面四句，是黄文的下场白。下场白一般由一首五言诗、七言诗或一副对子构成。这里前四句诗的结句“九九八十斤”，显然是为了与前三句的统一谐调，都用五字，因而并不为错。九九的乘积是多少，观众亦了然于胸，所以也不会以“八十”为谬。再从角色行当看，黄文近乎丑角，用这样的声口处理，更符合这个人的性格，亦更具剧场效果。为了既保存原剧的神髓，又照顾到文义的准确，现作了如上处理。

[18] 画堂别是风光：这是对前句“安排筵宴不寻常”的补充说明，意谓这是一次不怀好意的鸿门宴，厅堂之上充满杀机。画堂，原指汉代宫中的殿堂，后泛指华堂精舍。这里指鲁肃宴请关羽的厅堂。“画堂别是风光”，与此曲末句“开宴出红妆”，原为宋·苏轼〔满庭芳〕词中的句子，且此两句之间尚有“主人情重”相连接。这里反其意而用之，即不是“主人情重”，而是“主人情恶”，使鲁肃暗藏杀机、关羽单刀赴会的凶险，被反衬得更为突出鲜明。

[19] 巴豆、砒霜：巴豆是猛烈的泻药。砒霜有毒，量大则可致人死命。

[20] 打凤牢龙：亦作“打凤捞龙”，指设下陷阱以坑害人，让人钻进预设的圈套。

[21] 胡同：北方对小街小巷的通称。有一种说法，胡同一词来源于蒙古语，意思是“井”，因常来有井处取水，渐渐形成两边筑有房屋的巷子，从而使“井”义转为“小巷”之意。又，明·沈榜《宛署杂记·街道》：“衚衕本元人语，字中从胡、从同，盖取胡人大同之意。”

[22] 央：通“殃”，灾难、祸殃、损害。

[23] 揝（zuàn 音攥）：同“攥”。

[24] “小可如”句：比起千里独行、五关斩将来，那就太微不足道、不在话下了。小可如，不过如。千里独行、五关斩将事，在《三国志·蜀书》的《先主传》和《关羽传》里，曾提到刘备在下邳败绩，关羽及刘备妻子被擒。后关羽得知刘备寄身袁绍军中以后，即拜书辞曹操奔刘备等事，但十分简略。宋元小说、戏曲等俗文学作品，则将关羽千里独行、五关斩将事敷演得有声有色。

[25] 冀王：指袁绍。袁绍曾领冀州牧，故称。

[26] 三月襄阳：据《三国志·蜀书·先主传》，刘备曾南投荆州刘表，刘表虽加礼遇，但对之颇为疑忌，因使刘备屯兵新野。本传注引《世语》，则有刘备跳襄阳西檀溪逃难故事。“三月襄阳”，即为宋元小说、戏曲等俗文学作品据此编撰演绎的故事，大致谓刘表内弟蔡瑁，于三月上巳节设襄阳之会拟害刘备。刘备察觉，骑的（dì 音弟）卢马跃过檀溪而得免于难。

[27] 〔剔银灯〕：曲牌名，北曲属【中吕宫】，亦入【正宫】。套数用。七句六韵：

七、七、七、七、三、三、四。首二句对仗。

［28］ 孙、吴：指春秋战国时著名军事家孙武、吴起以及孙武的后裔孙膑。孙武，春秋末齐国人，现存《孙子兵法》十三篇。孙膑，则有《孙膑兵法》传世，是对其先祖《孙子兵法》思想的继承和发展。吴起，战国时卫国人，有兵法著作《吴起》四十八篇，惜已佚，今存后人伪托的《吴子》六篇。

［29］ 强（jiàng 音酱）：这里指倔强、固执、不顺从。

［30］〔蔓菁（mán jing 音蛮惊轻声）菜〕：曲牌名。用于套数。五句五韵：三、三、四、七、五。此调属“急曲”。“〔蔓菁菜〕他便有快对兵，能征将”，此十二字据元刊本补。

［31］ 临潼会秦穆公：民间传说谓春秋时秦穆公邀约全国各路诸侯赴会临潼斗宝。楚国伍员（yún 音云）在会上力举巨鼎，挫败了秦穆公要挟称霸的阴谋。今存明·无名氏《十八国临潼斗宝》杂剧，可参阅。

［32］ 鸿门会楚霸王：指楚霸王项羽在鸿门设宴欲刺杀刘邦事。据《史记·项羽本纪》，刘邦先入关中，破咸阳，屯兵霸上。项羽兵随后亦到，驻新丰鸿门。其时项羽兵四十万，号百万；刘邦兵仅十万，号二十万。双方强弱悬殊，刘邦不敢与项羽争锋，乃亲至鸿门向项羽解释，项羽设宴款待。宴会上，项羽谋士范增使项庄舞剑，伺机刺杀刘邦，险象环生，终因项羽于心不忍和缺乏远虑，使刘邦在樊哙护持下脱险。后常以“鸿门宴”比喻怀有阴谋和杀机的筵宴或聚会。

［33］ 擐（huàn 音换）甲：身披铠甲。擐，穿。

［34］ 绣彩磨征旗：各种不同色彩的战旗在空中舞动飘扬。原为“彩磨征旗”。联系下面三句“画鼓凯征鼙”“枪刀如流水”“人似朔风疾”，此处当脱漏一字。此“绣”字为隋树森径补。

［35］ 锏：一种鞭类古兵器，四棱而无刃，上端略小，下端有柄。

第四折

（鲁肃上，云）欢来不似今朝，喜来那逢今日？小官鲁子敬是也。我使黄文持书去请，关公欣喜，许今日赴会，荆襄地合归还俺江东。英雄甲士已暗藏壁衣之后，令人江上相候，见舡到便来报我知道。

（正末关公引周仓上，云）周仓，将到那里也？（周云）来到大江中流也。（正末云）看了这大江是一派好水呵！（唱）

【双调·新水令】[1]大江东去浪千叠，引着这数十人驾着这小舟一叶。又不比九重龙凤阙，可正是千丈虎狼穴。大丈夫心别，我觑这单刀会似赛村社。

（云）好一派江景也呵！（唱）

【驻马听】水涌山叠，年少周郎何处也？不觉的灰飞烟灭。可怜黄盖转伤嗟。破曹的樯橹一时绝，鏖兵的江水犹然热，好教我情惨切！（云）这也不是江水，（唱）二十年流不尽的英雄血！

（云）却早来到也，报伏去。（卒报科）（做相见科）（鲁云）江下小会，酒非洞里之长春[2]，乐乃尘中之菲艺[3]，猥劳[4]君侯[5]屈高就下，降尊临卑，实乃鲁肃之万幸也！（正末云）量某有何德能，着大夫置酒张筵？既请必至。（鲁云）黄文，将酒来。二公子满饮一杯。（正末云）大夫饮此杯。（把盏科）（正末云）想古今咱这人过日月好疾也呵！（鲁云）过日月是好疾也。光阴似骏马加鞭，浮世似落花流水。（正末唱）

【胡十八】想古今立勋业，那里也舜五人[6]、汉三杰？两朝相隔数年别，不付能见者，却又早老也。开怀的饮数杯，（云）将酒来。（唱）尽心儿待醉一夜。

（把盏科）（正末云）你知道"以德报德，以直报怨"[7]么？（鲁云）既然将军言"以德报德，以直报怨"，借物不还者谓[8]之怨。想君侯文武全材，通练兵书，习《春秋左传》，济拔颠危，匡扶社稷，可不谓之仁乎？待玄德如骨肉，觑曹操若仇雠，可不谓之义乎？辞曹归汉，弃印封金，可不谓之礼乎？坐服于禁，水淹七军[9]，可不谓之智乎？且将军仁义礼智俱足，惜乎止少个"信"字，欠缺未完。再若得全个"信"字，无出君侯之右也。（正末云）我怎生失信？（鲁云）非将军失信，皆因令兄玄德公失信。（正末云）我哥哥怎生失信来？（鲁云）想昔日玄德公败于当阳之上，身无所归，因鲁肃之故，屯军三江夏口[10]。鲁肃又与孔明同见我主公，即日兴师拜将，破曹兵于赤壁之间。江东所费巨万，又折了首将黄盖[11]。因将军贤昆玉[12]无尺寸地，暂借荆州以为养军之资，数年不还。今日鲁肃低情曲意[13]，暂取荆州，以为救民之急；待仓廪丰盈，然后再献与将军掌领。鲁肃不敢自专，君侯台鉴不错。（正末云）你请我吃筵席来那，是索荆州来？（鲁云）没、没、没，我则这般道。孙、刘结亲，以为唇齿，两国正好和谐。（正末唱）

【庆东原】你把我真心儿待，将筵宴设，你这般攀今揽古分甚枝叶？我根前使不着你“之乎者也”“诗云子曰”，早该豁口截舌！有意说孙刘，你休目下翻成吴越[14]！

（鲁云）将军原来傲物轻信！（正末云）我怎么傲物轻信？（鲁云）当日孔明亲言：破曹之后，荆州即还江东。鲁肃亲为担保。不思旧日之恩，今日恩变为仇，犹自说“以德报德，以直报怨”！圣人道：“信近于义，言可复也。”[15]去食去兵，不可去信[16]。“大车无輗，小车无軏，其何以行之哉[17]？”今将军全无仁义之心，枉作英雄之辈。荆州久借不还，却不道“人无信不立”！（正末云）鲁子敬，你听的这剑界[18]么？（鲁云）剑界怎么？（正末云）我这剑界，头一遭诛了文醜，第二遭斩了蔡阳。鲁肃呵，莫不第三遭到你也？（鲁云）没、没，我则这般道来。（正末云）这荆州是谁的？（鲁云）这荆州是俺的。（正末云）你不知，听我说。（唱）

【沉醉东风】想着俺汉高皇图王霸业，汉光武[19]秉正除邪，汉献帝将董卓诛，汉皇叔把温侯[20]灭，俺哥哥合情受[21]汉家基业。则你这东吴国的孙权和俺刘家却是甚枝叶？请你个不克己先生自说！

（鲁云）那里甚么响？（正末云）这剑界二次也。（鲁云）却怎么说？

（正末云）这剑按天地之灵，金火之精，阴阳之气，日月之形；藏之则鬼神遁迹，出之则魑魅[22]潜踪；喜则恋鞘沉沉[23]而不动，怒则跃匣铮铮而有声。今朝席上倘有争锋，恐君不信，拔剑施呈。吾当摄剑，鲁肃休惊。这剑果有神威不可当，庙堂之器[24]岂寻常。今朝索取荆州事，一剑先教鲁肃亡。（唱）

【雁儿落】则为你三寸不烂舌，恼犯我三尺无情铁。这剑饥餐上将头，渴饮仇人血[25]。

【得胜令】则是条龙向鞘中蛰，虎在坐间揠[26]。今日故友每才相见，休着俺弟兄每相间别。鲁子敬听者，你内心休乔怯[27]，畅好是随邪[28]，吾当酒醉也。

（鲁云）臧宫[29]动乐。（臧宫上，云）天有五星，地攒五岳；人有五德，乐按五音。五星者：金、木、水、火、土。五岳者：常[30]、恒[31]、泰、华、嵩。五德者：温、良、恭、俭、让。五音者：宫、商、角、徵、羽。

（甲士拥上科）（鲁云）埋伏了者。（正末击案怒云）有埋伏也无埋伏？（鲁云）并无埋伏。（正末云）若有埋伏，一剑挥之两段！（做击案科）（鲁云）你击碎菱花[32]。（正末云）我特来破镜！（唱）

【搅筝琶】[33]却怎生闹炒炒军兵列？休把我当拦者。（云）当着我的，呵呵！（唱）我着他剑下身亡，目前流血！便有那张仪[34]口、蒯通[35]舌，休那里躲闪藏遮。好生的送我到船上者，我和你慢慢的相别。

（鲁云）你去了倒是一场伶俐[36]。（黄文云）将军，有埋伏里。（鲁云）迟了我的也。（关平领众将上，云）请父亲上舡，孩儿每来迎接里。（正末云）鲁肃，休惜殿后[37]。（唱）

【离亭宴带歇拍煞】[38]我则见紫袍银带公人列，晚天凉风冷芦花谢，我心中喜悦。昏惨惨晚霞收，冷飕飕江风起，急飐飐云帆扯[39]。承管待、承管待，多承谢、多承谢。唤梢公慢者，缆解开岸边龙[40]，舡分开波中浪，棹搅碎江心月。正欢娱有甚进退，且谈笑不分明夜。说与你两件事先生记者：百忙里[41]趁[42]不了老兄心，急且里[43]倒不了俺汉家节[44]。（下）

题目　孙仲谋独占江东地　请乔公言定三条计
正名[45]　鲁子敬设宴索荆州　关大王独赴单刀会

---

［1］〔新水令〕：此曲和下一支〔驻马听〕曲，是对宋·苏轼〔念奴娇〕《赤壁怀古》词的化用。两者一样大气磅礴，一样慷慨苍劲。眼前的大江之水是这样滚滚滔滔，一泻千里。人在这大自然面前，渺小得就像一叶小舟飘荡在浩浩大江上。〔驻马听〕曲依旧从江水写起。俯瞰：水涌；仰视：山叠。山水相竞不相让，所以会“水涌山叠”。当年周瑜和黄盖定下“苦肉计”，把曹军将士烧得屁滚尿流，曹操只好惨败返北。而今这江水犹热，但年少周郎、可怜黄盖今又安在？皆已不知不觉“灰飞烟灭”了！想到此，关羽伤感起来，“好教我情惨切”，发出一种英雄惜英雄的历史沧桑感。由此推出“（云）这也不是江水，（唱）二十年流不尽的英雄血”，先白后唱，以铿锵有力的诗的语言，把关羽豪迈英武的怀抱和盘托出，也把整个曲子引向一个最高的音域和境界。大丈夫心别，大有作为的男子汉的心思很特别。“丈”字原脱漏，据《元刊杂剧三十种》本补。别，特别、特殊、与众不同。赛村社，即“赛社”，指农村中在全年农事告竣以后，祭祀田神、欢娱丰收的庆会。其时迎神祭祀，搬演杂戏，还进行各种赛事，自娱娱人，热闹异常。年少周郎，赤壁破曹时，周瑜为吴军督军，年仅三十四。

［2］长春：仙酒名。酒一般须置放于窖中、洞里，这样可以保持恒温；且存放时间越长，发酵越充分，酒味就更加浓醇芳冽，因称“洞里之长春”。这里泛指美酒。

［3］菲艺：薄艺。

［4］猥劳：谦辞，犹“猥辱”“猥蒙”“辱蒙”“承蒙”。

［5］君侯：关羽封汉寿亭侯，故尊称君侯。

［6］舜五人：按《史记·五帝本纪》载，舜手下贤臣共有二十二人。若以舜对之安排工作的先后次序论，前五人应为禹、弃、契（xiè 音谢）、皋陶（gāo yáo 音

高摇）、垂。禹，平水土；弃，即后稷，播种百谷（农官）；契，司徒，敬敷五教；皋陶，作士（狱官之长，犹大理卿）；垂，为共工（主百工之官）。

[7] 以德报德，以直报怨：别人有恩德于你，你应以恩德回报；别人有错待你、对不住你之处，你也不要记恨，而要以公平、正直的态度对待之、回报之。语出《论语·宪问》："或曰：'以德报怨，何如？'子曰：'何以报德？以直报怨，以德报德。'"

[8] 谓：原音假为"为"，径改。

[9] "坐服"二句：汉献帝建安二十四（219年）秋，关羽围困曹仁于樊城。曹操遣于禁率七军助曹仁。其时大雨滂沱，关羽决汉水，七军皆没，于禁则被俘投降。坐服，轻易降服。于禁，字文则，曹操手下著名将领。孙权破荆州后，至吴。曹丕践位后，还魏。终因荆州被擒投降事，郁郁终生，愧病而卒。渰（yān 音烟）：通"淹"。七军，七支强兵。

[10] 三江夏口：三江，即今湖北鄂城之三江口镇。夏口，古城名，在湖北省武汉市黄鹄山上。三国时吴国曾筑夏口城。

[11] 折了首将黄盖：赤壁之战，黄盖以诈降之计建奇功，后官至偏将军，并未战死。

[12] 昆玉：对人兄弟的美称、敬称。明·吴承恩《西游记》第六十三回："二郎道：'一则是那国王洪福齐天，二则是贤昆玉神通无量，我何功之有！'"

[13] 低情曲意：低声下气、不得已。

[14] 翻成吴越：变成冤家仇敌。春秋后期，吴、越之间常发生争战。公元前494年，吴王夫差打败越国。越王勾践表面臣服求和，内里则卧薪尝胆，以求复国复仇。公元前475年，越终于攻灭吴国，完成复兴大业。

[15] "信近"二句：意思是守"信"之人，诚实不欺，与做事强调合乎时宜、合于规矩的"义"相近，所以不会毁盟背约，一定会实践诺言。语出《论语·学而》。

[16] "去食"二句：意思是说，"信"最重要，宁可弃去军队，宁可饿着肚子，但一定要取信于民。为政之道，从来以取信于民即得民心为立国之本。语出《论语·颜渊》："子贡问政。子曰：'足食，足兵，民信之矣。'子贡曰：'必不得已而去，于斯三者何先？'曰：'去兵'。子贡曰：'必不得已而去，于斯二者何先？'曰：'去食。自古皆有死，民无信不立。'"

[17] "大车"三句：大车上没有輗（ní 音尼，古代大车车辕前端与横木衔接起固定作用的插销），小车上又没有用以驾马的軏（yuè 音月，古代车辕前端与横木相连接处的销子），这样的车又怎么能行驶呢？语出《论语·为政》："人而无信，不知其可也。大车无輗，小车无軏，其何以行之哉？"朱熹注："大车，谓平地任载之车。輗，辕端横木，缚轭（è 音俄）以驾牛者。小车，谓田车、兵车、乘车。軏，辕端上曲钩，衡以驾马者。车无此二者，则不可以行。人而无信，

亦犹是也。”意思是说：人之所以为人，全在于信；无信之人，无法在世上立足、生存。

[18] 剑界：剑响。指剑在鞘内震动发声，是要杀人的预兆。

[19] 汉光武：指东汉王朝的建立者刘秀。刘秀（前5—后57），字文叔，南阳蔡阳（今湖北枣阳西南）人。王莽末，农民起义风起云涌，刘秀乘机加入绿林军，逐渐壮大自己的势力，攻灭王莽和其他起义军。建武元年（25年）称帝于鄗（hào 音浩）县（今河北柏乡北）。后又攻取洛阳，遂定都于此，史称东汉。嗣后继续剿灭其他地方割据势力，统一全国。他在位期间，削弱三公权力，加强中央集权，减轻赋税，精简机构，兴修水利，提倡儒术，使经济得到恢复发展，史称“光武中兴”。

[20] 温侯：指吕布。

[21] 合情受：应该赌（qíng 音晴）受。合，应该。情，“赌”的同音借字，承受之意。

[22] 魑魅（chī mèi 音痴妹）：传说里出没于山泽中的鬼怪，泛指精灵鬼怪。唐·卢纶《割飞二刀子歌》：“刀乎刀乎何烨烨，魑魅须藏怪须慑。”

[23] 沉沉：形容寂静无声。

[24] 庙堂之器：朝廷的器物。这里喻指关羽所佩的宝剑，将要代表朝廷执法。因为刘备“合情受汉家基业”，而东吴孙权，则和刘汉王朝无甚枝叶，如今却要索取荆州，就理当绳之以法，教他剑下身亡。

[25] “这剑”二句：化用南宋·岳飞〔满江红〕词“壮志饥餐胡虏肉，笑谈渴饮匈奴血”句意。

[26] 虎在坐间踅（xué 音学）：像老虎一样在座席间踅来踅去，烦躁地来回走动。这里摹写关羽强抑怒火、一触即发的暴躁情态。《元刊杂剧三十种》本此句为“唬得人在座间呆”。

[27] 乔怯：奸猾使坏而又胆小心虚。乔，乔装、做假使奸。

[28] 畅好是随邪：实在是邪门儿、真是胡来。畅好是，真是、实在是。随邪，中了邪似的任性胡来。

[29] 臧宫：东汉开国元勋，云台二十八将之一。但此处所指不详。

[30] 常：指北岳恒山，在今河北曲阳西北。因避汉文帝刘恒和宋真宗赵恒名讳，改称常山。

[31] 恒：应为南岳衡山。

[32] 菱花：菱花镜的简称。古时以铜为镜，铜镜的背面常刻有菱花作为纹饰，因称镜子为菱花镜。如西安出土的唐代菱花镜，背面即刻绘有菱花图案。亦以为铜镜为日光所照，常折射出菱花状图形，故名。《埤（pí 音皮）雅·释草》：“旧说，镜谓之菱花，以其面平，光影所成如此。”

[33] 〔搅筝琶〕：曲牌名，属【双调】，用于剧曲和散曲套数。全曲十句：三、五、

四、四、三、三、四、二、七、四。

［34］张仪（？一前309）：战国时著名的舌辩之士、纵横家。魏国人。秦惠文王时任秦相，封武信君。倡连横之说，游说六国分别事秦。

［35］蒯通：秦末汉初著名舌辩之士。本名彻，因与汉武帝刘彻之名讳相同，其后史家追书为蒯通。范阳（今河北定兴）人。曾游说范阳令徐公归降武臣，使武臣不战而得燕赵之地三十余城。后又说韩信兵进齐地，韩信因得为齐王。又曾劝韩信背刘邦自立。韩信被诛后，刘邦欲烹之，蒯通从容申辩得免。惠帝时，曹参为相，请蒯通为客卿。

［36］伶俐：原意为聪明、机灵、乖巧，这里引申为干净、不再有麻烦的意思。

［37］殿后：打仗时以抵御敌人追袭、确保大队人马安全撤退而在最后护卫的战斗部队，亦泛指处于最后的人。这里是关羽打趣鲁肃在自己身后起了保护作用。

［38］〔离亭宴带歇指煞〕：曲牌名，属北曲【双调】。全曲十七句十韵：七、七、四、五、五、五、五、五、四、五、五、五、五、五、四、五、五。第一、二句，七、八句，十三、十四句，十六、十七句对仗；第四、五、六句及十、十一、十二句各作鼎足对。此曲均用在【双调】套曲的结尾。

［39］急飐飐云帆扯：急匆匆地扯起帆篷。急飐飐，即急急忙忙地、急匆匆地。飐，原是风吹物使动或物被风吹动的意思。原为“急飐飐帆招惹”，据《元刊杂剧三十种》本改。

［40］缆解开岸边龙：解缆开船的意思。龙，古时指有龙状花纹图案或如龙形的东西，如龙舟等，这里喻指战船。

［41］百忙里：一时间、一下子。

［42］趁：用同“称”，称心、满足。

［43］急且里：急切里，紧迫、仓促。

［44］节：符节，用竹或木制成，古代朝廷用以传达政令或证明身份的一种凭证。

［45］正名：《元刊杂剧三十种》本作：“乔国老谏吴帝，司马徽休官职；鲁子敬索荆州，关大王单刀会。”对比可见从元刊本至明抄本主题变化之迹。在题目部分，元刊本“乔国老谏吴帝”有故家乔木的隐喻，突出的是对汉家父老的怀想；明本改作“孙仲谋独占江东地”，突出的是割据东吴的历史真实性。元刊本“司马徽休官职”，“休官”是被迫或是自取，都是元朝统治下汉族文人包括关汉卿自己在内的共同命运；而明本的“请乔公言定三条计”则是明显突出鲁子敬计谋的阴险，借以反衬关大王的英勇。在正名部分，元刊本的“鲁子敬索荆州 关大王单刀会”突出的是鲁、关两个人的对决；而明本的“鲁子敬设宴索荆州 关大王独赴单刀会”增字，在突出人的时候，还加了方式与情态。元刊本表现了家与国的双重感情，明抄本则突出了蜀与吴对立，淡化了家国意识。

附：《元刊杂剧三十种》本

古杭新刊的本　关大王单刀会

第 一 折

（驾一行上，开住）（外末上，奏住）（驾云）（外末云住）（正末扮乔国老上，住）（外末云）（正末寻思云）今日三分已定，恐引干戈，又交生灵受苦。您众宰相每也合谏天子咱！（过去见礼数了）（驾云）（正末云）陛下万岁！万岁！据微臣愚见，那荆州不可取。（驾又云）（正末云）不可去！不可去！（唱）

【仙吕·点绛唇】咱本是汉国臣僚，欺负他汉君软弱，兴心闹。当日五处枪刀，并了董卓，诛了袁绍。

【混江龙】存的孙、刘、曹操，平分一国作三朝。不付能河清海晏，雨顺风调，兵器改为农器用，征旗不动酒旗摇。军罢战，马添膘；杀气散，阵云消；役将校，作臣僚；脱金甲，著罗袍。帐前旗卷虎潜竿，腰间剑插龙归鞘。抚治的民安国泰，却又早将老兵骄。

（驾云）（正末云）咱合与他这汉上九州。想当日曹操本来取咱东吴，生被那弟兄每当住。（驾、末云住）（正末唱）

【油葫芦】他兄弟每虽多兵将少，赤紧的把夏侯惇先困了。肯分的周瑜和蒋干是布衣交。股肱臣诸葛施韬略，苦肉计黄盖添粮草。那军多半向火内烧，三停来水上漂。若不是天交有道伐无道，这其间吴国亦属曹。

【天下乐】铜雀春深锁二乔！这三朝，恰定交，不争咱一日错翻为一世错。你待使霸道，起战讨，欺负关云长年纪老。

（等云了）（正末唱）

【那吒令】收西川白帝城，把周瑜送了；汉江边张翼德，把尸灵挡著；船头上把鲁大夫，险几乎间唬倒。将西蜀地面争，关将军听的又闹，敢乱下风雹！

（外末云住）（正末云）你道关将军会甚的？（唱）

【鹊踏枝】他诛文醜骋粗慄，刺颜良显英豪，向百万军中，将首级轻枭。那赤壁时相看的是好。（带云）今日不比往常，他每怕不口和咱好说话，（唱）他每都喜孜孜的笑里藏刀。

【寄生草】幸然天无祸，是咱这人自招，全不肯施仁发政行王道。你小可如多谋足智雄曹操，岂不知南阳诸葛应难料。你则待千军万马恶相持，全不想生灵百万遭残暴。

【金盏儿】上阵处三绺美须飘，将九尺虎躯摇，五百个𤜶关西簇捧定个活神道。敌军见了，唬得七魄散，五魂消。你每多披取几副甲，剩穿取几层袍。恁的呵，敢荡翻那千里马，迎住那三停刀！

【醉扶归】你当初口快将他保，做的个胆大把身包。你待暗暗的埋伏紧紧的邀？你若是请得他来到，若见了那勇烈威风相貌，那其间自不敢把荆州要。

【金盏儿】你道三条计决难逃？若是一句话不相饶，那其间使不著武官粗鲁文官狡。那汉酒中火性显英豪，圪塔的腰间揝住宝带，项上按著钢刀。虽然你岸边头藏了战船，却索与他水面上搭起浮桥。

【后庭花】你子道关公心见小，您须知曹公心量高。一个主意争天下，一个封金谒故交。上的霸陵桥，曹操便不合神道，把军兵先暗了。

【赚煞尾】送路酒手中擎，送行礼盘中托，没乱杀侄儿共嫂嫂。曹孟德心多能做小，倚著汉云长善与人交。高声叫，惊杀许褚、张辽。那神道须勒著追风骑，轻抡动偃月刀。（带云）曹操埋伏将校，隐匿军兵，（唱）准备下千般奸狡。（带云）施穷智力，费尽机谋，（唱）临了也则落的一场谈笑，倒赔了一领西川十样锦征袍！

（下）（外末云了）

第二折

（正末重扮先生，引道童上，坐定，云）贫道是司马德操的便是了。自襄阳会罢，与刘皇叔相见，本人有高皇之气。将门生寇封与皇叔为义子，举南阳卧龙为军师，分了西川。向山间林下，自看了十年龙争虎斗。贫道绝名利，无罣辱，倒亦快活。（唱）

【正宫·端正好】我本是个钓鳌人，却做了扶犁叟。叹英布、彭越、韩侯！敛我这一身外两只拿云手，再不出麻袍袖。

【滚绣球】我如今聚村叟，会诗友。噀的是活鱼新酒，问甚瓦盆、砂瓶、磁瓯。推台不换盏，高歌自打手。任从他阴晴昏昼，我直吃的醉时眠衲被蒙头。睡彻窗外三竿日，为的傲杀人间万户侯，倒大优游。

【倘秀才】林泉下酒生爽口，御宴上堂食惹手，留的残生喝下酒。你道这一拙汉，共那寿亭侯，是故友。

【滚绣球】你著我就席上央他几瓯，那汉劣性子输了半筹。问甚么安排来后，目前鲜血交流。你为汉上九座州，我为筵前一醉酒，咱两个落不得个完全尸首，我共你伴客同病相忧。你为两朝作保十年限，我却甚一盏能消万古愁？说起来魂魄悠悠！

【倘秀才】你子索躬著身将他来问候，跪著膝殷殷劝酒。他待吃候吃，侧候侧，那里交他受候受。他道东你随著东去，他道西呵你顺著西流，他醉时节你便走。

【滚绣球】他钟前有半点儿言，筵前带二分酒，那汉酒性躁不中调斗，你是必挂口儿则休提著那荆州。圆睁开杀人眼，轻舒开捉将手，那神道但将卧蚕眉皱，登时敢五蕴山烈火难收。若是他玉山低趄，你则频斟酒；若是他宝剑离匣，你则准备著头！枉送了八十座军州。

【倘秀才】你道东吴国鲁大夫仁兄下手，则消的西蜀郡诸葛亮先生启口，奏与那海量仁慈的汉皇叔。那先生操琴风雪降，弹剑鬼神愁，则怕您急难措手。

【滚绣球】黄汉升勇似彪，赵子龙胆如斗，马孟起是杀人的领袖。那杀汉虎牢关立伏了十八镇诸侯，骑一匹千里骓，横一条丈八矛，当阳坂有如雷吼，曾挡住曹丞相一百万带甲貔貅。叫一声，混天尘土纷纷的桥先断；喝一声，拍岸惊涛厌厌的水逆流。这一伙怎肯干休！

【叨叨令】若是你冬冬战鼓声相凑，不剌剌战马望前骤。他恶喑喑揎起征袍袖，不邓邓恼犯难收救。您索与他死去也末哥，索与他死去也末哥！那一柄青龙刀落处都多透！

【煞尾】席条儿子怕搒著我手，树叶儿堤防打破我头！他千里独行觅二友，匹马单刀镇九州。人似爬山越岭彪，马跨翻江混海虬。他轻举龙泉杀车胄，怒拔昆吾坏文醜，麾盖下颜良剑枭了首，蔡阳英雄立取了头。这个避是非的先生决应了口，吾兄呵！那杀人的关公更怕他下不的手！（下）

第三折

（净开，一折）（关舍人上，开，一折）（净上，都下了）

（正末扮尊子燕居，扮将麈拂子上，坐定，云）方今天下鼎峙三分：曹公占了中原，吴王占了江东，尊兄皇叔占了西川。封关某为荆王，某在荆州抚镇。关某暗想，日月好疾也！自从秦始皇灭，早三百余年也。又想起楚汉纷争，图王霸业，不想有今日！（唱）

【中吕·粉蝶儿】天下荒荒，却周、秦早属了刘、项，建君臣遥指咸阳。一个力拔山，一个量容海，这两个一时开创。想当日黄阁、乌江，一个用了三杰，一个立诛了八将。

【醉春风】一个短剑一身亡，一个静鞭三下响。想祖宗传授与儿孙，却都是枉、枉、枉！献帝又无靠无挨，董卓又不仁不义，吕布又一冲一撞。

【十二月】那时节兄弟在范阳，兄长在楼桑，关某在解良，诸葛在南阳。一时英雄四方，结义了皇叔、关、张。

【尧民歌】一年三谒卧龙冈，早鼎足三分汉家邦。俺哥哥称君道寡作蜀王，关某匹马单刀镇荆襄。长江经今几战场，恰便似后浪催前浪。

【石榴花】两朝相隔汉阳江，写著道“鲁肃请云长”。这的每安排著筵宴不寻常。休想道画堂别是风光，休想凤凰杯满捧琼花酿，决然安排著巴豆、砒霜。玳瑁筵摆列著英雄将，休想著开宴出红妆！

【斗鹌鹑】安排下打凤捞龙，准备著天罗地网。那里是待客筵席，则是个杀人的战场！他每诚意诚心便休想，全不怕后人讲。

既然他谨谨相邀，我与你亲身便往。

【上小楼】你道他兵多将广，人强马壮？大丈夫双手俱全，一人拚命，万夫难当。你道隔汉江，起战场，急难亲傍？交他每鞠躬、鞠躬送的我来船上。

【幺篇】你道“先下手强，后下手殃”？一只手揝住宝带，臂展猿猱，剑扯秋霜。他待暗暗藏，我索紧紧防。都是狐朋狗党，小可如我千里独行，五关斩将。

【快活三】小可如我携亲侄访冀王，引阿嫂觅蜀皇。霸陵桥上气昂昂，侧坐在雕鞍上。

【鲍老儿】战鼓才挝斩了蔡阳，血溅在沙场上。刀挑了征袍离了许昌，唬杀曹丞相。向单刀会上，对两朝文武，更小可如三月襄阳。

【剔银灯】折末他雄纠纠军排成杀场，威凛凛兵屯合虎帐。大将军气锐在孙、吴上，倚著马如龙人似金刚。不是我十分强，硬主张，题著厮杀去摩拳擦掌。

【蔓菁菜】他便有快对才，能征将，排戈戟，列旗枪。对仗，三国英雄汉云长，端的豪气有三千丈！

【柳青娘】他只不过摆金钗六行，教仙音院奏笙簧，按《承云》乐章。教光禄寺准备琼浆，他那珍羞百味也寻常，更休题金杯玉觞，暗藏著阔剑长枪。我不用三停刀、千里骑和那百万铁衣郎。

【道和】我斟量，我斟量，东吴子敬有谋量，□□□，把咱、把咱无谦让，把咱、把咱闲魔障。我这龙泉三尺掣秋霜，□□□都只为竞边，你见了咱挡搜相，交他家难侵傍。□□□□□□□，交他、交他精神丧，绮罗丛血水似镬汤。觅□□□□□□□□□，杀的死尸骸屯满、屯满汉阳江。

【尾】须无那会临潼秦穆公，又无那宴鸿门楚霸王。折末满筵人

都摆列著先锋将，（带云）你前日上，放心。（唱）小可如我百万军中下马刺颜良时那一场攘！（下）

第四折

（关舍人云住）（一行都下）（净上，云了）（正末扮文子席间引卒子做船上坐，云）□□□□□□□□□□你是小可。（唱）

【双调·新水令】大江东去浪千叠，引著这数十人驾著这小舟一叶。不比九重龙凤阙，这里是千丈虎狼穴。大丈夫心别，来、来、来！我觑的单刀会似村会社。

【驻马听】水涌山叠，年少周郎何处也？不觉灰飞烟灭，可怜黄盖转伤嗟，破曹樯橹当时绝。鏖兵江水元然热，好交我心下情惨切：二十年流不尽英雄血！

【风入松】文学德行与□□，□□□□□。□国能谓不休说，一时多少豪杰！人生百年□□，□□□□不奢。

【胡十八】恰一国兴，早一朝灭，那里也舜五人、汉三杰？两朝阻隔六年别，不付能见也，恰又早老也！开怀的饮数杯，尽心儿笑一夜。

【庆东原】你把我真心待，将筵宴设，你这般攀今览古闲枝节。之乎者也，"诗云""子曰"，这句话早该豁口截舌！有意道说孙、刘，生被你搬的如吴、越。

【沉醉东风】想著俺汉高皇图王霸业，汉光武秉正除邪，汉献帝把董卓诛，汉皇叔把温侯灭。俺皇亲合情受汉朝家业。则您那吴天子是俺刘家甚枝叶？请你个不克己的先生自说！

【雁儿落】则为你三寸不烂舌，恼犯这三尺无情铁。这剑饥餐上将头，渴饮仇人血。

【得胜令】子是条龙在鞘中蛰，唬得人向座间呆。俺这故友才相见，剑呵！休交俺弟兄每厮间别。我这里听者，你个鲁大夫休乔怯！畅好是随邪，休怪我十分酒醉也！

【搅筝琶】闹吵吵军兵列，上来的休遮挡、莫拦截。我都交这剑下身亡，目前见血！你好似赵盾，我饱如灵辄，使不著你片口张舌，枉念的你文竭！（带云）壮士一怒，别话休提。来、来、来！（唱）好生的送我到船上者，咱慢慢的相别。

【离亭宴带歇指煞】见紫衫银带公人列，晚天凉江水冷芦花谢，心中喜悦。见昏惨惨晚霞收，冷飕飕江风起，急飐飐云帆扯。重重待，多承谢。道与梢工且慢者，早缆解放岸边云，船分开波中浪，棹搅碎江心月。辩谈有甚尽期，欢会分甚明夜？两国事须当去也。称不了老兄心，去不了俺汉朝节。

【沽美酒】鲁子敬没道理，请我来吃筵席。谁想您狗行狼心使见识，偷了我冲敌军的军骑，拿住也怎支持！

【太平令】交下麻绳，牢拴了行下省会，与爱杀人勇烈关西，用刀斧手施行可忒到为疾。快将斗来大铜锤准备，将头梢定起，待腿挺掂只，打烂大腿，尚古自豁不了我心下恶气！

题目　乔国老谏吴帝　司马徽休官职
正名　鲁子敬索荆州　关大王单刀会

残剧

唐明皇哭香囊

《唐明皇哭香囊》简称《哭香囊》。天一阁本《录鬼簿》正名《唐明皇启瘗（yì音易，掩埋）哭香囊》，简名《哭香囊》。曹本《录鬼簿》、《今乐考证》、《曲录》著录作《唐明皇哭香囊》。孟本《录鬼簿》、《太和正音谱》、《元曲选目》皆著录作《哭香囊》。此剧演杨贵妃死在马嵬坡后，唐明皇怀念她的故事，是一本历史故事的戏曲。剧中香囊一事，渊源于宋·乐史《太真外传》，在《旧唐书》卷五十一《后妃列传上》，以及明人裘昌今的《太真全史》里也有记载。还可参考清·洪昇《长生殿》第四十三出所写唐明皇由蜀回京，路过马嵬坡时，改葬贵妃杨玉环，开坟后不见杨的尸骨，只留下昔日明皇赐给杨妃的一个香囊。明皇见物思人，更加悲痛。关氏此作，失传很久，清初时可能尚存于世间，所以在清人李玉编辑的《北词广正谱》里残存了剧中的〔雪里梅〕〔幺篇〕〔络丝娘〕〔绵搭絮〕〔拙鲁速〕等五支曲文。今按杂剧联套惯例，次第如上，再依关所作杂剧凡用【越调·斗鹌鹑】者皆在第三折，故知此五支曲当属第三折。全剧系末本，第三折由唐明皇主唱。此剧故事，在元代初期剧作家王伯成所作的《天宝遗事》诸宫调里，亦有同样题材的套曲，现在还保存在《雍熙乐府》内。宋元间无名氏所作戏文有《马践杨妃》一本，剧本不传，剧目见于南戏《宦门子弟错立身》集南戏名目的曲内；还有元初期剧作家岳伯川所作《罗公远梦断杨贵妃》杂剧一本，剧本未存，《录鬼簿》有著录。以上两种戏曲，都是以杨贵妃之死做题材，但不知是否有哭香囊的一段关目。

【越调·雪里梅】闹炒炒[1]树头边，讼都都[2]絮无休；止不过添兵，离不了求救，您怎么诸葛武侯[3]！

【幺篇】你可甚分破[4]帝王忧，向沙塞[5]拥[6]戈矛[7]。那里也[8]断密[9]亡隋，排萧[10]剪闼[11]，擒充[12]戮窦[13]。

【络丝娘】不要你微分间[14]到口，则要你满饮这一盏劳神御酒。额角上花钿[15]坠不收，粉汗交流。

【绵搭絮】[16]玉簪[17]初绽，金菊才开，碧梧恰落，翠柳微凋，都做了野草闲花满地愁。说与那教坊司[18]、仙音院[19]，莫落后[20]。若得些松闲，共娘娘做取[21]个九月九[22]。

【拙鲁速】比当日黑河秋[23]，则不争拥着貂裘[24]。向前待问候，只见淡淡双蛾紧相斗[25]；翠眉皱，手按着骅骝，忔忒忒[26]战又怯，娇又羞。

---

[1] 闹炒炒：亦作"闹抄抄"。喧哗嘈杂貌，也指争吵貌。

[2] 讼都都：亦作"诵都都""诵笃笃"，唠唠叨叨。

[3] "您怎么"句：以反语相讥当时丞相李林甫、杨国忠，不能像诸葛亮那样保国抗敌。诸葛武侯，指三国时蜀汉丞相诸葛亮，刘禅继位后封武乡侯，谥忠武侯。

[4] 分破：分减、减少。元人口语。

[5] 沙塞：边塞。

[6] 拥：大队兵马向前挺进的意思。

[7] 戈矛：指军队。

[8] 那里也：意为哪里是、怎算得。

[9] 密：指李密。隋末瓦岗（在今河南滑县东）起义军首领，手下有单雄信、徐世勣、秦叔宝、程咬金等大将。初时辅助翟让，取得全军领导权。后杀让，对起义军起了严重破坏作用。兵败降唐，又以反唐被杀。

[10] 萧：指萧铣（xiǎn 音显）。南北朝时期后梁（亦称“北梁”）宣帝曾孙。隋末任罗川（今湖南湘阴东北）令。后巴陵（今湖南岳阳）校尉董景珍、雷世猛起兵，拥戴他为主，自称梁王。次年称帝，迁都江陵，割据长江中游等地。后兵败降唐，在长安被诛。

[11] 闼（tà 音踏）：指刘黑闼。隋末人，从窦建德起义。窦死后，他做首领，称东汉王，年号天造。后败于唐军被杀。

[12] 充：指王世充。隋新丰（今陕西临潼东北）人，祖籍西域。隋炀帝时任江都郡丞，因镇压起义军朱燮、管崇、孟让等，甚得宠信。炀帝死后次年，废杨侗自称皇帝，年号开明，国号郑。唐武德四年（621 年）兵败降唐，到长安为仇人所杀。

[13] 窦：指窦建德。隋末河北农民起义领袖，据乐寿（今河北献县），后称夏王，置百官，年号五凤，国号夏。每得战利品辄分给部众，自奉甚俭。在他的统治区内，“劝课农桑，境内无盗，商旅野宿”。后兵败死于长安。

[14] 微分间：少量的意思。

[15] 花钿（diàn 音电）：有两种用法，一是用作面饰，另一种是用作头饰。作为一种面饰，花钿是用一种牛鱼鳔制成的呵胶贴于额上的，卸妆时用热水敷软即可揭下。作为一种头饰，一般为用金、银、玉、贝等做成的花朵状装饰品，直接插入绾（wǎn 音挽）好的发髻起装饰的作用。

[16] 〔绵搭絮〕：曲牌名。也作〔绵答絮〕。属【越调】，全曲九句：四、四、四、四、七、七、二、二、五。

[17] 玉簪：花名，属百合科，多年生草本。花叶均有观赏价值，根、叶、花都可入药，花朵还能食用。

[18] 教坊司：唐代所设音乐机关。

[19] 仙音院：历代有仙韶院，伶人所居。唐·李屋《续世说》卷九：“特诏每月割仙韶院月料钱三百千添给，议者以与伶官分给，可为耻之。”“音”，盖“韶”之讹误。一说：仙音院是元世祖中统元年（1260 年）设立的音乐机关，后又改称玉宸院。

[20] 落后：拖延。

[21] 取：语尾助词，无义。

[22] 九月九：重阳节，又称为登高节，是中国传统节日之一。重阳节的来历可以追溯到上古时期，由古人对天象的崇拜而在秋天举行的丰收祭天、祭祖活动演变而来。

[23] 比当日黑河秋：与当年和番出塞、中途投河而死的王昭君相比。民间传说，王昭君和番，行至番汉交界处投水自杀。黑河，元·马致远《汉宫秋》剧说：王昭君和番，路经黑河，投水自尽。

[24] “则不”句：此承上句，意为马嵬坡前之杨贵妃其境遇很像当年和番出塞投河

而死的王昭君，所不同的只是她未穿貂裘而已。争，差。

［25］斗：合、锁。

［26］忔（yì 音义）忒忒（tè tè 音特特）：恐惧的样子。忔，厌烦。忒忒，拟声词，常用以形容心脏或肌肉异常跳动。

风流孔目春衫记

《风流孔目春衫记》简称《春衫记》。曹本《录鬼簿》、《今乐考证》、《曲录》著录作《风流孔目春衫记》，天一阁本《录鬼簿》著录作《春秋记》，《说集》本《录鬼簿》、孟本《录鬼簿》、《太和正音谱》、《元曲选目》皆著录作《春衫记》。《北词广正谱》仅收此一曲。另在【仙吕宫】联套举例中，有赵彦晖《春衫记》完整的一套，各曲次序为〔点绛唇〕〔混江龙〕〔油葫芦〕〔天下乐〕〔那吒令〕〔鹊踏枝〕〔寄生草〕〔尾声〕。但赵彦晖为散曲作家，并无剧作可查。《春衫记》为关所作则无疑问，因《太和正音谱》《元曲选》卷首及孟称舜本《录鬼簿》均著录在关汉卿名下，作《春衫记》。再据关作各剧第一折皆用【仙吕宫】套曲，因知此曲也属第一折。此剧内容不明，据曲文“我与你为妻”观之，大约是一本“杂剧十二科”里的风花雪月或是悲欢离合类的戏曲。该剧为旦本。

【仙吕·尾声】咱两个赤金鱼，将养在银盆内。我则要你成双到底，我与你为妻。却不道你真实，大古来[1]也真实；一家一计[2]，咱两个到黄泉[3]做鬼永不分离。

---

［1］ 大古来：大概、多半之意。

［2］ 一家一计：宋元时成语，一家人一条心的意思。

［3］ 黄泉：原意是地下深处的泉水或地下深处，后指人死后的葬处。《左传·隐公元年》："不及黄泉，无相见也。"又引申指阴曹地府。唐·白居易《长恨歌》："排空驭气奔如电，升天入地求之遍。上穷碧落下黄泉，两处茫茫皆不见。"

孟良盗骨

《孟良盗骨》题目正名，今不可考。元明戏曲书籍目录，都不见这本杂剧的著录，仅在《北词广正谱》里保存了【仙吕·青歌儿】一曲的残文，明确标为“关汉卿孟良盗骨剧”。此剧是搬演孟良到北番盗取杨继业尸骨的故事。这个故事在民间的流传相当古远，宋人话本里已经有了《五郎为僧》一本，见于宋·罗烨（yè 音夜）《醉翁谈录》著录。明代两部讲史小说——熊大木的《南北宋志传》、纪振伦的《杨家府通俗演义》，也都记载着这个动人的故事。元末剧作家朱凯有《昊天塔孟良盗骨》杂剧，现在还有刻本流传，收于《元曲选》。明人戏曲作品有施凤来所作的《三关记》传奇，现散出于明人戏曲选集中；又无名氏作《金牌记》传奇，剧本虽已失传，但见于《远山堂曲品》著录。清乾嘉时“承应大戏”的《昭代箫韶》，分为十本，共二百四十出，后来又改编为乱弹剧本的《铁旗阵》，均有剧本传流。以上这些搬演宋代杨家将故事的戏曲，其中都有和关汉卿所作杂剧同样题材的节目。近世的昆曲、京剧以及其他各地方的剧种里，也确实保存了不少以孟良盗骨故事为题材的演出剧目。秦腔、汉剧、川剧、上党梆子、河南越调，都有《昊天塔》，湘戏也有《孟良盗骨》，豫剧的《杨延景盗骨》，也是同样的题材。

【仙吕·青歌儿】算着我今年合尽[1]，来日个众军众军传令……

[1] 合尽：该死。尽，意为死亡。

佚目

姑苏台范蠡进西施

《姑苏台范蠡进西施》简称《进西施》。天一阁本《录鬼簿》正名《请退军勾践进西施》，简名《进西施》。曹本《录鬼簿》、《今乐考证》、《曲录》均著录作《姑苏台范蠡进西施》。《说集》本《录鬼簿》、孟本《录鬼簿》、《太和正音谱》均著录作《进西施》。此剧演越国范蠡进西施于吴王夫差的故事，是一本历史故事的戏曲。本事来源古远，出于汉·赵晔（yè 音业）的《吴越春秋》。按宋人董颖所作大曲《道宫薄媚》西子词，收于曾慥（zào 音造）的《乐府雅词》，是现存敷演西施故事最古的一种作品。金代无名氏所作院本《范蠡》一本，剧本未传，见元·陶宗仪《南村辍耕录》著录，也是搬演西施故事的戏曲。宋元间无名氏南戏有《浣纱女》一本，现有残曲保存在《九宫正始》中。元初剧作家赵明道有《陶朱公范蠡归湖》杂剧，未见传流，著录在各本的《录鬼簿》中。明代昆曲的代表作——梁辰鱼的《浣纱记》传奇，也是以范蠡西施为题材的戏曲。从明万历年起，直到今天，在舞台上还不断地有些散出在演唱着。近世的京剧里，也有这个故事翻演改编的新剧目。另外，在民间流传最盛的几部讲史小说，如明·余邵鱼的《列国志传》、冯梦龙的《新列国志》、清·蔡元放评的《列国志演义》等，都记载此事。关汉卿此杂剧的失传，大约是在明代中叶以前。

鲁元公主三啖赦

《鲁元公主三啖（dàn音但）赦》简称《三啖赦》。天一阁本《录鬼簿》简名《三吓吓》。《说集》本《录鬼簿》、孟本《录鬼簿》著录作《三啖赦》。曹本《录鬼簿》、《今乐考证》、《曲录》均著录作《鲁元公主三啖赦》。《太和正音谱》《元曲选目》著录作《三吓赦》。赫赫、啖赦不详其义。此剧当系敷衍《汉书·张耳传》高祖收捕张敖而鲁元公主乞赦事也。

薄太后走马救周勃

《薄太后走马救周勃》简称《救周勃》。天一阁本《录鬼簿》正名《薄太后救周勃》，简名《救周勃》。《说集》本《录鬼簿》、孟本《录鬼簿》、《太和正音谱》、《元曲选目》均著录作《救周勃》。曹本《录鬼簿》、《今乐考证》、《曲录》著录作《薄太后走马救周勃》。此剧是汉代历史故事戏曲，失传已久。剧中所搬演的是周勃被人诬告反叛而获得薄太后拯救的故事，原出于《汉书》卷四十周勃本传。宋元无名氏所作南戏亦有《周勃太尉》一种的名目，见于南戏《宦门子弟错立身》集南戏名目的〔哪吒令〕曲内，也是以周勃故事做题材的作品，现在亦未见传流下来。

升仙桥相如题柱

《升仙桥相如题柱》简称《升仙桥》。曹本《录鬼簿》、《今乐考证》、《曲录》著录作《升仙桥相如题柱》。《宝文堂书目》著录作《升仙桥》，但未标作者姓名。天一阁本《录鬼簿》、《说集》本《录鬼簿》、孟本《录鬼簿》、《太和正音谱》、《元曲选目》均未著录。此杂剧虽然失传已经很久，可是剧中的关目情节确切无疑是搬演司马相如和卓文君的遇合故事。这个故事起源古远，出于晋·葛洪的《西京杂记》和常璩（qú 音渠）的《华（huà 音化）阳国志》、唐·李瀚的《蒙求》等书。在《史记》卷一一七司马相如本传里也有记载。从宋元以来，司马相如和卓文君的恋爱故事在舞台上的演出传播极盛。宋·无名氏所作官本杂剧有“相如文君”一本的名目，见于《武林旧事》。宋元人无名氏的南戏有《司马相如题桥记》一本，现有残曲，保存在《南九宫曲谱》《九宫正始》等曲谱中；又《鸳鸯会》一本，见于南戏《宦门子弟错立身》里集南戏名目的〔排歌〕曲内。元代杂剧里和关作同样题材的作品更是丰富，有初期剧作家孙仲章的《卓文君白头吟》，中期剧作家施惠、范居中、黄天泽、沈珙四人合作的《鹔鹴（sù shuāng 音肃霜）裘》，末期剧作家屈子敬的《升仙桥相如题柱》，可惜现在都已不传，仅存名目见于《录鬼簿》。明代杂剧有汤式的《风月瑞仙亭》，见《录鬼簿续编》；无名氏的《卓文君双驾车》，见《太和正音谱》；还有无名氏的《汉相如四喜俱全记》《汉相如题桥记》两本，见《宝文堂书目》：以上各剧都已失传。明代传奇，如陆济之有《题桥记》，杨柔胜有《绿绮记》，并见吕天成《曲品》；陈贞贻有《当垆记》，韩上桂有《凌云记》，俱见《远山堂曲品》：以上皆无传本。至于现在所保存下来的作品，计有明初朱权的《卓文君私奔相如》杂剧，明末叶宪祖的《琴心雅调》杂剧，明万历时孙柚的《琴心记》传奇，明末袁于令的《鹔鹴裘》传奇，明末无名氏的《凤求凰》传奇，清人黄燮清的《茂陵弦》传奇等。近代各地方剧种里，也确实有不少描写相如文君故事的优秀剧目依然在舞台上演出。川剧高腔有全部的《鹔鹴裘》，便是传统的演出剧目。

丙吉教子立宣帝

《丙吉教子立宣帝》简称《立宣帝》。天一阁本《录鬼簿》、《说集》本《录鬼簿》、孟本《录鬼簿》、《太和正音谱》、《元曲选目》均著录作《立宣帝》。曹本《录鬼簿》、《今乐考证》、《曲录》著录作《丙吉教子立宣帝》。此剧失传已久。根据这本杂剧所题的正名，可推断是敷演关内侯丙吉议立汉宣帝的故事，是一本以汉代历史故事为题材的戏曲。这个故事见于《汉书》卷七十四《丙吉传》，丙吉应作邴吉，见《史记》卷九六本传。在宋元间的南戏作品中，有无名氏所作《丙吉教子立宣帝》一本，见于《宦门子弟错立身》的集南戏名目的〔鹊踏枝〕曲内，可惜原剧久佚。元初期剧作家李宽甫有《汉丞相丙吉问牛喘》一本杂剧，今未流传，只见《录鬼簿》著录的名目。该剧虽然也是搬演丙吉事迹，但是不知道和关作杂剧的题材是否有相同的地方。

汉匡衡凿壁偷光

《汉匡衡凿壁偷光》简称《凿壁偷光》。天一阁本《录鬼簿》题目作《夜读孝（书）凿壁偷光》，简名《凿壁偷光》。《说集》本《录鬼簿》、孟本《录鬼簿》、《太和正音谱》、《元曲选目》均著录作《凿壁偷光》。曹本《录鬼簿》、《今乐考证》、《曲录》著录作《汉匡衡凿壁偷光》。此剧搬演匡衡家贫好学而凿壁偷光读书的故事。本事源于晋·葛洪的《西京杂记》;《史记》卷九十六《张丞相列传》和唐·李瀚的《蒙求》也载有此事。

汉元帝哭昭君

《汉元帝哭昭君》简称《哭昭君》。天一阁本《录鬼簿》、《说集》本《录鬼簿》、孟本《录鬼簿》、《太和正音谱》、《元曲选目》均著录作《哭昭君》。曹本《录鬼簿》、《今乐考证》、《曲录》著录作《汉元帝哭昭君》。此剧当是搬演汉代王昭君和番的故事。它出于晋·葛洪的《西京杂记》。元初期剧作家的作品多有采取这个题材敷演为杂剧的，如马致远的《破幽梦孤雁汉宫秋》，至今盛传于世；还有吴昌龄作的《月夜走昭君》、张时起的《昭君出塞》，现已失传，止见于《录鬼簿》的著录。明人杂剧作品，现在流传的有陈与郊所作《昭君出塞》一本。明代传奇作品，王元寿的《紫台怨》、陈宗鼎的《宁胡记》并见于《远山堂曲品》著录，但是未见传本。尚有无名氏所作的《和戎记》传奇，现有刊本流传；又《青冢记》传奇，只存散出《昭君出塞》，在昆曲中还是一个常见演唱的优秀剧目。近代各地方的剧种里面，如福建梨园戏、川剧高腔、秦腔、滇剧都有全部的《王昭君》；汉剧、婺（wù音务）剧、长沙湘戏、温州乱弹有《昭君和番》，湖北高腔、绍兴乱弹也有《和番》，新昌高腔、粤剧有《昭君出塞》等。至于民间文学方面，通俗小说有无名氏所作的《双凤奇缘》；说唱鼓词、子弟书、小段鼓书、弹词开篇、鼓子曲、清音、南音等各种曲艺里，也都含有不少关于昭君出塞故事的优秀节目。

白衣相高凤漂麦

《白衣相高凤漂麦》简称《高凤漂麦》。天一阁本《录鬼簿》、《太和正音谱》、《元曲选目》均著录作《高凤漂麦》。曹本《录鬼簿》、《今乐考证》、《曲录》著录作《白衣相高凤漂麦》。《说集》本《录鬼簿》、孟本《录鬼簿》未著录。此杂剧是以汉代历史故事为题材的，搬演高凤年轻时勤学好读，忘了场院所曝的麦子，以致麦子为大雨所漂流起来的故事。剧中本事出于《后汉书》卷一一三《高凤传》，唐·李瀚《蒙求》一书亦有记载。

徐夫人雪恨万花堂

《徐夫人雪恨万花堂》简称《万花堂》。天一阁本《录鬼簿》题目作《孙太守错疑三虎将》，正名《徐夫人雪恨万花堂》，简名《万花堂》。《说集》本《录鬼簿》、孟本《录鬼簿》、《太和正音谱》均著录作《万花堂》。《元曲选目》著录作《黄花峪》，注云："一云《万花堂》。"《今乐考证》著录作《刘夫人书写万花堂》。《曲录》著录作《刘夫人写恨万花堂》。此剧搬演三国时东吴孙翊妻徐氏替夫报仇的故事，源出于《三国志·吴书》卷六《孙韶传》中裴松之的注文。讲史小说《三国演义志传》也载有此事。关氏此剧，久已失传。

终南山管宁割席

《终南山管宁割席》简称《管宁割席》。天一阁本《录鬼簿》正名《终南山管宁割席》，简名《管宁割席》。《说集》本《录鬼簿》、孟本《录鬼簿》、曹本《录鬼簿》、《太和正音谱》、《元曲选目》、《今乐考证》、《曲录》均著录作《管宁割席》。本杂剧采取三国历史题材，搬演管宁和友人华歆同窗读书而割席分坐的故事。剧中本事源于南朝宋·刘义庆的《世说新语》，唐·李瀚的《蒙求》也记载此事。

金谷园绿珠坠楼

《金谷园绿珠坠楼》简称《绿珠坠楼》。天一阁本《录鬼簿》著录作《石崇妾绿珠坠楼》，简名《绿珠坠楼》。《说集》本《录鬼簿》、《太和正音谱》、《元曲选目》均著录作《绿珠坠楼》。孟本《录鬼簿》、《曲录》著录作《金谷园绿珠坠楼》。曹本《录鬼簿》著录作《绿珠坠楼神曲者》。《今乐考证》著录作《金谷园绿珠坠楼》。此剧失传已久，当是敷演绿珠坠楼的故事。此故事起源颇早，唐·李瀚的《蒙求》已见记载。宋·乐史所作传奇文《绿珠传》一篇，就是演述这个故事的作品，《晋书》卷三十三《石崇传》亦载此事。明末毕魏所作的《竹叶舟》传奇即有这个故事，现在尚有流传的钞本。明代话本里，有《绿珠坠楼记》一篇，保存在明·何大抡的《燕居笔记》小说集中。近世地方戏中，川剧胡琴有《绿珠坠楼》，川剧高腔有《金谷园》，京剧亦曾演出过以绿珠坠楼为题材的剧目。

孙康映雪

《孙康映雪》，天一阁本《录鬼簿》、《说集》本《录鬼簿》、孟本《录鬼簿》、曹本《录鬼簿》、《太和正音谱》、《元曲选目》、《今乐考证》、《曲录》均著录作《孙康映雪》。此剧是以晋代历史故事为题材的，搬演孙康家贫而映雪读书的故事。剧中本事源于唐·李瀚的《蒙求》，唐·欧阳询《艺文类聚》亦载此事。

苏氏进织锦回文

《苏氏进织锦回文》简称《织锦回文》。天一阁本《录鬼簿》正名《窦滔妻织锦回文》，简名《织锦回文》。《说集》本《录鬼簿》、孟本《录鬼簿》、《太和正音谱》、《元曲选目》均著录作《织锦回文》。曹本《录鬼簿》著录作《苏氏进织锦回纹》。《今乐考证》《曲录》著录作《苏氏进织锦回文》。本杂剧失传已久。剧中情节当是搬演苏蕙织锦作回文旋图的诗，寄给被徙流沙的丈夫窦滔的故事，是一本以晋代历史故事做题材的戏曲。其本事出于《晋书》卷九十六《列女传·窦滔妻苏氏》；又唐·武则天曾有《窦滔妻苏氏织锦回文记》一文。相传清代戏剧小说家李渔所作的通俗小说《合锦回文传》，也是演述苏蕙作回文诗故事的名著。

隋炀帝牵龙舟

《隋炀帝牵龙舟》简称《牵龙舟》。天一阁本《录鬼簿》、《说集》本《录鬼簿》、《太和正音谱》、《元曲选目》著录作《牵龙舟》。孟本《录鬼簿》著录作《牵龙衣》，“衣”字疑误。曹本《录鬼簿》、《今乐考证》、《曲录》均著录作《隋炀帝牵龙舟》。此剧是以隋代历史故事做题材的，搬演隋炀帝荒淫无道、游幸江都的故事。其中关目情节，大抵取材于唐·颜师古的《大业拾遗记》和宋·无名氏的《开河记》等笔记小说。关氏此作，久已失传。元初期剧作家庾天锡所作杂剧有《隋炀帝游幸锦帆舟》一种，亦无传本，见《录鬼簿》著录，和关作的题材大致相同。考此故事，在民间的流传极称繁盛，金代无名氏所作院本即有《牵龙舟》一本的名目，见于《南村辍耕录》。明清两代的讲史小说，如罗贯中的《隋唐两朝志传》，齐东野人的《隋炀艳史》，袁于令的《隋史遗文》，清·褚人获的《隋唐演义》，以及冯梦龙的《醒世恒言》里的《隋炀帝逸游召谴》一篇，都有隋炀帝牵龙舟故事的节目。

屈勘宣华妃

《屈勘宣华妃》简称《宣华妃》。天一阁本《录鬼簿》简名《宣花妃》，“花”“华”二字通用。《说集》本《录鬼簿》、孟本《录鬼簿》、《太和正音谱》、《元曲选目》均著录作《宣华妃》。曹本《录鬼簿》、《今乐考证》、《曲录》著录作《屈勘宣华妃》。《百川书志》卷六著录《珍珠龙凤汗衫记》三卷题“元关汉卿撰”，注云《太和正音谱》名为《宣华妃》，说明明代嘉靖年间，此剧还留存于世。关氏此作是一本以隋代历史故事为题材，搬演隋炀帝荒淫无道、霸占其父隋文帝的宣华妃陈氏的故事。后世的讲史小说《隋唐两朝志传》《隋炀帝艳史》《隋唐演义》等书，也都记载了这个故事。

武则天肉醉王皇后

《武则天肉醉王皇后》简称《王皇后》。天一阁本《录鬼簿》略作《肉生王皇后》,“生”字当为“醉”字之误;简名《王皇后》。《说集》本《录鬼簿》、孟本《录鬼簿》、《太和正音谱》、《元曲选目》均著录作《王皇后》。曹本《录鬼簿》、《今乐考证》、《曲录》著录作《武则天肉醉王皇后》。此剧久已失传。剧中本事,想是搬演武则天以酒杀害唐高宗的废后王皇后的故事,渊源于新、旧《唐书》的《后妃列传》里的事实,纯是一本唐代历史故事的戏曲。金代无名氏作的院本中有《武则天》的剧目,见《南村辍耕录》著录。

唐太宗哭魏徵

《唐太宗哭魏徵（zhēng 音征）》简称《哭魏徵》。天一阁本《录鬼簿》正名《唐太宗哭魏徵》，简名《哭魏徵》。《说集》本《录鬼簿》、孟本《录鬼簿》、《太和正音谱》、《元曲选目》均著录作《哭魏徵》。曹本《录鬼簿》、《今乐考证》、《曲录》均著录作《唐太宗哭魏徵》。此剧是敷演唐代名臣魏徵死后，唐太宗亲临吊祭的故事。剧中本事可以参看《旧唐书》卷七十一《魏徵列传》、《新唐书》卷九十七《魏徵列传》；明人熊大木所作讲史小说《唐书志传通俗演义》，亦有此段节目。关氏此作在明初时尚见流传，所以在《永乐大典》卷二〇七四四“杂剧八”册里，还保存着这本杂剧。遗憾的是《永乐大典》在1860年时散失亡佚了。

风雪狄梁公

《风雪狄梁公》简称《狄梁公》。天一阁本《录鬼簿》、《说集》本《录鬼簿》、孟本《录鬼簿》、《太和正音谱》、《元曲选目》均著录作《狄梁公》。曹本《录鬼簿》、《今乐考证》、《曲录》著录作《风雪狄梁公》。此剧失传已久。当是搬演唐人梁国公狄仁傑的故事。可参看《旧唐书》卷八九《狄仁傑传》。

藏阄会

《藏阄会》，天一阁本《录鬼簿》著录，其他诸本均未著录。此剧因为失传已久，所以现在无从考究它的关目情节。按金代无名氏所作院本有《藏阄会》一种名目，见于《南村辍耕录》著录。这种院本大约和关作此剧所演的是同样的题材。

刘夫人救哑子

《刘夫人救哑子》简称《救哑子》。天一阁本《录鬼簿》、《说集》本《录鬼簿》、孟本《录鬼簿》、《太和正音谱》、《元曲选目》均著录作《救哑子》。曹本《录鬼簿》、《今乐考证》、《曲录》著录作《刘夫人救哑子》。此剧失传已久，剧中本事难以稽考。在关氏的戏曲作品中，有《曹太后死哭刘夫人》杂剧一本，是敷演五代后唐太宗的正室刘夫人的故事，和此剧中的刘夫人颇有可能是同一人物。至于“哑子”这个人物，很怀疑是“亚子”的错误。“亚子”原是后唐庄宗李存勖（xù 音旭）的乳名，当时人又称作“亚次”，见《五代史·伶官传》的记载。按照这种假定，本杂剧也是一部以五代历史故事为题材的戏曲。

曹太后死哭刘夫人

《曹太后死哭刘夫人》简称《刘夫人》。天一阁本《录鬼簿》略称《死哭刘夫人》，简名《刘夫人》。《说集》本《录鬼簿》、《太和正音谱》、《元曲选目》均著录作《刘夫人》。曹本《录鬼簿》、《今乐考证》、《曲录》均著录作《曹太后死哭刘夫人》。关氏此剧是一本五代历史故事的戏曲，搬演唐太宗的正室刘夫人和次妃曹氏的故事，大抵来源于《五代史记》(《新五代史》的原名）的唐《家人传》。至于剧本，久已失传。

甲马营降生赵太祖

《甲马营降生赵太祖》简称《赵太祖》。天一阁本《录鬼簿》正名作《甲马营降生赵太祖》，简名《赵太祖》。《说集》本《录鬼簿》、孟本《录鬼簿》、《太和正音谱》、《元曲选目》均著录作《降生赵太祖》。曹本《录鬼簿》、《今乐考证》、《曲录》均著录作《甲马营降生赵太祖》。关氏此作久已不传。剧中情节是搬演宋太祖赵匡胤出生以后的一段故事。赵匡胤降生在甲马营（正史作“夹马营”）的事迹，可以参看《宋史》的《太祖本纪》。明人熊大木的讲史小说《南北宋志传》里亦有记载。

吕蒙正风雪破窑记

《吕蒙正风雪破窑记》简称《破窑记》。天一阁本《录鬼簿》题目为《糟糠妻四马七香车》，正名《吕蒙正风雪破窑记》，简名《破窑记》。曹本《录鬼簿》、《曲录》均著录作《吕蒙正风雪破窑记》。《太和正音谱》《元曲选目》著录作《破窑记》，并注云："二本。"《今乐考证》著录作《吕蒙正风雪破窑记》，注云："有二本。"《说集》本《录鬼簿》、孟本《录鬼簿》未著录。此剧当是搬演宋人吕蒙正穷困时和刘月娥抛彩结婚的故事。故事大抵出于宋人的笔记小说，如欧阳修《归田录》和《六一诗话》、邵博《河南邵氏闻见录》、叶梦得《避暑录话》、王铚（zhì 音至）《默记》等书。至于饭后钟事，乃是取材于唐·孙光宪《北梦琐言》里段文昌故事和五代王定保《摭言》中王播故事，改换而成。关氏此作，现已失传。和关氏同时代的剧作家王实甫，亦有《吕蒙正风雪破窑记》杂剧之作，现在还有传本，所以《太和正音谱》著录关作杂剧的注文里特别地标出说有"二本"。《永乐大典》卷二〇七四八"杂剧十二"册选有《吕蒙正风雪破窑记》一本，但是现存目录没有明确标出作者的名氏，并且《永乐大典》亦已散失，所以现在无从得知所选的杂剧究竟是关作还是王作。元初期剧作家马致远亦有《吕蒙正风雪斋后钟》杂剧一本，也是同样题材的作品，可惜久已失传，只见于《录鬼簿》的著录。还有元代无名氏南戏里，有《吕蒙正破窑记》一种，现在尚有刻本流传，明代又出现改编本《彩楼记》传奇；舞台上所常见演出的剧目，无论是弋（yì 音亿）阳腔，还是昆山腔的形式，采用的都是明代改编本。近代的各地方剧种以及民间说唱文学里，确实遗留下来数量不少的以吕蒙正故事为题材的精彩节目，如福建梨园戏有全部的《吕蒙正》，桂剧有《破窑记》，川剧高腔有《彩楼记》，汉剧、河北梆子、武安落子有《吕蒙正赶斋》，上党落子有《赶斋》，长沙湘剧有《蒙正赶斋》《回窑泼粥》等戏，都是常见演唱的剧目。

晏叔原风月鹧鸪天

《晏叔原风月鹧鸪天》简称《鹧鸪天》。天一阁本《录鬼簿》、《说集》本《录鬼簿》、孟本《录鬼簿》、《太和正音谱》、《元曲选目》均著录作《鹧鸪天》。曹本《录鬼簿》、《今乐考证》著录作《晏叔元风月鹧鸪天》。《曲录》著录作《晏叔原风月鹧鸪天》。此剧失传已久。其内容情节当是搬演宋代词人晏叔原事，但不知是否即沈雄《古今词话》中所载的宋仁宗宣召晏叔原作《鹧鸪天》词的故事。按，元初期剧作家李直夫所作杂剧《晏叔原风月夕阳楼》，亦演晏叔原事，剧本也不传，只见于《录鬼簿》的著录。现已无法考见这两种杂剧作品内容情节的异同。

秦少游花酒惜春堂

《秦少游花酒惜春堂》简称《惜春堂》。天一阁本《录鬼簿》题目为《韩梅英影舞鸣珂巷》，正名《秦少游花酒惜春堂》，简名《惜春堂》。其他诸本均未著录。此剧失传已久。剧中内容情节，当是敷演宋代词人秦少游的故事无疑，很可能是一部属于“杂剧十二科”中风花雪月类题材的戏曲。考秦少游一生的艳事逸闻，在民间流传颇盛，大部分散见于宋人笔记小说里，如洪迈的《夷坚志》，王楙（mào 音冒）的《野客丛书》等，皆有记载。元中期剧作家鲍天祐作有《王妙妙死哭秦少游》杂剧一部，也是搬演秦少游故事的作品，现今不存，仅见《录鬼簿》著录名目。

宋太皇御断姻缘簿

《宋太皇御断姻缘簿》简称《姻缘簿》。天一阁本《录鬼簿》、《说集》本《录鬼簿》、孟本《录鬼簿》、《太和正音谱》、《元曲选目》均著录作《姻缘簿》。曹本《录鬼簿》、《今乐考证》、《曲录》著录作《宋上皇御断姻缘簿》。关氏此作，久已不见流传，所以剧本内容情节现已无法考见。若是从此剧的正名推测，可知是一部属于“杂剧十二科”悲欢离合类的宋人故事。

开封府萧王勘龙衣

《开封府萧王勘龙衣》简称《勘龙衣》。天一阁本《录鬼簿》、《说集》本《录鬼簿》、孟本《录鬼簿》、《太和正音谱》、《元曲选目》均著录作《勘龙衣》。曹本《录鬼簿》、《今乐考证》、《曲录》著录作《开封府萧王勘龙衣》。此剧失传已久，情节待考。剧中主要角色萧王亦不知其为何人。或是一部以宋代历史故事为题材的戏曲。

董解元醉走柳丝亭

《董解（jiè 音介）元醉走柳丝亭》简称《柳丝亭》。天一阁本《录鬼簿》、《太和正音谱》、《元曲选目》著录作《柳丝亭》。曹本《录鬼簿》、《今乐考证》、《曲录》著录作《董解元醉走柳丝亭》。《说集》本《录鬼簿》、孟本《录鬼簿》未著录。此剧已失传，剧中内容无法稽考。根据本杂剧正名揣想，大约是一部属于“杂剧十二科”里风花雪月类故事的戏曲。

风流郎君三负心

《风流郎君三负心》简称《三负心》。天一阁本《录鬼簿》题目作《烟花妓女双逃走》，正名作《风流郎君三负心》，简名《三负心》。曹本《录鬼簿》、《今乐考证》、《曲录》著录作《风月状元三负心》。孟本《录鬼簿》、《太和正音谱》、《元曲选目》著录作《三负心》。关作此剧失传已久，所以剧中情节已无可考；这很可能是“杂剧十二科”里烟花粉黛类题材的戏曲。还有人认为此剧是搬演陈叔文玩月谋杀妓女崔兰英的故事，出于宋·刘斧《青琐高议》后集卷四。

老女婿金马玉堂春

《老女婿金马玉堂春》简称《玉堂春》。天一阁本《录鬼簿》题目作《小夫人玉辇金花诰》，正名《老女婿金马玉堂春》，简名《玉堂春》。曹本《录鬼簿》、《今乐考证》、《曲录》著录作《老女婿金马玉堂春》。孟本《录鬼簿》、《太和正音谱》、《元曲选目》未著录。此剧失传很久，所以剧中的内容情节已无可考。但是近人有说这本杂剧和元初期剧作家武汉臣所作的《郑琼娥梅雪玉堂春》杂剧，“两者名目虽不尽相同，内容大概必相似”；又说“情节当同清·陈二白的《双官诰》传奇”。这样的结论恐出臆测。

太常公主认先皇

《太常公主认先皇》简称《认先皇》。题目不详，“太常公主”疑当作“太长宫主”。此剧大约是一部历史故事的戏曲。其中关目情节，因为剧本失传已久，现已无从稽考。天一阁本《录鬼簿》正名作《太常公主认先皇》，简名作《认先皇》。曹本《录鬼簿》、《今乐考证》及《曲录》均著录作《太常公主认先皇》。《说集》本《录鬼簿》、孟本《录鬼簿》、《太和正音谱》、《元曲选目》均著录作《认先皇》。

金花交钞三告状

《金花交钞三告状》简称《三告状》。天一阁本《录鬼簿》正名作《金花交钞三告状》，简名作《三告状》。《说集》本《录鬼簿》、孟本《录鬼簿》、曹本《录鬼簿》、《太和正音谱》、《今乐考证》、《曲录》均著录作《金银交钞三告状》。《元曲选目》著录作《金银交钞》，注文标作“三告状”。关作此剧失传已久，其中关目情节现已无法考知。

刘盼盼闹衡州

《刘盼盼闹衡州》简称《刘盼盼》。天一阁本《录鬼簿》、孟本《录鬼簿》著录作《闹荆州》。《说集》本《录鬼簿》著录作《闹刑州》。《太和正音谱》《元曲选目》著录作《闹邢州》。曹本《录鬼簿》、《今乐考证》、《曲录》均著录作《刘盼盼闹衡州》。关作此剧早已不见传本，剧中内容情节现已无法考见。剧中主要角色当是刘盼盼。这本杂剧大约是"杂剧十二科"里烟花粉黛一类题材的戏曲。按金人无名氏所作院本有《刘盼盼》一本，见《辍耕录》著录，原本久已失传。元·无名氏有《刘盼盼》南戏一本，见《南词叙录》的宋元旧篇著录。虽然剧本不存，尚有佚曲若干支散见于《南九宫曲谱》《九宫正始》等书。以上两种戏曲所搬演的故事，恐怕和关作杂剧是同样的题材。

荒坟梅竹鬼团圆

《荒坟梅竹鬼团圆》简称《鬼团圆》。天一阁本《录鬼簿》题目为《舞榭烟花生间阻》，正名《荒坟梅竹鬼团圆》，简名《鬼团圆》。《说集》本《录鬼簿》、孟本《录鬼簿》、《太和正音谱》、《元曲选目》均著录作《鬼团圆》。曹本《录鬼簿》、《今乐考证》、《曲录》均著录作《荒坟梅竹鬼团圆》。关作此剧失传已久，内容情节已无从考见。元人无名氏有南戏《梅竹姻缘》一本，在《九宫正始》里残存着佚曲。这本南戏和关作本杂剧，疑当是同样的题材，同属于"杂剧十二科"里烟花粉黛类的戏曲。但有人却指这本杂剧和明初剧作家贾仲明所作《紫竹琼梅双坐化》杂剧是搬演同一故事的作品。贾作杂剧的题目是"行童尼士两归元"，剧本失传，只见著录于《录鬼簿续编》，不知与关作是否为同一故事。

卢亭亭挑水浇花旦

《卢亭亭挑水浇花旦》简称《浇花旦》。天一阁本《录鬼簿》正名《卢亭亭挑水浇花旦》，简名《浇花旦》。《说集》本《录鬼簿》、孟本《录鬼簿》著录作《担水浇水旦》。《太和正音谱》《元曲选目》著录作《担水浇花旦》，注文并说此剧有“二本”。曹本《录鬼簿》、《今乐考证》著录作《崔玉箫担水浇水旦》。《曲录》著录作《崔玉箫担水浇花》，脱“旦”字。按关氏同时代的剧作家李文蔚亦有《卢亭亭挑水浇花旦》杂剧，久已失传，仅见于各本《录鬼簿》著录。它和关作杂剧的题材必然相同，所以《太和正音谱》著录此剧时，特意标出是有“二本”的。由于关、李两家作品的失传，剧中的内容情节现已无从稽考。宋代无名氏官本杂剧里的《浇（或误作“烧”字）花新水》（见宋·周密《武林旧事》著录），金代无名氏作院本的《浇花新水》（见《辍耕录》著录），两种失传的古剧，亦无从考知其本事如何，也不知和关作杂剧是否为同样的题材。

吕无双铜瓦记

《吕无双铜瓦记》简称《铜瓦记》。天一阁本《录鬼簿》、《太和正音谱》、《元曲选目》著录作《铜瓦记》。《说集》本《录鬼簿》、孟本《录鬼簿》、曹本《录鬼簿》、《今乐考证》、《曲录》均著录作《吕无双铜瓦记》。曹本《录鬼簿》、《今乐考证》并有注云:"'瓦'一作'丸'。"此剧久已不见传流,因之剧中的关目情节现已无从查考。元初期剧作家李寿卿有《吕无双远波亭》杂剧名目,见于《录鬼簿》著录,剧中主角亦是吕无双,这两本杂剧也可能是同样的题材。

风雪贤妇双驾车

《风雪贤妇双驾车》简称《双驾车》。天一阁本《录鬼簿》题目《花酒郎君单捻怪》，正名《风雪贤妇双驾车》，简名《双驾车》。《说集》本《录鬼簿》、孟本《录鬼簿》、《太和正音谱》、《元曲选目》均著录作《双驾车》。曹本《录鬼簿》、《今乐考证》、《曲录》均著录作《贤孝妇风雪双驾车》。《今乐考证》《曲录》均著录作《贤孝妇风雪双驾车》。此剧久已不见传流，内容不详；从此剧的题目、正名看，大约是属于"杂剧十二科"里孝义廉节类题材的戏曲。

柳花亭李婉复落娼

《柳花亭李婉复落娼》简称《复落娼》。天一阁本《录鬼簿》题目《风月街妓女双告状》，正名《柳花亭李婉复落娼》，简名《复落娼》。正名的“亭”字又误作“高”，“婉”字亦为脱落。《说集》本《录鬼簿》、孟本《录鬼簿》、《太和正音谱》、《元曲选目》均著录作《复落娼》。曹本《录鬼簿》、《今乐考证》、《曲录》作《柳花亭李婉复落娼》。此剧失传很久，虽然不能详知剧中的关目情节，但从这本杂剧的题目正名推测，可知是一部属于“杂剧十二科”里烟花粉黛类故事的戏曲。元代无名氏南戏作品中有《李婉》一种，剧名亦别题“复落娼”。原本虽已不传，但仍存有残曲散载于《南九宫曲谱》《九宫正始》《南词定律》等曲谱。这部南戏和关作杂剧，很可能是同样的题材。

双提尸鬼报汴河冤

《双提尸鬼报汴河冤》简称《汴河冤》。天一阁本《录鬼簿》略作《鬼报汴河冤》，简名《汴河冤》。《说集》本《录鬼簿》、孟本《录鬼簿》、《太和正音谱》、《元曲选目》均著录作《汴河冤》。曹本《录鬼簿》、《今乐考证》、《曲录》均著录作《双提尸冤报汴河冤》。此剧久无传本，剧中内容情节无从查考。按元中期剧作家郑光祖的杂剧作品，有《三落水鬼泛采莲舟》一种，题目是《二阴魂屈死汴河冤》，见明钞本《录鬼簿》著录。剧本亦未传世，不知其本事如何，和关作杂剧是否为同样的题材。

醉娘子三撇嵌

《醉娘子三撇嵌》简称《三撇嵌》。天一阁本《录鬼簿》、《说集》本《录鬼簿》、孟本《录鬼簿》、《太和正音谱》、《元曲选目》著录作《三撇嵌》。曹本《录鬼簿》、《今乐考证》、《曲录》著录作《醉娘子三撇嵌》。《曲录》脱落“嵌”字。此剧久已不见传流世间，以致剧中的故事内容现已无法稽考。

月落江梅怨

《月落江梅怨》简称《江梅怨》。天一阁本《录鬼簿》、《说集》本《录鬼簿》、孟本《录鬼簿》、《太和正音谱》、《元曲选目》均著录作《江梅怨》。曹本《录鬼簿》、《今乐考证》、《曲录》著录作《月落江梅怨》。剧本早已失传，其中的关目情节现已无法考索。若是从这本杂剧的正名推测它的内容，大约是一部属于“杂剧十二科”中悲欢离合类故事的戏曲。

楚云公主酹江月

《楚云公主酹（lèi 音泪）江月》简称《酹江月》。天一阁本《录鬼簿》著录作《酹江月》。《说集》本《录鬼簿》著录作《酻（fú 音扶，同“浮”）江月》，“酻”字误。《太和正音谱》著录作《酧（chóu 音绸，“酬”的异体字）江月》，“酧”字亦误。孟本《录鬼簿》、《元曲选目》著录作《酹江月》。曹本《录鬼簿》、《今乐考证》、《曲录》均著录作《楚云公主酹江月》。此剧久已不见传流于世，剧中的内容情节现已无从考见。试看这本杂剧的正名，楚云公主大约是剧中主要角色，然而她的事迹无考。〔酹江月〕是一个词牌名目。这本杂剧很可能是一部属于“杂剧十二科”的风花雪月或是悲欢离合故事的戏曲。

翠华妃对玉钗

《翠华妃对玉钗》简称《对玉钗》。天一阁本《录鬼簿》著录作《对玉钗》,《太和正音谱》著录作《对玉钏(chuàn音串)》,“钏”字误。《元曲选目》著录作《对玉梳》,注云“一云对玉钏”。“梳”“钏”两字并误。《说集》本《录鬼簿》、孟本《录鬼簿》未著录。曹本《录鬼簿》、《今乐考证》、《曲录》均著录作《翠华妃对玉钗》。《对玉梳》是明初剧作家贾仲明所作《荆楚臣重对玉梳记》杂剧的简名,现有刊本流传,确非关氏作品。此剧失传已久,本事无考。剧中主要角色翠花妃的事迹,今亦不详。关氏此作大约是一部“杂剧十二科”内悲欢离合题材的戏曲。

介休县敬德降唐

《介休县敬德降唐》简称《敬德降唐》。天一阁本《录鬼簿》正名《武周将敬德降唐》，简称《敬德降唐》。《说集》本《录鬼簿》、孟本《录鬼簿》、《太和正音谱》均著录作《敬德降唐》。《元曲选目》著录作《敬德归唐》。曹本《录鬼簿》、《今乐考证》、《曲录》著录作《介休县敬德降唐》。此剧是以唐代历史故事为题材的戏曲，失传已久。剧中情节当是搬演尉迟敬德归降唐太宗的故事，渊源于《旧唐书》卷六八尉迟敬德本传。明·无名氏有《投唐记》传奇，也是敷演同样的故事，见《曲海总目提要》著录，现在仅存散出。明代讲史小说熊大木的《唐书志传通俗演义》、说唱鼓词诸圣邻的《大唐秦王词话》，都有这个尉迟敬德归唐的节目。

没兴风雪瘸马记

《没兴风雪瘸马记》简称《瘸马记》。天一阁本《录鬼簿》、《说集》本《录鬼簿》、孟本《录鬼簿》、《太和正音谱》、《元曲选目》均著录作《瘸马记》。曹本《录鬼簿》、《今乐考证》、《曲录》著录作《没兴风雪瘸马记》。此剧失传已久，剧中内容、情节无考。

萱草堂玉簪记

《萱草堂玉簪记》简称《玉簪记》。天一阁本《录鬼簿》、《说集》本《录鬼簿》、孟本《录鬼簿》、《太和正音谱》、《元曲选目》均著录作《玉簪记》。曹本《录鬼簿》、《曲录》均著录作《萱（xuān 音宣）草堂玉簪记》。《今乐考证》著录作《护草堂玉簪记》。此剧久已不见流传，剧中关目情节已无从查考，大约是一部属于“杂剧十二科”中悲欢离合类题材的戏曲。此剧以“萱草堂”为名，疑孝养老母是其重要关目之一。

散曲

小 令

【正宫】白鹤子[1]

四时春富贵，万物酒风流[2]。澄澄水如蓝[3]，灼灼[4]花如绣。

花边停骏马，柳外[5]缆[6]轻舟。湖内画船交，湖上骅骝骤[7]。

鸟啼花影里，人立粉墙[8]头。春意两丝牵[9]，秋水双波溜[10]。

香焚金鸭鼎[11]，闲傍[12]小红楼。月在柳梢头，人约黄昏后[13]。

---

[1] 〔白鹤子〕：曲牌名。属【正宫】，用于剧曲和散曲小令。宋代政和年间成书的道乐词曲集《玉音法事》中有《白鹤》曲，宋太宗、宋真宗、宋徽宗都有御制《白鹤词》，但均为七言四句。《全金元词》中收录了全真道士马钰《赠吴知纲》二首，词牌原名《白观音》，自注曰“本名〔白鹤子〕”。马钰词上下片各五言四句，曲牌〔白鹤子〕则取其一半，句格与词同，也为五、五（韵脚），五、五（韵脚），但格律有异。此曲共四首，均见于《太平乐府》三。

[2] “四时”二句：一年四季，只有春天的景象最为旖旎（yǐ nǐ 音倚拟）富丽；世间万物，唯有美酒最能助人逸兴。

[3] 澄澄水如蓝：清澈的湖水如同蓼（liǎo 音了）蓝的颜色。澄，水清澈貌。蓝，一般是指用靛（diàn 音电）青染成的颜色。这里是指水呈碧绿色。唐 · 白居易《忆江南》词：“日出江花红胜火，春来江水绿如蓝。”

[4] 灼灼：鲜明貌。《诗 · 周南 · 桃夭》：“桃之夭夭，灼灼其华。”

[5] 柳外：柳树旁、柳树下。

[6] 缆：系船的索。这里用如动词“系”的意思。

［7］ 湖上骅骝（huá liú 音华留）骤：湖边上，骏马往来奔驰。骅骝，周穆王“八骏”之一，泛指骏马。骤，奔驰。

［8］ 粉墙：用白灰粉刷过的墙。唐·方干《新月》诗：“隐隐临珠箔，微微上粉墙。”

［9］ 春意两丝牵：春意即春情，指男女恋情。丝，语义双关，“丝”与“思”谐音，故含有“思念”意。

［10］ 秋水双波溜：一双秀美而明亮的眼睛左顾右盼。秋水，形容女人眼波澄澈。唐·李贺《唐儿歌》诗“一双瞳人剪秋水”。双波，两眼。溜，形容目光灵活转动。

［11］ 金鸭鼎：铜制鸭形香炉。鼎，古炊具，道士用它炼丹煮药，后被用作香炉。

［12］ 傍：凭靠。

［13］ “月在”二句：袭用宋·欧阳修〔生查子〕《元夕》词：“月上柳梢头，人约黄昏后。”此两句描写的是初春元宵之夜青年男女约会的情景。

【中吕】朝天子

从嫁媵婢[1]

鬓鸦，脸霞，屈杀[2]了将陪嫁。规模[3]全是大人家，不在红娘[4]下。巧笑迎人，文谈[5]回话，真如解语花[6]。若咱、得他[7]，倒了葡萄架[8]。

---

［1］ 从嫁媵（yìng 音映）婢：明·蒋一葵《尧山堂外纪》六八题为《从嫁媵婢》。又见于《太平乐府》四、《词林摘艳》一、《词品》一。

［2］ 屈杀：屈死。

［3］ 规模：此指仪表、风度。

［4］ 红娘：指《崔张十六事》和《西厢记》中崔莺莺的侍女红娘。

［5］ 文谈：宋元人谈话，喜欢引经据典，以显示自己的才学和身份，时称“文谈”。

［6］ 解（jiě 音姐）语花：语出五代王仁裕《开元天宝遗事》卷下《解语花》：“明皇秋八月，太液池有千叶白莲数枝盛开，帝与贵戚宴赏焉，左右皆叹羡久之。帝指贵妃示左右曰：‘争如我解语花？’”后常用以比喻美丽聪慧的美人。

［7］ 若咱、得他：如果咱能得到她。

［8］ 倒了葡萄架：意为酸极了。元曲中常用以形容争风吃醋。近人吴梅《顾曲麈

（zhǔ 音主）谈》第四章《谈曲》："元人以妒嫉之妇为'葡萄架'，不知何意。"

【中吕】红绣鞋

写怀[1]二首

望孤云悠扬远岫[2]，叹逝水浩渺东流，斡璇玑[3]又复几春秋。逢人权[4]握手，遇事强昂头，老精神还自有。

麦翻浪工勤[5]禾稼[6]，花落锦断送韶华[7]，庄生[8]遇此也宜嗟。感时思结发[9]，兀坐[10]似僧家，兀的不[11]把先生愁闷杀[12]！

---

[1] 写怀：见《乐府群珠》，题一斋作。
[2] 远岫（xiù 音秀）：远山。
[3] 斡（wò 音卧）璇玑（jī 音机）：掌管测天仪器，比喻做宰相一类的大官。
[4] 权：权且。
[5] 工勤：勤于劳作。
[6] 禾稼：指种田之事。
[7] 韶华：美好的时光。
[8] 庄生：指庄子。
[9] 结发：指妻子。
[10] 兀坐：独坐。
[11] 兀的不：怎不。
[12] 愁闷杀：十分愁闷的样子。

【中吕】普天乐

崔张十六事[1]

普救[2]姻缘

西洛客[3]说姻缘，普救寺寻方便。佳人才子，一见情牵。饿眼[4]望将穿，馋口涎空咽。门掩梨花闲庭院，粉墙儿高似青天。颠不剌[5]见了万千，似这般可喜娘[6]罕见，引动人意马心猿[7]。

西厢寄寓

娇滴滴小红娘，恶狠狠唐三藏[8]。消磨灾障，眼抹[9]张郎[10]。便将小姐央[11]，说起风流况[12]。母亲呵怕女孩儿春心[13]荡，百般巧计关防[14]。倒赚[15]他鸳鸯比翼，黄莺作对，粉蝶成双。

酬和情诗

玉宇净无尘，宝月[16]圆如镜。风生翠袖，花落闲庭。五言诗句语清[17]，两下里为媒证。遇着风流知音性，惺惺的偏惜惺惺[18]。若得来心肝儿敬重，眼皮儿上供养，手掌儿里高擎[19]。

随分[20]好事[21]

梵王宫[22]月轮[23]高，枯木堂[24]香烟罩。法聪[25]来报，好事通宵。似神仙离碧霄，可意种来清醮[26]，猛见了倾国倾城[27]貌。将一个发慈悲脸儿朦[28]着，葫芦啼[29]到晓。酩子里[30]家去，只落得两下里[31]获铎[32]。

封书退贼

不念《法华经》[33]，不理《梁皇忏》[34]，贼人[35]来至，情理何堪！法聪待向前，便把贼来探，险把佳人遭坑陷，消不得小书生[36]一纸书缄[37]。杜将军[38]风威勇敢，张秀才能书妙染[39]，孙飞虎好是[40]羞惭。

虚意谢诚

东阁[41]玳筵开，不强如[42]西厢和月等[43]！红娘来请："万福[44]先生。""请"字儿未出声，"去"字儿连忙应。下功夫将额颅十分挣[45]，酸溜溜螫[46]得牙疼。茶饭未成，陈仓老米，满瓮蔓菁[47]。

母亲变卦

若不是张解元[48]识人多，怎生救咱全家祸？你则合[49]有恩便报，倒教我拜做哥哥。母亲你忒虑过[50]，怕我陪钱货[51]，眼睁睁把比目鱼[52]分破。知他是命福如何？我这里软摊做一垛[53]，咫尺间如同间阔[54]，其实都伸不起我这肩窝。

隔墙听琴

月明中，琴三弄[55]，闲愁万种，自诉情衷。要知音耳朵，听得他芳心动。司马文君[56]情偏重，他每也曾理结丝桐[57]。又不是《黄鹤醉翁》，又不是《泣麟悲凤》，又不是《清夜闻钟》[58]。

开书染病

寄简帖[59]又无成，相思病今番[60]甚。只为你倚门待月，侧耳听琴，便有那扁鹊[61]来，委实难医恁[62]。止把酸醋[63]当归浸[64]，这方儿[65]到处难寻。要知是知母[66]未寝[67]，红娘心沁[68]，使君子[69]难禁。

莺花配偶

春意透酥胸，春色横眉黛，新婚燕尔[70]，苦尽甘来。也不索将琴操弹，也不索西厢和月待，尽老今生同欢爱，恰便似刘阮天台[71]。只恐怕母亲做猜[72]，侍妾假乖[73]，小姐难捱。

花惜风情

小娘子说因由，老夫人索穷究，我只道神针法灸，却原来燕侣莺俦[74]。红娘先自行，小姐权落后，我在这窗儿外几曾敢咳嗽，这殷勤着甚来由？夫人你得休便休[75]，也不索出乖弄丑，自古来女大难留[76]。

张生赴选

碧云天，黄花地[77]，西风紧，北雁[78]南飞。恨相见难，又早别离易。久已后虽然成佳配，奈时间[79]怎不悲啼！我则厮守得一时半刻，早松了金钏，减了香肌。

旅馆梦魂

为功名，伤离别，可怜见关山[80]万里，独自跋涉。楚阳台朝暮云[81]，杨柳岸朦胧月[82]，冷清清怎地捱今夜？梦魂儿这场抛撇[83]。人去也，去时节远也，远时节几日来也？

喜得家书

久客在京师，甚的是闲传示[84]？心头眼底，横倘莺儿[85]。趁西风折桂枝，已遂了青云志[86]。盼得他一纸音书[87]，却是断肠诗词。堪为字史[88]，颜筋柳骨[89]，献之羲之[90]。

远寄寒衣

想张郎，空僝僽[91]，缄书在手，写不尽绸缪[92]。修时节和泪修[93]，嘱付[94]休忘旧[95]。寄去衣服牢收授，三般儿[96]都有个因由：这袜儿管束你胡行乱走，这衫儿穿的着皮肉，这裹肚[97]常系在心头。

夫妇团圆

为风流[98]，成姻眷，恩情美满，夫妇团圆。却忘了间阻情[99]，遂了平生愿。郑恒[100]枉自胡来缠，空落得惹祸招愆[101]。一个卖风流的[102]志坚，一个逞娇姿的[103]意坚，一个调风月[104]的心坚。

---

[1] 崔张十六事：这十六首小令在《乐府群珠》四中题关汉卿作。隋树森编《全元散曲》称其“往往檃（yǐn 音引）括《西厢记》杂剧语，题关汉卿作，殊可疑，兹姑辑之”。

[2] 普救：指普救寺。唐·元稹《会真记》：“蒲（州）之东十余里，有僧舍曰普救寺。”

[3] 西洛客：指张珙（gǒng 音巩）。他自称“本贯西洛人也”。西洛，今河南洛阳市。

[4] 饿眼：指贪色的目光。

[5] 颠不剌（là 音辣）：风流绝顶。颠，汉·许慎《说文解字》：“颠，顶也。”引申为绝顶、绝好。不剌，助词，加强语气。

[6] 可喜娘：可爱的少女。此指崔莺莺。

[7] 意马心猿：形容人的心思流荡散乱、把握不住，如同猿跳马奔一般。

[8] 唐三藏：此指普救寺长老法本。

[9] 眼抹：用眼斜视。抹，瞟、斜视。

[10] 张郎：指张珙。

[11] 央：央告、央求。

[12] 风流况：此指男女恋爱之事。

[13] 春心：怀春的心情。

[14] 关防：提防、防备。

[15] 倒赚（zuàn 音攥）：反而骗得、使得。赚，骗（人）。

[16] 宝月：明月。

［17］五言诗句语清：唐·元稹《会真记》：张生以春词二首赠崔莺莺，莺莺酬和，“题其篇曰《明月三五夜》。其词曰：‘待月西厢下，迎风户半开。拂墙花影动，疑是玉人来。’”

［18］“惺惺”句：当时俗谚。聪明人爱惜聪明人。意谓性格、才能或境遇相同的相互爱惜、同情。惺惺，指聪明颖慧的人。

［19］“若得来”三句：写张生对莺莺的一片爱慕之情。供养，犹如说受用。擎，往上托、举。

［20］随分：随缘。

［21］好事：此指建醮（jiào 音叫）奉佛以祈福追荐之事。

［22］梵（fàn 音范）王宫：大梵天王的宫殿。根据佛教传说，教主释迦牟尼是婆罗门教最尊神梵天的转世，故又称释迦牟尼为梵王。梵王宫，就是指释迦牟尼所住的地方。后用来泛指一般佛寺。此指普救寺。

［23］月轮：圆月，亦泛指月亮。

［24］枯木堂：和尚参禅打坐的房间。《禅林僧宝传》卷五《潭州石霜诸禅师传》载：“诸不出霜华二十年，学者刻师慕，至堂中有不卧，兀然枯株者，天下谓之枯木众。”枯木堂即本此而名。

［25］法聪：普救寺长老法本的座下弟子。

［26］可意种来清醮：可意种，可心人、意中人。此指崔莺莺。清，指斋供清简。醮，僧道诵经祈祷活动。

［27］倾国倾城：出自东汉·班固《汉书·外戚传上·孝武李夫人》：“北方有佳人，绝世而独立，一顾倾人城，再顾倾人国。宁不知倾城与倾国，佳人难再得！”原指因女色而亡国，后多形容妇女容貌极美。

［28］朦：遮掩。

［29］葫芦啼：亦作“葫芦蹄”“葫芦题”“葫芦提”。糊里糊涂的意思。

［30］酩（mǐng 音明上声）子里：暗地里、暗中。

［31］两下里：指张珙与崔莺莺双方。

［32］获铎：镬（huò 音货）铎。原为喧闹不安，此指内心不平静。

［33］《法华经》：佛教主要经典之一，《妙莲法华经》的省称。经中宣扬三乘归一之旨，自以其法微妙，如莲华居尘不染，故名。此泛指佛经。

［34］《梁皇忏》：佛经名，《慈悲道场忏法传》的简称，又称《梁王忏》《梁武忏》。《稽古史略》：“梁武帝初为雍州刺史时，夫人郗（xī）氏性酷妒；既亡，化为巨蟒，入后宫通梦于帝。帝制《慈悲道场忏法》十卷，请僧令忏礼，夫人化为天人，在空中谢帝而去。其忏法行世，称曰《梁皇忏》。”后泛指请僧人诵经拜祷忏悔。

［35］贼人：指孙飞虎及其所率乱兵。

［36］小书生：指张珙。

[37] 书缄（jiān 音尖）：书信。

[38] 杜将军：唐·元稹《会真记》：“廉使杜确，将天子命以统戎节。”

[39] “张秀才”句：指张珙给杜确的书信言辞绝妙。

[40] 好是：很是。

[41] 东阁：古代称宰相招致、款待宾客的地方。《汉书·公孙弘传》：“于是启客馆，开东阁以延贤人。”

[42] 不强如：强如、强似之意，“不”字仅为加强语气。

[43] 和月等：伴着月亮等待。指张珙月下等盼崔莺莺。

[44] 万福：古代妇女相见行礼，多口称“万福”，后因以指妇女行的敬礼。行礼时，两手松松抱拳，重叠在胸前右下侧上下移动，同时略做鞠躬的姿势。

[45] 挣：义与“撑”近，作动词解，擦拭、打扮得很美的意思。

[46] 螫（shì 音世）：蜇（zhē）。毒虫叮刺、刺痛。

[47] “陈仓”二句：比喻饭菜极差。这是红娘挖苦张珙的话，意为陈仓米与蔓菁（mán jing 音蛮惊轻声）菜有你吃的。蔓菁，为一年或二年生草本植物，又名芜菁、芥蓝，俗称疙瘩菜、诸葛菜、大头菜、四时菜，别名甚多。先秦时期即有蔓菁产出。蔓菁浑身是宝，元明时期，人们十分重视蔓菁的食用价值。元·忽思慧《饮膳正要》卷三：“蔓菁……主利五脏，轻身，益气，蔓菁子明目。”

[48] 解（jiè 音介）元：科举时，乡试第一名称“解元”。宋元以后对读书人的通称或尊称。

[49] 则合：就应该。

[50] 忒（tuī 音推）虑过：忒过虑。考虑得太过分。忒，太、过甚。

[51] 陪钱货：“赔钱货”。对女子的贱称。陪，“赔”的同音借字。

[52] 比目鱼：鲽（dié 音迭）、鳎（tǎ 音塔）、鲆（píng 音平）、鳒（jiān 音兼）等鱼的统称。它们身体扁平，两眼均在头部的一侧，平卧在海底。《尔雅·释地》：“东方有比目鱼焉，不比不行，其名为之鲽。”后比喻形影不离的夫妇。比，紧靠、挨着。

[53] 一垛：一堆。

[54] 间（jiàn 音见）阔：远别之意。

[55] 琴三弄：三段琴曲。三弄，即《梅花三弄》。据明·朱权《神奇秘谱》记载，此曲系由晋·桓伊所作的笛曲改编而成。曲中泛音曲调在不同徽位上重复了三次，故称三弄。明代《伯牙心法》中记载：“梅为花之最清，琴为声之最清，以最清之声写最清之物，宜其有凌霜音韵也。”《枯木禅琴谱》中说：“曲音清幽，音节舒畅，一种孤高现于指下；似有寒香沁入肺腑，须从容联络，方得其旨。”《梅花三弄》全曲共十段，前半部旋律悠远飘逸，表现了梅花傲雪的风骨，后半部节奏急促，描写了凛冽寒风中梅花的不屈性格。乐曲忽静忽动，忽柔忽刚，表现了千姿百态的梅花形象。

[56] 司马文君：指西汉司马相如与卓文君。西汉辞赋家司马相如回到成都老家，临邛县令王吉邀请他去大财主卓王孙家去做客。他看上了卓王孙的女儿卓文君，两人私订终身并私奔回他那家徒四壁的家。他们开了个酒店，文君当垆卖酒，相如亲自做酒，夫妻俩相亲相爱。

[57] 理结丝桐：弹琴。理结，抚弄。丝桐，即琴。古代以桐木制琴，以丝为弦。这句是说司马相如和卓文君是由弹琴而产生爱慕之情的。

[58] “又不是”三句：明·闵遇五《西厢记》注此：“《清夜闻钟》《黄鹤醉翁》《泣麟悲凤》，皆古琴操名。”

[59] 简帖：书信、信帖。

[60] 今番：这次。

[61] 扁鹊：指战国时名医秦越人。

[62] 难医恁（nín 音您）：难以治好您的病。恁，同“您”（不含敬意）。

[63] 酸醋：元曲中常以“穷酸”“饿醋”“措大”来调侃秀才。此指张珙。

[64] 当归浸：当归，中药名。归浸，与“归寝”音近相谐，双关语。

[65] 方儿：治病的处方。

[66] 知母：中药名。

[67] 寝：与“浸”音近相谐，影射老夫人。

[68] 心沁：元·王实甫《西厢记》杂剧第三本第四折作“撒沁”，撒野、耍赖之意。

[69] 使君子：中药名。散曲中以药名嵌入曲文的，被称作“药名体”。

[70] 新婚燕尔：《诗·邶风·谷风》：“宴尔新昏（婚），如兄如弟。”宴，本又作燕。宴尔，原为安乐之意，后世则往往作为新婚的代称。

[71] 刘阮天台：《幽明录》载，晋代书生刘晨与阮肇因入天台山采药，在溪边遇仙女，遂与结成姻眷。这是当时勾栏里流行的一个神话故事。

[72] 做猜：猜疑。

[73] 假乖：假机警。

[74] “我只道”二句：意思是我以为她去看病人去呢，谁知道她去与情人欢会。神针法灸，神奇的针灸技术。燕侣莺俦（chóu 音仇），以莺、燕成双成对比喻夫妇或热恋中的男女情投意合。燕侣，燕子双栖，犹人之有伴侣。俦，伴侣。

[75] 得休便休：得放手就放手、得宽恕便宽恕。

[76] 女大难留：谓女子成年后，须及时出嫁，不能留在家里。

[77] 碧云天，黄花地：语本宋·范仲淹〔苏幕遮〕词：“碧云天，黄叶地。”

[78] 北雁：候鸟之一。因其每年秋分后由北南飞，故称。隋树森《全元散曲》注曰：“北雁原作白雁，兹据《西厢记》杂剧改。”

[79] 时间：现时、目前。

[80] 关山：关隘和山川。《乐府诗集·木兰诗》：“万里赴戎机，关山度若飞。”

[81] 楚阳台朝暮云：比喻男女欢爱。阳台，宋玉《高唐赋》：“妾在巫山之阳，高丘

之阻，旦为朝云，暮为行雨，朝朝暮暮，阳台之下。”此借指梦境。

［82］杨柳岸朦胧月：语本宋·柳永〔雨霖铃〕词：“今宵酒醒何处？杨柳岸晓风残月。”

［83］抛撇：抛闪。

［84］传示：说话。此指书信。

［85］“心头”二句：心里和眼睛中到处都是崔莺莺的形象。倘，同“躺”。

［86］青云志：高远的志向。语本唐·王勃《滕王阁序》：“穷且益坚，不坠青云之志。”

［87］音书：书信、消息。唐·宋之问《渡汉江》诗：“岭外音书断，经冬复历春。”

［88］字史：指书法很好，可以留存在书法史上。

［89］颜筋柳骨：见于宋·范仲淹《祭石曼卿文》：“曼卿之笔，颜筋柳骨。”颜，指唐代书法家颜真卿，其书法刚劲多姿。柳，指唐代书法家柳公权，其字结构瘦健。这里形容莺莺的笔迹好似唐代著名书法家颜真卿与柳公权刚劲有力的书法。

［90］献之羲之：晋代杰出书法家王羲之、王献之父子，世称“二王”。

［91］僝僽（chán zhòu 音缠宙）：憔悴、烦恼。宋·辛弃疾〔蝶恋花〕《和杨济翁韵》：“可惜春残风雨又，收拾情怀，闲把诗僝僽。”

［92］绸缪：形容缠绵不解的男女恋情。

［93］修：指写信。

［94］嘱付：嘱咐。付，“咐”的省形字。

［95］旧：指旧日恩爱。

［96］三般儿：三样儿。指下面听说的袜儿、衫儿、裹肚。

［97］裹肚：宋元时男子长衣外包裹腰肚的绣袍肚。宋·陆游《老学庵笔记》卷二：“又祖妣（bǐ 音比）楚国郑夫人有先左丞遗衣一箧（qiè 音窃），袴（kù 音库，‘裤’的异体字）有绣者，白地白绣，鹅黄地鹅黄绣，裹肚则紫地皂绣。祖妣云：‘当时士大夫皆然也。’”

［98］为风流：因为风韵标致。

［99］间（jiàn 音见）阻情：彼此阻隔时的情景。

［100］郑恒：崔夫人之侄。崔夫人曾把莺莺许配给他，因此他与张珙争婚。

［101］惹祸招愆（qiān 音千）：招惹祸害。愆，过失、罪过。

［102］卖风流的：指张珙。

［103］逞娇姿的：指崔莺莺。

［104］调风月：也作“调弄风月”。比喻男女风情之事。

【中吕】喜春来[1]

新得间叶玉簪[2]

异根厚托[3]栽培力，间色[4]深资[5]造化机[6]，小园新得甚希奇。魁众卉[7]，堪写入诗题。

夜坐写怀示子[8]

风寒不解忧成病，火暖难温老去情[9]，佳儿慰我孝子诚。愁何迸[10]，香散暗银灯。

---

[1] 〔喜春来〕：曲牌名，又名〔喜春风〕〔惜芳春〕〔阳春曲〕〔喜春儿〕。属【中吕宫】，亦入【正宫】。套数、小令兼用，小令亦可与〔醉高歌〕或〔普天乐〕合作带过曲。本曲在散曲中多表现“喜春来”的内容。定格五句五韵：七、七、七、三、五，共二十九字。

[2] 新得间（jiàn 音剑）叶玉簪：见《乐府群珠》卷一，题一斋作。小令是作者写他新得到一种杂色的叶玉簪花所表示的喜悦。玉簪，首饰。玉制的簪子，又名玉搔头。

[3] 厚托：多靠。

[4] 间（jiàn 音剑）色：杂色。

[5] 资：凭借、依赖。汉·刘安《淮南子·主术训》：“夫七尺之桡而制船之左右者，以水为资。”

[6] 造化机：自然界的培育。造化，指天地，自然界。

[7] 魁众卉：谓众花之首。魁，首也。

[8] 夜坐写怀示子：见《乐府群珠》卷一，题一斋作。小令是作者写给他子女的，对子女行孝表示欣慰。

[9] 老去情：谓岁月不居，时节如流，老年人对此表现出的心灰意冷之情。

[10] 迸：爆开、喷射，引申为散失。

【仙吕】一半儿

题 情[1]

云鬟雾鬓胜堆鸦[2]，浅露金莲簌[3]绛[4]纱。不比等闲[5]墙外花。骂你个俏冤家[6]，一半儿难当[7]一半儿耍。

碧纱窗外静无人[8]，跪在床前忙要亲[9]。骂了个负心回转身[10]。虽是我话儿嗔[11]，一半儿推辞一半儿肯[12]。

银台灯灭篆烟[13]残，独入罗帏[14]淹泪眼。乍[15]孤眠好教人情兴懒。薄设设[16]被儿单，一半儿温和一半儿寒。

多情多绪小冤家，迤逗[17]的人来憔悴煞。说来的话先瞒过咱。怎知他，一半儿真实一半儿假。

---

[1] 题情：描写热恋中情人约会之情形，浅显通俗，显豁直露，真切直白，本色自然。在元初特定的社会环境下，文人们没有了稳定的仕进之途，习以为常的社会秩序被打乱，精英阶层被边缘化。为生计“屈尊”，沦落底层，这对于“四民”之首的读书人来说是一种重创。关汉卿这种“刻意为之”的创作，是其在重创之下的一种回应与坚守。曲词共四首，均见《太平乐府》五。第一首、第二首又见《尧山堂外纪》六八；第二首还见于《北宫词纪外集》六。

[2] 堆鸦：乌黑的头发。

[3] 簌（sù 音素）：“簌簌”。拟声词。

[4] 绛：深红色。

[5] 等闲：一般。

[6] 俏冤家：对心爱的人的昵称。

[7] 难当：难以抵挡。

[8] “碧纱”句：此曲写青年男女的情爱，将女主人公既矜持羞涩，又深情泼辣，半嗔半羞、半推半就的神态描写得惟妙惟肖。碧纱窗，用绿纱做的窗帘。唐·李白《乌夜啼》：“碧纱如烟隔窗语。”

［9］ 亲：亲嘴、接吻。
［10］ “骂了”句：男子被骂气馁。负心，犹今言“没良心的”。《敦煌曲子词·望江南》：“为奴吹散月边云，照见负心人。”
［11］ “虽是”句：我虽然嘴上责怪他，显得很生气的样子。嗔（chēn 音抻），责怪。
［12］ “一半儿”句：我只是嘴上推辞，心里面其实是很想和他亲热的。肯，答应、许可。
［13］ 篆（zhuàn 音撰）烟：指青烟。
［14］ 帏：同“帷”。帐子。
［15］ 乍：刚。
［16］ 薄设设：薄薄的。
［17］ 迤逗（tuó dòu 音驼豆）：引逗、撩拨。

【仙吕】醉扶归

秃指甲[1]

十指如枯笋，和[2]袖捧金樽[3]；搊[4]杀银筝[5]字不真，揉痒[6]天生钝。纵有相思泪痕，索把拳头揾[7]。

［1］ 秃指甲：见于《中原音韵》、《词林摘艳》一、《尧山堂外纪》六八、《留青日札》二一、《方诸馆曲律》三、《北宫词纪外集》五。以上诸书除《尧山堂外纪》题关汉卿作以外，其他皆不注撰人。这首小令，是描写一个演奏器乐者的遭遇，从字里行间看出作者对其深刻的同情。
［2］ 和：连带之意。
［3］ 金樽：酒器。唐·李白《将进酒》诗：“人生得意须尽欢，莫使金樽空对月。”
［4］ 搊（chōu 音抽）：谓用手指弹拨乐器。
［5］ 银筝：用银装饰的筝，或用银字表示音调高低的筝。唐·戴叔伦《白苎（zhù音注）词》：“回鸾转凤意自娇，银筝锦瑟声相调。”
［6］ 揉痒：搔痒。
［7］ 索把拳头揾（wèn 音问）：只好用拳头去擦拭。因为“我”的手指已如“枯笋”，十分不灵活了，所以只好攥成拳头去擦那“相思泪”。揾，揩拭、擦。

【南吕】骂玉郎过感皇恩采茶歌[1]

初度述怀[2]

逢时对景眉频皱，无才愧列王侯[3]后。持自省己心无疚[4]。坐不偏，立不倚，行不右[5]。　端冕凝旒[6]，辅翊皇猷[7]。尚忠诚，敦孝友[8]，秉宣犹[9]。宗藩[10]世守，百事无求。得康强，到知命[11]，届[12]千秋。　望前修[13]，勉潜修[14]，昔时欢会此难酬[15]。罔极悲思[16]嗟在口，糟糠[17]痛忆泪盈眸。

---

［1］〔骂玉郎过感皇恩采茶歌〕：曲牌名。由〔骂玉郎〕〔感皇恩〕〔采茶歌〕三支曲子组成。〔骂玉郎〕又名〔瑶华曲〕，共六句：七、五（可化作两个三字句）、七、三、三、三。其韵脚：去、平、去、平（或不叶韵）、平（或不叶韵）、去。第一、二、三句多作律句，第四、五、六句多作鼎足对。〔感皇恩〕十句：四、四、三、三、三、四、四、三、三、三。〔感皇恩〕第三句、第四句不叶韵，第一、二、五、六、七、八、九、十句的韵脚：平、平、平、上（或不叶）、平、去（或不叶）、平（或不叶）平。其中的三字句多作鼎足对。〔采茶歌〕又名〔楚江秋〕，共五句：三、三、七、七、七。第四句叶上声韵外皆叶平声韵，第三、四、五句皆为律句。

［2］初度述怀：见《乐府群珠》卷二，题一斋作。

［3］王侯：王爵和侯爵。泛指显贵的人。

［4］疚（jiù 音旧）：谓内心痛苦和惭愧，如言“内疚”。《诗·小雅·采薇》：“忧心孔疚。”《论语·颜渊》：“内省不疚，夫何忧何惧？”

［5］不偏，不倚，不右：皆不偏不倚意，喻其言行端正也。

［6］端冕凝旒（liú 音流）：是说端庄凝重地顶戴朝冠。“冕旒”，古代帝王、诸侯、卿大夫的礼冠，后来专指皇冠。《淮南子·主术训》：“古之王者，冕而前旒。”高诱注：“冕，王者冠也。”旒，王冠前后悬垂的珠串。《周礼·夏官·弁师》“天子之冕十二旒，诸侯九，上大夫七，下大夫五。”冕旒之制，历代大体相同，宋以后臣下废。

［7］辅翊皇猷：辅佐皇帝，为皇帝谋划。辅翊，辅助襄赞。猷，计谋。皇猷，谓国政朝纲。

［8］ 敦孝友：敦厚孝父母、睦兄弟之德。孝友，《诗·小雅·六月》：“张仲孝友。”毛传：“善父母为孝，善兄弟为友。”

［9］ 秉宣犹：谓秉公办事，广泛征求意见。《诗·大雅·桑柔》：“秉心宣犹。”笺：“宣，偏；犹，谋……乃执正心举事，遍谋于众。”犹，或作“猷”“繇”，皆为顺义，古通用。

［10］ 宗藩：指受分封的皇族。

［11］ 知命：《论语·为政》：“五十而知天命。”后来用“知命”指五十岁。

［12］ 届：到。

［13］ 前修：犹前贤。屈原《离骚》：“謇（jiǎn 音俭）吾法夫前修兮，非世俗之所服。”

［14］ 潜修：潜心学习。

［15］ 酬：如愿以偿的意思。

［16］ 罔极悲思：悲痛思念之情没有穷尽。罔，无也。

［17］ 糟糠：指贫贱时一起吃糠咽菜过患难生活的妻子。《后汉书·宋弘传》：“弘曰：‘臣闻贫贱之知不可忘，糟糠之妻不下堂。’”

【南吕】四块玉[1]

别　情[2]

自送别，心难舍，一点相思几时绝[3]？凭阑袖拂杨花雪[4]。溪又斜[5]，山又遮，人去也！

闲　适[6]

适意行，安心坐，渴时饮饥时餐醉时歌，困来时就向莎茵[7]卧。日月长，天地阔，闲快活！

旧酒投[8]，新醅泼[9]，老瓦盆[10]边笑呵呵，共山僧野叟[11]闲吟和。他出一对鸡，我出一个鹅，闲快活！

意马收，心猿锁[12]，跳出红尘恶风波，槐阴午梦[13]谁惊破？离了利名场，钻入安乐窝[14]，闲快活！

南亩[15]耕，东山卧[16]，世态人情经历多，闲将往事思量过。贤的是他，愚的是我，争甚么！

---

[1] 【南吕】四块玉：曲牌名。

[2] 别情：见《太平乐府》五、《乐府群珠》二。用代言体写离别相思之苦，语淡而情浓，婉转而韵味悠长。

[3] 绝：断。

[4] “凭阑”句：写主人公靠着栏杆，用衣袖拂去如雪的飞絮，以免妨碍视线。杨花雪，如雪花般飞舞的杨花。语出宋·苏轼《少年游》：“去年相送，余杭门外，飞雪似杨花。今年春尽，杨花似雪，犹不见还家。”

[5] 斜：此处指溪流拐弯。

[6] 闲适：曲词共四首，均见于《太平乐府》五、《乐府群珠》二。第一首另见《九宫大成》五二。

[7] 莎（suō 音蓑）茵：指草坪。

[8] 投：本作“酘（tóu 音头）”，指再酿之酒。

[9] 新醅（pēi 音胚）泼：新酒也酿出来了。醅，未过滤的酒，对应上句的“旧酒”。泼，即“醱（pō 音坡）”，指酿酒。

[10] 瓦盆：古时一种制作成本低廉的酒器。

[11] 野叟：村野老人。

[12] 意马、心猿：是来自佛教经典中的典故。把人的名利心比作奔腾的马、烦躁的猿，必须拴住、锁着才能静得下来。

[13] 槐阴午梦：指南柯梦。据唐人传奇《南柯太守传》，书生淳于棼醉卧槐荫下，梦为大槐安国驸马，任南柯郡太守，荣华富贵，显赫一时；醒来发现大槐安国就是槐树上的大蚂蚁洞，南柯郡就是槐树最南枝上的小蚂蚁洞。

[14] 安乐窝：宋代邵雍称其居为“安乐窝”。见《宋史·道学传一·邵雍传》。后泛指安静舒适的住处。

[15] 南亩：农田。因南坡向阳，利于农作物生长，故古人田地多向南开垦。后泛称农田。典出《诗经·豳（bīn 音宾）风·七月》：“同我妇子，馌（yè 音业）彼南亩，田畯（jùn 音俊）至喜。”

[16] 东山卧：用东晋谢安的典故。《晋书·谢安传》：“卿累违朝旨，高卧东山。”谢安曾隐居在东山（今浙江上虞西南），后入朝为相。后来人们常用“东山高卧”形容那些高洁之士的隐居生活。

【双调】碧玉箫[1]

黄召风虔[2]，盖下丽春园[3]。员外[4]心坚，使了贩茶船。金山寺心事传[5]，豫章城[6]人月圆。苏氏[7]贤，嫁了双知县[8]。天，称了他风流愿。

怕见春归，枝上柳绵飞[9]。静掩香闺，帘外晓莺啼。恨天涯锦字[10]稀，梦才郎翠被知。宽尽衣[11]，一搦腰[12]肢细。痴，暗暗的添憔悴。

盼断[13]归期，划损短金篦[14]。一搦腰围，宽褪素罗衣。知他是甚病疾，好教人没理会[15]，拣口儿食[16]，陡恁的[17]无滋味。医，越[18]恁的难调理。

帘外风筛[19]，凉月满闲阶。烛灭银台，宝鼎篆烟埋。醉魂儿难挣挫[20]，精彩儿[21]强打捱[22]。那里每[23]来，你取闲[24]论诗才。台[25]，定当[26]的人来赛。

你性随邪[27]，迷恋不来也。我心痴呆，等到月儿斜。你欢娱受用别[28]，我凄凉为甚迭[29]！休谎说，不索[30]寻吴越[31]。咱，负心的教天灭！

席上樽前，衾枕奈无缘。柳底花边，诗曲已多年。向人前未敢言，自心中祷告天。情意坚，每日空相见。天，甚时节成姻眷。

膝上琴横[32]，哀怨动离情。指下风生，潇洒弄清声[33]。锁窗[34]前月色明，雕阑[35]外夜气清。指法轻，助起骚人[36]兴。听，正漏断人初静[37]。

红袖轻揎[38]，玉笋[39]挽秋千。画板[40]高悬，仙子坠云轩[41]。额残了翡翠钿，髻松了荷叶偏[42]。花径边，笑捻[43]春罗扇[44]。搧，玉腕鸣黄金钏。

秋景堪题，红叶满山溪。松径[45]偏宜[46]，黄菊绕东篱[47]。正清樽斟泼醅[48]，有白衣劝酒杯[49]。官品极，到底成何济[50]！归，学取他渊明醉[51]。

笑语喧哗，墙内甚人家？度柳穿花，院后那娇娃[52]。媚孜孜整绛纱，颤巍巍插翠花。可喜煞，巧笔难描画。他，困倚在秋千[53]架。

---

［1］〔碧玉箫〕：曲牌名。属【双调】，用于剧曲、散曲套数和小令。十句十韵：四、五、四、五、五、五、三、五、一、五，共四十二字。头四句做扇面对。第九句为一字句，偶有减者，除独用外，还可与〔雁儿落〕〔清江引〕合为带过曲。这十首小令在《阳春白雪》前集卷四中均题关汉卿撰。第一首又见于《北词广正谱》《九宫大成》卷六六。

［2］黄召风虔：本曲写双渐、苏小卿事。这是当时勾栏瓦舍十分流行的一个故事，说的是书生双渐与妓女苏小卿相恋，茶商冯魁乘双渐不在，买通鸨母把苏小卿骗上船同往江西。双渐闻讯，沿途追赶而来。他在镇江金山寺看到苏小卿题在壁上的诗，追到江西，终于与小卿结为夫妇。双渐后来做了县令。元杂剧、南戏均有《苏小卿夜贩茶船》剧目（今佚）。黄召，《北词广正谱》和《九宫大成》均作"黄肇"。故事中的人名，据传是苏小卿的姨夫，曾冒充苏的丈夫以免冯魁来夺。散曲中有"呆黄肇"之称谓。风虔，即风欠、风魔之意。

［3］丽春园：苏小卿居处。宋元戏曲中常作为妓院的代称。

［4］员外：清·翟灏《通俗编·仕进》："所云员外者，谓在正员之外，大率（shuài音帅）依权纳贿所为，与今部曹不同，故有财势之徒皆得假借其称。"此指双渐、苏小卿故事中的茶商冯魁。

［5］金山寺心事传：苏小卿发觉被骗，便乘冯魁酒醉时题诗于金山寺壁。适遇双渐中试南归，见到诗句后便沿途追赶，到了江西，终与苏小卿结为夫妇。

［6］ 豫章城：古城名。今江西南昌市。双渐、苏小卿最终在此团圆。
［7］ 苏氏：指苏小卿。
［8］ 双知县：双渐中试之后，曾任豫章郡所属的临川县县令。
［9］ 枝上柳绵飞：语本宋·苏轼〔蝶恋花〕《春景》词："枝上柳绵吹又少。"
［10］ 锦字：用锦织成的字。晋人窦滔谪戍，其妻苏蕙织锦为《回文璇玑图》诗赠给窦滔，正反、上下读均成文，词情凄惋。后以"锦字"泛指妻子给丈夫的书信。
［11］ 宽尽衣：因体瘦而使衣服显得极宽。
［12］ 一搦（nuò 音诺）腰：一握腰。形容腰极细。
［13］ 盼断：盼尽、盼绝。指久久盼望。断，绝、尽。
［14］ 划损短金篦（bì 音必）：闺中少妇用金篦划墙计算丈夫的归期，划来划去金篦都磨短了。金篦，金制的梳头篦子。
［15］ 没理会：想不明白、捉摸不透。
［16］ 拣口儿食：意为胃口不好，吃东西挑剔。
［17］ 陡恁（nèn 音嫩）的：突然这样的。陡，陡然、突然。恁，这么、这样。
［18］ 越：越发、更加。
［19］ 风筛：风从孔隙中穿过。
［20］ 挣（zhèng 音政）挫：亦作"挣揣（chuài 音踹）""阐阇（zhèng chuài 音政踹）""挣阇"。挣扎、勉力支撑。
［21］ 精彩儿：精神儿。
［22］ 强打捱（ái 音癌）：勉强支持。
［23］ 那里每：何处、哪里。每，这里是加强语气之词，无义。
［24］ 取闲：偷空。
［25］ 台：用同"咍（hāi 音咳）"。叹词。
［26］ 定当：打扰。
［27］ 随邪：风流放荡、用情不专。
［28］ 别：不同寻常。
［29］ 甚迭：甚的、甚么。
［30］ 不索：不须。
［31］ 寻吴越：犹言"寻争竞"，指找碴儿争吵。春秋时吴国和越国世代为仇，故云。
［32］ 膝上琴横：古琴横放在膝上弹奏。琴横，古琴是横放着弹奏的。
［33］ "指下"二句：言弹琴者指法娴熟，得心应手。风生，即生风，形容弹琴指法之快。潇洒，无拘无束，洒脱自如。弄，抚琴。
［34］ 锁窗：琐窗，指雕刻着环形花纹图案的窗。锁，用同"琐"。
［35］ 雕阑：雕栏，雕刻有花纹的栏杆。
［36］ 骚人：指诗人。因屈原作《离骚》，后人即称诗人为骚人。宋·范仲淹《岳阳

楼记》:“迁客骚人,多会于此。”

[37] 正漏断人初静:语出宋·苏轼〔卜算子〕词:“缺月挂疏桐,漏断人初静。”漏断,夜间更尽之时。漏,即漏壶,古代滴水计时的一种仪器。

[38] 揎(xuān 音宣):捋袖子露出手臂。

[39] 玉笋:喻美女之手。

[40] 画板:雕有花纹的秋千荡板。

[41] 坠云轩:从云端高坠而下。形容秋千打得极高。

[42] 髻松了荷叶偏:荷叶形的发髻松散了、偏歪了。

[43] 捻:同“拈”。捏持、拿着。

[44] 春罗扇:用极细的丝绢制作的扇子。

[45] 松径:苍松之下的小路。语出东晋·陶渊明《归去来兮辞》:“三径就荒,松菊犹存。”三径,屋前的小路。汉·蒋诩隐居之后,在院里竹下开辟三径,只与少数好友往来。关汉卿借典故言说其归隐志趣。

[46] 偏宜:恰好。

[47] 黄菊绕东篱:语出东晋·陶渊明《饮酒》诗:“采菊东篱下,悠然见南山。”

[48] 泼醅:一种未过滤的乡村家常酒。醅,未经过滤的酒。

[49] 白衣劝酒杯:南朝宋·檀道鸾《续晋阳秋》载,陶渊明好酒而不能常得,重阳节采菊满把,坐于其侧。未几,江州刺史王弘命白衣人送酒至,就地而饮,后归。白衣,犹言布衣,指未做官者。

[50] 成何济:有什么用。

[51] 学取他渊明醉:学习陶渊明以诗酒为乐。渊明,即指东晋著名诗人陶渊明,名潜,字元亮,曾任彭泽令,因不为五斗米折腰而去职归隐。此曲开篇首句即豪情满怀,展现出秋山壮丽景色,漫山遍野,枫叶流丹,层林尽染,金黄的菊花、清澈的山溪、幽邃的松径,意象绚丽壮阔。一反诗词中草木摇落、红衰翠减、肃杀凄凉的悲秋情调,而以乐观豪情写秋景的沛然生机。且景中寓情:红叶、山溪、苍松、黄菊,象征超尘拔俗,与陶渊明意趣相投。五、六句写开怀畅饮的豪兴。清樽、泼醅、白衣、酒杯,其意象隐含着安贫乐道、浮云富贵、笑傲王侯之意。末尾点题,绝意仕途,愤世嫉俗。

[52] 娇娃:娇美的少女。唐·刘禹锡《馆娃宫》诗:“宫馆贮娇娃,当时意大夸。”

[53] 秋千:游戏用具。将长绳系在架子上,下挂蹬板,人随蹬板来回摆动。起源可追溯到上古时代。因其设备简单,容易学习,故而深受人们的喜爱,在各地流行起来。汉代以后,荡秋千逐渐成为清明、端午等节日的民间习俗活动并流传开来。

【双调】沉醉东风[1]

咫尺的天南地北，霎时间月缺花飞[2]。手执着饯行杯，眼阁[3]着别离泪。刚道得声“保重将息[4]”，痛煞煞[5]教人舍不得。好去[6]者望前程万里！

忧则[7]忧鸾孤凤单[8]，愁则愁月缺花残。为则为俏冤家[9]，害则害[10]谁曾惯[11]！瘦则瘦不似今番[12]，恨则恨孤帏绣衾寒[13]，怕则怕黄昏到晚。

伴夜月银筝凤闲[14]，暖东风绣被常悭[15]。信沉了鱼，书绝了雁[16]，盼雕鞍[17]万水千山。本利对相思若不还，则告与那能索债愁眉泪眼[18]。

夜月青楼[19]凤箫，春风翠髻金翘[20]。雨云浓[21]，心肠俏，俊庞儿[22]玉软香娇。六幅湘裙[23]一搦腰，间别来十分瘦了。

面比花枝解语[24]，眉横柳叶[25]长疏。想着雨和云，朝还暮，但开口只是长吁。纸鹞儿[26]休将人厮应付[27]，肯不肯怀儿里便许。

---

[1] 【双调】沉醉东风：这五首小令在《阳春白雪》前集卷三中题为关汉卿撰。这五首小令均写闺妇的离愁别绪。第一首写为情郎送行，以下四首写分别以后的凄凉心境。从第四首看，抒情主人公是个妓女，但她对情人确是一往情深。第一首以“好去者望前程万里”作结，充满乐观向上的精神。

[2] 月缺花飞：语出唐·温庭筠《和友人伤歌姬》诗：“月缺花残莫怆然，花须终发月终圆。”

[3] 阁：同“搁”。噙（qín 音琴）着、含着。

[4] 将息：将养、调养。

[5] 痛煞煞：形容痛苦之极。

[6] 好去：送行的话，犹今言“一路顺风”。语见唐 · 刘餗（sù 音速）《隋唐嘉话》上：“出朝门百许步，闻后有大声曰：‘李仆射（pú yè 音菩页）好去！’”

[7] 则：只。

[8] 鸾孤凤单：比喻夫妇、情人分离两处，各自孤零零。

[9] 俏冤家：对心爱者的昵称。

[10] 害则害：病虽病。害，病。则，这里作“虽”讲。

[11] 惯：习惯。

[12] “瘦则瘦”句：这句说因为相思，这次消瘦是前所未有的。今番，像今天这样。

[13] 孤帏绣衾寒：写心上人不在身边，孤身独处，形单影只，显得罗帐和绣花被子都透着一股寒气。帏，同“帷”，帐子。衾，被子。

[14] “伴夜月”句：全句是说因无心思奏乐而使筝、箫都闲置起来了。凤，即“凤箫”，亦称“排箫”。

[15] 绣被常悭（qiān 音签）：锦绣的被子却很少用它。指无心酣睡。悭，少。

[16] “信沉”二句：是说书信断绝了。《汉书 · 李广苏建传附苏武》：“教使者谓单于，言天子射上林中，得雁，足有系帛书。”古乐府《饮马长城窟行》：“呼儿烹鲤鱼，中有尺素书。”后便以鱼雁称书信。

[17] 雕鞍：装饰华美的马鞍。指代远行在外的情人。

[18] “本利”二句：意谓相思有如放债，到约定的日期连本带利一并计算，如果不还账，就只有让忧愁和眼泪来讨债了。本利对，本和利相等。对，对等、相当。喻指彼此的思念之情是一样的。相思，犹言“相思债”，指异地相思之情。索债，讨还相思债。

[19] 青楼：妓院的别称。唐 · 杜牧《遣怀》诗：“十年一觉扬州梦，赢得青楼薄幸名。”

[20] 翠髻金翘：乌黑的发髻上戴着形如鸟羽的金首饰。金翘，古代妇女的一种首饰，金制，形如鸟尾巴上的长羽毛。

[21] 雨云浓：指男女欢恋兴致极浓。雨云，即巫山云雨事。

[22] 庞儿：脸蛋儿。

[23] 六幅湘裙：《荆湖近事》有云：“裙之于身，以幅多为尚。”湘裙，湘地丝织品制成的女裙。

[24] 花枝解语：见本书第 680 页【中吕】朝天子注［6］。

[25] 眉横柳叶：古时常以柳叶喻美女之眉。唐 · 李商隐《和人题真娘墓》诗：“柳眉空吐效颦叶，榆荚还飞买笑钱。”

[26] 纸鹞（yào 音药）儿：纸做的鹞子。比喻虚情假意。

[27] 厮应付：随随便便地胡乱应付。

【双调】大德歌[1]

春

子规[2]啼，不如归，道是春归人未归。几日添憔悴，虚飘飘柳絮飞。一春鱼雁无消息[3]，则见双燕斗衔泥[4]。

夏[5]

俏冤家，在天涯[6]，偏那里绿杨堪系马[7]？困坐南窗下，数对[8]清风想念他。蛾眉淡了教谁画[9]？瘦岩岩[10]羞带石榴花。

秋

风飘飘，雨潇潇，便做[11]陈抟[12]睡不着。懊恼伤怀抱，扑簌簌泪点抛。秋蝉儿噪罢寒蛩[13]儿叫，淅零零[14]细雨打芭蕉。

冬

雪纷纷，掩重门，不由人不断魂，瘦损江梅韵[15]。那里是清江江上村[16]？香闺里冷落谁瞅问[17]？好一个憔悴的凭阑人！

一[18]

粉墙低，景凄凄，正是那西厢月上时。会[19]得琴中意，我是个香闺里锺子期[20]。好教人暗想张君瑞，敢则是[21]爱月夜眠迟[22]。

二[23]

绿杨堤，画船儿，正撞着一帆风赶上水。冯魁[24]吃的醺醺醉，怎想着金山寺[25]壁上诗。醒来不见多姝丽[26]，冷清清空载月明归[27]。

三[28]

郑元和[29]，受寂寞，道是你无钱怎奈何[30]？哥哥家缘破[31]，谁着你摇铜铃唱挽歌[32]。因打[33]亚仙[34]门前过，恰便是司马泪痕多[35]。

四[36]

谢家村[37]，赏芳春[38]，疑怪他桃花冷笑人[39]。着谁传芳信，强题诗也断魂。花阴下等待无人问，则听得黄犬吠柴门。

五[40]

雪粉华，舞梨花[41]，再不见烟村四五家。密洒堪图画[42]，看疏林噪晚鸦[43]。黄芦[44]掩映清江下，斜揽着钓鱼艖[45]。

六

吹一个，弹一个，唱新行[46]大德歌。快活休张罗[47]，想人生能几何？十分淡薄随缘过，得磨陀处且磨陀[48]。

---

[1] 〔大德歌〕：曲牌名。属【双调】。此曲牌只有关汉卿用过。《全元散曲》中只收录关汉卿的十首，可能是他自创。因作品写于元代大德年间（1297—1307），故名。七句七韵：三、三、五、五、五、七、五，共三十三字。《春》《夏》《秋》《冬》四首均见于《阳春白雪》前集四。《春》另见于《雍熙乐府》一六，《秋》另见于《北词广正谱》。

[2] 子规：鸟名。《禽经》："江右曰子规，蜀右曰杜宇，瓯越曰怨鸟，一名杜鹃。"《本草拾遗》："人言此鸟啼至血出乃止。"其声若"不如归去"，令人有凄伤之感。

[3] "一春"句：语出宋·秦观〔鹧鸪天〕词："一春鱼雁无消息，千里关山劳梦魂。"

[4] 双燕斗衔泥：语本《古诗十九首》："愿为双飞燕，衔泥巢君屋。"斗衔泥，争着衔泥营造巢穴。化用唐·白居易《钱塘湖春行》"谁家新燕啄春泥"诗意，比喻相思相爱。

［5］ 夏：这支曲子大胆泼辣又俏皮风趣，借鉴糅合了俗谣俚曲，写少妇对远方情人的思念、猜疑和抱怨，深情婉转。

［6］ 天涯：指极远的地方。语本《古诗十九首》："相去万余里，各在天一涯。"

［7］ "偏那里"句：偏偏只有那里留得住。绿杨堪系马，语本宋・辛弃疾《念奴娇・书东流村壁》词："曲岸持觞，垂杨系马。"古时常以系马垂杨指驻于冶游之所。

［8］ 数（shuò 音朔）对：常常对着。数，屡次。又，数（shǔ 音暑）对，北方俗语，犹言"数落"，即条陈指责。"数"，这里是逐个说出之意。"数"在元刊本《阳春白雪》作"教"。

［9］ "蛾眉"句：汉代张敞与妻子感情深厚，曾替妻子画眉。后世常以"张敞画眉"比喻夫妻情笃。

［10］ 瘦岩岩：形容很瘦的样子。

［11］ 便做：即使。

［12］ 陈抟（tuán 音团）：五代宋初道士。后唐长兴年间，举进士不第，隐居武当山，后移居华山，传说"每寝处，多百余日不起"。后因成为善睡的代表。详见《宋史・隐逸列传・陈抟》。

［13］ 寒蛩（qióng 音穷）：深秋的蟋蟀。唐・李绅《过梅里七首　家于无锡四十载，今敝庐数堵犹存，今列题于后　上家山》："草色绿萋萋，寒蛩遍草啼。"

［14］ 淅零零：轻微的雨声。

［15］ 瘦损江梅韵：江上梅花瘦极了。用以比喻人体消瘦。

［16］ 清江江上村：宋・辛弃疾〔菩萨蛮〕词："郁孤台下清江水，中间多少行人泪。西北望长安，可怜无数山。　　青山遮不住，毕竟东流去。江晚正愁余，山深闻鹧鸪。"本句借这首词的意境，表达"凭阑人"凄清孤寂的心情。

［17］ 瞅问：理睬。

［18］ 一：以下六首均见于《阳春白雪》前集四。一，本曲衍张珙、崔莺莺拜月听琴的故事。参见《崔张十六事・隔墙听琴》。

［19］ 会：领会。

［20］ 锺子期：《列子・汤问》："伯牙善鼓琴，锺子期善听。伯牙鼓琴，志在高山，锺子期曰：'善哉，峨峨兮若泰山。'志在流水，曰：'善哉，洋洋兮若江河。'"后因以锺子期喻知音者。

［21］ 敢则是：大概是、多半是。

［22］ 爱月夜眠迟：语出《事林广记・警语》："惜花春起早，爱月夜眠迟。"

［23］ 二：本曲衍书生双渐与妓女苏小卿的爱情故事。

［24］ 冯魁：双渐、苏小卿爱情故事中的茶商。他趁双渐外出应试未归之机，买通鸨母，把苏小卿骗至船上，同往江西。

［25］ 金山寺：佛教禅宗名寺，位于今江苏镇江市西北金山上。

[26] 多姝（shū 音叔）丽：极为美丽的女子。此指苏小卿。

[27] 空载月明归：语出唐·船子和尚《拨棹歌》："满船空载月明归。"

[28] 三：本曲衍郑元和与妓女李娃（李亚仙）悲欢离合的故事。详见唐·白行简传奇《李娃传》。

[29] 郑元和：《李娃传》中男主人公。传中称他为"荥（xíng 音型）阳公子郑生"。

[30] 无钱怎奈何：《李娃传》载，郑生与李娃相爱日久，"囊中尽空，乃鬻（yù 音玉）骏乘及其家童。岁余，资财仆马荡然"，不久被鸨母设计赶出妓院。

[31] 家缘破：家产破败。

[32] 摇铜铃唱挽歌：郑元和被鸨母赶出妓院之后，沦为乞丐与挽歌郎，以此艰难度日。摇铜铃，唱挽歌时配乐所用。

[33] 打：从。

[34] 亚仙：《李娃传》故事中的女主人公李亚仙。《李娃传》载，一日郑生冒雪行乞，路经李娃门前，娃拥绣襦（rú 音如）而归于西厢。

[35] 司马泪痕多：语本唐·白居易《琵琶行》诗："座中泣下谁最多？江州司马青衫湿。"这里借以形容郑元和极度悲伤。

[36] 四：本曲衍唐人崔护春游遇少女事。

[37] 谢家村：唐·孟棨（qǐ 音启）《本事诗》中载崔护春游遇少女事，但未载少女村名，此为后人衍出。此处泛指女子住处。

[38] 赏芳春：根据上下文推测，作者似乎也有崔护"人面桃花"之遇。因而"赏芳春"一语双关，不仅赏景，亦且赏人。

[39] 桃花冷笑人：据唐·孟棨《本事诗·情感第一》记载，唐诗人崔护，曾在清明节游长安城南，见一农户，有少女倚桃树而立，情意殊厚，不觉心动。次年清明，崔又前往，则见门扃（jiōng 音炯阴平）人空。护无限惆怅，因题诗于农户左扉："去年今日此门中，人面桃花相映红。人面不知何处去，桃花依旧笑春风。"（《题都城南庄》）后人因以"人面桃花"代指可爱的少女。"桃花冷笑人"，即只见桃花，却不见美丽少女的意思。

[40] 五：此首见于《太和正音谱》下、《九宫大成》三九、《元明小令钞》。

[41] 梨花：喻指雪花。唐·岑参《白雪歌送武判官归京》诗："忽如一夜春风来，千树万树梨花开。"

[42] 密洒堪图画：化用唐·郑谷《雪中偶题》诗"密洒歌楼酒力微""江上晚来堪画处"之意，宋人曾据此诗作画。

[43] 噪晚鸦：语出唐·钱起《送崔十三东游》诗："丹凤城头噪晚鸦。"

[44] 黄芦：黄色芦苇。唐·白居易《琵琶行》诗："住近湓江地低湿，黄芦苦竹绕宅生。"

[45] 艖（chā 音插）：小船。《方言》第九："小舸（gě 音葛）谓之艖。"

[46] 新行：新的乐曲。《史记·司马相如列传》："为鼓一再行。"司马贞《索隐》案：

“乐府长歌行、短歌行，行者，曲也。此言‘鼓一再行’，谓一两曲。”

［47］ 休张罗：不要用心费力地安排、料理。

［48］ 得磨陀处且磨陀：得过且过的意思。磨陀，或作“磨跎”，拖延、凑合之意。

【商调】梧叶儿[1]

别 情

别离易，相见难[2]，何处锁雕鞍[3]？春将去，人未还。这其间，殃及杀愁眉泪眼[4]。

---

［1］ 〔梧叶儿〕：曲牌名。又名〔知秋令〕〔碧梧秋〕。南北曲均属【商调】。据清·周祥钰《九宫大成谱》，其字数定格及韵式为北曲七句五韵：三、三、五、三、三、三、七，共二十七字。首二句对仗，第四、五、六句鼎足对。可用作小令，也可用于套曲中。

［2］ “别离易”二句：语见三国魏·曹丕《燕歌行》诗：“别日容易会日难。”又见于南唐·李煜〔浪淘沙〕词：“别时容易见时难。”

［3］ 锁雕鞍：语见宋·柳永［定风波］词：“早知恁么，悔当初不把雕鞍锁。”

［4］ “殃及”句：连累死眉毛和眼睛了。因想情人而常常哭泣，加重了眉、眼的负担。殃及，连累。杀，程度副词，厉害、甚、很之意。

套　数

【黄钟】侍香金童[1]

春闺院宇，柳絮飘香雪[2]。帘幕轻寒[3]雨乍歇，东风落花迷粉蝶。芍药初开，海棠才谢。

【幺】柔肠脉脉，新愁千万叠[4]。偶记年前人乍别，秦台玉箫声断绝[5]。雁底关河，马头明月[6]。

【降黄龙衮】鳞鸿无个[7]，锦笺慵写[8]。腕松金，肌削玉[9]，罗衣宽彻[10]。泪痕淹破，胭脂双颊[11]。宝鉴[12]愁临，翠钿[13]羞贴。

【幺】等闲[14]辜负，好天良夜[15]。玉炉中，银台[16]上，香消烛灭。凤帏[17]冷落，鸳衾虚设，玉笋频搓[18]，绣鞋重攧[19]。

【出队子】听子规啼血[20]，又西楼角韵咽[21]。半帘花影自横斜，画檐间丁当风弄铁[22]，纱窗外琅玕敲瘦节[23]。

【幺】铜壶玉漏催凄切[24]，正更阑[25]人静也。金闺潇洒[26]转伤嗟，莲步轻移呼侍妾："把香桌儿安排打快些[27]。"

【神仗儿煞】深沉院舍，蟾光[28]皎洁。整顿了霓裳[29]，把名香谨爇[30]。伽伽[31]拜罢，频频祷祝：不求富贵豪奢，只愿得夫妻每早早圆备者[32]！

[1] 【黄钟】侍香金童:【黄钟】,宫调名。宫调是用来表示演唱曲调时所用的调高。〔侍香金童〕,曲牌名,用于散曲套数。全曲六句:四、五、七、七、四、四。此套见《阳春白雪》后集五、《太和正音谱》上、《九宫大成》七三、《北词广正谱》。写春闺女子对远别之夫刻骨铭心的思念。先写暮春时分的恼人景色,再写为君消得人憔悴。子规啼血,角声幽咽;铁马丁当,玉壶凄切;花影横斜,竹枝婆娑:一切皆添愁绪。夜深难眠,唯有焚香祝祷,愿夫妻早日团聚。此套数情景交融,笔酣墨畅,淋漓挥洒,缠绵动人。首曲描写暮春景色,清新雅致,轻雨落花,恰恰是引起春愁的环境和时节。中间〔幺〕〔降黄龙衮〕〔出队子〕等五曲,采用排比、夸张等艺术手法,尽情渲染思妇寂寞冷落的生活环境和孤独忧伤的心理状态,造成一种愁云迷雾的氛围,一个情景交融的艺术境界,从而把思妇对丈夫的苦苦思念表达得淋漓尽致。尾句结得自然而响亮,思妇的一切思念、一切希望,最后都归结到这句祝词上,这是在历经了种种熬煎之后发自思妇肺腑的强烈呼声,表现了她对爱情的诚挚和忠贞。

[2] 柳絮飘香雪:柳絮像白雪一般飘散。东晋谢安于大雪日与子侄们谈论文义,问"白雪纷纷何所似",众答不一。其侄女谢道韫对曰:"未若柳絮因风起。"详见《世说新语·言语》。

[3] 帘幕轻寒:语本宋·晏殊〔鹊踏枝〕词:"罗幕轻寒,燕子双飞去。"幕,窗帷。

[4] 叠:层、重。

[5] "秦台"句:言夫妻二人中断了琴瑟和谐的美满生活。秦台玉箫,典出汉·刘向《列仙传》:"萧史者,秦穆公时人也,善吹箫,能致孔雀、白鹤于庭。穆公有女字弄玉,好之,公遂以女妻焉。日教弄女作凤鸣,居数年,吹似凤声,凤凰来止其屋。公为作凤台,夫妇止其上。不下数年,一日,皆随凤凰飞去。"秦台即凤台。

[6] "雁底"二句:言丈夫千里关河,离自己越来越远。明·何良俊谓:"观关汉卿〔侍香金童〕内有'雁底关河,马头明月'之句,盖雁飞无不到,其底下之关河,言甚远也。"

[7] 鳞鸿无个:音信杳无。鳞鸿也可作鱼雁,意谓书信。古乐府《饮马长城窟行》:"客从远方来,遗(wèi 音畏)我双鲤鱼。呼儿烹鲤鱼,中有尺素书。上言加餐食,下言长相忆。"又,《汉书·苏武传》记苏武被匈奴拘囚十九年,汉使屡索武,匈奴言武已死。后来汉使诡言天子射猎得到一只大雁,足上系有书信,言苏武在某大泽畔牧羊,单于惊,只得遣返苏武。后人即以"鱼雁"代称书信。

[8] 锦笺慵写:书信懒得写。锦笺,华美的笺纸。此处指书信。慵,疏懒。

[9] "腕松金"二句:人因相思而消瘦,手腕上的金镯也松了。金,金钏,即手镯。玉,玉体,对人身体的雅称。

［10］宽彻：很肥大。

［11］“泪痕”二句：是说大量的眼泪浸透了脸上的胭脂。

［12］宝鉴：珍贵的镜子。

［13］翠钿：用翠玉制成的首饰。唐·李康成《采莲曲》：“采莲去，月没春江曙。翠钿红袖水中央，青荷莲子杂衣香。”翠，青绿色。钿，用金片做成的花朵形的装饰品。

［14］等闲：平白地。

［15］好天良夜：语出宋·柳永〔女冠子〕词：“好天良夜，无端惹起，千愁万绪。”

［16］银台：银质或银色的烛台。唐·段怀然《挽涌泉寺僧怀玉》诗：“唯有门前古槐树，枝低只为挂银台。”五代刘保乂〔生查子〕词：“深秋更漏长，滴尽银台烛。”

［17］凤帏：绣着凤凰图案的幔帐，古代妇女多用于内室或床帐。也引申为绣房。宋·柳永《阳台路·楚天晚》：“追念少年时，正恁凤帏，倚香偎暖。”此指闺门。

［18］玉笋频搓：因心绪不宁而不断地搓手。玉笋，指女子又白又嫩的手指，十指尖尖像笋一样。

［19］重攧：连续顿足。攧，顿足忍气意。

［20］听子规啼血：听着杜鹃鸟悲切的叫声。子规即杜鹃鸟，相传是古代蜀中望帝所化，啼声悲切。《华阳国志》《成都纪》《寰宇记》等书均有记载。

［21］西楼角韵咽（yè 音夜）：西楼传来的军中号角的悲鸣。角韵，军中号角声。角，古代乐器。咽，声音因阻塞而低沉之意。汉乐府《陇头歌辞》：“陇头流水，鸣声幽咽。”

［22］“画檐”句：画檐间的铜铃铁马被风吹得丁当作响。丁当，拟声词。同“叮当”。铁，铁马。古时屋檐下挂的风铃或金属薄片，风动时发出叮叮当当的声音。古人用此占风。

［23］琅玕（gān 音甘）敲瘦节：瘦竹也被风吹得撞击有声。琅玕，竹子。唐·元稹《种竹》诗：“可怜亭亭干，一一青琅玕。”

［24］“铜壶”句：（夜深人静时）铜壶滴漏的声音使人更感凄切。铜壶玉漏，计时的器具，古代以漏刻之法计时，具体方法是用铜壶盛水，壶底打通一小孔，壶中立一刻度箭，壶中的水逐渐减少，箭上的度数就依次显露，就可按度计时，击鼓报更。唐·崔液《上元夜六首》其一：“玉漏银（一作铜）壶且莫催，铁关金锁彻明开。”

［25］更（gēng 音耕）阑：夜将尽。宋·刘克庄《军中乐》诗：“更阑酒醒山月落，彩缣百段支女乐。”

［26］金闺潇洒：寂寞冷清的闺房。潇洒，冷清之意。

［27］打快些：快点儿。

[28] 蟾光：月光。古代神话云月中有蟾蜍，故称月光为蟾光。宋·吕渭老〔情久长〕词："岁华暮，蟾光射雪，碧瓦飘霜，尘不动，寒无际。"

[29] 霓裳（cháng 音常）：紫红色的裙子。这里泛指彩色衣服。唐·白居易《江南遇天宝乐叟》诗："贵妃宛转侍君侧，体弱不胜珠翠繁。冬雪飘飖锦袍暖，春风荡样霓裳翻。"

[30] 把名香谨爇（ruò 音若）：把名贵的香恭敬地点燃。谨，恭敬。爇，点燃。

[31] 伽（qié 音茄）伽：深深地、缓缓地。《北词广正谱》："伽伽"作"深深"。

[32] 圆备者：团圆。此表祈求与愿望。者，语助词，犹"着"。

【中吕】古调石榴花[1]

怨　别[2]

颠狂柳絮扑帘飞[3]，绿暗红稀。垂杨影里杜鹃啼，一弄儿[4]断送了春归[5]。牡丹亭畔人寂静，恼芳心似醉如痴。恹恹[6]为他成病也，松金钏，褪罗衣。拆散燕莺期，总是伤情别离。则这鱼书雁信，冷清清杳无踪迹。更有谁知，到何时共我成连理[7]？乍离别玉减香消，俊庞儿亦憔悴。

【酥枣儿】一自相逢，将人来萦系[8]。樽前席上，眼约心期[9]。比及[10]道是配合[11]了，受了些闲是闲非。咱各办[12]着个坚心，要拨个[13]终缘之计[14]。想佳期梦断魂劳[15]，衾寒枕冷，寂寞罗帏，瘦损香肌。闷恹恹鬼病[16]谁知？同欢会，不堤防半路里簪折瓶坠，两下相抛弃。把腰肢瘦损，废寝忘食。

【催鲍老】当初指望成家计[17]，谁想琼簪碎[18]；当初指望无抛弃，谁想银瓶坠[19]。烦烦恼恼，哀哀怨怨，哭哭啼啼，悲悲切切，长吁短叹，自跌自摧[20]。

【鲍老儿】故人何处？冷清清染病疾。相思证[21]转添，受凄凉，捱朝夕。细蒙蒙雨儿淅淅，飒飒晚风窗儿外吹，扑冬冬的鼓声、滴滴点点玉漏不住催。添愁闷，独自知，子[22]这心自悔。再团圆几时，一处共相随？

【鲍老三台滚】[23]俺也自如，鸾台懒傍尘土迷[24]；俺也自知，金钗款鞞[25]云鬓堆；俺也自知，绝鳞翼[26]，断信息，几时回。乍别来肌如削，早是我多病多愁，正值着困人天气[27]。

【墙头花】[28]守香闺，镇日情如醉，闷懊恼离愁空教我诉与谁？愁闻的是紫燕[29]关关[30]，倦听的是黄莺[31]呖呖[32]。

【卖花声煞】愁山闷海却怎当敌[33]？好教我无一个剅划[34]，奈心儿[35]多垂下些恓惶泪。呼侍婢将绣帘低窣，把重门深闭，怕莺花笑人憔悴[36]。

---

[1]〔古调石榴花〕：曲牌名。属【中吕宫】。曲谱九句：七、四、七、七、七、七、七、三、三。

[2] 怨别：本篇存于《雍熙乐府》七，但未注撰人；《北词广正谱》等书注关汉卿撰。这支套曲是写在一个暮春时候，闺中少女对远别情人一去无音信、成婚无望、莫知所措、痛极怨生的情状。在闺中相思的女子群像中，本曲主人公是独树一帜的。

[3]“颠狂”句：化用唐·杜甫《漫兴九首》诗句“颠狂柳絮随风舞”。

[4] 一弄儿：一支曲儿。

[5] 断送了春归：宋·陈德武〔蝶恋花〕词：“风雨相催，断送春归去。”断送，送走。

[6] 恹恹：形容精神不振的样子。

[7] 连理：不同根的草木，其枝干连生在一起。古时常用以比喻夫妇。唐·白居易《长恨歌》：“在天愿作比翼鸟，在地愿为连理枝。”

[8] 萦系：牵挂。

[9] 眼约心期：用眼神儿约会、内心相约。

[10] 比及：等到。

[11] 配合：成婚。

[12] 办：准备下、备办好。

[13] 拨个：一作“博个”。元曲中“拨”“博”通用。

［14］ 终缘之计：完成婚姻的计划。

［15］ 梦断魂劳：亦作“梦断魂消”。睡梦中也在思念着，弄得神魂不宁。

［16］ 鬼病：指相思病。

［17］ 成家计：意指成为一家，同心合意地过日子。

［18］ 琼簪碎：比喻恩爱断艳、关系破裂。琼簪，玉簪子。

［19］ 银瓶坠：元曲中常用以表示婚姻无望。银瓶，汲水器、酒器。语本唐·白居易《井底引银瓶》诗：“井底引银瓶，银瓶欲上丝绳绝。石上磨玉簪，玉簪欲成中央折。”

［20］ 自跌自摧：顿足捶胸。形容极其悲伤。

［21］ 证：同“症”。

［22］ 子：用同“只”。

［23］〔鲍老三台滚〕：曲牌名。属【中吕宫】。全曲九句：四、七、四、三、三、三、六、六、七。

［24］ “鸾台”句：懒得去照镜子，镜面都让尘土给蒙上了。鸾台，镜台。南朝宋·刘敬叔《异苑》：“罽（jì 音记）宾国王买得一鸾……三年不鸣。夫人曰：‘尝闻鸾见类则鸣，何不悬镜照之！’王从其言。鸾睹影悲鸣，冲霄，一奋而绝。”后人便称镜为“鸾镜”。

［25］ 款亸（duǒ 音朵）：缓缓下垂的样子。亸，下垂貌。

［26］ 鳞翼：同“鱼雁”。书信的代称。

［27］ 困人天气：语出宋·苏轼〔浣溪沙〕词“困人天气近清明”句。

［28］〔墙头花〕：曲牌名。用于套数。定格为五句，句式是四、五、七、六、六。

［29］ 紫燕：燕的一种。又名越燕。体形小而多声，颔下紫色，营巢于门楣之上，分布于江南。宋·罗愿《尔雅翼·释鸟三》：“越燕小而多声，颔，下紫，巢于门楣上，谓之紫燕。”

［30］ 关关：鸟鸣求侣之声。《诗·周南·关雎》：“关关雎鸠，在河之洲。”

［31］ 黄莺：鸟名。又名黄鹂、鸧鹒（cāng gēng 音仓庚）。身体黄色，自眼部至头后部黑色，嘴淡红色。鸣声悦耳，常被饲养作笼禽。吃森林中的害虫，对林业有益。

［32］ 呖呖：形容鸟鸣声之清脆悦耳。

［33］ 当敌：抵敌。

［34］ 刐（bāi 音掰）划：筹划、安排。

［35］ 奈心儿：耐心、耐着性子。奈，“耐”的同音借字。

［36］ “呼侍婢”三句：化用宋·李清照〔永遇乐〕词：“如今憔悴，风鬟霜鬓，怕见夜间出去。不如向，帘儿底下，听人笑语。”低窣（sū 音酥），垂放。

【仙吕】翠裙腰[1]

闺　怨

晓来雨过山横秀，野水涨汀洲。阑干倚遍[2]空回首。下危楼[3]，一天风物暮伤秋[4]。

【六幺遍】乍凉时候，西风透。碧梧脱叶，余暑才收。香生凤口[5]，帘垂玉钩，小院深闲清昼[6]。清幽，听声声蝉噪柳梢头。

【寄生草】为甚忧，为甚愁？为萧郎[7]一去经今久[8]。玉台[9]宝鉴生尘垢，绿窗冷落闲针绣。岂知人玉腕钏儿松，岂知人两叶眉儿皱！

【上京马】他何处，共谁人携手，小阁银瓶[10]殢[11]歌酒。早忘了咒，不记得低低[12]耨[13]。

【后庭花煞】掩袖暗含羞，开樽越酿愁[14]。闷把苔墙画[15]，慵将锦字修。最风流，真真恩爱，等闲分付[16]等闲休。

---

[1]　〔翠裙腰〕：曲牌名。属【仙吕宫】，用于散曲套数，为首牌。此调（不含衬字）二十九字，五句五韵：七、五、七、三、七。此套曲见《太平乐府》六、《雍熙乐府》四、《北宫词纪》六、《词林白雪》一、《太和正音谱》下、《北词广正谱》、《九宫大成》五。套曲写闺中少妇思夫的愁怨，婉转缠绵，情意深笃，特别是运用经过提炼的口语入曲，使人物之音容宛然。如“为甚忧，为甚愁，为萧郎一去经今久”，“岂知人玉腕钏儿松，岂知人两叶眉儿皱”，通俗而有韵味，读来朗朗上口。

[2]　阑干倚遍：形容倚着栏杆盼等情人的时间很长。阑，同“栏”。

[3]　危楼：高楼。唐·李白《夜宿山寺》：“危楼高百尺，手可摘星辰。不敢高声语，恐惊天上人。”

[4]　暮伤秋：伤暮秋，临深秋而伤感。

[5]　凤口：一种形似凤嘴的香炉。

[6]　闲清昼：清静闲适的白天。

［7］ 萧郎:《梁书・武帝本纪上》:“……迁卫将军王俭东阁祭酒。俭一见深相器异,谓庐江何宪曰:‘此萧郎三十内当作侍中,出此则贵不可言。’”此指梁武帝萧衍。后以“萧郎”泛指女子所爱恋的男子。

［8］ 经今久:《北宫词纪》《词林白雪》均作“经年久”。

［9］ 玉台:玉镜台。

［10］ 银瓶:指一种好的盛酒器。《太和正音谱》《北宫词纪》《词林白雪》《北词广正谱》均作“银屏”。

［11］ 殢:沉溺、迷恋。

［12］ 低低:舒缓貌。

［13］ 耨(nòu):此指男女相昵的行为。

［14］ 开樽越酿愁:开樽饮酒只能更添愁闷。

［15］ 闷把苔墙画:愁闷时在苔墙上画印儿,用以计算外出情人的行日。苔墙,长满青苔的墙。

［16］ 等闲分付:指把前时的恩爱随便付与别人。分付,交付、送与。

【仙吕】桂枝香[1]

因他别后,恹恹消瘦。粉褪了雨后桃花[2],带宽了风前杨柳[3]。这相思怎休?这相思怎休?害得我天长地久,难禁难受!泪痕流,滴破芙蓉面[4],却似珍珠断线头。

【不是路】[5]万种风流,今日番成一段愁。泪盈眸,云山满目恨悠悠。谩[6]追求,情如柳絮风前斗[7],性似桃花逐水流[8]。沉吟久,因他数尽残更漏,恁般僝僽,恁般僝僽。

【木丫叉】雾锁秦楼[9],雾锁秦楼。云迷楚岫[10],御沟红叶[11]空流。偷香韩寿[12],锦帐中枉自绸缪,蹙破两眉头。小蛮腰瘦如杨柳,浅淡樱桃樊素口[13]。空教人目断去时舟,又不知风流浪子,何处温柔。

【幺篇】月下砧声[14]幽,月下砧声幽,风前笛奏。断肠声无了无休,捣碎我心头。又加上一场症候,顿使我愁人不寐,襄王梦[15]雨散云收。

【余文】薄情忘却神前咒[16]，一度思量一度愁，把往日恩情付水流。

---

[1] 〔桂枝香〕：曲牌名。南北曲均属【仙吕宫】。南曲又名《疏帘淡月》。一用作引子，一用作过曲。后者较常用。据清·周祥钰《九宫大成谱》，字数定格十一句：四、四、六、七、四、四、四、四、三、五、五。本曲《南宫词纪》三和《词林白雪》一中均载。前者题作《秋怀》，注无名氏作；后者并入闺情类，注关汉卿作。隋树森在其所编《全元散曲》中说道："然此为南曲，殊可疑，兹姑辑之。"

[2] 雨后桃花：比喻少女娇艳的容颜。

[3] 风前杨柳：形容少女婀娜的身姿。

[4] 芙蓉面：喻美人容颜。

[5] 〔不是路〕：曲牌名。又名〔赚〕。南北曲许多宫调均有此曲牌，字数定格大致相同，但名称不同，有〔本宫赚〕〔梁州赚〕〔薄媚赚〕等名。北曲多见于诸宫调。南曲大都用在套曲中前后宫调不同之处，作为"移宫换调"的过渡曲牌。

[6] 谩：通"漫"。枉、徒然。

[7] 斗：同"逗"。挑引。

[8] "性似"句：语本唐·杜甫《漫兴九首》诗："颠狂柳絮随风去，轻薄桃花逐水流。"

[9] 秦楼：秦穆公的女儿弄玉与丈夫萧史吹箫引凤的凤楼。

[10] 云迷楚岫：用战国楚·宋玉《高唐赋》巫山云雨事。

[11] 御沟红叶：唐·范摅（shū 音舒）《云溪友议》卷下"题红怨"条载：进京应举的舍人卢渥（wò 音握）偶从皇宫御沟中拾得一片红叶，叶上题诗："流水何太急，深宫尽日闲。殷勤谢红叶，好去到人间。"后来朝廷放宫女外嫁，卢娶一宫女，正是那位题红叶者。

[12] 偷香韩寿：晋韩寿与大臣贾充之女贾午私通，贾午以晋武帝赐贾充的外国奇香偷赠韩寿的故事。出自《晋书·贾谧（mì 音密）传》、南朝宋·刘义庆《世说新语·惑溺》。晋朝韩寿美姿容，贾充辟为司空掾（yuàn 音院）。充少女午见而悦之，使侍婢潜修音问。韩寿及期逾墙往宿，家中莫知。午并盗西域异香赠寿。充僚属闻寿有奇香，告于充，"充乃考问女之左右，具以状对。充秘之，遂以女妻寿"。

[13] "小蛮腰"二句：唐·孟棨《本事诗·事感》："白尚书（居易）姬人樊素善歌，妓人小蛮善舞。尝为诗曰：'樱桃樊素口，杨柳小蛮腰。'"是说樊素有着樱桃一

样的小嘴，而小蛮有着杨柳一样的细腰。

[14] 砧声：捣衣声。唐·李白《子夜吴歌》："长安一片月，万户捣衣声。"

[15] 襄王梦：传说楚王游高唐，梦见巫山神女"愿荐枕席"，"王因幸之"。神女化云化雨于阳台。见战国楚·宋玉《高唐赋》序、《神女赋》序。后遂以"襄王梦"为男女欢合之典。唐·胡曾《咏史·阳台》："何人更有襄王梦，寂寂巫山十二重。"

[16] 咒：誓言。

【南吕】一枝花[1]

赠朱帘秀[2]

轻裁虾万须，巧织珠千串[3]；金钩光错落，绣带舞蹁跹[4]。似雾非烟，妆点就深闺院，不许那等闲人取次展[5]。摇四壁翡翠浓阴，射万瓦琉璃色浅[6]。

【梁州】[7]富贵似侯家紫帐，风流如谢府红莲[8]，锁春愁不放双飞燕。绮窗相近，翠户相连，雕栊相映，绣幕相牵[9]。拂苔痕满砌榆钱，惹杨花飞点如绵[10]。愁的是抹回廊暮雨萧萧，恨的是筛曲槛西风剪剪，爱的是透长门夜月娟娟[11]。凌波殿[12]前，碧玲珑[13]掩映湘妃[14]面，没福怎能够见？十里扬州风物妍，出落着神仙[15]。

【尾】恰便似一池秋水通宵展，一片朝云尽日悬[16]。你个守户的先生[17]肯相恋，煞是可怜[18]，则要你手掌儿里奇擎[19]着耐心儿卷。

杭州景[20]

普天下锦绣乡，寰海内风流地[21]。大元朝新附国，亡宋家旧华夷[22]。水秀山奇，一到处堪游戏[23]。这答儿忒富贵[24]，满城中绣幕风帘，一哄地人烟凑集[25]。

【梁州】百十里街衢整齐[26]，万余家楼阁参差[27]，并无半答儿[28]闲田地。松轩竹径[29]，药圃花蹊[30]，茶园稻陌[31]，竹坞梅溪[32]。一陀儿一句诗题，行一步扇面屏帏[33]。西盐场便似一带琼瑶[34]，吴山色千叠翡翠[35]。兀良[36]，望钱塘江万顷玻璃[37]。更有清溪绿水，画船[38]儿来往闲游戏。浙江亭[39]紧相对，相对着险岭高峰长怪石，堪羡堪题[40]。

【尾】家家掩映[41]渠流水，楼阁峥嵘出翠微[42]。遥望西湖暮山势，看了这壁，觑了那壁[43]，纵有丹青下不得笔[44]。

不伏老[45]

攀出墙朵朵花[46]，折临路枝枝柳[47]。花攀红蕊嫩，柳折翠条柔，浪子[48]风流。凭着我折柳攀花[49]手，直煞[50]得花残柳败休。半生来折柳攀花，一世里眠花卧柳[51]。

【梁州】我是个普天下郎君[52]领袖，盖世界浪子班头[53]。愿朱颜不改常依旧，花中消遣，酒内忘忧。分茶攧竹[54]，打马[55]藏阄[56]；通五音六律[57]滑熟[58]，甚闲愁到我心头！伴的是银筝女[59]银台[60]前理银筝笑倚银屏[61]，伴的是玉天仙[62]携玉手并玉肩同登玉楼，伴的是金钗客[63]歌〔金缕〕[64]捧金樽满泛金瓯[65]。你道我老也，暂休。占排场[66]风月功名首，更玲珑又剔透[67]。我是个锦阵花营[68]都帅头[69]，曾玩府游州[70]。

【隔尾】子弟每[71]是个茅草岗、沙土窝初生的兔羔儿[72]乍[73]向围场[74]上走，我是个经笼罩、受索网苍翎毛老野鸡[75]蹅踏[76]的阵马儿熟[77]。经了些窝弓冷箭镴枪头[78]，不曾落人后。恰不道[79]"人到中年万事休"，我怎肯虚度了春秋。

【尾】我是个蒸不烂、煮不熟、捶不匾[80]、炒不爆、响珰珰一粒铜豌豆[81]，恁[82]子弟每谁教你钻入他锄不断、斫不下、解不开、顿不脱、慢腾腾千层锦套头[83]。我玩的是梁园[84]月，饮的是东京[85]酒，赏的是洛阳花[86]，攀的是章台柳[87]。我也会围棋、会蹴踘[88]、会打围[89]、会插科[90]，会歌舞、会吹弹、会咽作[91]、会吟诗，会双陆[92]。你便是落了我牙、歪了我嘴、瘸了我腿、折了我手，天赐与我这几般儿歹症候[93]，尚兀自[94]不肯休。则除是[95]阎王亲自唤，神鬼自来勾，三魂归地府，七魄丧冥幽[96]，天哪，那其间[97]才不向烟花[98]路儿上走！

---

[1] 【南吕】一枝花：这是【南吕宫】中常用的套数，其联套方式通常为〔一枝花〕〔梁州第七〕〔尾声〕三曲组成。如果在三曲后还要再加写几支曲子，那么，尾声就改称隔尾。〔一枝花〕，又名〔占春魁〕，句式为五五、五五、四、五五、七七，共九句六韵。又，唐人白行简传奇《李娃传》中的李娃，艺名一枝花。这套曲调大约就是从说唱一枝花的歌曲中传承而来的。

[2] 赠朱帘秀：本篇在九卷钞本《阳春白雪》后集卷三中注为关汉卿撰；《北词广正谱》引〔一枝花〕首句及〔梁州〕"凌波殿前"，亦注关汉卿作。此曲句句咏珠帘，实颂其人。朱帘秀是艺名，她本姓朱，河南洛阳人，是当时最著名的杂剧女演员。元灭宋前，她已经赫赫有名。元·夏庭芝《青楼集》："姓朱氏，行第四。杂剧为当今独步；驾头、花旦、软末泥等，悉造其妙。"朱帘秀的艺术造诣非常高。她不仅能扮演花旦等女性角色，甚至还可以女扮男装，唱男角，有着"杂剧当今独步"的美誉。根据一些民间文人记载，朱帘秀年纪大了之后开山授徒，被尊称为"朱娘娘"。她的弟子赛帘秀和燕山秀都是很有名的女演员。只是朱帘秀在感情生活上，确实和大家的希望大相径庭。她后来嫁给了一个钱塘道士，过得很不幸福，晚年流落杭州。这套曲关汉卿题赠给朱帘秀，首先描述了朱帘秀闺房的景象，通过对珠帘、金钩、绣带等物品极致描绘，暗喻朱帘秀是一位花容貌美的美人，是不能随意被窥见的。第二支曲子借东晋的谢安、侯府来说明朱帘秀的高贵之处，改写杜牧的诗句"春风十里扬州路"赞扬朱帘秀丽质慧心，是难得的神仙美人。最后交代朱帘秀的最终结局是嫁给了一位道士，关汉卿对此十分可惜，再三叮嘱这位"守户先生"要加倍珍惜，爱护好珠帘，表达出伟大的戏曲作家对一位天才女演员的关怀与多情。

[3] "轻裁"二句：用虾须织成珠帘。这里以成串的珍珠形容歌声的圆润。虾万须，即"虾须"，原指帘子上的流苏，后用为帘子的代称。唐·陆畅《帘》诗："劳

将素手卷虾须，琼室流光更缀珠。”珠千串，帘用千串珠子缀成。古时常用珍珠形容歌声的清圆。此一语双关。

［4］“金钩”二句：赞美朱帘秀这位女演员的装饰和舞态。金钩，卷帘子用的金属钩，一般为黄色，故称“金钩”。光错落，是说金钩之光交错生辉。错落，错杂、交错。绣带，缀在帘子上以为饰物的彩带。金钩、绣带，既是珠帘的附属物，又是一位女演员的装饰物。蹁跹（pián xiān 音骈仙），形容回旋起舞的姿态。

［5］“似雾”三句：写朱帘秀不轻易出场，就像装点在深闺院里的“珠帘”，是不许人轻易卷帘的，总给人一种似雾非烟、朦朦胧胧的距离美感。取次展，随便打开帘了看。

［6］“摇四壁”二句：表面写珠帘的乍一展开就光彩四射，实际上写朱帘秀一出场、一亮相就光彩照人，震慑了全场观众。翡翠，俗称硬玉，辉石（矿物，火成岩的主要成分之一）的变种之一，用作装饰品材料。浓阴，本曲末两句要求对仗，故疑应为“阴浓”。琉璃，一种半透明的有色矿质涂料，把它涂在瓦上，就叫“琉璃瓦”。

［7］〔梁州〕:〔梁州第七〕的简写。其句式为：七七七、四四、四四、七七、七七七、二二、七七、七四，共十八句十三韵。

［8］“富贵”二句：借珠帘歌咏朱帘秀的华贵品格和风流生活。侯家紫帐，显贵之家的紫色帐幕。唐制，王公及三品以上大官许用紫色。侯家，即高官显宦之家。紫帐，《汉武帝内传》:“王母以紫锦为帷帐。”谢府，指东晋江南望族谢安家。此为显贵之家的代称。红莲，南齐王俭领吏部，时人谓入俭幕府为入莲花池，谓如红莲映绿水。后因以“莲府”“莲幕”美称幕府。此处以红莲隐含“莲幕”，又以“莲幕”字关合“帘幕”。

［9］“锁春愁”五句：借珠帘锁双燕，写朱帘秀的风流生活。双飞燕，南朝齐 · 谢朓（tiǎo 音窕）《怨》诗:“风帘入双燕。”绮（qǐ 音启）窗，雕花的窗棂。雕栊（lóng 音龙），雕花的窗棂。栊，窗户。绣幕，绣花的帷帐。牵，连。

［10］“拂苔痕”二句：以榆钱、柳絮的扑帘，暗示狂徒薄幸对她的侵扰，流言蜚语对她的糟蹋。榆钱，即“榆荚”。形状圆而小，像小铜钱，故称。

［11］“愁的是”三句：三句借帘外自然景色的变化表现帘中人思想感情的起伏，同时表示作者对帘中人孤苦处境的关怀。借物写人，语意双关。抹回廊，曲折环绕的走廊。萧萧，同“潇潇”。此指雨声。筛，这里是从缝隙中穿过的意思。剪剪，风轻而带有寒意。唐 · 韩偓《寒食夜》诗:“恻恻轻寒剪剪风。”长门，汉代宫殿名。汉 · 司马相如《长门赋》序:“孝武皇帝陈皇后时得幸，颇妒，别在长门宫，愁闷悲思。闻蜀郡成都司马相如天下工为文，奉黄金百斤为相如、文君取酒，因于解悲愁之辞。而相如为文以悟主上，陈皇后复得亲幸。”后以“长门”借指失宠女子居住的寂寥凄清的宫院。此喻指显贵的宅第。娟娟，美

好貌。唐·杜甫《船下夔州郭宿雨湿不得上岸别王十二判官》:“依沙宿舸船,石濑月娟娟。”

[12] 凌波殿:唐代洛阳宫殿名。《太真外传》:“玄宗在东都,昼梦一女,容貌艳异,梳交心髻,大袖宽衣,拜于床前。上问:‘汝何人?’曰:‘妾是陛下凌波池中龙女。’”此指朱帘秀居处。

[13] 碧玲珑:此指假山。

[14] 湘妃:也叫湘灵、湘夫人,是舜的两位妻子娥皇、女英。此借喻朱帘秀。

[15] “十里”二句:借唐·杜牧诗句赞美朱帘秀脱俗超凡的才华和美貌。杜牧《赠别》诗:“春风十里扬州路,卷上珠帘总不如。”出落,长成,犹言“出挑”,是说体态特别发育、越长越好看的意思。

[16] “恰便似”二句:以一池秋水、一片朝云赞美朱帘秀。展,展开、伸展,形容帘子悬挂的样子。

[17] 守户的先生:指朱帘秀在杭州所嫁的一个道士。元代称道士为“先生”。

[18] 可怜:可爱。

[19] 奇擎:高举、捧托。奇,语助词,无义。

[20] 杭州景:元朝灭宋后不久,关汉卿来到杭州。对长于北国的关汉卿来说,湖光山色的杭州令他耳目一新,赞叹不已。此时杭州经济恢复得很快,因此楼阁林立,人烟凑集,一片繁华。关汉卿禁不住写下这支曲,充分利用散曲铺陈的特点,如刘熙载所说“词如诗,曲如赋”(《艺概·词曲概》),尽情地描绘渲染了杭州市景,不仅写亭台楼阁,更着重写湖光山色、青山绿水。末句由衷地发出赞叹,言其景非笔能画,比之柳永《望海潮》结句“异日图将好景,归去凤池夸”更进了一步。《太平乐府》八录有此曲;《雍熙乐府》一〇也载有此曲,但未注撰人。

[21] “普天下”二句:概言杭州是天下的富庶繁华之地。锦绣,本指精美华丽的丝织品、刺绣品,在此用以形容山川河流如锦似绣般秀丽多姿。寰海内,即四海之内。风流地,景色优美、气象繁华的地方。此指杭州。

[22] “大元朝”二句:意为杭州是大元朝新近归附过来的国土,是已经覆亡了的南宋王朝的旧京都。大元朝新附国,公元 1127 年金灭北宋,宋高宗赵构在应天府(河南商丘)称帝,是为南宋。后南宋迁都临安(杭州)。1279 年南宋为元所灭。关汉卿约在南宋灭亡不久时到杭州,故称杭州为“大元朝新附国”。亡宋家,杭州为南宋旧都,故称南宋王朝的旧领土为亡宋家。华夷,古时称我国的疆域为华夷,因为它包括了汉族(华)和各少数民族地区(夷),这里指南宋的旧都杭州。

[23] 一到处堪游戏:所到之处,都值得游玩,流连徘徊。一到处,每到处、所到之处。堪游戏,值得游览玩耍。

[24] 这答儿忒富贵:这个地方太富贵了。这答儿,这一处、这地方。忒,太、很。

[25] “一哄地”句：此句是说人口密集，热热闹闹的。一哄地，形容人多而热闹非凡的样子。凑集，聚集。

[26] “百十里”句：百十里长的街道，四通八达而又非常整齐。衢（qú 音渠），四通八达的道路。

[27] 参差（cēn cī）：高低不平的样子。

[28] 半答儿：半块儿、半片儿。

[29] 松轩（xuān 音宣）竹径：松林中的小屋和竹林中的小路。轩，有窗槛的小屋。

[30] 药圃花蹊：栽种有药草的园圃，鲜花掩映着的小径。圃，园圃。蹊，小径、小路。

[31] 茶园稻陌：此句是说园子里茶树飘香，稻田向小路纵横。陌（mò 音默），南北之路曰阡（qiān 音千），东西之路曰陌。

[32] 竹坞梅溪：翠竹环绕着船坞，梅花夹岸簇拥清溪。坞，中间低四边高的地方。在此指船坞，停靠船的处所。梅溪，两边长满梅树的溪水。

[33] “一陀（tuó 音驼）儿”二句：意为一处处都可题诗，一步步都可入画。一陀儿，一块儿、一处儿。屏帏（wéi 音违），绘有美景的屏风。

[34] “西盐场”句：全句言杭州西边的那块繁华地区如同一条精美的玉带。盐场，制盐、存盐的场地。琼瑶，美玉，常借以泛指精美豪华的东西，这里指代那些富丽堂皇的建筑。

[35] “吴山色”句：吴山上绿树如盖，层层叠叠，郁郁葱葱，望去就像重叠在一起的翠玉一般。吴山，位于杭州钱塘江的北岸，山石奇秀，洞壑幽深，是历史上的观潮胜地。翡翠，翠绿晶莹的美玉。

[36] 兀良：亦作“兀刺”。表示指点或惊叹的语气。

[37] 万顷玻璃：形容钱塘江水水势浩荡而又清亮光闪。

[38] 画船：装饰华丽的游船。

[39] 浙江亭：《乾道临安志》：“浙江亭在钱塘旧治南，到县一十五里。”杭州著名观潮胜地。南宋时，每年八月钱塘潮涨，杭州游人多集于此观潮。

[40] 堪羡堪题：值得羡慕，值得题咏。

[41] 掩映：相互遮掩衬托。

[42] “楼阁”句：此句意为楼阁高耸林立，比远方的青山还突出许多。楼阁峥嵘（zhēng róng 音争荣），楼阁高耸、气象不凡的样子。翠微，指青翠掩映的山腰的幽深之处。

[43] “看了”二句：看看这一边，又看看那一边。这壁、那壁，这边、那边。觑（qù 音去），看、瞅、瞧。

[44] “纵有”句：即便有丹青妙笔也难以描画杭州山水风物之美。丹青，丹指朱砂，青指石青，均为绘画的颜料，连用即指绘画。

[45] 不伏老：本篇在《雍熙乐府》一〇、《彩笔情辞》五和《北词广正谱》均题关

汉卿作。此套曲是关汉卿自画像又自赞自嘲式的作品。套曲不仅是关汉卿的代表作，也是元散曲的名篇。曲中以第一人称“我”直接出面，塑造了一个特殊环境中逍遥放浪的特殊人物。整套曲子都在夸赞“浪子风流”，舒张自我，这其中蕴含着深刻的思想和文化意义。首先，它以诙谐、滑稽和自嘲来表征市民化的知识分子对于传统道德观念和道德评判标准的反叛。其次，它是以一种玩世不恭的形式，表示对黑暗统治的反抗。最后，可以说是增加衬字的翘楚，历来为人们称道，其首曲〔一枝花〕定格本为五、五、五、五、四、五、五、七、七，几乎每一句都有衬字加入。如果把衬字拿掉不看，此曲就会少了很多味道，也不足以表现这个人物形象的不伏老。最令人拍案叫绝的是尾曲：其本调定格为七七七二二七不到四十个字，关汉卿加入一百多衬字，试想这样一首曲怎么去掉衬字？较正格多出几倍的衬字已然喧宾夺主了，但是不得不承认，这样一首曲子让人读来觉得痛快淋漓，印象深刻，充满了诗词中所没有的辛辣与激荡。

[46] 出墙朵朵花：宋·叶绍翁《游园不值》诗：“春色满园关不住，一枝红杏出墙来。”后人以“出墙花”暗喻妓女。

[47] 临路枝枝柳：敦煌曲子（唐代）《望江南》：“我是曲江临池柳，者人折了那人攀，恩爱一时间。”临池柳、临路柳均喻指妓女。

[48] 浪子：指风流放诞之人。

[49] 折柳攀花：喻嫖妓。

[50] 煞：拈、弄的意思。

[51] “一世里”句：一辈子都在嫖妓。眠花卧柳，狎妓。花、柳，代指妓女。

[52] 郎君：此指嫖客。

[53] 班头：与上文“领袖”义同。

[54] 分茶攧竹：两种古游戏名。分茶，宋元时煎茶之法。首先把茶碾碎，冲开水后以筅（xiǎn 音显）击拂，使汤水波纹幻变成复杂多变的水纹和图案。这些图案可能模仿自然界的景象，如山水、云雾、花鸟、虫鱼等，极具观赏价值。攧竹，博戏名。摇动竹筒，使筒中某支竹签首先跌出，视签上标志以决胜负。

[55] 打马：用五十四枚牙制圆牌，上面标刻马名，用掷骰（tóu 音头）子打马牌来决定胜负。

[56] 藏阄：藏钩。当时流行的一种猜物以赌输赢的游戏。饮酒时手握小物件，使人探猜，输者饮酒。

[57] 五音六律：泛指音乐。五音，宫、商、角、徵、羽。六律，十二律中单数为律，双数为吕，统称律吕，因此六律也就是黄钟、太蔟（cù 音促）、姑洗、蕤（ruí 音瑞阳平）宾、夷则、无射（yì 音亿）六种音调。

[58] 滑熟：十分圆熟、惯熟。

[59] 银筝女：指乐妓。

［60］银台：原为仙人居处，此指女人镜台。

［61］银屏：指屏风上镶嵌的银白色装饰物。

［62］玉天仙：美人。元曲中多指妓女。

［63］金钗客：指歌妓。

［64］〔金缕〕：〔金缕衣〕〔金缕曲〕的省称。曲调名。唐 · 罗隐《金陵思古》诗："绮筵〔金缕〕无消息，一阵征帆过海门。"

［65］金瓯：华贵的酒杯。

［66］占排场：在妓院中占得名声。

［67］玲珑又剔透：指聪明多智。

［68］锦阵花营：指歌楼舞榭等冶游场所。

［69］都帅头：总头目。元 · 熊梦祥《析津志》说关汉卿"生而倜傥，博学能文，滑稽多智，蕴藉风流，为一时之冠"。《录鬼簿》亦引贾仲明挽词称其为"驱梨园领袖，总编修师首，捻杂剧班头"，可见并非自诩。

［70］玩府游州：遍游各地的意思。

［71］子弟每：指风流子弟，即嫖客。也是指那劝他"老也暂休"的人们。每，宋元时口语，同"们"。

［72］兔羔儿：比喻初入风月营中没有经验的青年嫖客。

［73］乍：刚、才。

［74］围场：围起来供打猎的场地，这里指猎艳场所。

［75］苍翎毛老野鸡：作者自比。苍翎毛，就是长出老翎，翅膀够硬。这个比喻和后面的"铜豌豆"相类。

［76］蹅（chǎ 音衩）踏：践踏。

［77］阵马儿熟：什么阵势没有见过。阵马儿，战阵。

［78］窝弓冷箭镴枪头：指不光明的对手。窝弓，猎人安排在隐处的装有机关用以捕兽的弓弩。镴枪头，铅锡合金的枪头。常比喻中看不中用的东西。镴，隋树森编《全元散曲》作"蜡"。

［79］恰不道：岂不闻、常言道。恰，同"却"。

［80］匾：同"扁"。

［81］铜豌豆：青楼勾栏中对老狎客的昵称。这里也有坚强不屈之意。

［82］恁（nèn 音嫩）：通"那"。又有"恁每"一词，即"你们"的意思。

［83］锦套头：锦绳结成的套头，比喻圈套、陷阱。元曲中常以此比喻妓女笼络嫖客的手腕。

［84］梁园：亦作"梁苑""兔园"。汉代梁孝王刘武所建，位于开封市东南。园内有池馆林木，梁王日与宾客游乐，因此后来以之泛指名胜游玩之所。

［85］东京：汉代以洛阳为东京，五代和宋代以汴州（今河南开封市）为东京，辽时改南京（今辽阳）为东京。此处不必实指，元曲往往混用历史地名故实。总之

这几句的意思是说自己行走的都是名胜之地。

[86] 洛阳花：指洛阳的牡丹花。

[87] 章台柳：代指妓女。章台，汉长安街名，娼妓所居。《太平广记·柳氏传》载，唐韩翃与妓女柳氏有婚约，安史之乱，两人分离，韩赋诗以表思念："章台柳，章台柳，昔日青青今在否？纵使长条似旧垂，也应攀折他人手。"

[88] 蹴踘（cù jū 音醋居）：古时一种类似今之踢足球的游戏。《汉书》中已有记载。唐宋时盛行（《水浒传》中的高俅即以此技得宠于皇帝），至清代渐衰。这种球外面是皮革，里面实以物，所以又写成"蹴鞠"。

[89] 打围：打猎、围猎。

[90] 插科：戏曲演员在表演中穿插的引人发笑的动作。常同"打诨（hùn 音混）"合用，称"插科打诨"。

[91] 咽作：歌唱。

[92] 双陆：又名"双六"，古代一种类似今之下棋的博戏。据说为三国魏曹植所创，至唐代演变为叶子戏（纸牌）。

[93] 歹症候：本指病，借指脾性。歹，不好。

[94] 尚兀自：尚且、还。兀自，仍旧、还是。

[95] 则除是：除非是。则，同"只"。

[96] 冥幽：与前文"地府"同义，指传说中的阴间。

[97] 那其间：那时候。

[98] 烟花：原指妓院，亦指妓女。古代胭脂又写成"烟肢""烟支"等，烟花之意或由此引申。

【双调】乔牌儿[1]

世情推物理[2]，人生贵适意。想人间造物[3]搬兴废[4]，吉藏凶凶暗吉[5]。

【夜行船】富贵那能长富贵，日盈昃月满亏蚀[6]。地下东南，天高西北[7]，天地尚无完体。

【庆宣和】[8]算到天明走到黑，赤紧的[9]是衣食。凫短鹤长[10]不能齐，且休题，谁是非。

【锦上花】展放愁眉，休争闲气。今日容颜，老如昨日。古往今来，恁[11]须尽知，贤的愚的，贫的和富的。

【幺】到头这一身，难逃那一日[12]。受用了一朝，一朝便宜。百岁光阴，七十者稀[13]。急急流年[14]，滔滔逝水[15]。

【清江引】落花满院春又归，晚景成何济[16]！车尘马足中[17]，蚁穴蜂衙[18]内，寻取个稳便处闲坐地[19]。

【碧玉箫】乌兔[20]相催，日月走东西。人生别离，白发故人稀。不停闲岁月疾，光阴似驹过隙[21]。君莫痴，休争名利。幸有几杯，且不如花前醉。

【歇拍煞】恁则待闲熬煎、闲烦恼、闲萦系，闲追欢[22]、闲落魄、闲游戏。金鸡触祸机[23]，得时间早弃迷途。繁华重念《箫韶》歇[24]，急流勇退[25]寻归计。采蕨薇洗是非，夷齐[26]等巢由[27]辈。这两个谁人似得？松菊[28]晋陶潜，江湖越范蠡[29]。

---

[1] 【双调】乔牌儿：本篇除存于钞本《阳春白雪》后集四外，《梨园乐府》上、《太和正音谱》下、《北词广正谱》、《九宫大成》六五和六六等书也曾引用。

[2] 物理：事物的道理。

[3] 造物：古时人们认为万物是天造的，所以称天为“造物”。

[4] 搬兴废：使兴盛、衰亡相互变化转换。

[5] 吉藏凶凶暗吉：吉中深藏着凶，凶中暗伏着吉。意同《老子·五十八章》：“祸兮，福之所倚；福兮，祸之所伏。”

[6] “日盈昃（zè 音仄）”句：语本《易经》：“日中则昃，月盈则食。”食，同“蚀”，亏损。

[7] “地下”二句：汉·刘安《淮南子·天文训》：“昔者共（gōng 音工）工与颛顼（zhuān xū 音专须）争为帝，怒而触不周之山，天柱折，地维绝。天倾西北，故日月星辰移焉；地不满东南，故水潦（lǎo 音老）尘埃归焉。”下，低。

[8] 〔庆宣和〕：曲牌名。属北曲【双调】。定格为七、四、七、二、二，共五句五韵。第三句宜用平声或去声韵收；末句作叠句，且宜用去声或上声。可独作小令，亦可用于套曲，一般在〔沉醉东风〕或〔胡十八〕后。

[9] 赤紧的：要紧的。

[10] 凫短鹤长：凫胫（jìng 音净，小腿）短而鹤胫长。语出《庄子·骈拇》：“凫胫虽短，续之则忧；鹤胫虽长，断之则悲。”后以此喻人与物各有长短，不能强

求一律。

[11] 恁：同“您”。

[12] 那一日：指死亡之日。

[13] 七十者稀：语本唐·杜甫《曲江二首》诗：“酒债寻常行处有，人生七十古来稀。”

[14] 流年：年华。因其如流水一样容易逝去，故称流年。

[15] 逝水：语本《论语·子罕》：“子在川上，曰：‘逝者如斯夫（fú 音福），不舍（shè 音社，止息）昼夜。’”

[16] 成何济：如何安置的意思。

[17] 车尘马足中：喧闹的尘世之中。语本唐·薛逢《六街尘》诗：“六街尘起鼓冬冬，马足车轮在处通。百役并驱衣食内，四民长走路岐中。”

[18] 蚁穴蜂衙：比喻扰攘劳碌的世间。

[19] 闲坐地：闲坐着。

[20] 乌兔：古人说日中有三足乌，月中有玉兔，故以乌代称太阳，以兔代称月亮。

[21] 驹过隙：白驹过隙，白色的小马从缝隙间飞奔而过。比喻时间疾速流逝。语本《庄子·知北游》：“人生天地之间，若白驹之过郤，忽然而已。”郤，同“隙”。

[22] 追欢：寻欢。

[23] 金鸡触祸机：金鸡，即锦鸡。它因羽毛绚丽而招祸引灾。语本东晋·刘道规《山鸡赋》：“不隐曜（yào 音耀）而贻累，倏（shū 音书）见屈于虞机。”

[24] 《箫韶》歇：全句是说在繁华兴盛时，尤其要想到象征兴旺太平的音乐可能歇止，即败亡。《箫韶》，虞舜乐名。《书·益稷》：“《箫韶》九成，凤皇来仪。”此指美好的音乐。

[25] 急流勇退：古时常以此比喻官员在顺境或得意时为了避祸而及时退出官场。

[26] 夷齐：殷商皇族伯夷和叔齐。他俩反对武王讨伐商纣王。武王灭殷后，他们不食周粟，隐居首阳山，采薇度日，终于饿死。此取不仕进之意。

[27] 巢由：唐尧时高士巢父（fǔ 音斧）和许由。《汉书·鲍宣传》载，巢父于山中隐居，以树为巢。尧以天下相让，终不受。《汉书·高士传》载，尧召许由为百州之长，许由不想听此言，于颍水之滨洗其双耳以去其污。

[28] 松菊：语出晋·陶潜《归去来兮辞》：“三径就荒，松菊犹存。”

[29] 范蠡：春秋时越国人。他曾帮助越王勾践打败吴王夫差，为越国立下大功，却弃官而携西施泛舟西湖隐去。

【双调】新水令

楚台云雨会巫峡，赴昨宵约来的期话[1]。楼头栖燕子，庭院已闻鸦，料想他家[2]，收针指晚妆罢。

【乔牌儿】款将花径踏，独立在纱窗下，颤钦钦[3]把不定心头怕。不敢将小名呼咱，则索[4]等候他。

【雁儿落】怕别人瞧见咱，掩映在酴醿[5]架。等多时不见来，则索独立在花阴下。

【挂搭钩】等候多时不见他。这的是约下佳期话，莫不是贪睡人儿忘了那？伏冢[6]在蓝桥下。意懊恼却待将他骂，听得呀的门开，蓦[7]见如花。

【豆叶黄】髻挽乌云，蝉鬓[8]堆鸦[9]；粉腻酥胸，脸衬红霞；袅娜[10]腰肢更喜恰[11]，堪讲堪夸。比月里嫦娥，媚媚孜孜[12]，那更撑达[13]。

【七弟兄】我这里觅他，唤他，哎！女孩儿，果然道[14]色胆天来大。怀儿里搂抱着俏冤家，揾香腮[15]悄语低低话。

【梅花酒】两情浓，兴转佳。地权为床榻，月高烧银蜡[16]。夜深沉，人静悄，低低的问如花，终是个女儿家。

【收江南】好风吹绽牡丹花，半合儿[17]揉损绛裙纱。冷丁丁舌尖上送香茶[18]，都不到半霎，森森一向遍身麻。

【尾】整乌云欲把金莲屧[19]，纽[20]回身再说些儿话："你明夜个早些儿来，我专听着纱窗外芭蕉叶儿上打。"

闲争夺鼎沸了丽春园[21]，欠[22]排场[23]不堪久恋。时间相敬爱，端的怎团圆[24]？白没事[25]教人笑，惹人怨。

【驻马听】[26]锦阵[27]里争先，紧卷旗幡不再展；花营[28]中挑战，劳拴意马与心猿[29]。降书执写纳君前，唇枪舌剑难施展。参破脱空禅[30]，早抽头[31]索甚[32]他人劝。

【乔牌儿】都将咱冷句唂[33]，心儿里岂不嫌？屯门塞户衡刚剑[34]，纸糊锹[35]怎地展？

【天仙子】从今后，识破野狐涎[36]。红粉无情，灾星不现。村酒酽野花浓，再不粘拈[37]。当时话儿无应显，好事[38]天悭[39]。

【尾】料应也不得为姻眷。有了神前咒怨[40]，为甚脚儿稀，尺紧得阳台路儿远[41]。

搅闲风[42]吹散楚台[43]云，天对付[44]满怀愁闷。您那里欢娱嫌夜短，俺寂寞恨长更[45]。恰似线断风筝，绝鱼雁杳音信。

【驻马听】多绪多情，病身躯憔悴损[46]；闲愁闲闷，将柳带结同心[47]。瘦岩岩[48]宽褪了绛绡裙，羞答答恐怕他邻姬问。若道伤春，今年更比年时[49]甚。

【沉醉东风】莲脸上何曾傅粉，鬓鬅松[50]不整乌云。口儿唂，心儿里印，捱一宵胜似三春。怕的是黄昏点上灯，照见俺孤凄瘦影。

【幺】早是我愁怀闷哽[51]，更那堪四扇帏屏。遣人愁，添人恨，无端[52]怨煞丹青[53]。画得来双双厮配定，做得伤情对景。

【天仙子】一扇儿画着双通叔和苏氏[54]到豫章城，一扇儿是司马文君[55]。一扇儿是王魁桂英[56]。画的来厮[57]顾盼厮温存，比各[58]青春。这一扇儿比他每[59]情更深，是君瑞莺莺[60]。

【随煞】[61]您团圆偏俺成孤另，拥被和衣坐等。听鼓打四更过，搭伏定鸳鸯枕头儿等。

寨儿中风月煞经谙[62]，收心也合搠滰[63]。再不缠头[64]戴蜀锦[65]，沽酒典[66]春衫。心如柳絮粘泥，狂风过怎摇撼？

【乔牌儿】这番天对勘[67]，非是俺愚滥[68]。相知每侧脚里[69]来轰减[70]，盖因他酒半酣。
【夜行船】又引起往前风月胆，今番做得尴尬[71]。且休说久远当来[72]，奈何时暂[73]，这些时陡[74]羞惨[75]。
【天仙子】咱非参[76]，坏怪斗来搀[77]，怎肯袄庙[78]火绝，蓝桥[79]水淹。难掩盖泼[80]风声，被各[81]俱耽，怎只恁[82]两下里阻隔情分减，面北眉南[83]。
【离亭宴煞】你休起风波剁断渔舟缆，得团圆摔破青铜鉴[84]。冤家[85]行再三，再三嘱付勤相探。常将好事贪，却休教花星[86]暗。万一间休将人倒赚[87]。眼挫[88]了可憎[89]才，心疼煞志诚俺。

凤凰台上忆吹箫[90]，似钱塘梦[91]魂初觉。花月约，凤鸾交。半世疏狂，总做了一场懊。
【驻马听】黄诏[92]奢豪，桑木剑熬乏古定刀[93]；双郎[94]穷薄，纸糊锹撅了点钢锹[95]。怕不待[96]争锋取债恋多娇，又索[97]书名画字[98]寻人保[99]。枉徒劳，供钱买笑教人笑。
【落梅风】姨夫[100]闹，咱便晓，君子不夺人之好[101]。他揽定磨杆[102]儿夸俏，推不动磨杆上自吊[103]。
【步步娇】积攒[104]下三十两通行鸦青钞[105]，买取个大笠子[106]粗麻罩[107]。妆甚腰[108]，眼落处[109]和他契丹交[110]。虽是不风骚，不到得着圈套。
【甜水令】佳人有意郎君俏，郎君没钞[111]莺花[112]恼。如今等惜花人弄巧，止不过美话儿排，虚科[113]儿套，实心儿少。想着月下情，星前约，是则是花木瓜[114]儿看好。李亚仙负心疾[115]，郑元和[116]下番[117]早。

[1] 期话：约定幽会的话。
[2] 他家：他。家，语助词，无义。唐·薛涛《柳絮》诗：“他家本是无情物，一任南飞又北飞。”
[3] 颤钦钦：亦作“战钦钦”。战战兢兢的样子。
[4] 则索：只得、只须。
[5] 酴醾（tú mí 音途迷）：同“荼蘼”。亦称“佛见笑”，花名，在晚春开放。
[6] 伏冢：趴伏、隐藏。
[7] 蓦：突然。
[8] 蝉鬓：女子发型，望之缥缈如蝉翼。
[9] 堆鸦：形容女子发美而黑。宋·程俱《丁巳九日作》诗：“笑引壶觞成一醉，歌筵遥想鬓堆鸦。”
[10] 袅娜（niǎo nuó 音鸟挪）：形容女子体态轻盈柔美。
[11] 喜恰：亦作“喜洽”。和悦可爱。侧重形容人和颜悦色、神色和悦、令人喜爱。喜，喜欢、喜爱义。恰，为后缀，无实义。
[12] 媚媚孜孜：娇媚可爱。
[13] 撑达：亦作“挣达”。漂亮。
[14] 道：是。
[15] 揾（wèn 音问）香腮：吻香腮。
[16] 月高烧银蜡：明月高悬，像烧着雪亮的蜡烛一样。
[17] 半合儿：一会儿、片刻。
[18] 香茶：此指唾液。
[19] 屟（xiè 音谢）：木板拖鞋。此指穿鞋。
[20] 纽：同“扭”。
[21] 以下四套【双调·新水令】均出《阳春白雪》后集卷五。俱属关汉卿，但书内曲前未明注撰者，元刊本也失注撰人。闲争夺：元散曲作家关汉卿作。这首套曲是一个不愿在风月场中争风吃醋的男人的自白。首曲写妓院中“闲争夺鼎沸了”的混乱，次曲写在争夺中抽身退出，三曲写缺少风流伎俩，四曲写怨恨红粉无情，尾曲写风月场中没有真正的爱情。此曲像是自嘲，又像是警世，与当时此类题材的拟话本有共同的创作动机，不能当作一般的狎妓作品看。丽春园：元曲中妓院的代名词。
[22] 欠：呆笨。
[23] 排场：身份。
[24] “时间”二句：意为眼下还好，但心里清楚难得久长。时间，时下、眼下。端的，清楚、真的。怎，如何。

［25］白没事：平白无故。

［26］〔驻马听〕:【双调】宫调所属曲牌名。为套数次牌，小令兼用。

［27］锦阵：指争夺妓女的阵势。

［28］花营：妓女聚集的地方。

［29］“劳拴”句：指收回放浪之心。劳，“牢”的同音借字。意马与心猿，比喻心神不定。

［30］脱空禅：虚诳、诈伪的禅机。

［31］抽头：抽身。

［32］索甚：要什么、无须。

［33］啮（diān 音颠）：念、念叨。

［34］衠（zhūn 音谆）刚剑：纯钢剑。衠，纯粹、纯。

［35］纸糊锹：纸糊的锹。比喻男女争风中缺少办法、软弱无力。

［36］野狐涎：宋·曾敏行《独醒杂志》卷七：“以肉置小口罂（yīng 音婴）中，埋之野外。狐见而欲食，喙（huì 音会）不得入，馋涎流堕罂内，渍（zì 音自，浸、沤）入肉中。乃取其肉，曝为脯末，而置人饮食间。”据说人吃了这种肉后，能够“致幻者“随所思想，一一有见，人故惑之”。因以“野狐涎”指迷惑人的话。犹言“甜言蜜语”。

［37］“村酒酽（yàn 音厌）”二句：意为贱物虽好也不可取。村酒，农家自酿的酒。唐·白居易《村中留李三宿》诗：“村酒两三杯，相留寒日暮。”酽，味浓。

［38］好事：指男女之事。

［39］悭：愁。

［40］咒怨：诅咒、抱怨。

［41］阳台路儿远：意为距离真正的爱情太远了。阳台，是传说中巫山神女的居所。见宋玉《高唐赋》。这里借神女对楚王的情意，比喻真正的爱情。

［42］搅闲风：此套曲写一妇女因丈夫在外寻花问柳，而自己在家独守空房所引发的愁情愁态。首曲写丈夫不归的愁寂，次曲写难与人说的愁闷，三曲写夜长难捱的愁苦，四、五两曲写见画怨怼的愁伤，尾曲写彻夜不眠的等待。全曲如怨如怒，如泣如诉，凄婉动人。其中关于见帏屏丹青而对景伤情的描绘，拈闺中物，出闺中情，以画中人衬闺中人，更为自然灵动。

［43］楚台：相传是楚王与巫山神女遇合之所，元曲中常借以代指男女爱情。

［44］天对付：犹言上天安排的。对付，有安排的意思。

［45］长更：更长。意为夜长。

［46］损：犹“坏”“煞”。

［47］结同心：将丝带结成连环回文的结子，叫结同心。

［48］岩岩：凸出高耸的样子。

［49］年时：旧时、昔时。

[50] 鬅（péng 音朋）松：头发松散的样子。今作“蓬松”。
[51] 闷哽：闷气郁结，哽塞在胸。
[52] 无端：无故。
[53] 丹青：指图画。
[54] 双通叔和苏氏：指宋元时“双渐赶苏卿”民间故事中的人物。双通叔，即书生双渐。苏氏，即庐州妓女苏小卿。
[55] 司马文君：指司马相如与卓文君。
[56] 王魁桂英：王魁落第，流寓莱州，遇桂英。桂英供其饮食，约为夫妻。一年后，王魁唱第为天下第一，授除州佥判。桂英遣仆传书，王魁不认。桂英自杀死。见《类说》卷三十四引《摭遗·王魁传》。
[57] 厮：互相。
[58] 比各：彼此。
[59] 他每：他们。
[60] 君瑞莺莺：指《西厢记》中的人物张生君瑞和崔莺莺。
[61] 〔随煞〕：曲牌名。亦称〔随煞尾〕〔随尾〕等。《中原音韵》【大石调】下有〔随煞〕，《南村辍耕录》【南吕宫】下有〔随煞尾〕。〔随煞〕之“随”，即可“随”他宫调而用之。在《元人百种》中，马致远《邯郸道省悟黄粱梦》第二折【商调】套尾声用〔随调煞〕，指明了所随者是“调”。
[62] “寨儿”句：这首套曲描写一个“收心”的妓女，与“相知”重遇引来的苦辣酸甜。曲首写“再不缠头戴蜀锦”收心，次曲写“这番天对勘”称心，三曲写“今番做得尴尬”愧心，四曲写“两下里阻隔情分减”伤心，尾曲写“眼挫了可憎才”疼心，表现了作者对妓女悲惨遭际的同情。寨儿，指莺花寨，即妓院。煞，虽然。经谙，经常、熟悉。
[63] 搠渰（shuò yǎn 音硕掩）：装作痴呆。
[64] 再不缠头：意为再不歌舞卖唱。缠头，歌妓绕在头上的锦缎饰品叫缠头。
[65] 蜀锦：蜀地产的一种丝织品。后为锦的通称。
[66] 典：典当、典卖。
[67] 天对勘：意为上天安排、上天匹配的。对勘，对合。
[68] 愚滥：行为不检。
[69] 侧脚里：一旁。
[70] 轰减：起哄。
[71] 尴尬：行为不正。
[72] 当来：犹言“将来”。
[73] 时暂：时间短暂。
[74] 陡：突然。
[75] 羞惨：羞惭、无地自容。

[76] 非参：没有预料到。参，猜测。
[77] 坏怪斗来搀：指不正派的人。疑斗口事掺杂其间。来，语助词。
[78] 祆（xiān 音先）庙：祭拜火教祆神的庙堂。祆教，即古代波斯的琐罗亚斯德教。公元前 6 世纪，由波斯人琐罗亚斯德创建。因该教以火光代表至善之神而崇拜，故名“拜火教”；又拜日月星辰，故又名“祆教”。大约在公元 6 世纪经西域传入中原。从北魏开始，北齐、北周相继在鸿胪寺中设置祆教的祀官，唐朝在东、西两京都建立祆祠，以备胡商祭祀。唐武宗时期禁传佛教和其他外来宗教，祆教也受到排斥，许多祠庙被拆毁，以后经五代、两宋犹有残存。陈垣《火祆教入中国考》云：“元曲中既时演祆神，则祆神至元时，不独未曾消灭，且更形诸歌咏，播之管弦，想其意义已与中国旧俗之火神相混，非复如原日西来之火祆教矣。”陈垣先生所言“元曲中既时演祆神”大概是指李直夫《火烧祆庙》杂剧，《太和正音谱》著录，今不存。另外元散曲中也屡次提到祆庙。因其教以为火最纯洁，奉为善神的象征。这里喻指热情。
[79] 蓝桥：桥名。相传为唐朝裴航遇仙女云英之处。这里喻指爱情。
[80] 泼：詈（lì 音立）辞。有劣、贱、讨厌等义。
[81] 被各：同“彼各”，是“彼此”的意思。
[82] 怎只恁：怎就这么地。
[83] 面北眉南：形容彼此不和，恩断义绝。
[84] 青铜鉴：青铜镜。鉴，镜子。
[85] 冤家：对情人的昵称。
[86] 花星：迷信中称有关女色方面的命运为花星。
[87] 倒赚（zuàn 音攥）：倒换、欺骗。
[88] 眼挫（cuò 音错）：亦作“眼剉（cuò 音错）”“眼锉（cuò 音错）”。本指眼角、眼梢，这里用作动词，意为瞟、偷看、偷瞧。
[89] 可憎：可爱。以反语见义。
[90] “凤凰”句：此套曲描述了一个在风月场中经历了半世“疏狂者”的悔悟，其中“供钱买笑教人笑”的认知，“郎君没钞莺花恼”的觉醒，以及对烟花女设“圈套”“惜花人弄巧”的揭露，真实地剖示了风月场中金钱为媒、买身取利的龌龊，在当时有着一定的“警世”“醒世”“喻世”的意义。凤凰台，台名。传说为秦穆公为其女弄玉所建，弄玉与萧史于台上吹箫引凤，同凤飞升。唐·李白诗《登金陵凤凰台》：“凤凰台上凤凰游，凤去台空江自流。”
[91] 钱塘梦：宋·王宇《司马才仲传》叙宋时司马才仲被苏轼荐为钱塘幕官，梦与南齐时钱塘名妓苏小小会。元·白朴作有《苏小小月夜钱塘梦》杂剧，已佚。此用钱塘梦事比喻往事已没。钱塘，古县名，即今杭州市。
[92] 黄诏：元曲中虚拟的人名。
[93] “桑木”句：意为在风月场中无钱无势的熬不过有钱有势的。桑木剑，比喻风

月场中无势力无能力。古定刀，亦作“古锭刀”。古宝刀名。指河北古定镇出产的一种名刀。这里比喻风月场中有势力有手段。

[94] 双郎：指双渐。本为一书生，与妓女苏小卿相恋。后小卿为茶商冯魁所夺，双渐考举得官后又将小卿追回。

[95] “纸糊”句：意为本来无势力无能力的斗赢了有势力有手段的。点钢锹，刃口淬钢的锹。比喻在风月场中占上风的人。

[96] 不待：不想、不打算。

[97] 索：须要。

[98] 书名画字：指画押签字借债。

[99] 寻人保：找保人。

[100] 姨夫：旧时妓院中共狎一妓的两个男人间的称呼。

[101] “君子”句：君子不夺取别人喜爱之物。

[102] 磨杆：推磨用的木制推手。这里暗指设下圈套的妓女。

[103] 自吊：自己上吊。

[104] 积趱（zǎn 音攒）：积攒、积蓄。

[105] 鸦青钞：元代用鸦青色纸印制的纸币。

[106] 大笠子：笠帽。

[107] 粗麻罩：粗麻布制的面罩。

[108] 妆甚腰：意谓装什么腔作什么势。

[109] 眼落处：眼下里、目前。

[110] 契丹交：暂时交往。契丹，指契丹族人。元时契丹、女真、汉人、高丽（lí 音离）泛称汉人，属于四等人中的第三等。

[111] 钞：指纸钞、纸币，即钱。

[112] 莺花：指上文的佳人，即妓女。

[113] 虚科：虚情假意。

[114] 花木瓜：比喻中看不中吃。

[115] 李亚仙负心疾：李亚仙，即唐·白行简《李娃传》中的李娃。书生郑元和爱慕李娃，为之耗尽资钱，又为李娃鸨儿所骗，沦为乞丐。后李娃收留郑生，助其取得功名。疾，快。

[116] 郑元和：李亚仙的情人。因受骗流落为乞丐，后得李相助，中举成名。

[117] 下番：下值、下班。这里指被赶出妓院。

（二十换头）【双调】新水令[1]

玉骢[2]丝鞚[3]锦鞍鞊[4]，系垂杨小庭深院。明媚景，艳阳天[5]。急管繁弦，东楼[6]上恣欢宴。

【庆东原】或向幽窗下，或向曲槛前，春纤[7]相对摇纨扇[8]。闲凭着[9]玉肩，双歌《采莲》[10]，斗抚[11]冰弦[12]。遂却少年心，称了于飞[13]愿。

【早乡词】[14]九秋天[15]，三径[16]边，绽黄花遍撒金钱。露春纤把花笑撚，捧金杯酒频劝，畅好是风流如五柳庄[17]前。

【挂打沽】浅浅江梅驿使传[18]，乱剪碎鹅毛片[19]。旋[20]剖温橙列着玳筵[21]，玉液着金瓶旋[22]。酒晕红，新妆面，人道是穷冬[23]，我道是虚言。

【石竹子】[24]夜夜嬉游赛上元[25]，朝朝宴乐赏禁烟[26]。密爱幽欢不能恋，无奈被名缰利锁[27]牵。

【山石榴】阻鸾凰，分莺燕，马头咫尺天涯远，易去难相见。

【幺】心间愁万千，不能言。当时月枕歌眷恋，到如今翻作《阳关》怨[28]。

【醉也摩挲】[29]真个索去也么天，真个索去也么天！再要团圆，动是经年[30]，思量杀俺也么天！

【相公爱】晚宿在孤村闷怎生眠，伴人离愁月当轩。月圆，人几时圆？不似他南楼上斗[31]婵娟[32]。

【胡十八】天配合俏姻眷[33]，分拆开并头莲[34]。思量席上与樽前，天生的自然，那些儿体面。也是俺心上有，常常的梦中见。

【一锭银】[35]心友[36]每相邀列着管弦[37]，却子[38]待欢解动凄然。十分酒十分悲怨[39]，却不道怎生般消遣。

【阿那忽】[40]酒劝到根前[41]，只办[42]的推延。桃花去年人面[43]，偏怎生冷落了今年。

【不拜门】[44]酒入愁肠闷怎生言，疏竹萧萧西风战。如年，如年似长夜天，正是恰黄昏庭院。

【金盏子】咱无缘，风流十全。尽可怜[45]，芙蓉[46]面。腕松着金钏，鬓贴着翠钿，脸朵[47]着秋莲。眼去眉来相思恋，春山摇[48]，秋波转。

【大拜门】[49]玉兔鹘牌[50]悬，怀揣着帝宣[51]，称了俺男儿深愿。忙加玉鞭，急催骏駹[52]，恨不圣到[53]俺那佳人家门前。

【也不罗】[54]只听得乐声喧，列着华筵，聚集诸亲眷。首先一盏拦门[55]劝，走马身劳倦。

【喜人心】[56]人丛里遥见，半遮着罗扇，可喜[57]的风流业冤[58]，两叶眉儿未展。百般的陪告[59]，一刬的[60]求和，只管里熬煎[61]。他越将个庞儿变，咱百般的难分辨。

【风流体】[62]胡猜咱，胡猜咱居帝辇[63]，和别人、和别人相留恋。上放着、上放着赐福天[64]，你不知、你不知神明见。

【忽都白】[65]我半载来孤眠，信口胡言，枉了把我冤也么冤。打听的真实，有人曾见，母亲根前，恁儿情愿，一任当刑宪[66]，死而心无怨。

【唐兀歹】[67]不付能[68]告求的绣帏里头眠，痛惜轻怜。斩眼[69]不觉得绿窗儿外月明却又早转，畅好是疾明也么天！

【尾】腰肢困摆垂杨软，舌尖笑吐丁香[70]喘。绣帐里无人，并枕低言，畅道[71]美满姻缘，风流缱绻。天若肯为人[72]，为人是今生愿。尽老同眠也者，也强如雁底关河路儿远。

---

[1] （二十换头）【双调】新水令：本篇在《梨园乐府》上、《盛世新声》午集、《词林摘艳》五、《雍熙乐府》一一等书中均题关汉卿撰。二十换头，联套形式的一种，即在一套曲子中连续变换二十支曲牌。其中〔醉也摩挲〕〔相公爱〕〔阿那忽〕〔也不罗〕〔忽都白〕〔唐兀歹〕之类，皆系胡曲，在【双调】中别具一格。

［2］ 玉骢：青白色的骏马。

［3］ 丝鞚（kòng 音控）：丝缰。鞚，马笼头。

［4］ 锦鞍鞊（tiè 音帖）：漂亮的马鞍和垫子。鞊，鞍饰，即“障泥”，垫在马鞍下，垂于马背两旁，用于挡泥土。

［5］ 明媚景，艳阳天：化用唐·杜甫《数陪李梓州泛江，有女乐在诸舫，戏为艳曲二首赠李（其一）》诗：“竞将明媚色，偷眼艳阳天。”

［6］ 东楼：也叫东阁。古时常用作客厅。

［7］ 春纤：比喻女子纤细白嫩的手指。

［8］ 纨（wán 音完）扇：洁白光亮的丝织品制成的团扇。纨，细白的丝织品。

［9］ 凭着：相互依靠着。

［10］《采莲》：指《采莲曲》，乐府曲名，梁武帝所作。

［11］ 斗抚：对抚、相对而抚（弹）。

［12］ 冰弦：筝的美称。

［13］ 于飞：语出《诗·大雅·卷阿（quán é 音泉俄）》：“凤皇于飞，翙（huì 音慧）翙其羽。”比喻夫妻和谐。

［14］〔早乡词〕：曲牌名。属北曲【双调】。定格为三、三、七、三、三、七、七，共七句。除第四句而外，其余句句用韵。用于套曲。

［15］ 九秋天：秋天。秋季三个月共九十天，故云。

［16］ 三径：隐士所住的田园。语出东晋·陶渊明《归去来兮辞》：“三径就荒，松菊犹存。”

［17］ 五柳庄：陶渊明归隐后在宅旁种有五棵柳树，因号“五柳先生”。后以为隐居处所的代称。

［18］ 江梅驿使传：南朝宋的陆凯与范晔是好友，陆从江南给范寄梅花一枝至长安，并赠诗云：“折梅逢驿使，寄与陇头人。江南无所有，聊赠一枝春。”详见宋·李昉等《太平御览》。

［19］ 鹅毛片：比喻大雪。

［20］ 旋（xuàn 音渲）：临时的意思。

［21］ 玳筵：玳瑁筵。谓豪华、珍贵的宴席。

［22］ 旋（xuàn 音渲）：温酒时盛水的金属器具。这里指温酒。

［23］ 穷冬：冬末。

［24］〔石竹子〕：曲牌名。属【双调】，用于剧曲和散曲套数。四句：七、七、七、七。每句入韵，三个七七七需用扇面对。

［25］ 上元：夏历正月十五为上元节，其夜为上元夜，也叫“元宵”。此时观灯，非常热闹。

［26］ 禁烟：皇宫中飘出的烟雾。此指焰火。

［27］ 名缰利锁：名和利像缰绳和锁链，会把人束缚住。语出宋·柳永《夏云峰》

词："向此免名缰利锁，虚费光阴。"

［28］《阳关》怨：指朋友、夫妇分别时的痛苦之情。《阳关》，乐府曲名。其名缘起于唐·王维《送元二使安西》诗："劝君更尽一杯酒，西出阳关无故人。"

［29］〔醉也摩挲〕：又称〔醉娘子〕。曲牌名，属【双调】。全曲五句：七、七、四、四、七。

［30］动是经年：一动就是一年。

［31］斗：同"逗"。挑逗。

［32］婵娟：美女。语见唐·李商隐《霜月》诗："青女素娥俱耐冷，月中霜里斗婵娟。"

［33］俏姻眷：美满婚姻。

［34］并头莲：并蒂莲。并排地长在同一根茎上的两朵莲花。比喻恩爱的夫妻。

［35］〔一锭银〕：曲牌名，属【双调】，用于剧曲、散曲套数和小令。全曲四句：七、四、七、四。

［36］心友：知心朋友。

［37］列着管弦：安排着音乐。

［38］子：用同"只"。

［39］"十分"句：意为酒喝得越多，悲怨越多。

［40］〔阿那忽〕：曲牌名。一作〔阿纳忽〕，又名〔阿忽令〕。属北曲【双调】。定格为四、四、六、五，共四句四韵。可作小令，亦用于套曲，一般在〔落梅风〕后。

［41］根前：同"跟前"。面前。

［42］只办：只管。

［43］桃花去年人面：唐代崔护清明游都城南，于庄上求饮，有一女子奉杯。第二年清明节再来时，这家门已锁扃，于是题诗于门："去年今日此门中，人面桃花相映红。人面不知何处去，桃花依旧笑春风。"

［44］〔不拜门〕：曲牌名。又名〔小拜门〕。古时婚后新人到女方家登门拜望谓之"拜门"。此风俗汉族、女真族均有。女真族"拜门"是指男女自行婚配，生子后再拜望女家，执子婿之礼。女真作家李直夫创作的女真题材杂剧《虎头牌》第二折【双调·大拜门】云："我也曾吹弹那管弦，快活了万千，可便是大拜门撒敦家的筵宴。"〔不拜门〕〔小拜门〕〔大拜门〕即从拜门的喜筵音乐中发展而来的。其曲调活泼、明快，表达了喜庆、欢悦之情。属北曲【双调】，用于剧曲和散曲套数。全曲四句：七、七、七、四。

［45］尽可怜：最可爱。

［46］芙蓉：荷花的别名。

［47］朵（duò 音堕）："垛"的同音借字。这里是堆垛的意思。

［48］春山摇：眉飞色舞。春山，比喻女子的眉毛。

［49］〔大拜门〕：曲牌名。属北曲，定格为：四、四、七、四、四、七。除第一句用韵听便外，其余句均须用韵。其中四字句多作对偶。用于套曲，一般在〔石竹子〕之后。

［50］玉兔鹘（hú 音胡）牌：上等的腰牌。玉兔鹘，也作“玉兔胡”。金元时代一种玉饰的腰带。

［51］帝宣：皇帝的宣诰、诏书。

［52］骏騕（wǎn 音晚）：骏马。騕，良马。汉代以大宛（yuān 音渊）马为良马。騕即宛马。

［53］圣到：神速到达。“圣”即“斗圣”之“圣”。本为“神通”义，这里用作状语。《太和正音谱》作“乘到”。

［54］〔也不罗〕：曲牌名。又名〔野落索〕，属【双调】，用于剧曲和散曲套数。五句五韵：三、三、五、七、五。

［55］拦门：宋·孟元老《东京梦华录》卷之五“娶妇”条：“迎客先回，至儿家门，从人及儿家人乞觅利市钱物花红等，谓之‘栏（拦）门’。”

［56］〔喜人心〕：曲牌名。〔小喜人心〕的简称。属北曲【双调】。定格为四、四、七、七、四、四、四、五、六，共九句。除第五句而外，其余句句用韵。第三句多作上三下四句法，亦可作上四下三句；亦有将第五、六两句减去者，则全曲为七句。用于散曲小令，一般在〔不拜门〕或〔也不罗〕后。

［57］可喜：可爱。

［58］风流业冤：风流冤家。对情人的昵称。

［59］陪告：赔情哀告。陪，通“赔”。

［60］一创的：一味地。

［61］熬煎：难为人，让人受折磨。

［62］〔风流体〕：曲牌名。属【双调】，用于剧曲和散曲套数。全曲八句：三、六、三、六、三、六、三、六。王国维的《宋元戏曲史》：“北曲双调中之〔风流体〕等，实女真曲也。”

［63］帝辇：皇帝所乘坐的车。此代指京都。

［64］赐福天：对“天”的褒称。

［65］〔忽都白〕：曲牌名。又名〔古都白〕。属【双调】。全曲十句：四、四、四、四、四、四、四、五、四、二。《九宫大成》云：“忽都白，系外域地名，取以为曲名。”据《九宫大成》可知，这类冠以胡语名称的曲牌，大多采用一板一眼的快速节奏，铿锵急促，字多腔少，音程跳动幅度极大，给人以硬朗直挺、突兀跌宕之感，具有明显的少数民族音乐风情。

［66］一任当刑宪：全部承担法律责任。

［67］〔唐兀歹〕：曲牌名。“唐兀”也称“倘兀”，原意“夏”。又名〔唐古歹〕〔倘兀歹〕〔倘古歹〕。属【双调】。王国维《宋元戏曲史》：“北曲【黄钟宫】之〔者刺

古〕,【双调】之〔阿纳忽〕〔古都白〕〔唐兀歹〕〔阿忽令〕,【越调】之〔拙鲁速〕,【商调】之〔浪来里〕，皆非中原之语，亦当为女真或蒙古之曲也。”四句四韵：八、四、七、八。

［68］不付能：亦作“不甫能”。刚刚能够、好不容易。

［69］斩眼：眨眼。

［70］丁香：比喻女子的舌头。

［71］畅道：正是、确是。

［72］肯为人：肯帮助人。

【越调】斗鹌鹑[1]

女校尉[2]

换步那踪[3]，趋前退后，侧脚[4]傍行，垂肩弹[5]袖。若说过论茶头[6]，膁答扳搂[7]，入来的掩，出去的兜[8]。子要[9]论道儿[10]着人，不要无拽样[11]顺纽[12]。

【紫花儿】打的个桶子膁[13]特顺，暗足窝妆腰[14]，不揪拐[15]回头。不要那看的每侧面，子弟[16]每凝眸。非是我胡诌，上下泛[17]前后左右瞅，过从的圆就[18]。三鲍敲失落，五花气从头[19]。

【天净沙】平生肥马轻裘[20]，何须锦带吴钩[21]？百岁光阴转首，休闲生受[22]，叹功名似水上浮沤[23]。

【寨儿令】得自由，莫刚求[24]。茶余饭饱[25]邀故友，谢馆秦楼[26]，散闷消愁，惟蹴踘最风流[27]。演习得踢打温柔[28]，施逞[29]得解数[30]滑熟[31]。引脚蹑[32]龙斩眼，担枪拐[33]凤摇头[34]。一左一右，折叠拐[35]鹘膝游[36]。

【尾】锦缠腕、叶底桃、鸳鸯叩[37]，入脚面带黄河逆流[38]。斗白打[39]赛官场[40]，三场儿[41]尽皆有[42]。

蹴 踘[43]

蹴踘场中，鸣珂巷[44]里，南北驰名，寰中[45]可意。夹缝堪夸[46]，抛声[47]尽喜。那换[48]活，煞整齐。款侧金莲，微那玉体。唐裙[49]轻荡，绣带斜飘，舞袖低垂[50]。

【紫花儿】打得个桶子膁特硬，合扇拐[51]偏疾。有一千来抢拾[52]。上下泛匀匀的，论道儿直。使得个插肩[53]来可喜，扳搂巢杂[54]，足窝儿零利[55]。

【小桃红】装跷[56]委实用心机，不枉了夸强会[57]，女辈丛中最为贵。煞曾习，沾身那取着田地。赶起了白踢[58]，诸余[59]里快收拾。

【调笑令】喷鼻，异香吹，罗袜长粘见[60]色泥，天生艺性诸般[61]儿会：折末[62]你转花枝[63]勘膁[64]当对，鸳鸯叩体样[65]如画的，到[66]啜赚[67]得校尉每疑惑。

【秃厮儿】粉汗[68]湿珍珠乱滴，宝髻偏鸦玉斜堆。虚蹬落实拾蹑起[69]，侧身动，柳腰脆[70]，丸[71]惜。

【圣药王】甚旖旎[72]，解数儿希，左盘右折煞曾习。甚整齐，省气力，旁行侧脚步频移，来往似粉蝶儿飞。

【尾】不离了花前柳影[73]闲田地，斗白打官场小踢[74]。竿网[75]下世无双，全场[76]儿占了第一[77]。

---

[1]　【越调】斗鹌鹑：见《太平乐府》七、《雍熙乐府》一三。其他未引全套：《北词广正谱》只引〔秃厮儿〕，《九宫大成》卷二十七只引〔小桃红〕。《太平》题关汉卿作，《雍熙》未注撰人。这两支套曲，写的都是女子踢球的活动。它不仅可以使我们了解到当时市井艺人的一般生活风貌，还为我们保存了不少古代足球术语，对于我们发掘和研究元代语言，有很高的文献价值。

[2]　女校尉：宋元圆社中踢球技艺高超的女艺人。这套曲与下一套曲中的“茶

头”“子弟”都是当时“三人场户”的蹴踘艺人，犹今云女子足球运动员。宋·汪云程《蹴踘图谱》云：“三人场户：校尉一人，茶头一人，子弟一人。”也泛指足球场上所有的球员。

［3］ 换步那（nuó 音挪）踪：指足球场上运动员所在位置的移动和变换。那踪，即挪踪。那，通“挪”。

［4］ 侧脚：蹴踘的一种步法。疑似用脚的外侧面带球前行。

［5］ 軃（duǒ 音朵）：下垂貌。

［6］ 过论茶头：是说把球传给茶头。过，传的意思。论，球也。茶头，即参加“三人场户”的球员。宋·汪云程《蹴踘图谱》：三人“立站须用均停。校尉过论与子弟，子弟用右膁（qiǎn 音浅）与茶头，须转一遭，方使杂踢。”又云：“论过右来，将左鬓迎入下右拐，使搭出论。”又云：“背剑拐：论过头出，使左拐，从右肩后出，使踢出论。”

［7］ 膁答扳搂：蹴踘的几种基本动作。玄览堂丛书本《蹴踘谱》：“膁：须用肩尖对脚尖，要宜身倒身微偏，直腰挺身脚跟出，方可平撞使放臁（liǎn 音帘，小腿）。搭（答），论众正面须当搭，脚放低垂胀放亲，若要踢牢轻入力，却思步活内中寻。杂踢作：左右板蒌。”膁，腰下、股前、季肋骨之后的软陷处。这里指腰力。宋·陈元靓（liàng 音亮）《事林广记·戊集》：“齐云社规：在肩使肩，在膝使膝，是搭（答）使搭，当膁即膁。”宋·孟元老《东京梦华录》卷之九“宰执亲王宗室百官入内上寿”条：“左右军筑球，殿前旋立球门……左军先以球团转众小筑数遭，有一对次球头小筑数下，待其端正，即供球与球头，打大膁过球门。右军承得球，复团转众小筑数遭，次球头亦依前供球与球头，以大膁打过。”据此，疑“膁”即大脚踢球；“答（搭）”是用脚面踢球；扳、搂是用左右脚踢来踢去，不使球落地的花样踢法。

［8］ “入来”二句：是说球踢进来很隐蔽，踢出去很突然。形容球踢得神出鬼没，技艺高超。掩，隐蔽性的接球动作。《蹴踘谱·十三场》中有“掩筭（suàn 音算）”：“顺行背使掩，撇瞒打短，忌禁踢白字、三人踢掩。”兜，通“陡”，突然、迅速。

［9］ 子要：只要。

［10］ 论道儿：球的传行路线、传递球的路线。邓玉宾散套〔村里迓古〕《仕女圆社气球双关》：“他来的你论道儿真，寻的你查（茶）头儿是。”

［11］ 拽（yè 音夜）样：捆扎、结扎。《蹴踘谱》载，对球员“整齐”的要求，“一格样，二拽扎”。

［12］ 顺纽：顺扭。前后踢球。

［13］ 桶子膁：小腿平端的一种踢法。《蹴踘谱》：“桶子膁平抬去得疾。”

［14］ 暗足窝妆腰：意为用“暗足窝”的假动作来迷惑对手。暗足窝，用脚掌处理球的一种踢法。妆腰，即妆幺、装假的意思。

[15] 不揪拐：又作“不秋拐”。足球的一种花样踢法。《蹴踘谱》：“杂踢作，左右不揪拐，足干不揪拐。”

[16] 子弟：此指球员。蹴踘角色名。《蹴踘谱》：“俏形骸的子弟，换步那移。”

[17] 泛：球踢到了目标，达到了要求。《蹴踘谱》：“对范：着打范要净，发落要伶俐，远近要着人，刚柔要兼济。三人场户，子弟，茶头过泛周而复始，只许一踢，到泛无妨两踢。”按，泛、范音义同。

[18] 过从的圆就：谓球传递得非常熟练。圆就，成全义。圆，完备、完满义。就，成就、造就。

[19] 三鲍敲、五花气：蹴踘的成套踢法。三鲍敲，又称“三棒巧”。五花气，又称“五花骑”。

[20] 肥马轻裘：语出《论语·雍也》：“(公西)赤之适齐也，乘肥马，衣(yì 音义)轻裘。”衣，动词，穿(衣服)。轻裘，轻暖的皮袍。

[21] 锦带吴钩：化用南朝宋·鲍照《结客少年场行》诗：“骢马金络头，锦带佩吴钩。”锦带，丝织的彩带。吴钩，古时吴地制造的一种弯形宝刀，后泛指兵器。李贺《南园》诗：“男儿何不带吴钩，收取关山五十州。”本曲这句话，乃无须追求功名利禄的意思。

[22] 生受：辛苦。

[23] 浮沤：泡沫。因其易生易灭，故用以比喻虚名假利、短暂人生。

[24] 刚求：硬求、强求。

[25] 茶余饭饱：泛指闲暇之时。

[26] 谢馆秦楼：指妓院。谢，谢娘，旧称妓女。秦，秦穆公的女儿弄玉。

[27] 蹴踘最风流：语出《事林广记·戊集》卷二“圆社摸场”条：“四海齐云社，当场蹴气球。作家偏著所，圆社最风流。”圆社，即蹴踘。风流，谓风韵、风雅。

[28] 温柔：圆社要求其成员“性格温柔”。《蹴踘谱》把它列为“三可教”的第一条。

[29] 施逞：表演、呈献。

[30] 解(xiè 音谢)数：踢球的技巧、程式。犹言“路数”“套子”，指踢球的一整套连续的动作。《蹴踘图谱》有“下截解数”“上截解数”等条。

[31] 滑熟：非常熟练。

[32] 引脚蹑：蹴踘花样踢法之一。《蹴踘谱》：“杂踢作：左右引脚蹑，官场侧脚踢蹬。”

[33] 担枪拐：蹴踘花样踢法之一。《蹴踘谱·官场下作》：“枪拐：下一或左拐、或右拐，直起直落，使搭出论。”

[34] 凤摇头：《蹴踘谱·下脚》：“十字拐如凤摇头。”

[35] 折叠拐：足球的一种花样踢法。《蹴踘谱》：“诸踢法：招叠拐，论来拐上，转步后拐”，使气球在腿上流下去。招叠拐，即折叠拐，招、折音近混用。

［36］ 鹘（hú 音胡）膝游：球在膝盖上的一种花样踢法。《蹴踘谱·下脚》："堪观处似鲍老肩挠，鹘膝游，争似花脚银。"鹘，隼（sǔn 音榫）的旧称。

［37］ 锦缠腕、叶底桃、鸳鸯叩：均球名。《蹴踘图谱》："健色名：叶底桃、香烟篆、鹁鸽头。"锦缠腕、鸳鸯叩疑即香烟篆、鹁鸽头。

［38］ "入脚面"句：入脚，谓收脚，指表演结束。面带黄河逆流，极言踢球踢得汗流满面的疲劳样子。邓玉宾（村里迓鼓）《仕女圆社气球双关》套："直踢的腮儿红，脸儿热……汗湿酥胸，香消粉脸，尘拂蛾眉。"清·李渔咏妇女踢球诗云："蹴踘当场二月天，香风吹下两婵娟。汗沾粉面花含露，尘拂蛾眉柳带烟。"均可为旁证。

［39］ 白打：指散踢，不用球门。唐·王建《宫词》："宿妆残粉未明天，总立昭阳花树边。寒食内人常白打，库中先散与金钱。"韦庄《长安清明》诗："内官初赐清明火，上相闲分白打钱。"这里说的"白打"，就是不用球门对踢，是一般的竞赛和表演。《蹴踘谱》云："白打：大论十三回，打入围院里，下场要分明，踢住方为喜，打论不入围，下场多拗背，总然踢得牢，两个都不是。""小挑五尺未为妙，白打三间才是奇。"

［40］ 官场：三人一场的踢球形式，《蹴踘谱》有"官场入门""官场论""官场踢作"等条。

［41］ 三场儿：据《事林广记·戊集》："齐云社规，先小踢，次官场，次高而不远。"本书还说"高而不远"是："或打二（二人赛），或落花流水（七人赛），或打花心（九人赛），或皮破（五人赛），或白打放踢。"

［42］ 有：谓丰收。《诗·鲁颂·有駜》："自今以始，岁其有。"这里指女校尉得到丰厚的赏钱。

［43］ 蹴踘：本套曲存于《太平乐府》七；《雍熙乐府》一三也载有此曲，但未注撰者。

［44］ 鸣珂巷：也作"鸣珂曲"。《新唐书·张嘉祐传》："嘉祐，嘉贞弟，有干略。方嘉贞为相时，任右金吾卫将军。昆弟每上朝，轩盖驺（zōu 音邹，古代给贵族掌管车马的人）导盈闾巷，时号所居坊曰'鸣珂里'。"后用指贵人的居处。珂，色白如玉的美石。珂色白如玉，相击有声，常作马勒的饰物。

［45］ 寰中：宇宙中。

［46］ 夹缝堪夸：足球表演的每个细微之处都值得称赞。夹缝，两物间的空隙，这里是指球艺出神入化的地方。夹缝，当为"夹气"。《圆社锦语》："夹气，相争。"

［47］ 抛声：扬声作态。《蹴踘谱》有"抛蹴"名目。《事林广记·戊集·圆社市语·大夫娘》："要抛声忒壮果难为，真个费脚力。"

［48］ 那换：挪踪换步。

［49］ 唐裙：元明时流行的一种仿唐裙子。

［50］ 低垂：下垂。

[51] 合扇拐：足球的花样踢法之一。《蹴踘谱》："拐：合扇拐，先退步右脚，下左拐，次退左脚。"

[52] 㧃（chōu 音抽）拾：一种踢法。《蹴踘图谱·成套解数》中第五套有"搊拾白住"。《蹴踘谱》："下截解数，一对脚面住，搊拾起平膝泛……"据此推知其动作当是把球停在脚面上，随即使它落到膝盖上，最后再向高处踢去。

[53] 插肩：当即侧肩。肩，蹴踘的基本动作之一。《事林广记》："肩如手中持重物。"《蹴踘图谱·踢搭名色》中有"侧肩、斜肩、背肩"等。

[54] 巢杂：当即" 擦"。指踢得出色。《蹴踘谱·那碾侧脚诀》："四家气球要低美擦。"

[55] 足窝儿零利：足窝儿，一种踢法，犹"暗足窝"。零利，利索、敏捷。

[56] 装跷：踢球时的身架。《圆社市语·好女儿》："生得宝妆跷，身分美。"

[57] 强会：能干。

[58] 白踢：白打大踢。《事林广记》："两人场户，每人两踢名打二，开大踢名白踢。"

[59] 诸余：种种、一切。

[60] 见：同"现"。

[61] 诸般：种种、一切。

[62] 折末：犹"遮莫"，尽管、即使的意思。

[63] 转花枝：三人踢球的意思。《蹴踘谱》："三人场户名转花枝。"元人钱选所绘《宋人蹴踘图》，图上共六人，三人旁观，三人站成等边三角形踢球，这就是"转花技"场景。

[64] 勘賺：二人对踢为戏。《蹴踘谱·二人场户》："两人对立，各用左右賺，一来一往，三五十遭，不许杂踢，亦不许两踢，名勘賺。"

[65] 体样：踢球的身态。

[66] 到：同"倒"。反而、反倒。

[67] 啜賺（zuàn 音攥）：哄骗。啜，哄骗。賺，骗人。"啜賺"同义连言。

[68] 粉汗：《蹴踘谱》说蹴踘者"衣沾粉汗，裤染香泥"。

[69] 虚蹬、拾蹑：均为踢法。《蹴踘谱·诸踢法》条："虚蹬：脚跟着地，起脚尖，球打脚顶。""实蹑：论来一尺，脚退脚直却踏地，球打脚面搭起。"

[70] 脆：弱。

[71] 丸：球。晋·郭璞《三苍解诂》："踘，毛丸，可踢戏。"

[72] 旖旎（yǐ nǐ 音乙你）：柔美的样子。

[73] 花前柳影：指踢球的好地方。《蹴踘谱》引诗："蹴踘须当拣地场，花前亭馆傍垂杨。平坦更无砖沙石，有心踢搭敢施张。"

[74] 小踢：与大踢相对的一种踢法；《蹴踘谱·总诀》："但凡蹴踘要端详，大踢小踢不须忙。"同书"场户"条："先以小踢使賺、膝、拐、搭。"

[75] 竿网：球门。宋·孟元老《东京梦华录》卷之九"宰执亲王宗室百官入内上

寿”条：“左右军筑球殿前旋立球门，约高三丈许，杂彩结络，留门一尺许。”

[76] 全场:《蹴踘图谱·三人场户》:“十人场户名全场。”可见是一种技艺齐全、热闹非常的场面。

[77] 第一：第一筹。《蹴踘图谱》有“输赢等数”条，优胜一方得筹，三筹或五筹决胜，而以第一筹为最贵。蜀·花蕊夫人费氏《宫词》:“自教宫娥学打球，玉鞍初跨柳腰柔。上棚知是官家认，遍遍长赢第一筹。”

【大石调】[1]青杏子[2]

离 情

残月下西楼，觉微寒轻透衾裯[3]。华胥[4]一枕蹭跧[5]觉，蓝桥[6]路远，吴峰[7]烟涨，银汉云收[8]。

【幺】天付两风流[9]，翻成南北悠悠，落花流水人何处？相思一点，离愁几许，撮上心头[10]。

【荼蘼香】记得初相守[11]，偶尔间因循成就[12]，美满效绸缪[13]。花朝月夜同宴赏，佳节须酬[14]。到今一旦休。常言道好事天悭[15]，美姻缘他娘间阻，生拆散鸾交凤友。

【幺】坐想行思，伤怀感旧，各辜负了星前月下深深咒[16]。愿不损，愁不煞[17]，神天还祐。他有日不测相逢，话别离情取[18]一场消瘦。

【好观音煞】与怪友狂朋寻花柳，时复间[19]和哄[20]消愁。对着浪蕊浮花[21]懒回首，快快归来，原不饮杯中酒。

【尾】对着盏半明不灭的孤灯双眉皱，冷清清没个人瞅，谁解春衫纽儿扣？

骋 怀[22]

花月酒家楼，可追欢亦可悲秋。悲欢聚散为常事，明眸皓齿，歌莺舞燕，各逞温柔。

【幺】人俊惜[23]风流，欠前生酒病花愁。尚还不彻相思债，携云挈雨，批风切月[24]，到处绸缪。

【催拍子】爱共寝花间锦鸠，恨孤眠水上白鸥。月宵花昼，大筵排回雪[25]韦娘[26]，小酌会窃香韩寿[27]。举觞[28]红袖。玉纤[29]横管[30]，银甲[31]调筝，酒令诗筹[32]。曲成诗就，韵协声律，情动魂消，腹稿冥搜[33]。宿恩当受。水仙山鬼[34]，月妹花妖，如还得遇，不许干休，会埋伏未尝泄漏。

【幺】群芳会首[35]，繁英[36]故友，梦回时绿肥红瘦[37]。荣华过可见疏薄，财物广始知亲厚。慕新思旧。簪遗[38]佩解[39]，镜破钗分[40]，蜂妒蝶羞。恶缘难救，痼疾常发，业贯将盈，努力呈头[41]。冷餐重馅，口刀舌剑，吻槊唇枪，独攻决胜，混战无忧，不到[42]得落人奸彀[43]。

【尾】展放征旗[44]任谁走，庙算[45]神谟[46]必应口。一管笔在手，敢搦[47]孙吴[48]兵斗。

---

[1] 【大石调】：元曲宫调之一。元·周德清《中原音韵》："大凡声音各应于律吕……大石风流蕴藉。"《中原音韵》载【大石调】所属曲牌为二十一支。《九宫大成南北词宫谱》载，北曲【大石角】【高大石角】曲牌共计四十八支，南曲【大石调】【高大石调】(包括集曲)共计一百六十支。北曲【大石调】联套的格式如"〔六国朝〕—〔喜秋风〕—〔归塞北〕—〔六国朝〕—〔雁过南楼〕—〔擂鼓体〕—〔归塞北〕—〔好观音〕—〔好观音煞〕"，较为常用。

[2] 〔青杏子〕：曲牌名。属【大石调】。六句三韵：五、七、七、四、四、四。末三句作鼎足对。套数首牌。例见元·朱庭玉〔青杏子〕《咏梅》散套。一名〔青杏儿〕。北曲牌名，属【小石调】。六句三韵：五、七、七、四、四、四。〔幺篇〕同，需连用。小令专用。此套曲见于《太平乐府》七、《雍熙乐府》一五、《北宫词纪》六、《彩笔情辞》九、《太和正音谱》上、《北词广正谱》、《九宫大成》三九。

[3] 衾裯（qīn chóu 音亲酬）：《诗·召（shào 音绍）南·小星》："抱衾与裯。"毛传："衾，被也；裯，禅（dān 音丹）被也。"后泛指被褥卧具。

［4］ 华胥:《列子·黄帝》：黄帝“昼寝，而梦游于华胥氏之国……其国无帅长，自然而已；其民无嗜欲，自然而已。”后用以代称梦境。

［5］ 蹒跧（wān quán 音弯全）：拳曲貌。蹒，同“弯”。跧，蜷伏。

［6］ 蓝桥：古桥名。位于今陕西蓝田县蓝溪之上。相传唐代书生裴航应举下第，路经蓝桥驿，向一老妪（yù 音玉）求饮，老妪呼云英捧浆出见，彼此爱慕。裴航为老妪捣药百日，娶云英仙去。详见唐人裴铏（xíng 音刑）《传奇》。

［7］ 吴峰：指玉山。《山海经》：“玉山，西王母所居也。”旧题汉·班固《汉武故事》载有青鸟从玉山飞往汉宫为西王母送信故事。

［8］ 银汉云收：天河被云雾吞没，牛郎、织女难以相见。银汉，《广志》：“天河曰银汉。”

［9］ 天付两风流：天生一对风流者。

［10］ “落花流水”四句：化用宋·李清照〔一剪梅〕词：“花自飘零水自流，一种相思，两处闲愁。此情无计可消除，才下眉头，却上心头。”撮，聚合。

［11］ 相守：相聚。

［12］ 因循成就：轻易、草率地成就了夫妻。

［13］ 效绸缪：指男女欢爱之事得以实现。

［14］ 须酬：指一定相约欢聚。

［15］ 天悭（qiān 音千）：老天吝啬，即天不作美。

［16］ 咒：祝愿、誓言。

［17］ 愿不损，愁不煞：想不坏，愁不死。表示对爱情充满信心。

［18］ 情取：一定、保管。

［19］ 时复间：指时间。目前、一时。

［20］ 和哄：哄闹取乐。

［21］ 浪蕊浮花：比喻轻薄的妓女。唐·韩愈《杏花》诗：“浮花浪蕊镇长有，才开还落瘴雾中。”

［22］ 【大石调】青杏子·骋怀：此套曲《太平乐府》及《太和正音谱》引〔催拍子〕〔幺〕〔尾〕，《北词广正谱》引〔催拍子〕〔幺〕，《九宫大成》引〔催拍子〕〔幺〕〔尾〕，均题曾瑞卿撰；《雍熙乐府》不注撰者；唯《彩笔情辞》以此曲属关汉卿。隋树森先生认为，之所以造成这种情况，“盖因《太平乐府》此曲前为汉卿〔青杏子〕‘残月下西楼’套，而此曲首句‘花月酒家楼’，因相似致误。”现将此曲录于关汉卿名下。这篇散套描述了作者在风月场中既快乐又悲哀的生活，并以欢乐与悲哀为两条主线展开了全部内容。从表面看，作者是在追忆过去风花雪月、花天酒地的亲身经历，但实际上，他是借对歌楼酒馆生活的叙写，来描摹人世间的世态炎凉。

［23］ 惜：爱。《论语·八佾（yì 音益）》：“尔爱其羊，我爱其礼。”朱熹注：“爱，犹惜也。”

[24] 批风切月：吟风咏月。

[25] 回雪：形容舞姿飘忽轻盈。汉·张衡《舞赋》："裾似飞燕，袖如回雪。"

[26] 韦娘：指杜韦娘。唐代著名歌妓，此处借指青楼歌女。

[27] 窃香韩寿：指晋时韩寿与贾充之女恋爱的故事。韩寿在此处指出入歌楼舞榭的风流子弟。《晋书·贾充列传》载云：贾充女儿与韩寿相爱，将御赐奇香窃赠韩寿，贾充发现后将女儿嫁与韩寿。后以"窃香"代称私通。此以"窃香韩寿"指风流才子。

[28] 觞：酒杯。

[29] 玉纤：比喻少女白嫩纤细的手指。

[30] 横管：指吹笛。

[31] 银甲：银制假指甲，套在手指上用来弹拨丝弦乐器。

[32] 诗筹：刻着诗韵名字的牌子，以备限韵作诗之用。

[33] 腹稿冥搜：暗中打腹稿。腹稿，《新唐书·文艺列传上·王勃》："勃属文，初不精思，先磨墨数升，则酣饮，引被覆面卧，及寤，援笔成篇，不易一字，时人谓勃为腹稿。"

[34] 水仙山鬼：此喻美丽妖娆的女子。唐·杜甫《桃竹杖引赠章留后》诗："江妃水仙惜不得。"唐·李商隐《和郑愚赠汝阳王孙家筝妓二十韵》诗："回首苍梧深，女萝闭山鬼。"

[35] 群芳会首：谓众歌妓欢聚一堂。

[36] 繁英：繁花。喻众多好友。

[37] 绿肥红瘦：语出宋·李清照〔如梦令〕词："知否，知否，应是绿肥红瘦？"此喻歌妓们人老珠黄。

[38] 簪遗（wèi 音卫）：遗簪，赠送金簪。遗，赠予、给。

[39] 佩解：相传汉皋神女解佩赠郑交甫以示爱恋。

[40] 镜破钗分：比喻夫妇被迫分离。镜破，南朝·徐德言与妻乐昌公主于国亡时破镜为二，各执其一，以此为日后相见的信物。钗分，古时夫妇分别时，女方把金钗折断交给男方一段作为信物。

[41] 呈头：同"承头"。承担、承当。

[42] 不到：不至于、不一定。

[43] 奸彀（gòu 音够）：陷阱、圈套。

[44] 展放征旗：此为风月场中施展手段的意思。

[45] 庙算：庙堂上的计划、算计。

[46] 神谟：神妙莫测。

[47] 搦（nuò 音懦）：挑、惹。

[48] 孙吴：春秋时孙武和战国时吴起，两人均精通兵法，善于用兵，是我国军事家的杰出代表。

残　曲

【大石调】六国朝[1]

律管[2]灰飞[3]……

【归塞北】[4]人闹处，忽见一多娇：一点樱桃樊素口，半围杨柳小蛮腰，云鬓辫[5]金翘[6]。

【催拍子】碧天上斗柄回杓[7]，墙角畔腊雪才消，渐日长天道[8]。听唱卖春燕春鸡[9]，雪柳玉梅[10]插好，稔色[11]轻妙。向晚来碧天外，万里无云，月明风渺，画竿[12]相照。青红碧绿，刻玉雕金，像生灯儿[13]，排门儿吊[14]。转灯儿巧，壁灯儿笑。最□□京，水灯纱窗、灯衮灯闹[15]，六街上绮罗[16]香飘。

【随煞】怏怏[17]归来情如悄。灯火阑珊寂寞，高楼上住却笙箫，月转梅梢天渐晓。

---

[1]　【大石调】六国朝:【大石调】，元曲宫调之一，本作【大食调】。元·周德清《中原音韵》:“大石唱风流蕴藉。”大石本是外国名，杂有西域之音，与中原雅乐不同。元·吴莱说，【大石调】乃俗乐也，“至是，沛国公郑译，复因龟兹（qiū cí 音丘词）人白苏祇婆，善胡琵琶，而翻七调，遂以制乐。故今乐家犹有大石、小石、大食、般涉等调。大石等国本在西域，而般涉即是般赡，华言羽声”。〔六国朝〕，曲牌名。属北曲【大石调】。王国维《宋元戏曲史》谓此调是宋时旧曲，引曾敏行《独醒杂志》卷五:“先君尝言，宣和间客京师，时街巷鄙人多歌蕃曲，名曰〔异国朝〕〔四国朝〕〔六国朝〕〔蛮牌序〕〔蓬蓬花〕等，其

言至俚，一时士大夫也皆歌之。”属【大石调】，用于剧曲和散曲套数。在剧曲中，〔六国朝〕通常重复演唱两次，首次一般作为【大石调】首曲统领全曲，复次又与〔燕过南楼〕组成固定曲组，于曲子中段使用。如元·马致远《黄粱梦》杂剧第三折：〔六国朝〕〔归塞北〕〔初问口〕〔怨别离〕〔归塞北〕〔幺篇〕〔燕过南楼〕〔六国朝〕〔归塞北〕〔擂鼓体〕〔归塞北〕〔净瓶儿〕〔玉翼蝉煞〕。用于套曲，一般接《念奴娇》后。定格为四、四、五、五、五、四、五、四、六、六、五、五，共十二句。本篇存于《北词广正谱》。该书注云：“关汉卿‘律管灰飞’套数。”曲牌名已失，今补。

［2］ 律管：古乐用以定音的竹管。

［3］ 灰飞：古人把葭莩（jiā fú 音家扶）灰放在十二律管上，至某一节候，相应律管的葭灰就会飞动，如此可以占（zhān 音沾）示节候来临。

［4］ 〔归塞北〕：曲牌名。属北曲【大石调】。此即词调名〔望江南〕的反用。字句、作法与词略同。定格为三、五、七、七、五，共五句。又可作成两叠，句法和前曲相同。用作套曲，常在〔青杏子〕后。

［5］ 亸（duǒ 音朵）：下垂。

［6］ 金翘：类似鸟羽的金首饰。

［7］ 斗柄回杓（biāo 音标）：《诗·小雅·大东》：“维北有斗，不可以挹酒浆。”斗指北斗七星，斗柄指北斗柄部的三颗星，即杓（勺子柄）。此指春天到来。

［8］ 天道：天气。

［9］ 春燕春鸡：皆为立春的节物。南朝梁·宗懔《荆楚岁时记》：“立春之日，悉翦彩为燕以戴之。”宋·周密《武林旧事》卷二“立春”：“后苑办造春盘供进及分赐贵邸宰臣巨珰，翠缕红丝，金鸡玉燕，备极精巧。”

［10］ 雪柳玉梅：均为迎春的节物。宋·周密《武林旧事》卷二“元夕”：“元夕节物，妇人皆戴珠翠、闹蛾、玉梅、雪柳……”

［11］ 稔（rěn 音忍）色：美色、漂亮。稔，艳美。

［12］ 画竿：经过饰画的装结灯彩的竹竿。宋·吴自牧《梦粱录》卷一《元宵》：“各以竹竿出灯球于半空，远睹若飞星。”

［13］ 像生灯儿：画有人物故事的彩灯。清·顾禄《清嘉录》卷一《灯市》：“各色花灯，精奇百出，如像生人物则有……西施采莲、张生跳墙、刘海戏蟾……之属。”

［14］ 排门儿吊：挨户挨门挂着。

［15］ 灯衮（gǔn 音滚）灯闹：彩灯繁多热闹。

［16］ 绮（qǐ 音启）罗：多指丝绸衣裳。汉·张衡《西京赋》：“始徐进而羸形，似不任乎罗绮。”

［17］ 怏怏：不服气或闷闷不乐的神情。《史记·绛侯周勃世家》：“景帝以目送之，曰：‘此怏怏者非少主臣也！’”

【般涉调】哨遍[1]

百岁……

【幺篇】……月为烛[2]，云为幔[3]。

---

[1] 【般涉调】哨遍:【般涉调】，元曲宫调之一，元·周德清《中原音韵》:“大凡声音各应于律吕……般涉拾掇坑堑。”《中原音韵》载【般涉调】所属曲牌为八支。《北词广正谱》载北曲【般涉调】曲牌为九支,《南词新谱》载南曲〔般涉调〕曲牌有三支。《九宫大成南北词宫谱》改入【黄钟宫】内。【般涉调】套曲使用较少，常见者为北曲“〔耍孩儿〕—〔煞〕(多少不拘)—〔尾声〕”，大都在【正宫】或【中吕宫】套曲后段作为该套曲的结束部分。〔哨遍〕，曲牌名，散套可作首牌。剧套嵌入套中，亦入【中吕】，与宋词、诸宫调略同。有〔幺篇〕换头，散套用否均可，剧套不用。首末句与始调不同，余同始调。此曲始调定格十五句，定格字句：五、七、七、七、四、五、六、四、四、七、七、四、四、四，共八十二字。〔幺篇〕换头定格十三句，定格字句：四、七、七、七、七、四、五、六、四、四、七、七、七，共六十九字。全曲共一百五十一字。本套残句录自《北词广正谱》。

[2] 月为烛：月亮当蜡烛。

[3] 云为幔：云霞做幔帐。幔：幔帐，悬挂起来供遮挡用的布、纱、绸等。

元曲四大名家

下册

张圣洁
陈旭霞
编著

河北出版传媒集团
河北教育出版社

元　曲

四大名家

白
朴

◎裴少俊墙头马上

生平简介

白朴，初名恒，小名铁山，字仁甫。后改名朴，字太素，号兰谷。祖籍隩（yù 音玉）州（今山西河曲）。金哀宗正大三年（1226 年）生于金都汴京（今河南开封）。父白华，仕金，历官枢密院经历官、判官、右司郎中。金哀宗天兴二年（1233 年），蒙古军围汴京，父亲白华随金哀宗出奔，母亲张氏死于浩劫。白朴跟随父亲的好友元好问北渡避难。后随父迁居真定。居真定后，他把自己的才华、学识、感情都倾注到杂剧创作中，成了颇负盛名的书会才人。三十六岁时，元初名臣史天泽力荐于朝，白朴辞谢不仕，开始遍游大江南北，饱览自然风光，寻找“天人合一，物我两忘”的创作灵感，留下了许多动人的作品，也结识了更多的志同道合之人。元世祖至元十六年（1279 年）寓居建康（今江苏南京），卒于元成宗大德十年（1306 年）以后。

白朴所作杂剧今知十六种:《裴少俊墙头马上》《唐明皇秋夜梧桐雨》《董秀英花月东墙记》《韩翠蘋御水流红叶》《李克用箭射双雕》《秋江风月凤皇船》《萧翼智赚兰亭记》《祝英台死嫁梁山伯》《楚庄王夜宴绝缨会》《苏小小月夜钱塘梦》《薛琼琼月夜银筝怨》《唐明皇游月宫》《汉高祖斩白蛇》《阎师道赶江江》《高祖归庄》《崔护谒浆》。今存《裴少俊墙头马上》《唐明皇秋夜梧桐雨》《董秀英花月东墙记》三种,《韩翠蘋御水流红叶》《李克用箭射双雕》残剧二种。

白朴的剧作，题材多出自历史传说，剧情多为才人韵事。现存的《唐明皇秋夜梧桐雨》，写唐明皇与杨贵妃的爱情故事;《裴少俊墙头马上》，描写的是一个“志量过人”的女性李千金冲破名教、自择配偶的故事。前者是一支社会实录、“沧桑之叹”的悲歌，写得悲哀怛（dá 音达）恻，雄浑悲壮；后者是一首生意盎然、感人至深的爱情的赞歌，写得起

伏跌宕，热情奔放。两部作品分别被列入“元代四大悲剧”和“元代四大爱情剧”，像并蒂莲，有同有异，一剧凄苦缠绵，一剧爽朗明快，悲喜杂糅，但都诗情浓郁，历来被认为是爱情剧中的成功之作，具有极强的艺术生命力，对后代戏曲的发展具有深远的影响。

白朴所作散曲，今存小令三十七首、套数四套。另有词作《天籁集》，收词一百零五首。其散曲大多是叹世、咏景和闺怨之作，曲词秀丽清新，恣情奔放，语言俊畅，自然、平实中见奇巧。有些小令颇有民歌特点。其词大多为怀古、闲适、咏物与应酬之作，豪放、婉约兼而有之。有不少怀古之作，寄托故国之思。元·周德清《中原音韵·自序》云:“乐府之盛、之备、之难，莫如今时。其盛则自缙绅及闾阎歌咏者众；其备则自关、郑、白、马一新制作，韵共守自然之音，字能通天下之语，字畅语俊，韵促音调；观其所述，曰忠曰孝，有补于世。”明·朱权《太和正音谱》称:“白仁甫之词，如鹏抟（tuán 音团）九霄，风骨磊磈（kuǐ 音傀），词源滂沛，若大鹏之起北溟，奋翼凌乎九霄，有一举万里之志，宜冠于首。”近人王国维在《宋元戏曲史》中评道，“白仁甫、马东篱高华雄浑，情深文明”，并以唐诗喻之，则“仁甫似刘梦得”；以宋词喻之，则“仁甫似苏东坡”。白朴的剧目对后世产生了巨大的影响，有的作品还被译介到海外，成为世界人民喜爱的艺术珍品。

杂剧

裴少俊墙头马上

《裴少俊墙头马上》亦名《鸳鸯简墙头马上》，简名《墙头马上》。《录鬼簿》《太和正音谱》《元曲选目》《也是园书目》《重订曲海总目》《今乐考证》《曲录》等均有著录。今存版本主要有《古名家杂剧》本、《元曲选》本、《柳枝集》本、八千楼本《元明杂剧》、孟称舜编《古今名剧合选·酹江集》本。《墙头马上》是中国古典戏曲十大喜剧之一，与《西厢记》《拜月亭》《倩女离魂》合称元杂剧四大爱情剧。源自民间传说，唐·白居易曾据以写成新乐府诗《井底引银瓶》。在白剧之外、之前，还有宋官本杂剧《裴少俊伊州》、金院本《鸳鸯简》与《墙头马（上）》、诸宫调《井底引银瓶》（均佚）、南戏《裴少俊墙头马上》（有遗曲存世，见《南九宫谱》）。白剧的创作，在所本白诗的基础上，亦借鉴了其他同题材的创作。剧写裴少俊奉圣旨代父前往洛阳搜集奇花异卉，骑马途经洛阳总管李世杰家花园，适值总管之女李千金游园从墙头向外窥望。于是二人墙头、马上眉目传情，赋诗达意，相约晚间私会。事为老嬷嬷（mó mo 音磨磨轻声）察觉，放千金随少俊私奔，藏匿裴家后花园七年，生一子一女。清明日，少俊代父上坟祭扫。裴父闲步后花园，发现了李千金及其一双儿女，以李千金行为不检，李千金抗辩说，她与少俊姻缘天成。裴行俭就叫李在石上磨簪成针，用游丝系银瓶汲水来证明；若做不

成，则休书逐回家，并留下她子女一双。李千金自然办不到，只好回去。千金归家，父母已殁，便独居而守。少俊状元及第，任官洛阳，前往李府寻亲，为千金所拒。裴父母得知千金乃早有婚约的李总管之女，便携千金儿女亲到李府陪情，一家人重归团圆。《墙头马上》虽取材于白居易的诗歌《井底引银瓶》，但它超越了白居易的故事。在白诗中，以青年男女离散而结尾；在白剧中，则以青年男女重归团圆而结束，第一次提出了“愿普天下姻眷皆完聚”的理念。这既在一定程度上迎合了世人“愿天下有情人皆成眷属”的美好期盼心理，更在一定程度上肯定了青年男女敢于冲破礼教的束缚，大胆追求婚姻自主、幸福的行为和精神，昭示了满园春情关不住，只要无畏，敢于力争，婚姻自由、幸福就能逾墙而出。这就是后来的“愿天下有情人终成眷属”的先声，对三十多年后王实甫创作《西厢记》产生了直接的影响，也为《西厢记》的艺术成就奠定了坚实的基础。全剧关目、情节、结构的安排设计，语言的运用等深得后人称许。明·孟称舜在《古今名剧合选·柳枝集》本中谓此剧“潇洒俊丽”，“说佳人求偶处，亦自奕奕神动，真大家手笔也”。今人卢前《跋》此剧云：“至《梧桐雨》与《墙头马上》，俊语如珠，是元曲中所罕觏（gòu 音构）者。”所以，人们把此剧与关汉卿的《拜月亭》、王实甫的《西厢记》、郑光祖的《倩女离魂》并称为元杂剧四大爱情剧。昆剧、川剧、晋剧、蒲剧等都有改编演出，其中昆剧演出尤为著名，至今仍在舞台上演唱不衰，俞振飞、言慧珠分饰男女主人公，长春电影制片厂曾于 1963 年将其搬上银幕。今有日、俄等译本流传于世界剧坛。

第 一 折[1]

（冲末扮裴尚书引老旦扮夫人上，诗云）满腹诗书七步才[2]，绮罗衫袖拂香埃[3]。今生坐享荣华福，不是读书那里来！老夫工部尚书裴行俭[4]是也。夫人柳氏，孩儿少俊。方今唐高宗即位仪凤三年[5]。自去年驾幸[6]西御园，见花木狼藉[7]，不堪游赏，奉命前往洛阳，不问权豪势要之家[8]，选拣奇花异卉，和买花栽子[9]，趁时栽接。为老夫年高，奏过官里[10]，教孩儿少俊承宣驰驿[11]，代某前去。自新正[12]为始，得了六日宣限[13]，那的是[14]老夫有福处。少俊三岁能言，五岁识字，七岁草字如云[15]，十岁吟诗应口[16]，才貌两全，京师人每[17]呼为少俊。年当弱冠[18]，未曾娶妻，不亲酒色。如今差他出去公干，万无一失。教张千伏侍舍人[19]，在一路上休教他胡行，替俺买花栽子去来。（下）

（外扮李总管上，云）老夫姓李，双名世杰，乃李广[20]之后，当今皇上之族。嫡亲三口儿，夫人张氏，有女孩儿小字[21]千金，年方一十八岁，尤善女工[22]，深通文墨，志量[23]过人，容颜出世。老夫前任京兆留守[24]，因讽谏则天[25]，谪降[26]洛阳总管[27]。老夫当初曾与裴尚书议结婚姻，只为宦路相左[28]，遂将此事都不提起了。如今左司[29]家勾唤[30]我，今日便行，留下夫人与孩儿，紧守闺门。待我回来，另议亲事，未为迟也。（下）

（正末扮裴舍人引张千上，云）小生是工部尚书舍人裴少俊。自三岁能言，五岁识字，七岁草字如云，十岁吟诗应口，才貌两全，京师人每呼为少俊。年当弱冠，未曾娶妻，惟亲诗书，不通女色。承宣驰驿，前来洛阳，不问权豪势要之家，名园佳圃，选拣奇花，和买花栽子，就用一车装送，来日起程。今日乃三月初八日，上巳节令[31]，洛阳王孙士女[32]，倾城玩赏。张千，咱每[33]也同你看去来。（下）

（正旦扮李千金领梅香上，云）妾身李千金是也。今日是三月上巳，良辰佳节，是好春景也呵！（梅香云）小姐，观此春天，真好景致也。

（正旦云）梅香，你觑着围屏[34]上佳人才子，士女王孙，是好华丽也。（梅香云）小姐，佳人才子为甚都上屏障，非同容易也呵！（正旦唱）

【仙吕·点绛唇】[35]往日夫妻，夙缘仙契[36]。多才艺，倩丹青写入屏围[37]，真乃是画出个蓬莱意[38]。

（梅香云）小姐看这围屏，有个主意[39]，梅香猜着了也：少一个女婿哩！（正旦唱）

【混江龙】我若还招得个风流女婿，怎肯教费工夫学画远山眉[40]。宁可教银缸[41]高照，锦帐低垂；菡萏[42]花深鸳并宿，梧桐枝隐凤双栖[43]。这千金良夜，一刻春宵[44]，谁管我衾单枕独数更长[45]，则这半床锦褥枉呼做鸳鸯被。（梅香云）等老相公[46]回来呵，寻一门亲事，可不好也。（正旦唱）流落的男游别郡，耽阁的女怨深闺[47]。

（梅香云）小姐，这几日越消瘦了。（正旦唱）

【油葫芦】我为甚消瘦春风玉一围[48]，又不曾染病疾，近新来[49]宽褪了旧时衣。（梅香云）夫人道，小姐不快[50]时，少做女工，胜[51]服汤药。（正旦唱）害的来不疼不痛难医治[52]，吃了些好茶好饭无滋味。似舟中载倩女魂[53]，天边盼织女期[54]。这些时困腾腾[55]每日家[56]贪春睡，看时节针线强收拾[57]。

【天下乐】我可便提起东来忘了西，（梅香云）昨日几家来问亲[58]，小姐不语怎么？（正旦唱）咱萱堂[59]又觑着面皮[60]，至如[61]个穷人家女孩儿到十六七，或是谁家来问亲，那家来做媒，你教女孩儿羞答答说甚的！

（梅香云）今日上巳，王孙士女，宝马香车[62]，都去郊外玩赏去了；

咱两个去后花园内看一看来。（正旦云）梅香，将着[63]纸墨笔砚，咱去来。（做行科）（正旦唱）

【那吒令】本待要送春向池塘草萋，我且来散心到荼蘼架底[64]，我待教寄身在蓬莱洞[65]里。蹙金莲[66]红绣鞋，荡湘裙鸣环珮，转过那曲槛之西。

【鹊踏枝】怎肯道负花期，惜芳菲[67]。粉悴胭憔[68]，他绿暗红稀[69]。九十日春光如过隙[70]，怕春归又早春归。

【寄生草】柳暗青烟密[71]，花残红雨飞[72]。这人人和柳浑相类[73]，花心吹得人心碎[74]，柳眉不转蛾眉系[75]。为甚西园陡恁[76]景狼籍[77]？正是东君[78]不管人憔悴！

【幺篇】榆散青钱[79]乱，梅攒翠豆肥[80]。轻轻风趁蝴蝶队，霏霏雨过蜻蜓戏，融融沙暖鸳鸯睡[81]。落红踏践马蹄尘[82]，残花酝酿蜂儿蜜[83]。

（裴舍骑马引张千上，云）方信道[84]洛阳花锦之地[85]，休道城中有多少名园。（做点花本科，云）你觑这一所花园。（做见旦惊科，云）一所花园。呀！一个好姐姐[86]！（正旦见末科，云）呀！一个好秀才也！（唱）

【金盏儿】兀那画桥西[87]，猛听的玉骢[88]嘶。便好道[89]杏花一色红千里，和花掩映[90]美容仪。他把乌靴挑宝镫[91]，玉带束腰围。真乃是能骑高价马，会着及时衣[92]。

（正末云）你看他雾鬓云鬟[93]，冰肌玉骨[94]，花开媚脸，星转双眸[95]。只疑洞府神仙，非是人间艳冶。（梅香云）小姐你听来。（正旦唱）

【后庭花】休道是转星眸上下窥，恨不的倚香腮左右偎。便锦被

翻红浪，罗裙作地席。（梅香云）小姐休看他，倘有人看见。（正旦唱）既待要暗偷期，咱先有意，爱别人可舍了自己。

（梅香云）小姐，你却顾盼[96]他，他可不顾盼你哩。（张千上，云）舍人，休要惹事，咱城外去看来。（做催科）（裴舍云）四目相觑，各有眷心[97]，从今已后，这相思须害也！（张千做催打马科，云）舍人去罢。（裴舍云）如此佳丽美人，料他识字，写个简帖儿嘲拨他[98]。张千，将纸笔来，看他理会的么。（做写科，云）张千，将这简帖儿与那小姐去。（张千云）舍人使张千去，若有人撞见，这顿打可不善[99]也。（裴舍云）我教你：有人若问呵，则说俺买花栽子，不妨事。若见那小姐，说俺舍人教送与你。（张千云）舍人，我去。（裴舍云）那小姐喜欢，你便招手唤我，我便来；若是抢白[100]，你便摆手，我便走。（张千云）我知道。（做见旦科，云）小姐，你这后花园里有卖花栽子么？（梅香云）这里花栽子谁要买？（张千云）俺那舍人要买。（做招手，裴舍望科，云）谢天地，事已谐[101]矣！（梅香做叫科，云）小姐，那两个人拿过一张儿纸来，不知写甚么，小姐看咱！（正旦做念诗科，云）只疑身在武陵[102]游，流水桃花[103]隔岸羞。咫尺刘郎[104]肠已断，为谁含笑倚墙头？梅香，将纸笔来。（做写科，云）梅香，我央[105]你咱，你勿阻我。将这一首诗送与那舍人。（梅香云）小姐，教我送这诗与谁去也？诗中意怎生？见那秀才道甚的？则怕有人撞见怎了！（正旦云）好姐姐，你与我走一遭去。（梅香云）你往常打我骂我，今日为甚的央我？着我寄与谁？（正旦唱）

【幺篇】你道是情词寄与谁，我道来新诗权作媒[106]。我映丽日墙头望，他怎肯袖春风[107]马上归。怕的是外人知，你便叫天叫地，哎！小梅香好不做美。

（梅香云）这简帖我送与老夫人去。（正旦云）梅香，我央及你，要告

老夫人呵，可怎了！（梅香云）你慌么？（正旦云）可知慌哩。（梅香云）你怕么？（正旦云）可知怕哩。（梅香云）我斗[108]你耍哩。（正旦云）则被你唬杀我也！（梅香送裴舍科，云）俺小姐上覆[109]舍人，看这首诗咱。（裴舍看科，诗云）深闺拘束暂闲游，手拈青梅[110]半掩羞。莫负后园今夜约，月移初上柳梢头[111]。千金作。这小姐有倾城[112]之态，出世之才，可为囊箧宝玩[113]。（梅香云）俺小姐道来，今夜后园中赴期[114]，休得失信。（裴舍云）张千，俺打那里过去？（张千云）跳墙过去。（梅香转向旦云）小姐，他待跳墙来也！（正旦唱）

【赚煞】这一堵粉墙儿低，这一带花阴儿密。与你个在客的刘郎[115]说知：虽无那流出胡麻香饭水，比天台山到径抄直[116]。莫疑迟，等的那斗转星移[117]，休教这印苍苔的凌波袜儿[118]湿。将湖山[119]困倚，把角门儿[120]虚闭，这后花园权做武陵溪。（下）

（裴舍云）惭愧！这一场喜事，非同小可。只等的天晚，便好赴约去也。（诗云）偶然间两相窥望，引逗[121]的春心狂荡。今夜里早赴佳期，成就了墙头马上[122]。（下）

---

[1] 第一折：明·孟称舜《古今名剧合选·柳枝集》眉批："白仁甫号兰谷，赠太常礼仪院卿。昔人评其词如大鹏之起北溟，奋翼凌乎九霄，有一举万里之志，而此剧潇洒俊丽，又是一种。"又批云："《梧桐雨》摹写明皇、玉环得意失意之状，悲艳动人，《墙头马上》说佳人求偶处，亦自奕奕神动，真大家手笔也。"

[2] 七步才：曹操第三子曹植有才学，深得曹操喜爱，植兄曹丕心生妒忌。曹操死，曹丕即位，欲加害曹植，限其七步内作诗一首，若作不成即行处死。植应声成诗一首："煮豆持作羹，漉菽以为汁。萁在釜下燃，豆在釜中泣。本是同根生，相煎何太急！"曹丕感而释放了曹植（事见南朝宋·刘义庆《世说新语·文学》）。后世遂以"七步才"来称才思敏捷、才华出众的人。

[3] “绮罗”句：描写裴尚书家生活豪华。香埃，朝堂上御炉中散发出的香气、香烟。唐·贾至《早朝大明宫呈两省僚友》诗：“衣冠身惹御炉香。”唐·杜甫《奉和贾至舍人早朝大明宫》诗：“朝罢香烟携满袖。”

[4] 裴行俭：唐将领，字守约，绛州闻喜（今属山西）人，历官吏部侍郎、礼部尚书，兼检校右卫大将军，以军功封闻喜县公。新、旧《唐书》均有传。本剧中的裴行俭，不过是托名而已。

[5] 仪凤三年：公元678年。仪凤是唐高宗李治（649—683在位）的年号。

[6] 驾幸：皇帝亲临。驾，代指皇帝。《后汉书·舆服志》：“天子出，有大驾，有小驾。”

[7] 狼藉：传说狼藉草而卧，离开时把草弄乱以灭踪迹。于是，便用“狼藉”来形容杂乱。亦作“狼籍”。这里指花木零落荒芜。

[8] 权豪势要之家：指官居高位、有权势的人家。

[9] 和买花栽子：平价购买花木秧苗。和买，古代指官府按平价向民间购买实物。花栽子，花苗、花秧。

[10] 官里：亦作“官家”，唐宋时称皇帝。南宋·赵彦卫《云麓漫钞》卷三：“宋曰官家，禁中又相语曰官里。”

[11] 承宣驰驿：元代皇帝下的诏书，五品以上称宣。承宣即接受诏书。驰驿即乘驿马去执行任务。元代制度，驰驿须持金牌，类似现在的出差介绍信。

[12] 新正：指正月，亦指元旦，即正月初一。

[13] 宣限：承宣后规定的起程期限。据《元典章》，承宣人员领诏命后，应于当日起程，如当日未能出发，可于翌日清早出发；如无故羁留一天，则罚俸一月，超过三天者，则另当议处。这里，裴少俊得到六日的期限。

[14] 的（dí 音敌）是：的确是、实在是。

[15] 草字如云：写草书便像行云一样地流畅。

[16] 吟诗应口：作诗脱口而出。吟诗，作诗。

[17] 人每：人们。每，同“们”。清·翟灏《通俗编》卷三十三“们”条：“北宋时先借‘懑’字用之，南宋则借为‘们’，而元时则又借为‘每’。”

[18] 弱冠：古时男子二十岁行冠礼，表示已经成人，因为没有达到壮年，所以叫弱冠。后世泛指男子二十左右的年纪。《礼记·曲礼上》：“二十曰弱，冠。”弱，年少。冠，指加冠的仪式。

[19] 舍人：本为官名（因朝代不同而职任有所不同），宋元时世俗尊称官宦子弟为舍人。

[20] 李广：西汉名将。天水成纪（今甘肃静宁西南）人。善骑射，因与匈奴作战有功，景帝、武帝时历任边郡太守。匈奴号曰“飞将军”，数年不敢侵犯。元狩四年（前119年），随大将军卫青出击匈奴，因失道被责而自杀。《汉书》有传。李世杰说自己“乃李广之后，当今皇上之族”，是为了炫耀自己家世的显赫。

［21］小字：小时候的名，犹乳名、小名。

［22］女工：指妇女日常所做的纺织、针线、刺绣等事。亦作“女功”“女红”。

［23］志量：志气、气度。

［24］京兆留守：指“京城留守”。古代官职，皇帝离京时负责镇守京城，处理日常公务。京兆，指唐代京城长安（今陕西西安）。从隋、唐时起，皇帝出巡或亲征时指定亲王或大臣留守京城，可便宜行事（不必请示，根据实际情况临机处置。便宜，biàn yí 音变仪），称“京城留守”。因李世杰是“当今皇上之族”，故得为“京兆留守”。

［25］则天：武则天（624—705）。自名武曌（zhào 音照），并（bīng 音冰）州文水（今山西文水东）人。655 年唐高宗李治立其为皇后，参与朝政。683 年高宗去世，到 690 年，武则天自称圣神皇帝，改国号为周，史称“武周”。

［26］谪降：因罪降级外任。

［27］总管：官名。北周始设，为地方高级军政长官。唐初在各州治设总管，在边镇及大州设大总管。元代则把总管作为管理某项专门事务的行政长官，当时中央与地方均设有各种名目的都总管府。

［28］宦路相左：仕途不顺利。相左，抵牾（wǔ 音五）、不顺、不协调。

［29］左司：隋、唐、宋尚书省所属机构，唐左司管吏、户、礼部，主官为左司郎中。这里指官职，即左司郎中。

［30］勾唤：呼唤、召唤。

［31］上巳节令：古代节日名。汉代以前以夏历三月上旬的巳日为“上巳”。魏晋以后把节日固定为三月初三日。在这一天，官民人等临水洗濯以祓（fú 音服，扫除）除不祥，叫作“修禊（xì 音细）”。宋 · 吴自牧《梦粱录》卷二：“三月三日上巳之辰，曲水流觞故事，起于晋时。唐朝赐宴曲江，倾都禊饮踏青，亦是此意。右军王羲之《兰亭序》云：‘暮春之初修禊事’，杜甫《丽人行》云：‘三月三日天气新，长安水边多丽人’，形容此景，至今令人爱慕。”魏以后逐渐沿习为三月初三。剧中以三月初八为上巳节，是旧俗。

［32］王孙士女：贵族子弟，公子小姐。士女，同“仕女”，指贵族妇女。

［33］咱每：咱们。

［34］觑着围屏：觑，看。围屏，又称“屏障”“帏屏”，是一种可以折叠的屏风。通常是四扇、六扇或者八扇连在一起，起遮蔽作用。屏风上多绘制山水花鸟、才子佳人。

［35］【仙吕 · 点绛唇】：明 · 孟称舜《古今名剧合选 · 柳枝集》眉批：“首折虽是闺情常语，然自喁喁（yú yú 音鱼鱼）堪听。”

［36］夙缘仙契：前世结下的美满姻缘。夙缘，同“宿缘”，佛教谓前世的因缘。仙，神仙，指月下老人。契，契合、撮合。全句是说，夫妻姻缘是早由月下老人安排停当的。

[37] “倩（qìng 音庆）丹青”句：请画家画在屏风上。倩，请。丹青，红色和青色的颜料，借指绘画、画家。写，画。

[38] 蓬莱意：指仙山蜃楼般的意境。蓬莱，传说中的三神山之一。《史记·秦始皇本纪》：“齐人徐市（fú 音福）等上书，言海中有三神山，名曰蓬莱、方丈、瀛洲，仙人居之。”这里指仙境。

[39] 主意：心思、想法。

[40] 远山眉：晋·葛洪《西京杂记》卷二：“文君姣好，眉色如望远山，脸际常若芙蓉。”后世遂以“远山”作为眉的代称，形容女子眉毛秀美，亦用来指女子貌美。汉代京兆尹张敞曾为妻子画眉，传为夫妻恩爱的佳话。

[41] 银缸高照：银灯高悬。缸，灯。银缸，富贵人家多用银制灯，故称“银缸”。亦作“银釭”。

[42] 菡萏（hàn dàn 音汉旦）：指莲花，亦名荷花、水华、水芙蓉、水芸、水旦等。在文学作品中，莲花常象征女子，与藕并举，则多象征男女恋情。

[43] “梧桐”句：古代传说凤凰只栖息在梧桐树上。《庄子·秋水》：“夫鹓鶵（凤凰一类的鸟）发于南海，而飞于北海，非梧桐不止，非练实不食，非醴泉不饮。”杜甫《秋兴八首》之八：“碧梧栖老凤凰枝。”此句是以梧桐、凤凰这样的佳木美禽相依属来象征男女相爱的佳境。

[44] 一刻春宵：极言春夜时光的珍贵。宋·苏轼《春夜》诗：“春宵一刻直（值）千金，花有清香月有阴。”

[45] 数（shǔ 音署）更长：默数更鼓，形容长夜难眠。更，古代夜间计时的单位，一夜分为五更。

[46] 相公：古时指宰相。清·顾炎武《日知录》卷二十四：“前代拜相者必封公，故称之曰相公。”后逐渐成为对人的一种敬称。

[47] “流落”二句：宋元时谓男女婚嫁不及时的俗语。女怨深闺，女子怀春的怨慕之情。旧时称年长而未嫁的女子为“怨女”。《孟子·梁惠王下》：“内无怨女，外无旷夫。”

[48] 消瘦春风玉一围：身体消瘦很多。春风玉一围，指青春女子美丽的腰姿。玉，玉体。围，量词，两手大拇指与食指合拢而成的围长。常用来估算人的腰肢，称“腰围”。

[49] 近新来：最近、近来。

[50] 不快：指不舒服、生病。元·陶宗仪《南村辍耕录》卷十一：“世谓有疾曰不快，陈寿作《华佗传》已然。”

[51] 胜：多。

[52] 不疼不痒难医治：指害了相思病。

[53] “似舟中”句：就像舟中负载的离魂倩女一样。倩女魂，陈玄祐传奇小说《王宙》，又名《离魂记》，叙述衡州张镒有女叫倩娘，同张镒的外甥王宙相恋。后

其父把她另配他人，倩娘抑郁成疾。王宙被遣往四川，倩娘的魂于夜间赶到船上。五年后两人归家，卧病的倩娘闻声出现，离魂遂同倩娘合为一体。元·郑光祖据之作《倩女离魂》杂剧。此处李千金以倩女魂自比。

[54] “天边”句：像天边的织女一样，盼望着与意中人牛郎相会的佳期。织女期，神话传说，天帝的孙女织女美丽勤劳，长年在机房纺织，尤善织造云锦。织女与银河对岸的牛郎相爱成婚，纺织中断。天帝大怒，强令织女与牛郎隔河而居，只准每年的七月七日晚间相会。相会之日，有无数乌鹊前来天河架起“鹊桥”，帮助织女牛郎渡河相会。织女、牛郎，本为银河西、东两岸的星名，至汉代始演为神话。南朝梁·萧统《文选·古诗十九首·迢迢牵牛星》：“迢迢牵牛星，皎皎河汉女。纤纤擢素手，札札弄机杼。终日不成章，泣涕零如雨。河汉清且浅，相去复几许？盈盈一水间，脉脉不得语。”这里李千金以织女自比，是期盼与有情人喜结良缘。

[55] 困腾腾：发困、困倦的样子。唐·韩偓《三忆》：“忆眠时，春梦困腾腾。”

[56] 每日家：每日。家，亦作“价”，语助词，无义。

[57] “看时节”句：到了佳节（指上巳节），为了应景，强打起精神做点儿针线活儿。

[58] 问亲：提亲。

[59] 萱（xuān 音宣）堂：本指母亲居室，代称母亲。《诗经·卫风·伯兮》：“焉得谖（xuān 音宣）草，言树之背。”毛传谓：“谖草令人忘忧；背，北堂也。”谖，同“萱”，谖草即“萱草”，亦名忘忧、疗愁、宜男等，百合科，多年生宿根草本植物，叶狭长、丛生，夏秋间顶端开橘黄色花，花蕾可晾干为菜，即金针菜、黄花菜。背，古“北”字。古制，主妇居北堂，北堂前种萱草，后因以“萱堂”指母亲居室，并代称母亲。

[60] 觑（qù 音去）着面皮：意即碍于情面，不好意思向母亲询问自己的亲事。觑，看。

[61] 至如：即便、即使。

[62] 香车：“七香车”的省称，古代贵妇乘坐的缀以香囊的彩车。香车之名始于汉代（见曹操妻卞氏《与杨太尉夫人书》），六朝后称为七香车（见《隋书·礼仪志》）。据唐·苏鹗《杜阳杂编》载，唐同昌公主的七香步辇，四面缀以香囊，中贮辟寒、辟邪、瑞麟、金凤等香，出游则芬馥满路。

[63] 将着：带着、拿着。

[64] “本待”二句：李千金原本想去池塘边“送春”，一转念就先到荼蘼（tú mí 音图迷）架下去散心。意思是李千金到花园，不是去“赏春”，而是去“伤春”。荼蘼，即“酴醾（tú mí 音图迷）”，又叫佛见笑。一种落叶灌木，属蔷薇科，茎高四五尺，初夏开白花，有香味，供观赏。

[65] 蓬莱洞：形容花园美若仙境。蓬莱，山名，传说中神仙居住的地方。此处似取

唐·白居易《长恨歌》“昭阳殿里恩爱绝，蓬莱宫中日月长”的句意。唐有大明宫，高宗时改名蓬莱宫。

[66] 蹙（cù 音促）金莲：蹙，踏也，含急促意；金莲，女子的小脚。《南史·齐东昏侯纪》：“凿金为莲华以帖地，令潘妃行其上，曰：‘此步步生莲华也。’”华，即“花”。

[67] “怎肯”二句：怎么能辜负大好春光，应该百倍地珍惜它。怎肯道，怎么能。负，辜负。花期，百花盛开的时候。惜芳菲，伤春、惜春。芳菲，花香草芳的样子。宋·刘克庄《忆秦娥·暮春》词：“游人绝，绿荫满野芳菲歇。”

[68] 粉悴胭憔：粉、胭，粉红色、胭脂色的花朵，代指百花。悴、憔为互文，凋零之意。

[69] 绿暗红稀：叶子的颜色变暗，花朵也稀少了。这是暮春的景象，与李清照《如梦令·昨夜雨疏风骤》“绿肥红瘦”句意相同。

[70] “九十”句：九十日春光，春季三个月，折合九十日。如过隙，形容时间过得非常快。《庄子·知北游》：“人生天地之间，若白驹过郤（隙），忽然而已。”唐·成玄英疏曰：“白驹，骏马也，亦言日也。隙，孔也。夫（fú 音福，发语词）人处世，俄顷之间，其为迫促，如驰骏驹之过孔隙，欻（xū 音虚）忽而已，何曾足云也！”

[71] 柳暗青烟密：柳丝浓密，一片迷蒙的样子。唐·薛涛《和李书记席上见赠》诗：“借问风光为谁丽？万条丝柳翠烟深。”

[72] 花残红雨飞：红雨，落花，多指桃花。唐·李贺《将进酒》：“况是青春日将暮，桃花乱落如红雨。”

[73] 人人和柳浑相类：人的青春如同花、柳一样，青翠艳丽能有几时？人人，指青春年少的人。浑相类，极为相似。

[74] “花心”句：风吹花落，不免使人见景伤情，心里也痛苦万分。

[75] “柳眉”句：柳叶长大不随风飘舞了，我的眉头却蹙起来了，心中一片怅惘。柳眉不转，以拟人化的手法比喻柳叶失去生机。蛾眉，女子长而美的眉毛。系，蹙、皱眉、心中不快的样子。宋·秦观《减字木兰花·天涯旧恨》词“黛眉长敛，任是春风吹不转”与此句意境相似。

[76] 陡恁（nèn 音嫩）：突然这般。恁，方言，这么、这样。

[77] 狼籍：同“狼藉”，衰败、凋零。

[78] 东君：指司春之神，即东皇，这里指春风。

[79] 青钱：榆树所生之荚，形状似铜钱而小，又称“榆钱”。明·李时珍《本草纲目·木部二》：“榆未生叶时，枝条间先生榆荚，形状似钱而小，色白成串，俗称榆钱。”

[80] 梅攒（cuán 音窜阳平）翠豆肥：攒，聚集。青梅长在树上，总是几个聚集在一起的。翠豆，指青梅。梅子未成熟时色青，似豆而大，故称“翠豆”。

[81] “轻轻”三句：为鼎足对（即三句对，是曲中特殊的对偶法），造成一种色调较浓的盎然生趣：轻轻的风伴随着蝴蝶队伍，细雨过后蜻蜓嬉戏，温暖的沙滩上鸳鸯沉睡，展现了大自然的和谐与美丽，同时也传达出白朴对生活的热爱与欣赏，以及对和平宁静生活的向往。

[82] “落红”句：着重写游人往来甚多，将落花碾作尘土。

[83] “残花”句：花虽残了，蜜蜂却把它酿成了蜜。

[84] 方信道：才相信、才知道、才懂得。

[85] 花锦之地：洛阳花木繁盛，一派花团锦簇的景象。

[86] 好姐姐：漂亮的女孩儿。

[87] 兀那画桥西：兀那，即“那”。兀，发语词，无义。

[88] 玉骢（cōng 音聪）：毛色青白相杂的马。骢，马。

[89] 便好道：用于俗语、熟语、成语之前，意为有道是、常言道、常言说得好。

[90] 掩映：遮掩、隐现，这里有相互映衬之意。

[91] 挑宝镫（dèng 音瞪）：马鞍两旁的铁脚踏。镫，踏。

[92] “真乃是”二句：宋元时形容人富贵风流、讲究时髦的俗语。及时衣，合于节令的衣着。

[93] 雾鬓云鬟：形容女子发髻蓬松，如云雾一般，亦泛指女子头发盛美。

[94] 冰肌玉骨：形容女子肌肤洁白、细腻光润。

[95] 星转双眸：双眼似流星般闪动。

[96] 顾盼：向两旁或周围看来看去。

[97] 眷心：爱慕之心。

[98] “写个”句：写张便条试探她。简帖儿，书信、便条。嘲拨，撩拨、挑逗、试探。

[99] 不善：这里是不轻、狠毒的意思。

[100] 抢白：当面指斥或讥讽。

[101] 谐：办妥。

[102] 武陵：地名，今湖南常德。晋·陶渊明《桃花源诗并记》载：“晋太元中，武陵人捕鱼为业，缘溪行……忽逢桃花林。”后世遂以武陵溪、桃花林为仙境，并与刘晨、阮肇所入天台（tāi 音胎）山遇仙女之桃花源并提混用。南朝宋·刘义庆《幽明录》载，东汉永平年间，刘晨、阮肇到天台山采药迷路，遇到两位仙女，被邀至桃源洞家中，同居半年后而归。至太康年间，二人同到天台山访女，杳无踪影。

[103] 桃花：比喻美女，此指李千金。

[104] 咫尺刘郎：这里指近在眼前的裴少俊。

[105] 央：央求、央告。亦作“央及”。

[106] “你道是”二句：你道是、我道来，设问自答之辞。情词寄与谁、新诗权作媒，

本自宋·刘斧《青琐高议》前集卷五《流红记》的记载。唐僖宗时，宫女韩氏题诗于红叶上，自御沟流出，为儒士于佑所得。于佑亦在红叶上题诗二句："曾闻叶上题红怨，叶上题诗寄阿谁？"流入宫中，为韩氏所得。后来宫中放宫女三千人，于佑得娶韩氏。婚典时，二人各出红叶相示。韩氏慨而叹之，又题诗曰："方知红叶是良媒。"本曲上句"情词寄与谁"，化用于佑诗。下句"新诗权作媒"，化用韩氏诗。元·王实甫《西厢记》第三本第四折崔莺莺寄张生诗亦有"仰图厚德难从礼，谨奉新诗可当媒"之句。

[107] 袖春风：两袖春风，比喻毫无所得。这里是说裴少俊怎肯失望而归。

[108] 斗：同"逗"，引逗、逗弄。

[109] 上覆：禀告、回复。

[110] 青梅：指青的梅子。青梅意象早在《诗经》中已有之，《国风·召（shào 音绍）南·摽（biào 音鳔）有梅》的"求我庶士，迨（dài 音代）其吉兮"等句，已将梅子与女性思恋联系起来。唐时李白《长干行》诗"郎骑竹马来，绕床弄青梅。同居长干里，两小无嫌猜"，更是脍炙人口。后化为成语"青梅竹马"，用以形容从小一起长大的女孩儿男孩儿，关系亲密如亲人。青梅代指女孩儿。

[111] "月移"句：化用宋·欧阳修〔生查子〕《元夕》词"月上柳梢头，人约黄昏后"句意。

[112] 倾城：《汉书·外戚传》有《李延年歌》："北方有佳人，绝世而独立；一顾倾人城，再顾倾人国。"后用倾城倾国形容绝色的女子。

[113] 囊箧（qiè 音窃）宝玩：囊，袋子。箧，箱子。合起来指盛物的器具。宝玩，珠宝玩器。将妇女比作珍藏在袋子里、箱子里的珠宝玩物，是当时上流社会的一种时尚，具有历史的、阶级的局限。

[114] 赴期：赴约。期，约会。

[115] 在客的刘郎：在客，旅居他乡。刘郎，指刘晨，此处代指裴少俊。

[116] "虽无"二句：胡麻，一种油料作物，又名脂麻、巨胜、芝麻等。它由汉代使者张骞从西域传入中国，故称胡麻。到径抄直：反倒直接抄近道、不绕远的意思。到，倒、反倒。径，径直、直接。此二句仍用"刘晨遇仙"典故，意为虽然我家后园没有胡麻饭从溪水流出而促使刘郎逆水而来，但在这里成就风流韵事可比刘郎上天台山寻仙还简捷。

[117] 斗转星移：北斗星转移，形容时间流逝。

[118] 凌波袜儿：本指洛水女神步履轻盈，后作为女袜的美称。语出三国魏·曹植《洛神赋》："凌波微步，罗袜生尘。"

[119] 湖山：指用太湖石叠成的假山。清·李斗《扬州画舫录》卷七："太湖石乃太湖中石骨，浪激波涤年久，孔穴自生。"

[120] 角门儿：旁门、侧门。

[121] 引逗：逗引、引诱。侧重于用语言或动作诱引、撩拨人，感情色彩不鲜明，中

性，不含恶意。引，诱引、吸引。逗，引逗、撩拨。

[122] 墙头马上：唐 · 白居易《井底引银瓶》诗："妾弄青梅凭短墙，君骑白马傍垂杨。墙头马上遥相顾，一见知君即断肠。" 杂剧以诗为题材，但没有沿用原诗的主题，表现的是女主人公的积极反抗精神。

第 二 折

（夫人同老旦嬷嬷[1]上，云）老身是李相公夫人。相公左司家唤的去了，不见回来。今日老身东阁下探妗子[2]回来，身子有些不快。天色晚也，梅香，绣房中道与小姐，休教他出来。嬷嬷收拾前后，我歇息去也。（下）

（裴舍上，云）我回到这馆驿[3]安下，心中闷倦，那里有心去买花栽子。巴不得[4]天晚了也，我如今与小姐赴期去来。（下）

（正旦同梅香上，云）今日因去后园中看花，墙头见了那生，四目相视，各有此心，将一个简帖儿约今夜来赴期。我回到绣房中。梅香，不知夫人睡去也不曾。（梅香云）我去看来。（下）

（正旦做睡，梅香推科，云）小姐，小姐！（正旦醒科，云）我正好做梦哩。（梅香云）你梦见甚么来？（正旦唱）

【南吕 · 一枝花】[5]睡魔缠缴得慌[6]，别恨禁持得煞[7]。离魂随梦去，几时得好事奔人来[8]。一见了多才[9]，口儿里念，心儿里爱，合是姻缘簿上该[10]。则为画眉的张敞风流[11]，掷果的潘郎稔色[12]。

（梅香云）今夜好歹来也，则管里[13]作念[14]的眼前活现。（正旦唱）

【梁州第七】早是抱闲怨时乖运蹇[15]，又添这害相思月值年灾[16]。（带云）休道是我，（唱）天若知道和天也害[17]。（云）梅香，这早晚多早晚也[18]？（梅香云）是申牌[19]时候了。（正旦唱）几时得

月离海峤[20]，才则是日转申牌。（梅香云）小姐，日头下去了，一天星月出来了。（正旦唱）怕露惊宿鸟，风弄庭槐[21]。看银河斜映瑶阶[22]，都不动纤细尘埃。月也你本细如弓，一半儿蟾蜍[23]，却休[24]明如镜照三千世界[25]，冷如冰浸十二瑶台[26]。禁垆瑞霭[27]。把剔团圞[28]明月深深拜，你方便，我无碍。深拜你个嫦娥不妒色，你敢且半霎儿雾锁云埋[29]。

（梅香云）这场事也非容易哩！（正旦唱）

【牧羊关】待月帘微簌[30]，迎风户半开，你看这场风月规划[31]。（梅香云）怎生规划？（正旦云）你与我接去。（梅香云）怕他不来！倒教我去接他！（正旦唱）就着这风送花香，云笼月色。（梅香云）小姐，为甚么着我接他去？（正旦唱）你道为甚着你个丫嬛迎少俊，我则怕似赵杲送曾哀[32]。（梅香云）这里线也似一条直路，怕他迷了道儿？（正旦唱）你道方径直如线，我道侯门深似海[33]。

（梅香云）你两个头目[34]，自说话来。（正旦唱）

【骂玉郎】相逢正是花溪侧，也须穿短巷过长街。（梅香云）到那里便唤你来。（正旦唱）又不比秦楼[35]夜宴金钗客[36]，这的[37]担着利害[38]，把你那小性格且宁奈[39]。

【感皇恩】咱这大院深宅，幽砌闲阶，不比操琴堂、沽酒舍、看书斋。（梅香云）迟又不是，疾又不是，怎生可是？（正旦唱）教你轻分翠竹，款步苍苔。休惊起庭鸦喧、邻犬吠，怕院公[40]来。

（梅香云）小姐，这来时可着多早晚也？（正旦唱）

【采茶歌】把粉墙儿挨，角门儿开，等夫人烧罢夜香来。月色朦胧天色晚，鼓声才动角声[41]哀。

（梅香云）我说与你，夫人已睡了也，一准[42]不来了。今夜嬷嬷又在前面守着库房门哩。天色晚了，我点上灯，就接姐夫去。（裴舍引张千上，云）张千，休大惊小怪的，你只在墙外等着。（做跳墙见科，云）梅香，我来了也。（梅香云）我说去。小姐，姐夫来了也。你两个说话，我门首看着。（裴舍云）小生是个寒儒，小姐不弃，小生杀身难报。（正旦云）舍人则休负心！（唱）

【隔尾】我推[43]粘翠靥[44]遮宫额[45]，怕绰起罗裙[46]露绣鞋[47]。我忙忙扯的鸳鸯被儿盖，翠冠儿懒摘，画屏儿紧挨。是他撒滞殢[48]把香罗带[49]儿解。

（嬷嬷上，云）这早晚小姐房里有人说话，在窗下听咱。呀！果然有人，我去觑破[50]他。（梅香云）小姐，吹灭了灯，嬷嬷来也！（嬷嬷云）吹灭了灯？我听的多时了也！你待走那里去？（裴舍同旦做跪科，正旦云）是做下来也，怎见父母！奶奶可怜见[51]，你放我两个私走了罢，至死也不敢忘你。（嬷嬷云）兀的[52]是不出嫁的闺女，教人营勾[53]了身躯，可又随着他去。这汉子[54]是谁家的？（裴舍云）小生是客寄书生，乞容宽恕。（嬷嬷云）俺这里不是赢奸买俏去处[55]。（正旦唱）

【红芍药】他承宣驰驿奉官差，来这里和买花栽。又不是瀛州、方丈接蓬莱[56]，远上天台[57]。比画眉郎多气概，骤青骢踏断章台[58]。（嬷嬷云）都是这梅香小奴才勾引来的！（正旦唱）枉骂他偷寒送暖[59]小奴才，要这般当面抢白[60]。

（嬷嬷云）不是这奴胎[61]是谁？（正旦唱）

【菩萨梁州】是这墙头掷果裙钗[62]，马上摇鞭狂客[63]。说与你个聪明的奶奶，送春情是这眼去眉来。（嬷嬷云）好！可羞也那不羞？眼去眉来，倒与真奸真盗一般，教官司[64]问去。（正旦唱）则这女

娘家[65]直恁[66]性儿乖[67]，我待舍残生还却鸳鸯债，也谋成不谋败[68]。是今日且停嗔[69]过后改，怎做的奸盗拿获[70]？

（嬷嬷云）你看上这穷酸饿醋[71]甚么好？（正旦唱）

【牧羊关】龙虎也招了儒士[72]，神仙也聘与秀才，何况咱是浊骨凡胎[73]。一个刘向题倒西岳灵祠[74]，一个张生煮滚东洋大海[75]。却待要宴瑶池[76]七夕会[77]，便银汉[78]水两分开！委实这乌鹊桥[79]边女，舍不的斗牛星畔客[80]。

（嬷嬷云）家丑事不可外扬。兀那汉子，我将你拖到官中，不道的饶了你哩！（裴舍云）嬷嬷，你要了我买花栽子的银子，教梅香唤将我来，咱就和你见官去来！（正旦唱）

【三煞】不肯教一床锦被权遮盖[81]，可不道九里山前大会垓[82]，绣房里血泊浸尸骸。解下这搂带裙刀，为你逼的我紧也便自伤残害，颠倒[83]把你娘[84]来赖。（梅香云）你要他这秀才的银子，教我去唤将他来。便见夫人，也则实说。（嬷嬷云）夫人也不信。（正旦唱）你则是拾的孩儿落的摔[85]，你待致命图财。

【二煞】我怎肯掩残粉泪横眉黛，倚定门儿手托腮，山长水远几时来。且休说度岁经年，只一夜冰消瓦解，凭时节知他是和尚在钵盂在[86]。他凭着满腹文章七步才，管情取日转千阶[87]。

（嬷嬷云）亲的则是亲，若夫人变了心，可不枉送我这老性命。我如今和你商量，随你拣一件做：第一件且教这秀才求官去，再来取你；不着，嫁了别人。第二件就今夜放你两个走了，等这秀才得了官，那时依旧来认亲。（正旦云）嬷嬷，只是走的好。（唱）

【黄钟尾】他折一枝丹桂[88]群儒骇[89]，怎肯十谒朱门九不开[90]。（嬷嬷云）若以后泄漏出些风声，枉坏了一世前程，拆散了一双

佳配。常言道：一岁使长百岁奴[91]。我耽着利害放您，则要一路上小心在意者。（正旦云）母亲年高，怎生割舍！（嬷嬷云）夫人处有我在此，你自放心去罢。（正旦同裴谢科，正旦唱）不是我敢为非敢作歹，他也有风情有手策[92]；你也会圆成[93]会分解[94]，我也肯过从[95]肯耽待[96]。便锁在空房，嫁在乡外。你道父母年高老迈，那里有女孩儿共爷娘相守到头白？女孩儿是你十五岁寄居的堂上客[97]。（同裴舍、梅香下）

（嬷嬷云）他每去也。若夫人问时，说个谎道：不知怎生走了，料夫人必然不敢声扬。等待他日后再来认亲，也未迟哩。（下）

---

［1］ 嬷嬷：奶妈，老年仆妇。

［2］ 妗（jìn 音近）子：舅母的俗称。《集韵》谓：俗谓舅母曰妗。元·陶宗仪《辍耕录》卷十七云："宋张文潜《明道杂志》云：'经传中无婶妗二字。婶字，乃世母字二合呼。妗字，乃舅母字二合呼也。二合，如真言中合两字者为一。'"近人章太炎《新方言·释亲属》云："幽侵对转，舅妗双声，故山东谓舅妻为妗；叔婶双声，故通语谓叔母为婶。此虽鄙言俗字，然音均不相越也。"今一般则以"妗子"呼兄弟之妻，内兄之妻为大妗子，内弟之妻为小妗子。亦作"妗妗"。

［3］ 馆驿：旅舍，相当于现代的旅馆。

［4］ 巴不得：急切盼望。巴，盼望。

［5］ 【南吕·一枝花】：明·孟称舜《古今名剧合选·柳枝集》眉批："写出一风流精细女。"

［6］ 睡魔缠缴得慌：睡意像魔鬼一样缠在身上无法摆脱。缠缴，纠缠，亦作"缴缠"。金·董解元《西厢记诸宫调》卷六："觑着红娘认做张郎唤，认了多时自失笑，不惟道鬼病相持，更有邪神缴缠。"

［7］ 别恨禁持得煞：别恨，别离的怅惘。禁持，辖制、控制。煞，亦作"杀"，副词，意为极、甚、厉害。

［8］ "几时"句：什么时候好事才能主动送上门来。好事奔人来，宋元时俗语，犹云好事从天降。好事，此指男女欢会之事。

［9］ 多才：富有才情的人，是李千金对裴少俊的昵称。

［10］“合是”句：合，应。姻缘簿，传说中的婚书。出自唐·李复言《续玄怪录·定婚店》：韦固夜过宋城，遇一老人在倚囊袋月下翻书。韦固近前询问，老人告知是天下的婚姻簿。囊中的红绳是系男女之足的，男女之足经红线一系，无论是仇人还是远在千里，必成夫妇；否则，虽近在咫尺，情深意笃，亦难成夫妻。该，命里注定。

［11］画眉的张敞风流：汉时张敞为妻子画眉的风流佳话。张敞，字子高，西汉河东平阳（今山西临汾西南）人，宣帝时京兆（今陕西西安）尹。张敞与妻子情意深笃，在家中常为妻子画眉。后世便以张敞画眉喻夫妻恩爱和美。这里是李千金希望裴少俊对自己也像张敞对其妻那样挚爱。

［12］“掷果”句：潘郎，即晋朝的潘岳。《世说新语·容止》说他“妙有姿容”，每逢出门就有许多妇女往他的车子上投掷果子。后世于是把掷果潘岳作为招妇人喜爱的美男子的代称。稔（rěn 音忍），本义指庄稼成熟，这里形容艳美。

［13］则管里：亦作“子管里”。一直、一味。

［14］作念：这里是念叨、惦记的意思。

［15］时乖运蹇（jiǎn 音捡）：时运不好，命运不佳。时，时运、机缘。乖，背离、不顺当。运，命运、运气。蹇，不顺利。

［16］月值年灾：迷信的说法。按阴阳星相推算，时运不好的年月就是灾年灾月。

［17］“天若”句：化用宋·秦观〔水龙吟〕“天还知道，和天也瘦”句。和，同、连。害，害相思。

［18］“这早晚”句：这时是什么时候。多早晚，北方方言，即什么时候。

［19］申牌：下午三时至五时。古于衙门和驿站前设置时辰台，每移一时辰，则以刻有指示时间的牌子换之，故称。

［20］月离海峤（qiáo 音桥）：指月亮初升的时候。海峤，泛指海中的山。古人认为月亮从海上升起。峤，山尖而高。

［21］风弄庭槐：微风轻轻摇曳着庭院中的槐树。

［22］瑶阶：玉制石阶。

［23］蟾蜍：传说月中有蟾蜍，也就是人们看到的阴影部分。唐·段成式《酉阳杂俎·天咫》：“旧言月中有桂、有蟾蜍。”后遂代称月亮。

［24］却休：再不要。

［25］三千世界：佛家语，犹言整个世界。佛教认为，整个宇宙由小千世界、中千世界和大千世界组成，合称三千世界。此处泛指全世界。

［26］十二瑶台：传说神仙所居之处。晋·王嘉《拾遗记》卷十：“（昆仑山）傍有瑶台十二，各广千步，皆五色玉为基。”瑶，战国楚·屈原《离骚》：“望瑶台之偃蹇兮，见有娀（sōng 音松）之佚女。”汉·王逸注曰：“石次玉曰瑶。”后世以瑶台代指神仙居处。唐·李白《清平调》诗：“若非群玉山头见，会向瑶台月下逢。”唐·李商隐《无题》诗：“如何雪月交光夜，更在瑶台十二层。”皆可证。

［27］禁垆（lú 音卢）瑞霭：禁垆，香炉。瑞霭，香烟袅袅。

［28］剔团圞：特别圆。剔，副词，有甚、极其、特别等意。团圞，亦作“团圆”“秃圞”“突圞”“剔留团圞”等。

［29］“深拜”二句：明·孟称舜《古今名剧合选·柳枝集》眉批：“俊语。”嫦娥，传说为后羿的妻子。《淮南子·览冥训》：“羿请不死之药于西王母，姮（héng 音恒）娥窃之以奔月。”姮娥即“嫦娥”，因避汉文帝刘恒讳而改“姮”为“嫦”。这里喻指月亮。不妒色，不会忌妒我的美貌。敢，可也，含有希求的意思。且，暂且。半霎儿，半会儿、片刻，形容时间极短。雾锁云埋，隐蔽到雾云里去。

［30］簌（sù 音肃）：风吹竹帘的响声。

［31］规划：亦作“规画”。计划、筹划。

［32］赵杲（gǎo 音稿）送曾哀：或以为即“赵老送灯台”。民间传说，龙王过百岁大寿，鲁班制作了两个灯台，一个精致，内藏夜明珠，一个普通，内藏避水神珠，而后派弟子赵巧前往龙宫送给龙王以贺。到龙宫后，赵巧把普通的灯台送给了龙王，把精致的灯台私自留下藏在怀里，准备带回家。待其刚出龙宫门，便被扑天而来的海水淹死。一说鲁班修桥，龙王兴浪，桥不能修。于是，鲁班做一木制避水灯台，派徒弟赵巧送与龙王以镇之。赵巧认为师傅所做灯台陋拙，便自逞“巧”，做一精巧灯台代换了师傅所做灯台。至龙宫，赵巧所做灯台油漏灯灭，龙王怒而将赵巧赶出了龙宫，并重又兴风作浪，赵巧亦无颜再回到师傅的身边。为此，民间遂有“赵巧送灯台，一去不再来”的歇后语。“杲”，亦作“藁”“老”；曾哀，或以为即“灯台”之讹。此处李千金担心夜晚裴少俊认错了地方走迷了路，唯恐出现“赵老送灯台”讹为“赵杲送曾哀”那样的错误。

［33］侯门深似海：指显贵人家深宅大院，门禁森严，一般人难以出入。比喻旧日的好友因地位的悬殊而疏远隔绝。

［34］头目：谓领头人。这里作当事人，指李千金和裴少俊。

［35］秦楼：春秋时秦穆公女儿弄玉善吹箫，穆公于是筑重楼使居之，名“凤楼”，又称“秦楼”。后世以“秦楼”代指妓院和玩乐场所。

［36］金钗客：代指妓女，因其头戴金钗，有别于布裙荆钗，故称。这句是说裴少俊来这里幽会，不同于去妓院宴会妓女，是要担着利害的。

［37］的（dí）：的确、实在。

［38］利害：风险。

［39］宁奈：安静、安心、忍耐。亦作“宁耐”。

［40］院公：贵官家里的老仆人。

［41］角声：画角声，在黄昏时吹奏，其声凄凉，故云“角声哀”，亦作“角声寒”。宋·唐婉〔钗头凤〕词：“角声寒，夜阑珊。”

［42］ 一准：肯定、一定。
［43］ 推：借故、假装。
［44］ 粘翠靥（yè 音业）：贴面妆。粘，贴。翠靥，古代妇女的面妆。
［45］ 遮宫额：掩面遮羞的意思。宫额，指粘贴在额头上的翠饰，最早为宫中妇女所饰，故称。
［46］ 罗裙：丝罗制的裙子。多泛指妇女衣裙。
［47］ 绣鞋：妇女穿的绣有花纹的鞋。
［48］ 撒滞殢（tì 音替）：亦作“撒殢滞”“撒腻滞”。撒赖、放刁、撒痴。
［49］ 香罗带：省称“香罗”。妇女腰带、裙带的美称。宋·贺铸《薄幸》词：“向睡鸭炉边，翔鸳屏里，羞把香罗暗解。”
［50］ 觑破：犹云揭穿、点破。
［51］ 可怜见：可怜、怜悯。见，无义。
［52］ 兀的：亦作“兀底”。宋·马永卿《嬾真子录》卷三：“古所谓‘阿堵’者，乃今所谓‘兀底’也。”指示词，有“这个”或“那个”之义，有时也兼表惊异或郑重的语气。本剧第三折正旦李千金唱：“兀的不痛杀人也！”
［53］ 营勾：勾引、奸骗。
［54］ 汉子：这里含有对男性的贬称。宋·陆游《老学庵笔记》卷三：“今人谓贱丈夫曰汉子，盖始于五胡乱华时。”
［55］ 赢奸买俏去处：男女随意私会的地方，指妓院。赢奸买俏，即狎妓买欢之意。去处，场所、地方。
［56］ 瀛州、方丈接蓬莱：瀛洲、方丈、蓬莱是传说中的“三神山”，神仙所居处。《史记·秦始皇本纪》：“齐人徐市等上书，言海上有三神山，名曰蓬莱、方丈、瀛洲，仙人居之。”又《封禅书》：“自威、宣、燕昭，使人入海求蓬莱、方丈、瀛洲。此三神山者，其传在渤海中，去人不远。”这里指仙境。
［57］ 天台：天台山，在今浙江天台县北，传说刘晨、阮肇采药遇仙女处。
［58］ “比画眉郎”二句：画眉郎，即张敞。骤，马跑。青骢，青色的马。章台，汉长安街名，此处泛指妓院聚集之地。据《汉书·张敞列传》载，张敞任京兆（陕西西安市）尹时，为人平易，不讲威仪，退朝时骑马经过章台街，自己以扇子遮脸，而令随从击马快行。这里引用张敞快马过章台的典故，形容裴少俊的风流行径。
［59］ 偷寒送暖：在暗中帮助或牵线搭桥。
［60］ 抢白：责备、嘲骂。
［61］ 奴胎：意为天生的奴才、奴才坯子。也有对他人的贱称，犹“贱种”义。
［62］ 掷果裙钗：掷果，指妇女向自己爱慕的美男子的车上投掷鲜果。裙钗，裙子与头钗都是妇女的衣饰，旧时借指妇女。这里指李千金。
［63］ 摇鞭狂客：这里指裴少俊。

［64］官司：指官府。

［65］女娘家：这里指嬷嬷。

［66］直恁：竟然如此。直，竟然、居然。恁，这样、如此。

［67］性儿乖：性情乖张、反常。

［68］谋成不谋败：宋元习用语，谓尽力把事做成功，避免失败。

［69］停嗔：息怒、不要生气的意思。

［70］奸盗拿获：当作犯法的人逮捕送官。

［71］穷酸饿醋：犹“酸丁”“醋（措）大”，旧时对贫寒读书人的讥称。

［72］“龙虎”句：朝廷也招读书人做女婿。龙虎，指朝廷。儒士，泛指读书人。

［73］浊骨凡胎：指世俗中的人，和神仙相对比。

［74］刘向题倒西岳灵祠：事出沉香劈山救母故事。山东书生刘向赴京赶考，路经华岳娘娘庙，见华岳娘娘塑像甚美，于是题诗庙壁而去。华岳娘娘赴王母蟠桃会而归，见庙壁刘向题诗，心生恼怒，便往追刘向欲杀之。及追上，见刘向风流潇洒，不免心生爱慕，于是幻化楼阁，招刘向为婿。故事现存清道光刊本《说唱沉香太子全传》，可参阅。

［75］张生煮滚东洋大海：书生张羽与东海龙女私约为夫妇，龙王不允。张生得到神仙宝器，煮沸大海，制服龙王，龙王不得已将龙女嫁给了张羽。

［76］瑶池：传说西王母所居之处。《穆天子传》卷三：“乙丑，天子觞（shāng 音商）西王母于瑶池之上。”

［77］七夕会：神话传说，牛郎和织女每年七月七日夜晚才能相会一次。

［78］银汉：天河、银河。南朝宋 · 鲍照《夜听妓》诗：“夜来坐几时，银汉倾露落。”

［79］乌鹊桥：传说织女、牛郎七夕于天河相会时，有乌鹊纷纷前来搭桥以渡织女。唐 · 白居易《白孔六帖》：“七月七日，乌鹊填河成桥而渡织女。”

［80］斗牛星畔客：指牛郎。牵牛星在斗宿（xiù 音秀）和牛宿旁边，故称。

［81］一床锦被权遮盖：宋元俗语，指用好看的东西把丑恶的事情暂时遮盖。

［82］九里山前大会垓：楚汉相争时，传韩信率汉军由九里山（又名九嶷山，在今江苏徐州北）进军，设十面埋伏，大败楚军，困项羽于垓下（今安徽固镇东北、沱河南岸），项羽突围后至乌江自刎。会垓，会战于垓下，后世因以喻指会战。这里犹言家丑闹得像当年九里山前楚汉相争一样大。

［83］颠倒：王锳《诗词曲语辞例释》：“颠倒，反倒、反而，语气副词，表转折语气。”

［84］你娘：指嬷嬷。

［85］拾的孩儿落的摔：宋元流行语，意为拾得的不是自己亲生的孩子，自然舍得抛弃。比喻对不是自己的人和物毫无顾惜之意。落的，乐得、舍得。

［86］“恁时节”句：宋元流行语，到那时他是人在还是物在？这里比喻他们二人的爱情坚贞不渝。钵盂（bō yú 音波鱼），和尚化缘用的饭碗。和尚在钵盂在，和

尚与钵盂是不可分离的，亦作“和尚在知它是钵盂在”。

[87] “管情取”句：管情取，一定能得到。日转千阶，一日升转千阶，比喻官职飞快地升迁。阶，官阶。

[88] 折一枝丹桂：折桂之意，指金榜题名。《晋书·郤诜（xì shēn 音细申）列传》：“武帝于东堂会送，问诜曰：‘卿自以为何如？’诜对曰：‘臣举贤良对策，为天下第一，犹桂林之一枝，昆山之片玉。’”故自唐以来遂以“折桂”比喻科举得中。

[89] 群儒骇：群儒，指参加考试的儒生。骇，吃惊。

[90] “怎肯”句：是说像他这样有才华的人，一旦高中，什么富贵人家的大门都会向他敞开的。十谒（yè 音夜）朱门九不开：十次拜访就有九次大门不开，是唐·李观《题处州直厅壁》中的诗句，经常用于表示遇事屡屡受挫或久不得志等意。谒，拜见、进见。朱门，红漆大门，旧时指官宦富贵之家。

[91] “一岁”句：意为主人一岁，也是主人；奴才百岁，则仍是奴才。使长（zhǎng 音掌），金元时期奴仆对主人的称谓。本剧第三折院公云：“夜来两个小使长把墙头上花都折坏了。”

[92] 手策：手段、本事、策略。金·董解元《西厢记诸宫调》卷二：“是则是英雄临阵披重铠，倚仗着他家有手策，欲反唐朝世界。”

[93] 圆成：成全、促成、把事情办妥。唐·常达《山居八咏》之七：“胡僧论的旨，物物唱圆成。”

[94] 分解：排解、辩解、替人说好话。

[95] 过从：互相往来、交往。

[96] 耽待：亦作“担待”。原谅、宽容、宽恕。

[97] 十五岁寄居的堂上客：女子加笄（jī 音机）后就为人妇，即俗谚“女大不中留”之意。古时女子满十五岁时行成年礼，盘发插簪，称加笄。《仪礼·士昏礼》：“女子许嫁，笄而礼之，称字。”堂上客，即“堂客”，旧时称妇女、内眷为堂客。

第 三 折[1]

（裴尚书上，云）自从少俊去洛阳买花栽子回来，今经七年。老夫常是公差，多在外，少在里。且喜少俊颇有大志，每日只在后花园中看书，直等功名成就，方才娶妻。今日是清明节令，老夫待亲自上坟去，奈畏风寒，教夫人和少俊替祭祖去咱。（下）

（裴舍引院公上，云）自离洛阳，同小姐到长安七年也。得了一双儿女，小厮儿叫做端端，女儿唤做重阳。端端六岁，重阳四岁，只在后花园中隐藏，不曾参见父母，皆是院公伏侍，连宅里人也不知道。今日清明节令，父亲畏风寒，我与母亲郊外坟茔[2]中祭奠去。院公在意照顾，怕老相公撞见。（院公云）哥哥[3]，一岁使长百岁奴。这宅中谁敢题起个李字！若有一些差失[4]，如同那赵盾[5]便有灾难，老汉就是灵辄扶轮[6]，王伯当与李密叠尸[7]。为人须为彻[8]。休道老相公不来，便来呵，老汉凭四方口，调三寸舌[9]，也说将回去，我这是蒯文通[10]、李左车[11]。哥哥，你放心，倚着我呵，万丈水不教泄漏了一点儿[12]。（裴舍云）若无疏失，回家多多赏你。（同下）

（正旦引端端、重阳上，云）自从跟了舍人[13]来此呵，早又七年光景，得了一双儿女，过日月好疾也呵！（唱）

【双调·新水令】数年一枕梦庄蝶，过了些不明白好天良夜[14]。想父母关山途路远，鱼雁[15]信音绝。为甚感叹咨嗟[16]，甚日得离书舍？

【驻马听】凭男子豪杰，平步上万里龙庭双凤阙；妻儿真烈[17]，合该得五花官诰[18]七香车[19]。也强如带满头花[20]，向午门左右把状元接；也强如[21]挂拖地红[22]，两头来往交媒谢。今日个改换别，成就了一天锦绣佳风月[23]。

（云）我掩上这门，看有甚人来此。（院公持扫帚上，云）哥哥祭奠去了，嫂嫂根前[24]回复去咱。（见科，云）嫂嫂，舍人祭奠去了。院公特地说与嫂嫂得知。（正旦云）院公可要在意者，则怕老相公撞将来。（院公云）老汉有句话敢说么？今日清明节，有甚节令酒果，把些与老汉吃饱了，只在门首坐着，看有甚的人来。（旦与酒肉吃科，院公云）夜来[25]两个小使长把墙头上花都折坏了，今日休教出来，只教书房中耍，则怕老相公撞见。（正旦唱）

【乔牌儿】当拦的便去拦，我把你个院公谢。想昨日被棘针都把衣袂扯，将孩儿指尖儿都挝破[26]也。

（端端云）奶奶[27]，我接爹爹去来。（正旦云）还未来哩！（唱）

【幺篇】便将球棒儿撇，不把胆瓶藉[28]。你哥哥[29]这其间未是他来时节，怎抵死的[30]要去接？

（院公云）我门口去吃了一瓶酒，一分节食，觉一阵昏沉。倚着湖山[31]睡些儿咱！（端端打科）（院公云）吓杀人也。小爷爷[32]！你要到房里耍去。（又睡科，重阳打科）（院公云）小奶奶，女孩家这般劣[33]！（又睡科，二人齐打介）（院公云）我告你去也，快书房里去！（裴尚书引张千上，云）夫人共少俊祭奠去了，老夫心中闷倦，后花园内走一遭去，看孩儿做下的功课咱。（见院公，云）这老子睡着了。（做打科，院公做醒、着扫帚打科，云）打你娘，那小厮！（做见慌科，尚书云）这两个小的是谁家？（端端云）是裴家。（尚书云）是那个裴家？（重阳云）是裴尚书家。（院公云）谁道不是裴尚书家花园？小弟子[34]还不去！（重阳云）告我爹爹、奶奶说去。（院公云）你两个采了花木，还道告你爹爹、奶奶去？跳起恁公公来也，打你娘！（两人走科）（院公云）你两个不投前面走，便往后头去？（二人见旦科，云）我两人接爹爹去，见一老爹，问是谁家的。（正旦云）孩儿也，我教你休出去，兀的怎了[35]！（尚书做意科[36]，云）这两个小的不是寻常之家[37]，这老子其中有诈。我且到堂上看来。（正旦唱）

【豆叶儿】接不着你哥哥，正撞见你爷爷。魄散魂消，肠慌腹热，手脚獐狂去不迭[38]。相公把拄杖掂详[39]，院公把扫帚支吾[40]，孩儿把衣袂掀者。

（尚书云）咱房里去来。（到书房，正旦掩门科）（尚书云）更有谁家

个妇人？（院公云）这妇人折了俺花，在这房内藏来。（正旦唱）

【挂玉钩】小业种把拢门掩上些，道不的跳天撅地十分劣[41]。被老相公亲向园中撞见者，吓的我死临侵[42]地难分说。（尚书云）拿的芙蓉亭上来！（正旦唱）氲氲的脸上羞，扑扑的心头怯。喘似雷轰，烈似风车[43]。

（院公云）这妇人折了两朵儿花，怕相公见，躲在这里。合当饶过，教家去。（正旦云）相公可怜见，妾身是少俊的妻室。（尚书云）谁是媒人？下了多少钱财？谁主婚来？（旦做低头科）（尚书云）这两个小的是谁家？（院公云）相公不合烦恼，合欢喜！这的是不曾使一分财礼，得这等花枝般媳妇儿，一双好儿女，合做一个大筵席。老汉买羊去，大嫂请回书房里去者。（尚书怒科，云）这妇人决是[44]倡优酒肆之家！（正旦云）妾是官宦人家，不是下贱之人。（尚书云）噤声[45]！妇人家共人淫奔[46]，私情来往，这非过逢赦不赦。送与官司问去，打下你下半截来。（正旦唱）

【沽美酒】本是好人家女艳冶[47]，便待要兴词讼发文牒，送到官司遭痛决[48]。人心非铁，逢赦不该赦。

【太平令】随汉走怎说三贞九烈，勘奸情八棒十挟[49]。谁识他歌台舞榭，甚的是茶房酒舍[50]？相公便把贱妾拷折下截，并不是风尘烟月[51]。

（尚书云）则打这老汉，他知情。（张千云）这个老子，从来会勾大引小。（院公云）相公，七年前舍人哥哥买花栽子时，都是这厮搬大引小，着舍人刁将来[52]的。（张千云）老子攀下[53]我来也。（尚书云）是了，敢[54]这厮也知情！（正旦唱）

【川拨棹】赛灵辄、蒯文通、李左车，都不似季布喉舌[55]，王伯当尸叠。更做道向人处无过背说，是和非须辩别[56]。

（尚书云）唤的夫人和少俊来者。（夫人、裴舍上，见科）（尚书云）你与孩儿通同作弊，乱我家法。（夫人云）老相公，我可怎生知道？（尚书云）这的是你后园中七年做下功课！我送到官司，依律施行者。（裴舍云）少俊是卿相之子，怎好为一妇人，受官司凌辱，情愿写与休书[57]便了。告父亲宽恕。（正旦唱）

【七弟兄】[58]是那些劣懒，痛伤嗟也[59]，时乖运蹇遭磨灭[60]。冰清玉洁肯随邪？怎生的拆开我连理同心结！

（尚书云）我便似八烈周公[61]，俺夫人似三移孟母[62]，都因为你个淫妇，枉坏了我少俊前程，辱没了我裴家上祖[63]。兀那妇人，你听者：你既为官宦人家，如何与人私奔？昔日无盐[64]采桑于村野，齐王车过见了，欲纳为后，同车。而无盐曰：不可，禀知父母，方可成婚；不见父母，即是私奔。呸！你比无盐败坏风俗，做的个男游九郡，女嫁三夫[65]。（正旦云）我则是裴少俊一个。（尚书怒云）可不道“女慕贞洁，男效才良[66]；聘则为妻，奔则为妾[67]”。你还不归家去！（正旦云）这姻缘也是天赐的。（尚书云）夫人，将你头上玉簪来。你若天赐的姻缘，问天买卦[68]，将玉簪向石上磨做了针儿一般细。不折[69]了，便是天赐姻缘；若折了，便归家去也。（正旦唱）

【梅花酒】[70]他毒肠狠切[71]，丈夫又软揣些些[72]，相公又恶噷噷乖劣[73]，夫人又叫丫丫似蝎螫[74]。你不去望夫石上变化身，筑坟台上立个碑碣[75]。待教我谩懒懒[76]，愁万缕，闷千叠；心似醉，意如呆；眼似瞎，手如瘸；轻拈掇[77]，慢拿捻[78]。

【收江南】呀！珰叮珰掂做了两三截，有鸾胶难续玉簪折[79]，则他这夫妻儿女两离别。总是我业彻[80]，也强如参辰日月不交接[81]。

（尚书云）可知道玉簪折了也，你还不肯归家去？再取一个银壶瓶来，将着游丝儿系住，到金井内汲水。不断了，便是夫妻；瓶坠簪折，便

归家去。（正旦云）可怎了也！（唱）

【雁儿落】[82]似陷人坑千丈穴，胜滚浪千堆雪[83]。恰才石头上损玉簪，又教我水底捞明月。

【得胜令】冰弦断，便情绝；银瓶坠，永离别。把几口儿分两处；（尚书云）随你再嫁别人去。（正旦唱）谁更待双轮辗四辙[84]。恋酒色淫邪，那犯七出[85]的应挤舍；享富贵豪奢，这守三从的谁似妾[86]！

（尚书云）既然簪折瓶坠，是天着你夫妻分离。着这贼丑生[87]与你一纸休书，便着你归家去。少俊，你只今日便与我收拾琴剑书箱，上朝求官应举去。将这一儿一女收留在我家。张千，便与我赶离了门者！（下）

（裴舍与旦休书科）（正旦云）少俊，端端，重阳，则被你痛杀我也！（唱）

【沉醉东风】梦惊破情缘万结，路迢遥烟水千叠。常言道有亲娘有后爷，无亲娘无疼热。他要送我到官司，逞尽豪杰。多谢你把一双幼女痴儿好觑者，我待信拖拖去也[88]。

（云）端端，重阳，儿也！你晓事些儿个，我也不能勾见你了也！（唱）

【甜水令】[89]端端共重阳，他须是你裴家枝叶。孩儿也啼哭的似痴呆，这须是我子母情肠厮牵厮惹[90]，兀的不痛杀人也！

【折桂令】果然人生最苦是离别[91]。方信道花发风筛，月满云遮[92]。谁更敢倒凤颠鸾，撩蜂剔蝎，打草惊蛇[93]？坏了咱墙头上传情简帖，拆开咱柳阴中莺燕蜂蝶。儿也咨嗟[94]，女又拦截，既瓶坠簪折，咱义断恩绝！

（张千云）娘子，你去了罢！老相公便着我回话哩。（正旦云）少俊，你也须送我归家去来。（唱）

【鸳鸯煞】休把似残花败柳冤仇结，我与你生男长女填还彻[95]。指望生则同衾，死则共穴。唱道[96]题柱胸襟[97]，当垆的志节[98]，也是前世前缘，今生今业[99]。少俊呵，与你干驾了会香车[100]，把这个没气性[101]的文君送了也！（下）

（裴舍云）父亲，你好下的[102]也。一时间将俺夫妻子父分离，怎生是好？张千，与我收拾琴剑书箱，我就上朝取应去。一面瞒着父亲，悄悄送小姐回到家中，料也不妨。（诗云）正是：石上磨玉簪，欲成中央折。井底引银瓶，欲上丝绳绝[103]。两者可奈何，似我今朝别。果若有天缘，终当做瓜葛[104]。（下）

---

[1] 第三折：明·孟称舜《古今名剧合选·柳枝集》眉批："三折、四折情词与《拜月亭》相似而韵更悠然。"

[2] 坟茔：坟墓。

[3] 哥哥：家仆随从不分出身、等级都称裴少俊为"哥哥"，显得亲切，像一家人。

[4] 差失：差错。这里指李千金藏在后花院的秘密泄露。

[5] 赵盾：赵宣子，嬴姓，赵氏，名盾，谥号"宣"，时人尊称其赵孟或宣孟。春秋时曾掌握晋国政权。晋灵公十四年，避灵公杀害出走。元·纪君祥杂剧《赵氏孤儿大报仇》中，他是晋国的大臣，因多次进谏晋灵公而被其忌恨，最终遭到屠岸贾的陷害，全家被杀。

[6] 灵辄扶轮：相传春秋时晋国赵宣子（盾）在首山打猎时，在大桑树下休息，见灵辄饿倒在那里，便问他有什么病。他说："已经三天没吃饭了。"于是赵宣子给他饭吃，他剩下一半。问他为什么不吃，他说："我当差三年了，不知母亲还在不在，现在离家乡近了，想带回给母亲吃。"赵盾让他吃完，又给他一篓饭与肉，装好了让他带回。后来灵辄做晋灵公甲士，晋灵公埋伏甲士欲攻杀赵盾，灵辄倒戈杀退甲士，救了赵盾。问他缘故，他说："我就是当年桑树下饿倒的那个人。"问他姓名及乡里，不说而离去。事见《左传·宣公二年》《吕氏春秋·报更》。后以此典指知恩图报。

[7] “王伯当”句：李密是隋末农民起义的领袖之一，降唐后又叛离，被李世民杀死。王伯当是李密手下大将，始终忠于李密。《孤本元明杂剧》有《四马投唐》杂剧，写李密死于山涧之中，王伯当誓不投唐，也跳涧自杀，两尸并叠在一起，故有“叠尸”之说。

[8] 为人须为彻：亦作“救人须救彻”，即帮人必须帮到底、做事要彻底之意。为人，帮助别人。彻，彻底、到底。

[9] 凭四方口，调三寸舌：犹言凭借能说会道的嘴巴。四方口，犹言“江湖口”，为江湖语，能说会道的嘴，意为游走四方、能说会道的口才。三寸舌，即三寸不烂之舌。

[10] 蒯（kuǎi 音快上声）文通：指蒯彻，因避汉武帝刘彻讳而改名曰文通，或简作通。汉初策士，范阳（今河北定兴西南固城镇）人。赵王武臣奉陈胜令攻取赵地，用蒯彻之策，不战而得燕赵三十余城。韩信用其策，取齐地；后劝韩信背叛刘邦自立，韩信不听，自遁去。惠帝时为丞相曹参（shēn 音申）宾客。

[11] 李左车：汉初策士。初仕赵王武臣，封广武君。汉将韩信、张耳率军击赵，左车说赵军主将陈余出奇兵断汉军粮道，陈余不听，为韩信所败。韩信重金悬赏捉得左车，师事之。左车归附韩信，韩信用其策，攻取燕、齐诸城。

[12] “万丈水”句：这里指将李千金与裴少俊的秘密保守得严严实实，万无一失。

[13] 舍人：官宦家的子弟、公子哥儿。这里指裴少俊。

[14] “数年”二句：明·孟称舜《古今名剧合选·柳枝集》眉批：“二语写尽情况。”梦庄蝶，化用《庄子·齐物论》中所说庄周梦为蝴蝶的故事。不明白好天良夜，不明不白的好日子。这里指与裴少俊的秘密同居。

[15] 鱼雁：书信的代称。西汉苏武奉武帝之命出使匈奴。匈奴单于背汉，诱迫苏武投降不成，便把苏武放逐北海（今俄罗斯贝加尔湖）牧羊，苏武持汉节牧羊十九年不改志。汉昭帝即位，与匈奴和好，要求匈奴释放苏武等。匈奴诡称苏武已死。汉使则佯称汉皇在上林苑射猎，得一雁，足系帛书，写有苏武现拘某地，匈奴只得放归苏武。汉乐府诗《饮马长城窟行》：“客从远方来，遗（wèi 音卫，赠、给予）我双鲤鱼。呼儿烹鲤鱼，中有尺素书。”于是，后世便把鱼雁作为书信的代称。

[16] 咨嗟：叹息、嗟叹。

[17] 真烈：贞烈。

[18] 五花官诰（gào 音告）：封建帝王给命妇的封赠。官诰，亦作“诰命”，封赠职官时颁发的诏令，因其用五色绫而称“五花官诰”。

[19] 七香车：省称“香车”，指用多种香料涂饰或用多种香木制作的车。亦泛指华美的车。一般供达官贵人乘坐。

[20] 满头花：金元时有地位、有身份的贵族妇女外出时的盛妆，这里指状元夫人的穿戴。

[21] 强如：赛过、胜过之意。

[22] 拖地红：古代女子在婚礼上所着的红帔（pèi 音沛），很长，可拖地。

[23] “今日个”二句：是说自己采用另一种结婚方式，既非在状元及第后成婚，也不是明媒正娶，而是由互相爱慕成就了美好姻缘。风月，风流韵事。这里指与裴少俊私下结成良缘。

[24] 根前：跟前。

[25] 夜来：亦作“夜来个”，北方方言，即昨天。

[26] 挝（zhuā 音抓）破：抓破、划破。挝，同“抓”。

[27] 奶奶：金元风俗，称母亲为奶奶。

[28] “便将”二句：责备孩子们乱扔球棒，打破了花瓶。球棒儿，一种玩具。撇，丢开、抛弃。胆瓶，大腹长颈、形类悬胆的花瓶。

[29] 你哥哥：指孩子的父亲。在唐、宋、元时代，有用“哥哥”表“父亲”的用法。蒋礼鸿《敦煌变文字义通释》第一篇《释称谓·歌歌哥哥》条云：“《搜神记》田昆仑条：‘其田章年始五岁，乃于家啼哭，唤歌歌孃（niáng 音娘）孃。’……按王力《汉语史稿》第五十四节说：‘哥，又可以用来称父。’……《旧唐书》玄宗诸子传，棣王琰的话：‘惟三哥辩其罪人。’也称父亲为‘哥’。清人顾炎武《日知录》卷二十四，论唐时人称父为‘哥’，也引‘四哥仁孝’和‘惟三哥辩其罪’的话。变文的‘歌歌’就是唐太宗对高宗自称的‘哥哥’。……田章五岁时，父母亲都不在家里，所以要哭唤‘歌歌孃孃’，即阿耶阿娘。现在浙江武义和安徽歙县还有管父亲叫哥哥的。”

[30] 抵死的：竭力地、拼命地。

[31] 湖山：湖山石，花园里用以堆砌假山。

[32] 小爷爷：对小孩子的戏称。同类戏称还有“小祖宗”“小奶奶”之类。

[33] 劣：顽皮。

[34] 小弟子：“小弟子孩儿”的省称，即“妓女养的”之意。弟子，称妓女。

[35] 兀的怎了：相当于这怎么办，这怎么得了。兀的，用作发语词，有这、这个、怎么、怎的、突然等意思。

[36] 做意科：亦作“做意儿”，即做某种表情、姿态或动作，表示对事件的反应。

[37] 寻常之家：指居住面积十分狭小的百姓人家。如唐·刘禹锡《乌衣巷》诗：“旧时王谢堂前燕，飞入寻常百姓家。”寻常，古代长度单位。“寻”字初文始见于商代甲骨文，其古字形像一人伸开两臂丈量的样子，本义为一种长度单位，即伸开两臂的长度，合古代八尺（也有说六尺或七尺为一寻的）。一丈六尺为“常”。后来，人们用“寻常”一词代指普通、平常。

[38] “手脚”句：手忙脚乱，逃避不及。獐狂，紧张、慌张、慌乱，亦作“张狂”。不迭，不及。

[39] 掂详：端详、注视。这是形容裴尚书手掂着拄杖跃跃欲试，寻衅发作。

[40] 支吾：这里是应付、对付、搪塞的意思。

[41] “小业种”二句：骂孩子们闹得昏天黑地，惹出祸端。小业种，即小孽种。长辈斥骂晚辈的话。业，同“孽”。道不的，说不了、说不尽。这里指小孩子不听大人的话。跳天撅地，在天地间乱蹦乱跳。十分劣，十分顽皮。

[42] 死临侵：亦作“死淋浸”，发呆、失神的样子。

[43] “氲氲的”四句：脸羞红了，心扑扑地跳，气喘吁吁，急得团团转。都是形容李千金紧张慌乱的词句。氲，原指云气，此处表羞怯难当，面红耳热。烈似风车，紧张得像急转的风车。

[44] 决是：一定是。

[45] 噤（jìn 音进）声：不要出声、住口的意思。

[46] 淫奔：旧时指女子不由媒妁之言、父母之命而私自与男子结合出走。

[47] 女艳冶：娇艳的女子。

[48] 痛决：痛斥、惩处、严厉的处置。

[49] “随汉走”二句：是李千金模仿裴尚书责问她的声口，意思是，你跟男子私奔了，还谈什么贞烈，等着严酷的刑法来审问你的奸情吧。三贞九烈，极言妇女的贞节。古代常以三、九泛指多数。八棒十挟，指多次刑审。棒，打棍子；挟，拶（zǎn 音昝）夹棍，旧时酷刑的一种。这里意为送官府后严刑勘问。

[50] “谁识他”二句：意思是说，连歌台舞榭、茶房酒舍是什么样子我都不知道。歌台舞榭、茶房酒舍，这里指娼妓出入的地方。

[51] 风尘烟月：风尘女子，即妓女。

[52] 刁将来：叼过来，勾引过来。刁，拐骗、勾引。

[53] 攀下：牵扯、扳扯。

[54] 敢：敢情、原来。

[55] 季布喉舌：季布，汉初游侠，楚人，先为项羽部将，多次围困刘邦。汉朝建立后，为刘邦所追捕，经夏侯婴进言而被刘邦赦免，后任河东（治安邑县，今山西夏县西北）太守。季布讲信义，重然诺，故楚人有谚曰：“得黄金百（斤），不如得季布一诺。”后以“季布喉舌”“一诺千金”喻指说话算数、有信用、诺言可贵。季布，见《史记 · 游侠列传》。

[56] “更做道”二句：意为即使当人面也要辨明是非，不能乱说。这里是指院公曾许诺遮掩，后来又说什么“刁将来”而言。更做道，即使。向人，偏向人。无过背说，不说过头话、假话。辩，通“辨”。

[57] 休书：旧时男子单方面解除婚约而驱逐妻子的文书。

[58] 〔七弟兄〕：曲牌名。属北曲【双调】。定格为二、二、三、七、七、七，共六句六韵。用于套曲，或为〔梅花酒〕带过曲。

[59] “是那些”句：是那样蛮横无理，使人那样痛心伤感。那些，那样、那么。劣，鲁莽、凶狠、暴躁。懒，同“憋”。

[60] “时乖”句：时运不好，遭到磨难。乖，不顺。蹇（jiǎn 音捡），不顺利。磨灭，磨难、折磨。

[61] 八烈周公：指周公教子的严厉。周公之子伯禽与康叔封朝见周成王时，三见周公而三次遭笞（chī 音痴）责。伯禽与康叔封不明其因，经贤人商子所诲，再以父道与子道见周公，为周公所嘉慰。后世遂以“周公三笞”喻严于教子。

[62] 三移孟母：孟母，战国时孟轲的母亲仉（zhǎng 音掌）氏，被视为贤母的典范。孟轲幼时住在城郊，离坟地近，常模仿抬埋棺木，孟母便移居到市集附近；孟轲又学着小商小贩做买卖的样子；最后孟母迁到学堂附近，孟轲才开始模仿演习各种礼仪。孟母认为这才是培养孩子的好地方。见汉·刘向《列女传》。

[63] 上祖：祖先。

[64] 无盐：战国时齐宣王后，名钟离春，以其为齐无盐（今山东东平东南）人而称为“无盐女”。貌奇丑，四十未嫁，因自谒齐宣王，指陈齐国四种危亡的现象，为宣王所采纳，并被立为后（见汉·刘向《列女传》）。后以无盐为无貌而有德的代表。

[65] 男游九郡，女嫁三夫：这是元人杂剧中的习用语，前一句是陪衬，后一句是正意。

[66] 女慕贞洁，男效才良：指女子羡慕在节操上没有污点的人，男子仿效有才能、善良的人。语出《千字文》。

[67] “聘则”二句：旧时婚姻礼教，语出《礼记·内则》，意为女子通过婚礼聘娶的为妻，不由媒妁之言、父母之命而私与男子出走者为妾。

[68] 问天买卦：向苍天占卜，求苍天保佑。问，向。买卦，即占卦、占卜。

[69] 折：断。

[70] 〔梅花酒〕曲牌名。南北曲均有。北曲属【双调】。定格为三、四、四、五、五、六，共六句六韵。首句必作三字句，不加衬字，否则可减去；四字句则可依需要而增若干；五字句亦可增；末句后亦可增若干六字句。由于增句多而灵活，此调历来皆谓难于订正。明末清初李玉《北词广正谱》列九格，清·周祥钰等《九宫大成谱》列十二格，此处所列定格为《南北词简谱》所定。用于套曲，或为〔七弟兄〕带过曲。

[71] 狠切：非常狠、狠极了的意思。

[72] 软揣（chuài 音踹）些些：软弱了一些。软揣，懦弱胆小。些些，一些，形容其微。

[73] 恶噷噷（hěn hěn 音狠狠）乖劣：恶噷噷，恶狠狠。噷噷，凶狠、凶恶的样子。乖劣，暴戾恶劣。

[74] 叫丫丫似蝎螫：大叫大嚷的好像被蝎子螫了一般。丫丫，拟声词。蝎，一种毒虫。螫，被毒虫刺伤。

[75] “你不去”二句：这是模仿裴尚书夫妇责备她不贞不贤的声口。望夫石，广泛

流传的民间故事。一位妇人站于山石之上，翘首以盼丈夫归来，日久年深，化作石头。筑坟台，传说蔡伯喈（jiē 音皆）之妻赵五娘极为贤惠，公婆死后，因无钱下葬，她罗裙包土，修筑坟台。这都是贤孝妇的典型。

[76] 谩懒懒：长憋气的意思。谩，通“漫”，漫长。

[77] 轻拈掇（duo 音多轻声）：小心拈取、拿起的意思。

[78] 慢拿捻：慢慢拿捏的意思。

[79] “有鸾胶”句：即使有鸾胶，也难把断了的玉簪再接起来。鸾胶，用鸾鸟的喙（huì 音惠）煎成的胶。据说以这种胶粘续弓弦，永不折断。人们往往用以比喻续婚。

[80] 业彻：罪孽深重的意思，这里指缘分已尽。业，罪孽。彻，尽头。

[81] 参（shēn 音申）辰日月不交接：喻夫妻儿女离别后再难相见。参，参星，二十八宿之一；辰，水星。二星及日月此出彼没，不同时在天空中出现，故常用来比喻人分离不得见面。

[82] 〔雁儿落〕：常与〔得胜令〕连用，两个曲牌音调相衔接，都是五言句，在散曲中则组成“带过曲”。〔雁儿落〕五言四句，两两相对偶。这里的四句是加了衬字的，如不加衬，应是：“陷人千丈穴，滚浪千堆雪。石头损玉簪，水底捞明月。”可见不加衬字，不但语句显得生硬，而且语意不明确。

[83] “似陷人坑”二句：意思是怨恨裴尚书设深深的陷阱坑害她，挑起一个又一个事端。

[84] 双轮碾四辙：两个轮子轧出四条车辙。比喻一女嫁两夫。辙，车轮轧的轨迹。

[85] 七出：也称“七去”。中国封建社会休弃妻子的七种理由，《仪礼 · 丧服》贾公彦疏：“七出者：无子，一也；淫佚，二也；不事舅姑，三也；口舌，四也；盗窃，五也；妒忌，六也；恶疾，七也。”又《大戴礼记 · 本命》：“妇有七去：不顺父母去，无子去，淫去，妒去，有恶疾去，多言去，窃盗去。不顺父母去，为其逆德也；无子，为其绝世也；淫，为其乱族也；妒，为其乱家也；有恶疾，为其不可与共粢盛也；口多言，为其离亲也；盗窃，为其反义也。”唐律规定，妻无七出及义绝之状而出之者，处徒一年半；虽犯七出而有三不去的情况而出之者，杖一百，追还合。但如犯恶疾及奸者，即使有三不去的条件，仍可径行出之，不受上面规定的限制。

[86] “享富贵”二句：享受富贵豪华奢侈生活的那些妇女，谁像我这样守“三从”呢。三从，即“在家从父，出嫁从夫，夫死从子”，是束缚妇女的封建道德教条。妾，妇女对自己的卑称。李千金称自己守“三从”，意思是声明自己是规规矩矩的良家妇女。

[87] 贼丑生：贼畜生。这里是骂裴多俊的话。

[88] “常言道”六句：明 · 孟称舜《古今名剧合选 · 柳枝集》眉批：“痛绝之语，语语本色。”信拖拖，干脆、索性、赶紧。或以为径去不顾，或疑为慢腾腾之意。

亦作“信信脱脱”“信信拖拖”，明·兰陵笑笑生《金瓶梅词话》第二十五回：“爹，你依我，不要教他在家里，在家里合他生气，与他几两银子本钱，教他信信脱脱远离他乡做买卖去。”又第三十七回：“你还敢说没有他甸儿，你就信拖拖跟了和尚去了罢了！”

[89]〔甜水令〕：曲牌名。属北曲【双调】。又名〔滴滴金〕，联套中常用此名。

[90] 厮牵厮惹：互相牵挂缠绕。

[91] 人生最苦是离别：写离情。语句虽通俗，却很动情。

[92] 花发风筛，月满云遮：花盛开了，风就会来吹打它；月圆满了，云就会来遮蔽它。犹言“好花不常开，好月不常圆”或“好景不长”。

[93]“谁更敢”三句：意思是有谁还敢做男女欢会的事。撩蜂剔蝎，比喻招惹恶人，自讨苦吃。

[94] 咨嗟：叹息。

[95] 填还彻：义务尽到底了。填还，替别人还债，引申为尽义务、效劳。彻，彻底、到底。

[96] 唱道：真是、正是、实在是。亦作“畅道”。

[97] 题柱胸襟：用司马相如事。传说司马相如经过成都升仙桥时，曾在桥柱上题字：“不乘高车驷马，不过此桥。”这里是说裴少俊有着司马相如般的胸怀和才华。

[98] 当垆的志节：用卓文君事。卓文君随司马相如私奔，到成都当垆卖酒。这里李千金认为自己的志气可比卓文君。垆，本指酒店安放酒坛的土墩、土台子，这里代指酒店。

[99] 前世前缘，今生今业：意思是缘分和厄运都是命运安排的。

[100] 干驾了会香车：意思是与少俊私奔，最后却姻缘断绝。干驾了会，白驾了半天。香车，传说卓文君与司马相如一同坐香车私奔。

[101] 没气性：这里意为没志气。

[102] 好下的：好狠心。下的，忍心、舍得。亦作“下得”。金·董解元《西厢记诸宫调》卷五：“细觑了这病体，好不忘，怎下得！”

[103]“石上”四句：这是白居易《井底引银瓶》中的四句诗。

[104] 终当做瓜葛：瓜葛本为蔓生植物，世遂借喻亲戚故旧相互牵连者。这里指夫妻。汉·蔡邕《独断下》：“四姓小侯，诸葛家妇，凡与先帝先后有瓜葛者。”

第四折

（正旦引梅香上，云）自从裴少俊将我休弃了，回到洛阳，父母双亡，

遗下几个使数[1]和那宅舍庄田，依还的享用富贵不尽。则是撇下一双儿女，又未知少俊应举去，得官也不曾，好伤感人也！（唱）

【中吕 · 粉蝶儿】帘卷虾须[2]，冷清清绿窗朱户，闪杀我[3]独自离居。落可便[4]想金枷，思玉锁[5]，风流的牢狱[6]。（内做鸟鸣科，唱）谁叫你飞出巴蜀，叫离人“不如归去”[7]！

【醉春风】家万里梦蝴蝶，月三更闻杜宇[8]。则兀那墙头马上引起欢娱，怎想有这场苦、苦。都则道百媚千娇，送[9]的人四分五落，两头三绪。

（裴舍上，诗云）亲捧丹书[10]下九重[11]，路人争识五花骢[12]。想来全是文章力，未必家门积善功。小官裴少俊，自从上朝取应，一举状元及第，就除[13]洛阳县尹之职。来到这洛阳城，我且换了衣服，跟寻我那李千金小姐去。问人来，则这里便是李总管家府门首。兀的不是梅香！小姐在家么？（梅香见科，云）我则做不知。我这里有甚么小姐！这个汉子不达时务，你这里立地[14]，我家去也。（见旦科，云）你欢喜也！姐夫在门首。（正旦云）这妮子又胡说！果然是他？你看他穿着甚么衣服哩？（梅香云）他穿着秀才的衣服。小姐，真个我不说谎。（正旦云）可怎生穿着秀才衣服！（唱）

【满庭芳】长安应举，羞归故里，懒睹乡闾[15]。他那里谈天口喷珠玉[16]，一划[17]的者也之乎[18]。他那三昧手能修手模，读五车书会写休书。教斋长休题柱，想他人有怨语，兀的不笑杀汉相如[19]。

（裴舍云）梅香进去了就不出来，我自过去。（做见旦科，云）小姐，间别无恙？今日还来寻你，依旧和你相好，重做夫妻。（正旦云）裴少俊，你是说甚么话！（唱）

【普天乐】你待结绸缪[20]，我怕遭刑狱。我人心似铁，他官法如

妒。你娘并无那子母情，你爷怎肯相怜顾？问的个下惠先生[21]无言语。他道我更不贤达败坏风俗，怎做家无二长[22]，男游九郡，女嫁三夫。

（裴舍云）小姐，我如今得了官也，我父亲致仕[23]闲居。我特来认你，我就在此处为县尹。（正旦唱）

【迎仙客】你封为三品官，列着八椒图[24]，你父亲告致仕却离了京兆府，吏部里注定迁移，户部里革罢了俸禄[25]。枉教他遥授[26]着尚书，则好教管着那普天下姻缘簿。

（裴舍云）我则今日就搬将行李来。（正旦云）我这里住不的！（唱）

【石榴花】常言道好客不如无[27]，抢[28]出去又何如。我心中意气怎消除！你是窨付[29]负与何辜[30]。既为官怎脸上无羞辱？（裴舍云）我与你是儿女夫妻，怎么不认我？（正旦唱）你道我不识亲疏。虽然是眼中没的珍珠处[31]，也须知略辩个贤愚。

（裴舍云）这是我父亲之命，不干我事。（正旦唱）

【斗鹌鹑】一个是八烈周公，一个是三移孟母。我本是好人家孩儿，不是娼人家妇女，也是行下春风望夏雨[32]。待要做眷属，枉坏了少俊前程，辱没了你裴家上祖！

（裴舍云）小姐，你是个读书聪明的人，岂不闻："子甚宜其妻，父母不悦，出；子不宜其妻，父母曰：'是善事我。'则行夫妇之礼焉，终身不衰。"[33]（正旦云）裴少俊，你是不知，听我说与你咱。（唱）

【上小楼】恁母亲从来狠毒，恁父亲偏生嫉妒。治国忠直，操守廉能，可怎生做事糊突[34]！幸得个鸾凤交，琴瑟谐[35]，夫妻和睦，不似你裴尚书替儿嫌妇。

（尚书引夫人、端端、重阳上，云）老夫裴尚书。我问人来，这便是李总管家府里。听的少俊孩儿得了官，授本处县尹，媳妇儿不肯认他。我引着两个孩儿，同老夫人，可早来到也。左右，报复[36]去，道裴尚书在于门首。（祗候[37]报科）（裴舍云）呀！父亲在门首，我接去。父亲，你孩儿得了官也，授本处县尹；媳妇不肯相认，道我当初休了他来。（尚书云）孩儿在那里？（见旦科，云）儿也，谁知道你是李世杰的女儿！我当初也曾议亲来，谁知道你暗合姻缘。你可怎生不说你是李世杰的女儿，我则道你是优人娼女。我如今和夫人、两个孩儿，牵羊担酒，一径的[38]来替你陪话[39]，可是我不是了！左右，将酒来，你满饮此一杯。（正旦唱）

【幺篇】他把酒盏儿擎，我便把"认"字儿许？（夫人云）你看我的面皮，我替你抬举[40]的两个孩儿偌大[41]也，你认了俺者！（端端、重阳云）奶奶，你认了俺者。（正旦唱）赤紧的[42]陶母熬煎[43]，曾参错见[44]，太公跛扈[45]。一个儿，一个女，都一时啼哭，（带云）哎！儿，则被你想杀我也！（唱）须是俺断不了子母肠肚。

（尚书云）哎！你认了我罢。（正旦云）你休了我，我断然不认！（尚书云）你既不认，引着孩儿回去。（端端、重阳悲云）奶奶，你好狠也，则被你痛杀我也！你若不认，要我两个性命怎的？我两个死了罢。（正旦云）我待不认来呵，不干你两个事，罢，罢，罢！我认了罢。公公，婆婆，你受媳妇儿拜。（尚书云）既是孩儿认了，将酒来！我与你庆喜，你满饮一杯者。（正旦拜受科，唱）

【十二月】[46]这是你自来的媳妇今日参拜公姑[47]，索甚擎壶执盏，又怕是定计铺谋[48]，猛见了玉簪银瓶，不由我不想起当初。

【尧民歌】呀！只怕簪折瓶坠写休书，（尚书云）孩儿，旧话休题。（正旦唱）他那里做小伏低[49]劝芳醑[50]，将一杯满饮醉模糊[51]。（裴舍云）小姐，须索欢喜咱。（正旦唱）有甚心情笑欢娱，踦也波

蹰[52]。贼儿胆底虚[53]，又怕似赶我归家去。

（尚书云）孩儿也，您当初等我来问亲可不好？你可瞒着我私奔来宅内，你又不说是李世杰的女儿。（正旦云）父亲，自古及今，则您孩儿私奔哩？（唱）

【耍孩儿】告爹爹、奶奶听分诉，不是我家丑事将今喻古。只一个卓王孙气量卷江湖[54]，卓文君美貌无如。他一时窃听求凰曲[55]，异日同乘驷马车[56]，也是他前生福。怎将我墙头马上，偏输却沽酒当垆？

【煞尾】今日个五花诰准应言[57]，七香车谈笑取。愿普天下姻眷皆完聚，荷着[58]万万岁当今圣明主。

（尚书云）今日夫妻团圆，杀羊造酒，做庆喜的筵席。（诗云）从来女大不中留[59]，马上墙头亦好逑[60]。只要姻缘天配合，何必区区[61]结彩楼[62]！

题目　　李千金月下花前

正名[63]　裴少俊墙头马上

---

[1] 使数：使役、仆人、佣人。

[2] 虾须：虾的触须，这里指精致的帘子。唐·陆畅《咏帘》诗："劳将素手卷虾须，琼室流光更缀珠。"

[3] 闪杀我：抛下我、撇下我。

[4] 落可便："可便"的意思。"落"为衬字，无义。

[5] 金枷、玉锁：比喻儿女。

[6] 风流的牢狱：可爱的监牢。这里是反语，实指痛苦的牢狱。

[7] "飞出巴蜀"二句：传说古蜀王杜宇死后变身杜鹃，鸣声似"不如归去"。这里借以表达李千金思归夫家的情绪。巴蜀，巴郡和蜀郡，即今重庆市和四川省一带。重庆市一带是古代巴人活动中心，四川成都一带是古代蜀人活动中心。

[8] "家万里"二句：化用唐·崔涂《春夕》诗："蝴蝶梦中家万里，子规枝上月三

更。”梦蝴蝶，用庄周梦蝶典故。

［9］　送：断送。

［10］　丹书：皇帝的朱笔诏书。

［11］　九重：天子所居之处。因其居处有九门，如传说天有九重，故称。

［12］　五花骢：亦称“五花马”，毛色斑驳的骏马。一说为青白两色相间的马，一说是把马鬃剪为五簇，梳成花辫。骢，原指青白色的马，这里泛指马。

［13］　除：除授，拜官授职。

［14］　立地：立着、站着。地，相当于“着”，语助词。

［15］　乡闾：故乡，指故乡的人。闾，里巷的门。

［16］　谈天口喷珠玉：意思是谈天说地，出口成章。谈天口，战国时齐人驺衍著书，其语闳大，尽言天地事，故而齐人称他“谈天衍”（见《史记·孟子荀卿列传》），后世便称能说善辩、口才出众者为“谈天口”。珠玉，谓文辞华丽，犹“字字珠玑”。

［17］　一刬（chàn 音忏）：一味、总是。

［18］　者也之乎：四字均为文言虚词。本作“之乎者也”。指浅近的字眼或文章。《敦煌零拾·五·五更转·叹五更》：“之乎者也都不识，如今嗟叹始悲吟。”后来多形容说话、写文章半文不白；也用来讥讽咬文嚼字。这里是讽刺对方说话咬文嚼字、掉书袋。

［19］　“他那三昧”五句：明·孟称舜《古今名剧合选·柳枝集》眉批：“妙语。”三昧手能修手模，讽刺裴少俊读了满腹诗书只会写休书、打手印。三昧，梵（fàn 音犯）语的音译，亦作“三摩地”，意译作“定”。佛家谓专注而不散乱的心境。后称得事之窍要、奥妙者为得之三昧。手模，即指印。五车书，谓人读书多、学识渊博。语出《庄子·天下》篇：“惠施多方，其书五车。”教斋长休题柱，这里讥讽裴舍未第，只能出任教职，继续念书学习，难遂司马相如驷马高车之题柱壮志。斋长，宋代学校职事名。各类学校都分斋教学，每斋约三十名学生，设斋长一人。太学斋长选学生担任，对违规的斋生按斋规处罚；每月考察斋生品德及学业，登录于簿；每季末选成绩优秀者送学谕考试。元代亦置斋长，掌教蒙古诸贵族子弟。这里以“斋长”称裴舍。他人，李千金自指。

［20］　绸缪：男女间缠缠绵绵、难舍难分，一般多用以比喻夫妻的爱情。《诗经·唐风·绸缪》：“绸缪束薪，三星在天。今夕何夕，见此良人？”

［21］　下惠先生：即春秋时柳下惠，姓展，名禽，字季，居柳下（一说在今山东新泰柳里，一说即今河南濮阳柳下屯），死后谥“惠”，故称。传说柳下惠夜宿城郭门，遇一无家女子寻宿，惠恐其冻死，便用自己的衣服裹住女子，一夜而无非礼行为，人称其德（见《荀子·大略》）。后以“坐怀不乱”喻人光明正大、品德高尚。这里是李千金讽刺裴少俊之语。

［22］　家无二长：意谓无父母之命不得为婚姻。二长，指父母。这里是指裴家一切皆

由裴行俭做主，裴少俊的话是不能算数的。

[23] 致仕：亦作“致事”“致政”，古代官员的退休制度，始于周代。致仕的条件主要是年老或有病。致，归还，交还。

[24] 八椒图：指门扇上螺形兽头纹饰。椒图，传说为龙的第九子，形似螺蛳（sī 音司），生性封闭，所以被广泛用作门扇上的铺首（铜环推手）。宫殿或官宦富贵人家的门扇常饰以椒图铺首，所以，便以“八椒图”代指官宦显贵门第。

[25] “吏部”二句：吏部掌管全国官吏的任免、考课、升降、调动等事务。户部掌管全国土地、户籍、赋税、财政收支等事务。

[26] 遥授：官员被授予官衔而不实任，意即虚职。

[27] 好客不如无：当时成语，意思是再好的客人来，也不如没客人打扰的好。

[28] 抢（qiāng 音锵）：推、搡、撵。

[29] 是窨（yìn 音印）付：就此暗自思忖、揣度（duó 音夺）的意思。是，亦作“试”，同音借用。窨付，思忖、暗想。窨，暗地里。付，亦作“腹”。

[30] 负与何辜：对无罪的人负心。与，于、对于。何辜，什么罪，指无罪的人。

[31] 眼中没的珍珠处：有眼无珠之意。处，语气词，相当于“呵”。

[32] 行下春风望夏雨：当时谚语。比喻行好事，有好报。行，从事。望，希望。

[33] “子甚宜其妻”八句：语出《礼记·内则》，意思是，儿子觉得妻子与自己很相配，父母却不高兴，也要把妻子休掉；儿子觉得妻子与自己不相配，父母说：“她能很好地侍奉我们。”儿子也要与她行夫妇之礼，一直到死也不能改变。宜，相配、和谐。此八句与《礼记·内则》的文句略有出入：悦，为“说（通‘悦’）”；则，为“子”；终，为“没”。

[34] 糊突：同“糊涂”。

[35] 鸾凤交，琴瑟谐：喻夫妻和谐美好。“琴瑟”即琴和瑟，比喻夫妻。《诗经·周南·关雎》：“窈窕淑女，琴瑟友之。”

[36] 报复：亦作“报覆”“报伏”，报告、禀报、通报之意。

[37] 祗候：又称“祗从”。原指官府衙门中供奔走驱使的役吏，这里指仆从、管家、总管等人。

[38] 一径的：特意、特地、专门。

[39] 陪话：赔礼道歉。

[40] 抬举：这里是照料、照看、抚育的意思。宋元俗语，今山西北部地区仍有此语。

[41] 偌大：这样大、这么大。偌，如此、这般。

[42] 赤紧的：宋元俗语。实在的、当真的。亦作“吃紧的”。

[43] 陶母熬煎：东晋名将陶侃少时家贫，母湛氏辛勤纺绩以供侃交游。一日大雪，同郡的孝廉范逵前来探望，陶母剪下自己的头发，换得几斛米，做饭招待客人，并把睡觉所铺荐席铡碎给客人喂马。事见南朝宋·刘义庆《世说新语·贤

媛》。后以“待宾截发”为称颂贤母的典故。这里李千金用陶母的辛苦比喻帮助自己抚养儿女的老夫人。

[44] 曾参错见：意为像曾参那样贤孝之人也被误会而错看。曾参，字子舆，春秋时鲁国武城（今山东平邑东南故县）人，孔子弟子，以贤孝著称。曾参同邑有一同名者杀人，人告曾母曾参杀了人，曾母不信，织布如旧；第二人告曾母曾参杀了人，曾母依然不信，而织布如旧；第三人告曾母曾参杀了人，曾母终于害怕了，扔掉梭子跳墙逃走了。这里指裴少俊。错见，认识错误，指裴少俊服从父命，错误地将李千金休弃。

[45] 太公跋扈：汉刘邦做了皇帝后，其父仍要刘邦五日一朝，行家人父子之礼，人们认为太公跋扈，失君臣礼。一说“太公跋扈”用姜太公泼水难收故事：姜太公处贫时，妻马氏离他而去；姜富贵后，马氏又要回来。姜太公泼水于地，谓泼水难收，拒绝了马氏复婚的要求。这里谓裴尚书像太公般跋扈，逼子休妻。

[46] 〔十二月〕：此曲写李千金终于得到裴老大人的接纳，但是李千金看见旧物却想到了前日之辱。

[47] 公姑：公婆。

[48] 定计铺谋：也作“铺谋定计”，制定计谋。铺，安排。

[49] 做小伏低：不敢为大、低声下气的意思。亦作“伏低做小”。

[50] 芳醑（xǔ 音栩）：芳香的美酒。醑，美酒。

[51] 糢糊：模糊。“糢”为借字。

[52] 踌也波蹰：踌蹰、犹豫、徘徊。也波，语助词，有加强语气的作用。

[53] 贼儿胆底虚：宋元俗语，即做贼心虚的意思。

[54] 卓王孙气量卷江湖：卓王孙是西汉临邛（qióng 音穷）富豪，卓文君的父亲。当卓文君与司马相如私自结合后，他很生气。后来经人劝告，他便分给文君奴婢百人、钱百万，还有丰厚的衣被财物，使卓文君和司马相如回成都，买宅置地，成为富人。

[55] 求凰曲：司马相如琴挑卓文君所弹的曲子。《史记 · 司马相如列传》：“是时卓王孙有女文君新寡，好音，故相如缪与令相重，而以琴心挑之。”唐 · 司马贞索隐云：“其诗曰‘凤兮凤兮归故乡，遨游四海求其皇，有一艳女在此堂，室迩人遐毒我肠，何由交接为鸳鸯’也。又曰：‘凤兮凤兮从皇栖，得托子尾永为妃，交情通体必如谐，中夜相从别有谁？’”

[56] “异日”句：后来卓文君与司马相如同乘四马高车。指司马相如得做高官后，卓文君也过着显贵的生活。异日，他日、以后。

[57] 应言：指说过的话定能成为事实。剧中第三折李千金说：“合该得五花官诰七香车。”

[58] 荷（hè 音褐）着：承受着，表示感激。

[59] 女大不中留：当时谚语，指女孩子大了就得出嫁，否则便会造成麻烦。中，适合。

[60] 好逑（qiú 音球）：美好的配偶。逑，配偶。

[61] 区区：忙碌辛劳的意思。金·董解元《西厢记诸宫调》卷六红娘曰："张生与先相无旧，非慕莺之颜色，欲谋亲礼，岂肯区区陈退军之策，使夫人、小娘子得有今日？"

[62] 结彩楼：结扎彩楼，古代女子结彩楼掷绣球择婿的婚俗。

[63] 题目正名：《古名家杂剧》本作"千金守志等儿夫，裴少俊墙头马上"，《古今名剧合选·柳枝集》本作"游春郊彼此观望，动关心两情狂荡；李千金守节存贞，裴少俊墙头马上"。

唐明皇秋夜梧桐雨

《唐明皇秋夜梧桐雨》简名《梧桐雨》。《录鬼簿》《太和正音谱》《元曲选目》《曲海目》《曲海总目提要》《今乐考证》《曲录》等或正名或简名，均有著录。今存版本主要有《古名家杂剧》本、《古杂剧》本、《古今名剧合选·酹江集》本、《元曲选》本、继志斋本《元明杂剧》、八千楼本《元明杂剧》和《改定元贤传奇》本。

《梧桐雨》被列为中国古典戏曲十大悲剧之一，描写的是唐明皇李隆基与杨玉环之间的爱情故事。唐明皇与杨贵妃事，新、旧《唐书》均有记载。唐代及唐以降的诗词、野史、笔记、小说以及曲作亦多有所述，如唐代白居易的《长恨歌》、陈鸿的《长恨歌传》、李德裕的《明皇十七事》(亦名《次柳氏旧闻》)、郑处诲的《明皇杂录》等；五代时王仁裕的《开元天宝遗事》；宋金时乐史的笔记小说《杨太真外传》，皇都风月主人编的《绿窗新话·杨贵妃私安禄山》《明皇爱花奴羯鼓》《杨贵妃舞霓裳曲》等“说话”，戏文《马践杨妃》，金院本《洗儿会》《击梧桐》等。所有这些，都为白朴创作《梧桐雨》杂剧提供了丰厚的历史文化基础。

剧名本于白居易《长恨歌》“秋雨梧桐叶落时”的诗句。剧写唐明皇与杨贵妃之事。幽州节度使张守珪因安禄山奉命征讨

奚、契丹遭败，罪当问斩，张守珪惜其才乃送至京师御断。唐明皇因安禄山能巧妙应付而对其喜爱有加，不忍诛之。又因安禄山善胡旋舞，贵妃甚爱之，遂将安禄山赐与杨贵妃为义子，并加封其为平章政事，出入宫掖不禁。此举遭到杨国忠、张九龄等屡谏反对，乃改令安禄山为范阳节度使。安禄山去后，贵妃与唐明皇于七月七日长生殿上立下世世为夫妻的誓言。天宝十四载（755年）安禄山以清君侧为名起兵叛乱，攻取潼关，直逼长安。朝廷文武大臣无计御敌，明皇仓皇出逃蜀地，至马嵬（wéi 音唯）坡，六军哗变，陈玄礼以诛杀杨国忠以平军心，后又迫明皇缢杀杨贵妃。乱平，明皇回到长安，悬贵妃像于西宫中，朝夕思念，后梦与贵妃相见，被窗前梧桐雨声惊醒，哀怨不已。

《梧桐雨》既是帝王人性复归、“平民化”爱情的颂歌，也是作者借李、杨爱情的乐极生悲，写唐明皇之失政、抒己故国之情思，情真意挚，酣畅淋漓，因而深受历代论家好评。明·孟称舜在《古今名剧合选·酹江集·秋夜梧桐雨》中评云：“此剧与《孤雁汉宫秋》格套既同，而词华亦足相敌。一悲而豪，一悲而艳，一如秋空唳鹤，一如春月啼鹃，使读者一愤一痛，淫淫乎不知泪之何从，固是填词家巨手也。”清·徐麟《长生殿序》称：“元人多咏马嵬事，自丹丘先生《开元遗事》外，其余编入院本者，毋虑十数家，而白仁甫《梧桐雨》剧最著。”凌廷堪《论曲绝句》则评此剧在王实甫《西厢记》之上：“二甫才名世并夸，自然兰谷擅芳华。红牙按到《梧桐雨》，可是王家逊白家。”李调（tiáo 音条）元《雨村曲话》：“元人咏马嵬事，无虑数十家，白仁甫《梧桐雨》剧为最。”国学大师王国维在《人间词话》中则称此剧“沉雄悲壮，为元曲冠冕”，在《录曲馀谈》中称之为“千古绝品”。郑振铎在《插图本中国文学史》中云：“《梧桐雨》确

是一本很完美的悲剧。作者并不依了《长恨歌》而有叶法善到天上求贵妃一幕，也不像《长生殿传奇》那么以团圆为结束。他只是叙到贵妃的死，明皇的思念为止；而特地着重于‘追思’的一幕。像这样纯粹的悲剧，元剧中是绝少见到的。”吴梅在《中国戏曲概论·元人杂剧》中亦认为：“‘秋雨梧桐’，实驾‘碧云黄花’之上，盖亲炙遗山謦欬（qǐng kài 音顷忾），斯咳唾不同流俗也。”在《瞿安读曲记》中，吴梅进一步指出：《梧桐雨》“结构之妙，较他种更胜，不袭通常团圆套格，而以夜雨闻铃作结，高出常手万倍”。

也正是在《梧桐雨》所取得的创作成就影响下，明清戏曲界出现了一股李、杨爱情创作热。在明代，有王湘、徐复祚、无名氏的《梧桐雨》同名杂剧，汪道昆的《唐明皇七夕长生殿》杂剧，叶宪祖的《鸳鸯寺冥勘陈玄礼》杂剧，吾邱瑞、单本的《合钗记》同名传奇，戴应鳌的《钿合记》传奇，吴世美的《惊鸿记》传奇，等等。而屠隆的《彩毫记》与戴子晋的《青莲记》，主写李白，也插入了李、杨事；在清代，杂剧传奇则有钮格的《磨尘鉴》、孙郁的《天宝曲史》、洪昇的《长生殿》、唐英的《长生殿补》、许逸的《蓬壶院》等。明·祁彪佳《远山堂剧品》云：“无名氏《秋夜梧桐雨》，南北五折。此与王湘《梧桐雨》一折，总不及白仁甫剧。”清·梁廷枏的《曲话》对《梧桐雨》和《长生殿》作了比较研究，指出两者互有工拙之处后说，《梧桐雨》“中间用一李林甫得报转奏，始而议战，战既不能而后定计幸蜀，层次井然不紊”。认为第一折的〔醉中天〕“我把你半軃的肩儿凭”，第二折的〔普天乐〕，第三折的〔殿前欢〕，“数曲力重千钧，亦非《长生殿》可及”。清·梁启超在《小说丛话》中指云：“钱塘洪昉（fǎng 音仿）思著《长生殿》传奇，自序云：‘余览

白乐天《长恨歌》及元人《秋雨梧桐》剧，辄作数日恶。’而曲白中演用白氏语处极多，‘雨梦’一折并于《秋雨》剧有所采摭（zhí 音直），何也？”今有日、英、法、俄等文字译介到域外。

楔 子[1]

（冲末扮张守珪[2]引卒子上，诗云）坐拥貔貅[3]镇朔方[4]，每临塞下受降王。太平时世辕门[5]静，自把雕弓数雁行。某姓张，名守珪，见[6]任幽州[7]节度使[8]。幼读儒书，兼通韬略，为藩镇之名臣，受心膂[9]之重寄。且喜近年以来，边烽息警，军士休闲[10]。昨日奚、契丹部擅杀公主[11]，某差捉生使[12]安禄山[13]率兵征讨，不见来回话。左右，辕门前觑者，等来时报复我知道。（卒云）理会的。（净扮安禄山上，云）自家[14]安禄山是也。积祖以来[15]，为营州[16]杂胡，本姓康氏。母阿史德，为突厥觋者[17]，祷于轧荦山[18]战斗之神而生某。生时有光照穹庐[19]，野兽皆鸣，遂名为轧荦山。后母改嫁安延偃，乃随安姓，改名安禄山。开元[20]年间，延偃携某归[21]国，遂蒙圣恩，分隶张守珪部下。为某通晓六蕃言语，膂力过人，现任捉生讨击使。昨因奚、契丹反叛，差我征讨。自恃勇力深入，不料众寡不敌，遂致丧师。今日不免回见主帅，别作道理。早来到府门首也。左右，报复去，道有捉生使安禄山来见。（卒报科）（张守珪云）着他进来。（安禄山做见科）（张守珪云）安禄山，征讨胜败如何？（安禄山云）贼众我寡，军士畏怯，遂至败北。（张守珪云）损军失机，明例不宥[22]。左右，推出去，斩首报来。（卒推出科）（安禄山大叫，云）主帅不欲灭奚、契丹耶？奈何杀壮士！（张守珪云）放他回来。（安禄山回科）（张守珪云）某也惜你骁勇，但国有定法，某不敢卖法市恩。送你上京，取圣断如何？（安禄山云）谢主帅不杀之恩！（押下）（张守珪云）安禄山去了也。（诗云）须知生杀有旗牌[23]，只为军中惜将才。不然斩一胡儿首，何用亲烦圣断来。（下）

（正末扮唐玄宗[24]驾，旦扮杨贵妃[25]，引高力士[26]、杨国忠[27]、宫娥上）（正末云）寡人唐玄宗是也。自高祖神尧皇帝起兵晋阳[28]，全仗我太宗皇帝灭了六十四处烟尘，一十八家擅改年号，立起大唐天下[29]。传高宗[30]、中宗[31]，不幸有宫闱之变[32]。寡人以临淄

郡王领兵靖难[33]，大哥哥宁王让位[34]于寡人。即位以来，二十余年，喜的太平无事。赖有贤相姚元之[35]、宋璟[36]、韩休[37]、张九龄[38]同心致治，寡人得遂安逸。六宫嫔御虽多，自武惠妃[39]死后，无当意者。去年八月中秋，梦游月宫，见嫦娥[40]之貌，人间少有。昨寿邸杨妃[41]，绝类嫦娥，已命为女道士；既而取入宫中，策为贵妃，居太真院。寡人自从太真入宫，朝歌暮宴，无有虚日。高力士，你快传旨排宴，梨园子弟[42]奏乐，寡人消遣咱[43]。（高力士云）理会的。（外扮张九龄押安禄山上，诗云）调和鼎鼐理阴阳[44]，位列鹓班[45]坐省堂。四海承平无一事，朝朝曳履[46]侍君王。老夫张九龄是也，南海[47]人氏。早登甲第，荷圣恩直做到丞相之职。近日边帅张守珪解送失机蕃将一人，名安禄山。我见其身躯肥矮，语言利便[48]，有许多异相。若留此人，必乱天下。我今见圣人，面奏此事。早来到宫门前也。（入见科，云）臣张九龄见驾。（正末云）卿来有何事？（张九龄云）近日边臣张守珪解送失机蕃将安禄山，例该斩首，未敢擅便，押来请旨。（正末云）你引那蕃将来我看。（张九龄引安禄山见科，云）这就是失机蕃将安禄山。（正末云）一员好将官也。你武艺如何？（安禄山云）臣左右开弓，一十八般武艺，无有不会；能通六蕃言语。（正末云）你这等肥胖，此胡腹中何所有？（安禄山云）惟有赤心耳。（正末云）丞相，不可杀此人，留他做个白衣将领[49]。（张九龄云）陛下，此人有异相，留他必有后患。（正末云）卿勿以王夷甫识石勒[50]，留着怕做甚么！兀那左右，放了他者！（做放科）（安禄山起，谢云）谢主公不杀之恩。（做跳舞科）（正末云）这是甚么？（安禄山云）这是胡旋舞[51]。（旦云）陛下，这人又矬矮，又会舞旋，留着解闷倒好。（正末云）贵妃，就与你做义子，你领去。（旦云）多谢圣恩。（同安禄山下）（张九龄云）国舅，此人有异相，他日必乱唐室，衣冠[52]受祸不小。老夫老矣，国舅恐或见之，奈何[53]？（杨国忠云）待下官明日再奏，务要屏除[54]为妙。（正末云）不知后宫中为什么这般喧笑。左右，可去看来回话。（宫娥云）是贵

妃娘娘与安禄山做洗儿会[55]哩。（正末云）既做洗儿会，取金钱百文，赐他做贺礼。就与我宣禄山来，封他官职。（宫娥拿金钱下）（安禄山上，见驾科，云）谢陛下赏赐。宣臣那厢使用？（正末云）宣卿来不为别，卿既为贵妃之子，即是朕之子，白衣不好出入宫掖[56]，就加你为平章政事[57]者。（安禄山云）谢了圣恩。（杨国忠云）陛下，不可！不可！安禄山乃失律边将，例当处斩，陛下免其死足矣。今给事宫庭，已为非宜，有何功勋，加为平章政事？况胡人狼子野心，不可留居左右。望陛下圣鉴。（张九龄云）杨国忠之言，陛下不可不听。（正末云）你可也说的是。安禄山，且加你为渔阳[58]节度使，统领蕃汉兵马，镇守边庭，早立军功，不次升擢[59]。（安禄山云）感谢圣恩。（正末云）卿休要怨寡人，这是国家典制，非轻可也呵！（唱）

【仙吕 · 端正好】则为你不曾建甚奇功，便教你做元辅[60]，满朝中都指斥銮舆[61]。眼见的平章政事难停住，寡人待定夺些别官禄。

【幺篇】且着你做节度渔阳去，破强寇永镇幽都。休得待国家危急才防护，常先事设权谋。收猛将，保皇图，分铁券，赐丹书[62]，怎肯便辜负了你这功劳簿。（同下）

（安禄山云）圣人[63]回宫去了也，我出的宫门来。叵奈[64]杨国忠这厮，好生无礼，在圣人前奏准，着我做渔阳节度使，明升暗贬。别的都罢，只是我与贵妃有些私事，一旦远离，怎生放的下心。罢、罢、罢！我这一去，到的渔阳，练兵秣马[65]，别作个道理。正是：画虎不成君莫笑，安排牙爪好惊人。（下）

---

[1] 楔子：明 · 孟称舜《古今名剧合选 · 柳枝集》眉批："此剧与《孤雁汉宫秋》格

套既同，而词华亦足相敌。一悲而豪，一悲而艳，一如秋空唳鹤，一如春月啼鹃，使读者一愤一痛，淫淫乎不知泪之何从，固是填词家巨手也。”

[2] 张守珪：唐将领，陕州河北（治今山西平陆西南旧平陆）人，历官瓜州（治今甘肃瓜州县东南）刺史、幽州（治今北京城西南）节度使、河北节度副大使、辅国大将军、右羽林大将军等职。曾收安禄山为养子。新、旧《唐书》有传。

[3] 貔貅（pí xiū 音皮休）：中国古书记载和民间神话传说中的一种凶猛的瑞兽，与龙、凤、龟、麒麟并称为五大瑞兽。有雄性和雌性之分，通常雄性名为“貔”，雌性名为“貅”。后常用以指强大的军队、勇猛善战的士卒。《晋书·熊远列传》：“命貔貅之士，鸣檄前驱。”

[4] 朔方：唐方镇名，开元初年为防御突厥而置，治灵州（今宁夏灵武西南）。

[5] 辕门：古时军营的门或官署的外门。古代君工出巡，驻驾于险阻之地，以车作为屏障，翻仰两车，使两车之辕相向交接成一半圆形的门，称为“辕门”。《史记·项羽本纪》：“项羽召见诸侯将，入辕门，无不膝行而前，莫敢仰视。”

[6] 见：通“现”。

[7] 幽州：唐方镇名，先天二年（713 年）置幽州节度经略镇守使，天宝元年（742 年）改为范阳节度使，治今北京城西南，辖境相当于今河北怀来、永清，北京市房山以东和长城以南地区。

[8] 节度使：唐职官名。唐睿宗景云二年（711 年），贺拔延嗣为凉州（治今甘肃武威）都督充河西节度使，节度使始为正式职衔。节度使授职时赐给双旌双节，总揽一道或数州的军、民、财三政于一身，具有军事专杀大权。唐玄宗天宝初年，沿边有九节度使、一经略使。

[9] 心膂（lǚ 音吕）：心，心脏；膂，脊骨。心、膂均为人体重要部位，这里以此自喻为皇上的心腹、股肱之臣。

[10] 休闲：悠然闲适。这里指边塞安宁，不起刀兵。

[11] “奚、契丹”句：奚和契丹分属匈奴别种和鲜卑种，曾为突厥所征服。唐贞观（guàn 音贯）四年（630 年），唐派大将李靖率军削平突厥，奚和契丹降唐。唐玄宗天宝元年（742 年）沿边置节度使，奚和契丹归范阳节度。奚王李延宠杀宜芳公主、契丹首领李怀节杀静乐公主事发生在天宝四载（745 年），时安禄山任平卢和范阳节度使，是由于安禄山对奚和契丹的劫略而引发。张守珪遣安禄山征讨奚和契丹，则是因为奚和契丹的反叛，时在开元二十四年（736 年）三月，安禄山尚未出任节度使。安禄山恃勇轻进，遂致兵败。下云：“昨因奚、契丹反叛，差我征讨。自恃勇力深入，不料众寡不敌，遂致丧师。”便是这次安禄山受遣征讨奚和契丹的原因和失败结果的史实。这里把时间、性质不同的两事相提并论，当取题材集中之意。

[12] 捉生使：唐代戍边部队的官职名，即负责俘获、活捉敌方军兵的将官，犹今之“捉舌头”、抓俘虏。

[13] 安禄山：营州柳城（今辽宁朝阳）杂胡。本姓康，初名轧（或作阿）荦山。父早死，母改嫁突厥人安延偃，于是改姓安，更名禄山。能为胡旋舞，通晓多种少数族语言，骁勇狡黠，被幽州节度使张守珪任为捉生使，收为养子。因功被擢升平卢（治营州——今辽宁朝阳）兵马使后，厚赂往来朝使，权相李林甫赞誉有加，深得玄宗信任，先后被授平卢和范阳节度使，并被封为东平郡王，开唐将帅封王之风。后认杨贵妃为干娘，又被批准兼任河东（治今山西太原市西南晋源镇）节度使。天宝十四载（755 年）十一月，以奉诏诛杨国忠为名起兵叛乱；次年自称雄武皇帝，国号"大燕"，改元"圣武"；第三年，因欲立宠妾之子而引起次子安庆绪的疑惧，被安庆绪遣宦官杀死。

[14] 自家："我"的代称。家，附于人称之后，用作语尾助词，无实际意义。

[15] 积祖以来：从祖上开始，世代以来的意思。积祖，累世、几代。

[16] 营州：地名。位于今辽宁省朝阳市，早在五千年前就是人类文明聚居地，是中华文明红山文化发祥地之一。同时，这里又是陆上丝绸之路的东端，中亚、西亚等国的商人从北路草原丝绸之路一路东行，在营州与东北亚各势力进行交易。隋唐时期，营州是控制高句丽（gōu lí 音沟离）、突厥、契丹、室韦、靺鞨（mò hé 音漠何）、奚、霫（xí 音袭）等少数民族政权的关键区域，"地接六蕃"，也是初唐和盛唐时期东北地区中心城市，政治、经济、文化及军事中心。

[17] 觋（xí 音习）者：古时称为人祝祷而能与鬼神通者。一般女巫师称为巫，男巫师称为觋。

[18] 轧荦山：本为山名。《新唐书 · 逆臣传上 · 安禄山》："安禄山，营州柳城胡也。本姓康。母阿史德，为觋，居突厥中。祷子于轧荦山，虏所谓斗战神者，既而妊。及生，有光照穹庐……母以神所命，遂字轧荦山。"后因指安禄山。明末清初 · 钱谦益《曲江歌奉寄香山何相公》其四："书生漫自夸前识，只恨胡雏轧荦山。"清 · 叶方蔼《咏唐史二首》其一："轧荦山前暗祷神，唐家河朔合烽尘。上皇蜀道空流涕，今日方思先见人。"

[19] 穹庐：北方游牧民族居住的毡帐，犹今所谓的"蒙古包"。

[20] 开元：唐玄宗在位间年号之一，自公元 713 年始至 741 年，共二十九年。

[21] 归：还，这里指降唐。

[22] 不宥（yòu 音又）：不予赦罪。宥，宽恕、赦免、原谅。

[23] 旗牌：犹言军令。

[24] 唐玄宗：世称唐明皇，名李隆基，唐睿宗第三子。始封楚王，后徙封临淄郡王。与太平公主合谋起兵诛杀毒死唐中宗的韦后，拥其父睿宗即位，被立为皇太子。延和元年（712 年）即位，在位四十五年。前期励精图治，先后任用姚崇、宋璟、韩休、张九龄等为相，一度出现"开元盛世"。后期先后任用李林甫、杨国忠，并宠杨贵妃，终日沉湎声色，朝政日趋腐败，天宝十四载（755 年）爆发"安史之乱"，第二年逃往蜀地，在途中让位太子亨，被尊为太上皇。

“安史之乱”被平定后回到长安，不久郁闷而死。玄宗多才多艺，知音律，善书法，工诗能文。详见新、旧《唐书》玄宗本纪。

[25] 杨贵妃：小字玉环，唐蒲州永乐（今山西芮城西南）人。晓音律，善歌舞。初为玄宗之子寿王李瑁（mào 音冒）的妃子，号太真。后入宫得玄宗宠幸，封为贵妃，其姊妹兄弟亦因此皆得显贵。“安史之乱”随玄宗奔蜀，至马嵬驿（今陕西兴平西），禁军哗变，要求追究杨家的乱国之罪而被缢杀。详见新、旧《唐书·后妃列传》杨贵妃本传。

[26] 高力士：唐宦官。本姓冯，后为宦官高延福养子而改姓高。高州良德（今广东高州东北）人。玄宗时倍受宠任，四方奏事均经其手。唐代宦官专政自其始，后被劾放逐。详见新、旧《唐书》宦官（宦者）高力士本传。

[27] 杨国忠：杨贵妃堂兄，初名钊。因杨贵妃得玄宗宠幸而不断擢升，并被玄宗赐名国忠，身兼十五职，一时权倾朝野。李林甫死，代为右相，兼领四十余使，更是势焰熏天。安禄山为其所逼发动叛乱，在随玄宗奔蜀途中，被士兵杀死于马嵬坡。详见《旧唐书·杨国忠列传》和《新唐书·外戚列传·杨国忠》。

[28] “自高祖”句：隋大业十二年（616 年）炀帝南巡，李渊为晋阳（今山西太原西南）宫监、太原留守。次年，李渊起兵，挥师南下，攻入长安，立代王杨侑（yòu 音又）为帝，是为恭帝，自为大丞相，实掌军政大权。第二年，逼杨侑禅位，自称帝，国号唐，改元武德，仍都长安。李渊死后谥大武皇帝。唐高宗上元元年（674 年）改谥神尧皇帝。详见新、旧《唐书》高祖皇帝本纪。

[29] “全仗我”三句：李渊称帝后，立长子建成为太子，封次子李世民为秦王。而后由李世民统兵相继平定薛仁杲（gǎo 音搞）、刘武周、窦建德、王世充等反隋割据势力，统一了全国。武德九年（626 年），李世民发动玄武门之变，杀太子建成并齐王元吉，不久代李渊为帝，改元贞观（guàn 音贯），死谥文皇帝，庙号太宗。烟尘，本指战火，这里代指反隋割据势力。详见新、旧《唐书》太宗皇帝本纪。

[30] 高宗：唐太宗第九子，名治，以仁孝著称，在长兄与次兄争立太子的斗争中被太宗立为太子。即位后承太宗“贞观之治”的余风，生产继续发展，社会较为安定。后因患风眩病，遂令武后参决政事，于是大权旁落武后之手。死谥天皇大帝，庙号高宗。详见新、旧《唐书》高宗皇帝本纪。

[31] 中宗：唐高宗第七子、武则天第三子，名显。初封周王，徙英王，在其次兄李贤被废后继立为太子。即位后由其母武则天临朝称制，次年被废，弟李旦继立为帝。张柬之等逼武则天退位后，复位为帝，韦氏为后。由于懦弱，大权为韦后所操，后被韦后及女儿安乐公主毒杀，谥孝和皇帝，庙号中宗。详见新、旧《唐书》中宗皇帝本纪。

[32] 宫闱之变：指武则天和韦后篡夺唐朝政权之事。武则天，名曌（zhào 音照），唐高宗皇后。参与朝政，与高宗并称“二圣”。高宗死，中宗即位，武后临朝

称制。次年，废中宗，自立为帝，国号周。后因朝臣张柬之兵谏而被迫退位，中宗复位。不久，病死。韦后，本为中宗皇后。景龙四年（710 年）与其女安乐公主合谋鸩（zhèn 音振）杀中宗，立温王李重茂，自己临朝称制，后被李隆基（后来的玄宗）率禁军杀死。

[33] 靖难：平定变乱。这里指景云元年（710 年）六月临淄郡王李隆基与姑母太平公主合谋诛杀韦后、安乐公主等人的政变。政变之后，睿宗李旦复位，李隆基被立为太子。靖，平定、使秩序安定。

[34] 宁王让位：平定武韦之乱后，睿宗李旦复位，本应立长子李宪为太子，但因第三子李隆基平乱有功，李宪恳辞，于是立李隆基为太子。李隆基即位后封李宪为宁王，死后谥“让皇帝”。详见新、旧《唐书·让皇帝宪列传》。

[35] 姚元之：唐大臣。本名元崇，武则天时改名元之，唐玄宗时避开元年号又改名崇。陕州硖（xiá 音侠）石（今河南三门峡市陕州区东南）人。武则天时和睿宗、玄宗朝都召拜为相。后惧祸，引宋璟自代。在相位廉正不阿，励精图治，有“房（玄龄）杜（如晦）”“姚宋（璟）”之誉。

[36] 宋璟：唐大臣。祖籍广平（今属河北），后徙居邢州南和（今属河北），深得武则天器重，官左御史台中丞。唐睿宗时拜为相。唐玄宗时继姚元之为相，辅佐玄宗励精图治，为唐代贤相之一，有“房杜”和“姚宋”之誉，封广平郡公。

[37] 韩休：唐大臣。京兆长安（今陕西西安）人。开元二十一年（733 年）拜相，敢于犯颜直谏。玄宗畏其刚正，不敢过于享乐。被宋璟誉为“仁者之勇”。

[38] 张九龄：唐大臣。韶州曲江（今广东韶关）人。开元二十一年（733 年）任宰相。为相贤明，敢于直谏，预知安禄山必反，力主除之，玄宗未纳。受奸相李林甫忌恨、排挤，于开元二十四年被罢相。姚崇、宋璟、韩休、张九龄，新、旧《唐书》皆有传。

[39] 武惠妃：唐玄宗妃、武则天族侄武攸止女。父死入宫，时尚年幼。玄宗即位，渐受宠幸。开元十二年（724 年）王皇后被废之后，进号惠妃，生寿王李瑁、咸宜公主等。曾图谋皇后之位而不遂，死后赠谥贞顺皇后。详见新、旧《唐书·后妃列传》贞顺武皇后本传。

[40] 嫦娥：传说为后羿的妻子。《淮南子·览冥训》：“羿请不死之药于西王母，姮（héng 音恒）娥窃之以奔月。”姮娥，即嫦娥，因避汉文帝刘恒名讳而改“姮”为“嫦”。

[41] 寿邸杨妃：指杨玉环。本为唐玄宗第十八子寿王李清（后改为李瑁）妃。武惠妃死后，唐玄宗移情于寿王妃。开元二十八年（740 年）十月，唐玄宗与杨玉环相会于骊山温泉宫；开元二十九年（741 年）正月二日，杨玉环度为道士，道号“太真”，正式结束了寿王妃的生活。天宝四载（745 年），唐玄宗刚过六十一岁生日，立二十七岁的杨玉环为贵妃。寿邸，寿王宅邸。寿王李清，武惠妃第三子，开元十七年（729 年）被封为“寿王”。开元二十三年（735 年）

唐玄宗选蜀州司户杨玄琰（yǎn 音演）女儿杨玉环为寿王妃。详见新、旧《唐书·后妃列传》杨贵妃本传。

［42］梨园子弟：梨园是唐玄宗时教练宫廷歌舞艺人的地方，梨园子弟即对歌舞艺人的称谓。

［43］咱：语尾助词，无义。

［44］“调和”句：比喻宰辅重臣协助帝王处理国家政事。鼎鼐（nài 音耐），鼎和鼐，古代两种烹饪器，圆鼎三足两耳，方鼎四足两耳。大鼎为鼐。鼎鼐为国之重器，故用以比喻宰辅重臣。

［45］鹓（yuān 音冤）班：这里指古代文武百官按品秩大小朝见君王时的队别、班序。鹓，古代传说中一种像凤凰的鸟，据说其飞行时极有次序。这里以鹓班代指朝堂之上百官行列。

［46］曳（yè 音叶）履：拖着鞋子，形容悠闲。曳，拖。

［47］南海：此指岭南。

［48］利便：流利、流畅。

［49］白衣将领：没有官职的将领。白衣，唐“品色衣”制度规定，官职不同穿不同颜色的衣服。白色为平民百姓所穿，人们便把穿白衣者作为平民百姓的代称。

［50］王夷甫识石勒：石勒是十六国时期后赵的建立者。他小时行贩洛阳，偶然长啸，引起王夷甫的注意，王认为石勒必非等闲之辈，后果应验。据《晋书·载记·石勒上》载，后赵皇帝石勒年十四时随人行商于洛阳，倚啸上东门，王衍见而异之，对其左右从人说：听这个胡儿的啸声，知有奇志，恐怕将来为天下之患。王夷甫，即王衍，字夷甫，晋大臣，瑯邪临沂（今属山东）人。喜谈老庄义理，谈时不假思索，信口更改，时人称为“信口雌黄”。后为石勒所俘，为活命，力劝石勒称帝。石勒以其为人虚伪、缺少气节，杀之。石勒，本名訇（bèi 音被）勒或匐勒，字世龙，上党（今山西潞城东北）羯（jié 音节）族人。早年被晋守将掠卖于山东为奴。“八王之乱”时随牧民首领汲桑起事，并受汲桑之命以石为姓、以勒为名。后举兵造反，杀赵王刘曜（yào 音耀），自立为帝，史称明帝。

［51］胡旋舞：唐时西北少数民族舞蹈，出自安西都护府所辖康居（qú 音渠）国，以其舞蹈时作各种急剧旋转动作，故名。唐·白居易《胡旋女》诗：“胡旋女，胡旋女，心应弦，手应鼓，弦鼓一声双袖举，回雪飘飖转蓬舞。左旋右转不知疲，千匝万周无已时。……胡旋女，出康居，徒劳东来万里余。中原自有胡旋者，斗妙争能尔不如。天宝季年时欲变，臣妾人人学圜转。中有太真外禄山，二人最道能胡旋。梨花园中册作妃，金鸡障下养为儿。禄山胡旋迷君眼，兵过黄河疑未反。贵妃胡旋惑君心，死弃马嵬念更深……”

［52］衣冠：古代士以上的服装，古人常以衣冠代称士大夫、士绅、世族。

［53］奈何：怎么办。

[54] 屏除：排除、除去。

[55] 洗儿会：小儿满月时举行的祝福仪礼。宋·孟元老《东京梦华录》卷之五“育子”：“三日落脐炙囟（xìn 音信，指婴儿头顶骨未合缝的地方）。……至满月则生色及绷绣线，贵富家金银犀玉为之，并果子，大展洗儿会。亲宾盛集，煎香汤于盆中，下果子彩线葱蒜等，用数丈彩绕之，名曰‘围盆’；以钗子搅水，谓之‘搅盆’；观者各撒钱于水中，谓之‘添盆’。……浴儿毕，落胎发，遍谢坐客，抱牙儿入他人房，谓之‘移窠’。”宋·吴自牧《梦粱录》卷二十“育子”亦有内容、形式基本相同的记载。

[56] “白衣”句：意思是说安禄山没有官职，不便出入皇宫。宫掖，即皇宫。掖，掖庭，宫中之旁舍，妃嫔居住的地方。

[57] 平章政事：职官名。唐宰相称“同中书门下平章事”，简称“平章事”。元制，在中书省、行中书省中置平章政事，为宰相之副。平章，意为共同议政。

[58] 渔阳：地名。战国燕置渔阳郡，秦汉治所在渔阳（今北京密云西南）。《史记·陈涉世家》：“二世元年七月，发闾左適（zhé 音哲，通‘谪’）戍渔阳，九百人屯大泽乡。”唐玄宗天宝元年（742 年）改蓟州为渔阳郡，治所在渔阳（今天津市蓟州区）。唐·杜甫《后出塞》诗之四：“渔阳豪侠地，击鼓吹笙竽。”

[59] 不次升擢：破格升迁。不次，不依平常次序，意为破格、不论资排辈。

[60] 元辅：宰相。因其居大臣之首，辅佐皇帝治理政事，故称。

[61] 銮舆：銮驾，亦作“乘舆”。天子乘坐的车驾，后代称皇帝。

[62] 分铁券，赐丹书：古代皇帝在取得天下后，赐给功臣世袭的享有免罪等特权的凭证。铁券，亦作“铁契”，用丹（红）笔写在铁板上，分为两半，一半藏于金匮（guì 音贵，柜的古字）石室，一半由功臣收存。以铁为之，意在明其坚久。丹书，古代帝王颁发给功臣的诏书。

[63] 圣人：本指道德品行、学问智慧极高者，战国时有人以“圣人”称呼国君。秦始皇后，“圣人”便成为皇帝的代称。

[64] 叵（pǒ 音笸）奈：亦作“叵耐”“叵耐”“颇耐”等，可恨、可恼、可恶、不可容忍的意思。

[65] 练兵秣（mò 音末）马：训练军队、喂饱战马，意为做好战争准备。秣，喂养。

第 一 折[1]

（旦扮贵妃引宫娥[2]上，云）妾身杨氏，弘农[3]人也。父亲杨玄琰[4]，为蜀州[5]司户[6]。开元二十二年[7]，蒙恩选为寿王妃。开元

二十八年八月十五日，乃主上圣节[8]，妾身朝贺。圣上见妾貌类嫦娥，令高力士传旨度[9]为女道士，住内太真宫，赐号太真。天宝四年[10]，册封为贵妃，半后服用[11]，宠幸殊甚。将我哥哥杨国忠加为丞相，姊妹三人封做夫人[12]，一门荣显极矣。近日边庭送一蕃将来，名安禄山。此人猾黠[13]，能奉承人意，又能胡旋舞，圣人赐与妾为义子，出入宫掖。不期[14]我哥哥杨国忠看出破绽，奏准天子，封他为渔阳节度使，送上边庭。妾心怀想，不能再见，好是烦恼人也。今日是七月七夕，牛女相会，人间乞巧令节[15]。已曾分付宫娥，排设乞巧筵在长生殿[16]，妾身乞巧一番。宫娥，乞巧筵设定不曾？（宫娥云）已完备多时了。（旦云）咱乞巧则个。（正末引宫娥挑灯拿砌末[17]上，云）寡人今日朝回无事，一心只想着贵妃。已令在长生殿设宴，庆赏七夕。内使，引驾去来。（唱）

【仙吕·八声甘州】[18]朝纲倦整，寡人待痛饮昭阳[19]，烂醉华清[20]。却是吾当[21]有幸，一个太真妃倾国倾城。珊瑚枕上两意足，翡翠帘前百媚生。夜同寝昼同行，恰似鸾凤和鸣[22]。

（带云）寡人自从得了杨妃，真所谓朝朝寒食、夜夜元宵也。（唱）

【混江龙】晚来乘兴，一襟爽气酒初醒。松开了龙袍罗扣，偏斜了凤带红鞓[23]。侍女齐扶碧玉辇[24]，宫娥双挑绛纱灯。顺风听，一派《箫韶》[25]令。（内作吹打喧笑科）（正末云）是那里这等喧笑？（宫娥云）是太真娘娘在长生殿乞巧排宴哩。（正末云）众宫娥不要走的响，待寡人自看去。（唱）多咱是[26]胭娇簇拥，粉黛施呈。

【油葫芦】报接驾的宫娥且慢行，亲自听，上瑶阶[27]那步[28]近前楹。悄悄蹙蹙[29]款把[30]纱窗映，扑扑簌簌风飐[31]珠帘影。我恰待行，打个吒挣[32]。怪玉笼中鹦鹉知人性，不住的语偏明。

（内作鹦鹉叫[33]，云）万岁来了，接驾。（旦惊云）圣上来了！（做

接驾科）（正末唱）

【天下乐】则见展翅忙呼万岁声，惊的那娉婷将銮驾迎。一个晕庞儿画不就，描不成。行的一步步娇，生的一件件撑[34]，一声声似柳外莺。

（云）卿在此做甚么？（旦云）今逢七夕，妾身设瓜果之会，问天孙[35]乞巧哩。（正末看科，云）排设的是好也。（唱）

【醉中天】龙麝[36]焚金鼎，花萼插银瓶。小小金盆种五生[37]，供养着鹊桥会[38]丹青幀[39]，把一个米来大蜘蛛儿抱定[40]。搀夺尽六宫宠幸，更待怎生般智巧心灵[41]。

（正末与旦砌末科，云）这金钗一对，钿盒一枚，赐与卿者。（旦接科，云）谢了圣恩也。（正末唱）

【金盏儿】我着绛纱蒙，翠盘盛。两般礼物堪人敬，趁着这新秋节令赐卿卿。七宝金钗盟厚意，百花钿盒表深情。这金钗儿教你高耸耸头上顶，这钿盒儿把你另巍巍[42]手中擎。

（旦云）陛下，这秋光可人，妾待与圣驾亭下闲步一番。（正末做同行科，唱）

【忆王孙】[43]瑶阶月色晃疏棂[44]，银烛秋光冷画屏。消遣此时此夜景，和月步闲庭，苔浸的凌波罗袜冷[45]。

（云）这秋景与四时不同。（旦云）怎见的与四时不同？（正末云）你听我说。（唱）

【胜葫芦】露下天高夜气清[46]，风掠得羽衣轻[47]，香惹丁东环佩声[48]。碧天澄净，银河光莹，只疑是身在玉蓬瀛[49]。

（旦云）今夕牛郎织女相会之期，一年只是得见一遭，怎生便又分离也？（正末唱）

【金盏儿】他此夕把云路凤车乘，银汉鹊桥平。不甫能[50]今夜成欢庆，枕边忽听晓鸡鸣。却早离愁情脉脉，别泪雨泠泠。五更长叹息，则是一夜短恩情。

（旦云）他是天宫星宿，经年不见，不知也曾相忆否！（正末云）他可怎生不想来！（唱）

【醉扶归】暗想那织女分牛郎命，虽不老是长生。他阻隔银河信杳冥，经年度岁成孤另。你试向天宫打听，他决害了些相思病。

（旦云）妾身得侍陛下，宠幸极矣；但恐容貌日衰，不得似织女长久也！（正末唱）

【后庭花】偏不是上列着星宿名，下临着尘世生。把天上姻缘重，将人间恩爱轻。各辨着真诚[51]，天心必应，量他每何足称。

（旦云）妾想牛郎织女，年年相见，天长地久，只是如此。世人怎得似他情长也！（正末唱）

【金盏儿】咱日日醉霞觥[52]，夜夜宿银屏；他一年一日见[53]把佳期等，若论着多多为胜咱也合赢。我为君王犹妄想，你做皇后尚嫌轻。可知道斗牛星[54]畔客，回首问前程[55]。

（旦云）妾蒙主上恩宠无比，但恐春老花残，主上恩移宠衰，使妾有龙阳泣鱼之悲[56]，班姬题扇之怨[57]，奈何！（正末云）妃子，你说那里话！（旦云）陛下请示私约[58]，以坚终始。（正末云）咱和你去那处说话去。（做行科，唱）

【醉中天】我把你半弹[59]的肩儿凭，他把个百媚脸儿擎。正是

金阙西厢叩玉扃[60]，悄悄回廊静。靠着这招彩凤、舞青鸾、金井梧桐树影，虽无人窃听，也索悄声儿海誓山盟。

（云）妃子，朕与卿尽今生偕老；百年以后，世世永为夫妇。神明鉴护者！（旦云）谁是盟证？（正末唱）

【赚煞尾】长如一双钿盒盛，休似两股金钗另，愿世世姻缘注定。在天呵做鸳鸯常比并，在地呵做连理枝生[61]。月澄澄银汉无声，说尽千秋万古情。咱各办着志诚，你道谁为显证[62]，有今夜度天河相见女牛星！（同下）

---

［1］ 第一折：明·孟称舜《古今名剧合选·柳枝集》眉批："首折、次折摹写得意燕婉之情如见，而音调泠泠，如闻玉笙。"

［2］ 宫娥：也作"宫娃"。宫女。

［3］ 弘农：地名。西汉元鼎四年（前 113 年），汉武帝设置，治所在今河南省三门峡市灵宝。弘农郡，是中国汉朝至唐朝的一个郡置，其范围历代有一定变化，以西汉为最大，包括河南省西部的三门峡市、南阳市西部，以及陕西省东南部的商洛市。由于其地处长安、洛阳之间的黄河南岸，一直是历代军事政治要地。

［4］ 杨玄琰（699—729）：蒲州永乐人，杨玉环生父。汉太尉杨震十八代孙，隋朝礼部尚书杨尚希曾孙。曾任蜀州司户，公元 729 年因罪下狱，卒于狱中。唐天宝四载（745 年）杨玉环被唐玄宗册封为贵妃，杨玄琰被赠兵部尚书，又追封为太尉齐国公。杨玄琰生有四女一子：长女韩国夫人，次女虢（guó 音国）国夫人，三女秦国夫人，四女杨贵妃，一子杨某，失考。

［5］ 蜀州：地名，唐武则天垂拱二年（686 年）分益州（治今四川成都）四县置，治晋原县（今四川崇州），辖境相当于今四川崇州市、新津县及都江堰市部分地区。

［6］ 司户："司户参军"的省称，唐代职官名，州县佐吏，掌户口、籍帐、婚嫁、田宅、杂徭、道路等事。

［7］ 开元二十二年：公元 734 年。

［8］ 主上圣节：亦作"千秋节"。指唐玄宗的生日。

［9］ 度：佛教用语，使人"离俗""出离生死"。

[10] 天宝四年：公元745年。唐朝从天宝三载（744年）起，十四年零一个月的一段时间内称载不称年，所以此处应为“天宝四载”。

[11] 半后服用：杨玉环不为皇后而为贵妃，其舆服不能享用皇后的待遇，只能享用半个皇后的待遇，故云“半后服用”。这里形容唐玄宗对杨玉环极尽恩宠。

[12] “姊妹”句：据史载，杨玉环有姊三人，皆有才貌，因杨玉环得玄宗宠幸而俱封为夫人，依次是：韩国夫人、虢国夫人、秦国夫人。其中虢国夫人于“安史之乱”时随玄宗、贵妃西逃，在贵妃于马嵬坡（今陕西兴平西）被缢杀后至陈仓（今陕西宝鸡）自杀。参见新、旧《唐书·后妃列传》杨贵妃本传。

[13] 猾黠（xiá音侠）：狡猾、狡黠。

[14] 不期：不料、没有想到。

[15] 乞巧令节：旧时妇女于七月七日之夜祭拜织女星乞求智巧的节俗。其方法则因时因地而有异，有穿针乞巧、浮针乞巧等。南朝梁·宗懔（lǐn音凛）《荆楚岁时记》：“七月七日为牵牛织女聚会之夜。……是夕，人家妇女结彩缕，穿七孔针，或以金银鍮（tōu音偷）石（鍮石即黄铜）为针，陈瓜果于庭中以乞巧。有喜子网于瓜上，则以为符应。”明·刘侗、于奕正《帝京景物略》卷之二：“七月七日之午，丢巧针，妇女曝盎水日中，顷之，水膜生面，绣针投之则浮。则看水底针影，有成云物、花头、鸟兽影者，有成鞋及剪刀、水茄影者，谓之乞得巧。”此外，还有种五生乞巧、蛛网乞巧等。

[16] 长生殿：隋唐京师长安城大明宫中的一处宫殿，位于华清池景区内，骊山西绣岭晚照亭东，也叫集灵台，是唐华清宫的主要建筑之一。建于天宝元年（742年）。主要用于供奉唐代自高祖李渊、太宗李世民、高宗李治、大圣皇后武则天、中宗李显、睿宗李旦以及追封的太上玄元皇帝老子李耳，共七位皇帝灵位之地，所以唐代该殿也被称为七圣殿。白居易《长恨歌》所谓“七月七日长生殿，夜半无人私语时”，即指此殿。

[17] 砌（qiè音窃）末：亦作“切末”，戏曲中道具和简单布景的统称。王国维《宋元戏曲史》第十一章《元剧之结构》云：“演剧时所用之物，谓之砌末。”

[18] 〔八声甘州〕：曲牌名。又叫〔甘州〕〔潇潇雨〕。因属边地乐曲，故以甘州为名。发源于唐代，形成于宋代，成熟于元代，盛行于明清至当代。其音乐风格清新绵邈。南北曲均属【仙吕宫】。据清·周祥钰《九宫大成谱》，北曲字数定格及韵式九句：四、四、四、四、六、七、七、五、四，共四十五字。用在散套首牌。如《西厢记》第二本第一折。

[19] 昭阳：汉武帝时后宫建有昭阳殿，汉成帝宠妃赵飞燕曾居昭阳殿，后世因泛指皇妃居住的宫殿为昭阳宫。

[20] 华清：指华清宫，在今陕西西安市临潼区骊山北麓。以其地有温泉，北周、隋曾修建温泉池。唐太宗贞观十八年（644年）始建宫殿于此，名为汤泉宫（一作温汤宫），唐玄宗天宝六载（747年）改名华清宫，并加以扩建。天宝末年为

安史乱军所毁。

[21] 吾当：我。当，语助词，无义。

[22] 鸾凤和鸣：鸾鸟与凤鸟相互唱和，常用以比喻夫唱妇随、夫妻和谐美好。

[23] 红鞓（tīng 音厅）：红色的皮革带，唐人所系。宋·沈括《梦溪笔谈·杂志一》："船中有三十余人，衣冠如唐人，系红鞓角带，短皂布衫。"

[24] 辇：古代用人拉的车子。秦汉以后专指皇帝的车子。

[25]《箫韶》：亦作《大韶》《韶箫》《韶虞》等，简称《韶》，传说为虞舜时的乐舞。《史记·夏本纪》："舜德大明。于是夔行乐，祖考至，群后相让，鸟兽翔舞，《箫韶》九成，凤皇来仪，百兽率舞。"孔子对《韶》乐极为推崇，《论语·八佾》："子谓《韶》：'尽美矣，又尽善也。'"后世遂以《箫韶》代表美妙的音乐。

[26] 多咱是：表推测，大概是、多半是、恐怕是。

[27] 瑶阶：用白石砌成的台阶。这里指建筑的华美。

[28] 那步：挪步。那，通"挪"。亦见于本剧第四折正末唐玄宗唱："那身离殿宇，信步下亭皋。"义并同。

[29] 悄悄蹙蹙：寂静无声的样子。

[30] 款把：缓把、慢把。款，缓、慢。

[31] 飐（zhǎn 音展）：风吹物使颤动。犹言临风摇曳。

[32] 吃挣：癔怔，因精神突然受到外界声响的惊吓而怔呆的样子。或以为睡梦中由于下意识作用而引起的猛然吃惊做声、打冷噤、发怔。

[33] 内作鹦鹉叫：是为剧情表演起辅助作用而特设的音响效果类科介。

[34] 撑：亦作"挣""峥""整"，漂亮、美好、美丽之意。

[35] 天孙：织女星。《史记·天官书》："织女，天女孙也。"

[36] 龙麝：名贵香名，即龙涎香和麝香。

[37] 种五生：亦叫"种生"，乞巧方法之一。一般是在七夕之前把绿豆、小豆、麦等籽种浸在瓷器中，到七夕时供织女以乞巧。宋·孟元老《东京梦华录》卷之八"七夕"："又以菉（绿）豆、小豆、小麦于磁器内，以水浸之，生芽数寸，以红蓝彩缕束之，谓之'种生'。"

[38] 鹊桥会：民间传说，乌鹊于七夕搭桥于天河，使织女、牛郎相会。唐·韩鄂《岁华纪丽》卷三引《风俗通》："织女七夕当渡河，使鹊为桥。"

[39] 丹青幀（zhèng 音证）：用红绿等颜色画的画幅。丹青，绘画所用的颜料。幀，同"帧（旧读 zhèng，音证）"，画幅。

[40] "把一个"句：此指"蛛网乞巧"。宋·孟元老《东京梦华录》卷之八"七夕"："或以小蜘蛛安合（盒）子内，次日看之，若网圆正，谓之'得巧'。"

[41] "搀夺"二句：明·孟称舜《古今名剧合选·柳枝集》夹批："妙。"搀夺，争夺、抢夺的意思。六宫，古代帝王后妃的寝宫，正寝一，燕寝五，合为六宫，后世泛指后妃及其所居之地为六宫。

[42] 另巍巍：高高的样子。

[43]〔忆王孙〕：曲牌名。属【仙吕宫】，五句五韵：七、七、七、三、七，押平声韵。可作小令，亦用于套曲。

[44] “瑶阶”句：如水的月光照耀汉白玉石阶，月色、石光交融，汇成洁净通明的光色，辉映着窗棂。晃，照耀的意思，突出了光色的皎洁。疏棂，即窗棂。疏，窗也。

[45] “银烛”四句：写明皇心中、眼中的贵妃。“冷”字作动词，言烛光、月色冷清地照在画屏上，使人生寒，突出了夜的静谧和秋的寒凉，也体现出明皇怜香惜玉的心理。凌波罗袜，三国魏·曹植《洛神赋》：“凌波微步，罗袜生尘。”后世遂以“凌波罗袜”泛指美女的袜子。

[46] “露下”句：用杜甫《夜》诗“露下天高秋气清”句意，写了秋露夜气，也表现了秋空高远。

[47] 风掠得羽衣轻：写其衣袂，即《长恨歌》所谓“风吹仙袂飘飖举”之意。写风只为写衣，而写衣意在写人。羽衣，鸟羽做的衣服。这是形容其衣服轻薄如鸟羽。

[48] “香惹”句：写佩饰。宋·苏轼《太真妃裙带词》“微闻环佩声”，只状其声，因声见物，曲则兼写其香，闻香知人。丁东，叮咚，拟声词。

[49] 蓬瀛：东海蓬莱与瀛洲，传说中神仙生活的地方。后世代指仙境。

[50] 不甫能：刚刚能够、好不容易。如本剧第三折正末唐玄宗唱：“眼儿前不甫能栽起合欢树，恨不得手掌里奇擎着解语花，尽今生翠鸾同跨。”亦作“甫能”，金·董解元《西厢记诸宫调》卷六：“灯儿一点甫能吹灭，雨儿歇，闪出昏惨惨的半窗月。”

[51] 辨着真诚：宋元习用语。辨，通“办”，辨着，即“办着”“怀着”“备着”。亦作“办着志诚”，本折〔赚煞尾〕：“咱各办着志诚，你道谁为显证，有今夜度天河相见女牛星！”

[52] 霞觥（gōng 音公）：犹“霞杯”，盛满美酒的酒杯。觥，用兽角等做的酒器。

[53] 见：音义并同“现”。指佳期不能长在，无有定准，只能临时现等。

[54] 斗牛星：这里以二十八宿（xiù 音秀）中的斗、牛二宿代指织女、牵牛二星。

[55] 前程：元曲中用为婚姻、结果之义。

[56] 龙阳泣鱼之悲：典出《战国策·魏策四》。战国时魏安釐（xī 音西）王与其娈（luán 音峦）童龙阳君共船钓鱼，龙阳君钓十余条鱼后忽然哭泣起来。魏王问其故，龙阳说：“开始钓得鱼时非常高兴，后来钓得了大鱼，便把此前所钓之鱼放走了。今日我得大王宠幸，天下美人甚多，日后大王新得美人必定抛弃我，如同我钓鱼一般，因此哭泣。”后世遂以龙阳泣鱼比喻失宠者的哀叹。

[57] 班姬题扇之怨：典出《汉书·外戚传》。汉成帝即位后，班姬入宫，极受宠幸，为倢伃（亦作“婕妤”，皇帝妃嫔的称号）。后汉成帝又幸赵飞燕姊妹，倢伃

失宠，便以纨扇题诗《怨歌行》:“新裂齐纨素，鲜洁如霜雪。裁为合欢扇，团团似明月。出入君怀袖，动摇微风发。常恐秋节至，凉飙夺炎热，弃捐箧笥（qiè sì 音窃四）中，恩情中道绝。”借扇子在秋天到来后即被弃置，来抒发自己失宠遭弃、独居深宫的哀怨。后人便以此来表达失宠遭受冷落后的孤寂、凄婉的情感。

[58] 私约：私下约定、海誓山盟的意思。

[59] 亸（duǒ 音朵）：亦作“軃”，下垂。

[60] 金阙西厢叩玉扃（jiōng 音垌）：语出唐·白居易《长恨歌》诗句。金阙，道家称天上有白玉京黄金阙，为天帝所居。天宝十三载（754 年）二月，唐玄宗又加封已获“玄元皇帝”尊号的老子为“大圣祖高上大道金阙玄元天皇大帝”（事见《唐书·玄宗本纪下》），其“金阙”，即老子所居处的尊号。扃，本为门闩或门环，这里代指宫廷。

[61] “在天”二句：化用唐·白居易《长恨歌》诗句：“在天愿作比翼鸟，在地愿为连理枝。”连理枝，指两棵树不同根而枝干连在一起。后常以“连理枝”喻夫妇恩爱。

[62] 显证：明证。显，明显。证，证据、凭据。显证强调证据明显、直观，多为物证。

第 二 折

（安禄山引众将上，云）某安禄山是也。自到渔阳，操练蕃汉人马，精兵见[1]有四十万，战将千员。如今明皇年已昏眊[2]，杨国忠、李林甫[3]播弄朝政。我今只以讨贼为名，起兵到长安，抢了贵妃，夺了唐朝天下，才是我平生愿足。左右，军马齐备了么？（众将云）都齐备了。（安禄山云）着军政司[4]先发檄[5]一道，说某奉密旨讨杨国忠等。随后令史思明[6]领兵三万，先取潼关，直抵京师，成大事如反掌耳！（众将云）得令。（安禄山云）今日天晚，明日起兵。（诗云）统精兵直指潼关[7]，料唐家无计遮拦[8]。单要抢贵妃一个，非专为锦绣江山。（同下）

（正末引高力士，郑观音[9]抱琵琶，宁王吹笛，花奴[10]打羯鼓[11]，黄翻绰[12]执板，捧旦上）（正末云）今日新秋天气，寡人朝回无事，

妃子学得《霓裳羽衣舞》[13]，同往御园中沉香亭[14]下，闲耍一番。早来到也。你看这秋来风物，好是动人也呵！（唱）

【中吕·粉蝶儿】天淡云闲，列长空数行征雁。御园中夏景初残：柳添黄，荷减翠，秋莲脱瓣。坐近幽阑，喷清香玉簪花绽。

（带云）早到御园中也。虽是小宴，倒也整齐。（唱）

【叫声】[15]共妃子喜开颜，等闲，等闲，御园中列肴馔。酒注嫩鹅黄[16]，茶点鹧鸪斑[17]。

【醉春风】酒光泛紫金钟，茶香浮碧玉盏。沉香亭畔晚凉多，把一搭儿[18]亲自拣、拣。粉黛浓妆，管弦齐列，绮罗相间。

（外扮使臣上，诗云）长安回望绣成堆，山顶千门次第开。一骑红尘妃子笑，无人知是荔枝来[19]。小官四川道差来使臣。因贵妃娘娘好啖[20]鲜荔枝，遵奉诏旨，特来进鲜。早到朝门外了。宫官，通报一声，说四川使臣来进荔枝。（做报科）（正末云）引他进来。（使臣见驾科，云）四川道使臣进贡荔枝。（正末看科，云）妃子，你好食此果，朕特令他及时进来。（旦云）是好荔枝也！（正末唱）

【迎仙客】香喷喷味正甘，娇滴滴色初绽，只疑是九重天谪来人世间[21]。取时难，得后悭[22]。可惜不近长安，因此上教驿使把红尘践。

（旦云）这荔枝颜色娇嫩，端的[23]可爱也。（正末唱）

【红绣鞋】不则向金盘中好看，便宜将玉手擎餐，端的个绛纱笼罩水晶寒[24]。为甚教寡人醒醉眼，妃子晕娇颜？物稀也人见罕。

（高力士云）请娘娘登盘，演一回霓裳之舞。（正末云）依卿奏者。（正旦做舞，众乐擂掇[25]科）（正末唱）

【快活三】嘱付你仙音院[26]莫怠慢，道与你教坊司[27]要迭办[28]。把个太真妃扶在翠盘间，快[29]结束[30]宜妆扮。

【鲍老儿】[31]双撮得泥金衫袖挽，把月殿里霓裳按，郑观音琵琶准备弹，早搭上鲛绡襻[32]。贤王玉笛，花奴羯鼓，韵美声繁。寿宁锦瑟，梅妃[33]玉箫，嘹喨[34]循环。

【古鲍老】[35]屹刺刺[36]撒开紫檀，黄翻绰向前手拈板。低低的叫声玉环，太真妃笑时花近眼。红牙箸，趁[37]五音[38]，击着梧桐[39]按，嫩枝柯犹未干，更带着瑶琴音泛。卿呵，你则索出几点琼珠汗。

（旦舞科）（正末唱）

【红芍药】[40]腰鼓声干[41]，罗袜弓弯[42]，玉佩丁东响珊珊，即渐里[43]舞辨云鬟。施呈你蜂腰细，燕体翻，作两袖香风拂散。（带云）卿倦也，饮一杯酒者。（唱）寡人亲捧杯玉露甘寒，你可也莫得留残，拚着个醉醺醺直吃到夜静更阑[44]。

（旦饮酒科）（净扮李林甫上，云）小官李林甫是也，见为左丞相之职。今早飞报将来，说安禄山反叛，军马浩大，不敢抵敌，只得见驾。（做见驾科）（正末云）丞相有何事，这等慌促？（李林甫云）边关飞报，安禄山造反，大势[45]军马，杀将来了。陛下，承平日久，人不知兵，怎生是好？（正末云）你慌做甚么！（唱）

【剔银灯】止不过奏说边庭上造反，也合看空便觑迟疾紧慢。等不的俺筵上笙歌散，可不气丕丕[46]冒突[47]天颜！那些个齐管仲[48]郑子产[49]，敢待[50]做假忠孝龙逢[51]、比干[52]？

（李林甫云）陛下，如今贼兵已破潼关，哥舒翰[53]失守逃回，目下就到长安了。京城空虚，决不能守，怎生是好？（正末唱）

【蔓菁菜】险些儿慌杀你个周公旦[54]，（李林甫云）陛下，只因女宠盛，谗夫昌，惹起这刀兵来了。（正末唱）你道我因歌舞坏江山？你常好是[55]占奸[56]，早难道[57]羽扇纶巾笑谈间，破强虏三十万[58]。

（云）既贼兵压境，你众官计议，选将统兵，出征便了。（李林甫云）如今京营兵不满万，将官衰老，如哥舒翰名将，尚且支持不住，那一个是去得的？（正末唱）

【满庭芳】你文武两班，空列些乌靴象简，金紫罗襕。内中没个英雄汉，扫荡尘寰。惯纵的个无徒[59]禄山，没揣的[60]撞过潼关，先败了哥舒翰。疑怪昨宵向晚[61]，不见烽火报平安。

（云）卿等有何计策，可退贼兵？（李林甫云）安禄山部下蕃汉兵马四十余万，皆是一以当百，怎与他拒敌？莫若陛下幸蜀，以避其锋，待天下兵至，再作计较。（正末云）依卿所奏。便传旨收拾六宫嫔御，诸王百官，明日早起，幸蜀去来。（旦作悲科，云）妾身怎生是好也！（正末唱）

【普天乐】恨无穷，愁无限。争奈[62]仓卒[63]之际，避不得蓦岭登山。銮驾迁，成都盼。更那堪浐水[64]西飞雁，一声声送上雕鞍。伤心故园，西风渭水，落日长安。

（旦云）陛下，怎受的途路之苦？（正末云）寡人也没奈何哩！（唱）

【啄木儿尾】端详了你上马娇[65]，怎支吾[66]蜀道难[67]！替你愁那嵯峨峻岭连云栈[68]，自来驱驰可惯？几程儿捱得过剑门关[69]！（同下）

---

[1] 见：同“现”。

[2] 昏眊（mào 音冒）：昏愦（kuì 音愧）、糊涂。眊，目不明，视物不清，引申为昏愦、糊涂。

[3] 李林甫：唐宗室，小字哥奴，玄宗时权臣。对人表面友好，暗里陷害，人称“口蜜腹剑”。性狡黠，有权术，阴结宦官、妃嫔，窥探玄宗意向以争宠固权，一时威权皆集中于手，谗贤害能，重用蕃将，使安禄山等拥握边塞重兵，得以起兵叛乱。详见新、旧《唐书》李林甫本传。

[4] 军政司：掌管军事行政的机构。

[5] 檄（xí 音习）：檄文。古代官府用以征召、晓谕、声讨的文书、文告。

[6] 史思明：安史之乱的发动者之一。唐宁州（今甘肃宁县）突厥族人，原名窣干，玄宗赐名思明。与安禄山友善。因功被任为平卢（治今辽宁朝阳）兵马使。安禄山反叛，史率兵南下，攻取河北，任范阳节度使。安庆绪杀其父安禄山称帝，史思明降唐，被任为河北节度使。不久复叛并称王，年号应天；杀安庆绪后称帝，年号顺天。后被其子史朝义所杀。详见新、旧《唐书》史思明本传。

[7] 潼关：关名，在今陕西潼关东北杨家庄附近，当陕西、山西、河南三省交通要冲，自古为军事要地。

[8] 遮拦：阻止、阻挡。

[9] 郑观音：宫廷乐工，以善弹奏琵琶闻名。

[10] 花奴：宁王长子、汝南（一作阳）王李琎（一作琎），小名花奴，好饮酒，妙解音旨，善长羯鼓，自称为“酿王兼曲部尚书”。

[11] 羯鼓：古代打击乐器，其制如小漆桶，下以小牙床承之，用两杖击之，故又名“两杖鼓”。南北朝时从西域传入内地。唐玄宗极好其伎，推其为八音之首，并创作羯鼓独奏曲数十首，一时盛行于开元、天宝年间。

[12] 黄翻绰：黄幡绰，凉州（今甘肃武威）人氏，《霓裳（cháng 音常）羽衣曲》石刻的篆刻者，唐朝宫廷乐师。擅长“参军戏”，入宫三十多年，侍奉唐玄宗。他性格幽默，善于口才，曾经用滑稽风趣的语言，谏劝玄宗不要轻信安禄山，应该疼爱自己的儿子（唐肃宗）；提醒他注意安全，不要在马上打球摔坏了身子，得到了玄宗的赏识和信任。当时人说，唐玄宗一日不见黄幡绰，龙颜为之不悦。宋代陕西同州《霓裳羽衣曲》石刻传系根据其手书翻刻。

[13] 《霓裳羽衣舞》：指《霓裳羽衣曲》，简称《霓裳》。唐代宫廷舞乐名，是玄宗润色开元年间西凉节度使杨敬述所制《婆罗门曲》而成。全曲分散序、中序、曲破三大段共十八叠。散序为器乐演奏，不歌不舞；中序始有拍，亦名“拍序”，且歌且舞；曲破为高潮，舞而不歌。杨贵妃以擅长此舞而名。

[14] 沉香亭：唐宫禁中亭名。宫禁中木芍药花开，明皇与贵妃前往赏花，明皇曰："赏名花对妃，焉用旧乐词"，于是令李龟年持金花笺赐李白，为〔清平乐〕三章，词曰："名花倾国两相欢，长得君王带笑看。解释春风无限恨，沉香亭北倚栏干。"梨园弟子抚丝竹，李龟年歌之，明皇亲调玉笛伴奏。见南宋·计有功《唐诗纪事》十八"李白"。

[15] 〔叫声〕：曲牌名。属【中吕宫】，用于剧曲。此宋时旧曲。《事物纪原》卷九"叫吟"条："嘉祐末，仁宗上仙……四海方遏密，故市井初有'叫果子'之戏。其本盖自至和、嘉祐之间，叫'紫苏丸'，洎（jì 音记，到、及）乐工杜人经'十叫子'始也。京师凡卖一物，必有声韵，其吟哦俱不同，故市人采其声调，间以词章，以为戏乐也。今盛行于世，又谓之吟叫也。"

[16] 鹅黄：鹅黄酒，又名鹅儿酒、鹅雏酒、鹅黄酥，是唐宋时期颇具盛名的酒。鹅黄酒得名于其酒色，因其色泽如雏鹅的绒毛一般嫩黄。"鹅黄酒"最早见于杜甫《舟前小鹅儿》："鹅儿黄似酒，对酒爱新鹅。"杜甫看到小鹅毛色嫩黄可爱，便以酒为喻，由鹅及酒，对酒观鹅，表现其对雏鹅的怜爱之情。由此可知，"鹅黄酒"之名既源于杜甫把酒赏鹅的偶然性，又来自于二者具有相似特征的必然性。

[17] 鹧鸪斑：茶碗名。福建特产，因上有鹧鸪斑点花纹而得名。斑，原作"班"，据《元明杂剧》本《古今名剧合选·酹江集》本改。

[18] 一搭儿：一片、一块。

[19] "长安"四句：出自晚唐诗人杜牧《过华清宫绝句》三首其一。

[20] 啖：吃。

[21] "只疑"句：指荔枝好像是天庭贬谪（zhé 音哲）到人间的仙果。谪，贬谪。

[22] 悭（qiān 音牵）：悭吝、吝啬、小气。

[23] 端的：的确、真的、果然。

[24] 绛纱笼罩水晶寒：形容荔枝红如绛纱，亮如水晶。

[25] 撺掇：古典戏曲乐器演奏上的一种专门术语。意在借器乐演奏烘托演唱的效果，这里则是为增强舞蹈的氛围。

[26] 仙音院：一说是元世祖中统元年（1260 年）所设立的管理乐工的机构，后改称玉宸院。一说是仙韶院，伶人居住的地方，"音"为"韶"之讹。

[27] 教坊司：古代管理宫廷俗乐的官署。唐代始设，属太常寺。其后历代相沿。明代教坊司隶属礼部，并承应乐舞和戏曲。清雍正时废。

[28] 迭办：筹措、置办。

[29] 快：会、能。如本剧第四折正末唐玄宗唱："虽然是快染能描，画不出沉香亭畔回鸾舞，花萼楼前上马娇，一段儿妖娆。"

[30] 结束：装扮、装束、打扮。

[31] 〔鲍老儿〕：明·孟称舜《古今名剧合选·柳枝集》眉批："读此数枝，仿佛霓裳

未散。”

[32] 鲛绡襻（pàn 音盼）：用珍贵的薄纱做成的襻。鲛绡，一种珍贵的薄纱，传说为鲛人（人鱼）所织。旧题南朝梁·任昉《述异记》卷上载：“南海出鲛绡纱，泉室（即鲛人）潜织，一名龙纱，其价百余金。以为服，入水不濡。”襻，原指系衣裙的带子，后指钮扣的圈套及器物上用来结系或攀手的带子，此处用后一义项。

[33] 梅妃：指江采蘋，唐玄宗妃。能诗，善吹白玉箫，甚得玄宗宠爱。性喜梅，玄宗因赐名为梅妃。杨贵妃入宫后失宠，被迁于洛阳上阳宫。

[34] 嘹喨：同“嘹亮”。

[35] 〔古鲍老〕：曲牌名，“鲍老”一词最早可追溯至宋代民间舞。属【中吕宫】，用于剧曲。全曲十句：四、七、四、七、三、三、三、六、七、六，共五十字。句式较为稳定，除第五、六句不押韵外，其余句均押韵。

[36] 屹剌剌（gē là là 音哥辣辣）：亦作“各剌剌”，拟声词，形容物相碰发出的声音。

[37] 趁：和，声音相应。

[38] 五音：亦叫“五声”，宫、商、角（jué 音决）、徵（zhǐ 音止）、羽五个音阶的合称，相当于现代简谱的 1、2、3、5、6。

[39] 梧桐：木名，是制琴的主要材料，被用作琴的代称。

[40] 〔红芍药〕：曲牌名。属【南吕宫】。全曲八句：七、四、七、四、五、七、七、四。

[41] 干：竭、息。

[42] 弓弯：指女性弓足。旧时缠足妇女脚弯如弓，故称。

[43] 即渐里：亦作“积渐里”，逐渐、渐渐。金·董解元《西厢记诸宫调》卷一：“水干了吟砚，积渐里尘蒙了书卷。”

[44] “你可”二句：用宋·黄庭坚〔西江月〕“杯行到手莫留残，不道月斜人散”词意。

[45] 大势：大队、大批。

[46] 丕丕：形容心跳的样子。

[47] 冒突：冒犯、唐突。

[48] 管仲：春秋时齐国人，名夷吾，颍上（颍水之滨）人。经鲍叔牙推荐，被齐桓公任为上卿，尊称“仲父”。治齐间，对政治、经济、军事、官制等均有改革，帮助齐桓公“尊王攘夷”，使桓公“九合诸侯，一匡天下”，成为春秋时第一个霸主。详见《史记·管晏列传》。

[49] 子产：指公孙成子，名侨，字子产，又字子美，春秋时郑国政治家。历事简公、定公、献公、声公，先卿后相，实行改革，对贵族田地和农户编制进行整顿，“制丘赋”，创立了按“丘”征“赋”制度；“铸刑书”，把法律条文铸在

鼎上公之于众；“不毁乡校”，允许人们在乡校议论时政得失等。声公五年（前496年）卒，“郑人皆哭泣，悲之如亲戚。”详见《史记·郑世家》。

［50］敢待：将要、就要。

［51］龙逄（páng 音旁）：指关龙逄，夏桀时的大臣，一说强谏夏桀为“酒池”而被夏桀囚杀，一说强谏夏桀设炮烙（páo luò 音刨落）之刑（相传为商代的一种酷刑。用炭火烧热铜柱，让罪人在上面爬，人掉到炭火中被烧死）而被夏桀炮烙致死。

［52］比干（gān 音甘）：商纣王的叔父，以直谏敢言著称，后被纣王剖杀。

［53］哥舒翰：唐朝大将，突厥人，以功封西平郡王，为左仆射（pú yè 音菩夜）平章事。安禄山叛乱时，被玄宗任为兵马副元帅，统军二十万守潼关，为杨国忠所猜忌，被逼出战，兵败被俘，囚于洛阳，安庆绪兵败被杀。新、旧《唐书》均有传。

［54］周公旦：亦称“叔旦”，姬姓，周文王子、周武王弟。助武王灭商，封于周（今陕西岐山北），史称周公。武王死，成王姬诵年幼，周公摄政。这里以周公旦谓李林甫，指其为宰辅。

［55］常好是：亦作“畅好是”“常好道”“畅好道”，真是、正是、正好。

［56］占奸：奸佞之意。王锳（yīng 音英）《诗词曲语辞例释》解为“犹今语要滑头”。

［57］早难道：岂不闻、怎不知。

［58］羽扇纶（guān 音官）巾笑谈间，破强虏三十万：用宋·苏轼〔念奴娇〕《赤壁怀古》“羽扇纶巾，谈笑间，樯橹灰飞烟灭”词意，词咏三国吴都督周瑜在赤壁从容镇定指挥大破曹操军事。樯橹，一作“强虏”。这里意为你们岂不闻儒雅的周瑜谈笑间就破强敌之事吗？羽扇，用长羽毛制成的扇子。纶巾，古代儒将的装束，用青丝带编的头巾，相传为三国蜀诸葛亮所创制。

［59］无徒：无赖之徒。亦作“无图”。《元典章·刑部十三》：“近有无图之人，贪窃财物，盗发丘冢。”

［60］没揣的：不费事、无遮拦。

［61］向晚：傍晚。

［62］争奈：怎奈。

［63］仓卒（cù 音促）：也作“仓猝”，匆忙之意。卒，同“猝”。

［64］浐（chǎn 音产）水：河水名，即今陕西灞河的支流浐河，为“关中八川”之一。浐，一作“产”。

［65］上马娇：本曲调名，宋代有《杨妃上马娇图》。这里用来谓杨贵妃的娇娜。

［66］支吾：应付、对付。

［67］蜀道难：是乐府旧题。唐·李白有《蜀道难》诗。

［68］连云栈：栈道名。在陕西汉中地区，古为陕西与蜀地的通道。栈，栈道，亦称

栈阁、阁道或桥阁，古代在峭岩陡壁上凿孔架桥连阁而成的一种道路。

[69] 剑门关：古关名。在今四川剑阁东北，以大小剑山至此峭壁中断、两崖相对如门而名，地势非常险要，易守难攻。李白《蜀道难》诗有云："剑阁峥嵘而崔嵬，一夫当关，万夫莫开。"

第 三 折

（外扮陈玄礼[1]上，诗云）世受君恩统禁军[2]，天颜喜怒得先闻。太平武备皆无用，谁料狂胡起战尘。某右龙武将军陈玄礼是也。昨因逆胡安禄山倡乱，潼关失守。昨日宰臣会议，大驾暂幸蜀川，以避其锋。今早飞报，说贼兵离京城不远。圣主令某统领禁军护驾，军马点就多时，专候大驾起行。

（正末引旦及杨国忠、高力士并太子、扈驾郭子仪[3]、李光弼[4]上）

（正末云）寡人眼不识人，致令狂胡作乱。事出急迫，只得西行避兵，好伤感人也呵！（唱）

【双调·新水令】五方旗[5]招飐[6]日边霞，冷清清半张銮驾。鞭倦袅，镫慵踏，回首京华，一步步放不下。

（带云）寡人深居九重[7]，怎知闾阎[8]贫苦也！（唱）

【驻马听】隐隐天涯，剩水残山五六搭；萧萧林下，坏垣破屋两三家。秦川远树雾昏花，灞桥衰柳风潇洒[9]。煞不如碧窗纱，晨光闪烁鸳鸯瓦[10]。

（众扮父老上，云）圣上，乡里百姓叩头。（正末云）父老有何话说？（众云）宫阙陛下家居，陵寝[11]陛下祖墓，今舍此欲何之？（正末云）寡人不得已，暂避兵耳。（众云）陛下既不肯留，臣等愿率子弟从殿下东破贼，取长安。若殿下与至尊皆入蜀，使中原百姓，谁为之主？（正末云）父老说的是。左右，宣我儿近前来者。（太子做见科）

（正末云）众父老说中原无主，留你东还，统兵杀贼。就令郭子仪、李光弼为元帅，后军分拨三千人，跟你回去，你听我说。（唱）

【沉醉东风】父老每忠言听纳，教小储君[12]专任征伐。你也合分取些社稷忧，怎肯教别人把江山霸？将这颗传国宝[13]你行[14]留下，（太子云）儿子只统兵杀贼，岂敢便登天位？（正末唱）剿除了贼徒，救了国家，更避甚称孤道寡？

（太子云）既为国家重事，儿子领诏旨，率领郭子仪、李光弼回去也。（做辞驾科）（众军不行科）（正末唱）

【庆东原】前军疾行动，因甚不进发？（众军呐喊科）一行人觑了皆惊怕。嗔忿忿停鞭立马，恶噷噷[15]披袍贯甲，明颩颩[16]掣剑离匣，齐臻臻雁行班排，密匝匝鱼鳞似亚[17]。

（陈玄礼云）众军士说，国有奸邪，以致乘舆播迁；君侧之祸不除，不能敛戢[18]众志。（正末云）这是怎么说？（唱）

【步步娇】寡人呵万里烟尘你也合嗟讶，就势儿[19]把吾当吓，国家又不曾亏你半掐[20]。因甚军心有争差？问卿咱，为甚不说半句儿知心话？

（陈玄礼云）杨国忠专权误国，今又与吐蕃[21]使者交通[22]，似有反情，请诛之以谢天下。（正末唱）

【沉醉东风】据着杨国忠合该万剐，斗[23]的个禄山贼乱了中华。是非寡人股肱难弃舍[24]，更兼与妃子骨肉相牵挂。断遣[25]尽枉展污[26]了五条刑法[27]，把他剥了官职贬做穷民也是阵杀[28]，允不允陈玄礼将军鉴察。

（众军怒喊科）（陈玄礼云）陛下，军心已变，臣不能禁止，如之奈

何？（正末云）随你罢！（众杀杨国忠科）（正末唱）

【雁儿落】数层枪密匝匝，一声喊山摧塌。元来是陈将军号令明，把杨国忠施行[29]罢。

（众军仗剑拥上科）（正末唱）

【拨不断】[30]语喧哗，闹交杂，六军[31]不进屯戈甲。把个马嵬坡[32]簇合沙[33]又待做甚么？吓的我战钦钦[34]遍体寒毛乍[35]。吃紧的[36]军随印转，将令威严；兵权在手，主弱臣强。卿呵，则你道波[37]，寡人是怕也那不怕！

（云）杨国忠已杀了，您众军不进，却为甚的？（陈玄礼云）国忠谋反，贵妃不宜供奉[38]，愿陛下割恩正法。（正末唱）

【搅筝琶】高力士道与陈玄礼休没高下，岂可教妃子受刑罚？他见请受[39]着皇后中宫，兼踏着寡人御榻。他又无罪过，颇贤达。须不似周褒姒举火取笑[40]，纣妲己敲胫觑人[41]。早间把他个哥哥坏了，总便有万千不是，看寡人也合饶过他，一地胡拿[42]。

（高力士云）贵妃诚无罪，然将士已杀国忠，贵妃在陛下左右，岂敢自安？愿陛下审思之，将士安则陛下安矣。（正末唱）

【风入松】止不过凤箫羯鼓间琵琶，忽剌剌板撒红牙。假若更添个〔幺花十八〕[43]，那些儿是败国亡家！可知道陈后主[44]遭着杀伐，皆因唱《后庭花》[45]。

（旦云）妾死不足惜，但主上之恩，不曾报得，数年恩爱，教妾怎生割舍？（正末云）妃子，不济事了，六军心变，寡人自不能保。（唱）

【胡十八】似恁地对咱，多应来变了卦。见俺留恋着他，龙泉[46]三尺手中拿。便不将他刺杀，也将他吓杀。更问甚陛下，大

古[47]是知重[48]俺帝王家？

（陈玄礼云）愿陛下早割恩正法。（旦云）陛下，怎生救妾身一救？（正末云）寡人怎生是好？（唱）

【落梅风】眼儿前不甫能栽起合欢树[49]，恨不得手掌里奇擎[50]着解语花[51]，尽今生翠鸾同跨。怎生般爱他看待他，忍下的[52]教横拖在马嵬坡下！

（陈玄礼云）禄山反逆，皆因杨氏兄妹；若不正法，以谢天下，祸变何时得消？望陛下乞与杨氏，使六军马踏其尸，方得凭信[53]。（正末云）他如何受的？高力士，引妃子去佛堂中，令其自尽，然后教军士验看。（高力士云）有白练在此。（正末唱）

【殿前欢】他是朵娇滴滴海棠花[54]，怎做得闹荒荒亡国祸根芽[55]？再不将曲弯弯远山眉儿画[56]，乱松松云鬓堆鸦。怎下的磣磕磕马蹄儿脸上踏，则将细袅袅咽喉掐，早把条长挽挽素白练安排下。他那里一身受死，我痛煞煞独力难加。

（高力士云）娘娘去罢，误了军行。（旦回望科，云）陛下，好下的也！（正末云）卿休怨寡人！（唱）

【沽美酒】没乱杀[57]怎救拔[58]？没奈何怎留他？把死限俄延了多半霎[59]，生各支[60]勒杀，陈玄礼闹交加[61]。

（高力士引旦下）（正末唱）

【太平令】怎的教酩子里[62]题名单骂，脑背后着武士金瓜[63]。教几个卤莽的宫娥监押，休将那软款的娘娘惊吓。你呀，见他问咱，可怜见唐朝天下。

（高力士持旦衣上，云）娘娘已赐死了，六军进来看视。（陈玄礼率众

马践科)(正末做哭科，云)妃子，闪杀[64]寡人也呵！(唱)

【三煞】不想你马嵬坡下今朝化[65]，没指望长生殿里当时话。

【太清歌】[66]恨无情卷地狂风刮，可怎生偏吹落我御苑名花！想他魂断天涯，作几缕儿彩霞[67]。天那！一个汉明妃远把单于嫁，止不过泣西风泪湿胡笳。几曾见六军厮践踏，将一个尸首卧黄沙[68]？

(正末做拿汗巾哭科，云)妃子不知那里去了，止留下这个汗巾儿，好伤感人也！(唱)

【二煞】谁收了锦缠联窄面吴绫袜[69]，空感叹这泪斑斓拥项鲛绡帕。

【川拨棹】痛怜他不能勾水银灌玉匣[70]，又没甚彩嬿[71]宫娃，拽布拖麻[72]，奠酒浇茶。只索浅土儿权时葬下，又不及选山陵将墓打。

【鸳鸯煞】黄埃散漫悲风飒，碧云黯淡斜阳下。一程程水绿山青，一步步剑岭巴峡[73]。唱道[74]感叹情多，恓惶泪洒，早得升遐[75]，休休却是今生罢。这个不得已的官家[76]，哭上逍遥玉骢马！(同下)

---

[1] 陈玄礼：唐玄宗时侍卫军将领，宿卫宫禁，官拜右龙武将军。安史之乱时随唐玄宗逃蜀，在马嵬坡(今陕西兴平西)杀杨国忠，并逼玄宗缢杀杨贵妃。后封蔡国公。参见新、旧《唐书·王毛仲列传》。

[2] 禁军：宫廷的侍卫军。

[3] 郭子仪：唐将领。华州郑县(今陕西渭南市华州区)人。以武举出仕，累迁朔方节度使。肃宗时，因平定安史之乱功著，升中书令，进封汾阳王，世称郭汾阳，亦称郭令公。新、旧《唐书》均有传。

[4] 李光弼：唐将领。与郭子仪齐名，世称“李郭”。营州柳城(今辽宁朝阳)人，

契丹族，善骑射，有大略。安史之乱时任河东节度使，与郭子仪攻河北，大败史思明，收复十余郡，因功升天下兵马副元帅。后封临淮王。新、旧《唐书》均有传。

[5] 五方旗：以青、白、赤、黑、黄五色代表东、西、南、北、中五方的旗帜。一说为旗上画有青龙、白虎、朱雀、玄武和黄龙五种图案以代表四方及畿内五方的旗帜。

[6] 招飐：招展，物被风吹而摇动。《三国演义》第四八回："周瑜恐二人深入重地，便将白旗招飐，令众鸣金。"

[7] 九重：天子所居之处。因其居处有九门，如传说天有九重，故云。

[8] 闾阎：里巷的门。古时二十五家为一闾。《汉书·异姓诸侯王表》："適（zhé 音哲，同'谪'）戍强于五伯，闾阎逼于戎狄。"颜师古注："闾，里门也；阎，里中门也。陈胜、吴广本起闾左之戍，故总言闾阎。"这里以闾阎泛指贫苦人聚居的地方。

[9] "隐隐"六句：明·孟称舜《古今名剧合选·柳枝集》眉批："满目凄凉。"五六搭，五六处。秦川，地名，今陕西一带地方。因陕西为春秋战国时秦国的疆域，所以又称为"秦川"。灞桥，在长安（今陕西西安）城区东二十里，桥跨灞水上。始建于汉代，古人送客东行多至此。潇洒，这里是凄凉的意思。

[10] 鸳鸯瓦：两两成对的瓦。

[11] 陵寝：帝王的陵墓和陵墓旁的祭祀寝庙。因其坟墓高大若山而称为陵；陵侧设寝庙，寝庙以事死如事生，设起居衣服象人生之具，以进行祭祀典礼和供奉死者灵魂起居生活。

[12] 储君：君主之副，指被确立为君位继承人的太子。《白虎通·京师》："储君，嗣主也。"储，副。君，君主。亦作"储天子""储嗣""储主""储元""储后""储体"等。

[13] 传国宝：传国玺，亦称"秦玺"，唐改称"传国宝"。传说秦始皇得蓝田玉，雕为印，正面刻有李斯所写"受命于天，既寿永昌"八个篆文。秦亡传汉，后历代相传，至三国后下落不明。

[14] 行（háng 音杭）：表示这里、那里。

[15] 恶噷噷（hěn hěn 音狠狠）：同"恶狠狠"。

[16] 明颩颩（biāo biāo 音标标）：明晃晃，光闪闪。颩颩，光亮貌、鲜明貌。

[17] 亚：压、拥挤。

[18] 敛戢（jí 音及）：收回、聚敛、收拢。

[19] 就势儿：顺便、趁机。

[20] 半掐：一丁点儿，形容其微。亦作"半恰"，金·董解元《西厢记诸宫调》卷四："咱供养不曾亏了半恰，枉可惜了俺从前香共花。"

[21] 吐蕃（bō 音波）：古代藏族政权名。吐蕃人的祖先是最初居住于青海一带的古

羌族。殷商时期即与中原王朝发生联系。隋末唐初，松赞干布统一西藏高原，建立起统一的吐蕃政权。贞观十五年（641 年），唐太宗以宗女文成公主嫁松赞干布，唐、吐关系非常友好。唐高宗时，吐蕃开始不断发动侵唐战争，攻占了属于唐统治的大片领土。

[22] 交通：交结、勾结。

[23] 斗：同“逗”，逗引、招惹。

[24] “是非”句：是非，这不是。股肱（gōng 音弓），大腿和上臂，引申为帝王所依赖的大臣。句意为：这不是因为杨国忠是我的大臣而难以抛弃。

[25] 断遣：意为根据罪行而处置、判刑。

[26] 展污：玷污，意为污损、玷辱。

[27] 五条刑法：笞、杖、徒、流、死五种刑法。

[28] 阵杀：斩杀。阵，“斩”之音转。

[29] 施行：执行、处决。

[30] 〔拨不断〕：曲牌名。又名〔续断弦〕。北曲属【双调】。套数、小令兼用。六句六韵：三、三、七、七、七、七，共三十四字。首二句对仗，中三句鼎足对，末句独立。

[31] 六军：古制，天子置六军，诸侯国大国置三军，次国置二军，小国置一军，后世遂泛称帝王统帅的军队为“六军”。这里指禁军。唐制，左右龙武军、左右羽林军、左右神武军合称六军，或称北衙六军。

[32] 马嵬坡：地名，在今陕西兴平市西，相传古代名将马嵬曾在此筑城而得名。唐时，马嵬坡不仅是一个地名，还是一个重要的驿站，负责为过往的官员和信使提供住宿和饮食服务，因此也被称为“马嵬驿”。由于马嵬驿地处长安城西侧，且是丝绸之路西出的必经之地，这里不仅吸引了众多官员驻足，也成为西域胡商聚集的热门场所，是关中地区最为繁忙的驿所之一。唐安史之乱，玄宗奔蜀，途次马嵬驿，卫兵杀杨国忠，玄宗被迫赐杨贵妃死，葬于马嵬坡。宋·杨万里《浯（wú 音无）溪摩崖怀古》诗：“岂惟当时留锦囊，至今人说马嵬坡下尘土香。”

[33] 簇合沙：紧紧围拢、包围的意思。沙，语尾助词，无义。

[34] 战钦钦：战战兢兢。

[35] 寒毛乍：因惊惧而身体寒战、毛发乍竖的意思。

[36] 吃紧的：也作“赤紧的”“尺紧”，意为真正是、实在是，统领后面四个短句，惶惧之状可见。

[37] 波：句中衬字，放于词或短语中间，无意义，但起一定的音节作用。

[38] 供奉：奉养。

[39] 请受：承受、领受、享受。亦作“赗（qíng 音情）受”。

[40] 周褒姒（sì 音四）举火取笑：典出《史记·周本纪》。褒姒，周幽王宠妃。因其

不爱笑，周幽王想尽办法以博其一笑。幽王原备有烽燧，有外敌入侵时就举烽火报警。他为博宠妃一笑，便谎报军情，举烽火召来诸侯。诸侯起兵来援，却发现并无敌寇。褒姒看见诸侯混乱的样子大笑，幽王却因此失信于诸侯。后来西方外族犬戎入侵，幽王举烽火示警，却无一人来救，终至亡国。犬戎在骊山下将幽王杀死，将褒姒掠走，并把周的财宝抢劫殆尽。

［41］“纣妲己”句：商纣王宠妃妲己，有苏氏（商诸侯，在今河南武陟东）之女。纣王伐有苏氏，有苏氏献妲己以求和。纣王非常宠爱妲己，唯妲己之言是从。冬日，妲己见一人赤足过河，以为其胫（jìng 音敬）耐寒，便令人抓来敲胫以验视其骨髓的充盈程度（见《国语·晋语》《史记·殷本纪》）。胫，小腿。觑（qù 音去），看、瞧。

［42］一地胡拿：一味地胡抓乱捕。一地，一味地、一个劲儿地。拿，抓捕。

［43］〔幺花十八〕：指〔六幺花十八〕，大曲〔六幺〕中的一叠，名“花十八”，前后十八拍、四花拍。

［44］陈后主：指陈叔宝，南朝陈末代皇帝。太建十四年（582 年）即位。在位间不虞外难，不修政事，昵近群小，终日纵酒赋诗。后为隋文帝俘获，病死洛阳，谥号炀，史称陈后主。参见《陈书·后主本纪》。

［45］《后庭花》：全名《玉树后庭花》，为南朝陈后主亡国前自制之曲。因陈后主终日耽于声色，荒淫奢侈，终至亡国，于是人们便把《后庭花》看作亡国之音。《旧唐书·音乐志》引杜淹对唐太宗的话说：“前代兴亡，实由于乐。陈将亡也，为《玉树后庭花》；齐将亡也，而为《伴侣曲》。行路闻之，莫不悲泣，所谓亡国之音也。”

［46］龙泉：宝剑名。晋代张华见斗牛星之间常有紫气，便唤雷焕加以询问。焕称此气为宝剑之精，上彻于天，其地在豫章丰城（今江西丰城）。于是，张华任命雷焕为丰城令。雷焕到任，掘狱屋基，得双剑，一曰“龙泉”，一曰“太阿”。后世遂以龙泉、太阿代指宝剑。详见《晋书·张华列传》。

［47］大古：大概。

［48］知重：敬重。

［49］合欢树：亦名“马缨花”。落叶乔木，羽状复叶，呈镰状，夜间成对相合，故俗又称“夜合花”。夏季开花，花称“合欢花”，故古人常以之赠人，谓能使人忘忿和好。

［50］奇擎：捧托、高高举起。奇，语首助词，无意义。

［51］解语花：指杨贵妃，谓其善解人意而使人愉悦。秋八月，唐明皇与贵戚在太液池赏千叶白莲，贵戚称羡不已。明皇指杨贵妃以示于左右曰：怎如我解语花！见五代王仁裕《开元天宝遗事·解语花》。解者，能也；解语花，即会说话的花，用来比喻杨贵妃的娇美艳丽。

［52］忍下的：谓忍心、舍得。亦见于本折正末唐玄宗唱：“怎下的磣磕磕马蹄儿脸

上踏”，“（旦回望科，云）陛下，好下的也！”亦作“下得”，金·董解元《西厢记诸宫调》卷七〔大石调·玉翼蝉〕：“似恁地埋（mán 音蛮）怨，教人怎下得？”

[53] 凭信：凭据义。可指书证和物证。凭，依据。《宣和遗事》前集：“乞赐金杯作照凭。”信，凭证。

[54] 海棠花：玄宗喻杨贵妃的醉相。玄宗登沉香亭，时杨贵妃酒醉而睡，便命人扶掖而至。见其醉相，玄宗笑曰：“是岂妃子醉邪！真海棠睡未足耳！”见宋·僧惠洪《冷斋夜话》卷一引《太真外传》。

[55] 根芽：从植物根上生出来的幼芽。比喻后嗣。

[56] “再不将”句：意为再不能学张敞为妇画眉。据《汉书·赵尹韩张两王传》载，汉京兆尹张敞喜为妇画眉，有司以奏敞，汉宣帝就此询问张敞，敞回答说：“臣闻闺房之内，夫妇之私，有过于画眉者。”后世便以“张敞画眉”喻夫妇恩爱。远山眉：形容女子眉毛秀美。晋·葛洪《西京杂记》卷二：“文君娇好，眉色如望远山。”

[57] 没乱杀：非常烦乱、烦乱极了。杀，亦作“煞”，用作副词，意为极其、非常。

[58] 救拔：救助、拯救。

[59] 多半霎（shà 音厦）：多半会儿的意思。半霎，谓其时间极短。霎，短时间、一会儿。

[60] 生各支：亦作“生各札”“生扢扎”等，生生的、活活的之意。

[61] 交加：厉害。

[62] 酩（mǐng 音名上声）子里：宋元时口语，暗地里、背地里、偷偷地、悄悄地；平白无故。亦作“瞑子里”，金·董解元《西厢记诸宫调》卷一：“那君瑞醮台儿旁立地不定，瞑子里归去。”

[63] 金瓜：仪仗兵器，由一长柄及柄端的锤子组成，有立瓜、卧瓜两种样式，立瓜的样子像冬瓜，卧瓜的样子像南瓜。用于古代仪仗队伍中。

[64] 闪杀：抛撇煞、苦煞。

[65] 化：死的讳称。金·董解元《西厢记诸宫调》卷二：“先人化去，不幸厮间遭贼盗。”

[66] 〔太清歌〕：曲牌名。入【双调】，又名〔太平歌〕，《南村辍耕录》“杂剧曲名”条即著录为〔太平歌〕。太清与玉清、上清并称三清，为道教神仙所居的最高仙境。《太清歌》乃道调歌曲，即太清乐，为道乐中的重要曲调，《玉音法事》《金箓斋三洞赞咏仪》等道教典籍均有收录。后由词入曲，用于剧曲。据《北词广正谱》，其定格九句八韵：七、四、五、四、二、七、七、七、五。

[67] 作几缕儿彩霞：承“吹落名花”而来，写贵妃死后化作天边彩霞，用李白《宫中行乐词》“只愁歌舞散，化作彩云飞”词意。

[68] “天那”五句：明·孟称舜《古今名剧合选·柳枝集》眉批：“善写愁者，要

于常境更进一层，凡作文者然。”汉明妃远把单于嫁，汉南郡秭（zǐ 音紫）归（今属重庆）人王嫱（qiáng 音墙），字昭君，汉元帝时被选入宫中。匈奴呼韩邪（yé 音爷）单于入朝求和亲，昭君自请嫁匈奴。入匈奴后被封为宁胡阏氏（yān zhī 音烟支）。呼韩邪单于死，子雕陶莫皋袭立为单于，昭君请归而未准，便遵汉成帝命而为新单于的阏氏。事见《汉书·元帝纪》《汉书·匈奴传下》等。昭君的和亲，曾促进、维护了汉朝与匈奴的和好关系。昭君，晋避司马昭讳，改称明君或明妃。胡笳，古代管乐器。汉代流行于塞北和西域一带。开始为卷芦叶吹之以作乐，后以木为管，饰以桦皮，为三孔，两端加角。

[69] “谁收了”句：相传杨贵妃死后，马嵬坡的一个老婆婆拾到她的一只锦袜，过客看一次便收取百钱。

[70] 水银灌玉匣：帝王后妃死后，为保护尸体，便往棺木中灌注水银。

[71] 彩嬺（làn 音滥）：借指年轻宫女。嬺，宫女，常用为女子名。

[72] 拽布拖麻：披麻戴孝。

[73] “一程程”二句：明·孟称舜《古今名剧合选·柳枝集》眉批：“语意出《天宝遗事》中所为‘巴猿未叫肠先断’也。”

[74] 唱道：亦作“畅道”“唱道是”“畅道是”，正是、真是、端的是之意。

[75] 升遐：亦作“升霞”“升假”“登遐”“登假”，帝王后妃之死的讳称。隋以前，臣下之死亦可称“登遐”，唐以后成为帝王之死的专用讳称。

[76] 官家：东汉时称公家、官府等为官家，十六国时始称皇帝为官家，宋时便广泛用作对皇帝的代称。亦作“官里”。

第四折

（高力士上，云）自家高力士是也。自幼供奉内宫，蒙主上抬举，加为六宫提督太监[1]。往年主上悦杨氏容貌，命某取入宫中，宠爱无比，封为贵妃，赐号太真。后来逆胡称兵[2]，伪诛杨国忠为名，逼的主上幸蜀。行至中途，六军不进。右龙武将军陈玄礼奏过，杀了国忠，祸连贵妃。主上无可奈何，只得从之，缢死马嵬驿中。今日贼平无事，主上还国，太子做了皇帝。主上养老，退居西宫，昼夜只是想贵妃娘娘。今日教某挂起真容[3]，朝夕哭奠。不免收拾停当，在此伺候咱。

（正末上，云）寡人自幸蜀还京，太子破了逆贼，即了帝位。寡人退

居西宫养老，每日只是思量妃子。教画工画了一轴真容供养着，每日相对，越增烦恼也呵！（做哭科，唱）

【正宫·端正好】自从幸西川还京兆[4]，甚的是月夜花朝[5]！这半年来白发添多少，怎打叠[6]愁容貌！
【幺篇】瘦岩岩[7]不避群臣笑，玉叉儿将画轴[8]高挑。荔枝花果[9]香檀卓[10]，目觑了伤怀抱。

（做看真容科，唱）

【滚绣球】险些把我气冲倒，身谩靠[11]，把太真妃放声高叫。叫不应雨泪嚎咷。这待诏[12]，手段高，画的来没半星儿差错。虽然是快染能描[13]，画不出沉香亭[14]畔《回鸾》[15]舞，花萼楼[16]前上马娇[17]，一段儿妖娆。
【倘秀才】妃子呵，常记得千秋节[18]华清宫宴乐，七夕会长生殿乞巧，誓愿学连理枝比翼鸟[19]；谁想你乘彩凤、返丹霄[20]，命夭！

（带云）寡人越看越添伤感，怎生是好！（唱）

【呆骨朵】寡人有心待盖一座杨妃庙，争奈无权柄谢位辞朝。则俺这孤辰限难熬，更打着离恨天最高[21]。在生时同衾枕，不能勾[22]死后也同棺椁。谁承望马嵬坡尘土中，可惜把一朵海棠花零落了。

（带云）一会儿身子困乏，且下这亭子，去闲行一会咱。（唱）

【白鹤子】那[23]身离殿宇，信步下亭皋[24]。见杨柳袅翠蓝丝，芙蓉拆胭脂萼[25]。
【幺】见芙蓉怀媚脸，遇杨柳忆纤腰。依旧的两般儿点缀上阳

宫[26]，他管[27]一灵儿[28]潇洒[29]长安道。

【幺】常记得碧梧桐阴下立，红牙箸[30]手中敲。他笑整缕金衣[31]，舞按霓裳乐[32]。

【幺】到如今翠盘[33]中荒草满，芳树下暗香消。空对井梧阴，不见倾城貌[34]。

（做叹科，云）寡人也怕闲行，不如回去来。（唱）

【倘秀才】本待闲散心追欢取乐，倒惹的感旧恨天荒地老[35]。快快归来凤帏悄[36]，甚法儿捱今宵？懊恼！

（带云）回到这寝殿中，一弄儿[37]助人愁也。（唱）

【芙蓉花】淡氤氲[38]篆烟袅[39]，昏惨剌[40]银灯照。玉漏迢迢[41]，才是初更报。暗觑清霄，盼梦里他来到。却不道口是心苗[42]，不住的频频叫。

（带云）不觉一阵昏迷上来，寡人试睡些儿。（唱）

【伴读书】一会家[43]心焦燥[44]，四壁厢秋虫闹。忽见掀帘西风恶，遥观满地阴云罩。俺这里披衣闷把帏屏[45]靠，业[46]眼难交。

【笑和尚】原来是滴溜溜[47]绕闲阶败叶飘，疏剌剌刷[48]落叶被西风扫，忽鲁鲁[49]风闪得银灯爆。厮琅琅[50]鸣殿铎[51]，扑簌簌[52]动朱箔[53]，吉丁当[54]玉马儿[55]向檐间闹。

（做睡科，唱）

【倘秀才】闷打颏[56]和衣卧倒，软兀剌[57]方才睡着。（旦上，云）妾身贵妃是也。今日殿中设宴，宫娥，请主上赴席咱。（正末唱）忽见青衣[58]走来报，道太真妃将寡人邀，宴乐。

（正末见旦科，云）妃子，你在那里来？（旦云）今日长生殿排宴，请主上赴席。（正末云）分付梨园子弟[59]齐备着。（旦下）（正末做惊醒科，云）呀！元来是一梦。分明梦见妃子，却又不见了。（唱）

【双鸳鸯】[60]斜亸翠鸾翘[61]，浑一似出浴的旧风标[62]，映着云屏[63]一半儿娇。好梦将成还惊觉，半襟情泪湿鲛绡[64]。

【蛮姑儿】[65]懊恼，窨约[66]。惊我来的又不是楼头过雁，砌下寒蛩[67]，檐前玉马，架上金鸡，是兀那[68]窗儿外梧桐上雨潇潇。一声声洒残叶，一点点滴寒梢，会把愁人定虐[69]。

【滚绣球】这雨呵，又不是救旱苗，润枯草，洒开花萼，谁望道秋雨如膏。向青翠条，碧玉梢，碎声儿必剥[70]，增百十倍歇和[71]芭蕉。子管里[72]珠连玉散[73]飘千颗，平白地瀽瓮番盆[74]下一宵，惹的人心焦。

【叨叨令】一会价紧呵，似玉盘中万颗珍珠落；一会价响呵，似玳筵前几簇笙歌闹；一会价清呵，似翠岩头一派寒泉瀑；一会价猛呵，似绣旗下数面征鼙操[75]。兀的[76]不恼杀人也么哥[77]！兀的不恼杀人也么哥！则被他诸般儿雨声相聒噪[78]。

【倘秀才】这雨一阵阵打梧桐叶凋，一点点滴人心碎了。枉着金井银床[79]紧围绕，只好把泼[80]枝叶做柴烧，锯倒。

（带云）当初妃子舞翠盘时，在此树下，寡人与妃子盟誓时，亦对此树。今日梦境相寻，又被他惊觉了。（唱）

【滚绣球】长生殿那一宵，转回廊，说誓约，不合对梧桐并肩斜靠，尽言词絮絮叨叨。沉香亭那一朝，按霓裳，舞〔六幺〕，红牙箸击成腔调，乱宫商闹闹炒炒。是兀那当时欢会栽排[81]下，今日凄凉厮辏[82]着，暗地量度。

（高力士云）主上，这诸样草木，皆有雨声，岂独梧桐？（正末云）

你那里知道，我说与你听者。（唱）

【三煞】润蒙蒙杨柳雨，凄凄院宇侵帘幕。细丝丝梅子雨，妆点江干[83]满楼阁。杏花雨红湿阑干，梨花雨玉容寂寞[84]。荷花雨翠盖翩翩，豆花雨绿叶潇条[85]。都不似你惊魂破梦，助恨添愁，彻夜连宵！莫不是水仙弄娇，蘸杨柳洒风飘[86]？

【二煞】咪咪似喷泉瑞兽临双沼[87]，刷刷似食叶春蚕散满箔。乱洒琼阶，水传宫漏[88]；飞上雕檐，酒滴新槽。直下的更残漏断，枕冷衾寒，烛灭香消。可知道夏天不觉，把高凤麦来漂[89]。

【黄钟煞】顺西风低把纱窗哨[90]，送寒气频将绣户敲。莫不是天故将人愁闷搅，度铃声响栈道[91]。似花奴羯鼓调[92]，如伯牙〔水仙操〕[93]。洗黄花润篱落，渍苍苔倒墙角；渲湖山漱石窍，浸枯荷溢池沼；沾残蝶粉渐消，洒流萤焰不着；绿窗前促织叫，声相近雁影高；催邻砧[94]处处捣，助新凉分外早。斟量[95]来这一宵，雨和人紧厮熬；伴铜壶点点敲，雨更多泪不少。雨湿寒梢，泪染龙袍，不肯相饶，共隔着一树梧桐直滴到晓！

题目　　安禄山反叛兵戈举　陈玄礼拆散鸾凤侣

正名[96]　杨贵妃晓日荔枝香　唐明皇秋夜梧桐雨

---

[1] 六宫提督太监：总管皇帝后宫的太监。唐代无此官名，此为作者虚构的官职。

[2] 逆胡称兵：指安禄山叛乱。

[3] 真容：这里指杨贵妃的画像。

[4] “自从”句：西川，泛指蜀地。京兆，汉代行政区划名，为汉代首都长安的辅佐地区，在长安附近。此指唐朝京城长安。

[5] “甚的”句：甚的是，什么是。月夜花朝，即月夕花朝。古人以二月十五日为花朝，以八月十五夜为月夕。二月十五日这天称为百花生日，是人们外出赏花的日子。宋·吴自牧《梦粱录》卷一“二月望”：“仲春十五日为花朝节，浙间风俗，以为春序正中，百花争放之时，最堪游赏，都人皆往钱塘门外……玩赏

奇花异木。”

［6］ 打叠：亦作“打迭”“打摞”，打点、料理、收拾的意思。

［7］ 瘦岩岩：瘦得很厉害的样子。岩岩，比喻瘦骨嶙峋。

［8］ 画轴：指杨贵妃的画像。《旧唐书》卷五十一《杨贵妃传》记杨贵妃死于马嵬坡后，瘗（yì 音忆）于驿西道侧。初瘗时以紫褥裹之。及乱平玄宗回京时，贵妃的“肚肤已坏，而香囊仍在，内官以献。上皇（玄宗）视之凄惋，乃令图其形于别殿，朝夕视之”。

［9］ 荔枝花果：据《新唐书》载，“(杨贵）妃嗜荔枝，必欲生致之。乃置骑传送，走数千里味未变”。

［10］ 卓：同“桌”。

［11］ 谩靠：形容举动失态。

［12］ 待诏：唐代设翰林院，凡擅长文辞、经术、医卜等人士都收容在里面，随时等待皇帝招宣，称为待诏。这里指画待诏。

［13］ 快染能描：形容技艺的娴熟。快，灵巧，与“能”互文为义。染，指画的着色。

［14］ 沉香亭：在长安兴庆宫中。杨贵妃与玄宗常在亭中赏花歌舞。唐 · 李白《清平调》有“沉香亭北倚阑干”句。

［15］《回鸾》：古代舞曲名，或可形容舞姿。北周 · 庾信诗《春赋》:“《阳春》《渌水》之曲，《对凤》《回鸾》之舞。”

［16］ 花萼楼：花萼相辉楼，在兴庆宫之西，是唐玄宗和诸王游宴的地方。

［17］ 上马娇：是宋元时画的杨贵妃图像的一种，画的是杨贵妃上马的情况。

［18］ 千秋节：指唐玄宗的生日。唐玄宗生于八月初五，开元十七年（729 年），百官上表奏请这一天为千秋节，天宝七载（748 年）改“千秋节”为“天长节”。

［19］“七夕”二句：语见白居易《长恨歌》:“七月七日长生殿，夜半无人私语时。在天愿作比翼鸟，在地愿为连理枝。”

［20］ 乘彩凤、返丹霄：是死的委婉说法。丹霄，指天上。

［21］“则俺”二句：意谓孤苦的日子已是难熬，更加上相思愁如离恨天一般高。孤辰限，孤独而有限的时日。孤辰，卜卦者的术语，指甲、乙、丙、丁、戊、己、庚、辛、壬、癸十天干与子、丑、寅、卯、辰、巳、午、未、申、酉、戌、亥十二地支相配，所余末二位地支便为孤辰，循环往复，依次类推。迷信者认为孤辰不吉利，主孤寡。限，死期，这里指有生之日。更打着，更碰着、更加上。打，遭、逢。离恨天，佛教谓在须弥山顶中央为帝释天，四方各有八天，共三十三天。俗说：三十三天中离恨天最高，四百四病中相思病最苦。后用来比喻男女之情的生离愁苦心境。

［22］ 勾：同“够”。

［23］ 那（nuó 音挪）：同“挪”。

［24］ 亭皋：亭边平地。皋，水边地。

［25］ 芙蓉拆（chè 音彻）胭脂萼：指木芙蓉花开。拆，同“坼（chè 音彻）”，绽开、分裂。萼，花托。

［26］ 上阳宫：唐宫殿名，在洛阳，这里当作长安的宫殿。

［27］ 管：表示肯定的语气助词，管保、准定。金・董解元《西厢记诸宫调》卷一：“手托着腮儿，见人羞又怕。觑举止行处，管未出嫁。”

［28］ 一灵儿：灵魂。这里指杨贵妃的灵魂。

［29］ 潇洒：这里是飘泊、凄凉、冷寂的意思。

［30］ 红牙箸：敲乐器、打节奏用的红色象牙箸。

［31］ 缕金衣：又称“金缕衣”，华美、华贵的衣服。

［32］ 按霓裳乐：按《霓裳羽衣曲》的节奏跳霓裳羽衣舞。霓裳乐，即《霓裳羽衣曲》。

［33］ 翠盘：跳舞的道具。本剧第二折曾写杨贵妃在盘上做霓裳之舞。

［34］ 倾城貌：使满城的人倾倒的相貌，形容极漂亮的佳人。

［35］ 天荒地老：谓时间过去久远。语见唐・李贺《致酒行》诗：“吾闻马周昔作新丰客，天荒地老无人识。”

［36］ “怏怏”句：伤心地回到静悄悄的宫房。怏怏，伤心、痛苦。凤帏，绣着凤凰图案的幔帐，古代妇女多用于内室或床帐。这里指皇帝的床帐。

［37］ 一弄儿：一味地、总是。

［38］ 氤氲：同“细缊”，形容云气在空中弥漫飘动的样子。

［39］ 篆烟袅：香点燃后烟云上升的形状。篆烟，烟气盘旋屈曲，像篆书一样，故云。袅，烟气缭绕上升。

［40］ 昏惨剌：指天色昏暗。惨剌，亦作“嗞拉”“擦剌”等，口语语尾助词，有淡化首词程度的作用，今北方仍习用。

［41］ 玉漏迢迢：玉漏，古代滴水计时的工具。迢迢，黑夜很长。

［42］ 口是心苗：心里所想都会通过语言表现出来，即“言为心声”。

［43］ 一会家：一会儿。家，语助词，无义，亦作“价”。本剧本折正末唐玄宗唱：“一会价紧呵，似玉盘中万颗珍珠落；一会价响呵，似玳筵前几簇笙歌闹；一会价清呵，似翠岩头一派寒泉瀑；一会价猛呵，似绣旗下数面征鼙（pí 音皮）操。”

［44］ 焦懆（cǎo 音草）：焦躁。懆，急躁。

［45］ 帏屏：帏帐、绣帐。

［46］ 业眼难交：难以入睡。业眼，作孽的眼睛。业，泛指一切身心活动。佛教认为在六道中生死轮回，是由业决定的。业分为善、不善、非善非不善三种，一般偏指恶业、罪孽。

［47］ 滴溜溜：亦作“滴流流”，形容落叶旋转飘飞的拟声词。

［48］疏剌剌刷：风吹扫落叶时发出的声音。刷，用以加强语音。

［49］忽鲁鲁：形容风吹灯的声音。

［50］厮琅琅：拟声词，物相碰击发出的“当啷啷”“哗啷啷”之类的声音。

［51］殿铎：悬挂在殿宇檐角的风铃，风吹即响。

［52］扑簌簌：形容窗帘被吹动的声音。

［53］朱箔：同“珠箔”，朱帘。

［54］吉丁当：拟声词。

［55］玉马儿：指铁马，古代屋檐上常挂的铁片，风吹便发出碰撞声。有的也用玉做成，称为玉马。本折正末唐玄宗唱：“惊我来的又不是楼头过雁，砌下寒蛩，檐前玉马，架上金鸡。”

［56］闷打颏（kē 音苛）：百无聊赖、没精打采的样子，呆闷的意思。打颏，语助词，亦作“答孩”。金 · 董解元《西厢记诸宫调》卷五：“倚定门儿手托腮，闷答孩地愁满怀。”

［57］软兀剌：绵软无力、懒洋洋的样子。兀剌，语助词，无义。

［58］青衣：皂衣，黑色衣服，古代社会地位低下者所穿。这里指宫女、婢女。

［59］梨园子弟：唐玄宗深爱音乐，曾选乐工和宫女在梨园集中训练，这些人被称为梨园子弟。

［60］〔双鸳鸯〕：曲牌名。属【正宫】，与【中吕宫】有出入。用于剧曲和散曲小令。五句：三、三、七、七、七。押四平韵。另有增句格，第一句之前再增四句，句式：三、三、七、七。例见元 · 王恽【正宫 · 双鸳鸯】《柳圈辞》。

［61］斜亸翠鸾翘：斜插着翠鸾翘。亸，下垂。翠鸾翘，用玉做成的凤形首饰。

［62］“浑一似”句：像当年从华清池里出来一样的风韵。浑一似，好像、如同。出浴的旧风标，是说杨玉环出浴时最有风韵，这是古代许多艺术家喜欢描写的题材，故说“旧风标”。白居易《长恨歌》有：“春寒赐浴华清池，温泉水滑洗凝脂。侍儿扶起娇无力，始是新承恩泽时。”即指此。

［63］云屏：有云形彩绘或用云母石装饰的屏风。

［64］鲛绡：古代传说中的人鱼叫鲛人，其所织的绡称为鲛绡。因手帕多以绡做成，故多以指手帕。

［65］〔蛮姑儿〕：曲牌名。又名〔蛮姑令〕。属【正宫】，亦入【中吕宫】。用于剧曲。六句六韵：二、二、七、三、三、七。此处明 · 孟称舜《古今名剧合选 · 柳枝集》眉批：“此下只说雨声，而愁恨千端，如飞泉喷瀑，一时倾泄。”秋雨惊梦，写明皇听梧桐秋雨的感受。围绕一个“雨”字反复咏叹，中间几乎没有道白，一气呵成，可谓淋漓尽致。其铺采摛文的手法，俨然是一篇“秋雨赋”。日人青木正儿在《元曲概说》中说，此剧和杨显之《临江驿潇湘秋夜雨》可称描写秋雨的双璧，“不过彼此的情趣正相反：《梧桐雨》是宫殿的雨，是在染着铜绿色的梧桐树上，用银线去画的；《潇湘雨》是荒野的雨，是用水墨轻描淡写的”。

[66] 窨（yìn 音印）约：亦作“窨腹”“窨付”等，思量、揣度（duó 音夺）。

[67] 砌下寒蛩（qióng 音穷）：石阶下的蟋蟀。砌，石阶。寒蛩，即蟋蟀。

[68] 兀那：那。兀，发语词，无义。

[69] 定虐：打扰、折磨。

[70] 必（bǐ 音比）剥：拟声词，形容雨打在树叶上的声音，犹今之“噼噗”之类。

[71] 歇和（hè 音赫）：谓声音相谐相和。这里指雨打叶子的节拍声。

[72] 子管里：亦作“则管里”。一直地、一味地、只管。

[73] 珠连玉散：从声音联想到雨的形象，由听觉转换为视觉，具有“通感”的美学效果。与下“瀽瓮”句从雨之总体言，“珠连”句从具体雨滴、雨线言，对仗工整。

[74] 瀽（jiǎn 音简）瓮番盆：倒瓮翻盆，形容雨大，犹“倾盆大雨”。瀽，泼、倒。番，翻。瓮，口小肚大的坛子。

[75] “一会价”八句：写雨的急慢大小。每一种雨势都用比喻来形容：雨紧，“似玉盘中万颗珍珠落”；雨响，“似玳筵前几簇笙歌闹”；雨清，“似翠岩头一派寒泉瀑（飞水溅激）”；雨猛，“似绣旗下数面征鼙操”。通过比喻，不仅使雨声可闻，而且使雨声可见，声音不同，形象各异，极大地丰富了作品的意境。玳筵，珍贵的宴席。玳，龟类的一种。征鼙，征鼓。鼙，古代军队所用的一种小鼓。

[76] 兀的：这。

[77] 也么哥：语气词。

[78] 聒（guō 音郭）噪：吵闹、喧扰。声音喧闹刺耳，令人厌烦。发出声音的主体不限，可以是人，也可以是万事万物。

[79] 金井银床：此处指围护梧桐的精美栏杆。金井，宫廷或园林中井栏上有雕饰的井。银床，井上的围栏。金井、银床、梧桐，在古人笔下常共同构成经典画面，歌咏秋色。

[80] 泼：詈辞，骂人的话。

[81] 栽排：安排，或以为栽种。

[82] 厮辏（còu 音凑）着：相凑近、相伴着。厮，相。辏，靠近、接近。

[83] 江干（gān 音甘）：江岸。干，水边。

[84] “梨花雨”句：化用《长恨歌》诗句“玉容寂寞泪阑干，梨花一枝春带雨”。

[85] 潇条：同“萧条”。

[86] “莫不是”二句：意谓莫不是水仙在发神威，蘸杨柳随风泼洒下雨来。水仙，水中神仙。蘸杨柳，此指观音，观音变相中有持杨枝洒甘露一相。

[87] “咻咻（chuáng chuáng 音床床）”句：咻咻，拟声词，形容汩汩流水似兽类饮水声。这里指雨声。喷泉瑞兽，古代在喷水的地方装上石兽，让水从兽口中流出。沼，水池。

[88] 宫漏：宫中计时器。漏，亦称“刻漏”，古计时器，其构造是以一个开口的壶装满水，使之一滴滴漏到另一个容器中，然后根据所储漏水多少来计时。

[89] 把高凤麦来漂：高凤，东汉南阳叶（今河南叶县西南旧县）人。其家以农耕为业，本人专心读书。一天，其妻下田劳作，让他看护晒在庭院中的麦子。高凤持竿诵读，不觉雨下，麦子被雨水冲走而不知，至其妻回家责问而始醒悟。后以“漂麦”指称专心读书。这里以“漂麦”指称雨水之大。详见《后汉书 · 逸民列传 · 高凤》。这里用高凤的典故说明雨水之大。

[90] 哨：同“潲（shào 音哨）”，雨随风向而斜着落入门户。

[91] 度铃声响栈道：据唐 · 郑处诲《明皇杂录》载，“明皇既幸蜀，西南行初入斜谷，属霖雨涉旬，于栈道中闻铃音（按，指马铃声）与山相应。上既悼念贵妃，采其声为《雨霖铃》曲，以寄恨焉”。乱平返京后，曾命梨园弟子张野狐奏之，“未半，上四顾凄凉，不觉流涕，左右感动，与之歔欷”。“前度铃声响栈道”，勾起了对贵妃的悼念。栈道，指沿悬崖峭壁修建的一种道路。事见《太真外传》。

[92] 似花奴羯鼓调：像花奴敲羯鼓的声调。花奴，唐汝阳王李琎小名，他擅长羯鼓。

[93] 如伯牙〔水仙操〕：像伯牙〔水仙操〕的声音。伯牙，传说为春秋时期的音乐家，善鼓琴。〔水仙操〕，琴曲名。传说伯牙学琴于成连，成连为移伯牙之情，便携伯牙至东海蓬莱山。伯牙闻海水洞涌，山村杳冥，于是援琴而歌，作〔水仙操〕。操，琴曲。

[94] 砧（zhēn 音针）：捣衣石。

[95] 斟量：思量、估量、酌量。

[96] 题目正名：《古名家杂剧》本、《古杂剧》本、《元明杂剧》本、《古今名剧合选 · 酹江集》本的前两句与《元曲选》本不同，均为“高力士离合鸾凤侣，安禄山反叛兵戈举”。后两句与《元曲选》本相同。

董秀英花月东墙记

《董秀英花月东墙记》简称《东墙记》。本事待考。《永乐大典·戏文十八》《南词叙录·宋元旧篇》均著录。今存赵琦美脉望馆钞校《古名家杂剧》本。全剧五折一楔子，叙写青年书生马文辅和松江府尹董鎣（yíng 音营）之女董秀英之间的爱情故事。马文辅与董秀英由双方父亲自幼定亲。后马家衰落，婚事搁浅。马文辅长大后，一为打听亲事，二为游学，来到松江府，其住所恰临董家后花园之东墙。董秀英去花园散心，在东墙头见到马文辅，两人相爱悦。马文辅操琴遣闷，被烧夜香的董秀英听见，更为动情，两人隔墙吟诗传情。后来，两人都知道他们原有婚约，便约定在海棠亭私会。私会时，被董母撞见。董母坚持不招白衣女婿，逼马文辅赴京应试。马文辅考中状元，回来后才与秀英成婚。

在情节上，《东墙记》与《西厢记》有许多相似之处，如楔子“借厢”，第一折相恋，第二折听琴、酬和，第三折寄柬、作合、拷红，第四折逼试、送别，第五折及第、团圆等，实际上是《西厢记》情节的浓缩、精华的抽取。题目上以“崔莺莺”对“董秀英”，以“待月”对“花月”，以“西厢”对“东墙”；人物上以张生对马文辅，以崔莺莺对董秀英，以红娘对梅香，以郑夫人对刘夫人。《东墙记》在题目、情节、曲词和人物上都明显地

模仿和因袭《西厢记》。与《西厢记》不同的是，董秀英与马文辅的婚约为父母说定，两人相会时是被老夫人撞见，又有马文辅赶考后秀英思念成病的情节。《东墙记》在体制上对元杂剧也多有突破。全剧除楔子之外，凡五折，多人轮唱，楔子为末唱；第一、二、四折旦唱，且第二折梅香唱二曲；第三折，末、旦、梅香互唱；第五折旦、末互唱。

楔　子

（冲末扮马生上，云）小生姓马名彬，字文辅，祖贯临阳人氏。先父拜[1]三原县令，不幸身亡。小生年长二十五岁，雪案萤窗[2]，苦攻经史，博古通今，名誉文章，自不可掩[3]。俺父亲在日之时，曾与松江府府尹董鍪为友。尝记得董府尹酒席之间，问俺父亲："咱既为通家[4]，凡事皆当商量。"先父说："别无甚事，止有小儿马彬年少，颇肯向学，未遂功名。"府尹见说聪明，便道："某有一女，小字秀英，愿与你令嗣[5]为妻。"后来先父下世，路途遥远，音信不通。如今小生一者游学，二者就问这亲走一遭去。家童，收拾琴剑书箱[6]，今日就行。（唱）

【仙吕·赏花时】文质彬彬[7]一丈夫，千里寻师为学谋。今日个践路途，单身独步，云外雁声孤。

【幺篇】我如今赤手空拳[8]百事无，父丧家贫不似初，囊箧[9]尽消疏。鹏程[10]有路，何日赴皇都[11]？

（云）行了个月期程，到得松江府了。家童，你寻个客店安下。（童云）理会的。兀那就是一所店房。店主在家么？（净上，云）谁叫？谁叫？（童云）老者，俺家长[12]来此投宿。（做见科）（生云）小生动问老公公，此处董府在否？（净云）府尹下世去了。（生云）他宅子在何处？（净云）隔壁就是。足下与府尹甚亲？（生云）先父与府尹相交契厚。自先父下世，一向间阔[13]，不曾问候。（净云）足下如今那里去？（生云）小生儒业进身，游学至此，将赴诏选。敢问公公，有房舍借一间小生借居，待来春赴试[14]。（净云）足下既要安住，老夫有一小顽，名曰山寿，就托足下教训攻书。老夫东墙下有一花木堂，先生就在其中设馆如何？（生云）如此多谢！（净云）院公，疾忙收拾洁净者。（院公云）已停当了。（净云）先生请往花木堂安歇[15]。（同下）

［1］拜：此字始见于西周金文。其古字形一说像举手叩拜的样子，本义是恭敬的礼节，引申为恭敬。由恭敬引申为拜访、以礼会见。由拜会再引申为通过一定仪式结成的某种关系，又引申为授官。这里即指授官。

［2］雪案萤窗：形容贫穷书生勤学苦读。明·廖用贤《尚友录》卷四："孙康，晋京兆人，性敏好学，家贫无油，于冬月尝映雪读书。"《晋书·车胤列传》："（胤）博学多通。家贫不常得油，夏月则练囊盛数十萤火以照书，以夜继日焉。"

［3］自不可掩：出自宋·李流谦《云庄耕者》诗："莘野乐尧舜，谷口岂真卿。自是不可掩，区区非近名。"

［4］通家：两家通好、世交。《后汉书·孔融列传》："先君孔子与君先人李老君同德比义，而相师友，则融与君累世通家。"

［5］令嗣：对他人之子的敬称，如同称"令郎"。宋·黄庭坚《答喻夫书》："向见令嗣，眉目明秀。"

［6］琴剑书箱：古代文士游学随身携带的琴、剑和书箱。琴剑，琴与剑。两者为古时文人随身之物，以寓刚柔相济之意。唐·薛能《送冯温往河外》诗："琴剑事行装，河关出北方。"

［7］文质彬彬：形容人文雅有礼貌。语出《论语·雍也》："子曰：'质胜文则野，文胜质则史，文质彬彬，然后君子。'"这里是马文辅形容自己的才学风度。

［8］赤手空拳：指手中空无一物。亦用于形容没有一点儿凭借。赤手，空手。语出宋·苏轼《送范纯粹守庆州》诗："当年老使君，赤手降於菟（wū tú 音屋图，古代楚人称老虎）。"空拳，手中没有任何东西。语出汉·桓宽《盐铁论·论勇》："使专诸空拳，不免于为禽。"

［9］囊箧（qiè 音窃）：犹"囊笥（sì 音四）"。古代读书人多用以装书籍文稿，故亦借指书籍。唐·刘知幾《史通·史官建置》："用使后之学者，坐披囊箧，而神交万古；不出户庭，而穷览千载。"

［10］鹏程：远大的前程。鹏，传说中大鹏鸟一飞九万里，因而用此比喻人前程远大。

［11］皇都：代指古代国都。最早见于汉·班固《白雉诗》："嘉祥阜兮集皇都。"

［12］家长：主人。

［13］间阔：久别、久不相见。宋·冯去非《喜迁莺》词："间阔故山猿鹤，冷落同盟鸥鹭。"

［14］赴试：犹"赶考"，前往应试。

［15］安歇：指住下休息；就寝、睡觉。

第一折

（老夫人引梅香上，云）老身姓刘名节贞，乃刘太守之女，董府尹之妻。不幸府尹告殂[1]，止生得一个女孩儿，唤做秀英。年长一十九岁，生的性质沉重，言口语真；诗词书算，描鸾刺绣[2]，无所不通。更有个小妮子，是小姐使唤的梅香，亦能吟诗写染。昨日梅香说，小姐身体不快，老身想来，多是伤春。梅香，如今是三月之间，后园中百花开放，你和小姐去海棠亭畔散心走一遭去。（正旦上，云）妾身董秀英是也。父亲拜松江府尹，不幸早亡，止有老母在堂，治家严肃。今乃三春天气，好生困人，终日在绣房中描鸾刺绣，针凿[3]女工，十分闷倦。恰才母亲教同梅香去后花园散闷，梅香，掩上房门，咱两个去来。（做行科）（旦云）梅香，你看是好春景也呵！（唱）

【仙吕·点绛唇】万物乘春，落花成阵[4]，莺声嫩[5]。垂柳黄匀，越引起心间闷。

【混江龙】三春[6]时分，南园[7]草木一时新。清和天气，淑景良辰[8]。紫陌游人[9]嫌日短，青闺素女[10]怕黄昏。寻芳俊士[11]，拾翠佳人[12]。千红万紫，花柳分春。对韶光[13]半晌不开言，一天[14]愁都结做心间恨。憔悴了玉肌金粉[15]，瘦损了窈窕精神[16]。

（生上，云）我正坐间，只见落花飞于帘下，此花待败也。正是坐见落花生叹息，又疑春老树南枝。这花必定是董府尹后园里飞过来的，我起去望咱。（做望科）（梅云）姐姐，你看那桃杏花是好爱人也！（旦唱）

【油葫芦】杏朵桃枝似绛唇，柳絮纷，春光偏闪断肠人[17]。微风细雨催花信[18]，闲愁万种心间印。罗帏绣被，寒孤欲断魂。掩

重门尽日[19]无人问，情不遂越伤神。

（梅云）姐姐，兀那东墙上看的是一个秀才！（旦看科）（唱）

【天下乐】我只见杨柳横墙易得春，欢欣，可意人[20]，一见了心下如何忍。送秋波[21]眼角情，近东墙住左邻，觑了可憎才[22]有就因。

（梅云）姐姐，咱回房中去来。不争你在此留恋，夫人知道怎了也？

（旦云）咱去来。（下）

（生云）这相思索害也！恰才那女子正是董秀英。今日见了他一面，不由人行思坐想[23]，有甚心情看书！似此如之奈何？（下）

（旦上，云）好闷倦人也！自从昨日后园中见了那个秀才，生的眉清目秀，状貌堂堂。我一见之后，着我存于心目之间。非为狂心所使，乃人之大伦[24]。早是身体不快，又遇着这等人物，教我神不附体[25]，何时是可也？（梅云）姐姐，因何见了那生，如此模样了也？（旦唱）

【那吒令】一见了那人，不由我断魂[26]；思量起这人，有韩文柳文[27]；他是个俏人，读《齐论》《鲁论》[28]。想的咱不下怀，几时得成秦晋[29]，甚何年一处温存[30]？

【鹊踏枝】好教我闷昏昏，泪纷纷，都只为美貌潘安，仁者能仁[31]。一会家心中自忖[32]，谁与俺通个殷勤[33]？

（梅云）姐姐，早是这两日茶饭不进，厌厌[34]瘦削。若再狂荡了心，敢是不中也。（旦云）我身上病患，汝怎得知！（梅云）是何病患？（旦云）我是未嫁之女，对你一言难尽。（梅云）姐姐有话，但说不妨。（旦唱）

【寄生草】怕的是黄昏后，入罗帏愁越狠。孤眠独枕教人闷，愁

潘病沈[35]教人恨，行迟力顿[36]教人困。似这等含情掩卧象牙床，几时得阳台[37]上遇着多才俊[38]。

（梅云）姐姐，我猜着你敢待和昨日那秀才说话？他在那壁，你在这壁，如何得会？（旦云）想当初卓文君怎生私奔相如来？（梅云）他两个缘何便得成就来？（旦唱）

【幺篇】汉相如坐寒窗下，卓氏女配做婚[39]。都只为我情你意相投顺，姻缘自把佳期问，郎才女貌皆相趁[40]。你道是阻东墙难会碧纱厨[41]，似俺这干荷叶那讨灵犀[42]润。

（旦云）梅香，我若不说，你也不知。自从后花园中见了那个秀才，教我愁闷更增十倍，不觉耽此病症，如之奈何？（梅云）姐姐，不争[43]你看上那个书生，老夫人倘然窥视出来，你为妇女，怎生是了？姐姐，夜深了，不睡做甚么？（旦云）我怎生睡的着？我这身上越觉不快，兀的[44]不害杀我也！（唱）

【后庭花】似这等害相思怎地忍？不由人上心来两泪频。避不的老母将咱怪，好教我留连心上人。枉劳魂，不觉的罗衣[45]宽褪。被生寒怎地温？看看的憔悴了身，厌厌的害杀人。唤梅香掩上门，把沉檀炉内焚，志诚[46]心祷告神。

【柳叶儿】呀，愁锁定眉尖春恨，怎不教心怀忧闷？见如今人远天涯近，难勾引，怎相亲？越加上鬼病[47]三分。

（梅云）姐姐，你实意心里待怎么？（旦唱）

【青哥儿】对人前一言难尽，老夫人治家严训，怨俺那火性如雷老母亲。谨慎闺门，昼夜追巡，坐守行跟，恐失人伦。但若离了半时辰，来相问。

（梅云）姐姐，似你今春多病，可以自己调理，莫费神思。不争你这

等念想，倘若其身有失，如何是了？休休，莫要护病成疾，自损其身。姐姐自当思之。（旦云）梅香，你可知我心间的事？（梅云）妾虽不知，见姐姐身体不快，以此谏劝，自可调理。（旦云）似这等病，如何治度？我一会家不想起来便罢，一会家想将起，好是凄凉人也！（唱）

【赚煞】合晚至黄昏，独宿心间闷。苦厌厌忧愁自忖，便有铁石心肠[48]也断魂。串香焚，被冷谁温，引入多情梦里人？窗儿外月华[49]正新，玉人儿在方寸，我将这海棠花分付与东君。

（云）睡起金炉香烬[50]寒，宝钗斜插碧云鬟[51]。愁低杨柳梢头月，花落莺啼春又残。（下）

---

［1］ 告殂（cú 音徂）：指死亡。殂，死亡。

［2］ 描鸾刺绣：形容女子工于刺绣。鸾，传说中凤凰一类的鸟。

［3］ 针黹（zhǐ 音指）：指缝纫、刺绣等针线活儿。

［4］ “万物”二句：风雨吹打得花朵纷纷落下。此套用宋·贺铸《木兰花》词“纷纷花雨红成阵”句。

［5］ 莺声嫩：指初生的莺雏叫声稚嫩。宋·黄庭坚《桃源忆故人》：“碧天露洗春容净，淡月晓收残晕。花上密烟飘尽，花底莺声嫩。”

［6］ 三春：春季三个月。农历正月为孟春，二月为仲春，三月为季春，合称为“三春”。此似指阳春三月。

［7］ 南园：园名。历史上的南园有多处。这里泛指园圃，借此点明身在花园之中。

［8］ 淑景良辰：指良辰美景。淑景，美景。

［9］ 紫陌游人：红尘路上的游人。宋·杜范《再次沈节推送春韵》诗：“紫陌游人在何处，空有颦眉人倚楼。”

［10］ 青闺素女：居住仙处的神女。素女，善于操琴唱歌的神女。《史记·封禅书》：“太帝使素女鼓五十弦瑟。”汉·扬雄《太玄赋》：“听素女之清声兮，观宓（fú 音福）妃之妙曲。”

［11］ 寻芳俊士：踏春追欢的英俊之士。

［12］ 拾翠佳人：游春嬉戏的美人。拾翠，捡拾水禽羽毛。这里引申为春天妇女的踏春戏游。

[13] 韶光：美丽的春光。

[14] 一天：满天。一，全、整个。

[15] 玉肌金粉：美女的妆饰。玉肌，白皙的肌肤，代指美女。金粉，金指花钿，粉指铅粉，皆是女子装饰用物，引申为女子容貌。

[16] 窈窕精神：淑女的风采。《诗·周南·关雎》："窈窕淑女，君子好逑。"

[17] 断肠人：悲伤痛楚到肠子都断了，用夸张的手法形容极度悲伤的人。断肠，切割或断裂肠子，形容极度的、令人承受不了的感情刺激，用以表示极度悲伤痛苦之情。

[18] 花信：花开的信息，即花期。也泛指女子在二十岁左右的青春年华。宋·范成大《元夕后连阴》："谁能腰鼓催花信，快打《凉州》百面雷。"

[19] 尽日：整天。

[20] 可意人：心中情人。

[21] 秋波：秋天的水波。形容美女的眼睛清澈明亮。喻指蕴含着的深情。宋·苏轼《百步洪》诗："佳人未肯回秋波，幼舆欲语防飞梭。"

[22] 可憎才：反词见意，即"可意人"。可憎，爱极的反语。元·李治《敬斋古今黈（tǒu 音投上声）》（卷一）："世俗以可爱为可憎，以无赖为赖，以病差（chài 音虿，同'瘥'，病愈）为愈。亦极致之辞。"

[23] 行思坐想：走时想，坐时也想。形容无时无刻不断思考着或怀念着。宋·袁去华《金蕉叶》："行思坐忆，知他是，怎生过日。"

[24] 大伦：指封建社会的基本伦理道德，这里指儒家五伦之一的男女婚配。《孟子·万章上》："男女居室，人之大伦也。"《史记·儒林列传》："婚姻者，居室之大伦也。"《元典章·嫁娶》："男女婚配，人之大伦。"

[25] 神不附体：形容心神不定。

[26] 断魂：意思是从肉体离散，指爱得很深或十分苦恼、哀伤。唐·宋之问《江亭晚望》诗："望水知柔性，看山欲断魂。"

[27] 韩文柳文：指韩愈、柳宗元的文章。韩、柳皆文章高手，乃散文"唐宋八大家"中人。此指女主人公眼中的恋人是个有文采的男子。

[28]《齐论》《鲁论》：《论语》有三种版本，齐人所传为《齐论语》，简称《齐论》，鲁人所传为《鲁论语》，简称《鲁论》。此泛指博学多闻。

[29] 成秦晋：指春秋时，秦晋两国世代互相婚嫁，后泛指两家联姻。唐·杜甫《送大理封主簿五郎亲事不合……》诗："颇谓秦晋匹，从来王谢郎。"

[30] 温存：温柔体贴。此指男女情好。

[31] 仁者能仁：旧指有身份的人所做的事总是有理。

[32] 自忖：暗自思量。忖，度（duó 音夺）、思量。明·施耐庵《水浒传》第二十八回："武松见了，暗暗自忖道：'吃了这顿饭食，必然来结果我。且由他！便死也做个饱鬼，落得吃了，恰再计较。'"

［33］ 通个殷勤：传递殷切的情意。

［34］ 厌厌：微弱貌，精神不振的样子。南朝宋 · 刘义庆《世说新语 · 品藻》："曹蜍、李志虽见在，厌厌如九泉下人。"

［35］ 愁潘病沈：秀英以忧愁的潘岳、患病的沈约自比。晋 · 潘岳作《秋兴赋》，自抒愁苦；南朝梁 · 沈约《与徐勉书》，谓己老病，"百日数旬，革带常应移孔"。

［36］ 行迟力顿：行动迟缓，体力不支。

［37］ 阳台：指男女欢会之处。战国楚 · 宋玉《高唐赋》序："昔者先王尝游高唐，怠而昼寝，梦见一妇人，曰：'妾巫山之女也，为高唐之客，闻君游高唐，愿荐枕席。'王因幸之。去而辞曰：'妾在巫山之阳，高丘之阻，旦为朝云，暮为行雨，朝朝暮暮，阳台之下。'"后遂以"阳台"指男女欢会之所。宋 · 曾觌（dí 音笛）〔菩萨蛮〕词："阳台云易散，往事寻思懒。"

［38］ 多才俊：多才多艺的英俊之人。

［39］ 汉相如、卓氏女：指司马相如与卓文君相爱的故事。卓文君，汉临邛（属今四川邛崃）大富商卓王孙之女，貌美有才气，好音律，新寡家居。司马相如过饮于卓氏，以琴心挑之，文君夜奔相如，同驰归成都。因家贫，复回临邛，尽卖其车骑，置酒舍卖酒。相如身穿犊鼻裈（kūn 音昆），与奴婢杂作涤器于市中，而使文君当垆。卓王孙深以为耻，不得已而分财产与之，使回成都。事见《史记 · 司马相如列传》。

［40］ 相趁：相衬。相当、合适之意。

［41］ 碧纱厨：帏帐之属，以木作架，顶及四周，蒙以绿纱，夏令张之，以避蚊蝇。

［42］ 灵犀：旧说以犀为神兽，犀角有白纹，感应灵敏，因以喻两心相通。用唐 · 李商隐《无题》诗中"身无彩凤双飞翼，心有灵犀一点通"句意。

［43］ 不争：如果。

［44］ 兀的：亦作"兀得""兀底"等。指示词，犹言"这""这个""这样"。与否定词"不"字连用时，表示反问语气。

［45］ 罗衣：意指轻软的丝织品，轻软丝织品制成的衣服。三国魏 · 曹植《美女篇》："罗衣何飘飘，轻裾随风还。"

［46］ 志诚：诚实、精诚之极。志，指人的意愿、向往和追求。诚，表示人的真诚、诚信和恪守诺言。

［47］ 鬼病：难以启齿、无法告人的怪病。此指相思病。

［48］ 铁石心肠：意思是心肠硬得像铁和石头一样，不为感情所动。唐 · 皮日休《宋璟集序》："宋广平刚态毅状，疑其铁石心肠。"

［49］ 月华：出现在月亮周围的光环。这里指月亮。

［50］ 香烬：香灰。烬，物体燃烧后剩下的东西。

［51］ 鬟：是古代女子的一种环形发式。即在头上或额旁梳成环形髻。其式有高低、长短、大小等多种。

第二折

（生上，云）小生马文辅。自从那日见了那小姐之后，朝则忘食，夜则废寝，其心荡然，如有所失，倘生不测，将平日所学，一旦废矣。今夜这等风清月朗，且操一曲琴，洗我心间之闷咱。（下）

（旦引梅香上科）（梅云）姐姐，这早晚不烧香做甚？（旦云）你放下香卓[1]者。（梅云）已放下了。（旦行科，唱）

【正宫·端正好】下香阶，踏芳径，步苍苔月影当庭。过回廊一弄凄凉景，好教我添悲兴。

【滚绣球】垂杨宿鸟惊，绣鞋不待行。降明香问天求聘，志诚心祷告神灵。相思病渐成，看看瘦损形，受寂寞事关前定，盼佳期井底银瓶。似这等栖迟[2]误了奴家命，强打精神拜斗星，何日安宁？

（梅云）姐姐，你听那里冰弦之声。（旦唱）

【倘秀才】则道是半空中神仙胜境，却元来东墙下把丝桐[3]慢整，你听他款抚冰弦音韵清。夜阑人静，情悲戚，话丁宁，怎不教人动情？

（旦听科）（生歌云）明月娟娟兮夜永生凉，花影摇风兮宿鸟惊慌。有美佳人兮牵我情肠，徘徊不见兮只隔东墙。佳期无奈兮使我遑遑[4]，相思致病[5]兮汤药无方。托琴消闷兮音韵悠扬，离家千里兮身在他乡，孤眠客邸兮更漏声长。（梅云）姐姐，那生弹的好凄凉人也呵！（旦唱）

【滚绣球】我向这东墙仔细听。凤求鸾曲未成，怎不教想的人

成病！今日个聪明的遇着聪明。这琴陶潜膝上横[6]，蔡邕爨下生[7]。断肠人这答儿孤另，一句句诉你飘零。几时得同衾共枕销金帐，满斗焚香说誓盟，愿足平生。

（生云）东墙那边似有人言，莫不有人么？我试挽着垂杨，隔墙而望咱。（生望科）（旦云）梅香，恰才那生弹的是好伤感人也！我听了琴中之语，教我越添其愁。且将我心中之闷，共联一绝。（梅云）姐姐你做。（旦云）"客馆闲门静，闺房寂寞春。月来花弄影，疑是有情人。"（生听，云）吟咏妙哉！我依韵和一首咱。"书舍须臾恨，南园老尽春。东墙明月满，偏照意中人。"（旦听，云）墙角边吟诗者，必是那弹琴的秀才。是好高才也！（唱）

【倘秀才】〔他〕在那东墙下诗和了一声，我这里近亭轩把绣鞋立定，好教我兜上心来意不宁。愁攒眉角上，忽的动伤情，知他是怎生？

（梅云）姐姐，咱回去罢，夜深了。（同下）

（生云）呀，小姐回去了，这相思索害也！我且回书房去。（下）

（旦上，云）自从昨日听了那生弹琴，不想我病症转加，身子好生不快，可怎了也？（梅云）姐姐为一女子，当守闺门之正，不要这等狂荡。（旦唱）

【呆骨朵】我这里闷厌厌锁不住疏狂性，怎禁的独自伤情？孤帏里翠减香消，花梢上蜂喧蝶并。少年人辜负了三春景，身体也无康盛。自思量怎奈何，渐染出风流病。

（生上，云）我昨日晚间，月下弹琴，不想小姐来听，隔墙吟诗，我也和了一首。我想来，终不见个分晓。我今日使山寿去，只推问他讨花，看他有甚么话说。山寿，你来。（山寿上，云）师父叫我怎么？（生云）隔壁董宅好花，你去讨一朵来，休教老夫人知道。（山寿云）

我只问小姐讨去。（生云）然也。（下）

（山寿上，见旦科）（旦云）山寿来有何故？（山寿云）俺师父使我来问姐姐讨花哩。（旦云）你师父是谁？（山寿云）俺师父姓马，名彬，字文辅。（旦云）他多少年纪了？（山寿云）俺师父二十五岁了。（旦云）他要甚么花？（山寿云）随姐姐与我甚么花。（旦云）我与你一朵海棠花，你将去。（旦与花科）（山寿辞科，下）（旦唱）

【脱布衫】思量起俊俏书生，今日个显姓通名。海棠花权为信行，姻缘事该前定。

【小梁州】谁想是旧日刘郎[8]到武陵，听说罢怎不伤情！孤鸾寡凤几时成？人孤另，长叹两三声。

【幺篇】黄昏一盏孤灯映，困腾腾闷倚帏屏。鼓二更，人初静，更添愁兴，照不到天明。

（云）我常记得，俺父亲在日，曾与俺母亲说，在朝之日，曾与三原县令马昂为交，次后将我许与他儿子马文辅为妻。我那时年幼，也不曾成得；后来音信不通，因此上不曾成合这亲事。我那日在后花园中，只见山寿家东墙上有一秀才，往这壁望着。我一见那生发黑眉青，唇红齿白，教我放心不下。我前日在海棠亭下烧夜香，又遇着他弹琴，专诉失其佳配。昨日使山寿来问我讨花，我因问他：你师父是谁？山寿说姓马，名彬，字文辅。我就想起俺父亲的言语，莫不就是这生？我两日前写下了一个简帖儿，今日着梅香送与他去。梅香，你送这简帖儿与那秀才去。（梅云）将来，我送去。（旦与简科）（梅云）我送简帖儿去来。（同下）

（生上，云）自从见了秀英小姐，着我神魂飘荡，茶饭懒尝。昨日着山寿讨花去，小姐与了一朵海棠花，不知主何意？似这等音信不通，如何是了？（梅云）先生万福。（生云）小娘子来有何事？（梅云）你不知，听我说咱。（唱）

【上小楼】只因你青春后生，俺小姐心肠不硬。想前夜月下鸣琴，韵和新诗，福至心灵。音韵轻，声律清，精通理性，多管事〔是〕暗中传两情相应。

（云）俺姐姐与了这个简帖儿，教送与先生，不知是甚么言语。（生云）将来我看。（生看科，云）小娘子，这一首诗是谁写的？（梅云）俺姐姐亲笔写的，你试念与我听。（生云）“潇洒月明中，潜身墙角东。鸣琴离恨积，入夜绣帏空。梦绕三千界[9]，云迷十二峰。仙郎休负我，我意若春浓。”好高才也！既小姐有顾恋小生之心，我如今备办礼物，使媒人说去，如何？（梅唱）

【幺篇】你待教媒人偶成，老夫人天生劣性。不争你走透消息，泄漏风声，误了前程。俺姐姐念旧盟，想旧情，何须媒证，不用你半星儿绛罗为定[10]。

（生云）既蒙小姐垂念，小生也写一简，烦小娘子捎去。（梅云）你写来。（生写科，云）小娘子，你道我多多上覆小姐来。（梅下）（生云）小姐若见了这简帖儿，好事必成也。（下）

（旦上，云）梅香去了多时，怎生不见回来了？（梅上，见旦科）（旦云）如何？（梅云）他有回简在此。（旦云）将来我看。（梅香递简，旦接看科，念云）“客馆枕飘零，孤眠春夜长。瑶琴拨一弄，春色在东墙。勿问诗中意，相思病染床。情人在咫尺，何日赴高唐？”是好才学也！（唱）

【满庭芳】恰便似龙蛇弄影，才过子建，笔扫千兵。温柔软款[11]多才性，忒煞聪明。据相貌容颜齐整，论文学海宇传名，堪人敬。都只为更长漏永[12]，伤感泪盈盈。

（云）似这等何见得成也？（唱）

【耍孩儿】似这等空房静悄人孤另，却又早香消金鼎。何时害彻

相思病？卜金钱祷告神灵。生前禽演[13]分明判，八卦[14]详推莫顺情。四柱[15]安排定，都来增下，祸福分明。

【四煞】画檐铁马喧，纱窗梦不成，佳人才子何时娉[16]？他是个异乡背井飘零客，我便是孤枕独眠董秀英。都薄幸，一个在东墙下烦恼，一个在锦帐里伤情。

【三煞】叹鸳鸯绣被空，满怀愁为那生。只因他新诗和的声相应，更把那瑶琴拨出艰难调，彩凤求凰指下鸣，都是相思令。听了他凄凉惨切，好教我寸步难行。

【二煞】婚姻配偶迟，难捱更漏永，画蛾眉懒去临妆镜。老天不管人憔悴，一派黄河九遍清。贞烈性，也只是粉墙一堵，似隔着百座连城。

【尾煞】相思愁越添，凄凉恶梦境。便做道铁石般只恁心肠硬，都写入愁怀唤不省。（下）

---

[1] 卓：桌子。清·叶廷琯（guǎn 音管）《吹网录》卷三：“考卓即桌字。俗以几案为桌，当以卓为正。宋初犹未误。”

[2] 栖迟：淹留、漂泊失意。

[3] 丝桐：指琴。古人削桐为琴，练丝为弦，故称。

[4] 遑遑：惊恐匆忙，心神不定。

[5] 致疴（kē 音科）：致病。疴，病。

[6] “这琴”句：指陶琴无弦典故。典出《晋书·隐逸传·陶潜》：“性不解音，而畜素琴一张，弦徽不具，每朋酒之会，则抚而和之，曰：‘但识琴中趣，何劳弦上声！’”《南史·隐逸传》《宋书·隐逸传》亦载。后用此典称人旨趣高雅，怀抱不俗，得天和之乐。陶潜（365 或 372 或 376—427），陶渊明，字元亮，号五柳先生，谥号靖节先生，浔阳柴桑（今江西九江西南）人。曾任江州祭酒、建威参军、镇军参军、彭泽县令等职，后去职归隐。他是中国第一位田园诗人，被称为“古今隐逸诗人之宗”，被誉为“隐逸诗人之宗”“田园诗派之鼻祖”。作品有《饮酒》《桃花源记》《归去来兮辞》《五柳先生传》等。

[7] 蔡邕爨（cuàn 音篡）下生：用蔡邕琴的典故美誉马文辅的琴。《后汉书·蔡邕

传》:“吴人有烧桐以爨者，邕闻火烈之声，知其良木，因请而裁为琴，果有美音，而其尾犹焦，故时人名曰‘焦尾琴’焉。”后因称琴为焦桐。蔡邕（132—192），字伯喈（jiē 音皆），东汉陈留圉（yǔ 音雨，今河南杞县西南）人。博学，工辞章，天文、术数、书画、琴艺皆精，创“飞白”书，熹平四年（175年），奏请“正定六经文字”，以隶书四十六碑立于太学门外，世称“熹平石经”。后董卓专政，累迁为左中郎将，故也称为“蔡中郎”。卓死，被王允所捕，死于狱中。著有《独断》《蔡中郎集》。爨，始见于战国文字，古字形上部模拟双手拿着甑（zèng 音赠），中间是灶口，下部表示用双手将木柴推进灶口。本义指烧火做饭。与这个意思相关的，都可叫作“爨”，如古代称厨房为“爨室”，煮饭的大锅叫“爨镬（huò 音或）”。

[8] 旧日刘郎：秀英既知马文辅为其许聘对偶，故称旧日刘郎。刘郎，指入天台山采药遇仙女的刘晨。详见宋·李昉（fǎng 音访）等《太平广记》卷六十一《天台二女》。这里泛指情郎。

[9] 三千界：“三千大千世界”的省文。佛教幻想的整个宇宙。

[10] 绛罗为定：下红定。旧时婚俗中男方送给女方的聘礼。详见《元典章·嫁娶类》。

[11] 软款：指动作轻柔。

[12] 更长漏永：指漫漫长夜。漏，在这里指的是古代的计时工具，即漏壶。

[13] 禽演：演禽术。星相迷信推算“吉凶”之法。宋·洪迈《夷坚丁志》卷三《谢花六》:“精星禽遁甲，每日演所得禽名，视以藏匿。”

[14] 八卦：我国古代的一套有象征意义的符号。用整画“—”代表阳，用断画“– –”代表阴，用三个这样的符号组成八种形式，叫作八卦。每一卦形代表一定的事物。乾代表天，坤代表地，坎代表水，离代表火，震代表雷，艮（gèn 音亘）代表山，巽（xùn 音讯）代表风，兑代表泽。八卦互相搭配又得到六十四卦，用来象征各种自然现象和人事现象。

[15] 四柱:《易经》中的术语。古代星命家以年、月、日、时的干支为八字排成四柱。

[16] 娉：本义“问名”，古代婚礼“六礼”之一。即男方请媒人问女方名字和出生年月日。

第 三 折

（生上，云）从昨日小姐着梅香送了一首诗来，我也回了一首，教他将去了，至今音信不通。小生不觉病枕着床，性命在于顷刻。万一有

成，这病还有可时；倘或阻隔，如之奈何！（唱）

【中吕·粉蝶儿】睡眼难开，锁愁眉如何担待？恨相思昼夜难捱。则俺这异乡人，如风絮，飘零在外。愁满心怀，何时得否极生泰[1]？
【醉春风】只因遇着可憎才，引的我熬煎深似海。害的我须臾咫尺难移捱，你好是歹，歹！一会家倒枕捶床，长吁短叹，教咱无奈。

（云）我且掩上门，静坐一会。（旦同梅香上，云）昨日使梅香探那生去，回了一首诗来，我看罢，他真有此心。我今又写下一个简帖儿，梅香，你再送与那生去。（梅云）将来。（旦与简科，云）你快去来。（下）

（梅云）不知写的是甚么，须索[2]送去。（唱）

【脱布衫】病潘安瘦损形骸，杜韦娘[3]憔悴香腮。你两个恩情似海，没来由把咱禁害。
【小梁州】你只要搂带同心结不开，都只待鱼水和谐。旷夫怨女命安排，心无奈，盼杀楚阳台。
【幺篇】这便是才郎有意佳人爱，两下里怎不伤怀？好意捱，舒心害，粉墙为界，镜破两分钗。

（云）早来到也，我隔这窗儿试瞧咱。（唱）

【上小楼】我把这窗儿润开，觑一觑何妨何碍？只见他东倒西歪，倚床靠枕，身体斜挨。叫一声马秀才，头不抬，相思苦害，问你个病襄王[4]在也不在？

（梅见科，云）先生万福。（生起，跪科，云）呀、呀、呀！小娘子，怎生就不来了？（梅云）夫人严谨，仆妾岂敢轻出？（生云）小娘子，

今日小姐有何话说？（梅云）俺姐姐写了一简，教我送来，不知上面写着甚么。（生云）将来我看。（做接科）（梅唱）

【幺篇】俺小姐亲封一策，向你这东君叩拜。不知他有甚衷肠，道甚言词，诉甚情杯。试取开，看内才，中间梗概，比那吓蛮书[5]赛也不赛？

（生念云）“画阁销金帐，番成离恨天。东墙相见后，疑是武陵源[6]。”小生有一句话，只得对小娘子伸诉。（梅云）先生但说不妨。（生跪，云）想先君在时，曾蒙府尹相公将小姐许聘小生；后来阻滞，因此上不曾合成亲事。小生此一来问这亲事，欲令媒人通问于老夫人，争奈寒儒孤陋，不能谐事。自那日后花园中见了小姐，就得了这等症候。除小娘子在小姐左右，怎生方便，成就此事，有何伤乎？（梅云）足下是一丈夫，立于天地之间，当以功名为念，垂芳名，显祖宗。岂不闻圣人云：“血气之勇，戒之在色。”足下是聪明之人，何为一女子丧其所守？先生察之！（生跪，云）只是小娘子可怜小生！通一句话呵，此事必成矣。（梅云）先生请起。等妾身看小姐之动静，若是得空呵，慢慢的假一言。肯与不肯，再来回报足下。（生云）小生还有一简，烦小娘子捎去，未知可否。（梅云）将来，我捎去。（生与简科）（梅云）妾身回去也。（同下）

（旦上，云）恰才使梅香去了，这早晚不见回来，好闷人也呵！（梅上，云）姐姐，我来了。（旦云）事已如何？（梅云）姐姐，则被你弄杀那生也。（旦云）他对你说甚么来？（梅云）他将前事诉了一遍。（旦云）甚么前事？（梅云）他说道：俺父亲在时，曾与你先尊为交，就将小姐许了亲事；后来遭阻滞，不曾成事。如今千里而来，也只为这亲事。自从那一日见了姐姐，如今在书房中害相思病哩。（旦云）他再有甚么话说？（梅云）我临来时，他又与了个简帖来，捎与姐姐哩。（旦云）将来看咱。（做看科，旦念云）“相思病转添，愁锁眉尖上。无意读经书，引的春心况。忽见可憎才，疑是嫦娥降。盼得眼睛

穿，何日同鸳帐？”（旦唱）

【快活三】闷昏昏眼倦开，困腾腾鸳枕挨，怎阁[7]思量的无聊赖，几时得云雨会阳台。我和你同欢爱，爱你个俊俏书生、风流秀才。俺两个少欠下相思债[8]，自裁自改[9]，何日得共挽同心带？

【贺圣朝】[10]似这般子建[11]才学，埋没书斋，愁肠一似东洋海。生的相貌堂堂，见了开怀。心中自猜，怎生教他昼去昏来？

（梅云）姐姐，似此如之奈何？（旦云）我如今写一个期约简儿你将去。我若不如此，他岂敢来？（旦付简科，云）他若看了这诗，便知我的意思。（下）（梅同下）

（生上，云）我写了一简，着梅香捎去，这早晚不见回来，恐成不的这事。这一会身子困倦，且睡些儿。（梅上，见科，云）先生万福。（生云）小娘子，那事如何？（梅云）贺万千之喜，事已成矣！（生云）有甚好音，着我知道？（梅云）简帖在此。（生接，念云）“待月东墙下，花阴候大才。明宵成欢会，同赴楚阳台。”（生跪谢，云）今日得成此事，皆小娘子之力，异日当犬马相报。（梅云）足下请起。你准者，妾当回去也。（下）

（生云）小生这病害的着了！（唱）

【满庭芳】姻缘合该，今朝相待，鱼水和谐。似这等不枉了教人害，苦尽甘来。古人言知过必改，不由人兜在心怀。一见了相亲爱，便休道贤贤易色[12]，非是我放狂乖。（下）

（旦、梅上）（梅云）姐姐，天色晚了，那生必定等里，好去了。（旦云）我乃室女，潜出闺门，与少年私约，敢非礼么？（梅云）姐姐，男女居室，人之大伦，有何非礼？（旦云）母亲不知睡了不曾。（梅云）咱去来，不妨事。（下）

（生上，云）早间梅香来，约海棠亭上与小姐相会。夜色深了，我掩

上书房门，好去也。早来到墙边，跃而过去，潜身在这海棠亭下者。（旦上，云）梅香，那东墙下似有人影，莫不是那秀才来了？你去看咱。（梅望科）（生见梅科，云）小娘子，小姐来了不曾？（梅云）兀的不是。（生见旦科，云）小姐令小生将来[13]赴约。（旦云）你在角门首望着，有人来便报我知道。（梅虚下）（生、旦携手至海棠亭成亲科）（生唱）

【耍孩儿】看了你桃腮杏脸花无赛[14]，星眼[15]朦胧不开。魂灵儿飞在五云端，只将这玉体相挨。安排定共宿鸳鸯枕，准备下双飞鸾凤台。今日得同欢爱，把湘裙皱损，宝髻[16]斜歪。

【五煞】衫儿扭扣[17]松，裙儿搂带解，酥胸粉腕天然态。楚腰[18]似柳娇尤软，未吐桃花露润开。完成了恩和爱，今日个良姻匹配，便死呵一穴同埋。

【四煞】温柔软款情，佳人忒艳色，春风美满身心快。轻蝉鬓辨乌云乱，宝髻偏斜溜凤钗。越显的多娇态，心中留恋，可意多才。

【三煞】娇羞力不加，低垂颈怕抬，风流彻骨遗香在。相偎玉体轻轻按，粉汗溶溶湿杏腮。似这等偷香窃玉[19]，几得一发明白。

【二煞】澄澄夜气清，低低月转阶，枝枝花影横窗外。灯前试把香罗看，点点猩红映莹白。则见他羞无奈，困腾腾倚墙靠壁，急忙忙重整金钗。

【尾煞】相思一笔勾，姻缘前世该。好教人撇不下恩和爱，几时得再把同心带儿解？

（老夫人上，云）我前日听得梅香说小姐身体不快，不曾看得。今夜睡不着，我试看小姐去咱。（做行科）来到这绣房中，怎生不见小姐？莫不敢做下了勾当也？我试往后花园看去。呀！这角门怎生开着？（做撞见科，生、旦慌科）（梅云）姐姐，不妨事，夫人行，我

有话说。（夫人骂云）好贱人！你三个都过来。（生、旦、梅香跪科）（夫人云）好女孩儿，做下这等勾当！岂不闻“席不正不坐”“割不正不食”[20]？我于董家为妇，一世何曾有针尖大小破绽？你如今年方及笄[21]，不遵母训，不修妇德，与这等不才丑生私约，兀的不辱么杀人也！我想来，都是这小贱人迤逗[22]的来！（梅云）老夫人息雷霆之怒，听贱妾陈是非之由。想当初先尊在日，将小姐曾许与三原县尹马昂之子马文辅为妻。先尊下世，不曾成合。不想马生因问亲事，至此安歇于山寿家花木堂中，使佳人才子，临风对月，心非木石，岂无所思！夫人失治家之道，不能掩骨肉之丑，何人之过？（夫人沉吟科，云）兀那厮！你端的姓甚名谁？何方人氏？（生跪，云）不瞒老夫人说，小生姓马名彬，字文辅。先父拜三原县令，祖贯临阳人也。（夫人云）你这个小禽兽无礼！你既到此，如何不来见我，却做下这等勾当？若是别人呵，决打坏了。你空读孔孟之书，不达周公之礼，这等不才。我待教你离我门去，只是看你先父母面上。我家三辈不招白衣之人，如今且将你两个急配了，则明日上朝取应去。得中科第，那时来也未迟。（生云）非敢对夫人夸口，小生六岁攻书，八岁能文，十一岁通六经。据小生文学，不夺状元回来，永不见夫人之面。（夫人云）想你父亲，也不曾弱了。常言道：“有其父必有其子。”孩儿，你着志者！秀英便收拾行装，送文辅上朝取应去。（旦云）恰相逢，又分别，好是烦恼人也呵！今朝同把一杯酒，后夜醉眠何处楼？如今送别临溪水，他日相逢在水头。（同下）

---

[1] 否（pǐ 音匹）极生泰：坏的达到极点，好的就来了。指厄运终了，好运就来。否，坏。泰，好、顺利。

[2] 须索：意思为必须、须要、必定。

[3] 杜韦娘：本为唐代歌妓名，后为唐代歌曲名。唐·崔令钦《教坊记》所录曲名中，有《杜韦娘》曲。唐·孟棨《本事诗》：“刘尚书禹锡罢和州，为主客郎中。集贤学士李司空罢镇在京，慕刘名，尝邀至第中，厚设饮馔。酒酣，命妙妓歌

以送之。刘于席上赋诗曰：‘鬖髻（wǒ jì 音我计）梳头宫样妆，春风一曲《杜韦娘》。’”这里借指董秀英。

［4］ 病襄王：指楚襄王，楚怀王之子，芈（mǐ 音米）姓，熊氏，名横。指战国楚·宋玉《高唐赋·序》中的楚襄王遇巫山神女的故事。这里比喻男子思恋成疾。

［5］ 吓（hè 音鹤）蛮书：据唐·范传正《翰林学士李公新墓碑》载，天宝初，玄宗曾召李白起草答蛮书。

［6］ 武陵源：陶渊明《桃花源记》中描写的一处世外桃源：“晋太元中，武陵人捕鱼为业……”武陵，郡名，郡治在今湖南常德。

［7］ 阘（chuài 音踹）：挣扎。

［8］ 相思债：比喻男女爱恋的深情。

［9］ 自裁自改：自己忖度、暗自思量。

［10］〔贺圣朝〕：曲牌名。属【黄钟宫】。原为词牌名，曲牌沿用之。用于散曲小令。六句四韵：三、三、三、七、七、六。

［11］ 子建才：指三国魏陈思王曹植，字子建，以富于文才著称。后世常用“子建才”称誉人富于文才。

［12］ 贤贤易色：出自《论语·学而》。贤贤，尊重贤者。前一个“贤”作动词用，尊重的意思；后一个“贤”作名词用，即贤人，指有高尚道德操守的人。易色，不贪恋女色。易，轻慢。

［13］ 将来：赶来。

［14］ 无赛：无比，没有更胜过。《喻世明言》卷二二：“天子偷安无远猷，纵容贵戚恣遨游。问他无赛西湖景，可是安边第一筹？”

［15］ 星眼：形容女子明亮美丽的眼睛。

［16］ 宝髻：古代女子发饰的一种。这种发髻多插以花钿、玉蝉、钗簪、金玉花枝等首饰装饰。

［17］ 扭扣：同“纽扣”。

［18］ 楚腰：泛称女子的纤细腰身，也借指细腰美女。《韩非子·二柄》：“楚灵王好细腰，而国中多饿人。”

［19］ 偷香窃玉：指男女之间私下的情爱往来。偷香，指晋代贾充的女儿跟韩寿私通，将晋武帝赐给她父亲的西域奇香暗自送给韩寿，以示情意的事。窃玉，指唐代杨贵妃窃取宁王李宪的玉笛以纪私情的事。也作“窃玉偷香”或“弄玉偷香”。

［20］“席不正”二句：语出《论语·乡党》。古代没有椅子和凳子，在地面上铺席子，坐在席子上。这句话的意思是：坐的席摆放得不端正，不就坐。饮食时，肉割得不方正则不吃。

［21］ 及笄（jī 音机）：指女子年满十五岁。笄，束发用的簪子。古代女子满十五岁把

头发绾（wǎn 音挽）起来，戴上簪子。

［22］ 迤（tuō 音拖）逗：挑逗、引诱。

第四折

（旦、生同上，旦云）梅香，将酒果来，与秀才饯行。（做把盏科）（旦云）今日得成佳配，妾身不敢久留，当以功名为念、进取为心。以君之才，必有台辅[1]之任。若到京师，早登科第，当速返征辕也。（生云）我这一去，青霄有路终须到，金榜无名誓不归。请老夫人拜别咱。（夫人上，云）孩儿，着志者，早些回来。（生拜夫人科）（旦云）如今暮春天道，是好伤感人也！（唱）

【越调·斗鹌鹑】眼见的枕剩衾空，怎捱这更长漏永？桂蕊飘霞，杨花弄风。翠袖生寒，乌云不拢。恰成了鸾凤交，眼见的各西东。离恨千般，闲愁万种。

【紫花儿序】见如今亭前分袂，目下离别，多应是梦里相逢。忍不住长吁短叹，难割舍意重情浓。枉教我埋怨天公，莫不是美满姻缘不得终！好教人伤悲切痛，霎时间[2]去马回车，都做了往雁归鸿。

（云）自从文辅去后，今经半载有余，杳无音信，教我身心不安。好是烦恼人也！（唱）

【小桃红】腰肢纤细减芳容，似带雨梨花重。翠被香消谁共，思无穷，音书写下无人送。鱼沉雁杳[3]，枕剩衾空，因此上泪滴满酥胸。

（梅云）姐姐，怎生[4]害的这等瘦了！（旦唱）

【天净纱】害的人病厌厌瘦了形容，宽绰绰带慢衣松，俏身儿往

日难同。越添悲痛，倚帏屏星眼朦胧。

【调笑令】好教我气冲，怨天公，闪的我独宿孤眠锦帐中。珠帘不卷金钩控，怕的是南楼上画鼓冬冬[5]。我这里好梦初成，又在墙东[6]，怎生般梦魂中鱼水也难同。

【秃厮儿】恨人画檐间铁马丁东[7]，恨人寒山野寺鸣钟，恨人把美爱幽欢好梦惊，恨人又见花梢儿窗影下重重。

【圣药王】想旧境，一梦中，海棠亭下正欢浓。宝髻松，绣被重，觉来犹在画屏东，无语泪溶溶。

【麻郎儿】[8]恨相思病浓，转思量泪重。眉蹙损春山闷萦，显的凄凉一弄。

【幺篇】这病攻、泪浓、闷重，都只为满腹愁衷，都只为鱼水难同，都只为孤鸾寡凤[9]。

【络丝娘】粉花笺写下更长漏永，专诉着瘦减香肌玉容。写罢了眉尖一纵，更教人悲痛。

（云）自马生去后，教我朝思暮想，疾病转加，如之奈何！梅香，你来。（梅云）姐姐，怎么说？（旦云）我这几天身子不快，我待请医调理，你请母亲来商量。（梅云）老夫人，有请。（卜上，云）孩儿，有甚事？（旦云）母亲，你孩儿身体不快，如何治之？（卜云）孩儿，快请个良医来，服些药饵就好了。梅香，你快请去。（梅背云）除是马秀才来，我就好了。（做请科，云）李郎中在家不在家？（净上，云）小子李郎中是也。别无买卖营生，专靠我这药上盘费。我这妙用，有神仙之法，手到病除。家传一样妙药，专治男女伤春之病。恰才董府尹家来请，须索走一遭去。（行科，见梅科，云）小娘子，报复[10]去。（梅报云）奶奶，请将医士来了。（卜云）请进来。（见科，卜云）小女有些不快，特请先生调治。（净云）请出来诊脉。（旦出见科）（诊脉科，净云）此脉沉细[11]。（卜云）如何调治？（净云）小

人专治伤春之病，岂可无药？不瞒老夫人说，我这药费本钱。（卜云）老身怎肯少了药资？（净云）我便攒[12]药。（旦云）此药何名？（净云）是撮[13]病芙蓉散[14]。（做与药科）（卜云）梅香，与郎中五钱银子。（净云）不当受，小人回去也。（下）

（卜云）梅香，你教孩儿睡一会儿，我回去。（下）

（梅云）姐姐，服了此药就好。（旦唱）

【东原乐】这厮是哄人机见[15]，他说来的不通，越教人添沉重。他一片胡言都是空，无些儿效功，他正是说真方把咱做弄。

【绵打絮】深闺静悄，幽僻空庭。月轮展纸，几扇屏风。似海棠半醉春睡重，鲛绡[16]上绿鬓拥。有情人何日相逢？几时得赴高唐梦[17]中？

【拙鲁速】花落去，绿丛丛，怎不教人，泪盈盈？愁锁眉尖万种，清夜悠悠谁共？画檐下摇曳帘栊[18]，不想把离人断送，鹧鸪啼[19]惊觉巫山梦[20]。

【尾声】鱼沉雁杳音难送，阻隔着千里关山万重。埋怨俺狠毒娘，走将来分开了鸾凤[21]种。（下）

---

[1] 台辅：本指三公宰相之职，这里泛指高官。《三国志·魏书·袁术传》裴松之注引《三辅决录》注：“历位九卿，遂登台辅。”

[2] 煞时间：意为“片刻”，表示短暂的时间。

[3] 鱼沉雁杳：鱼沉入水底，雁不见踪影。比喻音信断绝。鱼、雁，传说可传递书信，比喻书信。杳，不见踪迹。唐·戴叔伦《相思曲》：“鱼沉雁杳天涯路，始信人间别离苦。”

[4] 怎生：怎么、如何。

[5] 冬冬：形容敲鼓的声音。

[6] 墙东：主要有两义，一指美丽的女子。典故来源于战国时期的楚国著名诗人宋玉。传说他的东面邻居有一个长得非常美丽的女儿，可以称得上楚国的第一大美人。她仰望宋玉的才能，每天登上墙头窥视宋玉，非常爱慕。整整三年时

间，宋玉没有看出她的心思而与她交往。后以“宋玉墙东”喻指貌美多情的女子。宋 · 吕渭老〔浪淘沙〕:“宋玉在墙东，醉袖摇风。”一指隐居之地。典故源于东汉的王君公。他因为遭遇王莽篡权的乱世，为了避世隐居，掩盖才华锋芒，他选择了当牛侩，也就是买卖牛的中间人以自隐。“避世墙东王君公”即来自于此，事见《后汉书 · 逢（páng 音旁）萌传》。“墙东避世”也就成了隐居于市井的代称。

［7］ 丁东：拟声词。形容金属、玉石等撞击的声音。

［8］ 〔麻郎儿〕：曲牌名。属【越调】，用于剧曲和散曲套数。四句四韵：四、四、七、七。〔幺篇〕六句六韵：二、二、二、七、七、七，是将首句破作三句二字句，将第二句增作七字句。

［9］ 孤鸾寡凤：比喻失去配偶的人。鸾凤，比喻夫妻。

［10］ 报复：回复、报告、禀报、报知。

［11］ 脉沉细：中医中的一种脉象情况。脉沉是指脉位较深，就是轻触很难摸着，需要用一定的指力才能摸到；细是指脉的宽度较窄，似一根细线。脉沉细常见于肾阳虚和气血不足。若邪滞于里，气血被遏，脉气内敛，则脉沉而有力；若脏腑虚弱，或阳虚气陷，无力升发，脉气鼓动无力，则脉沉而无力。

［12］ 攒：用同“趱（zǎn 音暂上声）”。赶作、加紧。

［13］ 撮（cuō 音搓）：抓取、聚合、聚拢。

［14］ 芙蓉散：中药方剂名。芙蓉花叶有花带花，有子带子，采一朵捣烂，和井水，滤去渣，服之即效。主治男无室女无夫，思欲动火，以致胸痛、自汗、颊赤、脉乱。

［15］ 机见：心术、谋略。

［16］ 鲛绡：指传说中鲛人所织的绡，入水不濡。亦泛指薄纱。

［17］ 高唐梦：借指男女交欢之事。唐 · 李涉《遇湖州妓宋态宜》诗之一：“曾识云仙至小时，芙蓉头上绾青丝。当时惊觉高唐梦，唯有如今宋玉知。”

［18］ 帘栊：窗外的帘子。宋 · 欧阳修《采桑子》:“垂下帘栊，双燕归来细雨中。”

［19］ 鹧鸪：鸟名。形似母鸡，头如鹑，当胸处有白圆点，如真珠。鹧鸪雌性色彩较暗，且尾巴也短；雄性好斗。雌雄两只相对鸣叫，民间形容它的叫声为“行不得也哥哥”，故游子闻声落泪。

［20］ 巫山梦：亦作“巫峡梦”。指男女欢爱。因宋玉《高唐赋》记楚襄王所梦妇人自称巫山之女而得名。

［21］ 鸾凤：一种羽毛丰满的瑞鸟、神鸟，《山海经 · 大荒西经》:“有五彩鸟三名：一曰皇鸟，一曰鸾鸟，一曰凤鸟。”

第五折

（生衣冠上，云）自家马文辅是也。自到京师，应试科场，一举状元及第，蒙恩赐彩段官诰。今日谢了恩，回松江搬取夫人秀英去。骏步[1]高骞谒紫宸[2]，学成词赋贯天人。丈夫欲遂平生志，年少先栽帝里春。好是称心也呵！（唱）

【双调·新水令】春雷揭地[3]震青天，平步上广寒宫殿。风吹乌帽[4]整，日照锦袍鲜。拜宴开筵，这其间方称了丈夫愿。

【驻马听】十载心坚，酬志了金屋银屏[5]紫府仙。当时贫贱，怎忘了箪瓢陋巷[6]在穷檐。官高犹记武陵源，身荣怎忘前亲眷。才中选，今朝又把程途践。

（云）行了数日，早到松江府[7]了。攒动马，径奔宅上去者。（做到科，云）左右，报的老夫人知道。（做报科）（夫人上，云）马文辅得了头名状元，今日回来，我须迎他进来者。（生做见科）（卜云）儿鞍马劳困。梅香，叫你姐姐来见学士者。（梅走上，云）姐姐在那里？（旦上，云）小贱人，你管我怎么？（梅云）俺姐夫做了官回来，在堂上，老夫人着我请你相见哩。（旦云）是真个？（梅云）你待不见哩？（旦云）不想有今日也！（做相见叙礼科）（旦云）才郎及第，官拜何职？（生云）托祖宗福荫，叨中状元，小生喜不自胜。（旦唱）

【雁儿落】谁想你入科场艺在先，金榜上名堪羡。脱却了旧布衣，直走上金銮殿[8]。

【得胜令】你如今束带立朝前，得志受皇宣。列翰苑为学士，插金花饮玉筵。标写在凌烟[9]，宝匣内方显出龙泉剑[10]。享富贵绵绵，立芳名见大贤。

（生云）小生别后一载有余，多亏小姐持家养德。（旦唱）

【水仙子】今朝一日笑声喧，又得才郎叙旧缘，相逢诉不尽心中怨。那时节意惨然，自别来动是经年。我只怕恩情断，盼归期天样远，谁知到今日团圆。

【折桂令】喜今朝又得团圆，夫妇相逢，前世姻缘。携手相将，花前月下，笑语甜言。旧日的恩情不浅，还记得海棠亭誓对婵娟[11]。你如今黄榜[12]名悬，翰苑超迁，愿足平生，尽在神天。

（使臣上，云）雷霆驱号令，星斗焕文章[13]。小官使命官是也。奉朝命来与马状元加官进秩[14]。可早来到也。状元装香，来接诏旨。（生跪科）（使臣云）皇帝诏旨:“你状元马彬，有文武全才，博学宏词，可授翰林学士。其妻董氏，一节不渝，封学士夫人。可即走马赴任，勿替朕命[15]。故敕。”（生拜云）感谢圣恩。（唱）

【沽美酒】降明香，接诏宣，拜天使，喜开颜。圣主恩波遍九天，坐金銮宝殿[16]，四海内都朝见。

【太平令】托皇朝文能武羡，养德性道重名传。姓列在金章宝篆，普天下黎民方便。只愿的万千，永远，保天恩圣贤，端的是威镇了四方八面。

（云）使臣请筵宴。（使臣云）不必了，就此告回。（下）

（生上，云）贤妻，如今有圣旨，教即便赴京上任，你心下如何?（旦云）妾身岂敢抗拒?（生云）既如此，弓兵[17]快收拾车马，赴任去来。（唱）

【川拨棹】列头搭在马前，把香车[18]帘半卷。只见官诰[19]新鲜，翠袖[20]花钿[21]，宝髻云偏，疑是天仙。只见他喜孜孜俏脸儿笑撚[22]，敢见我紫罗袍[23]体间穿。

【七弟兄】我这里向前，谢得完全，今日个夫妻称了平生愿。身荣休忘了海棠轩，东墙下私约成姻眷。

【梅花酒】俺如今践登程，路途沿，几时到八水三川[24]，西洛中原。莫得俄延，摔碎丝鞭[25]。马蹄儿践香尘，钿车儿古道穿。今日个来赴选，来赴选到金銮，到金銮日月边，日月边受皇宣，受皇宣，古今传。

（云）想小生今日到的这一步，夫荣妻贵，怎肯忘了那时？（唱）

【收江南】想当初五言诗和得句儿联，七条弦弹就旧姻缘，想着那海棠亭下设盟言。今日个两全，夫妻敕赐再团圆。

【鸳鸯煞】佳人才子心留恋，东墙花下成姻眷。标写青编，唱道一举登科将名姓显。男儿得志共赏在琼林宴[26]，玉堂[27]中千古名贤。似这等金榜题名万代显。

题目　老夫人急配好姻缘　小梅香暗把诗词递

正名　马文辅平步上鳌头　董秀英花月东墙记

---

[1] 骏步：指骏马的步伐。这里喻贤才的足迹。唐·柳宗元《惩咎赋》："惟聪明为可考兮，追骏步而遐游。"

[2] 紫宸：紫宸殿，宫殿名。唐宋都有紫宸殿。唐代紫宸殿位于大明宫的中部，与含元殿、宣政殿合为东内三大殿，为内朝正殿。皇帝日常听政议事、宴饮群臣，多在此殿。唐·杜甫《冬至》诗："杖藜雪后临丹壑，鸣玉朝来散紫宸。"

[3] 春雷揭地：比喻中试发迹。五代韦庄〔喜迁莺〕词："凤衔金榜出云来，平地一声雷。"

[4] 乌帽：黑帽。唐时贵族戴乌纱帽，后来上下通用。乌纱帽后来成为闲居的常服。简称乌纱。元·陈安《中秋有感》诗："于今寂寞江城暮，乌帽西风叹白头。"

[5] 金屋银屏：金屋，华丽房屋；银屏，镶银画屏。此处代指富贵人家。

[6] 箪瓢陋巷：比喻安贫乐道。典出《论语·雍也》。孔子的学生颜回很穷，他住在陋巷里，用竹筐盛饭吃，用瓢舀水喝，别人都不能忍受，他却甘心情愿并自得其乐。孔子知道后非常赞赏，说他不愧是贤者。箪指的是古代盛饭的圆形竹器，瓢则是古代装水的工具。陋巷，简陋的住宅。

［7］ 松江府：元至元十四年（1277 年）置华亭府，次年改为松江府。治华亭县（今上海市松江区）。《名胜志》：松江府“取吴松江而名”。辖境相当今上海市松江区以南地区。至元二十九年（1292 年）属江浙行省。明属南京。清属江苏省。1912 年废。明清时为全国棉纺织业中心，有“衣被天下”之称。

［8］ 金銮殿：唐长安城大明宫内的一座宫殿名。大明宫始建于唐太宗贞观（guàn 音贯）八年（634 年），原名永安宫，中途曾易名蓬莱宫。武则天神龙元年（705 年）改为大明宫。大明宫由一组规模宏大、典雅壮观的建筑群组成。自南向北，有含元殿、宣政殿、紫宸殿、蓬莱殿、含凉殿以及玄武殿等，构成宫中大殿的主轴，左右分布着中小级别殿。金銮殿就是别殿中的一座，位于含凉殿之西北。殿旁有一土坡，谓之“金銮坡”。

［9］ 凌烟：凌烟阁。系帝王命人为功臣画像、表彰其功绩的高阁。唐太宗于贞观十七年（643 年）命阎立本画长孙无忌、杜如晦等二十四名功臣像于阁上。

［10］ 龙泉剑：宝剑名。《晋书 · 张华传》云：“初，吴之未灭也，斗牛之间常有紫气……（张）华闻豫章人雷焕妙达纬象，乃要（yāo 音腰，邀请）焕宿，屏人曰：‘可共寻天文，知将来吉凶。’……焕到县，掘狱屋基，入地四丈余，得一石函，光气非常，中有双剑，并刻题，一曰龙泉，一曰太阿。其夕，斗牛间气不复见焉。”

［11］ 婵娟：姿态美好，古代诗文里多用来形容女子，也指月亮。宋 · 王安石《送春》诗：“万家笑语横青天，绮窗罗幕舞婵娟。”

［12］ 黄榜：也叫“金榜”。皇帝的榜文。因书写在黄纸上，故名。古代的科举考试先后有三榜：桂榜、杏榜和黄榜。桂榜是乡试录取举人的公告榜，因放榜时正值桂花盛开而得名；杏榜是会试录取贡士的公告榜，也因放榜时正值杏花盛开而得名；黄榜是殿试之后朝廷发布的录取进士的公告榜。

［13］ “雷霆”二句：出自唐 · 杜牧诗《华清宫三十韵》：“雷霆驰号令，星斗焕文章。”雷霆，指疾雷，喻威猛、迅猛；亦指威猛、迅猛的军队。星斗，常比喻超人才华，星斗焕文章比喻文章华美。雷霆代表着权威与服从，是社会秩序的维护者；而星斗则代表着智慧与创造，是文化繁荣的推动者。

［14］ 加官进秩：指提升官职、增加俸禄。《金史 · 章宗元妃李氏传》：“向外飞则四国来朝，向里飞则加官进禄。”

［15］ 勿替朕命：不要辜负我的诏命。替，废弃。朕，帝王自称。命，诏命。

［16］ 金銮宝殿。指皇宫正殿。

［17］ 弓兵：据《元典章》载，元代每百户内抽一人充役为弓手，“专一捕盗巡防”。

［18］ 香车：华美的车或轿。唐 · 卢照邻《行路难》诗：“春景春风花似雪，香车玉舆恒阗咽。”

［19］ 官诰：旧时皇帝赐爵或授官的诏令。

［20］ 翠袖：翠绿颜色的衣袖。唐 · 杜甫《佳人》诗：“天寒翠袖薄，日暮倚修竹。”

[21] 花钿（diàn 音电）：古代汉族妇女脸上的一种花饰，饰于额头眉间。从颜色上言，分为红、绿、黄三种颜色，以红色为最多；从质地上看，多以金箔片、黑光纸、鱼鳃骨、翠羽等制成花形。花钿在秦朝时就已经开始使用，隋唐时十分流行。关于花钿的起源，南朝《宋书》中记载了这样一个故事：正月初七，南朝宋武帝刘裕的女儿寿阳公主仰卧在含章殿檐下。殿前的一棵梅花树经微风一吹，正好有一朵梅花落在了公主的额上。宫女们觉得好看，纷纷效仿，剪梅花贴于额头。这种妆容被称为“梅花妆”“寿阳妆”。后来，这种妆容流传到民间，成为当时女子的一种面饰。

[22] 喜孜孜俏脸儿笑撚：高兴的样子。撚，无义。

[23] 紫罗袍：一种用紫色罗缎缝制的袍服，常用作官服。唐宋时规定，三品以上官服用紫，因称达官之服为“紫袍”，或称“紫罗袍”。

[24] 八水三川：指京畿。据南朝梁·无名氏《三辅黄图》载，关中有灞、浐、泾、渭，沣、镐、潦、潏（jué 音绝）八水。据《史记·周本纪》载，三川为泾、渭、洛水。

[25] 丝鞭：指丝制的马鞭。古代亦用作缔结婚姻的信物。

[26] 琼林宴：是为殿试后新科进士举行的宴会，始于宋代。琼林苑设在北宋汴京（今开封）城西的皇家花园，皇帝在琼林苑宴请新及第的进士，故该宴有“琼林宴”之称。

[27] 玉堂：原意为美好的厅堂，一般形容宫殿。后来汉武帝在宫中造了“玉堂”，便为宫殿的代称。至宋代，又将翰林院称为“玉堂”。

残剧

韩翠蘋御水流红叶

《韩翠蘋御水流红叶》简名《流红叶》。《说集》本《录鬼簿》、孟本《录鬼簿》、曹本《录鬼簿》、《太和正音谱》、《元曲选目》、《今乐考证》等或正名或简名，均有著录。

剧以小说《流红记》为本，写宫女韩翠蘋题诗于红叶之上，红叶随御沟水流出，为儒生于祐所得。于祐把玩诗中深意，和诗于红叶之上，随御沟水流入宫中，为韩所得，后二人终成眷属。本事见唐·孟棨（qǐ 音启）《本事诗》、唐·范摅（shū 音书）《云溪友议》和宋·孙光宪《北梦琐言》，但主人公名讳不同。宋·张实根据这类传说渲染加工，写成传奇《流红记》，载宋·刘斧《青琐高议》，有小标题《红叶题诗娶韩氏》。红叶题诗题材入戏曲者尚有元·李文蔚《金水题红怨》、元明间无名氏《红叶传情》、明人王骥德《题红记》及祝长生《红叶记》。另，柳枝集本《录鬼簿》在《金水题红怨》下注称“六折”。如果可信，那么这个剧本在形式方面已打破了元杂剧四折一楔子的体例。

【正宫·端正好】我恰才秋香亭上正欢浓，望着那上林苑[1]逃席走；趁西风独步闲游。想一年世事如翻手，捻指间重阳又。

【滚绣球】淅零零暮雨秋，冷清清禁苑幽，闷恹恹去年时候，不觉的透罗衣风力飕飕。风吹散面上酒，戏折的砌边菊，我则将嫩香来重嗅，果然道佳节难酬。今朝绿蚁[2]人先醉，明日黄花蝶也愁，信步难游。

【倘秀才】一弄儿残荷败柳，这塌儿[3]是俺那去年前题诗御沟。低首沉吟喟然久，扑簌簌泪交流，恰便似珍珠脱了线头。

【叨叨令】帕儿湮泪揾湿我这衫儿袖，冰的我袜儿凉浸的我鞋儿透，逗的我意儿新感起我情儿旧，哭的我心儿酸引的我眉儿皱。玉英！咱两个去来也么哥，咱两个去来也么哥，照的我这影儿孤，越显的身子儿瘦。

【白鹤子】我从那去年前亲发送，今岁也尚停留。我分明送过这玳瑁石压栏前，到闪在金漆木排栅后。

【幺篇】经年离了池沼，我则道红叶烂在汀洲；可怎生颜色儿俨然新，墨迹儿无些旧。

【红绣鞋】紧趾定[4]玻璃鸳甃[5]，天生下驼腰柳不缆龙舟，恰便似玉女观泉[6]弄温柔。将身子儿斜探定，踮着脚把柳条儿揪，一只手搦[7]着这颤巍巍新嫩竹。

【快活三】莫不是有谁人题诗在上溜头？怎肯道是我干休？好教我厮傒厮幸[8]苦追求，我与你亲把河神咒。

【鲍老儿】展玉腕厮琅琅向水面上兜，更怕甚溅湿泥金衫袖。则这翠竹梢头少个钓钩，趁着这水势向东流。我则见冲开锦鳞，惊飞绿鸭，荡散白鸥；见题红泛泛，随风飐飐，顺水悠悠。

【古鲍老】我这里探身在岸口，将红丢丢叶儿绰在手。对着这向阳的日头，湿浸浸水痕罗帕收。浑一似血染般胭脂透。是谁将巧计搜，全不怕官司穷究，将两句诗联就。

【墙头花】（缺文）

【柳青娘】[9]谁曾道是趁逐[10]，天赐这场厮迤逗[11]。看了这诗中意投[12]，必定是个俊儒流[13]。裁冰剪雪[14]忒惯熟。若得来双双配偶，尽今生共结绸缪[15]。则这去年前红叶上，红叶上把诗修[16]。

【道合】恰向今秋，恰向今秋[17]，今秋园苑[18]却闲游，恰相投[19]。道着道着俺自僝僽[20]，恁的恁的空遥受[21]。同观的池上景清幽。细凝眸，自索受[22]；使咱家[23]，空迤逗。道那些那些合成就，那些那些合承受，天生落在咱家彀[24]；若还见的迟些后，若不咱收，风力飕飕，趁着龙沟[25]，荡荡悠悠，险些恹恹逐水，逐水向向向向向东流。

【耍孩儿】往常我守椒房[26]耽寂寞捱昏昼，今日个更添上关心症候。趁西风飘离了树梢头，送与我这一场闲闷闲愁。见了些翠裙凤翅[27]伤秋扇[28]，听了些绛帻鸡人报晓筹[29]，年年池馆皆依旧，则俺这宫嫔年老，几时得叶落归秋！

【三煞】题诗人长共短，有情人知他是好共丑！不明不暗因他瘦，心儿中作念何曾见，梦儿里相逢不厮偢[30]，这姻缘空遥受，则俺那青鸾[31]无信，红叶难酬。

【二煞】弄诗章相戏逐，不良才[32]歹事头[33]，去年间写两句诗迤逗。暗欢喜空把他心中爱，虚烦恼胡遮我脸上羞。办着个至诚心将他候，看承做神珠玉颗，出入在凤阁龙楼。

【一煞】做一个符牌儿[34]挑在鬓边，绣一个面花儿贴在额头，做一个香囊儿盛了揣着肉。他道是无情则许无情受，我正是好处

将来好处收。自今夜黄昏后，安排着洞房花烛，绣幕香球[35]。

【尾声】稳坐着白象床[36]，满斟着碧玉瓯[37]，用鲛绡[38]将红叶儿怀中搂。你与我递一盏儿新婚庆喜的酒。

【越调·酒旗儿】海上将书来，房外无人至，谁替你打官司？你染病和咱软了四肢。你敢别不见些风情事？谁教你向唐天子行花儿叶子？元来你心在长安市。

题目　于祐之金沟送情诗

正名　韩翠蘋御水流红叶

---

［1］上林苑：据南朝梁·无名氏《三辅黄图》载，上林苑为秦时旧苑，汉武帝扩大为三百里，规模大得惊人。筑台登高，极目远眺，到处都是大尺度、远视距、保持原貌的自然景观。其规模，以现今的区域度量，实际面积约为二千四百六十平方公里。这里泛指宫苑。

［2］绿蚁：酒面上浮起的绿色泡沫。亦借指酒。唐·白居易《问刘十九》诗："绿蚁新醅（pēi 音胚）酒，红泥小火炉。"

［3］这塌儿：这凹下去的地方。塌，凹下的。

［4］跐（cǐ 音此）定：踩住、踩定。跐，踩、踏。

［5］甃甃（zhòu 音宙）：用对称的砖瓦砌成的井壁。

［6］玉女观泉：南朝梁·陶弘景《真诰》载，相传"明星玉女居华山，祠前有玉女洗头盆，其中水色碧绿澄澈"。

［7］搦（nuò 音懦）：握、持。

［8］厮徯厮幸：徯幸，意为烦恼。厮，语助词，无义。

［9］〔柳青娘〕：曲牌名。属北曲【中吕宫】。据《九宫大成谱》正格是四、六、四、六、七、七、七、六、六共九句。一般用在【中吕宫】或【正宫】套曲内。或加以变化，作为乐队使用的唢呐或胡琴伴奏乐曲。

［10］趁逐：追逐，此处有追求寻觅之意。

［11］厮迤（tuō 音拖）逗：相互招惹、引逗。

［12］意投：意向投合。

［13］俊儒流：英俊儒雅之辈。

［14］裁冰剪雪：此处指剪裁诗文十分娴熟。

［15］结绸缪（móu 音谋）：结下相爱缱绻（qiǎn quǎn 音浅犬）之情。绸缪，此指男

女欢爱、缱绻多情。

［16］把诗修：把诗写。修，写、作。

［17］恰向今秋：又向今秋。恰，此作“又”解。

［18］园苑：园亭池苑，此指花园。

［19］恰相投：正相投合，指去年的现在，正是投放红叶的时候。

［20］僝僽（chán zhòu 音蝉宙）：烦恼、愁闷。

［21］恁的空遥受：如此虚空遥远地承受，俗云“担个假名儿”。

［22］自索受：自作自受。索，词中衬字，有该、应、得之意。

［23］咱家：咱。家，语助词。

［24］彀（gòu 音垢）：把弓拉满，引申指射箭所能达到的范围。

［25］龙沟：此处指宫中排水的沟。

［26］椒房：椒房殿。为西汉未央宫皇后所居殿名，亦称椒室。因用花椒等香料涂抹墙壁，取温暖、芳香、多子之义，故名。后亦用为后妃的代称。椒房殿有两处所在，一在长乐宫。《文选 · 班固〈西都赋〉》：“后宫则有掖庭椒房，后妃之室。”李善引《三辅黄图》注：“长乐宫有椒房殿。”此殿在高帝时为皇后的殿室。另一处在未央宫。《三辅黄图》卷三：“椒房殿，在未央宫，以椒和泥涂，取其温而芬芳也。”位于前殿之北。唐 · 白居易《长恨歌》：“西宫南苑多秋草，宫叶满阶红不扫。梨园弟子白发新，椒房阿监青娥老。”

［27］翠裙凤翅：本指内宫服饰，这里代指嫔妃。

［28］伤秋扇：化用班姬题扇的典故。汉 · 班婕妤（jié yú 音节于）《怨歌行》：“新裂齐纨素，皎洁如霜雪。裁为合欢扇，团团似明月。出入君怀袖，动摇微风发。常恐秋节至，凉飙夺炎热，弃捐箧笥中，恩情中道绝。”这里以秋扇之见弃，喻君恩之断绝。

［29］绛帻（zé 音泽）鸡人报晓筹：引王维《和贾至舍人早朝大明宫之作》中的诗句。绛帻，夜间守卫宫门的卫士戴的大红色头巾。汉 · 应劭《汉官仪》：“卫士于朱雀门外著绛帻，传鸡唱。”元代沿用汉制。鸡人，古时报晓之官。《元史 · 舆服志》载，官中设八品职“鸡唱”一人。筹，计时的竹签。

［30］偢：同“瞅”。看。

［31］青鸾：又称苍鸾。传说是常伴西王母的神鸟，也是西王母的信使。世间只此一只，其叫声与凤啼相似。宋 · 赵令畤（zhì 音至）〔蝶恋花〕词：“废寝忘餐思想遍。赖有青鸾，不必凭鱼雁。”

［32］不良才：犹云“可憎才”。极爱之反语。

［33］歹事头：坏家伙。这里以反语见义，实为对爱者的昵称。

［34］符牌儿：女子头上的一种饰物。宋 · 周密《武林旧事》卷三载，宋以来风俗，端午节妇女戴“钗符”，称符牌儿。

［35］香球：帐中香炉。其形为有疏孔的金属球，内装三层常平架的香盂，焚香后，

怎样转动也不会掉出和熄灭。

[36] 白象床：白色象牙装饰的床。

[37] 瓯：酒杯。

[38] 鲛绡：传说南方有鲛人生活在水中，流出的眼泪是珠子，织出的绡入水不湿。后来比喻质地轻薄的优质织物为“绡”。这里指手帕。

李克用箭射双雕

《李克用箭射双雕》，元明两朝有关戏曲诸书均未著录。《词林摘艳》题作《元白仁甫李克用箭射双雕杂剧》，《北词广正谱》作正名《李克用箭射双雕》，《曲录》作正名《李克用箭射双雕》。《盛世新声》本存残折，无剧名、作者。《词林摘艳》本正名《李克用箭射双雕》。《雍熙乐府》本简名《射双雕》。《北词广正谱》本【仙吕宫】收此套戏曲〔六幺篇〕〔六幺序〕〔蔓青菜〕〔柳青娘〕〔道和〕五支。《元人杂剧钩沈（chén 音沉）》本存曲词一折，正名作《李克用箭射双雕》。本事见《旧五代史》卷二十五《唐书 · 武皇本纪上》。

【中吕·粉蝶儿】赛社[1]处人齐，一个个恁般杀势，直吃的浑身上村酒淋漓。手张狂[2]，脚趔趄[3]，吃的来吐天秽地。着人道村里夫妻，但行处不曾相离。

【醉春风】恰晒的布背褡[4]褄[5]儿干，又淹的旧留丢前襟湿。你这般揎拳裸袖[6]打阿谁？我甘[7]不过你，你！焦了重焦，絮了重絮，我则待醉了重醉。

【快活三】俺这里村庄儿上会亲戚，当村里做筵席。醇糯酒整做下两三石，有肉腥无羊膻气。

【朝天子】就着这瓮里，碗食，一个个查手缝无拘系。俺从早晨间直吃到日平西，都灌的来醺醺醉。有他那牛表[8]嘲歌，沙三争戏，舞的是一张掀乔样势；再有甚么乐器，又无他那路岐[9]，俺正是村里鼓儿村里擂。

【快活三】则听的摔风也似喊声起，土雨般阵云飞。则听的两棒鼓赤力力似春雷，一声锣响轰霹雳，惊天地。

【六幺篇】忽的向林浪中，见这山崦里，闪出一队勇烈军旗。手下军便排雁行齐，多无那半千来人马相随。明晃晃秋霜手中持着刃器，铎琅琅鸾铃响战马如飞，不剌剌直撞到阵根底。

【六幺序】其实，端的，则见灿灿金盔，纠纠雄威；甲挂唐猊[10]，马骤狻猊[11]；一点鞭催，两下军随。摆列着一字儿长蛇阵势，他当拦住去不的。猛然听的审问个虚实，来者将姓甚名谁？

【六幺令】[12]他道是纵横壮士周德威，留下些买路钱别有个商议。不邓邓怒从心上起，我跟前怎敢道相欺，大胆的将俺来不依随。

【鲍老儿】呀，你则是小觑俺阃外[13]将军八面威，也则是引起好斗偏争势。喝一声手下儿郎快准备，摆列着金鼓旗幡队。则见鞭稍点处，三军队伍，前后皆齐。则见一双皂雕，空中飐翼[14]，上下翻飞。

【古鲍老】他道是比及和你对垒，先着你试看咱武艺。左手取宝雕弓打两石，右手取凤翎箭捻转端的直；箭吻入朱红扣，慢慢的弓兜开碧玉弰[15]，微微的靶推出龙腰细。托泰山前手推，抱婴孩后手轻着力，拽一个秋月团圆势。

【剔银灯】梆的一声弦头响，似春雷般乍起，箭光流似寒星飞坠。我则见把的中滴溜溜扑扑的着田地，一双皂雕透心窝正中着金铫[16]。我则见垓[17]心内，旗影里，他掴[18]着手高声叫起。

【蔓青菜】自从盘古分天地，便有那汉李广[19]、养由基[20]，也不似这般快射。我则见他拱手舒心[21]便伏低[22]，道是喏喏[23]连声退。

【柳青娘】我则见他下的战骑，怎敢道说兵机。扑的来跪膝。遥望见七重围，他道是沙陀壮士归伏你，再谁想高官重职？再谁敢耀武扬威？情愿马头前亲执辔，亲执辔一戎衣。

【道和】见他听得，可早欢喜，攀鞍上马不猜疑，共相随；寻思的话投机，正寻觅英雄辈，共扶持边威势。道着俺着俺同商议，俺每俺每天教只[24]，则今日离了汾州地。他将令皆知，谁敢延迟；金镫敲只，玉鞭擎只，则俺那众儿郎呀来来齐和着齐和着凯凯凯歌回。

【尾声】（缺文）

---

［1］ 赛社：古代春秋社日的神会。元代一般神会都称赛社。

[2] 张狂：张皇失措。

[3] 趔趄（liè qie 音列且轻声）：人行走时，立足不稳、脚步踉跄、身体倾斜的样子。

[4] 褡（dā 音搭）：搭附在外或两两相连的衣物。如褡裢、褡膊。

[5] 褉（xié 音斜）：衣袖。

[6] 揎（xuān 音宣）拳裸袖：也作“揎拳捋（luō）袖”。伸出拳头，捋起袖子。一种粗野蛮横或准备动武的姿势。

[7] 甘：“干”的同音借字。

[8] 牛表：与下句“沙三”一样，同为元曲中青年农民泛用的名字。

[9] 路岐：艺人的别称。本义指道路，宋元时因江湖艺人冲州撞府，流动表演，终日奔波于道路之上，故名。岐，通“歧”。

[10] 唐猊（ní 音尼）：传说中的猛兽名。皮坚厚，可制甲。

[11] 狻（suān 音酸）猊：传说中的猛兽名。一说为狮子。

[12] 〔六幺令〕：曲牌名。北曲【黄钟宫】【仙吕宫】均有同名曲牌，用在套曲内。南曲属【仙吕宫】入【双调】，用于过曲。京剧用作吹打曲牌，无唱词，用于官员上朝、回府时。

[13] 阃（kǔn 音捆）外：指京城或朝廷以外。阃，指郭门（外城门），也指宫中的道路。

[14] 飐翼：同“展翼”，展开翅膀。

[15] 碧玉弰（shāo 音梢）：末梢用碧玉装饰的弓。弰，弓的末梢。

[16] 铍（pī 音批）：箭头较薄而阔、箭杆较长的箭。

[17] 垓（gāi 音该）：战场的中心。

[18] 掴（guāi 音乖）：用手掌打、拍手。

[19] 李广：西汉名将。陇西成纪（今甘肃静宁西南）人。善骑射，匈奴称之为“飞将军”。详见《史记·李将军列传》。

[20] 养由基：亦作“养游基”。春秋时楚国大夫。善射，能百步穿杨。详见《左传·成公六年》。

[21] 舒心：心甘情愿。

[22] 伏低：甘居人下、认输。

[23] 喏喏（nuò nuò 音诺诺）：应诺声。有顺从敬慎意。

[24] 只（zhǐ 音止）：句末语气词。

佚目

祝英台死嫁梁山伯

《祝英台死嫁梁山伯》，天一阁本《录鬼簿》著录题目《马好儿不遇吕洞宾》，正名《祝英台死嫁梁山伯》，简名《梁山伯》。曹本《录鬼簿》、《今乐考证》、《曲录》著录作《祝英台死嫁梁山伯》。《说集》本《录鬼簿》、孟本《录鬼簿》、《太和正音谱》、《元曲选目》简名作《祝英台》。

剧写梁山伯与祝英台的故事。梁山伯与祝英台的故事是中国古代四大爱情悲剧之一。它从诞生之日起，传说和演绎的版本众多。在河北封龙山一带不仅广泛流传着梁山伯与祝英台的故事，而且流传的故事有明显的本地特色。在元氏农村的秧歌小戏中还有关于梁山伯和祝英台故事的演绎。位于元氏封龙山上的封龙书院仍然保留着相传梁祝二人一起读书的读书洞。同时，在宋代的石桥“吴桥”旁边有一古墓，被誉为古代元氏“八景之一”的“吴桥古冢”，据县志记载为梁山伯和祝英台二人合葬之墓。此墓之碑民国时期尚存，后被毁。白朴在封龙书院读书求学和之后留院教书期间，根据当地的传说到梁山伯、祝英台的墓碑等遗址处考察，创作出《祝英台死嫁梁山伯》杂剧。剧本当年曾在封龙书院和真定以“弦索腔”曲调演唱，反响很强烈（现在石家庄丝弦这个剧种，即元明时“弦索腔”的遗音）。中年后，白朴将剧本带到江南，在江南巡演时期，将剧名改为《梁山伯与祝英台》，

梁山伯与祝英台的故事开始广为流传。白朴创作的《祝英台死嫁梁山伯》杂剧今已不可得见，虽已佚，但从现存元代戏文《祝英台》的佚曲中，可见其部分内容，有白朴杂剧中歌颂自由恋爱、反对封建礼教的主题，如:〔醉落魄〕“傍人论伊，怎知道其间的实。”“奴见了心中暗喜。一别尊颜，不觉许多时。”〔傍妆台〕“细思之，怎知你乔装改扮做个假意儿？见着你多娇媚，见着你□□□，见着你羞无地，见着你怎由己。情如醉，心似痴，刘郎一别武陵溪。”〔前腔换头〕“奴家非是要瞒伊，自古道得便宜处谁肯落便宜？争奈我为客旅？争奈我是女孩儿？争奈我双亲老？争奈我身无主？今日里，重见你，柳藏鹦鹉语方知。”以上三支曲分叙二人重见时的心情。首曲是梁山伯与祝英台的对唱，次曲是梁山伯的唱词，末曲是祝英台的唱词，展现了梁山伯访祝英台的一个场面。

从天一阁本《录鬼簿》题目中发现，白朴写的杂剧中有四个主要人物，除了梁山伯与祝英台，还有马好儿与吕洞宾。“好儿”，当是“好儿郎”一语之省。古代称青年男子为“儿郎”，军中长官称部下亦曰“儿郎”。关汉卿杂剧《状元堂陈母教子》中“好儿”就指有军功的军人或士子中的状元。秦简夫杂剧《东堂老劝破家子弟》中号称“东堂老”的李实屡称扬州奴为“好儿”，可证“好儿”是元人习语。白朴《祝英台死嫁梁山伯》杂剧中的“马好儿”，也含有赞叹之意，是指有文才或者武艺高强的少年。祝氏父母在不了解梁山伯与祝英台互相爱慕的情况下，为“马好儿”的才学所动，许下姻亲，形成了梁山伯、祝英台与马好儿的三角关系。吕洞宾是民间传说中的神仙人物，他放浪形骸，不拘小节，乐善好施，希望“度尽天下众生”。在元杂剧作品中，吕洞宾主要是一个能度天下众生的神仙，如马致远杂剧《吕洞宾三

醉岳阳楼》、岳伯川杂剧《吕洞宾度铁拐李岳》等。而吕洞宾所化度的，只能是有缘之人。“马好儿不遇吕洞宾”，说明吕洞宾极力想劝马好儿斩断情丝，摆脱三角关系，但马好儿不识吕洞宾，错过了被点化的机会，导致祝英台死嫁了梁山伯。白朴作品中插入马好儿与吕洞宾的形象，是白朴对梁山伯与祝英台故事的发展与创造。它完善了民间梁山伯与祝英台的传说，拓展了故事的主题，突出衬托、渲染了梁山伯和祝英台二人的坚贞爱情，也为后来梁山伯与祝英台戏剧的发展奠定了基础。

白朴的《祝英台死嫁梁山伯》杂剧，是现今所知最早把梁山伯与祝英台故事搬上舞台的剧本。它影响到当时的南戏《祝英台》以及后来的明清传奇、近代地方戏诸多有关剧本的创作，不仅开了戏曲表现梁山伯与祝英台故事的先河，更跨五洲、越大洋，将中国彰显人间真情大爱的爱情故事展现在世界的面前。以梁山伯与祝英台故事改编的戏曲不胜枚举，影响最大的是越剧《梁山伯与祝英台》，并在 1954 年由上海电影制片厂拍摄成彩色艺术片（也是我国第一部彩色戏曲片），上演不衰，成为家喻户晓、脍炙人口的经典之作。1954 年 4 月至 7 月，在日内瓦会议上，中国代表团举行了两场大型电影招待会，第一场放映纪录片《1952 年国庆节》，第二场放映的就是新中国第一部彩色戏曲片《梁山伯与祝英台》。周总理让在请柬上只写了一句话：“请您欣赏一部彩色歌剧电影——中国的歌剧传说彰显着人间的真情大爱。”影片放映后，引起极大反响。一位美国记者说：“这个电影太美了，比莎士比亚的《罗密欧与朱丽叶》更感人。”音乐作品取自梁山伯与祝英台题材，影响最大的是小提琴协奏曲《梁祝》。20 世纪 50 年代，上海音乐界陈刚、何占豪创造性地把它改编成小提琴协奏曲，在国内外引起强烈反响，从而使梁山伯与祝英台

这一艺术形象走出国门，在英、美、法、德、意、澳、日及苏联等世界众多国家和地区风靡一时；协奏曲的片段被法、美、日等国家艺术家们在电影、舞曲等多种艺术表演形式中选用，柬埔寨还以本国文将其改编成连载故事。

秋江风月凤皇船

《秋江风月凤皇船》，剧情不明。天一阁本《录鬼簿》著录作《凤皇舩（船）》。《说集》本《录鬼簿》、孟本《录鬼簿》、《太和正音谱》略称《灯月凤皇船》。曹本《录鬼簿》、《今乐考证》、《曲录》著录作《秋江风月凤皇船》。《元曲选目》略称《灯月凤凰船》。

萧翼智赚兰亭记

《萧翼智赚（zuàn 音攥）兰亭记》写唐太宗御史萧翼从王羲之第七代传人僧智永的弟子辩才手中将天下第一行书《兰亭序》骗取到手，献给唐太宗的故事。天一阁本《录鬼簿》著录作《赚兰亭》。《说集》本《录鬼簿》、孟本《录鬼簿》、《太和正音谱》、《元曲选目》著录作《萧翼赚兰亭》。曹本《录鬼簿》、《今乐考证》、《曲录》著录作《萧翼智赚兰亭记》。

楚庄王夜宴绝缨会

《楚庄王夜宴绝缨会》写楚庄王“绝缨之宴”。天一阁本《录鬼簿》、《说集》本《录鬼簿》、孟本《录鬼簿》、《太和正音谱》、《元曲选目》简名作《绝缨会》。曹本《录鬼簿》、《今乐考证》、《曲录》著录作《楚庄王夜宴绝缨会》。

苏小小月夜钱塘梦

《苏小小月夜钱塘梦》写司马槱（yǒu 音友）与苏小小的爱情故事。宋代王宇《司马才仲传》、何薳（wěi 音伟）《春渚纪闻》、李献民《云斋广录》中均有记载。天一阁本《录鬼簿》著录题目《司马槱诗酒蝶恋花》，正名《苏小小月夜钱塘梦》，简名《钱塘梦》。《说集》本《录鬼簿》、孟本《录鬼簿》、《太和正音谱》、《元曲选目》简名作《钱塘梦》。曹本《录鬼簿》、《今乐考证》、《曲录》著录作《苏小小月夜钱塘梦》。

薛琼琼月夜银筝怨

《薛琼琼月夜银筝怨》以崔怀宝与薛琼琼故事为题材。天一阁本《录鬼簿》、《说集》本《录鬼簿》、孟本《录鬼簿》、《太和正音谱》、《元曲选目》简名作《银筝怨》。曹本《录鬼簿》著录作《薛琼琼月夜银筝怨》（原本脱一“琼”字，据钞本增）。《今乐考证》、《曲录》著录作《薛琼琼月夜银筝怨》。

唐明皇游月宫

《唐明皇游月宫》写玄宗游月宫的故事。唐·柳宗元《龙城录》、唐·郑綮（qǐ 音启）《开天传信记》亦有记载。故事情节与同游者虽各有不同，但多与《霓裳（cháng 音常）羽衣曲》相联。天一阁本《录鬼簿》、《说集》本《录鬼簿》、孟本《录鬼簿》、《太和正音谱》、《元曲选目》简名作《幸月宫》。曹本《录鬼簿》、《今乐考证》、《曲录》著录作《唐明皇游月宫》。

汉高祖斩白蛇

《汉高祖斩白蛇》以民间广为流传的汉高祖刘邦斩白蛇起义的故事为题材。《史记·高祖本纪》有记载。天一阁本《录鬼簿》正名作《汉高祖泽中斩白蛇》，简名作《斩白蛇》。《说集》本《录鬼簿》、孟本《录鬼簿》、曹本《录鬼簿》、《今乐考证》、《曲录》略称《汉高祖斩白蛇》。《太和正音谱》《元曲选目》简名作《斩白蛇》。

阎师道赶江江

《阎师道赶江江》，内容不详。叶德均《读稗（bài 音拜）杂录》云："宋人罗烨（yè 音夜）《醉翁谈录》著录话本名目一百零九种，其中《妖术》类《严师道》，疑与白朴《阎师道赶江江》杂剧同叙一事。'阎'以为'严'字之误。"此说当是。天一阁本《录鬼簿》著录作《赴（赶）江江》。《说集》本《录鬼簿》、孟本《录鬼簿》、曹本《录鬼簿》著录作《阎师道赶江》。《太和正音谱》著录作《阎师道赶江江》。《元曲选目》著录作《阎师道赶江》（二本）。

高祖归庄

《高祖归庄》写汉高祖刘邦衣（yì音忆）锦还乡事。《史记·高祖本纪》有记载。元·张国宾有杂剧《汉高祖衣锦还乡》，一作《歌大风高祖还乡》，今佚。明·庾（yǔ音羽）生子有传奇《歌风记》，今存残曲，题材与白朴杂剧同。元·睢（suī音虽）景臣有散曲套数〔般涉调·哨遍〕《高祖还乡》，今存。天一阁本《录鬼簿》、《说集》本《录鬼簿》、孟本《录鬼簿》、《太和正音谱》、《元曲选目》简名作《高祖归庄》。曹本《录鬼簿》、《今乐考证》、《曲录》简名作《泗上亭长》。

崔护谒浆

《崔护谒浆》以崔护的《人面桃花》故事为题材。本事出自唐·孟棨《本事诗》。孟称舜本《录鬼簿》注为“末本”,《太和正音谱》注为“二本”。宋官本杂剧有《崔护六幺》《崔护逍遥乐》各一本，今佚。元南戏有《崔护谒浆记》，今存残曲十六支。元·尚仲贤有杂剧《崔护谒浆》，今佚。明·孟称舜有杂剧《人面桃花》。明·王澹有传奇《双合记》。清·舒位有杂剧《人面桃花》。清·曹锡黼（fǔ 音斧）有杂剧《桃花吟》。各戏剧皆演同一故事。本事中女主人公原无姓名，元杂剧则为谢菊英，明人改为庄慕琼或谢娇英、谢蓁（zhēn 音针）儿。天一阁本《录鬼簿》著录题名《四不知佳人诉恨》，正名《十六曲崔护谒浆》，简名《崔护谒浆》。《说集》本《录鬼簿》、孟本《录鬼簿》著录作《崔护谒浆》（末本）。曹本《录鬼簿》、《今乐考证》、《曲录》简名作《崔护谒浆》。《太和正音谱》和《元曲选目》著录作《崔护谒浆》（二本）。

散曲

小 令

【中吕】阳春曲[1]

知 幾[2]

知荣知辱[3]牢缄口[4]，谁是谁非暗点头。诗书丛里且淹留[5]。闲袖手[6]，贫煞[7]也风流[8]。

今朝有酒今朝醉[9]，且尽樽前[10]有限杯。回头沧海又尘飞[11]。日月疾，白发故人稀。

不因酒困[12]因诗困[13]，常被吟魂恼醉魂[14]。四时风月[15]一闲身。无用人，诗酒乐天真[16]。

张良辞汉全身计[17]，范蠡归湖远害机[18]。乐山乐水[19]总相宜。君细推，今古几人知。

题 情[20]

轻拈斑管[21]书心事，细折银笺[22]写恨词[23]。可怜不惯害相思，则被你个“肯”字儿，迤逗[24]我许多时。

鬓云[25]懒理松金凤[26]，烟粉[27]慵[28]施减玉容[29]。伤情经岁绣帏[30]空，心绪冗，闷倚翠[31]屏风。

慵拈粉扇闲金缕[32]，懒酌琼浆[33]冷玉壶[34]。才郎一去信音疏，长叹吁，香脸泪如珠。

从来好事[35]天生俭[36]，自古瓜儿苦后甜。奶娘[37]催逼紧拘钳[38]，甚是严，越间阻[39]越情忺[40]。

笑将红袖遮银烛，不放才郎夜看书。相偎相抱取欢娱，止不过迭应举，及第待何如。

百忙里铰[41]甚鞋儿样[42]，寂寞罗帏冷篆香[43]。向前搂定可憎[44]娘，止不过赶嫁妆，误了又何妨。

---

[1] 【中吕】阳春曲:《知幾（jī 音机）》四曲均著录于《太平乐府》四和《乐府群珠》一。第二、三、四曲又见于《雍熙乐府》一九。

[2] 知幾：谓有预见，看出事物发生变化的隐微征兆。幾，细微的征兆。《易·系辞下》:“知幾其神乎。君子上交不谄，下交不渎。其知幾乎？幾者，动之微，吉之先见者也。”

[3] 知荣知辱：知道何者为荣、何者为辱。《老子》二十八章：“知其荣，守其辱，为天下谷。”

[4] 缄口：缄默、闭口不言。

[5] 淹留：长期逗留。这里指潜心诗文。

[6] 袖手：将两手放在袖子里，这里指对人间事袖手旁观。

[7] 贫煞：贫穷到极点。

[8] 风流：洒脱放逸、风雅潇洒。此指有才者不拘礼法的气派。语见元好问《阮郎归》“诗家贫煞也风流”。

[9] “今朝”句：今天有酒则今天痛饮。比喻只图眼前享乐。唐·罗隐《自遣》诗：“得即高歌失即休，多愁多恨亦悠悠。今朝有酒今朝醉，明日愁来明日愁。”

[10] 樽前：酒宴前。樽，古代盛酒器具。

[11] “回头”句：回头看人世沧桑，变化巨大，时光如飞一般地流逝。沧海，大海。此处用“沧海桑田”之典，比喻世事变化巨大。晋·葛洪《神仙传·王远》:“麻姑自说云:‘接待以来，已见东海三为桑田。’”尘飞，指时光如飞而逝。

[12] 酒困：谓饮酒过度，神志迷乱。《论语·子罕》:“……不为酒困，何有于我

哉？”

［13］诗困：谓搜索枯肠，终日苦吟。

［14］“常被”句：常被诗情惹起酒兴。吟魂，诗情、诗思。宋·苏舜钦《师黯以彭甘五子为寄》诗：“枕畔冷香通醉梦，齿边余味涤吟魂。”恼，挑拨、惹。醉魂，饮酒过多，神志不清的状态。宋·石孝友〔蓦山溪〕词：“醉魂初醒，强起寻芳径。”

［15］四时风月：一年四季的自然景物。宋·曹勋《题幸蜀图》诗：“四时风月不教闲。”风月，日月。

［16］天真：指不受礼俗拘束的品性。《庄子·渔父》：“礼者，世俗之所为也；真者，所以受于天也，自然不可易也。故圣人法天贵真，不拘于俗。”

［17］“张良”句：张良辞去汉朝官职隐居在家，“乃学辟谷，道（导）引轻身”，是为了保全自己打算。张良，字子房，是汉高祖刘邦的主要谋臣，封为留侯。计，策略、主意。事见《史记·留侯世家》。

［18］“范蠡”句：范蠡乘舟浮海远离越国，逃往齐国，是为了躲避杀身之祸。范蠡，字少伯，春秋时楚人，与文种一同辅助越王勾践。勾践灭吴后，范蠡身为上将军，自知“大名之下，难以久居，且勾践为人可与同患，难与处安”，于是乘舟渡海，远离越国，逃往齐国，经商致富，称陶朱公。文种没走，终被勾践赐剑自杀。事见《史记·越王句（勾）践世家》。

［19］乐（yào 音耀）山乐水：喜爱山水。暗示愿隐于山林江湖之中。乐，爱好。语本《论语·雍也》“知（智）者乐水，仁者乐山”。

［20］题情：以下六曲均著录于《太平乐府》四和《乐府群珠》一。第五、六曲又见于《梨园乐府》中、《尧山堂外纪》六八、《北宫词纪》外集六、《天籁集摭遗》。

［21］斑管：有斑纹的竹子做成的毛笔。

［22］银笺：洁白的信笺。

［23］恨词：抒写离愁别恨的话。

［24］迤逗：勾引、挑逗、撩拨。迤，古同“迤”。

［25］鬓云：形容妇女鬓发美如乌云。

［26］金凤：金制的凤凰形首饰。

［27］烟粉：脂粉。

［28］慵：懒。

［29］玉容：美称女子的容貌。

［30］绣帏：华丽的帐帏。

［31］翠：指屏风上镶嵌的翠绿宝石。

［32］金缕：指金缕衣。

［33］琼浆：比喻美酒。

[34] 玉壶：酒壶的美称。

[35] 好事：指男女间的美好爱情。

[36] 俭：通“险”，恶、多磨折。

[37] 奶娘：此指亲娘。

[38] 拘钳：约束。

[39] 间阻：从中作梗，横加阻挠。

[40] 情忺（xiān 音先）：情投意合，倾心相爱。忺，适意、高兴。

[41] 铰：剪的口语化表达。

[42] 鞋儿样：做鞋用的样型。古时做鞋需按鞋样裁做。

[43] 篆香：古代一种香做成圆盘形，称篆香。又，香烟盘旋上升的形状如篆字，也可称篆香。

[44] 可憎：可爱，爱极时所用的反语。

【仙吕】寄生草

饮[1]

长醉后方何碍，不醒时有甚思。糟[2]腌两个功名字，醅[3]渰[4]千古兴亡事，曲[5]埋万丈虹霓志。不达时皆笑屈原非[6]，但知音尽说陶潜是[7]。

---

[1] 《饮》:《尧山堂外纪》《天籁集摭遗》以此曲为白朴作。《中原音韵》《雍熙乐府》俱不注撰人。《北宫词纪外集》注范子安注。隋树森编《全元散曲》认为:“范作说似可信。此首姑重出于此。”题从《中原音韵》。

[2] 糟：带滓（zǐ 音紫）的酒。

[3] 醅（pēi 音胚）：没过滤的酒。

[4] 渰（yān 音淹）：同“淹”。

[5] 曲：酒母，此处亦指酒。

[6] “不达”句：屈原忠君爱国，为小人所谗，后被流放，投汨罗江自尽。东汉班固指责他“扬才露己”，不能远离谗贼。此后士人多有讥笑屈原为“愚忠”的。

[7] “但知音”句：晋陶潜（陶渊明）因不满官场的丑恶，弃官隐居（远离谗贼），以诗酒自娱，历来受不得志的读书人推崇。

【仙吕】醉中天

佳人脸上黑痣[1]

疑是杨妃在，怎脱马嵬灾[2]？曾与明皇捧砚[3]来，美脸风流杀。叵奈[4]挥毫李白，觑着娇态，洒松烟[5]点破桃腮。

---

［1］ 佳人脸上黑痣：隋树森编《全元散曲》注曰：“《太平乐府》以此曲属杜遵礼。《中原音韵》不注撰人。《尧山堂外纪》属白朴，又云：‘或以为杜遵礼作。’《天籁集摭遗》从《外纪》。兹互见两家曲中。”

［2］ “疑是”二句：怀疑（眼前的佳人）是杨贵妃尚在世，她是怎样逃脱马嵬驿的杀身之灾的呢？马嵬，即马嵬驿，在今陕西兴平市西，是唐明皇（玄宗）出兵平定“安史之乱”时忍痛下令杀杨贵妃的地方。

［3］ 捧砚：李白在唐天宝初年应召到长安，为唐明皇草诏时，杨贵妃曾为之捧砚。因李白是为明皇草诏，所以说杨妃“曾为明皇捧砚来”。

［4］ 叵奈：可恨。

［5］ 松烟：用松木烧成的烟灰，古人多用以制墨。

【双调】沉醉东风

渔 夫[1]

黄芦岸白蘋渡口，绿杨堤红蓼滩头[2]。虽无刎颈交[3]，却有忘机友[4]。点秋江白鹭沙鸥[5]，傲杀[6]人间万户侯[7]，不识字烟波钓叟[8]。

[1] 渔夫：隋树森《全元散曲》注曰："《中原音韵》不注撰人。《尧山堂外纪》属白朴。《盛世新声》《词林摘艳》《词谑（xuè 音血）》所收〔新水令〕'越王台无道似摘星楼'套中皆有此曲。《摘艳》谓此套为赵明道《范蠡归湖》杂剧第四折。《词谑》云范子安所作。"另，《天籁集摭遗》也收了此曲。

[2] "黄芦岸"二句：写渔夫的生活环境和垂钓处的美丽景色。江岸边黄色的芦苇丛生，渡口处生着白色的蘋（pín 音频）草，堤上有一行行的绿杨，滩头有一片片红色的蓼（liǎo 音了）花。黄芦，枯黄的芦苇。唐·王昌龄《九江口作》诗："驿门是高岸，望尽黄芦洲。"白蘋，又名"水蘋"，一种水中浮草，夏末秋初开花，花色洁白。五代齐己《放鹭鸶》诗："白蘋红蓼碧江涯，日暖双双立睡时。"绿杨堤红蓼滩头，化用了宋·赵长卿〔夜行船〕词："红蓼滩头，绿杨堤外。"蓼，一年或多年生水草，秋日开红色或粉红色小花。

[3] 刎颈交：指生死与共的朋友。《史记·廉颇蔺相如列传》云：战国时，赵国名将廉颇居功自傲，瞧不起上卿蔺相如，以致将相不和。后在蔺相如以大局为重精神的感召下，廉颇主动负荆请罪，"卒相与欢，为刎颈之交"。

[4] 忘机友：指甘于淡泊，毫无机诈之心，又能推心置腹的朋友。"忘机"一词出自《庄子·天地》篇："机心存于胸中则纯白不备。纯白不备则神生不定……"意谓存在机诈权变的心计（机心）就会丧失纯朴洁白的品质，以致心神不定。

[5] "点秋江"句：一边垂钓一边观赏江边的白鹭和沙滩上的白鸥。点，指点、观赏。

[6] 傲杀：轻视、鄙视、看不起。杀，结构助词，用在动词的后面，表示极度，相当于"极""甚"。

[7] 万户侯：汉制，封侯大者食邑万户，世称万户侯，后泛指达官显宦。

[8] 烟波钓叟：在雾气蒙蒙、水波浩渺的江上垂钓的渔翁。钓叟，钓鱼的老者。

【双调】得胜乐[1]

春[2]

丽日迟[3]，和风习[4]，共王孙公子游戏。醉酒淹衫袖湿，簪花[5]压帽檐低。

夏

酷暑天，葵榴[6]发。喷鼻香十里荷花，兰舟[7]斜缆垂杨[8]下。只宜铺枕簟[9]、向凉亭披襟散发。

秋

玉露冷，蛩[10]吟砌。听落叶西风渭水[11]，寒雁儿长空嘹唳[12]。陶元亮[13]醉在东篱[14]。

冬

密布云，初交腊[15]。偏宜[16]去扫雪烹茶，羊羔酒[17]添价。胆瓶[18]内温水浸梅花。

又[19] 四首

独自寝，难成梦，睡觉来怀儿里抱空。六幅罗裙[20]宽褪，玉腕上钏儿[21]松。

独自走，踏成道，空走了千遭万遭[22]。肯不肯疾些儿[23]通报，休直到教担阁[24]得天明了。

红日晚，遥天暮，老树寒鸦几簇[25]。咱为甚[26]妆妆频觑[27]，怕有那新雁儿寄来书。

红日晚，残霞在，秋水共长天一色[28]。寒雁儿呀呀的天外，怎生不捎带个字儿来[29]？

---

[1] 〔得胜乐〕：曲牌名。属北曲【双调】。定格为三、三、六、六、六，五句二十四字。除一、四句外，其余三句均用韵。又一式定格为七、六、七、六，共四句；下接〔幺篇〕换头为三、三、六、七、六，凡五句；往往只用本调或只用

〔幺篇〕换头，二者不并用。此调与〔得胜令〕不同，专用作小令。

[2] 春：此首及以下三首均著录于残元本《阳春白雪》二、钞本《阳春白雪》前集三、《天籁集摭遗》。第三首《秋》另见于《太和正音谱》下、《北词广正谱》、《九宫大成》五。

[3] 迟：和舒的样子。《诗经·豳（bīn 音宾）风·七月》："春日迟迟。"

[4] 习：和熙的样子。《诗经·邶（bèi 音倍）风·谷风》："习习谷风。"

[5] 簪花：古俗逢典礼、宴会或节日，男女皆戴花志庆。簪，插、戴。

[6] 葵榴：葵花与石榴。宋·周密《武林旧事·端午》："插食盘架，设天师艾虎，意思山子数十座，五色蒲丝百草霜，以大合三层，饰以珠翠葵榴艾花……"

[7] 兰舟：船的美称。唐·杜牧《陵阳送客》诗："兰舟倚行棹，桂酒掩余樽。"

[8] 垂杨：垂柳。古诗文中常杨柳通用。唐·万齐融《送陈七还广陵》诗："落花馥河道，垂杨拂水窗。"

[9] 枕簟（diàn 音电）：意为铺好枕席，摆上酒食。簟，盛饭用的竹器。

[10] 蛩（qióng 音穷）：蟋蟀。

[11] 落叶西风渭水：化用唐·贾岛《忆江上吴处士》诗："秋风吹渭水，落叶满长安。" 渭水，水名。黄河的支流。

[12] 嘹唳（lì 音立）：响亮而凄切的声音。唐·陈子昂《西还至散关答乔补阙知之》诗："葳蕤（wēi ruí 音威瑞阳平）苍梧风，嘹唳白露蝉。"

[13] 陶元亮：陶渊明，字元亮。

[14] 东篱：借指菊花生长之地。陶渊明《饮酒诗》之五："采菊东篱下，悠然见南山。"

[15] 交腊：到了腊月。交，时季交替。腊，夏历十二月。

[16] 偏宜：表示时间上正适宜。前蜀·李珣（xún 音旬）〔浣溪沙〕词："入夏偏宜澹薄妆，越罗衣褪郁金黄。"

[17] 羊羔酒：酒名。《事物绀珠》："羊羔酒出汾州，色白莹，饶风味。" 也称羔儿酒。

[18] 胆瓶：一种长颈大腹的花瓶。

[19] 又：以下四首均著录于残元本《阳春白雪》二、钞本《阳春白雪》前集三和《天籁集摭遗》。第四首又见于《九宫大成》五。

[20] 六幅罗裙：一种多褶长裙。

[21] 钏（chuàn 音串）儿：女子手饰，手镯。

[22] 遭：动量词，字义同"遍"。

[23] 疾些儿：快点儿。

[24] 担搁：耽搁、耽误。

[25] 几簇：几群、几堆。

[26] 为甚：为啥、为什么。

[27] 频觑：一遍又一遍地探看。觑，集中精力地看。

［28］“红日晚”三句：这支曲子怀念远人，巧用唐·王勃《滕王阁序》“落霞与孤鹜齐飞，秋水共长天一色”的成句，浑然天成。

［29］“寒雁儿”二句：大雁“呀呀”地飞走了，怎么不带个丈夫的信儿来呢？怎生，怎么。字儿，指书信。

【双调】庆东原[1]

忘忧草[2]，含笑花[3]，劝君闻早[4]冠宜挂[5]。那里也能言陆贾[6]？那里也良谋子牙[7]？那里也豪气张华[8]？千古是非心，一夕渔樵话。

黄金缕[9]，碧玉箫，温柔乡[10]里寻常到。青春过了，朱颜[11]渐老，白发雕骚[12]。则待强簪花，又恐傍人笑。

暖日宜乘轿，春风宜讯马[13]，恰寒食[14]有二百处秋千架，对人娇杏花，扑人飞柳花，迎人笑桃花[15]。来往画船边，招贴[16]青旗[17]挂。

---

［1］【双调】庆东原：《阳春白雪》前集三、《天籁集摭遗》著录，“暖日”一曲又见《九宫大成》六五。〔庆东原〕又见马致远〔新水令〕“四时湖水镜无瑕”套数中。

［2］忘忧草：又名金针菜、柠檬萱草、黄花菜，已栽种了两千多年，是我国特有的土产。传说此草可以让人忘掉忧愁。

［3］含笑花：木兰科，花如兰，开放时含蕾不尽开，像含笑的样子，故得名。

［4］闻早：趁早、赶早。《阳春白雪》作“及早”。

［5］冠宜挂：辞官归隐的意思。据《后汉书·逢萌传》记载，王莽杀了自己的儿子王宇，逢萌对朋友说：“三纲绝矣！不去，祸将及人。”于是解下官帽挂在东都城门，携家属东渡辽东而去。

［6］陆贾（gǔ 音古）：汉高祖刘邦的谋士，曾帮助刘邦说服南越王赵佗归汉。著有《陆贾新语》。

[7] 子牙：姜子牙，通称姜太公，原名姜尚，后从封地改姓吕。西周时辅佐文王、武王灭商。著有兵书《六韬》。

[8] 张华：西晋文学家，曾劝晋武帝排除众议定下灭吴之计。统一后，持节都督幽州诸军事，惠帝时历任侍中、中书监等职。后被赵王伦和孙秀杀害。著有《博物志》。

[9] 黄金缕：黄金织成的丝线，曲中似指黄金缕衣。

[10] 温柔乡：使人沉迷之境。宋·范成大《乐先生辟新堂以待芍药酴醿作诗奉赠》："多情开此花，艳绝温柔乡。"

[11] 朱颜：红润美好的容颜，泛指少年时美好的面容。南唐·李煜〔虞美人〕词："雕栏玉砌应犹在，只是朱颜改。"

[12] 雕骚：也作"凋骚""刁骚"。发稀短而乱。金·元好问《子和麋鹿图》诗："白发刁骚一秃翁，尘埃无处避西风。"

[13] 讯马：任马行走而不加约制。

[14] 寒食：节日名。起源于远古的禁烟节，在冬至后一百零五日，清明节前一二日。节日期间，人们禁烟火，只吃冷食，因此被称为"寒食节"。寒食节前后有祭扫、踏青等习俗，还有种树、采野菜、赏花、斗鸡、拔河、放风筝、蹋球、荡秋千等活动。

[15] "对人"三句：分别写杏花、柳絮、桃花讨人喜爱的样子。

[16] 招飐：招展、飘动。

[17] 青旗：酒店的标志，用青布为旗悬于店前招徕顾客。唐·元稹《和乐天重题别东楼》："唤客潜挥远红袖，卖垆高挂小青旗。"

【双调】驻马听[1]

吹[2]

裂石穿云[3]，玉管宜横清更洁[4]。霜天沙漠，鹧鸪风里欲偏斜[5]。凤凰台上〔暮云遮〕，梅花惊作黄昏雪[6]。人静也，一声吹落江楼月[7]。

弹[8]

雪调冰弦[9]，十指纤纤[10]温更柔。林莺山溜，夜深风雨落弦头[11]。芦花岸上对兰舟[12]，哀弦恰似愁人消瘦。泪盈眸，江州

司马[13]别离后。

歌[14]

白雪阳春[15]，一曲西风几断肠[16]。花朝月夜，个中唯有杜韦娘[17]。前声起彻绕危梁，后声并至银河上[18]。韵悠扬，小楼一夜云来往[19]。

舞[20]

凤髻[21]蟠空[22]，袅娜[23]腰肢温更柔。轻移莲步[24]，汉宫飞燕旧风流[25]。谩催鼍鼓品《梁州》，鹧鸪飞起春罗袖[26]。锦缠头[27]，刘郎错认风前柳[28]。

---

[1]　【双调】驻马听：《阳春白雪》前集三、《天籁集摭遗》著录。

[2]　吹：通过对美妙的笛音的描写，反映了横笛吹奏者的技艺之精湛。全曲以象征比拟的手法，形象而又生动地表达了笛音的艺术效果。如把笛子的乐音比喻为“裂石穿云”，以鹧鸪、凤凰为之倾，梅花为之惊落烘托了它的艺术效果。

[3]　裂石穿云：形容笛声可以响遏行云，穿石裂帛。宋·陆游《黄鹤楼》：“平生最喜听长笛，裂石穿云何处吹。”

[4]　“玉管”句：玉管，玉制的古乐器，用以定音律。汉·刘歆《西京杂记》：“秦有玉笛，长二尺二寸，二十六孔。”后亦泛指箫、笛之类管乐器。宜横，适宜横吹。清更洁，指笛声清扬雅洁。

[5]　“霜天”二句：写笛声所创造的音乐境界，响遏行云的音乐吹得霜飞沙扬，鹧鸪闻声失去了飞行的平衡。

[6]　“凤凰台”二句：也是用景物来写音乐形象。那善吹箫的萧史、弄玉引凤仙去的凤凰台，也为音乐声所缭绕；千树万树的白梅，惊异得从枝上抖落，好似黄昏时分的漫天飞雪。凤凰台，是用《列仙传》中萧史的故事。萧史相传是春秋时人，善吹箫，作凤鸣。秦王把他的女儿弄玉嫁给他，筑凤台，让他居住在上边。〔暮云遮〕，曲调名。梅花，古代笛曲中有《梅花落》调。黄昏雪，指吹起落梅曲来，惊得梅花纷纷落地，如黄昏下雪一般。

[7]　“人静也”二句：写夜深人静之时，一声长笛把江楼之上的月亮都吹落了。江楼吹月，用唐·李白《黄鹤楼闻笛》“黄鹤楼中吹玉笛，江城五月落梅花”的典故。

［8］ 弹：这支曲子形象生动地描写了弹琴技巧的高妙，以及琴声强烈的感人力量。

［9］ 雪调冰弦：形容曲调高雅。冰弦，琴弦的美称。传说中有用冰蚕丝做的琴弦，故称。金·董解元《西厢记诸宫调》卷四："宝兽沉烟袅碧丝，半折的梨花繁杏枝。妆一胆瓶儿，冰弦重理，声渐辨雄雌。"

［10］ 纤纤：女子手柔细貌。

［11］ "林莺"二句：生动地比喻琵琶所弹之曲像林中黄莺鸣啭，像山间泉水叮咚，忽然又奏出深夜的风声雨声。溜，水流。

［12］ 兰舟：精美的小船。

［13］ 江州司马：指唐朝大诗人白居易。江州即今江西九江，司马为刺史的属官。白居易于元和十年（815年）被贬为江州司马。在江州，他听了琵琶女的弹奏而落泪，并写了《琵琶行》以记之。

［14］ 歌：此曲写歌声的美妙。采用的是正面描写的方法："一曲西风几断肠"表现歌声的凄婉，尤以《杜韦娘》曲感人至深。歌声起处"绕危梁"，后声远至"银河上"，唱完之后竟使"小楼一夜云来往"。暗用韩娥、秦青善歌的典故形容歌声的美妙，拓展了读者的想象空间。

［15］ 白雪阳春：指《阳春》《白雪》，古代高雅而不易唱的两首歌曲名。据说，楚国有歌《阳春》《白雪》者，国中能和者很少，而歌《下里》《巴人》（指通俗音乐），国中和者数千人，后以"阳春白雪"比喻曲高和寡的音乐，比喻歌者有高超的技艺。

［16］ "一曲"句：是说唱了一首西风曲，其哀感动人，几乎使人断肠。西风指《阳关曲》。冯延巳〔蝶恋花〕："阳关一曲肠千断。"几，几乎。断肠，形容悲伤到了极点。

［17］ "花朝"二句：《花朝》《月夜》都是曲调名。其中只有《杜韦娘》曲最为动人。个中，其中、这之中。杜韦娘，唐代歌女名，后为唐教坊曲名。

［18］ "前声"二句：写歌者歌声之美，可以绕梁三日不绝；声音之高，到达银河之上。前声，指序曲、引子。起彻，唱完。绕危梁，即余音绕梁。典出《列子·汤问》："昔韩娥东之齐，匮（kuì 音愧）粮，过雍门，鬻（yù 音玉）歌假食。既去而余音绕梁欐（lì 音力），三日不绝。"

［19］ "韵悠扬"二句：写歌者声韵悠扬，在小楼上高歌一曲，歌声如行云绕楼，来来往往，一夜不绝。云来往，歌声美而昂扬。典出《列子·汤问》："薛谭学讴（ōu 音欧）于秦青，未穷青之技，自谓尽之，遂辞归。秦青弗止，饯于郊衢（qú 音渠）。抚节悲歌，声振林木，响遏行云。"

［20］ 舞：此曲描写舞女的丰姿、舞姿和演出效果，刻画出技艺高妙的舞女形象。

［21］ 凤髻：盘成凤形的发髻。

［22］ 蟠空：形容发髻盘旋上升，如凤欲腾空。

［23］袅娜（nuó 音挪）：轻盈而又柔长。此处用以形容腰之软细。

［24］莲步：形容女子的步态婀娜多姿。南齐东昏侯凿金为莲花，以贴地，令潘妃行其上，说："步步生莲花。"

［25］"汉宫"句：意思是像昔日汉成帝皇后赵飞燕那样艳丽善舞。汉宫飞燕，指赵飞燕，西汉成帝皇后，以身轻善舞著称。

［26］"谩催"二句：突出鼍（tuó 音驼）鼓频催、《梁州》大曲伴唱的舞乐特点，简练、准确而又生动地描绘了舞姿的优美和场面气氛的热烈。谩催，催促、疾催。鼍鼓，用鼍皮蒙的鼓，其声亦如鼍鸣。鼍，又称扬子鳄、猪婆龙。品，演奏乐器。《梁州》，唐教坊曲名，即《梁州曲》，又称《梁州令》。鹧鸪飞起春罗袖，穿着绣有鹧鸪的罗衣起舞，舞姿美若鹧鸪展翅。春罗，丝织品的一种。

［27］锦缠头：古代歌舞艺人演毕，客人以罗锦为赠，置之头上，谓之"锦缠头"。锦，有彩色花纹的丝织品。

［28］"刘郎"句：用作为观众代表的"刘郎"眼光，用他"错认风前柳"的幻觉形象，渲染、强调了舞者留给观众的难忘印象。刘郎，通常指入天台山遇仙女的刘晨，喻指情郎。这里借指特别钟情于起舞女子的观众。

【越调】天净沙

春[1]

春山暖日和风[2]，阑干[3]楼阁帘栊[4]，杨柳秋千院中[5]。啼莺舞燕[6]，小桥流水飞红[7]。

夏

云收雨过波添[8]，楼高水冷瓜甜[9]，绿树阴垂画檐。纱幮藤簟[10]，玉人[11]罗扇轻缣[12]。

秋[13]

孤村落日残霞，轻烟老树寒鸦[14]，一点飞鸿影下[15]。青山绿水，白草[16]红叶黄花[17]。

冬[18]

一声画角樵门[19]，半庭新月[20]黄昏，雪里山前水滨。竹篱茅舍，淡烟衰草孤村。

春[21]

暖风迟日春天，朱颜绿鬓[22]芳年[23]，挈榼[24]携童跨蹇[25]。溪山佳处，好将春事留连[26]。

夏

参差竹笋抽簪[27]，累垂杨柳攒金[28]，旋趁庭槐绿阴。南风解愠[29]，快哉[30]消我烦襟[31]。

秋

庭前落尽梧桐，水边开彻芙蓉[32]，解与诗人意同。辞柯[33]霜叶，飞来就我题红[34]。

冬

门前六出[35]花飞，樽前万事休提，为问东君[36]消息。急教人探，小梅江上先知[37]。

---

[1] 春：此首与以下三首，《阳春白雪》前集五、《天籁集摭遗》著录。此首通过选择富有时令特点的景物，融会作者独特的观察体验，给读者描绘了一幅和煦、明媚、润泽的春景图。

[2] 和风：多指春季的微风。

[3] 阑干：栏杆。

[4] 帘栊（lóng 音龙）：挂帘子的窗户。李煜《捣练子》词："无奈夜长人不寐，数声和月到帘栊。"

[5] 杨柳秋千院中：写春天庭院景象。幽静雅致的小院里有傲然的白杨，有婀娜的垂柳，特别是那树下的秋千悠然地荡来荡去，仿佛有妙龄少女们的欢声笑语传

出来，充满了诗情画意。

[6] 啼莺舞燕：也可写作“莺啼燕舞”，意思是黄莺在歌唱，春燕在飞舞。

[7] 飞红：花瓣飞舞，指落花。宋・辛弃疾《祝英台近》词：“断肠片片飞红，都无人管，更谁劝啼莺声住？”

[8] 波添：涨水。

[9] 水冷瓜甜：把瓜果放入冰凉的泉池中，瓜味更美。

[10] 纱幮藤簟：纱幮，纱帐；藤簟，用藤编制的席子。均为清新淡雅的原色家具。

[11] 玉人：此处指美人。

[12] 轻缣（jiān 音坚）：轻柔的细绢夏装。缣，由多根丝线并在一起织成的丝织品。

[13] 秋：主要写秋景。是作者于宋亡后寓居金陵（今南京）时所作，具体创作年代不详。该曲虽和马致远的《秋思》有相似处，却又自有特点。首二句以“孤村”领起，着意渲染秋日黄昏的冷寂。“一点飞鸿”给阴冷的静态画面带来了活力，造成曲子抒发情感的转移。接着诗人用青、绿、白、红、黄五色，从远及近，由高到低，多层次、多侧面、立体交叉式地描绘出秋日美丽的景象，使整个画面充满了诗意。此曲极富艺术张力，一笔并写两面，成功地将秋日迟暮萧瑟之景与明朗绚丽之景融合在一起，把赏心悦目的秋景作为曲子的主旋律，不失为又一篇写秋杰作。

[14] “孤村”二句：写秋景，借用秦观《满庭芳》词“斜阳外寒鸦数点，流水绕孤村”句意。残霞，快消散的晚霞。寒鸦，天寒即将归林的乌鸦。

[15] 飞鸿影下：雁影掠过。飞鸿，天空中的鸿雁。

[16] 白草：指秋日野草经霜后变干发白。

[17] 红叶黄花：指枫叶菊花。

[18] 冬：此曲字字状景，构成一幅寂寥、悲凉、凄美的冬景。

[19] 一声画角樵门：借用秦观《满庭芳》词“画角声断樵门”句意，写城楼上号角吹响。画角，有雕绘的牛角制的号角。樵门，上面建有望楼的城门。古代京城和州郡的城门均建望楼。

[20] 半庭新月：月亮冉冉升起，月光斜照着半个庭院。

[21] 春：隋树森《全元散曲》注曰：“此首及以下三首《太平乐府》属朱庭玉。疑澹斋初选《阳春白雪》误属（白）仁甫。后选《太平乐府》乃改正。今姑与朱曲互见。”

[22] 绿鬓：乌亮的鬓发。

[23] 芳年：指青春年少，即美好的年岁。

[24] 挈（qiè 音窃）榼（kē 音棵）：提着酒器。榼，一种木制器具，壶状，多用于盛酒、贮水。《左传・成公十六年》：“使行人执榼承饮，造于子重。”元明时期，榼的作用已不局限于酒器、饮器，它是一种用途更广泛的容器，可装盛的东西很多。

[25] 跨蹇（jiǎn 音简）：骑驴（或驽马）。蹇，驴，也指驽马。

[26] 留连：舍不得离开，留恋不舍。唐·李白《友人会宿》诗：“涤荡千古愁，留连百壶饮。”

[27] 抽簪（zān 音赞阴平）：古时做官的人须束发整冠，用簪连冠于发，故称引退为“抽簪”。宋·乐史《广卓异记·御制送诗并序》：“遗荣期入道，辞老竟抽簪。”

[28] “累垂”句：累垂，密集低垂，形容杨柳的外貌。攒（cuán 音窜阳平）金，聚在一起，表现杨柳的生长变化。

[29] 南风解愠（yùn 音运）：南风之歌可以解除恼怒。据《礼记·乐记》记载，舜曾作琴曲《南风歌》。《孔子家语》中有歌辞“南风之薰兮，可以解吾民之愠兮”。愠，怨、恼怒。

[30] 快哉：好痛快呀！这里指南风。宋玉《风赋》：“王乃披襟而当之曰：‘快哉，此风！’”

[31] 烦襟：意指胸中的烦恼。

[32] 芙蓉：指荷花。

[33] 辞柯：离开枝干。宋·黄庭坚《次韵任君官舍秋雨》：“惊起归鸿不成字，辞柯落叶最知秋。”柯，草木的枝茎。

[34] 题红：在红叶上题诗。唐僖宗时，有一名宫女在红叶上写了一首诗：“流水何太急，深宫尽日闲。慇懃谢红叶，好去到人间。”树叶顺着御沟水流出宫墙。书生于祐拾到后添写道：“曾闻叶上题红怨，叶上题诗寄阿谁？”置于流水上游又流入宫中。后两人终成良缘。

[35] 六出：雪花。雪花的结晶为六角形，故称。

[36] 东君：春天的神。

[37] “急教”二句：人们纷纷去打探春天的信息，而江边的小梅花却早已露出春的预兆。

【越调】小桃红[1]

歌姬赵氏，常为友人贾子正所亲，携之江上，有数月留。后予过邓，径来侑觞[2]。感而赋此，俾[3]即席歌之。

云鬟风鬓[4]浅梳妆，取次樽前唱。比著当时□江上，减容光，故人别后应无恙[5]？伤心留得，软金罗袖，犹带贾充香[6]。

[1]　【越调】小桃红:《天籁集》下著录。

[2]　侑（yòu 音又）觞：劝酒。侑，劝人吃、喝。

[3]　俾（bǐ 音比）：使（达到某种效果）。

[4]　云鬟风鬓：指古代妇女的高髻发式。

[5]　别后应无恙：指别来无恙。意思是自从离别以来没有任何坏的事情发生。恙，病。《太平御览》卷七三九引汉 · 应劭《风俗通》："恙，病也。凡人相见及通书，皆云'无恙'。又《易传》云：上古之时，草居露宿。恙，啮虫也，善食人心，俗悉患之，故相劳云'无恙'。"

[6]　"软金"二句：化用宋 · 柳永《彩云归》词："别来最苦，襟袖依约，尚有余香。"贾充香，晋代贾充女与韩寿私通，贾充有异香，一着人则历月不歇，贾女窃香与寿。贾充闻香而察其事，遂嫁女与寿。见《晋书 · 贾充传》。后因以"贾充香"表示男女倾情之物。元 · 周文质〔蝶恋花〕《悟迷》套曲："朱门深闭贾充香，兰房强揣郑生玉，青楼空掷潘安果。"

套　数

【仙吕】点绛唇[1]

金凤钗分[2]，玉京人[3]去，秋潇洒。晚来闲暇，针线收拾罢。

【幺】独倚危楼，十二珠帘挂，风萧飒。雨晴云乍[4]，极目山如画。

【混江龙】断人肠处，天边残照水边霞。枯荷宿鹭，远树栖鸦。败叶纷纷拥砌石，修竹珊珊扫窗纱。黄昏近，愁生砧杵，怨入琵琶[5]。

【穿窗月】忆疏狂[6]阻隔天涯，怎知人埋怨他。吟鞭醉袅青骢马[7]，莫吃秦楼酒、谢家茶[8]？不思量执手临岐[9]话。

【寄生草】凭阑久，归绣帏，下危楼强把金莲[10]撒。深沉院宇朱扉[11]亞[12]，立苍苔冷透凌波袜[13]。数归期空画短琼簪[14]，揾[15]啼痕频湿香罗帕。

【元和令】自从绝雁书[16]，几度结龟卦[17]。翠眉长是锁离愁，玉容憔悴煞。自元宵等待过重阳，甚犹然不[18]到家？

【上马娇煞】欢会少，烦恼多，心绪乱如麻。偶然行至东篱下，自嗟自呀[19]，冷清清和月对黄花。

---

[1]　【仙吕】点绛唇：《梨园乐府》上著录。《太和正音谱》上引〔穿窗月〕，《北词广

正谱》引〔穿窗月〕〔上马娇煞〕,《九宫大成》五引〔穿窗月〕、七四引〔上马娇煞〕。

［2］　金凤钗分：金凤钗，古代女子的一种头饰。分，分离。古人有分钗作为离别纪念之俗。

［3］　玉京人：指仙女，亦泛指美人，这里代指心上的恋人。玉京，道家称天帝所居之处，亦泛指仙都。

［4］　云乍：指云刚刚散去。

［5］　“断人肠处”九句：通过闺中少妇思念远方游子的心理描写，真挚自然地刻画出一个思妇的恬静形象，字里行间流露出淡淡的孤独之感。借景抒情，情景交融，焦黄干枯的“败叶”，冷清的“修竹”，含蓄委婉地表达出闺中寂寞、满腹相思的妇人此时内心的愁苦、孤寂。“拥”和“扫”运用拟人的修辞手法，用落叶争着去拥抱石阶，竹叶轻扫窗纱，写出深秋的凄清冷寂。运用叠词“纷纷”“珊珊”增强语言的韵律感，富有音乐美，描绘出落叶纷纷、竹影婆娑的深秋之景。一个“怨”字将全篇感情一泻而出，自然而不造作。败叶纷纷拥砌石，描写深秋落叶覆盖在台阶上。砧杵，捣衣的用具。砧，垫石。杵，捣棒。

［6］　疏狂：指性情疏放狂荡的人。

［7］　“吟鞭”句：醉意朦胧中策鞭青骢马。青骢马，毛色青白相间的马。

［8］　“莫吃”二句：写闺中女子怨相爱者久不归，猜想他可能在外眠花宿柳，滞留于歌楼妓院（秦楼、谢馆）之间。

［9］　临岐：指分别时。岐，通“歧”，岔路。

［10］　金莲：旧时称女子纤足为金莲。

［11］　朱扉：朱红色的门窗。

［12］　㕦（yà 音亚）：通“压”，掩闭、关闭。旧时大门用木桩横压。

［13］　凌波袜：曹植《洛神赋》：“凌波微步，罗袜生尘。”这里指女子穿的袜子。

［14］　“数归期”句：意谓用玉簪在树上画痕，计算情郎归期，人未归而玉簪已徒然磨损、变短了。古代妇女常用玉簪画树，以算远行人的归期。

［15］　揾（wèn 音问）：擦。

［16］　雁书：指书信。古代有雁足传书之说，详见《汉书 · 苏武传》。

［17］　结龟卦：问龟甲占卜凶吉。

［18］　甚犹然不：为什么还不。

［19］　自嗟自呀：自叹。

【双调】乔木查[1]

对　景[2]

海棠初雨歇，杨柳轻烟惹[3]，碧草茸茸铺四野。俄然回首处，乱红堆雪[4]。

【幺】恰春光也，梅子黄时节[5]，映日榴花红似血。胡葵[6]开满院，碎剪宫缬[7]。

【挂搭沽序】倏忽早庭梧坠[8]，荷盖缺[9]。院宇砧韵切[10]，蝉声咽[11]。露白霜结，水冷风高，长天雁字斜，秋香次第开彻[12]。

【幺】不觉的冰澌结[13]，彤云布朔风凛冽[14]。乱扑吟窗[15]，谢女堪题，柳絮飞[16]。玉砌长郊万里[17]。粉污遥山千叠[18]。去路赊，渔叟散[19]，披蓑去，江上清绝。幽悄闲庭，舞榭歌楼酒力怯[20]，人在水晶宫阙[21]。

【幺】岁华如流水，消磨尽自古豪杰。盖世功名总是空，方信花开易谢，始知人生多别。忆故园，谩叹嗟，旧游池馆，翻做了狐踪兔穴。休痴休呆，蜗角蝇头[22]，名亲共利切[23]。富贵似花上蝶，春宵梦说[24]。

【尾声】少年枕上欢，杯中酒好天良夜，休辜负了锦堂[25]风月。

---

［1］〔乔木查〕：曲牌名。又名〔银汉浮槎（chá 音查）〕。属【双调】，套数用，散套中可作首牌。不居套首需取〔幺篇〕格式。五句四韵：五、五、七、五、四，共二十六字。〔幺篇〕换头同始调，全曲共五十二字。

［2］对景：《太平乐府》六、《天籁集摭遗》著录，《太和正音谱》下引〔乔木查〕，《北词广正谱》和《九宫大成》六五均引〔乔木查〕〔挂搭沽序〕。

［3］杨柳轻烟惹：杨柳梢头升起轻轻的烟雾。惹，升起的意思。

［4］“俄然”二句：顷刻之间回首一看，凋落的花瓣像雪一样一堆一片。

［5］“恰春光”二句：才是春天，又到了夏季的梅子黄熟季节。恰，才。

［6］胡葵：又名蜀葵，茎高六七尺，大叶，花有红、紫、白等色。

［7］宫缬（xié 音谐）：宫中所制丝织品上的对称式的印花。缬，有花纹的纺织品。唐 · 杜牧《池州送孟迟先辈》诗：“竹冈森羽林，花坞团宫缬。”

［8］倏忽早庭梧坠：庭院中的梧桐叶很快地落下。倏忽，很快地。坠，落叶。

［9］荷盖缺：荷叶也缺残了。荷叶状如锅盖，所以说荷盖。

［10］院宇砧韵切：人家庭院里的捣衣声，一声紧接着一声。古时秋季到来时，人们便要准备棉衣，把要洗的衣服用石杵捣净。捣衣的砧声往往到深夜不停，砧声很凄切。唐 · 李白《子夜吴歌》“长安一片月，万户捣衣声。”唐 · 沈佺期《古意》“九月寒砧催木叶，十年征戍忆辽阳。”都是写闻砧声的感想。

［11］蝉声咽：秋蝉的鸣声断断续续像在抽泣。宋 · 释师范《偈（jì 音计）颂》：“泣露蝉声咽，迎秋雁影遥。”

［12］秋香次第开彻：秋季开的花儿也先后开过了。彻，到头、完结。

［13］冰澌结：水结为冰。澌，随水流动的冰块。

［14］“彤云”句：浓云密布，北风寒冷。彤云，浓云。朔风，北风。凛冽，寒冷。

［15］乱扑吟窗：寒风吹到窗上发出阵阵的响声。

［16］“谢女”二句：曾经被谢家女儿题咏过的雪花像柳絮似的在空中飞舞。谢女堪题，指谢道韫咏雪的故事。有一天，东晋政治家谢安和他的侄子侄女们在家中聚会“讲论文义”。屋外雪越下越大，谢安兴致勃勃地问：“白雪纷纷何所似？”他的侄子谢朗答道：“撒盐空中差可拟。”他的侄女谢道韫接着说：“未若柳絮因风起。”谢安认为她答得好，所以“大笑乐”。后人常以飞絮比拟飞雪。

［17］玉砌长郊万里：一望无际的郊野像用玉石砌过似的那样洁白。

［18］粉污遥山千叠：一层一层的远山被雪染得一片白色。粉污，雪染的意思。

［19］去路赊，渔叟散：这是倒置句。意为散去的渔翁走在遥远的路上。赊，遥远、长长的。

［20］“舞榭”句：在舞台歌楼饮酒作乐的人，也觉得酒没劲还能暖人。怯，指酒量不好。

［21］人在水晶宫阙：满天冰雪，人好像在水晶筑的宫殿里。

［22］蜗角蝇头：形容微小的名利。《庄子 · 则阳》篇载“有国于蜗之左角者，曰触氏，有国于蜗之右角者，曰蛮氏，时相与争地而战。”又苏轼《满庭芳》词有句：“蜗角虚名，蝇头微利。”

［23］名亲共利切：切望显亲扬名获得高官厚禄。

［24］“富贵”二句：富贵像庄周梦蝶似的，像宋代老妇所说的一场春梦。春宵梦说，传说苏轼贬居昌化时，有一老妇对他说：你当年富贵，如今是一场春梦。

［25］锦堂：指昼锦堂，是宋朝名相韩琦所筑的厅堂，位于河南省安阳县城东南隅，欧阳修曾为之作有名的《昼锦堂记》。后因用以比喻华丽的厅堂。

【大石调】青杏子

咏 雪[1]

空外六花翻[2]，被大风洒落千山。穷冬节物偏宜晚[3]，冻凝沼沚[4]，寒侵帐幕，冷湿阑干。

【归塞北】貂裘客，嘉庆[5]卷帘看。好景画图收不尽，好题诗句咏尤难，疑在玉壶[6]间。

【好观音】[7]富贵人家应须惯，红炉暖不畏严寒。开宴邀宾列翠鬟，拚酡颜[8]，畅饮休辞惮。

【幺】劝酒佳人擎金盏，当歌者款撒香檀[9]。歌罢喧喧笑语繁，夜将阑，画烛银光灿。

【结音】似觉筵间香风散，香风散非麝非兰。醉眼朦腾问小蛮[10]，多管是南轩蜡梅绽。

---

[1] 咏雪：《太平乐府》七、《雍熙乐府》一五、《天籁集摭遗》著录。《太和正音谱》上引〔好观音〕，《北词广正谱》引〔好观音〕上阕。

[2] 空外六花翻：空外，即野外空中。六花，即雪花，因雪花六瓣，故云。

[3] “穷冬”句：此句谓冬景以严冬景色最好。穷冬，冬将尽。节物，时令景物。

[4] 沼沚（zhǐ 音止）：沼，小池。沚，池中的小洲。《诗经·召南·采蘩（fán 音凡）》：“于以采蘩？于沼于沚。”

[5] 嘉庆：嘉，欢乐。庆，庆贺。

[6] 玉壶：比喻雪天的澄净无瑕，冰清玉洁。“玉壶”在古代诗歌中常用以形容高洁的操行。唐·王昌龄《芙蓉楼送辛渐》：“洛阳亲友如相问，一片冰心在玉壶。”

[7] 〔好观音〕：曲牌名。属【大石调】，也入【仙吕宫】，用于剧曲和散曲套数。《北词广正谱》与《九宫大成南北词宫谱》正格皆为五句五韵（韵可少叶）：七、七、七、三、五。末二句可合为一句。下接〔幺篇〕，与本调全同。用于

套曲中，位置不固定，各家联套方式常有出入。

[8] 拚酡（pàn tuó 音盼驼）颜：豁出去猛饮酒而致脸红。《楚辞 · 招魂》："美人既醉，朱颜酡些（suò 音锁去声）。" 拚，舍弃不顾、豁出去。酡，喝了酒脸色发红。

[9] "当歌者"句：香檀，一为化妆品，用以描口唇。《敦煌曲子词 · 破阵子二》："雪落庭梅愁地，香檀枉注歌唇。" 二为乐器名，檀木制作的拍板。宋 · 柳永《木兰花》词："香檀敲缓玉纤迟，画鼓声催莲步紧。" 故此句可作二解：一是歌者缓歌曼舞，一是歌者拍板歌唱。

[10] 小蛮：指歌舞伎。唐 · 孟棨《本事诗》："白尚书（白居易）姬人樊素善歌，妓人小蛮善舞。尝为诗曰：'樱桃樊素口，杨柳小蛮腰。'" 后人因以小蛮代指歌舞伎，亦以小蛮腰比喻杨柳。

【小石调】[1]恼煞人[2]

又是红轮[3]西坠，残霞照万顷银波。江上晚景寒烟，雾蒙蒙、风细细，阻隔离人萧索。

【幺篇】宋玉悲秋[4]愁闷，江淹梦笔寂寞[5]。人间岂无成与破，想别离情绪，世界里只有俺一个[6]。

【伊州遍】[7]为忆小卿，牵肠割肚[8]。凄惶悄然无底末[9]，受尽平生苦。天涯海角，身心无个归着[10]。恨冯魁，趋恩夺爱[11]，狗行狼心[12]，全然不怕天折挫[13]。到如今划地[14]吃耽阁[15]，禁不过，更那堪晚来暮云深锁。

【幺篇】故人[16]杳杳，长江风送，听胡笳沥沥声韵聒。一轮皓月朗，几处鸣榔，时复唱和渔歌。转无那[17]，沙汀蓼岸，一点渔灯相照，寂寞古渡停画舸。双生无语泪珠落，呼仆隶指泼水手，在意[18]扶柁[19]。

【尾声】兰舟定把芦花过，橹声省可里[20]高声和。恐惊散宿鸳鸯，两分飞也似我。

---

［1］【小石调】：元曲宫调名。元·周德清《中原音韵》："大凡声音各应于律吕……小石旖旎（yǐ nǐ 音椅你）妩媚。"《中原音韵》载【小石调】所属曲牌为五支。《九宫大成南北词宫谱》载，属【小石调】的曲牌，北曲有二十九支，南曲（包括集曲）有七十四支。北曲【小石调】联曲成套方式使用较少。

［2］恼煞人：曲牌名。属北曲【小石调】，一作〔恼杀人〕。常带〔幺篇〕，用于散曲套数。定格为六、六、六、三、三、六，凡六句，押二平声韵。下接〔幺篇〕，为六、六、七、四、七，凡五句，押三仄韵。用于套曲，作首曲。但作者很少，今仅见此篇。此套曲，《太和正音谱》《北词广正谱》《九宫大成》三九均引全套。《天籁集摭遗》亦著录。

［3］红轮：红日。

［4］宋玉悲秋：宋玉，战国时代的辞赋家，楚国诗人。他的《九辩》叙写失意文人怀才不遇的忧伤，其第一首开头就说："悲哉，秋之为气也！萧瑟兮，草木摇落而变衰。"然后从不同角度抒发悲感之情，很能打动人，对后世影响很大。杜甫《咏怀古迹五首》其二就说："摇落深知宋玉悲，风流儒雅亦吾师。"本曲写双渐自比宋玉。

［5］江淹梦笔寂寞：江淹为南朝梁文学家，济阳考城人。他的《恨赋》《别赋》很有名，感于当时人生的悲哀，曾慨叹"莫不饮恨而吞声"。《南史·江淹传》记载一则民间轶闻，说他夜梦郭璞向他索笔，他以怀中五色笔奉还。本曲借江淹寂寞写双渐之悲。

［6］"想别离"二句：夸张说世受别离之苦的唯有双渐自己。

［7］〔伊州遍〕：曲牌名。属【小石调】，用于散曲套数。王国维《宋元戏曲史》谓此调出自唐宋大曲。《九宫大成南北词宫谱》格式为：四、四、七、五、四、六、七、四、七、七、三、四、四，共十三句六韵，此调〔幺篇〕与本调略同。用于套曲，一般用作第二曲，接〔恼煞人〕后，下接〔尾声〕。但作者很少，仅见此篇。

［8］牵肠割肚：元代口语，与断肠意同。

［9］无底末：没有尽头。

［10］归着：归处。

［11］趋恩夺爱：夺走恩爱。

［12］狗行狼心：畜生的行为，狠毒的心肠。

［13］天折挫：指上天予以惩罚。

［14］刬（chàn 音忏）地：只是。

［15］耽阁：耽搁。

［16］故人：指苏小卿。

［17］无那（nuó 音挪）：无可奈何。

［18］在意：关注、关心。

［19］柁：同“舵”。

［20］省可里：不要。

元　曲

四大名家

马致远

◎吕洞宾三醉岳阳楼

生平简介

马致远，字千里，号东篱，约生于1251年，卒于元至治元年（1321年）之后、泰定元年（1324年）之前。河北省东光县（河北省沧州市）人，一说大都（今北京）人。与历代的传统文人一样，早年的马致远也对仕途充满了热切的期盼和憧憬，希冀凭着自己的“佐国心，拿云手”一展抱负，以实现“兼济”之志。中年中进士，曾为江浙行省官吏。经过“二十年漂泊生涯”，目睹了官场的黑暗、社会的龌龊，他选择了“酒中仙，尘外客，林间友”的生活。其间他接触了不少民间艺人，与文士王伯成、李时中，表演艺术家刘要和的两个女婿花李郎、红字李二皆有往来。与志同道合的艺术家、民间艺人的交往合作，极大地促进了他作品的立体感和鲜活性，同时，他的作品也不断被推演至舞台上。

马致远是元代曲坛上承前启后的重要作家。他一生共创作杂剧十五种，今存《江州司马青衫泪》、《半夜雷轰荐福碑》《西华山陈抟（tuán音团）高卧》、《吕洞宾三醉岳阳楼》、《邯郸道省悟黄粱梦》（与李时中、花李郎、红字李二合著）、《马丹阳三度任风子》、《破幽梦孤雁汉宫秋》七种。残存《刘阮误入桃源洞》一种。存目《风雪骑驴孟浩然》《冻吟诗踏雪寻梅》《大人先生酒德颂》《吕太后人彘（zhì音至）戚夫人》《王祖师三度马丹阳》《孟朝云风雪岁寒亭》《吕蒙正风雪斋后钟》七种。《破幽梦孤雁汉宫秋》是马致远早期作品。该剧作演绎的是妇孺皆知的王昭君出塞和亲的故事。历代诗人对这一题材的吟咏，多突出女主人公身陷异域的哀情、怨情和出塞和亲的悲凉气氛。在史实允许的范围内，马致远对故事做了充分发挥，“借他人之酒杯，浇自己胸中之块垒”，以即景式、遥想式、错觉式、梦境式多种手段，深沉地、字字见血地写下了汉宫的“秋之歌”。同时，马致远用简而不陋、细而不冗的笔触，把汉元帝的性

格、心理传达得淋漓尽致，也不着痕迹地融入了作者对历史的反思，对社会现实各种黑暗现象的痛斥，给当政者敲响了警钟。马致远的《汉宫秋》天衣无缝地包容了前人所发掘的昭君题材的丰富意蕴，并加以创新，使之深化，成为古典悲剧的代表作，并获得了永久的艺术魅力。同时，它也成了昭君故事演变史上的一个里程碑。之后，元、明、清三代均有这一题材的叙事性作品出现。尤其是20世纪初，话剧传入中国，郭沫若创作了《王昭君》；半个世纪后，曹禺又创作完成五幕话剧《王昭君》。时至今日，仍有这一题材的作品不断问世。从马致远的《汉宫秋》到明清的杂剧传奇，再到现当代的话剧，昭君的形象不断地被艺术家们赋予新的内涵，不断丰满，不断高大。在这些不断演变的昭君形象中，我们仍能窥探到《汉宫秋》影响的延续。

神仙道化剧是元杂剧的重要形式，其内容主要是演述修炼成仙、教化度人的故事。马致远的神仙道化剧，或绘景，或写人，反映了社会人生真相，倾诉胸臆的郁结，让观众感受到时代脉搏的跳动，在表面的旷达超脱背后，关注现实，关注社会，关注民生问题，关注文人的命运，具有一定的批判现实的意义和认识价值。

马致远擅长写曲，有“曲状元”之誉，朱权《太和正音谱》评其曲“宜列群英之上”。今存小令一百一十五首、散套二十二套、残套四套。在元代曲家中，马致远的散曲数量最多、流传最广，创作的散曲数量比关汉卿、白朴两人现存散曲的总和还多。他的散曲被近人辑为《东篱乐府》一卷。

早在元朝当代，马致远已享誉域内。贾仲明在为马致远写的挽词中称颂他“万花丛里马神仙，百世集中说致远，四方海内皆谈羡。战文场，曲状元，姓名香贯满梨园”。《太和正音谱》更是极力推崇马致远，将他列为“古今群英乐府格势一百八十七人”之首，并赞其词“如朝阳鸣凤”“典雅清丽，可与《灵光》《景福》而相颉颃（xié háng 音协杭）。

有振鬣（liè 音猎）长鸣、万马皆喑之意。又若神凤鸣于九霄”。他的散曲作品，亦常被历代论家推崇备至。元·周德清《中原音韵》评其【越调·天净沙】《秋思》为“极妙，秋思之祖也”；对【双调·夜行船】《秋思》则谓：“此方是乐府，不重韵，无衬字，韵险，语俊。谚云‘百中无一’，余曰‘万中无一’……无一言不妥，后辈学去！”明·沈德符《顾曲杂言·南北散套》谓，元人散套，“惟马东篱‘百岁光阴’（即指【双调·夜行船】《秋思》），张小山‘长天落彩霞’（指〔南吕·一枝花〕《湖上归》）为一时绝唱，其余俱不及也”。清代李调（tiáo 音条）元在其《雨村曲话》中称马致远为“元曲中巨擘（bò 音檗）”，并对他的不少曲作予以盛赞；对上述两篇《秋思》，则完全认同于周德清的评价。近代国学大师王国维在《宋元戏曲史·元剧之文章》中将元曲分为杂剧、小令、套数三种体裁形式后指出，“元人小令、套数之佳，亦不让于其杂剧”，并“各录其最佳者一篇，以示其例”。而他所列举的“最佳”小令一例和“最佳”套数一例，恰恰就是马致远的【越调·天净沙】《秋思》和【双调·夜行船】《秋思》！王国维认为“〔天净沙〕小令，纯是天籁”。“此二体（指以上两篇《秋思》）虽与元杂剧无涉，可知元人之于曲，天实纵之，非后世所能望其项背也。”吴梅在其《中国戏曲概论·元人杂剧》里，将元人剧词概约地分为三类，把马致远指认为其中清俊一派的代表人物。他说：“喜豪放者学关卿，工研炼者宗二甫（指王实甫与白仁甫），尚清俊者效东篱。”“东篱则以清俊开宗，《汉宫孤雁》，臧晋叔以为元剧之冠，论其风格，卓尔大家，自是三家鼎盛，矜式群英。”

马致远的作品早已被译成英、法、德、日等多种外文，而成为中国乃至世界人民的一笔宝贵精神财富。这一位元曲大家亦将对人类的社会现实生活产生越来越深远的积极影响。

杂剧

破幽梦孤雁汉宫秋

《破幽梦孤雁汉宫秋》简名《汉宫秋》。天一阁本、《说集》本、孟称舜本《录鬼簿》、曹楝亭本《录鬼簿》、《太和正音谱》、《元曲选目》、《重订曲海总目》、《也是园藏书古今杂剧目录》、《今乐考证》、《曲录》等均有著录。今存版本主要有《古杂剧》本、《古名家杂剧》本、《元曲选》本、《古今名剧合选·酹江集》本等。关于王昭君和亲的故事，最早见于《汉书》的《元帝纪》《匈奴传》和《后汉书》的《南匈奴列传》等典籍。晋代葛洪《西京杂记》以及此后直至元代以前的许多诗词作品，亦均有关于王昭君出塞和亲的描写。马致远杂剧《汉宫秋》正是在上述历史记载、传说故事和诗词等文学创作的深厚文化基础上，融合进剧作家自己对于蒙古入主中原这一特定社会现实的浓重沧桑之感建构创作而成。为了传达、寄托他的故国之思和亡国之痛，他将“昭君和亲”这一早已凝固了的历史，做了根本性的变动和再创造。例如，剧本将汉室和匈奴的强弱主从关系颠倒了过来，把原来强盛的汉廷改成衰颓没落，而“且喜且惧，乡（飨）风驰义，稽（qǐ 音启）首来宾，愿守北藩”，对汉室“累世称臣”的呼韩邪（yé 音爷）单于（《汉书》卷七十《甘延寿陈汤传》），则一变而为穷兵黩武的侵略者；把汉元帝与王昭君原本素不相识的帝王和宫女的一般关系，以及呼韩邪单于来朝，“自言愿婿汉氏以自

亲。元帝以后宫良家子王嫱（qiáng 音墙）字昭君赐单于，单于欢喜”（《汉书》卷九十四下《匈奴传》），改易为王昭君早已是汉元帝的宠妃，他们之间有着如痴如醉的缱绻（qiǎn quǎn 音浅犬）浓情，而呼韩邪单于则兵临城下，强夺硬要王昭君做他的阏氏（yān zhī 音烟之）。从而把一场汉室和匈奴之间喜结朱陈、举国欢腾的赏心乐事，翻变为一幕汉元帝、王昭君这一对恩爱夫妻生离死别的大悲剧。又例如，面对异族入侵、国难当头的严峻时刻，汉室满朝文武无不缩颈袖手，没有一人出来“分破帝王忧”。而王昭君本人，更不是像《后汉书》的《南匈奴列传》所记载的那样，面对呼韩邪单于的求婚，她主动地“请掖庭令求行”，且在匈奴生二子，呼韩邪死后，又从胡俗，复为后单于阏氏；而是在“番汉交界处”，望南礼拜浇奠，毅然投江自尽，突出表现了她誓死不屈的爱国情怀。以上所有这些对于历史事实的故意颠倒和独特创造，使《汉宫秋》在中原陆沉、宋元交替的特定历史时代，具有了耐人寻味的弦外之音和十分深刻的警醒意义。正因为这样，剧作一问世，就受到了曲界同行和人民群众的热烈欢迎。明人臧晋叔特别推崇《汉宫秋》，他在编纂《元曲选》时，特地将它放置于元人百种曲之首。孟称舜编纂《古今名剧合选》时，亦将《汉宫秋》列为其中《酹江集》的第一个剧目，并评述道：“读《汉宫秋》剧，真若孤雁横空，林风肃肃，远近相和。前此惟白香山《琵琶行》可相伯仲也。”清人焦循《剧说》称《汉宫秋》为“绝调”，谓“臧晋叔《元曲选》取为第一，良非虚美”。王国维在《宋元戏曲史·元剧之文章》中写道：“至写景之工者，则马致远《汉宫秋》第三折。”在引述了其中的〔梅花酒〕〔收江南〕〔鸳鸯煞〕三支曲文以后，王国维指出：“以上数曲，真所谓写情则沁人心脾，写景则在人耳目，述事则如其口出是也。”现

在，论家一般将《汉宫秋》与《窦娥冤》《梧桐雨》《赵氏孤儿》一起，并称为元杂剧中的“四大悲剧”。在元代本朝，同一题材的杂剧作品尚有关汉卿的《汉元帝哭昭君》、吴昌龄的《夜月走昭君》、张时起的《昭君出塞》等，均已亡佚。明清以降，有关王昭君的杂剧、传奇剧屡有出现，但均无出《汉宫秋》之右者。《汉宫秋》早已被译成英、日、法、德、俄等多种文字，从而产生了世界性的巨大影响。

楔　子

（冲末扮番王引部落上，诗云）毡帐秋风迷宿草，穹庐[1]夜月听悲笳[2]。控弦[3]百万为君长，款塞称藩[4]属汉家。某乃呼韩耶单于[5]是也。久居朔漠，独霸北方，以射猎为生，攻伐为事。文王曾避俺东徙[6]，魏绛曾怕俺讲和[7]。獯鬻、猃狁[8]，逐代易名；单于[9]、可汗[10]，随时称号。当秦汉交兵之时，中原有事，俺国强盛，有控弦甲士百万。俺祖公公冒顿单于，围汉高帝于白登七日，用娄敬之谋，两国讲和，以公主嫁俺国中[11]。至惠帝、吕后以来，每代必循故事[12]，以宗女[13]归俺番家[14]。宣帝之世，我众兄弟争立不定，国势稍弱。今众部落立我为呼韩耶单于，实是汉朝外甥。我有甲士十万，南移近塞，称藩汉室。昨曾遣使进贡，欲请公主，未知汉帝肯寻盟约否。今日天高气爽，众头目每[15]向沙堤射猎一番，多少是好！正是：番家无产业，弓矢是生涯。（下）

（净扮毛延寿上，诗云）为人雕心鹰爪[16]，做事欺大压小。全凭谄佞奸贪，一生受用不了。某非别人，毛延寿的便是。见在汉朝驾下，为中大夫[17]之职。因我百般巧诈，一味谄谀，哄的皇帝老头儿十分欢喜，言听计从[18]。朝里朝外，那一个不敬我，那一个不怕我！我又学的一个法儿，只是教皇帝少见儒臣，多昵女色，我这宠幸，才得牢固。道犹[19]未了，圣驾早上。

（正末扮汉元帝引内官、宫女上，诗云）嗣传十叶[20]继炎刘，独掌乾坤四百州。边塞久盟和议策，从今高枕已无忧。某汉元帝是也。俺祖高皇帝，奋布衣，起丰沛，灭秦屠项，挣下这等基业。传到朕躬，已是十代。自朕嗣位以来，四海晏然[21]，八方宁静[22]。非朕躬有德，皆赖众文武扶持。自先帝晏驾[23]之后，宫女尽放出宫去了。今后宫寂寞，如何是好？（毛延寿云）陛下，田舍翁多收十斛麦，尚欲易妇[24]，况陛下贵为天子，富有四海，合无[25]遣官遍行天下，选择室女[26]。不分王侯宰相军民人家，但要十五以上二十以下者，容

貌端正，尽选将来，以充后宫，有何不可？（驾云）卿说的是。就加卿为选择使，赍领[27]诏书一通，遍行天下刷选。将选中者各图形一轴送来，朕按图临幸。待卿成功回时，别有区处。（唱）

【仙吕 · 赏花时】四海平安绝士马，五谷丰登[28]没战伐。寡人待刷[29]室女选宫娃，你避不的驰驱困乏，看那一个合属俺帝王家。（下）

---

［1］ 穹庐：古时我国北方游牧民族居住的毡帐，其形中间隆起，四周下垂，状若天穹，故名。《汉书 · 匈奴传上》："匈奴父子同穹庐卧。"颜师古注："穹庐，旃（zhān 音沾）帐也。其形穹隆，故曰穹庐。"

［2］ 笳：古代北方民族的一种管乐器，汉时传入中原，通常称"胡笳"。初是卷芦叶为笳，后以竹为管，饰以桦皮，上有三孔，两端加角，形似筚篥（bì lì 音毕力）。笳音悲凉，富有悠远的穿透力，很符合边远游牧民族英勇彪悍的个性和在牧马时吹奏的特点。宋 · 陆游〔夜游宫〕词："雪晓清笳乱起，梦游处、不知何地。"

［3］ 控弦：本义为拉弓、持弓，借指统率兵士、拥有军队。

［4］ 款塞称藩：恭敬诚恳地敲叩边塞之门，前来通好，愿为属国。款，敲、击，但这种敲击很轻缓，带有真诚和敬意。塞，边疆、边地之关塞。藩，封建君主分赏给诸侯王的封地、封国。因此，"称藩"即为承认自己的藩属、属国地位，即称臣的意思。

［5］ 呼韩耶（yé 音爷）单于（chán yú 音禅鱼）：这里指汉宣帝至成帝初年间匈奴的首领稽侯狦（shān 音山）。他在宣帝神爵四年（前 58 年）被立为单于；后为其兄郅（zhì 音至）至单于所败，于宣帝甘露二年（前 52 年）归附汉廷。元帝时，郅至单于擅杀汉使。汉将甘延寿、陈汤诛斩郅至。在汉朝的支持下，呼韩邪单于终于平息了内乱，恢复了对全匈奴的统治。竟宁元年（前 33 年）复入汉朝觐（jìn 音进），自言"愿婿汉室以自亲"，元帝即以王昭君赐嫁之。成帝建始二年（前 31 年）病死。自呼韩邪单于归附汉朝和王昭君和亲以后的六七十年间，汉、匈之间罢息干戈，经济文化交流频繁，出现了人民安居乐业的一派和平景象。呼韩耶单于，即呼韩邪单于。

［6］ "文王"句：这里指古公亶父（dǎn fǔ 音胆甫）迁徙岐山事。据《史记 · 周本纪》，周文王之祖父古公亶父因避薰育戎狄的攻伐而从豳（bīn 音宾）迁至岐山之下。古公卒，其子季历立，是为公季；公季卒，其子昌立，是为西伯，即周

文王。因此，迁徙岐山的当为古公亶父，而古公亶父乃文王之祖，因当称“太王”。而古字“大”“太”通，且“太”只作“大”，显然，这里的“文王”当为“大王”之误。《孟子·梁惠王下》：“昔者大王居邠（bīn 音宾），狄人侵之，去之岐山之下居焉。”豳，即“邠”，今陕西省彬州市。

［7］“魏绛”句：春秋时晋国大夫魏绛，曾与匈奴讲和，使晋国的边境得到了稳定和巩固。《史记·晋世家》：晋悼公三年，“公卒贤（魏）绛，任之政，使和戎，戎大亲附。十一年，悼公曰：‘自吾用魏绛，九合诸侯，和戎、翟，魏子之力也’”。戎，指匈奴。

［8］獯鬻（xūn yù 音熏育）、猃狁（xiǎn yǔn 音险允）：我国古代北方少数民族。夏商时称獯鬻，周时称猃狁，秦汉称匈奴。《孟子·梁惠王下》：“惟智者为能以小事大，故太王事獯鬻，勾践事吴。”赵岐注：“獯鬻，北狄强者，今匈奴也。”《后汉书·南匈奴传》：“昔猃狁、獯粥（yù 音育）之敌中国，其所由来尚矣。”李贤等注：“周曰猃狁，尧曰熏粥，秦曰匈奴。”明·汪廷讷《种玉记·捷报》：“休道是白登曾此围高帝，獯鬻犹然屈太王。”

［9］单于：全称“撑犁孤涂单（chán 音蝉）于”。匈奴最高首领的称号。匈奴语“撑犁”意为“天”，“孤涂”意为“子”，“单于”为“广大”之意。通常简称“单于”。“单于”一词遍见于汉唐史籍。《史记》《汉书》中都有提及。到了唐朝，“单于”并非指匈奴王了，而是指北方或是西北地区突厥等少数民族的首领。如陈子昂（661–702）的诗句“西驰丁零塞，北上单于台”中，丁零即突厥族，首领称作可汗，但是唐人故意使用“单于”。明清的戏曲中仍有很多使用“单于”一词。如清·尤侗（tóng 音同）《吊琵琶》楔子【仙吕·端正好】白：“想是单于出猎，不免甸伏草间则个。”

［10］可汗（kè hán 音克寒）：又作可罕、克汗，古代突厥王的称号，后也被柔然、回纥（hé 音合）等使用。《通典·北突厥传》：“可汗犹古之单于也，号其妻为可贺敦，亦犹古之阏氏也……”可汗有大小之别。总领全突厥诸部的是大可汗，分统部分部落的首领是小可汗，称作汗。北朝有乐府民歌《木兰辞》：“昨夜见军帖，可汗大点兵。”该民歌作于北朝后魏，正是突厥兴盛之时。鲜卑族拓跋氏建北魏，其受突厥影响也称王为可汗，后虽建立前后魏，倡导汉化，但是可汗和天子仍可并用，《木兰辞》就是极好的证明。此外还有译作可寒、合罕者，俱字异音近而义同。

［11］“俺祖公公”五句：匈奴冒顿（mò dú 音墨独）单于在秦二世元年（前 209 年）杀父自立后，东征西讨，北伐南侵，势力十分强大。汉高祖七年（前 200 年），又引兵攻太原，至晋阳下。刘邦亲自率兵往击，被围于平城白登（今山西大同东北），七日然后得解。建信侯娄敬（即刘敬）进献以公主嫁单于为阏氏的和亲之计于刘邦，刘邦采纳，并使娄敬往匈奴结和亲之约。娄敬，齐人。刘邦说“‘娄’者乃‘刘’也”，因赐姓刘氏。事见《史记》之《刘敬叔孙通列传》和

《匈奴列传》。

［12］故事：旧事、先例。

［13］宗女：宗室之女，即与君主同宗的女儿。

［14］番家：旧时对西方、北方各少数民族的称呼。各少数民族有时亦自称“番家”。

［15］每：用同“们”。

［16］雕心雁爪：形容心狠手辣，凶恶残忍。王季思等《元杂剧选注》谓“原文雁爪疑鹰爪之误”，是。雕、鹰，皆为猛禽，所谓雕心奸滑，鹰爪如锥。

［17］中大夫：秦汉以后中央政府中的一种职官，是为皇帝提供咨询顾问之臣。

［18］言听计从：原作“言听计用”，形容别人说的话、出的主意都愿意采纳，十分信任。《史记·淮阴侯列传》：“汉王授我将军印，予我数万众，解衣衣（yì 音亿）我，推食食（sì 音四）我，言听计用，故吾得以至于此。”宋·胡仔《苕溪渔隐丛话·东坡五》：“陆逊之于孙权，高颎（jiǒng 音迥）之于隋文，言听计从，致君于五伯矣。”

［19］犹：原为“尤”。尤，用同“犹”。《古杂剧》本和《古今名剧合选·酹江集》本均作“犹”，从改。

［20］嗣传十叶：代代相传至十世。叶，世。按，自汉高祖刘邦算起，嗣位至汉元帝不足十世。“十叶”之称，只是一个约数。

［21］四海晏然：天下太平。四海，犹言天下。晏然，天清无云、平静。

［22］宁静：安宁平静。多指天下安定不动荡。宁，安宁。《书·大禹谟》：“野无遗贤，万邦咸宁。”孔传：“贤才在位，天下安宁。”静，安宁。《吕氏春秋·音律》：“本朝不静，草木早槁。”高诱注：“静，安。朝政不宁，故草木变动堕落早枯也。”

［23］晏驾：古时对皇帝死亡的讳辞。驾，旧指皇帝。

［24］“田舍翁”二句：老庄稼汉多收了十斛麦子，还想弃旧妻，娶新妇。《新唐书·奸臣列传上·许敬宗》载：唐高宗欲立武昭仪（即武则天），“大臣切谏，而敬宗阴揣帝私，即妄言曰：‘田舍子剩获十斛麦，尚欲更故妇。天子富有四海，立一后，谓之不可，何哉？’”田舍翁，老庄稼汉、乡巴老。斛，容量单位，南宋以前，一斛为十斗；南宋末年以后，改作一斛为五斗。

［25］合无：何不。合，通“盍”，何、何不。

［26］室女：尚未出嫁的女子。

［27］赍（jī 音基）领：持取。赍，怀抱或带着，也有把东西送给别人之意。

［28］五谷丰登：亦作“五谷丰熟”。各种农作物丰收。

［29］待刷：刷选、搜寻、挑选。

第一折

（毛延寿上，诗云）大块黄金任意挝[1]，血海王条[2]全不怕。生前只要有钱财，死后那管人唾骂。某毛延寿，领着大汉皇帝圣旨，遍行天下，刷选室女，已选勾[3]九十九名。各家尽肯馈送，所得金银，却也不少。昨日来到成都秭归县，选得一人，乃是王长者之女，名唤王嫱，字昭君。生得光彩射人，十分艳丽，真乃天下绝色。争奈[4]他本是庄农人家，无大钱财。我问他要百两黄金，选为第一。他一则说家道贫穷，二则倚着他容貌出众，全然不肯。我本待退了他。（做忖科，云）不要倒好了他！眉头一纵，计上心来。只把美人图点上些破绽[5]，到京师必定发入冷宫[6]，教他苦受一世。正是：恨小非君子，无毒不丈夫[7]！（下）

（正旦扮王嫱引二宫女上，诗云）一日承宣入上阳[8]，十年未得见君王。良宵寂寂谁来伴？惟有琵琶引兴长。妾身王嫱，小字昭君，成都秭归人也。父亲王长者，平生务农为业。母亲生妾时，梦月光入怀，复坠于地[9]，后来生下妾身。年长一十八岁，蒙恩选充后宫。不想使臣毛延寿问妾身索要金银，不曾与他，将妾影图点破，不曾得见君王，现今退居永巷[10]。妾身在家颇通丝竹[11]，弹得几曲琵琶。当此夜深孤闷之时，我试理一曲消遣咱。（做弹科）（驾引内官提灯上，云）某汉元帝。自从刷选室女入宫，多有不曾宠幸，煞是怨望咱。今日万幾[12]稍暇，不免巡宫走一遭，看那个有缘的，得遇朕躬也呵。（唱）

【仙吕·点绛唇】车碾残花[13]，玉人月下吹箫罢[14]。未遇宫娃，是几度添白发。

【混江龙】[15]料必他珠帘不挂，望昭阳一步一天涯[16]。疑了些无风竹影，恨了些有月窗纱。他每见弦管声中巡玉辇，恰便似斗牛星畔盼浮槎[17]。（旦做弹科。驾云）是那里弹的琵琶响？（内官云）

是。（正末唱）是谁人偷弹一曲，写出嗟呀？（内官云）快报去接驾。（驾云）不要。（唱）莫便要忙传圣旨，报与他家。我则怕乍蒙恩把不定心儿怕，惊起宫槐宿鸟、庭树栖鸦。

（云）小黄门[18]，你看是那一宫的宫女弹琵琶，传旨去教他来接驾，不要惊吓着他。（内官报科，云）兀那[19]弹琵琶的，是那位娘娘？圣驾到来，急忙迎接者！（旦趋接科）（驾唱）

【油葫芦】恕无罪，吾当[20]亲问咱。这里属那位下？休怪我不曾来往乍行踏。我特来填还你这泪揾湿鲛鮹帕[21]，温和你露冷透凌波袜[22]。天生下这艳姿，合是[23]我宠幸他。今宵画烛银台下，剥地管喜信爆灯花[24]。

（云）小黄门，你看那纱笼内烛光越亮了，你与我挑起来看咱。（唱）

【天下乐】和他也弄着精神射绛纱。卿家，你觑咱，则他那瘦岩岩影儿可喜杀！（旦云）妾身早知陛下驾临，只合远接。接驾不早，妾该万死。（驾唱）迎头儿称妾身，满口儿呼陛下，必不是寻常百姓家。

（云）看了他容貌端正，是好女子也呵！（唱）

【醉中天】将两叶赛宫样眉儿画，把一个宜梳裹脸儿搽；额角香钿贴翠花，一笑有倾城价。若是越勾践姑苏台上见他，那西施半筹也不纳[25]，更敢早十年败国亡家！

（云）你这等模样出众，谁家女子？（旦云）妾姓王名嫱，字昭君，成都秭归县人。父亲王长者。祖父以来，务农为业。闾阎百姓，不知帝王家礼度。（驾唱）

【金盏儿】我看你眉扫黛，鬓堆鸦，腰弄柳，脸舒霞。那昭阳到

处难安插，谁问你一犁两坝做生涯？也是你君恩留枕簟[26]，天教雨露润桑麻。既不沙[27]，俺江山千万里，直寻到茅舍两三家？

（云）看卿这等体态，如何不得近幸？（旦云）妾父王长者，当初选时，使臣毛延寿索要金银，妾家贫寒无凑，故将妾眼下点成破绽，因此发入冷宫。（驾云）小黄门，你取那影图来看，（黄门取图看科）（驾唱）

【醉扶归】我则问那待诏[28]别无话，却怎么这颜色不加搽？点得这一寸秋波玉有瑕。端的是卿眇[29]目，他双瞎？便宣的八百姻娇比并他，也未必强如俺娘娘带破赚[30]丹青画。

（云）小黄门，传旨说与金吾卫[31]，便拿毛延寿斩首报来！（旦云）陛下，妾父母在成都，见隶民籍，望陛下恩典宽免，量与些恩荣咱。（驾云）这个煞容易。（唱）

【金盏儿】你便晨挑菜，夜看瓜，春种谷，夏浇麻，情取棘针门粉壁上除了差法[32]，你向正阳门[33]改嫁的倒荣华。俺官职颇高如村社长，这宅院刚大似县官衙。谢天地可怜穷女婿，再谁敢欺负俺丈人家！

（云）近前来听寡人旨，封你做明妃者。（旦云）量妾身怎生消受的陛下恩宠！（做谢恩科）（驾唱）

【赚煞】且尽此宵情，休问明朝话。（旦云）陛下明朝早早驾临，妾这里候驾。（驾唱）到明日，多管是醉卧在昭阳御榻。（旦云）妾身贱微，虽蒙恩宠，怎敢望与陛下同榻？（驾唱）休烦恼，吾当且是耍，斗[34]卿来便当真假。恰才家辇路儿熟滑，怎下的[35]真个长门[36]再不踏！明夜里西宫阁[37]下，你是必悄声儿接驾，我则怕

六宫人攀例拨琵琶。（下）

（旦云）驾回了也。左右且掩上宫门，我睡些去。（下）

---

[1] 挝（zhuā 音抓）：同“抓”。

[2] 血海王条：喻指干系重大的事情。王条，王家条令、王法。

[3] 勾：用同“够”。

[4] 争奈：怎奈。

[5] 点上些破绽：画上些瑕疵。破绽，瑕疵。

[6] 冷宫：皇宫中君主安置失宠后妃的冷落宫院。《武王伐纣平话》卷上：“纣王不详事情，大怒；共妲己摘星楼上，传圣旨，令教皇后与布素之衣，贬入冷宫，教受辛苦。”

[7] “恨小”二句：气量小的人称不上君子，除敌不狠毒的人算不得大丈夫。这句话指要成就大事必须心肠狠，手段毒辣。君子，有才德的人。毒，狠毒。丈夫，有作为的男子。

[8] 上阳：指上阳宫，唐高宗时建于洛阳，高宗和武则天常居住其中并处理政务。中宗即位后，武则天又徙居此宫并崩于其中。玄宗朝，亦常将被谪贬宫人安置于此宫。唐·白居易《上阳白发人·序》云：“天宝五载已后，杨贵妃专宠，后宫人无复进幸矣。六宫有美色者，辄置别所，上阳其一也。”这里王昭君所说的“入上阳”之意，即是下句“十年未得见君王”之谓，伤感凄凉的悲苦心情跃然纸上。汉时人而居住于唐代宫室里，岂不荒唐？然元人作剧，常不顾历史名物之前后，信手拈来，往往皆成妙趣。此其一例。

[9] “梦月”二句：谓梦月是生大贵子女的吉兆。昭君初次登场时，言及梦月而生事，隐含下文昭君身份的转变与所经之事的戏剧性。

[10] 永巷：宫内一条狭长的小巷，起初是宫内供宫女、嫔妃所在的地方。后来，随着宫廷内斗的深入，永巷就成了单独关押宫中女性犯罪者的监狱。唐·李商隐《泪》诗：“永巷长年怨绮罗，离情终日思风波。湘江竹上痕无限，岘（xiàn 音现）首碑前洒几多。”这里指不得宠幸而冷落寂寞的深宫、后宫。

[11] 丝竹：弦乐器与竹管乐器之总称。亦泛指音乐。丝，指琵琶、胡琴等弦乐器。竹，指笙、箫等管乐器。《礼记·乐记》：“金石丝竹，乐之器也。”

[12] 万幾：同“万機（机）”，指繁重的事务、政事。幾，事务、政务、政事，通“机”。

[13] 车碾残花：是春末夏初的景象。残花，此处指凋零的花。

[14] “玉人”句：化用了唐代诗人杜牧的名句“二十四桥明月夜，玉人何处教吹箫”（《寄扬州韩绰判官》），以及白居易的诗典“上阳人，红颜暗老白发新”（《上阳白发人》）。“玉人教吹箫”是男女相恋相慕的典实：传说秦穆公女弄玉与萧史因爱好吹箫而终成夫妇。

[15]〔混江龙〕：此支曲子，再加上本折的尾曲〔赚煞〕中的“你是必悄声儿接驾，我则怕六宫人攀例拨琵琶”，清·梁廷枏在其《藤花亭曲话》卷二中大为赞赏，认为“写景，写情，当行出色，元曲中第一义也”。

[16] “望昭阳”句：盼着皇帝临幸，却犹如天涯之遥，渺然无望。昭阳，昭阳宫，汉代宫殿，一般小说、戏曲作品常以此喻指皇后所居之地。

[17] 斗牛星畔盼浮槎（chá 音查）：在天上的斗宿（xiù 音秀）和牛宿边盼望人间木筏的到来。意为天地遥隔，根本不可能的事情。斗宿、牛宿，二十八宿中的两宿。槎，木筏。

[18] 黄门：宦官。汉代有黄门令、中黄门等官衔。给事供奉内廷，皆由宦官任职。这里的“小黄门”，指小太监。

[19] 兀那：那，指示代词。“兀”为语气词，无义。

[20] 吾当（dāng 音裆）：我。这里是帝王自称，相当于“朕”“寡人”。

[21] 鲛鮹（jiāo shāo 音交稍）帕：精美名贵的手帕、手巾。鲛鮹，也作鲛绡（xiāo 音消）。传说中人鱼（即鲛人）所织的薄绢、轻纱。鮹，通“绡”。

[22] 凌波袜：喻指美女的袜子。语出三国魏·曹植《洛神赋》：“凌波微步，罗袜生尘。”

[23] 合是：应该。

[24] “剥地管”句：包管灯花毕毕剥剥地爆响，报告喜讯。灯花，灯芯燃尽后结成的花状物。灯花爆（报）喜，这是我国民间的一种信念，认为是喜讯、吉兆。剥地，毕毕剥剥地，拟声词，形容灯花爆裂声。

[25] “若是”二句：如果越王勾践在姑苏台上见到了她王昭君，那（管保他）半个西施也不要。这里用以形容王昭君比西施姑娘还要美丽。历史传说：春秋末年，越王勾践被吴王夫差败于会稽，越大夫范蠡取越苎（zhù 音住）罗美女西施献于吴王夫差。夫差将西施藏于姑苏台上，沉湎在西施的美色之中，怠忽政事。越国君臣卧薪尝胆，励精图治，终于兴越灭吴。这里的“越勾践”似应为“吴夫差”。筹，量词，用以指人，犹“个”。

[26] 簟（diàn 音电）：竹席。

[27] 既不沙：既不呵。沙，语气助词，相当于“啊”“哇”。

[28] 待诏：本谓等待天子诏命，以备顾问或供奉内廷的文学、技艺、医人等诸人士。这里指毛延寿。

[29] 眇（miǎo 音秒）：本指一只眼睛失明，后也指两只眼睛失明。

[30] 带破赚：带着破绽，有着破绽。破赚，即破绽、瑕疵、毛病。

［31］金吾卫：掌管皇帝扈从、禁卫等事务的亲军或官员。

［32］“情取”句：一定教官署衙门免除了你家的赋税、差役。情取，亦作“管情取”“稳情取”，包管、一定、定教。棘针门，古代臣工树棘以标示自己的职位官级，因以棘针门代指官署衙门。粉壁，官署衙门用以张贴文书告示的墙壁。差法，有关科税、徭役之法规、法律。

［33］正阳门：北宋汴京宫城正门。宋初叫明德门，太平兴国三年（978年）改称丹凤门，雍熙元年（984年）改名乾元门，真宗大中祥符八年（1015年）改正阳门，仁宗明道二年（1033年）改宣德门。该门源于唐汴州城鼓角门，由主城门、两朵楼及两阙组成，平面呈“凹”字形。高大的城门楼不仅是显示皇权至上之场所，也是表演北宋时期“君民同乐”之舞台。城门遗址位于今开封市新街口处。这里是喻指汉宫门。

［34］斗：同“逗”，引逗、逗弄。

［35］下的：亦作“下得”，舍得、忍心。

［36］长门：汉宫名。汉武帝时，陈皇后失宠被废，罢斥退居于长门宫。后因常以“长门”泛指冷宫。司马相如的《长门赋》，即抒写了陈皇后幽居长门的凄苦愁怨心情。

［37］阁（gé音格）：小门。

第二折

（番王引部落上，云）某呼韩单于。昨遣使臣款汉[1]，请嫁公主与俺。汉皇帝以公主尚幼为辞，我心中好不自在。想汉家宫中无边宫女，就与俺一个，打甚不紧[2]，直将使臣赶回。我欲待起兵南侵，又恐怕失了数年和好。且看事势如何，别做道理。

（毛延寿上，云）某毛延寿。只因刷选宫女，索要金银，将王昭君美人图点破，送入冷宫。不想皇帝亲幸，问出端的，要将我加刑。我得空逃走了，无处投奔。左右是左右[3]，将着这一轴美人图献与单于王，着他按图索要，不怕汉朝不与他。走了数日，来到这里，远远的望见人马浩大，敢是穹庐也。（做问科，云）头目，你启报单于王知道，说汉朝大臣来投见哩。（卒报科）（番王云）着他过来。（见科，云）你是甚么人？（毛延寿云）某是汉朝中大夫毛延寿。有我汉朝西

宫阁下美人王昭君，生得绝色。前者大王遣使求公主时，那昭君情愿请行，汉主舍不的，不肯放来。某再三苦谏，说："岂可重女色，失两国之好！"汉主倒要杀我。某因此带了这美人图献与大王。可遣使按图索要，必然得了也。这就是图样。（进上，看科）（番王云）世间那有如此女人！若得他做阏氏[4]，我愿足矣。如今就差一番官，率领部从，写书与汉天子，求索王昭君与俺和亲[5]。若不肯与，不日南侵，江山难保。就一壁厢[6]引控甲士，随地打猎，延入塞内，侦候动静，多少是好！（下）

（旦引宫女上，云）妾身王嫱。自前日蒙恩临幸，不觉又旬月。主上昵爱过甚，久不设朝。闻的升殿去了，我且向妆台边梳妆一会，收拾齐整，只怕驾来好伏侍。（做对镜科）（驾上，云）自从西宫阁下，得见了王昭君，使朕如痴似醉，久不临朝。今日方才升殿，等不的散了，只索[7]再到西宫看一看去。（唱）

【南吕·一枝花】四时雨露匀，万里江山秀。忠臣皆有用，高枕已无忧。守着那皓齿星眸[8]，争忍的虚白昼。近新来染得些证候[9]，一半儿为国忧民，一半儿愁花病酒。

【梁州第七】我虽是见宰相似文王施礼，一头地[10]离明妃早宋玉悲秋[11]。怎禁他带天香着莫定[12]龙衣袖。他诸余[13]可爱，所事儿[14]相投；消磨人幽闷，陪伴我闲游；偏宜向梨花月底登楼，芙蓉烛下藏阄[15]。体态是二十年挑剔就[16]的温柔，姻缘是五百载该拨下的配偶[17]，脸儿有一千般说不尽的风流。寡人乞求他左右，他比那落伽山观自在无杨柳[18]，见一面得长寿。情系人心早晚休，则除是雨歇云收[19]。

（做望见科，云）且不要惊着他，待朕悄地看咱。（唱）

【隔尾】恁的般长门前抱怨的宫娥旧，怎知我西宫下偏心儿梦境熟。爱他晚妆罢描不成画不就，尚对菱花[20]自羞。（做到旦背后

看科）（唱）我来到这妆台背后，元来广寒殿嫦娥在这月明里有。

（旦做见接驾科）（外扮尚书、丑扮常侍上，诗云）调和鼎鼐理阴阳[21]，秉轴持钧[22]政事堂。只会中书陪伴食[23]，何曾一日为君王。某尚书令五鹿充宗[24]是也，这个是内常侍石显[25]。今日朝罢，有番国遣使来索王嫱和番，不免奏驾。来到西宫阁下，只索进去。（做见科，云）奏的我主得知：如今北番呼韩单于差一使臣前来，说毛延寿将美人图献与他，索要昭君娘娘和番，以息刀兵。不然，他大势南侵，江山不可保矣。（驾云）我养军千日，用军一时。空有满朝文武，那一个与我退的番兵！都是些畏刀避箭的，恁不去出力，怎生教娘娘和番！（唱）

【牧羊关】兴废从来有，干戈不肯休。可不食君禄命悬君口。太平时卖你宰相功劳，有事处把俺佳人递流[26]。你们干请了皇家俸，着甚的分破帝王忧？那壁厢锁树[27]的怕弯着手，这壁厢攀栏[28]的怕攧破了头。

（尚书云）他外国说陛下宠昵王嫱，朝纲尽废，坏了国家。若不与他，兴兵吊伐[29]。臣想纣王只为宠妲己，国破身亡，是其鉴也[30]。（驾唱）

【贺新郎】俺又不曾彻青霄高盖起摘星楼[31]，不说他伊尹扶汤[32]，则说那武王伐纣[33]。有一朝身到黄泉后，若和他留侯[34]、留侯厮遘[35]，你可也羞那不羞？您卧重裀食列鼎，乘肥马衣轻裘[36]。您须见舞春风嫩柳宫腰瘦，怎下的教他环珮影摇青冢月，琵琶声断黑江秋[37]！

（尚书云）陛下，咱这里兵甲不利，又无猛将与他相持，倘或疏失，如之奈何？望陛下割恩与他，以救一国生灵之命。（驾唱）

【斗虾蟆】当日个谁展英雄手，能枭项羽头，把江山属俺炎刘？全亏韩元帅[38]九里山前战斗，十大功劳[39]成就。恁[40]也丹墀[41]里头，枉被金章紫绶[42]；恁也朱门里头，都宠着歌衫舞袖。恐怕边关透漏，央及家人奔骤[43]。似箭穿着雁口，没个人敢咳嗽。吾当僝僽[44]，他也、他也红妆年幼，无人搭救。昭君共你每有甚么杀父母冤仇？休、休，少不的满朝中都做了毛延寿！我呵空掌着文武三千队、中原四百州，只待要割鸿沟[45]。陡恁的[46]千军易得，一将难求！

（常侍云）见今番使朝外等宣。（驾云）罢、罢、罢，教番使临朝来。（番使入见科，云）呼韩耶单于差臣南来奏大汉皇帝：北国与南朝自来结亲和好，曾两次差人求公主不与。今有毛延寿将一美人图献与俺单于。特差臣来，单索昭君为阏氏，以息两国刀兵。陛下若不从，俺有百万雄兵，刻日南侵，以决胜负。伏望圣鉴不错。（驾云）且教使臣馆驿中安歇去。（番使下）（驾云）您众文武商量，有策献来，可退番兵，免教昭君和番。大抵是欺娘娘软善，若当时吕后[47]在日，一言之出，谁敢违拗[48]！若如此，久已后也不用文武，只凭佳人平定天下便了。（唱）

【哭皇天】你有甚事疾忙奏，俺无那鼎镬边滚热油。我道您文臣安社稷，武将定戈矛；您只会文武班头，山呼万岁，舞蹈扬尘，道那声诚惶顿首[49]。如今阳关路上，昭君出塞；当日未央宫里，女主垂旒[50]。文武每，我不信你敢差排吕太后。枉以后龙争虎斗[51]，都是俺鸾交凤友。

（旦云）妾既蒙陛下厚恩，当效一死，以报陛下。妾情愿和番，得息刀兵，亦可留名青史。但妾与陛下闱房之情，怎生抛舍也！（驾云）我可知舍不的卿哩！（尚书云）陛下割恩断爱，以社稷为念，早早发送娘娘去罢！（驾唱）

【乌夜啼】今日嫁单于，宰相休生受[52]，早则俺汉明妃有国难投。它那里黄云[53]不出青山岫，投至两处凝眸，盼得一雁横秋！单注着寡人今岁揽闲愁，王嫱这运添憔瘦。翠羽冠，香罗绶，都做了锦蒙头暖帽，珠络缝貂裘。

（云）卿等今日先送明妃到驿中，交付番使，待明日朕亲出灞陵桥[54]送饯一杯去。（尚书云）只怕使不的，惹外夷耻笑。（驾云）卿等所言，我都依着。我的意思，如何不依？好歹去送一送。我一会家只恨毛延寿那厮！（唱）

【三煞】我则恨那忘恩咬主贼禽兽，怎生不画在凌烟阁[55]上头？紫台行[56]都是俺手里的众公侯，有那桩儿不共卿谋，那件儿不依卿奏？争忍教第一夜梦迤逗[57]？从今后不见长安望北斗，生扭做织女牵牛！

（尚书云）不是臣等强逼娘娘和番，奈番使定名索取；况自古以来，多有因女色败国者。（驾唱）

【二煞】虽然似昭君般成败都皆有，谁似这做天子的官差不自由！情知他怎收那膘满的紫骅骝[58]。往常时翠轿香兜，兀自倦朱帘揭绣，上下处要成就[59]。谁承望月自空明水自流，恨思悠悠！

（旦云）妾身这一去，虽为国家大计，争奈舍不的陛下！（驾唱）

【黄钟尾】怕娘娘觉饥时吃一块淡淡盐烧肉，害渴时喝一杓儿酪和粥。我索[60]折一枝断肠柳[61]，饯一杯送路酒。眼见得赶程途趁宿头[62]，痛伤心重回首。则怕他望不见凤阁龙楼，今夜且则向灞陵桥畔宿。（下）

---

［1］ 款汉：与汉朝通好讲和。
［2］ 打甚不紧：亦作“打甚么不紧”。有什么要紧。
［3］ 左右是左右：反正如此了，横竖是这样了。意谓豁出去了。
［4］ 阏氏：匈奴语，又译作“阏支”，匈奴对单于妻子的称呼。
［5］ 和亲：汉族封建王朝为了缓和矛盾、稳定社会、发展经济、巩固政权，以宗室之女嫁与边疆少数民族的首领为妻，以此联姻修好，谓之“和亲”。
［6］ 一壁厢：一边、一方面。
［7］ 只索：只有、只得、只好。
［8］ 皓齿星眸（móu 音谋）：洁白的牙齿，明媚的眼睛。形容女子容貌美丽。亦借指美女。皓，洁白。星眸，明亮的目光、明媚的眼睛。眸，眼珠，泛指眼睛。
［9］ 证候：症状、病状。
［10］ 一头地：一到、等到、及至、一下子。
［11］ 宋玉悲秋：战国时楚国诗人宋玉作有《九辩》，其开头即有：“悲哉，秋之为气也！萧瑟兮，草木摇落而变衰。”“宋玉悲秋”这一句成语即由此而来，并常以之比喻伤感之情。
［12］ 着莫定：牵扯住、纠缠、牵缠。亦作“着莫”。
［13］ 诸余：诸般、种种。
［14］ 所事儿：所做的每件事。
［15］ 藏阄（jiū 音究）：又称藏钩、藏彄（kōu 音抠）、意彄、打彄，是古代一种猜测掩藏物什的游戏。相传与汉昭帝母钩弋夫人的故事有关。钩弋夫人从小双手紧握，汉武帝让她伸展双手时，发现手中藏有一钩，于是后人模仿这一姿态发明了藏钩游戏。藏钩戏发展到辽代，衍而为藏阄戏，流行宫中。辽代的藏阄戏常在宴饮时游玩。这一游戏还郑重其事地编入了辽代的礼制之中，成为宴席必备的法定节目。藏阄戏的玩法和藏钩戏相似，通常是在饮宴时设置多个阄，其中一个阄上写有“饮”字，其余不写汉字。参与者随机抓取阄，抓到写有“饮”字的阄的人需要自罚一杯，否则不用。这种游戏在宋代文人中非常流行，因为其简单易行且有助于兴。
［16］ 挑剔就：这里是精心雕琢成，钟灵毓秀、天生尤物的意思。
［17］ “姻缘”句：意为前世里注定的姻缘。五百载，五百年前，民间俗语，一般喻指前世注定的。
［18］ “他比那”句：她好比落伽（jiā 音加）山上的观世音菩萨那般美丽，只是没有观世音手中所持的杨柳枝罢了。落伽山，也称洛伽山、洛迦山，位于普陀山东南约 5.3 公里处，传为观世音菩萨发迹、修行之圣地。自古以来，普陀、洛迦融为一体，有“不到洛迦山就不算朝完普陀”之说。后为使二岛分别，遂一称

普陀山，一称洛迦山。洛迦山面积约 0.63 平方公里，最高峰海拔 97.1 米，岸曲折，周围礁石嶙峋，千姿百态，如无数五色珊瑚围绕仙山。初唐“四杰之一”的王勃作《观音大士赞》云：“南海海深幽绝处，碧绀嵯峨连水府。号名七宝洛迦山，自在观音于彼住。”山上有圆通庵、大悲殿、大觉殿、伽（qié 音茄）蓝殿、五百罗汉塔、四十八愿塔、水晶宫等。远望洛迦山酷似一尊观音菩萨安详地躺在莲花洋上，头、颈、胸、腹、脚均分明可辨，故有“睡观音”“海上大卧佛”之称。观自在，又作观音、观音大士、观世音，为佛教大乘菩萨之一，有三十多种法身，但一般为女相，端妍靓（liàng 音亮）丽。她手执净瓶，用杨柳蘸水洒地，普教大地清凉；病人得此甘露，身体可得康复，甚至死人亦可复活，所以民间常称观音为大慈大悲、救苦救难菩萨。

[19] 雨歇云收：结束交媾（gòu 音构）。雨云，即“云雨”，指男欢女爱的性生活。

[20] 菱花：指菱花镜。亦泛指镜。唐 · 李白《代美人愁镜》诗之二：“狂风吹却妾心断，玉箸（zhù 音住）并堕菱花前。”

[21] “调和”句：调和鼎鼐（nài 音耐），燮（xiè 音泄）理阴阳，指宰相等执政大臣辅助君主治理国事。鼎和鼐，均为古代烹饪器具。调和鼎鼐，意谓在鼎、鼐之中调和五味，使之味美可口。宰相之责，亦与调和鼎鼐相仿，妥善处理各方面的矛盾，才能国泰民安，繁荣昌盛。《史记 · 殷本记》：伊尹“负鼎俎，以滋味说（shuì 音税）汤，致于王道。”另有传说谓武丁即位以后，意欲复兴殷商；后得傅说（yuè 音悦）。傅说以调和鼎中食物之味喻说治国之道，武丁大悦，举以为相，殷商大治。燮理阴阳与调和鼎鼐同义，意谓使阴阳有序、风调雨顺，以之喻指宰相之善于治国。

[22] 秉轴持钧：亦作“秉钧持轴”，指执掌朝纲，喻宰相等国家重臣。轴，轮轴，贯穿于车轮中间的圆柱形长杆，无它车轮就无法转动，因引申为枢要之位。钧，喻国政。

[23] “只会”句：意思为尸位素餐，无功受禄。中书，指中书省或中书令。中书省，为秉承君主旨意，掌管机要、发布政令的中枢机构。中书令，指宰相，辅佐天子总理百官、统摄万事的国家最高行政长官。伴食，不主事、吃白食混日子。《旧唐书》载，卢怀慎与姚崇同朝为相，“怀慎自以为吏道不及崇，每事皆推让之，时人谓之‘伴食宰相’”。

[24] 五鹿充宗：复姓五鹿，名充宗，代郡人。西汉时期大臣、学者，《齐论语》和梁丘《易》的传人。汉元帝的宠臣，授尚书令，党附于中书令石显。建昭元年（前 38 年），迁少府，位列九卿，贵幸一时。汉成帝即位后，贬为玄菟（tú 音徒）太守。代表作《略说三篇》。

[25] 石显：字君房，济南人，西汉时宦官。宣帝时任中书官，元帝即位数年后为中书令，事无大小，皆决于显，贵幸倾朝。他培植亲信，结党营私，诛杀朝廷重臣，而又善于伪装，奸巧百端。《汉书》谓其与中书仆射（pú yè 葡业）牢梁、

少府五鹿充宗结为党友，诸附倚者皆得宠位。元帝崩，成帝嗣位后，即遭贬谪，为长信中太仆。百官条奏石显旧恶，其党羽皆被免官。石显徙归故郡时，忧懑不食，病死道中。《汉书》将其列于《佞幸传》之中。

［26］递流：同“流刑”，指将罪犯押送、流放到边远穷荒之地服苦役。中国古代的一种刑罚。递，递解（jiè 音介）、押送罪犯。流，流放、放逐。

［27］锁树：指不畏死而尽忠进谏。《晋书·载记·刘聪》载，西晋末年前赵第二代君主刘聪，在逍遥园李中堂议事，欲为刘皇后起鷬（huáng 音皇，同“凰”）仪殿于后庭。廷尉陈元达谏止。刘聪大怒，喝令左右推出斩之。陈元达原来就已锁腰而入，此时即以锁绕树，将己锁于树上，左右曳之不能动。陈元达犹抱树大叫，据理抗辩。刘皇后时在后堂，闻之，密遣中常侍私敕左右停刑，一边切谏刘聪。刘聪悔悟，向陈元达谢罪，并改名逍遥园为纳贤园，李中堂为愧贤堂。

［28］攀栏：指臣子直言进谏。《汉书·杨胡朱梅云传》载：汉成帝时，朱云上书谏事，认为今朝廷大臣皆尸位素餐，因请赐尚方宝剑，先斩佞臣帝师安昌侯张禹之头“以厉其余”。成帝大怒，欲诛云。朱云被拉下时死命攀住殿栏，栏被攀折。朱云犹抗争大呼，并以古时被冤杀的忠臣关龙逄（páng 音庞）、比干（gān 音甘）自诩。后在左将军辛庆忌的死谏下，成帝终于醒悟，并命将折槛保护起来，“以旌直臣”。“攀栏”因此就成了直臣谏君的典故。

［29］吊伐：指“吊民伐罪”。忧愍（mǐn 音敏）百姓，讨伐有罪。《大宋宣和遗事·利集》：“南朝天子失德，我兴兵来此吊伐。”吊，慰问。伐，讨伐。

［30］“臣想”三句：商朝末代君主纣王耽于酒色，宠幸妃子妲（dá 音达）己，不修政事，诛杀忠臣。周武王率天下诸侯讨伐，纣王兵败于牧野，乃奔鹿台自焚而死，妲己亦被杀，殷商遂亡。参见《史记·殷本纪》。

［31］摘星楼：历史传说中商纣王为宠妃妲己盖造的一座高峻的楼宇名。

［32］伊尹扶汤：伊尹，名挚，原为有莘（shēn 音身）氏女的陪嫁之臣，后扶助商汤攻灭夏桀。商汤践天子位，平定海内，建立商朝，伊尹遂为商朝的开国功臣。《史记·殷本纪》引司马贞《索隐》云：“尹，正也，谓汤使之正天下。”可见“尹”为官名，是官正、官长的意思。元·郑光祖有杂剧《伊尹耕莘》，可参阅。

［33］武王伐纣：武王，文王之子，姬姓，名发。商纣王暴虐无道，武王乃联合天下诸侯，讨伐纣王。商纣王兵败自杀，商亡。武王遂定都镐京（今陕西省西安市西南），建立周朝。

［34］留侯：指汉朝开国功臣张良。张良（？—前 186），字子房。其父祖皆为韩国贵族。传说张良曾遇黄石公，得《太公兵法》。他深谙韬略，足智多谋，后来成为刘邦的重要谋士，为汉朝立国屡建功勋。刘邦曾说：“夫运筹策帷帐之中，决胜于千里之外，吾不如子房。”（《史记·高祖本纪》）封留侯。《史记》《汉书》

皆有传。

[35] 厮遘（gòu音构）：相遇。

[36] “卧重裀（yīn音因）”二句：睡着厚实的双重床垫，吃着丰盛的美味佳肴，骑着高头大马，穿着轻暖的皮衣。形容地位的尊荣、生活的豪华。列鼎，陈列着各种馔肴。鼎，古时贵族用的一种盛食器皿。衣（yì音亿），穿（衣）。裘，皮衣。

[37] “怎下的”二句：意思是怎能忍心眼看着昭君香消玉殒（yǔn音允），埋骨青冢，魂断黑河。青冢，指王昭君墓，在今内蒙古自治区呼和浩特市南，因当地多生白草而唯此墓冢上青草丛生而得名。相传，昭君在临死前对单于说希望自己死后能够埋葬在老家，如果不能的话，就埋葬在青庄村。单于向汉王请求将昭君埋葬在老家的奏疏一直没有收到回信，所以只好将昭君埋在了雁门关下的青庄村，并依据昭君遗愿，将该村改名为青冢。“青”源于两千多年前匈奴的简称，“冢”即坟墓的意思。黑江，亦称黑河，在今内蒙古自治区境内，王昭君墓即在其河畔。这两句曲词是作者信手拈来的金人王元朗的诗句，与剧情并不相合，因而历代学者多持异议。如清·梁廷枏在其《藤花亭曲话》卷二中就曾这样指出：“明妃死于北漠，其葬地生草，后人因以‘青冢’名之。未出塞时，安得有此二字？且其第三折昭君跳死黑龙江（按：应为‘黑江’，见第三折注[43]），番王明云：‘就葬此江边，号为“青冢”者。’此白又与曲自相矛盾矣。”

[38] 韩元帅：指汉初著名军事家韩信。韩信（？—前196），淮阴（今属江苏省）人，投刘邦后被任为大将，在楚汉战争中，屡立战功。最后韩信率军从九里山（今江苏省徐州市北）出发进攻项羽，在著名的垓下（今安徽省灵璧县南）之战中一举全歼楚军。曾先后被封为齐王、楚王、淮阴侯。后被吕后所杀。《史记》《汉书》均有传。

[39] 十大功劳：指韩信为刘邦攻灭项羽、统一全国、建立汉王朝所立下的卓著功勋。《史记·淮阴侯列传》载：谋士蒯通劝说韩信离开汉王刘邦以自保，并尽陈韩信的盖世奇功，使其明白“勇略震主者身危，而功盖天下者不赏”的道理。蒯通曰：“臣请言大王功略：足下涉西河，虏魏王，禽夏说，引兵下井陉，诛成安君，徇赵，胁燕，定齐，南摧楚人之兵二十万，东杀龙且（jū音居），西乡（xiàng音向）以报，此所谓功无二于天下，而略不世出者也。”《汉书·蒯伍江息夫传》，与此有相似的记述。所谓“十”，只是一个约数，意在形容“多”。元·无名氏《赚蒯通》杂剧中同名主人公，则用十罪之名反说韩信十大功劳，可参阅。

[40] 恁：你、您。

[41] 丹墀（chí音池）：同“丹陛”。宫殿前涂成红色的石阶、台阶，因常以此喻指宫殿、朝廷。

［42］ 金章紫绶：亦作“金印紫绶”，指黄金铸成的印章和紫色绶带。古代朝廷重臣如丞相、太尉、太傅等所执掌佩戴的印信服饰。后世常用以喻指高官显爵。

［43］ “恐怕”二句：惧怕边关被敌人攻破，殃及全家人，流离逃亡。透漏，这里为攻破、失守的意思。央及，即“殃及”，祸及、连累之意。

［44］ 僝僽（chán zhòu 音蝉咒）：烦恼、忧愁。宋・周紫芝〔如梦令〕《宴桃源》词：“帘幕疏疏风透，庭下月寒花瘦，宽尽沈郎衣，方寸不禁僝僽。”

［45］ 割鸿沟：楚汉战争中，项羽曾与刘邦订约：“割鸿沟以西者为汉，鸿沟而东者为楚。”（《史记・项羽本纪》）鸿沟，古运河名，在今河南省荥阳市东北。这里引申为丧权辱国、割地求和。

［46］ 陡恁的：竟然这样的。

［47］ 吕后：名雉，刘邦之妻，后为汉高祖皇后。楚汉战争初，为项羽所俘做人质，直到割鸿沟后才得以归汉。她帮助汉高祖诛灭韩信、彭越等人。惠帝（其子）即位后，她执掌实权，杀害戚夫人及赵王如意，并在惠帝死后临朝称制，大封诸吕为王侯。吕后死后，诸吕欲谋叛，被陈平、周勃等平定。《史记》有传。

［48］ 违拗：违背、背离义。

［49］ “您只会”四句：明・孟称舜《古今名剧合选・柳枝集》眉批：“痛骂千古。”山呼万岁，古时臣民拜见皇帝时的祝颂仪式。《汉书・武帝纪》载，武帝“亲登嵩高，御史乘属、在庙旁吏卒咸闻呼万岁者三”。嵩高即嵩山。因此，“山呼”又称“嵩呼”。

［50］ “当日”二句：指吕后在未央宫中称制执政。未央宫，汉都长安城内的宫殿。垂旒（liú 音流），古时帝王所戴冠冕前后悬垂下来的玉串，因以垂旒、冕旒指称天子、皇帝。

［51］ 龙争虎斗：比喻势均力敌的各方之间斗争或竞赛十分激烈。语本汉・班固《答宾戏》：“于是七雄虓阚（xiāo kàn 音消看，虎暴怒哮吼的样子，引申为勇猛强悍），分裂诸夏，龙战而虎争。”

［52］ 休生受：不要生生地、白白地让你们为难、操心了。这里带有嘲讽的意思。

［53］ 黄云：指皇帝的云彩，祥瑞之气、祥云。

［54］ 灞陵桥：亦作“霸陵桥”“霸桥”，桥址在长安城东（今陕西省西安市东），古人常以此桥为送别之处。其时折柳赠别，依依难舍，去意离愁，常令人黯然销魂，因又谓之“销魂桥”。

［55］ 凌烟阁：封建王朝为表彰功臣而建筑的楼阁。《旧唐书・太宗本纪》载：贞观（guàn 音贯）十七年，“诏图画司徒、赵国公无忌等勋臣二十四人于凌烟阁”。

［56］ 紫台行（háng 音杭）：皇宫里。这里喻指朝廷中的各枢要部门。紫台，犹“紫宫”，指皇帝所居之处。行，表示处所，犹言“这里”“那里”。

［57］ 梦迤（tuō 音拖）逗：梦魂牵惹、梦萦魂牵的意思。迤逗，挑逗、勾引。

［58］ 紫骅骝（huá liú 音华留）：红色的骏马。骅骝，赤色的骏马。后泛指骏马。

[59] 上下处要成就：意思是上下轿兜都要人扶持、帮助。

[60] 索：须、应。

[61] 断肠柳：指折柳送别。惜离伤别之情，令人断肠。“柳”与“留”同音，折柳相赠，有真诚挽留和永远留作纪念、永不相忘之意。古乐曲有〔折杨柳〕（简称〔折柳〕），抒发惜别怀远之情，曲调哀婉凄迷。唐·李白《春夜洛城闻笛》诗：“此夜曲中闻折柳，何人不起故园情！”

[62] 趁宿头：赶到住宿的地方。趁，赶趁、追赶。宿头，指馆驿等住宿之处。

第三折

（番使拥旦上，奏胡乐科。旦云）妾身王昭君。自从选入宫中，被毛延寿将美人图点破，送入冷宫。甫能[1]得蒙恩幸，又被他献与番王形像。今拥兵来索，待不去，又怕江山有失，没奈何将妾身出塞和番。这一去，胡地风霜，怎生消受也！自古道：“红颜胜人多薄命，莫怨春风当自嗟[2]。”（驾引文武内官上，云）今日灞桥[3]饯送明妃，却早来到也。（唱）

【双调·新水令】[4]锦貂裘生改尽汉宫妆，我则索看昭君画图模样。旧恩金勒短，新恨玉鞭长。本是对金殿鸳鸯，分飞翼，怎承望！

（云）您文武百官计议，怎生退了番兵，免明妃和番者？（唱）

【驻马听】宰相每商量，大国使还朝多赐赏。早是俺夫妻悒怏[5]，小家儿出外也摇装[6]。尚兀自[7]渭城衰柳助凄凉[8]，共那灞桥流水添惆怅。偏您不断肠，想娘娘那一天愁都撮在琵琶上。

（做下马科）（与旦打悲科）（驾云）左右慢慢唱者，我与明妃饯一杯酒。（唱）

【步步娇】您将那一曲《阳关》[9]休轻放，俺咫尺如天样[10]。慢慢的捧玉觞，朕本意待尊前捱些时光。且休问劣了宫商，您则与我半句儿俄延着唱[11]。

（番使云）请娘娘早行，天色晚了也。（驾唱）

【落梅风】可怜俺别离重，你好是归去的忙，寡人心先到他李陵台[12]上。回头儿却才魂梦里想，便休题贵人多忘[13]。

（旦云）妾这一去，再何时得见陛下？把我汉家衣服都留下者。（诗云）正是：今日汉宫人，明朝胡地妾。忍着主衣裳，为人作春色[14]？（留衣服科）（驾唱）

【殿前欢】则甚么留下舞衣裳，被西风吹散旧时香。我委实怕宫车再过青苔巷，猛到椒房[15]。那一会想菱花镜[16]里妆，风流相，兜的又横心上。看今日昭君出塞，几时似苏武还乡[17]？

（番使云）请娘娘行罢，臣等来多时了也。（驾云）罢罢罢！明妃，你这一去，休怨朕躬也！（做别科，驾云）我那里是大汉皇帝！（唱）

【雁儿落】我做了别虞姬楚霸王[18]，全不见守玉关[19]征西将。那里取保亲的李左车，送女客的萧丞相[20]？

（尚书云）陛下不必挂念。（驾唱）

【得胜令】他去也不沙架海紫金梁[21]？枉养着那边庭上铁衣郎[22]。您也要左右人扶侍，俺可甚糟糠妻不下堂[23]！您但提起刀枪，却早小鹿儿心头撞。今日央及煞娘娘，怎做的男儿当自强！

（尚书云）陛下，咱回朝去罢。（驾唱）

【川拨棹】怕不待放丝缰，咱可甚鞭敲金镫响[24]。你管燮理阴

阳，掌握朝纲，治国安邦，展土开疆。假若俺高皇差你个梅香[25]，背井离乡，卧雪眠霜，若是他不恋恁春风画堂，我便官封你一字王[26]。

（尚书云）陛下，不必苦死留他，着他去了罢。（驾唱）

【七兄弟】说甚么大王、不当、恋王嫱，兀良[27]，怎禁他临去也回头望！那堪这散风雪旌节[28]影悠扬，动关山鼓角声悲壮。

【梅花酒】[29]呀！俺向着这迥野[30]悲凉：草已添黄，兔早迎霜[31]；犬褪得毛苍，人搠[32]起缨枪；马负着行装，车运着糇粮[33]，打猎起围场[34]。他他他伤心辞汉主，我我我携手上河梁[35]。他部从[36]入穷荒[37]，我銮舆返咸阳。返咸阳，过宫墙；过宫墙，绕回廊；绕回廊，近椒房；近椒房，月昏黄；月昏黄，夜生凉；夜生凉，泣寒螀[38]；泣寒螀，绿纱窗；绿纱窗，不思量。

【收江南】呀！不思量，除是铁心肠，铁心肠也愁泪滴千行！美人图今夜挂昭阳[39]，我那里供养，便是我高烧银烛照红妆[40]。

（尚书云）陛下，回銮罢，娘娘去远了也。（驾唱）

【鸳鸯煞】我煞大臣行说一个推辞谎，又则怕笔尖儿那火编修讲[41]。不见他花朵儿精神，怎趁那草地里风光？唱道[42]伫立多时，徘徊半晌；猛听的塞雁南翔，呀呀的声嘹喨。却原来满目牛羊，是兀那载离恨的毡车半坡里响。（下）

（番王引部落拥昭君上，云）今日汉朝不弃旧盟，将王昭君与俺番家和亲。我将昭君封为宁胡阏氏，坐我正宫。两国息兵，多少是好！众将士，传下号令，大众起行，望北而去。（做行科）（旦问云）这里甚地面了？（番使云）这是黑龙江[43]，番汉交界去处。南边属汉

家，北边属我番国。（旦云）大王，借一杯酒望南浇奠，辞了汉家，长行[44]去罢。（做奠酒科，云）汉朝皇帝，妾身今生已矣，尚待来生也！（做跳江科）（番王惊救不及，叹科，云）嗨，可惜，可惜！昭君不肯入番，投江而死。罢罢罢，就葬在此江边，号为青冢者。我想来，人也死了，枉与汉朝结下这般仇隙，都是毛延寿那厮搬弄出来的。把都儿[45]，将毛延寿拿下，解送汉朝处治。我依旧与汉朝结和，永为甥舅，却不是好！（诗云）则为他丹青画误了昭君，背汉主暗地私奔，将美人图又来哄我，要索取出塞和亲。岂知道投江而死，空落的一见消魂。似这等奸邪逆贼，留着他终是祸根。不如送他去汉朝哈喇[46]，依还的甥舅礼两国长存。（下）

---

[1] 甫能：刚能够，才能够。

[2] “红颜”二句：语出宋·欧阳修《和王介甫明妃曲二首》（其二）诗：“红颜胜人多薄命，莫怨东风当自嗟。”意思指旧时的美貌女子往往遭受厄运，不要怨天尤人，自叹命苦就是了。红颜，女子美艳的容颜。薄命，命运不好。嗟，叹息。

[3] 灞桥：桥名。本作“霸桥”。在陕西省西安市东，筑于灞水之上。《三辅黄图·桥》：霸桥，在长安东，跨水作桥。汉人送客至此桥，折柳赠别。后遂引申为离别之地。

[4] 【双调·新水令】：明·孟称舜《古今名剧合选·柳枝集》眉批：“全折俱极悲壮，不似喁喁（yú yú 音余余）小窗前语也。”

[5] 悒怏（yì yàng 音亿样）：忧郁不快。

[6] 摇装：亦作“遥装”。古时民间习俗，谓远行的人择吉日出门，亲友均到江边相送；但上船以后，移动一下船桨，即又返回家中，改日再行登程，以示恋恋不舍、心心相印之情。“摇装”一作“摇桩”。河南南阳地区的“摇桩驴”为“摇桩”一词之源，解释为驴的一种毛病，站着时身体来回晃动，牵动绳索使拴桩摇动，引申为往返、来回之意。

[7] 尚兀自：尚然、还是。

[8] “渭城”句：用王维《渭城曲》诗意，反悔与王昭君离别之凄凉意绪。渭城，指《渭城曲》，又作《阳关曲》《送元二使安西》。其诗曰：“渭城朝雨浥轻尘，客舍青青柳色新。劝君更尽一杯酒，西出阳关无故人。”这里把新柳置换为

"衰柳"，旨在为汉元帝与王昭君的离别更进一层地"助凄凉"也。

[9]《阳关》：乐曲名。又称《阳关三叠》《阳关曲》《渭城曲》。本为唐朝王维所作渭城曲诗，后入乐府，以为送别之曲，反复诵唱，遂谓之《阳关三叠》。宋·苏轼《仇池笔记·阳关三叠》："旧传《阳关三叠》，今歌者每句再叠而已，若通一首，又是四叠，皆非是。每句三唱以应三叠，则丛然无复节奏。有文勋者，得古本《阳关》，每句皆再唱，而第一句不叠，乃知唐本三叠如此。"后世诗人常用"阳关曲""唱渭城"等语写离别。

[10] 咫尺如天样：用意同"咫尺天涯"，比喻距离虽近，却像远在天边一样。咫，古代长度单位，八寸为一咫。

[11] "朕本意"三句：明·孟称舜在《古今名剧合选·酹江集》中评为"唏嘘欲绝"。劣了宫商，意谓走调，不谐音律。宫、商，我国五声音阶宫、商、角（jué音决）、徵（zhǐ音止）、羽中的宫音和商音，这里喻乐曲、音乐，具体即指上述《阳关曲》。俄延，延挨、拖延时间。

[12] 李陵台：李陵望乡台或李陵的墓。李陵（？—前74），字少卿，西汉名将李广之孙。汉武帝天汉二年（前99年）秋率兵出击匈奴，后因敌众我寡，矢尽粮绝，又无援兵，战败投降，被困匈奴二十余载，常思汉地、怀念故乡，于是筑台南望，故称李陵望乡台。南宋·姜夔《李陵台》诗："李陵归不得，高筑望乡台。"关于李陵台的位置，存在不同说法。一种说法是位于内蒙古草原正蓝旗境内的黑城子遗址旁，另一种说法是位于今山西大同城北五百里。这两个地方都被认为是李陵登高望远、思念故乡的地方。在文学作品中，李陵台也常用来泛指边关或思乡之情。

[13] 贵人多忘：原意是地位显赫的人往往不念旧交，后用以讽喻人好忘事。五代王定保《唐摭言》卷二："倘也贵人多忘，国士难期，使仆一朝出其不意，与君并肩台阁，侧眼相视，公始悔而谢仆，仆安能有色于君乎？"

[14] "今日"四句：前两句语出唐·李白《王昭君》乐府诗。全诗共四句，前二句为："昭君拂玉鞍，上马啼红颊。"后两句是对宋代诗人陈师道《妾薄命》一诗的化用：原作全诗十二句，两句原诗为"忍著（着）主衣裳，为人作春妍"。《古杂剧》本、《古名家杂剧》本、《古今名剧合选·酹江集》本均无李白的诗，仅有陈师道的两句原诗。

[15] 椒房：指后妃所居的宫室。因用花椒子和（huò音或）泥抹墙，取其芳香、温暖、多子之意，故名。

[16] 菱花镜：雕刻有菱花纹样的镜台。

[17] 苏武还乡：苏武（？—前60），字子卿，西汉杜陵（今陕西省西安市）人。汉武帝天汉元年（前100年）奉命出使匈奴，被扣留。匈奴百般诱降，又把他遣送至北海（今俄罗斯贝加尔湖）畔牧羊达十九年。苏武持节不屈，昭帝始元六年（前81年）终于回汉，其时已须发皆白。

［18］ 别虞姬楚霸王：楚汉战争中，项羽被汉军围于垓下，兵少食尽，四面楚歌。项羽大惊，乃慷慨悲歌曰："力拔山兮气盖世，时不利兮骓不逝。骓不逝兮可奈何，虞兮虞兮奈若何！"其爱妾虞姬和歌曰："汉兵已略地，四方楚歌声。大王意气尽，贱妾何聊生！"歌毕自杀。项羽乃率从骑壮士八百余人，乘夜杀出重围，在乌江边自刎而死。参见《史记·项羽本纪》。

［19］ 玉关：玉门关。故址在今甘肃省敦煌市西北小方盘城，始置于汉武帝时期，元鼎或元封中（前 116 年至前 105 年）修筑酒泉至玉门间的长城，玉门关当随之设立，为汉时通往西域各地的门户。这里泛指边关要地。唐·李白《王昭君》诗之一："一上玉关道，天涯去不归。"

［20］ "那里取"二句：这是反话，意思是说，想当初汉朝强盛时，哪里去找保亲的李左车、送女客的萧丞相？因为李左车、萧丞相从来没有过把宗室女子白白送与匈奴这种屈辱的事。李左车，初在赵时，曾被封为广武君。韩信击赵时，李左车曾向赵军主将陈馀献良策，却未被采纳，终于在井陉兵败，陈馀被杀，李左车被俘。韩信"师事之"，遂归附韩信。韩信又用其计，顺利取得燕地。参见《史记·淮阴侯列传》《汉书·韩彭英卢吴传》。萧丞相，即指萧何（？—前193）。秦末辅佐刘邦起义。兵入咸阳，萧何悉取秦图书户籍、律令档案，从而掌握了全国的政治、经济及社会情况。楚汉战争中，他力荐韩信，为战胜项羽及其他诸侯王准备了卓越的军事统帅人才。他自己则留守关中，为前方作战建立了巩固的后方。项羽败亡后，他反过来辅助刘邦除了韩信、英布等人，又制定典章律令，为刘汉王朝的建立和巩固发挥了重要作用，因功被封为酂（zàn 音赞）侯。《史记》《汉书》均有传。

［21］ 架海紫金梁：横架在河海之上的桥梁。桥梁而又紫金，更言其贵重。这里喻指国家的栋梁之材。此句唱词，《古杂剧》本和《古今名剧合选·酹江集》本均作"那里也架海紫金梁？"

［22］ 边庭上铁衣郎：镇守边关的顶盔贯甲的将士。

［23］ 糟糠妻不下堂：后汉宋弘，曾官太中大夫、大司空、宣平侯，以清行著称。光武帝姊湖阳公主新寡，欲嫁宋弘，光武帝欲玉成其事。后引见宋弘时，光武帝令湖阳公主坐于屏风后，因谓宋弘："谚言贵易交，富易妻，人情乎？"宋弘回答说："臣闻贫贱之知不可忘，糟糠之妻不下堂。"光武后来对湖阳公主说："事不谐矣。"糟糠妻，指共过患难的结发之妻。详见《后汉书·宋弘传》。原为"糟糠妻下堂"，今据《古杂剧》本、《古今名剧合选·酹江集》本、《脉望馆钞校本古今杂剧》本改。

［24］ 鞭敲金镫响：此句之下往往续以"人唱凯歌回（还）"，旧时戏曲常用以形容得胜而回时的欢腾喜悦场面或愉快心情。

［25］ 梅香：元杂剧中常以梅香作为丫环、婢女的通名，因又常以梅香泛指丫环、婢女。清·姚燮《今乐考证·部色》谓：元杂剧中"凡婢皆曰'梅香'"。

[26] 一字王：指王爵用一个字封之者。一般均封于宗室，如赵王、秦王、燕王等，皆国王、亲王之属，为封爵之中最尊贵者。用两个字封之者，如齐武王、赵孝王、兰陵王之属，除宗室之外，臣下亦可得封，属郡王之类，较一字王为卑。

[27] 兀良：语气词，犹“啊”“呀”之类。

[28] 旌节：旌旗和符节。旌旗，古时在旗杆顶端饰有旄牛尾或五色鸟羽的旗子。符节，古时用以证明身份的凭证。

[29]〔梅花酒〕：明·孟称舜《古今名剧合选·柳枝集》眉批：“数支情既悲怆，音亦弘畅，吴兴本改数语，亦颇有次第，而原本固自佳，不若仍之，存饩（xì 音细）羊之旧。吾意古本非甚讹谬，不宜轻改，改本有胜前者，始不妨稍从之耳。”

[30] 迥野：一望无际的原野。迥，远的意思，望不到边际。

[31] 兔早迎霜：指“迎霜兔”，即兔子。古时习俗，重阳节登高时，要吃迎霜兔，饮菊花酒。重阳节时已有秋霜，因曰此时的兔子为“迎霜兔”。兔，原误为“色”，据《雍熙乐府》《词林摘艳》改正。

[32] 搠（shuò 音硕）：持、执。

[33] 糇（hóu 音侯）粮：干粮。

[34] 围场：古时专供帝王、贵族打猎之用而圈起来的场地。

[35] 携手上河梁：手拉手走到桥上。河梁，架于桥上的梁，即桥梁。西汉·李陵《与苏武诗》：“携手上河梁，游子暮何之……行人难久留，各言长相思……努力崇明德，皓首以为期。”元帝吟诵李陵这一首诗句，表达了他幽怨凄怆、与王昭君难舍难分的别离意绪和“长相思”“皓首以为期”的忠贞爱情。“河梁”与“灞陵桥”相似，后世常用以喻指惜别、送别。

[36] 部从：部属、随从。

[37] 穷荒：这里指穷僻蛮荒的大漠。

[38] 泣寒螀（jiāng 音江）：寒蝉悲鸣，似在啜（chuò 音辍）泣。寒螀，寒蝉，指深秋的蝉。

[39] 昭阳：汉宫殿名。后泛指后妃所住的宫殿。

[40] “高烧”句：意为通宵达旦地看护着王昭君的画像，深深思念王昭君。语出宋·苏轼《海棠》诗：“东风袅袅泛崇光，香雾空蒙月转廊。只恐夜深花睡去，故烧高烛照红妆。”

[41] “我煞”二句：我虽在大臣们面前编一个推托的话（遁词），又只怕耍笔杆子的那伙编修官们说短道长。煞，连词，表示让步，有虽然、尽管等意思。《古杂剧》本、《古今名剧合选·酹江集》本均作“则索”，现今有些校注本据以径改为“则索”。笔尖儿，笔杆子、耍笔杆子的人，指史官、文人。火，同“伙”，一群。编修，古代的一种官职，掌编修国史、实录、会要等编纂记述等事项。

[42] 唱道：亦作“畅道”，真是、正是、简直、正好。

[43] 黑龙江：当为黑江，龙字是衍文，题目作“沉黑江明妃青冢恨”可证。

［44］长行：远行。
［45］把都儿：亦作把都、拔都、拔突、八都鲁、八都儿等。蒙古语，意为勇士或勇敢。清代以此授予作战有功的官员，作为一种荣誉称号。明·汤显祖《紫钗记》三十〔倘秀才〕白："把都们且抢杀他一番。"
［46］哈喇：亦作"哈刺"，蒙古语，意为杀头、杀死。

第四折[1]

（驾引内官上，云）自家汉元帝。自从明妃和番，寡人一百日不曾设朝。今当此夜景萧索，好生烦恼。且将这美人图挂起，少解闷怀也呵！（唱）

【中吕·粉蝶儿】宝殿凉生，夜迢迢[2]六宫[3]人静。对银台一点寒灯，枕席间，临寝处，越显的吾身薄幸。万里龙廷，知他宿谁家一灵真性。

（云）小黄门，你看垆[4]香尽了，再添上些香。（唱）

【醉春风】烧尽御垆香，再添黄串饼[5]。想娘娘似竹林寺不见半分形，则留下这个影、影[6]。未死之时，在生之日，我可也一般恭敬。

（云）一时困倦，我且睡些儿。（唱）

【叫声】高唐梦[7]苦难成，那里也爱卿、爱卿，却怎生无些灵圣？偏不许楚襄王枕上雨云情[8]。

（做睡科）（旦上，云）妾身王嫱，和番到北地，私自逃回。兀的不是我主人！陛下，妾身来了也。（番兵上，云）恰才我打了个盹，王昭君就偷走回去了。我急急赶来进的汉宫，兀的不是昭君！（做拿旦下）（驾醒科，云）恰才见明妃回来，这些儿如何就不见了？（唱）

【剔银灯】[9]恰才这搭儿单于王使命，呼唤俺那昭君名姓。偏寡人唤娘娘不肯灯前应，却原来是画上的丹青。猛听得仙音院[10]凤管鸣，更说甚《箫韶》九成[11]。
【蔓青菜】[12]白日里无承应，教寡人不曾一觉到天明，做的个团圆梦境。（雁叫科[13]）（唱）却原来雁叫长门两三声，怎知道更有个人孤另。

（雁叫科）（唱）

【白鹤子】多管是春秋高筋力短，莫不是食水少骨毛轻？待去后愁江南网罗宽，待向前怕塞北雕弓硬。
【幺篇】伤感似替昭君思汉主，哀怨似作《薤露》[14]哭田横[15]；凄怆似和半夜楚歌声[16]，悲切似唱三叠阳关令[17]。

（雁叫科）（云）则被那泼毛团[18]叫的凄楚人也！（唱）

【上小楼】早是我神思不宁，又添个冤家缠定。他叫得慢一会儿，紧一声儿，和尽寒更。不争你打盘旋[19]，这搭里同声相应，可不差讹了四时节令？
【幺篇】你却待寻子卿[20]、觅李陵，对着银台，叫醒咱家，对影生情。则俺那远乡的汉明妃虽然薄命[21]，不见你个泼毛团也耳根清净[22]。

（雁叫科）（云）这雁儿呵，（唱）

【满庭芳】又不是心中爱听，大古[23]似林风瑟瑟，岩溜[24]泠泠[25]。我只见山长水远天如镜，又生怕误了你途程。见被你冷落了潇湘暮景，更打动我边塞离情。还说甚雁过留声[26]，那堪更瑶阶夜永，嫌杀月儿明！

（黄门云）陛下省烦恼，龙体为重。（驾云）不由我不烦恼也！（唱）

【十二月】休道是咱家动情，你宰相每也生憎。不比那雕梁燕语，不比那锦树莺鸣。汉昭君离乡背井，知他在何处愁听！

（雁叫科）（唱）

【尧民歌】呀呀的飞过蓼花汀，孤雁儿不离了凤凰城[27]。画檐间铁马[28]响丁丁，宝殿中御榻冷清清。寒也波更，萧萧落叶声，烛暗长门静。

【随煞】一声儿绕汉宫，一声儿寄渭城；暗添人白发成衰病，直恁的[29]吾家可也劝不省。

（尚书上，云）今日早朝散后，有番国差使命绑送毛延寿来，说因毛延寿叛国败盟，致此祸衅。今昭君已死，情愿两国讲和。伏候圣旨。（驾云）既如此，便将毛延寿斩首祭献明妃。着光禄寺大排筵席，犒赏来使回去。（诗云）叶落深宫雁叫时，梦回孤枕夜相思。虽然青冢人何在，还为蛾眉斩画师。

题目　沉黑江明妃青冢恨
正名[30]　破幽梦孤雁汉宫秋

---

[1] 第四折：明·孟称舜《古今名剧合选·柳枝集》眉批："全折凄清堪听。"

[2] 夜迢迢：夜长更深。迢迢，长、远。宋·晏幾道〔鹧鸪天〕："春悄悄，夜迢迢。碧云天共楚宫遥。"

[3] 六宫：古代皇后的寝宫，有正寝一、燕寝五，合为六宫。因以六宫代指皇后，或泛指皇后、妃嫔和她们的住处。

[4] 坫：香炉。焚香用的器具。

[5] 黄串饼：亦作黄篆饼，一种放在香炉中燃烧的饼状熏香。因熏香燃烧时，烟气袅袅蹿上如篆文状，故名。

[6] "想娘娘"二句：意思是说再也见不到王昭君了，只留下了一个影子。关于竹

林寺，曾有多种传说。曾于元惠宗至正年间被荐为翰林编修官的诗人迺贤，在至正十一年（1351 年）八月既望日，偕诸友人一起游览燕京城南故宫之遗迹，并各赋诗十六首以纪其事。他的《南城咏古十六首》中的第九首《竹林寺》题释谓："金熙宗驸马宫也。诗僧云：'一塔无影'"。诗中有"甲第王侯去，精蓝帝释尊"和"老僧夸塔影"之句，可见当时竹林寺及其中无影之佛塔尚存。《徐霞客游记》之《游庐山日记》载："循岩侧庵右行，崖石两层，突出深坞，上平下仄，访仙台遗址也。台后石上书'竹林寺'三字。竹林为匡庐幻境，可望不可即；台前风雨中，时时闻钟梵声，故以此当之。时方云雾弥漫，即坞中景亦如海上三山，何论竹林？"则此"竹林寺"为庐山幻境，实际上并不存在。后因以指有影无形、可望不可即、根本不存在的事物。

[7] 高唐梦：指男女欢爱之梦。

[8] "楚襄王"句：指楚襄王与巫山之女欢会之事。这里的楚襄王，实际当是其父楚怀王。

[9] 〔剔银灯〕：曲牌名。南北曲均有，同属【中吕宫】。北曲字句格律与词牌不同，用于套曲中。

[10] 仙音院：元世祖中统元年（1260 年）建立起来的音乐机构，后改为玉宸院。据《元史·世祖本纪》，中统元年十二月丙申："立仙音院，复改为玉宸院，括乐工。"后常以仙音院泛指宫廷乐官署。

[11] 《箫韶》九成：指箫韶音乐奏了九章。语出《尚书·益稷》："《箫韶》九成，凤凰来仪。"《箫韶》，指舜帝时的音乐。九成，九次变调，极言音乐之丰富感人。

[12] 〔蔓青菜〕：曲牌名。属北曲【中吕宫】。字数定格五句五韵：三、三、四、七、五。用于套曲中，一般在〔剔银灯〕后。

[13] 雁叫科：演员模拟大雁鸣叫的声音，以渲染舞台悲凉的氛围。雁作为中国常见的候鸟种类，每年秋分后天气转冷，便集群南飞越冬，在古人物我感应的漫长体验过程中，雁在秋天的这种迁徙属性逐渐被赋予不同维度的象征意义，最终形成了古代文学中的一个符号化了的典型意象。雁作为《汉宫秋》中的典型物象贯穿全剧始终，并在第四折以五声"雁叫科"，以人与雁的"互动"连接大篇幅、大段式的曲调唱词，抒写汉元帝对王昭君的忧思恋念。

[14] 《薤（xiè 音泄）露》：乐府"相和曲"名，是古代的一种挽歌。最早起于秦末汉初。原齐之贵族田横自杀以后，其部属门人作歌以吊之，名曰《薤露》。意为人的生命犹如薤叶上的露水，转瞬即干，不能长久。在《史记·田儋（dān 音丹）列传》中，唐·张守节《正义》引崔豹《古今注》云："《薤露》《蒿里》，送哀歌也，出田横门人。横自杀，门人伤之而作悲歌，言人命如薤上露，易晞（xī 音西）灭。至李延年乃分为二曲，《薤露》送王公贵人，《蒿里》送士大夫庶人，使挽逝者歌之，俗呼为挽歌。"

[15] 田横（？—前 202）：秦末狄（今山东省淄博市高青县）人。原为齐国贵族，从

兄田儋起兵重建齐国，后曾自立为齐王。楚汉战争中，为汉将韩信所破。汉朝建立以后，率其徒属五百余人避居海岛。刘邦召之，因不愿为汉臣，乃于赴洛阳途中自杀身亡。留海岛之五百余人，闻田横死，亦皆自杀。参见《史记·田儋列传》。

[16] 半夜楚歌声：楚汉战争中，汉军将楚军围于垓下。项羽兵少食尽。入夜，汉军士卒皆唱楚歌。项羽大惊，误以为楚地尽失，楚人都已归汉。楚军军心亦顿时瓦解，无心恋战，终于为汉军所败。详见《史记·项羽本纪》。

[17] 三叠阳关令：指《阳关三叠》曲。令，指词调、曲调名，如令曲、小令。

[18] 泼毛团：可恶的雁。泼，詈词或蔑词，有坏、卑贱、可恶等义。毛团，泛指飞禽走兽等动物，这里指雁。

[19] 打盘旋：转圈子。比喻徘徊不定。

[20] 子卿：指苏武。

[21] 薄命：苦命。原作“得命”，据《古杂剧》本和《古今名剧合选·酹江集》本改。

[22] 耳根清净：耳边无事聒噪，指无事打扰。源自佛教用语。耳根，佛家语，六根之一，对声境而生耳识者，即耳官也，俗称耳朵。

[23] 大古：亦作“大古来”“大古里”“大古是”，大概、多半、总之。

[24] 嵓（yán 音岩）溜：岩石上的水流，即山泉。嵓，同“岩”。

[25] 泠泠：拟声词，泉水流动的声音。

[26] 雁过留声：原无“雁”字。但“人过留名，雁过留声”是当时成语，且因是与雁儿对话，为使曲词更为顺口流畅，《古杂剧》本在“见被你冷落了潇湘暮景”后，径改作“谁望道人过留名，那堪更雁过留声？瑶阶夜永，嫌杀月儿明！”这里据此将“雁”字补入。

[27] 凤凰城：亦作“凤城”。古时以“凤”喻指帝王，凤城、凤凰城也就成了帝王所居之城，即俗谓“京城”。

[28] 铁马：亦作“檐马”“檐铃”“檐铁”“檐铎”，悬挂于屋檐下的铜片、铁片或铃铛，风吹过时能互相撞击发出声响。清·顾张思《土风录》卷五：“檐前悬铁马始于隋炀帝。《南部烟花记》云：‘临池观竹，既枯，隋后每思其响，夜不能寐。炀帝为作薄玉龙数十枚，以缕线悬于檐外，夜中因风相击，与竹无异。民间效之，不敢用龙，以竹骏代。今俗则以烧料谓之铁马，以如马披甲作战斗形，且有声也。’”

[29] 直恁的：亦作“直恁”。竟然这样。

[30] 题目正名：《古杂剧》本、《古名家杂剧》本（收入《脉望馆钞校本古今杂剧》之中）、《古今名剧合选·酹江集》本均作：“毛延寿叛国开边衅，汉元帝一身不自由；沉黑江明妃青冢恨，破幽梦孤雁汉宫秋”。

江州司马青衫泪

《江州司马青衫泪》简名《青衫泪》。天一阁本、《说集》本、孟称舜本、曹楝亭本《录鬼簿》、《太和正音谱》、《也是园藏书古今杂剧目录》、《重订曲海总目》、《今乐考证》、《曲录》等均有著录。今存版本主要有赵琦美《脉望馆钞校本古今杂剧》、《古杂剧》本、《元曲选》本、《古今名剧合选·柳枝集》本等。

剧本据唐代诗人白居易七言古诗《琵琶行》敷衍而成，叙白居易、裴兴奴恋爱事。裴兴奴久落风尘中，想要回归正常人的生活，因白居易颇有才情，便对他产生恋慕之心。两人情好，不料白居易受贬谪，前往江州任司马。临别时，裴兴奴发誓为白居易守贞。但茶客刘一郎使诈骗得裴兴奴，将她带上了自己的茶船。两人分离，且自己又被强纳，裴兴奴思念白居易痛哭，弹奏起琵琶来。乐声惊动白居易，邀来相见，竟真是故人。在好友元稹的帮助之下，皇帝令裴兴奴、白居易重圆，白居易也官复原职，刘一郎则受到了应有的惩罚。此故事是杜撰，裴兴奴原是唐代宫廷琵琶手，与白居易毫无瓜葛。白居易与其诗中琵琶女萍水相逢，只是听了她的身世叙述，有“同是天涯沦落人，相逢何必曾相识”之句。这两句诗颇能与历代诗人的情感相通，因而著名。马致远此剧的主题已与白诗原来的主旨不同。士人与妓女恋爱而受富商巨贾（gǔ 音古）破坏，经历挫折，最后团圆的故事，

在元代很流行。剧本对生活在社会最底层的妓女的悲惨命运及其对爱情的执着追求，给予了深切的同情和真诚的赞美，成功地塑造了裴兴奴这样一个敢爱敢恨、性格刚烈而又才情横溢、柔情百转的典型形象；同时又对老鸨（bǎo 音保）母追逐金钱而泯灭人性、巨贾倚富买春而毁人幸福的社会丑恶现象予以猛烈抨击。全剧洋溢着一种为真挚的爱情而琵琶寄恨、而泪湿青衫的幽怨和控诉，叹息和思考。明·孟称舜在将《青衫泪》编入其《古今名剧合选·柳枝集》时评论道："此剧天机雅趣，别成一种。至为兴奴写照处，真是借他檀板，摅（shū 音舒）我闺情。用俗语愈觉其雅，板语愈觉其韵，此元人不可及处。"并进一步指出：既有"酸楚悲怨，千古称绝"的白居易《琵琶行》，就不可无此《青衫泪》，"其才情自是相敌也"。明·顾大典的传奇剧《青衫记》，即是在《青衫泪》的直接影响下编撰而成的。

第一折

（冲末扮白乐天[1]，同外扮贾浪仙[2]、孟浩然[3]上）（白诗云）宴游饮食渐无味，杯酒管弦徒绕身。宾客欢从童仆喜，始知官职为他人。小生姓白名居易，字乐天，太原人氏，见任吏部侍郎。这二位老兄，一位是贾浪仙，一位是孟浩然。他都是翰林院编修[4]。方今大唐天下，宪宗[5]即位。时遇春三月，在公廨[6]中闷倦，待往街市上私行一遭。更了衣衫，只作白衣秀士[7]。听的人说，这教坊司[8]有个裴妈妈家一个女儿，小字兴奴[9]，好生聪明，尤善琵琶，是这京师出名的角妓[10]。咱三人同访一遭去来。（贾浪仙云）咱三人去来。（诗云）高兴出尘外，携尊玩物华[11]。（孟浩然诗云）偷将休沐[12]暇，去访狭邪家[13]。（同下）[14]

（老旦扮卜儿上，云）老身姓李，是这教坊司裴五之妻。夫主亡化已过，止生下一个女儿，叫做兴奴。生得颜色出众，聪明过人，吹弹歌舞[15]，诗词书算，无所不通。自小时曾拜曹善才[16]为师，学得一手琵琶。官员子弟闻名都来吃酒。只是孩儿养的娇了，一来性儿好自在，二来有些拣择人。这早晚还不起来，只怕有人来吃酒。孩儿起来罢！（正旦扮裴兴奴引梅香上，云）妾身裴兴奴是也，在这教坊司乐籍中见应官妓[17]。虽则学了几曲琵琶，争奈叫官身的无一日空闲。这门衣食，好是低微。大清早母亲来叫，只得起来。天色还早哩。（唱）

【仙吕·点绛唇】从天未拔白[18]，酒旗挑在歌楼外。呀地门开，早送旧客迎新客。

【混江龙】好教我出于无奈，泼前程只办的好栽排。想着这半生花月，知他是几处楼台？经板似粉头排日唤[19]，落叶似官身吊名差[20]。（带云）俺这老母呵，（唱）更怎当他银堆里舍命，钱眼里安身，挂席般出落着孩儿卖。几时将缠头红锦，换一对插鬓荆钗！

（做见科，云）母亲万福。唤你孩儿，有何话说？（卜儿云）没甚么话说。只是咱这等人家，要早起些，光头净面，打扮的娇媚着些。倘有俊俫[21]来，赚他几文钱养家。你只管里睡觉，谁送钱来与你！（正旦唱）

【油葫芦】俺娘不殢酒时常鬏髻歪，一鼻凹衠是乖[22]。看看两鬓雪霜般白，我则道过中年人老朱颜改，谁想他扑郎君虎瘦雄心在[23]。折倒[24]的我形似鬼，熬煎的我骨似柴。似恁的女残疾不敢怨娘毒害，则叹自己年月日时该。

（卜儿云）你则管里说甚么？快打扮了，则怕有客来。（正旦唱）

【天下乐】[25]则索倚定门儿手托腮，想别人家奴胎[26]，也得个自在；轮到我跟脚里都世袭了烟月牌[27]。他管甚桃李开，风雨筛，更问甚青春不再来。

（白乐天同贾、孟上，云）走了这半日，人说道这是裴妈妈家。不好进去，我咳嗽一声。（卜儿云）是谁在外边？（出见科）原来是三位进士公，请里面坐。（白乐天同贾、孟云）妈妈祗揖[28]。（卜儿云）兴奴孩儿，来陪三位进士公。快抬桌儿看酒来！（正旦觑科，云）好是奇怪，娘见了三个秀才踏门，怎生便教看酒？（唱）

【醉扶归】[29]送了几辈儿茶员外，都是这一副儿酒船台[30]。俺娘吃不的荤腥教酒肉揣，待觅厌饫的新黄菜[31]。他手里怎容得这几个酸寒秀才？（带云）我知道了也，（唱）俺娘八分里又看上他那条乌犀带[32]。

（正旦出见科）三位万福。（白乐天同贾、孟云）大姐祗揖了。（正旦唱）

【后庭花】这里是风尘花柳街，又不是王侯宰相宅。我忙着笑脸

儿迎将去：学士是甚风儿吹到来？（白乐天云）我等久慕高名，特来一拜。（正旦唱）是几个俊英才，偏他还咱一拜，怎做的内心儿不敬色？

（云）敢问官人尊姓大名？（白乐天云）小生是侍郎白居易。这二位是学士贾浪仙、孟浩然。因此春日，公衙无事，换了衣服，来街市闲行。久慕大姐德容，一径的来拜望。（正旦云）不敢，不敢。学士大人不弃下贱，小酌三杯如何？（白乐天云）好便好，只是不当取扰。（正旦把酒科）（贾浪仙云）今日幸遇大姐，咱多饮几杯。（孟浩然云）我还有人求的几首诗未了，少吃醉些。（正旦唱）

【金盏儿】一个笑哈哈解愁怀，一个酸溜溜卖诗才。休强波灞陵桥踏雪寻梅[33]客，便是子猷访戴[34]敢也冻回来。咱这里酥烹金盏酒，香揾玉人腮。不强如“前村深雪里，昨夜一枝开？”[35]

（贾、孟做意科，云）我醉了也，咱回去罢。（白乐天云）再坐一会，怕做甚么！（正旦唱）

【后庭花】你待赚鳌鱼钓颊腮[36]，怎想与刘伶妆布袋[37]？我这怪脸儿奸如鬼，你酒肠宽似海。（贾、孟云）我们都已醉了，不要过了酒戒，不吃罢。（正旦唱）畅开怀，都似你朦胧酒戒，那醉乡侯[38]安在哉？

（卜儿云）二位学士醉了，侍郎再坐一坐。（贾、孟云）乐天侍郎，咱且回去，明日再来。（白乐天云）平白里打搅了一日，怎生就空去了？（正旦唱）

【金盏儿】我不曾流水出天台，你怎么走马到章台[39]？（乐天云）定害[40]了你这一日。（正旦唱）更待要秦楼[41]夜访金钗客[42]，索甚么恶叉白赖[43]闹了绿杨街[44]。兀那酒丧门临本命，饿太岁犯

家宅[45]。虽是我管待这两个穷秀士，权当一百日血光灾！

（贾、孟云）咱去罢，则管缠甚么？（卜儿云）白侍郎要住下，着这二位摧逼[46]的慌，好生败兴！（白乐天云）下官有心待住下，二位醉了，不好独回。待下官送他回去，明日自己再来。只是大姐费了茶酒，定害这一日，容下官陪补[47]。（正旦云）侍郎说那里话！（唱）

【赚煞】稍似间有些钱，抵死里无多债[48]，权做这场折本[49]买卖。若信着俺当家老奶奶，把惜花心七事儿分开[50]。哎，你个俏多才，不是我相择，你更怕辱没着俺门前下马台！俺娘山河易改[51]，解元[52]每少怪。（带云）侍郎记者，（唱）怕[53]你再行踏[54]休引外人来。（同下）

---

[1] 白乐天（772—846）：名居易，乐天为其字，号香山居士，又号醉吟先生，祖籍太原（今属山西），下邽（guī 音归）（今陕西渭南东北）人。唐德宗贞元年间进士，曾官至左赞善大夫，后因上表言事，得罪权贵，被贬为江州司马。唐穆宗长庆初为杭州刺史，唐敬宗宝历初为苏州刺史，后官至刑部尚书。在文学上积极倡导用新题写时事，主张诗歌要反映现实、批判现实的新乐府运动。其诗通俗易懂，老妪亦能解。早年与元稹齐名，世称“元白”；晚年与刘禹锡常相唱和，又称“刘白”。是唐代最高产的诗人之一。其诗歌题材广泛，语言平易通俗，富有情味。代表作《琵琶行》《长恨歌》等得到了广泛流传，对后世产生了深远的影响。

[2] 贾浪仙（779—843）：名岛，字阆仙，一作浪仙，号碣石山人，范阳（今河北涿州）人。唐代诗人。初为僧，法号无本，后在韩愈劝导下还俗。屡试不第。五十九岁时始任长江县主簿，因世称“贾长江”。诗风荒寒枯寂。重炼字琢句，其诗句“僧敲月下门”，反复吟咏，终成“推敲”典故而传为佳话。作品有《贾长江集》。《全唐诗》存其诗四卷。

[3] 孟浩然（689—740）：或谓名浩，浩然为其字，襄州襄阳（今湖北襄阳）人。唐代诗人。早年隐居鹿门山。年四十，游长安，应试不第，被张九龄召为荆州从事。诗与王维齐名，世称“王孟”。诗风恬淡，长于写景，多反映隐逸生活，与王维一起，同为盛唐山水田园诗派的代表作家。作品有《孟浩然集》。《全唐

诗》存其诗二卷。孟浩然与白居易、贾岛二人本不同时，作者编剧时有意让三人“同框”。

[4] 翰林院编修：在翰林院负责修国史、实录、会要，编纂记述等事务的官员。翰林院，唐代官署名。始建于唐玄宗开元初，原为各种技艺内廷供奉之处。唐代的学士院才是翰林学士的供职之处，分建于翰林院之外，选任有文学的朝臣充任翰林学士。宋代始称翰林学士院。元代为翰林兼国史馆。明清两朝均称翰林院，掌修史、著作、图书等职。其长官由朝廷大臣充任，名掌院学士；其属员为侍读、侍讲、修撰、编修等，统称翰林。

[5] 宪宗：唐皇李纯的庙号。李纯（778—820）于顺宗李诵永贞元年（805年）即位。果断有为，励精图治。自安史之乱后，全国节度使已增至四十九个。宪宗一方面整顿税赋，增加财政收入；一方面策试、选拔人才。元稹、白居易等人即是在此期间应举入仕的。他坚决平定刘辟、李锜、吴元济等藩镇叛乱，使其他藩镇亦受震慑，表示归附，实现了全国暂时的统一；同时又重用李绛为宰相，国家气象为之一新。但随之而来的是，他日渐骄侈，笃信佛教，又好长生之药。元和十五年（820年）被宦官所杀。自此以降，唐朝便形成了宦官专权的局面。

[6] 公廨（xiè音械）：指官署衙门。廨，旧时官吏们办公理事的地方。

[7] 白衣秀士：未曾得官入仕的秀才、士子。

[8] 教坊司：即教坊，唐代开始设置的管理宫廷音乐的官署，专管雅乐以外的音乐、舞蹈、歌唱、百戏等的教习、排练、演出等事务，以中官为教坊使。宋、元两代均有教坊。明代有教坊司。清代雍正时被废止。妓女们又常以歌舞伎艺取悦嫖客，故旧时又常以教坊或教坊司的名头径称妓院。这里即指妓院。

[9] 兴奴：指裴兴奴，唐德宗、宪宗时期长安著名乐伎，精于琵琶。据唐·段安节《乐府杂录·琵琶》载，唐德宗贞元年间，有曹保保，其子曹善才，其孙曹纲，还有裴兴奴，皆精于琵琶演奏。曹纲与裴兴奴为同时人。“曹纲善运拨，若风雨，而不事扣弦；兴奴长于拢捻，指拨稍软。时人谓：‘曹纲有右手，兴奴有左手。’”

[10] 角妓：技艺出众的艺妓。明·徐渭《西厢记眉批》言：“宋人谓风流蕴藉为‘角’，故有‘角妓’之名。”角妓，侧重指风流貌美、才艺出众的名妓。宋·无名氏《宣和遗事》卷二：“名冠天下，乃是东京角妓。”角妓，是从官妓中选拔出来的色艺双绝、技艺出众的人，且为区别于“普通艺妓”，多装扮特殊。需要负责卖酒、卖笑和祗（zhī音支）直（值班），服务对象主要是“风流才子”，多出现在筵宴场合。

[11] 物华：万物之精华。一般指自然景色，这里指裴兴奴。

[12] 休沐：休息洗沐。旧时指官吏们的休假日。

[13] 狭邪家：指妓家、妓院。

［14］（同下）：原无，据剧情径补。

［15］吹弹歌舞：吹竹、弹丝、唱歌、跳舞。多泛指演奏或表演才能。清·李渔《奈何天·逼嫁》："这等说当面考一考，或是琴棋诗画，或是吹弹歌舞，任意出个题目来。"

［16］曹善才：唐代琵琶演奏家。原为西域昭武九姓的曹国人，世居长安。主要活动于贞元年间（785—805）。原名不详，因他善奏乐曲，声誉甚高，人们以"善才"称之。他曾在教坊中担任乐师，传授弟子多人。他的演奏技艺很高，唐·李绅《悲善才》诗描述他演奏的乐曲，如见"花翻凤啸天上来，裴回（按：同'徘徊'）满殿飞春雪"；如闻"金铃玉珮相瑳（cuō 音搓）切""仙鹤雌雄唳明月"；比喻为"九霄天乐下云端"。

［17］见（xiàn 音宪）应官妓：凡列入官方乐籍的妓女，称为"官妓"。官妓有随时应付官府待客饮宴或节日庆典等活动的义务，其时须穿戴规定的衣衫服饰，随叫随到，因称"见应官妓"或下文所称的"叫官身"或"唤官身""官身"。见，同"现"。

［18］天未拔白：天未放亮。拔白，露出鱼肚白，即拂晓时光。

［19］"经板"句：像经文雕刻在木板上一样不能变动，妓女们每天都得去见应官府的差遣。喻指官妓生活的不自由。经板似，即"似经板"。粉头，指妓女。因她们常以胭脂粉黛浓妆艳抹取悦嫖客，故称。排日，逐日、每天。

［20］"落叶"句：是前句的补充，仍言"见应官妓"的逐日不得休息。落叶似，即"似落叶"，像纷纷飘落的树叶那样繁多。吊名差，照着乐籍名册点名差遣。

［21］俊倈：俊俏年轻的男子。元杂剧中的"倈"，一是指未成年的儿童以及童仆、小厮，二是指年青男子。这里指后者。

［22］"俺娘"二句：我娘平常日子里总是蓬头散发，凶狠悍泼，脸上全是乖戾蛮横。殢（tì 音替）酒，沉湎于酒、醉酒。鬏髻（dí jì 音敌季），假发盘成的髻，即妇女装饰用的套网的假发髻。鼻凹，鼻子两边凹下去的地方，这里概指脸面，但带有贬意，犹"嘴脸"。衠（zhūn 音谆），纯粹、全是。乖，乖劣、乖戾。

［23］"我则道"二句：明·孟称舜《古今名剧合选·柳枝集》眉批："说虔婆神情都出。"虎瘦雄心在，比喻人虽衰老而锐气犹存。

［24］折倒：折磨、摧残。

［25］〔天下乐〕：此处明·孟称舜《古今名剧合选·柳枝集》眉批："妙在作留客语，便的的是妓女语致。"

［26］想别人家奴胎：意为想别人家的孩子。奴，旧时男子用于自谦之词；特别是女性，常自谦为"奴""奴家"。奴胎，生养的孩子，即孩子。或谓奴才胚子，即奴才的意思。胎，怀胎，这里转义为生养。

［27］"轮到"句：由于我出身妓院，寄名乐籍，就只能继续当妓女、应官身。跟脚里，指出身、家世。烟月牌，烟花风月的招牌，这里指妓院。

[28] 祇揖（zhī yī 音支衣）：作揖。见面时向对方拱手施礼。祇，恭敬。

[29]〔醉扶归〕：此处明·孟称舜《古今名剧合选·柳枝集》眉批："说得更尽情。"

[30] 酒船台：盛放饮酒杯盏的台盘。

[31]"俺娘"二句：我娘吃不了的荤腥酒肉之类食物，就将之收藏起来，想去寻找新鲜菜肴解腻换口味。揣（chuāi 音揣），藏匿、收贮。厌饫（yù 音玉），吃饱、吃腻。黄菜，原指用打散了的鸡蛋摊煎而成的煎蛋饼，俗称摊黄菜。这里所谓的"鲜黄菜"，泛指时新馔肴、新鲜蔬菜。

[32] 乌犀带：一种镶有乌犀角饰物的腰带。这里用以喻指高官显贵、官宦之家。乌犀，犀牛的一种，其皮可制甲；其角为名贵药材，亦可做贵重的器物、饰品。

[33] 踏雪寻梅：指孟浩然踏雪寻梅以寻找诗思的故事。马致远写有《冻吟诗踏雪寻梅》杂剧，已佚。明·朱有燉（dùn 音顿）有《孟浩然踏雪寻梅》杂剧，敷演李白和孟浩然、罗隐、贾岛四位诗人在长安酒肆中饮酒赋诗。李白作〔忆秦娥〕词，后又与孟浩然同去踏雪。李白和孟浩然均诗思泉涌，前者题咏牡丹，后者则题咏梅花。可参阅。

[34] 子猷（yóu 音由）访戴：比喻高士的放逸高旷。东晋大书法家王羲之之子王徽之，字子猷，在会稽时，忽兴致勃勃地于雪夜泛舟剡（shàn 音扇）溪，造访其友戴逵。然清晨将到其门，却又不入而返。人问其故，答道："吾本乘兴而行，兴尽而返，何必见戴？"见南朝宋·刘义庆《世说新语·任（rèn 音认）诞》。

[35]"前村"二句：语出唐代诗僧齐己的《早梅》诗。

[36]"你待"句：意为你想做一个钓鳌人。钓鳌人，亦称"钓鳌客"，指志向远大、豪迈不羁的人。

[37]"怎想"句：意为哪曾想到为刘伶妆幌子哄骗人。刘伶，字伯伦，西晋沛国（治今安徽濉溪县西北）人，魏晋时文学家，"竹林七贤"之一。他放情肆志，嗜酒不羁。魏末尝为建威参军；晋武帝泰始初对策，盛言无为而治，被黜罢。作品有《酒德颂》等。妆布袋，妆幌子、哄骗人。

[38] 醉乡侯：对嗜酒之人的戏称。宋·苏轼《乔将行，烹鹅鹿出刀剑以饮客，以诗戏之》："便可先呼报恩子，不妨仍带醉乡侯。"王十朋集注："唐人诗：若使刘伶为酒帝，亦须封我醉乡侯。"

[39]"我不曾"二句：意思是我并不曾招惹、引诱你，是你自己主动到我这里来寻欢游乐的。天台（tāi 音胎），指刘晨、阮肇入天台山采药，饥渴甚，忽有溪流飘送胡麻饭下来，因思附近必有人家，乃循溪寻之，果遇二仙女，遂成燕好。事见《太平广记·天台二女》。章台，汉代长安的一条街名，后泛指歌台舞榭和青楼妓院等冶游场所集中之地。

[40] 定害：打扰、烦扰。

[41] 秦楼：亦作"秦家楼"，指春秋时秦穆公以爱女弄玉招赘萧史时所建造的凤楼。传说每值夫妻俩吹箫，凤凰便来集之，后两人乘凤仙去。后逐渐将"秦楼"喻

指为妓院等狎邪冶乐场所。

[42] 金钗客：冠发上插戴着金钗的显贵女子。这里指妓女。

[43] 恶叉白赖：蛮横狡猾、胡搅蛮缠，耍无赖。

[44] 绿杨街：喻指妓院。旧时嫖客往往在柳陌花街、秦楼楚馆前的绿杨树上系马，然后进妓院嫖宿，寻欢作乐。绿杨街，原作“洛阳街”，据《古名家杂剧》本、《古杂剧》本、《古今名剧合选·柳枝集》本改。

[45] “兀那”二句：暗指被贾岛、孟浩然两人喝醉了酒闹闹吵吵地搅扰一番，也是自己命里该着，只好自认倒霉。丧门，星命家认为的凶煞之一。本命，即本命日，指与人的生日干支相同的日子，这里代指自己的命相、命运。太岁，即“太岁神”。迷信认为，凡太岁神所在的方位或与之相反的方位均主凶，不吉利。丧门星和太岁神光顾照临自己的命运和家宅，主凶，就注定要倒霉。

[46] 催逼：催促逼迫。

[47] 陪补：同“赔补”。陪，“赔”的同音借字。

[48] “稍似间”二句：偶尔花销一些，终究也没有多少钱。稍似间，偶尔。有，用、使用的意思。宋·王安石《上执政书》：“言古之君子，于士之宜左者左之，宜右者右之，各因其才而有之。”抵死里，说到底、终究、毕竟。债，钱债，即钱的意思。

[49] 折（shé 音舌）本：赔本。

[50] “把惜花心”句：把怜香惜玉之心分成七块，即爱得心猿意马、三心二意。惜花心，怜爱呵护美丽的女子。七事儿，七件事，分成七块，意为分心、不专心。

[51] 俺娘山河易改：意为我娘本性难移。这里故意省略了“山河易改，本性难移”这一成语的后半句，以增加挖苦讽刺的意味。

[52] 解（jiè 音介）元：指旧时科考中获得乡试第一名的士子。宋元时亦常用以作为对读书人的通称和尊称。

[53] 怕：恐怕。

[54] 行踏：走动、光临。

楔　子

（外扮唐宪宗引内官[1]上）（诗云）励精图治在勤民，宿弊都将一洗新。虽则我朝词赋重，偏嫌浮藻事虚文[2]。寡人唐宪宗皇帝是也。承祖宗基业，嗣守天位。自安史之乱[3]，藩镇强盛，寡人用裴度[4]

之谋，渐次削夺。争奈文臣中多尚浮华，各以诗酒相胜，不肯尽心守职。中间白居易、刘禹锡[5]、柳宗元[6]等，尤以做诗做文误却政事。若不加谴责，则士风日漓[7]矣。内侍每，传与中书省[8]，可将白居易贬江州司马[9]，柳宗元柳州司马，刘禹锡播州司马，如敕奉行。（内官云）领圣旨。（随下）

（白乐天上，云）小官白乐天。平生以诗酒为乐，因号醉吟先生。目今主上图治心切，不尚浮藻，将某左迁[10]江州司马，刻日[11]走马之任[12]。别事都罢，只是近日与裴兴奴相伴颇洽，谁料又成远别。须索与他说一声，我去的也放心。（下）[13]

（正旦引梅香上，诗云）"世间好物不坚牢，彩云易散琉璃脆。"[14]妾身裴兴奴。自从与白侍郎相伴，朝来暮去，又早半年光景。相公在妾身上，十分留意，妾身也有终身之托。近日闻的人说，白侍郎左迁江州司马，就要起行。天那，谁想有这一场恶别离也！梅香，安排下酒肴，待侍郎来时，与他奉饯一杯，多少是好。（梅香云）理会的。

（白乐天上，云）早来到兴奴门首。无人在此，我自过去。（见旦科）大姐祇揖。（正旦云）相公万福。（白乐天云）大姐，实指望相守永久，谁想又成远别。（正旦云）妾之贱躯，得事君子，誓托终身。今相公远行，兀的不[15]闪杀[16]人也！（乐天云）下官这一去，多则一年，少则半载，回来再相会也。（正旦云）只是一时间放心不下。梅香，将酒来，与相公奉饯一杯。（把酒科）（唱）

【仙吕·端正好】有意送君行，无计留君住，怕的是君别后有梦无书。一尊酒尽青山暮，我揾翠袖泪如珠。你带落日践长途，情惨切，意踌躇[17]，你则身去心休去！

（云）相公，此别之后，妾身再不留人，专等相公早些回来。（白乐天云）大姐，则要着志者，下官决不相负！我去也。（下）[18]

（旦随下）

［1］ 内官：一般指宫中的女官或太监，有时也指与皇帝特别亲近的左右臣僚。

［2］ “虽则”二句：虽然我朝重视词赋文章并从中取士，重视文治，但也讨厌浮华不实的辞藻和繁琐无用的礼节。嫌，厌憎、厌恶、讨厌。

［3］ 安史之乱：唐玄宗天宝十四载（755年），平卢、范阳、河东三镇节度使安禄山起兵叛乱，攻下洛阳，次年称帝并进兵长安。其部将史思明亦占有河北十三郡地。唐玄宗被迫逃亡蜀地。后叛军内乱频频，安禄山被其子安庆绪所杀，史思明杀安庆绪，史思明被其子史朝义所杀，史朝义又在走投无路的绝境中自杀。叛军残暴，遭到人民的坚决反抗，又在名将郭子仪等的镇压下，安史之乱至代宗广德元年（763年）终被平定。这期间社会秩序混乱，生产遭到严重破坏，唐王朝由此逐渐走向衰落。

［4］ 裴度（765—839）：字中立，河东闻喜（今属山西）人。贞元进士，历官监察御史、御史中丞等职，唐宪宗时升任宰相。他力主削藩，曾于元和十二年（817年）督师攻破蔡州，生擒吴元济，威震河北，严重打击了藩镇割据及各种叛乱势力。晚年因宦官弄权，辞职退养。《新唐书·裴度传》谓：“其威誉德业比郭汾阳（即郭子仪——引者），而用不用常为天下重轻。事四朝，以全德始终。”

［5］ 刘禹锡（772—842）：字梦得，洛阳（今河南洛阳市）人。唐代文学家、哲学家。唐德宗贞元九年（793年）进士，登博学宏词科。参加主张改革政治和社会宿弊的王叔文集团，抨击宦官专权和藩镇割据。王叔文改革失败后，被贬朗州司马，后任连州刺史、集贤殿学士、苏州刺史、检校礼部尚书兼太子宾客等职，世称“刘宾客”。诗风清新通俗，与白居易、柳宗元等友谊深厚。白居易曾推许刘禹锡为“诗豪”。作品有《刘梦得文集》。《全唐诗》存其诗十二卷。

［6］ 柳宗元（773—819）：字子厚，河东解县（今山西运城）人，世称“柳河东”。唐代文学家、哲学家。贞元九年（793年）进士，后登博学宏词科。曾为王叔文革新集团的中坚人物。革新失败，被贬为永州司马，后又任柳州刺史并卒于任上，因又称“柳柳州”。与韩愈共倡奇句单行的散体文、上继先秦两汉文体、与骈文对立的“古文运动”，时人将他们两人并称为“韩柳”。其文健拔，其诗清峭。《新唐书》本传载韩愈评其文“雄深雅健”。作品有《柳河东集》。《全唐诗》存其诗四卷。

［7］ 士风日漓：犹“仕风日下”。包括官场在内的知识界的风气一天比一天坏。漓，浇薄、陋薄、败坏。

［8］ 中书省：古时官署名。为掌管枢要、发布政令的国务中心。其最高行政长官称“中书监”或“中书令”，相当于丞相。

［9］ 江州司马：地方职官名。江州，今江西省九江市。在唐时归江南道，属上州。

按唐代官制，上州的最高行政长官为刺史一人，从三品，职同牧尹；别驾一人，从四品下；长史一人，从五品上；司马一人，从五品下。唐时每州所置司马一职，常以安排贬谪之人或闲散官员。

[10] 左迁：犹言下迁。降低官职，即贬谪、降职。汉代贵右贱左，故将贬官称为左迁。《汉书·赵尧传》："左迁"，颜师古注："是时尊右而卑左，故谓贬秩位为左迁。"宋·戴埴（zhí 音直）《鼠璞》："汉以右为尊，谓贬秩为左迁，仕诸侯为左官，居高位为右职。"后世沿用之。

[11] 刻日：限定日期。

[12] 之任：到任、上任。之，到……去，往……去。

[13]（下）：原无，据剧情径补。

[14] "世间"二句：语本唐·白居易《简简吟》。"世间"二字原诗为"大都"。

[15] 兀的不：怎的不、怎不。

[16] 闪杀：伤心杀、痛苦杀。

[17] 意踌躇：形容人在做出决策或行动之前徘徊彷徨、犹豫不决的状态。

[18]（下）：原无，据剧情径补。

第二折

（卜儿上，云）自从白侍郎去了，孩儿兴奴也不梳妆，也不留人，只在房里静坐。俺这唱的人家，再靠些甚么？昨日茶坊里张小闲来说，有个浮梁[1]茶客刘一郎，要来和孩儿吃酒，孩儿百般不肯。今日他说要自来，等来时再做计较。

（丑扮小闲引净扮刘一郎上）（诗云）都道江西人，不是风流客。小子独风流，江西最出色。小子刘一郎是也，浮梁人氏，带着三千引[2]细茶[3]，来京师发卖。听的人说，教坊司裴妈妈家有个女儿名兴奴。昨日央张二哥说知，老妈叫我今日自去。走了一会，来到门首也。张二哥，咱进去咱。（丑见卜科，云）妈妈，刘员外来了也。（卜儿云）请进来。（净见卜科，云）妈妈拜揖。（卜儿云）客官拜了。（净云）久闻令爱大姐大名。小子有三千引细茶，特来做一场子弟[4]。（卜儿云）俺孩儿只为白侍郎，再不留人。我如今叫他出来，好歹教他伴你。若再不肯，你写一封假书，只说白侍郎已死，他可待肯了。（丑

云）此计大妙！妈妈，你叫大姐出来陪着，我就去做假书，不要迟了。（下）（卜儿云）兴奴孩儿，有客在此，快来，快来！（正旦上，云）妾身裴兴奴。自从白侍郎别后，尽着老虔婆百般啜哄[5]，我再不肯接客求食。近日有一个茶客刘一郎，待要与我作伴，我那里肯从！争奈老虔婆被他钱买转了，似这般怎生是好？兀的不烦恼人也呵！（唱）

【正宫·端正好】命轻薄，身微贱，好人死万万千千。世间儿女别离遍，也敷不上[6]俺那阳关怨[7]！

（带云）侍郎，不争你去了，教我倚靠何人？（唱）

【滚绣球】你好下得白解元，闪下我女少年！道不得可怜而见，他又不曾故违着天子三宣。（云）人说白侍郎吟诗吃酒，误了政事，前人也有这等的。（唱）只那长安市李谪仙，他向酒里卧酒里眠，尚古自得贵妃捧砚，常走马在五凤楼前[8]。偏教他江州迭配[9]三千里，可不道吏部文章二百年[10]，甚些的纳士招贤？

（见卜科，云）母亲，叫你孩儿怎么？（卜儿云）白侍郎一去，杳无音信，咱家柴没米没，怎生过活？如今浮梁刘官人有三千引茶，又标致又肯使钱。你留下他，赚些钱养家。（正旦云）母亲，我与白侍郎有约在前，我再不留人了。（卜儿云）我说你也不信，请刘官人自家来和你说。（净见旦科，云）大姐拜揖。小子久慕大名，拿着三千引茶来与大姐焐脚[11]，先送白银五十两做见面钱。（正旦云）过一边去！好不知高低！我做了白侍郎之妻，休来缠我！（卜儿云）你不肯陪伴刘员外，好个白侍郎夫人！如今白侍郎那里敢颓气[12]了也！（正旦唱）

【倘秀才】这姻缘成不成在天，你休见兔儿起呵漾砖[13]。情知普天下虔婆那一个不爱钱？（带云）刘员外呵，（唱）他便是贵公子赵

平原，你也要过遣[14]。

（净云）你家是卖俏门庭[15]，我来做一程子弟，你不留我，如何倒拒绝我？（正旦唱）

【滚绣球】这的是我逆耳言，休厮缠、厮缠着舞裙歌扇[16]，这两般儿曾风流断没了人家缘[17]。刘员外你若识空便[18]，早动转，倒落得满门良贱[19]。休觑着我这陷人坑似误入桃源；我怕你两尖担脱了[20]孤馆思乡客，三不归翻了风帆下水船[21]，枉受熬煎。

（净云）小子世来[22]你家，大姐不要说闲话，咱两个吃钟酒儿。（做劝酒科）（正旦云）拿开，我不吃！（卜儿怒科，云）好贱人，上门好客，你怎生不顺从？和钱赌鳖[23]，打死你这奴才！（正旦唱）

【呆骨朵】我觑着眼前人，即世里[24]休相见。我又不曾辨着[25]你脸上直拳，好生地人也似揪他、他驴也似调蹇[26]。他着酒儿将咱劝，我索屎做糕糜咽[27]，我须打是惜骂是怜。娘呵，可休穷厮炒饿厮煎[28]！

（卜儿云）这小贱人不听我说，只想白侍郎，他那里想着你哩！左右是左右[29]，员外多拿些钱来，我嫁与你将去。（净云）随老妈要多少钱，小子出的起。（正旦云）我心在那里，你则管胡缠我。（唱）

【倘秀才】这些时但合眼早怀儿里梦见，则是俺吃倒赚[30]江州乐天。（卜儿云）见钟不打，更去炼铜[31]。乐天、乐天，在那里？（净云）小子也看的过，咱做一程夫妻，怕做甚么？（正旦唱）谁教你闷向秦楼列管弦？（带云）刘员外，（唱）休信我醉中言，说则说在前。

（云）天那！怎生教我陪伴这样人也！（唱）

【滚绣球】往常我春心寄锦笺[32]，离情接断弦[33]，风流煞谢家庭院[34]，到如今划地教共猪狗同眠！（净云）大姐，仕路上大官都是我乡亲，小子金银又多，又波俏[35]，你不陪我，却伴那样人？（正旦唱）那厮正拽大拳[36]，使大钱，这其间枉了我再三相劝，怎当他痴迷汉苦死歪缠。想着那蒙山顶上春风细，肯分地扬子江心月正圆，也是天使其然[37]。

（丑扮寄书人上，云）小人是江州一个皂隶[38]。俺白司马老爹在任，偶感病症，写了这一封书，教我送与教坊司裴兴奴家。写下书，俺司马相公就死了。小人不免稍[39]与他去。走了半月，方到京师。问人说这里是他家，不免进去。（做见卜儿科，云）老人家作揖。（卜儿云）大哥是那里来的？（丑云）我是江州白司马老爹差来下书的。（卜儿云）你老爹好么？（丑云）俺老爹打发了书，就死了也。（卜儿云）谁这等说？拿书来我看。（丑呈书科）（卜儿云）孩儿你看。（正旦接书念云）寓江州知末[40]白居易，书奉裴小娘子：向在宅上扰聒，自别来魂驰梦想，此心无时刻得离左右也。满望北归，以偿旧约；不料偶感时疾，医药不效，死在旦夕。专人走告，勿以死者为念。别结良姻，以图永久。临楮[41]不胜哽咽，伏冀情亮[42]。（旦悲科，云）兀的不痛杀我也！闪杀我也！（卜儿云）孩儿，白侍郎已死了，夫人也做不得了，再不必说。你如今可嫁刘员外去罢。（净云）小子可等着了！（丑云）小人去罢。（正旦云）吃了饭去。（丑云）不必了。（下）（正旦唱）

【叨叨令】我这两日上西楼盼望三十遍，空存得故人书不见离人面。听的行雁来也我立尽吹箫院，闻得声马嘶也目断垂杨线[43]。相公呵你元来死了也么哥，你元来死了也么哥，从今后越思量越想的冤魂儿现！

（净云）妈妈既许了亲事，小子奉白银五百两为聘礼。小子归家心切，

就请小娘子上船。（卜儿云）老身已许了你，岂肯退悔？就打发孩儿去罢。（正旦云）罢、罢、罢，刘员外既成亲，容我与侍郎瀽[44]一碗浆水，烧一陌[45]纸钱咱。（净云）这也使得。（正旦烧纸浇酒科，云）侍郎活时为人，死后为神。（哭科，云）则被你闪得我苦也！（唱）

【倘秀才】侍郎呵，你往常出入在皇宫内院，只合生死在京师帝辇[46]，也落得金水河边好墓田。（带云）刘员外，（唱）你且离了我根前，他从来有些腼腆。

【滚绣球】你文章胜贾浪仙，诗篇压孟浩然。不能勾侍君王在九间朝殿，怎想他短卒律[47]命似颜渊[48]。今日扑通的瓶坠井[49]，支楞的琴断弦，怎能勾眼前面死魂活现？你若有灵圣显形影向月下星前。则这半提淡水招魂纸，侍郎也当得你一盏阴司买酒钱，止不住雨泪涟涟！

（做化纸起旋风科）（云）这一阵旋风，兀的不是侍郎来了也。（做悲科）（唱）

【醉太平】烧一陌儿纸钱，叙几句儿衷言。待不啼哭，夫乃妇之天，抛闪杀我也少年！只见一个来来往往旋风足律即留[50]转，吓的我慌慌张张手脚滴羞都苏[51]战。一个俏魂灵不离了我打盘旋，我做人的解元！

（净云）大姐，纸也烧了，夫妇之情也尽了，请上船罢。（正旦唱）

【一煞】兴奴也，你早则不满梳绀发挑灯剪，一炷心香对月燃。我心下情绝，上船恩断；怎舍他临去时舌奸[52]，至死也心坚。到如今鹤归华表[53]，人老长沙[54]，海变桑田。别无些挂恋，须索向红蓼岸绿杨川。

（净云）大姐去罢。这等哭，哭到几时？（正旦唱）

【二煞】[55]少不的听那惊回客梦黄昏犬，聒碎人心落日蝉。止不过临万顷苍波，落几双白鹭；对千里青山，闻两岸啼猿。愁的是三秋雁字，一夏蚊雷，二月芦烟。不见他青灯黄卷，却索[56]共渔火对愁眠[57]。

（卜儿云）员外等久了，去罢。（正旦唱）

【三煞】赤紧的[58]大姨夫[59]缘分咱身上浅，老太母心肠这壁厢偏。谁想司马坟边，彩云零落；茶客船头，明月团圆。娘呵，你早则皂裙儿拖地，拄杖儿过头，鬏髻儿稍天[60]；却下的这拳槌不善，教我空捱那没程限的窦娥冤[61]。

（云）母亲，我是你亲生之女，替你挣了一生。只为这几文钱，千乡万里卖了我去。母亲好狠也！（唱）

【四煞】怎想他能捱磨扇似风车转[62]，更合着梦见槐花要黄袄儿穿[63]。我虚度三旬，是这婆娘亲女；受用了十年，是这赵妈妈金莲[64]。我也曾前厅上待客，后阁内留宾，只不曾坐车上当辕[65]。偌来大穷坑火院[66]，只央我一身填。

（云）罢、罢、罢！母亲，我也顾不的你了，我去也！（净云）妈妈，小子去也。多承厚意，来年稍细茶来吃。（正旦唱）

【尾煞】[67]不甫能[68]一声〔金缕〕[69]辞歌扇[70]，划地听半夜钟声到客船。少年的人苦痛也天，狠毒呵娘好使的钱。你好随的方就的圆[71]，可又分的愚别的贤？女爱的亲，娘不顾恋；娘爱的钞，女不乐愿。今日我前程事已然，有一日你无常到九泉，只愿火炼了你教镬汤滚滚煎，碓捣罢教牛头磨磨研。直把你作

念[72]到关津[73]渡口前，活咒到天涯海角边。都道这风尘[74]是夙缘[75]，明理会得穷神解不的冤。（带云）娘呵，（唱）你只把我早嫁浔阳一二年，怎到的他干贬去江州四千里远[76]！（同下）

---

[1] 浮梁：旧县名，治所在今江西省景德镇市北。汉鄱（pó 音婆）阳县地；唐武德四年（621 年），析置新平县，天宝元年（742 年）改名浮梁；明清皆属饶州府。1960 年并入景德镇市。自唐以来，以产瓷器和茶叶著名。唐 · 白居易《琵琶行》："商人重利轻别离，前月浮梁买茶去。"后以浮梁借指商人。

[2] 引：商人运销某种货物的凭证。也指特定的重量单位，不同时期、地区，引的重量各有不同，且还有长引、短引之别。如茶叶，在宋代，一长引一百二十斤，短引二十五斤；元代，一长引一百二十斤，短引九十斤；明清不分长短引，每引一百斤。

[3] 细茶：上等茶。又称青毛茶，于每年谷雨前后十日采摘，将鲜叶经红锅杀青，然后揉捻成条，以炭火焙（bèi 音倍）干或太阳晒干，制成条形的炒青或晒青茶。炒青茶色、香、味俱佳，晒青茶次之。细茶一般供泡饮，产量较少，多为素茶。细茶之中又以绿茶和红茶最受欢迎。

[4] 子弟：嫖客。

[5] 啜（chuò 音辍）哄：哄骗。

[6] 敷不上：比不上、够不上。敷，足、够。

[7] 阳关怨：指因别离而引起的伤感、怨恨。阳关，古关名，在今甘肃敦煌西南之古董滩附近，因恰在玉门关以南，故称"阳关"。以阳关怨、别离怨为主题的古曲，有《阳关三叠》（简称《阳关》），其曲词为唐代诗人王维所作《送元二使安西》诗。因诗之首句两字为"渭城"，又称《渭城曲》。

[8] "只那"四句：述说李白（701—762）酣歌纵酒，风流不羁，在宫里醉中赋诗、备受荣宠等风光故事。据新、旧《唐书》和宋 · 刘斧《摭遗》等史籍，贺知章在长安初见李白时，即激赏李白的人格风采，赞之曰："子，天上谪仙人也。""李谪仙"之名即由此而来，并随即被贺知章荐之于玄宗。玄宗召见，诏供奉翰林。尽管如此，李白仍常与饮徒醉于市。一日，玄宗于沉香亭宣召李白作乐章，其时李白已醉卧酒肆矣。及至，左右以水洒面。李白稍醒后秉笔立就《清平调》三首，玄宗由是更加宠爱李白。又一次，李白侍帝，醉中曾使高力士脱靴，杨贵妃捧砚以为诗。李白与贺知章、张旭等共八友为"饮中八仙"。杜甫《饮中八仙歌》描述道："李白一斗诗百篇，长安市上酒家眠。天子呼来不上船，自称臣是酒中仙。"五凤楼，唐时所建，址在洛阳。唐玄宗曾命三百里

内刺史、县令带着声乐班子，一起聚集于五凤楼下，歌舞宴乐。

［9］ 迭配：流递发配、充军流放。

［10］ “吏部”句：语出宋·欧阳修《赠王介甫》诗：“翰林风月三千首，吏部文章二百年。”这里是用文章（文治）对于经国济世的重要作用及其在历史上的深远影响，说明朝廷将白居易这样的大文化人左迁江州的荒谬，借此发泄裴兴奴的怨怼（duì 音对）情绪。

［11］ 焐（wù 音勿）脚：暖脚。隐含着和你同眠、为你暖被窝的意思，即嫖妓宿娼。

［12］ 颓气：倒霉、晦气。清·洪昇《长生殿·弹词》：“哎，想起当日天上清歌，今日沿门鼓板，好不颓气人也。”

［13］ 见兔儿起呵漾砖：见有利可图就起歹心、下狠手。这里有趁人之危、落井下石的意思。漾砖，投掷砖块。

［14］ “他便是”二句：就是像赵国公子平原君赵胜那样富贵尊荣，但你还是得过日子。赵平原，指战国时赵国的平原君赵胜（？—前251），赵惠文王之弟，被封于东武城（今山东武城西北），号平原君。任赵国之相，门下常有数千食客。曾领导抗击秦军围攻赵都邯郸之役，最后在魏、楚两国的救援下获胜。过遣，过日子、过活。此两句曲词，《古名家杂剧》本、《古杂剧》本、《古今名剧合选·柳枝集》本均作：“贵公子赵平原，你也要过遣。”据此，如将原“他”字删去，语意可能会更加明白些。

［15］ 卖俏门庭：犹言“卖笑门庭”。倚门弄俏卖笑，以色相逢迎招徕嫖客为生。指妓家、妓院。

［16］ 厮缠着舞裙歌扇：指沉湎声色，嫖妓宿娼。舞裙歌扇，指声色、妓女、舞女歌妓。

［17］ 断没了人家缘：断送了人的家产。家缘，家庭财产。原无“人”字，据《古名家杂剧》本、《古杂剧》本、《古今名剧合选·柳枝集》本补。

［18］ 识空便：识趣、知机、识时务。

［19］ “倒落得”句：反倒可以保全全家男女老小。落得，落下、留下、保全。良贱，这里指包括尊贵的主人和卑贱的奴仆以及男女老幼各色人等都在内的所有家庭成员。

［20］ 两尖担脱了：扁担两头担的东西全部脱落，意为鸡飞蛋打、人财两空。

［21］ “三不归”句：意思是泡在妓院这个陷人坑里花天酒地，乐不思蜀，将原本一帆风顺、顺流下驶的船只也给翻沉了一样，把好端端的一份家业给毁掉，落得个金银散尽、家败人亡的悲惨下场。三不归，原为《管子·轻重丁》中所说的三种乐而忘归的现象，这里喻指沉迷于妓院的淫靡生活而飘泊异乡，忘返故里。风帆下水船，顺风顺水地驶向下游的船只。

［22］ 世来：已经来、既然来。世，这里作副词用，犹“已”“既”。

［23］ 赌鳖：赌气、憋气。鳖，用同“憋”。亦作“赌鳖气”。《金瓶梅词话》第

八十五回："五娘说，教你休使性儿赌鳖气，教你常进来走走。"

［24］即世里：今世里。即，当时、即今。

［25］䠂（duǒ 音躲）着：朝着、向着。

［26］调蹇（tiáo jiǎn 音条减）：犹尥（liào 音料）蹶（juě）子，喻使性子、发脾气。

［27］"我索"句：我只得勉强吃下。索，只索、只得。屎做糕糜咽，将难以入口的恶劣食物，当作美味佳肴来吃。糕糜，糕点。

［28］穷厮炒饿厮煎：穷凶极恶地吵骂逼迫。穷、饿，犹"最""极端""非常"。厮炒厮煎，相炒相煎。炒，通"吵"，吵骂、谩骂。煎，煎迫、逼迫。

［29］左右是左右：横竖这样、反正如此。表示狠下一条心，做出决定。

［30］吃倒赚：犹"吃倒载""吃倒栽"，指遭难、蒙受冤屈。倒载，倒卧；倒栽，头下脚上地摔倒。意为倒霉、冤枉、摔了跟头。

［31］"见钟"二句：放着现成的好处不去获取，却去追求遥远难及的利益。讽刺舍近求远，不切实际；延伸意义为愚蠢。见，通"现"。

［32］锦笺：精致华美的笺纸。此指书信。

［33］断弦：断绝的琴弦。这里指恋人或夫妇间的离情，即音书遥隔，恋情断绝。

［34］"风流"句：指南朝宋诗人谢灵运（385—433）建于会稽的庄园。庄园依山傍水，亭台楼阁，假山莲塘，乔木参天，繁花匝地。谢灵运及其从弟谢惠连，常在庭院池阁中作诗著文。其《登池上楼》"池塘生春草，园柳变鸣禽"的诗句，一时广为传诵。"风流煞谢家庭院"即指此，并以同是大诗人的白居易与之相比况，抒发裴兴奴对白居易的钦羡仰慕和一往情深。或以为这是指东晋太傅谢安（320—385）家的事。据南朝宋·刘义庆《世说新语·言语》载，一日大雪，谢安召集子侄辈一起赏雪赋诗。他指着漫天飞舞的雪花问："白雪纷纷何所似？"其侄谢朗答："撒盐空中差可拟。"侄女谢道韫说："未若柳絮因风起。"谢安大悦。这里亦是以谢安家咏雪吟诗的雅趣，来联类白居易的潇洒风流。

［35］又波俏：又俊俏漂亮。波，衬字，无义。

［36］拽大拳：比喻出手豪阔，大把花钱。

［37］"想着那"三句：意思是说，手里有大钱，再加上好色而痴迷不悟，就仿佛春风遇明月，两相遇合，谁也没办法。明·孟称舜在《古今名剧合选·柳枝集》中对前两句的眉批为："'扬子江心水，蒙山顶上茶'两句，皆茶客调侃语。"水对茶，也是因缘遇合，"天使其然"。肯分地，恰好、凑巧、正好。

［38］皂隶：差役。因穿黑衣，故名。皂，黑。

［39］稍：用同"捎"。

［40］知末：意为小小的知己、卑微的知心人。知，知心、知己、相知。末，微末、细小、卑微。旧时常用作自谦之词，如"末官""末学"等。

［41］临楮（chǔ 音楚）：面对信纸。楮，俗名构树，落叶乔木。其树皮为造纸原料，因常以"楮"指代纸。

［42］ 情亮：情恕、原谅。亮，原谅、谅解的意思。

［43］ “听的”二句：明·孟称舜《古今名剧合选·柳枝集》的眉批：“形容着情，语亦带韵。”

［44］ 瀽（jiǎn 音剪）：泼（水），倾倒（液体）。

［45］ 陌：通“佰”。计算钱数的单位。钱一百为“陌”。

［46］ 帝辇：皇帝坐的车子。这里代指京师。

［47］ 短卒律：短促的、短短的。

［48］ 颜渊（前521—前490）：名回，字子渊，春秋末鲁国人，孔子门生。安贫乐道，质朴仁厚，孔子特别称赞他的德行，可惜英年早逝。被后世尊为“复圣”。

［49］ 瓶坠井：指失败、绝望。唐·白居易《井底引银瓶》诗：“井底引银瓶，银瓶欲上丝绳绝。石上磨玉簪，玉簪欲成中央折。”

［50］ 足律即留：旋风飞快地转动前进之状。

［51］ 滴羞都苏：形容人惊惧颤抖的样子。

［52］ 舌奸：犹“巧舌如簧”。舌头很奸巧，会花言巧语。这里指山盟海誓等言辞。

［53］ 鹤归华表：伪托东晋·陶潜著《搜神后记》卷一《丁令威》谓：“丁令威，本辽东人，学道于灵虚山。后化鹤归辽，集城门华表柱。（以上二十四字乃据《舆地纪胜》卷一八补缀）时有少年举弓欲射之，鹤乃飞，徘徊空中而言曰：‘有鸟有鸟丁令威，去家千岁今来归。城郭如故人民非，何不学仙冢垒垒！’遂高上冲天而去。（以上五十四字乃据《艺文类聚》卷九〇等辑录）”意在感叹人生短促，世道无常。这里犹魂归故里，喻指白居易已然人亡物化。

［54］ 人老长沙：西汉政论家、文学家贾谊（前200—前168），因主张改革朝政而遭人排挤，被贬为长沙王太傅，人称“贾长沙”。后又为梁怀王太傅。梁怀王坠马死，他情志郁郁，不久亦客死他乡。这里也是喻指白居易的死亡。

［55］〔二煞〕：这一支曲词描写的都是裴兴奴想象中被迫跟着讨厌煞人的茶商刘一郎飘泊旅途、浪迹他乡的极端愁苦情态。明·孟称舜在《古今名剧合选·柳枝集》中眉批：“豫拟凄凉光景，煞甚凄凉！”

［56］ 索：须、得。

［57］ 渔火对愁眠：此句与本折〔尾煞〕中的第二句“半夜钟声到客船”，袭用唐·张继的七言绝句《枫桥夜泊》：“月落乌啼霜满天，江枫渔火对愁眠。姑苏城外寒山寺，夜半钟声到客船。”

［58］ 赤紧的：确实的、真正的。

［59］ 大姨夫：指白居易。姨夫，旧时共狎一妓之两男互称“姨夫”。

［60］ “拄杖”二句：谓母亲已老。拄杖，拐杖。鬏髻（dí jì 音笛记），假发盘成的髻。稍天，朝天。

［61］ “教我”句：教我平白无故地去捱受那无边无际的冤苦生涯。没程限，一辈子没有尽头。窦娥冤，参见关汉卿的《窦娥冤》杂剧。这里指裴兴奴去与刘一郎

过那种没有爱情、没有希望的冤屈、怨苦生活。

［62］“怎想他”句：怎能想象她能够捱得过日月流转和沉重生活的消蚀磨损。意思是她怎能捱过年老力衰的那一天？到时候又靠谁来养老送终？磨扇，即磨盘，用石制成，这里喻指沉重的生活。风车，风车云马，均谓传说中神灵驾驶的车马，神迅异常，这里喻指光阴飞逝。

［63］“梦见”句：梦见槐花盛开，于是想到要让女儿用槐花染制成一件黄袄儿穿。（但女儿却被卖到了千里之外，那时就是悔青肠子也来不及了。）旧时民间常用槐花、槐实作为黄色染料以染制布帛衣服。

［64］金莲：原指女子的娇小美足。这里与前句“亲女”相对应，亦为亲生女儿的意思。

［65］当辕：驾辕，意为当家做主、独立自主。

［66］穷坑火院：深坑火海。指妓院。

［67］〔尾煞〕：此处明·孟称舜《古今名剧合选·柳枝集》的眉批：“写得来梗梗咽咽，妙。”

［68］不甫能：才能够、刚刚。

［69］〔金缕〕：指〔金缕曲〕，亦称〔金缕衣〕，古曲名。

［70］歌扇：舞衫歌扇，喻歌舞，代指妓院。

［71］随的方就的圆：亦称“随方就圆”，办事处世不囿于成见旧俗，能顺应时势的变化而灵活处置，和气待人。

［72］作念：诅咒。

［73］关津：指水陆交通必经的要道、关口和渡口，泛指设在关口或渡口的关卡。《汉书·王莽传中》：“吏民出入，持布钱以副符传，不持者，厨传勿舍，关津苛留。”

［74］风尘：指妓女、妓女生活。

［75］夙缘：前世的缘分、前生的因缘。《敦煌曲子词·鹊踏枝》：“自叹夙缘作他邦客，辜负尊亲虚劳力。”

［76］“你只”二句：此处明·孟称舜《古今名剧合选·柳枝集》的眉批：“种情无限。”

第三折

（白乐天引左右上，云）下官白居易。自左迁司马，来此江州，又早一年光景。昨日驿中报来，说故人元微之[1]有事江南，打从这里经

过。不免分付左右，预备饮馔，伺候则个。

（外扮元微之上，云）小官姓元名稹，字微之，见任廉访使[2]之职。昨蒙圣恩，差来采访民风，经过江州。我想此处司马白乐天，乃某至交契友，不免上岸探望他一遭。来到这州衙门首，左右报复去，道有故人元稹来访。（左右报科，云）有故人元老爹来访。（白乐天云）道有请。（左右云）请。（进见科）（白乐天云）微之，甚风吹得你来？贵脚踏贱地，使下官喜从天降。（元微之云）乐天久居江乡，牢落殊甚[3]，下官常切怀抱。奈拘职守，不得相从。今幸天假其便，再瞻眉宇，岂胜庆幸！（白乐天云）左右将酒过来。微之，少屈片时。（元微之云）不必留坐，下官行李俱在船上。下官正要与乐天文叙[4]一会，可将这酒席移到船上，送我一程如何？（白乐天云）下官亦有此心，咱就同去。左右，快携酒肴来者。（同下）

（净上，云）小子刘一郎。自从娶得裴兴奴，又早半年光景。众朋友日日置酒相招，无有虚日。今日又是王官人相邀。大姐，好生看家，小子吃酒去来。（下）

（正旦引梅香上，云）妾身裴兴奴。不想狠毒虔婆贪钱，为我不肯留客求食，把我卖与茶客刘一郎为妻，随他茶船来到这里。问人说来，这里正是江州。那单俫[5]吃酒去了，不在船上。对着这般江天景物，想起那故人乐天，不由人不伤感也呵！（唱）

【双调·新水令】正夕阳天阔暮江迷，倚晴空楚山叠翠。冰壶[6]天上下，云锦树高低。谁倩王维写愁入画图内[7]？

【驻马听】常教他尽醉方归，是他拂茶客[8]青山沽酒旗。伴着我死心搭地，是兀那隐离人望眼钓渔矶。（带云）这江那里是江，（唱）则是递流花草武陵溪[9]，幽囚[10]风月蓝桥驿[11]。直恁的天阔雁来稀，莫不是衡阳移在江州北[12]？

（云）天色将晚，那厮吃酒去了，甚时回来？梅香，拂了床，我自家睡去罢。（唱）

【步步娇】这个四幅罗衾初做起，本待招一个风流婿；怎知道到如今命运低，长独自托冰篮两头儿偎[13]，恁的般[14]受孤恓[15]。知他是谁，唤你做鸳鸯被？

（云）本待睡些儿，怎生睡得着！梅香，将那琵琶过来。对此明月，写[16]我愁怀咱。（做抱琵琶科）（唱）

【搅筝琶】都是你个琵琶罪，少欢乐足别离。为你引商妇[17]到江南，送昭君[18]出塞北。紫檀面拂金猊[19]，越引的我伤悲。想故人何日回归，生被这四条弦拨俺在两下里，到不如清夜闻笛。

（做弹琵琶科）（白乐天同元微之上，云）来到这舟中，一江明月，万顷苍波，秋光可人。微之，咱慢慢的饮几杯。（做听科）（元微之云）那里琵琶响？（左右云）是那对过客船上，有人弹的琵琶哩。（白乐天云）左右，你将船棹近些。（做移船科）（白乐天云）这琵琶不是野调[20]，好似裴兴奴指拨。（元微之云）左右的，你去着他过来弹一曲，怕做甚么？（左右见旦科，云）小娘子，那边船上两位老爹教请一见。（正旦云）我就去。（做见白乐天，认科）（正旦唱）

【雁儿落】我则道是听琴锺子期[21]，错猜做待月张君瑞[22]；又不是归湖的越范蠡[23]，却原来是遭贬的白居易！

（旦做怕，回避科）（白乐天云）兴奴，你躲我怎么？（正旦唱）

【小将军】[24]肯分的月色如白日，他不说我的知[25]是鬼！相公呵怕你要做好事兴奴尽依得，你则休渐渐来跟底[26]。

（白乐天云）兴奴，你是甚意思，越躲的远了？（正旦唱）

【沉醉东风】我观觑了衣服样势，审[27]察了言语高低。你且自靠那边，俺须有生人气，远些儿个好生商议。（做取钱投水科）（白

乐天云）你丢钱怎的？（正旦唱）我为甚将几陌黄钱漾在水里？便死呵，也博个团圆到底！

（白乐天云）兴奴，你近前来。（正旦又认科）（白乐天云）你如何来到这里？（正旦云）这等看来，想还是活的。（叹科，云）相公，你做的好勾当！弄的我这等，还推不知哩。（唱）

【拨不断】但犯着吃黄虀者不是好东西[28]！想着那引[29]萧娘[30]写恨书千里，搬倩女离魂酒一杯[31]，携文君逃走琴三尺[32]，恁秀才每那一桩儿不该流递！

（白乐天云）我自相别，来此江州，无时不思念大姐。只是无心腹人，不好寄书。你却等不的我回家，就跟着这商船来了，到说我的不是。（正旦悲科，云）苦死人也！教我一言难尽。（白乐天云）你说。（正旦云）自从与相公分别之后，妾再不留人求食，专等相公回来，以谐终身之托。不想老虔婆逐日嚷闹，百般啜哄，妾身只是不从。那一日走将那茶客刘一郎来，带的钱多，要来请我，妾抵死不肯。老虔婆和那蛮子设计，送到相公一封书，说相公病危死了。妾捱不过虔婆贪钱，把妾卖与他。来到这里，听的人说是江州，妾身正要打听相公的消息。今日那单倈又吃酒去了，妾身思想无奈，对月弹一曲琵琶遣怀，不想得见相公，实天赐其便也。这位相公是谁？（白乐天云）是我心友[33]廉访元微之。（做悲科）（元微之云）乐天不必烦恼。这厮捏写假书，妄称人死，骗人之妾，自有罪犯，慢慢治他。（白乐天云）适间我做了一篇《琵琶行》[34]，写在这里，大姐试看咱。（正旦接科，念云）浔阳江头夜送客，枫叶荻花秋瑟瑟。忽闻水上琵琶声，主人忘归客不别。移船相近邀相见，添酒回灯重开宴。千呼万唤始出来，犹抱琵琶半遮面。转轴拨弦三两声，未成曲调先有情。弦弦掩抑声声思，似诉平生不得志。低眉信手续续弹，说尽心中无限事。轻拢慢撚拨复挑[35]，初为《霓裳》[36]后《六幺》[37]。曲终抽拨当心画，

四弦一声如裂帛。自言家在京城住，名属教坊第一部。曲罢常教善才服，妆成每被秋娘[38]妒。今年欢笑复明年，秋月春花等闲度。门前冷落鞍马稀，老大嫁作商人妇。我闻琵琶已叹息，又闻此语重唧唧。同是天涯沦落人，相逢何必曾相识！我从去年辞帝京，谪居卧病浔阳城。其间旦暮闻何物？杜鹃啼血[39]猿哀鸣[40]。岂无山歌与村笛？讴哑嘲哳[41]难为听。今夜闻君弹一曲，为君翻作《琵琶行》。却坐促弦弦转急，满座闻之皆掩泣。就中泣下谁最多？江州司马青衫湿。（正旦云）相公好高才也！（梅香慌上，云）姐姐，员外回来了也！（正旦唱）

【挂搭沽】恰打算[42]别离苦况味，见小玉[43]言端的，又惊散鸳鸯两处飞，咱须索权回避。我这里淹粉泪怀愁戚，忙蹙金莲[44]，紧荡罗衣[45]。

（白、元虚下）（净带酒上，云）大姐那里？我醉了，扶我一扶者。（正旦唱）

【沽美酒】我则道蒙山茶有价例，金山寺[46]里说交易。每日江头如烂泥，把似噇不的少吃[47]。则被你殃煞[48]我吃敲贼[49]！
【太平令】[50]常教我羡鸂鶒[51]鸳鸯贪睡，看落霞孤鹜齐飞[52]。（净云）大姐过来，扶着我睡去。（正旦唱）听不上蛮声獠气[53]，倒敢恁烦天恼地！搂只[54]、抱只，爱你！休醉汉扶着越醉。

（净云）我娶到的老婆，如何不伏侍我？我醉了。（正旦唱）

【川拨棹】厮禁持[55]，这是谁根前撒殢滞[56]？吃得来眼脑迷希[57]，口角涎垂。觑不的村沙样势[58]，也是我前缘厮勘对[59]。
【七弟兄】从早至晚夕，知他在那里。咱是甚夫妻？撇得我孤孤另另难存济[60]。我凄凄楚楚靠[61]他谁？你朝朝日日醺醺地。

（净做醉睡科）（正旦云）这厮醉的睡着了，我如今就过白相公船上去罢！（唱）

【梅花酒】我子待[62]便摘离，把头面收拾，倒过行李。休心意徘徊，正愁烦无了期。（白乐天上，云）大姐叫我怎的？（旦云）单俫沉醉睡着，妾随相公去罢。（唱）恰相逢在今夕，相公你还待要候甚的？和俺有情人一搭里。那单俫正昏睡，囫囵课你拿只[63]，江茶引我抬起，比及他觉来疾。

【收江南】我教他满船空载月明归，三更难拨棹歌[64]齐。我把这画船权做望夫石[65]，便去波莫迟，却不道五湖西子嫁鸱夷[66]。

（白乐天云）趁此秋清夜静，咱过船撑将开去，他那里寻我？（元微之云）乐天，等小官回朝奏知圣人，取你上京，先奏辨此事，决得与兴奴明白完聚。（白乐天云）微之，若得如此，咱两个感恩非浅。（正旦唱）

【水仙子】[67]再不见洞庭秋月浸玻璃，再不见鸦噪渔村落照低；再不听晚钟烟寺催鸥起，再不愁平沙落雁[68]悲；再不怕江天暮雪霏霏，再不爱山市晴岚翠；再不被潇湘暮雨催，再不盼远浦帆归。

（白乐天云）谁想今日又重相会，使初心得遂，实天所赐也。（正旦唱）

【太清歌】莫不是片帆饱得西风力，怎能勾谢安携出东山妓[69]？此行不为鲈鱼脍[70]，成就了佳期，无个外人知。那厮正茶船上和衣儿睡，黑娄娄[71]地鼻息如雷。比及杨柳岸秋风唤起，人已过画桥西[72]。

【二煞】咱两个离愁虽似茶烟湿，归心更比江流急。离江州谢天

地，出烟波渔父国。遮莫他耳听春雷，茶吐枪旗[73]。着那厮直赶到五岭三湘建溪[74]，干相思九万里！

（白乐天云）开了船去罢！（正旦唱）

【鸳鸯煞】若不是浮梁茶客十分醉，怎奈何江州司马千行泪？早则你低首无言，仰面悲啼；畅道情血痕多，青衫泪湿。不因这一曲琵琶成佳配，泪似杷推[75]，唫添满浔阳半江水。（同下）

（净做酒醒慌上，云）吃的醉了，一觉睡着，醒来不见了大姐，可往那里去了？只怕落在江中。怎么箱笼开着？一定是走了。地方[76]，拿人！拿人！（杂当扮地方上，云）这船上是甚么人，半夜三更，大呼小叫的？（净云）是小子新娶的个小娘子，不知逃走那里去了！一定有个地头鬼[77]拐着他去，你们与我拿一拿。（地方云）哇[78]，胡说！这明月满江，又静悄悄无一只船来往，只是你这船在此，走往那里去？想是你致死了，故意找寻，我拿你到州衙里见官去来。（地方锁净科）（净诗云）我刘一郎何曾捣鬼，小老婆多应失水。（地方诗云）这里面定有欺心，送官去敲折大腿。（同下）

---

[1] 元微之（779—831）：指唐代诗人元稹，微之为其字，又字威明。河南洛阳人。曾任监察御史。因得罪宦官和守旧派势力而遭贬斥，转而依附宦官，曾擢升至同中书门下平章事。后出任同州、越州、鄂州刺史，卒于武昌军节度使任上。与白居易交好，是白居易倡导的“新乐府运动”的积极支持者。他们常相唱和，世称“元白”。所作传奇《莺莺传》，为董解元《西厢记诸宫调》和王实甫《西厢记》杂剧的创作提供了最原始的故事素材。作品有《元氏长庆集》。《全唐诗》存其诗二十八卷。

[2] 见（xiàn 音宪）任廉访使：见，通“现”。廉访使，古时官职名。唐代为按察使，赴各道巡察吏治民情。元至元二十八年（1291 年），改诸道提刑按察司为肃政廉访司。司置使二员，正三品衔。

[3] 牢落殊甚：极其孤寂。牢落，百无聊赖、孤独寂寞。殊甚，非常、极其。

［4］ 文叙：意为有歌舞助兴、诗酒唱和、畅叙别情和友谊的小酌、聚会。亦作“文漵”，唐代俗讲僧人善于吟经，讲唱变文。据唐·段安节《乐府杂录·文叙子》谓：“长庆中，俗讲僧文叙善吟经，其声宛畅，感动里人。”有乐工名黄米饭者，依其吟经的风格韵致，撰成一曲，即名之曰〔文叙子〕。宋·王灼《碧鸡漫志》卷五引《卢氏杂说》则谓：“文宗（李昂）善吹小管，僧文漵为入内大德，一日得罪流之。弟子入内……犹作法师讲声。上采其声制曲，曰〔文漵子〕。”

［5］ 单倈：詈词，犹言“混蛋”“无赖”“蠢货”。

［6］ 冰壶：盛冰的玉壶。这里借指天色的洁净，晶莹剔透。

［7］ “谁倩（qìng 音庆）”句：谁请王维将烦忧愁绪描绘进图画中啊？王维（701？—761），字摩诘，原籍祁县（今属山西），后迁蒲州（今山西永济西南蒲州镇）。唐代著名诗人、画家，兼精音乐，是唐代山水田园诗画的代表性作家、画家。开元进士，曾任给（jǐ 音己）事中、尚书右丞，故世称“王右丞”。晚年置业于蓝田辋川（今陕西蓝田南）。其《辋川图》，画得尤见功力。宋·苏轼说王维“诗中有画，画中有诗”。传世名画有《雪溪图》等。诗文作品有《王右丞集》。《全唐诗》存其诗四卷。倩，请、恳求。此句明·孟称舜《古今名剧合选·柳枝集》的眉批：“一片写愁谱。”

［8］ 拂茶客：亦作“贩茶客”，拂为“贩”的音转。

［9］ 武陵溪：东晋·陶潜《桃花源记》曾载，武陵人“缘溪行，忘路之远近，忽逢桃花林”，其中景物和人事，美如仙境，此即所谓“桃花源”。后人常将武陵溪和桃花源视作一回事：武陵溪即桃花源。这里反用其意，说武陵溪是递流放逐花草的水道，以此喻指自己被卖与茶商刘一郎，过的根本不是像人们想象中的荣华富贵的幸福日子（像武陵溪—桃花源那样），而是飘泊异乡，酷似流放的悲惨生活。递流，亦作“流递”，流放、放逐。

［10］ 幽囚：囚禁。

［11］ 蓝桥驿：唐·裴铏（xíng 音刑）《传奇·裴航》，描写了秀才裴航与仙女云英在蓝桥驿巧遇并结为夫妇最后成仙的故事。由此，人们常将蓝桥或蓝桥驿借喻为男女恋人相约欢会的场所。裴兴奴在这里亦反用其意，说她与茶商刘一郎在一起，简直就如被囚禁的犯人一般。

［12］ “直恁的”二句：寥廓的天空中大雁竟然这样的少见，难道是衡阳移到江州的北面来了吗？意思是说没有亲人的音书信息。直恁的，竟然如此、怎么这样。雁来稀，相传汉·苏武和元·郝经均有将书信系于雁足而使雁传送书信之事，因有“雁足书”“雁书”之称。其实，苏武使雁传书，并无此事；实为苏武的随员常惠让汉朝使节以汉天子已得苏武雁足帛书，详情尽知，借此诓吓匈奴单于而让其放苏武等人还汉所设之计。衡阳，在今湖南省南部。其地有“回雁峰”，传说雁群飞到此峰即行北返，因有“回雁衡阳”“衡阳雁断”的成语。

［13］ “长独自”句：常常一个人偎靠着冰冷的竹床两头转侧，难以成眠。长，常、

经常。托，这里是被托着，即睡在竹床上的意思。篮，原作“蓝”，据《古今名剧合选 · 柳枝集》本改，指“篮笋”，竹床。冰篮，冰凉的竹床。两头偎，形容从这头爬到那头，反侧难眠。

［14］恁的般：这般样、如此的。

［15］孤恓（xī 音西）：寂寞、凄凉。

［16］写：同“泻”。抒发、倾泻、发泄。

［17］商妇：商女，指那些以唱歌为生的女性。其称呼可能源于古代五音中的“商音”。商音与秋季的肃杀之气相应，因此，“商女”也常被用来指代秋女或秋娘。在唐代，歌伎和女伶通常被称为“秋娘”或“秋女”。唐 · 杜牧《泊秦淮》诗：“商女不知亡国恨，隔江犹唱后庭花。”这里的“商女”指那些不顾国家存亡、只顾自己娱乐的歌女。

［18］昭君：王昭君，西汉南郡（今湖北省宜昌市兴山县）人，与西施、杨玉环、貂蝉并称中国四大美女，称号落雁。在西汉初期和亲背景下，王昭君先后被迫嫁给匈奴王父子。

［19］紫檀面拂金猊（ní 音尼）：指弹拨、演奏琵琶。琵琶用紫檀木制成，上面画着或刻有金狮的纹饰。猊，狻（suān 音酸）猊，古代传说中的一种猛兽，一说即狮子。

［20］野调：村野俚俗的曲调。

［21］锺子期：春秋时楚国人，精通音律。著名琴师俞伯牙鼓琴，锺子期专心听之，必知其所弹为何，被俞伯牙引为知音。锺子期死后，俞伯牙再也难觅像锺子期这样的知音，愤而摔琴不复鼓。后世因以锺子期喻指知音。

［22］张君瑞：元 · 王实甫《西厢记》杂剧中的男主人公。他热恋崔莺莺，崔莺莺曾赠他一诗云：“待月西厢下，迎风户半开。隔墙花影动，疑是玉人来。”张君瑞揣摩此诗诗意，遂去与崔莺莺幽会。这里的“待月张君瑞”即指此。

［23］范蠡：春秋末越国政治家，曾任越国大夫。越为吴国所败后，范蠡辅佐越王勾践卧薪尝胆，发愤图强，最后复仇亡吴。但范蠡认为：“越王为人长颈鸟喙，可与共患难，不可与共乐”，“乃乘扁（piān 音偏）舟浮于江湖，变名易姓，适齐为‘鸱（chī 音吃）夷子皮’，之陶为‘朱公’。”后成巨富。参见《史记》的《越王勾践世家》和《货殖列传》。

［24］〔小将军〕：曲牌名。属北曲【双调】。定格为七、五、七、五，共四句四韵。通体多作扇对。用于套曲，一般在〔新水令〕后，但用者极少。

［25］的（dí 音敌）知：确实知道。的，确实、的确。

［26］跟底：跟前、眼面前。

［27］审：详细、周密。

［28］“但犯着”句：此句明 · 孟称舜《古今名剧合选 · 柳枝集》夹批：“趣。”吃黄齑（jī 音机）者，嗔骂白居易是下等人。黄齑，腌制的咸菜。

［29］ 引：引逗、招引。

［30］ 萧娘：《南史 · 梁 · 临川靖惠王宏传》：帝诏宏都督诸军侵魏，宏闻魏援近，畏懦不敢进。魏人欺其不武，遗（wèi 音味）以巾帼，且歌之曰：“不畏萧娘与吕姥（mǔ 音母），但畏合肥有韦武。”后因以“萧娘”作为女子的代称。这里的“引萧娘写恨书千里”，是对唐代诗人杨巨源《崔娘》诗“风流才子多春思，肠断萧娘一纸书”的化用，意为才子的一纸书信，引逗得萧娘在千里之外梦绕魂牵。这是裴兴奴借此自况。

［31］ “搬倩女”句：张倩女与王文举两相爱悦，但被张母阻挠，必欲王文举考取功名以后方允两人成婚。为此，王文举被迫启程赴试。在折柳亭上，张倩女向王文举把酒话别，频频嘱咐他：“你身去休教心去了”，休“辜负了碧桃花下凤鸾交”。倩女终因极端思念而魂魄出壳，追上王文举相随进京，结为夫妻。可参阅元 · 郑光祖根据唐 · 陈玄佑《离魂记》传奇小说编撰的《倩女离魂》杂剧。“搬倩女离魂酒一杯”，即指折柳亭把酒送别时张倩女和王文举互诉衷肠、誓同生死的情景。

［32］ “携文君”句：西汉临邛（今四川邛崃）巨富卓王孙之女卓文君善琴，新寡家居。司马相如羡之。在一次卓王孙家的宴会上，相如以琴曲向卓文君传达爱慕之情，又买通侍婢向文君通殷勤，卓文君乃夜奔相如，一起逃往成都，成就鸾凤之好。事见《汉书 · 司马相如列传》。琴三尺，琴身约长三尺，即指琴。

［33］ 心友：知心朋友。

［34］ 《琵琶行》：这是白居易于唐宪宗元和十一年（816 年）秋所写的一篇七言古诗，记述了一位琵琶女的悲惨身世，并由此抒发自己遭受贬谪的浩茫意绪。全诗凡八十八句。本剧即是据白居易的这篇诗作增删敷衍而成。此处所引《琵琶行》，已对原诗作了压缩，仅存四十二句。由于上下内容衔接的需要，马致远对个别句子亦有所改动。此句明 · 孟称舜《古今名剧合选 · 柳枝集》眉批：“《琵琶行》酸楚悲怨，千古称绝，有此辞不可无此剧，其才情自是相敌也。”

［35］ “轻拢”句：拢、撚、拨、挑，演奏琵琶时的四种指法。据唐 · 段安节《乐府杂录 · 琵琶》载：“曹纲善运拨，若风雨，而不事扣弦；兴奴长于拢捻，指拨稍软。”

［36］ 《霓裳》：指《霓裳羽衣曲》，唐代乐曲名。宋 · 王灼《碧鸡漫志》卷三《霓裳羽衣曲》载：西凉节度使杨敬述进献《婆罗门曲》，唐明皇在此基础上加以润色，并将之改名为《霓裳羽衣曲》。

［37］ 《六幺》：唐乐曲名。宋 · 王灼《碧鸡漫志》卷三载：《六幺》，又名《绿腰》《录要》《乐世》。亦称《六幺令》。后发展成为词牌和曲牌名。

［38］ 秋娘：指唐代著名大臣、文学家李德裕（787—850）的宠妾谢秋娘。谢秋娘原为名妓，李德裕以华屋贮之，眷宠有加。唐 · 段安节《乐府杂录 ·〔望江南〕》谓：“始自朱崖李太尉（即李德裕）镇浙西日，为亡妓（一本作‘亡姬’）谢秋

娘所撰。本名〔谢秋娘〕，后改此名。亦曰〔梦江南〕。”后人因常以“秋娘”入于诗词曲中，以之比喻名妓美女。

[39] 杜鹃啼血：民间传说谓蜀主杜宇号望帝，死后化为杜鹃鸟，每春月昼夜啼鸣，其声哀。杜鹃鸟口红，至夏尤甚，故称。

[40] 猿哀鸣：猿的啼叫声十分哀切。据《宜都山川记》谓：“峡中猿鸣至清，山谷传其响，泠泠不绝。行者歌之曰：‘巴东三峡猿鸣悲，猿鸣三声泪沾衣。’”

[41] 讴哑（yā 音押）嘲哳（zhāo zhā 音召渣）：喻指山歌野调村俗难听。讴哑，拟声词，犹如咿咿哑哑的小儿学语之声。嘲哳，声音细碎嘈杂。

[42] 打算：盘算、计算。这里是细细忆想、回味的意思。

[43] 小玉：古代神话传说中仙人之侍女名，后因以泛称侍女、丫鬟。

[44] 蹙（cù 音簇）金莲：收拢双脚。蹙，屈聚收拢、蜷曲。金莲，足的美称。

[45] 紧荡罗衣：心急忙慌地把衣服整饬齐楚。紧，急迫、迅速。荡，震荡、震动。罗衣，指用轻软的丝织品制成的衣服，泛指衣服。

[46] 金山寺：东晋时建造的佛教禅宗名寺，在今江苏镇江西北金山上。

[47] “把似”句：量小，不如就少吃喝些。把似，何如、不如。噇（chuáng 音床），大吃大喝、暴饮暴食、毫无节制。

[48] 殃煞：祸害死、连累死。

[49] 吃敲贼：詈词，犹言“挨刀欠揍的贼囚”。

[50] 〔太平令〕：此处明 · 孟称舜《古今名剧合选 · 柳枝集》眉批：“真怨怒，假温存，字字如画。”

[51] 鸂鶒（xī chì 音溪赤）：亦作“鸂鶆（lái 音来）”，体形比鸳鸯大，好并游，毛羽大多为紫色，因俗称“紫鸳鸯”。

[52] 落霞孤鹜齐飞：袭用初唐诗人王勃《滕王阁序》句子：“落霞与孤鹜齐飞，秋水共长天一色。”

[53] 蛮声獠（liáo 音辽）气：野声野气。

[54] 只（zhǐ 音止）：表示终结的语气词，相当于“着”。

[55] 厮禁持：相限制、拘管。

[56] 撒殢滞：亦作“撒滞殢”“撒腻滞”，撒赖放刁、撒野放泼、无理取闹。

[57] 眼脑迷希：形容双眼朦胧，目光迷离。眼脑，宋元时对眼睛的俗称。迷希，眼睛半睁半闭、视物模模糊糊的样子。

[58] 村沙样势：村野粗俗模样。

[59] 前缘厮勘对：前世里相注定、该当相碰着。勘对，核对，这里是命中注定的意思。

[60] 存济：存活、过活。

[61] 靠：原作“告”，据《古杂剧》本、《古今名剧合选 · 柳枝集》本改。

[62] 子待：只待、只等着。子，相当于“只”，此处当副词用。

［63］囫囵课你拿只：整个儿的银锭你拿着。课，课税、课银。这里指锞（kè 音克）银、银锭。课，用同“锞”。只，相当于“着”。

［64］棹歌：船歌，船工在行舟时所唱的歌。

［65］望夫石：民间传说，谓一妇女因丈夫从役，携弱子送北山，伫望夫君，久而化为立石，后人名之曰“望夫山”“望夫石”。类似传说故事颇多，情节大同小异。这里反用其意，表示她再也不会回来了，让画船实际上是让茶商刘一郎去化作望妇石。

［66］“五湖”句：传说西施在吴国灭亡后，随即嫁给范蠡，跟他一起泛舟五湖而去。五湖，当时应泛指太湖流域的所有湖泊。近代所谓五湖，一般指洞庭湖、鄱阳湖、太湖、巢湖、洪泽湖。鸱夷，即鸱夷子皮，范蠡在齐国所用的名字。

［67］〔水仙子〕：此曲八句曲词所咏唱的是为当时人们所熟知的“潇湘八景”：洞庭秋月，渔村落照，烟寺晚钟，平沙落雁，江天暮雪，山市晴岚，潇湘夜雨，远浦归帆。古时的文人骚客，常以之写入自己的诗画之中，佳作如云，各擅胜场。元曲家鲜于必仁就作有【中吕·普天乐】《潇湘八景》组曲。这里裴兴奴是说，她从此将跟随白居易离别此地了。

［68］平沙落雁：古琴曲名。又名《雁落平沙》。是我国古代流传很广的乐曲。最早刊于明代《古琴正宗》（1634 年）。此曲有多种流派传谱，作者有唐代陈立昂之说，宋代毛敏仲、田芝翁之说，明代朱权所作说等。其曲调悠扬流畅，通过时隐时现的雁鸣，描写雁群降落前在天空盘旋顾盼的情景。《古音正宗》介绍此曲：“盖取其秋高气爽，风静沙平，云程万里，天际飞鸣。借鸿鹄之远志，写逸士之心胸也。……通体节奏凡三起三落。初弹似鸿雁来宾，极云霄之缥缈，序雁行以和鸣，倏隐倏显，若往若来。其欲落也，回环顾盼，空际盘旋；其将落也，息声斜掠，绕洲三匝；其既落也，此呼彼应，三五成群，飞鸣宿食，得所适情：子母随而雌雄让，亦能品焉。”全曲委婉流畅，隽永清新。琵琶大曲中亦有同名乐曲，以不同曲调表现相似的内容和意境。

［69］“谢安”句：意思为裴兴奴切盼着白居易将她带出苦海，永侍身边。据《晋书·谢安列传》，东晋著名政治家谢安性好音乐，且隐居之志始终不渝。他曾在东山营建楼馆，养蓄歌舞之妓，每出游赏，亦必携妓相从。

［70］“此行”句：意思是说，我这次跟随白居易，不是为了乡恋，不是为了美食，而是为了与自己所爱的人“成就了佳期”。此句出自李白《秋下荆门》诗：“此行不为鲈鱼脍，自爱名山入剡（shàn 音善）中。”鲈鱼脍，以鲈鱼细切成片而做成的佳肴。据《晋书·文苑列传·张翰》，吴人张翰曾被齐王司马冏（jiǒng 音迥）辟为大司马东曹掾（yuàn 音愿）。但张翰预见齐王专权将败，又值秋风起，“乃思吴中菰菜、莼（chún 音纯）羹、鲈鱼脍，曰：‘人生贵得适志，何能羁宦数千里以要（yāo 音邀）名爵乎！’遂命驾而归”。后人因以“鲈鱼脍”作为思乡赋归之典故。脍，指将食材细切再进行烹煮的技法。《说文·肉部》：

“脍，细切肉也。”汉·刘熙《释名》卷四：“脍，会也。细切肉，令散，分其赤白异切之……脍，细切猪羊马肉，使如脍也。”《汉书》卷六五：“生肉为脍，干肉为脯。”可推知，脍就是将生肉块切细、分散，以备后续加工或直接食用的意思。

[71] 黑娄娄：亦作“黑喽喽”，熟睡时打呼噜的声音。

[72] “比及”二句：明·孟称舜《古今名剧合选·柳枝集》眉批：“又是一番痛定思痛、快恨停半语气。”

[73] 茶吐枪旗：茶树长出的芽和叶。枪，茶枪，指茶的嫩芽；茶萼尚未舒展开，状如枪。旗，茶旗，指茶的嫩叶；茶萼已经展开，状如旗。茶中以全是小芽者为名贵，列上品；以下依次为一枪一旗、一枪二旗，等等。

[74] “着那厮”句：意为让那家伙找遍湘赣两广乃至湘江、洞庭湖流域的山山水水，也难寻我的踪影，并直接下句：让他“干相思九万里”去吧。五岭，有不同的说法，一般指大庾岭、越城岭、骑田岭、萌渚岭、都庞岭，位于江西、湖南、广东、广西四省之间，是长江流域和珠江流域的分水岭。三湘，泛指湘江、洞庭湖流域。建溪：闽江之北源头，由南浦溪、崇溪、松溪合流而成，南流至南平市，与富屯溪、沙溪汇成闽江。

[75] 泪似杷（pá 音爬）推：形容泪水之多。杷，一种农具，一端有长柄，另一端用竹、木或铁制成排齿，用以整地或聚拢、耙梳谷物。在这里应为名词作状语使用，意为“用杷”，用杷聚集、推过的地方纷纷淌水，聚集起来，形容泪水似泉涌，连续不断。故云：“泪似杷推。”

[76] 地方：指地保、甲长、村长之类的地方官吏。

[77] 地头鬼：犹言“地头蛇”，地方上的流氓、无赖。

[78] 哇（dōu 音兜）：怒斥声。

第四折

（元微之上，云）小官元稹。前者江南采访回来，面奏圣人，说白居易无罪远谪。蒙圣人可怜，已将他宣唤回朝，仍复旧职。他谢恩毕，便奏知刘员外计骗人妾，假称死亡。蒙圣人准归本夫。今日旨意下来，御断此事，只得先报乐天知道。（下）

（唐宪宗引内官上，云）寡人唐宪宗。昨日廉访使元稹奏白居易无罪远谪，朕也惜他才华，已取回京，复他侍郎之职。他又奏称侧室[1]

裴兴奴，原是乐籍，他去之任，被茶商刘某妄报他死，拐骗为妻。昨在江州撞见夺回，于例该归前夫。内侍们，宣白居易来者。（内官云）领圣旨。白居易安在？

（白乐天上，云）小官白居易。前蒙放逐江乡，多亏故人元微之举保，重得回京，复还原职。下官因将裴兴奴之事奏闻，蒙圣恩许归本夫。今日朝堂宣呼，须索走一遭去。（做见驾科，云）侍郎臣白居易，钦取回京朝见。（驾云）卿在江州，多有辛苦。尔所奏裴兴奴被人计骗，例该归从前夫。但中间缘故未详，必须宣裴兴奴问个端的。（内官云）领圣旨。裴兴奴安在？圣人呼唤哩。

（正旦冠帔[2]上，云）谁想有今日来！兴奴质本下贱，幸得瞻天仰圣，非同小可也呵！（唱）

【中吕·粉蝶儿】秋月春花，都出在侍郎门下。比及我博的个富贵荣华，恰便似盼辰勾[3]，逢大赦，得重回改嫁。今日里圣旨宣咱，吉和凶索问天买卦。

（云）来到这朝前，好怕人也！（唱）

【醉春风】又不比顺子弟意前行，就郎君心上打。只见两行武士列金瓜，这里敢不是耍、耍。他教我与樊素齐肩，受小蛮节制[4]，圣机难察。

（内侍云）宣到裴兴奴见驾。（正旦拜舞科[5]）（唱）

【迎仙客】无礼法，妇人家，山呼委实不会他。只办得紧低头，忙跪下，愿陛下海量宽纳，听臣妾说一套儿伤心话。

（驾云）那妇人是裴兴奴么？（正旦云）臣妾便是裴兴奴。（驾云）你将始末缘由细细说来，不可欺隐。（正旦唱）

【石榴花】妾自来楚云湘水[6]度年华，谁乐这生涯！俺娘把门

儿倚定看甚人踏。当日见他，放了旬假，老虔婆意中只待频葰刮[7]，先陪了四瓶酒、十饼香茶。其间一位多奸猾，只待要大雪里探梅花。

【斗鹌鹑】一个待咏月嘲风，一个待飞觞走斝[8]。谈些古是今非，下学上达。一个球子心肠到手滑，和贱妾勾勾搭搭。但得个车马盈门，这便是钱龙[9]入家。

（云）妾本教坊乐籍，曾师曹善才，学成琵琶。忽一日侍郎白居易放假，同孟浩然、贾浪仙到妾家吃酒，妾因留伴白侍郎，因此认的。（驾云）既如此，怎生又有后来这场说话？（正旦唱）

【上小楼】俺那白头妈妈，年纪高大。见他每带系乌犀，衣着白襕，帽裹乌纱。怎生地，使手法，待席罢敲他一下，倒噎的俺老虔婆血糊淋剌。

【幺篇】从此日娘嗔女，妾爱他。爱他那走笔题诗，出口成章，顶针续麻[10]。是他百般地，奶奶行过从不下，怎当那獠姨夫[11]物抬高价。

（云）妾身自从见了白侍郎，俺那虔婆见他是个官人，心中要敲他一下。不想又没甚么大钱，好生埋怨。妾见侍郎人品高，才华富，遂有终身之托，只是打发老虔婆不下。谁想又走将这个茶客来。（驾云）这茶客来却怎生地？（正旦唱）

【红芍药】那厮每贩的是紫草红花，蜜蜡香茶。宜舞东风斗虾蟆[12]，巾帻是青纱。听不得蛮声气、死势煞[13]，无过在客船中随波上下。那厮分不的两部鸣蛙，所事村沙[14]。

（云）这茶客是江西人，拿着三千引茶，要来伴宿。妾因侍郎分上，坚意不从他。（唱）

【红绣鞋】他有数百块名高月峡[15]，两三船玉屑金芽[16]。元来他准备下一场说谎天来大。本待要绿珠辞卫尉[17]，则说道贾谊没长沙[18]，可不这寄哀书的该万剐！

（云）老虔婆与茶客设计，寄假书一封，说侍郎死了，使妾无倚，逼令嫁与茶客。（驾云）既有假书，你如何主张[19]？（正旦唱）

【喜春来】既道是江州亡化白司马，因此上飞入寻常百姓家[20]。俺那爱钱娘一日坐八番衙[21]，不由妾不随顺他，有分看些个驼腰柳、钓鱼槎[22]。

（云）那虔婆不由分说，把妾嫁与茶客。妾强不过，只得随他而去。（驾云）既嫁茶客，怎生又归白氏？（正旦唱）

【普天乐】到浔阳，无牵挂。吊英魂何处？渡口残霞。思往事，空嗟讶[23]。半夜灯前长吁罢，泪和愁付与琵琶。寒波漾漾，芳心脉脉，明月芦花。

（驾云）元来你弹琵琶来。那白居易可在那里听见，得与你相会？你再说咱。（正旦唱）

【快活三】俺本待兰舟看月华，见渔灯映蒹葭[24]。他便似莽张骞天上泛浮槎[25]，可原来不曾到黄泉下。

（云）那一夜茶客不在，妾身对月理琵琶。忽见别船上二客，细视之，乃是白侍郎。方知他不曾死，妾身就跟白侍郎来了。（唱）

【鲍老儿】秀才每八怪洞里妖精也觑上了他[26]，那一个不色胆天来大？投到[27]俺啼哭出烟村[28]四五家，央及杀[29]青衫袖香罗帕。故人见后，浔阳怕甚水地湫凹[30]？今日个君王召也，长安避甚，道路兜搭[31]！

（驾云）兴奴，你认这文武班中，那个是白居易？（正旦做认科）（唱）

【叫声】这都是一般儿的执象简戴乌纱，好着我眼花、眼花。只得偷睛抹，去向那文武班中试寻咱。

（做见三人科，云）这是贾学士，这是孟学士，这是白侍郎。（唱）

【剔银灯】旧主顾先生好么？新女婿郎君煞惊吓，那翰林学士行无多话，则这白侍郎正是我生死的冤家。从头认，都不差，可怎生妆聋作哑？

（驾云）兴奴，你仔细认者，敢不是他么？（正旦唱）

【蔓菁菜】他怎敢面欺着当今驾？他当日为寻春色到儿家，便待强风情下榻。俺只道他是个诗措大[32]、酒游花[33]，却元来也会治国平天下。

（驾云）一行人跪者，听朕剖断。（众跪科）（词云）自古来整齐风化，必须自男女帏房。但只看《关雎》为首[34]，诗人意便可参详[35]。裴兴奴生居乐籍，知伦礼立志刚方。见良人终身有托，要脱离风月排场[36]。老虔婆羊贪狼狠，逼令他改嫁茶商。裴兴奴心坚不变，只等待司马还乡。老虔婆使奸定计，写假书只说身亡。遂将他嫁为商妇，一帆风送至浔阳。正值着江干[37]送客，闻琵琶相遇悲伤。与故人生死相别，弹一曲情泪千行。放逐臣偏多感叹，两悲啼泪湿衣裳。从前夫自有明例，便私奔这也何妨。今日个事闻禁阙，断令您永效凤凰。白居易仍复旧职，裴夫人共享荣光。老虔婆决杖六十，刘一郎流窜遐方[38]。这赏罚并无私曲，总之为扶植纲常。便揭榜通行晓谕，示臣民恪守王章。（众谢恩科）（正旦唱）

【随煞】恰才来万里天涯，早愁鬓萧萧生白发。俺把那少年心撇罢，再不去趁春风攀折凤城花[39]！

题目　　浔阳商妇琵琶行
正名[40]　江州司马青衫泪

---

[1] 侧室：指妾室，即小老婆。正室曰妻，侧室为妾。

[2] 帔（pèi 音沛）：古代妇女披在肩上的衣饰。

[3] 辰勾：亦叫辰星、勾星，即水星，太阳系的九大行星之一。由于水星距太阳的角距不到 28°，肉眼很难见到，因此人们就常以“盼辰勾”来形容迫切的心情或难遇、难办之事。

[4] 与樊素齐肩，受小蛮节制：樊素、小蛮两人都是白居易的乐妓。据唐·孟棨《本事诗·事感》：“白尚书姬人樊素善歌，妓人小蛮善舞。尝为诗曰：‘樱桃樊素口，杨柳小蛮腰’”。后人即以“樊素”“小蛮”形容迷人的歌喉、舞姿或妓女。

[5] 拜舞科：古代叩拜皇帝时跪拜叩头都有许多繁琐的礼节，大多对于参拜姿势有一定的规定。这里的“拜舞科”是以带有舞蹈性的动作给圣上跪拜叩头。

[6] 楚云湘水：犹言“楚云湘雨”，喻男女幽欢。这里指妓女生涯。唐·唐彦谦《无题》诗：“楚云湘雨会阳台，锦帐芙蓉向夜开。”

[7] 踅（xué 音学）刮：搜刮、剥括。踅，撮取皮。

[8] 斝（jiǎ 音甲）：古代青铜制造的盛酒的器具，圆口，口上有两柱，三足。

[9] 钱龙：财神。唐·段成式《酉阳杂俎·语资》：“马仆射（pú yè 音菩叶）既立勋业，颇自矜伐，常有陶侃之意，故呼田悦为钱龙，至今为义士非之。”

[10] 顶针续麻：亦作“顶真续麻”，是一种词曲中的巧体，即以次句首字，同上句末字，相续作词、作曲。

[11] 獠（liáo 音聊）姨夫：指茶商刘一郎。獠，丑陋凶恶之相貌。

[12] “宜舞”句：指茶商刘一郎春风得意，或附庸风雅、或搔首弄姿的丑态。东风，春风。宜舞东风，喻春风得意。斗虾蟆，这里语意双关：一是指曲牌〔斗虾蟆〕（又名〔草池春〕），谓刘一郎成天混迹于曲坛艺苑，与歌妓舞女们唱曲喝酒，一掷千金地过着醉生梦死的糜烂生活；一是谓刘一郎简直是只粗蠢丑恶、逗人笑耍的癞蛤蟆，却毫无自知之明，还在那里恬不知耻地倚富卖俏。

[13] 蛮声气、死势煞：野声野气，死人样子。蛮声气，同“蛮声獠气”。

[14] 所事村沙：做事粗蠢。

[15] 月峡：“明月峡”的省称，在今重庆市境内。峡首南岸壁高四十丈，壁上有圆孔，形如满月，故名。这里疑用“月峡”（实际指满月状的圆孔）以喻纹银。“名高月峡”，指质地极好的有名纹银。

[16] 金芽：疑喻上等珍贵的茶叶。芽，芽茶，茶叶上刚刚冒出的嫩黄色（即金色）

的小芽，香嫩，是茶中上品。“玉屑金芽”，当是这种上品茶叶的名字。

[17] 绿珠辞卫尉：绿珠，梁姓，西晋大臣石崇的爱妾，美艳绝伦。善吹笛，性坚贞刚烈。石崇使之居于别馆金谷园中。时为中书令的孙秀，使人索要绿珠，石崇怒拒。孙秀因唆使赵王伦诛杀石崇，兵围金谷园。绿珠泣谓石崇曰：“当效死于官前”，毅然坠楼而死。卫尉，指石崇，因他曾官拜卫尉。裴兴奴在这里是说，她本来要像绿珠那样，誓死以殉白居易的。

[18] “则说道”句：意谓她母亲与茶商刘一郎设计编造假书信，哄骗她白居易已病死江州。没，同“殁”，死。

[19] 主张：原文以及《古名家杂剧》本、《古杂剧》本均作“张主”，拿主意，做主，即“主张”之意。为更合于今人阅读习惯，现据《古今名剧合选 · 柳枝集》本改。

[20] “因此上”句：因此我就只好被迫无奈，改嫁给茶商刘一郎了。“飞入寻常百姓家”，语出唐 · 刘禹锡《乌衣巷》诗：“旧时王谢堂前燕，飞入寻常百姓家。”

[21] 一日坐八番衙：意为一天当中好几次轮番逼迫我（答应，就范）。八番，八次，这只是一个约数，用以形容次数之多。坐衙，旧时官吏在衙门中升堂判案理事，这里借用“坐衙”的权力、威势为例，说明母亲对她的威逼、强迫。

[22] 钓鱼槎（chá 音茶）：这里是说，我没有办法，只好像弯腰的柳树和逐流而行的钓鱼船一样，听从他们摆布而随顺他们。驼腰柳，柳条下垂，故称。钓鱼槎，钓鱼的船。槎，木筏。

[23] 嗟讶：嗟叹、叹息。

[24] 蒹葭（jiān jiā 音兼加）：低贱的水草。蒹，尚未秀穗的芦苇类的植物。葭，初生的芦苇。

[25] “莽张骞”句：意思是白居易仿佛莽莽撞撞的张骞那样，突然乘船从天而降，出现在我眼前。指白居易原来竟没有死。张骞（？—前 114），曾官大行，封博望侯。西汉时曾奉武帝之命两次出使西域。第一次为建元二年（前 139 年）出使大月氏（zhī 音支），历经大宛（yuān 音渊）、康居（qú 音渠）、大夏等地，前后共十三年，而中间被匈奴扣留竟达十一年。第二次为元狩（shòu 音受）四年（前 119 年）出使乌孙，他同时又派自己的副使出使大宛、康居、大夏、安息等地。他的两次出使，使中原和西域各少数民族、汉朝和中亚各地区，进一步发展了经济文化交流和友好合作关系。张骞天上泛浮槎等故事，也就在张骞两次出使西域的史实基础上逐渐产生并流传开来。晋 · 张华《博物志》：“旧说云：天河与海通，近世有人居海渚者，年年八月，有浮槎去来，不失期。”

[26] “秀才每”句：明 · 孟称舜《古今名剧合选 · 柳枝集》眉批：“与前‘吃黄虀’句，一嗔一爱，并趣并韵。”觑（qù 音去）上了他，看上了他。觑，看、瞧。

[27] 投到：亦作“投至”“投至得”“投至到”等，等到的意思。

[28] 烟村：原指烟雾缭绕的村落，这里借指烟花之村寨，即妓院。

[29] 央及杀：亦作“殃及杀”，连累杀。央，通“殃”。

[30] 湫（jiǎo 音狡）凹：湫隘低洼。湫，低洼。

[31] 兜搭：亦作“兜答”。崎岖曲折的意思。

[32] 诗措大：指舞文弄墨、吟诗作赋的酸秀才。清·焦循《剧说》引《庄岳委谈》称：“世谓秀才为‘措大’，元人以秀才为‘细酸’。”可见“醋大”和“细酸”，都是旧时对读书人、穷文士的嘲讽性称呼。

[33] 酒游花：指饮花酒、游青楼的风流士子、嫖客。

[34]《关雎》为首：把《关雎》放在《诗经》的第一篇。《关雎》是一篇歌颂男女之间真挚爱情的诗篇，为什么竟将其放在我国古代第一部诗歌总集《诗经》之首呢？孔子说：“《关雎》乐而不淫，哀而不伤。”毛诗《序》谓：“《关雎》，后妃之德也。风之始也，所以风天下而正夫妇也。”“乐得淑女以配君子，忧在进贤，不淫其色，哀窈窕，思贤才，而无伤善之心焉，是《关雎》之义也。”汉·匡衡谓：“妃匹之际，生民之始，万福之原。婚姻之礼正，然后品物遂而天命全。”“孔子论诗以《关雎》为始，言大上者民之父母，后夫人之行，不侔乎天地，则无以奉神灵之统，而理万物之宜……自上世以来，三代兴废，未有不由此者也。”对《关雎》题旨的诠释，自古以来不尽相同，但无论是王公贵族，还是黎民百姓，纯洁真诚的爱情和婚姻对人生和社会至关重要的决定性影响则谁都不能否认。因此，《关雎》成了《诗经》的开篇之歌。

[35] 参详：参酌详审、详细斟酌研究。

[36] 风月排场：风月场，指妓院。

[37] 江干：江边、江岸。

[38] 遐方：远方。这里指遐方绝域，即边远偏僻的穷荒之地。

[39] 攀折凤城花：勾引京城中的风流士子。凤城，京师。花，花花公子、纨绔子弟，这里指风流士子。

[40] 题目正名：《古名家杂剧》本、《古杂剧》本、《古今名剧合选·柳枝集》本均作：“一曲拨成莺燕约，四弦续上鸳鸯会。浔阳商妇琵琶行，江州司马青衫泪。”司马青衫，司马，古代职官名称。马在中国古代的战争中占据重要地位，春秋以前的职业化军队主要由贵族出身的子弟组成，战争方式主要是战车的列阵对阵冲锋，而古代的战车是由马拉的，所以马的地位极其重要。形容哪个国家军力强盛，就称呼它为千乘（shèng 音胜）之国、万乘之国之类的，由于这层关系，司马其实是专门负责管马匹的官，是非常重要的军职。汉大将军、将军、校尉之属官都有司马，专掌兵事。青衫，借指微贱者的服色。亦指便服。“青衫司马”代表了一种“贬官”文化，是官场失意文人的代名词。它浓缩的是封建时代许多文士的深沉感慨，因此，能与一代又一代失意的文人墨客产生共鸣。戏曲家们用戏曲这一艺术形式，对原作情节主题不断进行加工再创作，借助戏曲人物一吐心中的郁闷与痛苦，这也是“青衫”剧创作经久不衰的原因所在。

半夜雷轰荐福碑

《半夜雷轰荐福碑》简名《荐福碑》。《说集》本、天一阁本《录鬼簿》、《太和正音谱》、《元曲选目》、《重订曲海总目》、《也是园藏书古今杂剧目录》、《今乐考证》、《曲录》等均有著录。今存版本主要有赵琦美《脉望馆钞校本古今杂剧》本、《元明杂剧》本、《元曲选》本、《古今名剧合选·酹江集》本等。故事本于宋代笔记小说：范仲淹在鄱（pó 音婆）阳为官时，有一穷书生前来献诗，受范赏识。当地荐福寺有欧阳询碑文一通，拓本值一千钱。范为助书生，备下纸墨，拟拓一千份，以济其贫。一切就绪，不料碑被雷轰碎。就此，当时有谚曰："时来风送滕王阁，运去雷轰荐福碑。"马致远据此改编成杂剧。剧中范仲淹是穷书生张镐旧友，知他贫乏，给他三封推荐信。张持信去求前程，谁知其中二人已病死。他自觉命苦，不敢去投第三人。其时，范已举荐张为官，派使官去告知。因张镐不在家，被同村张浩冒名顶替，前去上任。途中巧遇张镐，为灭口，张浩派人去行刺。幸亏刺客知情后，出于义愤，放走张镐。他困居寺中，僧人拟拓寺内荐福碑，卖钱助张镐上京。但在半夜，碑被雷轰毁。张镐走投无路，要自尽，恰遇范仲淹，范带他上京。张镐考中状元，杀了张浩，并被宋公序招为女婿。此剧结构紧凑，情节跌宕有致，曲文豪放而有激情，富于文采。尤其是作者借张镐之口，悲愤地揭露

社会黑暗、仕途险恶、不分贤愚、道德沦丧，这实际上是元代社会中黑暗腐败的曲折反映，所以虽是历史剧，现实感却很强。马致远对张镐寄予很大同情，因为他自己就曾有过“困煞中原一布衣”“登楼意，恨无上天梯”(【南吕·金字经】)的沉痛感叹。元初，长期停止科举；后虽恢复，也分蒙古、色目人科与汉人、南人科，且仕出多途，汉人受到的待遇是不公平的。那些有才能的人沉沦下僚极为普遍，张镐的郁郁不得志，反映的正是这样的事实。明·孟称舜在《古今名剧合选·酹江集》中对剧本做了这样的高度评价:“半真半谑，行文绝无黏滞。一种悲吊情怀，如寒蛩夜唧，使听者凄然，自是绝高手笔。”清·梁廷枏则在其《曲话》卷二中引述了剧本第一折〔寄生草〕幺篇:“如今这越聪明越受聪明苦，越痴呆越享了痴呆福，越糊突越有了糊突富！则这有银的陶令不休官，无钱的子张学干禄。”随即评论道:“此虽愤时嫉俗之言，然言之最为痛快。读至此，不泣数行下者，几希矣！”对于《荐福碑》的艺术创新精神，孟称舜也极为赞赏。他在第二折的〔叨叨令〕曲文“往常我青灯黄卷学王道，刬地来红尘紫陌寻东道。如今十个九个人都道、都道是七月八月长安道”上作了眉批:“句法新。”新在哪里，孟称舜没有细说，但梁廷枏却指出了其中妙谛。同是在他的《曲话》卷二中，梁廷枏写道:“今人每一曲中叠用一字为韵脚，其法亦本元人。”并引用了《荐福碑》中的上引〔叨叨令〕叠用“道”字来押韵之例。诚然，梁廷枏还引了《扬州梦》的〔那吒令〕和《气英布》的〔那吒令〕，但稍加比较即可看出，《荐福碑》中的〔叨叨令〕曲，当是叠用一字押韵最为圆熟的典范之作。

第一折[1]

（冲末扮范仲淹[2]同外扮宋公序上，诗云）龙楼凤阁九重城[3]，新筑沙堤[4]宰相行。我贵我荣君莫羡，十年前是一书生。老夫姓范名仲淹，字希文。累蒙擢用[5]，颇有政声。今谢圣恩可怜[6]，除[7]老夫为天章阁[8]学士之职。这个是老夫幼年朋友，姓宋名公序。还有一个同堂小弟，姓张名镐，字邦彦。老夫自登仕路以来，与兄弟张镐数载不能相会，未知进取功名也流落四方。老夫常切切于心，拳拳在念。今奉圣人命，着老夫江南采访[9]贤士，宋公序所除扬州为理[10]。只今日俺两个便索登程去也。（宋公序云）哥哥，您兄弟已行，别无他事，止[11]有一女，未曾许聘他人。哥哥可有甚么好亲事举保，将来就劳哥哥主婚，成就这门亲事。（范仲淹云）相公放心。我有一同堂小弟张镐，论此生的才学，不在老夫之下。我若有书呈到于相公跟前，便成就了这门亲事。（宋公序云）多谢哥哥！您兄弟谨领。则今日辞了哥哥，便往扬州之任走一遭去。（先下）

（范仲淹云）宋公序去了也。老夫不敢久停久住，则今便往江南，采访贤士，走一遭去来。（下）

（净扮张浩上，诗云）段段田苗接远村，太公庄上戏儿孙。庄农只得锄刨刀，答贺天公雨露恩。自家是个庄家[12]，姓张名浩，字仲泽，在张家庄居住。广有庄田，牛羊孳畜[13]，不知其数，我做个大户。近新来有一个秀才，到我这庄上。我问他名字，他也姓张名镐，字邦彦。此人满腹文章，留在庄儿上教些学生读书。我偷听他几句言语："知之为知之，不知为不知。"[14]我今日无甚事，看了田禾，我去书房里，望那秀才走一遭去。（下）

（正末扮张镐引学生上，云）小生汴京人氏，姓张名镐，字邦彦，幼小父母双亡。我有八拜至交的哥哥，乃是范仲淹。他为翰林学士之职，数载不曾相见。小生飘零湖海，流落天涯。在于潞州长子县[15]张家庄上，有一人姓张名浩，字仲泽。他见我和他同名同姓，留我

在他庄上，教着几个蒙童度日。张镐，几时是你那发达的时节也呵！（唱）

【仙吕·点绛唇】我本是那一介寒儒，半生埋没红尘路。则我这七尺身躯，可怎生无一个安身处？

【混江龙】常言道七贫七富[16]，我便似阮籍[17]般依旧哭穷途。我住着半间儿草舍，再谁承望三顾茅庐[18]。则我这饭甑有尘生计拙[19]，越越[20]的门庭无径旧游疏。（带云）常言道："三寸舌为安国剑，五言诗作上天梯。"（唱）既有这上天梯，可怎生不着我这青霄[21]步？我可便望兰堂画阁，划地[22]着我瓮牖桑枢[23]？

（范仲淹上，云）老夫范学士。自离了汴京，随路采访贤士。来到这潞州长子县，打听的我那兄弟张镐在于张家庄上教学。老夫直来到此处，探望我那兄弟走一遭去。可早来到也。衹候人接了马者。学童，你师父在家么？（学生云）师父家里有。（范仲淹云）你报复去，道有范学士特来相访。（学生报云）有范学士在于门首。（正末云）道有请。（范仲淹云）贤弟别来无恙？（正末云）哥哥请坐，受您兄弟两拜。（唱）

【后庭花】哥哥也，咱可便相别了数载余。哎，你个故人音信疏；远阻隔三千里，你可便近新来安乐无？（云）比及哥哥来，我早知道了也。（范仲淹云）兄弟，我又不曾有书信来，你如何知道？（正末唱）我昨夜看文书，猛抬头，疑怪他这灯花儿结聚，今日个果门迎你个长者车。

（范仲淹云）贤弟，论你高才大德，博学广文，为何不进取功名，划地在此教学为生，可是主何意？（正末云）哥哥，你兄弟一言难尽！（唱）

【油葫芦】则这断简残编孔圣书，常则是养蠹鱼[24]，我去这"六

经”[25]中枉下了死工夫。冻杀我也《论语》篇、《孟子》解、《毛诗》注，饿杀我也《尚书》云、《周易》传、《春秋》疏[26]。比及道河出图、洛出书[27]，怎禁那水牛背上乔男女[28]，端的可便定害[29]杀这个汉相如[30]！

【天下乐】这世里难乘驷马车，想贤也波愚不并居，我干受了漏星堂[31]半世活地狱。（范仲淹云）你积趱[32]下些甚么囊箧？（正末唱）我浑趱下到六七斤家麻，四五斗家粟，几时能勾播清风一万古[33]？

（范仲淹云）贤弟受窘。你肯谒托一两个朋友呵，必有济惠[34]。得些盘费，进取功名，可不好那！（正末云）哥哥，如今难投托人，今人与古人不同。（唱）

【那吒令】当日个结交，有周瑜、鲁肃[35]；当日个量宽，有王阳、贡禹[36]；今日个义让，无管仲、鲍叔[37]。则我这运未通，时难遇，枉了狂图[38]。

【鹊踏枝】我如今带儒冠，着儒服，知他我那命里，有公侯也伯子男[39]乎？我左右来无一个去处，天也，则索阁落里韫椟藏诸[40]！

（范仲淹云）兄弟也，你是看书的人，便好道：“富家不用买良田，书中自有千钟粟；安居不用架高堂，书中自有黄金屋；出门莫恨无人随，书中车马多如簇；娶妻莫恨无良媒，书中有女颜如玉。”[41]前贤遗语，道的不差也。（正末唱）

【寄生草】想前贤语，总是虚。可不道“书中车马多如簇”，可不道“书中自有千钟粟”，可不道“书中有女颜如玉”。则见他白衣便得一个状元郎，那里是绿袍儿赚[42]了书生处？

【幺篇】这壁拦住贤路，那壁又挡住仕途。如今这越聪明越受聪

明苦，越痴呆越享了痴呆福，越糊突[43]越有了糊突富！则这有银的陶令[44]不休官，无钱的子张学干禄[45]。

【六幺序】我想那今世里真男子，更和那大丈夫，我战钦钦[46]拨尽寒垆[47]。则这失志鸿鹄[48]，久困鳌鱼[49]，倒不如那等落落之徒[50]。枉短檠三尺挑寒雨[51]，消磨尽这暮景桑榆[52]。我少年已被儒冠误，羞归故里，懒睹乡闾。

【幺篇】则这寒儒，则索村居，教伴哥读书，牛表描朱[53]。为甚么怕去长安应举？我伴着伙士大夫，穿着些百衲衣服[54]，半露皮肤。天公与小子何辜，问黄金谁买《长门赋》[55]？好不直钱也"者也之乎"[56]！我平生正直无私曲，一任着小儿[57]簸弄[58]，山鬼揶揄[59]。

（范仲淹云）贤弟，似此训蒙呵，几时是你发达时节也？（正末云）您兄弟吃这些学生每定害杀我也！（唱）

【金盏儿】[60]出来的越顽愚，忒乖疏，便有文宣王[61]哲剑[62]难拘束。一个个拴缚着纸鼗子，一个个妆画闷葫芦。一个撮着那布裙踏竹马，一个舒着那臁肕跳灰驴[63]。他每那里省的鸦窝里出凤雏，您兄弟常则是油瓮里捉鲇鱼[64]。

（范仲淹云）兄弟，请你那东道出来，我和他厮见。（请科）（净上，云）我如今无甚事，学堂里望那张镐去。（正末云）老兄，我哥哥范学士来在此，你和他厮见咱。（做见科）（范仲淹云）老兄，贤弟在此，多蒙垂顾。（净云）"知之为知之，不知为不知。"（正末云）小生往常曾说，此便是小生的哥哥范学士。（净云）多劳相公远降，有失迎迓[65]。"知之为知之，不知为不知。"（范仲淹云）贤弟，这厮也是个愚鲁之人。（正末云）哥哥，量他何足道哉！（唱）

【醉扶归】这厮蠢则蠢家豪富，富则富腹中虚。（带云）哥哥，（唱）

便道东道和门馆德不孤[66]，他纯经义[67]不词赋，他识字呵不抵死十分看书；他则是个中选的锄田户。

（净云）老相公请坐，我执料些茶饭去。“知之为知之，不知为不知。”（下）

（范仲淹云）兄弟，你身边有何功课？（正末云）您兄弟积下万言长策[68]，哥哥你试看咱。（范仲淹云）兄弟，我将此万言长策，献上圣人，保举你为官，意下如何？（正末云）此处岂你兄弟久远安身之地！（范仲淹云）兄弟，既然你要转动，我与你三封书，投托三个人去。头一封书洛阳黄员外，你投托他去。他见我书呈，你那衣食盘费，都在此封书上。第二封书是黄州团练副使刘仕林。他见我书呈，必有厚赠。这第三封书最要紧，是扬州太守宋公序，你下到这封书呵，休说你那盘缠鞍马，就是前程事，都在此封书上。兄弟也，你着意者！你若不得第时，权在张家庄上住，我着人来取你为官。你意下如何？（正末云）多谢哥哥赐我这三封书。我辞别东家，便索长行也。（净上，云）这弟子孩儿不中用，烧着一只鹅，却揭开锅盖，可被他飞的去了。（正末云）长者，小生在此，多多混践[69]。着众学生各自还家去，等我回时，可教他再来读书。哥哥，小弟收拾了琴剑书箱，便索起程也。（唱）

【赚煞】您兄弟先谒信安君[70]，后访扬州牧[71]，看小子今番命福，恁兄弟一片功名心更速，岂不闻光阴如过隙白驹？我将这护身符，你着我变几贯青蚨[72]。（带云）长者，（唱）我投人须投大丈夫。则这新丰一旅，将着马周来不遇。（带云）哥哥，你可放心也。（唱）你看我专等常何的那一纸荐贤书[73]。（下）

（范仲淹云）兄弟去了也。长者恕罪。老夫就将着万言长策，去献与圣人，保举兄弟为官。不敢久停久住，祗候将马来，别处采访贤士，走一遭去来。（同下）

---

［1］ 第一折：明·孟称舜《古今名剧合选·柳枝集》眉批："半真半谑，行文绝无黏滞。一种悲吊情怀，如寒蛩（qióng 音穷）夜唧，使听者凄然，自是绝高手笔。"

［2］ 范仲淹（989—1052）：北宋苏州吴县（今属江苏省）人，字希文。北宋仁宗天圣年间进士。曾任天章阁待制、开封府知府、陕西经略安抚招讨副使、参知政事、陕西四路安抚使等职，后在赴任颍州途中病逝。他锐意整顿、革新政事，曾提出"明黜陟、抑侥幸、精贡举、择长官、均公田、厚农桑、修武备、推恩信、重命令、减徭役"十项主张。除修武备之府兵法而外，仁宗皆予采纳。工诗词散文。晚年所作《岳阳楼记》，有"先天下之忧而忧，后天下之乐而乐"句，更为传世名句。有《范文正公集》行世。《宋史》有传。

［3］ 九重城：指京城，天子所居之地。《楚辞·九辩》："君之门以九重。"

［4］ 沙堤：亦称"沙道"。唐代新拜宰相，必在其私衙前铺设沙面大路，以便其车马通行，谓之"沙堤"。后世因常以"沙堤"喻指宰相。

［5］ 擢（zhuó 音卓）用：选拔任用、晋升。

［6］ 可怜：可爱、怜爱。这里指垂爱之意。

［7］ 除：除授。拜职、任命。

［8］ 天章阁：宋真宗天禧四年（1020 年）始建，仁宗即位修竣。《宋史·职官志二》谓其"以奉安真宗御制"，"以在位受天书祥符，改曰天章，取为章于天之义"。置学士、直学士、待制、侍讲等官。"中兴后，图籍、符瑞、宝玩之物，若国史、宗正寺所进属籍，独藏于天章阁，祖宗御容、潜邸旌节亦安奉焉。"

［9］ 采访：搜求寻访。

［10］ 除扬州为理：任命为扬州最高行政长官。理，治理。

［11］ 止：副词，用同"只""仅"。

［12］ 庄家：种田人、庄稼汉、农夫。

［13］ 孳畜（zī xù 音资序）：繁殖。

［14］ "知之"二句：语出《论语·为政》，是孔子教育其弟子子路"知之之道"时说的话："知之为知之，不知为不知，是知（zhì 音至，同'智'）也。"

［15］ 潞州长（zhǎng 音掌）子县：指今山西省长治市长子县。潞州，北周宣政元年（578 年）置，以后各朝代的州名和治所有所不同，其辖境相当于今之山西省沁县、武乡、襄垣、黎城、屯留、平顺、长治以及河北省的涉县等地区。

［16］ 七贫七富：意为贫富穷通变化无常。亦作"七贫八富"。"七"和"八"均为约指，也指没有定数的意思。

［17］ 阮籍（210—263）：字嗣宗，陈留尉氏县（今属河南省）人。三国时魏文学家，"竹林七贤"之一。曾为步兵校尉，因亦称"阮步兵"。因处于斗争复杂残酷的

魏晋易代之际，故内心十分苦闷，在行动上则常以醉酒佯狂、任性不羁自保。这里的“似阮籍般依旧哭穷途”，典出《晋书·阮籍列传》：“时率意独驾，不由径路，车迹所穷，辄恸哭而反（返）。”这是他对黑暗现实发泄极端痛苦愤懑情绪的一种特殊方式。

［18］三顾茅庐：指三国时刘备三请诸葛亮于草庐之中，让其出来辅助自己匡治天下。典出《三国志·蜀书·诸葛亮传》：“由是先主遂诣亮，凡三往，乃见。”后主刘禅建兴五年（227年），诸葛亮出师北伐曹魏时上疏后主（俗谓《出师表》）曰：“臣本布衣，躬耕于南阳，苟全性命于乱世，不求闻达于诸侯。先帝不以臣卑鄙，猥自枉屈，三顾臣于草庐之中，咨臣以当世之事，由是感激，遂许先帝以驱驰。”“三顾茅庐”“三顾草庐”，遂成了君主或上司礼贤下士、尊重人才，和文士、属下对帝王或上司的知遇重用的感激之习用语。

［19］“饭甑（zèng音赠）”句：指无米下锅，生活极为贫困窘迫。范冉（112—185），字史云，东汉时陈留外黄（今属河南省杞县）人。桓帝时，曾被任为莱芜长，不就。为人违时绝俗，生活贫困，常常断粮断炊。《后汉书·独行列传·范冉》云：“如此十余年，乃结草室而居焉。所止单陋，有时粮粒尽，穷居自若，言貌无改。闾里歌之曰：‘甑中生尘范史云，釜中生鱼范莱芜。’”甑，一种桶状、上大下小的蒸器，底部有小孔，有足支撑。《说文·瓦部》：“甑，甗（yǎn音演）也。”甑是会意兼形声字，从瓦，因而最初是瓦器，以泥土烧制。段玉裁注：“甑，所以炊烝米为饭者……故必以箅（bì音必）蔽甑底，而加米于上。”由此可知，甑最初被用来蒸物，但它并不是蒸锅，而是与釜、鼎、鬲（lì音立）等类似锅的器具结合使用。

［20］越越：更加、越发。

［21］青霄：指参加科举考试而得中高科、高第，从此在仕途中步步高升。青霄，青天，喻高位。

［22］刬（chǎn音产）地：怎的、怎地。

［23］瓮牖（yǒu音有）桑枢：喻破房陋屋，家境贫寒。瓮牖，用破瓮口作窗户。牖，窗户。桑枢，以桑枝为门轴。语出汉·贾谊《过秦论》：“然而陈涉瓮牖绳枢之子，氓隶之人，而迁徙之徒也。”

［24］蠹（dù音杜）鱼：一种银白色的小虫，专蛀衣服、书籍等物，俗称蛀书虫。

［25］“六经”：指儒家的六部经典著作《诗》《书》《礼》《乐》《易》《春秋》。

［26］“冻杀”二句：概括地述说读书人饱受冻饿之苦的清贫穷困生活。对于这里列举的几部儒家经典著作之后的“解”“注”“云”“传（zhuàn音篆）”“疏”等，指的是历代学者对于这些经典的注疏诠释。如在元代以前，《论语》《孟子》《诗经》《周易》，就有宋·朱熹的注本；《书经》，有宋·蔡沈（chén音沉）的注本；《春秋》，则有三种解释本，即《左氏传》《公羊传》《穀梁传》。今之《春秋》注本，把《春秋》经文载于“三传”之前。《毛诗》，相传为汉初学者毛

亨、毛苌（cháng 音常）所传之诗，今本《诗经》即为“毛诗”。《尚书》即指《书（经）》。因《书（经）》是上古历史文件以及一些追述古代史事传说资料的汇编，故又称《尚书》。尚，即“上”，上古、上代之谓。

[27] 河出图、洛出书：《易·系辞上·第十一章》：“河出图，洛出书，圣人则之。”后世常以“河图洛书”为祥瑞。据传说，伏羲时，黄河中跃出背上有旋毛如星点图形的龙马，是为龙图，即所谓的“河出图”，伏羲以此为法而画八卦；夏禹时，在洛水中浮出背上裂纹如文字的神龟，即所谓的“洛出书”，夏禹以此为法而作《尚书·洪范》。

[28] “水牛”句：意指那些村俗无文、不学无术而又沽名钓誉、哗众取宠的人。乔，詈辞，带有狡猾、奸诈、坏等贬义。男女，亦是对嫌憎之人的贬称，如“这一对鸟（diǎo 音屌）男女”。

[29] 定害：麻烦、打扰、搅扰、扰害。

[30] 汉相如：指西汉文学家司马相如。

[31] 漏星堂：朽坏残旧、可以漏进星光的破房子。喻指生活极度困顿、清贫。

[32] 儹（zǎn 音攒）：通“攒”。积聚、积攒。

[33] 清风一万古：万古流传。唐·皮日休《七爱诗·房杜（玄龄、如晦）二相国》诗：“黄阁三十年，清风一万古。”

[34] 济惠：施与恩惠、援助别人。济，救助。惠，施恩、惠赠，《尚书大传》：“振贫穷，惠孤寡。”

[35] 周瑜、鲁肃：二人均为三国时东吴名将，且互相支持，友谊深厚。建安十三年（208 年），曹操率兵二十余万南下，周、鲁坚决主战。孙权任周瑜为前部大都督，鲁肃为赞军校尉，并联合刘备，实施了著名的“赤壁之战”，大破曹操。周瑜病重，向吴主孙权力荐鲁肃，谓鲁肃“智略足任，乞以代瑜”。周瑜死后，其军即由鲁肃代领。

[36] 王阳、贡禹：王阳，西汉王吉，字子阳；贡禹，字少翁，后世尊为“贡公”。二人是好朋友。贡禹听说王阳做了益州刺史时，高兴得弹掉帽子上的灰尘，认为从此自己也要出仕了。后来贡禹果然被王阳推荐去做了官。世称“王阳在位，贡公弹冠”。

[37] 管仲、鲍叔：二人均为春秋时齐国的政治家。少年时即为好友，后又一同事齐，助齐桓公成就霸业。管仲曾动情地忆及鲍叔牙对自己的深情厚谊：“吾始困时，尝与鲍叔贾（gǔ 音古），分财利多自与，鲍叔不以我为贪，知我贫也。吾尝为鲍叔谋事而更穷困，鲍叔不以我为愚，知时有利不利也。吾尝三仕三见逐于君，鲍叔不以我为不肖（xiào 音笑），知我不遭时也。吾尝三战三走，鲍叔不以我为怯，知我有老母也。公子纠败，召（shào 音绍）忽死之，吾幽囚受辱，鲍叔不以我为无耻，知我不羞小节而耻功名不显于天下也。生我者父母，知我者鲍子也。”鲍叔，即鲍叔牙。

[38] 枉了狂图：枉费了远大崇高的追求。

[39] 公侯也伯子男：古时五种爵位。《礼记·王制》："王者之制禄爵，公侯伯子男，凡五等。"又谓："公、侯田方百里，伯七十里，子、男五十里。"这里泛指官爵禄位。

[40] "则索"句：只好躲藏在角落里等待时机了。则索，只好、只得、只能。阁落，角落、偏僻之地。韫椟（dú 音独）藏诸：语出《论语·子罕》："子贡曰：'有美玉于斯，韫椟而藏诸，求善贾（jià 音价）而沽诸？'子曰：'沽之哉，沽之哉！我待贾者也。'"意思是说，怀珍而藏，待价而沽（卖），藏德待用。韫，藏、收藏。椟，木匣。诸，"之""乎"的合音词。

[41] "富家"八句：出自宋·赵恒《劝学文》。

[42] 赚（zuàn 音攥）：哄骗。

[43] 糊突：亦作"胡突"，糊涂。蠢笨、浑浑噩噩、不明事理。

[44] 陶令：指晋代大诗人陶潜，因他曾做过八十多天的彭泽县令，后来虽挂冠归隐，但人们仍习惯地称之为"陶令"。

[45] 子张学干禄：子张学习求官入仕之道。语出《论语·为政》。朱熹注曰："子张，孔子弟子，姓颛（zhuān 音专）孙，名师。干，求也；禄，仕者之奉也。"

[46] 战钦钦：战战兢兢，害怕的意思。

[47] 寒垆：香炉。

[48] 鸿鹄（hú 音胡）：亦称鹄，俗名天鹅。鸿鹄振翼，飞得特别高远，因常以之比喻抱负远大的人，如人们所熟悉的《史记·陈涉世家》引陈涉的感叹："嗟乎，燕雀安知鸿鹄之志哉！"唐·司马贞《索隐》引《尸子》云："鸿鹄之鷇（kòu 音寇，初生的小鸟），羽翼未合，而有四海之心。"

[49] 鳌（áo 音熬）鱼：传说中海里的大龟或大鳖，有神力，可负大山。旧时朝廷因常在殿前阶石正中镌刻巨鳌的形象，翰林学士等官员朝见皇帝时，即立于鳌身之上，故称能入翰林院为"上鳌头"；科举考试得第一名亦称"独占鳌头"。鳌鱼，也就成了人们胸怀大志的一种象征物。

[50] 落落之徒：粗俗庸劣、胸无大志之人。

[51] "枉短檠"句：白白地在雨冷风紧的寒夜里挑灯苦读。檠，灯台，有时亦径指灯。

[52] 暮景桑榆：指晚年、迟暮之年。桑榆，黄昏落日之光照在桑榆之上，这是傍晚时的一种特有景象，因常用以指日落之处，或喻指人的垂暮之年。

[53] 伴哥、牛表：还有沙三、王留、赵二等，都是元曲作家信手拈来用以指称那些男性农民的名讳，如元·无名氏的《独角牛》杂剧第一折正末刘千唱："我相伴的是沙三、赵二，更和这伴哥、王留。"元·王子一的《误入桃源》杂剧第三折净刘德云："今日请得当村父老沙三、王留等，都在我家赛社……牛表、伴哥，你把柴门紧紧的闭上。"描朱，亦作"描红"，旧时儿童在一种印有红字的

纸上用毛笔蘸墨水照样摹写，以此习字。

[54] 百衲衣服：多处补缀的破衣服。通常指僧衣，此处指穷读书人的装束。

[55]《长门赋》：司马相如为失宠的陈皇后向汉武帝陈情而作的辞赋。赋前之序谓："孝武皇帝陈皇后，时得幸，颇妒。别在长门宫，愁闷悲思。闻蜀郡成都司马相如天下工为文，奉黄金百斤，为相如、文君取酒，因于解悲愁之辞。而相如为文以悟主上，陈皇后复得亲幸。"

[56] "好不"句：意思是知识、文化不值钱，读书无用。者、也、之、乎，文言文里常用的语气助词，这里用以代指书本、文化典籍、学问知识。直，同"值"。

[57] 小儿：小人。

[58] 簸弄：侮辱、戏弄。

[59] 揶揄：（yé yú 音爷于）：嘲笑、讥讽。

[60]〔金盏儿〕：明·孟称舜《古今名剧合选·柳枝集》眉批："学堂村景。"

[61] 文宣王：指孔子。《旧唐书·玄宗本纪下》：开元二十七年（739 年）八月，"制追赠孔宣父（fǔ 音斧）为文宣王"。

[62] 哲剑：指孔子与以孔子为代表的先哲圣人为世人立下的修身、治家、齐国、平天下的根本原则和规范。

[63] "一个"四句：具体描绘了村学堂里学生们戏耍玩乐的种种内容和喧闹景象。纸毽子、闷葫芦，均为玩具名。踏竹马，一种儿童游戏，以竹为马，夹于胯下奔跑。臁肕（lián rèn 音连认），结实的小腿。跳灰驴，亦是一种游戏，一人低头弯腰作驴状，其他人从他身上跳过。毽（jiàn 音建），毽子。妆，用同"装"。

[64] "他每"两句：明·孟称舜《古今名剧合选·柳枝集》眉批："妙极。"省（xǐng 音醒）的，懂得。油瓮里捉鲇（nián 音年）鱼，滑上加滑，意思为管束不住这些顽劣的学生。鲇鱼，一种无鳞而全身黏滑的鱼。

[65] 迎迓（yà 音亚）：迎接、接待。唐·元稹《沂国公魏博德政碑》："至则迎迓承奉。"迓，迎接。

[66] 德不孤：恩惠不少。德，恩惠。孤，孤单，这里引申为少。

[67] 纯经义：单纯地去钻研经书的义理。这是反话。

[68] 万言长策：臣下向帝王呈送的有关治国安邦的长篇计策、谋略论文。

[69] 混践：搅扰。

[70] 信安君：指黄州团练副使刘仕林。黄州，今湖北省黄冈市黄州区。元设黄州路，下辖黄冈、黄陂（pí 音皮）、麻城三县。麻城，南朝梁为信安县，至隋才改称麻城县。此即指称刘仕林为信安君的历史渊源。

[71] 扬州牧：指扬州太守宋公序。牧，古时一州的最高行政长官，相当于郡守、太守、刺史、知府等职衔。

[72] 青蚨（fú 音夫）：传说中一种子、母相依不分离的虫子。如用其子、母之血涂到钱币上，无论用母钱留子钱，或用子钱留母钱，花出之钱币均可飞回。古时

因用以指钱币。

[73] “则这”三句：指马周（601—648）因常何的举荐而被唐太宗拜官重用事。据新、旧《唐书》之《马周传》，马周，字宾王，博州茌平（今山东省聊城市茌平区）人。少孤贫好学，精于《诗》《春秋》，落拓旷达，不为州里所敬。后西游长安，宿于新丰逆旅。店主人视其清贫，唯供诸商贩而不顾马周。马周甚怒，遂命酒一斗八升，悠然独酌，四座骇异。至京师，住于中郎将常何家，代常何陈奏二十余事，皆合旨意。常何因荐马周，太宗即日召见，授监察御史，累官至中书令。

楔　子

（旦上，云）妾身是黄员外的浑家。是好烦恼人也！昨日有个秀才，投下一封书，俺员外接过书呈看罢，不知怎生，当夜晚间，员外害急心疼亡了。兀的不痛杀我也！

（正末上，云）自从张家庄上与哥哥约别之后，小生一径的来到洛阳，投奔那黄员外。昨日下了书呈，在店肆中安下。今日无甚事，黄员外宅上走一遭去。哦，可怎生门首挂着纸钱那？（做唤门科，云）门里有人么？（旦云）是谁？（正末云）小生是昨日下书的张秀才。（旦云）你是那下书的？兀那秀才，你听者：自从你昨日下了书呈，将俺员外急心疼一夜，妨杀[1]了。今日有甚脸上我门来？你若入门时，抓了你那脸！“卒风暴雨，不入寡妇之门”[2]，你快回去！（正末云）谁死了？（旦云）员外死了。（正末做哭科，云）张镐，你好命薄也呵！哥哥与我三封书，头一封书投与洛阳黄员外，昨日下了书，一夜急心疼死了那员外也。小生不避驱驰，索往黄州投着团练副使刘仕林走一遭去罢。（唱）

【仙吕·赏花时】我恰做访戴山阴王子猷[3]，身似飘飘没缆舟，为活计拙如鸠[4]。则这客僧投寺宿，措大[5]谒儒流。

【幺篇】投至得千里书回碧树秋，则怕这一夜霜天白发愁。王粲

谒荆州[6]，我想那朝中故友，休教我空倚定仲宣楼[7]！（下）

---

[1] 妨杀：害杀、剋（kè 音克）死。迷信认为，人的生辰八字不好，是为“命硬”，会妨死人，即所谓的“剋夫”“剋父母”之类。

[2] “卒（cù 音促）风”二句：谚语，意思是即使遇到狂风暴雨，也不到寡妇家去躲避。卒风暴雨，急风暴雨。卒，同“猝”，突然、急骤。

[3] “访戴”句：指晋代大书法家王羲之之子王徽之（字子猷）乘舟夜访戴逵（字安道）事。《晋书·王徽之列传》：王徽之“尝居山阴，夜雪初霁，月色清朗，四望皓然，独酌酒咏左思《招隐诗》，忽忆戴逵。逵时在剡（shàn 音善），便夜乘小船诣之，经宿方至，造门不前而反（返）。人问其故，徽之曰：‘本乘兴而行，兴尽而反，何必见安道邪！’”

[4] 拙如鸠：鸠鸟性拙，不善筑巢，常取鹊巢而居。宋·李洪《同子永和贝元复春日韵》：“平生前计拙如鸠，更向周南怨滞留。”此处指日子艰难，拙于生计。

[5] 措大：亦作“醋大”，旧时对拿腔拿调、酸不溜丢或清贫寒酸的读书人的谑（xuè 音血）称，常带有讽刺轻慢之意。清·焦循《剧说》卷一云：“酸，谓秀士。”并引《庄岳委谈》云：“世谓秀才为‘措大’，元人以秀才为‘细酸’。”如《倩女离魂》中的王文举、《两世姻缘》中的韦皋，均写作“末扮细酸”。大抵因酸而“醋”，又借音为“措”，由此演变而来。

[6] 王粲谒荆州：王粲（177—217），字仲宣，山阳高平（今山东省邹县）人。出身望族，博学强记，工诗文，为“建安七子”之一。《三国志·魏书·王粲传》谓：东汉末年，时局混乱，王粲“乃之荆州依刘表。表以粲貌寝而体弱通侻（tuō 音脱），不甚重也”。此即为“王粲谒荆州”典故的出处，意为落魄不遇，被人冷落。貌寝，容貌丑陋。通侻，即“通脱”，放达而不拘小节。

[7] 仲宣楼：指当阳城楼，在今湖北省当阳市东。王粲流寓荆州期间，曾登上当阳城楼，并作《登楼赋》。作品抒写了他深挚的怀乡之情和壮志难酬的抑郁胸臆，格调凄怆悲凉。由于王粲（仲宣）这篇著名的《登楼赋》，后人因将当阳楼又径称为“仲宣楼”。

第二折

（范仲淹同使官上，云）老夫范学士。自从江南采访贤士，到于朝中，老夫就将兄弟张镐所作万言长策，献与圣人。谢圣恩可怜，就加张镐

为吉阳县令。老夫本待亲身自去，争奈公事冗杂。老夫差一使命去加官赐赏。使命，你近前来，我嘱付你：你去潞州长子县张家庄上，有一人是张镐，为他献了万言长策，圣人的命，加他为吉阳县令，教他走马到任。小心在意，疾去早来。（下）

（使官云）领了老相公言语，直到潞州长子县张家庄上，加官赐赏，走一遭去。（下）

（净上，云）自家张浩。自从那张秀才散了学生，去了许多时也。我今日看了田禾，回来无甚事，且闲坐些儿则个。

（使官上，云）来到也。左右接了马者。张浩听圣人的命。（净云）呀！快装香来！"知之为知之，不知为不知。"（做跪科）（使官云）张浩，为你献了万言长策，圣人见喜，加你为吉阳县令，教你走马上任。谢恩！（净拜科，云）待茶饭了去。（使官云）不必了，小官事忙。将马来，回圣人话去。（下）

（净云）"知之为知之，不知为不知。"嗨，我几曾有那万言长策来？是那张镐的，错加了官也！且由他，有谁知道？我如今不可久停久住，收拾鞍马，便索理任去也。（下）

（正末上，云）小生张镐。收拾琴剑书箱，且往黄州投奔团练副使刘仕林走一遭去呵！（唱）

【正宫·端正好】恨天涯，空流落，投至到玉关外，我则怕老了班超[1]。发了愿，青霄有路终须到，刬地着我又上黄州道。

【滚绣球】这一遭，下不着，孔融好等你那祢衡一鹗[2]。哥也我便似望鹏抟万里青霄[3]。你搬的我散了学，置下袍，去这布衣中莽跳[4]。空着我绕朱门，恰便似燕子寻巢[5]。比及见这四方豪士频插手，我争如学五柳的先生懒折腰[6]，枉了徒劳。

（云）小生幼年间攻习儒业，学成满腹文章，指望一举状元及第，峥嵘发达。谁想今日波波碌碌[7]，受如此般辛勤也。（唱）

【叨叨令】往常我青灯黄卷学王道[8]，划地来红尘紫陌寻东道。如今十个九个人都道、都道是七月八月长安道[9]。兀的不困杀人也么哥[10]！困杀人也么哥！看书生何日得“朝闻道”[11]？

（云）贫乃士之常。圣人道：“君子固穷，小人穷斯滥矣。”[12]（唱）

【滚绣球】虽然我住破窑，使破瓢，我犹自不改其乐[13]，后来便为官也富而无骄。洛阳书坐化了[14]，黄州书自窨约[15]。比及到那时节有一个秀才来投托，这世里谁似晏平仲善与人交[16]？（云）到那财主门首，报复将去，有个秀才下书。那财主便道：着他门首等者！（唱）他腆着胸脯，眼见的昂昂傲。（带云）要他那赍发[17]呵，（唱）将我这羞脸儿怀揣着慢慢的熬。（带云）投至得他那几贯钱呵！（唱）轻可等半月十朝。

（云）这里是个三叉路，不知那条路往黄州去？天色暄热，就在柳阴直下[18]歇一歇，等一个来往的人问路咱。（正末坐地科）（行者[19]上，云）好热也，晒杀我也！（正末云）一个出家人来了，我问讯咱。（唱）

【倘秀才】敢问你个禅师长老，（行者云）问甚么？（正末唱）这条路去黄州也不错？（行者云）正是黄州大路。（正末唱）长老也则他这钟不宜时为甚敲？（行者云）是无常钟[20]，死了人便撞这钟。（正末唱）我道死了人的不是个锄田汉。（行者云）不是。（正末唱）必然是个富官僚。（行者云）可知哩[21]。（正末云）这官人姓甚名谁？（行者云）我说与你，死了的官人，是黄州团练副使刘仕林。（正末唱）我听的他道了。

（做叹气科）（唱）

【醉太平】争些儿把我撞着，可着我心痒难揉。扬州太守听消

耗，你这其间莫不害倒[22]？第一封书已自无着落，第二封书打发谁行要？我将这第三封扯做纸题条！（带云）张镐，（唱）则好去深村里教学。

（行者云）吓我这一跳！秀才，你闲也是忙？忙便罢，闲便来寺里吃酸馅来。（正末云）长老恕罪。张镐也怎生如此般命蹇[23]！哥哥与了三封书，妨杀了两个人。第三封书谒托扬州刺史，罢、罢、罢，我不往扬州去，我则回那潞州长子县张家庄[24]上，等哥哥消耗，可不好那。（下）

（龙神上，诗云）独魁南海作龙神，兴云降雨必躬亲。曾因误受天公罚，至今不敢借凡人。吾神乃南海赤须龙是也。奉玉帝敕旨，着吾神行雨。身体困倦，在于庙中歇息片时，有何不可？（正末上，云）好大雨也！兀的是个龙神庙，我那里避雨去咱。（唱）

【倘秀才】则他这香火冷把他庄家赛倒，莫不是雨雪少把这黎民来瘦却？古庙荒凉饿鬼嚎，我权捻土做香烧，怨书生的命薄。

（云）供卓[25]上有一个珓儿[26]，我试问神道咱。小生张镐，流落在潞州长子县张家庄，教着几个村学。当时一日，有我的哥哥范学士来访小生，将我万言长策进了，保举我为官。又与我三封书，两封书妨杀两个人。第三封书小生不曾往扬州去。如今则回潞州长子县，去张家庄上等待哥哥消耗。小生若是能勾为官，便与三个上上大吉；若是不能勾为官，便与我三个下下不合神道。（唱）

【滚绣球】将碑珓儿咒愿了，香垆上度了几遭。（做掷珓科，云）元来是个下下不合神道。（三科）（唱）可怎生一掷一个不合神道？和这块臭芹泥[27]也折贵攀高。遮莫[28]是角木蛟[29]、氐土貉[30]，大古里是今秋水落。你下下下，渰[31]了我大段田苗，将我些有金银富汉都亡过，我和你无祭享泥神两个厮撞着。（带云）我骂你呵，

（唱）那里也雨顺风调！

（云）这披鳞的曲蟮[32]，带甲的泥鳅！我歹杀呵是国家白衣卿相，你岂敢戏弄我！怎生出的这恶气？我则题破这庙宇，便是我平生之愿。取出我这笔墨来。有这檐间滴水，磨的这墨浓，蘸的这笔饱，就这捣椒壁[33]上，写下四句诗。（做写科，云）将写就了，我表白一遍咱。（诗云）雨旸[34]时若在仁君，鼎鼐调和有大臣。同舍若能知此事，谩将香火赛龙神。我题罢这诗也，觉一阵昏沉，就这殿角边歇息咱。（末做睡科）（龙神云）叵耐张镐无礼！你自命蹇福薄，时运未至，却怨恨俺这神祇，将吾毁骂，题破我这庙宇，更待干罢！你行一程，我赶一程；行两程，我赶两程。张镐，你听者：（诗云）你亏心折尽平生福，行短天教一世贫。古庙题诗将俺这神灵骂，你本是儒人，我着你今后不如人！（下）

（正末做醒科，云）天色晴了，日影儿出来也。我赶程途去，便索长行。（下）

（净骑马上，云）自家张浩的便是。托赖祖宗余荫，得了这官，如今去赴吉阳县令。万言长策不是我的，是那个张镐的。我就混赖了他的，有谁知道？今日走马赴任行动咱。“知之为知之，不知为不知。”（正末上，云）兀的不是张仲泽？仲泽！（净云）不中，我索走、走、走！（下）（正末唱）

【呆骨朵】我这里高阜处不住的呀呀叫。（曳剌[35]上，云）一匹好马也。（正末唱）见一个带牌子[36]的曳剌随着。（云）敢问么？（曳剌云）你问甚么？（正末唱）这人姓甚名谁？（曳剌云）姓张是张浩。（正末唱）他那年纪儿是大小？（曳剌云）三十岁也。（正末唱）莫不在长子县村中住？（曳剌云）是长子县居住。（正末唱）因甚上为官爵？（曳剌云）为他献了万言长策来。（正末云）他那里有万言长策？（唱）我则道旧相知张仲泽，（带云）哥哥休怪，（唱）管是我眼睛花

将他错认了。

(曳剌云)傻屌[37]放手!我赶相公去。(下)(正末云)他那里取万言长策来?世上多有同名同姓的,我则回潞州长子县张家庄上,待等哥哥消耗便了。(下)

(净骑马上,云)“知之为知之,不知为不知。”天色晴了也。我走了这一日,觉的有些困倦,且下这马来,拴在柳树上,在这绿阴之下暂歇息咱。(曳剌上,云)好块子马,脚打着脑杓子走赶不上[38]。兀的不是那块子马,相公敢在这里。(曳剌见净科)(净云)兀那厮是甚么人?(曳剌云)洒家是个曳剌,接相公来,则被那块子马走的紧,洒家紧赶着,跟不上,接不着相公。(净云)你知道你那罪过么?(曳剌云)洒家不知道。(净云)你要饶你那罪过么?(曳剌云)可知要饶哩。(净云)你路上曾见个秀才么?(曳剌云)洒家见来。(净云)你杀了他去,我便饶了你罪过。(曳剌云)洒家知道,我杀那傻屌去。且慢者,乞个罪名。(净云)他拐了我梅香[39],偷了我壶瓶台盏,你杀了他去!(曳剌云)我便去。(净云)你回来!倘若你不杀他呀,你休瞒了我。要你三件信物:要他那衣衫襟子、刀上有血、挣命的土刻滩子[40]。三件都有,你便来回话。(下)

(正末上,云)天色暄热,打破了我这脚。我慢慢的行波。(曳剌赶上,云)兀的不是那傻屌。兀那秀才,你住者,我和你说话。(正末云)那骑马的可正是张仲泽吗?(曳剌云)俺那相公认的你,着我与你十两枣穰金[41],在我这腿曲裢子里打着,你自取去。(正末云)在那里?(做低头取科)(曳剌云)你黄泉做鬼休怨我!(做杀末科)(正末云)哥哥,饶俺性命!小生其实冤屈,死于九泉之下,我不告张仲泽,我则告着你。(曳剌放末科,云)兀那秀才,他道你拐了他梅香,偷了他壶瓶台盏,教我来杀你。你可说你怎生冤屈,你试慢慢说一遍咱。(正末云)哥哥,你停嗔息怒,听小生从头至尾告诉得来。小生姓张名镐,字邦彦,他姓张名浩,字仲泽,因与俺同名同姓,他留小生在他庄儿上教着几个村童。当初一日,有我的哥哥是范学士来

相访小生，将我的万言长策收了，又与了我三封书。两封书妨杀了两个人。有第三封书，小生不曾往扬州去。眼见的小生离了那庄上哥哥着人来宣唤我为官，小生可不在。他也姓张名浩，我也姓张名镐，同名同姓，赖了我这官爵。他恐怕久后白破[42]他这事，故意着哥哥来杀坏小生，他自封妻荫子。哥哥，你没来由替别人做甚么？（曳剌云）恁的呵，是俺那傻屌的不是。（正末云）小生倒不怪那张仲泽，则怪我那范学士哥哥。（曳剌云）兀那秀才，你休胡说！那范学士你怎生怨他？（正末唱）

【倘秀才】我则为他三封书把我这前程来误却，万言策被别人赖了，大道上肯分的[43]轴头儿厮抹着[44]。他请我在庄儿上教村学，也曾看成[45]的我至好。

（曳剌云）兀那秀才，他也姓张名浩，你也姓张名镐。他是那一个浩字？你是那一个镐字？你试说我听咱。（正末云）哥哥不知，听小生说。（唱）

【滚绣球】我是金字边着个高，（曳剌云）可他呢？（正末唱）他是点水边着个告，因此上一般名号。（曳剌云）那加官的管着甚么来？（正末唱）谁想这送宣的再也不辨个根苗[46]。他道是盖世豪，我道是儿女曹[47]，咱两个非同管鲍。哥也则你那十两枣穰金是鞘里藏刀。俺两个一时本是知心友，不想道半路里番为刎颈交[48]，他怎肯将我耽饶？

（曳剌云）兀那秀才，你不说呵，我怎么知道？既然这等，饶你性命，不杀你。（正末云）谢了哥哥！（做行科）（曳剌云）兀那秀才转来，问你要三件信物。（正末云）那三件信物？（曳剌云）要你那衣衫襟、刀子有血、挣命的土刻滩子。你与我这三件儿，你便去。（正末云）哥哥，你要衣服，可割一块去。（曳剌云）将来。（做割科，云）衣襟有了也。这刀子上要有血。（正末云）怎么能勾这刀子有血？（曳剌

云）兀那秀才，拣你那不痛处，我扎一刀子。（正末做怕科，云）哥哥，那答儿是不疼的？（曳剌云）兀那秀才，你打破鼻子。（正末做打鼻科）（曳剌云）你重些打。（正末云）哥哥怎么打？（曳剌自做打鼻出血科，云）这般打。（正末云）哥也，打破你的鼻子，就着那血抹在那刀子上罢，省的我打。（曳剌云）倒好了你也！那秀才你躲了！（做跌倒科）（正末云）哥也，你做甚么？（曳剌云）傻屌也，可是那挣命的土刻滩子？（正末云）感谢哥哥，此恩念异日必当重报。敢问哥哥姓甚名谁？（曳剌云）我姓赵，是赵实。你久后得官呵，休忘了赵实。（正末云）哥哥是赵实，我牢记着哩。小生一句话敢说么？（唱）

【煞尾】你是必兴心儿再认下这搭沙和草，哥也，你可休不挂意揩抹了这把带血刀。（带云）张浩，（唱）休想天公把你饶！鞭牛汉平白的赖了官爵，采桑妇没来由受了郡诰[49]。我空向他乡走一遭，千里投人怕的是到。若不是吾兄义气高，若不是哥哥怎生了？山海也似恩临[50]决然报！异日峥嵘厮撞着，请一个传神巧待诏[51]，一幅丹青写容貌。堂上铺陈挂幔幕，罗列杯盘置椅卓，百味珍羞不教少。一炷明香旦暮烧，将你那救我命的恩人，（带云）你是赵实哥哥，（唱）直供养到老！（下）

（曳剌云）秀才去了也。三件信物都有了，我回相公话去。（下）

（净上，云）这厮好不干事[52]，这早晚不来回话。（曳剌上，见净云）相公，洒家回来了也。（净云）你杀了那秀才也不曾？（曳剌云）我赶上只一刀，杀了那秀才，三般验证都有。衣衫襟，刀子有血，相公怕不信呵，去看那挣命的土刻滩子。（净云）这厮好男子，我饶了你接不着的罪过。（背云）秀才也杀了，这厮久后说出来可怎了？则除是这般。兀那曳剌，你去了一日光景，马不曾饮水，兀那里有井，你那里打些水饮[53]马去。（曳剌云）洒家知道。（曳剌做打水）（净推科）（曳剌云）有人推我！（做转身按倒净科）（云）叫有杀人贼也！

（宋公序引随从冲上）（云）小官宋公序，今取回京师去也。来到此处，是甚么人吵闹？拿近前来！你是甚么人？你说！（曳剌云）洒家是吉阳县伺候，教小人接新官去，接着这个傻屌 。他道：你怎么误了接待我？洒家便道：那马走的紧，小人赶不上。他便道：你要饶你吗？洒家便道：可知要饶哩。他便道：你路上曾见一个秀才来？我便道：见来。他道你去杀了他去。我便道乞个罪名。这个傻屌便道：他拐了我梅香，偷了壶瓶台盏。他又怕我不肯杀他，问我要三件信物验证，要衣衫襟、刀子有血、挣命的土刻滩子。洒家赶上秀才，说了他项上事。那秀才姓张名镐，这傻屌也姓张名浩，他两一般名字。他混赖了他万言长策，得了他官爵。洒家听的说，我放的秀才去了，回这傻屌的话。他久后怕我说出来，着我饮马去。我到井边，恰待打水，这傻屌便要推我在井里。相公，我死呵不打紧，我有八十岁的母亲，可着谁人侍养？说兀的做甚！（词云）小人说从头至尾，说的来不差半米。杀了秀才又渰死洒家，傻屌也，你做的个损人利己！（宋公序云）我多听的范学士哥哥说一个张镐的名儿，这个未知是不是。祗候人，拿住这两个人，跟随我去，到于京师，见了范学士亲问明白，我自有个主意。左右那里，将马来，赴京师走一遭去。（净云）“知之为知之，不知为不知。”（同下）

---

［1］ 班超（32—102）：字仲升，扶风安陵（今陕西省咸阳市）人。东汉名将。明帝永平十六年（73 年）以后，在西域击败匈奴，平定莎（shā 音沙）车、龟兹（qiū cí 音丘慈）、焉耆等的叛乱，抵抗月氏（zhī 音支）的侵略，保障“丝绸之路”的畅通无阻，长达三十一年之久，为西域各族人民生活的稳定，为汉朝西部边疆的巩固，做出了重要贡献。直到永元十二年（100 年）班超六十九岁时，才上书和帝，“但愿生入玉门关”。其妹班昭亦奏请，和帝才准班超还京。永元十四年回到洛阳，病殁，享年七十一。功封定远侯。《后汉书》有传。

［2］ “孔融”句：以孔融向曹操推荐祢衡，夸祢衡为出类拔萃之人为喻，借指范仲淹翘首盼望着张镐的入仕为官，报效邦国。祢衡（173—198），字正平，平原般（今山东乐陵西南）人，少有才辩，而尚气傲物，落落寡合，唯与孔融、杨

修友善。孔融曾上书曹操谓“鸷鸟累伯（bǎi 音百），不如一鹗，使衡立朝，必有可观”，以此推荐祢衡。但其性格狂傲，曹操难以容忍，乃转荐于刘表。刘表复转荐给江夏太守黄祖，终为黄祖所杀。鸷鸟，泛指猛禽。鹗，一谓俗称之鱼鹰；李贤等注《后汉书》则释为大雕。祢衡，《后汉书》有传。

［3］鹏抟万里青霄：大鹏展翅盘旋而上，翱翔云天，高飞万里。意为抱负远大，壮志凌云。典出《庄子 · 逍遥游》：“鹏之徙于南冥也，水击三千里，抟扶摇而上者九万里。”抟，原为“搏”。《古名家杂剧》本（收入《脉望馆钞校本古今杂剧》之中）、《古今名剧合选 · 酹江集》本亦作“搏”，唯《元明杂剧》本作“抟”。以“抟”为是，今改。

［4］莽跳：乱闯、乱钻门路。

［5］“空着我”二句：明 · 孟称舜《古今名剧合选 · 柳枝集》眉批：“妙语。”

［6］“五柳”句：指东晋大诗人陶渊明归隐田园，不向权贵折腰事。陶氏家宅之旁，植有柳树五株，因撰《五柳先生传》，并以“五柳先生”自号。“懒折腰”典，出自《晋书 · 隐逸列传 · 陶潜》：在陶潜任彭泽县令时，“郡遣督邮至县，吏白应束带见之，潜叹曰：‘吾不能为五斗米折腰，拳拳事乡里小人邪！’义熙二年，解印去县，乃赋《归去来》”。

［7］波波碌碌：奔走忙碌貌。亦作波波渌渌、波波漉漉、碌碌波波。

［8］“青灯”句：灯下苦读，学习儒家经典中的治国之道。王道，古时与“霸道”相对的一种理论、信念，以儒家学说为代表，主张以仁义治天下。

［9］“如今”二句：明 · 孟称舜《古今名剧合选 · 柳枝集》眉批：“句法新。”七月八月长安道，指天下儒生匆忙地走在长安道上，去参加朝廷在秋季举行的科举考试。七月八月，指秋天。长安道，意为在去长安的道路上，都是赴考的儒生。长安，这里泛指京都。

［10］也么哥：元曲中【正宫 · 叨叨令】第五、第六两句的固定格式。也么哥，语气助词，相当于“啊”“呀”。亦作“也末哥”“也波哥”，如元 · 王伯成的《贬夜郎》杂剧第二折〔叨叨令〕曲用“也末哥”，元 · 杨讷《西游记》第五本第十九出〔叨叨令〕曲用“也波哥”。

［11］朝闻道：语出《论语 · 里仁》：“子曰：‘朝闻道，夕死可矣。’”宋 · 朱熹注：“道者，事物当然之理。苟得闻之，则生顺死安，无复遗恨矣。”

［12］“君子”二句：这是孔子的话，意思是说，君子能固守其穷困而不失其人格，小人一穷困就放逸为非了。语出《论语 · 卫灵公》。

［13］“虽然”三句：这是化用孔子称赞其弟子颜回安贫乐道的典故。《论语 · 雍也》：“子曰：‘贤哉回也！一箪食，一瓢饮，在陋巷。人不堪其忧，回也不改其乐。贤哉回也！’”

［14］洛阳书坐化了：指范仲淹给张镐去洛阳求助于黄员外的荐书。书呈一投，黄员外就害急心疼病死了，这封书信也就随着死了。坐化，佛教指称高僧端坐而逝。

［15］黄州书自窨（yìn 音印）约：指由于第一封荐书（洛阳书）的“妨杀人命”，这投托黄州团练副使刘仕林的荐书是否再使上，正在犹豫不决。窨约，考虑、思忖。

［16］“晏平仲”句：语出《论语·公冶长》：“晏平仲善与人交，久而敬之。”晏平仲，即晏婴（？—前 500），平仲为其字，夷维（今山东省高密市）人，春秋时齐国著名政治家。他节俭力行，历仕灵公、庄公、景公三世。《晏子春秋》，旧题晏婴撰，实系后人记述他的言行的假托之作。善与人交，谓其平易近人而又善于识人、用人。《史记》有传。

［17］赍（jī 音机）发：以钱财送人、资助打发人。

［18］柳阴直下：柳阴下。直，在这里表示方位。

［19］行者：亦称“头陀”，是佛教中依靠化缘乞食度日的苦行僧人，因又名“行脚僧”。或指住持僧的侍者，以及在寺庙中服杂役但尚未剃度的出家人。

［20］无常钟：古时佛寺撞钟均有定时，如“暮鼓晨钟”，即为一例。无常钟，则是专为死亡之人而撞响的钟声。因为生命无常，随时可能寂灭，因此“无常钟”也就不受时间限制。无常，这里指人的死亡。

［21］哩：原作“里”，径改。

［22］“扬州”二句：明·孟称舜《古今名剧合选·柳枝集》眉批：“苦谑。”消耗，指音信、消息、声息。害倒，倒霉、一命呜呼。

［23］命蹇：命运坎坷、倒霉。也指仕途上的困顿、不顺利。宋·郑侠《醉翁行》：“才高命蹇成遗滞，四十余年州县吏。”

［24］张家庄：原为“张家村”。依前文，当为“庄”。《古今名剧合选·酹江集》本即为“庄”。从改。

［25］卓：用同“桌”。

［26］珓（jiào 音叫）儿：指“杯珓”，下文作“碑珓儿”，同义，是占卜用的一种器具。一般用玉、蚌壳、竹木等物制成。占卜者将其投掷于地，以其俯仰卜测顺逆吉凶，因又称“卜珓”“掷珓”。

［27］芹泥：燕子用以筑巢的草泥。宋·曹冠《喜朝天》：“芹泥带湿燕双飞，杜鹃啼诉芳心怨。”这里借指碑珓，带有轻蔑和辱骂之意，犹“臭物件”“土坷垃”。

［28］遮莫：或者、也许、莫非。

［29］角木蛟：星宿（xiù 音秀）名，即角宿，为东方苍龙七宿之第一宿。

［30］氐土貉：星宿名，即氐宿，为东方苍龙七宿之第三宿。角宿和氐宿这两宿用以指龙神。张镐骂龙神，招致后面龙神对他的报复。

［31］渰（yān 音淹）：通“淹”。

［32］曲蟮（shàn 音善）：蚯蚓。

［33］捣椒壁：以花椒捣泥涂壁。这样的墙壁馥郁芬芳而又能驱虫、防虫蛀。古时后妃所居的“椒房”，其壁即为捣椒壁。贵族之家、寺院、庙宇等建筑亦常以椒

泥涂墙，既芳香宜人又显得华贵庄严。

[34] 雨旸（yáng 音杨）：雨过天晴。《魏书·天象志三》：“皆雨旸失节，万物不成候也。”

[35] 曳剌：契丹语，壮士、走卒之意。唐代回纥（hé 音合）语谓之“曳落河”。

[36] 牌子：古代朝廷用以说明身份的官方通行证，用象牙、乌木等材料制作，系挂于腰带上。明·刘若愚《酌中志·内臣服佩纪略》详细地描述了牌子的样式、上书文字以及牌上装饰和系挂方式：“牙牌，内官监题本，于内承应库领讨，象牙制造。每升奉御或长随，即给一面，将原带乌木牌换收。按御用监等衙门，各有号数，一边刻忠字若干号，一边刻某监某衔。亦间有私买者、司糟者，从来不禁。其制有云尖，下方微阔而上圆，可重六七两不等。近将旧牙牌不用，另换给新制牙牌，一面横用篆文某衙门，下书衔，一面载‘不许借失’等字。为官物也，无私造者。”又，“乌木牌，其制荷叶尖头，圆径二寸许。一面刻‘内使’或‘小火者’字样，一面用长方火印于中，其篆文四字曰‘关防出入’。而火印两旁，分刻小字或内字若干号。此系官物，无敢私造者。凡遇失落，必题知惩处另给”。又“牌穗，其制用象牙或牛骨做管，青绿线结宝盖三层，圆可径二寸，下垂红线长八寸许，内悬牙牌或乌木牌，上有提系青绦。凡穿圆领随侍及有公差、私假出外，本等带之左，即悬此牌穗。如平居在宫，穿曳撒者、贴里者，俱带牌穗有绦”。

[37] 傻屌（diǎo 音屌）：詈辞，意同“傻蛋”“傻瓜”。屌，同“屌”，男子阴茎的俗称。

[38] “好块子马”二句：意为好匹马，我跑得飞快也赶不上它。块子，量词，这里是“一匹”的意思。脚打着脑杓（sháo 音勺）子，形容跑得飞快，后脚跟扬起来都打着后脑勺了。

[39] 梅香：丫鬟、婢女。明·王骥德《曲律·论部色》谓：元杂剧中，“凡婢皆曰梅香”。

[40] “挣命”句：拼命挣扎时蹭擦出来、深深地留在地上的印痕。

[41] 枣穰金：枣红色的金子、赤金。或以为是“金条”的俗称。

[42] 白破：说破、戳穿。

[43] 肯分的：恰好、凑巧。

[44] 轴头儿厮抹着：两车相遇时车轴儿相擦碰，意为狭路相逢、冤家路窄。

[45] 看成：同“看承”，看待、对待。

[46] 辨个根苗：刨根问底、分辨清楚。

[47] 儿女曹：小人之类、小人之辈。曹，辈、类。

[48] 刎颈交：原意为齐生死而刎颈无悔。这里反用其义，即张浩让曳剌来对张镐“刎颈”，即杀害张镐。

[49] 郡诰：指除授张镐为吉阳县令却被张浩冒领的诏令。郡，此处泛指包括郡县在

内的地方行政区划。

[50] 恩临：恩情。临，由尊适卑、自上莅下地降临，如光临。这里的“恩临”，犹“您施予的恩情”，带有恭敬、感激不尽的意思。

[51] 待诏：宋元时对那些具有一技之长的手艺人如工匠、画匠等的尊称。

[52] 不干事：不会办事。

[53] 饮（yìn 音印）：给牲畜水喝。

第三折

（范仲淹上，云）老夫范学士。自从将兄弟张镐加为吉阳县令，至今音信皆无。老夫今奉圣人的命，差老夫饶州[1]公干。收拾行装，便索往饶州走一遭去来。（下）

（外扮长老上，诗云）涧水煎茶烧竹枝，袈裟[2]零落任风吹。看经只在明窗下，花落花开总不知。贫僧乃荐福寺长老。自幼出家，剃度为僧，经文佛法，无不通晓。我这寺中碑亭内，有一统碑文，是颜真卿[3]写的，就是他亲手镌的。书法精妙，寺中以为至宝，等闲人不得见。近日有一人姓张名镐，是范学士的朋友。因持三封书投托人，妨杀了两个人，流落在此。贫僧每日斋食管待。今日无甚事，请到方丈中，与此人攀话，这早晚敢待来也。（正末上，云）打听的范学士哥哥在此饶州为刺史，小生一径的投到饶州来。不想哥哥又宣的回去，将小生淹留在此，这荐福寺中安下，多多的定害这长老。早间使人来请小生，须索方丈中走一遭去呵！（唱）

【中吕·粉蝶儿】千里而来，早则不兴阑[4]了子猷访戴，干赔了对践红尘踏路的芒鞋。则俺那守饶州范学士，故人安在？哥也，不争你日转千阶，我便是第三番又劫着个空寨[5]。

【醉春风】行杀我也客路远如天，闪杀我也侯门深似海。趁着这木鱼声，每日上堂斋；秀才也更做甚么客、客？谢长老慈悲，为小生贫困，将我做上宾看待。

（见长老科，云）长老，小生在此，多混践长老也。（长老云）不敢。请坐。敢问先生学成满腹文章，为何不进取功名，划地流落四方，是何主意？（正末云）长老不问呵，小生不敢说。休嫌絮烦，听小生说一遍咱。（长老云）先生慢慢说一遍。（正末唱）

【石榴花】小生可便等三年一度选场开，守村院看书斋。（长老云）当初范学士可怎生相访来？（正末唱）不想俺那月明千里故人来，他见我便困在万丈尘埃。（长老云）说道与了你三封书，去投奔人，如何？（正末唱）倚仗着他三封书还了我这饥寒债。（带云）好处托生也。（唱）先妨杀一个洛阳的员外，奔黄州早则无方碍[6]，半路里先引的一个旋风来。

（长老云）先生但肯谒托一两个朋友呵，必有济惠。（正末唱）

【斗鹌鹑】只为他财散人离，闪的我天宽地窄。抵死待要屈脊低腰，又不会巧言令色，况兼今日十谒朱门九不开。休道有七步才[7]，他每道十二金钗，强似养三千剑客。

（长老云）先生何不进取功名，自甘流落？（正末云）小生待要往京师去，争奈缺少盘缠。（长老云）既然如此，你若进取功名呵，我无物相赠，我这碑亭中有一通碑文，乃是颜真卿书法。我将一千张纸、几锭墨，教小和尚打做法帖，卖一贯钱一张，往京师去，一路上做盘缠，意下如何？（正末唱）

【普天乐】谢吾师，倾心爱，有田文义气、赵胜[8]的胸怀。打一统法帖[9]碑，去向京师卖。到处里书生都相待，谁肯学“有朋自远方来”[10]？那里取鸣时的凤麟，则别些个喧檐的燕雀，当路的狼豺。

（长老云）先生，今日天色晚了，到来日着行者与你打法帖。老僧回

方丈中去也。（下）（正末云）我闭上这门，就方丈中宿过一夜。明日五更前后，打了这碑文，慢慢的上路便了。（内做雷响科）（云）兀的雷响，不下雨也！我开了这门试看咱。好大雨也呵！（唱）

【红绣鞋】本待看金色清凉境界，霎时间都做了黄公水墨楼台[11]。多管是角木蛟当直圣亲差，把黄河移得至，和东海取将来，抵多少长江风送客。

（带云）这雨越下的大也！（唱）

【上小楼】这雨水平常有来，不似今番特煞[12]。这场大雨，非为秋霖，不是甘泽，遮莫是箭杆雨，过云雨[13]，可更淋漓辰霭。（带云）我今夜不读书，（唱）看你怎生飘麦[14]。

（带云）兀的不吓杀我也！（唱）

【幺篇】振乾坤雷鼓[15]鸣，走金蛇[16]电影开。他那里撼岭巴山[17]，搅海翻江，倒树摧崖。这孽畜，更做你这般神通广大，也不合佛顶上大惊小怪。

（龙神上，云）鬼力[18]轰碎了碑文！这张镐，你听者！（诗云）莫瞒天地昧神祇，祸福如同烛影随。善恶到头终有报，只争来早与来迟。（下）（正末云）天色明了，我看那碑文。呀！一夜雷轰碎了这碑文也！（唱）

【满庭芳】粉碎了阎浮世界[19]，今年是九龙治水，少不的珠露成灾。将一统家丈三碑霹雳做了石头块，这的则好与妇女捶帛。把似[20]你便逞头角[21]欺负俺这秀才，把似你便有牙爪近取那澹台[22]。周处[23]也曾除三害，我若得那魏徵剑来，我可也敢驱上斩龙台[24]！

（云）怎生不见长老到来？（长老上，云）张先生，一夜雷雨不住，可是怎生？（正末云）长老，一夜雷轰碎了这碑文也！（长老云）你因甚恼着雷神来？（正末唱）

【快活三】你不去五台山里且逃乖，干把个梵王宫[25]密云埋。则待要倒天河淹没了讲经台，那里取日月光琉璃界。

【鲍老儿】当日个七个女思凡[26]养着俺这秀才，那其间可不好霹碎了天灵盖。古庙里题诗是我骂来，我不曾学了煮海张生[27]怪。我腹怀锦绣，剑挥星斗，胸卷江淮，饶你冲开海岳，磨昏日月，崩塌山崖。

（云）长老，小生命运如此，是天不容小生也！这殿角边有株槐树，要我这性命做甚么？倒不如撞槐身死。（范仲淹冲上拖末，云）蝼蚁尚且贪生，为人何不惜命？（正末唱）

【十二月】我为甚的做鉏麑触槐[28]，拚[29]舍了这土木形骸？（范仲淹云）孔子有言："吾岂匏瓜也哉[30]！"想你满腹文才，一时未遇，何便不振如此？（正末唱）想吾岂匏瓜也哉，好着我无处安排。（范仲淹云）我不曾与你三封书来？（正末唱）再休题三封书与我添些儿气概，怎知道救不得我月值年灾。

【尧民歌】做了场蒺藜沙上野花开[31]。（范仲淹云）指望你金榜标名。（正末唱）但占着龙虎榜，谁思量这远乡牌[32]？那里是扬州车马五侯宅，今日个洛阳花酒一齐来？哀也波哉，西风动客怀，空着我流落在天涯外！

（范仲淹云）兄弟也，你则今日跟的我往京师见圣人去来。（正末云）小生情愿跟的哥哥走一遭去。（唱）

【耍孩儿】更怕我东南倦上红尘陌，空惹的行人赛色[33]。可不骑

鹤人枉沉埋[34]，把着个颜回瓢也叫化的回来[35]。未曾结庐山长老白莲社[36]，正遇着东海龙王大会垓[37]。他共我冤仇大，将这座药师佛海会[38]，都变做赵太祖凶宅[39]。

【二煞】若不是八金刚[40]护着寺门，险些儿四天王[41]值着水灾，偏这条龙不受佛家戒。恰才禅灯老衲开青眼[42]，可又早荐福碑文卧绿苔。空悲慨！他风云已遂，我日月难捱。

【一煞】虽然相公回百姓安，则怕小生行雨又来，也是我曾经着蛇咬自惊怪。我则见一株松影横僧舍，错认做个千尺苍龙卧殿阶[43]，真无奈。今日贵神迎见喜，我问甚么青龙洞求财。

【煞尾】相公文章欺董仲舒[44]，诗才过李太白。则为这三封书赍发我做十年客，你则休教八辅相[45]葫芦提了那万言策[46]。（同下）

（长老云）贫僧无甚事，陪着范学士同赴京师走一遭去来。（下）

---

［1］ 饶州：州，路、府名。宋时属江南东路，辖鄱阳、余干、浮梁、乐平、德兴、安仁六县，治所在鄱阳（今江西省鄱阳县）。

［2］ 袈裟（jiā shā 音加沙）：梵文原意为“不正色”，佛教僧众身上的法衣，偏袒右肩，又称偏衫。按照佛制，僧人必须避免用青、黄、赤、白、黑五种正色，而用似黑之色，故称。原译作“毠毟”，晋·葛洪撰《字苑》，改从衣作“袈裟”。

［3］ 颜真卿（709—785）：字清臣，琅琊临沂（今山东省临沂市）人。唐大臣，书法家。历官吏部尚书、太子太师，封鲁郡公，人称颜鲁公。德宗时，奉旨往劝叛臣李希烈，被杀害。书法在褚遂良、张旭的基础上有所创新发展，自成一体，与柳公权并称“颜柳”。有《颜鲁公文集》行世。新、旧《唐书》皆有传。

［4］ 兴阑：兴尽、意兴索然。

［5］ 劫着个空寨：意思是扑了个空。

［6］ 方碍：妨碍。

［7］ 七步才：在走短短七步的时间里，就能成诗为文。比喻人的才思敏捷。南朝宋·刘义庆《世说新语·文学》：“（魏）文帝（曹丕）尝令东阿王（曹植）七步

中作诗，不成者行大法。应声便为诗曰：‘煮豆持作羹，漉菽（lù shū 音鹿叔）以为汁。萁在釜下然（燃），豆在釜中泣。本自同根生，相煎何太急？’帝深有惭色。”

［8］ 田文、赵胜：指战国时齐国的孟尝君田文和赵国的平原君赵胜，他们都以豪爽好义、礼贤纳士而名闻天下。《史记》均有传。

［9］ 法帖（tiè）：犹字帖。名家、大家书法艺术的范本。

［10］ “谁肯学”句：这里是“谁肯礼贤下士，为得到豪杰英才而衷心高兴”的意思。语出《论语 · 学而》：“有朋自远方来，不亦乐乎。”

［11］ 黄公水墨楼台：指元代大画家黄公望及其画作。黄公望（1269—1354），字子久，号一峰、大痴道人，平江常熟（今江苏省常熟市）人。精山水；其水墨画常运以草籀（zhòu 音宙）之法，苍茫雄秀，论家谓之“峰峦浑厚，草木华滋”，对明清山水画影响深远。与吴镇、倪瓒、王蒙一起被称为元代四大画家。

［12］ 特煞：反常、异样、特别。

［13］ 箭杆雨，过云雨：均指骤雨、急阵雨。箭杆雨，当时称某一类型雨的俗语，形容雨来势凶猛，雨点似箭，又粗又急。宋 · 陆游《夜雨》诗：“浓云如泼墨，急雨如飞镞。”正是这种境界。过云雨，即阵头雨，雨云黑而厚，雨水暴泻。

［14］ 飘麦：暴雨将麦子飘（漂）走、冲走。典出《后汉书 · 逸民列传 · 高凤》：高凤，字文通，南阳叶（今河南省叶县）人。家以农亩为业，但好读书。“妻尝之田，曝麦于庭，令凤护鸡。时天暴雨，而凤持竿诵经，不觉潦水流麦。妻还怪问，凤方悟之。”

［15］ 雷鼓：古人以为雷声是雷公击鼓的声音。唐 · 张仲甫《雷赋》：“阴阳相荡，感成雷乎，号曰天地之鼓。”

［16］ 金蛇：比喻闪电。宋 · 陆游《南遇风大雨》诗：“千群铁马云屯野，百尺金蛇电掣空。”

［17］ 撼岭巴山：山岭被震撼得像要被刨去一般，形容雷雨之狂猛。巴，刨、挖、破的意思。

［18］ 鬼力：犹鬼仆，鬼中的侍从、仆从。

［19］ 阎浮世界：泛指人世间、人生浊世。阎浮，亦作“阎扶”，梵（fàn 音范）语的音译，大树名。又，梵语“南阎浮提”的简称，意为人间世界。

［20］ 把似：假使、倘若、如果。

［21］ 逞头角：抖威风。头角，气概、威风。

［22］ 澹（tán 音谈）台：指澹台灭明。春秋时鲁国武城（今属山东省）人，字子明，孔子弟子。为人克己自守，光明正大。《论语 · 雍也》：“有澹台灭明者，行不由径，非公事，未尝至于偃之室也。”澹台，复姓。

［23］ 周处（240—299）：字子隐，西晋义兴阳羡（今江苏省宜兴市）人。吴时为东观左丞，晋灭吴后，官至御史中丞。为人刚直，纠劾奸佞，不避宠戚。后在平

叛战争中，因遭权贵报复，军无后继，弦绝矢尽，力战而殁。周处在少年时，横行霸道，乡里人将他和蛟、虎并称为“三害”。后他杀虎除蛟，又师从陆云，励志好学，终成一个志存义烈、忠信克己之人。《晋书》有传。

[24] “我若”二句：指民间传说魏徵梦斩泾河龙王的故事。魏徵（580—643），字玄成，馆陶（今河北省邯郸市馆陶县）人。隋末，先后从李密、窦建德；入唐后，曾任谏议大夫、秘书监（jiàn 音见）、侍中等职，封郑国公。直言敢谏，屡陈治国为政之道，凡数十万言，为唐代著名政治家。魏徵死后，唐太宗尝临朝谓侍臣曰：“夫以铜为镜，可以正衣冠；以古为镜，可以知兴替；以人为镜，可以明得失。朕常保此三镜，以防己过。今魏徵殂逝，遂亡一镜矣！”新、旧《唐书》均有传。

[25] 梵王宫：大梵天王之宫殿，泛称佛寺。这里即指荐福寺。

[26] 七个女思凡：民间传说故事。谓董永家贫，卖身葬父。玉帝的第七个女儿即七仙女下凡，与董永结为夫妇，代其织绵偿债赎身。后玉帝震怒，拘七仙女回天庭，只允许他俩每年的七月初七日团圆一次。故事大抵源于汉代古诗十九首之一的“迢迢牵牛星，皎皎河汉女……盈盈一水间，脉脉（mò mò 音莫莫）不得语。”三国魏・曹植《灵芝篇》则将之进一步具体化：“董永遭家贫，父老财无遗。……天灵感至德，神女为秉机。”在东晋・干（gān）宝《搜神记・董永》中，织女和董永的故事情节有了进一步的发展。可见此故事在魏晋间已广为流行，以后更日趋丰富圆熟。明代传奇《织锦记》和现代黄梅戏《天仙配》，即敷演七仙女的故事。这里的“七个女”，当指七仙女。

[27] 煮海张生：神话传说。书生张羽与龙女相爱，遭到东海龙王的反对。后在神仙的支持下，张羽煮沸海水，制服龙王，并与龙女喜结良缘。元・李好古的《张生煮海》杂剧，即敷演这一故事。

[28] 鉏麑（chú ní 音除泥）触槐：鉏麑（？—前 607）春秋时晋国力士。晋国大臣赵盾刚正耿介，屡屡直谏而触怒灵公，灵公便派鉏麑去刺杀赵盾。鉏麑目睹赵盾勤劳王事，不忍加害之，但又难违君命，遂触槐自杀。《史记・晋世家》载：灵公十四年，“使鉏麑刺赵盾。盾闺门开，居处节，鉏麑退，叹曰：‘杀忠臣，弃君命，罪一也。’遂触树而死”。

[29] 拚（pàn 音盼，又读 pīn 音拼）：舍弃、豁出去。

[30] 吾岂匏（páo 音袍）瓜也哉：意思是说，我又不是匏瓜，因不能食用而被冷落，被系于一隅；我总是要图仕进发展的。语出《论语・阳货》：“吾岂匏瓜也哉？焉能系而不食？”朱熹注：“匏瓜系于一处而不能饮食，人则不如是也。”后因以匏瓜比喻不能仕进或升迁。匏瓜，俗称“瓢葫芦”，不能吃，成熟后剖开可作水瓢。

[31] “蒺藜”句：犹如沙地上的蒺藜和野花一样，无人理睬，任其自生自灭。比喻明珠尘埋，人才不被赏识重用。为宋元时习用语。

[32] 远乡牌：古时客死他乡之人的墓牌，牌上写有死者姓名、简历，以备亲人认领。

[33] 赛色：赌赛，投掷骰（tóu 音投）子以赌输赢。

[34] 骑鹤人枉沉埋：有着远大志向的人却白白地被埋没。南朝梁·殷芸《小说》卷六："有客相从，各言所志，或愿为扬州刺史，或愿多资财，或愿骑鹤上升。其一人曰：'腰缠十万贯，骑鹤上扬州。'欲兼三者。"后因以骑鹤人喻指欲集做官、发财、成仙三者于一身的人。

[35] "把着个"句：拿着个颜回那样的瓢乞讨着回来。颜回（前521—前490），字子渊，因亦称颜渊，安贫乐道而德行过人。早卒，孔子极为悲痛。被后世尊为"复圣"。

[36] "庐山"句：被后世推为净土宗初祖的慧远（334—416），于东晋太元六年（381年）入庐山东林寺，与慧永、慧持、刘遗民、雷次忠等人专修弥陀净土法门，誓愿往生西方净土，掘地种植白莲，因称"白莲社"。白莲社亦称"莲社"。庐山长老即指慧远等高僧。这里喻指荐福寺长老。

[37] 大会垓：犹"大会战"。垓，垓下。楚汉战争中，刘邦和项羽会兵垓下，进行决战。这里指龙神在荐福寺下雷暴大雨。

[38] 药师佛海会：佛门盛会。这里喻指荐福寺。药师佛，"药师琉璃光佛"的简称；或谓指药王菩萨。海会，佛家把众圣的聚会称作"海会"，意谓德深数众犹如大海而名。

[39] 赵太祖凶宅：赵太祖，指宋太祖赵匡胤。元·李好古有《赵太祖镇凶宅》杂剧，惜已佚。庄一拂《古典戏曲存目汇考》对此写道："演义有赵匡胤过桃花村避棍徒张亮，误宿其家祛巫常鬼事，不知是否即此题材。"或疑"赵太祖凶宅"是指历史传说宋太宗赵光义杀兄夺位，即所谓"烛影斧声"事。宋·文莹《续湘山野录》、《续资治通鉴长编》、明·柯维骐《宋史新编》等书均有相似记述，谓一夕，宋太祖召弟光义入大寝，酌酒对饮，悉屏宦官宫女。但遥见烛影，并有斧声传闻于外。赵光义留宿禁内。将五鼓，太祖崩殂（cú 音徂）。但此传说并无根据，后人多有为之辩诬者。

[40] 八金刚：指佛教中八个手持金刚杵的侍从护卫力士。

[41] 四天王：佛教中帝释的护法将领，分别居于须弥山的四方，因亦称护世四天王。四天王，佛教所说的四个护法神；较大的寺庙里，在头门的两旁，分别立有四大天王的塑像。

[42] "禅灯"句：意谓荐福寺长老对张镐特别照顾，让他拓碑文打做法帖，以作盘缠。禅灯，寺庙中的灯火，这里喻指荐福寺。老衲，老和尚、老僧。因僧服常以各色碎片拼衲而成，故僧徒常自称或被称为"衲子""老衲"等。青眼，指正眼看人，其时瞳仁正对被视之人，呈青黑色，故曰"青眼"，表示对被看人的喜爱、尊重。与此相反的则为"白眼"，意为不屑正视对方，轻蔑或憎恶地

予以上视、斜视，其时目中仅露眼白，故谓之“白眼”。《晋书·阮籍列传》：“籍又能为青白眼，见礼俗之士，以白眼对之。及嵇喜来吊，籍作白眼，喜不怿（yì 音亿）而退。喜弟康闻之，乃赍酒挟琴造焉，籍大悦，乃见青眼。”

［43］“则怕”四句：明·孟称舜《古今名剧合选·柳枝集》眉批：“写惊弓之状，工妙。”

［44］董仲舒（前179—前104）：广川（今河北景县西南）人。西汉儒家今文经学大师。向汉武帝提出“诸不在六艺之科、孔子之术者，皆绝其道，勿使并进”，为汉武帝所采纳，从而确立了儒学在中国两千余年封建社会中的正统地位。其“天人感应”学说，为君权神授打下了理论基础。主张限制大地主兼并土地，对缓和社会阶级矛盾有积极意义。曾官江都相、胶西王相，后去位归居，终不问田产家业，以修学著书为事。有《董子文集》《春秋繁露》等行世。《汉书》有传。

［45］八辅相：指宰相。八辅，犹八州。古时称宇内共九州，而人皇居中州以制八州，八州之长则共辅人皇以治理全国。此处指范仲淹。

［46］葫芦提了那万言策：马马虎虎忘记了我献的那安邦治国的万言长策。

第四折

（范仲淹上，云）老夫范学士。自与兄弟张镐同到京师，见了圣人，日不移影，对策百篇。圣人见喜，加为头名状元。今日驿亭中安排茶饭，管待状元。令人请去了，这早晚敢待来也。（正末上，云）张镐，怎想有今日也呵！（唱）

【双调·新水令】往常我望长安心急马行迟，谁承望坐请了一个状元及第。恕面生也白象笏[1]，少拜识也紫朝衣。今日个列鼎而食[2]，煞强如淡饭黄齑[3]。到今日恰回味。

【驻马听】当日个废寝忘食，铸铁砚长分磨剑的水；到今日攀蟾折桂[4]，步金阶才觅着上天梯。得青春割断管宁席[5]，险白头掷却班超笔[6]。谢罢礼，君恩敕赐平身立。

（做见科）（范仲淹云）兄弟峥嵘有日，奋发有时。若不是这一番举荐

呵，岂有今日！（正末云）不干哥哥事。（范仲淹云）果然不干我事，是兄弟的才学过人。（正末云）也不是。（范仲淹云）都不是呵，凭甚么得这官来？（正末唱）

【雁儿落】都则为范张鸡黍期[7]，今日得龙虎风云会。你休夸举荐心，我非得文章力[8]。

【得胜令】都则为那平地一声雷，今日对文武两班齐。想当初在古庙里题诗句，谁承望老龙王劈破面皮。其实，驱逼的我无存济[9]，谁知，可元来运通也有发迹。

（长老上[10]，云）贫僧来到这京师，听知的张镐中了头名状元，在于驿亭中。我望相公走一遭去。（做进见科）（范仲淹云）长老间别[11]无恙？（正末云）长老勿罪。（长老云）恭喜相公已得美除[12]。（正末唱）

【落梅风】当日个荐福碑，多谢你老禅师倒赔了纸墨。不想那避乖龙[13]肯分的去碑上起，可早霹雳做粉零麻碎。

（宋公序上，云）小官宋公序。听知的范学士哥哥在驿亭中，我先去见哥哥去。赵实，你休着走了那张浩，只在这里等着。来到门首，我自过去。（做见范科，云）哥哥一别许久。（范仲淹云）相公，你与这相公厮见。（宋问科，云）敢问哥哥，这位是谁？（范仲淹云）则这个便是张镐。（看张云）兄弟，这个便是扬州太守宋公序。（正末唱）

【水仙子】枉自有三封书札袖中携，我则索拨尽寒垆一夜灰。眼睁睁现放着傍州例，我则去那菜馒头处拖狗皮[14]，早两桩儿送的来路绝人稀。（范仲淹云）兄弟，那死的死了，扬州为何不去？（正末唱）便道你扬州牧，能意气，我则怕又做了死病难医[15]。

（宋公序云）哥哥不知，您兄弟路上拿住一个假张浩也。（范仲淹云）

在那里？拿将过来。（正末云）张仲泽，我和你有甚冤仇，着人杀坏我来？（净云）“知之为知之，不知为不知。”（正末唱）

【川拨棹】你道你便老实，你不知为不知，你只会拽耙扶犁，抱瓮浇畦。万言策谁人做的？你待要狐假虎威。哎，你个贾长沙[16]省气力。

【七弟兄】就里、端的，现放着试金石。这是万邦取则鱼龙地，对金銮壮志吐虹霓，不比你那看青山满眼骑驴背。

【梅花酒】呀，张仲泽你忒下得！说小生当日，正波迸流移，无处可也依栖。他倚恃着黄金浮世在，我险些儿白发故人稀。当日在村庄里，村庄里、教学的，教学的、谢天地，谢天地、遂风雷，遂风雷、脱白衣，脱白衣、上丹墀，上丹墀、帝王知，帝王知、我身亏，我身亏、那一日，那一日、便心里，便心里得便宜。

【收江南】呀，你今日讨便宜翻做了落便宜！你待将沤麻坑[17]，索换我那凤凰池[18]。（净云）可怜见我父亲年纪高大，又有疾病哩。（正末唱）你道你父亲年老更残疾，他也不是个好的：常言道“老而不死是为贼”[19]。

（云）只不见我那大恩人在那里？（曳剌云）相公认的洒家么？只我便是赵实。（末云）哥哥，受张镐两拜。（曳剌云）洒家不敢，相公请起。（范仲淹云）兄弟，你为甚么拜他？（正末云）哥哥不知，我当此一日，若不是他饶了我性命呵，岂有今日！（范仲淹云）元来有这等事。你一行人听我下断：假张浩暗赖了万言长策，诈图官爵，杀坏平人，市曹中明正典刑。赵实见义当为，不行邪径，就加你为吉阳县令。荐福寺长老，加为紫衣太师。宋公序选吉日良辰，就招女婿张镐过门[20]。老夫杀羊造酒，做一个庆喜的筵席。（众谢科）（正末唱）

【鸳鸯煞】则这远公[21]休结白莲会，谢安[22]却被苍生起。谁知也有这日，成就了宰相荐贤心，才趁了男儿仗义胆，白破[23]了贼汉拖刀计[24]，倒招了个女娇娃结眷姻，和你这老禅师为交契。大都来是书生命里，不争将黄阁玉堂臣[25]，几乎的做了违宣抗敕鬼。

题目　　三封书谒扬州牧
正名[26]　半夜雷轰荐福碑

---

［1］　象笏（hù 音互）：象牙制的手板。古代高官朝见帝王时所执，借指画和记事。

［2］　列鼎而食：喻指高贵丰盛的馔食。古时贵族按其爵位高低以配置鼎数的多寡，越官高爵显则鼎数越多。

［3］　淡饭黄齑（jī 音机）：粗劣的饭菜。齑，腌菜。

［4］　攀蟾折桂：攀登月宫，折取桂树。喻科举考试高中得第。

［5］　“得青春”句：这里反用“管宁割席”故事。管宁（158—241），字幼安，三国时北海朱虚（今山东临朐东南）人，与同县人邴原、平原高唐（今山东省禹城市）人华歆友善。东汉末，游学于外，后避居辽东达三十余年。性端严，尚节操，终身不仕。华歆（157—231），字子鱼，在汉献帝时为豫章太守。曹操征其入京，曾任尚书令。魏建国，为御史大夫。文帝即位后，任司徒。明帝时，封博平侯，转拜太尉。早在文帝黄初四年（223 年），曾荐管宁。明帝时，华歆又逊位于管宁，明帝遂又诏管宁，均为管宁所辞。管宁、华歆，《三国志·魏书》均有传，但不载“管宁割席”事。“管宁割席”，典出南朝宋·刘义庆《世说新语·德行》：“（管宁、华歆）尝同席读书。有乘轩冕过门者，宁读如故，歆废书出看。宁割席分坐曰：‘子非吾友也。’”张镐在这里的意思是说，自己已然得官入仕，不学“管宁割席”那样不走仕途了。

［6］　“险白头”句：险些等到两鬓斑白的时候，才像班超那样投笔从戎，为国效力。《后汉书·班超列传》：班超“尝辍业投笔叹曰：‘大丈夫无它志略，犹当效傅介子、张骞立功异域，以取封侯，安能久事笔研间乎？’”

［7］　范张鸡黍期：范式和张劭如期准备赴约鸡黍之会，表现了朋辈之间的诚信和友谊。据《后汉书·独行列传·范式》载，范式和张劭为游太学时的朋友。在两人告别各自回乡时，范式相约于二年后往拜张劭之母并见其稚子。至其日，张劭设馔以候，范式亦如期到达，“升堂拜饮，尽欢而别”。元·宫大用有《死生

交范张鸡黍》杂剧，即敷演范、张间的生死情谊，可参阅。这里喻指范仲淹对张镐的深厚情谊及全力支持，才使张镐得遂入仕报国之志，即下句所谓“今日得龙虎风云会”。

[8] “你休夸”二句：明·孟称舜《古今名剧合选·柳枝集》眉批：“透语。”

[9] 无存济：无法生存。

[10] 上：原脱漏，据《元明杂剧》本补。

[11] 间（jiàn 音剑）别：离别、分别。

[12] 美除：美好的除授，得到了一个好官职。

[13] 避乖龙：传说中的一种避乖躲懒、逃避行云布雨之艰辛的龙。

[14] 拖狗皮：明·孟称舜在《古今名剧合选·酹江集》本作眉批谓：“拖狗皮，元剧中常用，似为帮闲汉语。”仔细推究，大致有打秋风、吃白食，胡搅蛮缠、死皮赖脸等义；这里指前者。

[15] “便道你”三句：明·孟称舜《古今名剧合选·柳枝集》眉批：“一篇照应。”

[16] 贾长沙：指西汉文学家贾谊。贾谊（前200—前168），洛阳人。十八岁时即文名大振。文帝时为太中大夫。后被朝臣排挤，谪贬为长沙王太傅，后人因称贾谊为“贾长沙”。今人辑有《贾谊集》传世。《汉书》有传。贾，谐音为“假”，这里有讽刺张浩为冒名顶替的“假张镐”“假（贾）长沙”的意思。

[17] 沤（òu 音怄）麻坑：也作“沤麻池”。沤麻的水坑或水池。沤，长时间浸泡。

[18] 凤凰池：禁苑中池沼。魏晋南北朝时设中书省于禁苑，掌管机要，接近皇帝，故称中书省为“凤凰池”。唐代宰相称同中书门下平章事，故多以“凤凰池”指宰相职位。

[19] 老而不死是为贼：是责骂老而无德行者的话，出自《论语·宪问》：“子曰：幼而不孙弟（xùn tì 音训替。孙，通‘逊’。弟，通‘悌’），长而无述焉，老而不死，是为贼。”贼，祸害。

[20] 门：原误为“问”，据《元明杂剧》本、《古名家杂剧》本、《古今名剧合选·酹江集》本改。

[21] 远公：指东晋高僧慧远。慧远（334—416），俗姓贾，雁门郡楼烦人，曾主持庐山东林寺。善诗文，与刘遗民、宗炳、慧永等结白莲社。见南朝梁·慧皎《高僧传·义解二·释慧远》。

[22] 谢安（320—385）：字安石，陈郡阳夏（jiǎ 音甲）（今河南省太康县）人。东晋孝武帝时曾任宰相。前秦苻坚南侵，他使其弟谢石、侄儿谢玄为将领，自为征讨大都督，指挥了著名的淝水之战，大败苻坚，功拜太保。后又令谢玄北伐，收复洛阳等大片土地。《晋书》有传。

[23] 白破：说破、揭破、戳穿。

[24] 拖刀计：古时与敌人作战，诈败佯输，拖刀而逃；等敌人追近时，乘其不备，突起反击而胜之。因常以“拖刀计”喻指机谋、阴谋。

[25] 黄阁玉堂臣：喻指宰辅大臣。黄阁，汉代丞相、太尉和汉以后三公官署的厅门皆涂黄色，因又常以黄阁代指宰相。玉堂，汉时有玉堂殿，在未央宫中，为学士待诏之所。宋以后翰林院称“玉堂”。

[26] 题目正名:《古名家杂剧》本和《古今名剧合选·酹江集》本的题目正名均作:“三载谩思龙虎榜，十年身到凤凰池。三封书谒扬州牧，半夜雷轰荐福碑。”《元明杂剧》本“十年”为“十季”。

吕洞宾三醉岳阳楼

《吕洞宾三醉岳阳楼》简称《岳阳楼》,《录鬼簿》《太和正音谱》均有著录。今存版本主要有《古名家杂剧》本、《元曲选》本。两种版本有差异：一、二折词句稍有不同，第三折差别较大，前者〔滚绣球〕下有〔道情曲〕等五曲，后者只〔伴读书〕等三曲，词句也不同。第四折也有较大差异。今据《元曲选》本。此剧为神仙道化剧。剧写“八仙”之一的吕洞宾到岳阳楼饮酒，见柳树精可以度脱，但因其未得人身，便叫它去郭家投胎。又有杜康庙前的白梅树，也有灵气，又让梅树精去贺家投胎。二树精投胎后，一为郭马儿，一为贺腊梅，二人结为夫妻。三十年后，吕洞宾下凡来，要度二树精成仙。贺腊梅很快悟道；郭马儿却留恋红尘，迟迟不能省悟。于是吕洞宾三到岳阳楼，通过种种变幻，开启郭马儿的道心，终于使他记起前生之事，明晓了道法，成为仙人。故事情节离奇荒诞，充满道家的出世思想，但并不乏人世间的情趣与炎凉。故事的来源，清·俞樾《小浮梅闲话》引宋·郑景《望蒙斋笔谈》云：客有言吕洞宾事者，云近岁曾过城南一古寺，题二诗于壁间而去。其一云:“独自行来独自坐，无限世人不识我。惟有城南老树精，分明知道神仙过。”相传另一首为:“朝游北海暮苍梧，袖有青蛇胆气粗。三醉岳阳人不识，朗吟飞过洞庭湖。”

第一折

（净扮酒保上，诗云）俺家酒儿清，一贯买两瓶。灌得肚儿胀，溺[1]得膫儿疼[2]。自家店小二是也。在这岳阳楼下开着一个酒店。但是南来北往，经商客旅，做买做卖，都来这楼上饮酒。今日早晨间，我将这旋锅儿烧的热了，将酒望子[3]挑起来。招过客！招过客！（正末扮吕洞宾提墨篮上，云）贫道姓吕名岩，字洞宾，道号纯阳子。先为唐朝儒士，后遇钟离[4]师父点化，得成仙道。贫道在蟠桃会上饮宴，忽见下方一道青气，上彻云霄，此下必有神仙出现。贫道视之，却在岳州岳阳郡。不免按落云头，扮作一个卖墨的先生。长街市上，来往君子，都来买贫道好墨也！（唱）

【仙吕·点绛唇】这墨光照文房，取烟在太华顶上、仙人掌。更压着五李三张[5]，入砚松风响。

【混江龙】梭头琴样，助吟毫[6]清彻看书窗。恰行过一区道院，几处斋堂。竹几暗添龙尾润[7]，布袍[8]常带麝脐香。早来到洞庭湖畔，百尺楼傍[9]。（做上楼科，云）是好一座高楼也！（唱）端的是凭凌云汉，映带潇湘。俺这里蹑飞梯，凝望眼，离人间似有三千丈。则好高欢[10]避暑，王粲[11]思乡。

（酒保云）我在这门首觑者，看有甚么人来。（正末唱）

【油葫芦】俺只见十二栏干接上苍。（酒保云）招过客！招过客！（正末云）休叫，休叫！（酒保云）你怎生着我休叫？（正末唱）我则怕惊着玉皇，谁着你直侵北斗建槽坊[12]。（酒保云）你看我这楼上有牌，牌上有字，上写着“世间无此酒，天下有名楼”。（正末唱）写道是岳阳楼形胜偏雄壮，更压着你洞庭春好酒新炊荡[13]。（酒保云）老师父，你看这边景致。（正末唱）翠巍巍当着楚山。（酒保云）休道是楚

山，连太山、华山都看见了。师父，你看这边景致。（正末唱）浪淘淘临着汉江。（酒保云）不要说汉江，连洞庭湖、鄱阳湖、青草湖都看见了。（正末云）正是鸡肥蟹壮之时。（唱）正菊花秋不醉倒陶元亮[14]？（酒保云）师父，你来迟了，我这酒已卖尽，无了酒也。（正末云）你道是无酒呵，（唱）怎发付团脐蟹一包黄？

（酒保云）这里有酒呵，把甚么与我做酒钱？（正末云）至如我无有钱呵，（唱）

【天下乐】我则待当了环绦[15]醉一场。（酒保云）说便这等说，实是无了酒也。（正末云）你道无酒，你闻波。（唱）那里这般清甘，滑辣香[16]？（酒保云）酒有，只你醉了不好下楼去。（正末唱）但将老先生醉死不要你偿。（酒保云）师父，这楼上好凉快哩！（正末唱）我特来趁晚凉，趁晚凉入醉乡。（酒保云）老师父，天色将晚了。（正末云）还早哩。（唱）争知俺仙家日月长。

（云）小二哥，你供养的是一尊甚么神道？（酒保云）这是初造酒的杜康。我供养着他，这酒客日日常满。（正末唱）

【那吒令】我待和你唤上那登真的伯阳[17]，你觑当更悬壶的长房[18]，不强似你供养那招财的杜康？（酒保云）师父，我买活鱼来做按酒[19]。（正末唱）休更说钓锦鳞笃新酿，待邀留他过往经商。

【鹊踏枝】自隋唐，数兴亡，料着这一片青旗，能有的几日秋光？对四面江山浩荡，怎消得我几行儿醉墨淋浪！

（酒保云）师父，我这酒赛过琼浆玉液哩。（正末唱）

【寄生草】说甚么琼花露，问甚么玉液浆。想鸾鹤只在秋江上，似鲸鲵吸尽银河浪[20]，饮羊羔醉杀销金帐[21]。这的是烧猪佛印待东坡[22]，抵多少骑驴魏野[23]逢潘阆[24]。

（酒保云）小人听得说，王弘送酒[25]，刘伶荷锸[26]，李白摸月[27]，也不似先生这等贪杯。（正末唱）

【幺篇】想那等尘俗辈，恰便似粪土墙。王弘探客在篱边望，李白扪月在江心丧，刘伶荷锸在坟头葬。我则待朗吟飞过洞庭湖，须不曾摇鞭误入平康巷[28]。

（云）小二哥，打二百长钱[29]酒来。（酒保云）先交了钱，然后吃酒。（正末云）你也说的是，与你这一锭墨，便当二百文钱的酒。（酒保云）笑杀我也！量这一锭墨有甚么好处，那里便值二百文钱？（正末云）我这墨非同小可，便当二百文钱也不多哩。（唱）

【后庭花】这墨瘦身躯无四两，你可便消磨他有几场。万事皆如此，（带云）酒保也，（唱）则你那浮生空自忙。他一片黑心肠，在这功名之上。（酒保云）我不要这墨，你则与我钱。（正末云）墨换酒，你也不要，（唱）敢糊涂了纸半张。

（酒保云）他是个出家人，我那里不是积福处，留下这墨写帐，也有用处。罢、罢，打二百文钱酒与他。老师父，酒便与你，自己吃不了，请几个道伴来吃。（正末云）小二哥，你也说的是。你看着，我请几个道伴来者。疾！你来，你来！（酒保云）在那里？（正末云）疾！你也来，你也来！（酒保云）你看这先生风[30]了。（正末云）一个舞者，一个唱者，一个把盏者，直吃的尽醉方归。（酒保云）我说这先生风了，当真风了。把袍袖往东一拂道，你来，你来！往西一拂道，你也来，你也来！一个舞者，一个唱者，一个把盏者，都在那里？（正末云）可知你不见哩。（唱）

【金盏儿】我这里据胡床[31]，望三湘，有黄鹤对舞仙童唱[32]。主人家宽洪海量醉何妨。直吃的卷帘邀皓月，再谁想开宴出红妆。但得一尊留墨客，（带云）我困了也，（唱）我可是两处梦黄粱。

（正末做睡科）（酒保云）如何？我说你吃不了二百钱的酒。我说你请几个道伴来吃，你不肯，兀的不醉了！他睡着了，可怎生是好？我这楼上妖精鬼魅极多，害了他性命，怎生是好？我索唤起他来。（做唤科）师父，你起来。这楼上妖精极多，鬼魅极广，枉害了你性命。（正末不醒科）（酒保云）他睡着了，叫不醒，怎生是好？且下楼去，收了旋锅儿，落了这酒望子，上了这板闼[33]，我再上楼去叫他去。“可扑、可扑。”老师父，你不起来，妖精出来吃了你，不干我事。我自去也。（下）

（外扮柳树精上）（诗云）翠叶柔丝满树枝，根科荣茂正当时。为吾屡积阴功厚，上帝加吾排岸司[34]。小圣乃岳阳楼下一株老柳树是也。我在此千百余年。又有杜康庙前一株白梅花在此作祟。我上楼巡绰一遭，可是为何？恐怕他伤害了人性命。今日天晚，须索上楼巡绰一遭。好奇怪！我往常间上这楼来，坦然而上，今日如何心中惧怯？既来，难道回去？须索上去。（做见科）呀！上仙在此，须索回避咱。（正末喝云）业畜，那里去？回来！（柳云）早知上仙在此，只合远接。接待不着，勿令见罪。（正末云）好可怜人也！（唱）

【醉中天】我见他拄着条过头杖，恰便似老龙王。（柳云）早知上仙在此，合当参拜。（正末唱）你这般曲脊驼腰来我跟前有甚勾当？（带云）我看你本相。（唱）我这里斜倚定阑干望。（柳云）师父望甚么？（正末云）你道我望甚么？（唱）原来是挂望子门前老杨。（柳云）小圣在此，千百余年也。（正末云）噤声[35]！（唱）你道是埋根千丈，你如今絮沾泥则怕泄漏春光。

（云）柳也，你有几般儿歹处哩。（柳云）师父，我有甚么歹处？（正末唱）

【忆王孙】亚夫营[36]里晚天凉，炀帝宫中春昼长。按舞罢楚台人断肠，你只是为春忙。（柳云）再有甚么歹处？（正末唱）饿得那

楚宫女腰肢一捻[37]香。

（云）兀那老柳，这岳阳楼上作祟的元来是你！（柳云）不干小圣事，是杜康庙前一株白梅花在此作祟。（正末云）待我看来。真是个杜康庙前一株白梅花在此作祟。好、好，兀那老柳，你跟我出家去罢。（柳云）师父，我去不得。（正末云）你为何去不得？（柳云）我根科茂盛，枝叶繁多，去不得。（正末云）他是土木形骸，到发如此之语。（唱）

【金盏儿】我是个吕纯阳，度你个绿垂杨。你则管伴烟伴雨在溪桥上，舞东风飘荡弄轻狂。如今人早晨栽下树，到晚来要阴凉。则怕你滋生下些小业种，久已后干撇下你个老孤桩。

（云）老柳，你跟我出家去来。（柳云）既领师父训教，情愿跟师父出家。但我土木形骸，未得人身，怎生成的仙道？（正末云）你也说的是。土木之物，未得人身，难成仙道。兀那老柳，你听着，你往下方岳阳楼下，卖茶的郭家为男身，名为郭马儿；着那梅花精往贺家托生为女身，着你二人成其夫妇。三十年后，我再来度脱你。（做与墨篮科，云）你与我将着这物。（柳做头顶科，云）师父，我这般将着是么？（正末云）不是，再将者。（三科）（正末云）都不是，将来，将来。他是土木之物，未曾得人身，如何便能知道。你看者。（正末抱篮科，唱）

【赚煞】似我这般抱定墨篮儿。（柳抱篮科，云）师父，这般将着可好么？（正末唱）兀的不才似一个人模样。（柳云）师父，你怎生识的小圣来？（正末唱）我底根儿[38]把你来看生见长。（柳云）师父仙乡何处？（正末唱）我家住在白云缥缈乡。（柳云）那里幽静么？（正末唱）俺那里无乱蝉鸣聒噪斜阳。（柳云）徒弟去则去，则是舍不的这一派水也。（正末唱）量湖光，不大似半亩芳塘。（柳云）徒弟省[39]了也。

（正末唱）你峪[40]做了长亭系马桩。（柳云）敢问师父两句言语，合道不合道，是怎么说？（正末云）你一句句问将来。（柳云）师父，合道是怎生？（正末唱）合道在章台路傍。（柳云）不合道可是怎生？（正末唱）不合道你则在灞陵桥[41]上。（云）你若肯跟我出家，教你学取一个。（柳云）学取那一个？（正末唱）我着你学取那吕岩前松柏耐风霜。（同下）

---

[1] 溺（niào 音尿）：旧同“尿”。

[2] 膫（liáo 音聊）儿：男子阴茎的俗称。今河北、山东方言称作“膫子”。

[3] 酒望子：酒店的幌子，用布做成。也叫酒帘。

[4] 钟离：亦称汉钟离、钟离权。民间传说中的“八仙”之一。

[5] 五李三张：唐代著名墨工李廷珪和宋代著名墨工张遇的并称。后用作名墨的别称。五李，似指李廷珪父子。三张，所指不详。

[6] 吟毫：指写诗。毫，笔的代称。

[7] 龙尾润：名砚之润泽。龙尾，龙尾砚，用安徽歙（shè 音社）县境内龙尾山之石雕琢而成。这里代指名砚。

[8] 布袍：布制的袍服。泛指布衣，多为贫贱者或隐士所穿。代指平民。《后汉书·东夷传·三韩》：“大率（shuài 音帅）皆魁头露紒（jì 音计，束发），布袍草履。”居丧之服。宋·朱熹《朱子语类》卷一二七：“孝宗居高宗丧，常朝时裹白幞（fú 音福）头，着布袍。”

[9] 傍（páng 音庞）：通“旁”。

[10] 高欢：北齐神武帝。传说高欢生前，所居白道南数（shuò 音朔，多次）有赤光紫气之异，邻人以为怪，劝高欢父徙居以避之。其父曰：“安知非吉？”居之自若。

[11] 王粲：字仲宣，三国时魏人，“建安七子”之一，著有诗赋六十余篇。《三国志·魏书》有传。元·郑德辉有《王粲登楼》杂剧，写王粲流落荆襄思乡事。

[12] “直侵”句：一直靠近北斗星建造酒楼。侵北斗，靠近北斗，极写酒楼之高。槽坊，酿酒作坊，此处代指酒楼。

[13] “洞庭春”句：把名酒“洞庭春”刚刚烫热。荡，用同“烫”。

[14] 陶元亮：陶渊明，又名陶潜，字元亮，晋代浔阳人。曾为州祭酒、镇军，后为彭泽县令，因不肯“为五斗米折腰”而弃官归隐，以诗词自娱，有“采菊东篱下，悠然见南山”等名句传世。著有《陶渊明集》。《晋书》有传。

[15] 环绦：指用丝编成的腰带。绦，带子。

[16] 清甘，滑辣香：形容酒的味道美。

[17] 伯阳：老子。老子名聃（dān 音丹），字伯阳，春秋时期道家学派的创始人。东汉形成的道教流派五斗米教奉老子为教主。

[18] 长（zhǎng 音掌）房：费长房。东汉汝南人。相传他曾从壶公学道不成，持符而归。能医病捉妖，后失其符，为众鬼所杀。悬壶的长房，据《后汉书 · 费长房传》中“市有老翁卖药，悬一壶于肆头”之言。

[19] 按酒：亦作“案酒”。俗言“下酒”。下酒的菜肴、果品之类。

[20] “似鲸鲵”句：用唐 · 杜甫《饮中八仙歌》诗：“左相日兴费万钱，饮如长鲸吸百川。”

[21] “饮羊羔”句：用宋 · 党进雪天在销金帐中饮羊羔美酒以避寒气的故事。羊羔，酒名。宋 · 孟元老《东京梦华录》卷之二《宣德楼前省府宫宇》：“此一店最是酒店上户，银瓶酒七十二文一角，羊羔酒八十一文一角。”

[22] “烧猪”句：佛印，宋时金山寺僧人，法名了元。他能诗善文。苏轼赴杭，与其交谊甚笃，为留数月，有《赠金山寺长老了元》诗。相传佛印曾烧猪宴请东坡。金院本有《佛印烧猪》剧目，元人杨讷有杂剧《佛印烧猪待东坡》（已佚），吴昌龄有杂剧《花间四友东坡梦》今存。在小说中，则有《清平山堂话本》的《五戒禅师私红莲记》，《喻世明言》有《明悟禅师赶五戒》。

[23] 魏野：字仲先，北宋隐士。不求闻达，不喜仕进。凡有人造访，无论贵贱，皆纱帽白衣以见。出则跨白驴。工诗，著有《草堂集》十卷。

[24] 潘阆：自号逍遥子，大名（今属河北）人，一说扬州（今属江苏）人。宋初著名隐士。为人狂妄不羁。卖药为生。能诗，著有《逍遥集》。

[25] 王弘送酒：王弘，字休元。南朝宋大臣，官太保领中书监（jiàn 音剑）。治政有令名。据南朝宋 · 刘义庆《世说新语》注引《续晋阳秋》载，王弘为江州（今江西九江市）刺史时，常以酒馈（kuì 音愧）陶渊明。

[26] 刘伶荷锸（hè chā 音贺叉）：刘伶，字伯伦。魏晋间名士，“竹林七贤”之一。性嗜酒。常乘鹿车，携一壶酒，使人荷锸而随之，谓曰：“死便埋我。”

[27] 李白摸月：李白，唐代大诗人，嗜酒，称“醉中仙”。传说李白泛舟江心，对月而酌，忽见江心明月，触手可及，伸手揽之，失足落水而死。

[28] 平康巷：原是唐朝长安的城坊名，为娼妓聚集的地方。后用以代称妓院。

[29] 二百长钱：二百文钱。长钱，足数的钱。相对“短钱”而言。所谓“长、短”，往往因时而异。《隋书 · 食货志》：“京师以九十为百，名曰长钱。”《金史 · 食货志三》：“时民间以八十为陌（佰），谓之短钱；官用足陌，谓之长钱。”宋徽宗时，以七十为足佰长钱。

[30] 风：同“疯”。

[31] 胡床：一种可折叠的轻便坐具，亦作交椅、交床，因由胡地传入，故名。《后

汉书·五行志一》:“灵帝好胡服、胡帐、胡床……”

[32] “有黄鹤”句:用黄鹤楼典故,是说荀瓌(guī 音归)在黄鹤楼,见西南有骑鹤仙人飘然而至,与他对饮。(见梁代任昉《述异记》)。在此用神仙典故,既符合主人公的身份,也暗示着道家对人生的看法。

[33] 板闼(tà 音踏):也作“门搭”,店铺的门板。

[34] 排岸司:主管水上巡逻和船舶交通等事的机关,其头目曰“监排岸司”,简称“排岸司”。宋代有此机关。文中戏称柳树精为“排岸司”,是因为柳树多是一排排地长于岸边。

[35] 噤(jìn 音近)声:闭嘴。

[36] 亚夫营:指细柳城。亚夫,即周亚夫,汉代名将,曾驻军于细柳城,人称驻军营为细柳营。

[37] 一捻(niǎn 音辇):一点点,可捻在手指间。形容小或纤细、些许。宋·欧阳修〔渔家傲〕(二月春期看已半)词:“一捻闲愁无处遣,牵不断,游丝百尺随风远。”

[38] 底根儿:自小、本来、最初。

[39] 省(xǐng 音醒):明白。

[40] 崄:同“险”。

[41] 灞陵桥:桥名。亦作灞桥,故址今陕西西安市东。汉代民俗,送客至此桥多折柳赠别。植于此桥的柳树,枝条常被人折断。

第二折

(柳改扮郭马儿引旦儿上)(诗云)龙团凤饼[1]不寻常,百草前头早占芳。采处未消峰顶雪,烹时犹带建溪[2]香。自家郭马儿是也。这是我浑家贺腊梅。在这岳阳楼下开着一座茶坊,但是南来北往,经商客旅,都来我茶坊中吃茶。我听得老的曾说来,三十年前,这岳阳楼上卖酒,如今轮着俺这一辈卖茶。俺两口儿自成夫妇,已经数载,寸男尺女皆无。但是那过往的人剩下的残茶,我都吃了他的。可是为何?这个唤做偷阴功,积福力,但生得一男半女,也不绝了郭氏门中香火。今日开开茶坊,我烧的旋锅儿[3]热了。我昨日多饮了几杯,今日有些害酒。大嫂,茶客也未来哩,我且在这阁子里歇一歇,若有茶客来时,着我知道。(旦儿云)理会的。(郭马睡科)(正末上,

云）徐神翁[4]，你与我缆住小舟，我度脱了郭马儿，咱两个同舟而归。贫道当初在这岳阳楼下度了一株柳树，因他是土木之物，不得成道，教他托生为人，如今岳阳楼下卖茶郭马儿便是。又着白梅花精托生在贺家为女，他两个配为夫妇，可又早三十年矣。过往君子吃剩的残茶，此人便吃了。虽然如此，争奈浊骨凡胎，无人点化。常言道：玉不琢不成器[5]，人不磨不成道。休道是他，至如吕岩，当初是个白衣秀士，未遇书生，上朝求官，在邯郸道王化店，遇着钟离师父，再三点化，才得成仙了道。假如遇不着钟离师父呵。（唱）

【南吕·一枝花】犹兀自骑着个大肚驴，吃几顿黄粱饭。则今日有缘游阆苑，可正是无梦到邯郸。（云）有人说道，你这等醉生梦死的，那神仙大道，却怎生得来？（唱）休笑我行步艰难，无证候妆些残患。如今便岳阳楼来了两番，空听的骇浪惊涛，（带云）呆汉子，（唱）洗不净愚眉肉眼[6]。

（云）我这般东倒西歪，前合后偃的。（唱）

【梁州第七】我为甚不带酒佯推着醉里？（带云）人间先生尘世如何？（唱）我可甚点头来会尽人间？休笑我形骸土木腤臜[7]扮，强如紫绶[8]，胜似白襕[9]。袖藏着宝剑，腹隐着金丹，消磨尽绿鬓朱颜，恰离了云幌星坛。（带云）世俗人休笑俺神仙无定也。（唱）早来到绿依依采灵芝徐福[10]蓬莱，恰行过高耸耸卧仙台陈抟华山，又过了勃腾腾来紫气老子函关[11]，把船弯，此间，正江楼茶罢人初散。你这郭上灶[12]吃人赞，则俺乞化先生左右难，来寻你下榻陈蕃[13]。

（正末寻郭科，云）这个阁子里无有，这个阁子里也无有。（做见科，云）这厮在这里。马儿也，如今桃花放彻，柳眼未开。（打郭科）（郭惊云）倒吓我一跳，早是不曾打着我的耳朵。（正末云）打了你耳朵，

不曾伤着你六阳魁首[14]。马儿，你看波。（郭云）你着我看甚么？（正末云）兀的不是乌江岸[15]。（郭云）乌江岸在那里？（正末云）兀的不是华容路[16]。（郭云）华容路在那里？（正末哭笑科）（郭云）这师父风[17]僧狂道，着我看兀的不是乌江岸，兀的不是华容路，哭了又笑，笑了又哭，正是个风魔的哩。（正末云）古人英雄，今安在哉？华容路这壁是曹操遗迹，乌江岸那壁是霸王故址。曹操奸雄，夜眠圆枕，日饮鸩酒，三分霸王，有喑哑叱咤[18]之勇，举鼎拔山之力，今安在哉？（唱）

【贺新郎】你看那龙争虎斗旧江山。（郭云）你笑甚么？（正末唱）我笑那曹操奸雄。（郭云）你哭甚么？（正末唱）我哭呵，哀哉霸王好汉！（郭云）老师父，你怎么哭了又笑，笑了又哭？（正末唱）为兴亡笑罢还悲叹，不觉的斜阳又晚。想咱这百年人则在这撚指中间。（郭云）不争老师父在楼上玩赏，可不搅了我茶客。（正末唱）空听得楼前茶客闹，争似江上野鸥闲。百年人光景皆虚幻。（正末看科）（郭云）我也学你看一看。（正末唱）我觑你一株金线柳，犹兀自闲凭着十二玉阑干。

（郭云）老师父，你来我这里，有甚勾当？（正末云）我来问你化一盏茶吃。（郭云）化一盏茶吃，你可是甜言美语的出家人，那里不是积福处！大嫂，造一个茶来，与师父吃。（正末云）我不这般吃。你则依着我，丁字不圆，八字不正，深深的打个稽首："上告我师，吃个甚茶？"我便说与你茶名。（郭云）你看么，我见他是出家人，则这般与他个茶吃，他又这般饶舌。也罢，依着他，左右茶客未来哩。他又风，我又九伯[19]，俺大家耍一会。我依着他，丁字不圆，八字不正，深深的打个稽首："上告我师，吃个甚茶？"（正末云）我吃个木瓜。（郭云）哎哟，好大口也，吊了下巴！我说道你吃个甚茶，说道我吃个木瓜。（正末云）郭马儿，你学谁哩？（郭云）我学你哩。（正末云）但学的我尽勾了也。（郭云）学你脂臑头一世。罢、罢，大

嫂造个木瓜来。（正末吃茶科）（郭云）将盏儿来。（正末云）我不与你盏儿。（郭云）怎生不与我盏儿？（正末云）你则依着我，丁字不圆，八字不正，深深的打个稽首："上告我师，茶味如何？"我便与你盏儿。（郭云）罢、罢，我便依着你，这些不必说了。师父稽首："茶味如何？"（正末云）这茶敢不好。（郭云）好波，你与我贴招牌哩。（正末云）罚一个。（郭云）怎生罚一个？（正末云）依旧的问将来。（郭云）我依着你，依旧打个稽首："师父要吃个甚茶？"（正末云）我吃个酥佥[20]。（郭云）好紧唇也。我说道师父吃个甚茶？他说道吃个酥佥。头一盏吃了个木瓜，第二盏吃了个酥佥。这师父从来一口大一口小。（正末云）郭马儿，我是一口大一口小。（郭云）一口大一口小，不是个吕字？傍边再一个口，我这茶绝品高茶。罢、罢，大嫂，造个酥佥来与师父吃。（正末接茶科，云）郭马儿，你这茶里面无有真酥。（郭云）无有真酥，都是甚么？（正末云）都是羊脂。（郭云）羊脂昨日浇了烛子，那里得羊脂来？（正末云）插上你呵，多少羊脂哩。（郭云）恁么样说，我是柳树了。（正末吃茶科）（郭云）将盏儿来。（正末云）我不与你盏儿，依旧的问将来。（郭云）我依着你："师父，茶味如何？"（正末云）这茶敢又不好。（郭云）可早两遭儿。（正末云）再罚一个，你依旧问将来。（郭云）就依你问："师父要吃个甚茶？"（正末云）我吃个杏汤。（郭云）这师父倒会吃，头一盏吃了个木瓜，第二盏吃了个酥佥，第三盏吃个杏汤，再着上些干粮，倒饱了半日。（正末云）马儿，你若不是我呵，是做了干梁也。（郭云）看将起来，我是块木头。罢、罢，大嫂，造个杏汤来，与这师父吃。（旦儿云）杏汤便有，无有板儿也。（郭云）师父，杏汤便有，无有板儿也。（正末云）你说杏汤便有，无了板儿。三十年前解开[21]你，都是板儿。（郭云）师父，我怎当的你这一句那一句。大嫂，造一个杏汤来。（正末吃茶科）（郭云）将盏儿来。（正末云）我不与你盏儿，依旧的问将来。（郭云）我依着你。"师父，茶味如何？"（正末云）郭马儿，你这茶……（郭云）敢又不好？（正

末云）你怎生搀[22]了我的？（郭云）我学你道哩。（正末云）则要你学我道哩。（郭哧[23]茶盏科）（正末云）郭马儿，我见你两次三番哧。（郭云）哧甚么？（正末云）哧我这茶盏底，是何缘故？（郭云）师父你不知。我与浑家贺腊梅，自做夫妻，数载有余，寸男尺女俱无。但是南来北往，经商客旅，做买做卖，都来我这楼上吃茶，剩下残茶，我都吃了。却是为何？这是偷阴功积福德，但得一男半女，也绝不了郭氏门中香火。（正末云）原来如此。我着你大积些阴功如何？（郭云）恁的呵更好。（正末云）将盏儿来。郭马儿你吃了我吐的残茶，教你有子嗣。（正末吐科）（郭做意不吃科）（背云）看了他那嘴脸，我吃他吐的茶，就绝户了也成不的。我哄他一哄，看他说甚么。师父，你肯吃我的剩饭，我便吃你的残茶。（正末云）将你那剩饭来。（唱）

【梧桐树】[24]你道是两碗通轻汗，独不闻一粒度三关[25]。管甚么馄饨皮、馒头馅和剩饭，总是个有酒食先生馔。

（正末又吐科）（郭云）可碜[26]杀我也！（正末云）你吃了我的残茶，我便吃你的剩饭。（郭云）我和你说，我也不吃你残茶，也不要你吃我的剩饭。你披着半片羊皮，乞儿模样好嘴脸。（正末唱）

【隔尾】你休笑这丐儿披定羊皮懒，你会首[27]休猜做大卧单。（云）马儿，我吃了三盏茶，无一盏真的。（郭云）怎生无有一盏真的？（正末唱）我吐与你木瓜里枣、酥佥里脂、杏汤里瓣。（云）马儿你吃了者。（郭云）吃不得。（正末唱）只恁般左难，右难。（云）马儿吃了者。（郭云）其实吃不得。（正末云）你不吃，接了盏者。（正末哄科，云）打碎了盏儿也。（郭云）倒吓我一惊。（正末唱）我看你怎发付松风兔毛盏。

（带云）马儿，你看我吐的不小可[28]也。（唱）

【牧羊关】这吐也无那竹叶云涛泛，也无那石铛[29]雪浪翻。这吐呵但开口满帘香散，更压着仙酒延年，更压着蟠桃般驻颜。也不索采蒙顶山头雪，也不索茶点鹧鸪斑[30]。比及你吸取扬子江心水[31]，（带云）马儿也，（唱）可强似汤生螃蟹眼[32]。

（云）马儿吃了者。（郭云）吃不得。（正末云）贺腊梅你吃了者。（旦儿吃科，云）稽首，弟子省了也。（正末云）你怕不省也，郭马儿还不省哩。将盏儿来。（正末抹盏底残茶与郭科）（郭云）好东西也，吃下去，醍醐灌顶[33]，甘露[34]洒心，好东西也！师父，才抹到我口里，是甚么东西？（正末云）我恰才抹到你口里的，可是那残茶。（郭云）在那里？再与我些吃。（正末云）都无了。（郭云）往那里去了？（正末云）贺腊梅吃了也。（郭云）他吃了可怎么说？（正末云）他吃了先得了道也。（郭云）我呢？（正末云）你还在道傍边哩。（郭云）看起来我是柳树。（正末云）谁说你是榆树来？（郭云）我吃了你这残茶怎么说？俺浑家吃了你这残茶怎么说？（正末云）你吃了我这残茶，你是我的道伴；你浑家吃了我这残茶，他是我的仙友[35]。（郭云）且住者。我吃了他的残茶，我是他道伴；俺浑家吃了他的残茶，倒和他为仙友！道伴也罢，这仙友可难为。看起来俺老婆养着你哩！（做怒打正末科）（正末唱）

【红芍药】把一片岁寒心烧做了火炎山，哎，你弟子好是凶顽。（郭扯袍科）（正末唱）把一领布袍襟扯住不容还，碎纷纷直似灵幡[36]。（郭打科）（正末唱）打的我比春牛少片板[37]，总是我不合劝修行吐尽心肝。（云）郭马儿，你休恼了我也。（郭云）恼了你，可怎么的我？（正末唱）把岳阳楼翻做鬼门关，休只管卖弄拳儇[38]！

（郭打科）（正末唱）

【菩萨梁州】打的我死狗儿弯跧[39]，青泥也腐烂，头披也髻散。

呀，葫芦里瀽了些灵丹。（郭云）甚么灵丹，都是些羊屎弹子。（正末唱）扭回头遥望北邙山[40]。（郭云）正是个风僧狂道。（正末唱）知他是你痴呆、我是风魔汉？（郭云）大嫂，垆中添上些炭。（旦儿云）理会的。（正末唱）垆中有火休添炭，大都来[41]有几年限。打、打、打先生不动惮[42]，更怕甚圣手遮拦！

（末做架住起身科，云）郭马儿，跟我出家去来。（郭云）这师父打不改的。（正末唱）

【哭皇天】我着你早寻个香火新公案，煞强似久堕风尘大道间。只为你瘦伶仃无人盼，才长大便争攀[43]。若不是我把长条自挽，则你在洞庭湖上，扬子江边，受了些风吹日炙，雪压霜欺，峪些儿做了这岳阳楼、岳阳楼酒望竿[44]。（郭云）我就跟你出家去，有甚么好处？（正末唱）我着你逍遥散诞，你自待偎慵惰懒。

【乌夜啼】愁甚么楚王宫、陶令宅、隋堤岸[45]，我已安排下玉砌雕阑。则要你早回头静坐把功程办，参透玄关，勘破尘寰。待学他严子陵[46]隐在钓鱼滩，管甚么张子房烧了连云栈[47]。竞利名，为官宦，都只为半张字纸，却做了一枕槐安。

【三煞】想人能克己身无患，事不欺心睡自安，便百年能得几时闲？去向那石火光中，急措手如何迭办？你何不早回看，直到落日桑榆暮景残，方才道倦鸟知还。

【二煞】争如我盖间茅屋临幽涧，披片麻衣坐法坛。倒也躲是非、忘宠辱、无牵绊，不强似你在人我场中，把个茶博士终朝淘渲？（做笑科，云）郭马儿，你及早省悟，也是迟了。（唱）我笑你忒愚顽，枉了我度你亲身三两番，还不省也天上人间。

（云）郭马儿，跟我出家去来。（郭云）我跟你出家去，你那里有甚么

道伴？（正末云）你若肯出家，我着你看两个道伴。（郭云）那两个道伴？（正末唱）

【黄钟尾】我着你看蓝采和[48]舞春风六扇云阳板。（郭云）那一个呢？（正末唱）我着你看韩湘子[49]开冬雪双茎锦牡丹[50]。疾回头，莫怠慢。（郭云）师父，我送你下楼去。（正末唱）下江楼，近水湾。（云）呀，徐神翁等不的我，先去了也。（郭云）在那里？（正末唱）你与我撑开船，挂起帆。（云）郭马儿，上船来。（郭云）你先上船。（正末云）我先上船。（郭推正末科，云）推他娘在这水里。（正末云）呀，这厮崄些儿不闪我在水里！（唱）行至蓬莱宫、方丈山，俺那火送行人世不曾西出阳关[51]，早则不凝望渭城和泪眼。（下）

（郭云）那师父去了也。今日茶也不曾卖的，被他打搅了一日。天色已晚了，收拾了旋锅儿，闭了茶肆。大嫂，咱还家中去来。（下）

---

[1] 龙团凤饼：亦谓龙凤茶。此茶为圆饼状并有龙凤纹，产于福建建州，乃宋代贡茶之一种。这里代指名茶。

[2] 建溪：水名。在福建，为瓯江北源。建溪流域山势回环，水量丰沛，十分适合茶叶的生长。其地产名茶，称建溪茶，又名建茶。宋·林景熙《书陆放翁诗卷后》："轻裘骏马成都花，冰瓯雪碗建溪茶。"

[3] 旋（xuàn 音炫）锅儿：又称"旋子"，温酒时盛水的金属器具。

[4] 徐神翁：民间传说中的"八仙"之一。

[5] 玉不琢不成器：语出《礼记·学记》。指璞玉不经过雕琢加工，就成不了有用的器物。比喻人不经过培养教育，就不能成材。琢，雕琢、琢磨。

[6] 愚眉肉眼：指知识浅陋、眼界太小。

[7] 腤臢（ān zān 音安簪或 ān zā 音安匝）：也作"腤臜（ān zān 音安簪或 ān zā 音安匝）"，肮脏。

[8] 紫绶：紫色丝带，古代高级官员的服饰。

[9] 白襕：古代普通读书人的服装。

[10] 徐福：秦始皇时方士。公元前 219 年，徐福奉秦始皇命，率数千童男童女前往

蓬莱、方丈、瀛洲三神山求不死之药，一去不返，不知所终。

[11] 老子函关：传说老子见周朝德衰，乃乘青牛而去，入大秦，过函关。关令尹喜望气先知焉，乃物色迎候之。已而，老子果至，乃强使著书，作《道德经》五千余言。

[12] 上灶：旧时称在茶坊、酒肆中服务的伙计。

[13] 下榻陈蕃：陈蕃，东汉人。曾官豫章太守。素不喜接待宾客，只有高士徐稚（zhì 音至）来时，他才接待，并为他特设一榻。徐走后就悬挂起来，不许别人使用。

[14] 六阳魁首：指人的头。中医称六脉（手三阳、足三阳）为六阳。中医认为，此六脉均集中于头部，故又称“六阳会首”。

[15] 乌江岸：楚汉战争中项羽被刘邦战败，自刎乌江（在今安徽和县东北）。

[16] 华容路：汉献帝建安十三年（208 年），曹操与孙权、刘备联军战于赤壁，兵败，奔命于华容道。

[17] 风：同下文“风魔”的“风”用法相同，为疯癫之意，风即“疯”。

[18] 喑哑（yìn è 音印饿）叱咤：失声怒喝。《史记 · 淮阴侯列传》：“项王喑哑叱咤，千人皆废。”

[19] 九伯：亦作“九百”“九佰”，疯疯癫癫、疯狂痴癫之意。宋元明时人讥诮人傻气痴呆、神气不足。

[20] 酥佥（qiān 音千）：加入酥油的茶水。元 · 忽思慧《饮膳正要 · 诸般汤煎》卷二：“酥佥：金字末茶两匙头，入酥油同搅，沸汤点之。”

[21] 解开：锯开。郭马儿前世为柳树，故云“解开你，都是板儿”。

[22] 搀：抢。

[23] 嗏：同“舔”。

[24] 〔梧桐树〕：曲牌名。北曲属【南吕宫】，亦入【双调】。四句四韵：五、五、七、五。套数用。

[25] 一粒度三关：一点儿米食可以使人活命。粒，米食。《书 · 益稷》：“烝（zhēng 音蒸）民乃粒。”传：“米食曰粒。”《魏书 · 阳平王传》：“凡人绝粒，七日乃死。”三关，指人的口、目、耳。西汉 · 刘安《淮南子 · 主术训》：“夫目妄视则淫，耳妄听则惑，口妄言则乱。夫三关者，不可不慎守也。”

[26] 可磣：砢磣（kē chan 音棵掺轻声），方言，寒磣（chan 音掺轻声）、丢脸、不体面。

[27] 会首：“六阳会首”的省文。

[28] 小可：寻常之意。

[29] 铛（chēng 音撑）：一种炊器。《说文 · 金部》：“铛，锒铛（dāng 音当）也。”可知“铛”本义是指一种金属制成的刑具。在饮食文化领域，铛有三种含义：其一，铛表示一种锅，一般有耳有足；其二，它是古代的一种温器，有足，可

用于加热酒食；其三，铛是烙饼用的平底锅。

[30] “也不索”二句：蒙顶山头雪，指蒙山茶，又称蒙顶山茶，是四川省雅安市的特产。蒙山茶种植始于西汉，有两千多年的种茶历史和丰富的文化底蕴，素有“扬子江中水，蒙山顶上茶”的美誉。蒙山茶以其甜香浓郁、汤黄绿亮、味甘鲜醇、叶底黄绿明亮的特点而闻名。鹧鸪斑，指茶盏。宋代“点茶”“斗茶”讲究用黑釉盏。鹧鸪斑茶盏是宋代建窑生产的一种珍贵的黑釉茶盏，其特点是釉面呈现形似鹧鸪鸟胸部羽毛黑地白斑点状花纹，因此得名“鹧鸪斑”。鹧鸪斑茶盏的烧制难度较大，传世品非常稀少，因此极为珍贵。蒙顶山头雪、茶点鹧鸪斑说的是茶肆中以“点茶”方式饮茶，在当时是很普遍的。内蒙古赤峰市元宝山元墓东壁壁画中有一幅“生活图”，上绘一人用石臼碾茶，旁有一案，案上陈列汤瓶、茶瓶、茶盏、茶筅（xiǎn 音显）等茶具，都是“点茶”必用的器具，可见家庭中日常也以“点茶”方式饮茶。

[31] 扬子江心水：指的是中泠泉水。此水产于江苏镇江附近的长江礁石之中，是被唐人推崇最为适宜煎茶的好水之一。

[32] 螃蟹眼：形容水初沸时泛起的小气泡。亦作“蟹眼”。宋·蔡襄《茶录·候汤》：“候汤最难，未熟则沫浮，过熟则茶沉。前世谓之蟹眼者，过熟汤也。”

[33] 醍醐（tí hú 音提胡）灌顶：佛家用以比喻给人输入智慧，使人头脑清醒。醍醐，从牛奶里提炼出来的精华，味甘美，可入药。《涅槃经·圣行品》：“譬如从牛出乳，从乳出酪，从酪出生酥，从生酥出熟酥，熟酥出醍醐，醍醐最上……”亦指美酒。

[34] 甘露：甘美的雨露。

[35] 仙友：指“修道的伙伴”。

[36] 灵幡：亦称“幡儿”“引魂幡”，为亡灵招魂的幡。

[37] “打的我”句：古时民俗，于立春日鞭打春牛，故俗称立春为“打春”，以示劝农和春耕的开始。宋·孟元老《东京梦华录·立春》：“立春前一日，开封府进春牛入禁中鞭春。开封、祥符两县，置春牛于府前，至日绝早，府僚打春，如方州仪。”

[38] 拳儇（xuān 音宣）：拳脚轻捷。

[39] 弯跧（wān quán 音豌权）：亦作“弯拴”。蜷局不伸貌。

[40] 北邙（máng 音忙）山：山名，即“邙山”，在今河南洛阳市东北。汉魏以来，王侯贵族的墓地多葬于此，由此后人又以北邙泛称墓地。

[41] 大都来：大多、多半。

[42] 动惮：动弹。

[43] 争攀：意谓争着攀登（柳树）。

[44] 望竿：挂卖酒幌子的竿子。

[45] “楚王宫”三句：皆为种植柳树之地。楚王宫，战国时楚国王宫，宫内种植许

多柳树。陶令宅，晋·陶渊明的住宅。陶渊明曾在宅前种了五株柳树，自谓“五柳先生”。隋堤岸，隋炀帝大业元年（605年）开通济渠，渠岸筑御道，并植杨柳，后人称为隋堤。

[46] 严子陵：东汉人，年少时曾与刘秀同游学。刘秀称帝后征召他入京，授谏议大夫，不受，退隐于富春山。后人称他所居之地为严陵钓滩。《后汉书》有传。

[47] 连云栈：古时川陕通道。战国时，秦惠王伐蜀经之。楚汉战争中，张良（子房）曾劝刘邦烧绝所过栈道以示项羽不再东进。后来又明修栈道，暗度陈仓。参见《史记·留侯世家》。

[48] 蓝采和：民间传说中的“八仙”之一。杂剧《汉钟离度脱蓝采和》即敷演其故事，可参见。

[49] 韩湘子：民间传说中的“八仙”之一。

[50] “开冬雪”句：相传韩湘子曾令牡丹在冬天开花，所开之花中有双茎五彩花。

[51] “世不”句：意为从没有过别离。世不曾，从不曾、从来没有。西出阳关，别离之意。语出唐·王维《渭城曲》：“劝君更尽一杯酒，西出阳关无故人。”

楔　子

（郭马上，云）自家郭马儿。自从见了那个师父，但合眼便见他道：“郭马儿，跟我出家去来。”我可怎生出的家？我如今不卖茶了，在这岳阳楼下卖酒。我今日打点[1]些按酒去。我不往前街上去，怕撞着那师父，我往这后街里去。（正末冲上，云）郭马儿，你往那里去？（郭云）我躲他，正撞在怀里。师父，我如今不卖茶了，在岳阳楼下卖酒。请师父吃三钟。（正末云）你请我吃三钟，我在你这楼上醉了两醉也。你再请我吃一醉。（做行科）（郭云）上的这楼来。师父，你吃一碗。（正末云）你也吃一碗。（郭云）师父，你再吃一碗。（正末云）你也再吃一碗。（郭云）师父，你再吃一碗。（正末云）你送我下楼去。（郭云）我送师父下楼去。（正末云）郭马儿，跟我出家去来。（郭云）我怎生出的家？我若跟你出家，可把我媳妇发付在那里？（正末云）你杀了你媳妇者。（郭云）杀了我媳妇，可着谁偿命？（正末云）敢是你偿命。（郭云）可知哩。我便要杀俺媳妇，可也无兵刃。

（正末云）兀的不是一口剑。（郭云）师父，是一口好剑。（正末唱）

【仙吕·赏花时】这剑曾伴我三十年来海上游，夜夜光芒射斗牛[2]。（云）郭马儿，我与你这一口剑，要些回答的礼物。（郭云）可要甚么回奉的礼物？（正末唱）要一颗血沥沥妇人头。（郭云）好容易也。（正末唱）为你个墙花路柳，（带云）若不是恁两个呵，（唱）谁肯三醉岳阳楼。（下）

（郭云）这师父正是风僧狂道，好没生[3]与我一口剑，教我杀了俺媳妇儿。我可怎生舍的？这一口剑拿到家中切菜，也有用处。今日又被他歪死缠，不曾卖的酒，且回家中去来。（下）

---

[1] 打点：收拾，准备。

[2] 斗牛：指二十八宿中的斗宿和牛宿。汉·刘向《说苑·辨物》："所谓二十八星者……北方曰斗、牛、须女、虚、危、营室、东壁。"

[3] 好没生：好没来由。

第三折

（郭马儿上，云）自从那师父与了我一口剑，拿到家中，三更前后，不知甚么人把我媳妇杀了。剑上写着四句诗道："朝游北海暮苍梧，袖里青蛇胆气粗。三醉岳阳人不识，朗吟飞过洞庭湖。"后面写着"洞宾作"。我如今先告知社长[1]，然后见官去，也未迟哩。可早来到社长门首。我试唤他一声：社长在家么？（丑扮社长上，云）谁叫门哩？我开开这门看。（见科）（郭云）社长拜揖了。昨日有个不知姓名的胡先生，与了我一口剑，着我拿到家里。三更前后，不知甚么人把俺媳妇杀了。剑上写着四句诗道："朝游北海暮苍梧，袖里青蛇

胆气粗。三醉岳阳人不识，朗吟飞过洞庭湖。”后面写着“洞宾作”。（社长云）你媳妇杀了么？（郭云）杀了。（社长云）杀了罢，干我瞭儿事！（郭云）你是个当坊社长，不和你说和谁说？（社长云）马儿，我和你说，“洞宾作”，想必是洞中一块宾铁[2]拿来打成这口剑，则怕是这个杀了你媳妇儿。（郭云）不是。（社长云）既然不是，依着你怎么说？（郭云）我如今和你告官去，讨一纸勾头文书，长街市上寻那个道人去。但有人念这四句诗的，便是他杀了俺媳妇儿。（社长云）这也说的是。（郭诗云）我如今先去爪寻[3]他，慢慢的告请差官捕。（社长诗云）便纵然寻着胡先生，也当不得你这丑媳妇。（同下）

（正末愚鼓简子[4]上）（词云）披蓑衣，戴箬笠[5]，怕寻道伴；将简子，挟愚鼓，闲看中原。打一回，歇一回，清人耳目；念一回，唱一回，润俺喉咽。穿茶房，入酒肆，牢拴意马；践红尘，登紫陌，系住心猿。跨彩鸾，先飞到西天西里；驾青牛，后走到东海东边。灵芝草，长生草，二三万岁；娑罗树，扶桑树，八九千年。白玉楼，黄金殿，烟霞霭霭；紫微宫，青霄阁，环珮翩翩。鹦鹉杯，凤凰杯，满斟玉液；狮子垆，狻猊垆，香喷龙涎[6]。吹的吹，唱的唱，仙童拍手；弹的弹，舞的舞，刘衮当先。做厮儿，做女儿，水煎水燎；或鸡儿，或鹅儿，酱炒油煎。来时节，刚才得，安眉待眼[7]；去时节，只落得，赤手空拳。劝贤者，劝愚者，早归大道；使老的，使小的，共结良缘。人身上，明放着，四百四病；我心头，暗藏着，三十三天[8]。风不着，雨不着，岂知寒暑；东不管，西不管，便是神仙。船到江心牢把柁，箭安弦上慢张弓。今生不与人方便，念尽弥陀总是空。（唱）

【正宫·端正好】我劝你世间人，休争气，及早的归去来兮。可乾坤做一床黄绸被，单搦着陈抟[9]睡。

【滚绣球】我穿着领布懒衣，不吃烟火食。淡则淡淡中有味，又不是坐崖头打当牙椎[10]。人问我姓甚的，住那里？要寻我煞是容易，酒排沙紧对着钟离。怕你虎狼丛吃闪呆獐[11]般看，是非

海滰着死马儿医。树倒风吹。

（郭同社长上，云）兀的不是那道人来了！听他念甚的。（正末云）朝游北海暮苍梧，袖里青蛇胆气粗。三醉岳阳人不识，朗吟飞过洞庭湖。（郭云）好也，可是你杀了我媳妇，你逃走到那里去！（做扯末科）（正末唱）

【倘秀才】你在当街上把师父扯曳，这是我劝弟子修行的气力。（郭打科，云）我打你个弟子孩儿！（正末云）你打不的。（唱）打、打、打，今世饶人不是痴，天生下，这顽皮，壮吃[12]。

（正末顿脱郭手科，唱）

【滚绣球】好生地放了者，我为甚不惹你？赤紧的筒子唤作惜气，但行处愚鼓相随。愚是不省的，鼓是没眼的。柳呵今日蘸[13]葱般人[14]脆，一口气不回来，教你落絮沾泥。则俺那洞中有客鹤来早，抵多少秋后无霜叶落迟，看那个便宜。

（云）郭马儿，你当街截住我，是怎的？（郭云）你因何杀了我媳妇儿？我如今撞见你，有甚话说？（正末唱）

【叨叨令】则为这泼家私满镜里月髭髟[15]，熬煎得铁汤瓶一肚皮长吁气。一头把老先生推在荒郊内，哎，你个浪婆娘又搂着别人睡。不杀了要怎么也波哥，不杀了要怎么也波哥？争如我梦周公高卧在三竿日[16]！

（郭云）你赖不过，我今告着你哩！（正末云）你凭甚么勾我？（郭云）我凭勾头文书勾你。（正末云）你文书那里？（郭出文书科）（正末云）你念我听。（郭念云）奉州官台旨，即勾唤杀人贼一名，胡道人。是你不是你？（正末云）将来我看。（做换文书科，云）疾！你再读，看是谁，就拿谁。（郭云）是。读，看是谁，就拿谁。（念科

云）奉州官台旨，即勾唤杀人贼一名，郭马儿。（惊科）这上面可怎么写着我？（正末唱）

【倘秀才】我不信那官人敢断谁，则为你愚不省将勾头来吊你，正是俺自有心猿[17]百字碑。哎，村物事，泼东西，怎到得那里？

【滚绣球】俺那里白云自在飞，仙鹤出入随。俺那里洞门不闭。（郭云）师父，则怕那里有俺媳妇儿么？（正末唱）你可也再休题家有贤妻。（郭云）师父，这里是那里？（正末云）马儿，你看波。（唱）这壁银河织女机，那壁洞中玉女扉，怎发付你那酒色财气[18]。则你那送行人何曾道展眼舒眉，你是个红尘道上千年柳，你觑波白玉堂前一树梅。（旦儿上）（郭见科，云）兀的不是我浑家贺腊梅哩！（正末云）疾！（旦下）（郭云）师父，俺媳妇那里去了？才在这里，怎生不见了！（正末唱）怎知这就里玄机。

（郭云）我也道花枝般好媳妇被你杀了不成？快教他出来，还了我罢。（正末唱）

【伴读书】你道是花枝儿媳妇天然美，又道是笋条儿一对青年纪；端的谁遣来两个成匹配，到今日又谁拆散你这芳连理？可怎生不解其中意，还认作儿女夫妻！

（郭云）你藏了我媳妇儿，我便肯干罢？社长，你也帮我一帮，扭他见官去来。（社长云）勾头文书元着我协同着你拿这胡道人，我帮你，我帮你。（正末唱）

【笑和尚】我、我、我要你媳妇儿做甚的？你、你、你扭住我欲何为？敢、敢、敢挟着这一纸文书的势。看、看、看你媳妇儿在那里，有、有、有谁是个杀人贼，来、来、来咱和你去当官对。

（郭云）社长，适才我那媳妇，你也看见的，到官去你与我做个质证。（社长云）你不要等他唱曲，只拿他到官司去。（正末唱）

【煞尾】再休想一枝逗漏春消息，则要你三岛追随路不迷。拜辞了潇湘洞庭水，同去蟠桃赴仙会。酒泛天浆滋味美，乐奏云璈[19]音调奇。绛树青琴[20]左右立，都是玉骨冰肌世无比。我劝你这片凡心早收拾，莫为娇妻苦萦系。（郭云）你拐了我媳妇儿，更待干罢！社长，你帮我拖他到官去，好歹要还我媳妇来。（正末云）这呆汉昏迷不省，枉了我三遭儿也。（唱）似这等呆脑呆头劝不回，呸，可不干赚了我奔走红尘九千里。（做顿袖脱科，下）

（郭云）好，两个后生拿一个先生，被他浏[21]了。我不问那里赶上去。（社长云）这里有两条路，你往这头，我往那头，两路抄将来，不怕他会飞上天去。（郭云）说的是。赶、赶、赶！（同下）

---

［1］ 社长：这里指“里正”。古代乡官。

［2］ 宾铁：镔（bīn 音宾）铁，精炼之铁。宾，用同“镔”。

［3］ 爪寻：寻找。爪，“找”的同音借字。

［4］ 愚鼓简子：打击乐器。愚鼓，即“鱼鼓”，在粗竹筒上蒙以薄膜，用两指击打。简子，以竹为之，长二尺许，宽四五分，其末俱略反外，歌时用二片合击之以和。

［5］ 箬（ruò 音弱）笠：用箬竹叶及篾编成的宽边帽。箬，即箬竹，竹叶及箨（tuò 音唾，竹笋上一片一片的皮）似芦荻。笠，笠帽，用竹篾、箬叶或棕皮编成，可防暑防雨。

［6］ 龙涎：指“龙涎香”，一种名贵的香料。

［7］ 安眉待眼：有眉有眼，意谓像个人样。待，即“带”，音近而误。

［8］ 三十三天：梵语“忉（dāo 音刀）利天”的意译。欲界的第六天，即离恨天。

［9］ 陈抟：字图南，号希夷。五代时人。尝高卧华山。《宋史》有传。马致远《西华山陈抟高卧》杂剧，即敷演陈抟故事。

［10］ 打当牙椎：游走四方的江湖医生，多为医术不很高明的冒牌货。牙椎，应作

“牙推”。这里指医生。

[11] 吃闪呆獐：因受惊吓而发呆的獐子。形容发愣发呆。

[12] 壮吃：只认吃。

[13] 蕝（juē 音决）：疑为“撧（juē 音噘）”字之误。撧，“撅”的异体字，折断。

[14] 人：疑为衍文。

[15] 髭髴（zī lì 音资力）：胡须。

[16] 三竿日：日上三竿，形容睡大觉起床很晚。

[17] 心猿：佛教语，比喻心之浮躁有如猿猴。《维摩经·香积佛品》云：“以难化之人，心如猿猴，故以若干种法，制御其心，乃可调伏。”

[18] 酒色财气：指嗜酒、好色、贪财和逞气。这是为人的四戒。据《后汉书·杨秉传》载，秉性不饮酒……尝从容言：“我有三不惑：酒，色，财也。”这是古时原有的三戒，宋金时加了“气”而成为四戒。

[19] 云璈（áo 音熬）：古乐器名。汉·班固《汉武帝内传》：“上元夫人自弹云林之璈，鸣弦骇调，清音灵朗，玄风四发。”

[20] 绛树青琴：绛树，古歌女名，姓氏及时代不可考。后用作女歌者的通称。青琴，古神女。《史记·司马相如传》引《上林赋》：“若夫青琴、宓妃之徒，绝殊离俗。”《索隐》：“青琴，古神女也。”

[21] 浏（liú 音溜）：溜。偷偷地走开。

第 四 折

（正末打愚鼓简子上，云）罗浮[1]道士谁同流？草衣木食轻王侯。世间甲子[2]管不得，壶里乾坤只自由。数着残棋江月晓，一声长啸海门秋。饮余回首话归路，笑指白云天际头。（郭马儿冲上拿科，云）拿住！我如今再不等你浏了，和你见官去来。（正末唱）

【双调·新水令】则这杀人贼须是你护身符，教你做神仙悟也不悟。你看承我做酒布袋，请看这药葫芦。不是村夫，还有三卷天书。（郭云）甚么天书，敢是化缘的疏头[3]。（正末唱）你休猜做化缘疏。

（郭扯末云）告官去来。（正末唱）

【驻马听】你将我袍袖揪捽[4]，误了你龙麝香茶和露煮；将我环绦扯住，怎教风城[5]春色典琴沽。建溪别馆觅钱篦[6]，蓬莱仙岛休家去。（郭云）你杀了人，往那里去？（正末唱）我若是欠人债负，俺那里白云满地无寻处。

（郭云）我的媳妇儿，你送的那里去了？（正末云）不是你的媳妇。（郭云）倒是你的媳妇？（正末唱）

【沉醉东风】是我绾角儿宿缘伴侣[7]，垂髫[8]时儿女妻夫。是我的媳妇儿？泼男女，尚古自[9]参不透野花村务[10]！（郭云）你是个出家人，如何要老婆？（正末唱）道士须当配道姑。（带云）呆汉！（唱）则俺两口儿先生姓吕。

（郭云）你不要强，和你告官去来。（正末唱）

【七弟兄】由你到大处告去，只拣爱的做。你道是踏破铁鞋无觅处，算来全不费工夫[11]，可干吃了半碗腤臜吐。
【梅花酒】想您个匹夫，不识贤愚。蠢蠢之物，落落之徒，休猜俺做左道术[12]。俺自拿着捩鼻木[13]，您拽着我布道服。俺急切里[14]要回去，您当街里缠师父。俺为甚的不言语？您心儿下自踌躇。
【收江南】俺则待“朗吟飞过洞庭湖”，您在茶坊中说甚蜜和酥。（外扮孤一行上，云）甚么人乱嚷，与我拿过来者！（正末唱）扇圈般一部落腮胡，更狠似道录[15]，马头前不慌杀了贺仙姑[16]。

（郭云）这个道人杀了我的媳妇儿，大人与我做主咱！（孤云）兀那道人，清平世界，浪荡乾坤，你怎敢杀人！（正末云）郭马儿告我杀了他媳妇儿，他媳妇贺腊梅见在，不曾死。（孤云）贺腊梅在那里？叫来我看。（正末云）现在此处。疾！（旦儿上，云）师父，唤你徒

弟，那厢使用？（正末云）这不是他媳妇儿！（孤云）郭马儿，你告这道人杀了你媳妇儿，如今你媳妇现在，做的个告人徒自己徒[17]。左右，推出去杀坏了者。（孤一行下）（郭云）可怎了也？（正末云）郭马儿，你告着我杀了你媳妇儿，如今你媳妇现在，做了个诬告人死罪，自己反坐。如今要杀坏你，要我救你不救？（郭云）可知要救我哩。（外扮钟离引众仙上，云）郭马儿，你认的我么？（郭云）怎生官人也不见了，祗候也不见了，都是一火先生？敢是我错走在五龙坛里来了？（正末云）郭马儿，你认的这众仙么？（郭云）这位做官的胡子是谁？（正末唱）

【水仙子】这一个是汉钟离现掌着群仙箓。（郭云）这位拿着拐儿的，不是皂隶？（正末唱）这一个是铁拐李[18]发乱梳，（郭云）兀那位着绿襕袍[19]的，不是令史哩？（正末唱）这一个是蓝采和板撒云阳木。（郭云）这老儿是谁？（正末唱）这一个是张果老[20]赵州桥骑倒驴，（郭云）这位背葫芦的是谁？（正末唱）这一个是徐神翁身背着葫芦。（郭云）这位携花篮的是谁？（正末唱）这一个是韩湘子韩愈的亲侄。（郭云）这位穿红的是谁？（正末唱）这一个是曹国舅[21]，宋朝的眷属。（郭云）敢问师父你可是谁？（正末云）贫道姓吕名岩，字洞宾，道号纯阳子。（唱）则我是吕纯阳爱打的简子愚鼓。

（郭云）是了！三十年前我是岳阳楼下老柳树，俺浑家贺腊梅，就是杜康庙前白梅树。后来托生下方，配为夫妇，直待师父三度点化，才归正道。稽首，我弟子早省悟了也。（钟离云）你二人既得省悟，听吾指示。（词云）你本是人间土木之物，差洞宾将你引度。今日个行满功成，跨苍鸾同登仙路。（郭、旦拜谢科）（正末唱）

【收尾】则我向岳阳楼来往经三度，指引你双归紫府[22]。方才识仙家的日月长，再不受人间的斧斤[23]苦。

题目　郭上灶双赴灵虚殿
正名　吕洞宾三醉岳阳楼

---

［1］　罗浮：山名。位于广东省增城、博罗、河源等县间，风景秀丽，为粤中名山。相传罗山之西有浮山，为蓬莱之一阜，浮海而至，与罗山并体，故称罗浮。传称晋·葛洪于此得仙术。

［2］　世间甲子：指人世间岁月、光阴的不断流逝。甲为天干之首位，子为地支之首位，古人以干、支相配记日、记年。此以“甲子”泛称岁月、光阴。

［3］　化缘的疏头：僧人化缘用的簿册。

［4］　捽（zuó 音昨）：抓、揪。

［5］　凤城：京城。相传秦穆公女弄玉吹箫引凤，凤降落京城，故曰丹凤城。后因称京都为凤城。

［6］　簏（lù 音鹿）：竹编的盛器。

［7］　“绾（wǎn 音晚）角儿”句：从小的姻缘。绾角儿，孩童时代。宿缘，前世的缘分。

［8］　垂髫（tiáo 音条）：小孩子头发扎起来下垂着，指幼年。

［9］　尚古自：尚且、仍然。

［10］　村务：乡村酒店。

［11］　“踏破”二句：言四处寻觅、有心求之而不得的物事，却于偶然间无意而得到。语本宋·夏元鼎《绝句》：“踏破铁鞋无觅处，得来全不费功夫。”

［12］　左道术：旁门左道，与正道相对的邪恶法术。

［13］　捩（lì 音立）鼻木：拴牛鼻子的环儿。捩，拴。

［14］　急切里：也作急切、急节里。紧促之意。

［15］　道录：也作“道箓”，道家的符箓诀咒。凡入道者必受箓。《隋书·经籍志四》载：“其受道之法，初受《五千文箓》，次受《三洞箓》，次受《洞玄箓》，次受《上清箓》。箓皆素书，纪诸天曹官属佐吏之名有多少。又有诸符，错在其间，文章诡怪，世所不识。”

［16］　贺仙姑：贺腊梅。此时已随吕洞宾修道，故称。

［17］　告人徒自己徒：意谓告别人犯罪服刑，因不实，自己要被加罪服刑。古时反坐法之规定，诬告别人，被讯明治罪。

［18］　铁拐李：民间传说中的“八仙”之一。元·岳伯川杂剧《吕洞宾度铁拐李岳》，可参见。

［19］　襕（lán 音兰）袍：古代的一种公服。因其于袍下施横襕为裳（cháng 音常），

故称。襕类服饰，最早出自北周，起初是指加饰在衣服边缘处的横襕，后逐渐成为饰有襕这类衣服的总称，有夹层者称之“襕袍”，无夹层者称之“襕衫”。

[20] 张果老：民间传说中的“八仙”之一。

[21] 曹国舅：宋朝皇戚，后得道升仙。民间传说中的“八仙”之一。

[22] 紫府：道教称天上神仙的居住处。晋·葛洪《抱朴子·祛惑》：“及到天上，先过紫府，金床玉几，晃晃昱昱，真贵处也。”

[23] 斧斤：刀斧。这里是折磨之意。

邯郸道省悟黄粱梦

《邯郸道省悟黄粱梦》简名《黄粱梦》,《录鬼簿》《太和正音谱》均有著录，今存版本主要有《脉望馆古名家杂剧》本、《元曲选》本。此剧属集体创作,《录鬼簿》著录于李时中名下，并注“第一折马致远，第二折李时中，第三折花李郎，第四折红字李二”。这一神仙道化剧旨在宣扬浮生如梦，鼓吹寻仙访道的思想，但同时也反映了社会的黑暗和仕途的艰险。早在南朝宋·刘义庆的《幽明录》中即有本剧故事情节的影子，到唐·沈既济的《枕中记》里则更加完备。不同的是,《枕中记》中的被度脱者为卢生，度脱者是神仙吕岩；本剧中被度脱者变成了吕洞宾，度脱者则为钟离。写此故事的作品，除本剧外，还有宋元南戏《吕洞宾黄粱梦》(已佚)和明·苏汉民《黄粱梦境记》传奇。《黄粱梦》是元杂剧中神仙道化剧的代表作之一。神仙道化剧虽有宗教色彩和逃避现实的消极思想，但也有愤世嫉俗、批评世道昏暗的成分。此剧描绘的天国风光、神仙境界，正是一种对黑暗现实的否定。日本学者青木正儿在《元人杂剧概说》中指出，《黄粱梦》第一折，“结构虽然平凡，但是钟离权叙说神仙之乐的那几支曲子的曲辞实是绝唱，令人有飘然欲仙之感”。

第一折

（冲末扮东华帝君上，诗云）阆苑仙人白锦袍，海山银阙宴蟠桃。三峰月下鸾声远，万里风头鹤背高。贫道东华帝君是也。掌管群仙籍录。因赴天斋回来，见下方一道青气，上彻九霄。原来河南府有一人，乃是吕岩，有神仙之分。可差正阳子[1]点化此人，早归正道。这一去使寒暑不侵其体，日月不老其颜。神垆仙鼎，把玄霜绛雪[2]烧成；玉户金关，使姹女婴儿[3]配定。身登紫府，朝三清[4]位列真君，名记丹书，免九族不为下鬼。阎王簿上除生死，仙吏班中列姓名。指开海角天涯路，引的迷人大道行。（下）

（正旦扮王婆上，云）老身黄化店人氏，王婆是也。我开着这个打火店[5]，我烧的这汤锅热着，看有甚么人来。（外扮吕洞宾骑驴背剑上，诗云）策蹇上长安，日夕无休歇。但见槐花黄，如何不心急。小生姓吕名岩，字洞宾。本贯河南府人氏。自幼攻习儒业，今欲上朝进取功名。来到这邯郸道黄化店，饥渴之际，不免做些茶饭吃。到的这店门首，将这蹇卫[6]拴下。将这二百文长钱，籴些黄粱。兀那打火的婆婆，央你做饭与我吃。行人贪道路，你快些儿。（王婆云）客官你好急性也，饶一把儿火者。（洞宾云）我巴不的选场中去哩。（正末上，云）贫道覆姓[7]钟离，名权，字云房，道号正阳子，京兆咸阳人也。自幼学得文武双全，在汉朝曾拜征西大元帅。后弃家属，隐遁终南山，遇东华真人，授以正道，发为双髻，赐号太极真人，常遗颂于世。（颂云）生我之门死我户，几个惺惺几个悟。夜来铁汉自寻思，长生不死由人做。今奉帝君法旨，教贫道下方度脱吕岩。来到这邯郸道黄化店，见紫气冲天，当必在此。我想世间人好不识贤愚也呵！（唱）

【仙吕·点绛唇】混沌初分，生人厮恩[8]。谁持论，旋转乾坤？这都是太上传心印。

【混江龙】当日个曾逢关尹[9]，至今遗下五千文。大刚来玄虚为本，清净为门。虽然是草舍茅庵一道士，伴着这清风明月两闲人[10]。也不知甚的秋，甚的春，甚的汉，甚的秦，长则是习疏狂，耽懒散，佯妆钝[11]，把些个人间富贵，都做了眼底浮云。

（云）想世人争名夺利，何苦如此！（唱）

【油葫芦】莫厌追欢笑语频，但开怀好会宾，寻思离乱可伤神。俺闲遥遥独自林泉隐，您虚飘飘半纸功名进。你看这紫塞军、黄阁臣[12]，几时得个安闲分，怎如我物外自由身。

【天下乐】他每得到清平有几人，何不早抽身，出世尘，尽白云满溪锁洞门，将一函经手自翻[13]，一垆香手自焚。这的是清闲真道本。

（笑云）原来神仙在这里！（做入店见科）（洞宾云）一个先生好道貌也！（正末云）敢问足下高姓？（洞宾云）小生姓吕名岩，字洞宾。（正末云）你往那里去？（洞宾云）上朝应举去。（正末云）你只顾那功名富贵，全不想生死事急，无常迅速，不如跟贫道出家去。（洞宾云）你这先生，敢是风魔的？我学成满腹文章，上朝求官应举去，可怎生跟你出家！你出家人有甚好处？（正末云）俺出家人自有快活处，你怎知道？（唱）

【金盏儿】上昆仑，摘星辰，觑东洋海则是一掬寒泉滚，泰山一捻细微尘。天高三二寸，地厚一鱼鳞，抬头天外觑，无我一般人。

（洞宾云）这先生开大言。似你出家的，有甚么仙方妙诀，驱的甚么神鬼？（正末云）出家人长生不老，炼药修真，降龙伏虎，到大来悠哉也呵！（唱）

【后庭花】我驱的是六丁六甲神，七星七曜君[14]。食紫芝草[15]千年寿，看碧桃花[16]几度春。常则是醉醺醺、高谈阔论，来往的尽是天上人[17]。

(洞宾云)俺做了官，也有受用处。(正末云)你做官受用得几多？俺这神仙的快乐，与你俗人不同。你听我说那快乐处。(唱)

【醉中天】俺那里自泼村醪嫩，自折野花新。独对青山酒一尊[18]，闲将那朱顶仙鹤引。醉归去松阴满身[19]，泠然[20]风韵，铁笛[21]声吹断云根[22]。

(云)你跟我出家去来。(洞宾云)俺为官居兰堂，住画阁。你这出家人，无过草衣木食，干受辛苦，有甚么受用快活处？(正末唱)

【金盏儿】俺那里地无尘，草长春，四时花发常娇嫩，更那翠屏般山色对柴门[23]。雨滋棕叶润，露养药苗新。听野猿啼古树，看流水绕孤村。

(洞宾云)我学成文武双全，应过举，做官可待，富贵有期。你教出家去呵，怎生便得神仙做？(正末云)你自不知。你不是个做官的，天生下这等道貌，是个神仙中人。常言道："一子悟道，九族升天。"不要错过了。(唱)

【醉雁儿】你有那出世超凡神仙分，系一条一抹绦，带一顶九阳巾[24]。君，敢着你做真人。

(洞宾云)俺为官的，身穿锦段轻纱，口食香甜美味。你出家人草履麻绦，餐松啖柏[25]，有甚么好处？(正末云)功名二字，如同那百尺高竿上调把戏一般，性命不保，脱不得酒色财气这四般儿。笛悠悠，鼓冬冬，人闹吵，在虚空。怎如的平地上来，平地上去，无灾无祸，可不自在多哩。(唱)

【后庭花】酒恋清香疾病因，色爱荒淫患难根。财贪富贵伤残命，气竞刚强损陷身。这四件儿不饶人。你若是将他断尽，便神仙有几分？

（洞宾云）我十年苦志，一举成名，是荷包里东西，拿得定的。神仙事渺渺茫茫，有什么准程，教我去做他？（正末唱）

【醉中天】假饶你手段欺韩信，舌辩赛苏秦[26]，到底个功名由命不由人，也未必能拿准。只不如苦志修行谨慎，早图个灵丹腹孕，索强似你跨青驴踯躅[27]风尘。

（洞宾云）听他说甚么，不觉神思困倦，且睡一会咱。（做睡科）（正末云）正说着话，他就睡了，好蠢人也！（唱）

【一半儿】如今人宜假不宜真，则敬衣衫不敬人。题起修行耳怕闻，直恁的没精神，一半儿应承一半儿盹。

（云）这人俗缘不断。吕岩也，你既然要睡，我教你大睡一会，去六道轮回中走一遭。待醒来时，早已过了十八年光景，见了些酒色财气，人我是非，那其间方可成道。（诗云）气为强弱志为先，努力须当莫换肩。捱出这番难境界，更添疾苦一番仙。（唱）

【金盏儿】比及你米淘了尘，水烧的滚，我教这一颗米内藏时运，半升铛[28]里煮乾坤。投至得黄粱炊未熟[29]，他清梦思犹昏，我教他江山重改换，日月一番新。

（云）您睡着了。贫道自赴蟠桃会[30]去也。（唱）

【赚煞】羽衣轻，霓旌迅，有十二金童接引。万里天风归路稳，向蓬莱顶上朝真。笑欣欣袖拂白云，宴罢瑶池酒半醺。争奈你个唐吕岩性蠢，偏不肯受汉钟离教训，又则索跨苍鸾飞上九天门。（下）

（洞宾梦上，云）兀那王婆，那先生去了也。（王婆云）去久了。（洞宾云）饭熟也未？（王婆云）还饶一把火儿。（洞宾云）王婆，我也等不的你那饭了，误了我程途。我上的蹇驴，便索长行去也。（下）（王婆云）吕岩去了也。他那里知道我非凡人，乃骊山老母[31]一化。上仙法旨，着吕岩看破了酒色财气，人我是非，那其间才得返本朝元，重回正道。（诗云）汉钟离点化玄机，度吕岩省悟心回。待此人功成行满，同共赴阆苑瑶池。（下）

---

［1］ 正阳子：钟离（钟离权）的道号。钟离为民间传说中的“八仙”之一。

［2］ 玄霜绛雪：道家所说的仙药名。唐·徐坚《初学记》卷二“汉武内传”条：“仙家上药有玄霜、绛雪。”

［3］ 姹（chà 音岔）女婴儿：道家称炼丹药所使用的水银为姹女，称铅为婴儿。姹，美丽。

［4］ 三清：这里指道家尊奉的三祖，即玉清境洞真教主元始天尊、上清境洞玄教主灵宝天尊、太清境洞神教主道德天尊。

［5］ 打火店：古时称可供旅客简单食宿的小店铺。

［6］ 蹇卫：跛驴。蹇，跛。卫，驴的别称。

［7］ 覆姓：同“复姓”。即不只一个字的姓。

［8］ 慁（hùn 音混）：混杂、混乱。南朝梁·刘勰《文心雕龙·议对》：“烦而不慁者，事理明也。”

［9］ 关尹：古代守卫关口的官员。传说老子见周朝衰败，乃乘青牛而去，途经函谷关时，守关令尹使著书，老子遂作《道德经》五千余言。

［10］ 清风明月两闲人：清凉的风，明亮的月。亦用以喻高人雅士。《南史·谢譓（huì 音会）传》：“有时独醉，曰：入吾室者，但有清风，对吾饮者，唯当明月。”宋·欧阳修《会老堂致语》曰：“金马玉堂三学士，清风明月两闲人。”

［11］ 佯妆钝：假装鲁钝。

［12］ 紫塞军、黄阁臣：边塞的军士、朝廷里的大臣。紫寨，泛指边塞。晋·崔豹《古今注·都邑》：“秦筑长城，土色皆紫，汉塞亦然，故称紫塞焉。”黄阁，汉代丞相的听事阁及汉以后的三公官署厅门涂黄色，以区别于天子，遂称其为黄阁。汉·卫宏《汉旧仪》卷上：“（丞相）听事阁曰黄阁。”《宋书·礼志二》：“三公黄阁，前史无其义。”这里泛指官署。

［13］ 翻：翻阅、翻译之意。

［14］“我驱”二句：道家认为六丁六甲和七星七曜（yào 音耀）各有一位神仙掌握，称这些神仙为六丁六甲神、七星七曜君。六丁，即丁卯、丁巳、丁未、丁酉、丁亥、丁丑，为阴神；六甲，即甲子、甲戌、甲申、甲午、甲辰、甲寅，为阳神。道士可用符箓召请，以供驱使。七星，指南方朱鸟七宿中第四宿之七星。七曜，指日、月和金、木、水、火、土五星。此七星皆有光，照耀人间，故又名“七曜”。

［15］紫芝草：本是一种食用菌，是隐士和道家们常食之物，后来就成了仙草的代名词。晋·陶渊明《赠羊长史》诗：“紫芝谁复采，深谷久应芜。”

［16］碧桃花：千叶桃，生长于人迹罕到的深山。唐·罗虬《比红儿诗》其八：“匼（kē 音棵）匝千山与万山，碧桃花开景常闲。”故而碧桃花也就成了仙山景色的一种象征。

［17］尽是天上人：唐·刘禹锡以“谈笑有鸿儒，往来无白丁”（《陋室铭》）为荣。此曲唱反调。“尽是天上人”，一个“尽”字，表达了作者对向往功名富贵的读书人和争权夺利的官僚们极大的鄙视和彻底的否定。

［18］“独对”句：取李白《独坐敬亭山》诗“相看两不厌，只有敬亭山”意。李白诗强调青山与我两者关系：青山爱我，我爱青山，故而留连忘返。此曲侧重描述道家悠闲的生活：折野花，逗白鹤，饮村醪（láo 音劳），听铁笛。

［19］“醉归”句：写自斟自酌，忘了时间的流逝。这“松阴”可能是夕照所致，也可能是月光的影子。此句从宋·晏幾道〔虞美人〕《疏梅月下歌金缕》词“醉后满身花影倩（qìng 音庆）人扶”化出。晏词缠绵悱恻，此曲清疏潇洒。松阴满身加上铁笛声声，构成一种邈远开阔的意境。

［20］泠然：形容清越激扬的声音。语出庄子《逍遥游》：“夫列子御风而行，泠然善也。”

［21］铁笛：铁制的笛管。相传隐者、高士善吹此笛，笛音响亮非凡。《宋史·孙守荣传》：“守荣既悟，异人授以铁笛。”其音色特征是“有穿云裂石之声”（朱熹《铁笛亭诗序》）。

［22］云根：指“石”，云出石而生，故曰云根。

［23］“俺那里”四句：“俺那里”这三个衬字，逼出一种自豪之气；“更那翠屏般山色对柴门”句中“更那”“般”三个衬字，一经点缀，句中之意蕴更递进一层，表达得更委曲宛转，回味无穷。

［24］九阳巾：道士戴的一种帽子。道家以纯阳为九阳，九阳巾也就是纯阳巾。

［25］餐松啖（dàn 音淡）柏：在山林里讨生活。餐、啖，均为动词“吃”。

［26］苏秦：战国时的纵横家，曾任齐湣（mǐn 音敏）王相，力主合纵攻秦。

［27］踟躅（chí chú 音池竹）：徘徊。

［28］铛：此处指一种锅，有耳有足。

［29］黄粱炊未熟：出自唐·吕岩词《促拍满路花》：“黄粱炊未熟、梦惊残。”

［30］蟠桃会：神话中西王母在瑶池设的品尝仙桃的宴会。蟠桃是中国神话中的桃类食品。相传三月三日为西王母诞辰，当天西王母会大开盛会，并以蟠桃为主食，宴请众仙，众仙赶来为她祝寿，此即蟠桃会。

［31］骊山老母：神话中的女仙名。传说殷周之际有骊山女，为天子。唐宋后遂以为女仙，尊为老母或姥（mǔ 音母）。参见《太平广记・骊山姥》。

楔　子

（正末改扮高太尉[1]同旦儿、两俫上，云）老夫殿前高太尉的便是。嫡亲的三口儿家属。夫人早亡，止有个女孩儿，唤做翠娥。自十七年前，吕岩应过举，拜兵马大元帅。老夫见他好武艺，就招他为婿，所生一儿一女。近日蔡州反了，吴元济[2]，好生猖獗。朝廷着吕岩领兵征讨。他如今辞别了老夫前去。我索丁宁[3]嘱付他几句言语。这早晚敢待来也。（洞宾扮元帅上，诗云）平生慷慨习阴符[4]，秉钺[5]临戎出帝都。男儿三十不得志，枉作堂堂大丈夫。某吕岩。自到京都，弃文就武，加某为兵马大元帅。与高太尉作赘，可早十八年光景，得了一双儿女。今有蔡州吴元济反乱，圣人的命，着某统兵征讨。今日辞别了岳父，便索长行也。（做见科，云）您孩儿点就人马，则今日便行。父亲好觑当[6]一双儿女者。（高太尉云）孩儿，你此一去，这妻子身上，有我在此，再不必留心。你与国家好生出力。千经万典，忠孝为先。你须恤军爱民，不义之财，少要贪图。岂不闻金玉满堂，未之能守；富贵而骄，自遗其咎。我这般说呵，也只为你执掌军权，怕你重利而轻义，失了道心。你切记者！左右将酒来，我亲手与孩儿把一杯送行。（做把酒科，唱）

【仙吕・赏花时】则我是皓首苍颜高太尉，别无甚亲人则觑着你。儿幼小，女娇痴，想为人在世，最苦是生离。

（云）孩儿再饮一杯。（洞宾云）我吃不得了。（高太尉唱）

【幺篇】满饮阳关酒一杯。（洞宾做吐科，云）您孩儿吃不得了，心中有些不好，吐了两口血。这酒元来伤人。您孩儿再也不吃这酒了。（高太尉云）既是伤着你心，再也休吃这酒罢。（洞宾云）父亲放心，您孩儿不吃了，辞别父亲，便索长行。（高太尉云）你休忘了我的言语，着心[7]记者。（唱）则要你在意扶持唐社稷，嘱付了又重题。但愿的功成破敌，早唱凯歌回。（下）

（洞宾云）则今日领本部人马，收捕吴元济走一遭去。（诗云）贼寇无端逞凶顽，杀声振地撼天关。托赖圣人洪福大，不得成功誓不还。（下）

---

［1］ 太尉：官名。秦至西汉时设置，东汉时与司徒、司空并称三公。

［2］ 吴元济：唐朝叛将。唐代沧州清池（今河北省沧县东南）人，淮西节度使吴少阳之子。因袭位不成，发动叛乱。后被唐将李愬（sù 音诉）所俘，斩于长安。详见《新唐书》卷二百一十四。

［3］ 丁宁："叮咛"的省形字（省去形旁、只留声旁的形声字）。

［4］ 阴符：指《太公阴符》，古代兵书名。《战国策 · 秦策一》："（苏秦）乃夜发书，陈箧数十，得《太公阴符》之谋，伏而诵之。"

［5］ 秉钺（yuè 音月）：持斧。借指掌握兵权。秉，拿着、握着。钺，古代兵器，青铜或铁制成，形状如大斧。

［6］ 觑当（dāng 音裆）：照看、照顾。

［7］ 着（zhuó 音浊）心：用心。

第二折

（旦儿上，云）妾身翠娥，是高太尉的女儿。自从父亲招了吕岩为婿，又早十八年光景。他跟前得了一双儿女。如今吕岩收捕吴元济去了，我和魏尚书的儿子魏舍，有些不伶俐[1]的勾当。约定今日相会，怎

生不见来？（净扮魏舍上，云）湛湛青天不可欺，两个碓嘴[2]拨天飞。则有一个飞不动，争奈身上没穿的。自家姓魏，我父亲是魏尚书，人皆称我为魏舍。我和吕岩的浑家，有些不伶俐的勾当。吕岩征西去了，他教我今日来他家走一走。来到这门首，前后没一人。我叫一声：高大姐开门来！（做见科）（旦儿云）你来了也。我正等你哩，咱两个家里吃几杯酒。打开这吊窗，若有人来，便往这窗子里出去。（净云）正是。咱且慢慢的饮酒耍子。（洞宾上，云）某乃吕岩，奉圣人的命，统领三军，收捕吴元济。到的阵面上，卖了一阵[3]，与了我三斗珍珠、一提黄金，领军回还。来到家门首。接了马者！老院公也不见，前后无一个人，夫人也不知在那里。进到这卧房门首，有人在里边说话。我试听咱。（旦儿云）咱两个正好吃酒哩。（净云）若阵亡了吕岩，我就娶你。（旦儿云）吕岩死了，我不嫁你嫁那个？（洞宾云）兀的不有奸夫了！我踏开这门咱。（做踏门科）（净云）不好了，有人来也！我往吊窗里跳出去，走、走、走。（洞宾云）奸夫走了也！我问你，吃酒的是谁？（旦儿云）没人。（洞宾云）你说没人！这顶帽子，是谁掉下的？（净上，云）哥，是我的。（下）（洞宾云）好也！我现授大元帅之职，你是太尉的女儿，你这般羞辱我，我好歹杀了你个淫妇！（正末改扮院公拿拄杖慌上，云）老汉是高太尉家一个院公。有俺姐夫吕岩，做了征西大元帅，收捕反贼，去了一年。恰才小的每道吕姐夫回来了，老汉不信。若是暗暗的回来，必定做下不公的勾当。既不是呵，怎生一个大将军回来，可没一个人来报知，也不差人迎接？这小的每眼见的说谎，逗我耍哩。休问有无，我看一看去。（唱）

【商调·集贤宾】报道前厅上侍长[4]恰到来。（带云）既是来到了呵，（唱）却怎生不听的把玳筵[5]排？（洞宾云）这妇人忒无礼，瞒着我做这等勾当！（正末做听科，云）真个来了！（唱）有甚事炒炒七七[6]？（旦儿哭科，云）我是为害眼，许下的愿心来。（正末唱）没

来由怨怨哀哀，我这里七林林[7]转过庭槐，慢腾腾行过厅阶，孤桩桩靠定明亮隔[8]。（洞宾云）好老婆，我不在家，你养着奸夫吃酒！老院公那老匹夫在那里？（正末唱）听说罢撅耳揉腮[9]。（洞宾云）我则杀了这妇人。（正末云）这事怎了？（唱）我这里伤心空跌脚，低首自惭胲[10]。

【逍遥乐】夫人也，想着你那百年恩爱、半世夫妻，好也啰你做下这一场丑态。（洞宾云）我吃这妇人气杀我也！（正末唱）休道是浊骨凡胎，便是释迦佛也恼下莲台[11]。早难道侯门深似海，两步那为一蓦[12]。（做推门科，唱）我这里一双手到、半壁身挨，可早两扇门开。

（洞宾云）这个老匹夫！你来这里做甚么？（正末云）自从大人出征去后，老相公早亡化过了半年也。大人今日来家，为甚这等恼躁？（洞宾云）我心中的事，你怎生知道？不干你事，你快去！（正末云）上项的事，老汉已听的了。大人停嗔息怒，难道是老汉无罪？大人，记的你临行时，老相公嘱付的话道，着老院公单管打扫花园。咱后花园离前厅却是多远？老汉无事也不到这前面来，有甚么勾当？相公当初将这两个孩儿和夫人，交付在老汉身上。今日有这等是非，老汉八十五岁年纪，便死，老汉也甘心去。（洞宾掣剑科，云）不干你事，我只杀了这妇人。（正末唱）

【金菊香】这一个怒横着三尺剑当怀。（旦儿云）兀的不屈杀我也！（正末唱）好也啰，那一个倚定门儿手托腮。似恁地怎生将手腕解？又不是少米无柴。是夫人自跳下舍身崖。

（旦儿云）老院公，你不知，我为他害眼来，许下的愿心。他说我养汉来，我做的不是了。老院公你救我一命咱！（正末云）教老汉怎生救你？（唱）

【醋葫芦】又不是别人相唬吓、厮展赖[13]，是你男儿亲自撞将来。你浑身是口难分解，赤紧的并赃拿贼，你看他死临侵[14]不敢把头抬。

（旦儿做跪科，云）我实做的不是了。看着两个孩儿面皮，饶了我性命者。（正末唱）

【幺篇】夫人你便有随何、陆贾[15]舌，张仪、苏季[16]才，百般难免这场灾。是你辱门败户[17]先自歪，做的来漏虀搭菜，把花言巧语枉铺排。

（洞宾云）我做着天下兵马大元帅，你和伴当私通欺压，兀的不气杀我也！（正末云）夫人，你听的元帅说来。想元帅顶天立地，铺眉苫眼[18]，做着个兵马大元帅，你却做这等勾当，是何道理？（唱）

【幺篇】你男儿有八面威、七步才[19]，现带着征西金印虎头牌[20]。他在那长朝殿前班部里摆。你教他把屎盆儿顶戴，兀的不屈沉杀了拜将筑坛台[21]。

（云）老汉有甚么面皮？大人，可怜见一双儿女，饶过夫人者。（唱）

【幺篇】大人见义为，夫人知过改。不是中间老汉厮支划[22]，若是外人知道来，休恁的大惊小怪。丑名儿出去怎生揩！

（洞宾仗剑杀旦科）（正末跪云）你发慈心，饶了夫人者！（唱）

【幺篇】问甚你夫妻好共歹，觑孩儿瘦更騃[23]，便怎生教磣可可血泊里倘[24]着尸骸？男子汉那一个不妒色。（带云）不争夫人死呵！（唱）枉乞两的两个小冤家不快，那凄凉日月索耽捱。

（云）大人，饶夫人一命，胜造七级浮屠[25]。（唱）

【幺篇】觑哥哥千般儿慷慨，道不的一声叫“善哉”。只待剑光挥三尺水晶牌，你权做个南海岸救苦难观自在[26]。我这里磕头礼拜。（洞宾云）我看着老院公面皮，饶你这一命。（正末云）好惭愧也！（唱）听言说教我笑咍咍[27]！

（旦儿拜科，云）若不是老院公，谁救我一命？深谢你这厚恩。（正末唱）

【幺篇】我见他掩了泪眼，改了面色，笑靥儿攒破旱莲腮，直从那针关儿[28]透得命到来，恰便似九霄云外，滴溜溜飞下一纸赦书来。

（末扮使命上，云）小官天朝使命是也。因元帅吕岩，卖了阵受了钱，私自还家。某奉圣人的命，着我来取他首级。可早来到也。（做见科，云）某奉圣人的命，为你卖阵受财，私自还家，着我来取你首级哩。（洞宾云）今日教谁人救我咱！（正末云）兀的怎了也！（唱）

【幺篇】朝廷将使命差，前厅上把圣旨开。道是西边上卖阵走回来。谁教你贪心儿爱他不义财。今日个脱空须败，恶支沙[29]将这等罪名揣。

（旦儿云）吕岩，你要杀我，谁着你卖了阵，受了钱，私自还家？干的好事也！（做叫街坊科）（洞宾云）嗨，原来这钱真个害人！今日我对天发愿，将这钱半分也不要。吕岩也，你怎生做读书人来？颜子也曾一箪食，一瓢饮，居于陋巷。量这几贯钱，值得甚么！不想到今日可着谁救我？想当日我临行时，俺岳翁与我送行，我对天发愿，断了酒。今日断了财。吕岩也，你有甚难见处？因我回家，我妻有奸夫，明明是他出首来的。罢、罢、罢，将纸笔来，写一纸休书，任从改嫁，并不争论。写休书，写休书，我今日又断了色也！（旦儿云）哎哟！你今日休了我，你早则管不着我了。你眼见的是死人也！（又

使命上，云）吕岩本待要斩首，圣人的命，体上天好生之德，饶你项上一刀，迭配远恶军州。解子[30]何在？（丑扮解子上，云）叫小的那里使用？（使命云）着你押解吕岩，迭配沙门岛去。（使命下）（旦儿云）解子哥，吕岩是犯罪的人，你怎生教他自在，不上刑法？（解子云）这也说的是。将行枷来。（做上枷科）（旦儿云）吕岩，你如今还杀的我么？兀的不欢喜杀我也！（正末云）夫人，你怎生没些夫妻情分，说这等言语做甚么？（唱）

【幺篇】也是你慈悲生患害，俺哥哥除死无大灾。何须你畅叫厮花白[31]。（旦儿云）我是高太尉女儿，养汉来，养汉来。如今你休了我，谁管的我？（正末唱）闹垓垓[32]幺喝十字街。（带云）他今日声声说是高太尉女儿养汉来。（唱）直恁的恶叉白赖，婆娘家情性恁般乖！

（解子云）去罢，误了程限到几时？（正末唱）

【幺篇】昨日上官时似花正开，今日迭配呵风乱筛。都是犯着年月日时该。（带云）休道咱小民呵，（唱）隋江山生扭做唐世界，也则是兴亡成败，怎禁那公人狠劣似狼豺。

（旦儿云）吕岩，你是死的人，留下我的孩儿，不要将去。（洞宾云）我的儿女，我不领着，留下与谁？（旦儿云）你犯下了罪，干俺儿女甚么事？（夺科）（洞宾拖科，云）解子哥，你慢着些儿。着这贼妇送了我也，我和两个孩儿，死在一处。（正末顾洞宾并俫科，云）解子哥，可怜见，容俺哥哥和孩儿住一两日去，打甚么不紧。（解子云）误了限期，使不的。（做打洞宾并俫，正末劝科，唱）

【后庭花】我则见飕飕的枷棒摔，打的他纷纷的皮肉开。见他可擦擦拖将去，我与你气丕丕赶上来。痛哀哉，身遭残害！他如何敢闸闳[33]？我其实无刓划[34]，平白地招罪责，从今日离院宅。

【双雁儿】哥哥也！恰如赵杲送灯台[35]，便道不的，山河易改。

恁时节和尚在钵盂在？今日个福气衰，看何时冤业[36]解。

（解子推洞宾并倈行）（末扯住）（解子推末倒科，云）老无知去罢！（正末唱）

【高过浪里来】俺如今鬓发苍白，身体囊揣[37]，则恁的东倒西歪，推一交嶮攧破天灵盖。（解子打二倈科）（正末云）哥哥息怒。（唱）我这里割舍了老性命，搭救这两个小婴孩。空教我忿气冲怀，雨泪盈腮，将两只手扛抬。（解子押洞宾并倈下）（正末唱）把双眼揉开，趁起身来，望不见娇客。（旦儿云）吕岩去了，我收拾一房一卧，嫁魏舍去来。（下）（正末云）哥哥去的远了也。（做叫洞宾，内应科）（正末唱）又被这半凋谢的垂杨树间隔。

【随调煞】好教我回去艰难，谁似你步行的快。望不见，走上望高台，空目断一天残照霭，不知俺哥哥安在？（做叫科，云）哥哥！（洞宾远应科）（正末唱）看时节隔疏林风送过哭声来。（下）

---

[1] 伶俐：这里指正当、清楚、干净。

[2] 碓（duì 音对）嘴：舂米的杵。末梢略尖如鸟嘴，故名。这里借指鸟雀。

[3] 卖阵：交战时受敌人贿赂而假败。

[4] 侍长（zhǎng 音掌）：金元时代奴仆对主人的称谓。

[5] 玳筵：玳瑁筵，谓豪华、珍贵的宴席。

[6] 炒炒七七：吵吵闹闹。

[7] 七林林：悄悄地、悄无声息地。

[8] 隔：窗格。这里指窗子。

[9] 搬耳揉腮：抓耳挠腮。形容慌乱焦虑的神态。

[10] 惭胲（gǎi 音改）：羞惭。胲，颊上的肌肉。

[11] 莲台：也作“莲花台”“莲华台”。佛座。

[12] 两步那（nuó 音挪）为一蓦（mò 音莫）：两步挪作一大步。那，同“挪”。蓦，犹言“迈”。

[13] 展赖：耍无赖。展，施展、施行。赖，无赖、耍赖。展赖是不晚于元代产生的

新兴口语词。

［14］死临侵：僵死、呆痴的样子。意为无生气。

［15］随何、陆贾（gǔ 音古）：汉初辩士。随何，秦末汉初人，善辞令。楚汉相争中，曾奉刘邦之命说英布叛变项羽，官至护军中尉。陆贾，汉初人，有辩才。曾两度出使南越，招降尉佗，官至太中大夫。著《新语》十二篇。《史记》《汉书》有传。

［16］张仪、苏季：战国时纵横家。张仪，战国时期魏国人，曾为秦惠王相，主张连横帝秦，以连横之策游说六国，使已结成的“合纵”解体。苏季，即苏秦，战国时期洛阳人，以合纵之策游说齐、楚、燕、韩、赵、魏六国，使之合纵抗秦，由此而佩六国相印。

［17］辱门败户：形容败坏门风，使家族都受到羞辱。

［18］铺眉苫眼：装模作样。

［19］七步才：指曹植七步成诗的才华，形容人才思敏捷。出自南朝宋·刘义庆《世说新语·文学》。

［20］虎头牌：也称为“虎符金牌”。皇帝赐给近臣或功臣可行使最高权力的虎头形金牌。刻有虎头文饰的盾牌。《水浒传》第七六回：“龙文剑掣一汪秋水，虎头牌画几缕春云。”旧时衙门前面画有虎头形状的布告木牌，以表示威仪和禁止闲人随意进出衙门。

［21］拜将筑坛台：楚汉战争中，萧何向刘邦举荐韩信，说韩信有大将之才。刘邦准备拜韩信为大将。萧何说：“王必欲拜之，择良日，斋戒，设坛场，具礼，乃可耳。”于是，刘邦筑坛拜韩信为大将。后以筑坛拜将表示对被任命将帅的重视。

［22］支划：安排、处置。

［23］騃（ái 音癌）：傻。

［24］倘：“躺”的同音借字。

［25］浮屠：梵语，又译作浮图。一指佛塔，二指僧侣。

［26］观自在：观世音菩萨的别名。亦称观音、观音大士。《大唐西域记·乌丈那国》：“西渡大河三四十里，至一精舍，中有阿嚩（pó 音婆）卢枳伊湿伐罗菩萨像。”注云：“唐言观自在。合字连声，梵语如上；分文散音，即‘阿嚩卢枳多’，译曰‘观’；‘伊湿伐罗’，译曰‘自在’。”

［27］咍咍（hāi hāi 音嗨嗨）：欢笑貌。

［28］针关儿：针眼儿、针鼻儿。因针眼儿小，故宋元人用“针关儿透命”来形容逃脱性命之不容易。

［29］恶支沙：凶狠的样子。支沙，语助词，无义。

［30］解（jiè 音介）子：解差（chāi 音拆），押解人犯的差役。解，押送。

［31］花白：嘲讽、讽刺。

［32］闹垓垓：闹哄哄的意思。为宋元时习用语。

［33］ 𨶡𨷭（zhèng chuài 音正踹）：挣扎、撑持。
［34］ 无刬划（bāi hua 音掰化轻声）：意谓无办法、无所措。刬划，处置、整治、安排。
［35］ 赵杲（gǎo 音稿）送灯台：歇后语，喻指去而不返。宋·欧阳修《归田录》二："俚谚云：赵老送灯台，一去更不来。"这里借此歇后语说吕岩将一去不复返。
［36］ 冤业：对似恨实爱、令人烦恼的人的昵称。冤，怨恨。业，恶业、罪孽。"冤业"一词中古汉语已见用例，本为佛教语，有"业报、罪过"义。元代指"似恨实爱"的人，暗含因恶业产生的罪过，有因果关系，怨叹程度更深，且与称呼对象的关系更为亲近。
［37］ 囊揣（nāng chuài 音囔踹）：软弱、虚弱、懦弱。今北方方言仍习用。

第三折

（洞宾带枷引二倈随解子上）（解子云）吕岩行动些！（洞宾云）念吕岩自卖了阵，迭配我无影牢城。我死不争，可怜见这一双儿女，眼见的三口儿无那活的人也！解子哥，怎生可怜见，方便一二。（解子云）兀那吕岩，我也是好义的人，到这深山旷野中，我回去也。你三口儿自逃你那性命去。（做开枷科）（洞宾云）谢了哥哥。小生口中衔铁，背上搭鞍[1]，此恩必当重报。（解子云）你逃命去，我回去也。（下）（洞宾云）好苦也！你看纷纷下的那雪越大了也，迷踪失路，不知往那里去。怎生得个指路的人来可也好！（正末改扮樵夫上，云）小人是一个樵夫。砍的这柴回来，遇着这一天风雪，好冻人天气也呵！（唱）

【大石调·六国朝】风吹羊角[2]，雪剪鹅毛，飞六出[3]海山白，冻一壶天地老。便有丹青巧，画笔难描。俺这里遥望千山表，是谁将粉黛扫？幽窗下寒敲竹叶，前村里冷压梅梢。撩乱野云低，微茫江树杳。

【归塞北】为甚春归早，既不沙可怎生蝶翅舞飘飘？梅蕊粉填合长安道，柳花绵迷却灞陵桥，山馆酒旗遥。

【初问口】想那捕鱼叟蓑笠纶竿，他向那寒潭独钓，和俺这采樵人迷却归来道。则见冻雀又飞，寒鸦又噪，古木林中蓦听的山狈[4]叫。

【怨别离】[5]园林无处不萧条，春归也犹未觉。满地梨花无人扫。寒料峭，遥望见一点青山，兀良却又早不见了。

【归塞北】白云岛，则听得孤鬼吼荒郊。九天女鼓风驱造化，六丁神挥剑斩长蛟。既不沙可怎生就地卷风涛？

【幺篇】孤村晓，稚子道犹自月明高。青女剪冰寒不散，黑云喷雨冻难消，无处觅渔樵。

（洞宾云）孩儿行动些。如此大风大雪，又迷踪失路，眼见的是死人也！（做椎胸科，云）天嚛[6]！这雪住一住可也好，越下的恶躁了。（正末云）这来的是吕岩，可也该省悟了。（唱）

【雁过南楼】[7]我则见冻剥剥一行老小。（洞宾云）冻杀我也！（正末唱）战钦钦四体频摇。这一个骨耸着肩[8]，那一个拳联着[9]脚，正扬风搅雪天道。（俫云）爹爹，我饿的慌嚛。（洞宾云）儿也行动些，到兀那里就有饭吃。（正末唱）儿扯定老父悲，父对着孩儿告。那吃饭处霎时间行到。

【六国朝】早是朔风凛冽，途路迢遥。（二俫冻倒，洞宾护科，云）俺三个都冻倒了，谁救孩儿咱？（正末唱）我则见三个人走将来，一时间扑地倒。（做叫科，云）兀那君子，你苏醒者！苏醒者！怎生好？（唱）我这里用手忙扶策，紧揝[10]住头梢。这一个早直挺了躯壳，那一个又答剌[11]了手脚。我这里款款的把衣襟解放，只见悠悠的魄散魂消。（二俫做醒科）（洞宾云）惭愧，醒转来了。（正末唱）我救的这两个，心坎上恰温和。（又救洞宾科，唱）呀，那一个又把牙关紧噤[12]了。

（洞宾醒，云）崄些儿冻死我也！两个孩儿都醒了。是谁救活我来？（正末云）是我救你来。（洞宾跪，云）不是哥哥救了俺父子，那里得俺性命来？（正末云）吕岩也，你那里去？（洞宾背云）好奇怪，他怎生认得我是吕岩？（回云）不瞒哥哥说，我如今披枷带锁，迭配沙门岛去，遇见这等大雪，冻倒在此处。若不是哥哥救活俺三口儿，那里得我的性命来！如今我身上无衣，肚里无食，又迷踪失路。哥哥，这里往那里去？（正末云）早知这道，你去了多时了也。君子，你迷了道也。我说与你道，传与你道，指与你道。（洞宾云）哥哥说的话，小人不省的。（正末云）君子，这条道我不知道。这山前有一个草团标，那里面有个先生，他须知道。（洞宾云）哥哥，你说与我咱。（正末唱）

【归塞北】过了这条抄直道，那里一横涧搭着一横桥。白茫茫雪迷山拽脚，淡蒙蒙雾锁草团标[13]，松桧列周遭。

（洞宾云）那先生好歹，哥哥说与我听。（正末云）君子，你要见他，我说与你知道。（唱）

【擂鼓体】[14]那先生浩歌拍手舞黄鹤，家住瑶池阆苑，十洲三岛[15]。一曲横笛秋气高，数着残棋江月晓。

（洞宾云）哥哥，那先生是出家人，怎生有这本事？（正末唱）

【归塞北】那先生服的是长生药，不许外人学。三弄琴声弹落叶，九重春色醉仙桃，白日上青霄。

（洞宾云）敢问哥哥，那先生是怎生模样，你再说一遍咱。（正末唱）

【净瓶儿】[16]那先生两只手摇山岳，一对眼瞅邪妖。剑挥星斗，胸卷江涛。天教恶相貌，伏的虎，降的龙，德行高。他则是个活神道，也曾跨苍鸾亲把玉皇朝。

（云）君子，你过的山崦[17]儿，你望见草团标，你问那先生路去。（唱）

【玉翼蝉煞】那先生自舞自歌，吃的是仙酒仙桃，住的是草舍茅庵，强如龙楼凤阁。白云不扫，苍松自老。青山围绕，淡烟笼罩。黄精[18]自饱，灵丹自烧。崎岖峪道，凹答岩壑。门无绰楔[19]，洞无锁钥。香焚石桌，笛吹古调。云黯黯，水迢迢，风凛凛，雪飘飘，柴门静，竹篱牢。过了那峻岭尖峰，曲涧寒泉，长林茂草，便望见那幽雅仙庄，这些是道。（带云）君子，你休迷了正道。你听者，（唱）你可也休错去了。（下）

（洞宾云）孩儿也，你才听的那哥哥说来，兀那山崦里有一家人家，吃的也有，穿的也有，宿处也有。咱直到那里觅一宵宿去来。（同下）

---

[1] “口中”二句：意谓当牛做马。衔铁，口含马嚼子。

[2] 羊角：盘旋而上的大风。《庄子·逍遥游》：“有鸟焉，其名为鹏，背若泰山，翼若垂天之云，抟扶摇羊角而上者九万里。”释文：“司马（彪）云：风曲上行如羊角。”

[3] 六出：指雪花。雪花呈六角形，故名。《太平御览》十二引《韩诗外传》：“凡草木花多五出，雪花独六出。”

[4] 山猏（yuán 音元）：山猿。猏，为“猿”的俗字。

[5] 〔怨别离〕：曲牌名。一名〔常相会〕。属北曲【大石调】。六句五韵：七、三、三、七、三、七。第二、第三两句，末句用韵平仄均可。用于剧曲和散曲套数。旧谱皆定为六字折腰句一句，《北曲新谱》始订为两个三字句。用于套曲，一般在〔归塞北〕之后。

[6] 喋（yo）：语气助词。

[7] 〔雁过南楼〕：曲牌名。南北曲均有。北曲属【大石调】，定格为七、七、三、五、七、六、六、五，共八句。用于套曲，一般在〔归塞北〕后、〔六国朝〕前。

[8] 骨耸着肩：蜷缩而微抬着肩膀。今河北方言仍习用。

[9] 拳联着：蜷曲着。今河北方言仍习用。

［10］ 揝（zuàn 音钻）：同“攥”，抓住、握住。

［11］ 答剌（dā la 音搭拉轻声）：垂下。今河北方言仍习用。

［12］ 噤（jìn 音近）：关闭。

［13］ 草团标：圆形茅草房。亦作草团瓢、团标、团苞。

［14］〔擂鼓体〕：曲牌名。又名〔催花乐〕〔擂鼓棒〕。属北曲【大石调】，用于剧曲和散曲套数。五句四韵：七、四、四、七、七。用于套曲，一般置〔归塞北〕后。

［15］ 十洲三岛：均为传说中神仙居住的地方。十洲，指祖洲、瀛洲、玄洲、炎洲、长洲、元洲、流洲、生洲、凤麟洲、聚窟洲，传说皆在八方大海中。三岛，即三神山，指蓬莱、方丈、瀛洲三座海中仙山。参阅汉·东方朔《海内十洲记》和《史记·秦始皇本纪》。

［16］〔净瓶儿〕：曲牌名。属北曲【大石调】，用于剧曲和散曲套数。《北词广正谱》与《九宫大成南北词宫谱》正格皆为：五、五、四、四、二、三、七、三、七，共九句七韵〔或可多叶（xié 音斜）〕。末句多用叠字作衬。用于套曲，一般在〔归塞北〕后。

［17］ 山崦（yān 音淹）儿：山弯儿。崦，山曲。

［18］ 黄精：草名。又名野生姜、黄芝等，多年生草本植物，可入药。道家以为其得大地之精粹，故名黄精。《文选》中嵇康《与山巨源绝交书》云：“又闻道士遗言，饵术（zhú 音竹）黄精，令人久寿，意甚信之。”注：“术黄精，久服轻身延年。”

［19］ 绰（chuò 音辍）楔：古时立于正门两旁用以表彰孝义的木牌。《新五代史·李自伦传》：户部尚书奏称深州司功参军李自伦六世同居，请旌表其孝义。敕曰：“其量地之宜，高其外门，门安绰楔，左右建台，高一丈二尺，广狭方正称焉，圬以白而赤其四角，使不孝不义者见之，可以悛（quān 音圈）心而易行焉。”

第 四 折

（旦扮卜儿上，云）老身终南山人氏，在此在家出家，盖了一座团标，前后并无人家。我有个孩儿，虽是出家人，性子十分躁暴，每日在山中打猎为生。孩儿去了也，我安排下些茶饭，等他回来吃。（洞宾引俫上，云）自家吕岩。自从卖了阵，迭配无影牢城，到这深山里。时遇冬天，大风大雪将俺三口儿争些冻杀。多亏了打柴的樵夫，救了俺性命，说这山峪里，有个草庵。我到那里寻些茶饭，与两个孩儿吃

用。你看我那命。天色又晚来了，逢着个独木桥，偌深的一个阔涧，怎生得过去？我将着两个孩儿，待先送过这小厮去，恐怕这狼虎伤着这女孩儿。我待先送过女孩儿去，又怕伤了小厮儿。罢、罢、罢，且放下女孩儿，先送过小厮儿去。（做送儿倈科）（女倈云）爹爹，大虫来咬我也！（洞宾悲科，云）孩儿，我便来取你也。我放下这小厮，我可过去取女孩儿去。（做过涧科）（儿倈云）爹爹，大虫来咬我也！（洞宾云）端的教我顾谁的是？（又过涧科，云）兀的真个是一个草团标。儿，你跟着我去，寻些茶饭与你吃。（做问科，云）庵里有人么？（卜儿上，云）谁叫我？开开这门，呀！原来是吕岩，引着一双儿女，这早晚怎生得到这里来？（洞宾背云）好奇怪，这姑姑怎生也认的吕岩？既然姑姑认的我，可也好。姑姑，因为我卖了阵，将我这三口儿迭配无影牢城。如今天色晚了也，有甚么残茶剩饭，与俺两个孩儿些吃。我就觅一宵宿，天明了，便索长行。（卜儿云）君子，不中。我怕不留你在此处宿？争奈我的孩儿性子利害，每日山中打猎为生。他无酒还好，吃了酒，便要杀人。（洞宾云）姑姑不知，当日我征西时，我丈人与我送行，吃了三杯酒，吐了两口血，当日断了酒。次后到阵上，卖了阵，圣人知道，饶我一命，将我迭配无影牢城，我因此断了财。来到家中，我浑家瞒着我有奸夫，被我亲身拿住，我就将浑家休了，断了色。今日到此处，若有师父来，便打我一顿，我也忍了。从今已后，我将气也不争了。（卜儿云）吕岩你忍的么？（洞宾云）我忍的。（卜儿云）既然你忍的，你且休进我家里来。他若来时，再做个商量。（正末改扮邦老[1]上，云）适才我多买几杯酒，吃醉了，回家见母亲去咱。这山中，委实的好快活也呵！（唱）

【正宫·端正好】路兜答，人寂寞，山势恶险峻嵯峨。俺不羡玉堂臣列鼎食、重裀卧，只愿把猩猩血染头巾裹。

【滚绣球】寻思来，那快活，这半月多遇几个滥官员经过，打劫下些金银段匹绫罗。昨日共那几个，今日共这一火。从不曾离了

侧坐，仰天的大笑呵呵。将那泼醅酒瀰瀰[2]连糟咽，杀人剑揩揩[3]带血磨。常则是烂醉无何。

（二倈云）爹爹，饿杀我也！（洞宾云）姑姑，有甚么茶饭，与这小的些吃？（卜儿云）无甚么与他吃。（正末向前用手掤[4]，洞宾回看科，云）哎哟，吓杀我也，是人那是鬼？（正末唱）

【倘秀才】不索你絮叨叨则管里问他，则这个杀人的爷爷是我。（洞宾云）好个恶相也！（正末唱）你则管里缠我娘亲待怎么？（洞宾云）师父，我讨些茶饭与孩儿吃来。（正末唱）他怀里又没点点，与孩儿每讨饔飧[5]。（末拿住男倈科，唱）我揪住这小子领窝。

（洞宾救科）（正末怒云）你这厮无礼！（打洞宾科，唱）

【叨叨令】我一拳打的你牙关挫。（做丢男倈在涧科）（洞宾云）可怜见！（正末唱）这厮死尸骸也济得狼虫饿。（拖女倈科）（洞宾云）留下这个小的者。（正末唱）至如将小妮子抬举的成人大，也则是害爹娘不争气的赔钱货。不摔杀要怎么也波哥，不摔杀要怎么也波哥，觑着你泼残生我手里难逃脱。

（洞宾云）你是个出家人，怎生将我两个孩儿摔死了？我和你见官去！（正末唱）

【倘秀才】我为贼盗呵杀人放火，不似你贪财呵披枷带锁。你得了斗来大黄金印一颗，为元帅，佐山河，倒大来显豁[6]。

（带云）吕岩，你贪财恋酒，误了军情。（唱）

【滚绣球】你那罪过，怎过活！做的来实难结末[7]，自揽下千丈风波。谁教你向界河，受财货，将咱那大军折挫？似这等不义财贪得如何？道不的“殷勤过日灾须少，侥幸成家祸必多”，枉了

张罗！

（洞宾云）不好了，我不问那里逃命去来！（正末仗剑赶，洞宾躲科）（正末唱）

【笑和尚】我、我、我没揣的猿臂绰，斡、斡、斡禁声的休回和，来、来、来宝剑似吹毛[8]过。（洞宾云）我这性命谁救我来？（正末唱）休、休、休怎避躲，是、是、是决难活，呀、呀、呀脖项上钢刀挫！

（做杀洞宾倒科）（正末下，改扮钟离）（卜儿下，改扮王婆上）（洞宾醒科，云）有杀人贼也！（做摸颈科）（正末唱）

【叨叨令】我这里稳丕丕土坑上迷飏没腾[9]的坐，那婆婆将粗剌剌[10]陈米来喜收希和的播[11]，那蹇驴儿柳阴下舒着足乞留恶滥的卧[12]，那汉子去脖项上婆娑没索的摸[13]。（洞宾云）一觉好睡也！（正末摊洞宾觑科，云）洞宾也，（唱）你早则醒来了也么哥，（洞宾云）我这一觉，睡了几时？（正末云）十八年了。（洞宾云）可怎生一觉睡十八年？（正末唱）你早则醒来了也么哥，可正是窗前弹指时光过。

（洞宾云）饭熟了未？（王婆云）还饶一把火儿。（洞宾云）直恁般一觉好睡也！（正末云）吕岩，我问你咱，你那岳父高太尉曾劝你么？（洞宾云）曾劝我来，教我休吃酒。（正末云）那里是高太尉，是贫道一化。你临行时，老院公可曾劝你来？（洞宾云）他也曾劝我来。（正末云）那里是院公，也是贫道一化。你可曾见樵夫指路来么？（洞宾云）有个樵夫指与我道来。（正末云）那个樵夫，也是贫道一化，怕你迷了正路。恰才杀你的壮士，也是贫道化来。这王婆和山中道姑，是骊山老母。这十八年间，酒色财气，你都见了也。（唱）

【倘秀才】你早则省得浮世风灯石火[14]，再休恋儿女神珠玉颗。咱人百岁光阴有几何？端的日月去，似撺梭，想你那受过的坎坷。

【滚绣球】你梦儿里见了么？心儿里省得么？这一觉睡早经了二十年兵火，觉来也依旧存活。瓢古自[15]放在灶窝，驴古自映着树科；睡朦胧无多一和[16]，半霎儿改变了山河。兀的是黄粱未熟荣华尽，世态才知鬓发皤[17]，早则人事蹉跎。

（云）吕岩，你省得了么？（洞宾云）师父，我弟子省了也。（正末诗云）汉朝得道一将军，故来尘世度凡人。十八年来一梦觉，点化唐朝吕洞宾。（唱）

【煞尾】你正果[18]正是修行果，你灾咎皆因我度脱。早则绝忧愁、没媤聒[19]，行处行，坐处坐，闲处闲，陀处陀[20]。屈着指，自数过，真神仙，是七座，添伊家，总八个。道与哥哥，非是风魔，这个爱吃酒的钟离便是我。

（东华帝君领群仙上，云）吕岩，你省悟了么？（洞宾云）弟子省了也。（东华云）你既省悟了，一梦中十八年，见了酒色财气，人我是非，贪嗔痴爱，风霜雨雪。前世面见分明，今日同归大道。位列仙班，赐号纯阳子。（诗云）你不是凡胎浊骨，迷本性人间受苦。正阳子点化超凡，又差下骊山老母。一梦中尽见荣枯[21]，觉来时忽然省悟。则今日证果朝元，拜三清同归紫府。

题目　汉钟离度脱唐吕公
正名　邯郸道省悟黄粱梦

---

[1]　邦老：元代戏曲里盗匪、凶徒等的俗称。一般由净扮演，如杂剧《朱砂担》的

白正是“净扮邦老”。

［2］ 濩濩（huò huò 音货货）：拟声词。水流声。

［3］ 搘搘（chī chī 音吃吃）：拟声词。磨刀声。

［4］ 搬（bān 音班）：同“扳”，拉、挽。

［5］ 餑餑（bō bo 音播播轻声）：即“饽饽”。

［6］ 倒大来显豁：非常显赫。倒大来，非常、十分。

［7］ 结末：意谓了结、完结。

［8］ 吹毛：形容刀剑锋利，吹毛可断。

［9］ 迷颩（diū 音丢）没腾：神志迷惘、迷迷糊糊。

［10］ 粗剌剌：口语，用如粗粗拉拉，粗糙的样子。

［11］ 喜收希和的播：稀里哗啦地簸。喜收希和，形容翻来覆去簸米的声音。播，“簸”的借字，即用簸箕簸米谷之类的东西。现北方方言仍习用。

［12］ 乞留恶滥的卧：懒散随意地卧。乞留恶滥，形容非常随意懒散的样子。

［13］ 婆娑没索的摸：反复地抚摸。婆娑没索，形容反复摸的样子。

［14］ “你早则”句：风灯、石火，用以比喻世相无常，人生短促。风中灯说不定什么时候被吹灭，击石所发生的火星一发即灭，一切都是虚幻的、短暂的。这是出家人常说的警世语，唐宋诗中亦每有提及。唐·白居易《对酒》诗：“蜗牛角上争何事？石火光中寄此身。”宋·苏轼《孙莘老求墨妙亭诗》：“后来视今犹视昔，过眼百世如风灯。”他们的感慨代表了中国封建士人对人生渗着悲凉的冷静观察。《黄粱梦》杂剧继承了这一传统，但又不只是告诉人们“富贵如过眼烟云”，而是揭示了统治阶级的丑恶，表现了强烈的否定现实的态度。

［15］ 古自：尚且、仍然。

［16］ 一和：一会儿。

［17］ 皤（pó 音婆）：白色。

［18］ 正果：佛家语。果者，结实之意，就是说学佛之人经过长期修炼，彻悟禅机，有所成就也。正者，言学佛所得之果有别于邪魔外道，故称正果。

［19］ 嫐（nǎo 音恼）聒：恼恨。嫐，《说文解字·女部》：“嫐，有所恨痛也。”

［20］ 陀：方言，忙。

［21］ 荣枯：有“人事的盛衰、穷达变化”义。荣，草木茂盛。东晋·陶渊明《归去来兮辞》：“木欣欣以向荣。”后引申为“繁荣”义。《荀子·大略》：“室宫荣与。”注：“荣，盛也。”枯，有“草木干枯”义。《说文·木部》：“枯，槁木也。”“荣枯”一词用草木的两种状态，比喻人事的盛衰变化。唐·温庭筠《题端正树》诗：“草木荣枯似人事，绿阴寂寞汉陵秋。”

西华山陈抟高卧

《西华山陈抟（tuán 音团）高卧》又名《太华山陈抟高卧》，简名《陈抟高卧》。今存版本主要有《元刊古今杂剧三十种》本、明嘉靖间李开先刻《改定元贤传奇》本、息机子《古今杂剧选》本、明脉望馆藏《古名家杂剧》本、《阳春奏》本、《元曲选》戊集本、《元人杂剧全集》本。陈抟是五代人，历经唐末至宋初的动乱，始终隐居不仕。《宋史·隐逸传》有传。关于他的传说，很多说他是个半人半仙的道士。说他特别善睡，有一睡百日之称。这个剧作是据传说编写的。剧叙道士陈抟因天下纷乱，隐居太华山中，一日见中原王气，知有真命天子出世，遂下山开卦肆指迷。赵玄朗（赵匡胤）携郑恩来算卦，陈抟见而大惊，谓赵来日必登帝位，并为之谋划定都汴梁的计策。后赵玄朗果然做了皇帝，即宋太祖，请陈抟入朝享受荣华富贵，赐衣冠道号。陈抟不愿做官，向他诉说学仙的种种好处。汝南王郑恩在陈抟住处备下酒食，并送去美女。陈抟不沾酒，也不为美色所惑，郑恩佩服不已。后来陈抟返回西华山隐居修道。本剧属马致远隐居乐道类的作品，通过对陈抟不肯为官，不恋荣华富贵，而执意归隐山林、一心修道故事的渲染，寄托了剧作家的治世理想。《陈抟高卧》中的一些曲词，写得十分出色。如第四折【双调·新水令】："半生不识晓来霜，把五更寒打在老夫头上。笑他满朝朱紫贵，怎如

我一枕黑甜乡。揭起那翠巍巍太华山光这一幅绣帏帐。”造语豪俊潇洒，恰切地表现出陈抟在抛却名利后闲逸的心态和融入大自然的舒畅情怀。

第一折

（冲末扮赵大舍引净扮郑恩上，诗云）志量恢弘纳百川，遨游四海结英贤。夜来剑气冲牛斗[1]，犹是男儿未遇年。自家赵玄朗是也。祖居洛阳夹马营人氏。父乃洪殷，为殿前点检指挥使[2]。某生时异香三月不绝，人皆呼为香孩儿。某生来颇有奇志，幼年间略读诗书，兼持枪棒，逢场作戏，遇博争雄。每纵酒，路见不平，拔刀相助，颇生事端。因避难远游关[3]之东西、河[4]之南北，也结识了许多未遇的英雄。这个汉子乃是我义弟郑恩，表字子明。此人虽是性子恶劣，倒也有些慷慨粗直[5]。某与他患难相同，功名共保。不知这运几时来到。我不免和兄弟向竹桥边寻一个卖卦先生买一卦，可不是好也！（问郑恩科，云）兄弟，我与你到竹桥边走一会何如？（郑恩云）哥哥待要上天，我就随着上天；哥哥待要探海，我就随着探海。任哥哥那里去，兄弟愿随鞭镫。（赵云）既然如此，我和你竹桥边去来。（下）

（正末道扮陈抟[6]上，诗云）术有神功道已仙，闲来卖卦竹桥边。吾徒不是贪财客，欲与人间结福缘。贫道姓陈名抟、字图南的便是，能识阴阳妙理，兼通遁甲[7]神书。因见五代间世路干戈，生民涂炭[8]，朝梁暮晋[9]，天下纷纷，隐居太华山中，以观时变。这几日于山顶上观见中原地分，旺气非常，当有真命治世[10]。贫道因下山到这汴梁竹桥边，开个卦肆指迷，看有甚人到来。（唱）

【仙吕·点绛唇】定知死生，指迷归正，皆神应。蓍[11]插方瓶，香爇雷文鼎[12]。

【混江龙】开坛讲命，六爻搜尽鬼神惊。传圣人清高道业，指君子暗昧前程。袍袖拂开八卦图[13]，掌中躔度[14]一天星。也不论冠婚宅葬，也不论出入经营，但有那辨荣枯问吉凶，买卦的心尊敬，我也则全凭圣典，不顺人情。

（赵同郑上，云）兀的那壁有个卖卦先生，咱且听他说些甚的。（正末唱）

【油葫芦】古圣传留《周易》经，有几人能穷究的精？诵读如坐井，不能明。（带云）这《易》呵，（唱）伏羲以上无人定，仲尼之下无人省。俺下的数又真，传的课又灵[15]。待要避凶趋吉知天命，试来帘下问君平[16]。

（赵云）兄弟，好个先生也！（郑恩云）哥哥怎见的？（赵云）只消数言之间，包罗古今上下，参透阴阳表里。（郑恩云）是好先生也！咱再听他说一会者。（正末唱）

【天下乐】凭着八字从头断一生，丁宁、不教差半星。论旺气，相死囚，凭五行[17]。似这般暗夺鬼神机，豫知天地情，堪教高士[18]听。

（赵云）这么一个先生，无有人识他。咱过去买卦去来。（与末相见科）（赵云）有劳先生，将我两人贱造[19]看一看。（正末作失惊科）（唱）

【醉中天】我等你呵似投吴文整[20]，你寻我呵似觅吕先生[21]。教我空踏断草鞋双带鞓[22]，你君臣每元来在这搭儿[23]相随定。这五代史里胡厮杀[24]不曾住程，休则管埋名隐姓，却教谁救那苦恹恹天下生灵？

（赵云）这是区区的八字，先生仔细看一看，莫要容情。（正末算科）（唱）

【后庭花】这命干是丙丁戊己庚，乾[25]元亨利贞[26]。正是一字连珠格[27]，三重坐禄星[28]。你休道俺不着情，不应后我敢罚银十锭，未酬劳先早陪了几瓶。

（赵云）先生向后再推一推，看我流年大运[29]如何？（正末唱）

【金盏儿】到这戌字上呵，水成形，火长生，避乖龙[30]，大小运今年并；后交的丙辰一运大峥嵘。日犯空亡[31]为将相，时逢禄马[32]作公卿。你是南方赤帝子[33]，上应北极紫微星[34]。

（云）请二公到僻静酒肆中闲叙数句。（赵云）先生有请。（正末云）二公先行。（入肆作接驾科，云）早知陛下到来，只合远接；接待不着，勿令见罪。（赵扯末，云）先生休的呼皇道寡，倘有人知，反速罪戾[35]。（正末云）贫道阅人多矣，平生未见此命，他日必为太平天子也。（唱）

【后庭花】黄河一旦清，东方日已明。有兴处饮醁醑[36]千钟醉，没人处倒山呼万岁声。贫道呵索是[37]失逢迎。遇着这开基真命，拚今朝醉不醒。

（赵云）先生，实不相瞒，区区[38]见五代之乱，天下涂炭极矣。常有拨乱反治之志，奈无寸土为阶。倘皇天不没此心，成的些小基业，不知天下形势何处为可守，何处为不可守？（正末云）陛下欲知兴龙之地，莫如汴梁。听贫道说来便见。（唱）

【金盏儿】左关陕右徐青，背怀孟附襄荆[39]；用兵的形势连着唐、邓[40]，太行天险壮神京。江山埋旺气，草木助威灵。欲寻那四百年兴龙地，除是这八十里卧牛城[41]。

（郑恩云）兀那先生，你也与我算上一算。（正末唱）

【醉中天】你是五霸诸侯命，一品大臣名，干打哄[42]胡厮哝[43]过了半生。（郑恩云）你说我是个五霸诸侯，我如何瞎了一目？（正末唱）注定你不带破多残病，命中有愁甚眼睛？兀那明朗朗群星虽盛，怎如的孤月偏明！

（赵云）请问先生高名大姓，何处仙居？今日之言，他年倘或应口，必须物色，以共富贵，不敢忘也。（正末云）贫道陈抟，隐居西华山中。不求人间富贵，无烦酬谢，但愿二公保重者。（唱）

【金盏儿】投至我石枕上梦魂清，布袍底白云生。但睡呵一年半载没干净，则看您朝台暮省[44]干功名。我睡呵黑甜甜倒身如酒醉，忽喽喽酣睡似雷鸣；谁理会的五更朝马动，三唱晓鸡声。

【赚煞】治世圣人生，指日乾坤定。（赵云）天下果有平定之时，那时节拜请先生下山，共享太平之福。（正末唱）何须把山野陈抟拜请。（指郑科，唱）若久后休忘了这青眼相看[45]旧弟兄，不索重酬劳卖卦先生。从今后罢刀兵，四海澄清，且放闲人看太平。我又不似出师的孔明、休官的陶令[46]，则待学那钓鱼台下老严陵[47]。（并下）

---

［1］ 牛斗：指二十八宿的牛宿和斗宿。泛指天空。北周·庾信《思旧铭》："剑没丰城，气存牛斗。"这里极言其高。

［2］ "殿前"句：殿前点检，即殿前都点检。五代时置。为殿前司最高军事长官，统领殿前司禁军。宋代称殿前都指挥使。

［3］ 关：指函谷关或潼关。

［4］ 河：指黄河。

［5］ 粗直：粗放豪迈义。南北朝崔鸿《十六国春秋》卷八一："轨性粗直，不虑黁（nún，指香气）之倾危。"

［6］ 陈抟：字希夷，《宋史》有传。宋·刘斧《青琐高议》有《希夷先生传》，对其"仙迹"有较详细的记述。

［7］ 遁甲：古代方士术数的一种，用以推测凶吉祸福。《后汉书·方术传序》："又有风角、遁甲、七政、元气……之术。"注："遁甲，推六甲之阴而隐遁也，今书《七志》有《遁甲经》。"

［8］ 涂炭：陷于涂泥炭火之中。比喻处境困苦。

［9］ 朝梁暮晋：后梁、后唐、后晋、后汉、后周五代都是短命的朝代，最长的只有十六年，短的仅有三年。这里形容五代朝代变换之快。

[10] 真命治世：意为真命天子来治理国家。真命，即“真命天子”。

[11] 蓍（shī 音失）：草名。我国古代常用它的茎占卜。

[12] 香爇（ruò 音若）雷文鼎：在雷文鼎内烧香。爇，烧、焚烧。雷文鼎，刻有星雷文符的鼎。道教有所谓“五雷法”符咒。雷文鼎之雷文，当即“五雷法”符咒。

[13] 八卦图：指《周易》中的八种基本图形，有乾（天）、震（雷）、兑（泽）、离（火）、巽（风）、坎（水）、艮（山）、坤（地）。阴阳是八卦的根本，其中乾与坤、震与巽、坎与离、艮与兑是四组对立现象，又以两卦相叠演为六十四卦，用来象征自然现象和社会现象的发展变化，具有朴素的辩证法因素。后来被神秘化，封建统治者将其作为宣扬迷信思想的工具。

[14] 躔（chán 音缠）度：日月星辰在天空运行的度数。古人把周天分为三百六十度，划为若干区域，辨别日月星辰的方位。

[15] 数又真、课又灵：意为卦算得很准。数，数术，用数推演卦的技巧。课，占卜的一种。

[16] 君平：指严君平。名遵，西汉蜀人。隐于成都，以卜筮为业。日阅数人，得百钱足自养即闭肆下帘，讲授《老子》。以其善卜，故剧中以“君平”代卜者。

[17] 五行：金、木、水、火、土。《书·洪范》:“五行：一曰水，二曰火，三曰木，四曰金，五曰土。”

[18] 高士：高明之士。

[19] 贱造：对自己生辰八字的谦称。旧时星命术士称人的生辰八字为“造”。

[20] 吴文整：未详。

[21] 吕先生：吕洞宾。民间传说中的“八仙”之一。

[22] 带鞓（tīng 音听）：皮革制成的腰带。这里指鞋带。鞓，皮制腰带，也泛指带子。

[23] 这搭儿：这里。

[24] “五代”句：五代史，《旧五代史》，宋·薛居正著;《新五代史》，宋·欧阳修著。因五代历史较为复杂，头绪很多，因而在元杂剧中常形容絮絮叨叨说不清的事或头绪繁多的事。此剧正演五代末宋代初历史故事，因此说“五代史里胡厮杀”。当然，那时还没有修《五代史》，元剧中用典常有随意性。

[25] 乾:《周易》六十四卦中的第一卦。

[26] 元亨利贞：乾卦的第一句。因其为《周易》开篇之语，故术士多用之。

[27] 连珠格：算命书中的术语。宋·赵彦卫《云麓漫钞》卷十三论列世俗命书，其“支吉神”中有“连珠”一项。

[28] 坐禄星：处于禄星的位置上。是说赵匡胤的卦相在禄星上。古代星相术士认为人的命运同星宿的位置和运转有关，他们将人的生辰八字按天星的运转推算，以确定人的福寿穷通。

［29］ 流年大运：指一年的运气。星相术士认为，可根据相面和人生辰八字推算判断该人一年之内的福祸吉凶。流年，年月。有光阴似流水之意。

［30］ 避乖龙：乖龙，神话传说中的一种龙，苦于行雨而到处藏避，故俗称“避乖龙”。这里喻指“潜龙”赵匡胤。

［31］ 空亡：算命书中术语，是指十天干与十地支相配，所余二“地支”称空亡。占卜术士认为它是坏日子。

［32］ 禄马：同“禄命”，谓人的食禄命运。

［33］ 赤帝子：赤帝之子，指的是汉高祖刘邦。《史记·高祖本纪》：“高祖被酒，夜径泽中，令一人行前。行前者还报曰：‘前有大蛇当径，愿还。’高祖醉，曰：‘壮士行，何畏！’乃前，拔剑击斩蛇。蛇遂分为两，径开。行数里，醉，因卧。后人来至蛇所，有一老妪夜哭。人问何哭，妪曰：‘人杀吾子，故哭之。’人曰：‘妪子何为见杀？’妪曰：‘吾子，白帝子也，化为蛇，当道，今为赤帝子斩之，故哭。’人乃以妪为不诚，欲告之，妪因忽不见。”旧谓汉以火德王（wàng 音旺，称王），火赤色，因神化刘邦斩蛇的故事，称刘邦为“赤帝子”。

［34］ 紫微星：号称“斗数之主”。自古以来，紫微星都被人们称为“帝星”，认为命宫主星是紫微的人有着一副帝王之相，富贵吉祥。紫微星又叫作北极星，是小熊星座中最主要的一颗星，北斗七星都围绕着它四季轮回地旋转。而紫微星则是北极紫微大帝，是玉皇大帝手下最得力的助手，协助玉皇大帝执掌天经地纬、日月星辰以及四时节气等自然现象，深受百姓的崇拜。

［35］ 反速罪戾（lì 音立）：反而招来罪过。速，召。罪戾，罪过、过失。

［36］ 醁醑（lù xǔ 音路许）：指美酒。

［37］ 索是：犹真是、甚是。

［38］ 区区：微不足道，用作自称的谦词。

［39］ “左关陕”二句：关陕，指陕西地区。陕西古名关中。徐，徐州，古九州之一，大约在今淮北一带，多以今江苏徐州市和邳州市为治所。青，青州，古九州之一，治所在今山东青州市。孟，古山名，在今辉县市西。春秋时为晋国要隘。襄，似应为襄汾，在山西省西南部，汾河下游，属临汾市；一说为春秋宋地襄陵，在今河南睢县。荆，古九州之一，东晋定治湖北江陵，为长江中游重镇。

［40］ 唐、邓：均为县名。唐县属今河北省，相传帝尧曾封于唐地，世称“唐尧”。邓县属今河南省，春秋时为邓国。

［41］ 卧牛城：此指汴梁城（今河南开封市）。

［42］ 干（gān 音甘）打哄：瞎起哄、瞎胡闹之意。

［43］ 胡厮哝（nóng 音农）：胡说八道、胡言乱语。

［44］ 朝台暮省：意为整日在高级官署办事。台、省，皆为官署名，如尚书台、御史台、中书省、门下省等，这里代指国家最高官衙。

［45］ 青眼相看：眼平视，眼珠在中间，表示对人的尊重。

[46] 陶令：晋朝的陶渊明。以其曾做过彭泽县令，故后人常称之为陶令。唐 · 白居易《杨柳枝》诗："陶令门前四五树，亚夫营里百千条。"

[47] 严陵：严子陵。名严光，两汉之际著名的隐士。与东汉光武帝刘秀为友。刘秀称帝后，召严子陵入朝。严子陵不乐仕宦，仍回七里滩垂钓。元杂剧《严子陵垂钓七里滩》即敷演其故事。

第二折

（外扮使臣引卒子捧砌末[1]上，云）小官党继恩是也，乃太尉党进之子。今奉官里诏书，将着安车蒲轮[2]、币帛玄纁[3]，向西华山请那陈抟先生。此系王命，不可怠慢，须索走一遭去者。（下）（正末上，云）贫道自从汴梁竹桥边算了那两个君臣之命，归到山中，醒时炼药，醉时高眠，倒大快活清闲也呵。（唱）

【南吕 · 一枝花】我往常读书求进身，学剑随时混；文能匡社稷，武可定乾坤。豪气凌云，似莘野商伊尹[4]，佐成汤救万民；扫荡了海内烽尘，早扶策沟中愁困。

【梁州第七】从逢着那买卦的潜龙帝王，饶了个算命的开国功臣，便即时拂袖归山隐。全不管人间甲子[5]，单则守洞里庚申。降伏尽婴儿姹女[6]，将炼成丹汞黄银。思飘飘出世离群，乐陶陶礼圣参真。想他那乱扰扰红尘内争利的愚人，更和那闹攘攘黄阁上为官的贵人，争如[7]这闲摇摇华山中得道的仙人。一身，驾云，九垓八表[8]神游尽，觑浮世暗中哂[9]。坐看蟠桃几度春，岁月常新。

【隔尾】则与这《高山流水》[10]同风韵，抵多少野草闲花作近邻，满地白云扫不尽。你与我紧关上洞门，休放个客人，我待静倚蒲团[11]自在盹。

（末盹睡科，使臣上，云）这些时不觉来到华山，端的是好山也！则见云台观中，一缕白云，上接丹霄，想必是那先生隐居的去处。我不免将金钟撞动，使那先生知道。（撞钟，末醒，接使臣科）（唱）

【牧羊关】我恰才游仙阙，谒帝阍[12]，惊的我跨黄鹤飞下天门。为甚的玉节[13]忙持，金钟煞紧？又不是纸窗明觉晓，布被暖知春。惊的那梦庄周蝶飞去[14]，尚古自炊黄粱锅未滚[15]。

（相见科，使臣云）下官党继恩，奉官里敕旨，领着安车蒲轮、币帛玄纁，敬到仙山，来请先生下山。圣人甚是怀念，望先生蚤[16]些收拾行者。（正末云）贫道物外之人，无心名利，望天使回朝，方便奏咱。（唱）

【红芍药】开基创业圣明君，舜德尧仁；玉帛万国尽来尊，一统乾坤。眼见得灭狼烟、息战氛，早则是泽及黎民。又待要招贤纳士礼殷勤，币帛降玄纁。

【菩萨梁州】特遣天臣，把贤良访问；当今至尊，重酬劳卖卦山人。虽然是前言不忘是君恩，争奈我烟霞不忆风雷信，琴鹤自有林泉分。想名利有时尽，乞的田园自在身，我怎肯再入红尘？

【隔尾】俺只待下棋白日闲消困，高枕清风睡杀人。世事无由恼方寸，则除你个继恩，使臣，方便向君王行奏得准。

（使臣云）方今圣人在上，乾坤一统，万国来宾；山间林下，并无遗贤。况先生乃天子之故人，天下高士，自当归朝，以慰圣人之意。（正末唱）

【牧羊关】既然海岳归明主，敢放巢由[17]作外臣[18]，怎望您吊千年高冢麒麟[19]。谁待要老去攀龙，则不如闲来卧云。试看蓬莱寻药客[20]，商岭采芝人[21]。天下已归汉，山中犹避秦[22]。

【贺新郎】我往常鸡鸣舞剑[23]学刘琨，看三卷天书，演八门五

遁。我也曾遍游诸国占时运，则为卖卦处逢着圣君，以此的入山来专意修真。看猿鹤知导引，观山水爽精神，大都来性于远习于近[24]。则这黄冠野服一道士，伴着清风明月两闲人。

（使臣云）久闻先生有黄白住世之术[25]，不知仙教可使凡夫[26]亦得闻乎？（正末云）神仙荒唐之事，此非将军所宜问也。（唱）

【牧羊关】则你这一身拜将悬金印，万里封侯守玉门；现如今际明良[27]千载风云，怎学的河上仙翁、关门令尹？可不道朝中随圣主，却甚的林下访闲人。既受了雨露九天恩，怎还想云霞三市隐？

（使臣云）先生既如此说，何不仕于朝廷，为生民造福者？（正末唱）

【哭皇天】酒醉汉难朝觐[28]，睡魔王怎做的宰臣？穿着这紫罗袍似酒布袋，执着这白象笏似睡馄饨。若做官后每日价行眠立盹，休、休、休，枉笑杀凌烟阁上人[29]！有这般疏庸愚钝，孤陋寡闻？

【乌夜啼】幸然法正天心顺，索甚我横枝儿[30]治国安民？我则有住山缘，那里有为官分。乐道安贫，谁羡画戟朱门？丹砂好炼养闲身，黄金不铸封侯印。我其实戴不的幞头[31]紧，穿不的朝衣坌[32]。倒不如我这拂黄尘的布袍，漉[33]浑酒的纶巾。

（使臣云）天恩不可辜负，请先生就车，即便行者。（正末云）既蒙天使到来，圣恩不敢违背，必须下山走一遭去也。（唱）

【黄钟煞】也不索雕轮冉冉登程进，也不索骏马骎骎[34]践路尘。既然是圣旨紧，请将军休固恳。尽教山列着屏、草展着茵、鹤看着家、云锁着门。只消的顺天风坐一片白云，煞强似你那宣使乘的紫藤兜轿[35]稳。（同下）

---

［1］ 砌（qiè 音窃）末：也作“切末”。戏曲舞台上所用的简单布景和大小道具。

［2］ 安车蒲轮：古时征聘贤士所用的车。安车是用一马拉的可以坐乘的小车。为了减少震动，用蒲草把车轮裹起来，故称蒲轮。《汉书・武帝纪》：“遣使者安车蒲轮，束帛加璧，征鲁申公。”颜师古注：“以蒲裹轮，取其安也。”朝廷用安车蒲轮征聘贤士，以示礼敬。

［3］ 币帛玄纁（xūn 音勋）：古代帝王聘赠贤士的礼物。币帛，缯（zēng 音增）帛，古人馈赠的礼物。玄纁，黑红色的布帛，古代帝王常用以作为礼聘贤士之物。

［4］ 伊尹：商初大臣。传说“伊尹耕于有莘之野”（《孟子・万章上》），后辅佐商汤灭夏，为商代开国勋臣。

［5］ 甲子：古时以天干与地支相配来纪年，每隔六十年天干之“甲”与地支之“子”配合一次，故称六十年为一“甲子”。这里代指时间。

［6］ 婴儿姹（chā 音岔）女：道家称铅为“婴儿”，称汞为“姹女”，认为将此二物放在一起可炼丹。姹，美丽。

［7］ 争如：怎能比得上。争，同“怎”。

［8］ 九垓（gāi 音该）八表：指天地宇宙间。九垓，极高远的天空，犹言“九重天”。八表，八方之外，指极远的地方。

［9］ 觑（qù 音去）浮世暗中哂（shěn 音沈）：看人间百态，禁不住暗中嘲笑。浮世，谓人世间。古人认为世事虚浮不定，故谓“浮世”。哂，讥笑、嘲笑。

［10］《高山流水》：中国古琴曲，属于中国十大古曲之一。传说先秦琴师伯牙一次在荒山野地弹琴，樵夫锺子期竟能领会这是描绘“峨峨兮若泰山”和“洋洋兮若江河”。伯牙惊道：“善哉，子之心而与吾心同。”锺子期死后，伯牙痛失知音，破琴绝弦，终身不再弹琴，故传《高山流水》系伯牙所作。乐谱最早见于明代《神奇秘谱》（朱权成书于 1425 年），此谱之《高山》《流水》解题有：“《高山》《流水》二曲，本只一曲。初志在乎高山，言仁者乐（yào 音药）山之意。后志在乎流水，言智者乐水之意。至唐分为两曲，不分段数。至来分《高山》为四段，《流水》为八段。”另有同名筝曲《高山流水》，与古琴曲无传承关系。“高山流水”比喻知己或知音，也比喻乐曲高妙。

［11］ 蒲团：用蒲草编成的圆形的垫子。

［12］ 仙阙、帝阍（hūn 音昏）：神仙的住处。仙阙，仙宫。帝阍，天宫的门。

［13］ 玉节：玉制符节，古代邦国使臣所持的信物凭证。《周礼・地官司徒・掌节》载：“掌守邦节而辨其用，以辅王命。守邦国者用玉节，守都鄙者用角节。”

［14］ 梦庄周蝶飞去：此句用庄周梦蝶的典故。庄周曾梦为蝴蝶，醒后不知是自己变为蝴蝶，还是蝴蝶变为自己。

［15］ 炊黄粱锅未滚：唐代沈既济《枕中记》述少年卢生在邯郸客店中遇道士吕翁，

吕授以青瓷枕。时店主人正蒸黄粱。卢生一着枕即入梦中，历尽荣华富贵。醒来时，主人蒸黄粱尚未熟。此句化用“黄粱梦”的故事，落脚于梦醒。

[16] 蚤：通“早”。

[17] 巢由：巢父（fǔ 音府）和许由。二人都是远古传说中的隐士。巢父乃尧时隐者，山居不营世利，年老以树为巢而寝其上，时人号曰巢父。许由亦尧时隐者，先隐于沛泽之中。尧欲让天下于许由，许由不受，遁耕于中岳颍（yǐng 音影）水之阳、箕山之下，终身无经天下色。尧又欲召为九州长，许由恶（wù 音勿）闻其声，洗耳于颍水之滨。这里为陈抟自喻。

[18] 外臣：世外之臣，指隐居不仕之人。

[19] 高冢麒麟：高冢，谓古人坟墓。麒麟，指墓前的石麒麟。唐 · 杜甫《曲江》诗有“苑边高冢卧麒麟”句，卧麒麟，言石麒麟已倒卧于地。

[20] 蓬莱寻药客：谓入蓬莱仙山寻求长生不老之药者。这里喻指陈抟这样的隐居修道之人。

[21] 商岭采芝人：谓在商岭采灵芝的人，喻指隐居修道之人。相传秦末汉初东园公、绮里季、夏黄公、甪（lù 音路）里先生四隐士避乱隐居商山，称“商山四皓”，商岭采芝人即指此四人。商岭，即商山。

[22] “天下”二句：出自唐 · 李频《过四皓庙》诗。谓秦末避乱于商山的“四皓”于汉朝初建时，刘邦欲请下山辅佐朝政竟不肯。

[23] 鸡鸣舞剑：《晋书 · 祖逖（tì 音替）列传》载，祖逖“与司空刘琨俱为司州主簿，情好绸缪，共被同寝。中夜闻荒鸡鸣，蹴（cù 音促）琨曰：‘此非恶声也。’因起舞。”后因以“闻鸡起舞”称有志之士勤勉奋发。

[24] 性于远习于近：语本《论语 · 阳货》：“子曰：‘性相近也，习相远也。’（人的本性相近，因后天习染的环境不同而逐渐拉远了距离。）”此处反其意而用之，即本性不同，但所处修道的环境却相近。

[25] 黄白住世之术：指道教以炼丹点化成金银的方术和养生术。黄白，黄金和白银。住世之术，道家所传能永葆青春、长生不老的法术。

[26] 凡夫：谓尘世之人。

[27] 际明良：遭际圣明之世。际，遭际、遭遇。明良，明时良君。

[28] 朝觐（cháo jìn 音潮尽）：臣子朝见君王。觐，朝见（君主）。

[29] 凌烟阁上人：功高位显的勋臣。凌烟阁，汉明帝为表彰邓禹等二十八位开国名将，在南宫云门台绘二十八人图像，后代帝王为表彰功臣也特筑高阁，绘有功臣图像，人们将这种阁称为凌烟阁。北周 · 庾信《周柱国大将军纥干弘神道碑》：“天子画凌烟之阁，言念旧臣。”以唐太宗图画长孙无忌等二十四位开国功臣于凌烟阁最负盛名。

[30] 横枝儿：横生枝节、节外生枝。这里含有多此一举、多管闲事的意思。

[31] 幞（fú 音福）头：古代男子用的一种头巾。

［32］坌（bèn 音笨）：粗劣。
［33］漉：过滤，表示用多孔器具将液体或气体内固体小颗粒分离出去的方法。
［34］骎骎（qīn qīn 音侵侵）：形容马跑得很快的样子。
［35］紫藤兜轿：紫藤轿。紫藤，木名。花紫色蝶形，叶细长，茎极坚实，可缠绕他物。兜，同“篼”，即“篼子”，一种只有坐位而无轿厢的便轿。

第 三 折

（赵改扮驾引侍臣上，诗云）两手揩摩新日月，一番整理旧乾坤。殿廷聚会风云气，华夏沾濡雨露恩。寡人宋太祖是也。数年之前，曾与汝南王兄弟在竹桥边买卦，遇见陈抟先生，被他拨开混沌乾坤，指出太平天子。寡人临御[1]以来，好生想他。昨差使臣物色访问，喜的他不弃寡人而来，今在寅宾馆[2]中，尚未朝见。寡人欲拟其官爵，然后召他入朝，他又百般不受。且先加他道号希夷先生，赐鹤氅[3]金冠玉圭，待朝会间，那时再作计较。黄门[4]官领旨，去寅宾馆请那先生来。（侍臣领旨科，下）（正末上，诗云）家舍久从方外[5]地，布袍重惹陌头尘。道人原不求名利，名利何曾系道人？贫道陈抟，下的西岳华山，来到东京汴国，见了尘世纷纷，浮生攘攘。想我此行，实非本意也呵。（唱）

【正宫·端正好】下云台，来朝会，不听的华山里鹤唳猿啼。道人非为苍生起，只是报圣主招贤意。

【滚绣球】俺便是那闲云自在飞，心情与世违。可又不贪名利，怎生来教天子闻知？是未发迹，卦铺里，那时节相识，曾算着他南面登基。（使臣上，云）陈先生恭喜，官里赐来衣冠道号，望阙谢恩。（正末拜谢科，唱）因此上将龙庭御宝皇宣诏，赐与我鹤氅金冠碧玉圭，道号希夷。

（使臣云）先生在那隐居处山野荒凉，得如俺这朝署中这般富贵么？

（正末唱）

【倘秀才】俺那里草舍花栏药畦，石洞松窗竹几；您这里玉殿朱楼未为贵。您那人间千古事，俺只松下一盘棋，把富贵做浮云可比。

（使臣云）官里一心等着先生，请先生早些入朝者。兀的又有使命到也！（驾上，立住科）（正末唱）

【滚绣球】不住的使命催，奉御逼；便教咱早趋朝内，只是野人般不知这远近高低。至禁帏[6]，上凤池[7]；近临宝砌，列鹓鸾[8]帘卷班齐。玉阶前风摆龙蛇影，金殿上风吹日月旗[9]，天仗朝衣[10]。

（见驾打稽首科，唱）

【倘秀才】无那舞蹈扬尘体例，只打个稽首权充拜礼。（驾云）故人别来无恙？今蒙不弃，喜慰平生，就在殿廷赐坐，好叙闲阔。（正末唱）愿陛下圣寿齐天万万岁。如今黄阁功臣在，白发故人稀，见贫道自喜。

（驾云）希夷先生，今日得见仙颜，寡人喜不自胜。愿侍同朝，以为臣民之望，不知先生意下如何？（正末云）贫道山野懒人，不愿为官。（唱）

【叨叨令】向那华山中已觅下终焉计[11]，怎生都堂内才看旁州例[12]。议公事枉损了元阳气，理朝纲怕搅了安眠睡。贫道做不的官也么哥，做不的官也么哥！不要紫罗袍，只乞黄绸被。

（驾云）先生如何做不的官？（正末云）听贫道说来便见。（唱）

【倘秀才】我但睡呵十万根更筹转刻[13]，七八瓮铜壶漏水，恨不

的生扭死窗前报晓鸡。休想我惜花春早起，爱月夜眠迟[14]这般的道理。

（驾云）先生若肯做官，寡人与先生选一个闲散衙门，除一个清要的官职。无案牍劳形，必不妨于政事。（正末云）贫道怎做得官也呵！（唱）

【滚绣球】贫道呵，爱穿的蔀落衣[15]，爱吃的藜藿食[16]；睡时节幕天席地，黑喽喽鼻息如雷，二三年唤不起。若在那省部里，敢每日画不着卯历。有句话对圣主先提，贫道呵贪闲身外全无事，除睡人间总不知，空教人貼眼舒眉[17]。

（驾云）先生为己则是矣，但未知大人之道。大人以四海为家，万物一体，无我无人，勿固勿必[18]，所谓“君子周而不比”[19]。先生当扩其独乐之怀，普其兼善[20]之量也，替寡人整理些朝纲，可不是好？（正末唱）

【倘秀才】陛下道君子周而不比，贫道呵小人穷斯滥矣[21]。俺须索志于道、依于仁、据于德[22]，本待用贤退不肖，怎倒做举枉错诸直[23]，更是不宜。

（驾云）先生休要推辞。似这朝中为官，却不强如山中学道也？（正末云）这为官的好处，贫道也尽知了。（唱）

【滚绣球】三千贯两千石[24]，一品官二品职，只落的故纸上两行史记，无过是重茵卧列鼎而食。虽然道臣事君以忠，君使臣以礼[25]，哎，这便是死无葬身之地，敢向那云阳[26]市血染朝衣。（带云）贫道呵，（唱）本居林下绝名利，自不合划[27]下山来惹是非，不如归去来兮。

（驾云）你说为官不好，可说那学仙的好处与朕听者。（正末唱）

【倘秀才】道有个治家治国，索分个为人为己，不患人之不己知[28]。石床绵被暖，瓦钵菜羹肥，是山人乐矣。

【三煞】身安静宇蝉初蜕[29]，梦绕南华蝶正飞[30]。卧一榻清风，看一轮明月，盖一片白云，枕一块顽石。直睡的陵迁谷变，石烂松枯，斗转星移。长则是抱元守一[31]，穷妙理，造玄机。

【二煞】鸡虫得失[32]何须计，鹏鷃逍遥各自知[33]。看蚁阵蜂衙，龙争虎斗，燕去鸿来，兔走乌飞[34]。浮生似争穴聚蚁，光阴似过隙白驹，世人似舞瓮醯鸡[35]。便搏得一阶半职，何足算，不堪题！

（驾云）先生，你有甚么便宜处，也说来者。（正末唱）

【煞尾】俺那里云间太华烟霞细，鼎内还丹[36]日月迟。山上高眠梦寐稀，殿下朝元剑佩齐。玉阙仙阶我曾履，王母蟠桃我曾吃，欲醉不醉酒数杯，上天下天鹤一只。有客相逢问浮世，无事登临叹落晖。危坐谈玄讲《道德》[37]，静室焚香诵《秋水》[38]；滴露研朱点《周易》，散诞逍遥不拘系。赴召离山到朝里，央及陈抟受宣敕。送上都堂入八位[39]，掌管台衡总百揆[40]。御史台[41]纲索省会，六部[42]当该各详细；攘攘垓垓[43]不伶俐[44]，是是非非无尽期。好教我战战兢兢睡不美。（下）

---

［1］ 临御：登帝位、登基。

［2］ 寅宾馆：指客馆。寅宾，恭敬引导。《书·尧典》："分命羲仲，宅嵎（yú 音于）夷，曰旸（yáng 音阳）谷，寅宾出日。"宋·蔡沈注曰："寅，敬也；宾，礼接之如宾客也。"

［3］ 鹤氅：道士的法衣，古时多指鸟羽制成的裘。

［4］ 黄门：指宦官。汉代给事内廷有黄门令、中黄门诸官，皆以宦者充任。后世将内廷宦者称为黄门。

［5］ 方外：谓人世间以外。唐·白居易《长庆集》卷七十《白苹洲五亭记》："此不知方外也，人间也。"

［6］ 禁帏：宫禁的帷帐，指皇宫。

［7］ 凤池：指凤凰池，禁苑中池沼。这里代指禁苑。

［8］ 列鹓鸾：指朝官行列的整齐。

［9］ 日月旗：古代帝王仪仗中绘有日月图像的旗。《穆天子传》卷六："日月之旗，七星之文。"郭璞注："言旗上画日月及北斗七星也。"唐·戎昱《辰州闻大驾还宫》诗："自惭出守辰州畔，不得亲随日月旗。"

［10］ 天仗朝衣：意为在庄严的仪仗中朝拜皇帝。天仗，皇帝的仪仗。

［11］ 终焉计：终身于此的打算。焉，于此。

［12］ 旁州例：意为审案时将其他州县类似的案例作为参考的标准。引申为先例、榜样、律例。亦作"傍州例"。

［13］ 更筹转刻：意为时间很长。更筹，古时夜间报更的筹子，上面刻有更数。转刻，轮转使用。

［14］ "惜花"二句：旧时形容文人或隐士赏花玩月的闲散生活。语出宋·林希逸《鬳（juàn 音倦）溪十一稿》："省题诗有'惜花春起早''爱月夜眠迟'长律各一首。"

［15］ 蔀（bù 音部）落衣：用草木编织的衣服，这里指褴褛的粗布衣。蔀，草名。见《集韵》。落，即檴（huò 音货）树。《尔雅·释木》："檴，落。"《诗》疏引某氏云："可作杯圈，皮韧，绕物不解。"

［16］ 藜藿（lí huò 音黎霍）食：野菜做的饭食，指粗劣的饭菜。藜、藿，指野菜。《史记·太史公自序》："粝粱之食，藜藿之羹。"正义："藜，似藿而表赤。藿，豆叶也。"

［17］ 眧（chàn 音颤）眼舒眉：张目展眉，形容羡慕的神态。眧，目摇。

［18］ "无我"二句：见《论语·子罕》："子绝四：毋意（臆），毋必，毋固，毋我。"何晏曰："述古而不自作，处群萃而不自弃，唯道是从，故不有其身。""用之则行，舍之则藏，故无专必。"

［19］ 君子周而不比：君子普遍和人亲近、团结而不结党营私，互相勾结。语出《论语·为政》："君子周而不比，小人比而不周。"周，亲和、与人团结。比，意为与坏人勾结。

［20］ 兼善：用"穷则独善其身，达则兼善天下"之意。语见《孟子·尽心上》。

［21］ 小人穷斯滥矣：语出《论语·卫灵公》："子曰：'君子固穷，小人穷斯滥矣。'"意为小人穷困时就要为非作歹。

［22］ "志于道"三句：语本《论语·述而》："志于道，据于德，依于仁，游于艺。"志，立志。依，凭借。据，据守。

［23］ 举枉错诸直：意为提拔不正直的人，把他放在正直的人之上。语出《论语·为

政》:“举直错诸枉，则民服；举枉错诸直，则民不服。”举，提拔。直，正直。错，放置。

[24] 二千石（shí 音时）：石，秦汉官员俸禄的计量单位。二千石，其俸禄为一百二十斛（hú 音胡）谷。

[25] “臣事君”二句：臣子应该以忠心侍奉君主，君主应该按照礼节对待臣子。语本《论语·八佾（yì 音亿）》:“君使臣以礼，臣事君以忠。”

[26] 云阳：地名。在今陕西省淳化县西北。韩非使秦，秦用李斯谋，留韩非于秦，后杀害于云阳。李斯后来也被车裂于云阳。因此，后来诗词曲文多用以代指行刑之所。

[27] 刬（chǎn 音产）：意为平白无故。

[28] 不患人之不已知：语出《论语·学而》:“不患人之不已知，患不知人也。”意为不怕别人不了解自己。

[29] 蝉初蜕：比喻解脱。《史记·屈原贾生列传》:“蝉蜕于浊秽，以浮游尘埃之外。”

[30] “梦绕”句：意为像“庄周梦蝶”般进入梦乡。参见本剧第二折注[14]。唐玄宗开元二十五年（737年）称《庄子》为《南华真经》，庄周为南华真人。

[31] 抱元守一：道家语，“抱元”亦为“守一”“抱一”。“元”也就是“一”的意思，“一”乃道家所说的本体。《老子》:“曲则全，枉则直，洼则盈，敝则新，少则得，多则惑，是以圣人抱一为天下式。”

[32] 鸡虫得失：比喻无关紧要的细小得失。杜甫《缚鸡行》:“鸡虫得失无了时，注目寒江倚山阁。”

[33] “鹏鹦”句：语本《庄子·逍遥游》，北冥有鸟名鹏，“背若泰山，翼若垂天之云。抟扶摇羊角而上者九万里，绝云气，负青天，然后图南，且适南冥也。斥鴳笑之曰：‘彼且奚适也？……’此小大之辩也”。这里借指仕宦和隐居。

[34] 兔走乌飞：古代神州传说中，言月中有兔，日中有三足乌，故以“兔走乌飞”比喻日月的运行。

[35] 舞瓮醯（xī 音西）鸡：飞舞在瓮口边的蠛蠓（miè měng 音灭猛）。醯鸡，名为蠛蠓的小虫。宋·陆佃《埤（pí 音皮）雅》卷十一：“蠓，小虫，似蚋乱飞者也，一名醯鸡。”

[36] 还丹：道家炼丹，把丹砂烧成水银，又将水银炼成丹砂，谓之“还丹”。道家认为，如此循环次数越多，效果越好，以九转为贵。

[37] “危坐”句：意为端坐着谈说道家之“道”和《道德经》。危坐，端坐。玄，指道家之道。《老子》曰：“玄之又玄，众妙之门。”《道德》，指《道德经》，即道家的主要经典《老子》。

[38] 《秋水》:《庄子》名篇之一，这里代指庄子的著作。

[39] “送上”句：意为送到高级官署做高官。都堂，据《通典》卷二十二《官职四》载，唐代尚书令有大厅位于尚书省内，谓之“都堂”，后来代指高级官署。八

位即八座。东汉至唐代，一般以尚书令、仆射（pú yè 音菩叶）、六曹（部）尚书为八座。在小说戏曲中，有的则以八座或八位代指内阁。

［40］“掌管”句：掌管朝政，统领百官，任宰相之职。台，古时高级官署名。汉·应劭《汉官仪上》载：“汉因秦制，故尚书为中台，谒者为外台，御史为宪台。”总百揆（kuí 音魁），总理百事。《左传·文公十八年》：“以揆百事，莫不时序。”皆谓宰相之职。

［41］御史台：官署名。其长官为御史大夫。负责监察、执法兼掌重要文书图籍。明洪武中改御史台为都察院。

［42］六部：吏、户、礼、兵、刑、工各部的总称。隋唐时六部隶尚书省，元代改属中书省，明代六部直接对皇帝负责。

［43］攘攘垓垓：意为乱乱哄哄、纷纷攘攘。

［44］不伶俐：不干净之意。元杂剧中常用以指男女关系暧昧。

第 四 折

（郑恩扮汝南王引色旦上，诗云）平生泼赖曾为盗，一运峥嵘却做官。使尽机谋常是饱，锦衣纨袴[1]不知寒。自家郑恩，官封汝南王之职，便是某幼年间与今上圣人为八拜之交，患难相同，枪刀不避，不想今日，也同享富贵。今奉官里之命，领着御酒十瓶、御膳一席、宫中美女十人，去寅宾馆管待希夷先生。他如今尚未出朝，不免打发美女进去，安排供具。我且躲在一壁，待那先生来时，再作计较。您每好生在意者。（色旦云）理会的。（同下）

（正末上，诗云）上林[2]无兴看花开，春色何人送的来？处士不生巫峡梦[3]，空烦云雨下阳台。贫道陈抟，早朝见上，蒙圣人念旧，待我甚是欢喜。但是我云水之身，山林之鸟，难在这等尘凡之中也呵。（唱）

【双调·新水令】半生不识晓来霜，把五更寒打在老夫头上。笑他满朝朱紫贵，怎如我一枕黑甜乡[4]。揭起那翠巍巍太华山光这一幅绣帏帐。

（色旦上侍直，云）妾等官里送来，与先生作传奉，愿侍枕席之欢。（正末唱）

【驻马听】白酒樽傍，闲慰眼金钗十二行[5]；误了我清风岭上，不番身恶睡一千场。您则待泛桃花到处觅刘郎[6]，我委实画蛾眉不会学张敞[7]。好没酌量，出家儿怎受闲魔障[8]？

（色旦妆醉戏末科，云）先生休拿那道人铁面皮，怎么脸上和刮霜的一般？俺每都是未放的官花，谁曾经这等折挫？望先生少要弃嫌。（正末云）你每靠后者，你怎知我出家人的道心？（唱）

【步步娇】折末[9]胡厮缠[10]到晨钟撞，休想我一点狂心荡。（色旦云）你来，我与你有句话说。（正末唱）唤陈抟有甚勾当？命不快[11]遭逢着这火醉婆娘，干误了我晚夕参圣一垆香，半夜里观乾象[12]。

（色旦云）俺与先生奉一杯酒咱。（正末云）俺道人每从来戒酒，不用他。（色旦云）我与先生奉一杯茶，先生试尝这茶味何如？（正末云）是好茶也！（唱）

【沉醉东风】这茶呵采的是一旗半枪[13]，来从五岭三湘[14]。泛一瓯瑞雪香[15]，生两腋松风响[16]，润不得七碗枯肠。辜负一醉无忧老杜康，谁信您卢仝[17]健忘。

（云）您每各自安置，我待睡也。（做睡，色旦扯末科，云）俺每都陪先生，怎敢舍的先生孤孤恓恓、凄凄冷冷的！（正末唱）

【搅筝琶】你好是轻薄相，我又不寂寞恨更长。干把那蝶梦[18]惊回，多管葫芦提[19]害痒。早则是卧破月昏黄，直睡到日出扶桑[20]。慌忙，猛听得净鞭[21]三下响，又待要颠倒衣裳。

（郑恩上，云）好个没理会的先生。待我自家过去。（相见科，云）下官退朝较晚，乞恕探望来迟之罪。（正末云）多谢大王不忘故旧。（郑恩云）先生好神算也！当日竹桥边，先生曾许我是个五霸诸侯，今日果应其言。（正末唱）

【雁儿落】曾道你官封一字王，位列斗厅相，那里是有官的我预知，也则是你没眼的天将降[22]。

（郑恩云）那宫女每好生歌舞，我奉劝先生一杯。（正末云）又教这个大王傒幸杀[23]我也。（唱）

【川拨棹】恰离高唐，躲巫娥一壁厢。客舍凄凉，仙梦悠扬；只想着邯郸道[24]上，原来在佳人锦瑟傍。

（色旦劝酒科）（正末唱）

【七兄弟】这场，厮央，不相当。你便有粉白黛绿妆宫样，茜裙罗袜缕金裳，则我这铁卧单[25]有甚风流况？

（郑恩云）先生，圣人有云："食、色，性也。"[26]好色之心，人皆有之。又云："吾未见好德如好好色者。"[27]先生独非人乎？独无人情乎？（正末唱）

【梅花酒】你可也忒莽撞，则道你燮理阴阳[28]，却惜玉怜香。撮合山[29]错了眼光，就儿里[30]我也仓皇。您休使着这智量，俺乐处是天堂。

（云）贫道从来贪眠，我且盹睡片时，大王休怪。（做睡科）（郑恩与色旦背云）须索如此如此。（郑作关门科，云）我把这门儿来带上者。随时且作窗前月，付与梅花自主张。（下）（正末惊觉科，唱）

【收江南】呀，你敢硬将咱送上雨云场，则待高烧银烛照红

妆[31]。出家儿心地本清凉，怎禁得直恁般闹攘！便是一千年不见也不思量。

【水仙子】我恰才神游八表放金光，礼拜三清[32]朝玉皇。不争你拽双环“呀”的门关上，缠杀我也瞎大王，惊的那下三山[33]鹤梦翱翔。俺只待丹鼎内降龙虎[34]，谁教咱锦巢边宿凤凰，枉羞杀金殿鸳鸯！

（云）只因我轻易下山，惹起这番勾当，倒惹那山灵见笑也。（唱）

【太平令】现如今山鬼吹灯显像，野猿抡笔题墙。怕腐烂了芒鞋[35]竹杖，尘没了蒲团纸帐[36]。纵有那女娘、艳妆、洞房，早盹睡了都堂里宰相。

（郑恩上，云）天已明了，我把这门来开者。呀！好个古憋[37]先生，还在那壁披衣据床、秉烛待旦哩。（正末云）大王，教你傒幸杀我也。（郑云）惭愧，惭愧！我即奏官里，宫中盖一道观，使先生住持，封为一品真人。（正末唱）

【离亭宴带歇指煞】把投林高鸟西风里放，也强如衔花野鹿深宫里养[38]。你待要加官赐赏，教俺头顶紫金冠，手执碧玉简，身着白鹤氅。昔年旧草庵，今日新方丈。贫道呵，除睡外别无伎俩。本不是贪名利世间人，则一个乐琴书林下客，绝宠辱山中相[39]。推开名利关，摘脱英雄网，高打起南山吊窗。常则是烟雨外种莲花，云台上看仙掌[40]。（并下）

题目　识真主汴梁卖课　念故知征贤敕佐
正名　寅宾馆天使遮留　西华山陈抟高卧

---

[1]　纨袴（kù 音库）：“纨绔”的异形词。细绢做的裤子，泛指富家子弟的华美衣着。

［2］ 上林：上林苑。秦有旧苑，汉武帝时扩建，方圆达二三百里，离宫七十所。苑中养有禽兽，供皇帝春秋两季打猎。汉代司马相如《上林赋》即述其盛况。这里借指御园。

［3］ 巫峡梦：战国楚·宋玉《高唐赋》和《神女赋》序，述楚襄王梦与巫山神女遇，因慕其色而幸之。后人因此以巫山梦、高唐梦、巫山云雨代指男女欢合之事。

［4］ 黑甜乡：梦乡。谓进入睡梦中。

［5］ 金钗十二行：本指女子首饰繁多，这里代指美女之多。

［6］ “泛桃花”句：谓天台仙女从溪水泛出桃花，以引来刘晨和阮肇成婚事。这里是说色旦不断向陈抟调情。刘郎，即元末明初王子一《刘晨阮肇误入桃源》杂剧中的刘晨。

［7］ 张敞：西汉人。汉宣帝时曾为京兆尹。曾为妻子画眉，有人奏知宣帝，张敞解释说，这算什么，夫妻乐事有远甚于此者。详见《汉书·张敞传》。张敞画眉后世传为夫妻佳话。

［8］ 魔障：戏曲小说用话，有诱惑、折磨之意。

［9］ 折末：即使、纵然。

［10］ 胡厮缠：意为无理纠缠。

［11］ 命不快：命运不佳。不快，不好。

［12］ 乾象：天象。《易·说卦》曰：“乾为天。”

［13］ 一旗半枪：亦作“一旗一枪”。宋·熊蕃《宣和北苑贡茶录》：“次日拣芽，乃一芽带一叶者，号一枪一旗。”带有顶芽的小叶制成的茶称“旗枪”。

［14］ 五岭三湘：泛指南方产茶名区。五岭，指都庞、萌渚、骑田、越城、大庾五大山脉。三湘，指湖南的湘潭、湘阴、湘乡。

［15］ 瑞雪香：指用雪水烹的茶。

［16］ 两腋松风响：喻谓饮茶后的爽快。唐·卢仝《走笔谢孟谏议新茶》诗：“一碗喉吻润，两碗破孤闷；三碗搜枯肠，惟有文字五千卷；四碗发轻汗，平生不平事，尽向毛孔散；五碗肌骨清，六碗通仙灵；七碗吃不得也，惟觉两腋习习清风生。”

［17］ 卢仝：唐代诗人，自号玉川子。博览群书，隐居不仕。好饮茶，有茶歌传世。著有《玉川子集》。

［18］ 蝶梦：《庄子·齐物论》：“昔者庄周梦为胡蝶，栩栩然胡蝶也，自喻适志与！不知周也。俄然觉，则蘧（qú 音渠）蘧然周也。不知周之梦为胡蝶与，胡蝶之梦为周与。周与胡蝶，则必有分矣。此之谓物化。”后因以“蝶梦”喻迷离惝恍的梦境。

［19］ 葫芦提：亦作“葫芦蹄”“葫芦题”。宋元时口语，意为糊涂、不辨是非。

［20］ 扶桑：传说中的神树，日出其下。《山海经·海外东经》：“旸谷上有扶桑，十日

所浴。”郭璞注：“扶桑，木也。”

[21] 净鞭：古帝王朝仪“鸣鞭”用的一种鞭子，振之发声，使人肃静。亦作“静鞭”。《清会典 · 銮仪卫》载：“静鞭：黄丝，长一丈三尺，阔三寸；梢长三丈，渍以蜡，柄木质髹（xiū 音休）朱，长一尺，刻金龙首。”

[22] 天将降：“天将降大任于是人也”的省文，意为天将降大任于郑恩。语出《孟子 · 告子下》：“故天将降大任于是人也，必先苦其心志，劳其筋骨，饿其体肤，空（kòng 音控）乏其身，行拂乱其所为，所以动心忍性，增益其所不能。”

[23] 傒幸杀：折磨死、烦恼死。

[24] 邯郸道：谓邯郸道黄粱梦事，句意为：只想着荣华富贵不过是黄粱一梦。详见《邯郸道省悟黄粱梦》杂剧。

[25] 铁卧单：谓硬汉子，元杂剧中多用来喻指无情汉。

[26] 食、色，性也：饮食、性欲是人的本性。语出《孟子 · 告子上》：“告子曰：‘食、色，性也。’”

[27] “吾未见”句：我没有见到过喜爱美德像喜爱美色一样的人。语本《论语 · 子罕》：“吾未见好（hào 音浩）德如好（hào 音浩）色者也。”好（hào 音浩）好（hǎo 音郝）色，第二个“好”字衍。

[28] 燮理阴阳：意思是指大臣辅佐天子治理国事。出自《尚书 · 周官》：“立太师、太傅、太保，兹惟三公，论道经邦，燮理阴阳。”

[29] 撮合山：宋元时对媒人的别称。《京本通俗小说 · 西山一窟鬼》云：“原来那婆子是个撮合山，专靠做媒为生。”撮合，从中说合。

[30] 就儿里：心里。

[31] “高烧”句：化用宋 · 苏轼《海棠》诗句“只恐夜深花睡去，故烧高烛照红妆”。

[32] 三清：道家认为人天两界之外还有“三清”，为神仙居住的仙境。此“三清”境为玉清、太清、上清，亦名三天。见《灵宝太乙经》。

[33] 三山：神话传说中的三座仙山。亦作“三神山”。《史记 · 秦始皇本纪》：“齐人徐市（fú 音福）等上书，言海中有三神山，名曰蓬莱、方丈、瀛洲，仙人居之。”

[34] 降龙虎：谓在炉内烧炼铅汞使之成仙丹。龙虎，道家谓水火、铅汞之属。宋 · 朱熹《考异》：“坎离、水火、龙虎、铅汞之属，只是互换其名，其实只是精气而已。精，水也、坎也、龙也、汞也；气，火也、离也、虎也、铅也。”

[35] 芒鞋：草鞋，出家人常穿。

[36] 纸帐：用藤皮茧纸做的帐子。

[37] 古憋（biē 音鳖）：古怪、执拗。憋，同“憋”。

[38] “衔花”句：用唐朝杨贵妃、安禄山故事。宋 · 刘斧《青琐高议》前集卷六《骊山记》：“……一日，宫妃奏帝曰：‘花已为鹿衔去，逐出宫墙不见。’……帝

亦私谓侍臣曰：‘野鹿游宫中，非佳兆。’翁笑曰：‘殊不知禄山游深宫，此其应也。’”后用“野鹿衔花”为宫闱秽乱之典故。

[39] 山中相：山中宰相。南朝梁代陶弘景隐居句（gōu 音沟）曲山，礼聘不出。遇有国家大事，梁武帝就向他咨询，时称“山中宰相”。详见《南史·隐逸列传下·陶弘景》。

[40] 仙掌：仙人掌，华山之东峰。《华岳志》云：“岳顶东峰曰仙人掌。峰侧石上有痕，自下望之，宛然一掌，五指俱备，人呼为仙掌。”

附：《元刊杂剧三十种》本

新刊的本　泰华山陈抟高卧

第一折

（外末云了）（正末道扮上，开）贫道陈抟先生的便是，能通阴阳妙理。五代间朝梁暮晋，尘世纷纷。这几日太华山顶上，观见中原地分，王气非小，当有真命治世。贫道下山，去那长安市上，开个卦肆指迷咱。（唱）

【仙吕·点绛唇】定死知生，指迷归正，皆神应。蓍插方瓶，香爇雷文鼎。

【混江龙】俺今日开坛讲命，断文明白鬼神惊。传圣人清高道业，算君子暗昧前程。我这袍袖拂开八卦图，掌中躔度一天星。怕有辨荣枯，问凶吉，冠婚宅葬，求财干事。若有买卦的闻人静。全凭圣典，不顺人情。

（外末云了）（正末唱）

【油葫芦】古圣留传《周易》经，有几人能穷究的精？诵读如坐井，不能明。这《易》伏羲以上无人定，仲尼之下无人省。俺下的数又真，传的课又灵。待要避凶趋吉知天命，试来这帘下问君平。

（外末云了）（正末唱）

【天下乐】凭着八字从头断您一生，叮咛，不交差半星。论旺气相死囚，凭五行。虽然是子丑寅卯，甲乙丙丁，也堪交高士听。

（外末上，问卦云了）（正末唱）

【醉中天】我等您呵似投吴文整，寻您呵似觅吕先生。交我空踏子断麻鞋神倦整，您君臣每元来在这答儿相随定。这五代史里胡厮杀不曾住程，休则管埋名隐姓，却交谁救那苦厌厌天下生灵？

【后庭花】你命干是丙丁戊己庚，乾元亨利贞。正是一字连珠格，三重坐禄星。你休道俺不着情，不应后我敢罚银十锭，未酬劳先早赔了壶瓶。

（外末云了）（正末唱）

【金盏儿】到这戌字上主冠带，水成形，火长生，避乖龙大小运今年并，若交得丙辰一运大峥嵘。向日犯空亡为将相，垂禄马的作公卿。你是南方赤帝子，上应北极紫微星。

（做迎驾科，唱）

【后庭花】黄河一旦清，早子东方日已明。有兴处饮绿醑千钟醉，无人处倒山呼万岁声。贫道煞是失祗迎，开基真命，拚今朝醉不醒。

【金盏儿】左关陕，右徐青，背怀孟，俯襄荆，用兵的形势连着唐邓，太行天险壮神京。江山理王气，草木动威灵。欲寻那四百年兴龙地，除是八十里卧牛城。

【醉中天】你是五霸诸侯命，有一品大臣名，干打哄胡厮哝过了半生。注定你不带破多残病，命里有愁甚眼睛？兀那明朗朗群星虽盛，不如孤月独明。

（外末云了）（正末云）贫道出家儿，不须酬谢。二公保重者！（正末唱）

【金盏儿】投至我石枕上梦魂清，布袍底白云生。我但睡呵一年半岁没干净，子看你那朝台暮省干功名。我睡呵黑甜甜倒身如酒醉，喝喽喽的鼾睡似雷鸣。谁理会的五更朝马动，三唱晓鸡声。

【赚煞】出世圣人生，天下恶乎定？（外末云了）（正末唱）何须把这山野陈抟拜请。若久后忘了这青眼相看旧弟兄，也不索重酬劳卖卦的先生。从今后罢刀兵，四海澄清，且放闲人看太平。我也不似出师的孔明、休官的陶令，则待学那钓鱼台下老严陵。（下）

第二折

（使臣上，云了，虚下）（正末上，云）贫道自从长安市上，算了那两人君臣之命，回归山中，醒时炼药，醉后高眠，倒大清闲快活呵。（唱）

【南吕·一枝花】我往常读书求进身，学剑随时混。读书匡社稷，学剑定乾坤。豪气凌云，心志如伊尹。本待交六合入并吞，伐天下不义诸侯，救数百载生灵万民。

【梁州第七】从遇着那买卦的潜龙帝主，饶却算命的开国功臣，便即时拂袖归山隐。进时节道行天下，退时节独善其身。修炼成内丹龙虎，降伏尽姹女婴儿。思飘飘出世离群，乐陶陶的顺化存神。想那乱扰扰红尘中争利的俗人，闹攘攘的黄阁上为官的贵人，怎强如那闲遥遥华山中得道仙人？一身，驾云，四溟八表神游尽，觑浮世暗中哂。坐看蟠桃几度春，抵多少华屋生存。

【隔尾】放着这高山流水为檀信，索甚野草闲花作近邻，满地白云扫不尽。你与我闭上洞门，休放个客人，我待静倚蒲团自在盹。

（使臣上，云了）（正末迎接使臣科，唱）

【牧羊关】我恰游仙阙，谒帝阍，猛惊得我跨黄鹤飞下天门。你挥的玉麈特迟，打的金钟畅紧。又不是纸窗明觉晓，布被暖知春。惊的梦庄周蝶飞去，尚古自炊黄粱锅未滚。

（使臣云了）（正末云）贫道山间林下，物外之人，无心名利。望天使回朝，方便回奏咱。（唱）

【红芍药】开基创业圣明君，舜德尧仁，玉帛万国尽来尊，一统乾坤。灭狼烟，扫战尘，恩泽及万姓黎民。招贤纳士礼殷勤，币帛似微尘。
【菩萨梁州】特遣天臣，把贤良访问。当今至尊，重酬劳算卦的山人，过蒙君宠赐天恩，风云不忆风雷信，琴鹤自有林泉分。想名利有时尽，乞得田园自在身，我怎肯再入红尘！
【隔尾】俺子是下棋白日消闲困，高柳清风睡杀人，世事无由恼方寸。子除你个继恩，使臣，方便向君王行奏得准。

（使臣云了）（正末唱）

【牧羊关】既然海岳归明主，敢放这巢由作外臣，谁望您那千年吊高冢麒麟。谁待老年攀蟾，子待闲身卧云。试看蓬莱寻药客，商岭采芝人，天下已归汉，山中犹避秦。
【贺新郎】我往常鸡鸣舞剑学刘琨，看三卷天书，名八门壬遁。说谈诸国游天下，卖卦处逢着圣君，以此入山来访道修真。看猿鹤知导引，观山水爽精神。兴长存，性于远，习于近。这黄冠野服一道士，伴着清风明月两闲人。

（使臣云了）（正末唱）

【牧羊关】也不是九转火里烧丹药，三足鼎里炼水银，若会的《参同契》便是真人。教虽没千言，道不离一身。你寸心休劳苦，四体省殷勤。散诞是长生法，清闲真道本。

【哭皇天】酒醉汉难朝觐，睡魔王怎做宰臣？穿着底紫罗袍便似酒布袋，秉着白象笏似睡馄饨。若做官后每日家行眠立盹，休、休，枉笑煞凌烟阁上人。早是疏慵愚钝，更孤陋寡闻。

【乌夜啼】幸然恁法正天心顺，索甚我横枝儿治国安民？我则有住山缘，那里有为官分。乐道甘贫，谁羡画戟朱门。丹砂好炼养闲身，黄金不铸封侯印。幸实带不得展髻紧，着不得公裳坌。倒不如我这拂黄尘的布袍，漉浑酒的纶巾。

（使臣云了）（正末云）既蒙天使到来，不敢违了圣恩，必索下山。（唱）

【黄钟尾】也不索雕鞍缓缓的登程进，也不索骏马驱驱的践路尘。虽然圣旨紧，请将军勿心困。尽交山列着屏，草展着裀，鹤看着家，云锁着门。子消得顺天风驾一片白云，较他那宣使乘的紫藤兜轿稳。

（同使臣下山，下）

第三折

【正宫·端正好】下云台，来朝会，不听的华山里鹤唳猿啼。道人不为苍生起，子是报圣主招贤意。

【滚绣球】俺便似片闲云自在飞，心情与世违。可又不贪名利，怎生来交天子达知？是未发迹，卦铺里，恁时节相识，曾算着他

面南登基。因此上将龙庭御宝皇宣诏，（使臣云）驾赐衣冠，道号希夷。（正末唱）赐与我鹤氅金冠碧玉圭？加道号希夷。

（谢恩了，唱）

【倘秀才】俺这草舍花栏药畦，石洞松窗竹几，您这玉殿朱楼未为贵。您那人间千古事，子是松下一盘棋，富贵把浮云可比。
【滚绣球】不住地使命催，奉御逼，便交早朝入内，俺便似野人般不知个远近高低。至禁闱，上凤池，近临宝砌，列鹓鸾帘卷班齐。见这玉阶前松摆龙蛇影，金殿上风吹日月旗，天仗朝衣。

（见驾打稽首科，唱）

【倘秀才】无那舞蹈扬尘体例，子打稽首权充拜礼，（驾云了）（正末唱）愿陛下万岁万万岁。如今黄阁功臣少，白发故人稀，见贫道自喜。

（驾云了）（正末云）贫道山野之人，不能为官。（唱）

【叨叨令】向那华山中已觅下终焉计，怎生都堂内才看傍州例。议公事枉淘了元阳气，理朝纲怕搅了安眠睡。贫道做不的也末哥，做不的也末哥，不要紫罗袍，乞赐黄䌷被。
【倘秀才】贪睡呵十万根更筹转刻，七八瓮铜壶漏水，恨不得生扭死窗前报晓鸡。休想我惜花春起早，爱月夜眠迟，道理。

（驾云了）（正末唱）

【滚绣球】贫道穿的蔀落衣，吃的是藜藿食。睡时节幕天席地，喝喽喽鼻息如雷。二三年，唤不起，若在省部里敢每日画不着卯历。子有句话对圣主先题：贫道子得身闲心上全无事，除睡人间总不知。交人道贴眼铺眉。

【倘秀才】陛下说“君子周而不比”，贫道呵“小人穷斯滥矣”。俺须索志于道，依于仁，据于德。本待用贤去不肖，“举枉错诸直”，更是不宜。

【滚绣球】四百贯四百石，一品官二品职，子落的故纸上两行史记，虽然重裀卧列鼎而食。“臣事君以忠，君使臣以礼”，呀！便是死无那葬身之地，敢向那云阳市血染朝衣。本居林下绝名利，贫道呵自不合刚下山来惹是非，不如“归去来兮”。

【倘秀才】道有个治家治国，俺索学分个为人为己，“不患人之不己知”。土炕上淡白粥，瓦钵内醋黄虀，采那首阳山蕨薇。

【三煞】身安静域蝉初蜕，梦绕南华蝶正飞。卧一榻清风，看一轮明月，盖一片白云，枕一块顽石。直睡的陵迁谷变，石烂松枯，斗转星移。抱元守一，穷妙理，造玄机。

【二煞】鸡虫得失何须计，鹏鷃逍遥各自知。看蚁阵蜂衙，虎争龙斗，燕去鸿来，兔走乌飞。浮生似透窗飞马，光阴似过隙白驹，世人似舞瓮醯鸡。一阶半职，何足算，不堪提。

【煞尾】俺那云间太华烟霞细，鼎内还丹日月迟。山上高眠梦寐希，殿下朝元剑佩齐。玉阙仙阶我曾履，王母蟠桃我曾吃。欲醉不醉酒数杯，上天下天鹤一只。有客相逢问浮世，无事登临叹落晖。危坐谈玄讲《道德》，静室焚香诵《秋水》。滴露研朱点《周易》，散诞逍遥不拘系。赴召离山到朝里，快及陈抟受宣敕，送上都堂入八位，掌管台衡总百揆。御史台纲索省会，六部里当该各详细。穰穰垓垓没伶俐，是是非非没尽期，好交我战战兢兢睡不美。（下）

第 四 折

【双调·新水令】半生不识晓来霜，把五更寒打在老夫头上。您满朝朱紫贵，怎如我一枕黑甜乡。揭起俺那翠巍巍太华山光，那一幅绣帏帐。

【驻马听】白酒尊旁，闲慰眼金钗十二行，误了我清风岭上，不翻身恶睡一千场。怕您待醉蟠桃到处觅刘郎，我委实画蛾眉不会学张敞。好没监量，出家儿怎受闲魔障？

（女色试探科）（正末唱）

【步步娇】折末硬厮缠到晨钟撞，休想我一点狂心荡。唤陈抟有甚勾当？命不快上遭逢着这火醉婆娘。干误了我晚夕参圣一垆香，半夜里观乾象。

【沉醉东风】这茶采得一旗半枪，来从五岭三湘，泛一瓯瑞雪香，生两腋松风响。润不得七碗枯肠。辜负一醉无忧老杜康，谁吃您卢仝建汤！

【搅筝琶】您好是轻薄相，我又不寂寞恨更长。干把那蝶梦惊回，多管葫芦蹄害痒。早是卧破月昏黄，直睡到日出扶桑。知我着忙，不争如此颠狂。早朝听到的静鞭三下响，识甚斟量。

【雁儿落】官封一字王，位列头厅相。那里是有官的我算着，子是无眼的天将傍。

【川拨棹】恰离高唐，躲巫山窈窕娘。客舍凄凉，仙梦悠扬。则想道邯郸道上，元来在佳人锦瑟旁。

【七弟兄】这场，厮央，不寻常，粉白黛绿妆宫样，茜裙罗袜缕金裳，绣帏中取乐催身丧。

【梅花酒】会定当，要论道经邦，燮理阴阳，却惜玉怜香。撮合

山错了眼光，就里我也委实仓皇。您休使智量，俺乐处是天堂。

【收江南】硬哄我金殿锁鸳鸯，高烧银烛照红妆。出家儿心地本清凉，缠煞我也恁般闹攘，便是一千年不见也不思量。

【水仙子】一灵暂到华山庄，袖拂白云出汴梁。不争你拽金环呀地把门关上，闷煞人也瞎大王。扭得身化一道金光，索甚你回来回去迷羞摩娑慌，分付取臭肉皮囊。

【太平令】现如今山鬼吹灯显像，野猿抡笔题墙。子怕腐烂了芒鞋竹杖，尘昧了蒲团纸帐。尘世上，勾当，顿忘，枉交盹睡了都堂里宰相。

【离亭宴带歇指煞】把投林高鸟西风里放，也强如衔花野鹿深宫里养。大王加官赐赏，交臣头顶紫金冠，手执碧玉简，身着白鹤氅。昔年旧草庵，今日新方丈，除睡外别无伎俩。本不是个贪名利的世间人，是一个乐琴书的林下客，绝宠辱的山中相。从今后饭余皮袋饱，茶罢精神爽，高打起南轩吊窗，烟雨外种莲花，云台上看仙掌。

马丹阳三度任风子

《马丹阳三度任风子》简名《任风子》《马丹阳》。《录鬼簿》《太和正音谱》均有著录。曹本《录鬼簿》著录此剧正名作《王祖师三度马丹阳》。天一阁本《太和正音谱》著录简名《马丹阳》。今存版本主要有《元曲选》本、《元刊杂剧三十种》本、脉望馆钞校本、《酹江集》本，各本剧情相同。剧写终南山甘河镇任屠户有半仙之分，丹阳真人马从义前去点化。马丹阳到甘河镇，先将一方之地都化得不吃腥荤，使屠户们为此折了本钱。任风子为了屠户们的利益去刺杀马丹阳，马丹阳便趁此机会点化他。任屠便拜马丹阳为师，舍家弃室，出家修行，经受了马丹阳设置的种种考验，终于得道成仙。此剧属元杂剧中的神仙道化剧，但剧中不乏当时文人苦闷思想的宣泄，具有一定的现实意义。马丹阳，即马钰，全真教“七真”之一，因封“丹阳抱一无为普化真人”，故称马丹阳。

第一折

（冲末扮马丹阳上，诗云）雪瓮冰齑[1]满箸黄，沙瓶豆粥隔篱香。就中滋味无人识，傲杀[2]羊羔[3]乳酪浆。贫道祖居宁海，莱阳[4]人也。俗姓马，名从义，乃伏波将军马援[5]之后。钱财过万倍之余，田宅有半州之盛。家传秘行，世积阴功[6]。初蒙祖师点化，不得正道，把我魂魄摄归阴府，受鞭笞之苦。忽见祖师来救，化作天尊，令贫道似梦非梦，方觉死生之可惧也。因此遂弃其金珠，抛其眷属，身挂一瓢，顶分三髻。按天地人三才之道，正一髻受东华帝君[7]指教，去其四罪，是人、我、是、非；右一髻受纯阳真人[8]指教，去其四罪，是富、贵、名、利；左一髻受王祖师[9]指教，去其四罪，是酒、色、财、气。方成大道，正授白云洞主，丹阳抱一无为普化真人。《阴符》[10]中道，人身难得，中土难逢。假是得生[11]，正法[12]难遇。贫道昨宵看见青气冲天，下照终南山甘河镇，有一人任屠，此人有半仙之分，因而禀过师祖，前去点化他。若到的甘河镇，将一方之地，都化的不吃腥荤。你道为何？此人是屠户之家，他见我化的一方之地都吃了斋素，搅了他买卖，他必然来伤害我性命。他若来时，点化此人归于正道。（诗云）我与他阎王簿上除生死，紫府宫中立姓名。指开海角天涯路，引得迷人大道行。（下）

（正末扮任屠同旦李氏上，云）自家终南山甘河镇人氏，姓任，是个操刀屠户。为我每日好吃那酒，人口顺都叫我任风子[13]。嫡亲的两口儿家属。浑家李氏，近新来生了一个小厮儿。今日是我生辰之日，又是孩儿满月，众兄弟送些礼物来。大嫂，你去安排酒食茶饭等待，兄弟每这早晚敢待来也。（旦云）理会的。（众屠户上，云）俺都是甘河镇屠户。俺有一个哥哥是任屠，俺的本钱是他的。近新来不知是那里走的个师父来，头挽着三个丫髻，化的俺这一方之人尽都吃了斋素。俺屠行买卖都迟了，本钱消折。今日是任屠哥哥生辰之日，又是他孩儿满月，一来与哥哥做生日，二来问哥哥借些本钱。说话中间，

可早来到了也。（众见正末科，云）哥哥，你兄弟来迟也。（正末云）恰才道罢，兄弟每早来了也。量任屠有何德能，动劳列位？请坐。（众云）哥哥请坐。（正末云）大嫂将酒来。兄弟每慢慢饮一杯。（众云）俺兄弟每又无厚礼，倒来定害哥哥嫂嫂。（正末云）兄弟，一回相见一回老，能有几年做弟兄也呵！（唱）

【仙吕·点绛唇】朋友相怜，弟兄错见[14]，任屠面。今日何缘，因贱降[15]来宅院。

【混江龙】俺屠家开宴，端的是肉如山岳酒如川。都是些吾兄我弟，等辈齐肩。直吃的月上花梢倾尽酒，风吹荷叶倒垂莲[16]。客喧席上，酒到跟前；何曾摘厌，并不推言。一盏盏接入手，可都干干的咽[17]。卖弄他掂斤播两[18]，拨万论千[19]。

（众云）酒勾了，俺吃不得了也。（正末云）众兄弟，可早醉也。（唱）

【油葫芦】你着那些札手风乔人[20]酒量浅，他吃不的一谜里[21]濸[22]，他将那吃不了的牛肉着指头填。恰便似饿狼般撞入肥羊圈，乞儿般闹了悲田院[23]。吃的来眼又睁，撑的来气又喘。都是猪脖脐狗奶子乔亲眷[24]，都坐满一圆圈。

【天下乐】可正是画戟门排[25]见醉仙。（带云）大嫂。（唱）则我这家缘[26]，不少了你吃共穿，生下这魔合罗[27]般好儿天可怜。花谢了花再开，月缺了月再圆，咱人老何曾再少年！

（众云）你兄弟都折少本钱，问哥哥再借些钞做本钱。（正末云）大嫂，兄弟每无本钱呵，借与他些。（旦云）咱那里得那钱来，你好忒自专也。（正末唱）

【那吒令】非任屠自专，大河里有船；相知每共言，囊橐[28]里有钱。（旦云）俺那里有那钱来？（正末云）你这般恶叉白赖[29]的！

（唱）哎，这婆娘不贤，头直上有天。任屠非自夸，你亲曾见，做屠户的这些衏衏[30]。

【鹊踏枝】一个道少人钱，一个道缺盘缠。怕不待鼓脑争头，争奈他赤手空拳[31]。俺这里谢天，葫芦提过遣[32]，咱比他稍有些水陆庄田。

（云）大嫂，去后面看些茶饭来。（旦云）理会的。（下）（正末云）我开了这箱子，取出些钱钞来，与你一家两锭做本钱。兄弟也，我去年借与你许多本钱，都那里去了？（众云）哥哥不知，去年借的本钱，都折了。近新来不知那里走将一个先生来，化的这甘河镇一方之地都吃了斋素，因此上折了本钱。（正末唱）

【寄生草】你道他都修善，不吃膻[33]；你道是先生每闹了终南县，道士每住满全真院[34]，庄家每[35]闲看《神仙传》[36]，姑姑每屯满七真堂[37]，我道来摇车儿摆满三清殿。

（众云）哥哥，似这等屠户，人家都吃了斋，着咱每怎生做买卖？（正末云）你休闹。可不道[38]“搅人买卖，如杀父母”。如今那个敢杀那先生去？（众云）俺去！（正末云）你如今白厮打[39]，赢的，便杀那先生去。（众云）说的是！说的是！俺众人打你一个。（正末云）打将来！（做打科，众倒科）（正末云）你都近不的我。（唱）

【金盏儿】一个拳来到眼跟前，轻躲过臂忙揙。一个被我搬的一似风车儿转。一个拳来先躲过似放过一蚕椽。这一个明堂里可早叉翻背[40]，这一个嘴缝上中直拳。这一个扑的腮揾土[41]，这一个亨[42]的脚朝天。

（众云）哥哥，俺近不的你，是你去。（正末云）我去。（众云）虽然这等，还怕那先生有神通，你到那里小心在意者。（正末云）兄弟每，我明日五更前后，便去杀那先生。你放心者。（唱）

【赚煞尾】想着我扑乳牛力气全，杀劣马心非善，但提起身轻体健。俺两个若还厮撞见，不着那厮巧语花言。遮莫你驾云轩[43]平地升仙，将我这摘胆剜心手段展。须直赶到玉皇殿前，撞入那月宫里面，我把他死羊般拖下九重天。（下）

（众云）哥哥醉了也！俺众人回家去来。（下）

---

[1] 冰齑（jī 音机）：冰凉的细碎咸菜。齑，细切的酱菜或腌菜。宋·洪咨夔（kuí 音奎）《又答景扬》："冰齑荐饭乡风古，雪汁烹茶雅道多。"

[2] 傲杀：意为非常轻视、看不起。杀，用于动词后表示极度。

[3] 羊羔：指羊羔酒。又称羔羊酒、白羊酒、汤羊酒等，因其酒"色泽白莹，入口绵甘"如羊羔之味甘色美而名。起源于汉魏，兴盛于唐宋，元时畅销海外。羊羔酒配方独特，用料考究。元·忽思慧《饮膳正要》记载："羊羔酒，依法作酒，大补益人。"《本草纲目》也记载："羊羔美酒健脾胃、益腰身、大补元气。"

[4] 宁海、莱阳：古县名，位于今山东省烟台市牟（mù 音木）平区、莱阳市。

[5] 马援：字文渊，东汉扶风茂陵（今陕西兴平东北）人。王莽新政时为新城大尹（即汉中太守），后依刘秀（汉光武），建武十一年（35 年）任陇西太守，建武十七年以军功拜伏波将军，封新息侯。《后汉书》有传。

[6] 阴功：指不为人知、不求报偿的善行。唐·吴筠《游仙》诗之五："岂非阴功著，乃致白日升。"

[7] 东华帝君：全真教五祖（东华帝君、钟离权、吕洞宾、刘海蟾、王重阳）之一。

[8] 纯阳真人：指吕洞宾。吕洞宾名岩，号纯阳真人，民间传说中的"八仙"之一，也是全真教五祖之一。

[9] 王祖师：指全真教的创始人王嘉（重阳）。

[10]《阴符》：指道书《太公阴符经》。

[11] 假是得生：借助全真教之道获得长生。假，假借，借助。是，代词，这里指全真教之教义。

[12] 正法：正统之法，谓全真教教义。

[13] "为我"二句：《元曲选》无此二句，此依《元刊杂剧三十种》本补。风，同"疯"，风子，意为酒疯子。

[14] 错见：谦辞。见爱、错爱。

[15] 贱降：对自身生日的谦称。

[16] “风吹”句：形容醉酒的样子。

[17] 干干的咽：痛痛快快地干杯。

[18] 掂斤播两：比喻在小事情上过分计较。这里用来形容酒量大。“掂”“播”都是指托在掌上估量轻重。

[19] 拨万论千：形容财产富足，花钱成千上万，任意挥霍。拨，调拨、调配。《水浒传》第四十七回：“（杜兴曰）感承此间一个大官人见爱，收录小人在家做个主管，每日拨万论千。”这里借财富之多喻指酒量之大。论，《元曲选》作“轮”，此依脉望馆钞校本改。

[20] 札手风乔人：意谓难于对付的疯癫刁诈之人。札手，扎手、刺手，很难对付的意思。风，同“疯”。乔，这里意为狡诈、无赖。

[21] 一谜里：意为一味地。

[22] 瀽（jiǎn 音俭）：倒、泼。

[23] 悲田院：救济老弱废疾者的处所。唐开元时置病坊，由僧人主持；武宗时改为悲田养病坊。宋元时，称贫民、乞丐的收容所为“悲田院”，俗讹作卑田院。后引申为乞丐收容所或乞丐聚居的地方。宋·曾慥（zào 音造）《类说·事始》：“开元中，京城乞儿官为置病坊，给廪食，近代改为悲田院，或曰养病院。”

[24] “都是”句：意为客人都是些缺乏教养的假亲眷。猪脖脐，指猪血脖、肚脐处质地较次的肉。乔，假。

[25] 画戟门排：戟，古代兵器名，其上有彩绘者称画戟，后亦作仪仗之用。唐代三品以上官员门立画戟。这里用以说明任屠家的富有。

[26] 家缘：家产。唐·吕岩〔沁园春〕词之二：“限到头来，不论贫富，著甚干忙日夜忧。劝年少，把家缘弃了，海上来游。”

[27] 魔合罗：又作“摩诃（hē 音喝）罗”“摩孩儿”“摩孩罗”。本为佛经中的神名，传自西域。宋元时，用土、木雕塑成小孩儿的形状，加饰衣，大小不一，神情毕肖，“七夕”供养，称作魔合罗，后来演变为一种儿童玩具。引申为漂亮可爱之意。宋·赵师侠〔鹊桥仙〕《丁巳七夕》词：“摩孩罗荷叶伞儿轻，总排列、双双对对。”

[28] 囊橐（tuó 音驼）：袋子。

[29] 恶叉白赖：意为蛮横泼赖，无理取闹。

[30] 衏衏（háng yuàn 音航院）：同“行院”，行业的意思。

[31] “怕不待”二句：意为恐怕不是他们不愿意争强好胜，无奈他们两手空空。怕，恐怕。不待，不喜欢、不愿意。鼓头争脑，争强好胜。

[32] 葫芦提过遣：意为糊里糊涂过日子，不必精打细算。

[33] 膻：膻气。这里指带膻味的肉食。

[34] 全真院：全真教的道观。

[35] 庄家每：做庄稼活儿的人们。

[36]《神仙传》：东晋道教学者葛洪所著的一部古代中国志怪小说集，共十卷。书中收录了中国古代传说中的九十二位仙人的事迹。该书想象丰富，记叙生动。虽事多怪诞，但其中不少人常为后世养生文献所引用；有些内容对研究中国古代养生学有参考意义。

[37] 七真堂：道观中供奉全真教七真人的殿堂。七真，即七真人。全真教创始人王重阳亲授的丘处机、马钰等七人于元顺帝后至元六年（1340 年）被封为真人。一说道家称许旌等七人为七真。

[38] 可不道：岂不听说。

[39] 白厮打：徒手击打。

[40] 明堂里可早叉翻背：意为明堂穴中着了一拳，被打翻在地。明堂，指人体之明堂穴。

[41] 扑的腮揾（wèn 音问）土："扑"的一声脸摔到地上。扑，拟声词。揾，按、擦。

[42] 亨：拟声词，同"哼"。

[43] 云轩：仙人以云雾为车，故称。

第二折

（马丹阳上，云）贫道马丹阳。离了仙乡，来此终南县甘河镇，化一草庵居住。不勾半年，将此一方的人都化的吃了斋素。果然这任屠杀生太众，性如烈火。如今要杀贫道，或白昼而来，或黑夜而至，可用俺神通秘法点化此人。俗说："能化一罗刹，莫度十乜斜。"[1] 我教他眼前见些恶境头，然后点化此人。这早晚敢待来也。（正末同旦上，云）我昨日和众兄弟每打赌赛，今日杀那先生去。我昨日吃的酒多了些，今日宿酒未醒。我索杀那先生走一遭去。（唱）

【正宫·端正好】添酒力晚风凉，助杀气秋云暮，尚兀自脚趔趄[2]醉眼模糊。他化的俺一方之地都食素，单则是俺这杀生的无缘度[3]。

（旦云）你这早晚往那里去？（正末云）我要杀那先生去。（唱）

【滚绣球】你可也休怕怖，我心中不恍忽[4]，常言道避着不做。(旦云)他是个出家人，和你往日无冤，近日无仇，你杀他怎的？(正末云)任大嫂，你莫不养着那先生来？(旦云)呸！你听，是甚言语！(正末唱)你莫不和马丹阳是绾角儿妻夫[5]？(旦云)我看你到那里怎的？(正末唱)我到那里一只手揪住系腰[6]，一只手揝住道服，把那厮轻轻抬举，滴溜扑摔下街衢[7]。我是个敲牛宰马任风子。(旦云)你休去，带累我也！(正末唱)带累你抱侄携男鲁义姑[8]。我言语无虚。

(旦云)我苦劝你，不听我言语！(正末唱)

【倘秀才】你道是苦劝着不依你个妇女，那先生坏衣饭如杀父母。自古无毒不丈夫！(云)大嫂，咱那孩儿在那里？(旦云)孩儿在家睡哩。(正末唱)则那亲生子快啼哭，你与我觑去。

(旦云)我好也要你家去，歹也要你家去！(正末云)大嫂，那先生和我往日无冤，近日无仇，我没来由杀他怎的？那庄里有几个头口儿[9]，我则怕别的屠户赶了去，我只推[10]杀那先生，其实赶头口去，你家去磨下刀，烧下汤，我便赶将头口来也。(旦云)哦，我可知道"杀人偿命，欠债还钱"。你这般说才是。我如今便去烧的汤热，磨得刀快，你早些儿来家。(下)(正末云)婆娘家性如水，我三两句话说的他回去了。我今去杀那先生去。可早来到也。我跳过这墙去。(唱)

【滚绣球】我骗[11]土墙腾的跳过来，转茅檐厌的[12]行过去，退身在背阴黑处。(带云)兀的不有人来也。(唱)莫不是马丹阳先有埋伏？我则见悄悄的有人言，原来是潇潇的风弄竹；晃的这月华[13]明闪、云来云去，似人行竹影扶疏。原来这害丹阳刺客心头怕，杀劣马贼人胆底虚，使不着胆大心粗。

（云）我自过去。（做见科）（丹阳云）任屠，你来了也？（正末背云）好奇怪，他怎生认的我？（回云）我来了也。（丹阳云）你来做甚么？（正末云）我来杀你哩。（丹阳云）我是个出家人，与你往日无冤，近日无仇，你如何来杀我？（正末云）我是个屠户之家，你化的一方之地都不吃荤腥，坏了俺屠行买卖，我因此来杀你。（丹阳云）你道我化的这一方之地都不吃荤腥，坏了你这买卖，因此来杀贫道。是我搅了你买卖。也罢，也罢，贫道受死，你与我快性[14]者。（正末云）你有甚么神通广大使出来！（丹阳云）贫道那里有神通。（正末唱）

【倘秀才】遮莫你摄伏下北极真武[15]，便请下东华帝主[16]，我道你敢是个南方左道术[17]。便有甚缩地法[18]、混天书[19]，我与你个快取。

（外扮神子仗剑上）（捱末科）（正末唱）

【穷河西】我这里观绝[20]了悠悠的五魂也无，原来这丹阳师父领着一个护身符。他不是跨鹤[21]来，可怎生有这般翅羽？他把我当[22]拦住，则我这泼性命向他跟前怎生过去？

（神子杀正末科，下）（正末云）有杀人贼也！（丹阳云）任屠，你做甚么？（正末云）哎哟，有杀人贼也！还我头来！（丹阳云）你才要杀我，倒问我要头，你自摸你那头去。（正末云）师父，放任屠回家去罢。（丹阳云）你要去自去，谁当着你哩？（正末云）师父，我来时一条路，如今三条路，不知往那条路去？（丹阳云）你来处来，去处去，休迷了正道。（正末云）是、是、是，来处来，去处去。（做寻思科，云）父母生我，是来处来；我若死了，便是去处去。他着我休迷了正道，这先生敢教我跟他出家去？罢、罢、罢，稽首，任屠情愿跟师父出家。（丹阳云）你要出家，你可是甚么善男善女？你恰才提短刀越墙而过，要杀我，如今可要跟我出家。你听者：（诗云）将你那娇妻幼子都休顾，便有玉海金山也不慕。一心唯想你生身何处来，

我方才指与你条大道长生路。俺这神仙则许神仙做，你那凡夫则寻你凡夫去。（正末唱）

【叨叨令】师父道：神仙则许神仙做，凡夫则寻你凡夫去。爷娘枉说爷娘苦。（云）则是我那魔合罗孩儿，嗨，父母恩养尚且报不的，量他打甚么不紧！（唱）常言道：儿孙自有儿孙福。（云）儿女是金枷玉锁，欢喜冤家。师父，稽首。（唱）任屠却须省[23]得也么哥，却须省得也么哥，告师父指与我一条长生路。

（丹阳云）任屠，你坚心要出家么？（正末云）情愿与师父做个徒弟。（丹阳云）任屠，你既要出家，抛弃了你那妻子，方可出家。（正末云）你徒弟既要出家，量他打甚么不紧，徒弟都舍了也！（丹阳云）你真个要出家，我与你十戒：一戒酒色财气，二戒人我是非，三戒因缘好恶，四戒忧愁思虑，五戒口慈心毒，六戒吞腥啖肉，七戒常怀不足，八戒克己厚人[24]，九戒马劣猿颠[25]，十戒怕死贪生。此十戒是万罪之缘、万恶之种。既要学道，必当戒之。将你俗衣尽都去了，身穿着道袍[26]，腰系着杂彩绦[27]，每日在菜园中修行办道。早晨打五百桶水，日中打五百桶水，天晚打五百桶水。缴辘轳，偎陇[28]儿，拨畦儿，打勤劳，受辛苦。口诵《道德经》[29]云："道可道，非常道；名可名，非常名。"（诗云）你那气无强弱志为先，努力须行莫换肩。离得这番凡境界，着你生身别上一重天。（正末云）师父着我早晨打五百桶水，午间打五百桶水，晚夕打五百桶水，一日一千五百桶水。量这眼小井，却不打的干了那！（唱）

【三煞】从今后栽下这五株绿柳[30]侵门户，种下这三径[31]黄花近草庐。学师父伏虎降龙，跨鸾乘凤，谁待要宰马敲牛，杀狗屠驴。谢师父救了我这蠢蠢之物、泛泛之才、落落之徒。虽然愚鲁，从小里看过文书。

【二煞】高山流水知音许[32]，古木苍烟入画图。学列子乘风[33]，

子房归道[34]，陶令休官[35]，范蠡归湖[36]。虽然是平日凡胎，一旦修真[37]，无甚功夫。撇下这砧刀什物，情取[38]那经卷药葫芦。

【煞尾】再谁想泥猪疥狗[39]生涯苦，玉兔金乌[40]死限拘。修无量乐有余，朱顶鹤献花鹿，唳野猿啸风虎，云满窗月满户，花满蹊酒满壶，风满帘香满垆。看读玄元《道德》书[41]，习学清虚庄列术[42]。小小茅庵是可居，春夏秋冬总不殊。春景园林赏花木，夏日山间避炎暑。秋天篱边玩松菊，冬雪檐前看梅竹。皓月清风为伴侣，酒又不饮色又无，财又不贪气不出。我准备麻绳拽辘轳，提挈荆筐担粪土。锄了田苗，种了菜蔬。老做庄稼小做屠。（带云）我兀的到这中年，做你一个徒弟。（唱）哎，师父，我可也打的你那勤劳，受的你那苦。（下）

（丹阳云）且喜任屠仙胎可在，便要出家。看他修行如何，再传秘法，点化他成仙了道。（词云）任屠，不是我故意的磨灭经年，也只为修仙事全要精专。待他时有一日功成行满，才许你离尘世证果朝元[43]。（下）

---

[1] “能化”二句：宁可点化一个吃人恶鬼，不度化十个傻子。罗刹，梵语，为吃人恶鬼的总称。男曰罗刹娑，女曰罗刹私。唐·慧琳《一切经音义》卷二五：“罗刹，此云恶鬼也。食人血肉，或飞空或地行，捷疾可畏也。”乜（miē 音咩）斜，痴呆、糊涂。此处谓呆痴糊涂、不明事理的人。乜，《元曲选》作“七”，此依《酹江集》本改。

[2] 趔趄（liè qie 音列且轻声）：身体歪斜，脚步不稳。

[3] 俺这杀生的无缘度：我这屠户没有缘分被度化。杀生的，因屠户杀害生物，故称。无缘度，没缘分被马丹阳度化。

[4] 恍忽：同“恍惚”。

[5] 绾（wǎn 音晚）角儿妻夫：少年夫妻。绾角儿，古时孩童束发为两髻，形状如

角。绾，系结。妻夫，夫妻之倒称。

［6］ 系腰：腰带。

［7］ 撺下街衢（qú 音渠）：抛下台阶。撺，抛掷。街衢，同“阶除”，意为台阶。街，同“阶”，音同借用；衢，同“除”，古音相近借用。

［8］ 鲁义姑：春秋时鲁国人。齐攻鲁，望见一妇人抱一儿携一儿而行。军及之，弃其所抱，抱其所携而走于山。儿随而啼。齐将问儿曰：“走者尔母耶？”答曰：“是。”齐将追妇人还，问所抱者谁，所弃者谁，对曰：“所抱者妾兄之子也，所弃者妾之子也。见军之至，力不能护，故弃妾之子。”齐将嘉其义，使人言于齐君曰：“鲁未可伐也。乃至于境，山泽之妇人耳，犹知持节行义，不以私害公，而况于朝臣士大夫乎？”事见汉 · 刘向《列女传》。

［9］ 头口儿：牲口。今河北省南部方言仍习用。

［10］ 推：借口推托。

［11］ 骗：骗腿儿，即侧身抬起一条腿一跃。

［12］ 厌的：快速。

［13］ 月华：月光。

［14］ 快性：干脆、爽快。

［15］ “遮莫”句：尽管你以威力摄伏了北极真武。遮莫，尽管。摄伏，通“慑服”，以威力使人恐惧而屈服。北极真武，即道教供奉的真武大帝。真武，传说中北方之神。本作“玄武”，宋时因避讳改玄武为真武。

［16］ 东华帝主：东华帝君。

［17］ 南方左道术：南方流传的旁门左道之术。中国道教有南北二宗，全真教为北方道教中之一派，“南方左道术”的说法反映了全真教的门户之见。

［18］ 缩地法：指术士化远为近的法术。晋 · 葛洪《神仙传》云：“（费长）房有神术，能缩地脉，千里存在目前，宛然放之，复舒如旧也。”

［19］ 混天书：谓讲述使天闭合之术的书。混，合也。

［20］ 观绝：看罢、看尽。

［21］ 跨鹤：骑鹤、乘鹤。道教认为得道后能乘鹤飞升。清 · 褚人获《坚瓠八集 · 徐仙》：“县丞卓津题〔卜算子〕词云：‘流水小湾西，晚坐孤亭静，不见高人跨鹤归，风水摇清影。’”鲁迅《中国小说史略》第二十六篇《清之狭邪小说》：“已而父母皆在府衙中跨鹤仙去。”

［22］ 当：同“挡”。

［23］ 省：理会。

［24］ 克己厚人：克制私欲，厚待他人。按须戒绝的内容，疑应为“克人厚己”。

［25］ 马劣猿颠：谓心意放荡恶劣。佛教认为人的心意不定，有如马驰猿跳，故用马、猿喻指心意。

［26］ 道袍：一种宽大长袍，也称为直裰（duō 音多）、直缝。其款式特征是背面分成

左右两个衣片，中间一道直线缝合。为僧道袍服，宋朝士大夫阶层爱穿的一种长袍。宋·徐度《却扫编》卷上：“吕申公素喜释氏之学，及为相，务简静，罕与士大夫接，惟能谈禅者，多得从容。于是好进之徒，往往幅巾道袍，日游禅寺，随僧斋粥，谈说理情，觊以自售。时人谓之禅钻云。”

［27］杂彩绦：用多种色彩的绦子做成的腰带。

［28］陇：同“垄”，田埂。

［29］《道德经》：春秋时期老子所著的哲学作品，又称《德道经》《道德真经》《老子》《五千言》《老子五千文》。《道德经》分上下两篇，原文上篇《德经》、下篇《道经》，不分章，后改为《道经》三十七章在前，第三十八章之后为《德经》，并分为八十一章。《道德经》文本以哲学意义之“道德”为纲宗，论述修身、治国、用兵、养生之道，而多以政治为指归，乃所谓“内圣外王”之学，文意深奥，包涵广博，被誉为万经之王。《道德经》是中国历史上最伟大的名著之一，对传统哲学、科学、政治、宗教等产生了深刻影响。据联合国教科文组织统计，《道德经》是除了《圣经》以外被译成外国文字发布量最多的文化名著。被誉为“中华文化之源”“万经之王”。

［30］五株绿柳：喻指隐者。语出东晋·陶渊明《五柳先生传》：“先生者，不知何许人也，亦不详其姓字。宅边有五柳树，因以为号焉。”

［31］三径：晋·赵岐《三辅决录·逃名》：“蒋诩归乡里，荆棘塞门，舍中有三径，不出，唯求仲、羊仲从之游。”后因以“三径”指归隐者的家园。

［32］“高山”句：谓自己出家的心志能被师父赞许，收为徒弟。高山流水，谓伯牙、锺子期之事。《列子·汤问》载：伯牙善鼓琴，锺子期善听。伯牙鼓琴，志在登高山。锺子期曰：“善哉！峨峨兮若泰山！”志在流水，曰：“善哉！洋洋兮若江河！”伯牙所念，锺子期必得之。锺子期死，伯牙终生不复鼓琴。后人用以喻知己或知音。

［33］列子乘风：列子，即列御寇，战国时郑人。《庄子·逍遥游》云：“夫列子御风而行，泠然善也，旬有（yòu 音又）五日而后反（返）。”另据宋·李昉（fǎng 音仿）等《太平御览》卷九引陆机《要览》：“列子御风，常以立春归乎八荒，立秋游乎风穴。是风至则草木发生，去则摇落，谓之离合风。”

［34］子房归道：子房，张良字。张良辅佐刘邦定天下，后见刘邦诛杀功臣黥布、彭越、韩信，遂弃人间事，欲从赤松子学道，避祸远害，保身全名。详见《史记·留侯世家》。

［35］陶令休官：晋·陶渊明曾为彭泽令，因不愿为五斗米折腰，遂挂冠辞官而去。事见《晋书·陶潜列传》。

［36］范蠡归湖：范蠡，字少伯，楚国宛（今河南南阳市）人。春秋末政治家。越国大夫。越为吴败，质于吴二年。回越后助越王勾践灭吴。之后，传泛舟五湖，不知所终。见《国语·越语下》。

[37] 修真：修道学仙。

[38] 情取：取。情，语助词，无义。

[39] 泥猪疥狗：喻指生活痛苦的世间之人。

[40] 玉兔金乌：代指月亮和太阳，日月交替，时光流逝。

[41] 玄元《道德》书：《道德经》。唐玄宗天宝年间诏封老子为玄元皇帝，故称玄元《道德经》。

[42] 清虚庄列术：清虚，清静无为。庄，《庄子》。列，《列子》。《庄子》《列子》和《老子》皆为道家的经典著作。

[43] 证果朝元：修成道以朝见神仙。证果，即“正果”。佛教以学佛法而成道为正果，这里是借用佛家语。朝元，道教徒以朝见神仙为朝元。

第三折

（旦上，云）妾身任屠浑家是也。自从那日任屠吃了几杯酒，被他众人撺掇着打赌赛，杀那先生去了，至今不见来家。则怕他落在人彀中[1]。又听的说他出了家。我如今锁了门，抱着孩儿去小叔叔家问一声。早来到也。小叔叔开门来！（小叔上，云）谁叫门哩？我开开这门。呀！嫂嫂你那里去来？（旦云）小叔叔，自从你哥哥任屠杀那先生去了，至今不见回来。（小叔云）俺哥哥往那里去了？（旦云）听的说道跟着那先生出家去了。我如今抱着孩儿，不问那里，寻将他去。（小叔云）我和嫂嫂寻俺哥哥去来。（同下）

（丹阳上，云）贫道马丹阳。自从任屠跟我出家，可早数日光景了。今日任屠的魔头[2]至也，我且看他如何发付那。（正末挑荆筐上，云）“道可道，非常道；名可名，非常名。”（做放下担子科，云）自从跟着师父出家，打水浇畦，口里念“道可道，非常道；名可名，非常名”，脱离了酒色财气、人我是非，倒大来好幽哉快活也呵！（唱）

【中吕·粉蝶儿】每日在园内修持，栽排下久长活计。若不是我参透玄机，则这利名场、风波海，虚耽了一世。吃的是淡饭黄齑，淡则淡淡中有味。

【醉春风】石鼎内烹茶芽，瓦瓶中添净水。听得一声鸡叫五更初，我又索起、起。识破这眨眼[3]流光，迅指急景[4]，转头浮世[5]。

（小叔同旦上，云）嫂嫂，敢在这个菜园儿里。（旦做见正末科，云）兀的不是任屠！好也，你怎生这般模样？（正末云）稽首，你寻我做甚么？（唱）

【红绣鞋】我自撇下酒色财气，谁曾离茶药琴棋。（旦云）你住这里，做甚么营生？（正末唱）听杜鹃一声声叫道“不如归”。（旦云）你莫不游阆苑[6]瑶池[7]来？（正末唱）也不曾游阆苑，又不曾赴瑶池，（旦云）你可在那里？（正末唱）止不过在终南山色里。

（小叔云）哥哥，你想起甚么来，真个在这里？（旦云）任屠，你在这里做甚么？咱家去来！（正末云）大嫂，我如今不比往日了。（唱）

【石榴花】每日把辘轳绳直缴[8]到众星稀，我可甚爱月夜眠迟。则我这春里夏里秋里冬里受驱驰。（旦云）你可休后悔。（正末唱）更怕甚后悔，又无人把我央及。（旦云）早是我哩，若是别人家妇人呵，怎了？（正末唱）哎，你个婆娘妇女夸强会，直寻到这搭儿田地。想当日范杞良筑在长城内，干迤逗的个姜女送寒衣[9]。

【斗鹌鹑】又不比那万水千山。（旦云）我从来三从四德。（正末云）着别人说波。（唱）卖弄他三从四德。（旦云）任屠，你撇下娇妻幼子、家缘家计[10]，跟着那先生出家，几时能勾做神仙？我好也要你去，歹也要你去！（正末云）这波娘好是无礼也！你不家去，我敢打你！（唱）我这里便扬起我这拳头。（旦挨正末科，云）你打，你打！可又不敢打我。（正末唱）他那揣与我个面皮！（带云）稽首。（唱）常言道今世饶人不算痴，咱两个元是善知识[11]。（旦云）任屠，咱家去来。（正

末唱）世[12]来到林下山间，再休想星前月底。

（旦云）任屠，可不道夫唱妇随、夫荣妻贵哩？（正末唱）

【上小楼】你道是夫唱妇随、夫荣妻贵。我从那早起晚息，撅菜挑葱，打水浇洼。（旦云）你若不家去，我就在这里觅个死处。（正末唱）你待要向这里撒滞殢[13]，寻个自缢。（带云）不中。（唱）赤紧的菜园中撅葱[14]般人脆。

（旦云）我和你一同家去来。（小叔云）哥哥，依着嫂嫂，我每家去来。（正末唱）

【幺篇】往常时你劝我，今日个我劝你。那时昧己瞒心，劈两分星[15]，细切薄批。（小叔云）自从哥哥来了，俺这买卖都折了本也。（正末唱）你道是这几日，做屠的，伤折了本利。（带云）兄弟，咱宰了一个牲口儿，与他个快性者。要往人口里过度的茶饭，打当的干净。可不道个"谨行俭用，十年不富，天之命也"。任屠也，你出了家也。（唱）你管他甚么猪肥羊贵。

（旦云）你在家里，则是宰的几个牲口儿，谁敢劳动着你挑着这等重担子，受这等苦楚。（正末唱）

【满庭芳】这担儿便轻如恁的，你道我担荆筐受苦，比你那担火院[16]便宜。（带云）担着这的呵，（唱）止不过两头来往一般兴废，不强似你耽是耽非。（旦云）你敢待学张子房从赤松子修仙学道[17]那？（正末唱）我虽不似张子房休官弃职，我待学陶渊明归去来兮。咱两个都休罪，我和你便今番厮离。（旦云）你着我那里去那？（正末云）由你波。（唱）遮莫你做张郎妇李郎妻。

（旦云）你不家去呵，与我个倒断[18]。你休了我者。（小叔云）说的

是。哥哥，你若休了嫂嫂，我就收了罢[19]。（正末云）你要休书，等我问师父去。（旦云）你当初娶我时，可不曾问师父。（小叔云）也罢，就着师父与我做个媒人。（正末见丹阳科，云）师父，俺浑家问你徒弟要休书。我休呵好，不休呵好？借问师父纸墨笔砚。（丹阳云）你媳妇问你要休书，怎么问我要纸墨笔砚？我这纸笔是写《黄庭》[20]《道德经》的，怎么与你将经纸写休书？从那里起你那一念？妻是你的谁，谁是你的妻？休呵在的你，不休不在你。（正末云）师父说，休呵便在我，不休呵不在我。罢、罢、罢，我知道了也。师父则是教我休了的是。（唱）

【普天乐】我世跳出虎狼丛，拜辞了鸳鸯会。（云）我要写又无纸。（旦云）我这里有手帕。（正末唱）这手帕中做布捻，好做铺尺[21]，菜园中无纸笔，将手帕铺在田地，就着这水渠中插手在青泥内，打与你个泥手模[22]便当休离。咱两个恩断义绝，花残月缺，再谁恋锦帐罗帏。

（旦扯正末云）任屠，你好下的也！（正末云）你休烦恼，听我说与你。（唱）

【耍孩儿】想咱人生在六合乾坤[23]内，活到七十岁有几？人身幻化比芳菲，人愁老花怕春归。人贫人富无多限，花落花开有几日？则是这三寸元阳气，贯串着凡胎浊骨，使作着肉眼愚眉。

【二煞】一来我女色再不贪，二来香醪[24]再不吃，堆金积玉成何济！人生一世心都爱，谁为三般事[25]不迷？世跳出红尘内，我则寻泛游槎[26]天浪，下烂斧柯仙棋[27]。

【三煞】我则要仙鹤出入随，谁恋你香腮左右偎？你那绣衾不如我这粗绸被。我闲弹夜月琴《三弄》[28]，谁待细看春风玉一围[29]。咱两个分连理，你爱的是百年姻眷，我怕的是六道轮回。

（旦云）任屠，你好下的也！（正末云）你回去了罢。（唱）

【四煞】我则见匆匆月出东，厌厌日落西，秋鸿春燕相催逼。（小叔云）哥哥，你看这花朵儿浑家，怎生割舍的出了家？（正末唱）玉天仙妻儿你是你。（旦云）任屠，你看这孩儿。（正末唱）将来魔合罗孩儿，（做摔科）知他谁是谁！（旦哭云）任屠，你怎么把孩儿摔杀了！（正末唱）我见他揾不住腮边泪，休想他水泡般性命，顾不的你花朵似容仪。

（旦云）你休了我罢，怎生把孩儿摔死了？我儿也！（正末唱）

【五煞】由你待叫吖吖叫到明，哭啼啼哭到黑，打悲歌[30]休想我有还俗意。（旦云）任屠，咱家去罢。（正末唱）哎，你个绿豆皮儿姐姐疾忙退[31]。（小叔云）哥哥，跟俺嫂嫂家去罢。（正末唱）哎，你个无梁桶的哥哥枉了提[32]。休则管闲淘气[33]，絮的你口困，休想我心回。

【煞尾】由你死共死活共活，我二则二一则一。我休了娇妻摔杀幼子，你便是我亲兄弟，跳出俺那七代仙灵[34]将我来劝不得！（下）

（旦云）小叔叔，任屠不肯回家去，把孩儿又摔杀了，可怎生了也？（小叔云）真个苦恼。你不还俗便罢，又将孩儿摔死了，这般下的。嫂嫂，你如今真个不好过日子，不如跟着我一同回去住罢。（同下）（丹阳云）此人省悟了。菜园中摔死了幼子，休弃了娇妻，功行将至。再教他见妻子恶姻缘，然后引度他归于正道，未为迟也。（下）

---

[1] 彀（gòu 音够）中：牢笼之中、圈套之中。彀，牢笼、圈套。

[2] 魔头：犹魔障。这里指妨碍、破坏、扰乱修道的对头。

［3］ 眨眼：原作“贬眼”，显误。依《酹江集》本改。

［4］ 迅指急景：意谓时光的急速流动有如弹指。迅指，迅速如弹指。景，日光，此指时光。

［5］ 转头浮世：意为人生消逝快如转头。浮世，浮生、人生。

［6］ 阆苑：神仙所居之地。

［7］ 瑶池：相传昆仑山上西王母所居之地。

［8］ 缴（jiǎo 音脚）：缠绕、扭转。

［9］ “想当日”二句：借用民间传说故事，喻任屠妻来寻任屠，徒劳无功。范杞良，民间传说中的人物。传说秦时范杞良娶孟姜女为妻，后范杞良被抓去修筑长城，死后尸骨筑于城墙中。孟姜女千里寻夫送寒衣，得知丈夫已死，放声痛哭于长城下，城墙崩倒。孟姜女滴血认骨，背负丈夫的骨殖（shi 音失轻声）而回。干，白白地。迤（tuō 音托）逗，意为引惹、拖累、连累。

［10］ 家缘家计：家产。

［11］ 善知识：佛教语，指了悟一切知识、高明出众的人。这里有知心、相知、好伴侣的意思。

［12］ 世：既然、已经。

［13］ 撒滞殢（tì 音替）：撒娇，撒赖。

［14］ 撅（juē 音噘）葱：由于葱易撅断，故宋元市语常以“撅葱”比喻物脆易折。在这里是任风子劝阻妻子自杀的话，意谓在菜园子里自杀，人像撅葱一样脆，救都来不及救。撅，折断。

［15］ 劈两分星：意为在称量上极认真，斤斤计较。两，重量单位，古时十六两为一斤。星，指秤杆上代表重量单位的星点。

［16］ 火院：火宅。梵语，佛教称尘世为火宅，以喻烦恼世界，谓痛苦的生活如在烈火中焚烧一样。

［17］ 张子房从赤松子修仙学道：张良跟从赤松子修仙学道的故事在宋元时很流行，明·洪楩（pián 音骈）《清平山堂话本》中的《张子房慕道记》便以这一传说为蓝本。张子房，即张良。赤松子，相传为神农时的雨师。

［18］ 倒（dào 音到）断：判断、决断。

［19］ 我就收了罢：意为我就娶了罢。

［20］《黄庭》：指《黄庭经》，又名《老子黄庭经》，为道家养身之书。成书年代大致介于东汉晚期到晋朝以前。内容包括《黄庭外景玉经》和《黄庭内景玉经》，两晋年间，新增《中景经》。由天师道魏华存自创门户而普传于世。该书为历代炼养家所重视，研习、缮写、注释者不乏其人。晋代书圣王羲之为道士书《黄庭经》换鹅之事，早已是广为流传的佳话。唐末五代的炼养家吕洞宾的《题宿州天庆观诗》云：“肘传丹篆千年术，口诵《黄庭》两卷经。”宋代诗人陆游喜好养生之术，他在《道室杂兴诗》中说：“白头始悟颐生妙，尽在《黄庭》

两卷经。”足见后世养生家对《黄庭经》的重视。

[21] 铺尺：铺衬。做补丁或做袼褙（gē bei 音哥贝轻声）的碎布。

[22] 泥手模：泥手印。

[23] 六合乾坤：指天地之间。乾坤为天地，六合，即天地四方。

[24] 香醪（láo 音劳）：美酒。醪，醇酒。唐·杜甫《崔驸马山亭宴集》诗：“清秋多宴会，终日困香醪。”

[25] 三般事：指色、酒、财三种事。

[26] 泛游槎（chá 音查）：泛浮槎。槎，用竹木编成的筏子。晋·张华《博物志》卷十载：“旧说云天河与海通。近世有人居海渚者，年年八月有浮槎去来，不失期。人有奇志，立飞阁于槎上，多赍粮，乘槎而去……去十余日，奄至一处，有城郭状，屋舍甚严。遥望宫中多织妇，见一丈夫牵牛渚次饮（yìn 音印）之。牵牛人乃惊曰：‘何由至此？’此人具说来意，并问此是何处，答曰：‘君还至蜀郡，访严君平则知之。’竟不上岸，因还如期。后至蜀，问君平，曰：‘某年月日有客星犯牵牛宿。’计年月，正是此人到天河时也。”文中用此神话故事，意谓要寻那浮游于天河浪上的筏子，脱离红尘，到天上去。

[27] 下烂斧柯仙棋：借用王质的故事以表达任屠脱离尘世修道成仙的决心。南朝梁·任昉《述异记》载：“……晋时王质伐木至，见童子数人棋而歌，质因听之。童子以一物与质，如枣核，质含之，不觉饥。俄顷，童子谓曰：‘何不去？’质起视，斧柯尽烂，既归，无复旧时人。”

[28] 《三弄》：古曲名。即《梅花三弄》。唐·李郢《赠羽林将军》诗：“惟有桓伊江上笛，卧吹《三弄》送残阳。”

[29] 春风玉一围：指女人美丽纤细的腰，且以腰指代身体。金·元好问〔鹧鸪天〕词：“何时重解香罗带，细看春风玉一围。”

[30] 打悲歌：做出极悲惨的样子。亦作“打悲科”“做悲科”。

[31] 绿豆皮儿姐姐疾忙退：意为姐姐快请退。“绿豆皮儿——青退”为宋元时歇后语，言绿豆脱皮青色褪去，“青褪”与“请退”谐音。

[32] “你个”句：意为你提也白提。无梁桶，没有提梁的桶。“无梁桶——休提”为宋元时歇后语。没有提梁的桶不能提，故曰休提。“休提”，谐音双关，亦为“不要提起”。枉了提，意为提了也白提，即说了也白说。

[33] 闲淘气：生闲气。

[34] 七代先灵：泛指历代祖先。七代，表示世代相传，延续七代。先灵，表示祖先的灵魂。

第四折

（正末上，云）自从跟着师父出家，在这菜园里打勤劳，修行办道，可早十年光景也。（唱）

【双调·新水令】我虽不曾倒骑鹤背上青霄，今日个任风子积功成道。编四围竹寨篱，盖一座草团瓢[1]。近着这野水溪桥，再不听红尘中是非闹。

【驻马听】散诞逍遥，虽不曾阆苑仙家采瑞草，又无甚忧愁烦恼，海山银阙赴蟠桃[2]。新种下黄花三径有谁浇，白云满地无人扫。人道我归去早，春花秋月何时了[3]。

（六贼上，云）奉师父法旨，魔障任屠，走一遭去。可早来到也。任屠，开门来！（正末唱）

【川拨棹】那里这般有贼盗，庵门前谁闹吵？俺这里松柏周遭，山川围着；疏竹潇潇，落叶飘飘。有人来到，言语低高，则道是鹤鸣九皋[4]。开开门观觑了，山庵中静悄悄。

（六贼云）任屠，我问你要些金珠财宝。（正末云）俺出家人那里得金珠财宝？（六贼云）兀的不是？（正末云）敢是俺师父的，你要，将去。（六贼云）我问你要那猿。（正末云）俺出家人那里得那猿来？（六贼云）兀的不是？（正末云）敢是俺师父的，你要，将去。（六贼云）我问你要那马。（正末云）我出家人那里得那马来？（六贼云）兀的不是？（正末云）敢是俺师父的，你要，将去。（唱）

【雁儿落】我只道人不知鬼不觉，却元来你空叫咱空闹。（带云）金珠财宝，都将的去，师父来问，我说些甚么？哥哥，你姓甚名谁？（六贼云）我名可名，无姓名。（正末唱）你道是名可名，无姓名？（带云）

俺出家的东西，你将的去。（唱）可正是道可道，非常道。

（六贼云）任屠，你怎生骂我？（做揪住科）（正末唱）

【得胜令】呀！走将来揪住吕公绦[5]。（六贼推倒正末科）（正末唱）哎哟，险跌破许由瓢[6]！鹤泣霜天表，猿啼夜月高，他将那骏马牵着。（带云）那马嘶喊咆哮，回头有顾主之心。（唱）可正是马有垂缰报[7]。（带云）稽首。（唱）把性命相饶，怎生教人无刎颈交[8]？

（六贼下）（俫儿上，云）自家是任屠的孩儿。十年前在菜园中摔杀了，我如今问他索命，走一遭去。任屠，开门来！（正末云）又是谁叫门？我开开这门。小哥哥做甚么？（俫云）我问你要件东西。（正末云）你要甚么那？（俫云）我要你那绦儿。（正末云）你将的去了，我可系甚么那？（俫云）你不与我，我就杀了你！（正末云）你要将的去。（俫云）我再问你要件东西。（正末云）你又要甚么那？（俫云）我要你那领袍。（正末云）你将的去了，我可穿甚么那？（俫云）你不与我，我就杀了你！（正末云）你要呵将的去。（俫云）我再问你要件东西。（正末云）你又要甚么那？（俫云）我问你要那颗头！（正末云）哥哥也，连着筋哩。哥哥也，我和你有甚么仇？（俫云）你记的十年前菜园中摔死了我？今日偿我命来，快将头来！（正末唱）

【川拨棹】吓的我五魂消，怎堤防笑里刀[9]。他待显耀雄豪，乱下风飑[10]。天也，我几时能勾金蝉脱壳[11]？可不道家有老敬老、有小敬小。

（俫云）将头来！（正末唱）

【七弟兄】我这里劝着、道着，他不睬分毫，别人的首级他强要。他小心儿不肯自量度，可不道“君子不夺人之好”[12]？

（倈云）将头来！（正末唱）

【梅花酒】你敢忍不的也，我敢显躁暴。我敢揝住你那头梢[13]，我敢烂腤腤[14]打碎你脑，我敢各支支[15]撅折你腰。（倈云）你撅波。（正末云）稽首。（唱）师父道且忍着。我又不曾宴蟠桃，又不曾炼丹药，不死呵几时了。

【收江南】呀，我则索咬着牙又吃你这杀人刀。（倈杀正末科）（下）（正末云）有杀人贼也！（丹阳上，云）任屠，你省也么？（正末唱）原来是马丹阳使的这圈套，险把个泼残生倾[16]在小儿曹。师父又撞着，我则索终朝每日打勤劳。

（丹阳云）任屠，你见了么？那六个人是你身边六贼，那小孩儿是你菜园中摔死的小的。今日见了酒色财气、人我是非，你今日功成行满。你听着：（诗云）为你有终始，救你无生死。贫道马丹阳，三度任风子。（众仙各执乐器迎科）（正末唱）

【尾】众神仙都来到，把任屠摄赴蓬莱岛[17]。今日个得道成仙，到大来无是无非快活到老。（并下）

题目　甘河镇一地断荤腥
正名　马丹阳三度任风子

---

［1］　草团瓢：圆形小草屋。清·龚贤《画诀》云："空者为亭，实者为团瓢。"

［2］　"海山"句：赴海山银阙中的蟠桃会。海山，海上仙山。银阙，指仙人所居住的宫殿。蟠桃，传说中的仙桃。这里指传说中西王母宴请众神仙的蟠桃盛会。

［3］　"春花"句：借用南唐·李煜〔虞美人〕词，意谓俗世烦恼无穷无尽。

［4］　鹤鸣九皋：语出《诗经·小雅·鹤鸣》："鹤鸣于九皋，声闻于野。"九皋，深远的水泽淤地。《诗》笺云："皋，泽中水溢出所为坎，自外数至九，喻深远也。"

［5］　吕公绦：谓道士的腰带。道士尊奉吕洞宾，故称其腰带为吕公绦。

［6］　许由瓢：传说许由隐于箕山时，有人送给他一个瓢舀水。任屠以隐者自居，故

如此戏称。

[7] 马有垂缰报：意指动物尚且懂得报恩于主人，人更应该懂得知恩图报。典出前秦王苻坚和慕容冲打仗，苻坚战败，逃走时滚落到山涧里爬不上来。他骑的那匹马就跪在涧边，让所系的缰绳垂下去，苻坚攀着缰绳爬了上来，得以脱难。

[8] 刎颈交：指友谊深挚、誓同生死共患难的至交。《史记·张耳陈馀传》："馀年少，父事张耳，两人相与为刎颈交。"

[9] 堤防笑里刀：堤防，同"提（dī 音低）防"。笑里刀，即"笑里藏刀"成语的紧缩。原作"笑中有刀"，语出《旧唐书·李义府传》。后多作"笑里藏刀"，比喻外表柔和温善，内心阴险恶毒。唐·白居易《不如来饮酒》诗七首之七："且灭嗔中火，休磨笑里刀。不如来饮酒，稳卧醉陶陶。"

[10] 飚（biāo 音彪）：暴风。今在气象学上指风向突然改变、风速急剧增大的天气现象。

[11] 金蝉脱壳（qiào 音俏）：本意是寒蝉在蜕变时，本体脱离皮壳而走，只留下蝉蜕还挂在枝头；后比喻制造或利用假象脱身，使对方不能及时发觉，或比喻事物发生根本性的变化。后人由此提炼出成语"金蝉脱壳"。

[12] 君子不夺人之好：意思是君子不侵夺别人所喜爱的东西。

[13] 头梢：头发。

[14] 臜臜（zān zān 音簪簪）：腌臜（ā za 音啊匝轻声）、脏、不干净。

[15] 各支支：咯吱吱。拟声词，这里是形容折物的声音。

[16] 倾：死亡、丧命。

[17] 蓬莱岛：又称海上"三神山"。神话传说渤海中有三座神山：蓬莱、瀛洲、方丈，为神仙居住的地方。自古便是帝王求仙访药之处。《史记·封禅书》记载："自威、宣、燕昭使人入海求蓬莱、方丈、瀛洲。此三神山者……诸仙人及不死之药皆在焉。"到了秦皇汉武时期，寻仙活动达到了鼎盛。秦始皇五次出巡，三次到过蓬莱。汉武帝八次东巡，七次到过蓬莱，其中第五次出巡时筑城并命名蓬莱。当时的徐福、韩终、卢生等入海采药，找寻"蓬莱仙人"，掀起了我国历史上著名的三次入海求仙寻丹的浪潮。

附：《元刊杂剧三十种》本

新刊关目　马丹阳三度任风子

第 一 折

（等众屠户上，一折下）（等马一折下）（正末扮屠家引旦上，坐定，开）自家姓任，任屠的便是。嫡亲三口儿，在这终南县居住。为我每日好吃那酒，人口顺都叫我任风子。颇有些家私，但见弟兄每生受的，我便借与他些钱物做本，并不要利息，因此上相识伴当每，能将我厮敬。今日是自家生日，小孩儿又是满月，怕有相识弟兄每来时，大嫂，筛着热酒咱，看有甚么人来。（外末上见住）（正末唱）

【仙吕·点绛唇】朋友相怜，弟兄错见，任屠面。今日非专，因贱降来宅院。

【混江龙】俺屠家开宴，端的肉如山岳酒如川。都是吾兄我弟，等辈齐肩。直吃得月上花梢休尽酒，风吹荷叶倒垂莲。我子见客围席上，酒到跟前，何曾侧厌，并不推言，接入手一盏盏干干咽。俺每说掂斤播两，拨万论千。

（云）将酒来。（外末云了）（正末唱）

【油葫芦】你显那查手风乔人酒量浅，吃不得往外瀽，不了的牛肉把指头填。恰便似饿狼般抢入肥猪圈，便一似乞儿闹了悲田院。吃得来眼又睁，气又喘。都是些猪脬脐狗奶子乔亲眷，摆坐满一圆圈。

【天下乐】我却甚画戟门开见醉仙？许大来家缘，不少吃共穿，得一个魔合罗般好儿天可怜。花谢了花再开，月缺了月再圆，人

老何曾再少年!

（外末云了）（正末云）大嫂，取些钱来，借与兄弟每。（旦云了）（正末唱）

【那吒令】非任屠自专，大河里有船；相知每共传，旱路上有田；婆娘家不贤，头直上有天。非是我自夸，伊亲眷，都是些做屠行院。

【鹊踏枝】一个道缺盘缠，这个道少人钱，他每鼓脑争头，赤手空拳。谢天地葫芦提过遣，稍有些水陆庄田。

（末云）兄弟每，常借与您钱物，你寻常少盘缠，为何？（唱）

【寄生草】道士每都修善，他每更不吃膻。先生每住满全真院，道士每闹了终南县，庄家每都看《神仙传》。到晚来姑姑每住满七真堂，没半年摇车儿摆满三清殿。

（等旦下）（正末云）似恁的呵！（唱）

【醉中天】都受了清净无为愿，觅不得温暖养家钱。百姓每都将画㨨悬，但吃酒先浇奠。（带云）有这的呵！（唱）不动刀砧半年，更撩丁不见，散甚娘利市神仙！

（等外末云了）（正末云）不争那厮化的俺一方人都吃素吵，俺屠家却吃甚么？（等外末云了）（正末云）你道我近不得他？来，咱白厮打，你赢的我，你便去；我赢的你，我便去。（做厮打科）（正末唱）

【金盏儿】这个拳来到眼根前，躲闪过把臂忙搧。这个滴溜班踅的似风车转，拳来躲过似放过一蚕椽。一个胸膛里着翻背，一个嘴缝上中直拳。一个早扑地腮揾土，一个亨地脚梢天。

（等外末云了）（正末云）兄弟放心，我杀那厮去！（唱）

【赚煞】我将这拍老牛力升腾，杀劣马心施展，提着这性命身轻体健。俺两个如还厮撞见，使不着巧语花言。（外末云了）（正末唱）他若是驾云轩，折末平地升仙，我将这摘胆剜心手段显。休道在玉皇殿前，直赶到月宫里面，把那厮似死羊般扯、扯、扯下九重天。

（下）（等外云了）

第二折

（等马上，坐定，云住）（正末扮刺客上，云）先生咱，子不我要杀你！趁着这一弄儿景，到来杀你呵！（唱）

【正宫·端正好】消酒力晚风凉，助杀气秋天暮，尚兀自身趔趄醉眼模糊。化的俺一方之地都餐素，显的出家儿无荣辱。

（等旦街上见正末，云了）（正末云）你来这里子末？（等旦云了）（正末唱）

【滚绣球】休怕畏，我也不恍惚，常言道避者不做。（旦云了）（正末云）你莫不养着那先生里么？（旦云了）（正末唱）你莫不共马丹阳绾角儿妻夫？一只手拿住系腰，一只手揝住道服。我却两只手轻举，的溜扑摔下阶除。咱是个敲牛宰马任风子。（带云）浑家放心。（唱）不带累你个抱侄携男鲁义姑。此语无虚。

（旦云了）（正末唱）

【倘秀才】你道苦劝着不听你个媳妇，常言道坏衣饭如杀父母。（等旦云了）（正末唱）自古道无毒不丈夫！亲生子，快啼哭，你与

我觑去。

（云）我去城外赶两个猪儿去。我那里杀人？你家去。（旦云了，下）（正末云）婆娘家到得那里，子三句言语，早走将回去。我那里赶猪？我一心待杀那厮去！（做转一遭科，云）兀底是那庵儿。闭着门子哩。我与你跳过墙去咱。（做攀望科）（等众叫稽首了）（正末做意儿下科，云）匹头里见一个先生，后地有五七百个小先生，都叫一声稽首。末不眼花？到这怕甚么？（跳墙科，唱）

【滚绣球】土砖墙腾的跳过来，转茅庵厌的行过去。褪身在背阴黑处，我子怕马丹阳先有埋伏。我则听得悄悄人说咱，元来是潇潇风弄竹，晃的这月华明闪云来云去，似人行竹影扶疏。为甚怕马丹阳刺客心头怕，杀劣马贼人胆底虚。使不着胆大心粗。

（云）先生呵！你……（唱）

【呆古朵】出家儿□□□□□□，□□□□，□□□□。怕妖精禁持，怕虎狼掩扑。怕妖精□□□，□□□□□□□。□□□□□□，也是道高龙虎伏。

（做见马科，云）我是一个屠家……杀你。（马云了）（正末云）道你是个神仙，你变些本相交我看，我便不杀你。（唱）

【倘秀才】你摄伏下北极真武，活请下东华帝主。我道来你是南方左道术，便有缩地法，混天图，与你快取。

（做杀科，做杀不的，三科，云）先生嘹，你今日不合死，明日我来杀你。（马云了）（正末云）你怎生杀的我？（等马呼神上）（神上）（正末见神，惊放）（唱）

【穷河西】观觑了悠悠五魂无，你个马丹阳师父元来有护身符。

跨鹤来怎生插翅羽，他把我当拦住。（等神喝住）（正末唱）叫一声如何敢过去！

（等神责了，下）（正末做猛省科，云）任屠！兀自不省哩！跟师父出家去！（做来见马科，云）稽首！弟子省也！待跟师父出家去！（马云了）（正末云）弟子做得！（唱）

【叨叨令】师父道神仙子许神仙做，凡人只寻凡人去。（马云了）（正末唱）俺爷娘枉受爷娘苦，儿孙自有儿孙福。弟子省得也末哥，省得也末哥，谢师父指引上天堂路。

（马云了）（正末唱）

【三煞】从今后栽五株绿柳侵蓬户，种三径黄花近草庐。学师父伏虎降龙，跨鹤乘凤，再不去宰马敲牛，杀狗屠猪。我心中不恍惚，有甚工夫，恶紫夺朱。虽然我愚鲁，看小里看文书。

【二煞】高山流水知音许，枯木苍烟入画图。我待学列子乘风，子房达道，陶令休官，范蠡归湖。搭救了蠢蠢之物、泛泛之材、落落之徒。撇下了砧刀活计，待请佃你个药葫芦。

【煞尾】每日为屠猪杀狗生涯苦，都不想玉兔金乌死限拘。从今后兴无量，乐有余，朱顶鹤，献花鹿，唳月猿，啸风虎，云满窗，月满户，花满阶，酒满壶，风满帘，香满垆。看读先王孔圣书，习学清虚庄列术。闭口藏舌有若无，饮气吞声实若虚。苫眼铺眉恰似愚，缩项潜身子装古。滚滚韶华隙内驹，急急光阴风内烛。姹女婴儿自此伏，玉锁金枷已得疏。千丈风波再不图，一厦茅庵足可居。麋鹿獐犯放岩谷，狗彘鸡豚绕园圃。茶药琴棋尽得数，春夏秋冬总不负。春天园中赏花木，夏日山间避炎暑。秋月篱边玩松菊，冬雪岩前看梅竹。白叟黄童作宾主，皓月清风为伴

侣。流水高山是琴谱，古木苍松作画图。壶里乾坤不可拘，风内蓝袍自在舞。酒又不饮色又无，财又不贪气又除。酒误沙陀裂飞虎，色迷金陵陈后主，财下荥阳范亚父，气逼乌江楚项羽。人我乡中尽不许，名利场中都间阻。淘净沟渠洗衣服，锄了田园种菜蔬。准备麻绳绞辘轳，收拾荆筐担粪土。先做庄家后做屠，师父呵，更怕我打不的勤劳受不的苦！

（下）（等马云了）

第三折

（外末、旦上，云了）（等马上坐定，云了）（正末挑担扮先生上，云）嗨，任屠，若不是师父点觉了吵，倒大来快活！

【中吕·粉蝶儿】每日价园内修持。（带云）猜着我师父的意，（唱）先交我栽排下久长活计。若不是参透玄机，利名场，风波海虚耽一世。虽然吃淡饭黄齑，淡则淡淡中有味。

【醉春风】闲时节与师父石鼎内煮茶芽，更去瓦瓶添净水。一声鸡唱五更钟，（带云）师父叫一声："任风子！"（唱）我又索起，起。识破这转眼韶华，迅指光景，转头时世。

（等旦、外末上，云）（正末不睬旦科，唱）

【红绣鞋】自撇下酒色财气，谁曾离茶药琴棋。子规声里犹道"不如归"。（旦云了）（正末唱）又不曾游阆苑，又不曾赴瑶池，止不过在终南山色里。

（旦云了）（正末唱）

【石榴花】我把辘轳绳直绞到众星稀，我却甚爱月夜眠迟！春里夏里秋里冬里受驱驰，休想我后悔，又无人把我快及。（等旦云了）（正末唱）婆娘家子管里夸贤惠，有甚早行不的这些田地。范杞良北筑在长城内，迤逗的个孟姜女送寒衣。

（等旦云了）（正末唱）

【斗鹌鹑】大古里万水千山，卖弄你三从四德。（旦云了）（正末打旦科，唱）我漾起拳头，（等旦云了）（正末唱）他揣与我个面皮。休，休，休！今世里饶人不是痴。咱两个善厮离，我来到林下山间，再谁想星前月底。

（等旦讨休书科）（正末云）他问我要休书，我问师父咱：与的是，不与的是？（做见马科，云）有任嫂儿问徒弟要休书，与的是，不与的是？（等马云了）（正末做自退云）师父道："与和不与，不由你那！"（唱）

【普天乐】阐阓出虎狼丛，拜辞了鸳鸯会。这的中做布碾，好做铺持。急切里无片纸，将这的铺在田地，就着这水渠中，插手在青泥内，与你个泥手模便当休离。我和你恩断义绝，花残月缺，再谁恋锦被罗帏。

（等旦云了）（正末唱）

【上小楼】你道是夫唱妇随，夫荣妻贵。早起晚夕，摘菜挑荠，打水浇畦。（等旦云了）（正末唱）你向这里撒滞殢，休寻自缢，菜园中撅葱人脆。

（外末云了）（正末唱）

【幺篇】兄弟！今日你劝我，我笑你：昧己瞒心，擘两分星，细

切薄批。你道这几日，做屠的亏折本利，到今日管它甚猪贱羊贵。

（外末挑担说重，云了）（正末唱）

【满庭芳】这担轻如你底。你道我担荆筐受苦，强如你担火院便宜。两头来往搬兴废，休想我担是担非。（等外末云了）（正末唱）虽不如张子房休官罢职，（外末云了）（正末唱）我待学陶渊明“归去来兮”。咱休罪，今朝厮离。（等旦云了）（正末唱）由你做张郎妇李郎妻。

【耍孩儿】想人生六合乾坤内，活到七十都能有几？人身幻化比芳菲，人愁老花怕春归。人贫人富无多限，花落花开能有几？咱想着人子有三寸元阳气，贯串着凡胎浊骨，使作那肉眼愚眉。

（旦云了）（正末唱）

【六煞】第一来将女色再不亲，第二来把香醪再不吃，堆金积玉成何济！人生一世心都爱，谁为三般事不迷？跳出红尘内，寻泛锦槎天浪，烂斧柯仙棋。

（旦云了）（正末唱）

【五煞】我子待玄鹤出入随，谁想香腮左右偎。你那绣衾不耐如黄绸被。我待学弹夜月琴三弄，谁待细看春风玉一围。我无福共你谐连理，你爱的是百年姻眷，我怕的是六道轮回。

（旦云了）（正末唱）

【四煞】这菜园枯有似我，花枝残恰似你。咱两个花残菜老成何济。残花不可重簪带，淹菜那能再入畦？（等旦云了）（正末唱）学老圃寻归计，但浇得菜蔬清秀，问甚么“沧浪之水浊兮”！

（等旦云了）（正末唱）

【三煞】一投匆匆月出东，却早厌厌日落西，秋鸿春燕相催逼，玉天仙妻子权休罪。（等旦与倈儿云了）（正末做倈儿摔死，唱）魔合罗孩儿谁是谁？（等旦悲云了）（正末唱）我见他揾不迭腮边泪。问甚么水胡花性命，爱惜你花朵儿身起。

（等旦云了）（正末唱）

【二煞】折末你叫丫丫叫到明，哭啼啼哭到黑。一任你打悲呵休想我还俗意。（旦云了）（正末唱）绿豆皮姐姐疾忙退，（等外末、旦云了）（正末唱）没梁斗哥哥你枉了提！子管里闲咷气。折末絮得你口困，休想劝的我心回。

（旦云了）（正末唱）

【收尾】由你死共死、活后活，我二则二、一则一。你道是娇妻幼子和兄弟，我跳出七代先灵，稽首，也劝不的！

（下）（等旦共外末都云了，下）（等马云了，下）

第四折

（正末上，云）若不是师父点觉吵，怎能够如此快活呵！（唱）

【双调·新水令】虽不曾倒骑箕尾上青霄，子为人叫任风子今日积功成道。编四围竹寨篱，盖一座草团瓢。枕着野水横桥，不听的红尘内是非闹。

【驻马听】散诞逍遥，又不曾阆苑仙家采瑞草；又无甚忧愁烦

恼，海山银阙赴蟠桃。新种下黄花三径有谁浇，白云满地无人扫。人道我归去早，春花秋月何时了？

（六贼上云了）（正末唱）

【川拨棹】那里这般有贼盗？这庵门前是谁吵闹？俺这里山水周遭，松柏围着，疏竹潇潇，落叶飘飘。有人来到，言语低高，我则道是鹤鸣九皋，开开门观觑了，山庵人静悄。

【雁儿落】人不知，鬼不觉。马也，你空叫，咱空闹。你道是名可名，无姓名；正是道可道，非常道。

【得胜令】呀！走将来揪住我这吕公绦，哎哟！险跌破我这许由瓢。鹤唳松风顶，猿啼夜月高。他将骏马牵着，苦也，这正是马有垂缰报。稽首！把性命耽饶，休也，却人无刎颈交。

（六贼下）（小邦上，云了）（正末唱）

【川拨棹】諕的我来五魂消，怎堤防这笑里刀！他待要显耀英豪，乱下风雹。天那！我几时能勾金蝉脱壳？可不道家有老敬老，家有小敬小！

【七弟兄】我这里劝着，道着，他那里不睬分毫，别人的首级他强要。则你那小心儿里不肯自量度，休也，可不道君子不夺人之好。

【梅花酒】你若将我恼犯了，我敢揝住你那头梢；膀转身摇，腾的漾过你那花梢。我敢腌臜臜打碎你脑，我敢各支支撅折你腰。稽首！师父道，且忍着。又不会赴蟠桃，又不会上青霄，不死去几时了。□□了便舒眉。

（做跪下科，唱）

【收江南】来、来、来，咬着牙吃你杀人刀！（等小邦杀了，下）（正末扯住，喝云）有杀人贼！（马云了）（正末见马，惊唱）元来马丹阳又使这圈套，把残生弃与小儿曹。师父又撞着，我索区区每日打勤劳。（下）

题目　为神仙休了脚头妻　菜园中摔杀亲儿死
正名　王祖师双赴玉虚宫　马丹阳三度任风子

残剧

刘阮误入桃源洞

《刘阮误入桃源洞》简称《误入桃源》。此残剧仅《太和正音谱》和《北词广正谱》收录，《太和正音谱》著录作《误入桃源》。天一阁本《录鬼簿》、曹本《录鬼簿》著录作《刘阮误入桃源洞》。孟本《录鬼簿》著录作《桃源洞》。刘晨、阮肇采药误入桃源的故事，南朝宋·刘义庆《幽明录》、南朝梁·吴均《续齐谐记》和北宋·李昉《太平广记·天台二女》等均有记载。

《幽明录》所载此故事发生于汉明帝永平五年（62年），述刘晨、阮肇共入天台山采药，迷不得返，遇仙女欣然相留，经半年，女遂相送，指示归路，乃得还乡。乡邑零落，无复相识，细询之，已越七世。除马致远《刘阮误入桃源洞》外，元杂剧以此故事为题材者还有王子一《刘晨阮肇误入桃源》等。

第四折

【双调·收尾】筵前一派仙音动，摆列着玉女金童[1]；脱离了尘缘凡想赴瑶宫[2]，谁想采药天台遇仙种[3]！

---

[1] 玉女金童：道教语，指侍奉仙人的童男童女。后泛指天真活泼的男女儿童。

[2] 瑶宫：传说中的仙宫，用美玉砌成。

[3] 采药天台遇仙种：指刘阮天台山遇仙事。汉明帝永平五年（62年），剡（shàn音善）县有采药人刘晨、阮肇结伴到天台山采药，迷不得返，遇见两个女子，在山中住了两年后，在女子的指点下返回家乡，家园屋舍不见踪影。四处打听，竟然找到了自己的七世孙。晋太元八年（383年），刘晨、阮肇返回天台山，四处寻觅，已不见先前去处。天台，即天台山，位于浙江省中东部，地处宁波、绍兴、金华、温州四市的交界地带，素以“佛宗道源，山水神秀”享誉海内外。

佚目

风雪骑驴孟浩然

《风雪骑驴孟浩然》写我国唐代著名诗人孟浩然事。天一阁本《录鬼簿》、《说集》本《录鬼簿》、孟本《录鬼簿》著录作《孟浩然》，曹本《录鬼簿》及《今乐考证》《曲录》著录作《风雪骑驴孟浩然》，《太和正音谱》《元曲选目》未著录。

冻吟诗踏雪寻梅

《冻吟诗踏雪寻梅》写唐代著名诗人李白、罗隐、孟浩然饮酒于长安酒肆。后来，李、罗、孟三人又至灞陵桥饮酒。孟浩然踏雪寻梅，返与诸诗友赋诗。后得李白举荐，孟浩然官授翰林学士。明·朱有燉（dùn 音顿）有同名杂剧《风雪骑驴孟浩然》。马致远此剧关目或与朱氏之剧相近。天一阁本《录鬼簿》题目《春献赋攀蟾宫桂》，正名《冻吟诗踏雪寻梅》。《说集》本《录鬼簿》、孟本《录鬼簿》、《太和正音谱》、《元曲选目》、《曲海总目提要》简名《踏雪寻梅》。曹本《录鬼簿》著录作《冻吟诗踏雪寻梅》。

大人先生酒德颂

《大人先生酒德颂》天一阁本《录鬼簿》著录作《刘伯伦酒德颂》。曹本《录鬼簿》及《今乐考证》《曲录》著录作《大人先生酒德颂》。《太和正音谱》《元曲选目》著录作《酒德颂》。《说集》本《录鬼簿》、孟本《录鬼簿》未著录。

吕太后人彘戚夫人

《吕太后人彘戚夫人》写吕后毒害戚夫人事。《说集》本《录鬼簿》、孟本《录鬼簿》及《太和正音谱》《元曲选目》著录作《戚夫人》。天一阁本《录鬼簿》、曹本《录鬼簿》及《今乐考证》《曲录》著录作《吕太后人彘戚夫人》。

王祖师三度马丹阳

《王祖师三度马丹阳》写全真教“五祖”之一的王重阳说服宁海州大富翁马从义皈依全真教事。曹本《录鬼簿》及《曲录》著录作《王祖师三度马丹阳》。天一阁本《录鬼簿》、《说集》本《录鬼簿》、孟本《录鬼簿》、《元曲选目》未著录。但天一阁本《录鬼簿》有《马丹阳三度任风子》,《说集》本、孟称舜本《录鬼簿》有《马丹阳》。

孟朝云风雪岁寒亭

《孟朝云风雪岁寒亭》内容不详。天一阁本《录鬼簿》、《说集》本《录鬼簿》、孟本《录鬼簿》及《太和正音谱》《元曲选目》著录作《岁寒亭》。曹本《录鬼簿》、《今乐考证》及《曲录》著录作《孟朝云风雪岁寒亭》。

吕蒙正风雪斋后钟

《吕蒙正风雪斋后钟》写吕蒙正于寺斋钟响时讨饭，为群僧所厌，改为斋后敲钟事。此事《唐摭言》记事主为王播，此剧移名于吕蒙正。天一阁本《录鬼簿》题目《寇莱公主案三考卷》，正名《吕蒙正风雪斋后钟》。《说集》本《录鬼簿》、孟本《录鬼簿》、《太和正音谱》、《元曲选目》著录作《斋后钟》。曹本《录鬼簿》著录作《吕蒙正风雪饭后钟》。《今乐考证》《曲录》著录作《吕蒙正风雪斋后钟》。

散曲

小令

【中吕】喜春来

六 艺[1]

礼

夙兴夜寐[2]尊师行，动止浑绝[3]浮浪名[4]，身潜诗礼且陶情。柳溪中，人世小蓬瀛[5]。

乐

宫商律吕[6]随时奏，散虑焚香理素琴[7]，人和神悦在佳音。不关心，玉漏滴残淋。

射

古来射席观其德[8]，今向樽前自乐心，醉横壶矢[9]卧蓑阴。且闲身，醒踏月明吟。

御

昔驰铁骑经燕赵[10]，往复奔腾稳似船，今朝两鬓已成斑[11]。机自参[12]，牛背得身安。

书[13]

笔尖落纸生云雾，扫出龙蛇[14]惊四筵，蛮书[15]写毕动君颜。酒中仙，一恁醉长安[16]。

数[17]

盈虚妙自胸中蓄[18]，万事幽传一掌间[19]，不如长醉酒垆[20]边。是非潜，终日乐尧年[21]。

---

[1] 六艺：此小令著录于《雍熙乐府》一九。六艺，指礼（礼仪）、乐（音乐）、射（射箭）、御（驾车）、书（识字）、数（计算）六种科目。《周礼·地官·保氏》："保氏谏王恶，而养国子以道。乃教之六艺：一曰五礼，二曰六乐，三曰五射，四曰五驭，五曰六书，六曰九数。"

[2] 夙兴夜寐：早起晚睡，形容勤劳。夙，早。兴，起、起来。寐，睡。语出《诗经·卫风·氓》："夙兴夜寐，靡有朝矣。"

[3] 浑绝：简直。浑，直也。

[4] 浪名：空名。浪，犹言"空"。北魏·贾思勰《齐民要术·种瓜》："无歧而花者，皆是浪花，终无瓜矣。"

[5] 蓬瀛：《史记·秦始皇本纪》云："齐人徐市等上书，言海中有三神山，名曰蓬莱、方丈、瀛洲，仙人居之。"亦泛指仙境。

[6] 宫商律吕：指古音律。《汉书·律历志上》："声者，宫商角（jué 音决）徵（zhǐ 音止）羽也。"又曰："五声本生于黄钟之律……阳律为律，阴律为吕。"宫商，五音中的宫、商二音，引申为音乐、音律。律吕，中国古代将一个八度分为十二个不完全相等的半音，从低到高依次排列，每个半音称为一律，其中奇数各律叫作"律"，偶数各律叫作"吕"，总称"六律""六吕"，简称"律吕"。相传黄帝时伶伦制乐，用律吕以调阴阳。

[7] 理素琴：弹奏不加装饰的琴。《晋书·陶潜传》："性不解音，而畜（同'蓄'）素琴一张。"

[8] "古来"句：据《礼记·射义》："古者诸侯之射也，必先行燕礼；卿大夫、士之射也，必先行乡饮酒礼。故燕礼者，所以明君臣之义也；乡饮酒之礼者，所以明长幼之序也。故射者，进退周还（xuán 音玄）必中礼，内志正，外体直，然后持弓矢审固。持弓矢审固，然后可以言中，此可以观德行矣。"

[9] 壶矢：壶与矢为投壶用具，称投壶。《礼记·投壶》云："投壶之礼。主人奉矢，

司射奉中，使人执壶。主人请曰：‘某有枉矢哨壶，请以乐宾。’”

[10] 燕赵：战国时期北方的两个大国。燕，在今河北北部、辽宁南部；赵，在今山西北部和中部、河北西部和南部。此处主要指河北一带。

[11] 斑：花白。

[12] 机自参：人生的奥秘都已悟透。参，悟，佛教指参禅悟道，泛指领悟道理、意义等。

[13] 书：指六书，即象形、指事、会意、形声、假借、转注等。

[14] 龙蛇：此谓草书笔势之蜿蜒曲折。唐·李白《草书歌行》：“恍恍如闻神鬼惊，时时只见龙蛇走。”

[15] 蛮书：亦称和蕃书、答蕃书、吓蛮书。宋·王楙（mào 音冒）《野客丛书·李白》载：“范传正《新墓碑》曰：‘天宝初，召见于金銮殿，论当世务，草《答蕃书》。玄宗喜之，遂直翰林，专掌密令，将处司言之任。’”此处借以称赞书法之气势，似李白所草《和蕃书》那样使君主动容。

[16] “酒中仙”二句：此处化用唐·杜甫《饮中八仙歌》诗句：“李白一斗诗百篇，长安市上酒家眠，天子呼来不上船，自称臣是酒中仙。”诗句写李白狂放不羁的性格。酒中仙，指李白，亦用为嗜酒的典故。一恁，一味如此。

[17] 数：《周礼》称有九数，即方田、粟米、差分、少广、商功，均输、方程、赢不足、旁要等。

[18] “盈虚”句：意谓盈虚增亏的奥妙自在胸中蓄藏。盈虚，有“事物的发展变化”义。盈，充满。虚，虚空。用“盈满”和“虚空”两种状态来比喻世间万物的发展变化。“盈虚”所指范围广泛，意义更为抽象。《庄子·秋水》：“察乎盈虚，故得而不喜，失而不忧。”

[19] “万事”句：意谓万事幽深的道理都掌握在我的手掌之中。传，记。

[20] 酒垆：酒店里安放酒瓮的土台子。

[21] 尧年：传说尧时天下太平，因以尧年比喻平安的、无忧无虑的日子。《陈书·沈不害传》云：“盛德大业，遂蕴尧年。”

【仙吕】青哥儿

十二月[1]

正月

春城春宵无价，照星桥火树银花[2]。妙舞清歌最[3]是他，翡翠

坡前那人家，鳌山下[4]。

二 月

前村梅花开尽，看东风桃李争春[5]。宝马香车陌上尘[6]，两两三三见游人，清明近。

三 月

风流城南修禊[7]，曲江头丽人天气[8]。红雪[9]飘香翠雾迷，御柳[10]宫花几曾知，春归未。

四 月

东风园林昨暮，被啼莺唤将春去。煮酒青梅尽醉渠，留下西楼美人图[11]，闲情赋[12]。

五 月[13]

榴花葵花争笑，先生醉读《离骚》[14]。卧看风檐燕垒巢，忽听得江津[15]戏兰桡[16]，船儿闹。

六 月

冰壶[17]瑶台[18]天远，逃炎蒸[19]莫要逃禅[20]。约下新秋数日前，闲与仙人醉秋莲，凌波殿[21]。

七 月

梧桐初凋金井[22]，月纤妍人自娉婷。独对青娥[23]翠画屏，闲只管银河问双星[24]，无蹊径。

八 月

铜壶半分更漏[25]，散秋香桂娥将就[26]。天远云归月满楼，这清兴谁教庾江州[27]，能消受[28]。

九 月

前年维舟寒濑，对篷窗丛菊花开[29]。陈迹犹存戏马台[30]，说道丹阳寄奴[31]来，愁无奈。

十 月

玄冥[32]偷传春信[33]，只多为腊蕊冰痕[34]。山远楼高雪意新，锦帐佳人会温存，添风韵。

十 一 月

当年东君[35]生意[36]，在重泉[37]一阳[38]机会[39]。与物无心[40]总不知，律管儿女漫吹灰[41]，闲游戏。

十 二 月

隆冬寒严时节，岁功[42]来待将迁谢[43]。爱惜梅花积下雪，分付与东君略添些[44]，丰年也。

---

[1] 十二月:《梨园乐府》下，载此十二首，未注撰人。《太和正音谱》《北词广正谱》仅收《正月》一首，注明马致远小令。《九宫大成》五、《元明小令钞》从之。隋树森编《全元散曲》云:“如《正音谱》所注不误，则以下十一首皆应属东篱（马致远字）。兹全辑之。”这十二首吟咏岁时的组曲，反映了马致远早期的生活实况及其虽有牢骚但不避世的人生态度，显示了其热爱生活、陶醉自然的旷达胸襟和丰富志趣。各首曲词所咏的对象、主旨和手法虽不相同，语言风格亦有平淡、清丽、高雅、豪放之差异，但能从各个侧面、各个角度体现出马致远当时的思想性格和艺术特征。可以说，其中的每一首都是别具一格、自有特色的短篇抒情诗。

[2] “春城”二句：首句化用宋·苏轼《春宵》中“春宵一刻值千金”句意；第二句借用了唐·苏味道《正月十五夜》“火树银花合，星桥铁锁开”诗句，以形容正月里夜晚灯光灿烂。星桥，实即星河，也就是银河。火树银花，形容元宵佳节式样繁多、光华灿烂的灯火与天上的银河交相辉映。

[3] 最：正、恰。

[4] “翡翠坡”二句：写百艺群工竞呈奇技的大露台，在鳌山之下，翡翠坡前。翡翠，美玉，也称硬玉，以全为碧绿而透明者最为珍贵。翡翠坡是形容饰以翡翠、形如山坡的灯群。鳌山，古代传说海上有巨龟背负神山，后世每逢灯节即模仿其形，将许多彩灯扎架而起，供人观赏，谓之鳌山。宋·周密《乾淳岁时记·元夕》宣德门观鳌山：“山灯凡数千百种，极其新巧，怪怪奇奇，无所不有……”元时灯节也起鳌山、张华灯，热闹非凡。

[5] 桃李争春：桃花和李花在春天竞相开放，形容春光艳丽。唐·戎昱《红槿（jǐn音紧）花》：“花是深红叶曲尘，不将桃李共争春。”

[6] “宝马”句：形容仕女乘马坐车尘土飞扬的游春情景。唐·沈佺期《上巳日祓禊（fú xì 音福细）渭滨应制》：“宝马香车清渭滨，红桃碧柳禊堂春。”

[7] 修禊：古代民俗，在农历三月上旬的巳日（三国魏以后定为三月初三）到水边嬉游，以祓除不祥，谓“修禊”。汉·应劭《风俗通》卷八：“禊者，洁也。春者，蠢也，蠢蠢摇动也。尚书‘以殷仲春，厥民析’，言人解疗生疾之时，故于水上衅洁之也。”

[8] “曲江头”句：化用唐·杜甫《丽人行》中“三月三日天气新，长安水边多丽人”诗意。曲江头，即“长安水边”。

[9] 红雪：桃花。泛指红色的花。《湖壖（ruán音软阳平，城郭旁、宫殿庙宇外或河边的空地）杂记》：“河渚芦花名曰秋雪，西溪之梅名曰香雪，则皋亭之桃亦可名曰红雪矣。”

[10] 御柳：宫禁中的柳树。唐·曹松《长安春日》诗：“御柳舞着水，野莺啼破春。”

[11] “煮酒”二句：化用宋·苏轼《赠岭上梅》“不趁青梅尝煮酒”句及“西楼美人春睡浓，绣帘斜卷千条入”句，见宋·赵令畤（zhì音至）《侯鲭（zhēng音征）录》卷二引苏轼语。煮酒青梅，古代一种煮酒法。渠，他。

[12] 闲情赋：东晋·陶渊明有《闲情赋序》云：“初张衡作《定情赋》，蔡邕作《静情赋》，检逸辞而宗淡泊，始则荡以思虑，而终归闲正，将以抑流宕之邪心，谅有助于讽谏，缀文之士，奕代继作，并因触类广其辞义。”这里是说赋写闲情逸致。

[13] 五月：此曲咏民俗五月悼念屈原事。晋·宗懔《荆楚岁时记》云：“五月五日……竞渡采杂药。按，五月五日竞渡，俗为屈原投汨罗江日，伤其死，故并命舟楫以拯之。舸舟取其轻利……州将及士人，悉临水而观之。”

[14]《离骚》：指战国楚·屈原的代表作《离骚》。《史记·屈原列传》载：“疾王听之不聪也，谗谄之蔽明也，邪曲之害公也，方正之不容也，故忧愁幽思而作《离骚》。”

[15] 江津：江畔渡口。

[16] 戏兰桡：划动木兰做成的船桨嬉戏，犹如现代所说的“耍龙舟”。

[17] 冰壶：本意指玉制的壶形佩饰，在不同的语境中有不同的隐喻意义：用玉石制

成的壶比喻高洁；冰壶比喻人的清廉正直；用冰壶喻明月。南朝宋·鲍照《代白头吟》:“直如朱丝绳，清如玉壶冰。”此取其冰凉之意。

[18] 瑶台：美玉砌的楼台。亦泛指雕饰华丽的楼台。语本《离骚》“望瑶台之偃蹇兮”，后常用以指仙境。

[19] 炎蒸：炎暑的熏蒸。

[20] 逃禅：逃出禅戒。唐·杜甫《饮中八仙歌》:“苏晋长斋绣佛前，醉中往往爱逃禅。”仇兆鳌注：“逃禅，犹云逃墨逃杨，是逃而出，非逃而入。”《杜臆》云：“醉酒而悖其教，故曰逃禅。”

[21] 凌波殿：传说唐玄宗曾梦见凌波池龙女，并为她翻新曲作《凌波曲》，于凌波宫临池奏之，且于池上置庙，每岁命祀之（见宋·乐史《杨太真外传》）。此喻指消夏赏花之地。

[22] 金井：指施有雕栏的井。此句化用唐·王昌龄《长信秋词》“金井梧桐秋叶黄”句。

[23] 青娥：指少女，喻月宫嫦娥。南朝梁·江淹《水上神女赋》有“青娥羞艳，素女惭光”之句。

[24] 双星：谓牵牛、织女二星。

[25] “铜壶”句：意谓时间已到半夜。铜壶，谓古时盛水滴漏计时之铜壶。晋·司马彪《续汉书·律历志》曰:“孔壶为漏，浮箭为刻，下漏数刻以考中星昏明生焉。”

[26] 桂娥将就：月中嫦娥将到。神话说月中有桂树和嫦娥，故称其为“桂娥”。

[27] 庾江州：指庾亮。南朝宋·刘义庆《世说新语·容止》:“庾太尉在武昌，秋夜气佳景清。佐吏殷浩、王胡之之徒登南楼，理咏音调始遒，闻函道中有屐声甚厉，定是庾公。俄而，率左右十许人步来，诸贤欲起避之。公徐云：‘诸君少住，老子于此处兴复不浅。’因便据胡床与诸人咏谑，竟坐甚得任乐。”

[28] 消受：享受、受用。

[29] “前年”二句：化用唐·杜甫《秋兴》诗句：“丛菊两开他日泪，孤舟一系故园心。”维舟寒濑，系船于寒凉的湍急水流中。濑，急流、水湍儿。水激石间则怒成湍，即“濑”。

[30] 戏马台：古迹名。《宋书·孔季恭传》云：“孔靖字季恭，会稽山阴人也。……辞事东归，高祖饯之戏马台，百僚咸赋诗以述其美。”《太平寰宇记》卷二十五云：“河南道徐州彭城县：古之大彭国地。……戏马台在县南三里，项羽筑戏马台于此。”

[31] 丹阳寄奴：指南朝宋武帝刘裕。《南史·宋本纪》载：“宋高祖武皇帝讳裕，字德舆，小名寄奴，彭城县绥舆里人……刘氏移居晋陵丹徒之京口里。”唐天宝年间以京口为丹阳郡。《太平寰宇记·润州》卷八十九：“丹阳郡，今理丹徒县。”

[32] 玄冥：少皞氏之子，古时指水神或雨师。《礼记·月令》称："孟冬之月……其神玄冥。"

[33] 春信：春天的信息。

[34] 腊蕊冰痕：岁末之花，冰冻之迹。

[35] 东君：司春之神。唐·成彦雄《柳枝辞》："东君爱惜与先春，草泽无人处也新。"

[36] 生意：富有生命力的气象。

[37] 重泉：地下的深泉。《淮南子·齐俗训》云："积水重泉，鼋鼍（yuán tuó 音元驼）之所便也。"

[38] 一阳：阳气初生，指农历十一月。《易·复》孔颖达疏："冬至一阳生，是阳动而阴复于静也。"

[39] 机会：此指与"一阳"变化的迹象相遇。机，征兆。

[40] 与物无心：事出自然。无心，没有成心、初本无意。《庄子·天地》云："记曰：'通于一而万事毕，无心得而鬼神服。'……故其与万物接也，至无而供其求。"《列子·黄帝》篇："海上之人有好沤（ōu 音欧）鸟者，每旦之海上，从沤鸟游。沤岛之至者百住而不止。其父曰：'吾闻沤鸟皆从汝游，汝取来吾玩之。'明日之海上，沤鸟舞而不下者也。"即衍此义。

[41] 律管吹灰：古代以律管置葭莩（jiā fú 音家扶）灰考节候。司马彪《续汉书·律历志》云："阴阳和则景至，律气应则灰除。是故天子常以日冬夏至，御前殿，合八能之士，陈八音，听乐均，度晷景，候钟律，权土灰，放阴阳。冬至阳气应则乐均清，景长极，黄钟通，土灰轻而衡仰；夏至阴气应则乐均浊，景短极，蕤（ruí 音瑞阳平）宾通，土灰重而衡低。"唐·杜甫《小至》诗云："刺绣五纹添弱线，吹葭六琯（guǎn 音管）动浮灰。"

[42] 岁功：一年农事的收获。东晋·陶渊明《癸卯岁始春怀古田舍》云："虽未量岁功，即事多所欣。"

[43] 迁谢：谓送旧年、迎新年。《荆楚岁时记》云："岁暮，家家具肴蔌（sù 音肃）诣宿岁之位，以迎新年。相聚酣饮，留宿岁饭，至新年十二日则弃之街衢，以为去故纳新也。"

[44] 略添些：再增多些雪，含有瑞雪兆丰年之意。

【南吕】金字经[1]

絮飞飘白雪[2]，鲊香荷叶风[3]，且向江头作钓翁。穷[4]，男儿未济中[5]，风波梦[6]，一场幻化[7]中。

担头担明月，斧磨石上苔，且做樵夫隐去来[8]。柴，买臣[9]安在哉？空岩外，老了栋梁材。

夜来[10]西风里，九天[11]雕鹗[12]飞，困煞[13]中原[14]一布衣。悲，故人知未知？登楼意[15]，恨无上天梯！

---

[1] 【南吕】金字经：【南吕】，宫调名。【南吕宫】为十二宫调之一。〔金字经〕，曲牌名。全称〔西番金字经〕，又名〔西番经〕〔阅金经〕，《元史·礼乐志》记载："说法队……次七队，乐工十有六人，冠五福冠，服锦绣衣，龙笛六，觱栗六，杖鼓四，与前大乐合奏〔金字西番经〕之曲。"属【南吕宫】，亦可入【双调】，套数、小令兼用。七句七韵：五、五、七、一、五、三、五。该曲写马致远怀才不遇、壮志难酬的心情。【南吕·金字经】三首见《中原音韵》。此三首载《阳春白雪》后集一、《梨园乐府》下、《乐府群珠》二、《雍熙乐府》一九。《梨园乐府》此三首失注撰人，与吴仁卿及无名氏《金字经》杂列，吴曲亦不注撰人，题作〔西番经〕，《雍熙乐府》则并于吴仁卿〔金字经〕之后。《阳春白雪》《梨园乐府》《雍熙乐府》皆不注题目，此据《乐府群珠》。

[2] 絮飞飘白雪：形容白雪纷飞。南朝宋·刘义庆《世说新语·言语》："谢太傅寒雪日内集，与儿女讲论文义。俄而雪骤，公欣然曰：'白雪纷纷何所似？'兄子胡儿曰：'撒盐空中差可拟。'兄女曰：'未若柳絮因风起。'"《梨园乐府》此曲作："絮添芦花雪，鲊香荷叶风，我待江湖作钓翁。穷，也属画图中，风波梦，一声烟寺钟。"《乐府群珠》首句亦作"絮添芦花雪"。

[3] 鲊（zhǎ 音眨）香荷叶风：从荷塘水面飘过的清风中，仿佛带有糟鱼的香气。鲊，一种用盐和红曲腌的鱼。《说文·鱼部》："鲊，藏鱼也。"

[4] 穷：困窘不得志。

[5] 未济中：没有实现自己抱负的时候。济，成功。

[6] 风波梦：指人世的兴衰荣辱动荡不定，都如春梦，不过是一场虚空缥缈的变化罢了。

[7] 幻化：指梦幻。

[8] 来：语助词，和现代汉语中的"啰、哩"相当。

[9] 买臣：指朱买臣。《汉书·朱买臣传》载：朱买臣，吴人也。家贫，好读书，不治产业，常砍柴自卖以给食，平日他挑着柴担边走边大声读书。后为主爵都尉，列于九卿。

[10] 夜来：犹云昨日。
[11] 九天：古人说天有九重，第九重是最高处。有时也借指皇宫、朝廷。
[12] 雕鹗：泛指鹰类大型猛禽。鹗，鱼鹰。汉·孔融《荐祢衡表》："鸷（zhì 音至）鸟累百，不如一鹗。"雕鹗高飞用来比喻豪杰之士能充分施展自己的才能。
[13] 煞：程度副词，极其、甚。
[14] 中原：泛指黄河流域，为中华文明的发源地。后世又用以指代中国。
[15] 登楼意：汉末王粲因避董卓之乱，投奔荆州牧刘表，久不受重用。王粲怀念故乡，于是登湖北当阳城楼作《登楼赋》，抒发去国怀乡和抱负难展的悲愤。赋中写道："冀王道之一平兮，假高衢而骋力。"意思是说：希望有一天天下太平，自己将凭借帝王的力量，实现自己的理想，施展自己的才能。

【南吕】四块玉

恬　退[1]

绿鬓[2]衰，朱颜[3]改，羞把尘容画麟台[4]，故园风景依然在。三顷田，五亩宅，归去来[5]。

绿水边，青山侧，二顷良田一区宅，闲身跳出红尘[6]外。紫蟹肥，黄菊开，归去来。

翠竹边，青松侧，竹影松声两茅斋，太平幸得闲身在。三径[7]修，五柳[8]栽，归去来。

酒旋沽[9]，鱼新买，满眼云山画图开，清风明月还诗债[10]。本是个懒散人，又无甚经济才[11]，归去来。

天 台 路[12]

采药童，乘鸾客[13]，怨感刘郎下天台。春风再到人何在？桃花又不见开[14]。命薄的穷秀才，谁教你回去来！

紫芝路[15]

雁北飞，人北望，抛闪煞明妃也汉君王[16]！小单于[17]把盏呀剌剌[18]唱。青草畔有收酪[19]牛，黑河[20]边有扇尾羊[21]，他只是思故乡。

浔阳江[22]

送客时，秋江冷[23]，商女琵琶断肠声，可知道司马和愁听[24]。月又明，酒又醒[25]，客乍醒。

马嵬坡[26]

睡海棠[27]，春将晚，恨不得明皇掌中看[28]，〔霓裳〕[29]便是中原患。不因这玉环，引起那禄山，怎知蜀道难[30]！

凤凰坡[31]

百尺台，堆黄壤，弄玉吹箫送萧郎[32]。送萧郎共上青霄[33]上。到如今国已亡，想当初事可伤，再几时有凤凰[34]？

蓝桥驿[35]

玉杵闲，玄霜尽，何敢蓝桥望行云[36]？裴航自有神仙分[37]。原是个窃玉人，做了个赏月人，成就了折桂[38]人。

洞庭湖[39]

画不成，西施[40]女，他本倾城却倾吴[41]。高哉范蠡[42]乘舟去。那里是泛五湖[43]？若纶竿[44]不钓鱼，便索[45]他学楚大夫[46]。

临筇市[47]

美貌才，名家子[48]，自驾着个私奔坐车儿。汉相如便做文章士。爱他那一操儿琴[49]，共他那两句儿诗[50]，也有改嫁时。

巫山庙[51]

暮雨迎，朝云送，暮雨朝云去无踪。襄王谩说阳台梦[52]。云来也是空，雨来也是空，怎捱十二峰[53]。

海神庙[54]

彩扇歌，青楼[55]饮，自是知音惜知音[56]。桂英你怨王魁甚[57]？但见一个傅粉郎[58]，早救了买笑金[59]，知他是谁负心？

叹世[60]

两鬓皤[61]，中年过，图甚区区[62]苦张罗？人间宠辱都参破[63]。种春风二顷田，远红尘千丈波，倒大来[64]闲快活。

子孝顺，妻贤惠，使碎心机[65]为他谁[66]？到头来难免无常日[67]。争利名，夺富贵，都是痴。

带野花，携村酒，烦恼如何到心头。谁能跃马常食肉[68]？二顷田[69]，一具[70]牛，饱后休。

佐国心[71]，拿云手[72]，命里无时莫刚求[73]。随时过遣[74]休生受[75]。几叶绵，一片绸，暖后休[76]。

带月行，披星走，孤馆寒食[77]故乡秋。妻儿胖了咱消瘦。枕上忧，马上愁，死后休。

白玉堆，黄金垛，一日无常[78]果如何？良辰媚景[79]休空过。琉璃钟琥珀浓，细腰舞皓齿歌，倒大来闲快活。

风内灯，石中火[80]，从结灵胎便南柯[81]，福田[82]休种儿孙祸。结三生[83]清净缘，住一区安乐窝[84]，到大来闲快活。

月满轮，花成朵，信马携仆到鸣珂[85]，选一间岩嵌房儿坐，浅斟着金曲卮[86]，低讴着《白雪歌》[87]，倒大来闲快活。

甑有尘，门无锁，人海从教[88]斗张罗。共诗朋闲访相酬和，尽场儿吃闷酒，即席间发淡科[89]，倒大来闲快活。

---

[1] 恬退：此四首载《太平乐府》五、《乐府群珠》二。

[2] 绿鬓：乌黑而有光泽的鬓发。形容年轻美貌。

[3] 朱颜：红润的容颜。多比喻美人。

[4] “羞把”句：此句有感于自己蹉跎日月而未建功业。麟台，麒麟阁之别称。《汉书·李广苏建列传》云：“甘露三年，单于始入朝。上思股肱之美，乃图画其人于麒麟阁，法其形貌，署其官爵姓名。”注引张晏曰：“武帝获麟时作此阁，图画其象于阁，遂以为名。”麒麟阁为汉武帝时所建，汉宣帝甘露三年（前51年）画功臣霍氏（光）、张安世、韩增、赵充国、魏相、苏武等十一人像于阁。唐·李白《送张秀才从军》：“当令千古后，麟阁著奇勋。”

[5] 归去来：犹言“回家去吧”。来，语气助词，无义。语出东晋·陶渊明《归去来兮辞》。其序曰：“彭泽去家百里，公田之利，足以为酒，故便求之。及少日，眷然有归欤之情。……自免去职，仲秋至冬，在官八十余日。因事顺心，命篇曰《归去来兮》。”

[6] 红尘：谓俗世。俗世间繁华热闹的地方。南朝陈·徐陵《洛阳道》诗二首之一：“绿柳三春暗，红尘百戏多。”

[7] 三径：意为归隐者的家园或是院子里的小路。晋·赵岐《三辅决录·逃名》：“蒋诩归乡里，荆棘塞门，舍中有三径，不出，唯求仲、羊仲从之游。”

[8] 五柳：五柳先生，东晋陶潜的别号。陶潜曾作《五柳先生传》以自况，文中云：“宅边有五柳树，因以为号焉。”

[9] 旋（xuàn 音炫）沽：旋，临时（做）、刚刚。沽，买。

[10] “清风”句：是说诗人在清风明月之夜尽情地吟诗明志。宋·苏轼《赤壁赋》：“且夫天地之间，物各有主，苟非吾之所有，虽一毫而莫取。惟江上之清风，与山间之明月，耳得之而为声，目遇之而成色，取之无禁，用之不竭，是造物者之无尽藏（zàng 音葬）也，而吾与子之所共适。”

[11] 经济才：经世济民之才。唐·杜甫《水上遣怀》诗：“古来经济才，何事独罕有。”

[12] 天台路：此首及以下九首均载《梨园乐府》下、《乐府群珠》二，皆以杂剧中故事为题材。

[13] 乘鸾客：喻指夫妇。汉·刘向《列仙传》载："萧史者，秦穆公时人也，善吹箫，能致孔雀、白鹤于庭。穆公有女字弄玉，好之，公遂以女妻（qì 音器）焉。日教弄玉作凤鸣，居数年吹似凤声，凤凰来止其屋。公为作凤台，夫妇居其上。不下数年，一旦，皆随凤飞去，故秦人为作凤女祠于雍宫中，时有箫声而已。"后皆以乘鸾、骖鸾、跨鸾、鸾凤比夫妻。

[14] "春风"二句：相传唐代崔护清明郊游，至村居求饮。有一女郎持水至，含情脉脉，倚桃花而立。第二年清明再访则门庭如故，人去室空。因题诗曰："去年今日此门中，人面桃花相映红。人面不知何处去，桃花依旧笑春风。"见唐·孟棨（qǐ 音启）《本事诗》。这里与刘、阮重入天台访仙女事，写其失望怨悔之情。

[15] 紫芝路：写王昭君出塞事。除马致远的《汉宫秋》杂剧外，还有关汉卿的《汉元帝哭昭君》杂剧，敷演昭君出塞事。

[16] "抛闪煞"句：意思是说，抛撇昭君的是汉元帝。抛闪，丢下。煞，甚词，字亦作"杀"。明妃，即王昭君，名嫱（qiáng 音墙），汉元帝时秭（zǐ 音紫）归人，晋人避司马昭讳，改称明君或明妃。《后汉书·南匈奴传》载：昭君"以良家子选入掖庭"，匈奴呼韩邪（yé 音爷）单于来朝，"帝以宫女五人赐之"。临行，帝见"昭君丰容靓饰，光明汉宫，顾影裴回，竦动左右"，大惊，"意欲留之，而难于失信，遂与匈奴"。

[17] 小单于：匈奴君主的称号叫"单于"，此指呼韩邪单于。"小"与"大"相对，有轻视之意。

[18] 呀剌剌：拟声词，形容听不明白的番语歌声。

[19] 收酪：收取乳浆。

[20] 黑河：今内蒙古自治区呼和浩特市东南大黑河，也称金河。

[21] 扇尾羊：尾部羊毛如扇展开的肥羊。

[22] 浔阳江：指长江流经古浔阳县境一段，在今江西九江市北。《元和郡县志》卷二十九云："浔阳县，本汉旧县，属庐江郡，以在浔水之阳，故名浔阳。"此首取材于唐·白居易《琵琶行》。马致远杂剧《青衫泪》亦敷演此诗。

[23] "送客时"二句：化用唐·白居易《琵琶行》开头"浔阳江头夜送客，枫叶荻花秋瑟瑟"二句诗意。

[24] 司马和愁听：唐·白居易《琵琶行》序云："元和十年，余左迁九江郡司马。"《唐六典》卷三十云："上州司马一人，从五品下。"《琵琶行》诗云："感我此言良久立，却坐促弦弦转急。凄凄不似向前声，满座重闻皆掩泣。座中泣下谁最多？江州司马青衫湿。"司马，官名，唐代属州府佐吏，位在别驾、长史之下。这里指时为江州司马的白居易。

［25］ 酲（chéng 音承）：指酒醒后神志不清有如患病的感觉。

［26］ 马嵬坡：又名马嵬驿，在今陕西省兴平市西北。写唐明皇与杨贵妃事。事本《旧唐书·玄宗纪》，关汉卿著有《唐明皇哭香囊》，白朴有《唐明皇秋夜梧桐雨》等杂剧。全曲三十六字，既生动描写了李、杨的政治悲剧，又发出了精警的史论。语言通俗明快，意蕴深广含蓄，在凝练而又形象的描写中，表现出李为误国祸首、杨亦难逃其咎的卓见。

［27］ 睡海棠：形容杨贵妃的娇态妩媚。宋·惠洪《冷斋夜话》卷一引《太真外传》："上皇登沉香亭，诏太真妃子。妃子时卯酒未醒，命力士从侍儿扶掖而至。妃子醉颜残妆，鬓乱钗横，不能再拜。上皇笑曰：'岂是妃子醉，真海棠睡未足耳！'"

［28］ "恨不得"句：极写明皇对贵妃的宠爱。明皇，即唐玄宗。唐玄宗李隆基谥"至道大圣大明孝皇帝"，后世因称唐明皇。

［29］〔霓裳（cháng 音常）〕：指《霓裳羽衣曲》，又名《婆罗门曲》。这种舞曲常用来表现仙境和仙女的形象。传说杨贵妃擅舞此曲。《太真外传》载："进见之日，奏《霓裳羽衣曲》。"宋·王灼《碧鸡漫志》卷三云："《霓裳羽衣曲》，说者多异，予断之曰：西凉创作，明皇润色，又为易其美名。其他饰以神怪者，皆不足信也。"

［30］ "不因"三句：《太真外传》云："初，禄山尝于上前应对，杂以谐谑，妃常在坐，禄山心动。及闻马嵬之死，数日叹惋。虽林甫养育之，国忠激怒之，然其有所自也。"

［31］ 凤凰坡：此首写越娘和杨舜俞恋爱故事。此传奇故事见北宋·刘斧《青琐高议》卷三。尚仲贤曾有《凤凰坡越娘背灯》杂剧。此剧已佚。《北词广正谱》仅载其中第四折〔太清歌〕："伴着瑶池会上西王母，讲尽《道德》《阴符》。常恨玉箫声，吹的来凤只鸾孤。其余呵，素娥仙仗红莲府，怎捱他急煎煎玉兔金乌。我向下方遥望着你那住处，把我这一口儿气长吁。"

［32］ "百尺台"三句：借弄玉、萧史事以抒发沧桑之叹。《水经注》卷十八《渭水》："……又有凤台、凤女祠。秦穆公时，有萧史者，善吹箫，能致白鹄、孔雀。穆公女弄玉好之，公为作凤台以居之。积数十年，一旦随凤飞去，云雍宫世有箫管之声焉。今台倾祠毁，不复然矣。"百尺台，百尺高的凤女台。

［33］ 青霄：青天。

［34］ 再几时有凤凰：什么时候再有凤凰来听吹箫呢？

［35］ 蓝桥驿：地名，在陕西省蓝田县东南，有蓝桥跨蓝溪之上。传说其地有仙窟，即唐人裴航遇仙女云英处。此首即写裴航与云英之爱情故事。事本唐·裴铏（xíng 音刑）所著传奇小说《裴航》。元·庾吉甫曾著《裴航遇云英》杂剧。

［36］ "玉杵闲"三句：化用《裴航》中樊夫人赠裴航诗："一饮琼浆百感生，玄霜捣尽见云英。蓝桥便是神仙窟，何必崎岖上玉清。"以及龙妇人言"若得玉杵臼

便能娶云英”。玉杵，玉制的舂杵。玄霜，丹药名。《初学记》二《汉武内传》：“仙家上药有玄霜、绛雪。”行云，比喻等待男女欢合的女方。

［37］“裴航”句：《裴航》记老妪谓航语曰：“裴郎自是清冷裴真人子孙，业当出世。”裴航，唐・裴铏《传奇・裴航》叙唐长庆间秀才裴航落第，途经蓝桥驿，渴甚，有女云英以水浆饮之，甘如玉液。云英绝美，航欲娶以为妇，因遍访得玉杵臼为聘。既婚，夫妇相偕入山仙去。

［38］折桂：谓科举及第。晋・郤诜（xì shēn 音细申）举贤良对策为天下第一，自谓“犹桂林之一枝，昆山之片玉”（见《晋书・郤诜传》），故后谓科举及第为“折桂”。唐・白居易《和春深二十首》其十曰：“折桂名惭郄（xì 音细，同‘郤’），收萤志慕车（指囊萤读书的车胤）。”

［39］洞庭湖：写范蠡、西施故事，事见汉・赵晔《吴越春秋》等。关汉卿《姑苏台范蠡进西施》、赵明道《陶朱公范蠡归湖》等杂剧皆敷演此故事。

［40］西施：春秋末年越国人。姓施，家住苎（zhù 音住）梦（今浙江省诸暨市南）浣纱村西，因而称西施，是著名的美女。

［41］倾城却倾吴：倾动国人观看的美貌却倾覆了吴国的政权。倾城，《汉书・孝武李夫人传》云：“北方有佳人，绝世而独立，一顾倾人城，再顾倾人国。宁不知倾城与倾国，佳人难再得。”

［42］范蠡：春秋末越国大夫。吴国打败了越国，他作为人质留在吴国，后来回国求得美女西施，进于吴王夫差，吴王许和。他辅佐越王勾践刻苦图强，而吴王迷恋西施，听信谗言，终被越灭。西施后归范蠡，从游泛五湖而去（见《吴越春秋》《越绝书》等记载）。

［43］泛五湖：浮舟于太湖。五湖，《吴越春秋》载：“二十四年九月丁未，范蠡辞于主……乃乘扁（piān 音偏）舟出三江入五湖，人莫知其所适。”《吴越春秋・夫差内传》注云：“五湖，一说贡湖、游湖、胥湖、梅梁湖、金鼎湖也。韦昭曰，胥湖、蠡湖、洮（táo 音陶）湖，滆（gé 音格）湖，就太湖而五。虞翻云，太湖湖水通五道，谓之五湖。”

［44］纶竿：钓竿。纶是钓鱼用的丝线。

［45］便索：就须、就要。

［46］楚大夫：指屈原。屈原曾为楚国的三闾大夫，见《史记・屈原贾生列传》。

［47］临筇（qióng 音穷）市：应作“临邛市”，筇与邛同音而误用。此曲写司马相如与卓文君事。《汉书・司马相如列传》云：司马相如客临邛，是时富人卓王孙女文君新寡，性喜音乐，相如以琴心挑之，文君心动，夜奔相如。相如家贫，无以为生，乃于临邛开设酒肆，文君当垆卖酒，相如则与佣人一道劳作。卓王孙恐其辱没门户，遂与钱百万。后相如因献《子虚》《上林》赋，深得武帝赏识，用以为郎。卓王孙又与之交欢通好如初。这首小令是一曲爱情的颂歌。他毫无保留地赞美了这位以“爱”为目标、万物皆可抛的独特女性，赞美她追求

真爱、勇于“私奔”、自行“改嫁”的叛逆精神。

[48] “美貌才”二句：指卓文君。她是临邛大富商卓王孙之女。名家子，名门之女。

[49] “汉相如”二句：是说司马相如不过是一位文人，文君因爱他那一手挑动心弦的琴技和那几句“凤求凰”的诗，就以身相许。便做，仅仅是、只不过。一操儿，犹言一曲。

[50] 两句儿诗：指司马相如《琴歌》中“凤兮凤兮归故乡，遨游四海求其凰”两句诗，此琴曲因名《凤求凰》。

[51] 巫山庙：巫山神女庙，在今重庆市巫山县东。战国楚人宋玉《高唐赋》，记楚襄王游云梦台馆，望高唐宫观，言先王（怀王）梦与巫山神女相会交欢，神女辞别时说：“妾在巫山之阳，高丘之阻。旦为朝云，暮为行雨。朝朝暮暮，阳台之下。”后人附会，为之塑像立庙，号为朝云庙。后称男女幽会为巫山、云雨、高唐、阳台，皆本此。

[52] “襄王”句：楚襄王谎说其先王在阳台梦中与巫山神女相会事。谩，漫不经意、胡乱或随便。阳台，传说中的台名。后称男女合欢之所为阳台。

[53] 十二峰：指川（今为渝）、鄂边境巫山的十二座峰。《方舆胜览·夔州路》云：“十二峰，在巫山，曰望霞、翠屏、朝云、松峦、集仙、聚鹤、净坛、上升、起云、飞凤、登龙、圣泉。其下即巫山神女庙。”元·刘壎（xūn 音勋）《隐居通议》云：“巫山十二峰……曰独秀、曰笔峰、曰集仙、曰起云、曰登龙、曰望霞、曰聚鹤、曰栖凤、曰翠屏、曰盘龙、曰松峦，曰仙人。”其裔孙凝附注云：“按别书有朝云、净坛、上升、圣泉，而无独秀、笔峰、盘龙、仙人。”

[54] 海神庙：写王魁负桂英故事。事见宋·张邦畿（jī 音机）《侍儿小名录拾遗》引《摭（zhí 音直）遗》。尚仲贤《海神庙王魁负桂英》杂剧亦敷演此故事。

[55] 青楼：指妓院。唐·李白《在水军宴韦司马楼船观妓》诗：“对舞青楼妓，双鬟白玉童。”

[56] 知音：知己、知心。《吕氏春秋·本味》记伯牙善鼓琴，锺子期善听琴。锺子期死，伯牙破琴绝弦，终身不复鼓琴。后即谓知己、知心为知音。

[57] “桂英”句：桂英姓敫（jiǎo 音搅），是青楼妓女，她资助书生王魁读书。一年后，王魁赴考，与桂英往海神庙盟誓说“誓不相负”，否则“神当殛（jí 音及）之”。后王魁得中状元，弃桂英另娶崔氏，授徐州签判。桂英遣人持书往，王魁负誓渝盟，叱书不受，将下书人赶了出去。桂英闻后愤极，说“魁负我如此，当以死报”，遂挥刀自刎，死后化为厉鬼，活捉王魁，责其负义。王魁数日后忽病暴死，终于冤仇得报。故事情节见宋人张邦畿《侍儿小名录拾遗》引《摭遗》等书所载。

[58] 傅粉郎：南朝宋·刘义庆《世说新语·容止》云：“何平叔美姿仪，面至白。魏明帝疑其傅粉，正夏月与热汤饼，既啖，大汗出，以朱衣自拭，色转皎然。”后用以称美男子为“傅粉郎”或“傅粉何郎”。

［59］买笑金：指嫖妓钱。

［60］【南吕·四块玉】《叹世》：此首及以下八首载《梨园乐府》下、《乐府群珠》二。《叹世》乃元散曲中常见的题目，由于元代知识分子地位低下，所以他们常借这一类散曲来发泄胸中的愤懑和不平。一般以看破尘世嚣攘，主张恬退隐居、及时行乐为主要内容。

［61］两鬓皤（pó 音婆）：两边鬓发白了。皤，素白之色。

［62］区区：辛苦之义。

［63］参破：看透、大彻大悟。“参”乃佛家语，有参究之意。

［64］倒大来：程度副词，谓绝大、十分、非常。

［65］心机：心思、谋虑。

［66］他谁：犹云“谁人”。

［67］无常日：指死亡之时。无常，变化不定。本佛家语，谓世间一切皆不能久住，处于生灭成坏之中，故称无常。释道诚《释氏要览·无常》：“有生灭体是无常。”

［68］跃马常食肉：喻富贵得志。《史记·范雎（jū 音居）蔡泽列传》：“蔡泽笑谢而去，谓其御者曰：‘吾持粱刺齿肥，跃马疾驱，怀黄金之印，结紫绶于要（腰），揖让人主之前，食肉富贵，四十三年足矣。’”

［69］二顷田：二百亩田。借指归隐。宋·苏轼《赠王子直秀才》诗：“二顷田应为鹤谋。”

［70］具：“犋”的省形字。牵引犁、耙等农具的畜力单位，能拉动一种农具的畜力叫一犋，有时是一头牲口，有时是两头或两头以上。

［71］佐国心：辅佐君王治国安邦之心。

［72］拿云手：喻壮志有为。唐·李贺《致酒行》“少年心事当拿云，谁念幽寒坐呜呃”即此意。

［73］刚求：硬求、强求。

［74］过遣：消遣、过活。

［75］休生受：休自讨苦吃，休自找麻烦。生受，辛苦、为难。

［76］“几叶”三句：是说生活只要图个温饱就行了。绵、绸，指蔽体御寒的衣被之类。

［77］寒食：节令名。在清明前一日或两日。相传起于春秋时晋文公为悼念自焚而死的功臣介之推，定于每年这一天全国禁止举火，只能吃冷食。后世相沿，就成寒食节。晋·宗懔《荆楚岁时记》云：“去冬节一百五日，即有疾风甚雨，谓之寒食。禁火三日，造饧（táng 音唐，同‘糖’）大麦粥，斗鸡，镂鸡子，斗鸡子，打球、秋千、施钩之戏。”

［78］一日无常：《大宋宣和遗事》云：“三寸气在千般用，一日无常万事休。”

［79］良辰媚景：良辰美景。南朝宋·谢灵运《拟魏太子邺中集诗序》云：“天下良

辰、美景、赏心、乐事四者难并。”李贺《将进酒》诗云：“琉璃钟，琥珀浓，小槽酒滴真珠红。烹龙炮（páo 音袍）凤玉脂泣，罗屏绣幕围香风。吹龙笛，击鼍鼓，皓齿歌，细腰舞。”

［80］风内灯，石中火：宋·苏轼《孙莘老求墨妙亭》诗云：“过眼百世如风灯。”又〔行香子〕词：“叹隙中驹，石中火，梦中身。”按：《文选》卷二十六潘安仁《河阳县作二首》其一：“颎（jiǒng 音炯）如槁石火。”李善注引古乐府诗曰：“凿石见火能几时。”

［81］南柯：指南柯梦，喻指梦幻、空幻。故事出自唐·李公佐传奇小说《南柯太守传》，是说淳于棼（fén 音坟）梦至槐安国，娶该国公主为妻，当了南柯太守，显赫一时，醒来时发现那槐安国即为庭前槐树下的一个蚂蚁穴。

［82］福田：佛家谓积善行可得福报，犹如播种田地，秋获其实。唐·释道世《诸经要集·兴福修福缘》引《佛说福田经》云：“佛告天帝，复有七法广施，名曰福田，行者得福，即生梵（fàn 音范）天。”

［83］三生：指前生、今生、来生。亦称三世。唐·李师政《法门名义集·三世》云：“过去世，现在世，未来世。”

［84］安乐窝：《宋史·邵雍传》：“邵雍……岁时耕稼，仅给衣食，名其居曰‘安乐窝’，因自号安乐先生。”

［85］鸣珂：指鸣珂曲，唐代长安街名。白行简《李娃传》：“自平康东门入，将访友于西南，至鸣珂曲。”

［86］金曲卮（zhī 音知）：金屈卮。唐·李贺《杂曲歌辞·浩歌》诗：“筝人劝我金屈卮，神血未凝身问谁。”宋·孟元老《东京梦华录》卷之九：“御筵酒盏，皆屈卮如茶碗样，而有手把子。”

［87］《白雪歌》：《乐府诗集》卷五十七“《琴集》曰：‘《白雪》，师旷所作商调曲也。’”《唐书·乐志》曰：“《白雪》，周曲也。’”《新唐书·礼乐十一》云：“今以御《雪诗》为《白雪歌》。”

［88］从教：亦称“从交”。

［89］发淡科：做出种种无聊的取笑逗乐之情态，以引人兴致。

【双调】拨不断[1]

九重天[2]，二十年，龙楼凤阁[3]都曾见。绿水青山任自然，旧时王谢堂前燕[4]，再不复海棠庭院。

叹寒儒，谩[5]读书，读书须索[6]题桥柱[7]。题柱虽乘驷马

车[8]，乘车谁买《长门赋》[9]？且看了长安回去。

路傍碑，不知谁，春苔绿满无人祭。毕卓生前酒一杯[10]，曹公身后坟三尺，不如醉了还醉。

怨离别，恨离别，君知君恨君休惹。红日如奔过隙驹[11]，白头渐满杨花雪，一日一个渭城客舍[12]。

孟襄阳[13]，兴何狂！冻骑驴灞陵桥上[14]。便纵有些梅花入梦香，到不如风雪销金帐，慢慢的浅斟低唱[15]。

笑陶家，雪烹茶[16]，就[17]鹅毛瑞雪初成腊[18]。见蝶翅寒梅[19]正有花，怕羊羔美酒[20]新添价，拖得人冷斋里闲话。

菊花开，正归来[21]。伴虎溪僧[22]、鹤林友[23]、龙山客[24]，似杜工部[25]、陶渊明[26]、李太白[27]，洞庭柑[28]、东阳酒[29]、西湖蟹[30]。唉！楚三闾[31]休怪。

浙江亭，看潮生[32]，潮来潮去原无定，惟有西山[33]万古青。子陵一钓多高兴[34]，闹中取静。

酒杯深，故人心[35]，相逢且莫推辞饮。君若歌时我慢斟，屈原清死由他恁[36]，醉和醒争甚?

瘦形骸，闷情怀，丹枫醉倒[37]秋山色，黄菊凋残戏马台[38]。白衣盼杀东篱客[39]，你莫不子猷访戴?

布衣中，问英雄，王图霸业[40]成何用！禾黍高低六代宫，楸梧远近千官冢[41]，一场恶梦。

竞江山，为长安，张良放火连云栈[42]。韩信独登拜将坛[43]，霸

王自刎乌江岸，再谁分楚汉！

子房鞋[44]，买臣[45]柴，屠沽乞食为僚宰[46]，版筑躬耕[47]有将才。古人尚自把天时待，只不如且酩子里[48]胡捱[49]。

莫独狂[50]，祸难防，寻思乐毅非良将，直待齐邦扫地亡，火牛一战几乎丧[51]，赶人休赶上[52]。

立峰峦，脱簪冠[53]，夕阳倒影松阴乱。太液[54]澄虚[55]月影宽，海风汗漫[56]云霞断，醉眠时小童休唤。

---

[1] 【双调】拨不断：以下十五首，前十首载《阳春白雪》前集三，其中第七首（菊花开）又见《乐府群玉》三；第十一至第十四首载《太平乐府》二；第十五首载《乐府群玉》二和《北词广正谱》。

[2] 九重天：此指帝王宫室。唐·韩愈《左迁至蓝关示侄孙湘》诗："一封朝奏九重天，夕贬潮州路八千。"

[3] 龙楼凤阁：《汉书·成帝纪》云："帝为太子……初居桂宫，上尝急召，太子出龙楼门，不敢绝驰道。"注引张晏曰："门楼上有铜龙，若白鹤飞廉之为名也。"《唐书·百官志》："中书省，注：光宅元年，改中书省曰凤阁。"

[4] "旧时"句：借用唐·刘禹锡《乌衣巷》"旧时王谢堂前燕，飞入寻常百姓家"诗句。

[5] 谩：通"漫"，徒然、空自。

[6] 须索：应该。

[7] 题桥柱：谓"司马题桥"事。晋·常璩（qú音渠）《华（huà音化）阳国志·蜀志》："蜀郡州治属县五……城北十里有'升仙桥'，有'送客观'，司马相如初入长安，题市门曰：'不乘赤车驷马，不过汝下也。'"

[8] 驷马车：古代由四匹马同拉的车，乃高官所乘。

[9] "乘车"句：汉·司马相如《长门赋序》："孝武皇帝陈皇后，时得幸，颇妒，别在长门宫，愁闷悲思。闻蜀郡成都司马相如天下工为文，奉黄金百斤，为相如、文君取酒，因于解悲愁之辞。而相如为文以悟主上，陈皇后复得亲幸。"这里是说现时即使有司马相如那样的才能，又有谁会赏识呢？

[10] "毕卓"句：用毕卓事。《晋书·毕卓传》："卓尝谓人曰：'得酒满数百斛船，四

时甘味置两头，右手持酒杯，左手持蟹螯，拍浮酒船中。便足了一生矣。'”

［11］“红日”句：借用庄子语意。形容时光过得飞快，就像在细小的缝隙前跑过的小马一般。《庄子·知北游》：“人生天地之间，若白驹之过郤（xì 音细），忽然而已。”陆德明《释文》曰：“白驹，或云日也。……隙，孔也。”

［12］渭城客舍：喻送别。借用王维《送元二使安西》诗：“渭城朝雨浥轻尘，客舍青青柳色新。”

［13］孟襄阳：指孟浩然。《新唐书·孟浩然传》：“孟浩然字浩然，襄阳人。”渭城，秦咸阳县，汉曾改名渭城，在今陕西省西安市西北。

［14］“冻骑驴”句：明·王兆云《挥麈（zhǔ 音主）诗话》：“灞桥雪自是郑綮事，今人恒以孟浩然，误也。或问綮诗思，答曰：‘诗思在霸桥雪中驴背上。’浩然惟有赴京途中遇雪诗。”马致远有《风雪骑驴孟浩然》杂剧。

［15］“到不如”二句：本陶榖事。宋·皇都风月主人《绿窗新话》：“陶榖学士尝买得党太尉家故妓，过定陶，取雪水烹团茶。谓妓曰：‘党太尉家应不识此？’妓曰：‘彼粗人也，安有此景？但能销金暖帐下，浅斟低唱，饮羊羔美酒耳。’榖愧其言。”销金帐，嵌金色线的精美的帷幔。

［16］笑陶家，雪烹茶：见注［15］。陶家，谓五代至宋初陶榖之家。陶榖为后周翰林学士、兵部侍郎，入宋历任礼、刑、户三部尚书。《事文类聚》亦载陶家“雪烹茶”之事：“陶榖得党家姬，冬日取雪水煎茶，谓姬曰：‘党家识此风味否？’姬曰：‘彼粗人安有此，但能销金帐底，浅斟低唱，饮羊羔美酒耳。’榖有惭色。”党家，谓历官至忠武军节度使的大将军党进之家。此曲全用俗语，泼辣明快，借人之口，一气而下，貌为调侃，贬义在骨；似在说古，实乃讽今，充分显示出马致远叹世愤世之情和标新立异的杰出才华。

［17］就：凑近。

［18］腊：此指腊茶，“腊”本作“蜡”。宋·程大昌《演繁露》续集五《蜡茶》云：“建（州）茶名鲜茶，为其乳泛汤面，与镕蜡相似，故名蜡面茶也。……今人多书蜡为腊，云取先春为义，失其本矣。”一说“腊”指冬季腌制的肉类，也可通，但与“茶”字无关。

［19］蝶翅寒梅：谓花冠形如蝴蝶之两翼的冬梅。

［20］羊羔美酒：《事物绀珠》谓“羊羔酒出汾州，色白莹，饶风味”。

［21］菊花开，正归来：暗用陶渊明辞官归隐时“松菊犹存”的典故。此曲意象美，境界阔，气势盛，情韵长。典故多而思广，排句紧而意舒，恰能体现作者爱用鼎足对以抒写怀抱的特长，展示出其豪放雄劲的风格。

［22］虎溪僧：指晋代庐山东林寺的高僧慧远。虎溪在江西庐山东林寺前，据说慧远送客从不过虎溪，过溪则虎啸。一天他送诗人陶渊明、道士陆静修边走边说，不觉过了虎溪，忽闻虎吼，三人相视大笑而别。后人称为“虎溪三笑”。

［23］鹤林友：指鹤林寺的高僧。鹤林寺，旧名竹林寺，位于江苏省镇江市丹徒区黄

鹤山下。创建于东晋元帝大兴四年（321 年）。相传南朝宋武帝刘裕幼年家贫，青少年时代到黄鹤山砍柴时，头顶常有黄鹤翩翩飞舞。称帝后，遂改寺名为鹤林寺。唐玄宗开元、天宝年间，僧人元素任该寺住持，名为古竹院。据《丹徒县志》载，相传唐贞元年间，由外国僧人用钵盂移植杜鹃于此，常用仙水（药剂）洒浇根部，使花树高达丈余。每年春季杜鹃花盛开，男女老少倾城前往观赏。后道人殷七七（名天祥），令寺前杜鹃花在重阳节盛开如春。

[24] 龙山客：用孟嘉龙山落帽事。东晋孟嘉为桓温参军，九月九日桓温游龙山，参佐毕集。风吹孟嘉帽落，初不觉，良久如厕。孙盛时在坐，桓温授纸笔令嘲之，着孟嘉坐处。孟嘉归见之，泰然不以为意（详见晋·陶渊明《晋故征西大将军长史孟府君传》）。孟嘉龙山落帽事乃为旷达不羁之名士的逸事。曲中作者用以喻指遨游山水同行之友人。

[25] 杜工部：指唐代诗人杜甫，曾为检校工部员外郎，世称杜工部。

[26] 陶渊明：东晋诗人，隐逸诗人之宗。

[27] 李太白：唐代诗人李白，字太白。

[28] 洞庭柑：指江苏太湖洞庭山所产的柑橘，皮薄味美，为当地名产。

[29] 东阳酒：产于东阳的酒。东阳，乃今浙江省东阳市。自唐宋以来，东阳酒一直颇负盛名。宋·陆游《石洞新酿》一诗形容东阳酒为："色同夷甫玉麈尾，价敌茂陵金袅蹄。"元代开始，东阳酒更是受到广泛喜爱。元·薛汉有诗题为《糟豚蹄东阳酒送理之》，表明东阳酒与猪蹄都是待客送礼的必备品。东阳酒具有药用价值。"东阳酒曲"在酿制时，就加入了大量中草药。这在宋代陈元靓《事林广记》、元代民间类书《居家必用事类全集》、明代高濂《遵生八笺》中均有详尽记述，且随着时代发展，制酒方法不断改良。此外，《本草纲目》卷二五引汪颖有："入药用东阳酒最佳，其酒自古擅名。"

[30] 西湖蟹：《咸淳临安志》卷五十八《蟹》："西湖旧多葑（fèng 音奉）田，产蟹，土人呼湖蟹。和靖《湖西晚归》诗云，'水痕秋落蟹螯肥。'今湖蟹绝难得。"

[31] 楚三闾：指屈原，屈原曾为楚三闾大夫。详见《史记·屈原贾生列传》。

[32] 浙江亭，看潮生：《乾道临安志》卷二："浙江亭，《祥符旧经》云：'在钱塘旧治南，到县一十五里。'"元·陶宗仪《辍耕录》卷十二《浙江潮候》："考之郡志得四时潮候图，简明可信，故为之说，而刻石于浙江亭之壁间，使凡行李之过此者，皆得而观之。"

[33] 西山：在浙江省杭州市临安区西，晋代许迈隐居于此。

[34] "子陵"句：咏严光事。《后汉书·逸民列传》："严光字子陵……少有高名，与光武同游学。及光武即位，乃变名姓，隐身不见。"后"耕于富春山，后人名其钓处为严陵濑（lài 音赖）焉。建武十七年，复特征，不至。年八十，终于家"。

[35] 酒杯深，故人心：化用唐·韦庄〔菩萨蛮〕《劝君今夜须沉醉》词："珍重主人

心，酒深情亦深。”酒杯深，指酒斟得很满。故人，老友。

[36] “屈原”句：意为屈原为“举世混浊而我独清，众人皆醉而我独醒”而死，由他那样去吧。屈原清死，《史记·屈原贾生列传》：“屈原曰：‘吾闻之，新沐者必弹冠，新浴者必振衣，人又谁能以身之察察，受物之汶汶者乎！宁赴常流而葬乎江鱼腹中耳，又安能以皓皓（hào hào 音浩浩）之白而蒙世俗之温蠖（huò 音货）乎！’……于是怀石，遂自投汨罗以死。”清死，坚持清白的节操而死。恁，如此、这样。

[37] 丹枫醉倒：形容秋色因枫叶变红而满山皆红的情态。

[38] 戏马台：在江苏省徐州市铜山区南。晋义熙中，刘裕曾大会宾客赋诗于此。《水经注》谓即项羽掠马台，其下有玉钩斜道。江苏省扬州市江都区亦有戏马台，其下亦有玉钩斜道，为隋炀帝葬宫人处。这里不知确指何处，但都表怀古伤今之意。

[39] “白衣”句：借用陶潜重九日饮酒的典故。南朝宋·檀道鸾《续晋阳秋》：“陶潜九月九日无酒，于宅边菊丛中摘盈把，坐其侧，久望见白衣人，乃王弘送酒，即便就酌而后归。”白衣，指童仆、小吏，此为王弘送酒使者。

[40] 王图霸业：成王的宏图、称霸的大业。

[41] “禾黍”二句：化用唐·许浑《金陵怀古》诗：“玉树歌残王气终，景阳兵合戍楼空。松楸远近千官冢，禾黍高低六代宫。石燕拂云晴亦雨，江豚吹浪夜还风。英雄一去豪华尽，惟有青山似洛中。”禾黍，《诗经·王风·黍离》小序说西周亡后，周大夫过故宗庙宫室之地，看见到处长着禾黍，感伤王都颠覆而作此诗。这里是感慨王朝的兴亡。六代，即吴、东晋和南朝宋、齐、梁、陈六朝，均建都于建康（今江苏南京市）。楸（qiū 音秋）梧，两种树木名，既是制棺的用材，又是墓地常植之树。楸，梓（zǐ 音子）树的一种。千官冢，众多官员的坟墓。冢，坟墓。

[42] “张良”句：《史记·留侯世家》：“汉王之国，良送至褒中，遣良归韩。良因说（shuì 音税）汉王曰：‘王何不烧绝所过栈道，示天下无还心，以固项王意。’乃使良还。行，烧绝栈道……项王以此无西忧汉心，而发兵北击齐。”张良，字子房，本韩国人，是秦末农民起义军中刘邦一支的谋士，佐汉灭秦、楚，因功封留侯。连云栈，栈道名，在陕西汉中地区，古为川陕之通道，全长为四百七十里。

[43] “韩信”句：韩信投靠刘邦，不为所用，遂于夜间逃走，被萧何追回，要刘邦拜为大将，且曰：“王必欲拜之，择良日，斋戒，设坛场，具礼，乃可耳。’王许之。诸将皆喜，人人各自以为得大将。至拜大将，乃韩信也，一军皆惊。”（见《史记·淮阴侯列传》）

[44] 子房鞋：此言张良见黄石公事。《史记·留侯世家》：“良尝闲从容步游下邳（pī 音披）圯（yí 音夷）上，有一老父，衣（yì 音亿）褐，至良所，直堕其履圯下，

顾谓良曰：'孺子，下取履！'良鄂（愕）然，欲殴之。为其老，强忍，下取履。父曰：'履我！'良业为取履，因长跪履之。父以足受，笑而去。良殊大惊，随目之。父去里所，复还，曰：'孺子可教矣。后五日平明，与我会此。'良因怪之，跪曰：'诺。'五日平明，良往。父已先在，怒曰：'与老人期，后，何也？'去，曰：'后五日早会。'五日鸡鸣，良往，父又先在，复怒曰：'后，何也？'去，曰：'后五日复早来。'五日，良夜未半往。有顷，父亦来，喜曰：'当如是。'出一编书，曰：'读此则为王者师矣。后十年兴。十三年孺子见我济北，穀城山下黄石即我矣。'遂去，无他言，不复见。旦日视其书，乃《太公兵法》也。"

[45] 买臣：指朱买臣。详见第1209页【南吕·金字经】注[9]。

[46] "屠沽"句：屠沽，指屠户、卖酒者，古代用以称从事低下行业者。《汉书·郭太传》载："召公子、许伟康，并出屠沽。"这里特指汉初名将樊哙。樊哙少时为杀狗的屠户，后随刘邦起兵统一天下，被封为舞阳侯。乞食，指汉代韩信早年曾乞食漂母（参见《史记·淮阴侯列传》）。作者用樊哙和韩信出身贫贱但后来却成为汉代开国功臣、封侯拜将事以说明富贵不由人。

[47] 版筑躬耕：指傅说（yuè 音月）和诸葛亮。据史籍载，殷代中兴贤臣傅说原是在傅岩之地打版筑墙的奴隶，蜀汉丞相诸葛亮曾躬耕陇亩。见《史记·殷本纪》和《三国志·诸葛亮传》。

[48] 酩子里：意为暗地里、背地里。

[49] 胡捱：胡乱地打发时间。捱，拖延，此处似有"打发"的意思。

[50] 独狂：自高自大、狂妄自信。

[51] "寻思"三句：是说乐毅虽然知兵善战，但做事不留余地，企图彻底消灭齐国，结果事与愿违，不但自己难以容身，连燕国也差点儿灭亡，所以他算不得真正的良将。乐毅，战国时燕国上将，深得燕昭王信任。他曾联合赵、楚、韩、魏四国，率联军进攻齐国，连下齐国七十余城。燕惠王即位后，听信了齐的反间计，撤换了乐毅，乐毅就投奔赵国。火牛一战，齐国将领田单用火牛阵大破燕军，收复了沦于燕国的七十余城。事见《史记·田单列传》。

[52] 休赶上：不可穷追不舍。

[53] 脱簪冠：脱下官帽。簪，插在头上用以固定发髻或冠帽的长针。

[54] 太液：太液池，皇家宫苑池名，面积广大。《三辅黄图》卷四："太液池在长安故城西，建章宫北，未央宫西南。太液者，言其津润所及广也。"这里借指一般的湖泊。

[55] 澄虚：澄清虚明。

[56] 汗漫：漫无边际。《淮南子·俶（chù 音触）真训》："徙倚于汗漫之宇。"

【双调】蟾宫曲

叹 世[1]

东篱半世蹉跎[2]，竹里游亭，小宇婆娑[3]。有个池塘，醒时渔笛，醉后渔歌。严子陵[4]他应笑我，孟光台[5]我待学他。笑我如何？倒大江湖，也避风波。

咸阳[6]百二[7]山河，两字功名，几阵干戈[8]。项废东吴[9]，刘兴西蜀[10]，梦说南柯[11]。韩信功兀的般证果[12]，蒯通言那里是风魔[13]？成也萧何，败也萧何[14]，醉了由他！

---

[1] 叹世：共二首，均载《太平乐府》一和《乐府群珠》三。

[2] 东篱半世蹉跎：我半辈子时光白白度过。“东篱”是马致远摘取陶渊明“采菊东篱下”诗句而成的自号。

[3] 小宇婆娑：小巧的庭院树影茂密。小宇，小屋。婆娑，枝叶茂盛的样子。

[4] 严子陵：严光，字子陵，东汉人。少与刘秀同游学。刘秀即帝位后，屡召不就，隐居富春江，以耕渔为生。

[5] 孟光台：孟光，汉代丑女，三十岁始与梁鸿成婚。后“乃共入霸陵山中”隐居，孟光“举案齐眉”以进食（《后汉书·逸民列传·梁鸿》）。后以“举案齐眉”喻夫妻相敬相爱。台，台盘，盛食物的器皿。此指孟光的食案。

[6] 咸阳：秦国都城，古址在今陕西省咸阳市的渭城故城。

[7] 百二：指山河形势险固，利于攻守。《史记·高祖本纪》：“秦，形胜之国，带山河之险，县（悬）隔千里，持戟百万，秦得百二焉。”是说秦国地势险要，只要二万兵力，就可以抵得上诸侯国一百万的兵力。

[8] 干戈：古代两种常用的武器，用以泛指战争。干，指盾，用于防御；戈，是横刃并有长柄的兵器，用于进攻。

[9] 项废东吴：项，指项羽。他起兵反秦，灭秦后自立为西楚霸王，但最后被刘邦围困在垓下（在今安徽灵璧县东南），兵败自刎于乌江（在今安徽和县东北）。他的失败和灭亡都是在今安徽境内，即古东吴之地。废，败坏、倒塌。

[10] 刘兴西蜀：刘，指刘邦，即汉高祖。他曾封汉王，据有西蜀之地，充分利用人

力物力，击败项羽，统一天下。

[11] 梦说南柯：谓项、刘之争如南柯一梦，已化为乌有。

[12] “韩信”句：韩信，汉初开国功臣，曾助刘邦击败项羽，统一天下，与张良、萧何并称汉兴三杰。后遭猜忌，被吕后用计杀害。兀的般，如此、这般。证果，佛家语，谓经过修行证得果位。此指下场、结果。

[13] “蒯通”句：蒯通，即蒯彻。后世因避汉武帝刘彻名讳而改。他曾劝韩信背汉自立，韩信不听，他怕事后受牵连，就假装疯癫。后来韩信被吕后擒斩，临刑时说：“悔不听蒯彻之计，乃死于女子之手！”风魔，疯癫。

[14] “成也”二句：萧何，汉初开国功臣。他曾向刘邦荐举出身微贱的韩信为大将；当韩信功业显赫之时，他又向吕后献计除掉韩信。

【双调】清江引

野　兴[1]

樵夫觉来[2]山月底，钓叟来寻觅。你把柴斧抛，我把鱼船弃。寻取个稳便处闲坐地[3]。

绿蓑衣紫罗袍谁是主？两件儿都无济[4]。便作钓鱼人，也在风波里[5]。则不如寻个稳便处闲坐地。

山禽晓来窗外啼，唤起山翁睡。恰[6]道“不如归”[7]，又叫“行不得”[8]。则不如寻个稳便处闲坐地。

天之美禄[9]谁不喜？偏则说刘伶醉[10]。毕卓缚瓮边[11]，李白沉江底[12]。则不如寻个稳便处闲坐地。

楚霸王火烧了秦宫室[13]，盖世[14]英雄气。阴陵迷路时[15]，船渡乌江际[16]。则不如寻个稳便处闲坐地。

林泉[17]隐居谁到此？有客清风至[18]。会[19]作山中相[20]，不管

人间事。争甚么半张名和纸！

西村日长人事[21]少，一个新蝉噪[22]。恰待[23]葵花开，又早蜂儿闹，高枕上梦随蝶去了[24]。

东篱本是风月主，晚节园林趣[25]。一枕葫芦架，几行垂杨树，是搭儿快活闲住处[26]。

---

[1] 野兴：共八首，均载于《太平乐府》二，其中第六、七、八首又见于《梨园乐府》下。

[2] 觉来：醒来。

[3] 闲坐地：闲坐。地，语助词。

[4] “绿蓑衣”二句：绿蓑衣为渔翁所披，紫罗袍为高官所穿，这两者都是表示身份的外在之物，而不是真实的自我，因此都没有真正的价值。绿蓑，防雨的蓑衣，古用草编，故言“绿”，今多用棕，指代“野客”。紫罗袍，高官贵族的朝服。明·叶子奇《草木子·杂制篇》：“朝服一品二品用犀玉带，大团花紫罗袍，三品至五品用金带紫罗袍。”无济，无用、无价值。

[5] “便作”二句：宋·范仲淹《江上渔者》诗：“江上往来人，但爱鲈鱼美。君看一叶舟，出没风波里。”此用其语意。便，即使。

[6] 恰：像是、似乎。

[7] 不如归：杜鹃的叫声，其鸣若曰“不如归去”。

[8] 行不得：鹧鸪的叫声，今俗谓其鸣声曰“行不得哥也”。

[9] 美禄：《汉书·食货志》载：“酒者，天之美禄。”后以“美禄”作为酒的别称。唐人权德舆《醉后诗》即云“美禄与贤人，相逢自可亲”。另外，美禄还指美好的官爵，《陈书·孔奂传》就有“太守身居美禄，何为不能办此”之句。

[10] 刘伶醉：刘伶字伯伦，“竹林七贤”之一，嗜酒，放浪于形骸之外。《晋书·刘伶传》载：“……常乘鹿车，携一壶酒，使人荷锸（hè chā 音贺插）而随之，谓曰：‘死便埋我。’”

[11] 毕卓缚瓮边：《晋书·毕卓传》载：“（毕卓）为吏部郎，常饮酒废职。比舍郎酿熟，卓因醉，夜至其瓮间盗饮之，为掌酒者所缚。明旦视之，乃毕吏部也，遽释其缚。卓遂引主人宴于瓮侧，致醉而去。”

[12] 李白沉江底：传说李白是酒醉溺水而死。唐·王定保《摭言》载：“李白着官锦袍，游采石江中，傲然自得，旁若无人，因醉，入水中捉月而死。”

[13] “楚霸王”句:《史记·项羽本纪》载:“项羽引兵西屠咸阳，杀秦降王子婴，烧秦宫室，火三月不灭。”不久便“自立为西楚霸王”。楚霸王，西楚霸王的省称，指项羽。这首小令，与上首小令同写山野逸兴，表达漠视功名利禄、只求隐居避祸的主旨。

[14] 盖世：压倒一代。项羽曾作垓下之歌，首句便是“力拔山兮气盖世”。

[15] 阴陵迷路时:《史记·项羽本纪》记项羽夜突垓下之围向南逃跑，“至阴陵，迷失道，问一田父，田父绐曰：‘左！’左，乃陷大泽中。以故汉追及之。”阴陵故城在今安徽定远县西北。

[16] 船渡乌江际：项羽突围至乌江（今安徽和县东北乌江浦），乌江亭长船停岸边等他，劝他急渡，他以无面目见江东父老为耻，终自刎而死。见《史记·项羽本纪》。

[17] 林泉：山林泉石胜地。此处指隐居之处。

[18] 有客清风至：意思是只有清风到此做客。

[19] 会：应该。

[20] 山中相：山中宰相，用南朝梁·陶弘景事。据《南史·陶弘景传》载，陶隐居山中，帝诏其出山为官，不就。国有大事，无不前以咨询，时人谓为“山中宰相”。这里借以泛指隐士。

[21] 人事：指人与人之间交往的俗事。

[22] 噪：虫或鸟叫。

[23] 恰待：正当、刚要。

[24] “高枕”句：此处指睡。梦随蝶去了，借用庄子梦蝶语意。

[25] “东篱”二句：意思是诗人一向爱好山林景色，本来就是风月的主人，晚年归隐，更增加了对田园生活的意趣。东篱，马致远的别号。此语出自陶潜的《饮酒》诗:“采菊东篱下，悠然见南山。”后人常用以比喻隐逸生活。马致远晚年仿效陶氏，归隐田园，遂以东篱为号。风月，清风明月，泛指美好的景物。晚节，即晚年。唐·杜甫《遣闷戏呈路十九曹长》诗:“晚节渐于诗律细，谁家数去酒杯宽？”这里指晚年的爱好。

[26] “一枕”三句：写诗人的园林之趣。葫芦架和垂杨树，都是乡间农家之物，它们与上句“园林趣”的描写相呼应。一枕葫芦架是说诗人在葫芦架下休憩，悠闲之状如见；而几行垂杨树则为乡间之景，更显雅逸之情。这两句用对仗的方式，概括了乡居的清闲生活。是搭儿快活闲住处，对这种生活予以总结，展示了作者的内心感受：这个地方可是愉快的闲静之所呀！“闲”字点出乡居的特点，“快活”则是诗人心境的显露。是搭儿，这里。作者运用此语，使全曲更加口语化，富有生活情趣。

【双调】寿阳曲[1]

春将暮，花渐无，春催得落花无数。春归时寂寞景物疏，武陵人[2]恨春归去。

一阵风，一阵雨，满城中落花飞絮。纱窗外蓦然[3]闻杜宇[4]，一声声唤回春去。

云笼月，风弄铁[5]，两般儿[6]助人凄切。剔银灯[7]欲将心事写，长吁气一声欲灭。

磨龙墨，染兔毫[8]，倩花笺欲传音耗。真写到半张却带草，叙寒温不知个颠倒。

从别后，音信绝，薄情种害煞人也！逢一个见一个因话说，不信你耳轮儿不热！

从别后，音信杳，梦儿里也曾来到。问人知行到一万遭，不信你眼皮儿不跳。

心间事，说与他，动不动早言[9]两罢[10]。罢字儿碜可可[11]你道是耍，我心里怕那不怕。

人初静，月正明，纱窗外玉梅[12]斜映。梅花笑人休弄影[13]，月沉时一般孤另[14]。

人千里，愁万缕，望不断野烟汀树。一会价[15]上心来没是处，恨不得待跨鸾归去。

研香汁，展素纸，蘸霜毫略传心事。和泪谨封断肠词，小书生再

三传示。

实心儿待，休做谎话儿猜，不信道为伊曾害[16]，害时节有谁曾见来，瞒不过主腰胸带[17]。

江梅态，桃杏腮，娇滴滴海棠颜色。金莲[18]肯分迭半折[19]，瘦厌厌柳腰一捻。

思今日，想去年，依旧绿杨庭院[20]。桃花嫣然三月天，只不见去年人面。

蝶慵戏，莺倦啼，方是困人天气。莫怪落花吹不起，珠帘外晚风无力。

他心罢，咱便舍，空担着这场风月。一锅滚水冷定也，再撺红几时得热。

相思病，怎地医？只除是有情人调理。相偎相抱诊脉息，不服药自然圆备。

心窝儿兴，奶陇儿情，低低的哇声[21]相应。舌尖抵着牙缝冷，半晌儿[22]使的成病。

香罗带，玉镜台，对妆奁懒施眉黛。落红满阶愁似海，问东君"故人安在"？

青纱帐，白象床，晚凉生月轮初上。谁家玉箫吹《凤凰》[23]，教断肠人越添惆怅。

如年夜，人乍别，角声寒玉梅惊谢。梦回酒醒灯尽也，对着冷清清半窗残月。

蔷薇露，荷叶雨，菊花霜冷香庭户。梅梢月斜人影孤，恨薄情[24]四时辜负[25]。

琴愁操，香倦烧，盼春来不知春到。日长也小窗前睡着，卖花声把人惊觉。

因他害，染病疾，相识每[26]劝咱是好意。相识若知咱就里[27]，和[28]相识也一般憔悴。

山市晴岚[29]

花村[30]外，草店[31]西，晚霞明雨收天霁[32]。四围山一竿残照[33]里，锦屏风又添铺翠[34]。

远浦[35]帆归

夕阳下，酒旆闲[36]，两三航[37]未曾着岸。落花水香[38]茅舍晚，断桥头卖鱼人散。

平沙落雁[39]

南传信，北寄书[40]，半栖近岸花汀树[41]。似鸳鸯失群迷伴侣，两三行海门[42]斜去。

潇湘夜雨[43]

渔灯暗，客梦[44]回，一声声滴人心碎。孤舟五更家万里，是离人几行情泪。

烟寺晚钟[45]

寒烟细，古寺清，近黄昏礼佛[46]人静。顺西风晚钟三四声，怎生教老僧禅定[47]？

渔村夕照[48]

鸣榔[49]罢，闪暮光[50]，绿杨堤数声渔唱。挂柴门几家闲晒网，都撮[51]在捕鱼图[52]上。

江天暮雪[53]

天将暮，雪乱舞，半梅花半飘柳絮[54]。江上晚来堪画处[55]，钓鱼人一蓑归去。

洞庭秋月[56]

芦花谢，客[57]乍[58]别，泛蟾光[59]小舟一叶。豫章城[60]故人来也，结末了洞庭秋月。

---

[1] 【双调】寿阳曲：共二十三首，均载《阳春白雪》前集三，其中第三首又见于《雍熙乐府》二〇和《彩笔情辞》一二，第十三首又见于《雍熙乐府》二〇。

[2] 武陵人：借东晋·陶渊明《桃花源诗并记》中所言之人："晋太元中，武陵人捕鱼为业，缘溪行，忘路之远近。"

[3] 蓦然：突然、忽然。

[4] 杜宇：又名子规、杜鹃和布谷。传说蜀国王杜宇教民务农，一次闹水灾，丞相开明掘玉垒山以除水害，杜宇就让位给开明而隐居到西山。时二月杜鹃鸟鸣，人们认为是杜宇所化，啼声悲切像"不如归去"之声。

[5] 风弄铁：谓风吹檐下之铁马发出声响。铁，即指铁马，悬于檐下之风铃。

[6] 两般儿：指"云笼月，风弄铁"。

[7] 剔银灯：把银制的油灯挑亮。

[8] 兔毫：代指毛笔。唐·徐坚《初学记》卷二十一引晋·王羲之《笔经》："汉时诸郡献兔毫，出鸿都，惟有赵国毫中用。时人咸言，兔毫无优劣，管手有巧拙。"

[9] 早言：就说。

[10] 两罢：犹言双方拉倒。这里指断绝爱情关系。

[11] 碜（chěn 音辰上声）可可：形容凄惨可怕的样子。

[12] 玉梅：白梅。

[13] 弄影：化用宋·张先《天仙子》词"云破月来花弄影"句意。

［14］孤另：孤零。

［15］一会价：一会儿。价，方言语尾词，无实际意义。

［16］害：指害相思。

［17］“瞒不过”句：是说女主人公因害相思而瘦损，只有贴身的胸带知道。主腰胸带，古代妇女着于胸间的贴身小衣。作用与抹胸相类。其制繁简不一：简单者仅以方帛覆于胸间；复杂者开有衣襟，钉有纽扣或装有袖子。

［18］金莲：典出《南史·齐东昏侯纪》："凿金为莲花以贴地，令潘妃行其上，曰：'此步步生莲花也。'"后代指女子之小脚。

［19］半折：半拃（zhǎ 音眨）。

［20］依旧绿杨庭院：唐·孟棨《本事诗·情感》载：博陵崔护清明日独游都城南，酒渴扣门求饮。一女子以杯水至，开门设床命坐。及来岁清明，又往寻之，门墙如故，而已锁扃（jiōng 音迥阴平）之。因题诗于左扉曰："去年今日此门中，人面桃花相映红。人面只今何处去？桃花依旧笑春风。"

［21］啀（ái 音癌）声：唉声叹气。啀，用同“唉”。

［22］半晌儿：表示时间很短，犹云一小会儿、片刻。

［23］《凤凰》：指乐府古曲《凤凰曲》，歌弄玉、萧史事。

［24］薄情：指情人。因心有所怨，故称。

［25］四时辜负：辜负了四季美好的风光。指此曲四句蔷薇、荷叶、菊花、梅梢，分别代表春夏秋冬四时景色。

［26］相识每：朋友们。每，即“们”字。元人俗语。

［27］就里：内中情由。

［28］和：连。

［29］山市晴岚：以下八首均载《阳春白雪》前集三和《梨园乐府》中。山市晴岚，乃“潇湘八景”之一。宋·沈括《梦溪笔谈·书画》："宋迪工画，尤善为平远山水，其得意者有‘平沙落雁’‘远浦帆归’‘山市晴岚’‘江天暮雪’‘洞庭秋月’‘潇湘夜雨’‘烟寺晚钟’‘渔村夕照’，谓之‘八景’"，时人亦称为“潇湘八景”。市，集市，进行买卖的场所。岚，雾气。

［30］花村：鲜花灿烂的山村。

［31］草店：指村野酒店，故称草店。草，野间。

［32］天霁：天气放晴。霁，谓雨止。

［33］一竿残照：化用成语“日高三竿”。这里是说夕阳西下，就快落山了。

［34］“锦屏”句：形容“四围山”犹如锦绣的画屏。锦屏风，似屏风的青山。唐·李白《庐山谣寄卢侍御虚舟》诗："庐山秀出南斗旁，屏风九叠云锦张。"铺翠，形容山间雾气犹如给青山添铺一层彩翠。化用唐·王维《送方尊师归嵩山》中“夕阳苍翠忽成岚”诗意。

［35］远浦：远方江岸。浦，水滨。

[36] 酒旆（pèi 音沛）闲：指风息了，酒旗不再招展、飘舞。酒旆，酒旗，即酒店门前招徕顾客的幌子。闲，安静。

[37] 航：船。

[38] 落花水香：缤纷的落花染得水面一片芳香。

[39] 平沙落雁：又名《雁落平沙》。这是马致远“潇湘八景”组曲的第三首小令。这首小令借写鸿雁传书、失群迷伴的景象，抒发自己在“漂泊生涯”中孤独思乡的情怀。雁是一种春天北飞、秋季南飞的候鸟。由于有鸿雁传书的传说，诗人则常把它比作信使加以歌咏；又因有孤雁念群的实况，人更常用它象征孤独者以寄托情思。作者来到洞庭湖畔，看到潇湘鸿雁，有感而发也就自然了。

[40] 南传信，北寄书：写鸿雁南来北往传递书信。鸿雁传书，出典于汉朝使者为救回被扣押十九年的苏武而对匈奴单于谎称苏武系帛书于雁足向汉廷传递消息的故事，见《汉书·苏武传》。

[41] 花汀树：有花草树木的浅滩边。汀，水边平地。

[42] 海门：海口。

[43] 潇湘夜雨：这是马致远“潇湘八景”组曲的第四支曲子。潇湘，原指湘水与潇水在湖南零陵的汇合处，后用以指湖南。全曲处处写潇湘夜雨，却不见一个“雨”字。以泪比雨，以景托情，构思巧妙，意味深长。语言如话，纯用白描，而造境凄绝，独具匠心，显示此曲是马致远“潇湘八景”中独具一格的佳作。

[44] 客梦：作客他乡的梦境。客，此处系自指。

[45] 烟寺晚钟：马致远“潇湘八景”组曲的第五首小令，描写在清幽的古寺中老僧的孤寂，借以寄托自己寂寞凄苦的情怀。烟寺，谓香烟缭绕的寺庙。

[46] 礼佛：拜佛。

[47] 禅定：佛家语，谓坐禅时住心于一境，冥想妙理。

[48] 渔村夕照：马致远“潇湘八景”组曲中的第六首小令，是对渔家自给自足、自得其乐这种淳朴欢快生活的赞歌，寄托了作者向往闲适、情系江湖的理想。

[49] 鸣榔：捕鱼时用木条敲击船舷，发出声音，驱使鱼受惊入网。

[50] 暮光：傍晚时的阳光，即夕照。

[51] 撮：聚合、集拢。

[52] 捕鱼图：指以上所写渔家整个捕鱼的景象，即渔村夕照图。

[53] 江天暮雪：马致远“潇湘八景”组曲的第七首小令，描绘一个钓鱼人从“江天暮雪”中独自归去的图景，抒发作者情系江湖的幽情。全曲以江天暮雪为背景，而以钓鱼人作为这幅“江天暮雪图”的中心，既赞美雪花之高洁不羁，更向往钓鱼人之遗世独立。曲文淡雅疏俊，全用白描手法，写景生动，比喻新奇，以景托人，主旨鲜明。

[54] “半梅花”句：形容雪花乱舞的形态，一半像盛开的梅花，一半像飞扬的柳絮。飘柳絮，是从晋代才女谢道韫“未若柳絮因风起”的喻雪名句化来的。

[55] “江上”句：变用唐·郑谷诗句。宋·计有功《唐诗纪事·郑谷》：“谷咏雪诗云：‘乱飘僧舍茶烟湿，密洒歌楼酒力微。江上晚来堪画处，渔人披得一蓑归。’有段赞善者善画，因采其诗意写成图，曲尽潇洒之意，持以赠谷。谷为诗寄谢云：‘赞善贤相后，家藏名画多。留心于绘素，得意在烟波。属兴同吟咏，功成更琢磨。爱余风雪句，幽绝写渔蓑。’”

[56] 洞庭秋月：这是马致远“潇湘八景”组曲中的最后一首小令。洞庭，指湖南省的洞庭湖。马致远曾由任江浙行省务官而至豫章行役，曲中又有“豫章郡故人来也”之句，由此可知此曲写的是他由江西至湖南行役之际游洞庭湖的亲身实感，抒发其漂泊生涯的离愁别绪和情系江湖的放达情怀。

[57] 客：自指是作客他乡的人。

[58] 乍：暂、刚。

[59] 蟾光：月光。古人谓月中有蟾蜍，故称月为“蟾”。汉·刘安《淮南子·精神训》：“日中有踆（cūn 音村）乌，而月中有蟾蜍。”

[60] 豫章城：今江西省南昌市。

【双调】庆东原

叹　世[1]

拔山力[2]，举鼎威[3]，喑呜叱咤千人废。阴陵[4]道北，乌江[5]岸西，休了衣锦东归[6]，不如醉还醒[7]，醒而醉。

明月闲旌旆[8]，秋风助鼓鼙[9]，帐前滴尽英雄泪。楚歌四起，乌骓漫嘶，虞美人兮[10]，不如醉还醒，醒而醉。

三顾茅庐[11]问，高才天下知，笑当时诸葛成何计[12]？出师未回，长星坠地[13]，蜀国空悲，不如醉还醒，醒而醉。

夸才智[14]，曹孟德[15]，分香卖履[16]纯狐媚[17]。奸雄那里？平生落的，只两字征西。不如醉还醒，醒而醉。

画筹计[18]，堕泪碑[19]，两贤[20]才德谁相配？一个力扶汉基[21]，

一个恢张晋室[22]，可惜都寿与心违[23]，不如醉还醒，醒而醉。

珊瑚树，高数尺，珍奇合在谁家内[24]？便认做我的，岂不知财多害己，直到东市方知[25]。则不如醉还醒，醒而醉。

---

[1] 叹世：共六首，均载《太平乐府》二。此曲借写楚霸王项羽一生盛衰的悲剧，表现作者感叹兴亡的情怀和对功名富贵的否定。

[2] 拔山力：此首咏项羽事。《史记·项羽本纪》载："籍（项羽名籍）长八尺余，力能扛（gāng 音刚）鼎，才气过人。"

[3] 举鼎威:《史记·项羽本纪》载项羽"力能扛鼎，才气过人，虽吴中子弟皆已惮籍矣"。鼎，古器，三足两耳，金属制，大者重逾千斤。

[4] 阴陵：汉县名，故楚邑，即项羽兵败迷道处，故址在今安徽定远县西北。《史记·项羽本纪》:"项王至阴陵，迷失道，问一田父，田父绐（dài 音待，欺哄）曰'左'。"

[5] 乌江：项羽自刭（jǐng 音井）处，在今安徽省和县东北。《史记·项羽本纪》:"项王乃欲东渡乌江，乌江亭长檥（yǐ 音椅）船待。"

[6] 衣（yì 音忆）锦东归：项羽屠咸阳、烧秦宫室后，"心怀思，欲东归，曰:'富贵不归故乡，如衣绣夜行，谁知之者！'"(《史记·项羽本纪》) 衣锦，穿着锦绣衣裳。

[7] 醉还醒：意谓成天饮酒，逍遥自在。借用宋·苏轼《渔父》词"酒醒还醉醉还醒，一笑人间今古"句意。

[8] 旌旆（pèi 音佩）：旗帜。

[9] 鼓鼙（pí 音皮）：战鼓。鼙，军中用的小鼓。

[10] "帐前"四句：写项羽被刘邦的汉军围困在垓下，兵少食尽、英雄末路的情景。《史记·项羽本纪》:"项王军壁垓下，兵少食尽，汉军及诸侯兵围之数重。夜闻汉军四面皆楚歌，项王乃大惊曰:'汉皆已得楚乎？是何楚人之多也！'项王则夜起，饮帐中。有美人名虞，常幸从；骏马名骓，常骑之。于是项王乃悲歌忼（kāng 音慷）慨，自为诗曰:'力拔山兮气盖世，时不利兮骓不逝。骓不逝兮可奈何，虞兮虞兮奈若何！'歌数阕，美人和（hè 音贺）之。项王泣数行下，左右皆泣，莫能仰视。"

[11] 三顾茅庐：此首咏诸葛亮事。事详见《三国志·蜀书·诸葛亮传》。

[12] 成何计：筹划成什么大计。"计"指诸葛亮初见刘备，为他筹划据荆益、联孙吴、拒曹操之策，以与魏、吴成鼎足之势。事详见《三国志·蜀书·诸葛亮传》。

[13] “出师”二句：诸葛亮在刘备死后，辅后主刘禅志复中原，屡次北伐。建兴十二年（234年）由斜谷出兵，据武功、五丈原，因病卒于五丈原军中，死时有大星坠落。事详见《三国志·蜀书·诸葛亮传》。

[14] 夸才智：此首咏曹操。全曲俗中透雅，明快流利，显示出豪放派曲家的本色。

[15] 曹孟德:《三国志·魏书·武帝纪》:“太祖武皇帝，沛国谯人也，姓曹，讳操，字孟德，汉相国参（shēn音申）之后。”裴松之注引《魏武故事》:“……后征为都尉，迁典军校尉，意遂更欲为国家讨贼立功，欲望封侯作征西将军，然后题墓道言‘汉故征西将军曹侯之墓’，此其志也。”南朝梁·萧统《文选》陆士衡《吊魏武帝文》:“元康八年，（陆）机始以台郎出补著作，游乎秘阁，而见魏武帝遗令，忾然叹息，伤怀者久之……”

[16] 分香卖履：出自曹操的《遗令》:“余香可分与诸夫人，诸舍中（指众妾）无所为，学作履组卖也。”后来被用来形容人临终时对家人的留恋，或者指谋生有术，自给自足。

[17] 狐媚：俗说狐狸善以媚态惑人，此即指用谄媚的手段迷惑人。

[18] 画筹计：指汉代张良（一说指诸葛亮）。张良佐汉灭秦楚，因功封留侯。《汉书·张良传》:“留侯善画计，上信用之。”又:“高帝曰:‘运筹策帷幄中，决胜千里外，子房功也。’”

[19] 堕泪碑：咏羊祜（hù音户），此碑乃晋代襄阳百姓为纪念羊祜所建。《晋书·羊祜传》:“襄阳百姓于岘（xiàn音现）山祜平生游憩之所建碑立庙，岁时飨祭焉。望其碑者莫不流涕，杜预因名为‘堕泪碑’。”这里借指羊祜。

[20] 两贤：指羊祜和杜预，他俩相继镇襄阳，皆有政绩，为民所称道，后并称“羊杜”。

[21] 一个力扶汉基：指羊祜。羊祜于魏末任相国从事中郎，与荀勖（xù音旭）共掌机密。晋王朝建，封巨平侯，都督荆州诸军事长达十年。在任办屯田，备军备，筹划灭吴；平日轻裘缓带，身不披甲，与吴将陆抗互通使节，以收江汉及吴人之心。由于他曾仕魏，魏承于汉，故云“力扶汉基”。

[22] 一个恢张晋室：指杜预（晋京兆杜陵人）。官河南尹、度支尚书。他力赞伐吴，继羊祜都督荆州诸军事，任镇南大将军，镇襄阳。太康元年（280年）率兵灭吴，以功封当阳县侯。博学多才，人称“杜武库”，自谓有“左传癖”，著《春秋左氏传集解》，流传至今。恢张，扩展、张大。

[23] 寿与心违：寿命与心愿相背，谓未能长寿。羊祜因病早死，杜预活了六十二岁。

[24] “珊瑚树”三句：此咏石崇与晋武帝舅王恺斗富事。《晋书·石崇传》载，“武帝每助（王）恺，尝以珊瑚树赐之，高二尺许，枝柯扶疏，世所罕比。恺以示崇，崇便以铁如意击之，应手而碎。恺既惋惜，又以为嫉己之宝，声色方厉。崇曰:‘不足多恨，今还卿。’乃命左右悉取珊瑚树，有高三四尺者六七株，条

干绝俗，光彩曜日，如恺比者甚众。恺恍然自失矣。”曲中借石崇事以说明财多也能致害。珊瑚树，树枝状，玲珑剔透，造型奇特，因生长过程中受海水成分等因素的影响，分别呈现红色、粉红色、橙红色、白色，以及少量的蓝色和黑色。合，应该。

[25] “岂不知”二句：典出《晋书·石崇传》：“秀觉之，遂矫诏收（石）崇及潘岳、欧阳建等。崇正宴于楼上，介士到门。崇谓绿珠曰：‘我今为尔得罪。’绿珠泣曰：‘当效死于官前。’因自投于楼下而死。崇曰：‘吾不过流徙交、广耳。’及车载诣东市，崇乃叹曰：‘奴辈利吾家财。’收者答曰：‘知财致害，何不早散之？’崇不能答。”东市，谓长安东市。汉时在此地处决判死刑之人，后以东市代指刑场。《史记·吴王濞（bì 音必）列传》：晁错“衣（yì 音忆）朝衣，斩东市。”

【双调】湘妃怨

和卢疏斋[1]《西湖》

春风骄马五陵儿[2]，暖日西湖三月时，管弦触水[3]莺花市[4]。不知音不到此，宜歌宜酒宜诗。山过雨颦眉黛[5]，柳拖烟堆鬓丝[6]。可喜[7]杀睡足的西施。

采莲湖上画船儿，垂钓滩头白鹭鸶。雨中楼阁烟中寺，笑王维作画师[8]。蓬莱倒影参差。薰风来至，荷香净时。清洁煞避暑的西施。

金卮满劝莫推辞，已是黄柑紫蟹时。鸳鸯不管伤心事，便白头湖上死。爱园林一抹胭脂，霜落在丹枫上，水飘着红叶儿。风流煞带酒的西施。

人家篱落酒旗儿，雪压寒梅老树枝。吟诗未稳推敲字，为西湖撚断髭，恨东坡对雪无诗。休道是苏学士，韩退之[9]，难妆煞傅粉的西施。

[1] 卢疏斋（约1242—约1315）：卢挚，字处道，号疏斋，颍川（今属河南）人，祖籍涿郡（今河北涿州市）。元世祖至元初以荐入仕，官至翰林学士承旨。兼擅诗文词曲。元初文章推姚燧、卢挚，诗推刘因与卢挚，论曲则卢挚为首。卢挚诗文有《疏斋集》，曲以小令为多，现存一百二十首，散见于各家选本中。卢挚有〔水仙子〕《西湖》组曲，依次分咏西湖春夏秋冬四景，结句都以西湖比西施。马致远亦依次步和四首，命意相似，但具体构思和风格有所不同。

[2] 五陵儿：借指豪贵子弟。唐·李白《少年行》诗："五陵年少金市东，银鞍白马度春风。"五陵，指西汉五座皇帝陵墓。高祖葬长陵，惠帝葬安陵，景帝葬阳陵，武帝葬茂陵，昭帝葬平陵。立陵时，曾将富家豪族移居陵区。

[3] 管弦触水：音乐在湖上荡漾。管弦，管乐和弦乐，泛指音乐。

[4] 莺花市：鸟语花香、春意繁闹的地方。

[5] 山过雨颦眉黛：形容雨后的青山好像西施颦眉那样娇媚动人。据说西施害心痛病时，皱着眉头，双手抚着胸口，姿态格外美。颦，皱眉。

[6] 柳拖烟堆鬓丝：形容飘拂如烟的垂柳好像美人蓬松的鬓发那样柔美。

[7] 可喜：犹云可爱。

[8] 笑王维作画师：王维乃唐代著名的山水画家和诗人。《旧唐书·王维传》载："维尤长五言诗。书画特臻其妙……如山水平远，云峰石色，绝迹天机，非绘者之所及也。"然而，在作者看来，与西湖之自然美景相比，王维笔下的山水则显得失色、可笑。

[9] 韩退之：韩愈，字退之。《旧唐书·韩愈传》："愈所为文……自成一家新语。后学之士，取为师法。当时作者甚众，无以过之，故世称'韩文'焉。"

【越调】天净沙

秋 思[1]

枯藤[2]老树昏鸦[3]，小桥流水人家[4]，古道[5]西风[6]瘦马[7]。夕阳西下，断肠人[8]在天涯[9]。

[1] 秋思：载《梨园乐府》中、《中原音韵》、《庶斋老学丛谈》、《词林摘艳》一、

《尧山堂外纪》六八、《词综》三〇、《历代诗余》一一九。此小令被誉为“秋思之祖”（周德清《中原音韵》）。王国维《宋元戏曲史》说：“〔天净沙〕小令，纯是天籁，仿佛唐人绝句。”这是一首千百年来脍炙人口的名篇。作者以名词积累的方式选取了塞外深秋极具代表性的几种景物，组成一幅浪迹天涯的游子深秋跋涉的凄清画面，抒发了天涯孤客的离愁别绪。

[2] 枯藤：枯萎的枝蔓。宋·梅尧臣《琅玡溪》诗：“枯藤垂溪水已消，溪水溅溅石间乱。”

[3] 昏鸦：黄昏时归巢的乌鸦。

[4] 人家：农家。

[5] 古道：已经废弃不用的古老驿道（路）或年代久远的驿道。唐·李白《忆秦娥·箫声咽》词：“乐游原上清秋节，咸阳古道音尘绝。”

[6] 西风：寒冷、萧瑟的秋风。晏殊〔蝶恋花〕《槛菊愁烟兰泣露》词：“昨夜西风凋碧树，独上高楼，望尽天涯路。”

[7] 瘦马：骨瘦如柴的马。金·董解元《西厢记诸宫调》卷六：“骑着瘦马儿，圪登登的又上长安道。”

[8] 断肠人：形容伤心悲痛到极点的人。此指漂泊天涯、极度忧伤的旅人。

[9] 天涯：远离家乡的地方。唐·王勃《送杜少府之任蜀川（川，一般讹作“州”）》：“海内存知己，天涯若比邻。”

【越调】小桃红

四公子宅赋[1]

春

画堂[2]春暖绣帏重[3]，宝篆[4]香微动。此外虚名要何用？醉乡中，东风唤醒梨花梦。主人[5]爱客[6]，寻常迎送，鹦鹉在金笼。

夏

映帘十二挂珍珠，燕子时来去。午梦薰风[7]在何处？问青奴[8]，冰敲宝鉴玎珰[9]玉。兀的[10]不胜如，石家争富，击破紫珊瑚[11]。

秋

碧纱人歇翠纨[12]闲，觉后微生汗。乞巧楼[13]空夜筵散，袜生寒[14]，青苔砌上观银汉。流萤几点，井梧一叶，新月曲阑干[15]。

冬

两轩修竹凤凰楼，雪压玲珑翠[16]。惯得闲人日高睡，赖花医[17]，扶头[18]枕上多风味。门前怪得[19]，狂风无力，家有辟寒犀[20]。

---

[1] 四公子宅赋：以下四首均载《阳春白雪》前集五。一组的春、夏、秋、冬四时曲，是作者做客“四公子”家应邀而作。他以“四公子宅”的四季景象作为描写的主体，既赞美其宅华而不俗和主人殷勤待客之意，又表明蔑视“争富”与何要“虚名”之情，其中也流露出羡慕“四公子宅”赏心悦目、使之陶醉的心态。赋，作（诗）、写。

[2] 画堂：饰以彩画的厅堂。

[3] 绣帏重：锦绣做的帷幕一重又一重。绣帏，绣花的帏幕。

[4] 宝篆：形容香炉中袅袅上升之烟状似篆文。宋·秦观〔海棠春〕词：“翠被晚寒轻，宝篆沉烟袅。”

[5] 主人：指四公子。

[6] 客：客人，包括作者在内。

[7] 薰风：带有花木香气的和风，指初夏时的东南风。《吕氏春秋·有始览》：“东南曰熏风。”熏，同“薰”。

[8] 青奴：亦作“竹奴”“竹夫人”，即竹几（jī 音机）。以青竹编为长笼，或取整段竹中间通空，四周开洞以通风，暑期置床席间以取凉。唐时谓竹夹膝，宋时称竹夫人。宋·黄庭坚《豫章集》九诗题：“赵子充示《竹夫人》诗，盖凉寝竹器，憩臂休膝，似非夫人之职，予为名曰‘青奴’，并以小诗取之。”

[9] 玎珰：悬挂于锦绶两侧的玉饰物件，钩挂在腰间革带上，使用者男女不限。依据古代严格的衣冠礼仪特点，佩带玎珰时，步速需稳重，玉饰间的碰撞声音应缓急有度、轻重得当，若节奏杂乱，则会被视为失礼。《明史·舆服志二》“皇后常服”条：“白玉云样玎珰二，如佩制，有金钩……”玎珰作为礼服上的装饰品，多被宫廷贵族所青睐，且兼具审美和辨等级的双重作用。在民间，富贵家庭的妇女也喜爱将玎珰作为佩饰悬挂于裙边。

[10] 兀的：指示词，犹云“这”。

[11] “石家”二句：指石崇与王恺斗富之事。此处是说夏季冰敲宝鉴的声音胜过石崇比富击碎珊瑚声，有贵在适意的意思。

[12] 翠纨：青绿色细绢，代指华美的衣服。

[13] 乞巧楼：乞巧节所结之彩楼。宋·孟元老《东京梦华录·七夕》：“七日晚，贵家多结彩楼于庭，谓之乞巧楼。”

[14] 袜生寒：化用唐·李白《玉阶怨》“玉阶生白露，夜久侵罗袜。却下水晶帘，玲珑望秋月”诗意。

[15] “流萤”三句：化用唐·杜牧《秋夕》“轻罗小扇扑流萤”和唐·王昌龄《长信秋词》“金井梧桐秋叶黄”句。借用前人有关诗词之意境，将秋日官宦人家的景象真实地再现出来。

[16] 玲珑翠：这里代指修竹。玲珑，空明貌。

[17] 赖花医：依赖花来医治（酒醉）。

[18] 扶头：支持抬头，谓酒醒。

[19] 怪得：俗语，犹言怪不得。

[20] 辟（bì 音必）寒犀：传说能躲避寒气的犀角。五代王仁裕《开元天宝遗事》：“开元二年冬，交趾国进犀一株，色黄如金。使者请以金盘置于殿中，温温然有暖气袭人。上问其故，使者对曰：‘此辟寒犀也。’”辟，通“避”。

套　数

【中吕】粉蝶儿[1]

寰海清夷，扇祥风太平朝世，赞尧仁洪福天齐。乐时丰，逢岁稔，天开祥瑞，万世皇基，股肱[2]良庙堂之器。

【迎仙客】寿星捧玉杯，王母下瑶池，乐声齐众仙来庆喜。六合[3]清，八辅美，九五龙飞[4]，四海升平日。

【喜春来】凤凰池[5]暖风光丽，日月袍新扇影低，雕阑玉砌彩云飞，才万里，锦绣簇华夷。

【满庭芳】皇封酒美，帘开紫雾，香喷金猊[6]。望枫宸[7]八拜丹墀同，衮龙衣垂拱无为[8]。龙蛇动旌旗影里，燕雀高宫殿风微[9]。道德天地，尧天舜日，看文武两班齐。

【尾】祝吾皇万万年，镇家邦万万里。八方齐贺当今帝，稳坐盘龙亢金椅。

---

[1] 【中吕】粉蝶儿：此曲载钞本《阳春白雪》后集四、《北词广正谱》引尾。

[2] 股肱：喻指左右辅佐之臣。《尚书·益稷》："元首明哉，股肱良哉，庶事康哉！"

[3] 六合：指天地四方，整个宇宙空间。《庄子·齐物论》："六合之外，圣人存而不论。"成玄英疏："六合者，谓天地四方也。"

[4] 九五龙飞：借用《易·乾》"九五，飞龙在天，利见大人"句。乾卦九五，术

数家谓为人君的象征，后称帝位为九五之尊。曲中“九五龙飞”指皇帝。

[5] 凤凰池：指朝廷。凤凰池乃宫中池名，为中书省所在地，后来人们便以凤凰池代称朝廷。

[6] 金猊（ní 音尼）：香炉。其形状似狻（suān 音酸）猊，外涂金，燃香于其腹中，香烟乃自口出。相传猊性好烟火，故用之。

[7] 枫宸（chén 音辰）：指帝王之殿庭。宋 · 苏轼《次韵韶倅李通直》诗：“回首天涯一惆怅，却登梅岭望枫宸。”王十朋注曰：“枫宸，天子之殿庭也。”

[8] 垂拱无为：垂衣拱手，以颂扬帝王无为而治。《尚书 · 武成》：“惇信明义，崇德报功。垂拱而天下治。”疏：“《说文》云：‘拱，敛手也。’垂拱而天下治，谓所任得人，人皆称职，手无所营，下垂其拱，故美其垂拱而天下治也。”

[9] “龙蛇动”二句：化用唐 · 杜甫《奉和贾至舍人早朝大明宫》“旌旗日暖龙蛇动，宫殿风微燕雀高”诗句。

【仙吕】赏花时[1]

长江风送客[2]

冯客苏卿[3]先配成，愁杀风流双县令。扑簌簌泪如倾，凄凉愁损[4]，相伴着短檠[5]灯。

【幺】愁恨厌厌[6]魂梦惊，两处相思一样情。风送片帆轻，天涯隐隐，船去似驭云[7]行。

【赚煞】碧波清，江天静，既解缆[8]如何住程？灭烛掀帘风越紧，转回头又到山城。过沙汀，烟水澄澄，千里洪波良夜永。蛾眉月[9]明，恰才风定，猛抬头观见豫章城[10]。

孤馆雨留人

鞍马区区[11]山路遥，月暗星稀天欲晓，云气布荒郊。前途店少，仅此避风雹。

【幺】客舍骎骎[12]过几朝，雨哨[13]纱窗魂欲消。离故国[14]路途遥。柴门静悄，无意饮香醪[15]。

【赚煞】听林间，寒鸦噪，野店江村未晓。风刮得关山叶乱飘，料前村冷落渔樵[16]。闷无聊，心内如烧，昏惨惨孤灯不住挑。浓云渐消，月明斜照，送清香梅绽灞陵桥[17]。

掬水月在手[18]

古镜[19]当天秋正磨，玉露瀼瀼[20]寒渐多，星斗灿银河。泉澄潦尽，仙桂影婆娑。

【幺】不觉楼头二鼓过，慢撒金莲鸣玉珂。离香阁近花科，丫环唤我，渴睡也去来呵。

【赚煞】紧相催，闲笃磨，快道与茶茶[21]嬷嬷。宝鉴妆奁准备着，就这月华明乘兴梳裹，喜无那[22]，非是咱风魔，伸玉指盆池内蘸绿波。刚绰起半撮，小梅香也歇和，分明掌上见嫦娥。

弄花香满衣[23]

丽日迟迟帘影筛[24]，燕子来时花正开。闲绣阁冷妆台，兜鞋[25]信步[26]，后园里遣闷怀[27]。

【幺】万紫千红妖弄色[28]，娇态难禁风力摆。时乱点尘埃，见秋千挂起，芳草上层阶。

【赚煞】猛观绝，宜簪带，行不顾香泥绿苔。晓露未晞[29]移绣鞋，爱寻香频把身挨。喜盈腮[30]，折得向怀揣，就手内游蜂斗争采，不离人左侧[31]。风流可爱，贴春衫又引得个粉蝶儿来。

---

[1] 【仙吕】赏花时：以下四套均载于《太平乐府》六。

[2] 长江风送客：用唐·贾岛诗句为题。《升庵全集·贾岛佳句》卷五十六："贾岛'长江风送客，孤馆雨留人'二句，为平生之冠，而其《全集》不载，仅见于坡诗注所引。"本套借双渐、苏卿事咏贾岛诗句。双渐、苏卿故事在宋元时广为流传，是说书生双渐与庐州妓苏小卿相爱，当双渐上京应试未还时，江西

茶商冯魁以巨金将苏小卿买去。双渐状元及第后授临川县令，他寻访小卿，知被冯魁骗走，张帆追赶。至金山，见苏小卿在贩茶船经过此地时留在寺中的书信，便乘船趁风一夜千里赶至临安，夺回苏小卿，结为夫妇。详见《永乐大典》二四〇五卷。此套写两位县令为他送别、他顺江而至豫章的景况和离情。

［3］冯客苏卿：指冯、苏两位前来送行的在当地为官的外乡友人。

［4］愁损：愁极。损，煞、坏。

［5］檠（qíng 音晴）：烛台、灯台。

［6］厌厌：同“奄奄”，气息微弱。

［7］驭云：驾云，形容船行之高远。

［8］解缆：意指开始行船。缆，拴船用的铁索或粗绳。

［9］蛾眉月：形容弯月如女子长而美的眉毛。

［10］豫章城：汉代所置郡，故址在今江西省南昌市。

［11］区区：同“驱驱”，含跋涉辛苦义。

［12］骎骎（qīn qīn 音侵侵）：形容马跑得很快的样子。这里指急迫、急匆匆。

［13］哨：通“潲”，雨斜着落下来。

［14］故国：此指故乡。

［15］香醪：醇香之酒。醪，浊酒。

［16］渔樵：此指打鱼人、砍柴人。

［17］灞陵桥：指灞桥，故址在今陕西省西安市东。汉唐以来，此桥常用作分别之地。这里并非实指，仅在暗示天气转晴，即将告别此地之意。

［18］掬水月在手：此套用唐·于良史《春山夜月》“掬水月在手，弄花香满衣”诗句为题。

［19］古镜：指月亮。唐·李白《古朗月行》：“小时不识月，呼作白玉盘。又疑瑶台镜，飞在青云端。”

［20］瀼瀼（ráng ráng 音瓤瓤）：形容露水多。《诗·郑风·野有蔓草》：“野有蔓草，零露瀼瀼。”毛传：“瀼瀼，盛貌。”

［21］茶茶：女真语，金人对女子的昵称。明·朱有燉（dùn 音顿）《元宫词》：“进得女真千户妹，十三娇小唤茶茶。”

［22］无那：无奈。那，犹“奈”。

［23］弄花香满衣：曲题为弄花、玩花、戏花。

［24］帘影筛：帘内月影如筛。

［25］兜鞋：穿鞋时用手指将脚后跟部分的鞋帮子扯起来。“兜鞋”一词在四川口语中常用。

［26］信步：悠然漫步。

［27］遣闷怀：派遣郁闷情怀。

［28］妖弄色：指花呈现出妖艳的色泽。

［29］ 晞（xī 音希）：干、干燥。
［30］ 喜盈腮：满脸喜色。
［31］ 左侧：谓左右。《汉书·王胥传》："陛下左侧，谗人众多。"

【南吕】一枝花

惜 春[1]

夺残造化功，占断繁华富，芳名喧上苑[2]，和气满皇都。论春秀谁如，一任教浪蕊闲花坞。正是断人肠三月初，本待学煮海张生[3]，生扭做游春杜甫[4]。

【梁州】齐臻臻珠围翠绕，冷清清绿暗红疏，但合眼梦里寻春去。春光堪画，春景堪图，春心狂荡，春梦何如？消春愁不曾两叶眉舒，殢春娇一点心酥。感春情来来往往蜂媒，动春意哀哀怨怨杜宇，乱春心乔乔怯怯莺雏。春光，怎如？绿窗犹唱留春住，怎肯把春负？长要春风醉后扶，春梦似华胥[5]。

【隔尾】休耽阁一天柳絮如绵舞，满地残花似锦铺，九十日春光等闲负。云窗月户，狂风骤雨，休没乱杀[6]东君做不得主。

咏庄宗行乐[7]

宠教坊[8]〔荷叶杯〕[9]，踏金顶莲花爨[10]；常忘了治国心，背记了《谒食酸》[11]。镜新磨[12]无端，把李天下[13]题名儿唤。但传喧声嗽里喘[14]。教得些年小的宫娥，都唱〔喜春来〕[15]和风渐暖。

【梁州】听得那静鞭[16]响燋燋聒聒[17]，听得杖鼓[18]鸣恰早喜喜欢欢。近着那独杨宫创盖一座宜春馆。则这是治梨园的周武[19]，掌乐府的齐桓[20]。向三垂岗[21]左右、湖柳坡[22]周遭，则见沙

场上白骨漫漫，别人见心似锥剜。那里也石敬瑭[23]前部先锋，周德威行营的总管[24]？那里也二皇兄[25]乐乐停銮？这社稷则是覆盆硗梁江山[26]，生纽做[27]宋天下，结髦儿[28]是狗家疃[29]，投至刹了朱温[30]、坏了黄巢[31]、占得汴梁[32]、刚得那半载儿惚宽[33]。

【隔尾三煞】不肯省刑法、薄税敛、新[34]条款，每每殢酒色[35]、恋俳优[36]、恣[37]淫乱。国政民修心无叛[38]，可惜英君十三[39]，上石门寺里保驾[40]，朱节儿镇谋十五载[41]，朝属梁，暮属晋[42]，刚挣揣得个散令伶官[43]。

【二】内藏院本[44]三千段，抹土搽炭[45]数百般，愿求在坐一席欢。天子龙袍扇面儿也待团圞[46]，贯金线细沿伴[47]。它那里颤颤巍巍带着一顶爨巾[48]，知它是何代衣冠。

【尾】迟和疾，内藏库内无了歪镘[49]；早晚尚书省散了些火伴[50]。守下次的[51]官家等交搀[52]，做杂剧那院酸[53]，拴些艳段[54]。我则怕长朝殿[55]里勾栏[56]儿做不满。

---

［1］ 惜春：此曲载《太平乐府》八、《雍熙乐府》一〇、《北宫词纪》六。

［2］ 上苑：上林苑，供帝王玩赏、打猎的园林。

［3］ 煮海张生：张生煮海是金元时流传的故事，是说潮州张羽寄寓石佛寺，清夜抚琴引来龙女琼莲，两相倾慕，约中秋夜海上相见。至时，张羽赴约，途中遇一道姑相赠银锅金钱，嘱张生舀海水投钱锅内煎煮，必能如愿。张生至海边，如法煮海水，锅内水浅，海水亦浅，惊动了龙王，遂招张生为婿。详参见元·李好古《沙门岛张生煮海》杂剧。

［4］ 游春杜甫：金院本有《杜甫游春》。又据《录鬼簿》卷下“范康”条载：“因王伯成有《李太白贬夜郎》，乃编《杜子美游曲江》，一下笔即新奇，盖天资卓异，人不可及也。”其作品已佚，内容大致据杜甫游曲江诸诗敷演而成。曲中作者是说本想像多情的煮海张生那样游春，追求爱情，谁知却硬是像杜甫那样惜春起来了。

[5] 春梦似华胥:《列子・黄帝》:“黄帝……昼寝而梦游于华胥氏之国。华胥氏之国在弇(yǎn 音眼)州之西，台州之北，不知斯齐国几千万里，盖非舟车足力之所及，神游而已。”华胥国乃列子虚构之国，华胥梦亦即虚无之梦境。此处之“华胥”指梦境。

[6] 没乱杀：意谓迷离惝恍，心神无主，手足无措。

[7] 咏庄宗行乐：此套载明抄六卷本《阳春白雪》后集卷二。庄宗，即后唐庄宗李存勗(xù 音续)，他在历史上是一位以宠恋俳(pái 音排)优而知名的皇帝。此曲在描写杂剧艺伎方面，作为渲染，不可以信史看待。

[8] 教坊：旧时设于宫中，是教习音乐、蓄娼优的机构。

[9] 〔荷叶杯〕：教坊曲牌名。取隋・殷英童《采莲曲》中“莲叶捧成杯”句为名。

[10] 踏金顶莲花爨(cuàn 音篡)：此句言表演“爨”的节目。爨为一种舞蹈杂剧，常由五人扮演，故又称“五花爨弄”。在表演上以踏舞为主，故又称“踏爨”“爨弄”。

[11] 《谒食酸》：杂剧院本的名目。酸，是杂剧院本中穷酸迂腐的秀才一类读书人的角色名目。宋杂剧和金院本中有包含“酸”字的剧目，如《眼药酸》《花酒酸》《褴哮负酸》《秀才下酸擂》《急慢酸》《食药酸》《四酸逍遥乐》《合房酸》《麻皮酸》《狗皮酸》《还魂酸》《别离酸》《王缠酸》《谒食酸》《三揲(dié 音迭)酸》《哭贫酸》《插拨酸》《酸孤旦》《四酸擂》《四酸讳诺》《四酸提猴》《酸卖俫》《是耶酸》《怕水酸》等。

[12] 镜新磨：指敬新磨。庄宗所宠爱的艺人，《新五代史》有传。

[13] 李天下：庄宗为自己起的艺名。有一次庄宗在内廷与艺人扮戏，四顾而呼：“李天下，李天下何在？”敬新磨听到，立即以手批庄宗面颊。庄宗失色，左右皆恐，艺人也大惊骇，诘问敬新磨：“你为何批天子面颊？”敬新磨答道：“李天下只有一人，连呼两声，是还要呼谁呢？”左右皆笑，庄宗也大喜，赏赐敬新磨甚厚。

[14] “但传”句：只传来喧哗声和那一阵阵的喘息声。嗽里喘，指唐庄宗挨敬新磨打后的神态。嗽，喘气声。

[15] 〔喜春来〕：又名〔喜春风〕〔喜春儿〕〔阳春曲〕，曲牌名。此用双关语。

[16] 静鞭：上朝时甩响以命朝臣安静的鞭子。

[17] 燋(jiāo 音焦)燋聒(guō 音锅)聒：形容使人心烦的噪声。

[18] 杖鼓：以杖击鼓。杖作动词用。

[19] 治梨园的周武：周武，即周武王，文王之子。他灭商纣建周朝，在位十九年，是善于治国的贤君。梨园，唐玄宗曾使乐工、宫女在梨园演习音乐、舞蹈，后来人们就沿用梨园为戏院或戏剧界的别称。

[20] 掌乐府的齐桓：齐桓，即齐桓公，春秋诸侯，是当时统一天下成霸业的明君。乐府，原为汉朝主管音乐的官署，主要任务是采集民歌乐曲。后把这类民歌和

文人模拟的作品称为乐府。这两句说唐庄宗本是很有作为的君王，现在却一味耽醉于优伶之中。

[21] 三垂岗：亦称三垂山，在山西省长治市潞城区西南。后唐李克用曾置酒于此，时其子存勖在侧，仅五岁。克用指存勖，笑曰："此儿后二十年，其能代我战于此乎？"后来李存勖攻梁，经过此地，说："此先王置酒处也。"

[22] 湖柳坡：指胡柳，地名，庄宗曾在此作战。周遭，周围。

[23] 石敬瑭：后晋高祖，最初曾在庄宗手下为将。

[24] "周德威"句：周德威，后唐开国功臣。行营，军营。总管，带兵的总领。

[25] 二皇兄：庄宗乃李克用长子，有七个弟弟：存美、存霸、存礼、存渥、存乂、存确、存纪。此处二皇弟是作者虚拟。

[26] 覆盆硗梁江山：意指后梁黑暗、薄瘠的江山。覆盆，黑暗。《抱朴子·辨问》："日月有所不照……是则三光不照覆盆之内也"。硗，薄。

[27] 生纽做：成为。

[28] 结髦儿：结末，意为结束、了结。

[29] 狗家疃（tuǎn 音团上声）：地名。相传李克用初为潞州王时，使李存勖、李嗣源、石敬瑭、刘知远、郭彦威五员虎将，将朱温手下大将王彦章困死在狗家疃。详见《残唐五代演义传》。

[30] 朱温：朱温，五代后梁的开国之主梁太祖，在位六年（907—912），为其子友珪所杀。

[31] 黄巢：唐末起义军首领，号冲天大将军，称帝，国号大齐。后李克用破京师，黄巢遁至虎狼谷自刎。

[32] 汴梁：又称东京。北宋都城开封府治所，即汴京，河南开封市。汴梁在唐时名汴州，五代除后唐外均在此建都，北宋也因此地水运便利仍建都于此。

[33] 愡宽：宽松。

[34] 新：革新。

[35] 每每殢酒色：常常沉湎于酒色之中。殢，滞留。

[36] 俳优：演滑稽戏的人。

[37] 恣：肆意、放纵。

[38] "国政"句：这句写后唐庄宗创业时上下一心，国治民安。政，正。修，治。

[39] 可惜英君十三：英君，英明的君主，指后唐庄宗。庄宗初开创后唐天下，颇有作为。十三，指后唐统治只有短短的十三年（923—936）。

[40] "上石门"句：石门寺保驾，史书无此记载。后唐太祖李克用之养子李嗣源于926年发动兵变，庄宗败逃石桥，君臣相对而哭。元行钦等百余人解髻断发置地，誓以死报。此句可能即指此事，见《新五代史》卷二十五《元行钦传》。

[41] "朱节儿"句：这句写李存勖整整用了十五年才灭了梁，建立了后唐天下。朱节，帝王的仪仗，象征国家。唐·卢思道《驾出圜丘诗》："黄麾引朱节，灵鼓

应华钟。”镇，整整地。十五载，指公元 908—922 这十五年。

[42] 朝属梁，暮属晋：指后唐政权时日短促。

[43] 挣揣得个散乐伶官：挣揣，艰难地挣得。散乐，指百戏。伶官，乐官。

[44] 院本：行院之本。行院，娼妓所居之处。本，指杂剧的底本。

[45] 抹土搽炭：宋杂剧院本演出时的化妆。

[46] 团栾：“团圞”，团圆。

[47] 沿伴：沿边。

[48] 爨巾：杂剧演出用的头巾、头饰。元・陶宗仪《南村辍耕录》云：“宋徽宗见爨国人来朝，衣装褉（xié 音斜，衣袖）履巾裹，傅粉墨，举动如此，使优人效之以为戏。”此处指后唐庄宗头裹爨巾。《北梦琐言》：“庄宗好俳优，宫中暇日，自负蓍（shī 音失）囊药箧，令继岌破帽相随，似后父刘叟以医卜为业也。”

[49] “内藏”句：内藏库，即内廷之库。歪镘（màn 音曼），来源不正当的钱钞。镘，钱钞、铜钱。

[50] 火伴：伙伴。

[51] 下次的：手下的。指庄宗宫内艺人。

[52] 交搀：争夺。

[53] 院酸：指院本中饰演穷秀才的角色。

[54] 拴些艳段：宋杂剧中的一种表演方式。艳段是正杂剧开始前表演的大家较为熟知的节目。宋・吴自牧《梦粱录》卷二十《妓乐》：“先做寻常熟事一段，名曰艳段；次做正杂剧，通名两段。”

[55] 长朝殿：殷商纣王处理国事的殿名，在当时的都城朝哥（今河南省淇县之北）。此处指宫殿。

[56] 勾栏：一作“勾阑”“构栏”。宋元时杂剧和各种伎艺演出的场所。勾栏内有戏台、戏房（后台）、神楼、腰棚（看席）。有的勾栏以“棚”为名。南宋・孟元老《东京梦华录》卷之二《东角楼街巷》：“其中大小勾栏五十余座。内中瓦子莲花棚、牡丹棚，里瓦子夜叉棚、象棚最大，可容数千人。”后世亦用以称妓院。

【双调】乔牌儿[1]

世途人易老，幻化自空闹。蜂衙蚁阵黄粱觉，人间归去好[2]。

【锦上花】选[3]甚谁低谁高，谁强谁弱。则不如开放柴扉[4]，打下浊醪[5]。山展屏风，列一周遭[6]，花不知名，分外□娇。

【幺】磁鸥喜潋滟[7]，听水任低高，偃仰[8]在藤床上，醉魂缥渺[9]。啼鸟惊回，兀兀淘淘[10]；窗外三竿[11]，红日未高。

【清江引】都想着屹登登[12]马头前挑着照道，闹吵吵昏鸦噪，点点铜壶催，滃滃[13]残星落，立在紫微垣[14]天未晓。

【碧玉箫】便有敕牒官诰[15]，则是银汉[16]鹊成桥，便有钞堆金窑，似梁间燕营巢。为甚石崇[17]睡不着，陈抟[18]常睡着？被那转世宝[19]，隔断长生道[20]。恁若肯抄[21]，摆着手先来到。

【歇指煞】千锺[22]苟[23]窃人之好，一瓢知足天之道[24]，有那等愚浊尽教，尽教向愚海内钻、红尘中骤[25]、白身[26]里跳。争如[27]俺拂袖归、掀髯笑。恁头[28]见三径边渊明醉倒，怕不恁北阙利名多[29]，我道俺东篱下是非少。

---

［1］【双调】乔牌儿：《北词广正谱》征引〔锦上花〕〔幺篇〕〔碧玉箫〕三曲。这套曲子把富贵场中蜂衙蚁阵、争名夺利的现实和“藤床上”“三径边”“东篱下”陶渊明式的隐居生活作了鲜明的对比。字里行间充满了对大自然的热爱和对隐逸生活的赞美。作品形象生动，语言朴实，是作者笔下的豪放激越之作。

［2］“世途”四句：隋树森编《全元散曲》注曰：“以‘世途人易老’五字领起，则首曲当为〔乔牌儿〕。《太和正音谱》有杜善夫散套〔乔牌儿〕一支，首句即此五字。疑两谱中之曲，原为一套，而作者或有马、杜二说，或有一谱偶误。《正音谱》〔乔牌儿〕‘世途人易老’一支，见本书杜氏曲中。”此四句即从《全元散曲》中杜仁傑（字善夫）【双调 · 乔牌儿】（载《太和正音谱》下和《九宫大成》六五）移来。幻化，指世上一切事物、道理皆空而无实，都是幻想出来的。蜂衙蚁阵，喻指纷纭杂乱、互相倾轧的官场。蜂衙，群蜂早晚聚集，簇拥蜂王，有似旧时官吏到上司衙门排班参见。蚁阵，蚂蚁格斗时的阵势。归去，出自陶潜的《归去来辞》，意指隐去，远离尘世。

［3］选：比。

［4］柴扉：柴门。

［5］浊醪（láo 音劳）：浊酒。醪，未滤出渣子的酒。亦泛指酒。

［6］一周遭：一圈儿。周遭，四周、周围。

［7］“磁鸥”句：指水鸟在漫波中戏耍。磁鸥，洁白的水鸟。潋滟，形容水波流动

的样子。

［8］ 偃仰：仰卧。

［9］ 缥渺：同缥缈，形容隐隐约约、若有若无。

［10］ 兀兀淘淘：亦作“淘淘兀兀”“兀兀陶陶”“陶陶兀兀”。形容醉后忘乎所以、自得其乐的样子。

［11］ 三竿：“三竿日”的省称。《南齐书·天文志上》：“永明五年十一月丁亥，日出高三竿，朱色赤黄。”意指太阳已升得有三根竹竿那么高了，时间已不早。

［12］ 屹（gē 音哥）登登：同“咯登登”。形容马蹄声。

［13］ 浥浥（yì yì 音义义）：鲜明的样子。

［14］ 紫微垣：星名，又名紫宫、紫微宫。有紫微左垣、紫微右垣，位于北斗星左右两侧，呈翊（yì 音艺）卫之状。

［15］ 敕牒官诰：指皇帝颁发的封赏文书。

［16］ 银汉：此处用牛郎织女为天河所隔，每年七月初七鹊成桥得会面一次的民间传说，说明封赏而得的功名是短暂的、倏忽即逝的。

［17］ 石崇：西晋贵族，字季伦，以豪奢糜烂闻名，最后被满门抄斩。

［18］ 陈抟：字图南，号夷谷。有经世才，善诗，厌五代之乱；入武当山、华山隐居，能辟（bì 音必）谷，或一睡三年。马致远有杂剧《西华山陈抟高卧》。

［19］ 转世宝：指功名利禄。

［20］ 长生道：长生成仙之道。

［21］ 恁若肯抄：恁，你。抄，走捷径，指不恋功名富贵。

［22］ 千锺：锺，古代量器，六石四斗为一锺。千锺，犹言千锺的俸禄。

［23］ 苟：暂且。

［24］ 天之道：正道、自然规律。

［25］ 骤：疾行。

［26］ 白身：指未有科第但通晓经传后即可擢拔为官的有出身的平民。

［27］ 争如：怎如。争，怎。

［28］ 恁头：这头、这边。

［29］ “怕不恁”句：怕不，岂不、难道不。北阙，指宫殿之北所建阙观，尚书奏书之处。

【双调】新水令

题西湖[1]

四时湖水镜无瑕，布[2]江山自然如画。雄宴赏，聚奢华。人不奢华，山景本无价。

【庆东原】暖日宜乘轿，春风堪信马，恰寒食[3]有二百处秋千架。向人娇杏花，扑人衣柳花，迎人笑桃花。来往画船游，招飐[4]青旗挂。

【枣乡词】纳凉时，波涨沙，满湖香芰荷蒹葭[5]。莹玉杯，青玉斝[6]，恁般楼台正宜夏，都输他沉李浮瓜[7]。

【挂玉钩】曲岸经霜落叶滑，谁道是秋潇洒[8]？最好西湖卖酒家，黄菊绽东篱下[9]。自立冬，将残腊，雪片似江梅，血点般山茶。

【石竹子】[10]锦绣钱塘富贵家，簪缨[11]画戟[12]官宦衙。百岁能欢几时价[13]，可惜韶华[14]过了他。

【山石榴】[15]橹摇摇，声嗟呀[16]，繁华一梦天来大，风物逐人化[17]。虚名争甚那？孤舟驾，功名已在渔樵话[18]，更饮三杯罢。

【醉娘子】[19]真个醉也么沙[20]，真个醉也么沙。笑指南峰，却道西楼，真个醉也么沙！

【一锭银】欲赋终焉力不加，囊箧更俱乏。自赛了儿婚女嫁[21]，却归来林下。

【驸马还朝】[22]想像间神仙宫[23]类馆娃[24]，俯仰间飞来峰[25]胜巫峡[26]。葛仙翁[27]、郭璞[28]家，几点林樱似丹砂[29]。

【胡十八】[30]云外塔，日边霞，桥上客，树头鸦，水亭山阁日西斜。哎，老子，醉么？宜阆苑泛浮槎[31]。

【阿纳忽】山上栽桑麻，湖内寻生涯，枕头上鼓吹鸣蛙，江上听甚琵琶[32]！

【尾】渔村偏喜多鹅鸭，柴门一任[33]绝车马。竹引山泉，鼎试雷芽[34]。但得孤山[35]寻梅处，苫[36]间草厦，有林和靖[37]是邻家，喝口水西湖上快活煞[38]。

---

［1］ 题西湖：此套曲载《梨园乐府》上、《盛世新声》午集、《词林摘艳》五、《雍熙乐府》一一，《北词广正谱》引〔枣乡词〕〔山石榴〕〔醉娘子〕〔驸马还朝〕，《九宫大成》六五引〔庆东原〕、六六引〔枣乡词〕〔石竹子〕至〔尾〕。隋树森编《全元散曲》注曰："《盛世新声》，重增本、内府本《词林摘艳》俱无题，与《雍熙乐府》皆不注撰人。《雍熙》题作'西湖'。原刊本徽藩本《词林摘艳》题作'感怀'，与《北词广正谱》皆注王伯成作。兹从《梨园乐府》。"此套曲是马致远任官江浙省务提举时游览西湖所作。他在盛赞西湖"江山自然如画"的同时，反映他对簪缨官宦的不满和对功名富贵的轻蔑，表述他准备归隐林泉的打算和眼下能够长住孤山的向往，深深地寄托了他厌弃官场、情系江湖的幽情孤愤。曲文疏朗豪宕，胸襟光风霁月，显示其在宦海浮沉之中不失指点江山、情系江湖的豪迈本色。此套曲还补足了马致远任职期间生活经历的阙失。他在"二十年漂泊生涯"中究竟做了些什么、想了些什么，此套多少能让我们了解其中的一角。他从大都来杭州任职，可以游西湖；他由杭州调赴南昌，可以游镇江金山寺、江西浔阳江；他由南昌从役湖南，可以游洞庭湖，赏"潇湘八景"：这就使他虽屈沉下僚，却大有抒发情志的天地。

［2］ 布：布置、安排。

［3］ 寒食：节令名，在农历清明前一或二日。节日禁火，只吃冷食，故云。

［4］ 招飐：迎风飘荡。

［5］ 芰（jì 音计）荷蒹葭：菱、莲和芦苇。芰荷，屈原《离骚》："制芰荷以为衣兮，集芙蓉以为裳（cháng 音常）。"朱熹《集注》："芰，菱也。生水中，叶浮水上，花黄白色，实紫色，两头锐者也。荷，莲叶也。"蒹葭，芦苇。《诗·秦风·蒹葭》："蒹葭苍苍，白露为霜。"毛传："蒹葭，芦也。"

［6］ 斝（jiǎ 音甲）：古代铜制酒器，有三足两柱，圆口平底，盛行于商代，周代叫爵。

［7］ 沉李浮瓜：南朝梁·萧统《文选》卷四十二载魏文帝《与朝（zhāo 音招）歌令吴质书》："每念昔日南皮之游，诚不可忘。……浮甘瓜于清泉，沈（chén 音沉）

朱李于寒水。”曲中借此典故以写夏日西湖边楼台上乘凉消暑的情形。

[8] 潇洒：形容景色凄凉。

[9] 黄菊绽东篱下：化用晋陶渊明《饮酒》诗中“采菊东篱下”句意。

[10]〔石竹子〕：曲牌名。属北曲【双调】。定格为七、七、七、六，凡四句四韵。前三句例为鼎足对，末句宜用平声韵煞。用于套曲，一般在〔慢金盏〕后。

[11] 簪缨：古代官员的冠饰，用以喻显贵。

[12] 画戟：上加彩饰的戟，为古兵器，常作仪设之用。

[13] 价：宋元口语，犹云“这个样儿”或“那个样儿”。

[14] 韶华：美好的年华。

[15]〔山石榴〕：曲牌名。属北曲【双调】。定格为三、三、七、五，凡四句四韵。下接〔幺篇〕换头为二、三、三、七、五，凡五句，实即在本调首句前加一个二字句。用于套曲，但作者较少。今传元代王伯成、关汉卿两家之作，关氏无〔幺篇〕。

[16] 嗟呀：叹息。

[17] 风物逐人化：风光景物随着人的处境变化而变化。

[18] 渔樵话：借用宋·张升〔离亭燕〕词“多少六朝兴废事，尽入渔樵闲话”句。

[19]〔醉娘子〕：曲牌名。又名〔醉也摩挲〕〔真个醉〕。属【双调】，用于剧曲和散曲套数。全曲五句：七、七、四、四、七。此曲中的“真个醉也么沙”三句应是此调的定腔所在，乃是模拟女真音声，〔醉也摩挲〕〔真个醉〕可能即得名于此。

[20] 也么沙：衬字，无义。

[21] 儿婚女嫁：典出《后汉书·向长传》：“向长，字子平，河内朝歌人也，隐居不仕。”他待子女男婚女嫁完毕之后，处置好家事，即与同道之人共游五岳名山，不知所终。这里表达了作者将于儿女婚嫁事毕后归隐西湖的心愿。

[22]〔驸马还朝〕：曲牌名。又称〔相公爱〕。属【双调】。用于剧曲和散曲套数。五句五韵：七、七、二、五、六。

[23] 神仙宫：指道观。

[24] 馆娃：指馆娃宫。坐落于江苏苏州的灵岩山上，为春秋时期吴王夫差为宠幸西施而兴建。现今园内尚存的吴王遗迹和古迹有吴王井、梳妆台、玩花池、玩月池、智积井、长寿亭、迎晖亭等。

[25] 飞来峰：又名灵鹫（jiù 音旧）峰，位于杭州市西湖区的灵隐寺前。相传一千六百多年前印度僧人慧理来杭州，看到此峰怪石嶙峋、风景绝异，惊讶地说：“此乃中天竺国灵鹫山之小岭，不知何以飞来？”因此称为飞来峰。飞来峰山高二百零九米，由石灰岩构成。由于长期受地下水溶蚀作用，形成了许多奇幻多变的洞壑。飞来峰不仅风景美，而且是我国南方古代石窟艺术重要地区之一，有五代至宋元年间的石刻造像三百四十余尊。其中最引人注目的，要数那

喜笑颜开、袒胸露腹的弥勒佛。这是飞来峰石窟中最大的造像，为宋代造像艺术的代表作，具有较高的艺术价值。

［26］ 巫峡：长江三峡之一。此处暗指巫山神女故事。

［27］ 葛仙翁：古代传说中的神仙葛洪，作者以其所居之仙境喻指西湖胜景。

［28］ 郭璞：《晋书·郭璞传》载："郭璞字景纯，河东闻喜人也……洞五行、天文、卜筮之术。""亦以才学见重……然性轻易，不修威仪，嗜酒好色，时或过度。"

［29］ 丹砂：朱砂，一种名贵的矿石，色深红。古代道教徒用以化汞炼丹，中医作药用，也可制作染料、颜料。

［30］〔胡十八〕：曲牌名。属北曲【双调】。定格为三、三、三、三、七、二、二、五，共八句。亦有增减一二句之类变格。可作小令，亦用作套曲，多在〔风入松〕或〔搅筝琶〕后。

［31］ 宜阆苑泛浮槎：借用晋·张华《博物志·杂说下》所载浮槎犯牛宿的故事，以喻超世远游。

［32］"枕头上"二句：先是借用《南齐书·孔稚珪传》中故事，其中有"此（指蛙声）以当两部鼓吹"之语；又借用唐·白居易《琵琶行》诗之意境，而以反诘口气出之。

［33］ 一任：听凭。

［34］ 雷芽：谓用惊蛰节后萌发的茶芽制作的茶叶。元·耶律楚材《西域从王君玉乞茶因其韵》诗："碧玉瓯中思雪浪，黄金碾畔忆雷芽。"据宋·宋子安《东溪试茶录》称，先芽者气味俱不佳，唯过惊蛰者最为第一。

［35］ 孤山：山名。在浙江杭州西湖中，孤峰独耸，秀丽清幽。宋·林逋（bū 音哺）曾隐居于此，喜种梅养鹤，世称孤山处士。孤山北麓有放鹤亭和梅林。

［36］ 苫：指用茅草遮盖。

［37］ 林和靖：林逋，北宋时隐士，晚年隐居西湖孤山。《宋史·林逋传》："初，放游江淮间，久之归杭州，结庐西湖之孤山，二十年足不及城市。……仁宗嗟悼，赐谥和靖先生……"

［38］ 煞：极甚之词，亦作"杀"。

【双调】行香子[1]

无也闲愁，有也闲愁，有无间愁得白头。花能助喜，酒解忘忧[2]。对东篱，思北海，忆南楼[3]。

【庆宣和】过了重阳九月九，叶落归秋，残菊胡蝶强风流。劝

酒，劝酒。

【锦上花】莫莫休休[4]，浮生参透[5]。能得朱颜，几回白昼。野鹤孤云[6]，倒大[7]自由。去雁来鸿，催人皓首。位至八府[8]中，谁说百年后？则落得庄周，叹打骷髅[9]。爱煞当年，鲁连乘舟[10]。那个如今，陶潜种柳[11]。

【清江引】青云兴[12]尽王子猷，半路里干生受[13]。马踏街头月，耳听宫前漏[14]，知他恁[15]羡甚么关内侯[16]。

【碧玉箫】莺也似歌喉，佳节若为酬[17]，傀儡棚头[18]，题甚么抱官囚[19]，自也羞，则不如一笔勾[20]。锦瑟左右，红妆前后[21]，朦胧醉眸，觑只头黄花瘦[22]。

【离亭宴带歇指煞】花开但愿人长久[23]，人闲难得花依旧，夕阳暂留。酒中仙[24]，尘外客[25]，林间友[26]。黄橙带露[27]时，紫蟹迎霜候[28]，香醪羡笃[29]，酒和花，人共我，无何有。细杖藜[30]，宽袍袖，断送[31]了西风罢手。常待[32]做快活头[33]，永休开是非口。

---

[1]　【双调】行香子：此套曲载《梨园乐府》上，《北词广正谱》引〔锦上花〕〔碧玉箫〕〔离亭宴带歇指煞〕，《九宫大成》六六引〔碧玉箫〕。

[2]　酒解忘忧：酒懂得令人忘忧。曹操《短歌行》有“何以解忧，唯有杜康”之句。

[3]　“对东篱”三句：对东篱，用晋·陶渊明《饮酒》“采菊东篱下，悠然见南山”诗意。思北海，用《后汉书·孔融列传》所载之典故，孔融：“性宽容少忌，好士，喜诱益后进。及退闲职，宾客日盈其门。常叹曰：‘坐上客恒满，尊中酒不空，吾无忧矣。’”北海，孔融曾任北海相，时称孔北海。忆南楼，用《晋书·庾亮列传》所云庾亮于秋夜佳景中与下僚在南楼据胡床谈咏逐欢的故事。

[4]　莫莫休休：意指退隐安闲。莫莫，隐蔽貌。休休，安闲貌。

[5]　浮生参透：把浮荡无定的人生完全看破。“参”乃佛家语，有参究、参悟之意。

[6]　野鹤孤云：比喻隐士。野鹤不与鸡鹜同群，超然尘外；孤云不与烟雾同在，独

来独往。故以为喻。

［7］ 倒大：绝大。

［8］ 八府：谓掌实权的官府。《周礼・天官・大（tài 音太）宰》有“以八法治官府”之说。

［9］ 叹打骷髅:《庄子・至乐》载，庄子到楚国去，看到路上有一具髑（dú 音独）髅，便用马鞭斥问道:“夫子贪生失理而为此乎？将子有亡国之事、斧钺之诛而为此乎？将子有不善之行，愧遗父母妻子之丑而为此乎？将子有冻馁之患而为此乎？将子之春秋故及此乎？”说完后便枕髑髅而卧。半夜髑髅入庄子梦中，说道:“子之谈者似辩士，诸子所言，皆生人之累也，死则无此矣。……死无君于上，无臣于下，亦无四时之事，纵然以天地为春秋，虽南面王，乐不能过也。”这里作者借用庄周打髑髅事以言富贵、显赫皆为转眼即逝之事。

［10］ 鲁连乘舟:《史记・鲁仲连邹阳列传》载：鲁仲连以一封书信为齐国下聊城，但不肯接受爵禄，逃隐于海上，曰:“吾与富贵而诎于人，宁贫贱而轻世肆志焉。”作者借鲁仲连故事以表达其鄙视功利的思想。

［11］ 陶潜种柳：晋代陶潜“尝著《五柳先生传》以自况”，其中云:“先生不知何许人也，亦不详其姓字。宅边有五柳树，因以为号焉。”故世人亦称陶渊明为“五柳先生”。作者借以表达对陶潜淡泊的隐居生活的赞赏。

［12］ 青云兴：借用汉・扬雄《解嘲》“当涂者升青云”句意。

［13］ 干生受：白白地为难、受苦。

［14］ 漏：古计时器。引申为时刻、时间。

［15］ 恁：这样、如此。

［16］ 关内侯：秦制，爵第十九级曰关内侯。

［17］ 若为酬：怎样（以诗）酬答。若为，如何。

［18］ 傀儡棚头：喻身不自主拉帮结派的人。傀儡，用土木制成的偶像，比喻被人利用而不能自主者。棚头，朋党、帮派为头的人。唐・封演《封氏闻见记・贡举》载，唐元宗时，每岁进士到省千余人，“在馆诸生更相造诣，互结朋党。以相渔夺，号之为棚。推声望者为棚头，权门贵盛，无不走也，以此荧惑主司视听”。

［19］ 抱官囚：指贪恋禄位、拘于名缰利锁之人。宋・黄庭坚《四休居士》诗:“富贵何时润髑髅，守钱奴与抱官囚。”

［20］ 一笔勾：一笔勾销、了结。

［21］ “锦瑟”二句：是说身边都是青春年华的女子。唐・杜甫《曲江对酒》诗有“何时诏此金钱会，暂醉佳人锦瑟旁”之句。锦瑟，绘文如锦之瑟。瑟是古代的多弦乐器，唐・李商隐《锦瑟》诗:“锦瑟无端五十弦，一弦一柱思华年。”

［22］ 觑只头黄花瘦：瞧着头发已白、身形已瘦。黄花瘦，化用宋・李清照〔醉花阴〕词中“人比黄花瘦”句意，形容非常消瘦。隋树森《全元散曲》注曰:“末

句‘只’字疑误。《(北词)广正谱》‘只头’作‘只先’,《九宫大成》从之。任(讷)辑四家散曲作‘白头’,皆臆改。”

[23] “花开”句:化用宋·苏轼〔水调歌头〕词“但愿人长久,千里共婵娟”句意。

[24] 酒中仙:唐·杜甫《饮中八仙歌》描写“李白一斗诗百篇,长安市上酒家眠。天子呼来不上船,自称臣是酒中仙。”形容海量畅饮的诗友。

[25] 尘外客:身处世外的隐士。佛教称人间为尘。

[26] 林间友:隐居山林的朋友。

[27] 带露:形容黄橙新摘、犹带露水那样的新鲜。

[28] 迎霜候:秋霜刚降的时节。这时螃蟹最肥美。

[29] 香醪羡笃:醇香的美酒很快地用笃漉取。笃,用篾编成的漉酒器,这里作动词。

[30] 杖藜:持藜茎为杖,指扶杖而行。藜,草名,又名莱,老茎可作手杖。

[31] 断送:打发。

[32] 待:将要、打算。

[33] 快活头:快乐的头领。

【双调】夜行船

酒病花愁何日彻,劣冤家省可里[1]随斜[2]。见气顺的心疼,脾和的眼热,休没前程[3]外人行言说。

【幺】但有半米儿[4]亏伊天觑者,图个甚意断恩绝。你既不弃旧怜新,休想我等闲心趄,合受这场抛撇。

【鸳鸯煞】据他有魂灵宜赛多情社[5],俺心合受这相思业。牵惹情杯,愁恨千叠,唱道但得半米儿有担擎底九千纸教天赦。怕有半米儿心别,教不出的房门化做血。

秋　思[6]

百岁光阴一梦蝶[7],重回首往事堪嗟[8]。今日春来,明朝花谢,急罚盏夜阑灯灭[9]。

【乔木查】[10]想秦宫汉阙[11],都做了衰草牛羊野,不恁么[12]渔樵没话[13]说。纵[14]荒坟横断碑,不辨龙蛇[15]。

【庆宣和】投至[16]狐踪与兔穴[17]，多少豪杰。鼎足虽坚半腰里折，魏耶晋耶[18]？

【落梅风】天教你富，莫太奢[19]，没多时好天良夜[20]。富家儿更做道[21]你心似铁[22]，争[23]辜负了锦堂风月[24]。

【风入松】眼前红日又西斜，疾似下坡车。不争[25]镜里添白雪[26]，上床与鞋履相别[27]。休笑巢鸠计拙[28]，葫芦提[29]一向装呆。

【拨不断】利名竭，是非绝。红尘[30]不向门前惹[31]。绿树偏宜屋角遮。青山正补墙头缺，更那堪竹篱茅舍。

【离亭宴煞】蛩吟[32]罢一觉才宁贴[33]，鸡鸣时万事无休歇。何年是彻[34]？看密匝匝蚁排兵，乱纷纷蜂酿蜜，急攘攘蝇争血。裴公绿野堂[35]，陶令[36]白莲社[37]，爱秋来时那些：和露摘黄花，带霜分紫蟹，煮酒烧红叶[38]。想人生有限杯，浑[39]几个重阳节？人问我顽童[40]记者[41]：便北海探吾来，道东篱醉了也[42]。

天地之间人寄居[43]，来生去死嗟吁。就里[44]荣枯，暗中贫富，人力不能除取。

【乔牌儿】自然天付与，强得来也不坚固。有人参透其中趣，何须巧对付？

【锦上花】富贵无骄，贫穷何辱？贫不忧愁，富莫贪图。富依公，天能祐护。贫富人生，各人命福。

【幺】富呵亨[45]富来，贫呵乐贫去。就里无钱，尚良欢娱。袖有黄金，到有嗟吁。一日勾来[46]，如何做主。

【江儿水】人生百年如过驹[47]，暗里流年度。似晓露红莲香，落日夕阳暮，没可里[48]使心干受苦。

【碧玉箫】春满皇都，快兴到金壶[49]。凉意入郊墟，便可忆鲈鱼[50]，量有无，好光阴不可辜。携着良友，生觅着闲游处。四景又俱，羡甚功劳簿。

【离亭宴带歇指煞】公卿自有公卿禄，儿孙自有儿孙福。神心自语，恁麒麟阁上图，凤凰池[51]中立，不如俺鹦鹉州[52]边住。黄纸[53]上名，不如俺软瓯中物，谁知野夫。列翠围四屏山，引寨练一溪水，盖蜗舍[54]三椽屋。我头低气不低，身屈心难屈，一任教风云卷舒。饭饱一身安，心闲万事足。

帘外西风飘落叶，扑簌簌落满阶砌。晚景萧疏，秋声呜咽，又是断肠时节。

【乔牌儿】寸心愁万叠，业眼[55]怎交睫？孤帏难捱半夜，凄凉何日彻！

【风入松】劣冤家真个负心别，陡恁的[56]随邪[57]。好姻缘取次[58]磨灭，谩交人感叹伤嗟！楚岫被云遮，袄庙火烧绝[59]。

【鸳鸯煞】谁承望半路思他心起，待刚来[60]自家冤业。宝鉴分开，玉簪掂折[61]。喝道薄幸亏人，神天觑者。到如今着坚心儿捱，不消分别。负德辜恩见去也。

一片花飞春意减，休直到绿愁红惨。夜拥鸳衾，晓临鸾鉴，病恹恹[62]粉憔胭淡。

【风入松】再休将风月担儿担，就里尴尬。甫能[63]捱将离坑陷，又钻入虎窟蛟潭。使不着狂心怪胆，恁却甚饱轻谙。

【阿忽令】才见了明暗，且做些搠淹[64]，倘忽间[65]被他啜赚[66]，那一场羞惨。

【鸳鸯煞】有魂灵晓事伊台鉴，没寻思休惹人嚼啖[67]。恁便坐守

行监，少不得个面北眉南。唱道小可何堪，他亲怎敢？恁那鬼厮扑恩情饮[68]，得时暂，委实受过吃苦难甘，恁时节冤家信得俺。

不合青楼酒半酣，据些呵小生该斩。楚岫云迷，蓝桥水淹，没气性休教人啜赚。

【风入松】对人前排得话儿严，就里尴尬。吓破风流胆，这一场吃苦难甘。相知每无些店三[69]，般[70]得人面北眉南。

【阿忽令】觑了他行赚[71]，呼了它言谈。动不动口儿泼忏[72]，道的人羞惨。

【鸳鸯煞】尽教他统镘的姨夫[73]喊，岂无晓事相知鉴。俺不是烟花里钻延，酒楼上贪婪。唱道[74]俺气命[75]般看他，他心肝般看俺。想这场聚散别离，寻思好淡。若是奶奶[76]肯权耽[77]，俺这合死的敲牙[78]再不敢。

---

[1] 省可里：谓休得要、免得。省，省免之省。可里，语助词，无义。

[2] 随斜：无主见、不正直，引申为不正经、风流放荡。

[3] 前程：元剧中多指婚姻。

[4] 半米儿：半点儿，极言其少。

[5] 赛多情社：陈酒食以报多情神。古时称酬神为赛。多情社，即多情神。

[6] 秋思：《中原音韵》《尧山堂外纪》俱作此题。他书或题作“秋兴”，或题作“警世”，或题作“闲情”，或不标题目。该曲艺术技巧极其纯熟、老练，造语遣韵均称卓绝，特别是创造了“放逸宏丽而不离本色”（王世贞《曲藻》）的独特意境，是马致远散曲中堪可压卷的代表作。

[7] 梦蝶：借用“庄周梦蝶”典故，以喻人生就像一场幻梦。

[8] 嗟：叹息。

[9] “急罚盏”句：赶快行令罚酒，直到夜深灯熄。夜阑，夜深、夜残、夜将尽时。阑，将尽。

[10] 〔乔木查〕：曲牌名。一作〔乔木楂〕，又名〔银汉浮槎〕。属北曲【双调】。定格为五、五、七、五、四，共五句。下接〔幺篇〕，除换头为四字外，其余同

本调。前二句例作对偶；第三句单领；末句应作“仄仄平平”，但首字可不拘。用于套曲，以元 · 白朴《对景》一套中的此调为著名。

［11］秦宫汉阙：秦代的宫殿和汉代的陵阙，这里用来泛指前代的宫阙。“阙”指皇宫门前两边的望楼，泛指帝王居住的宫殿。

［12］不恁么：不这样。

［13］话：故事。

［14］纵：南北向，与下面的“横”（东西向）相应，表示横七竖八、零散杂乱之意。

［15］不辨龙蛇：意为断碑上所刻的那些字，因年代久远，都辨认不清了。龙蛇，这里指刻在碑上的文字。古人常以龙蛇喻笔势的飞动。唐 · 李白《草书歌行》：“时时只见龙蛇走，左盘右蹙如惊电。”

［16］投至：及至、等到。

［17］狐踪兔穴：狐狸出没、野兔穴居之处。东汉 · 桓谭《新论》有“坟墓生荆棘，狐兔穴其中”句。

［18］“鼎足”二句：言魏、蜀、吴三国鼎立的形势，到中途就夭折了，最后的胜利者到底是魏呢，还是晋呢？鼎足，指魏、蜀、吴三国的并立。《三国志 · 蜀书 · 诸葛亮传》：“今将军诚能命猛将统兵数万，与豫州协规同力，破操军必矣。操军破，必北还，如此则荆、吴之势强，鼎足之形成矣。”

［19］太奢：过于奢望，指一味地利欲熏心。

［20］好天良夜：好日子、好光景。宋 · 柳永〔女冠子〕词：“相思不得长相聚，好天良夜，无端惹起，千愁万绪。”

［21］更做道：即使、纵然。

［22］心似铁：意谓有钱舍不得用，悭吝之心犹如铁硬。

［23］争：怎。

［24］锦堂风月：富贵人家的美好景色。此句嘲讽守财奴情趣卑下，无福消受荣华。锦堂，用宋代韩琦在故乡相州（今河南省安阳市）筑昼锦堂的故事，泛指富贵人家的宅第。

［25］不争：不要紧、无所谓。

［26］白雪：喻白发。

［27］“上床”句：用上床睡觉与鞋相别的谐趣说法，表达一旦睡而不起便与人生告别的严肃寓意。明代王世贞《曲藻》因而评之曰：“小语如‘上床与鞋履相别’，大是名言。”

［28］巢鸠计拙：相传斑鸠不会营巢。《荀子 · 劝学篇》：“南方有鸟焉，名曰蒙鸠，以羽为巢，而编之以发，系之苇苕。风至苕折，卵破子死。”

［29］葫芦提：宋元时口语，糊糊涂涂。

［30］红尘：人间俗世。

［31］惹：招引、沾染。

［32］蛩（qióng 音穷）吟：蟋蟀叫。蛩，蟋蟀。

［33］宁贴：平静、安静。

［34］彻：毕、尽、停歇的意思。

［35］裴公绿野堂：裴公即唐代的裴度（765–839），字中立，德宗贞元五年（789 年）进士。一生历仕代宗、德宗、顺宗、宪宗、穆宗、敬宗和文宗七朝，史称七朝元老。历任宪宗、穆宗、敬宗、文宗四朝宰相。《旧唐书》赞其为“威望德业，侔于郭子仪，出入中外，以身系国之安危、时之轻重者二十年”。后眼见宦官专权，国事日非，便辞官退居，在洛阳市南修了别墅“绿野堂”，与白居易、刘禹锡等饮酒赋诗，昼夜相欢，不问人间事。

［36］陶令：东晋的陶潜。因他曾经做过彭泽令，所以被称为陶令。

［37］白莲社：乃晋时庐山东林寺高僧慧远等发起的宗教组织，陶渊明常往来庐山，但未入白莲社。

［38］煮酒烧红叶：化用白居易《送王十八归山寄题仙游寺》诗句“林间暖酒烧红叶，石上题诗扫绿苔”。

［39］浑：总共。

［40］顽童：指侍奉的小童。

［41］记者：记着、记住。

［42］“便北海”二句：意为不管谁来，都说我醉了不能相见，北海，指东汉的孔融。他曾任北海太守，世称孔北海。孔融平生好客，自述其愿曰：“坐上客恒满，尊中酒不空，吾无忧矣。”这里指代那些既有身份而又好客的名人。东篱，指马致远自己。他羡慕陶潜的隐逸生活，因陶潜《饮酒》诗有“采菊东篱下，悠然见南山”之句，乃自号“东篱”。

［43］【双调】夜行船·天地之间人寄居：此套载《阳春白雪》后集卷二。《北词广正谱》《九宫大成》六六引〔碧玉箫〕。

［44］就里：亦作“就中”“就儿里”“就地里”，内里、内情。

［45］亨：同“享”。享受、受用。

［46］勾来：鬼使前来追命。指死到临头。

［47］过驹：比喻光阴过得极快。《庄子·知北游》：“人生天地之间，若白驹之过郤，忽然而已。”郤，本作“隙”，孔洞。

［48］没可里：没奈何、无奈。

［49］金壶：酒器。唐·韩翃《田仓曹东亭夏夜饮得春字》诗：“玉佩迎初夜，金壶醉老春。”

［50］忆鲈鱼：典出《晋书·文苑列传·张翰》：“齐王冏辟为大司马东曹掾。冏时执权，翰谓同郡顾荣曰：‘天下纷纷，祸难未已。夫有四海之名者，求退良难。吾本山林间人，无望于时。子善以明防前，以智虑后。’荣执其手，怆然曰：‘吾亦与子采南山蕨，饮三江水耳。’翰因见秋风起，乃思吴中菰菜、莼羹、鲈鱼

脍，曰：‘人生贵得适志，何能羁宦数千里以要（yāo 音邀）名爵乎！’遂命驾而归。”

［51］凤凰池：《晋书 · 荀勖列传》：“勖久在中书，专管机事。及失之，甚罔罔怅恨。或有贺之者，勖曰：‘夺我凤皇（同“凰”）池，诸君贺我邪！’”后人便以凤凰池代称朝廷。

［52］鹦鹉州：地名，原在湖北武汉西南长江中，明末为江水淹没。相传由东汉末年祢衡在黄祖长子黄射大会宾客时，即席写就一篇“锵锵振金玉，句句欲飞鸣”的《鹦鹉赋》而得名。后祢衡被黄祖杀害，葬于洲上。后人为纪念这位刚正不阿的名士，便借《鹦鹉赋》将他埋骨之处称为鹦鹉洲，并在洲上建正平（祢衡的字）祠，供人凭吊。古往今来，不少墨客骚人来游鹦鹉洲，凭吊祢衡墓，留下无数诗篇，使鹦鹉洲芳名远播，祢正平精神长存。

［53］黄纸：黄榜。古时科举殿试后朝廷发布的榜文。因用黄纸书写，故称。

［54］蜗舍：本指蜗牛之壳。此喻屋舍极为狭小。

［55］业眼：造孽的眼睛。多用于自怨自詈（lì 音立）之时。

［56］陡恁的：突然间竟如此地。

［57］随邪：变化无端。

［58］取次：轻易地、随便地。

［59］祆（xiān 音先）庙火烧绝：指火烧祆庙的民间故事。《渊鉴类函》卷五八引《蜀志》载，蜀帝公主与乳母陈氏之子相恋，约定在祆庙相会。届时公主入庙，见陈生熟睡，便解下所佩玉环放到他的怀里后离去。陈生醒后，知恋人远去，怨气化火，自身和祆庙都被烧毁。祆庙，祆教（即拜火教）祭祀火神的寺院。

［60］待刚来：大抵是、大概、总之。

［61］掂折：折断。

［62］病恹恹：形容疾病缠身的样子。

［63］甫能：好不容易、刚刚能够。甫，刚刚。

［64］搠（shuò 音硕）淹：装痴作呆。

［65］倘忽间：倘若、倘或。

［66］啜赚（chuò zuàn 音绰攥）：哄骗。

［67］嚼啖：指议论、谈论是非。

［68］忺（xiān 音先）：牵挂、思念。

［69］无些店三：没店三，轻浮、鲁莽。

［70］般：搬弄是非、挑拨是非。

［71］行赚：行为。

［72］泼忏：波俏，谓言语锋利。喻指不留情面地责备、数落。

［73］姨夫：妓院里称共狎一妓的两个男子互为姨夫。

［74］唱道：衬字，无意义。

[75] 气命：性命。
[76] 奶奶：对妓女的昵称。
[77] 权耽：权且担待。
[78] 敲牙：疑应作“敲才”，意为该打的家伙。

【商调】集贤宾

思　情[1]

天涯自他为去客[2]，黄犬信音乖[3]。日日凌波袜冷，湿透青苔[4]。向东风不倚朱扉，傍斜阳也立闲阶，扑通地石沉大海，人更在青山外[5]。倦题宫叶字[6]，羞见海棠开[7]。

【幺】春光有钱容易买[8]，秋景最伤杯。他便似无根蓬草[9]，任飘零不厌尘埃。假饶[10]是线断风筝，落谁家也要个明白。近来自知浮世窄[11]，少负他惹多[12]苦债。别离期限数，占卜卦钱[13]排。

【金菊香】敢投了招婿相公宅[14]，多就了除名烟月牌[15]，迷留没乱[16]处猜。柳叶眉儿好，等你过章台[17]。

【浪来里】[18]更漏永[19]，怎地捱[20]？砧声[21]才住角声[22]哀。有灯光恨杀[23]无月色，是何相待？姮娥影占了看书斋[24]。

【尾】听夜雨无情，哨纱窗紧慢有三千解[25]，韵欺蛩入耳[26]，点共泪盈腮[27]。疏竹响，晚风筛。划地[28]将芭蕉叶儿摆。意中人何在？猛随风雨上心来！

---

[1] 【商调】集贤宾·思情：此套载《太平乐府》七，《太和正音谱》下引〔浪来里〕，《北词广正谱》引〔集贤宾〕〔浪来里〕，《九宫大成》五九引〔浪来里〕，但未注撰人。曲写一女子对出门在外的丈夫的深切怀念，由于久久未见家书，产生了种种埋怨和猜疑。入夜，秋雨淅沥，倍添凄凉光景，更增加了思念的情

怀。全曲情景交融，体察入微，感情深沉，富有感染力。

［2］“天涯”句：此为倒装句，意谓“自他去为天涯客”。

［3］黄犬信音乖：意思是音信全无。《晋书·陆机传》：“机有骏犬，名曰黄耳，甚爱之。既而羁寓京师，久无家问，笑语犬曰：‘我家绝无书信，汝能赍（jī 音机）书取消息不（fǒu 音否）？’犬摇尾作声。机乃为书以竹筒盛之而系其颈。犬寻路南走，遂至其家，得报还洛。其后因以为常。”此处黄犬指信使。乖，不顺、违背。

［4］“日日”二句：是言因其站立良久，罗袜已被青苔上的露水湿透。凌波袜，借用三国魏·曹植《洛神赋》“凌波微步，罗袜生尘”句。

［5］人更在青山外：指人在很遥远的地方。宋·欧阳修〔踏莎行〕词：“平芜尽处是春山，行人更在春山外。”

［6］宫叶字：指红叶题诗事。此为唐宋盛传的良缘巧合故事。据宋·刘斧《青琐高议·流红记》载：“僖宗时，官女韩翠蘋题诗于红叶上，放于御沟。士人于祐捡之，复题一叶，亦于沟内放之，韩亦捡之。后丞相韩泳为之作伐，礼既成，泳谓之曰：‘子二人可谢某。’翠应曰：‘一联诗句随流水，十载幽思满素怀。今日却成鸾凤友，方知红叶是良媒。’泳大笑。”此借典故以言思妇伤感，无心在红叶或花瓣上题诗写字。

［7］羞见海棠开：意为在鲜艳的海棠花前，更觉自己憔悴。海棠花色鲜艳，诗人常用它比美人。宋·惠洪《冷斋夜话》卷一：“东坡作海棠诗曰：‘只恐夜深花睡去，更烧银烛照红妆。’事见《太真外传》，曰：‘上皇登沉香亭，诏太真妃子。妃子时卯醉未醒，命力士从侍儿扶掖而至。妃子醉颜残妆，鬓乱钗横，不能再拜。上皇笑曰：‘岂是妃子醉，真海棠睡未足耳。’”这里的海棠应是秋海棠。

［8］“春光”句：东坡诗《春夜》云：“春宵一刻值千金，花有清香月有阴。”

［9］蓬草：通常指野草或荒草，常常被用来比喻荒凉、萧条、贫瘠的景象，也被用来形容人的悲苦、流离、颠沛。

［10］假饶：纵使、即便。

［11］浮世窄：谓人生在世，忧患常随。浮世，指现实社会。窄，逼仄、艰辛的意思。

［12］惹多：这么多。惹，同“偌”，这样。

［13］占卜卦钱：以金钱卜远人归期。

［14］“敢投了”句：敢情是被什么相爷招为女婿了。敢，大约、大概。相公，清·顾炎武《日知录》卷二十四《相公》云：“前代拜相者必封公，故称之曰相公。……自洪武中革去丞相之号，则有公而无相矣。”

［15］除名烟月牌：写有妓女姓名的名牌叫烟月牌。妓女从良出嫁，要把自己的姓名从烟月牌上擦去。

［16］迷留没乱：昏迷急乱。迷留，系“迷离”之转。没乱，系“闷乱”之转。

［17］“柳叶”二句：意为女主人公怀疑她的丈夫在妓院青楼寻欢作乐。柳叶眉儿，眉如柳叶，旧时形容女子的美貌。章台，汉代长安街名，是娼妓集中居住之地。唐代韩翃曾将所娶妓女柳氏安置在章台居住。

［18］〔浪来里〕：曲牌名。一名〔浪里来〕〔浪来里煞〕〔浪里来煞〕。有时【商调】套曲末曲标〔尾〕，实即〔浪来里〕。属北曲【商调】。据清·周祥钰《九宫大成谱》，其字数定格八句：三、三、七、三、五、四、三、五。据涂宗涛《诗词曲律纲要》，其字数定格六句：三、三、七、七、四、七，用于套曲中，既可置于套曲的首曲与末曲之间，又可用为末曲收尾。例见元·王实甫《西厢记》杂剧第五本第一折末曲。

［19］更漏永：漫漫的长夜。更漏，指时间。古人以铜壶滴漏报更时。永，长久。

［20］捱：挨、熬。

［21］砧声：捣衣声。唐·李颀（qí 音奇）《送魏万之京》诗：“关城曙色催寒近，御苑砧声向晚多。”

［22］角声：号角声。唐·李贺《雁门太守行》：“角声满天秋色里，塞上燕脂凝夜紫。”

［23］恨杀：怨极。

［24］“姮（héng 音恒）娥”句：月光照满了书斋，暗喻像嫦娥一样美丽的女子侵占了意中人的房间。这是抒写女主人公心烦意乱的悬想。姮娥影，谓月影。姮娥，嫦娥。《淮南子·览冥训》：“羿请不死之药于西王母，姮娥窃以奔月。”

［25］三千解：极言数不清的乐节。解，指乐曲的章节。南朝陈·释智匠《古今乐录》：“伧歌（指南北朝时期北地乐府民歌）以一句为一解，中国以一章为一解。”这里形容夜雨打纱窗或紧或慢的音响。

［26］韵欺蛩入耳：写雨声盖住了蟋蟀的鸣叫声，传到了我耳中。韵，声音。汉·蔡邕《琴赋》云：“繁弦既抑，雅韵乃扬。”欺，压倒、超过。唐·王维《左掖梨花》云：“冷艳全欺雪，余香乍入衣。”蛩，蟋蟀。白居易《禁中闻蛩》：“西窗独暗坐，满耳新蛩声。”

［27］点共泪盈腮：雨水伴着泪水挂满了脸颊。点，雨点。

［28］刬（chǎn 音产）地：犹言“怎的”。宋元时俗语。

【般涉调】哨遍

张玉嵓草书[1]

自唐晋倾亡之后，草书扫地[2]无踪迹。天再产玉嵓翁，卓然[3]

独立根基。甚纲纪[4]，胸怀洒落，意气聪明，才德相兼济。当日先生沉醉，脱巾露顶，裸袖揎衣[5]。霜毫历历蘸寒泉[6]，麝墨[7]浓浓浸端溪[8]。卷展霜缣[9]，管握铜龙[10]，赋歌赤壁[11]。

【幺】仔细看六书八法皆完备，舞凤戏翔鸾韵美[12]。写长空两脚墨淋漓[13]，洒东窗燕子衔泥[14]。甚雄势，斩钉截铁，缠葛垂丝，似有风云气[15]。据此清新绝妙，堪为家宝，可上金石[16]。二王古法梦中存，怀素遗风尽真习[17]。料想方今，寰宇四海，应无赛敌[18]。

【五煞】尽一轴，十数尺，从头一扫无凝滞[19]。声清恰似蚕食叶，气勇浑同猊抉石[20]。超先辈，消翰林一赞，高士留题[21]。

【四】写的来狂又古，颠又实，出乎其类拔乎萃[22]。软如杨柳和风舞，硬似长空霹雳摧[23]。真堪惜[24]！沉沉着着[25]，曲曲直直[26]。

【三】画一画如阵云[27]，点一点似怪石[28]，撇一撇如展鹍鹏翼[29]。弯环怒偃乖龙骨，峻峭横拖巨蟒皮[30]。特殊异，似神符堪咒，蚯蚓蟠泥[31]。

【二】写的来娇又嗔，怒又喜，千般丑恶十分媚[32]。恶如山鬼拔枯树，媚似杨妃按羽衣[33]。谁堪比？写《黄庭》换取，道士鹅归[34]。

【一】颜真卿[35]、苏子瞻[36]、米元章[37]、黄鲁直[38]，先贤墨迹君都得。满箱拍塞数千卷，文锦编挑满四围[39]。通三昧，磨崖的本，画赞初碑[40]。

【尾】据划画难，字样奇[41]，就中浑穿诸家体[42]，四海纵横[43]第一管笔！

半世逢场作戏[44]，险些儿误了终焉计。白发劝东篱，西村最好

幽栖，老正宜。茅庐竹径，药井蔬畦，自减风云气。嚼蜡光阴无味，傍观世态，静掩柴扉。虽无诸葛卧龙冈[45]，原有严陵钓鱼矶[46]。成趣南园，对榻青山，绕门绿水。

【耍孩儿】穷则穷落觉囫囵睡，消甚奴耕婢织？荷花二亩养鱼池，百泉通一道青溪。安排老子留风月，准备闲人洗是非，乐亦在其中矣。僧来笋蕨，客至琴棋。

【二】青门幸有栽瓜地，谁羡封侯百里？桔槔[47]一水韭苗肥，快活煞学圃樊迟[48]。梨花树底三杯酒，杨柳阴中一片席，倒大来无拘系。先生家淡粥，措大[49]家黄齑。

【三】有一片冻不死衣，有一口饿不死食。贫无烦恼知闲贵，譬如风浪乘舟去，争似田园拂袖归？本不爱争名利。嫌贫污耳[50]，与鸟忘机[51]。

【尾】喜天阴唤锦鸠[52]，爱花香哨画眉。伴露荷中烟柳外风蒲内，绿头鸭[53]黄莺儿[54]啅七七[55]。

---

[1] 张玉嵒（yán 音言，同“岩”）草书：载《太平乐府》九、《雍熙乐府》七（未注撰人，题作《赠张玉嵒》)，《九宫大成》七三引〔哨遍〕。这套曲盛赞张玉嵒草书的高超神妙。张玉嵒，元代书法家，擅长草书，生平无考。从其与马致远的关系和曲中内容推断，他在大都书法艺术界产生过不小的影响。

[2] 草书扫地：比喻草书的威名完全丧失。

[3] 卓然：卓越不凡的样子。

[4] 纲纪：法度，这里指其书法要领。

[5] 裸袖揎衣：卷袖捋衣露出手臂，形容醉后狂态。

[6] “霜毫”句：意为白色毛笔频频浸润于清凉的泉水。霜毫，指白色毛笔。历历，这里指一次又一次。寒泉，指润笔的泉水或井水。

[7] 麝墨：含有麝香味的墨。后泛指名贵的香墨。唐 · 王勃《秋日饯别序》：“研精麝墨，运思龙章。”

[8] 端溪：指盛产端砚的广东德兴市端溪水，这里代指端砚。

[9] 霜缣（jiān 音尖）：供书画用的白绢。

［10］铜龙：本指铜制龙形的计时漏器或喷水器，这里代指笔管。

［11］赤壁：苏轼《赤壁赋》，当是张玉嵓所书写的内容。

［12］“仔细”二句：称其书法暗含“六书”“八法”的精髓，气韵生动，有凤舞龙翔之美。六书，亦称“六体”，指古文、奇字、篆书、左书（即隶书）、缪（miào音庙）篆、鸟虫书六种字体。八法，是指组成汉字的八种笔画，即侧（点）、勒（横）、努（直）、趯（tì音替，钩）、策（斜画向上）、掠（撇）、啄（右边短撇）、磔（zhé音哲，捺）。

［13］“写长空”句：形容其草书气势磅礴，就像大雁在“长空”如字飞行，大雁的“两脚”犹如草书“空”字之下的两点，大雁飞行之迅疾潇洒仿佛草书的“墨淋漓”，笔酣墨畅。

［14］“洒东窗”句：形容草书的挥洒自如，写“窗”字当中“穴”之两点，就像燕子衔泥掠过东窗一样。

［15］“甚雄势”四句：形容其书法风骨雄健爽利而笔势飘逸绵邈。斩钉截铁，状其刚而重。缠葛垂丝，喻其轻而柔。形容张玉嵓草书刚柔相济，轻重各宜。有风云气，典出唐·张怀瓘（guàn音贯）《书断》评欧阳询书法：“犹龙蛇战斗之象，云雾轻笼之势，风旋雷激，操举若神。”

［16］“据此”三句：意谓张玉嵓的草书完全有资格载入史册了。家宝，谓家藏传世之宝。可上金石，有资格刻于钟鼎或丰碑之上了。《吕氏春秋·求人》：“故功绩铭乎金石。”高诱注：“金，钟鼎也；石，丰碑也。”

［17］“二王”二句：赞美张玉嵓书法有古代“书圣”之遗风。二王，谓晋大书法家王羲之、王献之父子。二人在书法上各有千秋，羲之以楷行为显，献之则以行草为能。王羲之（303—361），字逸少，琅邪（yá音牙）临沂（今属山东）人，定居会稽山阴（今浙江绍兴）。出身名门，官至右军将军、会稽内史，故又称“王右军”。他早年以卫夫人（铄）为师，草书学张芝，楷书则取法钟繇，又博览秦汉篆隶碑刻名迹，自出机杼，创出妍美流变的新体，取代了汉、魏以来古拙质朴的书风，自成一家。评者谓其草书浓纤折衷，真书势巧形密，行书遒媚劲健，千变万化，而体势自然。他对我国书法艺术的发展具有继往开来的巨大贡献，对日本书法界也有深刻影响。有“书圣”之誉。所书《兰亭序》尤脍炙人口，被称为“天下第一行书”。王献之（344—386），字子敬，王羲之幼子，晋简文帝司马昱之婿。官至中书令，人称王大令。王献之自幼随父练习书法，以行书及草书闻名，但是在楷书和隶书上亦有深厚功底，并有“小圣”之称。与张芝、钟繇、王羲之并称“书中四贤”。王献之小楷书以《洛神赋十三行》为代表，行书以《鸭头丸帖》最著。草书名作《中秋帖》是其“一笔书”的代表作，世人评价甚高，被列为清内府“三希”之二。怀素（725—785，一作737—799），史称“草圣”，唐代杰出书法家。字藏真，僧名怀素，俗姓钱，长沙（今属湖南）人，是“大历十才子”之一考功郎中钱起的侄子。自幼出家

为僧，经禅之暇，锐意草书，与张旭齐名，形成唐代书法双峰并峙的局面。怀素好饮酒，兴到运笔，如骤雨旋风，飞动圆转，虽多变化，而法度具备。前人评其狂草继承张旭，而有所发展，谓“以狂继颠”，并称“颠张醉素”。传世书法作品有《自叙帖》《小草千字文》《苦笋帖》《论书帖》等。

[18] “料想”三句：是说张玉嵓草书达到了远追晋唐、兴废继绝、四海之内无人能敌的水平。

[19] “尽一轴”三句：意谓即使是长达十几尺的长卷，张玉嵓也是一气呵成，毫无阻滞。尽一轴，纵任一轴（长幅书卷）。凝滞，停止流动、不灵活。

[20] “声清”二句：从听觉上写其书写时的节奏，落笔之声清晰可闻。和缓时，如蚕吃桑叶一样沙沙作响；迅猛时，又像雄狮抓起一块巨石一样，雄浑有力。猊，雄狮。《新唐书·徐浩传》说徐浩书法“八体皆备，草隶尤工，世状其法曰‘怒猊抉石，渴骥奔泉’”。抉，穿过。

[21] “超先辈”三句：是说张玉嵓的书法值得翰林学士写一篇赞颂，值得高人留一篇题跋。

[22] “写的来”三句：狂、颠，指张玉嵓草书深得张旭、怀素癫狂不羁、变化无常的遗风。古，意为淳古高雅。实，赞誉张玉嵓草书的壮实浑厚。

[23] “软如”二句：描绘张玉嵓草书笔势轻松灵动如杨柳飘动，遒劲刚健又如长空霹雳。硬似长空霹雳摧，典出唐·李白《草书歌行》：“左盘右蹙如惊电。”

[24] 真堪惜：真值得珍惜。

[25] 沉沉着着：沉着痛快，指书法坚劲而流利。

[26] 曲曲直直：曲直相间，灵活变化。草书最忌横直分明，故云。

[27] 画一画如阵云：语出唐·任华《怀素上人草书歌》，中有“掷华山巨石以为点，掣衡山阵云以为画”句。

[28] 点一点似怪石：语出唐·韦续《墨薮（sǒu 音叟）》载晋·王羲之《笔势论》：“夫著点皆磊落似大石当衢。”

[29] “撇一撇”句：语出唐·张怀瓘《书断》中说王献之行草：“或大鹏抟风，长鲸喷浪。悬崖坠石，惊电遗光。”

[30] “弯环”二句：赞美张玉嵓书法笔画的遒劲与古雅。弯环，指笔画的弯折圆曲。偃，仰面倒下。乖龙，传说中的孽龙。这里比喻笔力筋骨老健，桀骜不羁。横拖，隐含“拨灯法”，是运笔如拈拨灯芯的一种书法。

[31] “特殊异”三句：特殊异，特别的出众奇异。似神符堪咒，比喻草书笔画像道士念咒的神奇符箓一样屈曲迷离。因为“神符”是用篆籀（zhòu 音咒）及星雷文字写的，故云。咒，祝告。蚯蚓蟠泥。又像泥土中的蚯蚓一样盘绕蜿蜒。蟠（pán 音盘），盘曲。

[32] “写的来”三句：用“娇、嗔、怒、喜、丑、恶、媚”等词，表现张玉嵓书法字里行间所透露出的主观情感。娇又嗔，描绘其娇媚秀丽而又嗔怪奇偏。怒又

喜，描绘其气象怒张而又不乏虚和之度。唐·韩愈《送高闲上人序》形容张旭书法时云："喜怒窘穷，忧悲愉佚，怨恨思慕，酣醉无聊不平，有动于心，必于草书焉发之。……故旭之书，变动犹鬼神，不可端倪。"千般丑恶十分媚，形容草书风格是"丑恶"和"媚绝"两种审美取向的对立矛盾统一体。《宣和书谱》评薛存贵草书"变态百出，或妍或丑"。

[33] "恶如"二句：张玉嵓书法笔墨变幻无穷，忽而瘦硬棱厉，忽而妖媚轻盈。山鬼拔枯树，形容其有些字的笔法瘦硬棱厉，恶气横生。杨妃按羽衣，形容其有些字的笔法轻盈妩媚，犹如杨贵妃依照节拍跳的《霓裳（cháng 音常）羽衣舞》一样千娇百媚，风姿蹁跹。

[34] "写《黄庭》"二句：将张玉嵓的草书与写《黄庭经》换鹅的王羲之相提并论。《黄庭》，即道家《黄庭经》，为王羲之所写著名书帖之一。《晋书·王羲之传》："山阴有一道士，养好鹅，羲之往观焉，意甚悦，固求市之。道士云：'为写《道德经》，当举群相赠耳。'羲之欣然写毕，笼鹅而归，意甚悦。"

[35] 颜真卿（709—784）：字清臣，京兆万年（今陕西西安）人。唐朝名臣、书法家，开元进士。任殿中侍御史，出为平原太守。历官至吏部尚书、太子太师，封鲁郡公，人称"颜鲁公"。安史之乱时，他联络从兄杲（gǎo 音稿）卿起兵抵抗。德宗时，李希烈叛乱，受命前往劝谕，被缢杀。颜真卿书法精妙，擅长行、楷。初学褚遂良，后师从张旭，得其笔法。其正楷端庄雄伟，行书气势遒劲，创"颜体"楷书，对后世影响很大。与赵孟頫、柳公权、欧阳询并称"楷书四大家"。又与柳公权并称"颜柳"，被称为"颜筋柳骨"。兼善诗文，宋人辑有《颜鲁公集》。《新唐书》有传。

[36] 苏子瞻：苏轼（1037—1101）。字子瞻，号东坡居士，世称苏仙、坡仙，眉州眉山（今属四川）人。北宋文学家、书法家、美食家、画家。苏洵之子。嘉祐进士。北宋中期文坛领袖，在诗、词、文、书、画等方面取得很高成就。其诗题材广阔，清新豪健，善用夸张、比喻，独具风格，与黄庭坚并称"苏黄"；其词开豪放一派，与辛弃疾同是豪放派代表，并称"苏辛"；散文著述宏富，纵横恣肆，豪放自如，与欧阳修并称"欧苏"，与韩愈、柳宗元、欧阳修、苏洵、苏辙、王安石、曾巩合称散文"唐宋八大家"；善书法，长于行书、楷书，用笔有天真烂漫之趣。与黄庭坚、米芾、蔡襄并称"宋四家"；擅长文人画，尤擅墨竹、怪石、枯木等。诗文有《东坡七集》《东坡易传》，词集有《东坡乐府》，画迹有《潇湘竹石图》《枯木怪石图》等，存世书迹有《答谢民师论文贴》《前赤壁赋》《黄州寒食帖》等。

[37] 米元章：米芾（1052—1108）。北宋书法家、画家、书画理论家。字元章，号襄阳漫士、海岳外史。世居太原，迁襄阳，后定居润州（治今江苏镇江）。曾任校书郎、书画博士、礼部员外郎。米芾书画自成一家，枯木竹石、山水画独具风格特点。书法颇有造诣，擅篆、隶、楷、行、草等书体，长于临摹古人书

法，达到乱真程度。与蔡襄、苏轼、黄庭坚合称“宋四家”。今传王献之墨迹《中秋帖》，据说就是他的临本，形神精妙至极。存世书作有《苕溪诗》《蜀素帖》等。后者亦称《拟古诗帖》，是天下第八行书，被后人誉为“中华第一美帖”。另著有《书史》《画史》等。《宋史》有传。

[38] 黄鲁直：即黄庭坚（1045—1105）。字鲁直，号山谷道人。洪州分宁（今江西修水）人。北宋著名文学家、书法家、江西诗派开山之祖。在诗、词、散文、书、画等方面取得很高成就。与张耒、晁补之、秦观游学于苏轼门下，合称“苏门四学士”。其诗被苏轼称为“山谷体”。黄庭坚的书法独树一帜，善行、草书，楷法亦自成一家。和北宋书法家苏轼、米芾、蔡襄齐名，世称“宋四家”。在文学界，生前与苏轼齐名，时称“苏黄”。一生为官清正，治学严谨，以文坛宗师、孝廉楷模垂范千古。作品有《山谷词》《豫章黄先生文集》等。书迹有《华严疏》《松风阁诗》及草书《廉颇蔺相如传》等。《宋史》有传。

[39] “满箱”二句：意谓装塞满箱，多达数千卷，用很长的丝带编捆，也有四大捆。极力夸赞张玉喦家藏墨迹之富。拍塞，充斥、塞满。文锦，指锦绣花纹的丝织组绶。文，是丝织物长度量词。编挑，编捆悬挂。四围，量词，一说五寸为一围，又，一抱也叫一围。

[40] “通三昧”三句：言张玉喦所取得的成就除了天赋，更来自于一生追踪前贤，勤奋学习。三昧，佛教语，原义正定，转指奥妙、诀窍。唐・李肇《国史补》载“长沙僧怀素好草书，自言得‘草圣’三昧”。磨崖的（dí 音敌）本，即磨崖碑的拓（tà 音踏）本，指唐碑《大唐中兴颂》。此碑元结撰文，颜真卿书写，因碑在祁阳浯（wú 音无）溪石崖上，故俗称磨崖碑。的本，真本、原拓本。画赞初碑，即《东方朔画赞碑》，赞文为晋代夏侯湛撰，王羲之书，颜真卿又临王字书刻为碑。

[41] “据划”二句：按照笔画很难描画，字样奇特。赞美张玉喦草书之笔画灵动，奇特难摹。

[42] “就中”句：赞美张玉喦草书集众所长而自成一家。浑穿，完全贯通。穿，通。

[43] 纵横：奔放不羁。语出杜甫《戏为六绝句》其一：“庾信文章老更成，凌云健笔意纵横。”

[44] 半世逢场作戏：此套曲载《梨园乐府》上和《词谑》。

[45] 卧龙冈：《三国志平话》卷中云：“卧龙者，诸葛也，见在南阳卧龙冈盖一茅庐，复姓诸葛，名亮，字孔明。”

[46] 严陵钓鱼矶：严子陵耕于富春山，在浙江桐庐县南有其渔钓处，后人名为严陵濑（lài 音赖）、严陵钓坛。详见《后汉书・严光传》。

[47] 桔槔（jié gāo 音节高）：俗称“吊杆”“称杆”，一种原始的汲水工具。在井旁架上设一杠杆，一端系汲器，一端悬、绑石块等重物，用不大的力量即可将灌满水的汲器提起。桔槔早在春秋时期就已普遍使用。这种汲水工具虽简单，但

它使劳动强度得以减轻。《庄子·天运》:“子独不见夫桔槔者乎?引之则俯,舍之则仰。”

[48] 学圃樊迟:樊迟,孔门弟子。《论语·子路》:“樊迟请学稼,子曰:‘吾不如老农。’请学圃,子曰:‘吾不如老圃。’”何晏《集解》云:“种五谷曰稼,树菜蔬曰圃也。”

[49] 措大:指贫寒失意的读书人。

[50] 污耳:借用许由临池洗耳典故。《后汉书·崔骃列传》:“或盥(guàn 音贯)耳而山栖”。李贤注:许由“隐于沛泽之中。尧闻之,乃致天下而让焉。由以为污,乃临池洗耳。”又见《庄子·逍遥游》。

[51] 与鸟忘机:《列子·黄帝》:“海上之人有好鸟者,每旦之海上从鸥鸟游,鸥鸟之至者百数而不止。其父曰:‘吾闻鸥皆从汝游,汝取来吾玩之。’明日之海上,鸥鸟舞而不下也。”曲中作者以“海鸟忘机”和“许由洗耳”的典故表述其不争名利、无所奢望之心态。《词谑》“与鸟”作“海鸟”。

[52] 锦鸠:一种美鸟。《增广本草纲目·斑鸠》:“《释名》,锦鸠,鹁鸠、祝鸠。时珍曰:鸠也,鹁也,其声也;斑也,锦也,其色也。”主要生活在山地和林区,也喜欢自然环境优美、植被覆盖率高的村庄、农舍,以谷物、野果和草木的种子为食。其品质高雅,古诗中多有赞美。宋·欧阳修《田家》:“林外鸣鸠春雨歇,屋头初日杏花繁。”

[53] 绿头鸭:又名野鸭。世界各地均有分布。喜结群活动,夏季结小群,秋季结大群南迁越冬,春末北迁。飞翔能力强;善于戏水,在水中觅食。食性广而杂,常以植物的种子、茎、叶和藻类、谷物以及小鱼小虾、甲壳类动物、昆虫等为食。《增广本草纲目》卷四十七《鹜》:“时珍曰,按《格物论》云,鸭雄者绿头文翅,雌者黄斑色。”

[54] 黄莺儿:黄鹂。

[55] 啅(zhào 音照)七七:鸟叫声。啅,宋·丁度《集韵》卷三十六:“啅啅,鸟声。”

【般涉调】耍孩儿

借 马[1]

近来时买得匹蒲梢[2]骑,气命儿般看承[3]爱惜。逐宵[4]上草料数十番,喂饲得膘息[5]胖肥。但[6]有些秽污却早忙刷洗,微有些辛勤便下骑。有那等无知辈,出言要借,对面难推[7]。

【七煞】[8]懒设设[9]牵下槽，意迟迟背后随[10]，气忿忿懒把鞍来鞴。我沉吟了半晌语不语[11]，不晓事颓人[12]知不知？他又不是不精细，道不是“他人弓莫挽，他人马休骑”[13]！

【六】不骑呵西棚下凉处拴，骑时节拣地皮平处骑。将青青嫩草频频的喂。歇时节肚带松松放，怕坐的困尻包儿[14]款款[15]移。勤觑着鞍和辔[16]，牢踏着宝镫，前口儿[17]休提。

【五】饥时节喂些草，渴时节饮[18]些水。着皮肤休使粗毡屈[19]，三山骨[20]休使鞭来打，砖瓦上休教稳着蹄[21]。有口话你明明的记：饱时休走，饮了休驰。

【四】抛粪[22]时教干处抛，尿绰[23]时教净处尿，拴时节拣个牢固桩橛上系。路途上休要踏砖块，过水处不教溅起泥。这马知人义，似云长赤兔[24]，如益德乌骓[25]。

【三】有汗时休去檐下拴，渲时休教侵着颓[26]，软煮料草铡底细[27]。上坡时款把身来耸[28]，下坡时休教走得疾。休道人忒寒碎[29]，休教鞭飑[30]着马眼，休教鞭擦损毛衣。

【二】不借时恶[31]了弟兄，不借时反了面皮。马儿行嘱付叮咛记：鞍心马户将伊打，刷子去刀莫作疑[32]。则叹的一声长吁气[33]，哀哀怨怨，切切悲悲。

【一】早晨间借与他，日平西盼望你[34]，倚门专等家内。柔肠寸寸因他断[35]，侧耳频频听你嘶。道一声“好去”[36]，早两泪双垂。

【尾】没道理没道理，忒下的[37]忒下的。恰才[38]说来的话君专记，一口气不违借与了你[39]。

---

[1] 【般涉调】耍孩儿·借马：此套曲载《太平乐府》九和《雍熙乐府》七（未注

撰人)。

［2］　蒲梢：千里马名。

［3］　气命儿般看承：像自己的性命一样地看待。气命儿，性命。看承，看待。

［4］　逐宵：逐夜、每夜。

［5］　息：赘肉。此处与肥胖同义。

［6］　但：只要。

［7］　对面难推：当面不好意思推辞。

［8］　〔七煞〕：系借煞尾扩充套数的一种煞，常与〔六煞〕〔五煞〕〔四煞〕〔三煞〕〔二煞〕〔一煞〕连用，多者有〔十三煞〕。这类排列的煞，可称之为"排煞"。

［9］　懒设设：懒洋洋。

［10］　意迟迟背后随：慢腾腾地跟随在借马人的后面。

［11］　语不语：说不说借不借呢。

［12］　颓人：骂人的话。颓，指雄性生殖器。

［13］　"道不是"句：常言不是说"他人的弓不要拉，别人家的马不要骑"吗?

［14］　尻(kāo 音考阴平)包儿：屁股。尻，臀部。

［15］　款款：慢慢地。

［16］　勤觑着鞍和辔：要勤看着点儿马鞍子和马缰绳。

［17］　前口儿：马嚼子。

［18］　饮(yìn 音印)：喂牲畜水喝。

［19］　"着皮肤"句：挨着马皮肤的地方，不要垫不平的粗毛毡。

［20］　三山骨：脑后骨。

［21］　"砖瓦"句：砖瓦堆那种站不稳的地方，不要硬教马落稳脚。

［22］　抛粪：马拉屎。

［23］　尿绰：撒尿。

［24］　赤兔：像关羽骑的赤兔马。云长，关羽的字。赤兔，良马名。

［25］　如益德乌骓：像张飞骑的乌骓马。益德，张飞的字。乌骓，良马名。

［26］　"渲时"句：淋水时不要碰着马颓，免得它生病。

［27］　"软煮"句：马料要煮得软，喂马的草要鍘(zhá 音札)得细。鍘，同"铡"。底，结构助词，在这里相当于"得"。

［28］　耸：挺起来。

［29］　忒(tuī 音推)寒碎：太寒酸琐碎。忒，太、很。

［30］　颩(diū 音丢)：挥击、抽。

［31］　恶：得罪。

［32］　"鞍心"二句：此二句系隐语，元曲中谓之"拆白道字"。方法是把一个字拆开来说，合起来是一个字。曲中"马""户"二字合为"驴"字，"刷"字去刀(刂)是个屌(diǎo 音屌)字。"驴屌"是骂打马人的话。伊，它，此处指马。

［33］“则叹的”句：只长长地叹一口气。
［34］你：指马。
［35］“柔肠”句：柔肠寸寸都是因他借马而被扯断了。
［36］好去：意为“你拉去吧！”
［37］忒下的：太下得狠心。
［38］恰才：刚才。
［39］“一口气”句：接上句，意思是说，只要能按我嘱咐的话办，我就一口气不换地说借给你。

【大石调】青杏子

姻　缘[1]

天赋两风流，须知是福惠双修。骖鸾仙子骑鲸友[2]，琼姬子高[3]，巫娥宋玉，织女牵牛。

【憨郭郎】[4]当垆心既有，题柱志须酬[5]，莫向风尘内，久淹留。

【还京乐】标格[6]江梅清秀，腰肢宫柳轻柔。岂止兰心蕙性，不进皓齿明眸。芳名美誉，镇平康[7]冠金斗[8]，压尽滹阳十丑。体面妖娆，精神抖擞。作来酒令诗筹，坐间解使并州[9]客，绿鬓先秋。飞燕体[10]翩翻舞袖，回鸾态飘飖翠被，遏云声嚠喨[11]歌喉。情何似情何在？恐随彩云易收，丁香枝[12]上，豆蔻梢头[13]。

【净瓶儿】莫效临岐柳，折入时人手，许持箕帚[14]，愿结绸缪[15]。娇羞，试穷究，博个天长和地久。从今后，莫教恩爱等闲休。

【随煞】休道姻缘难成就，好处要人消受。终须是配偶，偏甚先教沈郎瘦[16]。

悟 迷[17]

世事饱谙[18]多，二十年漂泊生涯[19]。天公放我平生假[20]，剪裁冰雪[21]，追陪风月[22]，管领莺花[23]。

【归塞北】当日事，到此岂堪夸。气概自来诗酒客[24]，风流平昔富豪家[25]，两鬓与生华[26]。

【初问口】云雨行为[27]，雷霆声价[28]，怪[29]名儿到处里喧驰[30]的大。没期程[31]，无时霎[32]，不如一笔都勾罢。

【怨别离】再不教魂梦反巫峡[33]，莫燃香休剪发[34]，柳户花门[35]从潇洒[36]，不再踏[37]，一任[38]教人道情分寡。

【擂鼓体】也不怕薄母[39]放讶掐[40]，谙知得性格儿从来织下，颠不剌[41]的相知不绻[42]他，被莽壮儿的哥哥截替[43]了咱。

【赚煞】休更道咱身边没挦剥[44]，便有后半毛也不拔，活缋儿[45]从他套共榻，沾泥絮[46]怕甚狂风刮。唱道[47]尘虑俱绝[48]，兴来诗吟罢酒醒时茶。兀的[49]不快活煞，乔公事[50]心头再不罣[51]。

---

［1］【大石调】青杏子·姻缘：此散套载《太平乐府》七、《雍熙乐府》一五、《北宫词纪》五、《词林白雪》四、《北词广正谱》引〔净瓶儿〕、《九宫大成》二〇引〔憨郭郎〕至〔随煞〕。作者以赞颂的笔调塑造了一个内心和外形无比美好、多才多艺，且多情、善歌善舞又年轻的青楼妓女的形象，热情地肯定了女主人公“莫向风尘内，久淹留”，渴望摆脱风月生涯，追求美满姻缘的理想。

［2］“骖（cān 音参）鸾”句：形容郎才女貌的好姻缘。骖鸾仙子，指弄玉骑凤事。以弄玉来比喻新娘似天仙一样娇好。骑鲸友，谓骑鲸背游于海上的仙家。唐·李白曾自号“海上骑鲸客”。这里是用来比喻有才华的郎君。

［3］琼姬子高：指王迥（字子高）梦与仙人周琼姬游芙蓉城事。宋·苏轼《芙蓉城》诗序：“世传王迥字子高，与仙人周瑶英游芙蓉城。元丰三年三月，余始识子高，问之信然，乃作此诗。”琼姬，传说芙蓉城中仙女名。

［4］〔憨郭郎〕：北曲牌。属【大石调】，又名〔蒙童儿〕。《北词广正谱》正格为五、

五、五、三，共四句三韵。依《北曲新谱》，句格为五、五、五、三。元曲中用例极少，今存用例中首见于马致远【大石调】青杏子·姻缘散套。

［5］“当垆”二句：用卓文君与司马相如事。

［6］标格：谓风度、风范。晋·葛洪《抱朴子·重言》：“岂能竟见知于今日，标格于一时乎？”

［7］平康：平康坊。《开元天宝遗事·天宝上》：“长安有平康坊，妓女所居之地，京都侠少萃集于此。”

［8］金斗：本指金钱的富有，这里喻指妓院。

［9］并（bīng 音冰）州：古州名。山西太原的别称。

［10］飞燕体：谓赵飞燕。晋·葛洪《西京杂记》卷一：“赵飞燕为皇后，其女弟在昭阳殿。……赵后体轻腰弱，善行步进退，其女弟昭仪不能及也。”

［11］嘹喨（liáo liàng 音辽亮）：同“嘹亮”。形容声音清晰响亮。

［12］丁香枝：谓相思。唐·李商隐《代赠》诗：“芭蕉不展丁香结，同向春风各自愁。”丁香结历来为诗人用作相思的象征词。

［13］豆蔻梢头：豆蔻花初开时非常娇艳，常用以比喻十三四岁的少女。唐·杜牧《赠别》诗：“娉娉袅袅十三余，豆蔻梢头二月初。”

［14］箕帚：指妾妇。《史记·高祖本纪》：“臣有息女，愿为季箕帚妾。”

［15］结绸缪：结姻缘。唐·韦应物《寄令（líng 音灵）狐侍郎》诗：“始自风尘交，中结绸缪姻。”

［16］沈郎瘦：比喻因相思而憔悴。《南史·沈约传》：时沈约因不得重用而言已老病，曾与徐勉之书曰：“百日数旬，革带常应移孔；以手握臂，率计月小半分。”后以“沈瘦”来比喻人的消瘦。

［17］【大石调】青杏子·悟迷：此散套载《太平乐府》七、《雍熙乐府》一五（未注撰人），《北词广正谱》引〔擂鼓体〕〔赚煞〕，《九宫大成》二〇引〔擂鼓体〕。悟迷，意为从痴迷中醒悟，迷途知返。也是叹世、悟世类的警世之作。此曲作于辞官归隐、告别“二十年漂泊生涯”之际。曲中以通俗鲜活的语言、嬉笑怒骂的笔触、豪宕奔放的格调，抒发其永远不踏风流情场，也不牵念污浊官场，只求诗酒自娱、完全断绝尘虑的幽情孤愤，显示了他蔑视世俗享乐、否定现实社会的崇高人格力量。这便使此曲成为马致远散曲中具有代表性的作品之一。

［18］饱谙：熟知、洞悉。谙，熟悉、知道。

［19］漂泊生涯：随水漂流或停泊的生活，比喻居无定所的游宦羁旅生活。

［20］“天公”句：意指从此辞官隐退，再不上班。天公，天帝，俗称天老爷。平生，一生、此生。

［21］剪裁冰雪：指吟咏描写景物。宋·辛弃疾〔临江仙〕《再用韵送祐之弟归浮梁》词：“酒杯秋吸露，诗句夜裁冰。”

［22］追陪风月：追蜂逐蝶，指拈花惹草，追逐女人。

[23] 管领莺花：莺啼花开乃是春天的景物，“管领莺花”遂有掌管春天、安排良辰美景之意。以上三句喻指自己的诗酒风流。

[24] “气概”句：谓自己从来是赋诗饮酒之人的气派。

[25] “风流”句：谓自己往日是富豪人家子弟的风度。平昔，往日、旧时。

[26] 两鬓与生华：两鬓均已泛白。与，共。生华，长出了白发。华，同“花”，谓头发花白。

[27] 云雨行为：指到妓院寻欢作乐之事。

[28] 雷霆声价：形容名誉、地位很高，如雷贯耳。

[29] 怪：难怪。

[30] 喧驰：喧哗、扬播。

[31] 期程：期限。

[32] 无时霎（shà 音厦）：没时没晌、没早没晚。霎，短时间、一会儿。

[33] 魂梦反巫峡：用战国楚·宋玉《高唐赋》写楚王梦巫山神女荐枕事，指寻求男女欢合之乐。反，同“返”。

[34] 燃香、剪发：宋元时习俗，用燃香、剪发以示爱情盟誓。

[35] 柳户花门：指妓院。明·朱有燉（dùn 音顿）《神仙会》第一折：“然此女子……每夜焚香告天，不愿居于柳户花门。”

[36] 从潇洒：听凭自在无拘地过活。

[37] 蹅（chǎ 音衩）：踩、踏。

[38] 一任：任凭、听任。

[39] 薄母：妓院鸨（bǎo 音保）儿的称谓。

[40] 讶掐：形声词，应作“齖齣（yá qiā 音牙掐）”，齿不平也，以状高声诟骂。

[41] 颠不剌：风流放荡之意。颠，顶的意思。不剌，语助词，无义。

[42] 绻（quǎn 音犬）：眷恋。

[43] 截替：中途替换。

[44] 身边没挦（xián 音咸）剥：指身上没钱可供盘剥。挦剥，剥取。挦，扯、拔（毛发）。

[45] 活缋（huì 音会）儿：活套儿。缋，编成的圈套。

[46] 沾泥絮：柳絮沾泥后不再飘飞，喻心情沉寂不复波动。宋·朱熹《名臣言行录》载苏轼曾遣官妓向诗僧参寥求诗，参寥笑作绝句，有“禅心已作沾泥絮，不逐春风上下狂”之语。

[47] 唱道：真是、正是。

[48] 尘虑俱绝：人间红尘的俗虑全已断绝。

[49] 兀的：怎的。

[50] 乔公事：假公事，此处隐指狎妓。

[51] 罣（guà 音挂）：悬挂、牵挂之意。

残 曲

【黄钟】女冠子[1]

枉了闲愁，细寻思自古名流，都曾志未酬：韩信乞饭[2]，傅说版筑[3]，子牙垂钩[4]；桑间灵辄困[5]，伍相吹箫，沈古歌讴[6]，陈平宰社[7]，买臣负薪[8]，相如沽酒[9]。

【幺篇】上苍不与功名候，更强更会也为林下叟，时乖[10]莫强求。若论才艺，仲尼年少[11]，便合封侯。穷通皆命也，得又何欢，失又何愁？恰似南柯一梦[12]，季伦锦帐[13]，袁公瓮牖[14]。

【出队子】若朝金殿，时人轻马周[15]。李斯[16]岂解血沾裘，亚父[17]争如饥丧囚，到老来终不将秦印收。

【幺篇】圣贤尚不脱阴阳彀[18]，都输与范蠡舟[19]。周生丹凤道祥禽[20]，鲁长麒麟言怪兽[21]。时与不时都总休。

【黄钟尾】且念鲰生[22]自年幼，写诗曾献上龙楼[23]，都不迭[24]半纸来大功名[25]一旦休。便似陆贾[26]、随何[27]，且须缄口[28]。著领布袍虽故旧，仍存两枚宽袖，且遮藏著钓鳌[29]攀桂[30]手。

---

[1]　【黄钟】女冠子：此套载《北词广正谱》。《九宫大成》七三引〔出队子〕〔幺〕，但不注撰人。《北词广正谱》云：“〔女冠子〕，一名〔双凤翘〕，与【大石】不同，与周美成诗余同。”任中敏《东篱乐府》校云：“《北词广正谱》【黄钟】目次套数分题内，以〔女冠子〕起者仅有一式，为〔女冠子〕〔出队子〕〔幺〕

〔黄钟尾〕，并无第二式。以上各调，谱中俱全，故录之认为完备之套。”〔女冠子〕，曲牌名。南北曲均有。北曲属【黄钟宫】。定格为四、七、五、四、四、四、五、四、四、四、四、四，共十二句七韵或六韵。下接〔幺篇〕换头，为七、七、五、四、四、四、五、四、四、四、四、四，亦共十二句七韵或六韵。用于套曲中。

［2］韩信乞饭：典出《史记·淮阴侯列传》：“信钓于城下，诸母漂。有一母见信饥，饭信，竟漂数十日。信喜，谓漂母曰：‘吾必有以重报母。’母怒曰：‘大丈夫不能自食，吾哀王孙而进食，岂望报乎！’”又：“信至国，召所从食漂母，赐千金。”后人以此作为报恩典故，或作先贫后贵的典故。

［3］傅说（yuè 音月）版筑：意为人的才华不由出身和地位决定，普通人也可以有大智慧；也比喻不拘一格，任用贤人。傅说，古虞国（今山西平陆）人，殷商时期著名贤臣。傅说是一名奴隶，后得到商王武丁的青睐，担任相国，为“武丁中兴”盛世的开创做出了杰出贡献，被尊为“圣人”。版筑，古代一种建筑墙体技术，在两块木板之间填入泥土，然后用杵夯实，从而形成墙垣。版筑的历史悠久，可追溯到四千年前的龙山文化时期，当时人们已经掌握了较为成熟的夯土技术。这种技术在古代被广泛用于城墙、宫殿等建筑上。

［4］子牙垂钩：《史记·齐太公世家》云：“太公望吕尚者，东海上人。……本姓姜氏，从其封姓，故曰吕尚。吕尚盖尝穷困，年老矣，以渔钓奸周西伯。”索隐云：“谯周曰：‘姓姜，名牙……’按：盖牙是字，尚是其名。”

［5］桑间灵辄困：《左传·宣公二年》：“初，宣子田于首山，舍于翳（yì 音亿）桑。见灵辄饿，问其病。曰：‘不食三日矣。’食之，舍其半。问之，曰：‘宦三年矣，未知母之存否，今近焉，请以遗（wèi 音畏）之。’使尽之，而为之箪食与肉，置诸橐（tuó 音驼）以与之。”

［6］沈古歌讴：沈古，疑即沈古之。元·燕南芝庵《唱论》云：“窃闻古之善唱者三人：韩秦娥，沈古之，石存符。”《太和正音谱·词林须知》云：“古之善歌者：秦青，薛谭，韩秦娥，沈古之，石存符。”

［7］陈平宰社：《史记·陈丞相世家》载：“里中社，平为宰，分肉食共均。父老曰：‘善，陈孺子之为宰！’平曰：‘嗟乎，使平得宰天下，亦如是肉矣！’”

［8］买臣负薪：汉武帝时终任主爵都尉的名臣朱买臣，幼时家贫，打柴为生。见《汉书·朱买臣传》。负薪，背柴。

［9］相如沽酒：《史记·司马相如列传》云：“相如与俱之临邛，尽卖其车骑，买一酒舍酤酒，而令（卓）文君当垆。相如身自着犊鼻裈（kūn 音昆），与保庸杂作，涤器于市中。”

［10］时乖：时运不好、背时。乖，乖戾、反常。

［11］仲尼年少：《史记·孔子世家》云：“鲁襄公二十二年而孔子生。生而首上圩顶，故因名曰丘云。字仲尼，姓孔氏。……吾闻圣人之后，虽不当世，必有达者。

今孔丘年少好礼，其达者欤？”

[12] 南柯一梦：唐・李公佐《南柯太守传》记载：淳于棼（fén 音坟）做梦到大槐安国做了南柯太守，享尽荣华富贵，醒来后却发现大槐安国就是自家大槐树下的蚁穴。该成语定型于唐・皇甫枚《三水小牍・陈蕃》：“积玉堆金官又崇，祸来倏（shū 音书）忽变成空。五年荣贵今何在？不异南柯一梦中。”后来就用这个成语比喻做梦或空欢喜一场。

[13] 季伦锦帐：季伦，晋代石崇的字。锦帐，锦制的帷帐。亦泛指华美的帷帐。比喻夸耀富有。《晋书・石崇传》记载：石崇与巨富王恺斗富，王恺“作紫丝步障四十里”，石崇“作锦步障五十里以敌之”。后人以石崇锦帐比喻豪富奢侈。

[14] 袁公瓮牖（yǒu 音友）：此言东汉时历仕太仆、司空、司徒的袁安贫穷时以破瓮口作窗户。袁公，即袁安，事见《后汉书・袁安列传》（一说指原宪，事见《庄子・让王》篇）。作者举石崇、袁安事以说明富贵、贫穷皆似南柯一梦。牖，窗户。

[15] 轻马周：据《新唐书・马周列传》载，马周少孤贫好学，落拓不为州里所敬。“留客汴，为浚仪令崔贤所辱，遂感激（有所感触而激发勇气）而西，舍新丰，逆旅主人不之顾。”作者以马周贫贱时的遭遇来说明先否（pǐ 音匹）后泰乃命中所定。

[16] 李斯：战国末楚国上蔡人，从荀卿学。入秦，为秦相吕不韦舍人，因说秦王并六国，拜为客卿。后助秦王灭六国，始皇称帝，李斯为丞相。始皇死，与赵高定谋，矫诏杀长子扶苏，立少子胡亥为帝。后赵高欲专朝政，诬告李斯谋反，腰斩于咸阳市中。见《史记・李斯列传》。

[17] 亚父：敬称，表示仅次其父。此指项羽的军师范增。《史记・项羽本纪》：“亚父南向坐。亚父者，范增也。”后项羽中刘邦反间计，疑范增有二心，范增愤而离去，途中疽（jū 音居）发背死。

[18] 阴阳彀：指命运。阴阳，谓天地间化生万物之二气。宋・周敦颐《太极图说》云：“无极而太极，太极动而生阳。动极而静，静而生阴……二气交感，化生万物。”彀，即彀中。《庄子・德充符》：“游于羿之彀中中央者，中地也，然而不中者，命也。”郭象注云：“弓矢所及为彀中。”

[19] 输与范蠡舟：意为不及越人范蠡泛舟五湖以全身避祸的做法。输与，败给、胜不过。范蠡舟，言范蠡辅佐越王勾践灭吴雪耻后，毅然辞官，乘舟泛海而去。

[20] “周生”句：周朝出现火红的凤凰，说是预告吉祥的瑞鸟。《山海经・南山经》云：“丹穴之山……有鸟焉，其状如鸡，五色而文，名曰凤凰。……是鸟也，饮食自然，自歌自舞，见则天下安宁。”《乐府诗集》卷五十七《神凤操》：“《古今乐录》曰：‘周成王时，凤凰翔舞，成王作此歌。’”

[21] “鲁长”句：《史记・孔子世家》：“鲁哀公十四年春，狩（shòu 音受）大野。叔孙氏车子钼商获兽，以为不祥。仲尼视之，曰：‘麟也。’”这句是说鲁哀公时获

麟却认为不祥，此乃时运所定。

[22] 鲰（zōu 音邹）生：卑小愚陋的人。《史记·项羽本纪》："鲰生说（shuì 音税）我曰：'距（同"拒"）关，毋内（nà 音纳）诸侯，秦地可尽王（wàng 音旺）也。'"后用为自谦词。

[23] 龙楼：指朝堂。《汉书·成帝纪》云："帝为太子……初居桂宫，上尝急召太子出龙楼门，不敢绝驰道。"注引张晏曰："门楼上有铜龙，若白鹤、飞廉之为名也。"

[24] 不迭：赶不上。迭，犹言"及"。

[25] 半纸来大功名：指对功名的轻视。为元杂剧习用语。

[26] 陆贾（gǔ 音古）：《史记·郦生陆贾列传》云："陆贾者，楚人也。以客从高祖定天下，名为有口辩士，居左右，常使诸侯。"

[27] 随何：《史记·高祖本纪》云："汉王乃西过梁地，至虞。使谒者随何之九江王布所，曰：'公能令布举兵叛楚，项羽必留击之。得留数月，吾取天下必矣。'随何往说九江王布，布果背楚。"

[28] 且须缄口：还得闭嘴不说话。且，尚。缄，封闭。

[29] 钓鳌：赵德麟《侯鲭（zhēng 音征）录》卷六云："李白开元中谒宰相封一板，上题曰：'海上钓鳌客'。"比喻抱负远大或举止豪放。唐·李白《赠薛校（jiào 音叫）书》诗："未夸观涛作，空郁钓鳌心。"

[30] 攀桂：指科举登第，意同"折桂"。《晋书·郤诜（xì shēn 音细申）传》："武帝于东堂会送，问诜曰：'卿自以为何如？'诜对曰：'臣举贤良对策，为天下第一，犹桂林之一枝，昆山之片玉。'"

【中吕】粉蝶儿[1]

至治[2]华夷[3]，正堂堂大元朝世，应乾元[4]九五龙飞。万斯年[5]，平天下，古燕雄地。日月光辉，喜氤氲[6]一团和气。

【醉春风】小国土尽来朝，大福荫护助里。贤贤文武宰尧天，喜，喜！五谷丰登，万民乐业，四方宁治。

【啄木儿煞】善教他，归厚德，太平时龙虎风云会[7]。圣明皇帝，大元洪福与天齐！

[1] 【中吕】粉蝶儿：此曲载《北词广正谱》。

[2] 至治：指安定昌盛、教化大行的政治局面或时世。《吕氏春秋·知度》："至治之世，其民不好空言虚辞。"

[3] 华夷：本指汉族与少数民族，后亦指中国和外国。宋元时多以此指国家的疆域。

[4] 乾元：《易·乾》："大哉乾元，万物资始。"孔颖达（疏）："乾是卦名，是元乾德之首。"《朱子本义》："乾元，天德之大始，故万物之生皆资之以为始也。"后以"乾元"形容天子之大德。

[5] 万斯年：亿万斯年。《新唐书·礼乐志》："会昌初，宰相李德裕命乐工制《万斯年》曲以献。"《宋史·乐志七》："嘉坛并侑（yòu 音又），亿万斯年。"

[6] 氤氲（yīn yūn 音因晕）：同"细缊"，形容烟或云气浓郁。

[7] 龙虎风云会：此指圣君贤臣际遇。

【商调】集贤宾[1]

金山寺[2]可观东大海，游客镇常斋[3]。恰恨[4]他来看玩，殿阁齐开。谁知是金斗郡苏卿[5]，嫁得个江洪茶员外[6]。便似洛伽山观自在[7]，行行里道娘[8]狠毒害。眼流江上水，裙拂径中苔。

【幺篇】玉容上带著些寂寞色，随喜[9]罢无可安排。俗子先登旅岸，佳人尚立僧街[10]。向椒红壁[11]上题诗，去伽蓝[12]庙里述怀。更俄延又恐怕他左猜[13]，那村汉[14]多时孤待。酷吟得诗句稳，忙写得字儿歪[15]。

【随调煞】出山门[16]长老行[17]啼哭著拜，僧归藜杖懒，风送画船[18]开。留后语，寄多才[19]。也做了长江贩茶客。若到豫章城相见，抵多少月明千里故人来[20]。

[1] 【商调】集贤宾：此残套载《北词广正谱》。《九宫大成》五九引〔幺篇〕〔随调煞〕。《太和正音谱》下引〔随调煞〕。此曲咏苏卿金山寺题诗事，双渐、苏卿

故事。

[2] 金山寺：中国佛教禅宗名寺，民间传说《白蛇传》中的金山寺即指此。它与普陀寺、文殊寺、大明寺并列为中国的四大名寺。《太平寰宇记》卷八十九云："江南东道润州丹徒县，金山泽心寺在城东南扬子江。按《图经》云，本名浮玉山，因头陀开山得金，故名金山寺。"

[3] 镇常斋：镇常，常常、经常。斋，做佛事、吃素斋。

[4] 恰恨：正厌恨。

[5] 金斗郡苏卿：苏卿，即苏小卿，是安徽合肥名妓，和书生双渐相恋。后双渐赴考，茶商冯魁以重金将苏卿买下，并带苏卿乘船南下。途经镇江金山寺，苏卿题诗于金山寺壁。双渐中榜，过金山寺见诗，将苏卿夺回。金斗郡，即庐州，州有金斗河，故称。在今安徽合肥市。

[6] 茶员外：指与鸨母串通、买走苏小卿、拆散双渐与苏小卿姻缘的茶商冯魁。

[7] 洛伽山观自在：洛迦山，普陀山东南的一座海中悬岛，是观世音菩萨的发迹和修行之地。据《华严经》记载，这里有一座名为补怛（dá 音达）洛迦的山，山上有名为观自在的菩萨。此句写苏小卿和观音菩萨一样美丽。

[8] 娘：鸨母。此句指鸨母将苏卿卖给茶员外以得重金的狠毒行为。

[9] 随喜：游玩佛寺，参观庙宇。

[10] 僧街：寺庙、佛地。

[11] 椒红壁：寺庙的墙壁均涂颜料，呈椒红色。

[12] 伽蓝（qié lán 音茄兰）：梵语"僧伽蓝摩"的省略，意译为众园，谓僧众所住的园林，世因称佛寺曰伽蓝；有时亦指神僧。也写作僧蓝、迦蓝。北魏·杨衒（xuàn 音渲）之《洛阳伽蓝记·法云寺》："伽蓝之内，花果蔚茂，芳草蔓合，嘉木被庭。"

[13] "更俄延"句：俄延，耽搁、拖延。左猜，瞎疑心、犯猜忌。

[14] 村汉：粗鲁的汉子。村，詈辞，恶劣之义。

[15] "酷吟得"二句：此两句写忍着内心的痛苦吟成几句诗，匆忙中，把它歪歪斜斜地写在墙壁上。酷，痛苦。稳，忍。

[16] 山门：亦作"三门"。指寺院大门。因佛寺多建在山林间而名"山门"。一般有三个门，故又称"三门"。释道诚《释氏要览·住处》："凡寺院有开三门者，只有一门亦呼为三门者，何也？《佛地论》云：'大宫殿，三解脱门为所入处。'大宫殿喻法空涅槃也，三解脱门谓空门、无相门、无作门。今寺院是持戒修道，求至涅槃入居之，故由三门入也。"

[17] 行（háng 音杭）：犹言"这边、那边"，放在人称之后。

[18] 画船：用彩漆、雕画装饰的船。本指画舫，游览用，此处指苏卿坐的船。

[19] 寄多才：《北词广正谱》"寄多才"作"盼多才"。多才，男女之间亲昵的称呼。

[20] "抵多少"句：化用唐·张祜《苏小小歌》"新人千里去，故人千里来"诗句。

【商调】水仙子[1]

暑光催，镇日[2]不将帘幕垂。喷火榴花红如茜[3]，近水亭轩槐影低。燕莺不语空来往，搧著那粉翅儿困蝶飞。

【幺篇】怨恨自己，镇日伤怀思向日[4]。受了多少闲烦恼，吃了亲娘些厮央及[5]。傍人冷咭热缀[6]，尚古自[7]痴心儿不改移。姻缘事不退，重相见学取本情意[8]。

【金菊香】况兼潇洒忒孤凄，闷闷恹恹把珊枕攲[9]，迷留没乱[10]千百起，空顿著纱幮[11]，独自个怎存济[12]？

【尾声】眼前不见风流婿，痛思量只办得个垂珠泪。哭的来困也意如痴，空抱定一个春罗扇儿[13]睡。

---

[1] 【商调】水仙子：此曲载《北词广正谱》和《九宫大成》五九。

[2] 镇日：整天。

[3] 茜（qiàn 音欠）：茜草，多年生草本植物。茎方形，有倒刺。根黄红色，可提取染料，也可入药。

[4] 向日：往日。

[5] 厮央及：相求。央及，请求。

[6] “傍（páng 音庞）人”句：别人冷言嘲讽，假言劝哄。傍人，即旁人。咭（diàn 音店），多言、哄骗。

[7] 尚古自：亦作“尚兀自”。尚自、还自、犹自。

[8] 学取本情意：意为诉说着这情意。学，诉说。取，语助词，置动词后，表示动作之进行。

[9] “闷闷”句：意谓心情郁闷，打不起精神而斜靠在枕头上。攲（qī 音期），倾斜。珊枕，即珊瑚枕。

[10] 迷留没乱：形容心烦意乱、精神恍惚的样子。

[11] 纱幮：纱帐。幮，床帐。

[12] 存济：安顿、措置。

[13] 春罗扇儿：以丝罗为扇面的扇子。

元　曲

四大名家

王实甫

◎崔莺莺待月西厢记

生平简介

王实甫，名德信，元·钟嗣成《录鬼簿》载云“大都人”。大都在元代覆盖面很广，不能确切地说是大都城还是它管辖内的一个地区。据《元史·地理志》载，前至元十年（1273年），易州“隶大都路”。1998年10月重修定兴城内慈云阁时，从阁顶部发现有“大元国大都路易州定兴县德全□在诚□及多”字样，证实定兴县在元代曾属大都路管辖。1999年3月在东册村董德川家发现了旧时《西厢记》手抄卷四册，并经名人用朱笔点评。这些都为王实甫是定兴人提供了有力证据。王实甫的父亲和儿子都是元代显赫的官场人物，留下了一些翔实的史料，从中也可了解王实甫的一些情况。据《元史》记载，王实甫的祖籍是今河北保定的定兴县。他的父亲王逖（tì 音替）勋从质子军，跟随成吉思汗西征至西域，娶信仰伊斯兰教的阿噜浑氏为妻。王实甫的儿子王结《元史》中有传，“以宿卫入仕，官至中书左丞、中书参知政事，地位显赫”。

王实甫约生于公元1255—1260年间。《录鬼簿》列为“前辈已死名公才人”而位于关汉卿之后，据此推断他大约与关汉卿同时或稍晚。其创作活动大致在元成宗元贞、大德年间（1295—1307），不早于马致远、白朴。从他在《吕蒙正风雪破窑记》中流露的“世间人休把儒相弃，守寒窗终有峥嵘日”的思想和在《诗酒丽春园》中抒发的宦海升沉的感叹来看，他曾经为官且宦途坎坷。明·贾仲明吊王实甫的〔凌波仙〕词说：“风月营密匝匝列旌旗，莺花寨明彪彪（diū diū 音丢丢）排剑戟，翠红乡雄赳赳施谋智。作辞章，风韵美，士林中，等辈伏低。”显然他还常在演出杂剧及歌舞的游艺场所出入，是个不为封建礼法所拘、与倡优（当时的演员）有密切交往、熟悉当时勾栏生活的剧作家。晚年弃官，回到故里，过着“诗酒傲公侯”的生活，终年八十余。

所作杂剧有记载的十四种，其中《东海郡于公高门》《孝父母明达卖子》《曹子建七步成章》《才子佳人多月亭》《赵光普进梅谏》《诗酒丽春园》《陆绩怀橘》《双蕖（qú 音渠）怨》《娇红记》九种已佚，今存《崔莺莺待月西厢记》《吕蒙正风雪破窑记》《四丞相高会丽春堂》三种，《韩彩云丝竹芙蓉亭》《苏小卿月夜贩茶船》仅存残曲。从剧目上看，王实甫创作的路子比较宽，既擅长写儿女情长的“丽情剧”，如《娇红记》《双蕖怨》《贩茶船》《芙蓉亭》《西厢记》《破窑记》《丽春堂》《多月亭》等，又擅长历史剧创作，如《陆绩怀橘》《赵光普进梅谏》《曹子建七步成章》等。《东海郡于公高门》也是根据史籍写成，是历史剧，却曲笔抨击元代社会腐败的吏治，表现出愤激的情绪，有较强的现实性。他的《西厢记》在戏剧结构、矛盾冲突、人物塑造等方面，都取得了很高的艺术成就，无论是思想性还是艺术性都达到了元杂剧的一个高峰，被誉为“杂剧之冠”。《西厢记》所表达的“愿普天下有情的都成了眷属”的思想，在中国文学史上是第一次。《西厢记》突破了元杂剧一本四折的格式，共有五本二十一折，每本之间都有情节的起承转合，丰富了艺术力和戏剧性，并在强烈的情感中，表达了对人性本善和自由的炽热渴望，成为后人竞相模仿的范本。在《贩茶船》中，王实甫写妓女苏小卿怨恨书生双渐负心，痛责茶商王魁“使了些精银夯钞买人嫌”，要“把这厮剔了髓挑了筋剐了肉不伤廉”。她敢爱敢恨，是个敢于抗争自己命运的女性。《芙蓉亭》中的韩彩云，“夜深私出绣房来，实丕丕耽着利害”，主动到书斋追求所爱的书生，也是个敢作敢为的姑娘。在她们身上，可以影影绰绰地看到《西厢记》中崔莺莺的影子。

王实甫还写过不少散曲，但流传下来的极少。今仅存小令〔十二月过尧民歌〕《别情》，套数【商调】〔集贤宾〕《退隐》、【南吕】〔四块玉〕和一支【双调】残曲。王实甫留传下来的散曲虽不多，但都是一粒粒晶莹的珠玉。明·朱权《太和正音谱》评其词：“如花间美人，铺叙委

婉，深得骚人之趣，极有佳句，若玉环之出浴华清，绿珠之采莲洛浦。”明·王骥德云：“世称曲手，必曰关、郑、白、马，顾不及王，要非定论。”清·李调（tiáo 音条）元称赞其词雅：“《西厢》工于骈俪，美不胜收。如‘雪浪拍长空，天际秋云卷，竹索缆浮桥，水上苍龙堰。’又‘法鼓金铙，二月春雷响殿角；钟声佛号，半天风雨洒松梢。’又‘系春心，情短柳丝长；隔花阴，人远天涯近。’”作品成就之高，举世公认，所以流传极广。仅明清时期，刻本就有一百种之多；现已有英、俄、法、德、意、日、拉丁等多种文字的译本，在世界许多地区印行。

杂剧

崔莺莺待月西厢记

《崔莺莺待月西厢记》简称《西厢记》。又称《王西厢》《北西厢》。本事源于唐·元稹（zhěn 音诊）的传奇小说《莺莺传》（又名《会真记》），情节改编和结构处理借鉴了金·董解（jiè 音介）元《西厢记诸宫调》（简名《董西厢》）。剧写书生张君瑞在普救寺里偶遇已故崔相国的小姐莺莺，一见钟情。此时，镇守河桥的孙飞虎听说莺莺貌美，兵围普救寺，要强娶莺莺。崔母情急之下听从莺莺主意，向寺中人宣布，有能退贼兵者，便将莺莺嫁与为妻。张生修书请朋友杜确将军率兵解围，但事后崔母却变卦赖婚，二人陷于苦恋之中。在莺莺的侍女红娘的帮助下，瞒过崔母，莺莺、张生密约相聚并私订了终身。崔母知情后怒责红娘，但在“恐辱没了俺家谱”的顾虑下，采用了催张生进京应考这一明许暗赖的计策。张生与莺莺忍痛离别。半年后，张生得中状元。崔母的侄儿郑恒本与莺莺有婚约，趁张生还未返回时，谎报张生已被卫尚书招赘为婿，深重门阀的崔母便以此为借口要将莺莺嫁给郑恒。张生及时归来，有情人终成了眷属。

《西厢记》是元杂剧中影响最大的剧本。它的成就表现在许多方面。在思想主题方面，首先，张生和崔莺莺的恋爱故事，已经不再停留在“才子佳人”的模式上，也没有把“夫贵妻荣”作为婚姻的理想。他们否定了封建社会传统的联姻方式，始终追求

真挚的感情，爱情已被置于功名利禄之上。其次，《西厢记》的结构规模在中国戏剧史上也是空前的。《西厢记》的戏剧冲突有两条线索：一条是封建势力的代表老夫人与崔莺莺、张生、红娘之间展开的冲突，这是维护封建礼教的封建势力和反对封建礼教、追求婚姻自主的叛逆者之间的冲突；另一条是由崔莺莺、张生、红娘之间的种种矛盾引起的戏剧冲突的线索，这些冲突虽属次要，却是大量的、错综复杂的，常常和主要矛盾交织在一起，互相影响，推动戏剧情节一环扣一环地发展，具有强烈的戏剧效果。这正是《西厢记》令人叫绝之处。

在人物塑造方面，《西厢记》成功地塑造了栩栩如生、性格各异的人物形象。用委婉、丰富而细腻的笔调，如层层剥笋般地描写出崔、张之间一幕幕动人心弦的爱情故事，塑造了以特有的书生气向封建礼教和门阀制度勇敢斗争的青年张生形象，还有敢爱亦敢怨，果敢地追求光明和幸福人生，叛逆封建社会的伟大女性崔莺莺形象，以及爱憎分明、见义勇为、正直的红娘形象。剧终时唱的那句："愿普天下有情的都成了眷属"，抒发了千百年来受封建礼教压抑的青年的心愿，倾吐了他们的渴望和激情。

在体制创新方面，元杂剧大都是一本四折为结构的。这样的结构已经足以表现一个完整的故事了，但有时篇幅也局限了故事发展。而《西厢记》突破了原有的体制，以五本二十一折的宏大规模来敷演一对青年男女追求自由爱情与婚姻的故事。因此，它避免了其他元杂剧由于篇幅限制而造成的剧情简单化和某种程度的模式化的缺点，能够游刃有余地展开情节、刻画人物。这是王实甫的一个创举。它使得叙事更加恢宏，更容易完美地展现戏剧冲突。其中个别折子还打破了元杂剧一人主唱的惯例，有的折子是两人主唱的，还增加了〔络丝娘煞尾〕以总结前文，沟通前后

两本。这些都说明了王实甫在体制上的成功创新，使得剧本更加适宜演出的需要。

在《西厢记》的清词丽句中，我们可以看出，那妩媚的春光下包含着反封建的革命火种。正如郭沫若在《〈西厢记〉艺术上之批判与其作者之性格》中所说："我国文学史中，元曲确占有高级的位置。禾黍之悲，河山之感，抑郁不得志之苦心，欲死不得死、欲生不得生的渴望，遂驱使英秀之士群力协作以建设此尊严美丽之艺堂。吾人居今日而游此艺堂，以近代的眼光以观其结构，虽不免时有古拙陈腐之处，然为时已在五百年前，且于短时期内成就得偌大个建筑，吾人殆不能不赞美元代作者之天才，更不能不赞美反抗精神之伟大！反抗精神，革命，无论如何，是一切艺术之母！元代文学，不仅限于剧曲，全是由这位母亲产出来的。这位母亲所产生出来的女孩儿，总要以《西厢》为最完美，最绝世的了。《西厢》是超过时空的艺术品，有永恒而且普遍的生命。《西厢》是有生命的人性战胜了无生命的礼教底凯旋歌，纪念塔。"《西厢记》问世以后，在中国戏剧史上产生了广泛而深远的影响。元代学者周德清在《中原音韵·自序》中称赞《西厢记》"诸公已矣，后学莫及"。明人何良俊说："王实甫才情富丽，辞家之雄。"明人凌濛初说："《西厢》为情词之宗。"(《谭曲杂札》)明人王世贞把《西厢记》推为北曲的"压卷之作"。李贽则誉《西厢记》为"化工"，称"其工巧自不可思议"(《焚书·杂说》)。汤显祖评其"描写神情不露斧斤笔墨痕"。陈继儒评其"行云流水，悠然自在之文"。胡应麟评说："才情逸发处，自是卢、骆艳歌，温、韦丽句"。《西厢记》的情节摇曳生姿，曲折映衬。槃薖（kē 音科）硕人描述说："详味《西厢》每篇段中，变换断续，倏然博换，倏然掩映，令人观其奇情，不可

捉摩，则见真与《南华》似。”清代戏曲家李渔说：“自有西厢而迄于今，四百余载，推西厢为填词第一者，不知几千万人”（《闲情偶寄》）。曹雪芹在《红楼梦》二十三回“《西厢记》妙词通戏语 《牡丹亭》艳曲警芳心”中描写林黛玉读《西厢记》的感受时写道：“从头看去，越看越爱，不顿饭时，已看出了好几出。但觉词藻警人，余香满口。”

《西厢记》版本数量众多，流传至今的刻本约有百种之多。著名的有：明弘治十一年（1498 年）金台岳家刻本，明万历三十八年（1610 年）起凤馆刻本（李贽、王世贞评），明万历四十二年（1614 年）香雪居刻本（王骥德、徐渭注，沈景评），明万历间萧腾鸿刻本（陈继儒评），明天启间乌程凌氏朱墨套印本（凌濛初校注），明崇祯十三年（1640 年）西陵天章阁刻本（李贽评），明崇祯间汇锦堂刻本（汤显祖、李贽、徐渭评），民国五年（1916 年）贵池刘氏《暖江室汇刻传剧第二种》重刻凌氏本，民国二十四年（1935 年）上海开明书店排印汲古阁《六十种曲》本等。进入 20 世纪以来，刊本形式主要以校注本、白文本和影印本为主。其中校注本成就相对突出，主要有：王季思校注《西厢记》，王毓骏校注《西厢记注》，吴晓铃校注《西厢记》，张燕瑾、弥松颐校注《西厢记》，王季思、张人和《集评校注西厢记》等。另有多种金圣叹评点本，如曹方人、周锡山标点的《贯华堂第六才子书西厢记》，傅晓航校点《贯华堂第六才子书西厢记》，张国光校注《金圣叹批本西厢记》等。《西厢记》在英、法、日、德、意、越、朝、俄等国的译介也如火如荼。其中，日译本最多，全译和半译多达十七种。冈岛咏舟的译本最早于 1804 年出版，是《西厢记》最早的外文译本。法国汉学家朱利安的翻译本于 19 世纪 70 年代出版，是欧洲最早的译

本。《西厢记》的英译本包括熊式一本、美国汉学家亨利·哈特本（Henry H.Hart）、英国汉学家杜威廉本，以及美国汉学家奚如谷与伊维德的合译本等近七个版本。其中奚如谷与伊维德“译本有全面的概述和详尽的注释，为《西厢记》英译本中的最佳之作”（美国作家艾郎诺语）。《美国大百科全书》说：“《西厢记》是剧作者王实甫以无与伦比的华丽的文笔写成的，全剧表现着一种罕见的美”，“是一部充满优美诗句的爱情戏剧，是中国13世纪最著名的元曲之一，是这一时期最具代表性的作品。”《法国大百科全书》说：“13世纪中国戏剧家王实甫的《西厢记》，在元曲中是篇幅最长的一部浪漫主义杰作。这是爱情的诗篇。整个故事自始至终贯穿着一对情人的悲欢离合，充满了迷人的情趣。”《日本大百科事典》说：“积极的内容与优美的形式结合在一起，就使《西厢记》成为元曲的最佳作品。”《英国大百科全书》说：“《西厢记》这个戏有高度的文学价值，它的篇幅比其他元曲长出几倍，对后世戏剧产生了极大的影响。”《苏联大百科全书》说：“戏剧在元代文学中占主导地位。著名戏剧家关汉卿的《窦娥冤》、王实甫的《西厢记》、马致远的《汉宫秋》等，代表着元代戏曲艺术发展的高峰。”

《西厢记》对中国的文学艺术也产生了很大的影响。如曲艺，鼓词、弹词的《西厢》十分著名。清代叶堂编订过《西厢记》的全套曲谱。明代唐伯虎、仇十洲、王文衡、陈洪绶等，都有以《西厢记》为题材绘制的许多名画。曹雪芹在《红楼梦》的写作过程中借鉴了《西厢记》;《金瓶梅》的创作也受到《西厢记》非常深刻的影响。有许多元人杂剧（至少有十四种）中的人物，提到《西厢记》中的人物和故事。在《西厢记》的流传过程中，从郑德辉的《㑇（zhòu 音宙）梅香》（被称为《小西厢》）

到高濂的《玉簪记》、李渔的《风筝误》，在关目安排、人物塑造等方面，都可以看到《西厢记》的影子。《幽闺记》的《招商偕侣》和《玉簪记》的《弦里传情》(即《琴挑》)、《词里私情》(即《偷诗》)等轻喜剧，都是沿着《西厢记》的路子安排的。汤显祖在其代表作《牡丹亭》里塑造的反礼教的艺术典型杜丽娘，可以说是崔莺莺的发展。

《西厢记》自问世以来一直在戏曲舞台上演唱，而且历久常新。据《中国戏曲志》，越剧、豫剧、川剧、秦腔、琼剧、蒲剧、评剧、黄梅戏等都有《西厢记》的演出，其中影响较大的有京剧《红娘》、越剧《西厢记》、蒲剧《西厢记》等。如1936年，京剧名家荀慧生根据元杂剧《西厢记》改编的京剧《红娘》，自首演至今，在京剧舞台上久演不衰，征服了一代又一代的观众。1958年，田汉根据王实甫的版本重新改编，由中国京剧院与北京京剧团作为国庆十周年献礼剧目联合演出；天津青年京剧团于1999年第二届京剧节期间公演了田汉版的改编本。豫剧的《西厢记》也有不同的版本。《西厢记》也受到海外观众的喜爱：早在1505年《西厢记》就传入了韩国；18世纪末，日本和朝鲜就出现了《西厢记》译本；19世纪中叶以来，又陆续出版了法、英、德、意、俄的译本。在国外还出现了许多改编本，如苏联曾改编为《倾杯记》，朝鲜曾根据《西厢记》的形式和结构，写成《东厢记》《广寒楼乐府》《满江红》《汉文演本春香传》《东厢记纂》《春梦缘》等。

特别值得一提的是，2023年2月4日，第二届新西兰画派艺术联盟艺术季开幕式暨2023年新西兰愿景汉字发布仪式活动，在奥克兰国际艺术空间美术馆举行。其中，由雷－西厢工作室布展的“王西厢手书真迹”彩图（Wang Xixiang Authentic

Handwriting）首展引起了国内外媒体和收藏界的高度关注。据各大媒体报道，这次展出的《王实甫稿本》是元代著名剧作家王实甫创作的《西厢记》原作手稿，又称为《西厢记稿本》。黄麻纸稿本，每半页纵 23.2 厘米，横 13.8 厘米。书法墨迹如行云流水，风神潇洒，颇有文人风范。更为可贵的是，稿本中还夹带着两片宝贵的铅山纸残页，其纸质与稿本不同，同为王实甫当时执笔所写。经统计，这部珍贵的《西厢记》手稿共有二十二折，比现存版本（二十折）多出两折。这是目前国内唯一发现的王实甫戏曲创作手迹，在中国戏剧发展史上有着里程碑式的重要意义，更是海内外珍贵的元曲原作孤本。

第一本　张君瑞闹道场

楔　子[1]

（外扮老夫人上，开[2]）老身[3]姓郑，夫主姓崔[4]，官拜前朝相国[5]，不幸因病告殂[6]。只生得个小姐，小字莺莺。年一十九岁，针黹[7]女工，诗词书算，无不能者。老相公在日，曾许下老身之侄——乃郑尚书[8]之长子郑恒——为妻。因俺孩儿父丧未满，未得成合[9]。又有个小妮子[10]，是自幼伏侍孩儿的，唤作红娘。一个小厮儿[11]，唤做欢郎。先夫弃世之后，老身与女孩儿扶柩至博陵安葬[12]，因路途有阻，不能得去。来到河中府[13]，将这灵柩寄在普救寺[14]内。这寺是先夫相国修造的，是则天娘娘香火院[15]，况兼法本[16]长老[17]又是俺相公[18]剃度[19]的和尚，因此俺就这西厢下一座宅子安下[20]。一壁[21]写书附[22]京师[23]去唤郑恒来，相扶回博陵去。我想先夫在日，食前方丈，从者数百[24]；今日至亲[25]则[26]这三四口儿，好生伤感人也呵！（唱）

【仙吕·赏花时】[27]夫主京师禄命终[28]，子母孤孀途路穷[29]，因此上旅榇[30]在梵王宫[31]。盼不到博陵旧冢[32]，血泪洒杜鹃[33]红。

今日暮春天气，好生困人[34]，不免唤红娘出来分付他。红娘何在？（旦俫扮红见科[35]）（夫人云）你看佛殿上没人烧香呵，和小姐闲散心，耍一回去来。（红云）谨依严命。（夫人下）（红云）小姐有请。（正旦[36]扮莺莺上，红云）夫人著俺和姐姐[37]佛殿上闲耍一回去来。（旦唱）

【幺篇】[38]可[39]正是人值[40]残春蒲郡[41]东，门掩重关萧寺中[42]。花落水流红[43]，闲愁万种，无语怨东风[44]。（并下）

---

[1] 楔子：元杂剧的剧本体制，一般是四折一楔子。楔子是四折正戏之外所加的短场，只唱一两支单曲，不唱套曲，通常放在第一折之前，用以介绍剧情和人物，类似序幕；或有时放在折与折之间，其作用是加强折与折之间的联系，贯穿剧情，很像过场。

[2] “外扮”句：外，剧中角色“外末”“外旦”“外净”的省称，这里指扮老夫人的外旦。元人杂剧的女主角为“正旦”，男主角为“正末”；在正角之外再加一角色，叫“外”。王国维《古剧角色考》云：“曰冲、曰外、曰贴，均系一义，谓于正色之外，又加某色以充之也。”所扮不限男女，老年、中年、青年人物均可扮演。开，指戏剧开场。宋元以来民间说唱和技艺表演在开始的时候，第一个登场人介绍内容、表演唱念都叫“开呵”或作“开和”“开科”，省称“开”。

[3] 老身：老年人的自称，不限男女。这里是老夫人自称。

[4] 郑、崔：汉代以来望族显姓。自汉代起，尤其东汉时期的阀阅制度极盛。南北朝时，江左以王、谢、何、庾，北方以崔、卢、李、郑为大姓，其中崔姓是世族大家中之大家，一向居四姓之首。

[5] 官拜前朝相国：拜，授予官职，封予爵位。前朝，指前一个皇帝在位之时。天子在位期间曰朝。相国，指宰相。春秋时，齐景公始设左右相，相成为齐国强大的卿大夫的世袭官职。以后其他诸侯国也有设置的。战国时，各国先后设相，称为相国、相邦，秦称丞相，为百官之长。只有楚国，终战国之世未设相，以令尹为最高官职。秦代以后成为辅佐皇帝的最高官职。唐以后多用作实际任宰相者的尊称，清代则专指任大学士者。

[6] 告殂（cú 音徂）：布告死亡。殂，死。《尔雅·释诂》：“殂，死也。”

[7] 针黹（zhǐ 音纸）：针线。指纺织、刺绣等活计。黹，缝纫、刺绣。针黹，俗也作“针指”。

[8] 尚书：官名。始置于战国，秦代尚书是少府的属官，掌管文书，地位很低。西汉成帝时尚书分为四曹，略有分工。东汉时，政务中枢由三公府移入宫廷，由尚书协助皇帝处理，名为“政归台阁”。此后尚书的权势日重。魏晋以后，尚书分曹益趋繁密，其主管尚书令权位渐高，实际上成为负责国务的要职。隋代设置尚书省，分为六部，各部长官均称尚书。尚书省成为中央执行政务的总机关。唐代确定六部为吏、户、礼、兵、刑、工，一直沿用到清。宋代以后，行

政全归尚书省，三省分立之制渐成空名。元代仅存中书省之名，而以尚书省各官隶属其中。明废中书省，直接以六部尚书分管政务。清代沿置，清末更改官制，改尚书为各部大臣。

[9] 父丧未满，未得成合：在为父服丧期间不能成亲。《唐律・户婚》规定："诸居父母丧……嫁娶者，徒三年。"成合，成亲、婚配。

[10] 小妮子：本是对婢女的称呼。宋元以来的小说、戏曲作品中，小女子都可称"小妮子"，不限于婢女，犹如后来人们所称的"小丫头"。

[11] 小厮儿：宋元时对小男孩儿包括儿子的称呼。

[12] "老身"句：柩，装着尸体的棺材。博陵，郡名。东汉本初元年（146 年）置郡，治博陵（今河北蠡县南）。建安末废。西晋置国，治所在安平。辖境相当于今河北安平、深州、饶阳、安国等县地。北魏改为郡，隋开皇初废。大业及唐天宝、至德时又曾改定州为博陵郡（治所在今河北省安平县）。东汉中平二年（185 年），张角起义于此。博陵崔氏在唐代是望族，为唐五大高门（崔、卢、李、郑、王）之一。

[13] 河中府：唐代设立的行政区。治所在今山西省永济市蒲州镇，因位于黄河中游而得名。

[14] 普救寺：在山西永济蒲州镇，南邻古蒲州城址。初建于唐武则天时期，以后历代皆有修葺（qì 音气）。相传此寺即唐代元稹的传奇小说《莺莺传》中所写张生与莺莺爱情故事发生处。后毁于火。元稹、白居易等咏莺莺故事之诗甚多，皆与此寺有关。寺院近已修建一新。今寺内仅存基址、寺前石坊、舍利塔等。舍利塔因《莺莺传》故事流传而改名莺莺塔，可供游人凭吊。

[15] "是则天"句：则天娘娘，唐高宗李治的皇后武曌（zhào 音照），死后谥则天皇后，即武则天。香火院，接受民间供奉的寺庙。旧时私人寺庙一般由建庙人出资办度牒，提供香火资聘请住持僧人。香火，烧的香和点的灯火，泛指寺庙供奉之物。

[16] 法本：僧人的法号。

[17] 长老：对寺中住持僧的尊称。住持，原为久住护持佛法的意思。禅宗兴起后，指寺院住持僧的尊称。

[18] 相公：妻子对丈夫的尊称。

[19] 剃度：削发做出家人的宗教仪式。佛教认为剃须剃发可以帮助修行，度过轮回，因此称出家时剃须剃发的过程为剃度。由于唐安史之乱以后出家备受限制，所以这里指在前期崔相国曾帮助法本和尚出家为僧。

[20] 安下：安置。

[21] 一壁：一边。

[22] 附：寄信。

[23] 京师：京城。这里指长安，在今陕西省西安市。

［24］“食前”二句：形容当年家道兴旺，美味佳肴能摆到一丈见方，仆役的数量有好几百，言家里人多。语出《孟子 · 尽心下》：“食前方丈，侍妾数百人。”

［25］至亲：最亲近的亲属。至，最、极。如唐 · 孟郊《哀孟云卿嵩阳荒居》诗：“定交昔何在，至戚今或疏。”至戚，强调亲属关系最为亲近。

［26］则：只、仅仅。

［27］【仙吕 · 赏花时】:【仙吕】，宫调名。宫调就是乐律，用于确定曲子的管色高低。某一曲标明某一宫调，即限定这支曲子当用某一管色和调门儿，犹如现在的工字调，尺（chě 音扯）字调、上字调或 C 调、D 调、F 调等。各个宫调，因其管色调门儿有高低之分，所表现出来的音律和感情色彩各不相同。元曲中主要有五宫四调:【黄钟宫】【正宫】【南吕宫】【仙吕宫】【中吕宫】【大石调】【越调】【双调】【商调】。〔赏花时〕，曲牌名。属北曲【仙吕宫】，亦入【商调】。字数定格及韵式据清 · 周祥钰（yù 音玉）《九宫大成谱》作七、七、五、四、五,五句五韵。可用作小令，也可用于套曲。在元杂剧中，通常用于楔子中，作为全剧的第一支曲子。如此曲即是。偶然也有用作二、三折首曲的。

［28］禄命终：人的一生中所有的富贵贫贱和盛衰兴废终结，即死亡。汉 · 王充《论衡 · 解除》：“天下人民夭寿贵贱皆有禄命。”

［29］“子母”句：我们孤儿寡母于路途之中，处境非常窘迫。孤孀，孤儿寡妇。穷，处境艰难窘迫。

［30］旅榇（chèn 音衬）：指未入祖茔时临时寄放在客地的尸棺。榇，棺材。

［31］梵（fàn 音范）王宫：指佛寺。梵王即大梵天王的简称，传说中古印度教和婆罗门教的创造之神。

［32］“盼不到”句：意即盼不到博陵的老家。旧冢（zhǒng 音肿），指家乡。冢，本指高而大的坟墓。

［33］血泪洒杜鹃红：杜鹃鸟嘴上的血。此处形容老夫人的心情悲痛，流出的眼泪犹如杜鹃啼血。杜鹃，子规鸟。相传此鸟为古蜀帝杜宇魂魄所化，又称杜宇，其声哀切，叫声很长，常叫至嘴中流血，叫出的声音很像“不如归去”。又，杜鹃花一名映山红，传为杜鹃精神所化。

［34］困人：使人困倦。

［35］“旦倈（lái 音来）”句：旦角中年龄较小的女子，通常扮丫鬟，即小旦。这里是扮演红娘的小旦。倈，戏曲中扮演少年儿童的角色。明 · 王骥德《曲律 · 论部色》：“小厮曰倈。”清 · 焦循《剧说》卷一：“盖倈儿者，扮为儿童状也。”红，是红娘的省称。科，科泛的简称，是剧本中关于动作、表情等的舞台指示，包括做工、武工、歌舞、舞台效果和其他的表演。“科”与“唱”“云”（说白和念白）一样，是元杂剧表演艺术的一个重要组成部分。

［36］正旦：元杂剧角色名，通常扮演女主角。

［37］姐姐：元剧中丫鬟对主人家小姐的称呼。

［38］〔幺篇〕：幺是“後（后）”的简写（取“後”字右上角的“幺”字），幺篇就是后篇。元杂剧把同一曲牌的第二支曲子称为〔幺篇〕，类似词的下阕，有时则重复一遍前一曲调。

［39］可：正是、恰好。

［40］值：遇上。《说文解字》：“值，一曰逢遇也。”

［41］蒲郡：蒲州。北周置，隋改为河东郡，唐复为蒲州。唐开元年间改为河中府，治所在今山西永济。它是晋、陕间交通咽喉，历来为军事重地。

［42］“门掩”句：出自唐·李绅《莺莺歌（一作〈东飞伯劳西飞燕歌〉，为莺莺作）》中句。掩，关门。重（chóng 音虫）关，一道道的门。萧寺，佛寺。梁武帝萧衍笃信佛教，建造佛寺，命萧子云大书一“萧”字，后人因称佛寺为萧寺。

［43］红：指落花。

［44］“闲愁”二句：闲愁，难以言喻的愁思。宋·李清照〔一剪梅〕词：“一种相思，两处闲愁。此情无计可消除，才下眉头，却上心头。”东风，春风。

第一折

（正末扮张生骑马引俫人[1]上，开）小生姓张名珙，字君瑞，本贯西洛[2]人也。先人拜礼部尚书[3]，不幸五旬之上，因病身亡。后一年丧母。小生书剑飘零[4]，功名未遂[5]，游于四方。即今贞元[6]十七年二月上旬，唐德宗[7]即位，欲往上朝取应[8]，路经河中府[9]，过蒲关[10]上，有一故人姓杜名确[11]，字君实，与小生同郡同学，当初为八拜之交[12]。后弃文就武，遂得武举状元[13]，官拜征西大元帅[14]，统领十万大军，镇守著蒲关。小生就望哥哥一遭，却[15]往京师求进。暗想小生萤窗雪案[16]，刮垢磨光[17]，学成满腹文章，尚在湖海飘零，何日得遂大志也呵！万金宝剑藏秋水，满马春愁压绣鞍[18]。

【仙吕·点绛唇】游艺中原[19]，脚根无线，如蓬转[20]。望眼连天，日近长安远[21]。

【混江龙】[22]向诗书经传[23]，蠹鱼似不出费钻研[24]。将棘围守

暖[25]，把铁砚磨穿[26]。投至得云路鹏程九万里，先受了雪窗萤火二十年[27]。才高难入俗人机[28]，时乖[29]不遂男儿愿。空雕虫篆刻，缀断简残编[30]。

行路之间，早到蒲津。这黄河有九曲[31]，此正古河内之地[32]，你看好形势也呵！

【油葫芦】[33]九曲风涛何处显，则除是此地偏[34]。这河带齐梁，分秦晋，隘幽燕[35]。雪浪拍长空，天际秋云卷；竹索缆浮桥，水上苍龙偃[36]；东西溃九州[37]，南北串百川[38]。归舟[39]紧不紧[40]如何见？却便似弩箭乍离弦[41]。

【天下乐】[42]只疑是银河落九天[43]，渊泉云外悬[44]，入东洋不离此径穿[45]。滋洛阳千种花[46]，润梁园万顷田[47]，也曾泛浮槎到日月边[48]。

话说间早到城中。这里一座店儿，琴童接下马者！店小二哥[49]那里？（小二上，云）自家是这状元店里小二哥。官人[50]要下[51]呵，俺这里有干净店房。（末云）头房里下，先撒和[52]那马者！小二哥你来，我问你：这里有甚么闲散心处？名山胜境，福地宝坊[53]皆可。（小二云）俺这里有一座寺，名曰普救寺，是则天[54]皇后香火院，盖造非俗：琉璃殿相近青霄，舍利塔直侵云汉[55]。南来北往，三教九流[56]，过者无不瞻仰；则除那里，可以君子游玩。（末云）琴童料持[57]下晌午饭！俺到那里走一遭，便回来也。（童云）安排下饭，撒和了马，等哥哥回家。（下）

（法聪上）小僧法聪，是这普救寺法本[58]长老座下弟子。今日师父赴斋[59]去了，著我在寺中，但有探长老的，便记著，待师父回来报知。山门下立地[60]，看有甚么人来。

（末上，云）却早[61]来到也。（见聪了[62]，聪问云）客官[63]从何来？（末云）小生西洛至此，闻上刹[64]幽雅清爽，一来瞻仰佛像，

二来拜谒长老[65]。敢问长老在么？（聪云）俺师父不在寺中，贫僧弟子法聪的便是，请先生[66]方丈[67]拜茶[68]。（末云）既然长老不在呵，不必吃茶，敢烦和尚相引瞻仰一遭，幸甚！（聪云）小僧取钥匙，开了佛殿、钟楼、塔院、罗汉堂[69]、香积厨[70]，盘桓[71]一会，师父敢待回来[72]。（做看科，末云）是盖造得好也呵！

【村里迓古】[73]随喜[74]了上方[75]佛殿，早来到下方[76]僧院。行过厨房近西，法堂[77]北钟楼前面。游了洞房[78]，登了宝塔，将回廊绕遍。数了罗汉[79]，参了菩萨[80]，拜了圣贤[81]。（莺莺引红娘拈花枝上，云）红娘，俺去佛殿上耍去来。（末做见科[82]）呀！正撞著五百年前风流业冤[83]。

【元和令】[84]颠不剌[85]的见了万千，似这般可喜娘的庞儿罕曾见[86]。则著人眼花撩乱口难言，魂灵儿飞在半天。他那里尽人调戏亸著香肩，只将花笑拈[87]。

【上马娇】[88]这的是[89]兜率宫[90]，休猜做了离恨天[91]。呀，谁想著寺里遇神仙！我见他宜嗔宜喜春风面[92]，偏、宜贴翠花钿[93]。

【胜葫芦】[94]则见他宫样眉儿新月偃，斜侵入鬓云边[95]。（旦云）红娘，你觑[96]：寂寂僧房人不到，满阶苔衬落花红。（末云）我死也！未语人前先腼腆[97]，樱桃红绽，玉粳白露[98]，半晌恰方言[99]。

【幺篇】恰便似呖呖莺声花外啭[100]，行一步可人怜[101]。解舞腰肢[102]娇又软，千般袅娜[103]，万般旖旎[104]，似垂柳晚风前。

（红云）那壁有人，咱家去来。（旦回顾觑末，下）（末云）和尚，恰怎么观音现来[105]？（聪云）休胡说！这是河中开府[106]崔相国的小姐。（末云）世间有这等女子，岂非天姿国色[107]乎？休说那模样儿，则那一对小脚儿，价值百镒之金[108]。（聪云）偌远地[109]，他在那壁，你在这壁，系著长裙儿[110]，你便怎知他脚儿小？（末云）法聪，

来、来、来，你问我怎便知，你觑：（唱）

【后庭花】若不是衬残红[111]芳径[112]软，怎显得步香尘[113]底样儿[114]浅。且休题眼角儿留情处，则这脚踪儿[115]将心事传。慢俄延[116]，投至到栊门儿[117]前面，刚那[118]了一步远。刚刚的打个照面[119]，风魔了张解元[120]。似神仙归洞天[121]，空余下杨柳烟，只闻得鸟雀喧。

【柳叶儿】呀，门掩著梨花深院[122]，粉墙儿高似青天。恨天，天不与人行方便，好著我难消遣，端的是怎留连！小姐呵，则被你兀的不引了人意马心猿[123]？

（聪云）休惹事，河中开府的小姐去远了也。（末唱）

【寄生草】[124]兰麝[125]香仍在，佩环[126]声渐远。东风摇曳垂杨线，游丝牵惹桃花片，珠帘掩映芙蓉面[127]。你道是河中开府相公家，我道是南海水月观音现[128]。

“十年不识君王面，始信婵娟解误人。”[129]小生便不往京师[130]去应举也罢。（觑聪云）敢烦和尚对长老说知，有僧房借半间，早晚温习经史，胜如旅邸内冗杂[131]。房金依例拜纳，小生明日自来也。

【赚煞】[132]饿眼望将穿，馋口涎空咽，空著我透骨髓相思病染，怎当他临去秋波那一转[133]！休道是小生，便是铁石人[134]也意惹情牵。近庭轩，花柳争妍，日午当庭塔影圆[135]。春光在眼前，争奈玉人不见[136]，将一座梵王宫疑是武陵源[137]。（下）

---

[1] 俫人：元杂剧中对人的泛称。此处指张珙（gǒng 音巩）的琴童。

[2] 本贯西洛：本贯，籍贯。西洛，今河南省洛阳市。唐开元间将河南府定为西京，河南府第设在洛阳县，故称洛阳为西洛。

[3] “先人”句：先人，指已故的父亲。《史记·仲尼弟子列传》：“孤不幸，少失先人，内不自量。”礼部尚书，官名，礼部的长官。礼部为隋唐以后中央六部之一，管理国家的典章、法度、祭祀、科举以及接待四方使者等事务。尚书，六部的长官。

[4] 书剑飘零：书剑，泛指古代文人随身携带之物。飘零，漂泊。

[5] 功名未遂：科举考试没有中第。遂，成就、如愿。

[6] 贞元：唐德宗李适（kuò 音阔）的年号（785—805）。

[7] 德宗（742—805）：李适死后所封的庙号。元杂剧中开场宾白，由角色自报姓名、履历及时代、地点，沿袭自评话说唱，原本是以第三者的身份介绍说明，称前代皆用庙号。杂剧沿袭，故张生称当时皇帝亦用庙号。

[8] 欲往上朝取应：想去京城参加科举考试，上朝，朝廷、京城。相对地方而言，称朝廷为上朝，犹如称上都、上京。取应，朝廷开科取士，读书人应选，参加考试。有取者，又有应者，故称取应。

[9] 河中府：因地处汾河、黄河之间，故名。在今山西永济市。北周置蒲州，隋为河东郡，唐复为蒲州，开元时改为河中府。

[10] 蒲关：蒲津关的简称，在蒲津之上，位于黄河西，在今山西省永济市西。

[11] 姓杜名确：杜确，唐德宗时人，贞元年间曾任河中尹、河中绛州观察使。

[12] 八拜之交：结拜兄弟。八拜，指结拜时礼节的隆重。宋·邵伯温《闻见前录》卷十载李稷拜访文彦博，因为李稷的父亲李绚是文彦博的门客，所以文彦博说：“而父，吾客也，只八拜。”李稷以参见父辈的礼节如数拜了八拜。可见宋时“八拜”原指参见长辈时的隆重礼节，后来演变为结拜兄弟时的礼节。

[13] 武举状元：武举中进士第一名称武举状元。按唐代制度，取士由地方举送中央考试，称为乡贡，被举送应试的人通称举人。考试由礼部主持，举人赴京应礼部考试须投状，因此称考得进士科第一名者为状元，或称状头。武举状元，即武科考试第一名。唐代武则天时便开始有武举一科，后代相沿，光绪二十七年（1901 年）废。

[14] 大元帅：官名。掌管军队，为主军统帅。

[15] 却：再。

[16] 萤窗雪案：形容勤奋学习。萤窗，东晋人车胤家贫，买不起灯油，夏夜捉萤火虫装在纱袋里照着读书。雪案，西晋人孙康家贫，冬夜借着雪光读书。这里用一冬一夏两个典故，说明张生一年四季都在刻苦读书学习。

[17] 刮垢磨光：刮去污垢，磨出光亮。比喻仔细琢磨，精益求精。语出唐·韩愈《进学解》：“爬罗剔抉，刮垢磨光。”意思是学习就像把铜镜的污垢慢慢刮去，渐渐磨出它的光亮来一样。

[18] “万金”二句：比喻自己满腹才学却功名未成，如同价值万金的宝剑沉埋在水底。万金宝剑，贵重无比的宝剑。秋水，秋天的水最为明净、清亮。满马春愁

压绣鞍，骑马游荡，感伤春时，沉重的心情仿佛压在马鞍上。春愁，本指春日的愁思，这里指怀才不遇而产生的烦恼。

[19] 游艺中原：指负笈（jí 音籍）游学四方。游艺，指用六艺（礼、乐、射、御、书、数）陶冶身心。语出《论语·述而》："游于艺。"这里指游学。中原，即中土、中州，与边疆地区相对而言。狭义的中原指今河南省一带。先秦时代已有雒邑（今河南洛阳市）和陶（今山东定陶）是天下之中的说法，其后华夏族活动范围扩大，古豫州仍被视为九州之中，故称此地为中原。广义的中原指黄河中下游地区或整个黄河流域。

[20] 蓬转：蓬草随风飘转，比喻行踪漂泊无常。蓬，草名，即飞蓬。开小白花，秋天断根，被风一吹，到处飘荡。《晏子春秋·内篇杂上》："譬之犹秋蓬也，孤其根而美枝叶，秋风一至，根且拔矣。"《后汉书·舆服志》："上古圣人见转蓬始知为轮。"后以喻身世飘零。

[21] 日近长安远：看得见太阳，看不见长安。长安是帝京、京都的代称。人们常用这句话来形容帝都遥远难及，比喻求取功名艰难。典出《晋书·明帝纪》：明帝司马绍幼年时曾被父亲晋元帝司马睿（ruì 音锐）抱坐在膝上。有人问：你说说太阳和长安哪一个近，哪一个远。司马绍说："日近。""举目则见日（指父皇），不见长安。"元帝"益奇之"。

[22] 〔混江龙〕：曲牌名。属北曲【仙吕宫】。有古体和近体两种形式。据清·周祥钰《九宫大成谱》，古体之字数定格及韵式作四、七、四、四、七、七、三、三、四、四，十句七韵。近体将两个三字句变为两个七字句而成。清·李玉《北词广正谱》："此章句字不拘，可以增损。"在第六句后可增四字句或六字句，多少不拘，但大都以两句为一联，韵式以两句协一韵为通则。用于套曲中。

[23] 向诗书经传（zhuàn 音篆）：面对着古书经典。诗书，指《诗经》和《尚书》，这里泛指一切儒家经典著作。经，指古籍经典原文，主要有《易》《书》《诗》《礼》《春秋》《论语》《孟子》等。传，指后人对经的阐释和解说。主要有《春秋左传》《诗经毛传》等。晋·张华《博物志》卷六《文籍考》："圣人制作曰经，贤者著述曰传。"

[24] "蠹鱼"句：像书蛀虫一样钻在书里不出来，费心地钻研。蠹鱼，又名衣鱼、壁鱼，蛀蚀书籍、衣物等的小虫。比喻自己像蠹鱼一样钻进书海。

[25] 将棘围守暖：指一次又一次地参加考试，把考场都坐暖了。棘围，科举考试时，为防止作弊和捣乱，在试院围墙上遍插荆棘，故称考场为棘围、棘院或棘闱。《旧五代史·和凝传》："贡院旧例，放榜之日，设棘于门及闭院门，以防下第不逞者。"

[26] 把铁砚磨穿：用以表示刻苦攻读、不获功名不罢休的决心。典出《新五代史·桑维翰传》：桑维翰初举进士，主考官讨厌桑姓，认为"桑""丧"同音。有人劝他不必举进士，可以通过其他方式求仕。桑维翰愤慨，铸了一块铁砚，

对人说：等这砚磨穿了，我才改而他仕。后来终于科举及第。

［27］“投至得”二句：意思是在功名得意之前，先受了二十年雪案萤窗的辛苦。投至得，直等到。云路，飞黄腾达之路，这里指仕途。鹏程九万里，形容功成名就。鹏，传说中最大的鸟。《庄子·逍遥游》：“北冥有鱼，其名为鲲。鲲之大，不知其几千里也。化而为鸟，其名为鹏。鹏之背，不知其几千里也。怒而飞，其翼若垂天之云……鹏之徙于南冥也，水击三千里，抟扶摇而上者九万里。”雪窗萤火，即“萤窗雪案”。

［28］“才高”句：意思是自己才能高超，格调高雅，很难为一般人所理解。机，机缘、时宜的意思。

［29］时乖：时运不好。乖，反常、不顺遂。

［30］“空雕”二句：感叹自己白白地写诗作文、研究学问而一无所成。“空”字连贯上下两句。雕虫篆刻，这里泛指诗词文赋等文学创作。典出汉·扬雄《法言·吾子》：“或问：‘吾子少而好赋？’曰：‘然。童子雕虫篆刻。’俄而曰：‘壮夫不为也。’”虫，虫书。刻，刻符，秦书八体中的两体。汉·许慎《说文解字叙》：“自尔秦书有八体：一曰大篆，二曰小篆，三曰刻符，四曰虫书，五曰摹印，六曰署书，七曰殳（shū 音书）书，八曰隶书。”《汉书·艺文志》颜师古注：“虫书谓为虫鸟之形，所以书幡信也。”缀断简残编，本指搜集各类不完整的书籍，此处指撰写文章。缀，连接、整理。简，书或信。在没有纸的时代，用竹片或布帛来著书写字。书于竹片上的称简，书于布帛上的称帖。编，古时用以穿联竹简的皮条或丝绳。

［31］黄河有九曲：言黄河河道之曲折，弯道极多。九，言其多，非实指。

［32］河内之地：指黄河以北地区。

［33］〔油葫芦〕：曲牌名。属北曲【仙吕宫】。各家曲谱正格均为九句，但某些句的字数不同。明·朱权《太和正音谱》等作七、六、七、七、七、六、六、八、六。清·李玉《北词广正谱》、周祥钰《九宫大成谱》等作七、三、七、七、七，三、三、七、五。用于套曲中。

［34］“九曲”二句：黄河的风涛何处最能显现？只在这蒲郡一带。则除是，除非是、只有。此地偏，这里最突出。偏，特别、突出之义。

［35］“这河”三句：黄河像带子一般围绕齐梁大地，穿越秦晋将两地分割，恰如屏障把幽燕之地与中原隔绝开来，“齐梁”“秦晋”“幽燕”均为古地名。齐，战国时齐国之地，在今山东省泰山以北地区。梁，战国时魏国的别称。秦，战国时秦国之地，在今陕西省。晋，战国时晋国之地，在今山西省太原东北。幽燕，在今河北省北部及辽宁一带，故称幽州，战国时属燕国地，故称幽燕。隘（ài 音爱），阻止、隔绝。《正字通》：“隘，隔绝之也。”

［36］“竹索”二句：用竹索做缆绳的浮桥，像是仰卧在水上的苍龙。竹索，竹篾做的大绳。缆，系船的绳。偃（yǎn 音演），仰卧。《尔雅·释言》：“偃，仰也。”

《正字通》:"偃，卧也。"苍龙偃，即仰卧的苍龙。

[37] 东西溃九州：言黄河从西到东流经全国。溃，本义是河水决堤泛滥，在此处则指河水流经各处。九州，古代中国设置有九州。九州之名，《书·禹贡》《周礼·夏官·职方氏》《尔雅·释地》所载各不相同。《尔雅·释地》记载较详："两河间曰冀州、河南曰豫州、河西曰雍州、汉南曰荆州、江南曰扬州、济河间曰兖州、济东曰徐州、燕曰幽州、齐曰营州。"后世常以九州代指整个中国。

[38] 百川：各条河流。

[39] 归舟：顺流而下的船。

[40] 紧不紧：紧、迅速之意。后面的"不紧"是加重语气的。

[41] "却便似"句：恰如飞箭突然离弦一般。弩（nǔ 音努）箭，由机械发射的箭。乍，突然、猛然。

[42]〔天下乐〕：曲牌名。南北曲均有，都属【仙吕宫】。北曲定格七、二、三、七、三、三、五，共七句；第五、六句例作对偶。用作套曲，在北曲【仙吕宫】联套中，接〔油葫芦〕后，居〔哪吒令〕前。

[43] "只疑"句：银河，晴夜天空所呈现的由恒星组成的明亮光带，其中不少星星在不间断地闪烁，看似一条银白色的大河，故称银河。古亦称云汉，又名天河、天汉、天杭、银汉。九天，高天之上。银河落九天，即形容水势如同银河从天上飞落下来一般。

[44] 渊泉云外悬：说黄河的源头好像悬在云外。渊泉，水的源头。此句本李白《将（qiāng 音枪）进酒》"黄河之水天上来"诗意。

[45] "入东洋"句：黄河入海必经过蒲津。东洋，泛指大海。此径，指蒲津关。

[46] 滋洛阳千种花：滋，灌溉繁育。洛阳千种花，从周代起有许多王朝在洛阳建都，帝王爱赏花，因此这里种植的花草最多，尤以洛阳牡丹最为著名，有洛阳花、洛花之称。

[47] 润梁园万顷田：润，浇灌。梁园，即兔园，又名梁苑。汉·梁孝王刘武所建，在今河南省商丘市东。旧题汉·刘歆《西京杂记》卷二："梁孝王好营宫室苑囿（yòu 音右）之乐，作曜华之宫，筑兔园。园中有百灵山，山有肤寸石、落猿岩、栖龙岫。又有雁池，池间有鹤洲凫渚（zhǔ 音主）。其诸宫观相连，延亘数十里，奇果异树、瑰禽怪兽毕备。王日与宫人宾客弋（yì 音忆）钓其中。"这里以"洛阳"和"梁园"代指广袤的黄河流域。

[48] "也曾"句：黄河直通天河，有海客曾乘浮槎（chá 音查）到了天上。浮槎到日月边，相传汉·张骞曾驾浮槎沿着黄河上达天河见到牛郎。晋·张华《博物志·杂说下》:"旧说云：天河与海通。近世有人居海渚者，年年八月有浮槎去来，不失期。人有奇志，立飞阁于槎上，多赍（jī 音机）粮，乘槎而去。十余日中，犹观星月日辰，自后茫茫忽忽，亦不觉昼夜。去十余日，奄至一处，有城郭状，屋舍甚严，遥望宫中多织妇。见一丈夫牵牛渚次饮之。牵牛人乃惊问

曰：'何由至此？' 此人具说来意，并问此是何处，答曰：'君还至蜀郡访严君平则知之。' 竟不上岸，因还如期。后至蜀，问君平，曰：'某年月日，有客星犯牵牛宿（xiù 音秀）。' 计年月，正是此人到天河时也。" 浮槎，木筏、竹排。

[49] 店小二哥：亦称"店小二""店保"。宋元时称店主为大哥，称店里的伙计为二哥或小二哥。

[50] 官人：宋元时对男子的尊称和泛称。明末清初·顾炎武《日知录》说："唐时有官者始得称官人也。" 清·翟灏《通俗编》也说："唐时惟有官者方得称官人，宋乃不然。" 到了宋代，一般男子无论什么职业都可称为官人。此处就是这种一般的称呼。

[51] 下：住下、住宿。是宋元时期的常用语。

[52] 撒和（hè 音鹤）：又作扫花、撒花。蒙古语，是借自汉语的"赏"，原为小费、酬劳费之意，后意谓索贿、奉献礼物。在元曲中多引申指用饮食款客或喂饲驴马。元·杨瑀（yǔ 音羽）《山居新语》："都城豪民，每遇假日，必有酒食，招致省宪僚吏翘杰出群者款之，名曰撒和。凡人有远行者，至巳、午时，以草料饲驴马，谓之撒和，欲其致远不乏也。""撒和"，今内蒙古西部、陕北、晋北等民间汉语中仍在沿用。

[53] 福地宝坊：对寺院的敬称。福地，指安乐之地或有福有德之地域，也指道教传说中神仙居住的地方。道教有三十六洞天、七十二福地之说。《云笈七签》云："七十二福地，在大地名山之间，上帝命真人治之，其间多得道之所。" 宝坊，道教的寺庙。

[54] 则天（624—705）：并（bīng 音兵）州文水人。名曌。年十四，太宗选为才人。太宗崩，出为尼，高宗复召入宫，永徽六年（655 年）立为皇后，代决政事，与高宗并称"二圣"。高宗崩，临朝称制，废中宗、睿宗。载初元年（689 年），自称圣神皇帝，改国号为周，改元天授，史称武周，在位十六年。杀唐宗室，任用酷吏，然富权略，能用人，故名相辈出。奖励农桑，改革吏治，重视选拔人才。晚年豪奢专断，颇多弊政。神龙元年（705 年）宰相张柬之等迫则天禅位于中宗。同年病卒，谥号大圣则天皇后。

[55] "琉璃"二句：琉璃殿，琉璃瓦盖造的佛殿。琉璃瓦以黏土、青石、长石等为原料烧制而成，外面的釉彩鲜艳光亮，多呈绿色或金黄色。古时常用以建造宫殿和庙宇。舍利塔，贮藏舍利的塔，即此塔藏有高僧真身的骨殖（shi 音失轻声）。因世泛指佛塔。"舍利"据梵文音译而来，意为尸体和身骨。原义指传说中释迦牟尼遗体火化后所结成的珠状物。后来凡德行较高的和尚死后，焚尸烧剩的骨殖和凝结物也都称舍利。侵，越境侵入之义。云汉，即银河、天河。此句说舍利塔高耸入云，塔顶甚至升到了本是天界的银河。

[56] 三教九流：泛指社会各阶层不同职业的各式各样的人。三教，本指春秋战国时期的儒、释（佛）、道三家。九流，指春秋战国时期的儒家、道家、墨家、阴

阳家、法家、名家、纵横家、农家、杂家九种学派。

[57] 料持：准备、料理。

[58] 法本：僧人的法号。

[59] 赴斋：外出给人做佛事、做功德。斋，指斋七、斋会。佛教以人死后每七天设斋会追荐一次，至第七个七天，共四十九天为止，认为这样能超度亡灵。斋会上请有德望的僧人主持仪式，诵经念佛，谓之做佛事和做功德。此外，有持斋、斋戒、斋日等词。

[60] 山门下立地：在寺庙门口站着。山门，佛教寺院的外门，因为寺庙多建在山林中，所以称山门。山门也称“三门”，象征“三门（空门、无相门、无作门）解脱”，所以不少寺庙建有三个门；有的寺院虽只有一门，也称山门为“三门”，取的是象征意义。立地，立着。地，助词，无实义。

[61] 却早：早已经。

[62] 见聪了：与法聪见面、施礼完毕。见，指见面时寒暄、施礼的表演动作（即“科”）。了，表演完毕。

[63] 客官：对远道而来的客人、出门在外者或者旅客的敬称。

[64] 上刹（chà 音岔）：对佛寺的敬称。上，表示尊重。刹，梵文音译。原指佛塔顶部的装饰（即相轮），也指寺庙前的幡杆，因称佛寺为“寺刹”“梵刹”“僧刹”。《释氏要览》：“唐以后通称佛寺曰刹。”

[65] 长老：住持僧，是对寺院主僧的尊称。

[66] 先生：对儒者的通称，简称生。

[67] 方丈：寺院住持和尚的住所。《维摩诘经》云：维摩诘的住室一丈见方，能广容大众。后寺院住持僧居室称为“方丈”。也称“丈室”“函丈”。后来，又把住持和尚也叫成“方丈”了。

[68] 拜茶：敬献茶水。

[69] 罗汉堂：陈列释迦牟尼五百罗汉弟子塑像的佛殿。罗汉，梵语音译，原义是戒除烦恼。这是小乘佛教修行的最高果位。传说释迦牟尼弟子有五百个修成阿罗汉果。因此，寺庙中专有一个安置这五百阿罗汉塑像的地方，称为罗汉堂。

[70] 香积厨：佛寺里的厨房。《维摩诘经·香积品》云：“有国名众香，佛号香积……苑囿皆香，其食香气。”后称佛寺的厨房为香积厨。

[71] 盘桓：徘徊、逗留。

[72] 敢待回来：或许要回来了。敢待，或许、可能、大概要。

[73] 〔村里迓鼓〕：曲牌名。属北曲【仙吕宫】。“迓鼓”为一种戏剧之名，始于宋代。“村里迓鼓”犹谓民间戏曲小调。定格为四、四、四、七、三、三、四、三、三、三、七，共十一句。末句末二字例作去上，可加一“呀”字之类感叹词。用于套曲，通常在〔天下乐〕或〔寄生草〕之后。

[74] 随喜：一般称游览佛寺为随喜。其实“随喜”本佛家语，本意指见人行善布施

做功德，随之而生的欢喜心。

[75] 上方：天界。这里指佛殿。

[76] 下方：下界、世间。和尚住的地方。

[77] 法堂：僧人念经说法的殿堂。

[78] 洞房：本指深邃的内室。这里指和尚静修的禅房。

[79] 数了罗汉：旧俗，在游览佛寺时，任意从五百罗汉塑像中选一个开始计数，数到与自己年龄相同的数字时停住，观看面前这个罗汉的喜怒哀乐表情，由此预测自己的吉凶祸福，称“数罗汉”。

[80] 参了菩萨：参，拜、瞻仰。菩萨，梵语“菩提萨埵（duǒ 音朵）”的简称。指修行很好的人，能普度众生。这里指庙中的菩萨塑像。

[81] 圣贤：这里指佛像。

[82] 做见科：做见面时一系列表情和动作的表演。

[83] “正撞著”句：正好碰上前世姻缘注定的风流冤家。五百年前，指前生。旧有人的姻缘皆前世注定之说，好比五百年前两人就互相欠下了风流孽债，今生今世为偿宿债而成夫妻。元杂剧中说到姻缘，常说是五百年前注定的。业冤，即冤家，爱极的反语，是对情人、对爱到极点的人的称呼。

[84] 〔元和令〕：曲牌名。属北曲【仙吕宫】。定格为五、五、八、五、七、五，共六句六韵，末句多用平声韵。前两个五字句亦可变作三字四句，则全曲八句。用于套曲，多在〔村里迓鼓〕后。

[85] 颠不剌（là 音腊）：原是一种宝石名。亦作颠不辣。还有顶、最上等、风流等意，这里指美女。颠，轻佻，此处为风流之意。不剌，语气助词，无义。

[86] “似这般”句：像这样长着漂亮脸蛋的少女真是少见。可喜娘，招人喜爱的姑娘。可喜，即可爱、美好之意。庞儿，指脸庞、脸蛋儿。

[87] “他那里”二句：是说莺莺尽让张生对她顾盼不已，而她却垂肩持花微笑。调戏，本指戏弄，是一种轻佻不尊重的行为，这里指张生为莺莺陶醉的样子。亸（duǒ 音朵），垂。将花笑拈，拈花微笑，比喻心心相印。《五灯会元》卷一《释迦牟尼佛》：“世尊在灵山会上，拈花示众。在时众皆默然，唯迦叶尊者破颜微笑。”

[88] 〔上马娇〕：曲牌名。属北曲【仙吕宫】。定格为四、三、五、七、一、七，共六句六韵。用于套曲中，多在〔元和令〕后。

[89] 的（dí 音敌）是：的确是、确实是。

[90] 兜率（shuài 音帅）宫：佛教神话里的天宫。《阿含经》：“须弥山半，四万二千由旬，有四大王天。须弥山顶为帝释天，上一倍为夜摩天，上为兜率天。”兜率，意思是妙足、知足、喜足。兜率天是佛教传说中欲界六天中的第四天。佛经说，此天有内外两院，外院是欲界天之一部分，内院是弥勒居于欲界的净土。后来兜率天被泛称为人死后所登的“天界”佛教神话里的天宫。

[91] 离恨天：传说中天的最高处。佛经须弥山正中有一天，四方各有八天，共三十三天。民间传说：三十三天，最高者是离恨天。后比喻男女间离愁别恨广漠无际。这里表明男女正处于因相思而烦恼的境地。

[92] “我见他”句：是说莺莺长得漂亮，所以高兴或生气都好看。春风面，形容美丽的容貌。

[93] 偏、宜贴翠花钿（diàn 音电）：这是说莺莺长得漂亮，正适合打扮。偏，正好、恰好。花钿，古代贴在妇女眉间和面颊的饰品，也称花子。

[94] 〔胜葫芦〕：曲牌名。属北曲【仙吕宫】。定格为七、五、七、四、四、五，共六句。末句例须用平声韵，亦可用仄韵。用于套曲中，多在〔游四门〕后。

[95] “则见他”二句：只见她横卧的长眉像新月一样又细又弯，斜着伸向鬓边，正是宫中流行的画眉式样。偃，卧、躺。侵，伸向。

[96] 觑（qù 音趣）：看、瞧。

[97] 腼腆：娇羞的样子。

[98] “樱桃”二句：这是写莺莺启唇欲言时的美好仪态：双唇犹如红红的小樱桃绽开，微微露出光洁如白粳（jīng 音晶）般的牙齿。樱桃，这里用以比喻妇女红润的小口。唐·白居易诗：“樱桃樊素口，杨柳小蛮腰。”绽，开。玉粳，光洁的粳米，比喻牙齿洁白光滑。

[99] 半晌恰方言：意谓半天才开口说话。恰，刚刚、才。

[100] “恰便似”句：她说话的声音，正像黄莺的清脆歌声从花丛那边婉转地传入人耳。此句本白居易《琵琶行》“间关莺语花底滑”句意演化而来。恰，此处作“正是”“恰好”解。呖呖，拟声词，鸟儿的鸣叫声。啭（zhuàn 音撰），婉转的鸟鸣。

[101] 可人怜：惹人喜爱、使人疼爱。可人，宋元时常用语，意谓让人喜欢、满意。《尔雅·释诂》：“怜，爱也。”

[102] 解舞腰肢：形容美女轻灵细巧的腰肢和美妙的体态。解舞腰，形容腰似乎懂得和通晓舞蹈语汇，每一牵动都恰似优美的舞蹈姿态。解，通晓，引申为擅长、适宜。

[103] 袅娜（niǎo nuó 音鸟挪）：形容女子体态轻盈优美。

[104] 旖旎（yǐ nǐ 音椅你）：本指旌旗从风飘扬貌。这里指腰肢婀娜、柔美。也指风情万种。

[105] 观音现来：是张生做出的一个比喻，指崔莺莺像观世音菩萨一样端庄，飘然而至。观音，即观世音，亦译作观自在。西方极乐世界阿弥陀佛的左胁侍，与大势至菩萨、阿弥陀佛合称西方三圣。佛教认为，他大慈大悲，遇难众生只要念诵其名号，他就会“观其音声”，前往解救。唐时避唐太宗李世民名讳，遂称观音。

[106] 开府：形容权位很重。古时高官可以设置府署自选僚属，称为“开府”。汉代

官制，三公、大将军皆可称开府；魏晋以后开府范围扩大；唐宋定“开府仪同三司（开府置官，援照三公成例）”，为一品文散官的称号。莺莺父亲官位至相国，故称开府。

[107] 天姿国色：美丽超群的女子。天姿，指天然的、不加修饰的姿质与容貌。国色，一国中最美的姿色，旧时形容美艳绝伦的女子。

[108] 百镒（yì 音益）之金：犹言千金，言其珍贵。镒，古代重量单位，二十两或二十四两为一镒。

[109] 偌（ruò 音若）远地：这样远、那样远。偌，这样、这么。

[110] 系著长裙儿：唐宋时妇女的裙子长及于地。

[111] 残红：落花。

[112] 芳径：撒满花瓣的小路。

[113] 步香尘：走在铺满落花的小路上。香尘，和着花草香气的尘土。晋·王嘉《拾遗记》记石崇事云：“又屑沉水之香如尘末，布象床上，使所爱者践之。”

[114] 底样儿：鞋底印儿。

[115] 脚踪儿：脚印。

[116] 俄延：延缓、耽搁。指莺莺步履缓慢。

[117] 栊门儿：房门。栊，窗户。

[118] 那（nuó 音挪）：同“挪”，移动。

[119] 打个照面：迎面相遇。

[120] 风魔了张解（jiè 音介）元：迷得我张生神魂颠倒。风魔，本指神经错乱失常，这里是名词的使动用法，意即“使某某人着魔入迷”。解元，唐制，考进士者均由地方解（jiè 音介）送入试，故后世称乡试为解试，称乡试第一名为解元。宋元以后成为对读书人的通称或尊称。这里的张解元为张生自称。

[121] 洞天：指仙境。道教传说中神仙居住的地方，大都在名山洞府之中，与凡间不同，别有一番天地，故称洞天。

[122] “门掩”句：意本唐·戴叔伦《春怨》“梨花春雨掩重门”句。

[123] “则被你”句：兀的，指示代词“这”或“这个”的意思，兼有表示惊异和加重语气的作用，再加上反诘词“不”变成“兀的不”，犹如说“这岂不”“怎么不”。意马心猿，亦作“心猿意马”，指人的心驰神散，犹如脱缰奔驰之野马，挣断锁链腾跃之顽猴，心思无法收拢，难以控制。

[124] 〔寄生草〕：曲牌名。属北曲之【仙吕宫】。据《九宫大成谱》载，其字数定格为：三、三、七、七、七、七、七。或作小令，或用于套曲。

[125] 兰麝：兰和麝香，均为香料。此处指身上散发出来的馨香。

[126] 佩环：莺莺身带的佩玉，行动时发出叮咚的撞击声。

[127] “东风”三句：是张生仍觉余情不尽，揣想莺莺进了栊门的情景：春风轻轻摇动着细线般下垂的根根杨柳枝；空中飘浮着昆虫吐出的细丝，又粘挂住片片下

落的桃花瓣儿；在此景衬托中，珠帘内莺莺荷花般美丽的面庞隐隐约约，依稀可见。掩映，隐约、若隐若现。芙蓉，荷花，古时常用以形容女子美丽的面容。

[128]“我道”句：我说是南海美丽的女神如真如幻、如水中之月般地现身。南海，佛教典籍称观音菩萨居处在南印度洋的布坦洛伽山，《华严经》译为普陀洛伽山。后来中国的佛教信徒把浙江定海的佛教圣地也命名为普陀洛伽山。明·宋濂《清境亭铭序》说：“山有二，皆观音大士示现之地。”此山一般称普陀山，与五台、九华、峨眉并称四大佛教名山，但地理位置却在我国东南沿海。水月观音现，比喻一种虚幻的可望而不可即的景象或形象。《大智度论·初品·十喻》有“解了诸法，如幻、如焰、如水中月”的说法。

[129]“十年”二句：出自宋·倪龙辅《宫怨》诗：“翠袖无香镜有尘，一枝花瘦不藏春。十年不识君王面，始信婵娟解误人。”原诗是表达参加科举考试十年了都没能见到君王的样子，这才相信红尘因缘耽误人的说法是骗人的话。意谓多年未能考试及第见到皇帝，这才相信美貌的女子会耽误人的功名前程。婵娟，容貌姿态美好，一般代指美女。误人，指使人迷恋而忘了进取。此处王实甫虽然化用原诗，却呈现出与原诗截然相反的意趣，加入了王实甫本身的理解，表现了张生初见崔莺莺时惊为天人的心理，并甘愿为其放弃功名利禄，赋予了这句话别样的情感和更深厚的内涵。

[130]京师：京城。这里指长安，在今陕西省西安市。

[131]“胜如”句：比旅店的繁杂吵闹好得多了。旅邸（dǐ 音底），旅店、客馆。冗杂，事务繁杂。

[132]〔赚煞〕：曲牌名。南北曲各宫调均有。南曲者亦名〔不是路〕。其句字定格不尽相同，但出入不大。多用于联套中前后宫调不同的转接处，即套曲中前后各曲因宫调不同而难以相连时，则用一支或两支〔赚〕曲来作过渡。故套曲中使用较多。亦有与〔尾声〕相结合而用作联套结曲者，称〔赚煞〕。如北曲【仙吕宫】常用之末曲即为〔赚煞〕。

[133]“临去”句：临走之时那双水汪汪的眼睛投来夺人心魄、意味深长的一瞥。《新订徐文长先生批点音释北西厢》有眉批云：“‘临去’一句，一部《西厢》关窍。”秋波，像秋水般明亮美丽的眼睛。

[134]铁石人：指铁石心肠无感情的人。

[135]“日午”句：中午的太阳照在庭院正中，塔的影子正好成圆形。

[136]争奈玉人不见：怎奈何美人见不到。争奈，怎奈。玉人，喻指颜美如玉之人。男女皆可指，这里指莺莺。

[137]“将一座”句：意谓把一座堂皇的佛庙差点儿错看成遇到仙女的桃花源仙境了。梵王宫，即大梵天王之宫殿。梵，意为寂静、清净，离欲界所以清净。佛教说，色界的初禅天，叫作梵天。此天清净，所以称梵天。梵天有三天，第一梵

众天，第二梵辅天，第三大梵天。大梵天有大梵天王，也称梵王。梵王宫后来一直被人们作为寺庙的代称。武陵源，相传东汉时人刘晨、阮肇入天台山采药迷路，入桃花源，遇到两个仙女，被邀在仙境成婚配，半年回家，子孙已过七代。天台山之桃源与陶渊明《桃花源记》中武陵溪之桃源二者本无关系，但后世常把二者混为一谈。

第 二 折

（夫人上，白）前日长老将钱去与老相公做好事[1]，不见来回话。道与红娘，传著我的言语，去问长老：几时好与老相公做好事？就著他办下东西的当[2]了，来回我话者。（下）

（净扮洁[3]上）老僧法本，在这普救寺内做长老。此寺是则天皇后盖造的，后来崩损，又是崔相国重修的。见今崔老夫人领著家眷扶柩回博陵，因路阻暂寓本寺西厢之下，待路通回博陵迁葬。老夫人处事温俭，治家有方，是是非非[4]，人莫敢犯。夜来老僧赴斋，不知曾有人来望老僧否。（唤聪问科，聪云）夜来有一秀才自西洛而来，特谒我师，不遇而返。（洁云）山门外觑著，若再来时，报我知道。

（末上云）昨日见了那小姐，到有顾盼小生之意。今日去问长老，借一间僧房，早晚温习经史；倘遇那小姐出来，必当饱看一会。（唱）

【中吕·粉蝶儿】不做周方[5]，埋怨杀你个法聪和尚！借与我半间儿客舍僧房，与我那可憎才[6]，居止处，门儿相向。虽不能勾窃玉偷香[7]，且将这盼行云[8]眼睛儿打当[9]。

【醉春风】[10]往常时见傅粉[11]的委实[12]羞，画眉[13]的敢是[14]谎；今日多情人一见了有情娘，著小生心儿里早痒、痒[15]。迤逗[16]得肠荒[17]，断送得眼乱，引惹得心忙。

（末见聪科）（聪云）师父正望先生来哩，只此少待，小僧通报去。（洁出见末科）（末云）是好一个和尚呵！（唱）

【迎仙客】[18]我则见他头似雪，鬓如霜，面如童，少年得内养[19]；貌堂堂[20]，声朗朗，头直上[21]只少个圆光[22]，却便似[23]捏塑来的僧伽[24]像。

（洁云）请先生方丈内相见。夜来老僧不在，有失迎迓[25]，望先生恕罪！（末云）小生久闻老和尚清誉[26]，欲来庭下听讲，何期[27]昨日不得相遇。今能一见，是小生三生有幸[28]矣。（洁云）先生世家何郡？敢问上姓大名，因甚至此？（末云）小生姓张，名珙，字君瑞。

【石榴花】[29]大师一一问行藏[30]，小生仔细诉衷肠。自来西洛是吾乡，宦游[31]在四方，寄居咸阳。先人拜礼部尚书多名望，五旬上因病身亡。（洁云）老相公弃世，必有所遗。（末唱）平生正直无偏向，止留下四海一空囊[32]。

【斗鹌鹑】俺先人甚的是浑俗和光[33]，衡[34]一味风清月朗[35]。（洁云）先生此一行，必上朝取应去。（末唱）小生无意求官，有心待听讲。小生特谒长老，奈路途奔驰，无以相馈。量著穷秀才人情则是纸半张[36]，又没甚七青八黄[37]，尽著你说短论长，一任待掂斤播两[38]。

径禀：有白银一两，与常住[39]公用，略表寸心，望笑留是幸！（洁云）先生客中[40]，何故如此？（末云）物鲜[41]不足辞，但充讲下一茶[42]耳。（唱）

【上小楼】小生特来见访，大师何须谦让。（洁云）老僧决不敢受。（末唱）这钱也难买柴薪，不勾斋粮，且备茶汤。（觑聪云）这一两银，未为厚礼。你若有主张，对艳妆，将言词说上，我将你众和尚死生难忘。

（洁云）先生必有所请。（末云）小生不揣有恳[43]，因恶旅邸冗杂，

早晚难以温习经史，欲假[44]一室，晨昏听讲。房金按月，任意多少。（洁云）敝寺颇有数间，任先生拣选。（末唱）

【幺篇】也不要香积厨，枯木堂[45]。远著南轩[46]，离著东墙，靠著西厢。近主廊，过耳房[47]，都皆停当。（洁云）便不呵，就与老僧同处何如？（末笑云）要恁[48]怎么？你是必休题著长老方丈。

（红上，云）老夫人著俺问长老：几时好与老相公做好事，看得停当回话，须索[49]走一遭去来。（见洁科）长老万福[50]！夫人使侍妾来问：几时好与老相公做好事？著看的停当了回话。（末背云[51]）好个女子也呵！（唱）

【脱布衫】[52]大人家举止端详，全没那半点儿轻狂。大师行[53]深深拜了，启朱唇语言的当。

【小梁州】[54]可喜娘的庞儿浅淡妆，穿一套缟素[55]衣裳；胡伶渌老[56]不寻常，偷睛望，眼挫里抹张郎[57]。

【幺篇】若共他多情的小姐同鸳帐。怎舍得他叠被铺床。我将小姐央，夫人央，他不令许放，我亲自写与从良[58]。

（洁云）二月十五日，可与老相公做好事。（红云）妾与长老同去佛殿看了，却回夫人话。（洁云）先生请少坐，老僧同小娘子看一遭便来。（末云）何故却[59]小生？便同行一遭，又且何如？（洁云）便同行。（末云）著小娘子先行，俺近后些。（洁云）一个有道理的秀才。（末云）小生有一句话说，敢道么？（洁云）便道不妨。（末唱）

【快活三】崔家女艳妆，莫不是演撒[60]你个老洁郎[61]？（洁云）俺出家人那有此事！（末唱）既不沙[62]却怎睃趁[63]著你头上放毫光[64]，打扮的特来晃[65]？

（洁云）先生是何言语！早是[66]那小娘子不听得哩，若知呵，是甚

意思！（红上佛殿科）（末唱）

【朝天子】过得主廊，引入洞房，好事从天降。我与你看著门儿，你进去。（洁怒云）先生，此非先王之法言[67]，岂不得罪于圣人之门乎？老僧偌大年纪，焉肯作此等之态？（末唱）好模好样忒莽撞，没则罗便罢[68]，烦恼则么耶唐三藏[69]？怪不得小生疑你，偌大一个宅堂，可怎生[70]别没个儿郎，使得梅香[71]来说勾当[72]？（洁云）老夫人治家严肃，内外并无一个男子出入。（末背云）这秃厮[73]巧说。你在我行、口强，硬抵著头皮撞。

（洁对红云）这斋供道场都完备了，十五日请夫人小姐拈香。（末问云）何故？（洁云）这是崔相国小姐至孝，为报父母之恩。又是老相公禫日[74]，就脱孝服，所以做好事。（末哭科，云）"哀哀父母，生我劬劳……欲报深恩，昊天罔极。"[75]小姐是一女子，尚然有报父母之心；小生湖海飘零数年，自父母下世之后，并不曾有一陌[76]纸钱相报。望和尚慈悲为本，小生亦备钱五千，怎生带得一分儿斋，追荐[77]俺父母咱[78]！便夫人知也不妨，以尽人子之心。（洁云）法聪，与这先生带一分者。（末背问聪云）那小姐明日来么？（聪云）他父母的勾当，如何不来。（末背云）这五千钱使得有些下落[79]者。（唱）

【四边静】[80]人间天上，看莺莺强如做道场。软玉温香[81]，休道是相亲傍，若能勾汤[82]他一汤，倒与人消灾障。

（洁云）都到方丈吃茶。（做到科）（末云）小生更衣[83]咱。（末出科，云）那小娘子已定出来也，我则在这里等待问他咱。（红辞洁云）我不吃茶了，恐夫人怪来迟，去回话也。（红出科，末迎红娘祗揖[84]科）小娘子拜揖！（红云）先生万福！（末云）小娘子莫非莺莺小姐的侍妾么？（红云）我便是，何劳先生动问？（末云）小生姓张，名珙，字君瑞，本贯西洛人也，年方二十三岁，正月十七日子时

建生[85]，并不曾娶妻……（红云）谁问你来？（末云）敢问小姐常出来么？（红怒云）先生是读书君子，孟子曰："男女授受不亲，礼也[86]。"君知"瓜田不纳履，李下不整冠[87]。"道不得[88]个"非礼勿视，非礼勿听，非礼勿言，非礼勿动。"[89]俺夫人治家严肃，有冰霜之操[90]。内无应门五尺之童[91]，年至十二三者，非呼召，不敢辄入中堂。向日[92]莺莺潜出闺房，夫人窥之，召立莺莺于庭下，责之曰："汝为女子，不告而出闺门，倘遇游客、小僧私视，岂不自耻？"莺立谢[93]而言曰："今当改过从新，毋敢再犯。"是他亲女，尚然如此，何况以下侍妾乎！先生习先王之道，尊周公[94]之礼，不干已事，何故用心？早是妾身，可以容恕；若夫人知其事呵，决无干休。今后得问的问，不得问的休胡说！（下）（末云）这相思索是[95]害[96]也！

【哨遍】听说罢心怀悒怏[97]，把一天愁都撮在眉尖上[98]。说"夫人节操凛冰霜，不召呼，谁敢辄入中堂！"自思想，比及[99]你心儿里畏惧老母亲威严，小姐呵，你不合临去也回头儿望。待飏下教人怎飏[100]？赤紧的[101]情沾了肺腑，意惹了肝肠。若今生难得有情人，是前世烧了断头香[102]。我得时节手掌儿里奇擎[103]，心坎儿里温存，眼皮儿上供养。

【耍孩儿】[104]当初那巫山远隔如天样，听说罢又在巫山那厢。业身躯[105]虽是立在回廊，魂灵儿已在他行。本待要安排心事传幽客[106]，我则怕漏泄春光[107]与乃堂[108]。夫人怕女孩儿春心荡，怪黄莺儿作对，怨粉蝶儿成双。

【五煞】小姐年纪小，性气刚。张郎[109]倘得相亲傍，乍相逢厌见何郎粉[110]，看邂逅[111]偷将韩寿香[112]。才到是未得风流况，成就了会温存的娇婿，怕甚么能拘束的亲娘。

【四煞】夫人忒虑过，小生空妄想，郎才女貌合相仿[113]。休直待眉儿浅淡思张敞，春色飘零忆阮郎[114]，非是咱自夸奖：他有

德言工貌[115]，小生有恭俭温良[116]。

【三煞】想著他眉儿浅浅描，脸儿淡淡妆，粉香腻玉搓咽项[117]。翠裙鸳绣金莲[118]小，红袖鸾销[119]玉笋[120]长。不想呵其实强：你撇下半天风韵，我拾得万种思量。

却忘了辞长老。（见洁科）小生敢问长老，房舍何如？（洁云）塔院侧边西厢一间房，甚是潇洒[121]，正可先生安下。见收拾下了，随先生早晚来。（末云）小生便回店中搬去。（洁云）既然如此，老僧准备下斋，先生是必便来。（下）

（末云）若在店中，人闹到好消遣；搬在寺中静处，怎么捱这凄凉也呵！

【二煞】院宇深，枕簟[122]凉，一灯孤影摇书幌[123]。纵然酬得今生志，著甚[124]支吾[125]此夜长。睡不着如翻掌，少可[126]有一万声长吁短叹，五千遍倒枕槌床[127]！

【尾】娇羞花解语[128]，温柔玉有香[129]，我和他乍相逢记不真娇模样，我则索[130]手抵著牙儿慢慢的想。（下）

---

［1］　做好事：做佛事，指为死者超度亡灵的佛教仪式。

［2］　的（dí音敌）当：恰当、妥当、稳妥。

［3］　洁：洁郎的简称。古代民间对僧人的俗称。因僧人无发，头皮光洁而得名。这里指法本和尚。

［4］　是是非非：以是为是，以非为非。是非分明。

［5］　周方：周全方便。

［6］　可憎才：爱极的反语，指深爱的人。

［7］　偷香：男女暗中通情。典出《晋书》列传第十《贾充》："谧（mì音宓）字长深。母贾午，充少女也。父韩寿，字德真，南阳堵阳人，魏司徒暨曾孙。美姿貌，善容止，贾充辟为司空掾（yuàn音愿）。充每宴宾僚，其女辄于青琐中窥之，见寿而悦焉。问其左右识此人不（fǒu音否），有一婢说寿姓字，云是故主人。女大感想，发于寤寐。婢后往寿家，具说女意，并言其女光丽艳逸，端美

绝伦。寿闻而心动，便令为通殷勤。婢以白女，女遂潜修音好，厚相赠结，呼寿夕入。寿劲捷过人，逾垣而至，家中莫知，惟充觉其女悦畅异于常日。时西域有贡奇香，一著人则经月不歇，帝甚贵之，惟以赐充及大司马陈骞。其女密盗以遗（wèi 音畏）寿，充僚属与寿燕处，闻其芬馥，称之于充。自是充意知女与寿通，而其门阁严峻，不知所由得入。乃夜中阳惊，托言有盗，因使循墙以观其变。左右白曰：'无余异，惟东北角如狐狸行处。' 充乃考问女之左右，具以状对。充秘之，遂以女妻寿。寿官至散骑常侍、河南尹。元康初卒，赠骠骑将军。"

［8］ 行云：比喻所倾慕的美女。战国楚人宋玉作《高唐赋》，说楚怀王游云梦中的高唐之台，曾梦与巫山神女欢会。女子说："妾在巫山之阳，高丘之阻。旦为朝云，暮为行雨，朝朝暮暮，阳台之下。"这里即将自己倾心的美女比作"行云"。

［9］ 打当：打发、打点。

［10］〔醉春风〕：曲牌名。北曲【中吕宫】【正宫】【双调】均有同名曲牌。属【中吕宫】者较常用。字数定格及韵式，据清·周祥钰《九宫大成谱》作五、五、七、四、一、四、四、四，共八句。亦有九句者，字数定格及韵式作五、五、七、一、一、一、四、四、四。可用作小令，亦可用于套曲。

［11］ 傅粉：往脸上搽粉。《世说新语·容止》："何平叔美姿仪，面至白。魏明帝疑其傅粉，正夏月，与热汤饼。既啖，大汗出，以朱衣自拭，色转皎然。"刘孝标注引《魏略》曰："（何）晏性自喜，动静粉帛不去手，行步顾影。"这里借指美女。

［12］ 委实：确实如此。

［13］ 画眉：描画眉毛。《汉书·张敞传》：敞"为妇画眉，长安中传张京兆眉怃。有司以奏敞。上问之，对曰：'臣闻闺房之内，夫妇之私，有过于画眉者。' 上爱其能，弗备责也。"后以"张敞画眉"作为夫妇相爱的典故。这里亦指美女。

［14］ 敢是：疑问词，莫非、大概是。

［15］ 痒、痒：喻指意乱情迷、心痒难搔状。

［16］ 迤（tuō 音拖）逗：招惹、挑逗、勾引。

［17］ 肠荒：肠慌。慌张焦急。

［18］〔迎仙客〕：曲牌名。属北曲【中吕宫】，亦入【正宫】。字数定格及韵式，据清·周祥钰《九宫大成谱》作三、三、七、三、三、四、五，共七句。可用作小令，亦可用于套曲中。

［19］ 内养：谓全真养性之道。这里指和尚不为七情（喜、怒、哀、乐、爱、恶、欲或喜、怒、忧、思、悲、恐、惊）所伤。

［20］ 堂堂：形容人容貌出众。

［21］ 头直上：头顶上。

［22］圆光：佛家认为，菩萨头顶上放射出圆形的光环。
［23］却便似：正像。
［24］僧伽（qié 音茄）：梵语，意思是大众。原指出家佛教徒四人以上组成的团体，后单个和尚也称“僧伽”。简称为僧。
［25］迎迓（yà 音讶）：迎接。
［26］清誉：纯洁高尚的声望。
［27］何期：没有想到。
［28］三生有幸：非常幸运。三生，佛家对前世、今生、来世的合称。
［29］〔石榴花〕：曲牌名。南北曲均有，都属【正吕宫】。北曲定格为七、五、七、四、四、七、七、七、五，共九句九韵。亦有将第四、五两句改为七字一句者。用于套曲。另有古调〔石榴花〕一体，与此稍异。南北合套所用〔石榴花〕有叠句，又与此调不同。
［30］行藏：身世经历。《论语 · 述而》云：“用之则行，舍之则藏。”意谓被任用则施展抱负，不被任用则退隐，表达的是一种入世与出世的政治态度、或进与退的人生选择。后用以指称人的身世、履历等。
［31］宦游：在外求官或做官。
［32］四海一空囊：指张生的父亲为官清廉，死后无财产留世。
［33］浑俗和光：混同于红尘俗世。《老子》：“和其光，同其尘。”王弼注：“无所特显，则物无所偏争也；无所特贱，则物无所偏耻也。”后谓不露锋芒、与世无争的处世态度。
［34］衠（zhūn 音谆）：纯粹。
［35］风清月朗：张生用以形容其先人光大清正，如风之清、月之朗。
［36］穷秀才人情则是纸半张：贫穷的秀才多以诗文、书画之类作为馈（kuì 音愧）赠之物，所破费的无非纸张而已。借指馈赠的礼物非常菲薄。
［37］七青八黄：指钱财。黄金的成色有七青、八黄、九紫、十赤之分。
［38］掂斤播两：掂量财物的轻重。比喻在小事情上过分计较。
［39］常住：这里指寺院。
［40］客中：出门在外。
［41］物鲜（xiǎn 音显）：东西少。鲜，少。
［42］讲下一茶：姑且当作茶水钱。讲下，讲习、讲座之下，对于能登坛说法、有学问的和尚的尊称。
［43］不揣（chuǎi 音踹上声）有恳：不揣冒昧（不考虑自己的莽撞，言语、行动是否妥当）而有所恳求。
［44］假：借。
［45］枯木堂：和尚参禅打坐之所。因打坐时身心有如枯木，寂然不动，故名。
［46］南轩：南边的廊舍房阁。轩，指有窗的长廊，或指房舍，如书斋，或指亭、阁

等。

［47］耳房：建在主屋旁边的小房子。因为主房两边有一两个进深和高度都不大的房间，像两只耳朵挂在主房两边，所以叫耳房。

［48］恁（nèn 音嫩）：这么、这样。

［49］须索：必须。

［50］万福：旧时女子礼节。唐宋时妇女与人见面行礼的同时常道“万福”，意为祝对方多福。后也泛指女子与人见面时所行之敬礼。行礼时双手手指相扣，放至左腰侧，弯腰屈身以示敬意。

［51］背云：戏曲中的旁白，即角色背对其他剧中人，面向观众表达心中所想。

［52］〔脱布衫〕：曲牌名。属北曲【正宫】，亦入【中吕宫】。字数定格及韵式据清·周祥钰《九宫大成谱》作七（六）、七（六）、七（六）、七（六），共四句四韵。常与〔小梁州〕联在一起，以带过曲的形式（〔脱布衫〕带〔小梁州〕）出现。联套中，在〔脱布衫〕之后，也偶有联〔醉太平〕或〔太平令〕者。

［53］大师行（háng 音杭）：大师面前。行，用在人称的后面，表示处所，意为这里、那里。

［54］〔小梁州〕：曲牌名。属北曲【正宫】，亦入【中吕宫】和【商调】。字数定格作七、四、七、三、五，共五句五韵。〔小梁州〕的〔幺篇〕字数定格作七、七、三、三、四、五,六句六韵。〔小梁州〕常与〔脱布衫〕联在一起，以带过曲的形式（〔脱布衫〕带〔小梁州〕）出现。这一带过曲是否也带〔小梁州〕的〔幺篇〕，没有明确规定，由作者视需要而定。

［55］缟素：白色。

［56］胡伶（líng 音灵）渌（lù 音录）老：明亮的水汪汪的眼睛。胡伶，即鹘鸰，指猛禽隼（sǔn 音笋），其双眼明亮灵活而锐利。渌老，眼睛的俗称。也作“胡伶睩老”。

［57］眼挫里抹张郎：指红娘对张生不正眼直视，而是斜眼一瞥。眼挫，眼梢、眼角。抹，不正眼看、瞟。

［58］从良：妓女赎身嫁人或释放奴婢为平民。在元代的婚姻体制中，侍妾一般要陪主人嫁出去，成为主人丈夫的小妾。这一制度是从上古时期的媵（yìng 音硬）妾婚演变而来，明清时期依然如此。但这里张生在暗示如果他与莺莺成亲之后，要还红娘一个自由之身。

［59］却：推辞、拒绝。

［60］演撒：勾搭、引诱。撒，语尾助词。

［61］老洁郎：老僧。

［62］既不沙：承上启下的转接之词，意为假如不是如此、要不是这样。沙，语气助词，一说无实义，一说为“是呵”二字快读的合音。

［63］睃（suō 音梭）趁：注目搜寻。睃，斜着眼睛看。

［64］毫光：如毫毛一样四射的光线，这里指佛光。

［65］特来晃：特别漂亮。晃，光亮、耀眼。

［66］早是：幸亏、幸好、幸而。

［67］“此非”句：这不符合古圣先贤的所言所行。语出《孝经·卿大夫章》：“非先王之法服不敢服，非先王之法言不敢道，非先王之德行不敢行。”法言，合乎礼法的言论。

［68］没则罗便罢：没有此事便罢了。罗，助词，无义。

［69］“烦恼”句：老和尚你何必烦恼呢？则么耶，怎么呀。唐三藏（zàng 音葬），玄奘（zàng 音葬）法师的俗称。唐代的高僧，曾往西方天竺国取经，取来经一藏、律一藏、论一藏，故名三藏。这里以之戏称法本和尚，系调侃之语。

［70］怎生：如何、怎样。生，语助词。

［71］梅香：古时婢女多有以“梅香”为名的，后遂以之为婢女的代称。

［72］勾当（gòu dàng 音够荡）：事情。

［73］秃厮：秃家伙，对法本和尚的蔑称。

［74］禫（dàn 音旦）日：父母死后二十七个月，子女举行祭祀、脱去丧服的日子。《仪礼·士虞礼》：“期而小祥，又期而大祥，中期而禫。”注：“中犹间也，禫，祭名也，与大祥间一月，自丧至此凡二十七月。”

［75］“哀哀”四句：语出《诗经·小雅·蓼莪（lù' é 音录鹅）》，文略有不同，“深恩”原为“之德”。意思是可怜我的父母，生育我十分辛苦，想要报答他们的恩德，可是恩情如上天那样广大，不知如何报答。劬（qú 音渠），辛劳，过分劳苦。昊（hào 音浩），广大。罔，没有。

［76］一陌（bǎi 音百）：一百钱。指用于旧时祭奠所烧的纸钱，约相当于“叠”。

［77］追荐：僧道为死者诵经祭奠，祈祷祝福。

［78］咱：语助词。

［79］下落：结果。

［80］〔四边静〕：曲牌名。一名〔中央闹〕。南曲北曲均有。北曲属【中吕宫】，亦入【正宫】。套数用，六句六韵：四、七、四、四、四、五。用于小令时则须与〔快活三〕〔朝天子〕合作带过曲。例见元·马谦斋【中吕·快活三过朝天子四边静】《四时》。

［81］软玉温香：形容女子柔软温暖的身体。软玉，唐天宝年间异国所献。屈之首尾相就，舒之径直如绳。温香，南朝梁·任昉《述异记》：“辟（避）寒香，丹丹国所出，汉武时入贡。每至大寒，于室焚之，暖气自外而入，人皆减衣。”此处以这两样宝物分别比喻莺莺的美貌之姿与温柔之态。

［82］汤（tàng 音烫）：意为触着、碰着、挨着。小说戏曲中的常用语。

［83］更衣：上厕所的委婉说法。

［84］祗揖（zhī yī 音支衣）：古代相见时向对方行肃拜之礼。

[85] 子时建生：深夜出生。子时，十二时辰之一，相当于现在夜间十一点至一点之间。

[86] 男女授受不亲，礼也：男女之间不能直接交接东西。语出《孟子·离娄上》。授，给予。受，接受。

[87] "瓜田"二句：意为避免嫌疑。语出三国魏·曹植《古君子行》："君子防未然，不处（chǔ 音楚）嫌疑间。瓜田不纳履，李下不整冠。"纳履，提鞋。李下，李树下。整冠，正帽子。

[88] 道不得：有道是、常言道。

[89] "非礼"四句：语出《论语·颜渊》。不合于礼的事不看，不合于礼的话不听，不合于礼的话不说，不合于礼的事不做。

[90] 冰霜之操：如冰霜般高尚纯洁的操守。

[91] "内无"句：指院中连一个幼年男子都没有，极言礼法严明。语出晋·李密《陈情表》。应门，照应门户。五尺之童，这里指年轻男仆。

[92] 向日：从前、往日。

[93] 立谢：立即认错。谢，道歉、认错。《正字通》："谢，自以为过曰谢。"

[94] 周公：西周初年政治家。姓姬，名旦。周文王之子，周武王之弟。因采（cài 音菜）邑在周（今陕西岐山北），故称为周公。曾助武王灭商。武王死后，成王年幼，由他摄政。其兄弟管叔、蔡叔、霍叔等人不服，联合武庚和东方夷族反叛。他出师东征，平定反叛，大规模分封诸侯；并营建洛邑（今河南洛阳）为东都，作为统治中原的中心。相传他制礼作乐，建立典章制度，主张"明德慎罚"。后多作圣贤的典范。其言论见于《尚书》之《大诰》《康诰》《多士》《无逸》《立政》等篇。

[95] 索是：肯定是。

[96] 害：害（相思）病。

[97] 悒怏（yì yàng 音艺样）：忧郁不快。

[98] "把一天"句：谓忧愁极深，眉头紧皱。撮，聚合、集中。

[99] 比及：至于、既然、假如。

[100] "待飏下"句：要把莺莺丢下却叫人怎么割舍得下。飏下，丢下、抛下。

[101] 赤紧的：实在是、简直是。

[102] 断头香：断折的线香或棒香。俗谓以折断的香供佛，来生会受到与亲人离散或绝后的报应。

[103] "我得"句：意为我得到莺莺的时候，一定会把她捧在手掌里呵护着。奇擎，高举、捧托。

[104]〔耍孩儿〕：曲牌名。南曲【中吕宫】【般涉调】和北曲【般涉调】中均有此名曲牌。此曲更为常用。据《九宫大成谱》载，其字数定格为七、七、七、六、七、七、三、四、四。单用作小令，或用于【般涉调】【正宫】或【中吕宫】

套曲内。

[105] 业身躯：罪孽的身躯。业，通“孽”。这是张生自怨自艾（yì 音易）的话。

[106] 幽客：指幽居深闺的莺莺。

[107] 露泄春光：原指报知春天来临，这里比喻私情外泄。化用杜甫《腊日》诗：“侵陵雪色还萱草，漏泄春光向柳条。”

[108] 乃堂：你的母亲。指老夫人。乃，你的。堂，萱（xuān 音宣）堂，母亲的代称。

[109] 张郎：张敞。

[110] 何郎粉：敷粉何郎。详见本折注 [11]“傅粉”条。何郎，即何晏，字平权，三国魏宛县（今河南南阳）人。

[111] 邂逅：不期而遇。

[112] 韩寿香：南朝宋 · 刘义庆《世说新语 · 惑溺》中记，晋时司空掾贾充之女贾午与韩寿私通，并把皇帝赐予其父之外域异香偷赠韩寿。后因以“韩寿香”指异香或男女定情之物。详见本折注 [7]“偷香”条。

[113] 合相仿：应当匹配。合，应当、理当。

[114]“休直待”二句：化用汉 · 张敞为妻子画眉与阮肇入仙境遇神女两个典故，意在表达年华易逝，容颜易老，应珍惜当下。张敞，河东平阳（今山西省临汾市）人。西汉《左氏春秋》学家、官员、古文字学家。宣帝时为京兆尹，市无盗贼，面无威仪。尝为妻子画眉，有人上奏宣帝，帝问及此事，他答以“闺房之内，夫妇之间，更有甚于画眉者”。“张敞画眉”或“画眉张京兆”之典即出于此。阮郎，即阮肇，曾与刘晨共入天台，相遇仙女。

[115] 德言工貌：指古代规定妇女应具备的妇德、妇言、妇容、妇功四种品德。工，妇功。貌，妇容。

[116] 恭俭温良：指古代男子的美德，即谈吐有分寸、诚恳恭敬、温和宽厚、心地善良。语本《论语 · 学而》：“夫子温良恭俭让以得之。”

[117]“粉香”句：形容莺莺的颈项有如粉玉搓成。腻玉，纹理细腻润泽的玉，形容肌肤光滑细润。咽项，颈项。

[118] 金莲：旧时称女子缠过的小脚。《南史 · 齐本纪下 · 废帝东昏侯》：“凿金为莲华以帖地，令潘妃行其上，曰：‘此步步生莲华也。’”

[119] 红袖鸾销：以金色丝线绣鸾凤于红袖之上。鸾销，销鸾，销金作鸾。

[120] 玉笋：比喻女子白嫩细长的手指。

[121] 潇洒：此指房子豁亮、安静。

[122] 簟（diàn 音电）：竹席。

[123]“一灯”句：在凄清的灯光中，有一孤影在书斋中摇晃。这里描写张生因相思而无法成眠，故徘徊于书斋之中。书幌（huǎng 音恍），书帷、书房。

[124] 著甚：凭什么。

[125] 支吾：这里是打发、捱过的意思。
[126] 少可：至少。可，语助词，无实义。
[127] 倒枕槌床：描写张生因相思而失眠时的急躁情形。倒，通“捣”。槌，通“捶”，捶打、敲击。
[128] 花解语：指“解语花”，懂得人的语言、感情的花。五代王仁裕《开元天宝遗事》卷下《解语花》：“明皇秋八月，太液池有千叶白莲数枝盛开，帝与贵戚宴赏焉。左右皆叹羡久之，帝指贵妃示左右曰：‘争（怎）如我解语花？’”后泛指美女。
[129] 玉有香：喻指美女。苏鹗《杜阳杂编·玉辟邪》：“唐肃宗赐李辅国香玉辟邪二，各高一尺五寸，工巧殆非人工。其玉之香，可闻数百步。虽镤（suǒ 音索，同‘锁’）之于金函石柜中，不能掩其气，或以衣裾误拂，纵瀚濯数四，亦不消歇。”
[130] 则索：只好、只得。

第 三 折

（正旦上，云）老夫人著红娘问长老去了，这小贱人不来我行回话。（红上，云）回夫人话了，去回小姐话去。（旦云）使你问长老几时做好事？（红云）恰回夫人话也，正待回姐姐话：二月十五日，请夫人、姐姐拈香。（红笑云）姐姐你不知，我对你说一件好笑的勾当。咱前日寺里见的那秀才，今日也在方丈里。他先出门儿外，等著红娘，深深唱个喏[1]，道：“小生姓张，名珙，字君瑞，本贯西洛人也，年二十三岁，正月十七日子时建生，并不曾娶妻。”姐姐，却是谁问他来？他又问：“那壁小娘子，莫非莺莺小姐的侍妾乎？小姐常出来么？”被红娘抢白[2]了一顿呵，回来了。姐姐，我不知他想甚么哩，世上有这等傻角[3]！（旦笑云）红娘，休对夫人说。天色晚也，安排香案[4]，咱花园内烧香去来。（下）

（末上，云）搬至寺中，正近西厢居址。我问和尚每来，小姐每夜花园内烧香。这个花园，和俺寺中合著。比及[5]小姐出来，我先在太湖石[6]畔，墙角儿边等待，饱看一会。两廊僧众都睡著了。夜深人

静，月朗风清，是好天气也呵！正是闲寻方丈高僧语，闷对西厢皓月吟。

【越调 · 斗鹌鹑】玉宇无尘，银河泻影；月色横空，花阴满庭；[7]罗袂生寒，芳心自警[8]。侧著耳朵儿听，蹑著脚步儿行[9]，悄悄冥冥，潜潜等等[10]。

【紫花儿序】等待那齐齐整整[11]，袅袅婷婷[12]，姐姐莺莺。一更[13]之后，万籁无声[14]，直至莺庭。若是回廊下没揣的[15]见俺可憎[16]，将他来紧紧的搂定；则问你那会少离多，有影无形。

（旦引红娘上，云）开了角门儿[17]，将香桌出来者。（末唱）

【金蕉叶】[18]猛听得角门儿呀的一声，风过处花香细生[19]。踮著脚尖儿仔细定睛，比我那初见时庞儿越整[20]。

（旦云）红娘，移香桌儿近太湖石畔放者！（末做看科，云）料想春娇[21]厌拘束[22]，等闲[23]飞出广寒宫[24]。看他容分一捻[25]，体露半襟，亸[26]香袖以无言，垂罗裙而不语。似湘陵妃子[27]，斜倚舜庙朱扉[28]；如月殿嫦娥，微现蟾宫素影[29]。是好女子也呵！

【调笑令】[30]我这里甫能[31]见娉婷[32]，比著那玉殿嫦娥也不恁般撑[33]。遮遮掩掩穿芳径，料应来[34]小脚儿难行。可喜娘的脸儿百媚生[35]，兀的不引了人魂灵！

（旦云）取香来！（末云）听小姐祝告甚么。（旦云）此一炷香，愿化去[36]先人早生天界！此一炷香，愿堂中老母，身安无事！此一炷香……（做不语科，红云）姐姐不祝这一炷香，我替姐姐祝告：愿俺姐姐早寻一个姐夫，拖带红娘咱！（旦再拜云）心中无限伤心事，尽在深深两拜中。（长吁科）（末云）小姐倚栏长叹，似有动情之意。（唱）

【小桃红】[37]夜深香霭[38]散空庭。帘幕东风静。拜罢也斜将曲栏凭，长吁了两三声。剔团圞[39]明月如悬镜。又不是轻云薄雾，都则是香烟人气[40]，两般儿氤氲[41]得不分明。

我虽不及司马相如[42]，我则看小姐颇有文君[43]之意，我且高吟一绝[44]，看他则甚："月色溶溶[45]夜，花阴寂寂[46]春。如何临皓魄[47]，不见月中人？"（旦云）有人墙角吟诗。（红云）这声音，便是那二十三岁不曾娶妻的那傻角。（旦云）好清新之诗，我依韵做一首。（红云）你两个是好做一首。（旦念诗云）"兰闺[48]久寂寞，无事度芳春[49]。料得行吟者，应怜[50]长叹人。"（末云）好应酬得快也呵！（唱）

【秃厮儿】早是那脸儿上扑堆[51]著可憎，那堪[52]那心儿里埋没[53]著聪明。他把那新诗[54]和[55]得忒应声[56]，一字字，诉衷情，堪听。

【圣药王】[57]那语句清，音律轻，小名儿不枉了唤做莺莺。他若是共小生厮觑定[58]，隔墙儿酬和[59]到天明。方信道惺惺的自古惜惺惺[60]。

我撞出去，看他说甚么。

【麻郎儿】[61]我拽起罗衫欲行，（旦做见科）他陪著笑脸儿相迎。不做美[62]的红娘忒浅情[63]，便做道"谨依来命"[64]。（红云）姐姐，有人，咱家去来，怕夫人嗔著。（莺回顾，下）（末唱）

【幺篇】我忽听、一声、猛惊。元来是扑剌剌宿鸟飞腾，颤巍巍花梢弄影，乱纷纷落红满径。

小姐你去了呵，那里发付[65]小生！

【络丝娘】[66]空撇下碧澄澄苍苔露冷，明皎皎花筛月影。白日凄

凉枉耽病，今夜把相思再整。

【东原乐】帘垂下，户已扃[67]，却才个[68]悄悄相问，他那里低低应。月朗风清恰二更。厮傒幸[69]：他无缘，小生薄命[70]。

【绵搭絮】恰寻归路，伫立空庭，竹梢风摆，斗柄云横[71]。呀！今夜凄凉有四星[72]，他不俫人[73]待怎生！虽然是眼角儿传情，咱两个口不言心自省[74]。

今夜甚睡到得我眼里呵！

【拙鲁速】对著盏碧荧荧，短檠灯[75]，倚著扇冷清清，旧帏屏。灯儿又不明，梦儿又不成；窗儿外淅零零[76]的风儿透疏棂[77]，忒楞楞[78]的纸条儿鸣；枕头儿上孤另，被窝儿里寂静。你便是铁石人，铁石人也动情。

【幺篇】怨不能，恨不成，坐不安，睡不宁。有一日柳遮花映，雾障云屏，夜阑人静，海誓山盟[79]。恁时节[80]风流嘉庆[81]，锦片也似前程[82]，美满恩情，咱两个画堂[83]春自生。

【尾】一天好事从今定，一首诗分明照证[84]。再不向青琐闼[85]梦儿中寻，则去那碧桃花树儿[86]下等。（下）

---

[1] 唱个喏（rě 音惹）：旧时男子所行的一种礼节，给人作揖的同时出声致敬。

[2] 抢白：当面责备或奚落。

[3] 傻角（jué 音决）：犹言“傻瓜”。

[4] 香案：放置香炉、烛台的条桌。

[5] 比及：等到。

[6] 太湖石：园林或庭院中叠假山用的石头。因多产自江苏太湖，故名。

[7] “玉宇”四句：在这无尘的夜空，原本疏淡的银河显得格外明朗，将它的光焰泻向人间。这两句直接套用金·董解元《西厢记诸宫调》卷五的成句：“是夜，玉宇无尘，银河泻露。”只更动一“露”字。“月色横空”句中，“横空”不仅写出其亮，而且写出月光照亮天空，笼罩着整个大地，气魄更大。玉宇，天

空。古称玉皇大帝住在天上，以玉为殿宇，故称。这里“玉宇”比喻夜空，突出其晴朗无云。历来诗人都喜欢将晴朗的夜空比作玉，唐·白居易《清都夜境》诗：“寥天如碧玉，历历缀华星。”

［8］“罗袂（mèi 音妹）”两句：写张生身心的体验：夜色如水的寒意，心里却时时警觉，处处注意。这两句互为因果，寒意使皮肤紧绷，心神紧张；而心神紧张，又更觉空气里冷飕飕的。毕竟他是偷偷地到花园窥视人家的闺阁千金，实属有违礼教。罗袂，丝罗的衣袖。亦指华丽的衣着。

［9］“侧著”二句：应是三字句，前两字为衬字。写他竖起耳朵凝神听动静，放轻脚步偷偷行，一副心虚的样子。蹑著脚步儿，轻手轻脚，蹑手蹑脚。

［10］“悄悄”二句：进一步形容张生一路上蹑手蹑脚悄悄地走，警觉地走走停停。悄悄冥冥，比喻静悄悄的，一声不响。冥冥，昏暗。潜潜等等，静静地等待。

［11］齐齐整整：形容妇人容貌匀称端庄，衣着整洁而有条不紊。

［12］袅袅婷婷：形容女子姿态柔美。袅袅，柔美的样子。婷婷，美好的样子。

［13］一更：晚上七时至九时左右。更，古人夜间计时单位，一夜分为五个更次。一更约两个小时。

［14］万籁无声：形容周围环境十分安静。万籁，指自然界万物发出的各种声响。

［15］没揣的：意为冷不丁的、意外的。元杂剧中常用语。这里包含“侥幸”之意。

［16］可憎：可爱的反语。对心爱人亲昵的称呼。

［17］角门儿：宅院旁边的小门。

［18］〔金蕉叶〕：曲牌名。南北曲均有，皆属【越调】。北曲定格，旧谱都作四个七字句，这与【正宫·脱布衫】毫无区别。近人吴梅遂从明·郭勋辑《雍熙乐府》中取六字四句者另定一正格。后人便有将此调定格列为二式者，作“七（六）、七（六）、七（六）、七（六）”，均为四句。若作七字句一式，四句皆例作上三下四句法，且多以四句为排比。除以上两式外，亦偶有前二句作六字，后二句作七字；或前二句作七字，而后二句作六字；更有前三句作七字，只末句作六字者；皆为变格。此调用韵，多叶（xié 音斜）两平韵、两仄韵。用于套曲中，而无独用者。

［19］“风过”句：一阵风吹来，送过细细、淡淡的花香，或许花香中还有那莺莺的芳香。花香细生，香味清淡。

［20］越整：更加漂亮。

［21］春娇：美貌女子。此指莺莺。

［22］拘束：这里指不自由的生活。

［23］等闲：随便。

［24］广寒宫：月宫。旧题唐·柳宗元《龙城录·明皇梦游广寒宫》：“顷见一大宫府，榜曰‘广寒清虚之府’。”

［25］容分一捻：这里指莺莺美丽的形态仅仅显露了一小部分。一捻，一点点儿，可

捻在手指间，形容很小。

［26］亸：下垂。

［27］湘陵妃子：指尧的女儿娥皇、女英。传说二妃投于湘水，遂为湘水之神。湘陵，湘水岸边舜帝的陵墓。

［28］斜倚舜庙朱扉：说莺莺如同湘水之神，倚靠着舜庙的红漆门。

［29］蟾宫素影：月宫中嫦娥洁白素净的身影。因嫦娥身着白衣，而这里莺莺孝服未除，故有此比。蟾宫，月宫。

［30］〔调笑令〕：曲牌名。一名〔含笑花〕。属北曲【越调】。据清 · 周祥钰《九宫大成谱》，字数定格及韵式作二、三、七、七、七、七、七，共七句。用于套曲中。

［31］甫能：刚刚能。甫，才、刚刚。

［32］娉婷：形容女子容貌姿态美好的样子。

［33］恁般撑：这样美丽。撑，方言词，美丽，漂亮。

［34］料应来：想必是、大概是。来，语助词，无实义。

［35］百媚生：形容极其妩媚。唐 · 白居易《长恨歌》诗云："六宫粉黛无颜色，回眸一笑百媚生。"

［36］化去：死去。

［37］〔小桃红〕：曲牌名。又名〔武陵春〕〔采莲曲〕〔绛桃春〕〔平湖乐〕。据清 · 周祥钰《九宫大成谱》，属北曲【越调】者，字数定格及韵式作七、五、七、三、七、四、四、五，共八句。可用作小令，亦可用于套曲中。

［38］香霭（ǎi 音矮）：焚香的烟气。

［39］剔团圞：特别圆。剔，很、极。团圞，圆。

［40］人气：指莺莺的长叹。

［41］氤氲（yīn yūn 音因晕）：烟气混杂蒸腾貌。

［42］司马相（xiāng 音乡）如：汉代的辞赋家。他曾经弹奏《凤求凰》，通过琴声向卓王孙的女儿卓文君求爱。卓文君于是弃家出走，与司马相如结为夫妇。这里张生用二人相恋私奔的典故，表达其想与莺莺在一起的愿望。

［43］文君：卓文君。西汉临邛（今四川邛崃）人。卓王孙女，善鼓琴。丧夫后家居，与司马相如相爱，一同逃亡成都。不久又重返临邛，自己当垆卖酒。

［44］一绝：一首绝句。绝句是格律诗的一种，每首四句，有五言绝句、七言绝句之分。

［45］溶溶：水流动的样子，常用来形容月色如水。

［46］寂寂：冷落。

［47］临皓魄：面对着明月。皓魄，明月。

［48］兰闺：汉代后妃宫室。《后汉书 · 皇后纪》赞曰："班政兰闺，宣礼淑屋。"李贤注："班固《西都赋》曰：'后宫则掖庭椒房，后妃之室。兰林、蕙草，披香、

发越。’兰林，殿名，故言兰闺。” 后泛指女子的居室。

[49] 芳春：春天。南朝梁元帝萧绎《纂要》：“春曰青阳，亦曰发生、芳春、青春、阳春、三春、九春。” 这里喻指妙龄、青春。

[50] 怜：同情。

[51] 扑堆：堆积、充满。

[52] 那堪：更何况。

[53] 埋没：隐藏、蕴含。

[54] 新诗：新体诗，即格律诗。是唐朝才出现的一种诗体，与早就出现的、没有格律的古体诗相对而言，称为新诗。

[55] 和（hè 音贺）：依照他人诗词的题材和体裁做诗词。

[56] 应声：如声相应。

[57] 〔圣药王〕：曲牌名。属北曲【越调】。定格为三、三、七、三、三、七、五，共七句。除起句用韵听便外，其余句须叶韵。用于套曲，在北曲【越调】联套中，一般在〔秃厮儿〕后。此调〔幺篇〕与本调全同。

[58] 厮觑定：相互注视。厮，相互。

[59] 酬和（hè 音贺）：以诗文相赠答。

[60] 惺惺的自古惜惺惺：从古至今都是聪明人怜惜聪明人。惺惺，聪明、聪明人。

[61] 〔麻郎儿〕：曲牌名。属北曲【越调】。定格为四、四、七、七，凡四句；下接〔幺篇〕换头，为二、二、二、七、七、七，共六句。此调例不单用，必接〔幺篇〕，同用于套曲中，多接〔圣药王〕后，居〔络丝娘〕前。

[62] 不做美：不肯成全他人的好事。

[63] 浅情：薄情。

[64] 谨依来命：当时成语，依从、遵照。遵从老夫人之命。

[65] 发付：打发、发落。

[66] 〔络丝娘〕：曲牌名。属北曲【越调】。定格为七、七、七、四，共四句四韵；亦有将末句四字改作五字者；或在四字句后增句者，但甚少见；还有将首句七字变为两个四字句，且作对偶者。用于套曲。

[67] 扃（jiōng 音迥阴平）：上闩、关门。《汉书 · 外戚传》：“潜玄宫兮幽以清，应门闭兮禁闼扃。”

[68] 却才个：刚才。个，语助词，无实义。

[69] 傒幸：苦恼、苦痛。

[70] 薄命：命运不好、福分差。

[71] 斗柄云横：指夜已深沉。斗柄，北斗的第五至第七星，即玉衡、开泰、摇光。北斗的第一至第四星像斗，第五至第七星像柄。由于星空流转，斗柄所指的方位也不断变化。在固定的季节月份里，可以从斗柄所指的方位测定时间的早晚。《国语 · 周语下》：“日在析木之津，辰在斗柄。”

[72] 四星：古人以二分半为一星，四星即十分。形容程度深。

[73] 不偢（chǒu 音丑）人：不理睬人。偢，同“瞅”。

[74] 口不言心自省（xǐng 音醒）：嘴里不说，心里明白。

[75] 短檠（qíng 音晴）灯：古时用的油灯，上有灯盘，下有立柱。长檠只有富贵人家才用，短檠则为一般平民及读书人所用。唐·韩愈《短檠灯歌》：“长檠八尺空自长，短檠二尺便且光。”

[76] 淅零零：拟声词，形容风声。

[77] 棂（líng 音灵）：旧式房屋的窗格。

[78] 忒（tè 音特）楞楞：拟声词，指窗纸被风吹动时发出的声响。

[79] 海誓山盟：指山海为盟誓，即海枯石烂不变心，表示爱情坚贞不渝。

[80] 恁时节：到那个时候。

[81] 风流嘉庆：与男女情爱有关的喜庆的事。

[82] 锦片也似前程：形容婚姻美满幸福，如花似锦。前程，将来的好光景，未来。这里指婚姻。

[83] 画堂：汉代未央宫中的一个堂名。因四周有画饰而得名。后泛指华丽的厅舍。

[84] 照证：证据、明证。

[85] 青琐闼（tà 音踏）：官门。借指皇宫、朝廷。青琐，宫门上雕刻的青色连环状图纹。《汉书·元后传》：“曲阳侯根骄奢僭（jiàn 音剑）上，赤墀（chí 音池）青琐。”颜师古注：“青琐者，刻为连环文，而青涂之也。”

[86] 碧桃花树儿下：元杂剧中常用以指男女幽会的地方。碧桃花，桃树的一种，花重瓣，白色粉红至深红，或洒金，不结果，供观赏和药用。一名千叶桃。元人将其称为相思物，有“碧桃花下死，做鬼也风流”语。

第四折

（洁引聪上，云）今日二月十五日开启[1]，众僧动法器[2]者。请夫人、小姐拈香。比及夫人未来，先请张生拈香。怕夫人问呵，则说道贫僧亲者。

（末上，云）今日二月十五日，和尚请拈香，须索走一遭。（唱）

【双调·新水令】[3]梵王宫殿月轮高，碧琉璃瑞烟笼罩。香烟云盖结[4]，讽咒海波潮[5]。幡[6]影飘飖，诸檀越[7]尽来到。

【驻马听】[8]法鼓金铎[9]，二月春雷响殿角；钟声佛号[10]，半天风雨洒松梢。侯门[11]不许老僧敲，纱窗[12]外定有红娘报。害相思的馋眼脑[13]，见他时须看个十分饱。

（末见洁科）（洁云）先生先拈香，恐夫人问呵，则说是老僧的亲。（末拈香科）（唱）

【沉醉东风】惟愿存在的人间寿高，亡化的天上逍遥。为曾祖父[14]先灵[15]，礼[16]佛、法、僧三宝[17]。焚名香暗中祷告：则愿得红娘休劣[18]，夫人休焦[19]，犬儿休恶！佛啰，早成就了幽期密约！

（夫人引旦上，云）长老请拈香，小姐，咱走一遭。（末做见科，觑聪云）为你志诚呵，神仙下降也。（聪云）这生却早两遭儿也。（末唱）

【雁儿落】我则道这玉天仙离了碧霄，元来是可意种[20]来清醮[21]。小子[22]多愁多病身，怎当他倾国倾城貌[23]。

【得胜令】恰便似檀口[24]点樱桃，粉鼻儿倚琼瑶[25]；淡白梨花面，轻盈杨柳腰。妖娆，满面儿扑堆著俏；苗条，一团儿衠是娇[26]。

（洁云）贫僧一句话，夫人行敢道么？老僧有个敝亲，是个饱学的秀才，父母亡后，无可相报，对我说："央及带一分斋，追荐父母。"贫僧一时应允了，恐夫人见责。（夫人云）长老的亲便是我的亲，请来厮见咱。（末拜夫人科）（众僧见旦发科[27]）（末唱）

【乔牌儿】大师年纪老，法座[28]上也凝眺[29]；举名的班首[30]真呆傍[31]，觑著法聪头做金磬[32]敲。

【甜水令】老的小的，村[33]的俏的，没颠没倒[34]，胜似闹元宵[35]。稔色[36]人儿，可意冤家，怕人知道，看时节泪眼偷

瞧[37]。

【折桂令】[38]著小生迷留没乱[39]，心痒难挠。哭声儿似莺啭乔林，泪珠儿似露滴花梢。大师也难学，把一个发慈悲[40]的脸儿来朦著。击磬的头陀[41]懊恼，添香的行者[42]心焦。烛影风摇，香霭云飘。贪看莺莺，烛灭香消。

（洁云）风灭灯也。（末云）小生点灯烧香。（旦与红云）那生忙了一夜。（唱）

【锦上花】[43]外像儿风流，青春年少；内性儿聪明，冠世才学。扭捏著身子儿百般做作，来往向人前，卖弄俊俏。

（红云）我猜那生。（唱）

【幺篇】黄昏这一回，白日那一觉，窗儿外那会镬铎[44]。到晚来向书帏里比及睡著，千万声长吁，捱不到晓。

（末云）那小姐好生顾盼小子。

【碧玉箫】情引眉梢，心绪你知道；愁种心苗，情思我猜著。畅懊恼[45]！响铛铛云板[46]敲。行者又嚎，沙弥[47]又哨[48]，恁须不夺人之好。

（洁与众僧发科）（动法器了，洁摇铃跪宣疏[49]了，烧纸科）（洁云）天明了也，请夫人、小姐回宅。（末云）再做一会也好，那里发付小生也呵！（唱）

【鸳鸯煞】有心争似无心好，多情却被无情恼[50]。劳攘[51]了一宵，月儿沉，钟儿响，鸡儿叫。唱道是[52]玉人[53]归去得疾，好事收拾得早，道场毕，诸人散了。酩子里[54]各归家，葫芦提[55]闹到晓。（并下）

【络丝娘煞尾】[56]则为你闭月羞花[57]相貌，少不得剪草除根大小。

题目 老夫人闲春院[58] 崔莺莺烧夜香
正名 小红娘传好事 张君瑞闹道场

---

[1] 开启：僧人开始做法事。

[2] 动法器：奏乐，敲动响器。法器，和尚、道士等举行宗教仪式时所使用的如磬（qìng 音庆）、钟、鼓、铙（náo 音挠）、钹（bó 音博）、木鱼等响器。

[3] 〔新水令〕：曲牌名。南北曲均属【双调】。北曲较常用。字数定格及韵式据清·周祥钰《九宫大成谱》作七、七、五、五、四、五，共六句，但第五句后可酌增四字句。一般用作双调套曲的第一曲。

[4] 香烟云盖结：香燃烧时的烟升在空中，聚集成形状如伞一般的云盖。

[5] 讽咒海波潮：诵念经咒的声音如同浪潮一般此起彼伏。讽咒，念经。海波潮，大海响起的波涛声。这里指念经的声音像海潮一般。《法华经》："梵音，海潮起。"《楞严经》："佛兴慈悲……发海潮一音，遍告同会诸善男子。"

[6] 幡：旌旗、各式旌旗的总称，用于装饰和衬托佛像。

[7] 檀越：施主，即施与僧众衣食或出资举行法会等之信众。梵语"陀那钵底"，译为施主，"陀那"是施，"钵底"是主。译成"檀越"者，是略去"那钵底"三字，取上"陀"字之音转为"檀"；更加"越"字，意谓行布施之功德可以超越贫穷海，来世可免受穷困。梵、汉兼举称作檀越施主、檀越主、檀主。

[8] 〔驻马听〕：曲牌名。南曲属【中吕宫】，多用作引子。北曲属【双调】，较常用。字数定格及韵式，据清·周祥钰《九宫大成谱》作四、七、四、七、七、七、三、七，共八句。一般用在【双调】套曲中。

[9] 法鼓金铎：寺庙中的法器，这里用为动词，意为击鼓、摇铎。法鼓，佛教法器之一。举行法事时用以集众唱赞的大鼓。又指禅寺法堂东北角之鼓，与西北角的茶鼓相对。金铎，金属制的小铃。

[10] 佛号：佛的名号，如世尊、如来等。这里是指念经时领头的和尚先诵佛的名号。

[11] 侯门：显贵家族的门第。这里指崔相国家。

[12] 纱窗：指莺莺的闺房。

[13] 馋眼脑：指贪色的眼睛。眼脑，眼睛。

[14] 曾祖父：指曾祖父、祖父、父亲三代。

[15] 先灵：祖先的神灵。

［16］礼：拜佛、施礼。

［17］三宝：佛教语。佛教称佛祖释迦牟尼为佛宝，佛教典籍及教义为法宝，宣扬教义、弘扬佛法的僧人为僧宝。

［18］休劣：不要妨碍。

［19］休焦：不要生气。

［20］可意种：称心如意的人。这里是对莺莺的昵称。

［21］清醮（jiào 音叫）：本义是道士设坛祈祷，这里指僧人为消灾祈福而做的法事活动。醮，僧人举行的消灾等法事。

［22］小子：张生自指。

［23］倾国倾城貌：形容女子容貌极美。典出《汉书·外戚传》："李延年侍上起舞，歌曰：'北方有佳人，绝世而独立。一顾倾人城，再顾倾人国。宁不知倾城与倾国，佳人难再得！'"

［24］檀口：红艳的嘴唇。形容女子嘴唇之美。

［25］琼瑶：美玉。《诗经·卫风·木瓜》："投之以木桃，报之以琼瑶。"毛传："琼瑶，美玉。"

［26］一团儿衠是娇：浑身上下无处不娇。

［27］众僧见旦发科：指众和尚惊见莺莺的美貌时做出的各种表情动作引人发笑。

［28］法座：僧家做法事时的座位。

［29］凝眺：注目远望。

［30］举名的班首：和尚中的首领。班首，班列之首，这里指主持法事的和尚。

［31］呆僗（láo 音劳）：痴呆病。僗，通"痨"，语助词，北方骂人多带此字，表程度之深。

［32］金磬：佛教法器的一种，属于打击乐器，形状像钵，以铜或铁制成。磬，中国古代的一种打击乐器，为八音中的石音。古人认为其声轻灵如天籁，可以沟通天地神明。磬分为编磬和特磬两种：成组排列的为编磬，单体的为特磬。金石之声，金为编钟，石即石磬。

［33］村：粗俗、土气。

［34］没颠没倒：意为颠倒，指人纷乱而手足无措的样子。

［35］闹元宵：指农历正月十五上元节的晚上，祭神以元宵为献。唐代以来民间风俗，在元宵节要举行观赏灯火活动，表演各种奇术异能、歌舞百戏，热闹非常，称为闹元宵。

［36］稔（rěn 音忍）色：美好丰润的样子。

［37］偷瞧：偷看，暗中观察义。

［38］〔折桂令〕：曲牌名。又名〔蟾宫曲〕〔天香引〕〔折桂回〕〔蟾宫引〕〔步蟾宫〕〔广寒秋〕〔秋风第一枝〕。属北曲【双调】。字数定格及韵式，据清·周祥钰《九宫大成谱》作六、四、四、四、四、四、七、七、四、四，十句。但第五

句后可酌增四字句。近人吴梅《南北词简谱》注云："按此调或十句、十一句、十二句、十三句，或多至十七句，句法皆大同小异。首句必六字，以下四字句，或四句或五句，再用六字二句，以下直至末句，俱四字语也。"据今人涂宗涛《诗词曲格律纲要》中对元人作品的考察，以作十一句或十二句为常见。十一句的句式及韵式作六（七）、四、四、四、四、四、六（七）、六（七）、四、四、四，末句增四字一句即为十二句，增二句即为十三句。该曲调可单用作散曲的小令，也可用在【双调】套曲内。

［39］迷留没乱：神魂颠倒。

［40］慈悲：佛家语。给人快乐，将人从苦难中拔救出来；亦泛指慈爱与悲悯。《智度论·释初品中·大慈大悲义》："大慈与一切众生乐，大悲拔一切众生苦。"

［41］头陀：梵语，原意为抖擞浣洗烦恼，佛教僧侣所修的苦行。后世也用以指行脚乞食的僧人。又作"驮都、杜多、杜荼"。《青藤山人路史》："头陀，梵语也，原是'杜多'二字转音为'头陀'。华言'抖擞'也，言三毒之尘坌（bèn音笨，尘埃）于心胸，须振迅而落之也。"所谓三毒，指贪毒，贪婪之心；瞋（chēn音嗔）毒，忿恚（huì音汇）之心；痴毒，愚昧之心。苦行便能除去这些烦恼，故称苦行僧为头陀。

［42］行者：僧人，或指寺院中服杂役的侍者，虽入佛门却未经剃度。

［43］〔锦上花〕：曲牌名。南北曲均有，皆属【双调】。北曲定格共八句，皆为四字句；下接〔幺篇〕，除换头二句为两个五字句外，其余全同本调。末韵例用"去上"。用于套曲。亦带〔清江引〕〔碧玉箫〕为带过曲。

［44］镬（huò音货）铎：喧闹。

［45］畅懊恼：真懊恼。畅，很、非常。

［46］云板：一种云状乐器，用以报时。

［47］沙弥：梵语音译的略称。意译为求寂、息慈、勤策，即止恶行慈、觅求圆寂的意思。在佛教僧团中，指依照戒律出家，已受十戒的七至二十岁男性修行者，称作沙弥或沙弥子。《魏书·释老传》："为沙门者，除修十诫，曰沙弥。"

［48］哨：吹口哨、叫嚷。

［49］宣疏：僧道做法事时，演说佛法、宣读祝文。

［50］"有心"二句：是张生对众僧的怨语。众僧既闹于前，令张生懊恼，佛事完毕又催促莺莺回宅，故云。争似，怎如。无情，指僧众。多情却被无情恼：借用宋·苏轼〔蝶恋花〕《春景》词下阕："墙里秋千墙外道。墙外行人，墙里佳人笑。笑渐不闻声渐悄，多情却被无情恼。"意思是伊人的笑声渐去渐远、渐小渐听不到，多情的人却被那无情的人惹得一团烦恼。

［51］劳攘：辛苦忙碌。

［52］畅道是：真是、确实是。

［53］玉人：指莺莺。

[54] 酩（mǐng 音明上声）子里：昏昏沉沉、无精打采。

[55] 葫芦题：亦作“葫芦蹄”“葫芦提”“葫芦啼”。犹言糊涂、稀里糊涂。

[56]〔络丝娘煞尾〕:《西厢记》共五本，前四本戏结束时，在剧末都用〔络丝娘煞尾〕一曲二句，起预示后面的剧情、上下连接的作用，等于说唱文学中“欲知后事如何，且听下回分解”。

[57] 闭月羞花：月亮见了躲藏起来，花儿见了感到羞惭。形容美貌。《新五代史·淑妃王氏传》:“淑妃王氏……有美色，号‘花见羞’。”

[58] 闲春院：指老夫人对莺莺防范甚严，把她幽闭在寺中，不许自由出入。闲，木栏之类的遮挡物。引申指约束、限制。

第二本 崔莺莺夜听琴

第一折

（净扮孙飞虎上，开）自家姓孙，名彪，字飞虎。方今上[1]德宗[2]即位，天下扰攘[3]。因主将丁文雅失政[4]，俺分统五千人马，镇守河桥。近知先相国崔珏之女莺莺，眉黛青颦，莲脸生春，有倾国倾城之容、西子太真[5]之颜，见在河中府普救寺借居。我心中想来：当今用武之际，主将尚然不正，我独廉何为！大小三军，听吾号令：人尽衔枚[6]，马皆勒口[7]，连夜进兵河中府！掳莺莺为妻，是我平生愿足。（下）

（法本慌上，云）谁想孙飞虎将半万贼兵，围住寺门，鸣锣击鼓，呐喊摇旗，欲掳莺莺小姐为妻。我今不敢违误，即索报知夫人走一遭。（下）

（夫人慌上，云）如此却怎了！俺同到小姐卧房里商量去。（下）

（旦引红上，云）自见了张生，神魂荡漾，情思不快，茶饭少进。早是离人伤感，况值暮春天道[8]，好烦恼人也呵！好句有情联夜月[9]，落花无语怨东风。

【仙吕·八声甘州】[10]厌厌[11]瘦损，早是伤神，那值[12]残春[13]。罗衣宽褪[14]，能消几度黄昏[15]？风袅篆烟[16]不卷帘，雨打梨花深闭门[17]；无语凭阑干[18]，目断行云[19]。

【混江龙】落红成阵[20]，风飘万点正愁人[21]。池塘梦晓[22]，阑槛辞春；蝶粉轻沾飞絮雪[23]，燕泥香惹落花尘。系春心情短柳丝长[24]，隔花阴，人远天涯近[25]。香消了六朝金粉[26]，清减了

三楚精神[27]。

（红云）姐姐情思不快，我将被儿薰得香香的睡些儿。（旦唱）

【油葫芦】[28]翠被生寒压绣裀[29]，休将兰麝[30]薰；便将兰麝薰尽，则索自温存。昨宵个[31]锦囊佳制[32]明勾引，今日个玉堂人物[33]难亲近。这些时坐又不安，睡又不稳，我欲待登临又不快，闲行又闷，每日价[34]情思睡昏昏。

【天下乐】红娘呵，我则索搭伏定鲛绡枕头儿上盹[35]。但出闺门，影儿般不离身。（红云）不干红娘事，老夫人著我跟着姐姐来。（旦云）俺娘也好没意思！这些时直恁般堤防[36]著人。小梅香伏侍的勤，老夫人拘系[37]的紧，则怕俺女孩儿折了气分[38]。

（红云）姐姐往常不曾如此无情无绪；自曾见了那生，便却心事不宁，却是如何？（旦唱）

【那吒令】[39]往常但见个外人，氲的早嗔[40]；但见个客人，厌的[41]倒褪[42]；从见了那人，兜的[43]便亲。想著他昨夜诗，依前韵，酬和得清新。

【鹊踏枝】[44]吟得句儿匀，念得字儿真，咏月新诗，煞强似织锦回文[45]。谁肯把针儿将线引[46]，向东邻[47]通个殷勤。

【寄生草】想著文章士旖旎人，他脸儿清秀身儿俊，性儿温克[48]情儿顺，不由人[49]口儿里作念心儿里印。学得来"一天星斗焕文章"[50]，不枉了"十年窗下无人问"[51]。

（飞虎领兵上，围寺科）（下）（卒子内高叫云）寺里人听者：限你每三日内将莺莺献出来与俺将军成亲，万事干休。三日之后不送出，伽蓝[52]尽皆焚烧，僧俗寸斩，不留一个！

（夫人、洁同上，敲门了）（红看了，云）姐姐，夫人和长老，都在房

门前。（旦见了科）（夫人云）孩儿，你知道么？如今孙飞虎将半万贼兵，围住寺门，道你眉黛[53]青颦，莲脸生春，似倾国倾城的太真，要掳你做压寨夫人[54]。孩儿，怎生是了也？（旦唱）

【六幺序】[55]听说罢魂离了壳，见放著祸灭身，将袖稍儿揾不住[56]啼痕。好教我去住无因，进退无门，可著俺那埚儿里人急偎亲[57]？孤孀子母无投奔，赤紧的先亡过了有福之人。耳边厢金鼓[58]连天振，征云冉冉，土雨[59]纷纷。

【幺篇】那厮每风闻[60]，胡云[61]道我眉黛青颦，莲脸生春，恰便似倾国倾城的太真。兀的不送[62]了他三百僧人？半万贼军半霎儿[63]敢剪草除根！这厮每于家为国无忠信，恣情的掳掠人民，更将那天宫般盖造焚烧尽，则没那诸葛孔明[64]，便待要博望烧屯[65]。

（夫人云）老身年六十岁，不为寿夭[66]；奈孩儿年少，未得从夫[67]，却如之奈何？（旦云）孩儿有一计，想来则是将我与贼汉为妻，庶可[68]免一家儿性命。（夫人哭云）俺家无犯法之男、再婚之女，怎舍得你献与贼汉，却不辱没[69]了俺家谱[70]！（洁云）俺同到法堂两廊下，问僧俗有高见者，俺一同商议个长便[71]。（同到法堂科）（夫人云）小姐，却是怎生？（旦云）不如将我与贼人，其便[72]有五。（唱）

【后庭花】第一来免摧残老太君；第二来免堂殿作灰烬；第三来诸僧无事得安存；第四来先君灵柩稳；第五来欢郎虽是未成人，（欢云）俺呵打甚么不紧[73]。（旦唱）须是崔家后代孙。莺莺为惜己身，不行从著[74]乱军：诸僧众污血痕，将伽蓝火内焚，先灵为细尘，断绝了爱弟亲，割开了慈母恩。

【柳叶儿】呀，将俺一家儿不留一个龆龀[75]，待从军，又怕辱没

了家门。我不如白练套头儿寻个自尽，将我尸榇[76]，献与贼人，也须得个远害全身。

【青哥儿】[77]母亲，都做了莺莺生忿[78]，对傍人一言难尽[79]。母亲，休爱惜莺莺这一身。恁孩儿别有一计：不拣何人，建立功勋，杀退贼军，扫荡妖氛，倒陪家门[80]，情愿与英雄结婚姻，成秦晋[81]。

（夫人云）此计较可，虽然不是门当户对，也强如陷于贼中。长老在法堂上高叫：两廊僧俗，但有退兵之策的，倒陪房奁[82]，断送[83]莺莺与他为妻。（洁叫了，住[84]。）（末鼓掌上，云）我有退兵之策，何不问我？（见夫人了）（洁云）这秀才，便是前日带追荐的秀才。（夫人云）计将安在？（末云）重赏之下，必有勇夫[85]；赏罚若明，其计必成。（旦背云）只愿这生退了贼者。（夫人云）恰才与长老说下，但有退得贼兵的，将小姐与他为妻。（末云）既是恁的，休吓了我浑家[86]，请入卧房里去，俺自有退兵之策。（夫人云）小姐和红娘回去者！（旦对红云）难得此生这一片好心！（唱）

【赚煞】诸僧众各逃生，众家眷谁倸问，这生不相识横枝儿著紧[87]。非是书生多议论，也堤防著玉石俱焚[88]。虽然是不关亲，可怜见命在逡巡[89]，济不济权将秀才来尽[90]。果若有出师表文，吓蛮书信[91]，张生呵，则愿将笔尖儿横扫了五千人！（并下）

---

［1］ 上：皇上、天子。

［2］ 德宗：李适（742—805），唐代宗李豫长子，唐朝第九位皇帝（除武则天和唐殇帝以外），在位二十六年（779—804）。李适在位时期，内部兴起了“古文运动”；在对外关系上，他联合回纥（hé 音和）、南诏、大食，打击吐蕃（tǔ bō 音土播），为“元和中兴”创造了较为有利的外部环境。一度重开安史之乱后被吐蕃切断的东西陆路交通。李适善属文，尤工于诗。《全唐诗》录有其诗。

［3］ 扰攘：不太平、动乱、纷乱。

［4］ 失政：政治混乱失当。

［5］ 西子太真：西子，即西施。太真，即唐玄宗的贵妃杨玉环。《旧唐书》卷五一《后妃传上·玄宗杨贵妃传》："开元初，武惠妃特承宠遇，故王皇后废黜。二十四年惠妃薨（hōng 音轰），帝悼惜久之，后庭数千，无可意者。"有人上奏："杨玉环姿色冠代，宜蒙召见。"当时杨玉环"衣（yì 音亿）道士服。号曰太真。既进见，玄宗大悦。……天宝初，进册贵妃"。

［6］ 衔枚：枚是状如筷子的小木棍。古代秘密行军时，为防军士说话，将枚衔于口中，两端系上带子，缚在脖后，称衔枚。

［7］ 勒口：给马带上嚼子，不让马嘶叫。

［8］ 天道：天气。

［9］ "好句"句：指第一本第三折写的莺莺与张生在月夜联吟和诗的事。

［10］〔八声甘州〕：曲牌名。南北曲均属【仙吕宫】。北曲定格为四、四、四、四、六、七、七、五、四，共九句。用于套曲中。

［11］ 厌厌：同"恹恹"。病弱的样子。这里是精神不振的意思。

［12］ 那值：怎奈遇上。那，同"哪"。值，赶上、遇上。

［13］ 残春：暮春时节。

［14］ 罗衣宽褪（tùn 音屯去声）：谓身体消瘦，原来的衣服穿着宽大下垂。

［15］ 能消几度黄昏：还能经受几次苦恼的黄昏。语本宋·赵德麟〔清平乐〕词："断送一生憔悴，只消几个黄昏。"消，经受。

［16］ 风袅篆（zhuàn 音撰）烟：风吹着形如篆字的烟袅袅上升。篆烟，香烟盘绕曲折，像篆文一般。篆，汉字的一种书体，笔画屈曲。

［17］ "雨打"句：细雨打着梨花，通往外界的门紧紧关闭着。语出宋·李重元〔忆王孙〕词："欲黄昏，雨打梨花深闭门。"

［18］ 无语凭阑干：默默靠在栏杆上。语本宋·孙光宪〔临江仙〕词："含情无语，延伫倚阑干。"

［19］ 目断行云：尽力远望，直到看不见飘动的云。目断，望断。

［20］ 落红成阵：语出宋·秦观〔水龙吟〕词"斜阳院落红成阵"，谓落花纷纷。

［21］ "风飘"句：风吹得花瓣像千万个雨点在飘洒，实在叫人愁闷。语出唐·杜甫《曲江二首》之一："一片花飞减却春，风飘万点正愁人。"

［22］ 池塘梦晓：形容春天去得极快，十分短暂。用谢灵运梦写"池塘生春草"句典故。谢灵运的族弟谢惠连聪明，谢灵运每次与惠连相对，就能写出好诗。有一次谢灵运在永嘉西堂，思考整日作不出诗来，寤寐间忽然梦见惠连，醒后便写出了"池塘生春草，园柳变鸣禽"的名句。

［23］ 飞絮雪：柳絮飘飞如雪。《世说新语·言语》篇载：东晋谢安跟他的子侄辈一起赏雪吟诗。谢安问："白雪纷纷何所似？"他的侄子说："撒盐空中差可拟。"他的侄女谢道韫说："未若柳絮因风起。"

［24］“系春心”句：意为柳丝虽短，但比起连接两颗互相爱慕之心的情思来，反倒显得长。

［25］“隔花阴”二句：意为天涯虽远，但比起只隔一簇花丛的心上人来，还是显得较近。这是感叹与张生住处近却无法亲近。语出宋·朱淑真〔生查子〕“遥想楚云深，人远天涯近”词句。

［26］“香消”句：因相思，无心妆扮，身上的脂粉香气都消失了。六朝，建都于南京的三国吴、东晋、宋、齐、梁、陈。金粉，妇女化妆用的脂粉，也常喻美女。

［27］“清减”句：精神衰减。三楚，战国时楚分西、东、南三部分，合称三楚。晋·阮籍《咏怀》有“三楚多秀士”之句，故借三楚之地来写人的精神。

［28］〔油葫芦〕：曲牌名。属北曲【仙吕宫】。各家曲谱正格均为九句，但某些句的字数有出入。可分两类：一为《北词广正谱》（明末清初李玉）、《南北词简谱》（近人吴梅）、《元词斠（jiào 音叫）律》（王玉章）、《汉语诗律学》（王力）体式，作七、三、七、七、七、三、三、七、五；一为《太和正音谱》（明·朱权）、《曲谱》（清·王奕清等）体式，作七、六、七、七、七、六、六、八、六。兹从前者。第四、五句例作对偶。用作套曲。在【仙吕宫】普通联套中，用于〔混江龙〕后，〔天下乐〕前；在南北合套中，用于南〔桂枝香〕后，南〔八声甘州〕前。此曲表达出崔莺莺对张生的思念。曲中崔莺莺坐不安、睡不稳、登临不快、闲行闷、睡昏昏等一系列身体姿态上的变化，都反映出崔莺莺对张生强烈的思恋之情。

［29］绣裀（yīn 音因）：绣花褥垫。裀，“茵”的异体字，褥子的美称。

［30］兰麝：兰与麝香，名贵的香料。《晋书·石崇传》：“崇尽出其婢妾数十人以示之，皆蕴兰麝，被罗縠（hú 音胡）。”

［31］昨宵个：昨天晚上。

［32］锦囊佳制：原指好诗，这里指崔、张隔墙的酬和诗。《唐诗纪事》载：“李贺每旦出，骑弱马，从小奚奴，背锦囊，遇所得，赋诗书投锦囊中。”后作好诗的典故。

［33］玉堂人物：美称有高才的文人。这里指张生。玉堂，指翰林院。

［34］每日价：每天。价，语助词，无义。

［35］“我则索”句：我只好倚伏在枕上打盹小睡。搭伏，身体向前倚靠俯伏。鲛（jiāo 音交）绡，传为鲛人所织之绢。传说南海中有鲛人室，水居如鱼，不废耕织，泣能成珠。鲛人所织的丝织物极薄，遇水不湿。后以称精美薄细的丝绸。

［36］直恁般堤防：竟然这样防备。直恁般，竟然如此。堤防（dī fang 音滴方轻声），即“提防”，小心防范。

［37］拘系：管束、限制。

［38］折了气分：丢了光彩、有损体面。气分，体面。

［39］〔那吒令〕：曲牌名。一作〔哪吒令〕。属北曲【仙吕宫】。定格为二、四、二、四、二、四、三、三、四，共九句。通常如此格，前面作三排二、四字句；亦有作四排者，则全曲为十一句。这几排二、四字句分别构成对偶，或双句相对。又第七、八句例作对偶。第一、三、五句亦可不用韵。用作套曲。在北曲【仙吕宫】普通联套中，接〔天下乐〕后，居〔鹊踏枝〕前；在南北合套中，则接〔解三酲（chéng 音承）〕后，居〔醉扶归〕前。元《乐府新声》载北曲有带过〔鹊踏枝〕〔寄生草〕者，则可作带过曲。

［40］氲（yūn 音晕）的早嗔（chēn 音抻）：变色而发怒。氲的，也作“晕的”，指脸红。嗔，怒、生气。

［41］厌的：突然、猛地。

［42］倒褪：后退、倒退。

［43］兜的：亦作“陡的”，顿时、一下子。

［44］〔鹊踏枝〕：曲牌名。南北曲均有。北曲属【仙吕宫】。定格为三、三、四、四、七、七，共六句。第三、四句例作对偶，第五、六句为上三下四句法。用作套曲时，在〔哪吒令〕之后；又可与〔哪吒令〕〔寄生草〕为带过曲。

［45］“煞强似”句：更胜过用五色丝织成的可以婉转循环而读的回文诗图。煞，甚、非常。织锦回文，也称“璇玑图”。一种用五色丝织成的回文诗图。回文，是一种纵横反复都可读通的文体，诗词曲都有，此指回文诗。唐·武则天《织锦回文记》：“前秦苻坚时，秦州刺史扶风窦滔妻苏氏”与窦滔闹翻，后“苏氏悔恨自伤，因织锦为回文，五彩相宣，莹心辉目，纵广八寸，题诗二百余首，计八百余言，纵横反覆，皆为文章。其文点画无缺，才情之妙，超今迈古，名曰璇玑图。”派人送到镇守襄阳的丈夫手中。窦“滔省览锦字，感其妙绝”，“遂与苏氏恩好愈重”。《晋书·列女传》也有记载。后用“织锦回文”借指妻子给丈夫的书信诗简，也用来赞扬女子的绝妙才思。

［46］把针儿将线引：借指做媒使男女成合。

［47］东邻：本指多情美女，这里指张生。张生搬至寺中，恰在莺莺东邻。宋玉《登徒子好色赋》：“天下之佳人，莫若楚国；楚国之丽者，莫若臣里；臣里之美者，莫若臣东家之子。东家之子，增之一分则太长，减之一分则太短，着粉则太白，施朱则太赤。眉如翠羽，肌如白雪，腰如束素，齿如含贝。嫣然一笑，惑阳城，迷下蔡。然此女登墙窥臣三年，至今未许也。”汉·司马相如《美人赋》：“臣之东邻，有一女子，玄发丰艳，蛾眉皓齿。”

［48］温克：温和恭敬，《诗·小雅·小宛》：“人之齐圣，饮酒温克。”

［49］不由人：身体不能自主。

［50］“一天”句：语本唐·杜牧《华清宫》：“雷霆驰号令，星斗焕文章。”比喻文章像满天星斗一样灿烂夺目。

［51］十年窗下无人问：当时的成语，意思是数年苦读却不为人知。

[52] 伽（qié 音茄）蓝：梵语音译僧伽蓝摩的省称，意为僧人居住的园林。后因以指佛教寺院。

[53] 眉黛：古代妇女描眉用黛（青黑色颜料），于是以眉黛代指妇女眼眉。

[54] 压寨夫人：山寨头领的妻子。《新五代史 · 唐家人传》："庄宗攻梁军于夹城，得符道昭妻侯氏，宠专诸宫，宫中谓之'压寨夫人'。"

[55]〔六幺序〕：曲牌名。又作〔绿腰序〕。属北曲【仙吕宫】。定格为三、三、四、四、四、七、七、七、七、四、四，共十一句；下接〔幺篇〕。〔幺篇〕字句增减自由，变化较大。用于套曲，剧曲联套中尤常用，一般在〔寄生草〕或〔鹊踏枝〕后。

[56] 揾（wèn 音问）不住：揩拭不干。揾，擦。

[57] "可著俺"句：却叫我到哪里找那急迫而相偎傍的人。那埚（guō 音锅）儿里，哪里。人急偎亲，当时习俗语，指人到危急时则想投靠亲友。

[58] 金鼓：指钟鼓。古代军队使用的乐器，用来号令军队，击鼓前进，鸣金收兵。

[59] 土雨：飞扬的尘土纷纷如雨。

[60] 风闻：传闻、听说。

[61] 胡云：胡说、瞎说。

[62] 送：这里指断送、葬送。

[63] 半霎（shà 音厦）儿：（时间）极其短暂。

[64] 诸葛孔明：指诸葛亮（181—234），字孔明，号卧龙，琅琊阳都（今山东省临沂市沂南县）人。三国时期蜀汉丞相，中国古代杰出的政治家、军事家、发明家、文学家。诸葛亮散文代表作有《出师表》《诫子书》等。曾发明木牛流马、孔明灯等，并改造连弩，叫作诸葛连弩，可一弩十矢俱发。诸葛亮一生"鞠躬尽瘁，死而后已"，是中国传统文化中"忠臣"与"智者"的代表人物。

[65] 博望烧屯：《三国志》演绎诸葛亮在博望坡与夏侯惇对敌，暗设伏兵，自烧屯伪遁，夏侯惇追来中计，损兵十万，被称为诸葛亮初出茅庐第一功。元杂剧有《诸葛亮博望烧屯》敷演其事。

[66] 寿夭：这里是指寿数短。

[67] 从夫：代指出嫁。

[68] 庶可：或许能够。

[69] 辱没（mò 音末）：玷（diàn 音电）辱。

[70] 家谱：旧时家族记载本族世袭和重要人物事迹的书籍。这里指家门、门第。

[71] 长便：长久之计、好办法。

[72] 便：好处。

[73] 打甚么不紧：有什么要紧的。"不"字为语中助词，正话反说，以加强语气。

[74] 行从著：顺从着。

[75] 龆龀（tiáo chèn 音条衬）：男孩儿换牙为龆，女孩儿换牙为龀。因以龆龀代指

儿童。《韩诗外传》:“男八月生齿,八岁而龆齿……女七月生齿,七岁而龀齿。”这里代指儿童。

[76] 尸榇(chèn 音趁):安放尸首的棺材。榇,棺材。

[77] 〔青哥儿〕:曲牌名。一作〔青歌儿〕。属北曲【仙吕宫】,亦入【商调】【双调】。有正格和增句格二式。正格之字数定格及韵式据清·周祥钰《九宫大成谱》作六、六、七、七、三,共五句。增句格即在正格的第三句后增四字句若干,再接正格末二句。

[78] 生忿:忤逆不孝。生,有“不服从”义,最初指动物未被驯服,不顺从。后引申指人“不服从”。忿,有情绪上的“不服、不平”义。“生忿”侧重指违背伦理。也作“生分”,常与“忤逆”同义连用。

[79] 尽:任凭、由着。

[80] 倒陪家门:女方嫁女儿不仅不向男方要彩礼,反倒陪送家私财产。家门,家私财产。

[81] 成秦晋:结为夫妇。春秋时秦晋两国世代通婚结亲,因称联姻为“成秦晋之好”。后世以秦晋代指婚姻。

[82] 房奁(lián 音连):本指嫁妆。此指彩礼。奁,盛梳妆用品的一种器具。有漆木制、陶制两种。多为圆形、长方形或多边形,内分层,可开阖。

[83] 断送:打发、送出。

[84] 住:稍停。戏曲术语,指静场、哑场。

[85] “重赏”二句:重金悬赏,就会有勇于出来干事的人。语本《黄石公书》:“香饵之下,必有死鱼;重赏之下,必有死夫。”

[86] 浑家:唐代以后在口语中称妻子为浑家。

[87] 横枝儿著紧:非亲非故的局外人而能急人之难、分人之忧,积极干预。横枝儿,不是正枝,比喻非亲非故不相干的人。

[88] 玉石俱焚:好的与坏的一齐毁灭。语出《书·胤征》:“火炎昆冈,玉石俱焚。”

[89] 逡巡:顷刻、不一会儿。

[90] “济不济”句:不管行不行,姑且让秀才全力去做。济不济,成不成。权,姑且。尽,任由、听凭。

[91] “果若”二句:出师表文,指诸葛亮北上伐魏前所上《出师表》。三国时蜀相诸葛亮在刘备死后,辅佐后主刘禅,励精图治,复兴汉室,建兴五年(227 年)率军驻汉中,讨伐曹魏。出师前曾写《出师表》上书给后主刘禅。吓蛮书信,指退敌的书信。传说李白待诏翰林院,为唐玄宗起草过答渤海国的书信,世称《吓蛮书》。唐·范传正《赠左拾遗翰林学士李公新墓碑》:“天宝初,召见于金銮殿,元(玄)宗明皇帝降辇步迎,如见园、绮。论当世务,草《答蕃书》,辩如悬河,笔不停辍。”(见《全唐文》卷四百十四)《出师表》与《吓蛮书》在此均含有文人用兵退敌的意思。

楔　子[1]

（夫人、末、洁并上，夫人云）此事如何？（末云）小生有一计，先用著长老。（洁云）老僧不会厮杀，请秀才别换一个。（末云）休慌，不要你厮杀。你出去与贼汉说："夫人本待便将小姐出来送与将军，奈有父丧在身。不争[2]鸣锣击鼓，惊死小姐，也可惜了。将军若要做女婿呵，可按甲束兵，退一射之地[3]。限三日功德圆满[4]，脱了孝服，换上颜色衣服，倒陪房奁，定将小姐送与将军。不争便送来，一来父服在身，二来于军不利。"你去说来。（洁云）三日如何？（末云）有计在后。（洁朝鬼门道[5]叫科）请将军打话。（飞虎引卒上，云）快送出莺莺来！（洁云）将军息怒！夫人使老僧来与将军说。（说如前了）（飞虎云）既然如此，限你三日后，若不送来，我著你人人皆死，个个不存。你对夫人说去，恁的这般好性儿的女婿，教他招了者。（引卒下）

（洁云）贼兵退了也，三日后不送出去，便都是死的。（末云）小子有一故人，姓杜，名确，号为白马将军，见统十万大兵，镇守著蒲关。一封书去，此人必来救我。此间离蒲关四十五里，写了书呵，怎得人送去？（洁云）若是白马将军[6]肯来，何虑孙飞虎！俺这里有一个徒弟，唤作惠明，则是要吃酒厮打。若使央他去，定不肯去；须将言语激著他，他便去。（末唤云）有书寄与杜将军，谁敢去？谁敢去？（惠明上，唱）

【正宫·端正好】不念《法华经》[7]，不礼梁皇忏[8]，飏[9]了僧伽帽，袒下我这偏衫[10]。杀人心逗起英雄胆，两只手将乌龙尾钢椽揝[11]。

【滚绣球】非是我贪，不是我敢，知他怎生唤做打参[12]，大踏步直杀出虎窟龙潭。非是我搀[13]，不是我揽[14]，这些时吃菜馒

头[15]委实口淡，五千人也不索炙煿煎爁[16]。腔子里热血权消渴，肺腑内生心且解馋，有甚腌臜[17]！

【叨叨令】[18]浮沙羹、宽片粉添些杂糁[19]，酸黄虀[20]烂豆腐休调啖，万余斤黑面[21]从教暗[22]，我将这五千人做一顿馒头馅。是必休误了也么哥！休误了也么哥！包残余肉把青盐蘸。

（洁云）张秀才著你寄书去蒲关，你敢去么？（惠唱）

【倘秀才】你那里问小僧敢去也那不敢，我这里启大师用咎[23]也不用咎。你道是飞虎将声名播斗南[24]；那厮能淫欲，会贪婪，诚何以堪！

（末云）你是出家人，却怎不看经礼忏，只厮打为何？（惠唱）

【滚绣球】我经文也不会谈，逃禅[25]也懒去参；戒刀[26]头近新来钢蘸[27]，铁棒上无半星儿土渍尘缄。别的都僧不僧、俗不俗，女不女、男不男，则会斋的饱也则向那僧房中胡渰[28]，那里怕焚烧了兜率伽蓝。则为那善文能武人千里，凭著这济困扶危书一缄，有勇无惭[29]。

（末云）他倘不放你过去如何？（惠云）他不放我呵，你放心！

【白鹤子】[30]著几个小沙弥把幢幡宝盖[31]擎，壮行者将捍棒[32]镬叉[33]担。你排阵脚[34]将众僧安，我撞钉子[35]把贼兵来探。

【二】远的破开步将铁棒飐，近的顺著手把戒刀钐[36]；有小的提起来将脚尖踮[37]，有大的扳下来把髑髅[38]勘[39]。

【一】瞅一瞅古都都翻了海波，滉一滉[40]厮琅琅振动山岩；脚踏得赤力力地轴摇，手扳得忽剌剌天关[41]撼！

【耍孩儿】我从来驳驳劣劣[42]，世不曾[43]忑忑忐忐，打熬[44]成

不厌[45]天生敢[46]。我从来斩钉截铁常居一，不似恁惹草粘花没掂三[47]。劣性子人皆惨[48]，舍著命提刀仗剑，更怕甚勒马停骖[49]！

【二】我从来欺硬怕软，吃苦不甘[50]，你休只因亲事胡扑俺[51]。若是杜将军不把干戈退，张解元干将风月担，我将不志诚的言词赚[52]。倘或纰缪[53]，倒大[54]羞惭。

（惠云）将书来，你等回音者[55]。

【收尾】恁与我助威风擂几声鼓，仗佛力呐一声喊。绣旗下遥见英雄俺，我教那半万贼兵唬破胆！（下）

（末云）老夫人、长老都放心，此书到日，必有佳音。咱眼观旌节旗[56]，耳听好消息。你看一封书札逡巡至，半万雄兵咫尺[57]来。（并下）

（杜将军引卒子上，开）林下晒衣嫌日淡，池中濯足[58]恨鱼腥。花根本艳公卿子，虎体鸳班将相孙[59]。自家姓杜，名确，字君实，本贯西洛人也。自幼与君瑞同学儒业，后弃文就武。当年武举及第，官拜征西大将军，正授管军元帅，统领十万之众，镇守著蒲关。有人自河中来，听知君瑞兄弟在普救寺中，不来望我；著人去请，亦不肯来，不知主甚意。今闻丁文雅失政，不守国法，剽掠黎民；我为不知虚实，未敢造次[60]兴师。孙子[61]曰："凡用兵之法，将受命于君，合军聚众，圮地无舍，衢地交合，绝地无留，围地则谋，死地则战；途有所不由，军有所不击，城有所不攻，地有所不争，君命有所不受。故将通于九变之利者，知用兵矣。……治兵不知九变之术，虽知五利，不能得人之用矣。"[62]吾之未疾进兵征讨者，为不知地利浅深出没之故也。昨日探听去，不见回报。今日升帐，看有甚军情来，报我知道者！

（卒子引惠明和尚上，开）（惠明云）我离了普救寺，一日至蒲关，见

杜将军走一遭。（卒报科）（将军云）著他过来。（惠打问讯了，云）贫僧是普救寺僧。今有孙飞虎作乱，将半万贼兵，围住寺门，欲劫故臣崔相国女为妻。有游客张君瑞，奉书令小僧拜投于麾下[63]，欲求将军以解倒悬之危[64]。（将军云）将过书来！（惠投书了，将军折书念曰）“珙顿首[65]再拜大元帅将军契兄[66]纛下[67]：伏[68]自洛中，拜违犀表[69]，寒暄屡隔，积有岁月，仰德之私[70]，铭刻如也。忆昔联床风雨[71]，叹今彼各天涯。客况复生于肺腑，离愁无慰于羁怀[72]。念贫处十年藜藿[73]，走困他乡；羡威统百万貔貅[74]，坐安边境。故知虎体食天禄，瞻天表[75]，大德胜常；使贱子[76]慕台颜[77]，仰台翰[78]，寸心为慰。辄禀[79]：小弟辞家，欲诣帐下[80]，以叙数载间阔之情；奈至河中府普救寺，忽值采薪之忧[81]。不期有贼将孙飞虎领兵半万，欲劫故臣崔相国之女，实为迫切狼狈。小弟之命，亦在逡巡。万一朝廷知道，其罪何归？将军倘不弃旧交之情，兴一旅之师[82]，上以报天子之恩，下以救苍生[83]之急；使故相国虽在九泉[84]，亦不泯将军之德。愿将军虎视去书，使小弟鹄观来旌[85]。造次干渎[86]，不胜惭愧！伏乞台照[87]，不宣[88]！张珙再拜[89]。二月十六日书。”（将军云）既然如此，和尚你行，我便来。（惠明云）将军是必疾来者！（将军云）虽无圣旨发兵，“将在军，君命有所不受。”大小三军[90]，听吾将令：速点五千人马，人尽衔枚，马皆勒口。星夜起发，直至河中府普救寺，救张生走一遭。

（飞虎引卒子上，开）（将军引卒子骑竹马调阵[91]，拿绑下）（夫人、洁同末上，云）下书已两日，不见回音。（末云）山门外呐喊摇旗，莫不是俺哥哥军至了。（末见将军了）（引夫人拜了）（将军云）杜确有失防御，致令老夫人受惊，切勿见罪是幸！（末拜将军了）自别兄长台颜，一向有失听教；今得一见，如拨云睹日。（夫人云）老身子母，如将军所赐之命，将何补报？（将军云）不敢，此乃职分之所当为。敢问贤弟，因甚不至戎帐？（末云）小弟欲来，奈小疾偶作，不能动止，所以失敬。今见夫人受困，所言退得贼兵者，以小姐妻[92]

之，因此愚弟作书请吾兄。（将军云）既然有此姻缘，可贺！可贺！（夫人云）安排茶饭者！（将军云）不索，尚有余党未尽，小官去捕了，却来望贤弟。左右那里？去斩孙飞虎去！（拿贼了）本欲斩首示众，具表奏闻，见丁文雅失守之罪；恐有未叛者，今将为首者各杖一百，余者尽归旧营去者！（孙飞虎谢了，下）（将军云）张生建退贼之策，夫人面许结亲；若不违前言，淑女可配君子也。（夫人云）恐小女有辱君子。（末云）请将军筵席者！（将军云）我不吃筵席了，我回营去，异日却来庆贺。（末云）不敢久留兄长，有劳台候。（将军望蒲关起发）（众念云）马离普救敲金镫，人望蒲关唱凯歌。（下）

（夫人云）先生大恩，不敢忘也。自今先生休在寺里下，则著仆人寺内养马，足下[93]来家内书院里安歇。我已收拾了，便搬来者。到明日略备草酌，著红娘来请你，是必来一会，别有商议。（下）（末云）这事都在长老身上。（问洁云）小子亲事，未知何如。（洁云）莺莺亲事，拟定[94]妻君。只因兵火至，引起雨云心。（下）（末云）小子收拾行李，去花园里去也。（下）

---

[1] 楔子：此楔子篇幅较长，采用这种特殊的写法，主要是为了过渡剧情，或者是为了插入一段重要却不便在折当中出现的故事。明·凌濛初曰："历考诸剧，楔子止用【仙吕·赏花时】，或一或二，及【仙吕·端正好】一曲耳。此独竟以【正宫】诸曲演而成套，若另为一折然者。此因欲写惠明之壮勇，难以一调尽，而为此变体耳。近本竟去'楔子'二字，则此剧多一折；若并前〔八声甘州〕为一，则一折二调，尤非体矣。"五折之剧不为罕见，而楔子唱套曲者，仅此一处。其作用和篇幅更像一折戏，弘治本就标为第二折。故而有"五本二十折"与"五本二十一折"两说。

[2] 不争：若是。

[3] 一射之地：射一箭远的距离。

[4] 功德圆满：指做佛事完满结束。

[5] 鬼门道：舞台上左右两边演员的上场门和下场门。因为所演多为往昔之人，故称。

[6] 白马将军：称颂武将之词。《三国志·魏书·庞惪（德）传》："（庞）惪（德）

将所领与曹仁共攻拔宛，斩（侯）音、（卫）开，遂南屯樊，讨关羽。……后亲与羽交战，射羽中额。时悳（德）常乘白马，羽军谓之‘白马将军’，皆惮之。”

［7］《法华经》：佛经名，即《妙法莲华经》，是天台宗的主要经典。其宗旨主要调和大小乘教的各种说法，以为一切众生都能成佛。

［8］梁皇忏：又称梁王忏、梁武忏。佛经《慈悲道场忏法》的简称。相传梁武帝萧衍曾为雍州刺史，其妻郗（xī 音希）氏性忌妒，死后变成一条巨蟒，到后宫给梁武帝托梦，求拯拔。梁武帝阅佛经，为作《慈悲道场忏法》十卷，请和尚诵经，郗氏化为天人，向梁武帝称谢而去，此后《忏法》便流行开来，俗称“梁皇忏”。

［9］颩（diū 音丢）：同“丢”。扔掉、抛开。

［10］偏衫：僧衣、袈裟。开脊结领，斜披在左肩上，袒露右臂。

［11］乌龙尾钢椽揝（zuàn 音赚）：一种铁裹头的棍棒。乌龙尾，比喻棍棒的威力像乌龙之尾一样。揝，通“攥”，抓、握。

［12］打参：打坐参禅，是佛教中的一种活动。

［13］搀：争夺。

［14］揽：包揽、兜揽。

［15］菜馒头：素馅儿包子。

［16］炙煿（bó 音伯）煎爁（lǎn 音懒）：几种烹饪方法，即烧烤、爆炒、炸煎、煨炖。

［17］腌臜（ā za 音阿匝轻声，又读 ān zān 音安簪）：此处读 ān zān。肮脏、龌龊。

［18］〔叨叨令〕：曲牌名。属北曲【正宫】。定格为七、七、七、七、五、五、七，或八、八、八、八、七、七、七，共七句。其中第五、六句末三字必作“也么哥”或“也波哥”相叠。第一句到第四句，句法平仄均全同。又，除“也么哥”二语外，句法则与〔塞鸿秋〕相同。用作小令；亦可与〔折桂令〕作带过曲，用于〔滚绣球〕后、〔倘秀才〕前。

［19］浮沙羹、宽片粉、杂糁（shēn 音身）：均是僧徒平时的食物。浮沙羹，一种素食汤名。宋·孟元老《东京梦华录》卷之二“饮食果子”类中有“血羹、粉羹之类，每分（份）不过十五钱”。宽片粉，即当时所谓瓢漏粉，用有孔之瓢，漏下调好的粉于汤中，使成线条形。杂糁，稀饭或菜粥。

［20］酸黄虀（jī 音机）：酸菜。

［21］黑面：黑面粉与麸子合在一起的面粉。

［22］从教暗：任凭用黑面粉做面食。暗，指黑面粉。

［23］昝（zǎn 音攒）：“喒”的借字，义同“咱”。

［24］斗南：北斗星以南。此指普天下。

［25］逃禅：逃出禅戒、不去参禅。

［26］戒刀：僧尼随身所带的佩刀。佛戒不许杀伤生物、砍割草木，只能用来割衣物，故名戒刀。

［27］钢蘸：加钢淬火。

［28］胡渰（yǎn 音掩）：亦作“塑渰”“搠渰”，装傻、不做正经事。

［29］有勇无惭：勇往直前，不必羞愧。

［30］〔白鹤子〕：曲牌名。属北曲【正宫】。定格为五、五、五、五，共四句。每句除首字外，其余必依谱式规定的平仄安排。可作小令，但至少要四首组成；亦用于套曲中，一般在〔滚绣球〕后。

［31］宝盖：圆筒形丝帛伞盖。

［32］捍棒：棍棒。

［33］镬（huò 音祸）叉：金属器杖。

［34］阵脚：战斗队列。

［35］撞钉子；比喻自己像钉子一样冲向叛军。

［36］钐（shàn 音善）：砍、劈。

［37］踿（zhuàng 音状）：同“撞”。踢、踹。

［38］髑髅（dú lóu 音独楼）：原指死人头骨，此指人头。

［39］勘：通“砍”。

［40］滉（huàng 音晃）一滉：荡一荡、摇一摇。

［41］天关：天门。

［42］驳驳劣劣：“暴烈”二字的假借。比喻脾气急躁暴烈。

［43］世不曾：从来不曾。

［44］打熬：磨炼。

［45］不厌：不满足、不安分。引申为争强好胜。厌，同“餍（yàn 音燕）”，满足。

［46］天生敢：天生的勇敢。

［47］没掂三：这里指糊涂、鲁莽，缺乏考虑。

［48］惨：残酷，引申为害怕。

［49］马、骖：马与骖同义。骖，同驾一车的辕马两旁的马。这里泛指马。

［50］吃苦不甘：吃苦不吃甜，与“欺硬怕软”同义。

［51］胡扑俺：乱猜测、胡捉摸。扑俺，亦作“扑掩”，猜测。

［52］“若是”三句：如果书至而杜将军不来杀退贼兵，那张生就白盼望与莺莺成婚了，我也等于用不诚实的话来骗人了。干，空、白白地。风月，风花雪月，指男女情爱的事。赚（zuàn 音攥），骗（人）。

［53］纰缪（pī miù 音批谬）：差错。

［54］倒大：非常、绝大。

［55］“将书来”二句：惠明在《西厢记》中是独特的。他在剧中出现的时间虽然很少，但他独具的性格及在剧中的关键作用，都使观众无法忘记他。“惠明下书”

后来成为一个精彩的折子戏，在许多剧种的舞台上，长久地表现着它的魅力。

[56] 旌节旗：古代出使的人所持的旗帜和符节。这里代指惠明。

[57] 咫尺：形容距离近。周制八寸叫“咫”，合今市尺六寸余。

[58] 濯（zhuó 音浊）足：洗脚。濯，洗。

[59] “花根”二句：杜确出身高贵，如花之艳丽来自根本，虎体斑纹天生自有。班，通“斑”。

[60] 造次：轻率、鲁莽。

[61] 孙子：春秋时期军事家孙武。齐国人。曾以《兵法》十三篇见吴王阖闾（hé lú 音何驴），被任为将，率吴军攻破楚国。他提出“知彼知己，百战不殆”“兵无常势，水无常形，能因敌变化而取胜者，谓之神”等军事思想。著有《孙子兵法》十三篇。

[62] “凡用兵”十八句：语出《孙子兵法・九变篇》。意思是用兵的法则是，将领从国君那里接受命令，统领兵马。有艰险难以通行的地方不能设营扎寨，四通八达处要派重兵把守，没有生路的境地要赶紧离开，容易被包围的地方要用计谋，处于非拼死苦战就难以生存的地区就要拼力死战。道路有不能走的，敌军有不能攻打的，城池有不能攻占的，土地有不能争夺的，国君的命令有不能接受的，所以，将领精通了各种变化法则，就算懂得用兵了。统率军队不知道各种变化法则，虽然知道五利的法则，也不能充分发挥军队的作用。圮（pǐ 音痞）地，倒塌毁坏的地方、行走困难的地方。圮（pǐ 音匹），毁坏、倒塌。无舍，不宿营。衢（qú 音渠）地，四通八达的地区。绝地，没有生路的地方。围地，进退两难之地。死地，力战就生、否则就亡的境地。由，从此通过。九变，各种随机应变的方法。治兵，指挥军队。五利，指前边所说的“圮地无舍……死地则战”五种情况下的权宜之计。

[63] 麾下：古代将帅指挥军队的旗帜之下。代指将军。

[64] 倒悬之危：处境危急。《孟子・公孙丑上》：“当今之时，万乘（shèng 音胜）之国行仁政，民之悦之，犹解倒悬也。”赵岐注：“倒悬，喻困苦也。”

[65] 顿首：叩头，即头叩地而拜。《周礼》九拜之一。后通用作下对上的敬礼。也用于书信表奏的开头和结尾。

[66] 契兄：情意相投的兄弟。

[67] 纛（dào 音道）下：相当于阁下。纛，古代用毛羽做的舞具或帝王车舆上的饰物。古时军队或仪仗队的大旗。

[68] 伏：敬辞，同“伏惟”“伏以”。下对上、幼对尊的敬称。

[69] 拜违犀表：分别兄长以来。拜违，分别。犀表，对武将仪表的尊称。

[70] 仰德之私：敬慕恩泽的内心感情。仰，表示景仰、敬慕之词。德，恩泽、恩德。

[71] 联床风雨：指读书时同床而眠、共度风雨的生活情景。

[72] 羁怀：作客他乡的心情。

［73］藜藿（lí huò 音离货）：粗淡的饭菜。

［74］貔貅（pí xiū 音皮休）：猛兽名，常画在古代军旅的旌旗上。后以貔貅称勇猛的将士。

［75］天表：皇帝的仪容。

［76］贱子：张生自称。

［77］台颜：敬称，尊颜。台，本为木星名，即三台。古时以“三台”比作“三公”（最高的官位），因此人们用“台”作为对他人的尊称。

［78］台翰：尊函。翰，毛笔，引申为文字、书信。

［79］辄（zhé 音哲）禀：现在就向您报告。辄，就。

［80］欲诣帐下：想去看望您。诣，到、拜见。

［81］采薪之忧：患病。语出《孟子·公孙丑下》：“昔者有王命，有采薪之忧不能造朝。”朱熹注：“采薪之忧，言病不能采薪。”后为自称有病的委婉说法。

［82］一旅之师：一队兵马。旅，古代兵制，以五百人为一旅。这里指军队。

［83］苍生：本指盛生草木的地方，后借指百姓。《书·益稷》：“帝光天之下，至于海隅苍生。”孔颖达疏：“旁至四海之隅苍苍然生草木之处，皆是帝德所及。”

［84］九泉：阴间。坟地也称九泉。

［85］鹄观来旄：翘首远望，盼望大军到来。鹄，即天鹅，颈长。旄，古时竿顶用牦牛尾作装饰的旗帜。这里指军队。

［86］干（gān 音甘）渎：冒犯、不恭敬。

［87］伏乞台照：乞求您明察。照，明察。

［88］不宣：不说其他，不一一细说，多用在书信结尾。

［89］再拜：拜而又拜，本为一种礼节，用在信末表示敬意。

［90］三军：古代一般指中军、上军、下军（或中军、左军、右军）。在周朝，诸侯大国有三军，中军为最尊，上军次之，下军又次之。一军一万二千五百人。也可以是步军、车军、骑军的简称。

［91］骑竹马调阵：指演出时剧中人骑着竹马对阵开打。竹马，儿童玩具，当马骑的竹竿。《后汉书·郭伋传》：“始至行部，到西河美稷，有童儿数百，各骑竹马，于道次迎拜。”这里是舞台上的道具，用来代表马。

［92］妻（qì 音气）：动词，以女嫁人，嫁与某人为妻。

［93］足下：先生的敬称。据刘敬叔《异苑》卷十载：春秋时，介子推追随晋公子重耳流亡在外十九年，曾割股给他吃。重耳返回晋国成为晋文公后，对随其流亡者一一封赏，唯介子推不愿居官，隐居绵山中。晋文公命其出山，终执意不肯，于是放火烧山，逼介子推出山。他坚不出山，抱树而死。文公拊（fǔ 音斧，拍）木哀嗟，伐而制屐（jī 音鸡）。每当想起他割股之功，就俯视木屐叹曰：“悲乎，足下！”“足下”之称便沿为一种尊称。

［94］拟定：说定、讲定。

第二折

（夫人上，云）今日安排下小酌，单请张生酬劳[1]。道与红娘疾忙去书院中请张生，著他是必便来，休推故[2]。（下）（末上，云）夜来老夫人说著红娘来请我，他怎生[3]不见来？我打扮著等他。皂角[4]也使过两个也，水也换了两桶也。乌纱帽[5]擦得光挣挣[6]的。怎么不见红娘来也呵？（红娘上，云）老夫人使我请张生。我想若非张生妙计呵，俺一家儿性命难保也呵！（唱）

【中吕·粉蝶儿】半万贼兵，卷浮云片时扫净，俺一家儿死里逃生。舒心[7]的列山灵[8]，陈水陆[9]，张君瑞合当钦敬[10]。当日所望无成，谁想一缄书倒为了媒证[11]。

【醉春风】今日个东阁玳筵[12]开，煞强如[13]西厢和月等。薄衾单枕有人温，早则不冷、冷。受用足宝鼎香浓，绣帘风细，绿窗人静[14]。

可早来到也。

【脱布衫】幽僻处可有人行[15]，点苍苔白露泠泠[16]。隔窗儿咳嗽了一声，（红敲门科）（末云）是谁来也？（红云）是我。他启朱唇急来答应。

（末云）拜揖小娘子。（红唱）

【小梁州】则见他叉手[17]忙将礼数迎，我这里"万福，先生"。乌纱小帽耀人明。白襕[18]净，角带傲黄鞓[19]。

【幺篇】衣冠济楚[20]庞儿整，可知道[21]引动俺莺莺。据相貌，凭才性，我从来心硬，一见了也留情。

（末云）既来之，则安之，请书房内说话。小娘子此行为何？（红云）贱妾奉夫人严命，特请先生小酌数杯，勿却。（末云）便去，便去！敢问席上有莺莺姐姐么？（红唱）

【上小楼】"请"字儿不曾出声，"去"字儿连忙答应；可早莺莺根前，"姐姐"呼之，喏喏连声。秀才每闻道"请"，恰便似听将军严令，和他那五脏神[22]愿随鞭镫[23]。

（末云）今日夫人端的为甚么筵席？（红唱）

【幺篇】第一来为压惊，第二来因谢承[24]。不请街坊，不会亲邻，不受人情。避众僧，请老兄，和莺莺匹聘[25]。（末云）如此小生欢喜！（红唱）则见他欢天喜地，谨依来命。

（末云）小生客中无镜，敢烦小娘子看小生一看何如？（红唱）

【满庭芳】来回顾影，文魔秀士[26]，风欠酸丁[27]。下工夫将额颅十分挣[28]，迟和疾擦倒苍蝇[29]，光油油耀花人眼睛，酸溜溜螫[30]得人牙疼。（末云）夫人办甚么请我？（红唱）茶饭已安排定，淘下陈仓米数升，煤下七八碗软蔓青[31]。

（末云）小生想来，自寺中一见了小姐之后，不想今日得成婚姻，岂不为前生分定[32]？（红云）姻缘非人力所为，天意尔。

【快活三】咱人一事精百事精，一无成百无成[33]。世间草木本无情，自古云：地生连理木，水出并头莲[34]。他犹有相兼并[35]。

【朝天子】休道这生，年纪儿后生，恰[36]学害相思病。天生聪俊，打扮素净，奈夜夜成孤另[37]。才子多情，佳人薄幸，兀的不担阁了人性命[38]。（末云）你姐姐果有信行？（红唱）谁无一个信行[39]，谁无一个志诚，您两个今夜亲折证[40]。

我嘱咐你咱!

【四边静】今宵欢庆，软弱莺莺、可曾惯经[41]？你索款款[42]轻轻，灯下交鸯颈。端详可憎[43]，好煞人[44]也无干净[45]！

（末云）小娘子先行，小生收拾书房便来。敢问那里有甚么景致？（红唱）

【耍孩儿】俺那里落红满地胭脂冷，休孤负了良辰媚景。夫人遣妾莫消停[46]，请先生勿得推称[47]。俺那里准备著鸳鸯夜月销金帐[48]，孔雀春风软玉屏[49]。乐奏合欢令[50]，有凤箫象板，锦瑟鸾笙[51]。

（末云）小生书剑飘零，无以为财礼[52]，却是怎生？（红唱）

【四煞】聘财断[53]不争[54]，婚姻事有成，新婚燕尔[55]安排庆。你明博得跨凤乘鸾客[56]，我到晚来卧看牵牛织女星[57]。休傒幸[58]，不要你半丝儿红线[59]，成就了一世儿前程。

【三煞】凭著你灭寇功，举将能，两般儿功效如红定[60]。为甚俺莺娘心下十分顺，都则为君瑞胸中百万兵[61]。越显得文风盛，受用足珠围翠绕，结果了黄卷青灯[62]。

【二煞】夫人只一家，老兄无伴等[63]，为嫌繁冗寻幽静。（末云）别有甚客人？（红唱）单请你个有恩有义闲中客，且回避了无是无非窗下僧。夫人的命，道足下莫教推托，和贱妾即便随行。

（末云）小娘子先行，小生随后便来。（红唱）

【收尾】先生休作谦，夫人专意等。常言道“恭敬不如从命”[64]，休使得梅香再来请。（下）

（末云）红娘去了，小生拽上书房门者。我比及[65]到得夫人那里，

夫人道："张生，你来了也，饮几杯酒，去卧房内和莺莺做亲去！"小生到得卧房内，和姐姐解带脱衣，颠鸾倒凤，同谐鱼水之欢[66]，共效于飞之愿[67]。觑他云鬟低坠，星眼微朦，被翻翡翠，袜绣鸳鸯。不知性命何如，且看下回分解。（笑云）单羡法本好和尚也：只凭说法口，遂却读书心。（下）

---

［1］ 酬劳：酬谢、报答。

［2］ 推故：借故推辞。

［3］ 怎生：怎么、为什么。

［4］ 皂角：植物名，又叫皂荚，皂荚树所结的豆荚。其果含有碱质，可用作洗涤的肥皂。

［5］ 乌纱帽：纱帽，原是民间常见的便帽。形制前低后高，两旁各插一翅，通体皆圆，帽内用两巾束发。至唐时尊为官服。《晋书·舆服志》："成帝咸和九年……二官直官著乌纱帢（qià 音恰，便帽），然则往往士人宴居皆著帢矣。而江左时野人已著帽，人士亦往往而然，但其顶圆耳，后乃高其屋云。"《唐书·车服志》："乌纱帽者，视朝及燕见宾客之服也。"

［6］ 光挣挣：特别光滑光亮。

［7］ 舒心：安心、放心。

［8］ 列山灵：排列出山野的珍贵食品。

［9］ 陈水陆：陈列出水中、陆地所产的美味食物。水陆：代指产于水中与陆地上的佳肴。

［10］ 钦敬：钦佩，敬重。

［11］ "谁想"句：意为谁想到一封书信倒成了他们的媒人。一缄（jiān 音尖）书，一封信。缄，为信封封口。媒证，即媒人。

［12］ 东阁玳筵：热情款待的丰盛精美宴席。东阁，东门。《汉书·公孙弘传》："弘起徒步，数年至丞相，封侯。于是起客馆，开东阁以延贤人，与参谋议。弘身食一肉，脱粟饭，故宾客仰衣食，奉禄皆以给之，家无所余。"颜师古注："阁者，小门也。东向开之，避当庭门而引宾客，以别于掾史属官也。"后用作宰相礼贤纳士的典故，称宰相接待宾客的地方为东阁。玳筵，以玳瑁装饰坐具的筵席。此指丰盛的筵席。

［13］ 煞强如：大大胜过。

［14］ "受用"三句：这里指婚后那种安适恬静的生活。受用足，尽情享受。鼎，三

足香炉。绿窗，绿色纱窗，或指树影掩映下的纱窗。

[15] 可有人行：哪有人行，就是没有人行。

[16] 泠（líng 音灵）泠：水清貌。这里是形容露珠的晶莹剔透。

[17] 叉手：见面的一种礼节，两手相抱，但十指并未交叉。宋元间以叉手为常礼。

[18] 白襕（lán 音兰）：白袍。用白布做的上下相连的服装，即当时的儒生服。《宋史·舆服志》："襕衫以白细布为之，圆领大袖，下施横襕为裳（cháng 音尝），腰间有襞（bì 音必，衣服上打的褶子）积，进士及国子生、州县生服之。"

[19] 角带傲黄鞓（tīng 音厅）：装饰着兽角的黄色腰带。角带，装饰着兽角的腰带，依据官位品级分别由黑角、乌角、犀角等不同材料制成。犀角带作为角带的一种，是饰有犀角的腰带。依据角带镶嵌于带面饰物的不同又有细分，其中等级最低的是黑角带，它是饰有黑色兽角的腰带，使用者多为歌工、乐工和引舞等宫中优伶；其次是乌角带，它是镶有乌角材料的黑色革制腰带，使用者为八、九品官员，内外官亲属，内使太监和侍仪舍人等下级官员及其亲属。傲，皮带的尾端翘出。鞓，皮带。白襕黄鞓角带，是当时书生常见的打扮。

[20] 衣冠济（jǐ 音挤）楚：衣帽整齐鲜亮。济楚，整齐而有光彩。

[21] 可知道：怪不得、难怪。

[22] 五脏神：指心、肝、肺、肾、脾五脏。《黄庭内景经》：每一脏都有一神主管。

[23] 愿随鞭镫：愿意跟着走，即跟随左右、听从指挥之意。鞭，马鞭。镫，马镫。

[24] 谢承：酬谢、感谢。

[25] 匹聘：订婚约。

[26] 文魔秀士：好文成魔的书生。文魔，读书成痴的人。秀士，本指优秀之士，这里泛指秀才。

[27] 风欠酸丁：调侃之语。风流痴呆、咬文嚼字的酸秀才。风欠，风流、痴呆。酸丁，寒酸的书生。

[28] 挣：擦拭。此处指张生打扮得十分光滑漂亮。

[29] "迟和疾"句：苍蝇飞上去，迟早都会被滑倒。这里是调侃张生的脸太过光滑。迟和疾，迟早。

[30] 螫（shì 音士）：蜇（zhē 音遮）。本为毒虫或毒蛇咬刺，这里指刺激。

[31] "淘下"二句：陈仓米、软蔓（mán 音蛮）青都是上不得酒席的粗疏食物。这里是红娘调侃张生之语。陈仓米，陈旧的米。煠（zhá 音札），通"炸"。蔓青，即蔓菁（jing 音精轻声），一名芜菁，二年生草本植物，根可做菜。

[32] 分（fèn 音忿）定：注定。

[33] "咱人"二句：如果上天相助，则一事顺利，百事都能顺利；如果运气不好，就事事无成。

[34] "地生"二句：意为草木本是无情之物，可是依照天意，地上也长出连理木，水里也生出并头莲。连理木，又名相思树。据晋·干（gān 音甘）宝《搜神记》

卷十一载，战国时宋康王舍人韩凭妻何氏貌美，康王夺之，并囚凭。凭自杀，何投台而死，遗书愿以尸骨赐凭合葬。王不从，使人把他们分葬二冢，“宿昔之间便有大梓木生于二冢之端……屈体相就，根交于下，枝错于上。又有鸳鸯雌雄各一，常栖于树上，交颈悲鸣。宋人哀之，遂号其木曰‘相思树’。”并头莲，指一茎两开的荷花。清 · 陈淏（hào 音浩）子《花镜》卷五“莲花辨名 · 并头莲”：“红白俱有，一干两花。”

[35] 兼并：比并、成双成对之意。

[36] 恰：却。

[37] “天生”三句：意为休说张生害相思病，就连打扮素净的莺莺也难耐夜夜孤单。这里红娘是赞莺莺多情。

[38] “佳人”二句：红娘假设之语，倘若佳人薄幸，不耽搁了人的性命。薄幸，薄情、负心。

[39] 信行：守信用、说话算数。

[40] 亲折证：当面对证。

[41] 可曾惯经：哪曾经受过，即不曾经受。

[42] 款款：徐缓、慢慢。

[43] 可憎：可爱。

[44] 好煞人：让人喜欢极了。这里指男女欢会。

[45] 无干净：没有完结、不肯罢休。

[46] 消停：耽搁、耽误。

[47] 推称：借口推辞。

[48] 鸳鸯夜月销金帐：用金色丝线绣着月夜鸳鸯的帐子。

[49] “孔雀”句：绘着春风孔雀的玉屏风。这里是用窦毅画孔雀选婿之事。《新唐书 · 后妃列传 · 太穆窦皇后》载：隋末窦毅为女择婿，画二孔雀于屏风上，令求婚者射二矢，暗定射中雀目者许以婚配。射者十数，皆未中。李渊后射，二矢中二雀目，毅女遂归李渊。

[50] 乐奏合欢令：这里指演奏各种喜庆的乐曲。合欢令，合欢吉祥的乐曲。

[51] “有凤箫”二句：箫、板、瑟、笙四种乐器的美称。凤箫，即排箫，又名凤律，“其形参差，像凤之翼”，是用小竹管编排而成的一种管乐器。象板，一种打击乐器，象牙制成的拍板。锦瑟，装饰华美的瑟。拨弦乐器。春秋时已流行。形似琴，但无徽位，有二十五弦，每弦一柱。定弦按五声音阶，由低到高，弦的粗细也不同。古时，瑟与琴或笙合奏。鸾笙，一种管乐器。《风俗通义 · 声音》：“《世本》：遂作笙，长四寸，十二簧，象凤之身，正月之音也。”又叫凤笙。

[52] 财礼：彩礼。订亲时男家赠送女家的财物。语本《礼记 · 曲礼上》：“贫者不以货财为礼。”后用“财礼”指娶妇的聘金。

［53］ 断：断然、绝对。

［54］ 不争：不要紧。

［55］ 新婚燕尔：形容新婚欢乐的样子。语本《诗·邶（bèi 音备）风·谷风》："宴尔新昏（婚），如兄如弟。"陆德明释文："宴，本又作'燕'。"用作庆贺新婚之辞。燕尔，指新婚。

［56］ 跨凤乘鸾客：用萧史与弄玉之事比喻美满夫妻。据汉·刘向《列仙传》记载，春秋秦穆公时，萧史善吹箫，娶穆公的女儿为妻。夫妻俩的箫声引来凤凰，双双跨凤升天而去。

［57］ 卧看牵牛织女星：语出唐·杜牧《秋夕》诗："天阶夜色凉如水，卧看牵牛织女星。"牵牛织女星，本为银河两岸各置东西的两个星座，现代天文学上称为天鹰座和天琴座。天鹰座由三颗星组成，牛郎星是其中最亮的一星。由于三星并成一线，民间称其为扁担星，是牛郎用扁担挑着两个孩子的形象。牛郎星东南有六颗牛宿（xiù 音秀）星，人们看作是牛郎牵的牛。天琴座也有三颗星，构成三角形，被人们想象为织女织布的梭子；织女星东方的四颗星构成四边形，被人们看作织女用的织布机。随着社会的发展，人们把人间的生活投向天宇，于是衍生出牛郎织女七夕银河相会的传说故事。《古诗十九首》："迢迢牵牛星，皎皎河汉女。纤纤擢素手，札札弄机杼。终日不成章，泣涕零如雨……盈盈一水间（jiàn 音剑），脉脉不得语。"曹植《洛神赋》李善注引曹植《九咏注》云："牵牛为夫，织女为妇，织女、牵牛之星各处一旁，七月七日乃得一会。"

［58］ 傒幸：烦恼。

［59］ 红线：红绳。以红线指代媒人。传说月下老人用红线牵合男女情缘。这里指给媒人的礼物。

［60］ 红定：聘定的礼物。古代定亲时男方送给女方的钱财，礼物多以红彩缠裹而名。

［61］ 胸中百万兵：指用兵的韬略。北宋时，范仲淹镇守延安。西夏人听说后，相互告诫说："勿以延州为意，今小范老子腹中自有数万兵甲，不比大范（范雍）老子可欺也。"

［62］ 黄卷青灯：比喻清苦的读书生涯。黄卷，书籍。《遯（dùn 音盾，"遁"的异体字）斋闲览》："古人写书，皆用黄纸以辟（bì 音必）蠹，有误则以雌黄涂之。"故称书籍为黄卷。青灯，指幽暗的灯光。

［63］ 伴等：同伴、陪伴。

［64］ 恭敬不如从命：常用为表示接受对方款待或馈赠时的应酬语。意思是与其态度谦恭有礼，不如遵从人家的意见。《通俗编》卷九《仪节》引赞宁《笋谱》："昔有新妇不得舅姑（公婆）意，其妇善承不违。一日岁暮，姑索笋羹，妇答即煮供上。妯娌问之曰：'今腊中，何处求笋？'妇曰：'且膺（同"应"）为贵，以顺攘逆责耳。其实，何处求之？'姑闻而悔，后倍怜新妇。故谚曰：'恭敬不如

从命，受训莫如从顺。'"

[65] 比及：如果、假使。

[66] 鱼水之欢：比喻夫妻合欢。《管子·小问》："管仲问：'然公使我求甯戚，甯（nìng 音泞）戚应我曰："浩浩乎！吾不识。" 婢子曰：'《诗》有之：浩浩者水，育育者鱼。未有室家，而安召我居？甯子其欲室乎？'" 后以"鱼水"或"鱼水谐合"比喻夫妻和美。

[67] 于飞之愿：夫妻欢乐之愿。于飞，比翼齐飞。《诗经·邶风·燕燕》："燕燕于飞，差（cī 音疵）池其羽。之子于归，远送于野。瞻望弗及，泣涕如雨。燕燕于飞，颉（xié 音协）之颃（háng 音杭）之。之子于归，远于将之。瞻望弗及，伫立以泣。燕燕于飞，上下其音。之子于归，远送于南。瞻望弗及，实劳我心。"《燕燕·序》："《燕燕》，卫庄姜送归妾也。" 唐·孔颖达疏："谓戴妫（guī 音归）大归，庄姜送之。《经》所陈，皆诀别后，述其送之之事也。"《左传·庄公二十三年》："初，懿氏卜妻敬仲，其妻占之，曰：'吉。是谓凤皇于飞，和鸣锵锵，有妫之后，将育于姜。'" 晋·杜预注："雄曰凤，雌曰皇，雄雌俱飞，相和而鸣锵锵然，犹敬仲夫妻相随适齐，有声誉。"

第 三 折

（夫人排桌子上，云）红娘去请张生，如何不见来？（红见夫人，云）张生著红娘先行，随后便来也。

（末上，见夫人施礼科）（夫人云）前日若非先生，焉得[1]见今日；我一家之命，皆先生所活也。聊备小酌，非为报礼，勿嫌轻意。（末云）"一人有庆，兆民赖之[2]。" 此贼之败，皆夫人之福。万一杜将军不至，我辈皆无免死之术。此皆往事，不必挂齿。（夫人云）将[3]酒来，先生满饮此杯。（末云）长者赐，少者不敢辞[4]。（末做饮酒科）（末把夫人酒了[5]）（夫人云）先生请坐。（末云）小子侍立座下，尚然[6]越礼，焉敢与夫人对坐。（夫人云）道不得个"恭敬不如从命"[7]。（末谢了，坐）（夫人云）红娘去唤小姐来，与先生行礼者！（红朝鬼门道唤云）老夫人后堂待客，请小姐出来哩！（旦应云）我身子有些不停当[8]，来不得。（红云）你道请谁哩？（旦云）请谁？（红云）请张生哩。（旦云）若请张生，扶病也索走一遭。（红发

科了[9]）（旦上）免除崔氏全家祸，尽在张生半纸书。（唱）

【双调·五供养】[10]若不是张解元识人多，别一个怎退干戈？排著酒果，列著笙歌。篆烟微[11]，花香细[12]，散满东风帘幕。救了咱全家祸。殷勤呵正礼，钦敬呵当合[13]。
【新水令】恰才向碧纱窗下画了双蛾[14]，拂拭了罗衣上粉香浮涴[15]，则将指尖儿轻轻的贴了钿窝[16]。若不是惊觉人呵，犹压著绣衾卧[17]。

（红云）觑俺姐姐这个脸儿，吹弹得破[18]，张生有福也呵！（旦唱）

【幺篇】没查没利谎偻科[19]，你道我宜梳妆的脸儿吹弹得破。（红云）俺姐姐天生的一个夫人的样儿。（旦唱）你那里休聒[20]，不当一个信口开合[21]，知他命福是如何？我做一个夫人也做得过[22]。

（红云）往常两个都害[23]，今日早则喜也！（旦唱）

【乔木查】我相思为他，他相思为我，从今后两下里相思都较可[24]。酬贺间礼当酬贺[25]，俺母亲也好心多。

（红云）敢[26]著小姐和张生结亲呵，怎生不做大筵席，会亲戚朋友？安排小酌为何？（旦云）红娘你不知夫人意。

【搅筝琶】他怕我是陪钱货[27]，两当一便成合[28]。据著他举将除贼，也消得家缘过活[29]。费了甚一股那[30]，便待要结丝萝[31]；休波，省人情的奶奶忒虑过[32]，恐怕张罗[33]。

（末云）小子更衣咱。（做撞见旦科）（旦唱）

【庆宣和】门儿外帘儿前将小脚儿那[34]，我恰待[35]目转秋波，谁想那识空便的灵心儿[36]早瞧破。吓得我倒趓[37]，倒趓。

（末见旦科）（夫人云）小姐近前拜了哥哥[38]者！（末背云）呀，声息[39]不好了也！（旦云）呀，俺娘变了卦也！（红云）这相思又索害也。（旦唱）

【雁儿落】荆棘刺怎动那[40]！死没腾无回豁[41]！措支剌不对答[42]！软兀剌难存坐[43]！

【得胜令】谁承望这即即世世老婆婆，著莺莺做妹妹拜哥哥[44]！白茫茫溢起蓝桥水[45]，不邓邓点著祆庙火[46]！碧澄澄[47]清波，扑剌剌将比目鱼分破[48]；急攘攘[49]因何，扢搭地把双眉锁纳合[50]。

（夫人云）红娘，看热酒，小姐与哥哥把盏者！（旦唱）

【甜水令】我这里粉颈低垂，蛾眉频蹙，芳心无那[51]，俺可甚"相见话偏多"[52]？星眼朦胧，檀口嗟咨，攧窨不过[53]，这席面儿畅好是乌合[54]。

（旦把酒科）（夫人央科）（末云）小生量窄[55]。（旦云）红娘接了台盏[56]者！（唱）

【折桂令】他其实咽不下玉液金波[57]。谁承望月底西厢，变做了梦里南柯[58]！泪眼偷淹，酩子里揾湿香罗[59]。他那里眼倦开软瘫做一垛[60]，我这里手难抬称不起[61]肩窝。病染沉疴[62]，断然难活。则被你送了人呵，当甚么喽啰[63]。

（夫人云）再把一盏者！（红递盏[64]了）（红背与旦云）姐姐，这烦恼怎生是了！（旦唱）

【月上海棠】[65]而今烦恼犹闲可，久后思量怎奈何[66]！有意诉衷肠，争奈母亲侧坐。成抛趓，咫尺间如间阔[67]。

【幺篇】一杯闷酒尊前过，低首无言自摧挫[68]。不甚醉颜酡，却

早嫌玻璃盏大[69]。从因我，酒上心来觉可[70]。

（夫人云）红娘送小姐卧房里去者！（旦辞末出科）（旦云）俺娘好口不应心也呵！

【乔牌儿】老夫人转关儿没定夺[71]，哑谜儿怎猜破？黑阁落甜话儿将人和，请将来著人不快活[72]。

【江儿水】佳人自来多命薄，秀才每从来懦。闷杀没头鹅[73]，撇下陪钱货，下场头那答儿发付我[74]！

【殿前欢】恰才个笑呵呵，都做了江州司马泪痕多[75]。若不是一封书将半万贼兵破，俺一家儿怎得存活。他不想结姻缘想甚么？到如今难著莫[76]。老夫人谎到天来大，当日成也是恁个母亲，今日败也是恁个萧何[77]！

【离亭宴带歇指煞】从今后玉容寂寞梨花朵[78]，胭脂浅淡樱桃颗[79]，这相思何时是可[80]？昏邓邓黑海来深，白茫茫陆地来厚，碧悠悠青天来阔；太行山般高仰望，东洋海般深思渴[81]。毒害的恁么[82]！俺娘呵，将颤巍巍双头花蕊搓[83]，香馥馥同心缕带割[84]，长搀搀[85]连理琼枝[86]挫。白头娘不负荷[87]，青春女成担阁[88]，将俺那锦片也似前程蹬脱[89]。俺娘把甜句儿落空了他，虚名儿误赚[90]了我！（下）

（末云）小生醉也，告退。夫人跟前，欲一言以尽意[91]，未知可否。前者贼寇相迫，夫人所言，能退贼者，以莺莺妻之。小生挺身而出，作书与杜将军，庶几[92]得免夫人之祸。今日命小生赴宴，将谓有喜庆之期[93]；不知夫人何见，以兄妹之礼相待！小生非图哺啜而来[94]，此事果若不谐，小生即当告退。（夫人云）先生纵有活我之恩，奈小姐先相国在日，曾许下老身侄儿郑恒。即日有书赴京唤去了，未见来。如若此子至，其事将如之何？莫若多以金帛相酬，先生

拣豪门贵宅之女，别为之求。先生台意[95]若何？（末云）既然夫人不与，小生何慕金帛之色？却不道“书中有女颜如玉”[96]？则今日便索告辞。（夫人云）你且住者，今日有酒[97]也。红娘，扶将哥哥去书房中歇息。到明日咱别有话说。（下）

（红扶末科）（末念）有分只熬萧寺夜，无缘难遇洞房春。（红云）张生，少吃一盏却不好？（末云）我吃甚么来！（末跪红科）小生为小姐，昼夜忘飡[98]废寝，魂劳梦断[99]，常忽忽[100]如有所失。自寺中一见，隔墙酬和，迎风待月，受无限之苦楚。甫能得成就婚姻[101]，夫人变了卦，使小生智竭思穷。此事几时是了！小娘子怎生可怜见小生，将此意伸[102]与小姐，知小生之心。就小娘子前，解下腰间之带，寻个自尽。（末念）可怜刺股悬梁志[103]，险作离乡背井魂。（红云）街上好贱柴，烧你个傻角[104]！你休慌，妾当与君谋之。（末云）计将安在？小生当筑坛拜将[105]！（红云）妾见先生有囊琴[106]一张，必善于此。俺小姐深慕于琴。今夕妾与小姐，同至花园内烧夜香，但听咳嗽为令，先生动操[107]；看小姐听得时，说甚么言语，却将先生之言达知。若有话说，明日妾来回报。这早晚[108]怕夫人寻我，回去也。（下）

---

［1］ 焉得：哪能、怎能。

［2］ “一人”句：语本《尚书 · 吕刑》篇，原义说天子一人有福，百姓万民都有依靠。庆，福。兆民，普天下的百姓。兆，百万为兆。旧亦以万万为亿，万亿为兆。此处张生引用这两句，是一种客套的奉承话。意即“你老夫人一人有福，众人沾光，借助您的庇荫，大家逃脱了劫难”。

［3］ 将：拿。

［4］ “长者”二句：语本《礼记 · 曲礼》：“长者赐，少者贱者不敢辞。”意即长辈或是德高望重者的赐予赠送，地位较低的年少小辈不可以推辞，而应当恭恭敬敬地接受。这里长辈或是德高望重者指老夫人。少者，年少小辈是张生自指。

［5］ 末把夫人酒了：戏曲中的动作指示，指张生做完为夫人敬酒的动作。把，敬。

［6］ 尚然：尚且。

［7］ “道不得”句：意为难道你没有听说过“恭敬不如从命”吗？道不得个，相当于“常言道”“有道是”“岂不闻”等，元杂剧在引用成语、俗语时常用于句首。

［8］ 不停当：犹言不舒服、生病。

［9］ 红发科了：指红娘做了许多滑稽可笑的表演。此处的“发科”，带有幕间过渡性质，即在主要人物莺莺登场前有个小小的时间间隙，此时插入些滑稽表演，以烘托气氛。它可以游离剧情，不是剧情的一部分。

［10］〔五供养〕：曲牌名。“供养”为佛教用语，亦作“供施”“供给”。五供养指香、花、灯、水、果五种供养物。（一说为涂香、供花、烧香、饭食、灯明。）曲牌〔五供养〕应来自佛教音乐。该调在今日五台山佛教音乐中仍在使用，为亡僧（丧事）念经所用。后流入道教，武当山道教音乐中还完整保留着〔五供养〕的全套唱词、音乐。元代南北曲中均有，北曲属【双调】，用于剧曲、套数首牌，领〔乔木查〕〔一锭银〕等牌，套末常用〔离亭宴煞〕。定格十一句六韵，定格字数：三、三、七、三、三、三、三、四、三、四、四。中间四个三字句，隔句用韵。

［11］ 篆烟微：指香经过燃点以后散发出来的烟缕，其曲折变幻、若隐若现之线条近似篆文笔迹。

［12］ 花香细：淡淡的花香。

［13］ “殷勤”二句：热情地酬谢他正是合情合理的，尊重敬佩他也是理所当然的。殷勤，指热情真诚地款待。礼，同“理”，应当、理应。当合，即“合当”，为谐韵而倒其词。

［14］ “恰才”句：刚刚在碧纱窗下把那双眉毛画好。恰才，刚才。双蛾，双眉。蛾，蛾眉，女子细长美丽的眉毛。《诗·卫风·硕人》：“齿如瓠犀，螓（qín 音秦，形体较小的蝉）首蛾眉。”朱熹注：“蛾，蚕蛾也，其眉细而长曲。”《离骚》：“众女嫉余之蛾眉兮。”王逸注：“蛾眉，好貌。蛾，一作娥。”后多用蛾形容眉毛。

［15］ “拂拭”句：掸去化妆时沾在衣服上的香粉和尘污。浮涴（wò 音卧），浮尘，此指化妆粉末。涴，污。

［16］ 钿窝（diàn wō 音店蜗）：指女子面颊贴花钿的地方，也指衣服上的饰品。《元史·舆服志》天子冕服：“绯白大带一，销金黄带头，钿窠（kē 音科）二十有（yòu 音又）四。”

［17］ “若不是”二句：如果不是惊醒了呀，我还盖着绣花的被子在床上懒懒地躺着呢。衾（qīn 音亲），被子。犹压着绣衾卧，本宋·柳永〔定风波〕词中“日上花梢，莺穿柳带，犹压香衾卧”句意演化。

［18］ 吹弹得破：形容皮肤娇嫩，口一吹气，手指轻轻一弹，都会使它破掉。

［19］ 没查没利谎偻（lǚ 音吕）科：没头没脑说话不正经的小鬼头。没查没利，方

言，犹今言语不实，卖弄口舌。明·闵遇五《五剧笺疑》曰："没查利，方言，无准绳也。"这里指调皮。偻科，指机灵能干的人，多指下人、小辈。这里是莺莺假意嗔怪红娘的话。

[20] 休聒（guō 音郭）：不要吵闹。聒，吵扰、声音嘈杂、多嘴。

[21] "不当"句：不该随便乱说。不当，不该。信口开合，胡说八道，讲话不用脑子思索称为信口开合。今人俗语中仍有"信口开河"成语，其实"河"是"合"的化字，北方语中"合"与"河"同音，由此变成"信口开河"。

[22] 做得过：当得起。

[23] 害：患病。这里指害相思病。

[24] 两下里相思都较可：两个人的相思病都痊愈了。较可，病情减轻或痊愈。较、可均指痊愈，同义重言。

[25] "酬贺"句：该酬谢庆贺时就需要好好地酬答庆贺一番。

[26] 敢：敢情，猜测之词。

[27] 陪钱货：俗语称只破费而无利可赚者为赔钱货。用来称呼人，便是詈辞。戏曲小说中常见，多为女子自贱身价之辞。本剧莺莺这么说，乃是自怨自艾之语。陪，通"赔"。

[28] 两当一便成合：指把酬谢张生与嫁女成亲两件事合在一起，办一次酒席就算完事了。这是莺莺怨老夫人吝啬，对女儿婚事草草之意。

[29] "据著"二句：就凭着他举荐杜确将军铲除贼寇的功劳，也值得消受我们家财过生活。据著，凭着。消得，承受、消受得了。家缘，家产、家业。这里指老夫人的家产。

[30] 费了甚一股那：花费了些什么，如此一股脑地把婚事办了。这也是怨老夫人"两当一便成合"办事草率。一股那，一下子、一共、一股脑儿。那，语助词。

[31] 便待要结丝萝：就打算要成亲办喜事。待，打算、马上要。丝萝，兔丝和女萝。兔丝，蔓生植物，茎柔弱细长。女萝，地衣类植物，形状如线。二者都依附他物生长，常缠绕于草木不易分开。《古诗十九首》之七有"与君为婚姻，兔丝附女萝"句，后常以结丝萝比喻结成婚姻。

[32] "休波"二句：算了吧，深懂世故的母亲也太会考虑了。波，语气助词。省（xǐng 音醒）人情，犹如说懂得世故。忒（tuī 音推）虑过，考虑得太多、太过分了。忒，太。

[33] 张罗：筹措操持、料理备办。

[34] 那：同"挪"，移动之义。

[35] 恰待：正要。

[36] "谁想"句：谁想那聪明人的心儿有灵性，早就看透了我的心思。识空（kòng 音控）便，会瞅准机会，能见机行事，也就是机灵聪明之义。空便，是空闲、机会之义。

[37] 倒趓（duǒ 音朵）：倒退、躲避。这里连用两个“倒趓”，表现出莺莺突然见到张生时的羞涩紧张情态。

[38] 拜了哥哥者：老夫人让莺莺称张生为哥哥，既为兄妹，就不能成婚。

[39] 声息：说话的口气。

[40] 荆棘剌怎动那：我又惊又急怎么动弹得了！荆棘剌，即惊棘剌，惊慌的意思。元杂剧中，荆棘剌也作荆棘律、荆棘列、惊急力等。动那，挪身、迈步。

[41] 死没腾无回豁：呆呆的毫无反应。死没腾，也作死没堆，发蒙（mēng 音萌阴平）呆住、死气沉沉、毫无表情的样子，当时方言。没腾，语助词，无义。无回豁，没有反应、无表情。回豁，即回应、反应。

[42] 措支剌不对答：张皇失措无言对答。措支剌，慌张失措的样子。也作“错支剌”。支剌，语助词，无义。

[43] 软兀剌难存坐：身子瘫软无力，坐也坐不住。兀剌，语助词，无义。

[44] “谁承望”二句：谁料到这个狡猾的老太婆，教我莺莺做妹妹拜张生做哥哥！即即世世，即“即世”，亦作积积世世，历世很久之意，即阅历深、老于世故，又引申为奸诈、老奸巨猾之意。

[45] 蓝桥水：指隔开一对相爱恋人的大水。《战国策》记载，战国时期鲁国人尾生与所爱女子约定在蓝桥下相会，尾生先至，女子未来而河水上涨。尾生信守誓约，决不离去，抱柱被水淹死。元前期多产的少数民族杂剧作家李直夫有杂剧《尾生期女渰蓝桥》衍其事。一般用此典比喻苦苦等待直至死亡也得不到爱情结果。此句意为白茫茫的蓝桥水猛涨起来，淹了我和张生爱情婚姻的希望。

[46] “不邓邓”句：意为扑腾腾烧起了旺盛的祆（xiān 音先）庙大火，毁了我与张生的婚姻爱情。不邓邓，即扑腾腾，形容火势猛烈。祆庙，波斯拜火教庙宇，崇拜火，南北朝时传入中国。唐代长安有庙、祠。相传蜀帝的公主和乳母陈氏之子青梅竹马，分离六年后，约定在祆庙相会。公主到时，见陈生熟睡，遂解玉环置陈生怀中离去。陈生醒后，非常悔恨，怨气化火，身与庙俱焚毁。后人遂借此比喻对爱情的忠贞。

[47] 碧澄澄：清澈透亮。

[48] “扑剌剌”句：意为活生生地将我们夫妻拆散了。扑剌剌，此指分开比目鱼时发出的声音，动作迅猛的声音。比目鱼，鱼的一种。又叫偏口鱼。身体扁平，形似牛脾，鳞细，紫黑色，两目列在一侧。目在右侧的叫鲽（dié 音迭），在左侧的叫鲆（píng 音平）。相传两鱼相并，比目才能游行。《尔雅·释地》：“东方有比目鱼焉，不比不行，其名谓之鲽。”经常用以比喻共同行止的恩爱夫妻或恋人。

[49] 急攘攘：心忙意乱的样子。

[50] “圪搭”句：意为双眉紧皱犹如铁锁闭合。圪搭，拟声词，形容动作快速。双眉锁纳合，即蹙眉。眉锁，即锁眉、皱眉。纳合，拧到一起。纳，结交，这里

指拧的意思。

［51］无那：无奈。

［52］“俺可”句：意思是我哪里有什么话可说？相见话偏多，当时成语，此处是反语，即一句话也说不出、无话可说之义。

［53］“星眼”三句：意为眼睛被泪水模糊了，嘴里在不停地叹息，心中生闷气、脚下顿足不已。嗟咨，长吁短叹。攧窨（diān yìn 音颠印），顿足吞声，愁闷怨恨。攧，顿足、跌足。窨，暗声怨恨。

［54］“这席面儿”句：意为这筵席简直是胡乱应付、临时凑合的，是莺莺埋怨母亲之辞。畅好，正好、恰好。乌合，仓促之间杂乱地凑合在一起。本剧用“乌合”形容筵席上的人互相间没有关系，勉强因事凑合于一桌，只是互相应付而已

［55］量窄：推酒的辞令，意为没有酒量、酒量小。

［56］台盏：有托盘的酒杯。

［57］玉液金波：指美酒。

［58］梦里南柯：南柯一梦、一场梦、一场空。此处用唐·李公佐《南柯太守传》所叙之事，淳于棼（fén 音坟）在宅南大槐树下饮酒沉醉，梦见自己当了槐安国驸马，并出任南柯太守二十年，生五男二女，享尽荣华富贵。公主病亡，国王怀疑他有异心，送他回乡，于是梦醒。梦醒后寻槐安国旧迹，发现竟是槐树洞中的一个大蚁穴。后因以比喻人生如梦。此处喻世事变幻无常。

［59］“泪眼”二句：暗地里擦眼抹泪，把一条手帕都擦湿了。泪眼偷淹，偷偷流泪。揾（wèn 音问）湿，擦拭。香罗，香罗巾、手帕。

［60］“他那里”句：他那儿疲倦得眼睛也睁不开，软得瘫做一堆泥。一垛，犹一堆、一摊。

［61］称不起：支撑不起。称，支撑。

［62］病染沉疴：得了很重的病。沉疴，长久而难治的病。

［63］“则被”二句：这算什么精明能干哪！（指老夫人拆散婚姻，葬送了我和张生的性命。）喽啰，宋元时俗语，指伶俐能干、精明狡猾。宋·罗大经《鹤林玉露》说：“喽罗，俗言狡猾也。”

［64］递盏了：敬了酒。

［65］〔月上海棠〕：曲牌名。属【双调】。用于剧曲和散曲套数、小令。联套时须与〔幺篇〕相连。定格六句五韵，定格字数：七，七，五、六，三，六。首二句对仗。〔幺篇〕句字数同，六句六韵。

［66］“而今”二句：意谓今天的烦恼还算不得什么要紧事，日子久了思念起来可怎么办呢。闲可，无所谓，能承受得了、没关系之意。“闲”与“可”同义，都是不在意、寻常的意思。

［67］“成抛趓”二句：生生地被一分两半，咫尺之间却觉得相隔很远。抛趓，抛开、

分离、分开。语见宋·柳永〔定风波〕词："镇相随、莫抛躲，针线闲拈伴伊坐。"间（jiàn 音剑）阔，间隔很远，离别很久。

［68］“低首”句：低着头一言不发独自忧愁。摧挫，摧残、折磨。这里指痛苦、伤心。

［69］“不甚”二句：还没有喝得脸红酩酊，他就嫌酒杯太大，不胜酒力了。醉颜酡（tuó 音驼）：酒醉而面红。酡，酒后面红耳赤的样子。屈原《楚辞·招魂》："美人既醉，朱颜酡些（suò 音所去声，春秋战国时楚人旧俗，凡禁咒句尾皆称‘些’）。"

［70］“从因”二句：指张生醉态难支，不是不胜酒力，而是因为我；如果真是酒力涌上心来，还不至于成这个样子。写出了莺莺对张生的怜惜之情。

［71］“老夫人”句：老夫人变了卦没个定准。转关儿，改变主意、变卦。定夺，即决定、拿个准主意。

［72］“黑阁落”二句：背地里用甜言蜜语许了愿，把人请了来又叫人不快活。黑阁落，黑暗的角落，这里指暗地里。阁落，旮旯、角落。甜话儿，花言巧语。和（huò 音货），哄骗。

［73］没头鹅：天鹅群飞，为首的一只叫作头鹅。鹅群失去带头的鹅，称“没头鹅”。多用来形容六神无主的样子。这里指张生。张生此时没头没脑，失去主张，就好似没头鹅一般。

［74］“下场头”句：到头来把我打发到哪里去！下场头，到头来、结局、归宿、结果。那答儿，哪里、什么地方。发付，打发、处置。

［75］“都做了”句：指张生痛苦流泪多得湿透了衣衫。这里化用了唐·白居易《琵琶行》中的“座中泣下谁最多，江州司马青衫湿”一句。司马，指白居易（772—846），唐代诗人。字乐天，号香山居士。贞元进士，任秘书省校书郎、左拾遗及左赞善大夫等职。因上表得罪权贵，贬为江州（今江西省九江市）司马。一次，白居易在江州浔阳江头夜晚送客时，听到琵琶女弹奏的琵琶曲，写下长篇叙事诗《琵琶行》。

［76］难著莫：世事变幻莫测，难以捉摸。著莫，捉摸、揣测。

［77］“当日”二句：指责老夫人出尔反尔，当初许婚，今日赖婚。此处化用成语“成也萧何，败也萧何”。据《史记·淮阴侯列传》载，韩信当初投奔汉王刘邦，不被重用，遂出走。萧何月夜追回韩信，并向刘邦推荐，拜为大将。后来韩信被怀疑谋反，也是萧何设计杀之。萧何（？—前193），西汉初大臣。沛县（今属江苏）人。曾为沛县吏。秦末佐刘邦起义。起义军入咸阳，他收取秦政府的律令图书，掌握了全国的山川险要、郡县户口和当时的社会情况。楚汉战争前夕，推荐韩信为大将。战时以丞相身份留守关中，输送士卒粮饷，支援作战，对刘邦战胜项羽、建立汉朝起了重要作用。后协助高祖、吕后诛杀韩信、英布等异姓诸侯王。

[78]“从今后”句：用白居易《长恨歌》“玉容寂寞泪阑干，梨花一枝春带雨”诗意。玉容，姣好的面容，此指莺莺。比喻莺莺因婚事受阻而以泪洗面的痛苦生活。

[79]樱桃颗：此指莺莺的小而美的口。

[80]是可：是了。

[81]“昏邓邓”五句：都是形容莺莺思念之深，犹如大海、大地、青天、高山。昏邓邓，当时口语，昏暗貌。碧悠悠，青碧悠远。思渴，即渴思，比喻相思之强烈，如渴之思水。

[82]毒害的恁么：这样的狠心、狠毒。恁么，如此、这样。

[83]“将颤”句：双头花蕊，同一枝头上并行的两朵花。比喻恩爱夫妻。搓，揉搓弄碎。《广韵》：“搓，手搓碎也。”

[84]“香馥馥”句：割断了芳香浓郁的缕衣带。这里是指阻断了夫妻情。同心缕带，即同心结。旧时民间风俗，男女以锦缎做成某种菱形回环形状的结子，互相赠送，表示恩爱同心之意。宋·孟元老《东京梦华录》卷之五“娶妇”：“婿于床前请新妇出，二家各出彩段（缎）绾一同心，谓之牵巾。”

[85]长搀搀：长长的。搀搀，长的样子。

[86]连理琼枝：意为连理树。琼枝，传说中的玉树。

[87]不负荷：不顾不管、不担责任。

[88]担阁：耽误、延误。

[89]蹬脱：踢散、拆散。

[90]误赚（zuàn 音攥）：迷惑、用计诓骗。

[91]一言以尽意：把心里话全都说出来。

[92]庶几：总算。

[93]“将谓”句：我还以为要有结婚喜庆的日子了。将谓，以为。

[94]“小生”句：意为我张生不是为了贪图吃喝来赴宴的。哺啜（bǔ chuò 音补辍），即吃喝。哺，本义是喂养、以食物喂幼儿，如哺乳；引申义为进食。啜，饮。

[95]台意：您的意思。台，对别人的尊称。

[96]书中有女颜如玉：意谓只要读书读得好，日后就能飞黄腾达，得到美丽的女子。语出宋·赵恒《劝学篇》诗，其中有“书中自有千钟粟”“书中自有黄金屋”“书中有女颜如玉”等句子，成为后世激励人们发愤读书的成语。颜，红颜，指女人。

[97]有酒：喝多了酒，带有酒意。《诗经·小雅·南有嘉鱼》：“君子有酒。”朱熹注：“有，犹多也。”

[98]飡（cān 音参）：同“餐”。

[99]魂劳梦断：白天因相思而劳神，夜晚因相思而成梦。魂劳，即劳神。

[100]忽忽：精神恍惚。

[101]“甫能”句：意为眼看将要成就婚姻了。甫能，方才、眼看。
[102]伸：申述、告诉。
[103]“可怜”句：可怜空怀刻苦攻读的志向。刺股，指战国时苏秦事，据《战国策·秦策一》记载，苏秦读书极为勤奋，困倦时就“引锥自刺其股，血流至足”。悬梁，指汉代孙敬事，据《太平御览》卷三百六十三引《汉书》载，孙敬“好学，晨夕不休”，读书时，为防止自己打瞌睡，“以绳系头悬屋梁”。这两个故事都是我国古代勤奋读书的典范。
[104]“街上”二句：意为街上的柴火贱得很，你要死，就用柴火把你这个傻小子烧掉。这是红娘调侃张生的话，让他不要自尽，这样死不值得。
[105]筑坛拜将：仰仗贤能。用韩信之事，据《史记·淮阴侯列传》载，汉初萧何追还韩信以后，劝刘邦拜韩信为大将军。为了表示对韩信的器重，刘邦选择吉日，沐浴更衣，禁酒吃素，设坛场举行任命韩信为大将军的隆重仪式。后用筑坛拜将表示对人钦佩和推重，并愿听从指挥的意思。
[106]囊琴：放在囊中的琴。
[107]动操：操琴、弹琴。操，琴曲，这里泛指琴曲。
[108]这早晚：这时候、这会儿。有时间已晚之意。

第四折

（末上，云），红娘之言，深有意趣。天色晚也，月儿，你早些出来么！（焚香了）呀，却早发擂[1]也；呀，却早撞钟[2]也。（做理琴科）琴呵，小生与足下湖海相随数年，今夜这一场大功，都在你这神品[3]、金徽[4]、玉轸[5]、蛇腹[6]、断纹[7]、峄阳[8]、焦尾[9]、冰弦[10]之上。天那！却怎生借得一阵顺风，将小生这琴声吹入俺那小姐玉琢成、粉捏就、知音[11]的耳朵里去者！

（旦引红上，红云）小姐，烧香去来，好明月也呵！（旦云）事已无成，烧香何济！月儿，你团圆呵，咱却怎生？（唱）

【越调·斗鹌鹑】云敛晴空，冰轮[12]乍涌；风扫残红，香阶乱拥；离恨千端，闲愁万种。夫人那，“靡不有初，鲜克有终[13]。”他做了个影儿里的情郎，我做了个画儿里的爱宠。

【紫花儿序】则落得心儿里念想，口儿里闲题，则索向梦儿里相逢。俺娘昨日个大开东阁，我则道怎生般炮凤烹龙[14]？朦胧[15]，可教我“翠袖殷勤捧玉钟”[16]，却不道“主人情重”[17]？则为那兄妹排连，因此上鱼水难同。

（红云）姐姐，你看月阑[18]，明日敢有风也？（旦云）风月天边有，人间好事无。

【小桃红】人间看波，玉容深锁绣帏中，怕有人搬弄。想嫦娥西没东生有谁共？怨天公，裴航不作游仙梦[19]。这云似我罗帏数重，只恐怕嫦娥心动，因此上围住广寒宫。

（红做咳嗽科）（末云）来了。（做理琴科）（旦云）这甚么响？（红发科）（旦唱）

【天净沙】莫不是步摇[20]得宝髻玲珑[21]？莫不是裙拖得环珮玎琮[22]？莫不是铁马儿檐前骤风[23]？莫不是金钩双控[24]，吉丁当敲响帘栊[25]？

【调笑令】莫不是梵王宫[26]，夜撞钟？莫不是疏竹潇潇[27]曲槛中？莫不是牙尺[28]剪刀声相送[29]？莫不是漏声长滴响壶铜[30]？潜身再听在墙角东，元来是近西厢理结丝桐[31]。

【秃厮儿】其声壮似铁骑刀枪冗冗[32]，其声幽似落花流水溶溶[33]，其声高似风清月朗鹤唳空[34]，其声低似听儿女语[35]小窗中，喁喁[36]。

【圣药王】他那里思不穷，我这里意已通，娇鸾雏凤失雌雄；他曲未终，我意转浓，争奈伯劳飞燕各西东[37]，尽在不言中。

我近书窗听咱。（红云）姐姐，你这里听，我瞧夫人一会便来。（末云）窗外是有人，已定是小姐。我将弦改过，弹一曲就歌一篇，名曰

《凤求凰》[38]。昔日司马相如得此曲成事，我虽不及相如，愿小姐如有文君之意。（歌曰）有美人兮，见之不忘。一日不见兮，思之如狂。凤飞翩翩兮，四海求凰。无奈佳人兮，不在东墙。张弦代语兮，欲诉衷肠。何时见许[39]兮，慰我彷徨？愿言配德[40]兮，携手相将[41]！不得于飞兮[42]，使我沦亡[43]。（旦云）是弹得好也呵！其词哀，其意切，凄凄然[44]如鹤唳天；故使妾闻之，不觉泪下！（唱）

【麻郎儿】[45]这的是令他人耳聪，诉自己情衷。知音者芳心自懂，感怀[46]者断肠[47]悲痛。

【幺篇】这一篇与本宫、始终、不同[48]。又不是《清夜闻钟》，又不是《黄鹤》《醉翁》，又不是《泣麟》《悲凤》[49]。

【络丝娘】[50]一字字更长漏永[51]，一声声衣宽带松。别恨离愁变做一弄[52]。张生呵，越教人知重[53]。

（末云）夫人且做[54]忘恩，小姐，你也说谎也呵！（旦云）你差怨了我。（唱）

【东原乐】这的是俺娘的机变[55]，非干[56]是妾身脱空[57]；若由得我呵，乞求得[58]效鸾凤[59]。俺娘无夜无明并[60]女工[61]，我若得些儿闲空[62]，张生呵，怎教你无人处把妾身作诵[63]。

【绵搭絮】疏帘风细，幽室灯清，都则是一层儿红纸[64]，几榥[65]儿疏棂[66]，兀的不是隔著云山[67]几万重，怎得个人来信息通[68]？便做道[69]十二巫峰[70]，他也曾赋高唐来梦中。

（红云）夫人寻小姐哩，咱家去来。（旦唱）

【拙鲁速】则见他[71]走将来气冲冲，怎不教人恨匆匆[72]，吓得人来怕恐[73]。早是不曾转动，女孩儿家直恁响喉咙[74]！紧摩弄[75]，索[76]将他拦纵[77]，则恐怕夫人行把我来厮[78]葬送。

（红云）姐姐，则管里听琴怎么？张生著我对姐姐说，他回去也。（旦云）好姐姐呵，是必再著住一程儿[79]！（红云）再说甚么？（旦云）你去呵，（唱）

【尾】则说道[80]夫人时下有人唧哝，好共歹不著你落空[81]。不问[82]俺口不应的狠毒娘，怎肯著别离了志诚种[83]？（并下）

【络丝娘煞尾】不争惹恨牵情斗引[84]，少不得废寝忘餐病证。

题目　张君瑞破贼计　莽和尚生杀心

正名　小红娘昼请客　崔莺莺夜听琴

---

［1］　发擂：击鼓起更。古代夜间报更的鼓声。

［2］　撞钟：寺庙于夜半敲钟。这里指夜已深。

［3］　神品：原指精美的书画作品，这里指制作精巧的琴。元·陶宗仪《辍耕录·叙画》："气韵生动，出于天成，人莫窥其巧者，谓之神品。"

［4］　金徽：金制的琴徽。徽，指琴面上标识音节的识号。这里指琴。《唐国史补》卷下："蜀中雷氏斫琴，常自品第，第一者以玉徽，次者以瑟瑟徽，又次者以金徽，又次者以螺蚌之徽。"

［5］　玉轸（zhěn 音诊）：琴上用玉做的转轴。轸，弦乐器上转动弦的轴，可用来调节弦的松紧。

［6］　蛇腹：指琴面油漆因年久而裂成蛇腹纹。蛇腹，状如蛇腹下的横鳞，故称。宋·何薳（wěi 音委）《春渚纪闻·古声遗制》："近世百器惟新，惟琴器略无华饰，以最古蛇腹纹为奇。"

［7］　断纹：琴身崩裂成纹的琴，此为古琴的标志。宋·赵希鹄《洞天清禄集·古琴辨》："古琴以断纹为证，盖琴不历五百岁不断，愈久则断愈多……凡漆器无断纹，而琴独有之者……他器安闲，而琴日夜为弦所激。"

［8］　峄（yì 音益）阳：古代名琴。峄，峄山，在今山东邹阳东南。阳，山的南面。古传峄山南坡产桐树，为制琴的良材。《格古要论》："古琴有阴阳材。盖桐木面日者为阳，背日者为阴……阳材琴旦浊而暮清，晴浊而雨清；阴材琴旦清而暮浊，晴清而雨浊。"

［9］　焦尾：东汉蔡邕用烧焦的桐木造的琴。《后汉书·蔡邕传》："吴人有烧桐以爨（cuàn 音篡）者，邕闻火烈之声，知其良木，因请而裁为琴，果有美音，而其尾犹焦，故时人名曰'焦尾琴'焉。"

［10］ 冰弦：指用冰蚕丝做的琴弦。冰蚕为古代传说中的一种蚕。晋・王嘉《拾遗记》卷十《诸名山・员峤山》："有冰蚕长七寸，黑色，有角有鳞，以霜雪覆之，然后作茧，长一尺，其色五彩，织为文锦，入水不濡，以之投火，经宿不燎。"这里指琴。

［11］ 知音：懂音乐的人。《吕氏春秋・本味》："伯牙鼓琴，锺子期听之。方鼓琴而志在泰山，锺子期曰：'善哉乎鼓琴！巍巍乎若泰山。'少选之间，而志在流水，锺子期又曰：'善哉乎鼓琴！汤汤（shāng shāng 音商商）乎若流水。'锺子期死，伯牙破琴绝弦，终身不复鼓琴。"

［12］ 冰轮：指明月。

［13］ "靡不"二句：凡事都有开始，却少有能"善终"的。语出《诗经・大雅・荡》。在这里，崔莺莺借"靡不有初，鲜克有终"来抱怨她的母亲不守信用、朝令夕改、过河拆桥，感伤与张生之间的婚姻如同泡影，不能实现。靡，无。初，开始。鲜，少。克，能。

［14］ 炮（páo 音袍）凤烹龙：烹调珍肴。炮、烹都是烹调的手法。语本唐・李贺《将进酒》诗："烹龙炮凤玉脂泣，罗帏绣幕围香风。"

［15］ 朦胧：糊涂、不明白。

［16］ 翠袖殷勤捧玉钟：借用宋・晏幾道〔鹧鸪天〕词："彩袖殷勤捧玉钟，当年拚（pàn 音判）却醉颜红。"这里指老夫人命莺莺向张生敬酒事。

［17］ 主人情重：引用宋・苏轼〔满庭芳〕词："主人情重，开宴出红妆。"这是说老夫人又不让两人成合。

［18］ 月阑：月晕。月亮周围有一个似云非云的乳白色的圈子。民间有"月晕而风，础润而雨"的说法，作为起风的征兆。

［19］ "裴航"句：裴航，唐代秀才。相传他路经蓝桥驿，向一老妪讨水，遇云英，艳丽惊人。裴航求婚，老妪提出须得玉杵臼捣药，乃可相许。裴航如约得到玉杵臼，至蓝桥捣药百日，然后结为夫妻。后夫妻俱入玉峰洞，双双成仙。游仙梦，即成仙。这里以裴航比喻张生。

［20］ 步摇：首饰。取其行步则动摇，故名。其制作多以黄金屈曲成龙凤等形，其上缀以珠玉。六朝而下，花式愈繁，或伏成鸟兽花枝等，晶莹辉耀，与钗钿相混杂，簪于发上，材料主要有金、银、玉、玛瑙等。

［21］ 宝髻玲珑：发髻上的珠宝玲玲有声。宝髻，女子发髻上插戴的珠宝首饰。玲珑，这里形容珠宝首饰相碰的声音。

［22］ 环珮玎玲：衣带上佩带的玉器叮叮咚咚。环珮，衣带上佩带的玉制装饰品。玎玲，拟声词，玉器碰撞的声音。

［23］ 铁马儿檐前骤风：意思是急风吹动檐前的铁马儿，发出清脆的响声。铁马儿，挂在屋檐下的铃或铁片。因风吹而撞击发声。唐・冯贽《烟花记・响玉》载："隋炀帝后临池观竹，既枯，后每思其响，夜不能寝。帝为作薄玉龙数十枚，

以缕线悬于檐外，夜中因风相击，听之与竹无异。民间效之，不敢用龙，以竹马代之。”

[24] 金钩双控：金钩相碰。金钩，挂帘子的金属钩子。双控，相碰、相击。

[25] 帘栊（lóng 音龙）：窗帘和窗户。也泛指门窗的帘子。栊，窗户。

[26] 梵王宫：大梵天王住的宫殿。此处指佛寺。梵王，佛教传说中的大梵天王。

[27] 潇潇：风抚动竹子的响声。

[28] 牙尺：用象牙制成或装饰的尺子。

[29] 声相送：一声一声相接着传出来。

[30] 壶铜：漏壶。古代利用滴水多少来计量时间的一种仪器。漏壶中插入一根标杆，称为箭。箭下用一只箭舟托着，浮在水面上。水流出或流入壶中时，箭下沉或上升，借以指示时刻。前者叫沉箭漏，后者叫浮箭漏。此外还有一种以沙代水的沙漏。

[31] 理结丝桐：指弹琴。理结，有抚弦、揉弦之意。丝桐，古琴以蚕丝桐木做成，因而以丝桐代称琴。

[32] “其声”句：琴声激越雄壮，如无数骑兵奔驰，刀枪交错。移用唐 · 白居易《琵琶行》诗：“银瓶乍破水浆迸，铁骑突出刀枪鸣。”

[33] 落花流水溶溶：流水漂着落花，从容自得地流动。

[34] 鹤唳（lì 音立）空：仙鹤在空中长鸣。唳，（鹤、鸿雁等）鸣叫。

[35] 儿女语：少年男女的窃窃私语，指情话。语本唐 · 韩愈《听颖师弹琴》诗：“昵昵儿女语，恩怨相尔汝。”

[36] 喁喁（yóng yóng 音颙颙）：亲昵的私语声。

[37] 伯劳飞燕各东西：各自分离，不能相见。乐府诗《东飞伯劳歌》：“东飞伯劳西飞燕，黄姑织女时相见。”伯劳，鸟名。鸣禽类，胸腹部茶色，尾、翼呈黑色，形近于燕子。

[38]《凤求凰》：琴曲名。司马相如向卓文君表达爱心时所弹的琴曲，其词曰：“凤兮凤兮归故乡，游遨四海求其皇（凰）。有一艳女在此堂，室迩人遐毒我肠，何由交接为鸳鸯。”

[39] 见许：被允许、如愿。

[40] 配德：品德相配。

[41] 相将：相随、相伴。

[42] 不得于飞兮：意为不能同飞呀。于，语助词。

[43] 沦亡：沉沦、失落、落魄。

[44] 凄凄然：悲伤、悲痛的样子。然，……的样子。

[45]〔麻郎儿〕：曲牌名。这里属【越调】，押东钟韵。共四句：四、四、七、七。下接〔幺篇〕换头，共六句：二、二、二、七、七、七。

[46] 感怀：心有感触。

［47］断肠：极度悲痛。《世说新语·黜免》载：桓公至三峡，见有人把小猿捉到船上，母猿沿江哀号百余里，跳上船便死了。“破视其腹中，肠皆寸寸断。”又晋·干宝《搜神记》卷二十《猿母猿子》载：“临川东兴有人入山，得猿子，便将归。猿母自后逐至家。此人缚猿子于庭中树上以示之。其母便搏颊向人，若乞哀状，直是口不能言耳。此人既不能放，竟击杀之。猿母悲唤，自掷而死。此人破肠视之，寸寸断裂。”

［48］本宫、始终、不同：意思是《凤求凰》和开始的乐曲不是一种调。本宫，开始的宫调。

［49］《清夜闻钟》《黄鹤》《醉翁》《泣麟》《悲风》：皆是古代的琴曲名。

［50］〔络丝娘〕：曲牌名。这里属【越调】，押东钟韵。

［51］更长漏永：夜晚很漫长难熬的意思。更，古代夜间计时单位。一夜五更，一更约合今两小时。

［52］一弄：琴曲、乐曲。

［53］知重：器重、看重。

［54］且做：就算、即使。

［55］机变：随意改变的意思。

［56］非干：无关、不关的意思。

［57］脱空：不诚实、背信、说谎。

［58］乞求得：巴不得、期望的意思。

［59］鸾凤：鸾鸟和凤凰。比喻夫妻。

［60］并：催逼。

［61］女工：女子所做的针线、刺绣、缝纫等事。

［62］闲空：空闲时间。

［63］作诵：抱怨、埋（mán 音蛮）怨。

［64］红纸：窗纸。

［65］榥（huàng 音滉）：屋檐下的窗口。

［66］椂：窗户上的格子。这里指几扇窗户

［67］云山：云雾缭绕的高山。唐·王昌龄《过华阴》诗：“云起太华山，云山互明灭。”

［68］信息通：传递消息。

［69］便做道：即使、纵使。

［70］十二巫峰：指巫山十二峰，在重庆市巫山县东巫峡两岸。宋·祝穆《方舆胜览》：“十二峰曰望霞、翠屏、朝云、松峦、集仙、聚鹤、净坛、上升、起云、飞凤、登龙、圣泉。”

［71］他：这里指红娘。

［72］恨匆匆：恼恨、怨恨的样子。

[73] 怕恐：惊恐、害怕。这句是说，吓得人（指莺莺自己）害怕惊恐。

[74] 响喉咙：指说话声音很大。

[75] 摩弄：磨弄。折磨、磨难的意思。

[76] 索：必须。

[77] 拦纵：拦阻、拦住的意思。

[78] 厮：虚词。

[79] 一程儿：一些天、一段时间的意思。

[80] 则说道：就对（张生）说。

[81] “好共歹”句：这里是莺莺让红娘劝慰张生的话，只要多住些时日，两人的婚姻就有希望，好歹不会让你落空的。好共歹，好歹。

[82] 不问：不管或不顾的意思。

[83] 志诚种：诚心诚意、专注一致的人。

[84] 斗引：勾引、引逗。

第三本 张君瑞害相思

楔 子

（旦上，云）自那夜听琴后，闻说张生有病，我如今著红娘去书院里，看他说甚么。（叫红科）（红上，云）姐姐唤我，不知有甚事，须索走一遭。（旦云）这般身子不快[1]呵，你怎么不来看我？（红云）你想张……（旦云）张甚么？（红云）我张著[2]姐姐哩。（旦云）我有一件事，央及你咱。（红云）甚么事？（旦云）你与我望张生去走一遭，看他说甚么，你来回我话者。（红云）我不去，夫人知道不是耍[3]。（旦云）好姐姐，我拜你两拜，你便与我走一遭！（红云）侍长[4]请起，我去则便了。说道："张生你好生病重，则俺姐姐也不弱。"只因午夜[5]调琴[6]手，引起春闺爱月心。（唱）

【仙吕·赏花时】俺姐姐针线无心不待拈[7]，脂粉香消懒去添[8]，春恨[9]压[10]眉尖。若得灵犀一点[11]，敢医可了病恹恹[12]。（下）

（旦云）红娘去了，看他回来说甚么话，我自有主意。（下）

---

[1] 不快：不舒服、不好受、不好。

[2] 张著：看着、望着。本想说"你想着张生"，但被莺莺一追问，便将"张生"改为"张望"之意。

[3] 不是耍：不是闹着玩的。也就是不得了或了不得。

[4] 侍长：也作"使长"。金元时奴仆对主人的称呼。

[5] 午夜：半夜。

［6］ 调琴：意思是弹琴。

［7］ 针线无心不待拈：（因老夫人赖婚）没有心情拿针线做活。无心，没心思、没心情。不待，不想、不愿、懒得。

［8］ 添：这里是重新梳洗打扮的意思。

［9］ 春恨：青年男女因相思而产生的愁怨情绪。

［10］ 压：聚。

［11］ 灵犀一点：两心相印，情谊相通。化用唐·李商隐《无题》诗“身无彩凤双飞翼，心有灵犀一点通”句意。传说犀牛为灵异之兽，犀角中有白纹如线，贯通两端；或说犀牛彼此以角互表心灵。《汉书·西域传赞》：“明珠、文甲、通犀、翠羽之珍盈于后宫。”颜师古注：“如淳曰：通犀，中央色白，通两头。”

［12］ “敢医”句：此句是说，如果能够得到张生的信息，就可能治好相思病。敢，可能。医可，治好。可，好。恹恹（yān yān 淹淹），本义为患病而精神不振的样子。

第 一 折

（末上，云）害杀小生也！自那夜听琴之后，再不能勾见俺那小姐。我著长老说将去，道张生好生病重，却怎生不见人来看我？却思量上来，我睡些儿咱。

（红上，云）奉小姐言语，著我看张生，须索走一遭。我想咱每一家，若非张生，怎存俺一家儿性命也？（唱）

【仙吕·点绛唇】相国行祠[1]，寄居萧寺。因丧事，幼女孤儿，将欲从军死[2]。

【混江龙】谢张生伸志[3]，一封书到便兴师。显得文章有用，足见天地无私[4]。若不是剪草除根半万贼，险些儿灭门绝户了俺一家儿。莺莺君瑞，许配雄雌；夫人失信，推托别词；将婚姻打灭[5]，以兄妹为之。如今都废却成亲事，一个价[6]愁糊突了胸中锦绣[7]，一个价泪揾湿了脸上胭脂。

【油葫芦】憔悴潘郎鬓有丝[8]；杜韦娘[9]不似旧时，带围宽[10]

清减了瘦腰肢。一个睡昏昏不待观经史，一个意悬悬[11]懒去拈针指；一个丝桐上调弄出离恨谱，一个花笺[12]上删抹成断肠诗；一个笔下写幽情，一个弦上传心事：两下里都一样害相思。

【天下乐】方信[13]道才子佳人信有之，红娘看时，有些乖性儿[14]，则怕有情人不遂心也似此。他害的有些抹媚[15]，我遭著没三思[16]，一纳头[17]安排著憔悴死。

却早来到书院里，我把唾津儿润破窗纸，看他在书房里做甚么。

【村里迓鼓】我将这纸窗儿湿破，悄声儿窥视。多管是[18]和衣儿睡起，罗衫上前襟褶衽[19]。孤眠况味[20]，凄凉情绪，无人伏侍。觑了他涩滞气色[21]，听了他微弱声息，看了他黄瘦脸儿。张生呵，你若不闷死多应是害死[22]。

【元和令】金钗敲门扇儿。（末云）是谁？（红唱）我是个散相思的五瘟使[23]。俺小姐想著风清月朗夜深时，使红娘来探尔。（末云）既然小娘子来，小姐必有言语。（红唱）俺小姐至今脂粉未曾施，念到有一千番张殿试[24]。

（末云）小姐既有见怜之心，小生有一简[25]，敢烦小娘子达知肺腑[26]咱。（红云）只恐他番了面皮[27]。

【上马娇】他若是见了这诗，看了这词，他敢颠倒费神思。他拽扎起面皮来[28]："查得[29]谁的言语你将来，这妮子怎敢胡行事！"他可敢嗤、嗤的扯做了纸条儿！

（末云）小生久后，多以金帛拜酬小娘子。（红唱）

【胜葫芦】哎，你个馋穷酸俫[30]没意儿[31]，卖弄你有家私，莫不图谋你东西来到此？先生的钱物，与红娘做赏赐，是我爱你的金资？

【幺篇】你看人似桃李春风墙外枝[32]，卖俏倚门儿。我虽是个婆娘有气志。则说道可怜见小子，只身独自！恁的呵颠倒[33]有个寻思[34]。

（末云）依著姐姐，可怜见小子只身独自！（红云）兀的不是也[35]！你写来，咱与你将去。（末写科）（红云）写得好[36]呵，读与我听咱。（末读云）“珙百拜，奉书芳卿可人妆次[37]：自别颜范[38]，鸿稀鳞绝[39]，悲怆不胜。孰料夫人以恩成怨，变易前姻，岂得不为失信乎？使小生目视东墙，恨不得腋翅[40]于妆台左右。患成思渴，垂命有日[41]。因红娘至，聊奉数字，以表寸心。万一有见怜之意，书以掷下[42]，庶几尚可保养。造次不谨[43]，伏乞情恕[44]！后成五言诗一首，就书录呈：‘相思恨转添，谩把瑶琴弄。乐事又逢春，芳心尔亦动。此情不可违，芳誉何须奉？莫负月华明，且怜花影重[45]。’”（红唱）

【后庭花】我则道拂花笺打稿儿，元来他染霜毫不勾思[46]。先写下几句寒温序，后题著五言八句诗。不移时[47]，把花笺锦字，叠做个同心方胜儿[48]。忒聪明，忒敬思[49]，忒风流，忒浪子。虽然是假意儿，小可的难到此[50]。

【青哥儿】颠倒写鸳鸯两字[51]，方信道“在心为志”[52]。（末云）姐姐将去，是必在意者。（红唱）看喜怒其间觑个意儿[53]。放心波学士！我愿为之，并不推辞，自有言词。则说道：“昨夜弹琴的那人儿，教传示。”[54]

（红云）这简帖儿，我与你将去。先生当以功名为念，休堕了志气者！（唱）

【寄生草】你将那偷香手，准备著折桂枝[55]。休教那淫词儿污了龙蛇字，藕丝儿缚定鹍鹏翅，黄莺儿夺了鸿鹄志[56]。休为这翠

帏锦帐一佳人，误了你“玉堂金马三学士”[57]。

（末云）姐姐在意者！（红云）放心，放心！（唱）

【煞尾】沈约病多般[58]，宋玉愁无二[59]，清减了相思样子。只你那眉眼传情未了时，我中心日夜藏之[60]，怎敢因而[61]！“有美玉于斯[62]”，我须教有发落归著这张纸[63]。凭著我舌尖儿上说词，更和这简帖儿里心事，管教那人儿来探你一遭儿。（下）

（末云）小娘子将简帖儿去了，不是小生说口，则是一道会亲的符箓[64]。他明日回话，必有个次第[65]。且放下心，须索好音来也。且将宋玉风流策，寄与蒲东窈窕娘[66]。（下）

---

［1］ 行祠：又名“旅榇”，旅途中的灵柩。这里指在途中为崔相公暂设的灵堂。

［2］ 从军死：因为敌军而死。从，任凭、由着，引申为因为。

［3］ 伸志：伸张自己的意志，即施展才智。

［4］ 天地无私：天地没有私心，即没有偏袒坏人，使正义得以伸张。

［5］ 打灭：取消、推掉。

［6］ 一个价：意为“一个嘛”。价，语气助词，相当于“嘛”。

［7］ 胸中锦绣：指胸中才学。织彩成文为锦，刺彩成文为绣。锦绣喻华美绚丽的事物。唐·李白《冬日于龙门送从弟京兆参军令问之淮南觐省序》：“兄心肝五脏皆锦绣耶？不然何开口成文，挥翰雾散？”（《全唐文》卷三百四十九）

［8］ “憔悴”句：借潘岳事说张生因相思而憔悴，好似长了白发，变老了。潘郎，西晋辞赋家潘岳，字安仁，荥阳中牟（mù 音木）（今河南中牟县东）人。据《晋书·潘岳传》载，潘岳“美姿仪，词藻艳丽”，其诗文多哀愁之作。他在《秋兴赋》序中说：“余春秋三十有（yòu 音又）二，始见二毛。”自称年过三十二便有白发了，故人们又以“潘鬓”称未老先衰，发鬓斑白。

［9］ 杜韦娘：唐代的一位著名歌女，后教坊以其名制为曲调。唐·崔令钦《教坊记》罗列曲名有：“长命女、武媚娘、杜韦娘、柳青娘……”刘禹锡任苏州刺史时，在司空李绅宴请他的宴席上，即兴题《赠李司空妓》诗云：“高髻云鬟宫样妆，春风一曲《杜韦娘》。司空见惯浑闲事，断尽苏州刺史肠。”后为美女的代称。这里指代崔莺莺。

［10］宽：松。这里用杜韦娘代指莺莺，写其因相思而腰肢瘦损，衣带宽松。

［11］意悬悬：思念之情放不下来，无法忘怀。悬悬，牵挂、思念。

［12］花笺：精致华美的笺纸。

［13］信：相信。

［14］乖性儿：脾气古怪、性情反常。此指莺莺。乖，反常、背离。

［15］“他害的”句：指张生害相思是因迷恋绝色佳人崔莺莺。抹媚，一作“魔媚”，迷恋、着魔。

［16］我遭著没三思：要是我遇着这种事，根本就用不着耗费神思。元人称心为三思台，没三思为无心、没主意、困惑之意，引申为不用仔细思考。三思，再三思虑。

［17］纳头：闷头、埋头。纳头死，干脆等死。

［18］多管是：大概是。

［19］褶袛（zhě zhī 音者之）：衣服上的褶皱。

［20］况味：滋味。

［21］涩滞气色：脸上无光、表情呆滞。

［22］害死：害相思病而死。

［23］“我是个”句：红娘自称，我是个传播相思病的瘟神。这是红娘对张生的戏谑、调侃。散，传播、散布。五瘟使，又称五瘟神，主管人间疫病的瘟神。东汉·蔡邕《独断》载，瘟神本是颛顼（zhuān xū 音专须）之子，生而亡去为鬼。旧时人认为，念咒驱逐瘟神，可以除去瘟病。

［24］张殿试：指张生。殿试，本是科举制度中皇帝对会试录取的贡士在殿廷上亲发策问的考试。也叫廷试。其制始于唐朝武则天时。殿试后将进士分为五甲之制始于宋太平兴国八年（983 年）；分为三甲及一甲只限三人始于元顺帝时，明清因之。宋元时通称读书人为殿试或解（jiè 音介）元。

［25］简：也称简帖，指书信。

［26］达知肺腑：传达心事。达知，送达、使他知道。肺腑，肺腑之言、内心的真情。

［27］番了面皮：翻了脸。番，通“翻”。

［28］拽扎起面皮来：板起面孔，做出愤怒认真的样子。拽扎，绷紧、板起。

［29］查得：捡得。

［30］馋穷酸俫：意为穷酸，对寒酸秀才的蔑称。元杂剧中调侃书生，或称穷酸，或曰饿醋，或说醋俫，言其寒酸也。

［31］没意儿：好没意思。

［32］“你看人”句：意为你把我看作那种好似出墙的花枝，倚门卖俏之人吗？因张生动不动就提金钱，故而红娘气愤，有此言论。墙外枝，比喻不正派的女子。卖俏倚门，指妓女的卖笑生涯。

[33] 颠倒：反倒。

[34] 有个寻思：能够考虑、可以商量。

[35] 兀的不是也：这不就对了。

[36] 写得好：写完。

[37] 芳卿可人妆次：书信开头用语。芳卿可人，这是张生对莺莺的昵称。芳卿，对女子的亲近称呼。可人，称心如意的人。妆次，梳妆台边。书信中对女子的尊称，与称男子为“足下”意同。

[38] 颜范：容颜、模样，代指人。

[39] 鸿稀鳞绝：杳无音信、书信全无。鸿，雁。《汉书·苏武传》有苏武雁足传书于汉天子事。鳞，鱼。古乐府《饮马长城窟行》：“客从远方来，遗（wèi 音位）我双鲤鱼。呼儿烹鲤鱼，中有尺素书。”后因称书信为“鸿信”“雁书”“鱼素”“鱼书”或“鸿鳞”。

[40] 腋翅：腋下生翅。比喻飞翔。

[41] 垂命有日：命在旦夕。

[42] 书以掷下：回信给我。掷下，书信常用，即“送来”的谦辞。

[43] 造次不谨：谦辞，冒失、不小心。不谨，不谨慎、不小心，有冒犯之义。

[44] 伏乞情恕：情有可原，就请您宽恕原谅了吧。此为书信结尾的谦辞。

[45] “相思”八句：相思的怨恨日复一日地越来越深，随手抚弄弹起了身边的琴（相思恨转添，谩把瑶琴弄）。这赏心乐事正好遇上了美好的春天，你的春心也应当有所触动吧（乐事又逢春，芳心尔亦动）。这种美好的情感是不能压制和约束的，你的美丽和才华又哪里用得着我来奉承呢（此情不可违，芳誉何须奉）？千万不要辜负了美丽的月色，去珍爱那月光下浓重的花影吧（莫负月华明，且怜花影重）！诗的最后一句还暗示了在月下约会。芳誉，美名、美丽的容貌与才华。奉，遵奉。且怜花影重，请珍惜在浓密的花阴下联吟对诗的情分。

[46] “我则道”二句：我还以为他只是拿着信纸打打草稿，哪知道他提起笔来一挥而就，连构思的工夫都不用。染霜毫，以笔蘸墨。秋天兽毛末端最细，制笔最佳，故以霜毫代指毛笔。勾思，即“构思”，指创作之前对作品内容及表现手段所做的思考。

[47] 不移时：不一会儿。

[48] “叠做”句：指把信笺折叠成如同心结一般的菱形小方块。方胜儿，原指方形彩结，是古代妇女用丝织品做成的装饰品。这里指叠成方形或菱形的信笺。含郑重、同心之意。

[49] 忒敬思：太可敬、使人爱慕。

[50] “虽然”二句：尽管是有点儿装腔作势、卖弄聪明，一般人也很难达到这个水平。假意儿，假惺惺、虚情假意，这里有卖弄聪明之意。此处金圣叹评：“分

明赞不容口，忽又谓之假意。写红娘真有二十分灵慧，二十分松快，真正妙笔！”小可的，普通人、等闲之辈、寻常之人。小可，轻微、平常。

[51] “颠倒”句：这里指红娘故意说信的内容说来说去就是鸳鸯两字，即全都是相思。颠倒，翻来覆去。

[52] 在心为志：用诗表达心意。此句采自《〈毛诗〉序》：“诗者，志之所之也，在心为志，发言为诗。”这里取意“发言为诗”。此处金圣叹评：“《诗·大序》曰：‘在心为志，发言为诗。’此言既封后。人止见其‘发言为诗’也。我于未封前，实亲见其‘在心为志’也。真正妙笔！”金圣叹又评：“写张生拂笺、走笔、叠胜、署封，色色是张生照入红娘眼中，色色是红娘印入莺莺心里。一幅文字便作三幅看也：一幅是张生，一幅是红娘眼中张生，一幅是红娘心中莺莺之张生。真是异样妙文！”

[53] “看喜怒”句：意即对莺莺察言观色，趁她高兴时找个机会。喜怒，偏意复词，取欢喜意。觑个意儿，找个机会。

[54] “则说道”句：此处金圣叹评：“一担千金，两肩独任。看他急口便作如许一连数语，而下正接之云‘昨夜弹琴那人’，信乎《琴心》一篇，为红娘之袖里兵将不谬也。”

[55] “你将那”二句：你且把那谈情说爱的手段和才华，用来去参加科举考试，争取状元及第吧。偷香手，指谈情说爱的心思和本领。偷香，出自《晋书·贾充列传附贾谧》。即晋贾充之女贾午与韩寿私通，偷武帝赐贾充之异香赠韩寿事。后以“偷香”谓女子爱悦男子，或谓与妇女私通。折桂枝，比喻科举及第。语出《晋书·郤诜（xì shēn 音细深）传》：“武帝于东堂会送，问诜曰：‘卿自以为如何？’诜对曰：‘臣举贤良对策，为天下第一，犹桂林之一枝，昆山之片玉。’帝笑。”故称科举及第为折桂，又称蟾宫折桂。

[56] “休教那”三句：不要让那些淫词艳语玷污了你那气势不凡、龙盘蛇曲的字，也不要让牵连不断的感情藕丝束缚了将要展翅高飞的鲲鹏的翅膀，更不要让美妙的黄莺儿夺去了你远大的鸿鹄般的志向。淫词儿，指情诗。龙蛇字，字体流利，笔势如龙盘蛇曲。唐·李白《草书歌行》：“时时只见龙蛇走，左盘右蹙如惊电。”藕丝儿，比喻缠绵的感情。唐·孟郊《去妇》诗：“妾心藕中丝，虽断犹牵连。”黄莺儿，谐音双关，指莺莺。鸿鹄志，远大的志向。鸿鹄，即天鹅。典出《史记·陈涉世家》：“陈涉少时，尝与人佣耕。辍耕之垄上，怅恨久之，曰：‘苟富贵，无相忘。’佣者笑而应曰：‘若为佣耕，何富贵也？’陈涉太息曰：‘嗟呼，燕雀安知鸿鹄之志哉！’”

[57] 玉堂金马三学士：代指才华出众、备受重视的文士。这里指张生。玉堂，宋淳化年间，太宗赐翰林“玉堂之署”四字。金马，汉代宫门名，因门前有铜马，故名金马门、金门。汉武帝命学士们在此待诏，充当顾问。后世以玉堂、金马代指学士。宋·王辟之《渑（shéng 音绳）水燕谈录·高逸》记载，欧阳修、

赵少师、吕学士同燕集，欧阳修亲作口号云："金马玉堂三学士，清风明月两闲人。"

[58] 沈约病多般：指张生像沈约一样多愁多病。沈约（441—513），字休文，南朝梁文学家。吴兴武康（今浙江德清）人，历仕宋、齐二代，后助梁武帝登位。晚年体弱多病，在《与徐勉书》中自叙久病情况，"百日数旬，革带常应移孔；以手握臂，率计月小半分。"

[59] 宋玉愁无二：张生的忧愁与宋玉没有两样。宋玉，战国时楚人，著名辞赋家，其《九辩》中多有悲愁惨凄之辞，如"独悲愁其伤人兮，冯（píng 音平）郁郁其何极！"后世言悲愁、愁多，常以宋玉为喻。无二，没有两样、无差别。

[60] "只你那"二句：早在你们没完没了地以眉目传情的时候，我就已经看在眼里记在心上了。中心日夜藏之，化用《诗经·小雅·隰（xí 音习）桑》"中心藏之，何日忘之"句。

[61] 怎敢因而：怎么敢轻易随便处置呢。因而，草率、大意、马虎。

[62] 有美玉于斯：语出《论语·子罕》："有美玉于斯，韫椟（yùn dú 音运独）而藏诸，求善贾（jià 音价）而沽诸？"此处是歇后语的用法，只说前半句"有美玉于斯"，取义则是后面的"韫椟而藏诸"，意即"我怎敢大意，把你的信藏在柜子里而不给莺莺呢？"在此金圣叹评："此句歇后法也，言决不将简帖浮沉。如《论语》所云'韫椟而藏之'也。"

[63] "我须教"句：我一定要使这封信有个着落。发落，处置。

[64] "则是"句：这是一道使男女两人会面结亲的神符。会亲，原指婚后一个月内男女两家择日设宴共邀亲属相见的一种礼仪。此指成亲。符箓，原指道教法术中用来驱鬼消灾的一种神秘文字，这里指有灵验的文书神符。

[65] 次第：此处是结果、分晓的意思。

[66] "且将"二句：姑且把宋玉一般有关爱情的文章寄给在蒲郡普救寺暂住的美人崔莺莺。宋玉风流策，宋玉写的《高唐赋》《神女赋》，写巫山神女与楚怀王、楚襄王相会的故事；又有《登徒子好色赋》，写邻家女爱上宋玉。此处张生将自己的简帖比作宋玉的风流策，希望能与莺莺欢会。窈窕娘，美好的女子，指莺莺。

第二折

（旦上，云）红娘伏侍老夫人，不得空，偌早晚敢待来也[1]。困思上来，再睡些儿咱。（睡科）（红上，云）奉小姐言语，去看张生。因

伏侍老夫人，未曾回小姐话去。不听得声音，敢又睡哩，我入去看一遭。（唱）

【中吕·粉蝶儿】[2]风静帘闲，透纱窗麝兰香散，启朱扉摇响双环[3]。绛台高，金荷小，银釭犹灿[4]。比及将暖帐轻弹，先揭起这梅红罗软帘偷看[5]。

【醉春风】则见他钗亸玉横斜，髻偏云乱挽[6]。日高犹自不明眸，畅好是懒、懒。（旦做起身长叹科）（红唱）半晌抬身，几回搔耳，一声长叹。

（红云）我待便将这简帖儿与他，恐俺小姐有许多假处哩。我则将这简帖儿，放在妆盒儿上，看他见了说甚么。（旦做照镜科，见帖看科）（红唱）

【普天乐】[7]晚妆残，乌云亸，轻匀了粉脸，乱挽起云鬟。将简帖儿拈，把妆盒儿按，开拆封皮孜孜看[8]，颠来倒去，不害心烦。（旦怒叫）红娘！（红做意[9]云）呀，决撒[10]了也！厌的早扢皱了黛眉[11]，（旦云）小贱人不来怎么？（红唱）忽的波低垂了粉颈，氲的呵改变了朱颜[12]。

（旦云）小贱人，这东西那里将[13]来的？我是相国的小姐，谁敢将这简帖来戏弄我，我几曾惯看这等东西？告过夫人，打下你个小贱人下截[14]来！（红云）小姐使将我去，他著我将来。我不识字，知他写着甚么？（唱）

【快活三】分明是你过犯[15]，没来由[16]把我摧残；使别人[17]颠倒恶心烦[18]，你不惯谁曾惯？

姐姐休闹，比及你对夫人说呵，我将这简帖儿，去夫人行出首去来[19]。（旦做揪住科）我逗你耍来。（红云）放手，看打下下截来！

（旦云）张生两日如何？（红云）我则不说。（旦云）好姐姐，你说与我听咱！（红唱）

【朝天子】张生近间，面颜，瘦得来实难看。不思量茶饭，怕见动惮[20]；晓夜将佳期盼，废寝忘餐。黄昏清旦，望东墙淹泪眼。（旦云）请个好太医看他证候咱[21]。（红云）他证候吃药不济。病患要安，则除是出几点风流汗。

（旦云）红娘，不看你面时，我将与老夫人看，看他有何面目见夫人！虽然我家亏他，只是兄妹之情，焉有外事？红娘，早是[22]你口稳哩，若别人知呵，甚么模样。（红云）你哄著谁哩，你把这个饿鬼，弄的他七死八活，却要怎么？

【四边静】怕人家调犯[23]，“早共晚夫人见些破绽，他我何安？[24]”问甚么他遭危难？撺断得上竿，掇了梯儿看[25]。

（旦云）将描笔儿[26]过来，我写将去回他，著他下次休是这般。（旦做写科）（起身科，云）红娘，你将去，说小姐看望先生，相待兄妹之礼如此，非有他意。再一遭儿是这般呵，必告夫人知道。和你个小贱人都有说话。（旦掷书，下）（红唱）

【脱布衫】小孩儿家口没遮栏[27]，一迷的[28]将言语摧残[29]。把似你使性子，休思量秀才[30]，做多少好人家风范[31]。

（红做拾书科）

【小梁州】他为你梦里成双觉后单，废寝忘餐。罗衣不奈五更寒[32]，愁无限，寂寞泪阑干[33]。

【幺篇】似这等辰勾空把佳期盼[34]，我将这角门儿世不曾[35]牢拴[36]，则愿你做夫妻无危难。我向这筵席头上整扮[37]，做一个缝了口的撮合山[38]。

（红云）我若不去来，道我违拗他，那生又等我回报。我须索走一遭。（下）（末上，云）那书倩[39]红娘将去，未见回话。我这封书去，必定成事。这早晚敢待来也。（红上）须索回张生话去。小姐，你性儿忒惯得娇了！有前日的心，那得今日的心来？（唱）

【石榴花】[40]当日个晚妆楼上杏花残，犹自怯衣单，那一片听琴心清露月明间[41]。昨日个向晚[42]，不怕春寒，几乎险被“先生馔[43]”，那其间岂不胡颜[44]？为一个不酸不醋风魔汉[45]，隔墙儿险化做了望夫山[46]！

【斗鹌鹑】你用心儿拨雨撩云[47]，我好意儿传书寄简。不肯搜自己狂为，则待要觅别人破绽[48]。受艾焙权时忍这番[49]，畅好是奸[50]。“张生是兄妹之礼，焉敢如此！”对人前巧语花言；没人处便想张生，背地里愁眉泪眼。

（红见末科）（末云）小娘子来了！擎天柱[51]，大事如何了也？（红云）不济事[52]了，先生休傻。（末云）小生简帖儿，是一道会亲的符箓[53]，则是小娘子不用心，故意如此。（红云）我不用心？有天理，你那简帖儿好听！（唱）

【上小楼】这的是先生命悭，须不是红娘违慢[54]。那简帖儿到做了你的招状，他的勾头，我的公案[55]。若不是觑面颜，厮顾盼，担饶轻慢[56]，先生受罪，礼之当然。贱妾何辜？争些儿把你娘拖犯[57]。

【幺篇】从今后相会少，见面难。月暗西厢，凤去秦楼[58]，云敛巫山[59]。你也赸，我也赸[60]，请先生休讪[61]，早寻个酒阑人散。

（红云）只此再不必申诉足下肺腑，怕夫人寻，我回去也。（末云）小娘子此一遭去，再著谁与小生分剖[62]？必索做一个道理，方可救得

小生一命。（末跪下揪住红科）（红云）张先生是读书人，岂不知此意？其事可知矣。（唱）

【满庭芳】你休要呆里撒奸[63]，你待要恩情美满，却教我骨肉摧残。老夫人手执著棍儿摩挲看[64]，粗麻线怎透得针关[65]。直待我拄著拐帮闲钻懒，缝合唇送暖偷寒[66]。待去呵，小姐性儿，撮盐入火[67]，消息儿踏著泛[68]；待不去呵，（末跪哭云）小生这一个性命，都在小娘子身上！（红唱）禁不得你甜话儿热趱[69]，好著我两下里做人难。

我没来由分说，小姐回与你的书，你自看者。（末接科，开读科）呀，有这场喜事！撮土焚香[70]，三拜[71]礼毕。早知小姐简至，理合远接，接待不及，勿令见罪！小娘子，和你也欢喜。（红云）怎么？（末云）小姐骂我都是假，书中之意，著我今夜花园里来，和他"哩也波，哩也啰"[72]哩。（红云）你读书我听。（末云）"待月西厢下，迎风户半开。隔墙花影动，疑是玉人来。"[73]（红云）怎见得他著你来？你解与我听咱。（末云）"待月西厢下"，著我月上来；"迎风户半开"，他开门待我；"隔墙花影动，疑是玉人来"，著我跳过墙来。（红笑云）他著你跳过墙来，你做下来[74]。端的有此说么？（末云）俺是个猜诗谜的社家[75]，风流隋何，浪子陆贾[76]，我那里有差的勾当！（红云）你看姐姐，在我行也使这般道儿[77]！（唱）

【耍孩儿】几曾见寄书的颠倒[78]瞒著鱼雁[79]，小则小心肠儿转关[80]。写著道西厢待月等得更阑[81]，著你跳东墙[82]"女"字边"干"[83]。元来那诗句儿里包笼著三更枣[84]，简帖儿里埋伏着九里山[85]。他著紧处将人慢，恁会云雨闹中取静，我寄音书忙里偷闲[86]。

【四煞】纸光明玉板[87]，字香喷麝兰[88]，行儿边湮[89]透非春汗[90]？一缄情泪红犹湿，满纸春愁墨未干[91]。从今后休疑难，

放心波玉堂学士[92]，稳情取金雀鸦鬟[93]。

【三煞】他人行别样的亲，俺根前取次看[94]，更做道孟光接了梁鸿案[95]。别人行甜言美语三冬暖，我根前恶语伤人六月寒[96]。我为头儿看[97]：看你个离魂倩女[98]，怎发付掷果潘安[99]！

（末云）小生读书人，怎跳得那花园过也？（红唱）

【二煞】隔墙花又低，迎风户半拴，偷香手段今番按[100]。怕墙高怎把龙门跳，嫌花密难将仙桂攀[101]。放心去，休辞惮；你若不去呵，望穿他盈盈秋水，蹙损了淡淡春山[102]。

（末云）小生曾到那花园里，已经两遭，不见那好处。这一遭，知他又怎么？（红云）如今不比往常。（唱）

【煞尾】你虽是去了两遭，我敢道不如这番。你那隔墙酬和都胡侃，证果的是今番这一简[103]。（红下）

（末云）万事自有分定，谁想小姐有此一场好处。小生是猜诗谜的社家，风流隋何，浪子陆贾，到那里扢扎帮[104]便倒地。今日颓天[105]百般的难得晚。天，你有万物于人，何故争此一日？疾下去波！读书继晷[106]怕黄昏。不觉西沉强掩门。欲赴海棠花下约，太阳何苦又生根？（看天云）呀，才晌午也，再等一等。（又看科）今日万般的难得下去也呵！碧天万里无云，空劳倦客身心。恨杀鲁阳贪战[107]，不教红日西沉！呀，却早倒西也，再等一等咱。无端三足乌[108]，团团光烁烁。安得后羿[109]弓，射此一轮落！谢天地！却早日下去也！呀，却早发擂也！呀，却早撞钟也！拽上书房门，到得那里，手挽著垂杨，滴流扑[110]跳过墙去。（下）

---

[1]　“偌早晚”句：这时候大概要来了。偌，这。敢待，大概要。偌早晚，这般时

候。

［2］〔粉蝶儿〕：曲的前几句写的都是莺莺闺房如画的环境。

［3］“风静”三句：没有风，帘幕静静地垂着，麝香和兰草的香气透过纱窗渐渐散发出来，红娘轻轻地推开朱漆的大门碰响了门环。帘闲，帘幕低垂不动。闲，这里意为静止不动。香散，香飘。朱扉，红漆的门。

［4］“绛台高”三句：描写闺房情景。高高的红色灯台，小巧的铜制蜡烛盘，灯光依旧灿烂。古时，富贵人家闺房有夜不熄烛的习俗。绛台，深红色烛台。金荷，烛台上用以承接烛泪的铜盘，盘呈荷花状，也称铜荷。银釭（gāng 音刚），银灯，指油灯。

［5］“比及”二句：“比及”与下句的“先”字连用，意为及至、待得。暖帐，古时富贵人家房中的帷幕与夏日纱制的蚊帐有别，故曰暖帐。梅红罗软帘，挂在闺房床帐上淡红色绫罗做的帘子。弹，用手指敲击，指唤醒莺莺的动作。

［6］“则见”二句：莺莺晨睡中晚妆残的样子。軃（duǒ 音朵），垂下。玉，指玉簪。云，指妇女头发。

［7］〔普天乐〕：曲牌名。南北曲均有。北曲属【中吕宫】。据清·周祥钰《九宫大成谱》，属北曲【中吕宫】者，字数定格及韵式作三、三、四、四、三、三、七、七、四、四、四，共十一句。可用作小令，也可用于套曲中。此曲李廷谟本眉批云：“‘晚妆残’三句，以昨晚之妆已残而梳洗乱损。起句是见昼而罢也。‘不害心烦’言不以费心为害也；‘厌的’句是见书不悦也；‘忽的’句是想此事明与红娘言耶，抑瞒红耶？‘氲的’句是毕竟自不认错。”

［8］孜孜看：仔细看、认真看、目不转睛地观看。

［9］做意：做出某种表情。此处指做出惊异的情态。

［10］决撒：或作“厥撒”。败露、坏事。

［11］“厌的”句：突然就已经把眉头皱了起来。厌的，拟声词，忽然。形容皱眉很突然。扢（gē 音割）皱，紧皱、皱起。

［12］“氲的”句：因恼怒而脸红。氲的，同“晕的”。

［13］将：带、拿。

［14］下截：指腿。

［15］过犯：过失、过错。

［16］没来由：没理由、无缘无故。

［17］别人：红娘自指。

［18］恶（ě）心烦：讨厌、烦恼。

［19］“比及”二句：与其你去对老夫人说，不如我自己拿着这封信到老夫人跟前主动认罪去。比及，如果、假使。行，宋元语言里指示方位的词，一般用在人称名词后。夫人行，即夫人那里。出首，告发、检举。《六部成语·刑部·出首》注解：“一同犯事之人，出头告官也。”这里是自首认罪。

［20］怕见动惮：懒得动弹。惮，“弹”的借字。

［21］“请个”句：太医，本指御医。民间一般医生也称太医。候，即症候，指病状、病情等。

［22］早是：幸亏。

［23］调犯：调侃、讥笑、嘲笑。这里是说闲话的意思。

［24］“早共晚”二句：是红娘模仿莺莺的口气说的，意思是你怕人嘲弄，故意说如果夫人看见，你我心里何安？早共晚，总有一天。

［25］“撺断”二句：当时成语，意思是怂恿他人登着梯子爬上竿，自己又收拾起梯子，看人家下不来的样子。撺断，亦作“撺掇”，怂恿意。掇（duō 音多），搬、用双手拿。

［26］描笔儿：旧时女子刺绣时描花之笔。

［27］口没遮栏：犹如说一张嘴没有把门的，什么话都会说出来。遮栏，即“遮拦”。

［28］一迷的：犹一味地、一个劲地。

［29］摧残：指责。

［30］“把似”二句：意思是与其你使性子，倒不如你不去思念秀才。把似，假如、与其。

［31］“做多少”句：这里是红娘的怨愤之词，意即你既然这样使性子，那何不别再想张生，做个好人家女儿的榜样呢？此处金圣叹评：“用笔真乃一鞭一条痕，一痕一条血，遂令举世口是心非、言清行浊之徒，诵之吃惊；固不止是莺莺闻之无以自解也。”

［32］“罗衣”句：形容张生彻夜不眠的情状。化用南唐·李煜〔浪淘沙〕词：“帘外雨潺潺，春意阑珊，罗衾不耐五更寒。”相较于原诗中的“罗衾”，王实甫将其改作为“罗衣”，拗口晦涩的诗词变得更加通俗易懂，易于观众接受和理解。不奈，即“不耐”。五更，长夜将尽、天将拂晓的那段时间。天尚未明，人却将醒，因此特别感到寒冷。

［33］寂寞泪阑干：因寂寞而泪水纵横。此句采自唐·白居易《长恨歌》诗句：“玉容寂寞泪阑干，梨花一枝春带雨。”阑干，纵横的样子。

［34］“似这等”句：意为盼佳期就像等待辰勾星出现那样困难。辰勾，水星。古时称水星为辰星，又名钩星。因离太阳的角距不超过 28 度，所以肉眼很难看见，故当时方言用“等辰勾”比喻佳期难盼。

［35］世不曾：从不曾。世，长时间。

［36］牢拴：关紧门。

［37］整扮：装扮齐整。

［38］缝了口的撮合山：守口如瓶而不会走漏风声的媒人。撮合山，媒人。

［39］倩（qìng 音庆）：请（别人代替自己做事）。

［40］〔石榴花〕：曲牌名。南北曲均有，都属【中吕宫】。北曲定格为七、五、七、

四、四、七、七、七、五，共九句。亦有将第四、五两句改为七字一句者。为句句韵。用于套曲。另有古调〔石榴花〕一体，与此稍异。南北合套中所用〔石榴花〕有叠句，又与此调不同。

［41］“当日个”三句：明代《西厢记五本解证》凌濛初评曰：“言晚妆怕冷，听琴就不怕冷。”杏花残，指春末夏初时。

［42］向晚：指时间很晚，夜已很深。

［43］先生馔（zhuàn 音篆）：借用《论语・为政》句：“有事，弟子服其劳；有酒食，先生馔。”金圣叹此处评曰：“用《论语》入妙。”馔，本指吃喝。此句是说莺莺听琴时差点儿落到张生手里，成了他的美餐。

［44］岂不胡颜：岂不是很丢脸吗？胡颜，羞愧无颜。

［45］“为一个”句：意为多日来莺莺想张生。不酸不醋，即酸醋、酸溜溜。风魔汉，即疯汉。风，这里同“疯”。

［46］“隔墙儿”句：说莺莺那夜隔墙听张生弹琴，伫立良久，几乎化成了一块望夫石。望夫山，即望夫石。民间传说颇多，如《太平御览》卷四四〇引刘义庆《幽明录》载：武昌阳新县北山上有石，状如人立，传说是一个女子送丈夫出征，久望而变成的，人们因称之为“望夫石”。

［47］拨云撩雨：意为挑逗、逗引。指挑动爱情。

［48］“不肯”二句：意谓你不肯检点一下自己的胡作非为，反而专门来挑我的过错。搜，寻找，这里意如检查。破绽，过错、过失。

［49］“受艾焙（bèi 音倍）”句：意思是权且忍受这一回。艾，是艾草，一种药用植物。焙，用微火烤。用微燃的艾草烤人体的患部，是中医的一种治疗方法，通常称作“灸（jiǔ 音久）”。但因为熏灸时感觉又酸又麻又烫，很难忍受，因此，人们常以此形容不得不受的苦痛。

［50］畅好是奸：真正是你心眼儿里使坏。奸，指莺莺假心假意，捉弄人，既要红娘探望送信，又装腔作势训斥红娘。

［51］擎天柱：能撑住天的柱子。古人认为天的四周有柱子撑着，这些柱子便是擎天柱。《淮南子・天文训》：“共（gōng 音功）工……怒而触不周之山，天柱折，地维绝。天倾西北，故日月星辰移焉；地不满东南，故水潦（lǎo 音老）尘埃归焉。”这里表示对红娘的倚重。

［52］不济事：不顶事、不成功。

［53］符箓：道家的秘文秘籍。这里是张生比喻他的书简灵验。

［54］“这的是”二句：这实在是先生您的运气太差，决不是我红娘故意怠慢。的是，确实是、真的是。命悭，即命薄、命不好。悭（qiān 音千），少、薄。

［55］“那简帖儿”三句：是说张生的信成了莺莺、张生和红娘自己三人的罪证。招状，即供状。供认罪行，俗语称“招”。勾头，官府拘捕人的文书，因要在被捕的姓名上用红笔勾过，所以称“勾头”。公案，原义是审理案件用的桌子，

引申义为案件、官司。

[56] “若不是”三句：如果不是看着彼此的情面、互相关照、手下留情的话，决不会宽恕你无礼的行为。厮，互相。顾盼，关照、留情。担饶，担待、宽恕。

[57] “争些儿”句：差点儿把你老娘给连累了。争些，差一点儿、险些儿。你娘，红娘的自指，是故意调侃。拖犯，拖累、连累。

[58] 凤去秦楼：用萧史弄玉的故事。萧史善吹箫，秦穆公女弄玉爱之，穆公遂将弄玉嫁给他。萧史每日教弄玉吹箫，箫声如凤鸣。穆公为之筑凤台居住，一日吹箫之时，凤凰来集，二人乘凤仙去。这里借以说如凤去楼空，隐喻婚事无法成功。

[59] 云敛巫山：用楚襄王故事。相传楚襄王游高唐，夜梦与神女欢会。神女去时，对襄王说“妾在巫山之阳，高丘之阻，旦为朝云，暮为行雨，朝朝暮暮，阳台之下。”后世遂以云雨喻男女之欢。此处喻指婚事无成。

[60] 你也赸（shàn 音善），我也赸：谓大家走开。赸，元时北方口语，意为走开。

[61] 讪（shàn 音善）：埋怨。

[62] 分剖：分析、诉说。

[63] 呆里撒奸：外作痴呆，内怀奸诈。

[64] “老夫人”句：意谓老夫人早就不停地摸弄着棍子准备着。摩挲看，是说手眼并用，注目搜寻别人的过错。

[65] “粗麻”句：承上“摩挲看”，谓如粗麻线穿不过针孔，事情难于逃脱老夫人的眼睛。针关，穿线的针眼。

[66] “直待”二句：简直是要我被老夫人打得腿瘸嘴破，还拄起拐杖为你们奔走，缝着唇为你们传情。直待我，简直是要我。帮闲钻懒，为纨绔子弟寻欢作乐帮忙凑趣。送暖偷寒，为男女传情送信。

[67] 撮盐入火：当时成语，比喻脾气急躁，如盐遇到火会噼啪地爆。

[68] 消息儿踏着泛：意为误中机关，自投罗网。消息儿，古人称有发动装置的器械或设置为机关，称这种器械或设置的枢纽部件为“消息”，也叫“泛子”，机关常被用来伤人、捉人，人们不慎踏着“消息”，机关发动，便被伤或被捉，这就叫中机关。所以也常用来指中计谋、受暗算。这里说“消息儿踏着泛”，意思是再为张生帮忙，就会惹出事来。

[69] 甜话儿热趱（zǎn 音攒）：用甜言蜜语拼命催促。热趱，意犹一个劲地央求、催逼。

[70] 撮土焚香：指以土代香。

[71] 三拜：古代的一种拜礼。主人对众宾客行三拜之礼，以示对客人普遍行礼。长跪后两手相拱至地，俯首至手为拜，重复三次，谓之三拜。

[72] 哩也波，哩也啰：原是歌曲里的腔声，这里用来表示男女合欢之讳辞，相当于今天的“如此这般”。

[73] “待月”四句：玉人，容貌漂亮的人，此指张生。这是莺莺约张生于西厢相会的诗。出自唐·元稹五言绝句《明月三五夜》诗：“待月西厢下，迎风户半开。拂墙花影动，疑是玉人来。”意为在西厢月下等你，门半开着，墙边花影摇动时，知道是你来了。后多用“明月三五夜”“待月西厢”作为情人约会的代称。

[74] 做下来：干出不正当的事情来。多指男女私通。

[75] 社家：犹今所说行家、老手。宋元时，城市里有多种文艺娱乐活动的专业组织，都称作社，如绯衣社（杂剧）、齐云社（蹴鞠）、遏云社（唱曲）等，故有“社家”之称。

[76] “风流”二句：隋何、陆贾（gǔ 音古）均为汉初有辩才的人物。隋何曾说英布归汉，陆贾招谕南越尉赵佗。

[77] “在我行”句：是说莺莺在我红娘面前也使心眼儿。道儿，心计。

[78] 颠倒：反倒。

[79] 鱼雁：指传递书信的人。古有“鱼雁传书”之说。

[80] 转关：转圈子、耍手段。

[81] 更阑：深夜。

[82] 跳东墙：语本《孟子·告子》：“逾东家墙而搂其处子则得妻，不搂则弗得也，则将搂之乎？”此处暗用其事。

[83] “女”字边“干”：字谜，“奸”字的拆白，指男女私通。

[84] 诗句儿里包笼着三更枣：意思是诗句中暗含着谜语。三更枣，一作三粳枣，指秘密。《传灯录》记：禅宗五祖弘忍传法时，给六祖慧能三粒粳米、一枚枣。慧能悟道：“师父命我三更早来也。”到三更去时，果然得到了五祖的衣钵。后以“三更枣”作为隐语的代称。

[85] “简帖儿”句：意思是书信里有埋伏。九里山，在彭城（今江苏徐州市），以长九里得名。相传楚汉相争时，韩信在九里山前摆下六十四卦阵，设十面埋伏打败了项羽。

[86] “他著紧处”三句：意为他（指莺莺）在紧要关头却把我戏弄了，你（指张生）这云雨老手在闹哄哄的情况下悄悄地男女欢会，我（指红娘自己）却要在百忙中抽空给你们传递音信。慢，瞒或怠慢。

[87] 玉板：亦作玉版，纸名，一种光洁匀厚的宣纸。

[88] 字香喷麝兰：字迹散发出墨的香气。麝兰，香料，此指墨香。

[89] 洇（yīn 音因）：同“洇”，本指液体在纸、布等物上向四外散开或渗透。这里指汗水。

[90] 春汗：因相思、欢会而出的汗水。

[91] “一缄（jiān 音坚）”二句：信是用相思的泪水写就，信封上的泪渍又红又湿；信笺满纸洋溢着少女的怨愁和真情，墨迹犹未干。一缄，指一封信。缄，信的封口。

[92] 玉堂学士：翰林学士。宋以后，翰林院称“玉堂”。这里指张生。

[93] “稳情取”句：包管能娶到美女莺莺。稳情取，准能得到。金雀鸭鬟，金雀是女子头上的金钗，鸭鬟指乌黑的头发。一般用以代指美女，此处指莺莺。语本唐·李绅《莺莺歌（一作〈东飞伯劳西飞燕歌〉，为莺莺作）》“金雀娅（yà 音亚）鬟年十七”。

[94] “他人行”二句：（莺莺小姐）在别人（指张生）面前特别的亲热，在红娘我跟前却把我如此小看。取次看，即轻视、小看、不重视之义。

[95] “更做道”句：甚至是变成孟光来接梁鸿的案。此处化用举案齐眉的典故。《后汉书·梁鸿传》：梁鸿与妻子孟光相爱相敬，孟光为梁鸿具食，均恭恭敬敬地高举食案到眉间，送到梁鸿面前。案是放食品的有脚托盘，无脚为盘，有脚为案。故事本说妻子敬丈夫，梁鸿接孟光食案，此处则反说夫敬妻，孟光接梁鸿食案。这里讽刺莺莺反倒主动约了张生。更做道，甚至是。

[96] “别人行”二句：意谓她在张生面前甜言蜜语，对红娘我却恶语相加。甜言美语三冬暖，意谓话说得很甜，使人在冬天也感到温暖。为当时成语。恶语伤人六月寒，也是当时成语，意谓以狠毒的语言中伤他人，在炎热的夏天也使人听之不寒而栗。

[97] 为头儿看：从头看、从此看着你。

[98] 离魂倩女：这里指堕入情网的莺莺。唐·陈玄祐传奇小说《离魂记》说张倩娘爱上表兄王宙，王离家赴京应试，倩娘的魂魄脱离躯体，追随王宙而去。元·郑光祖有《迷青琐倩女离魂》杂剧。倩女，一般用来代指执着追求爱情的女子。

[99] 掷果潘安：潘安，即潘岳，字安仁。美容姿，每出行，遇上妇人女子，皆投之以果。见《晋书·潘岳传》及南朝宋·刘义庆《世说新语》。后以潘安比喻美男子，此处代指张生。

[100] 按：试。

[101] “怕墙高”二句：意思是要张生以考进士的劲头去会莺莺。古人常以跳龙门、蟾宫折桂比喻科举及第。

[102] “望穿”二句：语本宋·阮阅〔眼儿媚〕词：“也应似旧，盈盈秋水，淡淡春山。”盈盈秋水，指清澈明亮的眼睛。蹙，皱眉。春山，指女子美丽的眉毛。此指莺莺届时非常渴望地等待张生。

[103] “你那”二句：意为你们隔墙酬答诗句只能算信口聊聊，真正有实际成果的倒是这一封信。胡侃，空口说而无凭准的意思。证果，佛家称修行得道为证果，这里指成功、有成果。

[104] 扢扎帮：也做“扢搭帮”，拟声词，一下子，形容动作迅速。

[105] 颓天：犹言“屌（diǎo）天”，詈（lì 音立）辞，骂人的话。

[106] 继晷（guǐ 音鬼）：夜以继日。晷，日影。唐·韩愈《进学解》形容夜以继日苦

读有“焚膏油以继晷，恒兀兀以穷年”的句子。

[107] 鲁阳贪战：传说战国时楚平王之孙鲁阳公与韩搆战斗，战到黄昏，太阳西沉。鲁阳公用戈一挥，把正落山的太阳挑回三舍（一舍三十里）之地，于是又战。见《淮南子·览冥训》。此处意谓恨鲁阳贪恋厮杀，留住太阳不肯让太阳落下去。此处写张生急于与莺莺相会的迫切心情。

[108] 三足乌：太阳。神话传说太阳中有三只脚的金色乌鸦。

[109] 后羿：上古神话中善射的英雄。《淮南子·览冥训》记载，尧时，天上有十个太阳，人们不堪其热。后羿射落九个太阳，留下一个按时升落，为民造福。

[110] 滴流扑：拟声词，形容跳墙动作利落。

第三折

（红上，云）今日小姐著我寄书与张生，当面偌多般意儿，元来诗内暗约著他来。小姐也不对我说，我也不瞧破他，则请他烧香。今夜晚妆处，比每日较别[1]，我看他到其间怎的瞒我？（红唤科）姐姐，咱烧香去来。（旦上，云）花阴重叠香风细，庭院深沉淡月明。（红云）今夜月明风清，好一派景致也呵！（唱）

【双调·新水令】晚风寒峭透窗纱，控金钩绣帘不挂。门阑[2]凝暮霭，楼角敛残霞。恰对菱花[3]，楼上晚妆罢。

【驻马听】不近喧哗[4]，嫩绿池塘藏睡鸭，自然幽雅，淡黄杨柳带栖鸦[5]。金莲蹴损牡丹芽[6]，玉簪抓住荼蘼架[7]。夜凉苔径滑，露珠儿湿透了凌波袜[8]。

我看那生和俺小姐，巴不得到晚。（唱）

【乔牌儿】自从那日初时想月华，捱一刻似一夏[9]，见柳梢斜日迟迟下，早道“好教贤圣打[10]”。

【搅筝琶】打扮的身子儿诈[11]，准备著云雨会巫峡。只为这燕侣莺俦[12]，锁不住心猿意马。不则俺那小姐害。那生呵，二三

日来水米不粘牙[13]。因姐姐闭月羞花，真假，这其间性儿难按纳[14]，一地里胡拿[15]。

姐姐，这湖山下立地，我开了寺里角门儿。怕有人听俺说话，我且看一看。（做意了）偌早晚，傻角却不来，赫赫赤赤[16]，来。（末云）这其间正好去也，赫赫赤赤。（红云）那鸟[17]来了。（红唱）

【沉醉东风】我则道槐影风摇暮鸦，元来是玉人帽侧乌纱。一个潜身在曲槛边，一个背立在湖山下；那里叙寒温，并不曾打话[18]。（红云）赫赫赤赤，那鸟来了。（末云）小姐，你来也。（搂住红科，红云）禽兽，是我，你看得好仔细著，若是夫人怎了？（末云）小生害得眼花，搂得慌了些儿，不知是谁，望乞恕罪！（红唱）便做道搂得慌呵你也索觑咱，多管是饿得你个穷神眼花。

（末云）小姐在那里？（红云）在湖山下。我问你咱：真个著你来哩？（末云）小生猜诗谜社家，风流隋何，浪子陆贾，准定扢扎帮便倒地。（红云）你休从门里去，则道我使你来。你跳过这墙去，今夜这一弄儿[19]，助你两个成亲。我说与你，依著我者。（唱）

【乔牌儿】你看那淡云笼月华，似红纸护银蜡[20]；柳丝花朵垂帘下，绿莎茵铺著绣榻[21]。

【甜水令】良夜迢迢，闲庭寂静，花枝低亚[22]。他是个女孩儿家[23]，你索将性儿温存，话儿摩弄[24]，意儿谦洽[25]，休猜做败柳残花[26]。

【折桂令】他是个娇滴滴美玉无瑕，粉脸生春，云鬓堆鸦。恁的般受怕担惊，又不图甚浪酒闲茶[27]。则你那夹被儿时当奋发，指头儿告了消乏[28]；打叠起嗟呀[29]，毕罢[30]了牵挂，收拾了忧愁，准备著撑达[31]。

（末作跳墙[32]搂旦科）（旦云）是谁？（末云）是小生。（旦怒云）张生，你是何等之人！我在这里烧香，你无故至此。若夫人闻知，有何理说？（末云）呀，变了卦也！（红唱）

【锦上花】为甚媒人，心无惊怕？赤紧的夫妻每，意不争差[33]。我这里蹑足潜踪，悄地听咱：一个羞惭，一个怒发。

【幺篇】张生无一言，呀，莺莺变了卦。一个悄悄冥冥[34]，一个絮絮答答[35]。却早禁住[36]隋何，迸住陆贾，叉手躬身，妆聋作哑。

张生，背地里嘴那里[37]去了？向前搂住丢番[38]，告到官司，怕羞了你！（唱）

【清江引】没人处则会闲嗑牙[39]，就里空奸诈[40]。怎想湖山边，不记“西厢下”，香美娘处分破花木瓜[41]。

（旦云）红娘，有贼。（红云）是谁？（末云）是小生。（红云）张生，你来这里有甚么勾当？（旦云）扯到夫人那里去！（红云）到夫人那里，恐坏了他行止[42]。我与姐姐处分他一场。张生你过来跪著！（生跪科）（红云）你既读孔圣之书，必达[43]周公之礼[44]，夤夜[45]来此何干？（唱）

【雁儿落】不是俺一家儿乔作衙[46]，说几句衷肠话。我则道你文学海样深，谁知你色胆有天来大！

（红云）你知罪么？（末云）小生不知罪。（红唱）

【得胜令】谁著你夤夜入人家，非奸做贼拿。你本是个折桂客，做了偷花汉；不想去跳龙门，学骗马[47]。姐姐，且看红娘面，饶过这生者！（旦云）若不看红娘面，扯你到夫人那里去，看你有何面目见江东父老[48]？起来！（红唱）谢小姐贤达，看我面遂情[49]罢。若到

官司详察，“你既是秀才，只合苦志于寒窗之下，谁教你夤夜辄入人家花园，做得个非奸即盗。”先生呵，整备著精皮肤[50]吃顿打。

（旦云）先生虽有活人之恩，恩则当报。既为兄妹，何生此心？万一夫人知之，先生何以自安？今后再勿如此。若更为之，与足下决无干休。（下）（末朝鬼门道云）你著我来，却怎么有偌多说话？（红扳过末，云）羞也，羞也，却不“风流隋何，浪子陆贾”？（末云）得罪波“社家”[51]，今日便早则死心搨[52]地。（红唱）

【离亭宴带歇指煞】再休题“春宵一刻千金价[53]”，准备著“寒窗更守十年寡[54]”。猜诗谜的社家，凔拍了“迎风户半开”，山障了“隔墙花影动”，绿惨了“待月西厢下”[55]。你将何郎粉面搽，他自把张敞眉儿画。强风情措大[56]，晴干了尤云殢雨心[57]，悔过了窃玉偷香胆，删抹了倚翠偎红话[58]。（末云）小生再写一简，烦小娘子将去，以尽衷情如何？（红唱）淫词儿早则休，简帖儿从今罢。犹古自参不透风流调法[59]。从今后悔罪也卓文君，你与我游学去波汉司马[60]。（下）

（末云）你这小姐送了人也！此一念小生再不敢举，奈有病体日笃[61]，将如之奈何？夜来得简方喜，今日强扶至此，又值这一场怨气，眼见休也。则索回书房中纳闷去。桂子闲中落，槐花病里看[62]。（下）

---

［1］“今夜”二句：晚妆处，晚妆的时候。处，表时间，犹“之际”“时候”。较别，不相同、不一样。

［2］门阑：门框。

［3］菱花：古代铜镜名，多为六角形或镜背刻有菱花图案。

［4］不近喧哗：避开人多喧哗的地方。

［5］ “淡黄”句：语本宋·贺铸〔浣溪沙〕词：“淡黄杨柳暗栖鸦，玉人和月摘梅花。”

［6］ “金莲”句：小脚儿轻轻移动，踩坏了牡丹花的嫩芽。蹴，踩、踏。

［7］ “玉簪”句：此句说头上的玉簪钩住了架上的荼蘼（tú mí 音涂迷）花。荼蘼，植物名，属蔷薇科，茎高四五尺，夏日开花，花冠为重瓣，呈黄白色，洁美清香。

［8］ 凌波袜：女袜。语本曹植《洛神赋》“凌波微步，罗袜生尘”句。

［9］ 捱一刻似一夏：犹言度日如年。一刻，古代以铜壶滴漏计时的单位，一昼夜有一百刻。一刻相当于现在的十五分钟多。一夏，一季或指一年。因为一年中夏季最炎热难熬，故用来代指时间漫长难熬。

［10］ 好教贤圣打：是说应该让羲和把太阳赶下山去。贤圣，指羲和。羲和原本是传说中人类光明的缔造者，是太阳崇拜中至高无上的神。其原型最早见于《山海经·大荒南经》，是帝俊的妻子，生了十个太阳；后来演变为御日之神。《楚辞·离骚》即云：“吾令羲和弭节兮，望崦嵫（yān zī 音烟资）而勿迫。”洪兴祖补注曰：“日乘车，驾以六龙，羲和御之。”羲和驾车载着太阳运行于天空，行经九州七舍，共十六所，每至一处，便表示从早到晚的不同时刻。

［11］ “打扮”句：把一身打扮得漂漂亮亮的。诈，漂亮而有风韵。

［12］ 燕侣莺俦：燕莺喜欢双栖，故常用来比喻夫妻和谐美满。俦，也是伴侣的意思。

［13］ 水米不粘牙：啥东西都没吃。

［14］ 难按纳：难以控制、难以克制之义。按纳，即“按捺（nà 音纳）”。抑制。

［15］ 一地里胡拿：一味胡闹。

［16］ 赫赫赤赤：打口哨的声音。在元杂剧中用作男女约会的暗号。

［17］ 鸟（diǎo 音屌）：詈辞，同“屌”。宋元以来口语中，“鸟”字与“屌”字音义均相同。

［18］ 打话：对话、交谈。

［19］ 一弄儿：一遭儿。

［20］ 似红纸护银蜡：就像红纸罩着银台蜡烛。这是说天然美景如同洞房里的装饰。

［21］ “绿莎（suō 音梭）”句：是说绿草地如同铺在绣床上的褥子。莎，草。茵，褥子、垫子。

［22］ 花枝低亚：意为茂密的花儿把花枝压得低垂下来。低亚，低垂、压低的样子。亚，“压”的同音借字。

［23］ 女孩儿家：处（chǔ 音楚）女。

［24］ 摩弄：调弄、引诱。

［25］ 谦洽：融洽、和谐。

［26］ 败柳残花：比喻风尘女子。花柳多喻指妓女，花柳营、花门柳户则指风流场所

和妓院。

[27] 浪酒闲茶：指风月场中的吃喝之事。

[28] “则你那”二句：亵（xiè 音卸）词。言在被窝里当奋起，手淫行为可以告退。消乏，疲倦。

[29] 打叠起嗟呀：把长吁短叹收拾起来。打叠，收拾。嗟呀，叹息。

[30] 毕罢：撇下、结束。

[31] 撑达：原指一个人的本事或能力。这里引申为快活、快乐。

[32] 跳墙：“跳墙”在《西厢》以前早已有之，但都被认为有失风化的违礼之举。先秦时期，《诗经·郑风·将（qiāng 音枪）仲子》中的“将仲子兮，无逾我墙，无折我树桑”，《孟子·滕文公下》中的“不待父母之命、媒妁之言，钻穴隙相窥，逾墙相从，则父母、国人皆贱之”，且其程度相当恶劣；而张生跳墙代表着人性深处冲破礼教约束、追求自由爱情的渴望，具有某种“符号性的作用”。由此，许多剧作家在表现男女爱情时会加入一些“跳墙”元素，如《碧桃花》《墙头马上》《东墙记》《三虎下山》等杂剧。尽管这些剧目对这一符号性动作的运用并不出色，但其用意十分明显，即用较具视觉刺激的肢体动作来增强故事的吸引力和趣味性。

[33] 意不争差：意谓莺莺和张生二人都想见面，情意和心思相通，不会有什么差别。争差，相差。

[34] 悄悄冥冥：寂静无声的样子。

[35] 絮絮答答：絮絮叨叨、啰啰唆唆。

[36] 禁住：制止。

[37] 那里：哪里。

[38] 丢番：丢翻、放倒、按倒在地。

[39] “没人处”句：意为张生只会在人少的时候说说空话、大话。闲嗑（kē 音科）牙，说闲话、扯淡。也作闲磕牙、闲牙磕、闲打牙、闲料嘴。

[40] 就里空奸诈：内心里一点儿也不懂得耍滑头。就里，内里、内心。

[41] “香美娘”句：香美娘，指莺莺。处分，责备、数落。处分破，即说正在处分着或处分了。破，助词，犹着、了。花木瓜，即木瓜。本为安徽宣州所产的一种瓜果。明·李时珍《本草纲目·果·木瓜》条：“木瓜处处有之，而宣城为佳……宣人种莳（shí 音时）尤谨，遍满山谷。始实成则镞纸花粘其上，夜露日烘，渐变红花色，其文如生。本州以充土贡，故有宣城花木瓜之称。”因其足供赏玩，诗文多美之。但花木瓜外表美却不可食，所以常用来比喻中看不中用。这里借喻张生，意谓张生此时手足无措，中看不中用。

[42] 行止：品行、品德、名声。

[43] 达：通晓、明白。

[44] 周公之礼：儒家的礼节。

［45］夤（yín 音寅）夜：深夜。

［46］乔作衙：也作“乔坐衙”。装出一本正经、冠冕堂皇的样子。乔，模仿、假装。意为不是官员的人却装作官员坐在公堂上审理案子。有妄自尊大、装腔作势的意味。这也是元代流行的市俗语言。

［47］骗马：跃身上马叫“骗”。宋·孟元老《东京梦华录》卷之七《驾登宝津楼诸军呈百戏》叙“百戏”曰：“又有执旗挺立鞍上，谓之立马，或以身下马，以手攀鞍而复上，谓之骗马。”《水浒传》第四十六回：“这人姓时名迁……只一地里做些飞檐走壁、条篱骗马的勾当。”可知“跳篱骗马”犹言翻墙钻洞、鸡鸣狗盗之术，也是宋元成语。此处是责骂张生不好好读书学跳龙门，反而学宵小所为逾墙偷情。

［48］有何面目见江东父老：意为无脸面见人。《史记·项羽本纪》记载：项羽兵败至乌江边，不肯过江。说：“纵江东父兄怜而王（wàng 音旺）我，我何面目见之？”后“杀汉军数百人”，遂自刎于乌江边。后世常用此典表示功业无成或做错事而无颜面对父老乡亲。这里指张生有违圣训，没脸见人。

［49］遂情：遂顺人情、给面子。

［50］精皮肤：细皮嫩肉。

［51］得罪波社家：玷污了行家。

［52］搨（tà 音踏）：同“塌”。

［53］春宵一刻千金价：语本宋·苏轼《春宵》诗：“春宵一刻值千金，花有清香月有阴。歌管楼台声细细，秋千院落夜沉沉。”意思说相会的机会非常宝贵。

［54］寒窗更守十年寡：意谓独自再过一段漫长而清苦的读书生涯。

［55］“尒（qí 音歧）拍”三句：是红娘讥笑张生自称所谓猜诗谜的“社家”，诗里的几句话一句也猜不着。尒拍，古代音乐术语，错了节拍，这里的意思是完全猜错。尒，参差。明·王骥德《曲律·论板眼》：“盖凡曲，句有长短，字有多寡，调有紧慢，一视板为节制……其板先于曲，病曰‘促板’，板后于曲，病曰‘滞板’，古皆谓之‘尒拍’，言不中拍也。”此指张生猜错了“迎风户半开”的意思。山障，堵死、隔绝。绿惨，绿惨花愁的简语，形容离别。

［56］强（qiǎng 音抢）风情措大：不懂风情而硬装作懂风情的穷酸书生。强，勉强、硬要。措大，也作醋大，是元代对读书人的一种鄙称，含“穷酸”之义。

［57］“晴干”句：意思要张生打消迷恋莺莺的痴情。尤云殢（tì 音替）雨，迷恋缠绵不尽的男女之情。尤、殢都是眷恋缠绵的意思。云雨，指男女欢爱。

［58］“删抹”句：删去或丢掉你曾经说过的夫妻相依相偎的甜言蜜语。倚翠偎红，指男女亲昵依偎。翠、红均代指女子。

［59］“犹古自”句：意谓张生你还没有弄懂恋爱的手段。犹古自，犹自、还、仍然。“古”字是助词，无义。参不透，弄不清、不理解、不明白。风流调法，指调情的手段。

[60] “你与我”句：句中谑称张生为“汉司马”，即司马相如。言其猜社谜的学问还不到家，还是游学去罢。

[61] 病体日笃：病势越来越沉重。《正字通》：“笃，疾甚曰笃。”

[62] “桂子”二句：是说只好在闲中、病里看桂子、槐花纷纷凋谢，寄寓自己失恋的痛苦。

第四折

（夫人上，云）早间长老使人来说，张生病重。我著长老使人请个太医[1]去看了。一壁道与红娘，看哥哥行问汤药去者[2]，问太医下甚么药，证候如何，便来回话。（下）

（红上，云）老夫人才说，张生病沉重，昨夜吃我那一场气，越重了。莺莺呵，你送了他人[3]。（下）

（旦上，云）我写一简，则说道药方，著红娘将去与他，证候便可。（旦唤红科）（红云）姐姐唤红娘怎么？（旦云）张生病重，我有一个好药方儿，与我将去咱！（红云）又来也！娘呵，休送了他人！（旦云）好姐姐，救人一命，将去咱！（红云）不是你，一世也救他不得[4]。如今老夫人使我去哩，我就与你将去走一遭。（下）（旦云）红娘去了，我绣房里等他回话。（下）

（末上，云）自从昨夜花园中，吃了这一场气，投著旧证候[5]，眼见得休了也。老夫人说，著长老唤太医来看我；我这颓证候，非是太医所治的，则除是那小姐美甘甘、香喷喷、凉渗渗、娇滴滴一点唾津儿咽下去，这屌[6]病便可。

（洁引太医上，“双斗医”科范了[7]，下）（洁云）下了药了，我回夫人话去，少刻再来相望。（下）

（红上，云）俺小姐送得人如此，又著我去动问[8]，送药方儿去，越著他病沉了也[9]。我索走一遭。异乡易得离愁病，妙药难医肠断人。

【越调·斗鹌鹑】则为你彩笔题诗，回文织锦，送得人卧枕著

床，忘餐废寝[10]，折倒得鬓似愁潘，腰如病沈[11]。恨已深，病已沉，昨夜个热脸儿[12]对面抢白[13]，今日个冷句儿将人厮侵[14]。

昨夜这般抢白他呵！

【紫花儿序】把似你休倚著栊门儿待月，依著韵脚儿联诗，侧著耳朵儿听琴[15]。见了他，撇假偌多话[16]："张生，我与你兄妹之礼，甚么勾当！"怒时节把一个书生来迭噷[17]，欢时节"红娘好姐姐，去望他一遭！"将一个侍妾来逼临[18]。难禁[19]，好著我似线脚儿般殷勤不离了针[20]。从今后教他一任[21]，这的是俺老夫人的不是，将人的义海恩山，都做了远水遥岑[22]。

（红见末，问云）哥哥病体若何？（末云）害杀[23]小生也！我若是死呵，小娘子[24]，阎王殿[25]前少不得你做个干连人[26]。（红叹云）普天下害相思的，不似你这个傻角！

【天净沙】心不存学海文林，梦不离柳影花阴[27]，则去那窃玉偷香上用心。又不曾得甚，自从海棠开想到如今[28]。

（红云）因甚的便病的这般了？（末云）都因你行，怕说的谎[29]。因小侍长上来，当夜书房一气一个死[30]。小生救了人，返被害了。自古人云："痴心女子负心汉。"今日返其事了[31]。（红唱）

【调笑令】我这里自审[32]，这病为邪淫[33]，尸骨嵓嵓鬼病侵[34]。更做道秀才每从来恁[35]，似这般干相思的好撒唔[36]！功名上早则不遂心[37]，婚姻上更返吟复吟[38]。

（红云）老夫人著我来看哥哥，要甚么汤药。小姐再三伸敬[39]，有一药方，送来与先生。（末做慌科）在那里？（红云）用著几般儿生药，各有制度[40]，我说与你。

【小桃红】[41]“桂花”摇影夜深沉，酸醋“当归”浸[42]。（末云）桂花性温[43]，当归活血，怎生制度？（红唱）面靠著湖山背阴里窨[44]，这方儿最难寻。一服两服令人恁[45]。（末云）忌[46]甚么物？（红唱）忌的是“知母”未寝[47]，怕的是“红娘”撒沁[48]。吃了呵，稳情取“使君子”一星儿“参”[49]。

（红云）这药方儿小姐亲笔写的。（末看药方大笑科）（末云）早知姐姐书来，只合远接。小娘子——（红云）又怎么？却早两遭儿[50]也。（末云）——不知这首诗意，小姐待和小生“哩也波”哩。（红云）不少了一些儿[51]！（唱）

【鬼三台】足下其实啉[52]，休妆唔[53]。笑你个风魔的翰林，无处问佳音，向简帖儿上计禀[54]。得了个纸条儿恁般绵里针，若见玉天仙怎生软厮禁[55]？俺那小姐忘恩，赤紧的偻人负心[56]。

（红云）书上如何说？你读与我听咱。（末念云）“休将闲事苦萦怀，取次摧残天赋才。不意当时完妾命，岂防今日作君灾？仰图厚德难从礼，谨奉新诗可当媒。寄语高唐休咏赋，今宵端的雨云来[57]。”此韵[58]非前日之比，小姐必来。（红云）他来呵怎生？（唱）

【秃厮儿】身卧著一条布衾[59]，头枕著三尺瑶琴[60]，他来时怎生和你一处寝？冻得来战兢兢，说甚知音？

【圣药王】果若你有心，他有心[61]，昨日秋千院宇夜深沉；花有阴，月有阴，春宵一刻抵千金[62]，何须诗对会家吟[63]？

（末云）小生有花银十两，有铺盖赁与小生一付。（红唱）

【东原乐】俺那鸳鸯枕[64]，翡翠衾[65]，便遂杀了人心[66]，如何肯赁？至如你不脱解和衣儿更怕甚？不强如手执定指尖儿恁[67]。倘或成亲，到大来福荫[68]。

（末云）小生为小姐，如此容色[69]，莫不小姐为小生，也减动丰韵么[70]？（红唱）

【绵搭絮】他眉弯远山不翠，眼横秋水无光[71]，体若凝酥，腰如弱柳[72]，俊的是庞儿俏的是心，体态温柔性格儿沉[73]。虽不会法灸神针，更胜似救苦难观世音[74]。

（末云）今夜成了事，小生不敢有忘。（红唱）

【幺篇】你口儿里谩沉吟[75]，梦儿里苦追寻[76]。往事已沉[77]，只言目今，今夜相逢管教恁。不图你甚白璧黄金，则要你满头花拖地锦[78]。

（末云）怕夫人拘系，不能勾出来。（红云）则怕小姐不肯，果有意呵——（唱）

【煞尾】虽然是老夫人晓夜将门禁，好共歹须教你称心。（末云）休似昨夜不肯。（红云）你挣揣[79]咱，来时节肯不肯尽由他，见时节亲不亲在于您[80]。（并下）

【络丝娘煞尾】因今宵传言送语，看明日携云握雨。

题目　老夫人命医士[81]　崔莺莺寄情诗
正名　小红娘问汤药　　张君瑞害相思

---

［1］　太医：指御医，专为皇帝看病的医生。周时称医师，秦时始有太医。后也用作对医生的尊称。

［2］　“看哥哥行”句：到张生那里去问病情。问汤药，了解治疗服药的情况。

［3］　送了他人：送了他的性命、把他害苦了。送，葬送、断送。引申谓“害”。

［4］　“不是你”二句：意为不是你莺莺，一辈子也没有人治得了张生的病。汉・王充《论衡・齐世》：“人生一世，寿至一百岁。”一世，一辈子。

［5］　投著旧证候：是说“又触动了旧有的病灶，把老毛病引发了”。投著，正应合、

引起。《广韵》:“投，合也。”

［6］ 屌：同“屌”。

［7］ “双斗医”科范了：这里提示在此处进行“双斗医”的一段表演。因为张生得病要请医生，剧情与“医”有关，所以可以插演一小段“双斗医”。“双斗医”是金元时期一种滑稽表演小段子或小戏的名称。元·陶宗仪《南村辍耕录》卷二十五“院本名目”载有其目。科范，亦作“科泛”，就是规定的舞台表演程式或动作。

［8］ 动问：探视问候。谦辞。

［9］ “越著”句：使他病越来越重了。著，使、让、教。病沉，病重。

［10］ “则为你”四句：只因为你给张生写了情诗，才害得他卧病床榻，吃不好睡不着。彩笔，《南史·江淹传》载：江淹小时，曾梦有人赠他五色笔，于是才思敏捷，写出不少好诗。晚年“梦一丈夫自称郭璞，谓淹曰：‘吾有笔在卿处多年，可以见还。’淹乃探怀中，得五色笔一以授之。尔后为诗，绝无美句，时人谓之才尽。”后称有文采、文才为彩笔。此处说莺莺以“待月西厢”一诗给张生。回文织锦，即指《晋书·列女传》中窦滔妻苏氏写给其丈夫的回文诗。后比喻有关相思的绝妙诗文。此亦指美妙的诗文。

［11］ “折倒”二句：此处用以比喻被爱的痛苦折磨的张生。折倒，折磨。愁潘、病沈，即南朝文人潘岳和沈约。

［12］ 热脸儿：红着脸，气恼的样子。

［13］ 对面抢白：当面语言责备、挖苦。

［14］ “今日个”句：红娘不知道药方是情诗，所以觉得又是哄人而已。冷句儿，红娘以为所送的书简真的是药方，不关疼热的话，故云冷句儿。厮侵，欺凌、冒犯。

［15］ “把似”三句：你这般抢白他，不如你不做倚门待月、依韵联诗、月夜听琴的事。把似，与其……不如……

［16］ 撇假偌多话：说了那么多装假的话。撇假，装假、假正经。

［17］ “怒时节”句：(莺莺)发脾气的时候，让张生干着急、生气说不出话来。迭嗽(xīn 音新)，即攧窨(diān yìn 音颠印)，顿足忍气。

［18］ 逼临：催逼、催促。

［19］ 难禁(jīn 音今)：难于承受、受不了。

［20］ “好著我”句：是说整天传书递简，让我像离不开针的线一样，穿来穿去。线脚儿，即线头。殷勤，这里是无休歇的意思。

［21］ “从今”句：是说从今以后任凭莺莺怎么办，我不管了。教他一任，即随他的便的意思。一任，听凭、任从。

［22］ “将人的”二句：是说把张生的救命之恩，只看作无关紧要的事。义海恩山，比喻恩深义重。义海，义深如海。恩山，恩重如山。远水遥岑，远水远山，比

喻无关紧要。岑，山。

［23］害杀：病坏。

［24］小娘子：指红娘。

［25］阎王殿：传说中阴间阎罗王审理鬼魂的公堂。阎王，原为古印度神话中管理阴间之王。佛教借为管理地狱的魔王。传说他属下有十八位判官，分管十八层地狱。中国民间的阎王传说即源于此。

［26］干连人：有牵连、脱不了干系的人。

［27］“心不”二句：意为张生没有把心思放在钻研学问上，而是梦魂萦绕着美丽的女子。学海文林，形容学识渊博。《扬子法言·学行篇》曰：“百川学海至海。”晋·王嘉《拾遗记》载：汉代“何林木讷多智，作《左氏膏肓》《公羊废疾》《穀梁墨守》，谓之三阙……求学者不远千里，嬴粮而至，京师谓……何休为‘学海’。”《后汉书·崔骃传论》：“崔氏世有美才，兼以沉沦典籍，遂为儒家‘文林’。”柳影花阴，指美女的身影。花柳，喻指女人。

［28］“又不曾”二句：张生什么也没有捞到，相思病却直害到如今。不曾得甚，不曾得着什么，什么也没有得到。自从海棠开想到如今，相思病直害到今天。化用宋·郑文妻孙夫人〔忆秦娥〕《寄夫》词：“愁登临，海棠开后，望到如今。”

［29］“都因”二句：在你面前，难道还说谎不成。行，在……面前。

［30］“因小侍长”二句：原因都在你家小姐身上，当天晚上回到书房后活活被气死了。小侍长，奴仆对主人称侍长。此处张生对红娘说话，小侍长即说你家小主人莺莺。

［31］“自古”二句：痴迷爱情的女子碰上无情无义的男人，反其事，即“负心女子痴心汉”。痴心，指对爱情坚贞，不变心。负心，变心、对爱情不专一。

［32］自审：暗自思考。审，思量、审度（duó 音夺）。

［33］病为邪淫：不是正经病。邪淫，怪诞不正。

［34］“尸骨”句：瘦骨嶙峋就像病魔缠身。尸骨喦喦，犹言瘦骨嶙峋。喦喦（yán yán 音言言），本指山石高峻，矗立错落。此处用以形容人瘦，其骨突出，如一块块尖状山岩。喦，古同“岩”，山崖。被相思病折磨得瘦骨嶙峋，如皮包骨头。喦喦，山石高峻样。鬼病，元剧中多指相思病。

［35］从来恁：从来都是这样。

［36］“似这般”句：像这样相思而不能如愿真会叫人痴心得发傻了。干相思，相思而不能如愿。撒唔（tùn 音吞去声），痴情、痴心、痴傻。唔，痴呆、不灵敏。

［37］遂心：顺心、如愿。

［38］返吟复吟：相命算卦时的术语，又作反吟伏吟。木星与太阳相对为反吟，木星压太阳为伏吟。算卦时，如果遇到返吟复吟，则婚姻之事就会不顺利。

［39］伸敬：表达诚意、敬意。

［40］制度：药的配制、剂量、用法等。

[41] 〔小桃红〕：全曲为药名曲，在内容中藏有桂花、当归、知母、红娘、使君子和参六味药，意义双关，是当时教坊中通行的文字游戏。

[42] “桂花”二句：桂花、当归，均中药名。此处莺莺巧妙地借中药名作谐音字，点明约会时间。前一句说：在桂花影子摇曳的幽静月夜。酸醋，指穷秀才张生。当归，取谐音“当归家”。浸，“寝”的谐音。此句谓：当穷秀才归去将要就寝的时候。

[43] 性温：温性药物。中药按不同的性能，可分为寒、热、温、凉、平五类。桂花属于温性药。

[44] “面靠着”句：在湖山背阴里深藏起来。窨（yìn 音印），《说文》：“窨，地室也。”段玉裁注云：“今俗语以酒水等藏于地窖曰窨。”这里明里言把药埋藏于地下，其隐语是叫张生晚上先躲在花园的背阴暗处。

[45] “一服（fù 音付）”句：吃一两服药就会让人好起来。恁，如此这般。这里指病愈、顺心。

[46] 忌：禁忌。

[47] “忌的是”句：生怕老夫人没有睡着而被发现。知母，中药名，谐音暗指老夫人。

[48] “怕的是”句：此处意谓担心红娘口无遮拦而泄露消息。红娘，中药名，谐音暗指红娘。撒沁，亦作“撒唚”。嘴尖口快、撒赖。

[49] “稳情取”句：保管让你病情好转。使君子，中药名。君子，暗指张生。一星儿，一点点。参，人参，中药名，这里作“痊愈”解，即空观主人（凌濛初）曰：“参，痊可也。”

[50] 两遭儿：两次。

[51] 不少了一些儿：没有一点儿差错？意思是说，你理解得准确吗？因为之前张生自诩为猜字谜“社家”，结果却在莺莺这里碰了一鼻子灰，故而红娘有此一问。

[52] 啉（lín 音林）：呆傻貌。

[53] 妆唔：装唔、装傻。

[54] 计禀：讨回话。

[55] “得了个”二句：你只不过得了一张纸条，就这样煞有介事；如果真的见了莺莺小姐，还不知怎样温柔体贴呢！绵里针，针用丝绵包裹起来，形容极其珍惜。另说，绵即软，针与“真”谐音。玉天仙，指莺莺。软厮禁，温柔爱护、体贴顺从。

[56] “赤紧的”句：这实在是撒谎的老夫人太负心了。赤紧的，真个是。偻（lǚ 音吕）人，花言巧语撒谎的人，这里指老夫人。又，背曲也作偻，因此偻人也可理解为背偻之人，即老年人。

[57] “休将”八句：不要让那无关紧要的事情苦苦地萦绕在胸怀，毫无价值地摧残自己的天赋高才。谁能想得到你当时救了我的性命，今天反而变成了你的

祸灾？为了图报大恩大德就不能顾及礼法了，谨送上新诗一首算是你我的良媒。知心话告诉给你可千万不要声张，今夜晚恩爱一准到来。闲事，无关紧要之事，指昨夜赖简之事。萦怀，郁结于胸、牵肠挂肚。天赋才，即天才。取次，次一等、看不起。引申为看不起、作践的意思。完妾命，保全了我的性命。《说文》："完，全也。"仰图，敬慕而报答。高唐，楚怀王与神女欢会的地方，这里代指赴高唐的人——张生。难从礼，难以遵从礼法。咏赋，诵读《高唐赋》。

[58] 韵：这里指莺莺写的短诗。凡诗词曲赋等均可称韵。

[59] 衾（qīn 音钦）：被子。

[60] 瑶琴：用玉装饰的琴。

[61] 你、他：分指张生和崔莺莺。

[62] 秋千院宇：架有秋千的院子，指花园。

[63] 诗对会家吟：诗要向懂得自己诗的人吟诵。借宋·释普济《五灯会元》卷十七《泐（lè 音勒）潭文准禅师》"酒逢知己饮，诗向会人吟"句意。会家，行家，这里有知音、知己的意思。

[64] 鸳鸯枕：绣有鸳鸯的枕头，多为夫妻所用。作陪嫁则多是为了祝福夫妻恩爱，白头偕老，永不分离。唐·温庭筠〔南歌子〕词："懒拂鸳鸯枕，休缝翡翠裙。罗帐罢炉熏。"

[65] 翡翠衾：像翡翠鸟颜色一样的被子，绣有成双翡翠鸟的被子。泛指华美的被子。唐·白居易《长恨歌》诗："鸳鸯瓦冷霜华重，翡翠衾寒谁与共？"

[66] 遂杀了人心：指顺了人愿，心满意足。

[67] "至如"二句：是说就是不脱衣解带，穿着衣服睡又怕什么？不比你单身独寝时胡闹强吗？脱解，脱去衣服。和衣，穿着衣服。手执定指尖儿恁，隐语，指手淫。

[68] "倘或"二句：倘或成了亲，这倒是大福荫。到，倒。来，语助词，无义。

[69] "小生"二句：我为了小姐，弄得面色如此憔悴。

[70] "莫不"二句：莫不是为了我，莺莺小姐也减了丰采？丰韵，即风韵，姿容和神采，气韵和风度。

[71] "他眉弯"二句：莺莺的眉毛美好，犹如远山翠色可掬；她的眼睛明亮，就像晶莹的秋水清澈无尘。《西京杂记·骕骦（sù shuāng 音肃霜）裘》："（卓）文君姣好，眉色如望远山，脸际常若芙蓉，肌肤柔滑如脂。"不，或作"铺"。

[72] "体若"二句：体肤滑腻，腰肢细软。酥，奶脂。《开元天宝遗事》载，唐明皇与安禄山共谑杨贵妃，唐明皇云："软温新剥鸡头肉。"安禄山云："润滑初来塞上酥。"

[73] 性格儿沉：性格稳重。

[74] "虽不会"二句：是说莺莺虽不会针灸疗法，但治你的病却强如救苦救难的观

音菩萨。针与灸，都是中医的治疗方法，即今天所说的针灸。

[75] 口儿里谩沉吟：嘴里不停地念叨莺莺。谩，经常、随便。

[76] 追寻：追求寻索。

[77] 往事已沉：往事已经过去了。沉，潜伏沉沦。

[78] “不图”二句：不图你的钱财，只愿意你们成就姻缘。白璧，平圆形而中有孔的白玉。满头花，结婚时的妆饰。拖地锦，结婚时穿的长裙。

[79] 挣揣（zhèng chuài 音政踹）：振作、努力之意，也作挣阐、阐阐等。

[80] “来时节”二句：来的时候，肯不肯来完全由她；见面之后，亲不亲可就在你了。

[81] 命医士：派医生，让医生去看病。

第四本　草桥店梦莺莺

楔　子

（旦上，云）昨夜红娘传简去与张生，约今夕和他相见，等红娘来，做个商量。

（红上，云）姐姐著我传简帖儿与张生，约他今宵赴约。俺那小姐，我怕又有说谎，送了他性命，不是耍处。我见小姐，看他说甚么。（旦云）红娘，收拾卧房，我睡去。（红云）不争你要睡呵，那里发付那生[1]？（旦云）甚么那生？（红云）姐姐，你又来也，送了人性命，不是耍处！你若又番悔[2]，我出首与夫人，你著我将简帖儿约下他来。（旦云）这小贱人到会放刁，羞人答答的[3]怎生去！（红云）有甚的羞，到那里只合著眼者。（红催莺云）去来去来，老夫人睡了也。（旦走科）（红云）俺姐姐语言虽是强，脚步儿早先行也。（唱）

【仙吕·端正好】因姐姐玉精神，花模样[4]，无倒断晓夜思量[5]。著一片志诚心盖抹了漫天谎[6]。出画阁，向书房；离楚岫，赴高唐[7]；学窃玉，试偷香；巫娥女[8]，楚襄王；楚襄王敢先在阳台上[9]。（下）

---

［1］　“不争”二句：是说若是你真的睡觉了（不去赴约），对那位书生怎么交代呢？不争，如果、若是。发付，打发、处置。

［2］　番悔：反悔、变卦。

［3］　羞人答答的：让人羞答答的。

［4］　玉精神，花模样：是说莺莺美貌如花似玉。玉精神，像玉一样光润。

［5］“无倒断”句：白天黑夜没完没了地思念莺莺。无倒断，无休无止、不间断。

［6］“著一片”句：是说莺莺主动赴约，这一片真诚的心意弥补了老夫人悔婚的弥天大谎。盖抹，遮盖、抹去，有纠正之意。漫天谎，弥天大谎，即老夫人对张生赖婚。

［7］“出画阁”四句：走出小姐的闺房，去到张生的书房；好像巫山神女离开了山岫（xiù 音袖），到高唐去会楚襄王。画阁，装饰华美的屋子，这里指莺莺的闺房。楚岫，即巫山。因巫山在楚地，故曰“楚岫”。岫，即山峦。

［8］巫娥女：巫山神女。

［9］“楚襄王”句：是说张生一定早就在欢会的地点等着了。阳台，《高唐赋》说巫山神女“旦为朝云，暮为行雨。朝朝暮暮，阳台之下”。于是，阳台便成了男女欢会地点的代称。

第一折

（末上，云）昨夜红娘所遗之简[1]，约小生今夜成就。这早晚初更尽也，不见来呵，小姐休说谎咱！人间良夜静复静，天上美人来不来？（唱）

【仙吕·点绛唇】伫立闲阶，夜深香霭，横金界[2]。潇洒书斋，闷杀读书客[3]。

【混江龙】彩云何在？月明如水浸楼台[4]。僧居禅室，鸦噪庭槐[5]。风弄竹声，则道似金珮响；月移花影，疑是玉人来[6]。意悬悬业眼[7]，急穰穰情怀[8]，身心一片，无处安排[9]；则索呆答孩[10]，倚定门儿待。越越的青鸾信杳[11]，黄犬音乖[12]。

小生一日十二时，无一刻放下小姐，你那里知道呵！（唱）

【油葫芦】情思昏昏眼倦开，单枕侧，梦魂飞入梦阳台[13]。早知道无明无夜因他害，想当初“不如不遇倾城色”[14]。人有过，必自责，勿惮改[15]。我却待“贤贤易色”将心戒，怎禁他兜的上

心来[16]。

【天下乐】我则索倚定门儿手托腮[17]，好著我难猜：来也那不来？夫人行料应难离侧[18]。望得人眼欲穿，想得人心越窄[19]，多管是冤家不自在[20]。

偌早晚不来，莫不又是说谎么？（唱）

【那吒令】他若是肯来，早身离贵宅；他若是到来，便春生敝斋[21]；他若是不来，似石沉大海[22]。数著他脚步儿行，倚定窗棂儿待[23]。寄语多才[24]。

【鹊踏枝】[25]恁的般恶抢白[26]，并不曾记心怀；拨得个意转心回，夜去明来[27]。空调眼色经今半载[28]，这其间委实难捱[29]。

小姐，这一遭若不来呵——

【寄生草】安排著害，准备著抬[30]。想著这异乡身强把茶汤捱[31]，则为这可憎才熬得心肠耐[32]，办一片志诚心留得形骸在[33]。试著那司天台打算半年愁，端的是太平车约有十余载[34]。

（红上，云）姐姐，我过去，你在这里。（红敲科）（末问云）是谁？（红云）是你前世的娘。（末云）小姐来么？（红云）你接了衾枕者，小姐入来也。张生，你怎么谢我？（末拜云）小生一言难尽，寸心相报，惟天可表[35]！（红云）你放轻者，休吓了他！（红推旦入，云）姐姐，你入去，我在门儿外等你。（末见旦，跪云）张珙有何德能[36]，敢劳神仙下降，知他是睡里梦里？（唱）

【村里迓鼓】猛见他可憎模样，小生那里得病来！早医可九分不快[37]。先前见责，谁承望今宵欢爱！著小姐这般用心，不才张珙，合当跪拜。小生无宋玉般容，潘安般貌，子建般才[38]；姐姐，你则是可怜见为人在客[39]！

【元和令】绣鞋儿刚半拆，柳腰儿勾一搦[40]，羞答答不肯把头抬，只将鸳枕捱。云鬓仿佛坠金钗，偏宜鬏髻儿歪[41]。

【上马娇】我将这纽扣儿松，把搂带儿解，兰麝散幽斋。不良会把人禁害[42]，哈[43]，怎不肯回过脸儿来？

【胜葫芦】我这里软玉温香抱满怀。呀，阮肇到天台，春至人间花弄色。将柳腰款[44]摆，花心轻拆[45]，露滴牡丹开。

【幺篇】但蘸著些儿麻上来，鱼水得和谐，嫩蕊娇香蝶恣采。半推半就，又惊又爱，檀口揾香腮[46]。

（末跪云）谢小姐不弃[47]，张珙今夕得就枕席，异日犬马之报[48]。（旦云）妾千金之躯[49]，一旦弃之[50]。此身皆托于足下，勿以他日见弃[51]，使妾有白头之叹[52]。（末云）小生焉敢如此！（末看手帕[53]科）

【后庭花】春罗元莹白[54]，早见红香[55]点嫩色。（旦云）羞人答答的，看甚么？（末）灯下偷睛觑，胸前著肉揣[56]。畅奇哉[57]！浑身通泰[58]，不知春[59]从何处来。无能的张秀才，孤身西洛客，自从逢稔色，思量的不下怀[60]。忧愁因间隔[61]，相思无摆划[62]。谢芳卿不见责。

【柳叶儿】我将你做心肝儿般看待，点污[63]了小姐清白。忘餐废寝舒心害[64]，若不是真心耐，志诚捱，怎能勾这相思苦尽甘来[65]？

【青哥儿】成就了今宵欢爱，魂飞在九霄云外。投至得见你多情小奶奶，憔悴形骸，瘦似麻秸[66]。今夜和谐，犹自疑猜。露滴香埃[67]，风静闲阶，月射书斋，云锁阳台[68]。审问明白，只疑是昨夜梦中来[69]，愁无奈。

（旦云）我回去也，怕夫人觉[70]来寻我。（末云）我送小姐出来。

【寄生草】多丰韵，忒稔色。乍时相见教人害，霎时不见教人怪，些儿得见教人爱[71]。今宵同会碧纱厨[72]，何时重解香罗带[73]？

（红云）来拜你娘！张生，你喜也。姐姐，咱家去来。（末唱）

【煞尾】春意透酥胸，春色横眉黛，贱却人间玉帛[74]。杏脸桃腮，乘著月色，娇滴滴越显得红白[75]。下香阶，懒步苍苔，动人处弓鞋凤头窄[76]。叹鲰生[77]不才，谢多娇错爱[78]。若小姐不弃小生，此情一心者，你是必破工夫明夜早些来。（下）

---

[1] “昨夜”句：小姐昨天夜里给我的书信。遗（wèi 音卫），送给、给予。《广雅·释诂》：“遗，予也。”

[2] “夜深”二句：夜晚，焚香的烟雾在佛寺里飘荡。金界，佛庙。《释氏要览》云：须达多长者为了祇（qí 音齐）陀太子的花园，建立释迦牟尼佛讲经房。太子开玩笑说：“你把这八十顷园地铺满了黄金，我就把园子给你。”须达多为了买下园地，果然铺满了黄金。后来便称佛寺为“金界”或“金地”。

[3] “潇洒”二句：独自在书斋里凄凉寂寞。潇洒，凄凉之义。张相《诗词曲语辞汇释》卷五：“潇洒，凄清或凄凉之义，与洒脱或洒落之义别。”这里是肃静、空旷的意思。

[4] “彩云”二句：天空晴朗，没有云彩，只有像水一样明净的月光照耀着楼台。彩云，这里语意双关，既指天上彩云，又指所爱女子莺莺。宋·晏幾道曾在沈廉叔、陈君宠家遇到小苹、小云两个歌女。后来君宠卧病在家、廉叔下世，歌女都流转于人间。晏幾道〔临江仙〕词写道：“记得小苹初见，两重心字罗衣。琵琶弦上说相思。当时明月在，曾照彩云归。”

[5] “僧居”二句：夜深人静，和尚们回到僧房，只有庭院里槐树上的乌鸦把月明当成白天，还在鸣叫。

[6] “风弄”四句：意谓一有风吹草动，张生就以为莺莺来了。风摇动竹枝，误以为是莺莺身上的佩玉金饰叮咚作响；花影随着月光移动，则怀疑是美人来到了。宋·王安石《春夜》诗：“春色恼人眠不得，月移花影上阑干。”

[7] 业眼：造孽的眼睛。业，佛教语，罪恶。

[8] 急穰穰（ráng ráng 音瓤瓤）情怀：张生因渴望莺莺到来，等得心里焦急，烦

躁不安。急穰穰，焦急、烦乱。

[9] “身心”二句：张生是说自己心神不定，怎么着都不是滋味。好像那一双业眼、急躁情怀在一片身心上无处安排它们似的。

[10] 呆答孩；痴呆发愣的样子。取义“呆”。答孩，语助词，无义。

[11] “越越的”句：静悄悄的没有青鸟来报喜讯。越越的，静悄悄的。青鸾信杳（yǎo 音咬）：音信全无。青鸾，即传说中能报信的青鸟。《山海经·大荒西经》：“沃之野有三青鸟，赤首黑目，一名曰大鵹（lí 音离），一名曰少鵹，一名曰青鸟。”郭璞注：“皆西王母所使也。”旧题汉·班固《汉武故事》：“七月七日，上于承华殿斋。日正中，忽见有青鸟从西方来，集殿前。上问东方朔，朔对曰：‘西王母暮必降尊像，上宜洒扫以待之。’……有顷，王母至，乘紫云车，玉女夹驭，戴七胜，履玄琼凤文之舄（xì 音细），青气如云，有二青鸟如乌，夹侍母旁。”杳，本为昏暗之意，引申为无影无踪。

[12] 黄犬音乖：不见音信。黄犬，晋·陆机有一条狗，名叫黄耳，传说它能送信。《晋书·陆机传》：“初，机有骏犬，名曰黄耳，甚爱之。既而羁寓京师，久无家问，笑语犬曰：‘我家绝无书信，汝能赍书取消息不（fǒu 音否）？’犬摇尾作声。机乃为书，以竹筒盛之，而系其颈。犬寻路南走，遂至其家，得报还洛。其后因以为常。”后常以“黄犬”用作传递家书的典故。音乖，不见音信、音信稀少。乖，背离，这里指稀少。

[13] “单枕侧”二句：一个人睡在孤零零的枕头上，却已经在梦中与莺莺小姐相会了。

[14] “早知”二句；早知道因为莺莺而白天黑夜害相思病，想当初还不如不遇见这个漂亮人儿呢！倾城色，倾国倾城的姿色，指莺莺。移用唐·白居易《李夫人》诗：“生亦惑，死亦惑，尤物（美女）害人忘不得。人非木石皆有情，不如不遇倾城色。”

[15] “人有过”三句：一个人如果犯了错误，一定要严厉地责备自己，不要怕改正错误。语本《论语·学而》：“过，则勿惮（dàn 音旦）改。”惮，怕。

[16] “我却待”二句：我用“贤贤易色”的话告诫自己，却无法克制对莺莺的爱恋与思念。贤贤易色，语出《论语·学而》。贤贤，前一“贤”字为动词，尊重、重视的意思；后一“贤”字为名词，指贤人，即品德高尚的人。易，轻慢。色，美色，这里指爱好美色之心。

[17] 倚定门儿手托腮：当时熟语，形容焦急企盼的情状。

[18] “夫人行”句：莺莺在老夫人那里大概是难以离开。料应，想象之词，料想应该是。离侧，离开身边。

[19] 心越窄：这里是担心、提心吊胆的意思。

[20] “多管”句：多半是莺莺生病不来了。多管是，猜测词，义即多半是、大约是。不自在，不自由。

[21] 春生敝斋：使自己的房间像春天一样充满生气。敝，自己，谦辞。

[22] 石沉大海：无处寻觅、没有音讯。

[23] 倚定窗棂儿待：靠在窗上等。

[24] 寄语多才：传话给多才的人。寄语，犹言“传话”“捎话”。南朝宋·鲍照《代少年时至衰老行》：“寄语后生子，作乐当及春。”多才，多才的人，指莺莺。

[25]〔鹊踏枝〕：曲牌名。又名〔满园春〕〔遍地锦〕〔雪狮子〕。南北曲均有。北曲属【仙吕宫】。六句五韵：三、三、四、四、七、七。第五句或作四字二句。套数用，承〔那吒令〕后，下接〔寄生草〕。

[26] 恁的般恶抢白：如此地责备申斥，指莺莺曾斥责张生的一番话。

[27] “拨得个”二句：是说对莺莺的斥责并不记在心上，只图她回心转意，常来欢会。拨得，赢得、博得。

[28] “空调”句：只能以眉目传情，至今已半年有余。调眼色，眉目传情、送秋波。

[29] 委实难捱：实在是太难熬了。委实，实在。

[30] “安排”二句：准备着为害相思病而死去，被抬走。安排，这里也是“准备”的意思。抬，指病死被人抬走。

[31] 异乡身强把茶汤捱：身在异乡，勉强吃些茶汤。

[32] 心肠耐：忍耐心肠、耐着性子。

[33] “办一片”句：意谓因为我有一片爱你等你的真心，才留下这身躯不死。形骸（hái 音孩）：身体。《庄子·德充符》：“今子与我游于形骸之内，而子索我于形骸之外。”

[34] “试著”二句：言忧愁痛苦之大，即使让司天台计算，也得算上半年；让太平车来拉，也得拉上十多车。司天台，朝廷负责观察天文、推算历法的机关。类似今之天文台。《旧唐书·职官志二》：“司天台，太史令掌观察天文、稽定历数。凡日月星辰之变、风云气色之异，率其属而占候之。”宋元改为司天监（jiàn 音剑）。打算，计算。太平车，大型的载物车。宋·孟元老《东京梦华录》卷之三《般（搬）载杂卖》：“东京般载车，大者曰‘太平’，上有箱无盖。”又《邵氏闻见录》则书民间大型的辎重车，只能用于晴天太平之日，不能用于雨雪战乱之时，故名。

[35] “寸心”二句：一心报答你，完全可以对上天表白。寸心，区区之心、小小的心，谦辞。

[36] 德能：德才。

[37] 医可九分不快：十分病治好了九分。不快，这里指不舒服、病状。

[38] “小生”三句：我没有宋玉、潘安美好的容颜，曹植一样的才华。宋玉般容，宋玉那样的容貌。宋玉《登徒子好色赋》：“玉为人体貌闲丽，口多辩辞。”子建般才，曹植，字子建，三国时诗人，曹操之子，极富文才。《世说新语·文学》载魏文帝曹丕曾逼令他在七步内成诗，不成将处以严刑，子建应声而成诗曰：

“煮豆持作羹，漉菽（lù shū 音路书）以为汁。萁在釜下然（燃），豆在釜中泣。本自同根生，相煎何太急？”曹丕听后非常惭愧。故后人称才思敏捷为七步才。南朝诗人谢灵运曾说：“天下才有一石，曹子建独占八斗，我得一斗，天下共分一斗。”

[39] 可怜见为人在客：可怜我是在异乡漂流的人。

[40] “绣鞋”二句：莺莺小脚刚半扠，腰细如柳，手掌能握住。半拆，拇指与中指伸开量物的长度。半拆，即半拃（zhǎ 音眨）。勾，够。一搦，一握、一把。

[41] “云鬟”二句：发髻偏斜，上面的金钗好像要坠下来了，反而更加好看。鬏髻（dí jì 音敌计）〔一说为鬏髻（jiū jì 音纠计）〕，束在头顶的发髻。

[42] “不良”句：没良心的，你真会捉弄人哪。不良，爱极的反语，犹如说“坏蛋”“没良心的”，用法与“可憎”“冤家”同。禁害，折磨、坑害。

[43] 咍（hāi 音嗨）：招呼声，犹如“喂”“嗨”。

[44] 款：轻轻、缓缓。

[45] 拆（chè 音彻）：同“坼”，裂开、绽开。

[46] 檀口揾香腮：张生吻莺莺。檀，淡红色。揾，原本按、浸没，拭、擦，这里是“吻”意。

[47] 不弃：不嫌弃，没有丢开我。

[48] 犬马之报：像犬马对主人忠诚、甘心服劳那样来报答你。

[49] 千金之躯：比喻身体尊贵。

[50] 弃之：指委身于张生。

[51] 见弃：抛弃我。

[52] 白头之叹：指女子被遗弃的感叹。晋·葛洪《西京杂记》卷第三：司马相如将聘茂陵地方的一女子为妾，卓文君知道后，作了一首《白头吟》诗表示自绝。《白头吟》属乐府《楚调曲》，古辞云：“闻君有两意，故来相决绝……愿得一心人，白头不相离。”故名《白头吟》。后用作女子失宠见弃、怨诽男子负心的典故。

[53] 看手帕：民间习俗，新婚之夜，女方的身下垫白色手帕，二人交欢后，看验手帕，见到红色，说明是处女。

[54] 春罗元莹白：绢做的手帕原来是洁白的。元，原本（是）、原来（是）。

[55] 红香：指手帕上的血迹。

[56] 胸前著肉揣：把手帕贴肉藏在胸前。揣，藏于怀中。

[57] 畅奇哉：格外痛快舒畅啊。

[58] 通泰：畅快的意思。

[59] 春：这里指精神旺盛、兴奋。

[60] “自从”二句：自从遇到莺莺以后，就一直想念她不能忘怀。稔（rěn 音忍）色，美色、美貌。

[61] 忧愁因间（jiàn 音剑）隔：因为爱情受到了阻隔才产生了忧愁。

[62] 相思无摆划：我的相思之情无法处理。摆划，筹划、办法。

[63] 点污：玷（diàn 音电）污。

[64] 舒心害：放任自己去害相思病。

[65] “若不”三句：要不是我真心等待、实意盼望，怎能够从害相思病直到今日苦尽甘来相欢会？耐、捱，都是耐心等待、苦熬时光的意思。

[66] 麻秸（jiē 音阶）：麻的茎秆。

[67] 香埃：香尘，即地面。春天花开满地，故云香埃。

[68] 云锁阳台：巫山的朝云聚在阳台，比喻男女会合。

[69] “审问”二句：这一切都明明白白地摆在眼前，我还怀疑昨夜是否在梦境里。审问，详细察看。审，详细、周密。

[70] 觉：觉察、知道。

[71] “些儿”句：时间短暂的见面就让人恋恋不舍。些儿，很少、一点点。

[72] 碧纱厨：绿纱床帐。宋·李清照〔醉花阴〕《薄雾浓云愁永昼》词：“佳节又重阳，玉枕纱厨，半夜凉初透。”

[73] 香罗带：衣带。

[74] 贱却人间玉帛：玉和帛都是人间贵重的物品，而莺莺的美色却更为难得，使得玉和帛都不足珍贵了。

[75] “杏脸”三句：指莺莺脸似杏花白，腮如桃花红，趁着月色辉映，娇滴滴地越发显得红中带白。杏脸，指脸颊秀美如杏。金圣叹此处赞道：“从来丽句不清，清句不丽，如此清丽之句，真无第二手也。”

[76] “动人处”句：动人的地方是那双窄小的凤头弓鞋。弓鞋，形容女子缠足，脚、鞋均如弓形。凤头，凤头形状的鞋。宋·苏轼《谢人惠云巾方舄（xì 音细）二首》其二：“妙手不劳盘作凤，轻身只欲化为凫（鸟名）。”自注：“晋永嘉中有凤头鞋。”

[77] 鲰（zōu 音邹）生：小子、小人，自鄙之词。语出《史记·项羽本纪》：“鲰生说我曰：‘距（同“拒”）关，毋内（nà 音纳）诸侯，秦地可尽王（wàng 音旺）也。’”张守节《史记正义》：“鲰，谓杂小鱼也。”这里是自称时的谦辞。不才，无才，自谦之词。

[78] 错爱：自谦之词，犹言爱得不值，表示受到对方爱意而感激。

第二折

（夫人引俫上，云）这几日窃见[1]莺莺语言恍惚，神思加倍[2]，腰

肢体态，比向日不同；莫不做下来了[3]么？（俫云）前日晚夕，奶奶睡了，我见姐姐和红娘烧香，半晌不回来，我家去睡了。（夫人云）这桩事都在红娘身上，唤红娘来！（俫唤红科）（红云）哥哥唤我怎么？（俫云）奶奶知道你和姐姐去花园里去，如今要打你哩。（红云）呀！小姐，你带累[4]我也！小哥哥你先去，我便来也。（红唤旦科）（红云）姐姐，事发了也！老夫人唤我哩，却怎了？（旦云）好姐姐，遮盖[5]咱！（红云）娘呵，你做的稳秀[6]者，我道你做下来也。（旦念）月圆便有阴云蔽，花发[7]须教急雨催。（红唱）

【越调·斗鹌鹑】则著你夜去明来，到有个天长地久[8]，不争[9]你握雨携云[10]，常使我提心在口[11]。则合[12]带月披星[13]，谁着你停眠整宿[14]？老夫人心数[15]多，情性㑇[16]；使不著我巧语花言，将没做有[17]。
【紫花儿序】老夫人猜那穷酸做了新婿，小姐做了娇妻，这小贱人[18]做了搼头[19]。俺小姐这些时春山低翠，秋水凝眸[20]。别样的都休[21]，试把你裙带儿拴，纽门儿扣，比著你旧时肥瘦？出落得精神，别样的风流[22]。

（旦云）红娘，你到那里，小心回话者！（红云）我到夫人处，必问：“这小贱人！

【金蕉叶】[23]我著你但去处行监坐守[24]，谁著你迤逗的胡行乱走？”若问著此一节呵如何诉休[25]？你便索与他个“知情”的犯由[26]。

姐姐，你受责理当，我图甚么来？

【调笑令】你绣帏[27]里效绸缪[28]，倒凤颠鸾百事有[29]。我在窗儿外几曾轻咳嗽，立苍苔将绣鞋儿冰透[30]。今日个嫩皮肤倒将粗棍抽，姐姐呵，俺这通殷勤的著甚来由[31]？

姐姐在这里等著，我过去。说过呵，休欢喜；说不过，休烦恼。（红见夫人科）（夫人云）小贱人为甚么不跪下！你知罪么？（红跪云）红娘不知罪。（夫人云）你故自[32]口强哩。若实说呵，饶你；若不实说呵，我直[33]打死你这个贱人！谁著你和小姐花园里去来？（红云）不曾去，谁见来？（夫人云）欢郎见你去来，尚故自推哩。（打科）（红云）夫人休闪了手[34]，且息怒停嗔[35]，听红娘说。（唱）

【鬼三台】夜坐时停了针绣，共姐姐闲穷究[36]，说张生哥哥病久。咱两个背著夫人，向书房问候。（夫人云）问候呵，他说甚么？（红云）他说来道“老夫人事已休，将恩变为仇，著小生半途喜变做忧[37]”。他道：“红娘你且先行，教小姐权时[38]落后[39]。”

（夫人云）他是个女孩儿家，著他落后怎么！（红唱）

【秃厮儿】我则道神针法灸[40]，谁承望燕侣莺俦[41]。他两个经今月余则是一处宿，何须[42]你一一问缘由[43]。

【圣药王】他每不识忧，不识愁，一双心意两相投。夫人得好休，便好休[44]，这其间何必苦追求？常言道“女大不中留”[45]。

（夫人云）这端事[46]都是你个贱人！（红云）非是张生、小姐、红娘之罪，乃夫人之过也。（夫人云）这贱人到指下我来，怎么是我之过？（红云）信者，人之根本[47]。“人而无信，不知其可也。大车无輗，小车无軏，其何以行之哉？”[48]当日军围普救，夫人所许退军者以女妻之。张生非慕小姐颜色[49]，岂肯区区[50]建[51]退军之策[52]？兵退身安，夫人悔却前言[53]，岂得不为失信乎[54]？既然不肯成其事，只合酬之以金帛[55]，令张生舍此而去。却不当留请张生于书院，使怨女旷夫，各相早晚窥视，所以夫人有此一端[56]。目下老夫人若不息其事，一来辱没相国家谱；二来张生日后，名重天下，施恩于人，忍令反受其辱哉[57]？使至官司[58]，夫人亦得治家不严之罪。官司若推其详[59]，亦知老夫人背义而忘恩，岂得为贤哉？红娘

不敢自专[60]，乞望[61]夫人台鉴[62]。莫若恕其小过，成就大事[63]，撋之以去其污[64]，岂不为长便乎？（唱）

【麻郎儿】[65]秀才是文章魁首[66]，姐姐是仕女班头[67]；一个通彻三教九流[68]，一个晓尽描鸾刺绣[69]。

【幺篇】世有、便休、罢手[70]，大恩人怎做敌头[71]？起[72]白马将军故友，斩飞虎叛贼草寇[73]。

【络丝娘】[74]不争和张解元参辰卯酉，便是与崔相国出乖弄丑[75]。到底干连着自己骨肉，夫人索穷究[76]。

（夫人云）这小贱人也道得是[77]。我不合养了这个不肖[78]之女。待经官呵，玷辱家门。罢、罢！俺家无犯法之男、再婚[79]之女，与了这厮罢[80]。红娘唤那贱人来！（红见旦，云）且喜姐姐，那棍子则是滴溜溜在我身上，吃我[81]直说过了，我也怕不得许多。夫人如今唤你来，待成合亲事。（旦云）羞人答答的，怎么见夫人？（红云）娘根前有甚么羞！

【小桃红】当日个月明才上柳梢头，却早人约黄昏后[82]。羞得我脑背后将牙儿衬著衫儿袖[83]。猛凝眸，看时节则见鞋底尖儿瘦[84]。一个恣情的不休[85]，一个哑声儿厮耨[86]。呸！那其间可怎生不害半星儿[87]羞？

（旦见夫人科）（夫人云）莺莺，我怎生抬举你来，今日做这等的勾当！则是我的孽障[88]，待怨谁的是！我待经官来，辱没了你父亲，这等事，不是俺相国人家的勾当。罢、罢、罢！谁似俺养女的不长俊！红娘，书房里唤将那禽兽来！（红唤末科）（末云）小娘子唤小生做甚么？（红云）你的事发[89]了也！如今夫人唤你来，将小姐配与你哩。小姐先招了也，你过去。（末云）小生惶恐，如何见老夫人？当初谁在老夫人行说来？（红云）休佯[90]小心，过去便了。

【小桃红】既然泄漏怎干休[91]？是我相投首[92]。俺家里陪酒陪茶倒撋就[93]。你休愁，何须约定通媒媾[94]？我弃了部署不收，你元来“苗而不秀”[95]。呸！你是个银样镴枪头[96]。

(末见夫人科)(夫人云)好秀才呵！岂不闻“非先王之德行不敢行”[97]？我待送你去官司里去来，恐辱没了俺家谱。我如今将莺莺与你为妻，则是俺三辈儿不招白衣[98]女婿，你明日便上朝取应去。我与你养着媳妇，得官呵，来见我；驳落[99]呵，休来见我。(红云)张生早则喜也。

【东原乐】相思事，一笔勾，早则展放从前眉儿皱[100]，美爱幽欢[101]恰动头[102]。既能勾，张生，你觑，兀的般可喜娘庞儿也要人消受[103]。

(夫人云)明日收拾行装，安排果酒，请长老一同送张生，到十里长亭[104]去。(旦念)寄语西河堤畔柳，安排青眼送行人[105]。(同夫人下)(红唱)

【收尾】来时节画堂箫鼓鸣春昼，列着一对儿鸾交凤友[106]。那其间才受你说媒红[107]，方吃你谢亲酒[108]。(并下)

---

[1] 窃见：暗中发现。
[2] 神思加倍：格外精神。
[3] 做下来了：干下出格的事情。
[4] 带累：连累。
[5] 遮盖：遮掩。
[6] 稳秀：隐秘、不露破绽。
[7] 花发：花开。
[8] “则著你”二句：意谓要是你黑夜前去，天明即回，倒还可以天长地久地做下去。

［9］ 不争：只因。

［10］ 握雨携云：比喻男女欢会。战国楚·宋玉《高唐赋》："昔者先王尝游高唐，怠而昼寝，梦见一妇人，曰：'妾巫山之女也，为高唐之客。闻君游高唐，原荐枕席。'王因幸之。去而辞曰：'妾在巫山之阳，高丘之阻，旦为朝云，暮为行雨，朝朝暮暮，阳台之下。'"

［11］ 提心在口：提心吊胆、担惊受怕，俗语"心提到嗓子眼儿"。

［12］ 则合：只应该。

［13］ 带月披星：月升后才去，星不落便回，晚去早归的意思。

［14］ 停眠整宿（xiǔ 音朽）：留宿终夜，指男女欢会而言。《水浒传》第二六回："如今家中又没人碍眼，任意停眠整宿。"宿，量词，一夜为"一宿"。

［15］ 心数：心计、计谋。

［16］ 㑇（zhòu 音皱）：厉害、执拗、固执。

［17］ "使不著"二句：红娘根据老夫人心数多的性格特点，认为瞒也瞒不过去，决定不"巧语花言"，索性招承，表现了红娘有胆量有见识的性格特点。将没做有，说假话、弄虚作假。

［18］ 小贱人：指红娘。这是红娘模仿老夫人的口气说的。

［19］ 撁（qiān 音千）头：为男女双方密约幽欢牵线的人。撁，同"牵"。

［20］ "春山"二句：双眉低垂，目光专注。春山，眉毛。翠，画眉的颜料。凝眸，注视、目不转睛。

［21］ 别样的都休：其他的先不说。休，不管。

［22］ "试把"五句：试把你裙子带儿系好，把衣服纽扣结好，跟你过去相比，显得特别精神、特别风流。肥瘦，这里指身段体态。出落，指身体相貌的改变。

［23］〔金蕉叶〕：曲牌名。南北曲均有，皆属【越调】。北曲用于散套。共四句，字数定格依次为七（六）、七（六）、七（六）、七（六）。若作七字句，作上三下四句式，且多以四句为排比。此调用韵，多叶（xié 音协）两平韵、两仄韵。用于套曲中，而无独用者。

［24］ "我著你"句：我只让你到那里去监视莺莺。但去，只去。行监坐守，一举一动都要监视。

［25］ 诉休：诉说。

［26］ "你便"句：你就应当承认"知情"的罪状。便索，索性、便要。犯由，犯罪原由，即罪状、供招。这句是红娘嘱咐自己的话，要在老夫人面前据情直说，和盘托出。

［27］ 绣帏：绣帐、床帐。

［28］ 绸缪（móu 音谋）：指男女合欢。语出《诗经·唐风·绸缪》："绸缪束薪，三星在天。今夕何夕，见此良人。"紧紧捆缚，引申为缠绵。

［29］ "倒凤"句：是说男女欢会无所不为。鸾凤，比喻夫妇。

［30］“立苍苔”句：我在长满青苔的石阶上站立，绣鞋都被露水湿透了。苍苔，青苔。冰透，凉透。
［31］“俺这”句：我这奔走效劳的人，两头吃苦，却为着何来？来由，因由、理由。
［32］故自：尚故自，尚且、还的意思。
［33］直：径直。
［34］闪了手：扭了手。
［35］息怒停嗔（chēn 音抻）：不要生气发脾气。息，止。嗔，也是“怒”的意思。
［36］闲穷究：聊天儿，一起说闲话。
［37］“老夫人”三句：兵围普救之难解除以后，老夫人就把恩变成仇，让我高兴了半截，又变成了忧愁。事已休，事情结束、事件平息。
［38］权时：暂时、暂且。
［39］落后：晚走一会儿。
［40］“我则道”句：我以为她去给他治病。神针法灸，神奇的针灸技术。
［41］“谁承望”句：谁想到她去匹配姻缘。
［42］何须：何必。
［43］缘由：根由、缘故。
［44］得好休，便好休：能罢休放手，便罢休放手；能好好地了结，就了结了吧。
［45］女大不中留：当时谚语有“三不留”：“蚕老不中留，人老不中留（要死），女大不中留。”又有“女大不中留，留来留去留成愁”的说法，是说，女孩子大了就得让她出嫁，留而不嫁，就会造成麻烦。不中留，不可留、留不住。
［46］这端事：这件事。
［47］信者，人之根本：诚实信用这种品德，是做人的根本。
［48］“人而无信”五句：语出《论语·为政》。意思是人如果没有信誉，那就不知道他可以怎么行事了。就像牛车没安横木的輗（ní 音泥），马车没有按横木的軏（yuè 音月），车怎么能行走呢？大车，古代称牛拉的车叫大车。輗，车辕前面套牲口的横木两端的活销，是车上的关键部分。没有它就不能驾牲口，自然也无法行走。小车，马拉的车。軏，与輗相似。
［49］慕小姐颜色：爱慕莺莺美丽的容貌。
［50］区区：由衷、诚挚的样子。
［51］建：提出。
［52］策：本义指竹制的马鞭。这里是办法的意思。汉·桓宽《盐铁论·本议》：“立盐铁，始张利官以给之，非长策也。”
［53］悔却前言：翻悔了以前所说的话，以前答应了的又不算数了。
［54］“岂得”句：怎能不算失信呢？
［55］酬之以金帛：用金钱财物酬谢张生。
［56］“使怨女”三句：让成年未嫁的女子和成年未娶的男子经常互相见面，所以就

有这一件事。指莺莺与张生偷合。

[57] “施恩”二句：对别人有恩德，反而受别人侮辱，张生他能够容忍吗？

[58] 使至官司：假使告到官府。

[59] 推其详：推求、追究这件事的详细情况。

[60] 自专：按自己的意见行事。专，独断专行。这里有自以为是的意思。

[61] 乞望：希望，有恳求的意思。

[62] 台鉴：明察。台，称谓他人时的敬词。

[63] “莫若”二句：不如原谅他们的小过错，成合他们的婚姻大事。

[64] 撋（ruán 音软阳平，又读 nuó 音挪）之以去其污：成就他们的婚姻，以掩盖他们的污点。撋，本指以手揉摩，这里是撮合、成就的意思。

[65]〔麻郎儿〕：曲牌名。属北曲越调。定格为四、四、七、七，凡四句；下接〔幺篇〕换头，为二、二、二、七、七、七，共六句。此调例不单用本调，必接〔幺篇〕，同用于套曲中，多接〔圣药王〕后，居〔络丝娘〕前。

[66] 文章魁首：文章写得最好的人。魁首，首领。

[67] 仕女班头：妇女中的杰出人物。仕女，贵族妇女、大家闺秀。班头，首领、领袖。

[68] “一个通彻”句：指张生通晓诸子百家各种学问。

[69] “一个晓尽”句：指莺莺会做妇女各种针黹（zhǐ 音止，缝纫、刺绣）活计。描鸾，描绘花鸟图案。

[70] 世有、便休、罢手：这样的事世上常有，算了，不要追究了，睁一只眼闭一只眼吧。世有，既有。

[71] “大恩人”句：张生是大恩人，怎能当作敌手？

[72] 起：起动、请来的意思。

[73] 草寇：聚于丛林草泽中的贼寇。比喻不善战斗、容易对付的乌合之众。

[74]〔络丝娘〕：曲牌名。属北曲【越调】。定格为七、七、七、四，共四句四韵；亦有将末句四字改作五字者；或在四字句后增句者，但甚少见；还有将首句七字变为两个四字句且作对偶者。用于套曲。

[75] “不争”二句：如果和张生成为对头，那就会给崔府上丢人现眼。参（shēn 音申）辰，参星和辰星。两颗星分在东方和西方，从不会在天空同时出现。卯酉（yǒu 音有），十二地支里，卯的方位在东，酉在西，是两个相对的时辰。参辰卯酉，比喻互不相见、敌对不合。

[76] 索穷究：须要仔细考虑。

[77] 道得是：说得对。

[78] 不肖（xiào 音笑）：不贤、不好。《荀子·富国》：“赏不行，则贤者不可得而进也；罚不行，则不肖者不可得而退也。”

[79] 再婚：嫁两次、改嫁。

［80］与了这厮罢：(把莺莺)给了这小子吧。

［81］吃我：被我、让我。吃，有受的意思。

［82］“月明”二句：语本宋·欧阳修〔生查(zhā音渣)子〕《元夕》词：“去年元月时，花市灯如昼，月上柳梢头，人约黄昏后。”

［83］“羞得我”句：羞得我背过脸儿用牙咬着袖子。衬着，垫着。

［84］则见鞋底尖儿瘦：只看见莺莺尖尖瘦瘦的鞋底。

［85］不休：没完没了。

［86］厮耨(nòu)：亲热。

［87］半星儿：半点儿。

［88］孽障：业障。佛教认为，做了恶业(坏事)能障碍正道叫业障。这里就是罪过、报应的意思。

［89］发：暴露、露馅儿。

［90］佯：假装。

［91］干休：完结。

［92］投首：自首。

［93］“俺家里”句：婚姻一般是由男家主动，备茶酒聘礼向女家求婚。现在反其事而行，由崔家倒陪茶酒，主动撮合成就婚事。陪茶陪酒，旧俗中的茶礼。茶，民间风俗，结婚前，由男方家庭下定亲的聘礼。聘礼必用茶。这一习俗起于何时，尚难确考。但茶叶与婚礼结缘，是从古代女子出嫁时的嫁妆开始的。据《藏史》载：公元641年，文成公主入藏时，带去的嫁妆中就有茶。到宋代，茶叶成为重要的聘礼，这反映了宋人对茶树生态的认识。《品茶录》：“种茶树必下子，若移植则不复生子，故俗聘妇，必以茶为礼。”以为茶树只能从种子萌芽成株，不能移植，故又称茶树为“不迁”，视茶为至性不移的象征。聘用茶，暗寓婚约一经缔结，便铁定不移，绝无反悔。撋就，迁就。

［94］“何须”句：不需要互通媒人就可以订婚。媒媾(gòu音构)，媒人。

［95］“我弃了”二句：意思是说，你这样胆小无用，我以后就不再管你的事了。弃了部署不收，不做师傅、不收你为徒。部署，宋元时的枪棒师傅。苗而不秀，庄稼苗长得好，却不吐穗开花。比喻没用的人。语出《论语·子罕》：“苗而不秀者有矣夫！秀而不实者有矣夫！”秀，庄稼开花。

［96］银样镴(là音辣)枪头：枪头样子像银的，实际是铁做的。比喻好看而不实用的样子货。镴，锡与铅的合金，比银软得多。

［97］非先王之德行不敢行：不是圣贤的道德行为就不该做。语出《孝经·卿大夫章》。前一个“行”字为名词，品德、品质、品行，读作“xìng(音性)”。后一个“行”字为动词，贯彻、实行，读作“xíng(音形)”。

［98］白衣：没有考中功名、没有官职的人，即平民。《史记·儒林传》：“武安侯田蚡(fén音坟)为丞相……延文学儒者数百人，而公孙弘以《春秋》，白衣为天子

三公，封以平津侯。”

[99] 驳落：落榜、未考取。

[100]“早则”句：早就把皱着的眉头放开了。展放，放开。

[101] 幽欢：深爱。

[102] 恰动头：刚开头。

[103] 消受：享受。

[104] 长亭：古代路旁设置的供行人休息的亭舍，常作送别饯行的地方。《白孔六帖》卷九：“十里一长亭，五里一短亭。”

[105]“寄语”二句：大意为我心爱的人就要离我远行了，寄语西河岸边的柳叶，深情地望着他与我一起为他送行吧！寄语，传语、转告。青眼，原指用黑眼珠对人正视，用以表示对人喜爱或器重，这里指柳叶。又，《晋书·阮籍传》载，阮籍能为青白眼，见礼俗之士就以白眼对待，见性情相投的人就用青眼对待。在这里语义双关。

[106]“来时”二句：是说张生应试归来的时候，洞房奏乐，张生与莺莺成就恩爱夫妻。鸣春昼，在春日鸣奏。

[107] 说媒红：宋元风俗，酬谢媒人的钱钞等礼物。红，代指办婚事时的赏钱或谢礼。

[108] 谢亲酒：宋元风俗，婚后第三日，男方准备酒席宴请岳父母及媒人，称为谢亲酒。

第 三 折[1]

（夫人、长老上，夫人云）今日送张生赴京，十里长亭，安排下筵席。我和长老先行，不见张生、小姐来到。

（旦、末、红同上）（旦云）今日送张生上朝取应，早是[2]离人[3]伤感，况值那暮秋天气，好烦恼人也呵！悲欢聚散一杯酒，南北东西万里程[4]。（唱）

【正宫·端正好】[5]碧云天，黄花地[6]，西风紧，北雁南飞。晓来谁染霜林醉？总是离人泪[7]！

【滚绣球】恨相见得迟，怨归去得疾[8]。柳丝长玉骢难系[9]，恨不倩疏林挂住斜晖[10]。马儿迍迍的行，车儿快快的随[11]，却告

了相思回避，破题儿又早别离[12]。听得一声去也，松了金钏[13]；遥望见十里长亭，减了玉肌[14]；此恨谁知[15]！

（红云）姐姐，今日怎么不打扮？（旦云）你那知我的心里呵！（唱）

【叨叨令】见安排著车儿、马儿，不由人熬熬煎煎的气[16]，有甚么心情花儿、靥儿，打扮的娇娇滴滴的媚[17]？准备著被儿、枕儿，则索[18]昏昏沉沉的睡；从今后衫儿、袖儿，都揾做重重叠叠的泪[19]！兀的不闷杀人也么哥[20]，兀的不闷杀人也么哥！久已后书儿、信儿，索与我恓恓惶惶的寄[21]。

（做到）（见夫人科）（夫人云）张生和长老坐，小姐这壁坐，红娘将酒来。张生，你向前来，是自家亲眷，不要回避。俺今日将莺莺与你，到京师休辱末[22]了俺孩儿，挣揣[23]一个状元回来者。（末云）小生托夫人余荫[24]，凭著胸中之才，视官如拾芥[25]耳。（洁云）夫人主见不差，张生不是落后的人。（把酒了，坐）（旦长吁科，唱）

【脱布衫】下西风黄叶纷飞[26]，染寒烟衰草萋迷[27]。酒席上斜签著坐的[28]，蹙愁眉死临侵地[29]。

【小梁州】我见他阁泪汪汪不敢垂[30]，恐怕人知。猛然见了把头低，长吁气，推整素罗衣[31]。

【幺篇】[32]虽然久后成佳配，奈时间[33]怎不悲啼。意似痴[34]，心如醉[35]，昨宵今日，清减了小腰围[36]。

（夫人云）小姐把盏[37]者！（红递酒，旦把盏长吁科，云）请吃酒！（唱）

【上小楼】合欢未已，离愁相继[38]。想著俺前暮私情，昨夜成亲[39]，今日别离。我谂知这几日相思滋味，却元来比别离情更增十倍[40]。

【幺篇】年少呵轻远别[41]，情薄[42]呵易弃掷[43]。全不想腿儿相挨，脸儿相偎[44]，手儿相携。你与俺崔相国做女婿，妻荣夫贵[45]，但得一个并头莲[46]，煞强如[47]状元及第！

（红云）姐姐，不曾吃早饭，饮一口儿汤水。（旦云）红娘，甚么汤水咽得下！（唱）

【满庭芳】供食太急[48]，须臾[49]对面，顷刻别离。若不是酒席间子母每当回避[50]，有心待与他举案齐眉。虽然是厮守[51]得一时半刻，也合著[52]俺夫妻每共桌而食。眼底空留意[53]，寻思起就里，险化做望夫石[54]。

（夫人云）红娘把盏者！（红把酒科，旦唱）

【快活三】将[55]来的酒共食，尝著似土和泥。假若便是土和泥，也有些土气息泥滋味[56]。

【朝天子】暖溶溶玉醅[57]，白泠泠[58]似水，多半是相思泪。眼面前茶饭怕不待要吃，恨塞满愁肠胃[59]！蜗角虚名，蝇头微利，拆鸳鸯在两下里[60]。一个这壁，一个那壁，一递一声长吁气[61]。

（夫人云）辆起车儿[62]，俺先回去，小姐随后和红娘来。（下）（末辞洁科）（洁云）此一行别无话儿，贫僧准备买登科录[63]看，做亲的茶饭[64]，少不得贫僧的。先生在意[65]，鞍马上保重者！从今经忏无心礼，专听春雷第一声[66]。（下）（旦唱）

【四边静】[67]霎时间杯盘狼籍[68]，车儿投东，马儿向西，两意徘徊，落日山横翠。知他今宵宿在那里？有梦也难寻觅。

（旦云）张生，此一行，得官不得官，疾便回来。（末云）小生这一去，白[69]夺一个状元。正是：青霄[70]有路终须到，金榜[71]无名誓不归。（旦云）君行别无所赠，口占一绝[72]，为君送行：弃掷今何

在？当时且自亲。还将旧来意，怜取眼前人[73]。（末云）小姐之意差矣，张珙更敢怜谁？谨赓[74]一绝，以剖[75]寸心：人生长远别，孰与最关亲？不遇知音者，谁怜长叹人[76]？（旦唱）

【耍孩儿】淋漓襟袖啼红泪[77]，比司马青衫更湿[78]。伯劳东去燕西飞，未登程先问归期。虽然眼底人千里[79]，且尽生前酒一杯。未饮心先醉[80]，眼中流血，心里成灰[81]。

【五煞】到京师服[82]水土，趁程途节饮食[83]，顺时自保揣身体[84]。荒村雨露宜眠早，野店风霜要起迟[85]！鞍马秋风里，最难调护，最要扶持[86]。

【四煞】这忧愁诉与谁？相思只自知，老天不管人憔悴[87]。泪添九曲黄河溢[88]，恨压三峰华岳低[89]。到晚来闷把西楼倚，见了些夕阳古道，衰柳长堤[90]。

【三煞】笑吟吟一处来，哭啼啼独自归。归家若到罗帏里，昨宵个绣衾香暖留春住[91]，今夜个翠被生寒有梦知[92]。留恋你别无意，见据鞍[93]上马，阁不住[94]泪眼愁眉。

（末云）有甚言语，嘱付小生咱！（旦唱）

【二煞】你休忧文齐福不齐[95]，我则怕你停妻再娶妻[96]，休要“一春鱼雁无消息”[97]！我这里青鸾[98]有信频须寄，你却休[99]金榜无名誓不归。此一节君须记：若见了那异乡花草，再休似此处栖迟[100]。

（末云）再谁似小姐，小生又生此念？（旦唱）

【一煞】青山隔送行，疏林不做美，淡烟暮霭相遮蔽。夕阳古道无人语，禾黍秋风听马嘶[101]。我为甚么懒上车儿内，来时甚急，去后何迟？

（红云）夫人去好一会，姐姐，咱家去！（旦唱）

【收尾】四围山色中，一鞭残照里[102]。遍人间烦恼填胸臆，量这些大小车儿如何载得起[103]！

（旦、红下）（末云）仆童，赶早行一程儿，早寻个宿处。泪随流水急，愁逐野云飞[104]。（下）

---

[1] 此折套数使用了借宫。作者在表现复杂的剧情时，感到只用本宫调曲牌往往难以满足剧本提出的要求，设法到其他宫调中寻找合适的曲牌就叫借宫。借宫，只限于向音调相近的宫调借取，而且各宫调中能借出的曲牌只是很少一部分。借宫打破了联套原本仅限于同一宫调曲牌的规定，丰富了剧曲的表现力，使之更具变化。此折套数的曲调是【正宫】，但其所用曲子中属于【正宫】的只是前面的〔端正好〕〔滚绣球〕〔叨叨令〕〔脱布衫〕〔小梁州〕等几支；后面的〔上小楼〕〔满庭芳〕〔快活三〕〔朝天子〕〔四边静〕等属于【中吕宫】，〔耍孩儿〕〔煞〕（包括〔五煞〕〔四煞〕〔三煞〕〔二煞〕〔一煞〕）等属于【般涉调】。

[2] 早是：本来已是、早已是。

[3] 离人：即将分手上路的人。

[4] “悲欢”二句：是说饮罢一杯酒之后，就要分离，相隔天涯海角。悲欢、聚散，都是偏义复词，取悲、散义。

[5] 【正宫·端正好】：起凤馆刊《元本出相北西厢记》评此曲云：“碧云、黄花、西风、北雁，声声色色之间，离离合合之情，便是一篇赋，纵着《离骚》卷中不得，亦自《阳关曲》以上。”

[6] 碧云天，黄花地：天空飘着秋云，地上菊花零落。化用宋·范仲淹〔苏幕遮〕词：“碧云天，黄叶地，秋色连波，波上寒烟翠。”黄花，菊花。用菊花落地的秋景来烘托送别的凄凉气氛。宋·李清照〔声声慢〕词有“满地黄花堆积”句。

[7] “晓来”二句：清晨，是谁把经霜的枫林染得这样红？一定是离人带血的眼泪。霜林醉，枫树林经霜变红，就像人喝醉了酒脸色红晕一样。

[8] 疾：迅速。

[9] “柳丝长”句：柳条虽然很长，却拴不住张生离去的马。不能留住张生的意思。玉骢（cōng 音匆），马名，即玉花骡，一种毛色青白间杂的骏马。这里指张生的坐骑。倩（qìng 音庆），请。对聚短离长、分别在即、无法挽留的心

情，描绘得异常逼真。金圣叹此处评："通篇反反覆覆，曲曲折折，都只写此'迟''疾'二句也。又添'柳丝'一句者，是甚写其疾也。"

[10] "恨不"句：恨不得请稀疏的树林把快要落山的太阳挂住。是说让太阳迟一点儿落山，好让张生晚走一会儿。斜晖，傍晚的阳光。

[11] "马儿"二句：张生骑马在前，因依恋而慢慢地走；莺莺坐车在后，因难舍而紧紧地跟随。迍迍（zhūn zhūn 音谆谆），行动缓慢、流连不进的样子，犹言"慢吞吞"。车儿，指莺莺所坐的马车。张生骑马慢行，莺莺坐车快随，写出两人缠绵情深、难舍难分之状。

[12] "却告"二句：意即刚刚结束了相思，却又开始了离别。却，才。回避，躲开。破题儿，诗文的开头叫破题，这里比喻事情的开端、起始。

[13] "听得"二句：听到张生告别，愁得手上的镯子立刻脱落了，即人瘦衣肥的意思。松了金钏，以镯子脱落状人之瘦损。钏，臂镯的古称。即今之手镯。

[14] "遥望见"二句：远远看到即将分手的长亭，愁得人立即消瘦下来。减了玉肌，极言离别之恨，富于夸张，颇有诙谐意味。

[15] 此恨谁知：这种悲伤的心情有谁能理解呢？恨，惆怅、遗憾。

[16] "不由人"句：是说被气得痛苦不堪。熬熬煎煎，即熬煎，折磨、痛苦的意思。

[17] "有甚么"二句，是说离别的忧愁使莺莺已经没有心情去梳妆打扮了。花儿，指头上戴花。靥（yè 音夜）儿，古代妇女贴在额部或两鬓的花饰。唐·韦固的妻子小时被刀刺伤眉间，长成后眉间常贴一花钿掩饰，容色华丽，以后女妆遂有靥饰（见唐·李复言《续玄怪录·定婚店》）。媚，美好。

[18] 则索：只得、只能。

[19] "从今后"二句：是说分别后，用衫袖揩抹眼泪，衫袖上泪痕重叠，新旧相压。揾，擦。

[20] "兀的"句：这岂不活活闷死人吗？兀的，发语词，表示惊异或加重语气。也么哥，元曲中常用的句末衬字，无意义。

[21] "久已后"二句：分别以后可要多多给我写信哪。索，要、当。恓恓（xī xī 音西西）惶惶，即恓惶，匆忙不安的样子。这里作"急忙""赶紧"解。

[22] 辱末：辱没、玷辱。这里指落第后与莺莺相国小姐的身份不相称。

[23] 挣揣（zhèng chuài 音政踹）：挣扎。这里是争取、夺得之意。

[24] 托夫人余荫（yìn 音印）：靠夫人的荫庇（bì 音必）。荫，荫庇，即保佑子孙或尊长照顾晚辈。

[25] 视官如拾芥（jiè 音介）：把得官看得像从地上拾取一根草棍那样容易。官，作动词用，取得官职。芥，草棍。《汉书·夏侯胜传》："胜每讲授，常谓诸生：'士病不明经术；经术苟明，其取青紫（官位）如俯拾芥耳。'"

[26] "下西风"句：枯黄的树叶，在秋风中纷飞飘落。

[27] "染寒烟"句：秋天的衰草在寒风中呈现一派迷茫景象。寒烟，寒气。萋迷，

草木盛貌。

[28] “酒席上”句：是说张生侧身斜坐在酒席间。斜签，侧身而坐。旧时晚辈在长辈面前不能实坐，只能斜身坐一侧。这是晚辈恭敬侍坐的一种礼节。

[29] 死临侵地：形容无精打采、死气沉沉的痴呆模样。临侵，词尾，表示程度之深。

[30] 阁泪汪汪不敢垂：眼里含着泪水，却不敢让它流出来。语出宋·夏竦〔鹧鸪天〕《镇日无心扫黛眉》词：“尊前只恐伤郎意，阁泪汪汪不敢垂。”阁泪，含泪。阁，通“搁”，此为忍住、含着之意。

[31] 推整素罗衣：装作整理衣裳。推，推托、借故，这里有“假装”的意思。指张生含泪不想让人看见，猛然被人看到，便假装在整理衣裳。素罗衣，素色的绸衣。

[32] 〔幺篇〕：元杂剧中凡重复前曲的叫“幺篇”，与前曲的字数有时有出入。

[33] 奈时间：怎奈时间太长的意思。时间，目前、现时。

[34] 意似痴：神情痴呆像个傻子。

[35] 心如醉：心里晕晕乎乎，像喝醉了酒。

[36] “昨宵”二句：只有一天工夫，就腰肢瘦损了。

[37] 把盏：端酒杯。

[38] “合欢”二句：成亲的欢乐刚开了个头，又接上了分离的痛苦。未已，没有完结、时间不久、刚开始的意思。

[39] 成亲：这里指允婚。

[40] “我谂（shěn 音审）知”二句：这几天，我已经深深体会到了相思滋味的苦痛难堪，原来这别离之情比相思更苦十倍。谂知，熟悉、深知。

[41] 年少呵轻远别：年轻人不把离别当回事。轻，轻易、不重视的意思。

[42] 情薄：感情淡泊。

[43] 弃掷：抛弃，指厌旧喜新。

[44] 偎（wēi 音微）：贴。

[45] 妻荣夫贵：夫荣妻贵是通常的观念，这里反用之，意为丈夫也可以因妻子而尊贵起来。

[46] 并头莲：并蒂莲。比喻相爱的夫妻。

[47] 煞强如：远远胜过。煞，极、甚。

[48] 供食太急：酒菜上得太快。

[49] 须臾：一会儿，时间短暂。

[50] “若不是”句：如果不是在母亲面前应当避忌一些，我有心在酒席上和张生叙一叙夫妻之情。子母每当回避，母女间应当避忌。

[51] 厮守：相守、相聚。

[52] 也合著：也算是。

［53］ 眼底空留意：白白地以目传情，表达心意。

［54］ “寻思”二句：思想起内里这些事情来，真让人对张生的离去依依不舍，我几乎要化作望夫石了。就里，内中的实际情况。这里指与张生恋爱过程中的波折。险，险些、差一点儿。

［55］ 将：拿。

［56］ “假若”二句：是说这酒食连泥土都不如，一点儿滋味也没有。

［57］ 玉醅（pēi 音胚）：美酒。醅，没滤过的酒。

［58］ 白泠泠：清澈状。这里比喻美酒无味。

［59］ “眼面前”二句：面前的茶饭难道不想吃？只是因为离愁别恨塞满肠胃，吃不下去。怕不待要，难道不想、何尝不想。

［60］ “蜗角”三句：都是为了那一点点名和利，把美好的夫妻拆散在两下里。蜗角虚名，比喻因琐细之事引起的争端。典出《庄子·则阳》：一个在蜗牛左角建的国家，叫触氏，一个在蜗牛右角建的国家，叫蛮氏。两国经常为争夺地盘而战，“伏尸数万”。郭象注：“诚知所争者若此之细也，则天下无争矣。”蝇头微利，喻指微小的利益。汉·班固《难庄论》载：“众人之逐世利，如青蝇之赴肉汁也。青蝇嗜肉汁而忘溺死，众人贪世利而陷罪祸。”

［61］ “一递”句：意为（红娘）每递一盏酒，（莺莺和张生）就长叹一声。一递一声，你一声，我一声，指两个人的叹气声相互交替。递，交替。

［62］ 辆起车儿：驾起车子。辆，作动词用。

［63］ 登科录：登载科举考试被录取进士姓名的名册。唐人称为进士登科记，宋人称为登科小录。宋·高承《事物纪原·学校贡举部》“登科记”条：“《唐会要》曰：大中十年四月，礼部侍郎郑颢，进士诸家科目十三卷，敕，自今后放榜讫，仰写及第人姓名，仍付所司，逐年编次。《摭言》曰：永徽以前，俊士、秀才二科，犹与进士并列。咸亨后，由文学举于有司者，竞集于进士。由是赵傪（cān 音参）删去俊秀，故目之曰进士登科记。其事之始，疑自唐初，而独以进士登科名记，当起于高宗时赵傪云。”

［64］ 做亲的茶饭：结婚的筵席。

［65］ 在意：小心、注意。

［66］ “从今”二句：谓从此无心于佛事，只等待张生及第的喜报。经，指佛经。忏，佛教善男信女忏悔罪过的文书。礼，顶礼，这里指诵习。春雷第一声，指张生高中状元的好消息。进士考试于春正、二月举行，故称中第消息为春雷第一声。

［67］ 〔四边静〕：曲牌名。南北曲均有。北曲属【中吕宫】。定格为四、七、四、四、二、二、五，共七句七韵。或谓其中两个二字句应为四字一句，则全曲只六句。末句宜以去声韵收。用于〔快活三〕或〔朝天子〕后为带过曲，不独作小令。

[68] 狼籍：同“狼藉（jí 音疾）”，散乱不堪、杂乱不堪。

[69] 白：不费力气，指轻而易举。

[70] 青霄：青云。指科举中第、飞黄腾达。

[71] 金榜：殿试被录取的进士榜单，因是用黄纸书写的，故曰“金榜”，也叫“黄甲”。

[72] 口占（zhān 音沾）一绝：不打草稿，随口吟出一首绝句诗。

[73] “弃掷”四句：出自唐·元稹之《莺莺传》，意为抛弃我的人现在何处？想当初对我是那么亲热。现在又用原来对我的情意，去爱怜眼前的新人。这里是莺莺设想张生赴京后的情景，担心张生变心，自己被弃。怜，爱。眼前人，新的情人。

[74] 赓：继续，依原韵或原意和诗。

[75] 剖：这里是剖析、表白的意思。

[76] “人生”四句：远别是人生常有的事，谁跟我最相亲？我再遇不到知心的人了，谁还能同情我这个长吁短叹的人？意思是说，除了你莺莺小姐之外，我不会再有知己了。长，常。孰与，这里是“与谁”的意思。知音者，指莺莺。长叹人，张生自指。

[77] “淋漓”句：泪水纵横沾满了襟袖。淋漓，沾湿的样子。红泪，女子的眼泪。晋·王嘉《拾遗记》卷七：魏文帝宠爱的女子薛灵芸被选入宫时，与父母辞别，用玉壶接自己的泪水，壶就出现红色，等到了京城，壶中泪凝如血了。后因称美女的泪为“红泪”。

[78] “比司马”句：本自唐·白居易《琵琶行》诗：“座中泣下谁最多？江州司马青衫湿。”后人以司马青衫指白居易，亦用来比喻极为悲伤哀痛。司马，职官名。青衫，指卑微的官服。

[79] “虽然”句：虽然眼前是要到千里之外去的人。眼底，眼前。人千里，指要去到千里之外的人。

[80] 未饮心先醉：出自唐·刘禹锡《酬令（líng 音灵）狐相公杏园花下饮有怀见寄》诗。表现莺莺饯别时的极端愁苦。

[81] “眼中”二句：形容极端痛苦和悲哀。据《烟花录》载，某商人与一少女相恋，未能结良缘，女思念成疾而死。其父焚化尸首时，见女儿心中有一个像铁一样的东西不能焚化，经磨拭，可照见女子与商人相对的人形。商人回来目睹此物，泪下成血，滴在此物上，立即化而成灰。

[82] 服：习惯、适应。

[83] 趁程途节饮食：路途上要节制饮食。趁程途，赶路。趁，赶。

[84] “顺时”句：顺应时令的变化，估量着保重自己的身体。保揣，量力而行、保重自己。

[85] “荒村”二句：两句互文见义，指荒村野店，雨露风霜，应当早睡晚起。

[86] “鞍马”三句：在秋天赶路，很难调护好身体，应当特别留心照料自己。鞍马，骑马赶路。秋风里，指在秋风中远行。扶持，当心、留意。

[87] “这忧愁”三句：是说这相思之苦无人可以诉说，只有自己知道，连老天也没有一点儿同情。

[88] “泪添”句：我的泪水之多，流到九曲黄河里，能使黄河泛滥。九曲黄河，黄河在积石山到龙门一段多弯曲，故称“九曲黄河”。

[89] “恨压”句：我的相思愁恨之重，压在华岳三峰上，能把三峰压低。华岳三峰，即西岳华山，在今陕西省华阴市南。华山的中峰莲花峰、东峰仙人掌、南峰落雁峰，世称华岳三峰（一说三峰为莲花峰、毛女峰，松桧峰）。

[90] “到晚来”三句：黄昏到来，独倚西楼，愁闷地望向你所在的远方，却只看到了夕阳下的古道、长堤上的衰柳。

[91] “昨宵个”句：昨天还用兰麝把绣被熏得香香的、暖暖的，一片春情蜜意。个，语助词，无义。留春住，夫妻同眠。

[92] “今夜个”句：是说张生去后，莺莺时刻不忘，相思成梦。

[93] 据鞍：扶鞍、跨上马鞍。

[94] 阁不住：忍不住。

[95] 文齐福不齐：宋元时成语，指有文才却没有考中。

[96] 停妻再娶妻：指将前妻抛在一边而另行娶妻，即重婚。

[97] 一春鱼雁无消息：长久地没有音信。袭用宋·秦观〔鹧鸪天〕《枝上流莺和泪闻》词：“一春鱼鸟无消息，千里关山劳梦魂。”一春，一个春天或一年，泛指时间长。鱼雁，指书信。古乐府《饮马长城窟行》：“呼儿烹鲤鱼，中有尺素书。”《汉书·苏武传》：“教使者谓单于，言天子射上林中，得雁，足有系帛书言武等在某泽中。”

[98] 青鸾：鸟名，传说是为西王母送信的使者。传说汉武帝时，西王母降临，先派青鸾来报信，后世遂以青鸾为信使的代称。

[99] 你却休：你千万不要。

[100] “若见了”二句：是说到了别的地方，不要像对我一样再去耽恋别的女子。异乡花草，其他地方的花草，比喻他乡美女。栖迟，《诗经·陈风·衡门》：“衡门之下，可以栖迟。”本指久居，滞留不走。这里指流连、迷恋。

[101] “夕阳”二句：写张生去后，黄昏落日之中，走在寂寞少人行的道路之上，满目秋稼，只能听到马在秋风中嘶鸣。古道，寂寞少人行的道路。禾黍，泛指黍稷稻麦等粮食作物。禾指谷类作物，黍指黏米。马嘶，马鸣声。

[102] 残照里：落日的余晖之中。

[103] “遍人间”二句：化用宋·李清照〔武陵春〕词“只恐双溪舴艋（zé měng 音泽猛）舟，载不动，许多愁”的意境。意思是整个人世间的烦恼都填在我的心中，这么点儿的小车儿怎么能装得下。臆（yì 音亿），胸。量（liáng 音亮），估

量。大小车儿，实指小车儿。大小，偏用小字。

[104]“泪随”二句：眼泪随着流水急遽地流着，离愁追着天际的浮云飘飞。

第四折

（末引仆骑马上，开）离了蒲东早三十里也。兀的前面是草桥，店里宿一宵，明日赶早行。这马百般儿不肯走。行色一鞭催去马[1]，羁愁万斛引新诗[2]。（唱）

【双调·新水令】望蒲东萧寺暮云遮[3]，惨离情半林黄叶[4]。马迟人意懒[5]，风急雁行斜[6]。离恨重叠，破题儿第一夜。

想著昨日受用[7]，谁知今日凄凉！（唱）

【步步娇】昨夜个翠被香浓薰兰麝，欹珊枕把身躯儿趄[8]。脸儿厮揾者[9]，仔细端详，可憎的别[10]。铺云鬓玉梳斜，恰便似半吐初生月[11]。

早至也，店小二哥那里？（小二哥上，云）官人[12]，俺这头房里下。（末云）琴童接了马者！点上灯，我诸般不要吃[13]，则要睡些儿。（仆云）小人也辛苦，待歇息也。（在床前打铺做睡科）（末云）今夜甚睡得到我眼里来也[14]！（唱）

【落梅风】旅馆欹单枕，秋蛩鸣四野[15]，助人愁的是纸窗儿风裂[16]。乍孤眠被儿薄又怯[17]，冷清清几时温热！

（末睡科）（旦上，云）长亭畔别了张生，好生放不下。老夫人和梅香都睡了，我私奔[18]出城，赶上和他同去。（唱）

【乔木查】[19]走荒郊旷野，把不住[20]心娇怯，喘吁吁难将两气接。疾忙赶上者，打草惊蛇[21]。

【搅筝琶】他把我心肠扯[22]，因此不避路途赊[23]。瞒过俺能拘管的夫人，稳住[24]俺厮齐攒[25]的侍妾。想著他临上马痛伤嗟[26]，哭得我也似痴呆。不是我心邪[27]，自别离已后，到西日初斜，愁得来陡峻[28]，瘦得来咋嗻[29]。则离得半个日头，却早又宽掩过翠裙三四褶[30]，谁曾经这般磨灭[31]？

【锦上花】有限姻缘，方才宁贴[32]；无奈功名，使人离缺[33]。害不了的愁怀，却才觉些；掉不下的思量，如今又也[34]。清霜净碧波[35]，白露下黄叶[36]。下下高高，道路凹折[37]；四野风来，左右乱踅[38]。我这里奔驰，他何处困歇[39]？

【清江引】呆答孩[40]店房儿里没话说，闷对如年夜[41]。暮雨催寒蛩，晓风吹残月，今宵酒醒何处也[42]？

（旦云）在这个店儿里，不免敲门。（末云）谁敲门哩？是一个女人的声音。我且开门看咱，这早晚是谁？（唱）

【庆宣和】是人呵疾忙快分说，是鬼呵合速灭[43]。（旦云）是我。老夫人睡了。想你去了呵，几时再得见，特来和你同去。（末唱）听说罢将香罗袖儿拽[44]，却元来是姐姐、姐姐！

难得小姐的心勤[45]！（唱）

【乔牌儿】你是为人须为彻[46]，将衣袂不藉[47]。绣鞋儿被露水泥沾惹，脚心儿管踏破也[48]。

（旦云）我为足下呵，顾不得迢递[49]。（旦唧唧[50]了，唱）

【甜水令】想著你废寝忘餐，香消玉减[51]，花开花谢[52]，犹自觉争些[53]；便枕冷衾寒，凤只鸾孤[54]，月圆云遮，寻思来有甚伤嗟？

【折桂令】想人生最苦离别，可怜见[55]千里关山[56]，独自跋

涉[57]。似这般割肚牵肠，到不如义断恩绝[58]。虽然是一时间花残月缺[59]，休猜做瓶坠簪折[60]。不恋豪杰，不羡骄奢；生则同衾，死则同穴[61]。

（外净[62]一行[63]扮卒子上，叫云）恰才见一女子渡河，不知那里去了。打起火把者。分明见他走在这店中去也，将出来！将出来！（末云）却怎了？（旦云）你近后，我自开门对他说。（唱）

【水仙子】硬围着普救寺下锹撅[64]，强当住咽喉仗剑钺[65]，贼心肠馋眼脑天生得劣。（卒子云）你是谁家女子，夤夜[66]渡河？（旦唱）休言语，靠后些！杜将军你知道他是英杰，觑一觑著你为了醯酱[67]，指一指教你化做背血[68]。骑著匹白马来也。

（卒子抢旦下）（末惊觉，云）呀，元来却是梦里！且将门儿推开看，只见一天露气，满地霜华，晓星初上，残月犹明。无端燕鹊高枝上，一枕鸳鸯梦不成。

【雁儿落】绿依依墙高柳半遮[69]，静悄悄门掩清秋夜，疏剌剌林梢落叶风，昏惨惨云际穿窗月[70]。

【得胜令】惊觉我的是颤巍巍竹影走龙蛇[71]，虚飘飘庄周梦蝴蝶[72]，絮叨叨促织儿[73]无休歇[74]，韵悠悠[75]砧声儿[76]不断绝。痛煞煞伤别，急煎煎好梦儿应难舍；冷清清的咨嗟[77]，娇滴滴玉人儿何处也？

（仆云）天明也。咱早行一程儿，前面打火[78]去。（末云）店小二哥，还你房钱，鞴[79]了马者。（唱）

【鸳鸯煞】柳丝长咫尺情牵惹，水声幽仿佛人呜咽。斜月[80]残灯，半明不灭。唱道是旧恨连绵[81]，新愁郁结；恨塞离愁满肺腑，难淘泻[82]。除纸笔代喉舌，千种相思对谁说[83]！（并下）

【络丝娘煞尾】都则为一官半职，阻隔得千山万水。

题目　小红娘成好事　老夫人问由情

正名　短长亭斟别酒　草桥店梦莺莺

---

［1］“行色”句：扬鞭催马离开了普救寺。行色，出行时的情景。去马，远行的马。

［2］“羁（jī 音基）愁”句：出门在外，愁绪满怀，只有用新诗来抒写相思之情。羁愁，行旅人的愁苦。唐·司空图《江行》诗：“行纪添新梦，羁愁甚往年。”斛（hú 音胡），古代的量器，十斗为一斛，南宋末改为五斗一斛。万斛愁，形容愁绪很多。

［3］“望蒲东”句：回望普救寺，被暮云遮住了。萧寺，见第一本楔子注［42］。

［4］“惨离情”句：看到树林里稀疏的黄叶，更增添了凄惨的离情。半林黄叶，黄叶脱落，树林变得稀疏。

［5］马迟人意懒：意谓马之所以走得慢吞吞，是因为人的心意懒散。马迟，马走得缓慢。

［6］风急雁行（háng 音杭）斜：因为风大，把南飞的雁行也吹斜了。雁行，雁群飞行的行列。

［7］受用：享受、快活。

［8］“攲（qī 音期）珊枕”句：歪着身子斜靠在枕头上。攲，倾斜、斜靠。珊枕，华美的枕头。趄（qiè 音窃），倾斜、侧身。

［9］脸儿厮揾着：犹脸蛋儿相偎着。

［10］可憎的别：特别可爱、异常可爱。别，特别、格外。

［11］“铺云鬓”二句：张生回想莺莺梳妆的情景。意谓茂密乌云般的鬓发上斜插着一把玉梳，就像从云海里露出的半轮明月。玉梳，贵重的梳子。半吐，半露，在云里半露出来。初生月，弯弯的月亮，这里指莺莺美丽光洁的面庞；一说“初生月”比喻“玉梳”。

［12］官人：本指做官的人，后来也称普通男子。

［13］诸般不要吃：所有的东西都不想吃，什么也不吃。

［14］“今夜”句：今晚我怎能睡得着呢?

［15］秋蛩（qióng 音穷）鸣四野：蟋蟀在荒野鸣叫。蛩，蟋蟀。

［16］“助人”句：风吹破了窗纸，更增加了人的愁绪。

［17］怯：指因被寒而使人胆怯。

［18］私奔：暗自逃走。

［19］〔乔木查〕：写崔莺莺梦境的内心情感。“梦”在《草桥惊梦》这一折中仅占据

了一半的篇幅，但《西厢记》之梦境已与人物的内心情感产生了关联。毛西河言："元词多以惊梦写离思，如《梧桐雨》《汉宫秋》类，原非创体。况此直本《董词》，毫无增减，谓《西厢》之文青出于蓝可也。"徐复祚认为："《西厢》之妙，正在于《草桥》一梦，似假疑真，乍离乍合，情尽而意无穷。"

[20] 把不住：止不住。把，控制。

[21] 打草惊蛇：做事不缜密，致使别人有了防备。这句是说，赶快追上张生吧，不要惊动了别人。唐·段成式《酉阳杂俎》载，唐代当涂县令王鲁贪图财货，有人向他控告主簿（县令属下的小官）贪污受贿。王鲁知道自己也有同样的行为，就在状子上批道："汝虽打草，吾已惊蛇。"意思是说：你们虽然打的是草（指告发的是主簿），却已经惊动了草里的蛇（指自己也受到了警告）。

[22] 扯：牵挂。

[23] 赊（shē 音奢）：遥远。

[24] 稳住：安稳住、不惊动。

[25] 厮齐攒：有纠缠的意思。齐攒，搅扰、搅闹。

[26] 伤嗟：悲痛。嗟，叹息。

[27] 心邪：心中着了邪，指胡思乱想。

[28] 陡峻：本指山势突然拔起，直上直下，又高又陡，极其险峻。此处形容愁思程度很深、很严重。

[29] 哞嗻（chē zhē 音车遮）：厉害。这里指瘦得很。

[30] "则离得"二句：意谓只分离了半天，人已经瘦得连裙子都宽出三四个褶子。半个日头，半天工夫。褶，指衣褶。

[31] 磨灭：折磨、耗损。

[32] "有限"二句：指张生与莺莺的姻缘是需要张生高中方成。宁贴，妥帖。

[33] 离缺：离别。

[34] "害不了"四句：没完没了的愁怀，刚刚好一点儿（指老夫人允婚），无法摆脱的相思，如今又萦绕在心头（指离别）。了，完结。觉，同"较"，病愈。

[35] 清霜净碧波：秋天来临，使得水波格外清澈。净，作动词用，使（水波）清澈。

[36] 白露下黄叶：秋露使得枯黄的叶子纷纷坠下。

[37] "下下"二句：是说道路高低不平，曲折难行。下下，低低。凹（āo 音熬阴平）折，坑洼、曲折。

[38] "四野"二句：是说野外风大，吹得人左右旋转。踅（xué 学），来回走、旋转。

[39] 困歇：宿、过夜。

[40] 呆答孩：亦作"呆打孩"。发呆、发愣。

[41] 如年夜：度夜如年。

[42] "晓风"二句：晨风吹着天边的残月，今天酒醒时在哪里呢。语本宋·柳永

〔雨霖铃〕词："多情自古伤离别，更那堪，冷落清秋节！今宵酒醒何处？杨柳岸，晓风残月。此去经年，应是良辰好景虚设。便纵有千种风情，更与何人说？"原诗和《西厢记》都是借此情此景表现离愁别绪。"晓风吹残月，今宵酒醒何处也？"变更词序并没有其他的什么用意，只是将原来适应词牌的格式变成了一种用在杂剧唱词中的诗化的语言。"晓风"对"暮雨"，"吹"对"催"，"残月"对"寒蛩"，形成工整的对仗。"今宵酒醒何处"后加上的一个"也"字，是语助词，没有实义，但是起到了押韵的作用。

[43] 是鬼呵合速灭：如果是鬼的话，应该快快祛除。合，应当。

[44] 拽（yè 音夜）：同"曳"，拉、扯，指拉莺莺的袖子。

[45] 心勤：想得周到、想得全面。

[46] 为人须为彻：宋元俗语，帮人要帮到底，有始有终。

[47] 将衣袂不藉（jiè 音借）：意谓（急忙赶路）一点儿也不顾惜自己的衣衫。袂，衣袖，这里代指衣衫。不藉，就是不顾惜。藉，顾惜之意。

[48] "脚心儿"句：脚掌一定被磨破了。管，肯定、准是。

[49] 迢递：遥远的样子。唐·孟浩然《赴京途中遇雪》诗："迢递秦京道，苍茫岁暮天。"

[50] 唧唧：叹息声。唐·白居易《琵琶行》："我闻琵琶已叹息，又闻此语重唧唧。"

[51] 香消玉减：指面容憔悴。

[52] 花开花谢：任凭花开花落，指精神颓丧。

[53] 觉争些：较差些。意谓你因思念而香消玉减，比起枯萎凋谢的花儿更加不堪。"较"与"争"都是差的意思。

[54] 枕冷衾（qīn 音亲）寒，凤只鸾孤：指夫妻分离，形单影只。

[55] 可怜见：意为可怜，"见"为语助词，无义。

[56] 千里关山：遥远的路途。关山，行路时途中遇到的关隘和山川，用以代指路途。《木兰辞》："千里赴戎机，关山度若飞。"

[57] 跋涉：行路艰难、辛苦奔波的意思。跋，走山路。涉，走水路。

[58] "似这般"二句：极言分离的痛苦难以忍受。义断恩绝，指一刀两断。

[59] 一时间花残月缺：花儿凋残了可以再开，月亮缺了可以再圆。比喻夫妻短暂的分离后还将最终团聚，所以说只是"一时间"。

[60] 瓶坠簪折：银瓶坠落，玉簪折断。比喻拆散夫妻，半路分离。语出唐·白居易《井底引银瓶》诗，写青年男女私订终身，同居五六年，女子为公婆逼迫，被抛弃。她在临行时说："井底引（往上提）银瓶，银瓶欲上丝绳绝（断）。石上磨玉簪，玉簪欲成中央折。瓶沉簪折知奈何？似妾今朝与君别。"瓶，指银瓶，汲水的器具。

[61] "生则"二句：意谓夫妻生死与共，永不分离。同衾，即同室而居，同床而眠，盖一条被子。衾，被子。同穴，指死后同葬一处，仍不分开。穴，墓穴。

[62] 外净：杂剧角色名。

[63] 一行（xíng 音形）：一帮人。

[64] “硬围着”句：大约说强行包围着旅店动刀动枪。普救寺，这里指旅店。下锹撅，用锹挖土。锹，挖土的工具。撅，古通“掘”，挖掘，穿。

[65] “强当住”句：意谓手执兵器硬逼着人的咽喉。仗，手持武器曰仗。钺（yuè 音月），一种兵器。《尚书·顾命》：“一人冕，执钺。”郑玄笺曰：“钺，大斧。”这里泛指兵器。

[66] 夤（yín 音银）夜：深夜。夤，深。

[67] 为了醯（xī 音希）酱：成了肉酱。醯酱，即肉酱。醯，醋。

[68] 膋（liáo 音辽）血：血水。膋，肠子上的脂肪。《诗经·小雅·信南山》：“执其鸾刀（带有鸾铃可发出响声的刀），以启其毛，取其血膋。”

[69] “绿依依”句：弯弯柔弱的绿柳下垂，遮盖了半面高墙。依依，柳条柔软下垂的样子。《诗经·小雅·采薇》：“昔我往矣，杨柳依依；今我来思，雨（yù 音玉，下雨、雪）雪霏霏。”

[70] 穿窗月：透过窗户照到内室的月光。

[71] 颤巍巍竹影走龙蛇：轻轻摇动的竹影，就像龙蛇在游动一般。

[72] “虚飘飘”句：原来是虚飘飘的一场幻梦被惊醒了。庄周梦蝴蝶，用庄周之事，《庄子·齐物论》：“昔者庄周梦为胡蝶，栩栩然（虚飘飘的样子）胡蝶也，自喻适志与！不知周也（自己觉得在任情飞舞，不知道自己是庄周）。俄然觉（忽然而醒），则蘧然（惊喜的样子，蘧音 qú）周也（则实在是庄周）。不知周之梦为胡蝶与，胡蝶之梦为周与。”胡蝶，即蝴蝶。后用为梦的典故。

[73] 促织儿：指蟋蟀。

[74] 无休歇：无休止。指叫声不停。

[75] 韵悠悠：远处传来有节奏的声音。

[76] 砧（zhēn 音针）声儿：捣衣声。砧，捣衣石。

[77] 咨嗟：叹息。

[78] 打火：旅途中吃饭。

[79] 鞴（bèi 音备）：作动词用，意思是将鞍辔等套在马上，即备马。

[80] 斜月：西斜的落月。

[81] 连绵：不断的样子。

[82] 淘泻：宣泄、排遣。

[83] “除纸笔”二句：除了用书信向莺莺表达自己的衷情之外，这相思无人可诉。纸笔代喉舌，用纸和笔代替自己的口。千种相思对谁说，暗用宋·柳永〔雨霖铃〕《秋别》词中“便纵有千种风情，更与何人说”句意。

第五本 张君瑞庆团圞

楔 子

（末引仆人上，开，云）自暮秋与小姐相别，倏经半载[1]之际。托赖祖宗之荫，一举及第，得了头名状元。如今在客馆[2]，听候圣旨御笔除授[3]。惟恐小姐挂念，且修[4]一封书，令琴童家去，达知夫人[5]，便知小生得中，以安其心。琴童过来，你将文房四宝[6]来，我写就家书一封，与我星夜到河中府去。见小姐时说："官人怕娘子忧，特地先著小人将书来。"即忙接了回书来者。过日月好疾也呵！（唱）

【仙吕·赏花时】相见时红雨纷纷点绿苔[7]，别离后黄叶萧萧[8]凝暮霭。今日见梅开[9]，别离半载。琴童，我嘱付你的言语记著！则说道特地寄书来。（下）

（仆云）得了这书，星夜望河中府走一遭。（下）

---

[1] 倏（shū 音书）经半载：意犹转眼之间过了半年。倏，忽然、迅速之义。原义为犬疾行，见《说文·犬部》。引申为疾速、忽然。

[2] 客馆：招待宾客的馆舍。

[3] 御笔除授：皇帝亲笔任命。除授，授予官职。

[4] 修：写。

[5] 夫人：这里指莺莺。

[6] 文房四宝：指笔、墨、纸、砚四种文具。文房，书房。

[7] "相见时"句：回忆与莺莺初相见时的景致——落花片片撒满一地，点缀着绿

色的青苔。红雨，落花，在古诗文中多用于表示春天结束的意象。唐 · 李贺《将（qiāng 音枪）进酒》诗："况是青春日将暮，桃花乱落如红雨。"

[8] 萧萧：落叶声。唐 · 杜甫《登高》诗："无边落木（叶）萧萧下，不尽长江滚滚来。"

[9] 梅开：梅花开的时候。梅花开花期早，在腊尾年头。早在春秋时期，就有以折梅相赠以表达乡思恋情的方式。

第 一 折

（旦引红娘上，开，云）自张生去京师，不觉半年，杳无音信。这些时神思不快，妆镜懒抬，腰肢瘦损。茜裙[1]宽褪，好烦恼人也呵！（唱）

【商调 · 集贤宾】[2]虽离了我眼前闷，却在心上有[3]；不甫能离了心上，又早眉头[4]。忘了时依然还又，恶思量[5]无了无休。大都来一寸眉峰，怎当他许多颦皱[6]。新愁近来接著旧愁，厮混[7]了难分新旧。旧愁似太行山[8]隐隐[9]，新愁似天堑[10]水悠悠[11]。

（红云）姐姐往常针尖不倒[12]，其实不曾闲了一个绣床[13]，如今百般的闷倦。往常也曾不快，将息便可[14]，不似这一场，清减得十分利害。（旦唱）

【逍遥乐】曾经消瘦，每遍犹闲[15]，这番最陡[16]。（红云）姐姐心儿闷呵，那里散心耍咱。（旦唱）何处忘忧？看时节独上妆楼，手卷珠帘上玉钩[17]，空目断山明水秀。见苍烟迷树[18]，衰草连天，野渡横舟[19]。

（旦云）红娘，我这衣裳，这些时都不似我穿的。（红云）姐姐正是"腰细不胜衣"[20]。（旦唱）

【挂金索】[21]裙染榴花，睡损胭脂皱[22]；纽结丁香，掩过芙蓉扣[23]；线脱珍珠，泪湿香罗袖[24]；杨柳眉颦，“人比黄花瘦”[25]。

（仆人上，云）奉相公言语，特将书来与小姐。恰才前厅上见了夫人，夫人好生欢喜，著入来见小姐。早至后堂。（咳嗽科）（红问云）谁在外面？（见科）（红见仆了，红笑云）你几时来？可知道昨夜灯花报[26]，今朝喜鹊噪[27]。姐姐正烦恼哩。你自来？和哥哥来？（仆云）哥哥得了官也，著我寄书来。（红云）你则在这里等著，我对俺姐姐说了呵，你进来。（红见旦笑科）（旦云）这小妮子怎么？（红云）姐姐，大喜大喜！咱姐夫得了官也。（旦云）这妮子见我闷呵，特故[28]哄我。（红云）琴童在门首，见了夫人了，使他进来见姐姐，姐夫有书。（旦云）惭愧[29]，我也有盼著他的日头[30]！唤他入来。（仆入见旦科）（旦云）琴童，你几时离京师？（仆云）离京一月多也。我来时，哥哥去吃游街棍子[31]去了。（旦云）这禽兽不省得，状元唤做夸官[32]，游街三日。（仆云）夫人说的便是。有书在此。（旦做接书科）（旦唱）

【金菊花】早是我只因他去减了风流，不争你寄得书来又与我添些儿证候。说来的话儿不应口[33]，无语低头，书在手，泪凝眸[34]。

（旦开书看科）（唱）

【醋葫芦】我这里开时和泪开[35]，他那里修时和泪修。多管阁著笔尖儿[36]未写早泪先流，寄来的书泪点儿兀自有。我将这新痕把旧痕湮透[37]，正是一重愁翻做两重愁。

（旦念书科）“张珙百拜，奉启芳卿可人妆次：自暮秋拜违[38]，倏尔半载。上赖祖宗之荫，下托贤妻之德，举中甲第[39]。即目[40]于

招贤馆寄迹[41]，以伺[42]圣旨御笔除授。惟恐夫人与贤妻忧念，特令琴童奉书驰报，庶几免虑。小生身虽遥而心常迩矣[43]，恨不得鹣鹣[44]比翼，邛邛[45]并躯。重功名而薄恩爱者，诚有浅见贪饕[46]之罪。他日面会，自当请谢[47]不备[48]。后成一绝，以奉清照[49]：玉京[50]仙府探花郎[51]，寄语蒲东窈窕娘，指日拜恩[52]衣昼锦[53]，定须休作倚门妆[54]。”（旦唱）

【幺篇】当日向西厢月底潜，今日向琼林宴[55]上挡[56]。谁承望跳东墙脚步儿占了鳌头[57]？怎想道惜花心[58]养成折桂手？脂粉丛里包藏著锦绣[59]，从今后晚妆楼改做了至公楼[60]。

（旦云）你吃饭不曾？（仆云）上告夫人知道，早晨至今空立厅前，那有饭吃？（旦云）红娘，你快取饭与他吃。（仆云）感蒙赏赐。我每就此吃饭，夫人写书。哥哥著小人索了夫人回书，至紧[61]！至紧！（旦云）红娘将笔砚来。（红将来科）（旦云）书却写了，无可表意，只有汗衫一领，裹肚[62]一条，袜儿一双，瑶琴[63]一张，玉簪一枚，斑管[64]一枝。琴童，你收拾得好者。红娘，取银十两来，就与他盘缠[65]。（红娘云）姐夫得了官，岂无这几件东西，寄与他有甚缘故？（旦云）你不知道。这汗衫儿呵。

【梧叶儿】他若是和衣卧，便是和我一处宿；但黏著他皮肉，不信不想我温柔。（红云）这裹肚要怎么？（旦唱）常则不要离了前后，守著他左右，紧紧的系在心头。（红云）这袜儿如何？（旦唱）拘管[66]他胡行乱走。

（红云）这琴他那里自有，又将去怎么？（旦唱）

【后庭花】当日五言诗紧趁逐[67]，后来因七弦琴[68]成配偶。他怎肯冷落了诗中意，我则怕生疏了弦上手。（红云）玉簪呵，有甚主意？（旦唱）我须有个缘由，他如今功名成就，则怕他撇人在脑

背后。（红云）斑管要怎的？（旦唱）湘江[69]两岸秋，当日娥皇[70]因虞舜[71]愁，今日莺莺为君瑞忧。这九嶷山下竹，共香罗衫袖口。

【青哥儿】都一般啼痕湮透。似这等泪斑宛然[72]依旧，万古[73]情缘[74]一样愁。涕泪交流，怨慕[75]难收，对学士丁宁说缘由，是必休忘旧！

（旦云）琴童，这东西收拾好者。（仆云）理会得。（旦唱）

【醋葫芦】你逐宵[76]野店上宿，休将包袱做枕头，怕油脂腻展污了恐难酬[77]。倘或水浸雨湿休便扭[78]，我则怕干时节熨不开褶皱。一桩桩一件件细收留。

【金菊花】书封雁足此时修，情系人心早晚休[79]？长安望来天际头[80]，倚遍西楼，人不见，水空流[81]。

（仆云）小人拜辞，即便去也。（旦云）琴童，你见官人对他说。（仆云）说甚么？（旦唱）

【浪里来煞】他那里为我愁，我这里因他瘦。临行时啜赚[82]人的巧舌头，指归期约定九月九，不觉的过了小春[83]时候。到如今悔教夫婿觅封侯[84]。

（仆云）得了回书，星夜回俺哥哥话去。（下）

---

[1] 茜（qiàn 音欠）裙：大红色的裙子。茜，一种多年生的蔓草，根红色，可作染料。

[2] 〔集贤宾〕：曲牌名。南北曲都属【商调】。据清·周祥钰《九宫大成谱》，北曲之字数定格及韵式作七、五、六、四、七、七、七、七、五、五,十句。一般用为套曲的首曲。

［3］“虽离了”二句：张生虽不在我眼前，却在我心上。

［4］“不甫能”二句：张生刚刚离开我心头，却又因思念他而皱起眉头。语本宋·李清照〔一剪梅〕词：“一种相思，两处闲愁。此情无计可消除，才下眉头，却上心头。”不甫能，即甫能。甫，才。

［5］恶思量：相思得很厉害。

［6］“大都来”二句：不过一寸大小的眼眉，如何经得起这整天价愁眉不展？大都来，只不过。宋·赵长卿〔贺新郎〕：“大都来一寸心儿，万般萦系。”眉峰，眼眉。宋·王观〔卜算子〕：“水是眼波横，山是眉峰聚。”颦（pín 音频）皱，同“频蹙（cù 音促）”，皱着眉头，形容忧愁。颦，皱眉。

［7］厮混：互相掺杂、混在一起。

［8］太行山：在山西高原与河北平原之间。为古老褶皱山脉。绵延四百余公里，海拔一千米以上，北段高峰小五台山是河北省最高峰。山中有紫荆关、娘子关、壶关、天井关等雄关，多横谷，为东西交通孔道。古有“太行八陉（xíng 音形）”之称。

［9］隐隐：高大的样子。

［10］天堑：天然的壕沟。比喻地形险要。多指长江。

［11］悠悠：长、远。

［12］针尖不倒：手不停针线活。不倒，不间断、不停。

［13］不曾闲了一个绣床：针黹活计摆满绣床，是说莺莺总是在床上做活。绣床，古代绣花用的床架。

［14］将息便可：歇息一下就恢复过来了。将息，休养、歇息。

［15］每遍犹闲：每一次都还平常。犹闲，犹轻、不厉害。

［16］陡：陡峭，引申为厉害、严重。

［17］“看时节”二句：看景致的时候，一个人登上妆楼，用玉钩挂起珠帘。化用五代南唐·李璟〔摊破浣溪沙〕词：“手卷真珠上玉钩，依前春恨锁重楼。”真珠，珠帘。

［18］苍烟迷树：指远处的天色树影混成一片。苍烟，深青色的天空。《庄子·逍遥游》：“天之苍苍，其正色邪？其远而无所至极邪？”迷树，指树与天色分辨不清。

［19］野渡横舟：缩用唐·韦应物《滁州西涧》：“春潮带雨晚来急，野渡无人舟自横。”意思是郊野的渡头没有人，只有渡舟独自横在水边。

［20］腰细不胜衣：腰身瘦得支撑不起衣裳。宋·苏轼〔浣溪沙〕词：“风压轻云贴水飞，沈郎多病不胜衣。”

［21］〔挂金索〕：曲牌名。属【商调】，用于剧曲和散曲套数。全曲八句：四、五、四、五、四、五、四、五。通体皆四字五字连环句，平分四排。

［22］“裙染”二句：红红的裙子睡觉时压出了许多皱褶。榴花，即石榴花，色红如

火，指裙子的颜色。睡损，指和衣而卧，把裙子压皱。胭脂，一种红色颜料，用以涂脸颊或嘴唇，中国画中亦用作颜料。也泛指红色。

[23] “纽结”二句：是说人瘦衣肥，穿衣时要掩起许多。结丁香，丁香蕾（lěi 音垒）形的纽扣。丁香，又名“丁子香”“鸡舌”。果实长倒卵形至长椭圆形。丁香一般是忧郁的意象，结是疙瘩，这里用丁香结实说心中郁结的疙瘩。芙蓉扣，衣扣。

[24] “线脱”二句：滴滴眼泪，像脱线的珍珠一样，沾湿了衫袖。

[25] “杨柳”二句：美丽的双眉常皱，人比菊花还要消瘦。杨柳眉，形容妇女的眉毛如柳叶般细长秀美。唐·白居易《长恨歌》诗：“芙蓉如面柳如眉，对此如何不泪垂。”人比黄花瘦，形容人的憔悴。语出宋·李清照〔醉花阴〕词：“莫道不消魂，帘卷西风，人比黄花瘦。”

[26] 灯花报：灯花报喜。灯花，烛芯燃烧后形成的结，形状似花，故名灯花。民间旧俗以为这种花形出现是喜事的预兆。

[27] 喜鹊噪：喜鹊叫。民间认为喜鹊叫是吉祥的兆头，将有喜事或亲人到来。

[28] 特故：故意。

[29] 惭愧：谢天谢地。

[30] 盼着他的日头：盼到他（功成名就）的时候。

[31] 吃游街棍子：元代下层官吏抓住盗贼即游街拷打。这里是琴童插科打诨的话，指状元夸官游街。

[32] 夸官：旧时对新科进士或升迁官员的一种庆贺形式，大抵有仪仗前导，鼓乐齐鸣，新贵游行街市以夸荣耀。

[33] “说来的”句：说出来的话不算数、不兑现。长亭送别时，莺莺嘱咐张生：“此一行得官不得官，疾便回来。”而今张生虽得官，只寄书信，人却未归，故莺莺又添怨恨。

[34] 泪凝眸（móu 音谋）：眼里充满泪水。眸，眸子，即瞳仁，泛指眼睛。

[35] 和泪开：流着眼泪拆开书信。

[36] 阁着笔尖儿：放下笔。阁，通“搁”，放下的意思。

[37] 新痕把旧痕湮（yīn 音因）透：莺莺读信时流的泪水，滴在了张生写信时的泪痕上面。湮，液体落在纸或其他物体上向四外散开或渗透。

[38] 拜违：拜别。

[39] 举中甲第：参加科举考试中了甲榜。殿试的成绩分为一甲、二甲、三甲。一甲三名：头名状元、二名榜眼、三名探花，赐进士及第；二甲赐进士出身；三甲赐同进士出身。中甲第，即中进士。

[40] 即目：眼下、目前。

[41] 寄迹：寄居。

[42] 伺（sì 音四）：等候。

[43] “小生”句：我的身子虽然离你很远，可是心却同你贴得很近。常常思念莺莺的意思。迩，近。

[44] 鹣鹣（jiān jiān 音兼兼），指比翼鸟。《尔雅·释地》：“南方有比翼鸟焉，不比不飞，其名谓之鹣鹣。”郭璞注：“似凫，青赤色，一木一翼，相得乃飞。”后多用以比喻恩爱夫妻或情侣。

[45] 邛邛（qióng qióng 音穷穷），一作“蛩蛩”，传说中兽名。《山海经·海外北经》《尔雅·释地》《经典释文》中都提到邛邛和蹷（jué 音决）是“比肩兽”。邛邛不善得食而善走，蹷“善求食，走则倒”，所以蹷“啮甘草则仰食（sì 音四，喂）邛邛”，而遇到危难时，邛邛就背起蹷逃走。后用以比喻同生死共患难的恩爱夫妻。

[46] 贪饕（tāo 音滔）：原意为贪食，此指贪图功名。

[47] 请谢：请罪、赔罪。

[48] 不备：不尽。

[49] 清照：书信常用的敬辞，和明鉴、雅鉴等义近，意思是请阅。

[50] 玉京：道家称天帝居处。道教认为天共有三十六重，每一重天都有得道的天神掌管。玉京是除了最上的大罗天以及其下的三清天外，其他三十二天的都城。晋·葛洪《枕中书》引《真记》：“玄都玉京，七宝山周回九万里，在大罗天之上。”这里借指京都。

[51] 探花郎：探花指“采花”。唐·王定保《唐摭言》载：在唐代，进士及第后，在杏园参加探花宴，挑选其中最年轻俊秀的两个人为探花使，也叫探花郎，遍游名园，探采名花，以抒发喜悦之情。南宋后，探花专指殿试一甲进士第三名。这里指前者。

[52] 拜恩：拜谢君恩。

[53] 衣（yì 音艺）昼锦：穿锦绣衣服在白天行走。《史记·项羽本纪》：“富贵不归故乡，如衣绣夜行，谁知之者？”又《三国志·魏书·张既传》：“魏国既建，为尚书，出为雍州刺史。太祖（曹操）谓既曰：‘还君本州，可谓衣绣昼行矣。’”

[54] “定须”句：是说自己很快就要回去，安慰莺莺不要过于思念。倚门妆，倚门而待的样子。

[55] 琼林宴：科举制度中为新进士举行的宴会。在宋代，皇帝为了把新科进士作为自己的“门生”而赐宴，叫作“闻喜宴”。因为筵席曾设于汴京城西的琼林苑，所以也叫琼林宴，即元明清三代的“恩荣宴”。

[56] 搊（chōu 音抽）：方言，从下面向上用力扶起（人）。这里是出风头的意思。

[57] 占了鳌头：中了状元。唐宋时皇帝殿前陛阶上镌有巨鳌，翰林学士、承旨等官朝见时立于陛阶的正中，故称入翰林院为“上鳌头”。清·洪亮吉《北江诗话》卷三：“俗语谓状元独占鳌头，语非无稽。胪传毕，赞礼官引东班状元、西班榜眼二人前趋至殿陛下，迎殿试榜。抵陛，则状元稍前进，立中陛石上，石正中

镌升龙及巨鳌，盖謦跸（bì 音毕）出入所由，即古所谓螭（chī 音吃，无角龙）头矣。俗语所本以此。”

[58] 惜花心：喜爱女色的心。惜花，五代王仁裕《开元天宝遗事·天宝上·花上金铃》记宁王：“至春时，于后园中纫红丝为绳，密缀金铃，系于花梢之上。每有乌鹊翔集，则令园吏掣铃索以惊之。盖惜花之故也。”

[59] “脂粉”句：女儿群里藏着一个锦绣才子。脂粉丛里，指混在女儿群里，即谈情说爱之中。脂粉，妇女的妆饰用品，代指女子。锦绣，本指精美的丝织品，这里指才华出众的人。

[60] “从今后”句：是说张生得官以后，私宅就变成了公衙。至公楼，科举时代主考官观看诸生考试的地方，因以为试院的别称。宋·洪皓《松漠纪闻》：“试闱用四柱，揭彩其上，目曰‘至公楼’。”这里泛指官员办公事的衙门。

[61] 至紧：最为要紧。

[62] 裹肚：也叫兜肚。挂束在胸腹前的贴身小衣。

[63] 瑶琴：用玉装饰的琴。宋·何薳（wěi 音委）《春渚纪闻·古琴品说》：“秦汉之间所制琴品，多饰以犀玉金彩，故有瑶琴、绿绮之号。”

[64] 斑管：毛笔。因以斑竹为杆，故称。斑竹，又名泪竹、湘妃竹，生在湖南省宁远县的苍梧山（即九嶷山）中。据说舜帝南巡，死葬苍梧。尧的两个女儿即舜的两个妃子娥皇、女英追至苍梧，泪下沾竹，使竹子有了泪痕一样的斑纹，故名。见李衎（kàn 音看）《竹谱详记》卷六及所引南朝梁·任昉（fǎng 音访）《述异记》。

[65] 盘缠：旅费。

[66] 拘管：管束、约束。

[67] 趁逐：追逐、追求。

[68] 七弦琴：琴。拨弦乐器。因琴面张弦七根而名七弦琴。周代已有。琴面标志泛音位置及音位的徽，定型于汉代。魏晋以后，形制已和现在大致相同。

[69] 湘江：湖南省最大的河流。《水经注》卷三十八“湘水”说它“西流径九疑山（即九嶷山）下，蟠基苍梧之野”。

[70] 娥皇，传说中的尧女、舜妻。汉·刘向《列女传》卷一：“有虞二妃者，帝尧之二女也，长娥皇，次女英……舜既嗣位，升为天子，娥皇为后，女英为妃……天下称二妃聪明贞仁。舜陟（zhì 音至）方，死于苍梧，号曰重华。二妃死于江湘之间，俗谓之湘君。”

[71] 虞舜：上古五帝之一。姓姚，名重华，因其先国于虞，故称虞舜。为古代传说中的圣君。《史记·五帝本纪》：“虞舜者，名曰重华。”司马贞索隐：“虞，国名……舜，谥也。”张守节正义：“瞽（gǔ 音古）叟姓妫（guī 音归），妻曰握登，见大虹意感而生舜于姚墟，故姓姚。目重瞳子，故曰重华。”

[72] 宛然：仿佛、好像。

［73］万古：时间久远。

［74］情缘：情分机缘。

［75］怨慕：既怨恨又思慕。慕，思慕、怀恋。《孟子·万章上》："万章问曰：'舜往于田，号泣于旻（mín 音民）天。何为其号泣也？' 孟子曰：'怨慕也。'"

［76］逐宵：每天晚上。

［77］酬：方言，洗。

［78］休便扭：不要拧。

［79］"情系"句：分别以来，这种牵肠挂肚的情况，何时才能结束？早晚，多早晚，几时。

［80］"长安"句：看上去，张生所在的长安好像在天边一样遥远。长安，我国古都之一。汉高帝五年（前 202 年）置县，七年定都于此。此后西汉、新、东汉（献帝初）、西晋、前赵、后秦、西魏、北周、隋、唐皆建都于此，东汉、三国魏、五代后唐皆以此为陪都，西汉末绿林、赤眉，唐末黄巢领导的农民起义军也曾建都于此，故唐以后常通称国都为长安。天际头，天边。

［81］"倚遍"三句：为了眺望张生，倚遍西楼，却看不到一点儿他的踪影，只有那黄河水浩荡东流。人不见，水空流，语见宋·秦观〔江城子〕词："犹记多情，曾为系归舟。碧野朱桥当日事，人不见，水空流。"

［82］"临行时"句：他临走时说了些花言巧语骗人的话。啜赚（chuò zuàn 音辍攥），哄骗。

［83］小春：指农历十月。也叫小阳春。陈元靓《岁时广记》卷三十七引《初学记》："冬月之初，万物归之。以其温暖如春，故谓之小春，亦云小阳春。"又明·谢肇淛（zhè 音浙）《五杂俎（zǔ 音组）·天二》："即天地之气，四月多寒，而十月多暖，有桃李生华者，俗谓小阳春。"

［84］悔教夫婿觅封侯：懊悔昔日让丈夫去追求功名。语见唐·王昌龄《闺怨》诗："闺中少妇不知愁，春日凝妆上翠楼。忽见陌头杨柳色，悔教夫婿觅封侯。"

第二折

（末上，云）画虎未成君莫笑，安排牙爪始惊人[1]。本是举过便除[2]，奉圣旨著翰林院编修国史。他每那知我的心，甚么文章做得成！使琴童递佳音，不见回来。这几日睡卧不宁，饮食少进，给假在驿亭[3]中将息。早间太医院[4]著人来看视，下药去了。我这病卢扁[5]也医不得。自离了小姐，无一日心闲也呵！（唱）

【中吕·粉蝶儿】从到京师，思量心旦夕如是[6]，向心头横倘[7]著俺那莺儿。请医师，看诊罢，一星星说是[8]。本意待推辞[9]，则被他察虚实[10]不须看视。

【醉春风】他道是医杂证[11]有方术[12]，治相思无药饵。莺莺你若是知我害相思，我甘心儿死、死。四海无家，一身客寄，半年将至[13]。

（仆上，云）我则道哥哥除了，元来在驿亭中抱病，须索回书去咱。（见了科）（末云）你回来了也。

【迎仙客】疑怪这噪花枝灵鹊儿，垂帘幕喜蛛儿，正应着短檠上夜来灯爆时[14]。若不是断肠词，决定是断肠诗。（仆云）小夫人有书至此。（末接科）写时管[15]情泪如丝，既不呵，怎生泪点儿封皮上渍[16]！

（末读书科）"薄命妾崔氏拜覆，敬奉才郎君瑞文几[17]：自音容去后，不觉许时[18]，仰敬之心，未尝少怠[19]。纵云日近长安远，何故鳞鸿之杳矣？莫因花柳之心，弃妾恩情之意[20]。正念间[21]，琴童至，得见翰墨[22]，始知中科，使妾喜之如狂。郎之才望[23]，亦不辱相国之家谱也。今因琴童回，无以奉贡[24]，聊具瑶琴一张、玉簪一枝、斑管一枝、裹肚一条、汗衫一领、袜儿一双，权表妾之真诚。匆匆草字欠恭[25]，伏乞情恕不备。谨依来韵，遂继一绝云：阑干倚遍[26]盼才郎，莫恋宸京[27]黄四娘[28]。病里得书知中甲，窗前览镜[29]试新妆。"那风风流流的姐姐，似这等女子，张珙死也死得著了！

【上小楼】这的堪为字史[30]，当为款识[31]。有柳骨颜筋，张旭张芝，羲之献之[32]。此一时[33]，彼一时[34]，佳人才思，俺莺莺世间无二。

【幺篇】俺做经咒般持[35]，符箓般使[36]。高似金章[37]，重似金

帛[38]，贵似金资[39]。这上面若佥个押字[40]，使个令史[41]，差个勾使[42]，则是一张忙不及印赴期的咨示[43]。

（末拿汗衫儿科）休道文章，只看他这针凿，人间少有。（唱）

【满庭芳】怎不教张生爱尔[44]，堪针工出色，女教为师[45]。几千般用意针针是[46]，可索寻思。长共短又没个样子，窄和宽想像著腰肢[47]，好共歹无人试。想当初做时，用煞那小心儿。

小姐寄来这几件东西，都有缘故，一件件我都猜著。

【白鹤子】这琴，他教我闭门学禁指[48]，留意谱声诗[49]。调养圣贤心，洗荡巢由耳[50]。

【二煞】这玉簪纤长如竹笋，细白似葱枝。温润有清香，莹洁无瑕玼[51]。

【三煞】这斑管霜枝曾栖凤凰，泪点渍胭脂。当时舜帝恸娥皇，今日淑女思君子。

【四煞】这裹肚，手中一叶绵[52]，灯下几回丝[53]。表出腹中愁，果称心间事[54]。

【五煞】这鞋袜儿针脚儿细似虮子[55]，绢帛儿腻似鹅脂。既知礼不胡行，愿足下当如此。

琴童，你临行，小夫人对你说甚么？（仆云）著哥哥休别[56]继良姻。（末云）小姐，你尚然不知我的心哩。

【快活三】冷清清客店儿，风淅淅雨丝丝。雨儿零风儿细梦回[57]时，多少伤心事。

【朝天子】四肢不能动止，急切里盼不到蒲东寺[58]。小夫人须是你见时，别有甚闲传示[59]？我是个浪子官人，风流学士，怎肯带残花折旧枝[60]。自从到此，甚的是闲街市[61]。

【贺圣朝】少甚宰相人家，招婿的娇姿。其间或有个人儿似尔，那里取那温柔，这般才思？想莺莺意儿，怎不教人梦想眠思！

琴童来，将这衣裳东西收拾好者。

【耍孩儿】则在书房中倾倒个藤箱子，向箱子里面铺几张纸。放时节须索用心思[62]，休教藤刺儿抓住绵丝。高抬[63]在衣架上怕吹了颜色，乱穰[64]在包袱中恐挫了褶儿[65]。当如此，切须爱护，勿得因而[66]。

【二煞】恰新婚才燕尔，为功名来到此，长安忆念蒲东寺。昨宵爱春风桃李花开夜，今日愁秋雨梧桐叶落时[67]。愁如是，身遥心迩，坐想行思[68]。

【三煞】这天高地厚情，直到海枯石烂时，此时作念何时止？直到烛灰眼下才无泪，蚕老心中罢却丝[69]。我不比游荡轻薄子，轻夫妇的琴瑟[70]，拆鸾凤的雄雌。

【四煞】不闻黄犬音，难传红叶诗[71]，驿长不遇梅花使[72]。孤身去国三千里，一日归心十二时[73]。凭栏视，听江声浩荡，看山色参差[74]。

【尾】忧则忧我在病中，喜则喜你来到此，投至得引人魂卓氏音书至，险将这害鬼病的相如[75]盼望死。（下）

---

[1] "画虎"二句：宋元时习用语。画虎还没有画成的时候，不要取笑它，等到爪牙全画成的时候，就会一鸣惊人。比喻人未发达时不可取笑他，一旦功成名就便会惊人。

[2] 举过便除：科举考中之后就要任命官职。除，授以官职。《说文》："除。殿陛也。"段玉裁注："凡去旧更新皆曰除，取拾（shè 音社）级更易之义也。"官有品秩，任官如登阶梯，故以"除"称拜官。汉代已有此称，历代沿之。

[3] 驿亭：供行人旅途歇宿的地方。

[4] 太医院：宫廷的医院。金朝始置，为宣徽院所属机构，掌管医疗。

[5] 卢扁：古代名医扁鹊，因家于卢国，故又名“卢扁”。《史记·扁鹊仓公列传》：“扁鹊者，勃海郡郑人也，姓秦氏，名越人。”扁鹊“特以诊脉为名耳。为医或在齐，或在赵。在赵者名扁鹊。……扁鹊名闻天下。过邯郸，闻贵妇人，即为带下医；过雒（luò 音洛）阳，闻周人爱老人，即为耳目痹医；来入咸阳，闻秦人爱小儿，即为小儿医：随俗为变。……至今天下言脉者，由扁鹊也。”

[6] “思量心”句：想念莺莺的心从早到晚都是这样强烈。

[7] 倘：“躺”的同音借字。

[8] 一星星说是：一件件都说得对头。一星星，一件件、一桩桩。

[9] 推辞：这里是否认的意思。

[10] 察虚实：看得明明白白。这里指将病症看得清清楚楚。

[11] 杂证：杂病。证，通“症”。

[12] 方术：古代方士所行的巫祝之术，包括天文、医术、历算、占验、筮卦、风水、遁甲、神仙、房中等。这里指治病的方法、策略。刘勰《文心雕龙·书记》：“方者，隅也。医药攻病，各有所主，专精一隅，故药术称方。”“术者，路也。算历极数，见路乃明。《九章》积微，故以为术。”

[13] “四海”三句：四处飘零，客居在外，已经过了将近半年。

[14] “疑怪”三句：难怪这喜鹊在花枝上叫，喜蛛垂挂在帘幕上，这正应了夜晚灯花爆的喜兆。汉·刘歆《西京杂记》卷三《樊哙问瑞应》载：“灯火华得钱财，干鹊噪而行人至，蜘蛛集而百事喜。”喜蛛儿，一种长脚小蜘蛛。《尔雅·释虫》郭璞注：“小蜘蛛长脚者，俗呼为喜子。”古时以其出现为喜兆。檠（qíng 音晴），灯台。灯爆，灯花爆开，旧俗以为喜兆。

[15] 管：一定、准定。

[16] 渍（zì 音字）：浸湿、沾染。

[17] “敬奉”句：意为谨奉书信于几案前，表示尊敬。文几，书房中置于座侧的案几，即今书桌。

[18] 许时：多时。许，多。

[19] 怠：轻慢、懈怠、减弱的意思。

[20] “莫因”二句：不要因为爱怜别的女子，就把我对你的恩情抛在一边。莫，勿、不要。

[21] 正念间：正在胡思乱想的时候。念，想。

[22] 翰墨：笔墨，代指文章、书信。翰，毛笔。

[23] 才望：才华名望。望，名誉、声望。

[24] 奉贡：奉献。

[25] 匆匆草字欠恭：匆忙之间，字写得潦草，有失恭敬。草字，字写得不工整。草，作动词用。

[26] 阑干倚遍：倚遍栏杆，经常倚栏杆盼望的意思。阑干，同“栏杆”。

[27] 宸京：京城、帝京。宸，北极星所居，用以指帝王宫殿。

[28] 黄四娘：泛指美女。唐·杜甫《江畔独步寻花》诗：“黄四娘家花满蹊，千朵万朵压枝低。”

[29] 览镜：照镜。

[30] 的（dí 音敌）堪为字史：足以成为法帖（tiè 音铁去声），即书法的范本。或以为足以担当掌管文字、起草文书的官员。史，古时的一种职官名。

[31] 款识（zhì 音志）：古代刻在钟鼎彝器上的文字。款，阴字凹入者。识，阳字突出者。这里是说莺莺的字写得好，可以刻在器物之上。

[32] “有柳骨”三句：是说莺莺字写得好，可以与著名书法家相比。柳，指唐代书法家柳公权（778—865），京兆华原（今陕西铜川市耀州区）人，元和进士。工书，正楷尤知名。初学王羲之，后得力于颜真卿、欧阳询。楷书骨力遒健，结构劲紧，自成面目。与颜真卿并称“颜柳”。骨，字的结构。颜，指唐代书法家颜真卿（709—784），京兆万年（今陕西西安）人，开元进士。书法初学褚遂良，后从张旭。正楷端庄雄伟，气势开张；行书遒劲（jìng 音竞）郁勃，开创了新风格，人称“颜体”。筋，指运笔的方法。张旭，唐代书法家，吴郡（今江苏苏州）人。天宝时，与贺知章、李白等号为“饮中八仙”。工书，精通楷法，草书最为知名，逸势奇状，连绵回绕，具有新风格。与李白诗歌、裴旻（mín 音民）剑舞，时称“三绝”。颜真卿、怀素均师承其法。相传往往在大醉之后，狂呼奔走，挥笔书写，或以头蘸墨而书，因此人称为张颠。张芝（？—约 192），东汉书法家，敦煌渊泉（今甘肃瓜州东）人。善章草，后去旧习，省减章草点画波磔（zhé 音哲，即捺），演为“今草”。羲之，指东晋书法家王羲之（303—361），琅邪临沂（今属山东）人。定居会稽山阴（今浙江绍兴）。工书法。早年从卫夫人（烁）学，后改变初学，草书学张芝，正书学钟繇（yáo 音遥），并博采众长，精研体势，推陈出新，自成一家。人称其字“飘若浮云，矫若惊龙”，后世尊为“书圣”。献之，指东晋书法家王献之（344—386），原籍琅邪临沂（今属山东），出生于会稽山阴（今浙江绍兴）。王羲之第七子。工书，兼精诸体，尤以行草擅名。在继承张芝、王羲之的基础上，进一步改变当时古拙的书风，有“破体”之称。其书英俊豪迈，饶有气势。与其父并称“二王”。

[33] 此一时：指现在莺莺的书信及所寄物品。

[34] 彼一时：指以前莺莺的诗、柬等。

[35] 做经咒般持：把莺莺的信当作经文、咒语一样对待。经，宗教典籍。咒，宗教的口诀。持，持守、对待。

[36] 符箓般使：是说莺莺的书信可以为人消灾除病。符箓是道教中的一种法术，亦称“符字”“墨箓”“丹书”。符箓术起源于巫觋（xí 音习，男巫师），始见于东

汉。

[37] 金章：金质的官印。

[38] 金帛：黄金和丝绸，泛指钱财。

[39] 金资：钱财。

[40] 佥个押字：签字画押。押字，又称花押或签押、押花字、画押、批押，是古人按照各自的爱好，在有关文书或物品上使用的一种特定的符号，以代表本人，便于验证。押字与签名、签字不同：签名是用楷书或草书写上本人的姓名，容易认出；押字则用笔写或画出某一符号，一般不是该人的姓名的工整的汉字，不易辨别。押字起源甚早，大致从战国开始，经魏晋南北朝到唐代逐渐流行。唐太宗令群臣上奏，任用真草，但署名不得草书，后人遂以草名为花押，以其形体稍花，故名。后来渐用草书，宋时进呈文字或与人书牍，纸尾不书名，只押字，故谓之押字，或谓草字。今称为签字或签名。

[41] 令史：官名。隋唐以前，令史为官职，掌文书，职位比郎低一等。隋唐以后，成为三省、六部及御史台低级事务员之称，位卑秩下，不参官品。至明代遂废。宋元以来为官府中胥吏的通称。此处即指属于吏职的衙门中的文书。

[42] 勾使：衙门里拘捕提取犯人的差役。

[43] “则是”句：就是一张匆忙来不及盖官印让人赴约会的告示。印，印章。咨示，文告、告示。

[44] 尔：你，指莺莺。

[45] 女教为师：是教育女子的师表。女教，旧时指对女子进行的教育。

[46] “几千般”句：一针一线都有许多用意。

[47] “窄和宽”句：汗衫的宽窄都是想象着我腰肢的肥瘦来做的。

[48] 闭门学禁指：闭门弹琴，学习禁淫邪、正心术的意旨。汉 · 班固《白虎通义》：“琴者，禁也，所以禁止淫邪，正人心也。”是说弹琴可以使人心地纯正，不致产生邪念。禁指，弹琴的一种指法。

[49] 留意谱声诗：在乐歌所表现出来的纯正思想上用心。《诗》指《诗经》。孔子云：“《诗》三百，一言以蔽之，曰‘思无邪’。”（《论语 · 为政》）是说《诗经》表现的思想，用一句话来概括，就是“纯正无邪”。谱声诗，配乐的诗歌。声诗，乐歌，周代经乐工配乐可唱的民歌。

[50] 洗荡巢由耳：意思是说要像巢父（fǔ 音斧）、许由那样保持高洁。巢，巢父。由，许由。巢父、许由二人是尧时的隐居高士。晋 · 皇甫谧《高士传》：“（巢父）山居不营世利，年老，以树为巢而寝其上，故时人号曰‘巢父’。尧之让许由也，由以告巢父。巢父曰：‘汝何不隐汝形，藏汝光？若非吾友也。’击其膺而下之。由怅然不自得，乃过清泠之水，洗其耳，拭其目，曰：‘向闻贪言，负吾之友矣！’遂去，终身不相见。”“许由字武仲。尧闻，致天下而让焉，乃退而遁于中岳颍水之阳、箕山之下隐。尧又召为九州长，由不欲闻之，洗耳于

颍水滨。时有巢父牵犊欲饮（yìn 音印）之，见由洗耳，问其故。对曰：‘尧欲召我为九州长，恶闻其声，是故洗耳。’巢父曰：‘子若处高岸深谷，人道不通，谁能见子？子故浮游，欲闻求其名誉。污吾犊口。’牵犊上流饮之。”后世即以此典故表示不受世俗沾染，培养高洁的情操。

[51] 瑕玼（cī 音呲）：同“瑕疵（cī 音呲）”，玉的斑点。

[52] 手中一叶绵：手里的一片丝绵。“一夜眠”的谐音。谓缝制裹肚一夜无眠。

[53] 丝：谐音“思”，是说缝纫时在灯下思念张生。

[54] “表出”二句：这裹肚体现了莺莺的满腹忧愁，裹在张生身上，能够使他称心如意。果，谐音“裹”。

[55] “这鞋”句：喻针脚细密。虮（jǐ 音已）子，虱子的卵。

[56] 别：另。

[57] 梦回：梦醒。

[58] 蒲东寺：指普救寺。

[59] “小夫人”二句：是说一定是你见小夫人时，传了什么闲话。

[60] “怎肯”句：意即不肯去歌楼妓馆。残花、旧枝，喻指妓女。

[61] 甚的是闲街市：是说自从到京师后，从未胡行乱走，连闲街市是啥样子也不知道。闲街市，当指花街柳巷，与上句“带残花折旧枝”对应。甚的是，意为从不曾。

[62] 须索用心思：原作“用意取包袱”。

[63] 高抬：高挂。

[64] 乱穰：乱塞。穰，瓜果之穰在瓜皮之内，此处用作动词，放在里面。

[65] 挫了褶儿：磨平了衣服上的褶子。挫，摩擦、揉搓、压。

[66] 因而：轻率、随意。

[67] “昨宵”二句：前一句说，跟莺莺在一起时，欢爱如温暖的春风中百花盛开；后一句说，今日分离，凄凉似秋雨中飘零的落叶。唐·白居易《长恨歌》写唐玄宗无时不在思念安史之乱时在马嵬坡被赐死的杨贵妃，有“春风桃李花开日，秋雨梧桐叶落时”的句子。

[68] 坐想行思：指行动坐卧无时不在思念。

[69] “直到”二句：蜡烛直到烧成了灰才不再流蜡泪，蚕只有到死才吐尽蚕丝。意思是说，自己像蜡烛一样，只有被烧成灰烬才能没有相思的眼泪，像春蚕一样，只有到死才能停止对莺莺的思念。灰，作动词用，烧成灰。化用唐·李商隐《无题》诗：“春蚕到死丝方尽，蜡炬成灰泪始干。”

[70] 轻夫妇的琴瑟：不看重夫妻的情爱。琴瑟，两种乐器名。同时弹奏时，声音和谐，比喻夫妻感情和谐。《诗经·周南·关雎》：“窈窕淑女，琴瑟友之。”《诗经·小雅·常棣（táng dì 音唐地）》：“妻子好合，如鼓琴瑟。”

[71] 难传红叶诗：难通音信之意。化用唐·范摅（shū 音书）《云溪友议》所载“红

叶题诗”的典故。唐宣宗时，卢渥（wò 音握）赴京应举，偶临御沟，拾得红叶。叶上题诗云：“流水何太急，深宫尽日闲。殷勤谢红叶，好去到人间。”后宣宗放出部分宫女，许从百官司吏，卢渥得一人，即题红叶诗者。唐人小说记红叶题诗故事很多，事情相同而人物各异。《青琐高议》有唐僖宗时于祐娶韩夫人的故事。王铚（zhì 音至）《补侍儿小名录》有唐宫女凤儿与贞元进士贾全虚花叶题诗的故事。《本事诗》有唐玄宗时，顾况于苑中流水上得一大梧叶，上题诗云：“一入深宫里，年年不见春。聊题一片叶，寄与有情人。”顾况亦于叶上题诗和之的故事等。

[72] “驿长”句：指无人捎信。梅花使，《太平御览》卷九七〇引南朝宋·盛弘之《荆州记》：“陆凯与范晔相善，自江南寄梅花一枝，诣长安与晔，并赠花诗曰：‘折梅逢驿使，寄与陇头人。江南无所有，聊赠一枝春。’”这里代指传书送信的人。

[73] “孤身”二句：一个人离开家乡到遥远的地方，无时无刻不在盼望归期。去国，离开京城，这里指离开河中府。十二时，指一整天。时，时辰，旧时计时的单位，把一昼夜平分为十二段，每段叫作一个时辰，合现在的两小时。

[74] 山色参差：指由于山的远近高低不同而呈现出明暗不同的颜色。

[75] 害鬼病的相如：《史记·司马相如列传》：“相如口吃而善书，常有消渴疾。”鬼病，即消渴疾，今糖尿病。

第三折

（净扮郑恒上，开云）自家姓郑名恒，字伯常。先人拜礼部尚书，不幸早丧。后数年又丧母。先人在时，曾定下俺姑娘[1]的女孩儿莺莺为妻。不想姑夫亡化，莺莺孝服未满，不曾成亲。俺姑娘将著这灵榇，引著莺莺，回博陵下葬，为因路阻，不能得去。数月前写书来，唤我同扶柩去，因家中无人，来得迟了。我离京师，来到河中府，打听得孙飞虎欲掳莺莺为妻，得一个张君瑞退了贼兵，俺姑娘许了他。我如今到这里，没这个消息，便好去见他；既有这个消息，我便撞将去呵，没意思。这一件事，都在红娘身上。我著人去唤他，则说：“哥哥从京师来，不敢来见姑娘，著红娘来下处[2]来，有话去对姑娘行说去。”去的人好一会了，不见来，见姑娘和他有话说。

（红上，云）郑恒哥哥在下处，不来见夫人，却唤我说话。夫人著我来，看他说甚么。（见净科）哥哥万福！夫人道：“哥哥来到呵，怎么不来家里来？”（净云）我有甚颜色[3]见姑娘？我唤你来的缘故是怎生？当日姑夫在时，曾许下这门亲事；我今番到这里，姑夫孝已满了，特地央及你去夫人行说知，拣一个吉日，了这件事，好和小姐一答里[4]下葬去。不争不成合，一答里路上难厮见。若说得肯[5]呵，我重重的相谢你。（红云）这一节话再也休题，莺莺已与了别人了也。（净云）道不得“一马不跨双鞍”[6]，可怎生父在时曾许了我，父丧之后，母到悔亲，这个道理那里有！（红云）却非如此说。当日孙飞虎将半万贼兵来时，哥哥你在那里？若不是那生呵，那里得俺一家儿来？今日太平无事，却来争亲；倘被贼人掳去呵，哥哥如何去争？（净云）与了一个富家，也不枉了，却与了这个穷酸饿醋[7]！偏我不如他？我仁者能仁，身里出身的根脚[8]，又是亲上做亲，况兼他父命。（红云）他到不如你？噤声[9]！（唱）

【越调·斗鹌鹑】卖弄你仁者能仁，倚仗你身里出身；至如你官上加官，也不合亲上做亲[10]。又不曾执羔雁邀媒[11]，献币帛问肯[12]。恰洗了尘，便待要过门[13]。枉腌了他金屋银屏，枉污了他锦衾绣裀[14]。

【紫花儿序】枉蠢了他梳云掠月，枉羞了他惜玉怜香，枉村了他殢雨尤云[15]。当日三才始判，两仪初分[16]；乾坤，清者为乾，浊者为坤，人在中间相混[17]。君瑞是君子清贤，郑恒是小人浊民。

（净云）贼来，怎地他一个人退得？都是胡说！（红云）我对与你说。（唱）

【天净沙】把河桥飞虎将军，叛蒲东掳掠人民，半万贼屯合寺门[18]，手横著霜刃，高叫道要莺莺做压寨夫人。

（净云）半万贼，他一个人济甚么事？（红云）贼围之甚迫，夫人荒[19]了，和长老商议，拍手高叫："两廊不问僧俗，如退得贼兵的，便将莺莺与他为妻。"忽有游客张生，应声而前曰："我有退兵之策，何不问我？"夫人大喜，就问："其计何在？"生云："我有一故人白马将军，见统十万之众，镇守蒲关。我修书一封，著人寄去，必来救我。"不想书至兵来，其困即解。（唱）

【小桃红】洛阳才子善属文[20]，火急修书信。白马将军到时分，灭了烟尘[21]。夫人小姐都心顺，则为他威而不猛[22]，言而有信[23]，因此上不敢慢于人[24]。

（净云）我自来未尝闻其名，知他会也不会。你这个小妮子，卖弄他偌多[25]！（红云）便又骂我！（唱）

【金蕉叶】他凭著讲性理《齐论》《鲁论》[26]，作词赋韩文柳文[27]，他识道理为人敬人，俺家里有信行知恩报恩。

【调笑令】你值一分，他值百十分，萤火焉能比月轮？高低远近都休论，我拆白道字[28]辩与你个清浑[29]。（净云）这小妮子，省得甚么拆白道字？你拆与我听。（红唱）君瑞是个"肖"字这壁著个"立人"[30]，你是个"木寸、马户、尸巾"[31]。

（净云）木寸、马户、尸巾——你道我是个"村驴屌"。我祖代是相国之门，到不如你个白衣、饿夫、穷士！做官的则是做官。（红唱）

【秃厮儿】他凭师友君子务本[32]，你倚父兄仗势欺人。齑盐日月不嫌贫[33]，治百姓新民传闻[34]。

【圣药王】这厮乔议论[35]，有向顺[36]。你道是官人则合做官人，信口喷[37]，不本分。你道穷民到老是穷民，却不道"将相出寒门"[38]！

（净云）这桩事，都是那长老秃驴弟子孩儿[39]，我明日慢慢的和他说话！（红唱）

【麻郎儿】他出家[40]儿慈悲为本[41]，方便为门[42]。横死眼[43]不识好人，招祻[44]口不知分寸。

（净云）这是姑夫的遗留[45]，我拣日牵羊担酒[46]上门去，看姑娘怎么发落[47]我！（红唱）

【幺篇】讪筋[48]，发村[49]，使狠，甚的是软款温存[50]。硬打捱强为眷姻[51]，不睹事[52]强谐秦晋。

（净云）姑娘若不肯，著二三十个伴当[53]抬上轿子，到下处脱了衣裳，赶将来，还你一个婆娘[54]！（红唱）

【络丝娘】你须是郑相国嫡亲的舍人，须不是孙飞虎家生的莽军[55]。乔嘴脸、腌躯老、死身分[56]，少不得有家难奔！

（净云）兀的那小妮子，眼见得受了招安[57]了也。我也不对你说，明日我要娶！我要娶！（红云）不嫁你！不嫁你！

【收尾】佳人有意郎君俊，我待不喝采其实怎忍[58]。（净云）你喝一声我听。（红笑云）你这般颓嘴脸，则好偷韩寿下风头香，傅何郎左壁厢粉[59]。（下）

（净脱衣科，云）这妮子拟定都和那酸丁演撒[60]，我明日自上门去见俺姑娘，则做不知。我则道张生赘[61]在卫尚书家做了女婿。俺姑娘最听是非，他自小又爱我，必有话说。休说别个，则这一套衣服，也冲动[62]他。自小京师同住，惯会寻章摘句[63]，姑夫许我成亲，谁敢将言相拒？我若放起刁来，且看莺莺那去？且将压善欺良意，权作尤云殢雨心。（下）

（夫人上，云）夜来郑恒至，不来见我，唤红娘去问亲事。据我的心，

则是与孩儿是；况兼相国在时已许下了，我便是违了先夫的言语。做我一个主家的不著[64]，这厮每做下来。拟定则与郑恒，他有言语，怪他不得也。料持下酒者，今日他敢来见我也。

（净上，云）来到也，不索报覆[65]，自入去见夫人。（拜夫人，哭科）（夫人云）孩儿，既来到这里，怎么不来见我？（净云）小孩儿有甚嘴脸来见姑娘！（夫人云）莺莺为孙飞虎一节，等你不来，无可解危，许张生也。（净云）那个张生？敢便是状元？我在京师看榜来，年纪有二十四五岁，洛阳张珙，夸官游街三日。第二日，头答[66]正来到卫尚书家门首。尚书的小姐十八岁也，结著彩楼，在那御街上，则一球正打著他[67]。我也骑著马看，险些打著我。他家粗使梅香十余人，把那张生横拖倒拽入去。他口叫道："我自有妻，我是崔相国家女婿。"那尚书有权势气象，那里听，则管拖将入去了[68]。这个却才便是他本分，出于无奈。尚书说道："我女奉圣旨结彩楼，你著崔小姐做次妻[69]。他是先奸后娶的，不应娶他[70]。"闹动京师，因此认得他。（夫人怒云）我道这秀才不中抬举，今日果然负[71]了俺家。俺相国之家，世无与人做次妻之理。既然张生奉圣旨娶了妻，孩儿，你拣个吉日良辰，依著姑夫的言语，依旧入来做女婿者。（净云）倘或张生有言语怎生？（夫人云）放著我哩，明日拣个吉日良辰，你便过门[72]来。（净云）中了我的计策了，准备筵席、茶礼、花红[73]，克日[74]过门者。（同下）

（洁上，云）老僧昨日买登科记看来，张生头名状元，授著河中府尹[75]。谁想夫人没主张，又许了郑恒亲事。老夫人不肯去接，我将著殽馔[76]，直至十里长亭，接官走一遭。（下）

（杜将军上，云）奉圣旨，著小官主兵蒲关，提调河中府事[77]，上马管军，下马管民。谁想君瑞兄弟一举及第，正授河中府尹，不曾接得。眼见得在老夫人宅里下，拟定乘此机会成亲。小官牵羊担酒，直至老夫人宅上，一来庆贺状元，二来做主亲[78]，与兄弟成此大事。左右[79]那里？将马来，到河中府走一遭。（下）

---

［1］ 姑娘（niáng 音酿阳平）：姑母、姑妈。

［2］ 下处：住处、所住的旅店。

［3］ 颜色：脸面、面子。《说文》以“颜”谓眉目之间，“色”谓凡见于面者。是颜色即容颜、脸色，引申为脸面、面子。

［4］ 一答（dā 音搭）里：一起、一块儿。也作“一搭儿”。

［5］ 肯：同意、许可。

［6］ 一马不跨双鞍：一匹马身上不能搭两副马鞍，喻指一女不能嫁二夫。此为当时成语。《元史·列女传》：“汴梁孟志刚妻衣氏，为大治棺，绐（dài 音代，欺哄）匠曰：‘可宽大，吾夫有遗书，欲尽置其中。’匠者然之。及成，衣氏语同居王媪曰：‘一马不被两鞍。吾夫既死，与之同棺共穴可也。’遂自刭（jǐng 音井，用刀割脖子）。”

［7］ 穷酸恶醋：没有功名地位的穷秀才。

［8］ “我仁者”二句：我是个能行仁义的君子，又是有身份的人家出身，有深厚的根基。仁者能仁，语本《论语·里仁》：“仁者安仁，知（同‘智’）者利仁。”意谓有仁道之人才能够行仁。身里出身，比喻出身有来头，此为书香门第、官宦人家之意。根脚，即“根底”，家世和出身。

［9］ 噤（jìn 音禁）声：呵斥对方“住口”。《说文》：“噤，口闭也。”

［10］ 不合亲上做亲：唐律明令不准近亲结婚。《唐律疏义》规定，凡犯律令者，或“各杖一百”或“各徒一年”“各徒三年”。亲上做亲，这里指的是郑恒与表妹莺莺成亲，莺莺之母是郑恒的姑母，故称。中表成亲当为婚姻之禁。

［11］ “又不曾”句：又没有下聘礼请媒人。羔雁，羊羔和大雁，指订婚的聘礼。古代聘礼用羊和雁皆有寓意。用羊取其不失群能自洁。《周礼·春官·大宗伯》：“卿执羔，大夫执雁。”郑玄注：“羔，小羊，取其群而不失其类。雁，取其候而行。”雁为候鸟，按时南来北往不失其节，以喻不夺女子之志；又雁为随阳之鸟，比喻妻从夫之意；雁择偶专一，丧偶不再；雁长幼有序，行有先后，不相逾越。

［12］ 献币帛问肯：纳彩礼问女方家是否答应这门亲事。献币帛，纳彩礼。《礼记·曲礼上》：“男女非有行媒，不相知名。非受币，不交不亲。”孔颖达疏：“非受币不交不亲者，币谓聘之玄纁（xūn 音勋）束帛也，先须礼币，然后可交亲也。”《唐律疏义·户婚门》：“婚礼先以聘财为信……虽无许婚之书，但受财聘亦是。”问肯，订婚前的一种礼俗，即说媒、提亲。

［13］ “恰洗”二句：意思说（郑恒）你刚刚千里迢迢地赶到，就想要结婚成亲。洗尘，即接风，意思是设宴招待远方的来客。《通俗编·仪节·洗尘》：“凡公私值远人初至，或设饮，或馈物，谓之洗尘。”此处“洗尘”的意思仅指“路远刚

到”，没有设宴招待这一层意思。过门，指成亲。

[14] “枉腌了”二句：白白弄脏了小姐高雅华丽的闺房，玷污了小姐锦绣被褥。腌，污染、弄脏。金屋银屏，用金屋藏娇故事，据《汉武故事》载，汉武帝年幼时，姑母长公主把他抱在膝上，问他：“儿欲得妇否？”他说：“欲得妇。”长公主指着自己的女儿阿娇问他“好否”，他说：“若得阿娇，当以金屋贮之。”后来武帝即位，果然立阿娇为皇后。后人便以“金屋”形容高贵身份女子所居之处。银屏，银制的屏风。锦衾，锦缎被子。裀，褥子。

[15] “枉蠢了”三句：是说嫁给郑恒是白白糟蹋了莺莺小姐。蠢，动词，损坏。梳云，把头发梳得像云一样。掠月，眉毛画得像月亮一样。羞，动词，损害、不体面。惜玉怜香，对女子的爱怜体贴。村，粗俗、愚蠢。殢雨尤云，沉湎于男欢女爱。云雨，男女交合。殢，沉迷、留恋。

[16] 三才始判，两仪初分：指宇宙混沌初开、天地刚分清楚的时候。三才，亦作“三材”，古以天、地、人为三才。语出《易 · 系辞下》：“有天道焉，有人道焉，有地道焉，兼三才而两之。”两仪，指天与地。《易 · 系辞上》：“易有太极，是生两仪。”孔颖达疏曰：“太极，谓天地未分之前……混元既分，即有天地，故曰太极生两仪……不言天地而言两仪者，指其物体……”始判，刚分开。判，分。“始判”与“初分”，前后互文见义。

[17] “乾坤”四句：是说天地分开，人立于天地之间。乾坤，即天地。旧说认为天地乃一气所形成，气之轻清而上升者为天，重浊而下凝者为地，故曰清者为乾，浊者为坤。旧说还认为，有天地然后有万物，有万物然后有男女，有男女然后有夫妇，有夫妇然后有父子，有父子然后有君臣，然后有上下、礼仪等。《易 · 说卦》：“立天之道曰阴与阳，立地之道曰刚与柔，立人之道曰仁与义。”孔颖达疏：“天地既立，人生其间。”

[18] 屯合寺门：聚集在寺门。意思是包围了佛寺。屯合，聚合，犹言“包围”。《广雅 · 释诂》三：“屯，聚也。”

[19] 荒：“慌”的同音借字。

[20] “洛阳”句：洛阳才子，原指汉代贾谊。《汉书 · 贾谊传》：“贾谊，洛阳人也。年十八，以能诵诗属文称于郡中。”这里以“洛阳才子”代指张生。属（zhǔ 音主）文，指撰著文辞、写文章，即连缀字句以成文章的意思。属，连缀。

[21] 灭了烟尘：平定了祸乱。烟尘，烽烟和尘土，指战争或祸乱。烟，即烽烟，古代边防报警的信号。尘，战场上人马行动时扬起的沙尘。

[22] 威而不猛：威严而不暴戾。这是孔子门人对孔子的评价，见《论语 · 述而》：“子温而厉，威而不猛，恭而安。”邢昺（bǐng 音丙）疏云：“言孔子体貌温和而能严正，俨然人望而畏之而无刚暴。”

[23] 言而有信：说话诚实有信用。语出《论语 · 学而》：“与朋友交，言而有信。”此指张生果然请到杜确，击退贼兵。

［24］ 不敢慢于人：对他（张生）不敢轻视怠慢。语本《孝经·天子》："敬亲者，不敢慢于人。"慢，轻视、慢待。

［25］ 卖弄他偌（ruò 音弱）多：显白、夸耀他这么多。

［26］ "他凭著"句：他（指张生）讲人生哲学和谈论学问是有《论语》为依据的。性理，人性天理、事物的规律，是程朱理学的一个重要范畴，这里泛指学问。《齐论》《鲁论》，《论语》流传中的版本。《论语》流传到汉代，有三种版本，即《齐论语》《鲁论语》和在孔子旧居壁中发现的《古文论语》。《齐论语》是齐国学者所传的《论语》，有二十二篇，今已亡佚。《鲁论语》为鲁国学者所传的《论语》，有二十篇，流传至今。

［27］ "作词赋"句：此句是夸张生的辞赋文章写得好，可与大文学家韩愈、柳宗元相比。韩文柳文，指的是唐代大文学家韩愈、柳宗元的文章。他们两人是唐代古文运动的领袖和创作中坚，在散文领域有很高的成就，为散文"唐宋八大家"之首。

［28］ 拆白道字：一种文字游戏，或将一个字分为两个或数个字，或将两个或数个字合为一个字，以表情达意。

［29］ 清浑：清浊。这里是贤愚的意思。

［30］ "肖"字这壁著个"立人"："肖"字左边着个"立人"，是"俏"字。

［31］ 木寸、马户、尸巾：是"村驴屌（屌）"。

［32］ "他凭"句：是说张生遵循良师益友的教诲，致力于修炼个人修养，是有德行的君子。君子务本，语出《论语·学而》，孔子的学生有子说："君子务本，本立而道生。"务，致力、从事。本，基也、基础。

［33］ "齑（jī 音基）盐"句：意为嫁给张生就是天天吃咸菜也心甘情愿。齑盐日月，清贫的生活。齑，腌菜。唐·韩愈《送穷文》："大学四年，朝齑暮盐。"

［34］ "治百姓"句：治理百姓使弃旧图新，到处传闻。语本《大学·经一章》："大学之道。在明明德，在亲民，在止于至善。"这里的"亲民"，朱熹认为就是"新民"，亲，通"新"，使更新、使弃旧图新。

［35］ 乔议论：胡说八道。乔，恶劣。

［36］ 向顺：这里指偏向、歪理。

［37］ 信口喷：随口乱说。喷，胡扯、乱说。

［38］ 将相出寒门：当时成语，即贫寒人家子弟经过奋斗也能出将入相。

［39］ 弟子孩儿：也作弟子的孩儿，犹言"婊子养的"，詈辞。宋元时称妓女为"弟子"，其源于唐代称教坊女伎为"梨园弟子"。元曲中凡言弟子都指娼妓。

［40］ 出家：僧尼道士离开家到寺院、道观修行，都叫出家。

［41］ 慈悲为本：指佛僧以怜悯他人、同情他人为根本。

［42］ 方便为门：《维摩诘经·法供养品》："以方便力，为诸生分别解说，显示分明。"即根据每个人的不同情况而采取不同措施，使之信奉佛教，就是方便。把方便

作为普济众生的门户，想方设法使众生信佛以脱离苦难，便是方便为门。

[43] 横（hèng 音恒去声）死眼：骂人的话，犹言“不得好死的”。横死，指死于非命，如死于飞来横（hèng 音恒去声）祸、自杀等。

[44] 禍（gù 音固）：用同“祸”。

[45] 遗留：遗愿、遗嘱。

[46] 牵羊担酒：指带着定亲礼物。南宋 · 吴自牧《梦粱录》卷二十《嫁娶》：“……伐柯人通好，议定礼，往女家报定。若丰富之家，以珠翠、首饰、金器、销金裙褶及缎匹茶饼，加以双羊牵送，以金瓶酒四樽或八樽，装以大花银方胜，红绿销金酒衣簇盖酒上……酒担以红彩缴之。”

[47] 发落：对付、处置、对待的意思。《水浒传》六十一回：“路上便有些个草寇出来，小人也敢发落的三五十个开去。”

[48] 讪（shàn 音扇）筋：因羞惭或暴怒而青筋凸露。这里是老羞成怒意。

[49] 发村：撒野、动粗。村，即蠢和粗俗的意思。

[50] “甚的”句：不知道什么是温柔体贴。软款温存，温柔的样子。

[51] “硬打捱”句：意为我就要霸道地强行成亲。硬打捱，强捱硬做。硬，态度强硬、蛮横。打捱，同“打孩”“答孩”，语气词，无义。

[52] 不睹事：不懂事、不识事。

[53] 伴当：随从的仆人。

[54] 婆娘：称结了婚的妇女为婆娘，带有轻贱的意思。

[55] “你须是”二句：你是郑相国的嫡传公子，可不是孙飞虎叛军所生之粗野贼兵。舍人，本官名。始见于《周礼 · 地官》：“舍人掌平宫中之政，分其财守，以法掌其出入。”战国及汉代初期王公贵族都有舍人，地位不高。秦汉设置太子舍人；汉代皇后、公主的属官中也有舍人。唐、宋两代的太子属官中有舍人和中舍人，主管起草诏令、参与机密，权力渐渐加大。唐中叶后，带有“舍人”二字的官职较多。宋元以来习惯称富贵人家的子弟为舍人，犹言“公子”。家生，奴婢所生的子女仍在主家为奴者。元 · 陶宗仪《南村辍耕录 · 奴婢》：“奴婢所生子，亦曰家生孩儿。”莽军，未经训练、粗野不知礼的士卒。

[56] “乔嘴脸”三句：犹言丑恶的容貌、难看的身材，是个该死的家伙。腌躯老，丑陋的身材。腌，肮脏、恶劣、难看的意思。躯老，身躯。死身分，该死的臭样子。身分，模样。

[57] “眼见得”句：郑恒认为红娘被张生收买了，站在张生那边帮他说话了。受了招安，这里是被人收买、受人笼络的意思。

[58] “佳人”二句：是红娘用反语讥讽郑恒。佳人有意，是指郑恒的一厢情愿，实际上佳人无意。郎君俊，讽刺郑恒粗俗。喝采，旧指赌博时的呼喝叫采。采，骰（tóu 音投）子上的标志。对于精彩的演唱或表演大声叫好赞美，也叫喝采。现在写作“喝彩”。这里是讽刺挖苦。

[59] “则好”二句：嘲笑郑恒不是张生的对手，只能甘拜下风。韩寿偷香是爱情成功的典故，傅粉何郎是有关美男子何郎的传说。言郑恒只偷到下风头香，只搭得左壁厢粉，都是嘲笑郑恒远不是韩寿、何晏一类人物，不能和张生相提并论。古人贵右贱左，左壁厢是地位低一等的意思。

[60] “这妮子”句：意思说这个丫头肯定和穷书生暗中关系暧昧。拟定，肯定、一定。演撒，男女间对对方有意，俗谓勾搭上了。这里是郑恒的想法。

[61] 赘：招赘。结婚时男方被招进女方家门，而不是将女方娶进来，即今所谓倒插门女婿。《史记・滑稽列传》：“淳于髡者，齐之赘婿也。”司马贞索隐曰：“女之夫也。比于子，如人之疣（yóu 音尤）赘，是余剩之物也。”

[62] 冲动：打动。这里通过郑恒的话点出老夫人的性格特点，同时也暴露出自己的丑恶嘴脸。

[63] 寻章摘句：东抄西凑写文章，指没有学问，毫无才华。

[64] “做我”句：意为由我这个当家人全力担着。主家，主持家事者。做我不著，豁出去担干系之意。

[65] 不索报覆：不须通报的意思。报覆，即通报、禀报。元剧角色上场常自言“不须报覆，我自过去”，使得演出更加紧凑。

[66] 头答：亦作头达，即头踏。官员出行，排列在前的仪仗队。

[67] “结著”三句：搭彩楼抛绣球招亲是古代招婿的一种方式。即富贵官宦人家临街搭起彩楼，让女儿在楼上观察过往的人群，挑选合心意者抛下彩球，中者为婿。则一球正打著他，抛彩球打着了他。

[68] 则管拖将入去了：指权贵之家依仗势力择婿，强迫成亲的行径。北宋・彭乘《墨客挥犀》：“今人于榜下择婿，号‘脔（luán 音峦）婿’。其语盖本诸袁山松，尤无义理。其间或有意不愿就，而为贵势豪族拥逼而不得辞者。有一新贵少年，有风姿，为贵族之有势力者所慕，命十数仆拥至其第……”明・沈德符《万历野获编》曰：“榜下脔婿，古已有之，至元时贵戚家遂以成俗。”

[69] 次妻：偏房、妾。我国封建社会实行一妻多妾制，不可有双妻或多妻，故次妻即妾。《后汉书・赵孝王良传》：“赵相奏乾居父丧，私聘小妻。”唐・章怀太子李贤注：“小妻，妾也。”

[70] “他是”二句：男女先私通后成亲，违背封建礼法，因此，在风俗习惯和律法中都是被禁止的。宋《庆元条法事类》引《户令》：“诸先奸后娶为妻者，离之。”元代法令承宋旧制，《元史・刑法志》：“诸先通奸，被断，复娶以为妻妾者，虽有所生男女，犹离之。”郑恒此言，指出崔张婚姻之不合法。

[71] 负：背弃、忘恩负义。《广韵》：“负，背恩忘德曰负。”

[72] 过门：女儿出嫁或男子入赘女家。这里指郑恒到崔家成亲。

[73] 花红：指结婚的礼物。

[74] 克日：约定或限定日期。也说克期。

［75］府尹：州府的最高行政长官。古代县、州的上属行政区称府，府的行政长官为府尹。汉代京城附近地区的行政长官称京兆尹，后代相沿，唐以后凡府的长官也习称府尹。

［76］殽（yáo 音摇）馔：酒菜食品。殽，通“肴”。

［77］提调河中府事：官名，掌管河中府事。提调，管理、指挥。元有大都路兵马都指挥使司，掌京城盗贼奸伪鞠〔通“鞫（jū 音居，审讯罪人）”〕捕之事。世祖以刑部尚书一人提调司事，提调之名自此有之。

［78］主亲：主持婚事。主婚人一般应由父母等长辈充任，但张生父母双亡，故得由视同兄长的“八拜之交”杜确来主婚。

［79］左右：一为对人的尊称，不直呼其名而称其左右，以表敬意。司马迁《报任少卿书》：“是仆终已不得舒愤懑以晓左右。”二是身边随从。《史记·廉颇蔺相如列传》：“左右欲刃相如，相如张目叱之，左右皆靡。”此指后者。

第四折

（夫人上，云）谁想张生负[1]了俺家，去卫尚书家做女婿去。今日不负老相公遗言，还招郑恒为婿。今日好个日子，过门者，准备下筵席，郑恒敢待来也。

（末上，云）小官奉圣旨，正授河中府尹。今日衣锦还乡，小姐的金冠霞帔[2]都将著，若见呵，双手索送过去。谁想有今日也呵！文章旧冠乾坤内，姓字新闻日月边[3]。（唱）

【双调·新水令】玉鞭[4]骄马出皇都，畅风流[5]玉堂人物。今朝三品职[6]，昨日一寒儒[7]。御笔亲除，将名姓翰林注[8]。

【驻马听】张珙如愚[9]，酬志了三尺龙泉万卷书[10]；莺莺有福，稳请了五花官诰七香车[11]。身荣难忘借僧居，愁来犹记题诗处。从应举，梦魂儿不离了蒲东路。

（末云）接了马者！（见夫人科）新状元河中府尹婿张珙参见。（夫人云）休拜！休拜！你是奉圣旨的女婿，我怎消受得你拜！（末唱）

【乔牌儿】我谨躬身问起居[12]，夫人这慈色[13]为谁怒？我则见丫鬟使数都厮觑[14]，莫不我身边有甚事故？

（末云）小生去时，夫人亲自饯行，喜不自胜[15]。今日中选得官，夫人反行不悦，何也？（夫人云）你如今那里想著俺家？道不得个“靡不有初，鲜克有终”。我一个女孩儿，虽然妆残[16]貌陋，他父为前朝相国。若非贼来，足下甚气力到得俺家？今日一旦置之度外，却于卫尚书家作婿，岂有是理！（末云）夫人听谁说？若有此事，天不盖，地不载[17]，害老大小[18]疔疮[19]！（唱）

【雁儿落】若说著丝鞭士女图，端的是塞满章台路[20]。小生呵此间怀旧恩，怎肯别处寻亲去？

【得胜令】岂不闻“君子断其初”[21]，我怎肯忘得有恩处？那一个贼畜生行嫉妒，走将来老夫人行厮间阻[22]？不能勾娇姝[23]，早共晚施心数[24]；说来的无徒[25]，迟和疾上木驴[26]！

（夫人云）是郑恒说来：绣球儿打著马了，做女婿也！你不信呵，唤红娘来问。

（红上，云）我巴不得[27]见他，元来得官回来。惭愧，这是非对著也。（末背问云）红娘，小姐好么？（红云）为你别做了女婿[28]，俺小姐依旧嫁了郑恒也。（末云）有这般蹊跷[29]的事！

【庆东原】那里有粪堆上长出连枝树[30]，淤泥中生出比目鱼？不明白展污了姻缘簿[31]？莺莺呵，你嫁个油煠猢狲[32]的丈夫；红娘呵，你伏侍个烟薰猫儿[33]的姐夫；张生呵，你撞著个水浸老鼠[34]的姨夫[35]。这厮坏了风俗，伤了时务[36]。

（红唱）[37]

【乔木查】妾前来拜覆，省可里[38]心头怒！间别[39]来安乐否？

你那新夫人何处居？比俺姐姐是何如？

（末云）和你也葫芦题了也[40]！小生为小姐受过的苦，诸人不知，瞒不得你。不甫能成亲，焉有是理？（唱）

【搅筝琶】小生若求了媳妇，则目下便身殂[41]，怎肯忘得待月回廊，难撇下吹箫伴侣。受了些活地狱，下了些死工夫。不甫能得做妻夫，见将著夫人诰敕[42]，县君[43]名称，怎生待欢天喜地，两只手儿分付与[44]。你划地[45]到把人赃诬[46]！

（红对夫人云）我道张生不是这般人，则唤小姐出来自问他。（叫旦科）姐姐，快来问张生，我不信他直恁般薄情。我见他呵，怒气冲天，实有缘故。（旦见末科）（末云）小姐间别无恙？（旦云）先生万福。（红云）姐姐有的言语，和他说破。（旦长吁云）待说甚么的是！（唱）

【沉醉东风】不见时准备著千言万语，得相逢都变做短叹长吁。他急攘攘却才[47]来，我羞答答怎生觑。将腹中愁恰待申诉，及至相逢一句也无，则道个“先生万福”。

（旦云）张生，俺家何负足下？足下见弃妾身，去卫尚书家为婿，此理安在？（末云）谁说来？（旦云）郑恒在夫人行说来。（末云）小姐如何听这厮？张珙之心，惟天可表！（唱）

【落梅风】从离了蒲东路，来到京兆府[48]，见个佳人世不曾回顾。硬揣个卫尚书家女孩儿为了眷属[49]，曾见他影儿的也教灭门绝户！

（末云）这一桩事，都在红娘身上，我则将言语傍著他[50]，看他说甚么。红娘，我问人来，说道你与小姐将简帖儿去唤郑恒来。（红云）痴人，我不合与你作成[51]，你便看得我一般了。（红唱）

【甜水令】君瑞先生，不索踌躇[52]，何须忧虑，那厮本意糊突；俺家世清白，祖宗贤良，相国名誉，我怎肯他根前寄简传书？

【折桂令】那吃敲才[53]怕不口里嚼蛆[54]，那厮待数黑论黄，恶紫夺朱[55]。俺姐姐更做道软弱囊揣[56]，怎嫁那不值钱人样豭驹[57]，你个东君索与莺莺做主[58]，怎肯将嫩枝柯折与樵夫[59]？那厮本意嚣虚[60]，将足下亏图[61]，有口难言，气夯破胸脯[62]！

（红云）张生，你若端的不曾做女婿呵，我去夫人根前，一力保你。等那厮来，你和他两个对证。（红见夫人云）张生并不曾人家做女婿，都是郑恒谎，等他两个对证。（夫人云）既然他不曾呵，等郑恒那厮来对证了呵，再做说话[63]。

（洁上，云）谁想张生一举成名，得了河中府尹，老僧一径[64]到夫人那里庆贺。这门亲事，几时成就？当初也有老僧来，老夫人没主张，便待要与郑恒。若与了他，今日张生来却怎生？（洁见末叙寒温科）（对夫人云）夫人，今日却知老僧说的是，张生决不是那一等没行止[65]的秀才。他如何敢忘了夫人？况兼杜将军是证见，如何悔得他这亲事？（旦云）张生此一事，必得杜将军来方可。（唱）

【雁儿落】他曾笑孙、庞真下愚，若是论贾、马非英物[66]；正授著征西元帅府，兼领著陕右河中路[67]。

【得胜令】是咱前者护身符[68]，今日有权术[69]。来时节定把先生助，决[70]将贼子诛。他不识亲疏[71]，啜赚良人妇[72]；你不辨贤愚，无毒不丈夫[73]。

（夫人云）著小姐去卧房里去者。（旦下）

（杜将军上，云）下官离了蒲关，到普救寺。第一来庆贺兄弟咱，第二来就与兄弟成就了这亲事。（末对将军云）小弟托兄长虎威，得中一举。今者回来，本待做亲，有夫人的侄儿郑恒，来夫人行说道，你兄弟在卫尚书家作赘[74]了。夫人怒欲悔亲，依旧要将莺莺与郑恒，

焉有此理？道不得个“烈女不更二夫”[75]。（将军云）此事夫人差矣。君瑞也是礼部尚书之子，况兼又得一举。夫人世不招白衣秀士，今日反欲罢亲，莫非理上不顺！（夫人云）当初夫主在时，曾许下这厮，不想遇此一难，亏张生请将军来杀退贼众。老身不负前言，欲招他为婿；不想郑恒说道，他在卫尚书家做了女婿也，因此上我怒他，依旧许了郑恒。（将军云）他是贼心，可知道诽谤他。老夫人如何便信得他？

（净上，云）打扮得整整齐齐的，则等做女婿。今日好日头[76]，牵羊担酒，过门走一遭。（末云）郑恒，你来怎么？（净云）苦也！闻知状元回，特来贺喜。（将军云）你这厮怎么要诳骗良人的妻子，行不仁之事，我根前有甚么话说？我奏闻朝廷，诛此贼子。（末唱）

【落梅风】你硬撞入桃源路[77]，不言个谁是主，被东君把你个蜜蜂儿拦住。不信呵去那绿杨影里听杜宇，一声声道“不如归去”[78]。

（将军云）那厮若不去呵，祇候[79]拿下。（净云）不必拿，小人自退亲事与张生罢。（夫人云）相公息怒，赶出去便罢。（净云）罢、罢！要这性命怎么？不如触树身死。妻子空争不到头，风流自古恋风流；三寸气在千般用，一日无常万事休[80]。（净倒科）（夫人云）俺不曾逼死他，我是他亲姑娘，他又无父母，我做主葬了者。著唤莺莺出来，今日做个庆喜的茶饭，著他两口儿成合者。

（旦、红上，末、旦拜科）（末唱）

【沽美酒】门迎著驷马车[81]，户列著八椒图[82]，四德三从[83]宰相女，平生愿足，托赖著众亲故。

【太平令】若不是大恩人拔刀相助[84]，怎能勾好夫妻似水如鱼。得意也当时题柱[85]，正酬了今生夫妇。自古相女配夫[86]，新状

元花生满路[87]。

（使臣上科[88]）（末唱）

【锦上花】四海无虞，皆称臣庶[89]；诸国来朝[90]，万岁山呼[91]；行迈羲轩[92]，德过舜禹；圣策神机[93]，仁文义武[94]。朝中宰相贤，天下庶民[95]富，万里河清[96]，五谷成熟；户户安居，处处乐土[97]；凤凰来仪[98]，麒麟屡出[99]。

【清江引】谢当今盛明唐圣主[100]，敕赐为夫妇。永老无别离，万古常完聚，愿普天下有情的都成了眷属[101]。

【随尾】则因月底联诗句，成就了怨女旷夫。显得有志的状元能，无情的郑恒苦。（下）

题目　小琴童传捷报　崔莺莺寄汗衫
正名　郑伯常干舍命[102]　张君瑞庆团圞

总目[103]　张君瑞巧做东床婿　法本师住持南赡地[104]
　　老夫人开宴北堂[105]春　崔莺莺待月西厢记

---

[1] 负：亏欠、对不住。下文“不负老相公遗言”之“负”，是“违背”“背弃”的意思。

[2] 金冠霞帔（pèi 音配）：命妇的服饰。皇帝给达官贵人家的妇女以封号，称为命妇。命妇因地位高低而有不同的品级，其命服也随品级不同而有不同制式。《明史·舆服志三》：“一品衣金绣文霞帔，金珠翠妆饰玉坠。二品衣金绣云肩大杂花霞帔，金珠翠妆饰金坠……”这样一直到九品，各有不同。金冠，以金钗等装饰之帽。霞帔即饰有各种花纹图案的披肩。霞帔自宋代即为命服。清·陈元龙《格致镜原》卷三十六引《名义孝》：“今命妇衣外以织文一幅，前后如其衣长，中分而前两开之，在肩背之间，谓之霞帔。”

[3] “文章”二句：意思说文章本来就是天下第一，现在中状元后名声又传到了皇帝那里。冠，第一。日月边，皇帝的身边。《礼记·昏义》：“故天子之与后，犹日之与月、阴之与阳，相须（等待）而后成也。”新闻，新近被（皇帝）听到。

闻，听、听到。

［4］ 玉鞭：精美的马鞭。苏鹗《杜阳杂编 · 软玉鞭》载："（唐）德宗尝幸兴庆宫，于复壁间得宝匣，中获玉鞭，其末有文曰'软玉鞭'，即天宝中异国所献也。端妍节文，光明可鉴，虽蓝田之美，不能过也。屈之则首尾相就，舒之则径直如绳，虽以斧锧（zhì 音至）锻研，终不伤缺。德宗叹为神物。"

［5］ 畅风流：好体面。畅，真正。

［6］ 三品职：从魏晋开始，官分九品，一品至九品，各分正、从，用以区分官阶的高下尊卑。

［7］ 寒儒：贫寒的书生。

［8］ 将姓名翰林注：把姓名登录在翰林院，即做了翰林。注，登记。

［9］ 张珙如愚：说张珙大智若愚。《论语 · 为政》："子曰：'吾与回言终日，不违，如愚。退而省其私，亦足以发，回也不愚。'"本孔子夸奖颜回语。此言张生内秀，外不露锋芒而内藏睿智。

［10］"酬志"句：张生实现了自己夺得功名的雄心壮志。龙泉，宝剑名。《越绝书 · 越绝外传 · 宝剑记》："欧冶子、干将（gān jiāng 音甘江）凿茨山，泄其溪，取铁英，作为铁剑三枚：一曰龙渊，二曰泰阿，三曰工布。"唐人避高祖李渊讳，将龙渊改作"龙泉"。又，《晋书 · 张华传》载：张华见斗牛星之间常有紫气，于是就问豫章雷焕。雷焕说：这是"宝剑之精，上彻于天"，剑当在豫章丰城。于是张华让雷焕当了丰城县令寻求宝剑。"焕到县，掘狱屋基，入地四丈余，得一石函，光气非常，中有双剑，并刻题，一曰'龙泉'，一曰'太阿'。其夕，斗牛间气不复见焉。"龙泉剑长三尺，人们常以龙泉代指剑。仗剑从军、读书参加科考是博取功名的两种途径，故常以"三尺龙泉""万卷书"来形容人们博取功名的志向。

［11］"稳请"句：意谓保证可以使莺莺得到诰（gào 音告）命夫人的册封文书，坐上贵夫人坐的七彩车。请，得到、接受。《说文韵谱》："请，受也。"五花官诰，朝廷给命妇的册封文书，五品以上称为诰，用五色绫罗做的，其中还有金色花锦，故俗称五花官诰。七香车，用多种香木制作或多种香料装饰的车。汉代已有香车之称，六朝称七香车。因四角缀五色香囊，中贮辟寒、辟邪、瑞麟、金凤香等，出游则芬芳满路。《杜阳杂编》卷下《同昌公主》："公主乘七宝步辇，四面缀五色香囊……每一出游，则芳馥满路，晶荧照灼，观者眩惑其目。"

［12］"我谨"句：我小心郑重地鞠躬向老夫人请安问好。躬身，弯下身子以表示恭敬。问起居，问安问好。起居，指日常饮食寝卧出行的状况。《世说新语 · 言语》："明公蒙尘路次，群下不宁，不审尊体起居若何？"

［13］ 慈色：仁慈的态度和表情，犹言"慈颜"。用于对尊长的敬称，多指母亲。

［14］"我则见"句：我只见丫鬟和仆人们都在互相传递眼色。使数，供使唤的仆人、随从。厮觑，互相使眼色。

［15］ 喜不自胜：难以抑制自身的喜悦。胜，克制。

［16］ 妆残：没什么好穿戴。自谦之词。

［17］ 天不盖，地不载：天地不容。

［18］ 老大小：老大、很大。老，副词，极、很。大小，偏义复词，其义偏取“大”。

［19］ 疔疮：病名。中医指发病急且有全身症状的小疮。因其形小，根深，坚硬如钉状，故名。多因饮食不节、外感风邪火毒及四时不正之气而发。

［20］ “若说”二句：如果说起抛绣球递丝鞭想招张生为婿的美女，京城满街道都是。丝鞭仕女图，指美女抛绣球递丝鞭招亲的情景。丝鞭，缔结婚姻的一种信物。招亲时，女方送给男方丝鞭，男方接受，表示缔结姻亲。士女图，同“仕女图”，以古代上层社会的妇女生活为题材的图画。这类题材汉代已有，据《历代名画记》：汉元帝时的宫女都被画工画过，以备皇帝召见之用。至唐尤甚，肖像、乐舞、嬉戏、织补、宫怨、愁思等内容皆备。随着宋代木版年画的发展，仕女画扩展到民间，俗称美女画。士女，同“仕女”。章台路，本是汉代长安的一条繁华的街道，因位于秦渭南离宫章台下而得名。唐朝建都长安，它又是京城著名街道。唐人传奇小说中写韩翊（yì 音益）与柳氏爱情故事，有“章台柳，章台柳，昔日青青今在否”之句，所以，此后章台路又成了风流之地的代名词。此处说的章台路，代指京城的大街，亦含有风流繁华的意思。

［21］ 君子断其初：当时成语。意谓君子在做事一开始就已经下了决断，从此以后不会改变初衷。断，决断。

［22］ 间（jiàn 音剑）阻：挑拨离间（jiàn 音剑）。

［23］ 不能勾娇姝（shū 音书）：不能够得到莺莺。姝，美女。《诗经·邶（bèi 音被）风·静女》：“静女其姝。”乐府诗歌《陌上桑》：“使君遣吏往，问是谁家姝。”

［24］ 施心数：耍心眼儿。

［25］ 说来的无徒：说起这个无赖来。无徒，即无赖之徒的省称。明·余继登《典故纪闻》卷十四“成化时，户部左给事中丘弘言：‘原其所由，皆无籍之徒窃假投献而渔猎其中。’”

［26］ 迟和疾上木驴：犹如说迟早要挨千刀万剐。元代的凌迟刑，受刑者被绑上木桩，推到街市上游行示众，称为“上木驴”。这种木桩带有铁刺，下有四腿，形状像驴，故名木驴。《南唐书·胡则传》：“即舁（yú 音于，共同用手抬）置木驴上，将磔（zhé 音折）之，俄死，腰斩其尸以徇。”

［27］ 巴不得：迫切盼望。

［28］ 别做了女婿：另做了女婿，做了别人家的女婿。

［29］ 蹊跷（qī qiao 音七敲阴平）：指事情奇怪和可疑。

［30］ 连理树：连理木，枝叶相连之树。常用以喻兄弟或夫妇。

［31］ “不明白”句：岂不是明明白白弄脏了好姻缘吗？姻缘簿，传说中月下老人掌管的注定男女姻缘的簿册。唐·李复言《续玄怪录·定婚店》载：唐代，杜陵

青年韦固出游清河，途遇一位老人在店西龙兴寺门前台阶上，倚布囊，借月光翻阅书牍。韦固求问老人所阅何书？老人说："是天下婚约之书。"韦固又问老人囊中有何物？老人说："红丝绳，是用来拴夫妻之足用的。任男女两家有深仇大恨，分处天南地北，一旦用此绳系住双方的脚，最终也要结为夫妻的。你的脚早已系到了一个女子的脚上，她就是此店北面卖菜陈妇人之女。"在老人的指点下，韦固来到菜场，见自己所谓的妻子竟是躺在老妇怀中的三岁女孩儿，而且穿得相当破烂。韦固异常愤怒，便吩咐家奴去刺杀这个女孩儿，结果只刺及女孩儿的眉间。十四年后，韦固以父荫得官相州参军，刺史很看重他，并把女儿嫁给了他。妻子花容月貌，只是眉间总贴着花钿，即便洗脸也不取下。韦固问起原因，妻子告诉他幼时为贼人所伤之事。韦固听罢惊讶说："刺伤你的，不是别人，正是我呀！"

[32] 油煠猢狲（hú sūn 音胡孙）：举止轻狂，就像下了油锅的猴子一样上蹿下跳。猢狲，猴子。

[33] 烟薰猫儿：被烟熏过的猫，又脏又黑。比喻形象丑陋，面目污秽不堪。薰，通"熏"。

[34] 水浸老鼠：被水浸泡的老鼠。形容人物缩头缩脑的猥琐之状。

[35] 姨夫：共狎一妓之两男的互称。宋·周密《癸辛杂识续集·姨夫眼眶》："北人以两男共狎一妓则称为姨夫。"戏曲中把两女共恋一男也戏称"姨夫"。"姨夫""姐夫"，均勾栏中习惯语，此处用于打诨（hùn 音混）。

[36] 伤了时务：败坏了当时的风尚。时务，当世之务，本指当世的重要事务，但在戏曲小说中常作为"时尚习俗""社会风气"的意思。

[37]（红唱）：按元剧"一人主唱"体制，此处应是张生唱，至少应唱完这整一折里的套曲，但这里却变成了红娘唱，可见元剧中变体的情况常有。

[38] 省可里：休要。可里，语气助词，无义。

[39] 间（jiàn 音剑）别：分别。

[40] "和你"句：连你也糊涂了。葫芦题，糊里糊涂。此为宋元以来常用语。

[41] 殂（cú 音徂）：死亡。

[42] 诰敕（chì 音斥）：皇帝下令册封贵夫人的诏书。敕，皇帝的诏书。顾炎武《金石文字记》："汉时人，官长行之掾（yuàn 音院）属，祖父行之子孙，皆曰敕。……至南北朝以下，则此字惟朝廷专之。"

[43] 县君：皇帝给予妇女的一种封号。晋代始有此封号。据《通典·职官十六》，唐代四品官的母亲与妻子封郡君，五品官的母亲与妻子封县君。《宋史·职官志十》载，翰林学士之妻封郡君。张生"今朝三品职"，妻子莺莺当被封郡君，此处说县君，是对妇女封号的一种泛称。

[44] "两只手"句：我亲自用双手交给她。分付，交给。

[45] 刬（chǎn 音产）地：无端地、平白无故地。

［46］ 赃诬：栽赃诬陷。
［47］ 却才：刚刚。
［48］ 京兆府：地名，唐治长安县，这里指京城。
［49］ “硬揣个”句：硬是捏造了个卫尚书家的女儿成为妻子的谎言强加于我。硬揣，强塞、硬捏造。
［50］ “我则”句：我只把话冲着红娘说。傍，挤、刺激。
［51］ 作成：成全、帮助成功。作成表“成全”义使用的范围很广，不限于婚事。作，造就义。成，成全义。
［52］ 踌躇：犹豫、迟疑不决。
［53］ 吃敲才：该判死刑的坏蛋。敲，死刑的一种，即杖杀。才，通“贼”。
［54］ 口里嚼蛆：胡说八道。
［55］ 数黑论黄，恶紫夺朱：胡说八道，强词夺理，颠倒黑白。这两句是当时成语，常连用。数黑论黄，原指赌博时论胜负输赢，此处引申为搬弄是非、说长道短。数，说、议论。恶（è 音饿）紫夺朱，古代以朱红色为正色。邪恶的紫色侵夺去了大红色的地位，意思是以邪压正，歪理反倒占了上风。语出《论语·阳货》：“恶（wù 音务）紫之夺朱也，恶郑声之乱雅乐也，恶利口之覆邦家也。”（《论语》）原文中的“恶”是动词，表示憎恶；而在这里的“恶”字是形容词，表示“邪恶的”。）
［56］ 囊（nāng 音囔）揣（chuài 音踹）：窝囊、不中用。
［57］ 人样豭（jiā 音家）驹：詈辞。形容人干瘪猥琐。豭驹，即猪崽。豭，公猪。
［58］ “你个”句：司春之神应当为春鸟做主，隐指张生应当为莺莺做主。东君，掌管春天的神，也就是青帝。神话中五天帝之一，名灵威仰，为东方之神。《周礼·天官·大（太）宰》：“祀五帝。”贾公彦疏：“五帝者，东方青帝灵威仰，南方赤帝赤熛（biāo 音标，火焰）怒，中央黄帝含枢纽，西方白帝白招拒，北方黑帝汁光纪。”这里暗指张生。莺莺，莺莺鸟，即黄鹂。这里暗指崔莺莺。
［59］ 嫩枝柯折与樵夫：嫩枝柯，比喻莺莺。枝柯，枝条。柯，树枝。樵夫，砍柴人，比喻郑恒。
［60］ 嚣虚：轻浮、虚伪。
［61］ 亏图：设下圈套陷害、谋害。
［62］ 气夯破胸脯：怒气冲破胸膛。夯破，冲破。夯，冲、撞。
［63］ 再做说话：再做处置。说话，此为处置的意思。
［64］ 一径：一直。
［65］ 行止：行动的踪迹，出自《孟子·梁惠王下》：“行，或使之；止，或尼之。行止，非人所能也。”这里指品行。《旧唐书·韦贯之传》：“同列以张仲素、段文昌进名为学士，贯之阻之，以行止未正，不宜在内庭。”
［66］ “他曾”二句：是说白马将军杜确本领高强，他曾讥笑孙膑（bìn 音殡）和庞涓

（juān 音捐）真是愚笨，谈论贾谊和司马相如，认为他们不算什么英雄。孙、庞，战国时有名的军事家孙膑、庞涓。二人同学于鬼谷子，却反目为敌。先是庞涓忌才残害孙膑，对孙膑施以刖（yuè 音月）刑，关押囚禁；后又有孙膑用计打败庞涓，逼庞涓马陵自刎。贾、马，汉代著名文学家贾谊、司马相如。贾谊（前 200—前 168），西汉著名政论家、文学家。曾官至太中大夫，后受权贵忌妒和排挤，贬为长沙王的太傅，不久忧郁而死。他的《吊屈原赋》中有“恭承夹惠兮，赐罪长沙”。司马相如，汉代的辞赋家。他曾经弹奏《凤求凰》，通过琴声向卓王孙的女儿卓文君求爱。卓文君于是弃家出走，与司马相如结为夫妇。

[67] “兼领”句：指前折所说“提调河中府”事。陕右，陕西东面，指山西。河中路，即蒲州。

[68] 护身符：旧时道、佛或巫师以朱笔墨笔画的佛菩萨鬼神像或写着咒语符箓的纸牒，人带在身上，用于驱邪避灾，保佑平安，所以叫护身符。后来其义引申，把能保护自己的强大势力也称为护身符。此处即用引申义。

[69] 权术：指权力、权谋和智巧。这里指手段、办法。

[70] 决：一定的意思。《战国策 · 秦策》四：“寡人决讲矣。”高诱注：“决，必也。”

[71] 不识亲疏：指郑恒不顾和崔家的亲戚关系，违犯中表不得成亲的婚禁。

[72] 良人妇：旧时以农工商为良，倡优隶卒为贱。良人妇是指有正当职业的清白人家的妇女。莺莺已经是张生的妻子，故称良人妇。

[73] “你不辨”二句：责怪老夫人不识好坏，没有决断。无毒不丈夫，为当时成语。亦作“无度不丈夫”与“量小”成对文。毒，狠心、决心。

[74] 作赘：做倒撞门的女婿。

[75] 烈女不更二夫：贞节的女子不嫁两个丈夫。更，改换，这里指改嫁。《左传 · 庄公十四年》：“吾一妇人而事二夫，纵弗能死，其又奚言！”

[76] 好日头：好日子、吉日良辰。

[77] 硬撞入桃源路：用刘晨、阮肇入天台的典故。意为刘晨、阮肇入桃源乃是与仙女有缘，两相情愿，而郑恒之求婚只是他自己一味追求，莺莺并不愿意，故云“硬撞入”。

[78] “不信呵”二句：讥刺郑恒，叫他早点儿回家去。杜宇，鸟名，又名子规、杜鹃，其叫声听起来像“不如归去”。这里是借杜鹃的叫声，隐喻要郑恒早日回头，快快归去，别再胡搅蛮缠。

[79] 祗（zhī 音支）候：宋代任传宣引赞之事的武官（见《宋史 · 职官志》）；金代设有祗候郎君管勾官，“掌祗候郎君，谨其出入及差遣之事”（《金史 · 百官志一》）；在元代，祗候为供奔走服劳的差役，大户人家的仆役领班亦称祗候。这里指供奔走服劳的差役。

[80] “三寸”二句：当时成语，是说只要还有一口气，就什么事都可以办；一旦死

了，就什么事都完了。三寸气在，指人活着，还在呼吸。人的呼吸只占鼻口之间小小的空间，故言“三寸气”。无常，佛家认为世间一切事物都不能久住，均处在变异生灭的迁流过程中，所以把死称为“无常”。

[81] 门迎著驷（sì 音四）马车：称颂其家对人有恩德，使子孙发达。《汉书·于定国传》载：于定国的父亲于公，在修闾门时说：“少高大门间，令容驷马高盖车。我治狱多阴德，子孙必有兴者。”后果然封侯传世。驷马车，四匹马所拉的车子，是古时达官显贵者的车乘（shèng 音圣），也指显贵。

[82] 户列著八椒图：犹言门上刻绘着各种花饰。八椒图，指门饰上的各种螺形花饰。明·陆容《菽园杂记》卷二：“椒图，其形似螺蛳（sī 音思），性好闭口，故立门上。”椒图形像螺蚌。遇到外敌侵犯总是将壳口闭紧，人们将它用在门上，除取“紧闭”之意以求平安外，还因其面目狰狞而负责看守门户，镇守邪妖；另外还有一个原因，即椒图“性好僻静”，忠于职守，故常被饰为大门上的铁环兽或挡门的石鼓，让其照顾一家一户的安宁，被民间称作“性情温顺”的龙子。

[83] 四德三从：是中国古代为女子规定的道德标准。四德是“妇德、妇言、妇容、妇功”（妇女的品德、辞令、仪态、女红）。三从是未嫁从（听从）父、既嫁从（辅助）夫、夫死从（抚养）子。

[84] 拔刀相助：遇有不平而挺身相助之谓。

[85] 题柱：指当初雄心勃勃的誓言。晋·常璩（qú 音渠）《华（huà 音化）阳国志·蜀志》载：汉代司马相如当年离蜀赴长安求官，过成都城北升仙桥，在送客观（guàn 音贯）“题市门曰：‘不乘赤车驷马，不过汝下也。’”（一说在桥柱上题字。）后人用此典形容人在未发达时所立下的誓言。这里是说张珙志大才高，终于成功。

[86] 自古相（xiàng 音象）女配夫：犹言从古以来就是根据女儿的条件来择配相称的丈夫。即古人所谓郎才女貌。相，视。

[87] 花生满路：荣耀美满、前程似锦之意。

[88] 使臣上科：元代杂剧结束时，一般都由皇帝派遣的使臣上场宣读加官进爵的诏书，这里省略其表演。

[89] “四海”二句：意谓天下太平，在广阔的疆域里生活的人都称臣民。四海，古人认为中国四周被海包围，因此以“四海”指代全国各地。无虞，没有纷乱、没有二心。《诗经·鲁颂·閟（bì 音必）宫》：“无贰无虞，上帝临女（rǔ 音辱）。”孔颖达释“无虞”曰：“无有二心，无有疑误。”

[90] 诸国来朝：很多国家都来朝见，说明国家强盛。

[91] 万岁山呼：山呼万岁。万岁，原是古人庆贺之辞，平民通用。后因朝贺时对君主呼万岁，才变成皇帝专称。《汉书·武帝纪》：“元封元年……（武帝）亲登嵩高，御史乘属、在庙旁吏卒咸闻呼万岁者三。”因为听到了群山在呼“万岁”，

所以就有了“嵩呼”和“山呼”的说法，后来发展成为臣民祝颂帝皇的一种仪式。《元史·礼乐志一》：“曰跪左膝、三叩头，曰山呼，曰山呼，曰再山呼，应曰‘万万岁’。”凡传山呼时，近侍就呼噪应和说“万岁”，再传山呼，应和说“万万岁”。

[92] 行迈羲轩：品行超过伏羲、轩辕。行，德行。迈，逾越、超过。羲，伏羲，传说的华夏族首领，始画八卦，教民捕鱼畜牧，有人文初祖之称。轩，轩辕，即黄帝，传说战胜炎帝于阪泉，又战胜蚩尤于逐鹿，被尊为天子，是中华民族的祖先。

[93] 圣策神机：是说皇帝治国有方。策和机都作“机谋、办法”解。

[94] 仁文义武：犹言文治武功都符合儒家的仁义原则。

[95] 庶民：黎民百姓。庶，众。

[96] 河清：河，指黄河。黄河水浊，很少有清的时候。古人以黄河水澄清为祥瑞，是政治开明、太平富庶的象征。

[97] 处处乐土：全国处处都是幸福安乐的地方。《诗经·魏风，硕鼠》：“逝将去女（rǔ 音辱），适彼乐土。乐土乐土，爰得我所。”郑玄笺：“乐土，有德之国。”朱熹集传：“乐土，有道之国也。”意谓行仁政爱黎民的安乐之处。

[98] 凤凰来仪：凤凰来舞而有容仪，古代相传以为瑞应，象征太平盛世。《尚书·虞书·益稷》：“《箫韶》九成，凤皇来仪。”旧题汉·孔安国传：“雄曰凤，雌曰皇，灵鸟也。仪，有容仪。备乐九奏而致凤皇，则余鸟兽不待九而率舞。”后世常用作圣君祥瑞的典故。

[99] 麒麟屡出：仁兽屡屡出现。麒麟，传说中的一种动物。其形状像鹿，头上有角，全身有鳞甲，尾像牛尾。古人以为仁兽、瑞兽。它的出现被认为是一种祥瑞，是天下太平的象征。《史记·司马相如列传》载：《上林赋》曰：“兽则麒麟、角端（duān 音端）。”司马贞《索隐》引张揖曰：“雄曰麒，雌曰麟。其状麇（jūn 音君，獐）身，牛尾，狼蹄，一角。”《春秋公羊传·哀公十四年》：“麟者，仁兽也。有王者则至，无王者则不至。”

[100] “谢当今”句：为当时颂圣例语，元剧剧末多见。

[101] “愿天下”句：金圣叹评曰：“结句实乃妙妙！”眷属，本指家眷亲属。《梁书·侯景传》：“君门眷属，可以无恙，宠妻爱子，亦送相还。”这里专指夫妻。

[102] 干舍命：白白丢了性命。

[103] 总目：原无，据王伯良本补。

[104] 南赡地：原指佛经中四大部洲之一的南方赡部洲。古印度神话中人类居住的世界位于须弥山四方咸海之中，有四洲：东方胜神洲、南方赡部洲、西方牛货洲、北方俱卢洲（意为“胜处”）。南方赡部洲产赡部树，又在须弥山之南，故名。中国即在此洲。

[105] 北堂：主母所居之处。

四丞相高会丽春堂

《四丞相高会丽春堂》亦作《四丞相歌舞丽春堂》《四大王歌舞丽春堂》，简称《丽春堂》。《录鬼簿》《太和正音谱》均有著录。今存版本主要有《脉望馆古名家杂剧》本、《元曲选》本、《酹江集》本。

剧写金世宗大定年间右丞相完颜乐善的故事。世宗朝威望甚高的左丞相徒单克宁（《金史》有传）奉旨在端阳节主持“射柳会”，会上完颜乐善连中三箭，得到御赐锦袍玉带。右副统军使李圭却一箭未中，故甚妒乐善。次日，在香山的筵宴上，李圭提出与乐善打双陆（类似下棋的游戏）以决胜负。最后一局，李圭获胜，欲以墨搽乐善脸。乐善大怒，痛打李圭，搅散了香山筵宴。押宴官徒单克宁将此情景上奏皇上，于是乐善被“贬在济南府歇马”。自此，乐善每日闲暇无事，“饮酒看山”。后因“草寇作乱”，朝廷乃宣召乐善回朝将兵“收捕草寇”。“草寇”听说乐善回朝，慑其威名，纷纷而降。乐善因功复归相位，在丽春堂设宴庆贺，并与李圭重归于好。故事通过四丞相的一段曲折经历，让我们看到了金朝统治者的生活和思想的一个侧面，以及他们内部的矛盾斗争。像李圭这种靠“唱得好、弹得好、舞得好”而得官的人物，居然受宠，而正直刚介的乐善却被贬官，这里显然寓有某种批判性。而全剧最后又以乐善复职，李圭负荆，共颂“当

今皇上”作结，这固然是元杂剧多数以“大团圆”结局的通例，但也还有它特定的背景意义。相对而言，金世宗可谓金代明君，他“与民休息”，“躬节俭、崇孝弟、信赏罚、重农桑，慎守令之选，严廉察之责”，“号称小尧舜”(《金史·世宗纪赞》)。因此，本剧虽寓批判，但那分寸的掌握，实有历史的根据。

王实甫的代表作当然是《西厢记》，无论是思想性或艺术性，《丽春堂》均不能与之同日而语。但它作为王实甫仅存的三部完整剧作之一，其价值和特色，仍应引起重视。它告诉我们居功应不骄，以免惹下祸端，自食其果。此剧描写金人故事，极富少数民族特点。《酹江集》眉批说此剧艺术特色：“此曲较《西厢》特为雄俊而本色固在。”明·何良俊《曲论》、沈德符《顾曲杂言》，清·李调（tiáo 音条）元《雨村曲话》等对第二折写宫廷生活、第三折写山林风韵的对比法，亦皆交口称誉。四丞相，即本剧主角完颜乐善。

第一折

（冲末扮押宴官[1]引祗从上，诗云）小帽虬头裹绛纱，征袍砌就雁衔花[2]。花根本艳公卿子，虎体鹓班将相家[3]。老夫完颜[4]，女真[5]人氏，小字徒单克宁[6]，祖居莱州[7]人也。幼年善骑射，有勇略，曾为山东路[8]兵马都总管、行军都统[9]，后迁枢密院副使[10]，兼知大兴府事[11]，官拜右丞相[12]。老夫受恩甚厚，以年老乞归田里。圣人言曰："朕念众臣之功，无出卿右者。"今拜左丞相之职。时遇蕤宾节[13]届，奉圣人的命，但是文武官员，都到御园中赴射柳会[14]。老夫为押宴官，射着者有赏，射不着者无赏。老夫在此久等，这早晚官人每敢待来也。（正末引属官上，云）老夫完颜女真人氏，小字乐善。老夫幼年跟随郎主[15]，南征北讨，东荡西除，多有功劳汗马。谢圣恩可怜，官拜右丞相，领大兴府事[16]。正受管军元帅之职。今日五月端午，蕤宾节令，奉圣人命，都着俺文武官员御园中赴射柳会。圣人着左丞相徒单克宁为押宴官。想老夫幼年间苦争恶战。得到今日，非同容易也呵。（唱）

【仙吕·点绛唇】破虏平戎[17]，灭辽取宋，中原统。建四十里金镛[18]，率万国来朝贡。

【混江龙】端的[19]是走轮飞鞚[20]，车如流水马如龙。绮罗香里，箫鼓声中，盛世黎民歌岁稔[21]，太平圣主庆年丰。正遇着蕤宾节届，今日个宴赏群公。光禄寺酝江酿海[22]，尚食局炮凤烹龙[23]，教坊司[24]趋跄[25]妓女，仙音院[26]整理丝桐[27]。都一时向御苑来供奉。恰便似众星拱北，万水朝东。

（带云）是好一座御园也！（唱）

【油葫芦】则见贝阙蓬壶[28]一望中，从地涌。看了这五云楼

阁[29]日华东，恰似那访天台误入桃源洞[30]。端的便往扬州移得琼花[31]种。胜太平独秀岩，冠神龙万寿峰。则他这云间一派箫韶[32]动，不弱似[33]天上蕊珠宫[34]。

【天下乐】可正是气压山河百二雄[35]，元也波戎[36]，将军校统。宰臣每为头儿又尽忠，文官每守正直，武将每建大功，到今日可也乐升平好受用[37]。

（云）令人，报复去，道某家来了也。（祗从报科，云）有四丞相来了也。（押宴官云）道有请。（见科）（押宴官云）老丞相，今奉圣人的命，教俺文武官员今日赴射柳会。左右那里？都摆布下了也未？（祗从云）都摆布了也。（净[38]扮李圭上，诗云）幼年习兵器，都夸咱武艺，也会做院本[39]，也会唱杂剧。要饱一只羊，好酒十瓶醉，听的去厮杀，躲在帐房睡。某普察人氏，姓李名圭，见为右副统军使[40]。我这官不为那武艺上得的，为我唱得好，弹得好，舞的好。今日是蕤宾节令，圣人的命着俺大小官员赴射柳会。到那里我便射不着呵，也有我的赏赐。可早来到也，令人，报复去，道我李监军来了也。（祗从报科）（押宴官云）着过来。（李圭见科，云）老大人，小子李圭来了也。（押宴官云）李监军，你来了也。我奉圣人的命，在此押宴。左右那里，将这圣人赐来的锦袍玉带。若射着的，将这锦袍玉带赏与他，先饮酒；射不着的，则饮酒，无赏。（祗从云）理会得。（押宴官云）老丞相，圣人前日分付操练的军马如何？（正末云）大人，数日前分付老夫操练的军马，都有了也。（押宴官云）如今有那几员上将？（正末唱）

【那吒令】俺如今要取讨呵，有普察副统[41]；要辨真[42]呵，有得满具中；要做准[43]呵，有完颜内奉[44]。非是咱卖蕴藉[45]，夸强勇，端的是结束[46]威风。

【鹊踏枝】衲袄子[47]绣搀绒，兔鹘[48]碾玉玲珑[49]。一个个跃马

扬鞭，插箭弯弓。他每那祖宗是斑斓的大虫[50]，料想俺将门下无犬迹狐踪[51]。

（押宴官云）老丞相先射。（正末云）您官人每那个先射？（李圭云）老丞相勿罪，小官先射。（押宴官云）你若射着，这锦袍玉带便与你。（李圭做射不中科，云）我本射着了，我这马眼叉[52]，走了箭也。（押宴官云）李副统，你不中，靠后，老丞相请射。（正末云）老夫射来，孩儿先领马者。（做射中，众呐喊擂鼓科）（正末唱）

【赏花时】万草千花御苑东，簌翠偎红彩绣中，满地绿茸茸。更打着[53]军兵簇拥，可兀的[54]似锦胡同[55]。

【胜葫芦】不剌剌[56]引马儿先将箭道通，伸猿臂、揽银鬃，靶内先知箭有功。忽的[57]呵弓开秋月，扑的呵箭飞金电，脱的呵马过似飞熊。

【幺篇】俺只见一缕垂杨落晓风。（押宴官云）老丞相射中三箭也。将过那锦袍玉带来，送与老丞相。令人，将酒来，老丞相满饮一杯。（正末唱）人列绣芙蓉，翠袖殷勤捧玉钟。赢的这千花锦段，万金玉带，拚却醉颜红[58]。

（押宴官云）老丞相再饮一杯。（正末做醉科）（李圭云）我也吃一杯。（押宴官云）老丞相，今日吃酒已散。圣人的命，教您这管军元帅，明日都到香山赏玩，排有筵宴，管待您咱。（正末云）感谢圣恩。大人，老夫酒彀[59]了也。（押宴官云）老丞相再饮几杯。（正末唱）

【赚煞】公吏紧相随，虞候[60]忙扶捧，休落后了一行步从[61]。得胜归来喜笑浓，气昂昂志卷长虹。饮千钟满面春风，回首金銮紫雾重。趷登登[62]催着玉骢，笑吟吟袖窝着丝鞚。（做上马科）（押宴官云）老丞相慢慢的行。（正末唱）我可便[63]醉醺醺扶出御园中。（下）

（押宴官云）你众人每都散罢。令人将马来，我回圣人的话去也。（下）（李圭云）大人，俺回去也。（出云）羞杀人！我为副将军，一连三箭无一箭中的，将锦袍玉带都着四丞相赢将去了，怎么气得过！这也容易，他说道明早叫俺这几个管军的元帅都到香山[64]赏玩，安排筵宴管待俺。前人赐与我的一领八宝珠衣，明日穿到香山去。我与四丞相不射箭，和他打双陆[65]，将我这八宝珠衣，赌他那锦袍玉带，他必然输与我也。我若赢了他呵，便是我平生之愿。（诗云）我一生好唱曲，弓马原不熟。明日到香山，只与他赌双陆。（下）。

---

[1]　押宴官：主持宴会的官员。押宴，陪伴宾客、主持宴会。

[2]　雁衔花：指官服胸前的花纹。官服胸前的花纹图案代表官员的品秩。

[3]　“花根”二句：将门出虎子之意。花根本艳，指花的香艳是从花根来的，用以比喻王公卿相之子天生就是富贵的。虎体鹓班，亦作“虎体元斑”，指老虎的斑纹是天然的，比喻“将门出虎子”。班，通“斑”。

[4]　完颜：金人的复姓。汉姓王。

[5]　女真：古代位于我国东北边区的一个民族名。为黑水靺鞨（mò hé 音漠合）之后，分生女真、熟女真两种。宋徽宗时，生女真部首领完颜阿骨打自立为大金帝，后吞辽灭北宋，为女真族的全盛时期。

[6]　徒单克宁（？—1191）：金国大臣。原名习显，属女真徒单部。随猛安徙山东，占籍莱州。善骑射，通晓契丹、女真文字。金熙宗时，充护卫，改任忠顺军节度使。世宗大定年间，因功屡迁至右丞相、左丞相。二十八年（1188 年），受世宗顾命，辅完颜璟（章宗）即帝位，以太尉兼尚书令。旋进拜太傅。章宗明昌元年（1190 年），为太师、尚书令，封淄王。《金史》有传。

[7]　莱州：府名。古为莱子国，隋改光州为莱州，治掖县（今山东莱州）。明、清为莱州府治。1988 年改设莱州市。

[8]　山东路：金沿袭宋制，分境内为若干路。路的行政区域比今天的省要小。山东路包括山东东路和山东西路。山东东路在今山东省益都市，山东西路在今山东省茌（chí 音池）平县。

[9]　兵马都总管、行军都统：金制地方官，以驻京留守司留守带本府府尹兼本路兵马都总管为第一级。都总管，辽金各总管府的兵马总管、兵马都总督以及元诸路总管府的达鲁花赤。都总管或总管，均兼管军事与民政。行军都统可能是兵

马督总管的次官或属官，为临时职务。

[10] 枢密院副使：枢密院是中国封建时期的中央官署。五代后梁时设崇政院，后唐改称枢密院。其长官为枢密使，参与朝政，和宰相分掌文武事宜，其权尤重。枢密院副使应为枢密使的次官。

[11] 知大兴府事：宋代命朝臣出任行府之处的长官，称为知某府事，简称知府。辽金以后沿用此惯例。知大兴府事，即大兴知府，地方政府中府一级长官。金代的大兴府，在今北京城西南。

[12] 右丞相：官名。秦汉定制，以丞相为辅佐皇帝的最高政务长官。汉初曾置左、右丞相各一人。通常只置一人，不分左右。南宋孝宗后，又采用左、右丞相名称。金尚书省设左丞相一员，与其下右丞相、平章政事合称宰相，总理政务。元中书省置右、左丞相各一员。

[13] 蕤（ruí 音瑞阳平）宾节：指端午节。蕤宾，原为古乐十二律中的第七律，后为夏历五月的别称。

[14] 射柳会：骑马射柳的游艺盛会，从中可看出射技的高低。《金史·礼志八·拜天》云："凡重五日拜天礼毕，插柳球场为两行。当射者以尊卑序，各以帕识其枝，去地约数寸，削其皮而白之。先以一人驰马前导，后驰马以无羽横镞（zú音族，箭头）箭射之。既断柳，又以手接而驰去者，为上；断而不能接去者，次之；或断其青处及中而不能断与不能中者，为负。"

[15] 郎主：古代对某些少数民族首领的敬称。

[16] 领大兴府事：兼任大兴府知府。领，兼任较低级的职务。《宋史·职官志九》："宣和以后，官高而仍旧职者谓之领，官卑而职高者谓之视，故有庶官视从官，从官视执政，执政视宰相。"

[17] 破虏平戎：平定四方、安定天下的意思。虏，古代对北方少数民族的蔑称。戎，指古代西方的少数民族。

[18] 金镛（yōng 音拥）：意为"金城"。比喻城池坚固、牢不可破。镛，即"墉"，城墙。

[19] 端的：果真、确实。

[20] 走轮飞鞚（kòng 音控）：意谓扬起马鞭子赶马，车跑得飞快。鞚，马笼头。这里指马缰绳、马鞭子一类降马的用具。

[21] 稔（rěn 音忍）：庄稼成熟。此指丰收。

[22] "光禄寺"句：意为光禄寺酿造了能注满江海的琼浆玉液，来供奉射柳盛会。光禄寺，官署名。掌管皇室祭品、膳食及招待酒宴等事务。

[23] "尚食局"句：意为尚食局为射柳盛会烹调了珍馐佳肴。尚食局，掌管帝王膳食的官署。炮（páo 音袍），烧、烤（食物）。

[24] 教坊司：官署名。掌管宫廷音乐。负责雅乐以外的音乐、歌唱、舞蹈、百戏的教习、排练、演出等事务。

［25］趋跄：本指步履有节奏，这里是训练、排练的意思。

［26］仙音院：官署名。蒙古汗（hán 音含）国中统元年（1260 年）设立的掌管乐工的机构。元王朝建立后改称玉宸院。亦用以泛称宫廷音乐机构。

［27］丝桐：指琴。古代多用桐木制琴，练丝为弦，故称。唐·高适《陪窦侍御灵云南亭宴诗》："丝桐徐奏，林木更爽。"这里泛指各种乐器。

［28］贝阙蓬壶：蓬壶岛的景色非常美好，宫阙剔透玲珑像贝雕的一样。贝阙，宫门前面两侧用彩贝装饰的观楼。蓬壶，即蓬莱，传说中仙人居住的地方，在海中，形如壶，这里代指御苑。

［29］五云楼阁：本指仙境。唐·白居易《长恨歌》："忽闻海上有仙山，山在虚无缥缈间。楼阁玲珑五云起，其中绰约多仙子。"这里代指御苑。

［30］访天台误入桃源洞：汉代刘晨、阮肇入天台山采药，遇二仙女，与之共同生活了半年。出山后，则已历七世。见南朝宋·刘义庆《幽明录》。晋·陶潜作《桃花源记》，写武陵渔人误入桃花源，遇避秦时乱者。后世常以此二事连用，作"访天台误入桃源洞"。这里是形容御园的景色幽美，仿佛仙境。

［31］琼花：花木名。叶柔而莹泽，花色微黄而有香，为稀有珍异植物。古以洛阳、扬州所产最著称。宋·周密《齐东野语·琼花》："扬州后土祠琼花，天下无二本，绝类聚八仙，色微黄而有香。"

［32］箫韶：指"大韶"，西周制定的六舞之一。由九段组成。相传为虞舜时代的乐舞。孔子称其为尽善尽美的乐舞。此泛指庄重和美的音乐。晋·葛洪《抱朴子·安贫》："万钧之为重，冲飙不能移，《箫韶》未九成，灵鸟不纡仪也。"

［33］弱似："比……差"的意思。弱，"强"的反义。

［34］蕊珠宫：道家传说天上上清宫中有蕊珠宫，乃神仙所居。此泛指天上的宫殿。

［35］气压山河百二雄：《史记·高祖本纪》："秦，形胜之国，带河山之险，县（悬）隔千里，持戟百万，秦得百二焉。"百二者，言秦二万兵力可抵得上诸侯一百万兵力。这句是形容这里地势的险要。

［36］元也波戎：意为"元戎"。主帅、元帅。也波，亦作"也那"，句中衬字，无义。

［37］受用：享受、享用。

［38］净：元杂剧中男性角色，相当于今天戏剧舞台上的花脸。扮演性情率直、粗鲁的人物，如张飞、李逵等。

［39］院本：戏曲名词。指金代时行院演唱所用的戏曲脚本。

［40］右副统军使：辽金官职名。当为统军使的佐官。辽金时期，为控驭一方，设军事机构统军司，为司中要职，正三品。上受元帅府监军、都监统领，其下为副统军（副使）、判官、知事、知法等官职。西夏和元亦设。

［41］普察副统：指李圭，女真人，金复姓普察，官右副统军使，故称"普察副统"。

［42］辨真：此指议事谋划。

［43］做准：指最后决策、做出定夺。

［44］ 完颜内奉：女真人完颜乐善，官拜右丞相，供奉内廷，故称“完颜内奉”。

［45］ 蕴藉：本为含蓄而不显露，此为富强的意思。

［46］ 结束：装束、打扮。

［47］ 衲袄子：一种细针密线缝制的夹袄或棉袄。以数层布帛缝纳而成，宋元时常用作战服，亦多指精工细作的衲绣之袄。《魏书·李平传》：“赐平缣帛百段，紫纳金装衫甲一领；赐奖缣布六十段，绛衲袄一领。”

［48］ 兔鹘（hú 音胡）：亦作“兔胡”。一种束带。《金史·舆服志下》云；“金人之常服四：带、巾、盘领衣、乌皮靴。其束带曰吐鹘。”“吐鹘”即兔鹘。又云：“吐鹘，玉为上，金次之，犀象骨角又次之。”

［49］ 玉玲珑：玉饰。

［50］ 斑斓的大虫：指斑斓猛虎。此比喻勇猛的将领。

［51］ 犬迹狐踪：以犬、狐比喻低弱的身手。

［52］ 眼叉：亦作“眼岔”。视觉错乱。

［53］ 更打着：更加上。

［54］ 可兀的：确实、实在。做上下句的连接语。

［55］ 锦胡同：华丽、繁盛的街巷。胡同，里巷。

［56］ 不剌剌：拟声词。形容急速奔跑的声音。

［57］ 忽的：与下文“扑的”“脱的”，都是形容十分快速、忽然、一下子。

［58］ “翠袖”四句：化用北宋·晏幾道〔鹧鸪天〕词句：“彩袖殷勤捧玉钟，当年拚（pàn 音判）却醉颜红。”翠袖，青绿色衣袖。泛指女子的装束。这里代指敬酒的舞女或侍婢。玉钟，精美的酒盅。锦段，同“锦缎”。拚却，不顾惜身体豁出来。醉颜红，喝得大醉，满面通红。

［59］ 彀（gòu 音构）：古同“够”。

［60］ 虞候：唐代方镇置都虞候，是军校的名称。五代以来，虞候是皇家的禁卫官。后来大臣的衙门也设这种官，类似侍从、副官。

［61］ 步从：随从。亦作“部从”，音义并同。

［62］ 跒（kē 音科）登登：拟声词。形容马蹄着地时发出的响声。

［63］ 可便：句中衬字，无义。

［64］ 香山：山名。在今北京市万寿山西侧。因古有香山寺而得名。辽、金、元各代皇帝都在这里营建宫苑，为京师豪门游览胜地。

［65］ 双陆：亦称“双鹿”。古代一种博戏，盛行于南北朝及隋唐时。因局如棋盘，左右各有六路，故名。赛盘上两边各置十二格，双方各持十五枚黑或白色棒槌状的马子立于己边，比赛时按掷骰（tóu 音头）子的点数行走，先走到对方区域者获胜。也作“双六”。《资治通鉴·梁武帝太清三年》胡三省（xǐng 音醒）注：“双六，亦博之一名。《续事始》云：‘陈思王制双六局，置骰子二；唐末有叶子之戏，遂加至六。’”

第二折

（押宴官引祗从上，云）老夫左丞相是也。昨日在御园中射柳已过，今日在此香山设宴，着老夫仍旧做押宴官。这早晚官人每敢待来也。（正末上，云）昨日在御园中射柳，今日在香山设宴，须索走一遭。是好香山也呵！（唱）

【中吕·粉蝶儿】山势崔巍[1]，倚晴岚数层金碧[2]，照皇都一片琉璃。端的个路盘桓[3]，山掩映，堆蓝叠翠。俺这里伫立丹梯[4]，则见那广寒宫[5]在五云乡[6]内。

【醉春风】堪写在画图中，又添入诗句里。则我这紫藤兜轿趁着浓阴，直等凉些儿个起、起。受用足万壑清风，半阶凉影，一襟爽气。

（云）可早来到也，令人，报复去，道某家来也。（祗从报科）（押宴官云）有请。（见科）（押宴官云）老丞相，昨日再饮几杯去也好。（正末云）大人，老夫昨日沉醉，多有失礼也！（唱）

【迎仙客】不知几时节离御苑，多早晚出庭闱[7]，不记得是谁人扶下这白玉梯。（押宴官云）老丞相昨日也不曾饮甚么酒。（正末唱）怎当他酬酢[8]处两三巡，揭席[9]时五六杯。醉的我将宫锦淋漓，莫不我触犯着尊严罪。

（押宴官云）老丞相请坐。则有李圭不曾来，着人觑者，若来时报复知道。（李圭上，云）小官李圭，我今日就穿着这八宝珠衣，和四丞相打双陆，那锦袍玉带，必然输与我。可早来到也，接了马者，令人，报复去，道有李圭来了也。（祗从报，见科）（李圭云）大人，老丞相，昨日恕罪，可不是我射不着，我那马眼生，他躲一躲，把我那

箭擦过去了。（押宴官云）你也说不过老丞相、李监军，您众官每听者，我非私来，奉圣人的命，如今八方宁静，四海晏然[10]，五谷丰登[11]，万民乐业，俺文武官僚，同享太平之福。昨日在御园中射柳，今日教您这管军元帅在此香山，一者饮宴，二者教您游赏取乐。随你官人每手谈博戏[12]，盘桓一会，慢慢的饮酒。（正末云）比及[13]饮酒呵，我等且博戏一会咱。（李圭云）住、住、住，老丞相，我与你打一会儿双陆。（正末云）你要和我打双陆？好波，我和你打。（李圭云）老丞相，这般打无兴，可赌些利物。（押宴官云）你二位，老夫奉圣人的命，在此押宴，则许你作欢取乐，不许你闹吵争竞。但有搅扰，着老夫便奏知圣人，决无轻恕。（李圭云）谁敢吵闹？我将这圣人赐与我的八宝珠衣为赌赛。老丞相，你将甚么配的我这八宝珠衣，（正末云）是好一领袍也！（唱）

【红绣鞋】[14]金彩凤玲珑翡翠，绣蟠龙璎珞珠玑[15]，他怎生下工夫达着俺那大人机[16]？则俺那仁慈的明圣主，掌一统锦华夷[17]，可则是平安了十万里。

（李圭云）老丞相，你将甚么配得我这八宝珠衣的？（正末云）要配的过那八宝珠衣。孩儿，将先王赐与我的那剑来。（卒子做拿剑科）（李圭云）苦也，他怎么拿出那件来？老丞相，这剑有甚好处？（正末云）怎生我这剑不好？（唱）

【上小楼】且休说白虹贯日，青龙藏地[18]，这剑比那太阿[19]无光，镆铘[20]无神，巨阙[21]无威。你可休将他小觑[22]的轻微不贵，端的个有吹毛风力[23]。

（云）这剑上立了多少大功，你那珠衣怎比的我这剑？（李圭云）你这剑也不值钱。（正末云）你不知，这剑先帝赐与我的。（李圭云）老丞相，虽然如此，我这珠衣是无价之宝哩。（正末唱）

【幺篇】你的是无价宝，则我的也不是无名器，是祖宗遗留，兄弟相传，辈辈承袭。（李圭云）老丞相，则怕我如今一回双陆，赢了你这剑可怎了？（正末唱）饶你便会泛迟[24]，快打疾。能那能递[25]，怎赢的俺这三辈儿齐天福气。

（李圭输科，云）色不顺，不是我输了？（押宴官云）老丞相赢了也。（正末唱）

【满庭芳】这都是托赖着大人的虎势，赢的他急难措手，打的他马不停蹄[26]，做色数唤点儿皆随意[27]。（李圭云）我可生悔气[28]，这色儿不顺，（正末云）你昨日也说马眼叉哩。（唱）不比你射柳处也推着马眼迷奚[29]。（押宴官云）李监军，你输了这翡翠珠衣也。老丞相，你饶他一掷波。（正末唱）我若不觑大人面皮，直赢的他与我跟随。（李圭云）你说这大话，赢的我跟随，我和你如今别赌些利物[30]，看那个赢那个输。（正末云）我如今再和你打。饶你一掷。（唱）饶先递。（李圭云）我怎么要你饶？（正末唱）则你那赤瓦不剌[31]强嘴，兀自说兵机[32]。

（押宴官云）你两个便再打一会。（李圭云）恰才我翡翠珠衣输与他了，我如今再打一会，若输了的，扶一个黑脸，（正末云）我待不和你打，你输了你忍不的这口气，料着我便输了呵，他便怎敢抹我个黑脸？我再和你打。（李圭云）也罢，我若赢了呵，搽他个黑脸，也出了这场气。咱打来。（正末唱）

【石榴花】紫云堆里月如眉，几点晓星稀，岸滑霜冷玉尘飞。已抛下二掷，似啄木寻食[33]。从来那撚[34]无凝滞[35]，疾局[36]到底便宜。（李圭云）这一盘是我赢了。（正末唱）我见他那头盘里打一个无梁意[37]。（李圭云）你这马不得到家，可不输了。（正末云）则我要一个幺六[38]。（做喝科）（李圭云）他喝幺六就是幺六，这骰子是你的

骨头做的？（正末唱）口喝着个幺六是赢的。

（李圭云）可知叫不出，是你输了。（正末唱）

【斗鹌鹑】这本是贱骨无知，怎肯便应声也那做美？不争[39]我连胜连赢，却教你越羞越耻。也是我不合单行强出了底[40]，便输呵怕甚的。虽然是作耍[41]难当，怎敢失了尊卑道理？

（云）呀，我输了也。（李圭云）你输了，将墨来搽脸。（末怒做拂双陆科，云）李圭，你是甚么人，敢如此无礼！（李圭云）一言为定，元说道输了的搽墨脸。（押宴官云）你两个休得吵闹，与圣人的命在此。（正末唱）

【耍孩儿】这泼徒[42]怎敢将人戏，你托赖着谁人气力，（李圭云）难道我托赖你的气力？（正末唱）睁开你那驴眼可便觑着阿谁？我更歹杀者波[43]是将相的苗裔。大人呵尚兀自高擎着玉液来酬我，你待浓蘸着霜毫敢抹谁？这厮也不称你那元戎职。（李圭云）甚么这厮那厮，只管骂谁？（正末云）我不敢骂你，敢打你。（做打科，唱）我则待一拳两脚，打的他似土如泥。

（李圭云）好也，打下我两个门牙来也。（押宴官云）你两个不得无礼！你既是大臣，怎敢不尊上命！（李圭云）大人可怜见！昨日射柳是他赢了锦袍玉带，今日打双陆，又赢了我翡翠珠衣。我恰才赢了他，他就不许我抹黑脸。咱须是赌赛哩！（押宴官云）你都回去。（正末唱）

【尾声】我与那左丞相是兄弟，我和你须叔侄。若不为圣人言怕搅了香山会，我不打你这泼无徒可也放不过你。（下）

（押宴官云）不想四丞相将李圭殴打，搅了筵宴。老夫不敢欺隐，须回圣人话去。（诗云）则为李监军素性疏狂[44]，香山会搅乱非常。也

不是我有心私向，从实的奏与君王。（下）

---

［1］ 崔巍：亦作“崔嵬”。形容山、建筑物等高大雄伟。

［2］ 金碧：指金碧辉煌的宫殿。

［3］ 盘桓：盘旋、曲折回旋。

［4］ 丹梯：指殿堂朱红色的台阶。

［5］ 广寒宫：神话里称月中的宫殿为“广寒宫”。传说唐玄宗于八月望日游月中，见一大宫府，榜曰：“广寒清虚之府”。此指眺望中所见到的城内宫殿。

［6］ 五云乡：本指仙人居住的地方。此指御苑。前蜀 · 徐太妃《丈人观》诗：“不羡乘鸾入烟雾，此中便是五云乡。”

［7］ 庭闱：内舍。多指父母居住的地方。此指宫禁。

［8］ 酬酢：指筵席间宾主互相敬酒。主人向客人敬酒曰酬，客人以酒回敬主人曰酢。泛指交际应酬。南朝梁 · 刘勰《文心雕龙 · 明诗》：“酬酢以为宾荣，吐纳而成身文。”

［9］ 揭席：撤席、散席。指酒宴结束。

［10］ 晏然：安宁、平静。唐 · 王昌龄《风凉原上作》诗：“海内方晏然，庙堂有奇策。”也作“晏如”。

［11］ 五谷丰登：五谷，古代有多种不同说法，一般指稻、黍、稷、麦、菽，泛指各种谷物。指年成好，粮食丰收。出自《六韬 · 龙韬 · 立将》：“是故风雨时节，五谷丰登，社稷安宁。”五谷也另有说法，指麻、黍、稷、麦、菽。古代经济文化中心在黄河流域，稻的主要产地在南方，而北方种稻有限，所以“五谷”中最初无稻。登，成熟。

［12］ 手谈博戏：手谈，下围棋、斗牌。南朝宋 · 刘义庆《世说新语 · 巧艺》：“王中郎以围棋是坐隐，支公以围棋为手谈。”博戏，古代一种赌博游戏，类似后代的双陆棋。玩法是依照所掷骰子的点数，决定双方下棋的权利。见《列子 · 说符》张湛注引《古博经》。后泛指一般的赌博游戏。

［13］ 比及：未及、未等到。

［14］〔红绣鞋〕：曲牌名。又名〔朱履曲〕。属北曲【中吕宫】曲调，亦入【正宫】。字数定格及韵式，据清 · 周祥钰《九宫大成谱》：六、六、七、五、五、五，共六句。三平韵，三仄韵。可用作小令，亦可用于套曲中。

［15］“金彩”二句：形容八宝珠衣上华贵的装饰，有金色凤凰和漂亮的翡翠玉作图案，又有璎珞（yīng luò 音英络）珠玑绣成的蟠龙作装饰。翡翠，指硬玉，宝石的一种，其色呈红（翡）绿（翠）。璎珞，本是古代印度佛像胸前的装饰，

由世间众宝串编而成，寓意为“无量光明”。佛教经文《佛所行赞》卷一记述了释迦牟尼在做太子时即是“璎珞庄严身”。随着佛教传入我国，至唐代时，佛颈间的璎珞被唐代妇女模仿和改进，遂成为一种华贵的项饰，并一直被后世效仿与承袭。因其华艳美丽，也常常被用于宫廷贵族的宴乐舞蹈中。

[16] 达着大人机：合大人的心意。达，揣摩。机，心机。联系上文，意思是说制造出这样精美的珠衣，不知工匠怎样下功夫揣摩出大人的心理。

[17] 锦华夷：指锦绣山河。华夷，宋元时指国家的疆域。

[18] “且休说”二句：意为姑且不说刺杀君王时隐藏的宝剑、宝刀。白虹贯日，指宝剑的光芒如白色长虹穿日而过。《战国策·魏策四》：“夫专诸之刺王僚也，彗星袭月；聂政之刺韩傀（kuǐ 音跬）也，白虹贯日；要（yāo 音腰）离之刺庆忌也，仓鹰击于殿上。”所以，“白虹贯日”成为古人附会君王遇害的异兆。这里指刺杀君王。青龙，旧时对宝刀、宝剑的美称。

[19] 太阿：也作“泰阿”，春秋时楚王宝剑名。相传欧冶子、干将（gān jiāng 音甘江）为楚昭王铸铁剑三枚：一曰龙渊，二曰泰阿，三曰工布（一作工市）。后用作宝剑的通名。

[20] 镆铘（mò yé 音漠爷）：也作“莫邪（yé 音爷）”。古之良剑。

[21] 巨阙（què 音却）：古代名剑。春秋时期，越国铸剑大师欧冶子铸造了五把宝剑，分别是巨阙、纯钧、湛（zhàn 音绽）卢、莫邪（yé 音爷）、鱼肠，全都锋利无比，而以巨阙为最。

[22] 小觑（qù 音去）：指对人或物小看或轻视。觑，看。

[23] 吹毛风力：形容刀剑锋利，吹毛可断。

[24] 泛迟：指骰子的翻覆转动。

[25] 能那能递，指能挪子、能进子。那，通“挪”。

[26] 马不停蹄：指不断进子。

[27] “做色（shǎi）数”句：意为赌博时掷骰子、叫点儿，都能称心如意。色数，即掷骰子时掷出的点数。色，指色子，即骰子。

[28] 可生悔气：真是晦气、真是倒霉。可生，确实、的确之意。生，语助词，无义。悔气，即晦气、倒霉。悔，“晦”得音近借字。

[29] 迷奚：双目半睁半闭看不清的样子。指模糊难办、不分明。

[30] 利物：比赛、打赌等获胜者的胜利品、彩物，犹今之奖品。

[31] 赤瓦不剌：女真语，你这该死的意思。

[32] 说兵机：犹言“纸上谈兵”。比喻空发议论，不能解决实际问题。

[33] 啄木寻食：比喻打双陆进马的情状。

[34] 那撚：挪捻。指用手指捻动、抛掷骰子的动作。

[35] 无凝滞：言掷骰子连续不停。

[36] 疾局：意指速战速决。

[37] 无梁意："休提"之意，表示对李圭头盘打的双陆不予认同。无梁，歇后语"无梁斗——休提"。

[38] 幺六：骰子的最高点数。掷骰子时，三粒骰子落地，两粒骰子的顶面是一（幺）点（或同是其他相同的点数），一粒骰子顶面是六点，就是"幺六"。

[39] 不争：只因、只为。

[40] 我不合单行强出了底：意为我不该逞强露出了马脚。行强，逞强、逞能。

[41] 作耍：开玩笑、说戏言。

[42] 泼徒：无赖、混蛋。泼，詈词，含有下贱、卑劣、讨厌等意思。

[43] 歹杀者波：歹杀，有恶劣、凶恶等义。这里是无能的意思，是完颜乐善的让步之词。杀，甚词，表示程度深。者波，句中衬字，无义。

[44] 疏狂：放荡不羁的意思。

第三折

（外扮孤上，诗云）声名德化九天[1]闻，长夜家家不闭门。雨后有人耕绿野，月明无犬吠荒村[2]。小官完颜女真人氏，自幼跟随郎主，多有功勋，今除小官在此济南府为府尹[3]。近闻京师有四丞相，因打李圭，如今贬在济南府歇马[4]。想小官幼年间都是四丞相手里操练成的，不料今日到俺这里。这四丞相每日则在溪边钓鱼饮酒。我知他平日好歌舞，小官今日载着酒肴，携一歌妓，直至溪边与四丞相解闷，走一遭去。（下）

（左相上，云）变幻者浮云，无定者流水。君看仕路间，升沉亦如此。自从四丞相打了李圭，圣人见怒[5]，贬去济南府歇马去了。不想圣人思起此人往日功劳，又值草寇[6]作乱，今奉圣人命，着老夫遣使臣星夜赶到济南府，取四丞相还朝，依旧为官。左右，说与去的使命，小心在意，疾去早来。（下）

（正末拿渔竿上，云）自从香山会被李圭所奏，圣人见怒，贬在济南府闲住。老夫每日饮酒看山，好是快活也呵！（唱）

【越调·斗鹌鹑】[7]闲对着绿树青山，消遣我烦心倦目，潜入那

水国渔乡，早跳出龙潭虎窟[8]。披着领箬笠蓑衣[9]，堤防他斜风细雨[10]。长则是琴一张，酒一壶，自饮自斟，自歌自舞[11]。
【紫花儿序】也不学刘伶荷锸，也不学屈子投江，且做个范蠡归湖[12]，绕一滩红蓼[13]，过两岸青蒲[14]。渔夫，将我这小小船儿棹将过去，惊起那几行鸥鹭。似这等乐以忘忧，胡必归欤[15]？

（云）我暂停短棹，看一派好景致也。（唱）

【小桃红】水声山色两模糊，闲看云来去，则我怨结愁肠对谁诉。自踌躇，想这场烦恼都也由咱取[16]。感今怀古，旧荣新辱，都装入酒葫芦[17]。

（云）家童，将渔竿来者。（孤引旦儿上，云）此女子乃有名歌妓，小字琼英，谈谐歌舞，无不通晓。今日将着酒肴，直到溪边，与老丞相脱闷[18]，走一遭去。琼英，你到那里，好生[19]追欢作乐，务要丞相喜欢。来到这里，左右人远避者。唤着你，你便来，不唤你，你休来。兀的不是老丞相在那里钓鱼哩。（旦儿云）咱则在他背后立着，看这老丞相钓鱼。（正末唱）

【金蕉叶】撑到这芦花密处，款款将船儿缆住。见垂柳风摇翠缕，荡的这几朵儿荷花似舞。
【调笑令】我向这浅处，扭定身躯。呀，慢慢的将钓儿我便垂将下去，银丝界破[20]波文绿，可怎生浮蝣儿[21]不动纤须[22]？（旦儿云）老爷好快活也！（正末做回头科，唱）我这里回头猛然觑艳姝[23]，可知道落雁沉鱼[24]。

（孤云）小可[25]闻知老丞相在此，特来与老丞相脱闷。将酒来，琼英，你唱一曲者。（旦儿云）理会的。（做唱科）（正末唱）

【秃厮儿】可人意[26]清歌妙舞，酬吾志[27]美酒鲜鱼。则这春风

一枝花解语[28]，似出塞美人图[29]，可便[30]妆梳。

【圣药王】乐有余，饮未足，樽前无酒典衣沽。倒玉壶，听〔金缕〕[31]，直吃的满身花影倩人扶[32]，我可也不让楚三闾[33]。

（孤云）想老丞相在京时，那般画阁兰堂[34]，锦茵绣褥[35]，香车宝马[36]，歌儿舞女，那般受用快活。今日在此闲居，索是忧闷也。（正末唱）

【麻郎儿】昨日个深居华屋，今日个流窜荒墟，冷落了歌儿舞女，空闲了宝马香车。

【幺篇】知他是断与甚处外府，则落的绕青山十里平湖。驾一叶扁舟睡足，抖擞[37]着绿蓑[38]归去。

（孤云）老丞相也则一时间在此闲居，久后圣人还有任用。（正末云）府尹，你不知，老夫为官，不如在此闲居也。（唱）

【东原乐】纵得山林趣，惯将礼法疏，顿[39]忘了马上燕南旧来路。如今拣溪山好处居，为甚么懒归去，被一片野云留住。

【绵搭絮】也无那采薪的樵子，耕种的农夫，往来的商贾，谈笑的鸿儒，做伴的茶药琴棋笔砚书。秋草人情即渐疏[40]。出落的满地江湖[41]，我可也钓贤不钓愚。

【络丝娘】到今日身无所如，想天公也有安排我处。可不道吕望[42]严陵[43]自千古，这便算的我春风一度[44]。

（孤云）老丞相，再饮一杯。（旦儿云）妾与老丞相把一杯咱。（做递酒科）（使命上，云）小官天朝使命。为四丞相贬在济南府歇马，如今草寇作乱，奉圣人的命，着小官直往济南府，取他回朝。今日到此处，说他在河边钓鱼，不在家中，一径[45]寻来，兀的不是[46]四丞相？左右，接了马者。四丞相听圣人的命。（孤云）老丞相，天朝使命至也。（正末做跪科）（使命云）圣人的命，将你前项罪尽皆饶免。

今因草寇作乱，着你星夜还朝，将你那在先手下操练过的头目每选拣几个，收捕草寇。若收伏了时，依旧着你为右丞相之职。望阙[47]谢恩者。（正末拜谢科）（使命云）老丞相，恭喜贺喜！（正末云）官人每鞍马上驱驰，辛苦了也。（使命云）小官索回圣人话去。老丞相不必延迟，早早建功，以慰圣意。（正末云）官人稳登前途。（使命云）左右的将马来，则今日便回京师去也。（下）

（孤云）小官说是么，今日果来宣取老丞相，复还旧职也。（正末云）我去呵，我则放不过李圭那匹夫。（孤云）老丞相，量那李圭，何足道哉！（正末唱）

【拙鲁速】我今日赴京都，见銮舆[48]，也不是我倚仗着功劳，敢喝金吾[49]，其实的瞒不过这近御。我去处便去，那一个闲人敢言语。那无徒[50]甚的是[51]通晓兵书，他怎敢我跟前、我跟前无怕惧。

（孤云）老丞相临行，有甚么话分付小官者？（正末唱）

【幺篇】我如今上路途，你听我再嘱付。则要你抚恤军卒，爱惜民户，兄弟和睦，伴当宾伏[52]。从今一去，有的文书，申到区区，再也不用支吾，你跟前、你跟前敢做主。

（孤云）老丞相若到朝中，必然重用也。（正末云）我去之后，则是辜负了这派好景也。（唱）

【收尾】则我这好山好水难将去，待写入丹青[53]画图。白日里对酒赏无休，到晚来挑灯看不足。（下）

（孤云）不想天朝使命来，还取的四丞相往京师去了。琼英，（旦儿云）有。（孤云）我与你将酒肴整备，再到十里长亭，与丞相送行，走一遭去。（诗云）香山设宴逞粗豪，久矣闲居更入朝。不知此去成功后，李圭头上可能饶。（下）

[1] 九天：也作“九重天”“九霄”。天的最高处。形容极高。传说古代天有九重，这里是普天下的意思。

[2] “雨后”二句：语本北宋诗人李拱《句》：“雨后有人耕绿野，月明无犬吠花村。”这首诗描绘了一幅雨后田野的景象，以及月色下没有犬吠声的宁静夜晚。通过对自然景色的描绘，展示了大自然的平静和宁静，表达了诗人对自然的热爱和对宁静生活的向往。作者在这里表达了在官员的有效治理下社会生活更加安宁静谧，几乎趋近大同社会，这句诗也成为官员上场诗的专利。

[3] 府尹：官名。始于汉代之京兆尹。一般为京畿地区的行政长官。唐代之东都、西都、北都及州郡之升府者，皆置府尹。宋代开封之府尹不常置。明代之应天、顺天，清代之顺天、奉天，均置府尹。后亦用以泛称太守。

[4] 歇马：贬谪闲居。

[5] 见怒：被惹恼、被激怒。见，用于动词前，表示被动。

[6] 草寇：出没于山林草莽的盗匪。旧时官府常蔑称聚众反抗朝廷的起义者。

[7] 【越调 · 斗鹌鹑】：明 · 孟称舜《古今名剧合选 · 柳枝集》眉批：“通折写出一场排遣风景，古云‘云台争似钓台高’，皆是此意。”

[8] “潜入”两句：是对乐善从昔日朝廷重臣到眼前闲散隐者这一巨大变化的概括，而且构成强烈对比，显示了乐善对目前生活的“快活”感。龙潭虎窟，龙居住的深水潭，虎栖身的巢穴。比喻极其凶险的地方。元曲中多用之。此指朝廷。潭，深水池。窟，洞穴。

[9] “披着”句：是乐善“潜入那水国渔乡”之后的形象——寄情山水，飘逸洒脱，体现着隐者生活的情趣。

[10] “堤防”句：道出乐善披蓑垂钓的生活，可免去人间是非的纠缠。

[11] “长则”四句：表现了乐善无拘无束、闲散自由、与世无涉的生活状态。

[12] “也不学”三句，表明乐善既不想效法刘伶和屈原，他要模仿功成名就泛舟五湖的范蠡。刘伶荷锸（hé chā 音贺插），刘伶，晋沛国人，字伯伦，“竹林七贤”之一。奉老庄哲学，曾任建威将军，放情肆志，性尤好酒。“常乘鹿车，携一壶酒，使人荷锸而随之，谓曰：‘死便埋我。’其遗形骸如此。”（见《晋书 · 刘伶传》）在这里是纵情醉酒、不问世事的意思。荷，背负、携带。锸，铁锹。屈子投江，屈子，指战国时期楚国伟大诗人屈原。屈原忠于怀王，热爱楚国，但由于受小人诽谤，两次被流放，郁郁寡欢，不能施展自己的抱负，最后悲愤到极点，投汨罗江而死。范蠡归湖，《国语 · 越语下》：范蠡辅佐越王勾践灭吴，“反（返），至五湖，范蠡辞于王曰：‘君王勉之，臣不复入越国矣！’……遂乘轻舟以浮于湖，莫知其所终极。”后用作避祸归隐的典故。

[13] 红蓼（liǎo 音了）：又称荭（hóng 音红）草、红草、狗尾巴花，一年生或多年

生草本植物，多生水边，花多呈淡红色或白色。

[14] 青蒲：即蒲草。水生植物。嫩者可食，茎叶可供编织蒲席等物。

[15] 胡必归欤：我为什么一定要回到朝廷里去呢！由晋·陶渊明《归去来辞》中的“胡不归”句演化而来。胡，何、为什么。欤，语气助词。

[16] “想这场”句：表现了乐善无限的悔恨。

[17] “感今”三句：乐善以酒浇愁，以求解脱目前的心境。旧荣，指昔日为相时的荣华富贵；新辱，指眼前的“自斟自饮，自歌自舞”。

[18] 脱闷：解闷。

[19] 好生：宋元俗语，意为好好儿地。这里有十分尽心尽力的意思。生，语助词，无义。

[20] 界破：分割开的意思。

[21] 浮蝣（yóu 音由）儿：钓鱼时浮在水面的“鱼漂”。垂钓时，钓鱼线沉入水底，鱼漂浮在水面。当鱼在水底吞食鱼钩上的食饵时，水面上的鱼漂就会上下颤动或下沉。

[22] 纤须：形容非常细微的颤动。须，借作“些”。

[23] 艳姝（shū 音殊）：绰约美好的女子。此指琼英。

[24] 落雁沉鱼：形容美女容貌艳丽，能使鸟鱼惊动。《庄子·齐物论》：“毛嫱（qiáng 音强）、丽姬，人之所美也，鱼见之深入，鸟见之高飞，麋鹿见之决骤，四者谁知天下之正色哉！”庄子的原意是说鸟兽不知美色，后人在使用过程中改变了原意。亦作“沉鱼落雁”。

[25] 小可：对人称自己曰“小可”，表示说话人谦虚。

[26] 可人意：犹云“称人心，如人意”。

[27] 酬吾志：意为满足了自己的希望、要求。酬，酬报、偿付，这里是达到、满足的意思。

[28] 花解语：解语花。《开元天宝遗事》卷下《解语花》：“明皇秋八月，太液池有千叶白莲数枝盛开，帝与贵戚宴赏焉。左右皆叹羡。久之，帝指贵妃示于左右曰：‘争如我解语花！’”解语花系指杨贵妃。后人遂称美貌聪明的女子为“解语花”。这里指歌妓琼英。

[29] 似出塞美人图：意为琼英似西汉王嫱一样美貌。出塞美人，指西汉王嫱。王嫱本是汉元帝宫人。竟宁元年（前 33 年）呼韩邪（yé 音爷）单（chán 音缠）于入朝求美人为阏氏（yān zhī 音烟之）。王嫱以元帝“公主”身份出塞和亲，号子胡阏氏。《后汉书·南匈奴列传》：“昭君，字嫱，南郡人也。初，元帝时，以良家子选入掖庭。时呼韩邪来朝，帝敕以宫女五人赐之。昭君入宫数岁，不得见御，积悲怨，乃请掖庭令求行。呼韩邪临辞大会，帝召五女以示之。昭君丰容靓（liàng 音亮）饰，光明汉宫，顾景裴回（同‘徘徊’），竦动左右。帝见大惊，意欲留之，而难于失信，遂与匈奴。”又晋·葛洪《西京杂记》卷第二

载："元帝后宫既多，不得常见，乃使画工图形，案图召幸之。诸宫人皆赂画工……独王嫱不肯，遂不得见。匈奴入朝，求美人为阏氏。于是上案图，以昭君行。及去，召见，貌为后宫第一，善应对，举止闲雅。帝悔之。"

［30］可便：句首衬字，无义。

［31］〔金缕〕：曲调〔金缕曲〕〔金缕衣〕的省称。唐·罗隐《金陵思古》诗："绮筵〔金缕〕无消息，一阵征帆过海门。"

［32］满身花影倩（qìng 音庆）人扶：意为酒醉卧倒树下求人搀扶。这里是一醉方休的意思。

［33］不让楚三闾：意为我醉酒后的癫狂也不比楚三闾差。让，退也。屈原被流放后，披发行吟泽畔，非常癫狂。屈原做过楚国的三闾大夫，故称"楚三闾"。

［34］画阁兰堂：形容居室华贵典雅。画阁，有画饰的屋子。兰堂，芬芳高雅的居室。

［35］锦茵绣褥：形容床上铺垫的豪华。茵，褥子。

［36］香车宝马：极言出入行走的方便舒服。香车，七香车，用多种香料涂饰的车子。

［37］抖擞：指振动，引申为振作。形容精神振奋、饱满。语出佛教，头陀的梵（fàn 音范）文音译。所谓抖擞，就是僧人修持的一种苦行。修苦行的僧人，能断除对饮食、衣服、住处等贪著烦恼，就像去掉衣服上的灰尘一样。

［38］绿蓑：指绿草编的蓑衣。唐·张志和《渔父歌》："西塞山前白鹭飞，桃花流水鳜（guì 音桂）鱼肥。青箬（ruò 音弱）笠，绿蓑衣，斜风细雨不须归。"

［39］顿：立刻、突然、一下子。

［40］"秋草"句：比喻人情日渐冷淡衰微，如同日益枯黄的秋草一样。秋草，秋天的草木。

［41］"出落的"句：看到的满地都是江河湖泊。出落，本义为显现，这里是只落得。

［42］吕望：姜姓，吕氏，名尚。俗称姜太公。据《史记·齐太公世家》载，尚穷困年老，钓于渭滨。文王出猎，遇之，与语大悦，曰："吾太公望子久矣。"故号之曰"太公望"。后世亦称吕望。载与俱归，立为师。后佐武王灭殷，封于齐。

［43］严陵：指严光。光字子陵，省称严陵。东汉会稽余姚人。少曾与汉光武帝刘秀同游学。刘秀即帝位后，严光变姓名隐遁。刘秀遣人觅访，征召到京，授谏议大夫。严光不受，退隐于富春山。后人称他所居游之地为严陵山、严陵濑（lài 音赖）、严陵钓台等。诗文中常用其事。参阅《后汉书·逸民传·严光》。

［44］春风一度：意思是比喻领略一番美妙的生活情趣。亦借指男女合欢。

［45］一径：犹今云"一直"。

［46］兀的不是："这不就是"的意思。

［47］望阙：朝着皇宫所在方向致意的意思。

［48］銮舆：也叫銮驾。指皇帝出行时的全副执事排场，亦用来做皇帝圣驾的代称。

[49] 金吾：职官名，即“执金吾”，是掌管京师治安的长官。战国时赵国设置，负责选任官吏。秦、汉时为武职，掌京师的治安。汉武帝时，改称为“执金吾”。在此暗指李圭。

[50] 无徒：詈辞，无赖之徒。

[51] 甚的是：从来不曾、根本不是，表示强烈的否定语气。

[52] 宾伏：宾服。归顺、臣服、敬服、佩服之意。

[53] 丹青：丹砂和青雘（huò 音或）。指绘画时所用的颜料。此代指图画。唐·杜甫《过郭代公故宅》诗：“迥出名臣上，丹青照台阁。”杨伦笺注：“丹青，谓画像也。”

第四折

（老旦扮夫人上，诗云）花有重开日，人无再少年。一从夫主去，皓月几回圆。老身完颜女真人氏，夫主是四丞相。因与李圭在香山饮会吵闹，圣人见怒，将俺丞相汗马功劳[1]一旦忘了，贬在济南府闲住。今因草寇作乱，圣人遣使命去济南府取他去了。使命昨日来，说道俺老丞相今日下马。下次小的每[2]，便安排酒食茶饭，伺候丞相回来。（使命领众官上，云）小官天朝使命，奉圣人的命，着我往济南府取四丞相，小官先回来复命圣人，着众官人都到他宅上接待。这早晚四丞相敢待来也。左右，接了马者，报复与老夫人知道，说俺众官人都在门首。（左右报科，云）老夫人，众官人每都在门外。（夫人云）有请。（出见科）（夫人云）众官人每，为何到此？（使命云）老夫人，恭喜贺喜！某等非是私来，奉圣人的命，着众官每都来接待老丞相。（夫人云）众官人每，里面请坐。（使命云）老夫人，俺这里安排酒果，都在门外等待，想四丞相只在早晚来也。（正末引家僮持钓竿上，云）老夫自谪济南歇马，倒也清闲自在。今奉圣人的命，宣我还朝，收捕草寇，暗想俺这为官的好似翻掌也呵！（唱）

【双调·五供养】[3]我觑了这穷客程[4]，旧行装，我可甚么[5]衣锦还乡[6]？（家僮云）这里比那济南不同。（正末唱）我恰离了这云

水窟，早来到是非场[7]。你与我弃了长竿，抛了短棹，我又怕惹起风波千丈。我这里凝眸望，元来是文官武职，一划地[8]济济跄跄[9]。

（众官接科，云）老丞相，贺万千之喜。（正末云）众公卿每，间别[10]无恙也？（唱）

【乔木查】自别来间阔[11]，幸得俱无恙。这里是土长根生父母邦，怎将咱流窜[12]在济南天一方？这些时怎不凄凉？

（众官云）左右，将酒来。老丞相，满饮一杯，一壁厢[13]虎儿赤[14]那都着与我动乐者。（做作乐科）（正末唱）

【一锭银】[15]玉管轻吹引凤凰[16]，余韵尚悠扬。他将那〔阿那忽〕[17]腔儿合唱，越感起我悲伤。

【相公爱】[18]泪滴千行与万行，那一日不登楼长望。我平也波常，何曾道离故乡，那一日离的我这心儿上？

（众官云）老丞相请。（正末云）众官人每请。（正末与夫人见，打悲科）（夫人云）相公，今日圣恩取你回朝，为何又烦恼？（正末云）夫人，教我怎生不烦恼！（唱）

【醉娘子】[19]刚道不思量，教人越凄惶。我家里撇下一个红妆[20]，守着一间空房，如何教我不思量？

【金字经】早是[21]人寂寞，更那堪更漏长[22]？点点声声被他滴断肠，到晓光。到晓光，便道他不断肠，又被这家私[23]上，横枝儿[24]有一万桩。

（夫人云）自从老相公去后，俺一家儿每日则是烦恼，望老相公回来。（正末唱）

【山石榴】夫人也我则道你一身亡，全家丧，三百口老小添悲怆[25]，我怕你断送[26]了别头项[27]。

（夫人云）老相公，当初一日，是你的不是也。谢圣恩可怜，还取你来家，实是万千之喜。（正末唱）

【幺篇】平白地这一场，从天降，想也不想谁承望[28]。夫人也，谁承望又到俺这前厅上。

（众官云）老夫人，去取的新衣服与老丞相换了者。（夫人云）下次孩儿每，将那相公旧日穿的衣服来。（杂当云）衣服在此。（夫人云）请老相公换了者。（正末云）夫人，这是几时做的衣服？（夫人云）老相公，是你旧时穿的衣服。（正末云）是呵。（唱）

【落梅风】这山字领缘何慢[29]？（夫人云）老相公，兀的带。（正末唱）玉兔鹘因甚长？（夫人云）都是你旧时穿的。（正末唱）待道是我旧衣服怎生虚儴[30]？（云）夫人，将镜儿来。（夫人云）镜儿在此。（正末云）我试照咱。（唱）我这里对青镜[31]，猛然见我两鬓霜[32]，哎，可怎生不似我旧时形像？

（夫人云）孩儿每，一壁厢安排茶饭来。（左相上，云）小官是左丞相。奉圣人命，去四丞相宅上加官赐赏，走一遭去。可早来到也。左右，接了马者。四丞相听圣人的命。（正末同夫人安排香案科）（唱）

【雁儿落】你与我拂绰[33]了白象床，整顿了销金帐[34]，高擎着鹦鹉杯[35]，满捧着羊羔酿[36]。

【得胜令】准备着翠袖舞〔霓裳〕[37]，却又早丹诏[38]下茅堂。未见真龙[39]面，先闻宝篆[40]香。托赖着君王，高力士[41]休拦挡，我若不斟量[42]，又只怕李太白贬夜郎[43]。

（使命上，云）听圣人的命，因你有功在前，将你的罪犯尽皆饶免。

如今取你回朝，本要差你破除草寇，不想草寇听的你回，都来投降了。圣人大喜，教你依旧统军，复你右丞相之职，赐你黄金千两，香酒百瓶，就在丽春堂大吹大擂，做一个庆喜的筵席。望阙谢恩者。（正末叩谢科）（左相同众官云）老丞相贺喜。（正末唱）

【风流体】[44]我则道官封做、官封做一字王[45]，位不过、位不过头厅相[46]。想着老无知、老无知焉敢当！（左相云）老丞相，你受了官职者，何必太谦？（正末唱）哎，怎比的你左丞相、左丞相洪福[47]量。

【古都白】[48]愿陛下圣寿无疆，顿首诚惶[49]。吓的我手儿脚儿忙也波忙。俺如今托赖着君王，可怜我疏狂，直来到宅上，死生应难忘。

【唐兀歹】[50]端的是万万载千秋圣主昌，地久天长。老臣怎敢道不谦让，可是当也波当。

（左相云）老丞相，今日众官人都在此，圣人着李圭到丞相跟前负荆请罪[51]，丞相休记前仇。（正末云）老夫怎敢？（左相云）既然如此，教李圭来见老丞相。（李圭负荆上，见科，云）老丞相，是李圭不是，今来负荆请罪。（正末云）呀，元帅请起。（李圭云）老丞相不分付起来，李圭怎敢起？（正末唱）

【搅筝琶】[52]他背着些粗荆杖，（众官云）请老丞相责罚[53]他几下。（正末唱）谁敢道先打后商量。（李圭云）都因那一日与老丞相射柳时的冤仇。（正末唱）且休说百步穿杨[54]，我和你先打一盘无梁。从今后你也要安详，我也不夸强。（李圭云）老丞相打我几下，倒等我放下心者。（正末唱）休慌，我若是手梢儿[55]在你身上荡，（李圭云）老丞相打几下怕怎么？（正末云）不中。（唱）又只怕惹起风霜[56]。

（云）李圭，既然圣人饶了，我和你也不记旧仇。（左相云）好，将

酒来，我与你一位把一杯，做一个和合[57]者。（夫人云）老相公稳便[58]，我着那歌儿舞女来伏侍老相公。（正末云）夫人，你执壶，我与众官每把一杯酒。左右，动起细乐[59]者。（唱）

【沽美酒】舞蹁跹翠袖长，击鼍鼓[60]奏笙簧[61]。高髻云鬟宫样妆，金钗列数行，欢声动一座丽春堂。

【太平令】歌〔金缕〕清音嘹喨[62]，品鸾箫[63]余韵悠扬。大筵会公卿宰相，早先声把烟尘扫荡。从今后四方、八荒[64]、万邦[65]，齐仰贺当今皇上。

（左相诗云）在香山作耍难当，圣人怒谪贬他方。念功臣重加宣召，依然的衣锦还乡。

题目　李监军大闹香山会

正名　四丞相高宴丽春堂

---

［1］ 汗马功劳：原作“汗马之劳”，指从事战争、运输的劳苦。见《战国策·楚一》：“（张仪说楚王曰）下水而浮，一日行三百余里；里数虽多，不费汗马之劳，不至十日而距扞（hàn 音汗）关。”后用来指战功，多作“汗马功劳”。

［2］ 下次小的每：亦作“下次孩儿每”。下面的仆役们。下次，下边的人、手下的人。长辈呼唤晚辈或主人呼唤奴仆时常用之。

［3］ 〔五供养〕：曲牌名。南北曲均有，都属【双调】。北曲定格为三、三、七、三、三、三、三、四、三、四、四，共十一句。中间四个三字句，例作隔句用韵。用于套曲，在北曲【双调】联套中，多用为首支，套末常用〔离亭宴煞〕。

［4］ 客程：本指旅行路程，此借指旅途生涯。

［5］ 可甚么：犹云“算得上什么”，意为算不上、够不上。

［6］ 衣（yì 音益）锦还乡：穿着锦绣衣服回到故乡，含有回乡炫耀的意思，后泛指荣归故里。衣锦，穿着锦绣的服饰。多指状元及第或官位升迁，回到故乡向亲朋夸耀。衣，穿（衣）。

［7］ 是非场：本为有矛盾纠纷的场所。此指官场。

［8］ 一划（chàn 音颤）地：一概、全部。

［9］　济济（jǐ jǐ 音挤挤）跄跄：亦作“济济锵锵”。指队列整齐有礼节。《诗·小雅·楚茨》：“济济跄跄，絜（xié 音协）尔牛羊。”济济，庄严恭敬的样子。跄跄，走路符合礼节。

［10］间（jiàn 音见）别：分别、离别。金·董解元《西厢记诸宫调》卷八：“两口儿合是成间别，天教受此恓（xī 音西）惶苦，想旧日雨踪云迹，枉教做话说！”

［11］间（jiàn 音见）阔：久别、久不相见、远离。此指日久。

［12］流窜：四处流亡逃窜。这里是流放、贬谪的意思。唐·韩愈《杏花》诗：“二年流窜出岭外，所见草木多异同。”

［13］一壁厢：一边、一面。

［14］虎儿赤：蒙古语，乐人、奏乐的人。《元史·兵志二》：“奏乐者，曰虎儿赤。”

［15］〔一锭银〕：曲牌名。属北曲【双调】。定格为七、四、六、四，共四句。例为句句韵。可作小令，又可作带过曲。

［16］“玉管”句：谓吹箫引凤。一个古老的民间传说，出自西汉著名文学家、经学家刘向的《列仙传》。相传秦穆公之女小名弄玉，不仅如花似玉，还擅长吹笙，自成音调，其声宛如凤鸣。某天夜里，弄玉在“凤楼”上吹笙，远远好似有和声传来，余音美妙，如游丝不断。此后弄玉茶饭不思。秦穆公知道后派人找来了这个少年——萧史，弄玉的病不治而愈。从此，弄玉天天在凤楼和少年合奏笙箫，伉俪（kàng lì 音抗丽）应和。某一天夜里，两人正在皎洁的月光下合奏，忽然有一龙一凤应声飞来，于是萧史乘赤龙，弄玉乘紫凤，双双翔云而去。

［17］〔阿那忽〕：曲牌名。亦作〔阿纳忽〕。属【双调】。王国维《宋元戏曲史》谓：【双调】中的〔阿纳忽〕〔古都白〕〔唐兀歹〕〔阿忽令〕等，“皆非中原之语，亦当为女真或蒙古之曲也”。

［18］〔相公爱〕：曲牌名。又名〔驸马还朝〕。属北曲【双调】。定格为七、七、二、五、六，共五句。例为句句韵。用于套曲。

［19］〔醉娘子〕：曲牌名。又名〔醉也摩挲〕。属北曲【双调】。定格为五、五、四、四、五，共五句五韵。又一体如关汉卿作，多用衬字，并于首句、次句及末句句末均用上“也么哥”三字。用于套曲。

［20］红妆：亦作“红装”。指妇女的盛装。如《木兰诗》“当户理红妆”句。常以“红妆”代指年轻女子，此指四丞相的妻子。

［21］早是：已经是。

［22］更漏长：夜长。更漏，古代夜晚看漏刻而知时间。引申为时间的意思。

［23］家私：一指家财、家产，一指家庭。此指后者。

［24］横枝儿：以树木旁逸斜出的横枝儿比喻是是非非。比喻琐碎的家务。

［25］悲怆：意为“悲伤凄惨”。怆，伤也。

［26］断送：意为毁掉、白白葬送掉。此指自杀。

[27] 别头项：意为头脑固执，犹今云“死心眼儿”。别，即“憋”，本是气不舒，引申为固执。头项，即头脑。

[28] 谁承望：谁想到、谁料到。

[29] 慢：宽松。

[30] 虚囊（nàng 音囔）：宽松。犹今“旷荡”。言衣肥体瘦，穿在身上不合体。囊，宽缓。

[31] 青镜：青铜铸成的镜子。

[32] 两鬓霜：两边的鬓发白如霜雪。宋·陆游〔鹧鸪天〕《送叶梦锡》：“君归为报京华旧，一事无成两鬓霜。”

[33] 拂绰（chāo 音超）：掸拂打扫。绰，打扫。今北方仍有把扫地叫“绰地”的。

[34] 销金帐：用金或金线装饰的帐子。宋·汪元量《湖州歌》：“销金帐下忽天明，梦里无情亦有情。”

[35] 鹦鹉杯：一种用鹦鹉螺制成的酒杯。隋·薛道衡《和许给事善心戏场转韵诗》：“共酌琼酥酒，同倾鹦鹉杯。”

[36] 羊羔酿：一种白色美酒。用白色糯米制成。《事物绀珠》：“羊羔酒出汾州，色白莹，饶风味。”

[37] “准备着”句：谓让歌妓准备歌舞。翠袖，本指青绿色衣袖。泛指女子的装束。〔霓裳（cháng 音常）〕，即〔霓裳羽衣曲〕，原名〔婆罗门〕，由西凉传入，经唐玄宗润色，改名〔霓裳羽衣曲〕。在此泛指歌舞。

[38] 丹诏：皇帝的诏书、命令。御笔用朱砂，故称“丹诏”。诏，皇帝的命令。

[39] 真龙：指皇帝。

[40] 宝篆：本指篆文的道书、秘籍，此指国君的墨迹，即“墨宝”。

[41] 高力士（684—762）：本名冯元一，高州良德（今广东高州东北）人。唐代著名宦官，父曾任潘州刺史。幼年入宫，由高延福收为养子，遂改名高力士，受到武则天的赏识。唐玄宗统治期间，其地位达到顶点。由于曾助玄宗平定韦皇后和太平公主之乱，故深得玄宗宠信，累官至骠骑大将军、开府仪同三司，封齐国公。一生忠心耿耿，与唐玄宗不离不弃，被誉为“千古贤宦第一人”。宝应元年（762 年）三月，得知玄宗驾崩，吐血而死。追赠扬州大都督，陪葬于泰陵。

[42] 斟量：酌量、估量。北齐·颜之推《颜氏家训·省事》：“比较才能，斟量功伐。”

[43] 李太白贬夜郎：唐代大诗人李白在安史之乱发生后曾参加永王李璘幕府，被牵累，流放夜郎国，途中被释。《新唐书》卷二百零二《文艺中·李白传》：“安禄山反，转侧宿松、匡庐间，永王璘辟为府僚佐。璘起兵，逃还彭泽；璘败，当诛。初，白游并州，见郭子仪，奇之。子仪尝犯法，白为救免。至是子仪请解官以赎，有诏长流夜郎。会赦，还寻阳……”又，元·王伯成杂剧《李太白贬

夜郎》。今存元刊本。在此，四丞相自比。

［44］〔风流体〕：曲牌名。属北曲【双调】。定格为三、六、三、六、三、六、三、六，共八句。双句用韵，单句一般不用韵。多作叠句，常常是二、四、六、八句前三字即分别用其前一句三字作叠语；末句宜用去声韵收。用于套曲，一般在〔醉娘子〕或〔月儿弯〕后。

［45］一字王：用一个字作为封号的王。在辽代一字王地位较尊贵，如赵王、魏王等。如系郡王，则必二字，如兰陵郡王等则稍卑。元代也如此。《元史·哈剌哈孙列传》："祖宗之制，非亲王不得加一字之封。"

［46］头厅相：首位丞相，即右丞相。金制以尚书省总揽政务，以尚书令为最高长官。其下则左右丞及平章政事为宰相，左右丞及参知政事为执政官。

［47］洪福：福气广大、福报无边、幸运连连。源自佛教用语，洪指的是广大无边，福指的是福报。

［48］〔古都白〕：曲牌名。亦作〔忽都白〕。属北曲【双调】。定格为四、四、四、四、四、四、四、三、三，共九句。除第四句用韵听便外，其余各句均用韵。多为前三句一组，继四句一组，末用三字两句作结；但亦有改作两个五字句再增一个两字句而收的，则为又一体。末句宜以去声韵煞。用于套曲中，一般在〔风流体〕后。

［49］顿首诚惶：常用于书文的结束语。诚，确实。惶，恐、害怕。原是封建官吏给皇帝上奏章时用的客套话，表示敬畏而又惶恐不安。这里表示对君王的礼拜。

［50］〔唐兀歹〕：曲牌名。亦作〔唐古歹〕。属北曲【双调】。定格为七、四、七、三，凡四句。例为句句韵。首句多作上三下四句法；第三句常叠用本句前三字；末句往往在前加"畅好是"三字，又于末字前加"也么"或"也波"二字，作成"畅好是XX也么X"句式，且宜以平韵收。又有在第三句后增一个七字句者，则全曲为五句，当为变格。用于套曲，一般用在联套的结曲前。

［51］负荆请罪：承认错误，赔礼道歉。典出《史记·廉颇蔺相如列传》廉颇负荆向蔺相如请罪事。

［52］〔搅筝琶〕：曲牌名。属北曲【双调】。定格为三、五、四、四、五、四、二、七、四，共九句。但此调字句不拘，可以增减。一般是在第六句后增四字句若干，所增句用韵较自由；第七句二字则可减去，又可与前一句倒作。用于套曲，一般在〔拨不断〕或〔驻马听〕后。

［53］责罚：因过错而受责罚。唐玄奘《大唐西域记·阇（shé音舌）烂达罗国》："故道德著闻者，竭诚敬仰；戒行亏犯者，深加责罚。"

［54］百步穿杨：形容箭艺之精，在百步之远能射穿杨树叶。《史记·周本纪》：楚养由基"去柳叶百步而射之，百发而百中之"。

［55］手梢儿：手指头。

［56］风霜：风和霜。这里比喻祸殃。

[57] 和合：调解、调和。《韩诗外传》卷三："天施地化，阴阳和合。"

[58] 稳便：客套话，犹言"请便"。

[59] 细乐：管弦之乐。《宣和遗事》前集："再去撤女童，去羯鼓，御侍细乐。"

[60] 鼍（tuó 音驮）鼓：用鼍皮蒙的鼓。其声亦如鼍鸣。鼍，即鼍龙，又称扬子鳄，俗称猪婆龙。鳄鱼的一种，吻短，体长二米多，背部、尾部均有鳞甲。穴居江河岸边，皮可以蒙鼓。

[61] 笙簧：泛指乐器声。笙，管乐器名，一般用十三根长短不同的竹管制成。簧，笙中之簧片。《礼记·明堂位》："垂之和钟，叔之离磬，女娲之笙簧。"郑玄注："笙簧，笙中之簧也……女娲作笙簧。"笙属于簧片乐器族内的吹孔簧鸣乐器类，是世界上现存大多数簧片乐器的鼻祖。发音清越、高雅，音质柔和，歌唱性强，具有中国民间色彩。

[62] 嘹喨（liàng 音亮）：同"嘹亮"。

[63] 鸾箫：箫的美称。

[64] 八荒：又称八方。最远之处。《汉书·项籍传赞》："并吞八荒之心。"颜师古注："八荒，八方荒忽极远之地也。"这里八荒与四方、万邦，皆代指整个天下。

[65] 万邦：所有诸侯封国，后引申为天下、全国。唐·白居易《贺雨》诗："遂下罪己诏，殷勤告万邦。"

吕蒙正风雪破窑记

《吕蒙正风雪破窑记》简名《破窑记》。元·钟嗣成《录鬼簿》记载王实甫、关汉卿均有《吕蒙正风雪破窑记》，马致远有《吕蒙正风雪斋后钟》，今只存有王实甫的杂剧《吕蒙正风雪破窑记》。今存版本主要有明万历四十三年（1615年）脉望馆钞校内府本、《孤本元明杂剧》本。

王实甫《破窑记》所写故事，原在民间广泛流传。剧叙宋代故事：洛阳员外刘仲贤，颇富家资，令女儿刘月娥抛绣球招婿。寇准、吕蒙正住城南破窑，意待刘员外招婿后献诗求钞。不料绣球打中吕蒙正。刘员外嫌蒙正家贫，将其夫妻赶出。白马寺僧人撞钟开斋，蒙正每日去赶斋就食。后寺僧改为斋后撞钟，蒙正再至，斋饭已无。蒙正知是辱己，题诗于壁，含恨而去。至破窑，见锅碗尽碎。月娥道是适才其父怒而为之。寇准借得两锭银子，与蒙正赴京应举。二人俱中。蒙正授洛阳县令，未至其家，先遣媒婆劝月娥改嫁，为月娥所拒。蒙正又扮寒儒归，月娥亦无怨言。蒙正叹为贞节。夫妻同至白马寺烧香，刘员外牵羊担酒，前来认亲，蒙正拒不相认。适寇准奉命前来进香，道昔日斋后撞钟，打破锅碗，均是刘员外为激其上进所用苦心。蒙正始悟，拜认岳丈。吕蒙正在北宋时实有其人，但剧中故事情节多属虚构。作品围绕贫富悬殊展开戏剧冲突：吕蒙正贫穷时，十叩朱门九不开，受尽冷淡和嘲讽；一旦高中，身价百倍，白屋生辉，形象地

披露了世情看冷暖、人面逐高低的丑恶风习。

《破窑记》是一出激励读书人奋发上进的杂剧，剧中情节比较通俗，抛彩球招亲、父母嫌贫爱富、落魄书生中状元之类的故事，很容易被观众接受，也反映了那个时代千儒万学只挤一条求官小径的无奈和期盼。所以，该剧知名度很高，对后世戏曲有一定影响，演出也较频繁。明末王鋑（líng 音灵）曾改名为《彩楼记》，川剧、湘剧擅演此剧。在梆子系统和花鼓系统的剧种中保留了一些折子戏。

第一折

（冲末扮刘员外领家童上，云）僧起早，道起早，礼拜三光天未晓。在城多少富豪家，不识明星直到老。老夫姓刘，双名仲实，乃洛阳人也。我有万百贯家缘过活，别无儿郎，止有个女孩儿，小字月娥，不曾许娉他人。我如今要与女孩儿寻一门亲事，恐怕不得全美，想姻缘是天之所定。今日结起彩楼，着梅香领着小姐，到彩楼上，抛绣球儿，凭天匹配。但是绣球儿落在那个人身上的，不问官员士庶，经商客旅，便招他为婿，那绣球儿便是三媒六证一般之礼也。家童，你和梅香说，着他同小姐上彩楼，抛了绣球儿，便来回我的话，休要误了喜事！则等俺女孩儿成就了亲事，称老夫平生之愿也。老夫且去后堂中安排下筵席，与孩儿庆贺，你疾去早来，着老夫欢喜咱。（下）

（外扮寇准[1]同吕蒙正[2]上）（寇准云）曾读前书笑古今，耻随流俗共浮沉。终期直道扶元化[3]，敢为虚名役片心。小生姓寇名准，字平仲。这兄弟姓吕，名蒙正，字圣功。俺二人同堂学业，转笔抄书。空学成满腹文章，争奈一贫如洗，在此洛阳城外破瓦窑中居止[4]。若论俺二人的文章，觑富贵如同翻掌，争奈文齐福不至。兄弟，我闻知在城刘员外家结起彩楼，要招女婿，咱二人走一遭去来。等他家招了良婿之时，咱二人写一篇庆贺新婿的诗章，他家必不虚负了咱。但得些小钱钞，就是咱一二日的盘缠。咱二人同走一遭去。（吕蒙正云）哥哥说的有理，不索久停久住，同哥哥走一遭去来。（寇准云）俺同去来。（同下）

（正旦领梅香上，云）妾身姓刘，小字月娥，长年一十八岁。为因高门不答，低门不就，因此上未曾成其配偶。今日父亲结起彩楼，教我抛绣球儿，凭天匹配。梅香，咱上的这彩楼，你看那官员士庶，经商客旅，做买做卖的，端的是人稠物穰[5]也。（梅香云）姐姐，父亲的严命，教姐姐抛绣球儿，凭天匹配。你可也休差抛了绣球儿。剩下的与我招一个，可是携带咱。（正旦云）我自有个主意。（二净扮左寻

右趓[6]上)(左寻云)柴又不贵，米又不贵；两个傻厮[7]，恰好一对。俺两个一个是左寻，一个是右趓。打听的这刘员外家女孩儿要招女婿，结起彩楼，抛绣球儿。则说那小姐生的好，凭着咱两个这般标致，拟定[8]绣球儿是我每。不避驱驰，俺走一遭去来。

（寇准同吕蒙正上）（寇准云）兄弟也，来到这彩楼底下了，咱看那小姐抛绣球儿咱。（正旦云）梅香，你将绣球儿来者。（梅香云）姐姐，绣球儿在此。（正旦云）你看我那父亲，恐怕差配了姻缘，故结彩楼，教我抛绣球儿，以择佳婿也呵。（唱）

【仙吕·点绛唇】则我这好胜爷娘，故意娇养，如花样。招配新郎，卷翠帘在妆楼上。

【混江龙】凭栏凝望，猛然间回首问梅香。（梅香云）姐姐，你问我些甚么？（正旦唱）见二人衣冠齐整，鞍马非常。能偿个守蓝桥[9]饱醋生[10]，料强如误桃源聪俊俏刘郎[11]。挤眉弄眼，俐齿伶牙，攀高接贵，顺水推船，小则小偏和咱厮强。不尘俗模样，穿着些打眼目衣裳。

（净做走科，云）真个一个好小姐。你把那绣球儿抛与我罢。（梅香云）姐姐，你看兀那两个，穿的锦绣衣服，不强如那等穷酸饿醋的人也。（正旦云）梅香，你那里知道也。（唱）

【油葫芦】学剑攻书折桂郎，有一日开选场，半间儿书舍换做都堂[12]。想韩信偷瓜手生扭做[13]了元戎将[14]，傅说[15]那筑墙板番做了头厅相。想当初王鼎臣，姜吕望，那鼎臣将柴担子横在肩头上，太公[16]八十岁遇着文王。

（梅香云）姐姐，等的到八十岁，可老了也。（正旦云）梅香，可不道君子人待时守分也。（唱）

【天下乐】岂不闻有福之人不在忙？我这里参也波详，心自想。

平地一声雷振响："朝为田舍郎，暮登天子堂。"[17]可不道"寒门生将相"。

（梅香云）姐姐，好早晚了也呵！兀的不是绣球儿，你有甚么言语，嘱付这绣球儿咱。（正旦做接绣球在手科）（唱）

【金盏儿】[18]绣球儿你寻一个心慈善性温良，有志气好文章，这一生事都在你这绣球儿上。夫妻相待，贫和富有何妨？贫和富是我命福，好共歹在你斟量。休打着那无恩情轻薄子，你寻一个知敬重画眉郎[19]。

（正旦做抛绣球科）（吕蒙正云）哥哥，你看那小姐，将绣球儿抛在我跟前了。（寇准云）兄弟，敢这绣球儿误落在你怀中，咱且走在一边伺候，看员外怎生处断。（净云）绣球儿也抛与了别人，我和你等些什么？咱两个一人唱一句，去了罢。（大净唱）

【金字经】绣球儿今日个打着一个穷秀才，（二净唱）气的区区泪满腮，泪满腮。（大净唱）也是他缘分该，（二净唱）休相怪。（大净唱）咱拽着尾巴归去来。（同下）

（梅香云）姐姐，抛了绣球儿，咱回父亲话去来。（同下）

（刘员外领杂当上，云）灵鹊檐前噪，喜从天上来。这梅香好不会干事也，领着小姐抛绣球儿，去了一日，如何不见来回话？（正旦同梅香上，见科）（梅香云）父亲，小姐招了女婿也。（刘员外云）在那里？着过来。（梅香云）得绣球的过来。（寇准同吕蒙正见科）（寇准云）兄弟，咱则在这门首伺候着。兀的不呼唤你哩。（梅香云）兀那秀才，你过去拜丈人去。（吕蒙正见刘员外科）（刘员外云）他是谁？（梅香云）则他是新招的女婿吕蒙正。（刘员外云）孩儿也，放着官员人家财主的儿男不招，这吕蒙正在城南破瓦窑中居止，咱与他些钱钞，打发回去罢。（正旦云）父亲差矣！一向说绣球儿打着的，不管

官员士庶贫富之人，与他为婚。既然抛着他了，父亲，您孩儿情愿跟将他去。（刘员外云）孩儿，则怕你受不的苦（正旦云）您孩儿受的苦，好共歹我嫁他。（杂当云）员外，小姐既要嫁他，依着他罢。小姐，他那破瓦窑中，你敢住不的么？（正旦唱）

【醉中天】[20]者莫[21]他烧地权为炕，凿壁借偷光[22]，一任教无底砂锅漏了饭汤。者莫是结就蜘蛛网，土炕芦席草房，那里有绣帏罗帐？（刘员外云）你再思想咱。（正旦唱）您孩儿心顺处便是天堂。

（刘员外怒，云）小贱人，我的言语不中听，你怎生自嫁吕蒙正。梅香，将他的衣服头面，都与我取下来，也无那奁房断送。他受不过苦呵，他必然来家也。则今日离了我的门者，着他去。（吕蒙正云）咱两口儿，辞别了父亲去来。（杂当云）倒好了你也！（出门见寇准科，云）您兄弟来了也。（寇准云）如何？你见员外，说什么来？（吕蒙正云）他嫌小生身贫无倚，又无奁房断送[23]，将小姐的衣服头面[24]尽数留下，赶将俺两口儿出来了。（寇准云）这般呵，小姐眼里有珍珠。你若得官呵，小姐便是夫人县君。您两口儿先回去，我便来也。（吕蒙正云）小姐，则怕你受不的苦楚么？（正旦云）我受的苦，受的苦！（唱）

【尾声】到晚来月射的破窑明，风刮的蒲帘响，便是俺花烛洞房。实丕丕[25]家私财物广，虚飘飘罗锦千箱。守着才郎，恭俭温良，憔悴了菱花镜里妆。我也不恋鸳衾象床，绣帏罗帐，则住那破窑风月射漏星堂。（同下）

（寇准云）这家为富不仁，薄俗之情。我若不过去，将我似甚么人看成[26]！（寇准见刘员外科）（刘员外云）下次孩儿每[27]，这叫化的来俺这里怎的？（杂当云）知他又来怎的！（寇准云）谁是叫化的？我是你新招的女婿吕蒙正之兄长，寇平仲是也。我是你亲家伯伯哩。

（刘员外云）我有这等亲家伯伯，愁什么过活？（杂当云）甚么亲家伯伯，你也则是个穷秀才！（寇准云）今日以得良婿，乃天下之喜事也，何怒之有？（刘员外云）你看那穷嘴饿舌头，一壁去。（寇准云）是何言语！硁硁小人[28]哉。尔以贫富而弃骨肉，婚嫁而论财礼，乃夷虏之道也。古者男女之俗，各择德焉，不以其财为礼。我辈今日之贫，岂知他日不富？尔等今日之富，安知他日不贫乎？古语有云：见贫休笑富休夸，谁是常贫久富家？秋到自然山有色，春来那个树无花？哎，我是你亲家伯伯哩！（做出门科）（诗曰）状貌堂堂似北辰，面如明镜色如银。可怜此等无情物，则识衣衫不识人。自此去后，难可复言，我再过去。（又见刘员外科，云）哎，我是你亲家伯伯哩！（刘员外云）这厮又来了。这厮穷酸饿醋，我不听他。（寇准云）我辈乃白衣卿相，时间不遇，俺且乐道甘贫，何言责其贫贱！圣人云："富与贵，是人之所欲也；不以其道得之，不处也。贫与贱，是人之所恶也；不以其道得之，不去也。"[29]便似那石中隐玉蚌含珠，五色光明射太虚。人怀才义终须贵，腹有文章志有余。君子守贫时未遂，男儿不遇气长吁。有朝但得风雷迅，方表人间真丈夫。哎，我是你亲家伯伯！（出门科）（诗曰）得受贫时且受贫，休将颜色告他人。梧桐叶落根须在，留着枝梢再等春。我待不过去，气破我肚皮，我再过去。（再见科，云）哎，我是你亲家伯伯！（杂当云）你怎么又来了？（刘员外云）这厮又来了。走将来絮絮聒聒的，我不听他穷言饿语的。（寇准云）公之富不可尽用，我之贫不可尽欺。非是我用言分劈[30]，藐视俺贤哉娇客。我本是受齑盐[31]一介寒儒，隐风雪八员宰相。有一日步青霄折桂蟾宫[32]，跨青鸾钓鳌北海[33]；卧重裀[34]天下名知，食列鼎家门尽改。袅吟鞭满马春风，横宝带衣襟香霭。云飞般伞盖高张，雁翎般公人齐摆。皇阁中功显十年，青史内名标万载。那其间富贵荣华，（杂当云）敢又是亲家伯伯？（寇准打背推科，云）这厮搀了我的。（诗曰）你富俺贫未定，一朝转过时运，他年金榜标名，我着你认的寇准、蒙正。（下）

（刘员外云）那穷厮去了么？（杂当云）去了也。（刘员外云）无甚事，后堂中饮酒去来。自恨我胡为胡做，抛绣球招婿聘妇。可可的[35]打着个贫子，禁不的他穷酸饿醋。（下）

---

[1] 寇准：北宋政治家。字平仲，华（huà 音化）州下邽（guī 音归）（今陕西渭南市）人。太平兴国四年（979 年）进士，官至参知政事。契丹入侵，他任平章政事，力排众议，促使真宗亲征，与契丹订“澶（chán 音缠）渊之盟”。后为王钦若所谗，被罢相。晚年再起为相，封莱国公。不久，又被排挤降官，后贬死雷州（今广东省雷州市）。

[2] 吕蒙正：北宋河南洛阳人，字圣功，太平兴国进士。太宗、真宗时，三次出任宰相，以直言敢谏著称。

[3] 元化：旧时称颂帝王的德化为元化。

[4] 居止：居住。

[5] 人稠物穰（ráng 音瓤）：指街市上游人众多，货物充盈。《汉书・张敞传》：“长安中浩穰。”颜师古注：“穰，盛也。言人众之多也。”

[6] 趓（duǒ 音朵）：同“躲”。

[7] 厮：对男子的蔑称，犹今之口语中的“家伙”。

[8] 拟定：料定。

[9] 蓝桥：指裴航遇仙女云英事。秀才裴航下第，途经蓝桥驿，渴甚，有女云英以水浆饮（yìn 音印，给人喝）之，甘如玉液。云英貌美甚，航欲娶之为妻，向其母求婚。母云若得玉杵臼，便可娶云英，并约以酉日为期。裴航后果得玉杵臼，还蓝桥，为云英母捣约百日，终与云英结为夫妇。既婚，裴航与云英入山仙去。详见唐・裴铏（xíng 音刑）《传奇・裴航》。

[10] 饱醋生：对穷书生的谑称，犹言“穷酸饿醋”。饱，形容酸到了家，犹言“酸丁”。又，亦用作恪守信用男子的代称。典出《庄子・盗跖》：“尾生与女子期于桥下，女子不来，水至不去，抱梁柱而死。”“饱醋”是“抱柱”的谐音，指尾生。

[11] 误桃源聪俊俏刘郎：指刘、阮误入桃源事。

[12] 都堂：官署名。唐制，尚书令有大厅，在尚书省内，谓之都堂。

[13] 生扭做：硬是成为。

[14] 元戎将：主帅。

[15] 傅说（yuè 音悦）：商王武丁的大臣。相传他原是在傅岩从事版筑的苦役，后为武丁访得，举以为相，治理国政，出现了殷商中兴的局面。

[16] 太公：姜太公。姜姓，吕氏，名望。因辅佐武王灭商有功，封于齐，有太公之称。传说他八十岁时在渭水边为周文王访得，拜为丞相。后助周武王伐纣，终于完成兴国大业。

[17] “朝为”二句：早晨还是农家子弟，（因刻苦攻读圣贤书，经科举考试）晚上便入朝为官。封建时代激励学子苦读儒家经典的诗句。出自宋·汪洙（zhū 音朱）《神童诗》。

[18] 〔金盏儿〕：曲牌名。又名〔醉金盏〕。属北曲【仙吕宫】。既可用作小令，又可用于套曲。字数定格及韵式据清·周祥钰《九宫大成谱》作三、三、七、七（六）、五、五、五、五，共八句。第五句可入韵也可不入韵。其余俱入韵。

[19] 画眉郎：指张敞。汉代河东平阳（今山西临汾）人，字子高。宣帝时为太中大夫、京兆尹，敢直言，严赏罚。尝为妻画眉，当时长安有“张京兆眉怃”之说，故有“画眉郎”之称。

[20] 〔醉中天〕：曲牌名。属北曲【仙吕宫】。亦入【越调】【双调】。字数定格及韵式据清·周祥钰《九宫大成谱》作五、五、七、六、六、四、七（六），共七句七韵。既可用作小令，又可用于套曲。

[21] 者莫：亦作“折莫”“折末”。不论、不问。

[22] 凿壁借偷光：晋·葛洪《西京杂记》卷二载：“匡衡，字稚圭，勤学而无烛。邻舍有烛而不逮，衡乃穿壁引其光，以书映光而读之。”后用作家贫苦读的典故。

[23] 断送：陪送。这里用作名词，指妇女出嫁时的妆奁。

[24] 头面：妇女头上的装饰物。

[25] 实丕丕：真实、十分、实实在在。

[26] 看成：同“看承”。看待。

[27] 下次孩儿每：下面的奴仆们。

[28] 硁硁（kēng kēng 音坑坑）小人：浅薄固执的人。语本《论语·子路》：“言必信，行必果，硁硁然小人哉，抑亦可以为次矣。”（说话准有信用，做事一定果断坚决，这是说话响当当，却不管是非黑白而只管践行诺言的底层人物，或许也可以算是再次一等的士了。）

[29] “富与贵”八句：语出《论语·里仁》。其道，正当的途径、方式。处（chǔ 音楚），接受。恶（wù 音勿），厌恶。去，抛掉、摆脱（困境）。

[30] 分劈：说清楚、表白。

[31] 齑（jī 音机）盐：腌菜。指贫穷清苦的生活。宋·朱松《招友生》诗：“读书有味齑盐好，对境无情梦寐清。”

[32] 折桂蟾宫：科举时称应试得中为蟾宫折桂。蟾宫，即月宫。传说月中有蟾蜍，故称。

[33] 钓鳌北海：《列子·汤问篇》记渤海之东有五山，天帝“使巨鳌十五举首而戴之”。龙伯之国有大人，举足数步而至五山，“一钓而连六鳌，于是岱舆、员峤

二山流于北极，沉于大海”。后因以钓鳌比喻抱负远大或举止豪迈。唐·李白曾以“海上钓鳌客”自称。

[34] 重裀：两重厚软的坐褥。指代优裕的生活。

[35] 可可的：恰恰、恰巧、正好。

第二折

（长老引行者上）（长老云）明心不把优花拈，见性何须贝叶传[1]。日出冰消原是水，回光月落不离天。贫僧是这白马寺中长老。为贫僧积功累行[2]，累劫修来[3]，得悟大乘[4]三昧[5]，住持在此寺，朝参暮礼[6]。今日上堂做罢好事，在此闲坐。行者，山门前觑者，看有甚么人来。（行者云）理会的。

（刘员外上，云）若无闲事恼心头，便是人间好时节。老夫刘员外是也。自从我那女孩儿嫁了吕蒙正，那厮每日长街市上，搠笔为生[7]，又在白马寺中，每日赶斋[8]，着老夫心上好生不自在。今日无甚事，去寺中对长老说一声去。来到方丈也，行者报复去，道有刘员外特来相访。（行者云）理会的。（报科[9]，云）报的师父得知，有员外来了也。（长老云）道有请。（行者云）有请。（做见科）（长老云）员外，此一来有何事？（刘员外云）师父，老夫无事也不来。有我的女婿吕蒙正，他每日来你这寺中赶斋。他空有满腹文章，不肯进取功名，他听的这钟声响便来赶斋。长老，老夫所烦，今后先吃了斋饭，后声钟。他赶不上斋呵，他自然发志也呵，他必然去寻他的道路[10]去也。（长老云）我知道了也。此事易为，员外，你自请回去也。（刘员外云）师父恕罪，我回私宅中去也。自今饭后声钟响，空到斋堂怏怏归。奋志上朝去应举，恁时方见锦衣[11]回。（下）

（长老云）小和尚，每日都吃了斋时，可与我声钟。等那吕蒙正若来时呵，我自有个主意。（吕蒙正上，云）小生吕蒙正。每日长街市上，搠笔为生。时遇冬天，下着如此般大雪。寺里钟响也，我去寺中赶斋

去，得的一分斋饭，与我浑家食用。来到也。（见长老科，云）师父，将斋饭来我食用。（长老云）无了斋也。吕蒙正，你来，我和你说，俺常住家计较[12]来，满堂僧不厌，一个俗人多。你一日吃我一分斋饭，一年吃着多少？往日先撞钟后吃斋，因为多了斋粮，先吃了斋后撞钟，唤做斋后钟。你为孔子门徒，你有满腹文章，你若应过举呵，得一官半职，不强似在寺中赶斋？既为男子汉，不识面皮羞。回去！

（吕蒙正云）我出的这门来，我为男子大丈夫，受如此羞辱！为我一个，斋后声钟，我怎生回家见我浑家的面！这和尚无礼，我瓦罐中取出这笔来，我在这壁子上写四句诗，骂这和尚。（写诗科，云）男儿未遇气冲冲，懊恼阇黎[13]斋后钟。呀，后韵[14]不来，且罢。斋也赶不的，哎，且回我那破窑中去也。（下）

（长老云）吕蒙正去了也。我出的这山门来，是去的远了也。这厮心里敢怪贫僧也。（做看诗科）呀，他在我三门下写下两句诗："男儿未遇气冲冲，懊恼阇黎斋后钟。"小和尚每，休着损坏了他这两句诗。此人大志不小，异日必有峥嵘之日。无甚事，回方丈中去。两廊无事僧归院，再续残灯念旧经。（下）

（正旦上，云）自从嫁的吕蒙正，在这破窑中，他每日在这白马寺中赶斋，可怎生这早晚不见回来也？（唱）

【正宫·端正好】夫妇取今生，缘分关前世。穷和富是我裙带头衣食[15]。帘儿揭起柴门倚，专等俺投斋[16]婿。

【滚绣球】听的钟声响报信息，这斋食有次第[17]。俺知他的情意，他待俺呵着甚回席[18]？虽然是时下贫，有朝发愤日，那其间报答恩德。这其间[19]不见回归，做下碗热羹汤等待贤夫冷，揣着个冻酸馅未填还拙妇[20]的饥，有甚希奇。

（正旦云）秀才这早晚敢待来也。（刘员外同卜儿上，云）老夫刘员外，我的女孩儿嫁了吕蒙正。想我女孩儿富里生，富里长，他几曾受这等穷来？婆婆！（卜儿云）老的为甚的？（刘员外云）咱两口儿看

孩儿去来。将着一分香美茶饭，与孩儿吃，将着一套衣服，与孩儿穿。来到也。月娥，开门来。（卜儿叫门科，云）孩儿在家么？（正旦云）是谁唤门哩？我开开这门。（正旦见卜儿科，云）原来是父亲母亲。（唱）

【倘秀才】今日个灵鹊儿吖吖的报喜，甚风儿吹来到俺这里？淡饭黄虀吃甚的？（刘员外云）那穷厮那里去了？（正旦唱）旋酒处舀了一碗热水，抄纸处讨了把石灰，教学处寻了管旧笔。

（刘员外云）我道是做甚么买卖，原来是排门儿[21]搠笔为生。孩儿，你眼里也识人，嫁了这么一个叫化头。孩儿，跟我家去来，兀的你母亲将着衣服，你便穿；替下旧的，与那穷厮穿。我将这茶饭，你便先吃了好的；剩下的与那穷厮吃。（正旦云）父亲，你说的差了也。（唱）

【倘秀才】你着我穿新的他穿旧的，我吃好的他吃歹的。常言道夫妻是福齐。俺两口儿过日月，着他独自落便宜[22]，怎肯教失了俺夫妻情道理。

（刘员外云）女孩儿也，你恋着这个穷秀才，有甚么好处？三千年不能够发迹！孩儿，你家去来。（旦儿云）我不问了俺秀才，我不敢去。（刘员外云）你真个不去？父亲的言语，倒不中听，你则向着那穷秀才。我将这破砂锅打碎了，把这两个碗也打了，把这匙箸撅[23]折了。孩儿也，你至死也休上我门来，我也无你这等女孩儿！婆婆，将那衣服茶饭小的每将着，咱家去来。（下）（正旦哭科，云）父亲也，你好狠也！（吕蒙正上，云）小生吕蒙正是也。赶不的斋，天色晚将来也，还我那破瓦窑中去。（见正旦科）大嫂，有甚么人到俺家里来？我一脚的不在家，把我铜斗儿家缘[24]都破败了也！（正旦唱）

【倘秀才】撅折的匙呵如呆似痴，摔碎碗长吁叹息。（吕蒙正云）

端的是谁打了来？（正旦唱）打破砂锅璺到底[25]。俺娘将着一分充饥饭，俺爷[26]抱着一套御寒衣，他两口儿都来到这里。

（吕蒙正云）原来是俺岳父岳母来。他老两口儿去了，可怎生这早晚不见哥哥来？（寇准上，云）小生寇平仲是也。这几日不曾看兄弟去，来到这破瓦窑门首，兄弟在家么？（吕蒙正云）呀，哥哥来了。（寇准云）兄弟，你两口儿敢相争来？（吕蒙正云）俺两口儿不曾相争。有我丈人丈母来到这里，要他女孩儿家去，他不肯去也，将我家活都打碎了。（寇准云）原来是这等，老员外无礼也！这家私也有我的一半儿，你怎生打坏了我家活！兄弟，你休烦恼，我恰才街市上遇着一个故交的官人，他见我贫穷，赍发[27]与我两个银子，教我上朝应举去。兄弟，趁着这个机会，咱二人上朝应举去来。媳妇儿有甚么嘱付的言语，嘱付兄弟咱。（吕蒙正云）小姐，你守志者，我得了官时，便回来也。（正旦云）吕蒙正，你去则去，早些儿回来。妾身在家，不必你忧心也。（唱）

【尾声】则这瓦窑中将一应人皆回避，你金榜无名誓不归。（云）若得官呵，你为义夫，妾身为节妇。（唱）立一通贤达德政碑，扶起攀蟾折桂枝，带将你那金银还家来，报答你那妻。你若提着一个瓦罐还家来，我可也怨不的你。（下）

（寇准云）兄弟，咱收拾了行装，上朝应举，走一遭去。（吕蒙正云）哥哥，则今日收拾纸墨笔砚，俺走一遭去来。倚仗胸中七步才[28]，攀蟾稳步上天阶。布衣走上黄金殿，凤池[29]夺得状元来。（同下）

---

[1] “明心”二句：意为既然一心不沾女色，善于悟真养性，又何必要读佛经呢？优花，即女色之意。贝叶，即佛经。

[2] 积功累行：多积德多行善之意。

[3] 累（lěi 音垒）劫修来：长时期修行。累劫，指很长的时间。劫，佛经称天地从形成到毁灭叫作一劫。

[4] 大乘：大乘佛教。大是相对小而言，乘为运载工具。比喻普度众生从现实世界的此岸，到达悟的彼岸。

[5] 三昧：佛教名词。是佛教重要修行方法之一，即排除杂念，心专于一境，受所观之法。

[6] 朝参暮礼：早晨起来在佛前做功课，夜里临睡前做祷告。

[7] 搠（shuò 音硕）笔为生：靠写字卖文度日。搠，刺、戳。这里指提（笔）、耍（笔杆子）。

[8] 赶斋：按时去庙里吃免费素饭菜。

[9] 报科：做出报告的表演动作。

[10] 寻他的道路：意为努力去闯出一条自己的谋生之路来。

[11] 锦衣：精美华丽的衣服。这里指做官后衣（yì 音益）锦荣归。唐·李白《越中览古》诗："越王句（gōu 音沟，同'勾'）践破吴归，义士还家尽锦衣。"

[12] 俺常住家计较：意为我们庙里过日子的方式。

[13] 阇（shé 音蛇）黎：也作"阇梨"。梵（fàn 音范）语"阿阇黎（梨）"之略，是对高僧的敬称，有时亦为普通和尚的别称。此指白马寺长老。

[14] 后韵：后两句诗。

[15] 裙带头衣食：裙带头，指妻子。衣食，即衣食来源、依靠。

[16] 投斋：吃斋饭白食。

[17] 次第：此处指发放时间。

[18] 着甚回席：用什么回报。

[19] 这其间：到这个时候。

[20] 拙妇，旧时妇女谦称自己。

[21] 排门儿：排门板。旧时集市上商家的一扇扇可卸可关的门。此句形容吕蒙正在集上卖字，但连一张桌子也置办不起，只好借人家排门板当桌子。

[22] 落便宜：宋元习语，吃亏的意思。落，失落、丢掉。

[23] 撅（juē 音噘）：折断。

[24] 铜斗儿家缘：也作"铜斗儿家私""铜斗儿家计""铜斗儿家活"，比喻稳当可靠的巨大家财。这里有自嘲的意味。铜斗，铜制的方形有柄的器具。

[25] "打破"句：指对事情的原委追问到底。璺（wèn 音问），陶瓷、玻璃等器具上的裂纹。此处谐音"问"，追问之意。

[26] 爷：方言，指父亲。

[27] 赍（jī 音机）发：送给。

[28] 七步才：在行走七步的短短时间内作成一首诗的才能。指敏捷的文才。典出《世说新语·文学》：魏文帝曹丕令其弟曹植在七步之内作一首诗，作不成就要

处死。曹植应声吟道："煮豆持作羹，漉菽（lù shū 音路书）以为汁。萁（qí 音奇）在釜下然（燃），豆在釜中泣。本自同根生，相煎何太急！"曹植以此诗使"帝深有惭色"，唤回曹丕的兄弟之情，保住了自己的一条命。

[29] 凤池："凤凰之池"的简称。禁苑中池沼。魏晋时中书省设于禁苑之中，掌管一切机要，因接近皇帝，故称"凤凰池"。后凡中书省机要位置，均称"凤凰池"。

第三折

（吕蒙正引张千上，云）学而第一[1]须当记，养子休教不看书。小官吕蒙正是也。到的帝都阙下[2]，一举状元及第，所除[3]本处县令。来到这城中也，不知我那小姐在那破瓦窑中怎生过活哩。张千，与我唤将官媒人婆来。（张千云）理会的。媒人婆开门来。（净媒婆上，云）说合先定千条计，花红谢礼要十倍。打发的媒婆不喜欢，调唆的两家乱一世。则我是官媒婆。门首是谁唤门？我开开这门。哥哥唤我做甚么？（张千云）过路的一个客官，唤你说话。（媒婆云）咱去来。（见吕蒙正科，云）官人，你唤我做甚么？（吕蒙正云）媒人婆，你认的个吕蒙正么？（媒婆云）官人不问，我也不说。我才忘了，你又题将起来。那厮不逢好死，将他那浑家[4]刘月娥撇在破瓦窑中，去了十年光景，音信皆无。这早晚敢死去了也。（吕蒙正云）我不说破，教他骂到我几时。你认的那吕蒙正么？（媒婆云）我不认的。（吕蒙正云）你抬起头来，睁开眼，则我便是吕蒙正。（媒婆云）早则不曾说你甚么。（吕蒙正云）你骂的我彀也！媒婆，俺那小娘子，还在这破瓦窑中里，未知是实是虚？媒婆，你将着一只金钗、一套衣服，你直到那窑中。见了那小娘子，你说：你那吕蒙正死了也。如今有个过往的客官，教我将着这套衣服、金钗与你，教小娘子递一杯酒便回来，看他说甚么，便来回我话。（媒婆云）我知道。不敢久停久住，直到破瓦窑中，走一遭去。（下）（吕蒙正云）媒婆去了也。小官更改了衣服，也不在这里，直至破瓦窑中，走一遭去。（下）（正旦上，

云）自从吕蒙正上朝应举去了，音信皆无，好是烦恼人也！（唱）

【中吕·粉蝶儿】瓮牖桑枢[5]，世间穷尽都在此处，有一千个不识消疏[6]。范丹[7]也索移，原宪[8]也索趓，便有那颜回[9]也难住。虽然是人不堪居，我觑的胜兰堂[10]绿窗朱户。

【醉春风】恨不恨买臣[11]妻，学不学卓氏女[12]，破窑中熬了我数年，多受了些个苦，苦。一饮一啄，事皆前定，也是我一生衣禄。

（云）看有甚么人来。（媒婆上，云）可早来到也。小娘子在家么？（正旦云）谁唤门哩？我开开这门。（见科，云）万福。婆婆有甚么事，来到我这里？（媒婆云）小娘子，你索是烦恼来也。（正旦云）我有甚么烦恼？（媒婆云）你不知吕蒙正死了也？（正旦云）谁这般道来？（媒婆云）我听的人说，我一径的[13]来和你说。（正旦云）你休说谎。兀的不痛杀我也！（媒婆云）小娘子休烦恼。可不道汉子犹如南来雁，去了一千有一万。你这般年纪小，如今有个过路的客官，他无人来[14]，着我将着一套衣服、一只金钗儿，着你到那里与他递一杯酒，说一句话，便来。（正旦云）这婆婆是何言语也！（唱）

【上小楼】你如今知咱受苦，将咱小觑。怎肯道是连累街坊，带累亲邻，败坏风俗。冻杀我，甘心死去，则这个泼家私[15]觑也那是不觑！

（云）本待要拖你见官，看你老人家，饶了你，出去！（媒婆云）我出的这门来。（吕蒙正冲上，见媒婆，云）说的如何？（媒婆云）那里那里，他也不肯，骂了我一场，叉出[16]我门来了。（吕蒙正云）既然这等，与你些银子，你自回去。（媒婆云）多谢了相公，我回去也。（下）

（吕蒙正云）我入的这窑门来，小姐正烦恼哩。我也不言语，我则立在傍边厢，看他说甚么。（正旦云）谁家个男子汉，来我窑中？可不

道促风暴雨，不入寡妇之门。我向前挝[17]了这厮脸！（吕蒙正云）我为你千山万水，来到此处，你这般下的？小姐，是我。（正旦唱）

【普天乐】我这里猛然观，抬头觑：我道是谁家个奸汉，却原来是应举的儿夫。咱须是旧有姻，关连着亲肠肚。（吕蒙正云）小姐，我如今落薄[18]了，不曾得官。（正旦云）便落薄何如！（唱）但得个身安乐还家重完聚，问甚么官不官便待怎的！（云）遇与不遇，有个比喻。（唱）有一个张良[19]也曾弃印，有一个陶潜[20]罢职，有一个范蠡[21]归湖。

（吕蒙正云）小姐，我也不曾得官，家来了也。天色晚了，我歇息。到天明我投几个相识，得些盘缠，我再去应举去来。（正旦云）天色晚了，蒙正，你安寝咱。（唱）

【十二月】走将来朝云暮雨，似水也那如鱼。又无那暖烘烘的被卧，都是些薄湿湿的衣服。明晃晃腰间甚物？怎想你那身上埋伏。

【尧民歌】呀，两三层麻布里裹珍珠，万万丈波心里钓鳌鱼。怕你得官酬志汉相如[22]，倒做了好色荒淫鲁秋胡[23]。儿也波夫[24]，冤家问一句，说罢也重完聚。

（吕蒙正云）小姐，我不瞒你说，我故意的试探你，那媒婆也是我使他来，谁想小姐一片贞节之心。我得了本处县令，着我衣锦还乡。我到来日，夸官三日，我和你同享富贵。（正旦云）兀的不欢喜杀我也，谁想有今日也！（唱）

【尾声】到来日慌张杀那秃院主，没乱杀俺那一双老父母。今日个显耀你那里夺来的富，折准[25]我那从前受过的苦。（同吕蒙正下）

[1] 学而第一："学而时习之，不亦说乎？"这是《论语》的第一篇第一章首句。此指古代圣人的教导。

[2] 阙下：古代宫殿、城阙。这里代指京城。

[3] 除：除授、委任官职。

[4] 浑家：指妻子。

[5] 瓮牖（yǒu 音有）桑枢：用破瓮口做窗子，用桑木做门轴。指贫穷人家。牖，窗户。

[6] 消疏：冷落、凄凉。

[7] 范丹：亦作"范冉"。东汉陈留外黄（在今河南兰考东南）人，字史云。他遁逃于梁沛间，虽有时断粮，但穷居自若。详见《后汉书·独行列传·范冉》。

[8] 原宪：春秋时鲁国人，字子思，孔子弟子。传说他蓬户褐衣蔬食，不减其乐。后多用为贫士的代称。详见《史记·仲尼弟子列传》。

[9] 颜回：春秋末鲁国人，字子渊，孔子学生。居陋巷，箪食瓢饮而不改其乐。详见《论语·雍也》。以上三句说，这破窑连范丹、原宪和颜回都不愿居住。

[10] 兰堂：芳洁的厅堂。厅堂的美称。兰，《昭明文选·张衡〈南都赋〉》："揖让而升，宴于兰堂。"吕延济注："兰者，取其芬芳也。"

[11] 买臣：指朱买臣。西汉吴县（今江苏省常州市吴中区）人，字翁子。武帝时为中大夫侍中，后任会稽（今浙江绍兴）太守。朱初家贫，靠卖柴为生，其妻要求离去。元·无名氏《朱太守风雪渔樵记》杂剧敷演其事。

[12] 卓氏女：指卓文君。西汉卓王孙女，善鼓琴，丧夫家居。后与司马相如相恋，继而私奔，传为千古佳话。

[13] 一径的：径直、特意。

[14] 无人来：意指身边没有女人。来，犹"哩"，句末语气助词。

[15] 泼家私：劣物件的意思。泼，詈辞，含有恶劣、肮脏的意思。

[16] 叉出：张开双掌把人推开。

[17] 挝（zhuā 音抓）：同"抓"。

[18] 落薄：落第、落选。

[19] 张良：汉初大臣。字子房。传为城父（故址在今安徽亳州东南）人。曾在博浪沙狙击秦皇未中。在楚汉战争中为刘邦重要谋士。汉朝建立，功封留侯。晚年情志淡泊，好神仙道术，"愿弃人间事，欲从赤松子游"，不再参与朝政。

[20] 陶潜：一名渊明，字元亮，浔阳柴桑（今江西九江西南）人。东晋诗人。曾任江州祭酒、镇军参军、彭泽令等职，因不满于黑暗现实而去职归隐。

[21] 范蠡：春秋末越国大夫。曾帮助越王勾践灭亡吴国。《史记·越王句践世家》载，"范蠡以为大名之下，难以久居，且句践为人可与同患，难与处安"，乃

为书辞勾践，“装其轻宝珠玉，自与其私徒属乘舟泛海以行，终不反”。详见汉·范晔《吴越春秋》。

［22］汉相如：指司马相如，字长卿。西汉辞赋家。蜀郡成都（今属四川）人。景帝时为武骑常侍，因病免。所作《子虚赋》为武帝所赏识。

［23］秋胡：晋·葛洪《西京杂记》卷六载，鲁人秋胡，娶妻三月而游宦，三年后回家。其妻采桑于郊，秋胡不识其妻，见而悦之，以黄金一镒遗（wèi 音未）之，遭拒绝。还家后方知所挑乃己之妇也。元·石宝君《秋胡戏妻》杂剧演此故事。

［24］儿也波夫：意为“儿夫”。为女人对丈夫的称谓。也波，句中衬字，无义。

［25］折准：抵偿、折合。

第四折

（寇准领张千上，云）龙楼凤阁九重城，新筑沙堤宰相行。我贵我荣君莫羡，十年前是一书生。小官寇准是也。到的帝都阙下，一举状元及第，今拜莱国公之职。谢圣恩可怜，着小官随处降香。一者降香，二者因为采访贤士。今日是吉日良辰，左右那里？将马来，便索降香，走一遭去。（下）

（长老同行者上，云）断绝贪嗔痴妄想[1]，坚持戒定慧圆明[2]。自从灭了无明火[3]，炼的身轻似鹤形。贫僧是这白马寺长老。听的人说，吕蒙正得了本处官也。我打扫的这寺院干净，将他这两句诗，着这碧纱笼罩着，必然来这里烧香也。行者山门首觑者，若来时，报复我知道。（行者云）理会的。（吕蒙正同正旦上，住）（吕蒙正云）摆开头答[4]，烧香去来。（正旦云）谁想有今日也呵！（唱）

【双调·新水令】破窑中节妇轿儿抬，满城人大惊小怪。驾车当酒垆[5]，包土筑坟台。俺男儿日转千阶，我和他妆些模样做些娇态。

（行者云）师父，相公来了也。（长老云）来了也，俺接待去来。（吕

蒙正云）接了马者。入的这寺门来。呀，兀的不是我赶斋来吟下两句诗！可怎生的着这碧纱笼罩着？想这和尚好是世情[6]也呵！（做见科，云）长老，你必然有个缘故。（长老跪科，云）相公不知，为相公写下这两句诗，有龙蛇之体、金石之句，往来的人看这诗，踏的此地苔藓不生，因此上着这纱罩着。（吕蒙正云）原来是这等，揭了那纱罩者，将笔砚来。（做念科，云）“男儿未遇气冲冲，懊恼阇黎斋后钟。”我续添两句：“十年前时尘土暗，今朝始得碧纱笼。”（长老云）请到佛殿拈香[7]。（吕蒙正云）左右，看有甚么人来。（刘员外同卜儿上，云）我的女婿吕蒙正，得了本处县尹也，说道在这白马寺中。众街坊每牵羊担酒，去庆贺他去了。我去寺里，认我那女婿女儿去。咱来到寺门首也。（正旦云）甚么人大呼小叫的？（长老云）众多街坊、员外，与相公庆官来。（正旦唱）

【川拨棹】[8]我叹这个老员外，积趱下些不义财。俺男儿的受了宣牌，媳妇儿的有些人才，百姓每恭心管待，那其间谁赍发吕秀才。

【七兄弟】你那时上街，刬划[9]，送枯柴。严寒天雪冷实难捱，贫家米贱冻难捱，则今日趁了方何碍？

【梅花酒】帘儿后猛揭开，见低着擎颏[10]。我撅耳揉腮，有口难开。那时节寻不的一升儿米，觅不的半根柴，兀的不误了斋。麻鞋破脚难抬，布衫破手难揣，牙关挫口难开，面皮冷泪难揩。

【收江南】[11]呀，你记的满头风雪却回来，今日个一天好事奔人来。（长老云）行者开佛殿，朝中大人降香来也。（正旦唱）听的道朝中宰相降香来，百姓每等待，却正是月明千里故人来。

（刘员外云）女儿，女婿，认了我者。（吕蒙正云）想着你那歹处，我不认你。祗候人[12]与我抢[13]出去。（刘员外云）天也，怎生得个证见来好也！（寇准上，云）锦鞯骏马三檐伞[14]，正是男儿得志秋。

小官寇平仲是也。来到这白马寺门首也。左右，接了我马者，入的寺门来。（做见科）（刘员外云）相公，与小人做主咱，我的女婿忘了我的恩。（寇准云）呈词告状漫张罗[15]，情理难容怎奈何！你告他阶下忘了亲岳父，记的你窑中打碎破砂锅。一壁有者，兄弟也在这里。兄弟也，寺门首有你丈人，你认了者。（吕蒙正云）哥哥，你问弟媳妇去也。（寇准云）弟媳妇儿，门外有你父亲母亲，你认他不认他？（正旦云）我无父母，我不认他。（寇准云）弟媳妇儿，看我的面，认了他也。（正旦云）我不认。伯伯，你认了他罢。（寇准云）好无礼也！有你父母，你认了者。你认便认，不认便罢了，你怎么教我认了去？他是我的爷娘，更待干罢[16]。则今日写本申朝，不道的饶了你哩也。（正旦云）看伯伯的面，认了他便了。（寇准云）正是千求不如一吓。（吕蒙正云）我不认他每，抢出去。（刘员外云）相公，你不说怎么？（寇准云）兄弟，弟媳妇，你近前来，我今日叮咛的说破[17]，教你仔细的皆知。当日那富家纳婿，不容那有志书生；今日贫庶登科，岂认无情岳父？老员外怕你因贪富贵，不肯进取功名，佯为遣赶破窑中，搠笔巡街；又教萧寺里鸣钟斋后，你挺然发愤，便去求官。弃了那穷滴滴陋巷箪瓢[18]，你今日气昂昂腰金衣紫，咱那得钱来？可是你丈人两锭花银，都做了俺一时路费。你丈人料你必登云路，预先齐下高堂。若不是贫里相看，您怎能彀否极生泰[19]；不是这老泰山为人忒歹，亲女婿昂然不睬。既今日说破机关，将两处冤仇尽解。贤夫妇执盏擎壶，自悔罪挽回春色，重教你骨肉团圆，亏杀俺朝中贵客。老员外你认的这处事官僚，我是你亲家伯伯。（吕蒙正云）则被你瞒杀我也，丈人！（刘员外云）则被你傲杀我也，女婿！（寇准云）天下喜事，无过夫妇父子团圆。则今日杀羊造酒，做一个庆喜的筵席。（吕蒙正云）令人，抬上果卓[20]来者！（正旦唱）

【水仙子】状元郎仇恨记在心怀，忤逆女将爷娘不认睬。我这里悔过也展脚舒腰拜，望慈亲免罪责，被尘埃险将我沉埋。女受了金花官诰[21]，女婿可便绯袍[22]玉带，也是我苦尽甘来。

（寇准云）住、住、住，您今日父子完聚，听我下断：世间人休把儒相弃，守寒窗终有峥嵘日。不信道到老受贫穷，须有个龙虎风云会。斋后钟设计忿题诗，度发的即赴科场内。黄金殿夺得状元归，穷秀才全得文章力。作县尹夫妇享荣华，糟糠妻[23]守志穷活计。则为这刘员外云锦百尺楼，结束了吕蒙正风雪破窑记。

题目　刘员外云锦百尺楼

正名　吕蒙正风雪破窑记

---

[1] “断绝”句：断除、弃绝贪婪、嗔怒、痴迷等一切虚妄的念头。

[2] “坚持”句：恪守佛门五戒，以达到聪明智慧的色空至善至美圣境。

[3] 无明火：佛家语，指强烈旺盛的欲念。

[4] 头答：亦作“头踏”。官员出行时前导的仪仗。

[5] 酒垆（lú 音炉）：酒店里安放酒瓮的土台子。

[6] 世情：世故。

[7] 拈香：焚香拜佛。泛称礼拜神佛。

[8] 〔川拨棹〕：曲牌名。南北曲均有，都属【双调】。北曲定格为三、五、五、四、七、五，共六句六韵。第四句后可增四字句若干，多少随所需。用于套曲中，而不独用。

[9] 刣划（bāi hua 音掰花轻声）：同“摆划”。安排、处理。

[10] 擎颏（kē 音棵）：手托着下巴颏儿。

[11] 〔收江南〕：曲牌名。属北曲【双调】。字数定格及韵式，据清·周祥钰《九宫大成谱》作七、七、七、四、七，五句五韵。用于【双调】套曲内。

[12] 祗候人：官署的衙役。

[13] 抢（qiāng 音枪）：推、搡。

[14] 三檐伞：旧时官员外出时车上所用的伞盖。因为有三层边，故名。多为高级官员所用。

[15] 漫张罗：白忙活。漫，徒然。

[16] 更待干罢：岂肯善罢甘休。

[17] 说破：说穿、说明真相。

[18] 箪（dān 音单）瓢：“箪食瓢饮”的省文。指清苦的生活。孔子弟子颜回，“一箪食，一瓢饮，在陋巷，人不堪其忧，回也不改其乐”。孔子赞曰：“贤哉，回

也！”见《论语·雍也》。

[19] 怎能彀否（pǐ 音痞）极生泰：怎么能否极泰来？彀，同“够”。否、泰，都是《周易》中的卦名，否卦不顺利，泰卦顺利。比喻事情坏到极点，就可变好。唐·韦庄《湘中作》诗：“否去泰来终可待，寒夜休唱《饭牛歌》。”

[20] 卓：同“桌”。

[21] 金花官诰：用金花绫纸书写的封赠文书。

[22] 绯（fēi 音飞）袍：红色袍服，简称绯。南北朝时贵贱通用，入唐以后专用于官吏，为四、五品官员的常服。宋代因之。《宋史·舆服志五》：“阶官至四品服紫，至六品服绯，皆象笏（hù 音户），佩鱼”。

[23] 糟糠妻：贫贱时曾共同吃糠咽菜的妻子。后作为患难妻子的代称。《后汉书 宋弘列传》：“臣闻贫贱之知不可忘，糟糠之妻不下堂。”

残剧

韩彩云丝竹芙蓉亭

《韩彩云丝竹芙蓉亭》简称《丝竹芙蓉亭》《芙蓉亭》。天一阁本《录鬼簿》、曹本《录鬼簿》、《今乐考证》、《曲录》、《元代杂剧全目》、《古典戏曲存目汇考》著录作《韩彩云丝竹芙蓉亭》。《说集》本《录鬼簿》、孟本《录鬼簿》、《太和正音谱》、《南濠诗话》、《元曲选目》、《雍正山西通志》著录作《芙蓉亭》。本事出自金、元间流传的故事。未有全本传世。存残曲【仙吕 · 点绛唇】一套。金院本有《芙蓉亭》(已佚),元戏文有《韩彩云》(仅存残曲一支,见《宋元戏文辑佚》),与此剧演述为同一故事。

元 · 无名氏(一说曾瑞)杂剧《王月英元夜留鞋记》第一折〔后庭花〕曲云:"薛琼琼有宿缘仙世期,崔怀宝花园中成匹配。韩彩云芙蓉亭遇故知,崔伯英两团圆直到底。"据此可知男主角名崔伯英。这一套曲子写女主角韩彩云夜奔书斋求爱,起初遭到书生拒绝,后来终于鱼水和谐,表现了一个风尘女子大胆执着的爱情追求。同《西厢记》相比,她比莺莺果敢,她的光彩远远盖过了剧中男主人公的形象。她的泼辣与坚忍的追求,在古代戏曲中是不多见的。

明万历年间王骥德(1542?—1623)在其曲学专著《曲律》中称道:"王(实甫)于《西厢》《丝竹芙蓉亭》之外,作他剧多草草不称",颇有并誉《西厢》《丝竹芙蓉亭》之意。王骥德所

编撰的《校注古本西厢记》是《西厢记》研究历史上很有名的著作，就在这本书后即附录了《丝竹芙蓉亭》的整套【仙吕·点绛唇】曲，足见他对此套曲之推重。戏曲史家和理论家赵景深（1902—1985）亦将此套曲辑入《元人杂剧钩沉》。

这里抄录的曲文以赵景深《元人杂剧钩沉》本为基础，个别字词则据王骥德本校订。全套曲的内容都是写女子对男子的求爱，但曲文用语全不着色相，也并不刻意求深，故而显得清新妙丽。明代何良俊曾特别激赏这套曲，把它看作“本色词”的典范。他在《四友斋丛说》中写道：“王实甫《丝竹芙蓉亭》杂剧【仙吕】一套，通篇皆本色词，殊简淡可喜。其间如〔混江龙〕内‘想着俺怀儿中受用，怕甚么脸儿上抢白’，〔元和令〕内‘他有曹子建七步才，还不了庞居士一分债’，〔胜葫芦〕内‘兀的般月斜风细，更阑人静，天上巧安排’，〔寄生草〕内‘你莫不一家儿受了康禅戒’：此等皆俊语也。夫语关闺阁，已是秾艳，须得以冷言剩句出之，杂以讪笑，方才有趣；若既着相，辞复浓艳，则岂画家所谓‘浓盐赤酱’者乎？画家以重设色为‘浓盐赤酱’，若女子施朱傅粉，刻画太过，岂如靓妆素服，天然妙丽者之为胜耶！”这套曲还有一个特点，就是大量采用当时民间流行的一些熟语（其中有些是古人语，但都已变成熟语），如“月明千里故人来”“秦楼夜访金钗客”“十谒朱门九不开”“藜沙上野花开”“成人好不自在”“酒肠宽似海”“贤贤易色”等，使曲文显得灵活多变，姿态丰富。有些熟语因王实甫的采用，此后在许多元杂剧中反复出现，成为元曲的特色语汇之一。曲文还引用许多当时人十分熟悉的爱情故事中人物作比喻，如宋玉与巫娥、王子高与周琼姬、司马相如与卓文君、梁山伯与祝英台等。另外，曲文还喜欢引用董解元诸宫调《西厢记》中情语，如“倚定门儿

手托”“疑是玉人来”等，特别是〔尾声〕曲“则要你常准备迎风户半开”至最后“我则要倚门儿等待，直须得老夫人烧罢夜香来”，全是化用“董西厢”中语意。作为《西厢记》杂剧的作者，特别喜爱、熟悉这些曲语，因而随手拈来，毫不费力，却又自然妥帖，妙语惊人。这些方法，都为套曲增加了色彩与情趣。

【仙吕·点绛唇】[1]天霁云开，月华精彩。南楼外，行过庭阶，我潜立在湖山侧。

【混江龙】[2]今夜个百无方碍[3]，洗乾坤风露净尘埃。冷清清风摇翠竹，白泠泠露滴苍苔。风力紧寒侵金缕衣[4]，露华凉冰透绣罗鞋。轻移莲步[5]，慢转雕栏，帘筛月影，灯晃书斋。又不敢呼名道姓，我则索蹑足潜踪，悄声儿独立在窗儿外。想着俺怀儿中受用[6]，怕甚么脸儿上抢白[7]。

【油葫芦】[8]我着这瘦耸耸香肩将门扇儿挨，你试猜，止不过月明千里故人来。则我这后园中晚谒文章伯[9]，你不肯秦楼夜访金钗客[10]。外面儿模样好，就里最为事歹。我不比你穷酸般胡谝[11]教君怪，不放参[12]紧闭定看书斋。

【天下乐】[13]却做了十谒朱门九不开。书斋，好幽哉，不曾有俗客来。将旧帏屏儿扇儿窗下摆。恋蝴蝶床榻儿窄，梦梅花纸帐儿矮。秀才呵，你正是成人好不自在。

【村里迓古】[14]你休教一时风火，烧了咱百年恩爱，则为你衾寒枕冷，咱厮敬重，一家无外。你这般假古懒[15]乔身分妆些台孩[16]。可知道死了杜甫，亡了韩愈，渰了李白，我道来你可甚[17]贤贤易色[18]？

【元和令】便有那曹子建七步才，还不了庞居士一分债[19]。他那般气昂昂胸次卷江淮，你可是酒肠宽似海[20]？则想我夜深私出绣房来，实丕丕[21]耽着利害。

【上马娇】[22]一来是天地差，二来是缘分该，则你个啉宋玉自裁划[23]，待将这无路巫娥推出门外[24]。我为甚么来！干教我空下楚阳台。

【游四门】[25]却正是蒺藜沙上野花开[26]，可不道[27]疑是玉人来[28]。则为你冷清清难把长更捱，砌下乱蛩哀，哈[29]，我特地探多才。

【胜葫芦】休着我倚定门儿手托腮，休将那不睹事的话儿揣。小的每天生酒量窄。道的我速速的眼跳，氲氲的耳热，忽忽的燎双腮。

【幺篇】你见我两朵桃花上脸来，则怕你悔后也栋梁材。哎，你个秉烛颜渊自鉴戒，兀的般月斜风细，更阑人静，天上巧安排。

【后庭花】[30]保亲的论孟白，主婚的唐宋策；送女的霜毫笔，守亲的石砚台。你既怕女裙钗，无心耽待，枉将伊厮定害。王子高不好色，周琼姬忒分外，卓文君事不谐。

【柳叶儿】哎，你个汉相如休怪，则要你温我的浸冷罗鞋，干教我羞答答的懒把门程蓦[31]。哎，你个梁山伯不采我这祝英台，羞的我怏怏儿回来。

【寄生草】[32]你则怕担烦恼，惹罪责，为侄儿恐怕尊姑怪，书生不好阴人爱；莫不你一家儿受了康禅戒[33]！量这个彩云吃打有何羞，尚犹自文王下马将荆条拜[34]。

【尾声】得了首有情分的断肠词，自惹下场无倒断相思债[35]。这一个小书舍里天宽地窄，也不索对天地说盟山言誓海，咱则是常川[36]似今夜和谐。紧栽排[37]，怎肯教信断音乖！则要你常准备迎风户半开[38]。来日个一更左侧，我则要倚门儿等待，直须得老夫人烧罢夜香来。

---

[1]【仙吕·点绛唇】：指明这是一个清爽的月夜，韩彩云向崔伯英住处走去，行经花园时，在湖山之侧暗暗地停歇，再细想下一步该如何走。

［2］〔混江龙〕：写出她继续向书房走去时的心理活动。她觉得整个世界都十分清静爽洁，因而自信今夜的行动将“百无方碍”。这是一个深秋的夜半。风很紧，摇动翠竹，夜寒侵人衣，加深冷清清的感觉；露亦凉，滴湿苍苔，更冰透双鞋，闪动白泠泠的寒光。她走近书房，只见“帘筛月影，灯晃书斋”。此刻，她的心也如灯影般游移不定。她不敢贸然直呼其名，只得（“则索”）静悄悄地独立在窗外以观动静。她想今夜如此大胆行动，可能要受到各种讥刺或斥责（“抢白”），但是，当她幻想着两人相见的亲热甜美时，也就不怕可能出现的难堪局面。决心就这样下定了：“想着俺怀儿中受用，怕甚么脸儿上抢白。”

［3］方碍：同“妨碍”。

［4］金缕衣：杂以金色丝织成的衣服。泛指华丽的衣服。

［5］莲步：女子轻盈的步态。

［6］受用：享用、享受。

［7］抢白：当面指责或讥讽。

［8］〔油葫芦〕：写她在书斋门外时所想。她让（“着”）香肩轻倚在门扇上，对他作一番心中的自白：你一定猜作是“月明千里故人来”，你一定想不到是我夜访你这个“文章伯”。我为什么要先来找你呢，因为我知道你这个人外貌儿虽好看，但内里最不中用，你这穷酸自负的秀才是不肯“秦楼夜访金钗客”的。你这样紧闭着书斋，不就是拒绝接见客人（“不放参”）的意思么？“秦楼”指歌榭妓院场所，“金钗客”指女子。韩彩云此处自喻“秦楼金钗客”，正是歌女艺伎的口吻。

［9］文章伯：对善于写文章的人的尊称。

［10］金钗客：代指妓女。因其头戴金钗，故称。

［11］胡谝（piǎn 音片上声）：胡乱夸耀。谝，夸耀、显摆。

［12］放参：官员接见下属或宾客叫放参。这里指会见、接见友辈。

［13］〔天下乐〕：写她终于叫开了书斋之门。“十谒朱门九不开”，是宋代吕蒙正的诗句，原意为无能叩开富家之门的困窘状。此处借用成句，意谓好不容易才叫开秀才的门。进了书斋，只见几扇旧帏屏及窄床矮帐之类，一副孤独穷困貌。故而她说：“秀才呵，你正是成人好不自在。”意思是说：你要成为有德有才的人，可一点儿也不自由。其潜台词则是：我今夜要让你从“不自在”中超脱出来。

［14］〔村里迓（yà 音讶）古〕：该曲是劝从双方的利害处着眼，说明秀才应该接受她的请求。

［15］古憋（biē 音憋）：性格古怪、执拗。憋，同“憋”。

［16］台孩：亦作“胎孩”“抬颏”。有气派、气宇轩昂。

［17］可甚：亦作“可甚么”。说什么，算什么。

［18］贤贤易色：语见《论语·学而》，意思是说以好（hào 音浩）贤之心改易其好色之心。第一个“贤”作动词用，尊重；第二个“贤”作名词用，贤人。易，改

易、更改。另一说为尊重贤人而不贪恋女色。易，轻慢。

［19］“便有那”二句：纵有曹子建七步成诗之大才，也还不清这一片情债。曹子建七步才，见《吕正蒙风雪破窑记》第二折注［28］。庞居士，庞蕴，字道元，世称居士。元·无名氏《庞居士误放来生债》杂剧中主人公。他常放债而不索还。一日闻家中驴马作人言，说它们都是前生欠庞的债未还，转世做驴马来报答他。于是庞不再放债，并将家财沉到海底，全家四口修行，最后白日升天成仙。

［20］“他那般”二句：讥刺秀才那种气壮如海的样子。“酒肠宽似海”是唐人刘叉《自问》中的诗句，下句是“诗胆大于天”。(《全唐诗》卷三百九十五）

［21］实丕丕：实实在在。

［22］〔上马娇〕：是说自己的夜访一来是天地所差使，二来也是缘分所应有，你可不能使我失望。

［23］“则你个”句：宋·李昉（fǎng 音仿）等《太平御览》卷三九九引《襄阳耆旧记》卷一：“楚襄王与宋玉游于云梦之野，将使宋玉赋高唐之事。”南朝梁·萧统《昭明文选·高唐赋》，即写楚襄王游高唐而梦巫山神女事。后世常以神女、巫娥指代美女，以楚阳台指代男女欢会的地方。这里女主人公韩彩云将她的情人比作宋玉，自己比作巫娥。大意是说，你竟把我拒之门外，使我白来一趟，不能跟你欢会。啉（lìn 音吝），呆貌。裁划，思量、忖度。

［24］“待将”句：用了宋玉《高唐赋》所咏楚王与巫山神女在阳台之下相会的故事，自比巫娥，以明心迹。

［25］〔游四门〕：曲牌名。属北曲【仙吕宫】。定格为七、五、七、五、一、五，共六句六韵。用于套曲中，多在〔上马娇〕后，亦可用作小令。

［26］“蒺藜”句：原本比喻埋没英才，这里意谓徒然的企盼。

［27］可不道：岂不知。

［28］疑是玉人来：意谓想象着情人的到来，此句原系《西厢记》中莺莺寄张生的诗句。原诗云：“待月西厢下，迎风户半开。拂墙花影动，疑是玉人来。”

［29］咍（hāi 音嗨）：打招呼声。

［30］〔后庭花〕：该曲有三层意思。首四句是说今夜的喜结良缘，将由书房中的圣贤之书、唐宋之文及文房四宝等来作合，来证明其合理合法，这是从正面的自我肯定。次三句又是从反面婉言说服，希望秀才不要令人受委屈（“定害”）。后三个六字句是本曲牌的“增句”，其内容是对情势的补述，从舞台演唱形式看，是一种自言自语式的旁白。王子高、周琼姬原是宋代人神恋爱故事中的男女主人公，司马相如、卓文君则是汉代一个美好的恋爱故事中的男女主人公。这里以“王子高不好色”暗指秀才，以“周琼姬忒分外”隐喻自己，以“卓文君事不谐”指事情之不顺利，都是反用其典。定害，打扰、搅扰、纠缠。王子高，传奇中的人物。他偶与仙女周琼英相遇，同居百余日。忽一夕梦与琼英游一仙

境，问周何地，答曰芙蓉城也。临别周赠诗曰："临行唯有相思泪，滴在罗衣一半斑。"琼英，一作琼姬。其事详见《苏文忠公诗集》卷十四《芙蓉城》诗下引胡微之《王子高芙蓉城传略》。卓文君事不谐，这句说不能像卓文君那样去私奔。

[31] 蓦（mò 音莫）：跨过、超越。

[32]〔寄生草〕：前五句是驳斥秀才的种种恐惧理由，如"担烦恼""惹罪责"、姑母责怪、暗中爱人不合书生道德之类；后二句是表示自己的坚定决心，哪怕受皮肉之痛也都不在乎。曲文中有"为侄儿恐怕尊姑怪"句，可知秀才是寄寓在姑母家里的。"莫不你一家儿受了康禅戒"是全套曲中最激烈的一句谴责语。阴人，妇女，女人。康禅，指唐代名僧法藏，因他俗姓康，故云"康藏国师"。全句意思是说，莫不是秀才你全家人都像和尚那样有那么多的条条框框！

[33] "莫不"句：莫不是你全家人都领受了康藏（zàng 音脏）和尚的清规戒律（死守那些条条框框而泯灭了常人的爱美之心）？康禅，指唐代僧人法藏（zàng 音脏），华严宗实际创始人，被尊为华严宗三祖。本姓康，原籍古西域康居（qú 音渠）国。武则天曾赐号"贤首"，故世称"贤首大师"。

[34] 文王下马将荆条拜：相传荆文王无道，大臣葆申以荆条一束，跪着打文王的背，作为处分。见《吕氏春秋·贵直论第三》。"文王下马拜荆条"后来便成了戏曲中的熟语，多指挨打。

[35] "得了"二句：是对剧情的回顾，原来秀才以前曾赠过彩云这个艺伎一首有感情的"断肠词"，故而才有了这一场无了结（"倒断"）的相思深情。情分，情爱、感情。相思债，比喻男女相思情深。

[36] 常川：常常、连续不断。取川流不息之意。

[37] 栽排：安排、处置。

[38] 迎风户半开：金·董解元《西厢记诸宫调》卷四（张生曰）："'迎风户半开'，私启而候我也。"

苏小卿月夜贩茶船

《苏小卿月夜贩茶船》简称《贩茶船》。天一阁本《录鬼簿》题目《冯员外误入神仙种》，正名《信安王断没贩茶船》。《说集》本《录鬼簿》著录作《赈（贩）茶船》。孟本《录鬼簿》、《太和正音谱》、《元曲选目》著录作《贩茶船》。曹本《录鬼簿》、《今乐考证》著录作《苏小郎（卿）月夜贩茶船》。《曲录》《古典戏曲存目汇考》著录作《苏小卿月夜贩茶船》。《元代杂剧全目》著录作《信安王断没贩茶船》。

双渐和苏小卿都是历史人物。他们的故事在后世有着深远的影响。王实甫的《贩茶船》虽仅存残曲一套且有曲无白，但从曲文仍能看出此剧是由旦角主唱的爱情剧。剧写妓女苏小卿与书生双渐相爱，茶商冯魁趁双渐去赶考，与鸨儿密谋设计，伪造了一封双渐的绝交信，强娶苏小卿。残折写苏小卿得信前对双渐的思念，收到信后对负心人的失望和怨恨，以及对求亲盐商的嘲讽痛骂，语言风格以本色为主。如“怕对菱花，照人憔悴”“灵鹊儿噪绿槐，喜蛛儿挂在垂檐，不由我腮斗上喜孜孜堆着笑脸”，生动、传神地刻画出女主角的情态。

此故事在宋元流传颇广。元代有不少作家以此题材写剧。南戏有佚名作者的《苏小卿月夜贩茶船》。元杂剧除王实甫外，尚有纪君祥的《信安王断复贩茶船》、庾（yǔ 音羽）吉甫的《苏

小卿丽春园》，俱已佚。赵景深《元人杂剧钩沉》中辑有此套曲，并作说明：此套《盛世新声》《词林摘艳》《雍熙乐府》皆收，《广正谱》又收〔斗鹌鹑〕一曲题王实甫《贩茶船》。双渐与苏卿故事在元、明两代之盛行绝不下于崔莺莺之西厢故事。无论剧作与散曲，每常大量引用描写，以作为恋爱故事之譬喻。惟此盛行之故事，其详细内容尚不易见到较早之整个记载文字，且元人所作杂剧及南戏亦无整本留存者。

这个故事虽在宋元时流行极广，但今见完整记录这一故事的文字为明人梅禹金所著《青泥莲花记》。赵景深在《元人杂剧钩沉》中便以明人梅禹金《青泥莲花记》所引录者作为故事大要："苏小卿，庐州娼也。与书生双渐交昵，情好甚笃。渐出外久之，不还；小卿守志待之，不与他狎。其母私与江右茶商冯魁定计，卖与之。小卿在茶船，月夜弹琵琶甚怨。过金山寺，题诗于壁，以示渐云：'忆昔当年折凤皇，至今消息两茫茫。盖棺不作横金妇，入地当寻折桂郎。彭泽晓烟迷宿梦，潇湘夜雨断愁肠。新诗写记金山寺，高挂云帆上豫章。'渐后成名，经官论之，复还为夫妇。"并作分析："此故事虽甚简单，惟与吾人所能见到之戏曲方面同一资料互证，尚无多大出入。此外，可稍作补充者：苏小卿简名苏卿，色艺兼优；双渐字通叔，通称双生或双解元，乃风流才子型之人物，后作县令；苏卿之母苏妈妈乃典型之鸨儿，唯利是图；冯魁乃豪商，贩茶为利，为道地之反派人物；由此，不难想象故事之发展面貌。附带应提及者：双渐与苏卿交好后之分别，当由于受钱钞之逼迫以及苏卿怂恿求官之故；苏卿为冯魁使计架走，往金山寺题诗之一关目，尤为此故事极重要之环节。'题诗'乃此故事发展之转捩（liè 音列）点。据现今所可了解者，在苏卿题诗示意后（或原约双渐在金山寺会见，而双渐一

时不及赶到），双渐方知苏卿为人架走；此后即为双渐赶苏卿之动人场面，元明作家记载甚多，甚至在《水浒传》第五十回中亦提及白秀英演唱一段诸宫调《豫章城双渐赶苏卿》。试覆看曲文内容，即可知〔粉蝶儿〕及〔醉春风〕两曲乃苏卿别双渐后，苏卿对双渐之忆念。〔迎仙客〕曲乃苏卿收到双渐之来信（此信可能由冯魁通同苏妈妈所捏造），因而苏卿不满信中内容，由〔石榴花〕曲及〔斗鹌鹑〕曲可想见而知。〔上小楼〕与〔幺篇〕曲即苏卿之懊恨与咒骂，称双渐为'负心贼'。〔十二月〕曲至〔二煞〕之四支乃苏卿对冯魁之嘲讽，不必多作说明。最后〔尾声〕乃苏卿所受苦闷之着重表现。由上所述观之，此套曲文所及尚为故事前半部分，可能即为第二折。"

双渐和苏卿故事在宋元民间也极为盛行，元散曲咏其事的也很多，其核心情节都是苏小卿在金山寺题诗，双渐回来不见了苏小卿，于是沿路追茶船直到豫章。如关汉卿小令【双调·碧玉箫】："金山寺心事传，豫章城人月圆"句，大都歌妓王氏的套曲【中吕·粉蝶儿】《寄情人》和宋方壶的套曲【黄钟·醉花阴】《赶苏卿》等。

【中吕·粉蝶儿】这些时浪静风恬，再不去唤官身题名儿差占[1]。直睡到上纱窗红日淹淹。从今后管家私[2]，学针指[3]，罢了花浓酒酽[4]。一会家暗掐春纤[5]，我这里数归期故人作念[6]。

【醉春风】旧约信难凭，新愁眉带脸，落红满地不钩帘，把朱扉掩，掩。怕对菱花[7]，照人憔悴，不似我旧时娇艳。

【迎仙客】灵鹊儿[8]噪绿槐，喜蛛儿挂在垂檐，不由我腮斗[9]儿上喜孜孜[10]堆着笑脸。这书写时节带着些愁眉，封时节和泪粘。拆开封皮仔细观瞻，我与你一字字从头念。

【石榴花】原来这负心的真个不中粘，想当初啜赚我话儿甜；则好去破窑中捱风雪，受齑盐[11]，那时节谨廉。君子谦谦，赍发的赴科场，才把鳌头占[12]，风尘行[13]不待占粘[14]。如今这七香车[15]五花诰[16]无凭验，到做了脱担两头尖[17]。

【斗鹌鹑】则有分泪眼愁眉，无福受金花翠靥。我这里按不住长吁，揾不干泪点，谁承望[18]你半路里将人来死抛闪[19]，恩情似水底盐[20]，到骂我路柳墙花[21]，顾不的桃腮杏脸[22]。

【上小楼】也是我那前世里缘，也是我今世里少欠[23]。赍发[24]的他应举求官，独步青霄，折桂攀蟾[25]。受了些老母严，女伴每呫[26]，何曾心厌，兀的不亏负杀小卿、双渐[27]！

【幺篇】有一日见了他，我和他便有甚脸！若见俺那负德辜恩，短命乔才[28]，敢吃我会掴打揪挦[29]。见放着海神庙[30]，有报应爷爷灵验，看你这个负心贼恁般短监。

【十二月】这厮把莺花[31]来热粘[32]，俺娘将财礼钱忙拈。你道是先忧来后喜，我着你有苦无甜。请学士先生吊賺，快疾忙归去陶潜[33]。

【尧民歌】使了些精银夯钞买人嫌，把这厮剔了髓挑了筋剐了肉不伤廉[34]。我从来针头线角不曾拈，我子会傅粉施朱[35]对妆奁。心严[36]，财钱信口添，着这厮吃我会开荒剑[37]。

【耍孩儿】俺伴的是风流俊俏潘安脸[38]，怎觑那向日头的獾儿嘴脸[39]。乔趋跄[40]宜舞一张掀，怎和他送春情眼角眉尖？我心里不爱他心里爱，正是家菜不甜野菜甜。觑不的乔铺苫，看了他村村棒棒[41]，怎和他等等潜潜[42]。

【二煞】你休夸七步才，连敢道三个"盐"字。九江绝品三江潋。倚仗你冯魁茶引[43]三千广，强把苏卿热似粘。眼见的泥中陷，赤紧的贩茶客富，更和这爱钞娘严。

【尾声】往常时一迷里[44]嫌，到今日都是谄。汝阳斋[45]眼见撅下坑堑，不堤防脑背后将咱这一闪。

---

[1] "再不去"句：意为我辞去官妓身份，不再听候官府的传唤。官身，官妓。元明时凡列名于官府的妓女，得随时听候传唤征调。官妓接到传唤，必须立刻动身前去，否则便是"失误官身"，要被当厅责打。差（chāi）占，差使。

[2] 管家私：指治家、理财。家私，家财、家产。

[3] 针指：同"针黹（zhǐ 音止）"，做针线活儿。

[4] 花浓酒酽（yàn 音艳）：花香浓郁，酒味醇美。形容美好圆满的时刻。这里指妓女的卖笑生涯。

[5] 春纤：指妇女洁白而纤细的手指。宋·张孝祥〔满江红〕《思归寄柳州》词："倩春纤，缕鲙捣香齑，新篘（chōu 音抽，滤酒）熟。"

[6] 作念：叨念、挂念。

[7] 菱花：指镜子。古时以铜为镜，镜多为六边形或背面铸有菱花图案，故名菱花镜。后以菱花指代镜子。

[8] 灵鹊儿：喜鹊。古人迷信，以灵鹊儿噪、喜蛛儿垂吊和灯花爆为喜兆。

[9] 腮斗：腮颊。

[10] 喜孜孜：满心欢喜、喜笑颜开的样子。

[11] 齑盐：腌菜和盐。指穷苦的生活。

［12］ 把鳌头占：状元及第。清·洪亮吉《北江诗话》卷三：“俗语谓状元独占鳌头，语非尽无稽。胪传毕，赞礼官引东班状元、西班榜眼二人前趋至殿陛下，迎殿试榜。抵陛，则状元稍前进，立中陛石上。石正中镌升龙及巨鳌，盖警跸（bì 音必）出入所由，即古所谓螭（chī 音吃）头矣。俗语所本以此。”

［13］ 风尘行：妓女那里。

［14］ 占粘：粘连、牵惹。

［15］ 七香车：旧时贵族及大官僚家的妇女所乘的华丽的彩车，用有香气的木料做成。

［16］ 五花诰：古代丈夫做了官，妻子可根据丈夫的品级得到皇帝赐予的相应的封号。这种封号的证书叫“诰”。因为它是用五色绫罗做成，上面有金色花饰，故名之曰五花诰或五花官诰。

［17］ 脱担两头尖：亦作“尖担两头脱”。宋元时俗语，意为哪一头也没有得到，人财两空。

［18］ 谁承望：想不到、准料到。

［19］ 抛闪：撇下、抛弃、扔下。

［20］ 水底盐：水里盐。盐入水中则溶解而不复见，因以喻指恩情化为乌有。

［21］ 路柳墙花：路边的柳，墙旁的花。比喻不被尊重的女子，指妓女。

［22］ 桃腮杏脸：形容女子容貌美丽。同“杏脸桃腮”。宋·吕胜己〔蝶恋花〕《长沙送同官先归邵武》词：“到得故园春正好。桃腮杏脸迎门笑。”

［23］ 少欠：欠下。

［24］ 赍发：资助路费、馈赠钱物使之启程。

［25］ 折桂攀蟾：喻指科举及第。

［26］ 女伴每啮（diān 音颠）：女伴们嘲笑。啮，打趣、取笑、嘲笑。

［27］ 小卿、双渐：小卿即苏小卿，北宋名妓。是说庐州妓苏小卿与书生双渐相爱，双渐去求官，久而不还。假母受江西茶商冯魁银子，将小卿卖与冯魁。双渐状元及第后任临川县令，寻访小卿，知被冯魁骗走，张帆追赶。至金山，见小卿事先留在寺中的书信，便一夜千里赶到豫章城，终于夺回小卿，结为夫妇。见《永乐大典》卷二千四百零五“苏”字韵引《醉翁谈录》。双渐、苏卿故事在宋元间流传甚广，元曲中写双渐、苏小卿事者颇多，并谓小卿所嫁的那个男子名冯魁，是很有钱的茶商。双渐得知小卿此事后，特地乘船前往追赶，因得相遇于豫章。如元·纪君祥《信安王断复贩茶船》杂剧，庾天锡《苏小卿丽春园》杂剧，无名氏《赶苏卿》《豫章城人月两团圆》杂剧；宋方壶【黄钟·醉花阴】《赶苏卿》、王氏【中吕·粉蝶儿】《寄情人》、无名氏【正宫·端正好】《赶苏卿》散曲等；明清传奇则有佚名的《三生记》《茶船记》《千里舟》，也都已不存。此剧也写其事。

［28］ 乔才：无赖、混蛋。明·徐渭《南词叙录》：“乔才，狙（jū 音居）诈也，狡狯

（kuài 音快）也。”

[29] 掴（guāi 音乖）打揪挦（xián 音贤）：用巴掌打，用手揪扯。掴，用巴掌打。挦，撕、拔、扯。

[30] 见放着海神庙：指“王魁负桂英”事。妓女桂英资助书生王魁上京应试。行前王与桂英赴海神庙盟誓，言不负桂英。王魁得中状元后，抛弃桂英另娶。桂英愤而自杀，死后鬼魂活捉王魁。

[31] 莺花：指沦落为妓的苏卿。

[32] 热粘：追随纠缠、形影不离的亲昵样子。与下面〔二煞〕中的“热似粘”义同。

[33] “请学士”二句：吊膁（qiǎn 音浅），也作“吊肷（qiǎn 音浅）”。兽医术语。多指动物病瘦胁下皮毛吊挂症状。冠一“请”字，再后缀“先生”二字，显示苏卿对双渐从指责变为尊重。她还出谋划策，请他装成吊膁状，以便借此为由，像陶渊明那样“疾忙归去”。膁（肷），多指兽类肋骨和胯骨之间的部分。

[34] 伤廉：损害廉洁。语出《孟子·离娄下》：“可以取，可以无取，取，伤廉。”

[35] 傅粉施朱：搽粉抹胭脂。泛指修饰打扮。语出战国楚·宋玉《登徒子好色赋》：“着粉则太白，施朱则太赤。眉如翠羽，肌如白雪。”

[36] 心严：指内心果敢威严。

[37] 开荒剑：本指初次用剑杀人，也喻指妓女的甜言蜜语。这里指前者。

[38] 潘安脸：晋代潘岳，字安仁，以貌美著称。他出游于洛阳道，妇人见之，争投以果品。这里喻双渐。

[39] 獾（huān 音欢）儿嘴脸：指茶商冯魁。

[40] 乔趋跄：假意儿趋奉献媚的丑态。

[41] 村村棒棒：匆忙急迫的样子。

[42] 等等潜潜：亦作“潜潜等等”。谓静静地暗中等待。多作男女幽会之语。

[43] 茶引：旧时官府发给茶商的运销凭证。商人贩运茶叶，须问官府纳税领引，运销数量和地点都有限制。

[44] 一迷里：一味地、一个劲儿地。

[45] 汝阳斋：指双渐的书斋。

佚目

东海郡于公高门

《东海郡于公高门》简称《于公高门》。天一阁本《录鬼簿》著录作《厚阴德于公高门》。《太和正音谱》《元曲选目》著录作《于公高门》二本。曹本《录鬼簿》、《今乐考证》、《曲录》著录作《东海郡于公高门》。《说集》本《录鬼簿》、孟本《录鬼簿》未著录。

本事出汉·刘向《说苑》卷五《贵德》。丞相西平侯于定国父号于公，为县狱吏，决狱平法未尝有所冤，东海郡中为于公立生祠。

孝父母明达卖子

《孝父母明达卖子》简称《明达卖子》。天一阁本《录鬼簿》题目《家烈母员外送儿》，正名《贤孝士明达卖子》，简名《明达卖子》。《说集》本《录鬼簿》著录作《明运（达）卖子》。孟本《录鬼簿》著录作《明逵（达）卖子》。《太和正音谱》《元曲选目》著录作《明达卖子》。曹本《录鬼簿》、《今乐考证》、《曲录》著录作《孝父母明达卖子》。《元代杂剧全目》《古典戏曲存目汇考》著录作《贤孝士明达卖子》。

剧本内容不详，从题目来看是一则行孝的故事。

曹子建七步成章

《曹子建七步成章》简称《七步成章》。天一阁本《录鬼簿》著录作《曹子建七步成章》，简名《七步成章》。曹本《录鬼簿》、《今乐考证》、《曲录》、《元代杂剧全目》、《古典戏曲存目汇考》著录作《曹子建七步成章》。《说集》本《录鬼簿》、孟本《录鬼簿》、《太和正音谱》、《元曲选目》著录作《七步成章》。

剧写曹操儿子曹丕与曹植的故事。曹操的小儿子曹植才思敏捷，哥哥曹丕废掉汉献帝建立魏，命曹植在七步之内作诗。曹植作诗:“煮豆持作羹，漉菽以为汁。萁在釜下然（燃），豆在釜中泣。本自同根生，相煎何太急。”本事出南朝宋·刘义庆《世说新语·文学》。

才子佳人多月亭

《才子佳人多月亭》简称《多月亭》。天一阁本《录鬼簿》、《说集》本《录鬼簿》、孟本《录鬼簿》、《太和正音谱》、《元曲选目》著录作《多月亭》。曹本《录鬼簿》、《今乐考证》著录作《才子佳人拜月庭》。《曲录》《元代杂剧全目》《古典戏曲存目汇考》著录作《才子佳人拜月亭》。内容未详。宋元南戏亦有《多月亭》一目，明·徐渭《南词叙录·宋元旧篇》著录，惜亦失传。

赵光普进梅谏

《赵光普进梅谏》简称《进梅谏》。天一阁本《录鬼簿》著录作《进梅谏》。《太和正音谱》《元曲选目》著录作《进梅谏》二本。曹本《录鬼簿》、《今乐考证》、《曲录》、《元代杂剧全目》、《古典戏曲存目汇考》著录作《赵光普进梅谏》。《说集》本《录鬼簿》、孟本《录鬼簿》未著录。

赵普是宋太祖、太宗时的名相，戏剧中常写为赵光普。《宋史》有传，但进梅谏事不详。宋元南戏有《赵普进梅谏》一目，明·徐渭《南词叙录·宋元旧篇》著录，《宋元戏文辑佚》本存残曲三支。

诗酒丽春园

《诗酒丽春园》，天一阁本《录鬼簿》著录作《丽春园》。《太和正音谱》《元曲选目》著录作《丽春园》二本。曹本《录鬼簿》、《今乐考证》、《曲录》、《元代杂剧全目》、《古典戏曲存目汇考》著录作《诗酒丽春园》。《说集》本《录鬼簿》、孟本《录鬼簿》未著录。元杂剧有高文秀《黑旋风诗酒丽春园》、庚天锡《苏小卿丽春园》，此剧正名不详。有人认为其内容当叙黑旋风事。

作宾客陆绩怀橘

《作宾客陆绩怀橘》简称《陆绩怀橘》。天一阁本《录鬼簿》著录作《作宾客陆绩怀橘》，简名作《陆绩怀橘》。《元代杂剧全目》《古典戏曲存目汇考》著录作《作宾客陆绩怀橘》。《说集》本《录鬼簿》、孟本《录鬼簿》、曹本《录鬼簿》、《太和正音谱》、《元曲选目》、《今乐考证》、《曲录》著录作《陆绩怀橘》。

典出《三国志·吴书·陆绩传》。剧写三国时期吴国人陆绩的故事。陆绩六岁时在九江拜见袁术，袁术让人招待他吃橘子。陆绩吃了，又在怀里藏了三个橘子，带回家给母亲吃。

双蕖怨

《双蕖（qú 音渠）怨》，天一阁本《录鬼簿》、《说集》本《录鬼簿》、孟本《录鬼簿》、《元代杂剧全目》、《古典戏曲存目汇考》、明·都穆《南濠诗话》、清代《雍正山西通志》均著录作《双蕖怨》。曹本《录鬼簿》、《今乐考证》、《曲录》著录作《双渠怨》。《太和正音谱》《元曲选目》著录作《双题怨》。

双蕖故事本于金代民间传说。相传金泰和中，大名民家有男女青年相爱，婚事不谐，二人投水塘而死，是年陂（bēi 音杯，池塘）中荷花盛开全成并蒂。金人元好问、李治都有词咏“双蕖”。

娇红记

《娇红记》，曹本《录鬼簿》、《曲录》、《元代杂剧全目》、《古典戏曲存目汇考》著录作《娇红记》。天一阁本《录鬼簿》、《说集》本《录鬼簿》、孟本《录鬼簿》及《太和正音谱》未著录。剧本源于元人宋梅洞的《娇红传》小说。

散曲

小 令

【中吕】十二月过尧民歌[1]

别 情[2]

自别后遥山隐隐，更那堪远水粼粼[3]。见杨柳飞绵[4]滚滚，对桃花醉脸醺醺[5]。透内阁[6]香风阵阵，掩重门[7]暮雨纷纷[8]。

怕黄昏[9]忽地[10]又黄昏，不销魂怎地不销魂[11]！新啼痕压旧啼痕[12]，断肠人忆断肠人[13]。今春香肌瘦几分，搂带宽三寸[14]。

---

［1］〔十二月过尧民歌〕：带过曲，由〔十二月〕和〔尧民歌〕两支曲子组成。〔十二月〕小令兼用，亦入【正宫】。每句首常加三衬字。〔尧民歌〕小令兼用，亦入【正宫】。定格十二句，定格字数：四、四、四、四、四、四、七、七、七、七、七、五，共六十四字。

［2］此曲前六句写女子面对春景睹物思人的心绪，后六句直接描摹女子的相思情态。全曲大量运用对仗、叠句，含情脉脉，如泣如诉，情致哀婉动人。被评价为“对偶、音律、平仄、语句皆妙”的上乘佳作。前支曲子写景，句式多用叠字，景中寓情；后支曲子抒情，句式多用连环，情中带景。上下连贯，一气呵成，快声快调，如珠走盘，而情感表达又哀婉动人。

［3］粼粼：形容水波清澈流动的样子。

［4］见杨柳飞绵：此句从王昌龄《闺怨》诗“忽见陌头杨柳色，悔教夫婿觅封侯”化用而来。飞绵，指柳絮飞扬的样子。

［5］“对桃花”句：面对着如同喝醉酒的人那样鲜红脸色的桃花。醺醺，形容醉态。

［6］内阁：深闺、内室。

［7］重门：一重又一重的门，言富贵之家庭院之深。

[8] 纷纷：形容雨丝之细密。按：前曲六句由“自别后”领起，却只侧面写山、水、柳、桃、风、雨，但六种景物都是思妇眼中之景、心中之物，而且连用六个叠字，越显出气氛之浓郁、感情之深重。

[9] 怕黄昏：因黄昏容易引起寂寞孤独之感。

[10] 忽地：表示时间极短。

[11] “不销魂”句：不丧魂怎能不丧魂。销魂，因过度用情而呈现出来的痴呆之状，与“消魂”“丧魂”同义，指由于环境、事件的影响刺激而神思恍惚、失魂落魄。

[12] “新啼痕”句：语本宋·秦观〔鹧鸪天〕词：“枝上流莺和泪闻，新啼痕间旧啼痕。”

[13] “断肠人”句：前一个“断肠人”是思妇说自己，后一个“断肠人”是指被思念的一方。按：后曲连用四个连环句式，更突出思妇的无限怀思和无比伤心。

[14] “今春”二句：形容为离愁而消瘦。搂带，腰带，因束于腰间如搂，故称。《行行重行行》（《古诗十九首》之一）中有“相去日已远，衣带日已缓”之句，“搂带”句由此化出。宽，当作“长”解。

套 数

【南吕】四块玉北[1]

信物存，情词在，想着他美貌端庄，锦绣文才，好教我病恹恹[2]愁冗冗看看[3]害[4]。害的我头懒抬，头懒抬眼倦开，锦繁花无心戴。

【金索挂梧桐南】繁花满目开，锦被空闲在，劣性冤家[5]误得人忒毒害[6]，前生少欠[7]他今世里相思债。失寐忘餐，倚定着这门儿待，房栊[8]静悄如何捱。

【骂玉郎北】冷清清房栊静悄如何捱？独自把围屏倚，知他是甚情怀？想当初同行同坐同欢爱，到如今孤另另怎剖划[9]？愁戚戚[10]酒倦酾[11]，羞惨惨[12]花慵戴。

【东瓯令南】花慵戴，酒慵酾，如今燕约莺期不见来，多应他在那里那里贪欢爱。物在人何在？空劳魂梦到阳台，则落得泪盈腮！

【感皇恩北】呀，则落得雨泪盈腮，多应是命里合该。莫不是你缘薄，咱分浅，都一般运拙时乖？怎禁那搅闲人是非，施巧计裁排[13]，撕挦碎合欢带，硬分开鸾凤钗，水湁塌楚阳台。

【针线箱南】把一床弦索尘埋，两眉峰不展开，香肌瘦损愁无奈。懒刺绣，傍妆台，旧恨新愁教我如何捱？我则怕蝶使蜂媒不再来，临鸾镜也问道朱颜未改，他早先改。

【采茶歌北】改朱颜瘦了形骸，冷清清怎生捱？我则怕梁山伯不恋我这祝英台。他若是背义忘恩寻罪责，我将这盟山誓海说的明

白。

【解三醒南】顿忘了誓山盟海，顿忘了音书不寄来，顿忘了枕边许多恩和爱，顿忘了素体相挨，顿忘了神前设下千千拜，顿忘了表记[14]香罗红绣鞋，说将起傍人见了珠泪盈腮。

【乌夜啼北】俺如今相离了三月如隔数载，要相逢甚日何年再？则我这瘦伶仃形体如柴，甚时节还彻了相思债！又不见青鸟书[15]来，黄犬[16]音乖。每日家病恹恹懒去傍妆台，得团圆便把神羊赛。意厮投，心相爱，早成了鸾交凤友，省的着蝶笑蜂猜。

【尾声南】把局儿牢铺罢，情人终久再归来，美满夫妻百岁谐。

---

[1] 【南吕】四块玉北：《盛世新声》巳集、《词林摘艳》八、《雍熙乐府》九、《北宫词纪》六、《九宫大成》五二引〔四块玉〕〔骂玉郎〕〔感皇恩〕著录。

[2] 病恹恹（yān yān 音烟烟）：形容患病而萎靡不振、无精打采的样子。

[3] 看看：眼看、就要。

[4] 害：生病、害病。

[5] 劣性冤家：对所念情人的怨詈之称。

[6] 误得人忒毒害：意为害得自己好苦。误，贻误。人，曲中女主人公自称。

[7] 少欠：欠下。

[8] 房栊（lóng 音龙）：窗户。

[9] 刬划（bāi hua 音掰化轻声）：筹措、计划、安排。

[10] 愁戚戚：愁闷、忧愁。戚戚，状忧愁程度之深。

[11] 酾（shī 音失，又 shāi 音筛）：此指斟酒。

[12] 羞惨惨：羞惭的样子。

[13] 栽排：摆布、安排、处置。

[14] 表记：信物。

[15] 青鸟书：指书信。旧题汉·班固《汉武故事》云：七月七日，忽有一青鸟从西方来。上问东方朔，朔曰："此西王母欲来也。"有顷，王母至，有二青鸟如乌，夹侍王母旁。后人以青鸟代指传递书信的使者。

[16] 黄犬：《晋书·陆机列传》："初（陆）机有骏犬，名曰黄耳，甚爱之。既而羁寓京师，久无家问，笑语（yù 音玉，告诉，对……说）犬曰：'我家绝无书信，

汝能赍书取消息不（fǒu 音否）？’犬摇尾作声。机乃为书以竹筒盛之而系其颈，犬寻路南走，遂至其家，得报还洛。其后因以为常。”后以黄犬音信比喻家信。这里指书信。

【商调】集贤宾

退　隐[1]

拈苍髯[2]笑擎[3]冬夜酒，人事远老怀幽。志难酬知机[4]的王粲[5]，梦无凭见景的庄周[6]。抱孙孙儿成愿足，引甥甥女嫁心休[7]。百年期六分甘到手，数支干周遍又从头[8]。笑频因酒醉，烛换为诗留[9]。

【逍遥乐】江梅并瘦，槛竹同清，岩松共久[10]，无愿何求！笑时人鹤背扬州[11]，明月清风老致优，对绿水青山依旧。曲肱北牖[12]，舒啸东皋[13]，放眼西楼。

【金菊香】想着那红尘[14]黄阁[15]昔年羞，到如今白发青衫[16]此地游。乐桑榆[17]酬诗共酒，酒侣诗俦[18]，诗潦倒[19]酒风流[20]。

【醋葫芦】[21]到春来日迟迟[22]庭馆春，暖溶溶[23]红绿稠[24]。闹春光莺燕语啾啾，自焚香下帘清坐久。闲把那丝桐[25]一奏，涤尘襟[26]消尽了古今愁。

【幺】到夏来锁松阴竹坞亭[27]，载荷香柳岸舟。有鲜鱼鲜藕客堪留，放白鹤远邀云外叟[28]。展楸枰[29]消磨长昼，较亏成[30]一笑两奁[31]收。

【幺】到秋来醉丹霞[32]树饱霜，绽金钱篱菊秋。半山残照挂城头，老菱[33]香蟹肥堪佐酒。正值着登高时候，染霜毫[34]乘醉赋归休[35]。

【幺】到冬来搅清酣鸡语[36]繁，漾茅檐日影稠[37]，压梅梢晴雪带花留，倚蒲团唤童重荡酒，看万里冰绡染就[38]，有王维妙手总难酬[39]。

【梧叶儿】退一步乾坤大，饶一着万虑休，怕狼虎恶图谋。遇事休开口，逢人只点头。见香饵莫吞钩，高抄起经纶大手[40]。

【后庭花】住一间蔽风霜茅草丘[41]，穿一领[42]卧苔莎[43]粗布裘[44]，捏几首写怀抱歪诗[45]句，吃几杯放心胸村醪[46]酒，这潇洒傲王侯！且喜的身登身登中寿[47]，有微资堪赡赒[48]，有亭园堪纵游。保天和[49]自养修，放形骸[50]任自由。把尘缘[51]一笔勾，再休题[52]名利友。

【青哥儿】呀，闲处叹蜂喧蜂喧蚁斗[53]，静中笑蝶讪蝶讪莺羞[54]，你便有快马难熬我这钝炕头[55]。见如今蔬果初熟，浊酒[56]新篘[57]，豆粥香浮，大叫高讴，睁着眼张着口尽胡诌，这快活谁能够！

【尾声】醉时节盘陀[58]石上眠，饱时节婆娑[59]松下走，困时节布衲[60]里睡齁齁[61]。偶乘闲细将玄奥剖[62]，把至理一星星[63]参透[64]，却原来括乾坤物我总浮沤[65]。

---

[1] 退隐：《雍熙乐府》一四、《北宫词纪》三、《词林白雪》六、《九宫大成》六〇引全套著录。这首套曲是作者自道身世、自抒怀抱之作。它真实而形象地描述了王实甫晚年退隐后的闲适生活，表现了他当时的思想和情趣，不但在艺术上有很高的欣赏价值，而且在文学史上也有很高的参考价值。

[2] 苍髯：两颊上灰白的长胡须。

[3] 擎（qíng 音晴）：举。

[4] 知机：善观事象。机，事物细微的动向。

[5] 王粲：字仲宣，东汉末山阳高平（今山东邹城市西南）人。博学多识，文思敏捷，为“建安七子”之一。《三国志·魏书·王粲传》：“（粲）年十七，司徒辟，

诏除黄门侍郎，以西京扰乱，皆不就，乃之荆州依刘表。表以粲貌寝而体弱通侻（tuō 音脱）（通侻：旷达不拘小节），不甚重也。”王粲曾登当阳县城楼作《登楼赋》，写登高望远、怀念故乡，叹时世变乱、命运多舛（chuǎn 音喘）。元曲中常用王粲登楼的典故抒发怀才不遇的失意。郑光祖还据此著杂剧《醉思乡王粲登楼》。

［6］“梦无凭”句：说的是庄生梦蝶的故事。庄周梦见自己变成一只蝴蝶，欣然自得，轻松舒畅地自由飞翔，完全忘记人世间的烦恼。庄周，人名。战国时宋国蒙人，生卒年不详。曾为蒙漆园吏，故也称为“蒙吏”“蒙庄”“蒙叟”。与梁惠王、齐宣王、孟子、惠施同时。又尝隐居南华山，故唐玄宗天宝初，诏追号为南华真人，称其书为《南华经》。其人生观崇尚自然无为，逍遥自得；政治观则归于无为而治。与老子并为道家思想的宗师，著有《庄子》。

［7］“抱孙孙”两句：是说自己已有孙儿、甥儿，则儿女婚嫁已毕，人生的重要责任已尽到，可以无牵无挂地追求闲适的生活。此暗用汉代向平典故。

［8］“百年期”二句：俗话说“人生百年”，现在一百岁已到手六分，即六十岁了。百年期六分，即六十年。甘，情愿、乐意。数支干周遍，也就是挨个数完一轮甲子的意思。支干，即“干支”，十二“天干”和十“地支”互配的纪年系统，可以产生六十个不同的纪年名称，因此说六十年是“一轮甲子”。

［9］烛换为诗留：在烛光下写诗文，时间长，换新烛。

［10］“江梅”三句：意即作者与江边的梅花同瘦，与栏杆旁的竹子一样清直，与山岩上的松树一样长命。瘦，这里指梅花挺拔而有风韵的形象。槛，窗户下或者长廊旁的栏杆。久，这里指松树刚强不衰的形象。

［11］鹤背扬州：比喻贪得无厌的妄想。南朝梁·殷芸《殷芸小说》卷六：“有客相从，各言所志：或愿为扬州刺史，或愿多资财，或愿骑鹤上升。其一人曰：‘腰缠十万贯，骑鹤上扬州。’欲兼三者。”意欲当官、发财、成仙三者兼而有之。鹤背，鹤的脊背。传说为修道成仙者骑坐处。

［12］曲肱（gōng 音公）北牖（yǒu 音友）：《论语·述而》：“子曰：‘饭疏食，饮水，曲肱而枕之，乐在其中矣。’”又晋·陶潜《与子俨（yǎn 音眼）等疏》：“尝言五、六月北窗下卧，遇凉风暂止，自谓是羲皇上人。”这里用孔子、陶潜意，描写贫而自乐的隐居生活。曲肱，弯曲手臂当枕头。肱，胳膊上从肩到肘的部分。牖，窗户。

［13］舒啸东皋：写隐居生活的闲适。陶潜《归去来兮辞》：“登东皋以舒啸，临清流而赋诗。聊乘化以归尽，乐夫天命复奚疑？”舒啸，长啸以舒展胸怀。东皋，泛指田野或高地。

［14］红尘：指繁华热闹的人世间。

［15］黄阁：古代的宰相官署。汉代丞相听事阁及汉以后三公官署厅门均涂以黄色，故称黄阁。唐代门下省亦称黄阁。这里用来指仕宦生涯。

［16］ 青衫：青色的衣服。多为低阶的官服或卑贱者的衣服。亦指便服。

［17］ 桑榆：落日余光所在处。谓日暮。唐·徐坚《初学记》卷一引《淮南子》：“日西垂景（影）在树端，谓之桑榆。”注：“言其光在桑榆树上。”后以桑榆喻晚年。

［18］ 诗俦（chóu 音愁）：诗友。俦，伴侣。

［19］ 潦倒：落拓不羁、不自约束。

［20］ 风流：此处指有文才而不拘礼法。

［21］ 〔醋葫芦〕：连同三支〔幺〕篇四曲分别讲一年四季，又分别配以琴棋诗画，采用民间文学的手法详细抒写老人一年到头无拘无束、自由自在的隐逸生活。

［22］ 迟迟：舒缓的样子。引用《诗·豳（bīn 音宾）风·七月》“春日迟迟，采蘩（fán 音凡）祁祁”句。

［23］ 溶溶：这里形容暖和的感觉。

［24］ 稠：多而密。

［25］ 丝桐：指琴。古代制琴多用桐木，以丝为弦，故称。

［26］ 尘襟：尘怀、俗念。

［27］ 竹坞亭：四面有竹林可以挡风的亭子。

［28］ “放白鹤”句：借用宋朝林逋（bū 音晡）的故事。林逋喜欢鹤与梅花，他邀请朋友来家时就把自己养的鹤放出去，朋友看到天上的鹤就知道是邀请自己了。宋·沈括《梦溪笔谈》卷十：“林逋隐居杭州孤山，常蓄两鹤，纵之则飞入云霄，盘旋久之，复入笼中。逋常泛小艇游西湖诸寺，有客至逋所居，则一童子出应门，迎客坐，为开笼放鹤。良久，逋必棹小船而归，盖常以鹤飞为验也。”云外叟，远离尘世人群的老汉。

［29］ 楸枰（qiū píng 音秋平）：棋盘。楸，楸树、落叶乔木，高可达三十米。其木质轻而文致，古代多选来做棋具。枰，棋盘。宋·陆游《自嘲》诗：“遍游竹院寻僧语，时拂楸枰约客棋。”

［30］ 较亏成：比输赢。

［31］ 两奁：奁即盛物的箱子、匣子之类。这里是指装围棋棋子的两个盒子。

［32］ 醉丹霞：指枫树经霜后一片丹霞，像人喝得满脸通红一样。

［33］ 菱：一年生水生草本植物，又名芰（jì 音记），俗称菱角。菱有多种，明·徐光启《农政全书》卷二七引《武陵记》总结了菱自前代流传下来的常见种类，有“以三角、四角者为芰，两角者为菱。”芰，即是菱，通常有三角或三角以上。菱的食用价值很早就被人们发现。菱最初的食用方法简便，以生食为主，即采即食，无须加工。元代人往往以菱佐酒，无论生吃或熟食，菱都是极佳的下酒菜。这不仅由于菱的美味，还因为菱性寒，能中和烈酒之热。

［34］ 霜毫：毛笔。清·龚自珍《己亥杂诗》之四四：“霜毫掷罢倚天寒，任作淋漓淡墨看。”

[35] 赋归休：这里隐用陶渊明写《归去来兮辞》辞官归隐的故事。《宋书 · 隐逸列传 · 陶潜》："（潜）即日解印绶去职。赋《归去来》，其词曰：'归去来兮，园田荒芜，胡不归。'……"

[36] 鸡语：亦作"鸡窗"。《艺文类聚》卷九一引南朝宋 · 刘义庆《幽明录》："晋兖州刺史沛国宋处宗尝买得一长鸣鸡，爱养甚至，恒笼着窗间。鸡遂作人语，与处宗谈论，极有言智，终日不辍。处宗因此言巧大进。"后以"鸡窗"指书斋。这里点出作者在书房憩息。

[37] 漾茅檐日影稠：早晨的阳光明晃晃地照着茅屋的房檐，投下浓浓的影子。漾，水满溢出，这里指影子浓密。茅檐，茅屋。茅，指盖屋的草。檐，房檐。稠，浓。

[38] "压梅梢"三句：晴雪压着带花的梅梢。倚坐在蒲团上，招呼小家童再烫一壶酒。看万里雪原像一片冰绡织就。蒲团，用香蒲草或麦秸、棕衣等编成的圆形垫子，僧人或道士常用来打坐。童，小家童，即年轻的男仆。荡酒，即"烫酒"，用热水暖酒。荡，用同"烫"。绡，生丝织成的薄绸。

[39] "有王维"句：即使像王维那样的丹青妙手也难以描绘出来。王维，唐代诗人，又是著名画家，善画雪景。酬，实现。

[40] "见香饵"两句：香饵，喻俗世的名利。莫吞钩，犹不要去上当。高抄起经纶大手，是说莫管国事。高抄起，即袖手不管之意。经纶大手，指有才能的、能处理国家大事的高才。经纶，原本指理丝，这里比喻治理国家大事。

[41] 丘：这里指众人聚居之处。

[42] 领：衣领，引申为衣服的件数。

[43] 莎（suō 音梭）：莎草，多年生草本植物。多生于潮湿地区或河边沙地。茎直立，三棱形。叶细长，深绿色，质硬有光泽。夏季开穗状小花，赤褐色。地下有细长的匍匐茎，并有褐色膨大块茎。块茎称"香附子"，可供药用。

[44] 布袭：布制的棉衣。

[45] 歪诗：指内容、技巧低劣或以游戏态度草率而成的诗。也用作自己诗作的谦称。

[46] 村醪（láo 音劳）：农家自酿的酒。醪，本指未滤出渣滓的酒，引申为浊酒。

[47] 中寿：中等的岁数。古时将人的寿命分为上、中、下三段。中寿，或谓一百岁，或谓九十岁，或谓八十岁，或谓七十岁，或谓六十岁。《左传 · 昭公三年》"三老"唐孔颖达疏："上寿百年以上，中寿九十以上，下寿八十以上。"这里指六十岁。

[48] 赡赒（zhōu 音周）：资助供养。赡，供养。赒，周济、救济。

[49] 天和：天然的祥和之气。

[50] 放形骸：放浪形骸，指不受世俗礼仪的拘束。形骸，人的形体。《庄子 · 德充符》："今子与我游于形骸之内，而子索我于形骸之外，不亦过乎！"

［51］尘缘：佛教认为色、声、香、味、触、法为六尘，是污染人心使生欲嗜的根源。

［52］题：用同“提”。

［53］蜂喧蚁斗：喻俗世的名利之争。

［54］蝶讪（shàn 音善）莺羞：蝶与莺互相争斗，互相瞧不起。讪，讥讽。

［55］钝炕头：狭窄的炕头。

［56］浊酒：用糯米、黄米等酿制的酒，较混浊。

［57］笃：用竹篾编成的滤酒器具；作动词用即滤酒。

［58］盘陀：也作“盘陁（tuó 音驮）”。形容石头突兀不平。

［59］婆娑：枝叶纷披的样子。

［60］布衲：布袍。衲，即“衲衣”或“百衲衣”，用许多小布片缝缀成的衣服。

［61］齁（hōu 音猴阴平）齁：鼾声，熟睡时打呼噜的声音。

［62］将玄奥剖：研究人生哲理。玄奥，谓深奥的道理。剖，剖析。

［63］一星星：一点一点地。一星星原意为很小、细微。

［64］参透：探究透彻。

［65］“却原来”句：原来宇宙间一切事物和自我都不过像大海中的浮沤一样易生易灭，变幻无常。浮沤，浮在水面上的泡沫。因其易生易灭，常用来比喻变化无常的世事和短暂的生命。这里比喻转瞬即逝、难以历久。

残　曲

【双调】失牌名[1]

得又如何。

【搅筝琶】人间世，一目饱经过，日月双轮，乾坤六合。麟阁将，玉堂臣[2]，总被消磨。人生幻化待则甚么，便似一梦南柯[3]。

【离亭宴煞】闲来膝上横琴坐，醉时节林下和衣卧。畅好快活。乐天知命随缘过，为伴侣唯三个：明月清风共我。再不把利名侵，且须将是非躲。

---

[1]　【双调】失牌名：《北词广正谱》《九宫大成》六六著录。

[2]　麟阁将，玉堂臣：比喻为国家立过汗马功劳的文臣武将。麟阁，即麒麟阁，汉代宫中阁名。汉宣帝绘霍光、苏武等十一位功臣图像于阁上。玉堂，汉代有金马门玉堂殿。玉堂殿在未央宫。后世以金马玉堂称翰林院。

[3]　一梦南柯：南柯梦比喻人生悠忽如梦。出自唐·李公佐传奇小说《南柯太守传》。故事是说唐代东平淳于棼（fén 音坟），家住广陵郡，宅南有大古槐一株。一日，醉卧堂东庑下，梦至槐安国，娶该国公主为妻，当了南柯太守，并生有五男二女。后来公主得疾而薨（hōng 音轰），国王怀疑他有异心，送他归里。梦醒后寻至槐树下，发现有一大蚁穴，积土如城郭，有蚁数斛，似即淳于棼梦中所到的槐安国。

主要参考文献

一、文献古籍

［1］ 赵景深:《元人杂剧钩沉》，古典文学出版社 1956 年版。

［2］ 古本戏曲丛刊编辑委员会:《古本戏曲丛刊四集》，商务印书馆 1958 年版。

［3］ 中国戏曲研究院:《中国古典戏曲论著集成》（全十册），中国戏剧出版社 1959 年版。

［4］《元典章》，中国书店 1990 年版。

［5］（明）宋濂等:《元史》，中华书局 1997 年《二十四史》缩印本。

［6］（元）脱脱等:《宋史》，中华书局 1997 年《二十四史》缩印本。

［7］（宋）孟元老:《东京梦华录》，中华书局 1982 年版。

［8］（元）陶宗仪:《南村辍耕录》，中华书局 2004 年版。

［9］（明）沈德符:《万历野获编》（上中下），上海古籍出版社 2012 年版。

［10］（宋）周密:《武林旧事》，中华书局 2020 年版。

二、词典辞书

［1］ 教育部、国家语言文字工作委员会:《通用规范汉字表》2013 年版。

［2］ 辞海编辑委员会:《辞海》（第七版），上海辞书出版社 2020 年版。

［3］ 中国社会科学院语言研究所词典编辑室:《现代汉语词典》（第 7 版），商务印书馆 2016 年版。

［4］ 汉语大词典编辑委员会、汉语大词典编纂处:《汉语大词典》（十二

卷），汉语大词典出版社 1986—1994 年版。
[5] 张相:《诗词曲语辞汇释》（上下），中华书局 1953 年版
[6] 朱居易:《元剧俗语方言例释》，商务印书馆 1956 年版。
[7] 顾学颉、王学奇:《元曲释词》（四册），中国社会科学出版社 1983—1990 年版。
[8] 吕薇芬:《全元散曲典故辞典》，湖北辞书出版社 1985 年版。
[9] 齐森华、陈多、叶长海:《中国曲学大辞典》，浙江教育出版社 1997 年版。
[10] 蒋星煜:《元曲鉴赏辞典》（新一版），上海辞书出版社 2014 年版。
[11] 游光中、黄代燮:《中外诗学大辞典》，四川辞书出版社 2021 年版。

三、研究著作

[1] 卢冀野:《元人杂剧全集》，上海杂志公司 1935—1936 年版。
[2] 吴晓铃、单耀海、李国炎、刘坚:《关汉卿戏曲集》（上下），中国戏剧出版社 1958 年版。
[3] 北京大学中文系《关汉卿戏剧集》编校小组:《关汉卿戏剧集》，人民文学出版社 1976 年版。
[4] 徐沁君:《新校元刊杂剧三十种》（上下），中华书局 1980 年版。
[5] 王文才:《白朴戏曲集校注》，人民文学出版社 1984 年版。
[6] 王学奇、吴振清、王静竹:《关汉卿全集校注》，河北教育出版社 1988 年版。
[7] 吴国钦:《关汉卿全集》，广东高等教育出版社 1988 年版。
[8] 王季思:《全元戏曲》（全十二卷），人民文学出版社 1990—1999 年版。
[9] 王学奇:《元曲选校注》（全四册），河北教育出版社 1994 年版。
[10] 徐征、张月中、张圣洁、奚海:《全元曲》（全十二册），河北教育出

版社 1998 年版。
［11］张燕瑾校注:《西厢记》，人民文学出版社 1998 年版。
［12］傅丽英、马恒君:《马致远全集校注》，语文出版社 2002 年版。
［13］胡世厚:《白朴集校注》，中州古籍出版社 2023 年版。
［14］宁希元、宁恢:《元刊杂剧三十种新校》，凤凰出版社 2023 年版。
［15］［日］青木正儿著，隋树森译:《元人杂剧概说》，中国戏剧出版社 1957 年版。
［16］谭正璧:《元曲六大家略传》，古典文学出版社 1957 年版。
［17］王季烈:《孤本元明杂剧》（全四册），中国戏剧出版社 1958 年版。
［18］严敦易:《元剧斟疑》，中华书局 1960 年版。
［19］孙楷第:《元曲家考略》，上海古籍出版社 1981 年版。
［20］唐圭璋:《元人小令格律》，上海古籍出版社 1981 年版。
［21］邵曾祺:《元明北杂剧总目考略》，中州古籍出版社 1985 年版。
［22］宁宗一、陆林、田桂民:《元杂剧研究概述》，天津教育出版社 1987 年版。
［23］吴乾浩:《白朴评传》，中国戏剧出版社 1987 年版。
［24］李汉秋、袁有芬:《关汉卿研究资料》，上海古籍出版社 1988 年版。
［25］王纲:《关汉卿研究资料汇考》，中国戏剧出版社 1988 年版。
［26］李昌集:《中国古代曲学史》，华东师范大学出版社 1997 年版。
［27］杨栋:《中国散曲学史研究》，高等教育出版社 1998 年版。
［28］杨栋:《中国散曲学史研究（续篇）》，山东大学出版社 1998 年版。
［29］奚海:《元杂剧论》，河北教育出版社 2001 年版。
［30］奚海:《燕赵元曲艺术》，当代中国出版社 2002 年版。
［31］奚海、陈旭霞等:《元曲名家精粹：燕赵元杂剧名著二十种选注》（上下），当代中国出版社 2007 年版。
［32］冯光钰:《中国曲牌考》，安徽文艺出版社 2009 年版。

[33] 邓绍基:《元剧考论》，人民文学出版社 2017 年版。
[34] 罗锦堂:《元杂剧本事考》，陕西师范大学出版社 2017 年版。
[35] 孙楷第:《也是园古今杂剧考》，山西人民出版社 2018 年版。
[36] 王国维:《宋元戏曲史》，上海书店出版社 2020 年版。

四、期刊报纸

[1] 郭沫若:《学习关汉卿，并超过关汉卿》,《新华半月刊》1958 年第 13 期。
[2] 胡世厚:《白朴卒年考辨》,《文献》1981 年第 3 期。
[3] 胡世厚:《白朴与〈白氏宗谱〉》,《文学遗产》2002 年第 5 期。
[4] 杜海军:《〈元曲选〉增删元杂剧之说多臆断——〈元曲选〉与先期刊抄元杂剧作品比较研究》,《广西师范大学学报》(哲学社会科学版)2008 年第 3 期。
[5] 管弦:《臧懋循〈元曲选〉中“虚下”提示的使用特点》,《文化遗产》2011 年第 2 期。
[6] 李占鹏:《〈元刊杂剧三十种〉整理研究综述》,《通化师范学院学报》2012 年第 3 期。
[7] 代文:《关汉卿元杂剧近十年综述》,《北方音乐》2016 年第 20 期。
[8] 金艳霞:《〈古今名剧合选〉编选旨趣探微》,《中华戏曲》2019 年第 1 期。
[9] 赵彦军:《白朴遗民心态的继承与新变》,《名作欣赏》2020 年第 12 期。
[10] 李静:《河北梆子版〈窦娥冤〉有新意》,《中国文化报》2005 年 6 月 7 日。

后 记

元曲和唐诗、宋词一样，都是中国文学的瑰宝。六七百年前的元王朝，是当之无愧的世界戏剧文化中心，而河北则占据着当时全国三大元曲中心的两个(元大都和真定)。王国维在《录曲余谈》中考证:“元初制杂剧者，不出燕齐晋豫四省，而燕人又占十之八九。”这里所谓的燕人主要出自真定（今正定）一带。活跃在河北大地上的这些闪耀于元代文坛、同时也不逊色于其他时代的元曲作家创作的剧目，多层次、多角度地反映当时社会的文化风貌，有些至今还在上演，成为嵌印进中华文化的、有生命力的文学作品。河北省社会科学院作为全省重要的社会科学研究机构，全面整理元曲(杂剧和散曲)作品，并对其进行深入研究，是义不容辞的历史责任。

1993 年，河北省社会科学院与河北教育出版社共同主办了首届元曲国际研讨会。会前，我们汇集了省社科院语言文学研究所科研人员的十五篇论文，编辑出版了《元曲论集》，作为向研讨会的献礼图书；会后又编辑出版了《首届元曲国际研讨会论文集》。1998 年 8 月，我们和徐征、张月中、奚海、张炳森等人参与主编的十二卷七百余万字的《全元曲》由河北教育出版社出版。该书获得全国古籍整理图书二等奖和河北省社会科学优秀成果著作类二等奖。

从《全元曲》出版以来，我们始终关注元曲研究的发展。奚海于

2001年出版了《元杂剧论》、2002年出版了《燕赵元曲艺术》，奚海、陈旭霞、张炳森等于2007年出版了《元曲名家精粹——燕赵元杂剧名著二十种选注》（上下册），陈旭霞于2013年出版了国家社会科学基金后期资助项目《元曲与民俗》（上下册），发表了多篇论文，为元曲研究的进一步拓展做出了贡献。

鉴于多年来我们积累了一批新的科研成果，另外，为了弥补《全元曲》未完成作家、作品等索引及一些剧目、散曲注文未臻尽善的缺憾，2022年夏，在河北省社会科学院历史研究所前所长夏自正同志和前副院长、高级专家咨询组组长孙宝存同志的鼓励下，我们萌生了做《全元曲》修订本的念头。

孙宝存、夏自正同志以对中华优秀传统文化的敬畏之心和鼓励、奖掖后进的长者之意，亲自打报告作书面推荐，科研处黄军毅、汪洋处长积极运作，以康振海书记为首的院党组于2022年11月研究决定，为我们的元曲研究立项。随后，我们很快投入工作。先是完成了《全元曲》繁体字竖排版全文共二百七十多万字的编校打印工作，后根据经费情况，决定先出版兼具可读性、学术性、文献性，对从事中国古代文学教学、研究的教师和学者均有参考价值的《元曲四大名家》。2023年夏末秋初，由张圣洁拟定书稿体例、统审通校全书，陈旭霞执笔撰写的关汉卿、白朴、马致远、王实甫四位作家作品的整理校勘、注释工作完成，总计一百九十余万字，分上下两册。

2023年11月，河北教育出版社承接了《元曲四大名家》的出版工作，并将其列为重点项目。我们又根据出版社的要求，对初稿的内容、版式等进行修改，2024年夏初交付出版。

令我们十分感动的是，河北省社会科学院新任党组书记、院长吕新斌同志莅任后，也对本书的出版给予了高度关注和大力支持并慨然赐序。

该序言高屋建瓴，论述了元曲在世界文艺史和中国文艺史中的崇高地位，高度评价了《元曲四大名家》的编著工作，指出该编著“实为应时代之大潮、答实践之所需而生的扛鼎之作”，“深深植根于习近平总书记知深爱切的燕赵大地，彰显出燕赵儿女担负新时代文化使命的历史自觉，为中华文明提供了生动注脚”。序言指出：“此书集文献考辨、艺术阐释与文化传播于一体，通过系统性挖掘、创新性阐释，为中华传统戏曲文化的溯源研究与国际传播提供了坚实的学术支撑。它是河北省社会科学院倾力实施‘河北历史文化研究工程’、矢志打造传世经典的标志性成果，也是对‘以时代精神激活中华优秀传统文化的生命力’这一重要要求的生动回应。”“此书的编撰出版，正是河北省社会科学院高举习近平文化思想旗帜，以强烈的历史自觉和坚定的文化自信，践行新时代文化使命的生动体现。”吕院长最后鼓励我们和全省的社科工作者“高擎习近平文化思想的光辉旗帜，以这部著作为新的起点，持续深耕元曲艺术沃土，深度发掘燕赵文化的精神富矿，为奋力谱写中国式现代化建设河北篇章，为全面推进中华民族现代文明建设，贡献磅礴的社科力量”！

书稿送交出版社后，河北教育出版社责成富有编辑经验的学术读物编辑室任晓霞主任、赵莉薇副主任和责编孙亚蒙、刘亚飞认真审改，提出不少中肯的修改意见。美编李关栋设计思想新颖独特，又十分尊重我们的意见，几经修改，封面装帧和内文版式设计臻于完美。

总之，《元曲四大名家》能够列项启动，是河北省社会科学院和河北教育出版社领导全力支持的结果。值此书稿付梓之际，我们谨向康振海和吕新斌院长、彭建强副院长、孙宝存前副院长兼高级专家咨询组组长、夏自正老所长、黄军毅和汪洋处长及谭丽李同志，向河北教育出版社董素山社长、侯福河总编和任晓霞主任、赵莉薇副主任及孙亚蒙、刘亚飞责编致以诚挚的谢意！

尽管我们做了艰苦的努力，借助各方力量使书稿水平有了一定的提高，但我们深知功力有限，阙漏纰缪之处绝难避免，敬祈学界专家学者和广大读者不吝赐教，以便此书再版时予以补正。

张圣洁　陈旭霞

2025 年 3 月 10 日

附录

河北省社会科学院
有关元曲研究的著述目录

专著编著

《元曲论集》（严兰绅主编，唐振景、张国伟副主编），河北教育出版社1993年版。该论集内15篇论文均为语言文学研究所科研人员撰写：

奚海《元杂剧在世界戏剧文化大格局中的崇高历史地位》

奚海《论元杂剧繁荣鼎盛的原因》

张国伟《同是天涯沦落人——〈曲江池〉与〈茶花女〉比较》

张国伟《神话剧中的一朵奇葩——纵论〈张生煮海〉》

王维国《论〈西厢记〉第五本》

云帆《崔莺莺论》

黄枚《爱情喜剧〈墙头马上〉简论》

廉生《元杂剧四大佳人恋爱心理比较论》

黄宗健《关汉卿并非金代生人》

黄宗健《王实甫生年应后于关汉卿》

孙悦春《元曲词语校释零札》

王硕荃《珠玑语唾自然流——杂剧〈望江亭〉语言探》

陆章梅《论元杂剧悲剧》

陆章梅《论元杂剧喜剧》

房笛《论元代的戏曲理论批评》

《首届元曲国际研讨会论文集》（唐振景、张国伟主编，奚海、胡二广、胡子达副主编；黄宗健、孙悦春、王硕荃、从丛、孟蓬生、陈旭霞编委），河北教育出版社 1994 年版。内含河北省社会科学院科研人员 9 篇论文：

严兰绅《首届元曲国际研讨会开幕词（代序）》

黄宗健《论元杂剧初期的真定作家群》

奚海《元杂剧中神仙道化剧的思想内容及有关思考》

张国伟《〈望江亭〉与〈威尼斯商人〉》

从丛《论窦娥与哈姆莱特性格发展之同构》

[美]萨进德著，从丛译《〈汉宫秋〉的主题与原型》

傅秋爽《谈〈灰阑记〉中清官与妓女形象的成功塑造》

孙悦春《〈董解元西厢记〉词语校诠》

孟蓬生《〈西厢记〉语词校释》

王维国《元曲家地理分布研究》

张国伟、奚海：《元曲三百首赏析》，河北人民出版社 1995 年版。

徐征、张月中、张圣洁、奚海：《全元曲》（全十二册），河北教育出版社 1998 年版。

奚海：《元杂剧论》，河北教育出版社 2001 年版。

奚海：《燕赵元曲艺术》，当代中国出版社 2002 年版。

奚海、陈旭霞、张炳森：《元曲名家精粹：燕赵元杂剧名著二十种选注》（上下），当代中国出版社 2007 年版。

陈旭霞：《元曲与民俗》（上下），人民出版社 2013 年版。

论　文

孙悦春：《元曲词语义札》，《北京师院学报》（社会科学版）1986 年

第1期。

黄宗健:《元杂剧在真定的崛起与史天泽》,《河北学刊》1991年第6期。

奚海:《元杂剧对世界戏剧文化的重要贡献》,《齐鲁学刊》1992年第4期。

孙秀荣:《红娘现象与民族文化心理》,《社会科学辑刊》1995年第3期。

奚海:《民主思想照亮了元杂剧的妇女形象》,《渤海学刊》1997年第1期。

奚海:《对封建礼教和理学的背叛与超越——略论元杂剧中若干女性形象》,《青海师范大学学报》(哲学社会科学版)1997年第4期。

孙昌:《〈元代戏曲史稿〉:勇于拓深的研究结晶》,《洛阳师专学报》(自然科学版)1997年第6期。

张炳森:《〈西厢记诸宫调〉难词商解》,《河北师范大学学报》(哲学社会科学版)1999年第2期。

奚海:《略论元代散曲中的恬退隐逸之作》,《青海师专学报》1999年第4期。

奚海:《略论元杂剧的本色、当行和蛤蜊风味》,《青海师范大学学报》(哲学社会科学版)1999年第4期。

陈旭霞:《岁时风俗画面的形象展现——浅谈元曲节日风俗的描写》,《河北职工大学学报》2000年第2期。

奚海:《略论白朴的杂剧〈墙头马上〉——兼论杂剧与其故事所本白居易诗〈井底引银瓶〉两者题旨之优劣》,《长沙电力学院学报》(社会科学版)2002年第4期。

张炳森:《〈西厢记诸宫调〉究竟创作于何时》,《河北学刊》2002年第4期。

奚海:《燕赵元杂剧艺术在世界剧坛的历史性辉煌》,《河北学刊》2005年第4期。

陈旭霞:《元曲中的茶文化映像》,《河北学刊》2005年第6期。

陈旭霞:《元代的茶俗茶品茶艺——元曲里所见的茶文化》,《农业考古》2008年第2期。

陈旭霞:《元杂剧在世界的传播与影响》,《大舞台》2008年第6期。

宋少净:《元曲大师白朴》,收入《石家庄历史名人》,河北人民出版社2008年版。

陈旭霞:《元曲里的草原民俗文化》,收入《论草原文化》第六辑,内蒙古教育出版社2009年版。

陈旭霞:《说不尽的关汉卿》,《河北日报》2015年10月23日。

陈旭霞:《兰谷飘香(解读元曲巨头白朴)》,《河北日报》2015年12月28日。

陈旭霞:《夕阳古道里的马致远》,《河北日报》2016年3月11日。

陈旭霞:《舌尖上的旋饼(解读元曲里的食俗)》,《当代人》2016年第1期。

陈旭霞:《端的要炖一碗好汤(解读元曲里的食俗)》,《当代人》2016年第2期。

陈旭霞:《妙趣横生的民间派对(解读元曲里的酒俗)》,《当代人》2016年第3期。

陈旭霞:《布衣草履游春去(解读元曲里的服饰)》,《当代人》2016年第4期。

陈旭霞:《女子蹴鞠也风流(解读元曲里的游艺)》,《当代人》2016年第5期。

陈旭霞:《元时兴起"农家乐"(解读元曲里的旅游风俗)》,《当代人》2016年第6期。

陈旭霞:《千载名标的真定元曲作家群》,《文史知识》2020年第10期。

其　他

孙秀荣:《马致远【双调·清江引】〈野兴〉》,收入《元曲鉴赏辞典》,上海辞书出版社1999年版。

宋少净:《当前元杂剧研究中的热点与前景展望》,关汉卿及元代文学学术研讨会大会发言(河北省文学学会2005年5月举办)。

宋少净:《元杂剧“四”的体制之源》,河北省文学学会2007年会大会发言。

奚海:《元曲魂》(长篇历史小说),中国言实出版社2011年版。